LEXIKOTHEK · DAS BERTELSMANN LEXIKON · BAND 5

Lexikothek

HERAUSGEGEBEN VOM
BERTELSMANN LEXIKON-VERLAG

DAS BERTELSMANN LEXIKON

IN ZEHN BÄNDEN

BAND 5   I – Kreb

BERTELSMANN
LEXIKON-VERLAG

ALS ZEICHNER HABEN MITGEARBEITET:
HELMOLD DEHNE · RENATE JURISCH · DUŠAN KESIĆ
AUGUST LÜDECKE · WALDEMAR MALLEK · JÜRGEN RITTER · HANJO SCHNUG
TEGTMEIER + GRUBE KG

SCHUTZUMSCHLAG: B. UND H. P. WILLBERG

REDAKTIONELLE LEITUNG: WERNER LUDEWIG
LAYOUT: GEORG STILLER

Das Wort
LEXIKOTHEK®
ist für Nachschlagewerke
der LEXIKOTHEK Verlag GmbH
als Warenzeichen geschützt

Warenzeichen, Gebrauchsmuster und Patente sind in diesem Werk,
wie in allgemeinen Nachschlagewerken üblich, nicht als solche gekennzeichnet.
Es wird empfohlen, vor Benutzung von bestimmten Zeichen für Waren
oder von besonders gestalteten Arbeitsgerätschaften bzw. Gebrauchsgegenständen
sowie von Erfindungen beim Deutschen Patentamt in München anzufragen,
ob ein Schutz besteht

JEDE AUFLAGE NEU BEARBEITET
© LEXIKOTHEK VERLAG GMBH, GÜTERSLOH 1973, 1979 H
ALLE RECHTE VORBEHALTEN · LANDKARTEN VOM
KARTOGRAPHISCHEN INSTITUT BERTELSMANN, GÜTERSLOH
GESAMTHERSTELLUNG
MOHNDRUCK GRAPHISCHE BETRIEBE GMBH, GÜTERSLOH
PRINTED IN GERMANY
ISBN 3 · 570-06555-3

i, I, 9. Buchstabe des dt. Alphabets; entspricht dem griech. *Jota (i, I)* u. dem semit. *Jod.*
i, *Mathematik:* die →imaginäre Einheit $\sqrt{-1}$.
I, 1. Münzbuchstabe der Münzstätte Hamburg seit 1871.
2. röm. Zahlzeichen für *eins.*
3. Abk. für *Imperator* in röm. Inschriften.
i.A., Abk. für *im Auftrag.*
Ia [eins a], Zeichen für *prima.*
IAA, Abk. für →Internationales Arbeitsamt.
IAAF, Abk. für engl. *International Amateur Athletic Federation,* der 1912 gegr. Internationale Amateur-Leichtathletik-Verband; Sitz: London; Präsident: Adrian Paulen (Niederlande). Der IAAF gehören 152 nationale Verbände als Mitglieder an.
IAEA, Abk. für engl. *International Atomic Energy Agency,* →Internationale Atomenergie-Organisation.
IAEO, Abk. für →Internationale Atomenergie-Organisation.
IAL, Abk. für →Internationale Artistenloge.
Ialomița [-tsa], **1.** linker Nebenfluß der Donau in Rumänien, 398 km; entspringt in den Südkarpaten, durchfließt die Große Walachei u. mündet nördlich der Bărăgansteppe.
2. Kreis im südl. Rumänien, 6211 qkm, 375 000 Ew., Hptst. *Slobozia.*
Ialysos, die wahrscheinl. älteste Siedlungsstelle auf der Insel *Rhodos,* am Westabhang des Filerimo gelegen; phöniz. Sitz ab 1700 v.Chr., achäische Besiedlung ab 1400 v.Chr., bis zur Gründung der Stadt Rhodos 408 v.Chr. eine der drei Hauptstätten neben Lindos u. Kamiros, gegen Ende des Altertums verlassen; Nekropolen aus geometr. u. myken. Zeit, Reste eines Athenetempels, eines dorischen Brunnenhauses u. einer unterird. Gängeanlage; restaurierte Reste einer Johanniterburg, byzantin. Kirche u. Marienkirche.
Iamblichos, 1. griech. Schriftsteller aus Syrien; schrieb um 170 n.Chr. den Roman „Babylonische Geschichten", von dem ein Auszug erhalten ist.
2. griech. Philosoph, † um 330 n.Chr.; Schüler des *Porphyrios*; verband den *Neuplatonismus* mit dem Polytheismus u. begründete eine neue Form der Platon-Exegese. Die neuplaton. Schulen des Ostens (außer Alexandria) vertraten den Neuplatonismus in iamblichischer Form.
Iambus [der; grch., lat.], ein Versfuß, →Jambus.
Ianiculum, ital. *Monte Gianìcolo,* einer der Hügel Roms, im W der Stadt auf dem rechten Tiberufer, schon in republikan. Zeit durch 4 Brücken mit Rom verbunden.
IAO, Abk. für →Internationale Arbeitsorganisation.
Iapetos, im griech. Mythos ein *Titan,* Sohn des Uranos u. der Gäa, Vater von Prometheus u. Atlas.
IAR, Abk. für engl. *International Authority for the Ruhr,* die 1949 gegr. Internationale Ruhrbehörde, die die Produktion des Ruhrgebiets an Kohle, Koks, Eisen u. Stahl kontrollierte; 1952 von der *Montanunion* abgelöst.
Iarmhidhe, *An I.* [ən ʼiərwiə], die mittelirische Grafschaft →Westmeath.
Iason, griech. Sagenheld aus Thessalien, dessen Abenteuer in verschiedenen Varianten berichtet werden; Führer der *Argonauten.* Er gewann mit Hilfe *Medeas* das *Goldene Vlies,* heiratete Medea, verstieß sie aber mit ihren Kindern u. ging schließlich an ihrer Rache zugrunde.
IATA, Abk. für engl. *International Air Transport Association,* 1945 aus der am 28. 8. 1919 in Den Haag gegr. *International Air Traffic Association* entstandener internationaler Verband der Luftverkehrsgesellschaften mit Sitz in Montreal; dient der Festsetzung von Beförderungstarifen u. der gegenseitigen Abstimmung von Flugplänen im zwischenstaatl. Verkehr u. berät über Fragen der Technik u. des Luftrechts.
Iatrochemie [grch. *iatros,* „Arzt"], Epoche in der Geschichte der Chemie 1400–1700. *Paracelsus,* der Hauptvertreter dieser Richtung, sah die Aufgabe der Chemie in der Schaffung von Arzneimitteln u. stellte sich damit in ausdrücklichen Gegensatz zu den *Alchemisten,* die den „Stein der Weisen" suchten. Vertreter dieser Epoche sind u. a. J. B. van *Helmont,* G. *Agricola,* J. R. *Glauber* u. J. *Kunckel.*
IAW, Abk. engl. für *International Alliance of Women,* →Internationaler Frauenbund.
ib., *ibd.,* Abk. für *ibidem.*

Ibadan, die zweitgrößte Stadt Nigerias, Hptst. des nigerian. Bundesstaates Oyo, 750 000 Ew. (mit Vor- u. Nachbarorten über 1 Mill. Ew.); 2 Universitäten, land- u. forstwissenschaftl. Fachschulen, Nationalarchiv; Handels- u. Gewerbezentrum (bes. Kakaohandel), Kunsthandwerk, Kakao- u. a. Nahrungsmittelverarbeitung, Zigaretten- u. Kunststoffindustrie; Flugplatz.
Ibaditen, eine islam. Konfession, →Charidschiten.
Ibagué [-ʼge], *San Bonifacio de Ibagué,* Hptst. des Dep. Tolima im westl. Kolumbien, 200 000 Ew.; Kaffeehandel, landwirtschaftl. Industrie, Zinn- u. Schwefelabbau; Verkehrsknotenpunkt.
Iban, *See-Dajak, Batang Lupar,* jungmalaiisches Volk (rd. 240 000) mit altmalaiischer Kultur an Küsten u. Flüssen *Sarawaks* (Nordwestborneo), einst Kopfjäger; Brandrodung mit Bergreis. Die Frauen tragen Mieder aus Rotanringen; sie besaßen Fischschuppenpanzer.
Ibáñez del Campo [iʼbanjɛz ðɛl-], Carlos, chilen. Politiker u. Offizier, *3. 11. 1877 Linares, †28. 4. 1960 Santiago de Chile; seit 1894 Offizier, 1925

Ibadan: im Vordergrund die Leban Street

General; 1925 Kriegs- u. 1927 Innen-Min., 1927–1931 u. 1952–1958 Staats-Präs.

Ibara Saikaku, *Ihara Saikaku*, eigentl. *Hirajama Togo*, japan. Schriftsteller u. Haiku-Dichter, *1642 Osaka, †10. 8. 1693 Osaka; erster Schriftsteller des Bürgerstands; schilderte in realist.-erot. Sittenromanen das Leben der Kaufleute von Osaka in den Vergnügungsvierteln u. die Methoden des Gelderwerbs; schrieb daneben auch Rittergeschichten. Sein Einfluß auf die japan. Literatur hält bis zur Gegenwart an. „Yonosuke der dreitausendfache Liebhaber“ 1682, dt. 1965; „Fünf Geschichten von liebenden Frauen“ 1686, dt. 1960. – ◫3.4.4.

Ibarbourou [-'buru], Juana de, geb. *Fernández Morales*, uruguay. Lyrikerin, *8. 3. 1895 Melo, Cerro Largo; seit 1918 in Montevideo. Schon ihre erste Liebes- u. Naturlyrik war sehr erfolgreich. Seit 1930 werden die Verse melancholischer u. mehr surrealist. Gedankengängen u. Bildern verpflichtet. Sie wird *Juana de América* genannt. – Obras Completas 1953.

Ibạrra, *San Miguel de Ibarra*, Hptst. des Dep. Imbabura in Ecuador, 2225m ü.M., in einem intramontanen Becken, 27000 Ew.; Getreide-, Zuckerrohr- u. Baumwollanbau; Textil- u. Holzindustrie.

Ibárruri, Dolores, span. Politikerin (KP), *9. 12. 1895 Guallarte; 1921 Mitgründerin der KP, 1930 Mitgl. des ZK, 1932 des Politbüros; im Bürgerkrieg 1936–1939 berühmt als „La Pasionaria“; 1939–1977 in der Emigration (meist Sowjetunion); 1977 Abg. im Parlament.

Ibb, Gebirgsstadt im südl. Jemen, am Djabal Manar, 35000 Ew.; in der Nähe Kaffee- u. Bananenanbau.

Ibbenbüren, Stadt in Nordrhein-Westf. (Ldkrs. Steinfurt), im nordwestl. Teutoburger Wald, am Dortmund-Ems- und Mittellandkanal, 42000 Ew.; Textil-, Maschinenindustrie, Elektrochemie, Steinkohlenbergbau, Großkraftwerk.

Ibbi-Sin, letzter sumerischer König, aus der 3. Dynastie von Ur, etwa 1980–1955 v.Chr. Ein umfangreiches sumerisches Klagelied über seinen Sturz blieb erhalten.

IBCG, Abk. für →Internationaler Bund Christlicher Gewerkschaften.

ibd., *ib.*, Abk. für →ibidem.

IBD, Abk. für engl. *International Bureau for Declarations of Death*, das am 1. 10. 1952 von den UN gegr. Internationale Büro für Todeserklärungen; Sitz: Genf.

Ibẹrer, die vorindogerman. Bevölkerung der Pyrenäenhalbinsel u. Südfrankreichs, deren ethnische Zugehörigkeit noch nicht geklärt ist. Ihre Kultur entwickelte sich unter griech. u. röm. Einfluß zu bes. Höhe; die I. hatten in der 2. Hälfte des 1. Jahrtausends v.Chr. befestigte Städte, eine eigene Schrift u. eine hochstehende Kunst. In Wirtschaft u. Gesellschaft zeigten sich mutterrechtl. Züge. In Nordostspanien vermischten sie sich mit den eindringenden Kelten seit dem 6. Jh. v.Chr. zu *Keltiberern*. Die *Basken* haben in Kultur u. Sprache iberische Elemente bewahrt. – ◫5.1.3.

Ibẹria-Líneas Aẹreas de España [-e'spanja], Madrid, span. Luftverkehrsgesellschaft, 1940 gegr., zu 99,1% in staatl. Besitz; betreibt In- u. Auslandsstrecken.

Ibẹrien, lat. *Iberia*, **1.** im Altertum die Landschaft am Oberlauf des *Kyros (Kura)* in Kaukasien, der östl. Teil des heutigen *Grusinien*.

2. alter Name für die teilweise von *Iberern* bewohnte u. vom *Iberus* (Ebro) durchflossene Pyrenäenhalbinsel *(Iberische Halbinsel)*; politisch heute aus *Spanien* u. *Portugal* bestehend.

Ibẹrische Halbinsel →Pyrenäenhalbinsel.

Ibẹrisches Becken, Meeresbecken zwischen der Westküste Spaniens u. Portugals u. den Azoren, bis 5834m tief; nach S durch die Azorenschwelle vom Kanar. Becken getrennt, geht nach N breit ins Westeurop. Becken über.

ibẹrische Schrift, Schrift der *Iberer* u. *Keltiberer*, die auf Steindenkmälern, Bleitafeln, Münzen u. bemalter Keramik aus dem 4. u. 3. Jahrhundert v.Chr. erhalten ist; eine Verbindung von Silben- u. Buchstabenschrift; von Manuel *Gómez-Moreno* (*1870, †1970) um 1923 entziffert, doch sind die Texte in der vorindogerman. iberischen Sprache noch nicht lesbar.

Ibẹrisches Randgebirge, span. *Cordillera Ibérica*, das 460km lange, von NW nach SO ziehende Bruchfaltengebirge, zumeist aus Kalken der Kreide u. des Jura bestehend, das die inneren Hochländer *(Meseten)* der Pyrenäenhalbinsel gegen das Ebrobecken u. gegen das Küstentiefland von Valencia abschließt; durch den *Jilocagraben* in zwei parallele Flügel zerlegt, von denen der nordöstliche die höchsten Erhebungen hat (Sierra de la Demanda 2305m, Sierra de Urbión 2255m, Sierra del Moncayo 2316m), die z.T. Spuren eiszeitl. Vergletscherung zeigen. Ausgedehnte Rosmarin- u. Felsheideflächen sind sommerliche Schaf- u. Ziegenweide, denen gegenüber einzelne Waldgebiete (Serranía de Cuenca, Albarracín) zurücktreten; dünne Besiedlung.

Ibẹroamerika, *Lateinamerika*, das von den Bewohnern der Iber. Halbinsel (Spanier, Portugiesen) kolonisierte Mittelamerika (→Westindien, →Zentralamerika) u. →Südamerika. Geschichte: →Lateinamerika.

ibẹroamerikanische Kunst, *lateinamerikan. Kunst*, die Kunst Mittel- u. Südamerikas seit der Kolonisierung durch Spanier u. Portugiesen im 16. Jh. Besonders durch die Ordensmission verbreitet (Jesuitenstil), setzten sich überall die Bauformen der iberischen Mutterländer durch, zunächst der spätgot. *Platereskenstil*, dann, seit dem 17. Jh., ein der span. u. italien. Renaissance entlehnter Mischstil u. im späten 17. wie im 18. Jh. das für alle iberoamerikan. Länder gleichermaßen typische üppige Barock mit wucherndem Dekor an Fassaden u. Innenräumen u. überragender Bedeutung der Bauplastik. Wie in Architektur u. Plastik waren auch in der Malerei die Mutterländer beispielgebend; vor allem F. de *Zurbarán*, J. de *Ribera* u. B. E. *Murillo* waren geschätzte Vorbilder in der mittel- u. südamerikan. Malerei. – Im 19. Jh. trat die Kunst in den meisten iberoamerikan. Ländern vor aktuellen polit. Problemen des Freiheitskampfes zurück. Doch nach wie vor orientierten sich die Künstler vorwiegend an europ. Vorbildern. Zu einer eigenständigen künstler. Entwicklung innerhalb der einzelnen nun selbständigen Staaten kam es meist erst im 20. Jh.

A r g e n t i n i e n : Das Interesse der argentin. Künstler wandte sich seit dem 19. Jh. den europ. Kunstzentren Paris u. Rom zu. Gegen Ende des Jahrhunderts fand der Nationalismus auch in der bildenden Kunst Ausdruck. Es kam zur Gründung eines Nationalmuseums u. zur Errichtung einer nationalen Kunstakademie. Das 20. Jh. brachte die Übernahme aller in Europa vorherrschenden Kunstströmungen, vom Impressionismus, Kubismus, Surrealismus bis zur abstrakten Kunst. Unübersehbar in der heutigen Kunst ist ein starkes polit. u. soziales Engagement der Künstler.

B r a s i l i e n : Die brasilian. Kunst des 19. Jh. wurde beherrscht von französ. Vorbildern. Der Impressionismus hatte zu Beginn des 20. Jh. seinen bedeutendsten brasilian. Vertreter in A. E. *Visconti* (*1867, †1944). In neuerer Zeit fand vor allem die brasilian. Graphik internationale Anerkennung. Im übrigen wurden alle Richtungen u. Tendenzen der europ. u. nordamerikan. Plastik u. Malerei aufgegriffen, übernommen u. weiterentwickelt. Dabei spielt die abstrakte Malerei eine hervorragende Rolle. – Zu einem Zentrum der modernen Architektur wurde Brasilien vor allem durch die Bauten von Lúcio *Costa* (*1902) u. O. *Niemeyer*. Auf der Grundlage der Ideen von *Le Corbusier* entwickelten sie einen eigentüml. Stil, der sich vor allem in der neuen Hauptstadt *Brasília* manifestiert.

C h i l e : Eine selbständige chilen. Kunst konnte sich erst seit der Unabhängigkeit von Spanien (1818) entwickeln. Doch blieben die Künstler des Landes weitgehend auf die jeweiligen europ. Kunstströmungen fixiert. In neuerer Zeit gibt es neben Kunstrichtungen, die parallel den US-amerikan. u. europ. Strömungen verlaufen, Bestrebungen, eine nationale Kunst zu schaffen, die Elemente der altamerikan. Baukunst u. Plastik miteinbezieht.

M e x i k o : Die mexikan. Kunst seit der Gründung der Republik (1824) suchte, losgelöst von den Bindungen an die span. Kunst, einen neuen Weg. Der Rückgriff auf altmexikan. Traditionen u. ein neues polit.-soziales Bewußtsein der Künstler begünstigten die Entwicklung einer nationalen Kunst. Wegbereiter war der Graphiker J. G. *Posada* (*1852, †1913). Maler von internationalem Rang sind in neuerer Zeit D. A. *Siqueiros* u. J. C. *Orozco*. – Über die Landesgrenzen hinaus anerkannt sind auch die Leistungen der modernen mexikan. Architektur mit ihren Hauptrepräsentanten D. *Rivera* u. dem gebürtigen Spanier F. *Candela*. Eine vielbeachtete architekton. Leistung sind Planung u. Anlage der Universitätsstadt México.

ibẹroamerikanische Literatur, *lateinamerikanische Literatur*, das mittel- u. südamerikan. Schrifttum in span. u. portugies. Sprache (Mayas, Azteken u. Inkas besaßen nur eine mündl. literar. Überlieferung; 1521 entstand das einzige schriftl. Zeugnis der Azteken, von einem Missionar ins Span. übertragen, „Historia universal de las cosas de Nueva España“). In der Kolonialzeit herrschten Berichte über Erforschung u. Eroberung des Kontinents vor (Bartolomé de Las Casas, *1474, †1566; Alonso de Ercilla y Zúñiga, *1533, †1594; Garcilaso de la Vega, *1539, †1616, verfaßte eine Beschreibung der Inkas „Los comentarios reales“ [posthum] 1617). Von selbständigen Nationalliteraturen in diesem Raum kann man erst seit dem Ende der Kolonialzeit sprechen. Zwar spiegelte die i.L. auch dann noch die literar. u. kulturelle Entwicklung der europ. Mutterländer wider (in der Abfolge von Barock, Klassizismus, Romantik u. Realismus), doch äußerten sich schon früh ein polit. u. sozialer Freiheitsdrang u. ein großes Interesse an der eigenen Lebenswelt (Criollismo, die Epik der Gaucho-Dichtung, Indianismus). Es lassen sich drei, oft ineinander übergehende, Motivgruppen unterscheiden, die sich in den verschiedenen Ländern verschieden stark bemerkbar machen: a) europäisch orientiert, b) sozialkritisch, c) indigenistisch (der einheim. Tradition folgend). Wesensmerkmale der Sprache sind die Umformung span. u. portugies. Elemente u. die Einflüsse indian. Idiome (Guaraní, Quéchua, Tupí, Quiché u.a.), hinzu kommen noch afrikan. Sprachelemente.

Als der Lyriker R. *Darío*, beeinflußt von den französ. Parnassiens u. Symbolisten, den *Modernismo* in der span.-sprachigen i.nL. zum Sieg führte, erstarkte der Glaube an die Kraft u. Zukunft der gemeinsamen iber. Kultur bei diesen Völkern; mit einer Neubesinnung auf die „Hispanität“ trat man vor allem in einen Gegensatz zu den als bedrohl. empfundenen Einflüssen des Wirtschafts- u. Kulturimperialismus der USA. Bezeichnend für diese Strömung ist der Essay „Ariel“ 1900 von J. E. *Rodó*, in dem der span. Ariel gegen den nordamerikan. Caliban ausgespielt wird, ferner R. Daríos berühmte Ode „A Roosevelt“ 1905 u. sein Gruß an die brüderl. Einheit der hispan. Welt „Salutación del optimista“ 1905.

Die engagierte Literatur bedient sich mit Vorliebe der Essayistik; aus Epos u. Essay entstand der poetische u. spekulative Roman, eine Entwicklung, die sich, bedingt durch span. u. portugies. Verbote, erst spät entwickelte, wie überhaupt Lateinamerika erst im 2. Jahrzehnt des 20. Jh. authentische Züge u. eine starke literar. Ausstrahlung aufweisen kann. Der Aufbruch erfolgte in der Romantik; auch eine Kunstlyrik entstand erst in der Spätromantik u. kulminierte bei R. Darío, der maßgebend wurde für eine neomodernistische, auf Distanzierung u. Vertiefung bedachte Lyrik. Aus sozialen u. ökonom. Gründen fand das Drama erst nach dem 2. Weltkrieg Anschluß an moderne Thematik. Eine bedeutendere Rolle spielen Hörspiel u. Filmdrehbuch.

1945 ging zum ersten Mal der Nobelpreis an einen Schriftsteller Iberoamerikas: an die Chilenin G. *Mistral*; 1967 erhielt ihn der Guatemalteke M. A. *Asturias* u. 1971 der Chilene P. *Neruda*.

Die s p a n i s c h s p r a c h i g e n L i t e r a t u r e n :

A r g e n t i n i e n : Abgesehen von der Gaucholiteratur (J. *Hernández*, R. *Obligado*) wurde im 19. Jh. die Literatur vorwiegend von der europ. Romantik bestimmt. Lyriker u. Versepiker waren E. *Echeverría*, J. *Mármol* (Exil Uruguay); klassizist. Elemente zeigte auch J. M. *Gutiérrez*. Um 1880 wurde eine Entwicklung eingeleitet, die im Modernismo mündete. Lyriker: L. *Lugones*; E. *Larreta* wurde durch den Roman „Versuchung des Don Ramiro“ 1908, dt. 1929, bekannt. Naturalist. Erzähler u. Dramatiker war E. *Castelnuovo*, Realisten: M. *Gálvez* (neue Romanform), B. *Lynch*; Unterhaltungsschriftsteller: H. *Wast*. Ein Klassiker wurde R. *Güiraldẹs* (Gaucholiteratur); als Dostojewskij Argentiniens galt der sozialkrit.-volkstüml. Roberto *Arlt* (*1900, †1942), Roman „Los siete locos“ 1929. Gegen das Barbarentum wandte sich D. F. *Sarmiento* (Exil in Chile). In der Lyrik traten Alfonsina *Storni*, der Sozialkritiker E. *Martínez Estrada* (auch Erzähler), Hector A. *Murena* (*1923) u. Ricardo E. *Molinari* (*1898) hervor. Psycholog. u. psychoanalyt. Einflüsse machten sich bemerkbar, stärker als in anderen Ländern war der europ. Einfluß (Marxismus, Existentialismus, Positivismus) u.a. bei E. *Mallea* u. dem intellektuelldistanzierten Adolfo *Bioy Casares* (*1914; Erzählband „El lado de la sombra" 1963). Antonio *Di Benedetto* (*1922) gilt, mit weltanschaul. Thematik u. stilist. Perfektion, als Vertreter des „Neuen Romans". Zentrale Figur wurde der Stil- u. Formkünstler J. L. *Borges*, dessen Antipode der Essayist u. Romancier E. *Sábato*, der Analytiker des modernen Menschen, der Erneuerer des amerikan. Spanisch u. Wegbereiter der hispanoamerikan. Moderne ist (Roman „El túnel" 1948, dt. „Der Maler u. das Fenster" 1948). Auch J. *Cortázar* strebt nach neuer argentin. Lebens- u. Geisteshaltung.

Chile: Erst um die Jahrhundertwende erlangte eine eigenständige Literatur Bedeutung. Schilderer des Volkslebens war P. *Prado Calvo*, der Landschaft Marian *Latorre* (*1886, †1955), zugleich bedeutender Vertreter der Regionalliteratur; den realist. Erzählern zuzurechnen ist M. *Rojas*. B. *Lillo* schrieb über die sozialen Probleme seines Landes, die Erzählungen von E. *Barrios* sind vom Modernismo beeinflußt, als Lyriker der Avantgarde wurde V. *Huidobro* bezeichnet. Führende Persönlichkeiten der Gegenwart sind die Lyrikerin Gabriela *Mistral* u. P. *Neruda* (polit. Dichtung), sein Gedichtzyklus „Canto general" 1950, dt. 1953, wurde zum lyr. Dokument Lateinamerikas. Carlos *Droguett* (*1915) vereint die Zeitströmungen zu universaler Aussage; nicht zuletzt sind der polit. engagierte Jorge *Edwards* (*1931) u. der Romancier José *Donoso* (*1925) zu nennen.

Ecuador: Klassizist. patriot. Oden schuf J. J. de *Olmedo*. Höhepunkt u. Abschluß der Romantik war Juan *León Mera* (*1832, †1894) mit dem Roman „Cumandá" 1879; gegen die Diktatur kämpfte der Essayist Juan *Montalvo* (*1832, †1889). Zum Sprecher der Indianer u. ihrer sozialen Probleme machte sich Adalberto *Ortiz* (*1914), für soziale Fragen engagierte sich J. *Icaza* in seinen Erzählungen (indianist. Romane); in der Lyrik trat J. *Carrera Andrade* hervor.

Guatemala: Neben dem romant. folklorist. Erzähler F. *Herrera*, dem Erzähler phantast. u. utop. Geschichten R. *Arévalo Martínez* u. dem Romancier C. *Wyld Ospina* ist der dem Indigenismus, vor allem der Mayatradition verhaftete M. A. *Asturias* zentrale Gestalt. Für die lateinamerikan. literar. Gegenwart ist er von großer Bedeutung, er wirkte stilbildend für den „magischen Realismus", d.h. die Deutung des Menschen durch die Vereinigung von indian. Denken in Bildern u. den einflußnehmenden Realitäten (Gedichtzyklus „Bolivar – Canto al Libertador" 1955, darin das berühmte Gedicht „Credo"); sein 1922 u. 1932 konzipierter universell-polit. Roman „El Señor Presidente" konnte erst 1946 veröffentlicht werden.

Kolumbien: Eine Tradition regen literar. Lebens läßt sich bis in die Zeit des Barocks nachweisen. Die Romantik kündet José Joaquín *Ortiz* (*1814, †1892) an, J. A. *Silva* war bedeutender Lyriker dieser Epoche, in die auch der erste „moderne" Roman Kolumbiens, „Maria" 1867 von J. *Isaacs*, fällt. Zu den Expressionisten zählt J. E. *Rivera* („La Voragine" 1924). Gabriel *García Márquez* (*1928) schuf aus den beiden sich vom Realismus ableitenden lateinamerikan. literar. Richtungen Indigenismus – magischer Realismus u. der psycholog.-analyt. Richtung eine Synthese (Universalismus) in Form seines Romans „Cien años de soledad" 1967, dt. „Hundert Jahre Einsamkeit" 1970. Gegen Gewalt u. Diktatur wenden sich Jorge *Zalamea* (*1905) u. Eduardo *Caballero Calderón* (*1910).

Kuba: Die Romantik war vor allem von französ. u. span. Vorbildern beeinflußt. Zu den ersten bekannten Dichtern zählen Gertrudis *Gómez de Avellaneda* (*1814, †1873) u. der Lyriker J. M. *Heredia y Campuzano*. Am Übergang von Romantik u. Realismus stand Cirilo *Villaverde* (*1812, †1894). Den Kampf um die Freiheit machte der Prosaist u. Lyriker J. *Martí* zu seinem Anliegen, wie Julián del *Casal* (*1863, †1893) einer der Initiatoren des Modernismo. Europ. Vorbildern folgt das zum magischen Realismus zählende Werk A. *Carpentiers*. Die negroide hispanoamerikan. sozialkrit. Lyrik vertreten N. *Guillén* u. Adalberto *Ortiz* (*1914 Ecuador). Ein Porträt Kubas entwarf José *Lezama Lima* (*1912) mit dem Roman „Paradiso" 1966 (von E. Sábato beeinflußt). Im Anschluß daran schuf Guillermo *Cabrera Infante* (*1929) eine mythische Geschichte des Landes („Tres tristes tigres" 1967).

Mexiko: Im Barock traten S. *Juana Inés de la Cruz* u. der Dramatiker Juan Ruiz de *Alarcón y Mendoza* (*1581, †1639) hervor. Den ersten pikaresken u. engagierten Roman verfaßte J. J. *Fernández de Lizardi* („El Periquillo Sarniento" 1816). Romantiker war Fernándo *Calderón* (*1809, †1845). Im Realismus herrschte der Roman vor: I. M. *Altamirano* u. Rafael *Delgado* (*1853, †1914); J. *Peón y Contreras* pflegte Lyrik u. Drama. Der Naturalist Federico *Gamboa* (*1864, †1939) strebte mit seinem Roman „Santa" 1903 nach literar. Wahrheit (Sincerismo). Von R. Darío beeinflußte, modernistische Lyriker waren S. *Díaz Mirón*, M. *Gutiérrez Nájera*, A. *Nervo* (religiös-mythisch), E. *Gonzáles Martínez*, F. A. *de Icaza* u. der als Lyriker wegbereitende R. *Lopez Velarde*. Im 20. Jh. stehen soziale Probleme u. die Ereignisse u. Folgen der nationalen Revolution im Vordergrund. Ideellen Werten gaben M. *Azuela* in seinen histor.-polit. Romanen („Los de abajo" 1916), M. L. *Guzmán* u. G. *Lopez y Fuentes* Ausdruck; im Sinn des magischen Realismus schrieb Juan *Rulfo* (*1918), mit „Pedro Paramo" 1955 wurde er Wegbereiter des inneren Monologs. Gegen die Diktaturen lehnten sich José *Vasconcelos* (*1881, †1959) u. José *Revueltas* (*1914) auf. Der aufgeklärte Marxist Carlos *Fuentes* (*11. 11. 1929) vereint revolutionäres Weltbürgertum mit mexikan. Nationalität. Während im übrigen Lateinamerika in der Gegenwart die revolutionäre Literatur stark tonangebend ist, trat Mexiko in eine postrevolutionäre Phase. Einer der bedeutendsten Essayisten span. Sprache ist A. *Reyes*, Lyriker J. *Torres Bodet*, existentialist. Einflüsse zeigte der vielübersetzte Octavio *Paz* (*31. 3. 1914); intellektueller Erzähler ist Salvador *Elizondo* (*1932); die Rolle der Frau in der modernen Welt behandelt Ines *Arredondo* (*1934).

Peru: Eine der ersten bodenständigen Dichtungen ist das 1816 gedruckte Drama „Ollantria" eines unbekannten Verfassers. Eine geringere Rolle spielte die Romantik (Pedro *Paz Soldán y Unánue* (*1839, †1895). Der Begründer der histor. Legende war Narcisco *Aréstegui* (*1826, †1869). Von Inkachroniken inspiriert war R. *Palma* („Tradiciones peruanas"). Als Epiker u. lyr. Hymniker erlangte J. *Santos Chocano* Bedeutung, der auch maßgebend für den Criollismo wurde. Für die Rechte der Indianer traten Clorinda *Matto de Turner* (*1854, †1909) u. Enrique *Castillo* (*1876, †1936) ein; polit. u. sozialer Lyriker war M. *Gonzáles Prada*. Großen Anklang fanden die folklorist. Novellen des lange in Paris lebenden V. *García Calderón*. Modernistischer Lyriker u. Romancier war C. *Vallejo*, ebenfalls Lyriker war José María *Eguren* (*1882, †1942), der am Übergang vom Symbolismus zur neuen Lyrik steht. Den Indio als Erbe einer hohen Kultur u. als Opfer der Ausbeutung schilderte Ciro *Alegría Bazán* (*1909, †1967), bedeutsam für den neueren Roman. Dem indigenen Geist des Quéchua verbunden war José María *Arguedas* (*1911, †1969), der sich um eine neue Formgebung der Sprache bemühte; in der Tradition Perus stehend, schildert der sozialrevolutionäre Mario *Vargas Llosa* (*28. 3. 1936) die sozialen Gegebenheiten des Landes.

Uruguay: Naturalist. Erzähler war C. *Reyles*, Dramen mit lokaler Thematik schuf F. *Sánchez*. In der Prosa wurde J. E. *Rodó* zum Wegbereiter des ästhet. Modernismus; der Erzähler H. *Quiroga* zeigte sich, auf der Suche nach neuen Romanformen, von Argentinien beeinflußt. Bedeutende Lyriker: J. *Herrera y Reissig*, Enrique *Amorim* (*1900, †1960), Juan Carlos *Onetti* (*1909), V. *Pérez Petit* u. Juana de *Ibarbourou*, genannt „Juana de América".

Venezuela: Klassizist. Schilderer der Landschaft u. Übersetzer war A. *Bello*; Land u. Volksleben stand auch in der Romantik im Mittelpunkt (José Antonio *Maitin*, *1804, †1874). Seit Manuel Romero *Garcías* (*1865, †1917) Roman „Peonia" 1890 wurden die sozialen Verhältnisse zu einem Hauptanliegen. Dem Modernismo zuzurechnen ist der Erzähler u. Reiseschilderer M. *Díaz Rodríguez* u. der Schriftsteller u. Kritiker R. *Blanco-Fombona*. Zur Weltliteratur zählt das Werk des Expressionisten R. *Gallegos*. Gegen die Diktatur tritt Miguel *Otero Silva* (*1908) auf; Arturo *Uslar Pietri* (*1906) schilderte die Suche nach dem Eldorado („Las lanzas coloradas" 1931). Die Industrialisierung des Landes dokumentiert R. *Díaz Sánchez* in seinem Erdölroman „Mene". Strukturstudien seines Landes gibt Adriano *Gonzáles León* (*1931).

Auch in den übrigen lateinamerikan. Staaten verlief die Entwicklung ähnlich, wobei wechselseitige Einflüsse immer von großer Bedeutung waren. Eine der hervorragendsten Gestalten war der Nicaraguaner R. *Darío*, der als der bedeutendste iberoamerikan. Lyriker gilt. In seiner Nachfolge steht José Coronel *Urtecho* (*1906). Der Bolivianer Augusto *Céspedes* (*1904) schildert die Trostlosigkeit indian. Lebens. Eng verbunden mit der Guaraní-Kultur ist Augusto *Roa Bastos* (*1918) aus Paraguay, der mit dem Roman „Hijo de hombre" 1955 am Übergang zur jüngsten hispanoamerikan. Literatur steht; ins Exil mußte der Lyriker Elvio *Romero* (*1927) ebenso wie Juan *Bosch* (*1909) aus der Dominikanischen Republik. In Costa Rica schrieb, gegen den Einfluß Nordamerikas, Joaquín *Gutiérrez* (*1918) den Roman „Puerto Limon" 1950, für die moderne Lyrik sei Alfredo *Cardona Pena* (*1917) genannt. Mit der Tradition seines Landes Honduras verbunden war der Lyriker u. Novellist F. *Turcios*. In der Lyrik El Salvadors tritt Claudia *Lars* (*1899), in Panama Demetrio *Korsi* (*1899, †1957) hervor.

Die portugiesischsprachige Literatur:

Brasilien: Die Beziehungen zu Portugal u. eine starke Eigenständigkeit prägten früh das Wesen der brasilian. Literatur. Zentren bildeten sich im 18. Jh. in Bahia u. Rio de Janeiro: José de *Santa Rita Durão* (*1722, †1784), José *Basilio da Gama* (*1740, †1795) u. der Lyriker der Vorromantik T. A. *Gonzaga*. Die Schule von Mineira (Minas Gerais) wurde richtungweisend für die Romantik. Nach der Erreichung der Unabhängigkeit (1822), in einer Zeit polit. Übergangs schrieben, an europ. Vorbildern orientiert, D. *Gonçalves de Magalhães*, der Lyriker Manuel de *Aranjo Porto Alegre* (*1806, †1879) u. Luis José *Junqueira Freire* (*1832, †1855). Hauptvertreter der Romantik war der Lyriker A. Gonçalves *Dias*, patriot. Prosa schuf J. M. de *Alencar*, den Kampf gegen die Sklaverei machte A. de *Castro Alves* zu seinem Thema. Um 1875 begann der Einfluß der französ. Parnassiens u. der Realismus zu überwiegen. Gesellschaftsromane schrieb A. d'*Escragnolle Taunay*; den Regionalismus pflegte A. *Peixoto*, naturalist. Erzähler waren A. T. B. G. de *Azevedo* u. Julio César *Ribeiro* (*1845, †1890). Bedeutendste Erzähler der Jahrhundertwende mit Wirkung bis zur Gegenwart waren J. M. *Machado de Assis*, der Umweltschilderer H. M. da Fonseca *Coelho Neto* u. E. R. P. da *Cunha*. Mit symbolist. Negerlyrik trat J. da *Cruz e Sousa* hervor. Meister der portugies. Sprache u. Epiker des brasilian. Hinterlands war J. *Guimarães Rosa*, der in seinem Werk die brasilian. Lebenshaltung („Brasilidade") verkörpert. Das Leben der Menschen im NO des Landes schildert, mit kommunist. Tendenz, G. *Ramos*; sozialen Regionalismus zeigt auch Rachel de *Queiroz* (*1910); Interpret seines Landes ist Gilberto Freyre (*1900). Vorläufer des Modernismo wurden der soziale Erzähler J. P. de G. *Aranha* u. A. de *Oliveira*. Geraldo *Ferraz* (*1921) formte regionalist. u. modernist. Denken zur Synthese des Neuen Romans. Theoretiker u. Lyriker des Modernismo wurde M. R. de M. *Andrade*. Der Bahiatradition verbunden, schildert, um Toleranz bemüht, Adonias *Filho* (*1915) das negroide u. mulattische Milieu. Als Lyriker u. Literarhistoriker trat M. C. de Sousa *Bandeira* hervor. Übersetzer u. Romanautor (Amazonasroman) ist E. *Verissimo*, Erbe des Schelmenromans J. *Amado* mit seinen sozialkrit. Romanen. – 📖3.2.5.

iberoamerikanische Musik, *lateinamerikan. Musik*, die Musik Mittel- u. Südamerikas. Die Volksmusik Mittel- u. Südamerikas einschl. der vorgelagerten Inselwelt enthält je nach ihrer Geschichte mehr oder weniger noch immer indian., afrikan., span. oder portugies. Elemente. Dazu treten in der neueren Kunstmusik französ., dt., bes. aber italien. Einflüsse.

Argentinien: Das volkstüml. Instrumentarium enthält neben Umformungen europ. Instrumente noch einige Klangwerkzeuge indian. Ursprungs (z.B. die *Qenaflöte*). In das 18. Jh. fiel die Blüte der kreol. Tanz- u. Gesangsmusik, aber auch der Kirchenmusik unter span. Einfluß. Namhafte Komponisten waren bereits seit dem Anfang des 18. Jh. in Argentinien anzutreffen, so Domenico *Zipoli* (*1688, †1726). Eine eigentl. nationale Kompositionsschule gibt es aber erst seit dem 19. Jh. 1920 kam es zur Bildung eines „Grupo Renovación" mit Komponisten wie Juan José *Castro* (*1895, †1968), Juan Carlos *Paz* (*1897, †1972), Jacobo *Ficher* (*15. 1. 1896) u.a. Internationale Anerkennung fanden in den letzten Jahren die

Komponisten A. *Ginastera* u. M. *Kagel*. Ein reiches Musikleben charakterisiert das heutige Argentinien, insbes. Buenos Aires.
Bolivien: Hier finden sich erhebl. mehr indian. Elemente. Das volkstüml. Instrumentarium ähnelt dem in Peru u. im N Argentiniens; ähnl. Beziehungen fallen im volkstüml. Gesang u. Tanz auf. Bekannte Komponisten Boliviens der Neuzeit sind Antonio Gonzalez *Bravo* (* 1885, † 1967), Humberto Viscarra *Monje* (* 1898) u. M. J. *Benavente* (* 1. 1. 1901).
Brasiliens Musik enthält starke indian. Restbestände, die mit ausgeprägten afrikan. u. portugies. Elementen verschmolzen sind. Typisch afrikan. Instrumente sind große zylindr. Trommeln, verschiedene Schraper u. Rasseln, vor allem das *Marimba*. Afrikan. Musizierformen finden sich in kult. u. weltl. Gesängen u. Tänzen (Karneval von Rio). Im 18. Jh. blühte eine reiche Musikkultur im Gebiet Minas Gerais, die sich nicht nur auf die Klöster beschränkte, sondern sich auf weite europ. u. kreolische Kreise ausdehnte. Einige der bekannten Komponisten Brasiliens, die sich vor allem an die reiche Folklore anlehnen, sind Francisco *Braga* (* 1868, † 1945), H. *Villa-Lobos*, Francisco *Mignone* (* 3. 9. 1897) u. Mozart Camargo *Guarnieri* (* 1. 2. 1907).
Während sich ein geregeltes Musikleben in Chile gegen Ende des 19. Jh. entwickelte u. eigentl. erst im 20. Jh. zur Geltung kam, Kolumbien zwar schon seit dem Beginn des 18. Jh., dann im 19. u. 20. Jh. innerhalb der internationalen Musik vertreten ist (Santos *Cifuentes*, * 1870, † 1932; Guillermo Uribe *Holguín*, * 1880, † 1971; Emilio *Murillo*, * 1880, † 1942; Jesus Bermudez *Silva*, * 1884, † 1968), außerdem auf einer autochthonen, aus span. u. afrikan. Elementen zusammengesetzten Volksmusik aufbaut, sind die Ansätze zur Kunstmusik in Costa Rica, der Dominikan. Republik, in Panama, Puerto Rico u. Haiti (mit Tanz u. Instrumentarium des Wudukults) wie fast überall in den Antillen relativ spät zu datieren. Dafür ist das folklorist. Element um so stärker, insbes. auch der afrikan. Anteil, in Ecuador auch der kreolische. Von einer geregelten Kunstmusik in Honduras ist erst seit dem Ende des 19. u. dem Beginn des 20. Jh. die Rede (F. *Díaz Zelaya*, * 1898, † 1967). Die Volksmusik ist noch wenig erforscht.
Erstaunlich früh setzte eine profilierte kunstmusikal. Bewegung auf Kuba ein. Bereits im 18. Jh. wirkte Esteban *Salas* († 1803), u. für das 19. Jh. lassen sich zahlreiche bedeutende Namen anführen: Antonio *Raffelin* (* 1798, † 1882), Manuel *Saumell* (* 1817, † 1870), Nicolas Ruiz *Espadero* (* 1832, † 1890), Ignacio *Cervantes* (* 1847, † 1905). Von nichtkubanischen Komponisten sind Johann Friedrich *Edelmann* (* 1795, † 1849) u. H. de *Blanck* (* 1856, † 1932) wegen ihres Einflusses auf die folgende kuban. Generation, endlich José *Ardévol* (* 13. 3. 1911) wegen seiner Bedeutung für die Entwicklung der zeitgenöss. kuban. Musik (Amadeo *Roldán*, * 1900, † 1939; Harold *Gramatges*, * 26. 9. 1918) zu erwähnen. Wichtige Arbeiten über die kuban. Volksmusik legte F. *Ortiz* (* 1882, † 1965) vor. In dieser sind afrikan. Elemente bes. stark vorhanden, was Rhythmik, Melodik u. Instrumentarium betrifft. Bevorzugte Tänze, auch stark afrikan. beeinflußt, sind Conga, Tango conga, Rumba, Punto, Bolero u. Habanera.
Im gleichen Maß, wie sich in Mexiko die Kunstmusik zunächst nach span. Vorbild ausrichtete, enthält die Volksmusik stark folklorist. gefärbte Elemente der indian. Tradition. Die neuere Schule versucht, auf eben diesen volkstüml. Elementen aufzubauen u. einen charakterist. mexikan. Musikstil zu schaffen. Die ersten wichtigen Komponisten im 19. Jh. waren Melesso *Morales* (* 1838, † 1908), Felipe *Villanueva* (* 1862, † 1893) u. Aniceto *Ortegas* (* 1823, † 1875). Von ihren zahlreichen Nachfolgern sind besonders E. H. *Moncada* zu nennen, J. L. *Mariscal*, S. *Revueltas* u. vor allem C. *Chávez*, ferner Manuel Maria *Ponce* (* 1882, † 1948), R. *Halffter* u. die „Gruppe der Vier", Daniel *Ayala Perez* (* 21. 7. 1908), Blas *Galindo Dimas* (* 3. 2. 1910), Salvador *Contreras* (* 10. 11. 1912) u. Pablo *Moncayo* (* 1912, † 1958). Auch in Nicaragua (bedeutendster Komponist der Neuzeit: Luis A. *Delgadillo*, * 1887, † 1961) u. Paraguay (mit José Asunción *Flores*, * 1904, † 1972, u. Carlos Moreno *Gonzalez*, * 1912) herrscht der gleiche Gegensatz zwischen europ. Einfluß u. indian. Traditionen, der, früher stark betont, heute durch einen gezielten Verschmelzungsprozeß beseitigt u. in einen neuen nationalen Musikstil verwandelt werden soll (Verwendung indian. Motive z. B. in Werken von J. A. *Flores*). Sehr viel stärker ausgeprägt als in diesen Ländern ist das autochthone Element, das Erbe der Inkas, in Peru mit seinen traditionellen, auf präkolumbische Zeiten zurückgehenden Panflöten, Qenaflöten u. urtümlichen Trompeten. Die „Bettlerharfe" dürfte ein späterer europ. Import sein. Stark afrikan. geprägte Einflüsse sind in der Musik der Küstenstriche festzustellen. Die kunstmusikal. Entwicklung setzte mit José Bernardo *Alzedo* (* 1798, † 1875) im 19. Jh. ein. Ihm folgte eine ganze Reihe von bedeutenden Musikern (u. a. Federico *Gerdes*, * 1873, † 1953; Pablo Chavez *Aguilar*, * 5. 12. 1899; Carlos Sanchez *Málaga*, * 1904). Unter den auf altperuan. Motiven aufbauenden Meistern ist bes. Andrés *Sás* (* 1900, † 1967) zu nennen. Ihm steht geistig, wenn auch nicht stilistisch, im El Salvador Maria de *Baratta* (* 27. 2. 1894) nahe. Die Blüte der Musik in Uruguay setzte erst relativ spät im 19. Jh. ein (Eduardo *Fabini*, * 1883, † 1950; L. P. *Mondino*; C. *Estrada*; Hector Tosar *Errecart*, * 1923), im Gegensatz zu Venezuela, über dessen Musikleben bereits Berichte aus dem 16. Jh. vorliegen. Wichtige Komponistennamen sind hier Juan José *Landaeta* (* 1780, † 1814), Cayetano *Carreño* (* 1774, † 1834) sowie die der jüngeren Generation: Maria Luisa *Escobar* (* 5. 12. 1903) u. Moises *Moleiro* (* 1905). Altindian. Instrumente finden sich in der Volksmusik, z. B. tönerne Trompeten, afrikan. wie indian. Trommeln u. Reibmembranophone. – L 2.9.5.

Ibero-mauretanische Gruppe, *Grottenkultur*, die älteste jungsteinzeitl. Kultur auf der Pyrenäenhalbinsel u. in Nordafrika; Siedlungs- u. Bestattungsplätze in Höhlen, Pflanzenanbau u. Jagd, mit Muschelschaleneindrücken (Cardium-Verzierung) verzierte Keramik, Mikrolithen.

Ibert [i'bɛr], Jacques, französ. Komponist, * 15. 8. 1890 Paris, † 6. 2. 1962 Paris; u. a. Schüler von G. *Fauré*; schrieb Kammermusikwerke, Solokonzerte, Ballette u. Chorwerke. Von seinen Opern hatte der parodist. Einakter „Angélique" 1926 den größten Erfolg.

IBFG, Abk. für →Internationaler Bund Freier Gewerkschaften.

ibidem [lat.], Abk. *ib.*, *ibd.*, ebenda, am angeführten Ort (bei Zitaten).

Ibisch = Hibiscus.

Ibisse [ägypt., grch.], *Threskiornithidae*, Familie kleinerer *Schreitvögel* mit sichelförmig abwärts gebogenem Schnabel, die in 28 Arten in allen Erdteilen vorkommen u. sich von Insekten, Würmern u. Schnecken ernähren. Der *Heilige Ibis*, *Threskiornis aethiopica*, mit schwarzem Kopf u. Flügelspitzen, galt im alten Ägypten als heilig. Zu den I.n gehören ferner *Sichler*, *Löffelreiher* u. *Waldrapp*.

Ibiza [i'biθa], Hauptinsel der span. *Pityusen*, zur Inselgruppe der *Balearen* gehörig, 572 qkm, 50 000 Ew. Die Küsten sind steil; das Innere ist von Bergketten durchzogen, die im *Atalayasa* 475 m erreichen u. mit Gestrüpp, Kakteen, z. T. auch mit Kiefern überzogen sind. Flaches Schwemmland hat sich im S angelagert. Obst- u. Gemüsebau, Viehzucht, Fischfang u. Seesalzgewinnung; zunehmender Fremdenverkehr. Die altertüml. Hptst. *I.* (20 000 Ew.) liegt an der Südostküste, am Ende einer geräumigen Hafenbucht; befestigte Altstadt, Kathedrale, Archäolog. Museum; Flughafen; Ausfuhr von Fischen, Oliven, Feigen, Mandeln, Johannisbrot u. Salz.

IBM [engl. ai bi ɛm], Abk. für →International Business Machines Corporation.

IBMV, Abk. für den lat. Ordensnamen *Institutum Beatae Mariae Virginis*, →Englische Fräulein.

Ibn [arab., „Sohn"], häufiger Bestandteil arab. Personennamen; hebr. *Ben*; auch Bestandteil geograph. Namen.

Ibn al-Farid, Omar, arab. Dichter, * 12. 3. 1182 Cairo, † 1235 Cairo; sein Diwan ist die höchste Blüte der mystischen arab. Poesie; am bekanntesten wurde eine Weinode u. die „Große auf t reimende Ode", von J. Frhr. von Hammer-Purgstall 1854 ins Dt. übersetzt.

Ibn al-Khatib, arab. Schriftsteller u. Hofbeamter, * 16. 11. 1313 Loja (Spanien), † 1374 Fès (ermordet); der letzte große Dichter u. Historiker des maurischen Spaniens.

Ibn Battuta, arab. Weltreisender, * 24. 2. 1304 Tanger, † 1377 Fès; bereiste 1325–1349 Nord- u. Ostafrika, den Orient, Indien, die Sunda-Inseln, China, Turan u. Südrußland, 1352/53 das Nigergebiet (Timbuktu).

Ibn Chaldun, Abd ar-Rahman, arab. Geschichtsschreiber, * 27. 5. 1332 Tunis, † 17. 3. 1406 Cairo; verfaßte eine Weltgeschichte u. eine Geschichte der Berber. Seine Werke gehören zu den wichtigsten Quellen des Islams. Bereits im 19. Jh. fand er große Beachtung, hauptsächl. wegen der Einleitung zu seinem Geschichtswerk, die eine Theorie über Werden u. Vergehen der Staaten entwickelt u. bei der Betrachtung über die Entstehung von Städten u. die ihnen drohenden Gefahren soziolog. Ansätze zeigt.

Ibn Duraid, arab. Gelehrter, * 837 Basra, † 12. 8. 933 Bagdad; schrieb neben einem großen Wörterbuch u. lexikograph. Abhandlungen ein genealogisch-etymolog. Handbuch. Berühmt ist sein Lobgedicht „Maksura" auf den Statthalter von Fars.

Ibn Kutaiba, arab. Grammatiker u. Gelehrter, * 828 Kufa oder Bagdad, † um 885 Bagdad; trug das Wissen seiner Zeit in umfangreichen Werken zusammen.

Ibn Kuzman [-kuz-], arab.-andalus. fahrender Sänger u. Dichter, * um 1080, † 30. 12. 1160 Córdoba; Hauptvertreter einer volkstüml. Art des *zadschal* („Melodie") genannten Strophengedichts, das vielleicht einen Einfluß auf die Troubadour-Poesie ausgeübt hat.

Ibn Roschd = Averroës.

Ibn Saud, *Ibn Sa'ud*, arab. Dynastie im Nadjd: **1.** *Mohammed ibn Saud*, * 1735, † 1766 (?); zur älteren Linie gehörig; nahm den Begründer der →Wahhabiten bei sich auf u. begründete das Wahhabitenreich.

2. *I. S. Abd ül-Aziz III.*, König von Saudi-Arabien 1927(1932)–1953, * 24. 11. 1880 Riad, † 9. 11. 1953 Ta'if; zur jüngeren Linie gehörig. Von Kuwait aus, wohin die Familie vertrieben worden war, eroberte er 1902 Riad zurück u. baute den Wahhabitenstaat im Nadjd neu auf, indem er die Wahhabitenbewegung durch Gründung einer weltlich-religiösen Bruderschaft *(Ichwan)* neu belebte. Den Zusammenbruch des Osman.-türk. Reichs im 1. Weltkrieg nutzend, bemächtigte er sich 1921 Ha'ils, 1924 Mekkas, 1925 Medinas u. 1926 Djiddas. (Das sind die Gebiete, die zu dem 1916 gebildeten haschimitischen Königreich Hedjas gehörten.) 1926 stellte sich Asir im südl. Hedjas unter seinen Schutz. I. S. nannte sich nun König des Nadjd u. Hedjas (seit 1932 Saudi-Arabisches Königreich). Die 1933 beginnende Erschließung der reichen Erdölvorkommen des Landes durch US-amerikan. Gesellschaften (seit 1944 Arabian American Oil Company) machte I. S. zum reichsten Herrscher des Vorderen Orients. Im 2. Weltkrieg verstand er es, neutral zu bleiben.

3. Sohn von 2), →Saud.

Ibn Sina = Avicenna.

Ibn Tofail = Abubacer.

Ibo, westafrikan. Volk (6,4 Mill.) der Ostregion Nigerias, weitgehend christianisiert; ursprüngl. Waldbauern auf altnigritischer Grundlage mit altmediterranen u. neusudanischen Einflüssen. Sie sind sehr erfolgreich als Händler, Lehrer u. Verwaltungsangestellte (Post, Eisenbahn u. a.). Ihre Dorfgemeinschaften zeigen eine stark demokrat. Verfassung. Verwandt sind die benachbarten *Ibibio* u. *Idio (Ijaw)*.
Die I. sind das vorherrschende Volk in Ostnigeria. Aufgrund der Feindschaft zwischen den I. u. den rivalisierenden Völkern der Haussa u. Yoruba (in Nord- u. Westnigeria beheimatet) kam es 1967–1970 zum Bürgerkrieg in Nigeria u. zur Sezession von →Biafra. →auch Nigeria (Geschichte).

Ibo, Fluß in Westafrika, →Sassandra.

Ibrahim, *Djabal I.*, Bergipfel südöstl. von Mekka, in Saudi-Arabien, 2500 m.

Ibrahim, arab. für →Abraham.

Ibrahim Pascha, Vizekönig von Ägypten Juni–Nov. 1848, * 1789 Kawala, Makedonien, † 10. 11. 1848 Cairo; Stiefsohn *Mohammed Alis*; führte das ägypt. Heer 1816–1819 gegen die Wahhabiten, besiegte 1824–1827 die gegen die türk. Herrschaft aufständischen Griechen u. gewann 1831–1833 Syrien, mußte sich aber nach engl. Intervention wieder zurückziehen.

IBRD, Abk. für engl. *International Bank for Reconstruction and Development*, →Weltbank.

Ibsen, Henrik, norweg. Dramatiker, * 20. 3. 1828 Skien, † 23. 5. 1906 Kristiania (Oslo); Medizinstudium, Theaterleiter in Bergen, Auslandsreisen; der meistgespielte Dramatiker (Ideendramen u. gesellschaftskrit. Werke) seiner Zeit, der im Kampf gegen die Lebenslüge eine neue Gesellschaft schaffen wollte: „Kronprätendenten" 1863, dt.

Henrik Ibsen: „Gespenster", Lithographie von E. Munch (1906)

1872; „Brand" 1866, dt. 1872; „Peer Gynt" 1867, dt. 1881; „Kaiser u. Galiläer" 1873, dt. 1888; „Stützen der Gesellschaft" 1876, dt. 1878; „Nora oder Ein Puppenheim" 1879, dt. 1880; „Gespenster" 1881, dt. 1884; „Ein Volksfeind" 1882, dt. 1883; „Die Wildente" 1884, dt. 1888; „Rosmersholm" 1886, dt. 1887; „Die Frau vom Meer" 1888, dt. 1889; „Hedda Gabler" 1890, dt. 1891; „Baumeister Solness" 1892, dt. 1893; „John Gabriel Borkmann" 1896, dt. 1897; „Wenn wir Toten erwachen" 1899, dt. 1900. – ▯3.1.2.

Iburg, *Bad I.*, niedersächs. Stadt, Kneippkurort am Rand des Teutoburger Waldes (Ldkrs. Osnabrück), 8600 Ew. Die 1080 erbaute bischöfl. Burg (mit Benediktinerkloster) wurde um 1600 zum Residenzschloß der Bischöfe von Osnabrück umgewandelt, 1673 wurde die Residenz nach Osnabrück verlegt.

Ibuse *Masudschi*, japan. Schriftsteller, *15. 2. 1898 Hiroschima; schrieb Romane u. Novellen („Sanwa auf dem Dache" 1929, dt. 1948) voll Pathos u. Humor u. mit scharfer Beobachtungsgabe; mit vielen Literaturpreisen ausgezeichnet.

Ibykos, fahrender griech. Sänger, lebte im 6. Jh. v. Chr. bes. in Süditalien, auf Sizilien u. Samos (bei *Polykrates*); dichtete Chorlieder, in denen er oft die Schönheit von Jünglingen besang. Die Geschichte von der Aufdeckung seiner Ermordung durch Kraniche (behandelt in *Schillers* Ballade „Die Kraniche des Ibykus" 1797) stammt aus hellenist. Zeit.

Ica, *San Gerónimo de I.* [-xe'ronimo de 'ika], Hptst. des zentralperuan. Küsten-Dep. Ica (21251 qkm, 349 800 Ew.), am *Rio de Ica*, 59 000 Ew.; Nationaluniversität (gegr. 1961); Textilindustrie, Baumwoll- u. Weinhandel; 1563 gegr.

Içá [i'sa], Unterlauf des linken Amazonaszuflusses *Putumayo* in Nordwestbrasilien.

ICA, 1. Abk. für engl. *International Cooperation Administration*, Behörde zur Verwaltung der Mittel der US-amerikan. Auslandshilfe; Sitz: Washington; 1961 mit dem *Development Loan Fund (DLF)* zusammengelegt zur →AID.
2. Abk. für engl. *International Cooperative Alliance*, den 1895 gegr. *Internationalen Genossenschaftsbund*, London.

ICAO, Abk. für engl. *International Civil Aviation Organization,* Internationale Zivilluftfahrt-Organisation des Wirtschafts- u. Sozialrats der UN; gegr. 1944; Sitz: Montreal; fördert durch Empfehlungen u. Normen die verkehrsmäßig u. technische Entwicklung des internationalen Luftverkehrs sowie des Sicherungs- u. Fernmeldewesens.

Icarus, *Ikaros* →*Daidalos.*

Ica-Stil, Kunststil der Südküste Perus *(Chinchareich)* zu Beginn des 15. Jh., mit geometr., dekorativen Ornamenten auf Keramik u. Textilien.

Icaza [-θa], **1.** *Francisco Asís de,* mexikan. Lyriker, *2. 2. 1863 Ciudad de México, †27. 5. 1925 Madrid; Vertreter des *Modernismo*, schrieb auch Essays.
2. *Jorge*, ecuadorian. Erzähler, *10. 7. 1902 Quito; begann als Dramatiker in Anlehnung an L. *Pirandello*; Vertreter des *Indianismus*, Neorealist u. Sozialist. Bekannt wurde sein Roman „Huasipungo", 1934, dt. 1952.

ICBM, Abk. für engl. *intercontinental ballistic missile* [„interkontinentaler ballistischer Flugkörper"], wichtigste Waffenart im Rüstungswettlauf der 1960er Jahre. 1945 gab es als einzige ballist. Großrakete die deutsche *V 2* mit einer Reichweite von 350 km. 1945/46 gaben die USA u. die UdSSR neue Projektile in Auftrag. 1957 führten die Flugerprobungen der interkontinentalen Fernraketen (Reichweite 8000 km, später bis zu 12 000 km) zum Kopf-an-Kopf-Rennen. 1959 übernahmen die Luftwaffen der Supermächte operationelle ballistische Interkontinental-Raketen mit nuklearen Gefechtsköpfen. Damit begann die beiderseitige, unmittelbare Bedrohung der USA u. der UdSSR. Nach dreijährigen Verhandlungen (→SALT) schlossen die beiden Staaten am 28. 5. 1972 in Moskau ein Abkommen über eine Begrenzung der neuen strategischen Waffensysteme.

ICC, Abk. für engl. *International Chamber of Commerce,* →Internationale Handelskammer.

Içel ['itʃɛl], türk. Provinz an der Südküste Anatoliens, 15 853 qkm, 600 000 Ew. Hptst. ist der Hafen *Mersin.* I., das „felsige Kilikien" der Antike, nimmt die Südabdachung des mittleren Taurus ein.

ICEM, Abk. für engl. *Intergovernmental Committee for European Migration,* zwischenstaatl. Ausschuß für europ. Auswanderung, gegr. 1952; organisiert u. fördert die Auswanderung von Europäern nach Übersee; Sitz: Genf.

Ich [das], lat. *ego*, Gegenstand (Objekt) u. Träger (Subjekt) des *Selbstbewußtseins.* Die *I.reflexion* zeigt, daß das I. als Gegenstand einer stufenweisen Reduktion unterzogen werden kann: vom leibseelischen individuellen I. bis zum bloßen Beziehungspunkt „meiner" Bewußtseinsinhalte *(I.progreß).* Sie zeigt ferner, daß das I. an ihrem Gegenstand ist, indem es zugleich das diesen Gegenstand habende Subjekt u. die Einheit beider ist *(I.dialektik),* u. daß über diese „Subjektivität" hinaus das

I. nicht als (I.-)*Substanz*, als *Seele* oder dergleichen, zu verstehen ist (→auch Aktualitätstheorie). *I.sucht* (Egoismus, Egozentrizität) bedeutet die Verengung der Interessen u. Handlungen auf ein *individuelles I.* im Gegensatz zum bzw. auf Kosten des *sozialen I.*
Eine bes. Konzeption des I. ist in der *Psychoanalyse* gegeben. Das I. bedeutet hier ein Funktionssystem, in dem bewußte u. unbewußte Regungen zusammenlaufen. Es steht zwischen dem *Es* u. dem *Über-Ich.*

I-ching, I-king [i:ʃdjiŋ; chin., „Buch der Wandlungen"], nach 64 Hexagrammen gegliedertes chines. Handbuch der Wahrsagekunst u. der Lebensweisheit; entstanden aus alten Orakeltexten u. volkstüml. Merksprüchen, später nach konfuzian. Moraltheorie interpretiert; dt. von R. Wilhelm 1924. – ▯3.4.3.

Ichneumons [grch.]. **1.** *i. e. S.:* verschiedene Gattungen von *Schleichkatzen.* Von Spanien bis Nordafrika u. Kleinasien kommt das *Heilige Ichneumon (Pharaonenratte), Herpestes Ichneumon,* vor; es ist olivgrün, 65 cm lang, mit 45 cm langem Schwanz; es frißt Schlangen u. Kleintiere. Südl. der Sahara lebt das *Sumpfichneumon, Atilax,* dessen Rücken dunkle Querbänder zeigt; es lebt von Fischen u. Blättern. Im gleichen Gebiet u. in Südarabien lebt das *Weißschwanz-Ichneumon, Ichneumia,* mit weißem Schwanz, silberschwarzem Leib u. hohen Beinen; es ruht in Erdhöhlen u. frißt Kleintiere. →auch Mungos.
2. *i. w. S.: Herpestinae,* Unterfamilie der *Schleichkatzen;* mit dackelähnl. Körper, rundl. Ohren u. langem spitzem Schwanz u. spitzer Schnauze. Sie jagen in Familienverbänden. Hierher gehören die *Ichneumons* (i. e. S.), die *Mungos,* die *Mangusten,* die *Kusimansen,* die *Erdmännchen* u. der *Maushund.*

Ichnologie [grch. *ichnos,* „Spur"], die Wissenschaft von den Lebensspuren (Spuren, Fährten, Bauten von Lebewesen); Teilgebiet der Paläontologie, wenn es sich um fossile Lebensspuren handelt *(Palichnologie),* Teilgebiet der Zoologie bei rezenten Lebensspuren *(Neoichnologie).*

Ichor [der; grch., „Blut"], „Gesteinssaft", aus Mineralien bei der Metamorphose von Gesteinen frei gewordenes Wasser, das bei hohem Druck u. hoher Temperatur Silicate gelöst hat. Diese auf kleinsten Bahnen im Gestein zirkulierenden Lösungen können Gesteine vollkommen umkristallisieren, wodurch z. B. auch Granit entstehen kann *(Granitisation).*

ICHPER, Abk. für engl. *International Council on Health, Physical Education and Recreation,* →Weltkongreß für Gesundheit, Leibeserziehung und Erholung.

Ich-Roman, ein Roman, in dem der Erzähler die Hauptfigur ist u. die Ereignisse als selbsterlebt darstellt. Im Gegensatz zur wahrheitsgetreuen *Autobiographie* ist der I. dichterisch frei gestaltet. Im I. kann – anders als in der objektiven Erzählung – alles nur aus der beschränkten Perspektive des Erzähler-Helden geschildert werden. Beliebte Formen sind die Tagebuch- u. Briefform. Bekannte I.e sind H. J. Ch. *Grimmelshausens* „Simplicissimus", A. *Stifters* „Nachsommer" u. *Goethes* „Werther"; Mischformen zwischen I. u. echter Autobiographie sind *Goethes* „Dichtung u. Wahrheit" u. G. *Kellers* „Grüner Heinrich".

Ichschididen, *Ihšīdiden,* islamische Dynastie 935–969 in Ägypten u. zeitweilig in Syrien u. Palästina, iranischer Herkunft; von den *Fatimiden* abgelöst.

Ichthyol [das; grch.], aus Seefelder Schiefer (*I.schiefer*), der fossile Fischreste enthält, durch Destillation gewonnenes, Schwefel- u. Teerverbindungen enthaltendes Öl, das zur Behandlung entzündlicher Erkrankungen von Haut, Muskeln, Sehnen u. Knochen dient.

Ichthyologie [grch. *ichthys,* „Fisch"], die Wissenschaft von den Fischen.

Ichthyophthirius [grch.], *I. multifilliis,* ein *Wimpertierchen,* das die ebenfalls I. genannte Fischkrankheit, bes. von Zierfischen, hervorruft. Der I. bildet auf der Haut der Fische weiße Knötchen, reift dort heran, fällt zu Boden u. bildet bis zu 1000 neue Schwarmzellen aus, die sich wieder an Fischen anheften. Stets ist bei I-Befall eine längere Behandlung von Tier u. Gerät mit Trypaflavin oder anderen Handelspräparaten notwendig, um ein Aussterben der Fische zu verhindern.

Ichthyosaurier [grch.], *Fischsaurier,* ausgestorbene marine, äußerlich den Delphinen ähnliche *Reptilien,* bis 15 m lang; Verbreitung: Untertrias

Ichthyosis

bis Oberkreide; berühmte Funde im Lias von Holzmaden (Württemberg) mit erhaltenem Hautumriß.

Ichthyosis [die; grch.] = Fischschuppenkrankheit.

Ichthyostega [grch.], ausgestorbene Übergangsform zwischen den *Quastenflossern, Crossopterygia,* u. den *Amphibien;* vierfüßiger Landbewohner (→*Labyrinthodontia*), aber noch mit Fischschwanz; aus dem Oberdevon von Grönland.

Ichthys [der; grch., „Fisch"] →Fischsymbol.

ICI, Abk. für →*Imperial Chemical Industries Ltd.*

ICJ, Abk. für engl. *International Court of Justice,* →Internationaler Gerichtshof.

ICSPE, Abk. für engl. *International Council of Sport and Physical Education,* der →Weltrat für Sport und Leibeserziehung.

ICSU, Abk. für →International Council of Scientific Unions.

ICW, Abk. für *International Council of Women;* →Internationaler Frauenrat.

Id., Abk. für den USA-Staat →Idaho.

Ida [der], **1.** neugriech. *Ídhi Óros,* höchstes Gebirge der griech. Insel Kreta, verkarstet, 2458 m; mehrere Höhlen, darunter die *Idäische Grotte.* Nach der griech. Sage wurde hier Zeus von Nymphen aufgezogen.
2. antiker Name des kleinasiat. Gebirgszugs *Kaz Dăg,* 1767 m, südöstl. von Troja; Kultstätten des *Zeus* u. der *Kybele.* Von hier aus sahen die Götter (bei Homer) dem Kampf um Troja zu.

Ida (vermutl. zu ahd. *itis,* „göttliche Frau, Seherin"), weibl. Vorname.

IDA, Abk. für engl. *International Development Association,* →Internationale Entwicklungsorganisation.

Idaho ['aidəhou], Abk. *Id.,* Gebirgsstaat im NW der USA, 216 412 qkm, 825 000 Ew. (1,3% Nichtweiße), Hptst. *Boise;* landschaftl. gegliedert in einen gebirgigen Nordteil (nördl. *Rocky Mountains*), die bogenförmig verlaufenden zentralen *Snake River Plains,* Ausläufer des *Great Basin* im S u. einen kleinen Anteil an der *Wasatch Range* im SO; Viehzucht u. Anbau von Kartoffeln, Erbsen, Bohnen, Zuckerrüben u. Weizen auf bewässerten Feldern; Holzindustrie (40% der Staatsfläche sind bewaldet); Bergbau auf Silber-, Blei- u. Zinkerze, reiche Phosphat- u. Kobaltlager. – I. wurde 1890 als 43. Staat in die USA aufgenommen.

Idar-Oberstein, Stadt in Rheinland-Pfalz (Ldkrs. Birkenfeld), an der Nahe, 38 500 Ew.; zwei Burgruinen (Altes u. Neues Schloß), Felsenkirche (1484); weltbekannte Edelsteinschleifereien (ursprüngl. auf Achatgewinnung, seit dem 19. Jh. Bearbeitung von ausländ. u. synthet. Steinen), Schmuck- u. Lederwarenindustrie, Zentrum des europ. Edelsteinhandels (Börse). – 1933 aus *Idar* u. *Oberstein* entstanden.

Ideal [das; lat.], **1.** *Mathematik:* ein Strukturbegriff: Eine Teilmenge T eines →*Ringes* heißt I., wenn mit den Elementen a u. b auch deren Differenz $a-b$ zu T gehört u. wenn das Produkt eines Elements aus T mit einem beliebigen Ringelement wieder Element von T ist. In dem Ring der ganzen Zahlen (…, −3, −2, −1, 0, +1, +2 …) bilden die (ganzzahligen) Vielfachen eines Elements, etwa von 7 ein I. (… −21; −14; −7; 0; +7; +14; +21; …). Die Differenz zweier solcher Elemente gehört wieder dem I. an (Unterring).
2. *Philosophie:* Hochziel, Musterbild, Inbegriff eines völlig normentsprechenden (logischen, ethischen, ästhetischen u. a.) Verhaltens, das in der Wirklichkeit nicht auftritt, aber doch als zu verwirklichendes vorgestellt wird. →auch Idealtypen.

ideales Gas, ein Gas mit idealisierten Eigenschaften; im allg. ein Gas, dessen Dichte nicht zu groß und dessen Temperatur so hoch ist, daß sich seine Moleküle praktisch wie kugelförmige Teilchen bewegen, die elastisch zusammenstoßen können, sonst aber keine Kräfte aufeinander ausüben. Für ein i.G. gilt die einfache Zustandsgleichung: Druck mal Volumen dividiert durch Temperatur ist konstant. – *Reale Gase* verhalten sich wie ein i.G., wenn ihr Zustand weit ab vom kritischen Punkt liegt (→kritische Zustandsgrößen).

Idealismus, 1. [zu *Ideal*], ein nicht von materiellen Interessen, sondern von *Idealen* bestimmtes Verhalten.
2. [zu *Idee*], Inbegriff aller (auf *Platon* zurückgehenden) Ideen-Lehren. – *Erkenntnistheoretischer I.:* die Auffassung, daß Erkennen nicht Abbilden oder bloßes Aneignen von Gegebenem, sondern ein gestaltender, sinngebender Prozeß sei. – *Transzendentaler I.:* die Lehre I. *Kants,* daß aus

Ichthyosaurus: Muttertier mit einem Jungen und mehreren Embryonen im Leib. Holzmaden, Museum Hauff

der Idealität (Subjektivität) von Raum u. Zeit als den Formen der sinnl. Anschauung die Beschränktheit unserer Erkenntnis auf Erscheinungen folge (*Kritizismus*).
Der durch Kant ermöglichte eigentl., *metaphysische I.,* der auch als *(klassischer) Dt. I.* bezeichnet wird, nahm an, daß das der Erscheinung zugrunde liegende „Wesen" eine geistige Wirklichkeit sei, und zwar bei J. G. *Fichte* als *subjektiver I.,* eine überindividuelle Subjektivität, bei F. W. von *Schelling* als *objektiver I. (Idealrealismus)* eine nach Gesetzen der Intelligenz schaffende Natur, bei G. W. F. *Hegel* als *absoluter I.* das „Absolute". Diese Formen gehen mehr auf den Neuplatonismus (*Plotin*) als auf Platon selbst zurück.
Davon unterscheidet man den *Spät-I.* (Ch. H. *Weiße,* H. *Lotze,* G. Th. *Fechner*), der gegenüber der Philosophie des Absoluten stärker die Persönlichkeit Gottes, die Irrationalität des Wirklichen betonte, u. den *Neu-I.,* der um die Jahrhundertwende die Thematik des klass. I. unter anderen Voraussetzungen wieder aufnahm *(Neufichteanismus, Neuhegelianismus).* – ⌷ 1.4.8.

Idealkonkurrenz, im Strafrecht die Verletzung mehrerer Gesetzesbestimmungen oder die mehrfache Verletzung derselben Gesetzesbestimmung durch eine u. dieselbe Handlung, z. B. Körperverletzung u. Sachbeschädigung (der Kleidung) durch einen Messerstich oder Verletzung mehrerer Personen durch einen Schuß. Es wird nur eine Strafe festgesetzt, u. zwar aus der schwersten Strafdrohung *(Absorptionsprinzip);* jedoch können Nebenstrafen u. -folgen aus den anderen Gesetzen entnommen werden (§ 52 StGB). – Gegensatz: →Realkonkurrenz. – Ähnl. in Österreich (§ 28 StGB). – Die Schweiz kennt den Unterschied von I. u. Realkonkurrenz nicht; dort besteht in beiden Fällen folgende Regelung: Der Täter ist zur Strafe der schwersten Tat zu verurteilen, die angemessen, aber nicht über das Anderthalbfache des dafür angedrohten Höchstmaßes hinaus zu erhöhen ist (Art. 68 StGB).

Idealtypen, Soziologie: zur Erkenntnis u. Beschreibung sozialer Zusammenhänge konstruierte Modellvorstellungen; I. heben aus der Fülle des Tatsächlichen einige Faktoren, die als grundlegend erscheinen, heraus u. lassen weniger wichtige Merkmale außer acht. Die I. kommen in der Wirklichkeit nicht vor, die Wirklichkeit kommt ihnen nur mehr oder weniger nahe. Mit dem bes. von Max *Weber* geschaffenen Erkenntnismittel der I. soll ea möglich sein, das Typische, Wiederkehrende, die Regeln u. Gesetzmäßigkeiten des sozialen Lebens zu erfassen u. systematisch zu beschreiben. Die idealtypische Begriffsbildung ist heute ein unerläßliches Erkenntnis- u. Ausdrucksmittel der Soziologie neben anderen.

Idealvedute →Vedute.

Idealverein, ein Verein, dessen Zweck nicht auf einen wirtschaftl. Geschäftsbetrieb gerichtet ist; Gegensatz: *wirtschaftlicher Verein.*

Idee [grch., „Gestalt, Bild"], bei *Platon* das „überirdische" „Urbild", das Eigentliche, Wesenhafte, allein wahrhaft, ewig u. unveränderlich Seiende, das aller (nur schattenhaften) sinnl. Erscheinung zugrunde liegt (→Höhlengleichnis); im *Neuplato-*

nismus Inhalt des obersten Weltprinzips *(Nus),* während der *Aristotelismus* die I.n als Formsubstanzen „in den Dingen" erklärte u. die Annahme von jenseitigen I.n für überflüssig hielt. In die christl. Philosophie gingen sowohl platon.-neuplaton. (Realismus; I.n als „Gedanken Gottes") wie aristotel. Vorstellungen ein (→Universalienstreit). Schon in der *Stoa* dagegen faßte man die I. als subjektive Allgemeinvorstellung auf. Auch diese Bedeutung ging, vermittelt durch den mittelalterl. *Nominalismus,* in die neuere Philosophie über: als „Vorstellung" bei R. *Descartes,* G. W. *Leibniz,* J. *Locke* u. a. Doch erhielt sich im Begriff der *angeborenen I.* ein Rest Platonismus; er wurde im *Empirismus* (*Locke,* D. *Hume*) bekämpft. Bei I. *Kant* sind die I.n notwendige Vernunftbegriffe, für die es keinen Gegenstand in den Sinnen gibt (z. B. Seele, Freiheit, Gott), die sich also nicht erkennen, wohl aber für den prakt. Vernunftgebrauch gültig postulieren lassen. Diese halbe Rückwendung zu Platon wurde im spekulativen dt. Idealismus zu einer ganzen (F. W. von *Schelling,* G. W. F. *Hegel*). Die höchste I. war für Platon die des Guten; sie fällt mit der des Wahren u. Schönen zusammen. Daraus leitet sich der *ästhetische Idealismus* (→Ästhetik) ab, der das Lebensgefühl der dt. Klassik bestimmte.

Ideendrama, *i. e. S.* ein Drama, das in seiner Handlungsführung eine *Idee* herausarbeitet, wobei unter „Idee" (in einem abgewandelten platon. Sinn) ein histor. wirksames Prinzip zu verstehen ist (z. B. die „Idee" der menschl. Freiheit als geschichteschaffende Kraft im Widerstreit mit der histor. Notwendigkeit [Nemesis] in Schillers „Wallenstein"). Um diese (sinnlich nicht greifbare) Idee nicht zu verdecken, sondern möglichst deutlich hervortreten zu lassen, muß das I. weitgehend auf alle Einzelheiten der Gestaltung, bes. auf die realist. Ausmalung der Figuren, verzichten. Es arbeitet daher vornehmlich mit Idealtypen u. archetyp. Situationen. – *I. w. S.* versteht man unter I. ein Drama, das eine Idee (im Sinn von „Weltanschauung") herausstellt. Wird diese künstler. dargestellte Weltanschauung zu einer speziellen Aussage verengt, so entsteht das *Problem-* oder *Tendenzdrama.* – Bekannte Ideendramen i. e. S. sind die Tragödien *Schillers* u. F. *Hebbels,* i. w. S. die Dramen G. E. *Lessings* u. J.-P. *Sartres.*

Ideengeschichte, ein Zweig der Geschichtswissenschaft, der die geschichtl. wirksamen Ideen erforscht u. darstellt. Die I. versteht sich vielfach im Gegensatz zu einer Geschichtsschreibung, die sich nur mit den polit., wirtschaftl. u. sozialen Zuständen beschäftigt. Sie richtet ihr Augenmerk entweder auf die persönl. geistigen Schöpfungen (philosoph. Systeme, Dichtungen, u. ä.) oder auf geistige Bewegungen des öffentl. Lebens. Sie ist als Zweig der Geschichtswissenschaft vorwiegend von W. *Dilthey* u. seiner Schule entwickelt worden; auch die Geschichtsschreibung F. *Meineckes* ist ideengeschichtl. orientiert (z. B. „Die Idee der Staatsräson" 1924; „Weltbürgertum u. Nationalstaat" 1908). Die I. ist heute weitgehend zurückgedrängt. Sie setzt sich (i. w. S.) in der angelsächsischen *intellectual history* fort. →auch Geistesgeschichte. – ⌷ 5.0.0.

Ideenschrift →Bilderschrift.
Idehan [arab.-berber.], Bestandteil geograph. Namen: Dünenwüste.
Iden [Mz.; lat. *idus*], im altröm. Kalender Bez. für die Monatsmitte. Im März, Mai, Juli u. Oktober fallen die I. auf den 15. Tag, in allen übrigen Monaten auf den 13. Bes. bekannt sind die *Iden des März* 44 v.Chr.: Tag der Ermordung *Cäsars*.
Identifikation, *Identifizierung* [lat.], **1.** *allg.:* Gleichsetzung; die Feststellung, daß etwas identisch ist.
2. *biolog. Systematik:* Determination, Bestimmung, die Feststellung der Artzugehörigkeit eines Organismus.
3. *Gerichtswesen:* der Nachweis der →Identität einer Person oder Sache.
4. *Psychologie:* der im wesentlichen unbewußte Vorgang der seelischen Bindung an einen anderen Menschen durch das Sich-in-ihn-Hineinversetzen, das Sich-mit-ihm-eins-Fühlen, das Ihn-Nachahmen; aber auch das Ausfüllen einer Rolle (z.B. Vaterrolle); in der Tiefenpsychologie ein *Abwehrmechanismus*.
identisch [lat.], **1.** *allg.:* ein u. dasselbe seiend oder bedeutend.
2. *Mathematik:* 1. soviel wie kongruent (geometr.) oder form- u. wertgleich; 2. →Identität (2).
identische Reduplikation, die Fähigkeit der →Nucleinsäuren, ein ihnen gleichgebautes Molekül zu bilden. Hierbei trennen sich die Fäden der Doppelhelix, u. jeder Strang dient als Matrize, an die sich die komplementären Bausteine anlagern. Nach der Reduplikation besteht jeder Doppelstrang zur Hälfte aus altem u. zur Hälfte aus neuem Material. – ▣ →Genetik.
Identität [lat.], **1.** *allg.:* völlige Gleichheit, das Sich-gleich-Bleiben im Wechsel.
2. *Mathematik:* eine Gleichheitsbeziehung (Symbol: ≡; gelesen: identisch gleich) zwischen zwei algebraischen Ausdrücken, die für alle Substitutionen der Variablen erhalten bleibt, z.B. $(x+y)^2 \equiv x^2+2xy+y^2$; meist wird ≡ durch = ausgedrückt.
3. *Philosophie:* Selbigkeit, Einerleiheit; in der Logik die Konstanz des Bedeutungsgehalts eines Begriffs; die Forderung, einen im Denken gesetzten Gegenstand nicht zugleich u. in derselben Hinsicht als einen anderen zu setzen. Der durch A = A ausgedrückte *I.ssatz* ist eine Umwandlung des Satzes vom Widerspruch u. wird zumeist aus diesem abgeleitet. *Real-I.* bedeutet, daß es in der Wirklichkeit keine unmöglichen Gegenstände gibt bzw. daß das *I.sprinzip* auf die Wirklichkeit anwendbar ist.
Identitätsphilosophie, zuerst bei F. W. von *Schelling* Bez. für die von der Identität oder *Indifferenz* des Realen u. Idealen *(Realidealismus)*, d.h. der Natur u. des Geistes, ausgehende Philosophie des Absoluten; allg. jede Lehre, die die metaphys. Identität gegensätzl. Begriffe, z.B. Denken u. Sein, Subjekt u. Objekt, Seele u. Körper, Materie u. Geist, behauptet.
ideo... [grch.], Wortbestandteil mit der Bedeutung „Begriff, Idee"; nicht zu verwechseln mit *idio...*
Ideogramm [das; grch.], die kleinste Einheit der Begriffsschrift; ein Zeichen, um die Bedeutung einer „Idee" (Begriff, Vorstellung) eindeutig festzulegen.
Ideographie, *Ideographik*, Ideenschrift; →Bilderschrift.
Ideologie [grch., frz.], ursprüngl. die Lehre von den *Ideen*, so von A. L. C. Graf *Destutt de Tracy* („Éléments d'Idéologie" 1801 ff.) geprägt. Die heutige Bedeutung des Wortes soll durch *Napoléon I.* bestimmt worden sein, als er von der Philosophengruppe (Pierre Jean George *Cabanis*, *1757, †1808; E. B. de *Condillac*; Pierre Paul *Royer-Collard*, *1763, †1845, u.a.) meinte, sie seien „nur" Ideologen. In dieser Bedeutung hängt der Begriff mit dem der *Weltanschauung* auf der einen, dem der *Utopie* auf der anderen Seite zusammen. Heute sind bes. zwei, auf *Marx* zurückgehende Bedeutungen gebräuchl.: Die „neutrale" versteht darunter jeden „Überbau" im Sinn der Kultur, Geisteswelt, Weltanschauung u.ä. über den primären sozialen, geschichtl. u. wirtschaftl. Verhältnissen; ihn sucht vor allem die *Wissenssoziologie* herauszustellen. Im krit. Sinn wird mit I., negativ bewertend, das „falsche Bewußtsein" bezeichnet, d.h. eine Bewußtseins- u. Geisteslage, die den primären Verhältnissen nicht mehr gemäß ist. Vielfach werden beide Bedeutungen miteinander vermengt; so gebrauchte Marx den Begriff im krit. Sinn („Deutsche Ideologie"), der heutige Marxismus wendet ihn auch im neutralen Sinn an. – ▣ 1.4.0.

id est [lat.], Abk. *i.e.*, das heißt.
Idfu, *Edfu*, ägypt. Stadt am linken Nilufer, 25000 Ew.; Horus(Sonnen-)tempel aus der Ptolemäerzeit, der besterhaltene Tempel des ägypt. Altertums.
idio... [grch.], Wortbestandteil mit der Bedeutung „eigen, selbst, eigentümlich, besonders".
idiochromatisch [grch., „eigenfarbig"], Bez. für Kristalle, bei denen die Farbe auf die Konstitution u. nicht auf beigemengte färbende Bestandteile (Verunreinigungen) zurückzuführen ist; Gegensatz: *allochromatisch*.
Idiom [das; grch., „Eigentümlichkeit"], die jeweils besondere Sprechweise, Mundart.
Idiophon [das; grch., „Eigentöner"], jedes Musikinstrument, das durch Schlagen (Glocke, Gong, Xylophon), Schütteln (Rassel), Schrapen (Ratsche), Zupfen (Maultrommel) oder Reiben (Nagelgeige, Glasharmonika) in Schwingung versetzt werden kann u. dadurch selbst Klangträger ist. Von seiner Beschaffenheit u. Masse hängen Tonhöhe, Lautstärke u. (in Verbindung mit der Art der Tonerregung) auch Klangfarbe ab.
Idiorrhythmie [grch., „Eigenmaß"], eine Lebensform des orth. Mönchtums, bei der im Gegensatz zum *Koinobitentum* die Mönche für sich leben u. nur in den Gottesdiensten Gemeinschaft haben.
Idiosynkrasie [grch., „jeweils bes. Mischung"], die vom normalen abweichende, angeborene Überempfindlichkeit des Körpers gegen bestimmte Stoffe, z.B. gegen Blütenstaub, der bei dazu veranlagten Menschen den Heuschnupfen auslöst; →auch Allergie.
Idiotie [grch. *idiotes*, „Privatmann, Laie"], die schwerste Form der angeborenen oder frühkindlich erworbenen *Schwachsinns*.
Idiotikon [das; grch.], Mundart-Wörterbuch.
Idiotypus [der; grch.], das aus Genotypus (→Gen) u. →Plasmotypus bestehende ganze Erbgefüge eines Individuums. Bei grünen Pflanzen muß auch noch der →Plastidotypus dazugerechnet werden.
Idlewild ['aidlwaild], internationaler Flughafen von New York, heißt seit 1963 *J. F. Kennedy International Airport*.
Idlib, syr. Prov.-Hptst. zwischen Haleb u. El Ladhaqiye, 42000 Ew.; Tabak- u. Olivenanbau; in der Nähe der Orontes-Staudamm.
Ido, eine der Welthilfssprachen, geschaffen 1907 von Louis de *Beaufront*.
Idol [das; grch.], Abgott, Gegenstand der Verehrung, Götzenbild.
Idolatrie [grch.], *Idololatrie*, Verehrung von Götzenbildern, Bilderkult.
Idolino [ital., „kleines Götzenbild"], 1530 bei Pesaro gefundene Bronzestatue eines Knaben, klassizist.-röm. Schöpfung nach einem Werk des *Polyklet* (Florenz, Archäolog. Museum).
„Idomeneo", Oper von W. A. *Mozart* (München 1781) nach der griech. Sage vom König *Idomeneus* von Kreta, den ein Gelübde zwingt, den eigenen Sohn *Idamanthes* dem Meeresgott *Poseidon* zu opfern.
Idomeneus [-nɔis], in der griech. Sage König von Kreta, tapferer Held vor Troja.
Idoneismus [lat.], eine philosophische Lehre, die eine Erkenntnis außerhalb der Erfahrung leugnet.
Idria, jugoslaw. (bis 1947 italien.) Stadt in Krain, an der *I.*, 6100 Ew.; Quecksilbergruben, Zinnoberherstellung, Schuhfabrik.
Idris, Yusuf (Jusuf), ägypt. Schriftsteller, *19. 5. 1927 El Birum (Ägypten); schreibt in Volks- u. Schriftsprache Erzählungen, Romane u. Dramen, die soziale Probleme (Übervölkerung u.a.) zum Thema haben; übersetzt ins Französ., Engl. u. Russ.
Idris I., Mohammed *Idris as-Senussi*, König von Libyen 1951–1969, *12. 3. 1890 Djaghabub; seit 1916 Oberhaupt der Senussi, ging aus Protest gegen die italien.-faschist. Libyenpolitik nach Ägypten u. unterstützte während des 2. Weltkriegs die Alliierten; kehrte 1943 in sein Land zurück; 1949 Emir der Cyrenaica, 1951 König des unabhängig gewordenen Libyen; 1969 durch Militärputsch gestürzt, lebt seitdem im Exil.
Idrisi, *El Edrisi*, arab. Geograph, *1100 Ceuta, †1166 auf Sizilien; bereiste Spanien, Vorderasien u. Nordafrika, schrieb eine Geographie der damals bekannten Welt u. schuf eine berühmte Weltkarte (1154).

Idrisiden, islam. Fürstenfamilie, von dem Aliden *Idris I.* (†791) begründet, herrschte 788–974 in Nordwest-Afrika.
Idrosee, ital. *Lago d'Idro, Erìdio*, oberitalien. See westl. vom Gardasee, vom *Chiese* durchflossen, 11 qkm, 10 km lang; als natürlicher Stausee ausgebaut (Stromerzeugung, Bewässerung der Ebene von Brèscia).
Idschma [der; arab., „Übereinstimmung"], die islam. Lehre von der unfehlbaren Richtigkeit dessen, worin die islam. Gelehrten übereinstimmen (Consensus).
Idstein, hess. Stadt im Taunus, in der *I.er Senke* (Rheingau-Taunus-Kreis), 17000 Ew.; alte Stadt (1100) mit Burgruine u. ehem. Residenzschloß, Stadtkirche (14.–18. Jh.); Leder-, Elektro- u. Strumpfindustrie.
Idsumo = Izumo.
Idun, lat. *Iduna*, nordische Göttin, Hüterin der goldenen Äpfel, die den Göttern ewige Jugend verleihen.
Iduna Vereinigte Lebensversicherung a.G. für Handwerk, Handel u. Gewerbe, Hamburg, gegr. 1854; Beitragseinnahmen 1978: 936,6 Mill. DM; Tochtergesellschaft: *Iduna Allgemeine Versicherung AG*, Hamburg.
Idylle [die; grch.], das *Idyll*, knappe dichter. Darstellung einer Szene aus dem Bauern- u. Hirtenleben in Gedicht- oder Dialogform. Die ungestörte Einheit von Natur u. Mensch in einem natürl.-alltägl. Rahmen schafft eine heitere u. gelöste Stimmung. – Die Geschichte der I. beginnt im 3. Jh. v.Chr. mit *Theokrit*. In der Renaissance wurde die antike I. neu belebt. Vom Spätbarock bis ins 19. Jh. wurde die I. auch in Dtschld. gepflegt, dann ging sie in die „Dorfgeschichte" des Realismus über. – ▣ 3.0.2.
i.e., Abk. für →id est.
IEC, Abk. für →Internationale Elektrotechnische Commission.
i.f., Abk. für →ipse fecit.
IFA, Abk. für engl. *International Fiscal Association*, internationale Gesellschaft zum Studium des Steuerrechts, 1938 gegr., Sitz: Amsterdam.
IFAN, Abk. für frz. *Institut Français d'Afrique Noire*, 1939 gegr. natur- u. geisteswissenschaftl. Forschungsinstitut für Französ.-Westafrika. Jetzt in nationale Forschungsinstitute umgewandelt; die Zentrale in *Dakar* (Senegal) arbeitet im Rahmen der Universität weiter.
IFC, Abk. für engl. *International Finance Corporation*, →Internationale Finanzkorporation.
Ife ['i:fe:], *Ilife*, alte heilige Stadt der Yoruba u. Benin in Südwestnigeria, Fundstätte wertvoller Terrakotta- u. Steinplastiken, 150000 Ew.; Universität (1962).
Ifen, Hoher I., höchster Gipfel des Bregenzer Waldes, auf der dt.-österr. Grenze, 2232 m.
Iferten = Yverdon.
IFF, Abk. für engl. *Identification Friend Foe*, →Freund-Feind-Kennung.
Iffland, August Wilhelm, Schauspieler, Theaterleiter u. Bühnenschriftsteller, *19. 4. 1759 Han-

August Wilhelm Iffland als Pygmalion, Gemälde von *Anton Graff*

Igelfisch, normal und aufgeblasen

ästiger Igelkolben, Sparganium erectum

nover, † 22. 9. 1814 Berlin; spielte zunächst in Gotha unter K. *Ekhof*, dann in Mannheim unter W. H. von *Dalberg*, seit 1796 Theaterdirektor in Berlin, seit 1811 Generaldirektor des Königl. Schauspiels; wandte sich als virtuoser Darsteller vom pathet. zum natürl. Stil u. stellte lebensgetreue Gestalten dar, vor allem komische u. rührende Charakterrollen des bürgerl. Dramas. Als Theaterleiter bevorzugte er bürgerl. Stücke, als Regisseur prunkvolle Inszenierungen u. bezauberte das Durchschnittspublikum mit seinen 65 bühnenwirksamen, rührseligen u. lehrfreudigen Theaterstücken.

Ifflandring, ein Fingerring mit dem Porträt des Schauspielers A. W. *Iffland*, der als höchste Standesauszeichnung für deutschsprachige Bühnenkünstler vom Träger des Rings jeweils an den von diesem bestimmten besten dt. Schauspieler weitergegeben wird. Träger des I.s waren Th. *Döring*, F. *Haase*, A. *Bassermann*, W. *Krauß*; der gegenwärtige Inhaber ist Josef *Meinrad*. – Iffland selbst hat den I. nie besessen.

Ifni, ehem. span. Überseeprovinz in Südmarokko, 1969 an Marokko abgetreten, umfaßte 1920 qkm mit 70 000 Ew.; Hptst. war *Sidi Ifni*.

IFO-Institut für Wirtschaftsforschung, München, 1949 gegr. wirtschaftswissenschaftl. Forschungsinstitut; gemeinnützig, Finanzierung durch Wirtschaft, Verbände, Gewerkschaften, Staat u. Wissenschaft; befaßt sich mit empir. kurzfristiger Konjunkturforschung (monatl. unmittelbare Tendenzbefragungen bei Unternehmern in Industrie u. Handel) u. mit Untersuchungen zur method. u. materiellen Grundlagenforschung; Veröffentlichungen: „IFO-Schnelldienst", „IFO-Wirtschaftskonjunktur", „IFO-Studien" u. a.

IFRB, Abk. für engl. *International Frequency Registration Board*, Internationaler Ausschuß zur Frequenzregistrierung, ein ständiges Organ der →Internationalen Fernmeldeunion; Sitz: Genf.

IFR-Flug [Abk. für engl. *instrument flight rules*, „Instrumentenflugregeln"], →Instrumentenflug.

Ifugao [der; indian.], altmalaiischer Stamm (180 000) im Innern Nordluzóns; Reisbau auf Terrassenfeldern mit künstl. Bewässerung; in kleinen Weilern mit Rechteckhäusern.

i. G., Abk. für *im Generalstabsdienst*, →Generalstabsoffizier.

IG, *I.G.,* 1. Abk. für →Interessengemeinschaft.
2. Abk. für →Industriegewerkschaft.

Igapó [indian.], Flußuferwald im Regenwaldgebiet des Amazonasbeckens, der auch bei Mittelwasserführung der Flüsse überschwemmt u. nur kurze Zeit im Jahr trocken ist. Die I.s haben eine amphib. Flora u. sind wie der palmen- u. bambusreich, aber artenärmer u. lichter als der *Regenwald*.

Igarka, neue Stadt in der RSFSR, am unteren Jenisej, 35 000 Ew.; Technikum, Fachschule; der wichtigste Holzhafen Sibiriens, für Seeschiffe erreichbar; Sägewerke, Fischkonservenfabriken, Wärmekraftwerk.

Igel, 1. *i. e. S.: Erinaceus europaeus*, der größte, von Europa bis Vorderasien heimische *Insektenfresser*, aus der Unterfamilie der *Stacheligel*; kurzgedrungener Körper, auf dem Rücken mit aufrichtbaren Stacheln bedeckt; spitzzähniges Gebiß, ausgezeichnetes Geruchs- u. gutes Sehvermögen, schweineartige Schnauze. Bei Gefahr auf seinen nächtl. Beutezügen rollt er sich mit Hilfe der starken Hautmuskulatur zusammen. Der I. ist ein echter Winterschläfer u. ein Schädlingsvertilger (Insekten, Würmer); er steht unter Naturschutz.
2. *i. w. S.: Erinaceidae,* Familie der *Insektenfresser* mit den Unterfamilien der *Stacheligel* u. der *Haarigel.*

Igel, 1. rheinland-pfälz. Weinort an der Mosel, südwestl. von Trier, 1030 Ew.; berühmtes Römerbauwerk, die I.er Säule.
2. tschech. Fluß, →Iglawa.

Igeler Säule, 23 m hoher röm. Grabpfeiler der Familie der Secundinii in *Igel* bei Trier, mit reichem mytholog.-allegor. sowie realist. Reliefschmuck, um 250 n. Chr. errichtet; das einzige in Dtschld. vollständig erhaltene Denkmal seiner Art; u. a. von Goethe besucht u. beschrieben.

Igelfisch, *Diodon hystrix,* 30–70 cm langer, im Atlant., Pazif. u. Indischen Ozean lebender, stacheliger *Kugelfisch* (Stacheln bis 5 cm lang), der sich bei Gefahr stark aufbläht u. dann mit dem Rücken nach unten schwimmt.

Igelit [das; Kunstwort zu *I. G. Farben*], ein Kunststoff: Polymerisationsprodukt des Vinylchlorids (PVC), auch Mischpolymerisat von Vinylchlorid u. -acetat; Verwendung in Form von Platten u. Rohren, für Kabelumhüllungen, Elektroartikel u. a.

Igelkaktus, *Echinocactus, Lophophora* u. ä., Gattungen der *Kakteen,* mit meist kugelförmigem Stamm. Stacheln sind mit wenigen Ausnahmen vorhanden. Verbreitungsgebiet ist bes. Mexiko. *Lophophora williamsii* u. *Lophophora lewinii* sind giftig u. werden von den Eingeborenen als narkotisches Berauschungsmittel genossen *(Pellote u. Peyote). Echinocactus* wird kandiert gegessen.

Igelkolben, *Sparganium,* einzige Gattung der *I.gewächse;* ausdauernde Pflanzen in Gräben u. an Teich- u. Seerändern mit kugeligen Fruchtständen, die an Morgensterne erinnern. Von den wenigen Arten sind der Ästige I., *Sparganium erectum*, u. der Einfache I., *Sparganium simplex,* die bekanntesten.

Igelkolbengewächse, *Sparganiaceae,* Familie der zu den *Monokotylen* gehörenden Ordnung der *Pandanales.*

Igelsame, *Lappula,* Gattung der *Rauhblattgewächse.* In Dtschld. sind in den Alpen u. im Harz der *Herabgebogene I., Lappula deflexa*, mit herabgekrümmter Blüte u. in Süd-Dtschld. der *Klettenartige I., Lappula myosotis,* zu finden.

Igelstrecke →Nadelwalzenstrecke.

Igelwürmer, *Echiurida,* artenarmer Tierstamm meeresbewohnender Würmer, die durch einen rüsselförmigen Kopfabschnitt ausgezeichnet sind u. Merkmale haben, die sie den *Ringelwürmern* nahestellen. Sie leben versteckt, z. T. in Röhren im Boden, u. ernähren sich von Kleinlebewesen u. Detritus des Bodens. Die Nahrung nehmen sie entweder *(Bonellia viridis)* durch einen Rüssel auf, der über den Boden kriecht u. die aufgenommene Nahrung dem in einem Versteck ruhenden Körper zuführt, oder durch Filtrieren schwebender Teilchen.

Igepone, Warenzeichen für waschaktive Chemikalien, die aus Natriumsalzen sulfonierter Carbonsäureester und der allgemeinen Formel (R = Alkyl) bestehen: $R-COO-CH_2-CH_2-SO_3Na$; →auch waschaktive Substanzen.

I. G. Farbenindustrie AG, 1925 mit Sitz in Frankfurt a. M. gegr. Konzern der bedeutendsten dt. Unternehmen der chem. Industrie. Durch das Kontrollrat-Gesetz Nr. 9 wurden alle in Dtschld. gelegenen industriellen Anlagen, Vermögen u. Vermögensbestandteile jeglicher Art von den Alliierten beschlagnahmt u. durch das am 17. 8. 1950 in Kraft getretene Gesetz Nr. 35 zur Entflechtung durch die „Tripartite I. G. Farben Control Group" (Abk. *TRIFCOG*) bestimmt; zur Beratung der Alliierten u. zur Vertretung der dt. Interessen bestand 1948–1950 der Fardip-Ausschuß („Bizonal I. G. Farben Dispersal Panel"). 1953 wurden die →Farbenfabriken Bayer AG, Leverkusen, die →Badische Anilin- & Soda-Fabrik AG, Ludwigshafen, die →Farbwerke Hoechst AG vorm. Meister Lucius & Brüning, Frankfurt-Höchst u. die →Cassella Farbwerke Mainkur AG, Frankfurt-Fechenheim, als Nachfolgegesellschaften ausgegründet. Die Liquidation der *I. G. Farbenindustrie AG in Abwicklung* ist noch nicht abgeschlossen.

Ighil-Izane [ˈigil iˈzaːn], früher *Relizane,* alger. Stadt am Nordfuß des Tellatlas, 39 000 Ew.; Agraranbau- u. Handelszentrum; Erdgasleitungs- u. Bahnknotenpunkt.

Ighîl M Goûn [ˈigilmˈguːn], zweithöchster Gipfel im marokkanischen *Hohen Atlas,* 4071 m.

Iglau, tschech. *Jihlava,* Stadt in Südmähren, an der Iglawa, 38 000 Ew.; Maschinenbau, Brauereien u. Textilindustrie. – Alte dt. Stadt, deren Bergrecht für viele Bergstädte maßgebend wurde; Anfang des 13. Jh. gegr.; mittelalterl. Befestigung, got. u. a. Kirchen u. Profanbauten, Tuchmeisterhaus, Minoritenkirche; bis 1945 Mittelpunkt der dt. I.er Sprachinsel.

Iglawa, tschech. *Jihlava,* rechter Nebenfluß der Schwarzawa in Mähren, entspringt in den Iglauer Bergen, mündet nordwestl. Lundenburg, 175 km.

Iglésias, italien. Stadt auf Sardinien, Zentrum der *Iglesiente,* 28 000 Ew.; Kathedrale (13. Jh.); Blei-, Zink- u. Eisenerzbergbau, Metallindustrie, landwirtschaftl. Handelszentrum.

Iglesiente, italien. Bergland im SW von Sardinien; Vorkommen u. Abbau von Blei-, Silber-, Eisen- u. Zinkerzen.

Iglu [der oder das; eskim.], halbkugeliges, aus Schneeblöcken errichtetes Schneehaus der Eskimo, mit windgeschütztem Eingang unter einem Vorbau, erwärmt durch Tranlampen; bei Zentral- u. Labrador-Eskimo Winterwohnung, sonst Jagd- u. Reiseunterkunft.

Ignatiusbohnen, *Semen Ignatii,* die Samen von *Strychnos ignatii,* die wegen ihres Gehalts an Strychnin u. Brucin ähnlich wirken wie die →Brechnuß, aber weniger häufig arzneilich verwendet werden.

Ignatius von Antiochia, Bischof, Märtyrer vor 117 in Rom. Seine auf der Gefangenschaftsreise nach Rom geschriebenen 7 Briefe sind für die urkirchl. Glaubenslehre von größter Bedeutung (Gottheit Christi, Jungfrauengeburt, Eucharistie, Kirche, Bischof, Presbyter u. Diakone). Fest: 17. 10.

Ignatius von Loyola [-loˈjola], Gründer des Ordens der →Jesuiten, Heiliger, *1491 Schloß Loyola, Prov. Guipúzcoa (Spanien), † 31. 7. 1556 Rom; bis 1521 span. Offizier; schwer verwundet, bekehrte er sich zu einem religiösen Leben. Während seines Aufenthalts in Manresa (1522/23) entwarf er sein Exerzitienbuch. Er studierte 1528–1535 in Paris u. 1536 in Venedig u. erhielt

1537 die Priesterweihe. Heiligsprechung 1622 (Fest: 31. 7.). – ▣→Jesuiten. – ⌶1.9.7.

Ignatjew, Nikolaj Pawlowitsch Graf, russ. Politiker, *29. 1. 1832 St. Petersburg, †3. 7. 1908 St. Petersburg; 1864–1877 Gesandter bzw. Botschafter in Konstantinopel, schloß den Vorfrieden von San Stefano (1878), 1881/82 Innen-Min.; führender Vertreter des *Panslawismus*.

Ignaz [grch. *ignatios*, Bedeutung ungeklärt], männl. Vorname; lat. *Ignatius*.

Ignis sacer [lat., „heiliges Feuer"] →Ergotismus.

Ignitron [das; lat.], industriell verwendete Gasentladungsröhre mit einer Quecksilberkathode, einer Halbleiterzündelektrode, durch deren Eintauchen in Quecksilber die Entladung u. damit die Stromleitung herbeigeführt wird (Initialzündung), u. einem wassergekühlten Stahlmantel. Das I. wird als Gleichrichter für Stromstärken bis zu einigen tausend Ampere (in den USA z. B. bei elektr. Bahnen) u. als Schaltröhre (z. B. zur Steuerung von Schweißgeräten) verwendet. In kleineren Anlagen dient dem gleichen Zweck öfter das einfachere *Senditron*.

ignoramus et ignorabimus [lat.], „wir wissen es (heute) nicht u. werden es nie wissen"; Ausspruch von E. *Du Bois-Reymond* zur Charakterisierung von prinzipiell unbeantwortbaren Fragen.

Igor, Fürsten: **1.** Fürst von Kiew 912–945, *877, †945; Sohn *Rjuriks*, zog 941 u. 944 gegen Byzanz, unterwarf die ostslaw. Stämme der Ulitschen u. Drewljanen, wurde von letzteren bei der Tributeinziehung erschlagen.
2. *Igor Swjatoslawitsch,* Fürst von Nowgorod, *1151, †1202; seinen verlorenen Feldzug (1185) gegen die heidn. Kumanen (Polowzer) schildert das *Igorlied*.

Igorlied, um 1185 entstandene russ. Heldendichtung in episch-lyrischem, metapherreichem Stil über den Feldzug des Fürsten Igor Swjatoslawitsch gegen die heidn. Kumanen (Polowzer). Die aus dem 16. Jh. stammende Handschrift ging 1812 beim Brand Moskaus verloren. Erstausgabe 1800; dt. Übersetzungen seit 1811 (u. a. von R. M. Rilke „Das I. Eine Heldendichtung" hrsg. 1960). – Oper „Fürst Igor" von A. P. *Borodin* (posthum 1890).

Igorot, *Igoroten,* altmalaiisches Volk im Innern Nordluzóns (Philippinen). Die I. betreiben Reisanbau auf bewässerten Terrassen, bearbeiten selbstgewonnene Metalle u. leben in großen Dörfern mit Junggesellen- u. Mädchenhäusern.

Iguaçu [-'su], span. *Iguazú,* linker Nebenfluß des Paraná, 1320 km; entspringt im Küstengebirge der Serra do Mar (Südbrasilien) u. durchfließt als Grenzfluß die Savannen zwischen Paraná u. Santa Catarina; sehr schnellenreich, bildet die hufeisenförmig angelegten, 2700 m breiten *I.fälle,* 21 größere u. rd. 250 kleinere Fälle (Fallhöhe bis rd. 70 m); Hauptwasserfall *Union*.

Iguidi [igi'di] = Erg Iguidi.

Igumenos [der; grch.] →Hegumenos.

i. H., Abk. für *im Hause* (einer Firma), bei Adressenangaben.

Ihara Saikaku →Ibara Saikaku.

Ihering ['je:riŋ]. **1.** *Herbert,* Theaterkritiker u. Publizist, *29. 2. 1888 Springe bei Hannover, †15. 1. 1977 Westberlin; 1918–1933 Mitarbeiter am „Berliner Börsen-Courier", 1945–1954 Chefdramaturg des Dt. Theaters in Ostberlin; Hptw.: „Aktuelle Dramaturgie" 1924; „Vom Geist u. Ungeist der Zeit" 1927; „H. Mann" 1951; „Von Reinhardt bis Brecht" 3 Bde. 1958–1961.
2. *Rudolf von* →Jhering.

IHK, 1. Abk. für →Industrie- und Handelskammer.
2. Abk. für →Internationale Handelskammer.

Ihlen, *Hohlheringe,* abgelaichte u. magere Heringe; im Handel als minderwertige Ware.

Ihlenfeld, Kurt, Schriftsteller u. Publizist, *26. 5. 1901 Colmar, †25. 8. 1972 Berlin; Hrsg. der ev. Literaturzeitschrift „Eckart" in Westberlin, Gründer des *Eckart-Kreises;* Zeitromane: „Wintergewitter" 1951; „Kommt wieder, Menschenkinder" 1954; „Der Kandidat" 1959; „Gregors vergebliche Reise" 1962; Lyrik: „Unter dem einfachen Himmel" 1959; auch Hörspiele u. das Drama „Rosa u. der General" 1957; Literaturkritik: „Poeten u. Propheten" 1951; „Zeitgesicht" 1960; Essays: „Angst vor Luther?" 1967; „Loses Blatt Berlin. Dichterische Führung durch die geteilte Stadt" 1968; Sammelwerke u. Gedenkschriften.

Ihna, poln. *Ina,* Fluß in Pommern, 129 km; fließt nördl. von Stettin in die Odermündung *(Papenwasser)*.

Iglu

Ihringen, baden-württ. Weindorf (Ldkrs. Breisgau – Hochschwarzwald), am Kaiserstuhl, 3800 Ew.; kelt. u. röm. Funde.

IHS →Christusmonogramm.

Ihsingsteinzeug, feines, unglasiertes chines. Steinzeug verschiedener Härte, meist rot, bisweilen braun, gelblich oder grau, mit reicher plastischer Gestaltung; in Europa seit dem 17. Jh. mit dem Tee bekannt geworden u. im 17. u. 18. Jh. in Delft, Meißen, Staffordshire u. Tetschen (Böhmen) nachgeahmt. Die besten neuzeitl. Nachahmungen kommen aus Kyoto (Japan).

Iizuka, japan. Bergbaustadt auf Nordkyuschu, südl. von Wakamatsu, 76 000 Ew.; Steinkohlensortierung u. -versand.

i. J., Abk. für *im Jahr*.

IJ [ɛi], Bucht der ehem. Zuidersee, im SW des *IJsselmeers,* durch einen Damm abgeschlossen; bildet z. T. den *IJ-Polder,* z. T. den Hafen von Amsterdam.

Ijar, *Ijjar* [der], der 8. Monat des jüd. Kalenders (April/Mai).

Ijimere [iˈdʒi:mere], Obotunde, nigerian. Bühnenschriftsteller in Yorubasprache u. Pidgin-Englisch, *1930 Otan Aiyegbaju; „The Imprisonment of Obatala and other plays" 1966.

IJmuiden [ɛiˈmœydə], Stadtteil von Velsen (Niederlande), an der Mündung des Nordseekanals, Vorhafen Amsterdams.

IJssel [ˈɛisəl], *Ijssel,* niederländ. Flüsse: **1.** *Alte I.,* ndrl. *Oude I.,* entspringt nordöstl. von Wesel, vereinigt sich mit der Neuen I.
2. *Neue* oder *Geldersche I.,* ndrl. *Nieuwe I.,* Mündungsarm des Rhein, östl. von Arnheim, mündet nach 146 km bei *IJsselmuiden* in das *IJsselmeer*.
3. *Nieder-I.,* ndrl. *Hollandsche* oder *Neder-I.,* Arm im Rheindelta zwischen Utrecht u. Rotterdam.

IJsselmeer [ˈɛisəl-], Restgewässer einer durch Meereseinbrüche in histor. Zeit, entstandenen, 5000 qkm großen Bucht *(Zuidersee)* im NW der Niederlande. 1932 wurde der südl. Hauptteil nach den Plänen des Wasserbauministers I. Cornelis *Lely* (Zuiderseeplan) durch einen 32 km langen Abschlußdeich vom Meer ge-

Iguaçufälle

Ik

Die Heiligen Sergios und Bakchos, eine der wenigen Ikonen, die den Bilderstreit überlebten; vermutlich 7. Jh. Kiew, Städtisches Museum für westliche und östliche Kunst (links). – Der Prophet Elia auf dem feurigen Wagen, Glasikone aus Nicula, Rumänien; vermutlich 17. Jh. Cluj, Sammlung J. Muşlea (rechts)

trennt; das Land hinter dem Deich wird bis auf einen 1250 qkm großen Süßwassersee *(IJsselmeer)* trockengelegt: *Wieringermeerpolder* (1930 fertig, 200 qkm), *Nordost-* oder *Emmeloordpolder* (1937–1942, 480 qkm), *Ostflevolandpolder* (1950–1957, 540 qkm), *Süd-* oder *Südflevolandpolder* (1959–1970, 430 qkm), *West-* oder *Markerwaardpolder* (560 qkm). Die fertiggestellten Polder werden aufgesiedelt (40 000 Ew.) u. zentral verwaltet. Bis 1980 soll durch die Einpolderung der südl. I.polder eine zwölfte niederländ. Provinz gewonnen sein, die mehr als 2200 qkm groß sein wird.

Ik, linker Nebenfluß der Kama, südwestl. des Ural, 538 km; 100 km schiffbar.

Ikakopflaume [indian., span.], *Chrysobalanus icaco,* in Südamerika u. Westafrika heimischer Baum aus der Familie der *Rosengewächse;* mit ledrigen Blättern, weißen Blüten u. blauen, pflaumenförmigen Früchten, die roh oder gekocht gegessen werden.

Ikaria, griech. Insel der Südl. Sporaden, 255 qkm, 9600 Ew., Hauptort *Hágios Kérykos* (2800 Ew.); radiumhaltige Quellen; sagenhafte Grabstätte des *Ikaros.*

Ikaros, lat. *Icarus,* Sohn des →Daidalos.

ikarus, einer der *Planetoiden,* 1949 von W. *Baade* entdeckt. Er kann mit einem Abstand von 27 Mill. km der Sonne näher kommen als irgendein anderer Planet.

Ikat, *Ikatten* [mal.], eine weitverbreitete indones. Färbeart, bei der vor dem Weben die nicht zu färbenden Teile des Garns mit Fäden fest umwickelt werden u. so die Ornamente des Webstücks schon vorgezeichnet sind; auch in Mexiko u. Peru.

Ikebana [jap. *ike,* „stecken", + *hana,* „Blume"], die Kunst des Blumensteckens, seit dem 15. Jh. in Japan nach ästhet. u. symbol. Gesetzen gelehrt u. ausgeübt; ursprüngl. vor allem zur Ausschmückung der *Tokonoma* (Ehrennische der japan. Wohnung). Über 300 Schulen arbeiten u. lehren heute I. in Japan, mit unterschiedl. Stilrichtungen, teils formal, teils naturalistisch. Neuerdings auch in Europa übernommen.

Ikęda, 1. Daisaku, japan. Sektenführer u. Politiker, *2. 1. 1928 Tokio; seit 1960 Präs. der modernen japan. Sekte →Soka-gakkai, die, von ihm als Massenbewegung organisiert, großen Aufschwung nahm; auch der geistige Führer der aus dieser Sekte gebildeten polit. Partei *Kômeitô.*
2. Hayato, japan. Politiker (Liberaldemokrat. Partei, *Jiyûminschutô*), *3. 12. 1899 bei Hiroschima, †13. 8. 1965 Tokio; Finanz-Min. im Yoschida- (1949) u. Ischibaschi-Kabinett (1956/57); einer der japan. Vertreter bei der Friedenskonferenz in San Francisco (8. 9. 1951); nach dem Rücktritt von Min.-Präs. N. Kischi 1960 zum Partei-Vors. u. Min.-Präs. gewählt, 1964 von allen Ämtern zurückgetreten.

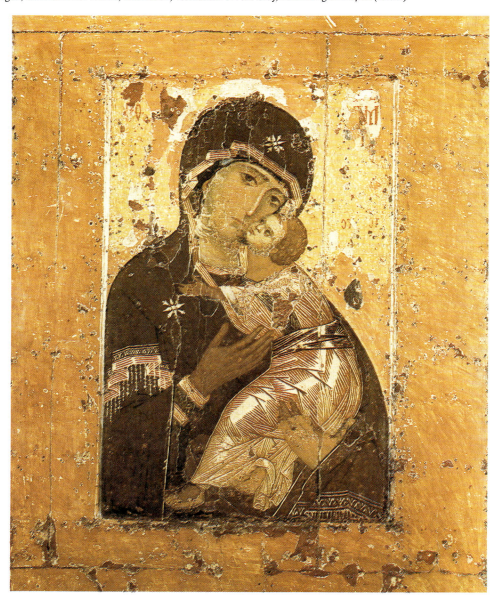

Gottesmutter von Wladimir; 11./12. Jh. byzantinisch oder 13. Jh. russisch. Moskau, Staatliche Tretjakow-Galerie

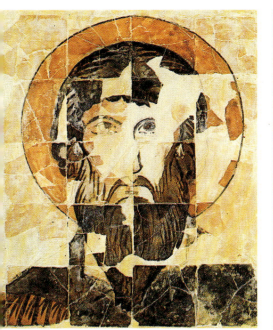 

Hl. Theodor, Keramik-Ikone; 9./10. Jahrhundert. Preslav, Bulgarien (links). – Hl. Katharina; 17. Jh. Athen, Byzantinisches Museum (rechts)

IKONEN

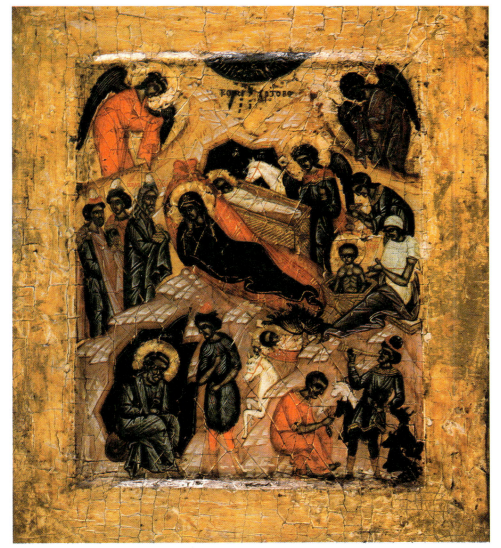

Russische Ikone der Nowgoroder Schule mit dreifacher Darstellung Christi; 1. Hälfte 16. Jh. Recklinghausen, Ikonenmuseum

I-king = I-ching.
Ikone [die; grch. *eikon*, „Bild"], in den Ostkirchen jedes auf Holz gemalte oder geschnitzte Tafelbild, im Unterschied zur Wandmalerei. Die I. stellt Christus, Maria, heilige Begebenheiten u. bedeutende Personen dar. Da sie nach ihrer Weihe ein Symbol der Gegenwart des Dargestellten ist u. nach der orth. theolog. Lehre auf den Gläubigen einwirkt, genießt sie hohe Verehrung (nicht Anbetung). Für die in frühchristl. Zeit aufgekommene I.nmalerei ist ein streng flächig gebundener Stil kennzeichnend. Neben bemalten *Holz-I.n* sind auch *Keramik-I.n* u. goldene *Treib-I.n* erhalten. – Die ältesten Beispiele stammen aus dem 6. u. 7. Jh. Seit dem 11. u. 12. Jh. entwickelte sich die I.nkunst vornehmlich in Rußland (Kiew; Wladimir Susdal); im 15. Jh. gelangte sie in Nowgorod u. Moskau zur Blüte. Seit dem 16. Jh. trat mit dem Eindringen westl. Einflüsse eine Erstarrung ein, u. man ging zur auch heute noch üblichen industriellen Herstellung über. – ▣→Pulakis. – ▯ 2.3.0. und 2.3.9.
Ikonodule [grch.], Bilderverehrer; →Bilderstreit.
Ikonographie [grch., „Bildbeschreibung"], **1.** *Archäologie:* Porträtkunde. Die „I. Cäsars" z. B. ist die Sammlung aller Porträts, die Cäsar darstellen. In diesem Sinn verstehen sich J. J. *Bernoullis* (*1831, †1913) Werke: „Röm. I." 2 Bde. 1882–1894 u. „Griech. I." 2 Bde. 1901. **2.** *Kunstgeschichte:* die Erforschung u. Lehre von den dargestellten Inhalten in der bildenden Kunst, als Zweig der allg. Geistesgeschichte. Sie entstand im Umkreis der französ. Romantik u. fand in Dtschld. durch A. *Springer* („Ikonograph. Studien" 1860) Eingang. Die I. betrachtet als ihre Hauptaufgabe die Entschlüsselung von Symbolen u. Allegorien. Sie bedient sich der deskriptiven Methoden des Positivismus u. sieht in ihrem Forschungsgegenstand in erster Linie die dokumentarische Bedeutung, den stilgeschichtlichen Stellenwert. →auch Ikonologie. – ▯ 2.3.8.
Ikonoklasmus [grch.], Bilderfeindlichkeit, bilderfeindliche Lehre oder Bewegung; →Bilderstreit.
Ikonolatrie [grch.] →Bilderverehrung.
Ikonologie [grch.], eine Forschungsrichtung der Kunstgeschichte, die in Ergänzung zur wertindifferenten Methode der *Formanalyse* u. der *Ikonographie* die symbolischen Formen eines Kunstwerks deutet, ein Vorgang, für den der Forscher „synthetische Intuition" benötigt, um durch die Anhäufung des Dokumenten- u. Quellenmaterials hindurch zum Zentrum des Kunstwerks vorzudringen. Diese Methode wurde erstmals von A. *Warburg* in seinen Untersuchungen der Fresken im Palazzo Schifanoia in Ferrara (1912) angewandt u. bes. vom sog. Warburg-Kreis, dessen philosoph. Kopf E. *Cassirer* war, gepflegt. E. *Panofsky* entwickelte in seinen „Studies in Iconology" 1939 ein Dreistufenschema der Interpretation (präikonographische, ikonographische u. ikonologische Analyse) u. suchte der Gefahr, gegenstandsfremde Wertkategorien an das Kunstwerk heranzutragen, durch die Eingrenzung des „weltanschaulich Möglichen" zu begegnen. →auch Ikonographie (2). – ▯ 2.3.8.
Ikonoskop [das; grch.], eine Fernsehaufnahmeröhre, von Vladimir K. *Zworykin* 1923 erfunden, die eine Schicht aus mikroskopisch kleinen Photozellen enthält, die durch einen Elektronenstrahl abgetastet werden. Das I. löste mechan. Abtastverfahren ab (Nipkow-Lochscheibe u. Spiegelräder); es wurde später durch das *Super-I.* ersetzt. →auch Fernsehen.
Ikonostase [die; grch.], in den Ostkirchen die Bilderwand, die Altarraum u. Kirchenraum trennt; unter den Ikonen der I., oft in mehreren Reihen übereinander, befinden sich immer eine Christus- u. eine Marienikone. – ▯ 1.8.8.
Ikosaeder [das; grch.], von 20 gleichseitigen Dreiecken begrenzter regelmäßiger Körper; zu den →platonischen Körpern gerechnet.
Ikterus [grch.-lat.] = Gelbsucht.
Iktinos, griech. Architekt, der zusammen mit *Kallikrates* 448–432 v.Chr. den Parthenon erbaute; errichtete ferner den Apollontempel bei Phigalia u. das Mysterienhaus in Eleusis.
Iktus [der; Mz. Ikten; lat., „Schlag"], Versakzent, Hebung im Vers.
Ikwafieber = Fünftagefieber.
il... →in...
Il, türk. Verwaltungsbezirk (Provinz), von einem *Vali* geleitet.
Ila, *Ba-Ila,* Stamm (31000) u. Stammesgruppe

Ilagan

(Tonga, Toka, Lenje u.a.) von Bantunegern in Sambia (am Kafue); eine mutterrechtl. Bauernkultur (hoher rechtl. Stand der Frau) mit starkem Einfluß einer Hirtenkultur, exogamen Clans u. ohne ausgesprochenes Häuptlingstum.

Ilagan, philippin. Prov.-Hptst. in Nordluzón, am Cagayan, 110 000 Ew.; in einem Tabakanbaugebiet; Flugplatz.

Ilang-Ilang [der; philippin.], *Ylang-Ylang, Cananga odorata*, in Südostasien u. Madagaskar heimischer Baum aus der Familie der *Anonengewächse*, aus dessen weißen Blüten durch Destillation das wohlriechende Macassar-Öl *(Ylang-Ylang-Öl)* gewonnen wird.

Ilanz, rom. *Glion*, schweizer. Stadt im Kanton Graubünden, nahe der Mündung des Glenner in den Vorderrhein, 699 m ü.M., 1700 Ew.; landwirtschaftl. Markt; teilweise erhaltene Stadtbefestigung. – Bereits 766 erwähnt; Stammhaus der 1865 gegr. *I.er Schwestern*.

Iława [iu'awa], poln. Name der Stadt →Deutsch Eylau.

Ilchane →Ilkhane.

Île, *Îles* [i:l; frz.], Bestandteil geograph. Namen: Insel, Inseln.

Ilebo, früher *Port-Francqui*, wichtiger Flußhafen am Kasai in Zaire (früher Kongo-Kinshasa), mit Schiffahrtsbetrieb bis Kinshasa, durch Eisenbahn mit Katanga verbunden, an der Sankurumündung, 35 000 Ew.

Île de France [i:l də 'frãs], seit dem 15. Jh. Bez. für die von den Flüssen Marne, Seine, Oise, Thève u. Beuvronne umschlossene Landschaft im N Frankreichs, die histor. Kernlandschaft Frankreichs mit Paris als Mittelpunkt. 1789 wurde das erhebl. erweiterte Gouvernement Î.d.F. in die Dép. Seine-et-Oise, Oise, Seine-et-Marne u. Aisne aufgeteilt.

Île des Pins [i:l dε 'pε̃], *Fichteninsel*, franzö́s. Insel in Ozeanien, südöstl. von Neukaledonien, 150 qkm, 800 Ew.

Ilesha [i:'lei∫ə], Stadt im südwestl. Nigeria, 200 000 Ew.; Handelszentrum, Textilhandwerk.

Îles Loyauté [i:l lwajo'te], *Loyalitätsinseln*, französ. Inselgruppe, Teil von *Neukaledonien*, im südl. Pazif. Ozean, nordöstl. von Neukaledonien; Hauptinseln: *Lifou, Maré u. Ouvéa*; zusammen rd. 2072 qkm, 13 300 Ew. (Melanesier); Kopra- u. Kautschukausfuhr. – Seit 1866 französisch.

Ileus ['ile:us; der; lat.] = Darmverschluß.

Ilex [die; lat.] →Stechpalme.

Ilf, Ilja, eigentl. Ilja Arnoldowitsch *Fajnsilberg*, russ. Schriftsteller, *16. 10. 1897 Odessa, †13. 4. 1937 Moskau; verfaßte gemeinsam mit J. P. *Petrow* satir. Romane: „Zwölf Stühle" 1928, dt. 1930; „Ein Millionär in Sowjetrußland" 1931, dt. 1932, unter dem Titel „Das goldene Kalb" 1946.

Ilford ['ilfəd], Teil des nordöstl. Stadtbez. *Redbridge* von Greater London, bis 1964 selbständige Stadt in Essex; chem. Industrie.

Ilha, *Ilhas* ['ilja(∫); portug.], Bestandteil geograph. Namen: Insel, Inseln.

Ilhâne →Ilkhane.

Ilhéus [i'ljeus], Kakaohafen an der Südküste des brasilian. Staats Bahia, 50 000 Ew.; landwirtschaftl. Industrie.

Ili, Hauptfluß des Siebenstromlands in Mittelasien, 1210 km lang; entspringt im chines. Teil des Tien Schan u. teilt sich weit vor seiner Mündung (in den Balchaschsee) in sieben z. T. nur zeitweilig wasserführende Arme; nur für kleine Schiffe befahrbar; dient der Bewässerung von Baumwollkulturen; im Winter 4 Monate vereist.

Ilias, *Iliade* [die; nach *Ilion*, antiker Name von *Troja*], griech. Epos *Homers* vom Trojanischen Krieg; jedoch wird nicht dessen ganzer Verlauf erzählt, sondern der Stoff unter der Leitidee „Der Zorn des Achilles" ausgewählt: Diesem hat *Agamemnon* die schöne Gefangene *Briseis* abgefordert. *Achilles* weigert sich daraufhin, weiterzukämpfen; dadurch gelingt den Troern der Einbruch ins griech. Schiffslager. In den anschließenden Kämpfen fällt Achills Freund *Patroklos* durch *Hektors* Hand. Mit der Rache Achills an Hektor schließt die eigentliche, mit vielen Nebenhandlungen geschmückte Handlung, deren etwa 50tägiger Ablauf entscheidende Abschnitte des 10jährigen Kampfes heraushebt. Die Gliederung in 24 Bücher stammt aus alexandrin. Zeit. – ⊡3.1.7.

Ilić ['ilit∫], Vojislav, serb. Schriftsteller, *14. 4. 1860 Belgrad, †21. 1. 1894 Belgrad; Stimmungslyrik, Satiren, Dramen mit antiker Thematik.

Ilidža [-dʒa], jugoslaw. Kurort westl. von Sarajevo, 3800 Ew.; Schwefeltherme; Zementfabrik.

Iligan, philippin. Prov.-Hptst. an der Nordküste von Mindanao, 83 000 Ew.; in Entwicklung begriffenes Industriezentrum; Zement-, Chemie-, Eisen- u. Stahlwerke; Wasserkraftwerk an den Maria-Christina-Fällen des Agusflusses; Seehafen, Flugplatz.

Ilion, *Ilios*, lat. *Ilium*, antiker Name mehrerer Städte, bes. von →Troja.

Ilja Muromez, eine Hauptgestalt der *Bylinen*; nicht ident. mit *Iljas* im mhd. Ortnit-Epos.

Iljuschin, Sergej Wladimirowitsch, sowjet. Flugzeugkonstrukteur, *31. 3. 1894 Wologda, †10. 2. 1977 Moskau; entwarf leichte Kampfflugzeuge u. Verkehrsflugzeuge, die im sowjet. u. osteurop. Luftverkehr weit verbreitet sind.

Ilkeston ['ilkistən], Stadt im mittleren England, bei Derby, 35 000 Ew.; Kohlenbergbau, Eisen- u. Textilindustrie.

Ilkhane [il'xa:nə], *Ilchane*, *Īlhāne*, mongolische Dynastie in Iran 1256–1335, begründet durch *Hülägü* (†1265), der 1256–1258 Iran eroberte. Seine Nachfolger erkannten anfangs die Oberhoheit des Mongolen-Khans an, machten sich aber 1295 unter dem Reformer *Ghasan* (1295–1304) durch den Übertritt zum Islam selbständig u. zerfielen seit 1335 in Bürgerkriegen.

Ilkley ['ilkli], engl. Badeort nordwestl. von Leeds, 20 000 Ew.

Ill [die], 1. linker Nebenfluß des Rhein; entspringt am Nordhang der Glaserberge im Schweizer Jura, fließt durch die französ. Seite des südl. Oberrhein-Tieflands nach N u. mündet nach 205 km bei Straßburg.
2. rechter Nebenfluß des Rhein, 75 km; entspringt in 2172 m Höhe am Nordabfall des Silvrettahorns, durchfließt das Montafon u. mündet unterhalb von Feldkirch.

Ill., 1. Abk. für den USA-Staat →Illinois.
2. Abk. für *Illustration*.

Illampu [il'jampu], höchster Berg in der *Cordillera Real (Nevado de Sorata)* in Bolivien, stark vergletschert, 6550 m; 1928 von einer dt.-österr. Andenexpedition des Alpenvereins zuerst bestiegen.

Ille-et-Vilaine [ilevi'lεn], nordwestfranzös. Département, der NO der *Bretagne*, 6758 qkm, 652 700 Ew.; Hptst. *Rennes*.

illegal [lat.], ungesetzlich, gesetzwidrig.

illegitim [lat.], **1.** unehelich.
2. illegal.

Iller, rechter Nebenfluß der Donau, 165 km; kommt mit 3 Quellflüssen (*Breitach, Stillach, Trettach*) aus dem Allgäu u. mündet bei Ulm; Kraftwerke u. Staustufen.

Illertissen, bayer. Stadt in Schwaben (Ldkrs. Neu-Ulm), an der Iller, 8100 Ew.; chem., Holz- u. Textilindustrie. – Seit 1954 Stadt.

Illicium [das; lat.], nordamerikan. u. ostasiat. Gattung der *Magnoliengewächse*. *I. verum* aus China liefert den *Sternanis*, ein Gewürz; *I. anisatum* liefert eine zum Weihrauch verwendete Rinde.

Illimani [ilji-], viergipfeliger, vergletscherter Berg der *Cordillera Real* im nordwestl. Bolivien, 6882 m; erloschener Vulkan, Wahrzeichen von La Paz.

Illinium [nach *Illinois*], von US-amerikan. Forschern 1926 vorgeschlagene Bez. für das Element mit der Ordnungszahl 61; seine vermeintl. Entdeckung aufgrund von Licht- u. Röntgenemissionslinien erwies sich als Irrtum. Seine Stelle nimmt heute das 1945 entdeckte radioaktive Element *Promethium* ein.

Illinois [-'nɔi(s)], Indianerstamm von 500 Algonkin, in Oklahoma (USA).

Illinois [-'nɔi(z)], **1.** Abk. *Ill.*, zentraler Nordstaat (Mittlerer Westen) der USA, südöstl. des Michigansees, 146 075 qkm, etwa 11 Mill. Ew. (10,3% Nichtweiße), Hptst. *Springfield*; flach bis hügelig, mit fruchtbaren Lößböden (ehem. Prärie) über einer eiszeitl. Moränendecke; 85% Farmland, damit einer der wichtigsten Landwirtschaftsstaaten der USA: Fleischvieh-Zucht, Anbau von Mais, Sojabohnen u. Weizen, Gemüse um Chicago; zugleich der industriell bedeutendste der zentralen Nordstaaten: bes. Maschinenbau u. Lebensmittelverarbeitung, auch außerhalb Chicagos; große Kohlenlager (116 Bergwerke), Erdöl- u. -gasvorkommen; gute Verkehrslage zwischen den Großen Seen u. dem Mississippital. – I. wurde 1818 als 21. Staat in die USA aufgenommen.
2. *I. River*, linker Nebenfluß des Mississippi, 440 km; entspringt in Südmichigan, mündet nördl. von St. Louis; durch den 1848 eröffneten, 163 km langen *Illinois-Michigan-Kanal* mit dem Michigansee verbunden.

Ilkhane. Miniatur; Paris, Bibliothèque Nationale

Illipe, eine Pflanze, →Bassia.

Illiquidität [lat.], der Zustand eines Unternehmens, in dem die flüssigen Mittel nicht ausreichen, die kurzfristigen Verbindlichkeiten zu erfüllen; kann zur →Zahlungsunfähigkeit führen.

Illium [das], aus Nickel, Chrom, Kupfer, Molybdän, Wolfram, Mangan, Silicium u. Eisen bestehende säurebeständige Legierung.

Illnau, schweizer. Gemeinde im Kanton Zürich, Vorort von Zürich u. Winterthur, 14 500 Ew.; in der Kapelle *Rikon* Fresken des 15. Jh.

illoyal ['ilwaja:l; frz.], pflichtwidrig, falsch, verräterisch.

Illuminaten [lat., „Erleuchtete"], 1776 von Adam *Weishaupt* (*1748, †1830) in Ingolstadt gegr. Geheimbund zur Verbreitung der Aufklärung. Er sollte, obwohl ähnlich organisiert, die *Freimaurerorden* verdrängen.

Illumination [lat.], **1.** *allg.*: Beleuchtung.
2. *Buchmalerei*: die Verzierung von handgeschriebenen oder gedruckten Büchern, z.B. mit *Initialen*; →auch Illuminist.
3. *Theologie*: = Erleuchtung.

Illuminationslehre, auf *Augustinus* zurückgehende Lehre, nach der die unveränderl. Wahrheiten unmittelbar aufgrund einer besonderen göttl. Erleuchtung (*Illumination*) erkannt werden.

Illuminist [lat.], *Illuminator*, Buchmaler, Miniaturmaler; i. e. S. ein Kolorist, der gedruckte oder gezeichnete Illustrationen mit Lasurfarben schmückt; →auch Illumination (2).

Illusion [lat.], Täuschung, die Um- u. Falschdeutung von Sinneseindrücken aufgrund von Erwartungen, Wünschen u. Affekten; meist positiv gefühlsbetont. →auch Sinnestäuschung.

Illusionismus, die Auffassung, daß die ganze Außenwirklichkeit nicht real, sondern illusionär, im Sinn der Trauminhalte, sei (z.B. im ind. Denken oder bei A. *Schopenhauer*).

Illusionist, ein Zauberkünstler im Varieté oder Zirkus, der zu seinen Vorführungen Menschen u. Tiere benutzt.

Illustration [lat., „Erleuchtung"], die bildl. Darstellung u. Ausdeutung vorgegebener Textinhalte, weitgehend gleichbedeutend mit der *Buch-I*. Im MA. war die →Miniaturmalerei die Hauptform der I.; im gedruckten Buch wurden ihre Aufgaben vom *Holzschnitt* u. *Kupferstich*, seit der *Radierung* u. seit dem 19. Jh. auch vom *Holzstich* u. von der *Lithographie* übernommen. Von sämtl. Druckwerken des 15. Jh. ist bereits rd. ein Drittel illustriert, wobei sich früh das Bemühen zeigt, die Verbindung zwischen Text u. Bild möglichst eng zu gestalten.

Illustrierte [lat.] →Zeitschrift.

„Illustrirte Zeitung“, *Leipziger Illustrierte*, 1843 von Johann Jakob *Weber* in Leipzig gegr. illustrierte Zeitschrift, eine der ersten ihrer Art in Dtschld.; 1944 eingestellt.

Illwerke, Wasserkraftwerk der Ill in Vorarlberg (Österreich), besteht aus drei Staustufen (*Silvretta, Vermunt* bei Partenen u. *Rodund* bei Vandans) u. liefert jährlich 1,5 Mrd. kWh.

Illyés [ˈijje:ʃ], Gyula, ungar. Schriftsteller, *2. 11. 1902 Rácegrespuszta; seine Lyrik, sozialen Romane („Pußtavolk“ 1936, dt. 1947) u. histor. Bühnenwerke gehören zu den angesehensten Schöpfungen der volksnahen Richtung.

Illyrer, *Illyrier*, indogerman. Völkergruppe im Nordwestteil der Balkanhalbinsel u. an der Adriaküste; zahlreiche Stämme ohne polit. Zusammenhang, deren Vergangenheit u. Werdegang in einigen Fällen archäolog. bis etwa 1800 v. Chr. zurückverfolgt werden kann. So waren die Träger der *Glasinac-Kultur* in Jugoslawien u. der *Osthallstatt-Kultur* im südöstl. Alpenraum wahrscheinl. I. Sie setzten sich auch in Ost- u. Süditalien *(Apuler, Iapygen, Messapier)* u. in Nordgriechenland fest. Die I., als Seeräuber gefürchtet, standen seit dem 5. Jh. v. Chr. meist in kriegerischen Auseinandersetzungen mit ihren Nachbarn u. wurden erst unter dem röm. Kaiser *Augustus* völlig unterworfen u. weitgehend romanisiert. Aus ihren Reihen gingen später einige röm. Kaiser hervor (u. a. *Decius, Aurelian, Diocletian, Konstantin*). – 🕮5.1.3.

Illyrien, grch. *Illyris*, lat. *Illyricum*, von den *Illyrern* seit dem 4. Jh. v. Chr. besiedeltes Gebiet, das ungefähr Bosnien u. Dalmatien umfaßte. Es war ursprüngl. in Stammesgebiete zerfallen; nur in der 2. Hälfte des 3. Jh. v. Chr. kam es unter dem König *Agron* u. seiner Frau *Teuta* zu einem festen Staat in den mittleren u. südl. Küstengebieten mit *Skodra (Skutari)* als Mittelpunkt. Die dalmatin. Küste bot günstige Schlupfwinkel für Piraten, die die Schiffahrt im Mittelmeer so störten, daß Rom, von den Griechen zu Hilfe gerufen, 228 v. Chr. diese Küstengebiete besetzen mußte. Die Kämpfe I.s mit den Römern endeten erst 33 v. Chr., als Kaiser *Augustus* ganz I. unterwarf u. die 168 v. Chr. gegr. röm. Provinz *Illyricum* in Pannonien u. Dalmatien aufteilte. In der Folgezeit gehörten zu I. im weiteren Sinn Mösien, Dalmatien, Pannonien, Rätien u. Norcium. Durch Diocletians Reichsreform wurde I. eine der 4 Präfekturen u. umfaßte auch noch Griechenland u. Kreta, Makedonien, Dardanien u. Dakien. Bis 476 blieb I. beim Weström. Reich u. kam nach der got. Herrschaft 537 an das Byzantin. Reich.
Im 6. u. 7. Jh. wanderten Slawen ein, die eigene Reiche gründeten. Im 14. Jh. wurde I. von den Türken besetzt. 1797 kam es an Österreich. Im Frieden von Schönbrunn 1809 fielen Westkärnten, Krain, Görz, Triest, Istrien, Fiume, Dalmatien u. ein Teil Kroatiens an das Kaiserreich Frankreich; Napoléon bildete daraus die Illyr. Provinzen. Diese kamen 1814 wieder in österr. Besitz. Aus Kärnten, Görz u. Triest wurde 1816 ein Königreich I. geschaffen, das 1849 in die Kronländer Kärnten, Krain, Görz-Gradisca u. Istrien aufgelöst wurde. Seit 1919 ist I. bei Jugoslawien; ein kleiner Teil wurde italienisch.

illyrische Sprachen, in der Antike im NW des Balkan gesprochene indogerman. Sprachgruppe, von der nur Namen, Inschriften u. Glossen aus dem 8. bis 1. Jh. v. Chr. erhalten sind; keine nähere Verwandtschaft mit dem *Albanischen*.

Illyrismus, eine um 1830 aufkommende kroat.-südslaw. Volkstums- u. national-kulturelle Wiedergeburtsbewegung, die ursprüngl. auf die kulturelle Einheit, vor allem in Sprache u. Schrift, unter den Kroaten, Serben u. Slowenen hinzielte, sich aber im Lauf des 19. Jh. stark politisierte u. eine Vorform des südslaw. Nationalismus wurde.

Ilm, 1. linker Nebenfluß der Saale, 120 km; entspringt im Thüringer Wald u. mündet bei Großheringen.
2. rechter Nebenfluß der Donau, 75 km; fließt durch die Hallertau.

Ilmenau, 1. Kreisstadt im Bez. Suhl, an der Ilm, rd. 21 000 Ew.; Spielwaren-, Glas- u. Porzellanindustrie, Druckmeßgerätewerk; Kurort (Kaltwasserheilanstalt) u. Wintersportplatz; Technische Hochschule (seit 1963, zuvor Hochschule für Elektrotechnik). – Ersterwähnung als Stadt 1341, alte Handels- u. Bergbaustadt. – Krs. I.: 347 qkm, 68 000 Ew.
2. *Elmenau*, linker Nebenfluß der Elbe, 107 km; entspringt in der Lüneburger Heide u. mündet nördl. von Winsen.

Ilmenit [der; nach dem *Ilmengebirge* im südl. Ural], *Titaneisen*, schwarzbraunes Eisen-Titan-Oxid-Mineral, $FeTiO_3$; muscheliger Bruch, Härte 5–6, Dichte 4,5–5; das wirtschaftlich bedeutendste Titanmineral.

Ilmensee, flacher, schiffbarer See im NW Rußlands, zwischen Leningrad u. den Waldajhöhen. Seine Größe schwankt zwischen 610 u. 2100 qkm; bis zu 10 m tief; Hauptzuflüsse: *Msta, Lowat* u. *Schelon*. Der Abfluß *Wolchow* mündet in den Ladogasee. Der I. ist sehr fischreich (Stint, Blei, Hecht).

ILO, 1. Abk. für engl. *International Labour Organization*, die →Internationale Arbeitsorganisation.
2. Abk. für engl. *International Labour Office*, das →Internationale Arbeitsamt.

Iloilo, *Ilo-Ilo*, philippin. Stadt im S der Insel Panay, 245 000 Ew.; Zucker-, Tabak-, Reis- u. Kaffeeausfuhr, Textil-, Nahrungsmittel- u. Zementindustrie; Chrom-, Kupfer- u. Manganvorkommen; See- u. Flughafen, Bahnstation.

Ilona, ungar. für →Helene; Koseform *Ilonka*.

Ilorin, Hptst. des nigerian. Bundesstaates Kwara, nahe dem unteren Niger, 250 000 Ew.; landwirtschaftl. Handelszentrum, Textil- u. Kunsthandwerk.

Ilse, rechter Nebenfluß der Oker, 45 km; entspringt am Brocken u. mündet bei Buhne, vor der DDR-Grenze.

Ilse, weibl. Vorname, Kurzform von *Elisabeth*.

Ilsenburg, heilklimat. Kurort am nördl. Harzrand (Krs. Wernigerode, Bez. Magdeburg), im Ilsetal, am *Ilsenstein* (494 m), 7300 Ew.; Kupfer- u. Bleiwalzwerk, Gießerei, Radsatzwerk, Holzindustrie; ehem. Benediktinerkloster (1003, teilweise erhalten, 1862 zum Schloß umgebaut), roman. Kirche.

ILS-Verfahren, Abk. für engl. *Instrument Landing System* [„Instrumentenlandesystem“], ein Schlechtwetter-Anflugverfahren der Luftfahrt: Der Anflugkurs wird durch zwei Funk-Leitstrahlebenen festgelegt u. die Lage des landenden Flugzeugs relativ zu diesen Ebenen durch ein Zeigerinstrument an Bord angezeigt. Das I. ermöglicht den Landeanflug ohne Bodensicht.

Iltis [der], *Ratz, Putorius [Mustela] putorius*, meist dunkel gefärbter *Marder*, von 40 cm Körperlänge; wird oft in Geflügelfarmen schädlich, auch Ei- u. Jungvogelräuber; in Europa u. Mittelasien verbreitet. Das *Frettchen, Mustela furo*, ist die gezähmte Form (Teil-Albino) des I.

Ilvesheim, baden-württ. Gemeinde am Neckar, bei Mannheim, 8000 Ew.; Blindenschule im ehem. Schloß (1700).

Ilz, linker Nebenfluß der Donau, 60 km; entspringt im Böhmerwald, mündet bei Passau.

im... →in...

I. M., Abk. für *Ihre Majestät*.

Imabari, japan. Stadt im NW der Insel Schikoku, 111 000 Ew.; Textilindustrie; Fischereihafen (bes. Goldbarschfang).

Image [ˈimidʒ; das; engl., „Bild“], Reputation, Leumund; das Bild, das sich die Öffentlichkeit von einer Person oder Firma macht oder machen soll; Leitbild, bes. als Begriff der Massen- u. Werbepsychologie.

imaginär [frz.], nur in der Vorstellung bestehend, scheinbar, eingebildet.

imaginäre Einheit, die Quadratwurzel aus –1 ($i = \sqrt{-1}$). *Imaginäre Zahlen* haben i als Faktor (z. B. 4i); sie haben in der →Gaußschen Ebene eine anschauliche Bedeutung. →auch komplexe Zahl.

Imaginärteil →komplexe Zahl.

Imaginismus [lat.], in der russ. Literatur eine 1919–1924 bestehende Richtung, die das dichterische Bild in den Mittelpunkt des künstler. Schaffens stellte; begründet von Wadim G. *Scherschenjewitsch* (*1893, †1942), Höhepunkt mit S. A. *Jesenin*.

Imagisten [lat.], eine Gruppe US-amerikan. u. engl. Lyriker, die im Einklang mit der ästhet. Theorie von Th. E. *Hulme* gedrängte, schmucklose Bildhaftigkeit u. handwerkl. Können erstrebten; benannt nach der von E. *Pound* hrsg. Anthologie „Des Imagistes“ 1914; Hauptvertreter: E. *Pound*, A. L. *Lowell*, H. *Doolittle*, R. *Aldington*. Die Gruppe löste sich bald auf, wirkte aber befruchtend, z. B. auf T. S. *Eliot*.

Imago [die, Mz. *Imagines*; lat., „Bild“], **1.** *Biologie:* das erwachsene, geschlechtsreife Tier bei den Insekten, im Gegensatz zu *Larve* u. *Puppe*; auch als *Vollkerfe* bezeichnet.
2. *Psychoanalyse:* ein im *Unbewußten* wirksames „Bild“ von einer anderen Person, das zum *Leitbild* werden kann, z. B. das Bild der Mutter bei der Gattenwahl des Mannes.

Imago Dei [die; lat., „Bild Gottes“], in der christl. Lehre die Gottebenbildlichkeit des Menschen (1. Mose 1,27).

Imagon [der; lat.], *Tiefenbildner*, ein Spezialobjektiv mit Siebblende (→Blende) für Weichzeichnereffekte (bes. für Porträtaufnahmen) bei Großbildkameras.

Imam [arab., „Anführer“], **1.** der Vorbeter der islam. Gemeinde. Jede Moschee hat einen oder mehrere I.e.
2. bei den *Schiiten* das Oberhaupt der gesamten islam. Gemeinde; er muß aus der Familie des Propheten stammen. Der letzte I. gilt seit Jahrhunderten als verborgen, um am Ende der Zeiten als *Mahdi* (Welterlöser) ein Idealreich zu errichten.
3. Titel der früheren Herrscher von Jemen; danach das Land *Imamat*.

Imamat [das] →Imam (3).

Imamiten, die Anhänger einer Partei im Islam, die glaubt, die Imam-Würde habe sich von *Ali*, dem Vetter des Propheten *Mohammed*, in gerader Linie bis auf den 11. Abkömmling *Imam Hasan al-Askari* (†874) fortgeerbt. Sein Sohn verschwand als Knabe vor der Verfolgung durch die Abbasiden, u. man glaubt, er halte sich in Bagdad verborgen, um als *Mahdi* einst wiederzukehren. Diese Anschauungen stimmen im allg. mit denen der →Schiiten überein.

Imamzade [arab.], Verehrung genießendes Grab der islam. Gemeindeleiter *(Imam)* u. Abkommen des Propheten *(Sadat)* im schiit. Persien; bes. prunkvolle Bauten unter den Safawiden.

Imandrasee, stark gegliederter See in Nordrußland, in der Senke zwischen der Halbinsel Kola u. Lappland, rd. 900 qkm, bis 67 m tief. Sein Abfluß *Niwa* speist mehrere Kraftwerke u. mündet in die Kandalakschabucht des Weißen Meers.

Imari, japan. Stadt im NW der Insel Kyuschu, 62 000 Ew.; Hauptverschiffungshafen von Porzellan nach Europa.

Imari-Porzellan, japan. Porzellan aus Arita (Prov. Hisen), benannt nach dem Ausfuhrhafen Imari; auch als *Arita-Porzellan* bezeichnet.

Imatra, Stadt in Südwestfinnland, an den *I.fällen*, 35 000 Ew.; Kraftwerk, Stahlgewinnung.

Imatrafälle, finn. *Imatrankoski*, Stromschnelle mit Wasserfall (18,4 m) des südfinn. Flusses *Vuoksen (Wuoksen)*; Großkraftwerk.

Imbaba, nordägypt. Stadt bei Cairo, 165 000 Ew.; zahlreiche Industriewerke, Flußhafen.

Imbabura, nördl. ecuadorian. Anden-Departamento, 4817 qkm, 201 000 Ew., Hptst. *Ibarra*; Anbau von Mais, Baumwolle u. Zuckerrohr im Bekken von I., sonst Viehzucht, Gerste- u. Kartoffelanbau in den andinen Teilen.

Imbezillität [lat.], mittlerer Grad des angeborenen oder frühkindlich erworbenen *Schwachsinns*.

Imboden, Max, schweizer. Jurist, *19. 6. 1915 St. Gallen, †7. 4. 1969 Basel; zuletzt Prof. für Verfassungs-, Verwaltungs- u. Steuerrecht in Basel u. Präs. des Schweizer. Wissenschaftsrats; Hptw.: „Rechtsstaat u. Verwaltungsorganisation“ 1951; „Der verwaltungsrechtl. Vertrag“ 1958; „Die Staatsformen“ 1959; „Die polit. Systeme“ 1962; „Rousseau u. die Demokratie“ 1963.

Imbroglio [imˈbroljo; das; ital., „Verwirrung“], *Musik:* rhythmisch komplizierte Stellen, bes. das gleichzeitige Auftreten verschiedener Taktarten, wodurch das rhythm. Empfinden in Verwirrung gebracht wird.

Imbros = Imroz.

IMCO, Abk. für engl. *Intergovernmental Maritime Consultative Organization*, die zur Regelung von Fragen der Schiffahrt errichtete Sonderorganisation der Vereinten Nationen.

Imeretien, *Imerien*, Landschaft im westl. Grusinien (Sowjetunion), im mittleren Rionigebiet. In den unzugängl. Tälern wohnen rd. 500 000 *Imerier*; Zentrum ist die Stadt *Kutaisi*. Die Imerier betreiben hauptsächl. Seidenraupenzucht u. Weinbau, im Gebirge (Kaukasus) Viehzucht. Vorkommen von Mangan bei Tschiatura u. von Steinkohlen bei Tkibuli.

IMF, Abk. für engl. *International Monetary Fund*, →Internationaler Währungsfonds.

Imhof, Eduard, schweizer. Kartograph, *25. 1. 1895 Schiers, Graubünden; Prof. in Zürich, Meister der Geländedarstellung, insbes. der Felsdarstellung; Hrsg. zahlreicher Atlanten; Hptw.: „Schweizer. Mittelschulatlas“; „Gelände u. Karte“ 1950, ³1968; „Kartograph. Geländedarstellung“ 1965; Hrsg. des „Atlas der Schweiz“.

Imhoof-Blumer, Friedrich, schweizer. Numismatiker, *11. 5. 1838 Winterthur, †26. 4. 1920 Winterthur; Sammler altgriech. Münzen; „Kleinasiat. Münzen" 2 Bde. 1901/02.

Imhotep, griech. *Imuthes*, ägypt. Architekt u. Arzt, Ratgeber des Königs Djoser (3. Dynastie, um 2650 v. Chr.); soll die Stufenpyramide von Saqqara u. die Tempel in diesem Bezirk erbaut haben. In hellenist. Zeit wurde er in Memphis als Gott der Heilkunst verehrt u. als in einer Papyrosrolle lesender Priester mit kahlem Schädel dargestellt.

Imidazol [das; grch. + lat.], *Glyoxalin*, heterocyclische Stickstoffverbindung $C_3H_4N_2$, eine wasserlösliche Base; findet sich in vielen Naturstoffen, bes. in den Purinen. I. ist Grundsubstanz der Aminosäure *Histidin*. Verwendung als Zwischenprodukt in der Kunststoff-, Farbstoff-, pharmazeut. Industrie sowie bei der Herstellung von Textilhilfsmitteln, Schädlingsbekämpfungsmitteln u.a. Produkten.

Imide [grch.], chem. Verbindungen, die den *Amiden* entsprechen, aber die Imido-(Imino-)Gruppe (= NH–) im Molekül enthalten. Es sind Säurederivate mit doppelt gebundenem Stickstoff.

Imitatgarn [lat.], lose gedrehtes, nach dem Streichgarnverfahren hergestelltes wollähnliches Baumwollgarn.

„Imitatio Christi" [lat.] →Nachfolge Christi.

Imitation [lat.], **1.** *allg.:* Nachahmung.
2. *Musik:* das Wiederholen eines bestimmten charakterist. Motivs in den verschiedenen Stimmlagen eines Musikstücks; ein Kompositionsprinzip, das bereits die Volksmusik kennt u. das dann bes. für die *Polyphonie* charakteristisch wurde, anfangs in einfachen Formen (einfache Wiederholung, auch in rhythmischer Abwandlung), dann bes. im →Kontrapunkt mit vielen Sonderformen: Verkleinerung, Vergrößerung, Umkehrung eines Motivs u.a., die von entscheidender Bedeutung für *Kanon, Fuge* u. *Invention* wurden. Später erschien das gleiche Prinzip in der *Variation* wieder, hier allerdings nicht mehr auf das einzelne Motiv allein, sondern auf Motivgruppen u. ganze Melodien bezogen, auch ohne die für den ursprüngl. imitierenden Stil charakteristische Strenge.

Imkerei, Zweig der Landwirtschaft, der sich mit der Haltung bzw. Zucht der →Honigbiene befaßt. Geerntet werden Honig, Wachs u. auch Bienengift. Genutzt wird die Bestäubungstätigkeit im Obst-, Ölfrucht- u. Samenbau; ihr volkswirtschaftl. Nutzen beträgt das 10- bis 15fache des Werts der Honig- u. Wachsernte. In Dtschld. wird die I. vorwiegend als Hobby oder Nebenerwerb betrieben. Haupterwerbs-I.en sind selten. Die Zahl der Bienenvölker betrug in der BRD 1968 rd. 1 Mill., die der I.en rd. 100000. Der Honig-Durchschnittsertrag je Volk liegt bei 7,5 kg. – Die bienenkundl. Institute der BRD sind in der *Arbeitsgemeinschaft der Institute für Bienenforschung*, Celle, zusammengefaßt.

Immaculata [lat., „die Unbefleckte"], röm.-kath. Ehrenname *Marias*, die „unbefleckt empfangen", vom ersten Augenblick ihrer Existenz an von jedem Makel der Sünde u. Erbsünde frei war u. späterhin „vor, in u. nach der Geburt" Jesu Jungfrau blieb. Da der Tod „der Sünde Sold" ist, brauchte Maria nicht zu sterben. Sie starb aus freiwilliger Solidarität mit der todgeweihten Menschheit.

immanent [lat., „darin bleibend"], innewohnend, darin enthalten, seine Systemgrenzen einhaltend (Gegensatz: *transzendent*). So ist z.B. die Vorstellung dem Bewußtsein immanent; für den Pantheismus ist Gott der Welt immanent.

immanente Interpretation, eine Methode der Literaturdeutung, die ein dichterisches Kunstwerk nur aus diesem selbst heraus, u. zwar aus Gehalt, Stil, Technik, Form, Struktur, verstehen will u. auf alle „außerdichterischen" Erklärungen (z.B. aus der Biographie des Verfassers, aus histor. u. sozialen Umständen der Entstehung) verzichtet. Ihr gegenüber stehen u.a. die positivist., die geistesgeschichtl., die soziolog., die psycholog. u. die mathemat. Betrachtungsweise. Die moderne Werkinterpretation bedient sich heute kritisch aller Betrachtungsweisen.

Immanenzphilosophie, *immanente Philosophie*, die von Wilhelm *Schuppe* (*1836, †1913), Anton von *Leclair* (*1848, †1919), Richard von *Schubert-Soldern* (*1852, †1935) u.a. vertretene Lehre, daß alles Sein Bewußtseinsinhalt sei. In verwandtem Sinn spricht man von *Erfahrungsimmanenz* u. *Immanenz-Ontologie* (Günther *Jacoby*, *1881, †1969).

Immanuel, *Emanuel* [hebr., „Gott (ist) mit uns"], männl. Vorname, ursprüngl. symbolischer Name des A.T. u. Beiname des Heilands; span. u. portug. *Manuel*, jüd. Kurzform *Mendel*.

Immaterialismus, *Philosophie:* die Auffassung, daß die materielle Wirklichkeit entweder überhaupt nicht real oder bloße Erscheinungswirklichkeit, d.i. Erscheinungsform eines geistigen Prinzips, sei. Für G. *Berkeley* ist die Materie nicht wirklich, sondern eine abstrakte Idee. Für G. W. *Leibniz* ist sie Erscheinung eines seel. Seins.

Immatrikulation [lat.], Einschreibung (d.h. Aufnahme) in das Studentenverzeichnis *(Matrikel)* einer Hochschule; Gegensatz: *Exmatrikulation*.

immediat [lat.], unmittelbar.

Immediateingabe, bei der obersten Instanz vorgebrachte Eingabe in Rechtsangelegenheiten *(Immediatsachen)*.

Immelmann, Max, Jagdflieger des 1. Weltkriegs, *21. 9. 1890 Dresden, †18. 7. 1916 bei Sallaumines, Flandern (nach 15 Abschüssen verunglückt); zusammen mit O. *Boelcke* Begründer der dt. Luftkampftechnik. – *I.-Turn*, eine von I. zuerst geflogene Kunstflugfigur.

Immen →Bienen.

Immenblatt = Melittis.

Immendingen, baden-württ. Gemeinde (Ldkrs. Tuttlingen), bekannt durch die zeitweilige *Donauversickerung* in den Kalkstein der Schwäbischen Alb, 4200 Ew.; Maschinenindustrie, Basaltwerke.

Immenstadt im Allgäu, bayer. Stadt in Schwaben (Ldkrs. Oberallgäu), 731 m ü.M., zwischen Iller u. Alpsee am Fuß des *Immenstädter Horns* (1490 m), 14000 Ew.; vielseitige Kleinindustrie; Kurort u. Wintersportplatz.

Immergrün, *Singrün, Vinca*, Gattung der *Hundsgiftgewächse*; kleine, immergrüne Stauden Südeuropas u. des Vorderen Orients, mit blauen, einzeln stehenden Blüten. Das *Kleine I., Vinca minor*, eignet sich zur Bedeckung schattiger Bodenstellen in Parkanlagen u. auf Friedhöfen. – Der Name *I.* ist auch für den Efeu gebräuchlich.

Immermann, Karl Leberecht, Schriftsteller, *24. 4. 1796 Magdeburg, †25. 8. 1840 Düsseldorf; dort seit 1827 Landgerichtsrat u. 1832–1837 Theaterleiter. Sein literar. Werk führte von der Romantik zu einem für Landschaft, Volk u. Geschichte aufgeschlossenen Realismus. Hptw.: die zeitkrit. Romane „Die Epigonen" 1836 u. „Münchhausen" 1839 (mit der eingefügten Dorfgeschichte „Der Oberhof"); das hintergründige Gottsucherspiel „Merlin" 1832; „Tulifäntchen" 1830, ein humorist. phantast. Heldenepos in Trochäen; kulturhistor. wertvolle „Memorabilien" 1840–1843. – 📖3.1.1.

Immersion [lat.], **1.** *Astronomie:* der Eintritt eines Mondes in den Schatten seines Planeten.
2. *Physik:* die Einbettung eines Stoffs in einen andern Stoff, der gewisse erwünschte physikal. Eigenschaften hat. →Ölimmersion.

Immission [lat.], *Sachenrecht:* die Einwirkung von unkörperl. Störungen (z.B. Geräusche, Erschütterungen, Gase, Gerüche, Dampf u. Wärme) von einem Nachbargrundstück her. Der Eigentümer kann I. insoweit nicht verbieten, als die Einwirkung die Benutzung seines Grundstücks nicht oder nur unwesentlich beeinträchtigt. Auch wesentliche Beeinträchtigungen kann der Eigentümer nicht verbieten, wenn sie durch eine ortsübliche Benutzung herbeigeführt werden u. nicht durch Maßnahmen verhindert werden können, die wirtschaftl. zumutbar sind. Er kann jedoch in diesem Fall u.U. einen angemessenen Ausgleich in Geld verlangen (§906 BGB). →auch Umweltschutz.
In *Österreich* gelten, mit nur geringen Abweichungen, ähnl. Vorschriften (§§364, 364a ABGB). – In der *Schweiz* sind bei I.en, die nach Lage u. Beschaffenheit der Grundstücke oder nach Ortsgebrauch nicht gerechtfertigt sind (Art. 684 Abs. 2 ZGB), Ansprüche auf Beseitigung, vorbeugenden Schutz u. Schadenersatz gegeben.

Immobiliarklausel, die bes. Ermächtigung für *Prokuristen* zur Veräußerung u. Belastung von Grundstücken *(Immobilien)* des Unternehmens (§49 Abs. 2 HGB); sie erweitert den gesetzl. Umfang der →Prokura.

Immobilien [lat.], *Liegenschaften*, unbewegliche Sachen; im Recht Bez. für Grundstücke u. grundstücksgleiche Rechte (z.B. Erbbaurecht, Erbpachtrecht, Bergwerkseigentum). Besondere Rechtsvorschriften enthalten die §§873ff. BGB (Rechte an I.), die Grundbuchordnung u. die §§864ff. ZPO. Die Übertragung des Eigentums an I. u. die Belastung von I. bedarf der Eintragung in das *Grundbuch*.
In der *Schweiz* sind die wichtigsten Rechtsvorschriften über die I. im 4. Teil (Sachenrecht) des ZGB, insbes. in den Art. 655ff., u. in der Verordnung betreffend das Grundbuch vom 22. 2. 1910 enthalten. – *Österreich:* §§291ff., 353ff., 447ff. ABGB. – Gegensatz: *Mobilien*, bewegliche Sachen.

Immobilienfonds [-fɔ̃:], Sondervermögen für eine Vermögensanlage in Grundstücken, die mit Wohn- oder Geschäftshäusern bebaut sind oder bebaut werden sollen. *Geschlossene I.* sind objektgebunden. Bei der gesellschaftsrechtl. Form ist eine Kommanditgesellschaft Eigentümerin der Grundstücke, u. der Inhaber der Zertifikate *(Hausbesitzerbrief)* ist Kommanditist. Bei der treuhänder. Form wird eine Treuhandgesellschaft als jurist. Person Grundstückseigentümerin, u. die Anteilseigner werden durch Auflassungsvermerk im Grundbuch eingetragen. In beiden Fällen der geschlossenen I. kommen die Zeichner in den Genuß der steuerlichen Abschreibung. – *Offene I.* sind nicht objektgebunden, vielmehr wird durch An- u. Verkauf von Grundstücken eine breitere Risikostreuung erreicht. Die Zertifikate werden an der Börse gehandelt u. unterliegen der Börsenumsatzsteuer. Anlagevorschriften, Depotbank u. Bewertung der Grundstücke sind für die offenen I. im *Gesetz über Kapitalanlagegesellschaften* in der Fassung vom 14. 1. 1970 geregelt. Geschlossene I. unterliegen z.Z. nur den allg. Rechtsvorschriften des BGB, HGB u. des Steuerrechts.

Immobilisation [lat.], das Unbeweglich-Machen von Tieren zum Einfangen, Festhalten oder Untersuchen; mit mechanisch wirksamen Mitteln (Seile, Fangnetz) oder durch intramuskulären Einschuß von muskellähmenden Substanzen mit Hilfe des →Narkosegewehrs.

Immoralismus [lat.], allg. Nichtanerkennung moralischer Verbindlichkeiten u. Werte; →auch Amoralismus.

Immortalität [lat.] →Unsterblichkeit.

Immortelle [lat., frz.], die Gartenstrohblume; →Strohblume.

Immram [das, Mz. *I.a*], eine irische Abenteuergeschichte aus dem MA., die von Seefahrern handelt; am bekanntesten ist das aus dem 10. Jh. stammende „I. Curaig Maele Dúin", dessen Held die Insel des hl. Brendan findet.

immun [lat.], geschützt, unempfindlich, z.B. gegen Krankheitserreger.

Immunbiologie →Immunität (2); *Institut für I.* →Max-Planck-Gesellschaft.

immunisieren [lat.], **1.** *allg.:* unempfindlich machen.
2. *Physiologie:* die →Immunität (2) bewirken.
3. *Textiltechnik:* Oberflächen von Fasern zwecks Änderung der Farbstoffaffinität chem. verändern. Durch Verarbeitung zusammen mit nicht immunisierten Fasern gleicher Art ergeben sich Zweifarbeffekte.

Immunität [lat.], **1.** *Kirchenrecht:* die früher insbes. von der kath. Kirche beanspruchte Befreiung kirchl. Personen, Orte u. Güter von öffentl. Diensten, Leistungen u. Lasten, die mit dem geistl. Stand unvereinbar sind; sie umfaßte z.T. auch allg. Abgabenfreiheit des Klerus u. des Kirchenvermögens; in der BRD heute noch anerkannt als persönl. I. der Geistlichen beider Konfessionen von Wehrdienst, öffentl. Ämtern, Schöffen- u. Geschworenendienst u. von Vormundschaft.
2. *Physiologie u. Medizin:* 1. *i.w.S.* der (erworbene) Zustand eines Organismus, in dem durch Bildung von *Antikörpern* die Reaktionsfähigkeit des Organismus gegenüber einem →Antigen (Krankheitserreger oder Schädiger) in bestimmter Weise verändert ist. Die Anwesenheit der Antikörper bedingt den Immunzustand; ihre Bildung wird durch das eindringende Antigen ausgelöst. Gelangen später erneut Antigene in den Körper (z.B. bei einer zweiten Infektion), so wirken die Abwehrmaßnahmen durch die noch vorhandenen Antikörper so rasch, daß es meist nicht mehr zu einer Erkrankung kommt. – Zuweilen wird die →Resistenz als *natürliche I.* bezeichnet, im Gegensatz zur sekundären, erworbenen I. im beschriebenen Sinn.
2. *i.e.S.* die Unempfänglichkeit für eine bestimmte Krankheit (insbes. für eine Infektionskrankheit). Sie beruht meist auf Schutzstoffen (Antikörpern) im Blut, die entweder angeboren vorhanden oder erworben sind. *Aktive I.* liegt vor, wenn sich Antikörper im Organismus selbst gebildet haben: 1.

nach Überstehen einer Infektionskrankheit durch im Körper verbleibende natürliche Erreger; 2. durch Reaktion auf abgeschwächte oder abgetötete Erreger, die durch →Impfung in den Körper gebracht wurden (natürl. u. künstliche aktive I.). *Passive I.* wird erzielt durch Einspritzung von Serum, das Antikörper enthält (Immunisierung). *Simultanimmunisierung* ist die Verbindung von Impfung u. Immunisierung. →auch Heilserum.
3. *Recht:* die Freistellung bestimmter Personen von der Anwendung staatlicher Zwangsgewalt, vor allem der Strafgewalt. 1. *Staatsrecht:* I. der Parlamentsabgeordneten. In der BRD darf ein Abgeordneter wegen einer mit Strafe bedrohten Handlung nur mit Genehmigung des Bundestags zur Verantwortung gezogen oder verhaftet werden, es sei denn, daß er bei Begehung der Tat oder im Lauf des folgenden Tages festgenommen wird (Art. 46 GG). Jedes Strafverfahren, jede Haft u. jede sonstige Beschränkung seiner persönl. Freiheit ist auf Verlangen des Bundestags auszusetzen. Ähnliches gilt für die Landtage der Länder. Das Parlament kann aber die I. aufheben u. die Strafverfolgung gestatten. Die *I.sausschüsse* bereiten entspr. Entscheidungen des Parlamentes vor. Bei Beendigung der Abgeordneteneigenschaft können Strafverfolgungsmaßnahmen eingeleitet werden, mit Ausnahme der Indemnitäts-Fälle (→Indemnität). – Ähnliches gilt in Österreich für die Mitglieder des Nationalrats u. der Landtage.
2. nach *Völkerrecht* genießen I.srechte: fremde Staatsoberhäupter, Diplomaten (oder sonstige Staatsvertreter kraft bes. Verträge) sowie in bestimmten Fällen Angehörige der Streitkräfte auf fremdem Staatsgebiet. (Einzelheiten hierzu werden vertragl. festgelegt, z.B. für die Truppen der USA, Frankreichs u. Großbritanniens in der BRD im sog. Truppenvertrag vom 23. 10. 1954.) Zur Rechtsstellung der *Diplomaten:* →Exterritorialität. Hier bedeutet *I.* auch Freistellung vom Verwaltungszwang sowie in bestimmtem Umfang auch Abgabenfreiheit u. Zollfreiheit. – ⬜4.1.2. u. 4.1.1.
4. *Rechtsgeschichte:* im röm. u. im Merowingerreich die Freiheit der kaiserl. Domänen bzw. des Königsgutes u. gewisser Privatgüter von öffentl. Leistungen u. Abgaben. Im Frankenreich wurde die I. auf den Adelsbesitz ausgedehnt (Pariser Edikt von 614); zur Abgabenfreiheit gesellte sich das Verbot für öffentl. Beamte, im I.sgebiet Amtshandlungen vorzunehmen. Die staatl. Funktionen, insbes. die niedere Gerichtsbarkeit, übte allein der I.sherr aus, meist durch einen Beauftragten, den *Vogt.*
Immunkörper →Antikörper.
Immunologie [lat. + grch.], *Immunitätslehre,* die Wissenschaft von der →Immunität (2) u. den immunbiolog. Reaktionsweisen des Organismus; begründet bes. durch die Arbeiten von E. A. von *Behring* u. *I. I. Metschnikow.* Die I. liefert entscheidende Beiträge vor allem zur Bekämpfung u. Behandlung der Infektionskrankheiten sowie für die Transplantations-Chirurgie. →auch Immunosuppression, Serologie.
Immunosuppression [lat.], die Gesamtheit der Maßnahmen zur Unterdrückung der Abwehrreaktionen des Empfängerorganismus gegen ein körperfremdes Spenderorgan (Spendergewebe) bei der →Transplantation, um das Abstoßen des Fremdorgans bzw. -gewebes zu verhindern. Hierzu gehören entspr. wirksame *Arzneimittel,* u. zwar vor allem Kortikoide (Nebennierenrindenhormone u. verwandte Stoffe), ALS (→Antilymphozytenserum) sowie antimetabolische u. zytostatische Substanzen (→Zytostatika), u. *radiologische* Maßnahmen (sog. Ganzkörper-Röntgenbestrahlung) zur Ausschaltung oder Schwächung der natürl. Abwehrkräfte des Organismus.
Immunserum, Serum mit →Antikörpern gegen bestimmte Krankheitserreger; →Immunität (2).
Imnau, *Bad I.,* baden-württ. Kurort an der Eyach, südwestl. von Tübingen, seit 1973 Ortsteil von Haigerloch.
Imogen [engl. 'ɪmədʒən], engl. weibl. Vorname, vermutl. aus *Innogen* [zu altirisch. *ingen,* „Tochter, Mädchen"].
Imola, italien. Stadt in der Region Emìlia-Romagna, am Santerno, 56000 Ew.; Dom (12. Jh.), Kloster San Francesco; Metall- u. keram. Industrie; bei I. eine 5,017 km lange Asphaltrennstrecke für den Kraftfahrsport mit 16 Kurven im hügeligen Gelände.
Imoschagh, das Volk der →Tuareg in der Sahara.
imp., Abk. für →imprimatur.

Impala, *Schwarzfersenantilope, Aepyceros melampus,* eine *Antilope* von 95 cm Schulterhöhe; das Männchen mit bis 50 cm langen geringelten Hörnern. Die I. lebt in kleinen Rudeln in Angola, Botswana u. Ostafrika.
Impasto [das; ital.], frz. *Empâtement,* eine Maltechnik mit dickem, meist unregelmäßigem Farbauftrag, meist durch Spachtel statt Pinsel.
Impatiens [lat.] →Springkraut.
Impeachment [ɪm'piːtʃmənt, engl.], in den USA die öffentliche Klage gegen den Präsidenten oder hohe Beamte wegen Hochverrats, Bestechung u.a. schwerer Verbrechen u. Vergehen. Die Klage wird vom Repräsentantenhaus erhoben und im Senat verhandelt. Dem Angeklagten droht Amtsverlust. Wegen eines drohenden I.s trat Präsident R. *Nixon* 1974 zurück.
Impedanz [die; lat.], *Elektrotechnik:* der Wechselstromwiderstand; →Widerstand.
Imperativ [der; lat. *imperare,* „befehlen"], 1. *Ethik:* das Gebot der Pflicht, z.B. der *kategorische I.*
2. *Grammatik:* die *Befehlsform,* die im Konjugationssystem des Verbums die den Befehl zu einer Handlung bezeichnende Moduskategorie ausdrückt; z.B. dt. „komm"!
imperatives Mandat →Mandat; →auch Rätesystem.
Imperator [Mz. *I.en;* lat.], im alten Rom Ehrentitel des siegreichen Feldherrn, der von seinen Soldaten nach einem Sieg zum I. ausgerufen wurde; seit *Cäsar* Ehrentitel der röm. Kaiser; in der engl. u. französ. Sprache Bez. für *Kaiser.*
Imperatorrücken, früher *Kamtschatka-Midway-Rücken,* eine untermeer. Schwelle im nördl. Pazif. Ozean, die aus dem Gebiet der östl. Aleuten südsüdostwärts zum Hawaiirücken zieht; aufgebaut aus einer großen Zahl von Kuppen, die aus Tiefen von 5000–6000 m bis –1 m aufragen *(Milwaukeebank).* Der I. trennt das Nordwest- u. Nordostpazif. Becken.
Imperfekt [das; lat.], *Grammatik:* das Tempus zur Bez. nicht abgeschlossener Handlungen in der Vergangenheit; im Dt. stark (mit Ablaut, z.B. „aß") oder schwach (mit Suffix „-te", z.B. „kaufte") gebildet; →auch Präteritum.
imperfektiv [das; lat.], *Grammatik:* der unvollendete (eine Handlung als unvollendet interpretierende) *Aspekt.* Im Russ. hat fast jedes Verbum einen imperfektiven u. einen perfektiven Stamm.
Imperia, italien. Stadt in Ligurien, an der Mündung des Impero in das Ligur. Meer, 1923 durch Vereinigung von *Porto Maurizio* u. *Onèglia* entstanden, Hptst. der Provinz I. (1155 qkm, 230000 Ew.), 39000 Ew.; Kastell; Seebad, Hafen; Glas- u. Nahrungsmittelindustrie.
imperial [lat.], kaiserl.; die Weltmacht betreffend.
Imperial Chemical Industries Ltd. [ɪm'piːrɪəl 'kemɪkəl ɪn'dʌstrɪːz], Abk. *ICI,* London, 1926 durch Zusammenschluß von 4 Chemiefirmen gegr. Konzern der brit. chem. Industrie; das bedeutendste Industrieunternehmen Großbritanniens, mit zahlreichen in- u. ausländ. Tochtergesellschaften; Konzernumsatz 1978: 4533 Mill. Pfund; 192000 Beschäftigte.
Impériale [ɛ̃peri'al; das; frz.], Kartenspiel zwischen zwei Teilnehmern mit einer Pikettkarte.
Imperialismus [zu *Imperium*], das Streben eines Landes oder seiner Führung(sschicht) nach größtmöglicher Macht über andere Länder (als Kolonien, Provinzen, u.ä.), bes. nach der Weltherrschaft; oft, zumindest nach außen hin, verbunden mit einem weltanschaul. Sendungsbewußtsein oder dadurch angetrieben.
Im Altertum waren Makedonien-Griechenland unter Alexander d. Gr. u. das Rom der Kaiserzeit die erfolgreichsten imperialist. Mächte, denen die Beherrschung der damals bekannten Welt nahezu vollständig gelang. Mittelalterl. Vertreter des I. waren der Islam, die christl. Kirche u. einzelne weltl. Herrscher, bes. einige Vertreter des *universalen Kaisertums.* Mit dem Aufkommen der Nationalstaaten u. der Erweiterung der geograph. Kenntnisse entstanden nationalstaatl.-koloniale Imperien: der span., portugies., niederländ., französ., engl., russ. u. US-amerikan. I. Der span. I. war gefärbt vom kath. Bekehrungseifer, der engl. vom puritan. Sendungsbewußtsein u. von der Kulturmission des weißen Mannes, Ideen, die der russ. I. von byzantin.-orth. u. panslawist. Freiheitsideen. Stets war jedoch grundlegend für den I. ein wirtschaftl. Interesse: im Altertum vornehml. Tributpflicht, der Zugang zu wichtigen Rohstoffen u. der Sklavenhandel, in der Neuzeit vornehml. die Schaffung neuer Absatzmärkte u. die Gewinnung neuer Möglichkeiten der Kapitalanlage (Wirtschafts-I.).
Zum polit. Schlagwort wurde der I. zuerst (seit den 1880er Jahren) in Großbritannien, wo er ein bestimmtes Programm zur inneren Festigung des sich lockernden brit. Weltreichs (Empire) bezeichnete. In Dtschld. bedeutete er eine Erweiterung des Bismarckschen Nationalstaats zur „Weltmacht", in Italien ein Streben nach Wiederherstellung der altröm. Mittelmeerherrschaft. In Dtschld. u. Italien wurde dem I. durch die beiden Weltkriege ein Ende gesetzt. Aber auch dem engl. u. französ. I. wurde durch den Verlust bzw. die Gefährdung des Kolonialbesitzes der Boden entzogen, so daß seit Ende des 2. Weltkriegs der in den letzten Jahrzehnten des 19. Jh. entstandene *Kolonial-I.* der raschen polit. Verselbständigung der ehem. Kolonien gewichen ist.
Im Unterschied davon hat sich in der Gegenwart durch die sowjetruss. Herrschaft bes. im Ostblock eine neue Form des I. ausgebildet, die unter dem Schlagwort von der Befreiung des Proletariats aus kapitalist. Versklavung steht. Dem gegenüber steht die von den USA u. ihren Verbündeten vertretene Losung von der Befreiung der Völker aus der Knechtschaft von Diktaturen, die ihrerseits sehr häufig nur wieder ein Vorwand ist, den wirtschaftl. Einfluß der USA u. Westeuropas in fremden Ländern zu sichern.
Die Mittel zur Durchsetzung des I. reichen von der brutalen militär. Unterwerfung über polit.-diplomat. Maßnahmen (Schutzverträge, Protektorate, Aufdrängung von polit. u. militär. Beratern) u. finanzielle Transaktionen (Anleihen, Wirtschaftshilfe, Subsidien, Konzessionen) bis zu den propagandist. Methoden (Presse, Rundfunk, Kulturveranstaltungen u. ä.). Der moderne Wirtschafts-I. unterscheidet sich vom früheren Kolonial-I. oft nur äußerlich. – *Lenin* hat den I. als höchste u. letzte Stufe des →Kapitalismus angesehen. – ⬜5.3.4.
Imperium [das, Mz. *Imperien;* lat., „Befehlsgewalt, Befehl"], ursprüngl. die unumschränkte militär. u. zivile Macht der hohen Beamten im alten Rom, zunächst auf 1 Jahr beschränkt, dann auch für längere Zeit verliehen; I. hieß bald auch das Land, in dem die Gewalt der Beamten ausgeübt wurde. Von daher hieß seit dem 1. Jh. n.Chr. das Römische Reich *I. Romanum,* ebenfalls im MA das Heilige Röm. Reich.
Impersonalien [lat.], Sätze ohne bestimmtes logisches Subjekt, Sätze, die mit „es" beginnen („es regnet"); in der *Philosophie* für die Lehre vom *Urteil* als „subjektlose Sätze" ein Problem.
impetuoso [ital.], musikal. Vortragsbez.: ungestüm, heftig.
Impfbuch, ein Heft, das jedem Impfling bei der ersten Impfung ausgestellt wird u. in das alle Impfungen eingetragen werden. Das I. ersetzt die früher üblichen *Impfscheine.*
impfen →Impfung.
Impferde, Knöllchenbakterien enthaltende Erde, die auf einem erstmalig mit Hülsenfrüchtlern zu bebauenden Boden gebracht wird; →auch Bodenimpfung.
Impfpistole, für Massenimpfungen (z.B. bei Maul- u. Klauenseuche) in der Veterinärmedizin verwendete Impfspritze mit selbsttätiger, genau dosierter, fortlaufender Impfstoffentnahme. Auch in der Humanmedizin wird die I. für Reihenimpfungen gegen verschiedene Krankheiten benutzt.
Impfschein, die Bescheinigung über eine vorgenommene einzelne Impfung. Nach dem *Bundes-Seuchengesetz* vom 18. 7. 1961 (zuletzt geändert

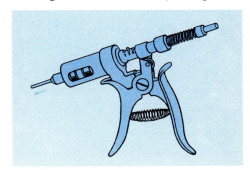

Impfpistole

Impressionismus

Auguste Renoir, Ball im Moulin de la Galette; 1876. Paris, Louvre

Adolph von Menzel, Das Balkonzimmer; 1845. Berlin, Staatl. Museen Preuß. Kulturbesitz, Nationalgalerie (links). – Lovis Corinth, Inntallandschaft; 1910. Berlin, Nationalgalerie (rechts)

Impressionismus

Camille Pissarro, Die roten Dächer; 1877. Paris, Louvre

Claude Monet, Felder im Frühling; 1887. Stuttgart, Staatsgalerie

Edouard Manet, Ein Zweig weißer Päonien; 1864. Paris, Jeu de Paume

IMPRESSIONISMUS

Alfred Sisley, Die Überschwemmung; 1876. Paris, Louvre

Max Slevogt, Zitronenstilleben; 1921. Berlin, Nationalgalerie (links). – Max Liebermann, Terrasse im Restaurant Jacob in Nienstedten an der Elbe; 1902/03. Hamburg, Kunsthalle (rechts)

Impfung

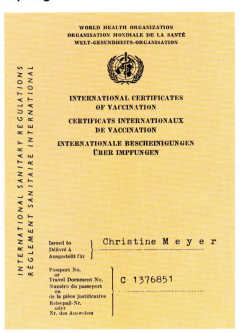

Impfschein: Internationale Impfbescheinigung der Weltgesundheitsorganisation

durch Gesetz vom 25. 8. 1971) sind nunmehr alle Impfungen in einem →Impfbuch zu vermerken.
Impfung, *Vakzination,* **1.** *Landwirtschaft:* →Bodenimpfung.
2. *Medizin:* Maßnahme zum Schutz gegen Infektionskrankheiten *(Schutz-I.).* Durch abgeschwächte oder abgetötete Krankheitserreger, die in den Körper gebracht werden, wird eine milde verlaufende Form der betreffenden Krankheit hervorgerufen, die für längere Zeit →Immunität hinterläßt *(Immunotherapie).* Die Abschwächung der Erreger wird durch ihre Züchtung in bestimmten Tierarten oder Nährböden erreicht.
Bei der Pocken-I., die auf den engl. Arzt. E. *Jenner* zurückgeht, wird mit Pockenlymphe, dem Inhalt der Kuhpockenblase vom Kalb, geimpft. Kleine, oberflächliche, mit der *Impflanzette* hergestellte Hautritzer werden mit dieser Lymphe bestrichen, worauf an der Impfstelle eine leichte, mit Unpäßlichkeit, Fieber u. Bildung kleiner Eiterbläschen verlaufende Impfkrankheit hervorgerufen wird, die ihrerseits immun gegen echte Pocken macht. In den meisten Kulturländern ist die Pocken-I. obligatorisch, wodurch diese einst weitverbreitete Krankheit dort weitgehend unter Kontrolle gebracht werden konnte.
Von Impfgegnern wird der I. Impfzwang angegriffen, weil in seltenen Einzelfällen Impfschäden vorkommen u. weil er als Eingriff in die körperl. Sphäre des einzelnen angesehen wird. Doch müssen die Länder, die keinen allg. Impfzwang haben, in Kauf nehmen, daß sie bis heute nicht von Pocken frei sind. Es schützt nur die Gemeinschafts-I. vollkommen, nicht die Individual-I. Daher gilt in der BRD für jedes Kind die Verpflichtung, sich gegen Pocken impfen zu lassen, u. zwar vor Ablauf des auf das Jahr seiner Geburt folgenden Kalenderjahrs. Impfzwang besteht auch für Krankenpflegepersonal u. solche Personen, die in der Erforschung u. Bekämpfung der Pockenkrankheit tätig sind.
Die I. u. die nach 6–8 Tagen vorzunehmende Nachschau werden in ein *Impfbuch* eingetragen. Sie dürfen nur von approbierten Ärzten vorgenommen werden, u. zwar gebührenfrei durch die Gesundheitsämter oder privat durch den Hausarzt. Auch gegen andere Infektionskrankheiten werden →Schutzimpfungen durchgeführt, z.B. gegen Diphtherie, Tetanus, Keuchhusten, Fleckfieber, Typhus, Cholera, Gelbfieber, spinale Kinderlähmung u. Masern; Tuberkulose-I.: →BCG-Impfung. – ▫9.9.1.
3. *Mikrobiologie:* Beimpfung, die Übertragung von Mikroorganismen auf einen festen Nährboden oder eine Nährlösung mit Hilfe einer *Impföse* oder *Impfnadel,* um eine Reinkultur zu erhalten.
Impfzwang, die gesetzl. angeordnete Pflicht, sich einer Schutzimpfung zu unterziehen. Für die Pockenschutzimpfung ordnet ein Bundesgesetz vom 18. 5. 1976 den I. an. Zwangsimpfungen gegen Cholera, Typhus u. Diphtherie können aufgrund des *Bundes-Seuchengesetzes* vom 18. 7. 1961 (zuletzt geändert durch Gesetz vom 25. 8. 1971) angeordnet werden. Für Gesundheitsschäden infolge dieser angeordneten oder behördl. nur empfohlenen Impfungen hat der Staat Entschädigung zu leisten. – In der DDR besteht I. gegen Pocken, Tuberkulose, spinale Kinderlähmung, Wundstarrkrampf u. (für Kleinkinder) gegen Diphtherie u. Keuchhusten. – In Österreich sind die Bestimmungen über den I. im Impfgesetz vom 30. 6. 1948 enthalten. – In der Schweiz besteht bezügl. der Pocken kein I., jedoch ist die Schutzimpfung gegen Wundstarrkrampf (Tetanus) obligatorisch.
Imphal [imp'hʌl], Hptst. des ind. Bundesstaats *Manipur* (an der Grenze von Assam nach Birma), in einem intramontanen Becken des Manipurflusses, 800 m ü. M.; weitgestreute, aus mehreren Siedlungen bestehende Stadt mit 70 000 Ew.
Implantation [lat.], **1.** *Chirurgie:* die Einpflanzung körperfremder Gewebe oder Stoffe, z.B. eines Hormonkristalls bei hormonalen Ausfallerscheinungen.
2. *Zoologie:* Nidation, die Einnistung des befruchteten Säugetiereis in die Uterusschleimwand.
Implosion [lat.], plötzl. Eindrücken der Wände eines hohlen Körpers durch den äußeren Druck (Luftdruck); →auch Explosion.
Imponderabilien [Mz.; lat.], ursprüngl. „unwägbare" Stoffe (z.B. der Äther); daraus verallgemeinert: unfaßbare, kaum merkliche, undefinierbare, aber trotzdem oft wichtige Einflüsse u. Faktoren.
imponieren [lat.], *Verhaltensforschung:* Bez. für ein ritualisiertes Aggressionsverhalten ohne Kampftendenz (→Kampf), im Gegensatz zum *Drohverhalten;* Bestandteil der →Balz. Paradiesvögel z.B. imponieren mit Zierfedern, Kampfläufer mit ihrem Halskragen; Antilopen stellen den Körper in Breitstellung. – ▫9.3.2.
Import [der; lat.] →Einfuhr.
Impotenz [lat.], *Impotentia,* Zeugungsunfähigkeit, bes. des Mannes (männl. Unfruchtbarkeit). Hierbei ist zu unterscheiden zwischen Beischlafunfähigkeit, *Impotentia coeundi* (*I. i.e.S.*, sog. *Mannesschwäche*), wobei entweder Störungen der Gliedsteifung *(erektive I.)* oder des Samengusses *(ejakulative I.)* vorliegen, u. Zeugungsunfähigkeit, *Impotentia generandi,* wobei trotz normal vollziehbaren Beischlafs eine Befruchtung unmöglich ist, weil in der Samenflüssigkeit gar keine oder zu wenig lebende, befruchtungstüchtige Samenzellen (Spermien) vorhanden sind. Die Ursachen der I. sind entweder seelischer oder körperlicher Art u. müssen durch ärztl. Untersuchung jeweils geklärt werden, um eine entsprechende Behandlung durchführen zu können. – ▫9.8.4.
impr., Abk. für →imprimatur.
Imprägnationslagerstätten, Erzlagerstätten, die durch aufsteigende Dämpfe u. Lösungen magmat. Ursprungs beim Eindringen in poröses Nebengestein entstanden sind; oft an alte Vulkanschlote u. vulkan. Brekzienzonen gebunden.
imprägnieren [lat.], **1.** feste Stoffe, z.B. Holz, Papier oder Gewebe, mit Flüssigkeiten zu bestimmten Eigenschaften durchtränken, zum Schutz gegen Fäulnis, Wasserdurchlässigkeit, Mottenfraß u.a.; →auch Holzschutz.
2. Kohlensäure in Wein einpressen, um ihn aufzufrischen.
Impresario [ital.], früher der Geschäftsführer künstlerischer Unternehmungen, bes. der Opern-, Konzert- u. Zirkusunternehmen.
Impressionismus [lat.]. *Kunst:* eine Stilrichtung im letzten Drittel des 19. Jh. zu Beginn des 20. Jh., die den augenblicksgebundenen, natürlichen Eindruck (die objektive *Impression*) eines Objektes zum eigenwertigen Inhalt der künstler. Darstellung machte u. das Objekt nicht mehr nur als Bedeutungsträger für eine darüber hinausgehende „Aussage" verstanden wissen wollte. Anlaß für die Prägung des Wortes I. war das 1874 in Paris ausgestellte Gemälde „Impression – soleil levant" von C. *Monet.* Die Bewegung des I. entstand in Frankreich, zunächst u. am ausgeprägtesten in der Malerei, u. griff auf andere Länder über.

Bildende Kunst
Der I. in der Malerei bediente sich ausschl. einer Malweise, deren Ansätze sich bereits in früheren Epochen finden (spätantiker malerischer Stil; D. *Velázquez).* Im Protest gegen die formelhafte Malerei der Akademien, gegen die unnatürl. Beleuch-

Paul Signac, Hafen von St.-Tropez; 1893. Wuppertal, Städtisches Museum

tung der Ateliermalerei u. ihre dunkle Palette u. gegen die überstarke Betonung des Inhaltlichen überhaupt faßte der I. das Naturvorbild als augenblicklichen Farbreiz auf. Das Bild wurde nicht mehr als fester Aufbau von Flächen, Linien u. begrenzten Lokalfarben komponiert, sondern ein zufälliger Naturausschnitt wurde in seiner farbigen Erscheinung bis in die feinsten Abstufungen hinein festgehalten. Der Gegenstand wurde nicht in seiner „Struktur" wiedergegeben oder mit einer Kontur versehen, vielmehr interessierte nur seine von Licht u. Raum bedingte Erscheinung im Augenblick des Malens. Diese Einstellung auf das Flüchtige der farbl. Reize verlangt helles Sonnenlicht u. führte zur Freilichtmalerei, die eine radikale Aufhellung der Palette mit sich brachte. Braun, Grau u. Schwarz fielen weg, die Isolierung der Lokalfarben wurde durchbrochen, u. sogar die Schatten wurden in ihrer tatsächl. Farbigkeit gegeben. Um die Reinheit der neugewonnenen Farben nicht zu beeinträchtigen, wurden sie auf der Leinwand nebeneinandergesetzt u. oft in Kontrastpaare zerlegt, die sich, freilich erst bei größerem Abstand des Betrachters, zu einem atmosphärischen, meist bewegten Gesamteindruck wieder vereinigen *(optische Mischung).* Die Gestaltungsweise der Impressionisten, bei der das subjektive Empfinden u. Bewußtsein des Künstlers hinter der sachlichen Wiedergabe des optischen Eindrucks zurücktrat, harmonierte mit der Atmosphärischen zugleich die Bewegung der Dinge selbst. Der willkürlich gewählte Ausschnitt soll auf das Außerbildliche verweisen u. sich der Gesamtheit der Erscheinungswelt ergänzend einfügen.
Aus der weiteren Stilisierung des Kunstmittels der optischen Mischung ergab sich seit etwa 1885 der *Neoimpressionismus* oder *Pointillismus* (Hauptmeister: G. *Seurat,* P. *Signac).* Ungemischte Farben wurden hierbei punkt- oder kommaförmig so nebeneinandergesetzt, daß sie in ihrem Gesamteindruck sich zu den gewählten Motiven zusammensetzten. Im Kreis der Pointillisten wurde der Versuch gemacht, durch theoretische u. praktische Festlegung bestimmter Farben u. Farbgruppen für bestimmte Stimmungen u. Ausdruckswerte jegliches subjektive Empfinden des Künstlers völlig auszuschließen zugunsten einer „authentischen" Kunst.
Auch in der Plastik gibt es den Begriff der impressionist. Behandlung, wenn nämlich die Formen nicht gegeneinander abgesetzt u. auf Kontur modelliert sind, sondern in lebhafter Hell-Dunkel-Modellierung eine malerische Oberfläche bieten.
Hauptmeister des französ. I. waren É. *Manet,* C. *Monet,* E. *Degas,* C. *Pissarro,* A. *Sisley,* A. *Renoir* (in der Plastik A. *Rodin* u. M. *Rosso*); in Dtschld. M. *Liebermann,* M. *Slevogt* u. L. *Corinth.* – ▣S. 20. – ▫2.5.1.

Georges Seurat, Der Chahut; 1889/90. Otterlo, Rijksmuseum Kröller-Müller

Literatur
Der literar. I. ist eine Richtung, die nach dem Vorbild der impressionist. Malerei aus momenthaften sinnl. Eindrücken ein Bild der Wirklichkeit zusammenfügen wollte. Mit der Ausdeutung von Farben, Tönen u. Düften werden in feinsten Schattierungen einmalige Seelenzustände u. zufällige Stimmungen geschildert; die Darstellung äußerer Handlungen u. innerer Werte tritt dagegen mehr zurück. Führende deutschsprachige Impressionisten waren D. von *Liliencron*, P. *Altenberg*, P. *Hille*, A. *Schnitzler*, M. *Dauthendey*, R. *Dehmel*, der junge H. von *Hofmannsthal* u. der junge R. M. *Rilke*. – ▢ 3.0.6.

Musik
Die impressionist. Musik, eine Stilrichtung in der Zeit zwischen 1890 u. 1920, die auf die Spätromantik folgte, trat etwas später als alle anderen Künste von impressionist. Grundhaltung auf u. ist weitgehend identisch mit dem Personalstil von Claude *Debussy*, dessen mythische Naturschau wiederum dem *Symbolismus* nahestand. Debussy selbst verwahrte sich zwar dagegen, seine Musik „impressionistisch" genannt zu sehen; doch verbindet ihn mit der impressionist. Malerei die Vorliebe für atmosphär. Wirkungen. Impressionist. Musik ist zumeist Beschwörung einer momentanen Zuständlichkeit u. darf daher nicht mit *Programmusik* verwechselt werden, die vordergründig lautmalerische Effekte zur Illustration von Vorgängen verwendet. (Um solchem Mißverständnis vorzubeugen, setzte Debussy die Titel gelegentlich nicht vor seine Stücke, sondern an den Schluß.) Stilist. Merkmale der impressionist. Musik sind: Ausweitung der Tonalität durch Verwendung anderer Tonskalen als der Dur-Moll-Tonalität (z. B. Ganztonleiter, Kirchentonarten), Parallelharmonik, Zerlegung des Klanglichen in möglichst viele Einzelfarben durch Berücksichtigung der Obertöne u. differenzierteste Instrumentation, vollkommene Verbindung mit Melodik u. Harmonik, Kleinmotivik, die das Entstehen zyklischer Formen begünstigt. Auffällig sind ferner Einflüsse der Volksmusik Europas, vor allem Spaniens (Debussy: „Iberia"; M. Ravel: „Cinq mélodies populaires grecques"), exot. Musikkulturen, besonders Ostasiens (Debussy: „Pagodes"; Ravel: „Chansons madécasses"), u. einer sensualistisch verstandenen Spätantike (Debussy: „Six épigraphes antiques"; Ravel: „Daphnis et Chloé"). Der Hauptvertreter der impressionist. Musik in Frankreich war neben Debussy Maurice *Ravel*, in dessen Werk sich ähnlich wie im Spätwerk Debussys als antiimpressionist. Unterströmung in der Betonung des Formalen ein Hang zum Klassizismus bemerkbar macht. Mehr oder weniger impressionistisch beeinflußt waren in Amerika E. A. *MacDowell*, in England F. *Delius* u. C. *Scott*, in Spanien M. de *Falla*, in Italien O. *Respighi*, in Polen K. *Szymanowski*, in Dtschld. F. *Schreker* u. M. *Reger*.
2. *Philosophie:* = Sensualismus.

Impressum [das; lat.], die bei jedem Druckwerk vorgeschriebene Angabe des Namens oder der Firma sowie der Anschrift des Druckers u. Verlegers. Bei periodischen Druckwerken (Zeitungen, Zeitschriften u. ä.) ist auch die Angabe von Name u. Anschrift des verantwortl. Redakteurs im I. jeder Ausgabe vorgeschrieben. Viele Zeitungen u. Zeitschriften informieren mit dem I. zugleich über die Verteilung der Zuständigkeiten in Verlag u. Redaktion.

imprimatur [das; lat., „soll gedruckt werden!"], 1. Abk. *imp., impr.*, Vermerk der Druckerlaubnis durch den Verfasser (nach Prüfung der letzten Korrekturen). 2. bei kath. Schriften die Druckerlaubnis durch die zuständige bischöfl. Behörde.

Imprimé [ɛ̃pri′me; der; frz.], bedruckter Stoff; auch ein buntbedrucktes Kleid.

Impromptu [ɛ̃prɔ̃′ty; das; frz.], ein freies, an keine festgelegte Form gebundenes Tonstück (meist allerdings in Liedform); vor allem in der Klaviermusik der Romantik, der es in seiner nur einem Einfall, einem Gefühl, einer Stimmung dienenden Unbestimmtheit entspricht; z. B. bei F. *Schubert* u. F. *Chopin*.

Improvisation [lat.], 1. *allg.:* eine ohne jede Vorbereitung (aus dem *Stegreif*) unternommene Handlung.
2. *Musik:* die der Überlieferung nach ursprüngl. Kunst des freien Phantasierens auf einem Instrument, wie sie auch in der Zeit der Klassik noch Bestandteil der musikal. Ausbildung war u. vor allem in der Kirchenmusik gefordert wurde. Heute wird sie von den Interpreten – wie auch im Jazz – wieder stärker verlangt (K. *Stockhausen*, P. *Boulez*). Neue Anregungen gingen in der Musikerziehung von C. *Orffs* Schulwerk aus.

Impuls [der; lat.], 1. *allg.:* Anstoß, Antrieb.
2. *Physik:* 1. die *Bewegungsgröße* eines Körpers, d. h. das Produkt aus Masse u. Geschwindigkeit. In einem abgeschlossenen System, d. h. eines, auf das keine Kräfte von außen wirken, bleibt der Gesamt-I., die Summe der I.e der einzelnen Massen, zeitlich unverändert (→*Erhaltungssätze*). 2. (gelegentlich auch) der *Kraftstoß*, d. h. die Änderung der Bewegungsgröße bei einer kurzzeitig wirkenden Kraft (Schlag, Stoß); 3. (im übertragenen Sinn) ein kurzzeitiger elektr. *Spannungs-* oder *Stromstoß*.
3. *Physiologie:* →Nervenleitung.

Impulstechnik, die Technik der kurzzeitigen elektrischen Strom- oder Spannungsimpulse, ein Teilgebiet der *Hochfrequenztechnik*; Grundlage vieler wichtiger u. zukunftsreicher technischer Verfahren (Fernsehen, Radar, Pulsphasenmodulation u. a.).

Imrédy [′imre:di], Béla von, ungar. Politiker, * 29. 12. 1891 Budapest, † 28. 2. 1946 Budapest (hingerichtet); 1932 Finanz-Min.; als Min.-Präs. 1938/1939 richtete er die ungar. Politik auf die Achsenmächte aus.

Imroz [′imrɔz], Imbros, Imros, türk. Insel in der nordöstl. Ägäis, westl. der Dardanellen, 279 qkm, 16000 Ew.; Platanen- u. Lorbeerwälder; Teppichfabrikation; Hptst. *I. (Kastron)*.

Imrulkais, Amrilkais, Imru′al-Kais, Fürst aus dem Geschlecht der *Kinda*, altarab. Dichter, † um 535; seine Gedichte gehören zu den schönsten Werken der vorislam. Poesie (dt. von F. *Rückert*, 1843). Kurz vor seinem Tod wurde I. von Kaiser *Justinian* zum Befehlshaber der palästin. Grenzstämme ernannt.

Imst, österr. Bezirksstadt in Tirol, eingangs des Gurgltals auf einer Terrasse des Oberinntals, 828 m ü. M., 5800 Ew.; Textil- u. Holzindustrie; in der Nähe des *Tschirgant* (2372 m) im O, der *Muttekopf* (2772 m) im W.

in [engl.], zur tonangebenden Gesellschaftsschicht gehörig, modisch aktuell.

in... [lat.], 1. Vorsilbe mit der Bedeutung „ein, hinein".
2. Vorsilbe mit der Bedeutung „ohne, nicht, un..."; wird zu *il...* vor l, vor *im...* vor m, b, p, zu *ir...* vor r.

In, chem. Zeichen für *Indium*.

in absęntia [lat.], in Abwesenheit.

in abstracto [lat.], rein begrifflich, in der Theorie.

in aeternum [ɛ:-; lat.], auf ewig.

Inagua Islands [i′na:gwə ′ailəndz], zwei Bahamainseln, zusammen 1446 qkm; *Great Inagua Island*, 1372 qkm, 1240 Ew.; *Little Inagua Island*, unbewohntes Naturschutzgebiet (Flamingos).

Inama-Sternegg, Karl Theodor von, Nationalökonom u. Wirtschaftshistoriker, * 20. 1. 1843 Augsburg, † 28. 11. 1908 Innsbruck; Prof. in Innsbruck, Prag u. (1881–1905) Wien, seit 1884 auch Präsident der österr. Statist. Zentralkommission; Hptw.: „Deutsche Wirtschaftsgeschichte" 3 Bde. 1879–1901; „Staatswissenschaftliche Abhandlungen" 1903.

Inappetenz [die; lat.], Appetitlosigkeit.

Inari, schwed. *Enare*, weitverzweigter, mit vielen Inseln durchsetzter See Nordfinnlands, (ohne Inseln) 1000 qkm, bis über 80 m tief, aber hauptsächl. seicht; Seespiegel 114 m ü. M.

Inauguraldissertation [lat.], die wissenschaftl. Arbeit zur Erlangung der Doktorwürde; →auch Dissertation.

inaugurieren [lat.], anregen, einführen; feierl. in Amt oder Würde einsetzen.

Inawaschisee, *Inawashiro-ko*, See im nördl. Zentralhonschu (Japan), südwestl. von Fukushima, 105 qkm; durch vulkan. Geröll gestaut; Kraftwerke am *Nippaschi* (Seeabfluß).

Inbal, israel. Tanztheater; pflegt folklorist. Tänze u. rituelle Stoffe aus althebräischer Tradition.

Inc., Abk. für *incorporated* [engl., „als Gesellschaft eingetragen"], in den USA Zusatz zum Namen einer der dt. AG in der Rechtsform entspr. Handelsgesellschaft.

inch [intʃ; der oder das, Mz. *inches*; engl.], Kurzzeichen *in*, Zeichen ″, brit. Längenmaß, entspricht dem *Zoll*; 1 in = 2,539998 cm; 12 in = 1 *Foot* = 30,48 cm. USA: 1 in = 2,540005 cm; in der Technik beider Länder: 1 in = 2,54 cm.

Inchoativum [inko-; das, Mz. *Inchoativa*; lat.], 1. ein Verbum, das eine Handlung als beginnend oder werdend bezeichnet; z. B. lat. *nosco*, „ich lerne kennen".
2. eine *Aktionsart*, die durch Verbalstämme oder bestimmte Tempora des Verbalsystems mitangezeigt wird.

inchromieren [-kro-], Stahlteile bei einer Temperatur von 1000 °C der Einwirkung von Chromchlorid aussetzen, wobei Chrom in die Oberfläche eindiffundiert u. eine Schutzschicht gegen Korrosion bildet.

Incipit [das; lat., „es beginnt"], Anfangswort von mittelalterl. Handschriften oder von Frühdrucken.

incl., Abk. für →inklusive.

in concreto [lat.], im besonderen, im wirkl. Fall.

Incontro [das; ital.], Angriffssituation beim Fechten: ein Doppeltreffer, der durch eine fehlerhafte Aktion eines der Fechter zustande kommt u. als Treffer für den Gegner gewertet wird. Dagegen werden korrekte Doppeltreffer (Coup double) beim Degenfechten für beide Fechter gewertet.

in contumaciam [lat.], in Abwesenheit (verurteilen).

incorporated [-′kɔ:pəreitid; engl.], eingetragen (von Vereinen, Gesellschaften); →Inc.

in corpore [lat.], insgesamt.

Incoterms [-tə:mz], Abk. für engl. *International Commercial Terms*, „Internationale Handelsklauseln", von der *Internationalen Handelskammer* in Paris 1936 formulierte, 1953 erneuerte Umschreibung der wichtigsten international gebräuchlichen Handelsklauseln, z. B. *cif, fob, fas*. Da diese Klauseln auch von anderen Institutionen umschrieben u. teilweise anders ausgelegt worden sind, zitiert man sie zweckmäßigerweise unter Bezugnahme auf die I. 1953, z. B. „cif London (Incoterms 53)". Die I. sind →Allgemeine Geschäftsbedingungen.

Incroyable [ɛ̃krwa′ja:bl; frz., „unglaublich"], auffallend gekleideter Modegeck in der Zeit des *Directoire*, 1795–1799. Sein Anzug bestand aus einem übertrieben großen Hut, Kragen, Revers u. weißem Halstuch, das bis zum Mund hinaufgetragen wurde. Die weibl. Entsprechung hieß *Merveilleuse*.

Incubus [lat.], männlicher Buhlteufel. Die Vorstellung vom I. spielte zur Zeit der Hexenprozesse in den Anklagen eine große Rolle.

Incus [lat.], *Anatomie:* Amboß, ein Gehörknöchelchen der Säugetiere; →Ohr.

Ind., Abk. für den USA-Staat →Indiana.

I. N. D., Abk. für →in nomine Dei.

Indamine [lat. + grch.], Aminoderivate des *Phenylchinondiimins*, eine Gruppe von blau gefärbten Teerfarbstoffen (z. B. das *Phenylenblau*), die wegen ihrer Säureempfindlichkeit techn. nicht verwendet werden; Zwischenprodukte bei der Gewinnung von Phenazinfarbstoffen.

Indanthrenfarbstoffe [Kurzwort aus *Indigo* + *Anthracen*], Farbstoffe mit bes. guten Eigenschaf-

Indianer, span. *Indios* [„Bewohner *Indiens*", nach der irrigen Meinung des *Kolumbus*], *Rothäute* [nach ihrer Kriegsbemalung], die Ureinwohner Amerikas (mit Ausnahme der Eskimo). Die Zahl der I. belief sich in vorkolumbian. Zeit auf rd. 25 Mill., sank durch Kämpfe, systemat. Ausrottung, eingeschleppte Krankheiten, wirtschaftl. u. soziale Schwierigkeiten u. Mischung mit Europäern rapide ab u. hat erst heute einschl. der Mischlinge diesen Stand annähernd wieder erreicht (in den USA 950 000, in Kanada 250 000, der Großteil in Lateinamerika). Viele Stämme sind seit der Entdeckungszeit erloschen oder haben ihre Stammeskultur eingebüßt. Auf den Westind. Inseln wurden die I. ausgerottet u. durch Neger (früher als Sklaven eingeführt) „ersetzt". Durch Schutzmaßnahmen konnten die I. sich in einigen Gebieten zahlenmäßig in den letzten Jahrzehnten etwas erholen. In den meisten mittelamerikan. u. in den Andenstaaten Südamerikas spielen sie bzw. ihre Mischlinge aber auch polit. eine wichtige Rolle. In ihrer Kultur völlig unbeeinflußte Stämme finden sich kaum mehr, wohl noch nicht einmal in den Urwaldgebieten Amazoniens. Trotzdem hat sich erstaunlich viel altindianisches Kulturgut (Mythen, Märchen, Brauchtum) selbst in erschlossenen Gebieten erhalten.

Die I. gelten als Einwanderer aus Asien, die seit 40 000 v. Chr. als Großwildjäger über eine eiszeitliche Landbrücke (Beringstraße) in mehreren Schüben nach Amerika gekommen sind. Nach ihren körperlichen Merkmalen sieht man sie, anthropologisch als →Indianide bezeichnet, als einen Zweig der *Mongoliden* mit alteuropiden Einschlägen an.

Die ältesten Funde (u.a. Santa Rosa Island, Kalifornien) scheinen in die Zeit zwischen 40 000 u. 15 000 v. Chr. zurückzureichen. Die Sandiafunde (*Sandiahöhle* in New Mexico) dürften rd. 15 000 Jahre alt sein. Es folgen die Funde von *Clovis* (um 12 000 v. Chr.) u. vom Ausgang der Altsteinzeit die Funde der *Folsom-Kultur* (um 10 000 v. Chr.) mit Resten ausgestorbener Bisonarten. Aus der Mittelsteinzeit stammt wohl der bislang älteste Skelettfund von *Tepexpan* (Mexiko). Die Funde von *Lagoa Santa* (ebenso von *Confins* in Brasilien u. *Punin* in Ecuador) gelten als etwas jünger, doch immer noch mittelsteinzeitlich. Etwa seit 10 000 v. Chr. folgten im SW der USA die *Cochise-Kultur* (Sammelwirtschaft, im 3. Jahrtausend v. Chr. zum Ackerbau übergehend), die von der *Mogollon-* u. *Hohokam-Kultur* weitergeführt wurde, sowie *Basket-maker* [„Korbmacher"] u. die *Anasazi-Kultur*, die sich als *Pueblo-Kultur* (ab 700 n. Chr.) weiterentwickelte. In Südamerika folgte auf die Zeit der frühen Jäger (ab 7000 v. Chr.) u. frühen Pflanzer (ab 1500 v. Chr.) im Andengebiet die hochstehende *Chavín-Kultur* (1200 v. Chr. bis 400 v. Chr.), später dann – nach der Zeit der Kulturen von *Gallinazo* u. *Salinar* wie von *Moche, Recuay* u. *Nazca* – etwa ab 500 n. Chr. die klassische *Tiahuanaco-Kultur*.

In Mittelamerika erreichte die Kulturentwicklung – auf den „Mittleren Kulturen" (1500 v. Chr. bis 200 v. Chr.) aufbauend – in der *Teotihuacán-Kultur* (200 v. Chr. bis 700 n. Chr.) einen ersten Höhepunkt; etwa parallel dazu verlief die *La-Venta-Kultur* der *Olmeken* (→Maya).

Entgegen der Annahme von Thor *Heyerdahl* hält man eine kulturelle Ausstrahlung in den pazif. Raum für wenig wahrscheinl., glaubt aber aufgrund bestimmter Kulturmerkmale an eine polynes. Beeinflussung der peruan. Küsten-I., der I. in Mittelamerika u. der Nordwestamerikaner. – Nach ihren letzten Wohnsitzen vor der europ. Durchdringung faßt man aufgrund kultureller Ähnlichkeiten folgende Gruppen zusammen:

Nordamerika: Im subarkt. Gebiet der Wälder u. Waldtundren, anschließend an die Eskimostämme der Küsten, leben die *Kanadischen Jäger* mit den Stämmen der *Algonkin* u. *Athapasken*. An der pazif. Küste (von Nordkalifornien bis ins südöstl. Alaska) fand sich die auf den Fischfang gegründete Kultur der *Nordwestküsten-I.* (mit Totempfahl, Holzschnitzerei, Flecht- u. Webarbeiten), heute nur noch in Resten vorhanden. Auf den Hochebenen zwischen den Ketten der Kordilleren jagten u. sammelten Stämme der *Salish* u. *Shahaptin* mit einer Kultur (Korbflechter), die der der Stämme im Großen Becken u. der *Kalifornischen I.* glich. Im O, vor den Rocky Mountains, schloß sich die Zone

Pecos Pueblo bei Santa Fe in New Mexico (USA)

INDIANER

Indianersiedlung im südl. Südamerika; Darstellung in einem deutschen Reisebericht des 16. Jh.

der *Prärie-I.* an, die durch Übernahme des Pferdes zu Reiterstämmen wurden. Entlang des Missouri–Mississippi findet sich ein Gebiet von Maispflanzern (*Mandan, Osage, Caddo*), denen im NO (zwischen den Großen Seen u. dem Atlant. Ozean, südl. von den Jägern des kanad. Waldlands) die Anbau (Mais) treibenden *Irokesenstämme* u. im SO die *Muskhogee* u. *Cherokee* benachbart sind. Die gleichfalls Anbau treibenden Stämme der *sonorischen Völker* leiten bereits zu den Kulturvölkern Mittelamerikas über. Von Kalifornien an südwärts erstreckt sich die Durchsetzung indian. mit span. Kultur.

Mittelamerika: In diesem Gebiet ist aus den von N zwischen die Urbevölkerung (*Otomi, Tarasken*) eingewanderten Stämmen der *Nahua* das Hochkulturvolk der *Azteken* hervorgegangen, mit dem die eindringenden Spanier im 16. Jh. zusammentrafen. Zugleich entdeckten diese die großartigen Städte- u. Tempelruinen der *Maya*. Nach S schließt sich das Kulturvolk Nicaraguas an, die *Chorotega* oder *Mangue*, die von den Nahua Kakaokultur u. Zucht des Truthahns übernahmen. Die kulturell abgesunkenen Chibchastämme *Talamanca, Guetar* u. *Corobici* weisen bereits südamerikan. Einfluß auf. Die Antillen waren von Florida aus durch die im 17. Jh. ausgestorbenen *Ciboney* besiedelt worden, die von *Aruakstämmen* (*Igneri* auf den Kleinen Antillen, *Taino*) verdrängt wurden, die wiederum *Karaibenstämmen* weichen mußten.

Südamerika: Die Gruppe der Chibchavölker, der Träger der nordwestl. Hochkulturen, setzt sich mit den *Chibcha (Muisca)* im Andengebiet fort; sie hatten wegen ihres Goldschmucks bes. unter den span. Eroberern zu leiden. Nach S folgt der Einflußbereich der *Inka* mit den *Ketschua* u. den *Aymará* (einst Träger der *Tiahuanaco-Kultur*). Ältere Kulturen der pazif. Küste (*Chavín, Moche, Recuay, Nazca, Chimú, Chancay, Ica*) sind nur archäolog. faßbar. Auf der Südspitze des Kontinents finden sich heute, nur noch in Resten, die *Feuerländer*. In Chile u. auf der argentin. Pampa lebten, nachdem sie von den Spaniern das Pferd übernom-

Indianer

Indianer des Amazonasgebiets beim Fischfang

Cuna-Frau auf den San-Blas-Inseln (Panama)

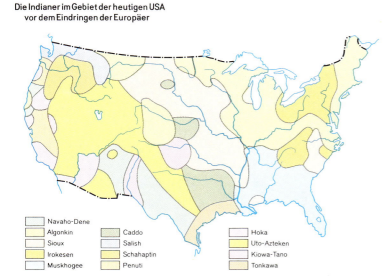

Die Indianer im Gebiet der heutigen USA vor dem Eindringen der Europäer

- Navaho-Dene
- Algonkin
- Sioux
- Irokesen
- Muskhogee
- Caddo
- Salish
- Schahaptin
- Penuti
- Hoka
- Uto-Azteken
- Kiowa-Tano
- Tonkawa

Indianerreservate in den USA

1 : 50 000 000

men hatten, die Reitervölker der *Araukaner, Puelche, Tehuelche, Charrua* u. – bereits im Gran Chaco – die *Abipon*; heute sind sie zum größten Teil untergegangen. Das riesige trop. Waldgebiet des Amazonasbeckens mit dem angrenzenden Brasilian. Hochland u. der Küste weist eine ziemliche Gleichförmigkeit der Eingeborenenkulturen auf; bis auf wenige tiefstehende Wildbeuterstämme finden sich überall Hackbauern. Es sind Stämme der Sprachgruppen der *Aruak* u. *Karaiben*, der *Tupi* u. *Ge* sowie einige Stämme, deren Sprache nicht einzuordnen ist: *Caraja, Bororo, Tacana, Siriono* u. a.

Die I. hatten an eigentl. Haustieren nur Lama, Truthahn u. Hund. An Pflanzen der Neuen Welt hatten sie Mais, Kartoffeln, Kakao u. den Kokastrauch in Kultur genommen. Sie kannten weder Wagen noch Rad. Metallbearbeitung (Gold, Silber, Kupfer) war bekannt im Inka- u. Chibchagebiet, bei Maya u. Azteken, das Hämmern von kaltem Kupfer auch im Gebiet der Großen Seen. – ⌑6.1.7.

Navahokinder in Arizona (USA)

Indianische Bauarbeiter (USA)

ten wie Lichtechtheit, Waschbeständigkeit u. Wetterfestigkeit; Küpenfarbstoffe von verschiedener chem. Struktur, die oft vom Anthrachinon abgeleitet sind. Sie eignen sich zur Färbung von Baumwolle u. Zellwolle, nicht aber von tier. Wolle. Der Gruppenname I. wurde von dem 1901 von R. *Bohn* hergestellten Farbstoff *Indanthren* (heute *Indanthrenblau RS*) abgeleitet.

Indefinitum, *Indefinitpronomen* [das; lat.], ein Pronomen, das keine bestimmte Person oder Sache bezeichnet, z.B. *irgendeiner, keiner, jeder.*

indeklinabel [lat.], *indeklinierbar, Grammatik:* nicht durch Beugung veränderlich. I. sind in den flektierenden Sprachen alle Partikeln (Konjunktionen, Präpositionen) u. Adverbien, daneben z.T. auch Nomina in prädikativer Verwendung.

Indemnität [lat.], **1.** die haushaltsrechtl. Entlastung der Regierung durch das Parlament.
2. die Nichtverfolgbarkeit von Äußerungen der Abgeordneten im Parlament. Dies gilt nicht für verleumderische Beleidigungen. – In der Schweiz gilt der gleiche Schutz für Mitglieder des Bundesrats, des Nationalrats u. des Ständerats; ähnl. für die Mitglieder der parlamentar. Körperschaften Österreichs gemäß Art. 57 u. 96 BVerfG.

Inden [das], Kurzwort für *Indonaphthen*, ein ungesättigter aromat. Kohlenwasserstoff, der in Steinkohlenteer, Erdöl u. äther. Ölen vorkommt; neigt sehr zur Polymerisation.

Independence [indi'pɛndəns; engl., „Unabhängigkeit"], Stadt in Missouri (USA), bei Kansas City, 62 000 Ew.; Maschinen-, Metall- u. Elektroindustrie.

Independence Day [indi'pɛndəns dɛi; engl., „Unabhängigkeitstag"], der US-amerikan. Nationalfeiertag (4. 7.), der an die Unabhängigkeitserklärung der USA vom 4. 7. 1776 erinnert.

Independenten [lat.], reformierte kirchl. Partei (aus der Anglikanischen Kirche hervorgegangen), die sich in England im 17. Jh. bes. durch O. *Cromwells* Wirken bildete u. die Eigenständigkeit der kirchl. Einzelgemeinde nicht nur gegenüber Staat u. Bischof, sondern auch gegenüber den Synoden erstrebte. I. sind u.a. die *Kongregationalisten, Baptisten* u. *Quäker.*

Independent Television Authority [indi'pɛndənt tɛli'viʒən ɔ:'θɔriti; engl.] →ITA.

Inder, seltener *Indier*, die Bevölkerung Vorderindiens, mit den Auslands-I.n rd. 700 Mill. (nach der heutigen staatl. Gliederung auf die Bevölkerung der Indischen Union [550 Mill. Ew.] u. die im Ausland lebenden ind. Bürger beschränkt, also ohne die Bevölkerung der heutigen Staaten Pakistan, Bangla Desh, Nepal, Bhutan u. Ceylon). Die I. weisen sowohl im Körperbau wie in der Kultur große Unterschiede untereinander auf. Neben den hochkultivierten Nord-I.n (Hindu, Moslems u.a.) u. den Küstenbevölkerungen Südindiens *(Malabaren, Tamilen)* finden sich im Innern der Halbinsel urtümliche Hackbauernstämme mit Brandrodung (*Dschuang* u.a.), in den Waldgebirgen u. Dschungeln sogar Wildbeuterstämme (*Paliyan, Khond* u.a.).
Von den Sprachgruppen ist die der *Drawida* einst von NW her eingewandert (dort noch die *Brahui* von Bälutschistan) u. bis zur Südspitze Indiens (Tamilen) gelangt; rd. 115 Mill. sprechen noch Drawidasprachen. Zusammenhänge mit hinterind. Stämmen (austroasiat. Sprachgruppe) weisen die *Mundavölker* (6 Mill.) in Chota Nagpur u. angrenzenden Gebieten auf (*Mundari, Santal, Ho, Korku* u.a.), meist Hackbauern; sie brachten mongolide Rassenelemente nach Indien. Die letzte große Einwanderung bildeten die Stämme mit indogerman. („arischen") Sprachen (rd. 427 Mill.), die sich vor allem in Nordindien ausbreiteten u. dort heute noch den Bevölkerungstypus bestimmen (z.B. *Sikh, Rajputen, Maharathen*), aber auch in einem immer dünner werdenden Strom entlang der Küsten bis nach Südindien vordrangen. Ferner sprechen 2,8 Mill. I. sino-tibet. Sprachen.
Dem körperl. Erscheinungsbild nach gehören die urtümlichsten Stämme Süd- u. Nordindiens zu den *Weddiden* (mit den *Gondiden* u. *Maliden*) u. *Indomelaniden* (mit den *Koliden* u. *Südmelaniden*). Die hellhäutigen Rassen Indiens, der Hauptteil der Bevölkerung, gliedern sich in *Indide* (mit der Untergruppe *Nordindide*) u. *Orientalide*. Das Ausbreitungsgebiet der ersteren umfaßt Indien bis zum Himalaya u. Birma. Die Orientaliden Indiens sind bes. im Indusgebiet u. bei den Moslems des Dekans anzutreffen.
Die ind. Hochkultur hat ihre Wurzeln in der wohl den Drawidagruppen nahestehenden ackerbautreibenden Bevölkerung der Induskultur (Fundorte: *Mohenjo-Daro, Harappa* in Westpakistan; 3.–2. Jahrtausend v.Chr.; mit Großstädten) mit Beziehungen zu Mesopotamien u. älteren Fundstätten in Bälutschistan *(Zhob-Kultur)*. Sie erhielt eine entscheidende Weiterbildung im 2. vorchristl. Jahrtausend durch die Einwanderung indogerman. Viehzüchterstämme, die zwar eine gewisse Standesgliederung *(Brahmanen, Kschatrija, Vaischja)* schon mitbrachten, aber erst im Zusammenleben u. Kampf mit der Vorbevölkerung ein das ind. Leben bis in die Neuzeit bestimmendes *Kastenwesen* (*dschati*, die Kaste) entwickelten. Auch die Herrschaft u. Einschmelzung der *Indoskythen* (um Christi Geburt) blieb nicht ohne Spuren. In den letzten Jahrhunderten v.Chr. hat ferner namentl. die Kunst Indiens starke Anregungen durch den Hellenismus empfangen *(Gandhara-Kunst)*. Zu Beginn des 2. Jahrtausends n.Chr. brachte der Einbruch des *Islams* weiten Teilen Nordindiens Berührung mit der islamischen Welt Westasiens, bes. Persiens. Mongoleneinfälle u. die Mongolenherrschaft im 13. Jh. brachten Beziehungen zum chines. Kulturbereich. – Die führenden Religionen heute sind in Pakistan u. Bangla Desh der Islam, in Indien der Hinduismus, während bis ins 1. Jahrtausend n.Chr. der Buddhismus Hauptreligion war, daneben in Indien die Sikh u. der Dschinismus. Mit der Ausbreitung des Brahmanismus u. später des Buddhismus, mit der Kolonisation außerind. Gebiete, der Ausweitung der Handelsbeziehungen (die I. stellen auch heute noch viele Händler rings um den Ind. Ozean) u. der Errichtung großer Reiche in diesen Ländern wurde auch die ind. Kultur übertragen *(Khmer, Tscham, Sumatra, Java, Bali)*, die teilweise zur Herausbildung eigener Hochkulturen führte (Java), in großartigen Ruinen *(Angkor, Borobudur)* ihre Zeugnisse bis auf den heutigen Tag erhalten hat u. in Hinterindien ihre Grenze erst im Zusammentreffen mit der von N kommenden chines. Kultur fand. Das Abendland erhielt ind. Kulturgüter („arab." Ziffern, Schachspiel, Geschichten aus „1001 Nacht") auf dem Weg über die islam. Welt.
Für eine moderne kulturelle u. wirtschaftl. Entwicklung war die ungleiche Verteilung des Ackerbodens von Nachteil (8 Mill. Großgrundbesitzer oder Zamindars, 167 Mill. Bauern u. Pächter, oft benachteiligt durch hohe Abgaben u. Mißernten, 41 Mill. Landarbeiter), der erst neuere Bestrebungen (Landschenkung, Neukultivierung, Bewässerung) entgegenzuwirken versuchen. Der Getreideanbau wird z.T. heute noch auf sehr altertüml. Art betrieben (Holzpflug, Austreten des Getreides durch Tiere, Erdgruben oder Tongefäße als Vorratsspeicher). Künstl. bewässert wird bereits im W u. S. Die Häuser sind landschaftsweise verschieden, z.T. aus Stein, meist aus Ziegel oder Lehm (mit ummauerten Höfen), im Gebirge aus Holz. Der wichtigste Teil der Frauenkleidung ist der *Sari*, ein großes Umschlagtuch aus verschiedenen Stoffen (Seide aus dem Pandschab oder Bengalen, Dacca-Musseline), islamische Frauen tragen weite Hosen. Die traditionelle Kleidung der Männer besteht aus Hemd, eng anliegenden Hosen, Jacke u. Rock aus weißem Baumwollstoff. Gold- u. Silberstickereien (Patna, Murshidabad), Brokate für Mützen u. Jacken, Kaschmirschals aus feinstem Ziegenhaar u. Shrinagarteppiche sind weitere Textilerzeugnisse. Stahlherstellung ist bekannt seit dem 4./3. Jh. v.Chr. (Rüstungen, Rundschilde, Säbel, Dolche, Elefantenstachel, Haus- u. Ackergeräte). Ebenso ist die Messing-, Bronze- (Benares, Ganjam), Zinn- (Bidri) u. Edelmetallbearbeitung schon alt (Silberfiligran von Cuttack). Holzschnitzarbeiten kommen aus Kaschmir u. Maisur (Sandelholz), Elfenbeinschnitzereien aus Delhi, Murshidabad u. Tiruvatankur, Lackarbeiten aus Chota Nagpur, Orissa u. Westbengalen.
Starke Auswanderung führte zu einem bedeutenden Auslandsindertum, so vor allem auf Ceylon (1,2 Mill., meist Plantagenarbeiter), in Nepal, Bhutan u. Birma, Malaysia, Singapur, Mauritius, Süd- u. Ostafrika. Diese Auslands-I. leben vielfach als Händler u. Handwerker. – 🕮6.1.5.

Inderagiri, *Indragiri*, **1.** größter Fluß Sumatras, 400 km; mündet an der Ostküste südl. von Singapur.
2. Eingeborenenstaat in Mittelsumatra, Vasallenstaat von Riau, 36 000 qkm, rd. 120 000 Ew.

Indeterminismus [lat.], die Lehre von der Unbedingtheit des Willens durch äußere Kausalfaktoren u. Motive (Gegensatz: *Determinismus*) oder die Lehre von der *Willensfreiheit* als der Möglichkeit, spontan, im Gegensatz zur gewohnten Handlungsweise, einen Entschluß zu realisieren; heute auch in Übertragung auf die Mikrophysik, Biologie u. Ontologie gebraucht.

Index [der, Mz. *Indizes*; lat., „Anzeiger"], **1.** *Biologie:* insbes. in der *Anthropometrie* gebräuchl. Ausdruck für ein kleineres Maß in Prozenten eines größeren, z.B. der *Kopf-I.* (Kopfbreite in Prozenten der Kopflänge).
2. *Buchwesen:* alphabetisches Register von Titeln, Namen oder Sachbegriffen am Ende eines Buches.
3. *kath. Kirchenrecht: I. librorum prohibitorum*, das Verzeichnis der vom Papst für jeden Katholiken verbindlich verbotenen Bücher, deren religiöser oder sittlicher Inhalt die Gläubigen gefährden könnte; erstmals 1559, letzte amtliche Ausgabe 1948. Der I. wurde 1967 von der Kongregation für die Glaubenslehre in seiner kirchenrechtl. bindenden Form abgeschafft, gilt jedoch weiterhin als moralisch verpflichtende kirchl. Anweisung.
4. *Mathematik:* Bez. für in kleinerer Schrift angehängte Zahlen oder Buchstaben, die gleichartige mathemat. Größen zu unterscheiden gestatten, z.B. A_1, A_2; h_a, h_b, h_c; a_{11}, a_{12}.
5. *Statistik:* eine Meßziffer, die die Veränderungen mehrerer gleichartiger Reihen in einem einzigen Ausdruck darstellt (Preis-, Mengen-I.). Der nach spezifischen Methoden berechnete Wert für einen Zeitpunkt oder Zeitraum wird gleich 100 *(Basis, Basisjahr)* gesetzt, u. die zu vergleichenden Werte werden dazu ins Verhältnis gebracht. →auch Preisindex.

Indexlohn, ein Entlohnungssystem, bei dem die Löhne an die allg. Preisentwicklung in der Wirtschaft gekoppelt sind, z.B. über die Aufnahme von *Gleitklauseln* in die Tarifverträge derart, daß eine Erhöhung des Index für die Kosten der Lebenshaltung automatisch eine zu dieser Erhöhung in fester Relation stehende Lohnerhöhung nach sich zieht. Das Ziel ist die Stabilhaltung der Kaufkraft des Geldlohns, aber es ergibt sich das Problem der komplizierten Berechnung sowie eine Einkommensumverteilung zuungunsten der Arbeitnehmer, wenn infolge Wirtschaftswachstums steigende Reallöhne möglich wären.

Indexregister, ein →Register in einer elektron. Rechenanlage. Der Informationsinhalt des I.s wird vor der Interpretation eines Befehls zur Adresse dieses Befehls hinzugefügt.

Indexversicherung, *gleitende Versicherung*, eine Versicherungsform, bei der sich die Versicherungssumme u. die Höhe der Prämie nach einem *Index* (z.B. Preisindex für die Lebenshaltung) richten. Auf diese Weise sollen Auswirkungen von Schwankungen des Tauschwerts des Geldes auf die Versicherungsleistungen ausgeschlossen werden. Heute gibt es die I. nur als gleitende *Neuwertversicherung* für Wohn- u. landwirtschaftl. Gebäude in der Feuerversicherung; dabei liegt der Bauindex 1914 mit 100 zugrunde; die Versicherungssumme richtet sich nach den jährl. vom Statist. Bundesamt herausgegebenen Indexzahlen.

Indexwährung →Währung.

Indiaca [die; indian., span.], ein elastischer Federball, birnenförmig, aus Leder, mit einem flachen Polsterboden u. 3 Führungsfedern, 40 g schwer. Das *I.spiel* ist ein uraltes Indianerspiel Südamerikas, dem *Volleyball* verwandt. Der Ball muß aus dem Flug links- oder rechtshändig über das 1,85 m hohe Netz zurückgeschlagen werden, ohne den Boden zu berühren. Das Spiel kann als Einzel- u. Mannschaftsspiel mit vielfältigen Abwandlungsmöglichkeiten ausgeführt werden; es wird nach Punkten u. Sätzen entschieden; gewonnen ist ein Satz mit 12 (bei Einzel) bzw. 15 Punkten (bei Mannschaftsspiel).

Indiana [indi'ænə], Abk. *Ind.*, Staat im zentralen Norden (Mittleren Westen) der USA, 93 993 qkm, 5,1 Mill. Ew. (4,5% Nichtweiße); Hptst. u. größte Stadt *Indianapolis*; auf dem flachwelligen, im S hügeligen Land der Inneren Ebenen Landwirtschaft, bes. Anbau von Mais u. Sojabohnen u. Schweine- u. Fleischrindermast. Die Industrie konzentriert sich bes. im NW (Stahlzentrum *Gary*): Metallverarbeitung (Automobilteile), Arzneimittelindustrie, Gewinnung von Kohle, Zement, Petroleum, Baukalkstein. – I. wurde 1816 als 19. Staat in die USA aufgenommen.

Indiana [indi'ænə], Robert, eigentl. John *Clark*, US-amerikan. Maler; *13. 9. 1928 New Castle, Ind.; setzt in seinen Siebdrucken Farbflächen nebeneinander, in die er Zahlen u. Blockbuchstaben

stempelt, vermengt mit plakativen Reizworten aus dem US-Alltag.
Indianapolis [indiə'næpəlis], Hptst. von Indiana (USA), am White River, 745 000 Ew. (Metropolitan Area 1,1 Mill. Ew.); 2 Universitäten, Staatsbibliothek; Kohlengruben; Getreidehandel, Mühlen u. Schlächtereien; Fahr- u. Flugzeugbau, Metallverarbeitung. – 1821 gegr., seit 1825 Regierungssitz. – Bei I. eine 4,022 km lange ebene Rennstrecke für den Kraftfahrsport mit schwach überhöhten Kurven; alljährl. im Juni Austragungsort des Autorennens „500 Meilen von I."
Indianer, *Astronomie: Inder, Indus,* Sternbild des südl. Himmels.
Indianer →S. 24.
Indianersommer, der →Altweibersommer in Nordamerika.
Indianersprachen →amerikanische Sprachen.
Indianide, nach der letzten Eiszeit Amerikas von Nordostasien nach Amerika eingewanderte *Mongolide* mit gelbl.-bräunl. Haut u. straffem, dunklem Haar, oft mit Mongolenfalte u. Mongolenfleck. In geograph. u. klimat. verschiedenen Gebieten variieren diese mehr oder weniger mongoliden Merkmale. E. von *Eickstedt* unterscheidet danach als Rassen, nach ihren Kerngebieten benannt, in Nordamerika *Pazifide* (Nordwestküste Nordamerikas), *Zentralide* (Urbewohner Mittelamerikas), *Silvide* (nordamerikan. Wald- u. Prärie-I.) u. *Margide* (Kalifornien, Sonora, Florida), in Südamerika *Brasilide* (brasilian. Urwaldrasse), *Lagide* (Ostbrasilien, Feuerland), *Andide* (Hochlandrasse), *Patagonide* u. *Fuegide* (Feuerland). Die Silviden, Margiden, Brasiliden u. Lagiden werden als *Langkopfgruppe* zusammengefaßt, die anderen als *Kurzkopfgruppe.* – B →Menschenrassen.
indianische Blumen, im Sprachgebrauch der dt. Fayence- u. Porzellankünstler des 18. Jh. die nach ostasiat. Vorlagen stilisierten Blumendekors in der Keramik, zuerst verwendet von J. G. *Höroldt* in Meißen; Gegensatz: →deutsche Blumen.
indianische Musik. Die Indianer Kanadas, Nord-, Mittel- u. Südamerikas, von deren Musik wir aus Reiseberichten u. durch Beobachtung ihrer in Reservaten lebenden Nachkommen wissen, haben stark magisch u. kultisch gebundene Gesänge. Sie unterscheiden „gute" u. „schlechte" Musik, d. h. wirksame oder unwirksame Gesänge, die der *Schamane* zur Krankenheilung oder zum Regenmachen singt. Es gibt Jagd- u. Kriegslieder oder -tänze, Ernte-, Wiegen-, Hochzeits-, Initiations- u. Trauerlieder. Charakteristisch für die indian. Melodik ist die hohe, emphat. betonte Einsatz der Stimme u. der langsame, stufenweise Abfall der Melodielinie, bes. ausgeprägt bei nordamerikan. Indianern. Dem entspricht in der Dynamik große Lautstärke am Beginn, dann Entspannung u. bis zum Murmeln herabgehende Verringerung der Lautstärke. Solistisch vorgetragenen Liedern stehen die im Unisono gesungene Chöre gegenüber. Die Tonleitern sind meist pentatonisch.
Die mexikan. Nachkommen der Azteken haben nur wenige oder gar keine Reste der alten Musik aufzuweisen. Die ältesten Quellen der Volksmusik in Peru u. Bolivien scheinen bis ins 16. Jh. zurückzugehen, jedoch ist überall span. Einfluß festzustellen. Von der alten Inkamusik haben sich nur andeutungsweise archaische Elemente im Tanz- u. Liebeslied erhalten. Bei den Maya in Guatemala jedoch ist bes. im Instrumentarium u. in manchem alten Brauch, bei dem auch musiziert wird, die Tradition noch ungebrochen lebendig.
Die i. M. kennt mit wenigen, lokal beschränkten Ausnahmen (Musikbogen, mexikan. „Bettlerharfe" als europ. Import) keine Saiten-, sondern nur Perkussions- (Idiophone u. Membranophone) u. Blasinstrumente. Zu den Idiophonen der Indianer gehören die ehem. heiligen Rasseln (heute *maracas*), Schrapinstrumente, Tanzschmuck u. Tanzbaum, zu den Membranophonen bes. große Kesseltrommeln, runde Rahmentrommeln, später auch große zweifellige Trommeln, zu den Aerophonen Tuben aus einem ausgehöhlten Baumstamm, Rohr oder Ton, Schneckenhörner, Panflöten, Flöten aus Rohr oder Vogelknochen *(Kena),* Block- u. Gefäßflöten. Viele dieser Aerophone sind Tabuinstrumente. Sie finden sich vorwiegend in Süd- u. Mittelamerika, während die nordamerikan. Indianer ihre Gesänge u. Tänze mit Vorliebe durch Rassel- u. Trommelspiel begleiteten.
Die Musik der Indianer Nordamerikas ist die bekannteste Musik aller Naturvölker, da die Wissenschaftler hier die Möglichkeit hatten, sie an Ort u. Stelle in den indian. Reservaten leicht zu erforschen. Die Indianermusik Lateinamerikas ist stark mit Elementen der europ. Musik durchsetzt. Die Musik der kulturell noch am wenigsten beeinflußten Indianerstämme, vor allem in den Urwäldern Brasiliens, ist bisher kaum systemat. erforscht worden.
Indianismus, *Indianismo,* eine Strömung in der iberoamerikan. Literatur, die Themen bevorzugt, bei denen Indianer eine Rolle spielen. Der I. im engeren Sinn beschreibt die Unterdrückung u. Ausbeutung des Indianers in Südamerika.
Indianist, Erforscher der indian. Sprachen u. Kulturen.
Indian River ['indiən 'rivə], durch eine Nehrungskette abgetrennte Lagunenreihe an der mittleren Ostküste Floridas.
Indide, Gruppe der europiden Langkopfrassen Indiens: schlank, langgesichtig, Nase hoch u. schmal, Haut bräunl., Augen u. Haare dunkel, Haar wellig. E. von *Eickstedt* unterscheidet *Nordindide,* die größer u. heller sind (wie die *Sikhs), Gracilindide,* kleiner u. dunkler (vor allem bei den *Hindus).* – B →Menschenrassen.

INDIEN — IND
Bharat Juktarashtra

- Fläche: 3 287 590 qkm
- Einwohner: 628 Mill.
- Bevölkerungsdichte: 192 Ew./qkm
- Hauptstadt: Delhi
- Staatsform: Parlamentarisch-demokratischer Bundesstaat
- Mitglied in: UN, Commonwealth, Colombo-Plan, GATT
- Währung: 1 Indische Rupie = 100 Paise

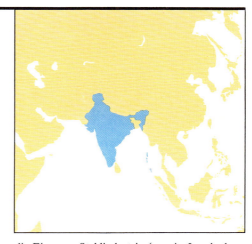

Landesnatur: Von den Hauptketten des Himalaya reicht das Land über dessen Vorberge, die Schwemmlandebene von Ganges u. Brahmaputra u. das Dekanhochland bis zur Südspitze des südasiatischen Subkontinents. Dabei schließen sich an die Gangesebene südl. zunächst niedrige Mittelgebirge an, u. a. die *Vindhyakette* u. das *Satpuragebirge* (bis 1064 m), auf die das von mehreren Flüssen (u. a. Mahanadi, Godavari, Krishna, Cauveri) zerschnittene *Dekanhochland* folgt, das im Mittel etwa 600 m hoch ist. Es wird von Randgebirgen gesäumt, im O von den niedrigen *Ostghats,* im W von den höheren *Westghats* (Nilgiri 2633 m, Anai Mudi 2695 m). Das im S trop., im N subtrop. Klima wird vom Monsun bestimmt, der mit Winden aus SW von Mai/Juni bis September die Hauptniederschläge bringt. Bes. reiche Niederschläge fallen an den Hängen der Westghats u. des Himalaya sowie in Assam u. im östl. Dekanhochland. Außerordentl. trocken ist der NW Indiens (Rajasthan). Vielfältig zeigt sich die Pflanzenwelt: Während an den südin. Küsten Kokospalmenhaine, in den Westghats u. in Assam immergrüne Regenwälder vorherrschen, sind auf dem Dekan Monsunwälder u. offene Dornbuschsteppen verbreitet. Letztere sind typisch für Rajasthan u. die Wüste Thar.

Bevölkerung: Die zu 82,7% hinduist., zu 11,2% islam. u. zu 2,6% christl. Bevölkerung (davon mehr als die Hälfte Katholiken) ist nach Abstammung u. Sprache sehr gemischt. Es herrschen indogerman. Sprachen vor (u. a. die Staatssprache Hindi; Bengali, Pandjabi, Radjasthani, Urdu, als Gelehrtensprache Sanskrit), daneben Drawidasprachen (u. a. Tamili, Telugu). 80% leben auf dem Lande, besonders dicht in Kerala u. im Gangesdelta. Die relativ wenigen Städte sind zumeist sehr bevölkerungsreich (etwa 150 städt. Siedlungen mit mehr als 100 000 Ew.). Etwa 5 Mill. Inder leben im Ausland.

Wirtschaft: I. ist ein Agrarland. Annähernd die Hälfte der Landesfläche wird bebaut, teilweise mit Hilfe von künstl. Bewässerung (Kanäle, Brunnen, Stauteiche). Die wichtigsten Anbauprodukte sind Reis, Hirse, Weizen, Zuckerrohr, Sesam, Erdnüsse u. Bananen. Exportkulturen sind Baumwolle u. Jute, ferner Tee, Kaffee, Kokosprodukte u. Pfeffer. Trotz einer Zahl von rd. 200 Mill. Rindern hat die Viehzucht kaum wirtschaftl. Bedeutung, denn aus religiösen Gründen bleibt das Fleisch ungenutzt. Häute u. Felle sind dagegen wichtige Exportartikel. Die Förderung der reichen Bodenschätze (Eisen, Kohle, Bauxit, Mangan, Chrom, Antimon, in geringerem Umfang Gold, Kupfer, Uran, Thorium, Titan, Blei, Zink, Magnesit, Kali, Glimmer) nimmt rasch zu. Ebenso entwickelt sich die Industrie sehr schnell; neben die traditionellen Zweige der Verarbeitung von Jute, Baumwolle, Leder u. Zuckerrohr tritt in rasch steigendem Maß die Eisen- u. Stahlindustrie (u. a. in Jamshedpur, Rourkela, Bhilai, Durgapur), weiterhin die Maschinenindustrie (insbes. Textil- u. Werkzeugmaschinen), metallverarbeitende, Elektro-, Papier- u. chem. Industrie (vor allem Erzeugung von Düngemitteln). Zahlreiche Wasser- u. Wärmekraftwerke wurden errichtet. Das erste Kernkraftwerk in Tarapur bei Bombay wurde 1970 in Betrieb genommen.

Verkehr: Die Eisenbahnlinien (rd. 60 000 km) verbinden vor allem die großen Seehäfen mit den Industriegebieten u. wichtigsten Städten. Nur etwa 1/3 des ind. Straßennetzes besteht aus befestigten, für den Autoverkehr geeigneten Straßen. Durch Ausbau des übrigen Verkehrs hat die Binnenschiffahrt an Bedeutung verloren. Die wichtigsten Seehäfen sind Bombay, Calcutta, Madras, Kochin, Vishakhapatnam u. Kandla. Der Luftverkehr ist, entsprechend der Größe des Landes, gut ausgebaut; für den Zivilverkehr gibt es mehr als 80 Flugplätze, einschl. der internationalen Flughäfen Bombay, Calcutta u. Delhi. – ⌑ 6.6.4.

Geschichte →S. 32.

Politik und Verfassung

Die Verfassung vom 26. 1. 1950 hat die Ind. Union zu einer souveränen, demokrat. u. religiös neutralen Republik gemacht. Das ind. Regierungssystem

Indien

Ruinen der Bergfestung Golkonda bei Haidarabad

Char-Minar in Haidarabad; erbaut 1591

INDIEN Geographie

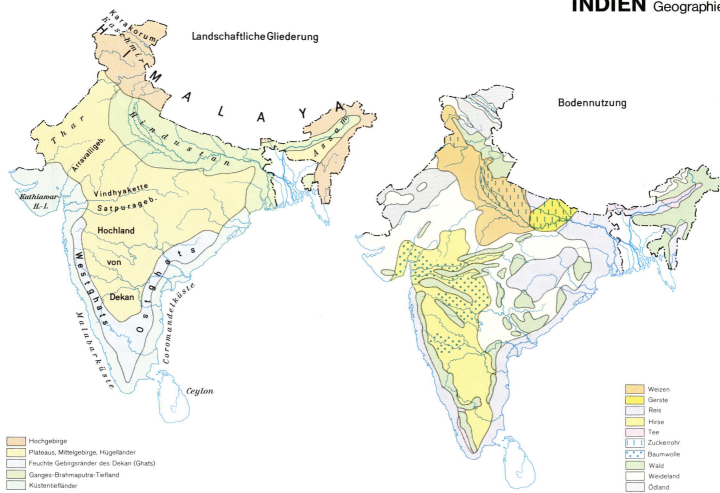

Indien

Höhenkurort Darjiling in den Vorbergen des Himalaya, zwischen Nepal, Sikkim und Bhutan (links). – Taj Mahal (1630–1648) in Agra (rechts)

Teeplantage in den Nilgiribergen, Südindien   Stahlwerk Rourkela

 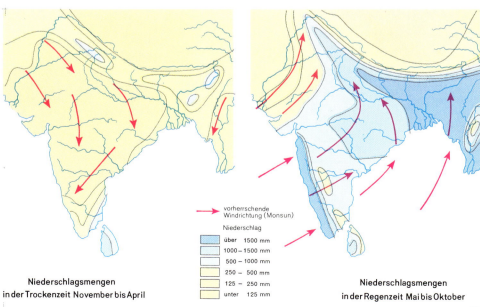

Fischfang vor der Küste von Orissa

Niederschlagsmengen in der Trockenzeit November bis April

vorherrschende Windrichtung (Monsun)

Niederschlag
- über 1500 mm
- 1000 – 1500 mm
- 500 – 1000 mm
- 250 – 500 mm
- 125 – 250 mm
- unter 125 mm

Niederschlagsmengen in der Regenzeit Mai bis Oktober

Indien

glich bis 1975 formal der brit. demokrat.-parlamentar. Staatsform (allerdings bei über 70% Analphabeten). Regierungschef ist der Premierminister. Der Staats-Präs. erfüllt hauptsächl. Repräsentativaufgaben. Das Parlament besteht aus 2 Kammern, dem *Lok Sabha* (Volkshaus; entspr. dem brit. Unterhaus) mit z.Z. 523 Mitgl., von denen 520 direkt gewählt werden, u. dem *Rajya Sabha* (Staatenrat) mit 240 Mitgl., die von den Parlamenten der Gliedstaaten gewählt werden. I. gliedert sich in 22 Staaten (einschl. →Sikkim) mit eigenen Parlamenten u. Regierungen sowie 8 zentral verwaltete Unionsterritorien. Es gilt das System der relativen Mehrheitswahl in Wahlkreisen, die je 1 Abg. entsenden. – Bis zur Erlangung der Unabhängigkeit gehörten der Kongreßpartei (→Indischer Nationalkongreß) verschiedene ideolog. Gruppierungen (u.a. Sozialisten, Hindu-Nationalisten u. Marxisten) an, die sich nach Beendigung des Freiheitskampfs z.T. von ihr trennten. Der Erfolg der Unabhängigkeitsbewegung verlieh jedoch den Kongreßführern eine lange weiterwirkende Ausstrahlung. In den allg. Wahlen von 1951/52, 1957 u. 1962 gewann die Kongreßpartei jeweils etwa ³/₄ der Parlamentssitze u. war auch in fast allen Landtagswahlen erfolgreich. 1967 büßte sie Stimmen u. Sitze ein. In einigen Landtagen kamen einzelne der anderen Parteien (z.B. *Dravida Munnetra Kazhagam, Jana Sangh, KP, Praja-Sozialisten, Samyukta-Sozialisten, Swatantra*) entweder allein oder als Koalition an die Macht. Die Spaltung der Kongreßpartei 1969 stellte den ind. Staat vor eine schwere Belastungsprobe. Die Wahlen von 1971 stärkten jedoch die Stellung der regierungstreuen „neuen" Kongreßpartei entscheidend: Sie errang mehr als zwei Drittel der Volkshaus-Sitze. Dessenungeachtet ging Min.-Präs. Indira *Gandhi* 1975 (von eventueller Absetzung wegen Wahlkorruption bedroht) zur Diktatur über; Pressezensur, annähernd 100 000 Verhaftungen, Einschränkung der Grundrechte. Im Januar 1977 hob die Regierung I. Gandhi den Ausnahmezustand weitgehend auf u. setzte überraschend für Mitte März Neuwahlen an. Der kurzfristig aus sehr unterschiedl. Parteien (Hindu-Nationalisten, Sozialisten u.a.) gebildete Oppositionsblock *Janata* u. die von der Kongreßpartei abgespaltene Gruppe *Kongreß für Demokratie* (Vorsitzender: J. *Ram*) gewannen unerwartet eine klare absolute Mehrheit im Volkshaus. Ministerpräsident wurde M. *Desai* (Janata). Die neue Regierung wurde der wirtschaftl. u. sozialen Probleme ebensowenig Herr wie ihre Vorgängerinnen. Durch eine Spaltung der Janata-Partei verlor sie 1979 die parlamentar. Mehrheit; Desai mußte zurücktreten. – ▫ 5.8.9.

Militär

I. hat ein stehendes Heer auf freiwilliger Basis. Die Gesamtstärke der regulären ind. Streitkräfte beträgt fast 1 Mill. Mann (Heer 826 000, Luftwaffe 100 000, Marine 30 000). Hinzu kommt eine paramilitär. Grenzsicherungstruppe *(Border Security Force)* mit etwa 100 000 Mann. Die Marine *(Indian Navy)* geht über die königl.-engl. bis in die Zeit der Ostindien-Kompanie zurück. Waffen u. Gerät der ind. Streitkräfte, bes. bei Marine u. Luftwaffe, stammen z.T. noch aus Großbritannien, aber auch aus den USA, aus Frankreich u. aus der UdSSR. Der Oberbefehl über die ind. Streitkräfte liegt beim Staats-Präs., die Ausübung beim Verteidigungs-Min.

Bildungswesen

Das Schulsystem ist in den einzelnen Gliedstaaten verschieden; daher können nur allg. Grundzüge angegeben werden: Schulpflicht besteht bis zum 14. Lebensjahr. Neben öffentl. Schulen gibt es zahlreiche Privatschulen. An öffentl. Pflichtschulen muß kein Schulgeld gezahlt werden. Es gibt folgende Schultypen: 1. vier- oder sechsjährige Grundschule, auf die die weiterführenden Schulen folgen; 2. meist dreijährige Mittelschule; 3. drei- bis achtjährige Oberschule, die die Hochschulreife vorbereitet. Die Zulassung zum Universitäts- u. Hochschulstudium setzt den ein- bis zweijährigen Besuch eines Colleges *(Intermediate College)* voraus. 4. niedere u. mittlere Fachschulen schließen unmittelbar an die Grundschule, höhere Fachschulen u. Technika unmittelbar an die Oberschule an. 5. Fachhochschulen u. Universitäten: 70 Uni-

Löwenkapitell von der Aschoka-Säule in Sarnath; 3. Jh. v. Chr. Das Löwenkapitell wurde zum Symbol Indiens

Krieger der Gupta-Zeit; 5. Jh. Neu-Delhi, National-Museum

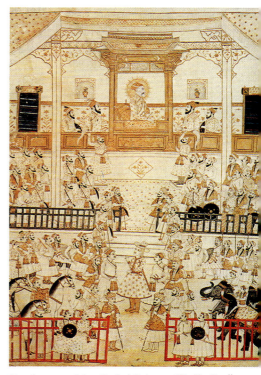

Empfang am Mogulhof; Miniatur, 17. Jh. Berlin, Staatl. Museen Preuß. Kulturbesitz, Museum für Indische Kunst

Goldmünze des Kanischka; 2. Jh. n. Chr. Paris, Musée Guimet. Kanischka war der bedeutendste Herrscher der Kuschana-Dynastie; sein Reich erstreckte sich vom Aralsee bis nach Benares

INDIEN Geschichte

Proklamation des indischen Kaiserreichs in Delhi; 1877. Zeitgenössische Darstellung

Unabhängigkeitserklärung Indiens: Nehru vor der Konstituierenden Versammlung am 15. 8. 1947; Indien blieb Mitglied des Britischen Commonwealth

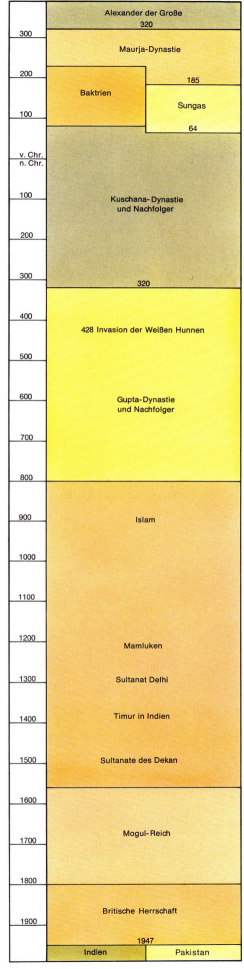

Indien

- Alexander der Große 320
- Maurja-Dynastie
- 185 Baktrien / Sungas 64
- Kuschana-Dynastie und Nachfolger
- 320
- 428 Invasion der Weißen Hunnen
- Gupta-Dynastie und Nachfolger
- Islam
- Mamluken
- Sultanat Delhi
- Timur in Indien
- Sultanate des Dekan
- Mogul-Reich
- Britische Herrschaft
- 1947 Indien / Pakistan

Indifferenz

versitäten u. viele Fachcolleges vermitteln Hochschulbildung. – Rund 75% aller Inder im Alter von über 5 Jahren sind Analphabeten.

Geschichte

Archäolog. Funde bezeugen, daß um 2500 v. Chr. eine neolithische vorarische Induskultur existierte, die mit ihren Metropolen Mohenjo-Daro (am unteren Indus) u. Harappa (am Ravi) zu den frühesten Hochkulturen der Menschheit gehört. Aus zahlreichen Siegelfunden lassen sich Handelsbeziehungen bis nach Mesopotamien rekonstruieren.

Um 1500 v. Chr. begannen krieger. arische Nomadenvölker in Nordwestindien einzufallen, u. in langen Kämpfen, in denen die Ureinwohner teils vernichtet, teils unterworfen wurden, drangen sie durch den Pandschab um 1000 v. Chr. bis in das Gebiet des heutigen Delhi u. um 600 v. Chr. bis in das Gangesgebiet vor. Das Dreiklassensystem der Arier (Erbadel, Priester, gewöhnliche Stammesmitglieder) wurde zur Grundlage des ind. Kastensystems. Arische Priester schrieben eine umfassende Darstellung ihres Glaubens u. ihrer Sitten in vier großen Büchern, den Weden, nieder, nach denen das Jahrtausend von 1500 bis 500 v. Chr. das wedische Zeitalter genannt wird.

Im 6. Jh. entstanden in I. die Religionen des *Buddhismus*, *Dschinismus* u. der *Bhagawata*, deren Verkünder sich gegen die zunehmende Veräußerlichung der hinduist. Religion u. die Entartung der Priesterherrschaft wandten.

320 bis etwa 185 v. Chr. entstand unter der Maurja-Dynastie im Gebiet des heutigen Patna das erste ind. Großreich, das unter König *Aschoka* um 250 v. Chr. seine größte Ausdehnung erreichte. Süd-I. blieb außerhalb dieses Reichs u. durchlief bis zum 14. Jh. eine eigenständige Entwicklung. Nach einer Epoche der Spaltung in krieger. Kleinstaaten u. der Invasion verschiedenster Völkerstämme (*Skythen*, *Parther*, *Kuschana*) erlebte I.

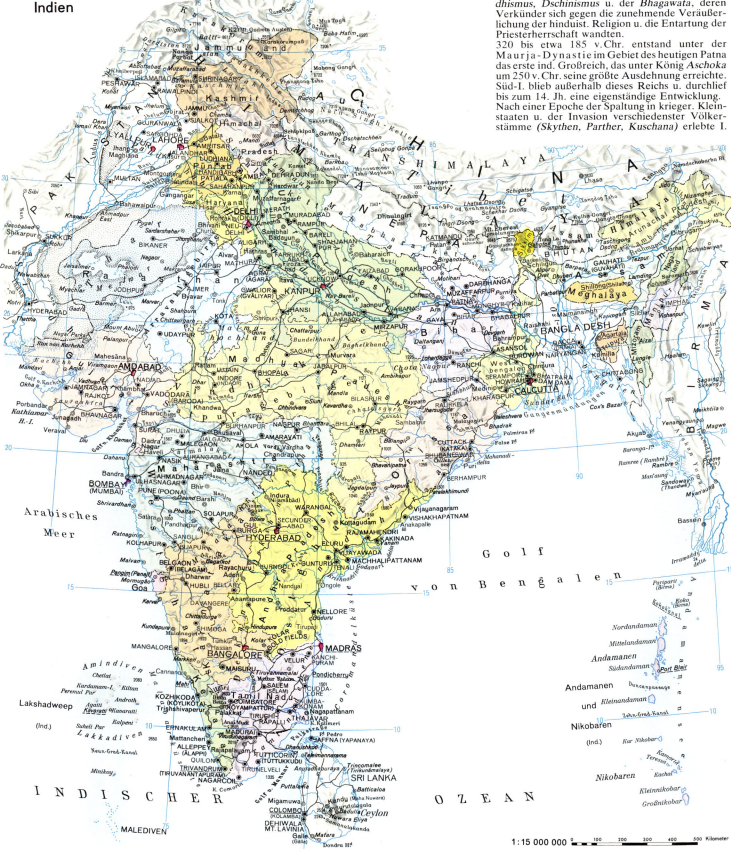

Indien

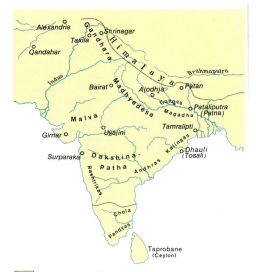
Maurjareich um 250 v. Chr.

Mogulreich um 1700

Hof eines Maharadschas (Geburtstagsfeier 1947)

Oberster Gerichtshof in Chandigarh, 1953 von Le Corbusier erbaut

unter der Dynastie der Gupta von 320 bis 467 n. Chr. das blühendste Zeitalter seiner Kultur.
Im 8. Jh. begann der Islam durch arab. Eroberer in I. einzudringen. Es folgten im 12. Jh. Eroberungszüge türkischer u. im 16. Jh. türk.-afghan. Moslems. Die Islamisierung erreichte mit der Eroberung von Bihar (1194) u. der Gründung des Sultanats von Delhi (1206) durch Kuth-ud-din Aibak ihren Höhepunkt.
Seit 1221 fielen die Mongolen wiederholt in I. ein, bis *Babur* 1526 die Gründung einer mongol. Kaiserdynastie mit der Hauptstadt in Delhi gelang. Das Mogulreich (Höhepunkt unter *Akbar* 1556 bis 1605) wurde im 18. Jh. durch innere Uneinigkeit u. durch den Aufschwung des Marathenreichs in Südindien geschwächt.
In zunehmendem Maß wuchs der Einfluß der Europäer, die seit Anfang des 16. Jh. Handelsniederlassungen auf ind. Boden gründeten. Aus den Konkurrenzkämpfen zwischen Holländern, Portugiesen, Franzosen u. Engländern gingen die Engländer (Ostind. Kompanie) 1818 endgültig als Sieger hervor u. machten I. zu ihrer Kolonie. 1858 übernahm Großbritannien offiziell die Souveränität des Mogulreichs, 1877 nahm Königin *Viktoria* den Titel „Kaiserin von I." an.
Die Inder forderten angemessene Beteiligung an Verwaltung u. Regierung u. bildeten 1885 den Ind. Nationalkongreß (Kongreßpartei). Nach dem 1. Weltkrieg eröffnete Mahatma *Gandhi* seine Bewegung des passiven Widerstands.
1935 gab Großbritannien I. eine parlamentar. Selbstverwaltung. 1937 errang bei den ersten Wahlen die Kongreßpartei unter Führung Jawaharlal *Nehrus* die Mehrheit u. lehnte eine Koalition mit der Moslem-Liga ab. Der Gegensatz zwischen Hindus u. Moslems verschärfte sich. 1947 erhielt I. nach Trennung vom islam. Pakistan den Dominionstatus; 1950 wurde es unabhängige Republik im Rahmen des Commonwealth. 1975 wurde das Königreich Sikkim als Unionsstaat angeschlossen. Seit der Erlangung seiner Unabhängigkeit hat I. Grenzkonflikte mit China (1956, 1962) u. Pakistan (1948, 1965) gehabt. Im August 1971 schloß es mit der Sowjetunion einen Freundschafts- u. Beistandspakt u. unterstützte die Sezessionsbestrebung Ostpakistans, die nach dem militär. Eingreifen I.s im Dez. 1971 zur Gründung der Republik Bangla Desh führte. →auch Islam (islamische Reiche). – ⬛ →Großbritannien (Geschichte), Kolonialismus. – 📖 5.7.5.

Indifferenz [die; lat.], 1. *allg.*: Interesselosigkeit, Gleichgültigkeit in weltanschaulicher, religiöser, politischer Hinsicht.
2. *Philosophie*: bei F. W. von *Schelling*, F. *Schleiermacher* u. a. als *I. des Realen u. Idealen*, des *Objektiven u. Subjektiven* das Zusammenfallen dieser polaren Gegensätze im *Absoluten*.
Indigenat [das; lat.], Bürger-, Heimatrecht, Staatsangehörigkeit (vor allem im Verhältnis von Gliedstaaten zum Gesamtstaat in Bundesstaaten); die Gleichbehandlung der Angehörigen von Gliedstaaten im Bundesstaat („gemeinsames I." nach Art. 3 der dt. Reichsverfassung von 1871).
Indigestion [lat.], leichte Verdauungsstörung.
Indigirka, Fluß im nordöstl. Sibirien, rd. 1980 km lang, größtenteils schiffbar; entspringt im S des Werchojansker Gebirges, durchbricht das Tschjorskijgebirge u. mündet mit großem Delta in die Ostsibir. See; nur 4 Monate eisfrei.

Indigo [der oder das; span., „Indisches"], *Indigoblau, Indigotin*, der älteste blaue, lichtechte Küpenfarbstoff, als Glucosid *Indikan* in verschiedenen trop. Pflanzen, z.B. in der ostasiat. *Indigofera tinctoria*, aber auch im europ. *Färberwaid*, *Isatis tinctoria*. Schon im Altertum wurde I. durch Gä-

Indigo

rung u. Oxydation der Indigofera gewonnen u. zur Textilfärbung verwendet; seit 1890 wird er auch synthet. hergestellt. Der natürl. I. ist dadurch fast völlig vom Markt verdrängt worden. I. ist wasserunlösl. u. wird zur Färbung mit Reduktionsmitteln in eine wasserlösl. Leukoform (*Indigweiß, Leukindigo*) übergeführt. Mit dieser „Küpe" behandelt man die zu färbenden Stoffe u. setzt sie dem Luftsauerstoff aus, wobei auf der Faser das unlösl. I.blau durch Oxydation entsteht. Heute ist I. aber schon durch neue, echtere blaue Küpenfarbstoffe auf Anthrachinonbasis ersetzbar (z. B. Indanthren, Flavanthren u. Benzanthronfarbstoffe). Wichtige Derivate des I.s sind *Dibromindigo* (der Farbstoff der Purpurschnecke) u. *Thioindigoverbindungen* (Wollküpenfarbstoffe).
Indigofera [span. + lat.], artenreiche Gattung der *Schmetterlingsblütler*, in den wärmeren Zonen. In den Tropen verbreitet sind die Arten *I. anil* u. der

Indigokarmin

Nordtor des Stupa I;
2. Jh. v. – 1. Jh. n. Chr.
Sanchi

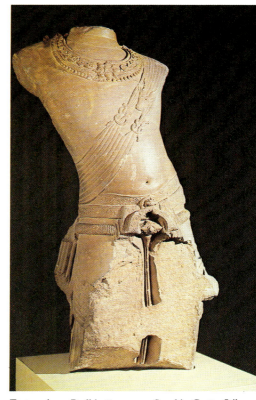

Torso eines Bodhisattwa von Sanchi. Gupta-Stil, Sandstein; 5. Jh. n. Chr. London, Victoria and Albert Museum

Rad vom Surya-Tempel; 1250. Konarak

Bodhisattwa Padmapani; Fresko (Detail). Ajanta

Kailasanath-Tempel; 8. Jh. n. Chr. Ellora

bes. wichtige *Gewöhnliche Indigo, I. tinctoria,* ein Halbstrauch mit rosenroten oder weißen Blütentrauben. Er lieferte *Indigo.* Seit der Herstellung von künstl. Indigo hat der Anbau abgenommen.
Indigokarmin [das], ein Farbstoff, wasserlösl., nicht lichtecht, färbt blau; durch Zusatz von Soda aus in konzentrierter Schwefelsäure gelöstem Indigoblau gewonnen.
Indigolith [der; span. + grch.], ein Mineral: sehr seltener blauer *Turmalin.*
Indigopapier, mit Indigo gefärbtes Papier; Reagenzpapier für Chlor, durch das es entfärbt wird.
Indigweiß →Indigo.
Indik, Kurzwort für →Indischer Ozean.
Indikation [lat.] = Heilanzeige.
Indikativ [der; lat.], ein *Modus* des Verbums, der die durch das Verbum bezeichnete Handlung als einfache Tatsache ohne zusätzl. Interpretation hinstellt (z.B. „er schläft").
Indikator [der, Mz. *I.en*; lat., „Anzeiger"], **1.** *Atomphysik:* radioaktiver *I.,* ein künstl. radio-

aktiver Stoff, der in geringsten Spuren über die Emission von β- oder γ-Strahlung in tierischen u. pflanzl. Organismen verfolgt werden kann u. damit die Möglichkeit gibt, Stoffwechselvorgänge zu beobachten. →auch Radioindikatoren.
2. *Chemie:* ein Stoff, der durch seine Farbänderung anzeigt, ob eine Lösung alkalisch, neutral oder sauer reagiert; z.B. färbt sich *Lackmus* bei saurer Reaktion rot, bei alkalischer blau.
3. *Maschinenbau:* ein Meßinstrument, mit dem der Druckverlauf von Dampf, Gas oder Flüssigkeiten in einem Zylinder gemessen wird. Es besteht aus einem Zylinder mit eingebautem Kolben, der durch eine geeichte Federkraft niedergehalten wird. Beim Eintreten des Dampfes usw. hebt der Kolben einen Schreibstift, der auf einer Trommel den Druckverlauf aufzeichnet. – Bei zeitlich schnell veränderl. Drücken werden elektr. I.en verwendet, wobei meist piezoelektr. Geber (→Piezoelektrizität) den Druck aufnehmen u. Oszillographen die Meßwerte elektr. registrieren.

Indikatorpflanzen = Bodenanzeiger.
Indikatrix [die; lat.], **1.** *Kristallographie:* Fletschersche *I., Indexellipsoid,* eine einschalige Hilfsfläche zur Darstellung der Doppelbrechung u. Polarisationsverhältnisse in Abhängigkeit von der Wellennormalenrichtung der Lichtwellen bei ihrer Wellenausbreitung in anisotropen Kristallen.
2. *Optik:* die um eine als punktförmig angesehene Lichtquelle herum gedachte geschlossene Fläche (im allg. ein Ellipsoid), deren Entfernung von der Lichtquelle die in dieser Richtung ausgesandte Lichtintensität angibt.
Indiktion [lat.] →Römerzinszahl.
Indio [zu *Indien,* nach der irrigen Meinung des *Kolumbus*], span. u. portugies. Bez. für den *Indianer* Lateinamerikas. Im Sprachgebrauch u. in der Statistik der lateinamerikan. Länder selbst wird der Begriff jedoch kulturell definiert: Alle noch im Status von Ureinwohnern befindl. Indianer u. Mischlinge (Mestizen, Caboclos, Ladinos) sind I.s; gebildete zählen zu den Weißen (Kreolen).

indische Kunst

Bi-Bi Ka Muqbara. Mausoleum der Dilrasbanu Begum, der Gemahlin von Aurangzeb; 1660

Liebespaar auf einer Terrasse. Miniatur; 1760

INDISCHE KUNST

indirekte Bremse →Bremse.
indirekter Druck, jedes Druckverfahren von einer Form mit seitenrichtigem Bild auf einen Gummizylinder, der das nunmehr seitenverkehrte Motiv seitenrichtig auf den Druckträger (Papier) überträgt; Vorzug: Übergang von der starren Druckform auf ein elastisches Übertragungselement; Verfahren: →Hochdruck, →Flachdruck, →Tiefdruck.
indirekte Rede, eine Redeform, in der Aussagen (Fragen, Befehle) unter Veränderung der grammat. Person u. des Modus der Verben wiedergegeben (zitiert) werden; z. B. „er fragte ihn, ob er komme" statt „er fragte ihn: ‚Kommst du?'"
indirekte Steuern, umstrittener Begriff, der Verschiedenes umfassen kann, z.B. Steuern, die den Ertrag, das Einkommen oder das Vermögen mittelbar über den Aufwand, den Verbrauch oder den Vermögensverkehr erfassen wollen, oder Steuern, die vom Steuerzahler auf den vom Gesetzgeber gewollten Steuerträger (Steuerdestinatar) überwälzt werden sollen.
Indisch-Antarktisches Becken = Östliches Indisches Südpolarbecken.
Indische Kongreßpartei →Indischer Nationalkongreß.
indische Kunst, *i. e. S.* die Kunst der Länder des ind. Subkontinents sowie des benachbarten Ostafghanistan (bis ins 12. Jh. n. Chr.); *i. w. S.* auch die bes. Stile entwickelnde Kunst von Ceylon, Hinterindien, Indonesien u. Zentralasien. Die i. K. läßt sich in 7 Perioden gliedern:
1. prähistor. Periode: Stadtkulturen zwischen Afghanistan u. dem westl. Indien, ca. 3000–1500 v. Chr.
2. wedische Periode: ca. 1500–600 v. Chr. Deutbare archäolog. Überreste fehlen; literar. Aussagen lassen primitive Bau- u. Kunstformen vermuten.
3. histor.-frühind. Periode: 600 v. Chr.–300 n. Chr. Sie begann im N u. S Indiens mit vergängl. Bauten u. Terrakotta-Kleinkunst. Der Durchbruch zur eigentl. i. n K. fiel ins 3. Jh. v. Chr. Die frühen Bauten, Skulpturen u. Malereien waren überwiegend buddhistisch. Die Stilentwicklung gestattet, die Kunst des 4.–1. Jh. v. Chr. als ar-

Figurenfries vom Himmels-Geschoß des Wischwanatha-Tempels; um 1000. Khajuraho

chaisch, die des 1.–3. Jh. n. Chr. als *vorklassisch* zu definieren. Aus histor. Sicht war dies die Kunst zur Zeit der Maurja-Shunga-, Andhra-, skythoparth. u. Kuschana-Herrscher. Im 1. Jh. n. Chr. begann die Sonderentwicklung der hellenist.-buddhist. →Gandhara-Kunst in Nordwestindien.
4. klass. Periode: die Blütezeit im Großreich der *Gupta* im 4.–5. Jh. n. Chr. Dieser klass. Stil beeinflußte die i. K. auf Jahrhunderte, so daß man die Periode des 6.–8. Jh. trotz lokaler Eigenentwicklungen *nachklassisch* nennen kann. Infolge religiöser Umschichtungen wandelte sich die i. K. zu einer hinduist. Kunst.
5. mittelalterl. Periode: 9.–14. Jh. n. Chr. Einer frühmittelalterl. Übergangszeit (8.–9. Jh.) folgte die Entwicklung unterschiedl. Bauformen u. Kunststile in den verschiedenen Landesteilen. Ein mittelalterl. Kunstwerk verrät weitaus stärker als ein älteres seine lokale Herkunft; die dynast. Bezeichnungen *Pallava-, Chalukya-, Chola-Kunst* u. a. vereinen jede für sich histor., geograph. u. stilist. Hinweise. In der mittelalterl. Periode war die buddhist. Kunst auf Nordostindien begrenzt, die hinduist. u. dschinist. Kunst über ganz Indien verbreitet u. die islam. Baukunst in der Entwicklung begriffen.
6. nachmittelalterl. Periode: 15.–19. Jh., gekennzeichnet durch den Verfall der Bildhauerkunst, die nur im hinduist. Südindien zu großen Leistungen fähig blieb, u. durch die reifen Schöpfungen auf den Gebieten der indoislam. Baukunst u. der Kleinkunst. Die höfische Miniaturmalerei gelangte zur Blüte u. beeinflußte die Entwicklung der lokalen ind. Malschulen.
7. Neuzeit: 19.–20. Jh., die Periode der Auseinandersetzung mit westl. Einflüssen u. des Ringens um eigenständige Formen.
Die Entwicklung der i.n K. wurde weitgehend von geschichtl. Ereignissen u. religiösen Bewegungen bestimmt. Glanz- u. Verfallszeiten spiegeln sich in der archäolog. Fundkarte wider. Die i. K. war überwiegend religiöse Kunst im Dienst des Buddhismus, Dschinismus u. Hinduismus. Der überkommene Anteil profaner Werke an der Gesamtkunst beschränkt sich auf monumentale Säulen, Herrscher- u. Stifterbildnisse, Objekte der Kleinkunst u. nachmittelalterl. Miniaturmalerei. Zeugnisse profaner Baukunst sind frühe Stadtanlagen u. Zweckbauten islam. Zeit. Seit dem 2. Jh. v. Chr. verschmolzen Kultbauten u. -bilder zu einer sich ergänzenden künstlerischen Einheit.

Baukunst
Die aus Ziegeln errichteten Stadtanlagen des 3.–2. Jahrtausends v. Chr. (→Harappa-Kultur) wie jene der histor.-frühind. Zeit beweisen große städteplaner. Leistungen, lassen aber ihres Ruinencharakters wegen die Hochbauarchitektur nicht erschließen. Die Entwicklung der ind. Baukunst wird erst von der frühind. Periode an verfolgbar, als die Zeit der in Stein errichteten Kultbauten begann. Erste Beispiele echter Architektur sind die nach achämenid. Vorbild unter Kaiser *Aschoka* (273–232 v. Chr.) aufgestellten Ediktsäulen, deren 9–12 m hohe, polierte Schäfte von mächtigen Tierkapitellen gekrönt sind. Sie gaben gleichsam den Anstoß zur Verwendung von Stein in der i.n K., die in der Folgezeit drei architekton. Gebilde hervorbrachte: monolithische Felsbauten, →Stupas u. Tempel.
Rund 1200 bislang bekannte Felshallen zeugen von der Popularität dieses Bautyps, der vom 3. Jh. v. Chr. bis in das 9. Jh. n. Chr. in drei Phasen fortentwickelt wurde: Die erste Phase (200 v. Chr.–200 n. Chr.) belegen die buddhist. Anlagen um Bombay. Sie setzen sich aus jeweils einer Kulthalle *(caitya)* u. den Räumen des Klosters *(vihara)* zusammen, wobei die Kulthallen die architekton. entscheidenden Bauten sind. Sie bestehen aus einem apsidial auslaufenden „Schiff" mit Tonnengewölbe; im Zentrum der Apsis steht ein aus gewachsenem Stein geschlagener Stupa. Zwei Säulenreihen teilen die Halle längsseits in Hauptschiff u. Seitengänge. Die mit blinden Fenstern u. Balkenbrüstungen über den Eingangstoren verzierten Außenfassaden lassen diese Hallen als Kopien nicht erhaltener Holzarchitekturen erkennen. Die bedeutendsten Hallen: *Bhaja, Karli, Ajanta* u. *Nasik*. Reliefschmuck (Bhaja, Karli) findet sich selten; die mit 45 × 15 × 15 m größte Halle Karli weist prachtvoll skulptierte Kapitelle persepolitan. Typs auf. – Die zweite Phase des buddhist. Felshallenbaus in *Ajanta, Ellora* u. *Aurangabad* ist gekennzeichnet durch eine üppige ornamentale Dekoration der Außen- u. Innenflächen u. zahlreiche gemeißelte Darstellungen des Buddha u. mahayanist. Gottheiten. – Äußerlich unterscheidbar sind auch die Höhlen der sich zeitl. mit der vorangehenden überschneidenden dritten Phase (6.–9. Jh.) in *Mahabalipuram, Badami, Ellora* u. auf *Elephanta*. An den Kultbildern sind sie als hinduist. u. dschinist. Anlagen zu erkennen; ihr Grundriß variiert stark, die Hallenwölbung ist säulengetragenen Flachdecken gewichen. Der Stupa wandelte sich vom Reliquienhügel zum künstler. gestalteten buddhist. Kultdenkmal. Die Grundform war ein massiver, glockenförmiger Baukörper auf einer oder mehreren Terrassen, gekrönt von einem umwehrten Schirm u. begrenzt von kreisläufigen, oft reliefierten Steinzäunen u. -pforten. Die Anlagen von *Sanchi, Bharhut* u. *Amaravati* (200 v. Chr.–200 n. Chr.) gehören der großartigen Zaun- u. Torreliefs wegen zu den wichtigsten Denkmälern frühind. Kunst. Die Kunstschule von *Gandhara* (Nordwestindien) entwickelte Miniaturstupas als Reliquienbehälter u. Votivgaben. An ihnen ist die von der Guptazeit an in ganz Nordindien zu beobachtende Veränderung des Stupa zu einem hochstrebenden, reliefierten Gebilde mit mehrfach gestuften Sockeln u. Zylindern deutlich zu verfolgen. Neben Stupas u. Kulthallen spielte der buddhist. Freitempel eine untergeordnete Rolle; der Tempelbau war eine Domäne der Hindus u. Jainas. Die frühesten Tempel entstanden im 4./5. Jh. n. Chr.; die Grundform war eine viereckige Cella, vor der ein auf Säulen überdachter Eingangsraum *(mandapa)* lag. Die Cella als Raum für das Kultbild wurde bald durch Aufsetzen eines Turmstumpfes von der Eingangshalle abgehoben. Durch Anfügung überdachter Gänge um den Kultraum u. durch Erweiterung der Vorhallen entwickelten sich Grundrisse u. architekton. Formen, die nur grob als nordind. u. südind. Tempeltypen unterscheidbar sind. Durch ständige Erhöhung des Turmstumpfes über der Cella entstand im N der im MA. auf erhöhter Basis stehende Tempelturm *(shikhara)* mit diskusförmiger Aufsatzplatte u. krönender Spitze. Dem Haupttempel wurden vielfach kleinere Tempel angefügt; die Eingangshallen erhielten untergeordnete Türmchen. Beispiele geben die Tempelbezirke von *Bhubaneshwar* (Orissa, 9.–13. Jh.), *Khajuraho* (Zentralindien, 10.–12. Jh.), *Osia* (Rajasthan, 8.–11. Jh.) u. *Mount Abu* (dschinist.; 11.–14. Jh.). Der südind. Tempel entwickelte statt des vertikal gegliederten nördl. Turms den horizontal geschichteten Pyramidenturm *(vimana)* mit Kultbild-Nischen bis zur Spitze. Vorläufer dieses Typs sind die ältesten südind. Tempel von Mahabalipuram u. Kanchipuram (7./8. Jh.); die reifste Architektur zeigt der *Brihadishvara-Tempel* von Tanjore (um 1000 n. Chr.). Die Vielzahl der Tempelbauten an einem Platz führte zur Umgrenzung des Gebiets durch im Viereck angelegte Mauern mit breiten, hoch aufragenden Torpyramiden *(gopuram)*. Die Wandlung dieses Anlagentyps setzte sich bis in das 18. Jh. fort; eindrucksvollstes Beispiel der Spätphase ist der Tempelbezirk von *Madurai*. – Mit Einbruch des Islams im 11./12. Jh. begann die Blütezeit der indo-islam. Baukunst. Zahlreiche Bauwerke entstanden zunächst unter pers. Einfluß, später werden ind. Elemente erkennbar. Einen Höhepunkt erreichte die persisch-ind. Mischkunst während der Mogulherrschaft (Mausoleum *Taj-Mahal*).

Plastik
Die ind. Bildhauerkunst begann im 3. Jahrtausend v. Chr. mit Darstellungen menschl. u. tierischer Körper aus Stein, Bronze u. Terrakotta. In Steatit geschnittene Siegelbilder bezeugen eine großartige Reliefkunst en miniature. Neben mesopotam. Einflüssen finden sich in diesen Frühwerken auch Formen, die späterem ind. Stilempfinden entsprechen. Echte Stilentwicklungen sind erst vom 3. Jh. v. Chr. an zu beobachten. Unter Aschoka entstand das für die Kunst seiner Zeit charakterist. Löwenkapitell von *Sarnath*, das Vorbild des heutigen ind. Staatswappens. Diesen achämenid. beeinflußten Erstwerken folgte die Periode der religionsgebundenen Bildhauerei (200 v. Chr.–300 n. Chr.), deren Stilmerkmale die rustikale Wuchtigkeit u. statuarische Haltung der männl. Figuren, der Drang zur Füllung jeden freien Platzes in den Reliefs u. das Fehlen der Perspektive sind. Typisch sind dick gebildete Turbane, schwere Ohrringe u. sehr breite Halsringe u. -ketten. Die Reliefs der Stupazäune u. -pforten von *Sanchi* u. *Bharhut* sind Hauptbeispiele dieser Kunst, deren Stil in der Schule von →Mathura aufgenommen u. weiterentwickelt wurde. Mathura beherrschte in den folgenden Jahrhunderten die Kunst ganz Indiens; nur die hellenist.-buddhist. Kunst von Gandhara bildete eine Ausnahme. Mathura-Künstler entwickelten den klass. Stil, der sich durch Ausgewogenheit in den Proportionen, verhaltene Bewegtheit der Figuren u. sparsame Verwendung von Schmuckformen auszeichnet. Klassische buddhist. u. hinduist. Figuren sind von einer Anmut u. Sublimität, wie sie keine Kunst der Welt adäquater zur Ehre anderer Gottheiten geschaffen hat. In den Skulpturen u. Reliefs der nachmittelalterl. Tempel wirkte dieser Stil lange nach, doch lassen sich vor allem an monumentalen Werken in den Höhlen von Mahabalipuram, Badami, Ellora u. Elephanta lokale Eigenentwicklungen beobachten, die statt der Proportionen die Funktionen der Körperglieder betonen. Verglichen mit den vorangehenden sind die Werke vieler mittelalterl. Kunstplätze kraftloser; der Stein „lebt" nicht mehr, die Gesichter der Figuren gleichen Masken, die Bewegungen der Körper sind allzu grazil geworden. Große Meisterschaft bekunden hingegen Künstler in Orissa, Bengalen u. insbes. Südindien, wo im 9.–13. Jh. auch Meisterwerke der Bronzekunst entstanden. In Maisuru (10.–12. Jh.) u. Vijayanagaram (14./15. Jh.) wurden auffällige Sonderstile entwickelt. Die Themen für die Bildwerke lieferten religiöse Legenden u. Mythen. Der zunächst durch Symbole vergegenwärtigte Buddha wurde im 1. Jh. n. Chr. erstmals als Mensch gestaltet. In zahlreichen Kompositionen werden Begebenheiten seines Lebens u. seiner früheren Existenzen geschildert. Im MA. entstanden buddhist.-hinduist. Mischformen von komplizierter Ikonographie. Der Darstellung des Buddha ähnlich ist die des Dschina u. seiner 24 Vorläufer, die durch ihre Nacktheit auffallen. Allein Parschvantha ist durch eine mehrköpfige Schlangenhaube bes. gekennzeichnet. Die hinduist. Bildwerke sind überwiegend den Göttern Wischnu u. Schiwa gewidmet. Wischnu auf der Weltschlange mit seiner Schakti Lakschmi u. Wischnu in den zehn Verkörperungen sind die seit dem 4. Jh. n. Chr. wiederkehrenden Themen. Ähnlich sind Schiwa u. Parvati, der Tanz des Schiwa, die schreckliche Erscheinung des Schiwa als Mahakala u. Schiwa als Zentralgestalt zahlreicher Legenden häufig dargestellt. Der elefantenköpfige Gott Ganescha gilt als Sohn des Schiwa. Eine Sonderstellung nimmt die schiwaitische Mutter-Göttin Durga, die Bezwingerin des Stierdämonen Mahischa, ein, deren Emanation die furchtbare Kali ist. Die je zur Hälfte männl. u. weibl. Darstellung des Schiwa u. der Durga in einer Gestalt versinnbildlicht die dualist. Macht dieses Götterpaares. Das Lingam (Phallus) ist ein in jedem schiwait. Tempel anzutreffendes Kultsymbol. Der dreiköpfige Brahma u. der auf einem Sonnenwagen stehende Surya treten hinter diesen Gottheiten ebenso zurück wie viele andere untergeordnete Götter u. Schutzgeister. Allen göttl. Wesen sind bestimmte Attribute u. Reittiere zugeordnet; die Zahl der Arme kann bei ein u. derselben Gestalt unterschiedlich sein, Mehrköpfigkeit findet sich bei einer größeren Anzahl von Göttern.

Malerei
Die ind. Malerei ist Wand- u. Miniaturmalerei. Die ältesten Fresken sind in der *Jogimarahöhle* (Orissa) u. den Kulthallen 9–10 in *Ajanta* (1. Jh. n. Chr.) erhalten. Sie bezeugen eine reife archaische Kunst mit Anklängen an die Kompositionen der Steinreliefs in Sanchi u. Bharhut. In Ajanta ist auch die klass. Malerei des 5.–7. Jh. n. Chr. belegt. Die Themen sind wie in den frühen Beispielen dem Legendenzyklus der Vorgeburten Buddhas entnommen, doch in überaus verfeinerter, bewegter Manier verarbeitet. Gegenüber der Schlichtheit u. Natürlichkeit frühklass. Gemälde fallen in den Bildern des 7. Jh. n. Chr. Üppigkeit des Dekors, Manieriertheit der Körperbewegungen u. oft krasse Konturierung auf. Der gleichen Zeit gehören Fresken in Bagh, Badami u. Sigiriya (Ceylon) an. Eigenwillig wirken die wenigen Beispiele von Wandmalereien des 8.–16. Jh. in Ellora, Tanjore, Sittanavasal u. Hindupur, die sich als lokale Malereien der Einordnung in die Entwicklungsgeschichte entziehen. – Im MA. begann die Zeit der Miniaturmalerei; die frühesten Zeugnisse sind Illustrationen auf Palmblättern in Bengalen (*Palamalerei*, 11. Jh.) u. dschinist. Papierhandschriften in Gujarat (15. Jh.). Unter den Mogulherrschern entstand im 16. Jh. die anfänglich persisch-höfische, später zunehmend indisierte *Mogulmalerei*.

Die westind. Gujaratmalerei wurde unter dem Einfluß des Mogulstils an den hinduist. Provinzhöfen in Rajasthan u. im Himalayagebiet in Lokalschulen eigenwillig fortentwickelt. Diese Hindu-Malerei, deren bevorzugtes Gebiet die Illustration musikinspirierter Stimmungen *(Ragas, Raginis)*, der Krischna-Legende u. altind. Epen waren, erreichte in den Werken der Schulen von *Krishnanagar, Mewar* u. *Bashohli* ihren Höhepunkt.
Am Ende des 18. Jh. setzte der Verfall der Miniaturmalerei ein. Die moderne Malerei nahm um 1900 in der bengal. Kunstschule unter Rabindranath *Tagore* einen verheißungsvollen Anfang. Wie er wirkten Amrita *Sher-Gil* (*1913, †1942) u. Jamini *Roy* (*1887) im Sinn der altind. Tradition. Die westl. Überfremdung des Ansätze zu ersticken zu wollen, doch macht sich in jüngster Zeit eine Besinnung auf das ind. Erbe bemerkbar. Maler wie M. F. *Husain* (*1916), Lakshman *Pai* u. a. bemühen sich um Anerkennung der ind. Malerei der Gegenwart. – ⌼2.1.8.

indische Literatur. Am Beginn steht die Hymnensammlung des *Rigweda* („Weda der Hymnen", 1500–500 v. Chr.?), der sich Weden der Lieder, Opfer- u. Zaubersprüche anschließen. In den *Upanischaden*, die dem weiteren Kreis wedischen Schrifttums angehören, wurde ein Kerngedanke des ind. Lebensgefühls gedacht u. entwickelt: der nie endende Geburtenkreislauf. Allmählich gewann auch die Profanliteratur an Bedeutung; zunächst entstanden die beiden Epen *Mahabharata* u. *Ramajana*, dann auch eine reiche Fabel- u. Erzählungsliteratur, die bes. in der *Brihatkatha*, im *Pantschatantra* u. im Werk des *Somadewa* auf die Weltliteratur gewirkt hat. An zahlreichen Fürstenhöfen blühte eine verfeinerte, nach starren Regeln u. Stilforderungen geformte Kunstdichtung in den wichtigsten Gattungen der Lyrik (Spruchdichtung), des Epos, Romans u., als höchster Kunstform, des Dramas *(Aschwaghoscha, Kalidasa, Bharawi, Magha, Schriharsha, Dandin, Bana, Subandhu, Bhasa, Bhawabhuti, Amaru, Wischakhadatta)*. Das Drama erstarrte aber bald in Schematik; auch die übrige Dichtung fand nur noch gelegentlich *(Dschajadewa)* die Kraft zu großen Werken. Dafür entwickelte sich immer selbständiger die aufkommende Literatur der „Volkssprachen" (Hindi, Urdu, Bengali, Tamil, Telugu, Kannada). Darin hat das moderne Indien seine eigene Aussage gefunden, vor allem durch Rabindranath *Tagore*, der ebenso wie Mohammed *Iqbal* Weltrang erlangt hat, während B. Ch. *Cattopadhjaja*, der Vater des modernen ind. Romans, bei uns fast unbekannt ist. – ⌼3.4.2.

indische Musik. Die kaum mit anderen Musikarten vergleichbare Komplexität der verschiedensten Musikidiome innerhalb der „indischen Musik" kann man einteilen: 1. in die Musik Vorderindiens u. Pakistans (letztere mit iran.-arab. Einflüssen), 2. in die Musik Hinterindiens, mit den mehr oder weniger unter chines. Einfluß stehenden Musikdialekten in Birma, Thailand u. Indochina (Laos, Vietnam, Kambodscha). – Aus in Mythos u. Legende verschwimmenden Uranfängen hat sich die i. M. schon sehr früh (Induskultur) zu dem entwickelt, was sie bis heute geblieben ist: eine monodische, sich ganz im Melodischen u. Rhythmischen erschöpfende Kunst. Indisches Musizieren ist die Mischung von einer ungefähr 2000 Jahre alten Tradition u. musikantischer Virtuosität, von zunächst religiöser, dann formaler Gebundenheit u. freizügiger, freiester musikalischer Improvisation. Die Gebundenheit zeigt sich in *Raga* u. *Tala*, die Freiheit in der Interpretation.

Der *Raga* ist eine Art melodisches Modell. Er kann wie eine abendländ. Skala einfach auf- u. absteigen, aber auch geschwungene Linien annehmen. Er wird bestimmt durch seinen ästhetischen Gehalt, seine musikalischen Ausdrucksmöglichkeiten u. seine Bindung an die Regungen des Geistes, der Seele, der Sinne, an den Tageslauf. So kann z. B. ein Abendraga nicht morgens gespielt werden. – Der *Tala* ist ein rhythm. Modell, ein Zyklus von Schlägen, die verschiedenartig akzentuiert u. unterschiedl. klanglich gefärbt sind. Es gibt Talas mit 6, 7, 10, 12, 14 oder 16 Schlägen. Die Solisten, bes. aber die ind. Trommler, deren Instrumentaltechnik meist hoch entwickelt ist, improvisieren auf dieser gemeinsamen Basis u. bewegen sich in einer gleichzeitig gebundenen u. doch freien, gelösten u. virtuosen Rhythmik.

Die *wedischen Gesänge* sind die ältesten Dokumente (5. Jh. v. Chr.), denen man etwas über die Musik Indiens entnehmen kann. Weitere folgen in

indische Musik: Gesang zu Lauten- und Trommelbegleitung; Miniatur. Wien, Österreichische Nationalbibliothek

frühchristl. Zeit u. im MA. (in Tamil, Telugu, Bengali, Hindi oder anderen ind. Sprachen geschrieben). Aus den wedischen Tonschriften geht hervor, daß Indien bereits sehr früh die Solmisation u. rezitativische Akzentsetzung gekannt hat (drei Akzente). In der Musiktheorie lassen sich zahlreiche altgriech., arab. u. sogar türk. Einflüsse feststellen, in der prakt. Musik Einflüsse aus dem Vorderen u. Mittleren Orient (bes. aus Pakistan) u. aus China. Letzteres gilt bes. für Indochina u. wirkt sich vor allem im Klangideal u. im Instrumentarium aus. Die i. M. ist modal. Die Oktave ist in 22 Intervalle (Schrutis) eingeteilt. Das älteste u. wichtigste Saiteninstrument Vorderindiens ist die gezupfte *Wina*, die mit der kopt. *Woina* im Zusammenhang stehende Bogenharfe, deren Name dann auch auf die bekannte u. traditionelle Zither der altind. Musik angewandt wird. Heute ist bes. der *Sitar*, ein gezupftes Saiteninstrument iran. Ursprungs, beliebt, zu dem im Konzert die *Tamburi*, ein bordunierendes Saiteninstrument, tritt. *Sarangi* u. *Sarinda* sind aus Holz geschnitzte Streichinstrumente, die ehem. der Musik der Tanzmädchen u. Straßenmusikanten zugeordnet waren, sich aber heute mehr u. mehr auch den Konzertsaal erobern. An Blasinstrumenten gibt es Flöten (Lang- u. Blockflöten), Rohrblattinstrumente (z. B. *Tiktiri* u. *Schannai*), die ehem. im Kriegsfall geblasenen Metallhörner *(Sringa)* u. verschiedene Trommelarten, deren bekannteste die aus zwei Instrumenten zusammengefügte *Tabla* ist. Dazu kommen Idiophone wie *Klappern, Rasseln, Glöckchen* u. *Becken*. Der ind. Subkontinent kennt die verschiedenen Stabzitherarten (Kambodscha, Pandschab), die sog. *Krokodilzithern* (Birma), dem *K'in* verwandte Halbröhrenzithern

(Annam), Spießlauten (Kaschmir), die nach Art der pers. *Kamandscha* gestrichen werden, Röhrengeigen (z.B. Thailand), Halslauten, die heute seltene Bogenharfe (Birma), Flöten, Oboen, Klarinetten u. Mundorgeln (Laos). Dazu treten Rahmen- u. Schellentrommeln sowie Konus- u. Bechertrommeln, Idiophone aller Art wie Klappern, Rasseln, Schlagruten (Assam), Xylophone, Metallophone, Schlagplatten (Birma, Laos), Gongs, Kesselgongs u. Glocken.

Eine Sonderstellung nahm in der Geschichte der neueren Musik die Persönlichkeit R. *Tagores* als Komponist ein, dessen modernisierende Vorschläge die allzu strenge Aufteilung in Ragas zu durchbrechen suchten. Er hat als erster den Versuch unternommen, zu seinen Gedichten eine Musik zu komponieren, die im Sinn des europ. „Lieds" dem Wort wieder einen stärkeren Anteil an der Komposition einräumte. Sein Vorgehen rief eine neue, volkstüml. Musikgattung einstimmiger begleiteter Solo- u. Chorlieder ins Leben. Moderne indische Komponisten wie Ravi *Shankar* haben auch in Konzert u. Filmschaffen auf Möglichkeiten hingewiesen, das ind. Musikempfinden u. das internationale Musikleben einander anzupassen. – 🄻2.9.5.

Indische Nessel →Ramie.

indische Philosophie, in keinem ihrer Systeme nur Welt- u. Lebensdeutung, sondern immer zugleich Erlösungslehre. Bereits in den dem 6. vorchristl. Jh. angehörenden *Upanischaden* klingen die Grundgedanken vom Allprinzip des *Brahman* an, mit dem das Prinzip des eigenen Seins *(atman)* identisch ist. Die über den Tod hinaus dauernde Wirkung der Werke *(karman)* verursacht Wiedergeburten im ewigen Kreislauf *(samsara).* Das Leben mit seinem Wechsel u. seiner Vergänglichkeit wird als leidvoll erlebt *(duhkha),* u. nur die Aufhebung des Karman, die der Einzelne durch die Praxis des *Yoga* wirkt, führt zur Erlösung von den Leiden der Wiedergeburt *(moksa).*

Aus dieser gemeinsamen Grundlage sind die drei großen metaphys. Systeme der i.n P. erwachsen: Samkhya, Buddhismus u. Vedanta. Während das *Samkhya* die Verschiedenheit von Geist u. Materie betont, wobei die Materie völlig abgewertet wird, verlegt der *Buddhismus* das Sein ins Unnennbare, demgegenüber die erfahrbare Welt sowohl in ihren geistigen wie materiellen Phänomenen nur Entstehen u. Vergehen ist. Vielheit ist als Schein zwar praktische Wahrheit, aber nur die Einheit des *Nirwana* ist real. Ebenso ist für den *Vedanta* nur Brahman als Geistheit real, die Vielheit dagegen Schein. – 🄻1.4.6.

indische Religionen. Die älteste geschichtl. greifbare, nach der Einwanderung der Arier in Indien entstandene Religionsform ist die bis ins 2. Jahrtausend v. Chr. zurückreichende *wedische Religion,* die sich später zum Brahmanismus fortentwickelte, der in den mystischen Spekulationen der *Upanischaden* über das göttlich-eine *Brahman* u. das ewige Selbst *(atman)* des Menschen seinen Höhepunkt erreichte. Die Vielheit der altwedischen Götter versinkt in dem absolut Einen als dem allein wirklichen u. ewigen Sein. Hier entstanden die Lehren vom Geburtenkreislauf *(samsara),* vom Gesetz der Tatvergeltung *(karman)* u. die Sozialordnung der Kastengliederung. – Die um 500 v. Chr. entstandene Lehre *Buddhas* will vom Unheil individueller Existenz u. steter Wiederkehr in neuer Geburt dadurch erlösen, daß sie den Menschen anweist, alle menschl. Triebe abzutöten, um im Zustand des Gleichmuts die Erleuchtung u. damit das *Nirwana* zu erlangen. Ein Jahrtausend lang war dieser Buddhismus in Indien bestimmend, ohne doch den Brahmanismus völlig ausgelöscht zu haben. – Etwa um 800 n. Chr. wurde, vor allem durch *Schankara,* eine Art brahman. Reform durchgeführt. Der Buddhismus wurde durch den aus altem brahman. Glaubensgut u. aus neuen religiösen Motiven sich erhebenden Hinduismus verdrängt.

Schon zu Buddhas Lebzeiten gab es in Indien die Religion der *Jainas* (→Dschinismus), die sich bis heute als kleine, sehr aktive Minderheit erhalten hat. Außerdem gibt es in Indien die Glaubensgemeinschaft der *Parsen,* die aus den Nachkommen der im 8. Jh. vor dem Islam aus Persien nach Indien ausgewanderten Anhänger des Propheten *Zarathustra* besteht. Um 1500 wurde die noch heute vorhandene Sekte der *Sikhs* gegründet, deren Religion aus einer Verbindung islam. u. hinduist. Elemente besteht. Auch primitiver *Animismus* findet sich bei manchen ind. Stämmen. Um 1000 drang der *Islam* nach Indien ein u. gewann unter islam. Herrschern an Einfluß. Das *Christentum* zählt in Indien nur relativ wenig Bekenner, ist jedoch in modernen hinduistischen Reformbewegungen (→Brahma-Samadsch) als anregender Faktor zur Erneuerung u. Vertiefung der Religion im Hinduismus wirksam. – 🄻1.8.1.

Indischer Hanf →Hanf (1).

indische Riesenbiene →Honigbiene.

Indischer Nationalkongreß, engl. *Indian National Congress, Kongreßpartei,* 1885 gegr. ind. polit. Partei. Der Ind. Nationalkongreß wurde zum Ausgangspunkt für die Forderung nach Unabhängigkeit, die endgültig 1947 erfüllt wurde. Geistiger Führer war 1920–1933 M. *Gandhi;* Vorsitzende waren u.a. S. Ch. *Bose* (1938/39), J. *Nehru* (1951–1954), Indira *Gandhi* (1959), K. A. *Kamaraj* (1964–1967), *Nijalingappa* (1968/69). Die Partei hatte 1967/68 11 Mill. Mitglieder. Nach der Spaltung 1969 hatte der von Indira Gandhi geführte sog. „neue" Ind. Nationalkongreß die Mehrheit der Abgeordneten u. Parteimitglieder hinter sich. Der sog. „alte" Ind. Nationalkongreß umfaßte die Gruppe um M. *Desai* u. M. *Patel,* er schloß sich 1977 zur z.Z. regierenden Janata-Partei zusammen. 1978 kam es zu einer zweiten Spaltung der Kongreßpartei in einen offiziellen u. einen Indira-Gandhi-Flügel. →auch Indien (Politik).

Indischer Ozean, Kurzwort *Indik,* das zwischen Afrika, Asien, Australien u. Antarktika liegende kleinste der drei Weltmeere, Gesamtfläche mit Nebenmeeren 75 Mill. qkm. Im N werden durch Vorderindien das *Arabische Meer* mit Ausläufern u. der *Golf von Bengalen* abgegliedert, durch den Andamanenbogen die *Andamanensee.* Die Küsten der umgebenden Kontinente sind über weite Strecken ungegliedert, daher verhältnismäßig hafenarm. Die Grenzen zum Atlant. u. Pazif. Ozean sind südl. von 35° südl. Breite rein fiktiver Art: im W die Länge des *Kap Agulhas,* im O des *Südostkaps* auf Tasmanien.

Der Meeresboden gliedert sich durch das Schwellensystem des *Zentralind. (Mittelozean.) Rückens* in die *Westind. Mulde* mit einer Reihe von Becken (Arab., Somali-, Südwestind., Atlant.-Ind. Becken u.a.) u. die *Ostind. Mulde* mit Zentralind., Nordwest- u. Westaustral. Becken (durch den Östl. Ind. Rücken voneinander getrennt). Den Schwellen sitzen die wenigen Inselgruppen auf: Lakkadiven, Malediven, Chagosinseln u. Neuamsterdam dem Zentralind. Rücken, Kerguelen u. Heard-Macdonaldinseln seiner Fortsetzung, dem Kerguelen-Gaußberg-Rücken; Andamanen u. Nikobaren bilden die Fortsetzung des Malaiischen Archipels nach NO im Golf von Bengalen. Neben den Schwellen prägen bes. im westl. Teil einige Kuppen das untermeer. Relief: Koronokuppe – 18 m, Slot van Capelle – 113 m. Die durchschnittl. Tiefe des Ind. Ozeans beträgt rd. 3900 m; im *Sundagraben* erreicht er seine größte Tiefe (Planettiefe 7455 m). Salzgehalt: um 3,5%. Die allg. nicht sehr beständigen Meeresströmungen (Beständigkeit bis zu 50%) werden nördl. des Äquators von den Monsunen beherrscht (im Nordsommer in west-östl., im Winter in ost-westl. Richtung). Im Südteil bilden die Meeresströmungen einen geschlossenen Kreislauf: zwischen 40° u. 50° südl. Breite die kühle Strömung der *Westwinddrift,* die vor der Westküste Australiens einen Ausläufer als *Westaustralstrom* nach N entsendet. Auf der Höhe des südl. Wendekreises geht er in den warmen *Südäquatorialstrom* über, der vor der Ostküste Südafrikas sich in den *Agulhasstrom* u. den *Äquatorialen Gegenstrom* teilt. Südl. von 50° südl. Breite hat der Ind. Ozean teil an der kalten *Südpolardrift.* Er reicht nur im S bis in außertrop. Klimagebiete. Neben den dauernden Stürmen südl. Breiten treten die Mauritius-Orkane (Madagaskar), die Bengalzyklone (Golf von Bengalen, Arab. Meer) u. die Willie-Willies (Australien) als Wirbelstürme auf.

indische Schriften, etwa 200 verschiedene Alphabete der Völker Indiens, Mittelasiens u. der Sunda-Inseln. Außer der *Kharoshtischrift* laufen sie von links nach rechts u. gehen auf eine Vorform der →Brahminschrift zurück.

indische Sprachen, 1. *i. w. S.:* ein geograph. bestimmter Begriff, der mehrere miteinander nicht verwandte Sprachfamilien zusammenfaßt, von denen nur die *drawidischen Sprachen* in Zentral- u. Südindien im ind. Subkontinent einheimisch sind. Die *Mundasprachen* in Zentralindien u. am Himalaya sind mit den austroasiat. Sprachen verwandt, u. die *indischen Sprachen* (i. e. S.) als eine indogerman. Sprachgruppe sind vom N her nach Indien eingedrungen.

2. *i. e. S.: indoarische Sprachen,* eine Gruppe der indogerman. Sprachfamilie. Historisch unterscheidet man 3 Stufen: *Altindisch (Wedisch* u. klass. *Sanskrit), Mittelindisch (Pali, Prakrit)* u. die *neuindischen Sprachen.* Letztere sind die aus den zur Zeit des Sanskrit gesprochenen Prakrit-Dialekten erwachsenen Sprachen: u.a. *Hindi i. w. S.* (mit *Urdu* u. *Hindi i. e. S.), Bengali, Bihari, Marathi, Pandschabi, Radschasthani, Gudscharati, Orija, Sindhi, Assamesisch, Singhalesisch, Kaschmiri, Nepali* u. die *Zigeunersprachen (Romani).* – 🄻3.8.4.

Indisches Südpolarbecken = Östliches Indisches Südpolarbecken.

Indisches Südpolarmeer, der Teil des Südindischen Ozeans zwischen 55° südl. Breite u. der Antarktika.

Indische Union →Indien.

Indische Vogelnester, aus dem Speichel von Seglervögeln *(Salanganen)* gebaute Nester, die in ostasiat. Ländern als Leckerbissen begehrt sind.

indische Zwergbiene →Honigbiene.

Indischrot, *Eisenrot, Berliner Rot,* ein Ferrioxid, das als Pigment u. Poliermittel verwendet wird.

Indium, chem. Zeichen In, silberweißes, sehr weiches, ein-, zwei- u. dreiwertiges Metall; Atomgewicht 114,82, Ordnungszahl 49, spez. Gew. 7,31, Schmelzpunkt 156,17 °C; Verwendung für Legierungen, korrosionsverhindernde Überzüge u. als Halbleitermaterial.

Individualdistanz, *Verhaltensforschung: Individualabstand,* der Mindestabstand zweier Individuen einer Art. Die I. ist wichtig für die Beurteilung des sozialen Gefüges einer Tierpopulation. Sie kann starr sein (Aufreihung von Singvögeln auf Telegraphendrähten, von Möwen an Brücken u. ä.) oder je nach Trieblage wechseln. Auffällig gefärbte Tiere (z.B. Vogelmännchen untereinander) halten eine größere I. als unscheinbare. Ein Überschreiten der I. löst Flucht (→Fluchtdistanz) oder Aggression aus. →auch Auslöser, Kampf.

Individualismus [lat.], in der Metaphysik die Lehre, daß nur Einzelwesen wirklich seien, Überindividuelles oder Allgemeines dagegen nur gedacht oder nur in den Individuen enthalten sei. – In der Ethik, der Wertlehre u. der praktischen Lebensführung ist I. die Auffassung, daß alles Handeln dem einzelnen bzw. den einzelnen diene, weil alle überindividuellen Werte nur für die wertenden Individuen bestünden (nicht an sich) u. z.B. das ethische Gesetz nur als individuelles Gesetz (G. *Simmel*) Gültigkeit habe.

Individualisten-Maler, eine chines. Malergruppe, die zwischen 1610 u. 1630 geboren u. durch das Erlebnis der Revolution von 1644 geformt wurde. Sie machten sich frei von akadem. Bindung u. wurden beispielhaft für die chines. Maler der Neuzeit.

Individualität [lat.], der Inbegriff der Eigenschaften eines *Individuums,* als Einheit u. Ganzheit vorgestellt, daher verwandt mit *Charakter.* Der Begriff wird nicht von Einzelwesen schlechthin, sondern nur von Lebewesen, insbes. Menschen, gebraucht; beim Menschen wird unterschieden zwischen I. als gegebener u. *Persönlichkeit* als aufgegebener I. Da die individuellen Züge zugleich typische sind, liegt das Besondere der I. nur in der bes. Verbindung der individuellen Merkmale.

Individualpsychologie, früher die Psychologie des individuellen Seelenlebens (Gegensatz: *Gruppen-, Kollektiv-, Massen-, Sozial-, Völkerpsychologie*) u. als solche bei W. *Wundt* gleichbedeutend mit *allgemeiner Psychologie;* als Psychologie der individuellen Differenzen *(differentielle Psychologie)* verwandt mit *Charakterkunde.*

In der *Psychoanalyse* u. i. e. S. ist I. die von A. *Adler* begründete teleologische Richtung, die das Seelenleben vom Willen zur Macht (→Machttrieb, Geltungsbewußtsein, Herrschsucht) u. von den zugrunde liegenden Organminderwertigkeiten her zu erklären u. eine Heilung der dabei auftretenden Neurosen hauptsächl. durch Sozialisierung, Einfügung in die Gemeinschaft, also durch Erziehung, herbeizuführen sucht. – 🄻1.5.6.

Individualrechte, zusammenfassende Bez. für die jedem zustehenden unveräußerl. Rechte, in der BRD insbes. für die →Grundrechte, die grundrechtsähnl. Rechte aus Art. 33, 101, 103–104 GG sowie für das allg. →Persönlichkeitsrecht.

Individualsukzession [lat.], *Singularsukzession,* Einzelrechtsnachfolge, z.B. bei Abtretung einer Forderung; Gegensatz: *Universalsukzession,* Gesamtrechtsnachfolge, z. B. bei Anfall einer Erbschaft. →Rechtsnachfolge.

Individualversicherung, Sammelbez. für privatrechtl. Versicherungsverträge einzelner Personen mit einem privaten Versicherungsunternehmen, einem Versicherungsverein auf Gegenseitigkeit oder einer öffent.-rechtl. Versicherungsanstalt vor allem über Lebens-, Kranken- u. Unfallversicherung, im Gegensatz zur *Sozialversicherung.* →auch Versicherung.

Individuum [das, Mz. *Individuen;* lat., „das Unteilbare"], das Einzelding, Einzelwesen in seiner Besonderheit des raum-zeitl. Daseins u. seiner eigentüml. Qualität. Die individuelle Besonderheit ist mehr als die log. Besonderung eines Allgemeinen; das I. ist eine Welt, die sich nicht erschöpfen läßt; es ist irrational. – Das I. als Einzelwesen wird in Gegensatz zu einer Mehrheit von Einzelwesen *(Kollektivum)* gebracht, deren Einheit nur eine gedachte u. zusammengesetzte ist. Aber diese Unterscheidung setzt voraus, daß man weiß, was ein I. zum I. macht *(Individuationsprinzip);* so bleibt sie relativ, u. es gibt echte *Kollektiv-Individuen* (z. B. Polypenstöcke).

Indiz [das, Mz. *I.ien;* lat., „Anzeichen"], *Recht:* ein Verdachtsmoment ohne unmittelbare Beweiskraft *(I.ienbeweis),* das aber auf Beweiserhebliches schließen läßt, z. B. das Auffinden eines Tatwerkzeugs beim mutmaßlichen Täter, im Gegensatz zu unmittelbarer Tatbeobachtung.

Indoaraber, *Moors,* aus der Vermischung von Eingeborenen u. Arabern entstandener Bevölkerungsteil Ceylons, rd. 630 000.

Indoarier, die Völker Vorderindiens (→Inder), die zum indogerman. Sprachkreis gehören.

indoarische Sprachen, die zur indogerman. Sprachfamilie gehörenden →indischen Sprachen (2).

Indoaustralische Zwischenregion →Wallacea.

Indochina, das ehem. französ. beherrschte Gebiet im östl. u. südl. Hinterindien; es besteht seit 1950 aus drei (1954: 4) unabhängigen Staaten: *Vietnam* (aus dem früheren *Cochinchina, Annam* u. *Tonkin;* 1954–1976 geteilt, Hptst. *Hanoi* u. *Saigon), Kambodscha* (Hptst. *Phnom Penh)* u. *Laos* (Hptst. *Vientiane).* I. umfaßt im N die dichtbesiedelte Schwemmlandebene des Roten Flusses u. die aus Yünnan austretenden Gebirge, an der Ostküste einen von dichten Monsunwäldern bedeckten Gebirgswall (Annamitische Kordillere), der sich nach W zum Hochland von Laos absenkt, im S die weiten Tallandschaften u. das riesige Delta des *Mekong.* Die Schwemmländer im N u. S gehören zu den fruchtbarsten Gebieten der Erde; vor allem Reisanbau, daneben Kautschuk-, Mais-, Zuckerrohr- u. Teekulturen; Bodenschätze.
Geschichte: →Südostasien.

Indochinakriege, die im Anschluß an den 2. Weltkrieg in Indochina ausgetragenen Kriege: 1. der Krieg der *Viet-Minh* gegen die französ. Kolonialmacht 1946–1954. Japan mußte das während des 2. Weltkriegs besetzte *Französisch-Indochina* 1945 wieder räumen, Frankreich übernahm erneut die Herrschaft. Im Sept. 1945 proklamierte die Viet-Minh unter *Ho Tschi Minh* die Demokratische Republik Vietnam. Obwohl Frankreich 1946 Vietnam als unabhängigen Staat innerhalb der Französ. Union anerkannt hatte, übte es weiterhin eine Kolonialherrschaft aus. Am 19. 12. 1946 begann die Viet-Minh den Partisanenkampf gegen die Fremdherrschaft (u. zugleich für die Errichtung einer kommunist. Gesellschaftsform), der sich mit chines. Unterstützung zu einem regulären Krieg ausweitete. Die Schlacht bei *Diên Biên Phu* am 7. 5. 1954 beendete die seit 1803 dauernde Kolonialherrschaft Frankreichs in Indochina.
Auf der Genfer Indochinakonferenz (→Genfer Konferenzen [2]) wurde am 21. 7. 1954 ein Waffenstillstand geschlossen, die Teilung Vietnams am 17. Breitengrad vereinbart u. die Wiedervereinigung für 1956 vorgesehen. Die USA unterzeichneten das Abkommen nicht. Da die südvietnames. Regierung Waffenstillstandsabkommen u. Neutralitätsverpflichtung nicht anerkannte u. die Wiedervereinigung verhinderte, brach der Kampf erneut aus.
2. →Vietnamkrieg.

indochinesische Sprachen, *Sinotibetanisch, Tibetochinesisch,* in Ost- u. Südostasien verbreitete Tonsprachen; ursprüngl. wohl agglutinierenden Charakters (Wortbildung durch Affixe), heute meist isolierend (die grammat. Funktion wird durch die Wortstellung bezeichnet), das *Tibetobirmanische* trägt agglutinierende Züge. Hauptgruppen: 1. *Sinosiamesische Sprachen* (Chinesisch, Thaisprachen); 2. *Tibetobirmanische Sprachen* (Tibetanisch u. a.).

Indogermanen, *Indoeuropäer,* die Völker des indogerman. Sprachkreises (→indogermanische Sprachfamilie). Die Lage der Urheimat der I. ist umstritten. Ursprüngl. wurde sie in Innerasien angenommen. Diese Ansicht wird auch heute noch von einzelnen Forschern vertreten. Später betrachtete man Nord-, Mittel- u. Osteuropa als Herkunftsgebiet der I. Heute lokalisiert man es sowohl in Mittel- als auch in Osteuropa. Im Laufe des 3. Jahrtausends v. Chr. dürfte die Trennung der I. in einzelne Stämme erfolgt sein. Gesichert ist jedenfalls, daß im 2. Jahrtausend v. Chr. die Einwanderung indogerman. Stämme nach West- u. Südeuropa, Kleinasien, Iran u. Indien stattfand, wobei sie sich mit der eingesessenen Bevölkerung vermischten. Die Vorgeschichte bringt die Indogermanisierung im allgemeinen mit der Ausbreitung der *Streitaxt-Kulturen,* deren Träger zur europiden Rasse gehören, gegen Ende der Jungsteinzeit in Verbindung. Möglicherweise gehören auch schon ältere jungsteinzeitl. Kulturgruppen Mittel- u. Osteuropas zur indogerman. Sprachfamilie. Lebensweise in Großfamilien mit Vaterrecht als Ackerbauer u. Viehzüchter. Die religiösen Vorstellungen gipfelten im Ahnenkult. Die heute zum indogerman. Sprachkreis gehörenden Völker sind nur noch sprachl. u. nur z. T. rassisch miteinander verbunden. – ▭ 5.1.0.

indogermanische Sprachfamilie, *Indoeuropäisch,* ein 1816 von F. *Bopp* u. a. in seiner genet. Zusammengehörigkeit erkannter Sprachstamm, benannt nach seinen östlichsten (Inder) u. westlichsten (Germanen, eigentl. Kelten, allgemeiner: Europäer) Vertretern. Die frühe Lautentwicklung ermöglicht es, die Sprachen der *Kelten, Germanen, Italiker, Griechen, Tocharer* u. *Hethiter,* die die alten palatalen g- u. k-Laute erhalten haben (Kentumsprachen), von den Sprachen der *Inder, Iranier, Armenier, Albaner, Balten* u. *Slawen* zu unterscheiden, die jene Laute zu Zischlauten weiterentwickelten (Satemsprachen). Die ausgestorbenen indogerman. Sprachen (z. B. Latein, Altgriech., Gotisch) gehören deutlich dem flektierenden Typus an, während die neuindogerman. Sprachen (z. B. Engl., roman. Sprachen, Neupersisch) diesen Typ nur noch z. T. repräsentieren. Aufgrund des vergleichenden Studiums der altindogerman. Sprachen ist es gelungen, das Laut- u. Formensystem der vermutl. indogerman. Ursprache größenteils zu rekonstruieren. – ▭ 3.8.4.

Indogermanistik, die sprachvergleichende Wissenschaft von den *indogerman. Sprachen.* Sie sucht mit Hilfe von Lautgesetzen deren Verwandtschaft u. Abhängigkeit voneinander in Lautstand, Wortbildung u. Formensystem aufzuzeigen u. Lautsystem, Lexikon (Wurzel-Lexikon) u. Morphologie der vermuteten einheitl. Grundsprache (Ursprache) zu rekonstruieren. Begründer: R. K. *Rask* u. F. *Bopp;* Hauptvertreter im 19. Jh.: A. *Schleicher,* Th. *Benfey,* O. *Schrader,* H. *Osthoff,* F. K. *Brugmann,* W. *Streitberg* u. a.; im 20. Jh.: H. *Hirt,* A. *Meillet,* E. *Benveniste,* H. *Pedersen,* J. *Kuryłowicz* u. a. – ▭ 3.8.4.

Indoktrination [lat.], ein Einwirken auf das Denken im Sinn einer Weltanschauung oder Lehre, bes. durch Vermittlung bestimmter Kenntnisse.

Indol [das; span., lat.], *Benzopyrrol,* im Steinkohlenteer vorkommende, heterocyclische Stickstoffverbindung mit jasminartigem Geruch; Muttersubstanz der Eiweißaminosäure *Tryptophan.* I.abkömmlinge finden sich in der Natur häufig, z. B. als *Glucosid* Indikan, aus dem im Altertum *Indigo* gewonnen wurde. In der Parfümerie verwendet.

Indologie, die Wissenschaft von der Sprache, Religion u. Kultur Indiens; →auch Orientalistik.

Indomelanide, eine menschl. Rassengruppe (Bez. nach E. von *Eickstedt);* Hauptverbreitungsgebiete: nordöstl. u. südöstl. Vorderindien u. Ceylon. Die I.n stehen den →Negriden nahe: Haut, Augen u. Haare dunkelbraun, mittelgroß, langköpfig, kurzgesichtig, breite Kiefer, gerade Nasen. Zu den I.n gehören auch die *Koliden* u. *Südmelaniden.*

INDONESIEN
Republik Indonesia
RI

Fläche: 2 027 087 qkm

Einwohner: 144 Mill.

Bevölkerungsdichte: 72 Ew./qkm

Hauptstadt: Jakarta

Staatsform: Republik

Mitglied in: UN, Colombo-Plan, GATT

Währung: 1 Rupiah = 100 Sen

Landesnatur: Die vier großen Inseln *(Borneo* ohne die malays. Gebiete, *Sumatra, Celebes* u. *Java),* die zahlreichen kleineren Inseln u. Westneuguinea *(Westirian,* das 1963 an Indonesien überging) haben trop. Monsunklima, das den einzelnen Gegenden – je nach Lage zur vorherrschenden Windrichtungen – sehr unterschiedl. Regenmengen bringt. Im allg. nehmen die Niederschläge nach O ab. Die Inseln (über 13 600, davon 990 bewohnt u. 350 über 100 qkm groß) sind der Rest einer Landbrücke von Asien nach Australien, die in erdgeschichtl. junger Zeit zerbrach. Bis heute sind vulkan. Kräfte sehr rege; Vulkane krönen die Gebirge, die die Inseln in mehreren Ketten durchziehen: *Kerinci, Leuser, Dempo* auf Sumatra, *Semeru, Slamat, Merapi* auf Java, *Rantekombola* auf Celebes, *Agung* auf Bali u. *Rinjani* auf Lombok. Vulkan. Ergußgesteine u. die daraus entstandenen, z. T. sehr fruchtbaren Böden bedecken ¼ der Inseln. Größere, weithin sumpfige Tiefebenen u. große Ströme gibt es bes. auf Sumatra u. Borneo. Die feuchteren Gegenden dieser beiden, aber auch anderer Inseln tragen dichten trop. Regenwald (Bewaldung 60% der Landfläche). Mangrove säumt z. T. die Küsten. Auf den kleineren Inseln des Ostens haben Savannen u. Steppen weite Verbreitung.

Indonesier

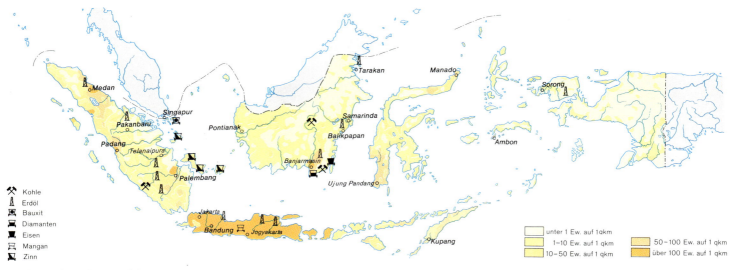

Bergbau und Bevölkerungsdichte

Bevölkerung: Die überwiegend islam., z. T. aber auch christl., hinduist. u. buddhist. Bevölkerung besteht größtenteils aus malaiischen Indonesiern (Javanen, Sundanesen, Maduresen, Balinesen u.a.), daneben aus einigen malaiischen u. weddiden Urvölkern, Indern u. Weißen sowie 2,5–3 Mill. Chinesen.

65% der indonesischen Bevölkerung leben auf Java mit Madura, 16% auf Sumatra, 7,3% auf Celebes, 5,7% auf den Kleinen Sundainseln, 0,8% auf den Molukken u. nur 4,2% auf Borneo sowie 0,8% in Westirian.

Staatssprache ist die aus dem Hochmalaiischen entwickelte „Bahasa Indonesia", Handelssprachen sind Englisch u. Holländisch. Es bestehen 41 staatl. Universitäten u. 216 Akademien u. private Universitäten u. Institute.

Wirtschaft: Die trop. Pflanzungswirtschaft, in der 70% der Bevölkerung arbeiten, liefert das Volksnahrungsmittel Reis, hauptsächl. von bewässerten Feldern, ferner als Exportgüter (fast 60% davon sind Agrarerzeugnisse) Kautschuk, Öl- u. Kokospalmprodukte, Kaffee, Tee, Tabak, Pfeffer u.a. Gewürze, weiterhin Zuckerrohr, Mais, Maniok, Süßkartoffeln, Sojabohnen u. Erdnüsse sowie Chinarinde. Die Wälder liefern Edelhölzer (u.a. Teakholz) u. Harze. Die Viehzucht hat geringere, die Fischerei erhebl. Bedeutung. An Bodenschätzen gibt es vor allem Erdöl (Förderung 1975: 63 Mill. t), Erdgas u. Zinn, ferner Kohlen, Gold, Silber, Mangan, Bauxit, Kupfer, Kobalt, Eisen, Nickel, Lateriterze, Phosphat u. Schwefel. Auf dem Energiesektor bringen die Wasserkräfte schon rd. 50% des Gesamtstroms (1,7 Mrd. kWh jährl.). Die Industrie (vor allem Tabakwaren, Textilien, Papier, Nahrungsmittel, Zement, Gummi- u. Metallwaren, Chemikalien) befindet sich in raschem Ausbau; im Aufbau ist die Eisen- u. Stahlproduktion in Südsumatra u. Westjava, in Planung ein Hochofenwerk in Borneo auf Lateriterzbasis. Die Erdölindustrie hat auf den 3 Hauptinseln moderne Raffinerien.

Verkehr: Das Verkehrswesen ist auf Java sehr gut entwickelt; es wird stark gefördert. Die Eisenbahn hat rd. 7000 km Streckenlänge, das Straßennetz insgesamt 83 300 km. Gute Seehäfen sind über die ganzen Küsten verteilt. Haupthäfen sind Surabaya, Tanjungperiuk bei Jakarta, Semarang u. Padang (Seeschiffbestand rd. 650 000 BRT, davon 15% Tanker). Wichtig ist die Küsten- u. interinsu-

Indonesien

1 : 15 000 000

lare Schiffahrt sowie der internationale u. Binnenluftverkehr (40 Flugplätze). – ◻6.6.2.

Geschichte

In I., das von Hinterindien aus besiedelt worden war, bestand im 15. Jh. v. Chr. eine Megalithkultur, die aber schon auf älteren Kulturen basierte. Um Christi Geburt brachten Kaufleute u. Missionare den Hinduismus u. den Buddhismus aus Vorderindien; das führte zu Reichsbildungen auf Java u. Sumatra. Das ältere Reich von Mataram auf Java (um 700–um 950) schuf gewaltige Kultbauten, in Ostjava erreichte um die Jahrtausendwende die Literatur in der Kawi-Sprache eine Hochblüte. Auf Sumatra blühte seit dem 7. Jh. das Reich Srivijaya (Sriwidschaja) als Seemacht. Wahrscheinlich unterwarf das in Mittel- u. Ostjava entstandene Reich Madschapahit (1292–1511) fast ganz I. im 14. Jh.
Gewürzhandel zog die Portugiesen an, die Anfang des 16. Jh. Malakka eroberten; ihnen folgten die Niederländer (1602 Gründung der *Niederländ.-Ostind. Kompanie*) u. erweiterten von ihrem Stützpunkt Batavia (Jakarta) aus ihr Einflußgebiet innerhalb von 300 Jahren über ganz I. Zwischen dem 13. u. 16. Jh. breitete sich der Islam in I. aus. Das halbislam. jüngere Mataram (1586–1830) wurde Mitte des 18. Jh. aufgeteilt. Als letzte Insel I.s unterwarf Holland Bali. Niederländisch-Indien wurde 1942 von den Japanern, die als Befreier auftraten, erobert; am 17. 8. 1945 entstand die Indonesische Republik mit dem Nationalistenführer *Sukarno* als Präsidenten. Nach Kämpfen gegen die Holländer mußten diese 1947 in der *Konvention von Linggadjati* die Gründung der Vereinigten Staaten von I. zugestehen. Im November 1949 wurde die Unabhängigkeit gewährt u. am 27. 12. 1949 vollzogen. 1950 wurde eine provisorische Verfassung mit zentralist. Staatsaufbau eingeführt. 1954 wurde der Unionsvertrag mit den Niederlanden gelöst. Islam., protestant. u. andere separatist. Lokalaufstände 1949–1958 scheiterten. I. gehörte seit 1950 den UN an, aus denen es 1965 im Zusammenhang mit den Streitigkeiten um Malaysia wieder austrat. Als Veranstalterland der Bandung-Konferenz bemüht es sich durch eine scharf antikolonialist. Politik um eine führende Stellung im Kreis der „blockfreien" Nationen. Grundlage der Politik sind die fünf „Pantja Sila"-Prinzipien (Einheit Gottes, Menschlichkeit, Nationalismus, Demokratie u. soziale Gerechtigkeit). 1955 wurden in allgemeinen Wahlen ein Parlament u. eine Verfassunggebende Versammlung gewählt, bereits 1959 aber wurde zu einer „gelenkten Demokratie" übergegangen. 1959/60 machten Parlament u. Verfassunggebende Versammlung ernannten Vertretungsorganen Platz.
Ein kommunist. Putschversuch mit militär. Beteiligung 1965 scheiterte; er führte 1966 zur Entmachtung Sukarnos u. zum Verbot der KP. Anschließenden Kommunistenverfolgungen fielen Hunderttausende zum Opfer. Regierungschef (seit 1966) u. Staats-Präs. (seit 1967) ist General *Suharto*. Außenpolit. folgte eine Aussöhnung mit Malaysia u. der Wiedereintritt in die UN. – Der Streit um das ehem. Niederländ.-Neuguinea führte 1960 zum vorübergehenden Abbruch der Beziehungen. Durch die Einschaltung der UN konnte I. 1963 die Verwaltung Westneuguineas (Westirian) übernehmen. – ◻5.7.4.

Indonesier, die vorwiegend malaiisch bestimmte Bevölkerung Indonesiens mit zahlreichen pygmiden u. weddiden Einschlägen, im O auch Melanide; →auch Malaien.

indonesische Musik, Sammelbegriff für die untereinander recht verschiedenen Musikarten u. -stile von Sumatra, Borneo, Celebes, Java, Bali, der malaiischen Halbinsel Malakka u. der umliegenden Inselwelt. Gemeinsam ist allen ein mehr oder weniger ausgeprägter malaiisch-altindones. Urfundus, der von ind. u. chines., durch den Einfluß des Islams auch von arab., seit dem 16. Jh. von portugies. u. später von engl. Einflüssen überschichtet worden ist. Da sich diese verschiedenen Einflüsse zeitlich u. aufgrund der Abgeschlossenheit der einzelnen Insulanerkulturen ganz unterschiedl. ausgewirkt haben, ist es zur Bildung in sich geschlossener u. sehr charakterist. voneinander abweichender Musikstile gekommen.

Java u. Bali: Obwohl bereits im 14. u. 15. Jh. ein starker Einfluß der Musik Javas auf die balines. Musik zu verzeichnen ist, ist doch die Musik der beiden Inseln recht verschieden. Den Bewohnern Balis fehlt es gegenüber den Javanen in der Musik an Temperament u. Schwung, auf Java gilt die Musik Balis als „barbarisch". Auf Java begann mit dem Auftreten der Hindus im 5. Jh. ein blühendes Musikleben. Vorher vorhanden. Instrumentarium ist nur die Kesseltrommel aus Bronze bekannt. Das hindu-javan. Instrumentarium enthält Stabzither, Lauten, Bogenharfen, Becken, Gongs, Trommeln, Flöten u. Metallophone, insbes. den Gender u. das Xylophon. Jedoch ist es wohl damals noch nicht zur Ensemblebildung *(Gamelan)* gekommen. Seit dem Erscheinen des Islams (13. Jh.) wurde die Musik vor allem am Hof der Sultane gepflegt, u. der arab. Einfluß wurde damit stärker. Jetzt erschien auch das Streichinstrument, der arab.-pers. *Rebab*. Auf Bali dagegen blieb die Musik eine Angelegenheit der dörfl. Gemeinschaft.
Die Musik Javas u. Balis ist auf zwei Tonsystemen aufgebaut, dem *Slendro* u. dem *Pelog*. Die offenbar ältesten Skalen sind rein pentatonisch, gehören also der chines. Skala alter Tradition u. sind heute vor allem im javan. Kinderlied erhalten. Die in einem Gamelan enthaltenen Instrumente werden so gespielt, daß ein von einem Instrument einzeln vorgetragenes Thema von jedem anderen Klangwerkzeug des Ensembles nach dem Prinzip der Heterophonie abgewandelt u. umspielt wird. Diese Praxis ergibt rhythmisch-melodische Variationen, die die Musik sehr lebhaft erscheinen lassen. – Bekannt sind die javan. Schattenspiele (Wajang), die (seit dem 11. Jh.) Helden- u. altind. Göttermythen zum Gegenstand haben u. die mit dem Gamelan begleitet werden. Aufführungspraktisch unterscheidet man zwischen dem alten u. einem neuen, auf Virtuosität basierenden Vortragsstil. – Unter portugies. Einfluß steht die *Krontjong-Musik*, moderne Volks- u. Unterhaltungsmusik ohne großen künstlerischen Wert.

Sumatra: Das kulturelle Leben, so auch die Musik, ist mit wenigen Ausnahmen stark vom Islam u. von pers.-arab. Einflüssen geprägt. Das zeigt sich bereits bei bestimmten Instrumenten, z. B. der Laute *Gambus*, bei Rahmen- u. zweifelligen Trommeln, Schnabelflöte u. Schalmei. Ein instrumentenkundliches Relikt Indonesiens auf Sumatra ist die *Maultrommel*. Bei den Batak u. auf Nias finden sich Formen der Flöte, Bambuszither u. Laute *(Katjapi)*, ferner große u. kleine Gongs. Typisch für Nias sind die Riesenröhrentrommeln, für die südl. Gebiete u. auf den Kei-Inseln die Haifischrassel. Hier zeigt sich schon die Nähe der insularen Südseekulturen.

Borneo: Malaien, Asiaten aller Art u. Javaner bestimmen den Musikstil der Küstenstriche. Im Innern Borneos jedoch, bei den *Dajak*, hat sich eine eigene Musikkultur herausgebildet. Bevorzugte Instrumente sind die Laute, Mundorgel, Schlag- u. Stampfbambusse, Reisstampfer, Schwirrhölzer, Maultrommeln, Gefäßtrommeln, Taubenlockflöte u. die für die Kopfjäger bes. typische Nasenflöte.

Celebes: Zweisaitige Streichinstrumente begleiten in Südcelebes die gesungenen Heldengedichte. Ähnlich wie auf Sumatra trifft man auch hier auf das Katjapi. Dazu kommen klarinetten- u. oboenartige Blasinstrumente, eine große Bandflöte aus Bambus u. zweifellige Trommeln, außerdem magisch gebundene Klang- u. Schallwerkzeuge. Zentralcelebes kennt einsaitige Streichinstrumente u. Stabzithern, Einzel- u. Doppelflöten aus Bambus, auch Nasenflöten.

Das Instrumentarium der Kleinen Sundainseln umfaßt bes. abgestimmte Schlitztrommeln, Schalmeien u. doppelfellige Trommeln. Die einzelnen Inseln sind von Java oder Bali beeinflußt, u. danach richten sich im allg. die Musikübung u. das übrige Instrumentarium.
Die geograph. Lage der Molukken begünstigt das Zustandekommen einer Mischung der Kulturen Indonesiens u. der Südsee. Das zeigt sich bes. im Instrumentarium: Rebab, Zithern, Gambus, Bechertrommeln, Schnabelflöten u. Xylophone sind indones. Import zuzuschreiben, Schneckenhörner, Erdzithern, Musikbogen, Schwirrholz u. Bambusquerflöten gehören dem Instrumentarium der Südsee an.

indonesische Sprachen, westl. Untergruppe der *malaiisch-polynes. Sprachfamilie;* mit meist zweisilbigen, morphologisch nicht nach Wortklassen getrennten Wurzelwörtern u. durch Prä- u. Suffixe, Formwörter, Wortstellung, Silbenverdopplung u. a. bezeichnete grammat. Kategorien. Zu der i.n S. gehören die *malaiische Sprache* u. eine Reihe anderer Sprachen auf Madagaskar, Borneo, Celebes, den Molukken u. Philippinen u. auf Taiwan. – ◻3.9.2.

Indophenole, Aminoderivate des Phenylchinonmonimins; eine Farbstoffklasse, die große Bedeutung für die moderne Farbenphotographie hat. I.

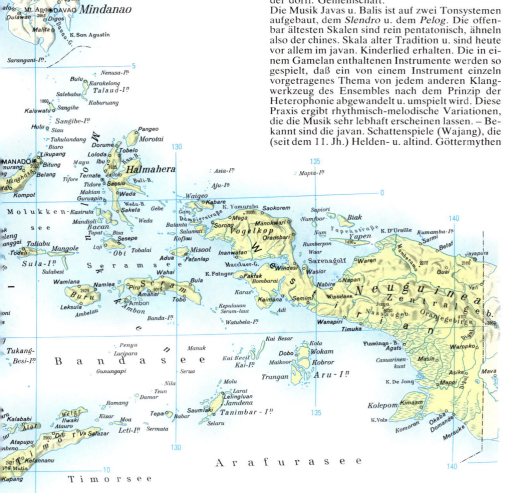

entstehen als blaue bis blaugrüne Farbstoffe durch Kopplung von Entwickleroxydationsprodukten mit in der Emulsionsschicht eingelagerten Naphtholderivaten.

Indore [in'dɔ:r], *Indaur, Indur*, ind. Stadt auf dem nordwestl. Dekanhochland, größte Stadt in Madhya Pradesh, 550000 Ew.; Universität (1963); Baumwollindustrie.

Indoskythisches Reich, zusammenfassende Bez. der klass. Autoren für die von Steppenvölkern aus Zentralasien, wie den *Saken* u. *Kuschan*, in Nordindien u. Afghanistan seit dem 2. Jh. v. Chr. bis ins 3. Jh. n. Chr. geschaffenen Staatenbildungen. Seine Blütezeit erlebte dieses Reich unter dem Kuschanherrscher *Kanischka I.* (1./2. Jh. n. Chr.).

Indossament [das; ital. *in dosso*, „auf dem Rükken"], ein Übertragungsvermerk auf einem →Orderpapier, den der *Indossant* auf die Rückseite der Urkunde oder auf einen mit ihr verbundenen Anhang *(Allonge)* setzt u. unterschreibt. I. u. Urkundenübereignung (Begebung) haben je nach Art des Orderpapiers bis zu drei Rechtswirkungen: 1. *Transportfunktion*: Die in der Urkunde verbrieften Rechte gehen auf den Empfänger *(Indossatar)* über, z.B. Zahlungsansprüche bei Wechsel u. Scheck oder Warenansprüche bei kaufmänn. Anweisung u. kaufmänn. Verpflichtungsschein. Bei *Traditionspapieren* (Orderlagerschein, Ladeschein, Konnossement) ersetzen I. u. Urkundenübergabe die tatsächl. Übergabe der Ware, verschaffen dem Indossatar mithin bei entsprechender Einigung unmittelbar Eigentum an der Ware. 2. *Legitimationsfunktion*: Der durch eine zusammenhängende Kette von I.en ausgewiesene gutgläubige Indossatar gilt grundsätzl. als berechtigter Gläubiger der versprochenen Leistung. Der Verpflichtete wird daher regelmäßig durch Zahlung an ihn befreit. Es gibt nur drei Arten von *Einwendungen*: a) die die Gültigkeit der Verpflichtungserklärung betreffen (z.B. der Unterzeichner war geschäftsunfähig), b) die sich aus dem Inhalt der Urkunde ergeben (z.B. der Datowechsel wird erst in einem Monat fällig), c) die sich gegen den Indossatar persönl. richten (z.B. Schuldner rechnet mit Gegenforderung gegen ihn auf). 3. *Garantiefunktion*: Beim Wechsel haftet der Indossant dem Indossatar für Annahme u. Zahlung durch den Bezogenen (→Akzept), beim Scheck für Zahlung, soweit die Haftung nicht ausdrücklich schriftl. ausgeschlossen worden ist (*I. sine obligo*, „ohne Gewährleistung" *[Angstklausel]*; ähnlich wirkt das *Rekta-I.*, „nicht an Order"). →auch Blankoindossament, Inkassoindossament.

Indossant [ital.], der Unterzeichner eines *Indossaments* auf einem *Orderpapier*.

Indossatar [ital.], der Empfänger eines indossierten *Orderpapiers*; →Indossament.

Indoxyl [das], *3-Oxy-Indol*, eine heterocyclische Stickstoffverbindung, C_8H_7ON; Zwischenprodukt bei der Herstellung von *Indigo*; es kommt in manchen Pflanzen als Glucosid *Indikan* vor.

Indra, altind. Kriegs- u. Gewittergott; er stärkte sich am *Somatrank* u. tötete im Mythos den Urdrachen, wodurch die vom Drachen zurückgehaltenen Ströme befreit wurden. Das ist die mythische Urtat des Gottes, der im *Rigweda* in zahlreichen Hymnen besungen wird. Er wurde bes. von der Kriegerkaste verehrt.

Indra, Alois, tschechoslowak. Politiker (KP), * 17. 3. 1921 Mezdev, Bez. Kaschau (Slowakei); seit 1963 mehrere Min.-Posten, 1968–1972 ZK-Sekretär, seit 1970 Mitgl. des Parteipräsidiums, seit 1971 Parlaments-Präs.

Indragiri = Inderagiri.

Indre [ɛ̃dr], **1.** linker Nebenfluß der Loire in Frankreich, 265 km; durchfließt das östl. Berry u. die Touraine, mündet unterhalb von Tours.

2. mittelfranzös. Département am Ober- u. Mittellauf der I., 6777 qkm, 247200 Ew., Hptst. *Châteauroux*.

Indre-et-Loire [ɛ̃dre'lwa:r], mittelfranzös. Département am Unterlauf der Loire, 6124 qkm, 438000 Ew., Hptst. *Tours*; hauptsächl. die Landschaft *Touraine*.

Indri [der; madagass.], *Indri indri*, den *Lemuren* verwandter, bis 85 cm großer *Halbaffe* Madagaskars; als heilig verehrt.

in dubio [lat.], im Zweifelsfall.

in dubio pro reo [lat.], Grundsatz des Beweisrechts im Strafprozeß: „Im Zweifelsfall (muß) zugunsten des Angeklagten (entschieden werden)".

Induktion [lat.], **1.** *Elektrotechnik: elektromagnet. I.*, die Erzeugung einer elektr. Spannung mit Hilfe veränderlicher magnet. Felder. Durch Bewegen eines elektr. Leiters (Draht) in einem

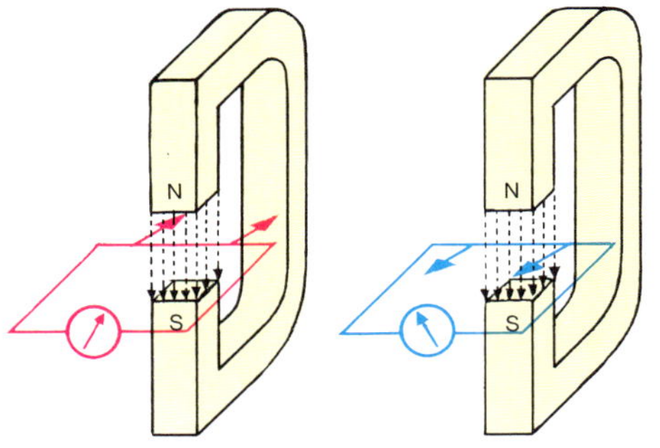

Induktion durch Bewegung

Magnetfeld entsteht an den Enden des Leiters eine sich mit dem Bewegungsrhythmus ändernde I.sspannung u. beim Schließen des Stromkreises ein I.sstrom; darauf beruht der *Generator*. Dasselbe kann bei festgehaltenem Draht durch ein zeitlich veränderl. Magnetfeld erreicht werden. Ebenso wird durch ein zeitlich sich änderndes elektr. Feld ein Magnetfeld erzeugt, das andere magnet. Substanzen anziehen oder abstoßen kann; darauf beruhen der *Motor*, der *Fernsprecher*, der *Lautsprecher* u.a. Werden zwei Drähte schichtweise übereinandergewickelt, so entsteht durch Vermittlung des Magnetfelds bei periodischen Änderungen der Spannung in dem einen Draht eine sich ebenso ändernde Spannung in dem anderen Draht; darauf beruhen *Transformatoren*, *I.sapparate (Induktoren)* u. *I.söfen* (zum Schmelzen bei hohen Temperaturen; kleine Spannung, hoher Strom). Die dabei erzeugte I.sspannung im zweiten Leiter ist der zeitlichen Spannungsänderung im ersten proportional. Der Proportionalitätskoeffizient heißt der *Gegeninduktionskoeffizient (Gegeninduktivität)*. Schließlich kann eine Drahtspule auch auf sich selbst zurückwirken *(Selbst-I.)*, wodurch eine der angelegten Spannung entgegenwirkende Spannung entsteht, deren Größe durch den *Selbstinduktionskoeffizienten* (→Induktivität) bestimmt wird u. die sich als →induktiver Widerstand des Drahts gegenüber Wechselstrom auswirkt. →magnetische Induktion. – 🄻 7.5.4.

2. *Entwicklungsphysiologie:* die Auslösung eines Entwicklungsvorgangs (→Determination, →Differenzierung) an einem Teil des Organismus durch einen anderen Teil (nach A. *Kühn*). So schnürt z.B. bei Lurchen das Ektoderm (→Embryonalhüllen) die Augenlinse aufgrund eines Reizes der Augenblase ab, die, vom Gehirn her kommend, in die Epidermis einwandert. Entfernt man die Augenblase, ehe sie die Epidermis erreicht hat, so bildet sich keine Linse, während andererseits z.B. ein Stück Bauchhaut, in die Linsenbildungsregion verpflanzt, unter der I. der Augenblase trotzdem zur Linse wird. Entdecker der I. war H. *Spemann*.

3. *Logik:* der Schluß vom Besonderen auf das Allgemeine; in der Methodenlehre der Inbegriff der wissenschaftl. Verfahren, von empirischen Sätzen zu allgemeingültigen Aussagen zu gelangen (Gegensatz: *Deduktion*). Beides ist streng genommen unmöglich. Aus besonderen Urteilen lassen sich allgemeine nur ableiten, wenn alle Einzelfälle gegeben sind *(vollständige I.)*. Sind sie nicht gegeben *(unvollständige I.)*, so ist der Schluß nur wahrscheinlich. Aber auch dazu bedarf es hypothetischer oder axiomatischer Voraussetzungen: Gleichförmigkeit der Natur, Geltung des Kausalgesetzes u.a. – J. St. *Mill* suchte aber zu zeigen, daß die I. auf dem (logisch statthaften) Schluß vom Besonderen auf Besonderes beruhe u. daß die beständige Bestätigung durch die Erfahrung für die Sicherheit unserer Erwartungen vollständig ausreiche.

4. *Mathematik: vollständige I.*, auch *Schluß von n auf n+1* genannt: Ist eine Behauptung, in der eine veränderl. positive ganze Zahl n vorkommt, für einen bestimmten Wert n_0 richtig u. gilt sie, falls für n, auch für $(n+1)$, so ist sie auch für alle größeren Werte von n als n_0 richtig.

Induktionserwärmung, ein industrielles Verfahren zum Erhitzen von Metallteilen durch direkte Umsetzung von elektr. Energie in Wärme. Dazu werden die Werkstücke in das magnet. Wechselfeld einer Spule gebracht, so daß in ihnen Wirbelströme induziert werden, die zu einer starken Erhitzung des Materials führen. Je nach der Frequenz des Wechselfelds dringt die Wärme mehr oder weniger tief in das Metall ein. Dadurch läßt sich eine ausgeprägte Oberflächenvergütung erreichen. →auch Induktion (1).

Induktionshärten, das Härten der Oberfläche von Werkstückteilen nach dem örtl. Erhitzen durch induzierte Wirbelströme. Die Gefahr des Reißens oder Verziehens ist hierbei geringer als bei anderen Härteverfahren.

Induktionskrankheiten, durch seelisch-geistige „Ansteckung" verursachte Krankheiten *(Ticks)*. Sie kommen z.B. bei Asthma, Keuchhusten, Stottern u. Veitstanz ohne spezifische Infektion in Kindergemeinschaften vor. Zu den I. gehören auch das induzierte Irresein, der Massenwahn u.a.

Induktionslöten, das Löten mit Hilfe des Induktionsstroms in bes. dafür konstruierten *Induktionsöfen*.

Induktionsofen, Gerät zur *Induktionserwärmung* von Metallen; als *Niederfrequenz-* u. als *Hochfrequenz-I.* ausgeführt.

Induktionszähler, Meßgerät für elektr. Energie (Wirk-, Blind- oder Scheinenergie) in Wechsel- oder Drehstromnetzen. Zwei gegeneinander versetzte Elektromagnete, wovon einer durch die Netzspannung, der andere durch den Verbraucherstrom beeinflußt wird, erzeugen ein Drehfeld, das eine auf einer Achse befestigte Aluminiumscheibe bewegt. Ein Dauermagnet wirkt als Wirbelstrombremse. Die Drehgeschwindigkeit der Scheibe ist der verbrauchten Leistung proportional; an einem Dekadenzählwerk läßt sich die entnommene Energie ablesen. →Elektrizitätszähler.

induktive Logik, eine rein empiristisch begründete Logik (wie etwa bei J. St. *Mill*) oder eine *Logik der Induktion* im Sinn R. *Carnaps*. Diese untersucht die Geltung u. Berechtigung hypothetischer Aussagen gegenüber den konkreten Gegebenheiten.

induktiver Widerstand, *Induktanz*, der Widerstand, den eine *Induktivität* (Spule) dem Auf- u. Abbau des Magnetfelds entgegensetzt. Er steigt mit der Größe der Induktivität u. mit der Frequenz. →auch Widerstand.

Induktivität [lat.], *Selbstinduktionskoeffizient*, das Verhältnis einer in einem Leiter induzierten Spannung zur zeitl. Stromänderung. Die Einheit der I. ist das →Henry.

in dulce jubilo [lat., „in süßem Jubel"], **1.** Anfang eines alten Weihnachtslieds aus dem 14. Jh., mit halb latein., halb dt. Text.

2. übertragen: in Saus u. Braus.

Indulgenz [die; lat.], Nachsicht, Straferlaß.

Induline, durch Erhitzen von p-Aminoazobenzol mit Anilin u. salzsaurem Anilin hergestellte, alkohollösl. oder durch Sulfurierung wasserlösl. gemachte, violett- bis grünblaue Farbstoffe.

Indult [das; lat.], **1.** *allg.:* der im Sinn eines *Moratoriums* aufgrund völkerrechtl. Verträge oder durch staatl. Gesetzgebung bewirkte Aufschub zur Erfüllung fälliger Verbindlichkeiten.

2. *kath. Kirchenrecht:* die Befreiung von einer Gesetzesbestimmung oder die Berechtigung zur Ausübung kirchl. Handlungen, die an sich einem Höheren zustehen.

3. *Völkerrecht:* die im Kriegsfall gewährte Frist für Schiffe, feindliche Häfen oder Gewässer zu verlassen u. so der Beschlagnahme zu entgehen.

in duplo [lat.], in zweifacher Ausfertigung.

Induration [lat.], Gewebsverhärtung durch bindegewebige Durchwachsung des Gewebes u. Narbenbildung.

Indus, ind. *Sindh* [„Bewässerer"], der längste Strom Südasiens, 3190 km; entspringt (als *Sengge Khamba*) in der Kailasch-Gangri-Kette des Transhimalaya, umfließt den Nanga Parbat im N, entwässert die Südseite des Karakorum u. des Hindukusch u. durchbricht in steilen Schluchten den Himalaya, aus dem er bei Attock heraustritt u. schiffbar wird. Das bei Hyderabad beginnende, 8000 qkm umfassende Delta ist für die Schiffahrt unbrauchbar; Karatschi, der Haupthafen des I.gebiets, liegt abseits im NW des Deltas. Bes. in seinem Mittellauf ist der I. als Träger der Bewässerungsanlagen von hoher Bedeutung. Nebenflüsse links: Zangskar, Panjnad (Pandschnad); rechts: Shayog (Shyok), Gilgit, Kabul, Luni, Laran.

Indusi [Kurzwort aus *induktive (Zug-)Sicherung*] →Zugbeeinflussungsanlage.

Indusium [das; lat., „Schleier"], ein häufiger Auswuchs des Farnblatts, der bei den *Tüpfelfarnen* die Sporenbehälter *(Sporangien)* überdeckt; →Farne.

Induskultur, eine hochentwickelte Stadtkultur

(3000–1400 v. Chr.) im Industal u. im Pandschab (Pakistan), die möglicherweise gewisse kulturelle Verbindungen zu Mesopotamien hatte. Die wichtigsten ausgegrabenen Siedlungen sind →Harappa-Kultur u. →Mohendscho Daro. Unter den Funden sind zahlreiche Siegel mit Tierdarstellungen u. einer Bilderschrift *(Indusschrift)*, deren Entzifferung bis heute noch nicht endgültig gelungen ist. Der Grund für das Ende der I. ist noch ungeklärt; vielleicht wurde sie durch die Indoarier zerstört. Die Überreste der I. zerstreuten sich nach Osten u. lieferten möglicherweise einen Beitrag zur späteren Hindukultur. – 🄻2.1.8.

Indusschrift, etwa um 2500 v. Chr. aus dem unteren Industal u. dem Indusdelta überlieferte Schrift, teils Begriffs-, teils Silbenschrift; nach B. *Hrozný* aus der hethit. Keilschrift abgeleitet; wenig gedeutet.

industrial design [in'dʌstriəl di'sain; engl.] →Industrieform.

Industrialisierung, die Durchsetzung der industriellen Produktionsform in Gebieten, in denen bis dahin die Landwirtschaft u. das Kleingewerbe vorherrschend waren. Der I.sprozeß begann im 18. Jh. in England, setzte sich auf dem europ. Kontinent fort (Belgien, Frankreich, Dtschld.) u. sprang auf Nordamerika über. Nach dem 1. Weltkrieg stiegen die USA zur führenden Industriemacht auf, aber auch Kanada, Japan, Australien u. Südafrika entwickelten sich zu bedeutenden Industrieländern. Seit dem 2. Weltkrieg stehen die USA u. die Sowjetunion an der Spitze aller Industriestaaten, u. die „alten" Industrieländer können nur noch gemeinsam, aber nicht mehr einzeln mit der Wirtschaftskraft dieser beiden Staaten konkurrieren. Der I.sprozeß hat inzwischen alle Erdteile erfaßt u. macht bes. in China, Indien u. Südamerika rasche Fortschritte. Da die I. zu einer Steigerung des Volkseinkommens führt, ist sie das Ziel der Wirtschaftspolitik aller gegenwärtigen Entwicklungsländer. →auch industrielle Revolution. – 🄻4.5.2.

Industrial Relations [in'dʌstriəl ri'lɛiʃənz; Mz.; engl.] →Human Relations.

Industrie [lat. *industria*, „Fleiß"], aus dem Handwerk hervorgegangene Form des wirtschaftl. Tätigseins mit dem Ziel der Verarbeitung von Rohstoffen u. Halbfabrikaten. Merkmale der I. sind Massenproduktion, umfangreicher Einsatz von Maschinen, weitgehende Arbeitsteilung u. Beschäftigung von ungelernten u. angelernten Arbeitern; allerdings sind die Grenzen zum Handwerksbetrieb fließend. Nach der Stufe, auf der sich die Produktion vollzieht, unterscheidet man zwischen *Grundstoff-I.* (Bergbau, eisenschaffende I., chemische I.) u. *weiterverarbeitender I.* Aus dem Verwendungszweck der Produkte ergibt sich die Gliederung in *Konsumgüter-I.* (z. B. Nahrungsmittel-I.) u. *Investitionsgüter-I.* (z. B. Maschinenbau). Nach dem Standort unterscheidet man *rohstoff-* oder *verbrauchsorientierte*, *arbeitskosten-* u. *transportkostenorientierte I.*
Die Anfänge der I. lagen in den frühkapitalistischen *Manufakturen* u. im *Verlagssystem (Haus-I.)*; den Umschwung zur *Fabrik-I.* brachte die Erfindung der Dampfmaschine (1769). Die hiermit einsetzende *industrielle Revolution* führte zu einer Umwandlung der bisherigen Wirtschafts- u. Sozialordnung, die mit der Französ. Revolution begann u. bis heute nicht abgeschlossen ist. Die Mechanisierung des Produktionsprozesses setzte sich zuerst in Webereien u. Spinnereien durch, danach im Bergbau u. in der Eisenerzeugung u. drang allmählich in alle Zweige der Güterherstellung vor. Geographisch nahm die *Industrialisierung* ihren Ausgang von England; es folgten Belgien, Frankreich, Dtschld. u. Nordamerika. Nach dem 1. u. vor allem nach dem 2. Weltkrieg beschleunigte sich der Industrialisierungsprozeß, in den heute alle Erdteile einbezogen sind.
In der BRD hat die I. in wenigen Jahren die Schäden, die ihr durch den 2. Weltkrieg zugefügt wurden, überwunden. Die Zahl der *I.betriebe* stieg von 47 187 im Jahr 1950 auf 52 756 im Jahr 1975. Im gleichen Zeitraum erhöhte sich die Zahl der Beschäftigten von 4,8 Mill. auf 7,6 Mill., u. der Umsatz der I.betriebe wuchs von 80,4 Mrd. DM auf 733,9 Mrd. DM an. Das fachliche Zentralorgan der westdt. I. ist der *Bundesverband der Deutschen Industrie*. – 🄱S. 44. – 🄻4.5.2.

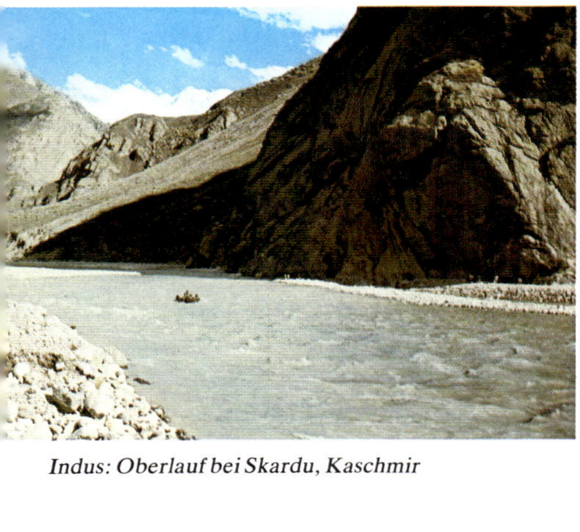

Indus: Oberlauf bei Skardu, Kaschmir

Industriearbeiter, die in der Industrie beschäftigten ungelernten, angelernten u. gelernten Arbeiter.

Industriebahn, Schmalspur- (Feldeisenbahn) oder Vollspurbahn, die zum Transport innerhalb der Industriewerke dient; →Anschlußbahn.

Industriebetriebslehre, die spezielle Betriebswirtschaftslehre der Industriebetriebe. Die I. umfaßt die Darstellung u. Analyse der betriebswirtschaftl. Sonderprobleme des Einkaufs, der Fertigung, des Verkaufs, der Organisation, des Personalwesens, der Verwaltung u. der Leitung von Industriebetrieben. – 🄻4.9.1.

Industrie-Elektronik, Sammelbez. für das Teilgebiet der →Elektronik, das vor allem in der Industrie Anwendung findet. Die I. beschäftigt sich bes. mit der Herstellung elektron. Geräte für die Meß- u. Regeltechnik, von Meßwertverstärkern, Registriergeräten, elektron. Wiegeanlagen, elektron. Walzwerk-Meßanlagen, Betriebsfernsehen u. Maschinenüberwachungsanlagen; auch der Bau von Beschleunigungsanlagen für kernphysikal. Untersuchungen, von Elektronenmikroskopen, Hochfrequenzgeneratoren u. a. gehört zur I.

Industriefernsehen, *industrielles Fernsehen, Betriebsfernsehen*, die Verwendung von Fernsehanlagen auf industriellen u. auch nichtindustriellen Gebieten (z. B. im Verkehr). Im Unterschied zum öffentl. Fernsehen besteht meist zwischen Aufnahmekamera u. Empfänger eine Kabel-, keine Funkverbindung. Die Anforderungen an die Bildqualität sind nicht hoch, was techn. einfachere Geräte gestattet; Montage u. Bedienung sind sehr vereinfacht (Platzersparnis). I. wird u. a. eingesetzt, wo Personen gefährdet sind (Strahlen beim Kernreaktor, Zerstörungsversuche) u. wo Maschinen u. ä. nicht unmittelbar beobachtet werden können (schlecht zugängliche Betriebspunkte). – 🄱S. 46.

Industrieform, engl. *industrial design*, der Zweckmäßigkeit u. Schönheit verbindende, ebenso von prakt. wie von ästhet. Gesichtspunkten bestimmte Formentwurf u. seine Ausführung bei modernen, serienmäßig hergestellten Industrieerzeugnissen, bes. bei Haushaltsgeräten u. ähnl. Waren des tägl. Bedarfs (Gebrauchsglas u. -porzellan, Bestecke, Beleuchtungskörper, Küchen- u. Kleinmöbel), aber auch bei Kraftwagen, techn. Apparaten, Maschinen u. a. Gute I. verzichtet auf modische Effekte, betont Materialschönheit u. sucht durch Verbindung von Qualität der Ausführung mit zweckgerechter Schlichtheit der äußeren Form geschmacksbildend zu wirken. Die Realisierung der I. liegt in der Hand von Industrieformern *(Designer)*, deren Beruf neben techn., konstruktiven u. wirtschaftl. Kenntnissen künstler. Begabung u. kulturelles Verantwortungsbewußtsein verlangt. In der BRD bestehen ein *Rat für Formgebung*, Darmstadt, sowie ein *Verband Deutscher Industrie-Designer* (VDID); beide sind Mitglied des *International Council of Societies of Industry Design* (ICSID). – Ansätze zu einer künstler. gestalteten I. finden sich bereits im Jugendstil (H. van der *Velde*). Bes. verdient um die Entwicklung einer modernen, auch wirtschaftl. mit ausländ. Erzeugnissen konkurrenzfähigen Formgestaltung machten sich der *Dt. Werkbund* u. das von W. *Gropius* gegründete *Bauhaus*. – 🄻2.1.1.

Industriegeographie, ein Zweig der *Wirtschaftsgeographie*, der in Anlehnung an ökonomische Standorttheorien die Industrielandschaften der Erde in ihrem räumlichen Wirkungsgefüge erforscht. – 🄻6.0.6.

Industriegewerkschaft, Abk. *IG*, eine nach dem *Industrieprinzip* aufgebaute Gewerkschaft, der alle Arbeitnehmer der Betriebe eines bestimmten Industriezweigs angehören können. Das Industrieprinzip ist z. B. weitgehend im *Deutschen Gewerkschaftsbund* verwirklicht, in dem 17 Gewerkschaften zusammengefaßt sind.

Industriekaufmann, ein anerkannter Ausbildungsberuf der Industrie: Der I. beobachtet den Markt, kauft Rohstoffe ein, ist in der Lagerhaltung tätig, erfaßt die Kosten u. führt Verkaufsmaßnahmen durch; zahlenmäßig der größte Büroberuf, mit hohem Frauenanteil. Je nach Größe des Betriebs kann er umfassend oder eng spezialisiert sein; Ausbildungsdauer 3 Jahre, Abschlußprüfung vor der zuständigen Industrie- u. Handelskammer.

Industriekreditbank AG – Deutsche Industriebank, Düsseldorf/Berlin, Bank zur Gewährung lang- u. mittelfristiger Investitionskredite an die gewerbl. Wirtschaft, 1974 hervorgegangen aus dem Zusammenschluß der *Industriekreditbank AG*, Düsseldorf, mit der *Dt. Industriebank*, Berlin.

Industrielandschaft →Industriegeographie.

Industrieller [lat., frz.], Eigentümer u. (oder) Leiter eines Industrieunternehmens; z. B. Einzelunternehmer, Gesellschafter einer Personal- oder Kapitalgesellschaft, Generaldirektor.

industrielle Reservearmee, nach der Lehre von Karl *Marx* die durch zunehmende Maschinenverwendung freigesetzten Arbeitskräfte. Das Vorhandensein der i. n R. (Überangebot an Arbeit) übt nach dieser Lehre einen ständigen Druck auf die Löhne aus, die dadurch nicht über das Existenzminimum steigen u. infolgedessen niemals den völligen Verbrauch der in immer wachsender Fülle erzeugten Güter gestatten. Diese ständige Unterkonsumtion sei die Ursache der Wirtschaftskrisen. Die Wirtschaftsgeschichte hat die Theorie von der i. n R. nicht bestätigt.

industrielle Revolution, die durch techn. Erfindungen (Dampfmaschine, mechan. Webstuhl u. a.) im letzten Drittel des 18. Jh. in England eingeleitete *Industrialisierung*, die im Zusammenhang mit der Französ. Revolution zu einer Umwandlung der bisherigen Wirtschafts- u. Sozialordnung Westeuropas führte u. sich, von hier ausgehend, über die ganze Welt verbreitete. – Als *zweite i. R.* wird die zunehmende Verbreitung der *Automatisierung* u. die techn. Anwendung der *Atomenergie* bezeichnet. – 🄻4.4.7.

Industriemeister, ein je nach erlerntem Beruf mit überwachenden u. leitenden Fachtätigkeiten in der Industrie tätiger Meister, der die *I.prüfung* vor der Industrie- u. Handelskammer bestanden hat.

Industriemesse, eine Messe für Ausrüstungsgegenstände der Industrie, bes. für Maschinen, z. B. die *Hannover-Messe*; →auch Messe.

Industriepapiere, die von Unternehmen der Industrie emittierten *Anteilscheine* (Aktien, GmbH-Anteile u. a.) u. *Obligationen*.

Industrieplan, aufgrund des *Potsdamer Abkommens* von den Besatzungsmächten 1946 veröffentlichter „Plan für Reparationen u. den Nachkriegsstand der dt. Wirtschaft". Der I. bestimmte die Höhe der Reparationen u. die vollständige wirtschaftl. Abrüstung, erließ Erzeugungsverbote für Flugzeuge, Seeschiffe, synthetisches Benzin u. Gummi, Kugellager u. a., beschränkte die Stahlerzeugung auf jährl. 7,5 Mill. t u. setzte das Industrieniveau für Dtschld. auf etwa 55 % des Standes von 1936 fest. Durch den „Revidierten Plan für das Industrieniveau der brit. u. amerikan. Zone Deutschlands" vom 26. 8. 1947 wurde eine Erhöhung der Industriekapazität auf etwa 60 % (gegenüber 1936) gestattet u. die Stahlerzeugung auf 10,7 Mill. t erhöht. Durch das „Washingtoner Abkommen" (1949) u. das „Abkommen der drei Hohen Kommissare über industrielle Kontrolle" vom 3. 4. 1951 wurden eine Anzahl von Produktionsverboten aufgehoben (z. B. Schiffbau, synthet. Benzin u. Buna) u. andere stark gelockert (z. B. Stahl, Kugellager, Maschinen). →auch Demontage.

Industriepolitik, die Gesamtheit aller wirtschaftspolit. Maßnahmen des Staates, der Selbstverwaltungsorganisationen sowie der Verbände zur Ordnung u. Förderung des industriellen Sektors in einer Volkswirtschaft. Wichtige Bereiche der I. sind heute die industrielle Standortpolitik, die Wettbewerbspolitik u. die Bestrebungen zur Schaffung übernationaler Industrievereinigungen (z. B. die Montanunion). – 🄻4.5.2.

Industrieschulen, im 18. Jh. Armenschulen, die Elementarunterricht mit landwirtschaftl. u. handwerkl. Arbeit verbanden u. zu Tüchtigkeit u. Fleiß erziehen sollten; im 19. u. 20. Jh. eingegangen.

Industriesoziologie, *i. w. S.* die spezielle →Soziologie der industriellen Gesellschaft, *i. e. S.* die spezielle Soziologie der modernen Fabrikindustrie

Industrie

Die Abfüllung von Getränken in Flaschen ist heute weitgehend automatisiert

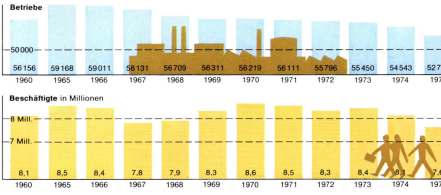

Betriebe

	1960	1965	1966	1967	1968	1969	1970	1971	1972	1973	1974	1975
	56 156	59 168	59 011	58 131	56 709	56 311	56 219	56 111	55 796	55 450	54 543	52 7

Beschäftigte in Millionen

	1960	1965	1966	1967	1968	1969	1970	1971	1972	1973	1974	1975
	8,1	8,5	8,4	7,8	7,9	8,3	8,6	8,5	8,3	8,4	8,1	7,6

Geleistete Arbeiterstunden in Milliarden

1960	13,4
1965	12,7
1966	12,2
1967	11,0
1968	11,3
1969	11,9
1970	12,2
1971	11,7
1972	11,2
1973	11,1
1974	10,4
1975	9,3

Lohnsumme in Milliarden DM

1960	36,8
1965	57,1
1966	59,5
1967	55,8
1968	60,9
1969	70,7
1970	85,2
1971	91,7
1972	96,3
1973	107,9
1974	1
1975	113

Gehaltssumme in Milliarden DM

1960	13,5
1965	24,4
1966	27,0
1967	27,7
1968	29,8
1969	34,3
1970	40,6
1971	46,5
1972	51,2
1973	58,3
1974	65,6
1975	69,3

Umsatz in Milliarden DM

1960	266,4
1965	374,6
1966	388,0
1967	380,7
1968	405,6
1969	470,5
1970	528,9
1971	563,0
1972	596,0
1973	666,9
1974	750,0
1975	733,9

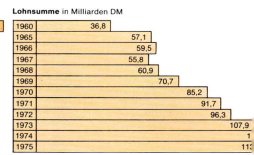

Der Produktionsumfang der Papierindustrie nimmt ständig zu (links). – Über die Entwicklung der Industrie in der BRD seit 1960 geben die Beschäftigungszahlen, die geleisteten Arbeiterstunden, die Lohn- und Gehaltsumme und die Umsätze der Industrie Auskunft (rechts)

Industrie

Montage eines Elektromotors

INDUSTRIE

Eine Erdölraffinerie (wie sie diese Nachtaufnahme zeigt) ist ein eindrucksvolles Beispiel für moderne, vollautomatische Industrieproduktion

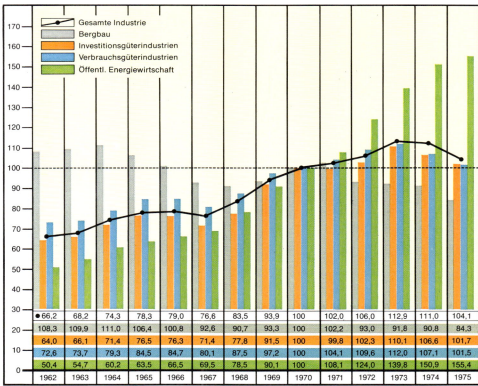

	1962	1963	1964	1965	1966	1967	1968	1969	1970	1971	1972	1973	1974	1975
Gesamte Industrie	66,2	68,2	74,3	78,3	79,0	76,6	83,5	93,9	100	102,0	106,0	112,9	111,0	104,1
Bergbau	108,3	109,9	111,0	106,4	100,8	92,6	90,7	93,3	100	102,2	93,0	91,8	90,8	84,3
Investitionsgüterindustrien	64,0	66,1	71,4	76,5	76,6	71,4	77,8	91,5	100	99,8	102,3	110,1	106,6	101,7
Verbrauchsgüterindustrien	72,6	73,7	79,3	84,5	84,7	80,1	87,5	97,2	100	104,1	109,6	112,0	107,1	101,5
Öffentl. Energiewirtschaft	50,4	54,7	60,2	63,5	66,5	69,5	78,5	90,1	100	108,1	124,0	139,8	150,9	155,4

In den Laboratorien der chemischen Industrie werden die Grundlagen für neue Herstellungsverfahren erarbeitet (links). – Der Index der industriellen Nettoproduktion (1970 = 100, kalendermonatlich) zeigt die Zunahme des Produktionsumfangs in der BRD seit 1962 (rechts)

Industrie- und Handelskammer

Im Durchstoßofen eines Walzwerks können über eine Fernsehkamera Lage und Bewegung von Brammen kontrolliert werden. Bei der Weiterverarbeitung, z. B. in der Blechbeizstraße, kann man auch kritische Punkte, wie etwa die Haspel, ständig überwachen

(→Betriebssoziologie). Hauptthemenkreise sind 1. das Sozialgefüge des Industriebetriebs, 2. soziologische Probleme des industriellen Lebens (z. B. der Industriearbeit u. der Entlohnung), 3. die Beziehungen von Industrie u. Gesellschaft (z. B. Industrie u. Gemeinde, Verbände, Verbraucher u. a.). – ▫ 1.6.3.

Industrie- und Handelskammer, Abk. *IHK*, bis 1924 *Handelskammer* (diese Bez. gilt bis heute in Hamburg u. Bremen), die Interessenvertretung der Handel- u. Gewerbetreibenden eines Bezirks (außer Handwerk u. Landwirtschaft). Der Rechtsform nach sind die IHK in der BRD einschl. Westberlin Körperschaften des öffentl. Rechts (gemäß dem Gesetz zur vorläufigen Regelung des Rechts der IHK vom 18. 12. 1956). Neben der Interessenvertretung ihrer Mitglieder haben die 69 IHK in der BRD u. a. folgende Aufgaben: Anfertigung von Gutachten u. Beratung für Mitglieder u. staatl. Dienststellen; Ausstellung von Ursprungszeugnissen für den internationalen Warenverkehr; Führung von Firmenregistern u. Statistiken; Förderung u. Pflege der Börsen, Messen, Ausstellungen u. ä.; Mitarbeit an der Ausbildung des Nachwuchses. Den IHK steht das Recht zu, Beiträge von den Mitgliederfirmen zu erheben. Spitzenorganisation der IHK in der BRD ist der *Deutsche Industrie- und Handelstag.*
In der DDR dienen die IHK als staatl. Kontroll- u. Lenkungsorgane.
Handelskammern sind als freie Vereinigungen zuerst in Frankreich entstanden (Marseille 1650); in Dtschld. wurden die ersten Handelskammern zu Beginn des 19. Jh. in den damals unter französ. Besatzung stehenden Städten Köln, Krefeld, Aachen u. a. gegründet. Die gesetzl. Regelung wurde für Preußen durch das noch heute im allg. zutreffende Gesetz vom 24. 2. 1870 (geändert am 19. 8. 1897) getroffen. 1861 schlossen sich die Handelskammern (nebst einigen anderen industriellen u. kaufmänn. Vereinigungen) zum *Dt. Handelstag* zusammen. In der nat.-soz. Zeit wurden sie zu Selbstverwaltungskörperschaften u. 1942 mit den Handwerkskammern zu *Gauwirtschaftskammern* zusammengelegt; nach 1945 wurden die IHK wieder selbständig.

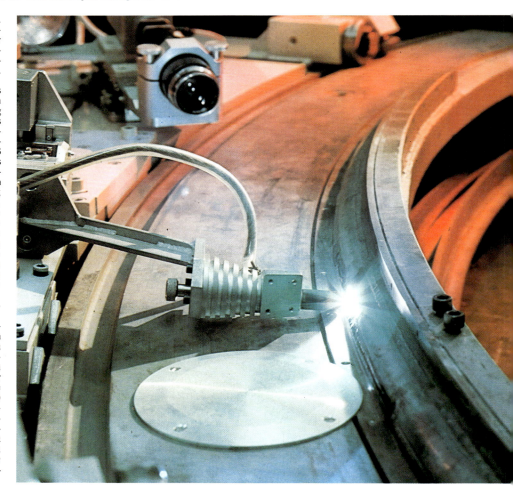

Über die Fernsehanlage eines Zementwerks wird gleichzeitig und zentral das Sintergut im Drehrohrofen und im Klinkerkühler beobachtet. Eine eingefahrene Feuerraumsondenkamera reicht mit ihrer Objektivöffnung so weit in das Ofeninnere, daß der Sinterfluß oder das Ofenfutter klar zu erkennen sind (links und oben)

INDUSTRIEFERNSEHEN

Mit Hilfe eines Umschaltgerätes können mehrere Kameras wahlweise auf ein oder mehrere Sichtgeräte geschaltet werden (Schema)

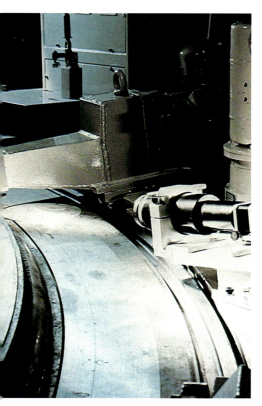

Aus Sicherheitsgründen wird in der Reaktortechnik der Deckel eines Reaktordruckbehälters verschraubt und zusätzlich verschweißt, damit er völlig dicht schließt. Schweißen und Trennen werden ferngesteuert. Die auf dem Werkzeug montierte Fernsehkamera (links und unten) überträgt das Bild der Schweißelektrode (rechts) und des Fräsers (rechts unten)

Industrie-Werke Karlsruhe-Augsburg AG, Abk. *IWKA*, Karlsruhe, gegr. 1889, 1954–1970 *Industrie-Werke Karlsruhe AG*, 1970 Verschmelzung mit der *Keller & Knappich GmbH*, Augsburg, seitdem heutige Firma; erzeugt Verpackungsmaschinen, Nähmaschinen, Drehbänke, Armaturen, Landmaschinen, Maschinen für Kunststoffverarbeitung u. a.; Grundkapital: 95,5 Mill. DM; 8000 Beschäftigte im Konzern; mehrere Tochtergesellschaften.

Indy [ɛ̃'di], Vincent d', französ. Komponist, * 27. 3. 1851 Paris, † 2. 12. 1931 Paris; aus der Schule C. *Francks* hervorgegangen; betonter Anhänger R. *Wagners*, den er jedoch nicht nachahmte; gründete 1896 die „Schola cantorum" in Paris; schrieb eine vierbändige Kompositionslehre u. eine Biographie von C. Franck; Opern („La Légende de Saint Christophe" 1917), Sinfonien („Symphonie sur un chant montagnard français"), sinfon. Dichtungen („La forêt enchantée"), Chorwerke u. Kammermusik.

Ineditum [das, Mz. *Inedita*; lat.], bisher nicht herausgegebenes (veröffentlichtes) Schriftwerk.

in effigie [-gi:ə; lat.], „im Bild", bildlich; *Hinrichtung i. e.*, früher der „Vollzug" der Todesstrafe an einem Bild, wenn man des Verurteilten nicht habhaft war.

inert [lat.], *Chemie:* reaktionsträge oder reaktionsunfähig.

Inertialsystem [lat. inertia, „Trägheit"], Koordinatensystem in Raum u. Zeit, in dem die Newtonschen Axiome der Mechanik (insbes. also Galileis Trägheitsgesetz) gelten, ohne daß Trägheitskräfte, wie Zentrifugal- oder Corioliskräfte, auftreten. Praktisch kann als I. ein Bezugssystem angesehen werden, das in der Milchstraße verankert ist. Ferner ist jedes geradlinig u. gleichförmig dagegen bewegte System ebenfalls ein I.; →Relativitätsprinzip der klass. Mechanik.

Inês, span. für →Agnes; ital. *Ines*, portug. *Inês*.

Inês de Castro [i'nɛʃ də 'kaʃtru], Frau des Infanten *Dom Pedro* (Peter I.) von Portugal (1345 heimlich vermählt), * um 1320, † 1355 Coimbra (hingerichtet); *Alfons IV.* ließ sie von einem Gericht verurteilen. Peter rächte sich nach der Thronbesteigung an den Verantwortlichen.

in extenso [lat.], ausführlich.
in facto [lat.], in der Tat, in Wirklichkeit.
Infallibilität [lat.] = Unfehlbarkeit des Papstes.
Infant [lat. *infans*, „kleines Kind"], span. *Infante*, Titel der königl. Prinzen in Spanien u. Portugal; *Infantin*, span. *Infanta*, Titel der königl. Prinzessinnen.

Infanterie [span., frz.], ursprüngl. die zu Fuß marschierende u. kämpfende Truppe, noch im 1. Weltkrieg als wichtigste Truppe eines Heeres angesehen. Die techn. Entwicklung hat seitdem daneben die *Panzertruppe* u. die *Artillerie* zu Hauptwaffengattungen des Heeres werden lassen. Das I.regiment der Wehrmacht verfügte 1939 zwar über eine motorisierte Panzerabwehrkompanie, hatte aber daneben etwa so viele Pferde wie 1914 ein Kavallerieregiment. In der Bundeswehr ist die I. eine Waffengattung des Heeres, zu der die *Panzergrenadiere, Panzerjäger, Gebirgsjäger* u. *Fallschirmjäger* gehören. – ▢ 1.3.1.

Infanteriegeschütz, eine Steilfeuerwaffe auf gezogener oder Selbstfahrlafette; früher zu jedem Infanterieregiment gehörend (7,5 oder 15 cm), jetzt durch *Mörser* (Granatwerfer) abgelöst.

Infantilismus [lat. *infans*, „kleines Kind"], körperliches, seelisches u. geistiges Verharren auf kindlicher Entwicklungsstufe; meist durch unvollkommene Geschlechtsreife bedingt. Der I. betrifft vor allem die Entwicklung der sekundären Geschlechtsorgane, seelische Reaktionen u. die geistige Entwicklung, kann aber auch den gesamten Körper erfaßt haben. – *Intestinaler I.*: →Heubner-Hertersche Krankheit.

Infarkt [der; lat.], durch Unterbrechung der Blutversorgung abgestorbener Gewebebezirk. Dabei wird das Gewebe eingeschmolzen, aufgesogen u. durch Narbengewebe ersetzt (*I.narbe*). Entsprechend der Gefäßverzweigung sind I.e gewöhnlich dreieckig mit der Spitze in der Nähe der Kreislaufunterbrechung. Man unterscheidet weiße, blasse (anämische I.e) u. rote, blutige I.e (hämorrhagische I.e). Infektionserreger führen zum *infizierten I.*, dem Gegenteil vom *blanden I.* Schließlich kommt es bei bestimmten Stoffwechselstörungen zu Ablagerungen von Harnsäure in den Nierenpyramiden, die *Harnsäure-I.* heißen, die aber mit der normalen Entstehung der I. nichts zu tun haben. Große I.e im Herzmuskel können zum Herzschlag, in den großen Lungenadern zum Lungenschlag u. damit zum Tod führen (→Herzinfarkt).

Infektion [lat.], das Eindringen pflanzl. oder tierischer Krankheitserreger in den Körper durch Berührung (*Kontakt-I.*), Mund (*Schmier- u. Nahrungs-I.*), Einatmung (*Inhalations-I., Tröpfchen-I.*), Insektenstiche, Wunden (*Wund-I.*) u.a. Der Körper ist ursprüngl. gegen viele Erreger abwehrbereit, so daß es nicht zum Krankheitsausbruch kommt (*latente, stumme I.*) oder nur zu leichten, uncharakterist. Erscheinungen (*abortive I.*). Ist diese Abwehrbereitschaft jedoch nicht vorhanden oder gestört, so vermehren sich die Erreger im Organismus u. führen zu körperl. Reaktionen, die sich als *I.skrankheit* äußern. Die Zeit, die vom Eindringen der Erreger bis zum ersten Auftreten der Krankheitszeichen verstreicht, ist die *Inkubationszeit*. Dauer (→Inkubationszeit). Die meisten Erreger können durch Färbung mikroskopisch sichtbar gemacht u. erkannt werden, andere (Viren) sind dafür zu klein. Als *Ansteckung (Kontagion)* bezeichnet man die unmittelbare Übertragung der I.serreger, die zur I. führt; häufig gebraucht man beide Begriffe aber gleichsinnig. Gegenmaßnahmen gegen I. sind: 1. Schutzimpfungen zur Erhöhung der Abwehrkräfte des Körpers gegen die I.skrankheiten; 2. Beseitigung der I.squellen durch Isolierung der Kranken u. durch *Desinfektion*. Diese Maßnahmen sind z. T. gesetzlich vorgeschrieben u. werden durch die Gesundheitsämter veranlaßt u. überwacht. – ▢ 9.9.1.

Infektionskrankheiten, durch Ansteckung mit bestimmten Krankheitserregern (*Infektion*) hervorgerufene, fast immer mit Fieber einhergehende Krankheiten. Die charakterist. Krankheitserscheinungen treten erst nach einer bestimmten Inkubationszeit auf; uncharakterist. Erscheinungen, die dem eigentl. Krankheitsbild oft einige Tage vorausgehen, sind *Prodrome* oder *Prodromalerscheinungen*. Neben den regulär verlaufenden Krankheitsformen kommen auch Komplikationen vor. Nach Abheilung ist in vielen Fällen *Immunität* entstanden, die eine Wiederholung (ein *Rezidiv*) derselben Krankheit ausschließt. Indes haben nicht alle I. Immunität im Gefolge. Viele I. treten seuchenartig in *Epidemien* auf u. wandern über weite Gebiete; daneben kommen sie sporadisch oder immer wiederkehrend in bestimmten Gebieten *endemisch* vor.

I. sind Allgemeinerkrankungen, die sich aber bes. an bestimmten Organen abspielen. So finden sich bei *Scharlach, Masern, Typhus, Fleckfieber, Windpocken, Pocken* u. *Röteln* u.a. Ausschläge; am Darmkanal spielen sich z.B. *Typhus, Paratyphus* u. *Cholera* ab; Blut u. Blutkreislauf werden von *Malaria* u. *Fleckfieber* befallen, Gehirn u. Nervensystem von epidemischer *Hirnhautentzündung, Kinderlähmung, Genickstarre, Miliartuberkulose* u.a. Zur Behandlung der I. dienen neben verschiedenen Allgemeinmaßnahmen vor allem Antibiotika u. Sulfonamide (→Chemotherapie, →Farbenindustrie). Zur Bekämpfung der I. besteht die *Meldepflicht* an die Gesundheitsämter (→meldepflichtige Krankheiten), die Maßnahmen zur Verhinderung der Weiterausbreitung ergreifen; hierher gehören Isolierung u. Desinfektion der Kranken u. Impfung der Gesunden zur Immunisierung. – ▢ 9.9.1.

Inferno [das; ital.], Hölle, Unterwelt; Titel des ersten Teils der „Göttlichen Komödie" von *Dante*.

Infibulation [lat.], die Sitte, bei Mädchen als Keuschheitszeichen die Schamlippen zu vernähen; bei Hamiten Nordostafrikas; z.T. verbunden mit *Beschneidung*.

Infiltration [lat.], 1. *Medizin*: das Eindringen fremder Substanzen oder Zellen verschiedener Art in Zellen u. Gewebe; oft Ursache für entzündliche oder geschwulstige Vorgänge. *Urin-I.* ins Gewebe bei Verletzungen der Harnorgane führt zur →Harnphlegmone.
2. *Politik*: die Taktik, in gegnerische Länder Personen oder Propagandamaterial zur Verbreitung von zersetzenden Nachrichten u. Gerüchten zu schicken, um Unzufriedenheit mit bestehenden Zuständen zu schüren u. Unsicherheit zu wecken.

Infinitesimalrechnung [lat.], zusammenfassende Bez. für →Differentialrechnung u. →Integralrechnung; begründet von I. *Newton* u. G. W. *Leibniz*. Newton nannte erstere *Fluxionsrechnung*, die Differentiale *Fluenten*.

infinites Verbum, *Verbum infinitum*, eine Verbform, in der grammat. Person u. Numerus nicht angegeben sind: Infinitive u. Partizipien. Beide können in einem Satz als *Nomen* verwendet werden.

Infinitiv [der; lat.], *Nennform*, eine der nominalen (infiniten) Formen des Verbums, bezeichnet ein Geschehen, ohne die grammat. Person u. Numerus anzuzeigen; z.B. „loben, reiten".

Infix [das; lat.], ein Wortbildungselement, das in den Wortstamm eingefügt wird (z.B. lat. *iu-n-gere*, aber *iu-gum*).

infizieren [lat.], anstecken, eine →Infektion bewirken.

in flagranti [lat.], „auf frischer Tat".

Inflation [lat., „Aufblähung"], im Konjunkturablauf der krisenhafte Zustand einer Geldwertverschlechterung u. Kaufkraftsenkung; verursacht durch Vermehrung der umlaufenden Geldmenge über den volkswirtschaftl. Bedarf hinaus, z.B. durch Notenbankkredite an den Staat zum Ausgleich der durch die Einnahmen nicht gedeckten Staatsausgaben; die I. kann aber auch als Mittel der Konjunkturpolitik künstlich herbeigeführt worden sein. Diese *offene I. (Kredit-I.)* wirkt preissteigernd, erhöht die Umlaufgeschwindigkeit des Geldes (dadurch Verschärfung der I.) u. führt zur „Flucht in die Sachwerte". Die Produktion steigt so lange, bis die natürliche Kapitalbildung nicht mehr folgen kann; dadurch entsteht geringe Arbeitslosigkeit. Da der Marktpreis für ausländ. Valuten der allg. Preisbewegung vorauseilt, steigt der Export (*inflatorisches Valutadumping*: Verschleuderung des Volksvermögens); der schlechte Geldwert führt zur Ausbreitung des Naturaltausches. Noch weitergehende Folgen hat die I., sobald der Staat einen Preisstopp erläßt (*verdeckte I.*; in Dtschld. nach dem 2. Weltkrieg): Da ein Teil des Geldes nicht mehr zum Zug kommen kann, setzt eine Rationierung u. Kontingentierung der Güter ein; Verlust der Konsumfreiheit, Fehlleitung der Produktion u. Vergrößerung des Staatsanteils am Sozialprodukt sind die Folgen. – Gegensatz: *Deflation*. – ▢ 4.5.3.

Infloreszenz [die; lat.] = Blütenstand.

in floribus [lat.], in voller Blüte, im Wohlleben.

Influenz [die; lat.], „Einfluß", die Trennung (Verschiebung) elektr. Ladungen eines leitenden Körpers in einem elektr. Feld. Wird z.B. ein positiv geladener Körper in die Nähe einer metall. Kugel gebracht, so verschiebt sich die Ladung (Elektronen) auf der Kugel in Richtung des Körpers, u. zwischen den entgegengesetzten Teilen der Kugel entsteht dadurch eine Spannung. Diese Erscheinung wird bei der *I.maschine* zum Erzeugen hoher Spannungen (kleiner Ströme) benutzt.

Influenza [die; lat.], →Grippe.

Informatik [lat.], engl. *computer science*, die Wissenschaft von der Informationsverarbeitung; befaßt sich bes. mit den Grundlagen u. der Verwendung elektronischer Datenverarbeitungsanlagen. Die I. ist bereits Studienfach an mehreren Universitäten u. Techn. Hochschulen; Hauptgebiete sind Mathematik u. Elektrotechnik (Elektronik). Der I.-Ingenieur konstruiert keine neuen techn. Elemente für den Computer; er arbeitet vielmehr über Grundprobleme der Funktionsweise u. Organisationsform von Computern. Die *allgemeine I.* befaßt sich mit einer für alle Bereiche geltende Theorie; die *speziellen I.en* behandeln die Informationsverarbeitung in der Wirtschaft, im Rechtswesen oder in der Medizin.

Information [lat.], Auskunft, Nachricht; Aufklärung, Belehrung.

Informationstheorie, die Lehre vom Entstehen, Aufbewahren, Neuformen u. Übermitteln einer Information (als meßbarer Nachricht). Die Informationsmenge in einer Nachricht wird gemessen durch die Anzahl der Zeichen, die nötig sind, um die Nachricht in einem Code aus lauter Nullen u. Einsen auszudrücken. Die Einheit der Informationsmenge wird dann durch eines der Zeichen 0 oder 1 dargestellt; man nennt sie 1 bit (→Bit). Das dt. Alphabet z.B. umfaßt mit den Satzzeichen u. dem Wortzwischenraum 32 Zeichen, von denen jedes durch eine Dualzahl ausgedrückt werden kann, z.B. $a \triangleq 00001$, $b \triangleq 00010$ usw. Es kommt also jedem Buchstaben des Alphabets die Informationsmenge 5 bit zu. Allg. enthält jedes Element einer Menge E_n von n Elementen die Informationsmenge:

Inflation: Banknoten aus der Zeit der Inflation in Deutschland (1923)

$$I(E_n) = \frac{\lg n}{\lg 2}\ \text{bit}.$$

Eine Information bedingt ein gewisses Maß an Ordnung, da sie Unbestimmtheiten (Unsicherheiten) ausschaltet. Ein Maß für die Geordnetheit ist die negative →Entropie *(Negentropie)*; dieser Begriff wurde in Analogie zur *Entropie* der Thermodynamik gebildet, wo er die Ungeordnetheit zum Ausdruck bringt. Ein weiterer wichtiger Begriff der I. ist die →Redundanz *(Weitschweifigkeit)* einer Information.

Die I., die von Claude E. *Shannon* u. N. *Wiener* zwischen 1942 u. 1948 begründet wurde, findet vor allem in der Nachrichtentechnik ihre prakt. Anwendung. Aufgrund ihrer Ergebnisse ist es u.a. möglich, die Übertragungskanäle besser auszunutzen u. Störungen herabzusetzen. Dies gilt auch für elektron. Datenverarbeitungsanlagen u. Fragen der Regeltechnik. – Auch in der Psychologie, wo es sich beispielsweise um Sprachleistungen u. Sprachverstehen (auch Musik) handelt, hat die I. Eingang gefunden.

In der Genetik befaßt sich die I. mit dem *genetischen Code* der Erbsubstanz Desoxyribonucleinsäure (DNS). Diese besteht bei Tieren u. Pflanzen aus den vier Basen *Adenin, Guanin, Cytosin* u. *Thymin*. Sie bestimmen die Reihenfolge von etwa 20 Aminosäuren im Eiweißmolekül. 4 Basen enthalten 2 bit Information, 20 Aminosäuren verlangen aber zwischen 4 u. 5 bit ($2^4 = 16$, $2^5 = 32$). Mit 2 bit können nicht mehr als 4 Informationen ausgedrückt werden. Erst wenn die vier Basen in Dreierpaaren *(Tripletts)* kombiniert sind, gibt es 64 verschiedene Möglichkeiten, was einem Informationsgehalt von 6 bit entspricht. So ist nach der I. ein genetischer Code in Form von Tripletts zu fordern (ein Triplett als kleinste Einheit der Erbinformation). – Auch Erscheinungen der Nervenleitung lassen sich durch die I. bearbeiten. →auch Kybernetik. – Ⓛ 7.3.9. u. 9.0.7.

infra... [lat.], Vorsilbe mit der Bedeutung „unter, unterhalb".

Ịnfrarot, *Ultrarot*, an Rot anschließender, langwelliger Spektralbereich der elektromagnet. Wellen mit Wellenlängen von 780 nm (→Nanometer) bis 1 mm. Strahlungsquellen sind glühende Körper, die den größten Teil der Strahlungsenergie im kurzwelligen I. aussenden, ferner z.B. der *Nernstbrenner* u. der *Auerbrenner* (Gasglühlicht). Als Strahlungsempfänger dienen z.B. Thermoelement, Bolometer u. bes. „sensibilisierte" photograph. Schichten. Zur spektralen Zerlegung einer I.strahlung verwendet man Prismen aus Quarz, Sylvin u.a. Stoffen (Glas ist ungeeignet, da es im I.en stark absorbiert), vor allem aber spiegelnde Hohlgitter. Die *I.spektroskopie* untersucht in erster Linie die Spektralbanden, die von Molekülen im I.en ausgesendet werden u. Übergängen zwischen verschiedenen Rotations- oder Schwingungszuständen der Moleküle entsprechen.

Ịnfrarotgerät, im 2. Weltkrieg *Ultrarotgerät*, ein Zusatzgerät für Waffen, durch dessen Verwendung auch bei Dunkelheit u. Nebel auf begrenzte Entfernung gezielte Schüsse möglich sind; auch als Nachtsichtgerät für Geländebeobachtung u. Fahrzeugoptik sowie als Zielsuchgerät in Flugzeugen u. Flugkörpern. Das I. verwendet die dem menschl. Auge unsichtbare Infrarotstrahlung.

Infrarotphotographie, *Ultrarotphotographie*, die Verwendung spezieller infrarotempfindl. Photoschichten hinter einem Dunkelrot- oder Schwarzfilter. Die I. ermöglicht Aufnahmen durch Dunst oder leichten Nebel hindurch oder im Dunkeln bei Infrarotbeleuchtung. Die Filme haben eine geringe Lagerfähigkeit, etwa drei Monate, u. müssen im Kühlschrank aufbewahrt werden. Einstellung: mit dem Filter auf der Mattscheibe oder auf Rotpunkt kurz vor Unendlich; 8–10fache Verlängerung der Belichtungszeit; Anwendungsgebiete: Fernaufnahmen, Luftaufnahmen (Blattgrün, Wälder), Enttarnung, Kriminalistik (Blut, Fälschungen, Personen im Dunkeln), Forschung u. Medizin. Grün wird schneeweiß, Wasser wird schwarz wiedergegeben.

Infrarotstrahler, ein elektr. Heizgerät, das mit Infrarotstrahlen (Wärmestrahlen) arbeitet, deren Wellenlänge größer ist als die des sichtbaren Rotlichts. Zur Wärmeerzeugung dient ein Glühkörper oder Glühdraht, der durch elektr. Strom auf 400–900 °C erhitzt wird. Die Wärmestrahlung wird durch einen Reflektor konzentriert. Verwendung: im Haushalt, in der Medizin u. zum Trocknen u. Härten von Lacküberzügen.

Ịnfraschall, Schall, dessen Schwingungen unterhalb der Hörgrenze liegen; die Schwingungszahl ist kleiner als 16 Hz. I.wellen treten als Boden- u. Gebäudeschwingungen auf, verursacht durch Erdbeben, Wind u. Brandung, Motoren oder Fahrzeuge. Gegensatz: *Ultraschall*.

Infraschallmikrophon, ein spezielles elektrostatisches Kondensatormikrophon, das beliebig kleine Frequenzen aufzunehmen gestattet u. sich daher zur Verwendung als Pulsabnehmer in der Medizin oder zur Registrierung langsamer Schwingungen an Maschinen u.ä. eignet.

Ịnfrastruktur [lat.], **1.** *Militär:* Bauten u. Anlagen, die der Landesverteidigung dienen; *allg. militärische I.*: Unterkünfte, Werkstätten, Lazarette; *militärische Sonder-I.*: Hauptquartiere, Flugplätze, Radareinrichtungen, Pipelines, Depots; *I. der öffentl. Dienste von militär. Interesse*: Verkehrs- u. Fernmeldeanlagen, Versorgungsanlagen, Krankenhäuser. – Ⓛ 1.3.0.4.

2. *Wirtschaft:* der für das Bestehen einer entwickelten Volkswirtschaft, ihrer Sektoren u. Regionen erforderl. „Unterbau" materieller, meist öffentl. u. standortgebundener Art (Energieversorgung, Verkehrseinrichtungen, öffentl. Gebäude u. Anlagen), institutioneller Art (rechtl., polit. u. soziale Rahmenbedingungen des Handelns der Wirtschaftssubjekte) wie personeller Art (quantitative u. qualitative Struktur der Arbeitskräfte). Investitionen in die I. sind erforderl., um das Wachstum einer Volkswirtschaft (bes. einer wenig entwickelten) zu sichern.

Ịnful [die; lat.], **1.** *kath. Liturgie:* Bischofsmütze, →Mitra.

2. *röm. Religion:* im alten Rom eine Stirnbinde mit herunterhängenden Bändern, als Weihezeichen für Kaiser u. Priester, auch für Opfertiere.

Infụs [das; lat.], *Aufguß*, eine Arzneizubereitung, die durch Übergießen eines Teils zerkleinerter Drogen (z.B. Blätter, Wurzeln, Blüten) mit 10 Teilen kochenden Wassers, 5 Minuten Erhitzung im Wasserbad u. zum Schluß Durchseihen der Flüssigkeit hergestellt wird.

Infusiọn [lat.], das Einfließenlassen größerer Flüssigkeitsmengen in das Gewebe unter der Haut *(subkutane I.)*, in die Blutbahn *(intravenöse I.)* oder in die Bauchhöhle *(intraperitoneale I.)*, aber auch in Darm u. Blase. Als Mittel dient der *Irrigator*, der den durch die Schwere entstehenden Druck ausnutzt (im Gegensatz zur Spritze, die den Kompressionsdruck verwendet).

Infusọrien [lat., „Aufgußtierchen"] →Wimpertierchen.

Ing., Abk. für *Ingenieur*.

Ịngarden, Roman, poln. Philosoph, *5. 2. 1893 Krakau, †15. 6. 1970 Krakau; Prof. in Lemberg u. Krakau, Schüler von E. *Husserl*, trat bes. mit Studien zur phänomenolog. Ästhetik hervor; Hptw.: „Das literar. Kunstwerk" 1931, [3]1965; „Vom Erkennen des literar. Kunstwerks" 1937, dt. 1968; „Der Streit um die Existenz der Welt" 3 Bde. 1947/48, dt. 1964/65; „Untersuchungen zur Ontologie der Kunst" 1962.

Inge, weibl. Vorname, Kurzform von Zusammensetzungen mit *Ing-* (z.B. →Ingeborg).

Inge [indʒ], **1.** William Motter, US-amerikan. Schriftsteller, *3. 5. 1913 Independence, Kans., †10. 6. 1973 Hollywood; psycholog. Behandlung von Außenseiterkonflikten; erfolgreicher Bühnenautor: „Picnic" 1953, dt. 1954; „Bus Stop" 1955, dt. 1955; Roman: „Viel Glück, Miss Wykoff" 1970, dt. 1970.

2. William Ralph, brit. anglikan. Theologe u. Religionsphilosoph, *6. 6. 1860 Crayke, Yorkshire, †26. 2. 1954 Wallingford, Berkshire; 1911–1934 Dekan an der St.-Pauls-Kathedrale in London; vertrat den christl. Neuplatonismus, von der Mystik stark beeinflußt; Hptw.: „Christian Mysticism" 1899; „Faith and its Psychology" 1909; „The Philosophy of Plotinus" 1918; „Mysticism and Religion" 1947.

Ingeborg [germ. *Ingvi*, Name eines Heros, + ahd. *burg*, „Schutz, Beschützerin"], weibl. Vorname.

Ịngelfingen, baden-württ. Kurort im Kochertal, nordwestl. von Künzelsau, 4900 Ew.; Mineralquellen, 3 Heilquellen, Weinbau. – 1701–1805 Sitz der Fürsten zu Hohenlohe-I. (2 Schlösser).

Ịngelheim am Rhein, rheinland-pfälz. Stadt (Ldkrs. Mainz-Bingen), 19500 Ew.; Reste einer karoling. Kaiserpfalz; Wein- u. Obstbau (meist als Nebenerwerb; berühmter Rotwein); pharmazeut., chem., Elektro- u. Konservenindustrie.

Ịngemann, Bernhard Severin, dän. Schriftsteller, *28. 5. 1789 Thorkildstrup, Falster, †24. 2. 1862 Sorø; von W. *Scott* beeinflußte Romane aus dem MA. („Waldemar der Sieger" 1824, dt. 1827; „König Erik" 1833, dt. 1834), gemütstiefe Lyrik; Trauerspiel „Blanca" 1816.

Ịngenhousz [-hu:s], Jan, niederländ. Naturforscher, *8. 12. 1730 Breda, †7. 9. 1799 Bowood bei London; entdeckte die Kohlensäureassimilation sowie die Atmungsvorgänge bei Pflanzen.

Ingenieur [inʒe'njø:r; frz.], ein Beruf zwischen Wissenschaft u. Praxis mit mehrjähriger wissenschaftl. Ausbildung auf einer *I.-Akademie* (Fachhochschule). Fachrichtungen sind u.a. Elektrotechnik, Feinwerktechnik, Hochbau, Hüttentechnik, Ingenieurbau, Maschinenbau, Schiffbau, Textiltechnik u. Vermessung. Zur Aufnahme wird die sog. Fachhochschulreife verlangt; die dazu erforderl. 2jährige Ausbildung an den Fachoberschulen schließt das bisherige Praktikum ein. Bewerber mit abgeschlossener einschlägiger Berufsausbildung oder hinreichender Berufserfahrung brauchen nur 1 Jahr die Fachoberschule zu besuchen. Nach 6 Semestern wird eine Abschlußprüfung abgelegt *(Ing. grad.)*, die dem Abitur gleichgesetzt ist u. zum Studium an den Techn. Hochschulen berechtigt. Voraussetzung für den unmittelbaren Zugang zur Techn. Hochschule ist das Abitur. Nach entsprechenden Prüfungen wird der Titel *Dipl.-Ing.* oder *Dr.-Ing.* verliehen. *Ober-I.* ist ein in der Industrie verliehener Titel für leitende Stellungen.

Ingenieurakademien, bis 1967 *Ingenieurschulen*, Fachhochschulen zur Ausbildung von Ingenieuren in 6–8semestrigem Studium. Für den Eintritt ist die Fachhochschulreife Voraussetzung.

Ingenieurbau, das Wissensgebiet, das sich mit dem Entwurf u. der Herstellung von *Ingenieurbauten* befaßt.

Ingenieurbauten, alle Bauten, die aufgrund technisch-konstruktiver Überlegungen u. Berechnungen u. gründlicher Kenntnisse der Statik, Hydraulik, Baustoffkunde, Geologie u.a. Naturwissenschaften entworfen werden, z.B. Brücken, Hochhäuser, Hallen, Straßen, Tunnel, Eisenbahnen, Talsperren, Wasserversorgungs- u. Abwasserbeseitigungsanlagen.

Ingenieurholzbau, eine Holzbauweise mit ingenieurmäßig berechneten Tragkonstruktionen, z.B. im Industrie-, Hallen-, Sport-, Brücken-, Lehrgerüst- u. Fertighausbau. Die Konstruktionen werden überwiegend in Leimbauweise vorgefertigt, wobei die Träger aus mehreren Lagen längsverleimter, dünner Einzelbretter in beliebiger Länge, auch als Bogenträger, herstellbar sind u. Spannweiten von 100 m erreichen. Der I. ermöglicht auch die Anfertigung von Holzdächern in Form geschwungener Schalen (einfach oder doppelt gekrümmt). Diese Schalenbauweise ist dadurch charakterisiert, daß die tragende Funktion von den Flächen übernommen wird. Der I. macht sich die hohe Festigkeit des Holzes bei geringem Eigengewicht u. seine hohe Korrosionsbeständigkeit zunutze, wobei zudem das Brandverhalten (→Holz) oft besser ist als das von nichtbrennbaren Baustoffen. →auch Ringdübel, Bretterbinder.

Ịnger, *Schleim-, Wurmfische, Myxiniformes*, Ordnung der *Rundmäuler*, mit wurmähnl. Körper, niedrigem Flossensaum u. rückgebildeten Augen; Mundhöhle mit Reibezunge; stark entwickelte Schleimdrüsen. Die I. leben im Schlick der Kontinentalsockel in Kolonien. Sie sind keine Fischräuber, sondern Aas- u. Kleintierfresser; eierlegend; wirtschaftl. ohne Bedeutung. – Ⓑ →Neunaugen.

Ịngermanland, *Ingrien*, russ. *Ischorskaja Semlja*, finn. *Ingermmaa*, histor. Landschaft im NW Rußlands, östl. des Peipussees, südl. des Finn. Meerbusens, der Newa u. des Ladogasees; landschaftl. die östl. Fortsetzung Estlands; wenig Ackerbau, Nadelwald.

Inglewood ['iŋlwud], südwestl. Vorstadt von Los Angeles, Calif. (USA), 90000 Ew.; Maschinen-, chem. u. Elektroindustrie, Flugzeugbau.

Ịnglin, Meinrad, schweizer. Erzähler, *28. 7. 1893 Schwyz, †4. 12. 1971 Schwyz; urwüchsig u. zugleich weltoffen, schrieb in realist. schweizer. Tradition: „Die graue March" (Jägerroman) 1935; „Schweizerspiegel" 1938; „Werner Amberg" (autobiograph.) 1949, [2]1969; „Urwang" 1954; „Verhexte Welt" 1958; „Besuch aus dem Jenseits" 1961; „Erlenbüel" 1965.

Ịngmar [germ. *Ingvi*, Name eines Heros, + ahd. *märi*, „berühmt"], männl. Vorname.

Ịngo, männl. Vorname, Kurzform von Zusammensetzungen mit *Ing-*, z.B. *Ingmar, Ingraban*.

Ingolstadt, oberbayer. Stadtkreis (135 qkm) am nördl. u. südl. Donauufer, nördl. von München, 91 000 Ew.; 1472–1800 Universitätsstadt; siebentürmiges Kreuztor (1385), Liebfrauenmünster (15./16. Jh.), Asamkirche „Maria de Victoria" (18. Jh.), ehem. herzogl. Schloß (15. Jh.; seit 1970 bayer. Armeemuseum); durch die Ansiedlung von Ölraffinerien u. petrochem. Werken in raschem Aufschwung; Metall-, Möbel- u. Autoindustrie, Maschinenbau, Brauereien. – 1392–1445 Residenz des Herzogtums Bayern-I., einer Linie der Wittelsbacher, nach 1539 Festung.

Ingot [der; engl.], Metallbarren zum Einschmelzen oder Walzen, in den *Kokillen* gegossene Stahlblöcke.

Ingraban [germ. *Ingvi*, Name eines Heros, + ahd. *hraban*, „Rabe"], männl. Vorname.

Ingres [ˈɛ̃grə], Jean Auguste Dominique, französ. Maler u. Graphiker, *29. 8. 1780 Montauban, †14. 1. 1867 Paris; ging nach einer musikal. u. künstler. Erziehung durch seinen Vater 1796 nach Paris als Schüler J. L. *Davids*. Durch den Aufenthalt in Rom 1806–1820 u. Florenz 1820–1824 fand I. seinen eigenen Stil, der im Rückgriff auf die italien. Kunst des 16. Jh. (Raffael) eine klassizist. Verschmelzung von sensibler Linearität u. kühler Farbgebung (bes. in Historienbildern) aufweist. Größere Freiheit vom Zeitstil zeigen seine Bildnisse u. Akte in leuchtender Farbigkeit. Hptw.: „Badende"; „Odaliske"; „Türkisches Bad".

Ingression [lat.], ruhig verlaufende Meerestransgression in ein durch Senkung entstehendes Becken wie z. B. Bodden, Haffe, Ästuare. *I.smeere* sind Nebenmeere.

ingressiv [lat.], *Grammatik:* den Eintritt einer Handlung bezeichnend (*einschlafen* gegenüber *schlafen*); eine Aktionsart des Verbums.

Ingrid [nord., „Reiterin"], weibl. Vorname.

Ingrid, Königin von Dänemark, *28. 3. 1910 Stockholm; Tochter *Gustavs VI. Adolf*, des späteren Königs von Schweden; heiratete 1935 den Kronprinzen Friedrich *(Frederik)* von Dänemark (1947–1972 König).

inguinal [lat.], *Medizin:* zur Leistengegend gehörend, leisten...

Ingulez, rechter Nebenfluß des unteren Dnjepr, im S der Ukraine, 550 km lang, 109 km schiffbar; am Mittellauf befinden sich die Eisenerzlager von *Kriwoj Rog*.

Inguschen, eigener Name *Lamur*, den →Tschetschenen verwandter, im Nordkaukasus ansässiger, kleiner, Ackerbau u. Viehzucht treibender Volksstamm (115 000), mit eigener Sprache u. eigentüml. Volkskultur (Wehrbauten, Totenhäuser u. a.); 1944 wegen Zusammenarbeit mit der dt. Wehrmacht teilweise nach Zentralasien umgesiedelt.

Ingwäonen, *Ingväonen, Ingävonen, Ingwaier*, nach *Tacitus* einer der drei german. Stammesverbände der röm. Kaiserzeit; nach ihren Wohnsitzen *Nord-* u. *Nordseegermanen*.

Ingwer [der; sanskr., frz.], *Zingiber*, alte Kulturpflanze Südasiens aus der Familie der *I.gewächse*. Der verzweigte Wurzelstock liefert das *I.gewürz*, das auch als magenstärkendes Mittel verwendet wird („Boonekamp", „Ratzeputz"). Eine alkoholfreie I.limonade ist das *Gingerale*. Das *I.öl* dient als Würze für Bonbons u. Liköre. Als „Deutscher I." ist auch der *Kalmus*, *Acorus calamus*, im Handel.

Ingwergewächse, *Zingiberaceae*, Familie der *Monocotylen* mit über 1400 meist trop. Arten, mit unregelmäßigen Blüten u. Blättern u. fleischigen Wurzelstöcken. Von Bedeutung als Arznei- u. Gewürzpflanzen sind wegen ihrer äther. Öle der *Ingwer*, die *Curcuma* u. die *Kardamompflanzen*.

INH, Abk. für *Isonicotinsäurehydrazid*, ein 1951 von G. *Domagk* entwickeltes Tuberkulostatikum (Tuberkulose-Chemotherapeutikum), dessen Wirkung schnell eintritt; im Handel als „Neoteben" u. „Rimifon".

Inhaberaktie, die in der BRD übliche Form der →Aktie. Sie wird durch Einigung u. Übergabe übertragen u. ist deshalb bes. gut für den Börsenhandel geeignet. Die Rechte aus der Aktie stehen dem jeweiligen Inhaber zu. Ein Nachteil der I. ist, daß nur ein loser Kontakt zwischen Gesellschaft u. Aktionär besteht.

Inhabergrundschuld, die für den Eigentümer am eigenen Grundstück bestellte →Grundschuld (§ 1196 BGB). Zu ihrer Bestellung sind die Erklärung gegenüber dem Grundbuchamt, daß die Grundschuld für ihn in das Grundbuch eingetragen werden soll, u. die Eintragung erforderlich.

Inhaberpapiere, →Wertpapiere, deren verbriefte Rechte grundsätzl. vom jeweiligen Inhaber geltend gemacht werden können. Sie haben eine hohe Umlauffähigkeit, da sie rechtl. wie bewegl. Sachen behandelt werden: Die in der Urkunde verbrieften Rechte werden durch formlose Einigung u. Papierübergabe übertragen; Gutgläubige erwerben sogar an gestohlenen I.n Eigentum. I. sind z. B.: Inhaberschuldverschreibungen, Lotterielose, Inhaberschecks (→Scheck), Zins- u. Gewinnanteilscheine *(schuldrechtliche I.)* u. Inhaberaktien *(mitgliedschaftsrechtliche I.)*. Gegenbegriffe: *Orderpapiere, Rektapapiere*.

Inhaberzeichen, als Beweismittel für das Bestehen einer Forderung oder als Ausweis für den Gläubiger einer Leistung dienende Urkunden, die aber den Gegenstand der Leistung gar nicht oder doch nur sehr unvollkommen bezeichnen, vielfach nicht einmal den Aussteller nennen u. in der Regel nicht unterzeichnet sind; z. B. Fahrkarten, Theaterkarten, Badekarten, Essenmarken, Rabattmarken u. Gutscheine der verschiedensten Art.

Inhabilität [lat.], *kath. Kirchenrecht:* die rechtl. Unfähigkeit einer Person zu bestimmten Handlungen oder zum Erwerb bestimmter Rechte u. Ämter.

inhaftieren, verhaften; →Festnahme, →Haft.

Inhalation [lat.], das Einatmen von Gasen, Dämpfen oder Nebeln zur ärztl. Behandlung der Atemwege oder zur Aufnahme von Gasen ins Blut, z. B. bei der Narkose (I.snarkose). Die I. wird als *Raum-I.* in *Inhalatorien* durchgeführt, in denen die Luft mit den Dämpfen oder Gasen geschwängert ist, oder mit *I.sapparaten*, die durch eine Maske das Einatmen der Außenluft während der I. ausschließen.

Inhalationsinfektion, eine →Infektion durch Einatmung (Inhalation) von Krankheitserregern, z. B. Inhalationstuberkulose.

Inhalationskrankheiten, durch Einatmung von Schmutzteilchen, Ruß, Staub, schädl. Gasen u. Stoffen (Staubinhalation) hervorgerufene Erkrankungen, z. B. Staublunge.

Inhaltsanalyse →Aussagenanalyse.

Inhambane [injam-], Hafen u. Distrikt-Hptst. im südl. Moçambique, 20 000 Ew.; Verarbeitung landwirtschaftl. Produkte.

Inhibitor [der; Mz. *I.en*; lat.], *Chemie:* ein Stoff, der einen chem. Vorgang hemmt oder verhindert.

in hoc signo vinces [lat., „in diesem Zeichen wirst du siegen"]. Nach der Legende sollen vor der Schlacht Kaiser *Konstantins I.* gegen *Maxentius* 312 n. Chr. ein Kreuz sowie diese Worte am Himmel erschienen sein. Der Sieg Konstantins brachte die Einführung des Christentums als Staatsreligion.

in honorem [lat.], zu Ehren (von...).

Iniet, *Ingiet*, Geheimbund auf der Gazellehalbinsel Neupommerns, der mit dem (jüngeren) *Duk-Duk* zusammen das öffentl. Leben bestimmt.

in infinitum [lat.] = ad infinitum.

Inírida, rechter Nebenfluß des Guaviare kurz vor dessen Mündung in den Orinoco (Ostkolumbien); entspringt im Andenvorland.

Inis, *Inish* (irisch, gäl.), Bestandteil geograph. Namen: Insel.

Initiale [die; lat.], seit dem 5. Jh. in spätantiken Handschriften der bes. kunstvoll gestaltete Anfangsbuchstabe des Textes oder eines Textteils; im MA. zuerst aus geometr., dann aus tier. u. pflanzl. Elementen gebildet. In der Gotik waren kleinfigurige Motive beliebt.

Initialsprengstoffe, Sprengstoffe, die gegen Schlag, Stoß u. Wärme sehr empfindl. sind (z. B. Bleiazid, Bleitrinitroresorcinat, Knallquecksilber). Sie entzünden durch ihre Detonation den weniger empfindl. *Sicherheitssprengstoff*.

Initialzündung, 1. *techn. Chemie:* die Zündung eines Sicherheitssprengstoffs mit Hilfe eines sehr explosiven *Initialsprengstoffs*; erfunden (1867) von A. *Nobel*.
2. *übertragen:* das Ingangsetzen eines größeren Vorgangs durch einen kleineren.

Initiation [lat., „Einführung"], **1.** *Sexualwissenschaft:* der sexuelle Verkehr eines diesbezügl. erfahrenen älteren mit einem noch unerfahrenen jüngeren Menschen. Hierbei, wie üblich, von einer *Verführung* des Jüngeren zur Sexualität zu sprechen, ist wenig sinnvoll, weil Sexualität bei diesem von Kindheit an, wenn auch in anderen Formen, aktiv vorhanden war. In dem Begriff *Verführung* drückt sich die Anschauung aus, daß es in der Erziehung darauf ankomme, den Jugendlichen möglichst lange vor seiner ersten sexuellen Erfahrung zu „bewahren". Dieses Mißverhältnis zur Sexualität soll durch organ. Hinführung zu ihr überwunden werden. Die Sexualwissenschaft gebraucht deshalb für das erste sexuelle Erlebnis den wertungsfreien Begriff *I.*
2. *Völkerkunde:* die bei den meisten Naturvölkern, bes. in mutterrechtl. Kulturen, bei Eintritt der Pubertät zunächst für die Knaben *(Jünglingsweihe)*, bei manchen Völkern auch für die Mädchen *(Mädchenweihe)* mit Eintritt der Menstruation übliche Reifeweihe (Jugendweihe, Mannbarkeitsfeier, Pubertätsfeier); ein wichtiger Teil der *Übergangsriten*; jahrgangsweise, zuweilen auch unter Zusammenfassung mehrerer Jahrgänge u. oft mit einer Buschschule verbunden, die neben dem Glaubens- u. Mythengut eine geschlechtl. u. moral. Erziehung vermittelt. Ausgeprägte Feiern verwenden heilige Trompeten, Flöten, Trommeln, Schwirrhölzer u. Masken u. stellen symbol. Tod (durch Verschlingung) u. Wiedergeburt dar, oft unter Verleihung eines neuen Namens. Die Anbringung der Stammestatauierung sowie die Beschneidung bilden, wo sie Brauch sind, einen Teil der I. Sie findet ihre Fortsetzung in der Aufnahme der Anwärter *(Initianten)* in die Altersklassen oder Geheimbünde. – ⊞6.1.8.

Initiative [die; lat.], *Verfassungsrecht:* die Befugnis, *Gesetzesvorlagen* einzubringen (d. h. bereits fertig formulierte Gesetzentwürfe, nicht bloß die Anregung, über eine bestimmte Materie ein Gesetz zu beschließen; *Gesetzes-I.*). Sie steht z. B. nach Art. 76 GG der Bundesregierung, dem Bundesrat u. den Mitgliedern des Bundestags zu; nach anderen Verfassungen hat ferner das Staatsoberhaupt die Gesetzes-I. – In Österreich beruft Art. 41 des Bundesverfassungsgesetzes von 1920/1945 zur Gesetzes-I. die Abgeordneten des Nationalrats, die Bundesregierung, den Bundesrat u. das Bundesvolk (→Volksbegehren). In jedem Fall ist für die Gesetzes-I. ein vollständiger Gesetzentwurf erforderlich. – Am weitesten verbreitet ist die Volks-I. in der Schweiz: auf Bundesebene zwar nur als Verfassungs-I., die von mindestens 50 000 stimmberechtigten Schweizer Bürgern ergriffen werden muß, in sämtlichen 25 Kantonen jedoch auch als Gesetzes-I. (Die Mindestzahl der Befürworter ist unterschiedlich, meist aber recht gering.) Nur für einfache Bundesgesetze gibt es also in der Schweiz keine Volks-I. →auch Referendum.

Initiativperson →Innovation.

Injektion [lat.], **1.** *Bauwesen:* das Einspritzen von Mörtel oder Chemikalien unter hohem Druck zur Ausbesserung von Rissen, zur Verbesserung des Baugrunds oder zur Herstellung eines Dichtungsschleiers bei Staumauern; →auch Bodeninjektionen.
2. *Medizin:* = Einspritzung.

Injektor [der, Mz. *I.en*; lat.], eine zum Speisen der Dampfkessel dienende →Dampfstrahlpumpe. Die Wärme des Dampfes bleibt dabei im Speisewasser.

Injurie [-iɛ], Unrecht, Rechtsverletzung; →Verbalinjurie.

Inka, indian. Dynastie eines Ketschua-Stamms im mittleren Andenraum. Der Titel I. kam ursprüngl. nur dem Herrschergeschlecht zu, später wurde er auf das ganze Volk übertragen. Die I. hatten in den letzten hundert Jahren vor der Ankunft der Spanier ein Großreich mit der Hptst. *Cuzco* geschaffen, das unter dem Inka *Huayna Capac* den größten Teil Ecuadors, Perus u. Boliviens sowie Teile von Argentinien u. Chile umfaßte.
Die Anfänge der I. liegen im dunkeln. Als Gründer der Dynastie gilt nach mündl. Überlieferung der Herrscher *Manco Capac* (um 1200), dessen Gestalt die Züge eines Anführers, Religionsstifters u. Kulturheros trägt. Genauere Regierungsdaten liegen nur für die letzten 5 der insgesamt 13 Herrscher vor. Erst der 8. Inka *Viracocha* ist histor. richtig faßbar; sein Sohn *Pachacutec Yupanqui* (1438–1471) rettete die Dynastie vor dem Angriff der Chancay, die Cuzco bedrohten, u. begann die Reihe von Eroberungen, die den I.-Staat zur Großmacht werden ließ. Unter *Topa Inka Yupanqui* u. Huayna Capac hielt die Expansion an, der nur im O die Urwaldgebiete des Amazonas Halt geboten. Huayna Capac (1493–1527) teilte das Reich unter seine Söhne *Huascar* u. *Atahualpa*; ihr Bruderkrieg erleichterte *Pizarro* 1532 die Eroberung des I.-Reichs. Die Gefangennahme u. Hinrichtung Atahualpas bedeutete das Ende der I.-Herrschaft. Der von span. Seite als Scheinkönig eingesetzte *Manco Capac II.* entfesselte einen Aufstand (Belagerung von Cuzco), der jedoch nie-

dergeschlagen wurde. Indian. Führer späterer Rebellionen (so *Tupac Amaru* im Jahre 1780) versuchten vergebens, an die alte inkaische Tradition anzuknüpfen.

Die I. organisierten unter geschickter Einbeziehung bereits vorhandener Kulturen einen Großstaat auf theokratischer Basis. An der Spitze des streng zentralistisch verwalteten, in 4 Provinzen gegliederten Reichs stand als absoluter Herrscher der *Sapa Inka* (der „alleinige I."). Er ehelichte seine Schwester u. genoß als Sohn des Sonnengotts göttliche Verehrung, vor allem nach seinem Tod. Zur Verwaltung zog er blutsverwandte Adlige heran. Sie bildeten die herrschende Klasse u. zahlten keine Steuern. Es folgten der höhere Adel (wegen seiner Ohrzierate von den Spaniern *Orejones* [„Großohren"] genannt) u. der niedere Adel *(Kuraca),* zu dem auch die meist im Amt belassenen Führer der unterworfenen Stämme gehörten. Sie lebten von den Erträgnissen der von den gemeinfreien Bauern, welche die Hauptmasse der Bevölkerung bildeten, geleisteten Steuern. Eine Sonderstellung nahmen die Sklaven ein, die sich aus Fremdstämmigen, Kriegsgefangenen u. Verbrechern zusammensetzten. Die Bevölkerung war in Gruppen von 100, 1000 u. 10 000 Haushaltungen eingeteilt; daneben bestand eine Gliederung in 12 Altersklassen. Strenge Vorschriften über Arbeitsleistung, Freizeit, Kleidung, Schmuck, Heirat u.a. regelten das Leben des einzelnen genau. Ebenso wohlfunktionierend waren die Beamtenschaft, die Rechtsprechung u. das straff organisierte Heer des I.-Reichs. Das hervorragend ausgebaute Straßensystem (Hängebrücken) übertraf das der Römer an Ausdehnung. Schnellste Nachrichtenübermittlung erfolgte durch Stafettenläufer auf den „Königsstraßen". Militärkolonien wurden in den neu eroberten Gebieten angesiedelt u. ganze Bevölkerungsteile verpflanzt, wenn es die Sicherung des Reichs zu verlangen schien.

Der intensive Feldbau (Terrassenfelder, Bewässerungsanlagen, Düngung) wurde im Rahmen des *Ayllu* (wirtschaftl. autarke Sippe mit gemeinsamem Landbesitz u. gemeinsamer Nutznießung des Lands, Viehbestands u. Ernteertrags) gemeinschaftl. betrieben. Jedem Ayllu stand ein gewählter Führer vor, den ein Beirat älter Männer beriet. Mehrere Ayllu leitete ein Distriktoberhaupt, mehrere Distrikte bildeten ein Gebiet, von denen mehrere unter der Herrschaft eines Präfekten standen, der nur dem I. verantwortlich war. Um die Abgaben (66% in Naturalien u. Dienstleistungen) zu gewährleisten, wurde das Land des Ayllu auf die Dorfbewohner, den I. (Verwaltung u. Truppen) u. den Kult aufgeteilt. Das I. u. Kult zugemessene Land wurde gemeinsam im Rahmen der Arbeitsfronsteuer, das der Dorfbewohner von jedem selbst bewirtschaftet. Außerdem war jeder jährlich dem Staat zu einer gewissen Arbeitsleistung als Bergarbeiter (Gewinnung von Gold, Kupfer u. Zinn), beim Straßen-, Brücken-, Tempel- oder Festungsbau verpflichtet. Das Vieh (vor allem Lama u. Alpaka als Schlacht- u. Wolltier) war persönl. Eigentum. Höhe der Ernte, Viehbestand, Abgaben u. Bevölkerungszahl wurden mit Hilfe verschiedenfarbiger Knotenschnüre *(Quipu)* statistisch erfaßt. Für den Verlust jeder persönl. Freiheit schützte der Staat seine Bürger vor Mangel, unterhielt Speicher zur Vermeidung von Hungersnot, pflegte Tierbestand u. Boden. Die Güter wurden gerecht verteilt, die Straßen in ausgezeichnetem Zustand gehalten, der innerstaatl. Frieden gesichert.

Die I. hatten eine hochentwickelte Goldschmiedekunst u. kannten den Bronzeguß, beides vor allem für die Bedürfnisse von Hof u. Heiligtümern. Die feinsten Gewebe (Vicuña-Wolle) wurden von den sog. Sonnenjungfrauen hergestellt, die in klösterl. Abgeschiedenheit lebten. Hauptwaffen waren Steinschleuder, Streitaxt u. Keule. Die Kunst der I. trägt einen ausgesprochen nüchternen, ernsten Charakter. Die Keramik bevorzugte einfache, wohlproportionierte Formen (vor allem amphorenartige Gefäße u. Schalen) mit weitgehend geometr. Dekor. Die Wohnhäuser waren größtenteils aus luftgetrockneten Lehmziegeln errichtet; die Monumentalbauten (Paläste der Herrscher, Tempel, Festungen) sind aus Stein, hervorragend bearbeitet ist, unter Verzicht auf figürlichen Schmuck. Nebeneinander wurden rechteckige u. polygonal zugehauene Steine (z.T. Megalithen wie in Sacsayhuaman bei Cuzco) verwendet u. ohne Bindemittel aufeinandergefügt.

In der Religion trat die alt-andine Schöpfergottheit Viracocha gegenüber dem Sonnengott *Inti* mit seiner Gattin, der Mondgöttin *Quilla* an Bedeutung zurück. Eine große Rolle spielte der „*Huaca*"-Kult (huaca, „heilig"), der sich mit der Ahnenverehrung verband, denn als „Huaca" wurden nicht nur sonderbar gestaltete Felsen, Höhlen, Quellen u.ä., sondern auch die Leichname der Ahnen u. deren Grabstätten angesehen u. mit Opfern versehen (Menschenopfer nur in Zeiten der Not). Religiöse Zeremonien, die vor allem in der Hptst. mit großem Pomp abgehalten wurden, begleiteten die 12 Monate des Agrarjahres. Seit kurzem ist auch die Schrift der I. bekannt. – ⬛S. 52. – ▢5.7.7.

Inkardination [lat.], die Eingliederung eines kath. Geistlichen in eine Diözese oder einen Orden.

Inkarnat [das; ital.], *Karnat, Karnation,* der Fleischton, in der Malerei die Farbe der menschl. Haut.

Inkarnation [lat., „Fleischwerdung"], das Eingehen einer Gottheit in einen ird. Körper: allg. mythisch die sichtbare Menschwerdung eines Gottes, z.B. des ind. Gottes *Wischnu* in seinen „Herabkünften" *(awataras)* als *Krischna* u. *Rama.* Auch der Lamaismus kennt I.en, da jeder „lebende Buddha" als I. *Buddhas* gilt. – Im Christentum die Menschwerdung Gottes in *Jesus Christus.*

Inkarnatklee, *Trifolium incarnatum*, ein *Schmetterlingsblütler*; blutrot blühende Kleeart, als wertvolle Futterpflanze angebaut.

Inkaschrift, eine Wortzeichenschrift aus rechteckig oder quadratisch begrenzten Zeichen *(Tocapu).* Sie wurde erst kürzlich auf Geweberesten (Prunkgewändern) des 16. Jh. u. auf hölzernen Inka-Trinkbechern (Keros) des 16.–18. Jh. nachgewiesen u. schon teilweise entziffert. Zahlzeichen fehlen. →auch Quipu.

Inkasso [das; ital.], das Einziehen von fälligen Forderungen, z.B. von Schecks oder fälligen Wechseln.

Inkassoindossament, ein →Indossament mit dem Vermerk: „Wert zur Einziehung", „zum Inkasso", „in Prokura"; ein Vollmachtsindossament, das den *Indossatar* mit Urkundenübergabe zur selbständigen Wahrnehmung aller Rechte aus dem Orderpapier (z.B. Wechsel) im Namen des *Indossanten* berechtigt. Im Innenverhältnis (Auftrag) ist der Indossatar verpflichtet, die Rechte im Interesse des Indossanten auszuüben; bei Weiterindossierung muß der Vollmachtsvermerk übernommen werden. Dem „verdeckten I.", das äußerlich ein Vollindossament ist, liegt eine Ermächtigung oder eine Treuhandabrede zugrunde.

Inkastraßen, die aus großen Blöcken erbauten, z.T. heute noch erhaltenen Fernstraßen, die die Teilgebiete des Reichs der Inka in den Anden erschlossen.

inkl., Abk. für →inklusive.

Inklination [lat.], 1. *allg.:* Neigung, Zuneigung. 2. *Physik:* die durch den Erdmagnetismus verursachte Neigung einer im Schwerpunkt aufgehängten Magnetnadel (*I.snadel*) gegen die Horizontale.

Inklusen [lat.], *Reklusen,* Einsiedler, die sich in ihre Zelle einschließen (auch einmauern) ließen, seit frühchristl. Zeit bekannt.

Inklusion, 1. *allg.:* Einschließung, Einschluß. 2. *Statistik:* der Schluß vom Ganzen auf einen Teil, von einer Gesamtmasse auf eine Teilmasse; →auch Schätzung.

inklusive [lat.], Abk. *incl., inkl.,* einschließlich, eingeschlossen.

Inkognito [das; lat.], Verheimlichung des Namens, Gebrauch eines fremden Namens, Unerkanntsein.

inkohärent [lat.], nicht zusammenhängend; etwa bei zwei Lichtstrahlen, zwischen denen keine bestimmte Beziehung der Phase der Schwingung besteht, so daß sie keine Interferenzen erzeugen können; →auch kohärent.

Inkohlung, mit der Entstehung von Kohle die unter Luftabschluß u. hohem Druck vor sich gehende Anreicherung des in den kohlenbildenden Pflanzen enthaltenen Kohlenstoffs.

Inkompatibilität [lat., „Unvereinbarkeit"], 1. das Verbot der gleichzeitigen Ausübung mehrerer öffentl. Ämter, insbes. wenn sich dabei Überschneidungen zwischen Exekutive u. Legislative im Sinn der Gewaltenteilungslehre (Ausnahme: Minister als Abgeordnete) oder zwischen den Tätigkeitsbereichen zweier Parlamente oder Exekutiven (Bund u. Länder, Länder u. Gemeinden) ergeben. 2. das Verbot des Tätigwerdens kraft Amtes in eigenen Angelegenheiten oder solchen naher Verwandter (z.B. ein Richter will seinen Sohn verurteilen; ein Bürgermeister ordnet an, daß die Gemeinde nur bei seiner Firma kaufen darf). Entscheidend ist hierbei, daß in der Öffentlichkeit der Anschein vermieden wird, als werde die Amtsgewalt mißbraucht.

inkompressibel [lat.], nicht zusammendrückbar; Bez. für einen Stoff, dessen Dichte sich auch bei Anwendung eines hohen Drucks nicht ändert. Näherungsweise können feste u. flüssige Stoffe als i. angesehen werden.

Inkontinenz [lat.], das Unvermögen, Harn u. Stuhlgang zurückzuhalten. Ursache sind meist Harnblasen-, Mastdarm- oder Schließmuskelerkrankungen, auch Nervenstörungen.

Inkorporation [lat., „Einverleibung"], 1. *Kirchenrecht:* die Einverleibung einer Kirchenpfründe in ein Kloster, Kapitel oder eine Universität. 2. *öffentl. Recht:* die Eingliederung eines polit. Gemeinwesens in ein anderes; z.B. die →Eingemeindung oder die Einverleibung eines Staates in einen anderen.

inkorporierende Sprachen, *einverleibende Sprachen* →Sprache.

Inkreis, der Kreis, der die 3 Seiten eines Dreiecks berührt u. dessen Mittelpunkt im Innern des Dreiecks liegt. Es gibt auch Vielecke mit einem I., z.B. das Quadrat u. alle anderen regelmäßigen Vielecke.

Inkret [das; lat.] →Hormon; →auch innere Sekretion.

Inkretdrüsen, *Drüsen innerer Sekretion, endokrine Drüsen, Hormondrüsen* →Hormon, →Drüsen, →innere Sekretion.

inkriminieren, beschuldigen, als strafbar oder zumindest strafwürdig kennzeichnen.

Inkrustation [lat.], 1. *Baukunst:* Inkrustierung, die Verkleidung von Wandflächen mit edlen Baustoffen, z.B. Marmor, vor allem in antiken u. byzantin. Bauwerken; auch Einlegearbeiten an Wänden u. Fußböden. 2. *Geologie:* ein Überzug mit ausgeschiedenen Mineralien, z.B. durch Quellwasser (aus Kalk- u. Kieselsäure); auch die Abscheidung von Schwefel, Eisen- u. Bleiglanz aus vulkan. Gasen *(sublimative I.).*

Inkubation [lat., „Ausbrütung"], *Religion:* Schlaf an hl. Stätte, um im Traum orakelhafte Offenbarungen durch die am Ort wohnende Gottheit zu erhalten. Solche I.s-Orakel bezogen sich zumeist auf die Mitteilung von Heilmitteln für Kranke z.B. durch →Äskulap. I. wird noch heute geübt, z.B. in der Wallfahrtskirche in Tinos (Griechenland).

Inkubationszeit, 1. *Medizin:* bei den *Infektionskrankheiten* der für die jeweilige Krankheit characterist. Zeitraum zwischen der Infektion (dem Eindringen der Krankheitserreger in den Körper). dem Ausbruch der Krankheit, während dessen sich im Körper die zum Krankheitsausbruch führenden Reaktionen zwischen Organismus u. Erreger abspielen.

Inkubationszeit wichtiger Infektionskrankheiten

Krankheit	Dauer
Bangsche Krankheit	7–24 Tage
Cholera	1–5 Tage
Denguefieber	2–10 Tage
Diphtherie	2–5 Tage
Fleckfieber	7–14 (21) Tage
Fünftagefieber	8–14 (60) Tage
Gelbfieber	3–6 Tage
Gelbsucht (Hepatitis epidem.)	10–40 Tage
	(2–6 [12] Monate)
Gonorrhoe (Tripper)	2–5 Tage
Grippe (Virusgrippe)	1–3 Tage
Hirnhautentzündung	
(Meningitis epidem.)	1–4 Tage
Keuchhusten	3–14 (21) Tage
Kinderlähmung (Poliomyel.)	4–12 (35) Tage
Lepra	Monate–Jahre
Lues (Syphilis)	14–28 Tage (21 Tage)
Malaria:	
Quartana	10–14 (20) Tage
Tertiana	10–14 Tage
Tropica	5–10 Tage
Maltafieber	7–21 Tage
Masern	9–14 Tage
Milzbrand	1–3 Tage
Mumps (Parotitis epidem.)	14–21 Tage
Papageienkrankheit	7–14 Tage
Pappatacifieber	3–8 Tage

Inkubator

Götterfigur aus einem Federmantel, gefunden im Nazca-Tal; ein Beispiel für den Tiahuanaco-Stil. Kunst und Kunsthandwerk der peruanischen Küstenkulturen vor der Inka-Herrschaft weisen anders als der nüchtern-klare Stil der Inka auf Phantasiereichtum und Farbenfreude der Künstler hin

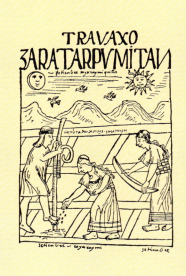 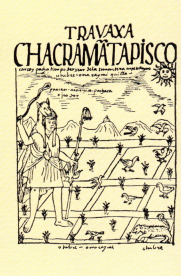

Bilder aus der Welt der Inka: Der Boden wird mit einem Pflanzstock für die Saat der Maiskörner bereitet (links). – Mit Wolfsfell und Schleuder werden die Vögel vom Acker verscheucht (Mitte). – Mann und Frau bringen die Ernte ein (rechts)

Portal in Trapezform zwischen der mittleren und oberen Terrasse der Festung Sacsayhuaman bei Cuzco, Peru. Die riesigen Blöcke sind ohne Bindemittel aufeinandergefügt

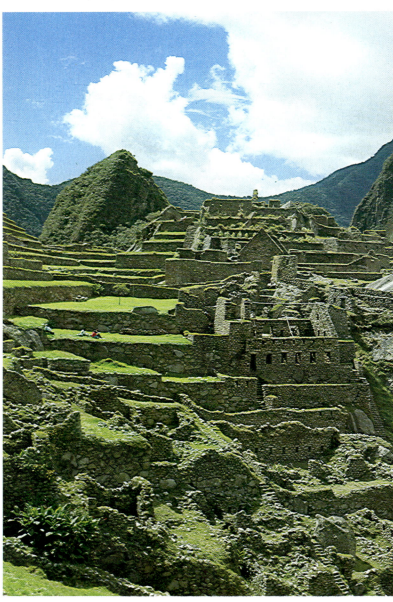

Ruinen der Inkafestung Macchu Picchu, Peru

Goldkrone der Inkazeit, gefunden in Tomebamba. München, Staatliches Museum für Völkerkunde

INKA Kunst

Inka-Amphore. Stuttgart, Linden-Museum

Pest	2–7 Tage
Pocken	3–14 Tage
Ringelröteln	7–14 Tage
(Erythema inf.)	(14–21 Tage)
Röteln	12–23 Tage
Rotz	3–8 Tage
Rückfallfieber	5–7 (14) Tage
Ruhr:	
Amöbenruhr	7–21 Tage
Bakterienruhr	2–7 Tage
Scharlach	2–8 Tage
Tollwut (Lyssa)	14–60 Tage
	(bis 1 Jahr u. länger)
Tuberkulose	mehrere Wochen
Tularämie	1–9 Tage
Typhus abdominalis	7–21 Tage
Weicher Schanker (Ulcus molle)	1–2 Tage
Windpocken (Varizellen)	10–21 Tage
Wundstarrkrampf (Tetanus)	4–14 Tage
	(1–21 Tage)

2. *Zoologie:* die Dauer der Bebrütung des Eies.

Inkubator [lat.], *Brutkasten*, frz. *Couveuve*, ein „Kasten" zur Aufzucht von Frühgeburten, in dem (auf elektrischem Weg) Temperatur, Feuchtigkeits- u. Sauerstoffgehalt der Luft in der für das Frühgeborene günstigsten Art eingestellt u. gleichmäßig gehalten werden.

Inkunabeln [lat. *incunabula,* „Windel, Wiege"], *Wiegendrucke,* die frühesten Erzeugnisse der Buchdruckerkunst, die vor 1500 hergestellt worden sind (*Frühdrucke*). Sie traten an die Stelle der älteren, oftmals inzwischen verlorengegangenen *Handschriften.* Erhalten sind etwa 450 000 I. von rd. 40 000 verschiedenen Werken. Mit der wissenschaftl. Untersuchung der I. (Ermittlung von Zeit u. Ort eines Drucks, des Namens des Druckers u.ä.) befaßt sich die *Inkunabelnkunde,* deren Ergebnisse einen Teil der Geschichte des Buchwesens ausmachen u. der Geschichte einzelner Wissenschaften (z.B. der Theologie, Rechtswissenschaft, Literaturgeschichte) zugute kommen. – ▫ 3.6.6.

Inkunabulist [lat.], Kenner u. Erforscher von *Inkunabeln.*

Inlandeis, große, bis über 4000 m mächtige Eismassen, die weite Landflächen bedecken u. am Rand Gletscher bilden oder mit senkrechten Wänden zum Meer hin abbrechen („auskalben") u. so *Eisberge* entstehen lassen; heute nur noch in Grönland u. der Antarktis. In der letzten *Eiszeit* waren Nordeuropa, Nordasien u. Nordamerika weithin von I. bedeckt.

Inländerkonvertibilität, die Möglichkeit der Deviseninländer, ohne weiteres beliebige Beträge der Landeswährung oder ausländ. Währung gegen eine beliebige Währung einzutauschen. Die I. kann auf bestimmte Währungen beschränkt sein oder sich nur auf den Erwerb u. Verkauf von Devisen im Zusammenhang mit Waren- u. Dienstleistungsgeschäften beziehen.

Inlandsee →Japanische Inlandsee.

Inlandsprodukt, der Gesamtwert der im Inland erbrachten wirtschaftl. Leistungen. Er unterscheidet sich vom *Sozialprodukt* um den Betrag des Saldos der Erwerbs- u. Vermögenseinkommen zwischen In- u. Ausland. Das I. ist gleich dem Sozialprodukt plus Faktoreinkommen an das Ausland minus Faktoreinkommen aus dem Ausland. →auch Sozialprodukt.

Inlaut, im Unterschied vom *An-* u. *Auslaut* der im Wort- oder Silbeninnern (als Silbenträger) stehende Laut (in „man" z.B. ist m Anlaut, a ist I., n ist Auslaut).

Inlett [das], *Federleinwand,* ein dichtes Leinen- oder Baumwollgewebe in Köper- oder Atlasbindung zur Aufnahme von Bettfedern; →auch Federdrell.

in medias res [lat.], mitten hinein (in die zu erörternde Angelegenheit), ohne lange Vorrede; Zitat aus der „Ars poetica" des *Horaz.*

in memoriam [lat.], zum Gedächtnis (an…).

Inn, der größte rechte Nebenfluß der oberen Donau, 510 km; entspringt aus dem *Lunghinosee* in der Albulagruppe der Rätischen Alpen zwischen Malojapaß u. Septimerpaß, durchfließt im Oberengadin Silser See u. Silvaplanasee, ferner das Unterengadin, Nordtirol u. das Alpenvorland u. mündet bei Passau; ab Hall schiffbar; wichtige Städte: St. Moritz, Landeck, Innsbruck, Solbad Hall in Tirol, Schwaz, Wörgl, Kufstein, Rosenheim, Wasserburg, Braunau, Schärding, Passau; Nebenflüsse links: Rosanna, Mangfall, Isen u. Rott; rechts: Spöl, Sill, Ziller, Alz, Salzach, Mattig u. Pram.

in natura [lat.], in Natur, leibhaftig.
Innenarchitekt, *Innenraumgestalter*, Berufsgebiet: Gestalten u. Ausstatten von Innenräumen u. Inneneinrichtungen nach architekton., bautechn. u. künstler. Gesichtspunkten. Zum Arbeitsgebiet gehören auch die Überwachung der Arbeiten der Handwerker u. die Durchführung der Einrichtung selbst (Entwurf der Möbel, Auswahl der Tapete, des Fußbodens, der Vorhänge u. ä.); Einsatzmöglichkeit in Architekturbüros, bei Ausbaufirmen, in den Entwurfsabteilungen der Möbelindustrie, im Einzelhandel, in Einrichtungshäusern u. als selbständiger I. Für die Ausbildung an Werkkunstschulen (Fachhochschulen) u. Kunstakademien ist eine Ausbildung als Tischler oder eine sonstige längere handwerkl. Praxis Voraussetzung.
Innenarchitektur, als Teilgebiet der allg. Architektur das baukünstler. Gestalten u. Ausstatten von Innenräumen. Die I. widmet sich den Aufgaben, das Innere der Bauten mit ihrem Äußeren in Einklang zu bringen, den Räumen einen ihrem Benutzungszweck entsprechenden Charakter zu geben u. einzelne Dekorationselemente, z. B. Wand- u. Deckenschmuck, Holztäfelungen, Fußböden, Möbel u. Raumtextilien, aufeinander abzustimmen.
Die I. der *Renaissance* richtete sich weitgehend nach italien. Vorbildern (Palazzo Davanzati, Florenz; Borgia-Gemächer im Vatikan, Rom; Dogenpalast, Venedig). Im *Barock* strebte die I. nach repräsentativer, theaterhafter Wirkung u. fand in den prunkvollen Räumen des Versailler Schlosses zur Regierungszeit Ludwigs XIV. ihren Höhepunkt. Das französ. Vorbild in der Gestaltung der Salons u. Boudoirs kennzeichnet die I. des *Rokokos*. Dagegen setzte sich in der Regierungszeit Napoléons I. im Rückgriff auf antike Formen eine betont schlichte u. geradlinige Gestaltung des Innenraums durch, die im *Empirestil* eine Steigerung ins Prunkhaft-Kalte fand. Eine bürgerl. I. entwickelte sich im *Biedermeier*; zweckmäßige Einfachheit der Einrichtung u. auf Behaglichkeit gerichtete Raumausnutzung kennzeichnen die Wohnungen dieser Zeit. In der Folgezeit wurden vergangene Stile kopiert u. vermischt, bis die repräsentative I. der betont zweckentsprechenden Innenraumgestaltung zu Beginn des 20. Jh. wich. Entsprechend den techn. Voraussetzungen, den wirtschaftl. Verhältnissen u. den Forderungen der Hygiene verzichtet die moderne I. weitgehend auf nur äußerl. Dekoration u. findet ihre Wirkung bes. in der sinnvollen Anordnung von Möbeln, Textilien u. Beleuchtungskörpern.
Innenbackenbremse →Bremse.
Innenkippe →Bergbau.
Innenpolitik, *i. w. S.* die gesamte innere Politik eines Staates (Gegensatz: *Außenpolitik*); *i. e. S.* die inneren polit. Angelegenheiten eines Landes mit Ausnahme der Justiz, des Finanzwesens sowie (neuerdings auch) der Wirtschaftspolitik u. der Arbeits- u. Sozialfragen, so daß sich I. in diesem Sinn auf die allg. innere Verwaltung u. die Polizei, u. U. auch auf Kulturangelegenheiten u. ä. beschränkt. Für diese letztgenannten Bereiche ist z. B. heute in der BRD das *Bundesministerium des Innern* zuständig, während die sonstigen Fragen der I. (im weiteren Sinn) zur Zuständigkeit des Bundesjustizministeriums, des Bundesministeriums für Wirtschaft u. Finanzen u. des Bundesministeriums für Arbeit u. Sozialordnung gehören. Eine ähnl. Ressorteinteilung gab es auch schon in der Weimarer Republik u. gibt es in den Ländern der BRD, in Österreich sowie in der Schweiz (hier allerdings mit geringerer Aufgliederung des Wirtschaftsressorts).
Innenpolmaschine, eine elektr. Maschine (Motor oder Generator), bei der die durch Erregerwicklung oder Permanentmagnete gebildeten magnet. Pole an der Innenseite des Luftspalts liegen. In den meisten Fällen laufen die Pole dann (als Polrad) mit der Läuferwelle um. Die meisten *Synchronmaschinen* sind als I.n gebaut.
Innenreim = Binnenreim.
Innerasien, *Zentralasien, Hochasien*, die Kerngebiete des asiat. Kontinents, vorwiegend das Gebirgsland zwischen *Altai* u. *Sajan* im N u. dem Südrand von Tibet *(Himalaya)* im S, dem *Pamir* im W u. Mittelchina im O. Es umfaßt die ausgedehntesten Hochländer u. die größten Gebirge der Erde. →auch Tien Schan, Mongolei, Kunlun, Karakorum, Tibet.
innere Emigration, das Verhalten von Gegnern eines diktator. Regimes, die im Land bleiben, aber polit. Zugeständnisse an die Machthaber zu vermeiden suchen. Der Begriff i. E. wurde 1945 von Frank *Thiess* zur Rechtfertigung des eigenen Verhaltens unter der nat.-soz. Herrschaft mit polemischer Wendung gegen die emigrierten Schriftsteller geprägt.
innere Form, in der Dichtungstheorie ein Begriff, mit dem man die wesensentsprechende Gestaltnahme einer Idee (bzw. des Gehalts) eines Dichtwerks bezeichnet. Diese Gestaltungsprinzipien sind auch Grundlage der äußeren Form einer Dichtung. *Plotin* unterscheidet als erster zwischen der Vorstellung des Dichters (der „inneren Form") u. der Form des ausgeführten Werks. A. A. C. *Shaftesbury* nennt die i. F. („inward form") die schöpferische Urkraft. Jede Stoffidee beinhaltet ihre eigene Form, die durch die Gestaltung (den Dichter) wirksam wird. O. *Walzel* unternahm es mit dem Werk „Gehalt u. Gestalt im Kunstwerk des Dichters" 1923, die Bezogenheit von Form u. Inhalt histor., krit. u. zusammenfassend zu betrachten.
Innere Führung, der in der Bundeswehr erstmalig in ein System gebrachte Inbegriff aller Maßnahmen, die dazu dienen, Soldaten zu der Bereitschaft zu erziehen, Freiheit u. Recht zu verteidigen; Leitbild: zunächst „Staatsbürger in Uniform", jetzt „Staatsbürger als Soldat". Die I. F. gliedert sich in *Staatsbürgerkunde, Psycholog. Rüstung* (→psychologische Kampfführung; Truppeninformation, lebenskundl. u. völkerrechtl. Unterricht) u. *zeitgemäße Menschenführung* (Militär. Pflichtenlehre, Soldatische Ordnung, Militär. Erziehung, Disziplinarwesen, Truppenbetreuung).
Innereien, gewerbliche Bez. für folgende Teile der verschiedenen Schlachttiere: *Rind:* Kopf (ohne Zunge), Schlund, Netz, Lunge, Herz, Milz, Leber, Magen, Därme, Füße, Schwanz, Blase, Euter, sofern sie getrennt vom Tierkörper in den Verkauf gebracht werden; *Schwein:* Geschlinge (Herz, Lunge, Leber) mit Zunge, Magen, Milz, losen Nieren; *Kalb:* Kopf, Lunge, Herz, Leber, Gekröse, Pansen, Magen, Füße, Blase, Milz; *Schaf:* Lunge, Herz, Pansen, Magen, Milz, Nieren.
innere Krankheiten, Allgemeinerkrankungen des Körpers sowie Erkrankungen der inneren Organe u. ihrer Systeme (im Gegensatz zu den äußeren Erkrankungen, die vornehmlich chirurgischer Behandlung bedürfen). Zu ihnen gehören die Infektionskrankheiten, die Herz- u. Kreislaufkrankheiten, die Erkrankungen der Atmungsorgane, die Blutkrankheiten, die Krankheiten des Verdauungsapparats, der Leber, der Bauchspeicheldrüse, des Harnapparats, der Drüsen mit innerer Sekretion, des Bewegungsapparats u. des Nervensystems u. die Stoffwechselkrankheiten. Sie werden vom Facharzt für i. K. *(Internist)* diätetisch, physikalisch u. arzneilich behandelt. – 📖9.9.1.
innere Medizin, ein Teilgebiet der Medizin, das sich mit der Erkennung, der Entstehung u. der Behandlung der *inneren Krankheiten* befaßt. Aus ihr haben sich im Verlauf der Zeit Spezialfächer abgesondert, die heute von Spezialärzten wahrgenommen werden, z. B. für Lungenkrankheiten, Herzkrankheiten, Leberleiden oder Blutkrankheiten.
Innere Mission, Einrichtungen freier karitativer Tätigkeit in der ev. Kirche, um deren diakon., missionar. u. pädagogische Verantwortung in der Christenheit zu übernehmen; 1848 von J. H. *Wichern* gegr., seit 1957 zusammen mit dem *Ev. Hilfswerk* im →Diakonischen Werk der EKD zusammengeschlossen. – 📖1.8.7.
Innere Mongolei, Autonome Region im N der Volksrep. China (seit 1947), an der Grenze zur Mongol. Volksrep., 1,18 Mill. qkm, 13 Mill. Ew., Hptst. *Khökh Khoto* (Huhehot); erstreckt sich von der Gobi im W bis zum Großen Khingan im NO; winterkaltes Trockenklima, überwiegend Steppenland; Viehzucht (Schafe, Ziegen, Rinder, Pferde, Schweine), Ackerbaugebiete durch Waldschutzstreifen gesichert; Verarbeitung landwirtschaftl. Produkte, Eisenerz-, Salz- u. Kohleförderung, Erdölgewinnung aus Ölschiefer, Holzverarbeitung im NO der Region, Eisen- u. Stahlerzeugung in *Paotou*.
innere Organe, *Eingeweide*, die im Innern des Körpers befindlichen Organe u. Organsysteme; →auch innere Krankheiten, innere Medizin.
innerer Monolog, frz. *monologue intérieur*, in der Erzähltechnik des modernen Romans die Wiedergabe von Gedanken, Empfindungen u. Gefühlen des Helden in direkter Ich-Rede; am eindrucksvollsten bei J. *Joyce* („Ulysses" 1922).
innere Sekretion, *Inkretion*, die direkte Abgabe von Substanzen einiger Organe u. Zellarten an das Blut; die abgegebenen Stoffe sind die *Hormone*. Einige werden kontinuierlich an das Blut abgegeben, andere nur zeitweise; sie regulieren u. koordinieren die Tätigkeit der verschiedenen Körperorgane u. deren Stoffwechselprozesse. Gewebe mit i. r S. sind beim Menschen folgende Drüsen: *Hypophyse* (Vorder- u. Hinterlappen), *Nebennieren* (Rinde u. Mark), *Schilddrüse, Nebenschilddrüsen, Pankreas* (Langerhanssche Inseln), *Hoden* (Zwischenzellen), *Ovar* (Graafscher Follikel), *Gelbkörper, Plazenta*. Ein Gewebe der i. n S. ohne Spezialisierung zu einer Drüse ist die *Darmschleimhaut*. Die i. S. ist nicht auf die Wirbeltiere beschränkt, hier ist sie nur am besten untersucht; man kennt sie auch von Insekten u. Krebsen. →auch Drüsen, Hormone.
innere Spannungen, *Technik: Eigenspannungen*, mechan. Spannungen, die in einem Körper auch dann vorhanden sind, wenn keine äußeren Kräfte einwirken; von Bedeutung bei opt. Gläsern u. für die Festigkeitseigenschaften von metall. Werkstoffen.
innere Uhr, *Physiologie:* →Biorhythmik.
Innerösterreich, die ehem. österr. Herzogtümer Steiermark, Kärnten u. Krain u. die Grafschaft Görz.
Innerrhoden →Appenzell-Innerrhoden.
Innerste, rechter Nebenfluß der Leine, 75 km; entspringt im Oberharz bei Clausthal-Zellerfeld, mündet bei Sarstedt.
Innertropische Konvergenz, engl. *Intertropical Convergence*, Abk. *ITC*, die äquatoriale Westwindzone (Tiefdruckrinne) der →atmosphärischen Zirkulation; sie liegt am therm. Äquator um 3° nördl. Breite. Die ITC schwankt bes. über den Kontinenten jahreszeitlich sehr stark. →auch Kalme.
Innervation [lat.], die Nervenversorgung u. Einwirkung nervöser Reize auf Organe u. Körpergebiete.
Inness ['inis], George, US-amerikan. Landschaftsmaler, *1. 5. 1825 Newburgh, N. Y., †3. 8. 1894 Bridge of Allan (Schottland); bildete sich weitgehend autodidaktisch, unternahm mehrere Europareisen, wobei er 1850 für ein Jahr die Meister der *Barbizon-Schule* studierte. I. malte bes. Landschaften in nebelig-atmosphär. Stimmungen u. wurde, indem er die eigene Empfindung einbezog, richtunggebend für die amerikan. Landschaftsmalerei.
Innichen, ital. *San Càndido*, italien. Kurort in Trentino-Südtirol, im Pustertal, 1173 m ü. M., 3000 Ew.; Wintersport.
Innigkeit, Begriff der Romantik u. des Dt. Idealismus: das Eins-Sein mit dem „Geist", d. h. die Verbundenheit mit der Allnatur.
Innitzer, Theodor, österr. kath. Theologe, *25. 12. 1875 Weipert, Böhmen, †9. 10. 1955 Wien; 1913–1932 Prof. für N. T. an der Universität Wien, seit 1932 Erzbischof von Wien, 1933 Kardinal. Nachdem er anfangs den Anschluß Österreichs an Dtschld. begrüßt hatte, verteidigte er später die Rechte der Kirche gegen den Nationalsozialismus.
in nomine [lat.], im Namen, im Auftrag (von ...).
in nomine Christi [lat.], Abk. *I. N. C.*, in Christi Namen.
in nomine Dei [lat.], Abk. *I. N. D.*, in Gottes Namen.
Innovation [lat.], **1.** *allg.:* Neuerung, Neueinführung, Erfindung, Herstellen eines neuen Zusammenhangs (bes. in Soziologie, Wirtschaft u. Technik).
2. *Volkskunde: Novation*, kulturelle Neuerung, insbes. im Bereich der Volkskultur, z. B. die „Erfindung" eines Volksbrauchs, das Aufkommen einer neuen Kleidermode oder Eß-Sitte, die Verehrung eines neuen Heiligen. Damit die I. gelingt, bedarf es einer Initiativperson mit bes. Eigenschaften (z. B. soziales Ansehen) u. einer günstigen Situation. Der Prozeß der Ausbreitung, der eigenen Gesetzen folgt, heißt *Diffusion*. Die volkskundl. I.s- u. Diffusionsforschung wurde erst möglich, als man sich von der romant. Vorstellung gelöst hatte, daß die anonyme „Volksseele" selbst ihre Kulturgüter produziere, u. als man die große Bedeutung des Individuums auch für die Volkskultur erkannt hatte. Die volkskundl. I.sforschung wurde in den letzten Jahrzehnten vor allem in Schweden weiterentwickelt.
Innozenz [lat. *Innocentius*, zu *innocens*, „unschuldig"], männl. Vorname.
Innozenz, Päpste: **1.** *Innozenz I.*, 402–417, Heiliger, †12. 3. 417 Rom; regierte in der Zeit des Niedergangs des weström. Reichs (Eroberung

Innozenz III., Wandgemälde in der Kirche Sacro Speco in Subiaco; 13. Jh.

durch die Westgoten) u. war zielbewußt um den Ausbau des röm. Primats bemüht. In Auseinandersetzungen mit Häretikern (Donatisten) beanspruchte er die oberste Lehrentscheidung. Sein Eingreifen zugunsten des *Chrysostomos* war erfolglos u. führte zu einem zeitweiligen Bruch Konstantinopels u. Alexandrias mit Rom.

2. *Innozenz II.*, 1130–1143, eigentl. *Gregor Papareschi*, Römer, † 24. 9. 1143 Rom; 1122 einer der päpstl. Unterhändler beim Wormser Konkordat, unmittelbar nach dem Tod Honorius' II. formal unrechtmäßig gewählt. Während der gegen ihn erhobene *Anaklet II.* Rom besetzt hielt, konnte I. sich fast in der ganzen Kirche durchsetzen. *Bernhard von Clairvaux* u. Kaiser *Lothar III.* waren seine stärksten Stützen. I. förderte den Ausbau der Kirche als vom Staat getrennte rein geistl. Institution. In seinen Auseinandersetzungen mit den unteritalien. Normannen, mit Frankreich u. der Stadt Rom war er wenig erfolgreich.

3. *Innozenz (III.)*, Gegenpapst 1179/80, eigentl. *Lando von Sezze*; nach der Unterwerfung *Kalixts III.* gegen *Alexander III.* erhoben; konnte sich nicht durchsetzen u. wurde von Alexander zu Klosterhaft in La Cava verurteilt.

4. *Innozenz III.*, 1198–1216, eigentl. *Lothar von Segni*, *1160/61 Anagni, † 16. 7. 1216 Perúgia; nach Studien in Paris u. Bologna 1190 Kardinal. I., der aufs pastorale u. exeget. Werke verfaßte, war vor allem ein genialer Herrscher. Die seit dem Reformpapsttum des 11. Jh. erstrebte geistl.-weltl. Führerstellung des Papsttums über die ganze Christenheit führte er auf ihren Höhepunkt. Er reformierte Kurie, Kirchenrecht u. Orden, förderte die Anfänge der Bettelorden u. stärkte die Stellung der Bischöfe. Gegen die Ketzer schritt er zuerst milde ein, doch veranlaßte er 1209 den Albigenserkreuzzug, dessen Ausschreitungen er allerdings nicht billigte. Die Kreuzzugsbewegung förderte er nachhaltig. Seine Macht im Kirchenstaat konnte er festigen u. die päpstl. Lehenshoheit auf Aragón u. England ausdehnen. In die dt. Politik griff er nach der zwiespältigen Königswahl von 1198 ein: Er entschied sich für *Otto IV.*, wandte sich aber gegen ihn, als Otto Sizilien angriff, u. unterstützte nun erfolgreich den jungen Staufer *Friedrich II.* Abschluß u. Höhepunkt seines Pontifikats war das 4. Laterankonzil (1215).

5. *Innozenz IV.*, 1243–1254, eigentl. *Sinibaldo Fieschi*, *um 1195 Genua, † 7. 12. 1254 Neapel; hervorragender Kanonist, 1227 Kardinal. Ganz vom päpstl. Machtanspruch u. den Ideen *Gregors VII.* durchdrungen, führte er den Kampf gegen *Friedrich II.* mit äußerster Schärfe. In seinem Verlauf verkündete er erneut die Zweischwertertheorie, unterstützte die gegen Friedrich erhobenen Gegenkönige, konnte aber die Macht des Kaisers weder in Dtschld. noch in Italien brechen. Auch nach Friedrichs Tod setzte er den Kampf gegen die Staufer fort. I. förderte die Mission der Ostseeländer.

6. *Innozenz V.*, 1276, eigentl. *Pierre de Tarantaise*, *um 1225 Champigny, † 22. 6. 1276 Rom; gelehrter Dominikaner, 1272 Erzbischof von Lyon, 1273 Kardinal. Die wichtigsten Fakten seines kurzen Pontifikats waren Bemühungen um eine Kirchenunion mit Byzanz u. eine enge Bindung an Frankreich. Seliger (Fest: 22. 6.).

7. *Innozenz VI.*, 1352–1362, eigentl. Étienne *Aubert*, † 12. 9. 1362 Avignon; 1338 Bischof von Noyon, 1340 von Clermont, 1342 Kardinal, stand zu Kaiser *Karl IV.* in guten Beziehungen. Zwischen Frankreich u. England vermittelte er 1360 den Frieden von Brétigny. Den Plan der Rückkehr nach Rom konnte er nicht verwirklichen, doch unterwarf Kardinal *Albornoz* (*um 1300, † 1367) ihm den Kirchenstaat. I. förderte Wissenschaft u. Kunst.

8. *Innozenz VII.*, 1404–1406, eigentl. *Cosma de Migliorati*, *um 1336 Sulmona, † 6. 11. 1406 Rom; 1389 Kardinal; regierte während des abendländ. Schismas, war um die Beilegung aber weniger bemüht, als er vor seiner Wahl versprochen hatte. Er förderte die röm. Universität u. den Frühhumanismus.

9. *Innozenz VIII.*, 1484–1492, eigentl. *Giovanni Battista Cibo*, *1432 Genua, † 25. 7. 1492 Rom; 1473 Kardinal; gehörte zu den vorwiegend weltl. eingestellten Päpsten der Renaissance, war aber politisch unerfahren u. unbeständig. Er verurteilte die Thesen des *Pico della Mirandola*, hatte gute Beziehungen zu den Medici u. den Humanisten u. förderte die Inquisition.

10. *Innozenz IX.*, Okt.-Dez. 1591, eigentl. *Giovanni Antonio Facchinetti*, *20. 7. 1519 Bologna, † 30. 12. 1591 Rom; lange im Dienst der Kurie, 1583 Kardinal. I. war alt u. krank, die meisten Kardinäle wählten ihn nur, weil sie den Druck *Philipps II.* auf die Kurie ausschalten u. dazu Zeit gewinnen wollten.

11. *Innozenz X.*, 1644–1655, eigentl. *Giambattista Pamfili*, *6. 5. 1574 Rom, † 7. 1. 1655 Rom; seit 1601 an der Kurie, 1627 Kardinal; entmachtete die Familie seines Vorgängers, die *Barberini*. Im Streit zwischen Spanien u. Frankreich nahm er, obwohl mit Spanien sympathisierend, eine vermittelnde Stellung ein. Venedig u. Polen unterstützte er im Kampf gegen die Türken. Der Witwe seines Bruders, Olimpia *Maidalchini*, räumte er weitgehenden Einfluß ein. I. vollendete die Ausstattung der Peterskirche u. ließ mehrere Barockbauten errichten (Umbau des Laterans, S. Agnese). Berühmt ist sein von D. *Velázquez* gemaltes Porträt.

12. *Innozenz XI.*, 1676–1689, eigentl. Benedetto *Odescalchi*, *19. 5. 1611 Como, † 12. 8. 1689 Rom; 1645 Kardinal; tief religiös, charakterstark u. klug, beseitigte den Nepotismus, nahm in der Verwaltung von Kirche u. Kirchenstaat wichtige Reformen vor u. verurteilte den *Quietismus*. Die Freiheit der Kirche u. die päpstl. Autorität verteidigte er bes. gegen die Machtansprüche *Ludwigs XIV.*; die Verfolgung der Hugenotten mißbilligte er. Gegen den Widerstand Ludwigs XIV. brachte I. das Bündnis Kaiser *Leopolds I.* mit Polen zustande u. trug dadurch zur Befreiung Wiens (1683) u. Ungarns von den Türken bei. I. war der bedeutendste Papst des 17. Jh.; seine Bemühungen um die friedl. Einigung der christl. Völker u. seine persönl. Lauterkeit trugen ihm auch die Hochachtung vieler Nichtkatholiken ein. Der Kanonisationsprozeß wurde auf Einspruch Frankreichs lange unterbrochen; Seligsprechung 1956 (Fest: 13. 8.).

13. *Innozenz XII.*, 1691–1700, eigentl. Antonio *Pignatelli*, *13. 3. 1615 Spinazzola, Basilicata, † 27. 9. 1700 Rom; 1681 Kardinal, 1687 Erzbischof von Neapel; reformeifrig wie sein Vorbild u. Gönner Innozenz XI. Den Streit mit *Ludwig XIV.* konnte er beilegen, da der König weitgehend nachgab, um die Unterstützung der Kurie bezügl. der span. Erbfolge zu gewinnen. I. schritt gegen *Quietismus* u. *Probabilismus* ein u. hielt an den Verfügungen seiner Vorgänger gegen den Jansenismus fest.

14. *Innozenz XIII.*, 1721–1724, eigentl. Michelangelo dei *Conti*, *13. 5. 1655 Poli bei Palestrina, † 7. 3. 1724 Rom; 1706 Kardinal, 1712–1719 Bischof von Viterbo. Er war um den Ausgleich mit den Staaten bemüht u. gab nach, wo sich kirchl. Ansprüche nicht durchsetzen ließen. Gegen die *Jansenisten* hielt er an der Bulle „Unigenitus", den *Jesuiten* war er nicht wohlgesinnt.

Innsbruck, Hptst. des österr. Bundeslandes Tirol, an der Mündung der Sill in den Inn, zwischen dem Karwendelgebirge im N u. Stubaier u. Tuxer Alpen im S, 574 m ü.M., 115 000 Ew.; Verkehrsknotenpunkt (Brennerlinie), Verwaltungs-, Handels- u. Fremdenverkehrsstadt, Kulturzentrum; Universität mit (neuerdings) angegliederter techn. Fakultät, gegr. 1669; Museen, Theater, Fachschulen, Rundfunksender; Textil-, Leder- u. Nahrungsmittelindustrie, Holzverarbeitung; Messe. – Siedlung vor 1180 gegr., seit 1239 Stadt, 1363 habsburg., 1420–1665 Residenzstadt; in der Altstadt typ. Tiroler Erkerhäuser (Goldenes Dachl), Laubengassen, Propsteikirche St. Jakob mit Werken der Brüder *Asam* u. L. *Cranach d. Ä.*; am Rand der Altstadt die kaiserl. Hofburg u. die Hofkirche mit dem Grabmälern Maximilians I. u. A. Hofers; im Stadtteil *Wilten*, dem röm. *Veldidena*, Prämonstratenserabtei mit barocker Stiftskirche; südl. der Stadt der 1809 umkämpfte *Berg Isel*. – I. war Austragungsort der Olymp. Winterspiele 1964 u. 1976.

Innung, ursprüngl. Bez. für die (pflichtmäßigen) Zünfte (Gilden), die bis zur Einführung der Gewerbefreiheit bestanden; heute eine freie Vereinigung selbständiger Handwerker des gleichen Handwerks oder verwandter Handwerke zur Förderung ihrer gemeinsamen gewerbl. Interessen innerhalb eines bestimmten Bezirks (Kreises). Die I. ist eine Körperschaft des öffentl. Rechts, unter Aufsicht der Handwerkskammer. Hauptaufgaben: Förderung der techn. u. gewerbl. Ausbildung der Mitglieder, Gehilfen u. Lehrlinge, Regelung des Lehrlingswesens, Überwachung der Ausbildung der Lehrlinge, Abnahme von Gesellenprüfungen,

Innsbruck: Häuser am Ufer des Inn; im Hintergrund die Türme des Doms (Pfarrkirche St. Jakob)

Abschluß von Tarifverträgen (soweit u. solange solche Verträge nicht durch den I.sverband für den Bereich der Handwerks-I. abgeschlossen sind) u. a. Zur Herbeiführung eines guten Verhältnisses zwischen den I.smitgliedern u. den bei ihnen beschäftigten Gesellen besteht bei der I. ein *Gesellenausschuß*. Die I.en des gleichen Handwerks im Bezirk eines Landes werden zu einem *Landesinnungsverband* zusammengeschlossen; der *Bundesinnungsverband* ist der Zusammenschluß von Landesinnungsverbänden des gleichen Handwerks im Bundesgebiet. Die I.en innerhalb eines Stadt- oder Landkreises bilden die *Kreishandwerkerschaft*. Diese ist ebenfalls eine Körperschaft des öffentl. Rechts. Die Mitgliederversammlung der Kreishandwerkerschaft besteht aus Vertretern der angeschlossenen I.en; jede I. hat 1 Stimme. Gesetzl. Regelung im *Gesetz zur Ordnung des Handwerks (Handwerksordnung)* vom 17. 9. 1953 in der Fassung vom 28. 12. 1965.

Innungskrankenkasse, eine →Krankenkasse, die eine oder mehrere Innungen gemeinsam für die der Innung angehörenden Betriebe ihrer Mitglieder mit Zustimmung der Gesellenausschüsse errichten können, wenn in den Betrieben insgesamt regelmäßig mindestens 450 Versicherungspflichtige beschäftigt werden. I.n treten an die Stelle der Allgemeinen Ortskrankenkasse.

Innviertel, bis 1779 zu Bayern, dann zu Oberösterreich gehörige Landschaft, Hügelland zwischen Donau, Inn, Salzach u. Hausruck.

Innwerk AG, München/Töging, gegr. 1917; betreibt Wasserkraftwerke am Inn, u.a. bei Töging, Wasserburg, Teufelsbruck, Gars, Neuötting, Ering, Egglfing u. Rosenheim; Stromerzeugung jährl. rd. 2 Mrd. kWh; Grundkapital: 90 Mill. DM (Großaktionär: *VIAG*).

Inönü, Ismet, bis 1934 *Ismet Pascha*, türk. General u. Politiker, *24. 9. 1884 Izmir, †25. 12. 1973 Ankara; beteiligt an der Revolution der *Jungtürken* 1908; 1920 Generalstabschef unter Kemal *Atatürk*, vertrieb die Griechen aus Kleinasien (Sieg bei Inönü); 1922 Außen-Min., 1923/24 u. 1925–1937 Min.-Präs., 1938–1950 als Nachfolger Atatürks Staats-Präs., dann als Vors. der Republikan. Volkspartei Oppositionsführer; nach dem Staatsstreich 1960 wieder 1961–1965 Min.-Präs.; 1972 Rücktritt vom Parteivorsitz.

Inosit [der; grch.], *Hexaoxycyclohexan*, $C_6H_6(OH)_6$, in manchen Pflanzen, in der Leber u. im Muskel vorkommende, süß schmeckende Verbindung, die in Form ihrer Salze in der Pharmazie verwendet wird. Der *Meso-I.* ist ein wichtiger Wuchsstoff für Hefe; er wirkt gegen Haarschuppen.

Inowrocław, poln. Name der Stadt →Hohensalza.

inoxydieren, eine Rostschutzschicht aus Eisenoxyduloxid bei Stahl- u. Gußeisenteilen künstl. erzeugen.

in partibus infidelium [lat., „in den Gebieten der Ungläubigen"], Abk. *i.p.* oder *i. p. i.*, als Abk. dem Titel von kath. Bischöfen angehängt, die keine eigene Diözese hatten; seit 1882 durch die Bez. *Titularbischof* ersetzt.

in perpetuum [lat.], Abk. *i.p.*, für immer.

in persona [lat., „in Person"], persönlich, selbst.

in petto [ital., „im Busen"], im Sinn, im Hintergrund, in Bereitschaft.

in pleno [lat.], vollzählig.

in praxi [lat.], im Gebrauch, im tägl. Leben.

in puncto [lat.], in Hinsicht auf...

Input [engl.], *Eingang*, Anschluß, über den einem Verstärker, einem Tonbandgerät u.ä. die Spannung zugeführt wird.

Input-Output-Analyse [-'autput-; engl., „Einsatz-Ausstoß-Analyse"], eine Methode zur quantitativen Erfassung der Lieferbeziehungen (Vorleistungsverflechtungen) zwischen den einzelnen Wirtschaftsbereichen (Sektoren, Industrien) einer Volkswirtschaft oder Region. In einer vollständigen Input-Output-Tabelle werden auch die Beiträge zur volkswirtschaftl. Endnachfrage (Konsum, Investition, Exporte) erfaßt u. die Importe, Faktoreinkommen, Abschreibungen, indirekten Steuern minus Subventionen u. Gewinne registriert. Die Summe der Einsätze *(Inputs)* muß jeweils dem Ausstoß *(Output)* gleich sein. Die Division der Inputs einer Industrie durch ihren Output ergibt die *Inputkoeffizienten*. Sie geben den Grad der Verflechtung der einzelnen Industrien an u. bilden insgesamt ein Maß für die Arbeitsteilung in einer Volkswirtschaft. Die I. kann auf der Basis dieser techn. Struktur Änderungen der Größen des gesamten Systems bei Input- u. Endnachfragevariationen aufzeigen u. so Hilfsmittel für wirtschaftspolit. Entscheidungen sein. – 🄻4.4.2.

Inquilinen [lat.], *Einmieter*, Tiere, die in Nestern u. Bauten, aber auch in *Gallen, Minen* u. ä. anderer Arten leben; z. B. Brandgänse, die in Fuchsbauten brüten, oder einige Gallwespen, die ihre Eier regelmäßig in die Gallen anderer Arten legen.

Inquirent [lat.], veraltete Bez. für *Untersuchungsrichter*.

Inquisition [lat., „Erforschung"], ursprüngl. die Untersuchung rechtswichtiger Tatsachen durch die Obrigkeit von Amts wegen, insbes. die offizielle oder offiziöse Verfolgung aus religiösen u. ideologischen Gründen; *i. e. S.* die institutionalisierte *Ketzerverfolgung* der kath. Kirche im MA. bis weit in die Neuzeit hinein.

Bereits im christl. Altertum wurden gegen Häretiker geistl. Zuchtmittel angewandt; doch seitdem der christl. Glaube Staatsreligion geworden war, verfolgte der Staat die Ungläubigen als Staatsfeinde. Im MA. wurden zuerst von Fürsten im 11. Jh. Ketzer verbrannt. Auch die Kirche forderte im Anschluß an *Augustinus*, der allerdings die Todesstrafe abgelehnt hatte, die Bestrafung der Ketzer durch die weltl. Gewalt. Gegen Ketzer, wie die *Katharer*, die die Grundlagen der mittelalterl. Gesellschaft in Frage stellten, wandte man die gleichen strengen Strafbestimmungen wie gegen Majestätsverbrecher u. Staatsfeinde an.

Anfang des 13. Jh. wurde durch das Zusammenwirken von weltl. u. kirchl. Obrigkeit, hier bes. Kaiser *Friedrich II.* u. die Päpste *Innozenz III.* u. *Gregor IX.*, die I. eingerichtet, die die Ketzer verfolgen u. Verdächtige aufspüren sollte. Päpstl. *Inquisitoren*, meist Dominikaner oder Franziskaner, sollten die Ketzer ausfindig machen. Hartnäckige Ketzer sollten der weltl. Gewalt zur Verbrennung übergeben werden. Seit Papst Innozenz IV. war auch die Anwendung der Folter erlaubt. Mit dem Tod des Inquisitors *Konrad von Marburg* (1233) erlosch in Dtschld. die I., doch lebte sie z.Z. des Hexenwahns wieder auf (→Hexenprozesse).

In Frankreich war die I. oft ein willkommenes Mittel, polit. Ziele zu erreichen. In Spanien wurde im Kampf gegen die Mauren u. Judenchristen die I. durch Thomas de *Torquemada* neu organisiert u. später auch auf Protestanten angewandt; der Schuldfeststellung folgte in feierl. Form die Urteilsvollstreckung (Autodafé). Die Zahl derer, die, oft auf sadistische Weise, durch die I. den Tod fanden, belief sich z.B. allein in Sevilla im 15. Jh. in einem Zeitraum von 40 Jahren auf 4000. Erst im 19. Jh. wurde in Spanien u. Portugal die I. endgültig abgeschafft.

Die Reformatoren ließen die Ketzer lediglich des Landes verweisen, schonten aber ihr Leben; unrühmliche Ausnahme ist der Feuertod des Arztes M. *Servet*, der auf Betreiben J. *Calvins*, allerdings keineswegs nur aus theolog. Gründen, 1553 hingerichtet wurde. – Auch die Wiedertäufer u.a. prot. Sekten mußten die Härte des I.s-Verfahrens erdulden. Papst *Paul III.* übertrug 1542 die I. einer Kardinalskommission, die nach mehrfacher Umorganisation (heute *Glaubenskongregation*) über die Glaubens- u. Sittenlehre zu wachen hat. – Die I. u. ihre grausamen Verfahrensmethoden können nur aus der mittelalterl. Einheit von Kirche u. Staat sowie aus der häufigen Verquickung von religiösen u. polit. Zielen verstanden werden. Sie widersprechen der zuletzt vom 2. Vatikan. Konzil bestätigten Gewissensfreiheit. – 🄻1.9.4 u. 5.5.3.

Inquisitionsprozeß [lat., „Untersuchungsverfahren"], ein altertüml. Strafverfahren, bei dem der Richter von sich aus das Verfahren aufgreift, Verhaftungen u. Vernehmungen durchführt u. verurteilt; Gegensatz: *Anklageprinzip*. →Strafprozeß.

Inquisitori di Stato [ital., „Staatsinquisitoren"], die drei obersten Richter der Republik Venedig (seit dem 16. Jh.), jeweils für eine Amtsdauer von einem Jahr eingesetzt.

Inreim = Binnenreim.

I. N. R. I., Abk. für *Iesus* (Jesus) *Nazarenus Rex Iudaeorum* [lat., „Jesus von Nazareth, König der Juden"], Aufschrift am Kreuz Christi.

Inro [das; jap.], japan. Döschen, u.a. aus gelacktem Holz oder Elfenbein, reich verziert.

inschallah [arab., „wenn Allah will"], Ergebenheitsformel, die der Moslem seinen Entschlüssen beifügt.

Inschriftenkunde, *Epigraphik*, eine histor. Hilfswissenschaft im Rahmen der *Quellenkunde*; sie untersucht die überlieferten Inschriften, bes. aus der Antike, aber auch aus dem MA., auf dauerhaftem Material (Ton, Stein, Metall, Holz u.a.) u. schriftl. Zeugnisse öffentl. oder privaten Charakters (z. B. Staatsverträge, Regierungserlasse u. Gesetze, Ehren- u. Stiftungsurkunden, Bau-, Weih- u. Grabinschriften); Hauptsammelwerke: *Corpus inscriptionum graecarum* (CIG) seit 1825, z.T. veraltet, ersetzt durch *Inscriptiones Graecae* (seit 1873); *Corpus inscriptionum latinarum* (CIL) seit 1863, begründet von Th. *Mommsen*; *Deutsche Inschriften*, hrsg. von den vereinigten dt. Akademien seit 1942. – 🄻5.0.6.

Inscriptiones Graecae [lat., „griech. Inschriften"], ein Sammelwerk der →Inschriftenkunde.

Insekten [lat., „Eingeschnittene"], *Insecta, Hexapoda, Kerbtiere*, nach der meist scharfen Einkerbung zwischen Kopf, Brust u. Hinterleib benannte Klasse der *Tracheentiere* aus dem Stamm der *Gliederfüßer*. Typische Merkmale sind das den Körper durchziehende *Tracheensystem* (von der Körperwand ausgehende, verzweigte, luftführende Hautschläuche, die der Atmung dienen) u. die chitinhaltige Körperdecke, die ein *Außenskelett* bildet.

Der Kopf der I. besteht wahrscheinl. aus sechs verschmolzenen Segmenten u. trägt im Normalfall zwei Fühler u. drei Paar Mundwerkzeuge, die durch die Umwandlung von Gliedmaßen entstanden sind. Der Brustabschnitt *(Thorax)* besteht aus drei Segmenten, die je ein Beinpaar tragen (daher *Hexapoda*, „Sechsfüßer"). An der Oberseite der beiden hinteren Brustsegmente (*Meso-* u. *Metathorax*) setzen bei den höheren I. *(Pterygota)* je ein Paar Flügel an, von denen das vordere oft zu festen *Deckflügeln* verhärtet ist (z.B. bei den *Käfern*). Der Hinterleib *(Abdomen)* weist ursprüngl. 11 Segmente auf u. trägt keine Gliedmaßen. In einigen I.-Ordnungen finden sich am 1.–9. Hinterleibssegment kleine zweigliedrige Anhänge, die als umgewandelte Gliedmaßen betrachtet werden (Hinweis auf die Entstehung der I. aus Vorfahren mit Beinpaaren an jedem Körpersegment). Als Gliedmaßen des 11. Hinterleibssegments gelten die stark gegliederten, fühlerartigen *Cerci*. Die Entwicklung der I. vom Ei zur Imago durchläuft, von wenigen Ausnahmen abgesehen, eine Verwandlung (→Metamorphose).

Die I. haben im Lauf der Evolution fast alle Lebensräume der Erde erobert; es gibt gletscherbewohnende Ur-I., Höhlen- u. Wüstenkäfer, meeresbewohnende Wasserwanzen, zahlreiche Parasiten (Innen- u. Außenschmarotzer) u. zahllose gut fliegende Formen. Die I. umfassen mindestens 2/3 aller bekannten lebenden Tierarten (rd. 750 000 Arten) u. sind die am stärksten in verschiedene Ordnungen u. Gattungen aufgespaltene Klasse des Tierreichs.

Nach W. *Hennig* (1953) gliedern sich die I.gruppen folgendermaßen:

A. Entognatha (Gruppen, bei denen die Mundwerkzeuge in das Innere des Kopfes versenkt sind):
  1. Ordnung: *Doppelschwänze, Diplura*
  2. Ordnung: *Beintaster, Protura*
  3. Ordnung: *Springschwänze, Collembola*

B. Ectognatha (Gruppen, bei denen die Mundwerkzeuge frei am Kopf ansetzen):
  4. Ordnung: *Borstenschwänze, Archaeognatha*
  5. Ordnung: *Fischchen, Zygentoma*

geflügelte Insekten *(Pterygota):*

Insekten mit unvollkommener Verwandlung:

6. Ordnung: *Eintagsfliegen, Ephemeroptera*
7. Ordnung: *Libellen, Odonata*
8. Ordnung: *Gespenstheuschrecken, Phasmida*
9. Ordnung: *Heuschrecken, Saltatoria*
10. Ordnung: *Ohrwürmer, Dermaptera*
11. Ordnung: *Notoptera*
12. Ordnung: *Schaben, Blattaria*
13. Ordnung: *Termiten, Isoptera*
14. Ordnung: *Fangheuschrecken, Mantodea*
15. Ordnung: *Steinfliegen, Plecoptera*
16. Ordnung: *Embien, Embioptera*
17. Ordnung: *Zoraptera*
18. Ordnung: *Staubläuse, Psocoptera*
19. Ordnung: *Tierläuse i.w.S., Phthiraptera*
20. Ordnung: *Fransenflügler, Thysanoptera*
21. Ordnung: *Schnabelkerfe, Rhynchota*

Insekten mit vollkommener Verwandlung:

22. Ordnung: *Hautflügler, Hymenoptera*
23. Ordnung: *Fächerflügler, Strepsiptera*
24. Ordnung: *Käfer, Coleoptera*

25. Ordnung: *Schlammfliegen, Megaloptera*
26. Ordnung: *Netzflügler, Planipennia*
27. Ordnung: *Schnabelhafte, Mecoptera*
28. Ordnung: *Köcherfliegen, Trichoptera*
29. Ordnung: *Schmetterlinge, Lepidoptera*
30. Ordnung: *Fliegen, Diptera*
31. Ordnung: *Flöhe, Aphaniptera*

Die früher vielbenutzte Einteilung der I. in die Unterklassen der *Ur-I., Apterygota*, u. *Flug-I., Pterygota*, ist aufgegeben worden, da dadurch Formengruppen mit engerer Verwandtschaft auseinandergerissen wurden. – Die ältesten I. finden sich bereits im Mitteldevon (flügellose Ur-I., später schabenähnl. I. u. libellenähnl. I. mit ca. 1 m Spannweite). – ⌸S. 58. – ⌸9.5.3.

Insektenblütler, *Entomogamen*, Pflanzen, deren Blüten durch Insekten (Bienen, Hummeln, Schmetterlinge, Käfer, Fliegen) bestäubt werden. Die I. haben bes. Einrichtungen zur Anlockung der Insekten, wie lebhaft gefärbte Blütenhüllblätter, z. T. mit bes. Saftmalen, Duftstoffe, Nektar oder Überschuß an Pollen. Die Blüten der I. sind oft so gestaltet, daß nur bestimmte Insekten die Bestäubung durchführen können.

insektenfressende Pflanzen, *fleischfressende Pflanzen, Karnivoren*, Pflanzen mit Fangvorrichtungen zum Anlocken u. Festhalten von Insekten u. mit Drüsen, die eiweißabbauende Fermente ausscheiden, so daß der Tierkörper teilweise aufgelöst werden kann. Nach der Beschaffenheit der Fangorgane unterscheidet man *Leimrutenfänger* (z. B. Sonnentau, Fettkraut), *Klappfallenfänger* (z. B. Wasserschlauch, Venusfliegenfalle) u. *Fallgrubenfänger* (z. B. Kannenpflanzen). – ⌸→Blütenpflanzen III.

Insektenfresser, *Insectivora*, Ordnung der *Säugetiere* mit altertüml. Merkmalen, von denen alle höheren Säuger abstammen. Die Zahl der spitzen Zähne schwankt zwischen 30 u. 44. Die I. sind fast ausschl. reine Fleischfresser; die größten Arten erreichen Mardergröße. Hauptverbreitungsgebiet sind die gemäßigten Breiten der Nordhalbkugel; I. fehlen in Südamerika u. Australien. Zu den I.n gehören *Borstenigel, Otterspitzmaus, Schlitzrüßler, Goldmulle, Spitzmäuse, Maulwürfe, Igel* u. *Rüsselspringer*.

Insektenpulver, pulverförmige →Insektizide.

Insektenstaat, das Zusammenleben →sozialer Insekten (Termiten, Wespen, Bienen, Ameisen) in selbstgefertigten Bauten, wobei die Aufgaben innerhalb des I.s, z. B. Versorgung u. Schutz der Bewohner oder Pflege der Nachkommen, in einem sinnvollen Zusammenwirken aller Einzeltiere in Arbeitsteilung durchgeführt werden. Verbunden ist damit stets auch eine gestaltliche Trennung (*Polymorphismus*) von Geschlechtstieren u. fortpflanzungsunfähigen „Arbeitern" u. „Soldaten". Im I. finden sich als Stockinsassen gewöhnlich zahlreiche Fremdtiere (*Entökie, Symphilie, Staatsparasitismus*). →auch soziale Tiere.

Insektenstiche, durch Insekten hervorgerufene Verwundungen, die meist harmlos sind. Sie führen zu Überempfindlichkeitserscheinungen an der Einwirkungsstätte (Juckreiz, Quaddeln, einfache Hautrötungen). Durch I. können jedoch auch Infektionskrankheiten übertragen werden, z. B. *Malaria* durch den Stich der Anophelesmücke, *Fleckfieber* durch Läuse oder *Pest* durch Rattenflöhe. Schließlich injizieren Bienen, Wespen, Hornissen u. Spinnen (Taranteln) dem Körper Gifte, die sich in schweren Allgemeinerscheinungen u. vor allem im Kreislauf stören. Bienengift wird allerdings auch als unspezifisches Reizgift bei Rheuma, Nervenentzündung u. Asthma verwendet. Einfache I. können mit Salmiakgeist oder Nelkenöl u. bei Schwellungen mit kalten Umschlägen u. Heilerde sowie mit antiallergischen Arzneimitteln behandelt werden; in schweren Fällen, insbes. bei Wespen-, Hornissen- u. Bienenstichen im Gesicht u. bei Säuglingen u. Kleinstkindern, ist ärztl. Hilfe notwendig.

Insektivoren [lat.], *Insectivora* = Insektenfresser.

Insektizide, insektentötende Stoffe, die zur Bekämpfung von Schadinsekten verwendet werden. Sie wirken *mechanisch* durch Zerstörung der Kutikula (z. B. Kieselstaub gegen Kornkäfer) oder *chemisch* als *Atemgifte* (z. B. Blausäure, Schwefeldioxid, Schwefelkohlenstoff, Globol, Derris), als *Fraßgifte* (z. B. Arsen-, Blei-, Quecksilber-Verbindungen) oder als *Kontaktgifte* (Berührungsgifte, z. B. DDT, E 605).

Insel, ein rings von Wasser umgebenes Landstück (außer den Kontinenten); man unterscheidet: *Fluß-* u. *See-I.n, Kontinental-* oder *Schelf-I.n* (meist vom Festland nachträglich getrennt) u. echte *ozeanische I.n* oder *Tiefsee-I.n*, die nie mit dem Festland verbunden waren u. meist in großer Entfernung aus dem Meer ragen (Vulkan- oder Korallen-I.n). Die I.welt der Erde umfaßt rd. 10,5 Mill. qkm; die größten sind: *Grönland* (2 175 600 qkm), *Neuguinea* (772 000 qkm), *Borneo* (736 000 qkm), *Madagaskar* (587 000 qkm) u. *Baffinland* (rd. 470 000 qkm).

Inselberge, *Geomorphologie:* in den wechseltrockenen Tropen u. Subtropen aus Ebenen inselartig steil aufragende Berge oder Berggruppen, durch Insolationsverwitterung entstanden. Der während der Trockenperiode anfallende Schutt (*Pediment*) wird regelmäßig im feuchtheißen Sommer abgespült; die Steilheit bleibt so erhalten. →auch Fernlinge.

Inselberge: Mount Olga, Nordterritorium (Australien)

Insel der Seligen, altgriech. Vorstellung vom Wohnort der von den Göttern bes. geliebten u. dorthin entrückten Menschen; →Elysium.

Inselfauna und Inselflora, die Tier- u. Pflanzenwelt von Inseln. Sie dient oft als Hinweis auf die geolog. Geschichte der Insel: Bei Übereinstimmung von I. u. I. mit der des benachbarten Festlands ist ein ursprüngl. Zusammenhang wahrscheinlich; aus der Abweichung der I. u. I. von der des Festlands kann auf das Alter der Abtrennung geschlossen werden. Inselfaunen enthalten als Folge ihrer Isolierung oft bes. gefährdete u. alte Tierformen (z. B. Bodenvögel, Brückenechse auf Neuseeland; Kommodo-Waran; Tierwelt Australiens u. Madagaskars).

Inselformen, verschiedenste Tiergruppen, die über Inselgebiete mit gleichartigen Lebensbedingungen verteilt sind u. eine reiche Zersplitterung in geograph. Rassen zeigen; auch →Allopatrie, Genverlust.

Inseln über dem Winde, 1. nördl. Inselgruppe der westind. →Kleinen Antillen, bestehend aus der nördl. Gruppe der →Leeward Islands von den Jungferninseln bis Marie-Galante (Guadeloupe) u. der südl. Gruppe der →Windward Islands von Dominica bis Grenada sowie aus Barbados, Trinidad u. Tobago, insges. 11 995 qkm, rd. 2,7 Mill. Ew. 2. östl. Inselgruppe der →Gesellschaftsinseln in der Südsee.

Inseln unter dem Winde, 1. südl. Inselgruppe der

	qkm	Ew.
Jungferninseln (USA, Großbritannien)	498	77 000
Anteil der Niederl. Antillen	68	7 500
Westind. Assoziierte Staaten	2 645	430 000
Französ. Antillen (Guadeloupe, Martinique)	2 882	710 000
Barbados	430	250 000
Grenada	344	110 000
Trinidad und Tobago	5 128	1 080 000
Inseln über dem Winde	11 995	2 664 500

westind. →Kleinen Antillen vor der venezolan. Küste, von Aruba bis zu den Islas Los Testigos, 2 370 qkm, rd. 300 000 Ew., teils niederländ. Besitz (*Niederländ. Antillen unter dem Winde*, 921 qkm, 208 900 Ew.), teils venezolanisch (*Venezolan. Antillen*, 1447 qkm, 120 000 Ew.); Trockenheit durch absteigende Passatwinde. 2. westl. Inselgruppe der →Gesellschaftsinseln in der Südsee.

Inselorgan, *Inselapparat, Langerhanssche Inseln*, die Gesamtheit der im Drüsengewebe der *Bauchspeicheldrüse* eingelagerten innersekretorischen Zell„inseln" (*Pankreas-Inseln*). Diese verstreuten Zellhäufchen haben mit dem Ausscheiden der übrigen Drüsengewebe der Bauchspeicheldrüsen nichts zu tun; sie geben ihr Produkt, das *Inselhormon*, unmittelbar ins Blut ab, sind also auch eine Drüse mit →innerer Sekretion. Man unterscheidet in ihnen die A-Zellen (Alphazellen), die *Glukagon* bilden, u. die B-Zellen (Betazellen), die *Insulin* bilden. Erkrankt das I. so kommt es zu entsprechenden hormonal bedingten Krankheiten, von denen die →Zuckerkrankheit die wichtigste ist. – Das I. wurde 1869 von P. *Langerhans* entdeckt.

Inselsberg, Großer I., einer der höchsten Gipfel des Thüringer Walds, südwestl. von Gotha, 916 m. – ⌸→Deutschland (Natürliche Grundlagen).

Insel-Verlag Anton Kippenberg KG, aus der 1899 gegr. Zeitschrift „Die Insel" hervorgegangen, gegr. 1901 in Leipzig, seit 1945 auch in Wiesbaden, seit 1960 in Frankfurt a. M.; 1905–1950 unter der Leitung Anton *Kippenbergs*; pflegt moderne u. klass. Werke der Weltliteratur in Dünndruckausgaben u. in der 1911 begonnenen „Bibliothek der Romane". Die 1912 gegr. *Insel-Bücherei* wurde ein vorbildl. Buchtyp. 1965 wurde die Buchreihe „sammlung insel" gegründet.

Inserat [das; lat.] →Anzeige.

Insertion [lat.], 1. *Biologie* u. *Medizin:* die Art, wie, u. die Stelle, wo ein Organ, z. B. ein Blatt oder ein Muskel, ansetzt (*inseriert*). 2. *Publizistik:* das Aufgeben eines Inserats (Anzeige).

Insignien [-gnien; lat.], Herrschaftszeichen, Zeichen der Amtswürde, z. B. die *Reichs-I.* der röm.-dt. Kaiser. →auch Reichskleinodien.

Inskription [lat.], die Eintragung in das Studentenverzeichnis einer Hochschule. – Ztw.: *inskribieren*.

Insolation [lat. *sol*, „Sonne"], die Einstrahlung der Sonne auf die Erde. Sie erreicht nur noch einen Teil, selten 3/4 der an der Grenze der Atmosphäre eintreffenden Strahlung aus (→Solarkonstante); je nach der Sonnenhöhe über dem Horizont u. der Reinheit der Luft wird der übrige Teil der Strahlung reflektiert oder absorbiert. Das Intensitätsmaximum liegt im Gelbroten. Zur I. treten die Eigenstrahlung der Atmosphäre u. ihre Streustrahlung.

Insolvenz [lat.] →Zahlungsunfähigkeit; →auch Konkurs.

in spe [lat., „in Hoffnung"], künftig, kommend, in Erwartung.

Inspekteur [-'tø:r; frz.], 1. *allg.:* Leiter einer Inspektion, Prüfer.

Inspektor

2. *Bundeswehr:* bei der Bundeswehr die Dienststellung des ranghöchsten Offiziers (Generalleutnant) einer *Teilstreitkraft* oder der Inspektion des Sanitäts- u. Gesundheitswesens; für deren Einsatzbereitschaft ist der I. als ihr Disziplinarvorgesetzter u. Inhaber der höchsten truppendienstl. Befugnisse dem Verteidigungs-Min. direkt verantwortl. u. unterstellt; hinsichtl. der militär. Verteidigungskonzeption erhält er seine Weisungen vom *General-I.*

Inspektor, Aufseher, Aufsichtsperson; in der öffentl. Verwaltung der BRD Beamter im (gehobenen) mittleren Dienst.

Inspiration [lat.], *Religion:* Eingebung, d. h. die unmittelbare, rein passive Kenntnisnahme göttl. Mitteilungen (Offenbarungen). Im Christentum gelten die Jünger Jesu als vom Heiligen Geist inspiriert (Pfingstfest), i. w. S. auch die Propheten u. Evangelisten. Der Protestantismus bildete die I.slehre in biblischer Form aus (*Verbal-I.* der Heiligen Schrift), der Katholizismus in Form des Infallibilitätsdogmas; die Sekten nehmen eine unmittelbare persönl. I. der Gläubigen an. Ohne krit. Besinnung wird I. zur Schwärmerei. Psychologisch ist I. eine plötzliche Eingebung, ein Ergriffensein von überzeugenden Bewußtseinsinhalten. – Übertragen spricht man auch von einer *künstler. I.*

Inspizient [lat.], **1.** *Militär:* ein für den gesamten Bereich seiner Teilstreitkraft zuständiger hoher Offizier, der die richtige Ausrüstung u. Ausbildung einer Waffengattung überwacht; z. B. I. des Erziehungs- u. Bildungswesens im Heer, I. der Pioniere, I. der Transportfliegerverbände; auch Leiter der entspr. „Inspektionen" im Truppenamt des Heeres oder im Allgemeinen Luftwaffenamt.

2. *Theater:* ein Bühnen- oder Filmangestellter, der für den ordnungsgemäßen Ablauf der Vorstellung (bzw. Aufnahme) zu sorgen hat, z. B. für das rechtzeitige Auftreten der Darsteller.

Inst., Abk. für *Instanz.*

Installateur [-'tø:r; mlat., frz.] →*Klempner (Gas- u. Wasser-I.),* →*Elektriker (Elektro-I.).*

Installation [nlat.], **1.** *Kirchenrecht:* Einweisung in ein (geistl.) Amt.

2. *Technik:* Planung u. Einbau von Gas-, Wasser-, Heizungs-, Lüftungs- u. elektr. Leitungen in Gebäuden. Die installierten Teile sollen genormt sein; verschiedene Verbände (z.B. Verein Dt. Elektrotechniker [VDE]) haben für die I. Richtlinien erlassen. Um die I. zu verbilligen u. zu erleichtern, werden u. a. bei Neubauten bereits alle Leitungsanschlüsse an einer *I.swand* oder in einem *I.sschacht* untergebracht. Für umfangreiche I.en in techn. Räumen verwendet man auch *I.szwischenböden* und *-decken.* – ▢ 10.4.4.

Instanz [lat.], die einzelne Stufe einer in Über- u. Unterordnung gegliederten Behördenorganisation gleicher sachlicher Zuständigkeit, in deren *I.enweg* ggf. mehrere dieser I.en von unten nach oben zu durchlaufen sind (z. B. Gemeinde, Kreis, Bezirk, Land [Bund]; Amtsgericht, Landgericht, Oberlandesgericht, Bundesgerichtshof).

Instanzenweg, 1. der Weg, den ein Rechtsstreit von der ersten Instanz durch Rechtsmittel (Berufung, Revision) in zwei oder drei Stufen zu übergeordneten Gerichten nehmen kann, in Zivilsachen

Komplex-(Facetten-)Augen der Rinderbremse, Tabanus bovinus

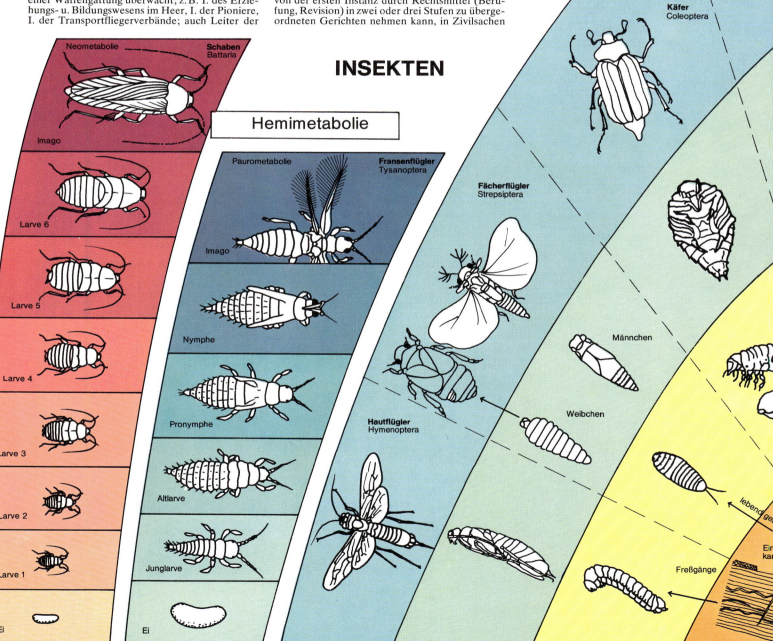

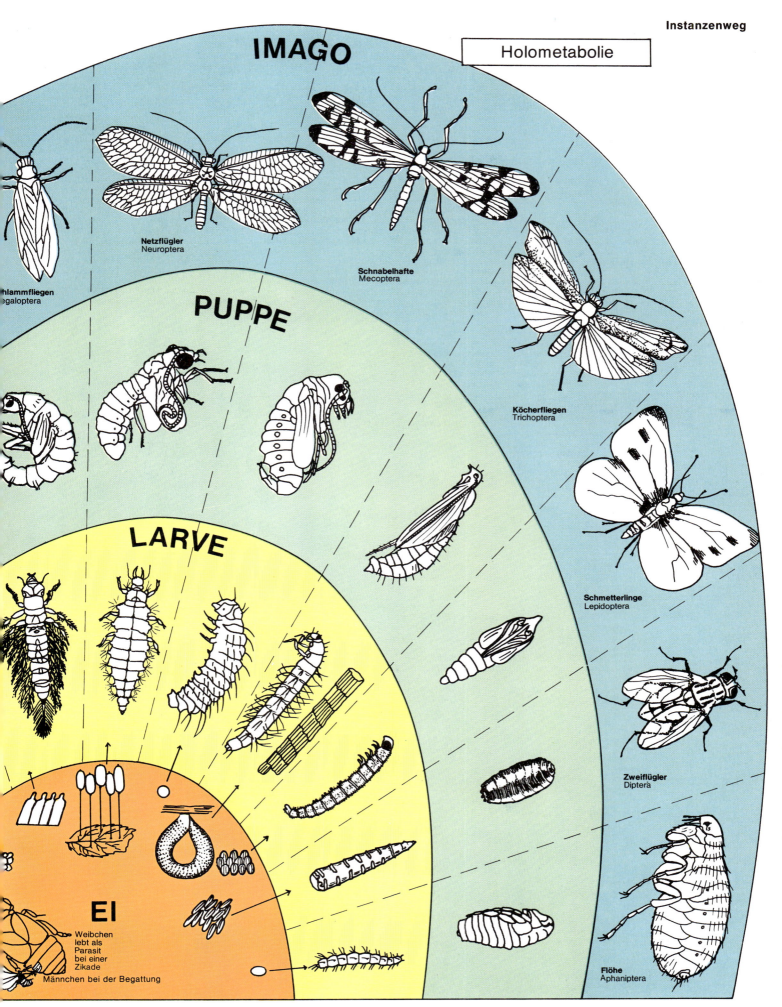

in statu nascendi

etwa: Landgericht, Oberlandesgericht, Bundesgerichtshof; in Verwaltungssachen: Verwaltungsgericht, Oberverwaltungsgericht, Bundesverwaltungsgericht.
2. die Verfolgung eines Antrags oder einer Beschwerde von unteren zu den übergeordneten Behörden.

in statu nascendi [lat.], „im Zustand des Entstehens". – Bei bestimmten chem. Reaktionen gebildete Gase treten im Augenblick des Entstehens *(naszierend)* nicht im meist üblichen molekularen, sondern im atomaren Zustand auf, in dem sie jedoch nur sehr kurze Zeit verbleiben. Sie haben in diesem Zustand eine erhöhte Reaktionsfähigkeit.

Inster [die], russ. *Instrutsch,* ostpreuß. Fluß, 75 km; bildet bei Insterburg mit der *Angerapp* den *Pregel.*

Insterburg, russ. *Tschernjachowsk,* Stadt in der ehem. Prov. Ostpreußen (1945 sowjet. besetzt, seit 1946 Gebiet Kaliningrad der RSFSR), an der Angerapp, 30 000 Ew.; Pferdezucht, vielseitige Industrie. – 1337 Burg des Dt. Ordens, 1541 Marktrecht, 1583 Stadt.

Instinkt [der; lat.], ein definierbares Wirkungsgefüge oder Funktionssystem des Verhaltens; ein hierarchisch organisierter, nervöser Mechanismus (→Instinkthierarchie), der auf bestimmte auslösende u. richtende Impulse – innere wie äußere – anspricht u. sie mit lebens- u. arterhaltenden Bewegungen, den →Erbkoordinationen, beantwortet. Zu den inneren Impulsen gehören, bes. bei periodisch wirksamen I.en, die *Hormone.* Äußere Impulse sind spezif. Reizsituationen *(Schlüsselreize);* sie wirken auf einen angeborenen Auslösemechanismus, der die situationsgerechten I.handlungen freigibt. In diesen zeigt sich keine intelligenzgesteuerte Zielstrebigkeit des Tieres, u. es erreicht sein Ziel auch nur unter dem natürlichen Lebensraum entsprechenden Bedingungen. – Der menschl. I. wird stark von verstandesmäßigem Handeln u. von Erfahrungen (→Lernen) überdeckt. →auch Verhaltensforschung.

Instinktbewegung, *Instinkthandlung* →Erbkoordination.

Instinkthierarchie. Das Gesamtverhalten eines Tieres läßt sich in zusammenhängende Gruppen gliedern, die wiederum in immer einfachere Verhaltensgruppen zerfallen. Von der unteren Ebene der einfachsten Verhaltensweise, der Endhandlung (→Appetenzverhalten), aus gesehen, erscheint das Gesamtverhalten wie ein hierarchisch gegliederter Stufenbau. Instinkte der gleichen Stufe können einander hemmen oder fördern. Durch Aktivierung der hohen Instinktstufe werden auch die darunterliegenden aktiviert. So aktivieren z. B. Temperatur- u. Umgebungsverhältnisse den Fortpflanzungsinstinkt beim Stichling. Dieser wiederum regt die darunterliegende, unter sich gleichwertige Instinktstufe des Kampf-, Nestbau-, Verpaarungs- u. Brutpflegeverhaltens an. Jeder dieser zur Untergruppe gehörenden Instinkte aktiviert wiederum die darunterliegenden; z. B. durch die Aktivierung des Kampfverhaltens wird die Bereitschaft zum Drohen, Rammen, Beißen u. Verfolgen verursacht. – 9.3.2.

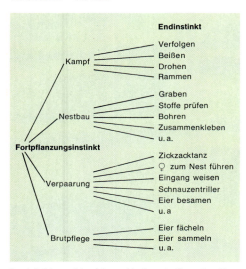

Instinkthierarchie: hierarchischer Aufbau des Fortpflanzungsinstinkts beim Männchen des dreistachligen Stichlings (nach N. Tinbergen)

Institut [das; lat.], 1. *Bildungswesen:* Forschungsanstalt einer Hochschule, Akademie oder wissenschaftl. Gesellschaft; oft auch als selbständige Stiftung oder private Einrichtung.
2. *Recht:* Rechtsinstitut, Rechtseinrichtung, der einzelne Bestandteil der Rechtsordnung, z. B. das I. des Eigentums, des Erbrechts, der Verwaltungsgerichtsbarkeit, der Verfassungsbeschwerde.

Institut Catholique [ɛ̃sti'ty katɔ'lik], seit 1875 Bez. für freie kath. Hochschulen in Frankreich (Paris, Lille, Lyon, Angers, Toulouse), anfangs nur mit theolog., heute auch mit allen anderen Fakultäten. Staatsdiplome können nur durch Prüfungen vor staatl. Fakultäten erworben werden.

Institut de France [ɛ̃sti'ty də 'frɑ̃s], Sitz: Paris, Zusammenschluß von fünf französ. wissenschaftl. u. künstler. Akademien; 1795 gegr., um wissenschaftl. Entdeckungen zu sammeln u. Wissenschaften u. Künste zu vervollkommnen.

Institut Français d'Afrique Noire [ɛ̃sti'ty frɑ̃'sɛ da'frik nwa:r] →IFAN.

Institut für Angewandte Geodäsie, Abk. *IfAG,* zugleich Abteilung II des *Dt. Geodät. Forschungsinstituts,* München, dem Bundesinnenministerium unmittelbar unterstellt; betreibt Forschungen zur Lösung prakt. Probleme der Geodäsie, der Photogrammetrie u. der Kartographie u. bearbeitet die amtl. topograph. Karten 1:200 000 bis 1:1 Mill.; führt ferner Sonderaufträge der Bundesbehörden aus u. pflegt die Zusammenarbeit mit entsprechenden Dienststellen des Auslands.

Institut für Auslandsbeziehungen, Stuttgart, 1917 als *Dt. Ausland-Institut* gegründet. Das 1951 neugegründete I. f. A. ist eine unabhängige, gemeinnützige Anstalt zur Förderung des geistigen Austauschs u. der Verständigung zwischen den Völkern.

Institut für Bildungsforschung, ein Institut der *Max-Planck-Gesellschaft,* Sitz: Berlin; betreibt pädag. u. bildungsökonom. Grundlagenforschung u. Dokumentation.

Institut für deutsche Sprache, Sitz: Mannheim, gegr. 1964, Präsident H. Moser; Forschungsgebiete: Gliederung des dt. Wortschatzes, maschinelle Sprachbearbeitung, Grundstrukturen der dt. Sprache.

Institut für experimentelle Therapie, Einrichtung zur amtl. Kontrolle u. Überwachung auf Unschädlichkeit u. Wirksamkeit von Heilseren, Impfstoffen, immunbiol. Diagnostika u. Chemotherapeutika sowie für verschiedene immunbiolog. u. experimentell-therapeut. Forschungsaufgaben; hervorgegangen aus dem 1896 in Berlin gegründeten *Institut für Serumforschung u. Serumprüfung* (Leiter: Paul Ehrlich), 1899 in Frankfurt a. M. als *Königl. Institut für experimentelle Therapie* gegründet. Seit 1947 arbeitet es unter dem Namen *Staatl. Anstalt für experimentelle Therapie, Paul-Ehrlich-Institut* in Frankfurt a. M., verbunden mit dem *Chemotherapeutischen Forschungsinstitut, Georg-Speyer-Haus* (gegr. 1906), u. dem *Ferdinand-Blum-Institut für experimentelle Biologie* (gegr. 1911). – Außer wissenschaftl. Veröffentlichungen in den Fachzeitschriften erscheinen die eigenen „Arbeiten aus dem Paul-Ehrlich-Institut, dem Georg-Speyer-Haus u. dem Ferdinand-Blum-Institut zu Frankfurt a. M.".

Institut für Film und Bild in Wissenschaft und Unterricht, München, produziert nichtgewerbl. Filme, Bildreihen. Tonbänder für Volkshochschulen, Schulen u. Jugendgruppen u. führt Lehrgänge zur Filmerziehung durch.

Institut für Infektionskrankheiten →Robert-Koch-Institut.

Institut für Leibesübungen, an allen Universitäten u. Techn. Hochschulen der BRD zur Ausbildung von Sportlehrern u. zur Organisation des Studentensports eingerichtete Ausbildungsstätte. Der Göttinger Studententag 1920 hatte die Einrichtung der I. e. f. L. gefordert. 1921 wurde das *Dt. Hochschulamt für Leibesübungen* gegründet, 1925 das erste Institut in Leipzig. Organisation: Arbeitsgemeinschaft der Direktoren der I. e. f. L., gegr. in Marburg 1924, für die BRD wiedergegr. 1948 in Bonn.

Institut für Österreichische Geschichtsforschung, Abk. *IfÖG,* in Wien 1854 nach dem Vorbild der *École des Chartes* gegr., unter Th. von *Sickel* internationale Bedeutung als Forschungsinstitut insbes. für histor. Hilfswissenschaften; zur Ausbildung von Archiv-, Bibliotheks- u. Museumsbeamten. Ihm wurde 1875 die Diplomata-Abteilung der *Monumenta Germaniae Historica* angeschlossen. Seit 1881 erscheinen die „Mitteilungen" (MIÖG, Bd. 39–55 MÖIG), das Zentralorgan des Instituts. – 5.0.4.

Institut für Sozialforschung, der Ausgangspunkt der *Frankfurter Schule* u. ihrer *kritischen Theorie der Gesellschaft;* 1923/24 unter maßgebl. Beteiligung Max *Horkheimers* u. Friedrich *Pollocks* in Frankfurt a. M. gegründet; 1933 Ende der Tätigkeit in Dtschld. u. Errichtung von Zweigstellen in Genf u. Paris, 1934 Wiedereröffnung in New York als *International Institute of Social Research* (Internationales I. f. S.). Das Institut gab 1932–1941 die „Zeitschrift für Sozialforschung" heraus (seit 1932 in Leipzig, seit 1933 in Paris, dann in New York). Seit 1949 ist das I. f. S. wieder in Frankfurt ansässig (jetzt der Universität angeschlossen). Mitarbeiter waren u. a. Th. W. Adorno, W. Benjamin, H. Marcuse u. J. Habermas; Leiter ist seit 1970 Horst *Baier.*

Institut für Wasser-, Boden- und Lufthygiene, Berlin, Forschungsstätte für allg. Hygiene u. Gesundheitstechnik, prakt.-wissenschaftl. Forschungs- u. Untersuchungsstelle in Berlin zur Beratung u. Überwachung der Trink- u. Nutzwasserversorgung u. der Abwasser- u. Abgashygiene; 1901 als *Königl. Preuß. Versuchs- u. Prüfanstalt für Wasserversorgung u. Abwässerbeseitigung* in Berlin gegr., 1943–1952 unter dem Namen *Reichsanstalt für Wasser- u. Luftgüte,* seit 1952 dem *Bundesgesundheitsamt,* angegliedert.

Institut für Weltwirtschaft, wirtschaftswissenschaftl. Forschungs- u. Lehrinstitut an der Universität Kiel; gegr. 1911 von Bernhard *Harms;* führt Analysen der weltwirtschaftl. Beziehungen. Lehrveranstaltungen zur Weltwirtschaftslehre an der Universität Kiel durch; verfügt über eine umfangreiche wirtschaftswissenschaftl. Bibliothek; Veröffentlichungen: „Weltwirtschaftl. Archiv", „Die Weltwirtschaft", „Kieler Studien", „Kieler Vorträge".

Institut für Zeitgeschichte, München, 1950 als *Dt. Institut zur Erforschung der nat.-soz. Zeit* gegr., 1952 umbenannt. Im Mittelpunkt seiner Forschung steht die dt. Geschichte zwischen 1919 u. 1945. Das Institut gibt „Quellen u. Darstellungen zur Zeitgeschichte" sowie die „Vierteljahreshefte für Zeitgeschichte" (1952ff.) mit der „Schriftenreihe der Vierteljahreshefte für Zeitgeschichte" heraus.

Institution [lat.], 1. *allg.:* Einrichtung, Institut.
2. *Kirchenrecht:* Einsetzung in ein kirchl. Amt.
3. *röm. Recht:* →„Institutionen".
4. *Soziologie:* soziale I., ein Komplex sozialer Regelungen, denen im Gesamtsystem der Gesellschaft grundlegende Bedeutung zukommt (z. B. Ehe, Eigentum, Beruf). Im allg. werden durch die I.en bestimmte soziale Funktionen u. bestimmte, durch Rechte u. Pflichten genau bezeichnete, spezifische *Positionen* oder *Rollen* zugewiesen, im Unterschied zu den institutionalisierten Normen wie *Brauch, Sitte* u. *Konvention,* denen eine allg. u. damit unspezifische Geltung zukommt. Der Begriff I. deckt in der soziolog. Fachsprache sowohl standardisierte Sätze von Regelungen als auch regelhafte Muster *sozialer Beziehungen* immer dann, wenn zugleich die Mechanismen, die diesen Regelungskomplexen durch *soziale Sanktionen* Geltung verschaffen, mitgedacht sind.

institutionalisieren [lat.], zu einer *Institution* (4) machen, in eine gesellschaftl. anerkannte Form bringen.

Institutionalismus, eine bes. in den USA zu Anfang des 20. Jh. verbreitete Richtung der Volkswirtschaftslehre, die zur Erklärung der wirtschaftl. Erscheinungen auch die Analyse der sozialen, rechtl. u. wirtschaftl. Verhältnisse, der *Institutionen* (Eigentum, Klassen, Märkte u. a.) u. des menschlichen Verhaltens (Psychologie) für nötig hält; Hauptvertreter: Th. B. Veblen, W. C. Mitchell.

„Institutionen" [lat.], Lehrbuch des röm. Rechts von *Gaius,* das zu einem Teil des →Corpus juris civilis wurde.

Institut National des Sports [ɛ̃sti'ty nasjɔ'nal de 'spɔ:r], Abk. *INS,* 1938 gegr. staatl. Sportschule Frankreichs in Joinville bei Paris. Hauptaufgabe ist die Vorbereitung der französ. Nationalmannschaften zu den großen internationalen Wettkämpfe; Nachfolgerin der *École Normale de Gymnastique Militaire* von Joinville-le-Pont, die 1852 gegr. wurde.

Institut Pasteur [ɛ̃sti'ty pa'stœ:r], das von L. *Pasteur* 1888 in Paris gegr. Institut für Mikrobiologie u. Hygiene. Es hatte die erste Abteilung zur Toll-

Intarsien aus Edelhölzern und Elfenbein an einem flandrischen Kabinettschrank; um 1680. Amsterdam, Rijksmuseum

wutbekämpfung. In Dtschld. entspricht dem I.P. etwa das *Robert-Koch-Institut*.

Institutsbibliotheken, Spezialbibliotheken einzelner Institute, z. B. an Hochschulen; meist *Präsenzbüchereien*.

Instmann [Mz. *Instleute*], *Inste*, ein bestimmter Typ landwirtschaftl. Arbeiter, bes. im nördl. Teil Deutschlands, der als Arbeitsentgelt neben Barlohn noch sog. *Deputate* in größerem Umfang erhält (z. B. freie Wohnung, Landflächen zur Eigennutzung, auch freie Kuhhaltung). Bis zum Ende des 1. Weltkriegs mußte zwecks besserer Ausnutzung der Werkwohnungen von den Instleuten eine bestimmte Zahl Arbeitskräfte, die sog. *Hofgänger*, gestellt werden.

Instrument [das; lat.], Werkzeug; Gerät für wissenschaftl. Untersuchungen, Messungen u. ä.; auch zur Erzeugung von Musik (→Musikinstrumente); früher auch „Urkunde".

Instrumentalis [der; lat.], *Grammatik*: Kasus zur Bez. des Mittels, der Begleitung oder des Urhebers einer Handlung beim Passiv; im Dt. im frühen MA. ausgestorben u. nur in wenigen Formen (allerdings nicht ohne weiteres erkennbar) erhalten („heuer, heute" u. ä.).

Instrumentalismus [lat.], die im *Pragmatismus* (J. Dewey u. a.) herrschende Auffassung vom werkzeughaften Charakter der Begriffsbildung in allen Bereichen des Denkens (z. B. Logik, Ethik, Metaphysik, Religion) zur praktischen Beherrschung von Natur u. Menschen.

Instrumentalmusik, die selbständige, nur auf Instrumenten gespielte, nicht die menschl. Stimme benutzende Musik (Gegensatz: *Vokalmusik*). Während im Altertum das Instrument lediglich den Sänger ersetzte u. bis ins 16. Jh. selbst noch die Spielkanzone *(canzona da sonar)* eine Übertragung des Chansons auf das Instrument war, gewann die I. ihre Eigenständigkeit mit der Orchestersonate Giovanni *Gabrielis*; damit wurde eine Trennung der Vokalmusik von der I. heraufgeführt. Danach entwickelten sich die instrumentale (nicht mehr begleitende) Lautenmusik, Kirchen- u. Kammersonate, Orchester- u. Solosuite, Concerto grosso, Triosonate, Konzert für Soloinstrumente u. Ouvertüre, endlich die verschiedenen Formen der Kammermusik, Sonate u. Sinfonie. – ▢2.7.2.

Instrumentation [lat.], die Kunst, eine musikal. Komposition auf die Stimmen verschiedener Instrumente so zu verteilen, daß der Zusammenklang die vorgestellte Wirkung hat. Sie setzt die genaue Kenntnis der einzelnen Instrumente voraus, d. h. ihres Klangumfangs, der techn. Möglichkeiten u. Grenzen, der Klangeigenheiten u. Notierungsweise, bes. der Möglichkeiten ihrer Verbindung untereinander u. der daraus sich ergebenden Klangfarben u. Klangeffekte, schließl. eine starke innere musikal. Vorstellung u. Phantasie. Das Ergebnis der I., die Zusammenstellung aller beteiligten Instrumente im Notenbild nach bestimmter überlieferter Anordnung u. Gruppierung, ist die *Partitur*. – ▢2.6.1.

Instrumentenflug, früher auch *Blindflug*, der Flug ohne Bodensicht, bei dem der Flugzeugführer die notwendigen Fluginformationen von geeigneten Bordinstrumenten erhält. Beim Flug nach Instrumentenflugregeln *(IFR-Flug)* muß das Flugzeug eine vorgeschriebene Mindestinstrumentierung u. der Flugzeugführer eine spezielle Erlaubnis haben. IFR-Flüge im kontrollierten Luftraum werden von der Flugsicherung überwacht. Aus Sicherheitsgründen wird der kommerzielle Luftverkehr unabhängig von den Sichtverhältnissen nach I.regeln durchgeführt.

Instrumentenlandesystem →ILS-Verfahren.

Insuffizienz [lat.], Unzulänglichkeit, Schwäche; insbes. die ungenügende Leistung eines Organs durch Ermüden, durch Verbrauch der Energiereserven, durch Vitaminmangel, bei anatomischer Veränderung oder durch Vergiftung.

Insula [rumän.], Bestandteil geograph. Namen: Insel.

Insulin [das; lat.], das in den B-Zellen des →Inselorgans gebildete Hormon; ein eiweißhaltiges Hormon (Proteohormon; Molekulargewicht: 12 000), das im Verdauungskanal zerstört würde u. daher nur unter dessen Umgehung (parenteral), d. h. durch Einspritzung, angewendet werden kann. Das I. findet sich in einer Menge von 2-3 I.einheiten pro g Bauchspeicheldrüse; im Blut beträgt die Menge (nach Kohlenhydrataufnahme) etwa 0,003 I.einheiten pro cm³ (1 I.einheit = ²/₃ der kleinsten I.menge, die den Blutzucker eines 24 Stunden nüchternen, 2 kg schweren Kaninchens in 3 Stunden auf 45 mg-% senkt). Die I.wirkung besteht in der Förderung des Zuckerstoffwechsels: Anregung des Zuckerabbaus (Glykolyse) in der Muskulatur u. der Zuckerspeicherung als Glykogen (Stärke) in der Leber; Folge dieser Wirkung ist die gute Ausnutzbarkeit des Zuckers u. die Einhaltung des normalen Blutzuckerspiegels (etwa 100–120 mg-%). I.mangel führt zur →Zuckerkrankheit (I.mangeldiabetes), I.überschuß (bei Geschwulst des Inselorgans oder bei Verabreichung zu hoher I.dosen) zur →Hypoglykämie. – Entdeckt wurde das I. 1921 durch F. *Banting*, Ch. *Best* u. J. J. R. *Macleod*. – Die I.behandlung der Zuckerkrankheit besteht in der künstlichen Zufuhr des dem Organismus fehlenden I.s; sie kann entweder mit schnellwirkendem I. (Alt-I.) oder mit langwirkendem I. (Depot-I.) durchgeführt werden.

Insulinde = Malaiischer Archipel.

Insult [der; lat.], **1.** *allg.*: Beschimpfung, Beleidigung.
2. *Medizin*: Anfall, Verletzung, Schädigung; z. B. *apoplektischer I.* = Schlaganfall, *psychischer I.* = seelische Schädigung.

in summa [lat.], im Ganzen.

Insurrektion [lat.], **1.** *allg.*: Aufstand, Volkserhebung.
2. *Ungarn*: bis 1848 das aus Mitgliedern des Adels zusammengesetzte Aufgebot zur Verteidigung der Grenzen u. zum Schutz des Königs.

in suspenso [lat.], in der Schwebe, unentschieden.

Inszenierung [grch., lat.], das In-Szene-Setzen, d. h. das Umsetzen des geschriebenen (Textbuch, Drehbuch) in das zu spielende Bühnenwerk; nach den Anweisungen des *Regisseurs*, der für Textgestaltung, Rollenauffassung, Bühnenbild, Kostüme u. Zusammenspiel verantwortlich ist.

Intabulation [lat.], im österr. Grundbuchrecht eine Eintragung, durch die dingl. Rechte erworben, übertragen oder beschränkt werden; im Unterschied zur *Extabulation*, durch die ein dingl. Recht aufgehoben (gelöscht) wird (§ 431 ABGB).

Intaglio [in'taljo; das, Mz. *Intaglien*; ital.], Gemme mit eingraviertem Bild; Gegensatz: *Kamee*.

Intarsia [die, meist Mz. *Intarsien*, arab., ital.], Einlegearbeiten, bei denen andersfarbiges Holz oder andersgeartetes Material (Schildpatt, Perlmutter, Metall, Alabaster, Glas) in aus dem massiven Holz herausgearbeitete Vertiefungen eingelegt wird. Eine andere Technik ist das Auflegen eines aus verschiedenfarbigem oder verschiedenartigem Material zusammengesetzten Zierfurniers auf den Holzkern, das Blindholz; das Zierfurnier wird dabei durch gleichzeitiges Aussägen der Muster aus übereinandergelegten Platten verschiedenen Materials u. durch wechselseitiges Versetzen hergestellt. Als Vorlagen dienen Landschaften, Figuren, Ornamentwerk u. vegetabilische Muster. I. kannte schon das Altertum, die islam. Kunst bediente sich ihrer mit Vorliebe; zu großer künstler. Vollendung gelangte sie in der Frührenaissance in Italien, hier anfängl. bes. in Kirchen (Chorgestühl, Türen, Sakristeischränke), dann auch in den Palazzi, bei Möbeln u. Wandvertäfelungen. In der Zeit Ludwigs XIV. erlebte die I. nochmals eine hohe Blüte; der französ. Möbelkünstler A. *Boulle* verfertigte Metall-Elfenbein-Intarsien, nach ihm *Boulle-Arbeiten* genannt.
Im 18. Jh. wurde die I. von der *Intarsienmalerei* abgelöst, wobei mit Wasserfarbe aufgetragene Ornamente durch einen Leim- oder Polituraufdrag befestigt wurden. Eine dt. Sonderform der I. ist die *Relief-I.*, eine Mischtechnik aus Schnitzerei u. Einlegearbeit.

Integral [das; lat.], *Integralfunktion, Stammfunktion, Ursprungsfunktion,* eine mathemat. Funktion, die sich mit Hilfe der →Integralrechnung durch *Integration* aus einer gegebenen Funktion errechnet. Dabei erhält man die allg. Lösung als *unbestimmtes I.* u. die den speziellen (bestimmten) Verhältnissen einer Aufgabe angepaßte Lösung als *bestimmtes I.*

Das *unbestimmte I.* $F(x)$ (gesprochen: groß F von x) ist eine Funktion, deren 1. *Ableitung* $F'(x)$ gleich dem *Integranden* $f(x)$ des I.s ist, also: $F'(x) = f(x)$. Jede Stammfunktion $F(x) = \int f(x)dx + C$ (C = Integrationskonstante) gehört zur Gesamtheit aller unbestimmten I.e von $f(x)$; z. B. ist ein unbestimmtes I. von x^2 die Funktion $\frac{1}{3} x^3 + C$, da deren Ableitung wiederum x^2 ist; als Formel geschrieben: $F(x) = \int x^2 dx = \frac{1}{3} x^3 + C$.

Das *bestimmte I.* einer Funktion $f(x)$ errechnet sich aus dem unbestimmten I. unter Einführen der unteren Grenze a u. der oberen Grenze b zu

$$\int_a^b f(x)dx = F(b) - F(a),$$

wobei $F(a)$ u. $F(b)$ die Werte $F(x)$ für $x = a$ u. $x = b$ bedeuten; z. B.

$$\int_3^6 x^2 dx = \left[\frac{1}{3}x^3\right]_3^6 = \frac{216}{3} - \frac{27}{3} = 63.$$

Nach B. *Riemann* ist $\int_a^b f(x)dx$ anschaul. darstellbar als der gemeinsame (gleiche) Grenzwert F von 2 Staffelflächen, die durch Streifenzerlegung jener Fläche entstehen, die von der Funktionskurve, der x-Achse u. den Grenzordinaten bei $x = a$ und $x = b$ eingeschlossen wird. Die Summierung (Σ, griech. Buchstabe Sigma) aller Streifen der Staffelfläche unterhalb bzw. oberhalb der Kurve ergibt:

$$F_1 = \sum_{\lambda=0}^{\lambda=n-1} y_\lambda \Delta x \text{ bzw. } F_2 = \sum_{\lambda=1}^{\lambda=n} y_\lambda \Delta x.$$

Wird die Streifenbreite Δx immer schmaler, so gehen die Werte F_1 u. F_2 in den Grenzwert F über:

$$F = \lim_{\Delta x \to 0} \sum y_\lambda \Delta x = \int y \cdot dx.$$

Es gibt auch Mehrfach-I.e, z. B. bei der Integration eines Volumens: $\iiint dx\, dy\, dz$. – Das I.zeichen $\int$ bedeutet S(umme) u. ist von G. W. *Leibniz* eingeführt worden.

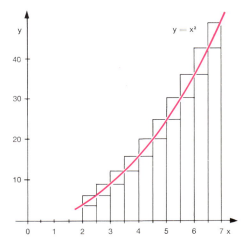

Integral: Fläche als gemeinsamer Grenzwert von zwei Staffelflächen

Integralbauweise, die Herstellung eines Bauteils aus einem einzigen Stück; bevorzugt im Luftfahrzeugbau. Im Gegensatz zur I. entsteht bei der *Differentialbauweise* das Bauteil durch Zusammenfügen einzelner Bauelemente.

Integralismus [lat.], in der innerkath. Diskussion Bez. für einen religiösen Totalitarismus, der alle Fragen des privaten u. öffentl. Lebens vom Glauben her beantworten u. alle „weltliche" Betätigung der Gläubigen direkt der kirchl. Leitung unterstellen will; vor dem 1. Weltkrieg Selbstbez. einer Richtung, die bereits durch Papst *Benedikt XV.* 1914 u. 1915 ausdrücklich abgelehnt wurde; heute hauptsächl. als polemisch-abwertende Bezeichnung.

Integralrechnung, die Umkehrung der →Differentialrechnung: das Verfahren *(Integrationsverfahren),* aus der *Ableitung* einer Funktion die Funktion selbst zu ermitteln (→Integral). Dies geschieht hauptsächl. dadurch, daß die bei der Differentialrechnung gewonnenen Formeln benutzt werden, um die Ursprungsfunktionen zu erhalten, genauso wie z.B. bei der Division die Kenntnis der Multiplikation herangezogen wird. Es ist aber auch möglich (z.B. durch Reihenentwicklung), erst aus einer gegebenen Funktion ein bisher unbekanntes Integral zu ermitteln. Ferner kann sehr häufig das Integral eines mathemat. Ausdrucks auf zeichner. Wege *(graphische Integration)* gewonnen werden. Neuerdings finden immer mehr mechan. Geräte *(Planimeter, Integraphen, Integratoren)* sowie große elektron. Rechenmaschinen zur Ermittlung von Integralen Anwendung. Die I. ist ein unentbehrl. Hilfsmittel zur Berechnung von Bogenlängen, Flächen- u. Rauminhalten u. zur Integration von →Differentialgleichungen, vor allem in der Physik u. Technik. – 📖7.3.1.

Integraph [der; lat. + grch.], ein mathemat. Gerät, das bei gegebenem *Integranden* (→Integral) eine bestimmte *Integralfunktion* in Gestalt ihres *Graphen* aufzeichnet.

Integration [lat.], **1.** *allg.:* Herstellung oder Wiederherstellung eines Ganzen, Vereinigung, Verbindung, Einordnung eines Gliedes in ein Ganzes; Gegensatz: *Desintegration.* – Ztw.: *integrieren.*

2. *Politik:* der über Absprachen u. Zusammenarbeit in einzelnen Fällen oder Fragen hinausgehende Abbau nationaler Verfügungsgewalt zugunsten supranationaler Organe u. Regelungen. Die I. kann nur einzelne Bereiche betreffen (militär. I., wirtschaftl. I. [z.B. EWG]); sie wird dann als *funktionale I.* bezeichnet u. als Schritt zur weitergehenden I. verstanden, da sie aufgrund der sachl. Zwänge u. Zusammenhänge die Einbeziehung immer weiterer Bereiche erfordere. Die *Voll-I.* bezieht alle wichtigen Bereiche ein. Die I. kann regional begrenzt oder weltweit sein. Voraussetzungen u. Gradmesser sind: gegenseitige Abhängigkeit der beteiligten Staaten, Gemeinsamkeit ihrer Interessen, Unabhängigkeit der supranationalen Organe von den nationalen sowie bindende Wirkung ihrer Beschlüsse. – Unter *europäischer I.* versteht man Zusammenschluß westeurop. Staaten in den →Europäischen Gemeinschaften.

3. *Psychologie:* das geschlossene Zusammenwirken verschiedener psychischer Prozesse. In der *I.spsychologie* (E. R. Jaensch) ist der Grad der I. psychischer Vorgänge ein Index für bestimmte *Typen.*

4. *Soziologie:* die Verschmelzung von Einzelpersonen u. Gruppen zur mehr oder weniger einheitl. *Gesellschaft.* Der Grad der I. (auch *Solidarität)* gilt als Maßstab der Stabilität sozialer Systeme in der Zeit. Das Interesse der Soziologie richtet sich vor allem auf die sozialen Mechanismen der I. Seit E. *Durkheim* ist die Unterscheidung von 1. *normativer I.* durch gemeinsame Werte (z.B. durch →Sozialisation) u. 2. *funktionaler I.* über wechselseitige Abhängigkeit (z.B. durch Arbeitsteilung; selbst bei abweichenden Werthaltungen) üblich. In modernen Gesellschaften überlagern u. durchdringen sich die beiden Klassen zuzurechnenden Elemente u. Vorgänge (Verläufe) der I. vielfältig.

5. *Wirtschaft:* die Vereinigung mehrerer Volkswirtschaften zu einem Wirtschaftsraum mit binnenmarktähnl. Charakter mit dem Ziel, Handelsbeschränkungen aufzuheben u. durch erhöhte Mobilität (Freizügigkeit) der Produktionsfaktoren die Vorteile der internationalen Arbeitsteilung zu nutzen zur Steigerung der produktiven Leistung der Gesamtheit; z.B. die Europ. Wirtschaftsgemeinschaft.

Integrator [der, Mz. *I.en*; lat.], ein mathemat. Gerät, das bestimmte →Integrale mechanisch ermittelt, z.B. der →Planimeter.

Integrieranlage, *Differentialanalysator,* ein komplizierter *Integrator* (elektron., auch mechan. arbeitende Anlage) zur maschinellen Lösung von Differentialgleichungen.

Integrierte Schaltung, engl. *Integrated Circuit,* Kurzzeichen *IC,* →Mikrominiaturisierung.

integrierte Transportsteuerung, *Eisenbahn:* ein Transportverfahren für Personen u. Güter; es besteht aus dem Verkehr mit dem Kunden (Auskunft, Fahrkartenausgabe, Platzbuchung, Frachtbrieferstellung, Aufstellung des Beförderungsplans, Buchung u. Verrechnung) u. dem eigentl. Transport (Zugförderung von Bahnhof zu Bahnhof, Bildung u. Zerlegung der Züge innerhalb der Bahnhöfe, Bewegungen mit Stückgütern oder Großbehältern [z.B. mit Containern von der Aufgabe über das Umladen bis zur Auslieferung]). Ziel der i.n T. ist Rationalisierung, Verbesserung u. Beschleunigung des Transports durch Automation. Großversuche im Raum Hannover u. Musteranlage im Raum Saarbrücken sollen Grenzen der i.n T. zwischen Mensch u. Automatik abstecken.

Intellekt [der; lat.], Verstand; ursprüngl. als schauender Verstand (intellektuelle →Anschauung der Ideen, der übersinnl. Welt) das höchste, der *Vernunft* übergeordnete Erkenntnisvermögen. Später wurde der I. auf die Erkenntnis des Endlichen, Vernunft dagegen auf die des Unendlichen (Absoluten) bezogen.

Intellektualismus [lat.], allg. die Auffassung, die den *Intellekt* auf allen Lebensgebieten zum Führer u. Richter macht. Ein *Intellektualist* ist ein Anhänger des I., in herabsetzendem Sinn ein flacher Verstandesmensch. – In der *Psychologie* ist I. die Theorie, die aus Intellekt u. Bewußtsein alle seelischen Erscheinungen (z.B. Wille, Gefühl) zu erklären sucht; in der *Moral- u. Wertphilosophie* die das Handeln u. Werten von der Erkenntnis abhängig machende Lehre (Sokrates: Tugend ist lehrbar); in der *Erkenntnistheorie* die dem Sensualismus (u. Empirismus) entgegengesetzte Lehre, daß alle Erkenntnis aus dem Intellekt entspringe; in der *Geschichts- u. Kulturphilosophie* die Auffassung, daß aller Fortschritt dem Verstand u. der prakt. Intelligenz zu verdanken sei; entsprechend auch auf anderen Gebieten: Erziehung, Religion u.a.

Intellektuelle, *i.w.S.* die (akademisch) Gebildeten u. in den geistigen Berufen Tätigen *(Intelligenzschicht), i.e.S.* eine bestimmte Gruppe innerhalb dieser Schicht. Als I. in diesem Sinn bezeichnet man seit Ende des 19. Jh. Personen meist ohne öffentl. Amt, die eine durch Schulung erworbene Fähigkeit u. Gewohnheit besitzen, sich mit allg. u. grundlegenden Fragen, bes. auf gesellschaftl.-polit. Gebiet, sachverständig zu beschäftigen. Die I.n sind sich ihrer Rolle als Beobachter von Einrichtungen, Ordnungen u. Entwicklungen bewußt u. betrachten es als ihre Aufgabe, nötigenfalls neue Einrichtungen u. Regeln gedanklich zu entwerfen u. für die Abänderung oder Abschaffung der althergebrachten einzutreten. Ihre Ziele mögen gefühlsmäßig motiviert sein, ihr Mittel ist jedoch der Gebrauch des Verstands. Sie erkennen keine unanzweifelbaren Autoritäten an u. stellen gefundene Lösungen immer wieder in Frage. Deshalb werden sie oft als „zersetzend" angesehen, obwohl wissenschaftl. u. gesellschaftl.-polit. Fortschritt ohne sie undenkbar ist. Wegen des polit. Standorts der Mehrzahl nennt man die ganze Gruppe häufig „Links-I.". →auch Intelligenzija.

Intelligenz [die; lat.], **1.** *allg.:* Klugheit, bes. geistige Fähigkeit; übertragen auch: geistige Führungsschicht.

2. *Psychologie:* eine Begabung, die die Bewältigung neuartiger Situationen ermöglicht. Sie äußert sich in der Erfassung, Anwendung, Deutung u. Herstellung von Beziehungen u. Sinnzusammenhängen (H. Remplein). Es lassen sich Tiefendimension (Erfassung des Wesentlichen), Höhendimension (abstrakt-logisches Denken) u. Breitendimension (Mannigfaltigkeit der berücksichtigten Gegebenheiten) der I. unterscheiden. – Zur Messung der I. dienen die *I.-Tests* (z.B. *Wechsler-Test).*

Intelligenzblätter →Zeitung.

Intelligenzija, *Intelligentsia,* in Rußland im 19. Jh. aus allen sozialen Schichten stammende Intellektuelle als Träger radikaler, liberaler u. revolutionärer Strömungen (Narodniki, Nihilisten, Sozialisten, Anarchisten). – 📖5.5.6.

Intelligenzquotient, Abk. *IQ,* das Maß für die Intelligenzhöhe; ursprüngl.: Intelligenzalter geteilt durch Lebensalter (W. Stern 1912). Heute ist der sog. *Abweichungs-IQ* gebräuchlich, dessen Mittelwert 100 beträgt. Damit wird die Intelligenzhöhe relativ zum Durchschnitt ausgedrückt (z.B.: 30% der Bevölkerung sind intelligenter u. damit 70% weniger intelligent als die getestete Person).

intelligibel [lat.], nur dem Verstand erfaßbar, übersinnlich; z.B. die Ideen *Platons* als Gegenstand geistiger Anschauung.

INTELSAT, Abk. für engl. *International Telecommunication Satellite Consortium,* Internationales Fernmeldesatellitenkonsortium, 1964 in Washington gegründet. Bei INTELSAT sind z.Z. etwa 70 Staaten Mitglied, für die Beteiligungsquoten festgelegt wurden, z.B. für die BRD 2,75%, für Europa zusammen rd. 30% u. für die USA 61,5%. Die US-amerikan. Betriebsgesellschaft → Comsat ist von INTELSAT mit der Errichtung u. dem Betrieb eines erdumspannenden Satellitennetzes beauftragt worden. Mehrere Serien von INTELSAT-Satelliten wurden bereits gebaut; die neuesten, ab 1971 eingesetzten INTELSAT-IV-Satelliten haben ein Gewicht von 556 kg u. eine Kapazität von 6000 Telephongesprächen oder 12 Farbfernsehsendungen.

Intendant [lat.], der Leiter eines Theaters oder eines Rundfunksenders. Der Titel *I.* wurde vor 1919 nur von den Leitern der Hoftheater geführt (im Gegensatz zu den „Direktoren" der Stadt- oder Privattheater).

Intendantur [die; lat.], **1.** *Militär:* bis zum Ende des 2. Weltkriegs die Wirtschaftsverwaltungsbehörde des Heeres.

2. *Theater: Intendanz,* das Amt eines Intendanten.

Intensität [lat.], **1.** *allg.:* Eindringlichkeit, Stärke, Spannung, Anspannung, Grad einer Kraft.

2. *Physik:* die Stärke einer Strahlung; entweder die Energiemenge oder die Teilchenzahl, die pro Zeiteinheit durch eine Fläche hindurchtritt.

intensive Verben, abgeleitete Verben, die ein Geschehen gegenüber dem Grundverb als bes. intensiv kennzeichnen; z.B. *schluchzen* als Intensivbildung zu *schlucken; schnitzen* zu *schneiden.*

intensive Wirtschaft, landwirtschaftl. Betriebsweise mit starkem Arbeits- oder (und) Kapitaleinsatz *(arbeitsintensiv, kapitalintensiv)*; Gegensatz: *extensive Wirtschaft.*

Intensivmedizin [lat.], Lehre von den schweren, akut lebensbedrohenden Erkrankungen u. ihrer Behandlung (*Intensivbehandlung,* Maximaltherapie). Die I. wurde durch medizintechnische Fortschritte in der Neuzeit erheblich ausgebaut u. erreicht heute mit Hilfe modernster technischer Ausrüstung (u. entspr. finanziellem u. personellem Aufwand) Erfolge bei Krankheitsfällen, die früher meist als aussichtslos galten, bes. bei akuten lebensgefährlichen Vergiftungen, akutem Herzinfarkt, bei schwersten Verletzungen, Verbrennungen u.a. Aufgabe der Intensivtherapie ist die *Normalisierung vitaler Funktionen,* d.h. die Aufrechterhaltung des Blutkreislaufs u. der Atmung sowie die Gewährleistung eines ausgeglichenen Säure-Basen-, Elektrolyt- u. Wasserhaushalts (einschl. ausreichender Nierenfunktion). Die hierzu erforderlichen diagnostischen u. therapeutischen Maßnahmen werden auf sog. *Intensivstationen* durchgeführt, auf denen auch eine entspr. pflegerische Betreuung *(Intensivpflege)* möglich ist. Im einzelnen gehören zur I. automatische apparative Überwachung aller Körperfunktionen mit Hilfe sog. biometrischer Monitorsysteme, nach deren fortlaufend registrierten u. abgelesenen Ergebnissen sich die entspr. Behandlungsmaßnahmen richten (Infusionen, Bluttransfusion, künstl. Beatmung, Intubation u. Bronchialabsaugung, künstl. Anregung der Herztätigkeit, künstl. Niere, Arzneimitteltherapie u.a.).

Intensivtierhaltung, früher auch *Dauerstallhaltung,* Tierhaltung größeren Ausmaßes auf engstem Raum bei optimierten u. ständig kontrollierten Umweltbedingungen zur Erzielung einer hohen Leistung (wobei die Marktleistung im Vordergrund steht u. der Eigenverbrauch bedeutungslos wird), um Kapital u. Arbeitskraft optimal zu nutzen. Bes. geeignet hierfür ist Geflügel (Boden- oder →Batteriehaltung), aber auch Schweine, Mastkälber, Mastrinder u. Milchkühe (Laufstall, Boxenlaufstall, Kurz-, Mittellang-, Langstall). Bei einwandfreier Durchführung entspricht I. den heutigen Tierschutzgesetzen.

Intentionalität, die Eigenschaft des Bewußtseins bzw. aller seel. Akte, auf etwas „gerichtet" zu sein (man denkt, erstrebt, will, haßt „etwas"). Der Ge-

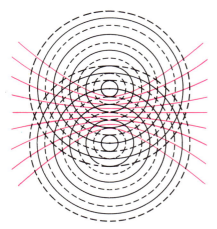

Interferenz zwischen kohärenten Lichtquellen. Die Punkte gleicher Phasen liegen auf Hyperbeln

genstand des Bewußtseins ist das *intentionale Objekt*, womit nicht gesagt ist, daß alle intentionalen Objekte wirklich Gegenstände sind. Der von F. *Brentano* in die Psychologie eingeführte Begriff der I. ist durch E. *Husserl* weitergebildet worden u. von großer Bedeutung für die moderne Ontologie u. Existenzphilosophie.

inter... [lat.], Vorsilbe mit der Bedeutung „zwischen".

Interaktion, engl. *interaction*, ein in den 1950er Jahren in die Soziologie der BRD gelangter Begriff, der zuerst in den USA, vor allem von T. *Parsons*, entwickelt wurde. Er bedeutet jede Form von wechselseitiger Bezugnahme von zwei oder mehreren Personen (auch Gruppen). Der einzelne orientiert sich bei jeder I. am tatsächl. Verhalten, aber auch an den von ihm vermuteten Erwartungen des anderen. Voraussetzung hierfür ist ein Mindestmaß an gemeinsamen Symbolen (z.B. sprachl. Art, aber auch Handzeichen u.ä.) bei beiden Teilen, die die Verständigung ermöglichen. Während der in der dt. Soziologie traditionelle Begriff *soziale Beziehung* mehr von einem bereits bestehenden Kontakt ausgeht, betont I. stärker die Aufnahme der Beziehung.

Interamerikanische Entwicklungsbank, engl. *Inter-American Development Bank*, Abk. *IADB*, Sitz: Washington (USA), 1960 von 19 lateinamerikan. Staaten u. den USA gegr. Bank. 1976 wurden die BRD u.a. Industriestaaten Mitglieder. Aufgabe: Förderung der wirtschaftl. Entwicklung der lateinamerikan. Staaten durch Erschließung außeramerikan. Finanzquellen.

Interceptor [intəˈsɛptə; der; engl.] →Abfangjäger.

Inter-City-Zug [ˈintɛrˈsiti-], ein bes. schneller Eisenbahnzug mit verbessertem Komfort, der die wichtigsten Städte eines Landes meist in regelmäßigen Zeitabständen verbindet.

Interdentalis [der, Mz. *Interdentales*; lat.], Zwischenzahnlaut, mit der zwischen Ober- u. Unterzähnen befindlichen Zungenspitze gebildeter Laut (engl. [θ, ð]), im Dt. das gelispelte s.

Interdependenz [lat.], **1.** *allg.*: wechselseitige Abhängigkeit.
2. *Wirtschaft*: die wechselseitige Abhängigkeit aller ökonomischen Größen. Allein die I. der Märkte gewährleistet die Steuerung der Marktwirtschaft durch den Preismechanismus: Wo immer eine Änderung im Datenkranz (z.B. ein Wandel in der Bedarfsstruktur) eintritt, vollzieht sich ein Ausgleichsprozeß durch Bewegungen in den Preisen der Einzelmärkte u. in den Preisrelationen zwischen ihnen.

Interdikt [das; lat., „Untersagung"], in der kath. Kirche das Verbot, Gottesdienst abzuhalten u. die Sakramente zu spenden. Wird als Maßnahme der Kirchenzucht über Personen, Orte u. ganze Länder verhängt (so zuletzt 1730 gegen Sizilien).

Interesse [lat.], **1.** *allg.*: Anteilnahme, Wissensdrang; Vorteil.
2. *Rechtsphilosophie*: die Lebensbedürfnisse (die materiellen wie ideellen Begehrungen) als die maßgebl. Rechts- u. Gesetzinhalte, die in der *Interessenjurisprudenz* die Auslegung von Rechtsnormen leiten; →auch Allgemeine Rechtslehre.
3. *Schadensersatzrecht*: der wirtschaftl. Wert eines verletzten Rechtsguts oder eines entgangenen Geschäfts.

Interessengemeinschaft, Abk. *IG*, vertragl. Zusammenschluß mehrerer rechtl. selbständiger Unternehmungen zur Verfolgung bestimmter Interessen, häufig zu einer *Gewinngemeinschaft*. Durch unterschiedl. Bindungen für Produktion, Verwaltung, Vertrieb u. Rechnungswesen kann die Organisation der I. verschieden straff sein; durch die Ausdehnung auf gemeinsame Verwaltung u. Leitung entsteht der *Konzern*. Der gemeinsame Reingewinn wird nach einem Schlüssel (nach Kapitalbeteiligung oder Umsatzquote) an die angeschlossenen Unternehmungen verteilt.

Interessenjurisprudenz [lat.], eine Methode der Gesetzesauslegung, die über den reinen Wortlaut des Gesetzes hinaus zu dessen eigentlichem Inhalt, den Lebensbedürfnissen (*Interessen*) vordringt; Gegensatz: *Begriffsjurisprudenz*, die die *Rechts*ordnung als geschlossenes Begriffssystem ansieht. Die I. wurde durch R. von *Jherings* Wendung zur *Pragmatischen Jurisprudenz* stark beeinflußt, dann in der Tradition des Utilitarismus J. *Benthams* durch Ph. *Heck*, H. *Stoll*, R. *Müller-Erzbach* u. M. *Rümelin* begründet.

Interessenkollision [lat.], im Verwaltungsrecht bes. der Fall, in dem ein Beamter an einer dienstl. Angelegenheit, die er nach der Geschäftsverteilung an sich zu bearbeiten hätte, persönlich interessiert ist. Der Beamte ist hier von der Amtsausübung ausgeschlossen; dennoch erlassene Verwaltungsakte unterliegen der Aufhebung.

Interessensphäre, 1. *allg.*: der rechtl. geschützte Interessenkreis einer Person oder Gruppe.
2. *Völkerrecht*: ein Gebiet, in dem nach den Regeln der klass. Diplomatie, vor allem in der Zeit des Imperialismus, aufgrund von Vereinbarungen zwischen den interessierten Staaten einem von ihnen oder mehreren (dann oft abgegrenzt) ein bes. Einwirkungsrecht polit. oder wirtschaftl. Art gegeben wird. Dies kann sich gegenüber der Staatsgewalt dieses Gebiets bis zur Schutzmacht-Stellung verfestigen u. auch zu Interventionen führen, bei denen die Einwirkung anderer Mächte ausgeschlossen wird. – I.n waren z.B. *Marokko* 1904–1911 für Frankreich u. Dtschld., *Persien* 1907 für Großbritannien u. Rußland. – Heute grenzen zuweilen internationale Konzerne I.n gegeneinander ab.

Interferenz [lat.], **1.** *Biologie*: die unmittelbare Einwirkung von Tieren aufeinander; positiv im Fall eines *Gruppeneffekts* (Steigerung der Leistungen des Einzeltiers beim Zusammenleben mit Artgenossen [*soziale Stimulation*]: z.B. Aktivität, Lebensdauer, Wachstum), negativ im Fall des *Masseneffekts* (*Übervölkerung, Crowding*; psych. Wirkungen, die zu physiolog. Schädigungen führen, z.B. Zusammenbruch von Feldmaus-Massenvermehrungen, Auslösung von Heuschrecken- u. Lemming-Wanderungen).
2. *Physik*: die Gesamtheit aller Erscheinungen, die durch Überlagerung zweier oder mehrerer Wellen am gleichen Ort entstehen. I. tritt bei Schall-, Radio-, Licht-, Materiewellen u. a. auf. Bei Wellen gleicher Schwingungszahl gilt: Treffen Berg u. Tal von 2 Wellen zusammen, so tritt *Auslöschung* ein; Berg mit Berg u. Tal mit Tal geben dagegen *Verstärkung*. – I.erscheinungen treten auch bei der →Beugung von Wellen an Hindernissen auf, die gegenüber der Wellenlänge klein sind, so z.B. bei der Reflexion des Lichts an dünnen durchlässigen Schichten (Glimmer, Seifenblase, Ölschicht). Es interferieren hierbei die an der Vorder- u. Rückseite reflektierten Lichtwellen u. ergeben die *I.farben* (*I.streifen*). Stehende Wellen entstehen durch I. zweier einander entgegenlaufender Wellen. Bei Überlagerung von Wellen etwas verschiedener Frequenzen treten *Schwebungen* auf, wie sie z.B. beim Rundfunk bei dicht nebeneinander liegenden Sendern beobachtet werden können. Die an Elektronenstrahlen u. anderen Teilchenstrahlen beobachteten I.erscheinungen zwingen dazu, auch die Materie als Wellenerscheinung aufzufassen. →auch Elektronenbeugung, Neutronenbeugung. – ⌑ 7.5.3.

Interferometer [das; lat.], ein opt. Gerät, das, in verschiedenen Bauweisen hergestellt, zur Längenmessung dient: 1. zum möglichst genauen Vergleich von Längen (Maßstäben) mit der Wellenlänge des benutzten Lichts; 2. zum Vergleich von 2 Maßstäben miteinander, bes. zum Prüfen von *Endmaßen* (geschliffene Stahlklötzchen) mit dem *Interferenz-Komparator*, einer Abart des I.s; 3. zum Vergleich der Lichtgeschwindigkeit in verschiedenen Substanzen. – Das Prinzip ist immer dasselbe: Ein einfarbiger Lichtstrahl wird durch halbdurchlässige Glasplatten in 2 Teile zerlegt, die nach Durchlaufen verschiedener Wege zur *Interferenz* gebracht werden. Dabei treten *Interferenzstreifen* auf, deren Abstand ein sehr genaues Maß für die angegebenen Vergleiche darstellt.
4. in der *Astronomie* werden mit einem I. zwei getrennte Strahlenbündel, z.B. eines Fixsterns, durch zwei Spalte in ein Fernrohr durchgelassen u.

Interferometer von Zeiss-Joos (1930)

Interferon

miteinander zur Interferenz gebracht; zur Messung scheinbarer Sterndurchmesser in Winkelsekunden oder von Winkelabständen bei Doppelsternen. In der Radioastronomie werden entsprechende Geräte zur genaueren Ortsbestimmung von Radioquellen am Himmelsgewölbe benutzt.

Interferon [das; lat.], ein *Protein*, das in Reaktion auf eine Virusinfektion von den Wirtszellen gebildet wird. Vor einer Virusinfektion eingeimpft, kann es ein wirksamer Schutz gegen die Infektion sein.

Interflug GmbH, staatl. Luftverkehrsgesellschaft der DDR, die 1958 zunächst als Bedarfsluftverkehrsgesellschaft entstand u. am 1. 9. 1963 die Dienste der zum gleichen Zeitpunkt aufgelösten ostdt. Lufthansa übernahm; untersteht dem Ministerium für Verkehrswesen u. führt in- u. ausländ. Passagierdienste sowie Agrarflüge u. Luftbild-Meßflüge durch.

intergalaktisch [lat. + grch.], zwischen den →Galaxien.

intergalaktische Materie, gas- u. staubförmige Materie zwischen den →Galaxien (Sternsystemen). Die i. M. ist ein wichtiger Forschungsgegenstand der modernen Astronomie. Sie verdankt ihre Existenz z. T. nahen Vorübergängen oder Zusammenstößen von Galaxien, wobei die i. M. durch den Einfluß der →Gezeiten herausgezerrt wird. Ihr Nachweis gelingt vor allem radioastronomisch, aber auch gelegentl. durch ihre lichtverschluckende Wirkung. Die i. M. ist vermutl. erheblich dünner verteilt als die →interstellare Materie. Genaue Meßergebnisse (Zahlenwerte) waren bisher nicht möglich. Die größte Dichte scheint die i. M. aber im Bereich der →Nebelhaufen zu haben.

Interglazial [das; lat.], *Zwischeneiszeit*, Bez. für die durch Erwärmung bedingten drei Abschmelz- u. Gletscherrückzugsperioden zwischen den vier Haupteiszeiten. Sie werden benannt nach der vorausgehenden u. folgenden →Eiszeit: in Süd-Dtschld. *Günz-Mindel-I., Mindel-Riß-I., Riß-Würm-I.*

Intergu, Abk. für *Internationale Gesellschaft für Urheberrecht e. V.*, Sitz: Westberlin, gegr. 1955 mit dem Ziel, die natürl. Rechte der Urheber wissenschaftl. zu erforschen u. die gewonnenen Erkenntnisse auf dem Gebiet der Gesetzgebung in aller Welt zu verwirklichen. Mitglieder sind Politiker, Juristen u. Autoren aus 23 Ländern.

Interieur [ẽterˈøːr; das; frz.], Innenraum, Innenausstattung; in der Malerei die Darstellung eines Innenraums in seiner Erscheinung in Licht u. Farbe. Hauptmeister des I.s waren J. *Vermeer van Delft*, P. *de Hooch*, P. J. *Saenredam*, E. *de Witte* (Kirchen-I.s), A. *Menzel*, W. *Leibl*, E. *Manet*.

Interim [das; lat., „einstweilen"], die Regelung polit. oder theolog. Fragen für eine Übergangsperiode; z. B. in der Reformationszeit die vorläufige Regelung im *Augsburger I.* 1548, durch das der Gebrauch des Laienkelchs u. die Priesterehe bis zur endgültigen Entscheidung des Trienter Konzils erlaubt wurden.

Interimsschein →Zwischenschein.

Interjektion [lat.], Ausruf- oder Empfindungswort (ach! je! o!).

Interkalarfrüchte [lat.], der Ertrag einer Pfründe während der Zeit ihrer Vakanz.

Interkolumnium [das, Mz. *Interkolumnien*; lat.], der Abstand zwischen zwei Säulen innerhalb einer Säulenreihe, von Achse zu Achse gemessen.

Interkommunion [lat.], die Abendmahlsgemeinschaft zwischen organisatorisch u. bekenntnismäßig getrennten Konfessionskirchen; im Weltrat der Kirchen als Mittel zur Einigung gefördert, von vielen aber erst als Zeichen erreichter Einheit erwartet. Die Anglikaner fordern als Voraussetzung für die I. mit einer anderen Kirchengemeinschaft, daß diese ein Amt besitzt, das sich bruchlos auf die Apostel zurückführen kann (apostol. Sukzession). Die orthodoxen Kirchen lehnen eine I. ab, die röm.-kath. Kirche verbietet allgemein die *Communicatio in sacris* (Gemeinschaft im Gottesdienst), d. h. eine aktive Teilnahme von Katholiken an nichtkathol. Gottesdiensten, erlaubt jedoch im Rahmen kath.-prot. Gespräche die Verrichtung der von beiden Seiten approbierten Gebete (ach! je! Vaterunser).

Interkonfessionalismus, *Interdenominationalismus*, die Bestrebungen, zwischen den christl. Gemeinschaften einheitliche kirchl. Organisationsformen oder sogar Bekenntnisstände zu bilden. Sie entspringen der Überzeugung, daß die Kirche als unsichtbar vorausgegebene Einheit bestehe, die sichtbar zu machen sei. Von kath. Seite

Interlaken

wird der organisator. wie der bekenntnismäßige I. abgelehnt, der letztere meist auch von prot. Seite; allg. bejaht werden polit., soziale u. wirtschaftl. Zusammenarbeit sowie ökumen. Gespräche. →auch ökumenische Bewegung.

Interlaken, schweizer. Fremdenverkehrszentrum u. Eisenbahnknotenpunkt im Berner Oberland, an der Aare, zwischen Thuner u. Brienzer See, 563 m ü. M., 4750 Ew. Von der Lage „zwischen den Seen" [lat. *inter lacus*] ist der Name des hier 1133–1528 bestehenden Klosters abgeleitet, von dem aus ein Großteil des Berner Oberlands erschlossen wurde. Prächtige Aussicht auf das Jungfraumassiv.

interlinear [lat.], zwischen den Zeilen.

Interlineаrglossen →Glossen.

Interlinearversion, die Übersetzung eines fremdsprachl. Textes Wort für Wort, ohne Rücksicht auf den Satzzusammenhang; im frühen MA zwischen die Zeilen [lat. *inter lineas*] der Vorlage geschrieben.

Interlinguistik [lat.], das vergleichende Studium weitverbreiteter Sprachen zur Ermittlung von Elementen, die vielen von ihnen gemeinsam u. somit für die Schaffung von Welthilfssprachen brauchbar sind.

Interlockmaschine [engl.], Rundstrickmaschine für die Herstellung elast. Unterwäsche; reiche Mustermöglichkeit.

intermediäre Gesteine, Übergangstypen zwischen sauren magmat. (Granit) u. basischen magmat. (Gabbro) →Gesteinen, z. B. Syenit.

Intermezzo [das; ital., „Zwischenspiel"], *Musik*: 1. am Ende des 16. Jh. aufgekommene Zwischenaktmusik der Tragödie, später auch der ernsten Oper *(Opera seria)*, mit scherzhaftem, derb-volkstümlichem Inhalt. Anfangs aus Madrigalen u. Dialogen bestehend, erfuhr das I. allmählich eine Erweiterung durch Hinzufügung von Arien, Duetten u. Rezitativen; so verwandte Nicola *Logroscino* (* 1698, † 1765) das Ensemble zum Abschluß der Akte. Schließl. gewann das I. Selbständigkeit u. wurde zur *Opera buffa* (komische Oper); erstes Beispiel „La serva padrona" (1733) von G. B. *Pergolesi*. Heute findet sich das eigentliche I. nur noch als Zwischenaktmusik bei Aufführung von Dramen u. als Ballettmusik in der Oper. – 2. im 19. Jh. Bez. für ein Charakterstück oder einen Satz im Sonatenzyklus.

intermittierend [lat.], 1. *allg.*: zeitweilig aussetzend u. wiederkehrend, mit Unterbrechungen erfolgend.
2. *Hydrogeographie*: Bez. für Quellen u. Flüsse von nicht dauernder, sondern entweder period. oder episod. Wasserführung.

intermittierendes Fieber, *Wechselfieber*, auf- u. absteigendes Fieber; charakterist. für *Malaria*, aber auch bei vielen anderen Krankheiten.

intermittierendes Hinken, *Claudicatio intermittens* →hinken.

Internat [das; lat.], Pensionat, Schüler- oder Schülerinnenheim, im allg. einer höheren Lehranstalt angegliedert; es dient der Unterbringung u. Erziehung solcher Schüler, denen die Ausbildungsmöglichkeit am Wohnort der Eltern fehlt oder deren Eltern ihrer Erziehungspflicht nicht nachkommen können, →auch Alumnat, Konvikt.

International African Institute [ɪntəˈnæʃənəl ˈæfrɪkən ˈɪnstɪtjuːt; engl.], 1926 gegr. unabhängige u. private Zentrale der wissenschaftl. Afrikaforschung, gefördert von afrikan. u. europ. Regierungen, Hochschulen u. a.; Sitz: London.

International Association of Physical Education and Sports for Girls and Women [ɪntəˈnæʃənəl əsəʊsɪˈeɪʃən əv ˈfɪzɪkəl edjʊˈkeɪʃən ənd ˈspɔːts fər ˈɡɜːlz ənd ˈwɪmɪn; engl.], 1949 in Kopenhagen gegr. Zusammenschluß der Leibeserzieherinnen; Präsidentin: Liselott *Diem*, Köln; seit 1953 werden von dieser Vereinigung Kongresse in meist 4jährigem Turnus veranstaltet; rd. 70 Mitgliedstaaten; Ztschr.: „Review".

International Bank for Reconstruction and Development [ɪntəˈnæʃənəl bæŋk fər riːkənˈstrʌkʃən ənd dɪˈveləpmənt; engl.], Abk. *IBRD*, Internationale Bank für Wiederaufbau und Entwicklung, →Weltbank.

International Business Machines Corporation [ɪntəˈnæʃənəl ˈbɪznɪs məˈʃiːnz kɔːpəˈreɪʃən; engl.], Abk. *IBM*, Armonk, N.Y., gegr. 1911, seit 1924 heutige Firma; erzeugt Büromaschinen, Lochkartensysteme, elektron. Datenverarbeitungsanlagen, Betriebskontrollautomaten u. a.; Umsatz 1978: 21,1 Mrd. Dollar; 325000 Beschäftigte. Die Tochtergesellschaft *IBM World Trade Corporation*, New York, ist Dachgesellschaft aller ausländ. Beteiligungen, u. a. am *IBM Deutschland (Internationale Büro-Maschinen Gesellschaft mbH)* in Sindelfingen bei Stuttgart (Stammkapital: 1,4 Mrd. DM; 26000 Beschäftigte).

International Council of Scientific Unions [ɪntəˈnæʃənəl ˈkaʊnsəl əv saɪənˈtɪfɪk ˈjuːnjənz; engl.], Abk. *ICSU*, der 1931 gegr. *Internationale Rat der Wissenschaft*, Cambridge; Zweck: Koordinierung u. Interessenvertretung der wissenschaftl. Organisationen der Welt, Förderung der wissenschaftl. Forschung; die Dachorganisation der naturwissenschaftl. Gesellschaften. Dtschld. ist im ICSU vertreten seit 1952 durch die *Dt. Forschungsgemeinschaft* (12 Fachverbände).

International Council of Women [ɪntəˈnæʃənəl ˈkaʊnsəl əv ˈwɪmɪn; engl.] →Internationaler Frauenrat.

International Court of Justice [ɪntəˈnæʃənəl kɔːt əv ˈdʒʌstɪs; engl.], Abk. *ICJ*, →Internationaler Gerichtshof.

International Development Association [ɪntəˈnæʃənəl dɪˈveləpmənt əsəʊsɪˈeɪʃən; engl.], Abk. *IDA*, →Internationale Entwicklungsorganisation.

Internationale [die; lat.], 1. *Arbeiterbewegung*: ursprüngl. Kurzwort für *Internationale Arbeiterassoziation (IAA)*. Die IAA wurde am 28. 9.

1864 in London nach der Parole des *Kommunist. Manifests:* „Proletarier aller Länder, vereinigt euch!" unter Mitwirkung von Karl *Marx* gegründet. Diese Erste I. zerfiel seit 1869 infolge innerer Differenzen zwischen Marxisten u. Anarchisten (M. A. *Bakunin*); der letzte gemeinsame Kongreß fand 1872 statt. 1889 entstand in Paris mit der Errichtung des „Ständigen Internationalen Sozialist. Büros" die *Zweite I.*, die sich auf größten u. mächtigsten Arbeiterorganisation entwickelte. Sie zerbrach faktisch 1914 u. zerfiel vollends, als die in Rußland siegreichen Bolschewiki sich 1918 von ihr trennten u. 1919 in Moskau die „Kommunist. I." als *Dritte I.* ins Leben riefen (→Komintern). Der Versuch, die Zweite I. 1919/20 von der Schweiz aus zu reorganisieren, hatte nur teilweise Erfolg: Der linkssozialist. Teil der Arbeiterorganisationen schloß sich 1921 zur *Wiener Union* („Zweieinhalbte I.") zusammen; erst 1923 kam es in Hamburg zur Verschmelzung beider Organisationen in der *Sozialist. Arbeiter-I.* (Abk. *SAI*). Nach den Rückschlägen, die die internationalen Arbeiterorganisationen durch Faschismus, Nationalsozialismus u. Stalinismus erlitten hatten, wurde 1951 in Frankfurt a.M. die Zweite I. als *Sozialistische I.* (Sitz: London) neugegründet. Sie umfaßt rd. 15 Mill. Mitglieder in über 40 Ländern (darunter die SPD der BRD, die SPÖ u. die SPS). – *Vierte I.* heißt ein 1938 gegr. Zusammenschluß von Trotzkisten. – ▢ 5.8.3 u. 5.8.4.
2. *Musik:* das Kampflied der internationalen Arbeiterbewegung. Der ursprüngl. französ. Text ist von Eugène *Pottier* (1871), die Melodie von Adolf de *Geyter* (1888), die dt. Übertragung („Wacht auf, Verdammte dieser Erde…") von Emil *Luckhardt*. Die I. war bis in den 2. Weltkrieg die Hymne der Sowjetunion.
Internationale Abrüstungskonferenzen, die →Genfer Konferenzen (2).
Internationale Arbeitskonferenz, ein Organ der →Internationalen Arbeitsorganisation. Ihr Ziel ist bes., durch Abschluß entsprechender Verträge auf internationaler Ebene günstige soziale Grundbedingungen zu schaffen. Im allg. findet jährlich eine Konferenz statt. Zu ihr entsendet jeder Mitgliedstaat 4 Delegierte (2 Regierungsvertreter u. je einen der Arbeitgeber- u. der Arbeitnehmerschaft). Die Beschlüsse der Konferenz ergehen entweder in der (schwächeren) Form der Empfehlung oder in der Form eines Übereinkommens. Wenn ein Übereinkommen erzielt worden ist, so sind die Mitgliedstaaten verpflichtet, das Übereinkommen ihrem Parlament zur Ratifizierung vorzulegen. Seit 1951 nehmen auch Vertreter der BRD an den I.n A.en teil.
Internationale Arbeitsorganisation, Abk. *IAO,* engl. *International Labour Organization,* Abk. *ILO,* 1919 durch den Versailler Vertrag geschaffen. Ihre Verfassung war zunächst in Teil XIII dieses Vertrags niedergelegt u. wurde 1946 selbständig festgelegt. Die IAO hat das Ziel, durch Förderung sozialer Gerechtigkeit dem Frieden zu dienen, durch internationale Maßnahmen, bes. durch Abschluß entsprechender Verträge, die Arbeitsbedingungen u. den Lebensstandard in der Welt zu verbessern sowie die wirtschaftl. u. soziale Sicherheit zu fördern. 1934 umfaßte sie 60 Mitgliedstaaten. Heute arbeitet die IAO als selbständige techn. Organisation mit dem Wirtschafts- u. Sozialrat der Vereinten Nationen zusammen. Zur Erreichung ihrer Ziele bedient sich die IAO dreier Organe: 1. der →Internationalen Arbeitskonferenz, 2. des Verwaltungsrates (ein 48köpfiger Führungsausschuß) u. 3. des →Internationalen Arbeitsamtes mit seinem ständigen Büro (Sitz: Genf). Seit 1951 ist auch die BRD Mitglied der IAO; 1977 Austritt der USA. – ▢ 4.6.0.
Internationale Artistenloge, Abk. *IAL,* 1901 in Berlin gegr. Berufsorganisation der Artisten; der Weltliga der Artistenorganisationen angeschlossen; Sitz: Berlin u. Hamburg.
Internationale Astronomische Union, Abk. *IAU,* 1919 gegr. Zusammenschluß der Astronomen aller Länder zur Förderung der internationalen Zusammenarbeit u. zur Veranstaltung internationaler Tagungen in Abständen von 3 Jahren. Eine Zentrale in Cambridge (USA) betreut auch den astronom. Nachrichtendienst.
Internationale Atomenergie-Organisation, Abk. *IAEO,* engl. *International Atomic Energy Agency,* Abk. *IAEA,* eine Unterorganisation der UN mit Sitz in Wien, gegr. 1956. Die IAEO ist damit beauftragt, alle Länder beim Aufbau einer eigenen Kerntechnik zu unterstützen; künftig soll sie auch die Kontrollfunktion im Rahmen des Atomsperrvertrags übernehmen. Die IAEO veranstaltete zahlreiche internationale Symposien, darunter auch die drei Genfer Konferenzen über die friedliche Nutzung der Kernenergie.
Internationale Bank für Wiederaufbau und Entwicklung →Weltbank.
internationale Beamte, die Verwaltungsangehörigen der internationalen Organisationen. Für die Beamtenschaft der Vereinten Nationen, ihrer Sonderorganisationen, der Europ. Gemeinschaften u.a. gelten bes. Beamtenstatute, die das Dienst- u. Arbeitsrecht regeln, teilweise mit der Möglichkeit, in Konfliktfällen bes. Verwaltungskommissionen oder -gerichte anzurufen. Entscheidend ist, daß die i.n B.n keiner nationalen Treue- u. Gehorsamspflicht unterliegen u. meist versichern müssen, von der heimatl. Regierung keine Weisungen entgegenzunehmen. Die dem Recht der BRD eigene Scheidung in Beamte i.e.S., Angestellte u. Arbeiter ist weitgehend zugunsten einer Einheitsstruktur aufgehoben.
Internationale Einheit, Abk. *I.E.,* international vereinbarte Dosisgröße von Medikamenten, z.B. von Antibiotika (Penicillin u.a.), Vitaminen u. Hormonen. Auch Enzymaktivitäten werden in I.E. angegeben.
Internationale Elektrotechnische Kommission, gegr. 1904, bearbeitet die Vereinheitlichung elektr. Vorschriften u. Normen in industrialisierten Ländern. Ihr gehören über 40 Länder an.
Internationale Entwicklungsorganisation, engl. *International Development Association,* Abk. *IDA,* Sitz: Washington, 1960 als Tochterorganisation der *Weltbank* gegr. Entwicklungsbank zur Förderung der wirtschaftl. Entwicklung u. Hebung des Lebensstandards u. der Produktivität in den *Entwicklungsländern.* Die Kredite der IDA werden zu bes. günstigen Bedingungen gewährt (meist zinsfrei u. in einheimischer Währung rückzahlbar). Von der IDA werden nur solche Vorhaben gefördert, die von bes. Dringlichkeit sind u. weder von privater Seite noch von der Weltbank oder der Internationalen Finanzkorporation finanziert werden können. Vor allem soll die IDA

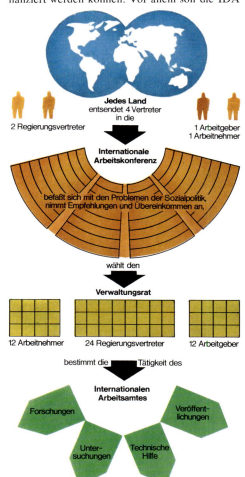

Aufbau der Internationalen Arbeitsorganisation

jenen Ländern helfen, die zu normalen Bedingungen keine weiteren Schulden mehr machen können oder die nach Erlangung der Unabhängigkeit auf die direkte finanzielle Unterstützung ihrer einstigen Schutzmächte nicht mehr rechnen können, andererseits aber noch nicht über die üblichen Darlehnsaufnahme ausreichenden internationalen Kredit verfügen.
Internationale Fernmeldeunion, Abk. *IFU,* eine Sonderorganisation der Vereinten Nationen, Sitz: Genf; koordiniert Planung, Technik u. zwischenstaatl. Zusammenarbeit im Fernmeldewesen. Zur IFU, die schon 1865 in Paris als *Union Télégraphique* gegründet wurde, gehören als ständige Organe die Internationalen Beratenden Ausschüsse für Telegraphen- u. Fernsprechdienst *(CCITT)* u. für den Funkdienst *(CCIR),* außerdem der Internationale Ausschuß zur Frequenzregistrierung *(IFRB).*
Internationale Finanzkorporation, engl. *International Finance Corporation,* Abk. *IFC,* ein 1956 als Tochtergesellschaft der *Weltbank* gegr. Institut zur Finanzierung privater Investitionen in den *Entwicklungsländern;* Sitz: Washington; Grundkapital: 107,3 Mill. Dollar; Anteil der BRD: 3,655 Mill. Dollar.
Internationale Fliegerkarte →Weltluftfahrtkarte.
Internationale Flüchtlingsorganisation, engl. *International Refugee Organization,* Abk. *IRO,* Sitz: Genf; 1947 gegr., bis 1951 tätige Organisation zur Betreuung, Neuansiedlung u. Rückführung der unter dem Schutz der UN stehenden Flüchtlinge u. Verschleppten.
internationale Gerichte, Gerichte, die aufgrund völkerrechtl. Verträge in internationaler Zusammensetzung über zwischenstaatl. Streitigkeiten sowie bes. über kriegs- u. besatzungsrechtl. Fragen entscheiden oder (wie die früheren „gemischten Gerichte" in Ägypten) zur Ergänzung oder als Ersatz einzelstaatl. Gerichte dienen; neuerdings auch *internationale Verfassungs- u. Verwaltungsgerichte* bestimmter internationaler Organisationen, z.B. der *Zentralamerikan. Gerichtshof der Panamerikan. Union,* der *Europ. Gerichtshof für Menschenrechte* u. der *Gerichtshof der Europ. Gemeinschaften.* →auch Internationaler Gerichtshof.
Internationale Gesellschaft für Neue Musik, Abk. *IGNM,* 1922 in Salzburg gegr. zur Pflege der zeitgenöss. Musik; internationale Jury, jährl. Weltmusikfest.
Internationale Handelskammer, Abk. *IHK,* engl. *International Chamber of Commerce,* Abk. *ICC,* frz. *Chambre de Commerce International,* Abk. *CCI.,* 1920 in Paris gegr. privatrechtl. Vereinigung der wichtigsten Unternehmerverbände von 80 Staaten; fördert den internationalen Wirtschaftsverkehr, strebt nach Vereinheitlichung der Handelsbräuche u. unterhält ein Handelsschiedsgericht.
internationale Jugendgemeinschaftsdienste, Vereinigungen, die durch Arbeitslager unter internationaler Beteiligung junger Menschen Verständigung u. Freundschaft zwischen den Nationen fördern; u.a. „Weltfriedensdienst", „Aufbauwerk der Jugend", „Internationale Jugendgemeinschaftsdienste e. V.", „Internationale Bauorden", „Internationaler Zivildienst".
Internationale Motorrad-Sechstagefahrt, *Six Days,* „Olympiade der Motorräder", die seit 1913 ausgetragene schwerste internationale Prüfung für Motorrad-Geländesportler. Täglich sind 265 bis 300 km über Wald- u. Feldwege, Wiesenhänge, Schluchten, Bäche u. andere Hindernisse bei vorgeschriebenen Start- u. Fahrzeiten zurückzulegen. Sonderprüfungen, wie Stilfahren u. Geschwindigkeitsfahren auf der Straße, im Gelände u. am Berg, sind eingeschaltet. Im Mittelpunkt stehen die Mannschaftskämpfe um die *Trophy* (pro Land je eine Nationalmannschaft mit sechs Fahrern), die *Silbervase* (zwei Mannschaften pro Land mit je vier Fahrern) u. die Preise für Fabrik- u. Clubmannschaften. Dtschld. nimmt seit 1925 teil u. hat bis 1939 viermal die Trophy gewonnen; 1947–1977 war die BRD sechsmal, die DDR ebenfalls sechsmal erfolgreich.
Internationale Organisationen →Zwischenstaatliche Pakte und Konferenzen (Auswahl).
Internationaler Amateur-Leichtathletik-Verband →IAAF.
Internationaler Automobil-Verband, frz. *Fédération Internationale de l'Automobile,* Abk. *FIA,* gegr. 1904 in Bad Homburg, Sitz: Paris. Der

Internationaler Bund Christlicher Gewerkschaften

FIA gehören z. Z. 101 nationale Verbände als Mitglieder an. Die FIA organisiert den internationalen Automobilsport u. legt Rennformeln, Termine u. das Reglement der Meisterschaften fest.

Internationaler Bund Christlicher Gewerkschaften, Abk. *IBCG*, gegr. 1908, seit 1968 *Weltverband der Arbeitnehmer*, Abk. *WVA*, Sitz: Brüssel.

Internationaler Bund Freier Gewerkschaften, Abk. *IBFG*, 1949 von den →Gewerkschaften der westl. Welt nach Austritt aus dem unter kommunist. Führung stehenden *Weltgewerkschaftsbund* (Abk. *WGB*) gegründet; Sitz: Brüssel. Dem IBFG gehört auch der *Deutsche Gewerkschaftsbund* an.

Internationale Reiterliche Vereinigung, frz. *Fédération Équestre Internationale*, Abk. *FEI*, gegr. 1921 in Paris, Sitz: Brüssel. Die FEI vergibt u. genehmigt die internationalen Reitturniere (→CSIO) u. stellt die Dressuraufgaben für den *Grand Prix de Dressage* (→Dressur). Ihr gehören z. Z. 64 nationale Verbände als Mitglieder an.

Internationaler Frauenbund, engl. *International Alliance of Women*, 1904 gegr. allg. Frauenorganisation, Sitz: Kopenhagen, der auch Frauenorganisationen Deutschlands angehören. Die Vereinigung ist beratende Organisation der Vereinten Nationen u. wirkt in der *UNESCO*, der Kommission *Status of Women* u. der *FAO* mit.

Internationaler Frauenrat, Abk. *IFR*, engl. *International Council of Women*, Abk. *ICW*, 1888 in Washington gegr. Dachorganisation von Frauenverbänden; erstrebt Frieden, Schutz der Frauen u. Kinder vor Ausbeutung, Ausdehnung der Frauenrechte im sozialen Leben; gegr. 1888. In der BRD ist der *Dt. Frauenring* seit 1951 Mitglied des IFR.

Internationaler Fußballverband →FIFA.

Internationaler Gerichtshof, Abk. *IGH*, das in Den Haag tagende Gericht für Staatenstreitigkeiten. Neben dem →Ständigen Schiedshof in Den Haag wurde aufgrund der Völkerbundsatzung (aber nicht als Organ des Völkerbunds) der *Ständige Internationale Gerichtshof* (frz. *Cour Permanente de Justice Internationale*) gegründet. Er hat in der Zeit zwischen dem 1. u. 2. Weltkrieg rd. 30 Fälle im Wege des Urteils oder des Gutachtens entschieden (darunter auch dt.-poln. Fälle, Entscheidung über die Selbständigkeit Österreichs, Schober-Curtius-Plan). Nach 1945 wurde der IGH (frz. *Cour Internationale de Justice*, engl. *International Court of Justice*) als Organ der Vereinten Nationen in Den Haag errichtet (als Nachfolger des Ständigen Internationalen Gerichtshofs). Das Gericht läßt nur Klagen von Staaten, nicht von Einzelpersonen zu. Die 15 Richter werden vom Sicherheitsrat u. der Vollversammlung der UN auf 9 Jahre gewählt. Die Staaten haben sich nur teilweise u. mit Vorbehalten der Rechtsprechung unterworfen *(fakultatives Obligatorium)*. Die BRD ist dem IGH noch nicht beigetreten, hat sich aber in zwei Einzelfällen (Genozid-Abkommen) mit der Ausübung der Gerichtsbarkeit einverstanden erklärt. Außerdem hat sie mit Dänemark u. den Niederlanden die Zuständigkeit des IGH vereinbart (Nordsee-Festlandsockel-Fall, Urteil vom 20. 2. 1969).

Die Rechtsgrundlagen für die Einrichtung u. Tätigkeit des IGH sind: Art. 92 ff. der Satzung der Vereinten Nationen u. die Satzung des IGH.

Internationaler Hochschulsportverband →FISU.

Internationaler Leichtathletik-Lehrer-Verband, engl. *International Track and Field Coaches Association*, gegr. 1956 in Berkeley (USA); Zusammenschluß aller Leichtathletiklehrer u. Trainer mit dem Zweck, die Lehre u. Forschung auf dem Gebiet der Leichtathletik zu fördern u. Erfahrungen auszutauschen.

Internationaler Luftsportverband, frz. *Fédération Aéronautique Internationale*, Abk. *FAI*, gegr. 1905, Sitz: Paris. Der FAI gehören z. Z. 58 nationale Verbände als Mitglieder an.

Internationaler Militärgerichtshof, engl. *International Military Tribunal*, Abk. *IMT*, internationales Gericht der Alliierten des 2. Weltkriegs zur „Aburteilung von Kriegsverbrechern der europ. Achse" auf der Grundlage des Statuts vom 8. 8. 1945 (London). Das IMT führte unter Besetzung mit Mitgliedern der 4 Besatzungsmächte Deutschlands den ersten der →Nürnberger Prozesse, der gegen die sog. Hauptkriegsverbrecher gerichtet war. Das Statut des IMT sollte nach der Absicht seiner Verfasser bleibender Bestandteil des Völkerrechts werden.

Internationaler Militärsport-Verband, frz. *Conseil International du Sport Militaire*, Abk. *CISM*, seit 1948 Nachfolger des *Sportrats der Alliierten Streitkräfte*. Außer den fünf Gründerstaaten Belgien, Dänemark, Frankreich, Luxemburg u. Niederlande gehören dem CISM weitere 65 Mitgliedstaaten an; Sitz: Brüssel. Meisterschaften werden in den Sportarten Leichtathletik, Cross-Country-Lauf, Schwimmen, Skilauf, Fechten, Ringen, Fußball, Basketball, Volleyball, Hockey, Boxen, Judo, Moderner Fünfkampf, Militärfünfkampf, Luftwaffenfünfkampf u. Marinefünfkampf durchgeführt.

Internationaler Missionsrat, engl. Abk. *IMC*, 1921 in Lake Mohonk (USA) gegr.; setzt sich ein für religiöse Freiheit u. für Freiheit der Mission; beruft Weltmissionskonferenzen ein (seit 1928); 1961 als „Abteilung für Weltmission u. Evangelisation" im Ökumen. Rat der Kirchen eingegliedert. →auch ökumenische Bewegung.

Internationaler Motorsport-Verband, frz. *Fédération Internationale Motocycliste*, Abk. *FIM*, der internationale Fachverband für Motorradsport, gegr. 1904, wiedergegr. 1912, Sitz: Genf. Der FIM gehören z. Z. 44 nationale Verbände als Mitglieder an.

Internationaler Rheinfunkdienst, längs des Rhein von der Dt. Bundespost sowie von der französ., schweizer., niederländ., belg., luxemburg., norweg. u. brit. Fernmeldeverwaltung nach internationaler Vereinbarung geschaffene feste Landfunkstellen für Sprechverbindungen zwischen Schiffen auf dem Rhein u. Teilnehmern der öffentl. Fernsprechnetze.

Internationaler Schwimmverband, frz. *Fédération Internationale de Natation Amateur*, Abk. *FINA*, gegründet 1908, Sitz: Sydney. Der FINA gehören z. Z. 101 nationale Verbände als Mitglieder an.

Internationaler Skiverband, frz. *Fédération Internationale de Ski*, Abk. *FIS*, gegr. 1924, Sitz: Bern; veranstaltet seit 1925 die internationalen Skirennen *(FIS-Rennen)*, die alpinen →Weltpokal u. Weltmeisterschaften im Skilauf. Der FIS gehören z. Z. 50 nationale Verbände als Mitglieder an.

Internationaler Studentenbund, Abk. *ISSF*, die 1948 gegr. dt. Gruppe der im *International Student Movement for the United Nations (ISMUN)* zusammengeschlossenen Studentenverbände.

Internationale Rundfunk- und Fernsehorganisation, frz. *Organisation Internationale de Radiodiffusion et Télévision*, Abk. *OIRT*, 1946 gegr. Zusammenschluß von europ. Rundfunkanstalten sozialist. Staaten; Sitz: Prag.

Internationaler Verband für Auto-Touristik, frz. *Alliance Internationale de Tourisme*, Abk. *AIT*, 1898 gegr. Verband von 140 motorsportl. Organisationen aus 83 Ländern; Sitz: Genf.

Internationaler Währungsfonds, Abk. *IWF*, *Weltwährungsfonds*, engl. *International Monetary Fund*, Abk. *IMF*, Sitz: Washington; auf der Grundlage der Konferenz von Bretton Woods von 44 Staaten am 27. 12. 1945 gegr. Fonds zur Förderung der internationalen Zusammenarbeit in Währungspolitik u. Zahlungsverkehr, um ein störungsfreies Wachstum des internationalen Handels zu ermöglichen. Hauptziele des IWF: stabile Wechselkurse, multilateraler Zahlungsverkehr u. Bereitstellung von Überbrückungsdarlehen an Mitgliedsländer bei unausgeglichener Zahlungsbilanz. Durch den IWF haben die Defizitländer eine größere Devisenreserve erhalten, dafür sind aber grundsätzl. alle Mitgliedstaaten zum Verzicht auf die Devisenbewirtschaftung verpflichtet. Jedem Mitgliedstaat wird eine nach bestimmten Kriterien festgesetzte *Quote* zugeteilt, nach der sich der Anteil am IWF, das Stimmrecht sowie die Höhe der möglichen Kreditaufnahme bemißt. Die ständige Bareinlage beträgt 25% der jeweiligen Quote, für die restlichen 75% besteht bei Bedarf die Verpflichtung einer Kreditgewährung. – Der IWF begann seine Tätigkeit am 1. 3. 1947; 1979 hatte er 138 Mitglieder, darunter die BRD seit 1952. 1961 schlossen die 10 größten Mitgliedstaaten das →Pariser Abkommen. 1968 trafen die Mitglieder eine Vereinbarung über die Schaffung von *Sonderziehungsrechten*. 1972 wurde die →*Zwanziger-Gruppe* zur Beratung des Gouverneursrats des IWF bei der angestrebten Reform des Weltwährungssystems gegr.; 1974 löste der *Interimsausschuß* die Zwanziger-Gruppe ab. Die Konferenz des Interimsausschusses in Kingston (Jamaika) 1976 beschloß eine Anpassung der IWF-Statuten an die veränderte Lage (Abschaffung des offiziellen Goldpreises, Legalisierung des Floating). – ⌑ 4.5.3.

Internationaler Weizenrat, *Weltweizenrat*, engl. *International Wheat Council*, Abk. *IWC*, London, Träger des →*Internationalen Weizenabkommens*.

Internationaler Gerichtshof: Der Friedenspalast in Den Haag ist der Sitz dieser UN-Einrichtung

Internationales Arbeitsamt, Abk. *IAA*, engl. *International Labour Office*, Abk. *ILO*, frz. *Bureau International du Travail*, Abk. *BIT*, die ständige Verwaltungseinrichtung (Sekretariat) der →Internationalen Arbeitsorganisation, Sitz: Genf; Aufgaben: Sammlung u. Weiterverbreitung sozialpolit. Kenntnisse, Vorbereitung von Tagungen der *Internationalen Arbeitskonferenz* u. Erledigung der ihm von diesen Tagungen zugewiesenen Aufgaben.

internationale Schiedsgerichtsbarkeit, eine durch die *internationale Gerichtsbarkeit* etwas in den Hintergrund getretene Form der Erledigung zwischenstaatl. Streitfälle. Der Unterschied zur internationalen Gerichtsbarkeit besteht vor allem darin, daß die Staaten sich die Richter aus einer Liste selbst wählen können. (Jede Partei bestimmt 2 Richter, diese wählen den Vorsitzenden.) Außerdem gibt es zahlreiche zweiseitige *Schiedsverträge*, die im Konfliktfall zur Bildung von *Schiedskommissionen* führen. Früher wurden Monarchen, Völkerrechtsgelehrte u. a. zu Schiedsrichtern bestimmt, heute ist die Schiedsgerichtsbarkeit im voraus institutionalisiert. →Ständiger Schiedshof. – 📖4.1.1.

Internationales Einheitensystem, frz. *Système International d'Unités*, Abk. *SI*, Einheitensystem, das auf sechs→Basiseinheiten aufbaut; in der BRD ist das Internationale Einheitensystem durch das Gesetz über Einheiten im Meßwesen vom 2. 7. 1969 u. die zugehörige Ausführungsverordnung verbindlich eingeführt. →Maßsysteme.

Internationales Geophysikalisches Jahr, Abk. IGJ, internationale Forschungsunternehmung zur gemeinsamen Beobachtung von Erscheinungen aus den Bereichen des Wetters, des Erdmagnetismus, von Polarlicht u. Nachthimmelslicht, Ionosphäre, Sonnenaktivität, kosmischer Strahlung, Gletscherbewegung, ozeanischer Zirkulation, Erdbeben, Schwerkraft u. radioaktiver Strahlung, vom 1. 7. 1957–31. 12. 1958 veranstaltet vom *Internationalen Rat der Wissenschaftlichen Unionen* (International Council of Scientific Unions); Schwerpunkte: Antarktisforschung, Raketen- u. Satellitenmessungen, Meeresforschung. Die Beobachtungsstationen befanden sich längs der 3 IGJ-Meridiane 75° w. L., 10° u. 40° ö. L.; ein 2. Gitter von 3 Zonen umspannte die Erde am nördl. Polarkreis, am Äquator u. über Antarktika. Insgesamt beteiligten sich 54 Nationen mit einem Kostenaufwand von fast 2 Mrd. DM; die schwierigen u. aufwendigen Beobachtungen in der Antarktis hatten vorwiegend US-amerikan. u. sowjet. Wissenschaftler übernommen.

Internationales Hydrologisches Jahrzehnt, der Zeitraum von 1965 bis 1975, in dem von den nationalen Förderungsgemeinschaften der Industrieländer, unter Leitung der UNESCO, der Wasserhaushalt der Erde erforscht werden soll.

Internationales Jahr der ruhigen Sonne, engl. *International Quiet Sun Year*, Abk. *IQSY*, internationales Gemeinschaftsunternehmen zur Erforschung von Erdmagnetismus, Polarlicht, Ionosphäre, kosm. Strahlung u. a. während einer Periode geringer Sonnenaktivität, durchgeführt vom 1. 1. 1964 bis 31. 12. 1965.

Internationales Olympisches Komitee, Abk. *IOK*, frz. *Comité International Olympique*, Abk. *CIO*, engl. *International Olympic Committee*, Abk. *IOC*, am 23. Juni 1894 von Baron Pierre de *Coubertin* während des in der Sorbonne in Paris tagenden Kongresses für die „Wiederaufnahme der Olymp. Spiele" gegr. Es besteht aus 89 (1978) auf Lebenszeit gewählten Mitgliedern, die vom IOK auf Vorschlag des Präs. gewählt werden. Sie sind nicht Delegierte ihrer Länder beim IOK, sondern Vertreter des IOK in ihren Ländern. Erstes dt. IOK-Mitglied war 1895–1909 K. A. W. *Gebhardt* (*1861, †1921); außer ihm wurden bisher weitere 16 Deutsche zu IOK-Mitgliedern gewählt, darunter Adolf Friedrich Herzog zu Mecklenburg (1926–1956), Karl Ritter von Halt (1929–1964), Willi Daume (seit 1956), Georg Wilhelm von Hannover (seit 1966), Georg von Opel (1966–1971), der DDR-Sportführer Heinz Schöbel (seit 1966) u. Berthold *Beitz* (seit 1972). Das IOK hat die Aufgabe, die Olymp. Spiele zu veranstalten u. würdig abzuwickeln. Die Präsidenten waren Demetrius *Vikelas* (Griechenland) 1894–1896, Baron Pierre de *Coubertin* (Frankreich) 1896–1925, Graf Henri de *Baillet-Latour* (Belgien) 1925–1942, Sigfrid *Edström* (Schweden) 1942–1952, Avery *Brundage* (USA) 1952–1972 u. seit 1972 Lord (Baron) Michael *Killanin* (Irland). Die Organe sind die Vollversammlung, die alle 4 Jahre während der Spiele zusammentritt, u. der Vollzugsausschuß (gewählt auf 4 Jahre, bestehend aus dem Präs., drei Vizepräs. u. fünf Mitgliedern) zur Ausführung der Beschlüsse u. zur Erledigung der laufenden Aufgaben. Sitz: Château de Vidy, Lausanne; Zeitschriften: „Revue Olympique" 1911–1925, „Olympische Rundschau" 1938–1944. Die Olymp. Spiele müssen mindestens zwei Jahre im voraus vergeben werden (meist 6 Jahre vorher). Aufgrund von Bewerbungen werden Städte ausgewählt, in denen Organisationskomitees gegr. werden, die dem IOK für die Durchführung der Spiele verantwortlich sind.

Internationales Presse Institut, Abk. *IPI*, gegr. 1951, Sitz: Zürich; Aufgaben: Förderung der freien Betätigung der Presse in aller Welt, des ungehinderten Nachrichtenaustausches u. der Verständigung zwischen den Journalisten auf internationaler Ebene.

internationales Privatrecht, Abk. *IPR*, die Gesamtheit der Rechtsnormen, die bei einem Sachverhalt mit Beziehung zu mehreren souveränen Staaten (z. B. ein Amerikaner u. ein Deutscher stoßen mit ihren Autos in Frankreich zusammen) bestimmen, das Recht welches (oder welcher) dieser Staaten ganz oder teilweise für die rechtl. Beurteilung des Sachverhalts maßgebend ist. Das IPR ist →Kollisionsrecht. Es ist entweder völkerrechtl. in bilateralen oder multilateralen (zwei- oder mehrseitigen) Staatsverträgen geregelt oder in staatlichen Rechtssätzen. Das dt. IPR ist nur bruchstückhaft gesetzlich geregelt, u. zwar vorwiegend in Art. 7–31 des Einführungsgesetzes zum BGB (EGBGB). Im übrigen ist es Richterrecht. – 📖4.3.5.

internationales Recht, meist (bes. im Ausland) Bez. für →Völkerrecht, d. h. für das auf Gewohnheitsrecht oder Vertragsrecht beruhende Recht der Staatengesellschaft. Mitunter wird die Bez. aber auch für jenen Teil der staatl. Rechtsetzung verwendet, der sich mit der Geltung der inländ. Rechtsnormen im Verkehr mit dem Ausland befaßt. In diesem Sinn bedeutet z. B. *internationales Strafrecht* die Gesamtheit der Rechtsvorschriften des dt., französ. usw. Rechts, das sich mit der Anrechnung ausländischer Bestrafung, mit der Bestrafung der im Ausland begangenen Straftaten u. ä. befaßt.

internationales Strafrecht, die Vorschriften über den Geltungsbereich inländischer Strafbestimmungen in bezug auf Straftaten, die durch ihren Täter, ihren Tatort oder das verletzte Rechtsgut Beziehungen zum Ausland aufweisen; in der BRD geregelt in §§ 3–7, 51, 91 StGB. – 📖4.1.4.

Internationale Straßenliga, engl. *International Road Federation*, Abk. *IRF*, gegr. 1948, Sitz: Washington; Aufgabe: Förderung des Straßenbaus, Verbesserung u. Vereinheitlichung des Straßennetzes der Welt.

Internationales Weizenabkommen, *Weltweizenabkommen*, 1949 von den wichtigsten Weizenein- u. ausfuhrstaaten auf 4 Jahre abgeschlossenes Abkommen, das mehr als die Hälfte des Weizengeschäfts durch Preis- u. Quotenbestimmungen regelt. Es dient der Sicherung der Weizenversorgung u. der Stabilisierung der Weizenpreise auf dem Weltmarkt. Die Durchführung liegt beim *Internationalen Weizenrat (Weltweizenrat)*, London. Seit 1953 ist das Abkommen immer wieder (jeweils auf 3 Jahre) erneuert worden.

Internationales Wollsiegel →Wolle.

internationales Zivilprozeßrecht, Abk. *IZPR*, die Gesamtheit der zivilprozessualen Vorschriften, die sich hauptsächl. befassen mit der →internationalen Zuständigkeit, mit der Anerkennung u. Vollstreckung ausländ. Urteile u. mit Sonderregeln für ausländ. Beteiligte (z. B. Armenrecht, Prozeßkostenvorschuß). Das IZPR ist entweder völkerrechtlich in bilateralen oder multilateralen Staatsverträgen geregelt oder in staatlichen Verfahrensbestimmungen. Zum IZPR der BRD vgl. z. B. §§ 110, 114, 328, 606–606b ZPO.

Internationale Union für Geodäsie und Geophysik, Abk. *IUGG*, Fachverband der nationalen wissenschaftl. Gesellschaften, die sich mit Geophysik befassen; betreut die internationale Zusammenarbeit bei Unternehmungen wie dem *Internationalen Geophysikal. Jahr*, dem *Internationalen Jahr der ruhigen Sonne* u. ä.

Internationale Union für Reine und Angewandte Chemie, engl. *International Union of Pure and Applied Chemistry*, Abk. *IUPAC*, internationale Chemikerorganisation, 1919 gegr., Sitz: Paris; befaßt sich mit Nomenklaturfragen, Festsetzung der Atomgewichte, Analysenmethoden, chem. Symbolen u. a. Die Union veranstaltet internationale Kongresse u. fördert die Chemie auf allen Gebieten.

Internationale Weltkarte, Abk. *IWK*, 1891 durch A. *Penck* angeregtes, bis heute nicht abgeschlossenes, über 2100 Blätter umfassendes, mehrfarbiges Kartenwerk der gesamten Erdoberfläche in 1:1 Mill. Es dient zu Übersichtszwecken u. als Grundlage thematischer Darstellungen. Neue Bearbeitungsrichtlinien wurden auf der Techn. Konferenz 1962 in Bonn erarbeitet.

internationale Zuständigkeit, die Zuständigkeit der Gerichte eines Staates (neben oder unter Ausschluß der Gerichte anderer Staaten), über einen Sachverhalt mit Auslandsberührung zu entscheiden. Die Frage der i. n Z. ist ein Hauptteil des →internationalen Zivilprozeßrechts.

International Finance Corporation [intəˈnæʃənəl faiˈnæns kɔːpəˈrɛiʃən; engl.], Abk. *IFC*, →Internationale Finanzkorporation.

„International Herald Tribune" [intəˈnæʃənəl ˈhɛrəld ˈtribjun], seit 1966 als Nachfolgerin der Europa-Ausgabe der „New York Herald Tribune" in Paris erscheinende Tageszeitung in engl. Sprache; Auflage: 93 000.

International Ice Patrol Service [intəˈnæʃənəl ˈais pəˈtrɔul ˈsəːvis; engl.], nach dem Untergang der „Titanic" (1912) im Jahr 1913 gegr. Eiswarndienst für das Gebiet der Neufundlandbank.

Internationalismus, eine weltbürgerl., über die Grenzen des eigenen Staates u. Volkes hinausgehende polit. Haltung, im (oft kämpferischen) Gegensatz zum *Nationalismus*. Der I. findet seinen Ausdruck in Organisationen christl., pazifist., liberaler, sozialist. oder kommunist. Zusammenarbeit, die auf der Überzeugung von der Gültigkeit eines dem Nationalen übergeordneten Menschheitsideals beruht.

International Monetary Fund [intəˈnæʃənəl ˈmʌnitəri fʌnd; engl.], Abk. *IMF*, →Internationaler Währungsfonds.

International Telephone and Telegraph Corp. [intəˈnæʃənəl ˈtɛlifɔun ənd ˈtɛligraːf-; engl.], Abk. *ITT*, Baltimore, Md. (USA), Verwaltungssitz: New York; Konzern der Elektro- u. Fernmeldetechnik, gegr. 1920. Das Produktionsprogramm reicht von fernmeldetechn. Anlagen, Rundfunkausrüstungen, Radaranlagen u. a. bis zu Ausrüstungen für die Weltraumfahrt. Zahlreiche in- u. ausländ. Tochtergesellschaften; Umsatz 1978: 15,3 Mrd. Dollar; 379 000 Beschäftigte.

International Wheat Council [intəˈnæʃənəl wiːt ˈkaunsil; engl.], Abk. *IWC*, London, der 1949 gegr. *Internationale Weizenrat*, Träger des *Internationalen Weizenabkommens*.

Internierung [lat.], Freiheitsentziehung zur Sicherung, nicht als Strafe; z. B. im Krieg die I. feindlicher Staatsangehöriger, auch I. von Angehörigen bewaffneter Streitkräfte beim Übertritt auf neutrales Gebiet. Bei krieger. Besetzung kann die Besatzungsmacht im Rahmen der Genfer Konvention von 1949 zum Schutz der Zivilbevölkerung die I. bestimmter Personen aus Sicherheitsgründen vornehmen, ist dabei jedoch an die Genfer Bestimmungen über die Durchführung der I. gebunden. Auch innerstaatl. spielt die I. insbes. in Diktaturen eine Rolle: Konzentrations- u. Arbeitslager, hier allerdings auch mit Strafcharakter.

Internist [lat.], Facharzt für →innere Krankheiten; →auch innere Medizin.

Internodie, *Internodium* →Sproß.

Internuntius [lat.], diplomat. Vertreter des Hl. Stuhls, steht im Rang eines *Gesandten*, also unter dem *Nuntius* (Art. 14 des Wiener Übereinkommens über diplomat. Beziehungen vom 18. 4. 1961).

Interparlamentarische Union, Abk. *IPU*, 1888 gegr. internationale Organisation von Parlamentariern aller Regierungssysteme zur Förderung der gegenseitigen Verständigung; Sitz: Genf.

Interpellation [lat.], von einer bestimmten Mindestzahl von Abgeordneten eines Parlaments an die Regierung gerichtetes förmliches Ersuchen um Auskunft über eine bestimmte Angelegenheit oder über Maßnahmen der Regierung.

Interphase [lat. + grch.], der Zeitraum zwischen 2 →Kernteilungen; stoffwechselaktives Arbeitsstadium des *Zellkerns*.

interplanetar [lat. + grch.], zwischen den Planeten befindlich.

interplanetare Materie, gasförmige (Wasserstoffatome, -ionen u. Elektronen) u. staubförmige

(Durchmesser etwa 0,001 bis 0,1 mm) Materie zwischen den Planeten unseres Sonnensystems. Jeder →Meteor gehört zur i.n M. sowie die Teilchen, die durch Streuung des Sonnenlichts das →Zodiakallicht verursachen. Der Gasanteil besteht zum größten Teil aus dem →Sonnenwind. Mit Hilfe von Raketen u. Raumsonden ist die Erforschung der i.n M. in letzter Zeit stark vorangetrieben worden. In Erdbahnnähe beträgt die Gasdichte 10^{-21} g/cm³, die Staubdichte 10^{-21} bis 10^{-20} g/cm³.

Interpol, Kurzwort für *Internationale Kriminalpolizeiliche Organisation*, frz. *Organisation internationale de police criminelle*, engl. *International Criminal Police Organization*, 1946 hervorgegangen aus einer Reform der 1923 gegr. *Internationalen Kriminalpolizeilichen Kommission*; eine auf der Grundlage eines Verwaltungsabkommens der nationalen Polizeibehörden (nicht der Staaten selbst) eingerichtete Stelle zur gegenseitigen Unterstützung bei kriminalpolizeil. Aufgaben. Bei Verbrechen u. Vergehen politischen, militärischen, religiösen u. rassischen Charakters darf Interpol nicht eingeschaltet werden. Die *Interpol-Zentrale* sitzt in Paris, unterhält ein eigenes Funknetz u. in Den Haag ein Spezialbüro zur Bekämpfung der Geldfälscher. Das nationale Zentralbüro für die BRD hat seinen Sitz im →Bundeskriminalamt in Wiesbaden.

Interpolation [lat.], **1.** *Mathematik:* die Einschaltung von Größen zwischen 2 Gliedern einer gesetzmäßigen Folge. Sollen außerhalb dieser Folge liegende Größen bestimmt werden, spricht man von *Extrapolation*. Eine I. stützt sich oft auf mathemat. Tabellen.
2. *Philologie:* ein Einschub in einen Text, um wirkl. oder vermeintl. verderbte Stellen zu verbessern oder den Text nach eigener Absicht zu verändern. Die *Textkritik* muß I.en aufdecken u. ausscheiden.
3. *Statistik:* die Schätzung fehlender Zwischenglieder einer Zeitreihe, z.B. als prozentuale Aufteilung der zwischen zwei Zeitpunkten festgestellten Veränderung.

Interpretation [lat.], **1.** *allg.:* *i.w.S.* Auslegung, Erklärung, Sinndeutung von schriftl. oder mündl. Aussagen; *i.e.S.* die Wiedergabe (Aufführung, Vortrag, Inszenierung) eines musikal. oder literar. Werks; wissenschaftl. bes. in der Theologie, Ethik, Literatur- u. Rechtswissenschaft; →auch immanente Interpretation, Hermeneutik.
2. *Recht:* als *Auslegung* eine Art der →Rechtsfindung, zu unterscheiden von der *Analogie*; im einzelnen als I. aus dem Wortlaut *(Wort-I.)*, aus der Entstehungsgeschichte *(genetische I.)*, aus dem Zusammenhang *(systematische I.)* u. aus Sinn u. Zweck *(teleologische I.)* der Rechtssätze sowie aus der geschichtl. Entwicklung der betr. Rechtseinrichtung *(historische I.)*. Unterschieden wird auch die *Legal-I.* (der Gesetzgeber legt einen Rechtssatz selbst aus) von der *wissenschaftlichen I.*, die als verdeutlichende Neugewinnung eines Rechtssatzes (nicht Gesetzes!) *grammatikalische* oder *logische I.* sein kann; *extensive* oder *restriktive I.* (Auslegung) richtet sich nach dem vom Gesetzgeber gewählten zu engen bzw. zu weiten Ausdruck im auszulegenden Gesetz.

Interpunktion [lat.] →Zeichensetzung.

Interregnum [das; lat., „Zwischenregierung, Zwischenreich"], allg. die Zeit zwischen dem Tod eines Herrschers u. dem Amtsantritt des Nachfolgers; bes. im Hl. Röm. Reich die Jahre 1256–1273 vom Tod *Wilhelms von Holland* bis zur Wahl *Rudolfs von Habsburg*, in denen sich weder *Richard von Cornwall* noch *Alfons X.* von Kastilien durchsetzen konnte u. die schon in der späten Stauferzeit gesunkene Königsmacht im Reich weiter verfiel. – 🕮5.3.3.

Interrenalorgan [lat. + grch.] →Nebennierensystem.

Interrogativum [das; lat.], *Interrogativpronomen*, fragendes Fürwort (wer? welcher?).

Inter-Serie, *Automobilsport:* Bez. für seit 1970 in Europa durchgeführte Autorennen für Sportwagen u. Prototypen (→Rennwagen) ohne Hubraumbegrenzung; Siegerermittlung durch Punktwertung bei einer bestimmten Zahl von Rennen im Jahr. Der europ. I. entspricht in Nordamerika die *CanAm-Serie (Canadian-American Challenge Cup)*.

Intersex [das; lat.], geschlechtl. Zwischenform, Lebewesen mit männl. u. weibl. Merkmalen.

Intersexualität [lat.], regelloses Durcheinander von männl. u. weibl. Merkmalen an einem Individuum, das im Gegensatz zum *Gynandromorphismus* trotzdem in allen Zellen genetisch ein einheitl. Geschlecht aufweist (entweder genetisch männlich oder genetisch weiblich). Bei Schmetterlingen z.B. scheint I. durch Kreuzung verschiedener Sexualrassen zustande zu kommen; die Kreuzungsprodukte sind hinsichtl. ihrer Geschlechtsbestimmung so umweltlabil, daß es zu einer mosaikartigen Ausbildung abgegrenzter weibl. u. männl. Bezirke im Körper u. an den Geschlechtsorganen kommen kann. Bei den Intersexen höherer Wirbeltiere ist die Abweichung von dem erbl. angelegten Geschlecht durch Geschlechtshormone bedingt. Durch Hormongaben u. zusätzl. operative Behandlung ist es möglich, auch beim Menschen Intersexe verschiedenster Ausprägungsgrade in vollständige männl. oder weibl. Wesen zu „verwandeln", d.h. dem anlagegemäßen Geschlecht zum Durchbruch zu verhelfen. – 🕮9.3.5.

Intershop [-ʃɔp], in der DDR ein Geschäft, in dem Waren meist westl. Herkunft gegen Bezahlung in frei konvertierbarer Währung (bes. DM) verkauft werden; an DDR-Bürger nur gegen Valuta-Gutscheine der Staatsbank.

Interstadialzeit [lat.], der Zeitabschnitt zwischen zwei pleistozänen Eisvorstößen einer Kaltzeit.

interstellare Materie, staub- oder gasförmige Stoffe, auch freie Elektronen u. Ionen, die in sehr dünner Verteilung den Raum zwischen den Fixsternen erfüllen. Die häufigsten Elemente sind Wasserstoff (60%) u. Helium (38%). Die i.M. ist der Baustoff für neue Sterne. In der Sonnenumgebung beträgt die Dichte der i.n M. rd. 10^{-24} g/cm³ oder 1 Atom pro cm³. In einigen galaktischen →Nebeln beträgt die Dichte bis zu 1000 Atome pro cm³. →auch Dunkelwolken, Globule.

interstellares Magnetfeld, ein innerhalb des →Milchstraßensystems ausgebreitetes schwaches Magnetfeld, das vor allem mit opt. Beobachtungsmitteln (Polarisation des hier durchlaufenden Sternlichts) nachgewiesen werden kann.

Intertrigo [die; lat.], Wundsein, Wolf, →Hautwolf.

Intertype [ˈintətaip; engl.], *Drucktechnik:* US-amerikan. Photo-Zeilensetzmaschine; →Setzmaschine.

Intervall [das; lat.], **1.** *allg.:* Zwischenraum, zeitl. Abstand, Unterbrechung.
2. *Musik:* der Abstand zweier Töne voneinander. Die I.lehre teilt die I.e ein in Prime, Sekunde, Terz, Quarte, Quinte, Sexte, Septime, Oktave, None (Dezime, Undezime, Duodezime) u. unterscheidet hierbei reine, kleine, große, übermäßige, verminderte, doppelt übermäßige u. doppelt verminderte I.e. Dabei ist für die Bez. des I.s nicht der äußerl. vom Gehör wahrgenommene Abstand, sondern der Abstand aufgrund der Notierung im Notensystem maßgebend; denn bei der temperierten Stimmung klingen z.B. die I.e c-dis u. c-es äußerlich gleich (dieselben Tasten z.B. auf dem Klavier), doch ist der Notierung nach das I. im ersten Fall eine übermäßige Sekunde, im zweiten eine kleine Terz.
Prime, Quarte, Quinte u. Oktave sind reine I.e. Für die Veränderung der I.e gelten folgende Grundregeln: 1. große I.e werden durch Verengung um einen Halbton, d.h. durch Erhöhung des unteren oder durch Erniedrigung des oberen Tons mittels Vorzeichen (♯, ♭), zu kleinen I.en; 2. reine u. große I.e werden durch Erweiterung um einen Halbton übermäßige, reine u. kleine I.e durch Verengung um einen Halbton verminderte I.e; 3. übermäßige u. verminderte I.e werden durch Erweiterung oder durch Verengung zu doppelt übermäßigen bzw. zu doppelt verminderten I.en. – Die I.e können auch physikal. durch das Verhältnis der Schwingungszahlen der beiden das I. bestimmenden Töne bezeichnet werden: Oktave 1:2, Quinte 2:3, Quarte 3:4, große Terz 4:5, kleine Terz 5:6, große Sexte 3:5, kleine Sexte 5:8. Jedes I. hat einen eigenen Spannungsgrad, nach dem es als *konsonant* oder *dissonant* eingeschätzt wird. Für den Aufbau einer Melodie ist der ästhetische Charakter der einzelnen I.e in hohem Maß verbindlich.

Intervallschachtelung, *Mathematik:* eine unendl. →Folge von Intervallen (→Umgebung), bei der die unteren Intervallgrenzen eine monoton wachsende, die oberen eine monoton abnehmende Folge bilden, wenn auf der Zahlengeraden alle unteren Grenzen links von allen oberen liegen u. die Intervall-Längen eine →Nullfolge bilden. Eine I. auf der Menge der rationalen Zahlen definiert eine reelle Zahl u. ist insofern einem *Dedekindschen Schnitt* gleichwertig. Jeder unendl. Dezimalbruch kann als I. gedeutet werden.

Intervalltraining, *Intervall-Dauerlauf*, eine sportl. Trainingsmethode, die die Anpassung des Organismus an Dauerleistungen in bes. intensiver Weise bewirkt. Das Wesen des I.s besteht darin, daß die Belastung nicht mehr ununterbrochen bleibt, sondern Perioden stärkerer u. geringerer Belastung miteinander wechseln, d.h., daß z.B. Läufe über 150–400 m in höherem Tempo mit Laufphasen von geringerem Tempo in mehrfacher Wiederholung wechseln. Das I. bewirkt, daß die Belastung im Intervall die Arbeit ökonomischer macht u. infolgedessen eine höhere Gesamtarbeitssumme geleistet werden kann. Sportphysiolog. Untersuchungen haben ergeben, daß die *regulative Herzerweiterung* als Anpassungsvorgang durch das I. bes. intensiv ausgeprägt wird, u. schließl. ist es hierdurch möglich, auch die Muskulatur zu einer optimalen Anpassung zu veranlassen. Beim I. wechselt eine Anstrengungsphase von höchstens 75% Intensität mit einer Entspannungsphase (Schonphase) ab. Entscheidend ist die richtige Dosierung der Pause („lohnende Pause"). Für die Leichtathletik haben sich folgende Werte als richtig erwiesen: Dauer der Einzelbelastung bis 2 min, Dauer der Pause 45–90 sek; die Belastung muß so gewählt werden, daß am Ende der Pause eine Pulsfrequenz von 120–140 Schlägen pro Minute erreicht wird. – Variationsmöglichkeiten (z.B. *Intervall-Sprint* oder *Intervall-Tempolauf*) ergeben sich durch Veränderung der Strecke u. der Zeiten, Veränderung der Pausen nach Zeit u. Gestaltung u. Laufen in Serien.
Die Anfänge des I.s liegen in der finn. Lauftrainingslehre der 1920er Jahre, als die finn. Langstreckler im Hügelgelände Helsinkis scharf, aber locker bergauf u. fließend entspannt bergab liefen u. sich durch diese wechselnde Beanspruchung des Kreislaufs optimal auf die Wettkampfbelastung einstellten. Der Finne *Pihkala* nannte dieses Training *Terrassentraining*; C. *Diem* bezeichnete es als *Hügeltraining*.

Intervention [lat., das „Dazwischentreten"], **1.** *Völkerrecht:* die Einmischung in Angelegenheiten eines anderen Staates, bes. in innere Angelegenheiten u. durch Drohung mit Gewalt oder Anwendung von Gewalt. Die I. ist in der Regel rechtswidrig; in bestimmten Fällen kann jedoch ein vertragliches I.srecht eingeräumt werden. Heute gilt als grundlegend das *I.sverbot* in der Satzung der Vereinten Nationen, Art. 2 Ziffer 7.
Dem Verbot steht ein generelles I.srecht im Fall einer bes. schweren *(humanitäres I.srecht)* oder friedensgefährdenden Verletzung der Menschenrechte gegenüber (angewendet im 20. Jh. in Rhodesien u. Südafrika) sowie formal ein spezielles gegenüber ehem. Feindstaaten. Daneben beansprucht die UdSSR noch ein I.srecht gegenüber kommunist. regierten Staaten *(Breschnew-Doktrin)*. – 🕮5.9.0.
2. *Wechselrecht:* die Annahme oder Bezahlung eines notleidenden Wechsels zum Schutz eines Wechselverpflichteten *(Ehreneintritt)*; →auch Ehrenannahme.
3. *Wirtschaft:* →Interventionismus (2).
4. *Zivilprozeßrecht:* der Eintritt in ein schwebendes Verfahren durch →Hauptintervention oder →Nebenintervention.

Interventionismus [lat.], **1.** *Politik:* eine polit. Richtung in den USA, die in Anerkennung u. im Bewußtsein der führenden Rolle, die den USA in den letzten Jahrzehnten in der internationalen Politik zugefallen ist, deren aktive Beeinflussung durch die USA befürwortet. Der I. beherrschte seit G. *Cleveland* u. F. D. *Roosevelt* die US-amerikan. Außenpolitik u. steht im Gegensatz zum *Isolationismus*.
2. *Wirtschaft:* Ende des 19. Jh. entwickelte wirtschaftspolit. Lehre, nach der staatl. Eingriffe *(Interventionen)* in die Marktwirtschaft durch Einsatz wirtschaftspolit. Mittel zur Realisierung allg. anerkannter wirtschafts- u. gesellschaftspolit. Ziele zulässig sind. Die Eingriffe werden dabei nicht aufgrund eines Gesamtplans, sondern punktuell zur Erreichung bestimmter Sonderziele oder zur Lösung aktueller Probleme vorgenommen. Allg. werden Eingriffe des Staates immer dort akzeptiert, wo das Laissez-faire-Prinzip des Liberalismus nicht zu einem befriedigenden Ergebnis führt, ohne jedoch die liberale Wirtschaftsordnung grundsätzl. umgestalten zu wollen. Der I. bedient sich dabei marktkonformer u. marktinkonformer Maßnahmen. Man unterscheidet Anpassungs-, Erhaltungs- u. Gestaltungsinterventionen. *Anpassungsinterventionen* dienen der Erleichterung

oder Beschleunigung der marktwirtschaftl. Entwicklung; *Erhaltungsinterventionen* bezwecken die Erhaltung bestimmter, von der wirtschaftl. Entwicklung bedrohter Positionen; *Gestaltungsinterventionen* sollen eine Umgestaltung der Wirtschaft in Richtung auf neue wirtschaftspolit. angestrebte Ergebnisse herbeiführen. – ▢4.4.3.

Interventionsklage →Widerspruchsklage.

Interventionsrecht →Intervention (1).

Interventionsverbot →Intervention (1).

Interview ['intəvju: oder intɛr'vju:; das; engl.], Unterredung, Befragung; auf Fragen des „interviewenden" Journalisten beruhendes Informationsgespräch, das (inhaltl. oder wörtl.) in Zeitungen oder Zeitschriften veröffentlicht oder über Rundfunk oder Fernsehen gesendet wird.

Intervisiọn, 1960 gegr., dem Fernseh-Programmaustausch dienende Vereinigung der in der *Internationalen Rundfunk u. Fernsehorganisation* zusammengeschlossenen Rundfunkgesellschaften Osteuropas; →auch Eurovision.

Interzellulạren [lat.], *Interzellularräume*, Zwischenzellräume, die das pflanzl. Gewebe als zusammenhängendes Interzellularsystem durchziehen u. der Atmung dienen. Bei tier. Gewebe sind I. immer mit von den Zellen ausgeschiedener *Interzellularmasse* ausgefüllt (z.B. gallertige oder fibrilläre Interzellularmasse im Bindegewebe).

Interzessiọn [lat.], der Eintritt für die Verbindlichkeit eines anderen, z.B. als *Bürgschaft.*

Interzọnenhandel, der Waren-, Dienstleistungs- u. Zahlungsverkehr zwischen der BRD (einschl. Westberlin) u. der DDR (einschl. Ostberlin); geregelt durch jährl. abgeschlossene *I.sabkommen*; als Verrechnungseinheit (VE) gilt die DM-West. 1970 betrugen die Bezüge der BRD im I. 1998,0 Mill. DM; die Lieferungen der BRD an die DDR hatten einen Wert von 2415,7 Mill. DM.

Intestạterbfolge [lat.] →gesetzliche Erbfolge.

intestinạl [lat.], den Darm betreffend, im Darm sich abspielend, darm...

Intestịnum [das, Mz. *Intestina*; lat.], Darm; *Intestina*, Eingeweide.

Inthronisation [nlat.], Throneinsetzung, feierliche Amtseinführung eines Abtes, Bischofs oder Papstes.

Intịmsphäre, der Erlebnis- u. Gefühlsbereich, den der einzelne als so privat empfindet, daß er ihn gegen die Umwelt abschließt. In der Regel respektieren Mitglieder einer Gesellschaft gegenseitig ihre I.n. Der I. können je nach den kulturellen Traditionen einer Gesellschaft verschiedene Gebiete zugerechnet werden. Bei uns umfaßt sie vor allem den Bereich des Sexuellen, z.T. auch den des Religiös-Weltanschaulichen.
Recht: →Persönlichkeitsrecht.

Intonation [lat.], *Intonierung*, **1.** *Musik:* 1. beim Gesang u. Instrumentalspiel die Tongebung (reine u. unreine I., leise, harte u. laute I.); auch die Möglichkeit verschiedener Klangfärbungen beim Stimmen von Orgeln u. Klavierinstrumenten.
2. die präludierende Einleitung größerer Tonsätze, z.B. bei der Messe; in der Orgelmusik des MA. auch ein kurzes Vorspiel.
2. *Phonetik u. Phonologie:* die Modulations- oder Tonhöhenkurve eines (gesprochenen) Textes. Es gibt 2 Haupttypen von I.: 1. die nach sprachl. Mustern ablaufende u. somit nicht individuell freie I. bestimmter Satztypen (z.B. Frage- u. Aussagesatz); 2. die freie oder aber anders (jedenfalls nicht an Satztypen) gebundene I., deren jeweiliger Typ, durch Stil, Stimmung oder sonstwie bedingt, über größere Redeabschnitte hin nicht zu wechseln braucht.

in tọto [lat.], im großen u. ganzen.

Ịntourist [-tu-], sowjet. staatl. Reisebüro, gegr. 1929; vermittelt Einzel- u. Gesellschaftsreisen in die Sowjetunion nebst erforderl. Paßvisa; Sitz: Moskau; Vertretungen in den wichtigsten Verkehrszentren.

Intoxikation [lat.] = Vergiftung.

intra... [lat.], Wortbestandteil mit der Bedeutung „zwischen, innen, innerhalb".

ịntraarteriẹll [lat. + grch.], in eine Arterie (Schlagader) hinein, in der Arterie befindlich.

ịntraartikulạ̈r [lat.], in ein Gelenk hinein, in einem Gelenk befindlich.

Intrạda [die; ital.], span. *Entrada*, der Einleitungssatz der *Suite* im 16. Jh. (M. *Franck*, H. L. *Haßler*, V. *Haußmann* u.a.), vorwiegend festlichen Charakters; auch als zweiteiliger Tonsatz tanzartigen Charakters mit Wiederholungen.

ịntrakutạn [lat.], in die Haut hinein, in der Haut gelegen.

ịntra mụros [lat.], innerhalb der Mauern, in der Stadt; nicht öffentlich, geheim.

ịntramuskulạ̈r [lat.], in einen Muskel hinein, in einem Muskel gelegen.

ịntransitịv [lat., „nichtzielend"], Bez. für Verben, die kein Akkusativobjekt bei sich haben können (z.B. *wohnen*; *bewohnen* dagegen ist transitiv); →auch Valenz.

ịntraspezịfische Evolutiọn = Mikroevolution, Gegensatz: *transspezifische Evolution*; →auch Abstammungslehre.

ịntraspezịfische Selektion →Selektion.

intrauterịn ['intra:u-; lat.], in der Gebärmutter. – *Intrauterinpessar*, Abk. *IUP*, in die Gebärmutterhöhle eingebrachter Fremdkörper (Pessar) aus Metall oder Kunststoff in verschiedenen Formen zur Empfängnisverhütung.

ịntravenọ̈s [lat.], in eine Vene hinein, in einer Vene gelegen.

Intrịnsic fạctor [in'trinsik 'fæktə; engl.], *Hämogenase, Hämopoetin, Castle-Ferment*, ein in den Antrumdrüsen des Magens (*Antrum* ist der Teil des Magens vor dem Magenpförtner) gebildeter Stoff von Ferment-Charakter, der notwendig ist, um die Resorption (Aufnahme durch die Magenschleimhaut) des Vitamins B_{12} *(Extrinsic factor)* zu ermöglichen. Der I.f. wird in der Magen- bzw. Zwölffingerdarmschleimhaut mit dem Extrinsic factor „gekoppelt", wodurch der sog. *Antiperniziosafaktor* entsteht, der in der Leber gespeichert wird u. für die normale Entwicklung der roten Blutkörperchen unentbehrlich ist.

intro... [lat.], Vorsilbe mit der Bedeutung „nach innen, hinein".

Introduktion [lat.], musikalischer Einleitungssatz.

Intrọitus [der; lat., „Eingang"], Eingangsantiphon oder Einzugslied der kath. Messe; in der ev. Liturgie das erste Stück des Gottesdienstes (Spruch, Lied u.ä.). Die Sonntage bes. vor u. nach Ostern haben ihren Namen nach dem Beginn des I.

Introjektion [lat.], Hineintragung, Hineinlegung menschlicher Gedanken, Willensregungen u. Gefühle in Außermenschliches (z.B. unseres Kraftgefühls in die leblosen Dinge); von R. *Avenarius* in dem speziellen Sinn verstanden, daß die Außenwelt als Innenwelt (Wahrnehmungswelt) der Seele bzw. dem Gehirn eingefügt u. damit die Welt (die „natürl." Weltansicht) fälschlich verdoppelt werde.

Introversiọn [lat.], nach der Typenlehre C. G. *Jungs* die Richtung (Einstellung) des Bewußtseins nach „innen", zur eigenen Erlebnis- u. Innenwelt. Der *Introvertierte* ist der in sich selbst versunkene, mehr in seinen Gefühlen u. Phantasien lebende, im Umgang mit äußeren Dingen oft hilflose Mensch. Gegensatz: *Extraversion*. – Eigw.: *introvertiert.*

Intrusiọn [lat.], das Eindringen großer Magmamassen in das Nebengestein.

Intrusịvgesteine, *Tiefengesteine, Plutonite*, magmat. →Gesteine meist tieferer Erdschichten (z.B. Diorit, Gabbro) u. subvulkan. Gesteine (z.B. Diabas), die durch *Intrusion* entstanden sind.

Intschhon, *Intschön*, früher *Chemulpo*, japan. *Jinsen*, Hafen der südkorean. Hptst. Soul, am Delta des Hangang, 800000 Ew.; vielseitige Industrie; Metall, Maschinen, Eisen, Stahl, Nahrungsmittel u. Textilien; Schiffswerft, Fischerei- u. Flughafen, Autobahn u. Eisenbahn nach Soul.

Intubation [lat.], die Einführung eines Rohrs *(Tubus)* aus Gummi, Plastik oder Metall in die Luftröhre, mit Hilfe des *Intubators*, einer löffelartigen Kehlkopfsonde zum Zurückschieben des Kehldeckels. Die I. dient der künstl. Beatmung bei Erstickungsgefahr sowie vor allem bei großen Narkosen *(I.snarkose, Endotrachealnarkose)*. – Das Verfahren der I. wurde von dem amerikan. Arzt Joseph *O'Dwyer* (*1841, †1898) angegeben.

Intuition [lat.], *Anschauung*, übersinnliche Schau, die unmittelbar gewisse Erkenntnis von Wesenszusammenhängen, oft gleichbedeutend mit *Evidenz*. Während jedoch bei der Evidenz die Wahrheit eines Sachverhalts als allgemeingültig geschaut wird, kommt es bei der I. mehr auf den erlebten Inhalt an. Die I. kann mit den Mitteln der *Reflexion* kontrolliert werden; sie kann sich aber auch jeder Kontrolle u. Analyse entziehen u. die Gewißheit eines Übervernünftigen, Irrationalen sein. Die I. in diesem Sinn dient oft zur Begründung metaphysischer Aussagen. Bei H. *Bergson*, N. O. *Losskij* u.a. wird der Begriff der I. auch im Sinn unmittelbarer Wirklichkeitserfassung verwendet, als ein Sichhineinversetzen in die Wirklichkeit, die dann nicht mehr „Objekt" für den Erkennenden (als „Subjekt") ist. Die Gegner der *I.sphilosophie (Intuitionismus)* betonen die Abhängigkeit der I. von emotionalen Faktoren (Phantasie, Glaube). – In der Psychologie u. Ästhetik ist I. das Aufleuchten neuer „Gestalten" als Funktion der produktiven Einbildungskraft.

Intuitionismus [lat.], *Intuitivismus*, **1.** *Ethik:* eine philosoph. Lehre, die der *Intuition*, dem Erlebnis u. Gefühl einen Vorrang vor der begriffl. Ableitung u. dem bloßen Denken gibt. In der engl. Moralphilosophie versteht man unter I. die Auffassung, daß dem Menschen die sittl. Werte im Wertgefühl unmittelbar gegeben seien.
2. *Mathematik:* im Gegensatz zum *Formalismus* die Betonung des operativen Moments, d.h. der tatsächl. Ausführung einer mathemat. Konstruktion, gegenüber der rein log. Möglichkeit (L. E. J. *Brouwer*).

Ịntussuszeptiọn, 1. *Biologie:* →Flächenwachstum.
2. *Medizin:* = Invagination.

in tyrạnnos! [grch., lat.], *In Tirannos*, „gegen die Tyrannen"; Inschrift der Titelvignette (unter einem zum Sprung ansetzenden Löwen) zu einer 1782 von dem Mannheimer Verleger Tobias Löffler veranstalteten, vom Verfasser überarbeiteten Ausgabe des Schauspiels „Die Räuber" von *Schiller.*

Intze, Otto Adolf Ludwig, Ingenieur, *17. 5. 1843 Laage, Mecklenburg, †28. 12. 1904 Aachen; Arbeitsgebiete: Eisenhochbau u. Wasserbau (Talsperren).

Inulịn [das; grch., lat.], ein hochmolekulares, aus Fructosemolekülen aufgebautes Reservekohlenhydrat; im Pflanzenreich bes. bei vielen Korbblütlern, z.B. Dahlien u. Artischocken, verbreitet; für die Diabetikerdiät von Bedeutung.

Inundation [lat.], **1.** *Geographie:* eine Überschwemmung durch Senkung des Landes oder Stauen der Gewässer. – *I.sgebiet*, das oft überschwemmte Gebiet längs der Flußläufe.
2. *Geologie:* das Maximum der Landsenkung während einer Transgression (Meeresüberflutung).

in ụsum Delphịni [lat.] = ad usum Delphini.

Inụvik, früher *New Aklavik*, Stadt u. Zentrum der westl. Nordwestterritorien (Kanada), am Ostarm des Mackenzie, rd. 2040 Ew. (rd. 30% Eskimos, 15% Indianer); Pelztierfang (bes. Bisam), Pelzhandel. – 1956 gegr.

inv., Abk. für →invenit.

Invagination [lat.], *Intussuszeption*, lebensgefährl. Einstülpung eines Darmabschnitts in einen anderen, führt zum Darmverschluß *(Invaginations-Ileus).*

Invalịde [lat.], **1.** Erwerbsunfähiger, eine zur Berufsarbeit unfähig gewordene Person.
2. durch Kriegsverletzung nicht mehr dienstfähiger Soldat.

Invalidenversicherung, bis zur Rentenreform 1957 Bez. für die →Arbeiterrentenversicherung.

Invalidität [lat.] = Erwerbsunfähigkeit.

Invạr [das; Kurzwort aus *invariabel*], eine Eisen-Nickel-Legierung mit 36% Nickelgehalt; mit außerordentl. geringem Wärmeausdehnungskoeffizienten; für Meßgeräteteile u. Bimetalle.

Invariạnte [die; lat.], **1.** *Mathematik:* Unveränderliche; Funktion, Zahl oder Eigenschaft, die bei einer Abbildung oder einer Transformation unverändert (invariant) bleibt. →Invariantentheorie.
2. *Physik:* eine vom benutzten Koordinatensystem unabhängige Größe. →auch Galilei-Transformation.

Invariạntentheorie, *Theorie der Unveränderlichen*, ein Zweig der Algebra, der sich mit den Eigenschaften jener algebraischen Formen befaßt, die bei Transformationen ungeändert (invariant) bleiben.

Invasiọn [lat.], der Einfall in ein anderes Land, um es zu unterwerfen oder aus strateg. Gründen (z.B. die dt. I. in Belgien 1914, die sowjet. I. in die ČSSR 1968); auch ein Angriff über See auf feindbesetztes Gebiet (z.B. die I. der Alliierten in die Normandie 1944).

Invasionsvögel, Vögel, die von Zeit zu Zeit zu auffälligen Wanderungen neigen. Die „Invasionen" werden durch den →Massenwechsel der betr. Art u. durch Umweltverhältnisse (vor allem Nahrungsverknappung) verursacht. Z.B. gelangt der sibirische *Tannenhäher* in bestimmten Wintern bis nach Großbritannien u. Südfrankreich; andere europ. I. sind das asiatische *Steppenhuhn*, der *Seidenschwanz*, der *Birkenzeisig* u.a.

invẹnit [lat., „er hat (es) erfunden"], Abk. *inv.*,

Bez. für den Urheber eines Kupferstichs, eines Holzschnitts, einer Lithographie u.ä., die hinter dem Namen steht; hat der Urheber auch die Reproduktion selbst angefertigt, so wird dies mit *inv. et fec.* [lat., „hat es erfunden u. gemacht"] gekennzeichnet.

Inventar [das; lat.], **1.** *allg.:* die zu einem Betrieb, Grundstück oder Gebäude gehörenden Vermögenswerte; *lebendes I.*, die zu einem landwirtschaftlichen Betrieb gehörenden Tiere.
2. *bürgerl. Recht:* Verzeichnis von Vermögensgegenständen, bes. des Nachlasses (§§ 1993ff. BGB) u.a. Sondervermögen; in der Regel zum Zweck des Haftungsausschlusses oder der Haftungsbeschränkung.
3. *Handelsrecht:* das bei Beginn eines Handelsgewerbes u. grundsätzl. am Schluß eines jeden Geschäftsjahrs in Landeswährung aufzustellende wertmäßige Verzeichnis aller Vermögensgegenstände (z.B. bares Geld, Forderungen, Grundstücke, Maschinen) u. Schulden der Unternehmung aufgrund einer Bestandsaufnahme *(Inventur)*; Grundlage für die Aufstellung der →Bilanz.
4. *Kunsttopographie:* →Denkmalpflege.

Invention [lat., „Erfindung"], eine bes. Art der musikal. Erfindung, bei C. *Jannequin* für seine Programm-Chansons, bei J. S. *Bach* für kleine zwei- u. dreistimmige Klavierstücke im Imitationsstil. Im 20. Jh. schrieben I.en: A. *Berg*, E. *Pepping*, B. *Blacher*, W. *Fortner* u. G. *Klebe*.

Inventur [die; lat.], die nach § 39 HGB in der Regel jährlich vor Aufstellung einer →Bilanz erforderliche Bestandsaufnahme aller Vermögenswerte (bes. Warenvorräte, Wertpapiere, Bargeld) u. Verbindlichkeiten einer Firma. Bei *permanenter I.* werden die Lagerbestände auf *Skontren* erfaßt, u. die Übereinstimmung mit den tatsächl. Beständen wird durch laufende Kontrolle das ganze Jahr hindurch sichergestellt, so daß bei Bilanzaufstellung eine Abschrift aus den Lagerbüchern genügt. Die geordnete Liste der Bestände mit Wertangaben heißt *Inventar*. – 📖4.8.8.

in verba magistri [lat.], „auf des Meisters Worte" (schwören), d.h. die Lehrsätze eines Lehrers nachsprechen.

Invercargill [invə'ka:-], die südlichste Stadt Neuseelands, an der Foveauxstraße, 50000 Ew.; Haupthandelsstadt der Southland-Ebenen, künstl. angelegter Überseehafen in *Bluff* südl. von I.

Inverness [invə'nɛs], **1.** Distrikt in N-Schottland, in der *Highland Region*, Gebirgsland (im *Ben Nevis* 1343 m) beiderseits des Kaledon. Kanals, 2800 qkm, 50000 Ew.
2. Hafen u. Hptst. der *Highland Region* (Schottland), nahe der Mündung des Kaledon. Kanals in den Moray Firth, 32000 Ew.; Kathedrale (19. Jh.); Schaf- u. Wollhandel, Textil-, Werft- u. Holzindustrie; Fremdenverkehr.

invers [lat., „umgekehrt"], *Mathematik:* 1. eine *inverse Funktion* (Umkehrfunktion) ist eine Funktion, die durch Auflösen der Gleichung nach x u. gleichzeitiges Vertauschen der Variabeln entsteht (z.B.: $y = x^2 \rightarrow y = \sqrt{x}$; $y = \sin x \rightarrow y = \text{arc} \sin x$). – 2. *inverse Operationen* sind Addition u. Subtraktion, Multiplikation u. Division. – 3. eine *inverse Abbildung* macht eine gegebene Abbildung rückgängig. – 4. *inverses Element:* →Gruppe.

Inversion [lat., „Umkehrung"], **1.** *Chemie:* die Umkehrung der Drehungsrichtung bei optisch aktiven Verbindungen; →auch Invertzucker.
2. *Genetik:* die Umkehr eines Chromosomenstücks innerhalb desselben Chromosoms nach doppeltem Bruch; z.B. AB CDEF G wird zu AB FEDC G.
3. *Geologie:* = Reliefumkehr.
4. *Grammatik:* die Änderung der üblichen Wortfolge zur Hervorhebung eines bestimmten Wortes (z.B. „mir hat er nichts gesagt") oder auch zur Bildung bestimmter Satztypen, z.B. bei Fragesätzen („hat er?" gegenüber „er hat").
5. *Mathematik:* I. liegt vor, wenn sich in einer Komplexion (→Kombinationslehre) ein „größeres" Element der Grundanordnung vor einem „kleineren" befindet; die Permutation (3, 1, 4, 2, 5) von (1, 2, 3, 4, 5) hat die drei I.en (3, 1), (3, 2), (4, 2). Entsprechendes gilt für (c, a, d, b, e) von (a, b, c, d, e).
6. *Medizin:* lat. *Inversio*, 1. *Inversio uteri*, die Umkehrung der Gebärmutter bei der Bildung eines bes. schweren Vorfalls; dabei wird die Schleimhaut, die das Innere der Gebärmutter auskleidet, nach außen gestülpt.
2. *Inversio viscerum*, die Eingeweideverlagerung *(Situs inversus)*.
7. *Meteorologie:* die Umkehrung der Temperaturverteilung in der Atmosphäre; z.B. im Gegensatz zur Regel eine Wärmezunahme mit zunehmender Höhe.
8. *Sexualwissenschaft:* lat. *Inversio sexualis*, von J. M. *Charcot* eingeführte Bez. für →Homosexualität.

Inversionstemperatur, die Temperatur beim →Joule-Thomson-Effekt, bei der eine Abkühlung in eine Erwärmung übergeht. Die I. ist für die Technik der Gasverflüssigung wichtig.

Invertebraten [lat.] →Wirbellose.

Invertzucker, das bei der Spaltung von optisch rechtsdrehendem Rohrzucker durch Säuren oder Fermente entstehende, optisch linksdrehende Gemisch seiner Komponenten Glucose u. Fructose; z.B. im Bienen- u. Kunsthonig enthalten, für Fruchtkonserven verwendet; aus Rohrzucker gewonnen, der mit Hilfe von Säuren hydrolytisch gespalten *(invertiert)* wird. I. kommt als farbloser, sehr süßer Sirup in den Handel u. findet bei der Herstellung von Kunsthonig, Marmelade, Bonbons u. Likören Verwendung.

investieren [lat.], Kapital in einem Unternehmen zu Gewinnzwecken anlegen.

Investition [lat.], langfristige private oder öffentl. Anlage von Kapital. – *Brutto-I.*, der nicht den Haushalten, sondern hauptsächl. den Beständen der Unternehmen zugeflossene Teil der Produktion: der Wert der Bestandsveränderungen an dauerhaften Gütern (Lebensdauer länger als ein Jahr) u. Anlagen *(Anlage-I.)* sowie an Vor-, Halbfertig- u. Fertigprodukten *(Vorrats-* oder *Lager-I.)*. – *Re-I., Ersatz-I.*, der Ersatz für Bestandsminderungen infolge Abnutzung, Verschleiß u.ä. (Abschreibungen). – *Netto-I.*, die Brutto-I. abzügl. Re-I., d.h. die die reine Ersatz-I. über- *(Zusatz-I.)* oder unterschreitende I. (versäumte Re-I.). Allgemein betrachtet, sind I.en Bestandsveränderungen an Produktivgütern. Nicht anlagengebundene öffentl. u. private I.en in die Infrastruktur (bes. in *Humankapital*) werden im volkswirtschaftl. Rechnungswesen u. in der Kreislaufanalyse nicht berücksichtigt. – 📖4.4.2.

Investitionsgüterindustrie, neben den *Grundstoffindustrien* der wichtigste Industriebereich für die volkswirtschaftl. Wertschöpfung. Zur I. gehören Stahl- u. Leichtmetallbau, Maschinenbau, Straßenfahrzeugbau, Schiffbau, Luftfahrzeugbau, elektrotechn. Industrie, Feinmechanik u. Optik, Stahlverformung, Eisen-, Blech- u. Metallwarenindustrie.

Investitionshilfe, nach dem *Gesetz über die I. der gewerblichen Wirtschaft* vom 7. 1. 1952 *(I.gesetz*; mit späteren Änderungen) der einer Zwangsanleihe entsprechende einmalige Beitrag der gewerbl. Wirtschaft zugunsten des vordringlichen Investitionsbedarfs der Grundstoffindustrie (bes. Kohlenbergbau, eisenschaffende Industrie, Energiewirtschaft), der 1 Mrd. DM erbringen sollte. Die I.leistung, für deren vollen Betrag börsengängige Wertpapiere von den begünstigten Unternehmen ausgehändigt wurden, richtete sich hauptsächl. nach den Gewinnen aus Gewerbebetrieb in den Jahren 1950 u. 1951. Die aufgebrachten Mittel wurden einem mit eigener Rechtspersönlichkeit ausgestatteten Sondervermögen zugeführt, das bei der *Industriekreditbank AG*, Düsseldorf, als „Industriekreditbank-Sondervermögen I." verwaltet wurde. Über die Zuteilung der I.mittel entschied ein Kuratorium, das sich aus Vertretern der Bundesregierung, der Unternehmer u. der Gewerkschaften zusammensetzte. Die I. ist durch das *I.-Schlußgesetz* vom 24. 2. 1955 abgeschlossen worden.

Investitionsrechnung, betriebswirtschaftl. Rechenverfahren, deren Ergebnisse als Hilfe für die Entscheidung dienen, ob bestimmte Anlagegüter (z.B. Maschinen, Gebäude, Wertpapiere, ganze Betriebe) zu einem bestimmten Zeitpunkt beschafft werden sollen. Durch die I. wird geprüft, ob die Anschaffung eines einzelnen Objekts oder einer Gruppe von Objekten vorteilhaft ist gegenüber der Investition des verfügbaren Geldes in anderen Anlagen. Diese I. basiert auf sämtlichen mit dem Investitionsobjekt für die Zukunft geplanten Auszahlungen u. Einzahlungen, sofern letztere dem Objekt zurechenbar sind. Die Vorteilhaftigkeit wird gemessen am *Kapitalwert* der Aus- u. Einzahlungen *(Kapitalwertmethode)* oder an der Höhe der internen Verzinsung des Objekts oder seiner Rendite oder an der Kapitalrückflußdauer, innerhalb deren das eingesetzte Kapital amortisiert wird *(Pay-off-Methode)*. Soll die Finanzierung der Investition u. eine mögliche Änderung des gesamten Produktionsprogramms des Unternehmens in die Investitionsplanung einbezogen werden, müssen simultane (integrierte) Planungsmodelle aufgestellt werden, die nur mit Hilfe der elektron. Datenverarbeitung zu lösen sind. – 📖4.8.7.

Investitur [die; lat., „Einkleidung"], **1.** *Kirchenrecht:* in der kath. Kirche die Besitzeinweisung in eine niedere (z.B. Pfarr-)Pfründe; in der ev. Kirche (gleichbedeutend mit *Introduktion*) die feierl. gottesdienstl. Einführung eines Geistlichen in ein neues Amt.
2. *Lehnswesen:* im MA. die sinnbildl. Übergabe eines Lehens an den Vasallen (→Belehnung) oder die Übertragung der weltl. Besitzrechte u. geistl. Befugnisse an einen Bischof oder Abt.

Investiturstreit, der im Hoch-MA. (11./12. Jh.) zwischen dem Papsttum u. dem europ. Königtum um die *Laieninvestitur* von Bischöfen u. Äbten sowie um das *Eigenkirchenrecht* entbrannte Streit, verursacht durch den Versuch der Päpste, das frühmittelalterl. europ. Kirchenrecht den Forderungen der Kirchenreform nach Freiheit der Kirche von jedem weltl. Einfluß (lat. *libertas ecclesiae*) u. den Normen alten Kirchenrechts zu unterwerfen. Das *Investiturrecht* gab praktisch dem König das ausschl. oder das ausschlaggebende Recht, die Bischöfe sowohl in die *Temporalien* wie in die *Spiritualien* einzusetzen, wodurch sie polit. von ihm abhängig waren, während der päpstl. Einfluß sich vorwiegend auf geistl. Fragen beschränkte. Auf diese Weise wurden geistl. u. weltl. Herrschaft unter der Führung des Königs eng miteinander verbunden (→Reichskirche). Die Trennung dieser Verbindung, die Freiheit der Kirche u. später sogar die Beugung der weltl. Gewalt unter die päpstliche war das Ziel der Päpste.
Beginn u. zugleich Höhepunkt des I.s war der Kampf zwischen Papst *Gregor VII.* u. dem dt. König *Heinrich IV.*: Gregor, ein Vertreter der *Cluniazensischen Reform* auf dem Stuhl Petri, setzte alle verheirateten (→Zölibat) u. durch *Simonie* in ihr Amt gekommenen Priester ab u. verurteilte in diesem Zusammenhang auch die Investitur der Bischöfe durch den König (Fastensynode in Rom, *Dictatus papae* 1075). Daraufhin ließ König Heinrich den Papst durch eine dt. Bischofssynode in Worms (1076) absetzen, wurde jedoch seinerseits von Gregor mit dem Kirchenbann belegt. Durch den Bußgang nach *Canossa* (1077) erzwang Heinrich die Auflösung des Banns u. rettete dadurch sein Königtum. Als Gregor den Gegenkönig *Rudolf von Rheinfelden* anerkannte (1080), brach der Kampf von neuem los. Die Heinrich ergebenen dt. u. italien. Bischöfe erhoben den Gegenpapst *Klemens III.*: auch manche Kardinäle fielen von Gregor ab. Heinrich eroberte 1083/84 Rom, wo Klemens ihn zum Kaiser krönte. Gregor mußte fliehen u. starb im Exil. – Äußerlich hatte Heinrich also gesiegt. Aber durch die Unterwerfung in Canossa hatte der dt. König u. Anwärter auf das Kaisertum die päpstl. Strafgewalt über sich u. sein Amt anerkannt u. damit den Anspruch auf die Gottunmittelbarkeit der höchsten weltl. Herrschaft aufgegeben.
Das →Wormser Konkordat (1122) beendete den Streit durch einen Kompromiß. Die späteren Kämpfe zwischen dem Papsttum u. dem Kaisertum hatten nichts mehr mit dem I. zu tun. – In England verzichtete *Heinrich I.* schon 1107 auf die Investitur unter der Voraussetzung, daß die Bischöfe vor der Weihe den Lehnseid auf den Herrscher geleistet hatten. In Frankreich wurde der Streit auf derselben Grundlage gelöst. – 📖5.3.2.

Investivlohn, ein Lohnanteil, der von der Unternehmung nicht in bar ausgezahlt, sondern direkt in die Unternehmung selbst oder über eine zwischengeschaltete Institution anderweitig investiert wird. Der I. soll der Vermögensbildung der Arbeitnehmer dienen, als konjunkturpolit. Mittel den Konsum reduzieren u. die Kapitalbildung fördern.

Investmentgesellschaft →Kapitalanlagegesellschaft.

Investment Trust [-trʌst; engl.], bes. in den USA u. England übliche Form der →Kapitalanlagegesellschaft. Der I. T. gibt (ohne einen eigenen Produktionsbetrieb zu besitzen) eigene Effekten *(Zertifikate)* aus u. erwirbt mit den so erlangten Kapitalien festverzinsliche Effekten oder Anteile von verschiedenen Unternehmungen mit dem Ziel des Risikoausgleichs.

Investmentzertifikat, eine Urkunde, in der die Teilhaberschaft an einem *Investmentfonds* einer *Investmentgesellschaft* (→Kapitalanlagegesellschaft) verbrieft ist. Der Besitzer eines I.s hat Anspruch auf einen Anteil am Ertrag des Fonds. Der Preis eines I.s beruht auf dem sog. *Inventarwert*, der sich bei der Teilung des gesamten Fondsvermögens durch die Zahl der ausgegebenen Anteile ergibt.

in vitro [lat.], im Reagenzglas, im Laborversuch.

in vivo [lat.], in der Natur, am lebenden Objekt.

Invocabit [lat., „er wird (mich) anrufen"; kath.], *Invocavit, Invokavit* [„er hat angerufen"; ev.], Name des ersten Passionssonntags (nach Ps. 91[90],15).

Invokation [lat.], Anrufung Gottes zu Beginn einer Urkunde.

Inyangani, höchster Berg Rhodesiens, in den *Inyangabergen* an der Grenze von Moçambique, 2596 m; östl. das *Inyanga-Nationalparks*.

Inzell, Gemeinde in Oberbayern (Ldkrs. Traunstein), 2800 Ew.; modernes Eisstadion mit der ersten dt., 1965 erbauten Kunsteisbahn für Eisschnellauf; Austragungsort mehrerer internationaler Schnellaufmeisterschaften.

Inzensation, *Inzens* [lat.], im kath. Gottesdienst vorgeschriebene liturgische Beräucherung mit Weihrauch.

Inzest [der; lat.], →Blutschande, →Inzucht.

Inzidenzen [lat.], gewisse Relationen, die in den Axiomen der Geometrie zwischen den Punkten u. Geraden oder zwischen den Punkten u. Ebenen erklärt werden; so z.B. „Der Punkt P inzidiert mit der Geraden g" bedeutet soviel wie „P liegt auf g" oder „P gehört zu g" oder „g geht durch P" u.ä.

Inzision [lat.], *Medizin:* Schnitt, Einschnitt. – *Inzisur*, die Einbuchtung z.B. eines Knochens.

Inzisiven [lat.], *Incisivi* →Schneidezähne.

Inzucht, *Inzest*, die geschlechtl. Fortpflanzung (Kreuzung) nahe verwandter Menschen, Tiere oder Pflanzen. Vorteile: Erhaltung deutlich ausgeprägter, wertvoller Anlagen, die vom Züchter bewußt in I. weitergezüchtet werden u. bes. in der Haustierzucht zu teilweise hervorragenden Erfolgen geführt haben; Gefahren: gehäuftes Auftreten u. gegenseitige Verstärkung der eventuell von beiden Eltern stammenden schlechten u. unerwünschten Merkmale, die bei diesen oft nicht zutage traten, aber latent vorhanden waren u. sich nun durch das Zusammenkommen zweier gleichsinniger Erbfaktoren *(Gene)* in den Nachkommen zeigen. In völlig gesunden Stämmen ist I. also angebracht u. ist auch vom Menschen (Ägypter, Inka, altes Griechenland) geübt worden; heute ist sie aber bei den meisten Völkern gesetzlich verboten; →auch Degeneration. Blutschande. – ☐9.0.3.

Io, 1. [die], *Astronomie:* einer der von Galilei entdeckten großen Monde des →Jupiter.
2. *Chemie:* Abk. für *Ionium*.
3. *Mythologie:* in der griech. Sage meist Tochter des Flußgottes *Inachos*, Geliebte des *Zeus*, Priesterin der *Hera*, die sich eifersüchtig an ihr rächte; floh nach Ägypten, wo sie nach griech. Auffassung als *Isis* verehrt wurde.

Io., Abk. für den nordwestl. USA-Staat →Iowa.

IOC, Abk. für engl. *International Olympic Committee*, internationale Bez. für das →Internationale Olympische Komitee.

IOK, Abk. für →Internationales Olympisches Komitee.

Iokaste, griech. Sagen- u. Dramengestalt, Frau des *Laios*, Mutter u. Frau des *Ödipus*; nach den griech. Tragikern auch Mutter von *Eteokles, Polyneikes, Antigone* u. *Ismene*.

Ion, 1. myth. Ahnherr der *Ionier*, Sohn *Apollons* u. der Erechtheus-Tochter *Kreusa* in Athen; wurde ausgesetzt, tat Tempeldienst in Delphi, kam nach vielen Abenteuern zu Kreusa zurück u. wurde von deren Gemahl *Xuthos* adoptiert.
2. *I. von Chios*, griech. Dichter, *um 490 v.Chr., †422 v.Chr.; schrieb außer Tragödien u. Gedichten verschiedener Art auch einen Reisebericht in Prosa; nur in Bruchstücken überliefert.

Iona Community [aiˈouna kəmˈjuːniti; engl.], presbyterianische Gemeinschaft (von Pfarrern u. Handwerkern) mit ordensähnlichem Charakter, die in der Abtei Iona auf einer Insel vor der Westküste Schottlands lebt; 1938 gegr. von Pfarrer George *MacLeod* in Glasgow; widmet sich bes. der Arbeiterseelsorge.

Ionen [Mz., Ez. das *Ion*; grch., „Wandernde"], ein- oder mehrfach positiv *(Kationen)* oder negativ *(Anionen)* geladene Atome oder Atomgruppen. Sie treten bei der elektrolyt. →Dissoziation auf, doch sind auch bereits die Kristalle der Elektrolyte aus I. aufgebaut. Gase können durch Einwirkung von Wärme, radioaktiven Strahlen, Röntgenstrahlen, ultraviolettem Licht ionisiert u. dadurch zu elektr. Leitern werden (→Ionisation).

Ionenaustauscher, hochmolekulare anorgan. oder organ. Stoffe, die die Eigenschaften haben, Ionen (z.B. H- oder OH-Ionen) abzuspalten u. dafür andere in einer Lösung befindliche Ionen aufzunehmen. Man unterscheidet *Anionenaustauscher*, die negativ geladene Ionen, z.B. die im Leitungswasser befindlichen Sulfat-Ionen, gegen Hydroxyl-(OH-)Ionen, u. *Kationenaustauscher*, die positiv geladene Ionen, z.B. die im Leitungswasser befindlichen Calcium-Ionen, gegen Wasserstoff-(H-)Ionen austauschen. *Mischbettaustauscher* sind Gemische aus Anionen- u. Kationenaustauschern, so daß z.B. sowohl die Calcium- wie die Sulfationen im Leitungswasser gegen H- bzw. OH-Ionen (die zusammen reines Wasser ergeben) ausgetauscht werden u. man salzfreies Wasser erhält. Ist ein I. erschöpft, läßt er sich durch einen großen Überschuß an H-Ionen (Säuren) bzw. OH-Ionen (Basen) regenerieren.

I. werden zur Vollentsalzung von Wasser, in der analytischen u. präparativen Chemie, in der Medizin u. der chem. Technik verwendet. Natürliche anorgan. I. sind die *Zeolithe*, die für die Wasserenthärtung verwendet werden können (Austausch von Calcium- u. Magnesiumionen gegen Natriumionen); ähnl. in Zusammensetzung u. Eigenschaften ist das künstl. hergestellte *Permutit*. – ☐8.0.7.

Ionenaustauschverfahren, *Basenaustauschverfahren*, Verfahren zur Enthärtung von Wasser, bei dem der Kalium- und Magnesiumgehalt der Härtebildner gegen Natriumsalze ausgetauscht wird. →auch Ionenaustauscher.

Ionenfalle, Vorrichtung bei Fernsehbildröhren, die die ionisierte Gasmoleküle (Ionen) daran hindert, daß sie auf den Leuchtschirm auftreffen u. dadurch die Leuchtschicht beschädigen.

Ionenlawine, starke Vermehrung der Ionenzahl in einem Gas beim Vorhandensein starker elektr. Felder: Ein (etwa durch eine äußere Strahlung entstandenes) Ion wird durch das Feld beschleunigt, erzeugt durch Stoß auf neutrale Gasatome weitere Ionen *(Stoßionisation)*, die wiederum nach Beschleunigung Ionen auslösen usw. I. treten z.B. bei elektr. Entladungen auf. →auch Ionisation.

Ionenwolken, *Plasmawolken*, vor allem aus ionisiertem Barium oder Strontium bestehende Wolken, deren Ausgangsstoffe mit Hilfe von Raketen in die →Ionosphäre u. Exosphäre der Erde geschossen u. dort verdampft werden. Aus den Leucht- u. Bewegungsvorgängen der I. lassen sich Schlüsse auf elektr. Felder, Windgeschwindigkeiten u.a. ziehen.

Ionesco, Eugène, französ. Schriftsteller rumän. Herkunft, *26.11.1912 Slatina (Rumänien); seit 1938 in Frankreich; Verfasser zahlreicher Theaterstücke („Antidramen"), die sich in keine der üblichen Kategorien einreihen lassen u. in denen das Reale mit dem Absurden im gleichen Stück, sogar bei ein u. derselben Figur koexistieren kann: „Die kahle Sängerin" 1950, dt. 1959; „Die Unterrichtsstunde" 1950, dt. 1955; „Die Stühle" 1951, dt. 1959; „Amédée oder Wie wird man ihn los?" 1953, dt. 1959; „Die Nashörner" 1959, dt. 1959; „Der König stirbt" 1962, dt. 1964; „Fußgänger der Luft" 1962, frz. 1963; „Hunger u. Durst" 1964, dt. 1964; „Triumph des Todes oder Das große Massakerspiel" 1970, dt. 1971. Fernsehspiel „Der Schlamm" 1971, dt. 1971. Schriften zum Theater „Argumente u. Argumente" 1960, dt. 1962; Tagebücher. Roman „Le Solitaire" 1973.

Ionescu, Take, rumän. Politiker, *13.10.1858 Ploești, †21.6.1922 Rom; Anwalt, seit 1891 verschiedene Min.-Posten, 1912, 1916/17 u. 1920 Außen-Min., 1921/22 Min.-Präs.; gründete 1908 die konservativ-demokrat. Partei; mitverantwortl. für die Teilnahme Rumäniens am 1. Weltkrieg u. für die Bildung der *Kleinen Entente*.

Ionier, *Ioner*, grch. u. lat. *Iones*, einer der griech. Hauptstämme. Die I. wanderten zu Beginn des 2. Jahrtausends v.Chr. zusammen mit den *Achäern* nach Griechenland ein, wo sie Attika, Euböa, Achaia u. das Grenzgebiet zwischen Lakonien u. der Argolis bewohnten. Um 1200 v.Chr. wurden sie im Zuge der *Ägäischen Wanderung* von neu einwandernden Griechen verdrängt u. siedelten sich, mit anderen griech. u. mit nichtgriech. Volkssplittern vermischt, auf den Inseln der Ägäis u. in der Mitte der kleinasiat. Westküste an (Städte: u.a. Ephesos, Milet, Priene). *Athen* galt als Mutterstadt. In Kleinasien vereinigten sich 12 ionische Städte zum *Ionischen Bund* um das *Panionion* genannte Poseidonheiligtum am Mykalegebirge im Gebiet von Priene als religiösen Mittelpunkt; später trat auch das ursprüngl. äolische Smyrna bei. –

Investiturstreit: Heinrich IV. und Papst Klemens III. (oben links); Vertreibung und Tod Gregors VII.; 1084/85. Miniatur aus der Handschrift Ottos von Freising. Jena, Universitätsbibliothek

Ionikus

Ionische Inseln: Sákynthos

Der bewegl., vielleicht durch Berührung mit älteren oriental. Kulturen (Perserreich) geweckte Geist der I. ließ den ion. Raum zur Wiege von griech. Dichtung (*Homer, Archilochos*), Philosophie u. Naturwissenschaft (*Thales, Anaximander, Anaximenes, Heraklit*) u. Geschichtsschreibung (*Hekataios von Milet*) werden. Auch in der bildenden Kunst waren sie im 6. Jh. v.Chr. führend. Der ion. Raum wurde zum Ausgangspunkt der großen griech. *Kolonisation* des Mittelmeer- u. Schwarzmeergebiets im 7. u. 6. Jh. v.Chr. Das staatl. Leben interessierte die kleinasiat. I. dagegen weniger. So gerieten sie seit der Mitte des 7. Jh. v.Chr. unter die Gewalt der lydischen Könige u. nach deren Sturz um 546 v.Chr. unter pers. Herrschaft. Ihre letzte große polit. Rolle vor Abgabe auch der kulturellen Führung an das stammverwandte Athen spielten die I. im *Ionischen Aufstand* 500 v.Chr.; danach folgte im 5. Jh. v.Chr. auch wirtschaftl. der Niedergang bis zu einer neuen wirtschaftl. u. kulturellen Blüte im *Hellenismus*. – ⌑5.2.3.

Ionikus →ionischer Vers.

Ionisation [grch.], Erzeugung von *Ionen*, d.h. Loslösung eines oder mehrerer Elektronen von einem Atom: 1. durch *Stoß-I.* beim Zusammenstoß von rasch fliegenden Atomen, die beispielsweise in Gasen bei hohen Temperaturen (*thermische I.*) vorhanden sind (z.B. enthalten die meisten Sterne nur ionisierte Gase), oder durch den Stoß von im elektr. Feld beschleunigten Elektronen oder Ionen auf Atome (→Gasentladung); 2. durch *ionisierende Strahlung* (Bestrahlen mit ultraviolettem Licht, Röntgen-, α-, β-, γ-Strahlen oder mit Neutronen); dabei muß die Strahlenenergie größer sein als die Ablösearbeit der Elektronen. Eine intensive I. von Atomen in lebenden Organismen führt zu molekularen Veränderungen, die die Lebensfähigkeit erheblich beeinträchtigen. Darauf beruht die Zerstörung von Tumoren durch Bestrahlung. →auch Dissoziation.

Ionisationskammer, Gerät zum Messen radioaktiver (auch kosmischer) Strahlung. In einem geschlossenen Gefäß, dessen Wände für die Strahlung durchlässig sind, befinden sich zwei Elektroden, zwischen denen eine Spannung (100–1000 Volt) liegt. Die eindringende Strahlung ionisiert das Füllgas der I. Die erzeugten Ionen wandern (entspr. ihren Vorzeichen) zu den Elektroden. Die hier abgegebene Ladung löst ein elektronisches Signal aus. →auch Geigerzähler.

ionisch, *Musik:* eine der 12 Kirchentonarten betreffend.

Ionisch, auf den Ionischen Inseln gesprochener Dialekt der altgriech. Sprache. →auch griechische Sprache.

Ionische Inseln, neugrch. *Iónioi Nêsoi*, gebirgige, niederschlagsreiche Inselreihe an der Westküste von Griechenland, 7 größere (Korfu, Paxós, Leukas, Kefallinía, Itháki, Sákynthos, Kýthira) u. viele kleinere Inseln, zusammen 2307 qkm, 185 000 Ew.; Fremdenverkehr; Anbau von Wein, Oliven, Südfrüchten, Korinthen; Salzlager; 1953 schwere Erdbeben. – Bis 1797 venezian., dann französ., russ. u. türk., seit 1815 engl., seit 1864 griech.

Ionischer Aufstand, Erhebung der kleinasiat. Griechen gegen die pers. Oberhoheit aufgrund einer allg. Mißstimmung gegen das pers. Regierungssystem u. wegen der Beeinträchtigung des Handels der Ionier. Der Aufstand wurde angeblich auf Veranlassung des *Histiaios* 500 v.Chr. von *Aristagoras* entfacht. Mangels Unterstützung durch das griech. Mutterland – nur Eretria u. die Athener sandten vorübergehend geringe Hilfskräfte – brach der Aufstand 494 v.Chr. zusammen. Er war Anlaß für den Zug des Persers *Mardonios* nach Thrakien u. Makedonien 492 v.Chr. u. Vorwand für den ersten *Perserkrieg*. – ⌑5.2.3.

ionischer Stil, allg. Bez. für die seit dem 7. Jh. v.Chr. sich eigenständig entwickelnde Kunst der in Westkleinasien u. auf den Kykladen beheimateten ion. Griechen. In der Architektur Bez. für eine bestimmte →Säulenordnung.

ionischer Vers, *Ionikus,* antiker Versfuß aus 2 Längen u. 2 Kürzen: – – ∪ ∪ oder ∪ ∪ – –.

Ionisches Becken, bis 5121 m tiefes Becken im zentralen Mittelländ. Meer zwischen Süditalien, Sizilien, Malta, Libyen, Kreta u. Griechenland.

Ionisches Meer, Teil des Mittelländ. Meers zwischen Süditalien, Sizilien u. Griechenland; im *Ionischen Becken* 5121 m tief.

Ionium [das; grch., lat.], Abk. Io, frühere Bez. für das radioaktive Zerfallsprodukt des *Urans*, Isotop des *Thoriums* mit der Massenzahl 230.

Ionosphäre [grch.], die oberen Schichten der Atmosphäre (etwa oberhalb von 85 km), in denen durch Ultraviolett- u. Höhenstrahlen die Gase z.T. ionisiert sind. Man unterscheidet die *D-Schicht* (etwa in 85 km Höhe), die *E-* oder *Kennelly-Heaviside-Schicht* (in 96–144 km Höhe) sowie die F_1- u. F_2-*Schicht* (in 160–250 u. 250–400 km Höhe), die auch unter der Bez. *Appleton-Schicht* zusammengefaßt werden. An den Schichten werden elektromagnetische Lang-, Mittel- u. Kurzwellen reflektiert; sie ermöglichen damit den Funkverkehr über weite Strecken durch (mehrfache) Wellenreflexion; Ultrakurzwellen können auch die I. durchdringen. In der I. entsteht auch das →Polarlicht. Mit der I. befaßt sich die *Aeronomie*.

Iorga, Nicolae, rumän. Historiker u. Politiker, *17. 6. 1871 Botoşani, †28. 11. 1940 Strejnic; Prof. in Bukarest, gründete die Volksuniversität Vălenii de Munte u. viele wissenschaftl. Institutionen; schrieb neben histor. Arbeiten Dramen, Gedichte, Reiseerinnerungen; schuf die literar. Schule des *Semanatorismus*. 1931/32 Min.-Präs.; von Anhängern der „Eisernen Garde" ermordet.

Ios, griech. Insel der Kykladen, 108 qkm, 1400 Ew.; Hauptort I. (1300 Ew.); Seebad; angebl. Grab Homers.

Iosif, Stefan Octavian, rumän. Dichter, *11. 10. 1875 Kronstadt, †22. 6. 1913 Bukarest; zarte, idyll. Lyrik voll Sehnsucht nach einer versunkenen Vergangenheit.

IOU, Abk. für engl. *I owe you* [ai ɔu juː; „ich schulde Ihnen"], Formel auf engl. u. amerikan. Schuldscheinen.

Iowa ['aiəwə], Stamm der Chiwere-Gruppe der Siouxindianer am unteren Mississippi, 300 Menschen.

Iowa ['aiəwə], Abk. *Io.*, Staat im Nordwesten (im Mittleren Westen) der USA, 145 791 qkm, 2,8 Mill. Ew. (1% Nichtweiße); Hptst. *Des Moines*. I. liegt in fruchtbaren, flachwelligen Moränenland zwischen oberem Mississippi u. Missouri. Anbau von Mais, Hafer, Heu, Sojabohnen; Schweine- u. Rinderzucht. Die Industrie umfaßt den Maschinen- u. Gerätebau, Feinmechanik u. Nahrungsmittelbetriebe (Großmühlen in Cedar Rapids, Großschlächtereien). – I. wurde 1846 als 29. Staat in die USA aufgenommen.

Iowa City ['aiəwə 'siti], Stadt in Iowa (USA), 48 000 Ew.; Staatsuniversität (gegr. 1847); Kosmetikindustrie.

Ipatjew, *Ipatieff,* Wladimir, russ. Chemiker, *21. 11. 1867 Moskau, †29. 11. 1952 Chicago; bis 1927 Prof. in Leningrad, danach in den USA; führte umfangreiche Untersuchungen auf dem Gebiet der Katalyse u. der Hydrierung sowie wichtige Synthesen organ. Produkte durch.

Ipecacuanha [-'anja; die], *Uragoga,* brasilianisches *Rötegewächs*; liefert →Brechwurz.

Iphigenie, *Iphigeneia, Iphigenia,* nach der griech. Sage Tochter des Königs Agamemnon u. der Klytämnestra; wurde in Aulis von Artemis aus der Gefahr befreit, der Göttin geopfert zu werden, u. wirkte als Artemis-Priesterin in Tauris. Dort begegnete sie ihrem Bruder Orestes, den sie nun selbst der Göttin opfern sollte, doch beide erkannten einander u. flohen mit dem alten Kultbild der Artemis nach Athen. Seit *Euripides* u. J. B. *Racine* immer wieder dramat. dargestellt (*Voltaire*, Ch. W. *Gluck, Goethe, Schiller,* J. *Halm,* R. *Pannwitz,* G. *Hauptmann,* Ilse *Langner* u.a.).

IPI, Abk. für *Internationales Presse-Institut.*

Ipin, *Yibin,* früher *Suifu,* chines. Stadt in der Prov. Szetschuan, an der Mündung des Min Kiang in den Yangtze Kiang, 300 000 Ew.; Endpunkt der Schiffahrt für 500-t-Fahrzeuge, Handelszentrum, Nahrungsmittelindustrie.

Ipiutak-Kultur, vorgeschichtl. Eskimokultur um 200 n.Chr., nach einer Fundstelle bei Point Hope, Alaska, benannt. Hausruinen mit reichhaltigem Inventar an Knochen- u. Steingerät; Gräber mit Elfenbeinschnitzereien als Beigaben, in den Augenhöhlen der Skelette Augäpfel aus Elfenbein mit Pupillen aus Jade.

Ipoh, Hptst. des Teilstaates Perak in Malaysia, auf Malakka, 250 000 Ew.; Zentrum des Zinnabbaus im Kinta-Tal; Bahnstation, Flugplatz.

Ipomoea [die; grch.], Gattung der *Windengewächse* aus dem trop. Amerika u. Ostindien. Kletterpflanze mit dichter Belaubung u. blauen bis roten Blüten. Heute ist die *Sternwinde, I. coccinea,* in allen warmen Zonen als Zierpflanze heimisch. *I. batatas* liefert die →Bataten.

Ipoustéguy [ipuste'gi] Jean, französ. Bildhauer u. Maler, *6. 1. 1920 Dun-sur-Meuse; Autodidakt; 1947/48 Fresken in der Kirche Saint-Jacques in Montrouge; seit 1949 Bildhauer; virtuoser Manierist, der durch Oberflächenverformungen zerstörte Menschlichkeit darstellt.

ipse fecit [lat.], Abk. *i.f.* (vor oder hinter der Signatur des Künstlers) „er hat (es) selbst gemacht".

ipsissima verba [lat.], völlig die eigenen Worte (einer Person, die sie gesprochen hat).

Ipswich [-witʃ], 1. Hafenstadt u. Hptst. der ostengl. Grafschaft Suffolk, an der Mündung des Orwell in die Nordsee, 122 000 Ew.; Herstellung von Landwirtschaftsmaschinen u. -geräten; Fischfang.
2. Stadt in Queensland (Australien), südwestl. Vorort von Brisbane, 55 000 Ew. (viele Deutsche); Zentrum des Moreton-Kohlenreviers; Eisenbahnwerkstätten, Textil-, keram. u. Nahrungsmittelindustrie.

Iqbal [ik-], Sir Mohammed, indisch-islamischer Lyriker, *22. 2. 1873 Sialkot, Panjab, †21. 4. 1938 Lahore; trat als erster für einen unabhängigen indischen Moslem-Staat ein, schrieb in Urdu u. Persisch.

Iquique [i'kike], Hptst. u. Hafen in Nordchile, 74 000 Ew.; Ausfuhrhafen des Salpetergebiets der *Atacama;* durch den Salpeterkrieg 1883 von Peru an Chile gekommen.

Iquitos [i'kitos], Stadt am Marañón (Oberlauf des Amazonas), Hptst. des ostperuan. Dep. Loreto, 115 000 Ew.; Universität (gegr. 1961), Zentrum des Kautschukhandels, Erdölraffinierung, Sägewerke, Endpunkt der Amazonasschiffahrt (direkte Verbindung mit Übersee); Flugplatz.

ir... →in...

i.R., Abk. für *im Ruhestand,* die früher Beamte im →Ruhestand hinter ihre letzte Amtsbezeichnung setzten. Die gleiche Bedeutung hat jetzt der Zusatz „außer Dienst" (Abk. *a.D.*).

Ir, chem. Zeichen für *Iridium.*

I. R., Abk. für lat. *Imperator Rex* („Kaiser u. König").

IRA, Abk. für →Irische Republikanische Armee.

IRAK
Al-Jumhuriya al-Iraqiya ad-Dimuqratiya ash-Sha'abiya
IRQ

Fläche: 438 446 qkm

Einwohner: 12,2 Mill.

Bevölkerungsdichte: 28 Ew./qkm

Hauptstadt: Bagdad

Staatsform: Republik

Mitglied in: UN, Arabische Liga

Währung: 1 Irak-Dinar = 1000 Fils

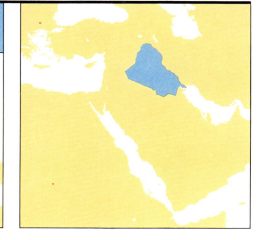

Landesnatur: Im N u. östl. des Tigris steigt das Land stufenförmig zum armenischen Bergland u. zu den iranischen Randgebirgen an. In dem von wasserreichen Flüssen zerschnittenen Bergland liegen fruchtbare Beckenlandschaften. Im W u. SW erstreckt sich ein leicht welliges Tafelland aus Sandsteinen, geröllbedeckt u. meist Wüste oder Wüstensteppe. Die Kernlandschaft, das eigentliche *Mesopotamien* zwischen Euphrat u. Tigris, reicht etwa von Bagdad bis zum Pers. Golf. Diese Ebene ist ein Meeresteil, der erst im Lauf der Zeit von dem Geröll u. Schlamm der Flußhochwasser zugeschüttet wurde. I. hat ein kontinentales Klima. Der Einfluß des Mittelmeers ist nur durch die winterliche Regenzeit spürbar (nördl. Randgebirge über 1000 mm, Bagdad weniger als 100 mm im Jahr). Der W u. S hat Anteil am afrikan.-vorderasiat. Trockengürtel.

Die zu 96% islam. Bevölkerung (Anteil der Christen 3%) besteht aus 80% Arabern (z. T. noch nomadisierend), 16% Kurden u. 2% Türken. Das Bildungswesen versorgen etwa 5000 Schulen aller Art (ca. 40 Fach- u. Hochschulen, 3 Universitäten in Bagdad; je 1 in Mosul u. Basra).

Wirtschaft u. Verkehr: Die Landwirtschaft ist Lebensgrundlage der meisten Bewohner u. liefert Weizen, Gerste, Mais, Reis, Baumwolle, Tabak, Hülsenfrüchte, Datteln u. a. mit Exportüberschuß, ebenso die Viehzucht (13 Mill. Schafe u. Ziegen). Entscheidendes Exportprodukt ist mit rd. 90% des Ausfuhrwerts das Erdöl (Förderung 1977: 110 Mill. t). Weiter kommen Asphalt, Schwefel u. Salz vor sowie abbauwürdige Lager an Zink, Blei, Kupfer, Chrom, Mangan, Eisenerz u. Uran; zunehmend wird auch Erdgas erbohrt. Die im Ausbau begriffene Industrie erzeugt bes. Textilien, chem. u. petrochem. Produkte, Nahrungsmittel (Verarbeitung von Datteln) u. Tabakwaren. Die Energiewirtschaft verfügt bereits über 6 große Stauanlagen am Tigris u. seinen Zuflüssen, 4 weitere Staudämme sind am Euphrat u. Tigrisunterlauf im Bau. – Eisenbahn- (2500 km) u. Straßennetz (9000 km, davon 2100 asphaltiert) sind noch unterentwickelt. Haupthandelshafen ist Basra, Ölexporthäfen Fao u. neuerdings Khor al-Amamiya sowie seit 1967 Umm-Qasr als Tiefwasserseehafen. Die zunehmende Luftfahrt stützt sich auf die für Düsenmaschinen ausgebauten Flughäfen Bagdad u. Basra u. auf die Flugplätze Mosul u. Kirkuk. – K→Vorderasien. – L 6.6.7.

Geschichte

Im 4. Jahrtausend v. Chr. war I. von den *Sumerern* bewohnt. Die semitischen *Akkader* (seit dem 3. Jahrtausend) gründeten die Reiche Babylonien u. Assyrien. Nachdem Kyros II. 539 v. Chr. Babylonien erobert hatte, gehörte das Land zum *Perserreich*. Unter den *Sassaniden* (227–642) lag die Hptst. des Reichs, Ktesiphon, in I. Dann eroberten die islamischen *Araber* das Land; 750 machten es die *Abbasiden-Kalifen* zur Zentralprovinz des Islamischen Reichs u. erhoben 762 Bagdad zur Residenz. Nach der Eroberung durch die *Mongolen* (Ilkhane) 1258 wurde das Bewässerungssystem vernachlässigt, u. es trat z. T. Versteppung auf. 1534 eroberten die *Türken* Bagdad, verloren es 1623 an die pers. *Safawiden*, konnten dann aber 1638 ganz I. dem Türkischen Reich angliedern. Im 1. Weltkrieg besetzten brit. Truppen gegen den Widerstand türk. u. dt. Truppen das Land; 1921 wurde es brit. Mandatsgebiet. Am 23. 8. 1921 wurde *Faisal I.*, ein Sohn König Hussains des Hedjas, zum König gekrönt. 1925 wurde das Gebiet um Mosul angegliedert. Durch den Vertrag vom 30. 6. 1930 wurde I. nominell selbständig, doch blieb die brit. Oberhoheit bestehen. Auf Faisal folgte 1933–1939 sein Sohn *Ghasi I.*, diesem folgte der noch minderjährige *Faisal II.*, bis 1953 unter der Vormundschaft seines Onkels *Abd al-Ilah*. Ein während des 2. Weltkriegs 1941 aufflammender englandfeindl. Aufstand scheiterte. 1948/49 nahm I. am Israel-Krieg teil. Die englandfreundl. Regierung *Nuri as-Saids* (seit 1930 mehrmals Min.) wurde 1952 gestürzt; 1954 kam Nuri as-Said erneut zur Macht u. löste die Parteien auf. 1955 erhielt I. die volle Souveränität. Ein Beistandspakt (im Rahmen des *Bagdad-Pakts*) gab Großbritannien das Recht, Militärstützpunkte zu unterhalten. 1958 bildete I. mit Jordanien die *Arabische Föderation*, die nur wenige Monate bis zur Revolution am 14. 7. 1958 bestand.

In dieser Revolution kamen der König, der Kronprinz u. der Min.-Präs. Nuri as-Said ums Leben. Die unter General Abd al-Karim *Kassem* gebildete Regierung schloß 1958 einen Beistandspakt mit der Vereinigten Arabischen Republik (VAR), trat 1959 aus dem Bagdad-Pakt aus (die letzten brit. Truppen verließen im Mai das Land) u. bezog Militär- u. Wirtschaftshilfe aus der Sowjetunion. Die Beziehungen zur VAR verschlechterten sich wegen eines Putschversuchs Nasser-freundlicher Offiziere im März 1959 in Mosul. Der wachsende kommunist. Einfluß wurde 1959 blutig unterdrückt. 1960 wurde eine beschränkte Betätigung der polit. Parteien zugelassen. Seit 1961 forderte Kassem die Eingliederung des selbständig gewordenen Kuwait. Im Frühjahr 1961 versuchten die Kurden, ihre Forderung nach Autonomie mit einem Aufstand durchzusetzen, der sich zu einem für die irak. Armee wenig erfolgreichen Kleinkrieg auswuchs.

Ein Offiziersputsch machte A. as-Salam *Aref* 1963 (bis 1966) zum Staats-Präs.; Kassem wurde erschossen. Die neue Regierung unter seinem Bruder Abd ar-Rahman *Aref* (1966–1968) bemühte sich um engere Zusammenarbeit mit Syrien u. Ägypten. 1968–1979 war H. *al-Bakr* Staatspräsident, der den rechten Flügel der Baath-Partei an die Macht brachte u. eine besonders israelfeindliche Politik einschlug (Ablehnung der Resolution des UN-Sicherheitsrats von 1967). Die (nichtarab.) Kurden forderten Autonomie innerhalb I.s u. unternahmen mehrfach Aufstände; 1975 wurden sie nach langen Kämpfen niedergeworfen. I.s Beziehungen zu Iran u. Jordanien sind gespannt. Mit der UdSSR schloß I. 1972 einen „Freundschaftsvertrag". 1979 wurde S. *Hussein* Staatspräsident. – B→Islam (2). – L 5.5.9.

Militär

I. hat allg. Wehrpflicht für 18–25jährige Männer mit einer aktiven Dienstzeit von 2 Jahren u. einer Reservedienstzeit von 18 Jahren. Die Gesamtstärke der regulären Streitkräfte beträgt 125 000 Mann (Heer 100 000, Marine 2000, Luftwaffe über 10 500); daneben gibt es paramilitär. Formationen (*Nationalgarde* u. a.) mit ca. 20 000 Mann. Die Ausrüstungsgegenstände sind überwiegend sowjet. Herkunft.

Irak: Landschaft im Norden des Landes mit dem Bergort Al Amadiya

Iraklion

Iraklion Hērákleion, griech. Hafenstadt an der Nordküste von Kreta, 80 000 Ew.; archäolog. Museum mit Funden aus Knossos; Reste der venezian. Befestigung; Kirche Hagios Markos; Nahrungsmittelindustrie.

Iraku, ein Negerstamm (66 000) hamit. Herkunft im abflußlosen Gebiet Ostafrikas; Feldbauern mit Viehzucht.

Irala, Domingo Martinez de, spanischer Konquistador, *1487 Vergara, †1557 Asunción; errichtete die spanische Herrschaft in den La-Plata-Gebieten u. gründete Asunción, die heutige Hauptstadt von Paraguay; unternahm mehrere Eroberungs- u. Entdeckungszüge u. gelangte dabei bis zu den Anden.

IRAN   IR
Keshvaré Shahanshahiyé Irân; Persien

- Fläche: 1 648 000 qkm
- Einwohner: 35,0 Mill.
- Bevölkerungsdichte: 21 Ew./qkm
- Hauptstadt: Teheran
- Staatsform: Republik
- Mitglied in: UN
- Währung: 1 Rial = 100 Dinars

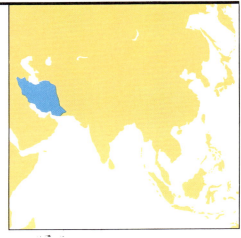

Landesnatur: Das von Randketten eingeschlossene u. durch einzelne Gebirgszüge in zahlreiche, meist abflußlose Hochbecken gegliederte *Iranische Hochland* hat ein durch die Höhenlage z. T. gemäßigtes, subtropisches, kontinentales Trockenklima u. wird größtenteils von Wüsten u. Steppen eingenommen. Nur am Kaspischen Meer gibt es eine feuchtwarme Küstenebene, über der das Randgebirge im *Demawend* im *Elbursgebirge* seine größten Höhen erreicht (5604 m). Auch das *Sagrosgebirge* im W übersteigt 4000 m; Höhen über 3000 m sind häufig. Der Ackerbau bedarf meist künstl. Bewässerung. In den Hochbecken sind Salzseen u. -sümpfe nicht selten. Wälder gibt es nur am Kaspischen Meer u. im Gebirge.

Die islamische, meist schiitische Bevölkerung besteht zu 65% aus Persern. Daneben gibt es Aserbaidschaner, Kurden, Araber, Bälutschen u.a. Ein Teil lebt noch nomadisch.

Wirtschaft: Die noch rückständige *Landwirtschaft* als Lebensgrundlage von 80% der Bevölkerung baut Weizen, Gerste, Baumwolle, Tabak, Südfrüchte, Jute, Zuckerrohr, Reis, Tee, Wein u.a. an u. erzielt, ebenso wie die Viehzucht (vor allem Schafe u. Ziegen), bescheidene Exportüberschüsse. An Ausfuhrgütern stehen Erdöl (Förderung 1978: 255 Mill. t) u. seine Produkte an der Spitze, es folgen Teppiche u. an dritter Stelle Rohbaumwolle. An *Bodenschätzen* gibt es neben Erdöl eines der größten Kupfervorkommen der Erde sowie Gold, Silber, Kohle, Eisen-, Mangan-, Blei- u. Zinkerz, Molybdän, Erdgas, Phosphat. Die *Industrie* (Textilien, Lederwaren, Zucker, Baustoffe, Zigaretten) verfügt über moderne Ansätze. Der Ausbau von Landwirtschaft u. Industrie verbessert sich mit Hilfe beachtlicher Mittel aus dem Ertrag von Erdölkonzessionen u. durch Entwicklungshilfe von Jahr zu Jahr. Der neue 5- u. 20-Jahresplan sieht umfassende Neu- u. Ausbauten vor, u.a. den Sefid-Rud-Staudamm bei Menjil, die Hochspannungsleitung Menjil-Teheran, Prospektierung weiterer Erdöl- u. Erdgas- sowie von Uran- u. Goldvorkommen, eine Schwefelgewinnungs- u. Erdgasverflüssigungsanlage auf der Kharkinsel, eine Sodafabrik bei Schiras.

Verkehr: Das noch recht weitmaschige Verkehrsnetz verfügt über 3600 km Eisenbahnlinien, 40 000 km Straßen (davon 10 000 km befestigt), 18 Flughäfen u. -plätze. Haupthäfen waren bisher Khorramschähr-Abadan (Erdölexport) u. Bändär-e Schahpur (Importhafen) am Pers. Golf, Bändär-e Pählävi am Kaspischen Meer. Die moderne Hafenanlage auf der Kharkinsel hat inzwischen den Hafen Abadan abgelöst, da dieser nur über irakisches Gebiet zu erreichen ist. – ▣→Vorderasien. – ▣6.6.6.

Geschichte

Der Name I. taucht erstmals als *Eran* (Land der Arier) 243 v. Chr. in pers. Königsinschriften auf. Die hier als Arier bezeichneten ost-indogerman. Stämme der *Perser, Meder, Parther, Choresmier, Sogder, Saken, Arachosier* u. *Drangianer* waren um 1000 v. Chr. mit anderen indo-iran. Stämmen aus Zentralasien in den westl. I. eingewandert. Durch die Wanderung wurden die Träger älterer Kulturen im ostkaspischen Raum u. auf dem Hochland von I., deren archäologische Hinterlassenschaften sich in der weitverbreiteten bemalten Keramik u. in einer grauschwarzen Ware bis in das 4./3. Jahrtausend v. Chr. zurückverfolgen lassen, überschichtet.

Das erste, bis ins 3. Jahrtausend v. Chr. zurückreichende Staatsgebilde im W des I. war →Elam. Unter elam. Druck wanderten im 8. Jh. v. Chr. pers. Stämme, wohl unter ihrem Anführer *Achaimenes* (→Achämeniden) aus dem Stamm der Pasargaden, aus ihren Wohngebieten um den Urmiasee südwärts. Im 7. Jh. v. Chr. eroberte *Teispes*, König von Parschuma, die elam.-assyr. Feindschaft ausnutzend, das sich südöstl. anschließende Anschan u. die Landschaft Parsa (das eigentl. Persien), mußte jedoch die Oberhoheit der →Meder anerkennen. Diese traten zur gleichen Zeit wie die Perser ins Licht der Geschichte. Ihr Herrscher *Kyaxares d. Gr.* erweiterte durch Vernichtung des Assyrerreichs (612 v. Chr.), Eroberung großer Teile I.s, Armeniens u. von Teilen Kleinasiens sein Reich zur Großmacht. Erst *Kyros II.* begründete mit dem Sieg über den Mederkönig *Astyages* (550 v. Chr.) die Vormachtstellung der Perser im Vorderen Orient. Er erweiterte das Reich durch seinen Sieg über den Lyderkönig *Krösus* (547 v. Chr.) u. über Babylonien (539 v. Chr.). Sein Sohn *Kambyses II.* eroberte 525 v. Chr. Ägypten. Der aus einer Seitenlinie stammende *Dareios I.* (521–485 v. Chr.) besiegte den Usurpator *Gaumata* u. baute eine einheitliche Verwaltung des Reichs auf. Er unterwarf die griech. Kolonien in Kleinasien u. Makedonien. Seine Niederlage bei Marathon (490 v. Chr.) verhinderte ein weiteres Vordringen der Perser nach W. Seine Nachfolger *Xerxes I.* u. *Artaxerxes* verloren in den Perserkriegen (490–479 v. Chr.) die griech. Gebiete. Aufstände u. Thronstreitigkeiten unter den folgenden Herrschern schwächten das Reich, so daß es unter dem letzten Achämeniden *Dareios III.* von dem Makedonenkönig *Alexander d. Gr.* nach der Schlacht von Gaugamela im Jahr 331 v. Chr. vernichtet werden konnte. Alexanders Nachfolger in Syrien u. I. wurde *Seleukos I.* (312–280 v. Chr.), dessen Dynastie (*Seleukiden*) bis 160 v. Chr. in I. herrschte. 190–164 v. Chr. gingen die Westprovinzen des Seleukidenreichs an die Römer verloren.

Dorf im Iranischen Hochland

Iran

Der gefangene römische Kaiser Valerianus kniet vor dem Sassanidenkönig Schapur I. Relief in Naqsch-e-Rüstam bei Persepolis; 3. Jh. (links). – Abbas I., Gemälde von Riza Abbasi; Mitte 16. Jh. Paris, Bibliothèque Nationale (rechts)

Um 250 v. Chr. kam in Ost-I. die parthische Arsakidendynastie zur Macht, die von 150 v. Chr. bis um 224 n. Chr in ganz I. herrschte. Sie widerstand den Römern erfolgreich.
224 besiegte *Ardaschir I.* aus der Provinz Persis (Fars) den letzten Partherkönig u. begründete die Herrschaft der Sassaniden in I. (bis 642) mit zarathustrischer Staatsreligion (zu der sich schon Dareios I. bekannte). Unter *Schapur I.* (241–272) u. *Schapur II.* (310–379) wurde das Perserreich wieder ein starker Gegner der Römer u. Byzantiner. Unter *Kawadh I.* (488–531) trat Mazdak mit einer religiös-kommunist. Lehre auf, die die hierarchische Gesellschaftsordnung gefährdete. Unter *Chosrau I.* (531–579) u. *Chosrau II.* (590–628) eroberten die Perser nochmals den ganzen Vorderen Orient u. für kurze Zeit Ägypten. Unter dem Ansturm der islamischen Araber (seit 636) zerbrach das Sassanidenreich (642). *Jezdegerd III.* (seit 632) wurde 651 bei Merw ermordet, u. I. wurde ein Teil des Islamischen Reichs.
Im 9. Jh. machten sich nur nominell vom Kalifen abhängige Statthalterdynastien selbständig: die *Samaniden* in Buchara (874–999), unter denen die neupersische Literatur u. Sprache erblühte, die *Bujiden* in Südpersien (932–1055), die von den Kalifen fast unabhängig waren, die *Tahiriden* u. *Saffariden* in Khorasan, Kerman, Fars u. Sistan (822–1163) u. die *Karluken* u. *Ghasnawiden*. Der kulturelle Einfluß der Perser im Islam. Reich wurde in dieser Zeit immer bedeutender. Um 1040 unterwarfen die türk. Seldschuken das Reich. Von ihnen stammen die meisten turksprachigen Nomaden I.s ab. Der Einfall der Mongolen unter *Hülägü* 1256–1258 vernichtete das mittelalterl. pers. Reich. Hülägüs Nachfolger, die Ilkhane, herrschten bis 1335 (bzw. 1353). Ihre Herrschaft bedeutete eine Zeit wirtschaftl. u. kultureller Blüte. 1382–1393 eroberte *Timur* das Land u. machte es zu einem Teil seines großen, von Samarkand aus regierten Reichs. Seine Erben, die kulturfördernden *Timuriden*, herrschten bis 1506 noch in Nord-I.; im S kamen die turkmenischen *Schwarzen Hammel*, die bald von den *Weißen Hammeln* abgelöst wurden, zur Macht.
1502 schuf *Ismail I.*, ursprüngl. Meister eines religiösen Ordens, das Neupersische Reich; er begründete die Herrschaft der alidischen *Safawiden*. Unter ihm wurde die schiitische Form des Islams Staatsreligion. Sein Versuch, nach W vorzustoßen, wurde von dem Osmanen-Sultan Selim I. vereitelt. Schah *Abbas I.* (1587–1629) festigte das Reich im Innern u. bannte die dauernde Gefahr der Usbekeneinfälle. Er verlegte die Residenz von Täbris nach Isfahan. Der Habsburger Kaiser Rudolf II. verbündete sich mit ihm gegen die Osmanen. 1722 wurde Isfahan von afghan. Stämmen eingenommen. *Nadir Schah* (1736–1747), ursprüngl. ein Heerführer, vertrieb 1729, richtete die Neupers. Reich wieder auf u. zwang den letzten Safawiden Hussain zur Abdankung. Im S u. W herrschte 1750–1779 der Kurde *Karim Khan Zänd*. Aus den folgenden Wirren ging der Kadschare *Aga Mohammed* (1786–1797) als Sieger hervor. Die *Kadscharen-Dynastie* regierte bis 1925. In dieser Zeit wurde die Hptst. nach Teheran verlegt. Im O schuf *Ahmed Schah Durrani* (1747–1773) das selbständige Reich *Afghanistan*. Unter dem Kadscharen *Fath Ali* (1797–1834) mußte I. große Gebiete in Armenien, Georgien u. im Kaukasus an Rußland abtreten. Schah *Nasser-od-Din* (1848–1896) versuchte I. zu modernisieren u. erstickte Bauernaufstände der Babi-Sekte. Unter *Mosaffar-od-Din* (1896–1907) war das Land völlig verschuldet. Im Sept. 1907 teilten Großbritannien u. Rußland es in eine russische (nördl.) u. eine englische (südl.) Interessensphäre, die im 1. Weltkrieg von russ. bzw. brit. Truppen besetzt wurden. Im Aug. 1919 sicherte sich Großbritannien vertraglich die Schutzherrschaft über I. 1921 unternahm der Befehlshaber der pers. Kosakenbrigade, *Riza Pahlewi*, einen Staatsstreich. Durch den im gleichen Jahr mit Sowjetrußland geschlossenen Vertrag wurde erreicht, daß die brit. Truppen das Land verließen. 1923 übernahm Riza Pahlewi das Amt des Min.-Präs., setzte 1925 den letzten Kadscharen Ahmed ab u. ließ sich zum Schah ausrufen. 1932 wurde ein neuer, günstiger Vertrag mit Großbritannien über die Ölgewinnung der Anglo-Iranian Oil Company abgeschlossen. Die Regierung Riza Schahs setzte eine Reihe von Modernisierungen auf Kosten der meist bäuerlichen Bevölkerung durch.
Im 2. Weltkrieg (1941) besetzten brit. u. sowjet. Truppen das Land, u. der mit Dtschld. sympathisierende Schah mußte zurücktreten. Ihm folgte sein Sohn *Mohammed Riza*. Nach dem 2. Weltkrieg zogen zunächst die brit. Truppen ab, die sowjet. Truppen folgten erst im Mai 1946. Das von der UdSSR unterstützte kommunist. Regime in Aserbaidschan wurde bald darauf entmachtet u. eine kurdische Unabhängigkeitsbewegung niedergeschlagen. 1951 verstaatlichte Min.-Präs. M. *Mossadegh* die Anglo-Iranian Oil Company. Der Ausfall der Öleinnahmen führte zu einer schweren Wirtschaftskrise. Der Versuch des Schahs, Mossadegh abzusetzen, mißlang, u. der Schah mußte bis zum Sturz Mossadeghs 1953 ins Exil gehen. Mit Großbritannien kam eine Einigung über die ver-

Mohammed Riza Pahlewi

staatlichte Ölindustrie zustande, durch die I. die Hälfte der Einnahmen erhielt. 1955 schloß sich I. dem Bagdad-Pakt (CENTO) an. Der Schah regierte fortan als Alleinherrscher. 1963 leitete er die „Weiße Revolution" zur Modernisierung des Landes ein (u.a. Bodenreform, Frauenstimmrecht). Eine polit. Demokratisierung unterblieb jedoch. Die seit 1973 sprunghaft steigenden Öleinnahmen nutzte der Schah zu Rüstungskäufen u. zu einer überstürzten Industrialisierung, die die sozialen Spannungen verschärfte. Widerstand gegen die „Verwestlichung" erhob sich bes. bei den gläubigen Moslems (Schiiten). 1978 kam es zu Unruhen, die sich immer mehr steigerten u. den Schah Anfang 1979 zum Verlassen des Landes zwangen.
Faktischer Machthaber wurde der Schiitenführer (Ayatollah) R. *Chomeini*. Er setzte eine Regierung unter dem Oppositionspolitiker M. *Bazargan* ein. Nach einer Volksabstimmung proklamierte er am 1. 4. 1979 die *Islamische Republik I.* I. verließ die CENTO, die daraufhin zerfiel. – 📖5.7.5.

Militär

In I. besteht allgemeine Wehrpflicht mit einer aktiven Dienstzeit von 2 Jahren. Die Gesamtstärke der iranischen Streitkräfte beträgt über 238000 Mann (Heer 175000, Marine 13000, Luftwaffe 50000); hinzu kommen über 70000 Mann paramilitärischer Kräfte (*Gendarmerie* u.a.). Inwiefern sich die Verhältnisse seit dem polit. Umschwung gewandelt haben, ist schwer abzuschätzen.

Bildungswesen

Es besteht allgemeine 6jährige (allerdings – bes. auf dem Lande – nicht voll verwirklichte) Schulpflicht. Schulträger ist der Staat.
Privatschulen sind gestattet, bedürfen jedoch der staatl. Anerkennung. An Privatschulen u. an höheren Schulen wird Schulgeld erhoben; bei Bedürftigkeit Gewährung von Schulgelderlaß.
An die 6jährige obligatorische Grundschule schließen alle weiterführenden Schulen an. Absolventen der Grundschule, die nicht auf eine weiterführende Schule übergehen, können eine 3jährige Berufsschule besuchen. Die weiterführenden Schulen teilen sich in einen ersten u. zweiten Zyklus. Der erste Zyklus der allgemeinbildenden Schulen (vergleichbar etwa mit unserer Mittelschule) dauert 3 Jahre u. wird durch ein Examen beendet. Im Anschluß daran können entweder allgemeinbildende höhere Schulen oder mittlere Fachschulen besucht werden. Zweiter Zyklus: Die 3jährigen höheren Schulen führen zur Reifeprüfung (Hochschulreife). Die meist 3jährigen Fachschulen schließen mit einem Diplom ab, das für ein Hochschulstudium erst durch eine Reifeprüfung ergänzt werden muß. Ausnahme: die 6jährige Musikschule, die unmittelbar an die Grundschule anschließt. Ferner bestehen zahlreiche Fachhochschulen u. Universitäten in Isfahan, Teheran, Täbris, Mäschhäd u. Schiras. In allen Städten I.s sind Abendschulen eingerichtet, an denen Erwachsenen Unterricht in Schreiben u. Lesen erteilt wird.

Irani, Eigenname der →Perser.
Iraniden, Teil des Gebirgssystems der *Alpiden*. Die I. sind die verlängerten Tauriden u. Randgebirge des Hochlands von Iran gegen den Pers. Golf u. den Golf von Oman.
Iranier, eine Gruppe indogerman. Völker auf dem Iranischen Hochland, so die Afghanen, Bälutschen, Hesoreh, Kurden, Meder, Osseten, Perser, Tadschiken u.a., rund 45 Mill.
iranische Kunst →persische Kunst.
iranische Literatur →persische Literatur.
iranische Musik →persische Musik.
iranische Sprachen, eine Gruppe der indogerman. Sprachen. Man unterscheidet *alt-i. S. (Awestisch, Altpersisch), mittel-i. S. (Pehlewi, Parthisch, Sogdisch, Khotansakisch)* u. *neu-i. S. (Neupersisch* [seit 900 n.Chr.], *Kurdisch, Afghanisch, Balochi* u. die *Pamirdialekte* mit dem *Ossetischen* [im Kaukasus]). – 📖3.8.4.
Iranistik, die Wissenschaft von der Sprache u. Kultur Irans. →auch Orientalistik.
Irapuato, Stadt im mexikan. Staat Guanajuato, 128100 Ew.; Getreide- u. Obstanbau; Bahnknotenpunkt.
Irawadi = Irrawaddy.
Irazú [ira'θu], tätiger Vulkan in Costa Rica, 3432 m.
Irbid, das antike *Arbela*, nordjordan. Stadt östl. des Jordan, Hauptort des Adjlun, 125000 Ew.; Verarbeitung von Agrarprodukten.
Irbis [der; mongol., russ.] →Schneeleopard.
Irbit, Industriestadt in Westsibirien, RSFSR, nordöstl. von Swerdlowsk, 49000 Ew.; Eisenerz-, Platin- u. Goldbergbau; Maschinenbau, Glas- u. Nahrungsmittelindustrie. – 1643–1914 berühmte internationale Pelzmesse.
IRBM, Abk. für engl. *Intermediate Range Ballistic Missile*, Mittelstreckenrakete, Reichweite bis etwa 3000 km.
Irdengut →Keramik.
Ireland ['aiələnd], John, engl. Komponist, *13. 8. 1879 Inglewood, Ceshire, †12. 6. 1962 Washington, Südengland; Lehrer von B. *Britten*; von J. Brahms, C. Debussy u. I. Strawinsky beeinflußt; schrieb neben Orchester-, Kammermusik- u. Klavierwerken (am bedeutendsten seine beiden Klavierkonzerte) auch größere Chorwerke („These things shall be" 1937) u. Lieder.
Iren, keltisches Volk der gälischen Gruppe auf Irland; rd. 20 Mill. Menschen, davon 2,9 Mill. in der Rep. Irland, 1,5 Mill. in Großbritannien (Nordirland) u. 15 Mill. in den USA, Kanada, Australien u. Neuseeland (infolge Auswanderung wegen polit. u. wirtschaftl. Nöte, bes. im 19. Jh.), überwiegend röm.-kath. Konfession. Von der einst bedeutenden Kultur ist wenig erhalten; aber in Sitte, Volksglauben, Wirtschaftsgeräten gibt es noch manches Altertümliche.
Irenäus, Kirchenvater, Bischof von Lyon (178), Heiliger, *um 140 in Kleinasien, †um 202; Schüler des *Polykarp*, bekämpfte die →Gnosis, legte die überlieferte Kirchenlehre positiv dar (Bedeutung der Tradition des bibl. Kanons, Taufsymbol als Norm des Glaubens, Lehre vom einen u. dreieinen Gott). Fest: 28. 6. – 📖1.9.5.
Irene [grch. *eirene*, „Friede"], weibl. Vorname; griech. Göttin, →Eirene.
Irene, *Eirene*, byzantin. Kaiserin, Frau *Leos IV.*, *um 752 Athen, †9. 8. 803 Lesbos; regierte 780–790 als Vormund für ihren Sohn *Konstantin VI.*; führte 787 auf dem Konzil von Nicäa den Bilderkult wieder ein. 797 stürzte u. blendete sie ihren Sohn u. erhob sich selbst zum „Kaiser". Die in West- u. Mitteleuropa nicht anerkannte Frauenregierung war eine der Voraussetzungen für die Kaisererhebung Karls d. Gr., der I. heiraten wollte; sie wurde 802 gestürzt.
Irenik [die; grch. *eirene*, „Friede"], *Irenismus*, die friedliebende, das Gemeinsame betonende Haltung in der Auseinandersetzung um die religiöse Wahrheit, bes. in der Konfessionskunde, insofern diese den Einigungsbestrebungen dienen will.
Iresine, Gattung der *Fuchsschwanzgewächse* mit bunten Blättern.
IRF, Abk. für engl. *International Road Federation*, →Internationale Straßenliga.
Irgun Zwai Leumi [hebr., „Militärische Nationale Organisation"], illegale jüd. Schutzorganisation in Palästina, gegr. 1935; bildete mit der *Haganah* 1948 den Grundstock der israel. Armee.
Irian, indones. Name für *Neuguinea*.
Iriarte, Tomás de, span. Schriftsteller, *18. 9. 1750 Orotava, Teneriffa, †17. 9. 1791 Madrid; Klassizist, übersetzte französ. Schauspiele, Horaz, andere Klassiker u. D. Defoe; schrieb Komödien u. verstandesbetonte Lyrik. „La Música" (Lehrgedicht) 1779; „Literar. Fabeln" 1782, dt. 1884.
Iridaceae [grch.] →Schwertliliengewächse.
Iridektomie [grch.], operative Entfernung eines Teils der Regenbogenhaut zur Vergrößerung des Sehlochs oder zur Wiederherstellung der Zirkulation zwischen vorderer u. hinterer Augenkammer bei Verwachsungen der Iris mit der Linse sowie bei Staroperation.
Iridium, chem. Zeichen Ir, silberweißes, sprödes, sehr hartes, vorwiegend 3- u. 4wertiges Edelmetall; Atomgewicht 192,2, Ordnungszahl 77, spez. Gew. 22,4, Schmelzpunkt 2450 °C; kommt legiert mit anderen Platinmetallen in Rußland u. Kolumbien, in Form sulfidischer Erze in Transvaal u. in Ontario vor. *Platin-I.-Legierungen* sind sehr hart u. gegen die meisten Chemikalien beständig. Sie werden daher u.a. zur Herstellung von Füllfederspitzen, Kontakten, Elektroden u. zu Tiegeln u. Schalen für chem. Zwecke verwendet. Das Urmeter in Paris besteht ebenfalls aus einer Platin-I.-Legierung.
Iridodiagnostik, *Iridologie, Iridoskopie* [grch.] →Augendiagnose.
Irigoyen, Hipólito, argentin. Politiker (Radikale Partei), *12. 7. 1852 Buenos Aires, †3. 7. 1933 Buenos Aires; Parteiführer, 1916–1922 u. 1928–1930 Staats-Präs.; war betont dt.-freundl. u. stand in scharfem Gegensatz zum US-amerikan. Wirtschaftsimperialismus, bewahrte im 1. Weltkrieg strenge Neutralität.
Iringa, Stadt im südl. Tansania (Ostafrika), 22000 Ew.; Zentrum eines Teeanbaugebiets, Straßenknotenpunkt.
Iriri, linker Zufluß des Xingu im brasilian. Staat Pará.
Iris [die; grch., „Regenbogen"], **1.** *Anatomie:* die →Regenbogenhaut des Wirbeltierauges. →Auge.
2. *Botanik:* →Schwertlilie.
3. *griech. Mythologie:* griech. Göttin, dargestellt als windschnelles Mädchen mit goldenen Flügeln, Botin der Götter u. Göttin des Regenbogens.
irische Kunst, die Kunst der keltischen Bevölkerung Irlands von ihrer Christianisierung im 5. Jh. bis um 1150; →auch keltische Kunst.
irische Literatur, 1. die Literatur Irlands in kelt. (d.h. gälischer) Sprache; gliedert sich nach den Entwicklungsstufen des Gälischen in eine alt- (etwa 800–1100), mittel- (1100–1400) u. neuirische Epoche. Die blühende christl. Kultur der altirischen Zeit brachte eine reiche latein. Literatur hervor; weniger bedeutend ist die Überlieferung in der Volkssprache (religiöse Hymnen). – Dagegen entfaltete sich die mittelirische Literatur zu hoher Blüte. Es entstanden meist Prosa-Fassungen der nationalen Heldensagen (der Ulster-Zyklus [Cú-Chulainn-Zyklus] mit dem Epos „Táin Bó Cuailnge" [„Viehraub von Coolney"]; der Leinster-Munster-Zyklus), daneben Chroniken u. eine sprachmächtige Lyrik. Die neuirische Literatur verliert mehr u. mehr an Bedeutung, seit durch die engl. Herrschaft das Irische als Umgangssprache verdrängt wurde (18.–19. Jh.). Auch die Bemühungen der „Gaelic League" (seit 1893) konnten diese Entwicklung nicht rückgängig machen. – 📖3.1.5.
2. die Literatur Irlands in engl. Sprache. Anglo-irische Autoren haben seit Jahrhunderten wesentl. Beiträge zur Weltliteratur geleistet; z.B. J. *Swift*, W. *Congreve*, G. *Farquhar*, L. *Sterne*, R. B. *Sheridan*, O. *Wilde* u. G. B. *Shaw*. Einfallsreichtum u. krit. Schärfe gehören zu ihren hervorstechendsten Merkmalen. Es ist jedoch kaum möglich, diese Autoren aus dem engl. Kulturraum, in dem sie sich selbst beheimatet fühlten, herauszunehmen. Von einer eigenständigen i.n L. in engl. Sprache kann man erst seit der „irischen Renaissance" reden, die in den 90er Jahren des 19. Jh. ihren Anfang nahm. Ihr geistiger Führer war W. B. *Yeats*, dessen Frage „Können wir nicht eine Nationalliteratur schaffen, die zwar der Sprache nach englisch, dem Geist nach aber darum nicht weniger irisch ist?" die meisten irischen Autoren bejahten. In der dramat. Dichtung u. in der erzählenden Prosa entstanden zahlreiche bedeutende Werke: Yeats gründete das erste irische Nationaltheater u. steuerte selbst einige stimmungsstarke Schauspiele bei, deren traumhafter Handlung irische Sagen zugrunde liegen. Die größte dramat. Kraft war J. M. *Synge*, der realist.-poet. Tragödien u. Komödien in stilisierter irischer Mundart schuf. S. *O'Casey* u. B. *Behan* verherrlichten den irischen Freiheitskampf; O'Casey kritisierte aber auch die sozialen Verhältnisse in seiner Heimat. Unter den Erzählern war J. *Joyce* bei weitem der bedeutendste; er blieb bei aller Weltbürgerlichkeit u. Ablehnung des irischen Nationalismus fest in seiner Geburtsstadt Dublin verwurzelt. In den Erzählungen, Romanen u. autobiograph. Werken von F. *O'Connor*, S. *O'Faoláin* u. L. *O'Flaherty* findet das moderne Leben Irlands mit seinen sozialen, polit. u. religiösen Problemen vielfältigen Ausdruck. – 📖3.1.3.
irische Musik, die Musik Irlands; Nationalinstrument ist die Harfe, daneben die Sackpfeife. Der reiche Schatz irischer Volksmusik ist charakterisiert durch häufigen Gebrauch der fünfstufigen Leiter u. durch Anlehnung an griechische Modi. Ein berühmter blinder Barde war *O'Carolan* (*1670, †1738). Irische Mönche halfen im MA. bei der Verbreitung der religiösen Musik im damaligen Europa. Einer der bekanntesten war *Johannes Scotus Eriugena*, von dem die wohl älteste Nachricht über das Organum stammt. Im 16. u. 17.

Jh. spielte Dublin eine große Rolle als Musikzentrum; G. F. *Händel* dirigierte hier zum erstenmal seinen „Messias" (1742). – ▯ 2.9.5.

Irische Republikanische Armee, engl. *Irish Republican Army*, Abk. *IRA*, 1919 gegr. militär. Verband, der für die Unabhängigkeit Irlands kämpfte. Ein Teil der IRA ging 1921 in der Armee des neugegr. Freistaats Irland auf; der militante Flügel führte bis 1923 einen bewaffneten Kampf für die völlige Loslösung von Großbritannien u. den Anschluß Nordirlands. Nach 1927 war die IRA eine kleine, in Irland u. Großbritannien verbotene Gruppe, die gelegentl. Terroranschläge in Nordirland verübte. Größere Bedeutung erlangte sie wieder mit dem Beginn der bürgerkriegsähnl. Auseinandersetzungen in Nordirland (1969). In ihrem Verlauf spaltete sie sich in die marxist. „Officials", die eine polit. Lösung der nordirischen Frage erstreben, u. die nationalist., mit Terror arbeitenden „Provisionals".

Irischer Setter →Setter.

Irischer Wolfshund →Wolfshund (2).

irische Schrift, in Irland im 7.–11. Jh. aus der latein. Halbunziale abgeleitete Form der Lateinschrift; sie beeinflußte die angelsächsische Schrift u. über die irisch-angelsächsischen Klostergründungen auch die Schriftentwicklung des europäischen Festlands.

Irische See, engl. *Irish Sea*, das flache Schelfmeer zwischen England u. Irland, mit dem Atlant. Ozean verbunden im N durch den *Nordkanal* u. im S durch den *St.-Georgs-Kanal*; tiefste Stelle im Nordkanal 245 m; in ihrer Mitte liegt die *Isle of Man*.

irische Sprache, aus der gälischen Sprache (1) entstandene, seit dem 7.–10. Jh. überlieferte Sprache in Irland, in der vom 11. Jh. an eine der reichsten Literaturen des europ. MA. geschaffen wurde. Seit dem 16. Jh. wurde die i. S. vom Engl. zurückgedrängt; sie wird trotz Förderung in der Republik Irland immer weniger gebraucht. – ▯ 3.8.4.

irisch-römisches Bad →Heißluftbad.

Irisdiagnose, *Iridodiagnostik, Iridologie, Iridoskopie* →Augendiagnose.

Irish Stew [ˈairiʃ ˈstjuː; das; engl.], brit. Nationalgericht, Ragout aus Hammelfleisch, kleingeschnittenen Kartoffeln u. Zwiebeln; in Dtschld. wird ein Eintopf aus Hammelfleisch, Kartoffeln, Suppengemüse (Karotten, Porree, Sellerie) u. Weißkohl I. S. genannt.

Irish Terrier [ˈairiʃ-; engl.], mittelgroße Jagdhundrasse, etwa 42–46 cm Schulterhöhe, rot oder rotgelb, Haar drahtig; wendig, intelligent u. anhänglich.

Irkutsk: Stadtmitte

irisieren [grch.-lat.], in Regenbogenfarben schillern; z. B. unregelmäßiges Farbenspiel der Wolken, bes. an ihren Rändern, durch Beugung des Lichts hervorgerufen; tritt auch auf der Oberfläche bes. behandelter oder alter Gläser auf, bei dünnen Ölschichten (z. B. auf Wasser) u. a.

Irisöl, ätherisches Öl aus den Wurzeln verschiedener Irisarten; Verwendung bes. in der Parfümherstellung.

Iritis [die; grch.], Regenbogenhautentzündung.

IRK, Abk. für Internationales →Rotes Kreuz.

Irkutsk, Hptst. der Oblast I. der RSFSR, Sowjetunion (767 900 qkm, 2,3 Mill. Ew., davon 64% in Städten; einbezogen der Nationalkreis der *Ust-Orda-Burjaten*), an der Mündung des Irkut in die Angara, unterhalb des *I.er Stausees*, 451 000 Ew.; geistiges u. wirtschaftl. Zentrum Ostsibiriens; Universität (gegr. 1918); Wissenschaftsstadt im Bau; Basis der nahen Goldreviere; Eisenhütten-, Schwermaschinen-, Flugzeug-, Schiff- u. Kraftfahrzeugbau, Nahrungsmittel-, Leder-, Holz-, chem. u. Baustoffindustrie, Aluminiumwerk, Erdölraffinerie; Eisenerz-, Steinkohlen- u. Steinsalzlager; Wasser- u. Wärmekraftwerke; Bahnstation an der Transsibir. Bahn, Verkehrsknotenpunkt; Empfangsstation für Satellitennachrichten.

Irkutsker Stausee, von der oberen *Angara* gebildeter Stausee in der RSFSR, Sowjetunion, mit Großkraftwerk bei der Stadt *Irkutsk*. Der 2,5 km lange Damm hebt den Wasserspiegel um 30 m u. staut den Fluß über 50 km lang bis zum Baikalsee zurück, der Stauinhalt beträgt 4,6 Mrd. m³. Nach 5jähriger Bauzeit wurden 1956 die ersten Turbinen in Betrieb genommen. Seit 1958 sind alle 8 Aggregate mit einer Kapazität von 660 000 kW fertiggestellt u. erzeugen jährl. 4,5 Mrd. kWh. Der Strom dient hauptsächl. der Versorgung des Irkutsker Kohlenreviers.

IRLAND — IRL
Poblacht Na h'Éireann; Eire

- Fläche: 70 283 qkm
- Einwohner: 3,2 Mill.
- Bevölkerungsdichte: 46 Ew./qkm
- Hauptstadt: Dublin
- Staatsform: Parlamentarisch-demokratische Republik
- Mitglied in: UN, Europarat, EG, Euratom, OECD
- Währung: 1 Irisches Pfund = 100 Pence

Irland, irisch *Éire*, engl. *Ireland*, eine der Brit. Inseln, durch die Irische See von Großbritannien getrennt, 84 426 qkm (ohne Binnengewässer 82 437 qkm), 4,4 Mill. Ew.; politisch gespalten in →Nordirland u. die Republik I. (kurz: I.).

Die Republik I. umfaßt 26 der 32 irischen Grafschaften, gegliedert in 4 Provinzen:

Provinz	Fläche qkm	Einwohner
Munster (An Mhumha)	24 688	882 000
Connacht (Connachta)	17 713	402 000
Leinster (Laighin)	19 792	1 500 000
Ulster (Ulaidh)	8 088	208 000

Landesnatur: Das flachwellige, seen-, moor- u. heidereiche Tiefland wird von stark abgetragenen Mittelgebirgen (im *Carn Tuathail* 1031 m) schüsselförmig umgeben. Das ozeanische Klima (milde Winter, kühle Sommer) ist sehr niederschlagsreich u. begünstigt den weitverbreiteten Graswuchs („Grüne Insel"); nur wenig mehr als 1% sind waldbedeckt.

Die zu rd. 90% röm.-kath. Bevölkerung (→Iren) zeigte bis in jüngere Zeit eine ständige Abnahme durch starke Auswanderung, besonders nach den Vereinigten Staaten, Großbritannien u. Australien; rd. 80% leben auf dem Land bzw. in Kleinstädten.

Wirtschaft: Fast 50% des nutzbaren Bodens werden von Wiesen- u. Weideflächen eingenommen, was die Viehzucht (Rinder, Schweine, Pferde) zum dominierenden Faktor macht. Daneben werden auf der nur rd. 20% einnehmenden Ackerfläche (bes. im Osten) Hafer, Kartoffeln, Weizen, Gerste, Futter- u. Zuckerrüben angebaut. In den Flüssen werden vor allem Lachse gefangen. Bodenschätze gibt es nur wenig (etwas Steinkohle, Kupfer-, Blei- u. Zinkerze); als Brennmaterial u. zur Stromerzeugung dienen die riesigen Torflager. Die wachsende Industrie (lebhafte ausländ. Investitionstätigkeit) verarbeitet bes. die landwirtschaftl. Produkte (Mühlen, Molkereien, Margarinefabriken, Brauereien). Die Einfuhr von Ge-

Irländisches Moos

Irland: alte Steinhäuser und Steinwälle

treide, Kohlen, Eisen u. a. Rohstoffen überwiegt die Ausfuhr (bes. nach Großbritannien) von Vieh, Milchprodukten, Speck, Bier u. a. landwirtschaftl. Erzeugnissen bei weitem. – ▭→Großbritannien und Nordirland. – ▭6.4.6.

Geschichte

Trotz geograph. Nähe zu Großbritannien hat sich I. seit frühester Zeit völk., polit. u. religiös eigenständig entwickelt.

Kelten, Wikinger u. Briten: Im 3. Jh. v. Chr. verdrängten einwandernde *Kelten* (Gälen) die Urbevölkerung. Sie teilten das Land in mehrere Gaue, an deren Spitze Stammesoberhäuptlinge standen, die ihrerseits einem Oberkönig untergeordnet waren. Einheitl. Recht u. gemeinsame Religion verbanden alle ir. Stämme. Sie verehrten personifizierte Naturkräfte, u. neben den Stammesfürsten übten die als zauberkundig geltenden Priester (Druiden) u. die Sänger (Barden) den größten Einfluß aus. Mit den Römern, die die Insel *Ierne* oder *Ivernia (Hibernia)* nannten, standen die Iren nur in lockerem wirtschaftl. u. kulturellem Austausch. Nie gehörte I., im Gegensatz zu England, dem Röm. Weltreich an.

Seit der Mitte des 4. Jh. fand das Christentum Eingang in I., u. ir. Mönche gehörten später zu den ersten Missionaren in England, Frankreich u. Dtschld.

Um 795 versuchten die *Wikinger* sich auf der Insel festzusetzen, doch gelang es in langen, wechselvollen Kämpfen, sie zurückzudrängen u. in der Schlacht bei *Clontarf* 1014 endgültig zu besiegen. Aber die jahrhundertelangen Kämpfe hatten I. zerrüttet u. damit die entscheidende Wendung in der irischen Geschichte vorbereitet. Innere Wirren veranlaßten irische Adlige, in England Schutz zu suchen, u. 1171 landete König *Heinrich II.* in I., nachdem er sich vom Papst mit der Insel hatte belehnen lassen. Die englische „Kolonisation" I.s begann.

Die engl. Herrschaft: Mit Aufhebung der ir. Stammesverfassung, Einführung des engl. Lehnswesens u. der Übertragung ausgedehnten ir. Grundbesitzes an engl. Adlige wurde die erste Grundlage zu dem unversöhnl. Haß der Iren gegen die Engländer gelegt. Ihre wiederholten Aufstände scheiterten jedoch nicht zuletzt an der eigenen inneren Uneinigkeit. 1366 wurde – allerdings erfolglos – durch das *Statut von Kilkenny* der Gebrauch der ir. Sprache verboten. Die Poynings-Akte von 1494 bestimmte, daß das ir. Parlament nur mit Genehmigung des brit. Königs zusammentreten dürfe. Sein Höchstmaß erreichte der engl. Druck auf I. jedoch erst, als die engl. Könige aus ihrem Besitz auf dem französ. Festland verdrängt worden waren u. in I. Ersatz für ihre Machteinbuße such-

ten. 1541 ließ sich *Heinrich VIII.* zum König von I. proklamieren u. versuchte, seine in England durchgeführte Kirchenreform auch auf I. auszudehnen. Hier aber stießen er u. seine Nachfolger auf unüberwindl. Widerstand; zur nationalen Feindschaft trat der konfessionelle Gegensatz. Gefördert vom Papst u. von Spanien, die in I. einen willkommenen Stützpunkt der Gegenreformation im Kampf gegen den engl. Protestantismus sahen, kam es zu Aufständen, die an Härte zunahmen, als I. 1560 der engl. Staatskirche unterstellt wurde. Als span. Truppen in I. landeten u. zu den Aufständischen stießen, entsandte die engl. Königin *Elisabeth I.* ein Heer, das in der Schlacht bei *Kinsale* 1601 die Iren entscheidend besiegte. Nun erst kam I. vollständig unter engl. Herrschaft. Das Land (bes. Nord-I. mit Ulster) wurde an die einwandernden engl. Siedler verteilt, die Einwohner wurden mit größter Härte niedergehalten. In trag. Folge lösten sich zu dieser Zeit blutige Aufstände u. schonungslose Gegenmaßnahmen der Unterdrücker einander ab. Als 1640 in England Verfassungskämpfe ausbrachen, riefen die Iren zum *Großen Aufstand* von 1641 auf, der England schwere Verluste brachte. Wenige Jahre später aber kämpfte O. *Cromwell* im Blutbad von *Drogheda* (1649) jeden Widerstand nieder. Tausende wurden hingerichtet, das Hab u. Gut aller an der Erhebung Beteiligten beschlagnahmt. Von nun an zwang die wirtschaftl. Verelendung viele Iren zur Auswanderung.

Auch während der Zweiten engl. Revolution von 1688 versuchte I. vergeblich, die Unsicherheit der polit. Lage auszunutzen. Die engl. Vergeltungsmaßnahmen richteten sich diesmal bes. gegen den Katholizismus, da der aus England vertriebene kath. König *Jakob II.* vorübergehend in I. Schutz gefunden hatte. Priester wurden verbannt, der öffentl. Gottesdienst, kath. Unterricht u. Mischehen zwischen Angehörigen verschiedener Konfessionen verboten. Mit der Gründung von Geheimbünden, die als Untergrundbewegungen Rache übten u. das Land unsicher machten, suchten sich die Iren zu wehren.

Eine Milderung des Drucks u. eine gewisse Selbständigkeit *(Irisches Parlament* 1782) brachten die Unabhängigkeitskriege der engl. Kolonien in Amerika; der erfolgreiche Aufstand der amerikan. Kolonisten machte Großbritannien vorsichtig. Der Ausbruch der Französ. Revolution 1789 u. die bald darauf beginnenden Kriege mit Frankreich ermutigten die Iren zu weiteren Forderungen. Doch erfolglose französ. Landungsversuche u. der Aufstand 1798 auf der ir. Insel veranlaßten England wieder zu einer Politik der Gewalt. Am 1. 1. 1801 wurde I. mit England zum *Vereinigten Königreich Großbritannien u. Irland* verbunden. Nun hatten die Iren zwar ihre Vertreter im brit. Parlament, doch durften bis zur Katholikenemanzipation 1829 nur Protestanten entsandt werden. Als die Verelendung des Landes durch die hinzukommende Kartoffelfäule (1846–1849) ihren Höhepunkt erreichte u. eine schwere Hungersnot ausbrach, setzte eine Massenflucht in die USA ein.

Endlich versuchte der liberale engl. Premier-Min. W. *Gladstone,* einen Ausgleich herbeizuführen u. I. wieder größere Rechte zuzubilligen. Die Jahre 1868–1874 brachten die Lösung von der engl. Staatskirche u. eine Landreform. Mit seinen wiederholten Vorlagen im brit. Unterhaus, I. eine „Heimatregierung" *(Homerule),* d. h. ein ir. Parlament mit verantwortl. Ministerien u. Selbstregierung im Innern, zu geben, scheiterte Gladstone jedoch.

Dennoch gewannen die ir. Freiheitskämpfer langsam an Boden: Der von den Engländern eingezogene Großgrundbesitz gelangte wieder in die Hände der ir. Bauern (Ir. Landgesetz 1881), 1898 wurde nach engl. Vorbild eine örtl. Selbstverwaltung eingeführt, 1900 die Vereinigte Irische Liga *(United Irish League)* gegründet. Als aber endlich 1914 die Homerule in Kraft treten sollte, brach der 1. Weltkrieg aus.

Die Unabhängigkeit: Die abermals in ihren Hoffnungen betrogenen Iren riefen 1916 die unabhängige irische Republik aus. Nach erneuten jahrelangen Kämpfen gab England endlich nach: 1921 wurde I. nach Abtretung der Provinz Ulster (→Nordirland) Freistaat, zunächst noch mit Dominionstatus. Bald aber fielen auch die letzten Bindungen; 1932 wurde der Nationalist Eamon de *Valera* Präsident des ir. Exekutivrates. Er schaffte den Treueid gegenüber dem engl. König ab u. stellte die Jahreszahlungen an England ein. 1937 machte eine republikan. Verfassung I. zum souveränen, unabhängigen u. demokrat. Freistaat *Éire*, mit einem Präsidenten an der Spitze. Großbritannien gab seine letzten militär. Stützpunkte auf der Insel auf, erkannte aber erst 1945 die ir. Verfassung an. Im 2. Weltkrieg blieb I. neutral, am 18. 4. 1949 schied es endgültig auch aus dem Commonwealth aus. Staats-Präs. waren D. *Hyde* (1938 bis 1945), S. T. *O'Kelly* (1945–1959), E. de *Valera* (1959–1973), E. *Childers* (1973/74), C. *O'Dalaigh* (1974–1976) u. P. J. *Hillery* (seit 1976). I. gehört seit 1949 dem Europarat u. seit 1955 den UN an. Der Westeuropäischen Union u. der NATO will es erst beitreten, wenn die Briten auch Ulster verlassen haben. Seit 1973 ist I. auch Mitgl. der EG. – ▭5.5.1.

Politik

Die bis heute gültige Verfassung vom 1. Juli 1937, durch Volksabstimmung angenommen, erklärte I. zum souveränen Staat *Éire* u. erhob Anspruch auf die ganze ir. Insel als Staatsgebiet. Abweichend vom traditionellen Modell einer Dominionverfassung wurde neben dem Parlament, das aus zwei Kammern, Senat u. Repräsentantenhaus, besteht, die Institution eines Präsidenten geschaffen, der direkt vom Volk gewählt wird (Wahlperiode 7 Jahre, einmalige Wiederwahl möglich). Mittelpunkt des Regierungssystems ist das Repräsentantenhaus *(Daíl)* u. die aus ihm hervorgehende parlamentarisch verantwortliche Regierung. Während der Senat indirekt von einem besonderen Wahlgremium (etwa 900 Mitgl.) bestellt wird, wählen den Daíl alle Iren beiderlei Geschlechts im Alter

Mandatsverteilung im irischen Daíl 1943–1977

	1943	1944	1948	1951	1954	1957	1961	1965	1969	1973	1977
Finna Fáil	67	76	68	69	64	78	70	72	75	69	84
Fine Gael	32	30	31	40	49	40	47	47	50	54	43
Labour	17	8	19	16	18	12	16	21	18	19	17
Bauern	14	11	5	6	5	3	–	–	–	–	–
Unabhängige	8	9	12	14	5	9	11	–	1	2	4
Andere	–	–	4	5	2	–	5	–	3	–	–

von über 21 Jahren in allg., gleichen, direkten u. geheimen Wahlen. Wahlperiode 5 Jahre, Mitgl. gegenwärtig 148. Wahlsystem: Wahl in kleinen Wahlkreisen nach übertragbarer Einzelstimme *(single transferable vote)*. Mehrparteiensystem. Die wichtigsten Parteien sind *Fianna Fáil* („Schicksalskrieger", *Republican Party*) u. *Fine Gael* („Gälische Sippe", *United Ireland Party*); sie sind beide aus der Unabhängigkeitsbewegung hervorgegangen, u. ihre polit. Auffassungen unterscheiden sich nur in Nuancen.

Zumeist bildete Fianna Fáil die Regierung. In den Wahlperioden von 1948–1951, 1954–1957 u. 1973–1977 brachte Fine Gael eine Koalition mit den kleinen Parteien gegen die seit 1932 ununterbrochen stärkste Partei zustande.

Militär

I. hat ein aus den militär. Organisationen des Befreiungskampfs gegen Großbritannien hervorgegangenes stehendes Freiwilligen-Heer aus Soldaten auf Zeit mit einem Grundwehrdienst von 3 Jahren beim Heer (Reserve 9 Jahre) u. 4–6 Jahren bei der Marine (Reserve 6 Jahre). Es ist eine Gesamtstärke von etwa 12 300 Mann (Heer bei 11 300, Marine 430 u. Luftwaffe 570) vorgesehen. Die ausgebildete Reserve umfaßt ca. 25 000 Mann. Der Oberbefehl wird unter der Leitung des Präsidenten von der Regierung durch den Verteidigungs-Min. ausgeübt. I. stellt der UN Offiziere u. Truppenkontingente zur Verfügung.

Bildungswesen

Es besteht allgemeine Schulpflicht vom 6. bis 14. Lebensjahr. An öffentl. Volksschulen ist der Unterricht kostenlos. Neben öffentl. Schulen existiert ein ausgebautes Privatschulwesen. Die höheren Schulen sind in der Regel private Institutionen, die von Kirchen oder privaten Körperschaften getragen, aber vom Staat subventioniert werden.

An der 8jährigen Volksschule (*National School*) werden bereits zwei Sprachen, Irisch u. Englisch, unterrichtet. Der Übergang von der Volks- zur höheren Schule kann nach dem 6., 7. u. 8. Schuljahr auf Grund einer Aufnahmeprüfung erfolgen. Die 4–6jährige höhere Schule (*Secondary School*) wird durch eine Prüfung beendet, die zum Studium an Fachhochschulen u. Universitäten berechtigt. Zwei Jahre vor dieser Prüfung kann die höhere Schule nach einer mittleren Abschlußprüfung verlassen werden.

Niedere u. mittlere Fachschulen folgen auf den Abschluß der Volksschule. Eine 3jährige berufsbezogene Aufbauschule eröffnet Übergangsmöglichkeiten zu mittleren u. höheren Fachschulen, die z. T. zur Fachhochschulreife führen. – Seit kurzem bestehen auch *Comprehensive Schools* als Versuchsschulen. Sie entsprechen etwa den in der BRD geplanten Integrierten Gesamtschulen.

I. hat zwei Universitäten (in Dublin) u. mehrere *Colleges*.

Irländisches Moos, *Irisches Moos* →Carrageen.
Irma, weibl. Vorname, Kurzform von Zusammensetzungen mit Irm(in)-, z. B. Irmgard, Irmtrud.
Irmak, *Irmağı* [türk.], Bestandteil geograph. Namen: Strom.
Irmensäule →Irminsul.
Irmentrud von Aspel →Irmgard von Köln.
Irmgard [germ. *irmin-, ermin-,* „groß, allumfassend", + ahd. *gardan,* „umfrieden, schützen"], weibl. Vorname, Nebenform *Armgard*.
Irmgard von Köln, Heilige, Gräfin von *Aspel*, lebte im 11. Jh.; beschenkte Kirchen, Klöster u. karitative Einrichtungen; war Einsiedlerin in Süchteln; lebte später in Köln, wo ihre Gebeine in der Agneskapelle des Doms ruhen. Die legendäre Ausschmückung der Lebensbeschreibung läßt nicht erkennen, ob I. von Köln, Irmentrud (Irmgard) von Aspel u. I. von Süchteln personengleich sind oder in welchen Beziehungen sie zueinander stehen. Fest: 4. 9.
Irmingersee, Küstenmeer des nördl. Atlant. Ozeans vor Südost-Grönland, im Winter treibeisgefährdet.
Irmingerstrom, Zweig des →Golfstroms südl. von Island.
Irminsul, *Irmensäule,* Heiligtum der heidn. Sachsen in Form einer hölzernen Säule, unweit der sächs. Hauptfestung *Eresburg* in Westfalen, die von *Karl d. Gr.* 772 zerstört wurde. Die I. sollte wohl die Weltsäule (*Weltesche*), die den Himmel trug, darstellen.
Irmtrud, *Irmtraud* [germ. *irmin-, ermin-,* „groß, allumfassend", + ahd. *drûd,* „Kraft"], weibl. Vorname.
Irnerius, italien. Rechtsgelehrter, *nach 1050, † 1118/1130 Bologna; Gründer der Rechtsschule in Bologna, einer der →Glossatoren.
IRO, Abk. für engl. *International Refugee Organization,* →Internationale Flüchtlingsorganisation.
Irod, *Erode,* südind. Stadt im Staat Tamil Nadu, zwischen Coimbatore und Salem an der Cauveri, 75 000 Ew., Eisenbahnknotenpunkt.
Irokesen, Gruppe sprachverwandter nordamerikan. Indianerstämme im Gebiet der Großen Seen (*Cayuga, Mohawk, Oneida, Onondaga* u. *Seneca* [→Irokesenbund]; *Huronen, Erie, Susquehanna*) sowie in den südl. Appalachen (*Cherokee, Tuscarora*); Hackbauern, Jäger u. Fischer mit mutterrechtl. Clanorganisation u. Geheimbünden; Sippenlanghäuser in befestigten Dörfern. In Reservationen leben noch rd. 35 000 in den USA u. 15 000 in Kanada.
Irokesenbund, im 16. Jh. von dem Indianerhäuptling *Hiawatha* gegr. Bündnis, in dem sich 5, später 6 verwandte Irokesenstämme (*Mohawk, Oneida, Onondaga, Seneca, Cayuga,* seit 1722 auch die *Tuscarora*) gegen die benachbarten Stämme zusammenschlossen. Hauptgegner war neben verschiedenen Algonkinstämmen der Irokesenstamm der *Huronen.* Als diese sich im 17. Jh. mit den Franzosen verbündeten, trat der I. auf die Seite der Engländer. In den folgenden Kämpfen wurden die Huronen völlig vernichtet. 1756–1763 kämpfte der I. auf engl. Seite, die Mehrzahl der Stämme auch im Unabhängigkeitskrieg. Danach löste sich der I. auf, die Stämme zogen nach Kanada oder ließen sich Reservationen anweisen.
irokesische Sprachfamilie, zu den Indianersprachen Nordamerikas gehörig, umfaßt u. a. *Huronisch (Wyandot), Mohawk, Oneida, Seneca, Tscherokesisch* u. *Tuscarora.*

Iroko [das; afrikan.], *Afrikanische Eiche, Kambala-Teak,* trop. Holz (von Sierra Leone bis Angola, über Uganda bis zur Ostküste) des Baumes *Chlorophora excelsa;* mittelschwer, mäßig schwindend, ziemlich witterungs- u. termitenfest; als Konstruktionsholz für stärkere Beanspruchung; mit Eichenholz u. Teakholz nicht verwandt.
Ironie [grch.], Verstellung, Verspottung, ursprüngl. (bei Aristophanes) im tadelnden Sinn als Prahlerei; dies auch die Mißdeutung des Verhaltens des Sokrates. Durch Platon wurde die *sokratische I.* als Entlarvung vermeintl. Wissens im Dienst echter Wahrheitsfindung gedeutet u. der Begriff der I. dadurch verändert. In der *romant. I.* war I. zunächst (F. Schlegel, Novalis, C. von Brentano, L. Tieck), aufgrund der mißverstandenen Wissenschaftslehre Fichtes, die Überlegenheit des genialen Menschen, der (als „Transzendentalphilosoph") über den Dingen steht, mit ihnen spielt, sie nicht ernst nimmt, sie u. auch sich selbst, sein eigenes Tun (*Selbst-I.*) jederzeit aufzulösen u. zu überwinden vermag. In Auseinandersetzung mit der Romantik stehen die I.theorien Kierkegaards u. der Gegenwart (H. Höffding, V. Jankélévitch, * 31. 5. 1903). I. ist im Gegensatz zum *Humor* eine Form der Entfremdung, Verkleinerung; im Gegensatz zum *Scherz* eine Form der Polemik, Kritik, Entlarvung; im Gegensatz zum *Spott* eine indirekte Kundgabe des auch vom Gegner anerkannten wahren Sachverhalts.
Iron Knob ['aiərn 'nɔb], Stadt in Südaustralien in der Middleback Range, nordwestl. des Spencergolfs; Eisenerztagebau.

Iron Monarch ['aiərn 'mɔna:k], der größte Eisenerztagebau in der südaustral. Middleback Range.
Ironsi, Johnson Thomas Umurakwe *Aguiyi-I.,* nigerian. Offizier, * 3. 3. 1924 Ost-Nigeria, † 29. 7. 1966 Ibadan (ermordet); aus dem Volk der Ibo; 1964 Befehlshaber der UN-Truppe in Kongo; 1965 Generalmajor u. Oberbefehlshaber der nigerian. Armee. Nach dem gescheiterten Staatsstreich jüngerer Offiziere am 15. 1. 1966 ergriff er mit Billigung der überlebenden Regierungsmitglieder die Macht. Er versuchte, die Bundesrepublik Nigeria durch Dekret in einen Einheitsstaat umzuwandeln. Daraufhin unternahmen Offiziere aus der Nordregion, die eine Vorherrschaft der Ibo fürchteten, einen Staatsstreich u. ermordeten I.
Ironsides ['aiərnsaidz; engl., „Eisenseiten"], die Kavallerie in Oliver *Cromwells* Bürgerkriegsarmee.
Iroschottische Kirche, um 400 in Irland durch Mission von England her entstandene christl. Kirche. Infolge der Isolierung vom Festland machte sie eine Sonderentwicklung durch. Sie wurde eine von anderen Kirchenprovinzen unabhängige Mönchskirche: Der Abt eines Großklosters leitete den Sprengel, die Äbte der Kleinklöster wirkten als Seelsorger. Die Klöster wurden Zentren wissenschaftlicher u. künstlerischer Arbeit u. reger Missionstätigkeit, die zur Gründung weiterer Klöster in England, Schottland, Frankreich, Dtschld. u. Italien führte. Die seit 631 beginnende Prägung durch Rom wurde 1172 abgeschlossen, als der englische König Heinrich II. Irland unterwarf. – ⬜ I.9.4.

Iron Knob: Eisenerzförderung im Tagebau

Irradiation [lat., „Einstrahlung"], **1.** *allg.*: Ausstrahlung bzw. Übergreifen gewisser Tatsachen auf Nachbargebiete, z. B. die Ausbreitung bestimmter Tierformen von einem Entstehungszentrum aus. **2.** *Medizin:* bei Schmerzempfindungen das Ausstrahlen des Schmerzes über den direkt betroffenen Teil hinaus; kommt zustande, wenn die Stämmchen der Empfindungsnerven gereizt werden, deren Enden sich im I.sgebiet verzweigen. **3.** *Optik:* opt. Täuschung, wonach helle Objekte größer zu sein scheinen als dunkle. Durch I. erscheint auch der Scheibendurchmesser von Sonne, Mond u. Planeten vergrößert; ein weißer Kreis auf schwarzem Grund erscheint größer als ein gleich großer schwarzer auf weißem Grund.

irrational [lat.], nicht vernunftgemäß, übervernünftig, verstandesgemäß nicht erfaßbar; bezeichnet in der Philosophie eine logisch nicht erhellbare Form von Sinn, deren wir erlebnismäßig gewiß sind (→Intuition).

irrationale Zahlen →Zahlen.

Irrationalismus, zusammenfassende Bez. für alle Lehren, die das Irrationale zu umgrenzen u. zur Geltung zu bringen suchen (Gegensatz: *Rationalismus*). Da die individuelle Wirklichkeit niemals in Denkbestimmungen aufgeht, ist aller *Realismus* irrationalistisch. Über die bloße Denkfremdheit des Realen geht der *metaphys.* I. hinaus. Er deutet die Wirklichkeit entweder nach Analogie des blinden Dranges, Triebes, der Kraft, Macht (F. W. von *Schelling*, A. *Schopenhauer*, H. *Bergson*, F. *Nietzsche*) oder stellt sich in den Dienst der religiösen Begriffsbildung, des *Mythus*, der übervernünftigen Offenbarung. Die aus der Logik selbst entwickelte, den Satz vom Widerspruch „aufhebende" Methode der Darstellung von Irrationalem ist die *Dialektik*.

Irrawaddy, *Irawadi,* Hauptstrom in Birma, 2150 km, davon schiffbar 1400 km bis Bhamo; entspringt im *Namkiu-Gebirge,* durchfließt Birma von N nach S, bes. bei Mandalay fruchtbare Ebenen bildend, u. mündet in dem bei Prome beginnenden 35 000 qkm großen sumpfigen Delta zwischen Rangun u. Bassein in den Indischen Ozean. – I. heißt auch eine birman. Provinz.

Irreal, *Irrealis* [der; lat.], eine Form des Verbums, bei der Bedingung (u. Folgerung) als nicht wirklich hingestellt werden; im Dt. durch den Konjunktiv des Plusquamperfekts oder des Präteritums wiedergegeben („wenn er doch käme!", „wenn ich es gewußt hätte…").

irrealer Bedingungssatz, *Grammatik:* ein Satz, der eine Bedingung als rein hypothet. hinstellt, „wenn ich du wäre…"

Irredenta [ital. *Italia irredenta*, „unerlöstes Italien"], *Irredentismus,* eine polit. Bewegung nach der Einigung Italiens (1859/60, 1866), die Gebiete Österreichs mit italien. sprechender Bevölkerung in Italien einzugliedern suchte (Triest, Istrien, Dalmatien u. das südl. Tirol). Damit war ein Grund gegeben zur Störung der Beziehungen zwischen Italien u. Österreich u. für den Kriegseintritt Italiens an der Seite der Entente 1915.

irreduzibel [lat.], **1.** *Logik:* nicht weiter zurückführbar (auf ein anderes); etwa die obersten Axiome oder umgekehrt die letzten empirischen Aussagen. Postulat der *Irreduzibilität der Axiome:* →Axiomatik. **2.** *Mathematik:* unzerlegbar; betrifft z. B. Polynome (auch Gleichungen), wenn sie nicht in Linearfaktoren zerlegt werden können, die demselben Zahlenbereich angehören wie die Koeffizienten des Polynoms. So ist z. B. $x^2 + 1$ irreduzibel im Bereich der reellen Zahlen, weil nur die Zerlegung in komplexe Faktoren, nämlich $x^2 + 1 = (x+i)(x-i)$ möglich ist; dagegen ist $x^2 - 3x + 2 = (x-1)(x-2)$ reduzibel. →auch Cardano.

Irregularität [lat.], **1.** *allg.*: Unregelmäßigkeit. **2.** *kath. Kirchenrecht:* körperliche, geistige oder sittliche Mängel, die den Empfang geistl. Weihen bzw. die Ausübung der erhaltenen Weihevollmacht ausschließen.

Irrenanstalten, *Irrenhäuser,* veralteter Ausdruck für Heil- u. Pflegeanstalten zur Behandlung seelisch Kranker u. zur Absonderung gemeingefährlicher Geisteskranker. Sie werden vom Staat unterhalten u. überwacht u. unterscheiden sich in Aufbau u. Einrichtung kaum von anderen Krankenhäusern. Neben den staatl. I. gibt es auch private Anstalten zur Betreuung Geisteskranker. Außerdem können nicht gemeingefährliche, aber der Überwachung bedürfende Geisteskranke von den Anstalten aus in offener Fürsorge untergebracht u. überwacht werden.

irreversibel [lat.], **1.** *allg.*: nicht umkehrbar. **2.** *Biologie:* eine Entwicklung betreffend, die nicht mehr rückgängig gemacht werden kann. Das von L. *Dollo* (vor ihm aber schon von *Meyrick*) formulierte „Gesetz" von der *Irreversibilität der Evolution* gilt nur für das identische Wiederauftreten verlorengegangener komplizierter Organe. **3.** *Physik:* Eigenschaft eines Umwandlungsprozesses, dessen Verlauf nicht völlig rückgängig gemacht werden kann, so ist z. B. die vollständige Umwandlung von mechanischer Energie in Wärme möglich, nicht aber die vollständige Umwandlung von Wärme in mechanische Energie. →auch Entropie.

irreversible Thermodynamik, Zweig der physikal. Wärmelehre (Thermodynamik), in dem die Berechnung irreversibler (nicht umkehrbarer) Vorgänge versucht wird, was in der gewöhnlichen Thermodynamik nicht möglich ist. Erfolge hatte die i. T. vor allem bei der Deutung der *Suprafluidität*.

Irrgarten = Labyrinth.

Irrigator [der, Mz. I.en; lat.], medizinisches Gerät zur Ausspülung des Darms, der Blase u. a.; der I. besteht aus einem Flüssigkeitsbehälter, der am Boden eine Öffnung besitzt, an die ein Schlauch angeschlossen werden kann; je höher der I. gehoben bzw. an einem Ständer befestigt wird, desto mehr Flüssigkeit (mit um so höherem Druck) fließt aus. →auch Infusion.

Irrlicht, *Irrwisch,* die in Sümpfen u. Mooren zu beobachtenden, über dem Erdboden schwebenden Flämmchen; im Volksglauben als die Seelen Abgeschiedener oder als bösartige Kobolde gedeutet, die einsame Wanderer in die Ausweglosigkeit der Moore locken. Die I.er werden vermutlich durch selbst entzündetes Sumpfgas *(Methan)* verursacht.

Irrtum, 1. *allg.*: Nichtübereinstimmen von Wirklichkeit u. Vorstellung. **2.** *bürgerliches Recht:* →Willensmängel. **3.** *Strafrecht:* I. über die Umstände, durch die im Gesetz die einzelnen Straftaten gekennzeichnet werden, schließt den →Vorsatz aus (*Tatbestands-I.*). Deshalb erfolgt keine Bestrafung wegen vorsätzlicher Tötung, wenn der Täter auf einen Menschen schießt, den er an einem Baum hängen sieht, oder wegen Sachbeschädigung, wenn er eine fremde Sache zerstört, die er für seine eigene hält. Es bleibt jedoch die Möglichkeit einer Bestrafung wegen Fahrlässigkeit (falls gesetzl. zulässig). Entsprechendes gilt auch für den I. über die Voraussetzungen eines Rechtfertigungsgrunds (→Rechtswidrigkeit) oder →Schuldausschließungsgrund. Vom Tatbestands-I. zu unterscheiden ist der *Verbots-I.,* bei dem der Täter sich über das Verbotensein einer Handlung irrt. Ist der Verbots-I. nicht vorwerfbar, so erfolgt keine Bestrafung, im übrigen kann nach §§ 17, 49 StGB die Strafe gemildert werden. Die volkstüml. Auffassung, Unkenntnis des Gesetzes schütze nicht vor Strafe, ist also nur bedingt richtig. →auch Putativdelikt. Ähnlich in der Schweiz (Art. 19, 20 StGB); jedoch kann der Richter beim Verbots-I. *(Rechts-I.)* die Strafe nach freiem Ermessen mildern (Art. 20). – Österreich: *Tatbestands-I.* schließt Strafbarkeit wegen vorsätzl. Handelns aus (Folgerung aus § 5 StGB); irrtümliche Annahme eines rechtfertigenden Sachverhalts ist vorsatzausschließender I. (§ 8 StGB); der *Rechts-I.* (§ 9 StGB) ist ähnl. wie in der BRD der Verbots-I. geregelt.

Irsee, bayer. Marktflecken in Schwaben (Ldkrs. Marktoberdorf), 1500 Ew.; 1182–1802 Benediktinerabtei, jetzt Heilanstalt.

Irtysch, linker Nebenfluß des Ob in der Sowjetunion u. in China, rd. 4400 km lang, davon 4100 km schiffbar, etwa 5 Monate eisbedeckt; entspringt als *Schwarzer I. (Khar Irtschis)* im Mongol. Altai, durchfließt die nördl. Dsungarei (China), die Steppen Nordostkasachstans als die Westsibir. Tiefland, mündet bei Chanty-Mansijsk. Am Oberlauf in Ostkasachstan wurden zur Energiegewinnung mehrere Stauanlagen errichtet u. der vom I. durchflossene *Sajsansee* wurde vom 5000 qkm großen *Buchtarma-Stausee* überflutet. Wichtigste Nebenflüsse: *Ischim* u. *Tobol.*

Irving ['ə:vɪŋ], **1.** Edward, brit. Sektenstifter, * 4. 8. 1792 Annan, Südschottland, † 7. 12. 1834; seit 1822 presbyterian. Prediger in London, 1833 seines Amts enthoben; beteiligt an der Gründung der religiösen Gruppe der *katholisch-apostolischen Gemeinden*. **2.** Sir (1895) Henry, eigentl. John Henry *Brodribb,* engl. Schauspieler u. Theaterleiter, * 6. 2. 1838 Keinton-Mandeville, † 13. 10. 1905 Bradford; bedeutendster Theatermann der viktorianischen Epoche, berühmt durch Shakespeare-Inszenierungen, für die er den originalen Text benutzte; Herausgeber von Shakespeare-Werken für die Bühne. **3.** Washington, Pseudonyme: Diedrich *Knickerbocker,* Geoffrey *Crayon,* US-amerikan. Schriftsteller, * 3. 4. 1783 New York, † 28. 11. 1859 Sunnyside, N. Y.; im auswärtigen Dienst der USA tätig, bereiste er mehrfach Europa. Seine Werke behandeln in humorvoller, mild-satir. Weise Vergangenheit u. Gegenwart Europas u. Amerikas (bes. seiner Heimat New York): „A History of New York by Diedrich Knickerbocker" 1809, dt. 1825; „The Sketch Book of Geoffrey Crayon" 1819/20, dt. „Das Skizzenbuch" (enthält die ersten amerikan. Kurzgeschichten, u. a. „Rip van Winkle") 1825; „The Conquest of Granada" 1829. – ▭ 3.1.4.

Irvingia, Gattung der *Bitterholzgewächse,* hohe Bäume in Hinterindien u. Westafrika, mit gutem Holz u. sehr nahrhaften Samen, aus denen das *Dikabrot* hergestellt wird.

is… →iso…

Isa, von Mohammed gebrauchte Namensform für *Jesus.*

ISA, Abk. für engl. *International Federation of the National Standardizing Associations,* Internationale Föderation der Nationalen Normen-Vereinigungen, seit 1946 →ISO. →auch ISA-System.

Isaac, Heinrich, niederländ. Komponist, * um 1450, † 1517 Florenz; ab 1480 am Hof in Florenz, viele Reisen in Europa, ab 1495 Hofkomponist Maximilians I., zuletzt wieder in Florenz; seine größte Sammlung von Motetten ist der „Choralis Constantinus"; schrieb Messen u. viele weltl. Gesänge (darunter der bekannte Satz „Innsbruck, ich muß dich lassen").

Isaacs, Jorge, kolumbianischer Erzähler, * 10. 4. 1837 Cali, † 17. 4. 1895 Ibagué; schrieb den bedeutendsten Roman der südamerikanischen Romantik, eine von F. R. de Chateaubriand beeinflußte Idylle mit reichen folkloristischen Elementen: „María" 1867.

Isaak, im A.T. Sohn Abrahams u. Saras, einer der israelit. Patriarchen, Vater Jakobs u. Esaus.

Isaak, byzantin. Kaiser: **1.** *Isaak I. Komnenos,* Kaiser 1057–1059, † 1061; erster Kaiser der Komnenendynastie, sicherte die Reichsgrenzen, trat wegen Krankheit zurück. **2.** *Isaak II. Angelos,* Kaiser 1185–1195 u. 1203–1204, † 1204; revolutionär erhoben, ließ widerstrebend das Kreuzheer Friedrich Barbarossas durch das Byzantin. Reich ziehen, von seinem Bruder Alexios III. abgesetzt u. geblendet, 1203–1204 vorübergehend wieder eingesetzt.

Isabeau [-'bo], *Isabel,* Königin von Frankreich, Frau Karls VI., * 1371, † 29. 9. 1435 Paris; bayer. Herzogstochter; 1392 Mitregentin für den geistes-

Isar bei Mittenwald

krank gewordenen König; im Gegensatz zu ihrem Sohn Karl (VII.) England wohlgesinnt; nach dem Tod ihres Gatten (1422) ohne Einfluß.

Isabela, Albemarle, größte der Galápagosinseln, 1500 qkm, mehrere Vulkane, bis 1433 m hoch.

Isabella [span. für *Elisabeth*; angeglichen an *Bella*, „die Schöne"; auch von hebr. *Isabel, Jezabel*, „Gott Baal erhob"], weibl. Vorname; Kurzform *Isa*.

Isabella, Fürstinnen. Frankreich: **1.** →Isabeau. Portugal: **2.** *I. (Elisabeth) von Aragón*, seit 1282 Frau des Königs Dinis († 1325), *1271, † 1336 Estremoz; Heiligsprechung 1625, Patronin Portugals (Fest: 4. 7.).
Spanien: **3.** *Isabella I., I. die Katholische,* Königin von Kastilien u. León 1474, von Spanien 1479–1504, * 22. 4. 1451 Madrigal de las Altas Torres, Avila, † 26. 11. 1504 Medina del Campo; heiratete 1469 Ferdinand II. von Aragón. In Kastilien herrschten beide gemeinsam; sie bildeten durch Vereinigung ihrer Gebiete die Grundlage für das spanische Königreich. I. veranlaßte die Eroberung des maurischen Granada u. der nordafrikanischen Küste, die Wiedereinführung der Inquisition u. die Vertreibung bzw. Zwangsbekehrung der Juden u. nichtchristlichen Mauren. – ⌾ →Spanien (Geschichte).
4. *Isabella II.,* Königin 1833–1868, * 10. 10. 1830 Madrid, † 9. 4. 1904 Paris; bis 1843 unter Regentschaft; heiratete gegen ihren Willen ihren Vetter Franz von Assisi. Ehezwist, innenpolit. Auseinandersetzungen, Intrigen u. Aufstände kennzeichneten ihre Regierungszeit. 1845 wurde eine neue Verfassung erlassen; 1857 schloß I. ein Konkordat mit dem Papst. Die populäre Königin floh 1868 nach einer Revolution des Heeres, der Flotte u. der Liberalen nach Frankreich. 1870 verzichtete I. auf den Thron.

Isabelle [frz.], Pferd von hell- bis dunkelgelber Farbe.

isabellfarbig, bräunlich bis graugelb; überlieferungsgemäß nach der Erzherzogin *Isabella,* Regentin der Niederlande, benannt, die gelobt haben soll, das Hemd nicht zu wechseln, bis ihr Gemahl Ostende erobert habe; die Belagerung dauerte 3 Jahre (1601–1604).

Isabey [iza'bɛ], Jean Baptiste, französ. Miniaturmaler u. Graphiker, *11. 4. 1767 Nancy, † 18. 4. 1855 Paris; Schüler J. L. *Davids*, wurde zum beliebtesten Porträtisten der napoléon. Hofgesellschaft, 1807 Chefdekorateur des kaiserl. Theaters; seit 1809 besaß er ein Atelier in der Porzellanmanufaktur in Sèvres.

Isai, *Jesse,* im A.T. Vater des jüdischen Königs David.

Isajas, Prophet im A.T., →Jesajas.

Isajos, lat. *Isaeus,* aus Chalkis (Euböa), einer der „Zehn attischen Redner"; lebte von Ende des 5. bis in die erste Hälfte des 4. Jh. v. Chr.; Lehrer des *Demosthenes,* berühmt als Verfasser von Reden, die er nicht selbst hielt.

Isar, rechter Nebenfluß der Donau, 283 km, entspringt im Karwendelgebirge, mündet bei Deggendorf; bei München wird die *Mittlere I.* durch mehrere Kraftwerke genutzt, Nebenflüsse links: *Jachen, Loisach, Würm, Amper;* rechts: *Riß, Walchen, Sempt.*

Isar-Amperwerke AG, München, gegr. 1955 durch Verschmelzung der *Amperwerke Elektrizitäts AG* u. der *Isarwerke AG;* Stromversorgungsunternehmen für fast ganz Oberbayern; Stromabgabe 1978/79: 5,9 Mrd. kWh; Grundkapital: 185 Mill. DM; 3300 Beschäftigte.

Isaschar [hebr., „Gott gibt Lohn" oder „der Mann des Lohns"(?)], *Issachar,* Sohn Jakobs u. Leas (1. Mose 30, 14–18); gilt als Ahnherr des gleichnamigen Stammes Israels.

ISA-System, ein Passungssystem (→Passungen), bei dem die Lage des Toleranzfelds (→Toleranz) zur Nullinie durch Buchstaben angegeben wird. Je nach der geforderten Herstellgenauigkeit wird die Größe der Toleranz (Qualität) mit Zahlen von 1–18 (1 = größte Genauigkeit) bezeichnet. Es wird entweder von der bestehenden Bohrung ausgegangen (Nullinie = Kleinstmaß der Bohrungsdurchmesser) u. die Lage des Toleranzfelds der Welle variiert zwischen Spielpassungen (Buchstabengruppe *a–h*), Übergangspassungen (Buchstabengruppe *j–n*) u. Preßpassungen (Buchstabengruppe *p–z*), oder es wird umgekehrt von der Welle ausgegangen. – Das Passungssystem der *ISA* (jetzt →ISO) löste das bis dahin in Dtschld. verwendete DIN-Passungssystem ab.

Ischtar, auf dem ihr heiligen Löwen stehend; Relief aus Tell Asmar, 8. Jh. v. Chr. Paris, Louvre

Isatin [das; grch.], in gelbroten Prismen kristallisierende organ.-chem. Verbindung, wird synthet. hergestellt; dient als Ausgangsprodukt von indigoartigen Farbstoffen u. Heilmitteln.

Isaurien, antike Landschaft im südl. Kleinasien, nördl. des Kilikischen Taurus, in der Konia-Ebene; bewohnt von räuberischen Wanderhirten, die bes. im 1. Jh. v. Chr. u. im 3.–5. Jh. n. Chr. kriegerische Unruhen verursachten. Sie wurden 466 in die kaiserliche Garde des Oströmischen Reichs aufgenommen.

ISBN, Abk. für *Internationale Standard-Buchnummer,* ein System zur Identifizierung von Büchern, bei dem jedes Buch eine zehnstellige Nummer erhält. Diese ist in vier Teile aufgegliedert: die Gruppennummer für nationale, geographische, Sprach- oder ähnliche Gruppen, die Verlagsnummer für den einzelnen Verlag innerhalb einer Gruppe, die Titelnummer für das einzelne Buch des in Teil 2 bezeichneten Verlags u. die Prüfziffer; so hat z.B. Bd. 5 der LEXIKO-THEK die ISBN 3·570-06555-3.

Ischämie [isçɛ:-; grch.], infolge mangelnder Blutzufuhr entstehende Blutleere einzelner Organe, z.B. durch Gefäßverengung.

Ischewsk [i'ʒɛfsk], Hptst. der Udmurt. ASSR (RSFSR, Sowjetunion), am Isch, 422 000 Ew.; Industriezentrum mit Stahl- u. Walzwerk, Waffenfabrik, Bau von Industrieausrüstungen u. Landmaschinen, Automobilbau, Holzverarbeitung, Baustoffproduktion.

Ischia ['iskia], **1.** ital. *Ìsola d'Ì.,* das antike *Aenaria,* Insel am Eingang des Golfs von Neapel, 46 qkm, 30 000 Ew.; im Vulkan *Epomeo* 788 m; zerklüftete Küste, sehr vulkanisch, daher warme Quellen, Schwefelthermen u. fruchtbare Böden (Wein, Obst, Südfrüchte); Fischfang, Tonverarbeitung, Flechterei, Fremdenverkehr, Heilbäder. **2.** italien. Hafenstadt in Kampanien, Hauptort der Insel I., 12 000 Ew.; Kastell (15. Jh.); Thermalbad, Fremdenverkehr, Weinbau. – ⌾ →Italien (Geographie).

Ischias [die, auch der oder das; grch.], *Ischialgie, Ischiasneuralgie, Hüftweh,* anhaltende oder vorübergehende, u. U. sehr heftige Schmerzhaftigkeit im Verlauf des großen Beinnervs (*Hüftnervs, Nervus ischiadicus,* „I.nervs"), verursacht z.B. durch Erkältung, Infektion, Überanstrengung, Verletzung, Durchblutungsstörung, Vergiftung u. Krankheitsprozesse an der unteren Wirbelsäule, wo der Hüftnerv entspringt (*Wurzel-I.*). Die ärztliche Behandlung sucht die Schmerzen zu lindern u. die jeweilige Ursache der I. auszuschalten.

Ischiasnerv, *Hüftnerv, Nervus ischiadicus,* die Beine versorgender Nerv, der an der Hinterseite des Oberschenkels verläuft u. sich in mehrere Äste aufspaltet.

Ischikawa, japan. Stadt am Nordrand der Bucht von Tokio (Präfektur Tschiba), 260 000 Ew.; Industriearbeitersiedlungen.

Ischim, 1. Stadt in Westsibirien (RSFSR, Sowjetunion), am I., 48 000 Ew.; Hochschulen; Mittelpunkt eines Milchviehzucht- u. Getreideanbaugebiets; Nahrungsmittelindustrie, Landmaschinenbau; Buttermarkt; an der Transsibir. Bahn. **2.** linker Nebenfluß des *Irtysch,* 1809 km, entspringt im N der Kasachischen Schwelle, mündet bei Ust-Ischim; im Unterlauf schiffbar, 6 Monate vereist. Stauanlagen zur Wasserversorgung des nordkasach. Neulandgebiets; Wasserkraftwerk.

Ischimbaj, Stadt in der Baschkir. ASSR (Sowjetunion), am Westfuß des Südl. Ural, nahe Sterlitamak, an der Belaja (zur Kama), 55 000 Ew.; Erdöl- u. Erdgasförderung im „Zweiten Baku"; Maschinenbau, Nahrungsmittelindustrie; Ölleitungen u.a. nach Orsk u. Ufa.

Ischinomaki, japan. Stadt an der I.bucht in Nordosthonschu, nahe Sendai, 100 000 Ew.; Lachs-, Makrelen-, Sardinenfang.

Ischl, *Bad I.,* oberösterr. Stadt im Salzkammergut, südöstl. von Salzburg, am Einfluß der Ischl in die Traun, 12 700 Ew., Mineralquelle, Solbäder (27% Kochsalz), Salzbergwerk, Salzsudwerk; berühmter

Isère in Grenoble

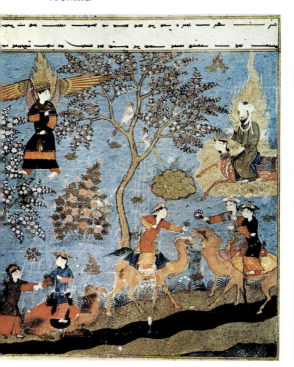

Himmelfahrt Mohammeds, wie sie in Ausdeutung einiger Koranstellen angenommen wird. Der Prophet, auf Burak, einem Maulesel mit Menschenantlitz, reitend, wird von dem Erzengel Gabriel in das Paradies geführt; türkische Miniatur, 1436. Paris, Bibliothèque Nationale (links). – Betende Moslems in Niamey, Niger. Das fünfmalige tägliche Gebet gehört zu den Grundpflichten des Islams (rechts)

Bäderort mit ehem. prunkvollem Hofleben (Kaiservilla, Kaiserpark); Lehármuseum.

Ischma, linker Nebenfluß der Petschora, nordwestlich des Ural, 530 km lang, größtenteils schiffbar.

Ischtar, *Istar,* babylonisch-assyrische weibl. Hauptgottheit, Göttin des Krieges, der Liebe u. der Mutterschaft, auch Verkörperung im Venusstern; vermutlich semitischen Ursprungs; ihr Jugendgeliebter war →Tammuz. Der Mythos erzählt von der Höllenfahrt der I. u. ihrer Rückkehr zur Oberwelt, wodurch die während ihres Aufenthalts in der Unterwelt erstorbene Vegetation wieder erwacht. In babylon. Hymnen wird sie um Vergebung begangener Missetaten angefleht.

Ischwara [sanskr. *ishvara,* „Herr"], Bez. indischer Heilandgottheiten wie →Wischnu u. →Schiwa.

Ise, japan. Stadt auf Honschu, an der I.bucht, 102 000 Ew.; Standort des berühmtesten japan. Schinto-Heiligtums.

Isebel →Jezabel.

Isegrim [ahd., „Eisenhelm"], Name des Wolfs in der Tierfabel.

Isehanf, eine →Sansevierafaser.

Isel, 1. *Berg I.,* Aussichtsberg südl. von Innsbruck, 750 m; Denkmal A. Hofers; 650 m langer Tunnel der Brennerbahn; Skisprungschanze, Schauplatz der Olympischen Winterspiele der Jahre 1964 u. 1976. **2.** Nebenfluß der *Drau* in Osttirol, 60 km; entspringt in den Hohen Tauern südl. der Dreiherrnspitze, mündet bei Lienz.

Iselin, Isaak, schweizer. Schriftsteller, *17. 3. 1728 Basel; †15. 6. 1782 Basel; Ratsschreiber; philosoph. u. pädagog. Schriften im Geist der Aufklärung; verdient um die schweizer. Volksbildung; förderte J. H. Pestalozzi u. wirkte auf J. G. von Herder. Hptw.: „Vermischte Schriften" 2 Bde. 1770.

Iselsberg-Stronach, österr. Luftkurort u. Wintersportplatz in Osttirol, an der südl. Zufahrt nach Heiligenblut zur Großglockner-Hochalpenstraße, 1100 m ü.M., 400 Ew.; am Sattel *Iselsberg* (1208 m) zwischen den Tälern von Drau u. Möll.

Isenbrant, *Ysenbrant,* Adriaen, niederländ. Maler, seit 1510 Meister in Brügge, †Juli 1551 Brügge; Nachfolger G. *Davids;* übernahm auch Kompositionen anderer niederländ. Maler u. A. *Dürers;* selbständig ist I. nur im kräftigen Kolorit. Am besten sind seine lyrischen, andachtsvollen Madonnendarstellungen. Hptw.: Die 7 Schmerzen Mariä (Brügge, Notre-Dame; Stifterflügel in Brüssel, Museum); Flügelaltar mit der Anbetung der Könige (1518; Lübeck, Marienkirche).

Isenburg, *Ysenburg,* hess. Grafen- u. Fürstengeschlecht; im 11. Jh. erstmalig als Grafen erwähnt. 1684 Teilung in die Hauptlinien *I.-Büdingen* u. *I.-Birstein,* 1744 Reichsfürstenwürde. Durch Beitritt zum Rheinbund erhielt *Karl von I.-Birstein* (*1766, †1820) die volle Souveränität über sein Fürstentum, doch ging dieses 1815 an Österreich bzw. 1816 an Hessen-Kassel verloren.

„Isengrimus", latein. Tierepos des Genter Magisters *Nivardus* (12. Jh.); es gibt den Tieren erstmals Eigennamen u. richtet sich in seinen 12 Fabeln vom Streit des Wolfs mit dem Fuchs satir. gegen die Kleriker.

Isenheim, frz. *Issenheim,* oberelsäss. Gemeinde im französ. Dép. Haut-Rhin an der Lauch, östl. von Gebweiler, 2000 Ew.; Weinbau, Textilindustrie. Berühmt durch den *I.er Altar* von M. Grünewald, heute im Museum Unterlinden in Colmar.

Iseosee, ital. *Lago d'Iseo, Sebino,* oberitalien. See am Südrand der Bergamasker Alpen, 65 qkm, bis 251 m tief, durchflossen vom *Oglio;* fischreich, in der Seemitte die Berginsel *Monte Isola* mit Wallfahrtskirche.

Iser, tschech. *Jizera,* rechter Nebenfluß der oberen Elbe im nordöstlichen Böhmen, 122 km, mündet bei Brandeis. Der Quellfluß der *Großen I.* entspringt im *I.gebirge,* der der *Kleinen I.* im Erzgebirge.

Isère [i´zɛːr], **1.** linker Nebenfluß der Rhône in Südostfrankreich, 290 km; entspringt in den Grajischen Alpen, durchfließt die Täler *Tarentaise* u. *Graisivaudan,* mündet nordwestl. von Valence; durch Talsperre im Oberlauf gestaut u. durch mehrere Kraftwerke zur Elektrizitätserzeugung genutzt. **2.** südostfranzös. Département im N der Dauphiné, am Mittel- u. Unterlauf der I., 7474 qkm, 860 000 Ew.; Hptst. *Grenoble.*

Isergebirge, tschech. *Jizerské hory,* poln. *Góry Izerskie,* tschech.-poln. (-schles.) Grenzgebirge, Teil der Westsudeten zwischen Lausitzer Gebirge u. Riesengebirge, rd. 30 km breit u. lang; aus Granit u. Gneis aufgebaut u. dicht bewaldet (Nadelwald). Der Nordteil gliedert sich in die beiden parallelen Bergkämme des Kemnitzkamms (Jizera 1121 m, Kemnitzberg 979 m) u. des Iserkamms mit den höchsten Bergen des I.s (Hinterberg 1127 m, Tafelfichte 1124 m). Der Südteil ist flach (Sieghübel 1122 m) mit Süd- u. Südwestabdachung. Holzwirtschaft; etwas Ackerbau, Fremdenverkehr.

Iserlohn, nordrhein-westfäl. Stadt an der Baar, im nördl. Sauerland (Märkischer Kreis), 95 000 Ew.; Eisen-, Draht-, Metallwarenindustrie; Ingenieurschule.

Isernhagen, Gemeinde in Niedersachsen, nordöstl. von Hannover, 16 500 Ew.

ISLAM I

Koranschrank aus Metall mit Gravierung und Silbereinlegearbeit; 14. Jh. Cairo, Musée de l'Art Islamique

Islam

 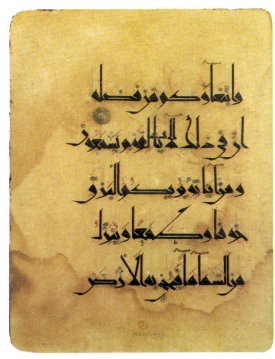

Große Moschee in Kairouan, Tunesien; 7. Jh., Erweiterung 9. Jh. (links). – Seite einer persischen Koran-Handschrift, Sure 30, 22–23; 10. Jh. London, Victoria and Albert Museum (rechts)

Die Kaaba in Mekka, durch Mohammed Mittelpunkt des Islams, ist das Ziel der vorgeschriebenen Pilgerfahrt

Mihrab (Gebetsnische) und rechts davon der Minbar (Predigtstuhl) in der Ibn-Tulun-Moschee, einer der ältesten noch erhaltenen Moscheen Cairos; 9. Jh.

Iseyin, Stadt im südwestl. Nigeria, 100000 Ew.; Baumwollwebereien, Tuchhandel.

Isfahan, *Isphahan,* das antike *Aspadan,* zweitgrößte Stadt Irans u. Hptst. der Prov. I. (197403 qkm, 2 Mill. Ew.), in Zentraliran, 1700 m ü. M., 610000 Ew.; zahlreiche Moscheen (Schah-Moschee u. a.), Paläste u. Gärten, berühmter Basar; Universität; Stahlwerk, Textilindustrie; starker Fremdenverkehr, Flugplatz.

Isfjorden, *Eisfjord,* größter Fjord Spitzbergens an der Westküste von Westspitzbergen.

Isherwood [ˈiʃʃwud], Christopher, engl. Schriftsteller, *26. 8. 1904 High Lane, Cheshire; Deutschlandaufenthalt 1928–1933, Reisen durch Europa u. China; seit 1946 Bürger der USA; neben expressionist. Dramen (gemeinsam mit W. H. Auden verfaßt) stehen Romane u. Erzählungen, die Erlebtes u. Beobachtetes (Berlin vor 1933) häufig sarkast. wiedergeben: „Mr. Norris Changes Trains" 1935; „Leb wohl, Berlin" 1939, dt. 1949; „Down there on a Visit" 1962, dt. „Tage ohne Morgen" 1964; „A Meeting by the River" 1967.

Isidor [grch.; vielleicht „Geschenk der Mondgöttin Isis" oder „Isis geweiht"], männl. Vorname.

Isidor von Sevilla [-zeˈvilja], letzter abendländ. Kirchenvater, Kirchenlehrer, Erzbischof von Sevilla (seit 600), Heiliger, *um 560 Cartagena, †4. 4. 636 Sevilla; übermittelte dem MA. antikes u. altchristl. Kulturgut, schuf Grundlagen der mozarab. Liturgie, faßte in seinen „Sentenzen" die gesamte Dogmatik u. Moral zusammen. Unter seinen zahlreichen kompilatorischen (theolog. u. profanen) Schriften ragen die „Etymologiae" heraus, in denen etymolog. Spekulationen mit ausführl. sachl. Erklärungen der Stichwörter verbunden werden. Fest: 4. 4. – ☐ 1.9.5.

Isin, heutiger Ruinenhügel *Ischan el-Bahrijat* in Mittelbabylonien, war 19. bis 17. Jh. v. Chr. Sitz einer westsemit. Dynastie, deren Begründer die sumer. Vorherrschaft beendete, u. im 12. Jh. v. Chr. noch einmal babylon. Metropole.

Isis, *Ese,* altägypt. Göttin vielleicht ursprüngl. des Himmels, Schwester u. Gemahlin des *Osiris,* Mutter des *Horus.* Sie wurde mit *Hathor* vereinigt, die von I. aus ihrer Rolle als Muttergöttin verdrängt wurde, oft wie jene mit Kuhhörnern dargestellt. In hellenistischer Zeit, als sich ihr Kult in allen Mittelmeerländern verbreitete, wurde sie zur Universalgöttin. Durch ihre Verbindung mit Osiris, einem sterbenden u. auferstehenden Gott, dienten ihre Mysterien dem Jenseitsglauben. Die Darstellung der I. mit dem Horuskind auf dem Arm wurde zum Vorbild für die christl. Madonnendarstellung. Hymnen preisen I., die Mühseligen „ihre süße Mutterliebe" zuwendet.

Iskar, *Isker* [ˈiskər], rechter Nebenfluß der Donau in Bulgarien, 368 km, entspringt im Rilagebirge, durchfließt die Ebene von Sofia, durchbricht das Balkangebirge in 75 km langer Schlucht u. mündet bei Gigen; im Rilagebirge Wasserkraftwerke.

Iskenderun, früher *Alexandrette,* Stadt in der Türkei, Haupthafen am Golf von I., 82000 Ew.; chem. Industrie, Eisenvorkommen; Eisen- u. Stahlwerk, Straßenknotenpunkt. – 333 v. Chr. als *Alexandreia* von Alexander d. Gr. zur Erinnerung an den Sieg bei Issos gegr., 1097 von Kreuzfahrern erobert (1. Kreuzzug); 1832 ägypt. Sieg über die Türkei; 1920–1939 dem französ. Mandat Syrien zugeschlagen, seit 1939 türkisch.

Isla, *Islas* [span.], Bestandteil geograph. Namen: Insel, Inseln.

Isla, José Francisco de, span. Schriftsteller, *24. 3. 1703 Vidanes, León, †2. 11. 1781 Bologna; Jesuit; einer der großen Erneuerer aus dem Geist der Aufklärung. Sein satir. Roman „Geschichte des berühmten Predigers Bruder Gerundio von Campazas..." 1758, dt. 1773, wendet sich gegen den Niedergang der heimischen Predigtkunst u. die kirchl. Korruption; Übers. von A. R. Lesages „Gil Blas" (posthum) 1787/88.

Isla de los Estados, südargentin. Insel, = Staateninsel.

Isla de Pinos, *Fichteninsel,* kuban. Insel vor der Südwestküste von Kuba, 3061 qkm (mit Riffen), rd. 10000 Ew.; wichtigster Ort: *Nueva Gerona* (3000 Ew.), Agrarzentrum; Fischerei, Strandbadebetrieb.

Islam [auch isˈlaːm; arab., „Ergebung"], **1.** die von →Mohammed gestiftete Weltreligion. Der dogmatische Ausbau der Lehre Mohammeds erfolgte in Mekka, ihre rituelle Durchformung dagegen in Medina.

Der I. zeigt manche Entlehnung aus Judentum u. Christentum, ohne darum einer starken u. wirkungsvollen Originalität der religiösen Gesamtkonzeption u. des religiösen Lebens zu entbehren. Er ist monotheistisch u. kennt nur die unbedingte Ergebung (Fatalismus, Kismet) in den Willen *Allahs,* der als absoluter Herrscher angesehen wird. Die Anschauungen des I.s sind bes. gekennzeichnet durch eine starke Vereinfachung religiöser Fragen. So erhält z. B. der gläubige Moslem als Lohn für ein gottgefälliges Leben einen Aufenthalt voller sinnlicher Freuden im Paradies; den Verdammten dagegen erwarten schreckliche Strafen. Wer für die Ausbreitung des I.s stirbt, kommt unmittelbar in das Paradies.

Die religiösen Glaubenssätze u. Pflichten sind genau festgelegt; zu ihnen gehören die „5 Pfeiler": 1. Glaubensbekenntnis: Es gibt keinen Gott außer Allah, u. Mohammed ist sein Prophet; 2. Gebet: fünfmal am Tag, kniend auf öffentlichen Anruf hin,

Islam

in ritueller Reinheit; 3. Almosengeben: ist fast zu einer geregelten Steuer ausgebildet; 4. Fasten: dreißigtägiges Fasten im Monat Ramadan von Sonnenaufgang bis Sonnenuntergang; 5. Wallfahrt nach Mekka (Haddsch): mindestens einmal im Leben. – Verboten sind Wein u. Schweinefleisch; im übrigen vertritt der I. eine gesunde Freude am Leben u. keine Askese. Seine große Gestaltungskraft u. damit seine heute wieder anwachsenden Erfolge verdankt der I. seiner differenzierten Pflichtenlehre, die alle Gebiete des menschlichen Lebens ordnet. Dem Mann waren u. sind (in manchen Gebieten) bis zu vier Ehefrauen sowie Nebenfrauen erlaubt; Ehelosigkeit wird nicht geschätzt.

Das hl. Buch des I.s ist der →Koran; in ihm ist Mohammeds Lehre, die von den Anhängern des I.s als geoffenbarte Wahrheit betrachtet wird, in *Suren* niedergelegt. Neben dem Koran bildete sich aus mündl. Überlieferungen über Mohammeds Entscheidungen u. Verhaltensweisen in konkreten Fragen u. Situationen die *Sunna*. Die Einschätzung der Wichtigkeit der Sunna neben dem Koran ist das unterscheidende Kennzeichen für die *Sunniten* (ca. 90% der Moslems) u. die *Schiiten* (ca. 10% der Moslems), die neben zahlreichen kleineren Sekten, die sich im Lauf der Jahrhunderte gebildet haben, von besonderer Bedeutung sind.

Seinen Ausgang nahm der I. in Mekka, wo die →Kaaba, das arab. Nationalheiligtum, unter dem Schutz der Koreischiten stand. Diesem Stamm gehörte Mohammed an; 622 mußte er sich dem Zugriff der Koreischiten durch die Auswanderung (*Hedschra*) nach Medina entziehen. Von hier aus verbreitete er seine Lehre, u. bald konnte er mit kriegerischen Mitteln Mekka zurückgewinnen u. die Kaaba zum äußeren Mittelpunkt des I.s machen. Nach dem Tod Mohammeds breiteten seine Nachfolger (*Kalifen*) in zahlreichen Kämpfen den I. aus. Zur Zeit der größten Ausdehnung reichte die Einflußsphäre des I.s von den Pyrenäen bis nach Indien u. China. Um die Mitte des 17. Jh. setzte eine rückläufige Bewegung ein.

Infolge der Geschlossenheit des verwalteten Gebiets war nicht nur ein weltweiter Handel möglich; es lag hierin auch der bedeutende Einfluß begründet, den die islam. Kunst (bes. die Baukunst), die Poesie sowie die Naturwissenschaften (Chemie u. Mathematik [arab. Ziffern]) im gesamten MA. über Spanien (Toledo) u. auch Italien (von Afrika über Sizilien) auf das Abendland ausübten.

Heute dringt der I. in der arabischen, afrikanischen

Raum vor dem Mihrab in der Omajjaden-Moschee in Córdoba; 785 gestiftet

nach Chr.	Spanien	Maghreb	Ägypten	Syrien	Mesopotam.	Iran	Kleinasien	Indien
700			OMAJJADEN 661–750 Kalifen					
800			ABBASIDEN 750–1258 Kalifen			TAHIRIDEN 822–873		
900	OMAJJADEN von Córdoba 756–1031	IDRISIDEN 890–986	TULUNIDEN 868–905			SAFFARIDEN 821–873	zum Byzant. Reich	
1000		986–1062	ICHSCHIDIDEN 935–969		HAMDANIDEN 905–1008	SAMANIDEN BUJIDEN 932–1055		
1100	Taifa 1090		FATIMIDEN 909–1171	1090	1055	1040		GHASNA-WIDEN 962–1168 GHORIDEN 1148
1200	ALMORAVIDEN und ALMOHADEN 11. Jh.–1269		AJJUBIDEN 1171–1252	Kreuzfahrer		SELDSCHUKEN	1077	
1300	NASRIDEN von Granada 1231–1492	MERINIDEN 1269–1421	MAMLUKEN 1252–1517			1231 ILKHANE 1258–1336 (Mongolen)	1300	Sultanat von Delhi 1206–1526
1400							OSMANEN 1300–1923 Kalifen	
1500		WATASIDEN SANDITEN			Turkomanen	TIMURIDEN 1387–1506		
1600		SCHERIFEN ab 1546	zum Osmanischen Reich			SAFAWIDEN 1502–1736		MOGUL-REICH 1526–1858
1700						1638		

Islamische Reiche und Dynastien.

Arabien war das Ursprungsland des Islams und der islamischen Reiche und die Araber lange allein Herrscher dieses Weltreichs. Mit der Ausdehnung ihrer Macht integrierten sie Länder und Völker anderer Kulturen und Sprachen in Asien, Afrika und Europa; verbindendes Element war die Religion. Nach dem Tod Mohammeds traten die Kalifen die Nachfolge an, 661 ging das Kalifat an die Omajjaden über, ihnen folgten die Abbasiden. Das Kalifat in Bagdad wurde durch den Ansturm der Mongolen im 13. Jh. zerstört; 1453 eroberten die Osmanen das byzantinische Konstantinopel (Osmanisches Reich), und 1526 gründete eine mongolische Dynastie auf indischem Boden das Mogulreich. Rund 40 Jahre nach dem Fall Konstantinopels eroberten die Katholischen Könige den letzten Stützpunkt des Islams in Spanien (Granada 1492)

Der Mongolenherrscher Timur war Moslem; im Bild reitet er durch eine Straße Samarkands; Persische Miniatur (um 1434). Washington, Smithsonian Institution, Freer Gallery of Art

Islam

Mohammed und die Kalifen Abu Bakr und Ali auf dem Weg nach Mekka. Aus einer Kopie des „Siyar-i Nabi" („Leben des Propheten") 1594. New York, The Public Library, Spencer

ISLAM II
islamische Reiche

Abbasiden-Kalif Harún al-Raschid (786–809). Miniatur von Behzad (*1450, †1535); Paris, Bibliothèque Nationale

Krieger des Ajjubiden-Sultans Saladin (*1138, †1193). Miniatur aus dem „Roman de Godefroy de Bouillon" 1337; Paris, Bibliothèque Nationale

(35% der westafrikan. Einwohner gehören dem I. an) u. asiatischen Welt vor. Die Gesamtzahl der Moslems beträgt rd. 500 Mill. u. nimmt noch ständig zu.
Der I. kennt keine Völker- u. Rassenunterschiede; er ist z.T. gut organisiert *(panislamische Bewegung)* u. steht in missionarischer Hinsicht besonders bei den Völkern Indonesiens u. Afrikas, in scharfem Wettbewerb mit dem Christentum. Mekka u. die Universität El Azhar in Cairo können heute als geistige Zentren des I.s gelten. – ▭1.8.4.
2. islamische Reiche: Nach der Hedschra (622) übernahm Mohammed die polit. Führung in Medina. Er einte die Stämme u. begann 624 mekkanische Karawanen anzugreifen (Schlacht bei Badr). 630 ergab sich Mekka kampflos. Bis zu seinem Tod 632 hatten sich fast alle Beduinenstämme Arabiens seiner Herrschaft unterworfen. Mohammeds Nachfolger *Abu Bakr* (632–634) mußte zunächst die abgefallenen Beduinen wieder unterwerfen. Er sowie *Omar I.* (634–644) u. *Othman* (644–656) dehnten das Reich aus, sie eroberten 633–637 den Irak, 635–637 Syrien, 640/641 Ägypten, 636–642 Persien u. 649 kurzfristig Zypern.
Mit der Ermordung Othmans, der der Familie der Omajjaden angehörte, brachen die ersten inneren Kämpfe aus. Der 4. Kalif *Ali* (656–661) mußte sich seiner Rivalen in Medina erwehren. Er verlegte die Regierung nach Kufa u. behauptete sich gegen *Aïscha*, die Witwe Mohammeds. Ein Schiedsgericht setzte sowohl Ali als auch seinen Rivalen, den omajjadischen Statthalter Syriens, *Moawija I.,* ab. Nachdem Ali kurz darauf ermordet worden war, ging die Macht an *Moawija* u. damit an die O m a j j a d e n in Damaskus über. Unter ihnen breitete sich das Reich Ende des 7. Jh. nach Nordafrika, 706–715 nach Turkistan, 711/12 im Pandschab sowie 711–713 in Spanien aus. Die Vorstöße nach Südfrankreich schlug Karl Martell 732 zwischen Tours u. Poitiers zurück. Im 7. u. 8. Jh. belagerten die Araber Konstantinopel von der Seeseite. Im Innern wurde das Reich bald durch schwere Kämpfe zwischen nord- u. südarab. Stämmen erschüttert. In Mekka behauptete sich *Abdallah ibn az-Zubair* bis 692 als Gegenkalif. Nach dem Tod *Hischams* (724–743) verfiel das Ansehen der Dynastie.
Im Osten, in Khorasan, kamen die A b b a s i d e n an die Macht (750–1258). 749 ließ sich *Abul-Abbas* in Kufa als Kalif huldigen. *Merwan II.* versuchte die Herrschaft der Omajjaden zu retten, wurde aber 750 am oberen Zab (Irak) vernichtend geschlagen. Nur in Córdoba konnte der Omajjade *Abd ar-Rahman* 756 seine Dynastie erneuern. Unter den ersten Abbasidenkalifen, bes. *Harun al-Raschid* (786–809), blühten Wissenschaft, Kunst, Handel u. Verwaltung (Post). Das Arabische wurde die das ganze Reich einigende Bildungssprache. *Mamun* (813–833) begünstigte eine rationale theolog. Richtung (Mutazila), doch *Mutawakkil* (847–861) unterdrückte ihre Lehren mit Gewalt. *Mutasim* verlegte 836 die Residenz zeitweilig nach Samarra, wo er u. seine Nachfolger prächtige Paläste bauen ließen. Die äußeren Reichsgrenzen wurden kaum erweitert. Der ununterbrochene Krieg gegen die Byzantiner blieb ohne Erfolg; 826 wurde Kreta erobert. In Indien dehnte sich das islam. Gebiet kaum noch aus. Bereits nach

1453 eroberten die Türken Byzanz. Einer der bedeutendsten Sultane des Osmanischen Reichs war Suleiman II. (*1494, †1566). Gemälde; Istanbul, Topkapi Saray Museum (links). – Im 16. Jh. traten die Moguln die Herrschaft in Indien an. 1568 eroberte der Mogulkaiser Akbar die Festung Chitorgarh. Miniatur aus einer Lebensbeschreibung Akbars; London, Victoria and Albert Museum (rechts).

85

Befestigungsmauer und Minarett der Großen Moschee in Samarra, 9. Jh.

dem Tod Harun al-Raschids begann der Niedergang der Abbasiden; die Provinzen wurden immer unabhängiger.
Die Generale der von Mamun gegründeten türk. Sklavenleibwache gewannen Einfluß; mächtige Statthalter erhielten ihre Provinz gegen Tributzahlung als Erblehen. So entstanden die Dynastien der Aghlabiden 800(–909) in Nordafrika, der Tuluniden 868(–905) in Ägypten u. Syrien. Das Reich zerfiel in zahlreiche Fürstentümer: Seit 821 herrschten die Tahiriden (bis 873) in Khorasan, 892–999 die Samaniden in Buchara u. Khorasan, 905–1008 die Hamdaniden in Nordsyrien u. Mesopotamien, 935–969 die Ichschididen in Ägypten u. Palästina. Sie wurden von den Fatimiden verdrängt, die 909 bereits die Aghlabiden gestürzt hatten. Im Jemen machte sich 859 die Dynastie der Zaiditen selbständig. Der schiitische Geheimbund der Karmaten gründete um 877 in Ostarabien einen Staat mit kommunist. Tendenzen, der sich etwa bis 1037 hielt. In Persien herrschten 932–1055 die schiitischen Bujiden; sie besetzten 945 Bagdad u. entmachteten die Kalifen vollends.

Mit den sunnitischen Seldschuken trat die erste Dynastie der Türken auf; 1040–1090 hatten sie Persien, Buchara, Irak u. Syrien unterworfen u. entrissen den Byzantinern große Teile Anatoliens. Auch die Kalifen unterstanden ihrer Oberhoheit. Im 12. Jh. zerfiel ihr Reich wieder. An ihre Stelle traten die Ajjubiden 1171; sie drängten in Palästina die Kreuzfahrer zurück *(Saladin)*. Seit der Mitte des 11. Jh. regierten in Nordafrika u. Spanien die Almoraviden, die 1147 von den Almohaden (bis 1212 in Spanien) gestürzt wurden. Diesen folgten 1269 in Marokko die Meriniden. Unter dem Ansturm der Mongolen 1218–1260 brach das Islamische Reich zusammen. Der letzte Abbasiden-Kalif in Bagdad, *Mustasim* (1242–1258), wurde von dem Mongolenfürsten Hülägü hingerichtet. Allein die Mamluken, die 1252 in Ägypten zur Macht kamen (bis 1517) u. damit auch in Nordafrika, widerstanden den Mongolen (Baibars). Um 1300 rief der Türke *Osman* zu neuem Glaubenskrieg gegen die Byzantiner auf. Seine Nachfolger errichteten in den folgenden Jahrhunderten das Osmanische Reich (→Türkei), das den größten Teil des Islam. Reichs, außer Persien, umfaßte; sie nahmen den Titel Kalif an. →auch Indien (Geschichte), Türkei (Geschichte). – 🄺. 🄻 5.5.9.

Kalifen bis 1258
legitime Kalifen
632–634 Abu Bakr
634–644 Omar I.
644– 656 Othman
656– 661 Ali

Omajjaden-Kalifen
661–680 Moawija I.
680–683 Jezid I.
683   Moawija II.
684–685 Merwan I.
685–705 Abd al-Malik
705–715 Walid I.
715–717 Sulaiman
717– 720 Omar II.
720– 724 Jezid II.
724– 743 Hischam
743– 744 Walid II.
     744 Jezid III.
744/45 Ibrahim
745–749/50 Merwan II.

Abbasiden-Kalifen
750–754 Abul-Abbas
754–775 Mansur
775–785 Mahdi
785–786 Hadi
786–809 Harun al-Raschid
809–813 Amin
813–833 Mamun
833–842 Mutasim
842–847 Wathik
847–861 Mutawakkil
861–862 Mustansir
862–866 Mustain
866–869 Mutazz
869–870 Muhtadi
870–892 Mutamid
892–902 Mutadhid
902–908 Muktafi
908–932 Muktadir
932–934 Kahir
934– 940 Radhi
940– 944 Muttaki
944– 946 Mustakfi
946– 974 Muti
974– 991 Tai
991–1031 Kadir
1031–1075 Kaim
1075–1094 Muktadi
1094–1118 Mustazhir
1118–1135 Mustarschid
1135–1136 Raschid
1136–1160 Muktafi
1160–1170 Mustandschid
1170–1180 Musthadi
1180–1225 Nassir
1225–1226 Zahir
1226–1242 Mustansir
1242–1258 Mustasim

Islamabạd [„Stadt des Islam"], im Aufbau befindliche neue Hptst. Pakistans nahe Rawalpindi, 280000 Ew., seit 1965 Verwaltungszentrum; an der Straße von Kaschmir über den Khaibarpaß nach Kabul; in einem Erdöl- u. Erdgasgebiet mit Raffinerie u. Pipelines; Flußstaudamm; Universität (1967). – 🄱 →Pakistan.

islạmische Kunst, *arabische Kunst,* die Kunst der im islam. Bereich lebenden Völker. Sie ist wesentl.
(Forts. S. 89)

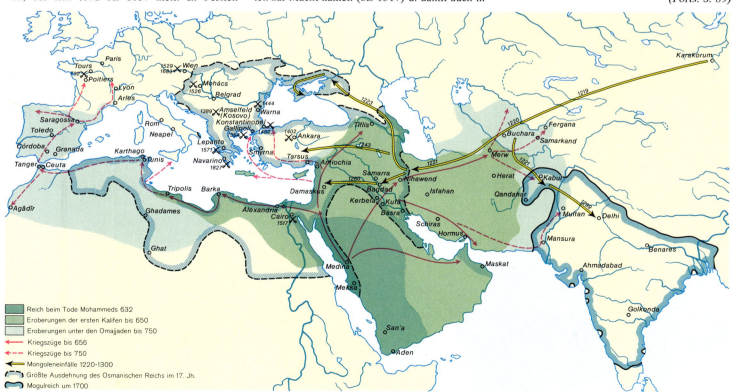

ISLAND
Lýdhveldidh Ísland

IS

- Fläche: 103 020 qkm
- Einwohner: 225 000
- Bevölkerungsdichte: 2 Ew./qkm
- Hauptstadt: Reykjavik
- Staatsform: Parlamentarisch-demokratische Republik
- Mitglied in: UN, NATO, Nordischer Rat, Europarat, EFTA, OECD, GATT
- Währung: 1 Isländische Krone = 100 Aurar

I. [isl., „Eisland"] ist eine Insel im nördl. Atlant. Ozean, südl. des Polarkreises, zwischen Großbritannien u. Grönland.

Die Landesnatur wird bestimmt von einem Hochland (400–1000 m) aus vulkan. Gestein (Basalte, Tuffe) mit aufgesetzten (über 20 noch tätigen) Vulkanen (Öræfajökull 2119 m, Hekla 1447 m) u. a. Erscheinungen einer noch mobilen Erdkruste (warme Quellen, Geysire), die als Energieerzeuger ausgenutzt werden. Große Teile der Insel sind stark vergletschert; der Vatnajökull bedeckt 8410 qkm. Die Küste ist (außer im S) durch Fjorde reich gegliedert. Das durch den Golfstrom begünstigte Klima mit milden Wintern u. kühlen Sommern hält die Fjorde eisfrei. Die im Landesinnern spärliche (Eis- u. Lavawüsten), nur an der Küste reicher entwickelte Pflanzenwelt umfaßt Zwergbirken, Krüppelweiden, tundraähnl. Moos- u. Flechtensteppe. Die artenarme Tierwelt ist durch zahlreiche Wasservögel, Lachse, den einheimischen Polarfuchs u. das eingeführte Rentier vertreten. – Die mit den Skandinaviern verwandte, luth. Bevölkerung lebt überwiegend in den bewohnbaren 43 000 qkm des Küstengebiets, ²/₅ allein in der Hptst. – Hauptzweige der Wirtschaft sind Viehzucht (Schafe, Pferde, Rinder) u. Küstenfischerei. Nur in geringem Umfang ist der Anbau von Kartoffeln, Rüben u. Kohl möglich. In Gewächshäusern, die durch die warmen Quellen beheizt werden, gedeihen Obst u. Gemüse. Die Industrie erzeugt Fisch- u. Fleischkonserven, Textilien, Lederwaren u. Aluminium. Ausgeführt werden Fischprodukte, Wolle, Schaffleisch u. Felle, eingeführt Getreide, Holz u. Maschinen. Der Verkehr ist auf Autos, Flugzeuge u. Schiffe angewiesen. – ▣→auch Nordische Länder. – ▭ 6.4.5.

Geschichte

I. wurde 825 von einem irischen Mönch beschrieben, bald danach von Wikingern erneut entdeckt u. seit 874 von Norwegen her besiedelt. Außerdem wanderten Kelten von den schottischen Inseln ein. Es entstand ein Freistaat, der in 12 Thingkreise eingeteilt wurde; 930 wurde das erste Althing abgehalten; 1000 wurde die Insel christianisiert u. in zwei Bistümer – Skálholt u. Hólar – eingeteilt. Anfang des 12. Jh. wurde das geltende Recht aufgezeichnet. 1262 unterstellte sich I. dem norweg. König, wogegen dieser die bestehenden Landesgesetze u. regelmäßige Warenzufuhr garantierte. 1380 wurde I. – zusammen mit Norwegen – Dänemark angeschlossen. Um 1550 setzte sich die Reformation durch. 1662 erkannte I. den Absolutismus an u. wurde von dän. Beamten verwaltet. Die gegen Dänemark gerichtete Selbständigkeitsbewegung erreichte 1843 die Wiedereinführung des 1800 abgeschafften Althings mit beratender Funktion. 1874 erhielt I. eine Verfassung, die dem Land die innere Autonomie gewährte u. das Althing zum gesetzgebenden Organ machte. 1918 wurde I. ein selbständiges Königreich, in Personalunion mit Dänemark verbunden. Nach der Besetzung Dänemarks durch dt. Truppen 1940 übertrug das Althing die Befugnisse des Königs auf die island. Regierung. 1940/41 war I. von brit. Truppen, bis 1946 von den Amerikanern besetzt, die auch danach ihren Stützpunkt Keflavik behielten. 1944 wurde die polit. Verbindung mit Dänemark gelöst. 1949 trat I. der NATO bei. 1951 schloß es ein Abkommen mit den USA, das diesen die Verteidigung des Landes übertrug u. die Weiterführung des Stützpunktes gestattete. 1972 wurde mit der EG ein Freihandelsabkommen geschlossen. 1972 erweiterte I. seine Fischereigrenzen auf 200 Seemeilen. – ▭ 5.5.4.

Politik

1944 hob I. die Personalunion mit Dänemark auf u. erklärte sich zur selbständigen Republik; beides wurde durch Volksabstimmungen mit überwältigender Mehrheit bestätigt (98,65 % für die Trennung, 93,35 % für die Republik). Allerdings bestehen weiterhin enge Beziehungen zwischen I. einerseits u. Dänemark u. den übrigen skandinav. Ländern andererseits. Das island. Parlament (Althing), in dem die Konservative Partei eine beherrschende Stellung hatte, stimmte 1946 der Weiterführung des US-amerikan. Stützpunkts Keflavik zu; die dadurch ausgelöste innenpolit. Krise wirkt bis heute in der island. Politik fort. Die NATO-Mitgliedschaft u. der amerikan. Einfluß überhaupt werden von nationalen wie linkssozialist.-kommunist. Kräften bekämpft. 1959 wurde ein neues Wahlsystem eingeführt, das einen breiteren Ausgleich schuf. Bei den folgenden Wahlen gewannen sowohl die Konservativen wie die Sozialdemokraten u. bildeten eine Koalition, während sich bei den nächsten Wahlen (1963, 1967) keine größeren Änderungen ergaben. Bei den Wahlen 1971 kam es zu einer Umkehrung der Mehrheitsverhältnisse. Die Regierung bildeten nun die Progressive Partei, die den Min.-Präs. stellte, die kommunist. Volksunion u. die linkssozialist. Unabhängige Volksunion. Die Wahlen 1974 brachten einen leichten Rechtsruck. 1974–1978 regierte eine Koalition aus Konservativen u. Progressiven. 1978 erzielten die Linken wieder Gewinne. Progressive, Sozialdemokraten u. Volksunion bildeten eine Regierung unter O. Johannesson (Progressive Partei).

Sitzverteilung im Althing 1978	
Konservative	20
Progressive Partei	12
Sozialdemokraten	14
Volksunion	14

Bildungswesen

Volle Schulpflicht (vom 7. bis 15. Lebensjahr) besteht erst seit 1946; vorher nur vom 10. bis 14. Lebensjahr. Auf der 6jährigen Primarschule (Volksschule) baut eine zweistufige Sekundarschule auf, die sich in eine dreijährige Unterstufe (Mittelschule) u. eine vierjährige Oberstufe (Oberschule) gliedert. Wegen der dünnen Besiedlung des Landes sind die Sekundarschulen fast durchgängig Internatsschulen. – Das Berufs- u. Fachschulwesen ist gut ausgebaut; 36 Anstalten konzentrieren sich vor allem im Raum um die Hauptstadt. – Die Universität Reykjavik wurde 1911 eröffnet; sie zählt z. Z. etwa 1200 Studierende.

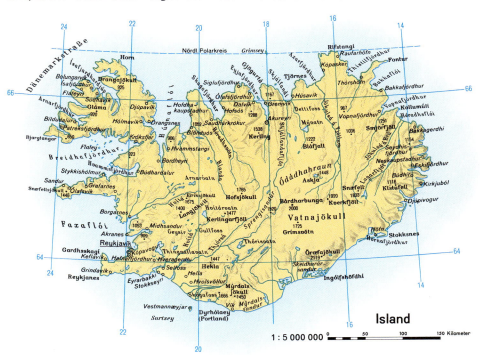

Island 1 : 5 000 000

islamische Kunst

Detail aus der Palastfassade von Mschatta; omajjadische Periode, Anfang 8. Jh. Berlin (Ost), Staatliche Museen

Persischer Lüsterfayenceteller mit Lautenspieler; um 1200

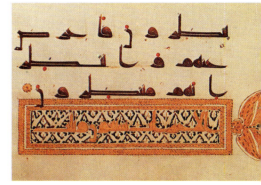

Koranseite aus Pergament; Irak oder Syrien, 8.–9. Jh. Berlin, Staatliche Museen Preuß. Kulturbesitz, Museum für Islamische Kunst

Puerto de San Miguel in der Omajjaden-Moschee von Córdoba (links). – Miniatur aus einer Anthologie für den Prinzen Baisungur (Begegnung von Khosrau und Schirin auf der Jagd); Schiras, 1420. Berlin, Staatliche Museen Preuß. Kulturbesitz, Museum für Islamische Kunst (rechts)

islamische Kunst

Türkischer Gebetsteppich aus dem Gebiet von Bergama; um 1520. Berlin, Staatliche Museen Preuß. Kulturbesitz, Museum für Islamische Kunst

ISLAMISCHE KUNST

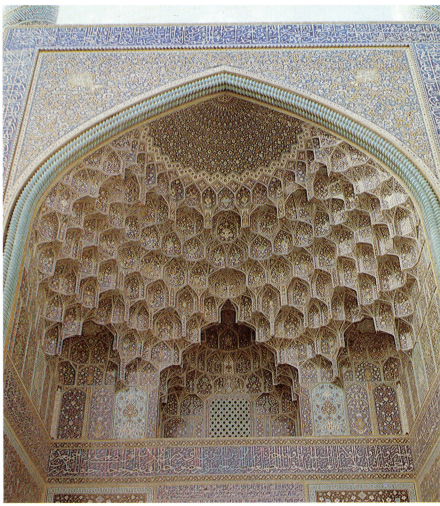

Detail der Schah-Moschee (Masdschid-i-Schah) in Isfahan; begonnen 1612/13

Riza Abbasi, Der Tuchhändler; Pinselzeichnung, 1. Hälfte des 17. Jh.

(Forts. von S. 86)
von der Religion bestimmt, ohne im europ. Sinn religiöse Kunst zu sein, u. ist gekennzeichnet durch die Ablehnung des Kultbildes („Das Heilige ist nicht darstellbar") u. die Überwindung des spätantiken Erbes einer Trennung von „freier" u. „angewandter" Kunst.

Alle Zweige der i.n K. sind dienend, ihr Ziel – nicht Aussage, sondern Schmuck – wird erreicht in der Arabeszierung der pflanzlichen u. der Ornamentalisierung der figürlichen Formen, die zu einer neuen, naturfernen, rein künstlerischen Einheit verschmolzen werden, wobei geometrische Gliederungen u. die abstrakten Elemente der Schrift eine wichtige Rolle spielen.

Die durch die Religion bedingte Einheit der i.n K. hinderte nicht die Ausprägung verschiedener Stile, die zeitl. am günstigsten durch Benennung nach den herrschenden Dynastien begrenzt werden. Mit dem Bau von Festungsmoscheen (Lagermoscheen in *Kufa, Hira, Basra, Fustat*) in der Periode der Eroberungen begann die i. K. im Anschluß an antike u. christl. Vorbilder.

Omajjaden (661–750): Nach der Verlegung des Kalifatszentrums von Medina nach Damaskus entwickelte sich ein monumentaler Baustil, ausgebildet bes. an der Hofmoschee. Dem von Säulen getragenen, flachgedeckten Gebetshaus ist ein von Bogengängen – mit einem quadratischen Minarett in der Hauptachse der Anlage – umgebener Hof mit Reinigungsbrunnen vorgelagert. Beispielgebend sind die Moschee *Sidi 'Oqba* in Kairouan, die Große Moschee von *Córdoba*, die 705 begonnene Große Moschee von *Damaskus*, alle mit reichem Mosaik- bzw. Fayenceschmuck. Sog. Wüstenschlösser entstanden in Palästina u. Syrien (*Quseir 'Amra* mit reich ausgemalter Badeanlage, *Mschatta* mit einer heute im Islam. Museum Berlin befindl. Prunkfassade, *Khirbet al Mafjar* mit Kalifenstatue, *Qasr al Hair al Gharbi* mit Fresken u. Stuckdekor).

Abbasiden (750–1258): Zentrum der i.n K. wurde das 862 gegr. *Bagdad* (Runde Stadt des Kalifen Mansur), wodurch der Einfluß der pers. Kunst zunahm. Es entstand eine erste Blüte der Fayencekunst, Lüstermalerei, Glasbearbeitung sowie der Teppichknüpfkunst. In der Baukunst setzte sich der Backsteinbau sowie der Stuckschmuck mit fortlaufenden Mustern im Schrägschnitt durch (Bauten der Residenz *Samarra*, 838–883). Die *Tuluniden* (868–905) führten diesen Stil in Ägypten ein (Ibn Tulun-Moschee in Cairo), während in Iran u. Irak nach 932 durch die *Bujiden* pers. Tradition neu belebt wurde. – In der Folgezeit prägten sich unter der Herrschaft der *Seldschuken* im islam. Asien u. der *Fatimiden* in Ägypten u. Syrien zwei Stilrichtungen der i.n K. fast gleichzeitig aus.

Seldschuken (1038–1194): Infolge türk. Einflusses ist für diese Zeit der Bautyp der staatl.-religiösen Hochschule (*Medrese*) mit axial an den Hofseiten u. der Front angeordneten Portalwölbungen (*Iwan*) bei Betonung der Hauptfassade vorbildlich, aus der die Iwan-Hofmoschee entwickelt wurde. Ihr Betraum wird von einer Kuppel gedeckt, ein Paar zylindr. Minarette in die Fassade einbezogen. Der monumentale Grabbau entwickelte den Grabturm (*Türbe, Qubba*) u. förderte das Kuppelmausoleum. Die Anfänge einer illustrativen Miniaturmalerei (*Bagdad-Schule*) sind zu verzeichnen; die Keramik erlebte eine Blütezeit (Lüsterfayencen von *Ray* u. *Kaschan*), ebenso die Seidenindustrie in *Khorasan*, die Tauschierung von Bronzegefäßen in *Mosul*.

Fatimiden (969–1171): Ägypten u. Syrien brachten Leinengewebe mit Seidenwirkerei (*Tirazwirkerei*), Fayencen, Glasarbeiten, Bronzeplastiken, Holz- u. Elfenbeinschnitzereien hervor; es bestand eine Vorliebe für Muster mit Ranken u. Tieren neben einer Fülle lebensnaher figürl. Szenen. Die vorübergehende Besetzung Siziliens durch die Araber beeinflußte die spätere normann.

u. stauf. Kunst dieses Gebiets (Elfenbeinarbeiten, dt. Kaisermantel, Malerei der Capella Palatina).

Mamluken (1252–1517): Die Herrschaft der Mamluken führte wiederum zu einer separaten Entwicklung der i.nK. in Ägypten u. Syrien. Iwan-Moschee, Medrese u. Kuppelmausoleum wurden aus Iran übernommen (Kalifengräber, Cairo, u. Moscheen: *Sultan Qala'un, Sultan Hassan, Qua'it Bay*). Die Emaillierung von Glas u. die Holzschnitzerei blühten, ebenso die Teppichkunst u. Seidenweberei. Die Ornamentik wurde bereichert durch chines. Elemente u. durch die Chargenwappen der Auftraggeber.

Mauren: Seit dem 11. Jh. prägten die *Mauren* in Nordafrika u. Spanien einen eigenen, von der omajjad. Kunst ausgehenden Stil, der sich bes. im Stuckschmuck zeigte u. seinen Höhepunkt in 14. Jh. mit dem Bau der *Alhambra* erreichte. Kuppeln, Bögen u. Gewölbe wurden mit reichem Stalaktitwerk geschmückt, Sockel mit Fayencemosaiken.

Mongolen (1227–1502): In Turkistan, Iran, Irak führte die Herrschaft der ursprüngl. buddhist. *Ilkhane* sowie der iran. *Jala'iriden-Dynastie* zum Einfluß ostasiat. Formen auf die i.K. Die Miniaturmalerei (Illustrationen zum *Schahname* des Firdausi u.a.) gewann an Gestaltungskraft u. Verbreitung, bes. in Täbris, Bagdad, Herat u. Buchara. Fayencen u. Goldbrokate aus *Sultanabad* erlangten Berühmtheit. Im Teppichentwurf wurden den kleinteiligen geometr. Mustern großflächig angeordnete Ranken, Blüten u. Arabeskornamente entgegengestellt. Höhepunkte des Grabbaues unter den *Timuriden* sind die Gräberstraße *Schah i Zinda* u. das Grab Timurs in Samarkand (*Gur Emir*, 1504).

Safawiden (1502–1736): Während der safawid. Herrschaft waren anfängl. *Täbris*, dann durch Abbas d.Gr. *Isfahan* Zentren der i.nK. in Iran. Die Entwicklung der pers. Teppichkunst fand einen Abschluß, indem neben den abstrakten Mustern bildhafte Darstellungen erschienen, Schilderungen von Jagd oder Garten, bisweilen um Verse bereichert, ohne jedoch den ornamentalen Stil zu zerstören. In der Miniaturmalerei bildeten sich Schulen, die von bedeutenden Künstlern geführt wurden, so in Täbris von *Behzad* u. *Sultan Muhammed*, in Isfahan von *Riza Abbasi*. In der Architektur setzte sich die mit den Timuriden begonnene Entwicklung fort *(Blaue Moschee von Täbris)*; Fliesenbelag, Stuck- u. Lackmalereien traten im Dekor der Paläste u. Moscheen in Isfahan hervor (*Meidan*, Palastkiosk *Tschibil Sutun*, Torbau *Ali Kapu*, Moschee des *Schah Abbas* u. Moschee *Lutf Allah*).

Mogulkaiser (1526–1857): Seit dem Mittelalter in enger Verbindung mit der iran. Kunst stehend (Sultane von Ghasni, Delhi u. Ghur), entfaltete sich durch enge Verbindungen der Mogulherrscher mit den Safawiden im Nordwesten Indiens eine eigene Phase i.rK. Sie zeichnet sich durch reiche Moschee-, Palast- u. Grabbauten aus (Mausoleum *Taj-Mahal*); Zentren waren *Delhi* u. *Agra*. Ebenfalls mit Iran verbunden blieb die Miniaturmalerei, die steigend hinduist. u. europ. Einfluß aufweist.

Osmanen (1300–1923): Die Entwicklung der Kuppelmoschee gelangte aus türk. Vorstufen u. mit dem Vorbild der *Hagia Sophia* zu einem monumentalen Abschluß. Zwischen vier schmalen Minaretten erhebt sich hinter dem von Säulengängen umgebenen Hof über dem Bethaus auf vier Pfeilern die Hauptkuppel, von Halbkuppeln gestützt. 1550–1556 baute der türk. Architekt *Sinan* die *Suleiman-Moschee* in Istanbul, 1568–1574 die *Selim-Moschee* in Edirne. Die Fayencefliesen u. -geräte aus *Iznik* zeigen in ihrer Bemalung die letzte bedeutende Stilschöpfung der islam. Kunst. Sie u. die Samte aus *Bursa* befruchteten die gleichzeitige italien. Produktion. Die Hofkanzlei entwickelte aus dem türk. *Tamgha* das kunstvoll ausgestaltete Herrschermonogramm, die *Tughra*, für Urkunden *(Fermane)*. →auch persische Kunst, türkische Kunst. – ⊞2.2.5.

islamische Philosophie, häufig Bez. für die Philosophie im Bereich des Islams. In ähnlicher Weise spricht man von *arabischer Philosophie*, eine Bez., die die Philosophie in den von den Arabern beherrschten Ländern, aber keineswegs die von Arabern getragene Philosophie meint. Da der gläubige Moslem jede Wahrheit nur als Bestätigung der geoffenbarten Wahrheit empfindet, kann er sich den verschiedensten Anregungen öffnen, wird sie freilich in Beziehung zum *Koran* bringen. Die meist unter i.rP. oder arabischer Philosophie verstandene hellenisierende Richtung stellt nur einen Teil der vielfältigen Gedanken dar, die im Rahmen des Islams aus altpers., altind., mongol., animist. u. dynamist. Elementen entwickelt wurden. – ⊞1.4.7.

islamische Reiche →Islam (2).

Island ['ailənd; Mz. *I.s*; engl.], Bestandteil geograph. Namen: Insel, Inseln.

Island →S. 87.

Islandbecken, Meeresbecken im nördl. Atlant. Ozean südl. von Island, schließt an das *Westeuropäische Becken* an, bis 3008 m tief.

Isländersaga, der Teil der altnord. Sagas, der von den Ereignissen zwischen 900 u. 1050 auf Island berichtet; meist histor. getreu; im 12. u. 13. Jh. schriftl. fixiert.

Island-Färöer-Schwelle, Schwelle zwischen Nordschottland u. Südostgrönland, mit den Färöern u. Island. Island liegt auf dem Schnittpunkt der I. mit dem *Reykjanesrücken*, einem Teil des *Mittelatlant.* (Nordatlant.) *Rückens*. Auf der Schwelle liegt das Fischereigebiet des *Rosengartens*. Der Teil zwischen Island u. Grönland wird die *Islandschwelle* genannt. Die I. trennt die Becken des Europäischen Nordmeers von den nördl. Atlantikbecken (Labrador-, Westeuropäisches- u. Islandbecken).

isländische Kunst, die bildende Kunst Islands, meist von Kunststilen der übrigen skandinavischen Völker abhängig. Malerei u. Bildhauerei finden ihre Motive entweder in der nordischen Geschichte u. Sage oder lehnen sich an moderne europ. Stilbestrebungen an; besondere Bedeutung hat die Volkskunst.

isländische Literatur. Das ursprüngl. von Norwegern besiedelte Island ist das westlichste Gebiet des german. Sprachstamms. Schon früh, etwa seit Beginn des 9. Jh., entwickelte sich eine eigene Literatur, die, zunächst unberührt vom latein. Kulturkreis, zum Ausdruck altgermanischer Tradition u. Mythologie wurde. Sie deckt sich weitgehend mit der →altnordischen Literatur. Ihre reichste Blüte entfaltete die i.L. im 12. u. 13. Jh., nachdem irische Mönche das Christentum eingeführt hatten. Die von *Snorri Sturluson* gesammelte Skaldenpoesie u. die *Edda* beeinflußten die ganze europ. Dichtung. Durch vordringende reformator. Bestrebungen u. krit. Einstellung zu den alten Heidengöttern wurde diese Dichtung langsam verdrängt. Lange Zeit schien das geistige Leben auf der Insel fast völlig erstorben. Erst im 19. u. 20. Jh. drangen neue Impulse ein u. tauchten neue Namen auf. B. *Thorarensen*, J. *Hallgrimsson* u. J. *Sigurdsson* sind hier zu nennen. Unmittelbare Vorläufer der Moderne sind S. *Thorsteinsson*, E. H. *Kvaran* u. J. *Sigurjónsson*. Die jüngste i.L. hat wieder den Anschluß an die norweg. u. dän. Literatur gefunden u. wird vor allem durch Namen wie G. *Kamban* u. G. *Gunnarsson* bestimmt. Der bedeutendste zeitgenöss. Schriftsteller ist H. K. *Laxness*, der als bislang einziger Isländer den Nobelpreis erhielt. Trotz mancher Einflüsse von außen hat auch die neue i.L. einen eigenen Klang. – ⊞3.1.2.

isländische Musik, trat um 1000 nach Einführung des Christentums hervor. Die ältere Edda wurde im volkstümlichen Sprechgesang vorgetragen. Den kunstvollen Vortrag von kirchl. Gesängen führten kath. Priester ein, nach 1550 folgte protestantisches Choralsingen. Eigenartig ist die Ausführung eines Choralmelodiekerns mit paraphrasierender Melismatik, der Mädchenlieder u. des sog. Erzähltanzes, des jüngeren Heldenliedes, der Großepen, letztere von Epensängern vorgetragen, die im Winter von Hof zu Hof wanderten. Bemerkenswert ist die heute aussterbende Organalpraxis (parallele Quinten). Diese Kunst war Sache der Männer, einzige Art isländ. Mehrstimmigkeit. Volksinstrumente waren das mit Bünden versehene Langspil (mit der norweg. Streichzither Langeleik verwandt) u. die Fidla, beide mit einem Bogen gestrichen.
Eine in der Romantik wurzelnde isländ. Kunstmusik gibt es seit dem 19. Jh. Sie hat im 20. Jh. einen beträchtlichen Aufschwung genommen u. versucht z.T. auf der folkloristischen Gegebenheiten Islands weiterzuarbeiten, dabei aber den Anschluß an das Geschehen der zeitgenössischen Musik nicht zu verlieren (J. *Leifs*).

Isländisches Moos, *Cetraria islandica, Brokken-, Lungen-, Purgiermoos, Tartsenflechte, Rispal*, im hohen Norden u. in den mitteleurop. Gebirgen u. Heidegebieten heimische *Flechte*. Der getrocknete, laubartige Vegetationskörper der Flechte wird als *Lichen islandica* arzneilich gebraucht als reizmilderndes Mittel bei Entzündungen der Bronchialschleimhaut sowie als Bitter- u. Kräftigungsmittel.

isländische Sprache, auf Island gesprochene, zum Westnord. gehörende german. Sprache; seit dem 10. Jh. aus dem Altnorweg. entwickelt, bis etwa 1500 *Altisländisch*, danach *Neuisländisch* genannt, ohne daß die i.S. grundlegende Änderungen erfahren hat. – ⊞3.8.4.

Islandtief, häufiges Tiefdruckzentrum über Island, für den Ablauf der europ. Witterung sehr einflußreich.

Islay ['ailɛi], südlichste Insel der Inneren Hebriden vor der schott. Westküste, 608 qkm, 4000 Ew.

Isle [ail; engl.], Insel; auch Bestandteil geograph. Namen.

Isle [il], rechter Nebenfluß der Dordogne im südwestl. Frankreich, 235 km; entspringt auf dem Plateau des Limousin, mündet südwestl. von Libourne; auf 145 km schiffbar.

Isle of Ely [ail əv 'i:li], bedeutendes brit. Obst- u. Gemüseanbaugebiet *(The Fens)* in der Grafschaft Cambridgeshire, südl. der Wash-Bucht; Zentrum *March*.

Isle of Man [ail əv :mæn] →Man.

Isle of Wight [ail əv 'wait] →Wight.

Ismael [-ae:l], im A.T. Sohn Abrahams u. seiner Magd Hagar, Stammvater beduinischer Stämme.

Ismail, Stadt in der Ukrain. SSR (Sowjetunion), in Bessarabien, am Donaumündungsarm Chilia, 64 000 Ew.; Getreidemarkt; Weinbau; Schiff- u. Maschinenbau, Nahrungsmittelindustrie. – Ursprüngl. türk. Festung, seit 1918 rumän., 1944 zur Sowjetunion.

Ismail I., Schah, pers. Herrscher 1502–1524, *1487 Ardābil, †1524 Ardābil; begründete die Safawiden-Dynastie (1502–1736) u. schuf nach der Mongolenzeit das Neupersische Reich.

Ismailiten, *Ismailiden*, islamisch-schiitische Sekte, sog. *Siebener-Schiiten*; ihre Lehre ist eine Geheimlehre mit 9 Initiationsstufen. Die I. erkennen als letzten, 7. *Imam* nur *Ismail* (†762), den Sohn des 6. Imam Dschafar as-Sadik, an, glauben nicht an seinen Tod u. erwarten seine Rückkehr als *Mahdi*. I. leben in Syrien, Afghanistan, Pakistan u. Indien. Oberhaupt der letzteren ist der *Aga Khan*. Zu den I. gehörten im MA. die *Assassinen*.

Isma'iliya, *El-I.*, ägypt. Stadt auf der Landenge von Suez, am Timsahsee in der Mitte des Suezkanals, 140 000 Ew. (1967, inzwischen weitgehend geräumt); Glühlampen-, Süßwarenfabrik, Verkehrszentrum. 1863 während des Suezkanalbaus gegründet, benannt nach dessen Förderer *Ismail Pascha*; Sitz der Kanalverwaltung. – Der *I.-Kanal* vom Nildelta nach I. versorgt die Siedlungen im Suezkanalgebiet mit Bewässerungs- u. Trinkwasser.

Ismail Pascha, Vizekönig von Ägypten 1863 bis 1879, *31. 12. 1830 Cairo, †2. 3. 1895 Istanbul; bekam vom türk. Sultan 1867 den Titel Khedive verliehen; eröffnete 1869 den Suezkanal; mußte 1875 seine Kanalaktien an England verkaufen; wurde wegen Verschwendung abgesetzt.

Ismaning, Gemeinde in Oberbayern, am Speichersee, nördl. von München (Ldkrs. München), 8200 Ew.; keram. u. Papierindustrie.

Ismay ['izmɛi], Hastings Lionel, Baron I. (1947), brit. Offizier u. Politiker (konservativ), *21. 6. 1887 Naini Tal (Indien), †17. 12. 1965 Broadway, Worcestershire; seit 1907 Offizier, in verschiedenen hohen militär.-polit. Stellungen tätig, wiederholt in Indien, 1940–1946 militär. Berater Churchills, 1952–1957 Generalsekretär der NATO; schrieb „Zeuge großer Dinge" dt. 1960.

Ismene, in der griech. Sage Tochter des Ödipus, Schwester der Antigone.

Ismir = Smyrna.

...ismus [lat.], Nachsilbe mit den Bedeutungen „Lehre, System, Richtung", „Gesamtheit", „Eigentümlichkeit, vorherrschendes Merkmal".

Isna, *Esne*, oberägypt. Stadt am westl. Nilufer, 35 000 Ew.; Agrarzentrum; an der gleichen Stelle stand die antike Hptst. *Latopolis*; Ruinen aus ptolemäischer Zeit; Nilstaudamm zur Bewässerung.

Isny, baden-württ. Stadt (Ldkrs. Ravensburg), am Rand der Allgäuer Alpen, 700 m ü.M., 8100 Ew., Wintersportplatz, Tuberkuloseheilstätte; chem.-physikal. Technikum; feinmechan. Industrie. – 1365–1803 freie Reichsstadt.

iso... [grch.], Wortbestandteil mit der Bedeutung „gleich"; wird zu *is...* vor Selbstlaut; *Isolinien* sind also Linien, mit deren Hilfe die Verbreitung gleichartiger Erscheinungen dargestellt wird.

ISO, Abk. für engl. *International Organization for Standardization,* Internationaler Normenausschuß, bis 1946 →ISA; die Organisation versucht, die Normen der verschiedenen Staaten einander anzugleichen.

isobar [grch.], in der Wärmelehre Zustandsänderungen betreffend, bei denen der Druck konstant bleibt.

Isobaren [Mz.; grch.]. **1.** [Ez. das *Isobar*] *Kernphysik:* Atome gleicher Masse, jedoch verschiedener Kernladungszahl, z.B. Argon mit der Masse 40 u. der Kernladungszahl 18, Calcium mit der Masse 40 u. der Kernladungszahl 20. →auch Isotope.
2. [Ez. die *Isobare*] *Wetterkunde:* Verbindungslinien von Orten gleichen Luftdrucks auf Wetterkarten (Luftdruck meist auf den Meeresspiegel reduziert).

Isobase [grch.], auf tekton. Karten Verbindungslinie von Punkten gleicher Hebung.

Isobathe [grch.], Linie auf Karten, die alle Punkte gleicher Tiefe unter dem Wasserspiegel (See, Meer) verbindet.

Isobutan [das; grch.], *Methylpropan,* $(CH_3)_3$–CH, aliphat. Kohlenwasserstoff mit 4 Kohlenstoffatomen, durch Isomerisierung von *n*-(normal-)*Butan* darstellbar.

Isobutanol [das; grch. + lat.], *Isobutylalkohol, Isopropylcarbinol,* isomerer aliphat. Alkohol, $(CH_3)_2$–CH–CH_2OH; wird aus Kohlenmonoxid u. Wasserstoff gewonnen u. ist Bestandteil des bei der Alkoholgärung anfallenden Fuselöls. Lösungsmittel für Fette u. Öle.

Isobuten, *Isobutylen* [das; grch.], ungesättigter aliphat. Kohlenwasserstoff, $CH_2=C(CH_3)_2$, der aus den Crackgasen der Petroleumindustrie u. Hydrierwerke gewonnen wird. Durch Polymerisation gewinnt man nach anschließender Hydrierung →Isooctan. Ferner wird I. zu dem Kunststoff *Polyisobutylen,* mit Isopren zu *Butylkautschuk* u. durch Wasseranlagerung zu tertiärem *Butylalkohol (Butanol)* verarbeitet.

isochor [-'ko:r; grch.], in der Wärmelehre Zustandsänderungen betreffend, bei denen das Volumen konstant bleibt.

Isochore [die; grch.], Kurve für konstantes Volumen in einem Wärmezustandsdiagramm.

Isochrone [die; grch.], **1.** auf Karten die Verbindungslinie der Punkte, an denen gleichzeitig ein bestimmtes Ereignis (z.B. Beginn eines Gewitters, der Apfelblüte) eintritt.
2. auf Verkehrskarten die Linie, die alle Orte verbindet, die man von einem bestimmten Punkt aus in der gleichen Zeit erreichen kann.

Isogamie →Keimzellen.

Isogamme [die; grch.], auf Karten eine Linie gleicher Abweichung vom Normalfeld der Schwerkraft.

Isoglosse [die; grch.], Grenzlinie, die die geograph. Bereiche des Vorkommens bestimmter Züge einer Sprache umschließt bzw. voneinander trennt.

Isolator: verschiedene Langstabisolatoren

Isogon [das; grch.], ein Vieleck mit gleichen Seiten u. Winkeln.

Isogone [die; grch.], Linie, die Orte gleicher magnet. Deklination verbindet.

Isoheptan [das; grch.], ein Isomer des aliphatischen Kohlenwasserstoffs *Heptan.*

Isohyete [die; grch.], auf Karten die Verbindungslinie aller Punkte mit gleicher Niederschlagshöhe innerhalb eines Jahres.

Isohygromene [die; grch.], Linie auf Karten, die Orte mit gleicher Anzahl arider u. humider Monate im Jahr verbindet.

Isohypse →Geländedarstellung.

Isokatabase [die; grch.], auf tekton. Karten Verbindungslinie von Punkten gleicher Senkung.

Isokline [die; grch.], auf Karten eine Linie, die Orte gleicher magnet. Inklination verbindet.

Isokrates, griech. Redner, *436 v.Chr., †338 v.Chr.; Schüler u.a. von *Gorgias,* Gründer u. Leiter einer berühmten Rednerschule in Athen; wirkte mehr durch meisterl. Form als durch Gedankentiefe. I. verfaßte außer Gerichtsreden u. Werbevorträgen für seine Schule (Schulreden) auch polit. Mahnreden; im Gegensatz zu *Demosthenes* begrüßte er Philipp II. von Makedonien als Einiger des polit. zersplitterten Griechenland. – ⌑ 3.1.7. u. 5.2.3.

Isola [Mz. *Isole;* ital.] Bestandteil geograph. Namen: Insel, Inseln.

Isola Bella, größte der italien. Borromäischen Inseln; im Lago Maggiore; Gartenanlage im italien. Stil; unvollendeter Palast.

Isolani, *Isolano,* Johann Ludwig Graf von, kaiserl. General, *1586 Görz, †1640 Wien; führte im Dreißigjähr. Krieg die wegen ihrer Grausamkeit gefürchtete Reiterei der Kroaten, verriet seinen Förderer *Wallenstein,* wofür er die Herrschaft Böhmisch-Aicha erhielt.

Isolation [lat.], *Isolierung,* **1.** *allg.:* Abschließung, Absonderung.
2. *Biologie:* einer der Evolutionsfaktoren in der →Abstammungslehre.
3. *Medizin:* Absonderung von Kranken mit ansteckenden Krankheiten zur Seuchenverhütung.
4. *Technik:* Maßnahme, um Energieverluste jeder Art zu verhindern; bei elektr. Leitungen Schutz stromführender Teile gegeneinander u. gegen Berührung; bei Dampf- u. Heißwasserleitungen u. Dampfkesseln gegen Wärmeausstrahlung u. damit gegen Wärmeverlust; bei Kälteleitungen u. Maschinen gegen Wärmeeinwirkung von außen u. damit gegen Druckerhöhung infolge frühzeitiger Vergasung der komprimierten flüssigen Gase; bei Mauerwerk gegen Einwirkung von Feuchtigkeit, bes. bei Grundwasser, desgleichen gegen Wärmeverlust u. Schallwirkung. →auch Isolierstoff.

Isolationismus, eine Richtung der amerikan. Politik, die die Fernhaltung der USA von allen Streitigkeiten fremder Mächte, auch in Europa, verlangt; zuerst vertreten von Th. *Jefferson* (1801) u. J. *Monroe;* von Th. W. *Wilson* später aufgegeben, aber nach der Teilnahme am 1. Weltkrieg wieder lebhaft propagiert. Der I. erreichte damit die Distanzierung der USA von dem Versailler Vertrag u. vom Völkerbund. Er wurde von F. D. *Roosevelt* in seiner Politik gegenüber dem nat.-soz. Deutschland erneut überwunden. Seit Ende der 1960er Jahre macht sich in der amerikan. Öffentlichkeit bes. unter dem Eindruck des Vietnamkriegs eine Tendenz zum *Neo-Isolationismus* bemerkbar.

Isolationsmesser, hochempfindl. elektr. Meßinstrument zum Ermitteln des elektr. Isolationswiderstands einer Anlage oder eines Geräts. Da der Widerstand bis zu 10^{16} Ohm mal cm beträgt, wird als Spannungsquelle meist ein Kurbelinduktor mit 500 bis 1000 Volt verwendet. Ein Drehspulgalvanometer zeigt den durch die Isolation bedingten Verluststrom an.

Isolator [der; lat.], *Elektrotechnik:* **1.** *i.w.S.* ein Stoff, der den elektr. Strom nicht leitet. In der Praxis gibt es keinen reinen I., sondern nur Stoffe mit sehr großem Widerstand (10^{10} bis 10^{18} Ohm mal cm, *Isolationswiderstand*). Gute I.en sind z.B. Luft, Keramik, Glas, Kunststoffe u. Gummi. – **2.** *i.e.S.* ein Körper aus I.material zum Befestigen oder Tragen stromführender Metallteile, insbes. Stromschienen oder Leitungen. Größe u. Form werden vor allem durch die Höhe der Betriebsspannung sowie (bei Anlagen im Freien) die zusätzl. Beanspruchung durch Regen, Schnee u. Eis bestimmt. Für Telegraphen- u. Niederspannungsleitungen genügen *Glocken-I.en,* bei höheren Spannungen solche mit mehreren Schirmen. Hochspannungsleitungen werden an Ketten von

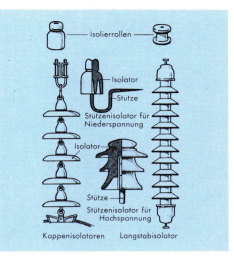

aneinandergehakten I.en oder langen Stäben aus keram. Werkstoffen aufgehängt, die durch Wulste das Überschlagen der Spannung verhindern *(Langstab-I.en).* Über das Isolationsvermögen hinaus müssen diese I.en mechan. so fest sein, daß sie den Zug der Leitungen aushalten. Als *Stütz-I.en* oder *Stützer* bezeichnet man I.en, auf denen stromführende Kontaktanordnungen, Rohre oder Schienen in Schalt- u. Verteilungsanlagen befestigt werden. Hier wird neuerdings Gießharz bevorzugt, da es u.a. schlagfest ist.

Isolde [vielleicht zu ahd. *îs,* „Eis", u. *waltan,* „walten, herrschen"], weibl. Vorname; Kurzform *Isa.* →Tristan.

isolierende Sprachen →Sprache.

Isolierstoff, *Dämmstoff, Sperrstoff,* ein Stoff, der Wärme, Schall, Elektrizität oder Nässe schlecht leitet. Gegen Wärmeverlust bei Dampf- u. Heißwasserleitungen dienen Asbestschnur, Kieselgur als Schnur, Formstein oder Klebemasse; zum Schutz gegen mechan. Zerstörung werden die zu isolierenden Teile mit Jutebinden umwickelt. Für Dampf- u. Heizkessel benutzt man Asbest-, Kieselgur-, Kork-, Glaswolle- oder Schlackenwollematten; die gleichen Stoffe werden bei Kälteleitungen u. -maschinen verwendet. Für elektr. Leitungen gibt es Glas, Porzellan, Kautschuk, Papier, Ölpapier, Kunststoffe, Isolierlacke, nicht gasendes Öl. Bei Mauerwerk dienen als I.e gegen Erdfeuchtigkeit Sperranstriche auf Bitumen- oder Kunstharzbasis oder als Zwischenlage Schichten aus Sperrbeton, Bitumenpappe oder Kunststoff-Folien; gegen Wärmeverlust u. zur Schalldämpfung werden isolierende Baustoffe eingesetzt (Hohlziegel, Leichtbeton, Weichfaserstoffe, Kunststoffschäume).

Isolinien [grch. + lat.], *Isarithmen,* auf Karten gezeichnete Linien, die Punkte mit gleichen Merkmalen verbinden, so z.B. Isobaren (gleicher Luftdruck), Isohypsen (gleiche Höhenlage) u.a.

Isomere [Mz., Ez. das *Isomer;* grch.], **1.** Atomkerne mit gleicher Anzahl von Protonen u. Neutronen, von denen aber mindestens einer metastabil ist (lange Halbwertszeit).
2. Moleküle chem. Verbindungen, die aus derselben Zahl derselben Atome zusammengesetzt sind, jedoch verschiedene chem. u. physikal. Eigenschaften aufweisen (→Isomerie).

Isomerie, die Erscheinung, daß in ihrem chem. u. physikal. Verhalten verschiedene Stoffe die gleiche Zusammensetzung hinsichtlich der Art u. Menge der sie aufbauenden Elemente haben. Bei isomeren Verbindungen (=Isomeren) ist die Lage der Atome innerhalb der Moleküle verschieden. Man unterscheidet: **1.** *Struktur-I.;* die Atome der betr. Verbindungen sind in verschiedener Reihenfolge verknüpft, z.B. Äthylalkohol u. Dimethyläther, C_2H_6O:

```
    H  H                    H     H
    |  |                    |     |
H - C- C- O- H          H - C - O- C - H
    |  |                    |     |
    H  H                    H     H

  Äthylalkohol            Dimethyläther
```

oder die Substituenten am Benzolring in verschiedenen Stellungen, z.B. Nitrophenol, $C_6H_4(OH)NO_2$:

isometrisch

ortho-Nitrophenol   meta-Nitrophenol   para-Nitrophenol

2. *Stereo-I.*; die Atome sind in gleicher Reihenfolge verknüpft, aber räumlich verschieden angeordnet, entweder infolge einer →Doppelbindung (cis-, trans-I.) oder an einem asymmetrischen C-Atom (Kohlenstoffatom, das mit vier unterschiedlichen Atomen oder Atomgruppen verbunden ist); die Moleküle solcher Isomeren verhalten sich in ihrem räumlichen Aufbau wie Bild u. Spiegelbild (Spiegelbild-I.), sie drehen beim Durchtritt von polarisiertem Licht die Ebene der Schwingungsrichtung (*optische Aktivität*). Der Begriff der I. wurde 1830 von J. J. *Berzelius* eingeführt.

isometrisch [grch.], **1.** *allg.:* längengleich; maßstabgerecht.
2. *Mineralogie:* Habitus eines Kristalls, dessen Ausdehnungen nach allen Seiten nahezu gleich sind.
3. *Musik:* eine Setzart betreffend, die ein einziges Metrum wahrt u. in gleichen Notenwerten fortschreitet.

isometrische Motette, im 12. u. 13. Jh. mehrstimmige Sätze mit einheitlichem metrischen (nicht polyrhythmischem) Vortrag in allen Stimmen, z. B. Conductus.

isometrische Muskelfunktion, Muskeltätigkeit, bei der die Spannung des Muskels, nicht aber seine Länge verändert wird.

Isomorphismus [grch., „Gleichgestaltigkeit"], **1.** *Chemie:* Isomorphie, 1. *i. w. S.* die Fähigkeit chemisch ähnlich gebauter Verbindungen (z. B. $KClO_4$ u. $KMnO_4$), in ähnlichen Kristallformen aufzutreten; 2. *i. e. S.* die Erscheinung, daß chemisch verschiedene Bestandteile aus Lösung oder Schmelze gemeinsam als Mischkristalle kristallisieren.
2. *Mathematik:* Grundbegriff der höheren Mathematik; I. liegt vor, wenn sich die Elemente zweier Bereiche (Strukturen), in denen je eine Verknüpfung erklärt ist, umkehrbar eindeutig einander so zuordnen lassen, daß der Verknüpfung zweier Elemente im ersten Bereich die entsprechende Verknüpfung der zugeordneten Elemente im zweiten Bereich im Folge ist. So ist z. B. der Bereich der reellen Zahlen mit der Multiplikation als Verknüpfung isomorph zum Bereich der Logarithmen mit der Addition als Verknüpfung, da $a \leftrightarrow \lg a$; $b \leftrightarrow \lg b$ u. $a \cdot b = c \leftrightarrow \lg a + \lg b = \lg c$; $c \leftrightarrow \lg c$.

Isonicotinsäurehydrazid = INH.

Isonitrile [die; grch.], *Isocyanide, Carbylamine*, $R-N\equiv C$ (dabei ist R ein Alkyl oder Aryl), organ.-chem. Verbindungen von sehr unangenehmem Geruch, die durch Einwirkung von Chloroform u. Kalilauge auf primäre Amine entstehen; Isomere der →Nitrile.

Isonzo, slowen. *Soča*, im Altertum *Sontius*, Fluß im östl. Norditalien u. westl. Slowenien, 136 km, entspringt in den Jul. Alpen, mündet in den Golf von Triest.
Im 1. Weltkrieg Front in Norditalien, an der die Italiener ab 23. 6. 1915 in Richtung auf Görz angriffen. In insgesamt 11 blutigen I.-Schlachten gegen die dt.-österr. Front unter dem Oberbefehl des österr. Erzherzogs *Eugen* konnten die Italiener keine entscheidenden Erfolge erringen. Bei der Gegenoffensive (14. Armee unter O. von *Below*), die am 24. 10. 1917 überraschend begann, wurde die italien. Armee nach dem Durchbruch bei Flitsch-Tolmein geschlagen u. zum Piave zurückgeworfen, verlor über 300 000 Gefangene u. 3 000 Geschütze.

Isooctan [das; grch.], gesättigter aliphat. Kohlenwasserstoff, Isomer des *Octans* (2,2,4-Trimethylpentan). I. entsteht beim →Cracken des Erdöls neben Olefinen u. aromat. Verbindungen, kann aber auch direkt durch Polymerisation des →Isobutens gewonnen werden. I. dient als Maß für die Klopffestigkeit (→Oktanzahl), es hat den festgesetzten Wert 100 *Octan*. Verwendung für Motoren-, insbes. Flugzeugbenzine.

Isoparaffine, durch Umlagerung verzweigte Paraffinkohlenwasserstoffe; →auch Isooctan.

isoperimetrisch [grch.], *Geometrie:* Vielecke u. Kurven gleichen Umfangs (gleicher Länge) betreffend; den größten Inhalt aller i.en Kurven hat der Kreis.

isopisch [grch.], eine zu gleicher Zeit unter gleichen Verhältnissen entstandene geolog. Einheit betreffend; Gegensatz: *heteropisch*.

Isoplastik [grch.], Organ- oder Gewebsverpflanzung von einem Spender auf einen ihm genetisch gleichen Empfänger, also zwischen eineiigen Zwillingen; eine isoplastische →Transplantation hat bes. gute Heilungsaussichten.

Isopolysäuren, Säuren, die durch die Vereinigung mehrerer Säuremoleküle unter Austritt von Wasser entstehen, z. B. die Orthodikieselsäure (Pyrokieselsäure) aus Orthokieselsäure $Si(OH)_4$ nach der Gleichung: $2Si(OH)_4 \rightarrow H_6Si_2O_7 + H_2O$. Viele I. werden von den Säuren der Elemente Wolfram, Molybdän, Tantal u. Vanadium gebildet. →auch Orthosäuren, Metasäuren, Pyrosäuren, Heteropolysäuren.

Isopren [das; grch.], $CH_2=CH-C(CH_3)=CH_2$, *Methylbutadien*, ein dem Butadien nahestehender aliphat. Kohlenwasserstoff mit 5 Kohlenstoffatomen u. zwei (konjugierten) Doppelbindungen. I. ist Baustein zahlreicher Naturstoffe, z. B. des natürlichen Kautschuks, des Carotins, der Terpene u. des Camphers. Durch Polymerisation von I. gewinnt man einige Arten von synthet. Kautschuk. Direkte Darstellung von I. ist aus Äthylen u. Propylen von Crackgasen möglich.

Isopropylalkohol, *Isopropanol*, aliphatischer Alkohol, $CH_3-CHOH-CH_3$; farblose, nach Äthanol riechende, brennbare Flüssigkeit; Dichte 0,785; Kondensationspunkt 82,4 °C. Großtechnisch aus dem Propen der Crackgase gewonnen. I. wird vielseitig verwendet, z. B. als Lösungs-, Extraktions- u. Frostschutzmittel, zur Herstellung von pharmazeutischen Präparaten.

isorhythmisch [grch.], im gleichen Rhythmus; Bez. für die streng rhythmische Übereinstimmung aller Stimmen (akkordische Setzweise), bes. in der Motette des 14./15. Jh.

Isoseiste [die; grch.], auf Karten eine Linie, die bei Erdbeben alle Orte gleicher Erschütterung verbindet.

Isospin [der; grch.], *Isotopenspin*, eine auf W. *Heisenberg* (1932) zurückgehende Quantenzahl zur Charakterisierung von Nukleonen. Der I. hat drei Dimensionen, von denen eine die elektr. Ladung ist. Nukleonen können die Werte $+1/2$, $-1/2$ für die Ladungskomponente des I. annehmen. Der I. ist zur Beschreibung der Ladungsabhängigkeit starker →Wechselwirkungen geeignet.

Isosporie [grch.] =Sporen.

Isostasie [grch.], der Gleichgewichtszustand zwischen Großräumen der Erdrinde, wobei durch Abtragung entlastete Erdschollen aufsteigen, während die durch Sedimentation belasteten Gebiete absinken. I. wird durch isostat. Ausgleichsbewegungen erreicht, die auf einen Abbau der *Schwereanomalie* (z. B. in den Anden; →Anomalie) hinarbeiten. In rd. 120 km Tiefe liegt die hypothet. angenommene *isostatische Ausgleichsfläche*. Beim Abschmelzen von Inlandeis (Skandinavien) kommt es zur Landhebung (*glaziale I.*).

isotherm [grch.], einen physikal. Prozeß betreffend, der bei gleicher Temperatur abläuft.

Isotherme [die; grch.], **1.** *Physik:* Linie gleicher Temperatur, z. B. auf dem →Zustandsdiagramm.

Isothermen der Kohlensäure

2. *Wetterkunde:* auf Karten die Verbindungslinie der Punkte gleicher Lufttemperatur (zu einem bestimmten Zeitpunkt oder im Jahres-, Tagesmittel usw.). Oft gibt man durch I.n die auf Meereshöhe umgerechneten Temperaturen an.

Isothermie [grch.], *Meteorologie:* ein Zustand der Atmosphäre, bei dem keine Änderung der Lufttemperatur mit zunehmender Höhe eintritt.

isotonisch, *isosmotisch* [grch.], Lösungen (z. B. von Salzen in Wasser), die mit gleichem *osmotischen Druck* (→Osmose) betreffend. Bei i.en Lösungen ist in der gleichen Lösungsmenge die gleiche Zahl von Molekülen enthalten.

isotonische Muskelfunktion, Verkürzung des Muskels durch Zusammenziehen, wobei die Muskelspannung (anfänglich) gleichbleibt.

Isotope [Mz., Ez. das *Isotop*; grch., „am gleichen Ort"], die zu einem chem. Element gehörenden Atome gleicher Kernladung, aber verschiedener Masse. I. unterscheiden sich dadurch, daß ihre Atomkerne die gleiche Zahl von Protonen, aber eine verschiedene Anzahl von Neutronen enthalten, d. h., daß ihre Massenzahlen u. Atomgewichte verschieden sind. Im allgemeinen gibt es zu jedem Element ein stabiles Isotop, wie z. B. vom Stickstoff N die I. $^{14}_{7}N$ u. $^{15}_{7}N$ (der obere Index gibt die Massenzahl, der untere die Ordnungszahl an); in der Natur treten sie in nahezu konstanten Mischungsverhältnissen auf u. verursachen so die nicht ganzzahligen Atomgewichte der chem. Elemente (z. B. Stickstoff: 14,007). Es gibt zahlreiche radioaktive I., die in den natürl. Elementen gefunden (z. B. das radioaktive Kalium-Isotop $^{40}_{19}K$) oder neuerdings künstl. hergestellt werden. Die I. eines chem. Elements haben alle dieselben Eigenschaften, deshalb können sie nur durch bes. Verfahren (→Isotopentrennung) getrennt werden. Verwendung der radioaktiven I. →Kernphysik. □ 8.0.3.

Isotopenbatterie, *Kernbatterie*, Gerät zur Erzeugung elektr. Energie aus der Energie radioaktiver Strahlen. Am häufigsten wird das Radionuklid *Strontium 90* benutzt; für größere Leistungen verwendet man auch das *Cobalt 60*. Bei *direkten* I.n entsteht die elektr. Energie unmittelbar aus der Strahlen- u. Zerfallsenergie (z. B. Aufladungsbatterie); bei *indirekten* I.n wird die erzeugte Wärme- oder Lichtenergie in geeigneten Vorrichtungen, z. B. Thermoelementen, umgesetzt. Diese *thermoelektrischen* I.n sind heute meistens Germanium-Lithium-Systeme. I.n werden in Satelliten, Bojen u. Herzschrittmachern verwendet; sie sind weitgehend wartungsfrei u. haben eine lange Lebensdauer.

Isotopentrennung, Verfahren zur Trennung der Isotope eines chem. Elements. Ausgenutzt werden Unterschiede im physikal. u. chem. Verhalten verschiedener Isotope, z. B. bei der Diffusion, der →Thermodiffusion, der fraktionierten Destillation, der Elektrolyse, bei chem. Austauschreaktionen, in der Ultrazentrifuge oder im →Massenspektrographen. Eine vollständige I. wird mit letzterem erreicht; die anderen Verfahren geben bei einmaliger Anwendung nur eine Anreicherung eines Isotops, die durch wiederholte Anwendung erhöht werden kann. →auch Gaszentrifugenverfahren. □ 7.6.3.

isotrop [grch., „gleichartig"], Bez. für Stoffe, die in jeder Richtung die gleichen physikal. Eigenschaften aufweisen; solche Stoffe leiten z. B. den elektr. Strom in allen Richtungen gleich gut; Flüssigkeiten, Gase, d. h. amorphe Stoffe, sind isotrop. Gegensatz: *anisotrop*.

Isotypie, das Vorhandensein des gleichen kristallograph. Gittertyps bei chemisch unterschiedl. Substanzen, z. B. Kochsalz u. Bleiglanz.

Isparta, früher *Hamidabad*, Stadt im SW der Türkei, 45 000 Ew.; Textil-, Teppich- u. Lederindustrie, Getreidemarkt.

Ispra, italien. Ort am Ostufer des Lago Maggiore, 2700 Ew.; Kernforschungszentrum der Euratom.

Israel [hebr., „Gott kämpft"], Beiname des Erzvaters *Jakob*, des Stammvaters der Stämme I.

Israel, religiös-sakraler Verband der 12 Stämme I., die zwischen 1400 u. 1200 v. Chr. in Palästina einwanderten. u. sich als die 12 Söhne eines Ahnherrn I. (Jakob) verstanden; danach *Kinder I.s (Israeliten)*.

Israel, Name des Nordreichs, das sich nach dem Tod Salomos (926 v. Chr.) aus der Personalunion mit Juda u. von der davidischen Dynastie löste. I. ging 721 v. Chr. im assyr. Großreich auf.

ISRAEL
Medinat Yisrael

IL

- Fläche: 20 770 qkm
- Einwohner: 3,6 Mill.
- Bevölkerungsdichte: 173 Ew./qkm
- Hauptstadt: Jerusalem
- Staatsform: Parlamentarisch-demokratische Republik
- Mitglied in: UN, GATT
- Währung: 1 Israelisches Pfund = 100 Agorot

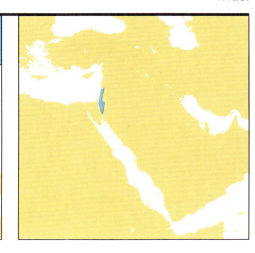

Israel

Die Karte zeigt Israel in den Grenzen von 1949 und einen Teil der 1967 besetzten Gebiete

I.s geograph. Lage im Berührungsgebiet zwischen Afrika, Asien u. Europa hat dem Land seit Jahrtausenden eine besondere Bedeutung als Durchgangsgebiet für Heere u. Händler, Waren u. Waffen gegeben. Es war auch aus diesem Grund stets schwer, in diesem Gebiet einen Staat eigenen Gewichts zu bilden, u. ist nur zweimal gelungen, unter König David u. unter David Ben Gurion.

Landesnatur: Hinter der meist flachen Mittelmeerküste u. einer nach N schmaler werdenden Küstenebene, der Hauptsiedlungszone (von S: Negev-, Philistäische, Judäische Küste, Sharon, Sebulontal, Tal von Akko), erhebt sich ein 600 bis über 1000 m hohes Bergland, meist kahle u. trockene Kalkhochflächen (Negevbergland, Judäa, Samaria, Galiläa), in die sich der steilwandige Jordangraben (von N mit Hulatal, See Genezareth, Ghor, Totem Meer u. Arava) einsenkt. Das Klima ist mittelmeerisch mit trockenheißen Sommern u. mild-feuchten Wintern. Die Niederschläge nehmen von N nach S u. von W nach O ab. Der Negev u. das Gebiet des Toten Meeres sind wüstenhaft. An der Küste breitet sich die typische Hartlaubvegetation des Mittelmeergebiets aus, im Innern weithin dürftige Steppen, sofern die natürl. Vegetation erhalten ist. Der Wald ist im Lauf der Geschichte fast verdrängt worden. Erst in letzter Zeit wurden umfangreiche Aufforstungen vorgenommen. Der Feldbau setzt in den Tiefländern Entwässerungsmaßnahmen u. für Intensivwirtschaft fast überall künstl. Bewässerung voraus.

Bevölkerung: Die Bevölkerungszahl ist von 1948 bis 1977 von 915 000 (darunter 759 000 Juden) auf 3,6 Mill. (davon 3,05 Mill. Juden) gestiegen, vor allem durch Einwanderung von über 1,6 Mill. Juden (davon 53% aus Asien und Afrika). Neben 85% Juden versch. Herkunft (48% in Israel geboren, 27% in Europa u. Amerika, 25% in Asien u. Afrika) gibt es 11% islamische Araber, 2,5% Christen und 1% Drusen. Staatssprachen sind Hebräisch u. Arabisch. Trotz der umfangreichen ländl. Neuansiedlung leben 85% der Bevölkerung (90% der Juden u. 43% der Araber) in Städten oder städt. Gemeinden, fast 40% allein im Großraum von Tel Aviv.

Wirtschaft: I. bemüht sich mit Erfolg um eine allseitige Entwicklung der Wirtschaft, wobei Auslandsinvestitionen, Waren- u. Kapitalhilfen (u.a. dt. Wiedergutmachung) u. staatl. Förderung eine große Rolle spielen. Die Ausdehnung des bewässerten Landes (43% der landwirtschaftl. Nutzfläche) mit Hilfe umfangreicher Bewässerungsvorhaben, deren größtes die Kultivierung des nördl. Negev unter Verwendung von Yarqon- u. Jordanwasser ist, wird bes. vorangetrieben. I. nutzt etwa 85% des in seinem Gebiet verfügbaren Wassers, indem es für den Transport des Wassers in die Bedarfsgebiete sorgt; das ist ein Spitzenwert, der aber immer noch nicht den Bedarf voll deckt; man experimentiert deshalb mit Meerwasserentsalzungsanlagen u. anderen Methoden wie Tiefbohrungen u. künstl. Regen. Als Zentren der landwirtschaftl. Erschließung wurden zahlreiche neue Städte gegründet (u.a. Qiryat Gat, Qiryat Shemona). Die landwirtschaftl. Nutzfläche, die größtenteils in den Händen von Staat oder Genossenschaften (Moshavim, Kibbuzim) ist, in der Küstenebene aber noch vorwiegend privaten Plantagenbesitzern aus der ersten Einwanderungszeit gehört, konnte wesentlich erweitert werden (1948/49: 167 000 ha, 1975/76: 440 000 ha).

Die Landwirtschaft beschäftigt nur noch 6,5% der Erwerbstätigen, erzeugt aber wertmäßig 75% des inländ. Nahrungsmittelbedarfs, bei Fleisch, Milchprodukten, Eiern, Gemüse, Obst, Kartoffeln u.a. 75–100%. Für den Export werden vor allem Zitrusfrüchte (Jaffa-Orangen, Grapefruits), ferner Datteln, Oliven, Gemüse, Weintrauben, Blumen u. Erdbeeren angebaut. Umfangreich ist auch der Anbau von Zuckerrüben, Bananen u. Tabak. In der Viehzucht dominieren die Geflügelhaltung u. die Milchwirtschaft sowie die sehr umfangreiche Fischzucht.

Gleichen Rang wie die Entwicklung der Landwirtschaft hat die Förderung von Industrie u. Bergbau u. der Ausbau von Energieversorgung u. Verkehr. Die Industrie ist weitgehend auf importierte Rohstoffe u. Energieträger angewiesen. Am wichtigsten für den Export ist die Diamantenschleiferei (5–6% des Werts der Industrieproduktion). Daneben sind viele andere Industriezweige systemat. entwickelt worden (Nahrungsmittel u. Getränke, Metalle u. Maschinen, Textilien, Chemikalien, Gummi, Kunststoffe, Fahrzeuge, Holzprodukte, Elektrogeräte, Baustoffe u.a.). Mehr als 20% der Industrieproduktion werden exportiert. Der Bergbau liefert vor allem Phosphate (aus dem Negev) u. Chemikalien aus dem Wasser des Toten Meeres (Kali, Brom), ferner etwas Erdöl u. Erdgas (Negev).

Je etwa 20% des Wirtschaftsertrags werden von Betrieben u. Institutionen des Staates u. der Gewerkschaft Histadrut erwirtschaftet, 60% von der Privatwirtschaft.

Die Ausfuhr (geschliffene Diamanten, Textilien u. Kleidung, verarbeitete Nahrungsmittel, Chemikalien, Bergbauprodukte; Zitrusfrüchte) deckt nur knapp 50% der Einfuhr. Hauptursachen dieser Disproportion sind die Rüstungsimporte (die Verteidigung kostet insgesamt 35–40% des Bruttosozialprodukts) u. die Investitionen für die noch vor im Gang befindl. Aufbauphase der Wirtschaft. Haupthandelspartner sind die EG-Länder (darunter an erster Stelle Großbritannien u. die BRD), die USA u. die Schweiz. Seit 1970 gibt es ein Handels- u. Zollabkommen mit der EG. Gegenwärtig sind von der Bevölkerung der besetzten Gebiete mehr als ein Drittel der Beschäftigten im israel. Kernland tätig, davon etwa die Hälfte im Baugewerbe. – Die Einnahmen aus dem Fremdenverkehr schließen etwa ein Sechstel der Lücke zwischen Ein- u. Ausfuhr.

Verkehr: Das Verkehrsnetz ist gut entwickelt, vor allem das Straßennetz (bemerkenswert die neuen Straßen, die Elat am Roten Meer mit dem Mittelmeer u. dem Toten Meer verbinden). Die Eisenbahn hat geringere Bedeutung; Hauptstrecken sind Nahariya–Gaza entlang der Küste, Haifa–Beer Sheva–Dimona, Tel Aviv–Jerusalem. Die rasch gewachsene Handelsflotte hat ihre Hauptstützpunkte in den Häfen von Haifa, Ashdod u. Elat. Neben einer älteren Pipeline, die Elat mit Haifa verbindet u. weitgehend dem Inlandsbedarf dient, gibt es seit 1970 eine weitere Pipeline von Elat zum Ölhafen Ashqelon, die für den Transit von Erdöl bestimmt ist. Der internationale Zen-

Beduinenfrauen vor den neuen Basarhallen in Beer Sheva

Terra-Rossa-Böden auf Kalkstein; Terrassenkulturen und Ölbäume charakterisieren die Landschaft in großen Teilen Samarias und Galiläas

ISRAEL

Blick von den Bergen des östlichen Negev über die Aravasenke (Wadi el Araba) auf die Berge von Edom (links). – Die Knesset, das Parlament Israels, in der Neustadt von Jerusalem (erbaut 1958–1966; rechts)

tralflughafen ist Lod, dem Inlandsverkehr dienen Flughäfen in Jerusalem, Haifa, Elat u. a. – ⌑ 6.6.8.

Geschichte

Trotz der zwischen Unterdrückung u. Duldung schwankenden Politik der Eroberer, die einander im Hl. Land folgten (Römer, Byzantiner, Araber, Seldschuken, Kreuzfahrer, Mamluken u. Türken), war stets eine jüd. Bevölkerung im Land geblieben. Die jüd. Diaspora empfing in Zerstreuung u. Verfolgung von der messianischen Idee der Heimkehr die Kraft zum Überleben. Immer wieder fanden einzelne oder Gruppen den Weg in die Heimat, wo größere jüd. Gemeinden bes. in Jerusalem, Hebron, Safed u. Tiberias bestanden. Lange waren die Einwanderer nur von religiöser Sehnsucht getrieben; erst im letzten Viertel des 19. Jh. entstand unter dem Einfluß von Männern wie Leon (Juda Löw) *Pinsker* im osteurop. Judentum eine Bewegung, die die Rückkehr nach I. anstrebte u. die Rückwendung zu landwirtschaftl. Arbeit als Mittel zur seelischen u. körperl. Erneuerung des Volks ansah. Aus ihr ging die erste Einwanderungswelle (hebr. *Aliya*, „Aufstieg" [nach Zion]) hervor, die 1882–1903 25 000 Juden, meist aus Osteuropa, ins Land brachte. Etwa gleichzeitig war der Siedlungswille auch in den jüd. Gemeinden des Hl. Landes erwacht: Jerusalemer Juden gründeten als erste landwirtschaftl. Siedlung 1878 Petah Tiqwa. Weitere Siedlungen folgten bald.
Th. *Herzls* Wirken u. das Aufkommen eines jüd. Sozialismus in Rußland gaben der jüd. Nationalbewegung neue Impulse, formten sie zum Zionismus. Im Zeichen der Idee des Judenstaats stand dann die 2. Aliya (1904–1914, 35 000–40 000 Einwanderer, meist wieder Osteuropäer), bei der im Sozialrevolutionären wurzelnder Pioniergeist zum bestimmenden Motiv wurde. Ihre im *Jishuw* (Bez. für die Gesamtheit der jüd. Ansiedler) bis dahin unbekannte Arbeitsgesinnung schuf die Grundlage der modernen wirtschaftl. Entwicklung. Sie bedienten sich nicht mehr billiger einheim. Lohnarbeiter, sondern schufen neue Formen der Gemeinschaftssiedlung (1909 erster *Kibbuz Deganya*).
Der 1. Weltkrieg brachte im Land einen Rückschlag, da viele Juden von den Türken vertrieben wurden. Andererseits gelang es Ch. *Weizmann* 1917, der brit. Regierung das Versprechen der Hilfe bei der Schaffung einer „nationalen Heimstätte" (→Balfour-Deklaration) abzugewinnen, u. eine „Jüd. Legion" beteiligte sich an der Vertreibung der Türken. Die erste Nachkriegszeit brachte zunächst die Zustimmung von Führern des arab. Nationalismus (Hedjas) zur „jüd. Heimstätte", die 3. Aliya (1919–1923, 35 000 Einwanderer) u. die Schaffung des brit. Palästinamandats, bald aber die Erkenntnis, daß Juden u. Briten die Balfour-Deklaration unterschiedlich interpretierten. Die Araber sahen sich in ihren nationalen Hoffnungen ebenfalls getäuscht u. begannen, sich gegen die jüd. Einwanderer zu wenden (1920/21 erste Überfälle auf jüd. Dörfer), obwohl Emir Abdallah mit Transjordanien entschädigt wurde, das ursprüngl. zum Geltungsbereich des brit. Mandats u. damit zur jüd. Heimstätte gehören sollte.
Während die 4. Aliya (1924–1931) rund 80 000 Juden, meist von der antisemit. Wirtschaftspolitik vertriebene Angehörige des Mittelstands aus Polen, ins Land brachte, war die 5. Aliya (1932 bis 1939, 265 000 Einwanderer) überwiegend ein Ergebnis der nat.-soz. Judenverfolgung. Unter ihnen waren nicht wenige hochqualifizierte Wissenschaftler u. Geschäftsleute mit beträchtl. Kapital,

Israel

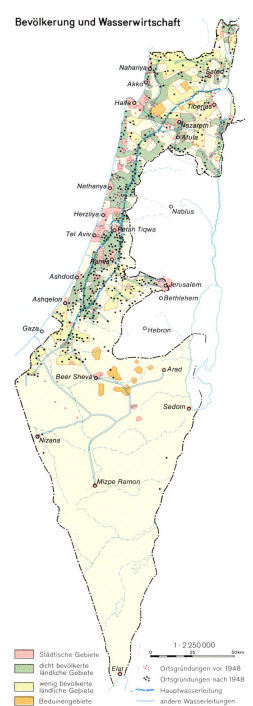

Bevölkerung und Wasserwirtschaft

1 : 2 250 000

- Städtische Gebiete
- dicht bevölkerte ländliche Gebiete
- wenig bevölkerte ländliche Gebiete
- Beduinengebiete
- Ortsgründungen vor 1948
- Ortsgründungen nach 1948
- Hauptwasserleitung
- andere Wasserleitungen

Industrieanlagen im Kibbuz Yad Mordechai zwischen Ashdod und Gaza

Aus den Salzen des Toten Meers, die durch Verdunstung gewonnen werden, erzeugen die Werke von Sedom Kali, Brom und andere Chemikalien

Die Diamantenschleiferei ist der wichtigste Zweig der israelischen Exportindustrie

die der Wirtschaft entscheidende Impulse gaben. Gleichzeitig aber kam es – angelockt vom relativ hohen Lohnniveau u. Lebensstandard – zu einer Einwanderung von Hunderttausenden von Arabern. Die Gegensätze verstärkten sich: 1929 kam es u. a. zum arab. Massaker an der jüd. Gemeinde von Hebron. Bes. schwer wogen polit. Entscheidungen u. Schwankungen der brit. Politik: Während in Transjordanien, Syrien u. Irak Schritte in Richtung auf die Unabhängigkeit erfolgten, geschah in Palästina nichts Vergleichbares, so daß auch die Unzufriedenheit der arab. Mehrheit wuchs. Sie gipfelte 1936 in einem allg. arab. Aufstand. Nach dessen Niederwerfung brachte die brit. Regierung im Peel-Report (Juli 1937) erstmals den Gedanken einer erneuten Teilung Palästinas vor, der von einer Mehrheit der *Jewish Agency* akzeptiert, von den Arabern aber bekämpft wurde. Deren Oberhaupt, Großmufti Hussaini, wurde abgesetzt. Der Aufstand flackerte wieder auf u. fand erst 1939 ein Ende, wobei die *Haganah* (jüd. Selbstschutztruppe) eine zunehmende Rolle spielte. Nach der *Londoner Konferenz* 1939, die an der kompromißlosen Haltung der Araber (Forderung: von der arab. Mehrheit beherrschtes Palästina, Verbot jüd. Einwanderung u. jüd. Landkäufe) scheiterte, brachte ein Weißbuch der brit. Regierung vom Mai 1939 ein fast völliges Einschwenken auf die arab. Linie: Binnen 10 Jahren sollte ein von Arabern u. Juden gemeinsam regierter Staat errichtet, bis dahin Einwanderung u. Landkauf rigoros beschränkt sein. Trotz ihrer Enttäuschung über die brit. Politik unterstützte das palästinens. Judentum die brit. Kriegsanstrengungen (u. a. durch Bereitstellung von Truppen). Gleichzeitig organisierten Haganah u. *Irgun Zwai Leumi* die illegale Einwanderung trotz rigoroser brit. Überwachungsmaßnahmen. Als auch nach dem Zusammenbruch des Hitlerreichs die Einwanderung nicht freigegeben wurde u. brutale Einschränkungsmaßnahmen weitergingen, richtete sich der bewaffnete Kampf der jüd. Organisationen gegen die Mandatsmacht. Die Haganah konzentrierte sich weiterhin auf die Organisation der illegalen Einwanderung (1940–Mai 1948 100 000 Einwanderer).

Als die brit. Regierung 1947 des durch ihre Politik bewirkten Terrors u. Gegenterrors u. der allg. Unsicherheit nicht mehr Herr wurde, übergab sie das Palästinaproblem den UN, die eine Sonderkom-

israelisch-arabischer Krieg

Ben Gurion beim Verlesen der Unabhängigkeitsdeklaration im Mai 1948

mission einsetzten. Deren Mehrheit empfahl die Beendigung des Mandats, Abzug der brit. Truppen u. Behörden u. Teilung Palästinas in getrennte jüdische u. arabische Staaten. Die UN-Vollversammlung beschloß 1947 eine entsprechende Resolution, die von den Juden begrüßt, von den arabischen Staaten aber als nicht für sie bindend verworfen wurde. Sofort begann ein intensiver arabischer Terror- u. Bandenkampf, dem die britischen Truppen passiv gegenüberstanden u. der sich zum Bürgerkrieg ausweitete. Jerusalem wurde eingeschlossen und heftig umkämpft. Am 15. 5. 1948 endete das Mandat.
Der Staat Israel wurde am 14. 5. 1948 proklamiert. Am 15. 5. fielen die Armeen Ägyptens, Transjordaniens (die vom brit. General Glubb befehligte Arab. Legion), Syriens, des Libanon u. des Irak in I. ein. Gegen den materiell u. anfangs auch zahlenmäßig weit überlegenen Gegner behauptete sich die aus den Selbstschutzverbänden gebildete israel. Armee in zehnmonatigen, von kurzen Waffenstillständen unterbrochenen Kämpfen mit Ausnahme der Altstadt von Jerusalem alle wichtigen Positionen, verzichtete ihrerseits aber unter der brit. Drohung, offen (u. nicht mehr nur mit Waffenlieferungen an Ägypten u. Transjordanien) einzugreifen, auf den Versuch, die arab. Hauptsiedlungsgebiete in Judäa u. Samaria anzugreifen, u. auf die Eroberungen in Sinai. In der ersten Hälfte des Jahres 1949 kamen Waffenstillstandsverträge auf der Basis der von beiden Seiten besetzten Territorien zustande. I. sah sich im Besitz eines Gebiets, das geringfügig größer war (vor allem in Galiläa) als im UN-Teilungsplan vorgesehen.
Der größte Teil der in I. ansässig gewesenen Araber (ca. 500 000) hatte das Land meist schon vor dem 14. 5. 1948 verlassen, teils freiwillig, teils unter dem Eindruck des Gegenterrors der extremist. jüd. Kampfgruppen (Massaker von Deir Jassin). I. hat seit 1948 rund 700 000 aus (ganz überwiegend arab.) asiat. u. afrikan. Ländern emigrierte oder vertriebene Juden aufgenommen.
Dem Waffenstillstand folgte kein Frieden, obwohl I. einen Rückzug auf die Teilungsgrenzen von 1947 zunächst nicht ausschloß u. zur Aufnahme von Flüchtlingen in gewissem Umfang bereit war. Die arab. Staaten verweigerten direkte Verhandlungen u. die Anerkennung I.s. Sie verhinderten die Integration der Flüchtlinge in den Aufnahmeländern u. förderten einen ständigen Kleinkrieg an I.s Grenzen. Der einzige möglicherweise kompromißbereite Araberführer, König Abdallah von Jordanien, wurde 1951 ermordet. Auch ein arab. Palästinastaat kam nicht zustande, weil darin ein Stück Anerkennung der Teilung gelegen hätte; vielmehr annektierten Jordanien bzw. Ägypten die von ihnen besetzten Teile Palästinas (Judäa, Samaria, Ost-Jerusalem; Gaza).
Auf die sich ständig steigernden Terrorakte, die Sperrung des Suezkanals u. schließl. des Golfs von Elat sowie direkte Angriffsvorbereitungen reagierte I. am 29. 10. 1956 mit dem Einmarsch nach Sinai u. Gaza. Unter dem Druck der Großmächte u. nachdem es Garantien für die freie Zufahrt nach Elat (deren Wertlosigkeit sich 1967 erwies) erhalten hatte, räumte I. das Gebiet am 1. 3. 1957 wieder. In Gaza, an der Sinaigrenze sowie am Ausgang des Golfs von Elat (Scharm esch-Scheikh) wurden UN-Truppen stationiert. Die arab. Staaten verharrten im Zustand der Aggression. Die UdSSR rüstete Ägypten u. Syrien auf. Bes. letzteres war immer wieder Ausgangspunkt von Übergriffen. Während sich I.s internationale Stellung nicht nur zu den USA u. Frankreich, sondern auch zu den meisten Ländern der Dritten Welt festigte, fühlten sich die arab. Staaten 1967 wieder stark genug für einen Angriff. Der ägypt. Präs. Nasser bewog UN-Generalsekretär U Thant zum Abzug der sog. Friedenstruppe, sperrte erneut die für I.s Wirtschaft (Erdölversorgung, Handel mit Asien u. Ostafrika) wichtige Zufahrt nach Elat u. zog, in einer mit Syrien u. Jordanien koordinierten Aktion, Truppen an I.s Grenzen zusammen. Die am 5. 6. 1967 ausbrechenden Kämpfe führten in 6 Tagen zur israel. Besetzung von Gaza, der ganzen Sinaihalbinsel, von Samaria u. Judäa einschl. Ost-Jerusalem sowie der syr. Golanhöhen *(Sechstagekrieg)*. Nach dem von den UN vermittelten Waffenstillstand vereinigte I. die beiden Teile Jerusalems. Die übrigen Gebiete wurden der Militärverwaltung unterstellt, die sich in Judäa, Samaria u. Gaza weitgehend auf die einheim. Behörden stützt u. das bisherige Rechtssystem beibehält. Von außen wurde die Aggression am Suezkanal bis zum Waffenstillstand von 1970 durch die von der UdSSR wieder aufgerüstete ägypt. Armee aufrechterhalten. Am 6. 10. 1973 führte ein koordinierter ägypt.-syr. Angriff *(Jom-Kippur-Krieg)* zu arab. Anfangserfolgen, die von I. rasch weitgehend ausgeglichen wurden. Durch Vermittlung des US-Außenministers H. Kissinger kam es 1974 u. 1975 zu zwei Abkommen zwischen I. u. Ägypten, die zu einem Teilrückzug I.s auf der Sinai-Halbinsel führten. Auch die an der Golan-Front im April 1974 ausgebrochenen heftigen Kämpfe zwischen I. u. Syrien wurden durch Kissingers Vermittlung beigelegt.
In der Innenpolitik war seit den ersten Wahlen von 1949 die sozialdemokrat. *Mapai* die stärkste Partei; sie war zur Regierungsbildung stets auf Koalitionen mit anderen religiösen, Mitte- u. Linksparteien angewiesen. Unmittelbar vor dem Sechstagekrieg 1967 wurde eine Regierung der Nationalen Konzentration gebildet, an der auch der *Gachal-Block* (Liberale u. rechtsstehende *Herut-*[Freiheits-]*Partei*) beteiligt wurde. 1970 trat die Gachal wieder aus der Regierung aus, weil sie mit der Annahme eines neuen Waffenstillstands ohne wirksame Garantien nicht einverstanden war.
Die Wahlen vom 17. 5. 1977 machten den *Likud* unter M. *Begin* erstmals zur stärksten Partei. Eine neue Partei – *Dash* (Bewegung für demokratische Erneuerung) – unter Führung des früheren Generalstabschefs und Archäologen Y. *Yadin* wurde auf Anhieb zur drittstärksten Gruppe. M. *Begin* wurde Min.-Präs. einer Koalition aus Likud, der Dash, von der sich 1978 ein Teil abspaltete u. in die Opposition ging, den religiösen Parteien u. einigen Einzelgängern.
Das Verhältnis zur BRD war lange eine innenpolit. Streitfrage. Schon das dt.-israelit. Wiedergutmachungsabkommen vom 10. 9. 1952 (Adenauer, Scharett) war umstritten, ebenso die Aufnahme diplomatischer Beziehungen 1965.
Die großen Probleme der israel. Innenpolitik ergeben sich aus der Notwendigkeit, Einwanderer sehr unterschiedl. Herkunft, Kultur u. zivilisator. Entwicklung zu einem Volk zu verschmelzen, sowie aus der wirtschaftl. u. finanziellen Belastung, die diese Masseneinwanderung u. die ständig erforderl. Kriegsbereitschaft mit sich bringen.
Auf Initiative des ägypt. Präs. *Sadat* (Besuch in Jerusalem im Nov. 1977) kam es zu Friedensverhandlungen zwischen Ägypten u. I., die nach mehreren Unterbrechungen durch Vermittlung des US-amerikan. Präs. *Carter* mit der Unterzeichnung eines Friedensvertrags am 26. 3. 1979 in Washington abgeschlossen werden konnten. Der Vertrag sieht die Rückgabe der Sinaihalbinsel an Ägypten binnen 3 Jahren, die Aufnahme normaler Beziehungen zwischen den beiden Staaten sowie Verhandlungen über eine Autonomielösung für die Palästinenser im Westjordanland u. im Gazastreifen vor.
Die Mapai stellte bis 1977 alle Ministerpräsidenten (D. *Ben Gurion,* 1948–1953, 1955–1963; M. *Scharett,* 1953–1955; L. *Eschkol,* 1963–1969; G. *Meir,* 1969–1974, I. *Rabin,* 1974–1977) u. Außenminister. Erster Staatspräsident wurde Ch. *Weiz-*

Kampfszene aus dem „Sechstagekrieg"

mann (1948–1952), der die zionist. Bewegung jahrzehntelang geführt hatte; ihm folgten I. *Ben Zwi* (1952–1963), S. *Schasar* (1963–1973), E. *Katzir* (1973–1978) u. I. *Navon*. →auch Nahostkonflikt, Palästina. – ⌑ 5.3.4 u. 5.6.8.

Politik u. Recht

I. ist eine parlamentarisch-demokratische Republik. Eine Verfassung ist seit der Staatsgründung 1948 nicht zustande gekommen, hauptsächl. wegen der Uneinigkeit religiöser u. nichtreligiöser Parteien, doch hat das staatsrechtl. Gefüge darunter bisher nicht gelitten. In vier sog. Grundgesetzen *(Basic Laws)* wurden Tätigkeit u. Zuständigkeit der →Knesset (1958), Bodengesetzgebung (1960), Präsidentenamt (1964), Rechte u. Pflichten der Regierung (1968) geregelt. Die Anerkennung der allg. Menschen- u. Bürgerrechte ist durch einfache Gesetze gesichert.
Gesetzgebendes Organ ist das Einkammerparlament der *Knesset* (120 Abgeordnete). Sie wählt den *Staatspräsidenten*, der überwiegend repräsentative Funktionen hat, auf 5 Jahre, die *Regierung*, die der Knesset korporativ verantwortlich ist, u. den eine bedeutende Rolle spielenden *Staatskontrolleur*, der Legalität u. ordnungsgemäße Durchführung der öffentl. Aufgaben überwacht.
Im Rechtswesen spielen türk. u. engl. Regelungen aus der Mandatszeit noch eine große Rolle. Religiöse Instanzen der einzelnen Religionsgemeinschaften (Juden, Moslems, Christen) sind für Familien- u. Erbrecht zuständig. Höchste gerichtl. Instanz ist das *Oberste Gericht* (10 Mitglieder; Spruchkörper mit 3, 5 oder 9 Richtern), das auch oberstes Verwaltungsgericht ist.
Im Sozial- u. Arbeitsrecht haben die Gewerkschaften, die rechtswirksame Kollektivverträge mit Arbeitgebern u. dem Staat abschließen, entscheidende Bedeutung (→Histadrut). Sie tragen die Sozialversicherung u. die Gesundheitspflege.
Die wichtigsten Parteien sind die sozialdemokratische *Mapai* (→Israelische Arbeiterpartei), die sozialistische →Mapam, die →Liberale Partei Israels, die religiösen Parteien →Agudat Israel u. →Mafdal u. als derzeit stärkste Partei der nationalistische Block →Gachal bzw. Likud.

Stärke der Parteien in der Knesset
Wahl am 17. 5. 1977 (31. 12. 1973)

Likud-Block (Gachal u. a.)	43	(39) Abg.
Maarach-Gruppe (Mapai, Mapam, Rafi)	32	(51) Abg.
angeschl. arab. Listen	1	(3) Abg.
Mafdal (National-Religiöse)	12	(10) Abg.
Agudat Israel (Orthodoxe)	5	(5) Abg.
Unabhängige Liberale	1	(4) Abg.
Rakah (Neue Kommunisten)	5	(4) Abg.
Shelli (früher Moked, jüd. KP, Neue Linke, Linkssozialisten)	2	(1) Abg.
Bürgerrechtsbewegung	1	(3) Abg.
Dash (Bewegung für Demokrat. Erneuerung)	15	(–) Abg.
Shlom-Zion (Likud-nahe)	2	(–) Abg.
Unabhängige	1	(–) Abg.

Militär

In I. gibt es für Juden, Drusen u. Tscherkessen eine unbeschränkte allg. Wehrpflicht (christl. u. moslem. Bewohner können sich freiwillig melden) für 18–26jährige mit einer aktiven, u. U. eine landwirtschaftliche Ausbildung einschließenden Dienstzeit für Männer von 36 (zusätzl. für 27- bis 29jährige von 24) u. für ledige Frauen von 20 Monaten.
Die Streitkräfte, bestehend aus 33 500 Kadern u. 112 000 Rekruten, können durch Mobilisierung der Reservisten (Männer bis zum 49., Frauen ohne Kinder bis zum 34. Lebensjahr) innerhalb 24–36 Stunden auf eine Gesamtstärke von 400 000 Mann gebracht werden (Heer 15 000 Kader, 110 000 Rekruten, 375 000 Gesamtstärke; Marine 3 500/1 000/5 000; Luftwaffe 15 000/1 000/20 000).
Daneben bestehen regionale paramilitär. Verteidigungseinheiten (ca. 10 000 Mann), meist auf Milizbasis, die die ständige Bewachung der Grenzgebiete gewährleisten. Die israel. Streitkräfte, gut ausgebildet u. mit modernsten Waffen ausgerüstet, haben ihre außerordentl. Schlagkraft im *Nahostkonflikt* (z. B. Sechstagekrieg) mehrfach unter Beweis gestellt, sich aber 1973 nicht als unschlagbar erwiesen.

Bildungswesen

Es besteht allgemeine Schulpflicht vom 5. bis 16. Lebensjahr. Jugendliche ohne abgeschlossene Volksschulbildung müssen zwischen dem 14. u. 17. Lebensjahr Abendkurse besuchen. Neben öffentl. Schulen existieren zahlreiche Privatschulen, die von den religiösen, weltanschaulichen, sozialen Körperschaften unterhalten werden. An den Volksschulen ist der Unterricht kostenlos. Nach der 8jährigen Volksschule können 2-, 4- u. 6jährige weiterführende allgemeinbildende Schulen besucht werden. Dabei schließen die 4jährigen höheren Schulen an die 8. Volksschulklasse an, während die 6jährigen höheren Schulen nur 6 Jahre Volksschule voraussetzen. Beide Typen werden durch eine Reifeprüfung (Hochschulreife) beendet.
Daneben bestehen 4jährige höhere Erziehungsinstitutionen oder Aufbauklassen für Kinder der Kibbuzim. Diese Schulen führen nicht zur Reifeprüfung, jedoch kann diese an anderen Schulen abgelegt werden. Die vierjährigen Religionsschulen vermitteln höhere Allgemeinbildung mit religiösem Schwerpunkt. Die Kurzform der weiterführenden Schulen dauert nach Abschluß der Volksschule 2 Jahre u. ist eine Zwischenform von allgemeinbildender u. berufsbildender Schule.
Die 2- bis 4jährigen berufsbildenden Schulen sind meist Teilzeitschulen, die neben dem Beruf besucht werden. Von den höheren Fachschulen führt die höhere Landwirtschaftsschule zur Reifeprüfung, die zum Fachstudium an der Universität berechtigt. Nachwuchs der mittleren u. höheren technischen Berufe wird in Industrie-, Handels- u. Hauswirtschaftsschulen ausgebildet.
Hochschulbildung vermitteln u. a. die Universitäten in Ramat-Gan, Jerusalem, Tel Aviv, Haifa u. Beer Sheva; außerdem gibt es eine Techn. Universität in Haifa.
Diese Hochschulen werden auch von zahlreichen arabischen Studenten besucht; darüber hinaus wurde 1972 eine arabische Universität in Ramallah (im besetzten Gebiet) gegründet.

israelisch-arabischer Krieg →Nahostkonflikt.
Israelische Arbeiterpartei, *Mifleget Ha'avoda Hajisre'elit*, 1967/68 entstandener Zusammenschluß der israelischen sozialistisch-demokratischen Parteien →Mapai, →Achdut Ha'avoda. →Rafi. 1969 ging die I. A. unter dem Namen *Ma'arach* (Bund) ein Wahlbündnis mit der →Mapam ein, das 56 der 120 Mandate der Knesset errang.
israelische Kunst, Architektur, Plastik u. Malerei des 20. Jh. im Gebiet des heutigen Israel.

Architektur
Die ersten Bauten der modernen Ansiedlung entstanden in anspruchslosem ländl. Stil. In den 1920er Jahren kamen bewußt orientalisierende Elemente in die Architektur (Technion Haifa von Alex *Baerwald*, *1877, †1930). Später überwog der europ. Einfluß. Neben Städteplanung u. Städtebau spielte der Bau von Kibbuzim eine große Rolle (Richard *Kaufmann*, *1887, †1958). Seit der Staatsgründung wurde eine umfangreiche Landesplanung betrieben. Außer mit intensivem Wohnungsbau (Dov *Carmi*, *1905, †1962) befaßten sich israel. Architekten vorwiegend mit öffentlichen Bauten wie Universitäten, Krankenhäuser (Zeev *Richter*, *1899, †1960; Yaacov *Rechter*, *1924; Arieh *Sharon*, *1900), Museen (Alfred *Mansfeld*, *1912, Werner J. *Wittkower*, *1903).

Plastik u. Malerei
Der Beginn der modernen Kunst in Israel ist mit der Gründung der „Bezalel"-Schule in Jerusalem (1906) durch Boris *Schatz* (*1862, †1932) anzusetzen u. gekennzeichnet durch den Versuch, einen „jüdischen Stil" zu schaffen. Grundlage dieser Richtung war ein romantisch-idealisierender akadem. Stil mit Jugendstil-Einfluß u. oriental.-exot. Elementen. Dagegen rebellierte in den 1920er Jahren eine junge Generation von Plastikern u. Malern, die trotz Übernahme der neuen europäischen Richtungen in Malerei u. Plastik nach einem eigenständigen israel. Stil fand (Reuven *Rubin*, *1893; Josef *Zaritsky*, *1891, u. a.). Um 1930 wurde der Einfluß der von jüd. Malern bestimmten „École de Paris" sowie der aus Deutschland kommenden Emigranten (Expressionismus, Bauhaus) wirksam. In der Malerei entwickelte sich ein bes. ausdrucksvoller Stil (Menahem *Shemi*, *1897, †1951). In der Plastik fanden sich zunächst romantisch-impressionist., später formalkubist. Elemente (Zeev *Ben-Zvi*, *1904, †1952). Starke neue Impulse gingen von der Staatsgründung (1948) aus. Die Verbindung mit Europa u. den USA war wieder lebendig. Die Gruppe „Neue Horizonte" pflegte die abstrakte Richtung der i. n K. In der Malerei um 1950 herrschte zunächst ein lyrischer Expressionismus vor. Bei vielen Künstlern verband sich eine stilisierte gegenständliche Malerei mit myst. u. symbol. (häufig isoliert) Elementen (Mordecai *Ardon*, *1918). Yitshak *Danziger* (*1916) führte geschweißtes Eisen u. andere neue Materialien in die Plastik ein. In den 1960er Jahren wandten sich Künstler der „Neuen Figuration" zu u. fanden in Collage, Assemblage, kinetischer Kunst u. a. neue Ausdrucksformen. Die Einflüsse der Pop-Art wie der Minimal Art u. der Conceptual Art haben, von den USA ausgehend, Israel in den letzten Jahren ebenso erreicht wie Europa. →auch jüdische Kunst.

israelische Literatur. Der Staat Israel bildet seit 1948 das Zentrum des neuhebräischen literar. Schaffens, vielfach auch für die Schriftsteller, die in anderen Ländern leben. Die literar. Entwicklung lief parallel mit der Herausbildung der zionist. Bewegung. Zunächst standen die hebräische u. die jiddische Sprache gleichwertig nebeneinander (Schriftsteller wie Mendele *Moicher Sforim* u. a. schrieben zweisprachig, wie überhaupt die Mehrsprachigkeit ein Merkmal jüd. Schrifttums ist). Mit Elieser *Ben Jehuda* (*1858, †1922) begann die Neuformung der hebräischen Sprache zur Nationalsprache *(Iwrit)*, die heute in Israel gesprochen wird, auf der Basis sakraler Wortkunst in Verbindung mit den Einflüssen moderner Wirklichkeit (westl. Syntax, europ. u. arab. Einflüsse auf den Wortschatz). Die Ausformung der Sprache vollzog sich z. T. in Rußland (Isaak *Rülf*, *1831, †1902). Bedeutend für die Prosa wurde Uri Nissan *Gnessin* (*1879, †1913). Schon Perez *Smolenskin* (*1842, †1885) vertrat die Ansicht, daß nur durch das Festhalten an der hebräischen Sprache sich ein Nationalbewußtsein formen könne. 1908ff. erschien in Berlin das „Gesamtwörterbuch der alt- u. neuhebräischen Sprache", 1949ff. in Jerusalem die „Encyclopaedia Hebraica".
Die Themen der Literatur von der Jahrhundertwende bis 1948 waren vor allem Heimkehr, Pioniertum, der „Staat unterwegs"; ausgeprägt ist bei der älteren Generation das Überschneiden verschiedener erlebter Kulturtraditionen; Schwerpunkte waren Rußland (Entstehung der israel. Arbeiterbewegung), Osteuropa u. Amerika. Zum Teil siedelten die Schriftsteller schon in Israel: seit 1929 Reuven *Avinoam* (*1903), seit 1949 Abraham *Regelson* (*1885) u. a.; mit jeder Aliya (Einwanderungsbewegung) kamen viele Schriftsteller ins Land. Joseph Chajim *Brenner* (*1881, †1921, ermordet, zusammen mit seinem Dichterkollegen Zwi *Schatz* [*1890]) schilderte das Leben russ. Juden u., seit 1909 in Tel Aviv lebend, die jüd. Pionierbewegung. Ascher *Ginzberg* (Achad Haam) wurde Wegweiser der bürgerl. Richtung des Zionismus. Von ihm beeinflußt waren Ch. N. *Bialik*, der altes Sprachgut u. revolutionäre Entwicklung vereinte, u. Saul *Tschernichowski* (*1875, †1943), der Idyllen u. bedeutende Sonette schrieb. Zwischen Tradition u. Moderne stand der in Litauen geborene Aaron Abraham *Kabak* (*1880, †1944), der den Messianismus als gr. Geschichte betonte, Ascher *Barasch* (*1889, †1952), der die europ. literar. Tradition fortführte, u. Gerschon *Schofmann* (*15. 2. 1880). Aus Polen eingewandert ist Uri Zwi *Grynberg* (*1894), der in expressionist. Form polit. u. weltanschaul. Motive behandelt. Glaubensprobleme des modernen Menschen u. die Lebensform jüd. Gemeinden in Galizien, Dtschld. u. Israel in den letzten 50 Jahren schilderte der bedeutende Epiker S. J. *Agnon*, der Chronist Jerusalems. Der in der Ukraine geborene Ch. *Hasas* karikierte satir. die Bevölkerung Israels; seine ersten Romane behandelten die Zerstörung der jüd. Gesellschaft in den ersten 20 Jahren des Jahrhunderts. Lyriker war Jizchak *Lamdan* (*1899, †1954). Vorbildlich für die folgende Ge-

israelische Musik

neration wurden die naturnahen Schilderungen Aaron David *Gordons* (*1856, †1922); die Landarbeit machte sich Rachel *Bluwstein* (*1890, †1931) in ihren Gedichten (dt. Auswahl 1936) zum Thema; Vertreter der Kibbuzdichtung ist Jehoschua *Rabinow* (*1905); der Begriff „Kibbuz" stammt von dem seit 1920 in Israel lebenden Jehuda *Jaari* (*1900); Mosche *Smilanski* (*1874, †1953) beschrieb die Entstehung des jüd. Dorfs. Die Lebensform der Pioniere in den 5 Jahrzehnten bis zur Staatsgründung schilderte David *Malez* (*1900); David *Schimoni* (*1886, †1956), Dichter der zweiten Aliya, beschrieb die Schönheit des Landes; dem Glauben an die Befreiung des jungen Israel gibt S. *Schalom* (eigentl. Schalom Schapira [*1905]) Ausdruck.

Nach dem 1. Weltkrieg entstand in Tel Aviv die Gruppe der *Modernisten* um Abraham *Schlonski* (*1900), den formstarken Schilderer modernen Stadtlebens; sein Schüler ist der sprachschöpferische, von W. W. Majakowskij beeinflußte Symbolist Nathan *Altermann* (*1910, †1970). Eine der bedeutendsten Dichterinnen ist die 1935 eingewanderte Lea *Goldberg* (*1911). Anda *Amir* (*1902) ist Vertreterin des erzählenden Gedichts; Esther *Raab* (*1899) verfaßte realist. Gedichte; Jehudit *Haendel* (*1925) zeigt die Schwierigkeiten der Beziehungen zwischen den verschiedenen Stämmen Israels. Literaturkrit. Schriften u. Gedankenlyrik verfaßte Jeschurun *Keschet* (*1893). Probleme der Frau u. das Schicksal oriental. Juden behandelte Juda *Burla* (*7. 9. 1887) in der Novelle „In den Sternen geschrieben" dt. 1937.

In den 30er u. 40er Jahren wurde die härtere Lyrik der im Land geborenen Schriftsteller führend. Alte Themen wurden abgelöst von den Schilderungen der Etappen der Staatwerdung. In Salman *Schneurs* (*1889, †1959) Roman „Noah Pandre" dt. 1936 steht das Verhältnis Natur-Kulturmensch im Mittelpunkt. Land u. Mentalität stellte der Novellist Jizchak *Schenhar* (*1907, †1957) dar. Sachlich orientiert war die Dichtung während der engl. Mandatszeit. Haupt der Gruppe der „Kanaaniten", die nichts mit der Diaspora gemein haben wollten u. sich als semitisch-hebräische Einheit fühlten, war Jonathan *Ratosch* (*1908). Von der französ. Dichtung beeinflußt zeigt sich Chajim *Guri* (*1923) mit volkstüml. Lyrik; das Bewußtsein der Tradition verteidigt Mosche *Schamir* (*1921) in histor.-bibl. Romanen; gesellschaftskrit. Erzähler des Kibbuzlebens ist S. *Jishar* (eigentl. Jishar Smilansky [*1916]). Internationalen Ruf als Satiriker gewann E. *Kishon*. Regionales, Folklore, die Ethik des Verteidigungskriegs sowie die Wiederentdeckung der alten Bibelsprache durch die „Sabres" (im Land Geborenen) stehen im Zentrum; eine histor. Bindung tritt in den Hintergrund, ebenso wie das Judentum als zentrales Problem. Das Kollektiv des Kibbuz, seine Ideale u. erzieherischen Werte, der Freiheitskampf, die Probleme des Staats, der Landschaft u. eine optimist. sozialkrit. Auseinandersetzung mit der Umwelt sind die Hauptthemen. Die umfangreiche neueste Lyrik bedient sich eines sehr prägnanten Ausdrucks.

Das Theater trat hinter Prosa u. Vers zurück (Lesedramen). Das erste hebräische Ensemble, das *Habima-Theater*, hatte seinen Sitz 1916–1925 in Moskau, ließ sich nach Tourneen 1928 in Tel Aviv nieder u. ist seit 1948 Staatstheater. Von den Theaterschriftstellern sind u. a. zu nennen: *Schalom Alechem*, Jizchak Dov *Berkowitz* (*1885, †1967), der Boulevarddramatiker Jigal *Mossinsohn* (*1917) mit seinem „Theater der Jungen" u. Nathan *Schacham* (*1925).

israelische Musik. Die i. M. ist durch mehrere Richtungen gekennzeichnet. Auf der einen Seite findet man Volkskomponisten oriental. Herkunft, wie Esra *Aharon* u. Esra *Gabba*, die in ihren Werken östl. Motive verwenden. Auf der anderen Seite begegnet man Komponisten wie z. B. Ödön *Partos* (*1907, †1977), Mordechai *Seter* (*26. 12. 1916) u. Herbert *Brün* (*9. 7. 1918), die im atonalen, dodekaphon. Stil schreiben oder wie Josef *Tal* (*18. 9. 1910) zur elektron. Musik vorgedrungen sind. Zu den führenden Komponisten des heutigen Israel gehören Erich-Walter *Sternberg* (*1891, †1974), Paul *Ben-Haim* u. dessen Schüler Jacob *Gilboa* (*2. 5. 1920), die sich auf der Grundlage oriental. Musizierwesens um neue Klangverbindungen bemühen. – ▢ 2.9.5.

Israëls, Josef, holländ. Maler u. Graphiker, *27. 1. 1824 Groningen, †12. 8. 1911 Den Haag; malte Bildnisse u. psycholog. ausdeutende genrehafte Darstellungen aus dem Fischer- u. Bauernleben in weichem, von Rembrandt hergeleitetem Helldunkel; sein Stil entwickelte sich von einem romantischen Naturalismus zu einem poetischen Impressionismus, der auf M. Liebermann wirkte.

Isselburg, Stadt in Nordrhein-Westfalen (Ldkrs. Borken), westl. von Bocholt, an der Issel, 8600 Ew.; Eisen- u. Maschinenindustrie *(I.er Hütte)*, Dachplattenziegelei.

ISSF, Abk. für →Internationaler Studentenbund.

Issos, *Issus*, türk. Stadt am Golf von I. (Golf von Iskenderun), nordöstl. von Zypern; bekannt durch den Sieg *Alexanders des Großen* über die Perser am Fluß Pinaros in der Nähe von I. 333 v. Chr. – ▢ 5.2.4.

Issoudun [isuˈdœ], mittelfranzös. Kreisstadt im Dép. Indre, nordöstl. von Châteauroux, 15 700 Ew.; Metall-, Textil- u. Nahrungsmittelindustrie, Gerberei, Lederwaren- u. Schuherzeugung.

Issyk-Kul [kirgis., „warmer See"], abflußloser Gebirgssee in Kirgisistan, 6200 qkm, 1609 m ü. M., bis 702 m tief, warme Grundwasserquellen. Die Umgebung des „Kirgisischen Meeres" (z. T. unter Naturschutz) ist aufgrund ihrer schönen Lage, des milden Klimas u. der örtl. Mineralquellen ein wichtiges Ferien- u. Erholungsgebiet der südwestl. Sowjetunion; Fremdenverkehr; Schiffsverkehr auf dem See.

Issy-les-Moulineaux [iˈsi lɛ muliˈno:], selbständige südwestl. Industrievorstadt von Paris (Dép. Hauts-de-Seine), an der Seine, 51 700 Ew.; Metallindustrie, Flugzeugbau, Herstellung von Elektrogeräten, chem. u. pharmazeut. Produkten; seit 1956 Hubschrauberlinienldienst Paris–Brüssel.

Istanbul, *Istambul*, früher *Konstantinopel*, das antike *Byzanz*, größte Stadt u. Haupthafen der Türkei, an der südl. Einmündung des Bosporus in das Marmarameer, 2,4 Mill. Ew. (Agglomeration 3,2 Mill. Ew.); Hptst. der Prov. I.; oriental. Stadtcharakter mit vielen Residenzbauten im byzantin. Kunststil; 3 Stadtteile auf der europ. Seite (das Stadtzentrum Stambul mit der →Hagia Sophia u. der Sultansresidenz Topkapi Sarayi, die ehem. Europäersitze Galata u. Beyoğlu, früher Pera), Üsküdar mit Villenvororten auf der asiat. Seite; durch die Lage zwischen Europa u. Asien, Mittelmeer u. Schwarzem Meer ein Kreuzungspunkt alter u. neuer Verkehrs- u. Handelsstraßen; guter Naturhafen am Goldenen Horn; Universität (1863), Techn., Tierärztl., Kunst- u. Landwirtschaftl. Hochschule; Ausfuhr von Teppichen, Tabak, Südfrüchten, Seide, Rosenöl, Wolle; Endpunkt der zentraleurop. Orientexpreß- u. Ausgangspunkt der Anatol. u. Bagdadeisenbahn, Flughafen, Luftverkehrsknotenpunkt; Bosporusbrücke nördl. der Stadt 1973 fertiggestellt. – ▣ →auch byzantinische Kunst.

Bis 330 n. Chr. →Byzanz; seit 330 *Konstantinopel* u. seit 395 Hptst. des Oström. (Byzantin.) Reichs. 1203–1261 in der Hand der Kreuzfahrer (Latein. Kaiserreich). 1453 von den Türken (Mehmed II.) erobert u. bis 1923 als I. Hptst. des Osman. Reichs bzw. der Türkei.

Istar, babylonisch-assyrische Göttin, →Ischtar.

Isteiner Klotz, Ausläufer aus Kalkgestein in der Vorbergzone des südwestl. Schwarzwalds, in der Nähe des Weindorfs Istein (850 Ew.); fällt steil mit 60 m hoher Wand zum Rheintal ab; von der Eisenbahnlinie Basel–Freiburg durchtunnelt; in beiden Weltkriegen Sperrfestung, 1947 gesprengt; Naturschutzgebiet; zahlreiche prähistor. Siedlungen.

Isthmische Spiele, *Isthmien*, *Isthmia*, der dritte der wichtigsten panhellenischen *Agone* (Wettkämpfe), seit 586 v. Chr. im antiken Griechenland alle zwei Jahre am Isthmos (der Landenge) von Korinth zu Ehren des Meeresgottes *Poseidon* abgehalten. Die Zeit, in der die I. n S. ihre Bedeutung erlangten, fällt mit der Glanzzeit des frühen Korinth zusammen. Bei den I. n S. n von 196 v. Chr. verkündete Titus Quinctius Flamininus die Befreiung Griechenlands von der makedon. Herrschaft.

Isthmus [grch., nach dem *I. von Korinth*], Landenge, z. B. I. von Panama, I. von Suez.

Istiklal, *Istiqlal* [arab., „Unabhängigkeit"], Name nationalistischer Parteien in Irak (gegr. 1946) u. Marokko (gegr. 1943).

Istmaß, allg. der tatsächl., durch Messung (z. B. durch Vergleich mit einem Normal) ermittelte Wert. Dieser kann eine Länge, ein Gewicht, eine Temperatur oder dgl. sein. Das I. ist mit dem Fehler des Meßverfahrens, der Meßgeräte u. des Meßgegenstandes behaftet, außerdem durch Einflüsse der Umwelt u. des Beobachters bedingt. In der Fertigung bleibt der Fehler der Messung beim I. meist unberücksichtigt.

Istrancagebirge [isˈtrandʒa-], *Istranca Dağları*, Gebirge in der nordöstl. europ. Türkei, eine Fortsetzung des Antibalkans; Buschwald u. Macchie; im *Büyük Mahiya* 1031 m; seine Quellen versorgen Istanbul mit Trinkwasser.

Istrati, Panait, rumän. Erzähler, *11. 8. 1884 Brăila, †16. 4. 1935 Bukarest; zog als Vagant durch die Mittelmeerwelt, wandte sich nach einer Reise durch die Sowjetunion (1927–1929) vom Kommunismus ab; schrieb farbige Schilderungen des Balkans, zuerst in französ. Sprache. „Les récits d'Adrien Zograffi" („Kyra Kyralina" 1924, dt. 1926; „Onkel Anghel" 1925, dt. 1927; „Die Haiduken" 1925, dt. 1929); „Kodin" 1926, dt. 1930; „Mes départs" 1928, dt. „Tage der Jugend" 1931; „Après seize mois in U.R.S.S." 1929, dt. „Drei Bücher über Sowjetrußland" 1930. – ▢ 3.2.6.

Istrien, ital. *Istria*, Halbinsel in der nördl. Adria, 4955 qkm, 350 000 (meist serbokroat. u. slowen.) Ew.; im Mittelteil eine Sandsteinmulde mit gut besiedelter Acker-, Wein- u. Obstbaulandschaft, im N ausgeprägtes Karstland, im W Kalkplatte mit guten Böden, an der Westküste viele Buchten mit von Venedig gegr. Städten u. Häfen, Fischerei (Sardinen), an der Küste subtrop. Vegetation; Wein-, Obst- u. Ölbaumkulturen, Schafzucht; Steinkohlen- u. Bauxitlager; Fremdenverkehr. Geschichte: Im Altertum war I. von kelt. u. illyr. Stämmen bewohnt, die nach dem illyr. Krieg (228 v. Chr.) Bundesgenossen Roms wurden. Seit 177 v. Chr. war I. Bestandteil des Röm. Reichs. Nach

Istanbul

dem Untergang des Weström. Reichs zunächst Teil des Ostgotenreichs, seit 539 des Byzantin., wurde I. Ende des 8. Jh. dem Frankenreich eingegliedert; 952 kam es zum Herzogtum Bayern, 976 zu Kärnten u. wechselte dann (seit ca. 1040 als Markgrafschaft) mehrfach die Herrschaft (gehörte u. a. zum Patriarchat von Aquileja, den Grafen von Andechs-Meran, Venedig). Im 13. Jh. großenteils venezian., in den Rest teilten sich die Grafen von Görz u. die Habsburger (innerristrische Gebiete), an die später die Grafschaft Mitterburg (Pisino), Triest (1382) u., nach dem Aussterben der Görzer (1500), auch die Grafschaft Görz kam, dazu 1797 auch der venezian. Teil. 1805 an Napoléon verloren („Illyr. Provinzen"), kehrte I., einschl. der bis 1797 venezian. Teile, 1815 zu Österreich zurück, bei dem es bis 1918 blieb. 1919 wurde I. italien., 1947 bis auf Triest jugoslaw. Durch den italien.-jugoslaw. Vertrag von 1954 wurde Triest (Stadt u. Hafen) Italien, das Hinterland von Triest Jugoslawien zugesprochen.

ISTUS →OSTIV.

Istwäonen, Istväonen, Istävonen, Istjaiwer, älterer Kultverband der Germanen zwischen Rhein u. Weser *(Weser-Rhein-Germanen)*, nach *Tacitus* einer der 3 german. Stammesverbände.

Iswestija, „*Iswestija Sowjetow Deputatow Trudjaschtschichsja SSSR*" [„Nachrichten der Räte der Abgeordneten der Werktätigen der UdSSR"], 1917 gegr. sowjet. Tageszeitung (Moskau; Regierungsblatt); Auflage 7,7 Mill.

Iswolskij, Alexander Petrowitsch, russ. Politiker, *18. 3. 1856 Moskau, †16. 8. 1919 Paris; 1906–1910 Außen-Min., erreichte 1907 einen Ausgleich mit England über Interessen in Persien, Afghanistan u. Tibet, scheiterte aber mit seiner Meerengenpolitik (Bosnische Krise); 1910–1917 Botschafter in Paris, einer der erbittertsten Feinde der Mittelmächte.

i. T., Abk. für „in der Trockenmasse"; Gehalt an festen Stoffen abzügl. des Wassergehalts, z. B. bei Nahrungsmitteln (Käse) oder chem. Lösungen.

it., Abk. für *item*.

ITA, Abk. für engl. *Independent Television Authority*, 1954 gegr. Fernseh-Koordinationsbehörde (Sitz: London), unter deren Dach 15 kommerzielle brit. Fernseh-Programm-Produktionsgesellschaften das (neben den 2 Programmen der *British Broadcasting Corporation*) zweite brit. Fernsehen verbreiten.

Itabira, 1944–1948 *Presidente Vargas*, brasilian. Stadt in Minas Gerais, nordöstl. von Belo Horizonte, 20 000 Ew.; Zentrum eines der reichsten Eisenerzgebiete der Erde *(Itabirit)*.

Itabirit [der; nach der *Serra de Itabira*], blättrigschuppiger Eisenglanz (hauptsächl. Hämatit) mit beigemengtem Magnetit, hochwertiges, wirtschaftl. wichtiges Eisenerz (ca. 67% Fe). Lagen von I.-Erz wechseln mit Schichten von Kieselgel als riesenhafte Vorkommen in algonkischen Schichten der alten kristallinen Schilde. Große Lagerstätten in Labrador, den afrikan. Westküstenstaaten um Liberia u. in Minas Gerais (Brasilien).

Itabirito, brasilian. Stadt in Minas Gerais, südwestl. von Belo Horizonte, 12 000 Ew.; Hämatitvorkommen *(Itabirit)*, -abbau u. -verhüttung, Mangangewinnung, Textilindustrie.

Itabuna, brasilian. Stadt in Bahia, 60 000 Ew.; Kakaoanbau, -verarbeitung u. -ausfuhr; Verkehrsknotenpunkt.

Itajaí [itaʒa'i], Hafenstadt im brasilian. Staat Santa Catarina, an der Mündung des I. in den Atlant. Ozean, 45 000 Ew. (viele Deutsche); Agrarzentrum; Holzexport.

Itala [die; lat.], zusammenfassende Bez. für die ältesten latein. Bibelübersetzungen, die vor der *Vulgata* in Italien u. Spanien umliefen. Daneben gibt es die *Afra*, die in Nordafrika vor der Vulgata verbreiteten latein. Bibeltexte. Gesamtbez. für beide Gruppen: *Vetus Latina*.

Italia [grch. *italos*; lat. *vitulus*, „junger Stier"], im 6. Jh. v. Chr. Name der kalabrischen Südwestspitze Italiens; von hier aus breitete sich der Name langsam über Mittel- nach Süditalien aus u. bezeichnete seit dem 2. Jh. v. Chr. ganz Italien mit Ausnahme der Poebene; seit Cäsar gehörte auch dieses Gebiet dazu. I. erhielt damit etwa die Grenzen, die auch das heutige Italien hat.

Italiaander, Rolf, Schriftsteller, *20. 2. 1913 Leipzig; sehr vielseitig: Sport- u. Jugendbücher, literar. Gedenkwerke, Lyrisches, Bühnenstücke, Reiseberichte, bes. über Afrika: „Im Lande Albert Schweitzers" 1954; „Der ruhelose Kontinent" 1958, ²1961; „Die neuen Männer Afrikas" 1960; „Terra dolorosa – Wandlungen in Lateinamerika" 1969; „Akzente eines Lebens" 1970; auch Übersetzer.

Italica, röm. Stadt 10 km nördl. von Sevilla (Spanien), 205 v. Chr. von Scipio Africanus als Veteranensiedlung gegr., seit 122 n. Chr. Bürgerkolonie, Geburtsstadt der Kaiser Trajan u. Hadrian; bedeutende Ruinenstätte (Amphitheater).

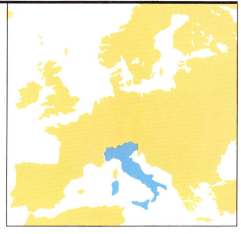

ITALIEN
Repubblica Italiana

Fläche: 301 262 qkm

Einwohner: 56,5 Mill.

Bevölkerungsdichte: 187 Ew./qkm

Hauptstadt: Rom

Staatsform: Parlamentarisch-demokratische Republik

Mitglied in: UN, NATO, WEU, Europarat, EWG, Euratom, GATT, OECD

Währung: 1 Italienische Lira = 100 Centesimi

Landesnatur: *Festland-I.* (Nord-I.) umfaßt den italien. Alpenanteil an Westalpen u. Südl. Kalkalpen sowie die einzigen größeren Flachlandgebiete (bes. die *Poebene*). Als *Halbinsel-I.* (Mittel- u. Süd-I.) wird die vom *Apennin* durchzogene Apenninhalbinsel bezeichnet; der Westteil (am Innenrand des Gebirgsbogens) wird von einem beckenreichen Hügelland u. Küstenebenen mit Vulkanismus bes. am Golf von Neapel u. in Kalabrien eingenommen; die feuchten Küstengebiete sind zum größten Teil trockengelegt worden. *Insel-I.*, etwa 1/6 der Landesfläche, umfaßt *Sizilien*, *Sardinien* u. kleinere Inseln. Das Klima ist in Nord-I. warm gemäßigt u. weitgehend gegen Nordwinde geschützt, im übrigen I. mediterran mit trockenheißen Sommern, milden Wintern, Frühjahrs- u. Herbstregen, im S Winterregen. Die Flüsse bilden dementsprechend nur in Nord-I. ein gut entwickeltes Flußnetz (bes. der Po), sind dagegen in Halbinsel-I. u. Insel-I. oft nur zur Regenzeit wasserführend („Fiumare") u. daher ohne Verkehrsbedeutung. Die norditalien. Seen sind nach der Eiszeit entstanden (größter Alpenrandsee ist der Gardasee). Die Pflanzenwelt trägt in Nord-I. u. den Gebirgen der Apenninhalbinsel vorwiegend atlant.-mitteleurop. Charakter (mit Laub- u. Nadelwäldern); im mittelmeer. Klimabereich herrschen Hartlaubgewächse (Lorbeer, Oleander, Myrte), Pinien u. Zypressen vor.

Die **Bevölkerung** umfaßt überwiegend die zu 99 % röm.-kath. Italiener (Sprachinseln: u. a. dt. in Südtirol, französ. im Val d'Aosta, rätoroman. in Friaul u. in den Dolomiten) u. konzentriert sich bes. in den fruchtbaren Ebenen (in Nord-I. wohnen 2/3 der Bevölkerung) u. im Küstenland, wo mit 4 Millionen- (Rom, Mailand, Neapel, Turin) u. 30 Großstädten eine starke Verstädterung herrscht. Diese Tendenz verstärkt sich durch eine starke Binnenwanderung in die Industrieorte im N, wo 80% des Volkseinkommens erarbeitet werden.

Wirtschaft: Die *Industrie* in Nord-I. umfaßt vor allem Elektro-, Holz-, Textil-, Leder-, Nahrungsmittel-, Maschinen-, Kraftfahrzeug- u. chem. Industrie. In Süd-I. reichen die örtlichen Werften, Tabak-, Nahrungsmittel- u. Textilfabriken u. der Abbau von Schwefel, Bauxit, Eisen-, Blei- u. Zinkerzen trotz staatl. u. privater Hilfsmaßnahmen als Erwerbsbasis nicht aus. Deshalb sind zahlreiche italien. Arbeitnehmer aus industriearmen Gebieten saisonweise oder dauernd in der BRD, der Schweiz u. a. europ. Ländern beschäftigt. Infolge nicht ausreichender Kohlenlager werden die Wasserkräfte in den Alpen u. im Apennin sowie die Erdgasvorkommen in der Poebene u. Erdöllager auf Sizilien intensiv genutzt. Weitere wertvolle Bodenschätze sind die Eisenerze von Elba, der toskan. Marmor, die Zinnobervorkommen in der südl. Toskana, die Schwefellager auf Sizilien u. die Erzlager auf Sardinien. Als ein besonderer Wirtschaftsfaktor hat sich der Tourismus entwickelt, bes. ausgeprägt in den norditalien. Seen, an den Rivieren, an der Adria u. an den histor. Kunststätten im ganzen Land (K →Fremdenverkehr). – Die *Landwirtschaft* mit Anbau von Weizen, Mais, Reis, Oliven, Gemüse, Obst, Wein u. Südfrüchten, Seidenraupenzucht (Poebene) u. Viehzucht (Rinder in Nord-I., Schafe u. Ziegen bes. in Halbinsel-I.) ist stark exportorientiert. Sie erfährt durch die Bodenreform, vor allem in Süd-I., eine Verbesserung. Dennoch bleiben die Erträge der süditalien. Landwirtschaft wegen der ungünstigen Sozialstruktur hinter denen des N zurück. Insgesamt ist die Zahl der Erwerbstätigen in der Landwirtschaft zwischen 1961 u. 1974 von 6,2 auf 1,6 Mill. gesunken. Die Fischerei von Thunfischen, Sardinen, Sardellen u.

Autostrada del Sole

Italien

Comer See

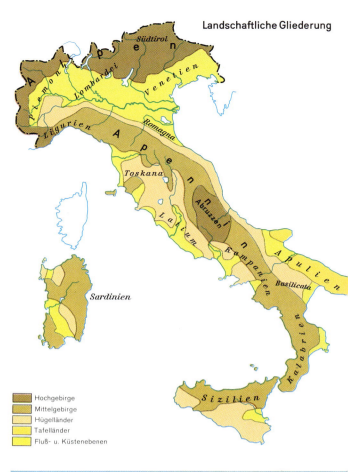
Landschaftliche Gliederung

- Hochgebirge
- Mittelgebirge
- Hügelländer
- Tafelländer
- Fluß- u. Küstenebenen

Trulli in Alberobello, Apulien

Blick von Taormina zum Ätna

Die Stadt Ìschia auf der gleichnamigen Insel im Golf von Neapel

Anbau von Nutzpflanzen und Obst in der Poebene

Italien

Fiatwerke in Turin

ITALIEN Geographie

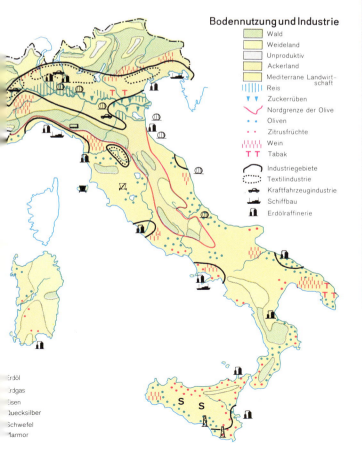

Bodennutzung und Industrie
- Wald
- Weideland
- Unproduktiv
- Ackerland
- Mediterrane Landwirtschaft
- Reis
- Zuckerrüben
- Nordgrenze der Olive
- Oliven
- Zitrusfrüchte
- Wein
- Tabak
- Industriegebiete
- Textilindustrie
- Kraftfahrzeugindustrie
- Schiffbau
- Erdölraffinerie

Erdöl
Erdgas
Eisen
Quecksilber
Schwefel
Marmor

Marmorgewinnung bei Carrara

Italien

1162 durch Friedrich Barbarossa zerstört, erhob sich Mailand bald wieder zu einer der bedeutendsten Städte Italiens: Rückkehr der Mailänder in ihre Stadt (1167). Relief von der zerstörten Porta Romana in Mailand; Mailand, Museo d'Arte Antica

Die Stadtstaaten sind für die italienische und europäische Geschichte im Mittelalter und in der frühen Neuzeit von größter Bedeutung gewesen. Hervorragende Staatsmänner und Mäzenaten gingen aus ihnen hervor: Der venezianische Doge Leonardo Loredan (1501–1531). Gemälde von Vittorio Carpaccio. Florenz, Privatbesitz (links). – Florenz, repräsentiert durch die Medici. Cosimo de Medici (1519–1574). Gemälde von J. Pontormo; Florenz, Uffizien (rechts)

Makrelen bringt gute Erträge. – Die wichtigsten Ausfuhrwaren sind Kraftfahrzeuge, Maschinen, Textilien, Schuhe, Chemikalien, Obst, Südfrüchte u. Wein. Haupthandelspartner sind die BRD, Frankreich, die USA, die Beneluxstaaten, Großbritannien, die Schweiz u. Jugoslawien.

Das Verkehrsnetz umfaßt 300 000 km Straßen, davon 6000 km Autobahnen, u. 20 000 km Bahnlinien u. ist vor allem in Nord-I. gut ausgebaut. Die bes. für den Fremdenverkehr wichtigen Nord-Süd-Straßen werden zunehmend als Autobahnen ausgebaut. I. verfügt über 19 internationale Flughäfen (insbes. Rom, Mailand u. Venedig). Die wichtigsten Seehäfen sind Genua, Neapel, Venedig, Livorno, Palermo u. Triest. – ⌑6.4.9.

Geschichte

Germanenreiche, Kirchenstaat u. Byzanz: Nach dem Zusammenbruch des Weström. Reichs 476 entstanden auf italien. Boden german. Nachfolgereiche; zunächst übte der german. Söldnerführer *Odoaker* die Herrschaft aus, der aber bereits 493 vom Ostgotenkönig *Theoderich* im Auftrag Ostroms gestürzt wurde. Auch das ostgot. Reich brach bereits 553 nach schweren Kämpfen mit den Feldherren des oström. Kaisers Justinian, Belisar u. Narses, wieder zusammen. I. wurde oström. Provinz. Seit 568 fielen die Langobarden in Ober-I. ein u. gründeten in Nord- u. Mittel-I. ein Königreich, in Unter-I. die Herzogtümer Spoleto u. Benevent, so daß I. in einen langobard. u. einen byzantin. Teil getrennt wurde: Rom, Perugia, Ravenna, Genua, Venedig, Neapel, das südlichste I. u. die Inseln blieben byzantinisch.

Da das Papsttum sich während des Bilderstreits aus seiner Abhängigkeit von Ostrom löste, mußte es gegen die langobard. Umklammerung die Franken zu Hilfe rufen; die *Pippinische Schenkung* (754) sicherte ihm den Besitz von Rom, Perugia u. Ravenna, den Keim des späteren Kirchenstaats. Karl d. Gr. vernichtete 774 das langobard. Königreich, machte das Herzogtum Spoleto zur fränk. Mark u. brachte Benevent in Lehnsabhängigkeit. Nur Unter-I. blieb byzantin., u. im 9. Jh. eroberten die Araber Sizilien. Durch die karoling. Reichsteilung von Verdun fiel I. an Lotharingien. Die Herrschaft der Karolinger in I. ging Ende des 9. Jh. zugrunde in wechselvollen Kämpfen italien. u. burgund. Großer um die mit dem Besitz Roms verbundene Königs- u. Kaiserkrone.

Reichsitalien u. Normannenstaat: 962 unterlag *Berengar von Ivrea* Kaiser Otto I. Das *Regnum Italicum* blieb seit der Kaiserkrönung Ottos d. Gr. bis zum Tod Friedrichs II. (962–1250) Teil des röm.-dt. Kaiserreichs, u. die I.-Politik prägte seitdem die Geschichte des mittelalterl. Kaisertums. Wie in Dtschld., so bildete die Verleihung von Grafenrechten an die Bischöfe die Grundlage der kaiserl. Herrschaft auch in I. Doch mußten sich die Kaiser gegen das allmähl. erstar-

Süditalien hatte eine eigene Entwicklung genommen. Byzantiner, Araber, Normannen, Staufer, Franzosen und Spanier haben sein Geschick bestimmt. Das unter den spanischen Vizekönigen verarmte Neapel erhob sich 1647 gegen die Herrschaft der spanischen Habsburger. Gemälde von Michelangelo Cerquozzi (links). – Das größte Hindernis auf dem Weg zur Einigung Italiens war die Herrschaft Österreichs über Oberitalien. 1859 schlug Sardinien mit Unterstützung Frankreichs die Österreicher bei Solferino und erzwang ihren Rückzug aus Oberitalien. Schlacht bei Solferino. Fresko von C. Bossoli; Turin, Museo Nazionale del Risorgimento Italiano

ITALIEN Geschichte

Am 11. Mai 1860 landete Giuseppe Garibaldi mit dem „Zug der Tausend" auf Sizilien, zog in Palermo und später auch in Neapel ein, wo er den König zur Flucht zwang. Zeitgenössischer Stich; Rom, Istituto per la Storia del Risorgimento Italiano

kende Papsttum, gegen zahlreiche Adlige, vor allem gegen *Mathilde von Tuszien*, die ihr Land der Kirche vermachte, u. die aufblühenden Kommunen behaupten. Im *Wormser Konkordat* (1122), das den Investiturstreit beendete, mußte der Kaiser auf die Investitur der Bischöfe in Italien u. Burgund verzichten, womit die kaiserl. Position geschwächt wurde. Während dieser Wirren gewannen die Städte immer größere Bedeutung u. Unabhängigkeit von den noch von Konrad II. begünstigten Lehnsherren *(constitutio de feudis)*, u. zwar sowohl in der Lombardei wie in Toskana, vor allem aber die Seestädte Genua, Pisa u. Venedig, die seit den Kreuzzügen das Mittelmeer beherrschten. Das feudale System erhielt sich nur in Savoyen u. Friaul sowie im Kirchenstaat u. dem nicht zum Reich gehörenden Süd-I.
In den byzantin. Gebieten Siziliens u. Kalabriens hatten sich im 9. u. 10. Jh. z.T. Sarazenen festgesetzt; im Lauf des 11. Jh. wurden diese Gebiete von Normannen erobert, die das Land 1059 vom Papst zu Lehen nahmen u. zu Parteigängern des Papsttums wurden. Die verschiedenen norman. Fürstentümer wurden 1130 von König *Roger II.* zu einem Staat „moderner" Prägung vereinigt. Im sog. Reichs-I. versuchte Friedrich I. auf dem Reichstag von *Roncaglia* (1158), die kaiserl. Herrschaft über die oberitalien. Städte aufgrund des röm. Rechts durchzusetzen. Obwohl ein Teil der Städte durchaus kaiserl. (ghibellinisch) gesinnt war, konnten diese Pläne gegen den Widerstand des *Lombardischen Städtebunds* (Guelfen) u. des Papstes nicht durchgesetzt werden. Der *Friede von Venedig* mit *Alexander II.* 1177 u. der von Konstanz mit den Städten 1183 brachten nur einen Kompromiß: die von den Städten gewählten Bürgermeister (Podestà) wurden vom Kaiser bestätigt u. die Reichsverwaltung durch die Einsetzung von Generalvikaren neu organisiert. Aus diesen Gewalten entwickelten sich später die *Signorien* in den Städten u. die *Prinzipate* (Fürstentümer) Mittelitaliens.
Die Heirat Kaiser Heinrichs VI. mit der Erbin des Normannenreichs, *Konstanze*, vereinigte zum ersten Mal seit dem Untergang Westroms fast ganz Italien unter einer Herrschaft. Papst *Innozenz III.* versuchte vergebl., durch Parteinahme für den Welfen Otto IV. die staufische Einkreisung des Kirchenstaats zu durchbrechen, denn Otto IV. nahm die Ansprüche der Staufer auf Unter-I. sofort wieder auf. Die erneute Wendung des Papstes zu dem jungen Staufer (Kaiser) *Friedrich II.* verschlimmerte die Lage nur, denn diesem gelang nicht nur in Süd-I. der Aufbau des ersten modernen Beamtenstaats im Abendland, sondern im Kampf mit Papst *Gregor IX.* u. den lombard. Städten auch die erneute Stabilisierung der kaiserl. Herrschaft in Nord- u. Mittel-I.
Nach Friedrichs II. Tod (1250) u. dem seines Sohns *Konrad IV.* (1254) konnte dessen Bruder *Manfred* sich noch bis 1266 *(Schlacht bei Benevent)* gegen den vom Papst zu Hilfe gerufenen *Karl von Anjou* behaupten. Mit der Hinrichtung des letzten Staufers *Konradin* in Neapel (1268) brach die stauf. Herrschaft zusammen. Karl von Anjou verlor zwar durch die *Sizilianische Vesper* (1282) Sizilien an *Peter von Aragón*, vermochte aber ebenso wie seine Nachfolger, vor allem *Robert von Neapel* (1309–1343), seinen Einfluß über ganz Italien als Signore zahlreicher Städte bzw. als päpstl. Vikar auszudehnen. Erleichtert wurde dieses durch die Niederlage des Papsttums im Kampf mit Frankreich (Papst *Bonifaz VIII.* gegen *Philipp den Schönen*), die zum *Babylon. Exil* der Kirche in Avignon (1309–1376) führte.
Renaissance: Die Versuche dt. Kaiser, in Römerzügen (Heinrich VII. 1310–1313, Ludwig der Bayer 1328–1333) die kaiserl. Gewalt wiederherzustellen, scheiterten ebenso wie der Versuch der Erneuerung der röm. Republik durch *Cola di Rienzo* 1347 an der wachsenden Selbständigkeit der Städte, in deren inneren Parteikämpfen zwischen *Ghibellinen* u. *Guelfen* das Amt des gewählten Podestà allmähl. dem des Signore weichen mußte. Das Stadtregiment wurde entweder durch Ausdehnung auf Lebenszeit allmähl. erblich als Stadtherrschaft (Signorie) oder durch kaiserl. oder päpstl. Verleihung zum Prinzipat (Fürstentum) gewandelt oder aber durch militär. Macht usurpiert (Söldnerführer: Condottieri). So bildete sich nach u. nach das italien. Staatensystem des 14./15. Jh.: die Republiken Venedig u. Genua, zunächst auch noch Florenz, die Fürstentümer der *Visconti* u. *Sforza* (Mailand), der *Este* (Mòdena), *Scaliger* (Verona) u.a. Mit Beendigung des Schismas (1415) festigte sich auch der Kirchenstaat wieder. 1442 gewannen die sizilian. Aragonesen Neapel zurück; in Florenz setzten sich die *Medici* durch, u. nach dem *Frieden von Lodi* (1454) herrschte ein Gleichgewicht von 5 Mittelstaaten (Neapel-Sizilien, Florenz, Kirchenstaat, Mailand, Venedig), unter dessen Schutz auch die kleineren Staaten existieren konnten. Im 13. u. 14. Jh. war I. das

Italien

wirtschaftl. führende Land Europas mit Venedig u. Genua als bedeutendsten Hafen- u. Handelsstädten, Florenz u. Mailand als Bankplätzen im Verkehr vor allem mit Ober-Dtschld., Frankreich u. der Levante. Erst die Verlagerung des Welthandels an die Atlantikküsten (Antwerpen, Amsterdam, Lissabon) leitete hier einen Umschwung ein. Mit Humanismus u. Renaissance war I. im 15. Jh. führend in Kunst u. Wissenschaft in Europa.

Herrschaft der europäischen Großmächte: Als Mailand 1494 im Kampf gegen Neapel *Karl VIII.* von Frankreich zu Hilfe rief, wurde die Ära des Gleichgewichts von Lodi abgelöst durch den Machtkampf um I. zwischen Frankreich, Spanien u. den dt. Habsburgern. Er endete in den beiden Friedensschlüssen von *Cambrai* 1529 u. *Cateau-Cambrésis* 1559 mit der Niederlage der Franzosen u. deren Verzicht auf Ansprüche in I. Unerschüttert blieben nun Venedig u. Savoyen sowie schließl. trotz des *Sacco di Roma* von 1527 der Kirchenstaat, 1589 um Ferrara, 1623 um Urbino vergrößert. In Florenz wurde die Herrschaft der *Medici* durch die von *Savonarola* 1494 ausgerufene Republik vorübergehend abgelöst; die Medici kehrten 1512 zurück u. wurden 1532 Herzöge u. 1569 Großherzöge von Toskana. Mailand wurde nach dem Aussterben der *Sforza* als erledigtes Reichslehen eingezogen u. kam bei der habsburg. Länderteilung mit Neapel-Sizilien u. Sardinien an Spanien.

Der neue Zustand der span. Vorherrschaft, verschärft durch den Machtrückgang Venedigs u. Genuas, die ihre Außenbesitzungen an die Türken verloren, dauerte bis zum Spanischen Erbfolgekrieg. Nur Savoyen-Piemont konnte sich zwischen Spanien u. Frankreich, das unter Richelieu, Mazarin u. Ludwig XIV. im wesentl. ergebnislos versuchte, sich in I. wieder festzusetzen, erfolgreich behaupten. Es verlor zwar Bresse u. Bugey an Frankreich (1601), konnte sich aber in Ober-I. abrunden u. gewann im *Utrechter Frieden* 1713 Montferrat, Sizilien u. die Königskrone; 1720 tauschte es Sizilien gegen Sardinien ein. Österreich erhielt Anfang des 18. Jh. Mantua u. die Lombardei, Neapel u. Sardinien, tauschte Sardinien 1720 gegen Sizilien, mußte dies u. Neapel aber 1734 an eine Nebenlinie der span. *Bourbonen* abtreten; eine andere Nebenlinie dieses Hauses regierte seit 1731 in Parma u. Piacenza; nach dem Aussterben der Medici fiel Toskana 1737 an *Franz Stephan von Lothringen*, den Gemahl Maria Theresias, u. damit an die Habsburger.

Die im Frieden von Aachen 1748 geschaffene Ordnung, gestärkt durch das habsburg.-bourbon. Familienbündnis von 1756, leitete ein halbes Jahrhundert der Reformen ein, in dem sich der aufgeklärte Absolutismus u. die Lehren der Physiokraten in den habsburg. (Toskana, Mailand) u. bourbon. Ländern verbreiteten.

Die Französische Revolution zerstörte diese Ordnung. Verschiedene Republiken, die sich bis zum *Frieden von Lunéville* 1801 gebildet hatten, wurden 1802 zur *Italien. Republik* umgebildet. Nach seiner Erhebung zum Kaiser ließ sich *Napoléon* 1805 zum König von I. krönen. Sein Stiefsohn *Eugène Beauharnais* war Vizekönig.

Piemont, das Königreich Etrurien (Toskana), die Ligurische Republik (Genua) u. Rom wurden mit Frankreich vereinigt, die Parthenopeische Republik (Neapel) kam 1806 an Napoléons Bruder *Joseph Bonaparte*, 1808 an seinen Schwager J. *Murat*, der sich hier bis 1815 halten konnte, während die französ. Ordnung im übrigen I. schon 1814 zusammenbrach. Nur in Sizilien u. Sardinien hatten sich die bisherigen Dynastien behaupten können. Der *Wiener Kongreß* stellte die alte Ordnung weitgehend wieder her: Venetien u. die Lombardei (Lombard.-Venezian. Königreich) fielen an Österreich; habsburg. Nebenlinien kamen in Toskana u. Mòdena auf den Thron. Die Bourbonen kehrten nach Neapel u. Parma-Piacenza zurück, der Kirchenstaat wurde erneuert. Sardinien, um Genua vergrößert, blieb als einziger Staat unter einer nationalen Dynastie bestehen.

Risorgimento und Einigung: Die seit den Kongressen der *Heiligen Allianz* in Troppau, Laibach u. Verona 1820–1822 verstärkt einsetzende Reaktion gegen die nationalen u. liberalen Bestrebungen führte 1830 zur Revolution, die sich trotz anfängl. Erfolge angesichts der Indolenz der Masse nicht durchsetzen konnte u. in verschärfter Reaktion endete. Dieser Mißerfolg bewirkte in der Geschichte des →Risorgimento den Übergang von terrorist. Aktionen der Geheimgesellschaften (→Carbonari) zur Gründung der Volksbewegung des *Giòvane Itàlia* durch G. *Mazzini* u. G. *Garibaldi*. Ihr Erhebungsversuch 1848/49 scheiterte infolge innerer Uneinigkeit, obwohl *Karl Albert von Sardinien* (* 1798, † 1849) mit einer liberalen Verfassung sich an die Spitze der Bewegung gestellt hatte. Karl Albert dankte zugunsten seines Sohnes *Viktor Emanuel II.* ab; die Leitung der Außenpolitik ging an C. *Cavour* über. Durch seine Teilnahme am Krimkrieg sicherte er sich das Wohlwollen Frankreichs u. Napoléons III., der nach dem *Vertrag von Plombières* (1858) Sardinien 1859 im Krieg gegen Österreich unterstützte. Das Ergebnis war die Abtretung der Lombardei im *Frieden von Zürich*. Entgegen Napoléons Plänen, ein föderatives System aufzurichten, gelang es Cavour mit Hilfe des 1857 gegr. Nationalvereins, die Staaten Mittel-I.s, die Romagna u. das Königreich beider Sizilien durch Volksabstimmungen zum Anschluß an Sardinien zu gewinnen. Es entstand das neue Königreich I. mit Turin, seit 1865 Florenz als Hauptstadt. Durch die Teilnahme am preuß.-österr. Krieg 1866 gewann I. Venetien, durch den Abzug der zum Schutz der weltl. Herrschaft des Papsttums fast ununterbrochen seit 1848 im Kirchenstaat stationierten französ. Truppen während des dt.-französ. Krieges 1870 Rom, das nunmehr Hauptstadt wurde.

Der Nationalstaat: Allerdings hatte man weder Trient noch Venèzia Giùlia gewinnen können, woraus gegenüber Österreich schwere Spannungen (→Irredenta) entstanden, u. hatte außerdem für Frankreichs Hilfe mit der Abtretung von Savoyen u. Nizza bezahlen müssen. Die dadurch mit Frankreich entstandenen Zerwürfnisse wurden verstärkt durch die Neigung der Regierung MacMahon, Wünschen auf Restituierung des Kirchenstaats entgegenzukommen, u. durch die französ. Besetzung von Tunis, dessen europ. Minderheit mehrheitl. italienisch war. I. wurde dadurch zum Abschluß des *Dreibunds* mit Dtschld. u. Österreich-Ungarn gezwungen (1882), obwohl der Gegensatz zu letzterem bestehenblieb. Der Mittelmeerdreibund mit Österreich u. England (1887) gab mit der Heranziehung Englands den langgestreckten Küsten I.s den notwendigen Schutz. Als das dt.-engl. Verhältnis sich zu verschlechtern begann, suchte I. die Bindungen an den Dreibund zu lockern u. schloß geheime Neutralitätsverträge mit Frankreich (1902) u. Rußland (1909).
Wenig glücklich war die italien. Kolonialpolitik: 1881–1885 wurde am Roten Meer das Gebiet von Eritrea besetzt, 1889 die Somaliküste; der Versuch, Äthiopien zu unterwerfen (Protektoratsvertrag von 1889), scheiterte in der Schlacht von *Adoua* 1896. Erst 1911/12 gelang die Erwerbung von Tripolis u. der Cyrenaica (Tripolitanien) in einem Krieg mit der Türkei; dazu erwarb I. als Pfandbesitz Rhodos u. die Inseln des Dodekanes.
Innenpolit. war I. belastet durch den sich im Zuge der Industrialisierung bes. der Poebene immer mehr verstärkenden Gegensatz zwischen dem agrar.-feudalen S mit breiten Schichten eines proletarisierten Kleinpächtertums u. dem industriellbürgerl. N mit stark sozialist.-anarchist. Strömungen der Arbeiterschaft. Außerdem waren die inneren Verhältnisse belastet durch die Spannung mit der Kurie, die das Ende der weltl. Herrschaft des Papsttums nicht anerkannte; kirchl. Verbot für die Katholiken, sich aktiv am polit. Leben zu beteiligen, Säkularisation des Kirchenguts u. laizist. Schulgesetzgebung seitens des Staats waren die Folge. Eine soziale Entspannung setzte durch den Aufschwung der Wirtschaft seit Anfang des 20. Jh. ein, der auch die chron. Finanzkrise des Staats milderte, im Verhältnis Staat–Kirche durch die Lokkerung der Haltung der Kurie unter Pius X. seit 1904. Die rasch wechselnden Regierungen der Liberalen u. der Linken seit 1876 unter Männern wie A. *Depretis* u. F. *Crispi* (System des Transformismo) förderten die Auflösung des italien. Parteisystems. Nach der Ermordung König *Umbertos I.* (1900) u. der Militärdiktatur des Generals L. *Pelloux* wurde seit 1903 G. *Giolitti*, gestützt auf die Liberalen, der führende Politiker, bis die Einführung des allg. Wahlrechts eine Linksmehrheit unter A. *Salandra* ans Ruder brachte.
Trotz der Erneuerung des Dreibunds 1912 blieb I. bei Ausbruch des 1. Weltkriegs neutral, da England auf seiten der Gegner Deutschlands eingriff u. Österreich sich weder zu einem Entgegenkommen gegen seine italien. Untertanen (Universität Triest) noch gar zu Gebietsabtretungen bereit erklärte (Mission Bülows in Rom), während die Ententemächte die Brennergrenze, Görz, Triest, Istrien u. Dalmatien im *Londoner Vertrag* vom 26. 4. 1915 anboten. Gegen die Kammermehrheit, aber unterstützt von Interventionisten unter Führung *Mussolinis* u. G. d'*Annunzios*, erklärte Salandra Österreich am 23. 5. 1915, Dtschld. am 28. 8. 1916 den Krieg. Trotz der ergebnislosen elf *Isonzoschlachten* u. der Niederlage im Oktober 1917 vermochte I. mit alliierter Unterstützung die Piavefront zu halten u. das zusammenbrechende Österreich in der Schlacht von *Vittòrio Vèneto* zum Waffenstillstand zu zwingen (24. 10. – 4. 11. 1918). Der *Friede von Saint-Germain* brachte I. die Brennergrenze, Görz, Triest, Istrien, Teile des Küstenlandes u. Zara ein; auf Dalmatien u. Fiume mußte I. zugunsten Jugoslawiens, auf die kleinasiat. Mandatsgebiete (Antalya) zugunsten der Türkei verzichten.
Enttäuschung über den Friedensschluß u. wachsende wirtschaftl. Schwierigkeiten führten zu innenpolit. Radikalisierung, mit der die sozialist. Mehrheit ebensowenig wie die neu gegründete kath. Volkspartei L. *Sturzos* fertig werden konnte, die aber zum unaufhaltsamen Aufstieg der von Mussolini gegründeten faschist. Bewegung führte. Durch den „Marsch auf Rom" zwang Mussolini *Viktor Emanuel III.*, ihm die Regierung zu übertragen (31. 10. 1922).

Das faschistische Italien: Mussolini festigte seine Macht im Innern durch Errichtung eines autoritären Staats (Verbot der Parteien, ausgenommen die faschist., Organisierung der Jugend) u. durch die Bereinigung des Verhältnisses zur Kirche in den *Lateranverträgen* von 1929. Auch außenpolit. Erfolge trugen zu dieser Entwicklung bei: Vertrag mit Jugoslawien 1924 über die Abtretung von Fiume, Beteiligung am *Locarno-* u. am *Kelloggpakt*, Zusammenarbeit mit England u. Frankreich auf der *Konferenz von Stresa* u. Abkommen mit Frankreich über Tunis 1935, Überfall auf Äthiopien. Wegen der Sanktionen des Völkerbunds im Abessinien(Äthiopien-)krieg näherte sich Mussolini dem nat.-soz. Dtschld.: gemeinsame Teilnahme am Span. Bürgerkrieg 1936, Bildung der *Achse Rom–Berlin* (25. 10. 1936), Austritt aus dem Völkerbund u. Beitritt zum *Antikominternpakt* (1937), Eroberung Albaniens April 1939, *Stahlpakt* mit Dtschld. 22. 5. 1939. Vergebl. versuchte Mussolini nach dem Vorbild von München beim Kriegsausbruch 1939 zu vermitteln, blieb zuerst neutral u. erklärte Frankreich erst nach dessen Zusammenbruch am 10. 6. 1940 den Krieg. Sein Versuch, Korsika, Nizza, Savoyen, Tunis u. Djibouti für I. zu gewinnen, mißlang. Nach Abschluß des *Dreimächtepakts* mit Dtschld. u. Japan (1940) eröffnete I. erfolglos den Krieg gegen Griechenland u. in Nordafrika. Ostafrika ging 1942 verloren, in Nordafrika hielt man sich mit Hilfe Rommels bis 1943. Nach der Landung der Alliierten in Sizilien wurde Mussolini am 25. 7. 1943 gestürzt u. verhaftet, die faschist. Partei von der Regierung P. *Badoglios* aufgelöst. Streiks in Ober-I., wachsende Opposition in monarchist. Kreisen u. in der Armee, aber auch in der Partei selbst hatten zu diesem Ende geführt. Am 3. 9. schloß Badoglio einen Waffenstillstand, dessen Verkündung zur dt. Besetzung I.s, zur Entwaffnung der italien. Armee u. zur Befreiung Mussolinis (12. 9.) führte. Im dt. besetzten Teil organisierte Mussolini die *Repùbblica Sociale Italiana*; gegen den Widerstand des *Comitato di Liberazione Nazionale* (Partisanengruppe) konnte er jedoch nicht mehr aktiv in den Kampf eingreifen. Nach der Befreiung Roms (4. 6. 1944) verzichtete *Viktor Emanuel III.* zugunsten seines Sohnes *Umberto II.* als Generalstatthalter auf die monarch. Gewalt. Am 28. 4. 1945 wurde Mussolini von Partisanen ermordet, am 29. 4. die Repùbblica Sociale aufgelöst u. nach der dt. Kapitulation die erste neue gesamtitalien. Regierung des Partisanenführers F. *Parri* (* 1890) gebildet.

Nach 1945: Durch den *Pariser Frieden* vom 10. 2. 1947 verlor Italien Rhodos u. den Dodekanes an Griechenland, Istrien, die Küstenlande u. Zara an Jugoslawien; es verzichtete auf alle Kolonien in Afrika (Tripolitanien, Somalia u. Eritrea). Eine Volksabstimmung am 12. 6. 1946 entschied sich für die Republik, *Umberto II.* dankte ab. Seit den Wahlen von 1948, die der *Democrazia Cristiana (DC)* unter A. *De Gasperi* die absolute Mehrheit brachten, war I. bis 1953 polit. stabil. De Gasperi, einer der entschiedensten Vertreter eines vereinigten Europa, integrierte I. in die westeurop. Gemeinschaften. 1954 wurde die Triest-Frage mit Jugoslawien gelöst (die Stadt Triest kam an I.). Die Südtirol-Frage fand trotz des *Gruber-De-Gasperi-Abkommens* 1946 (Autonomiebestrebungen Südtirols) erst 1971 eine befriedigende Lösung.
Nach dem Verlust der Stimmenmehrheit der DC 1953 kam es zu häufig wechselnden Koalitionen bzw. Minderheitsregierungen; 1963–1972 regierte eine Mitte-Links-Koalition. In den 1960er Jahren nahm I. einen großen wirtschaftl. Aufschwung, mit dem aber Bildungs-, Sozial- u. Justizwesen mangels Reformen nicht Schritt hielten. Zugleich verschärfte sich der Gegensatz zwischen dem industrialisierten Norden und dem zurückgebliebenen Süden, der eine anhaltende Binnenwanderung zur Folge hatte. Seit 1970 erschütterten Arbeitslosigkeit, Währungsverfall u. Zerrüttung der öffentl. Finanzen die wirtschaftl. Prosperität. Die sozialen Spannungen fanden Ausdruck in Streikwellen, die von Unruhen begleitet waren. In den 1970er Jahren häuften sich Terrorakte links- u. rechtsextremer Gruppen (1978 Ermordung des DC.-Vors. A. *Moro* durch Linksextremisten).
Der Kommunist. Partei (PCI) verschafften 1976 große Stimmengewinne eine Schlüsselstellung. Das nach den Wahlen gebildete DC-Minderheitskabinett war von ihrer Unterstützung abhängig, so daß sie praktisch Teilhaberin der Regierungsmacht wurde. Die Frage ihrer direkten Regierungsbeteiligung wurde ein Hauptthema der innenpolit. Auseinandersetzung. Bei den vorgezogenen Wahlen 1979 erlitt sie jedoch Rückschläge.
Präs. der Republik ist seit Juli 1978 der Sozialist A. *Pertini*. – Ⓑ→Faschismus. – Ⓛ5.5.2.

Politik

Die neue parlamentar.-republikan. Verfassung trat am 1. 1. 1948 in Kraft. Zweikammerparlament: Senat u. Abgeordnetenkammer, aus allg., gleichen, direkten u. geheimen Wahlen hervorgehend (Verhältniswahl), Wahlperiode 5 Jahre, gegenwärtig 315 Senatoren u. 630 Abgeordnete (1 Abgeordneter auf 80 000 Ew.). Der Präsident der Republik (Mindestalter 50 Jahre) wird auf 7 Jahre von einer besonderen Versammlung gewählt, die sich aus den beiden Kammern des Parlaments u. je drei Vertretern der 18 Regionen u. einem Vertreter des Aosta-Tals zusammensetzt. Erforderlich ist die absolute Mehrheit der Stimmen.
In I. besteht, begünstigt durch das Verhältniswahlrecht, ein Vielparteiensystem. Die wichtigsten Parteien sind: Democrazia Cristiana *(DC)*, christl.-demokrat. Partei, in mehrere „Strömungen" gespalten, 1,7 Mill. Mitgl., stellte seit 1945 stets den Min.-Präs.; Kommunist. Partei *(PCI)*, mit 1,75 Mill. Mitgl. die stärkste der westl. Welt, neben der span. KP Hauptvertreterin des „Eurokommunismus"; Sozialist. Partei *(PSI)*, sog. Nenni-Sozialisten; Sozialdemokrat. Partei *(PSDI)*, sog. Saragat-Sozialisten, 1947 von der PSI abgespalten, 1966–1969 wieder mit ihr vereinigt (als *PSU*); Republikan. Partei *(PRI)*; Liberale Partei *(PLI)*; Neofaschist. Partei *(MSI)*, seit 1972 in Fraktionsgemeinschaft mit der Monarchist. Partei *(PNM)*.
Politisch bedeutend sind auch die italien. Gewerkschaften. Es bestehen mehrere große Verbände, für die eine enge Bindung an polit. Parteien charakteristisch ist. – Ⓛ5.8.8.

Mandatsverteilung in der italienischen Abgeordnetenkammer 1948–1979

<table>
<tr><th></th><th>1948</th><th>1953</th><th>1958</th><th>1963</th><th>1968</th><th>1972</th><th>1976</th><th>1979</th></tr>
<tr><td>MSI</td><td>6</td><td>29</td><td>24</td><td>27</td><td>24</td><td>56</td><td>35</td><td>30</td></tr>
<tr><td>PNM</td><td>14</td><td>40</td><td>25</td><td>8</td><td>6</td><td>–</td><td>–</td><td>–</td></tr>
<tr><td>PLI</td><td>19</td><td>13</td><td>17</td><td>39</td><td>31</td><td>21</td><td>5</td><td>9</td></tr>
<tr><td>DC</td><td>304</td><td>262</td><td>273</td><td>260</td><td>265</td><td>267</td><td>263</td><td>262</td></tr>
<tr><td>PRI</td><td>9</td><td>5</td><td>6</td><td>33</td><td>9</td><td>14</td><td>14</td><td>16</td></tr>
<tr><td>PSDI</td><td>33</td><td>19</td><td>22</td><td>6</td><td rowspan="2">91</td><td>29</td><td>15</td><td>20</td></tr>
<tr><td>PSI</td><td rowspan="2">183</td><td>75</td><td>84</td><td>87</td><td>61</td><td>57</td><td>62</td></tr>
<tr><td>PCI</td><td>143</td><td>140</td><td>166</td><td>177</td><td>179</td><td>227</td><td>201</td></tr>
<tr><td>Andere</td><td>5</td><td>3</td><td>4</td><td>4</td><td>27</td><td>3</td><td>14</td><td>30</td></tr>
<tr><td>Insg.</td><td>573</td><td>589</td><td>595</td><td>595</td><td>630</td><td>630</td><td>630</td><td>630</td></tr>
</table>

Italien

1 : 5 000 000

Militär

I. hat ein stehendes Heer, basierend auf allg. Wehrpflicht vom 20.–45. Lebensjahr mit einer aktiven Dienstzeit von 15 (bei der Marine 24) Monaten. Die Gesamtstärke der regulären italien. Streitkräfte beträgt 421 000 Mann (Heer [*Esercito Italiano*, Abk. *EI*] 306 500, Marine [*Marina Militare, MM*] 44 500, Luftwaffe [*Aeronautica Militare, AM*] 70 000). Hinzu kommen 80 000 *Carabinieri* (Gendarmerie), die ebenso wie die *Finanzieri* (Zollgrenzschutz) in Frieden u. Krieg zum Heer gehören, das in das „Feldheer" (*Esercito di campagna*) u. in die „Territorialverteidigung" (*Forze per la difesa interna del territorio*) aufgeteilt ist. 5 Brigaden des Heeres sind spezielle Gebirgstruppen (*Alpini*). Der Oberbefehl über die italien. Streitkräfte liegt beim Präsidenten. Im Frieden wird er vom Verteidigungsmin. verwaltet u. unter dessen Verantwortung vom Generalstabschef ausgeübt. Italien, seit 1949 Mitglied der NATO, setzt sich seit 1951 über die Rüstungsbeschränkungen des Friedensvertrags von 1947 hinweg. In der Mitte der Südflanke der NATO gelegen, beherbergt es neben US-amerikan. Unterstützungsverbänden u. 4 NATO-Befehlshabern in Neapel den Alliierten Oberbefehlshaber für Südeuropa (CINCSOUTH), dem I. im Kriegsfall einen Großteil seiner Streitkräfte zur Verfügung stellt, u. in Gaeta die amerikan. 6. Flotte, mit der zusammen die italien. Marine Küsten u. Seewege der Adria u. des Mittelmeers zu sichern sucht.

Bildungswesen

Allgemeine 8jährige Schulpflicht. Träger der öffentl. Schulen sind Staat u. Gemeinden. Daneben spielt die kath. Kirche als Träger von Privatschulen eine wesentl. Rolle. Alle Privatschulen unterliegen der staatl. Schulinspektion.
Schulsystem: 1. Vorschuleinrichtungen für 3–6jährige; 5jährige, für alle Kinder gemeinsame Elementar- oder Primarschule, an deren Ende eine Prüfung abgelegt wird. 2. allgemeinbildende Sekundarschulen: a) 3jährige Mittelschule; wird mit einer Prüfung abgeschlossen, die zum Besuch aller Anstalten der zweiten Stufe des Sekundarschulwesens (einschl. des techn., berufsbildenden u. künstlerischen Bildungswesens) berechtigt. b) 5jährige Gymnasien mit altsprachl. u. naturwissenschaftl. Zweig, die an die Mittelschule anschließen u. mit einer zum Hochschulstudium berechtigenden Reifeprüfung abgeschlossen werden. Jedoch berechtigt die Reifeprüfung des naturwissenschaftl. Zweigs nicht zum Studium an philosoph. Fakultäten. 3. an die Mittelschule anschließende berufsbildende Schulen u. Fachschulen. Höhere Fachschulen bzw. Institute, die im Anschluß an die mittleren Fachschulen besucht werden können, erteilen aufgrund einer Prüfung die Fachhochschulreife.
Fachhochschulen u. Universitäten: Es gibt 25 staatl. u. 6 weitere Universitäten; darunter die Ausländeruniversität Perùgia; ferner 2 staatliche technische Hochschulen, Musik- u. Kunsthochschulen.

Scelba und De Gasperi auf einer Veranstaltung der Democrazia Cristiana 1953

Italiener, ital. *Italiani*, romanisches Volk, 67 Mill. Menschen, in Italien (auf der Apenninhalbinsel, Sizilien, Sardinien, 56,5 Mill.) u. – meist schon eingebürgert – in den USA (5 Mill.), Südamerika (4,2 Mill.) u. Frankreich (außer Korsika, 1,2 Mill.). Italienische Einflüsse zeigen auch die Korsen u. in geringerem Maß die Malteser. Wie im Körperbau weisen Nord-I. u. Süd-I. auch in der Volkskultur erhebl. Unterschiede auf, nämlich Spuren der Völkerströme, die das Gebiet durchzogen oder berührt haben. Im S u. an den Küsten (Fischer u. Schiffer) zeigen sich phöniz. u. griech. Einflüsse u. (bes. auf Sizilien) auch Spuren der Araber. In der Wohnweise ist stellenweise (Venetien, Sardinien, Küstengebiete) noch die alte ligur. Grundlage zu spüren. Auch die Etrusker haben zur italien. Volkskultur beigetragen. Im Land-, Obst- u. Weinbau (Bewässerung, Terrassierung, Geräte) wie bes. in Hausrat u. Schmuck (mit zahlreichen Amulettformen gegen den bösen Blick) zeigt sich altröm. Überlieferung, ebenso auch im Hirtentum (mit Ziegenfellkleidung, fahrbaren Strohhütten oder Stangenkuthütten).

italienische Kunst, Architektur, Plastik, Malerei u. Kunsthandwerk Italiens.

Architektur

Der älteste erhaltene Kultbau des Christentums in Europa ist der Titulus Aequitii in Rom aus der Mitte des 3. Jh. Die meisten christl. Coemeterien waren wohl Anlagen unter freiem Himmel. Unterirdische Grabanlagen (Katakomben) entstanden aus Raumnot bei günstiger geologischer Struktur; in Rom umfassen sie etwa 900 000 Gräber.
Vom 4. Jh. bis zum Untergang des Röm. Reichs (553) war die Basilika der bevorzugte Bautyp, im allg. dreischiffig, in den kaiserlichen Prachtbasiliken fünfschiffig. Zentren der Architektur waren Rom (S. Paolo fuori le mura, 395 vollendet; Sta. Sabina, 422–432; S. Lorenzo, 579–590; Sant' Agnese fuori le mura, 625–630), Mailand (S. Lorenzo, um 370) u. Ravenna (S. Apollinare nuovo, um 490; S. Apollinare in Classe, 532–549). Die Taufkirchen (Baptisterien) waren zentral angelegt (Rom: Taufkapelle des Lateran, 312–336; Ravenna: 2 Baptisterien, um 500), ebenso die Grabkirchen (Rom: Sta. Costanza, nach 354; Ravenna: Grabkapelle der Galla Placidia, um 450). Diese Grundform findet sich auch am Grabmal des Theoderich in Ravenna (um 526,), in Anknüpfung an die röm. Mausoleen der Kaiserzeit.
Die im altchristl. Kunst wurzelnde roman. Baukunst entwickelte sich in wenigen Kunstzentren. Die Kirchen der Lombardei u. der Emilia (Verona, Mòdena, Piacenza, Cremona, Ferrara, Parma, Como, Mailand), meist mit Querschiff, mit Stützenwechsel, reichem Portalschmuck, figuraler Fassadenornamentik u. Zwerggalerie, erinnern an die nord. Kirchenbau dieser Zeit. Die florentin. Romanik (sog. Protorenaissance) blieb stärker mit der antiken Tradition verbunden (S. Frediano in Lucca, Badia in Fiesole, S. Miniato al monte u. das Baptisterium in Florenz). In Pisa (Dombezirk mit Baptisterium u. Campanile) bildete sich die Säulenarchitektur am glanzvollsten aus. Während sich in Rom vornehml. die Cosmaten mit reichgeschmückten Kreuzgängen hervortaten, haben auf Sizilien normannische, byzantin. u. maurische Elemente zu monumentalen Baukörpern u. Innenräumen von eigenartiger Spiritualität vereinigt (Dome in Cefalù, Palermo, Monreale).
Die dem italien. Empfinden eigentl. fremden Baugedanken der Gotik wurden, durch burgund. Zisterzienser vermittelt, erstmals in den Abteien von Fossanova u. Casamari, wenig später in Neapel (S. Gennaro, S. Chiara, S. Lorenzo) aufgenommen. Bedeutende Bauten errichteten die Bettelorden in Assisi (S. Francesco) u. Florenz (Sta. Croce u. Sta. Maria Novella), die dann von den Domen in Siena, Orvieto u. Florenz an Größe, Schmuck u. Ausstattung übertroffen wurden. Am weitesten ging der nord. Einfluß in Bologna (S. Petronio), in Mailand (Dom). Immer stärker traten jetzt auch Profanbauten neben die Sakralarchitektur (Kommunalpaläste in Siena, Perugia, Venedig, Florenz).
In der florentin. Frührenaissance wurde der Typus des ital. Palasts ausgebildet, der mit einigen Abwandlungen 300 Jahre lang im ganzen Land gültig blieb: ein breiter, rechteckiger, regelmäßiger Baukörper, im Innern ein säulengetragener Hof. In der röm. Hochrenaissance umschließt eine zweigeschossige offene Halle den quadratischen Hof. Am venezianischen Palast verrät sich got. Zierat als eine ausgesprochene Freude am Dekorativen. Als eine eigene Bauform kam zum Palast die Villa hinzu, ein aus dem antiken Landhaus entwickeltes Landschlößchen (Poggio a Caiano, um 1480).
Die im Kern florentinische Leistung der Frührenaissance ging vor allem auf die genialen Bauideen F. *Brunelleschis* zurück, der ihn ging in seinen Bauten S. Lorenzo mit Sakristei, S. Spirito, Pazzikapelle, Findelhaus u. Domkuppel in Florenz um eine „Wiedergeburt" der antiken Formenwelt, deren Studium er – zusammen mit *Donatello* – eifrig betrieben hatte. An die Stelle des Gliederpfeilers trat die Säule oder der Pfeiler mit aufgelegter Pilastergliederung; die sich verfestigende Wand erhielt statisch wie ästhetisch eine neue Bedeutung. Die Decken, sofern sie nicht flach waren (z. T. mit einer Kassettendekoration aus Holz), zeigen gratlose Kreuz-, Tonnen- oder Spiegelgewölbe. Auch hier lösten antikisierende Raumformen die got. Konstruktion ab. Man bevorzugte einfache stereometrische Gebilde u. erstrebte eine überschaubare, in sich geschlossene Raumordnung. Brunelleschis Schüler *Michelozzo* brachte sie nach Oberitalien. Mit der mehr auf machtvolle Raumeinheit gerichteten Baukunst L. B. *Albertis* begann eine spätere Phase der Renaissancearchitektur, die sich nun auch theoretisch mit der Antike auseinandersetzte (S. Andrea in Mantua, S. Francesco in Rimini). Diese Entwicklung förderten L. *Laurana*, G. da *Sangallo*, B. da *Majano*. Mit den Bauten D. *Bramantes* kam die entscheidende Wende zur Hochrenaissance (Sta. Maria delle Grazie in Mailand, Tempietto im Hof von S. Pietro in Montorio). Er brachte mit seinen Entwürfen die Zentralbau-Idee auch in die Planung der Peterskirche in Rom ein. Als Anreger wurde er wichtig für *Raffael*, B. *Peruzzi* u. A. da *Sangallo*. M. *Sanmicheli* schuf in Verona Muster für die klassizist. Architektur, die bis ins 19. Jh. hinein wirkten. J. *Sansovino* verband die venezianische Tradition mit altrömischen Formen. In *Michelangelos* Schaffen begegneten sich Hochrenaissance, Manierismus u. Barock. A. *Palladio* entwickelte auf der Grundlage der Antike u. der Hochrenaissance einen Klassizismus, der bis zum 19. Jh. in ganz Europa u. in Amerika schulbildend war. Die manierist. Architektur, etwa zwischen 1550 u. 1630, ist voll ungelöster Spannungen (Treppenhaus der Biblioteca Laurenziana in Florenz, seit 1560, von Michelangelo; Uffizien in Florenz, 1560, von G. *Vasari*), liebt bizarre Grundrisse (Palazzo Farnese in Caprarola, 1559–1573, von G. *Vignola*), setzt glatte u. oberflächlich roh bearbeitete Werksteine in einer kunstvollen Verwirrung der Proportionen nebeneinander (Palazzo del Tè in Mantua, 1525–1535, von G. *Romano*), überdehnt den Raum in der Längsachse u. häuft beunruhigend die baulichen Motive (Villa di Papa Giulio in Rom, 1551–1555, von Vignola u. B. *Ammanati*).
Vignolas Il Gesù verkörperte als erste Kirche in Rom die Baugedanken des Frühbarocks. Während C. *Maderna* (Sta. Susanna u. Vorhalle von St. Peter in Rom) zum Hochbarock überleitete, fand diese Entwicklung ihre bedeutendsten Repräsentanten in G. L. *Bernini* (Kolonnaden des Petersplatzes) u. F. *Borromini* (S. Carlo alle quattro fontane u. S. Ivo in Rom). Die wuchtige Säulenarchitektur Berninis regte P. da *Cortona* an. Borromini hingegen beeinflußte G. *Guarini*, dessen Turiner Werke die kompliziertesten Baugefüge des Spätbarocks sind (S. Lorenzo, Capella della S. Sindone, Palazzo Carignano). Im 18. Jh. erbrachte die Baukunst in Turin noch einmal besondere Leistungen, vor allem mit der Superga u. Schloß Stupinigi von F. *Juvara*.
Im 19. Jh. legte Gianantonio *Antolini* (*1754, †1842) bedeutende Entwürfe für das Foro Bonaparte in Mailand vor; vollendet wurde allein der Arco della Pace (1806–1838) von Luigi *Cagnola* (*1762, †1833), in der Tradition der altröm. Triumphbögen. Giuseppe *Valadier* (*1762, †1839) gestaltete 1784–1816 die Piazza del Popolo in Rom. 1865–1867 entstand die als Typ wichtige große Kaufhalle der Galleria Vittorio Emanuele in Mailand von Giuseppe *Mengoni* (*1829, †1877). Ein interessantes Werk des Jugendstils war Raimondo d'*Aroncos* Hauptgebäude der Kunstausstellung in Turin, 1902. In enthusiastischen Visionen wandte sich Antonio *Sant'Elia* (*1888, †1916) der Architektur der Großstadt zu. Der Faschismus verschrieb sich einer bombastischen neuklassischen u. neubarocken Bauweise. Diese Verirrung überwand Italien verhältnismäßig schnell; schon 1950 war der moderne Hauptbahnhof in Rom vollendet. Seitdem wurden überall in Italien neuzeitl. Wohn- u. Wirtschaftsgebäude sowie un-

italienische Kunst

konventionelle Kirchen errichtet. Von überragender Bedeutung sind die Ingenieurbauten P. L. *Nervis*; beim Pirelli-Haus in Mailand (1958) arbeitete er mit G. *Ponti* zusammen.

Plastik

In altchristl. Zeit entstanden vor allem Sarkophage, die Holztüren von S. Ambrogio in Mailand (Ende 4. Jh.) u. Sta. Sabina in Rom (um 430), die Elfenbeinschnitzereien der Lipsanothek in Brescia (360–370) u. der Kathedrale des Erzbischofs Maximian in Ravenna (546–556). Erst rund 500 Jahre später gelang ein neuer Anfang mit den Bronzetüren von S. Zeno in Verona, mit dem Westportal des Doms von Mòdena *(Meister Wiligelmus)*, mit dem Säulenportalen des Doms von Ferrara *(Meister Nikolaus)*. B. *Antelami* (nachweisbar bis 1233) entfaltete in Parma eine reiche Tätigkeit. Bedeutende Werke des Bronzegusses sind die Türen der Dome von Trani, Benevent, Pisa u. Monreale (um 1170 bis Anfang des 13. Jh.).

In der Gotik des 13. Jh. verbanden N. u. G. *Pisano* sowie A. di *Cambio* französ. Formengut mit einer ursprüngl. Nähe zur Antike (Arbeiten in Florenz, Orvieto, Perùgia, Pisa, Pistòia, Rom, Siena). Während L. *Ghiberti* (Bronzetüren am Baptisterium u. Figuren für die Kirche Or San Michele in Florenz) noch der Gotik verpflichtet blieb, führte *Donatello* das Standbild, die freistehende Statue, einer neuen Blüte entgegen (Reiterdenkmal des Gattamelata in Padua) u. gab der Bildnisbüste eine Bedeutung zurück, wie sie sie seit dem Ausgang der Antike nicht mehr besessen hatte. Mit seinem bronzenen David (Florenz, Bargello) brachte er die Aktfigur zu neuer Geltung u. leitete, indem er nicht die Abbildung einer Naturform, sondern gleichsam die Urgestalt des Naturbildes wiederzugeben sich bemühte, eine klassische Idealität ein, die für das ganze 15. Jh. verbindl. blieb. Neben u. nach ihm wirkten in Florenz N. di *Banco*, L. della *Robbia*, Desiderio da *Settignano*, A. *Rosselino*, Mino da *Fiesole*, B. da *Majano*, in Siena J. della *Quercia*. Im Schaffen von A. del *Verrocchio* (Reiterdenkmal des Colleoni in Venedig) u. A. del *Pollaiuolo*, die beide in erster Linie Bronzeplastiker waren, wurde die Darstellung persönlicher, die Gestaltung gefälliger u. geschmackvoll verfeinert. Im plast. Werk *Michelangelos* (Pietà, Juliusgrab, Medicigräber in Florenz), das zum Titanischen neigt, verlor die Darstellung die Züge des Menschlich-Vergleichbaren; sie löste sich aus der Zeitgebundenheit u. führte in eine Welt des Sinnbildhaft-Allgemeingültigen. In gleichem Maß, wie an die Stelle der klassischen Vorbilder Beispiele aus dem Hellenismus traten, leitete sein Schaffen zum Manierismus u. Barock über.

B. *Cellini* u. Giovanni da *Bologna* waren Hauptmeister der manierist. Skulptur. G. L. *Bernini* faßte in seinem reichen Werk alle Möglichkeiten des Hochbarocks zusammen: Pathos u. Dramatik, eine ausgreifende Räumlichkeit u. die gestalterischen Kräfte von Farbe u. Licht. Neben ihm vertrat A. *Algardi* eine ruhige klassizist. Form. Ein vitales Rokoko kennzeichnet die Stuckdekorationen des Giacomo *Serpotta* (*1656, †1732) in Palermo. Am Ende des Jahrhunderts steht A. *Canova* mit seinem weich modellierenden Klassizismus.

Im 19. Jh. brachte Italien keine Plastik von europ. Rang hervor, erreichte aber im Denkmal für Viktor Emanuel II. in Rom 1885 einen sonst nirgendwo erreichten Gipfel des Bombasts.

Um so bedeutender ist die Plastik der Gegenwart mit P. *Consagra*, E. *Fiori*, G. *Manzù*, M. *Marini*, Arnoldo *Pomodoro* (*1926), Gio *Pomodoro* (*1930), A. *Viani* vertreten.

Malerei

Die Malerei in den Katakomben Roms begann im 3. Jh. Über schlichte Handwerklichkeit gehen nur wenige ausdrucksstarke Köpfe im impressionist. Stil der Spätantike hinaus. Die häufig verwendeten Symbole beziehen sich auf Christus u. das Leben nach dem Tod: Weinstock, Fisch, Taube, Pfau, Anker; auch das antike Märchen von Amor u. Psyche diente als Chiffre für die himmlische Berufung der Seele. Die Orans – eine Gestalt mit erhobenen Händen – verkörpert die dem Tod verfallene Menschheit, die betend die Arme zu Gott hin öffnet. Noch häufiger als die Orans ist der Gute Hirt (über 300 Bilder): Christus trägt das verirrte Schaf oder weidet Schafe im Paradies. Bis zur Aussöhnung mit dem Staat (313) finden sich in dieser Grabmalerei nur 7 Motive aus dem Alten u. 6 aus dem Neuen Testament.

San Miniato al Monte in Florenz; seit 1140

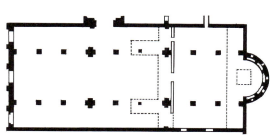

San Miniato al Monte, Florenz; Grundriß

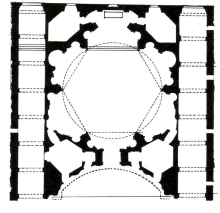

San Ivo della Sapienza, Rom; Grundriß

ITALIENISCHE KUNST I

Andrea Palladio, Villa Barbaro, Maser (Provinz Treviso), mit Plastiken von Alessandro Vittoria und Fresken von Paolo Veronese; begonnen 1557 oder 1558

italienische Kunst

San Michele in Lucca; begonnen 1143, Prunkgiebel aus dem 13. Jh.

Francesco Borromini, San Ivo della Sapienza; 1642–1660

San Francesco in Assisi, Mittelschiff nach Westen; seit 1228

Alessandro Antonelli, Mole Antonelliana, Turin; 1863–1890

Enrico Castiglioni, Berufsschule in Busto Arsizio bei Mailand; 1963–1964

italienische Kunst

Benedetto Antelami, „Kreuzabnahme" im Dom zu Parma; 1178

Leonardo da Vinci, Studie; um 1480. Florenz, Uffizien

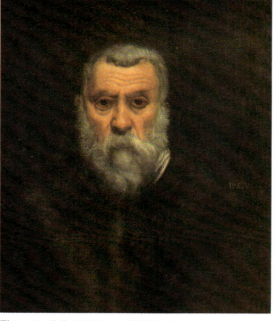

Tintoretto, Selbstbildnis; um 1588. Paris, Louvre

Donatello, St. Georg; ca. 1415–1417. Florenz, Museo Nazionale

ITALIENISCHE KUNST II

Im 4. Jh. entstand aus dem Erlebnis der Transzendenz eine raumbeherrschende Monumentalmalerei, die übersinnlich leuchtenden Mosaiken in den Kuppeln von Zentralbauten u. in den Apsiden, an Triumphbögen sowie an den Wänden der Langhäuser von Basiliken. Zentren dieser Kunst waren Rom (4.–7. Jh.) u. Ravenna (5./6. Jh.). Ins 6. Jh. geht das älteste Madonnenbild in Sta. Maria Antiqua in Rom zurück. Die späteren Jahrhunderte setzten den Stil der frühchristl. Malerei fort (Fresken des 9. Jh. in Rom).

In der karoling. Kunst enthält die um 880 für Karl den Dicken geschriebene Bibel von S. Paolo fuori le mura in Rom den umfangreichsten Zyklus des Alten Testaments.

Zur roman. Epoche gehören die Szenen der Clemens- u. Alexiuslegende in der Unterkirche von S. Clemente in Rom (um 1080), das bedeutendste Werk der europ. Monumentalmalerei aus diesem Jahrhundert, sowie der Bilderzyklus in Sant'Angelo in Formis (2. Hälfte des 11. Jh.), das vollständigste erhaltene Beispiel für die Ausmalung einer christlichen Basilika. Das Apsismosaik in Sta. Maria in Trastevere in Rom (um 1145) zeigt Maria als gekrönte Braut neben Christus. In der Tafelmalerei bildete sich der Typ der später sehr zahlreichen Kreuztafeln aus Pisa u. Lucca heraus (Dom in Sarzana, 1138). Die Buchmalerei der Schule von Monte Cassino hatte ihre Blütezeit etwa zwischen 1058 u. 1087. In Oberitalien wurden in der 2. Hälfte des 11. u. zu Anfang des 12. Jh. Bibeln in sehr großem Format hergestellt. In all diesen Werken vollzog sich die Auseinandersetzung mit der byzantinischen Kunst u. die allmähliche Loslösung von ihr.

Im Trecento entwickelten P. *Cavallini*, Jacopo *Torriti*, *Cimabue* u. *Duccio di Buoninsegna* aus der „maniera greca" einen neuen Stil in der Begegnung mit der Antike. Die Neigung zum Plastischen u. Raumhaften, zu farbigem Reichtum u. leidenschaftlicher Beseelung wird deutlich. Radikal durchbrach dann *Giotto* den Bann der Traditionen: er schuf die Grundlagen für die Malerei der Renaissance in Italien, für die gesamte nachmittelalterl. Malerei in Europa. Das spätere Trecento stand im Zeichen der Giotto-Nachfolge (B. *Daddi*, T. *Gaddi* u. a.). Eigene Wege ging die Schule von Siena: S. *Martini* leitete die westlich-got. Richtung in Italien ein. A. *Lorenzetti* schuf mit den Fresken im Rathaus von Siena einen Mittelpunkt der polit. Besinnung u. zugleich ein kühnes Beispiel für die Weite des Raumes umfassende Landschaftsmalerei. Gentile da *Fabriano* u. a. pflegten den sog. Weichen Stil voller Schönheit der Farben u. Formen. Die erschütternden Fresken, die Francesco *Traini* u. seine Werkstatt im Campo Santo zu Pisa nach 1350 ausführten, wurden 1944 z. T. zerstört.

Im Quattrocento war in Florenz eine Fülle überragender Meister tätig, u. a. *Masaccio*, P. *Uccello*, A. del *Castagno*, *Veneziano*. Die menschl. Gestalt wurde statuarisch vor einen perspektivisch gebildeten Raum gestellt u. mit ihm verbunden. Während die Florentiner (*Fra Filippo Lippi*, *Fra Angelico*, B. *Gozzoli*) um die Mitte des Jahrhunderts die Details des Bildes verfeinerten, vereinigte der Stil des auch als Malereitheoretiker tätigen P. *della Francesca* Körperlichkeit, Bildfläche u. Farbkraft zu wuchtiger Wirkung. In dieser Zeit traten nach Thema u. Form neuartige Bildgattungen auf. Man ließ Bilder in Wandvertäfelungen oder in Möbelstücke (Cassone) ein. In zunehmendem Maß wurden antike Göttersagen oder geschichtl. Ereignisse dargestellt. Als ein bes. Feld erschloss sich der Malerei allegor. u. mytholog. Themenkreise. Das individuelle Bildnis erfuhr durch das Interesse der Auftraggeber ebensoviel Förderung wie durch den Drang der Künstler zur Gestaltung der menschl. Individualität. Die Schilderung der Landschaft wurde charakteristischer u. stimmungsvoller. Bibl. Begebenheiten dienten oft als Ausgangspunkt für sittenbildl. Schilderungen des bürgerl. Lebens der Zeit. Diese Entwicklung wurde in der 2. Hälfte des 15. Jh. in Florenz durch D. *Ghirlandaio*, S. *Botticelli*, F. *Lippi*, P. *di Cosimo*, in Umbrien durch P. *Perugino* u. L. *Signorelli*, in Oberitalien durch Gentile u. Giovanni *Bellini*, V. *Carpaccio* u. A. *Mantegna* auf ihren Höhepunkt geführt.

italienische Kunst

Paolo Ucello, Schlacht von S. Romano (mittlere Tafel); um 1456. Florenz, Uffizien

Giovanni Lorenzo Bernini, Modell für die Reiterstatue Ludwigs XIV.; 1670. Rom, Galleria Borghese

Giovanni Battista Tiepolo, Anbetung der Könige; 1753. München, Alte Pinakothek

Afro Basaldella, Der glühende Schatten; 1956. Rom, Galleria d'Arte Moderna

Umberto Boccioni, Einzige Form der Kontinuität im Raum; 1913. Mailand, Privatbesitz

Leonardo da Vinci u. *Raffael* waren die großen Meister der Hochrenaissance, die in Leonardos Theorie, Naturstudien u. individualisierender Menschendarstellung u. in den Madonnen u. Fresken Raffaels ihre Vollendung fand. Die oberitalien. Künstler suchten bei stärkerer Bewertung des koloristischen Elements eine größere Naturnähe *(Giorgione, Tizian)*.

Die Spätwerke Raffaels u. Michelangelos sowie die Einwirkung der dt. Spätgotik führten in Florenz um 1520 zum Manierismus, der sich im Laufe des Jahrhunderts in lokal modifizierten Formen über ganz Italien ausbreitete (J. *Pontormo*, Giovanni Battista *Rosso*, * 1494, † 1540, A. *Bronzino, Parmigianino, Tintoretto*, J. *Bassano*, P. *Veronese*, A. A. da *Correggio*).

Die Malerei des Barocks zeigt eine naturalist. u. eine klassizist. Richtung. *Caravaggio*, Hauptvertreter der ersten, verband in seinen Werken, oft gegen den Widerstand der Zeitgenossen, krasse, realist. Sachlichkeit mit einer effektvollen Helldunkel-Technik, die in der europ. Kunst Epoche machte u. auf *Rembrandt, Rubens* u. *Velázquez* wirkte. Die klassizist. Barockmalerei ging vornehml. von den Bolognese Akademikern *(Carracci)* aus u. beeinflußte bes. die französ. Kunst. Beide Bestrebungen durchdrangen sich später im Werk vieler italien. Maler dieser Zeit (G. F. *Guercino*, G. *Reni, Domenichino*, G. *Lanfranco*, F. *Albani*, D. *Feti*, B. *Strozzi* u. A. *Sacchi*).

Im 18. Jh. verlagerte sich der Schwerpunkt des Kunstlebens nach Oberitalien, wo G. B. *Tiepolo* u. seine Söhne die Tradition der italien. dekorativen Malerei zum letzten Mal glänzend zusammenfaßten u. bis nach Dtschld. u. Spanien trugen. Im Werk F. *Guardis* u. der *Canalettos* blühte die Vedutenmalerei; durch die Tätigkeit des jüngeren Canaletto wurde sie auch in Dtschld., Polen u. England verbreitet. Danach jedoch mußte die italien. Kunst ihre Vormachtstellung endgültig an Frankreich u. England abgeben.

Der Malerei des 19. Jh. blieb eine übernationale Auswirkung versagt. Der Beitrag Italiens zur Malerei des 20. Jh. ist von grundlegender Bedeutung: im Futurismus (U. *Boccioni*, C. *Carrà*, L. *Russolo*, G. *Severini*) u. in der Pittura metafisica (M. *Campigli*, C. *Carrà*, G. de *Chirico*, G. *Morandi*). In der abstrakten Malerei fanden R. *Birolli*, A. *Burri*, G. *Capogrossi* u. A. *Magnelli* internationale Beachtung. In der letzten Zeit ist eine Kunst neuer gewagter Fragestellungen entstanden (L. *Fontana*, A. *Pomodoro*, E. *Vedova*). – ◫ 2.3.9. u. 2.4.4.

italienische Literatur. Die i. L. begann später als die eigensprachige Literatur der anderen roman. Länder, da bis ins 13. Jh. das Lateinische die beherrschende Sprache blieb. Am Beginn stehen der „Cantico delle Creature" (Sonnengesang) des *Franz von Assisi*, entstanden 1224/25, u. die „Laude" (geistl. Lobgesänge) des *Jacopone da Todi* (im ersten bzw. letzten Drittel des 13. Jh.). Ins gleiche Jahrhundert fällt die sog. *Sizilianische Dichterschule*, die von einem Dichterkreis am Hof Friedrichs II. in Palermo begründet wurde; nachempfunden wurde die Troubadourlyrik der Provence in italien. Sprache. Als neue Form entstand das Sonett, dessen ältestes uns erhaltenes Beispiel von *Giacomo da Lentini* (* um 1185, † um 1250), dem Kanzler des Kaisers, stammt. Die Lauden Jacopones da Todi sind eine der Keimzellen des späteren italienischen Dramas, da sich aus ihnen die Mysterienspiele des späteren MA. entwickelt haben.

Im 13. Jh. formte G. *Guinizelli* in Bologna aus dem provençal.-sizilian. Minnesang den *„Dolce Stil Nuovo"* (Süßen Neuen Stil), der in der Toskana seine Hauptpflegestätte fand. Mit G. Guinizelli sind *Cino da Pistòia*, G. *Cavalcanti* u. *Dante* die Hauptvertreter dieser neuen Lyrik, die die Liebesauffassung der Provençalen durch eine idealistische intellektuell-mystische Interpretation der Liebe ersetzte.

Eine anonyme Sammlung von 100 anekdot. Geschichten verschiedenster Herkunft, der sog. *„Novellino"*, auch „Le ciento novelle antiche" (gedruckt 1525) genannt, steht an der Schwelle der italien. Novellenkunst.

Das 14. Jh. führte die i. L. mit dem klass. Dreigestirn *Dante*, F. *Petrarca*, G. *Boccaccio* auf den ersten Höhepunkt, dem größte europ. Bedeutung zukommt. *Dantes* „Göttl. Komödie" ist eine Summe des mittelalterl.-abendländ. Denkens. Die Ausdruckskraft der Sprache der Lyriker des Dolce Stil Nuovo war so verfeinert, daß sie später auch zum vollkommenen Instrument der hohen Gefühls- u. Gedankenlyrik F. *Petrarcas* werden konnte, in der sich antikes Form- u. Gedankengut mit einer neuen Welterfahrung u. den Errungenschaften des Neuen Stils verknüpfte u. die für Jahrhunderte das große Vorbild der Dichter Italiens u. Europas wurde. G. *Boccaccios* „Decamerone" begründete die italien. Kunstprosa u. wurde das klass. Modell der italien. Novellistik. Die erste Hälfte des 15. Jh. bestimmten im wesentlichen die Humanisten der Frührenaissance, deren Hinwendung zu den „humanae litterae" u. zur Politik gleichermaßen charakterist. ist. Ihr ciceronisierendes Latein ließ stellenweise die Pflege des Italienischen in den Hintergrund treten. Zu nennen sind Lino Coluccio di Piero dei *Salutati* (* 1331, † 1406), L. *Bruni*, E. S. *Piccolomini*, L. *Valla*. In der zweiten Hälfte des 15. Jh. wurde Florenz unter Lorenzo de Medici zum Mittelpunkt von Kunst u. Dichtung. Hier lag das Zentrum der italien. Renaissance. An der Akademie wurden unter M. *Ficino* die neuplaton. Studien wiederaufgenommen, die auf ganz Europa wirkten. Auch die Dichtung in der Vulgärsprache erlebte eine neue Hochblüte. A. *Poliziano* schrieb mit seinem „Orpheus" das erste weltl. Schauspiel, J. *Sannazaro* wurde mit dem Versroman „Arcadia" zum Vorbild für die gesamte europ. Hirtendichtung der Neuzeit. M. M. *Boiardos* „Der verliebte Roland" brachte eine Wiederbelebung des höf. Epos französ. Stils in romant.-ironisierender Form. Die Lauden des Trecento wurden zu *Sacre Rappresentationi* (geistl. Schauspielen) ausgeweitet, *Leonardo da Vinci* schrieb zum erstenmal in Italien echte wissenschaftl. Prosa. L. B. *Alberti* kam von allen Zeitgenossen dem Idealbild seiner Epoche, dem „Uomo universale", am nächsten; seine 4 Bücher über die Familie sind die bedeutendste kulturhistor. Bekundung des italien. Quattrocento.

Die Hochrenaissance im 16. Jh. brachte den endgültigen Sieg der Vulgärsprache über das Lateinische. P. *Bembo* wurde der erste Grammatiker u. glänzender Stilist dieser neuen italien. Sprachblüte. Er begründete zudem durch seine absichtsvolle Nachahmung F. Petrarcas den formstrengen *Petrarkismus*, dem auch die gefühlsstarke Lyrik der Dichterinnen Gaspara *Stampa* u. Vittoria *Colonna* entsprang. Abseits vom Formalismus stehen die zugleich sprach- u. aussagegewaltigen Gedichte *Michelangelos*. Das romant.-ironisierende Ritterepos gelangte in L. *Ariostos* „Der rasende Roland" zu höchster Vollendung. T. *Tassos* „Aminta" u. G. B. *Guarinis* „Der treue Schäfer" brachten Schäferdichtung u. Schäferspiel zu europ. Geltung; sie wurden zum künstler. Erlebnis ganz Europas. Die Novellistik ist durch viele glänzende Namen vertreten, vor allem durch M. *Bandello*. Schließlich reifte das Drama von der antikisierenden Komödie bis zu der von Berufsschauspielern geprägten *Commedia dell'arte* heran. Auch die Geschichtsschreibung (N. *Machiavelli*) blühte damals auf. G. *Vasari* schrieb die Biographien großer Künstler u. B. *Cellini* seine bedeutungsvolle Selbstdarstellung (von Goethe übersetzt). B. *Castigliones* „Il Cortegiano" (Buch vom Hofmann) wurde das in Europa anerkannte Handbuch, das das Menschenideal der Zeit darstellt.

In der Barockzeit, dem Secento, verlor das Epos an Bedeutung, doch entwickelte sich eine rege wissenschaftl. Prosa (G. *Galilei*, G. *Bruno*, Th. *Campanella*). Die Lyrik entlud Spannung u. Erregung der Zeit in einer literar. Sprache, deren wesentl. Kennzeichen (Prunk, Überladung, spitzfindige Raffinesse, Wort- u. Gedankenspiel) zuerst in dem Versepos „Adone" des G. *Marino* voll sichtbar wurden, so daß man die ganze Strömung *Marinismus* nennt.

Zu Beginn des 18. Jh. bekämpfte die „Accademia dell'Arcadia" den schlechten Geschmack, den Marinismus, u. förderte die Hirtendichtung. Meister zierl. Rokokoformen in der Lyrik waren Paolo *Rolli* (* 1687, † 1765) u. Carlo Innocenzo *Frugoni* (* 1692, † 1768), während P. A. *Metastasios* Melodramen die Bühnen Europas eroberten. Das Drama fand in C. *Goldoni* u. C. *Gozzi* neue Meister. Durch die Zeitschriften („Il Caffè") wurden die Gedanken der französ. Aufklärung populär. Für eine Reform der Gesellschaft traten C. *Beccaria*, G. *Parini* u. der Tragödiendichter V. *Alfieri* ein. Die Romantik hielt Einzug mit U. *Foscolos* Briefroman „Die letzten Briefe des Jacopo Ortis" (unter dem Einfluß von Goethes „Werther") u. der Übersetzung von G. A. Bürgers Balladen durch G. *Berchet*. A. *Manzoni* faßte die romant. Ideale der Vaterlandsliebe, der christl. Gesinnung u. der Geschichtsnähe in seinen Hymnen u. seinem histor. Roman „Die Verlobten" zusammen. Klass. Form u. romant. Fühlen vereinen sich in den durch Erfindungsreichtum ausgezeichneten Gesängen G. *Leopardis*.

In den Dienst des *Risorgimento*, des vaterländ. Wiederaufbaus, traten die Satire (G. *Giusti*) u. der histor. Roman (Marchese d'*Azeglio*, F. D. *Guerrazzi*). Die romant. Literaturkritik fand ihren nachhaltigsten Niederschlag in F. *De Sanctis* großer italien. Literaturgeschichte. Die zweite Hälfte des 19. Jh. wurde von der Lyrik G. *Carduccis*, G. d'*Annunzios* u. G. *Pascolis* beherrscht, während in der Erzählkunst A. *Fogazzaro* ein Meister des italien. psycholog. Romans wurde. Ihn übertrifft an Wirkung noch G. *Verga*, der Begründer des Verismus, dem M. *Serao* u. G. *Deledda* folgten. Welterfolg hatten die Romane G. d'Annunzios, die Jugendschriften E. de *Amicis'* u. C. *Collodis*.

Zwischen 1900 u. 1950 hatten die philosoph. u. literarästhet. Werke B. *Croces* großen Einfluß. Nach dem 1. Weltkrieg gab L. *Pirandello* bes. dem Schauspiel neue Impulse. Bedeutsam sind nach 1945 die gesellschaftskrit.-psycholog. Romane A. *Moravias* u. die sozialkrit. Bücher C. *Levis* u. I. *Silones* sowie die neorealist. Romane von C. E. *Gadda*, P. P. *Pasolini*, C. *Pavese*, V. *Pratolini* u. E. *Vittorini*. Zu internationalen Erfolgsautoren wurden die Schriftsteller C. *Malaparte* (Kriegsromane), G. *Guareschi* (mit Schelmenromanen um Don Camillo u. Peppone), G. *Tomasi di Lampedusa* (histor. Heimatroman „Der Leopard"). Als Lyriker traten G. *Ungaretti*, E. *Montale*, U. *Saba* u. der Nobelpreisträger S. *Quasimodo* hervor.

italienische Musik. Im Gegensatz zur Musik der Römer hat die i. M. entscheidenden Anteil an der Entstehung u. Fortentwicklung der abendländ. Musik gehabt. Dies hängt vor allem mit der frühen Christianisierung Italiens zusammen, woraus einmal die Übernahme östlicher, vor allem griech. u. später alexandrinischer u. byzantin. Musikübung, dann überhaupt die Förderung der Musik durch die Kirche, schließlich die Verbreitung der in Italien sich herausbildenden musikal. Formen über das christl. Abendland hin resultierte.

Die erste eigene Musikschöpfung Italiens war der Gregorian. Gesang, der noch ganz im Religiösen verwurzelt blieb, über Europa hin ausstrahlte u. die Grundlage aller späteren nationalen Musikarten wurde. Für ihn führte um 1000 *Guido von Arezzo* die Neumen ein, aus denen sich die spätere Notenschrift entwickelte.

Die weltl. Musik begann mit der im 14. Jh. von Florenz ausgehenden Ars nova [„Neue Kunst"], deren entscheidendes neues Merkmal die Mehrstimmigkeit wurde. F. *Landino*, G. da *Cascia*, *Donatus de Florentia*, *Gherardello* u. a. entwickelten in Madrigal, Ballata (Tanzlied) u. Caccia (Kanonart) die neue vielstimmige Vokalmusik (mit weltl. Texten), die sehr schnell bes. nach Bologna *(Jacopo da Bologna)*, Padua *(Bartolino da Padua* u. *Marchettus von Padua)* u. Brescia übergriff. Zu einer abermaligen Erneuerung kam es gegen Ende des 15. Jh. durch die Übernahme volksmusikalischer Elemente: Frottola (heiteres Volkslied), Villanella (Tanzlied) u. Kanzonetta wurden gesellschaftsfähig u. gaben der Kunstmusik neues Leben. Auch das Madrigal erlebte mit Bartolomeo *Tromboncino* († nach 1535) u. Marco *Cara* († nach 1525) einen neuen Aufschwung; eine neue Harmonik, die bereits die Chromatik verwendete, diente tonmalerischen Absichten. Cyprian de *Rore* (* 1516, † 1565), Gioseffo *Zarlino* (* 1517, † 1590), A. *Gabrieli*, Costanzo *Porta* (* um 1530, † 1601), L. *Marenzio*, Nicola *Vicentino* (* 1511, † 1572), C. *Gesualdo* u. C. *Monteverdi* waren seine besten Vertreter. Daneben stand die reine Instrumentalmusik (absolute Musik) in den Formen des Ricercar u. der Fantasia (später zur Fuge weiterentwickelt), Präludium u. Toccata, schließlich die Sonate. Hier wurde bes. Venedig mit A. *Gabrieli* führend.

Beide, die mehrstimmige Vokalmusik (Madrigal) wie die Instrumentalmusik, wirkten bereichernd auf die Kirchenmusik zurück, die in der neuen Vielstimmigkeit u. Mehrchörigkeit eines Giovanni *Gabrieli* höchste Farbenpracht erreichte. Dagegen blieb allein die päpstliche Kapelle in Rom der gregorian. Tradition treu. *Palestrina* entwickelte hier in Messe u. Motette seinen sich von der Realistik des Madrigals abwendenden, in Linienführung u. Harmonik allerdings durchaus der Ars nova verpflichteten Stil. Seine Nachfolger wurden Giovanni Maria *Nanino* (* um 1545, † 1607), F. *Anerio*,

später G. *Allegri* u. Orazio *Benevoli* (*1605, †1672).
Um 1600 begannen mit der Entstehung der Oper ganz neue Impulse die italien. Musik zu beleben. Noch im Zusammenhang mit den Bestrebungen der Renaissance versuchte in Florenz ein Kreis von Gelehrten, Dichtern u. Musikern *(Florentiner Camerata)* die Erneuerung der antiken Tragödie, was – wenn auch in Verkennung des Wesens der griech. Musik – zur Schaffung eines ganz neuen, andersartigen musikal. Stils führte. Im Gegensatz zur Kunst des Madrigals entstand der Sologesang mit einer einfachen harmon. Begleitung, d.h. Arie u. Rezitativ mit Generalbaß (Lodovico *Viadana*, *1564, †1645, E. del *Cavalieri*, G. *Caccini*, J. *Peri*, M. de *Gagliano*), woraus sich wenig später die erste Oper *Monteverdis* („Orfeo" 1607) entwickelte. Mit der Berufung dieses Meisters wurde Venedig der Mittelpunkt der neuen Kunstrichtung u. mit den Nachfolgern F. *Cavalli* u. M. A. *Cesti* (in Rom Agostino *Agazzari*, *1578, †1640, Salomone *Rossi*, *um 1570, †um 1628, u. Marco *Marazzoli*, *um 1619, †1662, in Florenz Jacopo *Melani*, *1623, †1676) Ausgangspunkt einer neuen Epoche der abendländ. Musik.
Denn natürlich wirkte sich der neue Stil, das Barock, auf allen Gebieten des musikal. Schaffens aus. Die Motette entwickelte sich zur Kantate (Alessandro *Grandi*, †1630, S. *Rossi*, F. *Cavalli*, A. *Scarlatti*); als Gegenstück zur Oper entstand das Oratorium (*Cavalieri*, G. *Carissimi*), die Kammerkantate löste das Madrigal ab. Ebenso stark äußerten sich die neuen Impulse in der Monodie (Einstimmigkeit), in der Orgel- (G. *Frescobaldi*) u. in der Instrumentalmusik. Hier trat noch bes. der virtuose Zug hervor. Fuge, Kammer- u. Triosonate, Concerto grosso u. Solokonzert (denen A. *Stradivari*, A. *Amati* u. G. *Guarneri* die neuen Instrumente schufen) wurden die adäquaten Formen der ganz neuen musikal. Inhalte des aus den alten Bindungen entlassenen Barockmenschen.
Die erste Hälfte des 18. Jh. sah die i.M. in der Vollendung dieser Barockmusik auf einem unvergleichlichen Höhepunkt. Weltweite Bedeutung gewannen für die Instrumentalmusik B. *Marini*, F. *Neri*, Giuseppe *Tartini* (*1692, †1770), P. A. *Locatelli*, G. *Torelli*, Francesco Maria *Veracini* (*1690, †1750), E. F. *Dall'Abaco*, A. *Vivaldi*, A. *Corelli*, Giovanni Battista *Sammartini* (*1698, †1775) u. später N. *Paganini*. In Neapel erlebte die Oper, die unter Hintansetzung des ursprüngl. dramat. Elements die Schönheit der Melodie u. die Virtuosität des Gesangs (Kastratenwesen) pflegte, eine neue Blüte. Hier entstand auch die Opera buffa. Die Werke von Francesco *Durante* (*1684, †1755), N. *Jommelli*, L. *Leo*, N. *Piccini*, G. B. *Pergolesi*, D. *Cimarosa* wurden oft gespielt.
Danach allerdings ging die Führung an Deutschland über. Nur die italien. Oper behielt weiterhin Weltgeltung, u. Namen wie G. *Rossini*, V. *Bellini*, G. *Donizetti*, G. *Spontini* beherrschten die Opernbühnen. In G. *Verdi* entstand der italien. Musik schließlich das größte dramat. Genie. Um ihn gruppierten sich, in Abwehr des Wagnerischen Musikdramas, P. *Mascagni* u. R. *Leoncavallo*, dann U. *Giordano*, G. *Puccini* u. F. *Busoni*. In ihrer Nachfolge standen, wenn nun auch schon durch die neuen Stilelemente des Impressionismus u. danach der modernen Musikentwicklung abgehoben, R. *Malipiero*, F. *Alfano*, I. *Pizzetti*, Vittorio *Gui* (*1885, †1975), Francesco Balilla *Pratella* (*1880, †1955), O. *Respighi* u. A. *Casella* u. deren Schüler, wie Virgilio *Mortari* (*6. 12. 1902), Nino *Rota* (*3. 12. 1911), Antonio *Veretti* (*20. 2. 1900), Sandro *Fuga* (*26. 11. 1906), Ennio *Porrino* (*1910, †1959), Carlo Alberto *Pizzini* (*22. 3. 1905) u.a. Vertreter der neuen Musik: L. *Dallapiccola*, Carlo *Zecchi* (*8. 7. 1903), L. *Nono*, B. *Maderna*, L. *Berio*, Aldo *Clementi* (*25. 5. 1925), F. *Evangelisti*, S. *Bussotti*, N. *Castiglioni*, G. *Manzoni*. – 📖2.9.5.

italienischer Salat, Salat aus in Streifen geschnittenen Zutaten von gekochtem oder gebratenem Fleisch, Schinken, Eiern, Gurken, Äpfeln, Kartoffeln u.a., mit Mayonnaise oder saurer Sahne.

italienische Sprache, in Italien, im Tessin, auf Korsika, z.T. in Graubünden, in den nichtitalien. Küstengebieten des Adriat. Meeres u. in Tunesien gesprochene roman. Sprache; im frühen MA. (erste Handschriften aus den Jahren 960–964) aus dem Vulgärlatein entwickelt, wegen der lange währenden polit. Zerrissenheit des Landes in viele Mundarten gespalten, im Süden: *Sizilianisch-Neapolitanisch, Abruzzisch, Kalabrisch*; in Mittelitalien: *Toskanisch, Umbrisch, Korsisch*; im Norden: *Venezianisch, Genuesisch, Piemontesisch, Lombardisch, Emilianisch*; *Friaulisch* ist dagegen eine Mundart der rätoroman. Sprache, *Sardisch* wird oft als selbständige roman. Sprache betrachtet. – 📖3.8.4.

Italienisch-Somaliland →Somalia (Geschichte).

Italiker, Sammelname für indogerman. Völkerschaften, die am Ende des 2. Jahrtausends v.Chr. von N her über die Alpen in mehreren Wellen in Italien einwanderten. Die I. werden in zwei sprachl. Gruppen geschieden: *Latino-Falisker* u. *Osko-Umbrer*. Erstere siedelten im nördl. Latium mit Rom u. rechts des Tiber (→Latiner, →Falisker). Das Gebiet der später eingedrungenen zweiten Gruppe, zu denen u.a. die *Umbrer, Osker, Sabeller, Samniten, Lukaner, Bruttier* u. *Volsker* gehörten, erstreckte sich weit nach S: Die Umbrer saßen in Südetrurien u. im nördl. Apennin sowie in der Gegend von Perùgia, die Volsker bildeten den Übergang zu den sabellischen Stämmen im Apennin, u. die Samniten drangen an die Adria u. tief nach Süditalien vor. Die I. waren Viehzüchter, daneben betrieben sie Ackerbau, Jagd u. Fischfang. Sie siedelten meist in Dörfern (hausförmige Urnen geben ein Abbild ihrer Häuser) u. waren in Stammesverbände unterschiedl. Größe gegliedert. Sie wurden von den *Römern* in langen u. schweren Kämpfen unterworfen. – 📖5.2.7.

Italique [-'lik; die; frz.], Abart der got. Schrift.

italische Sprachen, im Altertum in Italien verbreitete Gruppe der indogerman. Sprachfamilie, bestehend aus dem *latino-faliskischen* Zweig (mit dem Lateinischen) u. dem *oskisch-umbrischen* Zweig. – 📖3.8.4.

Itami, japan. Stadt im SW der Insel Honschu, am Nordrand der Bucht von Osaka, 140000 Ew.; Flughafen Osakas.

Itapecuru, Fluß im brasilian. Staat Maranhão, rd. 800 km; entspringt als *Alpercatas* in der *Serra I.*, mündet bei São Luís in den Atlant. Ozean.

Itapicuru, zeitweise trockenfallender Fluß im brasilian. Staat Bahia, 600 km; mündet bei Conde in den Atlant. Ozean.

Itasca Lake [ai'tæskə 'lɛik; aus Bestandteilen von lat. *veritas*, „Wahrheit", + *caput*, „Quelle", gebildet], von mehreren kleinen Zuflüssen gespeister See in Nord-Minnesota (USA); 1832 als Ursprung des Mississippi erkannt.

Itatiaia, *Serra do I.*, brasilian. Bergmassiv aus Nephelinit in der *Serra da Mantiqueira*, nordöstl. von Rio de Janeiro, in den *Agulhas Negras* 2804 m; Hochregion ist Naturschutzpark.

Itava, *Etawah*, nordind. Distrikt-Hptst. in Uttar Pradesh, an der Yamuna unterhalb von Agra, 70000 Ew.

ITC, Abk. für engl. *Intertropical Convergence*, die Zone der →Innertropischen Konvergenz.

Itelmen, *Itelmenen, Kamtschadalen*, die altsibir. Bewohner (noch rd. 1000) der Halbinsel Kamtschatka (Nordostasien); Fischer mit stark russischem Einschlag. →auch Paläoasiaten.

Ite, missa est [lat., „Geht, es ist Entlassung"], eine am Ende der kath. Meßfeier den Gläubigen vom Liturgen zugerufene Entlassungsformel, zu bestimmten Zeiten an ihrer Stelle die Formel „Benedicamus Domino". In der dt. Meßliturgie heute: „Geht hin in Frieden".

Iteration [lat.], mathemat. Verfahren zur Verbesserung einer Näherunglösung, z.B. einer Gleichung, durch wiederholtes Einsetzen aufeinanderfolgender Näherungswerte; dadurch ist es möglich, sich der exakten Lösung beliebig anzunähern. Schreibt man z.B. die Gleichung $x^2 + 2x - 8 = 0$ in der Form $x = \frac{8}{x+2}$, so ergibt sich durch Einsetzen des Näherungswertes $x_0 = 1$ auf der rechten Seite der bessere Wert $x_1 = \frac{8}{3}$. Durch Einsetzen (rechts) von x_1 folgt $x_2 = \frac{12}{7}$, damit $x_3 = \frac{28}{13}$; $x_4 = \frac{52}{27}, \ldots, x = 2$.

Iterativ, *Iterativum* [das; lat.], Verbum, das die Häufigkeit u. Wiederholung einer Handlung ausdrückt (z.B. hüsteln).

Ith, bewaldeter schmaler Bergrücken im Weserbergland, südöstl. von Hameln, im *Lauensteiner Kopf* 439 m.

Ithaca ['iθəkə], Stadt im Staat New York (USA), an der südl. Spitze des Cayugasees, 30000 Ew.; Cornell-Universität (gegr. 1865); wissenschaftl. Gesellschaften, Museen; verschiedene Industrie.

Itháki [i'θakji], *Ithákē*, latinisiert *Ithaka*, griech. Insel, eine der Ionischen Inseln, 96 qkm, 5300 Ew.; felsig, kahl; Fischerei, Oliven-, Obst- u. Weinbau, Korinthenerzeugung, Viehzucht; an der Ostküste Hauptort u. Hafen I.; sagenhafte Heimat des *Odysseus*. 1953 durch Erdbeben stark zerstört.

Ithomí [i'θomi], *Ithomē*, Berg im südwestl. Peloponnes (Griechenland), 802 m; viel umkämpfte antike Festung mit Zeusheiligtum.

ITI, Abk. für engl. *International Theatre Institute*, frz. Abk. *IIT*, das 1948 gegr. *Internationale Theater-Institut*, Paris; untersteht der UNESCO.

Itinerar [das, Mz. *I.ien*; lat., „Reisebuch"], **1.** *Altertum:* von den Römern entwickelter Streckenplan mit Angaben über Landstraßen, Stationen daran, Entfernungen, Wegverhältnisse u.ä.; berühmt die sog. *Peutingersche Tafel* mit dem Straßennetz von Spanien bis Indien.
2. *Mittelalter:* 1. Reisebeschreibung für Pilgerfahrten; 2. von der Forschung aus Quellen zusammengestellte, zeitlich geordnete Liste der Reisewege u. Aufenthaltsorte der ohne feste Residenz umherziehenden mittelalterl. Herrscher.
3. *Vermessungskunde:* = Routenaufnahme.

Ito, japan. Stadt auf der Izuhalbinsel südwestl. von Tokio, 76000 Ew.; Kurort, 82 °C heiße Saline.

Ito *Hirobumi*, Fürst, führender japan. Staatsmann der Meidschi-Zeit, *2. 9. 1841 Hagi, Yamagutschiken, †26. 10. 1909 Harbin (ermordet); mehrfach Minister u. Min.-Präs. (seit 1885). I. machte sich auf Studienreisen nach Amerika u. Europa mit Gesetzen u. Verfassungen, bes. der preuß., vertraut u. entwarf die japan. Verfassung (verkündet 1889). Bei den Friedensverhandlungen nach dem chines.-japan. Krieg 1895 in Schimonoseki Bevollmächtigter der Regierung. 1900 Gründer u. für 3 Jahre Vors. der Seiyû-kai („Gesellschaft polit. Freunde"). 1906 Generalinspektor von Korea; kurz nach dem Rücktritt von diesem Posten von einem korean. Nationalisten ermordet.

ITT, Abk. für →International Telephone and Telegraph Corp.

Itten, Johannes, schweizer. Maler u. Graphiker, *11. 11. 1888 Schwarzenegg, †25. 3. 1967 Zürich; Schüler von A. *Hoelzel*, unterrichtete 1919–1923 am Bauhaus allg. Gestaltungslehre, emigrierte 1938 nach Holland, seit 1939 in Zürich. I.s malerische Entwicklung ging von P. Gauguin aus, nahm Elemente des Kubismus auf u. gelangte im Spätwerk zu geometr. Farbflächenkonstruktionen, die anregend auf die Op-Art wirkten. Bedeutend vor allem seine Schriften zur Kunsttheorie u. -pädagogik: „Kunst der Farbe" 1961 u. „Mein Vorkurs am Bauhaus" 1963.

Itter, rechter Nebenfluß des Neckar, entspringt im Odenwald, mündet bei Eberbach; *I.-Kraftwerk*.

ITU, Abk. für engl. *International Telecommunication Union*, →Internationale Fernmeldeunion.

Ituräa, zur Zeit Christi Name der Landschaft zwischen Libanon u. Antilibanon, bewohnt von arab. *Ituräern* (*Ietur* des A.T.); das heutige *El Beqa*.

Itúrbide, Agustín de, Kaiser von Mexiko 1822/23, *27. 9. 1783 Valladolid, †19. 7. 1824 Padilla (erschossen); kämpfte 1810 noch als span. Offizier gegen die Mexikaner, auf deren Seite er sich 1821 stellte. 1822 ließ er sich als ***Agustín I.*** zum Kaiser proklamieren, wurde 1823 gestürzt, ins Ausland verbannt u. 1824 bei seiner Rückkehr nach Mexiko hingerichtet.

Ituri, Oberlauf des *Aruwimi*, eines rechten Nebenflusses des Kongo in der Ostprovinz von Zaire (Zentralafrika); in den durchflossenen Urwäldern lebt das Zwergvolk der *I.-Pygmäen*.

Iturup, größte Insel der Kurilen, in der Oblast *Sachalin* der RSFSR, im S der Inselgruppe, zwischen Urup u. Kunaschir, 6725 qkm, bis 1634 m hoch, vulkan. Ursprungs; an der Westküste liegt der Ort *Kurilsk*, 1500 Ew.; Fischfang.

Itz, rechter Nebenfluß des Main, 80 km; entspringt nordöstl. von Eisfeld (Südthüringen), durchfließt den *I.-Grund* bei Coburg, mündet nördl. von Bamberg bei Breitengüßbach.

Itzehoe [-'ho:], Kreisstadt in Schleswig-Holstein, an der Stör, 36000 Ew.; Hafen; Holz-, Maschinen-, Zement-, Wäsche-, Fleischwaren- u. Zuckerindustrie; Schweinemarkt. – Seit 1238 Stadt; Verwaltungssitz des Ldkrs. *Steinburg*.

Iuba →Juba.

Iugurtha →Jugurtha.

Iulius, *Julius*, Name eines altröm. Patriziergeschlechts, das sich auf *Iulus*, einen Sohn des Trojaners *Aeneas*, u. über diesen auf die Göttin Venus zurückführte; ihm entstammten u.a. *Cäsar* u. *Augustus*.

IUPAC, Abk. für engl. *International Union of Pure and Applied Chemistry*, →Internationale Union für Reine und Angewandte Chemie.
Ius canonicum [lat.], kanonisches Recht →Kirchenrecht.
Iuvenalis →Juvenal.
Iuvencus →Juvencus.
i.V., Abk. für *in Vollmacht* (mit Handlungsvollmacht ausgestattet).
Iva [die; frz.], *Achillea moschata*, einjähriger *Korbblütler* der nordamerikan. Prärien; bei uns gelegentl. eingeschleppt. Aus I. wird im Oberengadin der gleichnamige Schnaps hergestellt.
„Ivanhoe" [ˈaivənhou], histor. Roman (1819) von W. *Scott*; stellt Konflikte zwischen Angelsachsen u. Normannen in England unter Richard Löwenherz dar.
Ivernia, *Hibernia*, röm. Name für Irland.
Ives [aivz], Charles Edward, US-amerikan. Komponist, *20. 10. 1874 Danbury, Conn., †19. 5. 1954 New York; verwendete bereits um die Jahrhundertwende, 10 Jahre vor A. Schönberg u. I. Strawinsky, alle Merkmale der Modernität wie Bitonalität, Polytonalität, Atonalität, Vierteltöne, Clusterbildungen, Polymetrik, Aleatorik u. Raumklangorchester. I., im Hauptberuf Versicherungskaufmann, blieb zeitlebens fast unbekannt. 4 Sinfonien, „Three Places in New England" 1903–1914, „The unanswered Question" 1908, 2 Streichquartette, Klaviersonate „Concord, Massachusetts 1840–60" 1909–1915. Zahlreiche Lieder u. Chorkompositionen.
Ivogün, Maria, Abk. aus *Ida von Günther*, Opernsängerin (Sopran), *18. 11. 1891 Budapest; sang in München u. Berlin, lehrte 1950–1958 an der Musikhochschule in Berlin; 1921–1932 verheiratet mit K. *Erb*, seit 1933 mit M. *Raucheisen*.
Ivo von Chartres [-ˈʃartr], Bischof, Heiliger, *um 1040 bei Beauvais, †23. 12. 1116; bedeutender Kirchenrechtler, der in den Auseinandersetzungen zwischen Kirche u. Reich einen vermittelnden Standpunkt einnahm. Fest: 20. 5.
Ivrea, das röm. *Eporedia*, italien. Stadt in Piemont, an der Dora Baltea, 24 000 Ew.; Kastell (14. Jh.), Dom (10. Jh.); Büromaschinenfabrikation (Olivetti), Textil-, Gummi- u. chem. Industrie; Weinbau. Infolge seiner Lage (Sperre des Alpenübergangs) im Altertum u. im MA. militär. wichtig; Sitz eines langobard. Herzogs, 774 fränkisch, seit Ende des 9. Jh. Sitz eines Markgrafen; die Markgrafen von I. waren im 10. u. 11. Jh. zeitweise italien. Könige. 1313 wurde I. savoyisch.
Ivry-sur-Seine [iˈvri syr ˈsɛn], selbständige südl. Industrievorstadt von Paris (Dép. Val-de-Marne), 60 600 Ew.; Wärmekraftwerk u. Wasserwerk für Paris; Metall-, Nahrungsmittel- u. chem. Industrie.
Iwaki, japan. Stadt nahe der Ostküste von Honschu, nordöstl. von Tokio, 375 000 Ew.; verschiedene Industrie, Seehafen. In der Nähe Kohlenbergbau.
Iwakuni, japan. Hafenstadt an der Inlandsee südwestl. von Hiroschima, 110 000 Ew.; Textilindustrie; Ölraffinerien.
Iwan, Bautyp, →islamische Kunst.
Iwan, russ. für →Johannes. Wegen der Häufigkeit des Vornamens wurde I. [mit deutscher Betonung ˈiwan] volkstüml. Bez. für den russischen Soldaten.
Iwan, russ. Fürsten: **1.** *Iwan I. Danilowitsch (Kalita)*, Fürst von Moskau seit 1325, Großfürst von Wladimir, †31. 3. 1341; legte den Grundstein für die Hegemonie Moskaus in Rußland; unterwarf u. „kaufte" mehrere Teilfürstentümer; wurde Tributeinnehmer der Mongolen in Rußland, was seine Wirtschaftslage stärkte.
2. *Iwan III. Wasiljewitsch, I. d. Gr.*, Großfürst von Moskau 1462–1505, *22. 1. 1440, †27. 10. 1505; vollendete fakt. die Einigung Rußlands, indem er 1478 Nowgorod, 1485 Twer, 1489 Wjatka, 1503 Rjasan unterwarf. 1497 erließ er ein Gerichtsbuch *(Sudebnik)*. Der kampflose Abzug Mengli Girais von Moskau 1480 bedeutete das Ende der Mongolenherrschaft. I.s Versuch einer Eroberung Livlands scheiterte in der Niederlage gegen den Dt. Orden am Smolina-See (1502). Die Heirat mit *Zoë* (Sophie), der Nichte des letzten byzantin. Kaisers, u. die Übernahme des byzantinischen Hofzeremoniells waren Ausdruck des Anspruchs, Moskau sei als Nachfolgerin von Byzanz das „Dritte Rom". – ⌑ 5.5.6.
3. *Iwan IV. Wasiljewitsch, I. der Schreckliche*, russ. Großfürst 1533–1584, seit 1547 mit dem Titel *Zar*, *25. 8. 1530, †28. 3. 1584; führte zunächst innere Reformen durch: Erlaß eines Gesetzbuchs 1550, Reform der Lokalverwaltung u. der Kriminalgerichtsbarkeit sowie Ausrüstung des Heers mit Feuerwaffen. Er stützte sich dabei auf den in einem Dienstgütersystem *(Pomestje)* organisierten Dienstadel. Sein Kampf gegen die Bojaren-Aristokratie mündete seit 1565 in einen schrankenlosen Terror, der in I.s psychopath. Persönlichkeitsstruktur wurzelte u. Tausende von Opfern forderte. Die Eroberung der Khanate Kasan (1552) u. Astrachan (1558) u. des Zartums Sibir (1582 durch T. Jermak) leitete die russ. Ost-Expansion ein. Der Livländische Krieg (1558–1595) um einen Zugang zur Ostsee mündete in einen langjährigen erfolglosen Kampf gegen Polen (Stephan Báthory) u. Schweden (Karl IX.). – Neben der Vollendung der Autokratie als ausschließlicher polit. Kraft brachte die Regierung I.s Rußland den wirtschaftl. Ruin u. eine soziale u. polit. Krise, die erst nach Jahrzehnten überwunden wurde. – ⌑ 5.5.6.
4. *Iwan VI. Antonowitsch*, Zar 1740/41, *24. 8. 1740 St. Petersburg, †16. 7. 1764 Schlüsselburg; zunächst unter Vormundschaft des Herzogs von Kurland, Ernst J. von Birons, dann seiner Mutter Anna Leopoldowna; von Zarin Elisabeth 1741 gestürzt.
Iwand, Hans Joachim, ev. Theologe, *11. 6. 1899 Schreibendorf, Schlesien, †2. 5. 1960 Bonn; 1934 Prof. an der Herder-Hochschule in Riga; 1935–1945 Entzug der Lehrbefähigung durch den nat.-soz. Staat; 1935–1937 Direktor des Predigerseminars der Bekennenden Kirche in Ostpreußen; nach 1945 Professor in Göttingen u. Bonn; verband die Theologie mit der dialektischen Theologie Karl Barths. „Nachgelassene Werke" 6 Bde. 1962–1969.
Iwano-Frankowsk [nach I. J. *Franko*], bis 1962 *Stanislaw*, dt. *Stanislau*, Hptst. der Oblast I. (13 900 qkm, 1,3 Mill. Ew., davon 25% in Städten) in der Ukrain. SSR (Sowjetunion), im östl. Galizien, 105 000 Ew.; Medizin. u. Pädagog. Hochschule; Theater, Philharmonie; Erdölraffinerien, Verarbeitung landwirtschaftlicher Produkte, Textilfabriken, Gerbereien, Holzindustrie; Eisenbahnausbesserungswerk. Bis 1939 poln. *(Stanisławów).*
Iwanow, 1. Alexander Andrejewitsch, russ. Maler, *28. 7. 1806 St. Petersburg, †15. 7. 1858 St. Petersburg; von den Nazarenern beeinflußt, wandte er sich religiösen Themen zu. Sein Hauptwerk „Die Erscheinung Christi vor dem Volk", an dem er 1836–1856 arbeitete, steht ganz im Bann des Klassizismus; in seinen Studien tauchen jedoch impressionistisch erfaßte Naturausschnitte auf.
2. Wjatscheslaw Iwanowitsch, russ. Dichter u. Übersetzer, religiös orientierter Philosoph, *28. 2. 1866 Moskau, †16. 7. 1949 Rom; schrieb zur myth. Daseinsdeutung strebende symbolist. Lyrik, Tragödien, ep. Dichtungen, Essays. „Tantalos" (Tragödie) 1904, dt. 1940; „Cor ardens" (Gedichte) 1909–1911; „Briefwechsel zwischen zwei Zimmerwinkeln" (Essay) 1921, dt. 1926; „Dostojewski, Tragödie, Mythos, Mystik" dt. 1929.
3. Wsewolod Wjatscheslawowitsch, sowjetruss. Schriftsteller, *24. 2. 1895 Lebjasche, Gouvernement Semipalatinsk, †15. 8. 1963 Moskau; „Romantiker" der Revolution: „Panzerzug 14–69" (Erzählung) 1922, dt. 1923, als Schauspiel 1927 „Alexander Parchomenko" 1939, dt. 1955; später Anhänger des sozialist. Realismus.
Iwanowo, früher *I.-Wosnesensk*, Hptst. der Oblast I. (23 900 qkm, 1,4 Mill. Ew., davon 68% in Städten) in der RSFSR (Sowjetunion), nordwestl. von Gorkij, 419 000 Ew.; Kulturzentrum u. bedeutende Industriestadt („russ. Manchester"); Hochschulen, Forschungsinstitute; Textil- u. Konfektionsindustrie, Maschinenbau, chem. Kombinat; Torfkraftwerk.
Iwashima *Tetsuo*, japan. Photograph, *11. 11. 1943 Tokio; ging 1967 nach Paris, wo er als Photoreporter u. Modephotograph lebt. Subtile u. dennoch spannungsreiche Bilder in der Tradition der japan. Künste.
Iwaszkiewicz [ivaʃˈkjɛvitʃ], Jarosław, poln. expressionist. Lyriker, Erzähler u. Dramatiker, *20. 2. 1894 Kalnik, Ukraine; Mitgründer der Zeitschrift „Skamander"; „Die Mädchen vom Wilkohof" (Erzählungen) 1933, dt. 1956; „Die roten Schilde" 1934, dt. 1954; „Kongreß in Florenz" (Roman) 1941, dt. 1958; Romantrilogie „Ruhm u. Ehre" 1956–1962, dt. 1960 u. 1966.
IWC, Abk. für →International Wheat Council.
Iwein, *Ivain, Yvain*, einer der Helden aus der Tafelrunde des Königs Artus.
IWF, Abk. für →Internationaler Währungsfonds.
Iwo, Stadt im südwestl. Nigeria, nordöstl. von Ibadan, 215 000 Ew.; 60–70% bäuerl. Bevölkerung, viele Handwerker, u.a. Baumwollwebereien u. -färbereien.
Iwrit →hebräische Sprache.
Ixe, *Baukonstruktionslehre*: einspringende Kante des →Dachs, Kehle; Gegensatz: *Grat*.
Ixelles [igˈzɛːl], fläm. *Elsene*, südöstl. Vorstadt (Teil der Agglomeration) von Brüssel, 92 500 Ew.; Porzellanindustrie.
Ixia [die; grch.], *Klebschwertel*, Gattung der *Schwertliliengewächse*; Topf- u. Gartenpflanze, Heimat Kapland.
Ixnard [igzˈnaːr], Michel d', französ. Architekt, *1723 Nimes, †21. 8. 1795 Straßburg; baute Schlösser u. Kirchen (u.a. das Kloster St. Blasien) in Süddeutschland.
Ixora [die; Hindi], in den Tropen der Alten Welt beheimatete Gattung der *Rötegewächse* mit auffallenden, schirmförmig angeordneten, rosa oder purpurroten Blüten. Die westindische *I. ferrea* liefert *Eisenholz*.
Izabalsee [iθa-], größter See in Guatemala in der östl. Fortsetzung des Golfs von Honduras, 590 qkm.
Izalco [iˈθalko], Vulkan in El Salvador, 1830 m.
Izegem [ˈizəxəm], belg. Stadt in der Prov. Westflandern, nordwestl. von Kortrijk, 20 000 Ew.; Textilindustrie.
Izmir = Smyrna.
Izmit [iz-], *Ismid, Kocaeli*, türk. Hafenstadt am Golf von I., Marmarameer, 135 000 Ew.; Schiffbau, chem. u. Tuchindustrie, Röhrenwerk, Ölraffinerie; Straßenknotenpunkt an der Anatol. Bahn; in der Nähe die Ruinen der antiken Stadt *Nikomedia*.
Iznik [iz-], *Isnik*, türk. Stadt nahe den Ruinen von *Nicäa*, am See *I. Gölü*, im SW von Izmit; Textilindustrie.
Iztaccihuatl [istaksiˈuatl; aztek., „Weiße Frau"], *Ixtaccihuatl*, erloschener Vulkan in Mexiko, südöstl. von Ciudad de México, 5286 m; vergletscherter Gipfel.
Izu, japan. Halbinsel in Südhonschu südwestl. von Tokio; Hauptorte Atami, Ito, Schimoda; viele Fischerdörfer; zahlreiche Thermen u. Heilquellen. Erholungsgebiet für Zelt- u. Wassersportler.
Izumo, ältestes japan. Schinto-Heiligtum, auf Südwesthonschu westl. von Matsue; u.a. 23 m hoher Torii.
Izuschitschito, japan. Inselgruppe südl. der Sagamibucht u. südöstl. der Izuhalbinsel.

J

j, J, 10. Buchstabe des dt. Alphabets; entspricht dem griech. Jota *(i, I)* u. dem semit. Jod; steht in der dt. Sprache phonetisch einem i nahe u. wurde bis ins 15. Jh. meist durch diesen Buchstaben bezeichnet.
J, 1. *Chemie:* Zeichen für *Jod.*
2. *Physik:* Kurzzeichen für →Joule.
Jabalpur [ˈdʒa-], *Dschabalpur, Jubbulpore,* zentralind. Distrikt-Hptst. u. zweitgrößte Stadt im Staat Madhya Pradesh auf dem nördl. Dekanhochland, 530 000 Ew.; Universität (1957); Textilindustrie, Getreide- u. Ölmühlen; Holzindustrie. – In der Nähe die vielbesuchten *Marble Rocks.*
Jaberg, Karl, schweizer. Romanist, *24. 4. 1877 Langenthal, †30. 5. 1958 Bern; gab mit J. *Jud* den „Sprach- u. Sachatlas Italiens u. der Südschweiz" 8 Bde. 1928–1940 heraus.
Jabiru [der; portug.], *Jabiru mycteria,* großer amerikan. *Storch* mit weißem Gefieder u. nacktem schwarz-rotem Hals u. Kopf.
Jablanica [-tsa], jugoslaw. Ort in *Bosnien und Herzegowina,* an der Neretva, 2100 Ew.; Stausee mit Kraftwerk von 176 000 kW.
Jablonitzapaß, *Jablonicapaß, Tatarenpaß,* Paß in den östl. Waldkarpaten, 913 m ü. M., an der slowak.-ukrain. Grenze.
Jablonowyjgebirge, *Jablonoigebirge,* dichtbewaldetes Mittelgebirge in der südöstl. Sowjetunion, östl. des Baikalsees, 1000 km lang, im *Kusotuj* 1680 m hoch; bei Tschita von der Transsibir. Bahn durchquert.
Jabłoński, Henryk, poln. Politiker, *27. 12. 1909 Waliszewo; Historiker, 1965/66 Min. für Volksbildung, 1966–1972 für Volksbildung u. Hochschulwesen, seit 1971 Mitgl. des Politbüros der Vereinigten Poln. Arbeiterpartei, seit 1972 Vors. des Staatsrats.
Jablotschkow, Pawel Nikolajewitsch, russ. Elektrotechniker, *14. 9. 1847 Serdobskoje, Gouvernement Saratow, †31. 3. 1894 Saratow; erfand 1876 die nach ihm benannte *J.sche Kerze* (Lichtbogen), die aus zwei nebeneinander angebrachten Kohlestiften bestand.
Jabłunkapaß, wichtigster Paß in den Westbeskiden, 550 m, Straße u. Eisenbahn von Teschen (Polen) nach Sillein (Tschechoslowakei).
Jabo, Abk. für →Jagdbomber.
Jaboatão [ʒabuaˈtãu], Stadt im brasilian. Staat Pernambuco, nahe Recife, 40 000 Ew.; Agrarzentrum (Reis, Tabak, Baumwolle u. Zuckerrohr).
Jabor, Hauptort der Marshallinseln an der Nordspitze von Jaluit.
Jaborandiblätter [ʒa-; portug.] *Folia Jaborandi,* die giftigen, pilocarpinhaltigen Blätter von →Pilocarpus; arzneilich verwendet (→Pilocarpin).
Jabot [ʒaˈboː; das; frz.], Weißzeug oder Spitze in Wasserfallform vom Hals auf die Brust herunterfallend; während des Rokokos am Herrenhemd, heute an Damenblusen getragen.
Jacaranda, Gattung der *Bignoniengewächse* aus Südamerika; beliebte Zierpflanzen der wärmeren Zonen, bes. *J. brasiliensis* u. *J. obtusifolia.* Sehr anmutige Bäume mit langen, wedelartigen, mehrfach gefiederten Blättern u. verzweigten Blütenständen. Andere Arten werden pharmazeut. verwendet. Das Holz der J.-Arten ist wirtschaftl. völlig wertlos; es wird oft mit *J.holz* (→Palisander) verwechselt, das von Arten der Gattung →Dalbergia stammt.

„J'accuse" [ʒaˈkyːz; frz., „ich klage an"], Titel des offenen Briefs von É. Zola an den französ. Präs. in der *Dreyfus-Affäre* (1898).
Jachmann, Günther, klass. Philologe, *20. 5. 1887 Gumbinnen; Arbeiten zur klass. Literatur. „Der homer. Schiffskatalog u. die Ilias" 1958.
Jacht [ndrl.], engl. *Yacht,* meist schnelles u. seegängiges Segel-, Motor- oder Dampfschiff für Sport, Vergnügen oder Repräsentation; Länge zwischen 7 u. 100 m, scharfe Schiffsform, elegante Gestaltung u. Ausstattung. Die *Segel-J.* besitzt bei völlig gedecktem Rumpf u. großer Segelfläche meist einen flossenartigen Ballastkiel *(Kiel-J.)* oder eine Kombination aus Kiel u. Schwert *(Kielschwert-J.).* Kleinere Segel-J.en haben oft nur das bewegliche Schwert *(Jolle, Jollenkreuzer).* →auch Segelboot. – ⌑ 10.9.5.
Jack [dʒæk], engl. männl. Vorname, Koseform für *John* (→Johannes). Engl. *Jack and Jill* (volkstümliche Form von *Gillian = Julian*) entspricht unserem *Hinz u. Kunz. Jacktar (Jack Tar,* „Hans Teer") ist ein engl. Übername für den Matrosen, ins Dt. entlehnt als *Teerjacke.*
Jacke [von frz. *jaque*], langärmeliges Überziehkleidungsstück, das nicht tiefer als bis zum Knie reicht u. vorn zu öffnen ist. Das französ. *jaque* bezeichnete ursprüngl. ein Panzerhemd, um 1400 einen kurzen, engen Männerrock, der auch in Dtschld. getragen wurde. Mit der französ. Verkleinerungsform *jaquette* wurde im 15. Jh. die Bauernkutte bezeichnet; zur gleichen Zeit hieß in England ein bis zum Oberschenkel reichender, vorn offener Überrock *jacket.* Die dt. Herrenmode verstand unter *Jackett* ursprüngl. jede J., im 19. Jh. eine gefütterte Stoff-J. ohne Taille u. Schoß als Sonderform der J., die auch in die Damenmode übernommen wurde. Sonderformen der J. sind u. a. *Anorak, Janker, Joppe, Sakko.*
Jacketkrone [ˈdʒækit-; engl.], *Mantelkrone,* Zahnkronenersatz aus Porzellan oder Kunststoff; wird jeweils bes. angefertigt u. dem entspr. abgeschliffenen Zahn wie ein Mantel aufgesetzt.
Jäckh, Ernst, Publizist, *22. 2. 1875 Urach, †17. 8. 1959 New York; während des 1. Weltkriegs Balkan- u. Orientsachverständiger für die Reichsregierung; gründete 1918 die Dt. Liga für den Völkerbund, 1920 die Hochschule für Politik in Berlin u. 1936 in England die New Commonwealth Organization, die dem Weltfrieden dienen soll; war Prof. an der Columbia-Universität in New York.
Jackson [ˈdʒæksən], 1. Hptst. von Mississippi (USA), am Pearl River, 161 000 Ew. (Metropolitan Area 221 000 Ew.); Universität; chem., holzverarbeitende, Glas- u. Baumwollindustrie.
2. Stadt in Michigan (USA), am Grand River, 52 000 Ew. (Metropolitan Area 132 000 Ew.); Eisen-, Maschinen-, Stahlindustrie.
Jackson [ˈdʒæksən], **1.** Andrew, US-amerikan. Politiker (Demokrat), *15. 3. 1767 Waxhaw Settlement, S. C., †8. 6. 1845 bei Nashville, Tenn.; Jurist, Soldat, Mitgründer u. erster Kongreß-Abg. des Staates Tennessee. Im Krieg 1812–1815 zuerst Milizgeneral im Kampf gegen die Creek-Indianer, besiegte später als US-General die Briten bei New Orleans am 8. 1. 1815 (nach Unterzeichnung des Friedensvertrags von Gent). J. drang zu Beginn des 1. Seminolenkriegs nach Spanisch-Florida ein (1818), war nach dem Ankauf dieses Gebiets 1819 dort Militärgouverneur; 1823–1825 Senator; 1824 erfolglos Präsidentschaftskandidat. 1829–1837 war J. der 7. Präsident der USA (1832 wiedergewählt). Währenddessen formierten sich die um ihn gescharten Reformer zur Demokrat. Partei. J. hat sie weder inspiriert noch geführt; er selbst nannte sich stets „Republikaner". Wichtigste Ereignisse seiner Regierungszeit: das Aufkommen des „Beutesystems" *(Spoils System)* bei der Verteilung öffentl. Ämter, die Berufung nichtverantwortl. Berater („Küchenkabinett"), der Bruch mit J. C. Calhoun 1831, die militär. Intervention in South Carolina 1832, das Veto des Präs. gegen die Erneuerung der US-Bank 1832, die Zwangsumsiedlung fast aller östl. Indianerstämme nach dem Trans-Mississippi-Westen 1831–1835, der Beginn des 2. Seminolenkriegs 1835–1843 u. des Texanischen Kriegs 1836–1843, in den J. aus innenpolit. Rücksichten nicht eingriff. – ⌑ 5.7.8.
2. Charles Thomas, US-amerikan. Chemiker, Mineraloge u. Geologe, *21. 6. 1805 Plymouth, Mass., †28. 8. 1880 Somerville, Mass.; führte 1841/42 Selbstversuche mit der Äthernarkose aus u. regte dadurch W. Th. *Morton* zur Anwendung der Äthernarkose an.
3. John Hughlings, brit. Nerven- u. Augenarzt, *4. 4. 1835 York, †7. 10. 1911 London; gab 1863 die Erstbeschreibung der nach ihm *J.-Epilepsie* benannten Rindenepilepsie, eines herdbedingten Krampfanfallsleidens.
4. Mahalia, afroamerikan. Sängerin, *26. 10. 1911 New Orleans, †27. 1. 1972 Chicago; von Bessie *Smith* beeinflußt, sang ausschließlich Gospels u. Spirituals mit religiösen Texten; trat seit 1951 auch in Europa auf; ihr Erfolg basierte auf der Würde des Vortrags u. der religiösen Innerlichkeit.
5. Milton, afroamerikan. Jazzmusiker (Vibraphon, Klavier), *1. 1. 1923 Detroit; 1957 Dozent an der School of Jazz in Lenox, 1953 Mitglied des Modern Jazz Quartet, hat auch ein eigenes Ensemble.
6. Robert H., US-amerikan. Jurist, *13. 2. 1892 Spring Creek, Pa., †9. 10. 1954 Washington; 1940 Justiz-Min. (Generalstaatsanwalt); seit 1941 Richter am Obersten Gerichtshof der USA; 1945/46 Hauptankläger im 1. Nürnberger Kriegsverbrecherprozeß.

Mahalia Jackson

115

7. Thomas Jonathan, US-amerikan. General, *21. 1. 1824 Clarksburg, Va., † 10. 5. 1863 bei Guiney's Station, Va.; erfocht im Sezessionskrieg für die Südstaaten glänzende Siege („Stonewall") über die Unionstruppen.

Jacksonville ['dʒæksənvil; nach Andrew *Jackson*], Hafenstadt in Florida (USA), 495 000 Ew. (Metropolitan Area 510 000 Ew.); Universität (gegr. 1934); Winterkurort; Handelszentrum; vielseitige Industrie.

Jacmẹl [ʒak-], Hafenstadt in einer Bucht der Südküste Haitis, 12 000 Ew.; Kaffeeanbau u. -export.

Jacob, 1. [ʒa'kɔb], François, französ. Genetiker, *17. 6. 1920 Nancy; erhielt gemeinsam mit A. *Lwoff* u. J. *Monod* den Nobelpreis für Medizin 1965 für die Entdeckung eines die anderen Gene steuernden Gens *(Regulator-Gen)*.

2. Heinrich Eduard, Schriftsteller, *7. 10. 1889 Berlin, † 25. 10. 1967 Salzburg; Emigration nach den USA; schrieb Romane („Blut u. Zelluloid" 1930), Novellen, Dramen, Sachbücher („Sage u. Siegeszug des Kaffees" 1934; „6000 Jahre Brot" engl. 1944, dt. 1954) u. Musikerbiographien („Johann Strauß" 1937; „Joseph Haydn" engl. 1950, dt. 1952; „Mozart" 1955; „Felix Mendelssohn" 1959).

3. [ʒa'kɔb], Max, französ. Schriftsteller u. Maler, *11. 7. 1876 Quimper, Bretagne, † 5. 3. 1944 im KZ Drancy; Freund von G. *Apollinaire* u. P. *Picasso*, konvertierte 1915 zum Katholizismus; Vorläufer des Surrealismus, häufig als „Vater der modernen Dichtung" bezeichnet, wurde berühmt durch die stimmungsvollen Gedichte „Le cornet à dés" 1917; ferner „La défense de Tartuffe" (Gedichte u. Prosa) 1919; „Visions infernales" 1924.

Jacọbi, 1. Friedrich Heinrich, Schriftsteller u. Philosoph, *25. 1. 1743 Düsseldorf, † 10. 3. 1819 München; gehörte dem *Sturm u. Drang* an, schloß 1774 mit Goethe auf dessen Rheinreise einen Freundschaftsbund. In Auseinandersetzung mit Goethes Geniebegriff schrieb J. zwei philosoph. Briefromane („Aus Eduard Allwills Papieren" 1774; „Woldemar" 1777). Im Pantheismusstreit bekämpfte er Mendelssohn („Über die Lehre des Spinoza, in Briefen an Moses Mendelssohn" 1785). J. vertrat gegenüber der Vernunftphilosophie Kants u. dem dt. Idealismus eine theistische Gefühls- u. Glaubensphilosophie. Durch persönl. Beziehungen zu vielen Zeitgenossen ist J. von Bedeutung für die dt. Geistesgeschichte. Werke: Gesamtausgabe 6 Bde. 1812–1825.

2. Johann Georg, Bruder von 1), anakreont. Lyriker, *2. 9. 1740 Düsseldorf, † 4. 1. 1814 Freiburg i. Br., wo er seit 1784 als Prof. für Ästhetik wirkte; Hrsg. literar. Zeitschriften („Iris" 1774–1777) u. Taschenbücher (seit 1795), Verfasser damals vielgesungener geselliger Lieder.

3. Moritz Hermann von, Physiker, *21. 9. 1801 Potsdam, † 10. 3. 1875 St. Petersburg; bedeutende Arbeiten zur Elektrotechnik, erfand die Galvanoplastik.

Jacobịna [ʒa-], Stadt im brasilian. Staat Bahia, 20 000 Ew.; Bergbau (Gold, Edelsteine, uranhaltiges Manganerz).

jacobịtische Schrift, Duktus der ostsyrischen Schrift vom 6. bis 14. Jh., rechtsläufig. →auch syrische Schrift.

Jacobs, Hans, Segelflugzeugkonstrukteur, *30. 4. 1907 Hamburg; entwarf seit 1928 bei der Rhön-Rossitten-Gesellschaft sowie seit 1933 bei der Deutschen Forschungsanstalt für Segelflug berühmte Segelflugzeuge.

Jạcobsen, 1. Arne, dän. Architekt, *11. 2. 1902 Kopenhagen, † 24. 3. 1971 Kopenhagen; schuf in Anlehnung an *Le Corbusier* seit 1930 in Dänemark funktionalist. Bauten, deren Innenausstattung er häufig ebenfalls entwarf (u. a. Bellevue-Theater in Hellerup, Rathaus in Århus, Villen in Kopenhagen). J. gehörte zu den führenden Vertretern der modernen skandinav. Baukunst.

2. Jens Peter, dän. Dichter, *7. 4. 1847 Thisted, Nordjütland, † 30. 4. 1885 Thisted; begründete den Naturalismus in Dänemark; wirkte mit seinen differenzierten Stimmungen u. Seelenabschattungen nachhaltig auf den europ. Impressionismus. „Mogens" (Novelle) 1872, dt. 1891; Romane: „Frau Marie Grubbe" 1876, dt. 1878; „Niels Lyhne" 1880, dt. 1889. – ⊡3.1.2.

3. Jørgen-Frantz, dän.-färöischer Erzähler, *29. 11. 1900 Tórshavn, Färöer, † 24. 3. 1938 Vejlefjord; sein Roman „Barbara u. die Männer" 1939, dt. 1940, wurde ein Welterfolg.

4. Robert, dän. Bildhauer, *4. 6. 1912 Kopenhagen; lebt seit 1947 in Paris; Autodidakt, nach expressionist. Anfängen schuf er seit ca. 1930 surrealist., später ungegenständl. Holz- u. Metallplastiken; Ausstellung seines Gesamtwerks 1966 auf der Biennale in Venedig.

Jacobsonsches Organ [nach dem dän. Arzt L. L. *Jacobson*, *1783, † 1843], Nebengeruchsorgan *(Nebennase)* bei Amphibien, Reptilien u. Säugetieren; blind geschlossenes Säckchen, das hinter dem Zwischenkiefer in die Mundhöhle mündet. Das Jacobsonsche Organ ist bei Vögeln, Schildkröten, Krokodilen, auch bei vielen Säugetieren u. beim Menschen rückgebildet.

Jacọbus de Vorạgine, *Jacobus a Varagine*, *um 1228 Varazze (Viraggio) bei Genua, † 13. oder 14. 7. 1298 Genua; Dominikaner, ab 1288 Erzbischof von Genua (trat dieses Amt erst auf Befehl des Papstes 1292 an); berühmt durch seine Predigten u. die nach dem Vorbild des Bartholomäus von Trient geschriebene „Legenda aurea". – ⊡3.2.0.

Jacoby, Johann, Politiker, *1. 5. 1805 Königsberg, † 6. 3. 1877 Königsberg; Arzt; 1848 in der preuß. Nationalversammlung, 1863–1866 im preuß. Abgeordnetenhaus u. 1867–1870 im Norddt. Reichstag Vertreter der äußersten bürgerl. Linken; trat 1872 zur Sozialdemokratie über.

Jacopọne da Tọdi, latinisiert *Jacobus de Benedictus* oder *Jacobus Tuderdinus*, italien. Dichter, *um 1230 Todi, † 25. 12. 1306 bei Collazone, Assisi; Gegner des Papstes *Bonifatius VIII.*, der ihn einkerkerte u. mit dem Bann belegte; Hauptvertreter der umbrischen religiösen Dichtung; verfaßte vielleicht die Hymne „Stabat mater".

Jacotot [ʒakɔ'to], Jean Joseph, französ. Pädagoge, *4. 3. 1770 Dijon, † 30. 7. 1840 Paris; begründete ein (Lese-)Lernverfahren, das Elemente der *Ganzheitsmethode* enthält: „Méthode d'enseignement universel" 1822, dt. 1830.

Jacquard [ʒa'ka:r], Joseph-Marie, französ. Weber u. Erfinder, *7. 7. 1752 Lyon, † 7. 8. 1834 Oullins; erfand 1805 die nach ihm benannte *J.maschine*, einen Webstuhl, der auch schwierige Muster herzustellen gestattet, ferner die Netzstrickmaschine. Die *J.weberei* dient der Herstellung von Damast, Dekorations- u. Kleiderstoffen sowie Teppichen.

Jacqueline [ʒak'li:n], frz. weibl. Vorname, abgeleitet von *Jacques*.

Jacquerie [ʒakə'ri; frz., von *Jacques Bonhomme*, einem Spottnamen für „Bauer"], erfolgloser Bauernaufstand in Mittel- u. Nordfrankreich 1358.

Jacques [ʒak], frz. für →Jakob.

Jacques [ʒak], Norbert, Erzähler, Reiseschriftsteller, Journalist, *6. 6. 1880 Luxemburg, † 15. 5. 1954 Koblenz; „Dr. Mabuse, der Spieler" (Kriminalroman u. erfolgreicher Film) 1921; „Im Kaleidoskop der Weltteile" 1927; „Mit Lust gelebt. Roman meines Lebens" 1950.

Jacquin [ʒa'kɛ̃:], Nikolaus Frhr. von, Botaniker u. Arzt, *16. 2. 1727 Leyden, † 24. oder 26. 10. 1817 Wien; Prof. in Wien (1765), begründete dort eine botanische Schule, führte das Linnésche Pflanzensystem in Österreich ein. „Flora Austriaca" 5 Bde. 1773–1778.

Jacuí [ʒaku'i], Fluß in Rio Grande do Sul, Brasilien, rd. 500 km; entspringt in der Serra Geral, mündet bei Porto Alegre in die Lagoa dos Patos.

jạde [span., frz.], blaßgrün.

Jạde [der oder die; span., frz.], sehr harte blaßgrüne Mineralien, Abarten des *Nephrits*, durch Tonerde- u. Natrongehalt ausgezeichnet; zu Steinbeilen verarbeitete Funde in schweizer. Pfahlbauten u. in Südfrankreich; großblockige Vorkommen in Birma; in China zu kunstgewerbl. Arbeiten benutzt.

Jạde, oldenburg. Küstenfluß, 22 km, kommt aus den Mooren nördl. von Oldenburg, durchfließt den *J.busen* u. bildet das tiefste Fahrwasser an der dt. Nordseeküste, an dem *Wilhelmshaven* mit alten u. neuen Hafenanlagen liegt.

Jadebusen, eine durch Sturmfluteinbrüche im MA. (1208, 1511) auf 190 qkm erweiterte Bucht der Nordsee bei Wilhelmshaven, durch den *Ems-Jade-Kanal* mit Emden verbunden.

Jadeịt [der; span., frz.], Augitmineral, $NaAl(SiO_3)_2$, weißgrünlich, dicht; Härte 6,5–7, Dichte 3,25; wurde im chines. Kunsthandwerk viel verwendet.

Jadotville [ʒado'vi:l], früherer Name von →Likasi.

Jadwịga, Königin von Polen, →Hedwig (1).

Jadzwịngen, *Jadwinger*, den balt. Völkern nahestehender frühmittelalterl. Stamm zwischen Weichsel u. Memel, wohl einer der Ursprungsstämme der Polen.

Jaeckel, Willy, Maler u. Graphiker, *10. 2. 1888 Breslau, † 29./30. 1. 1944 Berlin (Fliegerangriff); großflächige, auf monumentale Wirkung zielende Figurenbilder in ekstatischem Realismus. Viele seiner Werke wurden im Krieg zerstört.

Jaeger, 1. Ernst, Rechtslehrer, *22. 12. 1869 Landau, Pfalz, † 12. 12. 1944 Leipzig; seit 1905 Prof. in Leipzig; verfaßte u. a. Kommentare zur Konkursordnung u. zum Anfechtungsgesetz sowie ein Lehrbuch des Konkursrechts.

2. Fritz, Geograph, *8. 1. 1881 Offenbach, † 25. 11. 1966 Zürich; lehrte in Berlin u. Basel, bereiste Ost- u. Südafrika; Hptw.: „Das Hochland der Riesenkrater" 1911–1913; „Beiträge zur Landeskunde Südwestafrikas" 1920/21; „Afrika" 2 Bde. 1925, ³1928; „Trockengrenzen in Algerien" 1936; „Die Trockenseen der Erde" 1939; „Die klimatischen Grenzen des Ackerbaues" 1946.

3. Henry, eigentl. *Karl-Heinz J.*, Schriftsteller, *29. 6. 1927 Frankfurt a. M.; begann im Zuchthaus (1956 wegen Raubüberfalls verurteilt, 1963 begnadigt) mit seiner literar. Arbeit, die durch schonungslose Gesellschaftskritik gekennzeichnet ist. Romane: „Die Festung" 1962; „Die bestrafte Zeit" 1963; „Das Freudenhaus" 1966; „Der Club" 1969; „Jacob auf der Leiter" 1971.

4. Lorenz, kath. Theologe, *23. 9. 1892 Halle (Saale), † 1. 4. 1975 Paderborn; 1941 Erzbischof von Paderborn, 1965 bis 1973 Kardinal; seit 1946 führend in der ökumenischen Arbeit, Mitgl. des Sekretariats für die Einheit der Christen.

5. Richard, Politiker (CSU), *16. 2. 1913 Berlin-Schöneberg; seit 1949 Abg. im Bundestag, 1953–1965 u. 1967–1976 einer seiner Vize-Präs.; 1965/66 Bundesjustiz-Min.

6. Werner, Altphilologe u. Philosoph, *30. 7. 1888 Lobberich, Rheinland, † 14. 10. 1961 Boston, Mass.; emigrierte 1936 in die USA; gründete 1925 die Ztschr. „Die Antike", schrieb über *Aristoteles*, *Platon* u. a. In seinem Hptw. „Paideia" 1934 ff. gibt er eine großangelegte Darstellung des antiken Bildungsideals.

Jaén [xa'ɛn], südspan. Stadt in Andalusien, am Fuß des Berges *Jabalcuz* (1614 m) gelegen, 77 000 Ew.; Kathedrale (16.–18. Jh.); Mittelpunkt reichen Olivenbaus, chem. u. keram. Industrie (hauptsächl. Kacheln); Hptst. der Provinz J. (13 498 qkm, 649 000 Ew.).

Jaensch, Erich Rudolf, Philosoph u. Psychologe, *26. 2. 1883 Breslau, † 12. 1. 1940 Marburg; Prof. in Marburg (1913); begründete die *Eidetik*, die er typologisch weiterbildete u. zu einer umfassenden Kulturphilosophie ausbaute; gehörte seit 1933 zu den Vertretern des sog. völkischen Denkens („Der Gegentypus" 1938); Hptw.: „Wirklichkeit u. Wert in der Philosophie u. Kultur der Neuzeit" 1929.

Jạffa, hebr. *Yafo*, das antike *Japu*, Ortsteil (seit 1950) der israel. Stadt *Tel Aviv*; seit ältesten Zeiten Handels- u. Hafenstadt, Ausfuhr von Südfrüchten (namengebend für die J.-Apfelsinen) u. a. Landesprodukten; viel umkämpft, bes. im MA. als Hauptlandeplatz der Kreuzfahrer, dann wieder in der Mandatszeit als Zentrum der zionist. Bewegung; Peterskirche, Machmudiya-Moschee, Uhrturm; archäolog. Museum. Im N der Stadt lagen die ehem. dt. Templerkolonien Wilhelma u. Sarona. Der Hafen wurde nach der Eröffnung des Hafens von Ashdod geschlossen (1965).

Jạffna, *Yapanaya*, ceylones. Stadt u. Mittelpunkt der gleichnamigen Halbinsel, die die Nordspitze Ceylons bildet; 110 000 Ew.; Zentrum des Hinduismus u. der tamil. Bevölkerung Ceylons; gut erhaltenes Holländ. Fort (1680).

Jagạn, Cheddi, Politiker in Guayana, *22. 3. 1918 Port Mourant; Inder; Zahnarzt; 1947 Abgeordneter, 1957–1961 Handels- u. Sozial-Min., 1961–1964 Min.-Präs., seit 1964 Führer der starken sozialist. Opposition *(People's Progressive Party)*.

Jagd, 1. das weidgerechte, d. h. den J.vorschriften u. J.traditionen entsprechende Verfolgen, Erlegen u. Fangen von →jagdbaren Tieren durch den *Jäger (Weidmann)*. Die J. war ursprüngl. (Altsteinzeit) Hauptnahrungsquelle des Menschen; sie wurde mit dem Übergang zu Ackerbau u. Viehzucht immer mehr zu einem Vergnügen, das zunächst Vorrecht jedes waffenfähigen freien Mannes war, später aber dem Adel bzw. dem Landesherrn vorbehalten blieb *(J.regal)*. 1848 wurde das J.regal in Dtschld. aufgehoben u. das →Jagdrecht Bestandteil von Grund u. Boden. Die rücksichtslose Ausnutzung des J.rechts machte eine Trennung von *J.recht* u. *Jagdausübungsberechtigung* (→Jagdberechtigung) notwendig. In der BRD ist

die J. innerhalb eines *J.bezirks (Revier)* nur dem *J.berechtigten* (Eigentümer, Pächter) unter Beachtung der J.gesetzgebung erlaubt. In anderen Ländern (z.B. USA) darf jeder, der einen J.erlaubnisschein (Lizenz) gelöst hat, in begrenztem Maß zu bestimmten Zeiten jagen.
Die Einteilung der J. in →Hohe Jagd u. →Niedere Jagd richtet sich nach den Wildarten u. war besonders von Bedeutung, als das J.regal noch in Kraft war; heute wird das zur Hohen Jagd gehörende Wild von der Jagdbehörde zum Abschuß freigegeben.
Die J. wird ausgeübt als: 1. *Suche* mit Vorstehhunden auf Rebhühner, Hasen u.a.; 2. *Pirsch*, durch Anschleichen an das Wild; 3. *Anstand, Ansitz*; 4. *Brunft*- u. *Balz-J.*; 5. *Drück*- u. *Treib-J.*; 6. *Fang-J.* auf Raubwild; 7. *Graben* (Ausgraben, Erd-J.) von Füchsen u. Dachsen; 8. *Frettieren*, Kaninchen-J. mit Frettchen; 9. *Hütten-J.* Als historische J.arten kommen hinzu die *Hetz-J.* (Parforce-J.) u. die J. mit Netzen u. Hagen.

Jagdzeiten

Wildarten	Jagdzeit
Rotwild	
Kälber	1. 8.–28. 2.
Schmalspießer	1. 6.–28. 2.
Schmaltiere	1. 6.–31. 1.
Hirsche und Alttiere	1. 8.–31. 1.
Dam- und Sikawild	
Kälber	1. 9.–28. 2.
Schmalspießer	1. 7.–28. 2.
Schmaltiere	1. 7.–31. 1.
Hirsche und Alttiere	1. 9.–31. 1.
Rehwild	
Kitze	1. 9.–28. 2.
Schmalrehe	16. 5.–31. 1.
Ricken	1. 9.–31. 1.
Böcke	16. 5.–15.10.
Gamswild	1. 8.–15.12.
Muffelwild	1. 8.–31. 1.
Schwarzwild	16. 6.–31. 1.
Feldhasen	1.10.–15. 1.
Stein- und Baummarder	16.10.–28. 2.
Iltisse, Hermeline, Mauswiesel	1. 8.–28. 2.
Dachse	1. 8.–31.10.
Seehunde	1. 9.–31.10.
Auer-, Birk- und Rackelhähne	1. 5.–31. 5.
Rebhühner	1. 9.–15.12.
Fasanen	1.10.–15. 1.
Wildtruthähne	15. 3.–15. 5.
und	1.10.–15. 1.
Wildtruthennen	1.10.–15. 1.
Ringel- und Türkentauben	1. 7.–30. 4.
Höckerschwäne	1. 9.–15. 1.
Graugänse	1. 8.–31. 8.
und	1.11.–15. 1.
Bläß-, Saat-, Ringel- und Kanadagänse	1.11.–15. 1.
Stockenten	1. 9.–15. 1.
alle übrigen Wildenten außer Brand-, Eider-, Eis-, Kolben-, Löffel-, Moor-, Schell- und Schnatterenten	1.10.–15. 1.
Waldschnepfen	16.10.–15. 1.
Bläßhühner	1. 9.–15. 1.
Lachmöwen	16. 7.–30. 4.
Sturm-, Silber-, Mantel- und Heringsmöwen	16. 8.–30. 4.

Die Tabelle gibt die Jagdzeiten der im Bundesgesetz (→Jagdgesetz) verankerten Verordnung über die Jagdzeiten vom 2. 4. 1977 an. In den ergänzenden Landesgesetzen sind die Zeiten z. T. erhebl. eingeschränkt, bei einigen Tierarten bis zur ganzjährigen Schonzeit. – ⬚ S. 118.
2. ein bestimmtes Gebiet von gesetzl. vorgeschriebener Größe (→Jagdberechtigung), in dem von einem Jagdausübungsberechtigten (Eigentümer oder Pächter) das jagdbare Wild bejagt wird; z.B. Eigenjagd, Genossenschaftsjagd. – ⬚ 9.7.0.
jagdbare Tiere, Tiere, deren Fang oder Tötung gesetzl. (→Jagdgesetz) nur dem Jagdberechtigten zusteht. Die jagdbaren Säugetiere u. Vögel sind in den Jagdgesetzen der jeweiligen Staaten u. Länder aufgeführt, für sie gelten besondere Abschuß- u. Schonvorschriften. J. T. sind allg. solche Tiere, an denen wegen ihres Nutzungswerts oder ihrer Seltenheit ein öffentl. Interesse besteht.
Jagdberechtigung, *Jagdausübungsberechtigung,* Berechtigung zur Ausübung der Jagd; in der BRD u. Österreich gesetzl. an eine bestimmte Grundbesitz-Fläche gebunden. Jagdberechtigt ist nur der Eigentümer oder Pächter von (je nach Länderregelung) mehr als 75 ha, 115 ha oder 150 ha zusammenhängender land-, forst- oder fischereiwirtschaftl. nutzbarer Fläche *(Eigenjagdbezirk).* Besitzer kleinerer Flächen können sich zu einer *Jagdgenossenschaft* zusammenschließen (Gemeinde- bzw. Genossenschaftsjagd). Genossenschaftsjagden müssen in der BRD mindestens 150 ha, in Österreich mindestens 115 ha zusammenhängender Fläche umfassen, im Land Salzburg mindestens 300 ha).
Jagdbomber, Abk. *Jabo,* ein militär. Mehrzweckflugzeug, kann u. als →Jäger u. als leichter →Bomber verwendet werden; entstanden durch Ausrüstung geeigneter Jagdflugzeuge mit Abwurfu. Zielvorrichtungen für Abwurfkörper (Bomben, Flugkörper). Die *J.geschwader* der Luftwaffe sollen zur Unterstützung des Heeres u. der Marine Angriffe auf feindl. Stützpunkte, Stäbe, Radarstellungen u.a. führen.
Jagdfalke, der zur Beizjagd abgerichtete *(abgetragene)* große isländ. oder kleinere norweg. Falke; auch Wander-, Saker-, Lerchen- u. Merlinfalken kommen in Betracht. Zur Jagd wird der J. vom Jäger auf der durch einen Handschuh geschützten Faust getragen. Sein Kopf ist durch eine Haube bedeckt, die erst abgenommen wird, wenn der Falke auf das Wild losgelassen (geworfen) wird. →auch Falknerei, Gerfalke.
Jagdfasan, in Mitteleuropa eingebürgertes Jagdwild, entstanden aus Kreuzungen von 4 Rassen des *Edelfasans, Phasianus colchicus,* u.a. des *chines. Ringfasans* u. des *kaukas. Kupferfasans.*
Jagdflugzeug = *Jäger* (3).
Jagdgesetz, in der BRD das *Bundes-J.* vom 29. 9. 1976 als Rahmengesetz sowie die Verordnungen über die Jagdzeiten vom 2. 4. 1977. – In Österreich gelten nur Landes-Jagdgesetze. Inhalt des J.es ist das →Jagdrecht; das J. bezeichnet die →jagdbaren Tiere, Säugetiere u. Vögel, u. regelt ihren Abschuß. Für die einzelnen Wildarten werden bestimmte *Jagd- (Schuß-)* u. *Schonzeiten* eingeführt, um vor allem die Aufzucht von Jungtieren nicht zu gefährden.
Jagdgewehr, die zur Jagd verwendete Feuerwaffe. Die →Hohe Jagd wird mit Büchsen ausgeübt, die →Niedere Jagd mit Flinten. Die *Büchsen* haben einen gezogenen Lauf, aus dem im Einzelgeschoß (die *Kugel*) abgeschossen wird, die *Flinten* dagegen einen glatten Lauf, aus dem eine Schrotladung (mehrere runde Bleikugeln im Durchmesser von meist 2–4 mm) abgefeuert wird.
Bei den Büchsen unterscheidet man einläufige, doppelläufige u. Repetierbüchsen. Die ein- u. doppelläufigen Büchsen *(Pirsch-, Doppelbüchsen, Stutzen)* haben einen Kipplaufverschluß; bei ihnen wird der Lauf zum Laden u. Spannen gekippt. Die Repetierbüchsen haben ein Magazin u. den Schloßmechanismus der Militärgewehre *(Mauser, Mannlicher),* sind aber leichter gebaut als die jagdl. Verhältnissen besser angepaßt (steilere Züge, Zielfernrohr). Die gebräuchlichsten Kaliber (Laufdurchmesser) sind: 5,6, 6,5, 7,0, 8,0 u. 9,3 mm.
Bei den Flinten unterscheidet man Automaten *(Browning),* die aus einem Lauf mehrere Schüsse abfeuern können (mit Magazin), sowie ein- u. doppelläufige Flinten mit Kipplaufverschluß. Meist sind Doppelflinten im Gebrauch, deren linker Lauf →Chokebore hat. Das *Flintenkaliber* wird nach der Größe der verschossenen Bleikugeln angegeben, die sich aus der Anzahl der aus einem engl. Pfund (453,6 g) zu gießenden Bleikugeln ergibt, also nicht aus dem Laufdurchmesser in mm (Kugelgewehre). Das bei uns gebräuchlichste Kaliber 16 ist also im Durchmesser kleiner als Kaliber 12 u. größer als Kaliber 20 oder 24. Aus einer Flinte kann auch ein sog. Flintenlaufgeschoß *(Brennecke)* abgefeuert werden, das aber nur bis zu einer Entfernung von 35 m verwendbar ist.
Kombinierte J.e (mit Kugel- u. Flintenlauf) sind sehr gebräuchlich u. werden von Berufsjägern gern verwendet. Die *Büchsflinte* hat je einen nebeneinanderliegenden Kugel- u. Flintenlauf, der *Büchsdrilling* zwei Kugelläufe u. einen Flintenlauf, der *Drilling* einen Kugellauf u. zwei Flintenläufe, der *Vierling* je zwei Kugel- u. Flintenläufe. Wenn die Läufe nicht nebeneinander, sondern übereinander „aufgebockt" sind, spricht man von einer *Bockbüchse* (2 Kugelläufe), einer *Bockbüchsflinte* (1 Kugel- u. 1 Flintenlauf) u. einer *Bockflinte* (2 Flintenläufe). – ⬚ →Jagd.

Jagdhunde, 1. *Astronomie:* Canes venatici, Sternbild am nördl. Himmel, zwischen dem Großen Bären u. dem Bootes.
2. *Jagd:* auf besondere Fähigkeiten gezüchtete u. zur Jagd abgerichtete Hunde: 1. *Schweißhunde* (Hannoverscher Schweißhund, Gebirgsschweißhund), verfolgen angeschossenes Wild auf der Schweißfährte; 2. *Vorstehhunde* (Deutsch-Lang-, Rauh-, Stichel- u. Kurzhaar, Münsterländer, Pointer, Setter, Griffon), zeigen versteckt Wild durch „Vorstehen" an; 3. *Stöberhunde* (Wachtelhund, Spaniel), jagen Wild auf; 4. *Apportierhunde* (Retriever), suchen geschossenes, kleineres Wild; 5. *Hetzhunde* oder *jagende Hunde* (Bracken, Foxhund, Jagdterrier), spüren Wild auf und jagen es bellend; 6. *Erdhunde* (Dackel, Foxterrier), suchen Raubwild (Fuchs, Dachs) unter der Erde auf.
Jagdkrug, glasierter Steinzeugkrug mit aufgelegten Jagddarstellungen als Dekor; hergestellt in *Creußen* im 16. u. 17. Jh.
Jagdleopard →Gepard.
Jagdpanzer, mehr oder weniger stark gepanzertes, mit Panzerabwehrwaffen bestücktes Fahrzeug, vor allem zum Kampf gegen Panzer.
Jagdrecht, im objektiven Sinn die Gesamtheit der die Jagd betreffenden gesetzl. Bestimmungen; im subjektiven Sinn die *Jagdberechtigung,* d. h. die Befugnis eines Jägers, in einem bestimmten Revier zu jagen; sie gebührt dem Grundeigentümer, jedoch nur, wenn sein Land zu einem Jagdbezirk gehört; es gibt Eigenjagdbezirke u. gemeinschaftl. Jagdbezirke. Die Ausübung des J.s kann verpachtet werden. – In Österreich ist das J. Privatrecht; seine Ausübung wird durch Landesgesetze geregelt. – In der Schweiz ist das J. im Bundesgesetz über Jagd u. Vogelschutz vom 10. 6. 1925 in der Vollziehungsordnung vom 7. 6. 1971 enthalten.
Jagdschein, *Jagdpaß, Jagdkarte,* auf den Namen des Jägers für eine bestimmte Zeit ausgestellte Urkunde, die nicht die Jagdberechtigung, sondern die polizeil. Erlaubnis zum Jagen gewährt. Voraussetzung für die Erteilung eines J. ist u.a. der Nachweis, daß der Antragsteller die Jagd ordnungsgemäß ausüben kann. Auf der Jagd muß jeder Jäger den J. bei sich haben.
Jagdsignale, auf dem großen oder kleinen Jagdhorn geblasene Signale, die heute noch zur Verständigung z. B. bei Treibjagden dienen; außerdem Teil des jagdlichen Brauchtums, z. B. das „Tot-Verblasen" des erlegten Wildes. Heute noch ist die *fürstlich Pleßchen J.* im Gebrauch.
Jagdspinnen, Spinnen verschiedener Familien, die keine Netze bauen, sondern in Schlupfwinkeln auf ihre Beute lauern, sie mit den Vorderbeinen erfassen u. auffressen. Die *Sparassidae* führen speziell den dt. Namen J. Als *Gerandete Jagdspinne* ist die größte dt. Spinne *Dolomedes fimbriatus* (bis 2 cm, in Gewässernähe) bekannt, die zu den *Pisauridae* zählt. →auch Wolfsspinnen.

Jagdkrug in Fayence; Erfurt, 18. Jh. Kunstsammlungen Veste Coburg

Jagd

Jagdsignale:

Jagd im Papyrus-Dickicht, aus dem Grab des Menna; XVIII. Dynastie. Theben; ägyptisch (links). – Riza Abbasi, Falkenjagd; 1. Hälfte des 17. Jh. n. Chr.; persisch (rechts)

Eberjagd, Fresko aus dem Palast von Tiryns; 13.–12. Jh. v. Chr.; mykenisch

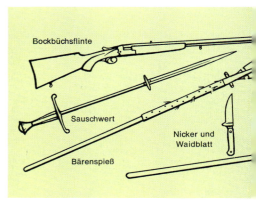

Rueland Frueauf d. J., Die Sauhatz; 1505. Klosterneuburg, Stiftsmuseum

Alte Jagdwaffen

Jagd

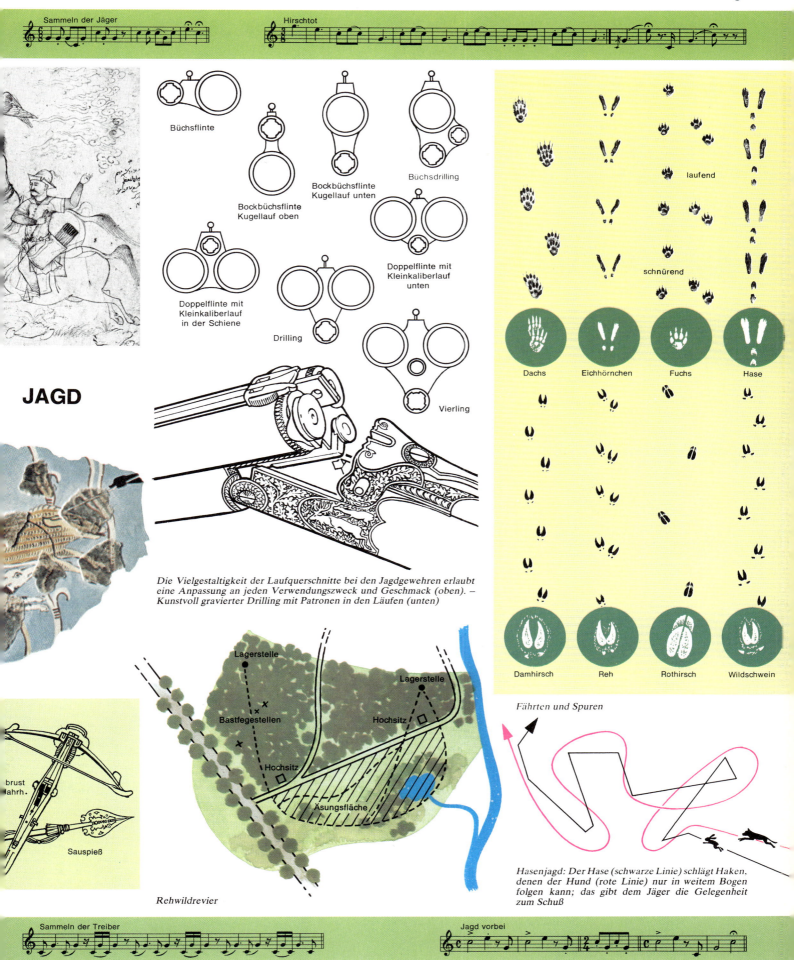

Die Vielgestaltigkeit der Laufquerschnitte bei den Jagdgewehren erlaubt eine Anpassung an jeden Verwendungszweck und Geschmack (oben). – Kunstvoll gravierter Drilling mit Patronen in den Läufen (unten)

Rehwildrevier

Fährten und Spuren

Hasenjagd: Der Hase (schwarze Linie) schlägt Haken, denen der Hund (rote Linie) nur in weitem Bogen folgen kann; das gibt dem Jäger die Gelegenheit zum Schuß

Jagdspringen, *Pferdesport: Springreiten,* Leistungsprüfung im Turnierreitsport. Man unterscheidet nach den Anforderungen des Parcours folgende Klassen: A (Anfänger; 6–12 Hindernisse, bis 1,10 m hoch), L (leicht; 8–16 Hindernisse, bis 1,30 m hoch), M (mittel; 12–20 Hindernisse, bis 1,40 m hoch u. 4 m weit) u. S (schwer; unterteilt in Sa- u. Sb-Springen). Sa-Springen haben einen langen Parcours, 13–20 Sprünge (bis 1,60 m hoch, bis 5 m weit) mit Hinderniskombinationen (Doppel- oder Dreifachsprünge), Sb-Springen dagegen einen kurzen Parcours mit 6–8 schweren Hindernissen (bis 1,70 m hoch u. 5 m weit), darunter mindestens ein Doppelsprung. Die Höchstlänge des Parcours in Metern ergibt sich aus der Formel: Zahl der Hindernisse × 60.
Die Wertung erfolgt nach verschiedenen Richtverfahren (z.B. nach Fehlerpunkten u. nach Zeit oder in Zeit umgerechneten Springfehlern). Bei Standardprüfungen (Klassen A, L, M, S) gibt es folgende Fehlerpunkte: erster Ungehorsam eines Pferdes (Verweigern) 3 Punkte, Umwerfen eines Hindernisses oder Eintreten in den Wassergraben 4 Punkte, zweiter Ungehorsam 6 Punkte, Sturz von Reiter oder Pferd 8 Punkte; beim dritten Ungehorsam, Verreiten, Auslassen eines Hindernisses u. bei Überschreiten der Höchstzeit (d.h. der doppelten Mindestzeit) erfolgt der Ausschluß. Die Mindestzeit einer Standardprüfung beträgt 350 m/min oder 400 m/min; für 1 sek Zeitüberschreitung wird 1/4 Fehlerpunkt angerechnet. Bei der Klasse Sa werden bei Punktgleichheit bis zu zwei, bei der Klasse Sb (auch *Mächtigkeits-* oder *Kanonenspringen* genannt) bis zu 5 →Stechen zur Siegerermittlung durchgeführt.
Die wichtigsten internationalen Wettbewerbe sind die Weltmeisterschaften (seit 1953), Europameisterschaften (seit 1957) u. seit 1912 die olymp. Reiterspiele (Einzel- u. Mannschaftsspringen; bei letzterem starten 4 Reiter pro Land [davon die drei besten gewertet] im „Preis der Nationen"); außerdem gibt es verschiedene Prüfungen auf internationalen Turnieren (→CSIO, →CSI). In der BRD hat neben der dt. Meisterschaft vor allem das →Deutsche Springderby bes. Bedeutung. →auch Barrierenspringen, Glücksjagdspringen, Rekordspringen. – 🄻1.1.8.

Jagdübertretung, leichterer, mit Geldstrafe oder Freiheitsentzug bis zu 6 Wochen zu ahndender Verstoß gegen meist jagdpolizeil. Vorschriften. Dagegen begeht *Jagdwilderei,* wer unter Verletzung fremden Jagdrechts die Jagd ausübt.

Jagdvergehen, *Jagdfrevel, Wildfrevel,* Verletzung fremden Jagd- oder Fischereiausübungsrechts; strafbar nach §§ 292–295 StGB. *Jagdwilderei* (§ 292) begeht, wer unbefugt dem Wild nachstellt, es fängt, erlegt oder sich zueignet, oder wer eine dem Jagdrecht unterliegende Sache (z.B. Abwurfstangen) sich zueignet, beschädigt oder zerstört; *Fischwilderei* (§ 293) begeht, wer unbefugt dem Fischereirecht unterliegende Sachen sich zueignet, beschädigt oder zerstört. Bei J. benutzte Jagd- u. Fischereigeräte können eingezogen werden; Bestrafung wegen J.s hat Verlust des →Jagdscheins zur Folge. – In der Schweiz sind die Strafbestimmungen gegen J. in Art. 39–52 des Bundesgesetzes über Jagd u. Vogelschutz vom 10. 6. 1925 enthalten. – Das österr. StGB regelt die J. in §§ 137–140, 180, 182.

Jagdwaffen, die zur Jagd benutzten Waffen. Bevorzugte J. waren lange Zeit Speer u. Jagdschwert. Weitreichende Schußwaffen (z.B. Armbrust) wurden zunächst als nicht weidgerecht angesehen. Vom 16. Jh. an kamen Feuerwaffen in Gebrauch (Büchse, Flinte, Büchsflinte, Drilling). →auch Jagdgewehr.

Jagdzauber, Praktiken, die schon von Wildbeuterstämmen angewendet werden, um den Erfolg einer Jagd magisch abzusichern u. den Herrn der Tiere günstig zu stimmen. Dazu gehören z.B. geschlechtl. Enthaltsamkeit, das Aufmalen der Jagdtiere vor der Jagd, das Besprechen der Waffen u. ein Opferanteil nach erfolgreicher Jagd.

Jagdzeug, 1. *i. w. S.* alle zur Jagd erforderl. Geräte.
2. *i. e. S.* die Lappen (→Lappjagd) der Tücher, mit denen bei Treibjagden bestimmte Waldteile umstellt werden (eingestelltes Jagen).

Jagemann, Karoline, Schauspielerin u. Sängerin, *25. 1. 1777 Weimar, †10. 7. 1848 Dresden; seit 1797 am Weimarer Hoftheater, errang durch ihre hohe Begabung u. als intrigante Geliebte des Großherzogs *Karl August,* der sie zur Freifrau von *Heygendorf* erhob, großen Einfluß, der u.a. ein Grund für *Goethes* Rücktritt von der Theaterleitung war. J. schrieb „Erinnerungen", hrsg. 1926.

Jagen [das], bes. im norddt. Flachland übliche Bez. für eine forstl. Abteilung, die durch Schneisen gradlinig begrenzt wird.

Jager, dreieckiges Vorsegel *(Außenklüver).*

Jäger, 1. *Jagd:* derjenige, der unter Beachtung der weidmänn. Bräuche u. rechtl. Bestimmungen →jagdbare Tiere hegt u. erlegt. Im MA. hatten die zunftmäßigen J. die prunkvollen Hofjagden der Fürsten vorzubereiten u. mit großem Zeremoniell durchzuführen. Mit Aufhebung des Jagdregals 1848 sank die Zahl der Berufs-J. stark ab (in Österreich 1957 z.B. nur noch 3350 bei über 80000 Jagdkarteninhabern). Heute sind die J. Angehörige aller Berufe, die als Eigentümer oder Pächter einer Jagd bzw. als Jagdgast mehr aus Passion als aus Erwerbsgründen die Jagd ausüben. Voraussetzungen sind in der BRD: eine entspr. Ausbildung (Prüfung zum Erwerb des 1. Jahresjagdscheins), der Besitz einer Jagdkarte sowie gewisse finanzielle Mittel. Der weidgerechte J. sollte weniger Wert darauf legen, nur in sportl. Weise Trophäen zu sammeln, als in Notzeiten dem Wild zu helfen (Wildfütterung im Winter) u. durch wohlüberlegten Abschuß zur Wildhege beizutragen.
2. *Landstreitkräfte:* bis zum 1. Weltkrieg Infanterietruppe des dt. Heers mit ausgesuchtem Ersatz, meist Forstleuten; die Unteroffiziere hatten die Bez. *Ober-J.; J. zu Pferd* →Kürassiere. Nach 1919 behielten einige Verbände die Bez. J. aus Traditionsgründen bei. Im 2. Weltkrieg wurden neben Gebirgsdivisionen auch einige *J.-Divisionen* gebildet, die infolge Gliederung u. Ausrüstung beweglicher waren als die Infanterie-Division.
3. *Luftwaffe:* Militärflugzeug zur Abwehr gegnerischer Flugzeuge mit eingebauten Bordwaffen (Maschinengewehre, Kanonen, Luftkampfraketen); meist kleinere Flugzeuge mit hoher Geschwindigkeit, Steigleistung u. Wendigkeit.
4. *Zoologie:* Ernährungstyp (Lebensformtyp) von Tieren. →Räuber.

Jäger, Gustav, Zoologe, *23. 6. 1832 Bürg, Württemberg, †13. 5. 1917 Stuttgart; 1867–1884 Prof. in Hohenheim; Darwinist; empfahl die *„J.wäsche"* (wollene Unterkleidung); „Deutschlands Tierwelt" 1874; „Entdeckung der Seele" 1879; „Mein System" 1880, u.a.

Jägerfleisch, (Rind-)Fleischscheiben, in der Pfanne in Fett gebraten u. in scharf gewürzter Soße angerichtet.

Jägerlatein, dem Laien glaubhaft klingende Erzählungen von Jagderlebnissen, bei denen der Phantasie des Erzählers kaum Grenzen gesetzt sind.

Jägerliest →Lachender Hans.

Jägerndorf, tschech. *Krnov,* Stadt in Mährisch-Schlesien, an der Oppa nordwestl. von Troppau, 22000 Ew.; Maschinen-, Textil- u. pharmazeut. Industrie, Orgelbau. – Anfang 13. Jh. gegr., Schloß (1552), Sitz des ehem. schles. Fürstentums J.

Jägerprüfung, von den Jagdverbänden im Auftrag der Verwaltungsbehörden abgehaltene Prüfung, in der jagdl. Anfänger ihre Kenntnisse auf jagdl. Gebiet (Kenntnis der jagdbaren Tiere, der Jagdhunde, der Jagdwaffen, der Behandlung des erlegten Wildes, der Jagdgesetze) nachweisen müssen. Erst nach einer J. ist es möglich, einen *Jagdschein* zu erwerben u. damit *Jäger* (zunächst Jungjäger) zu werden.

Jägerrecht, ursprüngl. dem Jagdangestellten, heute meist dem Schützen zustehende Teile des erlegten Schalenwilds. Das „Kleine J." umfaßt den Aufbruch, das →Geräusch. Das „Große J.", das dazu noch Stücke des Wildbrets einschloß, wird nicht mehr zugestanden.

Jägersprache, *Weidmannssprache,* eine über viele Jägergenerationen aus alten, naturbezogenen Sprachformen entstandene Zunftsprache der Jäger mit über 5000 Ausdrücken.

Jäger- und Sammlerstämme, Bevölkerungsgruppen mit aneignender Wirtschaft *(Wildbeuter),* bei denen meist den Männern das Jagen u. den Frauen das Sammeln von Nahrungsmitteln obliegt.

Jäger von Jaxtthal, Friedrich, Augenarzt, *4. 9. 1784 Kirchberg an der Jagst, Württemberg, †26. 12. 1871 Wien; Prof. in Wien, namhafter Augenoperateur (Extraktionsverfahren beim Grauen Star; Linearschnitt).

Jagić [-itç], Vatroslav, kroat. Slawist, *6. 7. 1838 Varaždin, †5. 8. 1923 Wien; Schöpfer der modernen Slawistik; 1886 Prof. in Wien.

Jagiẹłło, lit. *Jagaila,* Großfürst von Litauen 1377–1401, als *Władysław II. J.* König von Polen 1386–1434, *1351, †31. 5. 1434 Gródek bei Lemberg; Enkel Gedymins; sein Übertritt zum Christentum ermöglichte ihm 1386 die Heirat mit der poln. Thronfolgerin Hedwig (Jadwiga); er vereinigte hierdurch Litauen in Personalunion mit Polen u. gründete die poln. Dynastie der →Jagiellonen. 1387 christianisierte er Litauen. Der weiteren machtpolit. Ausdehnung des Dt. Ordens bereitete der Sieg der vereinigten poln. u. litauischen Heere 1410 bei Tannenberg (Grunwald) unter J. u. seinem Vetter Vytautas (Witold) ein Ende. Um seinem Sohn den Thron zu sichern, gewährte J. dem poln. Adel Privilegien, die die Umwandlung Polens in eine Adelsrepublik einleiteten. – 🄱 →Polen (Geschichte).

Jagiellọnen, *Jagellonen,* von *Jagiełło* abstammende poln. Dynastie (1386–1572 in Polen u. Litauen), 1572 im Mannesstamm ausgestorben. Auf Jagiełło folgte 1434 sein Sohn *Władysław III.* – als ungar. König Wladislaw V. – (gefallen 1444 bei Warna im Kampf gegen die Türken), diesem folgte 1447 sein Bruder *Kasimir IV.* (*1427, †1492), dann dessen Söhne: 1492 *Johann Albrecht* (Jan Olbracht, *1459, †1501), 1501 *Alexander* (*1461, †1506) u. 1506 *Sigismund I.* (*1467, †1548) u. als letzter Jagiellone 1548 dessen Sohn *Sigismund II. August* (*1520, †1572). Kasimirs IV. Enkel *Ludwig II.* von Böhmen u. Ungarn fiel 1526 bei Mohács im Kampf gegen die Türken; da er kinderlos war, kamen seine Länder gemäß Erbvertrag an die Habsburger. 1471–1526 waren die J. zugleich Könige in Böhmen u. 1490–1526 in Ungarn. Unter ihnen wurde Polen europ. Großmacht. – 🄻5.5.5.

Jạgo, Gestalt in *Shakespeares* Tragödie „Othello"; treibt mit abgründiger Bosheit *Othello* zur Tötung *Desdemonas* u. zur Selbstvernichtung.

Jạgoda, Genrich Georgijewitsch, sowjet. Politiker, *1891, †15. 3. 1938 Moskau (hingerichtet); 1924 stellvertr. Chef der GPU, 1934–1936 Chef des NKWD; organisierte die Anfänge der Stalinschen „Säuberungen" (1. Moskauer Prozeß gegen Sinowjew, Kamenew u.a.), fiel bei Stalin in Ungnade u. wurde im 3. Moskauer Prozeß zum Tod verurteilt.

Jagow [-go:], märk. Uradelsgeschlecht, seit dem 14. Jh. in der Altmark beheimatet. – **1.** Gottlieb von, Politiker u. Diplomat, *22. 6. 1863 Berlin, †11. 1. 1935 Potsdam; setzte sich 1909–1912 als Botschafter in Rom für die Erneuerung des *Dreibundes* ein; 1913–1916 Staatssekretär des Auswärtigen Amtes.
2. Traugott von, Staatsbeamter u. Politiker, *18. 5. 1865 Perleberg, †15. 6. 1941 Berlin; als Polizei-Präs. von Berlin (seit 1909) durch seine kurzen Erlasse bekannt, 1916–1919 Regierungs-Präs. von Breslau, 1920 einer der Initiatoren des *Kapp-Putschs* u. als Innen-Min. der Kapp-Regierung vorgesehen.

Jagst, rechter Nebenfluß des Neckar, 196 km, entspringt auf der Schwäb. Alb bei Lauchheim, mündet bei Bad Friedrichshall. In der Burg von *J.hausen,* einem württ. Dorf (950 Ew.) an der J., wurde *Götz von Berlichingen* geboren.

Jạguar [der; indian., span.], *Unze, Panthera onca,* die größte Raubkatze Amerikas, von 150 cm Körperlänge u. 80 cm Schulterhöhe, gelbbraun mit schwarzen Ringen u. Flecken, gedrungener als der Leopard, häufig Schwärzlinge (→Melanismus); lebt in den Wäldern Süd- u. Mittelamerikas u. im südl. Nordamerika.

Jaguarụndi [der], *Wieselkatze, Herpailurus yaguarundi,* Rassenkreis langgestreckter kurzläufiger *(Klein-)Katzen* mit langem Schwanz; Pelz einfarbig, fast bis rötlich; nahe Verwandte auch mit Fleckenmuster; verbreitet vom SW der USA durch Mittelamerika bis Paraguay.

Jahạngir →Dschahangir.

Jahja, *Jachja* ['jaxja], Mohammed, Imam u. König von Jemen 1904–1948, *1876, †16. 1. 1948 (ermordet); vertrieb 1904 die Türken aus San'a, 1911 als Herrscher von diesen anerkannt, 1918 unabhängig.

Jạhja Khan [jaxja-], *Yahya Khan,* Aga Mohammed, pakistan. Offizier u. Politiker, *4. 2. 1917 Chakwal bei Peschawar; 1966 Oberbefehlshaber der Armee, 1969 Staats-Präs. als Nachfolger Ajub Khans; mußte nach der Niederlage gegen Indien u. der Spaltung Pakistans 1971 zurücktreten.

Jahn, 1. Friedrich Ludwig, Organisator des dt. Turnwesens („Turnvater J."), *11. 8. 1778 Lanz,

Mecklenburg, †15. 10. 1852 Freyburg (Unstrut); legte 1811 in der Hasenheide in Berlin den ersten Turnplatz an; entwickelte viele Turngeräte u. -übungen u. schuf damit die Grundlagen zur Verbreitung der Turnkunst; später als Gegner der Reaktion verdächtig u. 1819–1825 in Haft; Mitglied der Nationalversammlung 1848. In seinem Hptw. „Deutsches Volkstum" 1810 forderte J. die Einheit u. die Wiederbelebung der Werte des dt. Volkes u. bekämpfte die Fremdwörter.
2. Gerhard, SPD-Politiker, *10. 9. 1927 Kassel; Anwalt, seit 1957 MdB; 1967–1969 parlamentarischer Staatssekr. im Auswärtigen Amt; 1969 bis 1974 Bundesjustiz-Min.; seit 1974 parlamentar. Geschäftsführer der SPD-Bundestagsfraktion.
3. Janheinz, Schriftsteller u. Kulturanthropologe. *23. 7. 1918 Frankfurt a.M., †20. 10. 1973 Messel bei Darmstadt; „Schwarzer Orpheus" 1954; „Schwarze Ballade" 1957; „Muntu, Umrisse der neoafrikan. Kultur" 1958; „Durch afrikanische Türen" 1960; „Negro Spirituals" 1962; „Afrika erzählt" 1963; „Geschichte der neoafrikan. Literatur" 1966; übersetzte L. S. Senghor, A. Césaire, A. Carpentier u.a.
4. Moritz, niederdt. Lyriker u. Erzähler, *27. 3. 1884 Lilienthal bei Bremen, †19. 1. 1979 Göttingen; „Unkepunz" 1931; „Ulenspiegel un Jan Dood" (Gedichte u. Balladen in fries. Mundart) 1933; „Frangula" 1933; „Die Gleichen" 1939; „Luzifer" 1956.
Jähn, Sigmund, DDR-Kosmonaut, *13. 2. 1937 Rautenkranz/Vogtland; startete als erster dt. Kosmonaut am 26. 8. 1978 mit Sojus 31 zur Raumstation Saljut 6 u. landete am 3. 9. 1978 im vorgesehenen Gebiet in der Sowjetunion.
Jahnn, Hans Henny, Orgelbauer, Dramatiker u. Erzähler, *17. 12. 1894 Hamburg, †29. 11. 1959 Hamburg; gründete 1920 die neuheidn. Glaubensgemeinschaft „Ugrino" u. war in seinen letzten Jahren als radikaler Pazifist aktiver Gegner des atomaren Wettrüstens. J. glorifizierte in seinem Werk den Eros u. versuchte der Trauer über die Vergänglichkeit des Fleisches im Motiv der Zwillingsbrüderschaft zu begegnen. Sein Roman „Perrudja" 1929 zählt zu den wesentl. Werken des literar. Expressionismus. Dramen: „Pastor Ephraim Magnus" 1919; „Die Krönung Richards III." 1921; „Medea" 1926; „Armut, Reichtum, Mensch u. Tier" 1948; „Thomas Chatterton" 1955; Romane: „Fluß ohne Ufer" (Trilogie: „Das Holzschiff", „Die Niederschrift des Gustav Anias Horn", „Epilog" 1949–1961); „Die Nacht aus Blei" 1956. – ⌑3.1.1.
Jahr, Umlaufzeit der Erde um die Sonne (*Sonnen-J.*). Als Einheit der bürgerl. Zeitrechnung dient das *tropische J.* = 365,2422 mittlere Sonnentage (Zeit der Wiederkehr der Sonne zum Frühlingspunkt). Das *siderische J. (Stern-J.)* = 365,25636 Tage (Wiederkehr der Sonne zu denselben Fixsternen) u. das *anomalistische J.* = 365,25964 Tage (Zeit zwischen zwei Perihel-durchgängen der Erde) sind etwas länger. In der Kalenderrechnung werden genäherte J.eslängen benutzt: das *Julian. J.* = 365,25 Tage u. das *Gregorian. J.* = 365,2425 Tage. →Kalender.
Jahrbücher →Annalen.
Jahresabschluß, besteht aus *Bilanz* u. *Gewinn- u. Verlustrechnung.* Für Aktiengesellschaften sind Aufstellung, Inhalt, Gliederung, Bewertung, Prüfung, Vorlage, Feststellung u. Bekanntmachung in den §§ 148–178 AktG eingehend geregelt. Die Gliederungs- u. Bewertungsvorschriften wenden auch Unternehmen anderer Rechtsform weitgehend an.
Jahresfehlbetrag →Jahresüberschuß.
Jahresringe, *Jahrringe,* kommen im Holz der Bäume u. Sträucher dadurch zustande, daß das im Sommer wachsende Holz dichter u. dunkler ist als das weitporige helle Frühjahrsholz; die winterl. Ruheperiode ist an Stammquerschnitten durch die scharfe Grenze zwischen dem *Spätholzring (Sommerring)* des einen u. dem *Frühholzring (Frühjahrsring)* des folgenden Jahres gekennzeichnet. Die J. gestatten eine Altersbestimmung der Bäume. →auch Dendrochronologie.
Jahresüberschuß, der Überschuß des *Ertrags* (insbes. der Umsatzerlöse) über den *Aufwand* eines Jahres. Ist der Aufwand größer als der Ertrag, ergibt sich ein *Jahresfehlbetrag.* Der J. wird in der aktienrechtl. Gewinn- u. Verlustrechnung gemäß § 157 AktG ausgewiesen. Diese Größe wird sonst auch als *Gewinn* bezeichnet; sie zeigt die Rentabilität des Unternehmens. Der J. kann gemäß §§ 58 u. 150 AktG zum Teil in freie u. gesetzliche *Rücklagen* eingestellt werden. Nach Verrechnung mit dem Gewinn- oder Verlustvortrag aus dem Vorjahr u. den Entnahmen aus offenen Rücklagen ergibt sich der *Bilanzgewinn;* auf diesen haben die Aktionäre in Form von Dividenden Anspruch.
Jahresvögel →Vogelzug.
Jahreszeiten, die vier Abschnitte Frühling, Sommer, Herbst u. Winter, in die das Jahr nach dem scheinbaren Lauf der Sonne durch den →Tierkreis eingeteilt wird; meteorologisch: Gruppen von je 3 Kalendermonaten; Frühling: März–Mai, Sommer: Juni–August usw.
Jahreszeiten, „Die J.", „The Seasons", lehrhaft beschreibendes Naturgedicht (1726–1730, dt. 1745) von J. *Thomson.* Nach ihm verfaßte G. van *Swieten* den Text für J. *Haydns* Oratorium.
Jahreszeitenfeldbau, im Gegensatz zum *Dauerfeldbau* mit mehreren Ernten auf eine Jahreszeit gebundene Feldbau mit einer Ernte pro Jahr: *Sommerfeldbau* der gemäßigten Zone, *Winterfeldbau* im subtrop. Winterregengebiet (Etesienklima), *Regenzeitenfeldbau* der Randtropen.
Jährlingswolle, Wolle der zweiten Schur bzw. der ersten Schur am einjährigen Schaf; unterscheidet sich von der *Lammwolle* (der ersten Schur) durch das Fehlen der Haarspitzen u. durch größere Festigkeit.
Jahrmarkt, *Kirmes, Kirchweihfest, Send,* Fest am Namenstag des Kirchenpatrons, für dessen Messe von fliegenden Händlern, später aus aufgeschlagenen Buden Lichter, Amulette u. Lebensmittel verkauft wurden; heute meist jährlich zu festbestehenden Zeiten stattfindendes Volksfest mit Krammarkt u. Volksbelustigungen (Karussell, Schaubuden u. ä.). Auch kirchl. Gerichtstage (Sendgericht) waren Anlaß für einen J.
Jahr und Tag, Frist des german. u. alten dt. Rechts: ursprüngl. 1 Jahr u. 1 Tag, später (unter Hinzurechnung der Frist zwischen zwei echten Thingen; →Thing) 1 Jahr u. 6 Wochen oder 1 Jahr, 6 Wochen u. 3 Tage (dann wurde auch die Dauer des Things mitgerechnet).
Jahwę, *Jahve,* fälschlich *Jehova,* Gottesname des A.T., wird mit dem „Gott Abrahams, Isaaks u. Jakobs" (2. Mose 3,6) identifiziert; Bedeutung unbekannt.
Jahwist [der], ein erzählendes Quellenwerk des *Pentateuch;* benannt nach dem Gebrauch des Gottesnamens *Jahwe,* dessen Kenntnis bei den Israeliten bereits für die vormosaische Zeit vorausgesetzt wird; umspannt die Zeit von der Schöpfung bis zur Landnahme (vielleicht bis in die frühe Königszeit); entstanden zwischen 950 u. 900 v.Chr., wohl in Juda.
Jailagebirge = Krimgebirge.
Jaime [′xaime], span. für →Jakob.
Jaina [′dʒaina; sanskr.], *Dschaina,* die Angehörigen des indischen Dschinismus.
Jaina [′xaina], Insel an der Westküste von Yucatán, archäolog. bedeutsam durch Funde realist. Tonfiguren aus der Blütezeit der *Maya-Kultur.*
Jainismus [dʒai-] →Dschinismus.
Jaipur [dʒɛ:′pur], *Jaypur,* Hptst. des ind. Staates *Rajasthan,* nordöstl. des Arravalligebirges, 635 000 Ew.; siebentorige Stadtmauer, riesiger Fürstenpalast, Universität (1947); Bahnknotenpunkt, lebhafter Handel, bedeutende Textilindustrie. – In der Nähe die Paläste von *Amber.*
Jak →Yak.
Jakarta [dʒa-], Hptst. von Indonesien, = Djakarta.
Jako [der; frz.] = Graupapagei.
Jakob [hebr., Bedeutung ungeklärt], männl. Vorname, rhein. Kurzform *Köbes;* ital. *Giacomo, Jago,* frz. *Jacques,* engl. *James, Jim(my),* span. *Jaime, Diego.*
Jakob, im A.T. zweiter Sohn *Isaaks;* zählt zu den Patriarchen. Sein Beiname →Israel, den er aufgrund seines Ringens am Jabbok erhielt (1. Mose 32), dient im A.T. als Gesamtbez. für alle Glieder des 12-Stämme-Verbands, die sich damit als seine Nachkommen ausgeben.
Jakob, Fürsten. A r a g ó n : **1.** *J. I., J. der Eroberer, Jaime el Conquistador,* König 1213–1276, *22. 2. 1208 Montpellier, †27. 7. 1276 Valencia; eroberte die Balearen u. 1238 das Königreich Valencia im Kampf gegen die Mauren u. leitete die aragones. Mittelmeerpolitik durch Verheiratung seines Sohnes Peter III. mit Konstanze, der Tochter Manfreds von Neapel-Sizilien, ein. Er veranlaßte ein großes Gesetzgebungswerk. Katalan. Nationalheld.
2. *J. II., J. der Gerechte,* König 1291–1327, *1264 Montpellier, †2. 11. 1327 Barcelona; mußte 1295 im Frieden von Anagni mit dem Papst auf Sizilien verzichten, erhielt dafür Sardinien u. Korsika.
G r o ß b r i t a n n i e n : **3.** *J. I.* (engl. *James*), König 1603–1625 u. als *J. VI.* König von Schottland seit 1567, *19. 6. 1566 Edinburgh, †27. 3. 1625 Theobalds Park, Hertfordshire; Sohn der Maria Stuart, wurde nach der Abdankung seiner Mutter König von Schottland. J. verband sich im Interesse seiner Anwartschaft auf den engl. Thron 1586 mit Königin Elisabeth I. gegen Spanien u. hielt auch nach der Hinrichtung seiner Mutter an diesem Bündnis fest. Nach dem Tod Elisabeths (1603) vereinigte er die Kronen von Schottland u. England in Personalunion. Er verfocht in seinen Schriften „The True Lawe of Free Monarchies" (1598) u. „Basilikon Doron" (1599) die Theorie vom göttl. Herrscherrecht der Könige. Seine Versuche, absolutist. zu herrschen, setzten J. in Widerspruch zum Parlament (*Pulververschwörung*). Die parlamentar. Opposition wurde noch verstärkt durch die nachgiebige Politik J.s gegenüber Spanien zu Beginn des Dreißigjährigen Kriegs.

Jahrmarkt mit kleinen Ständen, fliegenden Händlern, Wahrsagern, Schlangenbeschwörern, Musikern und Tänzern auf dem Platz Djemaa el Fnaa in Marrakesch, Marokko

4. *J. II.*, Enkel von 3), König 1685–1688, *14. 10. 1633 London, †5. 9. 1701 St.-Germain-en-Laye, Paris; als Herzog von York trat er während der Regierungszeit seines Bruders Karl II. (1660–1685) als fähiger Organisator u. Oberbefehlshaber der engl. Kriegsflotte hervor; wurde 1672 kath.; deshalb auf Drängen der parlamentar. Opposition während der „Exclusion Crisis" (1679–1681) des Landes verwiesen. Nach seiner Thronbesteigung betrieb er eine absolutist. Politik, die Rekatholisierungsversuche einschloß. Dies führte zu seiner Absetzung durch die engl. Protestanten mit Hilfe seines prot. Schwiegersohns Wilhelm von Oranien in der „Glorreichen Revolution" 1688/1689.
5. *J. III. Eduard Franz*, Sohn von 4), gen. *Chevalier de St. George*, auch *der Prätendent* (auf den engl. Thron), *10. 6. 1688 London, †1. 1. 1766 Rom; scheiterte mit seinen Versuchen (1708, 1715), den engl. Thron zu gewinnen.
Haiti: **6.** *J. I.*, eigentl. Jean Jacques *Dessalines*, Kaiser 1804–1806, *um 1760 Goldküste, Afrika, †17. 10. 1806 (ermordet); erklärte Haiti 1803 für unabhängig.
Kurland: **7.** *J. (von) Kettler*, Herzog 1639 bzw. 1642–1682, *7. 11. 1610 Goldingen, †1. 1. 1682 Mitau; nach Zugeständnissen an den poln. Lehnsherrn *Wladislaw IV.* übernahm J. zusammen mit seinem Onkel *Friedrich* (†1642) das Herzogtum, führte den Merkantilismus ein, gründete Industriebetriebe (vor allem Werften), eine große Handels- u. Kriegsflotte, 1651 eine Kolonie in *Gambia* und auf *Tobago* 1651–1681. Im *Nord. Krieg* verlor J., seit 1654 dt. Reichsfürst ohne Reichsstandschaft, obwohl er seine Neutralität erklärt hatte, sein Herzogtum an Karl X. Gustav von Schweden, erhielt es aber durch den *Frieden von Oliva* 1660 zurück. Sein eigentliches Ziel, sich der poln. Lehnsherrschaft zu entziehen, erreichte J. nicht.
Schottland: **8.** *J. I.*, König 1406–1437, *Juli 1394 Dunfermline, †20. 2. 1437 Perth; versuchte den Widerstand des Adels durch Stärkung der königl. Kompetenzen zu brechen, setzte einen obersten Gerichtshof ein u. schuf eine Repräsentationsversammlung; vom Adel ermordet.
9. *J. II.*, Sohn von 8), König 1437–1460, *16. 10. 1430 Holyrood, Edinburgh, †3. 8. 1460 Roxburgh Castle (gefallen); suchte das Königtum gegen den Adel zu stärken u. betrieb im Bündnis mit Frankreich eine expansive Politik gegenüber England.
10. *J. IV.*, Enkel von 9), König 1488–1513, *17. 3. 1473, †9. 9. 1513 Flodden Field; Gatte der *Margarete Tudor* (*1489, †1541), Schwester Heinrichs VIII.; beendete die Bürgerkriege u. stärkte das schott. Königtum; schloß 1512 einen Pakt mit Frankreich gegen England; fiel in der Schlacht bei Flodden Field gegen Heinrich VIII.
11. J. VI. = J. I. von England; →Jakob (3).

Jakobịner, die radikalen Republikaner der Französ. Revolution 1789 (benannt nach ihrem Versammlungsort, dem Dominikanerkloster St. Jakob in Paris), seit 1791 unter Leitung *Robespierres*, übten 1793/94 eine terrorist. Diktatur (die sog. Schreckensherrschaft) aus; nach Robespierres Hinrichtung (1794) zunehmend einflußlos.

Jakobinermütze, frz. *Bonnet rouge*, rote phrygische Mütze (Wollmütze mit herabhängendem Zipfel), wurde in der Französ. Revolution, bes. seit 1791, als Freiheitssymbol mit blau-weißer Kokarde getragen u. erschien zeitweise auch auf Siegeln, Münzen u.ä.

Jakobịnie [nach der brasilian. Stadt *Jacobina*], *Jacobinia carnea*, ein in Brasilien heim. *Akanthusgewächs*, mit großen, purpurnen, in Blütenähren stehenden Einzelblüten; als Zierpflanze beliebt.

Jakobịten, 1. engl. *Jacobites*, die Anhänger des durch die „Glorreiche Revolution" 1688 aus England vertriebenen Stuartkönigs Jakob II. u. seiner Nachkommen. Bes. Unterstützung fanden die J. in Schottland, wo in den Highlands der größte Teil des Adels ihnen anhing. 1746 mißlang ihr letzter Aufstand (Schlacht von Culloden). – Ein sentimentaler *Jakobismus* lebte bis in den 1. Weltkrieg fort, in dem sich die J. für Prinz *Rupprecht von Bayern* als den legitimen schott. König einsetzten.
2. →morgenländische Kirchen, →Baradäus, Jakob.

Jakobskraut, *Jakobskreuzkraut, Senecio jacobaea*, 30–100 cm hohes *Kreuzkraut* mit fiederteiligen Blättern, dicht doldenrispigen Blütenständen u. gelben Blüten.

Jakobsleiter, 1. *Altes Testament:* die von Jakob nach seiner Flucht im Traum geschaute Himmelsleiter (1. Mose 28).
2. *Schiffahrt:* zum Aufentern von Bootsbesatzungen u. Lotsen verwendete Schiffsstrickleiter mit Holzsprossen.

Jakobslilie, *spanische Lilie, Sprekelia formosissima*, mexikan. *Lilie* mit großen, einzeln auf einem hohlen Schaft stehenden roten Blüten.

Jạkobson, Roman, russ. Slawist u. Sprachwissenschaftler, *11. 10. 1896 Moskau; lebt seit 1941 in den USA; Mitbegründer der europ. Phonologie u. Pionier in der Entwicklung einer diachronen (histor.) Phonologie; arbeitet darüber hinaus auf den verschiedensten Gebieten der Linguistik (u. a. über Aphasie) u. slaw. Philologie; entwickelte die Theorie der *distinktiven Merkmale* (mit M. *Halle*): „Fundamentals of Language" 1957, dt. „Grundlagen der Sprache" 1960.

Jakobsstab, 1. primitives Instrument zum Messen von Sternabständen u. Sternhöhen; in der antiken u. mittelalterl. Seefahrt als Navigationsinstrument benutzt.
2. Name für die drei Gürtelsterne des Sternbilds →Orion.

Jạkobstad, finn. *Pietarsaari*, finn. Hafenstadt am Bottn. Meerbusen, 19000 Ew.; Holzindustrie.

Jakọbszwiebel, *Jakobslauch* →Winterzwiebel.

Jakọbusbrief, Epistel des N.T., nach der Tradition von *Jakobus d.J.*, dem Bruder Jesu, verfaßt. Die Verfasserschaft ist umstritten.

Jakọbus der Ältere, Jünger Jesu u. Apostel, Sohn des Zebedäus, Bruder des Apostels Johannes, wurde unter Herodes Agrippa I. um 44 Märtyrer (Apg. 12,2). Heiliger (Fest: 25. 7.).

Jakọbus der Jüngere, gen. *der Gerechte*, Apostel, nach ev. Lehre Bruder Jesu (Gal. 1,19); kam nach Jesu Tod zur Gemeinde u. übernahm in Jerusalem bald die Führung; gilt als Verfasser des Jakobusbriefs u. ist nach Josephus um 66 (?) gesteinigt worden. Heiliger (Fest: 3. 5.).

Jakob von Edẹssa, jakobitischer Bischof von Edessa, Kirchenschriftsteller, *um 640 En-Deba bei Antiochia, †6. 4. 708 Kloster Tel Eda; vielseitiger Gelehrter, Exeget u. Übersetzer, Hauptvertreter des christl. Hellenismus in Syrien.

Jaksch, Wenzel, Politiker (SPD), *25. 9. 1896 Langstrobnitz, Böhmerwald, †27. 11. 1966 Wiesbaden; nach dem 1. Weltkrieg sozialdemokrat. Funktionär im Sudetenland, emigrierte 1939, vertrat in London die Sudetendeutschen gegenüber der tschechoslowak. Exilregierung; seit 1957 MdB; 1961 Vizepräs., 1964 Präsident des *Bundes der Vertriebenen*; schrieb „Volk u. Arbeiter" 1936; „Europas Weg nach Potsdam" 1958, ^{2}1967.

Jaktation [lat.], *Jactatio*, unruhiges Hinundherwerfen im Bett bei Erregungszuständen. – *J. des Kopfes*, Kopfwackeln im Schlaf als nervöse Erscheinung.

Jakubọwskij, Iwan Ignatjewitsch, sowjet. Marschall, *1. 7. 1912 Saitsewo, Mogiljow, Weißrußland, †30. 11. 1976 Moskau; 1960/61 u. 1962 bis 1965 Oberbefehlshaber der Sowjettruppen in der DDR; seit 1967 Oberbefehlshaber der Truppen des *Warschauer Pakts*; befehligte die Intervention in der ČSSR Aug. 1968.

Jakụten, Turkvolk Sibiriens an der Lena, von den Burjaten im 13. Jh. nach N gedrängt, 250000 Menschen, einst in Adel, Freie u. Sklaven gegliedert; treiben Jagd, Fischfang, geringen Feldbau, Rentier- u. Pferdezucht; Fellkleidung, stark europäisiert; Kegelzelte oder Winterhütten; waren, obwohl Christen, weitgehend Anhänger des Schamanismus. Reicher Sagenschatz. – Von den Russen in Siedlungszentren zusammengefaßt; Bewohner der Jakut. ASSR in der RSFSR. – Ⓛ6.1.5.

Jakụtische ASSR, *Jakutien*, autonome Sowjetrepublik innerhalb der RSFSR, im nordöstl. Sibirien, 3103200 qkm, 780000 Ew. (davon 50% in Städten), Hptst. *Jakutsk*; umfaßt den östl. Teil des Mittelsibir. Berglands, die Zentraljakut. Niederung, Werchojansker u. Tschorskijgebirge u. die nördl. Tiefebenen; das Klima ist extrem kontinental, bei Werchojansk u. Ojmjakon sinkt die mittlere Januartemperatur bis unter −60 °C (→Kältepole), die Lena ist bei Jakutsk etwa 200 Tage eisbedeckt; in Tundra u. Taiga Rentierzucht u. Pelztierjagd, Küstenfischerei, an der mittleren Lena u. ihren Nebenflüssen Getreidebau mit Fleischviehwirtschaft; Bodenschätze: reiche Kohlenvorkommen (Lena- u. Kolymabecken), Gold u. Diamanten, Zinn, Glimmer, Steinsalz u. Erdgas. Eine geringere Verkehrserschließung, bedingt durch die natürl. Verhältnisse, erschwert die Landesentwicklung; Flußschiffahrt auf der Lena, Luftverkehr von erhöhter Bedeutung. – Die J. ASSR wurde 1922 gebildet. – Ⓑ→Sowjetunion.

Jakụtsk, Hptst. der *Jakut. ASSR* (Sowjetunion), an der mittleren Lena (Hafen), 150000 Ew.; wirtschaftl. u. kultureller Mittelpunkt des nordöstl. Sibirien mit Universität u. Fachhochschulen; Holz- u. Nahrungsmittelindustrie, Pelzhandel; Wärmekraftwerk; Verkehrsknotenpunkt, Empfangsstation für Nachrichtensatelliten; in der Nähe Braunkohlenlager.

Jalandhar ['dʒa-], *Jullundur*, nordind. Distrikt-Hptst. im Bundesstaat Panjab, 300000 Ew.: Festung; verschiedene Fakultäten der Panjab-Universität; Eisenbahnknotenpunkt, Agrarmarkt, Textilindustrie. – Hptst. des alten Königreichs J. *(Trigarta)*.

Jalạpa [xa-], Hptst. des guatemaltek. Dep. J., im Hochland, 36200 Ew.

Jalapa Enríquez [xa'lapa ɛn'rikɛs], Hptst. des mexikan. Golfstaats Veracruz, in der Küstenebene östl. von Ciudad de México, 150000 Ew.; Zucker-, Tabak- u. Textilindustrie; Anbau von Kaffee u. Zitrusfrüchten.

Jalạpenwurzel [xa-], *Tubera Jalapae*, arzneilich verwendete Wurzelstöcke der mexikan. *Purgierwinde, Exogonium purga*. Die J. dient ebenso wie das daraus gewonnene Harz *(Resina Jalapae)* als Abführ- u. Wurmmittel.

Jạle [das], System von Handzeichen u. Tonsilben zum Singen nach Noten, von Richard *Münnich* (*1877, †1970) entwickelt; die Silbenbezeichnung der Tonleiter ist: ja – le – mi – ni – ro – su – wa – ja.

Jalịsco [xa-], zentralmexikan. Gebirgsstaat nordwestl. Ciudad de México, 80137 qkm, 3,34 Mill. Ew.; im östl. Hochland starker Ackerbau (bes. Weizen), z.T. mit Bewässerung, im Tiefland Plantagenwirtschaft (Agaven, Zuckerrohr); Hptst. *Guadalajara*.

Jalón, *Río J.* [-xa'lɔn], rechter Nebenfluß des Ebro in Nordostspanien, 235 km; entspringt in der Sierra Ministra (1309 m), durchbricht das Iber. Randgebirge, mündet bei Alagón; das *J.tal* ist eine wichtige Verkehrsstraße zwischen Madrid u. Saragossa.

Jalousette [ʒalu'zɛt; die; frz.], Fenstervorhang aus waagerechten, farbig eloxierten Aluminiumlamellen, die verstellbar an Schnüren aufgezogen sind u. dem Sonnenschutz dienen.

Jalousie [ʒalu'zi:; frz.], **1.** Eifersucht.
2. Fenstervorhang aus Holz- oder Kunststoffprofilstreifen, die an Schnüren aufgezogen *(Zug-J.)* oder um eine Welle gewickelt *(Roll-J.)* werden.

Jaloux [ʒa'lu:], Edmond, französ. Erzähler u. Kritiker, *19. 6. 1878 Marseille, †22. 8. 1949 Lausanne; Literaturkritiker des „Temps" u. der „Nouvelles Littéraires" („L'Esprit des Livres" 7 Bde. 1923–1931); schrieb u.a. über R. M. Rilke u. Goethe; Romane („Dich hätte ich geliebt" 1926, dt. 1928).

Jạlta, Hafenstadt in der Ukrain. SSR (Sowjetunion), an der Südküste der *Krim*, 57000 Ew.; vielbesuchter Kur- u. Badeort in reizvoller Umgebung; Obst-, Wein- u. Tabakanbau; Nahrungs- u. Genußmittelindustrie.
Tagungsort der *Jalta-Konferenz* (*Krimkonferenz*, 4.–11. 2. 1945) zwischen dem US-Präsidenten F. D. *Roosevelt*, dem brit. Premiermin. W. *Churchill* u. dem sowjet. Regierungschef J. *Stalin*. Ziel der Konferenz war es, den Kriegseintritt der Sowjetunion gegen Japan sicherzustellen u. vorhandene Differenzen zwischen den Alliierten beizulegen. Das Abkommen sicherte der Sowjetunion die Erhaltung des Status quo in der Äußeren Mongolei (Mongolische Volksrepublik) u. die Wiederherstellung der russ. Rechte vor dem russ.-japan. Krieg 1904 (Rückgabe von Süd-Sachalin, Übergabe der chines. Ostbahn u. der Südmandschurischen Bahn an eine sowjet.-chines. Gesellschaft, Begünstigung sowjet. Interessen an dem Flottenstützpunkt Port Arthur u. dem Handelshafen Dairen). In einer eigenen *Erklärung von J.* wurden die *Beschlüsse von Teheran* bestätigt u. ergänzt; sie forderte die bedingungslose Kapitulation Deutschlands, Gebietsabtretungen, Aufteilung in vier Besatzungszonen mit einer interalliierten Zentralkommission in Berlin, Zerschlagung des Nationalsozialismus u. des deutschen Militarismus, Aburteilung der Kriegsverbrecher u. Reparationen. – Ⓛ5.9.2.

Jaluit [dʒa'lu:t], südl. Marshallinsel (Ralikgruppe), ein Atoll von 50 Inselchen, zusammen 17 qkm, 1200 Ew.; Koprahandel; Hauptort *Jabor*. – Bis 1919 dt., ab 1920 unter japan. Mandat, nach dem 2. Weltkrieg unter UN-Treuhandverwaltung der USA.

Jam [dʒæm; engl.], Marmelade.
Jamagata *Aritomo* →Yamagata Aritomo.
Jamaika, *Jamaica*, drittgrößte Große Antilleninsel in Westindien, 10 991 qkm (mit Nebeninseln 11 424 qkm), 2,1 Mill. Ew. (davon 70% Neger, 20% Mulatten, weiße, ind. u. Chines. Minderheiten); Hptst. *Kingston*, 117 500 Ew.(m.V.506 000 Ew.). – Das Innere der Tropeninsel wird von einem zentralen Faltengebirge – *Central Range* im Zentrum der Insel u. *Blue Mountains* im O (bis 2292 m Höhe) – sowie ausgedehnten verkarsteten, um 500 m hohen Kalkplateaus gebildet, um die

sich Küstenebenen unterschiedl. Breite legen u. in die die Küstentäler eingreifen. Durch den die Passatwinde hemmenden Gebirgszug ergeben sich deutl. klimat. Unterschiede: der stark beregneten Nordküste steht eine relativ trockene Südküste gegenüber; im N Regenwald u. Feuchtsavannen, im S Trocken- u. teilweise Dornbuschsavannen.
Die Landwirtschaft ist stark exportorientiert: ausgeführt werden Zuckerrohr, Bananen, Zitrusfrüchte, Nelkenpfeffer, Kakao u. Kaffee, wohingegen Grundnahrungsmittel für den Eigenbedarf eingeführt werden müssen. Seit einigen Jahren erfährt die Viehzucht (Rinder, Ziegen, Schweine) eine starke Förderung. Wichtigstes Exportgut ist der Bauxit (J. verfügt über die größten Bauxitreserven der Erde), der nun auch im Inland zu Tonerde aufbereitet wird. Die Industrie erzeugt neben Nahrungsmitteln zunehmend Konsumgüter (Miederwaren, Autoreifen, elektron. Geräte) für den ausländ. Markt. Haupthäfen sind Kingston u. Montego Bay.
Geschichte: 1494 von *Kolumbus* entdeckt, seit 1536 als Grundherrschaft unter span. Oberhoheit im Besitz der Nachkommen des Kolumbus, der Herzöge von Veragua, gelangte die Insel 1655 in brit. Besitz. 1866 wurde J. Kronkolonie u. erhielt 1944 eine neue Verfassung, die die innere Verwaltung einer aus freien, allgemeinen Wahlen hervorgehenden repräsentativen Körperschaft übertrug. Seit 1958 Mitgl. der Karibischen (Westindischen) Föderation, wurde J. nach deren Auseinanderbrechen unabhängig (6. 8. 1962), blieb aber Mitgl. des Commonwealth. Erster Premier-Min. wurde Sir Alexander *Bustamante*, Führer der 1943 von ihm gegr. „Jamaica Labour Party" (JLP). Er übergab das Amt 1965 aus Altersgründen an Donald *Sangster* (*1911, †1967), der bei den Wahlen 1967 die JLP gegen die 1938 gegr. „People's National Party" (PNP) zum Sieg führte, aber kurz danach starb. Premierminister Hugh *Shearer* (*1923) erreichte 1969 die Aufnahme J.s in die Organisation der Amerikanischen Staaten (OAS); seit 1972 regiert Michael M. *Manley* (*1923; PNP). – ☐5.7.9.
Jamaikapfeffer, Bez. für *Pimentgewürz*; der Pimentbaum *(Pimenta officinalis)* ist auf den Westind. Inseln, bes. Jamaika, beheimatet. →auch Englischgewürz.
Jamaikarum, ein vornehmlich in Westindien (bes. Jamaika) aus dem Saft des Zuckerrohrs oder aus Zuckerrohrmelasse hergestelltes alkoholisches Getränk. →Rum.
Jamalhalbinsel, *Samojedenhalbinsel*, sibir. Halbinsel zwischen Karasee u. Obbusen, rd. 135 000 qkm, 750 km lang, von Seen u. Tundra bedeckt, von Rentiernomaden *(Samojeden)* bewohnt; Erdgaslager.
Jamal-Nenzen-Nationalkreis, Verwaltungsbezirk in der westsibir. Oblast *Tjumen*, RSFSR, im Gebiet des unteren Ob u. Tas; 750 300 qkm, 80 000 Ew., Hptst. *Salechard*; Rentierzucht, Pelztierjagd u. Fischfang; Braunkohlen-, Torf-, Eisen- u. Edelmetallerzlager.
Jamamoto *Juso*, japan. Schriftsteller u. Dramatiker, *27. 7. 1887 Präfektur Totschigi, †11. 1. 1974 Schisuoka; stellte soziale Probleme kritisch dar; strebte nach einer Moral der Sachlichkeit; mit seinen Dramen war er Mitbegründer des „Neuen Theaters" in Japan; Romane mit liberalist. Tendenzen („Die Wellen" 1928, dt. 1938).
Jaman, *Col de J.* [-ʒaˈmã], schweizer. Alpenpaß zwischen Montreux (Genfer See) u. Montbovon (Saanetal), im Kanton Waadt, 1512 m; in der Nähe der *Dent de J.* (1879 m).
Jamantau, höchster Gipfel im Südl. Ural, 1638 m; in der Baschkir. /ASSR (Sowjetunion).
Jambe [die], Eindeutschung für *Jambus*.
Jambi →Djambi.
Jambol, Hptst. des bulgar. Bez. J. (4355 qkm, 225 000 Ew.), an der Tundscha, 68 000 Ew.; Nahrungsmittel-, Tabak- u. Textilindustrie (Wolle).
Jamboree [dʒæmbəˈriː; das; engl.], internationales Pfadfindertreffen; findet seit 1920 alle vier Jahre statt.
Jambul, Früchte von *Syzygium jambolanum*, einem ostind. *Myrtengewächs*.
Jambus [der, Mz. *Jamben*; grch.], *Iambus*, ursprüngl. griech. Versfuß (∪ –), im Schauspiel als sechsfüßiger J. benutzt (im Lustspiel der *Tetrameter*, achtfüßig). Der für das dt. klassische Drama kennzeichnende fünffüßige J., als *Blankvers* von den Engländern ausgebildet, wurde erstmals von G. E. *Lessing* in „Nathan der Weise" 1779 benutzt.

Jambuse [die; mal.], *Rosenapfel*, apfel- oder birnenähnliche Früchte der trop. Gattung *Eugenia*, eines *Myrtengewächses*.
James [dʒɛimz], engl. für →Jakob; Koseform *Jim(my)*.
James [dʒɛimz], **1.** Henry, US-amerikan. Schriftsteller, *15. 4. 1843 New York, †28. 2. 1916 London; wurde 1915 engl. Staatsbürger. Menschenbild u. Lebensauffassung in seinen Romanen u. Novellen sind bestimmt durch einen Kulturbegriff, der ästhet. Formgefühl mit ethischem Wertbewußtsein verbindet. Seine Erzählkunst, die er auch theoret. darlegte, entwickelt durch sorgfältige Struktur (konsequente Durchführung der Standpunkttechnik) u. Sensibilität des Stils einen vertieften psycholog. Realismus. Als Thema tritt beherrschend die Begegnung des Amerikaners mit der europ. Kultur hervor. J.' Werk hatte maßgebenden Einfluß auf den Roman des 20. Jh. (J. Conrad). Hptw.: „Der Amerikaner" 1877, dt. 1877; „Daisy Miller" 1879, dt. 1959; „Bildnis einer Dame" 1881, dt. 1950; „Die Damen aus Boston" 1886, dt. 1964; „Die Flügel der Taube" 1902, dt. 1962; „Die Gesandten" 1903, dt. 1956; „Die goldene Schale" 1904, dt. 1963. – ☐3.1.4.
2. William, Bruder von 1), US-amerikan. Psychologe u. Philosoph, *11. 1. 1842 New York, †26. 8. 1910 Chocorua, N.H.; seit 1872 Prof. an der Harvard-Universität, kam von der Medizin zur Philosophie; Mitbegründer des *Pragmatismus*. J.' psycholog. Hauptwerk sind die „Prinzipien der Psychologie" 2 Bde. 1890. Sein Buch über die Mannigfaltigkeit der religiösen Erfahrung (1902) ist grundlegend für die moderne Religionspsychologie. Von H. Lotze u. Ch. Renouvier beeinflußt, kam J. zu einem metaphys. *Personalismus* („Pluralismus") u. bekämpfte den damaligen monist. Neuidealismus (Neuhegelianismus). Er vertrat einen radikalen *Empirismus*, der keine Voraussetzungen für die Erkenntnis des Seelischen zuläßt.
Jamesbai [ˈdʒɛimzbɛi], Südteil der kanad. Hudsonbai, flach, inselreich.
Jameson [ˈdʒɛimsən], Sir Leander Starr, brit. Politiker, *9. 2. 1853 Edinburgh, †26. 11. 1917 London; Arzt, fiel 1895 im Einverständnis mit C. *Rhodes* in den tiefsten Frieden in Transvaal ein *(Jameson Raid)*, wurde aber am 2. 1. 1896 von den Buren gefangen u. den Engländern übergeben (Anlaß zur *Krüger-Depesche* Wilhelms II.). 1904–1908 Premier-Min. der Kapkolonie, Gründer der südafrikan. Unionistenpartei u. bis 1912 ihr Führer.
Jamesonit [dʒɛimsəˈnit; der; nach dem schott. Mineralogen R. *Jameson*, †1854], Abarten: *Federerz, Plumosit, Heteromorphit*, stahlgraues bis dunkelbleigraues Mineral, Blei-Eisen-Antimonsulfid; rhombisch; Härte 2–2,5; auf Erzgängen in Cornwall u. Estremadura.
James River [ˈdʒɛimz ˈrivə], **1.** Fluß in Virginia (USA), rd. 550 km; entsteht in den Allegheny Mountains durch Vereinigung von *Jackson* u. *Cowpasture*, mündet in die Chesapeakebai.
2. linker Nebenfluß des *Missouri*, mündet bei Yankton (South Dakota), rd. 1150 km.
Jamestown [ˈdʒɛimztaun], **1.** Stadt im W des Staats New York (USA), am Südende des Chataquasees, 42 000 Ew.; Sommerfrische; Möbel-, Metall- u. Textilindustrie.
2. Hptst. der brit. Insel Sankt Helena im südl. Atlantik, 1500 Ew.; Bunkerstation.
Jammerbucht, dän. *Jammerbugt*, flache Meeresbucht in Nordjütland, die wegen der Untiefen von den Seeleuten gefürchtet wird.
Jammes [ʒam], Francis, französ. Dichter, *2. 12. 1868 Tourney-en-Bigorre, †1. 11. 1938 Hasparren; besaß südl.-antike Natürlichkeit u. eine franziskan. Tier- u. Naturliebe. Unter dem Einfluß P. *Claudels* wurde er zum kath. Gläubigen. Symbolistische Lyrik: „Les Géorgiques chrétiennes" 1911/12, dt. „Die Gebete der Demut" 1913; Prosa: „Der Hasenroman" 1903, dt. 1916; „Die kleine Bernhardine" 1910, dt. 1927; „Der Pfarrherr von Ozeron" 1918, dt. 1921; „Dichter Ländlich", dt. 1920. – ☐3.2.1.
Jammu [ˈdʒamu, engl. ˈdʒæmu], ind. Distrikt-Hptst. im Himalayavorland, früher Residenz des Herrschers von *J. and Kashmir*, 110 000 Ew.; Eisenbahnendpunkt.
Jammu and Kashmir [ˈdʒæmu ənd kæʃˈmiə], der von Indien besetzte Teil von →Kaschmir; auch ind. Name für ganz Kaschmir.
Jamnagar [ˈdʒamnagar], ind. Distrikt-Hptst. auf der Halbinsel Kathiawar am Golf von Kachchh, 200 000 Ew. – Ehem. Hptst. des Fürstenstaates *Navanagar*.

Konferenz von Jalta 1945: Churchill, Roosevelt und Stalin

Jamnitzer, 1. Christoph, Enkel von 2), Goldschmied u. Kupferstecher, * 12. 5. 1563 Nürnberg, † 1618 Nürnberg; nach seinem Großvater bedeutendster Vertreter der Familie J.; fertigte vor allem Pokale u. Kannen in den phantast. Formen des dt. Frühbarocks.
2. Wenzel, Goldschmied u. Ornamentstecher, * 1508 Wien, † 19. 12. 1585 Nürnberg; Meister in Nürnberg seit 1534; übernahm später zahlreiche städt. Ehrenämter. Seine überragende Virtuosität hob das handwerkl. Niveau der Nürnberger Goldschmiede. Um der Fülle der Aufträge seitens aller Stände, selbst des Kaisers, nachkommen zu können, beschäftigte J. viele Mitarbeiter, so daß sein Anteil an den aus seiner Werkstatt hervorgegangenen Arbeiten nicht klar abzugrenzen ist.
Jam Session ['dʒæm sɛʃən; die; engl., wörtl. „zusammengewürfelte Sitzung"], zwanglose Zusammenkunft von Jazzmusikern, ursprüngl. nach der Arbeit, zu solistischem u. kollektivem Spiel, schon in New Orleans so bezeichnet; später organisiert u. kommerzialisiert, gelegentlich auch von Jazz-Clubs veranstaltet; kann in der ursprüngl. Form als eine Schule der Improvisation angesehen werden.
Jamshedpur ['dʒam-], *Tatanagar,* ind. Stadt im Staat Bihar, am Nordostrand des Berglands von Chhota Nagpur; wichtiges Zentrum der ind. Eisen- u. Stahlindustrie (Tata-Werke), 405 000 Ew.
Jämtland, Landschaft in Mittelschweden, 34 158 qkm, 114 000 Ew. Die Prov. (Län) J. hat 47 508 qkm u. 128 000 Ew. Hptst. *Östersund;* seenreiches Hügel- u. Gebirgsland mit großen Nadelwäldern (über 70%); hauptsächl. Waldnutzung u. Holzwirtschaft; Viehzucht; Wintersport.
Jamunder See, poln. *Jezioro Jamno,* Strandsee der Ostsee in Hinterpommern, beim Küstenort *Jamund,* 22,9 qkm, bis 13 m tief.
Jan, niederdt., poln., tschech. u. ndrl. Kurzform von →Johannes.
Janáček ['jana:tʃɛk], Leoš, tschech. Komponist, * 3. 7. 1854 Hochwald, Mähren, † 12. 8. 1928 Mährisch-Ostrau; gründete die Brünner Orgelschule, 1919 Prof. am Konservatorium in Prag; war in seinem Schaffen stark von der Volksmusik u. der tschech. Sprachdeklamation beeinflußt; schrieb u. a. „Sinfonietta" 1926, sinfon. Dichtungen („Taras Bulba" 1918), große Chorkompositionen („Glagolitische Messe" 1926), Kammermusikwerke (2. Streichquartett „Intime Briefe" 1928), Lieder u. 9 Opern („Jenufa" 1904; „Die Ausflüge des Herrn Brouček" 1920; „Katja Kabanova" 1921; „Das schlaue Füchslein" 1924; „Aus einem Totenhaus" 1930). J. verfaßte auch musiktheoretische Schriften u. stellte Sammlungen von Volksliedern zusammen. – □ 2.9.4.
Jana Sangh, *Bharatiya Jana Sangh, Indische Volkspartei,* entstand 1951; vertritt den Hindu-Nationalismus u. hat damit in Nordindien Erfolge errungen; regiert seit 1967 im Stadtrat von Delhi; rd. 1,3 Mill. Mitglieder. →auch Indien (Politik).
Janata [dʒ-; „Volkspartei"], in Indien 1977 gegr. polit. Sammelbewegung (aus Sozialisten, Kongreß-Oppositionellen, Hindu-Nationalisten u. a.), seit März 1977 führende Regierungspartei.
Jändel, Olof Ragnar, schwed. Lyriker u. Erzähler, * 13. 4. 1895 Jämjö, † 6. 5. 1939 Ronneby; schrieb von sozialen u. religiösen Empfindungen getragene Versbücher u. autobiograph. Romane.
Jandl, Ernst, österr. Schriftsteller, * 1. 8. 1925 Wien; Gymnasiallehrer in Wien; Verfasser experimenteller (konkreter) Gedichte („Laut u. Luise" 1966; „Sprechblasen" 1968; „Der künstl. Baum" 1970) u. Hörspiele („Fünf Mann Menschen" 1968, mit Friederike *Mayröcker*); Texte: „Flöda u. der Schwan" 1971.
Jane [dʒein], engl. für →Johanna; Verkleinerung *Janet.*
Janequin [ʒan'kɛ̃], *Jannequin,* Clément, französ. Komponist, * um 1475 Châtellerault, † um 1560 Paris; Meister der mehrstimmigen, rhythmisch pointierten Programm-Chanson, in der er tonmalerisch z. B. den Krieg („La Bataille de Renty", „La Guerre", „Le Siège de Metz"), auch das Leben auf der Straße oder die Natur schildert.
Janesville [dʒeinz'vil], Stadt in Wisconsin (USA), südöstl. von Madison, rd. 40 000 Ew.; Geschichtsmuseum; Kleinindustrie.
Jangtsekiang = Yangtze Kiang.
Janhagel [ndrl.], Pöbel, Gesindel.
Janigro, Antonio, jugoslaw. Violoncellist u. Dirigent italien. Herkunft, * 21. 1. 1918 Mailand; seit 1939 in Agram, leitete 1953–1968 das Kammerorchester der „Zagreber Solisten", seit 1968 das Kammerorchester des Saarländ. Rundfunks.

Janitscharen [türk. *yeni çeri,* „neue Truppe"], wohl von Sultan *Orchan* 1329 aus jungen christl. Balkanslawen u. Albanern, die zum Islam übertreten mußten, geschaffene Armee, die nach dem Vorbild des *Bektaschi-Derwischordens* organisiert wurde. Ursprüngl. straff organisiert u. ehelos, verwilderten sie seit Ende des 17. Jh. Die Anführer *(Dei)* der J. waren später meist die eigentl. Machthaber im Osman. Reich. Im Juni 1826 ließ Sultan *Mahmud II.* die Anführer töten u. verbannte die meisten J. Damit war der Weg zu Reformen frei.
Janitscharenmusik, Musik auf Instrumenten u. Instrumentalgruppen, bes. Schlagzeug aller Art, die, türk. Ursprungs, seit dem 18. Jh. von der Militär- u. höfischen Musik Europas übernommen wurden. Das sog. türk. Militärorchester enthielt schrill klingende Oboen u. Flöten (nay), Trompeten (bori), große u. kleine Trommel, Kesselpauke, Becken, Triangel u. Schellenbaum. Gerade die letzteren Perkussionsinstrumente wurden den bis dahin schlagzeuglosen Hof- u. Militärorchestern hinzugefügt, um den Marschschritt der Truppe zu präzisieren. Zwar gab es in Europa bereits seit dem MA. Trommeln u. Pauken (die Landsknechtstrommeln), jedoch sind auch sie oriental. Ursprungs. Auch in die Kunstmusik drang die J. ein (A. E. M. Grétry, C. W. von Gluck, W. A. Mozart, J. Haydn, L. van Beethoven) u. beeinflußte den Instrumentenbau (z. B. Klaviere mit Becken-, Triangel- u. Paukenpedal).
Janker, alpenländ. Männerjacke, für den Winter aus grauem oder grünem Loden oder gewalkter Wolle; für den Sommer aus gesteppten Waschstoff.
Janker, Robert, Röntgenologe, * 12. 3. 1894 München, † 22. 10. 1964 Bonn; Hauptarbeitsgebiet: Röntgenkinematographie; schrieb u. a. „Röntgenolog. Funktionsdiagnostik mittels Serienaufnahmen u. Kinematographie" 1954.
Jankó ['jɔŋko:], Paul von, ungar. Pianist u. Mathematiker, * 2. 6. 1856 Totis, † 17. 3. 1919 Istanbul; seit 1892 Beamter in Istanbul; Erfinder einer neuen Klaviatur mit 6 stufenförmig angeordneten Tastenreihen, wobei die Oktavenspannweite nur ⁵⁄₇ derjenigen des gewöhnl. Klaviers beträgt. Die Erfindung setzte sich nicht durch.
Jankus, Jurgis, litau. Erzähler, * 27. 7. 1906 Biliunai; seit 1949 in den USA; schrieb mehrere Romane u. Jugendbücher; wurde bekannt durch die an K. Hamsun u. F. M. Dostojewskij erinnernde Volkserzählung „Das Teufelsmoor" dt. 1951.
Jan Maat, niederdt. Bez. für Seemann.
Jan Mayen, norweg. Insel zwischen Grönland, Island u. Spitzbergen, rd. 380 qkm, im *Beerenberg* 2277 m; vulkanisch u. vergletschert; Wetter- u. Funkstation. Seit 1929 norweg.
Jan-Mayen-Schwelle, schwach ausgeprägter untermeer. Rücken auf etwa 2000 m Tiefe im Europ. Nordmeer, der das *Lofotenbecken* vom *Norweg. Becken* abteilt.
Jannina, *Ioánnina,* griech. Stadt in Epirus am J.-See (23 qkm), 40 000 Ew.; mittelalterl. Klöster, Moschee Aslan Aga; Textil- u. Lederindustrie, Kunstgewerbe (Silber-, Leder- u. Seidenwaren).
Jannings, Emil, eigentl. Theodor Friedrich Emil *Janenz,* Schauspieler, * 23. 7. 1884 Rorschach, Schweiz, † 2. 1. 1950 Strobl, Wolfgangsee; 1915 von M. Reinhardt nach Berlin geholt, gewann am Dt. Theater u. am Staatl. Schauspielhaus Weltruf. E. Lubitsch brachte ihn 1916 zum Film, der ihm ebenso wuchtige wie subtile Helden- u. Charakterdarstellungen verdankt. 1926–1929 in Hollywood, danach spielte er u. a. in „Der blaue Engel" 1930, „Traumulus" 1936, „Der zerbrochene Krug" 1937, „Robert Koch" 1939, „Ohm Krüger" 1941, „Die Entlassung" 1942. Autobiographie: „Theater, Film – Das Leben u. ich" 1951.
János ['ja:noʃ], ungar. für →Johannes.
Jansen, Cornelius, →Jansenismus.
Jansenismus, eine von Cornelius *Jansen (Jansenius;* * 1585 Akkoy, Niederlande, † 1638 Ypern, 1636 Bischof von Ypern) in seinem posthumen Werk „Augustinus" im Anschluß an diesen Kirchenvater niedergelegte Gnaden- u. Prädestinationslehre. Jansen erstrebte in Gemeinschaft mit Jean *Duvergier de Hauranne* (* 1581, † 1643) eine Verinnerlichung der Frömmigkeit, eine strengere Moral in Abwehr der Kasuistik der Jesuiten u. eine Stärkung der bischöfl. gegenüber der päpstl. Gewalt. Der J. gewann größere Bedeutung in Frankreich, Belgien u. den Niederlanden. Er ist eine der Erneuerungsbewegungen des nachtridentinischen Katholizismus. Seine Hauptgegner waren die von ihm angegriffenen Jesuiten. Mehrfach wurde er von der röm. Kirche verurteilt (Bullen „Vineam Domini" 1705 u. „Unigenitus" 1713), doch lebte er fort in der Kirche von Utrecht u. in der altkath. Kirche. Seine Ideen befruchteten weiterhin B. *Pascal* sowie den Gallikanismus, den Febronianismus u. den Klerus von Port-Royal.
Janssen, 1. Arnold, kath. Theologe, * 5. 11. 1837 Goch, † 15. 1. 1909 Steyl; gründete 1875 in Steyl die *Gesellschaft des Göttlichen Wortes* (→Steyler Missionare); Verfechter der Exerzitienbewegung in Deutschland.
2. Horst, Zeichner, Radierer u. Holzschneider, * 14. 11. 1929 Hamburg; begann 1957 mit großformatigen Farbholzschnitten, ging 1958 zu Radierungen über, in denen das Makabre u. Surreale bereits stark hervortritt, u. gestaltete in einer dritten Schaffensphase als Zeichner in subtilster Technik alptraumhafte Visionen mit häufig erot. Akzent; neuerdings Hinwendung zur Landschaft.
3. Victor Emil, Maler, * 11. 6. 1807 Hamburg, † 23. 9. 1845 Hamburg; Schüler von J. *Schnorr von Carolsfeld.* 1833/34 in Italien, sonst meist in München tätig; schloß sich dem Kreis der Nazarener in Rom an. Die wenigen überlieferten Werke zeichnen sich durch freskenhafte kühle Farbgebung aus.
Jantzen, Hans, Kunsthistoriker, * 24. 4. 1881 Hamburg, † 15. 2. 1967 Freiburg i. Br.; Hauptarbeitsgebiet: bildende Kunst des MA.; schrieb u. a.: „Dt. Bildhauer des 13. Jh." 1925; „Otton. Kunst" 1947; „Über den got. Kirchenraum" u. a. Aufsätze" 1951; „Kunst der Gotik" 1957.
Januar [nach dem Gott *Janus*], *Jänner, Hartung,* erster Monat des Jahres, 31 Tage.
Januarius, *Gennaro,* Heiliger, Bischof u. Märtyrer, † 305 Pozzuoli; Patron von Neapel, dort heute noch Feier des Blutwunders. Fest: 19. 9.
Janus [lat. *ianua,* „Tür"], röm. Schutzgott des Ein- u. Ausgangs, dann auch des Anfangs; wurde mit zwei nach entgegengesetzten Seiten blickenden Gesichtern („J.kopf") dargestellt.
Jaonpur, *Jaunpur,* ind. Stadt im Staat Uttar Pradesh, nordwestl. von Benares, 60 000 Ew.; Herstellung berühmter Parfüms.

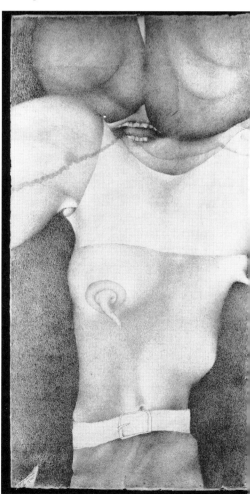

Horst Janssen: Aphrodite für 11 Uhr; 1968. Sammlung Galerie Brockstedt

JAPAN
Nihon-Koku; Nippon

J

Fläche: 372 313 qkm

Einwohner: 113,4 Mill.

Bevölkerungsdichte: 305 Ew./qkm

Hauptstadt: Tokio

Staatsform: Konstitutionell-demokratische Monarchie

Mitglied in: UN, Colombo-Plan, GATT, OECD

Währung: 1 Yen = 100 Sen

Landesnatur: Vulkanische Gebirge, die im *Fudschiyama* (3776 m) südwestl. von Tokio gipfeln, bestimmen das Gesicht der vier großen (*Honschu, Hokkaido, Kyuschu, Schikoku*) u. rd. 500 kleineren Inseln. Sie nehmen etwa 80 % der Fläche des Landes ein, von der 60 % mit Wald bedeckt sind. Es gibt mehr als 60 tätige u. 500 erloschene Vulkane. Die Gebirgsketten gliedern die Inseln in zahlreiche kleine Tal- u. Beckenlandschaften, die ungewöhnl. dicht besiedelt sind. Nur um Tokio gibt es eine größere Tiefebene (*Kanto*). Das Klima ist im N gemäßigt, im S subtropisch. Die Niederschläge bringt für den größten Teil des Landes der sommerl. Südostmonsun. Den S erwärmt die *Kuro-Schyo-Meeresströmung*, im N wirkt der *Oya-Schyo-* oder *Kurilenstrom* abkühlend. – Dem Ostabfall der Inselgirlande folgt der in der „Ramapotiefe" bis 10 340 m tiefe *J.graben*. Die wasserreichen Flüsse sind meist kurz (längster: *Schinanogawa*, 369 km), reich an Gefälle, nicht schiffbar, aber reich an Möglichkeiten zur Energienutzung. Zahlreiche Seen gibt es in J. (größter: *Biwako*, 674 qkm). Im N überwiegen mit Nadelwald durchsetzte laubabwerfende Laubwälder mitteleurop. Charakters, im S herrschen immergrüne Holzgewächse (Zypressen, Kiefern) u. trop. Formen (Bambus, Kampfer, Zuckerrohr) vor.

Die Bevölkerung besteht neben 600 000 Koreanern, 50 000 Chinesen, 20 000 Anglo-Amerikanern, 6000 Europäern u. 15 000 Ainu (Urbevölkerung in Hokkaido) aus Japanern, die je zur Hälfte Buddhisten u. Anhänger der ehem. Nationalreligion des Schintoismus, in kleiner Zahl (0,75 %) auch Christen sind. Die rasche Bevölkerungszunahme (1846 erst 27 Mill. Ew.) führte zu starker Auswanderung, extremer Bevölkerungsdichte in den schmalen Küstenebenen u. weitgehender Verstädterung, neuerdings aber auch zu freiwilliger Geburtenkontrolle. Die größten Städte sind neben der Hptst. Tokio die Millionenstädte Osaka, Nagoya, Yokohama, Kyoto, Kobe, Kita-Kyuschu, Sapporo u. Kawasaki, ferner Fukuoka, Sakai, Sendai, Hiroschima u. Amagasaki.

Wirtschaft: Weniger als ein Fünftel der Landesfläche ist landwirtschaftl. nutzbar, u. knapp 15 % (1960 noch 31 %) der erwerbsfähigen Bevölkerung arbeiten in der *Land-, Forst-* u. *Fischereiwirtschaft*. Angebaut werden u.a. Reis, Kartoffeln, Zuckerrüben, Zwiebeln, Gerste, Weizen, Tomaten, Orangen, Mandarinen, Äpfel, Melonen, Birnen, Pfirsiche, Weintrauben, Tabak, Tee, ferner Gemüse, Hülsen- u. Südfrüchte, Erdnüsse sowie Maulbeerbäume für die traditionsreiche Seidenraupenzucht u. die Feinpapierherstellung. Demgegenüber tritt die Viehzucht zurück, zumal die Haltung von Pferden, Schafen, Ziegen u. Kaninchen rückläufig ist u. nur der Bestand an Rindern (vor allem Milchvieh), Schweinen u. Hühnern, zunimmt. Die Agrarnutzung ist jedoch auf den zumeist sehr kleinen Betriebsflächen äußerst intensiv u. der Ertrag recht hoch. Ungewöhnliche Bedeutung hat die Hochseefischerei, in der J. unter den Fischereinationen an zweiter Stelle steht. Sie ist ein großes Positivum im Außenhandel u. betreibt in erster Linie den Fang von Kabeljau, Makrelen, Hechten, Thunfischen, Heringen, Flundern, Lachsen u. Forellen. – An *Bodenschätzen* treten hauptsächl. Steinkohle, Eisenerz u. Zinkerz hervor; auch die Förderung von Erdöl ist ansehnlich, ebenso die von Erdgas. Hinzu treten Vorkommen an Gold, Kupfer, Chrom, Zinn, Bauxit, Schwefel u. Salz. Die *Energieversorgung* beruhte bisher weitgehend auf der Ausnutzung der Wasserkräfte, verlagert sich neuerdings aber durch Errichtung von Kernkraftwerken mehr u. mehr auf den atomaren Bereich. – Die *Industrie* hat sich seit Ende des 19. Jh. hervorragend entwickelt u. J. in die erste Reihe der Wirtschaftsgroßmächte gestellt. Sie ist ebenso vielseitig u. leistungsfähig wie, dank vergleichsweise niedrigem Lohnniveau, konkurrenzfähig. Produziert bzw. exportiert werden vor allem Fertigwaren aller Art, bes. Gewebe u. Bekleidung, Eisen- u. Stahlwaren, Maschinen, Schiffe (vor allem Supertanker), opt. u. feinmechan. Geräte, Papier, Chemikalien, aber auch Obstwaren u. -konserven, Fischkonserven, Tabak, Perlen (größte Weltproduktion), keramische Erzeugnisse. Ein Großteil der fehlenden Rohstoffe u. Nahrungsmittel muß eingeführt werden.

Verkehr: J. verfügt über ein hervorragend entwickeltes Eisenbahn-, Straßen- u. interinsulares Schiffsverkehrsnetz. Die Eisenbahnstreckenlänge beträgt 28 000 km, die Straßenlänge 150 300 km. Dem Seeverkehr (darunter der sehr wichtigen Küstenschiffahrt) dienen 8500 Einheiten (über 100 BRT), davon allein 1700 Tanker, dem Fischfang 400 000 Fischereifahrzeuge. J.s Handelsflotte zählt zu den größten der Erde. Seine Häfen (bes. Yokohama, Kobe, Osaka, Tokio, Modschi, Nagasaki, Nagoya) werden von allen seefahrenden Nationen angelaufen. Dem nationalen wie dem internationalen Luftverkehr, in dem J. vor allem als Stützpunkt der pazifischen Transitrouten Bedeutung zukommt, bietet das Land zahlreiche gutaus-

Bau eines Tankers auf der Werft von Yokohama

Japan

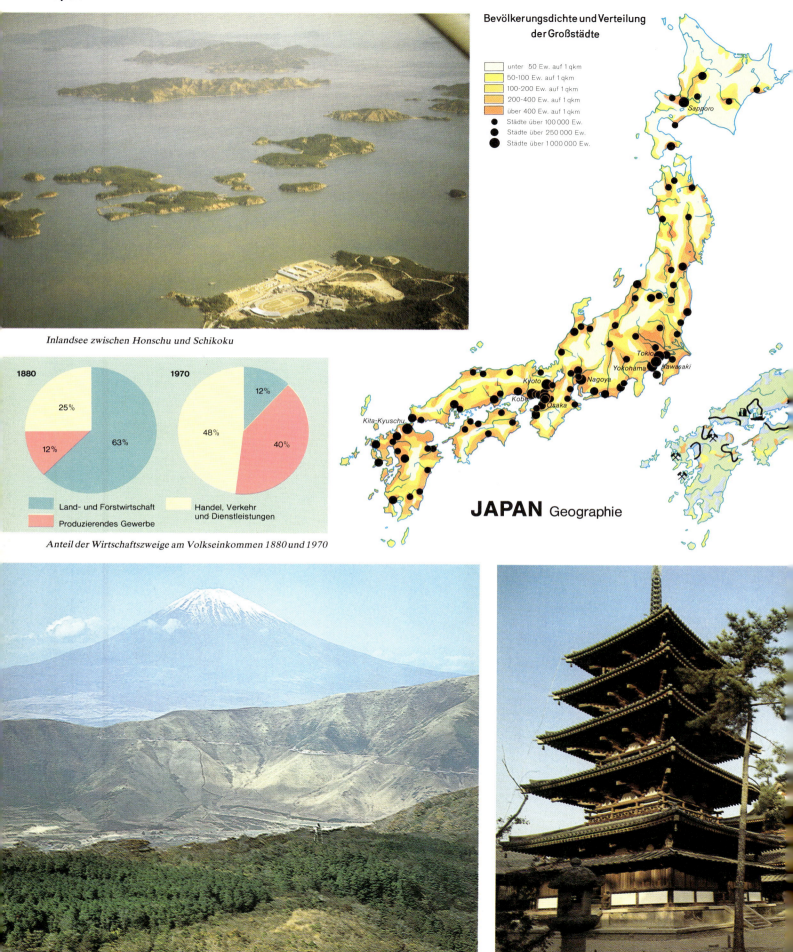

Inlandsee zwischen Honschu und Schikoku

Anteil der Wirtschaftszweige am Volkseinkommen 1880 und 1970

JAPAN Geographie

Fudschiyama, der heilige Berg der Japaner (links). – Pagode in der Horyu-ji-Tempelanlage bei Nara, Südhonschu; 7. Jh. (rechts)

Japan

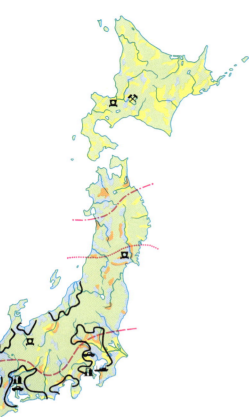

Bodennutzung, Bergbau- und Industriezentren

- Reisanbau
- Ackerbau und Weideland
- Tee, Obst und Gemüse
- Wald und Ödland
- ⋅−⋅− Nordgrenze der Maulbeerbaumkultur
- ⋅⋅⋅⋅⋅ Nordgrenze der Teekultur
- − − − Nordgrenze des Apfelsinenanbaus
- ⚒ Kohle
- Blei und Zink
- Erdölraffinerie
- Schiffbau
- Autoindustrie
- Industriezentren

Neue Industriegebiete entstehen in zunehmendem Maße auf Neuland, das dem Meer abgewonnen wurde: moderne Industrieanlagen in Kawasaki bei Tokio

Teeanbau bei Schidsuoka, Honschu

Landschaft mit Torii

Sprachunterricht in einer japanischen Schulklasse

Japan

gebaute u. ausgerüstete Flugplätze u. -häfen. Der Fremdenverkehr ist sehr stark entwickelt. – ▢6.6.1.

Geschichte

Aufgrund von archäolog. Funden ist nachweisbar, daß die japan. Inseln im 12. Jh. v.Chr. bereits besiedelt waren. Woher u. wann die ersten Einwanderer kamen, ist umstritten. Die Einwanderungsperiode, in der die Ureinwohner der Inseln, die *Ainu*, von Einwanderern mongol. u. malai. Abstammung nach N zurückgedrängt wurden, fand ihren Abschluß mit der Gründung des Yamato-Reichs, nach der offiziellen (mytholog.) Darstellung um 660 v. Chr.

Histor. gesicherte Daten sind erst für den Zeitraum der japan. Expansionsversuche in Korea (1.–6. Jh. n.Chr.) überliefert. Der japan. Kaiser, dessen Abstammung auf die Sonnengöttin *Amaterasu* zurückgeführt wurde, galt als göttl. u. war mehr religiöses Symbol als Staatsoberhaupt. Es gab keine feste Erbfolge, u. die eigentl. Macht im Staat lag jeweils in den Händen jener Sippe, die sich mit ihrem Privatheer über die anderen hatte durchsetzen können. Die erste Sippe, die für längere Zeit den Hof kontrollierte, war die Familie *Soga*.

Im 5. Jh. wurde durch zwei korean. Gelehrte die chines. Schrift in J. eingeführt. 552 überbrachten korean. Gesandte eine Buddha-Statue u. buddhist. Schriften an den japan. Kaiserhof von Yamato. *Iname*, der höchste Soga-Minister jener Zeit, hoffte, durch die Macht der Verbreitung des Buddhismus die Macht der bisherigen Priester-Politik zu brechen, u. stürzte J. in einen fünfzig Jahre währenden Kampf zwischen den Anhängern des Buddhismus u. den Sippen, die die heim. Religion, heute unter dem Namen *Schintoismus* bekannt, zu bewahren suchten. Inames Sohn u. Nachfolger *Umako* setzte die auf den Buddhismus u. das kulturelle Ideengut Chinas ausgerichtete Politik seines Vaters fort u. wurde darin von Kronprinz *Schotoku* unterstützt, den er 593 als rechtmäßigen Erben einsetzte.

Nach Schotokus Tod 622 begannen Machtkämpfe, aus denen die Familie Fudschiwara erfolgreich hervorging. Sie behielt die Vorherrschaft für die nächsten 500 Jahre. Der erste von den Fudschiwara eingesetzte Kaiser war *Kotoku*, der im Jahr 645 Gesetze proklamierte, die J. zu einem zentralist. Beamtenstaat nach chines. Muster machten. Ebenfalls nach chines. Vorbild wurde 710 die neue Hptst. u. erste wirkl. Stadt J.s, *Nara*, angelegt.

In der Nara-Zeit (710–784) steigerten die zahlreichen in u. um Nara gelegenen buddhist. Klöster ihren Einfluß u. ihren polit. Machtanspruch derart, daß Kaiser *Kammu* nach einer anderen Hauptstadt suchte. 794 wurde *Kyoto (Heian Kyo)* Regierungssitz.

In der Heian-Zeit (794–1192) verschmolz der Buddhismus mit dem Schintoismus. Die Fudschiwara bauten ihre Machtposition weiter aus, achteten jedoch streng darauf, daß die Heiligkeit des jeweiligen Kaisers gewahrt blieb, so daß sie durch ihn legitimiert u. geschützt regieren konnten. In den Provinzen wuchs aufgrund der Steuerprivilegien des Adels u. der Klöster deren Machtstellung. Aus den Kämpfen zwischen privaten Heeren u. den Streitkräften der Zentralregierung ging 1185 die Familie *Minamoto* als Sieger hervor. Yoritomo Minamoto, der als erbl. Kronfeldherr *(Schogun)* mit der höchsten militär. Stellung auch die oberste zivile Gewalt innehatte, wählte *Kamakura* zur Residenzstadt.

Die feudalist. Kamakura-Zeit (1192–1333) wurde durch die ethischen Gesetze der Schwertritter *(Samurai)* geprägt. Die wichtigste Behörde wurde das *Samurai-Dokoro* (zentrale Heeresbüro) des Schoguns. Im 13. Jh., als die Macht des Schoguns bereits auf die *Hodscho-Regenten* (Hôjô) übergegangen war, versuchten die Mongolen zweimal (1274 u. 1281) vergebl. J. zu erobern. Beide Male wurde der Kampfausgang durch Stürme (von den Japanern dankbar „Götterwind", *Kamikaze*, genannt), die die Schiffe der Mongolen vernichteten, zugunsten der Japaner entschieden.

1338 begründete Aschikaga Takaudschi nach zweijährigen Kämpfen das Aschikaga-Schogunat. Die Aschikaga-Zeit *(Muromatschi-Zeit*, 1338–1573), in der die Residenz wieder nach Kyoto verlegt wurde, war handelspolit. u. kulturell eine Blütezeit, die aber vom Verfall der Zentralgewalt begleitet wurde. – 1467 begann mit dem *Onin-Krieg* die Zeit der Streitenden Reiche, die bis zum Ende des 16. Jh. dauerte. In dieser Zeit der innerjapan. Machtkämpfe zerfiel J. in zahl-

Samurai, Farbholzschnitt von Toyokuni. Paris, Bibliothèque Nationale

reiche unabhängige Gebiete, an deren Spitze jeweils ein *Krieger-Daimyo* stand. Neben dem alles beherrschenden Rittertum entwickelten sich mit der städt. Kultur die Anfänge des Bürgertums.

Um die Mitte des 16. Jh. trafen die ersten Europäer in J. ein. Die Portugiesen vermittelten den Japanern 1542 die Kenntnis der Feuerwaffen. 1549 wurde durch kath. Missionare das Christentum in J. bekannt, das seit 1556 durch die Bekehrung einiger Daimyos viele Anhänger gewann.

1573 stürzte *Oda Nobunaga* den Aschikaga-Schogun u. begann die Einigung des Landes, die 1582 von *Toyotomi* Hideyoschi vollendet wurde. Ein großangelegter Koreafeldzug (1592–1598) wurde bei Hideyoschis Tod ergebnislos abgebrochen. Seine Nachfolge trat Tokugawa Ieyasu an, der 1600 in der Schlacht bei Sekigahara die aufständ. Daimyos besiegte u. den der Kaiser 1603 zum Schogun ernannte. Das Tokugawa-Schogunat

(1603–1868) war durch strenge Gesetze geprägt, die J. zum Polizeistaat machten, der von der Außenwelt abgeschnitten wurde. 1639 begann die rücksichtslose Ausrottung des Christentums. Handel mit J. wurde nur holländ. u. chines. Kaufleuten gestattet. In der über 200 Jahre währenden Friedenszeit verarmten die Samurai, während die Kaufleute zu Reichtum u. Ansehen kamen. Es entwickelte sich ein übersetzter u. starrer Verwaltungsapparat. Die Bauern litten unter hohen Steuern, u. es kam zu zahlreichen Bauernaufständen. Der Konfuzianismus erlebte eine Blütezeit; daneben entstand eine Bewegung zum Studium der nationalen Literatur u. Geschichte, die schließl. zur Forderung nach Restauration der Kaisermacht u. nach Abschaffung des Schogunats führte.

Seit der 1. Hälfte des 18. Jh. drang mit naturwissenschaftl. Büchern aus Holland auch europ. Gedankengut ein. Die Ankunft ausländ. Schiffe (1854

Empfang des Commodore Perry in Yokohama. Zeitgenössische Farblithographie nach W. T. Peters (links). – Kampf zwischen Japanern und Mongolen (1281). Darstellung aus dem „Moko Schurai Ekotoba"; 1293 (rechts)

JAPAN Geschichte

Meidschi-Tennô zieht 1868 in Edo (Tokio) ein. Zeitgenössische Lithographie

Hirohito 1971 auf Staatsbesuch in Europa

chinesisch-japanischer Krieg 1937: Japaner besetzen Nanking

der US-amerikan. Commodore M. C. *Perry*) war Anstoß zum Zusammenbruch der feudalist. Struktur u. gab das Signal zu einer raschen Modernisierung. Das Schogunat war genötigt, den Fremden einige Häfen zu öffnen (1854 den Amerikanern, 1855 den Russen, später den Niederländern u. Franzosen). Mit Preußen schloß es 1861 einen Freundschafts-, Handels- u. Schiffahrtsvertrag. Da die Schogunatsregierung die Verträge ohne Zustimmung des Kaisers geschlossen hatte, zog sie sich die Feindschaft der schogunats- u. fremdenfeindl. Partei im Lande zu. Der Kaiser, dessen Macht durch die Opposition der Daimyos u. verarmten Samurai gegen den Schogun erstarkt war, forderte die Reform des Schogunatsystems. 1868 trat der Schogun vom Amt zurück. Der Kaiser übernahm die Regierungsgewalt u. gab seiner Regierungsperiode den Namen Meidschi (Meiji-Restauration). In der Meidschi-Ära (1868–1912) wurde der kaiserl. Hof von Kyoto nach *Tokio* verlegt. 1869 wurde durch kaiserl. Erlaß das Programm der „Neuen Ära" verkündet, das eine Periode der Reformen zur Modernisierung J.s einleitete, die J. einen Platz unter den Großmächten sichern sollte. Bis 1890 zog man ungefähr dreitausend ausländ. Regierungsberater nach Japan. Eisenbahn, Post u. Fernmeldewesen, Heer u. Erziehungssystem wurden nach westl. Vorbild eingerichtet. Die neue, 1889 verkündete Verfassung machte J. zur konstitutionellen Monarchie (nach preuß. Muster). Der Kaiser *(Tennô)* hatte die ausübende Staatsgewalt, war Oberbefehlshaber der Streitkräfte u. konnte Verträge mit fremden Mächten abschließen. Kabinett u. Geheimer Staatsrat hatten nur beratende Funktionen.
1871 begannen die Japaner, außenpolit. aktiv zu werden. Sie schlossen mit China einen Handelsvertrag ab, in dem die Gleichberechtigung der beiden Nationen anerkannt wurde. 1872 beanspruchten die Japaner die Herrschaft über die *Ryukyu* u. brachten im folgenden Jahr die *Bonininseln* unter ihre Kontrolle. 1874 unternahm J. eine „Strafexpedition" nach *Taiwan* (Formosa), wo japan. Schiffbrüchige ermordet worden waren, u. es gelang, Chinas Anspruch auf Taiwan als zweifelhaft erscheinen zu lassen. 1875 wurden auf vertragl. Wege von Rußland die *Kurilen* erworben u. der japan.-russ. Grenzverlauf in Sibirien geklärt. Das japan. Bestreben, trotz des Vertrags von Tientsin (1885), in dem China u. J. die Unabhängigkeit Koreas anerkannten, *Korea* unter seinen Einfluß zu bringen, führte zum chines.-japan. Krieg (1894/1895). Im Frieden zu Schimonoseki mußte China auf alle Rechte in Korea verzichten, Taiwan u. die Pescadores abtreten, während die Abtretung der Liaotunghalbinsel durch Intervention von Rußland, Frankreich u. Dtschld. verhindert wurde.

129

Japan Air Lines

Japan
1 : 12 000 000

1902 unterzeichnete J. einen Bündnisvertrag mit England, den ersten seiner Art zwischen einer westl. Macht u. einem asiat. Staat. Zwei Jahre später griff J. die Russen bei Port Arthur an. Der russ.-japan. Krieg (1904/05) endete mit der Niederlage Rußlands, das im Frieden von Portsmouth die Halbinsel Liaotung u. Südsachalin an J. abtreten mußte. J. erhielt außerdem die Schutzherrschaft über Korea u. gewann damit freie Hand zur Annexion Koreas (1910).
Bei Ausbruch des 1. Weltkriegs erklärte J. Deutschland den Krieg u. erhielt im Versailler Vertrag Kiautschou u. das Mandat über die Karolinen, Marianen u. Marshallinseln. 1915 stellte J. 21 Forderungen an China, die einen dominierenden Einfluß J.s auf China sichern sollten. Das Washingtoner Flottenabkommen (1921/22) legte die Stärke der japan. Flotte auf 3:5:5 gegenüber England u. den USA fest, was in J. Enttäuschung hervorrief. Das Gesetz des Jahres 1924, das die Japaner von der Einwanderung in die USA ausschloß, u. die Zollmauern, die nach der Weltwirtschaftskrise gegen japan. Waren errichtet wurden, verschlechterten J.s Beziehungen zu den USA. – Innenpolit. nahmen soziale Probleme der rasch zunehmenden Bevölkerung, schnelle Industrialisierung, die Arbeiterfrage u. die schweren Schäden durch das Erdbeben 1923 die Kräfte der Regierung in Anspruch. Nach dem Tod von Taischo-Tenno bestieg Kaiser Hirohito 1926 den Thron u. leitete damit die derzeitige Regierungsperiode S c h o w a ein.
Anfang der dreißiger Jahre nahm J. seine imperialist. Politik gegenüber China trotz innenpolit. Opposition wieder auf. 1931 wurde die Mandschurei besetzt u. 1932 zu einem nominell unabhängigen, de facto unter japan. Protektorat stehenden Staat Mandschukuo umgebildet. 1937 kam es zum offenen Krieg mit China. Die sich lang hinziehenden Kämpfe auf dem Festland überraschten sowohl die militär. als auch die zivilen Führer J.s. Sie hielten jedoch an der Fortsetzung des Krieges fest, selbst als deutl. wurde, daß J. nicht gewinnen konnte.
Nach Ausbruch des 2. Weltkriegs schloß J. im September 1940 mit Dtschld. u. Italien den Dreimächtepakt u. im April 1941 mit der UdSSR einen Nichtangriffspakt. Dann begann es seine Expansion in Südostasien mit dem Ziel der Schaffung eines großostasiat. Wirtschaftsraums unter japan. Führung. Die USA, die bereits im Juli 1939 ihren Handelsvertrag mit J. gekündigt hatten, stellten im August 1941 ihre Erdöllieferungen an J. ein. Am 7. 12. 1941 begannen die Japaner mit dem Überfall auf *Pearl Harbor* den Krieg gegen die USA u. England. Bis Juni 1942 war ganz Südostasien bis vor die Tore Indiens u. Australiens in japan. Hand. Die Verzettelung der japan. Streitkräfte über diese Riesenräume führte nach der Vernichtung der japan. Trägerflotte bei den Midwayinseln im Juni 1942 durch die Amerikaner zur Vertreibung von den pazif. Inseln u. zum Heranrücken der Amerikaner an die japan. Inseln. Nach der Kapitulation der dt. Wehrmacht u. der Kriegserklärung der Sowjetunion (8. 8. 1945) war die japan. Lage hoffnungslos geworden. Die verheerende Wirkung US-amerikan. Atombomben, abgeworfen auf *Hiroschima* (6. 8.) u. *Nagasaki* (9. 8.), führte zur japan. Kapitulation.
Die Zeit der US-amerikan. Militärregierung unter General D. *MacArthur* brachte demokrat. Reformen. Die großen Konzerne wurden zerschlagen, Rechtsprechung u. Verfassung revidiert. Am 3. 5. 1947 trat die neue Verfassung in Kraft, nach der die oberste Macht beim Volk liegt, das Repräsentantenhaus bedeutend mehr Machtbefugnisse hat als der neue Senat u. J. auf Krieg oder Anwendung von Gewalt verzichtet.

Gegen den Widerspruch u. ohne Beteiligung der Sowjetunion wurde am 8. 9. 1951 in San Francisco der Friedensvertrag zwischen J. u. den USA, England u. weiteren 46 Staaten geschlossen, demzufolge J. über 45% seines Gebietsstandes von 1945 verlor u. auf die 4 japan. Hauptinseln beschränkt wurde. Seine volle Souveränität erlangte J. am 28. 4. 1952 nach fast 7jähriger Besetzung wieder. Der Kriegszustand mit der Sowjetunion wurde am 19. 10. 1956 beendet. Seit Dezember 1956 ist J. Mitglied der UN. Am 20. 1. 1958 folgte der Abschluß eines Friedensvertrags mit Indonesien. Der Sicherheitsvertrag von 1951 mit den USA, der den Amerikanern das Recht zur Stationierung von Streitkräften in J. zum Schutz des Landes gab, wurde 1960 durch den „Vertrag für gegenseitige Zusammenarbeit und Sicherheit" abgelöst (1970 erneuert). 1972 erhielt J. die Ryukyu von den USA zurück. Die südl. Kurilen u. Sachalin bleiben weiterhin von der UdSSR besetzt. 1972 nahm J. diplomat. Beziehungen zur Volksrepublik China auf (unter gleichzeitigem Abbruch der Beziehungen zu Taiwan); 1978 schloß es mit China einen Friedens- u. Freundschaftsvertrag, der den Kriegszustand formell beendete. Min.-Präs. ist seit 1978 M. *Ohira*. – ⌑ 5.7.3.

Politik

J. ist gemäß der unter Mithilfe der US-amerikan. Militärregierung entstandenen Verfassung von 1947 eine parlamentar. Demokratie. Der *Kaiser (Tenno)* übt als Staatsoberhaupt nur repräsentative u. symbol. Funktionen aus. Regierungschef ist der vom Reichstag *(Kokkai)* gewählte Min.-Präs. Höchstes Gesetzgebungsorgan ist der aufgrund allg. Wahlrechts gewählte Reichstag, der aus zwei Kammern, dem *Repräsentantenhaus* (Amtszeit 4 Jahre) u. dem *Senat* (Amtszeit 6 Jahre; nach 3 Jahren Halberneuerung) besteht. Regierungspartei sind seit 1955 die konservativen Liberaldemokraten (LDP; →Jiyu-minshuto), die bei den Repräsentantenhaus-Wahlen 1976 u. 1979 schwere Verluste erlitten u. nur durch Verstärkung um 10 Unabhängige regierungsfähig blieben. Verteilung der 511 Sitze (1979): LDP 248, Sozialisten (→Shakaito) 107 (erheblich verschlechtert), Komeito-Buddhisten 57, KP (→Kyosanto) 39 (große Gewinne), Sozialdemokraten 35 (stark verbessert), Neuliberale (Abspaltung von der LDP) 4, unabhängige Sozialdemokraten 2, Unabhängige 19. Während die LDP für freie Marktwirtschaft, den Anschluß an die westl. Bündnissysteme u. die „Nationalen Selbstverteidigungskräfte" eintritt, steht die Linke dem marktwirtschaftl. System u. der Rüstung wesentl. kritischer gegenüber (Art. 9 der Verfassung verbietet J. das Aufstellen von Streitkräften).

Militär

J.s „Selbstverteidigungsstreitkräfte", aufgestellt nach einem Sicherheitsvertrag mit den USA 1954, basieren auf einem freiwilligen Wehrdienst von 2 Jahren. Die Gesamtstärke liegt bei 233 000 Mann („Landselbstverteidigungskraft" bei 154 000, „Seeselbstverteidigungskraft" 38 100, „Luftselbstverteidigungskraft" 40 900 Mann). Die japan. Streitkräfte unterstehen dem Wehramt, dessen Generaldirektor dem Min.-Präs. als oberstem Befehlshaber direkt verantwortlich ist.

Bildungswesen

Die allgemeine Schulpflicht beträgt neun Jahre. Träger der öffentl. Schulen sind Staat u. Gemeinden; Privatschulen sind gestattet. Für Pflichtschulbesuch muß an öffentl. Schulen kein Schulgeld gezahlt werden.
Schulsystem: Die 6jährige Grundschule *(Shogakko)* wird durch eine Prüfung beendet. Darauf folgt eine 3jährige mittlere Schule *(Chūgakko)*, die sowohl obligatorische Oberstufe der Grundschule als auch Unterstufe der auf sie folgenden höheren Schule ist. Die höhere Schule *(Kotogakko)* dauert 3–4 Jahre u. besteht in zwei Typen als allgemeinbildende u. als berufsbildende höhere Schule. Beide werden durch eine Prüfung abgeschlossen, die zum Besuch einer Fachschule, Fachhochschule oder Universität berechtigt.
Hochschulen: J. hat 74 staatl., städt. (Bezirks-) u. private Universitäten, außerdem Fachhochschulen u. Colleges.

Japan Air Lines [dʒə'pæn 'ɛːrlainz], Abk. *JAL*, japan. Luftverkehrsgesellschaft, 1953 gegr. u. zu 50% in staatl. Besitz; betreibt Strecken im In- u. Ausland.

Japaner, ostasiat. Volk, bewohnt das japan. Inselreich, 112 Mill., entstanden aus der Vermischung eingewanderter altmongol.-malaiischer Bevölkerungsgruppen mit der Ainu-Urbevölkerung. (Doch kann nach neueren Untersuchungen auch eine ältere Bevölkerungsschicht vorhanden gewesen sein.) Aus den engen Beziehungen zu China seit dem 6.–8. Jh. n. Chr. (Einführung des Buddhismus) erwuchs eine chinesische Tochterkultur, die sich in strenger Abgeschlossenheit (1600–1867) weiterbildete u. selbständige Züge entwickelte.
Im alten Japan gliederte sich das Volk in den Hofstaat *(Kuge)* des Kaisers *(Mikado, Tenno)*, die *Samurai-Kaste* (Krieger, Gelehrte, Beamte, viele Priester u. Ärzte) u. das in Klassen geteilte gewöhnliche Volk; von 1869 an heben sich nur noch Adel u. Halbadel heraus.
Seit der Erschließung des Landes für die westl. Zivilisation im 19. Jh. u. bes. seit 1945 haben sich die J. in der Entwicklung von Wissenschaft, Technik, Wirtschaft u. materieller Kultur weitgehend an westl. Vorbildern orientiert; auch die traditionelle japan. Sozialstruktur (die Japanerin nimmt in der vaterrechtlich orientierten Familie offiziell nur eine untergeordnete Stellung ein, obwohl ihr Einfluß als Mutter groß ist) hat tiefgreifende Wandlungen erfahren. Neben den modernen westlichen finden sich aber vielfach noch alte Kulturformen, bes. im häuslichen Leben, auf dem Land u. bei festlichen Anlässen.
Die alte Tracht *(Kimono)*, die auf chines. Vorbilder zurückgeht, ist bei Mann u. Frau ähnlich; als Arbeitskleidung findet sich bei Bauern noch ein schmaler Schamgürtel. Eine wichtige Rolle spielt der Fächer bei Frauen. Gegessen wird mit Eßstäbchen, vorwiegend Reis mit Zukost (viel Fisch, auch roh). Hauptgetränk ist Tee (auf Gesellschaften mit bes. feierl. Zeremonien zubereitet u. gereicht). Erwärmter Reiswein *(Sake)* ist ein beliebtes Genußmittel. Das Haus ist ein meist einstöckiges Holzrahmenwerk mit Schiebetüren, verstellbaren Wänden u. Wandschirmen aus Holz u. Papier; Inneneinrichtung: Matten *(Tatami)*, Kopfbank, Truhen, Tischchen, offene Feuerstelle u. transportable Kohlebecken, Blumenvasen, im Küchenabteil u. a. Holzbadewannen, Reismörser.
Die Landwirtschaft ist mehr ein hochentwickelter Gartenbau (Bewässerung, Düngung, Terrassenbauten); im Gebirge gibt es noch Brandrodung. Fechten, Ringen, Bogenschießen (mit über 2 m langen Bogen), Schach- u. Go-Spiel sind Freizeitbeschäftigungen. Die alten Waffen u. Rüstungen finden noch heute in Kult, Zeremonien, Theater u. Sport Verwendung. Reste von Kultbünden, Altersklassensystemen, Jugendweihe, Geburtshütte in abgelegenen Gegenden. Auch einige, z. T. wenig bekannte, urtüml. Bevölkerungsgruppen (Jägerdörfer, Waldleute, Fischhändler). Die J. sind künstler. sehr vielseitig (Dichtkunst, Malerei, Keramik, Kunstgewerbe). – ▢ 6.1.5.

Japangraben, Meeresgraben, nördl. Fortsetzung des Boningrabens vor der Ostküste von Honshu, in seinem Südteil bis 9504 m, in der Ramapotiefe 10340 m tief.

Japanische Inlandsee, Japanisches Binnenmeer, jap. *Setonaikai*, der Meeresarm zwischen der japan. Hauptinsel *Honshu* einerseits u. *Schikoku* u. *Kyuschu* andererseits; bis 60 km breit, rd. 200000 qkm; buchtenreich u. flach; besteht aus 5 miteinander verbundenen Becken; ca. 3000 Inseln. – ⬛ →*Japan* (Geographie).

japanische Kunst, Architektur, Plastik, Malerei u. Kunsthandwerk Japans, in Abhängigkeit von der um vieles älteren chines. Kunst entstanden u. im Laufe der Geschichte immer wieder unter deren Einfluß; dennoch sind die Anregungen in allen Bereichen der Kunst eigenständig verarbeitet u. weiterentwickelt worden. Dabei spielt der einzelne Künstler, dessen Name meist überliefert ist, eine bedeutendere Rolle, bes. in der Gebrauchskunst. Überhaupt hat die j. K. einen Zug zum Handwerklichen u. Dekorativen.

Architektur
Die Geschichte der japan. Baukunst läßt sich in drei große Abschnitte teilen: Aus vorbuddhist. Zeit grub man Fundamente von Grubenhäusern aus. Dem 4.–6. Jh. entstammen Nachbildungen ebenerdiger Giebelhäuser, deren Aussehen schon Abbildungen auf Bronze-Dotaku (vorgeschichtl. Bronzen in Glockenform von 30 bis 180 cm Höhe) u. Spiegeln wiedergeben. Diese Formen leben in der Architektur der Schinto-Schreine weiter, die erst etwa seit 800 unter dem Einfluß der buddhist. Architektur geschaffen wurden. Vom 6. Jh. bis zur Meidschi-Restauration (1868) kamen zwei Wellen chines. Einflusses nach Japan: Nach der Einführung des buddhist. Glaubens, in dessen Folge Städte u. Tempel nach chines. Vorbildern angelegt wurden (Nara), dann wieder beginnend im 14. Jh. mit dem Eindringen des Zen-Buddhismus. Unter dem Einfluß chines. Stadtmauern u. europ. Festungen bildeten sich prunkvoll ausgestattete Wehr- u. Schloßanlagen, deren Mittelpunkt der mehrstöckige Festungsturm wurde. Im Gegensatz dazu prägt rustikale Schlichtheit Architektur u. Innenausstattung der kleinen Teehäuser. Während zahlreichen Erdbeben hat sich der Holzbau bewährt, gegen Sonne u. Regen das schräge, tief herabgezogene Dach. Die moderne Architektur nach 1868 ist vom Westen beeinflußt u. zeichnet sich durch die Verwendung erdbebensicherer Stahlkonstruktionen (F. L. Wright, Erbauer des Imperial Hotel, Tokio).

Plastik
Schon aus vorbuddhist. Zeit sind Erzeugnisse japan. Bildhauerkunst in Bronze *(Dotaku)*, Ton *(Dogu)* vom Jomon-Typ u. Keramik *(Haniwa)* erhalten. Von dieser frühen Stufe gibt es keine Stilentwicklung zu den Arbeiten buddhist. Künstler, die später für den Schinto-Kult tätig waren. Bis um 1440 rechnet man die klass. Zeit der japan. Plastik, die anfangs aus Korea stammende Buddha-Bilder in Holz schnitzte, aus Ton u. Trockenlack formte u. in Bronze goß, dann jedoch bald unter den Einfluß der chines. Plastik des 6.–9. Jh. geriet u. ihren Höhepunkt in der Tempyo-Zeit (8. Jh.) hatte. Unter den Fudschiwara (10.–12. Jh.) zeigte sich in der Plastik die Japanisierung in einem zunehmenden Realismus (Sitzfiguren von Kriegern u. Staatsmännern), der seinen Höhepunkt in der Kamakura-Zeit (1192–1333) hatte. Neben Arbeiten der traditionellen *En-Schule* sind es die von der Sung-Plastik Chinas beeinflußten Werke des *Kokei*, seines Sohnes *Unkei* u. dessen Schülers *Kaikei*, von denen bis heute die letzten Beispiele großer japan. Holzplastik erhalten sind. Die Schnitzkunst der *No-* u. *Kyogen-Masken* u. die Kleinkunst der neueren Zeit *(Netsuke, Okimono)* weist noch Spuren der großen Traditionen auf.

japanische Kunst: hölzerne Standfigur mit Lacküberzug; 12. Jh.; Köln, Museum für Ostasiatische Kunst

Malerei
Für die Übersicht der Malerei Japans, in der gleichfalls vom 6. bis 9. Jh. korean.-chines. u. vom 14. bis 16. Jh. chines. Einfluß stilbildend wirkte, gelten auch die drei großen Abschnitte, die die Entwicklung der Architektur gliedern. Aus älterer, frühgeschichtl. Zeit blieben bes. auf der Insel Kyuschu (in Kumamato, Saga, Fukuoka) nennenswerte Reste farbiger Wandmalereien in Gräbern mit geometr. oder figuralem Dekor erhalten, in deren Auffassung man eine gewisse Abhängigkeit von korean. Grabmalereien zu erkennen meint. In der frühen buddhist. Malerei *(butsu-ga)* wird das Wirken korean. oder chines. Malermönche deutlich. Lackmalereien *(Tamamushischrein* im Horyuji), Wandmalereien *(Kondo* des *Horyuji)*, Textilien *(Taima-mandara* im *Taima-dera* bei *Nara)* u. a. Arbeiten *(Shosoin)* spiegeln mit zeitl. Abstand Stilstufen der frühbuddhist. Pinselkunst des fernöstl. Festlands. 886 übernahm die kaiserl. Bilderamt *(edokoro)* die Aufgaben der klösterl. Malschulen. Etwa seit dem 10. Jh., nach Abbruch der Beziehungen zu China, entwickelte sich in engem Zusammenhang mit einer neuen feudalen Architektur u. deren Innenausstattung das *Yamato-e* (die Japan-Malerei), mit histor. Darstellungen, Landschaften, Figuren – auch für die Illustration höf. Romane –, deren Stilelemente die *Tosa-Schule* bis in die neuere Zeit verwendete *(Mitsunaga)*. Aus derselben Epoche stammen die frühesten quasi-naturalist. Porträts *(Takanobu)*. Seit dem 14. Jh. bildete sich unter dem Einfluß des aus China übernommenen Zen-(chines. Ch'an-) Buddhismus u. seiner Tuschemalerei im *Sumi-e* ein neuer, monochromer Stil, mit dem die ersten großen japan. Mönchsmaler u. Kalligraphen ihre Anonymität aufgaben *(Sesshu)*. Die frühen Meister der nach ihrem Wohnort benannten Kanô-Schule *(Masanobu, Motonobu)* lösten diese Tuschemalerei aus ihrer Bindung an die buddhist. Klöster u. profanierten sie durch neue Themen u. eine dekorative Auffassung so, daß sie bes. als raumausschmückende Malerei *(shohekiga)* bis in die Neuzeit führend blieb. Von ihr wie vom Yamato-e gleichermaßen angeregt, konnten sich seit dem frühen 17. Jh. freie Künstlerpersönlichkeiten entwickeln u. Schulen bilden *(Sotatsu, Koetsu, Korin, Kenzan)*. Neue Auftraggeber aus der reich gewordenen Kaufmannsschicht der großen Städte Edo (Tokio), Kyoto u. Osaka begünstigten die Entstehung einer Genremalerei *(Ukiyo-e)* u. die Entwicklung des eng mit ihr verbundenen Japan-Holzschnitts *(Moronobu, Harunobu, Utamaro, Sharaku, Hokusai, Hiroshige, Kuniyoshi, Kunisada)*. Im 18. Jh. erschienen mit der Literatenmalerei *(bunjin-ga)* – auch Südschulen-Malerei *(nan-ga)* genannt – in klass. chines. Literatur gebildete Dichtermaler *(Buson, Taiga)*. Die ersten westl., von den allein in Japan Handel treibenden Holländern eingeführten Kupferstiche gaben Anlaß zum Naturstudium u. zum Experimentieren mit westl. Kompositionsweisen *(Okyo, Kazan, Hokusai)*, die bis zur Malerei der Gegenwart ein Anliegen der japan. Malerei geblieben sind. Wie die Malerei der meisten Asiaten kennzeichnet auch die der Japaner bis zu jener Begegnung mit dem Westen eine besondere Auffassung der Konturen als Linien u. eine flächenhafte Behandlung der Formen unter Verzicht auf die Wiedergabe von Licht u. Schatten. In einer auch in der älteren europ. Kunst bekannten Konstruktion der Perspektive treffen die Linien nicht in einem Fluchtpunkt zusammen, sondern laufen parallel. Seit der Meidschi-Restauration in der 2. Hälfte des 19. Jh. entwickelte sich eine von Europa beeinflußte Ölmalerei *(Fujita)*, doch wurden auch in der modernen Tuschmalerei u. im Farbholzschnitt zeitgemäße Ausdrucksformen gefunden.

Kunsthandwerk
In ganz Japan wurden Keramik-Gefäße aus frühgeschichtl. Epochen gefunden. Histor. datierbar sind die Gefäße der *Jomon-Kultur* (etwa 7. Jahrtausend v. Chr.–3. Jh. n. Chr.; Jomon = Schnurmuster, Keramik mit Schnureindrücken). Dagegen wird die Keramik der *Yayoi-Kultur* (3. Jh. v. Chr.–3. Jh. n. Chr.) abgesetzt, die sich durch einen dünnen Scherben mit schlichtem Dekor auszeichnet. Gefunden wurden aus vorgeschichtl. Epochen tiefe Schalen, große Vorratsgefäße, Kochtöpfe u. die sog. *Haniwa-Figuren* von Menschen, Tieren, Häusern u. Gerät, deren Herstellung etwa mit dem 2./3. Jh. n. Chr. einsetzte. Etwa seit derselben Zeit ist der Gebrauch der Töpfer-

japanische Literatur

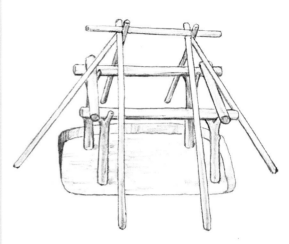

Grubenwohnstatt der Jomon-Kultur (Unterkonstruktion)

Daigodschi; Fudschiwara-Zeit, 951. Kyoto (links). – Tamamushi-Schrein, oberer Teil in Form einer Tempelhalle; 1. Hälfte des 7. Jh. Horyu-ji (rechts)

scheibe nachweisbar, die aus Korea übernommene Sue-Keramik u. die Anfänge einer Glasur, hervorgerufen durch Holzasche, die bewußt nach dem Vorbild der chines. T'ang-Keramik (Keramik im 756 gegr. Schatzhaus von Nara, Shosoin) angewandt wurde. Während der Spätphase der japan. Frühzeit trifft man echte Glasur nur an jenen vom Festland eingeführten Gefäßen des 7.–9. Jh. Etwa im 13. Jh. begann man in Seto bei Nagoya die aus China importierte Seladonware nachzuahmen. Seit dem 14./15. Jh. entwickelte sich die japan. *Teekeramik*. Unter dem Einfluß des Zen-Buddhismus u. ihm verbundener Teemeister, insbes. aber seit der Ansiedlung kriegsgefangener korean. Handwerker in der Momoyama-Zeit um 1600, entstanden in engster Verbindung mit der Teezeremonie Teeschalen *(Chawan)*, Teebehälter *(Chaire)*, Wasserbehälter *(Mizusashi)* u. Blumenvasen *(Hanaike)* mit organischen, der Natur angenäherten Formen u. klass. japan. Glasuren: *Shino-Glasur*, weiß bis gelblichgrau auf durchschimmerndem rötlichbraunem Scherben; *Oribe-Glasur*, wechselnd asymmetrische Flächensegmente mit grüner Glasur u. hellem Grund, bemalt in Eisenbraun mit Vögeln, Gräsern, Bambus u. Strichmustern. Zentrum der Keramikherstellung war die Stadt Seto; für ihre Erzeugnisse sind dunkelbraune Glasuren u. *Temmoku-Glasur* (schwarzbraune Eisenglasur nach chines. Vorbild) charakteristisch.

Nach 1616 gelang die erste Porzellanherstellung in *Arita* mit korean. Anregungen nach dem Vorbild der spätesten Ming-Porzellane. Es entstanden Flaschenvasen u. Schalen mit grünbläulicher Glasur u. blauer Unterglasurmalerei, in asymmetr. Anordnung mit Blütenzweigen dekoriert. Bezeichnend für Alt-Arita sind die Arbeiten der *Kakiëmon-Werkstatt*: seit 1596 in mehr als 4 Generationen vielfarbige symmetr. komponierte Blumenstauden u. Vögel auf heller grauweißer Glasur, mehr noch als chines. Porzellan Vorbild für Meißner Porzellan. Seit Ende des 18. Jh. ist das Exportporzellan aus Arita, auch *Imari-Porzellan* nach dem Hafen Imari genannt, berühmt; es zeichnet sich aus durch reichen Dekor in Blau, Rot u. Gold (bes. große Schüsseln). In *Nabeschima* wurde im 18. Jh. bestes japan. Porzellan mit großzügigen, geschwungenen Dekorelementen geschaffen; auch die Manufaktur in *Kutani* wurde berühmt durch das mehrfarbig bemalte Porzellan, für das die Zusammenstellung von Gelb, Grün u. Violett in großflächigen Formen bezeichnend ist.

In der modernen Keramik seit etwa 1960 ergibt sich aus der Fortsetzung der Tradition u. der Übernahme europ. Anregungen eine Synthese zwischen den aufgezeichneten Tendenzen u. einer selbständigen, neuen Gestaltung, die u.a. der Altmeister *Kawai* in seinen Vasenschöpfungen demonstriert.

Eine hervorragende Rolle im japan. Kunsthandwerk spielen Lackgefäße u. -geräte, wobei meist Holz den Untergrund bildet. Einlegearbeiten mit Gold, Silber, Perlmutt werden in die Lackschicht eingefügt. Den Antrieb für kunstvoll arbeitende Lackwerkstätten gab, wie für alle anderen Kulturbereiche, die Einführung des Buddhismus mit der Kenntnis chines. u. korean. Arbeiten. Noch vor den in verschiedenen Lacktechniken ausgeführten Arbeiten, die sich seit ihrer Stiftung durch die Witwe des Kaisers Shomu (756) im Shosoin, Nara, befinden, datiert der *Tamamushi-Schrein* (Horyuji, Nara, frühes 7. Jh.). Die selbständigen japan. Auffassungen in der Heian- u. Fudschiwara-Zeit zeigen sich auch in den Lackdekorationen der Baukunst. Aus der ersten Hälfte des 10. Jh., d.h. aus einer Zeit, in der nach japan. Berichten (988) der Todai-ji einen Priester mit Geschenken an den Hof des Sung-Kaisers sandte, stammen zwei datierbare Kästen im Ninna-ji, Kyoto. Etwa ein Jahrhundert später wurden Lackarbeiten in größerem Umfang nach China u. Korea exportiert. In der Kamakura-Zeit weisen erstmalig Lackgegenstände Reliefflack u. rebusartige Verbindung von Bild u. Schrift auf. Die Aschikaga-Zeit (1338–1573), die die *Higashiyama-Lacke* (genannt nach der Residenz des Schoguns Yoshimasa) hervorbrachte, führte in techn. Vollendung u. Farbschönheit zu einem Höhepunkt der Lackkunst. In der Momoyama-Zeit kamen neue Anregungen aus Korea, zugleich machte sich der Einfluß der chines. Ming-Lacke u. europ. Dekorfor-

JAPANISCHE KUNST I

No-Gewand; 17. Jh. Berlin, Staatliche Museen Preuß. Kulturbesitz, Museum für Ostasiatische Kunst

Schreibkasten mit Gräser- und Blumendekor. Lack und Gold auf Holz; Edo-Zeit, 18. Jh. Köln, Museum für Ostasiatische Kunst

Lackbemalte Netsuke aus Holz und Elfenbein (links). – Elfenbein-Netsuke, Alter Mann mit Baby (rechts)

Kwannon Bosatsu aus Kofukuji; Heian-Zeit, 9. Jh. Cambridge (Massachusetts), Fogg Art Museum

Teeschale aus Steinzeug; um 1600. Hamburg, Museum für Kunst und Gewerbe

Gefäß mit plastischem Dekor; mittlere Jomon-Zeit, 3. Jahrtausend v. Chr. Cambridge (Massachusetts), Sammlung Welch

Gefäß mit Deckel und Pflanzendekor; Edo-Zeit, 19. Jh. Sammlung Münsterberg

---

japanische Literatur

men bemerkbar. Während der vergangenen drei Jahrhunderte wurden die Lackwerkstätten von Kyoto u. Edo (Tokio) Zentren dieses Kunsthandwerks. Koetsu u. Korin vertreten einen immer häufiger werdenden Meister-Typus, der sich in mehreren Arten der darstellenden u. handwerkl. Kunst erfolgreich versucht.

Auch für die japan. Metallkunst, deren prähistor. Erzeugung nur wenige Typen umfaßte (Spiegel, Dotaku, Zierat von Waffen u. Pferdegeschirr), bedeutete die Ankunft buddhist. Mönche u. Kunstgegenstände vom Festland einen Wendepunkt. Bald beteiligten sich immer mehr einheim. Kräfte an der Lösung der neuen Aufgabe, Gegenstände für den Kult, wie Altarschmuck u. Laternen, mit Hilfe neuer, vom Festland übernommener Techniken wie Durchbrucharbeit, Treiben, Punzen, Ziselieren, Gravieren u. Zellenschmelz herzustellen. Bes. seit dem 16. Jh. hat sich eine Fülle an profanem Metallgerät erhalten, darunter speziell Schwertzierat. Ähnl. wie die japan. Lacke tragen die *Tsuba* genannten Schwertstichblätter die Namen der Plattner eingraviert, so daß sie meist zeitl. u. örtl. bestimmbar sind. Zu dem vornehmsten weltl. Gerät zählen daneben eiserne Teekessel für die Teezeremonie, Behälter für das Räucherwerk u. Kohlenbecken sowie Schreibgeräte.

Im Lauf der japan. Geschichte gelangten zweimal chines. u. korean. Textilien in großen Mengen nach Japan: in der Zeit vom 6. bis 8. u. vom 13. bis 16. Jh. Über die frühe Zeit gibt die Sammlung des *Shosoin* (mit Köper-, Damastgeweben, Ketten-, Schuß- u. Riemchengoldbrokaten, Atlas, Gaze, Wirkereien u. verschiedenen, mit Hilfe batikähnl. Verfahren gefärbten Stoffteilen) Auskunft, über die spätere, für die das *Naihaku-Verfahren* (Stikkerei in Verbindung mit aufgelegter Edelmetallfolie) u. *Karaori* (broschierter Brokat) typisch ist, Schauspielergewänder in japan. Museen. Soweit bekannt, sind aus China so frühe Gewänder in dieser Technik nicht erhalten. – Ⓑ S. 134. – ⓛ 2.2.3.

japanische Literatur. Die ältesten japan. Mythen sind in den Geschichtswerken *Kodschiki* (712 n.Chr.) u. *Nihongi* (720 n.Chr.) aufgezeichnet, reichen aber in ihrem Kern in die vorchines. Zeit zurück; sie berichten vom Kampf der Götter u. Helden gegen die Gebirgsbarbaren, deren Land dem friedl. Reisbau erschlossen wurde. Ihre Aufzeichnung konnte erst nach Einführung der chines. Schrift (5. Jh.) erfolgen.

Neben dem Mythos u. Geschichtserleben befruchteten auch die Gottesdienste die altjapan. Literatur; die große Sammlung der *Norito* (Schinto-Ritualreden) zeigt ihren eben pathet.-feierl. Rhythmus. In diesen Frühwerken finden sich auch schon Spuren alter Lieder, Gelegenheitsgedichte oft magischen oder erot. Inhalts u. Lieder für Kriegsfahrten u. Geselligkeiten. Sie entwickelten sich bald zur klass. Form (Wechsel von Kurz- u. Langzeilen, Silbenzählung, ohne Reim), die als *Tanka* („Kurzgedicht"), als *Katauta* („Strophenfragment") oder seltener als *Nagauta* („Langgedicht") die Zeiten überdauerte. Die älteste große japan. Liedersammlung ist das *Manjoschu* („Sammlung der 10 000 Blätter"), abgeschlossen um 760 n.Chr.; es enthält u.a. Gedichte des Höflings *Kakinomoto no Hitomaro*, der an der Grenze zwischen altjapan. u. chines. Zeit das gottesdienstl. Pathos auf die Lyrik übertrug.

Die Prosa der Klassik erreichte ihren Höhepunkt in der Frauendichtung der Heian-Zeit um 1000 n.Chr.; der berühmteste japan. Roman ist das *Gendschi-Monogatari* („Geschichte des Prinzen Gendschi") der Dichterin *Murasaki Schikibu*, ebenbürtig ist das fast gleichzeitig entstandene „Skizzenbuch unter dem Kopfkissen" (*Makura no Soschi*) der Dichterin *Sei Schonagon*.

Die chines. Epoche entwickelte das 31silbige Kurzgedicht zur Blüte. Die bedeutendste Sammlung dieser Zeit, das *Kokinschu* (905–920), ist gleichzeitig die erste Sammlung, die auf kaiserl. Befehl entstand. Daneben entwickelte sich aus dem Prosamärchen eine erzählende Prosadichtung, die *Utamonogatari* („Versgeschichten"), die bald größeren Umfang annahmen; auch das Tagebuch wurde als Erzählgattung gern benutzt, weil es der japan. Freude am Improvisieren die schönsten Möglichkeiten bot.

Die Epoche des Buddhismus (1200–1600) brachte durch die Betonung der krieger. Werte eine nationale Note in die j.L.; der Anteil des religiösen Schrifttums wuchs, auch das sangbare Lied (*Imajo*) wurde gepflegt. Bezeichnend ist der romant. Kriegsroman, der im *Heike-Monogatari* (um

japanische Musik

Kichijo-ten, die buddhistische Göttin des Reichtums; Nara-Zeit, 8. Jh. Nara, Yakushi-ji

Flötenspiel in der Mondnacht. Ausschnitt aus dem Genji Monogatari Emaki; um 1120. Odawara, Sammlung Masuda

Sesshu, Herbst; 2. Hälfte des 15. Jh. Tokio

1200) u. im *Taiheiki* (um 1400) mit seinen ausgeprägten Idealgestalten seinen Höhepunkt erreichte. Aphorismensammlungen wurden Einsiedlern in den Mund gelegt. Die wichtigste Schöpfung dieser Zeit aber war das Drama, das aus Tanz, Musik, gesprochenem u. gesungenem Wort – fast frei von chines. Einflüssen – zusammenwuchs u. im *No* seine Synthese fand. Daneben entstand später ein Possenspiel (*Kyogen*).

Im 17. Jh. entwickelte sich eine volkstüml. Prosa, deren Meister *Ibara Saikaku* war, der große Sittenschilderer seines Volkes. Gleichzeitig erreichte das Drama in *Tschikamatsu Monsaëmon* seinen Vollender, der die Wendung des Schauspiels zum zeitgenössischen Leben bestätigte. Daneben schuf *Matsuo Bascho* mit seinen *Haiku* eine neue Naturlyrik.

Der Einbruch europ. u. amerikan. Einflüsse erschütterte das japan. Schrifttum, bis es – bes. durch die theoret. Arbeiten von *Tsuboutschi Schojo* belehrt – allmähl. wieder zu seiner Eigenständigkeit zurückfand. Roman, Lyrik u. Drama zeigten neue, von traditionellen Vorbildern freie Formen u. brachten den gesellschaftl. Strukturwandel zum Ausdruck. Nach dem 2. Weltkrieg sah sich die j. L. wiederum in eine verstärkte Auseinandersetzung mit amerikan. Kultureinflüssen gedrängt, deren Auswirkungen auf längere Sicht noch nicht zu überblicken sind.

Bedeutende Dichter der letzten Jahrzehnte waren bzw. sind: *Mori Ogai, Natsume Soseki, Osaki Kojo, Kunikida Doppo, Tajama Katai, Schimasaki Toson, Takahama Kyoshi* (* 1874, † 1959), *Nagai Kafu, Schiga Naoja, Muschanokodschi Saneatsu, Kikuchi Kan, Akutagawa Rjunosuke, Ibuse Masudschi, Tanisaki Dschunitschiro, Kawabata Jasunari, Kobajaschi Takidschi, Dazai Osamu, Mischima Jukio*. – ▫ 3.4.4.

japanische Musik. Die j. M. ist seit ihrem Eintritt in die Geschichte stark von der chines. beeinflußt; sie zeigt auch korean. u. ind. Einschlag. Über die Musik der Ureinwohner fehlen sichere Quellen. Die japan. Musikforschung teilt die Entwicklung der Musik in zehn, die abendländ. Musikwissenschaft in sechs Epochen ein: 1. Vor- u. Frühgeschichte, 2. Nara-Zeit (8. Jh.), 3. Heian-Zeit

japanische Musik

Ausschnitt aus einer der satirischen „Tierskizzen-Rollen" (Choju Giga); 12. Jh. Kyoto, Kozan-ji

Yokoyama Taikan, Die Chichibu-Berge bei Tagesanbruch im Frühling. Tokio, Sammlung Prinzessin Chichibu

JAPANISCHE KUNST II

Utamaro, Kurtisane aus dem Haus Sumiyoshi vor dem Spiegel

Ogata Korin, Yuima (ein Laienschüler des Buddha); Edo-Zeit. Tokio, Sammlung Sorimachi

(9.–12. Jh.), 4. Kamakura- u. Aschikaga-Zeit (1192–1333), 5. die Zeit vom Ende der Aschikaga-Zeit bis zum Ende des Tokugawa-Schogunats (1573–1868), 6. Neuzeit.

Wichtige Formen u. Erscheinungen des japan. Musiklebens sind der am Anfang stehende schlichte Solo-Volksgesang oder das einstimmige chorische Lied, die tänzerischen Zeremonien schintoistischer Heiligtümer *(Kagura)*, Gesellschaftslieder u. Gesänge buddhist. Mönche (Hymnen), das in der zweiten Hälfte des 8. Jh. bzw. der Heian-Zeit nach chines. Muster aufgebaute höfische *Gagaku*-Orchester, das *No-Spiel* (die Verbindung von Sologesängen, Chören, Instrumentalmusik, Dialog u. Tanz in Form einer Art Volksoper), die *Joruri* genannte Liedform, das Marionettentheater in Osaka, die Tradition des *Kabuki-Theaters* in Tokio (beide aus dem 17. Jh.), die altjapan. Kunstform *Naga-uta*, Balladen u. Lieder der Geishas.

Der Stimmcharakter der hohen Frauen- oder zuweilen im Falsett vorgetragenen Männerstimmen wirkt auf das europ. Ohr fremd, so auch der Klang gewisser Blas- u. Saiteninstrumente. Das Instrumentarium besteht aus zitherartigen Instrumenten, von denen das beliebteste das *Koto* ist, u. aus mehreren Arten von Lauten (*Shamisen* u. *Biwa*). An Blasinstrumenten kommen vor allem mehrere Typen der Block- u. Querflöte vor, ferner Oboen *(Hitschiriki)* u. Mundorgeln. Von den Membranophonen sind vor allem zweifellige Sanduhrtrommeln *(Tsuzumi)* zu nennen, die *No-* u. *Bugaku-Pauke* u. ein- u. zweifellige zylindrische Trommeln. Die vorkommenden Idiophone sind Gongs, Bekken, Klappern u. Schellen.

Die j.M. hat mehrere Notierungssysteme erfunden, so z.B. die Notation des Mönches *Kakui*. In jüngerer Zeit hat sich auch in Japan die abendländ. Musik immer stärker durchgesetzt u. findet durch japan. Solisten, Chöre, Sinfonieorchester u. Musikschulen eine beachtliche Pflege u. Entfaltung. Diese Bewegung begann 1872 durch Einführung europ. Militärorchester u. die Verwestlichung der japan. Schulmusik. Die zeitgenöss. japan. Kompositionsschule versucht, den Anschluß an die neuzeitl. Musik des Abendlands zu vertiefen, ohne da-

japanische Philosophie

bei gänzlich auf das Erbteil der japan. Musiktradition zu verzichten. – ☐ 2.9.5.

japanische Philosophie. Die j. P. ist mit dem religiösen Denken des Landes eng verbunden. Dieses hat den Schintoismus mit den Fremdreligionen des Buddhismus u. Konfuzianismus zu einer Einheit verbunden. Die Religionen sind verschiedener Ausdruck (Wege: *Michi*) einer Wahrheit. Die Kosmologie läßt alles sich im Raum entfalten, der identisch ist mit dem Umgreifenden, dem Nichts. Das Ganze ist göttlich, aber ohne Personalität. Es wird im *Schintoismus* als Götterwesen, im *Konfuzianismus* als Universum, im *Buddhismus* als Nichts gedacht. Es umgreift auch die Zeit, die „ein Strömen aus ewiger Vergangenheit her in ewige Zukunft hin" ist. Demgemäß ist auch Geschichte nicht eine lineare Abfolge, sondern „dauernder Umschwung im ewigen Nun" (*Kitaro Nishida*, *1870, †1945). Die Absonderung des Menschen aus dem Ganzen ist nicht Schuld, sondern Mangel. Sie ist deshalb durch die eigene Bemühung zu überwinden, indem der Mensch sich in magisch-mystischer Einung mit dem Ganzen oder in geistiger Entindividualisierung selbst aus der Vereinzelung erlöst. Die Unausweichlichkeit des individuellen Erlöschens im Tod zeigt ihm die Nichtigkeit des menschl. individuellen Daseins. In der modernen j.n P., z. B. bei Tanabe Hajime (*1885, †1962), zeigt sich in zunehmendem Maß die Einwirkung europ. u. nordamerikan. Denkens, der gegenüber sich jedoch der traditionelle Grundzug behauptet. – ☐ 1.4.8.

japanischer Nasenhai, *Scapanorhynchus owstoni* →Nasenhai.

Japanisches Becken, pazif. Meeresbecken, = Japanisches Meer.

japanische Schrift. Aus der im 5. Jh. von korean. Hofschreibern in Japan eingeführten chines. Wortschrift entstand durch Anpassung an die japan. Lautwerte die Silbenschrift *Kana*, im 8./9. Jh. die glattere *Hiragana*, die zur *Katakana* (47 Silbenzeichen) vereinfacht wurde; auch die neuere Hiragana wurde auf 48 Zeichen begrenzt.

Japanisches Meer, pazif. Randmeer zwischen dem asiat. Festland u. Japan; rd. 1 Mill. qkm groß; identisch mit dem *Japanischen Becken*; bis 4225 m tief; im N durch den *Tatarischen Sund* mit dem Ochotskischen Meer, im S durch die *Koreastraße* mit dem Ostchines. Meer verbunden.

japanische Sprache, mit keiner bekannten Sprache genetisch verwandt, im Lauf ihrer Geschichte aber durch das Chinesische im Wortschatz stark beeinflußt. Sie ist in ihrem Typus agglutinierend. Es gibt keine Genusunterschiede u. im allg. auch keine Numerusunterschiede. Im Satz entscheidet vielfach die Wortfolge: Das bestimmende Wort steht vor dem bestimmten. – Neben den zahlreichen, im einzelnen sehr verschiedenen Mundarten gibt es eine in Wortschatz u. Syntax von diesen sehr abgehobene Schriftsprache; der Stil der Umgangssprache ist kompliziert abgestuft durch Berücksichtigung angesprochener u. besprochener Personen. Schriftl. überliefert (in chines. Zeichen) ist die j. S. seit dem 7. Jh. – ☐ 3.9.0.

japanische Zeder →Cryptomeria.

Japanknollen, *Stachys,* japan. Kartoffeln mit süßl. Geschmack; die korkenzieherähnl. Knollen der japan. Pflanze *Stachys sieboldi* werden auch als Gemüse oder Salat zubereitet. J. enthalten Insulin u. sind daher bes. für Zuckerkranke geeignet.

Japanlacke, Sammelbegriff für Öl- u. Emaillacke, die gegen Witterungseinflüsse beständig sind (Außenanstriche) u. sich durch gr. Glanz u. Härte auszeichnen. I. e. S. der echte Japanlack, aus dem Milchsaft des japan. Firnisbaums (*Rhus vernicifera*) gewonnen; sehr hart, glänzend u. von bes. Widerstandskraft gegen Feuchtigkeit. →Sumach.

Japanologie, die Erforschung von Kultur u. Sprache Japans. →auch Orientalistik.

Japanpapier, handgeschöpftes Papier aus Japan, das durch Verwendung ungewöhnl. langer Fasern (u. a. Bastfasern des Maulbeerbaums) bes. weich, fest u. schmiegsam ist. Die oft seidig schimmernden Bogen werden u. a. für Lampenschirme u. Broschüreneinschläge verwendet.

Japanseide, *Japon,* Seidengewebe in Taftbindung aus *Grège* für leichte Kleider, Lampenschirme u. als Vorhangstoffe.

Japanwachs, Japantalg, pflanzl. Talg, der aus den Früchten verschiedener Sumacharten in China u. Japan gewonnen wird; enthält Palmitin u. Palmitinsäure u. wird für Kerzen, Seifen u. Glanzwichse verwendet.

Japetus [nach dem grch. Titanen *Japetos*], ein von G. D. *Cassini* 1671 entdeckter Saturnmond; Durchmesser 1200 km, Entfernung von Saturn 3,563 Mill. km.

Japhet, einer der drei Söhne Noahs nach 1. Mose 10, Stammvater der kleinasiat. Völker (*Japhetiten*).

japhetitische Sprachen, eine von dem sowjet. Sprachforscher N. J. *Marr* aufgestellte hypothet. Sprachfamilie, zu der die kaukas. Sprachen, das Etruskische, Baskische, Sumerische, Elamitische u. einige andere ausgestorbene europ. Sprachen gehört haben sollen. Diese Theorie wird heute allgemein verworfen.

Japurá [ʒa-], linker Nebenfluß des Amazonas, entspringt als Caquetá in der Ostkordillere Kolumbiens, mehrere Mündungsarme, Hauptarm mündet bei Tefé; mit Caquetá rd. 2500 km.

Japyger, im Altertum illyr. Bewohner von *Japygia*, dem südöstl. Unteritalien bis zum Kap *Japygium (Santa Maria di Leuca)*.

Jaques-Dalcroze [ʒak dalˈkroːz], Emile, schweizer. Musikpädagoge, *6. 7. 1865 Wien, †1. 7. 1950 Genf; Schüler von A. *Bruckner* u. L. *Delibes*, Begründer eines auf eigener Methode aufbauenden Instituts für rhythmische Gymnastik in Dresden-Hellerau, seit 1925 in Laxenburg (Österreich); nach 1914 Schulen in Genf, Paris, London u. Berlin. J. gab mehrere Schriften über seine Methode heraus u. schrieb neben seinen „Chansons romandes et enfantines" Kammermusik-, Orchester- u. Chorwerke, Opern u. 2 Violinkonzerte.

Jarcke, Karl Ernst, Publizist, *10. 11. 1801 Danzig, †28. 12. 1852 Wien; Prof. für Strafrecht in Bonn u. Berlin; seit 1832 auf Berufung Metternichs als Nachf. von F. *Gentz* in der Wiener Hof- u. Staatskanzlei tätig (bis 1848); gründete 1838 mit J. *Görres* u. a. die „Histor.-polit. Blätter für das kath. Dtschld."; Verfechter einer christl.-kath. Monarchie patriarchal.-ständischer Prägung.

Jardiel Poncela [xardiˈel ponˈθela], Enrique, span. Schriftsteller, *15. 10. 1901 Madrid, †18. 2. 1952 Madrid; beliebter Lustspieldichter, verfaßte auch humorist. Romane u. Filmdrehbücher.

Jardin des plantes [ʒarˈdɛ dɛˈplãt; frz., „Pflanzengarten"], botanischer Garten, vor allem der Anfang des 17. Jh. begründete J. d. p. zu Paris, der dem Naturkundemuseum angegliedert ist u. auch einen zoologischen Garten enthält.

Jardinière [ʒardinˈjɛːr; frz., „Gärtnerin"], Blumentisch; in der Bindekunst blumenkorbähnl. Dekorationsstück zum Zimmerschmuck.

Jarema, Maria, poln. Malerin, Bildhauerin u. Bühnenbildnerin, *24. 11. 1908 Stary Sambor, †1. 11. 1958 Krakau; studierte bei X. Dunikowski in Krakau, war Mitglied avantgardist. Künstlergruppen. Ihre Bilder sind durch den Zusammenklang geometrischer Formen u. dekorativ zusammengestellter Farben gekennzeichnet.

Jargon [ʒarˈgõ; der; frz.], 1. *Mineralogie:* farbloses bis blaßgelbes Zirkonmineral von Ceylon. 2. *Sprache:* die (von anderen oft als unfein betrachtete) Redeweise bestimmter Gesellschaftsschichten oder Berufsgruppen.

Jari [ˈʒari], nordostbrasilian. Amazonasnebenfluß, 600 km lang, entspringt im Bergland von Guayana, mündet gegenüber der Insel Gurupá; Grenze der Staaten Pará u. Amapá, im Unterlauf schiffbar.

Jarl [altnord., engl. *Earl,* „Graf"], in den nordgerman. Reichen Statthalter, Bezirksverwalter, Kleinkönig.

Jarmuk →Yarmouk.

Jarnach, Philipp, Komponist, *26. 7. 1892 Noisy (Frankreich); Schüler F. *Busonis*, 1949–1959 Direktor, 1959–1970 Prof. für Komposition der Musikhochschule Hamburg; schrieb u. a. eine „Sinfonia brevis", Violinsonaten, Kammermusik (Streichquartett „Zum Gedächtnis der Einsamen" 1952) u. vollendete 1926 die Oper „Doktor Faust" von Busoni.

Järnefelt, 1. Armas, Bruder von 2) u. 3), finn. Komponist, *14. 8. 1869 Wyborg (Viipuri), †23. 6. 1958 Stockholm; Dirigent in Helsinki u. Stockholm; sinfonische Dichtungen, Chöre, Lieder u. Klavierwerke.
2. Arvid, Bruder von 1) u. 3), finn. Schriftsteller, *16. 11. 1861 Pulkova, †27. 12. 1932 Helsinki; seine bekenntnishaften Werke (Romane, Erzählungen, Dramen) sind von Tolstoi beeinflußt.
3. Eero, Bruder von 1) u. 2), finn. Maler, *8. 11. 1863 Wyborg (Viipuri), †24. 11. 1937 Helsinki; studierte in Paris, schuf Wandbilder, stimmungshafte Landschaften, Porträts u. Genreszenen.

Jarnés [xar-], Benjamín, span. Erzähler, Biograph, Essayist u. Übersetzer, *7. 10. 1888 Codo, Aragón, †11. 8. 1949 Madrid; formvollendeter Stilist; seine Romane sind eine Reihe von Stimmungsbildern ohne Handlung: „El profesor inútil" 1926; „Paula y Paulita" 1929; „Locura y muerte de nadie" 1929; „Escenas junto a la muerte" 1931. Essays: „Españoles en América" 1943.

Jarno [ˈjɔrno], Georg, ungar. Komponist, *3. 6. 1868 Budapest, †25. 5. 1920 Breslau; wandte sich nach der Komposition von 3 Opern der Operette zu u. errang mit seiner Operette „Die Försterchristel" 1907 einen durchschlagenden Erfolg.

Jarosław, dt. *Jaroslau,* poln. Stadt am San (Wojewodschaft Przemyśl), 29000 Ew.; Textil-, keram. u. Nahrungsmittelindustrie.

Jarosław I., Jaroslaw Wladimirowitsch, Jaroslaw der Weise (*Mudryj*), Großfürst von Kiew 1019–1054, *978, †20. 2. 1054 Wyschgorod; führte das Kiewer Reich zu seiner höchsten Blüte. In seinem „Russischen Recht" (*Russkaja Prawda*) wurde die Blutrache durch Wergeld ersetzt. J. eroberte 1031 Galizien von Polen. Zu Westeuropa u. Skandinavien unterhielt er enge dynast. Beziehungen.

Jaroslawl, Hptst. der Oblast J. (36300 qkm, 1,4 Mill. Ew., davon 60% in Städten) in der RSFSR (Sowjetunion), an der oberen Wolga (Hafen), 550000 Ew.; Wolkow-Theater (1747 gegr., ältestes russ. Theater), Universität, Techn. Hochschule; Industriezentrum mit Maschinenfabriken, Lastkraftwagen- u. Traktorenwerk, Schiffswerften, Herstellung von synthet. Kautschuk, Gummikombinat (Autoreifen), Baumwollspinnerei, Getreidemühlen, Leder- u. Tabakverarbeitung, Erdölraffinerie, Torfkraftwerk; Verkehrsknotenpunkt. – Anfang des 11. Jh. von Großfürst *Jaroslaw I.* gegründet.

Jaroszewicz [jarɔˈʃewitʃ], Piotr, poln. Politiker, *8. 10. 1909 Nieśwież, Weißrußland; Lehrer, seit 1943 in der poln. Armee in der Sowjetunion, 1945 General, bis 1950 Vize-Min. für Verteidigung, seit 1950 in der Wirtschaftsplanungskommission, 1957 ständiger Vertreter Polens im COMECON, 1952–1970 Stellvertr. Min.-Präs., seit 1970 Mitgl. des Politbüros u. Min.-Präs.

Jarotschin, poln. *Jarocin,* poln. Stadt, südöstl. von Posen, 18000 Ew.; Maschinenbau, Textil- u. Holzindustrie.

Jarowisation [russ., „Versommerung"] →Keimstimmung.

Jarrahholz [ˈʒa-; austral.], *australisches Mahagoni,* leicht zu bearbeitendes, sehr polierfähiges rotes Holz von *Eucalyptus marginata;* dauerhaft u. vielseitig verwendbar. →auch Karri.

Jarrel, Randall, US-amerikan. Schriftsteller, *6. 5. 1914 Nashville, Tenn., †15. 10. 1965 bei Chapel

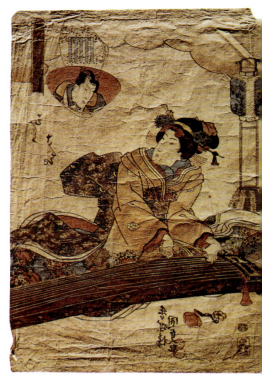

japanische Musik: Kotospielerin, von Kunisada; 19. Jh.

Hill, N.C. (Autounfall); Universitätslehrer u. Kritiker, vom *New Criticism* beeinflußt; Darstellung des Alltäglichen mit Kritik an dem Zwang, dem der Mensch unterliegt. Zentralthema seiner Lyrik ist Krieg u. menschl. Schuld („Blood for Stranger" 1942; „Little Friend, Little Friend" 1945; „The Seven League Crutches" 1951; „The Complete Poems" 1968). Seine Essays beschäftigen sich auch mit Problemen der Kunst („Third Book of Criticism" 1969; „A Sad Heart at the Supermarket" 1962); Roman: „Pictures from an Institution" 1954.

Jarres, Karl, Politiker (der DVP nahestehend), *21. 9. 1874 Remscheid, †20. 10. 1951 Düsseldorf; 1914–1923 Oberbürgermeister von Duisburg, 1923–1925 Reichsinnen-Min., 1925 Kandidat der Rechtsparteien für das Amt des Reichspräsidenten im 1. Wahlgang, 1925–1933 erneut Oberbürgermeister von Duisburg.

Jarring, Gunnar, eigentl. *Jönsson*, schwed. Sprachwissenschaftler u. Diplomat, *12. 10. 1907 Brunnby, Schonen; Botschafter u.a. in Washington (1958–1964) u. Moskau (seit 1964); seit 1967 wiederholt UN-Sonderbeauftragter im Nahostkonflikt.

Jarrow [′dʒærəʊ], nordostengl. Stadt an der Tynemündung, 29 000 Ew.; Kohlenbergbau.

Jarry [ʒa′ri], Alfred, französ. Schriftsteller, *8. 9. 1873 Laval, †1. 11. 1907 Paris; satir. Zeitkritiker, Schöpfer einfallsreicher Burlesken u. Farcen; durch seine bizarre Darstellung Vorläufer des Surrealismus u. des absurden Theaters („König Ubu" 1897, dt. 1958); auch Romane („Der Supermann" 1902, dt. 1969; „Heldentaten u. Lehren des Dr. Faustrell, Pataphysiker" posthum 1911, dt. 1969).

Järv [schwed.-finn., estn.], Bestandteil geograph. Namen: See.

Järvi [russ.-finn.], finn. *Järvi*, Bestandteil geograph. Namen: See.

Jarvis [′dʒɑ:vɪs], unbewohnte Südseeinsel in der Gruppe der *Line Islands* in den Zentralpolynes. Sporaden, USA-Besitz, 8 qkm; früher Guano-Abbau, war zeitweilig Wetterstation; während des Internationalen Geophysikal. Jahres Forschungsstation mit Siedlung *Millersville*.

Jary, Michael, Komponist u. Kapellmeister, *24. 9. 1906 Laurahütte, Oberschlesien; Schlager u. Filmmusiken.

Jaschmak [der; türk.], Schleier aus Musselin; diente zur Verhüllung der Gesichter der türk. Frauen außerhalb der Wohnungen; seit den Reformen Atatürks verboten.

Jasieński [ja′ʃjɛŋski], Bruno, poln. Schriftsteller, *17. 7. 1901 Klimontow, †Jan. 1939 bei Wladiwostok (in Lagerhaft); zunächst Lyriker des Futurismus, später Vorkämpfer des sozialist. Realismus in der UdSSR; Roman: „Je brûle Paris" 1934.

Jasło, 1939–1945 *Jessel*, poln. Stadt an der Wisłoka im Westgalizien (Wojewodschaft Krosno), 17 100 Ew.; Ölraffinerie, chem. u. Nahrungsmittelindustrie.

Jasmin, 1. *Echter J.*, *Jasminum*, Gattung der Ölbaumgewächse, die über fast alle wärmeren Gebiete der Erde verbreitet ist; Sträucher u. teilweise Lianen. Die gelben oder weißen Blüten sind meist wohlriechend. Mehrere Arten werden kultiviert u. zur Gewinnung von J.wasser u. ätherischem Öl für Parfümeriezwecke verwendet.
2. *Falscher J.*, *Blasser Pfeifenstrauch*, *Philadelphus coronarius*, 3 m hoher, zu den *Steinbrechgewächsen* gehörender Strauch mit weißen, schwer duftenden Blüten.
3. *Chilenischer J.*, *Aristotelia maqui*, eine Elaeocarpazee, chilenisches Zierholz mit eßbaren Früchten.

Jasmintrompete, *Bignonia*, Gattung der *Bignoniengewächse*; eine bis 20 m hohe, windende Pflanze, im SO von Nordamerika heimisch. Da der Stengelquerschnitt ein kreuzförmiges Mark zeigt, wird die J. in Amerika *Cross-Vine* genannt. Sie hat orangerote, Varietäten auch purpurne Blüten. Bei uns gedeiht die Pflanze nur an sonnigen, geschützten Orten.

Jasmund, Halbinsel im NO der Insel Rügen, mit der hohen Kreideküste der *Stubbenkammer*; Landschaftsschutzgebiet.

Jasnaja Poljana, russ. Dorf südl. von Tula; Geburts- u. Sterbeort L. N. *Tolstojs*.

Jaspé [semit., grch., lat., frz.], 1. weichgedrehtes Baumwollgarn, das aus zwei verschiedenfarbigen Vorgarnen gesponnen wird; 2. Endlosgarn, das verschiedenfarbig bedruckt u. dann leicht verzwirnt ist; 3. Gewebe, das J.garne enthält.

Jasper-Nationalpark [′dʒæspər-], *Jasper Forest*, der größte (11 500 qkm) kanad. Nationalpark im westl. Alberta, am Ostabhang der Rocky Mountains, im *Mt. Columbia* 3747 m, bildet mit dem Hamber-Park, dem kanad. Glacier-Nationalpark, dem Yoho-Nationalpark, dem Banff-Nationalpark u. dem Mount-Assiniboine-Park zusammen ein geschlossenes Gebiet.

Jaspers, Karl, Psychiater u. Philosoph, *23. 2. 1883 Oldenburg, †26. 2. 1969 Basel; neben M. *Heidegger* der wichtigste Vertreter der dt. *Existenzphilosophie*, von Bedeutung auch für den französ. Existentialismus. 1913 Privatdozent für Psychologie in Heidelberg, 1921–1937 u. 1945 bis 1948 Prof. der Philosophie in Heidelberg, 1948–1964 in Basel.
Als Philosoph war J. betont „unakademisch". Bestimmend war für ihn außer dem Studium der großen Philosophen die Bekanntschaft mit M. *Weber* („Max Weber" 1932, ³1958). 1932 erschien seine „Philosophie" 3 Bde. ³1956, eines der Hauptwerke der dt. Existenzphilosophie i.e.S. Unterschied u. gegenseitige Beziehung von Wissenschaft u. Philosophie wurden in Anknüpfung vor allem an *Kant* u. *Kierkegaard* neu erfaßt: Weltorientierung vollzieht sich unabhängig von der Philosophie am Leitfaden der wissenschaftl. Methoden, ist jedoch stets unabgeschlossen u. nicht imstande, etwas über den Sinn des Lebens auszusagen. Philosoph. Denken ermöglicht demgegenüber das Ergreifen der eigenen Existenz in ihrem Ursprung, wodurch auch die Wissenschaft ihren Sinn erhält; diese Existenzerhellung vermittelt keine logisch zwingenden Erkenntnisse, sie führt jedoch über die Erfahrung von *Grenzsituationen* (Tod, Leiden, Schuld) zu einer noch angesichts des Scheiterns aller innerweltl. Bemühungen

Karl Jaspers

zu bewahrenden Gewißheit des Seins, das in den *Chiffren* des Weltdaseins sich offenbart, u. damit zum philosoph. Glauben an die Existenz Gottes („Der philosoph. Glaube" 1948, ⁴1955).
Weitere Werke: „Allg. Psychopathologie" 1913; „Psychologie der Weltanschauungen" 1919, ⁶1971; „Nietzsche" 1936; „Descartes" 1937; „Existenzphilosophie" 1938; „Philosoph. Logik", 1. Teil: „Von der Wahrheit" 1947; „Vom Ursprung u. Ziel der Geschichte" 1949; „Schelling" 1955; „Die großen Philosophen" Bd. 1 1957; „Die Atombombe u. die Zukunft der Menschheit" 1958; „Der philosoph. Glaube angesichts der Offenbarung" 1962; „Gesammelte Schriften zur Psychopathologie" 1963; „Nikolaus Cusanus" 1964; „Wohin treibt die Bundesrepublik" 1966; „Schicksal u. Wille. Autobiograph. Schriften" 1967; „Provokationen" 1968; „Chiffren der Transzendenz" 1970. – ▢ 1.4.9.

Jasperware [′dʒæspəweə, semit., grch., engl.], engl. Steinguterzeugnisse mit Bariumsulfatgehalt, von J. *Wedgwood* nach 1770 hergestellt. J. wird meist in Weiß u. Hellblau, seltener in den Farben Rosa, Grün, Gelb u. Schwarz gefertigt; oft mit weißen Schmuckauflagen verziert.

Jaspis [der; semit., grch., frz.], rot *(Blut-J.)*, gelb oder braun gefärbte Abart des Quarzes; Halbedelstein.

Jaß, schweizer. Kartenspiel mit 36 Karten.

Jassana [die; indian., span.] →Blatthühnchen.

Jassen →Jazygen.

Jassy, rumän. *Iași*, Hptst. des rumän. Kreises J. (5469 qkm, 725 000 Ew.), in der Moldau, 210 000 Ew.; Universität (gegr. 1860), medizin.-pharmazeut. u. pädagog. Institute, Erzbischofssitz; Theater, Oper, Philharmonie, Museen, Kirche Trei Ierarchi (1639 erbaut), Kloster Golia (17. Jh.); Nahrungsmittel-, Metall-, Textil- u. chemische Industrie (Antibiotika, Plaststoffe), Eisenbahnreparaturwerkstätten; landwirtschaftlicher Handel. – Anfänge von J. im 7. Jh. – Der Friede von J. vom 9. 1. 1792 beendete den russisch-türkischen Krieg 1787–1792. Rußland erhielt das Küstengebiet des Schwarzen Meers zwischen Bug u. Dnjestr.

Jastorf-Kultur [nach dem Fundort *Jastorf* südl. von Uelzen], eine Kultur der vorchristl. Eisenzeit (6.–1. Jh. v.Chr.) in Nord- u. Nordwest-Dtschld., mit lokalen Unterschieden; sie kann sehr wahrscheinl. als die älteste in diesem Raum archäolog. nachweisbare german. Kultur angesehen werden. Ihre Entwicklung verlief parallel zur latènezeitl. Kultur der Kelten in West- u. Mitteleuropa u. weist dementsprechend im Fundgut immer mehr latènezeitl. Züge auf (Importe u. heimische Nachahmun-

Echter Jasmin, Jasminum nudiflorum   *Falscher Jasmin, Philadelphus coronarius*

Blick von der obersten Rundterrasse des Borobudur. In jeder der 72 glockenförmigen Dagobas steht eine Buddhastatue

Puppenspielfiguren Wayang-golèk (Rundschatten), Ardjuna und Prabu Giling Wesi darstellend

JAVANISCHE KUNST

Modell des Borobudur. Jogyakarta, Museum

Detail aus nebenstehender Batikarbeit

gen), doch überwog, im Gegensatz zur kelt. Körper-, die Brandbestattung. Die J. wird in die Stufen *Jastorf, Ripdorf* u. *Seedorf* eingeteilt.

Jastrow, poln. *Jastrowie,* Stadt in Pommern (1945–1950 poln. Wojewodschaft Szczecin, 1950 bis 1975 Koszalin, seit 1975 Piła), nordöstl. von Deutsch Krone, 6200 Ew.; landwirtschaftl. u. Textilindustrie. Im 2. Weltkrieg stark zerstört.

Jászberény [ˈjaːsbɛreːnj], Stadt östl. von Budapest, Ungarn, 30000 Ew.; Maschinenbau, altes Zentrum der Jazygen, eines nomad. Stamms der Sarmaten.

Jatagan [der; türk.], kurzes zweischneidiges Schwert der Janitscharen mit gekrümmter Klinge, in Frankreich einschneidig als Haubajonett am Chassepotgewehr.

jäten, Unkraut zwischen den Kulturpflanzen entfernen oder vertilgen, um ihnen mehr Licht, Luft u. Nährstoffe zukommen zu lassen; entweder nur mit der Hand oder mit geeigneten Geräten, wie Handhacken, Jätern, Pferde- u. Schlepperhacken. Wegen des hohen Arbeitsaufwands beim J. geschieht die →Unkrautbekämpfung heute immer mehr durch Anwendung geeigneter chem. Mittel.

Jatho, Karl, Flugpionier, *3. 2. 1873 Hannover, †8. 12. 1933 Hannover; flog am 18. 8. 1903 mit einem selbstgebauten Dreidecker 18 m in 0,75 m Höhe; baute 1911 einen Stahlrohr-Eindecker.

Jatrochemie = Iatrochemie.

Jau, *Jao,* Gebirgsvolk im SW Chinas u. im nördl. Hinterindien; →Yao.

Jaú [ʒaˈu], brasilian. Stadt in São Paulo, 35000 Ew. (als Munizip 60000 Ew.); Agrarhandel u. -industrie, Eisenerzverhüttung, Apparatebau.

Jauche [westslaw.], der bei der Stallhaltung der Haustiere aus dem Mist abgelaufene u. in einer Grube aufgefangene Harn, meist vermischt mit Streuteilchen, Regenwasser u. Kot, der in der J. dann emulgiert oder gelöst enthalten ist. Der bei Strohmangel (z.B. in Gebirgsbetrieben) absichtlich aus Harn u. Kot bereitete Dung trägt die Bez. *Gülle,* die aus dem gestapelten Mist austretende Flüssigkeit den Namen *Sickersaft.* J. ist ein rasch wirkender Stickstoff-Kali-Dünger mit beschränkter Humuswirkung. Die Zusammensetzung der J. schwankt je nach Fütterung, Aufbewahrung u. Verdünnung erheblich, zumal infolge rascher Stickstoffumsetzung im Harnstoff u. Flüchtigkeit des Ammoniaks der Verlust von 50–85% des Stickstoffs möglich ist. Mittels *J.spindel* ist eine Feststellung des Gehalts an Stickstoff möglich. Zweckmäßig gewonnene (möglichst unter Luftabschluß aufbewahrte) J. enthält im Durchschnitt 0,2% Stickstoff, 0,55% Kali u. 0,01% Phosphorsäure. Das Wetter beim Ausfahren muß trübe u. regnerisch sein, um die Stickstoffverluste in Grenzen zu halten. J. ist hauptsächl. Weide- u. Wiesendünger, aber auch zur Reihendüngung von Rüben, Mais, Öl- u. Zwischenfrüchten geeignet.

Jauer, poln. *Jawor,* Stadt in Schlesien (1945–1975 poln. Wojewodschaft Wrocław, seit 1975 Legnica), 16000 Ew.; Metall- u. Nahrungsmittelindustrie. – Seit 1278 Hptst. des Fürstentums J.; 1392 an Böhmen, 1742 an Preußen.

Jaufen, ital. *Passo del Giovo,* Paß (2094 m) in Südtirol, mit Straße Meran–Sterzing.

Jaufré Rudel [ʒoˈfre ryˈdɛl], Seigneur de Blaye, provençal. Troubadour u. Kreuzfahrer im 12. Jh.; Verfasser von Liebesliedern an eine ferne Geliebte, deren Legende in E. *Rostands* Drama „Die Prinzessin im Morgenland", in Balladen von H. *Heine,* L. *Uhland* u. G. *Carducci* gestaltet ist.

Buddha am Brunnen. Darstellung aus den 6 km langen Relief-Friesen der Tempelterrassen des Borobudur (links). – Das sogenannte Jahreszahlentempelchen des Panataran-Komplexes; 1369. Ostjava (rechts)

Batikarbeit: Muster semèn (bestehend aus Blätter- und Blütenranken sowie dem vogelähnlichen Mirongornament); Rand aus tumpal-Motiven

Lara Jonggrang, Haupttempel des Prambanam-Komplexes; um 915. Mitteljava

Jaunbach, frz. *Jogne,* Fluß in der westl. Schweiz, entspringt am Westhang des *Jaunpasses* (1509 m), durchfließt das *Jauntal* u. im Unterlauf das Staubecken von *Montsalvens* (0,74 qkm, 53 m tief), mündet bei Broc in den *Lac de la Gruyère.*
Jaunde [jaun'de] = Yaoundé.
Jaunsudrabins [-'binʃ], Janis, lett. Schriftsteller, *25. 8. 1877 Neretas Krodzini, Semgallen, †28. 8. 1962 Soest, Westf.; schrieb realist. Romane, Dramen u. Jugendbücher; zeichnete in impessionist. autobiograph. Werken die heimatl. Landschaft („Aija" 1911, dt. 1922).
Jaurès [ʒo'rɛːs], Jean, französ. Politiker, *3. 9. 1859 Castres, Tarn, †31. 7. 1914 Paris; Prof. der Philosophie in Toulouse; als Abgeordneter (zuerst 1885) Vertreter eines parlamentar. Reformsozialismus auf humanist.-pazifist. Grundlage; Gründer der Zeitung „L'Humanité" (1904) u. Präsident der vereinigten Sozialist. Partei (1905); wegen seiner leidenschaftl. Friedensbemühungen 1914 von einem nationalist. Fanatiker ermordet.
Jause [die; slowen. *južina,* „Mittagessen"], österr. für Vespermahlzeit, Nachmittagskaffee, auch vor- u. nachmittägliche Zwischenmahlzeit.

Java, *Dschawa,* kleinste, aber volkreichste u. wirtschaftl. wichtigste der Großen Sundainseln in Südostasien, das Kerngebiet der Rep. Indonesien; 126 650, mit *Madura* u. Nebeninseln 132 174 qkm, 79 Mill. Ew.; Hptst. *Jakarta;* außer der Küstenebene ein bis 3676 m hohes vulkan. Gebirgsland (100 Vulkane, davon 19 tätige); Südküste steil u. hafenarm, an der Nordküste fruchtbares Flachland; trop. Klima, im O trockener (Savannen) als im W (Regenwald); Anbau, Verarbeitung u. z. T. Export von Reis (50% des Kulturlands), Maniok, Zuckerrohr, Mais, Soja, Tee, Kaffee, Tabak, Kopra, Kautschuk, Sisal, Chinin (80% des Weltbedarfs), Indigo u. a.; reich an Bodenschätzen (Gold, Kupfer, Zinn, Eisen, Mangan, Schwefel, Phosphate, Erdöl, Erdgas), umfangreiche Erdölindustrie mit Raffinerien (Cepu, Wonokromo bei Surabaya); Eisen- u. Stahlwerk in West-J. im Aufbau; ausgedehntes Eisenbahn- u. Straßennetz; großes Wasserkraftwerk am Jatiluhur-Staudamm bei Bandung. Die javan. Städte *Jakarta, Bandung, Surabaya* u. *Semarang* sind die 4 größten Indonesiens überhaupt. Die Insel wird von den islamischen Hochkulturvölkern der jungmalaiischen *Sundane-*sen im W, *Javanen* im Mittelteil u. *Maduresen* im O bewohnt. Ein entarteter Hinduismus hielt sich in den Bergen bei den Badui im W u. den Tenggerern im O.
G e s c h i c h t e : Die durch Einflüsse aus Vorderindien entwickelte hohe javan. Kultur u. Religion (Brahmanismus, Buddhismus; buddhist. Tempelruine *Borobudur*) verfiel durch den seit 1400 vordringenden Islam. Um 1520 kamen Portugiesen von Malakka ins Land, die seit Beginn des 17. Jh. von Holländern vertrieben wurden. Diese (Niederländ. Ostind. Kompanie) unterwarfen die Eingeborenenstaaten u. teilten oder kontrollierten sie. Die Erhebung unter Dipa Negara 1825–1830 machte den Holländern sehr zu schaffen. →auch Indonesien (Geschichte).
Javajute →Kenaf.
Javanashorn →Panzernashorn.
Javanen, *Javaner,* i. w. S. die Bevölkerung Javas; i. e. S. das jungmalaiische islamische Volk Mittel- u. Ostjavas, mit Kolonien in Ostsumatra (um Palembang), an den Küsten Südborneos (in Indonesien 44 Mill.); ferner in Malaysia (285 000), Surinam (55 000), USA u. Neukaledonien. Die

Javaneraffe

J. entwickelten unter ind. Einfluß (Hinduismus, Buddhismus, zuletzt Islam) seit dem 2. Jh. n. Chr. eine bemerkenswerte Hochkultur (Architektur in Stein u. Holz, Plastik, Metallguß, Goldschmiedekunst, Batik; Schattentheater mit *Wajang-Figuren,* Hofzeremoniell in den Sultanaten Surakarta u. Jogyakarta, aus denen im 13. Jh. das Reich *Madjapahit* hervorging; Tanztruppen, *Gamelan-Orchester,* Schrift, Literatur); sie treiben hochentwickelten Pflugbau (Reis) mit Bewässerung, Fischzucht; zur Tracht gehören lange Jacke u. Kopftuch oder Bambushut sowie der *Kris,* bei Frauen *Sarong* u. Brusttuch. Das Haus hat meist vorn eine Veranda u. bildet mit Reisspeichern u. Ställen einen Viereckhof. – ⌷6.1.5.

Javaneraffe, *Macaca irus,* zu den *Meerkatzartigen* gehörende mittelgroße Schmalnase mit einem kurzen Backenbart; Hinterindien, Malaiischer Archipel, Philippinen.

javanische Kunst, auf Java die anfangs von den Stilen der Gupta- u. Pallavakunst Indiens geprägte hinduist.-buddhist. Kunst, die zunehmend unverwechselbare javan. Formen entwickelte. Älteste Zeugnisse sind die hinduist. Tempel auf dem Diëng-Plateau (7./8. Jh. n. Chr.) in Mitteljava. Unter den sumatran. Shailendras entstanden im 8. Jh. n. Chr. die ersten buddhist. Kultstätten, bes. der *Borobudur.* Der sumatran. Periode folgte von 860 bis 915 die Zeit der javan. Herrscher in Mitteljava, unter denen die gewaltige hinduist. Tempelanlage von *Prambanam* entstand. Der frühe ind. Stil der Skulpturen u. Reliefs ist dort einem einheim.-javan. gewichen, indische Heroik hat der javan. Idylle Platz gemacht. Mit Prambanam endet die mitteljavan. Zeit; Ostjava übernahm das Erbe u. entwickelte die Kunst bis zum Untergang der letzten hindu-javan. Reichs von *Madjapahit* (16. Jh.) fort. Nach einer Zeit unmittelbarer Fortsetzung der mitteljavan. Kunst bildeten sich neue ostjavan. Stile aus, die dem Einfluß des in Java beliebten Schattenspiels immer mehr zu grotesk-phantast. u. verschnörkelten Formen gelangten. Die im 16. Jh. verstärkt einsetzende Islamisierung Javas führte wie in Indien die Blütezeit der Kleinkunst herauf. – ⌷S. 138. – ⌷2.1.8.

javanische Musik →indonesische Musik (Java).

javanische Sprache, zu den indones. Sprachen gehörende Sprache auf Java.

Javari [ʒavaˈri], rechter Nebenfluß des Amazonas, rd. 1000 km; entspringt im Andenvorland; Grenzfluß zwischen Peru u. Brasilien.

Javasee, flaches Schelfmeer (→Sundaschelf) im Australasiat. Mittelmeer zwischen Java u. Borneo, rd. 480 000 qkm; am Ostrand erreichen die Tiefen 200 m; niedriger Salzgehalt (24–34‰), wahrscheinl. durch die starken trop. Regenfälle u. Zufluß pazif. Wassers. Im NO durch die *Makasarstraße* mit der Celebessee verbunden.

Javellewasser [ʒaˈvɛl-; frz.] →Eau de Javelle.

Javorníky, Gebirgszug in Nordmähren u. der mittleren Slowakei, zwischen den Weißen Karpaten u. den Westbeskiden, im Javorník 1071 m.

Jawara, Dauda K., Politiker in Gambia, * 11. 5. 1924 Barajally; Tierarzt; gründete 1959 in der damaligen brit. Kolonie Gambia die Fortschrittl. Volkspartei (*People's Progressive Party,* PPP); 1962–1970 Premier-Min., nach der Ausrufung der Republik 1970 Staats-Präs.

Jawlensky, Alexej Georgewitsch, russ. Maler u. Graphiker, * 25. 3. 1864 Torschok, † 15. 3. 1941 Wiesbaden; anfänglich von P. *Cézanne,* V. van *Gogh* u. später von H. *Matisse* beeinflußt, entwickelte J. durch eine kräftige Farbgebung u. gewollt primitive Zeichnung eine expressive Variante des *Fauvismus;* gehörte zum Kreis des →Blauen Reiters u. war Mitglied der Gruppe *Die blauen Vier.* Nach dem 1. Weltkrieg folgte er religiösen Inspirationen, die in zahlreichen abstrahierten Köpfen des „Heilands" ihren Niederschlag fanden.

Jawor, poln. Name der Stadt →Jauer.

Jaworow, Peju, eigentl. Peju *Kratscholow,* bulgar. Schriftsteller, * 1. 1. 1878 Tschirpan, † 29. 10. 1914 Sofia (Selbstmord); symbolist. Lyriker, einer der ersten bulgar. Dramatiker; „Gotze Deltschew" (Memoiren) 1904, dt. 1925, schildert den makedon. Aufstand.

Jaworzno [-ˈvɔʒno], Stadt in Südpolen, südöstl. von Sosnowiec (Wojewodschaft Katowice), 63 500 Ew.; Steinkohlenbergbau, 2 große Kraftwerke, chem. (Stickstoff-) u. Glasindustrie.

Jay [dʒei], John, US-amerikan. Politiker (konservativ), * 12. 12. 1745 New York, † 17. 5. 1829 Bedford; Führer im nordamerikan. Unabhängigkeitskampf; 1778 Präs. des Kontinentalkongresses, 1784–1789 Außen-Min., 1789–1795 Oberster Bundesrichter; schloß 1794 den *J.-Vertrag* mit Großbritannien.

Jaya →Djaja.

Jayadeva, bengal. Dichter, →Dschajadewa.

Jayapura →Djajapura.

Jayawardene [dʒaja-], Junius Richard, ceylones. Politiker (Vereinigte Nationalpartei), * 17. 9. 1906 Colombo; 1977 Premier-Min., seit 1978 Staats-Präs.

Jaypur, ind. Stadt, = Jaipur.

Jazygen, *Jassen,* euras. Nomaden in Südrußland; ein Teil im 13. Jh. in Ungarn ansässig, vermischten sich wahrscheinl. mit *Kumanen.*

Jazz [dʒæz; der; engl.], eine Musizierform mit eigenen Gesetzen u. eigenen ästhet. Maßstäben, entstanden um die Jahrhundertwende im S der USA aus der Begegnung afrikan. u. europ. Musikelemente; machte eine Entwicklung von der Folklore zur Kunstmusik durch.

Elemente des J. sind: 1. eigener Rhythmus (→Drive); 2. Improvisation; 3. Artikulation (Tonbildung, Akzentuierung, Phrasierung, Sound); 4. Interpretation (hier treten künstlerischer Maßstab u. Wertung in Erscheinung, hierauf beruht die Unterscheidung von J. u. Tanzmusik – in der Fachsprache als commercial bezeichnet –, von J. u. Rock 'n' Roll, von J. u. Schlager usw. bis zur Unterhaltungsmusik, die alle Elemente des J. aufweisen). Wegen fließender Grenzen ist die Unterscheidung mitunter Geschmacksfrage, z. T. zeitbedingtem Wandel unterworfen (typ. Fälle: Glenn Miller, George Shearing, * 13. 8. 1919), vor allem aber vom richtigen Hören abhängig.

Wichtigster Begriff: die *Version,* d. h. individuelle Auslegung des Themas durch den Interpreten, wodurch J. nicht notierbar ist (nur Tonträger können J. festhalten, bes. Schallplatten, deren Erfindung der J. seine Verbreitung verdankt). Der Interpret hat völlige Freiheit bei der Gestaltung eines Themas bezügl. Tempo, Tonart, Besetzung, Stilart.

Stile des J.: Aus Quellen wie →Spiritual, →Blues, →Ragtime, Folklore, Marschmusik entwickelte sich der *New-Orleans-Stil* (→Dixieland-Jazz) mit Abarten. 1929–1931 bildete sich der *Swing* aus, mit Beginn der 40er Jahre der moderne Jazz (→Bebop, *Progessive Jazz*); die realistische Bop-Musik wurde um 1949 vom *Cool Jazz* abgelöst, rhythmisch einfacher, leiser; Einbeziehung von Waldhorn, Tuba, Fagott, Oboe, Flöte, die bis dahin im J. kaum gespielt wurden; *Hard Bop* ab 1955 als Reaktion auf den Cool-Stil; die Solisten der Swing-Periode schufen jetzt den *Mainstream* (Count Basie); der *Free Jazz* versuchte Experimente im Sinn der modernen Musik, frei von jeglichen Bindungen, aber er stieß auf wenig Resonanz. – Nach anfängl. Unterscheidung von Neger- u. weißem J. ist diese Musizierart heute universell u. auf keinen Erdteil beschränkt.

Material u. Form des J. weisen noch folkloristisches Gepräge auf (→Blues, ebensooft 32taktige Liedform), früher häufig Schlager, da die bekannten Harmonien gute Improvisationslage bilden, heute mehr *Originals,* d. h. Eigenkompositionen (ohne Text, meist nur im Manuskript, d. h. ohne verlegt zu sein, gelegentl. von anderen übernommen), u. neuerdings erweiterte Formen, Suiten u. ä. Häufig verwendete Themen werden als *Evergreens* bezeichnet. Nach anfängl. Ablehnung u. Skepsis gilt der J. heute als wertvoll für die Entwicklung von Musikalität, für die Gehörsbildung u. das schöpferische Improvisationstalent.

Der J. hat die techn. Entwicklung des Blasinstruments außerordentlich befruchtet. Jedes Instrument erlebte durch den J. eine eigene, neue Entwicklung: von den bei Umzügen u. Paraden im S USA benutzten Blasinstrumenten über spezielle techn. Vorkehrungen (z. B. Strom für Vibraphon u. elektr. Gitarre, Dämpfer für Trompete u. Posaune, heute Mikrophon mit seinen vielen Möglichkeiten) bis zur Einbeziehung ursprüngl. jazzfremder Instrumente, die sich jazzgerechter Spielweise häufig entziehen oder widersetzen (Violine, Cello, Oboe, Waldhorn, Flöte). Die *Besetzung eines J.-ensembles* bleibt dem Chef überlassen; lediglich beim Dixieland gibt es eine Normalbesetzung, beim Bebop ist die häufigste Besetzung das Quintett, aber auch *Big Band* ist anzutreffen. Bei der Big Band unterscheidet man Gruppen (*Sections*): Bläser (Trompeten-, Posaunen- u. Saxophongruppe als *Front line,* Rhythmusgruppe mit Klavier, Baß, Schlagzeug, evtl. Gitarre), zusätzl. evtl. Streicher, iberoamerikan. Schlaginstrumente, Waldhorn. – ⌷2.7.6.

Jazzbesen, aus einem als Griff dienenden dünnen Rohr strahlenförmig in einer Ebene heraustretende dünne Stahldrähte; dient zum Schlagen der kleinen Trommel u. gelegentl. der Becken. Bei wischendem Aufschlag wird ein zischendes Geräusch erzielt.

Jb., Abk. für *Jahrbuch.*

Jean [ʒã], frz. für →Johannes.

Jean [ʒã], Großherzog von Luxemburg, * 5. 1. 1921 Schloß Berg; Sohn der Großherzogin Charlotte, deren Nachfolger J. 1964 wurde; verheiratet mit Joséphine-Charlotte von Belgien (* 1927).

Jean de Meung [ʒã də ˈmœ̃], auch *Jehan Clopinel de Meung,* franzöš. Dichter, * um 1240 Meung-sur-Loire, † um 1305; Verfasser des zweiten Teils des *Roman de la Rose* (Rosenroman).

Jeanne d'Arc [ʒan ˈdark], *Jungfrau von Orléans, Heilige Johanna, La Pucelle,* * 1410/1412 Domrémy (-la-Pucelle, an der oberen Maas), † 30. 5. 1431 Rouen; erwirkte, durch „göttl. Stimmen" veranlaßt, die Anerkennung König Karls VII. als rechtmäßigen Herrscher u. vermochte ihn aus seiner Lethargie zu reißen. Sie wurde als „Retterin Frankreichs" (1429 Entsatz von Orléans u. Krö-

Jeanne d'Arc. Miniatur aus den Vigiles Karls VIII. Paris, Bibliothèque Nationale

Jean Paul; Zeichnung von Ernst Förster, dem Schwiegersohn des Dichters

nung Karls VII. in Reims) am Ende des Hundertjährigen Krieges gegen die Engländer verehrt; 1430 von Burgundern, den Verbündeten Englands, gefangengenommen u. für eine hohe Geldsumme an England ausgeliefert. Vom französ. Hof im Stich gelassen, wurde sie in einem Prozeß in Rouen unter Leitung des Bischofs von Beauvais wegen Hexerei u. Ketzerei verurteilt u. verbrannt. Ein Revisionsprozeß hob das Urteil auf (1456). 1909 Selig-, 1920 Heiligsprechung (Fest: 30. 5.). Im 19. Jh. wurde J. d'A. zur französ. Nationalheldin.
Literarisch behandelt wurde der Stoff in Form zeitgenöss. Preisgedichte; dann von F. *Villon* (1461); F. H. d'*Aubignac* (1642); *Voltaire* („La Pucelle d'Orléans" 1759); *Schiller* (seine „romant. Tragödie" „Die Jungfrau von Orléans", entstanden 1800/01, uraufgeführt am 11. 9. 1801 Leipzig, gestaltet den Konflikt zwischen Johannas reiner Hingabe an die göttl. Berufung u. ihrer menschl. Schwäche als liebende Frau); A. *Dumas* (1842); A. *France* (1908); G. *Kaiser* („Gilles u. Jeanne" 1923); G. B. *Shaw* („Saint Joan" 1924); G. *Bernanos* (1934); P. *Claudel* („Johanna auf dem Scheiterhaufen" 1939, von A. *Honegger* vertont); M. *Mell* (1956); J. *Audiberti* („Pucelle" 1950); J. *Anouilh* („L'Alouette" 1953); B. *Brecht* („Die heilige Johanna der Schlachthöfe" 1932); A. *Seghers* (1952); M. *Anderson* (1946). – Opern: R. *Kreutzer* (1790); G. *Verdi* („Giovanna d'Arco" 1845, Text von Temistocle *Solera* [*1815, †1878]).
Jeannette [ʒa'nɛt], frz. Koseform („Hannchen") von *Jeanne* (→Johanna); engl. *Janet*, span. *Juanita*, Kurzform *Anita*.
Jean Paul [ʒɑ̃ -], eigentl. Johann Paul Friedrich *Richter*, Schriftsteller, *21. 3. 1763 Wunsiedel, Fichtelgebirge, †14. 11. 1825 Bayreuth; Sohn eines frühverstorbenen Organisten u. Pfarrers, studierte 1781–1784 Theologie u. Philosophie in Leipzig, versuchte sich 1783/84 mit satir. Skizzen „Grönländische Prozesse", wurde notgedrungen Haus-, dann Elementarlehrer, bis ihm 1794 der steigende literar. Erfolg seiner Romane ein freies Schriftstellerleben ermöglichte. 1796 u. 1798 bis 1800 weilte er in Weimar, wo er sich mit J. G. von Herder befreundete, jedoch von Goethe u. Schiller distanziert behandelt wurde. Er heiratete 1801 die Berlinerin Karoline *Mayer* u. war von 1804 an in Bayreuth ansässig.
Hptw. die Idylle „Leben des vergnügten Schulmeisterleins Maria Wuz" 1790, die als Anhang seines ersten Erziehungsromans „Die unsichtbare Loge" 1793 erschien; „Hesperus oder 45 Hundsposttage" 1795, jener Roman, der seinen Ruhm begründete; es folgten die Prosawerke „Leben des Quintus Fixlein" 1796; „Siebenkäs" 1796/97; „Titan" 1800–1803 u. die unvollendeten „Flegeljahre" 1804 sowie die theoret. Schriften „Vorschule der Ästhetik" 1804/05 u. „Levana oder Erziehungslehre" 1807; „Doktor Katzenbergers Badereise" 1809; „Leben Fibels" 1812 u. „Der Komet" 1820–1822.
Formal bes. von engl. Vorbildern ausgehend, entwickelte J. P. bald eine sehr eigene Gestaltungsweise, ließ oft tragikomisch, aber auch ergreifend Traum u. Wirklichkeit, Ideal u. Leben zusammenprallen, schilderte mit barock überquellender Sprache seraph. Seelen u. Jünglingsgestalten ebenso wie biedermeierl. Philistergenügsamkeit. *J. P.-Gesellschaft*, Bayreuth, seit 1925. – ▭3.1.1.
Jeans [dʒiːnz] = Blue jeans.
Jeans [dʒiːnz], Sir James Hopwood, engl. Mathematiker u. Astronom, *11. 9. 1877 Southport bei London, †16. 9. 1945 Dorking, Surrey; bekannt bes. durch seine Theorie der Planetenentstehung; schrieb: „Sterne und Atome" dt. 1931; „Der Weltenraum und seine Rätsel" dt. 1931; „Physik und Philosophie" dt. 1944.
Jebel [ˈdʒɛ-; arab.], Bestandteil geograph. Namen: Berg, Gebirge.
„Jedermann", das allegor. Spiel vom Sterben des reichen Mannes u. von der Nichtigkeit der ird. Schätze; es geht auf oriental. Parabeln u. auf Predigermären zurück, erschien Ende des 15. Jh. als Moralität in England („Everyman") u. in den Niederlanden (*Peter van Diest*: „Elckerlijc", Druck 1495) u. in Kärnten, fand eine latein. Ausgestaltung im „Homulus" (1536) des Christian *Ischyrius*, im Schuldrama „Hecastus" (1539) des G. *Macropedius* u. im „Mercator" (1540) des Th. *Naogeorgus*, wurde dann dt. bearbeitet von dem Kölner Jaspar von *Gennep* (†1580; kath., 1540), H. *Sachs* (prot., 1549) u. Johannes *Stricker* (*um 1540, †1598; „De düdesche Schlömer", holstein., sozialkrit., 1584). Im 20. Jh.: überkonfessionelle Nachdichtung (1911) durch H. von *Hofmannsthal*, die ein Kernstück der Salzburger Festspiele wurde; 1961 unter G. *Reinhardt* verfilmt.
Jedin, Hubert, kath. Kirchenhistoriker, *17. 6. 1900 Großbriesen, Schlesien; 1949–1965 Prof. in Bonn, Arbeiten zur Kirchengeschichte des 15. u. 16. Jh. „Geschichte des Konzils von Trient" bisher 3 Bde. 1951–1970; Hrsg. des „Handbuchs der Kirchengeschichte" 6 Bde. 1962ff.
Jędrychowski [jɛdry'xɔfski], Stefan, poln. Politiker (Kommunist), *19. 5. 1910 Warschau; 1945–1947 Min. für Schiffahrt u. Außenhandel, 1951–1956 Vize-Min.-Präs., 1956–1968 Vors. der Plankommission, 1968–1972 Außen-Min.
Jeep [dʒiːp; der; engl.], von *Willys-Overland*, Ford 1940 entwickeltes kleines Militärfahrzeug mit starkem Motor u. Vierradantrieb; geländegängig.
Jeffers [ˈdʒɛfəz], John Robinson, US-amerikan. Dichter, *10. 1. 1887 Pittsburgh, †21. 1. 1962 Carmel, Calif.; zeitweise in Dtschld. u. der Schweiz humanist. erzogen; lebte seit 1914 zurückgezogen in Kalifornien. Von F. *Nietzsche* u. S. *Freud* beeinflußt; die Gedichte „Roan Stallion, Tamar, and Other Poems" 1926 verleihen seinem Kulturpessimismus Ausdruck. Seine Dramen „The Tower Beyond Targedy" 1924; „Medea" 1946, dt. 1960, u. „The Cretan Woman" 1954 sind Nachschöpfungen der griech. Tragödie (*Euripides*).
Jefferson [ˈdʒɛfəsən], Thomas, US-amerikan. Staatsmann, *13. 4. 1743 Shadwell, Va., †4. 7. 1826 auf Monticello bei Charlottesville, Va.; zunächst Anwalt, Gutsbesitzer u. Abg. des House of Burgesses (Landtag von Virginia). 1775/76 Delegierter des revolutionären Kontinentalkongresses, für den er ohne entscheidende Hilfe der übrigen Mitglieder des Redaktionsausschusses die Unabhängigkeitserklärung der USA verfaßte. 1776–1779 wieder im House of Burgesses. Als Gouverneur von Virginia 1779–1781 sorgte J. für die Trennung von Kirche u. Staat sowie die Errichtung öffentl. Schulen. 1783/84 Kongreß-Abg. Verfasser des Landgesetzes 1784, der Grundlage für die spätere Organisation der westl. Territorien. 1785–1789 Gesandter in Paris, 1790–1793 Secretary of State (Außen-Min.) unter G. *Washington*, geriet in scharfen Gegensatz zu A. *Hamiltons* Finanzpolitik u. trat aus Protest zurück. Anschließend gründete er die Demokrat.-Republikaner. Partei (die Vorgängerin der heutigen Demokrat. Partei). Als Vize-Präs. unter J. *Adams* entwarf J. die „Virginia-and-Kentucky-Resolutionen-Erklärungen", denen zufolge jeder Staat das Recht haben sollte, Gesetze des Bundes zu nullifizieren. 1800 wurde J. mit Unterstützung seines Gegners A. Hamilton vom Repräsentantenhaus zum Präsidenten gewählt (3. Präs. der USA 1801–1809). Die wichtigsten Ereignisse seiner Präsidentschaft waren: der Krieg gegen die Barbaresken in Nordafrika 1801–1805, der Ankauf von Louisiana 1803, die Lewis-Clark-Expedition 1803, der Hochverratsprozeß gegen Aaron Burr 1807, das zur Wahrung amerikan. Neutralitätsrechte bestimmte Embargo-Gesetz 1807. Nach Ablauf der 2. Amtsperiode gründete J. die University of Virginia in Charlottesville 1819. Als polit. Denker verfocht er das Gesellschaftsideal des genügsamen, unabhängigen Farmers. – ▭5.7.8.
Jefferson City [ˈdʒɛfəsən 'siti], Hptst. von Missouri (USA), 30000 Ew.; Universität (gegr. 1866), Museum; Landwirtschaft, Kleiderfabrikation, Schuh-, Metall- u. Lebensmittelindustrie.
Jeffrey [ˈdʒɛfri], William, schott. Lyriker, *26. 9. 1897 Kirk of Shotts, Lanarkshire, †11. 2. 1946 Glasgow; intuitiv erlebte Dichtung; Lyrik: „Prometheus returns" 1921; „Eagle of Cornisk" 1933; „Sea Glimmer" (posthum) 1947.
Jefimok [der, Mz. *Jefimki*; russ.], russ. Bez. für den *Joachimstaler* u. allg. für den Taler, bes. für die 1655 in Rußland durch Gegenstempel legalisierten westeurop. Taler.
Jefremow, Michail Timofejewitsch, sowjet. Politiker u. Diplomat, *1911; 1952–1959 Erster Sekretär der KPdSU der Oblast Kuibyschew, seit 1956 Mitgl. des ZK der KPdSU, 1965–1971 einer der stellvertr. Min.-Präs. der UdSSR, 1971–1975 Botschafter in der DDR, seit 1975 in Wien.
Jegorjewsk, Industriestadt in der RSFSR (Sowjetunion), südöstl. von Moskau, 65000 Ew.; Baumwollindustrie, Werkzeugmaschinenbau, Fleischkombinat.
Jehol [dʒɛ'hoːl], *Tschengte*, ehem. chines. Provinz, 1955 auf die Innere Mongolei, Hopeh u. Liaoning aufgeteilt.
Jehova, eine im MA. durch Zusammensetzung von →Adonaj u. →Jahwe entstandene falsche Lesart des Gottesnamens im A. T., dessen Aussprache in Vergessenheit geraten war, da ihn die Juden aus religiöser Scheu nicht aussprechen durften.
Jehovas Zeugen →Zeugen Jehovas.
Jehu, nordisraelit. König, 845–818 v.Chr., kam durch eine blutige Revolution an die Macht, beseitigte den Baalsdienst seiner Vorgänger.
Jehuda ben Samuel ha Levi, *Jehuda Halevi*, *Juda Halevi*, jüd. Dichter, *um 1085 Toledo, †nach 1140 in Palästina; bedeutender Lyriker, der, angeregt durch arab. u. provençal. Vorbilder, die hebräische Dichtung erneuerte u. zu hoher Bedeutung erhob (Gedichtsammlung „Diwan" hrsg. 1894–1903).
JEIA, Abk. für →Joint Export-Import Agency.
Jejsk, Kurort u. Hafenstadt in der RSFSR (Sowjetunion), am Südufer der Bucht von Taganrog (Asowsches Meer), 70000 Ew.; Schlammbäder u. Schwefelquelle; Maschinenfabriken, Textil-, Leder- u. keram. Industrie, Mühlen.
Jekaterinburg, bis 1924 Name der Stadt →Swerdlowsk (UdSSR).
Jekaterinodar, bis 1920 Name der Stadt →Krasnodar (UdSSR).
Jekaterinoslaw, bis 1926 Name der Stadt →Dnjepropetrowsk (UdSSR).
Jelängerjelieber →Geißblatt.
Jelenia Góra [- 'gura], poln. Name der Stadt →Hirschberg im Riesengebirge.
Jelez, Stadt in der RSFSR (Sowjetunion), im Schwarzerdegebiet, westl. von Lipezk, 98000 Ew.; Maschinenfabrik, Nahrungsmittel-, Leder-, Seifen-, Spitzen- u. Zigarrenindustrie, Ziegeleien; wichtiger Eisenbahnknotenpunkt.
Jelinek, Hanns, österr. Komponist, *5. 12. 1901 Wien, †27. 1. 1969 Wien; studierte u.a. bei A. *Berg*; angeregt von A. *Schönberg*, schrieb er 1934 sein erstes Zwölftonwerk (2. Streichquartett); „Sinfonia brevis" 1950; „Zwölftonspiel" 1950 für Kammerbesetzung; „Zwölftonfibel" für Klavier 1954; er verfaßte eine theoret. Schrift „Anleitung zur Zwölftonkomposition" 2 Bde. 1952–1958.
Jellačić von Bužim [-tʃitɕ-'buʒim], Josef Graf, österr. General, *16. 10. 1801 Peterwardein, †19. 5. 1859 Agram; 1848 Banus (kaiserl. Statthalter) von Kroatien-Slawonien; unternahm 1848/49 eigenmächtig einen Feldzug gegen die aufständ. Ungarn; Gouverneur von Fiume u. Dalmatien.
Jellicoe [ˈdʒɛlikou], John Rushworth, Viscount *J. of Scapa* (1918), brit. Admiral, *5. 12. 1859 Southampton, †20. 11. 1935 London; wurde seit 1914 Oberbefehlshaber der Grand Fleet, 1916/17 Erster Seelord, 1920–1924 Generalgouverneur von Neuseeland.

Jellinek

Jellinek, 1. Georg, Staatsrechtslehrer, *16. 6. 1851 Leipzig, †12. 1. 1911 Heidelberg; lehrte in Basel u. (seit 1891) in Heidelberg; arbeitete insbes. auf dem Gebiet der allg. Staatslehre u. der Systematik der subjektiven öffentl. Rechte; Hptw.: „System der subjektiven öffentl. Rechte" 1892, ³1919; „Die Erklärung der Menschen- u. Bürgerrechte" 1895, ⁴1927; „Allgemeine Staatslehre" 1900, ³1914, Neudr. 1966.
2. Hermann, österr. revolutionärer Publizist, *22. 1. 1823 Drslawitz, Mähren, †23. 11. 1848 Wien (standrechtl. erschossen); Junghegelianer. „Uriel Acostas Leben u. Lehre" 1847; „Die religiösen Zustände der Gegenwart oder Kritik der Religion der Liebe" 1847.
3. Oskar, österr. Novellist, *22. 1. 1886 Brünn, †12. 10. 1949 Los Angeles; verfaßte Schicksalsbilder aus dem mähr. Dorfleben; „Der Bauernrichter" 1925; „Die Seherin von Daroschitz" 1933; Gesammelte Novellen 1950.
4. Walter, Sohn von 1), Staats- u. Verwaltungsrechtslehrer, *12. 7. 1885 Wien, †9. 6. 1955 Heidelberg; bis 1935 u. seit 1945 Prof. in Heidelberg; Hptw.: „Verwaltungsrecht" 1928, ³1931, Neudr. 1948.
Jelusich [-itʃ], Mirko, österr. Schriftsteller, *12. 12. 1886 Semil, Böhmen, †22. 6. 1969 Wien; erfolgreich mit histor. Romanen um Männer der Macht: „Caesar" 1929; „Cromwell" 1933; „Hannibal" 1934; „Der Traum vom Reich" [Prinz-Eugen-Roman] 1940; „Talleyrand" 1954; „Der Stein der Macht" 1958; „Asa von Agder" 1964. Auch Dramen u. Lyrik.
Jemappes [ʒɔ'map], Stadt in der belg. Prov. Hennegau, in deren Anteil an der Borinage, westl. von Mons, 12 900 Ew.; Kohlenbergbau, Eisen-, Glas- u. Porzellanindustrie.
Bei J. errangen die französ. Revolutionstruppen am 6. 11. 1792 ihren ersten Sieg; die Österr. Niederlande wurde erobert.
Jemen, Yemen, **1.** *Arabische Republik J.*, amtl. *Al Dschumhurija al'Arabija al Jamanija*, zur Unterscheidung von der Demokrat. Volksrepublik J. auch als *Nordjemen* bezeichnet, Republik in Südwestarabien; hat eine Fläche von 195 000 qkm u. 6,5 Mill. Ew. (33 Ew./qkm); Hptst. ist *San'a*.

Landesnatur: An der Küste des Roten Meers erstreckt sich die *Tihama*, eine nur 50 km breite Ebene, die zu den heißesten Gebieten der Erde gehört. Nach O schließt sich die Gebirgszone an, die ziemlich steil aufsteigt u. im Hochgebirge von Nord-J. u. *Asir* 3000 m u. mehr erreicht. Östl. dieses Gebirgskamms folgt das zentrale Hochland, das reichliche Niederschläge erhält (Anbau in Terrassen). Ganz im O liegt ein Tafelland mit Steppen, die allmählich in Wüsten übergehen.

Die Bevölkerung besteht aus islam. Arabern u. aus Negern, die großenteils als Sklaven eingeführt wurden u. sich z. T. mit den Arabern vermischt haben. Staatsreligion ist der schiitische Islam; Universitäten in San'a u. Ta'iss (Islam. Universität). Es gibt noch etwa 40% Analphabeten.

Wirtschaft u. Verkehr: Die Landwirtschaft betreibt auf 1,5 Mill. ha Acker- u. Kulturland den Anbau von Reis, Tabak, Rizinus, Sesam, Datteln, Bananen u. Kokospalmen in der Küstenebene, von Kaffee, dem Hauptexportgut (Produktion jedoch stark zurückgegangen), Baumwolle, Hirse, Weizen, Gerste, Mais, Gemüse, Obst, Südfrüchten, Mandeln an den Gebirgshängen u. in den Hochtälern. Wald- u. Buschland umfassen 1,6 Mill. ha. Von wildgewachsenen Pflanzen werden Gummiarabikum, Myrrhe, Weihrauch gewonnen. Im Inneren leben auf 13,4 Mill. ha Weidefläche teilweise nomad. Viehzüchter. Der Viehbestand umfaßt 11 Mill. Schafe u. Ziegen, 1,1 Mill. Rinder, 120 000 Kamele u. 4000 Pferde. An Bodenschätzen gibt es Salz, Kohle, Gold, Blei u. Uran. Die Industrie ist unbedeutend, das Straßennetz (4000 km) noch unterentwickelt. Den Überseeverkehr besorgen 2 Seehäfen (Al Hodaida u. Al Ahmadi). In der Entwicklungshilfeplanung steht die Wasserversorgung des Landes (Bau einer Seewasser-Destillationsanlage, Hochland-Bewässerung, Wasserbohrungen) an erster Stelle. – ▭→Vorderasien. – ▭ 6.6.7.

Geschichte

In vorchristl. Zeit gehörte J. zum Reich der *Sabäer* u. *Minäer*. In den ersten nachchristl. Jahrhunderten wurden die jemenitischen *Himjaren* das führende Volk Südarabiens. Im 4. Jh. beherrschten zeitweilig die *Äthiopier* das Land. 530 besiegte der äthiop. Feldherr Abraha den letzten Himjaren-König Dhu Nuwas, doch wurde er 570 von den *Persern* vertrieben. San'a wurde der Sitz des pers. Statthalters. Die Bevölkerung bekannte sich zum großen Teil zum Christentum u. zum Judentum. 631 unterwarfen die Moslems J. Als die schwächer werdende Macht der Abbasidenkalifen nicht mehr bis nach dem weit von der Zentrale des Reichs entfernten J. reichte, begründete ein Nachkomme Alis, der Zaidite Jahja ibn al-Hussain, 859 in Sa'ada die Herrschaft seiner Dynastie. Zeitweise konnten die *Zaiditen* ihre Macht über das ganze Land ausdehnen; bei stets wechselnden Machtverhältnissen behaupteten sie sich bis in das 20. Jh. u. stellten das jemenit. Königshaus, das Ende der 1960er Jahre im Kampf mit den Republikanern unterlag.

Nach 1517 wurde J. teilweise dem Osman. Reich eingegliedert; 1871 besetzten die Türken San'a. Der Imam Jahja (1904–1948) rief 1904 zum Aufstand; 1905 kapitulierten die Türken in San'a, doch blieben einige Orte in türk. Besitz. 1911 schloß die Hohe Pforte mit Jahja einen Vertrag, der ihm eine gewisse Selbständigkeit unter türk. Oberhoheit sicherte.

Als die Türkei 1918 J. räumte, wurde das Land formal unabhängig, wurde aber brit. Einflußgebiet. Der Imam von San'a war König u. zugleich Oberhaupt der schiitischen Konfession der Zaiditen. 1925 erkannte England den Imam an u. schloß 1934 mit J. einen Vertrag, der 1951 erneuert wurde. Nach jahrelangen Konflikten mit Saudi-Arabien erkannte dessen König 1934 J. in dem *Vertrag von Ta'if* an. 1948 wurde Imam Jahja ermordet; ihm folgte sein Sohn Saif al-Islam Ahmed. Dieser schloß 1955 einen Vertrag mit der Sowjetunion u. erhielt von dort Waffenlieferungen. Auch mit den Nachbarstaaten schloß J. Bündnisverträge. 1957 brach Ahmed mit England u. forderte die engl. Kolonie Aden. 1958 nahm J. wirtschaftl. u. diplomat. Beziehungen zur Volksrepublik China auf. Der 1958 erfolgte lose Zusammenschluß mit der Vereinigten Arabischen Republik dauerte nur bis 1961.

Nach dem Tod des Imam Ahmed 1962 kündigte sein Nachfolger al-Badr Reformen an, wurde jedoch schon wenige Tage später gestürzt. Der Revolutionsführer General A. as-Sallal rief die Republik aus. Diese erstreckte sich aber nur auf einen Bereich J.s, vor allem auf Städte u. Häfen. Ein großer Teil der Bergstämme war weiterhin dem Imam ergeben. In dem sich entwickelnden Bürgerkrieg wurden die Republikaner von der VAR, die Royalisten von Saudi-Arabien unterstützt. Nach Verhandlungen zwischen diesen beiden Staaten (Vertrag von Djidda 1965, Konferenz von Khartum 1967) zogen die ägypt. Truppen 1967 ab; im gleichen Jahr wurde Sallal gestürzt, u. A. al-Iriani wurde Staatschef. 1968 trat al-Badr unter dem Druck seiner Anhänger zurück; der Bürgerkrieg erlosch. 1970 einigten sich Republikaner u. Royalisten auf eine gemeinsame Regierung. Das Verhältnis zu Saudi-Arabien besserte sich. 1974 ergriff J. das Militär die Macht. Mit der Demokrat. Volksrepublik J. kam es wiederholt zu Grenzkonflikten, aber auch zu Fusionsverhandlungen. Die innenpolit. Lage ist labil; 1977 u. 1978 wurden zwei Staatschefs ermordet. Vors. des Präsidentschaftsrats ist seit 1978 A. A. Salih. J. ist Mitgl. der UN u. der Arab. Liga. – ▭ 5.5.9.

2. *Demokratische Volksrepublik J.*, *Südjemen*, amtl. *Al Dschumhurija al Jamanija ad demokratija*

San'a, die Hauptstadt der Arabischen Republik Jemen

asch Scha'abija, Republik in Südarabien; hat eine Fläche von 332 968 qkm u. 1,7 Mill. Ew. (5 Ew./qkm); Hptst. ist *Aden*.

Landesnatur: Das überwiegend heiße, trockene Land grenzt im SW an das Rote Meer, hat im N Anteil an der Wüste Rub al Khali, ist im O mit Oman benachbart u. besitzt vor dem gebirgigen Innern im S einen fruchtbaren, 30–60 km breiten Küstenstreifen am Indischen Ozean.

Die Bevölkerung besteht aus 35% Jemeniten, 40% anderen Arabern, 11% Indern, 8% Somal, 3% Europäern u. 3% anderen Gruppen; 91% sind Moslems, 4% Christen, 3,5% Hindus.

Wirtschaft u. Verkehr: Wirtschaftl. stehen Viehzucht (u. a. 300 000 Schafe u. Rinder, 800 000 Ziegen, 90 000 Kamele) u. Bewässerungskulturen in der Küstenebene u. in Trockentälern (Wadis) obenan; die Fischerei ist ergiebig (jährl. 50 000 t, u. a. Sardinen u. Thunfische); die Industrie ist auf Aden beschränkt (Ölraffinerie, Meersalzgewinnung, Pflanzenölproduktion, Baumwollentkernung, Zigarettenmanufaktur). Das Straßennetz umfaßt nur 225 km, sonst stehen nur Wege, Pisten u. Karawanenpfade zur Verfügung. Seehäfen sind vor allem *Aden* u. *Al Mukalla*. Der unentbehrl. Luftverkehr hat einen Flughafen (Khormaksar/Aden) sowie 6 Flugplätze zur Verfügung. Außer der Insel *Perim* am Eingang zum Roten Meer besitzt die Demokrat. Volksrep. J. vor dem afrikan. Kap Guardafui den *Socotra-Archipel*, dessen Bewohner Fischfang u. Perlenfischerei betreiben. – ▭→Vorderasien. – ▭ 6.6.7.

Geschichte

Seit 1959 suchte Großbritannien aus seinen südarab. Protektoraten (Sultanaten, Scheichtümern u. Emiraten) unter Einschluß der Kronkolonie Aden schrittweise eine autonome *Südarab. Föderation* zu bilden. Hiergegen wandte sich die Unabhängigkeitsbewegung, die in zwei Richtungen gespalten war: Die von Ägypten unterstützte FLOSY (Front für die Befreiung des besetzten Süd-J.) trat z. T. für den Anschluß an die Arab. Republik J. ein; sie stieß auf den Widerstand der NLF (Nationale Befreiungsfront). Nach dem Abzug der Briten erklärte die bisherige Südarab. Föderation am 30. 11. 1967 unter dem Namen *Südjemen* ihre Unabhängigkeit. Die Herrscher wurden gestürzt oder traten zurück. Aus dem Bürgerkrieg zwischen der FLOSY u. der NLF ging eine linkssozialist. Regierung hervor, die von der NLF bestimmt wurde. Die FLOSY wurde verboten. Im Dez. 1970 wurde Südjemen in *Demokratische Volksrepublik Jemen* umbenannt. Das Land führte Grenzkriege mit Saudi-Arabien u. Oman. Mit der Arab. Republik J. kam es zu Grenzkämpfen, aber auch zu Fusionsverhandlungen. Bei Machtkämpfen in der Führung setzte sich 1978 offenbar ein prosowjet. Flügel durch. Staatspartei ist die Jemenit. Sozialist. Partei. Vors. des Präsidialrats (Staatsoberhaupt) u. Parteichef ist A. *Fattah Ismail.* – Die Demokrat. Volksrep. J. ist Mitgl. der UN u. der Arab. Liga. – ⌷ 5.5.9.

Jemeniten, die Südgruppe der →Araber.

Jemeppe [ʒəˈmɛp], südwestl. Vorort von Lüttich, an der Maas, 12 100 Ew.; Kohlenbergbau, Eisenindustrie.

Jena, Kreisstadt u. Stadtkreis (56 qkm) im Bez. Gera, an der Saale, 99 400 Ew.; entstand auf einer niedrigen Saaleterrasse; Verkehrsknotenpunkt; opt. Industrie (Zeiss), pharmazeut. (Jenapharm) u. Glasindustrie (J.er Glas); Universität (gegr. 1557), Erdbebenforschungsinstitut, Meteorolog. Institut, Planetarium, Optikerfachschule, Bibliotheken, Buchgewerbe; spätgot. Stadtkirche u. Rathaus, Johannis- u. Pulverturm sind nach den Kriegszerstörungen noch erhalten. – Krs. J.: 369 qkm, 40 000 Ew.
Geschichte: Um 850 erstmalig erwähnt, seit dem 13. Jh. Stadt; 1523 Einführung der Reformation. 1557 wurde das Akadem. Gymnasium als Universität anerkannt, die auch nach den ernestinischen Teilungen (1572 u. 1640) von allen Linien unterhalten wurde. 1672–1690 Hptst. des Herzogtums *Sachsen-J.,* danach bei *Sachsen-Eisenach* (1691) u. *Sachsen-Weimar* (1741); 1806 Sieg Napoléons I. über die Preußen (Doppelschlacht bei *J. u. Auerstedt*); 1815 Gründung der dt. Burschenschaft. J. gehörte seit 1918 zum Freistaat u. späteren Land Thüringen. Seit 1952 beim Bezirk Gera (DDR).

Jena: Zeiss-Hochhaus

Jenaer Glas, Handelsbez. für verschiedene Glastypen der 1884 gegr. Fa. *Schott & Gen.* in Jena. Das Jenaer Geräteglas, ein Alumo-Boro-Silikatglas, ist chem. sehr widerstandsfähig u. sehr temperaturwechselbeständig (→Jenatherm). Jenaer Geräteglas hat sich daher auch als kochfestes Haushaltsgeschirr durchsetzen können. Schott & Gen. liefern auch hochqualifiziertes Glas für die optische Industrie. Das westdt. Nachfolgewerk der verstaatlichten Firma in Jena ist das *Jenaer Glaswerk Schott & Gen.* in Mainz.

Jenaer Liederhandschrift, Sammlung von (meist mittel- u. niederdt.) Minneliedern u. Sprüchen des 13. Jh., wichtig durch die (in anderen Handschriften fehlenden) Melodienangaben.

Jenaer Romantik →Romantik.

Jenakijewo, vorübergehend bis 1937 *Rykowo,* dann bis 1944 *Ordschonikidse,* Stadt in der Ukrain. SSR (Sowjetunion), im Donezbecken, 97 000 Ew.; Bergbauschule; Steinkohlenbergbau, Eisenhütten- u. chem. Industrie; Wärmekraftwerk.

Jenan = Yan'an.

Jena-Plan, ein von P. *Petersen* seit 1923 in der Universitätsschule Jena verwirklichter Plan einer „Lebensgemeinschaftsschule", in der die Jahresklassen durch „Gruppen" mit Schülern verschiedenen Alters ersetzt, neben die „Gruppenarbeit" das „Gespräch", das „Spiel" u. die „Feier" als „Urformen des Lernens u. Sichbildens" gestellt u. die Eltern in das Schulleben einbezogen wurden. 1950 wurde die J.-Schule vom thüring. Volksbildungsministerium geschlossen.

Jenatherm [das], Handelsbez. für Jenaer Geräteglas 20, das chem. beständig ist u. auch hohe Temperaturwechselbeständigkeit hat (relativ geringer Wärmeausdehnungskoeffizient).

Jenatsch, Jürg (Georg), * 1596 Samaden, † 24. 1. 1639 Chur (ermordet); als ev. Geistlicher in die Wirren des Dreißigjährigen Kriegs hineingezogen, Gegner der kath.(-span.) Partei unter Pompejus *Planta* (den er erschlug); unterstützte zunächst die Franzosen, die 1635 die Spanier aus Graubünden vertrieben. Als Frankreich aber die Rückgabe des Veltlins verweigerte, trat J. auf die österr.-span. Seite, wurde Katholik u. zwang die Franzosen zum Abzug (1637). Durch seine Schaukelpolitik hatte es J. mit beiden Parteien verdorben. 1639 wurde er von seinen Gegnern ermordet. – Roman von C. F. *Meyer,* Drama von R. *Voß.*

Jenbach, Tiroler Ort am Nordufer des Inn (Österreich), 5800 Ew.; Dieselmotorenerzeugung, Achensee-Kraftwerk. In der Nähe Schloß *Tratzberg* (15./16. Jh.).

Jenisej [tungus., „großes Wasser"], wasserreichster Strom der Sowjetunion, mit Angara 4092 km lang, Einzugsgebiet 2,6 Mill. qkm; die Quellflüsse *Großer J.* (Bij-Chem) u. *Kleiner J.* (Ka-Chem) entspringen nahe der mongol. Grenze u. vereinigen sich bei Kysyl, von hier an ist der 6–7 Monate eisbedeckte J. schiffbar (3600 km, für Seeschiffe ab Igarka); im Unterlauf folgt er dem Ostrand des Westsibir. Tieflands u. markiert so die Grenze zum unvermittelt ansteigenden Mittelsibir. Bergland; aus diesem die großen Zuflüsse *Angara, Steinige* u. *Untere Tunguska,* mündet breit in den 435 km langen J.busen der Westsibir. See; bes. im Unterlauf fischreich (Stör, Felchen, Sterlet, Hering, Weißlachs). Unterhalb von Abakan ist der Fluß zum *Krasnojarsker Stausee* aufgestaut (Stromgewinnung); bei Schuschenskoje (oberhalb von Abakan) u. bei Jenisejsk neue Staustufen im Bau.

Jenisejsk, Stadt in Mittelsibirien, RSFSR (Sowjetunion), am *Jenisej* (Hafen), unterhalb der Angaramündung, 20 000 Ew.; Hoch- u. Fachschule; Holzindustrie; unweit von J. ist seit 1963 eines der größten Wasserkraftwerke der Erde im Bau (Kapazität 6 Mill. kW).

Jenkins [ˈdʒɛnkinz], Roy, brit. Politiker (Labour), * 11. 11. 1920 Abersychan, Wales; seit 1948 im Unterhaus, 1964 Luftfahrt-Min., 1965 u. 1974 bis 1976 Innen-Min., 1967–1970 Schatzkanzler, bis 1972 stellvertr. Parteiführer. 1976 zum Präs. der EG-Kommission gewählt. Zahlreiche Veröffentlichungen. 1972 Karlspreis.

„Jen-min jih-pao", „*Renmin Ribao*" [chines. „Volkszeitung"], 1948 gegr. Pekinger Tageszeitung, Zentralorgan der Kommunist. Partei Chinas; Auflage etwa 1 Mill.

Jenner [ˈdʒɛnər], Edward, brit. Arzt, * 17. 5. 1749 Berkeley, Gloucestershire, † 26. 1. 1823 Berkeley; begründete die Impfung mit Pockenlymphe als Schutzmaßnahme gegen die Ansteckung durch Pocken. 1796 impfte J. erstmalig ein Kind mit Kuhpockenlymphe (Vakzine) u. veröffentlichte 1798 das neue Verfahren der Vakzination.

Jennings [ˈdʒɛ-], Herbert Spencer, US-amerikan. Zoologe, * 8. 4. 1868 Tonica, Ill., † 14. 4. 1947 Santa Monica, Calif.; Prof. in Baltimore u. Los Angeles; arbeitete bes. über genetische Probleme bei Protozoen.

Jen Po-nien, Jen I, chines. Figurenmaler, * 1840 Shan-yin, Prov. Tschekiang, † 1897.

Jens, Walter, Schriftsteller u. Kritiker, * 8. 3. 1923 Hamburg; seit 1949 Dozent, seit 1956 Prof. für klass. Philologie, seit 1963 für allg. Rhetorik in Tübingen, Mitglied der „Gruppe 47", ein „poeta doctus". Romane: „Nein. Die Welt der Angeklagten" 1950; „Vergessene Gesichter" 1952; „Das Testament des Odysseus" 1957; „Herr Meister. Dialog über einen Roman" 1963. Viele Hörspiele („Ahasver" 1956), Funkbearbeitungen u. das Fernsehspiel „Die rote Rosa" 1966. Nacherzählung von „Ilias u. Odyssee" 1958, Übersetzungen: Äschylus, Sophokles; Matthäus-Evangelium („Am Anfang der Stall – am Ende der Galgen" 1972). Abhandlungen: „Hofmannsthal u. die Griechen" 1955; „Dt. Literatur der Gegenwart" 1961, ⁴1962; „Von dt. Rede" 1969.

Jenseits, in den Religionen der Daseinsbereich, in den das Leben nach dem Tod mündet; im Christentum die Mensch u. Welt gänzlich überschreitende, deren Endbestimmung darstellende Wirklichkeit Gottes.

Jensen, 1. Adolf, Komponist, * 12. 1. 1837 Königsberg, † 23. 1. 1879 Baden-Baden; Autodidakt, schrieb in der Nachfolge R. *Schumanns* zahlreiche gefühlsschwelgerische Solo- u. Chorlieder u. Klavierwerke. Eine von W. *Kienzl* bearbeitete Oper blieb unaufgeführt.
2. Adolf Ellegard, Völkerkundler, * 1. 1. 1899 Kiel, † 20. 5. 1965 Frankfurt a. M.; Mitarbeiter von L. *Frobenius,* seit 1946 Direktor des Frobenius-Instituts in Frankfurt a. M., Forschungsreisen in Afrika (bes. Äthiopien) u. Indonesien; Hptw.: „Die staatl. Organisation u. die histor. Überlieferungen der Barotse" 1932; „Im Lande des Gada" 1936 (mit H. *Wohlenberg*), „Die drei Ströme" 1948; „Das religiöse Weltbild einer frühen Kultur" 1948; „Mythos u. Kult bei Naturvölkern" 1951; „Altvölker Süd-Äthiopiens" 1959 (mit E. *Haberland,* W. *Schulz-Weidner,* E. *Pauli,* H. *Straube*). →auch Kulturmorphologie.
3. Hans Daniel, Physiker, * 25. 6. 1907 Hamburg, † 11. 2. 1973 Heidelberg; Prof. in Hannover, Hamburg u. Heidelberg (seit 1949) Heidelberg; arbeitete über die Elementartheorie zur Schalenstruktur des Atomkerns (Schalenmodell); erhielt mit M. *Goeppert-Mayer* 1963 den Nobelpreis für Physik.
4. Johannes Vilhelm, dän. Schriftsteller u. Kulturkritiker, * 20. 1. 1873 Farsø, Jütland, † 25. 11. 1950 Kopenhagen; unternahm weite Reisen; bejahte fortschrittsgläubig die Technik, wandte sich gegen die großstädt. Dekadenz. „Das Rad" 1905, dt. 1908; „Mythen" 1907–1944, dt. Auswahl

Jenaer Liederhandschrift; Blatt 25a. Universitätsbibliothek Jena

„Mythen u. Jagden" 1911; „Die lange Reise" (Romanzyklus) 1908–1922, dt. 1920–1926. 1944 Nobelpreis.
5. Thit, Schwester von 4), dän. Erzählerin, *19. 1. 1876 Farsø, Jütland, †14. 5. 1957 Kopenhagen; schrieb jütländ. Heimatnovellen u. farbenreiche histor. Romane („Jörgen Lykke" 1931, dt. 1937); setzte sich mit sozialen Fragen auseinander.
6. Wilhelm, holstein. Schriftsteller, *15. 2. 1837 Heiligenhafen, †24. 11. 1911 Thalkirchen bei München; Freund W. *Raabes*, fruchtbarer Erzähler im Gefolge Th. *Storms*. „Magister Thimoteus" 1866; „Nordlicht" 1872; „Aus den Tagen der Hansa" 1885.
Jensen-Klint, Peder Vilhelm, dän. Architekt u. Maler, *21. 6. 1853 bei Skelskør, †1. 12. 1930 Kopenhagen; ursprüngl. Ingenieur, Landschaftsmaler u. Kunstgewerbler, seit 1896 Architekt. Hptw. ist die Grundtvig-Gedächtniskirche in Kopenhagen (1920–1940), die sein Sohn Kaare *Klint* (*1888, †1954) vollendet hat.
Jephtha, *Jephthe*, Richter im bibl. Israel, befreite das Ostjordanland von den Ammonitern (Richter 11–12); Berufskrieger u. charismatischer Führer.
Jequié [ʒɛki'e:], Stadt im brasilian. Staat Bahia, am Rio de Contas, 55 000 Ew.; Viehzucht u. Kakaoanbau.
Jequitinhonha [ʒɛkiti'njɔnja], atlant. Küstenfluß im östl. Brasilien, 1080 km; entspringt im S der Serra do Espinhaço in Minas Gerais, mündet bei Belmonte.
Jerantut, *Kuala Lipis*, Hptst. des Teilstaats Pahang in Malaysia, am Jelaifluß auf der Halbinsel Malakka, 10 000 Ew.; Bahn von Singapur, in der Nähe Goldvorkommen.
Jeremias, *Jeremia*, einer der sog. großen Propheten des A. T., *um 645 v.Chr.; wirkte in Jerusalem von rd. 627 bis 585 v.Chr., verkündete den Untergang Judas als Strafgericht Gottes, deswegen während der Belagerung als Hochverräter gefangengehalten. Nach der Eroberung Jerusalems durch die Babylonier von den Deportationen (597 u. 587 v.Chr.) verschont, wurde J. nach der Ermordung des mit ihm befreundeten Statthalters Gedalja von den Flüchtlingen nach Ägypten verschleppt, wo er noch einmal gegen Götzendienst predigte. Dort ist J. verschollen.
Das *Buch J.* bietet in seinen Sprüchen u. Bekenntnissen den innigsten u. persönlichsten Ausdruck prophetischer Frömmigkeit. Es enthält eine von dem Schüler Baruch verfaßte Leidensgeschichte. – Die fünf sog. *Klagelieder Jeremiä* über den Untergang des jüd. Staates u. Jerusalems stammen nicht von J., sondern sind eher liturg. Ursprungs.
Jeremias, Joachim, ev. Theologe, *20. 9. 1900 Dresden, †6. 9. 1979 Tübingen; lehrte in Riga (Herder-Hochschule), Greifswald, seit 1935 in Göttingen, 1967 Abt von Bursfelde; Neutestamentler, Kenner spätjüdischen Schrifttums. Hptw.: „Die Abendmahlsworte Jesu" 1935; „Die Gleichnisse Jesu" 1947; „Neutestamentliche Theologie" 1970.

Jerusalem: Blick vom Ölberg über das Kidrontal auf die Altstadt. Vorn der Tempelplatz mit El-Aqsa- (links) und Omar-Moschee (mit Goldkuppel; rechts), dazwischen im Hintergrund Grabes- und Erlöserkirche

Jérémie [ʒere'mi], Hafenstadt an der Südwestspitze Haitis (Halbinsel Tiburon am Golf von Gonaives), 12 000 Ew.; Kaffee-, Zuckerrohr-, Bananenanbau im Umland.
Jerewan, russ. Name der armen. Hptst. →Eriwan.
Jerez de la Frontera ['xɛreð ðe la-], *Xeres de la Frontera*, südspan. Stadt in fruchtbarem Hügelland am Westrand des Andalus. Berglands, 150 000 Ew.; Zentrum des span. Weinbaus u. -handels (*Jerez-, Xereswein*; engl. *Sherry*); Glashütte, Böttcherei, Nahrungsmittelindustrie. – Das antike *Hasta Regia*; mit dem Sieg der Araber unter Tarik über die Westgoten 711 begann die Eroberung span. Gebiets durch den Islam (für rd. 500 Jahre).
Jerf →Vielfraß.
Jericho, arab. *Eriha*, Stadt in Judäa (seit 1967 unter israel. Verwaltung), in einer Oase des unteren Jordantals, 7000 Ew.; mit 250 m u. M. die tiefstgelegene Stadt der Erde; intensiver Anbau; Textilindustrie; Fremdenverkehr. Beim nahe gelegenen Hügel *Tell es-Sultan*, nahe der Quelle En-es-Sultan (bibl. Elishaquelle), liegt die Oase bewässert, Funde aus vielen Epochen bis zurück ins 7. Jahrtausend v.Chr., die J. zur ältesten bekannten Stadt der Erde machen. Seit der Eroberung der Kanaanäerstadt (nach dem A.T. durch Josua) ging die Bedeutung von J. zurück.
Ausgrabungen von 1907–1909, 1930–1936 u. 1952–1956 brachten auf dem *Tell es-Sultan* eine der ältesten Stadtkulturen zutage. Die älteste Siedlung aus dem 7. Jahrtausend v.Chr. war von einer 6 m hohen Festungsmauer umgeben, an die ein Turm von 13,5 m Höhe u. m 9 m Durchmesser angebaut war, u. hatte eine reiche städt. Zivilisation. Die Funde auf dem Stadthügel u. Grabfunde aus der Umgebung vermitteln einen Eindruck von der wechselvollen Siedlungsgeschichte während der frühen u. mittleren Bronzezeit. Nach der Zerstörung um 1580 v.Chr. war J. nur noch schwach besiedelt, u. die im 13.–12. Jh. v.Chr. einwandernden *Israeliten* fanden es zerstört u. unbesiedelt vor, so daß der Bericht im A.T. (Jos. 2,6) über die Zerstörung J.s wahrscheinl. legendär ist. Eine neue Siedlung bestand erst wieder seit dem 10. Jh. v.Chr., mit stärkerer Bebauung in der Zeit *Ahabs* im 9. Jh. v.Chr. Eine neue Blütezeit erlebte es in röm. Zeit; *Herodes d. Gr.* machte J. zur Winterresidenz u. errichtete prachtvolle Bauten bei *Tulul abu'l Alajik* am Wadi el-Kelt. Teile seines Palastes wurden 1950/51 ausgegraben. Im jüd. Krieg wurde J. von *Titus* zerstört. In byzantin. Zeit war es Bischofssitz, verfiel nach der arab. Eroberung (ein vom Omajjadenkalifen Hisham errichteter weitläufiger Palast wurde schon nach kurzer Zeit durch ein Erdbeben zerstört) u. war (von einem Aufschwung in der Kreuzfahrerzeit abgesehen) bis ins 19. Jh. bedeutungslos. – ▫5.1.7.
Jerichow [-o:], Stadt im Krs. Genthin, Bez. Magdeburg, bei Genthin, 3000 Ew.; Konservenfabrik, Baustoffindustrie. – 1144 Markt u. Prämonstratenserkloster, um 1300 Stadtrechte; roman. Klosterkirche.
Jeritza, Maria, eigentl. *Jedlitzka*, österr. Sopranistin, *6. 10. 1887 Brünn; vor allem Opernsängerin, 1912–1935 an der Wiener Staatsoper, seit 1921 auch in den USA. Autobiographie „Sunlight and Song" New York 1924.
Jermak Timofejewitsch, russ. Kosakenführer, †15. 9. 1585 (im Irtysch ertrunken); überschritt 1579 im Dienst der Permer Kaufherrenfamilie *Stroganow* den Ural u. leitete damit die Eroberung Sibiriens ein; besiegte 1582 den Khan des Mongolenreichs Sibir u. unterstellte seine Eroberungen dem russ. Zaren.
Jerobeam, *Jerobam*, Könige von Israel: **1.** *J. I.*, 926–907 v.Chr.
2. *J. II.*, 787–747 v.Chr.
Jerome [dʒə'roum], Jerome Klapka, engl. Erzähler, *2. 5. 1859 Walsall, †14. 6. 1927 Northampton; bekannt durch die humorist. Erzählung: „Drei Männer in einem Boot" 1889, dt. 1897; auch Komödien.
Jérôme [ʒe'ro:m], frz. für →Hieronymus.
Jérôme Bonaparte →Bonaparte (3).
Jersey ['dʒɜ:zi; der; nach der Insel *J.*], meist gewirkte (auch gestrickte) einflächige Rundstuhlware, für Oberbekleidung; auch Kreppkleiderstoff in Tuchbindung; schwer, matt.
Jersey ['dʒɜ:zi], größte der kroneigenen brit. Kanalinseln, westl. der Halbinsel Cotentin im Golf von Saint-Malo, 116 qkm, 63 400 Ew.; sehr fruchtbar; Kartoffel-, Obstausfuhr, Viehzucht (J.-Rind mit hoher Milchlieferung); Hptst. *Saint-Helier*.
Jersey City ['dʒɜ:zi 'siti], Stadt in New Jersey (USA), Hafen am *Hudson* gegenüber von New York, 276 000 Ew. (Metropolitan Area 620 000 Ew.); Teiluniversitäten, Museen; chem., elektrotechn., Textil-, Zucker-, Fleisch-, Maschinen- u. Papierindustrie; Raffinerien, Werften u. Docks. – Um 1630 gegr.
Jerusalem, hebr. *Yerushalayim*, Hptst. u. zweitgrößte Stadt von Israel, das Zentrum jüd. Glaubens u. geistigen Lebens, in einer wasserarmen paßartigen Mulde des judäischen Berglands, 740 m ü. M., hat insges. 368 000 Ew., davon über 90 000 Araber.
J. ist die Heilige Stadt auch der Christen u. Moslems. Seine Altstadt, die im O vom Ölberg (828 m) u. im NO vom Skopus überragt wird, gliederte sich seit Jahrhunderten in vier Viertel: ein *christl.* Viertel im NW (mit Grabeskirche, Via Dolorosa), ein *islam.* Viertel im NO (Tempelplatz mit Felsendom [Omarmoschee, 691 n.Chr.], El-Aqsa-Moschee [zeitweise Kreuzfahrerkirche] u. West-[Klage-]mauer), ein *armen.* Viertel im SW (mit Zitadelle u. Davidsturm, Reste des Herodespalastes) u. ein *jüd.* Viertel, das 1948 fast völlig zerstört wurde u. seit 1967

Jericho: der an die Festungsmauer der Siedlung des 7. Jahrtausends v. Chr. angebaute Turm

wiederaufgebaut wird. Aus der Türkenzeit (16. Jh.) stammt die 4 km lange Ummauerung der engen, winkligen Altstadt mit 34 Türmen u. 8 Toren. Außer den bereits genannten heiligen Stätten befinden sich in der Altstadt u. ihrer näheren Umgebung: Annenkirche, Bethesdateiche, die z.T. legendären Gräber Absaloms, Davids, Marias, der Könige u. des Sanhedrin, Gethsemane mit der Kirche der Nationen, der Zionsberg mit der Dormitionsabtei u. Bethanien, ferner zahlreiche andere Kirchen u. Synagogen. Während sich vor allem nördl. der Altstadt die modernen Araberviertel erstrecken, hat sich die jüd. Neustadt mehr nach W u. S ausgebreitet. Hier befinden sich die Residenz des Präsidenten, die Knesset, die meisten Ministerien u. a. polit. u. religiöse Spitzenbehörden, das Grab von Th. Herzl (mit Museum), die neue Universität, die Gedenkstätte Yad Vashem (für die Opfer des Nationalsozialismus), das Hadassah-Krankenhaus (Universitätsklinik), das Israel-Museum mit dem „Schrein des Buches" (Rollen von Qumran) u. a. Außer der Hebräischen Universität (1918 auf dem Skopus gegr., seit 1948 im W der Stadt in neuen Gebäuden; die Anlagen auf dem Skopus wurden seit 1967 wiedereröffnet) hat J. Akademien für bildende Kunst u. Musik. Es gibt eine vielseitige Verbrauchsgüterindustrie (Elektrogeräte, Textilien, Schuhe, Medikamente u. a., ferner Diamantschleifereien). Wichtigste Verkehrswege sind die Straßen, geringere Bedeutung hat die Eisenbahn nach Tel Aviv, während der Flughafen im N nur dem Inlandverkehr dient.
Geschichte: Besiedelt seit der frühen Bronzezeit (3. Jahrtausend v.Chr.), älteste schriftl. Erwähnung in den Amarna-Texten (14. Jh. v.Chr.). Im 2. Jahrtausend v.Chr. Stadtstaat der Jebusiter unter ägypt. Einfluß. Nach der Eroberung durch König *David* um 1000 v.Chr. wurde J. zum polit. u. kult. Mittelpunkt seines Reichs. König *Salomo* baute den Tempel, der bei der Niederschlagung eines jüd. Aufstands in der schon 597 v.Chr. durch Nebukadnezar eroberten Stadt 587 v.Chr. zerstört wurde. Nach der Rückkehr der Juden aus der babylon. Gefangenschaft wurde der 2. Tempel (520–516 v.Chr.) gebaut; J. wurde der geistige Mittelpunkt der Judenwelt innerhalb u. außerhalb Palästinas. 63 v.Chr. Einnahme J.s durch *Pompeius*, danach Glanzzeit als hellenist. Stadt unter *Herodes d. Gr.*; jüd. Aufstände führten 70 n.Chr. zur Zerstörung J.s durch *Titus*.
Unter Konstantin d.Gr. wurde J. für 300 Jahre eine christl. Stadt (Grabeskirche). 638 wurde es von den Arabern erobert (um 700 Felsendom), denen es die Kreuzfahrer 1099 entrissen *(Königreich Jerusalem)*, doch wurde es 1187 durch *Saladin* wieder islamisch (mit einer Unterbrechung 1229–1244 durch Kaiser *Friedrich II.*). 1517 wurde J. türkisch; Sultan *Süleiman der Prächtige* ließ die Stadtmauern errichten, die erhalten sind. Mitte des 19. Jh. hatte J. bereits eine jüd. Bevölkerungsmehrheit, die die ersten Wohnviertel außerhalb der Mauern anlegte. Das bekannteste ist Mea Shearim (1875), noch heute die Hochburg jüd. Orthodoxie. 1917 besetzten die Engländer J., 1920–1948 war es Sitz der brit. Mandatsregierung. Im israel. Unabhängigkeitskrieg 1948/49 war J. hart umkämpft. Die Altstadt wurde von der Arab. Legion erobert, ihre jüd. Einwohner vertrieben. 1950 annektierte Jordanien Ost-J. mit der Altstadt. Der westl. Teil blieb israel. u. wurde 1950 zur Hptst. Israels erklärt. Im Sechstagekrieg 1967 besetzten die Israeli Ost-J., vereinigten es mit West-J. u. gliederten es ihrem Staat ein. – J. ist seit frühchristl. Zeit Sitz eines kath. Bischofs, seit dem 5. Jh. Patriarchat, seit dem 14. Jh. armen. u. seit dem 19. Jh. auch griech.-kath. Patriarchat.
Jerusalem, Johann Friedrich Wilhelm, Theologe u. Pädagoge, *22. 11. 1709 Osnabrück, †2. 9. 1789 Braunschweig; arbeitete für bessere Vorbildung des geistl. Standes u. für Hebung des Volksschulwesens. Der Selbstmord seines einzigen Sohnes, des Kanzleiassessors Karl Wilhelm J. (*21. 3. 1747 Wolfenbüttel, †30. 10. 1772 Wetzlar), wurde ein Anstoß zu Goethes „Werther".
Jerusalemsblume, *Jerusalemskreuz* →Feuernelke.
Jervis [ˈdʒɑː-], Sir John, Earl of St. Vincent, engl. Admiral, *9. 1. 1734 Meaford, †20. 3. 1823 Ronchetts; Schiffskommandant während des amerikan. Unabhängigkriegs, Befehlshaber der engl. Flotte in Westindien u. im Mittelmeer während der Französ. Revolution; besiegte am 14. 2. 1797 die span. Flotte bei St. Vincent u. war 1801–1804 Erster Lord der Admiralität.

Jervis Bay [ˈdʒɑːvis bɛi], Teilgebiet des →Australian Capital Territory.
Jesajas, *Jesaja, Isaias,* einer der vier sog. großen Propheten im A.T.; wurde entweder 735 v.Chr. oder 746 v.Chr. berufen (Vision im Tempel von Jerusalem, Jes. 6) u. wirkte bis kurz nach 701 v.Chr.; griff stark in die polit. Ereignisse seiner Zeit ein, indem er sich warnend u. beratend an die Könige von Juda (bes. Ahas u. Hiskia) wandte. Er vermochte nicht mehr an die Rettung des ganzen Volkes zu glauben u. kam zu der Annahme, daß der „Rest" des Volkes durch Läuterung bewahrt werde. – Vom *Buch J.* gehen die Kap. 1–39 auf J. zurück; in Kap. 40–55 ist das Buch eines zweiten Propheten angefügt, der um 550 v.Chr. am Ende des Exils in Babylonien wirkte *(Deutero-J.);* er verkündete vor allem den Messias als König u. die wunderbare Heimführung der Verbannten durch Gott. Die Kap. 56–66 enthalten die Sammlung von Worten eines anonymen Prophetenkreises *(Trito-J.)* aus der Zeit um 530 v.Chr. nach der Rückkehr des Volkes aus dem Babylon. Exil sowie Trostworte für die Enttäuschung der Lebensumstände nach der Heimkehr enttäuschten Juden.
Ješchken, tschech. *Ještěd,* granitischer Berg im Lausitzer Gebirge (Nordböhmen), an der Lausitzer Neiße, 1011 m.
Jeschonnek, 1. Gert, Vizeadmiral, *30. 10. 1912 Liegnitz; im 2. Weltkrieg Artillerieoffizier auf Kreuzern u. Führungsstabsoffizier in der Operationsabteilung der Seekriegsleitung; seit 1952 bei der „Dienststelle Blank", 1955 als Fregattenkapitän in die Bundesmarine übernommen, 1967–1971 Inspekteur der Marine. **2.** Hans, Generaloberst, *9. 4. 1899 Hohensalza, †19. 8. 1943 bei Goldap, Ostpreußen; seit Febr. 1939 Chef des Generalstabs der Luftwaffe; verübte Selbstmord, als er den Untergang der Luftwaffe nicht aufhalten konnte.
Jeschow, Nikolaj Iwanowitsch, sowjet. Politiker, *1895 St. Petersburg, †1939 (?); enger Mitarbeiter Stalins, wurde 1936 als Chef des NKWD Vollstrecker der Stalinschen „Säuberungen" (nach ihm *Jeschowschtschina* genannt); 1938 abgesetzt, 1939 verschwunden.
Jesdegerd →Jezdegerd.
Jesenin [jisˈjenin], Sergej Alexandrowitsch, russ. Lyriker, *3. 10. 1895 Konstantinowo (heute Jesenino), †28. 12. 1925 Leningrad (Selbstmord); heiratete 1922 die Tänzerin I. Duncan; Naturlyrik, Schenkenlieder; Gedichte in dt. Übers. von P. Celan 1960, K. Dedecius 1961.
Jesi, italien. Stadt in der Region Marken, am Esino, 38000 Ew.; Eisenverhüttung, Textil- u. Konservenindustrie.
Jespersen, Jens Otto Harry, dän. Sprachwissenschaftler, *16. 7. 1860 Randers, †30. 4. 1943 Kopenhagen; vermittelte neue Einsichten in die Bedingtheiten des Sprachlebens („Philosophy of Grammar" 1924) u. der Laute („Lehrbuch der Phonetik" 1899, dt. 1904); begründete die Welthilfssprache *Novial* 1928.
Jesreel, *Yizre'el,* Tallandschaft im N von Israel, vom Kishon durchflossen, zwischen dem Karmel im SW u. Untergaliläa mit dem Tabor im NO, sehr fruchtbare, intensiv bewirtschaftete Schwemmlandebene, die vor der jüd. Ansiedlung versumpft war; Trockenlegung seit den 1920er Jahren; städt. Hauptort *Afula.*
Jesse [grch. Form von hebr. *Isai,* „Gott ist"], Name des Vaters von *David.* Nach der Reformation taucht *Jesse* als männl. Vorname im Engl. auf.
Jessel, Leon, Komponist, *22. 1. 1871 Stettin, †4. 1. 1942 Berlin; schrieb vielgespielte Unterhaltungsmusik, Charakterstücke („Parade der Zinnsoldaten", „Aufzug der Stadtwache") u. Operetten („Schwarzwaldmädel" 1917).
Jesselton [ˈdʒɛsltən], früherer Name von →Kota Kinabalu.
Jessen, Kreisstadt im Bez. Cottbus, an der Schwarzen Elster, 5600 Ew. Stadterwähnung 1350. – Krs. z: 621 qkm, 33000 Ew.
Jessenin = Jesenin.
Jessentuki, *Essentuki,* Stadt u. Kurort in der RSFSR, am Nordrand des Kaukasus, 54000 Ew.; Mineralwasserquellen.
Jessner, Leopold, Theaterleiter, *3. 3. 1878 Königsberg, †30. 10. 1945 Hollywood; 1915–1919 Intendant in Königsberg, 1919–1930 des Staatl. Schauspielhauses Berlin; schuf berühmte Inszenierungen („Tell", „Richard III."), die Marksteine für das expressionist. Theater waren.
Jeßnitz, Stadt im Krs. Bitterfeld, Bez. Halle, an

der Mulde, 7000 Ew.; Papier- u. elektrochem. Industrie. Im 13. Jh. gegr.
Jessup [ˈdʒɛsəp], Philip Caryl, US-amerikan. Rechtslehrer u. Diplomat, *5. 1. 1897 New York; 1943–1948 Generalsekretär der UNRRA, 1948–1951 USA-Delegierter bei den UN, 1951–1953 Sonderbotschafter. J. wurde bes. bekannt durch seine Verhandlungen mit dem sowjet. UN-Delegierten J. *Malik,* die 1949 zur Aufhebung der Berliner Blockade führten.
Jestetten, Hauptort des vom schweizer. Kanton Schaffhausen umschlossenen südbad. Landzipfels, 3100 Ew.; früher Zollausschlußgebiet; gehört zum baden-württ. Ldkrs. Waldshut.
Jesuaten, kath. Laienbruderschaft zur Krankenpflege u. Beerdigung (Pestzeit) nach der Augustinerregel, gegr. um 1360 von Johannes *Colombini* (*um 1300, †1367), 1668 aufgehoben.
Jesuiten, lat. *Societas Jesu,* Abk. *SJ, Gesellschaft Jesu,* kath. Orden, wurde 1534 von →Ignatius von Loyola gegr. u. von Papst Paul III. 1540 durch die Bulle „Regimini militantis ecclesiae" bestätigt. Er breitete sich im 16. Jh. in Europa aus. Er war vor allem das Instrument der Gegenreformation. Als Missionare waren u. sind die J. in Asien, Afrika u. Amerika tätig. Bekannt sind die sog. Reduktionen in Paraguay (→Jesuitenstaat) zum Schutz der Indianer.
Der große Einfluß der J. auf Kirche u. Staat im 17. u. 18. Jh. rief so starken Widerstand hervor, daß Klemens XIV. unter dem Druck der roman. Staaten den Orden 1773 durch das Breve „Dominus ac Redemptor" auflöste. 1814 wurde der Orden durch Pius VII. wieder eingeführt. Auch im 19. u. 20. Jh. hatten die J. in vielen Staaten Schwierigkeiten (in Dtschld. 1872–1917 verboten).
Die J. sind in einer militär. straffen Organisation zusammengefaßt u. werden streng u. sorgfältig ausgewählt (Ausbildung der Professen 17 Jahre). Sie tragen kein eigenes Ordenskleid u. haben kein gemeinsames Chorgebet. Geistliche Übungen führen zu einer starken Zucht des eigenen Willens. Zu den drei üblichen Ordensgelübden kommt als 4. noch der unbedingte Gehorsam gegenüber dem Papst hinzu; hierdurch erhält diese einzigartige Organisation eine besondere Bedeutung für die Wirksamkeit der kath. Kirche. Die J. werden von

Jesuiten: Ignatius von Loyola, Holzplastik von Juan Martinez Montañéz; um 1610. Sevilla, Universitätskirche

einem *J.general*, dem 4 Generalassistenten beratend zur Seite stehen, von Rom aus geführt. Er wird auf einer Generalkongregation für Lebenszeit von den *Provinzialen*, d.h. den Leitern der Ordensprovinzen, gewählt. Es gibt 63 Provinzen (3 in Dtschld.), von denen mehrere benachbarte zu insgesamt 11 Assistenzen zusammengefaßt werden. Die Mitglieder der SJ (rd. 28000) werden unterschieden in: *Professen, Koadjutoren* (Priester u. Laienbrüder), *Scholastiker* u. *Novizen*. Die J. widmen sich bes. der Mission, Erziehung, Wissenschaft u. Großstadtseelsorge. Ihr Wahlspruch: „Omnia ad maiorem Dei gloriam" (lat., „Alles zur größeren Ehre Gottes"). – ▭ 1.9.7.

Jesuitendrama, *Jesuitentheater*, die seit etwa 1570 von den Jesuiten (später auch von den Piaristen u. Benediktinern) gepflegte pädagog.-religiöse Theaterform, ausgehend vom humanist. Schuldrama, in latein. Sprache. Die Stoffe wurden vornehml. den Heiligenlegenden u. der Kirchengeschichte entnommen. Die Aufführungen fanden zuerst im Freien statt, dann in der Aula der Jesuitengymnasien. Charakteristisch ist das opernhafte Gepräge dieser Stücke durch die Verwendung von Musik u. Gesang u. die reiche Ausstattung mit Kulissenverwendung u. Theatermaschinerie; oft über 100 Darsteller; Höhepunkt im Barock. Hauptvertreter in Dtschld.: J. *Bidermann* („Cenodoxus" 1609), N. *Avancini* ([*1611, †1686] „Pietas victrix" 1659), S. *Rettenbacher* u. Jakob *Gretser* (*1562, †1625). – ▭ 3.2.0.

Jesuitenstaat, unrichtige Bez. für die im 17. Jh. in Paraguay, am Paraná u. in Uruguay von den Jesuiten gegründeten Missionsgemeinschaften; sie unterstanden unmittelbar dem span. König. Die Indianer wurden in *Reduktionen* zu einer geschlossenen Gemeinschaft zusammengefaßt.

Jesuitenstil, der üppige Barockstil der Kirchen in Mittel- u. Südamerika, deren Bau von Jesuiten gefördert wurde.

Jesus [grch. Form von hebr. *Josua*, „Jahwe hilft"], mehrfach im A.T. belegter Personenname.

Jesus, *J. von Nazareth*, die Gestalt, auf deren Erscheinen sich das Christentum gründet. An der Geschichtlichkeit Jesu zweifelt die wissenschaftl. Forschung nicht. Der röm. Historiker Tacitus kennt „Chrestus", den „der Prokurator Pontius Pilatus unter der Herrschaft des Tiberius hatte hinrichten lassen"; Sueton berichtet von jüd. Unruhen in Rom, die auf „Chrestus" zurückgehen. Der jüd. Historiker Josephus erzählt die Hinrichtung des Jakobus, „des Bruders Jesu, des sog. Christus". Der Talmud kennt J. als Wundertäter u. Verächter der Schriftgelehrten, der am Vorabend eines Pessach gehängt wurde; er war natürl. Sohn eines röm. Soldaten. Neben dem N.T. berichten Reste anderer Evangelien u. versprengte „Herrenworte" von J. Trotz aller geschichtl. (u. astronomischen) Berechnungen steht lediglich fest, daß Jesu Auftreten um 30 n.Chr. stattfand. Wie lange sein öffentl. Wirksamkeit dauerte, ist unbekannt. Seine Heimat war Galiläa, seine Vaterstadt Nazareth. Das Matthäus- u. Lukasevangelium lassen J. in Bethlehem geboren sein; ihre Stammbäume wollen seine Abkunft von König David verbürgen; sie führen auf Joseph, der nach der ältesten Matthäus-Handschrift J. „zeugte". Eine Reihe von Geschwistern wird genannt. Die Gottmenschheit J. (→Christentum) wird im N.T. auf vielfache Weise unterstrichen (bzw. erklärt): durch Geistzeugung in der Taufe (Lukas 3,22); alle alten Handschriften besagen „Ich habe dich heute gezeugt!"), durch Verklärung (Markus 9,7), durch das Ineins von „Wort" u. Fleisch (Joh. 1,14), durch Erhöhung nach gehorsamem Leiden, durch Jungfrauengeburt.

Nach dem Hebräerbrief (7,3) war J. (wie Melchisedek) „ohne Vater, ohne Mutter, ohne Geschlecht". Im N.T. werden zahlreiche alte „Würdenamen" (Sohn Gottes, Messias, Menschensohn, Wort, Herr, Knecht Gottes, Hoherpriester, Heiland, Prophet, Rabbi, König, Davidssohn, Heiliger, Haupt, Urheber, Fürsprecher, Lamm) auf J. übertragen. Ob er einen (mehrere) dieser Namen auf sich anwandte (oder angewandt wissen wollte), ist hart umstritten. Die Evangelien des N.T. sind keine Geschichts-, sondern Bekenntnisbücher, Niederschlag der Predigt der Urgemeinde. Ältere Vertreter der prot. Existenztheologie folgerten daraus, daß man sich vom „historischen J." abzuwenden habe: Er ist ein „relatives X" u. „geht uns nichts an". Wichtig ist nur die innere (nachzuahmende) Haltung des „entweltlichenden" Christusglaubens der Urgemeinde.

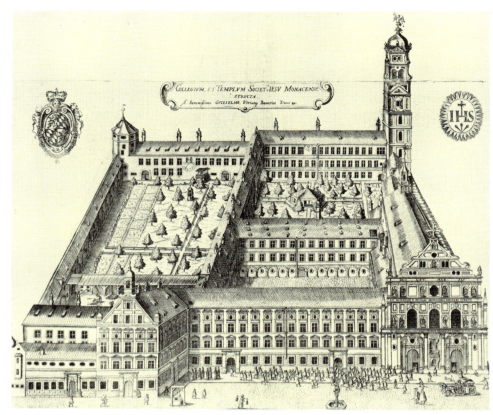

Jesuitenkirche St. Michael in München, 1583–1597 erbaut, Kupferstich von Joh. Smisek. Nach Aufhebung des Ordens 1773 war St. Michael Hofkirche, bis sie schließlich 1918 den Jesuiten zurückgegeben wurde. München, Stadtmuseum

Heute glaubt man, den historischen „Mann aus Nazareth", an dessen Hoheit u. Größe der urchristl. Christusglaube erwuchs, wieder deutlicher erkennen zu können. Die alte Quelle des „Buchs der Reden Jesu" (in Matthäus u. Lukas enthalten) sieht ihn als aktiven Kämpfer für Liebe u. Gerechtigkeit der Zukunft Gottes entgegengehen. Das Markusevangelium zeigt den Wundertäter, der leidend die Welt erlöst. Im Johannesevangelium erscheint J. als „das Wort", der majestätische „redende Gott": „Ich bin der Weg, die Wahrheit und das Leben!"

Die Meinung, daß er nur ein Fanatiker des Jüngsten Tages war, ist ebenso überholt wie seine Herleitung aus der sich von allen „Unreinen" peinlich absondernden Klostergemeinschaft der Essener vom Toten Meer. Unter den vielen Sekten seiner Umwelt hat sich J. auch den Täufern nicht angeschlossen.

J. brachte keine neue Gotteslehre, sondern glaubte mit Israel an Gott (Schöpfer, Gesetzgeber, Herrn, Richter), dessen Anspruch u. Verheißung er unbedingt zur Geltung brachte. In einzigartiger Weise lebte J. unter Gott als seinem Vater u. lud mit dem Heils- u. Bußruf unter die Königsherrschaft Gottes ein (Bergpredigt). Der bedingungslosen, „anstößigen" Gnade u. Liebe Gottes entspricht der ganz neue Ruf Jesu in die Nachfolge seiner Person zur Verwirklichung der uneingeschränkten Gottes- u. Nächstenliebe unter Einschluß der Feindesliebe. J. verwarf jede gesetzlich-formale Erfüllung in einem Kultus. Die Gottesliebe wird in der Nächstenliebe verwirklicht, ohne in dieser aufzugehen. Die Ankündigung der Gottesherrschaft enthält kein Programm der Weltveränderung, ist vielmehr auf die Änderung des Herzens durch die in J. begegnende Gnade Gottes, bes. in der Sündenvergebung, gerichtet, woraus sich die freie Zuwendung zum Nächsten u. entsprechendes Sozialverhalten ergeben. Die in J. anbrechende Gottesherrschaft ist von Wundern als „Zeichen" begleitet u. wird in Gleichnissen als Heils- u. Freudenzeit beschrieben.

Glaube ist nicht Annahme von Lehren über Gottes Wesen, sondern wagendes Vertrauen zu der unmeßbaren Gnade (Güte, Liebe) Gottes, die in J. einzigartig zu den Menschen kommt. Solchen Glauben fand J. als Antwort auf die „frohe Botschaft" (Evangelium) bes. unter den Verachteten, Besitzlosen, Heiden aller Art. Unter Durchbrechung aller rassischen, gesellschaftl. u. religiösen Tabus wurde J. ihr „Geselle" u. „Tischgenosse". Die „Vollmacht" u. Kühnheit seiner Lehre erregten Entsetzen, sein Anspruch, Sünde an Gottes Statt zu vergeben, wurde mit Grauen gehört, sein Selbstbewußtsein („ich aber sage euch"), in dem er sich über Moses, das Gesetz (bes. die Sabbatgebote), die Propheten, den Tempel stellte, vernichtete die Existenzberechtigung der rabbinischen Gelehrten wie des stolzen u. mächtigen Priesteradels.

Mit Hilfe der röm. Besatzungsmacht, an die J. denunziert wurde, beseitigte man ihn in Jerusalem durch die Kreuzigung, eine von den Persern erfundene, bes. qualvolle u. entehrende Hinrichtungsart. Die Berichte erlauben nicht eine genaue Feststellung, an welchem Datum oder welchem Tag der Pessach-Zeit J. starb. Der engste Jüngerkreis, der das Gläubigwerden der 12 Stämme Israels versinnbildlichte u. mit ihm im Abschiedsmahl beging, floh nach Galiläa. Nach den vielfältigen Berichten des N.T. wurden Jesu Jünger Zeugen seiner Auferstehung u. Himmelfahrt u. empfingen von dem Auferstandenen den Befehl zum Zeugendienst „bis an die Enden der Erde". – ▭ 1.8.5. u. 1.9.3.

Jesusgebet, in der ostkirchl. Mystik häufig gebrauchtes kurzes Gebet, dessen Grundform „Herr Jesus Christus, erbarme dich meiner" lautet. →Hesychasmus.

Jesus People [ˈdʒiːzəs ˈpiːpl; engl., „Jesus-Volk"], *Street Christians* [„Straßenchristen"], *Jesus Freaks* [„Jesus-Gammler"], eine Erweckungsbewegung unter jungen Menschen („Jesus-Revolution"); etwa 1967 in Kalifornien entstanden, erregte Anfang 1971 Aufsehen, ergriff schätzungsweise Millionen, findet durch etwa 50 verschiedene „Jesus-Zeitungen" mit großen Auflagen u. durch Massenversammlungen rasche Verbreitung. Die Gottesdienste sind ekstatisch geprägt, ihnen folgen oft Massentaufen in Seen, im Meer, in Swimming-pools. In Kalifornien entstanden zahlreiche, streng an der Bibel orientierte Kommunen. Alkohol u. Drogen werden strikt abgelehnt; Heilungen von verzweifelten Suchtkranken durch Hinwendung zu Jesus u. ihre weitergehende Betreuung werden bezeugt. Über England u. die Niederlande kam die Bewegung nach Westberlin, wo sich Jugendliche in der Havel taufen ließen; Ztschr.: „The Jesus People", Leitung Volkhard

Spitzer. Vom Kirchenkreis in Herne wurde ein Jugendtag als „Jesus-Festival" unter großer Beteiligung abgehalten; Ausstrahlung in andere Großstädte, z. B. Essener „Gotteskinder", Einrichtung von Teestuben. Der erfolgreiche Kampf gegen Drogenabhängigkeit, das gläubige Bekenntnis zu Jesus, das Erkennungszeichen (der zum Himmel weisende Zeigefinger) u. die gesellschaftskritische Haltung zeigen die Vielgestaltigkeit der Bewegung, der die Publizistik großes Interesse u. die Kirchen eine vielfach wohlwollende u. kritisch abwartende Haltung entgegenbringen.

Jesus Sirach, apokryphe Schrift des A. T.; →auch Sirach.

Jet [dʒɛt; der; engl., „Strahl"] →Strahlflugzeug.

Jeton [ʒə'tõ; der; frz.], Spielmarke beim Roulette u. ä.

Jet-stream ['dʒɛtstriːm; der; engl.], Strahlstrom in der Erdatmosphäre in 6–15 km Höhe, eine schmale Zone mit sehr hohen Windgeschwindigkeiten (350–450 km/h). Man unterscheidet einen westl., über der Polarfront entstandenen Strahlstrom, einen subtrop., über Nordafrika u. im Winter über dem Südrand Asiens ausgebildeten Strahlstrom, einen östl. troposphär. Strahlstrom oberhalb der sommerl. Monsunströmung über Südasien u. den trop. Strahlstrom der Stratosphäre, die im Sommer über niedrigen Breiten entstehende starke stratosphär. Ostströmung.

Jett [dʒɛt; der oder das; engl.], bes. harte, polierfähige Braunkohlenart; Verarbeitung zu Schmuck.

Jette [ʒɛt], nordwestl. Vorstadt von Brüssel, 38 500 Ew.

Jeu [ʒø; das; frz.], Spiel, bes. Glücksspiel.

Jeune France [ʒœn 'frãs], eine 1936 gegr. Gruppe französ. Komponisten, die mit einem eigenen, gegen musikalische Spielerei u. artistische Unverbindlichkeit gerichteten Programm hervortrat. Mitglieder: Yves *Baudrier,* André *Jolivet,* Daniel *Lesur,* Olivier *Messiaen.*

Jeunesse dorée [ʒœ'nɛs dɔ're; frz., „goldene Jugend"], die polit. reaktionären jungen Männer des französ. Bürgertums, die nach dem Sturz der sog. Schreckensherrschaft der Französ. Revolution seit 1795 als Gegner der Jakobiner auftraten; allg.: reiche, genußsüchtige Großstadtjugend.

Jeunesse Ouvrière Chrétienne [ʒœ'nɛs uvri'ɛːr kre'tjɛn], Abk. *JOC,* der französ. Zweig der kath. *Christlichen Arbeiterjugend.*

Jeunesses musicales [ʒœ'nɛs myzi'kaːl], internationale Vereinigung zur musikal. Förderung der Jugend, gegr. 1941 von dem Belgier Marcel *Cuvelier* (*22. 5. 1899), von der UNESCO gefördert, mit nationalen Organisationen.

Jever [-fər], niedersächs. Kreisstadt westl. des Jadebusens am Rand der Marsch, 12 000 Ew.; seit 1430 Zentrum des Marschengebiets *J.land,* Ver-

waltungssitz des Ldkrs. *Friesland*; Elektromotoren-, Plastik-, Lederwarenindustrie.

Jevons ['dʒɛvənz], William Stanley, brit. Nationalökonom, *1. 9. 1835 Liverpool, †13. 8. 1882 bei Bexhill (ertrunken); Vertreter der Freihandelslehre, begründete gleichzeitig mit C. *Menger* die Lehre vom subjektiven Wert (→Grenznutzenschule); stellte der soziologisch-historischen Lehre D. *Ricardos* eine quantitativ-mathematische Theorie gegenüber. Hptw.: „Die Theorie der polit. Ökonomie" 1871, dt. 1924.

Jewett ['dʒuːit], Sarah Orne, US-amerikan. Schriftstellerin, *3. 9. 1849 South Berwick, Me., †24. 6. 1909 South Berwick; gestaltete in Erzählungen u. Skizzen ihre Heimat im NO der USA.

Jewish Agency for Palestine ['dʒuiʃ 'ɛidʒənsi fɔː 'pælistain; engl., „Jüdische Vertretung für Palästina"], seit 1948 *Jewish Agency for Israel,* aufgrund des brit. Palästina-Mandatsvertrags 1922 gebildete Organisation, die offizielle Vertretung der jüd.-zionistischen Einwanderer nach Palästina, 1929 Erweiterung durch Nichtzionisten; sie arbeitete mit dem jüd. Nationalrat *(Vaad Leumi)* zusammen u. vertrat die jüd. Interessen bei der brit. Mandatsregierung. Seit der Gründung des Staates Israel wirkt sie hauptsächl. für die Einwanderung u. das Unterrichtswesen in der jüd. Diaspora.

Jewpatorija, das antike *Eupatoria,* Kurort u. Hafenstadt in der Ukrain. SSR (Sowjetunion), an der Westküste der Krim, 72 000 Ew.; Nahrungsmittelindustrie; Umschlagplatz für Weizen mit großen Getreidesilos; in der Nähe Salzgewinnung.

Jewtuschenko, Jewgenij Alexandrowitsch, sowjetruss. Lyriker, *18. 7. 1933 Sima, Gebiet Irkutsk; Dichter der sowjet. Jugend in den 1950er Jahren; später militant patriot. u. polit. Gedichte, Prosa („Der Hühnergott" 1963, dt. 1967), Balladen, Poeme in der Nachfolge A. Blocks, W. W. Majakowskijs, S. A. Jesenins. Dt. Auswahlbd. „Mir ist folgendes geschehen…" 1962; Gedichte 1963.

Jezabel, hebr. *Isebel,* tyrische Prinzessin u. Frau des israelit. Königs Ahab; förderte den Baalskult im Nordreich, bekämpfte die Jahwe-Propheten, wurde gemäß der Voraussage des Elias von Hunden gefressen.

Jezdegerd, *Jesdegerd,* Sassaniden-Könige in Iran: *J. I.,* 399–420; *J. II.,* 438–457; *J. III.* (letzter Sassanide), 632–651 (in Merw ermordet). Nach der Sassanidenherrschaft wurde Persien ein Teil des Islamischen Reichs.

Jezira [hebr., „Schöpfung"], ein Buch der Kabbala, in dem versucht wird, die Weltentstehung aus einer Kombination der 10 Zahlen u. 22 Buchstaben zu erklären.

Jg., Abk. für *Jahrgang, Jgg.* = Jahrgänge.

JGG, Abk. für das *Jugendgerichtsgesetz* der BRD vom 4. 8. 1953 in der Fassung vom 11. 12. 1974. →Jugendstrafrecht.

Jh., Abk. für *Jahrhundert.*

Jhang-Maghiana [engl. dʒæŋ mə'gjaːnə]. Stadt in Pakistan am Chanab dicht oberhalb der Jhelummündung, 114 000 Ew.; Textil-, Zucker- u. Nahrungsmittelindustrie; Wärmekraftwerk.

Jhansi [engl. 'dʒaːnsi], ind. Distrikt-Hpst. am Südwestrand des Gangestieflands gegen das Dekanhochland, im Staat Uttar Pradesh, 185 000 Ew.; Zentrum u. Handelsplatz der Landschaft *Bundelkhand,* mit altem Fort (1613) u. schöner Stadtmauer.

Jhelum [engl. 'dʒeilum], 1. pakistan. Stadt im Pandschab mit J. südöstl. von Rawalpindi, 50 000 Ew.; Salpetervorkommen; Staudamm mit Wasserkraftwerk.
2. westlichster Strom im asiat. *Fünfstromland,* 720 km; fließt durch das Becken von *Kaschmir,* durchbricht den Vorhimalaya, mündet bei Jhang-Maghiana in den *Chanab.*

Jhering ['jeːriŋ], *Ihering,* Rudolf von, Rechtslehrer, *22. 8. 1818 Aurich, †17. 9. 1892 Göttingen; lehrte in Basel, Rostock, Kiel, Gießen, Wien u. seit 1872 in Göttingen; Wegbereiter der →Interessenjurisprudenz u. der →Freirechtsschule. Hptw.: „Der Geist des röm. Rechts auf den verschiedenen Stufen seiner Entwicklung" 4 Bde. 1852–1865; „Der Kampf ums Recht" 1872, ²⁰1921; „Der Zweck im Recht" 2 Bde. 1877–1883.

Jicarilla, Indianer-Unterstamm der zu den Athapasken gehörenden Apachen.

Jiddisch, die Verkehrssprache der osteurop. Juden, entstanden im frühen MA., enthält german. Elemente (vor allem Mitteldeutsch, Bairisch) als überwiegenden Bestandteil, semit. Elemente (Hebräisch, Aramäisch) u. slaw. Elemente (Polnisch,

Weißruss., Ukrainisch); durch gemeinsame Schicksale u. gegenseitige Beziehungen der jüd. Gemeinden weitgehend einheitl. gestaltet; wichtig bes. die u-Dialekte als Grundlage der j.en Schriftsprache Südosteuropas (die zweite Hauptmundart ist der nördl., litauische o-Dialekt), die mit hebräischen Buchstaben geschrieben wird. Durch Auswanderungen, bes. nach Amerika, weit verbreitet; 1938 von etwa 12 Mill. Menschen gesprochen, heute noch von ca. 6 Mill. verstanden. – ☐3.8.4.

jiddische Literatur, die mit hebräischen Buchstaben geschriebene Literatur der jidd. Schriftsprache. Seit ihren Anfängen im 13. Jh. hat die j. L. einen volkstüml. Charakter, sei es in der geistl. Volksepik, die ihre Stoffe aus Bibel u. Midrasch schöpfte *(Samuelbuch,* 14. Jh.), sei es in den ebenfalls von j.n bearbeiteten Heldensagen u. Ritterromanen (Hildebrandslied, Dietrich von Bern, Artusepik). Nach der Erfindung des Buchdrucks war das einflußreichste Werk der j.n L. das *Zenne-Renne* (Ende 16. Jh.), eine Bibelparaphrase des Jakob ben Isaak *Aschkenasi* (*um 1550, †1628). Auch die Geschichtensammlung des *Maasebuchs* (1602) war ein vielgelesenes Volksbuch. Chassidismus u. Aufklärung weckten im 18. Jh. die j. L. aus der Erstarrung, u. im 19. Jh. gelangte sie zu größter Entfaltung mit den Erzählern *Mendele Moicher Sforim, I. L. Perez* u. *Scholem Alejchem,* während Abraham *Goldfaden* (*1840, †1908) u. S. *Anski* zu Begründern des jidd. Theaters wurden. Mit der Zerstreuung über alle Welt – z. B. in Rußland Joseph *Opatoschu* (*1887, †1954), in Polen Isaak *Kazenelson* (*1886, †1944), in den USA M. *Rosenfeld,* Sch. *Asch* u. I. B. *Singer,* in Südamerika, Südafrika, Australien u. Israel – öffnete sich die j. L. den literar. Strömungen ihrer Umwelt, verfiel damit aber auch der Spaltung u. dem Rückgang, bes. seit dem 2. Weltkrieg. – ☐3.3.8.

Jigger ['dʒigə; engl.], Färbemaschine für glatte, schwere Gewebe; diese werden in offener Breite unter Spannung durch das Färbebad geführt u. auf eine Walze gewickelt.

Jilemnický [-nitski], Peter, slowak. Erzähler u. Journalist, *18. 3. 1901 Geiersberg, tschech. Letohrad, †19. 5. 1949 Moskau; Vertreter des sozialist. Realismus; Romane: „Brachland" 1932, dt. 1935/36; „Ein Stück Zucker" 1934, dt. 1952.

Jim [dʒim], *Jimmy,* engl. Koseform von *James* (→Jakob).

Jima [jap.], Bestandteil geograph. Namen: Insel, Klippe, Sandbank.

Jim Crow ['dʒim 'krou], in den USA abschätzige Bez. für den Neger; auch Sammelbegriff für die Praktiken der Rassentrennung.

Jimele →Leierantilopen.

Jiménez [xi'mɛneθ], Juan Ramón, span. Lyriker, *24. 12. 1881 Moguer, Huelva, †29. 5. 1958 San Juan (Puerto Rico); in der Nachfolge seines Freundes R. *Darío* der bedeutendste Vertreter des Modernismus, der bei ihm die Wandlung vom impressionist. Gefühlsdichtung zur „Poésie pure" durchmachte; aus der 1. Phase: „Almas de violeta" 1900; „Arias tristes" 1903; „Melancolía" 1912; „Platero y yo" 1917, dt. Auswahl 1953; aus der 2. Phase: „Diario de un poeta recién casado" 1917; „Eternidades" 1918. Nobelpreis 1956. – ☐3.2.3.

Jiménez de Cisneros [xi'mɛneð ðe θiz'nerɔs] →Ximénes de Cisneros.

Jimmu-Tennô ['dʒimu 'tɛno] →Dschimmu-Tennô.

Jina →Dschina.

Jingoism ['dʒiŋgouizm; nach dem Refrain eines antiruss. Schlagers der Zeit von 1878: „by Jingo" („bei Jesus!")], engl. Bez. für überspannten Nationalismus; auch für den Chauvinismus in den USA in der 2. Hälfte des 19. Jh. gebraucht.

Jinismus [dʒi-] →Dschinismus.

Jinja, Stadt in Uganda (Ostafrika), am Ausfluß des Victorianil aus dem Victoriasee, 55 000 Ew.; nordwestl. der Stadt die Owenfälle mit Kraftwerk, das die Industrie von J. mit elektr. Energie versorgt.

Jinnah ['dʒinna], Mohammed Ali →Dschinnah, Mohammed Ali.

Jinotega [xino'tega], Hptst. der nikaraguan. Dep. J., als Stadt 8000 Ew., Agglomeration 58 000 Ew.

Jiparaná [ʒi-], rechter Zufluß des Rio Madeira in Rondônia (Brasilien), rd. 700 km.

Jirák ['jiraːk], Karel Boleslav, tschech. Komponist, *28. 1. 1891 Prag; Schüler von V. *Novák;* Kompositionslehrer am Prager Konservatorium, emigrierte 1947 nach den USA. 1 Oper, 5 Sinfonien, zahlreiche Kammermusikwerke u. a.; Biographien von W. A. Mozart u. A. Dvořák.

Jesus People

147

Jirásek, Alois, tschech. Schriftsteller, *23. 8. 1851 Hronov bei Nachod, †12. 3. 1930 Prag; patriot. Gedichte, histor. Dramen u. Romane: „Die Hundsköpfe" 1886, dt. 1952, unter dem Titel „Chodische Freiheitskämpfer" 1904; „Wider alle Welt" 1893, dt. 1904.

Jitschin, tschech. *Jičín*, Stadt in Ostböhmen, 13000 Ew.; ehem. Residenz des Herzogtums *Friedland* (Renaissanceschloß Wallensteins); Walditzer Tor, Ringplatz mit Laubengängen; Landwirtschaftsmaschinenbau.

Jiu [ˈʒiu], linker Nebenfluß der Donau in Rumänien, 331 km, entspringt in den Südkarpaten, mündet südl. von Craiova.

Jiu-Jitsu [dʒ(i)u dʒitsu; jap., „die sanfte Kunst"], japan.-chines. waffenlose Selbstverteidigung unter Ausschluß von bloßer Gewalt u. Kraft; macht den Gegner durch Verrenkung der Gliedmaßen u. Schläge gegen empfindl. Körperstellen kampfunfähig. Aus dem J. wurde zu Wettkampfzwecken die Sportart →Judo entwickelt. Bis zum 20. Jh. wurde die Kunst des J. geheimgehalten.

Jivaro [xi-], kriegerischer, relativ unabhängiger südamerikan. Indianerstamm in Peru (55000) u. im O Ecuadors (25000), bekannt durch seine Kopftrophäen (→Tsantsa); Jäger, Sammler, Fischer; Anbau von Maniok u. Mais durch Frauen.

Jiyū-minshutō [dʒijuminʃuto], Liberaldemokratische Partei Japans; entstand 1955 aus dem Zusammenschluß der Liberalen Partei *(Jiyūtō)* u. der Demokratischen Partei *(Minshutō)*, die ihrerseits aus Vereinigungen verschiedener konservativer polit. Gruppen hervorgegangen waren. Die J. ist seit 1955 Regierungspartei, geriet aber 1976 in eine schwere Krise. →Japan (Politik).

Jo [dʒo; das], japan. Längenmaß: 1 J. = 3,03 m.

Joab, israelit. Feldherr, Neffe des Königs David; wurde auf Geheiß Salomos umgebracht.

Joachim [hebr., „Gott richtet auf"], männl. Vorname; Kurzformen *Achim, Jochen*; italienisch *Gioacchino*.

Joachim, Heiliger, Gemahl Annas, der Mutter Marias; nur in den Apokryphen des N.T. erwähnt. Fest: 26. 7.

Joachim, Kurfürsten *(Hohenzollern)* von Brandenburg: **1.** *J. I. Nestor* (wegen seiner gelehrten Bildung), 1499–1535, *21. 2. 1484 Berlin, †11. 7. 1535 Stendal; gründete 1506 die Universität Frankfurt (Oder); veranlaßte mit der *Constitutio Joachimica* (1527) die Regelung des Erbrechts. Trotz seiner humanist. Neigungen blieb J. Gegner der Reformation; dadurch kam es zum Konflikt mit seiner lutherisch gesinnten Gemahlin *Elisabeth* (*1485, †1555), Tochter König Johanns I. von Dänemark, die 1528 aus Berlin floh.

2. *J. II. Hektor*, Sohn von 1), 1535–1571, *9. 1. 1505 Berlin, †3. 1. 1571 Köpenick; erstrebte eine allg. „Konkordie" zwischen den Religionsparteien im Reich, nahm 1539 formal die ev. Lehre an u. führte 1540 eine neue Kirchenordnung ein. Im *Schmalkald. Krieg* trat J. auf die Seite Karls V. Erst 1550 kehrte er sich von den Habsburgern ab. 1555 setzte er sich für den *Augsburger Religionsfrieden* ein. Verschwendung u. Geldnot zwangen ihn zu großen Zugeständnissen an die Landstände. Die Gesamtinteressen des Hauses Hohenzollern ließ er nicht außer acht (Erbverbrüderung 1537 mit den schles. Herzögen u. 1569 Mitbelehnung mit Preußen).

3. *J. Friedrich*, Enkel von 2), 1598–1608, *27. 1. 1546, †18. 7. 1608 im Reisewagen zwischen Köpenick u. Berlin; 1566 Administrator des Erzstifts Magdeburg; ordnete die Landesverwaltung u. sicherte 1599 durch den *Geraischen Hausvertrag* die Bindung der brandenburgischen Annexe u. Anwartschaften (Preußen, Pommern, die schles. u. rhein. Gebiete) an Kurbrandenburg. Außerdem wurden die fränk. Länder der Hohenzollern zur Sekundogenitur bestimmt. 1604 errichtete J. den *Geheimen Rat* als oberstes beratendes Kollegium. Seine Ehe mit *Eleonore* (*1583, †1607), Tochter des Herzogs Albrecht Friedrich von Preußen, verstärkte die Anwartschaft auf dieses Gebiet.

Joachim, Joseph, Geigenvirtuose u. Komponist, *28. 6. 1831 Kittsee, Burgenland, †15. 8. 1907 Berlin; Wunderkind, kam über Leipzig, Hannover u. Weimar nach Berlin, dort 1868 Direktor der neugegründeten Hochschule für Musik. Bedeutender Beethoven- u. Brahms-Interpret, 1869 bis 1907 Leiter eines Streichquartetts. Hrsg. einer Violinschule (1905), Ausbilder einer Generation von Geigern; komponierte Violinwerke.

Joachim-Jungius-Gesellschaft der Wissenschaften e.V., Hamburg, gegr. 1947, benannt nach J. *Jungius*; fördert Forschungsarbeiten, veranstaltet Tagungen u. unterstützt die Veröffentlichung wissenschaftl. Ergebnisse.

Joachimstaler, der seit 1518 von den Grafen *Schlick* in Sankt Joachimsthal (Böhmen) aus Bergsilber geprägte Taler (27 g), der bald zum Vorbild für alle Talerprägungen wurde u. dem *Taler* den Namen gab.

Joachimsthal, 1. Stadt im Krs. Eberswalde, Bez. Frankfurt, in der Uckermark, 3800 Ew. – Hier wurde 1607 das Joachimsthalsche Gymnasium gegr. (Fürstenschule, 1650 nach Berlin, 1912 nach Templin verlegt).

2. Ort im böhm. Teil des Erzgebirges, = Sankt Joachimsthal.

Joachim von Fiore, *Gioacchino da Fiore, Joachim von Floris*, italien. Mystiker, *1145 Celico bei Cosenza, †1202 Fiore, Kalabrien; Gründer der benediktin. Kongregation der *Floriazenser*; strenger Asket. J. erwartete für spätestens 1260 das Ende der Klerikerkirche u. den Anbruch eines mönchischen „Zeitalters des Hl. Geistes" mit einer in Armut lebenden Kirche. Seine Lehre, derentwegen J. 1215 verurteilt wurde, galt seinen Anhängern als „Ewiges Evangelium"; sie wurde später u.a. von F. W. von Schelling u. G. W. F. Hegel u. von der anthroposoph. *Christengemeinschaft* wieder aufgegriffen u. lebte weiter als Idee vom „Dritten Rom" bzw. vom „Dritten Reich".

Joan [dʒoun], engl. für →Johanna.

Joanneum, steirisches Landesmuseum, Graz, 1811 von Erzherzog *Johann* gestiftet mit zahlreichen Abteilungen, u.a. Landeszeughaus, Kunsthistor. Museum, Neue Galerie, Schloß Eggenburg, Steir. Volkskundemuseum.

João [ʒuˈãu], Könige von Portugal, →Johann (24, 25, 26).

João Pessoa [ˈʒuãu pɛˈsoa], bis 1930 *Paraíba*, Hptst. des brasilian. Staats Paraíba, an der Mündung des Rio Paraíba, 228000 Ew.; Universität (1955 gegr.); Nahrungsmittel- u. Textilindustrie, Buntmetallherstellung; lebhafter Handel; Hafen *Cabedelo* am Cabo Branco. 1585 als *Philippéa* von einem Deutschen gegründet.

Job [lat.] →Hiob.

Jobber [ˈdʒobə; engl.], Wertpapierhändler u. Mitglied der Londoner Börse, das nur in eigenem Namen Geschäfte abschließen darf (Gegensatz: *Broker*); *i.w.S.* skrupelloser Spekulant.

Jobeljahr [hebr. *jowel*, „Widderhorn"], *Jubeljahr, Erlaßjahr*, altisraelitische, nach 3. Mose 25,8ff. begründete Schuldenregelung u. Sklavenbefreiung in jedem 7. Sabbatjahr (alle 50 Jahre).

Jobert [ʒoˈbɛr], Michel, französ. Politiker, *11. 9. 1921 Meknès, Marokko; 1973/74 Außen-Min.

Jobst, männl. Vorname, vermischt aus *Jost* (→Jodokus) u. *Job*, hebr. *Hiob*, „Angreifer".

Jobst *(Jost, Jodocus)* **von Mähren,** Markgraf von Mähren (1375), 1410/11 dt. König, *1354, †18. 1. 1411 Brünn; Luxemburger, seit 1388 Pfandschaftsbesitzer des Herzogtums Luxemburg u. der Mark Brandenburg; 1410 von der Mehrheit der Kurfürsten gegen seinen Vetter *Sigismund* zum dt. König gewählt; vor Annahme der Wahl gestorben (durch Gift?).

JOC, Abk. für →Jeunesse Ouvrière Chrétienne.

Joch, 1. *Baukunst:* frz. *Travée*, in Schiffen einer mittelalterl. Kirche oder der Halle eines Profanbaus quadrat. oder rechteckiges, in Chorumgängen trapezförmiges oder dreiseitiges Raumkompartiment. An den Ecken eines J.s befinden sich die Pfeiler oder Säulen bzw. in den Seitenschiffen die Wandvorlagen. Diesem Raumausschnitt entspricht eine Gewölbeeinheit bzw. beim Tonnengewölbe ein Gewölbeabschnitt. Innerhalb eines Schiffs wird das J. von den benachbarten J.en durch Gurte getrennt. Die breiten Gurte u. kuppligen Gewölbe geben dem J. in roman. u. frühgot. Gewölbebauten (Dom in Münster [Westf.]) einen in sich geschlossenen Raumcharakter, der in got. u. spätgot. Kirchen aufgegeben wird.

2. *Bergbau:* die langen Hölzer eines vierteiligen, rechteckigen Holzrahmens beim Schachtausbau.

3. *Geographie:* bes. in den Alpen Einsattelung eines Gebirgskamms, →Paß.

4. *Maße: Juck, Juchart*, früher Flächenmaß für Felder, ursprüngl. abgeleitet vom Ochsengeschirr; Größe eines Landstücks, das ein Ochsengespann an einem Tag umpflügen kann; in Württemberg (= 33,09 a), Österreich (= 57,55 a), auch in Ungarn (= 43,16 a).

5. *Viehzucht:* breiter, offener, gepolsterter Bügel als vorderer Teil des J.geschirrs für Rindvieh.

Jochalgen, *Konjugaten, Conjugatae*, formenreiche u. vorwiegend im Süßwasser verbreitete *Grünalgen*. Zu den J. gehören die in Torfsümpfen lebenden einzelligen *Desmidiazeen (Desmidiaceae)* u. die *Zygnemazeen (Zygnemaceae)*, die unverzweigte, leicht in ihre Zellen zerfallende Fäden bilden. →auch Schleim.

Jochbein, *Wangenbein, Jugale, Os zygomaticum*, paariger Gesichtsknochen von Säugetieren u. Mensch, der als Schlußstein des Jochbogens fest mit Schläfenbein, Oberkiefer u. Keilbein (Felsenbein) verbunden ist; bildet beim Menschen die obere Begrenzung der Wange.

Jochblattgewächse, *Zygophyllaceae*, Familie der *Gruinales*; zu den J.n gehören *Salpeterstrauch, Burzeldorn, Steppenraute* u.a.

Jochbogen, knöcherner Bogen des Gesichtsschädels der Säugetiere, der von Oberkiefer, Schläfenbein u. Keilbein mit Hilfe des Jochbeins gebildet wird. Beim Menschen wenig ausladend (großes Gehirn), bei Affen, bes. bei den Männchen, stark ausgebildet (starke Kauwerkzeuge).

Jochen, Kurzform von →Joachim.

Jochenstein, Ort an der Donau südöstl. von Passau; hier wurde an der österr. Grenze in dt.-österr. Gemeinschaftsarbeit durch Stauung der Donau ein großes Wasserkraftwerk mit Schleusenanlagen gebaut; 1955/56 in Betrieb genommen; Gesamtjahresleistung 940 Mill. kWh. – Ⓑ→Donau.

Jochims, Reimer, Maler, *22. 9. 1935 Kiel; Prof. an der Kunstakademie in München; 1955 Klappbilder, seit 1961 chromat. Flächen, seit 1963 chromat. Reliefs, in denen die Form völlig vom Licht aufgesogen wird.

Jocho [jo:tʃo:], japan. Bildhauer, †2. 9. 1057 Kyoto; größter japan. Plastiker neben *Unkei*, gründete das *Shichijo-Bussho*, eine Bauhütte im Shichijo-Bezirk in Kyoto, der die bedeutendsten Bildschnitzer angehörten. J. entwickelte die Kunst, selbst Kolossalstatuen aus einzelnen Platten zusammenzusetzen; er wurde stilbestimmend für die jüngere buddhist. Plastik u. erhielt als erster japan. Künstler den Ehrentitel „Hokkyo". Werke: Amida des Ho-odo, des Hokei-ji, der mittlere Amida des Jorui-ji, alle in der Nähe Kyotos.

Jochum, Eugen, Dirigent, *1. 11. 1902 Babenhausen; tätig u.a. in Duisburg u. Berlin, 1934–1949 in Hamburg, bis 1959 in München, seit 1959 Leiter des Concertgebouw-Orkest Amsterdam, 1971 Chefdirigent der Bamberger Symphoniker; bes. Bruckner-Interpret.

Jocistes [ʒoˈsist; frz. nach der Abk. *JOC*], Mitglieder der *Jeunesse Ouvrière Chrétienne*.

Jockey [ˈdʒoki; engl.], *Jockei*, Berufsrennreiter, meist spezialisiert auf Flach-, Hindernis- oder Trabrennen; entweder bei einem Rennstall fest engagiert (Stall-J.) oder aufgrund freier Vereinbarung tätig; J.s müssen eine Lizenz der Rennbehörde haben.

Jod [das; grch., „veilchenfarben"], Zeichen J, zur Gruppe der Halogene gehörendes grauschwarzes Element, dessen Dämpfe violett gefärbt sind; Atomgewicht 126,9045, Ordnungszahl 53, spez. Gew. 4,93, Schmelzpunkt 113,0 °C, Siedepunkt 184,5 °C, in Wasser schlecht, in organ. Lösungsmitteln (z.B. Alkohol: Jodtinktur) gut löslich; in der Natur in vielen Verbindungen, jedoch nur in kleinen Mengen vorkommend (Meerwasser, Meeralgen, Salzquellen). J. wird aus Tangasche, vorwiegend jedoch aus den Mutterlaugen des Chilesalpeters gewonnen. Seine chem. Eigenschaften ähneln denen des Chlors, doch reagiert es nicht so heftig wie dieses. Verwendung als Desinfektionsmittel *(Jodtinktur)* u. in der analyt. Chemie. *Verbindungen: Jodwasserstoff*, HJ, stechend riechendes Gas; seine wäßrige Lösung ist die *Jodwasserstoffsäure*; *Kalium-* u. *Natriumjodid*, KJ u. NaJ, Verwendung in der Heilkunde; *Silberjodid* oder *Jodsilber*, AgJ, lichtempfindliches Material in der Photographie. Organische J.verbindungen: →Jodoform, →Thyroxin.

Jodargyrit [der; grch.], das silberhaltige Mineral →Jodit.

Jodate [grch.], Salze der Jodsäure HJO_3.

Jodbäder, jodhaltige Quellen, die für Bade- u. Trinkkuren verwandt werden, enthalten mindestens 1 mg Jod pro Liter Wasser; Anwendung z.B. bei rheumatischen Leiden u. Arteriosklerose.

Jöde, Fritz, Musikpädagoge, *2. 8. 1887 Hamburg, †19. 10. 1970 Hamburg; wirkte u.a. in Berlin (Hochschule für Musik) u. in Hamburg; Führer der Jugendmusikbewegung (Musikantengilde, Volksmusikschulen), suchte durch Einführung der „Offenen Singstunden" die Volksliedbewegung zu fördern. Er gab die Liedersammlungen „Der Musikant", „Altdeutsches Liederbuch", „Frau Musica", „Der Kanon" u.a. heraus, schrieb eine Analyse der Inventionen von J. S. Bach („Die Kunst Bachs" 1926) sowie „Vom Wesen u. Werden der Jugendmusik" 1954 u. vertonte Lieder von H. Löns („Der Rosengarten").

Jodelle [ʒɔ'dɛl], Etienne, französ. Schriftsteller, *1532 Paris, †Juli 1573 Paris; gehörte zum Kreis der *Plejade*, schrieb (nach antikem Muster) die erste französ. Tragödie „Cléopâtre captive" 1552/1553.

Jodeln, volkstüml. textloses Singen; eine hauptsächl. in den Alpenländern (Schweiz, Tirol) gepflegte Singmanier, für die das häufige Überschlagen aus dem Brust- in das Kopfregister (Fistelstimme) charakteristisch ist.

Jodhpur [engl. 'dʒɔdpuə], Hptst. des ehem. ind. Rajputenfürstenstaats Marwar, seit 1949 Teil von Rajasthan, am Südostrand der Wüste Thar, 270000 Ew.; Zitadelle; Handelszentrum für Agrarerzeugnisse, altes Kunsthandwerk, Metall- u. Textilindustrie.

Jodide [grch.], Salze der Jodwasserstoffsäure HJ.

Jodismus →Jodvergiftung.

Jodit [der; grch.], *Jodargyrit*, ein Mineral *(Jodsilber)* mit rd. 46% Silbergehalt; Fundorte: Dernbach (Nassau), Spanien, Mexiko u. Chile.

Jodl, 1. Alfred, Neffe von 2), Generaloberst, *10. 5. 1890 Würzburg, †16. 10. 1946 Nürnberg (hingerichtet); 1939–1945 Chef des Wehrmachtsführungsstabes im OKW; im 1. Nürnberger Prozeß als Kriegsverbrecher zum Tod verurteilt.

2. Friedrich, Philosoph u. Psychologe, *23. 8. 1849 München, †26. 1. 1914 Wien; Prof. in Prag (seit 1885) u. Wien (seit 1896); Positivist, Anhänger L. *Feuerbachs*; Gegner des Idealismus, vertrat einen naturalistischen Monismus u. einen erkenntnistheoretischen kritischen Realismus sowie eine humane Ethik. Hptw.: „Geschichte der Ethik in der neueren Philosophie" 1889, ³1920.

Jodlampe →Halogenlampe.

Jodoform [das; grch. + lat.], eine Jodverbindung (CHJ_3), die als Desinfektionsmittel verwendet wird.

Jodokus [kelt. *judâcos*, „geeignet zum Kampf, Krieger"], *Jodocus*, Name eines kath. Heiligen, auch männl. Vorname; Kurzform *Jost*.

Jodometrie [grch.], Verfahren der chem. →Maßanalyse zur Bestimmung von reduzierenden oder oxydierenden Stoffen; verwendet Jod- oder Kaliumjodidlösung nach der umkehrbaren Gleichung $J_2 + 2e \rightleftarrows 2J^-$. Als Indikator dient Stärke, die mit Jod eine tiefblauschwarze Färbung ergibt.

Jodo-schin-schu, *Schin-schu* [jap., „Wahre Sekte des Reinen Landes"], 1224 gegr. von *Schinran* (*1173, †1262), dem Schüler →Genkus (Honen Schonins), der die *Jodo-schu* (Sekte des Reinen Landes) stiftete.

Jodo-schu, von →Genku gegr. buddhist. Sekte des „Reinen Landes" in Japan. Ihre Lehre verheißt Gewinnung des Paradieses nicht durch gute Werke, sondern durch den von Amida Buddha gnadenmäßig verliehenen Glauben im Sinne des Vertrauens auf die Verheißung Buddhas.

Jodprobe, Nachweis von Stärke durch die tiefblauschwarze Färbung beim Betupfen mit Jodtinktur.

Jodtinktur, *Tinctura Jodi*, 5- oder 10%ige alkoholische Jodlösung oder Lösung von 3% Jod, 7% Kaliumjodid u. 90% Alkohol; äußerl. Anwendung zur Desinfektion kleinerer Wunden u. zur Behandlung von Schwellungen, Entzündungen u.ä.

Jodvergiftung, 1. Überempfindlichkeitserscheinungen gegen Jod, führen sofort zu einer Schleimhautreizung, die sich bereits bei kleinen Gaben durch Schwellung u. Absonderungen von Tränen oder Nasen- u. Rachenschleim äußert, zu Hautausschlägen u.a.

2. J. i.e.S., *Jodismus*: Nach längerem übermäßigem Jodgebrauch kommt es zu Magendarmstörungen, Hautausschlägen (Jodakne), nervösen Reizzuständen, Herzklopfen, Abmagerung u.a.

Jodzahl, zur Charakterisierung von Fetten dienende Kennziffer, Maß für den Gehalt eines Fettes an ungesättigten Fettsäuren; gibt an, wieviel g Jod von 100g Fett durch Anlagerung an Doppelbindungen der ungesättigten Fettsäuren unter Entfärbung gebunden werden.

Joel [hebr.], einer der sog. kleinen Propheten des A.T. Das *Buch J.*, im 4. oder 3. Jh. v.Chr., vielleicht schon vor dem Babylon. Exil entstanden, enthält die Ankündigung von Naturkatastrophen („Tag Jahwes", Kap. 1–2) u. der Geistausgießung (Kap. 3). J. bedient sich liturg. Formen.

Joel, Karl, Philosoph, *27. 3. 1864 Hirschberg, Schlesien, †23. 7. 1934 Walenstadt, Kanton St. Gallen; Prof. in Basel. Aus neuromant. Sicht schrieb J. in „Wandlungen der Weltanschauung" 1928–1934 eine dt. Geistesgeschichte seit der Aufklärung. Werke: „Seele und Welt" 1912, ²1923; „Geschichte der antiken Philosophie" 1921.

Joensuu, Hptst. der ostfinn. Prov. (Lääni) Pohjois-Karjala (Nordkarelien) am Pielisjoki, 35400 Ew.; Geschichtsmuseum, Bibliothek; Holzverarbeitung u. Holzhandel. – 1848 gegründet.

Joest van Kalkar [jo:st], Jan, niederrhein.-niederländ. Maler, *um 1460 Wesel, †1519 Haarlem, dort seit 1509 tätig; schuf Altarbilder mit einem stark ausgeprägten Sinn für Porträt, Genre u. Landschaft, gehörte der holländ. Schule an. Wahrscheinl. waren B. *Bruyn* d.Ä. u. J. van *Cleve* seine Schüler. Hptw.: Flügelaltar mit 20 Szenen der hl. Geschichte 1505–1508, Kalkar, Nicolaikirche; Johannesaltar um 1505, Palencia (Spanien), Kathedrale.

Jœuf [ʒœf], Industriestadt im französ. Dép. Meurthe-et-Moselle (Lothringen), an der Orne, 13000 Ew.; Erzgruben, Eisen- u. Stahlindustrie.

Joffe, 1. *Joffé*, Abram Fjodorowitsch, russ. Physiker, *30. 10. 1880 Romny, Ukraine, †14. 10. 1960 Leningrad; arbeitete über die physikal. Eigenschaften der Kristalle u. Dielektrika. Der nach ihm benannte *J.-Effekt* betrifft das Verhalten von Kristallen, die mechan. beansprucht werden u. gleichzeitig unter dem Einfluß eines Lösungsmittels stehen (z.B. Steinsalzkristalle u. Lösungsmittel Wasser); Festigkeit u. Plastizität der Kristalle sind bedeutend erhöht.

2. Adolf Abramowitsch, sowjet. Politiker, *22. 10. 1883 Simferopol, †17. 11. 1927 Moskau (Selbstmord); 1917 Leiter der sowjet. Waffenstillstandsdelegation, an den Friedensverhandlungen in Brest-Litowsk beteiligt, 1918 Botschafter in Berlin; 1923 Gesandter in China, dann Botschafter in Wien u. anschließend in Tokio; Freund Trotzkijs u. Mitgl. der trotzkist. Opposition gegen Stalin, mit dieser 1926/27 polit. ausgeschaltet.

Joffre [ʒɔfr], Joseph Jacques Césaire, Marschall von Frankreich (1916), *12. 1. 1852 Rives-Altes, Pyrenäen, †3. 1. 1931 Paris; 1911 Generalstabschef, im 1. Weltkrieg 1914–1916 französ. Oberbefehlshaber. Es gelang J., den dt. Angriff in den *Marneschlachten* aufzuhalten; damit leitete er den Stellungskrieg ein. Wegen der gescheiterten Somme-Offensive 1916 durch Georges *Nivelle* ersetzt.

Joga, *Yoga* [der; sanskr., „Anjochung, Anspannung"], in der altind. Philosophie u. im Buddhismus Erlösungssystem auf der Grundlage von Meditation u. Askese. Höchster Zustand des J. (*Samadhi*, buddhistisch: *Dhyana*) ist die Unabhängigkeit der Seele vom Leib, von Affekten u. Wünschen, die Vereinigung mit dem *Atman*.

Die *J.technik* besteht in Konzentrations-, Atmungs-, Entspannungsübungen bei bes. Diät mit dem Ziel völliger Herrschaft über den Körper, bes. über Organe, die normalerweise dem Willenseinfluß entzogen sind. – *Jogi* sind die Anhänger des J., allg. Büßer, Asketen, Fakire.

Jogasses [ʒo'gas], regional begrenzte Kultur der älteren Eisenzeit in der Champagne, benannt nach dem Gräberfeld in *Les Jogasses à Chouilly* bei Épernay, Dép. Marne.

Jogging ['dʒɔgiŋ; engl., „traben"], ein Gesundheitslauf im Trabtempo (1 km in rd. 6 min) zur Regulierung u. Optimierung von Blutdruck, Atem- u. Stoffwechselfunktionen; der Puls soll am Ende des Laufes 180 minus Alterszahl des Ausübenden betragen. J. wird einzeln oder im Rahmen von Trimmaktionen bzw. Volksläufen betrieben.

Joghurt ['jo:gurt; der oder das; türk.], *Yoghurt*, leichtverdauliches Sauermilchprodukt. Entkeimte Vollmilch wird bei 40–45 °C mit einem in Bulgarien entwickelten J.ferment (Gemisch aus Milchsäure-Langstäbchen u. -Streptokokken) in Dickmilch verwandelt. J. wirkt verdauungsfördernd u. darmreinigend.

Jogyakarta [dʒɔgdʒa-], *Dschokschakarta*, indones. Stadt im südl. Java, am Fuß des Vulkans *Merapi* (2911 m), 375000 Ew.; Universität; Handelszentrum (Kaffee, Zucker, Tabak, Reis); Kunsthandwerk; Bahnknotenpunkt, Flugplatz. – 1945 bis 1949 Hptst. der Indones. Republik.

Johann [auch jo'han], männl. Vorname, Kurzform von →Johannes.

Johann, Fürsten. Äthiopien: **1.** *Johannes IV.*, eigentl. Ras *Kasa* von Tigre, Negus (Kaiser) 1872–1889, *um 1832, †10. (?) 3. 1889 bei Metemmeh; knüpfte Beziehungen zu England an, setzte den späteren Kaiser Menelik II. als Erben ein, fiel im Krieg gegen den Mahdi.

Böhmen: **2.** *J. von Luxemburg*, König von Böhmen 1310–1346, *10. 8. 1296, †26. 8. 1346 Crécy; Sohn Kaiser Heinrichs VII.; erhob als Schwiegersohn des Přemysliden Wenzel II. Anspruch auf die poln. Krone, erhielt das Herzogtum Breslau u. die Lehnshoheit über andere schles. Fürstentümer sowie Masowien zuerkannt. Im Kampf um Pommerellen unterstützte er den Dt. Orden gegen Polen. Tirol ging ihm bei der Vertreibung seines Sohnes, der mit der Erbin Tirols, Margarete Maultasch, verheiratet war, 1341 an die Wittelsbacher verloren; darauf überwarf er sich mit Kaiser Ludwig dem Bayern, stellte sich auf die Seite Frankreichs u. der Kurie u. hoffte dadurch die Königswahl seines Sohnes, Karls IV., durchzusetzen. Er fiel auf seiten der Franzosen gegen die Engländer in der Schlacht bei Crécy.

Brandenburg: **3.** *J. Cicero*, Kurfürst 1486 bis 1499, *2. 8. 1455 Ansbach, †9. 1. 1499 Arneburg; folgte seinem Vater Albrecht Achilles in der Regierung der Kurmark, wobei er sich auf ein friedliches Regiment im Innern mit Festigung des Landes u. Steigerung der Wohlfahrt beschränkte. Die Lösung der Lehnsabhängigkeit Pommerns von Brandenburg mußte er zugestehen. – Der Beiname „Cicero" ist spätere gelehrte Erfindung.

4. *J. Sigismund*, Kurfürst 1608–1619, *8. 11. 1572, †23. 12. 1619; studierte in Straßburg; heiratete *Anna* (*1576, †1625), die älteste Tochter des letzten Herzogs von Preußen (Albrecht Friedrich), u. erwarb durch diese Heirat *Preußen*, außerdem *Pfalz-Neuburg* u. die Erbansprüche auf *Jülich*, *Kleve* u. *Berg*. J. trat 1613 zum reform. Glauben über u. wurde deshalb von der luth. Kirche, der Bevölkerung u. den Ständen hart angegriffen.

Burgund: **5.** *J. ohne Furcht, Jean sans Peur*, Herzog 1404–1419, *28. 5. 1371 Dijon, †10. 9. 1419 Montereau (ermordet); Sohn Philipps des Kühnen; Teilnehmer des ungar. Feldzugs gegen die Türken. In Frankreich Gegner Ludwigs von Orléans, den er 1407 ermorden ließ. Er u. seine Anhänger (Burgunder, Bourguignons) kämpften im Hundertjährigen Krieg gegen die Orléans-Parteigänger (Armagnacs) u. unterstützten die Engländer gegen die französ. Krone. J. wurde bei einer Besprechung mit dem Dauphin Karl (VII.) ermordet.

Byzanz: **6.** *Johannes I. Tzimiskes*, Kaiser 969–976, ermordete seinen Vorgänger Nikephoros II. Phokas mit Hilfe von dessen Gemahlin Theophano; genialer Feldherr, besiegte den russ. Großfürsten Swjatoslaw, eroberte Teile Bulgariens u. Syriens, verheiratete seine Nichte Theophano mit dem röm.-dt. Kaiser Otto II.

7. *Johannes II. Komnenos*, Kaiser 1118–1143, *1088, †8. 4. 1143 Tauros; setzte die von Alexios I. eingeleitete Erneuerung der byzantin. Macht mit großem Erfolg fort, kämpfte erfolgreich auf dem Balkan (gegen Petschenegen u. Ungarn) u. in Kleinasien (gegen Seldschuken).

8. *Johannes VI. Kantakuzenos*, Kaiser 1341–1354, *um 1293, †15. 6. 1383 Mistra; zunächst Feldherr u. Staatsmann im Dienst der byzantin. Kaiser, verdrängte den Thronfolger u. ließ sich selbst zum Kaiser proklamieren. Den darauf ausbrechenden Bürgerkrieg gewann J. mit türk. Unterstützung. Nach erzwungener Abdankung wurde er Mönch.

9. *Johannes VIII. Palaiologos*, Kaiser 1425–1448, *um 1392, †31. 10. 1448; suchte vergebens den Untergang des Reichs durch die Kirchenunion mit Rom (Konzil von Ferrara/Florenz 1438/39) aufzuhalten.

Dänemark: **10.** *J. I.*, *Hans*, König 1481–1513, in Norwegen u. Schweden seit 1483, in Schweden als *J. II.*, *5. 6. 1455 Ålborg, †20. 2. 1513 Ålborg; besiegte 1497 den schwed. Reichsverweser Sten Sture, wurde 1500 bei Hemmingstedt von den Dithmarschern geschlagen u. verlor 1501 Schweden wieder.

England: **11.** *J. ohne Land, John Lackland, J. I.*, König 1199–1216, *24. 12. 1167 Oxford, †19. 10. 1216 Schloß Newark, Nottinghamshire; versuchte vergebl. im Bund mit Philipp II. August von Frankreich, seinem Bruder Richard Löwenherz während dessen Abwesenheit auf dem Kreuzzug den Thron zu rauben. Als er nach dem Tod Richards die Königswürde erwarb, wurde er von seinem früheren französ. Verbündeten nicht anerkannt, der ihn aufgrund seines französ. Besitzes vor ein Lehnsgericht zog u. verurteilen ließ; der Papst setzte den „Ketzer" ab. Durch die Niederlage von Bouvines 1214 verlor J. den engl. Besitz in Frankreich nördl. der Loire endgültig. Er mußte 1215 den engl. Baronen die *Magna Charta* gewähren, ließ sie aber durch den Papst für nichtig erklären. – ⊡5.5.1.

12. *John von Lancaster,* Herzog von Bedford 1414–1435, *20. 6. 1389, †11. 9. 1435 Rouen; Statthalter in England während des Frankreichfeldzugs seines Bruders Heinrich V., nach dessen Tod 1422 Regent von Frankreich u. der Normandie; verbündete sich mit Philipp dem Guten von Burgund u. siegte bei Verneuil 1424, doch machte das Auftreten der Jungfrau von Orléans seine Erfolge zunichte.

13. *J. von Gent, John of Gaunt,* Herzog von Lancaster 1362–1399, Graf von Richmond seit 1342, Sohn Edwards III., *März 1340 Gent, †3. 2. 1399 London; kämpfte zusammen mit seinem Bruder Eduard, dem Schwarzen Prinzen, für Peter I. den Grausamen von Kastilien, dessen Tochter er heiratete, wodurch J. einen Anspruch auf den kastil. Thron erhielt (erfolgloser Feldzug 1386–1388). 1371/72 führte J. als Statthalter von Aquitanien auf eigene Kosten Krieg gegen Frankreich. J.s Reichtum u. polit. Geschick sicherten ihm trotz militär. Niederlagen (Frankreichfeldzug 1373, Angriff auf St.-Malo 1378, Feldzug gegen die Schotten 1384) großen Einfluß auf die engl. Könige Eduard III. u. Richard II.

Frankreich: **14.** *J. der Gute, Jean le bon,* König 1350–1364, *16. 4. 1319 Schloß Gué de Maului bei Le Mans, †8. 4. 1364 London; in hohem Maße schuldig an dem vor allem durch Kriege u. Verschwendung ausgelösten wirtschaftl. Verfall Frankreichs im 14. Jh. Vom Schwarzen Prinzen bei Maupertuis 1356 geschlagen u. gefangengenommen, durch den Frieden von Bretigny befreit, kehrte er freiwillig in die Gefangenschaft zurück, weil das Lösegeld nicht aufgebracht wurde, u. starb in der Haft. Er verlieh seinem Sohn Philipp (dem Kühnen) das Herzogtum Burgund u. begründete damit das neuburgund. Herzogshaus.

Luxemburg: **15.** →Jean, Großherzog von Luxemburg.

Mainz: **16.** *J. II. von Nassau,* Erzbischof von Mainz 1397–1419, *um 1360, †23. 9. 1419 Aschaffenburg; betrieb mit den anderen rhein. Kurfürsten 1400 König Wenzels Absetzung u. die Wahl Ruprechts von der Pfalz; gründete den *Marbacher Bund* (1405) gegen Ruprecht, der nach anfängl. Ausgleich den von Frankreich unterstützten J. bekämpfen mußte. J. stimmte nach Ruprechts Tod zunächst für Jobst von Mähren, einigte sich aber 1411 mit Sigismund; auf dem Konstanzer Konzil verteidigte er erfolglos den Gegenpapst Johannes (XXIII.).

Nassau-Siegen: **17.** *J. VII.,* Graf 1606–1623, *1561, †1623; Heeresreformator u. Entwickler einer neuen Kriegstaktik; wurde als oberster Feldherr durch den schwed. Reichsrat an den Hof *Karls IX.* von Schweden gerufen u. bildete das dortige Heer zum modernsten Europas aus (Erfolge im *Nord. Krieg,* Lehrer Gustavs II. Adolf).

18. *J. Moritz,* „der Brasilianer" oder „Amerikaner", Graf (Fürst 1664), niederländ. Feldmarschall u. Staatsmann, *17. 6. 1604 Dillenburg, †20. 12. 1679 Bergendaal, Cleve; trat 1621 in die Dienste der Generalstaaten, 1636 Gouverneur der Westind. Kompanie in den von Spanien eroberten ehem. portugies. Gebieten Südamerikas, die er durch kluge Verwaltung zu hoher Blüte führte; kehrte 1644 nach Holland zurück. Dann General der Reiterei, als Statthalter von Cleve, Mark u. Ravensberg Reichsfürst. J. wurde 1652 Meister des Johanniterordens, befehligte 1665 die niederländ. Truppen gegen Münster, wurde niederländ. Feldmarschall, führte 1672 u. 1674 die Holländer im Krieg gegen Ludwig XIV; 1674–1676 Gouverneur von Utrecht. Er ließ das „Mauritshuis" in Den Haag erbauen.

Norwegen: **19.** *J. I.* = J. I. von Dänemark, →Johann (10).

Österreich: **20.** Erzherzog, Feldmarschall, dt. Reichsverweser 1848/49, *20. 1. 1782 Florenz, †10. 5. 1859 Graz; Sohn Kaiser Leopolds II.; war als Heerführer in den Napoleon. Kriegen wenig erfolgreich; bemühte sich um die Organisation des Heers u. die Aufstellung einer ersten Landwehr. Als Mitglied des Kreises um den Alpenbund (Wiedergewinnung Tirols) unterstützte er den Aufstand der Tiroler. 1848 von der Frankfurter Nationalversammlung zum Reichsverweser gewählt. Verdienste um die kulturelle u. wirtschaftliche Entwicklung bes. der Steiermark (Gründung des Landesmuseums Joanneum in Graz u. der Montanschule in Vordernberg bei Eisenerz). J. war seit 1829 verheiratet mit der Postmeisterstochter Anna *Plochl* (später zur Gräfin Meran erhoben).

Polen: **21.** *J. I. Albrecht, Jan Olbracht,* König 1492–1501, *27. 12. 1459 Krakau, †17. 6. 1501 Thorn; bestätigte 1493 das poln. Zweikammerparlament *(Sejm).*

22. *J. II. Kasimir, Jan Kazimierz,* König 1648–1668, *22. 3. 1609 Krakau, †16. 12. 1672 Nevers; aus der Dynastie Wasa, Sohn Sigismunds III., Bruder Władysławs IV.; führte mehrere Kriege gegen Kosaken, Rußland, Schweden u. Siebenbürgen, in denen Polen Livland (Friede von Oliva) u. die Ukraine abtreten mußte u. die Lehnsherrschaft über Preußen verlor.

23. *J. III. Sobieski, Jan Sobieski,* König 1674–1696, *17. 8. 1629 Olesko, †17. 6. 1696 Wilanów bei Warschau; mit französ. Unterstützung zum König gewählt u. seitdem französ. Parteigänger, siegte 1673 über die Türken bei Chocim, 1683 Oberbefehlshaber der Entsatztruppen vor Wien gegen die Türken. Der Plan, die Erbmonarchie in Polen einzuführen, gelang J. nicht. – ⊡5.5.5.

Portugal: **24.** *J. I., João I.,* König 1385–1433, *11. 4. 1357 Lissabon, †14. 8. 1433 Lissabon; unehel. Sohn Peters I., Großmeister des Aviz-Ordens, 1383 von den Cortes zum König proklamiert, war der erste Herrscher aus dem Haus Aviz, besiegte Kastilien bei Aljubarrota (1385) u. begann Portugals Expansion nach Afrika durch seinen Sohn Heinrich den Seefahrer (1415 Eroberung von Ceuta).

25. *J. II., João II.,* König 1481–1495, *5. 5. 1455 Lissabon, †25. 10. 1495 Alvor, Algarve; unterstützte das Bürgertum u. unterwarf den Adel, ließ Herzog Ferdinand von Bragança umbringen u. erdolchte Herzog D. Diego von Viseu, seinen Verwandten. J. förderte Expeditionen nach Afrika u. Indien u. die Machtausdehnung Portugals in den Überseegebieten; er schloß den Vertrag von Tordesillas 1494.

26. *J. VI., João VI.,* König 1816–1826, *13. 5. 1769 Lissabon, †10. 3. 1826 Lissabon; wurde 1792 Regent u. floh, von Napoléon I. abgesetzt, 1807 nach Brasilien, kehrte 1821 zurück u. stellte sich 1824 unter engl. Schutz, um sich gegen seine Frau u. seinen Sohn Dom Miguel zu behaupten; erkannte Brasiliens Unabhängigkeit 1825 an.

Sachsen: **27.** *J. der Beständige,* Kurfürst 1525–1532 (seit 1486 Mitregent seines Bruders, Friedrichs III. des Weisen), *30. 6. 1468 Meißen, †16. 8. 1532 Schweinitz; bekannte sich früh zur Reformation, traf mit Philipp dem Großmütigen von Hessen die Vereinbarungen von Gotha u. Torgau (1526) u. trat auf dem Augsburger Reichstag gegen Karl V. auf; Mitbegründer des *Schmalkald. Bundes,* willigte 1532 in den Nürnberger Religionsfrieden ein.

28. *J. Friedrich I. der Großmütige,* Sohn von 27), Kurfürst 1532–1547, *30. 6. 1503 Torgau, †3. 3. 1554 Weimar; nach dem Tod seines Vaters mit Philipp dem Großmütigen von Hessen Haupt des *Schmalkald. Bundes,* 1546 vom Kaiser geächtet u. 1547 bei Mühlberg besiegt u. gefangengenommen; mußte in der *Wittenberger Kapitulation* zugunsten Herzog Moritz' von Sachsen auf die sächs. Kurwürde verzichten. Bei der Erhebung Moritz' gegen Karl V. 1552 befreit.

Schweden: **29.** *J. II.* = J. I. von Dänemark, →Johann (10).

30. *J. III.,* König 1569–1592, *21. 12. 1537 Schloß Stegeborg, †27. 11. 1592 Stockholm; Sohn Gustav Wasas; wurde 1556 Herzog von Finnland u. heiratete eine poln. kath. Prinzessin, worüber er mit seinem Halbbruder, König Erich XIV., in Streit geriet; dieser setzte ihn vorübergehend gefangen. J. übernahm mit Hilfe seines jüngsten Bruders Karl (IX.) die Herrschaft u. beendete den Nord. Krieg (1570); er führte seit 1570 Krieg mit Rußland; sein Sohn Sigismund (III.) wurde 1587 König von Polen.

Johann, A. E., eigentl. Alfred Ernst *Wollschläger,* Reiseschriftsteller, *3. 9. 1901 Bromberg; wanderte nach Kanada aus u. bereiste seit 1926, zuerst als Korrespondent der „Vossischen Zeitung", wiederholt die Welt. „Große Weltreise" 1955; „Wohin die Erde rollt" 1958; „Wo ich die Erde am schönsten fand" 1959; „Afrika gestern u. heute" 1963; „Der große Traum Amerika" 1965; Romane: „Schneesturm" 1954; „Weiße Sonne" 1955; „Steppenwind" (Trilogie) 1950/51; „Wildnis" 1955; „Im Strom" 1969.

Johanna [hebr.], weibl. Vorname, zu *Johannes;* engl. *Joan, Jane,* frz. *Jeanne,* Verkleinerung *Jeannette,* span. *Juanita,* Kurzform *Anita.*

Johanna, Heilige, →Jeanne d'Arc.

Johanna, angebliche Päpstin. Die im 13. Jh. aufgekommene u. bis ins 16. Jh. fast allgemein geglaubte Fabel erzählt, ein Mädchen aus Mainz habe Theologie studiert, sein Geschlecht verheimlicht u. sei 855 wegen seiner Gelehrsamkeit nach dem Tod Papst Leos IV. zum Papst gewählt worden. Nach mehr als zweijähriger Regierung sei es bei einer Prozession an der Geburt eines Kindes gestorben.

Johanna, Fürstinnen. Aragón u. Kastilien: **1.** *J. die Wahnsinnige,* Königin in Kastilien 1504, *6. 11. 1479 Toledo, †12. 4. 1555 Tordesillas; Tochter Ferdinands von Aragón u. Isabellas von Kastilien; 1496 mit dem Habsburger Philipp dem Schönen von Kastilien verheiratet; Mutter der dt. Kaiser Karl V. u. Ferdinand I. Die Regentschaft für J. führten ihr Gemahl (†1506), dann Erzbischof Ximénez de Cisneros (1506/07 u. nach 1516/17) u. Ferdinand der Katholische (†1516). J. wurde geisteskrank.

England: **2.** *J. (Jane) Seymour,* dritte Frau Heinrichs VIII. 1536/37, *um 1509, †24. 10. 1537; starb nach der Geburt des Thronfolgers Eduard VI.

Navarra: **3.** *Jeanne,* Königin, Erbtochter Heinrichs I. von Navarra, *1273 Bar-sur-Seine, †1305 Vincennes; heiratete 1284 Philipp IV. den Schönen von Frankreich, wodurch Navarra mit Frankreich vereinigt wurde. J.s Söhne Ludwig X., Philipp V. u. Karl IV. gelangten nacheinander auf den französ. Thron.

4. Jeanne d'Albret →Albret.

Neapel: **5.** Königin 1343–1382, *um 1326 Neapel, †22. 5. 1382 Aversa; folgte ihrem Großvater Robert I. auf den Thron u. mußte nach der Ermordung ihres ersten Mannes, Andreas von Ungarn (†1345), mit ihrem zweiten Mann, Ludwig von Anjou-Tarent (*1320, †1362), vor einem ungar. Rachefeldzug fliehen. Seit 1352 regierte sie unangefochten mit ihrem dritten Mann, Jakob von Aragón (†1375), geriet aber wegen ihrer vierten Ehe mit Herzog Otto von Braunschweig in Konflikt mit Papst Urban VI. u. wurde im Kerker ermordet.

Johannes [grch. Form für hebr. *Johanan,* „Gott ist gnädig"], männl. Vorname; Kurzformen *Johann, Jan, Hans;* ital. *Giovanni,* frz. *Jean* (auch mit dem Zusatz *Baptiste),* span. *Juan,* engl. *John, Jack,* ungar. *János,* russ. *Iwan.*

Johannes, Sohn des Zebedäus, Bruder des Jakobus d. Ä., Jünger Jesu u. Apostel, stand Jesus nach der Überlieferung bes. nahe, spielte in der Urgemeinde eine hervorragende Rolle, soll später in Ephesos gewirkt haben u. nach Patmos verbannt gewesen sein; gilt nach der Überlieferung als Verfasser des Johannesevangeliums, der Johannesbriefe u. der Apokalypse. Heiliger (Fest: 27. 12.).

Johannes, Päpste: **1.** *J. I.,* 523–526, Heiliger, †18. 5. 526 Ravenna; ging 525 im Auftrag Theoderichs d. Gr. nach Byzanz, um zugunsten der arian. Goten im oström. Reich zu vermitteln. Er war der erste Papst, der Rom verließ; erreichte nur einen Teilerfolg. Fest: 18. 5.

2. *J. II.,* 533–535, eigentl. *Mercurius,* Römer, †8. 5. 535 Rom; änderte als erster Papst seinen Namen, billigte nachträgl., genötigt durch Kaiser Justinian I., dessen Religionsdekret.

3. *J. III.,* 561–574, Römer, †13. 7. 574 Rom; aus seinem Pontifikat, unter dem die Langobarden in Italien eindrangen, sind kaum Nachrichten überliefert. Er erreichte die Wiederannäherung der seit dem Dreikapitelstreit getrennten Kirchen (so Mailand u. Ravenna) an Rom.

4. *J. IV.,* 640–642, Dalmatiner, †12. 10. 642 Rom; verurteilte den Monotheletismus, verteidigte gegenüber Kaiser Konstantin II. die Rechtgläubigkeit des Honorius I.

5. *J. V.,* 685–686, Syrer, †2. 8. 686 Rom; erlangte mehrere Gunsterweise Kaiser Justinians II. für die röm. Kirche, erreichte die Unterwerfung der Bischöfe Sardiniens.

6. *J. VI.,* 701–705, Grieche, †11. 1. 705 Rom; konnte sich im byzantin. Thronstreit behaupten, bewog die in Kampanien plündernden Langobarden zur Rückkehr in ihr Herzogtum Benevent.

7. *J. VII.,* 705–707, Grieche, †18. 10. 707 Rom; ließ in Rom mehrere Kirchen restaurieren u. stand zu den Langobarden in guten Beziehungen; den staatskirchl. Ansprüchen Kaiser Justinians II. wußte er sich nicht zu widersetzen.

8. Gegenpapst 844, wurde von einer Volksmenge erhoben; der wenig später rechtmäßig gewählte

9. *J. VIII.*, 872–882, Römer, † 16. 12. 882 Rom; seit 852 Archidiakon. J. bemühte sich, nach dem Zusammenbruch der karolingischen Ordnung dem Papsttum die Führung im zerrissenen u. von den Arabern bedrohten Italien zu sichern. 875 krönte er den westfränk. König Karl den Kahlen zum Kaiser. Da ihm dieser u. seine Nachfolger nur geringe Hilfe gewährten, wandte er sich dem ostfränk. König Karl III. (dem Dicken) zu. 879 erkannte er ihn als König von Italien an, 881 krönte er ihn zum Kaiser. Im Streit mit dem Patriarchen Photios von Konstantinopel gab J. nach, was einen Prestigeverlust zur Folge hatte.

10. *J. IX.*, 898–900, Benediktiner, † 900 Rom; unter dem Einfluß Lamberts von Spoleto gewählt. J. erneuerte die Rehabilitierung des Papstes Formosus u. bemühte sich, die unter den vorangegangenen Pontifikaten eingerissenen Mißstände zu beseitigen. Sein früher Tod stürzte das Papsttum von neuem in die Streitigkeiten der röm. Parteien.

11. *J. X.*, 914–928, eigentl. *Johannes von Tossignano*, † 928 Rom; unter dem Einfluß der Herzöge von Spoleto u. Tuscien gewählt. J. einigte die italien. Staaten zum Kampf gegen die Sarazenen. Er krönte Berengar I. zum Kaiser u. war bemüht, in dem durch Machtkämpfe zersplitterten u. von den Ungarn bedrohten Italien die päpstl. Autorität aufrechtzuerhalten. Sein Streben nach polit. Selbständigkeit brachte ihn in Konflikt mit *Marozia*, die als Senatrix Rom beherrschte. Sie ließ ihn in der Engelsburg inhaftieren, wo er bald starb, wahrscheinl. durch Gewalt.

12. *J. XI.*, 931–935, Römer, † 935 Rom; Sohn der Marozia, die ihn zum Papst erheben ließ, die polit. Macht aber selbst ausübte. Alberich II., der 932 Roms bemächtigte, setzte Marozia u. wahrscheinl. auch J. gefangen.

13. *J. XII.*, 955–964, eigentl. *Octavian*, † 14. 5. 964 Rom; Sohn Alberichs II. von Spoleto, auf dessen Druck er trotz seines skandalösen Lebenswandels zum Papst erhoben wurde. Gegen Berengar II. rief er den dt. König Otto I. zu Hilfe u. krönte ihn 962 zum Kaiser. J. billigte Ottos Kirchenpolitik, der Kaiser garantierte ihm dafür den Kirchenstaat, sicherte sich aber zugleich sein auf ein Edikt Kaiser Lothars I. (824) zurückgehendes Mitspracherecht bei der Papstwahl. Wenig später führte J. wieder eine antikaiserl. Politik u. lehnte es ab, sich auf einer vom Kaiser einberufenen Synode zu verantworten. Die Synode setzte ihn darauf (Dez. 963) ab u. wählte Leo VIII., gegen den er sich aber bis zu seinem Tod halten konnte.

14. *J. XIII.*, 965–972, Römer, † 6. 9. 972 Rom; wahrscheinl. aus der Familie der Crescentier, mit Alberich II. verwandt; wurde nach dem Tod Leos VIII. auf Wunsch Ottos I. gewählt. J. regierte im Einvernehmen mit dem Kaiser, krönte dessen Sohn Otto II. u. erhob Magdeburg zum Erzbistum. Unter J. konnten die Crescentier ihre Macht in Rom ausbauen.

15. *J. XIV.*, 983–984, eigentl. *Petrus Canepanova*, † 20. 8. 984 Rom; von Otto II. zum Papst designiert; nach dessen baldigem Tod konnte sich der aus Byzanz zurückkehrende Gegenpapst Bonifatius VII. mit Hilfe der Crescentier in Rom durchsetzen u. ließ J. in der Engelsburg gefangenhalten, wo er verhungerte oder vergiftet wurde.

16. *J. XV.*, 985–996, Römer, † 996 Rom; durch Johannes Nomentanus Crescentius erhoben. Obwohl das Ansehen des Papsttums durch die röm. Wirren sehr gesunken war, bemühte sich J., seine Autorität auch außerhalb Italiens durchzusetzen. Herzog Mieszko von Polen unterstellte sein Land dem Hl. Stuhl. J. war ein Freund der Cluniazensischen Reform, begünstigte jedoch in Rom seine Verwandten sehr. Um dem stärker werdenden Druck des Crescentius zu entgehen, verließ J. Rom u. rief Otto III. zu Hilfe, starb aber noch vor der Ankunft Ottos. Er nahm 993 die erste päpstl. Heiligsprechung (Ulrich von Augsburg) vor.

17. *J. (XVI.)*, Gegenpapst 997–998, eigentl. *Johannes Philagathos*, Grieche, † nach 1001; Erzbischof von Piacenza, Günstling der Kaiserin Theophano, hochgebildet, sehr ehrgeizig. Obwohl Berater der Ottonen u. von ihnen mit wichtigen diplomat. Missionen betraut, ließ er sich von Johannes Nomentanus Crescentius gegen Gregor V. als Papst aufstellen. Er konnte sich jedoch nicht durchsetzen, wurde nach seiner Flucht aus Rom gefangengenommen u. verstümmelt, dann dem inzwischen nach Rom gekommenen Otto III. übergeben u. von diesem zu Klosterhaft verurteilt.

18. *J. XVII.*, 1003, eigentl. *Sicco*, Römer; von Johannes Crescentius d. J. erhoben.

19. *J. XVIII.*, 1004–1009, eigentl. *Johannes Fasanus*, Römer, † 1009 Rom; wie J. XVII. von Johannes Crescentius d. J. erhoben u. von ihm abhängig. Er stellte das Bistum Merseburg wieder her u. bestätigte das von Kaiser Heinrich II. gegründete Bistum Bamberg.

20. *J. XIX.*, 1024–1032, eigentl. *Romanus*, Graf von Tusculum, † 1032 Rom; wurde nach dem Tod seines Bruders Benedikt VIII. simonistisch zum Papst erhoben u. hatte seitdem die weltl. u. die geistl. Gewalt inne. Gegenüber Konrad II., den er 1027 zum Kaiser krönte, mußte J. eine nachgiebige Haltung einnehmen. Auf Wunsch des Kaisers nahm er die Reformbewegung von Cluny in seinen Schutz. Die Trennung der Ostkirche von Rom wurde unter J. vertieft.

21. *J. XX.*; fehlt in der Reihe der Päpste. Man hatte lange vor J. XV. fälschlich einen weiteren Papst J. eingeschoben. Nach Klärung des Irrtums erhielten die Päpste, die im 10. u. 11. Jh. den Namen J. trugen, die ihnen eigentlich zukommende Zahl, für J. XXI. u. die ihm nachfolgenden Päpste wurde aber die von ihnen selbst gewählte Zählung wieder beibehalten.

22. *J. XXI.*, 1276–1277, eigentl. *Petrus Juliani*, genannt *Petrus Hispanus*, *1210/1220 Lissabon, † 20. 5. 1277 Viterbo; seit 1273 Erzbischof von Braga u. Kardinal. J. war um die Vertiefung der Kirchenunion von 1274 bemüht. Er schrieb philosoph. u. medizin. Werke.

23. *J. XXII.*, 1316–1334, eigentl. Jacques *Duèse*, *um 1245 Cahors, † 4. 12. 1334 Avignon; 1308 Kanzler des franzö. Königs, 1310 Bischof von Avignon, 1312 Kardinal, 1316 in Lyon als Kandidat der franzö. Partei gewählt. J., der bedeutendste unter den Päpsten in Avignon, reformierte als Vorkämpfer des päpstl. Zentralismus Behördensystem u. Finanzwesen der Kurie. Seine Sympathien für Frankreich bewogen ihn zum Kampf gegen Ludwig den Bayern, der sich für die Kirche u. ihr Verhältnis zum Reich nachteilig auswirkte. Wichtigste innerkirchl. Entscheidungen von J. waren die Verurteilung verschiedener Schriften bzw. Lehrsätze des P. Olivi u. Meister Eckharts.

24. *J. (XXIII.)*, Gegenpapst 1410–1415, eigentl. Baldassare *Cossa*, Neapolitaner, † 22. 1. 1419 Florenz; Offizier, dann Geistlicher mit großen administrativen Fähigkeiten, jedoch ehrgeizig u. skrupellos, 1402 Kardinal. Im abendländ. Schisma als Nachfolger Alexanders V. gegen Gregor XII. (Rom) u. Benedikt XIII. (Avignon) gewählt. Er mußte der vom dt. König Sigismund gewünschten Einberufung des Konzils von Konstanz zustimmen, das die kirchl. Einheit wiederherstellen sollte. Das Konzil setzte J. ab; Martin V., der vom Konzil erhobene neue Papst, begnadigte ihn u. ernannte ihn zum Kardinalbischof von Tusculum.

25. *J. XXIII.*, 1958–1963, eigentl. Angelo Giuseppe *Roncalli*, *25. 11. 1881 Sotto il Monte bei Bergamo, † 3. 6. 1963 Rom; 1904 Priester, 1925 Apostol. Visitator in Bulgarien, 1934 Apostol. Delegat in der Türkei u. Griechenland, unterhielt Beziehungen zur orthodoxen Kirche u. verhinderte Judendeportationen; 1944 Nuntius in Paris, wo er moderne Seelsorgemethoden unterstützte u. sich für die dt. Kriegsgefangenen einsetzte; 1953 Kardinal u. Patriarch von Venedig, am 28. 10. 1958 zum Nachfolger von Pius XII. gewählt. Vom ersten Tag seiner Regierung an bewies J. große Tatkraft u. Selbständigkeit u. rückte in vielem von der Regierungsweise seines Vorgängers ab. Er ernannte viele Kardinäle aus allen Nationen, räumte seinen Mitarbeitern größere Selbständigkeit ein, beteiligte sich persönl. an der Seelsorge seines Bistums Rom. Seine bedeutendste Leistung ist die Einberufung, Vorbereitung u. Eröffnung des *2. Vatikanischen Konzils* (eröffnet am 11. 10. 1962). Hauptanliegen des Konzils war eine den Notwendigkeiten der Zeit Rechnung tragende innere Reform der kath. Kirche. Auch die Beziehungen zu den anderen Konfessionen wurden verbessert (Schaffung eines Sekretariats für die Einheit der Christen unter dem dt. Kardinal Bea, Zulassung nichtkath. Beobachter beim Konzil); den Ostkirchen wandte J. bes. Aufmerksamkeit zu. 1965 Einleitung des Seligsprechungsprozesses. – „Geistliches Tagebuch" 1964. – ▢ 1.9.6.

Johannes, Priester J., Presbyter J., sagenhafter christl. Priesterkönig, soll in der Mitte des 12. Jh. in Ostasien, Zentralasien oder Äthiopien gelebt u. in der Kreuzzugssituation die Moslems aus Osten angegriffen haben.

Johannes XXIII.

Johannes, Fürsten, →Johann.

Johannesbriefe, ein längeres u. zwei sehr kurze Schreiben im N.T. ohne Nennung des Verfassers, die sich durch ihre „johanneische" Art als dem Johannesevangelium nahe verwandt erweisen u. daher weithin auch auf dessen Verfasser zurückgeführt werden. 2. Joh. u. 3. Joh. sind wahrscheinl. von Haus aus Privatschreiben. Alle Briefe enthalten Warnungen vor Irrlehren u. Verführern.

Johannesbund, von Johannes Haw (*1871, † 1949) 1919 gegr. Vereinigung mit dem Sitz in Leutesdorf am Rhein; versucht das religiöse Leben der Großstadt zu beleben. Seit 1926 Zentralstelle der kath. Schriftenmission.

Johannesburg, größte Stadt in Südafrika, 1748 m ü. M., 1,4 Mill. Ew.; wirtschaftl. u. Verkehrsmittelpunkt der Rep. Südafrika; im Stadtgebiet u. in der Nähe das größte Goldfeld der Erde (*Witwatersrand* in Transvaal); Eisen-, Metall- u. a. Industrie, Bergbau; Börse, Produktenpipeline durch Durban, internationaler Flughafen 25 km entfernt; ausgedehnte Bantu-Wohnstädte im Vorortbereich (→Soweto); zwei Universitäten (Witwatersrand-Universität 1921 u. neuerdings Rand-Afrikaans-Universität). – 1886 gegründet.

Johannes Chrysostomos [-çry-; grch., „Goldmund"], griech. Kirchenlehrer, Patriarch von Konstantinopel (398), Heiliger, *344/354 Antiochia, † 14. 9. 407 Komana; hervorragender Prediger, Exeget u. Theologe, 403 wegen seiner Sittenpredigten auf Betreiben der Kaiserin Eudoxia u. intriganter Bischöfe abgesetzt u. in die Verbannung geschickt, wo er starb. Fest: 13. 9. →auch Chrysostomosliturgie. – ▣ S. 152. – ▢ 1.9.5.

Johannes de Lapide, eigentl. *Joh. Heynlin*, Frühhumanist, Theologe, *vor 1433 Stein bei Pforzheim, † 12. 3. 1496 Basel; trat als Philosoph u. Theologe in Paris bzw. Basel für den aristotel.-scholast. Realismus (→Nominalismus) ein, als Humanist Förderer der Einführung des Buchdrucks u. Mitbegründer der Universität Tübingen, als Prediger in Basel reformgesinnt; 1487 dort Kartäuser.

Johannes der Presbyter, ein urchristl. Theologe, lebte gegen Ende des 1. u. Anfang des 2. Jh. in Ephesos; wird von vielen mit dem Apostel Johannes gleichgesetzt; als Verfasser des Johannesevangeliums kommt er kaum in Frage.

Johannes der Täufer, *Johannes Baptista*, Bußprediger u. messianischer Prophet, der kurz vor dem Auftreten Jesu von Nazareth in der Jordanebene wirkte; Berichte bei Josephus u. im N.T. Jesus ließ sich von ihm taufen. J. wurde von Herodes Antipas enthauptet. Seine Anhänger gingen teils zu Jesus über, teils bildeten sie eigene Gruppen (Apg. 19,1ff.). Heiliger (Feste: 24. 6. u. 29. 8.).

Johannes Chrysostomos, Mosaik in der Cappella Palatina in Palermo; 12. Jh.

Johannesevangelium, steht nach Aufriß u. Stoff selbständig neben den ersten drei Evangelien u. geht nicht so sehr dem Gang des Lebens Jesu nach, als daß es Glaubenswahrheiten in Erzählungen über ihn darlegt u. damit ein umfangreiches Selbstzeugnis Jesu („Ich bin ..."-Worte) verbindet. Das J. ist verhältnismäßig spät, etwa gegen 100 n. Chr., nach der Überlieferung in Kleinasien verfaßt worden. Die Verfasserschaft des Jüngers Johannes ist umstritten, aber nicht schlüssig widerlegt.

Johannes Gualbertus, Heiliger, *um 1000 Florenz, †12. 7. 1073 Passignano bei Florenz; ursprüngl. Benediktiner, gründete den Orden der →Vallombrosaner.

Johanneskraut, 1. →Beifuß.
2. →Johanniskraut.

Johannes Paul, Päpste: **1.** *J. P. I.*, 1978, eigentl. Albino *Luciani,* *17. 10. 1912 Forno di Canale, †28. 9. 1978 Rom; 1969 Patriarch von Venedig, 1973 Kardinal. Seelsorger, der das Erbe seiner beiden Vorgänger u. des Konzils zu wahren entschlossen war. Starb 33 Tage nach seiner Wahl.
2. *J. P. II.*, seit 1978, eigentl. Karol *Wojtyla,* *18. 5. 1920 Wadowice bei Krakau; 1964 Erzbischof von Krakau, 1967 Kardinal. Nach 455 Jahren der 1. nichtital. Papst, aus einem osteurop. Land. Tritt für Verwirklichung der Konzilsbeschlüsse ein, für Wahrung der Menschenrechte. 1979 Reisen nach Lateinamerika u. Polen.

Johannes Scotus Eriugena, irischer Philosoph, *um 810, †um 877; verfaßte am Hof Karls des Kahlen in Paris die erste latein. Übersetzung des *Pseudo-Dionysius Areopagita.* Sein Hptw. „De divisione naturae" schildert die stufenweise Entfaltung der Vielheit aus der Einheit u. die Rückkehr in diese. Weil sich im 12. Jh. pantheistische Lehren auf sie beriefen, wurde die Schrift 1210 u. 1225 verurteilt.

Johannes Trithemius, ursprüngl. *Johannes von Heidelberg,* Humanist, *1. 2. 1462 Trittenheim bei Trier, †13. 12. 1516 Würzburg; Benediktinerabt zuerst in Sponheim, später in Würzburg; schrieb über 80 latein. Schriften enzyklopäd., histor. u. geheimwissenschaftl. Inhalts, darunter als erste dt. Literaturgeschichte den „Catalogus illustrium virorum" 1495; gab auch den ersten Bericht über den histor. Dr. Faust. Seine Quellenangaben sind aber oft unzuverlässig.

Johannes vom Kreuz, *Juan de La Cruz,* span. Mystiker u. Dichter, Heiliger, *24. 6. 1542 Fontiveros, Ávila, †14. 12. 1591 Úbeda; war Karmeliter u. reformierte mit Theresia von Ávila unter großen Schwierigkeiten einen Teil des Ordens („Unbeschuhte Karmeliter"). Erhebung zum Kirchenlehrer 1926. Fest: 14. 12. Als Dichter übertrug er die Schäferpoesie seiner Zeit auf eine religiöse Ebene.

Johannes von Capestrano, Heiliger, Franziskaner, *24. 6. 1386 Capestrano (Italien), †23. 10. 1456 Ilok (heutiges Jugoslawien); Bußprediger, rief zum Kreuzzug gegen die Hussiten u. Türken auf. Fest: 23. 10.

Johannes von Damaskus, *Damascenus,* Kirchenlehrer, Heiliger, *um 670 Damaskus, †um 750 Mar Saba bei Jerusalem; prägte das theolog. Denken der Ostkirche, zugleich wichtigster Mittler zwischen östl. u. westl. Theologie. Fest: 4. 12.

Johannes von Gmünd →Parler (3).

Johannes von Gmunden, österr. Humanist, Astronom, Mathematiker, *um 1385, †23. 2. 1442; zuletzt Pfarrer von Laa; lehrte an der Wiener Universität; richtungsweisend waren seine astronom. Tafeln u. Berechnungen.

Johannes von Gott, Heiliger, *8. 3. 1495 Montemor o Novo bei Evora (Portugal), †8. 3. 1550 Granada; gründete 1540 eine Vereinigung von Laien, aus der 1572 der geistl. Krankenpflegeorden der Barmherzigen Brüder *(Hospitalorden vom hl. J. v. G.)* entstand; sehr verdient um die Krankenpflege. Patron der Krankenpfleger u. Krankenhäuser. Heiligsprechung 1690 (Fest: 8. 3.).

Johannes von Matha, Heiliger, *23. 6. 1160 Faucon, Südfrankreich, †17. 12. 1213 Rom; gründete zusammen mit →Felix von Valois den Orden der →Trinitarier.

Johannes von Nepomuk, Heiliger, Priester, *um 1350 Nepomuk (früher Pomuk; Böhmen), †20. 3. 1393 Prag; war Generalvikar des Erzbischofs von Prag. König Wenzel I. ließ ihn aus nicht geklärten Gründen gefangennehmen, foltern u. von der Karlsbrücke in die Moldau stürzen. Die schon 1433 bezeugte Volksmeinung, J. sei wegen Weigerung, das Beichtgeheimnis zu verletzen, ermordet worden, ist nicht zu beweisen. Brückenheiliger, Standbild auf der Prager Karlsbrücke.

Johannes von Neumarkt, *Johann von Neumarkt,* Humanist, *um 1310 Hohenmaut, Böhmen, †24. 12. 1380 Leitomischl; Hofkanzler Karls IV., bekleidete nacheinander mehrere Bischofsämter; Beziehungen zu F. Petrarca u. Cola di Rienzo; Gelehrter, der als Übersetzer u. bes. durch die Neuerungen, die er in der kaiserl. Kanzlei durchführte, viel für die Entwicklung der nhd. Schriftsprache geleistet hat.

Johannes von Saaz →Johannes von Tepl.

Johannes von Tepl, *Johannes von Saaz,* *um 1350 Tepl, †um 1414 Prag-Neustadt; Schüler von Johannes von Neumarkt, Schulrektor, Notar u. Stadtschreiber in Saaz; schrieb nach dem Tod seiner Frau (1400) das Streitgespräch zw. dem Tod „Der Ackermann aus Böhmen", die früheste nhd. Prosadichtung, nach Gehalt u. Sprache eine der wesentlichsten dt. Dichtungen des späten MA., gedankl. von W. von Ockham u. J. Wiclif beeinflußt, sprachl. von Legendendichtung u. ritterl. Lyrik.

Johanngeorgenstadt, Stadt im Krs. Schwarzenberg, Bez. Karl-Marx-Stadt, nahe der tschechoslowak. Grenze, im westl. Erzgebirge, 10 900 Ew.; Sommerfrische u. Wintersportplatz (rd. 700 m ü. M.); Uran- u. Wismuterze (1945–1956 Abbau durch die Wismut AG), Glacéhandschuhfabrikation, Textil-, Möbel- u. Metallindustrie. – Von böhm. Glaubensflüchtlingen gegründet, seit 1654 Stadt; zeitweilig Zinn-, Eisen- u. Silberbergbau. Nach 1945 Errichtung einer Neustadt.

Johann Hunyadi →Hunyadi, János.

Johannisbeere, *Ribes,* Gattung der *Steinbrechgewächse,* zu der wichtige Beerenfrüchte gehören. Kulturformen enthalten die Arten *Rote J., Ribes sylvestre; Schwarze J., Ribes nigrum.* Beide Arten unterscheiden sich außer in der Blattform vor allem in der Farbe der Früchte. Die Rote J. weist Formen mit roten, rosa, gelblichen u. grünlichweißen Beeren auf, während bei der Schwarzen J. die Beeren stets schwarz sind. Die Beeren werden roh oder gekocht als Mus gegessen. Neben diesen Kulturformen gibt es in Dtschld. noch die wilden Arten: *Felsen-J., Ribes petraeum,* u. *Alpen-J., Ribes alpinum.* Beide haben rote Beeren. Zierpflanzen sind die *Goldgelbe J., Ribes aureum,* u. die *Blutrote J., Ribes sanguineum* aus Nordamerika. Zu der gleichen Gattung gehört auch die →Stachelbeere, *Ribes uva-crispa.*

Johannisbeerglasflügler, *Synanthedon tipuliformis,* Schmetterling aus der Familie der *Glasflügler;* die Raupe lebt in Trieben von Johannis- u. Stachelbeere, oft schädlich.

Johannisbeermotte, *Incurvaria capitella,* Kleinschmetterling aus der Familie der *Miniersackmotten;* die Raupen zerstören die Knospen des Johannisbeerstrauchs. Bekämpfung durch Winterspritzung mit Gelbmitteln.

Johannisbrot, Karoben, Bockshorn, Soodbrot, getrocknete, süß schmeckende Frucht des *Johannisbrotbaums.* Die braunen, 10–25 cm langen, flachen Schoten werden unreif geerntet u. an der Sonne getrocknet. Sie enthalten ca. 65% Traubenzucker, 6% Eiweiß u. 1% Fett. J. dient in den Produktionsländern als Nahrungsmittel, außerdem wird es geröstet als Kaffee-Ersatz, zur Herstellung von Brusttee u. gemahlen als Geliermittel verwendet; auch wichtiges Viehfutter.

Johannisbrotbaum, *Ceratonia siliqua,* ein Zäsalpiniengewächs, Heimat: Arabien, wird im Mittelmeergebiet kultiviert, liefert eßbare Früchte, das *Johannisbrot.*

Johannisburg, poln. *Pisz,* Stadt in der ehem. Prov. Ostpreußen (1945–1975 poln. Wojewodschaft Olsztyn, seit 1975 Suwałki), an der Galinde, 10 000 Ew.; Holzindustrie.

Johannisfest, *Sommerjohanni,* Geburtstagsfest Johannes' des Täufers am 24. Juni (im Unterschied zum winterl. Johannistag, dem Fest des Evangelisten Johannes am 27. Dez.), *Sommersonnenwende.* Dem J. geht die *Johannisnacht* voraus, mit der Bräuche wie das Johannisfeuer, Feuerspringen u. Scheibenschlagen verbunden sind. Die „Sonnwendfeuer" breiteten sich im 20. Jh. aufs neue aus.

Johannisfeuer →Johannisfest.

Johanniskäfer →Leuchtkäfer.

Johanniskraut, *Hypericum,* Gattung der *Johanniskrautgewächse* mit gelben Blüten. Am häufigsten ist das *Tüpfel-J., Hypericum perforatum,* das eigentliche J., das, zur Johannisnacht gesammelt, als Bannmittel gegen böse Geister u. Hexen galt. Der die Haut rot färbende Saft der Blattdrüsen wurde als *Johannisblut* bezeichnet. Weitere Arten sind: *Geflecktes J., Hypericum maculatum; Niederliegendes J., Hypericum humifusum; Sumpf-J., Hypericum elodes; Berg-J., Hypericum montanum.*

Johanniskrautgewächse, *Guttiferae,* Familie der *Guttiferales.* Zu den J.n gehören u. a. *Johanniskraut, Calophyllum, Clusia, Garcinia.*

Johannistrieb, *Augustsaft,* der bei einigen Holzarten, die im Sommer nach bereits eingetretener Ruhe erneut zu wachsen beginnen, gebildete kleinere Trieb. Regelmäßig treten J.e bei der Eiche auf, sie sind aber auch bei jungen Hainbuchen, bei der Birke u. den Nadelhölzern (bes. Lärche) zu finden. – Auch übertragen für Liebesneigungen im Alter.

Johanniterorden, 1. *Johanniter, Malteser-, Hospitaliter-, Rhodiser-Orden, Ordo militiae S. Joannis Baptistae hospitalis Hierosolymitani,* geistl. Ritterorden, entstanden aus einem um die Mitte des 11. Jh. von Kaufleuten aus Amalfi gestifteten Spital in Jerusalem zur Pilgerbetreuung u. Krankenpflege. *Gerard,* vermutl. ein Provençale, leitete zu Beginn des 12. Jh. das Spital u. rief einen 1113 von Papst Paschalis II. bestätigten Orden ins Leben, der aus den im Spital tätigen Helfern u. anderen Gleichgesinnten bestand.
Unter Gerards Nachfolger *Raimond de Puy* (1118–1160) wandelte sich die Gemeinschaft, die schon vor 1137 Waffendienste geleistet hatte, in einen *Ritterorden* um, der seit 1267 von einem Großmeister geleitet wurde.
Die Ritter trugen schwarze Mäntel mit weißem

Rote Johannisbeere, Ribes sylvestre

Kreuz. Ordenssitz war nach dem Fall Jerusalems (1187) die Festung Margat, danach Akko (1285–1291); nach dessen Eroberung durch die Moslems fand der J. auf Zypern Zuflucht u. war 1309–1522 Eigentümer von Rhodos; bis 1798 lag der Hauptsitz auf Malta (seit 1530 in Ordensbesitz). Nach dem Verlust Maltas lebte der Orden, manchmal in geänderter Form, in einigen Ländern (Rußland, Deutschland, Österreich, England) weiter u. wurde im 19. Jh. reorganisiert (neuer Sitz des Großmeisters: Rom). In Dtschld. bestehen ein ev. Zweig des J.s (siehe 2) u. ein kath., *Malteserorden* genannt, der sich wie jener vornehml. karitativen Zwecken (Kranken- u. Verwundetenbetreuung im Krieg sowie in dauernd tätigen Hospitälern u. Kinderheimen) widmet. – ▭ 5.3.0.

2. *Preußischer J.* (*Ballei Brandenburg*), ein 1812 gestifteter Orden adliger Protestanten (Nachweis adliger Abstammung seit 1951 nicht mehr notwendig); bildet Schwestern (Johanniterinnen, Johanniterschwestern) für die Krankenpflege aus, der er sich seit 1852 zugewendet hat.

Johannsen, Wilhelm, dän. Botaniker, *3. 2. 1857 Kopenhagen, †11. 11. 1927 Kopenhagen; führte die statistische Methodik u. neue Begriffe in die Genetik ein (z. B. Gen, Genotypus, Phänotypus).

Johann von Leiden, eigentl. Jan *Bockelson*, Wiedertäufer, *1509 bei Leiden, †22. 1. 1536 Münster; 1534 als Wanderprediger der Wiedertäufer in Münster, errichtete hier ein „Königreich Zion"; nach Eroberung Münsters durch den Bischof hingerichtet.

Johann von Salisbury [- ˈsɔːlzbəri], engl. Philosoph der Frühscholastik, *um 1115, †1180 Old Sarum, Wiltshire; Sekretär des Kanzlers u. Erzbischofs Thomas Becket in Canterbury. Durch Abälard u. die Schule von Chartres geformt, schrieb J.v.S. die erste Staatstheorie des MA. („Policraticus") u. eine Verteidigung der Logik u. Metaphysik („Metalogicon"). Wichtig als Quelle zur engl. Geschichte.

Johann von Würzburg, mhd. Dichter, vollendete 1314 das Abenteuer- u. Minne-Epos „Wilhelm von Österreich", das auch als Prosaroman (1481 gedruckt) sehr beliebt war.

Johansson [ˈjuː-], Lars (Lasse), schwed. Dichter, getauft 18. 10. 1638 Stockholm, †12. 8. 1674 Stockholm; schrieb unter dem Pseudonym *Lucidor* in schwed., latein., französ. engl. u. italien. Sprache barocke Trink-, Hochzeits- u. Begräbnislieder.

John [dʒɔn], engl. für →Johann(es); Koseform *Johnny*.

John, 1. [dʒɔn], Sir Augustus Edwin, engl. Maler, *4. 1. 1878 Tenby, Wales, †31. 10. 1961 Fordingbridge, Hampshire; schulte sich an Rembrandt, Goya, Rubens u. Puvis de Chavannes u. schuf mit seiner kraftvollen Malerei ein Gegengewicht gegen den Jugendstil der Jahrhundertwende. Repräsentative Bildnisse.

2. Otto, *19. 3. 1909 Marburg, Lahn; Jurist, 1950 Leiter des neugeschaffenen Bundesamtes für Verfassungsschutz, ging 1954 in die DDR (nach eigenen Angaben entführt), nach seiner Rückkehr Ende 1955 wegen Landesverrats verurteilt (1958 vorzeitig entlassen).

John Bull [dʒɔn ˈbul], Bez. für den Typus des hartnäckigen Engländers bes. in der Karikatur; stammt aus einer Satire von J. *Arbuthnot*.

Johnesche Krankheit = Paratuberkulose.

Johns [dʒɔnz], Jasper, US-amerikan. Maler, *15. 5. 1930 Allendale, S. C.; Wegbereiter der Pop-Art, befreundet mit Robert Rauschenberg; malte 1954–1958 triviale Gegenstände wie Fahnen, Schießscheiben oder Ziffern u. imitierte in den 1960er Jahren Konsumgüter (Ballantine-Bierdosen aus bemalter Bronze); verzichtet im Gegensatz zu den Pop-Künstlern auf schablonenhafte Vereinfachung u. Serienwirkung.

Johns-Hopkins-University [dʒɔnz ˈhɔpkinz juniˈvɛːsiti], Universität in Baltimore (USA), gegr. 1876, hat z.Z. 11 200 Studierende.

Johnson, 1. [ˈdʒɔnsən], Andrew, US-amerikan. Politiker (Republikaner), *29. 12. 1808 Raleigh, N.C., †31. 7. 1875 Carter Station, Tenn.; 1853 Gouverneur von Tennessee, 1857 Senator, im Sezessionskrieg der einzige der Union anhängende Senator der Südstaaten. J. war seit 1864 Vizepräsident u. wurde nach der Ermordung A. *Lincolns* dessen Nachfolger (17. Präs. der USA 1865 bis 1869); er zeigte Milde gegenüber den Südstaaten u. geriet dadurch in einen schweren Konflikt mit dem Kongreß (Anklage wegen Verfassungsbruchs).

2. [ˈdʒɔnsən], Bunk, eigentl. William Geary J., US-amerikan. Jazztrompeter, *27. 12. 1879 New Orleans, †7. 7. 1949 New Iberia, La.; einer der interessantesten Vertreter des traditionellen New-Orleans-Jazz; vor 1914 hörte ihn L. Armstrong; 1932–1938 war er musikalisch nicht tätig; machte dann mit Armstrongs finanzieller Hilfe einen neuen Anfang.

3. [ˈjuːnsɔn], Eyvind, schwed. Erzähler, *29. 7. 1900 Svartbjörnsbyn, Norbotten, †25. 8. 1976 Stockholm; anfangs fanat. Realist, entwickelte sich dann zum Humanisten u. Vorkämpfer des europ. Gedankens. „Hier hast du dein Leben" 1934–1937, dt. 1951; „Träume von Rosen u. Feuer" 1949, dt. 1952; „Fort mit der Sonne" 1951, dt. 1953; „Wolken über Metapont" 1957, dt. 1964; „Eine große Zeit" 1963, dt. 1966.

4. [ˈdʒɔnsən], James Price, auch „Jimmy" genannt, US-amerikan. Jazzpianist u. -komponist, *1. 2. 1891 New Brunswick, N.J., †17. 11. 1955 New York; entwickelte aus dem Ragtime seine typische Spielweise, die Fats *Waller* (*1904, †1943) u. Duke *Ellington* übernahmen.

5. [ˈdʒɔnsən], James Weldon, afroamerikan. Schriftsteller, *17. 6. 1871 Jacksonville, Fla., †26. 6. 1938 Darkharbour, Me.; Rechtsanwalt u. Diplomat; behandelte die Stellung des Negers in der Gesellschaft; „The Autobiography of an Ex-Colored Man" (Roman) 1912, dt. „Der weiße Neger" 1928; „Fifty Years and Other Poems" 1921; „God's Trombones" (Gedichte) 1927, dt. „Gib mein Volk frei" 1960; „Along this Way" (Autobiographie) 1933.

6. [ˈdʒɔnsən], Jonathan Eastman, US-amerikan. Genre- u. Bildnismaler, *29. 7. 1824 Lovell, Me., †6. 4. 1906 New York; studierte 1849–1851 bei E. *Leutze* (*1816, †1868) in Düsseldorf u. lebte als Bildnismaler 5 Jahre in Den Haag; wirkte stilbildend für die amerikan. Genremalerei durch seine an den alten niederländ. Meistern geschulte leuchtende Farbgebung u. behagl. Schilderung des dörfl. Lebens in den Südstaaten.

7. [ˈdʒɔnsən], Lyndon Baines, US-amerikan. Politiker (Demokrat), *27. 8. 1908 Stonewall bei Johnson City, Texas, †23. 1. 1973 San Antonio, Texas; 1932–1935 Sekretär des texanischen Kongreßabgeordneten R. *Kleberg*, durch den J. nach Washington kam; 1937–1949 Abg. im Repräsentantenhaus, wo er F. D. *Roosevelt* u. den New Deal nach Kräften unterstützte. 1949–1961 Senator, seit 1953 demokrat. Fraktionsführer im Senat. J. zeichnete sich durch diplomat. Fähigkeiten bes. in der Innenpolitik aus, so beim Rassenproblem (Bürgerrechtsgesetz) als Mittler zwischen den Nord- u. Südstaaten. Seit 1961 Vizepräsident, wurde J. nach der Ermordung J. F. *Kennedys* 1963 dessen Nachfolger (36. Präs. 1963–1969; Wiederwahl 1964). J. setzte das innenpolit. Reformwerk seiner Vorgänger fort; über Dauer u. Ausdehnung („Eskalation") des Vietnamkriegs jedoch wuchs die Unzufriedenheit in der amerikan. Öffentlichkeit. Er verzichtete 1968 auf eine erneute Präsidentschaftskandidatur. Memoiren: „The Vantage Point" 1971, dt. „Meine Jahre im Weißen Haus" 1972. – ▭ 5.7.8.

Johannesburg: Stadtzentrum

Johannisbrotbaum, Ceratonia siliqua

8. ['dʒɔnsən], Samuel, engl. Schriftsteller, * 18. 9. 1709 Lichfield, † 13. 12. 1784 London; Hrsg. krit. Wochenzeitungen („The Rambler" 1750–1752; „The Idler" 1758–1760). Als Literaturkritiker trat er für Shakespeare ein, dessen Werke er auch herausgab, u. wurde durch seine Lebensbeschreibungen engl. Dichter zum maßgebenden, ästhet. u. sittl. Wertung verbindenden Literarhistoriker seiner Zeit. Sein dichter. Werk (Satire „London" 1738; Roman „Rasselas" 1759, dt. 1762) erweist ihn als Klassizisten u. Aufklärer. Mit dem „Dictionary of the English Language" 1755 schuf J. die Grundlage der engl. Lexikographie. – ▭3.1.3.

9. Uwe, Schriftsteller, * 20. 7. 1934 Cammin, Pommern; studierte Germanistik in Rostock u. Leipzig, übersiedelte 1959 nach Westberlin, lebte zeitweise in den USA; Romane mit aktueller Thematik (geteiltes Dtschld.) u. experimentellem Stil: „Mutmaßungen über Jakob" 1959; „Das dritte Buch über Achim" 1961; „Zwei Ansichten" 1965; „Jahrestage. Aus dem Leben von Gesine Crespahl" 1970ff. Erzählungen „Karsch u. andere Prosa" 1964. – ▭3.1.1.

Johnston ['dʒɔnstən], Sir Harry Hamilton, engl. Afrikaforscher u. Kolonialpolitiker, * 12. 6. 1858 London, † 31. 7. 1927; bereiste 1879/80 das südl. Tunesien, Angola, das Kongobecken u. die Kilimandscharo-Region in Ostafrika. 1885–1887 legte er als Konsul für das Nigerdelta Fundamente für die brit. Kolonisierung Nigerias; 1889–1896 erwarb er Nyasaland u. Teile des späteren Nordrhodesien, 1899–1901 verwaltete er Uganda. J. prägte die Parole, Afrika solle „vom Kap bis Cairo" brit. werden.

Johnston Island ['dʒɔnstən 'ailənd], *Cornwallis*, US-amerikan. Pazifikinsel (Atoll), südwestl. von Hawaii, 2 qkm; mit *Sand Island* 160 Ew.; ehem. Atombombenversuchsgebiet.

Johnstown ['dʒɔnztaun], Stadt in Pennsylvania (USA), nahe Pittsburgh, 44 000 Ew. (Metropolitan Area 280 000 Ew.); Kohlen- u. Eisenerzbergbau, Eisen- u. Stahl-, Maschinen-, Holz-, Elektro- u. Textilindustrie. – 1791 gegründet.

Johor [dʒo'hor], Teilstaat in Malaysia, nördl. von Singapur (Halbinsel Malakka), 19 062 qkm, 1,35 Mill. Ew.; Kautschukplantagen. Hptst. *J. Baharu*, 140 000 Ew., an der Südküste; berühmter Sultanspalast; Hafen, Bahn von Singapur.

Johst, Hanns, Dramatiker u. Erzähler, * 8. 7. 1890 Seerhausen, Sachsen; 1935–1945 Präs. der nat.-soz. Reichsschrifttumskammer; begann als Expressionist; Dramen: „Der junge Mensch" 1916; „Der Einsame" (Grabbe-Stück) 1917; „Propheten" 1923; „Thomas Paine" 1927; „Schlageter" 1932; Romane: „So gehen sie hin" 1930; „Gesegnete Vergänglichkeit" 1955. Erzählungen: „Mutter ohne Tod" 1933.

Joint [dʒɔint; der; engl.], die Haschisch- oder Marihuana-Zigarette oder -Pfeife, die im Kreis herumgereicht wird.

Joint Export-Import Agency [dʒɔint 'ikspɔːt 'impɔːt 'eidʒənsi; engl.], Abk. *JEIA*, bis 1949 zentrale Außenhandelsstelle der drei Westzonen Deutschlands; unterstand unmittelbar den Militärgouverneuren.

Joinvile [ʒuẽ'vili], *Joinville*, Stadt im brasilian. Staat Santa Catarina nahe der Atlantikküste; Zentrum der 1851 gegr. dt.-schweizer. Kolonie *Dona Francisca*, 65 000 Ew.; Eisengießerei, Maschinen-, chem., Holz-, Textil- u. Nahrungsmittelindustrie.

Jok [norw.-samisch], *Joki* [finn.], *Jokk* [schwed.-samisch, russ.-samisch], Bestandteil geograph. Namen: Fluß.

Jókai ['joːkɔi], Mór, ungar. Schriftsteller, * 18. 2. 1825 Komorn, † 5. 5. 1904 Budapest; verfaßte über 200 Romane u. Erzählungen, z. T. heiteren Inhalts, meist mit vaterländ. Zielsetzung („Ein ungarischer Nabob" 1853, dt. 1892). Zusammen mit S. *Petőfi* 1848 Führer der ungar. revolutionären Jugend. – ▭3.3.5.

Joker ['dʒɔukə; der; engl., „Spaßmacher"], im Poker, Rommé u. Canasta die Karte, die für jede andere Karte eintreten kann.

Jokohama = Yokohama.

Jokomitsu *Toschikasu, J. Riitschi*, japan. Schriftsteller, * 17. 3. 1898, † 1947; Vertreter des Neo-Impressionismus, später des Subjektivismus; verfaßte Romane u. Schriften zur Romantheorie.

Jökull [isländ., „Eis"], Bestandteil geograph. Namen: Gletscher.

Joliet ['dʒɔuljət], Stadt in Illinois (USA), am Des Plaines River u. Illinois-Michigan-Kanal, 67 000 Ew.; Stahl-, Maschinen-, Elektro-, Schuh- u. Papierindustrie, Raffinerien, Eisenbahnwerkstätten, Großschlächtereien; in der Nähe Kohlenbergbau, Abbau von Kalksteinen.

Joliot-Curie [ʒɔ'ljo ky'ri], Frédéric, eigentl. F. *Joliot*, franzos. Physiker, * 19. 3. 1900 Paris, † 14. 8. 1958 Paris, Schüler von M. u. P. *Curie*; 1946–1950 Hoher Kommissar Frankreichs für Atomenergie (wegen Mitgliedschaft in der Kommunist. Partei entlassen). J. entdeckte mit seiner Frau Irène *Curie* die künstl. Radioaktivität; sie erhielten zusammen 1935 den Nobelpreis für Chemie. Auch Arbeiten zur Isotopenforschung.

Jolivet [ʒɔli'vɛ], André, franzos. Komponist, * 8. 8. 1905 Paris, † 20. 12. 1974 Paris; u. a. Schüler von E. *Varèse*, gehörte zur Gruppe „Jeune France; schrieb expressive Orchesterwerke („Cinq danses rituelles" 1939, „Psyché" 1946), Solokonzerte, Kammermusik, Klavierwerke („Mana" 1935), Vokalmusik u. Ballette.

Jolle [die], **1.** *Schiffahrt:* kleines, breites Beiboot auf Seeschiffen. **2.** *Segelsport:* Segelbootstyp mit Schwertkiel, meist breitbodig. mit Lufttanks, die das Boot unsinkbar u. nach einem Kentern leicht wieder aufrichtbar machen, gebaut. Olympische J.n sind *Finn-Dinghy* u. *Flying Dutchman*; die Olympiajolle ist ein Boot der internationalen Einheitsklasse. In Dtschld. gibt es außerdem mehrere weitere Rennjollen-, Wanderjollen- u. Jollenkreuzer-Klassen. →auch Segelboot.

Jolo, Hauptinsel der philippin. Gruppe der Suluinseln, Hauptort J., 40 000 Ew.; Perlenfischerei.

Jølsen ['jœlsən], Ragnhild, norweg. Erzählerin, * 28. 3. 1875 Enebakk, † 28. 1. 1908 Enebakk; gelangte von der Romantik zum Realismus, wahrte aber die myst. Betrachtung von Natur u. Geschichte. Roman „Rikka Gan" 1904, dt. 1905.

Jom Kippur [hebr.] →Versöhnungstag.

Jom-Kippur-Krieg, *Yom-Kippur-Krieg*, der am israel. Versöhnungstag (6. 10.) 1973 ausgebrochene 4. israel.-arab. Krieg. →Nahost-Konflikt.

Jommelli, *Jomelli*, Niccolò, italien. Opernkomponist, * 10. 9. 1714 Aversa, Neapel, † 25. 8. 1774 Neapel; Konservatoriumsdirektor in Venedig, 1749 Kapellmeister am Petersdom in Rom, 1753–1769 Kapellmeister in Stuttgart; in seinem Bestreben nach Vertiefung des dramat. Ausdrucks Vorgänger Ch. W. von Glucks wegen 82 Opern (53 erhalten) schrieb er auch Kirchenmusik.

Jomolungma [dʒo-], tibet. Name des Mount →Everest.

Jomsburg, die in der altnord. *Jomsvikinga-Saga* geschilderte Wikingersiedlung *Jumne* an der Odermündung, 1098 von den Dänen zerstört; wahrscheinl. das sagenhafte *Vineta* auf Wollin.

Jona [hebr., *Jonas* [grch.], **1.** Prophet um 780 v.Chr. (2. Kön. 14,25).
2. Name einer prophet. Schrift aus dem 5. oder 4. Jh. v.Chr., berichtet von legendären Erlebnissen des J. im Bauch eines großen Fischs, der ihn verschlungen hatte, u. vor Ninive; enthält scharfe Polemik gegen den jüdischen Erwählungsanspruch.

Jonas, 1. Franz, österr. Politiker (SPÖ), * 4. 10. 1899 Wien, † 24. 4. 1974 Wien; 1951–1965 Bürgermeister u. Landeshauptmann von Wien, seit 1950 stellvertr. Vors. der SPÖ, 1952/53 Mitgl. des Bundesrats, 1953–1965 Mitgl. des Nationalrats, seit 1965 Bundes-Präs. – ⊞→Rumänien (Geschichte).

Franz Jonas (links) im Gespräch mit dem italienischen Ministerpräsidenten E. Colombo

2. Justus, eigentl. Jodocus *Koch*, luth. Theologe u. Jurist, * 5. 6. 1493 Nordhausen, † 9. 10. 1555 Eisfeld; humanistisch gebildet, Freund Luthers, 1521–1541 Prof. in Wittenberg, Verfasser einer Kirchenordnung, Dichter geistl. Lieder.

Jonathan [hebr., „Jahwe hat gegeben"], männl. Vorname; Kurzform *Nathan*.

Jonathan, Sohn des Königs *Saul* u. Freund *Davids*; fiel im Kampf gegen die Philister.

Jones [dʒəunz], **1.** Allen, engl. Maler u. Graphiker, * 1937 Southampton; Vertreter der Pop-Art; ironisiert mit erot. Versatzstücken (Krawatte, Hut, Reißverschluß, Bein) den Sex-Appeal-Fetischismus, unternahm mit seinen *Shelf-Bildern* (rechtwinklig nach vorn ausgeklappte Bilder) erste Vorstöße in die Dreidimensionalität, die in seinen lebensgroßen Möbelpuppen kulminieren.
2. Daniel, engl. Phonetiker u. Phonologe, * 12. 9. 1881 London, † 4. 12. 1967 London; Vertreter der Londoner Linguistenschule; sein Aussprachewörterbuch („Everyman's English Pronouncing Dictionary" 1917, [13]1967) gilt als Grundlage für den engl. Unterricht.
3. Inigo, engl. Architekt, * 15. 7. 1573 London, † 21. 6. 1652 London; führte in England den Klassizismus A. *Palladios* ein, was bedeutungsvoll für die ganze spätere Entwicklung der engl. Baukunst wurde. Er schuf u. a. die Bankettshalle in Whitehall, die Schlösser Stoke Park u. Wilton House; wirkte auch auf die amerikan. Architektur.
4. James, US-amerikan. Schriftsteller, * 6. 11. 1921 Robinson, Ill., † 10. 5. 1977 New York; Schilderungen aus der amerikan. Armee, Gesellschaftskritik. Romane: „Verdammt in alle Ewigkeit" 1951, dt. 1951; „Some Came Running" 1958, dt. 1958; „Die Entwurzelten" 1959; „Die Pistole" 1958, dt. 1959; „Mai in Paris" 1970, dt. 1970; „Das Messer u. andere Erzählungen" 1971, dt. 1971.
5. Le Roi (Everett), afroamerikan. Schriftsteller, * 7. 10. 1934 Newark, N.J.; radikaler Vertreter der Black-Power-Bewegung; hielt Kurse für Literatur u. Dramatik ab; Soldat, Journalist, Jazzmusiker („Black Music" 1967); begann mit Beat-Lyrik („The dead lecturer" 1963) u. wurde mit seinen „Social Essays" („Home" 1966) zum Theoretiker der „schwarzen Gewalt" („Langsam bergab" 1967, dt. 1968). Im Theater sieht er ein Mittel zur Anklage, Agitation u. zum Befreiungskampf („Ein Neger" 1964, dt. 1966; „The Slave" 1964; „The Slave ship" 1970). Roman: „Dantes System der Hölle" 1965, dt. 1966.
6. Sidney, engl. Operettenkomponist, * 17. 6. 1861 London, † 29. 1. 1946 London; von seinen mehr als 10 Operetten wurde am bekanntesten „Die Geisha" 1896.
7. Sir William, engl. Jurist u. Orientalist, * 28. 9. 1746 London, † 27. 4. 1794 Calcutta; kam 1783 als Richter nach Calcutta; lernte dort das ind. Altertum u. das Sanskrit kennen, dessen Studium in Europa er anregte (1784 Gründung der Asiat. Gesellschaft). u. durch Übersetzungen förderte. J. entdeckte die Verwandtschaft des Sanskrits mit dem Griechischen, Lateinischen u. Gotischen.

Jonessund [dʒəunz-], Meeresstraße im arkt. Kanada zwischen der Devon- u. der Ellesmereinsel.

Jongen, Joseph, belg. Komponist, * 14. 12. 1873 Lüttich, † 12. 7. 1953 Sart-les-Spa; 1903 Prof. für Komposition u. Organist in Lüttich, lehrte seit 1920 am Konservatorium in Brüssel, dem er 1925–1939 als Direktor vorstand; seine zahlreichen Orchester-, Kammermusik- u. Chorwerke sind von C. Debussy u. C. Franck beeinflußt.

Jongkind, Johan Barthold, niederländ. Maler u. Radierer, * 3. 6. 1819 Lattrop, † 9. 2. 1891 Côte-Saint-André; Schüler von A. *Schelfhout* in Den Haag u. J.-B. *Isabey* in Paris; bereitete in einfach komponierten Landschaften mit atmosphär. Luft- u. Lichtstimmung den Impressionismus vor.

Jongleur [ʒɔ̃g'løːr; frz.], Artist, der Geschicklichkeitsübungen vollführt; bereits im Altertum als *Joculator* [lat., „Spaßmacher"] bekannt.

Jongsong Peak ['dʒɔŋsɔŋ piːk], Berggipfel im Himalaya, nördl. des Gangtschhendsönga, 7459 m, 1930 zuerst erstiegen.

Jonier →Ionier

Jonkheer [ndrl., „Junker"], Titel des niederländ. Adels.

Jönköping [tçø:piŋ], südschwed. Stadt am Südzipfel des Vättern, Hptst. der Prov. (Län) J., 108 000 Ew.; Zündholz-, Schuh-, Leinen- u. Papierindustrie. – Stadt seit 1284.

Jonon, hydroaromat. Verbindung von veilchenartigem Geruch; Baustein der →Carotine u. des

Vitamins A; als Duftstoff in der Parfümerie verwendet.

Jonquille [ʒɔ̃'ki:ljə, die; frz.], *Bouquetnarzisse*, *Narcissus jonquilla*, südeurop. *Narzisse* mit gelben, wohlriechenden Blüten u. schmal linealischen, lebhaft grünen Blättern; ihr Öl ist wichtig für die Parfümindustrie.

Jonson ['dʒɔnsən], Ben (Benjamin), engl. Dramatiker, *11. 6. 1573 (?) London, †6. 8. 1637 London; führte als Schauspieler, Soldat u. Bühnendichter ein bewegtes Leben, das er in Armut beschloß. Er versuchte, das engl. Volksstück mit den antiken Vorbildern zu vereinigen. Glänzende Beobachtungsgabe, ungeheures Wissen u. satir. Geist verleihen seinen Stücken Lebendigkeit u. Bedeutung. Unter den Komödien ragen hervor: „Volpone" 1605, dt. 1890, von St. *Zweig* 1926; „Epicoene" 1609, dt. 1799, von Zweig 1935 als Textgrundlage zu R. *Strauss'* Oper „Die schweigsame Frau"; „Der Alchemist" 1610, dt. 1836. – ▯ 3.1.3.

Jónsson ['jounsɔn], Einar, isländ. Bildhauer, *11. 5. 1874 Galtafell, †18. 10. 1954 Reykjavík; schuf Bildwerke, die themat. der nord. Sagenwelt verpflichtet sind; hielt sich 1915–1919 in Amerika auf, wo er in Philadelphia das Monument Thorfinn Karlsefnis, in Winnipeg ein Gefallenendenkmal schuf.

Jooss, Kurt, Tänzer, Choreograph u. Ballettmeister, *12. 1. 1901 Wasseralfingen, †22. 5. 1979 Heilbronn; gründete das Folkwang-Tanztheater-Studio, das er bis 1968 leitete. Vertreter einer Synthese zwischen klass. u. modernem Tanz; schuf das pantomim. Tanzdrama „Der grüne Tisch" 1932.

Joos van Cleve, fläm. Maler, →Cleve.

Joos van Gent [-van xɛnt], fläm. Maler, →Justus von Gent.

Joplin ['dʒɔplin], Stadt in Missouri (USA), auf dem Ozark Plateau, 40000 Ew.; Blei-, Zink- u. Germaniumerzbergbau u. -verhüttung.

Joplin ['dʒɔplin], Scott, US-amerikan. Jazzmusiker (Klavier, Komposition), *24. 11. 1868 Texarkana, Tex., †11. 4. 1917 New York; beeinflußte entscheidend den *Ragtime* („King of Ragtime" genannt), komponierte 2 Ragtime-Opern, schrieb das Lehrbuch „Unterweisung für das Ragtime-Klavierspiel".

Joppe, taillenlose Männerjacke aus dickem Wollstoff mit grünem Besatz u. Hirschhornknöpfen für Jäger; aus Flanell mit Posamentenverschluß als Hausjacke.

Jorasses [ʒɔ'ras], *Les Grandes J., Grandes-J.*, Berggruppe des Mont-Blanc-Massivs, beiderseits der französ.-italien. Grenze, im Point Walker auf französ. Seite 4206 m hoch, fällt im N u. O steil ab u. ist felsig. Aufstieg normalerweise von der schneereicheren italien. Südseite aus, erstmals 1865 von der Bergsteigergruppe E. *Whymper* bestiegen. Seite 4206 m hoch, fällt im N u. O steil ab u. ist felsig. Erst 1935 bezwangen die Deutschen M. *Meier* u. R. *Peters* auch die Nordseite.

Jorat [ʒɔ'ra] →Le Jorat.

Jordaens [-da:ns], Jakob, fläm. Maler, *19. 5. 1593 Antwerpen, †18. 10. 1678 Antwerpen; neben P. P. *Rubens* u. A. van *Dyck* Hauptmeister der fläm. Barockmalerei; Schüler seines Schwiegervaters A. van *Noort*, stark von Rubens beeinflußt u. eng mit ihm befreundet; malte großformatige bibl., mytholog., allegor. u. sittenbildl. Darstellungen von derb-realist. Auffassung u. robuster Lebensfreude der Figuren. Hptw.: „Satyr bei den Bauern" (Kassel, München); seit 1630 mehrmals wiederholt: „Bohnenfest" (Kassel, Brüssel, Leningrad, Paris); „Wie die Alten sungen, so zwitschern auch die Jungen" (Antwerpen, Paris, Berlin, Dresden).

Jordan, 1. arab. *Nahr esh Sheriah*, größter Fluß Israels u. Jordaniens, 330 km, bildet sich im N des Hulatals aus den Quellflüssen *Hermon* (arab. *Baniyas*), *Dan* u. *Senir* (arab. *Hasbani*), die vom Hermonmassiv kommen. Weiter abwärts fließt der *Iyon* (arab. *Ayun*) von libanes. Gebiet zu. Der J. durchfließt das Hulatal, den See Genezareth u. das Ghor u. mündet ins Tote Meer. Südl. des Sees Genezareth mündet von links der größte Zufluß, der *Yarmouk*, dessen Wasser den Ghor-Kanal speist, während aus dem See Genezareth Wasser bis zum Negev abgeleitet wird. Israel stützt sich bei dieser Ableitung auf den von allen beteiligten Regierungen gebilligten Johnston-Plan von 1953, der ihm 40% des J.wassers zuspricht. Die Arab. Liga hat diesen Plan 1955 nachträglich verworfen u. 1963/1964 die Ableitung der J.quellflüsse zur syr. bzw. libanes. Gebiet beschlossen, ein wirtschaftl. ziemlich wertloses Projekt, dessen Realisierung durch die israel. Besetzung der Hermonsüdflanke seit 1967 verhindert ist.

2. *J. River* ['dʒɔ:dn 'rivə], Fluß in Utah (USA), fließt vom Utah Lake in den Great Salt Lake, durch Salt Lake City, 70km.

Jordan, 1. Johann Baptist, kath. Theologe, *16. 6. 1848 Gurtweil, Baden, †8. 9. 1918 Tafers (Schweiz); gründete 1881 in Rom die „Gesellschaft des Göttlichen Heilandes" *(Salvatorianer)*.

2. Pascual, Physiker, *18. 10. 1902 Hannover; lehrte in Rostock, Berlin, Göttingen; seit 1947 in Hamburg; Arbeiten über Quantentheorie u. deren Grundlagen; vor allem bekannt durch seine fünfdimensionale Relativitätstheorie u. seine Theorie der explosiven Sternentstehung; schrieb populärwissenschaftl. Bücher über moderne Physik: „Die Physik des 20. Jh." 1936, unter dem Titel: „Atom u. Weltall" [10]1960; „Die Physik u. das Geheimnis des organ. Lebens" [6]1954; „Der Naturwissenschaftler vor der religiösen Frage" 1965; „Albert Einstein" 1969; „Schöpfung u. Geheimnis" 1970.

3. Wilhelm, Versepiker, *8. 2. 1819 Insterburg, †25. 6. 1904 Frankfurt a.M.; gehörte 1848 der Frankfurter Nationalversammlung an; schrieb als Theodizee einer darwinist. Diesseitsreligion das Epos „Demiurgos. Ein Mysterium" 3 Bde. 1852–1854, suchte in Stabreimdichtungen die german. Heldensage sprachl. u. inhaltl. zu erneuern („Nibelungen" 2 Bde. 1867–1874) u. trat als wirkungsvoller Rezitator seiner Epen auf. Auch Übersetzer der Edda, von Homer, Sophokles, Shakespeare. Ferner Bühnenspiele.

4. Wilhelm, Geodät, *1. 3. 1842 Ellwangen, †17. 4. 1899 Hannover; Prof. in Hannover, begründete das „Handbuch der „Vermessungskunde" (fortgeführt von O. *Eggert* u. M. *Kneißl*).

Jordanbad, 1889 gegr. Kneipp-Wasserheilanstalt in der Nähe von Biberach an der Riß.

Jordanes, Jordanis, got. *Jornandes*, Geschichtsschreiber Mitte des 6. Jh., stand in Diensten der Alanen, rechnete sich selbst zu den Goten; schrieb unter Benutzung des verlorenen Werks über die Goten von *Cassiodor* eine Geschichte der Goten bis 551: „De origine actibusque Getarum".

Jordangraben, Teil des syr.-ostafrikan. Grabensystems, von Grabenbrüchen begrenzt u. – z.T. durch Querbrüche – gegliedert in: Hulatal, Genezareth, Ghor, Totes Meer u. Arava; setzt sich im Golf von Elat (Aqaba) fort.

Jordanien

JORDANIEN   HKJ
Al Mamlakah Al Urdunniyah Al Hashimiyah

Fläche: 97 740 qkm

Einwohner: 2,8 Mill.

Bevölkerungsdichte: 29 Ew./qkm

Hauptstadt: Amman

Staatsform: Konstitutionelle Monarchie

Mitglied in: UN, Arabische Liga

Währung: 1 Jordanischer Dinar = 1000 Fils

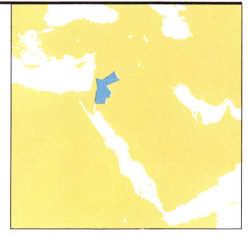

Landesnatur: Der sich in Nordsüdrichtung hinziehende Jordangraben teilt das Land in (das israel. verwaltete) West-J. u. in Ost-J. Letzteres wird von einem 1000 bis über 1700 m hohen Bergland eingenommen, das nach W steil zur Jordansenke abfällt u. nach NO u. O in die syr.-arab. Wüsten übergeht.

Der NW des Landes hat Mittelmeerklima mit Buschwald als natürlicher Vegetation, der S u. der O vorwiegend kontinental-trockenes Wüsten- u. Steppenklima. Künstl. Bewässerung ist in vielen Siedlungsgebieten notwendig. Das größte Bewässerungsprojekt ist der vom Yarmouk gespeiste Ghorkanal parallel zum Jordan.

Der größte Teil der Bevölkerung konzentriert sich auf die Gebiete entlang des Jordan u. westl. der Bahnlinie Mafraq–Naqb, östl. davon leben vorwiegend Beduinen. Außer der arab. Bevölkerung gibt es in der Nähe von Amman aus dem Kaukasus stammende Tscherkessen.

Wirtschaft u. Verkehr: Die *Landwirtschaft* erzeugt Weizen, Gerste, Mais, Hülsenfrüchte, Oliven, Weintrauben u.a. Sie ist angesichts der raschen Entwicklung der Städte weitgehend von der Selbstversorgung zur Marktproduktion übergegangen. Die *Viehzucht* liegt dagegen noch überwiegend in den Händen von Nomaden, die Schafe, Ziegen u. Kamele halten. Die *Industrie* hat nicht unerhebl. Fortschritte gemacht. Sie erzeugt in erster Linie Nahrungsmittel u. Verbrauchsgüter u. konzentriert sich auf das Gebiet von Amman, Es Sarqa u. Es Salt, wo bereits eine moderne Großbetriebe (Ölraffinerie, Zementproduktion, Nahrungsmittel- u. Textilfabriken) arbeiten. In nennenswertem Umfang abgebaute Bodenschätze sind Phosphat u. neuerdings Kupfer für den Export. Daneben werden Agrarprodukte ausgeführt. Neben einer Eisenbahnlinie (Teilstück der Hedjasbahn) ist die parallellaufende u. weiter zum einzigen Hafen Aqaba führende Straße der wichtigste Verkehrsweg des Landes; von ihr führen Querstraßen zum Jordan hinab. Für den internationalen Luftverkehr steht der Flughafen Amman zur Verfügung; ein weiterer Flughafen ist in Aqaba entstanden. – ⓚ →Vorderasien. – ▯ 6.6.8.

Geschichte

Das *Ostjordanland*, bis 1918 Teil des Osmanischen Reichs, kam 1920 mit Palästina als Völkerbundmandat unter brit. Verwaltung; als Emirat *Transjordanien* (seit 1921 unter Emir *Abdallah ibn Hussain*, einem Sohn König Hussains von Hedjas) wurde es 1922 von Palästina abgetrennt. Der Staat sollte als Militärstützpunkt Großbritanniens u. Pufferstaat gegen Saudi-Arabien dienen. Die versprochene Unabhängigkeit wurde nicht gewährt. 1928 wurde der Emir fast aller wirklichen Macht entkleidet, u. es kam zu Unruhen. Ein gegen die Zionisten gerichtetes Gesetz verbot 1933 jeden Verkauf oder jede Verpachtung von Land an Ausländer. 1925 erwarb Transjordanien den Hafen

Jordansmühler-Kultur

von Aqaba von Saudi-Arabien. 1945 wurde es Mitglied der Arab. Liga u. im Mai 1946 als *Haschemitisches Königreich Jordanien* formell unabhängig (der Name J. kam jedoch erst 1949 allg. in Gebrauch); zugleich nahm der Emir den Königstitel an.

Nach der Unabhängigkeitserklärung Israels 1948 nahm Transjordanien am Krieg der Arab. Liga gegen Israel teil, seine Truppen besetzten den östl. Teil Palästinas u. die Altstadt von Jerusalem. Dem 1951 ermordeten Abdallah folgte sein Sohn *Talal* (*1909, †1972), der jedoch wegen Geisteskrankheit 1952 abgesetzt wurde. Ihm folgte sein noch unmündiger Sohn *Hussain II.*, der am 2. 5. 1953 offiziell eingesetzt wurde. Unter zunehmendem national-arab. Druck mußte der engl. Oberbefehlshaber *Glubb Pascha* 1956 zurücktreten; der 1928 mit Großbritannien geschlossene Bündnisvertrag (1948 prolongiert) wurde aufgehoben.

1957 stürzte der König mit Hilfe des Militärs die linksnationalist. Regierung u. regierte bis Dez. 1958 allein. 1958 schloß sich J. mit dem Irak zur *Arabischen Föderation* zusammen, die aber wenig später durch den Militärputsch im Irak wieder auseinanderbrach; gegen ein Übergreifen des Putsches auf J. rief der König brit. Fallschirmjäger ins Land. 1960 wurden die Beziehungen zum Irak wiederaufgenommen, 1962 Bündnisse mit Saudi-Arabien u. Marokko geschlossen. Nach dem *Sechstagekrieg* gegen Israel wurde 1967 das Gebiet westl. des Jordan von Israel besetzt, u. zahlreiche Flüchtlinge strömten über den Jordan. Die Flüchtlingslager waren ein Reservoir der Guerillaorganisationen, die den Kleinkrieg gegen Israel fortzusetzen suchten.

Der Gegensatz zwischen den königstreuen Beduinen u. den zunehmend sozialrevolutionären Palästinensern, die zum großen Teil seit Jahrzehnten in Lagern leben, brach 1970/71 in einem Bürgerkrieg auf, in dem die Guerillaorganisationen fast völlig aufgerieben oder ins Ausland abgeschoben wurden. Unter Druck einer arab. Gipfelkonferenz erklärte sich J. 1974 unzuständig für das Westjordanland u. anerkannte die PLO als alleinige Vertretung der Palästinenser. →auch Palästina, Nahostkonflikt. – ⌑ 5.5.9.

Hauptstadt Amman mit Hussain-Moschee

Militär

J. hat ein Freiwilligenheer mit einer aktiven Dienstzeit von 2 Jahren. Die Gesamtstärke liegt etwas über 60 000 Mann, wobei die Marine nur 250 u. die Luftwaffe 2000 Mann umfaßt. Hinzu kommen 37 500 Mann paramilitär. Kräfte (Gendarmerie u. Nationalgarde).

Jordansmühler-Kultur, endneolith.-kupferzeitl. Kultur Schlesiens, Böhmens, Mährens u. Mitteldeutschlands, benannt nach dem Fundort *Jordansmühl* in Schlesien (heute Jordanów Śląski); charakteristisch sind: Körperbestattung in Hockerstellung, Steinwerkzeuge, Kupferschmuck.

Jordan von Sachsen, zweiter Ordensgeneral der Dominikaner, Seliger, *Ende 12. Jh. Borgberge bei Paderborn, †13. 2. 1237 bei Akko (Schiffbruch); vollzog die eigentl. Ausbreitung u. Organisation seines Ordens u. förderte seine wissenschaftl. Ausrichtung.

Jores, Arthur, Kliniker, *10. 2. 1901 Bonn; arbeitet bes. über Endokrinologie, Stoffwechselkrankheiten, Biorhythmik; schrieb u. a. „Klinische Endokrinologie" 1949 (³1968 mit H. Nowakowski: „Praktische Endokrinologie"); „Der Mensch u. seine Krankheit" 1957, ³1963; „Worte für Kranke" 1969; „Um eine Medizin von morgen" 1969.

Jörg, männl. Vorname, oberdt. Kurzformen von →Georg.

Jørgensen ['jœrnsən], **1.** Anker, dän. Politiker (Sozialdemokrat), *13. 7. 1922 Kopenhagen; Gewerkschaftsfunktionär, 1968–1972 Vors. der Gewerkschaft für ungelernte Arbeiter; 1972/73 Min.-Präs., erneut seit 1975.
2. Johannes, dän. Schriftsteller, *6. 11. 1866 Svendborg, Fünen, †29. 5. 1956 Svendborg; anfangs Darwinist u. Anarchist, dann bekenntnistreuer Katholik; begann mit symbolschweren Versen („Bekenntnis" 1894, dt. 1917) u. Novellen, schrieb Reisebücher, Biographien („Der hl. Franz von Assisi" 1907, dt. 1911) u. Romane („Lieblichste Rose" 1907, dt. 1909).

Jorn, Asger Oluf, eigentl. *Jørgensen,* dän. Maler, *3. 3. 1914 Vejrun bei Struer, †1. 5. 1973 Århus; ging 1938 nach Paris, wo er bei F. *Léger* u. *Le Corbusier* arbeitete. 1948 Mitgründer der Gruppe *Cobra*; Theoretiker des *Informel*. Sein Werk kulminiert im autonomen Malvorgang, der durch außerordentl. Farbbewußtsein gesteuert wird. Hptw.: „Stalingrad: No Man's Land oder The Mad Laughter of Courage" 1956–1960.

Joruba, altafrikan. Reich, Negerstamm u. afrikan. Landschaft, →Yoruba.

Jos, Stadt im Zentrum des Bauchiplateaus in Nigeria, Hptst. des Bundesstaats Benueplateau, 1300 m ü.M., 90 000 Ew.; Verkehrsknotenpunkt, Mittelpunkt des Zinnbergbaus.

Josaphat, König von Juda 872–851 v. Chr.

Joschida *Schigeru* →Yoshida Schigeru.

Joschihito, *Yoschihito* →Taischo-Tenno.

Joschikawa *Eidschi*, japan. Schriftsteller, *1892 Yokohama, †1962; Autor vieler histor. Romane in Zeitungen u. Zeitschriften; am bekanntesten: „Mijamoto Musashi" 1935–1939. Berühmt ist auch sein Shin-Heike-Monogatari, eine Neubearbeitung des klass. *Heike-Monogatari*.

Joschkar-Ola, bis 1919 *Zarewokokschajsk,* 1919–1927 *Krasnokokschajsk,* Hptst. der ASSR der *Mari* (Sowjetunion), nordwestl. von Kasan, 166 000 Ew.; Landmaschinenbau, Nahrungsmittelbetriebe, Flachs- u. Holzverarbeitung, Fernstraßenknotenpunkt.

José [xɔ'sɛ], span. für →Josef.

Josef, *Joseph* [hebr., „Gott fügt hinzu, gibt Vermehrung"], männl. Vorname; Kurzformen: bayr. *Sepp,* rhein.-westf. *Jupp;* span. *José,* ital. *Giuseppe,* russ. *Ossip,* arab. *Jusuf.*

Josefine, *Josephine,* weibl. Vorname, zu *Josef.*

Josefinos [xɔsɛ-], Anhänger des napoleon. Königs *Joseph Bonaparte* in Spanien; →Afrancesados.

Joseph →Josef.

Joseph, 1. im A. T. Sohn des Patriarchen *Jakob,* von seinen Brüdern nach Ägypten verkauft, rettete das Land vor der Hungersnot, zog seine Familie nach u. begründete damit den Aufenthalt Israels in Ägypten.
2. im N. T. (Pflege-)Vater *Jesu,* nach der Überlieferung Nachkomme *Davids,* Zimmermann in Nazareth. Seit 1870 Schutzpatron der ganzen röm.-kath. Kirche. Heiliger (Fest: 19. 3.; 1. 5. nur Gedächtnistag).

Joseph, Fürsten. Kaiser: **1.** *J. I.,* röm.-dt. Kaiser 1705–1711, *26. 7. 1678 Wien, †17. 4. 1711 Wien; Sohn *Leopolds I.;* 1687 König von Ungarn, 1690 zum röm. König gewählt; seinem Vater an polit. Begabung überlegen. Grundstoßen im Span. *Erbfolgekrieg,* verhinderte ein Bündnis Karls XII. von Schweden mit Frankreich zugunsten der schles. Protestanten (*Vertrag von Altranstädt* 1707), warf in Ungarn den Aufstand Franz II. *Rákóczis* nieder u. suchte die kaiserl. Gewalt im Reich wiederherzustellen.
2. *J. II.,* röm.-dt. Kaiser 1765–1790, *13. 3. 1741 Wien, †20. 2. 1790 Wien; Sohn *Maria Theresias,* am 27. 3. 1764 zum röm. König gewählt, 1765 Verleihung der Kaiserwürde u. Mitregentschaft; stand in außenpolit. Fragen oft im Gegensatz zu seiner Mutter, setzte so gegen ihren Willen 1772 die Teilnahme Österreichs an der ersten *Polnischen Teilung* durch (Gewinn von Galizien) u. ließ sich 1775 von der Türkei die Bukowina abtreten. Mit Friedrich d. Gr. von Preußen suchte J. Verständigung, konnte aber den Erwerb Bayerns nicht erreichen (*Bayer. Erbfolgekrieg* 1778/79). Er wandte sich daher nach dem Teschener Frieden 1779 von Preußen ab u. Katharina II. von Rußland zu, mit der er ein Verteidigungsbündnis schloß; wegen des *Fürstenbunds* mußte er 1785 endgültig seine bayerischen Pläne aufgeben.
J. war ein Vertreter des *aufgeklärten Absolutismus,* gestützt auf Heer u. Beamtentum. Mit radikalen Reformen suchte er sein Ziel eines zentralistisch regierten Reichs zu erreichen (→auch Josephinismus). Die Staatssprache war Deutsch. J. gründete dt. Ansiedlungen in Galizien, in der Bukowina, in Ungarn u. Siebenbürgen, schaffte die Leibeigenschaft der Bauern 1781 ab u. betrieb eine merkantilist. Wirtschaftspolitik; er veranlaßte auch den Bau von Schulen u. Krankenhäusern, die Milderung der Zensur u. die Abschaffung der Folter. Durch die Einführung einer allg. Grundsteuer auch für den Adel u. seine bes. einschneidenden kirchenpolit. Reformen erregte er den Widerstand von Adel u. Klerus. Aufstände in Ungarn u. den österr. Niederlanden zwangen ihn am Ende seines Lebens, die meisten seiner Reformen zu widerrufen. – ⌑ 5.4.2.

Köln: **3.** *J. Klemens*, Kurfürst u. Erzbischof 1688–1706 u. 1714–1723, *5. 12. 1671 München, †12. 11. 1723 Bonn; erhielt 1694 das Bistum Lüttich, wurde während des Spanischen Erbfolgekrieges wegen seines Bündnisses mit dem französ. König Ludwig XIV. vom Kaiser geächtet u. mußte nach Frankreich fliehen; konnte nach dem Bade-

ner Frieden (1714) in seine Länder zurückkehren.
Spanien: **4.** König 1808–1813; →Bonaparte (4).
Joseph [ʒɔ'zɛf], *Père J., J. von Paris,* eigentl. *François Le Clerc du Tremblay de Maffliers,* französ. Kapuziner, *4. 11. 1577 Paris, †18. 12. 1638 Rueil bei Paris; Ratgeber A. J. *Richelieus,* 1630 zum Regensburger Reichstag gesandt; beeinflußte die französ. Haltung im Dreißigjährigen Krieg, Kaiserliche u. Schweden sich gegenseitig erschöpfen zu lassen, ehe Frankreich eingriff. J. wurde die „Graue Eminenz" genannt.
Joseph Bonaparte →Bonaparte (4).
Joseph-Bonaparte-Golf, Bucht der Timorsee (Ind. Ozean), zwischen Arnhemland u. Tasmanland, Australien; Mündungsgebiet des Ord u. Victoria.
Josephine →Josefine.
Joséphine [ʒɔze'fin], Marie-Josèphe Rose, geb. Tascher de La Pagerie, Kaiserin der Franzosen 1804–1809, *23. 6. 1763 Trois-Ilets, Martinique, †29. 5. 1814 Malmaison; verheiratet mit dem Grafen Alexandre de *Beauharnais* (hingerichtet 1794), 1796 mit dem späteren Kaiser *Napoléon I.,* von diesem aus polit. Gründen (nichtfürstl. Abstammung, Kinderlosigkeit) 1809 geschieden. Aus der ersten Ehe stammten zwei Kinder: *Eugène,* späterer Herzog von Leuchtenberg, u. *Hortense,* spätere Königin von Holland u. Mutter Napoléons III. – 🅱→Frankreich (Geschichte), →Bonaparte.
Josephine Charlotte, Großherzogin von Luxemburg seit 1964, *11. 10. 1927 Brüssel; Tochter des damaligen belg. Kronprinzen Leopold, seit 1953 mit dem Großherzog Jean von Luxemburg verheiratet.
Josephinische Gerichtsordnung, österr. Gerichtsverfassungsgesetz von 1787, trennte Justiz u. Verwaltung.
Josephinisches Gesetzbuch, in Österreich 1787 eingeführt, Vorläufer des →Allgemeinen Bürgerlichen Gesetzbuchs, löste die Constitutio Criminalis Theresiana (1770) ab.
Josephinismus, *i. e. S.* die Kirchenpolitik Kaiser *Josephs II.*: verschärfte staatl. Aufsicht im österr. Kultur- u. Kirchenwesen, Aufhebung zahlreicher Klöster, deren Besitz für die Besoldung u. Ausbildung der Pfarrer verwendet wurde, Religionsfreiheit auch für Protestanten u. Griechisch-Orthodoxe (Toleranzpatent 1781); *i. w. S.* eine bestimmte geistige Haltung im österr. Beamtentum u. Schulwesen, die durch die Reformideen des aufgeklärten Absolutismus Josephs II. gekennzeichnet war u. bis ins 19. Jh. weiterwirkte (Liberalismus).
Josephsehe, im kath. Sprachgebrauch eine Ehe, bei der die Partner vereinbaren, auf körperlichen Ehevollzug zu verzichten. Vorbild ist Joseph, der nach kath. Anschauung die Ehe mit Maria nicht vollzog.
Josephson 1. ['dʒɔuzəfsən], Brian David, brit. Physiker, *4. 1. 1940 Cardiff; entdeckte die →Josephson-Effekte; Physiknobelpreis 1973.
2. ['ju:sɛfsɔn], Ernst, schwed. Maler, *16. 4. 1851 Stockholm, †22. 11. 1906 Stockholm; schulte sich an Werken von Rembrandt, D. Velázquez, Raffael u. Tizian u. wurde während eines Paris-Aufenthalts von G. Courbet u. C. Corot beeinflußt. Leitmotiv seines Schaffens war der Geige spielende Nix, den er in mehreren Fassungen malte. In den Werken seiner Spätzeit nahm er wesentl. Züge des Expressionismus vorweg.
Josephson-Effekte ['dʒɔuzəfsən-], zwei von dem engl. Physiker Brian D. *Josephson* 1962 vorausgesagte u. später nachgewiesene Effekte: 1. liegt an zwei dünnen supraleitenden Metallen mit einer sehr dünnen Isolierschicht (etwa 10^{-6}mm) eine Gleichspannung, so entstehen hochfrequente Wechselspannungen mit einigen Billionen Schwingungen pro Sekunde. Der Quotient aus der Frequenz f u. der Spannung U ist eine Naturkonstante: $f/U = 2e/h$; e ist die elektrische Elementarladung u. h das Plancksche Wirkungsquantum. – 2. der Effekt kann umgekehrt zur Herstellung extrem stabiler Gleichspannungen genutzt werden. Die mit Hilfe umfangreicher Versuchsanlagen erzeugten Spannungen dienen daher der Physikal.-Techn. Bundesanstalt in Braunschweig u. ähnlichen Instituten im Ausland als „Normal".
Der Josephson-Effekt ermöglicht auch die sehr genaue Messung der *Sommerfeldschen Feinstrukturkonstanten,* deren Wert für die physikal. Grundlagenforschung von großer Bedeutung ist.
Josephus, Flavius, jüdischer Geschichtsschreiber, *um 37 Jerusalem, †nach 100 Rom; wandelte sich nach Teilnahme am Aufstand der Juden (Statthalter von Galiläa) zum hellenistischen Römer, schrieb eine „Geschichte des Jüdischen Krieges" in griech. Sprache, die Interesse für die Schicksale des jüd. Volkes erwecken sollte. Seine Werke sind eine Hauptquelle für die nachbibl. jüdische Geschichte.
Joseph von Arimathia, Mitglied des Hohen Rates in Jerusalem, ließ Jesus in seinem Familiengrab beisetzen (Mark. 15,42ff.); Heiliger.
Josia, König von Juda 639–609 v. Chr.; nutzte den Verfall des assyr. Reiches aus, um dessen Oberherrschaft abzuschütteln u. die Grenzen Judas zu erweitern, mit dem Ziel der Wiederherstellung des Reiches Davids; führte im Innern eine Reform durch (2. Kön. 22–23) aufgrund des im Jerusalemer Tempel aufgefundenen Gesetzes (→Deuteronomium). 609 v. Chr. im Kampf gegen Pharao Necho II. von Ägypten bei Megiddo gefallen.
Jósika ['jo:ʃikɔ], Miklós, ungar. Dichter, *28. 4. 1794 Torda, †27. 2. 1865 Dresden; anfangs Offizier, nahm an der Revolution 1848 teil (Flüchtling in Brüssel u. Dresden); führte die Gattung des Geschichtsromans in Ungarn ein. „Abafi" 1836, dt. 1838; „Die Hexen von Szegedin" 1854, dt. 1863.
Josquin Desprez [ʒɔskɛ̃ de'pre], niederländ. Komponist, →Desprez, Josquin.
Jost, männl. Vorname, Kurzform von →Jodokus.
Jostedal, norweg. Tal östl. des Jostedalsbre, wilde Hochgebirgslandschaft, mit dem Ort J.
Jostedalsbreen, Gletscher zwischen Sogne- u. Nordfjord in Norwegen, auf dem bis 2000 m hohen Jostefjeldplateau, 855 qkm, bis 500 m mächtig; 24 große Gletscherzungen.
Jost van Dyke [-van 'daik], brit. Jungferninsel, Kleine Antillen (Westindien), 8 qkm, 185 Ew.
Josua, Sohn des Nun, Nachfolger des Moses in der Führung der israelit. Stämme nach Palästina. Das bibl. Buch J. berichtet über die Landnahme Israels; die Geschichtlichkeit des Berichts ist umstritten.
Jota, *ι, I* [grch.], 9. Buchstabe des griech. Alphabets.
Jötun, in der nordischen Mythologie dämonische Riesen mit einem eigenen Reich *(Jötunheim)* im N; Verkörperungen der Naturkräfte, die in menschlicher oder in Tiergestalt erscheinen, oft mit mehreren Armen oder Köpfen.
Jotunheimen, norweg. Gebirgsmassiv zwischen Nordfjord, Sognefjord u. Gudbrandstal, aus Gabbro u. a. Gesteinen aufgebaut; stark vergletschert (207 qkm); im *Glittertind* 2470 m, *Galdhöpiggen* 2469 m.
Jotuni, Maria, eigentl. M. *Tarkiainen,* geb. Haggrén-Jotuni, finn. Schriftstellerin, *9. 4. 1880 Kuopio, †30. 9. 1943 Helsinki; gestaltete in antimaterialist. Tendenz Stoffe aus der kleinbürgerl. Umwelt, oft sarkastisch; ihr Hauptwerk ist der Roman „Alltagsleben" 1909, dt. 1923.
Jouhandeau [ʒuã'do:], Marcel, französ. Schriftsteller, *26. 7. 1888 Guéret, Creuse, †7. 4. 1979 Paris; Verfasser autobiograph. gefärbter Erzählungen („Chaminadour" 3 Bde. 1934–1941), von Romanen („Monsieur Godeau intime" 1926, dt. „Herr Godeau" 1966; „Herr Godeau heiratet" 1933, dt. 1968) u. Essays („De l'Abjection" 1939; „Essai sur moimême" 1947); „Mémorial" 6 Bde. 1948–1958. – Ges. Werke dt. 1964 ff.
Jouhaux [ʒu'o:], Léon, französ. Gewerkschaftsführer, *1. 7. 1879 Paris, †29. 4. 1954 Paris; 1909 Generalsekretär des Französ. Allg. Gewerkschaftsbunds u. seit 1919 auch Vizepräsident des Weltgewerkschaftsbunds. Diesen verließ er mit dem größten Teil seiner französ. Organisation aus Opposition gegen den kommunist. Einfluß im Weltgewerkschaftsbund u. gründete 1947 eine eigene französ. Gewerkschaftsorganisation, die „Force Ouvrière", an deren Spitze er stand. 1949–1954 Präs. des Internationalen Rates der Europa-Bewegung; 1951 Friedensnobelpreis.
Joule [nur noch dʒu:l; das; nach J. P. *Joule*], Kurzzeichen J, Einheit der Arbeit, Energie u. Wärmemenge. Ein J. (1 J) ist diejenige Arbeit, die verrichtet wird, wenn die Kraft ein Newton (1 N) längs eines Weges von einem Meter (1 m) wirkt: 1 J = 1 N · 1 m = 1 Nm = 1 kgm² · sek⁻².
Joule [dʒaul, dʒu:l, dʒɔul], James Prescott, engl. Physiker, *24. 12. 1818 Salford, Manchester, †11. 10. 1889 Sale, London; trat als einer der ersten für den Satz von der Erhaltung der Energie ein. Er bestimmte quantitativ die Äquivalenz zwischen mechan. Energie u. Wärme. 1841 entdeckte er das *J.sche Gesetz,* das aussagt, daß die Wärme, die in einem stromdurchflossenen Draht entsteht, der Größe des Widerstands *(R),* der Zeit *(t)* u. dem Quadrat der Stromstärke *(I)* proportional ist: $Q = R \cdot t \cdot I^2$ *(J.sche Wärme).* Mit W. Thomson entdeckte J. den *Joule-Thomson-Effekt.*
Joule-Thomson-Effekt ['dʒaul 'tɔmsən-; nach J. P. *Joule* u. W. *Thomson,* dem späteren Lord Kelvin], die Änderung der Temperatur, die in einem realen Gas bei der (adiabatischen) Entspannung von höherem zu tieferem Druck, z. B. durch ein Ventil oder einen porösen Pfropfen hindurch, auftritt. Bei den meisten Gasen u. normalen Temperaturen erfolgt bei der Druckabnahme auch eine Temperaturabnahme (sog. *positiver J.*). Ausnahmen sind Wasserstoff, Helium u. Neon, bei denen ein positiver J. erst unterhalb einer *Inversionstemperatur* auftritt. Seine Anwendung findet der Effekt bei der Gasverflüssigung.
Jourdan [ʒur'dã], Jean Baptiste, Graf (1804), französ. Marschall, *29. 4. 1762 Limoges, †23. 11. 1833 Paris; Soldat im nordamerikan. Unabhängigkeitskrieg, französ. Heerführer in den Koalitionskriegen 1794; Sieg über die Österreicher bei Fleurus, Eroberung Belgiens; 1800 Gouverneur von Piemont; 1806–1813 Generalstabschef König Joseph Bonapartes in Neapel.
Journal [ʒur'nal; frz., „Tagebuch"], **1.** Zeitung, Zeitschrift, häufig in Zeitungs- oder Zeitschriftentiteln verwendet.
2. →Handelsbücher.
Journal des Savants [ʒur'nal dɛ: sa'vã; frz., „Gelehrtenzeitschrift"], *„Le J. d. S."* (ältere Schreibung: *...Sçavans*), 1665 in Paris von Denis de *Sallo* gegr. Zeitschrift für literarische u. wissenschaftl. Kritik; erscheint heute noch u. ist damit die älteste bestehende Zeitschrift.
Journalismus [ʒur-; frz.], als Beruf von *Journalisten* ausgeübte (Tages-)Schriftstellerei u. (oder) publizistische Gestaltung, Redaktion im Dienst von Presse, Hörfunk, Fernsehen u. Film. Der J. wurde im 19. Jh. zu seiner modernen Form entwickelt; er verlangt vom Journalisten die Fähigkeit, schnell, aktuell, verständl. u. publikumswirksam zu schreiben, wobei die Maßstäbe von Gründlichkeit u. Wahrhaftigkeit nicht verletzt werden dürfen. – 🄻3.7.1.
Journalist [ʒur-; frz.], berufl. für Nachrichtenagenturen, Presse, Hörfunk, Fernsehen u. Film (Wochenschau) tätiger Schriftsteller oder *Redakteur,* fest angestellt oder auch als freier oder vertragl. gebundener Mitarbeiter. Sonderformen sind die des *Berichterstatters (Reporters),* des *Bildjournalisten* u. des *Korrespondenten.* Einen festumrissenen Berufsausbildungsgang zum J.en gibt es nicht; höhere Schule ist jedoch fast immer erforderlich, Studium (Sprachen, Geschichte, Publizistik, Volkswirtschaft u. ä.) ist zu empfehlen; ein zweijähriges Volontariat führt den angehenden J.en in die berufl. Praxis ein. Zusammenschluß der J.en im *Deutschen Journalistenverband* (DJV) oder in der *Deutschen Journalisten-Union* (dju), die der IG Druck u. Papier im Dt. Gewerkschaftsbund angeschlossen ist.
Journet [ʒur'nɛ], Charles, schweizer. kath. Theologe, *26. 1. 1891 Genf, †15. 4. 1975 Fribourg; 1965 Kardinal, einflußreich in der Entwicklung der Ekklesiologie. Hptw.: „L'Église du Verbe incarné" 3 Bde. 1941–1951; „Théologie de l'Église" 1958.
Jouve [ʒu:v], Pierre-Jean, französ. Dichter u. Romancier, *11. 10. 1887 Arras, †10. 1. 1976 Paris; zuerst stark beeinflußt von den Symbolisten, versuchte er in seinem Werk unter dem Einfluß der Psychoanalyse in die Tiefen des menschl. Seins vorzudringen. Romane: „Paulina 1880" 1925, dt. 1925; „Die leere Welt" 1927, dt. 1966; „Histoires sanglantes" 1932; Gedichte: „Noces" 1928; „Le Paradis perdu" 1929; „Sueur de sang" 1934; „Matière céleste" 1937; „La Vierge de Paris" 1944; „Langue" 1954; Essays: „Tombeau de Baudelaire" 1941; „Le Don Juan de Mozart" 1942; „Wozzek ou le Nouvel Opéra" 1953.
Jouvenel [ʒuv'nɛl], Henry de, französ. Politiker (demokrat. Linke), *15. 4. 1876 Paris, †4. 10. 1935 Paris; seit 1920 verschiedentl. Vertreter beim Völkerbund, 1924 Unterrichts-Min., 1925/26 Hochkommissar für Syrien, 1933 Botschafter in Rom, 1934 Kolonial-Min.
Jouvenet [ʒuv'nɛ], Jean-Baptiste, gen. *le Grand,* französ. Maler, bedeutendes Mitglied einer weitverzweigten Künstlerfamilie, getauft 1. 5. 1644 Rouen, †5. 4. 1717 Paris; Schüler von Ch. *Lebrun* u. dessen Gehilfe bei Aufträgen in Versailles, Hauptmeister der Kirchenmalerei seiner Zeit. Hptw.: Kreuzabnahme 1697 (Louvre) u. Wunderbarer Fischzug (Louvre).
Jouvet [ʒu'vɛ], Louis, französ. Schauspieler, Re-

Joux

gisseur u. Theaterleiter, *24. 12. 1887 Crozon, Finistère, †16. 8. 1951 Paris; seit 1922 Leiter der Comédie des Champs-Élysées, seit 1934 des Théâtre de l'Athénée, das durch ihn Weltruf gewann; Zusammenarbeit mit J. *Giraudoux* seit 1928, dessen Stücke J. zur Uraufführung brachte; spielte auch in vielen Filmen.

Joux, 1. *Lac de Joux* [lak də 'ʒuː], 9 km langer, bis 1,5 km breiter, künstl. aufgestauter Natursee, 9,5 qkm, 1005 m ü. M., im Hochtal der *Vallée de Joux*, im westl. Schweizer Jura, mit unterirdischem Abfluß zur Orbe; bedeutende Fischerei, sommerlicher Boots- u. Badebetrieb. **2.** *Vallée de Joux* [va'le: də 'ʒuː], ein Längstal im südl. Schweizer Jura, nordwestl. des Genfer Sees, zwischen den Bergketten des Mont Risoux u. des Mont Tendre; mit dem *Lac de Joux* u. dem *Lac Brenet*; Viehwirtschaft; Uhrenindustrie; Hauptorte: Le Sentier u. Le Pont.

Jovanović [-vitç], Jovan, Pseudonym *Zmaj*, serb. Dichter, *24. 11. 1833 Novi Sad, †3. 6. 1904 Kamenica; intime Lyrik, patriot. u. Kinderlieder, zahlreiche Übersetzungen aus dem Deutschen, Ungarischen, Russischen.

Jovellanos [xoβε'ljanos], Gaspar Melchor de, span. Politiker u. Schriftsteller, *5. 1. 1744 Gijón, †27. 11. 1811 Vega, Asturien; bedeutender Vertreter der span. Aufklärung, trat in vielen Schriften u. Essays für den Fortschritt Spaniens auf allen Gebieten ein; pflegte fast alle literar. Gattungen; als Lyriker Anakreontiker; sein berühmtes Tagebuch schildert bes. das Provinzleben.

Jovine, Francesco, italien. Erzähler, *9. 10. 1902 Guardialfiera, Campobasso, †30. 4. 1950 Rom; schilderte in sozialist.-realist. Novellen u. Romanen das bäuerl. Leben in den Abruzzen („Die Äkker des Herrn" 1950, dt. 1952).

Jowkow, Jordan, bulgar. Erzähler, *9. 11. 1880 Scherawna bei Kotel, †15. 10. 1937 Plowdiw; schilderte u. a. die Welt des Dobrudsha-Dorfs: „Der Schnitter" 1920, dt. 1941; auch Dramen („Die Prinzessin von Alfatar" 1932, dt. 1943).

Joxe [ʒɔks], Louis, französ. Politiker u. Journalist, *16. 9. 1901 Bourg-la-Reine, Dép. Hauts-de-Seine; 1942–1944 Generalsekretär des von de Gaulle gegr. „Nationalen Befreiungskomitees", dann bis 1946 Staatsrat, 1952–1955 Botschafter in Moskau, 1955/56 in Bonn; führte als Algerien-Min. 1960–1962 die Verhandlungen mit der FLN, die zur Unabhängigkeit Algeriens führten; 1962–1967 Staats-Min. für Verwaltungsreform, 1967/68 Justiz-Min.

Joyce [dʒɔis], James, irischer Schriftsteller, *2. 2. 1882 Rathgar, Dublin, †13. 1. 1941 Zürich; einflußreicher literar. Revolutionär, der mit ungewöhnl. Sprachbegabung von einem ins Äußerste gehenden Naturalismus zu einer neuen, schwer zugängl., auf sprachl. Assoziationen aufgebauten Form gelangte, die mit strenger Konsequenz den Roman zu einer Bewußtseinskunst umschafft. Hptw.: „Ulysses" 1922, dt. 1927, die vielschichtige Schilderung von 24 Stunden aus dem Leben zweier Dubliner Bürger; „Finnegans Wake" 1939, eine universalmytholog. Traumvision in einer verzerrten, die normale Sprachform zerstörenden Sprache; ferner Lyrik, Novellen („Dubliners" 1914, dt. „Dublin" 1928), ein Drama u. das selbstbiograph. „Portrait of the Artist as a Young Man" 1917, dt. „Jugendbildnis" 1926. Hinter dem scheinbar Willkürlichen wird bei J. eine konsequente, trag. Weltsicht offenbar, die erlebnismäßig bestimmt ist durch seinen Protest gegen den irischen Nationalismus u. Katholizismus seiner Jugend. – ⌑3.1.3.

Joyeuse Entrée [ʒwa'jøːz ã'treː; frz.], ndrl. *Blijde Inkomst*, fröhlicher, feierl. Einzug des Herrschers oder seines Stellvertreters in den alten niederländ. Herzogtümern, später Provinzen, bei dem die alten Privilegien der Gebiete bestätigt wurden; auch für die Bestätigungsurkunde gebraucht, z. T. eine Art Herrschaftsvertrag zwischen Landesherrn u. Ständen.

József ['joːʒɛf], Attila, ungar. Dichter, *11. 4. 1905 Budapest, †3. 12. 1937 Balatonszárszó (Selbstmord); seine teils subtile, teils pathet. Lyrik bringt die Leiden des ungar. Proletariats zum Ausdruck; schrieb auch myst. Balladen.

jr., Abk. für →junior.

JRO-Verlag München Carl Kremling, kartograph. Verlag für Landkarten, Atlanten, Globen u. Reiseführer, gegr. 1922.

Juan [xu'an], Abk. für →Johannes.

Juana Inés de la Cruz [xu'ana i'nez ðe la kruθ], Sor (Klostername), eigentl. Juana Inés de *Asbaje y Ramirez de Santillana*, mexikan. Dichterin aus der span. Kolonialzeit, *12. 11. 1651 San Miguel de Nepantla, †17. 4. 1695 Ciudad de México; trat 1667 nach dem Tod ihres Geliebten ins Kloster ein; schrieb Lyrik in der Nachfolge von L. Góngora y Argote u. geistl. Spiele in der Art Calderóns. „El primero sueno" 1690, dt. „Die Welt im Traum" 1946.

Juan Carlos [xu'an -], *Don J. C.* de Borbón y Borbón, Prinz von Asturien, *5. 1. 1938 Rom; Sohn des Prinzen *Don Juan*, Grafen von Barcelona (*1913), des 3. Sohns König Alfons' XIII. von Spanien u. eigentl. Thronfolgers (nach dem Tod des ältesten u. dem Thronverzicht des nächstfolgenden Bruders, Don Jaime). Aufgrund einer Übereinkunft zwischen Staatschef F. Franco u. dem Grafen von Barcelona (1948) wurde J. C. auf die Übernahme des Throns vorbereitet; er heiratete 1962 Prinzessin Sophia von Griechenland u. wurde 1975 nach dem Tod F. Francos König von Spanien (1969 designiert).

Juan d'Austria [xu'an -], Don, *Johann von Österreich*, spanischer Heerführer, *24. 2. 1547 Regensburg, †1. 10. 1578 Namur; unehelicher Sohn Kaiser *Karls V.* mit Barbara *Blomberg* (*1527, †1597), 1559 von Philipp II. als Halbbruder anerkannt; 1568 Befehlshaber der Mittelmeerflotte; 1571 Sieg über die Türken bei *Lepanto*; aus Rivalenfurcht von Philipp zum Statthalter der Niederlande gemacht; hier nach nur geringen Erfolgen wahrscheinl. an der Pest gestorben.

Juan-de-Fuca-Straße [xu'an -], pazif. Meeresstraße in Nordamerika, zwischen der kanad. Vancouverinsel u. dem US-amerikan. Festland, 27 km breit, 144 km lang; Zugang zu Seattle u. Vancouver.

Juan de la Cruz [xu'an ðe la kruθ] →Johannes vom Kreuz.

Juan-Fernández-Inseln [xu'an fɛr'nandɛθ-], vulkan. chilen. Inselgruppe im Pazif. Ozean (Prov. Valparaíso) auf dem *Juan-Fernández-Rücken*, 650 km westl. von Santiago; 3 Inseln, *Alexander Selkirk (Más Afuera), Santa Clara* u. *Robinson Crusoë* (bis 1966 *Más a Tierra*, 1056 m hoch), zusammen rd. 185 qkm; u. mehrere Felsklippen; die größte, Robinson Crusoë, 93 qkm, bis 1000 m hoch, ist bewohnt; 600 Ew., Siedlung San Juan Bautista in der Cumberlandbucht; Fischerei. Von 1704 bis 1709 lebte auf Más a Tierra Alexander Selkirk, das historische Vorbild des „Robinson Crusoë" von D. Defoe.

Juan-Fernández-Rücken [xu'an fɛr'nandɛθ-], nordsüdl. verlaufende untermeer. Erhebung im *Chilebecken*; auf ihm liegen die Islas de los *Desventurados* u. die *Juan-Fernández-Inseln*.

Juanita [xua'nita], span. für →Johanna.

Juan-les-Pins [ʒy'ã le: pɛ̃], Ortsteil von Antibes (Dép. Alpes-Maritimes), Seebad u. Winterkurort an der französ. Riviera.

Juan Manuel [xu'an -], Infante Don, span. Schriftsteller, *5. 5. 1282 Escalona, Toledo, †um 1348 Córdoba; Enkel Ferdinands des Heiligen u. Neffe Alfons' des Weisen von Kastilien; Politiker, Soldat u. Gelehrter. Seine Werke bilden den Höhepunkt der mittelalterl. kastil. Prosa: „El Libro de los Estados" hrsg. 1860; „Libro del Caballero y del Escudero" (ein Ritterspiegel) hrsg. 1883; „El Conde Lucanor" (eine Fabelsammlung mit Rahmenhandlung) beendet 1335, Erstdruck 1575, dt. „Der Graf Lucanor" 1840 von J. von Eichendorff.

Juárez García [xu'ares gar'θia], Benito, mexikan. Politiker u. Nationalheld, *21. 3. 1806 San Pablo Guelatao, †18. 7. 1872 Ciudad de México; Indianer; lenkte seit 1857 als Vize-Präs. de facto, seit 1861 als Staats-Präs. die Politik; Mitschöpfer der liberalen Verfassung von 1857 u. der Reformgesetze von 1859 (Trennung von Staat u. Kirche, Zivilehe, Säkularisierung der Klöster, Religionsfreiheit). Nach dem Eingreifen der Franzosen, Engländer u. Spanier in Mexiko u. der Inthronisierung Kaiser Maximilians leitete J.G. den Untergrundkrieg gegen die französ. Besatzungsmacht. 1867 u. 1871 wurde er erneut zum Staats-Präs. gewählt; verdient um die wirtschaftl. u. kulturelle Entwicklung des Landes.

Juàzeiro ['ʒwazeiru], Stadt im brasilian. Staat Bahia, am São Francisco, 25 000 Ew.; Agrarhandel.

Juàzeiro do Norte ['ʒwazeiru -], brasilian. Stadt im südl. Ceará, 60 000 Ew.; Zuckerrohr- u. Baumwollanbau u. -verarbeitung.

Juba [dʒu:ba], Stadt im Sudan, = Djuba.

Juba, 1. *J. I.*, vor 50 v. Chr. König von Numidien, Gegner Cäsars auf seiten der Pompeianer; vernichtete im Bürgerkrieg 46 v. Chr. zwei Legionen Cäsars; wurde 46 v. Chr. zusammen mit den Pom-

James Joyce, Gemälde von Jacques Emile Blanche; 1935

peianern bei Thapsus von Cäsar geschlagen, floh nach Zama u. nahm sich das Leben. **2.** *J. II.*, Sohn von 1); †23. n. Chr.; in Rom erzogen, von *Augustus* 25 v. Chr. als König von Mauretanien eingesetzt; baute die Hptst. Caesarea zu einem Kulturzentrum aus; verfaßte völkerkundl. u. geograph. Werke, eine Geschichte Roms u. eine Theatergeschichte.

Jubaea, Gattung der *Palmen*; einzige Art die *Chilenische Coquito-* oder *Chilen. Honigpalme, J. spectabilis*. Die haselnußähnlichen Steinkerne besitzen nur je einen Samen u. kommen als *Coquitos* in den Handel. Das Nährgewebe schmeckt ähnlich wie Kokosnuß.

Jubeljahr, 1. →Jobeljahr. **2.** seit 1300 in verschiedenen Abständen innerhalb der kath. Kirche gefeiertes Jahr *(Heiliges Jahr),* in dem ein bes. Ablaß gewährt wird. Ursprüngl. sollte alle 100 Jahre ein J. stattfinden, seit 1470 alle 25 Jahre. Bei bes. Anlässen wird ein außerordentl. J. verkündet. Während des J.s wird das *Jubeltor (Goldene Pforte)* in der Peterskirche in Rom geöffnet.

Jubilate [lat., „jauchzet"], 3. Sonntag nach Ostern, nach dem Anfang des Introitus Ps. 66 benannt.

Jubilee [dʒu:bi'liː; engl., „Jubel"], in der Folklore der nordamerikan. Neger eine Liedgattung, die das Glück der Zukunft besingt; Gegensatz: *Holler*.

Júcar ['xukar], ostspan. Fluß, 498 km, 22 415 qkm Einzugsgebiet; entspringt in der Serranía de Cuenca, durchfließt die östl. Mancha, mündet bei Cullera in das Mittelländ. Meer; durch 3 Talsperren gestaut u. durch Kraftwerke zur Energieerzeugung genutzt; speist Kanäle, die das fruchtbare Küstenland *(Huerta de Valencia)* bewässern.

Juchert, *Jauchert, Joch, Juchart, Tagwerk, Mannesmahd*, altes süddt. Feldmaß, etwa 33–36 Ar.

Juchten [russ.; der oder das], chrom-lohgar gegerbtes Fahlleder. Das früher in Rußland hergestellte echte J. war mit Weiden- u. Birkenrindengerbstoffen gegerbt u. besaß den charakterist. Geruch des Birkenteeröls, das auch in der Parfümerie als Duftstoff verwendet wird.

Juckausschlag, *Juckflechte, Juckbläschen, Juckblattern, Prurigo*, Sammelbegriff für verschiedene mit juckenden Knötchen an der Haut einhergehende Hautkrankheiten.

Jucken, *Juckreiz, Hautjucken, Pruritus*, Reizung der Haut oder Schleimhaut, die zum Kratzen oder Reiben veranlaßt; beruht auf einem unterschwelligen Schmerzreiz. J. kann rein nervös, durch Ungeziefer, durch Stoffwechsel- oder innersekretorische Störungen u. bes. durch Hautkrankheiten bedingt sein. So sind Ekzeme fast immer mit J. verbunden, ebenso können Gelbsucht, Gicht, Zuckerkrankheit, Harnvergiftung, Schwangerschaft zum J. führen. Alters-J. beruht auf einer Änderung der Hautdurchblutung u. Hautspannung. After-J. ist meist eine Folge von Hämorrhoiden. – Linderung des Juckreizes durch Beseitigung der Ursache soweit möglich, im übrigen durch Salben, Waschungen u. Arzneimittel.

Jud, *Judae*, auch *Keller*, Leo, schweizer. Reformator, *1482 Gemar, Elsaß, † 19. 6. 1542 Zürich; eifriger Mitarbeiter H. Zwinglis u. J. H. Bullingers; übersetzte latein. Werke des Erasmus von Rotterdam u. M. Luthers ins Deutsche, veröffentlichte zwei Katechismen sowie nachgelassene Schriften Zwinglis; bedeutend auch als Bibelübersetzer.

Juda, führender Stamm des südisraelitischen Stämmeverbands; nach J., dem Sohn Jakobs u. der Lea, benannt.

Juda, südlicher Reichsteil der davidischen Monarchie, dessen alte Hptst. Hebron von David zugunsten Jerusalems aufgegeben wurde; war immer ein eigener Staat, der durch Deportation seiner Oberschicht (597 u. 587 v. Chr.) u. Zerstörung Jerusalems aufgehoben wurde. →auch Juden.

Judäa, hebr. *Yehuda*, der mittlere Teil des Berglands von Israel u. Westjordanien, zwischen Samaria im N u. dem Negev im S, von W nach O gegliedert in das Vorhügelland *Shefela*, das Bergland *Har Yehuda*, die Judäische Wüste *Midbar Yehuda*, die steil zum Jordangraben abfällt. Die Niederschläge nehmen von N nach S u. von W nach O stark ab. Das Bergland wird vor allem um Ramallah im N u. südlich vorwiegend von Arabern bewohnt, die Regenfeldbau treiben. Seine höchsten Höhen übersteigen 1000m knapp. Der mittlere Teil mit Jerusalem liegt etwas tiefer. – J. war ursprüngl. die Bez. für die jüd. Siedlungsgebiet um Jerusalem nach der Babylon. Gefangenschaft, später für das etwa Palästina umfassende Reich Herodes' des Großen. Seit 67 v. Chr. war J. röm. Provinz. Der größte Teil J.s war 1948–1967 von Jordanien annektiert u. steht seitdem unter israel. Verwaltung.

Juda Halevi →Jehuda ben Samuel ha Levi.

Judaica, Bücher über das Judentum.

Judaismus, eine Richtung im Urchristentum, die im Gegensatz zu Paulus auch die Unterwerfung unter das mosaische Gesetz u. die Beschneidung für heilsnotwendig hielt.

Judas, 1. Jünger Jesu u. Apostel, Sohn des Jakobus, vielleicht mit Thaddäus oder Lebbäus identisch (Luk. 6,16). Heiliger (Fest. 28. 10.).
2. nach der Tradition Bruder Jesu (Mark. 6,3), gilt als Verfasser des Judasbriefs.
3. →Judas Ischariot.

Judasbaum, *Cercis siliquastrum*, ein *Mimosengewächs*, in Südeuropa u. im Orient heimisch; Zierbaum mit wertvollem Holz. Am J. hat sich die Sage nach Judas Ischariot aufgehängt.

Judasbrief, gibt sich als von dem Bruder des (Herrenbruders) *Jakobus d. J.* verfaßt, gehört zu den kürzesten Schriften des N. T.; Verfasserschaft u. Entstehungszeit des gegen gnostische Irrlehrer gerichteten Schreibens sind umstritten.

Judas der Galiläer, Haupt der Zeloten zur Zeit des *Herodes Antipas*, entfesselte 7 n. Chr. eine Revolte gegen Rom, nachdem dieses 6 n. Chr. die Verwaltung Judäas mit dem Tempel übernommen hatte, u. fiel selbst im Kampf (Apg. 5,37).

Judas Ischariot, *Judas Iskarioth*, Jünger u. Apostel Jesu, den er aus Habgier oder (politischer?) Enttäuschung durch den Judaskuß verriet; erhängte sich nach seiner Tat.

Judaskuß →Kuß.

Judas Makkabäus [aram., „der Hammerartige"], jüd. Heerführer, Sohn des Priesters *Mattathias* aus dem Geschlecht der *Hasmonäer*, setzte nach dem Tod des Vaters erfolgreich den Befreiungskampf gegen den Seleukidenherrscher *Antiochos IV. Epiphanes* u. dessen Nachfolger fort, eroberte Jerusalem u. verbündete sich mit den Römern; fiel 161 v. Chr. im Kampf.

Judasohr, *Auricularia sambucina*, ein *Ständerpilz* mit schüssel- oder ohrenförmigem Fruchtkörper; parasitisch auf alten Holunderstämmen.

Juden, ursprüngl. das nach dem Stamm u. späteren Königreich *Juda* in *Palästina* benannte Volk, später nach der Zerstreuung ausgedehnt auf alle, die ihrer Herkunft nach auf das Volk *Israel* zurückführen u. sich trotz aller Unterschiede im Kulturstand u. in der Umgangssprache aufgrund der mosaischen Glaubensgemeinschaft ein gewisses Maß an gemeinsamem Brauchtum bewahrten. Anthropolog. ursprüngl. zu den Orientaliden u. Armeniden gehörig, hat dieses Volkstum im Lauf der Jahrhunderte Beimischungen aller rass. Bestandteile der europ. Völker in sich aufgenommen, im nordafrikan.-südwestasiat. Raum auch negride. Unter den europ. J. unterscheidet man 2 Gruppen: die *Sephardim* oder spaniolischen J. *(Spaniolen)* u. die *Aschkenasim* oder mittel- bzw. osteurop. J. Die Sephardim stehen den Orientaliden u. Mediterraniden näher, die Aschkenasim mehr den Armeniden. Die Hauptmasse der J. gehört zu letzteren. Die Zahl der J. auf der Erde betrug 1933 rd. 16 Mill., ging durch die nat.-soz. Verfolgungen bis 1947 auf 11,3 Mill. zurück u. stieg bis 1976 auf 14,15 Mill. an. Ihre prozentuale Verteilung auf die Erdteile verschob sich durch Auswanderung u. Vernichtung wie folgt:

	1875	1925	1939	1947	1969
Europa	87,5	48,2	40,9	17,2	10,0
Asien mit UdSSR	5,0	23,1	21,0	22,4	38,7
Afrika	4,1	3,7	3,8	6,0	1,5
Amerika	3,3	24,9	34,1	54,2	49,3
Australien	0,1	0,1	0,2	0,2	0,5

In Dtschld. lebten 1925 rd. 565 000 J., 1976 nur 30 000; 295 000 J. hatten nach 1933 wegen der nat.-soz. J.verfolgungen Dtschld. verlassen. Rd. 2,6 Mill. J. aus fast allen Teilen der Welt haben sich in *Israel* eine neue Heimat geschaffen (hier *Israeli* genannt). Dort entsteht aus den vielfältigen mitgebrachten Bräuchen, Volksliedern, u. -tänzen auf der Grundlage der alten Glaubensgemeinschaft ein neues Volkstum (→Israel, →Zionismus). – ⌷6.1.5.

Geschichte

Die erste Hauptperiode der Geschichte der J., die Zeit der polit. Selbständigkeit auf dem Boden Palästinas, spielte sich ab im Spannungsfeld der Weltmächte am Nil (Ägypten) u. am Euphrat u. Tigris (Assyrien, Babylonien, Persien). Diese beiden Kulturzentren werden symbolisiert einerseits durch den Erzvater *Abraham*, der aus Ur in Mesopotamien nach Palästina einwanderte, wahrscheinlich im Zusammenhang mit den gegen Ende des 2. Jahrtausends v. Chr. in Mesopotamien u. Syrien aus der Wüste eindringenden Aramäern, andererseits durch den in Ägypten erzogenen Führer *Moses* (auch den Patriarchen *Joseph*).

Um 1220 v. Chr. befreite Moses im Auftrag des mit dem „Gott der Väter" identifizierten Gottes Jahwe eine Gruppe semit. Fronarbeiter aus der ägypt. Knechtschaft u. führte sie in die Wüstensteppe zwischen Ägypten u. Südpalästina hinaus. Hier schloß er sie mit anderen verwandten Stämmen in der Verehrung Jahwes zu einer Kultgemeinschaft locker zusammen. Diese Halbnomaden sickerten friedlich ein u. drangen teilweise gewaltsam in kleinen Verbänden in das Kulturland Kanaan ein, anscheinend in mehreren Wellen, teils vom O (mittelpalästinens. u. galiläische Stämme), teils vom S (Juda?, Kaleb u. a.) her. Ergebnis dieser spätestens am Ende des 12. Jh. v. Chr. abgeschlossenen Landnahme war die Bildung sowohl der einzelnen Stämme als auch des sakralen 12-Stämme-Verbands *Israel* sowie die Besetzung der bisher unbesiedelten, bewaldeten Höhenzüge Palästinas, die durch Rodung urbar gemacht wurden, während die viel fruchtbareren Ebenen noch wie vor in der Hand der kanaanäischen Stadtstaaten verblieben. Zur Staatenbildung kam es in Israel erst unter dem Druck der von der Küste her vordringenden Phili-

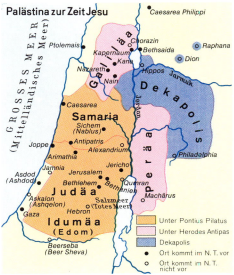

Juden

Masada am Südwestufer des Toten Meers, von Herodes d. Gr. zu einer Festung ausgebaut. Drei Jahre lang (bis 73 n. Chr.) konnten sich hier jüdische Widerstandskämpfer gegen römische Angreifer zur Wehr setzen. Dann begingen sie Selbstmord, um sich nicht ergeben zu müssen

JUDENTUM

Alte Synagoge der seit dem Jahr 1000 nachweisbaren jüdischen Gemeinde in Worms, 1938 zerstört, 1961 archäologisch getreu wiederaufgebaut

Fragment der Mosaikkarte von Madaba, Jordanien, Steinboden einer Kirche aus dem 6. Jh. Die Karte umfaßte ursprünglich wahrscheinlich ganz Palästina, doch der größte Teil ist verlorengegangen. Auf dem Plan Jerusalems ist links das nördliche Stadttor zu erkennen, dahinter ein Platz, von dem zwei Säulenstraßen ausgehen. In der Mitte der rechten Straße liegt die Grabeskirche mit der Kuppel

Juden

Klagemauer der Juden in Jerusalem. Teil der herodianischen Tempelmauer, Stätte des Gebets und der Klage um die Zerstörung des Tempels

Seite aus der Darmstädter Pessach-Haggada, durch prachtvolle Randleisten und Ornamente von hoher kunstgeschichtlicher Bedeutung; Anfang des 15. Jh. Die volkstümliche Pessach-Erzählung, die von der Befreiung aus der ägyptischen Sklaverei berichtet, wird am Sederabend bei der häuslichen Feier vorgelesen

Auszug der Juden in die Babylonische Gefangenschaft. Teil eines Reliefs aus dem Palast König Sanheribs in Ninive. London, Britisches Museum (links). – Menora vor dem Knessetgebäude in Jerusalem von Benno Elkan, 1950. Der siebenarmige Leuchter ist ein Symbol des jüdischen Volkes (rechts)

ster. Nach der unglückl. Episode des Heerkönigtums *Sauls* (1012–1004 v. Chr.) gelang es *David* (1004–965 v. Chr.), die bis dahin ohne polit. Zusammenhang lebenden Nord- u. Südstämme in einer Doppelmonarchie zu vereinigen u. die kanaanäischen Stadtstaaten (Jerusalem u. a.) in sein Reich einzugliedern; außerdem unterwarf er einige Nachbarvölker (Ammoniter, Moabiter, Edomiter, Philister). Die alten Gegensätze zwischen den Stämmegruppen führten nach dem Tod *Salomos*, des Nachfolgers Davids, zur Spaltung des Reichs (926) in zwei selbständige Staaten, Israel im N (Hptst. *Samaria*) u. Juda im S (Hptst. *Jerusalem*, unter der Daviddynastie), die sich zeitweise erbittert bekämpften u. dabei zum Spielball fremder Mächte wurden (Aramäerreich von Damaskus, Ägypten, Assyrien).
Israel verlor bereits 721 v. Chr. seine Selbständigkeit u. wurde als Provinz in das neuassyr. Reich eingegliedert, seine Oberschicht nach Mesopotamien deportiert, wo sie spurlos verschwunden ist. Juda konnte als Vasall der Assyrer u. seit 605 v. Chr. der Neubabylonier seine Eigenstaatlichkeit erhalten, bis es nach mehreren Aufständen 587 v. Chr. als Staat liquidiert wurde.
Damit begann die zweite Hauptperiode der Geschichte der J., denn neben die in Palästina verbliebenen Judäer trat das in der Zerstreuung unter Fremden lebende J.tum *(Diaspora)*. Es bestand zunächst aus der durch zweimalige Deportation (597 u. 587 v. Chr., Babylonische Gefangenschaft) nach Babylonien verpflanzten Oberschicht Judas, die jedoch ihre religiöse u. ethnische Eigenart bewahrte u. sogar zum Träger einer Erneuerungsbewegung wurde; ihre geistigen Führer waren Priester u. Propheten. Ein Teil der Deportierten machte von der Heimkehrerlaubnis des Perserkönigs Kyros (538 v. Chr.) Gebrauch u. begann mit dem Wiederaufbau des Jerusalemer Tempels (vollendet um 515 v. Chr.).
Der Wiederaufbau Jerusalems u. die Neukonstituierung der jüd. Kultgemeinde unter pers. Herrschaft ist im wesentl. das Werk *Nehemias* u. *Esras* (zwischen 445 u. 430 v. Chr.); die polit. u. religiöse Führung des J.tums lag in den Händen des Hohenpriesters. Die in Babylonien verbliebenen J., z. T. durch Handel reich geworden, unterstützten den Wiederaufbau der Heimatgemeinde. Sie verbreiteten sich im Gefolge der Perserkönige sowie Alexanders d. Gr. u. seiner Nachfolger über ganz Vorderasien u. den Mittelmeerraum. Bes. große Bedeutung gewann die jüd. Diaspora in Ägypten (Alexandria, auch die Militärkolonie von Elephantine), über deren Entstehung wir jedoch sehr wenig wissen. Die Herrschaft über Palästina ging 198 v. Chr. von den ägypt. Ptolemäern auf die syr. Seleukiden über. Gegen sie richtete sich der Aufstand der Makkabäer (Beginn 166 v. Chr.), der zur Wiederherstellung der polit. Unabhängigkeit führte.
63 v. Chr. kam Judäa endgültig unter die Herrschaft der Römer (Scheinkönigtum *Herodes' d. Gr.*). Der Aufstand 66–70 n. Chr. endete mit der Zerstörung Jerusalems durch Titus u. dem Verlust der letzten Reste polit. Autonomie; der Jerusalemer Tempel wurde seither nicht wiederaufgebaut. Die Erhebungen des Weltjudentums gegen Trajan 116/117 u. der palästinens. J. unter *Bar Kochba* gegen Hadrian 132–135 führten zur Vertreibung des größten Teils der jüd. Bevölkerung aus Jerusalem; doch blieben die J., sofern sie den röm. Gesetzen gehorchten, den anderen Untertanen gleichgestellt. Nach der Anerkennung des Christentums als Staatsreligion verschlechterte sich die Stellung der J. im röm. Reich in mancher Hinsicht, doch wurden sie nicht verfolgt. – 🕮 1.9.2.
Nach dem Untergang des jüd. Staatswesens begann die Massenzerstreuung der J. über Vorderasien, Nordafrika u. den Mittelmeerraum u. damit trotz fortdauernder Einheitlichkeit des Rassischen u. Religiösen eine vielfältige Sonderentwicklung der J. unter ihren Gastvölkern; nach u. nach bildeten sich die Unterschiede zwischen *Sephardim* u. *Aschkenasim* heraus. Mit den röm. Legionen kamen sie bis nach Gallien, England u. Dtschld., wo sie z. T. auch nach Abzug der röm. Truppen zurückblieben. Auch in den frühgerman. Reichen der Völkerwanderungszeit, die die J. als Händler im gesamten röm. Reich, vor allem auch in Gallien u. am Rhein vorfanden, wurden sie nicht verfolgt. Stellenweise genossen die J. sogar eine Privilegierung ihrer eigenen religiösen, handels- u. familienrechtl. Gesetze u. Gewohnheiten.
Erst mit den Kreuzzügen setzte die große Welle der *J.verfolgungen* im Abendland ein, die zunächst mit der Schuld der J. am Kreuzestod Christi, außerdem aber mit Wucher, angebl. Brunnenvergiftungen, Ritualmorden, Hostienschändungen begründet wurden u. im ganzen MA. nicht mehr abrissen. Da die J. keinen Zugang zu den bürgerl. Berufsständen hatten, blieben sie auf Handel u. Geldverkehr beschränkt, die aber auch schon vorher ihr Haupterwerb in den westeurop. Gebieten waren. Rechtl. unterstanden sie in Dtschld. dem Kaiser, der sie als *„Kammerknechte"* in seinen besonderen *J.schutz* nahm, für den sie bezahlen mußten. Dieser J.schutz ging vielfach durch Kauf u. Verpfändung an einzelne Territorien u. Städte über. Große J.gemeinden gab es im MA. bes. in Speyer, Worms, Frankfurt a. M., Prag.
Die soziale u. rechtl. Stellung der J. war seit dem MA. sehr eingeschränkt. Sie hatten nur geringe Bewegungsfreiheit ohne besonderes Privileg, blieben auf bestimmte Stadtbezirke beschränkt *(Getto)* u. mußten sich in der Kleidung von den christl. Bewohnern unterscheiden *(J.hut*, gelber Fleck). Trotzdem verfügten sie infolge ihrer weitreichenden internationalen Verbindungen über Handels- u. Finanzbeziehungen, die sie immer wieder zu unentbehrl. Sach- u. Geldlieferanten der noch unentwickelten Staatswirtschaft machten (Edelsteine, Edelmetalle, Kriegslieferungen u. ä.). Darauf beruhte nicht zuletzt ihre Stellung im absolutist. Staat der Neuzeit, der bei prinzipiellem Festhalten an der alten Sozialordnung für einzelne Juden erhebl. Ausnahmen machte, die als *Hof-J.* zu großem Reichtum u. Einfluß gelangten, oft aber auch, von ihren Auftraggebern fallengelassen, das Opfer der latenten J.feindschaft wurden.
Eine besondere geschichtl. Entwicklung hat das J.tum in Spanien durchlaufen, das unter dem religiös-toleranten Islam im MA. eine Zeit geistiger u. wirtschaftl. Hochblüte erlebte *(Maimonides)*. Die nach dem Untergang der Araberstaaten von der *Inquisition* aus polit. u. religiösen Gründen betriebene J.verfolgung führte im christl. Spanien zur völligen Vertreibung der J. (1492), die sich in den Handelszentren Westeuropas (Amsterdam, London, Hamburg) niederließen u. von hier aus, aber auch anderwärts, einen wesentl. Anteil am Aufbau des frühkapitalist. Systems in Europa hatten. Dagegen lebten die hauptsächl. in Polen u. Galizien ansässigen *Ost-J.* zwar in fortdauernder enger Gemeinschaft, aber vielfach in drückenden Verhältnissen, meist als Handwerker, oft von *Pogromen* heimgesucht. Deswegen setzte von hier aus eine ständig u. insbes. im 19. u. 20. Jh. stark anwachsende Auswanderung ein, die zumeist über Breslau, Posen, Königsberg, Prag nach Zentraleuropa u. häufig weiter nach den USA, später auch nach Palästina, führte.
Einen entscheidenden Einschnitt bedeutete die mit der Aufklärung aufkommende *Emanzipationsbewegung*, die im J.tum selbst die Forderung nach Gleichberechtigung erweckte (M. *Mendelssohn* u. a.), während zur gleichen Zeit auch aufgeklärte Denker (G. E. *Lessing*), Regenten u. Politiker ihnen den Weg bahnten. So kam unter Kaiser Joseph II. die erste weitgehende Emanzipation der J. zustande, schon ehe die Gleichheitsideen der französ. u. amerikan. Revolution ihnen dort die völlige rechtl. Gleichstellung brachten. Zu Beginn des 19. Jh. folgten schrittweise die meisten europ. Staaten (Preußen 1811); seitdem war die Emanzipation, nicht ohne einzelne Rückschläge, unaufhaltsam im Gang u. bis Ende des 19. Jh. außer in Rußland überall durchgeführt.
Im Gegensatz zur Emanzipationsbewegung, die darauf ausging, das J.tum möglichst in seinen Gastvölkern aufgehen zu lassen, häufig unter Übertritt zur christlichen Religion, stand auf jüdischer Seite eine orthodoxe Richtung, die entweder eine Assimilation unter Beibehaltung des Glaubens der Väter anstrebte oder sie seit dem Ausgang des 19. Jh. ablehnte *(Zionismus)* u. die Erhaltung der überkommenen Substanz durch die Wiedererrichtung einer eigenen jüdischen Heimstätte in *Palästina* zum Ziel hatte. Emanzipation u. Assimilation haben den Lebensspielraum des J.tums gewaltig erweitert, nicht nur in den alten Domänen des Handels u. Geldverkehrs, wo es einzelne J. schon vorher zu großer Macht gebracht hatten *(Rothschild)*, sondern im Gesamtbereich der Wirtschaft überhaupt, wo die J. in einzelnen Zweigen eine gewisse Vorherrschaft erreichten. Auch auf vielen wissenschaftl. u. künstler. Gebieten erlangten sie bald hervorragende Bedeutung.
Gleichzeitig entstand im 19. u. 20. Jh., z. T. auf älteren Formen der Judenfeindschaft fußend, in vielen Ländern ein religiös, polit. u. rassisch begründeter *Antisemitismus*, der schließl. in Dtschld. im *Nationalsozialismus* seinen Höhepunkt erreichte. Mit seiner Machtergreifung begann zuerst die systemat. Ausschaltung der J. aus dem polit. u. öffentl. Leben u. eine sich von Jahr zu Jahr steigernde Verfolgung *(Nürnberger Gesetze)*, die im Krieg zur systemat. Vernichtung der J. in Dtschld. u. in allen von Dtschld. eroberten Gebieten führte (→Judenverfolgung). Die antisemit. Bewegung hat unbeabsichtigt zur Verwirklichung der zionist. Ziele beigetragen: Nachdem den J. bereits 1917 durch die *Balfour-Deklaration* eine jüd. Heimstätte in Palästina zugesichert worden war, wurde 1948 der neue Staat →Israel ins Leben gerufen. – 🕮 5.6.8.

Religion

Die Geschichte der jüd. Religion gliedert man ähnl. wie die polit. Geschichte der J. auf:
1. Die Patriarchen oder Erzväter gelten in der modernen religionsgeschichtl. Forschung als Häupter halbnomadischer Sippen (Kleinviehzüchter) aramäischer Herkunft u. als Stifter der Sippenkulte der sog. *Vätergötter* (nach Albrecht Alt, *1883, †1956, u. a.). Es handelt sich dabei um die Verehrung jeweils eines bestimmten Gottes, der sich dem betr. Sippenoberhaupt offenbart u. als hilfreich erwiesen hat. Die betr. Sippe verehrte diesen Gott weiter als den „Gott (hebr. *El*) unseres (bzw. meines) Vaters" (z. B. 1. Mose 31,53; 32,9). Unter seiner Führung u. seinem Schutz begaben sich die Kleinviehhirten auf ihre jahreszeitl. bedingten Wanderungen zwischen Wüstensteppe u. Kulturland (Weidewechsel, sog. Transhumanz) u. brachen zuweilen in der Suche nach einem neuen Lebensraum zu weiten Wanderungen auf (Transmigration). Auf diesem Hintergrund ist auch die Abwanderung einiger Patriarchen-Sippen nach Ägypten zu sehen (1. Mose 46 f.). Bezüglich der zeitl. Ansetzung der Patriarchen gehen die Meinungen weit auseinander (19./18. oder 15./14. Jh. v. Chr.). Die charakterist. Züge der Vätergötter sind später auf *Jahwe* übertragen worden, z. B. die freiwillige Bindung Gottes an eine bestimmte Menschengruppe (nicht aber an einen Kultort), Schutz des Rechts u. des Lebens, Führung in der Geschichte, friedfertige Haltung. Wahrscheinlich gehörte die Verheißung des Kulturlandbesitzes bereits zur Religion der Patriarchen (z. B. 1. Mose 12,1–9). Beim Zusammenschluß der Patriarchen-Sippen mit der aus Ägypten kommenden Gruppe der Jahweverehrer (Jos. 24) verschmolzen die Kulte der Vätergötter mit dem Jahwekult (13./12. Jh. v. Chr.). Die Vätergötter wurden zu Offenbarungsgestalten Jahwes umgedeutet u. so mit ihm identifiziert (2. Mose 3). Möglicherweise ist dem schon eine Identifizierung der Vätergötter mit dem gemeinsemit. Hochgott El (= Gott) u. damit ihre Vereinigung zu einer Gottheit vorausgegangen. Jedenfalls spiegelt sich der Vorgang der Vereinigung der Kulte der Vätergötter mit dem Jahwekult in der genealog. Zusammenfassung der ursprüngl. selbständigen Patriarchengestalten zu einer Ahnenreihe des sakralen 12-Stämme-Verbands (Abraham-Isaak-Jakob [Israel] u. seine 12 Söhne als Ahnherren der Stämme, 1. Mose 12–50) u. in der entspr. Vereinigung der zahlreichen Vätergötter zu dem einen Gott Abrahams, Isaaks u. Jakobs, der mit Jahwe identifiziert wurde. Unter diesen Voraussetzungen konnten die alten Erzählungen über die Erscheinungen der verschiedenen Vätergötter auf Jahwe übertragen u. an den vorisraelit. Kultstätten Palästinas lokalisiert werden, um ihre Übernahme durch den Jahwekult religiös zu rechtfertigen (1. Mose 16; 18,1–16; 28,10–22; 35).
Die Herkunft u. Bedeutung des Gottesnamens Jahwe liegen für uns ebenso im dunkeln wie die des Volksnamens *Israel*. Ihr Vorkommen vor der Ansiedlung der Israeliten in Palästina ist zwar durch vereinzelte ägypt. Belege aus dem 15.–13. Jh. v. Chr. gesichert, aber über die durch diese Namen repräsentierten geschichtl. Größen wissen wir so gut wie nichts. Geographisch lassen sich diese ältesten uns bekannten Jahweverehrer u. Träger des Namens Israel in der Gegend südl. des Toten Meers (Gebirge Edom) u. am Südrand Palästinas lokalisieren. Einmal werden sie ausdrücklich als Nomaden bezeichnet. Die ägypt. Notizen bringt man heute (nach Johannes Herrmann, *1880, †1960) wohl zu Recht mit den alttestamentl. Hinweisen auf die engen Beziehungen zwischen Moses

u. den Midianitern in Verbindung (2. Mose 2,11 ff.; 3f.; 18). Damit gewinnt die früher schon vielfach vertretene Hypothese von der Herkunft des Jahwekults aus dem Bereich der Midianiter oder Keniter (Richter 4,11) eine neue Stütze. Doch läßt sich über diesen vorisraelit. Jahwekult inhaltl. nichts sagen.
Historisch einigermaßen sicher greifbar wird für uns die Jahwereligion erst im Zusammenhang mit dem Auszug aus Ägypten (um 1220 v. Chr.). Die Befreiung einer Gruppe semit. Fronarbeiter u. ihre Errettung aus einer ausweglosen Lage am Schilfmeer (2. Mose 1–15) wurden von ihr als das Wunder des Eingreifens Jahwes in die Geschichte erlebt. Im Gefolge dieser Ereignisse ist es zur Gründung (oder Neugestaltung?) der Jahweverehrung mit den für sie zu allen Zeiten charakterist. Grundzügen des Vertrauens auf Jahwe als den alleinigen Herrn der Geschichte seines Volkes u. der Verpflichtung zum Gehorsam gegenüber seinem Willen gekommen, so daß man das Auszugsgeschehen zu Recht als die Geburtsstunde der Jahwereligion u. des Volkes Israel bezeichnet. Mit viel geringerem Grad an histor. Sicherheit lassen sich allerdings die Bestandteile der später für sie so entscheidenden Institutionen wie *Gesetz, Kultus* u. *Prophetie* nennen, deren Anfänge bis in die Zeit des Auszugs aus Ägypten zurückreichen. Das gleiche gilt bezügl. der Rolle des *Moses*. Die bibl. Darstellung des Auszugs u. des Offenbarungsgeschehens am Sinai (2.–5. Mose) ist das Ergebnis einer langen u. komplizierten Traditionsgeschichte. Sie war maßgebl. von der Tendenz bestimmt, alle Glaubensinhalte u. Lebensordnungen, die für die Jahwereligion jeweils wichtig wurden, in die als normativ geltende Ursprungszeit zurückzuverlegen. Das so entstandene bibl. Bild vom Sinaigeschehen als dem einmaligen göttl. Stiftungsakt aller wichtigen religiösen Institutionen Israels u. von Moses als dem Stifter (Priester, Prophet u. Gesetzgeber) der monotheist. Religion Israels ist bis heute im J.tum, im Christentum u. im Islam weithin bestimmend. Aber auch die Mehrzahl der Historiker, Religionsgeschichtler u. Alttestamentler hält an ihm fest, wenn auch mit erhebl. Abstrichen u. Modifikationen. Die meisten Forscher lassen Moses als polit. Führer beim Auszug aus Ägypten u. als prophet. Gestalt, nicht aber als Gesetzgeber im strengen Sinn (allenfalls noch als Kultstifter) gelten. Doch wurde seit dem Aufkommen der histor.-krit. Forschung im 18. Jh. dieses mehr oder weniger traditionelle Bild der Entstehung Israels, seiner Religion u. der histor. Bedeutung des Moses immer wieder radikal in Frage gestellt, zuletzt durch Martin Noth (*1902, †1968), der die beiden zuerst genannten Vorgänge im wesentl. in die spätere Zeit der Landnahme verlegte u. Moses für eine histor. nicht mehr genau fixierbare Führergestalt aus einer frühen Phase der Landnahme der Israeliten im Ostjordanland hielt. Freilich läßt auch die radikalste Kritik den Auszug aus Ägypten u. die Errettung am Schilfmeer als das Urfaktum der israelit.-jüd. Religion gelten, denn das Bekenntnis zu Jahwe als „dem Gott, der Israel aus Ägypten herausgeführt hat“, ist bei der Konstituierung des sakralen 12-Stämme-Verbands (Amphiktyonie) zum gesamtisraelit. Grundbekenntnis geworden, das auch von den Stämmen übernommen wurde, die niemals in Ägypten waren.
Zur Gründung des sakralen Stämmeverbands, der den Namen Israel trug, ist es wohl erst in einem relativ späten Stadium der Landnahme (abgeschlossen spätestens um 1100 v. Chr.) gekommen, durch Zusammenschluß der aus Ägypten kommenden Gruppe der Jahweverehrer mit anderen teils bereits in Palästina seßhaft gewordenen, teils am Rande des Kulturlands umherwandernden aramäischen Sippen (Verehrer der Vätergötter). Dieser Zusammenschluß diente vor allem kult. Zwecken, nämlich der Versorgung u. Pflege des gemeinsamen Heiligtums (daher die 12-Zahl der Stämme). Als solches Zentralheiligtum diente wahrscheinl. die *Bundeslade* Jahwes, die des öfteren ihren Standort wechselte, bis sie im festen Tempel in Silo ihre Unterkunft fand (1. Sam. 4). Im Rahmen dieses gesamtisraelit. Kultus vergegenwärtigte sich die aus festl. Anlaß versammelte Gemeinde die Heilstaten ihres Gottes in der Vergangenheit, durch die Verkündigung des Gottesrechts empfing sie Weisung für ihr tägl. Leben (5. Mose 27; 31; 2. Mose 20, Dekalog), u. bei kult. Handlungen u. beim Opfermahl erlebte sie die Gegenwart Jahwes. Daneben erfuhr Israel das Handeln Jahwes bes. eindrückl. im heiligen Krieg. Er wurde nur dann, wenn die Freiheit oder Existenz eines Stammes der Amphiktyonie bedroht war, ausgerufen. Stand dann ein beherzter Mann auf, der die benachbarten Stämme für den gemeinsamen Abwehrkampf zu begeistern verstand, u. gelang es ihm, den Sieg zu erringen, dann galt er als ein von Jahwe gesandter u. von seinem Geist getriebener „Retter“ (die sog. *großen Richter*, z. B. Richter 4f., 1. Sam. 11). Im äußersten Notfall holte man die Bundeslade ins Kriegslager, um sich der Gegenwart Jahwes zu versichern (1. Sam. 4). Als Herr des heiligen Krieges wurde „Jahwe der Heerscharen“ *(Zebaoth)* angerufen. Bei bes. schwerer Verletzung des Gottesrechts konnte auch gegen ein Glied der Amphiktyonie der heilige Krieg ausgerufen werden (Richter 19–21). Dies ist der einzige bekannte Fall, in dem sich alle Stämme am heiligen Krieg beteiligten. Schon daraus erkennt man, daß die Amphiktyonie als Einheit anfängl. polit.-militär. kaum in Aktion trat. Sie war primär ein kult. u. kein polit. Verband. Dies änderte sich erst unter dem Druck der Philister, als deutlich wurde, daß die spontanen Abwehrreaktionen einzelner israelit. Stämme u. Stämmegruppen gegen die gut organisierte Streitmacht der Philister auf die Dauer nicht ausreichten.
Als sogar die Bundeslade in die Hände der Philister fiel, kam es unter dem Eindruck dieser Erfahrung nach einem mißglückten Versuch Sauls zur erfolgreichen Staatenbildung u. Gründung des *Königtums* durch David. Dieser glanzvolle Abschluß des jahrhundertelangen Prozesses des Hineinwachsens Israels in die bäuerl.-städt. Kultur Palästinas hat jedoch die schon seit langem schwelende Krise des Jahweglaubens eher verschärft als gemildert. Zwar wurde die David-Dynastie durch eine Erwählungszusage Jahwes (2. Sam. 7) u. durch die Überführung der Bundeslade nach Jerusalem (2. Sam. 6) religiös legitimiert, aber der Ausbau eines stehenden Söldnerheers u. staatl. Verwaltungsapparats stand in unversöhnl. Widerspruch zu den alten sakralen Traditionen des heiligen Krieges, für die das Vertrauen auf die spontane Hilfe Jahwes durch geistbegabte Retter konstitutiv war. Diese theokrat. Auffassung von polit. Führung scheint unter den Nordstämmen besonders lebendig geblieben zu sein, denn hier kam es auch nach dem Abwerfen der Herrschaft der Davididen nach dem Tod Salomos (1. Kön. 12) nicht zur Etablierung einer Dynastie.
Bezeichnenderweise waren an den zahlreichen Umstürzen im Nordreich vielfach *Propheten* beteiligt. Sie designierten im Auftrag Jahwes den neuen Thronprätendenten u. legitimierten ihn damit religiös (1. Kön. 11,26 ff.; 2. Kön. 9f.; Hos. 7,1–7; 8,4 u. öfter). Dieser Zusammenhang macht deutlich, daß man dort die spontane Berufung durch Jahwe höher bewertete als das dynastische Prinzip (Richter 8,22f.). Doch auch im Südreich Juda, wo die David-Dynastie mehr als 400 Jahre lang unbestritten regierte, wurde die königl. Rüstungs- u. Bündnispolitik zur ständigen Zielscheibe prophet. Polemik (z. B. Jes. 7; 30,1–5, 15–17; Jer. 27). Der zweite Bereich, in dem es ständig zu Zusammenstößen zwischen den Grundsätzen des alten amphiktyonischen Gottesrechts u. den neuen Lebensbedingungen der Königszeit kam, waren die sozialen Verhältnisse. Gegenüber dem im alten Orient ganz selbstverständl. Anspruch der Könige auf ein Verfügungsrecht über den Grundbesitz u. über die Arbeitskraft der Untertanen vertraten die Propheten die alte Auffassung von der rechtl. u. sozialen Gleichheit aller Glieder der Amphiktyonie u. von der Unveräußerlichkeit des Bodenbesitzes der Sippe (1. Sam. 8,10–18; 2. Sam. 12; 1. Kön. 21; Jer. 22). Auch das rücksichtslose Gewinnstreben, das sich im 9./8. Jh. der Oberschicht bemächtigte, rief die harte Kritik der Propheten auf den Plan (z. B. Amos 2,6; 3,9–12; 4,1 f.; 8,4–8; Jes. 5,8–24). Von größter Bedeutung war der Kampf gegen die Mißachtung des Gebots der Alleinverehrung Jahwes. Da der Jahwekult ursprüngl. unter den Kleinviehzüchtern in der Wüstensteppe verbreitet war, hatte er von Haus aus keine Beziehung zum Ackerbau u. Kulturland. Der Ackerbau konnte jedoch im Altertum nicht ohne sakralen Schutz betrieben werden. Für die Israeliten, die seit der Landnahme allmähl. in die bäuerl. Lebensverhältnisse Kanaans hineinwuchsen, lag deshalb die Versuchung nahe, sich an den kanaanäischen Fruchtbarkeitskulten zu beteiligen u. in ihrem bäuerl. Alltag die einheimischen Götter des Kulturlands (*Baal, Aschera, Astarte* u. a.) anzurufen bzw. die Fruchtbarkeitsriten u. -symbole in den eigenen Jahwekult aufzunehmen. Gegen diesen Synkretismus richtete sich ebenfalls der heftige Protest der Propheten (1. Kön. 18f.; bes. Hos. u. Jer.). Die Kritik an den bestehenden Verhältnissen, die sich schon in der älteren Phase der Prophetie (10./9. Jh. v. Chr.) hauptsächl. auf die genannten drei Themenkreise konzentrierte, radikalisierte sich bei den sog. klass. Propheten (seit Amos, um 760 v. Chr.) zur totalen Gerichtsverkündigung. Die Gültigkeit der Erwählung Israels durch Jahwe u. seiner Heilszusagen wurde angesichts des gottwidrigen Lebenswandels Israels durch diese Propheten radikal verneint (Amos 3,1 f.; 5,18–20; Jer. 6,27–30 u. öfter). Daneben stand bei den vorexilischen Propheten allerdings eine zunächst ganz schwache Hoffnung auf die Errettung eines Restes aus dem allg. Vernichtungsgericht (Amos 5,15; Jes. 7,3; 8,16–18; 14,32; Zeph. 2,3). Sie wurde um so stärker, je mehr sie sich auf eine durchgreifende Erneuerung Israels durch Gott selbst u. nicht mehr auf die Fähigkeit des Menschen zur Umkehr u. zum gottgemäßen Verhalten gründete (Hos. 2; Jes. 10,5–27; 29,1–12; Jer. 31,31–34).
Die Botschaft der vorexilischen Propheten, die von ihren Zeitgenossen weithin abgelehnt wurde, erfuhr durch den Untergang der Staaten Israel (721 v. Chr.) u. Juda (587 v. Chr.) eine Aufwertung, denn diese polit. Katastrophen wurden als Erfüllung ihrer Gerichtsankündigung verstanden. Wohl schon unter dem Eindruck der drohenden Erfüllung der prophet. Gerichtsansage, der durch den immer stärker werdenden Druck des assyr. Großreichs auf Israel u. Juda hervorgerufen wurde, entstand in Israel, vermutl. schon in der 2. Hälfte des 8. Jh. v. Chr., eine teils von den Landpriestern (Leviten), teils von religiös-konservativen Kreisen der Landbevölkerung getragene Erneuerungsbewegung, die sich stark an den alten amphiktyonischen Rechtstraditionen orientierte u. diese für die Gegenwart aktualisierte (die ältesten Schichten der Gesetze in 5. Mose 12–27). Nach der Vernichtung des Staates Israel durch die Assyrer (721 v. Chr.) gelangte diese Gesetzessammlung nach Juda. Dort weiterentwickelt, wurde sie zur Grundlage der von König Josia durchgeführten Kultreformen. Dieses sog. *deuteronomistische Gesetz* war ein Versuch, das gesamte Leben des Volkes dem Gottesrecht gemäß zu gestalten, um das drohende Gottesgericht doch noch abzuwenden. Die wichtigsten von ihm zur Geltung gebrachten Gesichtspunkte sind: die Zentralisation des Jahwekultus im Jerusalemer Tempel u. die Beseitigung aller übrigen Kultstätten, die Reinigung des Jahwekultus von allen fremden Einrichtungen u. Bräuchen u. schließl. die sozialkaritative Tendenz. Obwohl die Reformmaßnahmen Josias infolge der Veränderung der polit. Verhältnisse sehr bald faktisch rückgängig gemacht wurden, übte das deuteronomist. Gesetz, das von predigtartigen Mahnreden umrahmt u. durchsetzt wurde, eine große Wirkung auf das exil.-nachexil. J.tum aus.
2. Bald nach dem Untergang des Staates Juda entstand (um 550 v. Chr.) unter den in Palästina zurückgebliebenen Judäern das große Geschichtswerk (5. Mose – 2. Kön.), das man wegen seiner engen inhaltl. Beziehung zum deuteronomist. Gesetz (5. Mose) in der alttestamentl. Wissenschaft als das *deuteronomistische Geschichtswerk* bezeichnet. In ihm wird nach den Ursachen der polit. Katastrophe gefragt. Dabei wird die ganze Geschichte des Gottesvolks an den deuteronomist. Forderungen der Kultuseinheit u. Kultusreinheit gemessen u. als Geschichte des ständigen Ungehorsams, bes. seiner Könige, gegenüber diesen Forderungen u. damit gegenüber dem Gebot der Alleinverehrung Jahwes entlarvt. Diese Geschichtsbetrachtung steht ganz auf dem Boden der kollektiven Haftung des Gesamtvolks für das religiöse Verhalten seiner Könige, die mit ganz wenigen Ausnahmen (vor allem David) negativ beurteilt werden. Eine weitere, allerdings zunächst unbeabsichtigte Wirkung des deuteronomist. Gesetzes war die Profanierung des Alltagslebens. Kulthandlungen u. Opfer wurden auf ganz wenige Wallfahrtsfeste beschränkt. Dadurch wurde den Jahwegläubigen auch nach der Zerstörung des Tempels u. selbst in der Verbannung im fremden Land das Leben ermöglicht, ohne daß sie sich anderen Kulten zuwenden mußten.
Unter den nach Babylonien verbannten Judäern wurden einerseits ähnl. geartete Reformbemühungen unternommen, die sich vor allem in den Entwürfen einer dem Willen Gottes entspr. Kult- u. Lebensordnung niederschlugen. Sie wurden von

priesterl. Kreisen getragen (Hes. 40–48 u. Priesterkodex). Andererseits erwachte im Babylon. Exil bald eine Prophetie, die eine bevorstehende heilvolle Wendung des Schicksals der Verbannten durch Jahwe ankündigte (Jes. 40–55, d.h. Deuterojesaja). Die von solchen Hoffnungen erfüllten u. zum Neuanfang im Gehorsam gegen Jahwe entschlossenen Judäer in Babylonien verstanden sich als der aus dem Gericht gerettete Rest, von dem schon die vorexilischen Propheten gelegentl. sprachen. Sie fühlten sich als Objekt der neu einsetzenden Heilszuwendung Jahwes. Die Wende kam in Gestalt des Perserkönigs Kyros, der das babylon. Reich bezwungen (538 v.Chr.) u. den verbannten Judäern die Rückkehr in die Heimat sowie den Wiederaufbau des Jerusalemer Tempels gestattet hatte. Diese Genehmigung konnte allerdings erst 520–515 v.Chr. in nennenswertem Umfang ausgenutzt werden. Angesichts der trostlosen Verhältnisse, die sie in Judäa vorfanden, verloren die ersten Rückwanderer bald den Mut, so daß es starker prophet. Impulse (Haggai u. Sacharja) u. der Unterstützung der in Babylonien zurückgebliebenen u. längst recht vermögend gewordenen Juden bedurfte, um wenigstens provisor. den Tempelbau abzuschließen u. den Kult in Gang zu bringen.
Das Werk der Neukonstituierung der Jerusalemer Kultgemeinde wurde erst durch Esra u. Nehemia (etwa 445–430 v.Chr.) gegen den Widerstand der Samaritaner, anderer Nachbarvölker u. auch der pers. Provinzbehörden durchgesetzt. Die Befestigung u. Steigerung der Einwohnerzahl Jerusalems durch Nehemia u. die Verpflichtung der Gemeinde auf das Gesetz Gottes durch Esra schufen die tragfähigen Voraussetzungen für die Existenz Jerusalems u. seiner Umgebung als einer religiös u. verwaltungsmäßig autonomen Gemeinde innerhalb des pers. Großreichs, an deren Spitze als geistl. u. weltl. Oberhaupt der *Hohepriester* stand. Diese Stellung konnte über den wiederholten Wechsel der weltpolit. Lage hinweg bis zur Zerstörung Jerusalems durch die Römer (70 n.Chr.) behauptet werden.
Die Prophetie blieb in der nachexil. Zeit (Haggai, Sacharja, Maleachi, Jes. 56–66 [Tritojesaja], Obadja u.a.) zunächst noch lebendig, aber sie rückte, im Gegensatz zur vorexilischen Prophetie, die Verkündigung des bevorstehenden Heils in den Vordergrund. Das Gericht wurde nur noch als Sichtungsgericht, durch das die Sünder aus der Gemeinde ausgeschieden u. die äußeren Feinde vernichtet wurden, verkündigt. Auf dieser Basis gewann die Mahnung zum rechten Lebenswandel einen breiteren Raum als bei den vorexilischen Propheten. Doch verlor die aktuelle Prophetie bald an Ansehen (Sach. 13,3–6) u. erlosch. Ihre Funktion übernahm z.T. die *Apokalyptik*, die aber bis auf Daniel vom J.tum als häretisch abgelehnt wurde. Nur die kanonisierte Prophetenüberlieferung stand hoch im Ansehen. Die durch Esra u. Nehemia u. z.T. schon früher eingeleitete Entwicklung des orthodoxen J.tums zu einer Gesetzes- u. Buchreligion gelangte damit zur Vollendung. Die theolog. Arbeit u. die prakt. Frömmigkeit konzentrierten sich zunehmend auf die genaue Auslegung u. gewissenhafte Beachtung des göttl. Gesetzes (*Thora*, d.h. die 5 Bücher Mose). Schon in der Makkabäerzeit entstand eine Spannung zwischen dem Priesteradel *(Sadduzäer)*, der sich dem Hellenismus gegenüber zugängl. zeigte, u. den Frommen, die auf strenger Beachtung des Gesetzes beharrten. In der zuletzt genannten Gruppe bildeten sich die *Pharisäer u. Schriftgelehrten* als ein bes. Stand heraus, der die geistige Führung übernahm. Diese Entwicklung war um 70 n.Chr. bereits so weit fortgeschritten, daß das J.tum die Vernichtung des Jerusalemer Tempels u. den Verlust des Kultus ohne allzu große Erschütterung hinnehmen konnte. Die unmittelbare Folge davon war die endgültige Festlegung des Kanons durch die *Synode zu Jamnia* (Yavne) um 90. Das heilige Buch wurde endgültig zum religiösen Mittelpunkt des J.tums. Die Auslegungstradition der verschiedenen Rabbinerschulen wurde lange Zeit mündl. weitergegeben. Erst mit dem 2. Jh. begann man sie schriftl. zu fixieren u. zu ordnen, woraus das große Sammelwerk des *Talmud* („Lehre") entstand, dessen älterer Teil *Mischna*, dessen jüngerer *Gemara* genannt wurden. Freilich blieben neben der Gesetzesfrömmigkeit auch die eschatolog.-messian. Erwartung u. myst.-spekulative Frömmigkeit immer im J.tum lebendig. Meistens waren diese religiösen Strömungen auf kleine esoterische Kreise beschränkt. Jedoch griff die messian.-eschatolog. Hoffnung als Naherwartung des sichtbaren Durchbruchs der Gottesherrschaft in der Welt wiederholt auf die Mehrheit der J. über, so bes. zur Zeit der Makkabäer u. der Aufstände gegen die Römer (66–70, 116/117 u. 132–135 n.Chr.) sowie später in Zeiten der Verfolgung *(Kabbala* u. *Chassidismus)*.
Das moderne J.tum in Westeuropa u. Amerika nimmt seit der Emanzipation im 19. Jh. weithin an den religiösen, theolog. u. philosoph. Bewegungen des Abendlands teil. Nur von vorübergehender u. untergeordneter Bedeutung waren die nicht selten Übertritte zum Christentum, bes. zum Protestantismus, die meistens rein äußerl. durch die Tendenz zur Anpassung an die Umwelt motiviert waren (H. Heine). Sie hörten auf, als sich der latente Antisemitismus als unüberwindbar erwies, u. erst recht, als er durch den Nationalsozialismus geweckt u. zur ungeheuren J.verfolgung gesteigert wurde. Gravierender wirkt sich die allg. Säkularisierung aus, von der ein sehr großer Teil der J. erfaßt wurde. Heute bezeichnen sich im Staat Israel ungefähr 80% der J. als religionslos. Auch sie halten jedoch an bestimmten religiösen Bräuchen u. Riten (Beschneidung, Feste) fest, die sie allerdings vorwiegend im nationalen Sinn verstehen. Eine liberale, stark philosoph. gefärbte Richtung versuchte, das J.tum als Religion im eigentl. Sinn zu verstehen u. es von der Frage der nationalen oder rass. Herkunft zu lösen. Auch sie stand im Dienst der Assimilationstendenz. Die J. sollten ganz als Bürger ihres Landes, aber zugleich als treue Anhänger der jüd. Religion leben. Der wohl hervorragendste Vertreter dieser Richtung war Moses Mendelssohn. Grundsätzl. ähnl. strukturiert waren die schon im Altertum u. im frühen Mittelalter unternommenen Versuche der Interpretation der jüd. Religion im Sinne der neuplaton. (Philon von Alexandria, 1. Jh. v.Chr./1. Jh. n.Chr.) bzw. arabisch-aristotel. Philosophie (Maimonides, 12./13. Jh.). Heute spielt dieses *liberale Judentum* prakt. nur noch in den angelsächs. u. skandinav. Ländern eine Rolle. Unter dem Einfluß des stark myst. u. messian.-eschatolog. geprägten osteurop. J.tums *(Chassidismus)* hat der anfängl. ganz vom nationalen Gedanken beherrschte *Zionismus* (Theodor Herzl) echt religiöse Motive aufgenommen. Franz Rosenzweig u. Martin Buber gehören zu den einflußreichsten u. bekanntesten modernen Interpreten der vielfältigen religiösen u. philosoph. Tradition des J.tums. – 🄻1.8.2. u. 1.9.2.

Juden-AO, russ. *Jewrejskaja AO*, autonomes Gebiet im SW des Kraj *Chabarowsk* im Fernen Osten der RSFSR (Sowjetunion), 36000qkm, 173000 Ew. (davon rd. 72% in Städten), Hptst. *Birobidschan*; in der Amurniederung Getreide-, bes. Weizenanbau mit Fleisch-Milchviehzucht, im Burejagebirge Waldwirtschaft, Goldbergbau, Eisen-, Zinn-, Graphitvorkommen. – Die J. wurde 1934 gebildet.

Judenbart, 1. = Ziegenbart.
2. volkstüml. Name für den als Ampelpflanze sehr beliebten *Rankenden Steinbrech, Saxifraga sarmentosa*, sowie für das *Efeublättrige Leinkraut, Linaria cymbalaria*.

Judenburg, österr. Bezirksstadt in der Obersteiermark, das röm. *Idunum*, 11400 Ew.; im MA. Sitz einer Maler- u. Bildhauerschule; Gußstahlwerk, Schuh- u. Kartonagenfabrik.

Judenchristen, 1. Juden, die durch die Taufe Christen geworden sind.
2. die aus dem Judentum stammenden Christen, die an der Befolgung jüd. Gesetze u. Gebräuche festhielten, sie aber nicht für heilsnotwendig erachteten.

Judendorn, *Jujube, Zizyphus jujuba*, ein asiat. *Kreuzdorngewächs*, mit dornigen Nebenblättern u. gelbl. Trugdolden; Zierstrauch.

Judenhut, im MA. zur Kennzeichnung der Juden für diese vorgeschriebener spitzer Hut; wurde eingeführt, als es anläßl. der Kreuzzüge zu Judenverfolgungen kam: Die Juden wurden unter den bes. Schutz des Königs gestellt, was für sie aber u.a. den Zwang zum Tragen bes. Kleidung bedeutete.

Judenitsch, Nikolaj Nikolajewitsch, russ. General, *18. 7. 1862, †5. 10. 1933 Nizza; 1913 Generalstabschef; im russ. Bürgerkrieg Befehlshaber der „weißen" (antibolschewist.) Nordwestarmee in Finnland u. Estland, führte 1919 erfolglose Offensiven gegen Petrograd.

Judenkirsche, *Blasenkirsche, Ballonblume, Physalis alkekengi*, südeurop. *Nachtschattengewächs* mit zur Reife roten, die Frucht als Blase umgebenden Kelchblättern; Zierstaude.

Judenpfennig, kleine Kupfermünze um 1800–1825 mit Phantasienamen, von privater Seite in Umlauf gebracht u. weit verbreitet.

Judenverfolgung, im nat.-soz. dt. Staat (→Nationalsozialismus) von 1933 bis 1945 Maßnahmen zur Schädigung, Vertreibung u. Vernichtung der Juden. Vom Boykott gegen alle jüd. Ärzte, Anwälte u. Geschäftsinhaber (1. 4. 1933) über die Ausschaltung der jüd. Beamten (7. 4. 1933), die Verfemung der jüd. Künstler (10. 5. 1933), die *Nürnberger Gesetze* (15. 9. 1935, dazu die Durchführungsverordnungen über Reichsbürgerschaft u. den „Schutz des dt. Blutes u. der dt. Ehre"), Beschränkungen u. Sondergesetze führte der Weg zum ersten Pogrom (9./10. 11. 1938, *Kristallnacht*). In den folgenden Jahren entzog man den Juden u. Halbjuden systematisch die Existenzgrundlage: Ausschließung aus den meisten Berufen, Verbot des Betretens von kulturellen Einrichtungen u. Erholungsstätten, Verpflichtung zur Annahme der Vornamen Sara u. Israel, zum Tragen des *Judensterns* u.a. 1941 wurde die bis dahin von A. *Eichmann* forcierte Auswanderung gestoppt, da die Nationalsozialisten nunmehr die „Endlösung" einleiteten. Ab Januar 1942 (Wannsee-Konferenz) begann der Abtransport der noch in Europa lebenden Juden in die *Vernichtungslager* im Osten. Durch Massenerschießungen der *Einsatzgruppen*, Massenvergasungen u. Hungertod verloren 4,2 bis 5,7 Mill. Juden ihr Leben. – 🄻5.4.5.

Judenviertel = Getto.

Judica [lat., „richte"], *Judika*, 2. Sonntag vor Ostern, nach dem Anfang seines Introitus Ps. 43 benannt.

Judikarien, ital. *Valli Giudicàrie*, tektonisch angelegte, eiszeitlich geformte, gut besiedelte u. reich kultivierte Tafellandschaften in Norditalien, an der oberen Sarca u. dem oberen Chiese; Hauptort *Tione di Trento*.

Judikative [die; lat., frz., „rechtsprechend"], die (vorwiegend) rechtsprechende Gruppe der Staatsorgane („Gewalt") eines Staates mit *Gewaltenteilung*, die →Rechtsprechung im organisator. Sinne, die Gerichte.

jüdische Kunst. Die ältesten Reste von Synagogenbauten (Galiläa) stammen aus dem 2./3. Jh. n.Chr., doch sind schon für das 3. Jh. v.Chr. jüd. Kultgebäude archäologisch bezeugt (Alexandria); in Palästina lassen sich für das 5.–8. Jh. mehr als 50 Synagogen nachweisen. Der Bautypus unterschied sich zunächst von dem der christl. Basilika durch fast quadrat. Grundriß mit Bet- u. Versammlungsraum als wichtigstem Teil, durch das Fehlen einer Apsis u. die Ausrichtung der Eingangsfront nach Jerusalem. Seit dem 4. Jh. n.Chr. finden sich auch basilikale Anlagen (Priene, Gerasa, Hammat). Die Synagogenkunst der Diaspora im MA. u. in der Neuzeit paßte sich den jeweils herrschenden Zeitstilen an; so war die Synagoge in Worms (1034 begonnen) roman. geprägt, die Synagogen in Prag u. Krakau waren got. Bauten. Eine eigene Entwicklung mit volkstüml.-schlichten Bauformen nahm seit dem 17. Jh. der Synagogenbau in Osteuropa, bes. in Polen u. den westl. Teilen Rußlands (Holzarchitektur, Vierstützensystem in der Raummitte). Trotz aller Behinderungen entstanden immer wieder vorzüglich durchgeformte Räume, so in Toledo (1180–1200; 1366) oder Amsterdam (1676). In der Gegenwart entwarf E. *Mendelsohn* bedeutende Synagogen, Profanbauten u. Denkmäler.
Alte jüd. Kultgeräte (Thora-Schreine u. -Vorhänge, Lampen, Leuchter, Behälter u.a.) zeichnen sich meist durch eine ähnl. reiche Ornamentierung aus wie die Buchkunst, in der neben religiösen Symbolformen Tier- u. Blumenmotive überwiegen.
An der Entwicklung der modernen europ. Kunst hatten Juden starken Anteil: im 18. u. 19. Jh. durch J. *Israëls*, M. *Liebermann*, H. *von Marées*, A. R. *Mengs*, C. *Pissarro*, Ph. *Veit*; im 20. Jh. durch M. *Chagall*, N. *Gabo*, J. *Lipchitz*, E. *Lissitzky*, L. *Meidner*, A. *Modigliani*, L. *Moholy-Nagy*, Ch. *Soutine*, O. *Zadkine*. →auch israelische Kunst.

jüdische Literatur. Die altjüd. Literatur ist im wesentl. durch die Bücher des A.T. vertreten. Als der Tempel in Jerusalem zerstört wurde (70 n.Chr.), ging mit der Einheit des Volkstums auch die Einheit der j.n.L. verloren. Im Vordergrund standen hinfort zunächst Gesetz u. Lehre, die formelhaft gedeutet wurden; so entstand in Palästina (4. Jh.) u. in Babylon (6. Jh.) der *Talmud* („Lehre"), so die Mischna (abgeschlossen 200 n. Chr.; „Wiederholung [des Gesetzes]"), während mystische Strömungen u. gnostische Elemente

im 9. bis 13. Jh. zur Geheimlehre der *Kabbala* führten, von deren Offenbarungen im 18. Jh. die *Chassidim* das Heil erhofften.
Seit dem 10. Jh. erwuchs in Spanien die hebräische Lyrik zu neuer Blüte; Salomon ben Jehuda ibn *Gabirol* u. *Jehuda ben Samuel ha Levi* verschmolzen Synagogen- u. arab. Dichtform zu höchster Einheit. Danach brachten in den Niederlanden Gabriel *Acosta* u. B. *Spinoza* die j.L. durch ihre außerhalb der Synagoge stehenden Gedankengänge noch einmal zu Weltrang, den vorher schon einmal der große mittelalterl. Gelehrte M. *Maimonides* dem Schrifttum seines Volks errungen hatte. Große Bedeutung kam in dieser ganzen Zeit den jüd. Schriftstellern als Vermittlern zwischen der reichen orient.-arab. Kultur u. Europa zu.
Während in den west- u. mitteleurop. Ländern die jüd. Autoren, Dichter u. Gelehrten ihre Werke in der latein. Gelehrten- oder in der Landessprache abfaßten – in Dtschld. erschloß die Pentateuch-Bearbeitung (1780–1783) von M. *Mendelssohn* den Juden den Zugang zur Bildung ihres Gastlands –, hat sich nur in Osteuropa, neuerdings in Israel u. auch in Nordamerika eine hebräische Literatur erhalten u. fortgebildet. Die *jiddische Literatur* bedient sich hebräischer Schriftzeichen zur Aufzeichnung ihrer Schriften (bes. berühmt das *Zenne-Renne*, eine Pentateuch-Bearbeitung des Jakob ben Isaak *Aschkenasi* [*um 1550, †1628]; in neuerer Zeit Sch. *Asch* oder M. *Rosenfeld*).
In Deutschland haben die Kämpfe um die Erringung u. Verteidigung der Emanzipation eine jüd. Wissenschaft entwickelt, die hauptsächl. auf den Gebieten der Geschichts-, Religions- u. philosophiegeschichtl. Forschung Beachtliches geleistet hat, bes. seitdem der Zionismus diese Bestrebungen mächtig verstärkt hat. Ihm verdankt auch der Aufschwung der Literatur in Israel seine Kraft. →auch israelische Literatur. – ☐ 3.3.8.
jüdische Musik. Wie aus dem A.T. hervorgeht, zeigte die j.M. sowohl im Tempel als auch in der Volksmusik früh eine reiche Entfaltung. Sie stand in den Anfängen stark unter ägypt. u. babylon. Einfluß. Der synagogale, antiphonale Psalmengesang wurde besonders zur Zeit der Könige durch den Gebrauch von Instrumenten verstärkt. Die Tempelmusikerschaft wurde von den Leviten gestellt. Bevorzugte Instrumente waren volkstüml. Flöten u. Oboen, die auf altägypt. Vorbilder zurückgehen; das Tempelinstrument, der rituelle *Schofar* aus Widder- u. der *Keren* aus Stierhorn (Posaunen hat es nicht gegeben, in der Geschichte von den Mauern Jerichos werden an ihrer Stelle Widderhörner erwähnt), mehrere Arten von Bekken, die wahrscheinl. in Größe u. Form unterschiedl. waren, Schellen (nicht Glöckchen) am Rand des Gewandes des Oberpriesters Aaron, Sistren, Klappern, endlich verschiedene Arten von Trommeln *(Adufe, Tof)*, bei denen es sich um die mesopotamisch-ägypt. Vierkanttrommel handelte, die Miriam singend u. vor dem Frauen- u. Mädchenchor einhertanzend spielte (ähnliche Darstellungen von Frauenchören mit einer Vorsängerin, die die Vierkanttrommel spielt, sind aus der ägypt. Amarna-Zeit bekanntgeworden). Die synagogale Musik scheint auch eine Art Orgel *(Magrepha)* gekannt zu haben. An Saiteninstrumenten existierten die seltene *Nabla* (eine dreieckige Harfe), größere Harfen u. der *Kinnor*, das königl. Instrument Davids, eine Leier, also keine Harfe.
Der jüd. Synagogalgesang ist eine monodische, mündlich tradierte Kunst. Eine eigentl. Notenschrift hat es nicht gegeben, sondern lediglich Lektionszeichen. Kantor Abraham Zvi *Idelsohn* (*1882, †1938) versuchte die Rekonstruktion des alten Tempelgesangs nach Vergleichung der Gesänge in der Diaspora lebender (z.B. jemenitischer u. persischer) Gemeinden durch sammelnde u. vergleichende Forschung, die zunächst von Robert *Lachmann* (*1892, †1939), neuerdings von Edith *Gerson-Kiwi* (*13.5.1908) fortgesetzt wurde. Liturgisch-musikalische Divergenzen bestehen zwischen dem Tempelgesang der aschkenasischen u. dem der sephardischen Juden. Während die im Ausland u. in Amerika lebenden Israeliten sich im musikal. Gebräuchen ihrer Umwelt angepaßt haben, sind die oriental. Gemeinden der traditionellen Liturgie treu geblieben. Der synagogale Gesang hat einen unbestreitbaren Einfluß auf die Frühgregorianik ausgeübt, wenn dieser auch heute zugunsten syrischer oder koptischer Elemente weniger hoch eingeschätzt wird. →auch israelische Musik.
jüdische Philosophie, allg. die von Denkern jüd. Abstammung im Anschluß an die jüd. Tradition vertretene Philosophie. Diese Bedeutung würde sich auf die ganze Philosophiegeschichte erstrekken u. Denker wie B. *Spinoza,* M. *Mendelssohn,* S. *Maimon,* H. *Cohen* u.a. umfassen. Die Beziehungen zu nichtjüd. Vorgängern u. Zeitgenossen sind jedoch in diesen Fällen so eng, daß man den Begriff der j.n.P. auf solche Denker zu beschränken pflegt, die in der hellenist.-röm. u. der arab.-mittelalterl. Zeit schulebildend Gewicht haben, z.B. *Philon von Alexandria* oder M. *Maimonides.* Eine noch klarere Vorstellung ergibt sich vom Sachlichen her, wenn man unter j.r P. in erster Linie jüd. Religionsphilosophie, d.h. die auf die „Deutung u. Rechtfertigung der jüd. Religion" (B. *Guttmann*) gerichtete Philosophie versteht. Dann ist das Abhängigkeitsverhältnis zur antiken Philosophie (Neuplatonismus u. Aristotelismus) kein anderes als das der auf die gleichen antiken Quellen zurückgehenden christl. Scholastik.
Judith [hebr., „Frau aus Jehud, Jüdin"], weibl. Vorname; engl. Koseform *Judy.*
Judith, Heldin des apokryphen Buchs J., die dem assyr. Heerführer *Holofernes,* der ihre Vaterstadt belagerte, den Kopf abschlug. Die Legende entstand wohl in der Makkabäerzeit.
Judith, Gemahlin Kaiser *Ludwigs des Frommen,* *um 800, †19.4. 843 Tours; Tochter des Grafen *Welf I.,* Mutter *Karls des Kahlen,* suchte für diesen einen größtmöglichen Teil des Reiches zu sichern, erlangte gegen die Stiefsöhne schließl. 839 für ihn die Westhälfte des Reiches (843 im Vertrag von Verdun bestätigt).
Judiz [lat.], Urteil, richterl. Urteilsvermögen.
Judo [das; jap.], *Ju-Do, Diu-Do,* von dem Japaner *Jigoro Kano* um 1880 aus dem „Jiu-Jitsu entwikkelter Kampfsport, bei dem alle rohen u. gefährl. Griffe verboten sind. Gekämpft wird auf einer 5×5 bis 10×10 m großen Matte, die Kampfzeit ist vor dem Wettkampf zu vereinbaren, sie soll nicht weniger als 3 min u. nicht mehr als 20 min betragen. Jeder Kämpfer versucht, durch Anwendung der verschiedenen Griffe seinen Gegner zur Aufgabe zu zwingen oder einen Punktsieg zu erringen. In der J.-Technik unterscheidet man gymnastische Übungen, Fallübungen, Würfe (Fuß- u. Bein-, Hüft-, Arm-, Schulter- u. Opferwürfe) u. Griffe (Halte-, Hebel- u. Würgegriffe). Die Kampfkleidung *(Judogi)* besteht aus der weißen Kampfjacke *(Kimono),* der langen Hose *(Zubon)* u. dem 4 cm breiten Gürtel, an dessen Farbe der (Schüler- oder Meister-)Grad zu erkennen ist; →Dan, →Kyu, →Gewichtsklassen. Organisation: Deutscher J.-

Judo: Kampfszene mit Niederwurf durch Uchi-Mata-Hüftwurf (innerer Schenkelwurf)

Bund (Fachbund für Budo-Sportarten), gegr. 1953 in Hamburg, wiedergegr. 1955 in Frankfurt, Sitz: Frankfurt a.M., rd. 1620 Vereine u. 183 000 Mitglieder; seit 1955 Mitglied der *International Judo-Federation,* Zeitschrift: „J." In Österreich: *Österr. Judoverband,* Wien, 8000 Mitglieder; in der Schweiz: *Schweizer. Judo-* u. *Budo-Verband,* Biel-Bienne, 9500 Mitglieder. – ☐ 1.1.9.
Judoka [jap.], Judosportler.
Jud Süß →Süß Oppenheimer.
Judy [ˈdʒuːdi], engl. Koseform zu →Judith.
Juel [juːl], Jens, dän. Maler, *12.5.1745 Balslev auf Fünen, †27.12.1802 Kopenhagen; schuf, ausgehend von der holländ. Malerei des 17. Jh., eine Vielzahl von Landschaften, Porträts, Stilleben u. Genreszenen, oft mit künstl. Beleuchtung. Als Porträtmaler war er der bevorzugte Schilderer der vornehmen Welt. Seine farbenfrohe Malweise machte ihn zum führenden dän. Maler seiner Zeit.
Jug, schiffbarer südl. Quellfluß der *Sewernaja Dwina,* entspringt auf dem nordruss. Landrücken, vereint sich nach 450 km bei Welikij Ustjug mit der *Suchona* zur *Malaja Sewernaja Dwina;* 361 km schiffbar; Flößerei.
Jugend, 1. ein Lebensabschnitt, →Jugendalter. Zur jurist. Bedeutung der J.phasen →Alter.
2. die Gesamtheit aller jungen Menschen einer Gesellschaft (oft eines Volkes), die noch nicht voll u./oder eigenverantwortlich (mündig) in deren Lebensprozeß eingefügt sind. Die J. stellt die Zukunft einer Gemeinschaft dar u. ist daher einer besonderen Erziehung u. Fürsorge unterstellt (→Jugendamt, →Jugendfürsorge, →Jugendwohlfahrtspflege). Doch empfindet sich demgegenüber die J. zugleich als Einheit gegenüber den Älteren, was bes. in Zeiten der Unsicherheit u. des Umbruchs zu Konflikten führen kann *(Generationsproblem);* die J. entzieht sich dem Erziehungsanspruch der Älteren u. sucht aus eigenen Kräften nach neuen Lebensformen (→Jugendbewegung, →Hippies). – ☐ 1.6.0.
Jugendalter, Entwicklungsabschnitt, beginnt mit der *Pubertät* u. endet mit der Reife der Persönlichkeit im *Erwachsenenalter.* Während man den Beginn heute etwa um das 12. Lebensjahr ansetzen kann, ist das Ende, der Übergang in das Erwachsenenalter, individuell sehr verschieden. Dieser Tatsache trägt auch das Strafrecht bei der Beurteilung jüngerer Rechtsbrecher Rechnung.
Körperl. Veränderungen im J.: starkes Längenwachstum u. die Ausbildung der Geschlechtsreife (2. Gestaltwandel nach W. Zeller); psych. Veränderungen: zuerst allgemeine Labilisierung, insbes. der sozialen Haltungen i.r P. mit zunehmende Introversion u. Interesse am eigenen Ich. Mit 17–18 Jahren gelingt in den meisten Fällen die Lösung aus der Ich-Verhaftung; es beginnt die *Adoleszenz* oder Reifezeit mit zunehmend sozialer Einstellung. – ☐ 1.5.2.
Jugendamt, Einrichtung von Gemeinden oder

jüdische Musik: Der Schofar wird im Gottesdienst und bei öffentlichen Veranstaltungen von besonderem Gewicht geblasen

Gemeindeverbänden mit selbständiger, behördenähnlicher Stellung, häufig in Verbindung mit Wohlfahrtsämtern; Aufgaben: Schutz der Pflegekinder, Mitwirkung im Vormundschaftswesen (Pfleger für nichteheliche Kinder), bei →Fürsorgeerziehung, →Jugendpflege u. →Jugendschutz; →auch Kinderarbeit. – In Österreich sind die Jugendämter bei den Bezirksverwaltungsbehörden errichtete Abteilungen.

Jugendarbeitsschutz, Sonderschutzmaßnahmen zugunsten jugendl. Arbeitnehmer; Neuregelung durch das *Jugendarbeitsschutzgesetz* vom 12. 4. 1976 (JArbSchG), das das Gesetz vom 9. 8. 1960 abgelöst hat. Das JArbSchG unterscheidet zwischen Kindern (wer noch nicht 14 Jahre alt oder noch vollzeitschulpflichtig ist) u. Jugendlichen (alle übrigen noch nicht 18 Jahre alte Menschen). Kinderarbeit ist grundsätzl. verboten, die Arbeit Jugendlicher unterliegt erheblichen öffentl.-rechtl. Beschränkungen. Beschäftigung Jugendlicher unter 15 Jahren ist grundsätzl. nur im Berufsausbildungsverhältnis zulässig. Bes. Arbeitszeitschutz: Grundsätzl. Beschränkung der tägl. Arbeitszeit auf 8 Stunden bei einer Wochenarbeitszeit von 40 Std. für Jugendliche; Mehrarbeit, Nachtarbeit, Samstags-, Sonn- u. Feiertagsarbeit sind unzulässig. – Der Jugendurlaub (bundeseinheitl. Mindestdauer nach § 19) beträgt bei noch nicht 16jährigen 30, bei noch nicht 17jährigen 27, bei noch nicht 18jährigen 25 Werktage (Stichtag: Beginn des Kalenderjahrs), im Untertagebergbau je 3 Tage zusätzl. Akkord- u. Fließbandarbeit sind verboten. Das JArbSchG enthält Sonderbestimmungen für den Familienhaushalt, die Landwirtschaft, die Binnenschiffahrt u.a. Die Einhaltung der Schutzvorschriften wird durch die Gewerbeaufsichtsämter kontrolliert u. durch Strafbestimmungen gesichert. – In Österreich ähnl. geregelt im Kinder- u. Jugendbeschäftigungsgesetz vom 1. 7. 1948. – ⊞4.3.6.

Jugendarrest, Zuchtmittel des →Jugendstrafrechts.

Jugendbewegung, eine auf das dt. Sprachgebiet beschränkte, in manchem dem *Jugendstil* u. dem *Expressionismus* verwandte Erscheinung jener geistigen Unruhe, die für das europ. Bürgertum um die Jahrhundertwende kennzeichnend war. Die J. nahm ihren Anfang in den Jahren 1899–1901 in Berlin-Steglitz, angeregt durch Hermann *Hoffmann-Fölkersamb* u. Karl *Fischer*, formell begründet 1901 mit dem „Wandervogel-Ausschuß für Schülerfahrten". Der *Wandervogel* sprengte die erstarrten Formen, in denen damals junge Menschen zu leben hatten. Anknüpfend an die fahrenden Scholaren des MA., entdeckte er die *Fahrt* u. stellte sie in den Mittelpunkt der nun entstehenden, auf Freiwilligkeit u. Selbstverantwortung aufbauenden jugendl. Gruppen. Der Wandervogel, eine „antibürgerl. Bewegung bürgerl. Jugend", verbreitete sich in seinen verschiedenen Bünden rasch in Dtschld., Österreich u. der Schweiz. In Reaktion auf die zu gleicher Zeit sich durchsetzenden Formen der durch Technik, Mechanisierung der Arbeit u. Arbeitsteilung bestimmten industriellen Massengesellschaft suchte der Wandervogel einen Ausweg im Erlebnis von Landschaft u. Geschichte (Wiederbelebung von Volkslied, Volkstanz, Volksmusik u. Brauchtum) in der kleinen u. intensiven Gemeinschaft der Jugendgruppe. Die ebenfalls um die Jahrhundertwende entstehende *Arbeiterjugendbewegung*, die Formen des Wandervogels übernahm, war von anderen Motiven bestimmt.

Der Wandervogel, der spontan die Jugend als eine Zeit eigenen Rechts u. Werts definiert hatte, kam bald in Berührung mit der pädagog. Reformbewegung um die *Landerziehungsheime*, in der Gustav *Wyneken* am radikalsten die Forderung nach einer „Jugendkultur" vertrat. Wyneken war auch maßgebl. beteiligt am Fest auf dem Hohen Meißner 1913, zu dem Bünde der J. zusammen mit der Freien Schulgemeinde aufriefen. Das Meißnerfest, erklärtermaßen im Gegensatz zu den offiziellen Jahrhundertfeiern der Völkerschlacht bei Leipzig, war ein Protest gegen den „billigen Patriotismus" wilhelmin. Prägung. Auf dem Meißner einigte man sich auf einen lockeren Zusammenschluß der J. unter dem Namen *Freideutsche Jugend* u. unter der Zielsetzung „Freideutsche Jugend will aus eigener Bestimmung, vor eigener Verantwortung, mit innerer Wahrhaftigkeit ihr Leben gestalten" *(Meißner-Formel)*. Das Meißnerfest rückte die J. ins öffentliche Bewußtsein; von nun an war Jahrzehnte hindurch die junge Generation ein wichtiger Faktor des kulturellen u. politischen Lebens in Dtschld.

Nach dem 1. Weltkrieg setzten sich die Lebensformen des Wandervogels in den meisten konfessionellen, z.T. auch in polit. Jugendorganisationen durch. Impulse u. Menschen der J. gewannen prägenden Einfluß vor allem in der Pädagogik, der Sozialarbeit u. der Volksbildung. Auch die behördl. *Jugendpflege* entwickelte sich unter dem Eindruck der J. Um 1924 trat die bürgerl. J. durch die Synthese von Wandervogel u. *Pfadfindertum* in eine neue Phase, die der *Bündischen Jugend*. Die Lebensformen der Bünd. Jugend waren straffer als die des Wandervogels; gegenüber dem beim Wandervogel geltenden Vorrang der einzelnen Gruppen stand nun der Bund im Mittelpunkt jugendl. Lebens. Unter dem Leitbild von „Führer u. Gefolgschaft" politisierte sich die J. Die Jugendorganisation des Dritten Reiches, die *Hitlerjugend*, bediente sich später vieler Formen der Bünd. Jugend, ohne jedoch die pädagog. Wertvorstellungen der J. anzuerkennen. Nach ihrem Verbot durch den NS-Staat existierten Restgruppen der freien J. illegal weiter. Die *Jugendverbände* der BRD verdanken der J. vieles, sind jedoch nicht mehr als ihre Fortsetzung i. e. S. anzusehen. Gewisse Parallelen zwar nicht zur Ideologie, aber doch zur Mentalität der klassischen bürgerlichen J. weist die ab 1968 in der BRD sich ausbreitende antiautoritäre junge Linke auf. – ⊞1.7.7.

Jugendbildungsstätten, Bez. für außerschul. Institutionen zur kulturellen, sozialen u. polit. Bildung Jugendlicher, insbes. der Jugendgruppenleiter; in der BRD u.a.: Gesamteuropäisches Studienwerk, Vlotho; Haus der Jugendarbeit, Reinbek bei Hamburg; Institut für Jugendgruppenarbeit „Haus am Rupenhorn", Berlin; Jugendhof Steinkimmen; Musische Bildungsstätte, Remscheid; Jugend- u. Sportleiterschule, Ruit; Jugendgruppenleiterschule, Bündheim; Jugendhof Rheinland. Daneben besitzen die größeren Jugendverbände eigene Jugendbildungsstätten.

Jugendbuch, *Jugendliteratur, Kinderliteratur,* für Kinder u. Jugendliche bestimmte u. geeignete Werke der Literatur, für Kinder geschrieben oder aus der volkstüml. Dichtung (z.B. Märchen) oder Erwachsenenliteratur übernommen u. bearbeitet. Hierzu gehören Märchen, Legende, Schwank, Volks-, Helden- u. Göttersage, Jugenderzählung u. -roman, Kinderreim, -vers u. -gedicht, Volks- u. Kinderlied, erzählendes Gedicht, Lyrik; Kasperle- u. Marionettenspiel, Hör- u. Fernsehspiel, Kinder- u. Jugendtheater; Jugendzeitschriften; ferner Sachbücher mit Themen aus allen Wissensgebieten in meist unterhaltender Form, insbes. Reise- u. Forschungsbücher, Entdeckungsgeschichte, Tierbücher, Biographien, naturwissenschaftl.-belehrende u. techn.-utop. Bücher, Arbeits- u. Bastelbücher, Anstands- u. Aufklärungsschriften. Das J. ist dem Verständnis der jeweiligen Altersstufe angepaßt u. reicht vom Bilder- u. Vorlesebuch für das frühe Kindesalter über das Märchen-, Helden-, Sagen- u. Umweltbuch bis zum eigentl. J., das kompliziertere Handlungs- u. Gestaltungsformen u. eine differenziertere Problematik aufweist als das Kinderbuch. Daneben wird nach dem Leserkreis noch in Mädchen- u. Jungenbuch, nach der äußeren Form in Bilderbuch, illustriertes Buch, Taschenbuch u. Groschenheft, nach den Motiven in Abenteuer- u. Indianerbuch, phantast. Erzählungen, Problembuch u.a. unterschieden. Neben der Unterhaltung soll das J. belehren, die Individualität des Kindes u. seine Einsicht in die Gesellschaftsordnungen u. ihre Probleme fördern.

In der Frühzeit gab es – abgesehen von den z.T. sehr alten Wiegenliedern u. Kinderreimen – keine eigentl. Jugendliteratur. Erst zu Anfang des 15. Jh. entstand das Werk „Der Seele Trost", das die Zehn Gebote u. die sieben Sakramente in rund 200 Geschichten zu deuten sucht. Ähnlich versuchte C. von *Dragolsheim* 1435 mit seinem Reimkalender den Kindern das Lernen der Kalenderheiligen zu erleichtern u. Wetter- u. Gesundheitsregeln zu vermitteln. Das 16. Jh. brachte vornehmlich Schriften zur religiösen u. moralischen Erziehung der Kinder: Bibel, Katechismus, Fibeln u. mit Holzschnitten illustrierte Abc-Bücher. Grundlegend wurde das als Anschauungs- u. Sprachlehrbuch 1654 geschaffene enzyklopäd. Unterrichtswerk „Orbis sensualium pictus" des *Comenius*. Weitere Unterrichts- u. Nachschlagewerke, Abc- u. Lesebücher u. Jugendzeitschriften folgten (C. G. *Salzmann* u.a.). 1799 schuf J. H. *Campe* mit seiner Robinson-Bearbeitung das erste klass. dt. J. Es folgten im 19. Jh. eine Flut von Abenteuer- u. Indianergeschichten (F. J. *Cooper*, K. *May*, F. *Steuben*); mit der Romantik entdeckte man die Sammlungen von Märchen- u. Sagenstoffen (Brüder *Grimm*, L. *Bechstein*, K. *Simrock*) für das J. Daneben entwickelten sich das religiöse Erbauungsbuch für Jugendliche (Ch. von *Schmid*), das Mädchenbuch (O. *Wildermuth*, Th. von *Gumpert*), das naturwissenschaftl.-belehrende Buch (A. W. *Grubes* „Bilder aus der Natur" u.ä.), histor. Erzählungen u. gegen Ende des 19. Jh. auch Tierbücher, die die Tierseele in einer meist menschenähnl. Gefühlswelt beschreiben (H. *Löns*, W. *Bonsels*, R. *Kipling*). Erst allmählich setzte sich im J. der Gedanke einer künstler. Formung der Erzählung durch. Die ersten Werke der Weltliteratur der Jugend stammen aus England (D. *Defoe*, J. *Newbery*, J. *Swift*, Lewis *Carrolls* „Alice's Adventures in Wonderland", Ch. *Dickens*, Chr. *Lamb*, R. L. *Stevenson*); aus Amerika M. *Twains* „Tom Sawyer" u. F. E. *Burnetts* „Little Lord Fauntleroy", aus Italien C. *Collodis* „Pinoccio", aus den skandinav. Ländern Werke von S. *Lagerlöf*, H. *Aanrud* u. M. *Hamsun*, aus Dtschld. Werke von I. *Seidel*, E. *Kästner* u. W. *Bergengruen*. Die Werke von A. *Lindgren* („Pippi Langstrumpf" u.a.), H. *Loftings* „Dr. Doolittle", T. *Janssons* „Mumingeschichten", R. *Guillots* „Grischka und sein Bär" u. P. L. *Trawers'* „Mary Poppins" gehören heute zu den bekanntesten Kinderbüchern u. haben auch das dt. J. beeinflußt. Dt. Autoren wie M. *Ende*, J. *Guggenmoos*, F. *Hetmann*, H. *Kaufmann*, J. *Krüss*, O. *Preussler* u. U. *Wölfel* sind im In- u. Ausland bekannt geworden. An Bedeutung gewonnen haben das Sachbuch, das naturwissenschaftl.-belehrende, das techn.-utop. u. das zeitgeschichtl. J.

Gefördert wird das J. durch zahlreiche Einrichtungen wie Kinder-, Jugend- u. Schulbibliotheken, Empfehlungslisten, J.-Verzeichnisse, Ausstellungen, Tagungen, Fachzeitschriften, Öffentlichkeitsarbeit u. Preise für gute J.er. Ein Geldpreis für jeweils das beste Bilder-, Kinder- u. J. ist der seit 1956 jährlich vom Bundesfamilienministerium vergebene *dt. Jugendbuchpreis*. – ⊞3.6.6.

Jugendbünde = Jugendverbände.

Jugenddorf →Kinderdorf.

Jugendfürsorge, umfaßt die durch einen Helfer ausgeübte →Erziehungsbeistandschaft u. als stärkere Form die →Fürsorgeerziehung zur Verhütung u. Beseitigung von Verwahrlosung, die gewöhnl. in einer Erziehungsanstalt durchgeführt wird; geregelt im *Jugendwohlfahrtsgesetz* vom 9. 7. 1922 in der Fassung vom 25. 4. 1977. – In Österreich ist Rechtsgrundlage für die J. das Jugendwohlfahrtsgesetz (JWG) vom 9. 4. 1954. Träger der öffentl. J. sind das Jugendamt u. private Einrichtungen. Im Bereich der österr. J. erfolgten 1960 gesetzgeberische Neuregelungen für die Adoption (Annahme an Kindes Statt) sowie durch das Unterhaltsschutz- u. das Familienausgleichsgesetz.

Jugendgericht, Strafgericht der →ordentlichen Gerichtsbarkeit zur Aburteilung von Straftaten Jugendlicher. J.e sind in der BRD der Amtsrichter als *Jugendrichter* (ggf. ein Amtsrichter für den Bezirk mehrerer Amtsgerichte als *Bezirksjugendrichter*), das Schöffengericht *(Jugendschöffengericht*: Jugendrichter u. 2 *Jugendschöffen*) u. die Strafkammer (*Jugendkammer*: 3 Richter u. 2 Jugendschöffen); in der DDR das *Jugendschöffengericht* (1 Richter u. 2 Jugendschöffen) beim Kreisgericht u. die *Jugendstrafkammer* (2 Richter u. 3 Schöffen) beim Bezirksgericht. Für Verfahren beim J. werden *Jugendstaatsanwälte* bestellt.

In Österreich ist die J.sbarkeit durch das Jugendgerichtsgesetz vom 26. 10. 1961 geregelt. Jugendliche unterstehen bes. Gerichten *(Jugendschöffengericht*; in Wien besteht ein *Jugendgerichtshof*, in Graz ein *Jugendgericht*). Der Jugendliche darf nicht mit Kerker bestraft werden. Die Strafe wird in bes. *Jugendgefängnissen* verbüßt. Es gibt die →Rahmenstrafe u. die sog. echte bedingte Verurteilung, wobei der Schuldspruch zunächst ohne Strafvollzug mit einer Aufschubfrist (Bewährungsfrist) von 1–5 Jahren erfolgt. Außerdem gibt es bei geringem Strafausmaß Ermahnung bzw. Überweisung an einen Erziehungsberechtigten u. schließl. die Einweisung in eine Erziehungsanstalt. Die österr. Jugendgerichte sind auch mit der Handhabung des Schmutz- u. Schundgesetzes beauftragt. – In der Schweiz ist die J.sbarkeit (wie die gesamte Gerichtsorganisation) gemäß Art. 369ff. StGB im wesentlichen kantonal geregelt. →auch Jugendstrafrecht.

Jugendgerichtshilfe, Ermittlung der Verhältnisse Jugendlicher im Verfahren vor dem *Jugendgericht* durch das Jugendamt u. durch andere Stellen der Jugendhilfe u. Jugendwohlfahrt. Die J. soll im jugendgerichtl. Verfahren die erzieherischen, sozialen u. fürsorgerischen Gesichtspunkte zur Geltung bringen. Rechtsgrundlage: § 38 *Jugendgerichtsgesetz* vom 4. 8. 1953. – Ähnlich in Österreich nach §§49ff. des Jugendgerichtsgesetzes von 1961. →auch Jugendstrafrecht.

Jugendherbergen, zur Pflege u. Förderung des Jugendwanderns als Unterkunftsstätten für die gesamte wandernde Jugend, unabhängig von ihrer Rasse, Herkunft oder Weltanschauung, 1909 von dem Lehrer Richard *Schirrmann* (* 1874, † 1961) ins Leben gerufen, der die erste Jugendherberge auf der Burg Altena, Westf., u. 1919 in Zusammenarbeit mit Wilhelm *Münker* (* 1874, † 1970) den *Reichsverband für deutsche J.* gründete. Dieser wurde nach 1933 gleichgeschaltet u. von der HJ übernommen, 1945 bzw. 1949 für die BRD als *Deutsches Jugendherbergswerk* (Abk. *DJH*), *Hauptverband für Jugendwandern u. J.* neu gegründet; Sitz: Detmold. Heute dienen J. allen individuell u. in Gruppen wandernden u. reisenden jungen Leuten; Schulen, Jugendämter, Jugendverbände, Jugendreisedienste u.a. bedienen sich ihrer für Schullandheimaufenthalte bzw. als Schulungs- u. Tagungsstätten u. für Ferienaufenthalte. Sie sind Stätten internationaler Begegnung; in den J. der Welt werden jährlich mehr als 4,5 Mill. Ausländerübernachtungen verzeichnet. – 1933 gab es im Dt. Reich 1985, 1971 in der BRD 623 J. mit über 9 Mill. Übernachtungen im Jahr. – Die J. in der DDR werden vom *Komitee für Touristik u. Wandern* betrieben; die Jugendherbergsverbände der Schweiz u. Österreichs gehören wie das DJH u. 43 andere Jugendherbergsverbände der *International Youth Hostel Federation (IYHF)* an, die 1932 in Amsterdam als Arbeitsgemeinschaft der Jugendherbergsverbände gegründet u. 1933 in Bad Godesberg endgültig konstituiert wurde (Sitz z. Z. Hatfield, England).

Jugendhilfe →Jugendfürsorge, →Jugendwohlfahrtspflege, →Jugendpflege; →auch Jugendgerichtshilfe.

Jugendkriminalität, die unter das *Jugendstrafrecht* fallende Kriminalität Jugendlicher u. Heranwachsender. Die J. wird als Massenerscheinung besonderer Art angesehen, deren Ursprung vor allem in *Frustrationen* im Verlauf des Heranwachsens u. der gesellschaftl. Eingliederung (Sozialisation) der Kinder u. Jugendlichen zu suchen ist. Eine überaus wichtige Rolle spielt dabei die Unsicherheit der gesellschaftl. Stellung der Jugendlichen u. Heranwachsenden im Übergang von der Kindheit zum Erwachsenenalter. Die J. äußert sich häufig in der Bildung von *Banden (Gangs)*, die eine eigene *Subkultur* bilden u. gemeinsam leichte u. mittelschwere, seltener schwere Delikte begehen.

Jugendkunde, *Jugendforschung*, grch. *Pädologie*, von E. *Meumann* eingeführte Bez. für das Gesamtgebiet der sich mit dem Kind u. dem Jugendlichen beschäftigenden Einzelwissenschaften. Sie umfaßt die Erforschung der körperl. u. geistigen Entwicklung, der individuellen Differenzen, Begabungslehre u. Intelligenzprüfung, Ökonomie, Technik u. Hygiene der Arbeit sowie die Grundlagen der Didaktik. Der Aufgabenkreis der J. ist heute erweitert, bes. durch Soziologie u. Milieutheorie. – Ⓛ1.7.1.

Jugendleiterin, leistet selbständige, leitende Erziehungsarbeit in sozialpädagog. Einrichtungen (Kindergärten, Horten, Häusern der offenen Tür u. a.), arbeitet als Mitarbeiterin in der Erziehungsberatung, unterrichtet in Schulen für Kinderpflegerinnen, Kindergärtnerinnen u.a. Die Ausbildung setzt staatl. Prüfung als Kindergärtnerin sowie mindestens 3jährige Berufspraxis (z.T. freie Mitarbeit in Jugendverbänden u.ä.) voraus u. erfolgt an einer Höheren Fachschule für J.nen (4 Semester).

Jugendmusik, in der um 1900 beginnenden Wandervogelbewegung wurzelnd, die in der Volksliedpflege („Zupfgeigenhansl") ihre besondere musikal. Aufgabe sah. Neben A. *Halm* traten in der J. bes. F. *Jöde* u. W. *Hensel* hervor. Die Einrichtung von „Singwochen" durch Hensel 1923 u. „Musikantengilden" durch Jöde 1924 hatte das Ziel, die Jugend in stärkerem Maß zum eigenen Musizieren zu führen. Die „Offenen Singstunden" Jödes (1926) sollten die Wiedererweckung des dt. Volkslieds durch die aktive Teilnahme des ganzen Volkes am Volksgesang fördern. Weiterführung dieser Idee durch Gottfried *Wolters'* (* 8. 4. 1910) Singstunden (1951), Erweiterung des Liedguts durch europ. Volkslieder u. neue Liedschöpfungen. Die Bestrebungen der J.bewegung haben der Musikerziehung in Schule u. Haus sowie dem Laienmusizieren allgemein entscheidende Impulse gegeben. – Ⓛ2.8.4.

Jugendmusikschule →Musikschule.

Jugendpflege, Bemühungen um die körperliche, geistige u. sittliche Erziehung Jugendlicher außerhalb von Schule u. Elternhaus, im Unterschied zur *Jugendbewegung* weitgehend von Erwachsenen geleistet, im Unterschied zur *Jugendfürsorge* u. zur *Jugendsozialarbeit* nicht auf besondere, individuelle oder gruppenbedingte Notstände, sondern auf die allg. Situation der Jugend gerichtet. J. wird durch Berufsorganisationen, Kirchen, Jugendverbände u. a. freie Institutionen u. durch die behördl. *Jugendämter* betrieben (in der BRD durch das *Jugendwohlfahrtsgesetz* geregelt). Zur Unterstützung der freien Jugendarbeit u. ihrer Ergänzung durch behördl. Maßnahmen sind bei den Kommunen in der BRD *Jugendpfleger(innen)* tätig.

Jugendpfleger, amtliche Person zur Unterstützung der Jugendverbände u. -organisationen sowie der nichtorganisierten Jugend; als Stadt-, Kreis-, Bezirks- oder Landes-J. im Angestellten- oder Beamtenverhältnis tätig; Aufgabenkreis: soziale Jugendarbeit in Verbindung mit *Jugendfürsorge* u. allgemeiner *Jugendpflege* sowie Jugendgerichtshilfe u. Jugendgesundheitspflege. Die Ausbildung ist in den einzelnen Ländern der BRD unterschiedlich, meist Ausbildung als *Sozialarbeiter*.

Jugendplan, Bez. für systematische materielle Hilfen des Staats u. der Kommunen zur Förderung der Jugend. In der BRD wurde ein Bundes-J. erstmals 1950 verkündet, seitdem jährl. fortgesetzt u. ergänzt durch Jugendpläne der Länder u. Kommunen. Im Mittelpunkt der Jugendpläne in der BRD standen zunächst Hilfen für soziale u. berufliche Notsituationen Jugendlicher; inzwischen sind Maßnahmen zur Förderung der polit. Bildung u. der Jugenderholung an diese Stelle gerückt.

Jugendpsychologie, Teilgebiet der *Entwicklungspsychologie*, befaßt sich in Forschung u. Lehre mit den psychischen Erscheinungen des *Jugendalters*, umfaßt aber in erweitertem Sinn auch die *Kinderpsychologie*. Bedeutsam ist die J. als Grundlagenwissenschaft der *Pädagogik* (→auch pädagogische Psychologie), indem sie die Bildsamkeit, die Geschlechtsunterschiede u. die Soziabilität der Jugendlichen untersucht. Vertreter der J. sind Ch. *Bühler*, E. *Goldbeck* („Welt des Knaben" 1925), W. *Hoffmann* („Die Reifezeit" 1922), E. *Spranger*, E. *Stern*, W. *Stern*, O. *Tumlirz* u. a. – Ⓛ1.5.2.

Jugendreligionen, bes. seit 1970 Religionen (Vereinigungskirche, Kinder Gottes, Scientology Kirche u.a.), in deren Bann ausschließl. Jugendliche, Nichtangepaßte u. Gescheiterte geraten, um Geborgenheit in der Gemeinschaft zu finden. Führergestalten verlangen von ihren Anhängern absoluten Gehorsam, Missionstätigkeit u. Abbruch aller familiären u. sozialen Bindungen. Kaum religiöse Motive.

Jugendringe, Dachverbände verschiedener Jugendverbände mit dem Ziel, die Zusammenarbeit zwischen den einzelnen Verbänden zu fördern, gemeinsam zu Fragen der Jugendpolitik u. der Jugendgesetzgebung Stellung zu nehmen u. Interessen der Jugendverbände gegenüber der Öffentlichkeit zu vertreten. J. existieren in der BRD auf der Ebene der Kommunen (Stadt- u. Kreis-J.), der Länder (Landes-J.) u. des Bundes (Dt. Bundesjugendring, Sitz: Bonn).

Jugendschutz, 1. *öffentl. Recht:* System von Verboten u. Wohlfahrtsmaßnahmen zum Schutz der Jugendlichen vor sittl. Gefahren u. vor Verwahrlosung; im einzelnen in Gestalt des Rechts der →Jugendwohlfahrtspflege, der Maßnahmen zum Schutz der Jugend in der Öffentlichkeit durch Verbote des Aufenthalts an jugendgefährdenden Orten u. in Gaststätten, des Zutritts zu Varietés, Kabaretts u. Revuen sowie zu öffentl. Filmveranstaltungen u. Spielhallen, der Teilnahme an öffentl. Tanzveranstaltungen, des Genusses alkoholischer Getränke u. des Rauchens in der Öffentlichkeit (jeweils in mehreren Abstufungen nach Alter, Begleitung Erziehungsberechtigter u.ä. für die BRD geregelt u. a. im *Gesetz zum Schutze der Jugend in der Öffentlichkeit* vom 4. 12. 1951/27. 7. 1957) sowie der Verbote, Jugendlichen Schriften u. Abbildungen feilzubieten oder zugänglich zu machen, die (sexuell-)unsittlich sind oder Krieg, Rassenhaß u. Verbrechen verherrlichen (für die BRD geregelt im *Gesetz über die Verbreitung jugendgefährdenden Schrifttums* in der Fassung vom 29. 4. 1961, dem sog. *Schund- u. Schmutzgesetz*). – In Österreich ähnl. geregelt im Bundesgesetz vom 31. 3. 1959 über die Bekämpfung unzüchtiger Veröffentlichungen u. den Schutz der Jugendlichen gegen sittliche Gefährdung (*Pornographiegesetz*, auch als *Schmutz- u. Schundgesetz* bezeichnet). – Ⓛ4.2.8.

2. *Sport:* die organisator. Maßnahmen im Wettkampfsport, die sicherstellen sollen, daß die körperliche, geistige u. seel. Entwicklung der Jugendlichen nicht negativ beeinflußt wird. Umfassendster Schutz ist die konsequente Einteilung in Jahrgangsklassen u. die klare Abgrenzung gegenüber den Erwachsenen-Jahrgängen, die allerdings nicht einheitlich ist, z.B. beim Schwimmen 14 Jahre, in der Leichtathletik 18 Jahre u. beim Rudern 19 Jahre. Eine noch bessere Gruppierungsmöglichkeit wäre das Wettbewerbsalter, das sich nach der Formel: Lebensalter × 2 + Größe + Gewicht : 4 ergibt, aber aus organisatorischen Gründen bisher nicht angewandt wurde. Veränderte Strecken u. besondere Maße u. Gewichte bei den Geräten dienen ebenfalls der ungestörten Entwicklung.

Die J.bestimmungen der Sportfachverbände regeln die Häufigkeit der Starts an einem Tag u. begrenzen Zahl u. Umfang der stark organbelastenden Wettkämpfe.

Jugendschwimmschein der *Dt. Lebens-Rettungs-Gesellschaft*, umfaßt folgende Prüfungen: 200 m Streckenschwimmen in beliebiger Technik; 50 m Schnellschwimmen (in maximal 70 Sekunden); 25 m Rückenschwimmen, davon 15 m ohne Armtätigkeit; Streckentauchen über 10 m (vom Absprung gemessen); Teller-, Ring- oder Kegel-Tieftauchen (2 m Wassertiefe); beliebiger Sprung aus 3 m Höhe; 30 m Transportieren eines gleichschweren Menschen in Badekleidung (15 m Ziehen u. 15 m Schieben); allg. Kenntnisse der Baderegeln sowie der Hilfe bei Gefahren am u. im Wasser (Bade-, Boots- u. Eisunfälle).

Jugendsozialarbeit, Bez. für behördl. u. freie Maßnahmen zur Behebung gruppenbedingter Notsituationen Jugendlicher (Eingliederung jugendl. Flüchtlinge, Jugendberufshilfe, Jugendwohnheime). Neben den Behörden u. den Wohlfahrtsverbänden leisten J. in der BRD vor allem das *Jugendsozialwerk* e. V. u. die in der Bundesarbeitsgemeinschaft *Jugendaufbauwerk* (Sitz: Bonn) zusammengeschlossenen Institutionen.

Jugendsportabzeichen →Deutsches Jugendsportabzeichen.

Jugendstil, nach der seit 1894 in München erscheinenden Zeitschrift „Jugend" benannte, außerhalb Deutschlands als „Art Nouveau" bezeichnete Stilepoche von 1895–1910, die in bewußtem Gegensatz zum Historizismus u. Impressionismus des 19. Jh. unter Vernachlässigung von räuml. Illusion eine flächenbetonte Ornamentik erstrebte u. den Linienfluß vegetabiler Formen einheitl. auf die Erzeugnisse des Kunstgewerbes u. von da bis ins Figürliche der Malerei übertrug. Die Wurzeln des J.s liegen in der kunstgewerbl. Bewegung des aus der Bruderschaft der Präraffaeliten hervorgegangenen Malers W. *Morris* u. im Einfluß des japan. Farbholzschnitts (K. *Hokusai*, A. *Hiroshige*). In der Malerei erstrebte man die Eingliederung der Bilder als dekoratives Element in die Wandfläche u. schuf durch die Ornamentalisierung aller künstlerischen Gegebenheiten einen organischen Symbolismus, dessen Symbolwerte ausschl. in der eigengesetzl. Bildgestalt selbst ruhen sollten. Hauptmeister des J.s: H. van de *Velde*, A. *Endell*, A. *Beardsley*, G. *Klimt*, H. *Obrist*, P. *Behrens*, J. *Hoffmann*. Die Bewegung des „Art Nouveau", die auch in Amerika verbreitet war (L. C. *Tiffany*), erlosch rasch wieder. Seit den 1960er Jahren erfreuen sich die Erzeugnisse des J.s steigender Beliebtheit. – Ⓑ S. 168. – Ⓛ2.5.1.

Jugendstrafe, die →Freiheitsstrafe des →Jugendstrafrechts; wird verhängt, wenn wegen der schädlichen Neigungen des jugendl. Straftäters Erziehungsmaßregeln oder Zuchtmittel nicht ausreichen oder wenn wegen der Schwere der Tat Strafe erforderl. ist.

Jugendstrafrecht, besonderes (milderes) Strafrecht für Jugendliche von 14 bis 18 Jahren, u.U. auch für Heranwachsende von 18 bis 21 Jahren. Im J. tritt der Vergeltungsgedanke hinter den Erziehungszweck der →Strafe zurück. – In der BRD ist das J. geregelt durch das *Jugendgerichtsgesetz*

Jugendstil

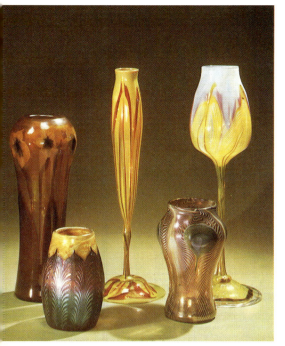

Tiffany-Gläser. New York, The Metropolitan Museum of Art (links). – Antonio Gaudi, Fabeltier im Park Güell, Barcelona (rechts)

(JGG) vom 4. 8. 1953 in der Fassung vom 11. 12. 1974. Danach sind *Kinder* unter 14 Jahren strafrechtlich nicht verantwortlich. *Jugendliche* unter 18 Jahren sind strafrechtlich verantwortlich, wenn sie zur Zeit der Tat nach ihrer sittl. u. geistigen Entwicklung reif sind, das Unrecht ihrer Tat einzusehen u. nach dieser Einsicht zu handeln. Auf *Heranwachsende* zwischen 18 u. 21 Jahren wird J. angewendet, wenn die Tat eine typische Jugendverfehlung ist oder der Täter in seiner Entwicklung einem Jugendlichen gleichsteht.

Aus Anlaß einer Straftat können *Jugendstrafe* von bestimmter (6 Monate bis 10 Jahre) oder unbestimmter Dauer (jedoch höchstens 4 Jahre), *Zuchtmittel* (Verwarnung, Auferlegung besonderer Pflichten, Jugendarrest) oder *Erziehungsmaßregeln* (Weisungen, Schutzaufsicht, Fürsorgeerziehung) verhängt werden. Der Richter kann die Vollstreckung einer Jugendstrafe von bestimmter Dauer von nicht mehr als zwei Jahren „zur Bewährung" für 2 bis 3 Jahre (nachträgl. für 1 bis 4 Jahre) aussetzen; u. U. kann er sogar unter Feststellung der Schuld des Jugendlichen schon die Verhängung der Jugendstrafe für 1 bis 2 Jahre aussetzen. In dieser Zeit kann der Richter die Lebensführung des Jugendlichen durch erzieherische *Auflagen* beeinflussen; Lebensführung u. Erfüllung der Auflagen können von einem haupt- oder ehrenamtl. *Bewährungshelfer* unter Aufsicht des Richters überwacht werden. Bei Bewährung wird die Strafe erlassen bzw. der Schuldspruch getilgt. – Das *Jugendstrafverfahren*, das vom →Jugendgericht durchgeführt wird, ist nicht öffentlich. Die Freiheitsentziehungen werden in Jugendstrafanstalten bzw. Jugendarrestanstalten oder Freizeitarresträumen vollzogen.

In der DDR ist das J. im 4. Kapitel des allg. StGB vom 12. 1. 1968 geregelt. Danach können als „Maßnahmen strafrechtlicher Verantwortlichkeit" angewandt werden: Beratung u. Entscheidung durch ein gesellschaftliches Organ der Rechtspflege (→Konfliktkommissionen), Auferlegung besonderer Pflichten durch das Gericht, Strafen ohne Freiheitsentzug, Jugendhaft, Einweisung in ein Jugendhaus, Freiheitsstrafe (§ 69). Der Vollzug der Freiheitsstrafe an Jugendlichen erfolgt in Jugendstrafanstalten.

In Österreich ist das J. durch das Jugendgerichtsgesetz vom 26. 10. 1961 geregelt: Statt auf lebenslängl. Freiheitsstrafe ist auf Freiheitsstrafe bis zu 15 Jahren zu erkennen; weitere Milderungen: das Höchstmaß aller zeitigen Freiheitsstrafen sowie in der Regel deren Mindestmaß wird auf die Hälfte herabgesetzt; statt Geld- oder Freiheitsstrafe kann eine Ermahnung erteilt werden. Die Strafe kann vorläufig auf eine Probezeit von 1 bis 5 Jahren aufgehoben werden. Anordnung einer →Rahmenstrafe ist möglich.

Titelseite der Zeitschrift „Jugend"; 1896

Jugendstil

Charles Francis Annesley Voysey, Schreibpult. London, Victoria and Albert Museum

Jugendstilwohnzimmer mit Kaminnische (Einrichtung nach Entwürfen von Hermann Obrist und Richard Riemerschmid); um die Jahrhundertwende

JUGENDSTIL

Ludwig von Hofmann, Idyllische Landschaft. Privatbesitz

Aubrey Beardsley, Frontispiz zu „Lysistrata"

Jugendstrafverfahren

In der Schweiz enthalten die Art. 82–88 StGB für Kinder zwischen 6 u. 14 Jahren u. die Art. 89–99 StGB für Jugendliche von 14 bis 18 Jahren ähnl. Vorschriften wie die Jugendgerichtsgesetze der BRD u. Österreichs; für Heranwachsende zwischen 18 u. 20 Jahren ist gemäß Art. 100 StGB Strafmilderung möglich.

Die Zahl der *verurteilten* Jugendlichen u. Heranwachsenden im Dt. Reich bzw. in der BRD:

Jahr	Jugendliche insges.	weibl.	Heranwachsende insges.	weibl.
1900	48657	7813	59929	6433
1910	51315	8135	64340	7237
1930	26409	3443	65612	7092
1955	36595	4090	67211	7223
1960	39997	3357	90741	7511
1970	55657	7478	81768	8148
1971	58978	7794	87942	8566
1972	59726	7919	91366	9126
1973	58360	7526	89783	9596
1974	60396	7797	86695	9477
1975	58750	7262	84599	9210
1976	64511	8081	91769	10090

Strafmündige *Tatverdächtige* BRD 1974–1976

Jahr	Jugendliche insges.	weibl.	Heranwachsende insges.	weibl.
1974	142324	21878	130315	17105
1975	150015	23008	142195	18645
1976	167916	26647	148373	21205

Jugendstrafverfahren →Jugendstrafrecht.
Jugendstrafvollzug →Jugendstrafrecht.
Jugendverbände, *Jugendorganisationen,* Zusammenschlüsse von Jugendlichen, gegliedert nach Konfessionen, polit. Überzeugungen, berufsständ., kulturellen u. sportl. Interessen. Die J. in der BRD sind zum größten Teil im Dt. Bundesjugendring (gegr. 1949, →Jugendring) zusammengeschlossen. Es sind dies: *Arbeitsgemeinschaft der Evangelischen Jugend Deutschlands; Bund der deutschen katholischen Jugend; Bund der deutschen Landjugend; Deutsche Beamtenbund-Jugend; Deutsches Jugend-Rot-Kreuz; Deutsche Jugend des Ostens; Deutsche Schreberjugend; Deutsche Wanderjugend; Gewerkschaftsjugend (DGB); Jugend der Deutschen Angestellten-Gewerkschaft (DAG); Jugend des Deutschen Alpenvereins; Naturfreundejugend Deutschlands; Ring Deutscher Pfadfinderbünde; Ring Deutscher Pfadfinderinnenbünde; Sozialistische Jugend Deutschlands Die Falken; Solidaritätsjugend* sowie die Landesjugendringe.

Außerhalb des Bundesjugendrings arbeiten die *Deutsche Sportjugend* sowie viele kleinere J., darunter: *Jugend des Arbeiter-Samariter-Bundes; Bund junger Genossenschaftler; Deutsche Esperanto-Jugend; Freichristliche Jugend; Musikalische Jugend Deutschlands; Reformjugend; Sozialistische Deutsche Arbeiterjugend; Philatelisten-Jugend; Junggärtner; Stenographenjugend; Jugendfeuerwehren; Luftsportjugend.* Viele von ihnen sind im Arbeitskreis zentraler J. zusammengeschlossen, der dem Bundesjugendring assoziiert ist. Daneben existieren bündische Jugendgemeinschaften, die an die Tradition der klassischen →Jugendbewegung anknüpfen, wie: *Wandervogel, Deutsche Jungenschaft, Deutsche Freischar;* sowie Jugend- u. Schülergruppen, die Teil der sozialist. geprägten Neuen Linken sind.
Die Jugendorganisationen der großen Parteien sind im *Ring politischer Jugend* zusammengeschlossen, ihm gehören an: *Deutsche Jungdemokraten* (FDP), *Junge Union* (CDU/CSU), *Jungsozialisten* (SPD).
Die meisten J. in der BRD werden durch Bund, Länder u. Kommunen materiell gefördert. Einige J. der BRD gehören internationalen Dachorganisationen an, so etwa dem Weltbund der kath. Jugend, dem internationalen Zusammenschluß der YMCA, dem Internationalen Büro der Boy Scouts, der Internationalen Union sozialistischer Jugend. – ⌸1.7.7.

Jugendvertretung, nimmt nach dem Betriebsverfassungsgesetz (→Mitbestimmung) u. im Bereich der →Personalvertretung die Interessen der jugendl. Arbeitnehmer bzw. Bediensteten gegenüber dem Arbeitgeber bzw. Dienststellenleiter u. gegenüber der Belegschaft wahr. Die J. ist nicht Teil des Betriebsrats bzw. Personalrats, kann aber zu allen Betriebsratssitzungen Vertreter entsenden. Die J. wird in Betrieben bzw. Dienststellen, die mindestens 5 Jugendliche beschäftigen, gebildet. Wahlberechtigt sind alle Arbeitnehmer bzw. Bediensteten unter 18 Jahren, wählbar sind alle Arbeitnehmer des Betriebs unter 24 Jahren.

Jugendweihe, 1. die Jünglingsweihe u. Mädchenweihe bei Naturvölkern, →Initiation.
2. feierl. Einführung der Jugendlichen in die Welt der Erwachsenen anstelle der Konfirmation, in freireligiösen Gemeinden u. polit. Organisationen entstanden; in der DDR seit 1954 offizieller Festakt, seit 1964 im Jugendgesetz verankert.

Jugendwohlfahrtsausschuß, ein Gremium, dessen Mitglieder von den Gemeindeparlamenten aus den in der Jugendpflege tätigen Kreisen gewählt werden; befaßt sich nach dem *Jugendwohlfahrtsgesetz* in der Fassung vom 6. 8. 1970 anregend u. fördernd mit den Aufgaben der →Jugendwohlfahrtspflege u. verwirklicht in diesem Verwaltungsbereich den Gedanken der →Selbstverwaltung.

Jugendwohlfahrtsgesetz vom 9. 7. 1922 in der Fassung vom 25. 4. 1977, Abk. *JWG;* →Jugendwohlfahrtspflege. – Österreich: Die grundlegenden Bestimmungen des Jugendwohlfahrtsrechts sind verankert im J. vom 9. 4. 1954; dazu Ausführungsgesetze der Bundesländer.
Jugendwohlfahrtspflege, Sammelbegriff für alle Maßnahmen zum Schutz der Jugend, umfaßt vor allem die *Jugendfürsorge,* also die Sorge für verwahrloste u. gefährdete Jugend, u. die *Jugendpflege,* deren Ziel es ist, die körperl. u. geistige Weiterbildung der schulentlassenen Jugend zu fördern. Gesetzl. Grundlage der staatl. J. ist das *Jugendwohlfahrtsgesetz* vom 9. 7. 1922 in der Fassung vom 25. 4. 1977. Es sieht als Jugendwohlfahrtsbehörden *Jugendämter* u. *Landesjugendämter* vor, die bei den Gemeinden u. Ländern errichtet werden. In Zusammenarbeit mit der privaten Jugendhilfe werden u. a. folgende Aufgaben wahrgenommen: Mitwirkung in Vormundschaftssachen, bei der →Erziehungsbeistandschaft u. →Fürsorgeerziehung, Übernahme der Pflegschaft für nichteheliche Kinder, Schutz der Pflegekinder, Schaffung von Einrichtungen für die Wohlfahrt von Säuglingen, Kleinkindern, schulpflichtigen u. schulentlassenen Jugendlichen. – Österreich: Die J. ist geregelt im *Jugendwohlfahrtsgesetz* 1954 mit Ausführungsgesetzen der Bundesländer, ferner auch durch Vorschriften des Strafrechts (bes. des *Jugendgerichtsgesetzes*), des Arbeitsrechts u. durch zahlreiche Polizeivorschriften; im Aufgabenbereich des Jugendamts liegen Erziehungshilfe u. die Fürsorgeerziehung. – ⌸4.2.8.
Jugenheim an der Bergstraße, ehem. hess. Gemeinde; seit 1. 1. 1977 Teil der neuen Stadt *Seeheim-Jugenheim* (15000 Ew.); am Nordende des Odenwalds (Ldkrs. Darmstadt-Dieburg); Luftkurort; in der Umgebung Schloß *Heiligenberg* (ehem. Sommersitz der Großherzöge, jetzt Pädagog. Institut) u. Schuldorf *Bergstraße.*
Juglandaceae [lat.] = Walnußgewächse.
Juglandales, Ordnung der apetalen, zweikeimblättrigen Pflanzen (*Apetalae*); windblütige, einhäusige Holzpflanzen mit aromatischen Blättern u. Steinfrüchten oder Nüssen. Zu den J. gehört die Familie *Walnußgewächse.*
Juglar [ʒyˈgla:r], Clément, franzöz. Nationalökonom, *15. 10. 1819 Paris, †28. 2. 1905 Paris; untersuchte den zyklischen Charakter des Wirtschaftslebens (nach ihm benannt die *J.-Welle* von 8 bis 11 Jahren). Hptw.: „Des crises commerciales et de leur retour périodique en France, en Angleterre et aux États-Unis" 1862; „Du change et de la liberté d'émission" 1868.
Jugorhalbinsel, russ. Halbinsel zwischen Petschora- u. Karasee, nördl. des Ural (sein Ausläufer Paj-Choj ist hier bis 467 m hoch); setzt sich in der Insel *Waigatsch* fort, von der sie durch die *Jugorstraße* getrennt ist.

JUGOSLAWIEN YU
Socijalistička Federativna Republika Jugoslavija

Fläche: 255 804 qkm

Einwohner: 21,8 Mill.

Bevölkerungsdichte: 85 Ew./qkm

Hauptstadt: Belgrad

Staatsform: Sozialistische föderative Republik

Mitglied in: UN, GATT (provisor.)

Währung: 1 Jugoslawischer Dinar = 100 Para

Landesnatur: Den NW bestimmen Ausläufer der Südalpen (Karawanken, Julische Alpen) mit Hochgebirgsformen. Daran schließen sich nach S entlang der stark gegliederten Küsten zerklüftete u. meist verkarstete Kalkgebirge an (z.B. Bosn. Erz-, Velebit- u. Dinar. Gebirge, im *Durmitor* 2522 m). Vor der Küste liegen langgestreckte, parallel zu ihr angeordnete Inseln u. die Halbinsel Istrien. Im O bestimmen von Donau, Drau, Theiß u. Morava durchflossene fruchtbare Tiefebenen den Landschaftscharakter, der im S u. SO vom stark gegliederten serbisch-makedonischen Gebirgsland geprägt wird. Im kontinentalen Klima (strenge Winter) des Landesinneren u. der nördl. Gebirge dominiert mitteleurop. Flora mit ausgedehnten Laub- u. Nadelwäldern, im nördl. Tiefland Steppenflora. Immergrüne Hartlaubgewächse u. Macchien wachsen im sommertrockenen-winterfeuchten mediterranen Klimabereich an der adriat. Küste.

Die Bevölkerung setzt sich zu 87% aus südslaw. Volksgruppen zusammen: Serben (8,4 Mill.), Kroaten (4,7 Mill.), Slowenen (1,8 Mill.), Makedonier (1,1 Mill.); dazu kommen noch Ungarn (500000), Rumänen u. Montenegriner u. im S 900000 Albaner. Die Bevölkerung ist recht ungleichmäßig verteilt. Großen Ballungen in Slowenien, Kroatien u. den nördl. Tiefebenen (an der Donau bis 100 Ew./qkm) stehen die dünn besiedelten Karstlandschaften gegenüber. Rd. 40% der

Jugoslawien

Bevölkerung sind serb.-orthodox, 32% röm.-kath., 12,3% islamisch.

Wirtschaft: Grundlage ist die *Landwirtschaft*, die noch immer etwa die Hälfte aller Erwerbstätigen beschäftigt. In den nördl. Ebenen werden bes. Zuckerrüben, Weizen, Mais u. Tabak angebaut, im mediterranen Klimabereich auch Südfrüchte, Baumwolle, Ölbäume u. Wein. Im gebirgigen Landesinneren dominiert die Viehzucht (Schafe, Rinder, Schweine, Ziegen, Esel u. Maultiere). 35% der Landesfläche sind bewaldet u. werden forstwirtschaftl. genutzt, vor allem in den Hochgebirgen u. den südl. Karstgebirgen. Die gut entwickelte *Fischerei* liefert an der Küste Sardinen, Makrelen, Thunfische u. Heringe, im Binnenland vor allem Karpfen. An *Bodenschätzen* sind von Bedeutung: Erdöl u. Erdgas, Braunkohle, Salz, Eisen-, Mangan-, Kupfer-, Blei-, Antimon-, Zinkerze, Bauxit u. Quecksilber. Die *Industrie* verarbeitet u.a. die landwirtschaftl. Produkte (Nahrungsmittel-, Leder-, Textil-, Teppichindustrie). Wichtig sind auch Eisen- u. Stahl-, Maschinen-, Elektro- u. chem. Industrie (Kunstfasern, Düngemittel, Kunststoffe). Zur Deckung des Energiebedarfs werden Wasser- u. Wärmekraftwerke errichtet. *Hauptausfuhrprodukte* sind Fleischwaren, Schnittholz, Früchte, Wein, Tabak, Erze u. Metalle, Textilien, Maschinen u. Fahrzeuge. Der *Fremdenverkehr* (bes. auf den dalmatin. Inseln u. in den Küstenorten) hat sich zu einem wichtigen Wirtschaftszweig entwickelt.

Verkehr: Wichtigstes Verkehrsmittel ist trotz zunehmender Motorisierung immer noch die Eisenbahn. Das Straßennetz ist seit 1960 um mehr als das Dreifache verlängert worden; der Bau von Autobahnen wird vorangetrieben. Die Binnenschiffahrt ist im O u. N gut entwickelt. Belgrad, Agram u. Dubrovnik verfügen über internationale Flughäfen. – 🗔6.5.0.

Geschichte →S. 173.

Politik

Die Verfassung von 1946 gliederte J. in 6 Republiken: Serbien (mit den autonomen Provinzen Vojvodina u. Kosovo), Kroatien, Slowenien, Bosnien-Herzegowina, Makedonien, Montenegro. Formell war die Regierung vom Vertrauen der beiden Kammern des Parlaments (*Bundes-* u. *Länderkammer*) abhängig; das eigentl. Machtzentrum bildeten jedoch das Politbüro u. das ZK der *Kommunist. Partei J.s (KPJ)*, die ihre führende Rolle alle 4 Jahre in oppositionslosen Parlamentswahlen formal bestätigen ließ. Gestützt auf die Armee u. das moral. Ansehen aus der Partisanenzeit, konnte die KPJ ihre innenpolit. Ziele erhebl. rascher durchführen als andere kommunist. Regierungen (fast völlige Verstaatlichung der Industrie, Teilkollektivierung der Landwirtschaft).

Nach dem Bruch mit Moskau schlug J. ab 1950 einen „eigenen Weg zum Sozialismus" ein. Ziel war die „Umwandlung der Staatlichkeit in eine Funktion der Selbstverwaltung" (E. Kardelj). Die Wirtschaft wurde dezentralisiert u. die →Arbeiterselbstverwaltung eingeführt. Die Partei (ab 1952: *Bund der Kommunisten J.s, BdKJ*) sollte sich aus der Staatsverwaltung weitgehend zurückziehen u. sich auf ideolog. Fragen konzentrieren. Durch das Verfassungsgesetz von 1953 wurde der *Nationalitätenrat* (70 Mitgl.) dem *Bundesrat* (282 Mitgl.) integriert u. als neue Kammer der *Produzentenrat* geschaffen, dessen 214 Sitze an die 3 Gruppen Industrie (1953: 62,9%), Landwirtschaft (33,3%) u. Handwerk (3,7%) entspr. ihrem Anteil am Bruttosozialprodukt (nicht nach der Zahl der Beschäftigten) vergeben wurden. Die wichtigsten Kompetenzen lagen bei dem ab 1950 in relativer Mehrheitswahl gewählten Bundesrat. Die „Einheit der Gewalt" sollte durch einen vom Parlament gewählten u. ihm verantwortl. *Bundesvollzugsrat* (Regierung) sichtbar werden, dessen Präsident (Tito) zugleich *Präsident der Republik* war. Trotz einer gewissen Liberalisierung (echte Diskussionen in Parlament u. Presse) lehnte die Partei Versuche, eine offizielle Oppositionspartei zu gründen (M. Djilas 1953/54, M. Mihailov 1966), scharf ab.

1963 wurde eine neue Verfassung verabschiedet u. J. zur „Sozialist. Föderativen Republik" erklärt. Vom Parlament (*Savezna Skupština*, Bundesversammlung) blieben *Bundesrat* (120 Mitgl.) u. – ihm eingegliedert – der *Nationalitätenrat* (70 Mitgl.) in der alten Form erhalten. Dazu kamen mit je 120 Mitgl. 4 weitere Kammern: *Wirtschaftsrat, Bildungs- u. Kulturrat, Sozial- u. Gesundheitsrat* u. *Organisationspolit. Rat*, die je in ihrem Bereich mit dem Bundesrat für die Gesetzgebung zuständig waren. Die Skupština wurde auf 4 Jahre bei Halberneuerung alle 2 Jahre gewählt, aber nur zum Bundesrat in allg. u. direkter, zu den übrigen Kammern in indirekter Wahl der Angehörigen der jeweiligen Berufsgruppe. Zu allen Kammern bestand ein kompliziertes mehrstufiges Kandidatenaufstellungsverfahren. Das Amt des Staatspräsidenten (Tito) wurde von dem des Min.-Präs. (1963–1967 P. Stambolić, 1967–1969 M. Spiljak, 1969–1971 M. Ribičić, 1971–1977 D. Bijedić, seit 1977 V. Djuranović) getrennt. Bemerkens-

Jugoslawien

Plitwitzer Seen

Völker in Jugoslawien

- Serben
- Kroaten
- Slowenen
- Bosnier
- Makedonier
- Montenegriner
- Albaner
- Ungarn
- Türken

JUGOSLAWIEN

Die verkarstete, unbewohnte Insel Kornat nahe der Küste von Dalmatien (links). – Im Hafen von Rijeka (rechts)

wert war die Rückkehr zur Gewaltenteilung u. die Einführung eines Verfassungsgerichts.
Studentenunruhen in J. im Frühjahr 1968 u. die innenpolit. Entwicklung in der ČSSR beschleunigten eine neue Verfassungsreform (Dez. 1968). Die Skupština gliederte sich nun in den von den Republik- u. Provinzparlamenten bestellten *Nationalitätenrat* (Vertretung der Völker u. Nationalitäten, 140 Mitgl.), den *Wirtschaftsrat*, den *Bildungs- u. Kulturrat*, den *Sozial- u. Gesundheitsrat* (Vertretung der Werktätigen, je 120 Mitgl.) u. den *Gesellschaftspolit. Rat* (Vertretung aller Staatsbürger, 120 Mitgl.). Ähnl. wie bisher wurde jetzt nur der Gesellschaftspolit. Rat direkt gewählt, dem zusammen mit dem Nationalitätenrat die entscheidenden Kompetenzen zufielen. Entscheidend gestärkt wurde 1968 u. in einer weiteren tiefgreifenden Verfassungsänderung 1971 die Rolle der Republiken. An die Stelle des Staats-Präs. trat 1971 als kollektives Staatsoberhaupt das *Staatspräsidium*, dem je 3 Vertreter der Republiken u. je 2 der autonomen Provinzen angehörten. Die Verfassung vom 21. 2. 1974 verringert die Mitgliederzahl des Staatspräsidiums auf 9 (je einer aus den 6 Republiken u. den 2 autonomen Provinzen sowie der Vorsitzende des BdKJ) u. führt ein Zweikammerparlament ein (1. Kammer: 220 indirekt gewählte Abg.; 2. Kammer: 88 Vertreter der Republiken u. autonomen Provinzen).

Militär

J. hat ein aus den Partisanenverbänden des 2. Weltkriegs hervorgegangenes stehendes Heer bei allg. Wehrpflicht für Männer vom 17.–50., für Frauen vom 19.–40. Lebensjahr mit einer aktiven Dienstzeit von 18 Monaten. Die Gesamtstärke der regulären jugoslaw. Streitkräfte beträgt über 230 000 Mann (Heer 190 000, Marine u. Luftwaffe je rd. 20 000 Mann). Hinzu kommen ca. 20 000 Mann Grenzgarde u. eine territoriale Verteidigungsstreitmacht von 1 Mill., die bis auf 3 Mill. Männer u. Frauen vergrößert werden soll, um einen „allg. Volksverteidigungskrieg", auch wieder mit Partisanen, führen zu können. Oberster Befehlshaber ist der Präs. des Staatspräsidiums. Die Ausrüstungsgegenstände sind überwiegend sowjet. Herkunft.

Bildungswesen

Nach einheitl. Prinzip wird das Schulwesen vom Staat organisiert u. kontrolliert (Einheitsschule). Privatschulen sind zwar laut Gesetz möglich, aber kaum verwirklicht. Die allgemeine Schulpflicht beträgt 8 Jahre; der Unterricht ist an allen Schulen kostenlos.
Schulsystem: 1. Vorschuleinrichtungen; achtjährige obligatorische Volksschule. 2. darauf aufbauende 4jährige Gymnasien mit sprachl. u. mathemat. Zweigen. Humanistische Gymnasien haben nur 4 Volksschulklassen zur Voraussetzung. Gymnasien schließen mit dem Abitur ab u. führen zur Hochschulreife. 3. Fachschulen: a) 4jährige Lehrlingsschulen u. 3jährige Berufsschulen für Facharbeiter, b) 4jährige Technika zur Heranbildung des Nachwuchses der mittleren techn. Berufe, c) 3–4jährige Fachschulen für Handel, Wirtschaft u. öffentl. Dienste. Die Voraussetzungen, unter denen sie besucht werden können, sind verschieden. Es verlangen z. B. Schulen für Zahntechniker, Dentisten, med.-techn. Assistenten, Gesundheitspflege den Abschluß der 2. Gymnasialklasse,

Jugoslawien

Das Gebirge Šar Planina bildet einen Teil der Grenze zwischen Serbien und Makedonien (links). – Počitelj bei Mostar in der Herzegowina (rechts)

Blick auf Skopje (links). – Polje in einem Karstgebiet bei Cetinje, Montenegro (rechts)

Schulen für Handel u. Wirtschaft den Abschluß der Volksschule, Schulen für Landwirtschaft, Forsten, Bauwesen, Bergbau, Straßenbau usw. den Abschluß der Volksschule u. eine prakt. Tätigkeit in dem betreffenden Fach. Fachschulen schließen mit Diplom ab, das zum Studium des betreffenden Fachs berechtigt. 4. vierjährige, an die Volksschule anschließende Schulen für Musik, Theater u. bildende Kunst. 5. Fachhochschulen, 7 Universitäten u. Akademien für Wissenschaft u. Kunst.

Geschichte

Der Zerfall der österr.-ungar. Monarchie 1918 machte den Weg frei zur Vereinigung der *Kroaten, Slowenen* u. *Serben* (unter Einschluß →Montenegros) in einem gemeinsamen Staat. Bereits vorher hatten Vereinigungsbestrebungen in zwei Richtungen bestanden: einerseits Vereinigung der Südslawen unter kroat. Führung innerhalb Österreich-Ungarns nach staatl. Auflösung Serbiens, andererseits die großserb. Richtung, d. h. Einigung durch Anschluß an Serbien nach Ausscheiden aus der Doppelmonarchie oder nach deren Zerfall.

Der neue Staat (1. 12. 1918 proklamiert als *Königreich der Serben, Kroaten u. Slowenen*) wurde durch den Gegensatz dieser beiden Bestrebungen belastet. Komplizierend wirkte die Zugehörigkeit der Jugoslawen zu verschiedenen Konfessionen. Erster König war *Peter I. Karadjordjević*.
Die großserb. Bewegung mit dem Min.-Präs. N. *Pašić* an der Spitze erstrebte den Einheitsstaat unter serb. Führung (Vidovdan-Verfassung 1921). Die Kroaten insbes. wollten aber einen dreigeteilten Bundesstaat. Um aus diesen anhaltenden Schwierigkeiten herauszukommen, die durch das Attentat auf den Kroatenführer S. *Radić* 1928 noch verschärft wurden, errichtete König *Alexander I.* (1921–1934), der Peter I. gefolgt war, 1929 eine Militärdiktatur mit der Aufgabe, die südslaw. Völker zu verschmelzen (Rechtsangleichung, Auflösung der alten Landesteile durch eine Verwaltungsreform, Umbenennung des Staats in *Jugoslawien*).
Diese inneren Wirren gewannen um so mehr Bedeutung, als J. mit fast allen Nachbarn Differenzen hatte: mit Italien wegen Fiume u. Dalmatien, mit Ungarn wegen des Banats, mit Bulgarien u. Griechenland wegen Makedonien. Die Kleine Entente (mit Rumänien u. der Tschechoslowakei) gab nur geringen Halt, so daß sich J. eng an Frankreich anlehnte, das J. finanziell-wirtschaftl. unterstützte, aber auch bevormundete. Mit Italien, Albanien u. Griechenland kam es zu einer Verständigung, die Beziehungen zu Ungarn u. bes. Bulgarien blieben belastet. Die Versuche Alexanders, aus der außenpolit. Isolierung herauszukommen (Balkanentente von 1934), hatten keinen dauerhaften Erfolg. Bei einem Besuch in Frankreich 1934 wurde er in Marseille von kroat. Extremisten ermordet. Ihm folgte *Peter II.* unter der Vormundschaft (bis 1941) des Regenten *Paul Karadjordjević*. Die Regierung *Stojadinović* suchte durch Absprachen mit Bulgarien (Freundschaftsvertrag 1937) u. Italien (Nichtangriffspakt 1937) der Bedrohung durch das nat.-soz. Dtschld. vorzubeugen.
Aber die wirtschaftl. Verhältnisse machten eine Annäherung an Dtschld. trotz starker Gegenarbeit frankophiler Kreise in Belgrad notwendig. Die militär. Erfolge der Deutschen zu Beginn des 2. Weltkriegs u. die „Neuordnung" in Südosteuropa veranlaßten die Regierung *Cvetković* 1941 zum

jugoslawische Kunst

Beitritt zum Dreimächtepakt. Diese Regierung wurde aber wenige Tage später durch den Militärputsch des Fliegergenerals D. *Simović* abgesetzt; Prinz Paul wurde zum Rücktritt gezwungen, u. Peter II. trat die Regierung an. Simović übernahm die oberste Gewalt u. den Oberbefehl. Die Sowjetunion schloß mit ihm einen Freundschafts- u. Beistandspakt (1941).

Am 6. 4. 1941 marschierten dt. u. italien. Truppen in J. ein; die Kapitulation J.s erfolgte am 17. 4. 1941. Randgebiete wurden von den Achsenmächten u. ihren Verbündeten annektiert, Kroatien u. Montenegro für unabhängig erklärt, der Rest des Landes unter Militärverwaltung gestellt. König Peter bildete in London eine Exilregierung. Im Land formierte sich der Widerstand gegen die Besatzungsmächte in monarchist. u. kommunist. Partisanenverbänden, die sich gleichzeitig gegenseitig bekämpften. Die von Briten u. Sowjets unterstützte kommunist. Partisanenarmee unter J. *Tito* hatte bereits 1944, vor dem Eintreffen der sowjet. Armee, große Teile J.s unter Kontrolle. Beherrschende Kraft der Nachkriegsentwicklung war von Anfang an die Kommunist. Partei, dominierender Politiker deren Führer Tito (bis 1953 Min.-Präs., dann Staats-Präs., seit 1971 Präs. des Staatspräsidiums). Nach den Wahlen zur Konstituierenden Versammlung vom 11. 11. 1945, die eine überwältigende Mehrheit für die von den Kommunisten beherrschte Volksfront ergaben, wurde am 29. 11. 1945 die *Föderative Volksrepublik Jugoslawien* ausgerufen.

Schon 1945 wurde ein Freundschaftspakt mit Moskau geschlossen. Die Wirtschaft wurde nach sozialist. Grundsätzen umgestaltet. 1948 kam es wegen des jugoslaw. Widerstands gegen die sowjet. Bevormundung zum Bruch mit der UdSSR u. zum Ausschluß J.s aus dem Kominform. Außenpolit. suchte J. nun einen unabhängigen Kurs zu steuern. Sowjet. Wirtschaftssanktionen u. militär. Druck wurden kompensiert durch wirtschaftliche u. militärische Hilfe seitens der Westmächte. Diese Hilfeleistungen erlaubten es J., seit den 1950er Jahren eine führende Stellung unter den blockfreien Staaten einzunehmen (Belgrader Konferenz 1961). 1954 wurde der 2. Balkanpakt (mit Griechenland u. der Türkei) geschlossen. Im gleichen Jahr konnte der Konflikt mit Italien um Triest beigelegt werden. Zwischen Bulgarien u. J. bestehen Spannungen wegen Makedonien. 1955 erfolgte die Aussöhnung mit der UdSSR, die den jugoslaw. Anspruch auf einen „eigenen Weg zum Sozialismus" grundsätzl. anerkannte; trotzdem kam es immer wieder zu Differenzen (so nach dem Ungarnaufstand 1956 u. dem Einmarsch sowjet. Truppen in die ČSSR 1968).

J. gehört dem Warschauer Pakt nicht an, es ist aber assoziiertes Mitglied des Rats für gegenseitige Wirtschaftshilfe (COMECON). Innenpolitisch wurde J. 1971 durch starke kroat. Autonomiebestrebungen u. deren Unterdrückung schwer erschüttert. →Serbien, →Slowenien; →auch Kroatien. – ⌑ 5.5.7.

jugoslawische Kunst, die Kunst der Völker im Gebiet des heutigen Bundesstaats Jugoslawien (Serbien, Makedonien, Montenegro, Kroatien, Bosnien, Herzegowina, Slowenien). Griechische u. römische Einflüsse bestimmten die Kunst im gesamten Siedlungsgebiet der Illyrer. Die Ansiedlung slawischer Völker (6./7. Jh.) beendete diese Epoche künstler. Entwicklung auf dem Balkan. Seit dem frühen Mittelalter waren in den einzelnen Regionen des Landes unterschiedliche Strömungen und auch von außen kommende Einflüsse wirksam.

Serbische Kunst (mit Makedonien und Montenegro): Byzantin. Einfluß ist vor allem im Gebiet Makedoniens erkennbar. Seit dem 13. Jh. übernahmen die Baumeister der Raška-Schule neben byzantin. Elementen auch Formen der mitteleurop. Romanik (Žiča, 1208–1221; Peć, um 1230). Nach der Zerschlagung des Großserbischen Reichs durch die Türken (1389) kam es nur noch zu regional begrenzter Stilentwicklung. In Montenegro wurde, vor allem seit dem 16. Jh., islam.-türk. Einfluß wirksam. – Fresken des 13. u. 14. Jh. aus Makedonien, die byzantin. wie roman. Elemente aufweisen (Marienkirche von Sopoćani, Mitte 13. Jh.), sind ebenso wie die Miniaturen u. Ikonen kostbare Zeugnisse mittelalterl. Kunst in diesem Raum. – Im späten 18. u. 19. Jh. bestimmen wie in Mitteleuropa Klassizismus und Historismus Baukunst u. Malerei.

Kroatische Kunst (mit Bosnien und Herzegowina): Seit dem 9. Jh. entstanden vor allem im Küstengebiet Kirchen nach byzantin. u. frühchristl. Vorbildern. Während des ganzen Mittelalters war für die Kunst dieser Region die italien. u. mitteleurop. Entwicklung in Romanik und Gotik vorbildlich. Dubrovnik wurde zum Zentrum der Renaissancebaukunst italien. Prägung. Das 17. u. 18. Jh. war gekennzeichnet durch das Nebeneinander venezian. und türk. Bauten. Im 19. Jh. dominierten in der Baukunst Klassizismus u. Historismus, bis die *Zagreber Schule* (seit 1906) den Weg zum modernen Bauen wies. – Auch in Malerei u. Plastik waren italien. Vorbilder stets gegenwärtig. Nationale Eigenarten zeigen sich erst in der Malerei des 19. Jh. Unter den Bildhauern der neueren Zeit ragt J. *Meštrović* hervor.

Slowenische Kunst: Die künstlerische Entwicklung der Slowenen ist weitgehend durch die Nachbarn im Norden u. Westen geprägt. Roman. u. got. Bauten u. in noch stärkerem Maße die slowen. Barockarchitektur weisen auf das österr. Vorbild hin. Das gleiche gilt für die Malerei, die, zumal seit dem 17. Jh., ihre wichtigsten Impulse aus Österreich empfing.

20. Jahrhundert: Die Architektur des neuen Einheitsstaats Jugoslawien (seit 1918) macht die Wirkung moderner Bauideen auf die Architekten des Landes deutlich, etwa auf den Loos-Schüler Z. *Neumann* (*1900). In der Plastik hatte das Werk J. *Meštrović'* Einfluß auf A. *Augustinčić*, M. *Studin* (*1895), S. *Stojanović* (*1898), einen Schüler von E. A. Bourdelle, u.a. Die Malerei der 20er Jahre stand unter dem Eindruck der verschiedenen westeurop. Richtungen, deren Zentrum Paris war. Krsto *Hegedušić* (*1901), der Begründer der Malergruppe „Zemlja" (1929), machte sich besonders um die Laienmalerei, die sich heute mit dem Namen des Dorfes *Hlebine* verbindet, verdient. Er förderte J. *Generalić*, F. *Mraz* u.a., deren Bedeutung inzwischen international anerkannt ist. Neben dem *sozialist. Realismus* fanden alle bedeutenden Kunstströmungen der letzten Jahrzehnte in Jugoslawien Eingang. Die Aufgeschlossenheit der j.n Kunst unserer Zeit dokumentiert die *Graphikbiennale* von Ljubljana, die weltweites Ansehen genießt. Besondere Förderung erfährt in allen Teilen des Landes die Volkskunst. – ⌑ 2.3.9.

jugoslawische Literatur →serbokroatische Literatur, →slowenische Literatur, →makedonische Literatur.

jugoslawische Musik, Sammelbegriff für die sehr unterschiedlichen, landschaftl. u. ethnisch begründeten Musikarten der Völker des heutigen Jugoslawien. Die bes. alte slowenische Musikkultur wurde durch die christl. Religion einschneidend verändert, bes. nachdem die Slowenen zunächst die röm., dann im 9. u. im 12./13. Jh. die slawische, endlich eine eigene slowenische Liturgie kennenlernten. Die Kroaten u. Serben nahmen zunächst den röm. Kirchengesang an, dann die kroat. Fassung der östl. Liturgie. Nach der Besetzung Serbiens durch die Türken spielte der auf das oriental. Vorbild des Volkssängers zum Rebab zurückgehende *Guslar*, der Sänger epischer Volksweisen zur Gusla (gestrichenes Saiteninstrument mit einer Saite), eine große Rolle, die er auch heute noch in der Volksmusik innehat. Der Guslar rezitierte u. kolportierte aktuelle Ereignisse. – Die jüngeren Generationen der jugoslaw. Komponisten (wie z.B. J. *Gotovac*; Josip *Slavenski*, *1896, †1955; Boris *Papandopulo*, *25. 2. 1906; M. *Kelemen*) streben eine Synthese zwischen den Gegebenheiten der zeitgenöss. Musik u. den folkloristischen Eigentümlichkeiten ihrer jeweiligen ethnischen Gruppe an. – ⌑ 2.9.5.

Jugow, Anton, bulgar. Politiker, *5. 8. 1904 Karasuli, griech. Makedonien; Tabakarbeiter, seit 1920 Kommunist, 1934–1936 in Moskau ausgebildet, 1937 Mitgl. des Politbüros des ZK, seit 1941 im Stab der Partisanen, 1944–1948 Innen-Min., 1956–1962 Min.-Präs.; leitete die „Säuberungen" 1944–1946; 1962 aller Staats- u. Parteiämter enthoben.

Jugurtha, König von Numidien, *bald nach 160 v.Chr., † 104 v.Chr.; kämpfte im sog. *Jugurthinischen Krieg* (111–105 v.Chr.) gegen die Römer; von *Marius* geschlagen, nach Rom gebracht, im Triumphzug mitgeführt u. anschließend erdrosselt.

Juhász [′juha:s], **1.** Ferenc, ungar. Schriftsteller, *16. 8. 1928 Bia; große epische Gedichte, später rein lyr. Dichtungen von großer Sensibilität. Die Originalität seiner Sprache u. Bilder hebt ihn über die Schriftsteller seiner Generation in Ungarn hinaus.

jugoslawische Kunst: Ivan Generalić, Stilleben. Agram, Moderna Galerija

jugoslawische Kunst: die Stifter der Kirche des hl. Achilleios von Larissa, König Milutin, König Dragutin und Königin Katharine; Arilje, Wandmalerei aus dem Jahr 1296

2. *Gyula,* ungar. Schriftsteller, *4. 4. 1883 Szeged, †6. 4. 1937 Szeged; impressionist. Lyriker, Meister der kleinen Formen u. des Landschaftsbilds.

Juin [ʒyˈɛ̃], *Alphonse Pierre,* französ. General, *16. 12. 1888 Bône (Algerien), †27. 1. 1967 Paris; 1944 Chef des Generalstabs der gaullist. Truppen, 1947–1951 Generalresident von Marokko, Jan. 1951 Generalinspekteur aller französ. Streitkräfte, Aug. 1951 Oberkommandierender der NATO-Landstreitkräfte, 1953–1956 der Gesamtstreitkräfte in Mitteleuropa; 1954 aus disziplinar. Gründen seiner französ. Ämter enthoben, von P. Mendès-France aber wieder eingesetzt, 1961 wegen Kritik an der Algerienpolitik de Gaulles aus dem Obersten Verteidigungsrat ausgeschieden; Marschall von Frankreich u. Mitgl. der Académie Française (1952).

Juist [jyːst], ostfries. Insel zwischen Borkum u. Norderney, 16,2 qkm, 17 km lang, 1 km breit, 2100 Ew.; Seebad.

Juiz de Fora [ʒuˈiːz di ˈfɔra], Stadt im brasilian. Staat Minas Gerais, nordöstl. von Rio de Janeiro, 135 000 Ew. (als Munizip 194 000 Ew.); dt. Kolonie; Agrarzentrum; Eisen-, Möbel-, Leder- u. Textilindustrie, Brauereien, Zuckerraffinerien.

Jujube [die; grch., lat., frz.] →Judendorn.

Jujuy [xuˈxui], *San Salvador de J.,* Hptst. der nordargentin. Prov. J. (53 220 qkm, 290 000 Ew.), in einer fruchtbaren Tallandschaft des Rio Grande, 45 000 Ew. (Agglomeration 80 000 Ew.); Handelszentrum; alte Kolonialstadt (gegr. 1593).

Jukagiren, altsibir. Volksstamm (700) am Eismeer.

Jukebox [ˈdʒuːkbɔks; engl.] →Musikbox.

Jul... [altnord.], Wortbestandteil mit der Bedeutung „Wintersonnenwende, Weihnacht".

Julbrot, altgerman. Opfergebäck zum Julfest (altgerman. Winterfest) in Form von Sonnenrädern, Schlangen u. Hörnern des Julbocks.

Jules [ʒyl], frz. für →Julius.

Julfest, ursprüngl. das altgerman. (heidnische) Hochwinterfest; heute noch in den nord. Ländern Bez. für das Weihnachtsfest.

Juli, [nach *Julius* Cäsar], *Heuert, Heumond,* siebenter, im alten röm. Kalender fünfter Monat des Jahres; 31 Tage.

Julia, *Julie,* weibl. Vorname, zu *Julius;* ital. *Giulia.*

Julia, 1. Tochter des röm. Kaisers *Augustus* u. der Scribonia, *39. v. Chr., †14. n. Chr. Rhegium; in 2. Ehe mit *Agrippa,* in 3. Ehe mit *Tiberius* verheiratet; 2 v. Chr. von Augustus wegen unsittl. Lebenswandels u. polit. Machenschaften zunächst nach Pandateria, später nach Rhegium verbannt.
2. *J. Domna,* Frau des röm. Kaisers *Septimius Severus,* †217 n.Chr. Antiochia (Selbstmord); Tochter des Sonnenpriesters Bassianus aus Emesa (Homs), Mutter des *Caracalla;* begleitete den Kaiser auf seinen Kriegszügen u. führte zeitweise für ihren Sohn die Regierung.

Juliabkommen 1936, Vertrag zwischen der österr. Regierung unter K. *Schuschnigg* u. der dt. Regierung unter *Hitler* vom 11. 7. 1936. Österreich verpflichtete sich darin, eine Amnestie für die verhafteten österr. Nationalsozialisten zu erlassen, eine deutschfreundl. Außenpolitik zu betreiben u. zwei Vertrauensleute Hitlers in die Regierung aufzunehmen (E. *Glaise von Horstenau* u. *Guido Schmidt*). Deutschland anerkannte dafür die Souveränität Österreichs, hob die sog. Tausend-Mark-Sperre für Touristen auf u. versprach, sich nicht in die österr. inneren Angelegenheiten einzumischen.

Julian [lat. *Julianus,* Weiterbildung von →Julius], männl. Vorname; volkstüml. engl. Form *Gillian,* Kurzform *Jill.*

Julian, *Flavius Claudius Iulianus, J. Apostata,* röm. Kaiser 361–363, *331, †26. 6. 363; Neffe *Konstantins d. Gr.,* 355 von *Constantius II.* zum Caesar ernannt. In Gallien erhielt er ein Kommando, besiegte die Franken u. Alemannen 357 in der Schlacht bei Straßburg u. wurde 360 von seinen Soldaten zum Kaiser ausgerufen; nach dem Tod Constantius' II. (361) war er Alleinherrscher. Obgleich als Kind christl. erzogen, wandte J. sich dem Neuplatonismus u. dem Kult des Gottes *Mithras* zu; er ließ die Tempel der alten Götter wiederherstellen u. verkündete eine allg. Glaubensfreiheit, die die alten Kulte wiederaufleben ließ u. ihm von seinen christl. Gegnern den Namen *Apostata* [„der Abtrünnige"] einbrachte; allerdings durften auch verbannte Bischöfe in ihre Heimat zurückkehren. J. starb 363 auf einem Feldzug gegen die Perser. – ⌧5.2.7.

Juliana, *Louise Emma Marie Wilhelmina,* Königin der Niederlande seit 1948 (nach Abdankung ihrer Mutter), *30. 4. 1909 Den Haag; seit 1937 verheiratet mit Prinz *Bernhard zur Lippe-Biesterfeld* (*1911); ihre Tochter ist die Kronprinzessin *Beatrix.*

Juliana von Falconièri, Heilige, *1270 oder 1290 Florenz, †19. 6. 1341 Florenz; gilt als Gründerin des Servitinnenordens, dessen erste Oberin sie war. Heiligsprechung 1737.

Juliana von Lüttich, Heilige, Augustiner-Chorfrau in Kornelienberg, *um 1192 Rétinne bei Lüttich, †5. 4. 1258 Fosses bei Namur; förderte die Einführung des Fronleichnamsfestes. Fest: 5. 4.

Juliana von Norwich [- ˈnɔridʒ], engl. Mystikerin, *um 1340, †um 1413; berichtete über eigene Visionen in „Offenbarungen der göttl. Liebe".

Julianehåb [-hɔːb], Hafenort an der Südküste von Grönland, rd. 2400 Ew.

Julianischer Kalender →Kalender.

Julianisches Datum, *Julianischer Tag,* nach dem Vorschlag von Joseph-Justus *Scaliger* die Tageszählung in der Astronomie. Ab 1. Jan. 4713 v.Chr. werden die Tage fortlaufend durchgezählt. Hiernach hat z.B. der 1. Jan. 1975 das Julian. Datum 2 442 414. Der Tageswechsel findet jeweils um 12 Uhr Weltzeit statt. Diese Zählung hat den Vorteil, daß man leicht den Zeitunterschied zwischen zwei Daten in Tagen berechnen kann. Auch läßt sich der Wochentag eines Datums einfach bestimmen, indem man das Julian. Datum durch 7 dividiert. Ist der Rest 0, so ist es ein Montag, ist er 1, ein Dienstag, usw.

Julianus, *Lucius Salvius J.,* röm. Jurist aus dem 2. Jh. n.Chr.; ein →Sabinianer. Seine Werke sind auszugsweise in den →Digesten enthalten.

Jülich, 1. ehem. Herzogtum, begrenzt von den Territorien Köln, Geldern, Limburg u. Luxemburg; um 1100 Grafschaft, 1207 an *Wilhelm III.,* †1219, aus dem freiherrl. Geschlecht der *Hengebacher.* 1336 erlangte *Wilhelm V.* (I.) (†1361) die Markgrafen- u. 1357 von Kaiser Karl IV. die Herzogswürde. Sein Sohn *Gerhard I.* (†1360) erwarb *Ravensberg* u. *Berg* hinzu; *Geldern* konnte nur vorübergehend bis 1437 gehalten werden. Nach Aussterben des Hauses J. im Mannesstamm (1511) kamen die Länder durch Heirat an Herzog *Johann III.* (†1539) von Kleve-Mark-Ravenstein, der die Reformation eindringen ließ. Der vorübergehende Wiedererwerb von Geldern (1538–1543) führte nach Einspruch Kaiser Karls V. zum Verzicht durch *Wilhelm den Reichen* (1539–1592). In der Folgezeit geriet das Herzogtum in Religionsstreitigkeiten u. in den Machtbereich der Span. Niederlande (Herzog *Alba* u.a.).

Im *Jülich-Kleveschen Erbfolgekrieg* (1609–1614), der durch den Tod des kinderlosen *Johann Wilhelm* (1592–1609) ausgelöst wurde, machten Brandenburg, Pfalz-Neuburg u. Sachsen aus verwandtschaftlichen Gründen Ansprüche geltend. Im *Vertrag von Xanten* (1614) wurden unter Vorbehalten Pfalz-Neuburg J. u. Berg, Brandenburg Kleve, Mark, Ravensberg u. Ravenstein zugesprochen; endgültig bestätigt durch den Teilungsvertrag von 1666 (zwischen Friedrich Wilhelm, dem Großen Kurfürsten, u. dem Pfalzgrafen Philipp Wilhelm) unter Einräumung der wechselseitigen Erbfolge beim Aussterben der Häuser im Mannesstamm. Kaiser Karl VI. sprach in einem Geheimvertrag 1733 die Lande J. u. Berg Pfalz-Sulzbach zu. Frankreich u. die Generalstaaten wehrten sich gegen eine brandenburg. Machterweiterung am Rhein. Friedrich d. Gr. versuchte 1740, Berg zu erwerben, verzichtete jedoch 1742 im Frieden zu Breslau zugunsten von *Karl Theodors von Pfalz-Sulzbach* (†1799) endgültig auf seine Ansprüche. Diese Gebiete sanken zu Nebenlanden herab. J. wurde im 1. *Koalitionskrieg* 1794 durch Frankreich besetzt, im *Frieden von Lunéville* 1801 abgetreten, auf dem *Wiener Kongreß* 1815 aber (bis auf einige kleine Gebiete, die an die Niederlande fielen) Preußen zugesprochen u. der *Rheinprovinz* eingeordnet.

2. Stadt in Nordrhein-Westfalen, zwischen Aachen u. Köln an der Rur, 32 000 Ew.; alte Herzogstadt mit Resten der Stadtbefestigung (Zitadelle; 16.

jugoslawische Kunst: Muttergottes- und Apostelkirche des Patriarchats von Peć; 12.–14. Jh.

Jülicher Börde

Jh.); Röm.-German. Museum; Kernforschungszentrum; Leder-, Papier-, Draht- u. Zuckerindustrie; Kurzwellensender Deutsche Welle.
Jülicher Börde, westl. Teil der Kölner Bucht zwischen den Flüssen Wurm u. Erft; Lößböden mit Weizen-, Zuckerrüben- u. Gemüseanbau.
Julie, weibl. Vorname, →Julia.
Julienne [ʒy'ljɛn; die; frz.], Suppeneinlage aus getrocknetem, in Streifen geschnittenem Gemüse (5% Erbsen, 6% Bohnen, 35% Kohl, 40% Karotten, 14% anderes Wurzelgemüse u. Gewürzkräuter).
Julierpaß ['juliɛr-], schweizer. Alpenpaß (2284 m) im Kanton Graubünden; verbindet Oberengadin (Silvaplana) u. Oberhalbstein (zum Albula- u. Rheintal); schon in vorröm. Zeit benutzt; Straße seit 1826, wintersicher.
Julikäfer, Rosenlaubkäfer, Anomala dubia, ein etwa 15 mm langer, mit dem Maikäfer verwandter Blatthornkäfer. Die Flügeldecken sind gelbbraun mit grünlichem Schimmer.
Julikönigtum, das Regime (1830–1848) des „Bürgerkönigs" Louis-Philippe, der durch die Julirevolution auf den französ. Thron kam.
Ju-lin wai-shih [chin., „Inoffizielle Geschichte der Gelehrtenwelt"], chines. Roman von Wu Ching-tse (*1701, †1754), ein hervorragendes Beispiel von satir. geistreicher Opposition gegen den herrschenden Konfuzianismus u. seine rückständigen Beamtentypen; dt. Übers. „Der Weg zu den weißen Wolken" von Yang En-lin u. G. Schmitt 1962.
Juliputsch 1934, erfolgloser nat.-soz. Putschversuch am 25. Juli 1934 in Österreich. Bei dem Überfall auf das Bundeskanzleramt wurde E. Dollfuß tödl. verwundet.
Juliresolution, die Friedensresolution der Mehrheit des Dt. Reichstags (Zentrum, Sozialdemokraten, Demokraten unter Führung M. Erzbergers) im 1. Weltkrieg vom 19. 7. 1917.
Ihr war ein Friedensgebot der vier Mittelmächte vom 12. 12. 1916 vorausgegangen, das in Verbindung mit dem zunehmenden Eindruck des Scheiterns des uneingeschränkten U-Bootkriegs stand. Die J. appellierte an die alliierten Mächte, einem Verständigungsfrieden (im Unterschied zum Siegfrieden) ohne Annexionen u. Kriegsentschädigungen (status quo ante) zuzustimmen. Ferner wurden Völkerversöhnung u. die Schaffung von internationalen Rechtsorganisationen vorgeschlagen. Polit., wirtschaftl. u. finanzielle Druckmittel sollten bei einem zukünftigen Friedensschluß nicht angewandt, die Freiheit der Meere garantiert u. zukünftige friedl. Zusammenarbeit der Völker durch einen Wirtschaftsfrieden erreicht werden.
Die Oberste Heeresleitung stand der J. ablehnend gegenüber. Reichskanzler Michaelis stimmte ihr nur mit einem Vorbehalt zu („wie ich sie auffasse"), der sie politisch entwertete. Die Gegner der J. schlossen sich in der Deutschen Vaterlandspartei zusammen, die weiterhin annexionistische Kriegsziele vertrat. Bei den alliierten Mächten zeitigte die J. keinen Erfolg, da diese, hauptsächl. auf französ. Drängen, jegl. Verhandeln auf Grundlage der dt. Vorschläge ablehnen u. auf ein baldiges wirksames Eingreifen Nordamerikas rechneten.
Julirevolte, spontane Demonstrationen sozialdemokratischer Arbeiter am 15. Juli 1927 in Wien, aus Unzufriedenheit über das Urteil in einem polit. Prozeß gegen Rechtsradikale. Der Justizpalast wurde in Brand gesteckt. Die Unruhen wurden gewaltsam unterdrückt. Es gab 86 Tote u. 772 Verletzte.
Julirevolution, Pariser Revolution vom 27. bis 29. Juli 1830, ausgelöst durch die Juliordonnanzen des Bourbonen Karl X., der gestürzt wurde. Den Thron bestieg der „Bürgerkönig" Louis-Philippe.
Julische Alpen, slowen. Julijske Alpe, der südöstlichste Ausläufer der Südl. Kalkalpen, nördl. der Halbinsel Istrien, im Triglav 2863 m; größtenteils jugoslaw.; niederschlagsreich; Viehzucht, Holzwirtschaft.
Julius [lat., Bedeutung ungeklärt; männl. Vorname; frz. Jules, ungar. Gyula.
Julius, P ä p s t e : **1.** J. I., 337–352, Heiliger, Römer, †12. 4. 352 Rom; im arianischen Streit ließ er auf einer röm. Synode 340/41 Athanasius feierlich rehabilitieren. Die abendländ. Teilnehmer der von J. angeregten Synode von Serdika sprachen dem Papst das Recht der letztinstanzlichen Entscheidungen zu, stießen aber auf den oriental. Bischöfen auf heftigen Widerspruch. Fest: 12. 4.

2. J. II., 1503–1513, eigentl. Giuliano della Rovere, *5. 12. 1443 Albissola bei Savona, †21. 2. 1513 Rom; von seinem Onkel Sixtus IV. früh in hohe Ämter berufen, 1471 Kardinal. Seine Wahl war nicht frei von Simonie. Seine wichtigsten Ziele als Papst waren die Wiederherstellung des in Auflösung begriffenen Kirchenstaats u. die Befreiung Italiens von der Fremdherrschaft. Er entmachtete Cesare Borgia u. gewann 1506 Perùgia u. Bologna, 1509 (mit Hilfe der Liga von Cambrai) die Städte der Romagna zurück. In der sog. Hl. Liga (mit Venedig u. Spanien) erwarb er Parma, Piacenza u. Règgio u. erreichte zugleich die Vertreibung der Franzosen aus Italien. – Die Festigung u. Vergrößerung des Kirchenstaats war sein größter Erfolg; damit schuf er die Voraussetzung für die Machtstellung des neuzeitl. Papsttums. Er berief das 5. Laterankonzil (1512), vor allem, um dem von Frankreich drohenden Schisma vorzubeugen. – Als großzügiger Mäzen führte J. die Renaissance zum Höhepunkt; Michelangelo (Sixtinische Decke, Juliusgrab); Raffael (Stanzen im Vatikan) u. Bramante (Neubau des Petersdoms) arbeiteten für ihn.
3. J. III., 1550–1555, eigentl. Giovanni Maria del Monte, *10. 9. 1487 Rom, †23. 3. 1555 Rom; 1536 Kardinal, leitete die erste Tagungsperiode des Konzils von Trient. Als Papst war J. um die Wahrung seiner Autorität, die Wiederherstellung der Glaubenseinheit u. die Abwehr der Türken bemüht; seine Politik war nicht immer glücklich. Obwohl der Renaissance zugeneigt, förderte er die Kirchenreform. So bestätigte er den Jesuitenorden 1550 endgültig, förderte das Collegium Romanum u. das Collegium Germanicum u. berief 1551 erneut das Konzil. Er erreichte die vorübergehende Rückkehr Englands zur kath. Kirche.
Julius Echter von Mespelbrunn →Echter von Mespelbrunn.
Juliusturm, der Turm der Spandauer Zitadelle, in dem seit Friedrich Wilhelm I. der preuß. Staatsschatz gemünzt aufbewahrt u. nach dem Dt.-Französ. Krieg 1870/71 ein Teil (120 Mill. Mark) der von Frankreich an das Dt. Reich gezahlten Kriegsentschädigung gelagert wurde. Übertragen bezeichnet man als J. gehortete Überschüsse öffentl. Kassen.
Julklapp, ein alter Weihnachtsbrauch: Ein vielfach verpacktes Geschenk wird von einer vermummten Gestalt ins Zimmer geworfen. Der J. ist wohl ursprüngl. schwedisch; in der „Schwedenzeit" ist er über Vorpommern–Rügen nach Nord-Dtschld. gekommen.
Jullundur [engl. 'dʒʌləndə] = Jalandhar.
Julmarken, private Spendenmarken von Wohlfahrtsverbänden u. anderen wohltätigen Einrichtungen, bes. in den nord. Staaten; erstmals 1905 in Dänemark verwendet.
Jumbo-Jet [-dʒɛt; engl.], Bez. für das Großraum-Strahlflugzeug Boeing B 747, seit Anfang 1970 als größtes Verkehrsflugzeug im Einsatz (Startgewicht rd. 320 000 kg, maximal 490 Passagiere); heute auch allg. Bez. für alle Großraumflugzeuge für den Passagier- u. Frachttransport. →auch Airbus.
Jumet [ʒy'mɛ], belg. Gemeinde in der Prov. Hennegau, nördl. von Charleroi, 28 200 Ew.; Kohlenbergbau, Kupfer-, Eisen-, Glas- u. Kunststoffindustrie, Brauerei.
Jumilla [xu'miʎa], südostspan. Stadt in der Provinz Murcia, auf dem linken Ufer der Rambla de J., 22 000 Ew.; Schloß (15. Jh.); Wein- u. Olivenbauzentrum, Holzverarbeitung, Gipsbergbau.
jun., Abk. für →junior.
Juncales [lat.], Ordnung der Monokotyledonen; windblütige, häufig grasähnl. Pflanzen mit unscheinbaren Blüten, die z.T. weitgehend denen der Liliiflorae ähneln; in Dtschld. nur durch die Familie Juncaceae mit 2 Gattungen: Hainsimse, Luzula, u. Binse, Juncus, vertreten.
Jundiaí [ʒundia'i], Stadt im brasilian. Staat São Paulo, 100 000 Ew. (als Munizip 150 000 Ew.); Maschinen-, chem. u. Textilindustrie; Handel u. Verarbeitung von Agrarprodukten (Wein, Kaffee, Baumwolle).
Juneau ['dʒuːnou], Hptst. von Alaska (USA), Hafen am Lynnfjord, 7200 Ew.; Völkerkundemuseum; Fischerei, Holzindustrie; Goldgewinnung bei Treadwell; Fremdenverkehr.
Jung, 1. Carl Gustav, schweizer. Psycholog. u. Philosoph, *26. 7. 1875 Kesswyl, †6. 6. 1961 Küsnacht; Prof. in Zürich u. Basel; ursprüngl. Schüler S. Freuds, begründete bald J. eine eigene „Analyt. Psychologie" u. Philosophie des Unbewußten u.

Carl Gustav Jung

die im Gegensatz zu Freuds „Pansexualismus" das Ganze des Seelenlebens als ein dynamisches System (Energetik der Seele) auf dem Grund des schöpferischen kollektiven Unbewußten betrachtete u. mehr u. mehr zur Mythenforschung u. Religionsphilosophie gedrängt wurde. In seinem Werk „Psycholog. Typen" (1921, revidiert ^{10}1967) untersuchte J. die Einstellungstypen der Introversion u. der Extraversion, die er mit den funktionellen Typen (d.h. mit den aus der Vorherrschaft einer seelischen Funktionen Denken, Fühlen, Empfinden oder Intuition entstandenen) verband, um damit zu einer Persönlichkeitslehre zu gelangen. Weitere Hptw.: „Wandlungen u. Symbole der Libido" 1912, ^{4}1952 unter dem Titel: „Symbole der Wandlung"; „Die Beziehungen zwischen dem Ich u. dem Unbewußten" 1926, ^{7}1966; „Das Unbewußte im normalen u. kranken Seelenleben" 1926, ^{8}1966 unter dem Titel: „Über die Psychologie des Unbewußten"; „Psychologie u. Religion" 1939, ^{4}1962; „Antwort auf Hiob" 1952, ^{4}1966; (mit M.-L. von Franz) „Mysterium coniunctionis" 3 Teile 1955–1957, ^{2}1968 (2 Halb-Bde.); „Gesammelte Werke" 20 Bde. 1958ff. – 1.5.6.
2. Edgar, polit. Schriftsteller, *6. 3. 1894 Ludwigshafen, †1. 7. 1934 Oranienburg bei Berlin (anläßl. des angebl. Röhm-Putsches von der Gestapo erschossen); Rechtsanwalt, Berater F. von Papens; schrieb „Die Herrschaft der Minderwertigen" 1929.
3. Franz, Schriftsteller, *26. 11. 1888 Neiße, †21. 1. 1963 Stuttgart; zuerst Frühexpressionist u. Mitarbeiter der „Aktion", 1918 auch Dadaist, bis 1924 linksradikaler Sozialkritiker; bereiste Rußland, mußte 1937 aus Berlin fliehen, kehrte 1960 aus den USA zurück. Sein Leben beschrieb er selbstkrit. in „Der Weg nach unten" 1961.
4. Johann Heinrich →Jung-Stilling.
Jungarbeiterbewegung, 1946 in Österreich gegr. zur sozialen u. pädagog. Betreuung jugendl. Arbeiter; unterhält Internate, Klubs, ein Studentenhaus, Jungarbeiterdörfer (Hochleiten, Niederösterreich, u. Annabichl, Kärnten) sowie das Europahaus Wien; fördert die Entwicklungshilfe.
Jungbrunnen, ein Wunderbrunnen mit Lebenswasser, durch das alte Menschen wieder jung, Tote lebendig oder Kranke geheilt werden sollen. Die Vorstellung vom J. als einem Wasser des Lebens kommt wohl aus dem Vorderen Orient u. lebt in vielen Märchen u. örtl. Sagen fort.
Jungbuchhandel, eine von der dt. Jugendbewegung beeinflußte Gruppe von Buchhändlern, die sich nach dem 1. Weltkrieg unter der Leitung von Eugen Diederichs u. Otto Reichel zusammenfanden, um die Berufsauffassung des Buchhändlers zu vertiefen u. die Alltagsarbeit an höheren Zielen auszurichten. Nach dem 2. Weltkrieg suchte ein Kreis ehem. „Jungbuchhändler" die Arbeit im früheren Sinn neu zu beleben.
Jungbunzlau, tschech. Mladá Boleslav, Stadt in Mittelböhmen, an der Iser, nordöstl. von Prag, 27 000 Ew.; Burg; got. Marienkirche, Altes Rathaus; Fahrzeug- (Škoda) u. Maschinenbau, chem. u. Nahrungsmittelindustrie.
Jungdemokraten, der FDP nahestehende, organisator. jedoch nicht mit ihr verbundene politische Jugendorganisation.
Jungdeutscher Orden, Abk. Jungdo, 1920 von Arthur Mahraun (*1890, †1950) gegr. nationaler Verband; erstrebte u. a. eine Reform des parlamentar. Lebens u. verband sich als „Volksnatio-

nale Reichsvereinigung" 1930 mit der Dt. Demokrat. Partei (bzw. Dt. Staatspartei), ohne ernsthaften Widerhall zu finden; wegen seiner Gegnerschaft zum Nationalsozialismus 1933 aufgelöst.

Junge, *Kartenspiel:* Unter, Bube, Wenzel; bei den meisten Kartenspielen im Wert nach der Dame bzw. dem Ober, bei einigen Spielen (bes. Skat) die höchste Trumpfkarte.

junge Aktien, bei einer →Kapitalerhöhung ausgegebene Aktien, die sich bis zum nächsten Dividendentermin durch fehlenden oder geringeren Dividendenanspruch für das laufende Jahr von den alten Aktien unterscheiden.

Junge Europäische Föderalisten, die Juniorenorganisation des dt. Zweigs der *Europa-Union.* Ihr Ziel ist die föderative Vereinigung der europ. Völker. Die J. n E.n F. in der BRD sind Teil eines internationalen Verbands, der *Jeunesses Européennes Fédéralistes* (Sitz: Paris).

junge Kirchen, Kirchen, die aus der Missionsarbeit der protestantischen Kirchen des Westens hervorgegangen u. seit dem 2. Weltkrieg gegenüber der Mission weitgehend selbständig geworden sind. Sie haben in der Ökumene große Bedeutung gewonnen.

Junge Pioniere, kommunistisch geführter Jugendverband für die 6–14jährigen Jungen u. Mädchen in den meisten Ostblockstaaten, u. a. in der DDR; →auch Freie Deutsche Jugend.

Jünger, 1. Ernst, Schriftsteller, * 29. 3. 1895 Heidelberg; lebt in Wilflingen, Schwaben. Als Schüler ging er zur Fremdenlegion („Afrikan. Spiele" 1936), in der Flandernschlacht 1918 erhielt er als Stoßtruppführer den Orden Pour le mérite. J. schilderte dann exakt die Kampferlebnisse („In Stahlgewittern" [Tagebuch] 1920; „Das Wäldchen 125" 1925), sah Formen der modernen totalitären Macht voraus („Die totale Mobilmachung" 1931; „Der Arbeiter. Herrschaft u. Gestalt" 1932) u. gilt als wandlungsreicher Vertreter u. Überwinder eines „heroischen Nihilismus". Seine geschliffenen Tagebücher, Essays u. erzählenden Werke zeigen einen scharfen Beobachter seiner selbst, der Mitwelt u. der Natur, aber auch Gespür für Metaphysisches. – Tagebücher: „Atlant. Fahrt" 1947; „Strahlungen" 1949; „Am Sarazenenturm" 1955; „Jahre der Okkupation" 1958. Erzählwerke: „Auf den Marmorklippen" 1939; „Heliopolis" (utop. Roman) 1949; „Gläserne Bienen" 1957. Essays: „Das abenteuerl. Herz" 1929 u. 1938; „Blätter u. Steine" 1934; „Sprache u. Körperbau" 1947; „Über die Linie" 1950; „Der Waldgang" 1951; „Das Sanduhrbuch" 1954; „An der Zeitmauer" 1959; „Der Weltstaat" 1960; „Sgraffiti" 1961; „Typus, Name, Gestalt" 1963; „Grenzgänge" 1966; „Subtile Jagden" 1967; „Annäherungen. Drogen u. Rausch" 1970. Hrsg. der Zeitschrift „Antaios" (mit M. Eliade) 1959ff. – ◫3.1.1.

2. Friedrich Georg, Bruder von 1), Schriftsteller, * 1. 9. 1898 Hannover, † 20. 7. 1977 Überlingen; traditionsgeprägte Lyrik: „Der Taurus" 1937; „Schwarzer Fluß u. windweißer Wald" 1955. Erzählwerke: „Grüne Zweige" Erinnerungen 1951; „Die Pfauen" 1952; „Zwei Schwestern" 1956; „Kreuzwege" 1960; „Wiederkehr" 1965; „Laura" 1970. Essays: „Über das Komische" 1936; „Griech. Götter" 1943; „Die Perfektion der Technik" 1946; „Nietzsche" 1949; „Rhythmus u. Sprache im dt. Gedicht" 1952.

Junger deutscher Film, eine Serie von Filmen jüngerer dt. Autoren u. Regisseure, die ab 1965 gedreht wurden u. gegenwartsbezogene, häufig kritische Beschreibungen sozialer Verhältnisse u. menschl. Verhaltensweisen zu geben suchten.

Jünger Jesu, neutestamentl. Bez.: 1. die 12 Apostel; 2. für einen größeren Kreis (70 oder 72 [Luk. 10,1]) von Schülern Jesu; 3. überhaupt für die Anhänger der Lehre Jesu.

Jungermansmoose [nach L. *Jungerman,* * 1582, † 1653], *Jungermaniales,* Ordnung der *Lebermoose* mit etwa 9000 Arten (90% aller Lebermoose). Die einfachsten Formen sind flächig-lappig *(thallös),* wie das *Beckenmoos, Pellia,* oder das *Igelhaubenmoos, Metzgeria;* die meisten sind aber folios, d. h. in ein niederliegendes oder aufrechtes, reichverzweigtes Stämmchen u. in Blättchen gegliedert, die meist zweizeilig am Stamm angeordnet sind, z. B. das *Schiefmundmoos, Plagiochila,* das *Muschelmoos, Solenostoma,* oder das *Jungermansmoos, Jungermania.* Die meist kleinen J. leben auf der Erde oder an Baumstämmen, in den Tropen auf den Blättern der Waldpflanzen.

Junges Deutschland, 1. eine Gruppe von Schriftstellern u. Journalisten (L. *Börne,* K. *Gutzkow,* H. *Laube,* G. *Kühne,* Th. *Mundt,* L. *Wienbarg),* deren Schriften vom Deutschen Bund 1835–1842 wegen ihrer revolutionären Gesinnung verboten wurden. Sie bekämpften, bes. in Zeitschriften, die ihnen weltfremd, romant. u. zeitfern erscheinenden Ideen u. Formen des Dt. Idealismus u. forderten polit., religiöse u. soziale Freiheit, die Emanzipation der Frau sowie ein unmittelbares Eingreifen des Schriftstellers in die Tagespolitik. Hauptwerke der jungdt. Literatur sind Romane u. Dramen, z. B. von K. *Gutzkow* u. H. *Laube* („Das junge Europa" 1833–1837); bes. Bedeutung gewannen damals Feuilleton u. Reisebild (L. *Börne,* H. *Heine*). – ◫3.1.1.

2. die dt. Gruppe der 1834 gegr. polit. Bewegung *Junges Europa.*

Junges Europa, eine geheime republikan. Befreiungsbewegung europ. Nationen, gegr. von G. *Mazzini* 1834. Ihr Hauptziel war die Überwindung des reaktionären Staatensystems dieser Zeit; außer dem schon 1832 gegr. *Jungen Italien (Giòvane Itàlia)* gehörten dazu das *Junge Polen,* Junge Deutschland u. Junge Frankreich.

Junges Italien, *Giòvane Itàlia* →Junges Europa.

Junge Union, die politische Nachwuchsorganisation der CDU u. der CSU (der beiden *Unionsparteien*).

Jungfer, 1. im 17. u. 18. Jh. das bürgerliche Mädchen.
2. Jungfrau.

Jungfer im Busch, *Jungfer im Grünen* →Schwarzkümmel.

Jungfernbecher, ein Doppelbecher, bestehend aus einem kleineren u. einem größeren, als weibl. Figur gebildeten Becher aus Edelmetall, auch *Brautbecher* genannt; verwendet im dt. Hochzeitsbrauchtum des 16. u. 17. Jh.

Jungfernbraten, österr. Bez. für Lendenbraten vom Schwein.

Jungfernfahrt, die erste planmäßige Fahrt eines Schiffs nach den Probefahrten.

Jungfernfrüchtigkeit →Parthenokarpie.

Jungfernhäutchen, *Anatomie:* = Hymen.

Jungfernherz = Tränendes Herz.

Jungferninseln, trop. Westind. Inselgruppe in den Kleinen Antillen, rd. 500 qkm, 100 000 Ew.; 1493 durch Kolumbus entdeckt. – **1.** Brit. J., engl. *British Virgin Islands,* brit. Kolonie im NO der Inselgruppe, 153 qkm, 10 000 Ew. (überwiegend Neger), Hptst. *Road Town* auf Tortola. *Tortola* (54 qkm, 10 500 Ew.), *Anegada* (39 qkm, 250 Ew.), *Jost van Dyke* (8 qkm, 185 Ew.) u. *Virgin Gorda* (21 qkm, 565 Ew.) sind die bedeutendsten Inseln. Die Inseln sind durch die inzwischen aufgegebene Plantagenwirtschaft heute weitgehend entwaldet. Hauptwirtschaftszweig: Viehzucht, daneben auch Fischerei u. Anbau; Exportgüter: Fleisch, Gemüse, Fisch; Fremdenverkehr.
2. *US-amerikan. J.,* engl. *Virgin Islands of the United States,* US-amerikan. Besitzung im Zentrum der Inselgruppe, 1917 käuflich von Dänemark erworben, 344 qkm, 90 000 Ew. (70% Neger, 20% Mulatten, 10% Weiße), Hptst. *Charlotte Amalie* auf St. Thomas. Hauptinseln sind *St. Thomas* (83 qkm), *St. Croix* (210 qkm), *St. John* (49 qkm). Neben Spirituosen führen die Inseln nur wenige andere Produkte aus; Hauptwirtschaftszweig ist der Fremdenverkehr.

Jungfernkranich →Kraniche.

Jungfernrebe, *Wilder Wein* →Wein.

Jungfernrede, die erste Rede eines Parlamentsmitglieds.

Jungfernzeugung →Parthenogenese.

Jungfrau, 1. *Astronomie:* Virgo, Sternbild des Tierkreises. Der Hauptstern *Spika (α Virginis)* enthält gegenwärtig den Herbstpunkt.
2. *Gynäkologie:* eine weibl. Person mit unverletztem Hymen. Die Jungfräulichkeit bezeichnet die körperl. Unberührtheit. Der unzerstörte Hymen ist hierfür allerdings kein beweisendes Zeichen, umgekehrt können auch wirkliche natürlichen Einkerbungen sehr ähneln.

Jungfrau, mit 4158 m der dritthöchste Berg der Berner Alpen in der Schweiz; 1811 zum ersten Mal erstiegen; besteht aus Kalkstein; in nordöstl. Richtung das *J.joch* (3454 m), das mit der Kleinen Scheidegg durch die 1891–1912 erbaute, 9,3 km lange elektr. *J.bahn,* die höchste Bergbahn Europas, verbunden ist; alpine Forschungsstation mit Wetterwarte, Berghotel; in der Umgebung die Gipfel von Finsteraarhorn, Aletschhorn, Mönch, Schreckhorn, Eiger u. die Gletscher Jungfraufirn, Großer Aletschfirn, Großer Aletschgletscher, Fiescherglestscher, Grindelwaldgletscher u. a.

Jungfrauengeburt, in der Religionsgeschichte eine weitverbreitete Vorstellung, nach der religiös bedeutsame Gestalten (Könige, Heroen, Religionsstifter) nicht auf natürl. Weise von einem Menschen gezeugt worden sind. So sah man z. B. im alten Ägypten den Pharao als vom Gott *Re* mit der Gemahlin des Königs gezeugten *Gottessohn* an. Im A. T. dagegen findet sich zwar die Bez. *Sohn Jahwes* für die davidische Dynastie (2. Sam. 7,14) u. für den König (Ps. 2,7), jedoch im Sinn göttlicher Legitimation u. Erwählung, nicht aber im Sinn physischer Zeugung; diese Vorstellung ist erst aus dem Hellenismus bekannt.
Die christl. Kirche bedient sich in ihren Bekenntnissen dieser Vorstellung u. spricht von der Zeugung Jesu durch den Hl. Geist u. von seiner Geburt durch die Jungfrau Maria. Das N. T. kennt sowohl die Tradition einer natürl. Zeugung Jesu durch Joseph als auch die der J., die allerdings nur an zwei Stellen belegt ist (Matth. 1,18–25 u. Luk. 1,26–38). Der Wert dieser Stellen ist zeitbedingt, da die J. nur hellenist. Hörern das von dieser Vorstellung Gemeinte erschließen konnte: die Bedeutsamkeit Jesu als Gottes Bote, als Messias oder

„Deutschlandtreffen" Junger Pioniere 1950 in Ostberlin, an dem 500 000 Jugendliche teilnahmen

Jungfrau von Orléans

als „Herr". Historisch wird die Vorstellung von der neutestamentl. Forschung bezweifelt. Auch für die prot. Dogmatik ist die J. nicht eine zu glaubende, sondern eine als Predigt von der Bedeutung Jesu zu verstehende Aussage. Für die kath. Glaubenslehre dagegen ist die J., nicht zuletzt aus Gründen der Mariologie, wesentlich. Eindeutig ist jedoch, daß sich in der Vorstellung von der J. ein Glaube ausspricht, nicht ein historisches Ereignis. →auch Unbefleckte Empfängnis.

Jungfrau von Orléans [-ɔrle'ã] →Jeanne d'Arc.

Junggeselle, ursprüngl. der junge Handwerksgeselle, seit dem 16. Jh. allg. der Unverheiratete.

Junggesellensteuer, Ledigensteuer, Sondersteuer für Unverheiratete; i.w.S. auch die höhere Belastung von Unverheirateten durch die Einkommensteuer.

Junggrammatiker, eine Schule der indogerman. Sprachwissenschaft im ausgehenden 19. Jh., lehrte die Ausnahmslosigkeit der Lautgesetze; Hauptvertreter: K. Brugmann, H. Osthoff, H. Paul.

Junghans GmbH, Uhrenfabriken Gebrüder Junghans GmbH, Schramberg, Schwarzwald, gegr. 1900; erzeugt Großuhren u. elektron. Armbanduhren; 3000 Beschäftigte.

Junghegelianer, eine Gruppe der Linkshegelianer, jüngere Schüler u. Anhänger G. W. F. Hegels, die seine Philosophie im radikalen Sinn zur Religions-, Wert-, Gesellschafts- u. „reinen" Kritik umbildeten u. z.T. die Träger des revolutionären Denkens im Vormärz waren (D. F. Strauß, B. u. E. Bauer, A. Ruge, L. Feuerbach, K. Marx, F. Engels u. a.). →auch Hegelianismus.

Junghuhn, Franz Wilhelm, Naturforscher, *26. 10. 1809 Mansfeld, †24. 4. 1864 auf Java; bereiste in niederländ. Diensten 1839–1848 u. 1855–1864 Java u. Teile Sumatras u. legte durch mehrere umfassende Schriften die Grundlage zur wissenschaftl. Erforschung Javas.

Jungius, Joachim, Universalgelehrter, Mathematiker u. Physiker, *22. 10. 1587 Lübeck, †17. 9. 1657 Hamburg; wurde 1629 Rektor des Akadem. Gymnasiums in Hamburg u. bekleidete hier die Professur für Logik u. Physik. Er förderte mathemat. Methoden u. messende Verfahren, führte eine genaue Terminologie in die botan. Systematik ein u. veröffentlichte wichtige Beiträge zur Atomistik u. zur Begründung der Chemie. Nach J. benannt ist die →Joachim-Jungius-Gesellschaft der Wissenschaften e.V.

Jungk, Robert, eigentl. R. Baum, Publizist u. Futurologe, *11. 5. 1913 Berlin; 1933 emigriert, begann als Korrespondent des Londoner „Observer", dann Mitarbeiter der Zürcher „Weltwoche" u. des Berner „Bund", leitet seit 1965 ein Institut für Zukunftsfragen in Wien. Gut orientierter Warner vor dem Mißbrauch moderner Wissenschaft. Hptw.: „Die Zukunft hat schon begonnen. Amerikas Allmacht u. Ohnmacht" 1954; „Heller als tausend Sonnen. Das Schicksal der Atomforscher" 1956; „Strahlen aus der Asche" 1959; „Die große Maschine" 1966; Hrsg. (mit H. J. Mundt) der Sammlung „Modelle für eine neue Welt" 1964 ff.

Jungkonservative, Sammelbez. für oppositionelle, außerparlamentar. nationalist. Zirkel u. Gruppen (im Gegensatz zum Konservativismus älterer Prägung vor 1918), die sich nach dem 1. Weltkrieg an den Ideen A. Moellers van den Bruck orientierten u. sich nach 1929 von der Deutschnationalen Volkspartei distanzierten; führende Zeitschriften: „Der Ring" u. „Gewissen".

Jünglingsweihe, die →Initiation (2) der Knaben bei Naturvölkern.

Jungmalaien, die durch die ind., arab.-pers. u. chines. Kultur beeinflußten u. meist zu Hochkulturvölkern entwickelten malaiischen Völker; →Javanen, →Malaien.

Jungnickel, Max, Schriftsteller, *27. 10. 1890 Saxdorf, Sachsen, seit 1945 verschollen; Hptw.: „Trotz Tod u. Tränen" 1915; „Ins Blaue hinein" 1917; „Jakob Heidebuckel" 1918; „Die Uhrenherberge" 1927; „Der Sturz aus dem Kalender" 1932; „Gesichter am Wege" (Autobiographie) 1937.

Jungpaläolithikum, die jüngste Stufe der →Altsteinzeit (Paläolithikum).

Jungsozialisten, 1. in der Weimarer Republik eine polit. Richtung in der SPD, die sich für eine Erneuerung der sozialist. Ideen einsetzte u. das Hofgeismarer Programm inspirierte; die Anhänger kamen meist aus der sozialist. Jugendbewegung. **2. J. in der SPD,** Kurzwort Jusos, polit. Jugendorganisation der SPD, der SPD-Mitglieder unter 35 Jahre beitreten können, aber nicht müssen. Die J., die über 250 000 junge Sozialdemokraten organisiert haben, wollen durch radikale Reformen unter Bewahrung u. Stärkung der freiheitl.-demokrat. Grundordnung eine sozialist. Gesellschaft in der BRD schaffen.

Jungsteinzeit, Neolithikum, der jüngste, auf die Mittelsteinzeit folgende u. von der Bronzezeit abgelöste steinzeitl. Zeitabschnitt. Die J. nimmt sowohl in den einzelnen Erdteilen als auch innerhalb Europas sehr verschiedene Zeiträume ein. Sie begann im 8./7. Jahrtausend v. Chr. im Vorderen Orient u. in Nordafrika u. breitete sich seit dem 6. Jahrtausend v. Chr. im Zuge von Kolonisationsvorgängen über Europa aus. Die jüngste neolith. Phase, in der schon Kupfergegenstände verwendet wurden, wird oft als Steinkupferzeit (Aeneolithikum, Chalkolithikum, Kupferzeit), als Periode zwischen J. u. Bronzezeit, von der eigentl. J. abgetrennt. Da die Kenntnis der Kupferverarbeitung im Vorderen Orient aber bis in die Anfänge der J. zurückreicht u. sich nur nicht schnell ausbreitete, ist das Kupfer heute kein Zeitkriterium mehr. Kupfer führende Kulturen werden daher je nach ihrem sonstigen Charakter teils der J., teils der Bronzezeit zugewiesen. Wegen des Fehlens von altweltl. Nutzpflanzen u. Haustieren nimmt man an, daß sich die produzierende Wirtschaftsweise in Amerika unabhängig entwickelt hat (seit etwa 1500 v. Chr.). Hier, in Afrika u. in Südasien haben sich jungsteinzeitl. Kulturformen stellenweise bis in die Gegenwart erhalten. In Australien haben sie vor der europ. Kolonisation nur vereinzelt Eingang gefunden.

Die J. brachte neben einer Reihe techn. u. kultureller Neuerungen vor allem den Übergang von der aneignenden zur produzierenden Wirtschaftsweise (neolith. Revolution). Eine ihrer wichtigsten Erfindungen ist der Pflanzenanbau (Hack- u. Hülsenfrüchte), insbes. der Getreideanbau (Hirse, Gerste, später auch Weizen), zunächst in Form des Hackbaus, später in Form des Feldbaus mit Hilfe des von Rindern gezogenen Pflugs. Für den Getreideanbau mußten in Vorderasien sogar erst die Voraussetzungen durch künstl. Bewässerungssysteme geschaffen werden. Da Getreideanbau im eurasiat.-nordafrikan. Raum nicht das ganze Jahr über möglich war, mußte das Getreide gespeichert werden. Oft wurden außerhalb der Wohnhäuser Gruben oder eingetiefte oder ebenerdige runde Silos mit Wänden aus Lehmflechtwerk oder Ziegelmauerwerk angelegt. Die Domestikation fleischspendender Tiere (Schaf, Ziege, Schwein, Rind; das Pferd ist in Mitteleuropa nachneolithisch) hängt ernährungswirtschaftl. eng mit dem beginnenden Pflanzenanbau zusammen.

Auch auf dem Gebiet der Rohstoffgewinnung, sei-

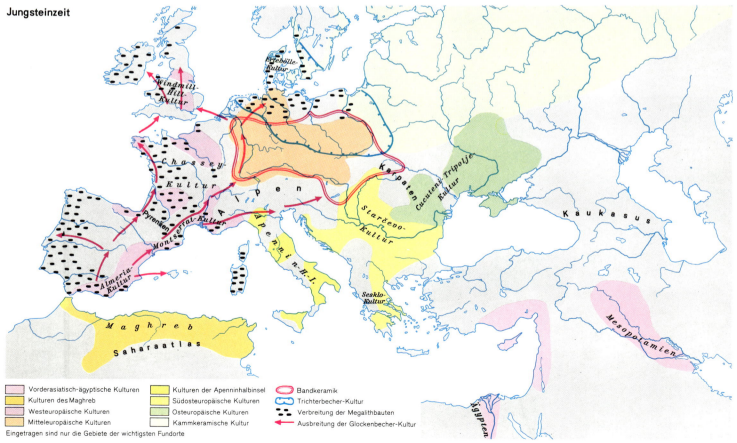

Jungsteinzeit

- Vorderasiatisch-ägyptische Kulturen
- Kulturen des Maghreb
- Westeuropäische Kulturen
- Mitteleuropäische Kulturen
- Kulturen der Apenninhalbinsel
- Südosteuropäische Kulturen
- Osteuropäische Kulturen
- Kammkeramische Kultur
- Bandkeramik
- Trichterbecher-Kultur
- Verbreitung der Megalithbauten
- Ausbreitung der Glockenbecher-Kultur

Eingetragen sind nur die Gebiete der wichtigsten Fundorte

ner ökonom. Nutzung u. techn. Verarbeitung zeichnen sich in der J. Neuerungen ab: die Keramikherstellung, d. h. das durch Brennen bewirkte Härten von (als Gefäß- oder Figuralplastik) geformten, mit einem Magerungsmittel versehenen Tongegenständen, die Lehmbauweise (aus luftgetrocknetem Lehm), die Zimmermannskunst (überwiegend für den Hausbau), die Steinarchitektur u. neue Steinbearbeitungsverfahren (Schliff, Durchbohrung). Außer zur Herstellung von Beilen für die Holzbearbeitung u. von Streitäxten aus Felsgestein wurde die Schleiftechnik auch zur Anfertigung von Steingefäßen u. Schmuckstücken angewandt. Die Flächenretuschierung bei Klingen wurde vor allem zur Herstellung von Speer- u. Pfeilspitzen benutzt. Üblich war die Bearbeitung von Geweih, Knochen u. Elfenbein zu Geräten, Waffen u. Schmuck.

Die bodengebundene produzierende Wirtschaftsweise zwang zu einem seßhaften Wohnen in dörfl. u. später auch stadtartigen Siedlungen (z. B. *Jericho*). Die oft mehrere hundert Jahre existierenden Tellsiedlungen im vorderasiat. Raum umfaßten mehrere hundert, manchmal über tausend Einwohner. Neben Rechteckbauten kamen viereckige, Rund- u. Ovalbauten vor. Bestattungen wurden oftmals innerhalb des Dorfareals unter den Hausböden u. zwischen den Häusern angelegt. Die vorherrschende Bestattungsart in den neolith. Kulturen Europas war dagegen die Beisetzung des Toten in einer Grabgrube meist in Hockerstellung. Ein umfangreicher Steinschutz findet sich vor allem in jungneolith. Kulturen. Jungneolith. waren auch die Großsteingräber (Sippenbegräbnis) der Megalith-Kulturen. Pflanzenanbau u. Tierhaltung machten die Menschen auf den zykl. Ablauf der Jahreszeiten u. auf wichtige Vorgänge im Leben des einzelnen u. der Gemeinschaft aufmerksam (Zeugung, Geburt u. Tod, Ernte u. ä.). In einer dadurch entstehenden Fruchtbarkeitsreligion stand eine Muttergottheit im Mittelpunkt, wie zahlreiche weibl. Tonstatuetten bezeugen. Andere menschen-, tier- u. mischgestaltige Tonfiguren sind wohl eher als Votivgaben zu deuten.

Gemeinschaftsarbeiten wie Roden, Bewässerung, Befestigungsanlagen erforderten eine einheitl. Planung. Verschiedene techn. Verrichtungen führten zu einem differenzierten Handwerk u. damit zu einem Güteraustausch innerhalb der einzelnen Siedlungsverbände. Zur Produktion trat die Bildung von Kapital in Form von Zuchttieren, Saatgut, Rohstoffen u.ä. hinzu. Es bildeten sich verschiedene Bevölkerungsschichten, aus denen sich allmähl. polit. u. geistl. Führungsschichten (Adel, Priester) herauskristallisierten. Diese Struktur war nicht überall gleichmäßig ausgebildet; bes. ausgeprägt trat sie in Vorderasien u. Ägypten auf.

Erst die neue Wirtschaftsform, die damit zusammenhängende Lebensweise u. eine Festigung entsprechender Sozialordnungen ließen eine stärkere Bindung an eine enger begrenzte Landschaft entstehen, was zur Bildung regionaler Kulturgruppen führte, die sich in Form u. Verzierung der Tonware, in Wohn- u. Siedlungsweise u. in religiösen Äußerungen (Kult, Bestattungsweise) unterscheiden. Sie verbreiteten sich größtenteils durch Kolonisation. Hierbei wurde vielfach nur ein Teil der Ausgangskultur übernommen, wodurch es zur Ausbildung von spezialisierten Kulturtypen kam. So lebten in den südruss. Steppengebieten reine Viehzüchter-Kulturen (*Gruben-*, *Katakombengrab-Kultur*). Die mitteleurop. J.-Kulturen entwickelten in siedlungsgeschichtl., soziolog. u. zivilisator. Hinsicht nicht die Vielgestaltigkeit der vorderasiat. Kulturen. In Europa spiegeln nur die griech. u. donauländ. Tellkultur soziale Verhältnisse wider, die mit denen Vorderasiens zu vergleichen sind.

Die J. begann in Europa im 6. Jahrtausend v. Chr. mit dem präkeramischen Neolithikum auf der Balkanhalbinsel. Unter dem Einfluß der *Hacilar-Kultur* Anatoliens entwickelte sich die älteste neolith. Keramik führende Kultur Europas (*Sesklo-Kultur*) in Griechenland. Sie wiederum bewirkte das Entstehen der *Starčevo-Kultur* des Innerbalkans, die nahezu die ganze Balkanhalbinsel der Jungsteinzeitl. Kultur erschloß. Gemeinsam ist beiden das Bemalen der Keramik. Auch die sich später dort bildenden Kulturen (*Vinča-, Gumelnitza-, Veselinovo-Kultur* u.a.), gekennzeichnet durch unbemalte, dunkle, z.T. ritzverzierte Gefäße mit scharf gegliederten Formen u. großen langlebigen Siedlungen auf Hügeln, weisen in Siedlungsweise, Wirtschaftsformen, keram. u. lith. Formenbestand u. künstler. u. kult. Eigenheiten Züge auf, die an entsprechende Erscheinungen Vorderasiens anzuschließen sind. In der *Bandkeramischen Kultur*, der ältesten J.-Kultur Mitteleuropas, verbanden sich Elemente der Starčevo- u. der Vinča-Kultur zu etwas Neuem. Sie breitete sich rasch auf den fruchtbaren Lößgebieten vom mittleren Donaugebiet über den westungar.-niederösterr.-mähr. Raum nach Böhmen, Südpolen, Mittel- u. West-Dtschld. bis in die Niederlande, ins Elsaß u. in westlichsten Ausläufern bis ins Pariser Becken aus. Ihre Siedlungen waren keine geschlossenen Dörfer, sondern bestanden aus einzelnen Großbauten. Sie gehen in ihren Ausmaßen über die Bedürfnisse einer einzelnen Familie hinaus u. lassen in Errichtung u. Benutzung auf einen größeren Sozialverband von etwa 30–60 Personen schließen. Die Einteilung in einen Vorrats-, Herd- u. Schlafteil legt nahe, daß nicht nur die Erbauung des Hauses, die Feldbestellung u. Vorratsspeicherung Gemeinschaftsarbeiten waren, sondern daß auch das Leben am Herd den Gemeinschaftsbezug in den Vordergrund treten ließ.

Im Zusammenhang mit Landausbau u. Bevölkerungszunahme machten sich im Mittel- u. Spätneolithikum zunehmend regionale Sonderentwicklungen u. -kontakte geltend, die zur Ausbildung weiterer Kulturgruppen führten. In Frankreich erfolgte die Neolithisierung im S durch die mittelmeer. *Montserrat*-Kultur, im NO durch die Bandkeramik. Auf dieser Grundlage entstand die beträchtl. regionale Unterschiede aufweisende *Chassey-Kultur*. In Großbritannien entwickelte sich die *Windmill-Hill-Kultur*, in Schleswig-Holstein u. Dänemark die frühe *Trichterbecher-Kultur*. In der Ukraine blühte die eng mit der *Cucuteni-Gruppe* Rumäniens verbundene *Tripolje-Kultur*. In Mittel-, West- u. Nordeuropa repräsentieren mittel- u. spätneolith. Kulturen wie die *Rössener* u. die *Michelsberger Kultur* eine Zeit der Anpassung an die örtl. Bedingungen.

Neben diesen Ackerbau- u. (oder) Viehzüchter-Kulturen blieben in weiten Teilen Europas u. Asiens Jagd, Fischfang u. Pflanzensammeln die alleinige Form des Nahrungserwerbs. In Nord-Dtschld. u. Skandinavien gab es die Jäger-, Fischer- u. Sammler-Kulturen der *Ertebölle-Kultur* u. in Finnland, im Baltikum u. in Nordwestrußland die *Kamm-* u. *grübchenkeramischen Kulturen*. Doch hatten beide Kulturen Kenntnis von Keramikherstellung u. geschliffenen Steinwerkzeugen. Wenn auch dort, wo die neolith. Kulturen, Neuerungen des Pflanzenanbaus u. der Viehzucht Eingang fanden, wurden die alten Formen des Nahrungserwerbs weiterbetrieben. Durch Sonderentwicklungen u. Mischungen der Ausgangskulturen, bes. in Südosteuropa u. in Mittel-Dtschld., wurde das Bild gegen Ende der J. noch vielgestaltiger.

Juniaufstand: Szene auf dem Potsdamer Platz in Berlin

Das Ende der J. (etwa 2500–1800 v. Chr.) war von tiefgreifenden Änderungen geprägt, die mehr als zuvor durch Wanderungen großer Kulturgruppen ausgelöst wurden. Von der Iberischen Halbinsel her kam die Sitte der Errichtung großer Megalithbauten die Küste entlang wohl im Zusammenhang mit der Ausbreitung bestimmter religiöser Strömungen nach West- u. Nordwesteuropa. Gleichfalls von dort schob sich die *Glockenbecher-Kultur*, die schon Kupfergegenstände führte, bis Nord-Dtschld. u. Ungarn vor. Gewaltsam (Streitäxte als stete Grabbeigabe, Zerstörungshorizont bes. in Anatolien) drangen die *Streitaxt-Kulturen* nach Nordeuropa, auf den Balkan u. nach Anatolien vor. – ⬛S. 180. – ⬜5.1.1.

Jüngstenrecht →Juniorat.

Jüngstes Gericht, *Jüngster Tag*, *Letztes Gericht*, auf jüd.-apokalypt. Vorstellungen zurückgehende christl. Auffassung von einem das Weltgeschehen abschließenden göttl. Gericht, durch dessen Ankündigung der Ernst gegenwärtiger Entscheidungen deutlich wird; oft mit der Wiederkunft Christi zusammengebracht. Zeit u. Ort des Gerichts bleiben im Ungewissen. – Das Jüngste Gericht findet in der christl. Kunst eine mannigfache Darstellung, in Vorformen schon auf altchristl. Sarkophagen u. Mosaiken, in byzantin. u. irischen Handschriften. Durch viele Motive bereichert, wie Maria u. Johannes als Fürbitter, Seelenwägung, posaunenblasende Engel, Höllenrachen, wurde es im 12./13. Jh. Hauptthema der Westportale französ. Kathedralen: Chartres, Paris, Reims u.a. In der italien. Kunst ist es häufig dargestellt als Wandgemälde, u.a. von Giotto, L. Signorelli, Michelangelo.

Jung-Stilling, Johann Heinrich, eigentl. J. H. *Jung*, Schriftsteller, * 12. 9. 1740 Dorf Grund, Siegerland, † 2. 4. 1817 Karlsruhe; nach ärml. Jugend Schneider u. Lehrer, später Augenarzt, Prof. für Landwirtschaft, Finanz- u. Staatswissenschaften in Marburg u. Heidelberg; pietist. Liederdichter, Erzähler u. u. Selbstbiograph. Goethe bearbeitete den 1. Bd. seiner „Lebensgeschichte" („Heinrich Stillings Jugend" 1777, fortgesetzt in zahlreichen Bänden bis „Heinrich Stillings Alter" 1817). J. schrieb auch „Theorie der Geister-Kunde" 1808. – ⬜3.1.1.

jungsudanische Kulturen, *neusudanische Kulturen*, Kulturen im Sudan, die teils aus Vorderasien oder Indien, teils aus dem Mittelmeerraum Kulturgüter übernommen haben u. sich deutl. von den alten Negerkulturen abheben. Als bes. Kennzeichen gelten: das Gottkönigtum mit 4 Erzbeamten, der rituelle Königsmord, die hervorgehobene Stellung der Königinmutter, ein höfisches Zeremoniell, hoher Stand von Kunst u. Kunstgewerbe.

Jungtschechen, radikale nationaltschech. polit. Partei, in Böhmen entstanden; trat Ende des 19. Jh. zunehmend hervor, erstrebte die Auflösung der Habsburger Monarchie.

Jungtürken

Jungtürken, eine polit. Bewegung in der osman. Türkei, die seit 1876 illegal auf liberale Reformen u. eine konstitutionelle Staatsform hinarbeitete. 1907 traten die J. in Saloniki offen hervor u. gründeten das Komitee für „Einheit u. Fortschritt"; unter der Führung von *Enver Pascha* u. *Talaat Bey* führten sie im Juli 1908 eine Revolution herbei u. setzten 1909 Sultan *Abd ül-Hamid II.* ab. Nach der Niederlage der Türkei 1918 emigrierten die führenden J. ins Ausland, der Rest ging fast völlig in Kemal *Atatürks* Volkspartei auf. – Im übertragenen Sinn bezeichnet man als J. jüngere Politiker mit radikalen Ideen, die sie im Rahmen ihrer polit. Gruppe durchzusetzen versuchen. – ▭ 5.5.8.

Jungvolk → Hitler-Jugend.

Juni [nach der Göttin *Juno*], *Brachmond, Brachet,* sechster Monat des Jahres, 30 Tage.

Juniaufstand, Erhebung in der DDR am 16./17. 6. 1953. Der Anlaß war eine im Mai verfügte Arbeitsnormerhöhung, die im Gegensatz zu den nach Stalins Tod angekündigten polit. Erleichterungen stand. Dagegen streikten am 16. 6. Bauarbeiter in Ostberlin, denen sich schnell Belegschaften weiterer Betriebe anschlossen. Es wurden die Herabsetzung der Normen, später der Rücktritt der Regierung u. freie Wahlen gefordert. – Am 17. 6. weiteten sich Streik u. Demonstration über alle größeren Städte (Magdeburg, Halle [Saale], Gera, Leipzig, Dresden, Merseburg, Frankfurt [Oder], Karl-Marx-Stadt, Cottbus) aus zu einem Aufstand gegen das SED-Regime, obgleich die Aufhebung der neuen Normen u. erneut eine Verbesserung der Lebensbedingungen versprochen wurde. Es kam zu Ausschreitungen, Funktionäre wurden verjagt, Gefangene befreit; Volkspolizisten schlossen sich teilweise den Arbeitern an. Die Regierung der DDR setzte die Kasernierte Volkspolizei ein, u. sowjet. Panzereinheiten wurden mobilisiert. Nach dem Eingreifen der Besatzungsmacht u. der Verhängung des Ausnahmezustands (bis 11. 7.) mit dem Standrecht brach der J., der ohne zentrale Führung war, schnell zusammen, allerdings dauerten die Unruhen bes. im Uranbergbau im Erzgebirge noch mehrere Tage an. Standgerichte verhängten zahlreiche Todesurteile; 267 Demonstranten u. 116 Funktionäre sollen beim J. ihr Leben gelassen haben. In der Folgezeit verurteilten die Gerichte der DDR, nachdem Justiz-Min. M. *Fechner* durch H. *Benjamin* abgelöst worden war, noch etwa 1200 Teilnehmer zu Freiheitsstrafen. Da sich innerhalb der SED u. der Volkspolizei Ratlosigkeit u. Unzuverlässigkeit gezeigt hatten, wurden sie einer „Säuberung" unterzogen. Der J., bei dem unbewaffnete Menschen gegen Panzer vorgingen, erregte in aller Welt Aufsehen u. Anteilnahme. Der *17. Juni* wurde in der BRD am 4. 8. 1953 als *Tag der deutschen Einheit* zum gesetzl. Feiertag erklärt. – ▣ S. 179.

Junikäfer, *Brachkäfer, Johanniskäfer, Amphimallon solstitialis,* dem *Maikäfer* verwandter *Blatthornkäfer,* aus der Familie der *Scarabäen;* von etwa 18 mm Länge; meist dicht behaart, mit gelbbraunen Flügeldecken; ähnlich dem *Julikäfer,* aber größer. Die Larven (Engerlinge) werden durch Wurzelfraß schädlich.

Junimea [ʒu-; rumän., „Jugend"], eine rumän. Literaturgesellschaft, die 1863 von T. L. *Maiorescu* in Jassy gegründet wurde, um die Überfremdung der rumän. Sprache zu bekämpfen u. um eine literar. Elite heranzubilden. Die bedeutendsten Mitglieder der J. waren M. *Eminescu,* J. *Slavici* u. J. *Caragiale.* Die J. gab die Ztschr. „Convorbiri literare" heraus (mit J. *Negruzzi*).

Junín [xu'niːn], **1.** argentin. Stadt westl. von Buenos Aires, 65 000 Ew.
2. zentralperuan. Departamento in den Anden, nordöstl. von Lima, 32 354 qkm, 687 000 Ew., Hptst. *Huancayo;* Land- u. Plantagenwirtschaft; Erzbergbau.

junior [lat.], Abk. *jr.* u. *jun.,* jünger, der Jüngere.

Juniorat [das; lat.], *Minorat,* die Erbfolge, nach der der Jüngste einer Erbordnung erbt.

Junior-Gewichtsklassen, *Berufsboxen:* → Gewichtsklassen.

Juniperus [der; lat.] = Wacholder.

Junius, Franciscus, latinisiert aus *François du Jon,* einer der ersten Germanisten, *1589 Heidelberg, †19. 11. 1677 bei Windsor; erforschte die altgerman. Sprachen, bes. das Gotische u. Angelsächsische; besorgte 1665 die erste Herausgabe der got. Bibel des Wulfila.

Juniusbriefe, „The Letters of Junius", Briefe voll

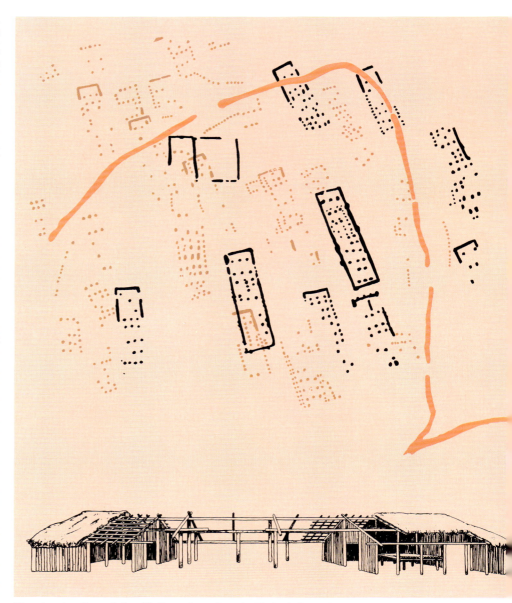

Plan eines bandkeramischen Siedlungsplatzes in Köln-Lindenthal. Als dunkle Verfärbungen im gewachsenen Boden heben sich die Standspuren von Wänden und Pfosten großer Rechteckhäuser und kleinerer Nebengebäude ab. Die Überlagerungen zeigen, daß der Platz mehrmals im Lauf einer langen Zeit besiedelt wurde. In der jüngsten Besiedlungsphase wurde er mit einem Wall-Graben-System mit mehreren Durchlässen umgeben (oben). – Rekonstruktion eines bandkeramischen Hauses nach W. Buttler, W. Haberey, H. T. Waterbolk (unten)

Feuersteingeräte-Depot aus Bjurselet, Provinz Västerbotten, Schweden (links). – Gewinnung von Feuerstein im Untertagebau in Hov, Amt Thisted, am Limfjord in Dänemark (rechts)

JUNGSTEINZEIT

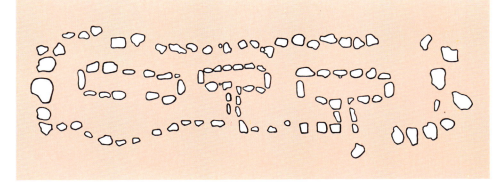

Gefäße, Waffen, Geräte und Schmuck der Trichterbecher-Kultur

Rekonstruktionsversuch eines Megalithgrabes (oben). – Grundriß eines Megalithgrabes mit mehreren, aus großen Steinblöcken errichteten und abgedeckten Grabkammern, von einem Steinmantel umgeben und mit einem Erdhügel überwölbt; für viele Bestattungen während eines langen Zeitabschnitts (unten)

Jungsteinzeitliche Haustypen: a) Hütte mit Kuppeldach aus dem Endneolithikum. – b) Rechteckhaus der Rössener Kultur. – c) Rechteckhaus der Michelsberger Kultur

Megalithische Bauweise verband am Ende der Jungsteinzeit den Mittelmeerraum mit West- und Nordeuropa. Innenraum des Tempels von Tarxien auf Malta; 2300–1900 v. Chr.

Gefäß der nordrumänischen Cucuteni-Kultur (links). – Idol und Tierfigur der nordrumänischen Cucuteni-Kultur (rechts)

a) und b) Kumpf der Bandkeramik. – c) Armschutzplatte und Becher der Glockenbecher-Kultur. – d) bandkeramische Flasche aus der Jungfernhöhle

Polemik gegen die engl. Regierungspartei; erschienen 1769–1771 unter dem Decknamen *Junius* in der Zeitschrift „The Public Advertiser"; der Autor ist unbekannt.

Junker [„Jungherr"], im MA. zunächst Bez. für Söhne von Mitgliedern des Hochadels, dann auch für adlige Gutsbesitzer, später allg. für junge Edelleute. Seit dem preuß. „J.-Parlament" (Generalversammlung des von Bismarck angeregten „Vereins zur Wahrung der Interessen der Grundbesitzer u. zur Förderung des Wohlstands aller Volksklassen" 1848 in Berlin) Schlagwort der Liberalen für die Adelspartei (Grundstock der *Konservativen*) u. vor allem für den ostelb. Landadel.

Junker, 1. Hermann, Ägyptologe, *29. 11. 1877 Bendorf am Rhein, †9. 1. 1962 Wien; lehrte an der Universität Wien, Direktor des Dt. Archäolog. Instituts in Cairo 1929–1945, Ausgrabungen in Gizeh u.a. Plätzen in Ägypten u. Nubien („Giza I–XII" 1931–1955); Erforscher der altägypt. Religion, Sprache u. Literatur („Pyramidenzeit" 1949).

2. Wilhelm, russ. Afrikaforscher dt. Herkunft, *6. 4. 1840 Moskau, †13. 2. 1892 St. Petersburg; bereiste 1874–1887 Nord- u. Ostafrika, bes. die Gebiete der Wasserscheide zwischen Nil u. Kongo.

Junkers, Hugo, Flugzeug- u. Motorenkonstrukteur, *3. 2. 1859 Rheydt, †3. 2. 1935 München-Gauting; 1897–1912 Prof. für Wärmetechnik an der TH Aachen, brachte den Schwerölflugmotor zur Betriebsreife u. baute 1915 das erste Ganzmetallflugzeug; gründete 1913 die *J.-Motorenbau GmbH* u. 1919 die *J.-Flugzeugwerke AG*, beide in Dessau, die 1935 nach Erwerb durch das Reich zur *J.-Flugzeug- u. Motorenwerke AG (JFM)* zusammengefaßt wurden; 1958 reprivatisiert, seit 1967 GmbH. Bei den JFM entstanden berühmte Verkehrsflugzeuge (F 13, Ju 52) u. Kampfflugzeuge (Ju 87, Ju 88) sowie Flugmotoren. Die 1923 gegr. *J. Luftverkehr AG* war eine Vorläufergesellschaft der *Lufthansa*.

Junket ['dʒʌnkit; engl.], Milch und Milchmischgetränke, die durch Lab dickgelegt sind; in den angelsächs. Ländern seit langem bekannt, jetzt auch in Frankreich und Dtschld. eingeführt.

Junkie ['dʒʌnki; engl.], Rauschmittel-Süchtiger.

Junktim [das; lat.], „Verbindung" verschiedener Gesetzesvorlagen, Gesetzesbestimmungen oder Staatsverträge mit der Wirkung, daß sie nur gemeinsam angenommen werden können oder sollen.

Junktor [der; lat.], Bez. für die in der Logistik verwendeten Verknüpfungszeichen; z.B. die zweistelligen Verknüpfungen *und* (Zeichen ∧), *oder* (Zeichen ∨), *genau dann, wenn* (Zeichen⇔) u.a.; eine einstellige Verknüpfung ist die *Negation* (Zeichen ¬). *Junktorenlogik* = Aussagenlogik.

Juno, 1. *Astronomie:* einer der vier großen Planetoiden; Durchmesser 200 km, Masse $1{,}3 \cdot 10^{22}$ g; 1804 von K. L. *Harding* in Göttingen entdeckt.

2. *röm. Religion: Iuno*, ursprüngl. die weibl. Entsprechung des dem Mann zugeordneten Genius. Aus der Mehrzahl dieser Numina entwickelte sich die Göttin J., die insbes. Geburt (als *J. Lucina* „die ans Licht Bringende") u. Ehe schützte. Nach Gleichsetzung mit der griech. *Hera* erscheint J. als Gemahlin Jupiters.

Juno Ludovisi, nach seiner Herkunft aus der Sammlung *Ludovisi* benannter überlebensgroßer Marmorkopf, heute im Thermenmuseum in Rom; von den dt. Klassikern (*Goethe* besaß seit 1787 einen Abguß) als Bild der Juno angesehen. Das Werk ist jedoch ein Porträt der *Antonia d.J.*, der Mutter des späteren Kaisers *Claudius*.

Junqueiro [ʒuŋ'keiru], Abílio Manuel de Guerra, portugies. Schriftsteller, *17. 9. 1850 Freixo de Espada-à-Cinta, Trásos-Montes, †7. 7. 1923 Lissabon; polit. engagierter Romantiker, der sich in seinem Alter immer mehr dem Mystizismus zuwandte; Hptw.: „Mysticae Nuptiae" 1866; „Finis Patriae" 1890.

Junta ['xunta; span., „Vereinigung"], ursprüngl. im MA. in Spanien ein Städtebund, dann eine Verwaltungseinheit; heute in Spanien u. Lateinamerika ein Ausschuß aus Regierungsmitgliedern, auch vom Volk gewählt, für polit. Aufgaben; auch eine durch Umsturz an die Macht gekommene Militärregierung *(Militär-J.)*.

Juon [ju'ɔn], Paul, russ. Komponist schweizer. Herkunft, *8. 3. 1872 Moskau, †21. 8. 1940 Vevey (Schweiz); seit 1906 Kompositionslehrer an der Musikhochschule in Berlin; schrieb vor allem Kammermusik Brahmsscher Richtung; verfaßte auch musiktheoret. Schriften u. übersetzte eine Tschaikowskij-Biographie ins Deutsche.

Jupiter [italisch, „Himmelsvater"], **1.** *Astronomie:* Zeichen ♃, der größte Planet des Sonnensystems (→Planeten [Tabelle]); mit schneller Rotation (9h 50–55 min] u. daher starker Abplattung an den Polen (1:16). Der J. hat eine dichte Atmosphäre, in der Methan, Ammoniak, Wasserstoff u. Helium vorherrschen. Die Temperatur beträgt etwa −130 °C. Dunkle Wolken, in äquatorparallelen Streifen angeordnet, zeigen feine, rasch veränderliche Einzelheiten. Der J. hat 14 Monde, die nach der Reihenfolge ihrer Entdeckung mit *J. I, II, ... XIV* bezeichnet werden. Die ersten vier, von G. *Galilei* 1610 entdeckt, sind mächtige Körper von Erdmond- bis Merkurgröße; ihre Bahnhalbmesser *a* (in Einheiten des J.-Halbmessers), Umlaufzeiten *U* (in Tagen) u. Durchmesser *d* (in km) sind:

	a	*U*	*d*
I *(Io)*	5.86	1.769	3320
II *(Europa)*	9.33	3.551	2880
III *(Ganymed)*	14.89	7.155	4940
IV *(Kallisto)*	26.19	16.689	4680

Die übrigen Monde sind sehr kleine u. lichtschwache Körper. Mond V, 1892 von E. E. *Barnard* entdeckt, umkreist den Planeten noch innerhalb der Bahn von I (Io) in 0,5 Tagen, J. VI bis XII liegen weit außerhalb der Bahnen der großen Monde. J. XII wurde 1951, wie vorher schon J. IX bis XI, von S. B. *Nicholson* gefunden; J. XIII (1974) u. XIV (1975) wurden von Ch. T. Kowal (USA) entdeckt. Eine vom J. ausgehende Radiostrahlung weist auf ein starkes Magnetfeld u. einen mächtigen →Strahlungsgürtel hin. Das Innere des J.s besteht vermutl. hauptsächlich aus verflüssigten u. verfestigten Bestandteilen der Atmosphäre.
Die erste US-amerikan. J.sonde, „Pioneer 10", wurde am 3. 3. 1972 gestartet; sie flog am 4. 12. 1973 am J. vorbei u. funkte Photos u. Meßdaten zur Erde.

2. *röm. Religion: Juppiter*, der höchste röm. Gott; Beherrscher des Himmels, des Lichts, des Blitzes, des Regens *(J. pluvialis)* u. des Donners *(J. tonans)*; Gott des Krieges, Schützer von Recht u. Wahrheit, Schutzgott der Latiner u. Roms *(J. optimus maximus)*; dem griech. *Zeus* gleichgesetzt.

Jupon [ʒy'pɔ̃; der; frz.], eleganter Unterrock, um 1900 meist aus Taft, um das *Frou-Frou* (Rascheln) zu erzeugen.

Jura, 1. [der; nach dem Gebirge *Jura*], *Geologie: Juraformation*, ein erdgeschichtl. Zeitalter, stratigraphisch die mittlere Formation des *Mesozoikums* (zwischen *Trias* u. *Kreide*), während der es zur Ausbildung einer teilweise 1000 m mächtigen Schichtenfolge aus Tonen, Mergeln u. Kalken in meist flacher, ungestörter Lagerung kam. Die Pflanzenwelt bestand aus Farnen, Farnpalmen u. Nadelhölzern; die Tierwelt bildeten Meeresechsen (Ichthyo- u. Plesiosaurier), Dino- u. Flugsaurier des Festlands, der Urvogel Archäopteryx, Ammoniten, Belemniten u. kleine beuteltierähnliche Säugetiere. Die J.formation ist in Dtschld. bes. in der Schwäb.-Fränk. Alb entwickelt. Das J.zeitalter wird hier untergliedert in *Lias (Schwarzer J.), Dogger (Brauner J.)* u. *Malm (Weißer J.)*. Ferner ist die Formation des J. im Französ. u. Schweizer Jura verbreitet. →Geologie.

2. [Mz., Ez. *Jus*; lat.], die Rechte, häufig für →Rechtswissenschaft.

Jura, 1. [der; ligur., „Alpe"], mitteleurop. Gebirge zwischen mittlerer Rhône im S u. Oberrhein im NO, im *Crêt de la Neige* 1723 m; Kalke der J.-formation, die größtenteils gefaltet sind, bes. intensiv im *Falten-* oder *Ketten-J.*, weniger in dem nach NW anschließenden, eingeebneten *Plateau-J.*; ganz im NO der ungefaltete *Tafel-J.*; durch die französ.-schweizer. Grenze in den →Französischen Jura im W u. den →Schweizer Jura im O geteilt.

2. schweizer. Kanton an der französ. Grenze, gebildet aus den ehem. Amtsbezirken Delsberg, Pruntrut u. Freiberge des Kantons Bern, 837 qkm, 67 500 Ew.; Hptst. *Delsberg*; Viehzucht, Uhrenindustrie. – Das Gebiet des heutigen Kantons J. gehörte bis 1792 zum Fürstbistum Basel, danach bis 1814 zu Frankreich u. kam 1815 zum Kanton Bern. Die französisch sprechende katholische Bevölkerung entwickelte früh Autonomiebestrebungen. 1947 wurde das separatist. „Rassemblement Jurassien" gegründet. Nach mehreren vorbereitenden Schritten erbrachte 1978 eine gesamtschweizer. Volksabstimmung eine große Mehrheit für die Schaffung des Kantons J.

3. [ʒy'ra], ostfranzös. Département im Jura, an der schweizer. Grenze, 5008 qkm, 234 000 Ew., Hptst. *Lons-le-Saunier*.

4. [dʒuərə], eine südl. Insel der *Inneren Hebriden*, 255 qkm, 300 Ew.

jurassisch, zur geolog. Formation des *Jura* gehörend.

Jurbise [ʒyr'bi:z], Gemeinde in der belg. Prov. Hennegau, nordwestl. von Mons; Sitz des Abhörzentrums der europ. Rundfunkunion, das die Radiowellen überwachen u. die Empfangsbedingungen für Rundfunk u. Fernsehen verbessern soll.

Jurčič ['jurtʃitʃ], Josip, slowen. Schriftsteller, *4. 3. 1844 Muljava, †3. 5. 1881 Laibach; Dorferzählungen, histor. u. Gesellschaftsromane, u.a. „Der zehnte Bruder" 1866, dt. 1960.

Jürgen, männl. Vorname, Kurzform von →Georg.

Jürgen-Fischer, Klaus, Maler u. Schriftsteller, *23. 10. 1930 Krefeld; studierte bei W. *Baumeister*, veröffentlichte 1955 das existenzphilosoph. Buch „Der Unfug des Seins", übernahm 1955 die Redaktion der Monatsschrift „Das Kunstwerk", war 1965 Mitgründer der Malergruppe „Syn"; malt geometrisch betonte Bilder mit symmetrischem Mittelfeld.

Jürgens, 1. Curd, Schauspieler, *13. 12. 1915 München; seit 1936 an Berliner u. Wiener Bühnen, seit 1939 beim Film; führte auch Filmregie u. spielt in Paris auf der Bühne.

2. Udo, eigentl. Udo Jürgen *Bockelmann*, österr. Sänger, *30. 9. 1934 Schloß Ottmanach, Kärnten; tritt mit z.T. selbstgedichteten u. -komponierten Songs in Konzerttourneen u. Fernsehshows auf; Musical „Helden, Helden" (nach G. B. Shaw).

juridisch [lat.] = juristisch.

Jurij Dolgorukij, russ. Fürst, *1090, †1157; Sohn *Wladimir Monomachs*, erbte das Fürstentum Rostow-Susdal, eroberte Kiew u. war seit 1155 Großfürst von Kiew; gründete 1147 Moskau u. ließ den ersten Kreml erbauen.

Jurisdiktion [lat.], **1.** *kath. Kirchenrecht:* die hierarch. Kirchenleitung, die Lehr- u. Hirtenamt umfaßt. Die J.sgewalt kommt dem Papst über die Gesamtkirche, den Bischöfen über die Diözese zu; die Pfarrer haben an ihr teil, ohne im äußeren Rechtsbereich richterl. u. Strafgewalt zu besitzen.

2. *Recht:* (Einrichtungen der) Rechtsprechung; Gerichtsbarkeit, Gerichtshoheit.

Jurisdiktionsnorm, österr. Gesetz vom 1. 8. 1895, regelt die Gerichtsbarkeit in bürgerl. Rechtssachen u. die Zuständigkeit der ordentl. Gerichte hierfür; bestimmt den Instanzenzug.

Jurisprudenz [lat.], die →Rechtswissenschaft.

Jurist [lat.], akademisch gebildeter Rechtskundiger, Rechtswissenschaftler.

juristisch [lat.], *juridisch*, den Juristen oder der Jurisprudenz entsprechend oder sie betreffend.

juristische Logik, die Lehre von den logischen Schlußformen (argumentum a simile, argumentum e contrario u.a.) in ihrer Auswertung für die Rechtsfindung (schon immer bestritten von der *Freirechtsschule* u. der *Interessenjurisprudenz* im Gegensatz zur →Begriffsjurisprudenz). Die j.L. fördert entscheidend sowohl die mögliche Formalisierung des Rechtsdenkens, vor allem der Rechtsanwendung mittels der kalkülisierten Logik, wie sie auch in Verbindung mit Erkenntnissen der Sprachlogik der analytischen Philosophie eine programmierfähige Begriffssprache u. ein informationsfähiges rechtliches Zeichensystem entwikkelt (Verwendung von elektronischen Datengeräten in Rechtsprechung u. Verwaltung; Lehrfach: *Rechtsinformatik*). – 🄻4.0.1.

juristische Person, eine rechtl. verselbständigte u. wie eine *natürliche Person* mit eigener bürgerl. →Rechtsfähigkeit ausgestattete Personenmehrheit (im Privatrecht z.B. rechtsfähige Vereine, Kapitalgesellschaften; im öffentl. Recht z.B. Gebiets-, Personal- u. Realkörperschaften) oder Vermögensmasse (im Privatrecht u. im öffentl. Recht die rechtsfähige Stiftung); im öffentl. Recht ferner die rechtsfähige →Anstalt.

Jurmala, Stadt in der Lett. SSR, am Rigaer Meerbusen, 48 000 Ew.; Seebad, Kurort; Papier-, Zement- u. Sägewerk, Bootsbau.

Jurte [die; osttürk.], *Kibitka*, die runde, transportable Filzhütte mittelasiat. Nomaden. Zusammenschiebbare hölzerne Scherengitter als Wände u. leicht gebogene Dachstäbe werden mit Filzplatten bedeckt (im Sommer z.T. mit Matten); das Innere wird mit Teppichen ausgekleidet.

Juruá [ʒu-], rechter Nebenfluß des oberen Amazonas, 3280 km; entspringt an der brasilian.-peruan. Grenze, mündet bei Fonte Boa; über 1500 km schiffbar.

Juruena [ʒu'ruena], linker Quellfluß des Tapajós in Zentralbrasilien, rd. 1100 km; entspringt im Bergland von Mato Grosso, mündet bei Barra do São Manuel.

Jürüken, halbnomad. Volksstamm (rd. 250 000) in gebirgigen Teilen Süd- u. Südwestanatoliens; Jäger u. Hirten (Schaf, Rind, Pferd, Kamel) mit Sommer-Bergweide, in schwarzen Filzzelten; z.T. seßhaft geworden. Die Frauen arbeiten als Teppichknüpferinnen. Die J. sind Moslems mit vielen vorislam. Bräuchen; vielleicht Reste der Urbevölkerung.

Jury [ˈdʒuːri, engl.; ʒyˈriː, frz.; die], 1. ein sachverständiges Gremium, das über die Zulassung von Kunstwerken zu Ausstellungen, über die Verleihung von Preisen u.ä. entscheidet; beim *Sport* ein Schieds- oder Kampfgericht, das die Leistungen der Sportler beurteilt u. bewertet.
2. das Schwurgericht des angloamerikan. Rechts.

Jus, 1. [ʒyː; die oder das; frz.], *Kochkunst*: bes. kräftige Fleischbrühe, durch langes Kochen eingedickt; zum Würzen von Speisen.
2. [das, Mz. Jura; lat.], *Rechtswissenschaft*: Ius, das Recht.

Jus aequum [lat.], billiges Recht, das eine Rechtsfolge für den wechselnden Einzelfall herbeiführen soll; Gegensatz: *Jus strictum*, strenges Recht.

Juschno-Sachalinsk, Hptst. der Oblast Sachalin im Fernen Osten der RSFSR (Sowjetunion), 106 000 Ew.; Hochschulen; Steinkohlenförderung, Maschinenbau, Holz- u. Papierindustrie, Zentrum der Fischverarbeitung in Südsachalin; bedeutender Verkehrsknotenpunkt, Satellitenmeldestation.

Jus civile [lat.] →Bürgerliches Recht.
Jus cogens [lat.] →zwingendes Recht.
Jus dispositivum [lat.] →dispositives Recht.
Jus divinum [lat.], das göttliche Recht, das zusammen mit dem *Jus naturae absolutum* das positive Recht begrenzt (ausgehend von der thomistischen Dreiteilung der Rechtsbereiche: *lex divina* bzw. *lex aeterna, lex naturalis, lex humana positiva*).
Jus gentium [lat.], das Völkerrecht: 1. das bei allen Völkern, mithin überall geltende Recht im Sinn einer naturrechtl. Auffassung (so schon in Rom, dann vor allem im 17. u. 18. Jh. in Europa).
2. zwischenstaatl. Recht im Sinn des modernen Völkerrechts.
Jus humanum [lat.], das menschliche Recht, auch J. h. positivum (voluntarium); mit entsprechenden äußerlichen positiv-rechtlichen Pflichten; →auch Jus divinum.
Jusos, Kurzwort für →Jungsozialisten.
Jus primae noctis [lat.], das „Recht der ersten Nacht" (des Grundherrn gegenüber einer grundhörigen Braut).
Jus privatum [lat.] →Privatrecht.
Jus publicum [lat.], öffentliches Recht.
Jus sanguinis [lat., „Recht der Abstammung"], ein Grundsatz des Staatsangehörigkeitsrechts, nach dem sich der Erwerb der →Staatsangehörigkeit bei der Geburt nach der Staatsangehörigkeit des Vaters, bei nichtehelichen Kindern nach derjenigen der Mutter richtet. – Jurist. Gegensatz: *Jus soli*.
Jussieu [ʒyˈsjø], 1. Antoine-Laurent de, Neffe von 2), französ. Botaniker, *12. 4. 1748 Lyon, †17. 9. 1836 Paris; Prof. am Jardin des plantes; erweiterte das Pflanzensystem seines Onkels u. faßte die gemeinsamen Merkmale von Gattungsgruppen in Familiendiagnosen zusammen; Hptw.: „Genera plantarum secundum ordines naturales disposita" 1789.
2. Bernard de, französ. Botaniker, *17. 8. 1699 Lyon, †6. 11. 1776 Paris; Aufseher des königl. Gartens im Trianon, schuf das erste natürl. System der Pflanzenfamilien.
Jussieua [ʒysˈjøa; die; nach B. de *Jussieu*], Gattung der *Nachtkerzengewächse*; amphibisch lebende Uferpflanzen im trop. u. subtrop. Amerika. Sumpfpflanzen, die sich gut für die Haltung im Aquarium eignen.
Jus soli [lat., „Recht des Bodens"], ein Grundsatz des Staatsangehörigkeitsrechts, nach dem sich der Erwerb der →Staatsangehörigkeit nach dem Land richtet, in dem das Kind geboren wird (unabhängig von der Staatsangehörigkeit des Vaters bzw. der Mutter). Dieses Prinzip gilt vor allem in den angel-

Jurte: mongolisches Jurtenlager; Kupferstich aus dem 18. Jh.

sächs. Staaten sowie in Einwanderungsländern. – Juristischer Gegensatz: *Jus sanguinis*. – Beim Zusammenfallen beider Grundsätze (z.B. Geburt des Kindes österr. Eltern in England) entsteht doppelte Staatsangehörigkeit; beide Staaten können die Person als ihre Staatsangehörige betrachten.
Jus strictum [lat.] →strenges Recht.
Just, Günther, Anthropologe, *3. 1. 1892 Cottbus, †30. 8. 1950 Heidelberg; Prof. in Greifswald, Würzburg u. Tübingen; untersuchte u.a. die Erblichkeit der Begabung.
Juste-milieu [ʒyst miˈljø; frz., „richtige Mitte"], i.e.S. ein polit. Schlagwort im Frankreich der Julirevolution 1830 für die „mittlere", ausgleichende Position der Regierung zwischen den Parteiextremen; i.w.S. laue Gesinnung.
Justi, 1. Carl, Kunsthistoriker, *2. 8. 1832 Marburg, †9. 12. 1912 Bonn; wechselte nach abgeschlossenem Theologiestudium zur Philosophie über; 1867 Prof. für Philosophie in Marburg, 1872–1901 Prof. für Kunstgeschichte in Bonn; schrieb Künstlerbiographien, die jeweils auch zeitgeschichtl. Hintergründe darstellen. Hptw.: „Winckelmann, sein Leben, seine Werke u. seine Zeitgenossen" 2 Bde. 1866–1872; „Velazquez u. sein Jh." 1888; „Michelangelo. Beiträge zur Erklärung der Werke u. des Menschen" 1900.
2. Eduard, Neffe von 4), Physiker, *30. 5. 1904 Hongkong; seit 1946 Prof. in Braunschweig; wichtige Arbeiten auf dem Gebiet des Brennstoffelements.
3. Johann Heinrich Gottlob von, Kameralist, *28. 12. 1717 Brücken, †21. 7. 1771 Küstrin; lehrte 1751–1754 in Wien; Hptw.: „Staatswirtschaft" 2 Bde. 1755; „Grundsätze der Polizeywissenschaft" 1756.
4. Ludwig, Neffe von 1), Kunsthistoriker, *14. 3. 1876 Marburg, †19. 10. 1957 Potsdam; Museumsdirektor in Frankfurt a. M. u. Berlin (Nationalgalerie), seit 1946 Generaldirektor der Staatl. Museen Berlin (Ost); schrieb entscheidend den Wiederaufbau der Berliner Museen; schrieb u.a.: „Giorgione" 2 Bde. 1908, Neuausgabe 1936; „Dt. Zeichenkunst im 19. Jh." 1919; „Von Runge bis Thoma" 1932.
justieren [lat.], 1. *allg.*: genau einstellen, einpassen; ein Meßgerät richtig einstellen; Münzen auf ihr Normalgewicht bringen.
2. *Druckwesen*: 1. beim Umbruch den in Spalten gesetzten Satz auf gleiche Seitenhöhe bringen; 2. die Klischees genau auf Schrifthöhe bringen, in den Schriftsatz einpassen; 3. die Marginalien an den entspr. Stellen des Textes einsetzen.
3. *Technik*: bei Meß-, Regel- u.ä. Apparaten Fehler beseitigen; bei Schußwaffen die Parallelität zwischen Ausgangslage der Ziellinie u. Achse (Seelenachse) von Lauf oder Rohr herstellen. Zum J. sind an den Geräten Justierschrauben, -hebel, -keile angeordnet.
Justifikation [lat., „Rechtfertigung"], das *Justifizieren*, in der modernen *Wissenschaftstheorie* die Begründung theoretischer Aussagen, voran von Allgemeinaussagen. Da sie die Gesamtheit alles Möglichen betreffen, sind sie nicht *verifizierbar*, sondern nur *justifizierbar*.

Justin der Märtyrer, Justinus, frühchristl. Philosoph u. Apologet, Heiliger, *um 100 Flavia Neapolis (Sichem, Nablus), †um 165 Rom; sah im Christentum die wahre Philosophie; bediente sich bei der Verteidigung gegen Heiden, Irrlehrer u. den röm. Staat als erster der griech. Philosophie; erster Vertreter der Logostheologie. Fest: 1. 6.
Justinian, byzantin. Kaiser: 1. J. I., Kaiser 527–565, *482 Tauresium bei Skopje, †11. 11. 565 Konstantinopel; Nachfolger seines Onkels *Justinus I.*; erstrebte die Wiederherstellung des Röm. Weltreichs, eroberte durch seine Feldherren (bes. *Belisar* u. *Narses*), ohne selbst Konstantinopel zu verlassen, das Wandalenreich in Afrika 533/34, das Ostgotenreich in Italien bis 553 u. die Südwestküste des westgot. Spanien u. führte schwere Verteidigungskämpfe gegen die Perser. – Röm. Reich, röm. Recht u. christl. Glaube bildeten für ihn eine Einheit, die er als Diener Gottes zu lenken habe. Er bekämpfte das Heidentum (Schließung der platon. *Akademie* in Athen), ließ das röm. Recht im *Corpus juris civilis* sammeln u. systematisieren u. erließ selbst viele bedeutende weltl. u. kirchl. Gesetze. Die Herstellung der Glaubenseinheit mißlang trotz der sowohl gegen die *Monophysiten* als auch gegen Papst *Vigilius* angewandten Maßnahmen (5. ökumen. Konzil 553; Dreikapitelstreit); seine eigenen theolog. Schriften blieben nicht unangefochten. Zur Seite stand ihm seine kongeniale Frau *Theodora*. Bedeutende Bauten (Hagia Sophia in Istanbul, San Vitale in Ravenna) zeugen von einem Höhepunkt des frühbyzantin. Reichs unter J., den die Nachfolger, da die Kräfte überspannt wurden, nicht behaupten konnten. – ▢ 5.5.8.
2. *J. II. Rhinotmetos* [„mit abgeschnittener Nase"], Kaiser 685–695 u. 705–711, *669, †711; erfolgreich gegen Araber, Bulgaren u. Slawen; 695 gestürzt, 705 wiedereingesetzt; bei einem Aufstand getötet.
Justitia, röm. Gottheit der Gerechtigkeit, dargestellt mit Schwert u. Waage, später auch mit verbundenen Augen (Zeichen des Urteilens ohne Ansehen der Person).
Justitiar [lat.], 1. *Justitiarius*, früher Gerichtsherr, Richter.
2. heute *Rechtsberater*, bes. von Behörden, öffentl.-rechtl. Körperschaften, Verbänden, Unternehmen u.a.
Justitium [das; lat.], *Juristitium*, die Einstellung der Gerichtstätigkeit wegen höherer Gewalt (z.B. Krieg, Revolution, staatl. Zusammenbruch). Das J. führt nach §245 ZPO zur Unterbrechung des schwebenden Gerichtsverfahrens. – Ähnlich in Österreich (§161 ZPO).
Justiz [die; lat. *iustitia*], →Rechtsprechung im organisatorischen Sinn, die Gerichte u. Richter. – ▢ S. 184.
Justizhoheit, Gerichtsbarkeit, Rechtspflege u. Rechtsprechung als staatl. Hoheitsrechte oder „Teile" der Staatsgewalt.
Justizirrtum, falsche Gerichtsentscheidung aufgrund unrichtiger Tatsachenfeststellung.
Justizmord, auf einem *Justizirrtum* beruhendes Todesurteil.

Justizrat

Justiz: Old Bailey in London, das berühmte Gericht für Strafsachen

Justizrat, früher Ehrentitel für nichtbeamtete Juristen.
Justizreform, allg. jede Reform auf dem Gebiet des Rechtswesens; im einzelnen entweder eine *Rechtsreform* durch Änderung des materiellen Rechts, z. B. die in der BRD z. Z. immer noch im Gang befindliche Strafrechtsreform; oder eine *Reform des Gerichtswesens,* bes. der Gerichtsverfassung u. der Stellung der Richter, auch des gerichtl. Verfahrens.
Justizstaat, 1. *Gerichtsstaat, Rechtswegstaat,* ein Staat, in dem die gesamte Ausübung der Staatsgewalt einschl. der Tätigkeit der obersten Staatsorgane durch unabhängige Gerichte kontrolliert wird, die dadurch nicht nur die höchsten Staatsorgane, sondern gegen die eigentl. in Anspruch genommen werden, auch die eigentl. Herrscher im Staat sein können.
2. ein Staat, in dem der Rechtsprechung der *obersten Gerichte* eine bes. Bedeutung zukommt, weil diese über die Rechtmäßigkeit der Gesetzgebung befinden, ein Auslegungsmonopol für Verwaltungsakte u. gesetzl. Maßnahmen haben u. damit weitgehend an die Stelle des Gesetzgebers treten; so die anglo-amerikan. Neigung zum *Richterrecht,* das sich vor allem in den Common-Law-Ländern (Großbritannien, USA) entwickelt hat, oder die Funktion des US-amerikan. Obersten Gerichtshofs in der Ausdeutung der Verfassung von 1787 u. ihrer Anwendbarkeit auf moderne Verhältnisse. Gegensatz: *Verwaltungsstaat.*
Justizverwaltung, Organisation u. techn. Leitung des Gerichtswesens, Durchführung der Rechtsaufsicht über Anwaltskammern u. Notare, der Dienstaufsicht über die Gerichtsbehörden (mit Ausnahme der Spruchtätigkeit der Richter), die Staatsanwaltschaften u. das Vollstreckungswesen; in der BRD ist die J. mit Ausnahme der Bundesgerichte u. der Bundesanwaltschaft Angelegenheit der Länder.
In Österreich ist die gesamte J. Bundessache. – In der Schweiz liegt die J. überwiegend bei den Kantonen, für das Bundesgericht u. für das Eidgenöss. Versicherungsgericht beim Bund.
Justus [lat., „der Gerechte"], männl. Vorname.
Justus von Gent, eigentl. *Joos van Wassenhove,* niederländ. Maler, * um 1430/1435 Antwerpen oder Gent, † 1475 wahrscheinl. Urbino; dort seit 1472 für den Herzog Federigo da Montefeltre tätig; führte die hochentwickelte altniederländ. Malweise in Italien ein, paßte sich aber allmähl. dem monumentaleren italien. Stil *(Melozzo da Forli)* an; Hptw.: Passionsaltar um 1465–1468, Gent, St. Bavo; Einsetzung des Abendmahls 1472–1474, Urbino, Palazzo Ducale; 28 Idealbildnisse von Dichtern u. Philosophen 1474–1477, Rom, Palazzo Barberini, u. Paris, Louvre.
Jusuf, *Jussuf,* arab. für →Josef.
Jusufsai, *Jussufsai,* Bauernstamm (300 000) der →Pathan am Indus in Pakistan.
Jutaí [ʒu'tai], rechter Zufluß des Amazonas in Westbrasilien.
Jute [die; hind., engl.], die Bastfaser mehrerer ind. *Corchorus*-Arten, die zur Familie der *Lindengewächse* gehören. Im Handel ist J. allerdings zu einem Sammelnamen geworden; so werden die Fasern von *Hibiscus cannabinus* als *afrikanische J.* (*Java-J.*) u. die Fasern von *Abutilon avicennae* als *chinesische J.* bezeichnet. – Die größten Mengen der *Echten J.* liefern *Corchorus capsularis* u. *Corchorus olitorius,* deren Früchte auch als Gemüse geschätzt sind. Neben dem Hauptanbaugebiet (98 %) in Bangla Desh u. Indien *(Indischer Flachs)* wird J. auch in China, Algerien, Brasilien, Guayana u. a. gewonnen. Die J. gedeiht am besten in den trop. u. subtrop. Zonen. Die Faser wird nach dem Abschneiden oder Ausraufen der Pflanze mittels der Röste gewonnen, wobei Tau- u. Wasserröste verwendet werden. Die Fasern werden im ungebleichten Zustand zu groben Geweben verarbeitet, aus denen bevorzugt Säcke hergestellt werden. Bessere J.gewebe dienen auch zur Herstellung von Teppichen, Tischdecken u. Vorhängen.
Jüten, *Euten,* german. Stamm in Jütland. Ein Teil unternahm mit *Angeln* u. *Sachsen* Wikingerfahrten, die u. a. zur Eroberung Englands führten; die anderen wurden später von den Dänen unterworfen u. vermischten sich mit ihnen.
Jüterbog, Kreisstadt im Bez. Potsdam, im Fläming, 14 000 Ew.; mittelalterl. Bauten (Marienkloster 1282, Rathaus 1300, Fachwerkhäuser); Möbel- u. Kleinindustrie, Landmaschinenbau; im NW Militärübungsplatz; 1174 Stadt, 1648 kursächs., 1815 preuß. – Krs. J.: 766 qkm, 41 200 Ew.
Jütland, dän. *Jylland,* das dän. Festlandsgebiet, Halbinsel zwischen Nord- u. Ostsee, 29 652 qkm, 2,2 Mill. Ew.; im W hafenarmes Flachland mit Heiden u. Mooren (Gewinnung von Neuland); im O flachwellig, fruchtbar, dicht besiedelt; größte Stadt: Århus.
Jutta [Bedeutung ungeklärt oder Nebenform von *Judith*], weibl. Vorname.
Juvara, Filippo, italien. Architekt, * 27. 3. 1678 angebl. Messina, † 31. 1. 1736 Madrid; vielseitiger Barockkünstler, seit 1714 in Turin, baute im Dienst des dortigen Königshofs Paläste u. Kirchen (z. B. 1717–1731 die Superga bei Turin); wirkte dann in Portugal u. seit 1735 in Madrid (Pläne für Schlösser u. Kirchen) u. schuf dort Altäre, Bühnendekorationen u. a.
Juvenal, *Decimus Iunius Iuvenalis,* altröm. Satiriker, * um 60 n. Chr., † nach 127; geißelte schonungslos u. leidenschaftl. die Laster der röm. Gesellschaft; erhalten sind 16 Satiren (Saturae). ☐ 3.1.9.
Juvencus, *Iuvencus,* Gaius Vettius Aquilinus, röm. Epiker des 4. Jh.; span. Presbyter aus vornehmem Geschlecht; bemühte sich, die klass. (heidn.) Epik durch ein christl. Epos zu ersetzen; schrieb „Evangeliorum libri IV" in an Vergil geschulten Hexametern, stützte sich dabei vor allem auf das Matthäusevangelium. Die christl. Gleichnisse u. die christl. Terminologie ersetzen hierin den heidn. Mythos u. weitgehend die typische Sprache der klass. Epik. Das Werk wurde im MA u. in der Renaissance viel gelesen.
juveniles Wasser, dem Magma entstammendes Wasser, das am Kreislauf noch nicht teilgenommen hat; Gegensatz: *vadoses Wasser.*
Juvenilhormon [lat. + grch.], ein Hormon der Insekten, das während der Larvenentwicklung die Metamorphose zur Imago verhindert u. die Ausbildung larvaler Merkmale bewirkt.
Juventas, röm. Schutzgöttin der männl. Jugend, später der griech. Göttin *Hebe* gleichgesetzt.
Juwelen [lat., frz.], **1.** geschliffene *Edelsteine.* **2.** etwas bes. Wertvolles.
Juwelenporzellan, Porzellan der französ. Manufaktur Sèvres, das mit Perlen u. Edelsteinen geschmückt war; hergestellt 1781–1784. – J. wird auch Porzellan mit Tropfenverzierungen aus Emailfarben genannt. Es wurde vorübergehend in England gefertigt.
Juwelier [lat., frz., ndrl.], genaue Berufsbez.: *Juwelengoldschmied,* Ausbildungsberuf der Industrie, 3½ Jahre Ausbildungszeit; in der Regel Bez. für *Goldschmiede.* Er stellt in erster Linie feine, bes. wertvolle Schmuckstücke aus Platin u. Gold her u. Fassungen, in die er Edelsteine (Brillanten, Smaragde, Rubine u. a.) einsetzt.
JWG, Abk. für →Jugendwohlfahrtsgesetz.
Jyväskylä, Hptst. der finn. Prov. (Lääni) Keski-Suomi, am Paijänne, 57 000 Ew.; Universität (gegr. 1966); Papier-, Holz- u. Metallindustrie.

K

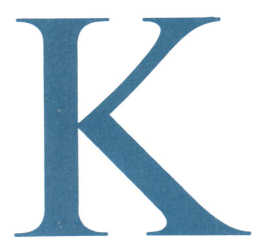

k, K, 11. Buchstabe des dt. Alphabets; entspricht dem griech. *Kappa (κ, K)* u. dem semit. *Kaph.*
K, 1. *Chemie:* Zeichen für *Kalium.*
2. *Physik:* Kurzzeichen für *Kelvin* (→Temperatur).
K 2, *Mount Godwin Austen, Dapsang,* höchster Gipfel des Karakorum, im NO vom Nanga Parbat, 8611 m, zweithöchster Berg der Erde; 1954 von Italienern erstmals bestiegen. – ▣→Karakorum.
Ka [der], altägypt. Bez. für die menschl. Lebenskraft, die mit dem Menschen geboren wird, während des Lebens ihm überall folgt u. nach dem Tod im Grab fortlebt, sofern der Körper erhalten bleibt (Mumifizierung), oder aus seinen Statuen weiterwirkt. Dem Ka gilt die Versorgung mit Speise durch die Hinterbliebenen.
Kaaba [die; arab. *ka'b,* „Würfel"], würfelförmiges (12×10×15 m), mit schwarzen Teppichen *(Kiswa)* bedecktes Gebäude in Mekka, das als zentraler Kultort des Islams verehrt wird. In der östl. Ecke des sonst leeren Gebäudes befindet sich der „schwarze Stein" *(Hadschar),* der bereits vor Mohammed Kultzentrum arabischer Stämme war u. der seit seiner Übernahme in den Islam von den Pilgern geküßt wird. Die K. soll von jedem Moslem einmal im Leben besucht werden. Nach islam. Ansicht stammt die K. von *Abraham.* – ▣Islam I. – ▯ 1.8.4.
Kaaden, tschech. *Kadaň,* Stadt in Nordböhmen, an der Eger, südwestl. von Komotau, 13 000 Ew.; Lederindustrie.
Kaama [afrikaans] →Kuhantilope.
Kaap [afrikaans, ndrl.], Bestandteil geograph. Namen: Kap.
Kaarst, Gemeinde in Nordrhein-Westfalen (Ldkrs. Neuss), nordwestl. von Neuss, 33 000 Ew.; Maschinenbau.
Kaas, Ludwig, kath. Theologe u. Politiker, *23. 5. 1881 Trier, †15. 4. 1952 Rom; 1919–1933 Mitglied des Reichstags, 1928–1933 Vorsitzender der Zentrumspartei; führte seine Partei zur Zustimmung zum Ermächtigungsgesetz, ging im April 1933 nach Rom u. wirkte auf vatikanischer Seite beim Abschluß des Reichskonkordats mit, wurde später Apostol. Protonotar u. leitete die archäolog. Ausgrabungen unter der Peterskirche.
KAB, Abk. für →Katholische Arbeitnehmer-Bewegung.
Kabalewskij, Dmitrij Borisowitsch, sowjet. Komponist, *30. 12. 1904 St. Petersburg; u. a. Schüler von N. J. *Mjaskowskij,* führend im sowjet. Komponistenverband; schrieb 4 Sinfonien (die 3. ein „Requiem für Lenin"), Solokonzerte, Opern („Colas Breugnon" nach R. Rolland 1938; „Unbesiegbar" 1948; „Nikita Werschinin" 1955; „Schwestern" 1967), 10 Shakespeare-Sonette, Kinderlieder u. a.
Kabardiner, bekanntester Zweigstamm (215 000) der Tscherkessen im Kaukasus (hauptsächl. in der Kabardiner- u. Balkaren-ASSR u. in der Grusin. SSR). – Die *Berg-K.* dagegen sind tatar. Karatschaier.
Kabardiner- u. Balkaren-ASSR, autonome Sowjetrepublik innerhalb der RSFSR (Sowjetunion), an der Nordseite des Kaukasus, 12 500 qkm, 589 000 Ew. (davon 38% in Städten), Hptst. *Naltschik;* in den Tälern Anbau von Mais, Sonnenblumen, Hanf u. Melonen u. Obstgärten; im Gebirge Weidewirtschaft, Schaf- u. Pferdezucht; Bodenschätze: Kohle, Eisen, Molybdän, Wolfram, Blei, Zink; am Baksan ein großes Wasserkraftwerk. Den N des Landes durchquert die Fernbahn Rostow–Baku–Tiflis. – 1921 als AO gebildet, 1936 zur ASSR erhoben, 1944–1957 *Kabardiner-ASSR.*
Kabarett [frz., „Schenke, Kleinkunstbühne"], früher auch *Brettl* oder *Überbrettl,* ein Theater für Kleinkunst; meist mit angeschlossenem Restaurationsbetrieb; entwickelte sich aus den „musichalls" (Singspielhallen) u. dem *Varieté.*
1901 wurde von E. von *Wolzogen* u. O. *Bierbaum* nach der von dem Maler Rodolphe *Salis* 1881 auf dem Montmartre in Paris geschaffenen „Chat noir" [„Schwarze Katze"] in Berlin das „Überbrettl" gegründet, in dem Gedichte, Prosastücke u. Kurzspiele unterhaltender Art vorgetragen oder vorgesungen wurden. Das Beispiel fand Nachfolge, zuerst in Berlin (Max *Reinhardts* „Schall u. Rauch"), dann auch in München („Die elf Scharfrichter") u. anderen Städten, es entwickelte sich eine *Kleinkunst,* die für den Bedarf dieser Kleinbühnen sorgte. Für die neue Kleinkunst arbeiteten u. a. F. *Wedekind,* D. von *Liliencron,* R. *Dehmel,* Ch. *Morgenstern* („Galgenlieder"), J. *Ringelnatz* u. E. *Kästner.* Das moderne K. ist vorzugsweise polit. orientiert, z. B. „Die Insulaner", „Das Ko(m)mödchen", „Die Stachelschweine".
Kabarettist [frz.], Darsteller oder Mitarbeiter in einem Kabarett.
Kabbala [die; hebr., „Überlieferung"], eine theosophische jüd. Mystik, die sich auf Gottes Reden an Moses zurückführt. Sie entstand im 9. bis 13. Jh. u. wurde als Lehre auch schriftl. festgehalten (Buch „Sohar", 13. Jh., Spanien). Die K. sucht sich anhand von Zahlenverhältnissen u. Buchstabendeutung über Seelenwanderung u. Präexistenz Klarheit zu verschaffen. Sie beeinflußte den →Chassidismus. – ▯ 1.8.2.
kabbelige See, wirr durcheinanderlaufende kurze Wellen als Folge eines umspringenden Windes oder sich kreuzender Strömungen.
Kabel [lat.], **1.** *Bauwesen:* ein starkes Drahtseil, im allg. aus mehreren dünnen Drahtseilen durch Verdrillen auf einer Verseilmaschine hergestellt; Verwendung bei K.brücken, Drahtseilbahnen, als Förderseil u. a.
2. *Elektrotechnik:* ein oder mehrere elektr. Leiter *(Adern)* in isolierenden u. gegen Feuchtigkeit sowie mechan. Beschädigungen schützenden Umhüllungen. *Starkstrom-K.* dienen zur Verteilung elektr. Energie, während *Nachrichten-K.* (auch *Fernmelde-* oder *Schwachstrom-K.* genannt) Übertragungskanäle für Fernsprechen, Fernschreiben, Radio- u. Fernsehübertragungen enthalten.
Bei Starkstrom-K.n richten sich Querschnitt u. Zahl der Leiter (Massivleiter oder Litzen; meist aus Kupfer, aber auch aus Aluminium) nach Stromstärke u. Stromart (bei Drehstrom z. B. 3 Stromleiter u. 1 Nulleiter). Jeder Leiter ist für sich mit trockenem oder mit Öl-Harz-Masse getränktem Papier in mehreren Lagen umwickelt (auch Gummi, Kunststoff, Guttapercha). Alle Leiter zusammen werden gegen Feuchtigkeit mit einem *Mantel* aus Blei oder Aluminium umpreßt; gegen mechan. Beschädigungen des Mantels schützt eine *Armierung* aus Stahlbändern oder Drähten, die evtl. noch mit teergetränkter Jute umwickelt sind. Vielfach werden auch Kunststoffe für Isolierung u. Ummantelung benutzt. Für höchste Spannungen (bis 500 kV) gibt es *Öl-K.,* in denen die isolierten Leiter im ölgefüllten K.mantel liegen (0,5–2 atü). Bei *Druck-K.n* liegen die isolierten Leiter in einem

Kabarett: das Düsseldorfer „Kommödchen". Lore Lorentz und Ernst Hilbich in „Von der Besten aller Welten"

Kabelbrücke

Kabel: Koaxial-Fernkabel

druckfesten Rohr, das mit Stickstoff gefüllt ist (15 atü). *Luft-K.* enthalten unter der Kunststoffhülle noch ein Drahtseil, das das Gewicht der frei in der Luft aufgehängten K. zwischen den Aufhängepunkten aufnehmen soll.
Nachrichten-K. gibt es für den Anschluß von Fernsprechern u. Fernschreibern mit tausend u. mehr Paaren, die mit Papier oder Kunststoff isoliert sind. Für den Weitverkehr enthalten diese K. sog. *Breitband-Tuben,* die aus einem Mittelleiter u. einem zentrisch darum liegenden Rohr aus Kupferbändern bestehen, sowie Adern mit Kunststoffisolierung. Neueste Bauarten dieser *Trägerfrequenz-K.* übertragen gleichzeitig Tausende von Gesprächen sowie viele Radio- u. mehrere Fernsehsendungen. *Seil-K.* für den Nachrichtenverkehr enthalten eine Breitband-Tube u. haben eine Bewehrung, die den bei der Verlegung auftretenden Zug aushält. In das K. sind Verstärker eingebaut. Ein derartiges K., wie es z.B. zwischen Europa u. den USA besteht, kann gleichzeitig 36 u. mehr Gespräche übertragen.
Die K. werden im allg. in die Erde verlegt *(Erd-K.);* in Städten kommen sie in *K.kanäle* aus Beton; *Fluß-* u. *See-K.,* die direkt im Wasser verlegt werden, erhalten eine starke Armierung. – Die *K.prüfung* liefert hauptsächl. den Nachweis der Spannungsfestigkeit der K.isolation. – ▫ 10.4.3.
3. *Schiffahrt:* starkes Schiffstau oder längeres Seil; bis zur Einführung eiserner Ankerketten nach 1820 die einzige Befestigung eines Ankers.
Kabelbrücke →Hängebrücken.
Kabelegafälle →Murchisonfälle (1).
Kabelfernsehen, ein Fernsehsystem, bei dem eine leistungsfähige Großantenne die ausgestrahlten Fernsehsignale empfängt u. an eine elektron. Kontrollzentrale zur Verstärkung, Filterung u. Umformung weitergibt. Von dort führen koaxiale Kabel mit zahlreichen Haupt- u. Nebenkabeln zu den Fernsehempfängern in den Haushalten. Die Bildqualität ist ausgezeichnet. In den USA sind bereits über 4 Mill. Haushalte an das K. angeschlossen.
Kabelgarn, starker Faden (Garn), aus dem Seile gedreht (geschlagen) werden; grobes Jutegarn zum Umspinnen von Kabeln; umwickelter Baumwollzwirn; Papiermischgarn.
Kabelgramm [Kurzwort], durch Kabel übermitteltes Telegramm aus Übersee.
Kabeljau [der; lat., portug., ndrl.], *Kabliau, Gadus morrhua,* 1,5 m langer u. bis zu 50 kg schwerer *Schellfisch,* in allen nördl. Meeren (bes. Neufundlandbank, Lofoten, Grönland); Nahrung: Fische (z.B. Heringe), Krebse, Würmer, Tintenfische; nach dem Hering der wirtschaftl. bedeutendste Fisch, in der Ostsee als *Dorsch* bezeichnet; Weltjahresfang: 4 Mill. t. Die wichtigsten Fangplätze der dt. K.-Fischerei sind die Gewässer um Grönland (1968: 135 000 t), Labrador (1968: 52 000 t) u. Island (1968: 30 000 t). Im Handel ist der K. bes. als Frischfisch u. Frostfilet. →auch Klippfisch.
Kabelkanal, ein Kanal innerhalb dichtbebauter Gebiete für Starkstrom- u. Fernmeldekabel. Ein K. ist aus Betonformsteinen oder Kunststoffrohren zusammengesetzt; in bestimmten Abständen sind Kabelschächte eingefügt. Mit Kunststoffrohren werden Kurven u. Unterkreuzungen ausgeführt.
Kabelkran, ein hauptsächl. für Talsperren, Schleusen u. ähnliche Großbauten verwendeter Baukran, bei dem zwischen zwei Türmen ein Tragkabel für die Laufkatze gespannt ist. Durch das Fahrseil wird die Laufkatze bewegt, durch das Hubseil die Last gesenkt oder gehoben. K. wurden für Spannweiten bis über 1000 m u. Lasten bis 50 t gebaut.
Kabellänge, seemänn. Längenmaß von $^1/_{10}$ Seemeile = 185,5 m; entsprach um 1820 der Länge eines Ankertaus.
Kabelleger, *Kabelschiff,* Spezialschiff zum Verlegen u. Reparieren von Nachrichtenkabeln unter Wasser. K. enthalten geräumige Laderäume oder Tanks zur Aufnahme des Kabels, das mit Hilfe einer Spezialwinde mit bestimmtem Zug über eine Rolle am Heck ausgelegt oder eingeholt wird. Außerdem sind K. mit *Aktivruder* u. *Bugstrahlruder* für die exakte Ausführung langsamer Manöver ausgerüstet. Der erste K. „Faraday" wurde 1874 in Dienst gestellt.
Kabelmuffe, Verbindungsglied zwischen zwei Teilstücken eines Kabels. K.n müssen feuchtigkeitsdicht verlötet oder verschweißt werden.
Kabelprüfung, Fertigungskontrolle zum Nachweis der Spannungsfestigkeit der Isolation in Kabeln, u. zwar zwischen den Leitern u. gegenüber dem Metallmantel oder der Bewehrung. →Kabel (2).
Kabelschuh, ein an elektr. Leitungen oder Kabel angelötetes oder durch Kerben angedrücktes, meist gabelförmiges Anschlußstück, das ein Festschrauben ermöglicht.
Kabelverzweiger, ein Gehäuse mit Lötösenstreifen oder Schraubklemmen u. Sicherungen, in dem starke (Nachrichten-)Hauptkabel in mehrere Anschlußkabel verzweigt werden; meist am Straßenrand aufgestellt.
Kabinda = Cabinda.
Kabine [frz.], **1.** Einzelwohn- u. Schlafraum an Bord für Passagiere; →auch Kabuse.
2. Aus- u. Ankleidezelle in Badeanstalten u. Modesalons.
Kabinenbahn, eine Seilbergbahn, die den Fahrgast in einer geschlossenen, gondelartig aufgehängten Kabine befördert; Fassungsvermögen der dt. K. zwischen 2 u. 70 Personen; neueste dt. K.: Hochfelln-Groß-K.
Kabinenroller, geschlossenes, dreirädriges Motorfahrzeug mit einer Plexiglashaube als Wetterschutz.
Kabinett [das; frz.], **1.** *Baukunst:* kleiner Nebenraum, zwischen zwei Zimmern gelegen u. ohne eigenen Ausgang; in Schlössern mit Vorliebe für fürstl. Sammlungen kleiner Kunstgegenstände (daher *K.stück, K.malerei,* auch *Kupferstich-K.*) u. als Beratungszimmer von Fürsten zur Besprechung besonderer u. geheimer Angelegenheiten (*K.ssachen*) mit ihren Beamten (*K.sräten*) eingerichtet.
2. *Möbel:* kleines, kunstvoll mit Schnitzerei, Malerei u.ä. verziertes Schränkchen (*Kunstschrank*) mit vielen Fächern zur Aufbewahrung von Schmuck, Briefschaften u. Kuriositäten. K.e wurden bes. in Dtschld. zur Zeit der Spätrenaissance u. im Barock hergestellt.
3. *Staatsrecht:* heute gleichbedeutend mit *Regierung.* Daher sind Minister mit *K.srang* diejenigen, die Sitz u. Stimme in der Regierung haben. (In Großbritannien gibt es Angehörige des Ministry, die nicht K.smitglieder sind.) *Die K.sfrage stellen* bedeutet, daß die Regierung die weitere Tätigkeit von einer ausdrückl. Vertrauenserklärung des Parlaments abhängig macht (verbunden mit der Rücktrittsdrohung). Der Ausdruck K. geht auf die Zeit des Fürstenstaats zurück. Aus dem Geheimen Rat, Staatsrat u.ä. wurde das *Geheim-K.* (zuerst in Kursachsen 1706), aus dem wiederum die *K.sregierung* entstand (in Preußen: *Generaldirektorium*). Während sich diese im Lauf der späteren Entwicklung zum *Ministerium* (engl. *ministry*) umwandelte, behielt der Fürst eine eigene Beamtenschaft als Gegengewicht gegen die K. versammelten Ressortminister. In Dtschld. beseitigte die Reform des Frhr. vom Stein 1807/08 diesen Dualismus zugunsten des *Staatsministeriums* (so noch die Bez. in Preußen während der Weimarer Republik). In eingeschränktem Maß wurde die Hofverwaltung in Gestalt des *Zivil-, Militär-* u. später auch des *Marine-K.s* wieder eingeführt u. diente zur Erledigung der dem Monarchen vorbehaltenen Entscheidungen (sog. *K.ssachen*).
Kabinettkäfer →Museumskäfer.
Kabinettmalerei →Glasmalerei.
Kabinettspolitik, im Absolutismus die vom Herrscher „im Kabinett" unmittelbar, ohne Zuziehung der Stände u. ohne Rücksicht auf die öffentl. Meinung geführte Außenpolitik; sie wurde auch im 19. Jh. noch weitgehend als Politik der „Staatsraison" mit den Mitteln der „Geheimdiplomatie" (z.B. von Bismarck) fortgeführt.

Kabelleger „Neptun" an der Pier im Heimathafen Nordenham. Das Kabel wird über große Rollen am Heck ausgelegt oder eingeholt

Kabuki-Tänzer. Holzschnitt des Shintei; 1801. Honolulu, Academy of Arts

Kabiren [semit.], Zwillingsgötter vorgriech. Mysterien auf Samothrake u. Lemnos, den *Dioskuren* gleichgesetzt; seit dem 4. Jh. v. Chr. verehrt.

Kabotage, *Cabotage* [-'ta:ʒə; frz.], *Völkerrecht*: Vorbehalt (Vorrecht) für die Schiffahrt der eigenen Flagge (z. B. zwischen Häfen desselben Landes).

Kabriolett [frz.], *Cabriolet,* 1. einspänniger, leichter, zweirädriger Kutschwagen mit nur einer Sitzreihe.
2. →Kraftwagen.

Kabrio-Limousine [-mu-], ähnlich wie ein *Kabriolett* gebauter Personenkraftwagen (→Kraftwagen), jedoch mit feststehender Seitenwandumrahmung.

Kabuki [das], volkstüml. japan. Bühnenspiel, zu Anfang des 17. Jh. aus erot. Singtänzen entstanden, allmähl. zum Geschichts- u. bürgerl. Schauspiel entwickelt. Es umfaßt an Themen hauptsächl. heldische Samuraistücke, bürgerl. Sittenstücke u. Tanzdramen mit lyrisch-balladenhaftem Chor. Es ist mehr durch virtuose Darsteller (Sakata *Tojuro*, *1645, †1709; Ichikawa *Danjuro I*, *1660, †1708) als durch seine Dichter ausgereift (Tschikamatsu *Monsaemon*, Takeda *Isumo*) u. heute meist durch das moderne Drama der *Shimpa* ersetzt. Die Darsteller (auch die Frauenrollen werden von Männern gespielt), die Schminkmasken u. prächtige Kostüme tragen, müssen gleichermaßen Gesang, Tanz, Pantomime u. Gestik beherrschen. Die Bühne des K. ist 30 m breit u. vom Zuschauerraum umgeben; Auf- u. Abgänge führen über einen Steg, der von Hintergrund des Zuschauerraums auf die linke Seite der Bühne läuft; die Schauplätze werden durch plast. Dekorationen dargestellt, für Verwandlungen wird schon seit 1758 die Drehbühne verwendet. Ein auf der Bühne sichtbares Orchester begleitet das Spiel.

Kabul, Landes- u. Provinz-Hptst. von Afghanistan, ca. 1800 m ü. M., am *K.fluß* (Nebenfluß des Indus, rd. 500 km), m. V. 700 000 Ew.; 1874 durch Erdbeben verwüstet; Universität (1931); chem.-pharmazeut. Laboratorien u. Observatorium; Verkehrsknotenpunkt zwischen Indien, Turkmenien u. Iran; Obstbau, große Basare, Handelsplatz; Flughafen.

Kabuse [die; kelt.], primitiver Zelt- oder Bretterverschlag, Wetterschutz an Deck auf Schiffen; abgewandelt zu *Kabine, Kampanje, Kombüse*; scherzhaft, verächtlich: *Kabuff, Kabache*.

Kabwe, früher *Broken Hill*, eine der ältesten Bergbaustädte in Sambia (Afrika), nördl. von Lusaka, 95 000 Ew.; Verhüttung von Blei, Zink, Vanadium; Garnisonstadt; vorgeschichtl. Fundstätte.

Kabylei, *Kabylien,* frz. *Kabylie,* gebirgige afrikan. Küstenlandschaft (im *Djurdjura* bis 2308 m) zwischen Algier u. Constantine.

Kabylen, Gruppe von islam. Berberstämmen (rd. 1,7 Mill.) in den nordafrikan. Atlasländern (Algerien: 1 Mill., bes. in der *Kabylei*; Marokko: 700 000); Nachkommen der alten *Senata*; kriegerische Pflugbauern mit Viehzucht u. Obstbau. Leisteten der französ. u. span. Kolonialpolitik lange starken Widerstand; auch das Verhältnis zur marokkan. Regierung u. zum arab. Teil der alger. Bevölkerung ist nicht immer ungetrübt, wie sich nach der Unabhängigkeitserklärung Algeriens zeigte.

Kachchh [katʃ], *Kutch,* Distrikt im ind. Staat Gujarat, zwischen der Halbinsel Kathiawar im S u. Sind (Pakistan) im N; ehem. Fürstenstaat (gegr. im 13. Jh., bis 1947); 700 000 Ew., Hptst. *Bhuj*. Der größte Teil von K. entfällt auf den *Ran von K.,* zur Trockenzeit eine Salzwüste u. zur Zeit des Südwest-Monsuns eine riesige Wasserfläche; Vorkommen von Gips, Eisenerz, Braunkohle; extensive Viehzucht; bekannte Stickereien u. Silberarbeiten.

Kachel [semit., grch., lat.], keramisches, meist glasiertes Formstück aus Fayence, Steingut, Porzellan oder Schamotte, verwendet zum Bau von *K.öfen*, in Platten- oder Tafelform oft auch zur Verkleidung von Wänden (→Fliese). K.n dürfen bei rascher Erwärmung des Ofens weder platzen noch Risse in der Glasur bekommen. Die K. wird entweder von Hand geformt (auf der Töpferscheibe mit Gipsformen) oder maschinell auf K.pressen K.n bekommen nach einem *Schrühbrand* (900–920 °C) noch einen *Glasurbrand.* Um eine glatte u. gerade Oberfläche zu erzielen, werden sie nach dem Schrühbrand auf Spezialmaschinen geschliffen.

Aus den *Topf-* oder *Napf-K.,* beim Lehmofen zur Oberflächenvergrößerung u. besseren Wärmestrahlung verwendet, entwickelte sich im MA. die *Nischen-K.* In der Gotik wurden K.n häufig mit Maßwerkformen verziert, während in der Renaissance reliefierte *Bild-K.n* mit allegorischen u. mytholog. Darstellungen beliebt waren. Im 17. Jh. wurden K.n oft auf Ofenbreite vergrößert. Die moderne K. ist, abgesehen von farbigen Glanzglasuren, meist schmucklos oder nur sparsam dekoriert.

Kachelofen, aus *Kacheln* aufgebauter →Ofen als Heizkörper einer Wohnung. Die Kacheln speichern die bei der Verbrennung des eingelegten Heizmaterials aufgenommene Wärme u. geben diese bei gut funktionierenden Ofenkanälen gleichmäßig wieder ab. Urform der K.s ist der aus Lehm errichtete *Backofen* mit eingesetzten Töpfen als Wärmespeichern, gebräuchl. bereits im röm. Altertum. – ⒷS. 188.

Kachexie [die; grch., „schlechtes Befinden"], Aus-, Abzehrung, Kräfteverfall bei zehrenden Krankheiten, bösartigen Geschwülsten, innersekretorischen Störungen u. a.; gekennzeichnet durch Blutarmut, blaßfahle u. gelbl. Hautfarbe, Abnahme, Schwäche u. Apathie; →auch Marasmus.

Kachlet [das; bair.], zwei enge Durchbruchstäler der Donau an Ausläufern des Bayerischen Walds: *Bayerisches K.* mit Schleuse u. *K.kraftwerk* zwischen Vilshofen u. Passau, *Aschacher K.* bei Linz in Österreich.

Kachowkaer Stausee, vom unteren *Dnjepr* gebildeter, über 200 km langer u. bis 25 km breiter Stausee mit Großkraftwerk bei der sowjet. Stadt *Nowaja Kachowka*; Seefläche rd. 2155 qkm, Fassungsvermögen 18 Mrd. m³, davon 7 Mrd. m³ genutzt, Stauhöhe 15 m; Inbetriebnahme des Stauwerks 1956, installierte Leistung 312 000 kW, jährl. Stromerzeugung 1,4 Mrd. kWh. Der See dient auch der Bewässerung von Steppenland.

Kadar, südind. Wildbeuterstamm in den Anamalaibergen.

Kádár ['ka:da:r], János, ungar. Politiker (KP), *26. 5. 1912 Kápoly, Komitat Somogy; Mechaniker, in der illegalen Partei 1942 Mitglied des ZK, 1943 Sekretär des ZK; 1945 Mitgl. des Politbüros, 1948 Innen-Min., 1951–1954 als angebl. Titoist in Haft; 1956 zunächst Parteigänger I. *Nagys,* dann maßgebl. an der Niederwerfung des Aufstands beteiligt, 1956–1958 u. 1961–1965 Min.-Präs., seit 1956 Erster Parteisekretär.

Kadaver [der; lat.], toter Körper, insbes. von Tieren.

Kadavergehorsam, blinder Gehorsam, Befehlsbefolgung unter Ausschalten der eigenen Urteilskraft.

Kadaverin [lat.] = Cadaverin.

Kadaververwertung, die Verarbeitung von toten Tierkörpern, die für die menschl. Ernährung ungeeignet sind, durch die →Abdeckerei. Es handelt sich hierbei z. B. um durch Seuchen getötete Tiere oder bereits in Verwesung übergegangene Tierleichen. Die Verarbeitung muß bei hoher Temperatur (bis 280 °C) zum Zerfall der Weichteile führen. Als Produkte gewinnt man dabei Knochenleim, Fett u. Düngemittel (*Kadavermehl*).

Kaddisch, aus dem Aramäischen stammendes synagogales liturg. Gebet um Heiligung des göttl. Namens u. das Kommen des messianischen Reichs;

Kadesch: der ägyptische König Ramses II. auf seinem Streitwagen in der Schlacht von Kadesch gegen die Hethiter

Kadečka

Junges Paar mit Falken; Reliefkachel aus der 1. Hälfte des 15. Jahrhunderts. Zürich, Schweizerisches Landesmuseum

Kaiser Heinrich II. und Kaiserin Kunigunde, Ofenaufsatzkachel; Anfang 16. Jh. München, Bayerisches Nationalmuseum (links). – Prunkofen von Hohensalzburg, alpenländische Hafnerkeramik; 1501. Salzburg, Festung (rechts)

bes. das Gebet der Söhne bei der Beerdigung der Eltern u. während des Trauerjahrs.
Kadečka [-'dɛtʃka], Ferdinand, österr. Strafrechtler, *16. 7. 1874 Wien, †15. 3. 1964 Wien; Prof. in Wien; schuf das Jugendgerichtsgesetz 1928 u. das Arbeitshausgesetz 1932; Verfechter der Strafgesetzreform.
Kadelburg, Gustav, Schriftsteller, *26. 7. 1851 Budapest, †11. 9. 1925 Berlin; bis 1894 Schauspieler. Von seinen vielen, oft in Gemeinschaftsarbeit entstandenen Lustspielen hatte der mit O. Blumenthal verfaßte Schwank „Im weißen Rößl" 1898 einen andauernden Welterfolg.
Kaden-Bandrowski, Juljusz, poln. Schriftsteller, *24. 2. 1885 Rzeszów, Galizien, †6. 8. 1944 Warschau; sozialkrit. u. psycholog. Romane in expressionist. Stilhaltung: „General Barcz" 1923, dt. 1929; „Bündnis der Herzen" 1924, dt. 1928.
Kadenz [lat., „fallend"], **1.** *Musik:* 1. in der *Harmonielehre* die musikal. Schlußformel; in ältesten Weisen das Absinken (daher der Name) der Melodie zum Grundton, im mehrstimmigen Satz der Abschluß in einer geregelten Folge der Harmonien: a) *authentische K.*, Abschluß in der Folge Dominante-Tonika (D-T); d. h. dem Dreiklang oder Septimakkord auf der 5. Stufe der Tonart folgt der Dreiklang auf dem Grundton als Schlußakkord; hierbei geht der Dominante meist entweder die Subdominante, d. h. der Dreiklang auf der 4. Stufe, oder der Dreiklang auf der 2. Stufe oder der Quartsextakkord der Tonika (d. h. der Dreiklang der 1. Stufe mit der Quinte im Baß) voraus. – b) *plagale K.*, Subdominante-Tonika (S-T); bei zweiteiligen Sätzen endet der erste Teil meist mit Halbschluß auf der Dominante, der Abschluß des Tonstücks mit Ganzschluß (auf der Tonika). Beim *Trugschluß* endet das Stück auf einer anderen Stufe (z. B. Parallelklang der 6. Stufe).
2. im *Solo-Instrumentalkonzert* (auch in der Dacapo-Arie) ein vor dem Abschluß (Coda) eingeschobenes Solo, in dem das Instrument unter Verwendung der Thematik des Satzes frei u. vor allem virtuos improvisiert; seit *Mozart* u. *Beethoven* jedoch zumeist schon vom Komponisten fest notiert.
2. *Verslehre:* die jeweilige metrische Form des Versschlusses.
3. *Waffentechnik:* die Schußfolge einer Waffe in Schuß je Minute.
Kader [der; frz. *cadre*, „Rahmen"], **1.** *Militär:* der im Verhältnis zur Kriegsstärke der Zahl nach geringere *Friedenstruppenteil*, in dem die militär. Ausbildung durchgeführt u. der bei der Mobilmachung durch Reservisten aufgefüllt wird; z. T. wird mit K. auch nur das Ausbildungspersonal eines Truppenteils bezeichnet (Offiziere u. Unteroffiziere).
2. *Parteiorganisation:* im kommunist. Sprachgebrauch diejenigen Personen, die für wichtige Aufgaben im polit., gesellschaftl. u. wirtschaftl. Leben verwandt werden; insbes. leitende Funktionäre der Partei- u. Massenorganisationen, auch Wirtschaftsfachleute, Wissenschaftler u. a.
Kadesch [-'de:ʃ], befestigter Fürstensitz des 2. u. 1. Jahrtausends v. Chr. am Orontes, in Syrien, südwestl. des heutigen Homs; spielte in der Abwehr der Ägypter seit 1500 v. Chr. eine wichtige Rolle. 1293 v. Chr. fand hier eine Entscheidungsschlacht um den Besitz Nordsyriens zwischen dem hethit. König *Muwatalli* u. dem ägypt. Pharao *Ramses II.* statt, die zugunsten der Hethiter ausging. K. war ein wichtiger Aufenthaltsort israelit. Gruppen vor der Landnahme in Palästina. – 🕮 S. 187.
Kadetten, **1.** [frz. *cadet*, „nachgeborener (nicht erbberechtigter) Sohn"], Offiziersanwärter; in manchen Staaten Knaben, die ihre Schulausbildung in K.anstalten erhalten, in denen bes. auch die körperl. Ertüchtigung gefördert wird (in

KACHELÖFEN

Nürnberger Kachelofen; um 1540. Kunstsammlungen Veste Coburg

Seit der Spätgotik war der Ofen nicht nur als Wärmespender wichtiger Bestandteil der häuslichen Innenausstattung, sondern in Form des Kachelofens zugleich prächtig gestalteter Zierat. Im 16. und 17. Jh. entstanden die prunkvollsten Stücke in Süddeutschland, der Schweiz und in Österreich. Im Barock und Rokoko waren Kachelöfen vielfach den gebräuchlichen Architekturformen angepaßt. Seit dem 19. Jh. wurde der schlichte weiße Kachelofen (Berliner Ofen) sehr geschätzt. Kachelöfen von heute – soweit sie nicht vom Eisenofen und der Zentralheizung verdrängt wurden – sind mehr nach funktionellen als nach dekorativen Gesichtspunkten gestaltet.

Reichornamentierter Renaissance-Kachelofen mit Bilderfolgen, Südtirol; 1555. Nürnberg, Germanisches Nationalmuseum

Dtschld. 1716–1919). – In der österr.-ungar. Armee Bez. für die dem dt. *Fähnrich* entspr. Offiziersanwärter.
2. [Kurzwort für *Konstitutionelle Demokraten* (K. D.)], russ. *Kadety*, in der russ. Revolution von 1905 unter Führung von P. N. Miljukow gegr. Partei. Die K. forderten eine konstitutionelle Monarchie, liberale Reformen u. soziale Teilreformen. Nach der Februarrevolution von 1917 führten sie bis Anfang Juli die Provisor. Regierung der Dumapolitiker mit Fürst *Lwow* als Ministerpräs.
Kadi [der; arab.], islamischer) Richter.
Kadijewka, früher *Sergo,* Bergbaustadt in der Ukrain. SSR (Sowjetunion), im Donezbecken, 137 000 Ew.; Steinkohlenförderung, Kokereien, Kohlechemiewerk.
kadmieren [zu *Cadmium*], **kadmisieren, verkadmen,** einen Überzug aus Cadmium galvanisch herstellen, hauptsächl. als Rostschutz bei Stahl.
Kadmium = Cadmium.
Kadmos, griech. Heros phönizischen Ursprungs, Bruder der *Europa*; vom Vater *Agenor* ausgesandt, die von *Zeus* entführte Schwester zu suchen; Gatte der *Harmonia,* Vater der *Semele*; Gründer Thebens; galt den Griechen als der Vermittler der phöniz. Buchstabenschrift.

Kadscharen, im nördl. Iran ansässiger turksprachiger Stamm, der 1786–1925 ein Herrschergeschlecht Persiens stellte. Es wurde durch *Aga Mohammed* begründet (Hptst. Teheran). Der letzte K.-Schah *Ahmed* verzichtete nach dem Staatsstreich Riza *Pahlewis* 1925 auf den Thron.
Kaduna, Hptst. des gleichnamigen Bundesstaats in Nigeria, 200 000 Ew.; Garnison; Rundfunk- u. Fernsehsender, Textil- u. Nahrungsmittelindustrie, Verkehrsknotenpunkt.
kaduzieren [lat.]. Mitglieder von einer Gesellschaft ausschließen, wenn sie mit der Einzahlung ihres Kapitalanteils oder von Nachschüssen in Verzug geraten. Durch die *Kaduzierung* werden die Gesellschafterrechte für verfallen erklärt; für die AG gelten §§ 64 ff. AktG.
Kaédi [ka:e′di], Ort in Mauretanien, am Senegal, 13 000 Ew.; Flußhafen, Markt; Fleischindustrie.
Kaegi, Werner, schweizer. Historiker, *26. 2. 1901 Oetwil, Kanton Zürich, †15. 6. 1979 Basel; 1935–1971 Prof. für mittelalterl. u. neuere Geschichte in Basel; Biograph u. Hrsg. der Werke Jacob Burckhardts u. Übersetzer der Werke J. Huizingas; schrieb „Michelet u. Dtschld." 1936, „Histor. Meditationen" 2 Bde. 1942 u. 1946; „J. Burckhardt" 6 Bde. 1947–1977.

Kaempfer-Blätter → Kämpfer-Blätter.
Kaergel, Hans Christoph, schles. Erzähler u. Dramatiker, *6. 2. 1889 Striegau, †9. 5. 1946 Breslau; stand H. Stehr nahe; Romane: „Ein Mann stellt sich dem Schicksal" 1929; „Freunde" 1942; Volksstücke: „Hockewanzel" 1934; „Hans von Schweinichen" 1937.
Kaesong → Käsong.
Kaestner, Alfred, Zoologe, *17. 5. 1901 Leipzig; 1949 Prof. an der Humboldt-Universität Berlin, 1951 Direktor des Zoolog. Museums Berlin, 1957–1967 Direktor der Naturwissenschaftl. Sammlungen des Bayerischen Staats; arbeitet bes. über vergleichende Anatomie der Spinnentiere; Hptw.: „Lehrbuch der Speziellen Zoologie" 1955–1963, ²1964–1967.
Käfer, *Deckflügler, Coleoptera,* rd. 300 000 bekannte Arten umfassende, formenreiche Ordnung der *Insekten,* deren vorderes Flügelpaar durch Chitineinlagerung meist zu harten *Deckflügeln (Elytren)* geworden ist, die bei Ruhestellung die einfaltbaren Hinterflügel (die eigentl. Flugorgane) sowie den Hinterleib bedecken u. beim Fliegen meist als Tragflächen dienen; 0,25–20 cm lang, mit frei beweglicher Vorderbrust. Die 6 Beine sitzen paarweise an den 3 Brustringen. Die K. zeigen eine

Käfer

Lederlaufkäfer, Carabus coriaceus, im Angriff auf eine Schnecke

Sandlaufkäfer, Cicindela campestris; Larve in ihrer Fangröhre (links)

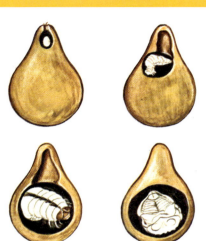

Die Kotballen werden mit den erhobenen Hinterbeinen im Rückwärtsgang fortbewegt und können als Fraß- oder Brutpillen dienen. Die Erdhöhle wird vom Männchen 15–30 cm tief gegraben, indem es das Erdreich unter der Kugel entfernt, während das Weibchen sie bewacht (oben). 3- bis 6mal im Jahr gräbt das Weibchen eine kleine Brutkammer, bildet eine „Pille" zur Brutbirne um und legt ein Ei. Die Abbildung rechts zeigt die Entwicklung des Scarabaeus in der Brutbirne

Pillendreher, Scarabaeus spec.: Weibchen beim Rollen der Dungkugel

Kartoffelkäfer, Leptinotarsa decemlineata

Entwicklung des Rosenkäfers, Potosia cuprea: Larven (Engerlinge). – Junge Puppe in der Puppenwiege. – Späte Puppe. – Imago (von links nach rechts)

Käfer

Getreidelaufkäfer, *Zabrus tenebrioides*

Echte Schwimmkäfer: Gelbrand, *Dytiscus marginalis*, mit den typischen Ruderbeinen

KÄFER

- 🟩 ADEPHAGA
- 🟨 POLYPHAGA

Von einem Bohrloch aus nagt das Weibchen einen Hufeisenschnitt in die Rinde einer Espe (links) und legt mit dem Legebohrer die Eier ab (rechts)

Gallenerzeuger: Espenbock, *Saperda populnea*. Der Fraß der Larven verursacht Gallenbildung

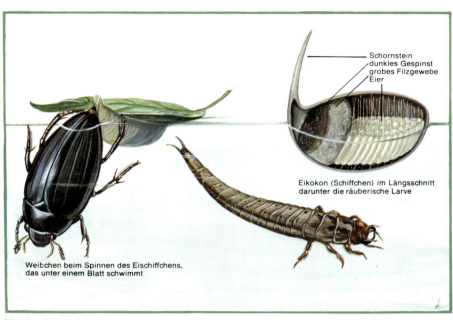

Unechte Wasserkäfer: Kolbenwasserkäfer, *Hydrous spec.*

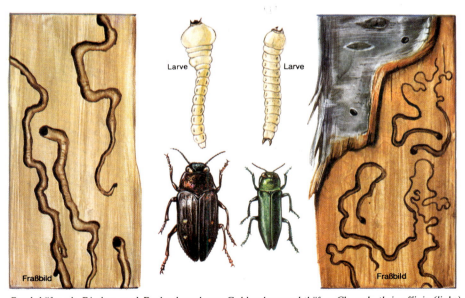

Prachtkäfer als Rinden- und Borkenbewohner: Goldgrubenprachtkäfer, *Chrysobothris affinis* (links), und Laubholzprachtkäfer, *Agrilus viridis* (rechts)

Käfermilbe

vollkommene Verwandlung (→Metamorphose); sehr unterschiedl. Ernährungsweisen (viele Schädlinge). Systemat. gliedert man die K. in die Raubkäfer *(Fleischfresser, Adephaga)*, wozu die *Lauf-, Sandlauf-, Fühler-, Schwimm-* u. *Taumelkäfer* gehören, u. die Allesfresser *(Polyphaga)* mit den *Kurzflüglern, Pelzfloh-, Aas-, Keulen-, Stutz-, Kolbenwasser-, Weich-, Bunt-, Glanz-, Himbeer-, Platt-, Moder-, Marien-, Speck-, Pillen-, Schnell-, Pracht-, Klopf-, Diebs-, Feuer-, Werft-, Blasen-, Schwarz-, Blatt-, Bock-, Samen-, Rüssel-, Borken-, Kernholz-* u. *Blatthornkäfern.*

Käfermilbe, *Parasitus coleoptratum,* gelbbraune Milbe unter 1 mm Länge aus der Unterordnung der *Parasitiformes,* deren Jugendstadien sich von Roßkäfern zu frischem Pferdemist transportieren lassen *(Phoresie),* wo sie Fadenwürmer jagen.

Käferschnecken, *Placophora, Loricata,* in der Brandungszone fast aller Meere vorkommende *Weichtiere* (in der Nordsee: *Chiton*) mit primitiven Schneckenmerkmalen (kein deutlich abgesetzter Kopf, keine Fühler). Der Körper ist von 8 dachziegelartig übereinandergreifenden Schalen bedeckt. Mit dem Fuß pressen sich die K. an den Untergrund, so daß sie der Brandung standhalten können. Abgelöst von ihrer Unterlage, können sie sich bauchwärts einrollen. Die größte der mehr als 1000 Arten erreicht etwa 30 cm Länge.

Kaffa = Kefa.

Kaffee [arab., türk., ital., frz.], *Kaffeebaum, Kaffeestrauch, Coffea.* Die Heimat der meisten zur Familie der *Rötegewächse* gehörenden K.arten liegt in Afrika; einige sind auch in Asien beheimatet. In den wichtigsten Anbaugebieten (Zentral- u. Südamerika) wird fast ausschl. der *Arabische K., Coffea arabica,* kultiviert, während er in den asiat. Anbaugebieten (Java, Sumatra, Celebes) durch den ertragreicheren, widerstandsfähigeren *Coffea robusta* verdrängt wurde. In Afrika wird neben den genannten Arten noch der *Liberia-K., Coffea liberica,* angebaut, der in der Größe mit 10–15 m Höhe den nur 5–6 m hoch werdenden arab. K. weit übertrifft. Der wichtigste K.lieferant ist Brasilien; qualitätsmäßig werden bes. die K.sorten aus Zentralamerika u. Java geschätzt.

Die Kultur des K.s erfordert einen lockeren, humusreichen Urwaldboden. In den ersten Jahren brauchen die jungen Pflanzen Beschattung, die meist durch bes. Schattenbäume *(Coffeemamas)* gesichert wird. Die Ernte ist vom 6. Jahr ab möglich; das Maximum der Erträge liegt im 10.–14. Jahr; nach 20–30 Jahren müssen die K.sträucher durch neue ersetzt werden. Da es außer der Hauptblüte noch eine Vor- u. Nachblüte gibt, verteilt sich auch die Ernte der Früchte (*K.kirschen*) über mehrere Zeiträume im Jahr. Die Früchte enthalten im allg. zwei gegeneinander abgeplattete Steinkerne (nur beim sog. *Perl-K.* ist nur ein einziger Steinkern), die mit einer Pergamenthülle u. je einer durch das Silberhäutchen umschlossenen Samen, die *K.bohnen,* umschließen. Die Samen bestehen größtenteils aus Nährgewebe, das auch *Coffein* in Mengen von etwa 0,8–2,5% enthält.

Bei der Verarbeitung werden zwei Arbeitsgänge unterschieden: Zuerst werden durch mechan. Entfleischung u. nachträgl. Fermentation die Steinkerne isoliert *(Pergament-K.);* anschließend wird durch Schälen, Polieren u. Sortieren der Pergament-K. in den *Roh-K.* umgewandelt. Erst vor dem Gebrauch wird durch einen Röstprozeß der *Röst-K.* hergestellt. Hierbei bilden sich die den Wert des K.s bedingenden Aroma- u. Geschmacksstoffe. Hochwertige K.sorten werden schnell u. scharf geröstet. Durch Zusatz von Kandier- u. Glasurmitteln kann kandierter oder glasierter K. gewonnen werden. – ⊞→Genußmittel. – 🗔9.2.6.

Kaffee-Ernte (in 1000 t)

Land	1960	1970	1977
Welt	3930	3950	4326
davon:			
Äthiopien	51	205	175
Brasilien	1797	755	943
Elfenbeinküste	140	240	318
El Salvador	93	134	190
Guatemala	90	147	155
Indonesien	92	185	175
Kolumbien	462	570	540
Mexiko	123	184	245
Uganda	119	204	220

Kaffeebock, *Anthores leuconotus,* ostafrikan. Kaffeeschädling aus der Familie der *Bockkäfer.*

Kaffee-Ersatz, aus gebrannten Roggen- oder Gerstenkörnern, auch aus Rübenschnitzeln, Erbsen, Süßlupinen u. Eicheln hergestelltes Pulver, das, mit heißem Wasser aufgegossen, ein kaffeeähnliches Getränk ergibt.

Kaffee-Extrakt, *Kaffee-Essenz,* wäßriger, eingedickter u. getrockneter Kaffeeauszug, der alle löslichen Bestandteile der Kaffeebohne enthält. Rohkaffee wird gereinigt, geröstet u. möglichst fein vermahlen; dann folgt die Extraktion durch flüchtige Lösungsmittel (destilliertes Wasser, Äther oder Alkohol), wobei die lösl. Bestandteile von den unlösl. getrennt werden. Nach Reinigung in Filtermaschinen oder Zentrifugen wird der Extrakt durch Evaporieren im Vakuum konzentriert u. im Sprühverfahren getrocknet, wobei die Flüssigkeit in einen Strom heißer Luft gesprüht wird (Zerstäubungstrockner) oder im Hochvakuum bei -20 bis $-30\,°C$ eingefroren wird (Gefriertrocknung). K. ist hygroskopisch u. muß durch Sterilisation konserviert werden.

Kaffeefilter, Gefäß aus Porzellan oder Metall mit einem Einsatz aus Filterpapier, um den Kaffee besser auszunutzen, die Herauslösung der bitteren Gerbstoffe zu verhindern u. den Satz (Grund) zurückzuhalten.

Kaffeegewürz, *Kaffeezusatz,* ein aus stärke-, zucker- oder dextrinhaltigen Pflanzenteilen gewonnener Stoff, der dem Bohnenkaffee zur Gewinnung eines kräftigeren Geschmacks u. einer dunkleren Farbe zugesetzt wird; z.B. Zichorie (geröstete Zichorienwurzel), (geröstete) Feigen, Karlsbader K.

Kaffeekohle, *Carbo Königsfeld,* aus verbrannten Kaffeebohnen hergestelltes Pulver zur Aufsaugung entzündl. Ausscheidungen u. zur Infektionsbekämpfung bei Mandelerkrankungen u. Darmentzündungen; wirkt durch seinen Coffeingehalt gleichzeitig kreislaufanregend; altes arab. Volksmittel, von dem Arzt August *Heisler* (*1881, †1953) in die dt. Heilkunde eingeführt.

Kaffeemaschine, Maschine zur Herstellung des Kaffeegetränks: In einem Behälter wird durch Gas oder elektr. Strom das Wasser zum Kochen gebracht. Das kochende, sprudelnde Wasser wird durch den Dampfdruck über den gemahlenen Kaffee geleitet, laugt ihn aus u. fließt durch einen Filter.

Kaffeesteuer, Verbrauchsteuer auf Kaffee. Die K. beträgt nach dem K.gesetz in der Fassung vom 23.12.1968 für nicht gerösteten Kaffee 3,60 bis 3,80 DM je kg, für gerösteten Kaffee 4,50 bis 4,75 DM je kg u. für Kaffeeauszüge 10,80 bis 11,35 DM je kg.

Kaffern [arab. *kafir,* „Ungläubige"], die Südost-Bantuneger, die bedeutendste Völkergruppe Südafrikas: die *Nguni-Stämme* mit den *Zulu, Swazi, Ndebele,* die *Tongastämme* u. die *Sotho-Tschwana-Stämme* mit den *Betschuanen* u. *Basuto;* Hackbauern u. Großviehzüchter mit hamit. Einschlag. Die K. haben viele Führerpersönlichkeiten u. Staaten hervorgebracht. Gemeinsame Kennzeichen: Lederkleidung, Speer, Ahnenkult, vaterrechtl. Clans.

Kaffernbüffel, *Bubalus (Sycerus) caffer,* ein *Büffel* der Steppen u. Urwälder Zentral- u. Südostafrikas; je nach Vorkommen sehr verschieden in Gehörn u. Farbe; wasserliebend; wegen seiner Unberechenbarkeit gefährlichstes Wild Afrikas.

Kaffernkriege →Südafrika (Geschichte).

Käfigläufer, *Elektrotechnik:* der Läufer einer Asynchronmaschine, bei dem die Läuferwicklung aus blanken oder isolierten Metallstäben besteht, die in die Nuten des Läuferblechpakets eingelegt werden u. an den Enden durch Kurzschlußringe (Endringe) verbunden sind. Die Stäbe bestehen meist aus Kupfer, bei Sonderausführungen auch aus Bronze (Schlupfläufer); bei Maschinen bis zu mehreren hundert Kilowatt wird die Käfigwicklung einschl. der Endringe meist aus Aluminium gegossen, das flüssig direkt in die Nuten des Läuferblechpakets eingespritzt wird.

Kafir [arab.], Nicht-Moslem; zusammenfassende Bez. für alle „Ungläubigen".

Kafir, Bergvolk im Hindukusch Afghanistans (98 000) u. Pakistans (2000); Bauern u. Viehzüchter mit Almwirtschaft, Wehrdörfern (mit Blockhäusern, Tanzhäusern), Sippenorganisation unter Häuptlingen, Blutrache.

Kafka, Franz, Erzähler, *3.7.1883 Prag, †3.6.1924 Sanatorium Kierling bei Wien; entstammte einer jüd. Kaufmannsfamilie, war Versicherungsjurist, erlebte in Prag den Verfall der österr.-ungar. Monarchie; ein qualvoll schöpfer. „Seismograph unserer Epoche", in überdeutl. klarer Prosa surrealist. Mythen der modernen Seele formte u. zumeist einem angst- u. schuldgequälten, in ausweglosen Lage verfangenen Aphoristisches, „Tagebücher 1910–1923" 1951; „Briefe an Milena" 1952; „Briefe 1902–1924" 1958; „Briefe an Felice" 1967. – 🗔3.1.1.

Franz Kafka

Kafr, *Kufr* [arab.], Bestandteil geograph. Namen: Dorf.

Kafride, eine Menschenrasse, →Bantuide.

Kaftan [der; pers., arab., türk., poln.], offen getragenes oder vorn übereinandergelegtes, oft mit einer Schärpe umwundenes Gewand mit langen, meist ab Schulter oder Ellbogen leer herunterhängenden Ärmeln. Der K., ursprüngl. ein von türk. Sultanen als Auszeichnung verliehenes Staatskleid, war seit dem 13. Jh. aus Persien u. Mittelasien über Rußland ins westl. Europa gelangt. – K. heißt auch der lange schwarze Mantel der orth. Juden.

Kafue, 1. linker Nebenfluß des Sambesi in Sambia (Afrika), mündet unterhalb des Karibadamms. Ein Staudamm am Unterlauf des K. ist im Bau.
2. kleine Industriestadt in Sambia, am K., südl. von Lusaka, 5000 Ew.; soll zu einem großen Industriezentrum ausgebaut werden.

Kaganowitsch, Lasar Moisejewitsch, sowjet. Politiker, *22.11.1893 Kabany, Gouvernement Kiew; 1911 Bolschewist, seit 1924 Mitgl. des ZK, seit 1930 des Politbüros bzw. Präsidiums der KPdSU, enger Mitarbeiter *Stalins,* aktiv an den „Säuberungen" (insbes. 1936–1938) beteiligt, bekleidete zahlreiche Partei- u. Staatsämter (Hauptarbeitsgebiete Schwerindustrie u. Verkehr), 1957 zusammen mit W.M. *Molotow* gestürzt. 1961 Parteiausschluß.

Kagel, Mauricio, argentin. Komponist, *24.12.1931 Buenos Aires; lebt seit 1957 in Dtschld., leitet die Klasse „Neues Musiktheater" an der Kölner Musikhochschule u. die Kölner Kurse für Neue Musik; experimentiert mit denaturierten Schallquellen („Der Schall" 1968), beschäftigt sich mit dem Problem der Umwandlung von Klang in Sprache („Sonant" 1961/62) u. kam folgerichtig vom schauspielartigen Musizieren zum musikal. Theater („Sur scène" 1960), das in anspielungsreicher Weise Klang, Wort, Bewegung u. kabarettist. Aktionen zu einer Art von neuem Gesamtkunstwerk verbindet; seit 1965 filmische Arbeiten; befaßt sich mit musikal. Früherziehung. Weitere Werke: „Anagramma" 1957/58; „Transicion I" 1958; „Transicion II" 1959; „Heterophonie" 1961; „Improvisation ajoutée" 1962; „Phonophonie" 1963; „Die Himmelsmechanik" 1965; „Musik für Renaissance-Instrumente" für 23 Spieler 1966; „Variaktionen" für Sänger u. Schauspieler 1967; „Probe" 1971; „Staatstheater" 1971; „Exotica" 1972; „1898" 1973; Filme: „Antithese" 1965; „Match" 1966; „Solo" 1967; „Duo" 1968; „Hallelujah" 1968; „Ludwig van" 1970.

Kagera, wasserreichster Zufluß des ostafrikan. Victoriasees u. Quellfluß des Nil, 700 km.
Kagoschima, *Kagoshima*, japan. Hafen- u. Präfektur-Hptst. an der Südwestspitze der Insel Kyuschu, 405000 Ew.; 2 Universitäten; Porzellan- (Satsuma-Fayencen), Nahrungsmittel- u. Textilindustrie; Schiffswerft; Perlenfischerei; in der Nähe Goldvorkommen.
Kagu [der; melanes.], *Rhynochetus jubatus*, an *Rallen* u. *Kraniche* erinnernder, einziger Vertreter einer eigenen Familie der *Kranichartigen*, der am Boden der Urwälder Neukaledoniens lebt.
Kaguang, *Flattermaki, Cynocephalus*, zu den *Pelzflatterern* gehörendes Säugetier von 50 cm Körperlänge mit 10 cm langem Schwanz; Pflanzen- u. Früchtefresser, geschickter Kletterer, erreicht im Gleitflug den nächsten Baum; in 2 Arten als nächtl. aktives Tier in Waldgebieten von Hinterindien *(Cynocephalus volans)* bis zu den Philippinen *(Cynocephalus philippinensis)* verbreitet.
Kahl, Wilhelm, Staats-, Straf- u. ev. Kirchenrechtslehrer, *17. 6. 1849 Kleinheubach, Unterfranken, †14. 5. 1932 Berlin; lehrte in Rostock, Erlangen, Bonn u. (1895–1922) Berlin; Mitglied der Weimarer Nationalversammlung u. des Reichstags; führender Mitarbeiter an der Strafrechtsreform; Hptw.: „Lehrsystem des Kirchenrechts u. der Kirchenpolitik" 1894.
Kahla, Stadt im Krs. Jena, Bez. Gera, an der Saale, südl. von Jena, 8900 Ew.; Porzellan-, Holz- u. Metallindustrie; nahebei die über 1000jährige *Leuchtenburg*.
Kahl am Main, bayer. Gemeinde in Unterfranken (Ldkrs. Aschaffenburg), östl. von Offenbach, 8100 Ew.; Versuchs-Atomkraftwerk.
Kahlbaum, Georg Wilhelm August, Physikochemiker, *8. 4. 1853 Berlin, †28. 8. 1905 Basel; erfand die Quecksilberdampfpumpe u. den Scheidetrichter, führte Dampfdruckmessungen durch.
Kahleberg, Gipfel im Osterzgebirge, südöstl. von Dippoldiswalde, 901 m.
Kahlenberg, früher *Sauberg*, Aussichtsberg am nordöstl. Stadtrand von Wien, 484 m; wird gemeinsam mit dem benachbarten *Leopoldsberg* (früher *K.* genannt; 423 m) als *Kahlengebirge* bezeichnet.
Die *Schlacht am K.* (an den Abhängen des Kahlengebirges) befreite Wien von der Belagerung durch die Türken (12. 9. 1683).
Kahler, Otto, österr. Internist, *8. 1. 1849 Prag, †24. 1. 1893 Wien; beschrieb 1889 erstmalig das *Plasmozytom*, eine Wucherungskrankheit des Knochenmarks, die nach ihm *K.sche Krankheit* heißt.
Kahler Asten, zweithöchster Gipfel des Rothaargebirges, 841 m; Aussichtsturm; Zentrum des Fremdenverkehrs im Hochsauerland.
Kahlfraß, die völlige Vernichtung der Blätter oder Nadeln eines Pflanzenbestands durch tierische Schädlinge, vor allem durch Insekten. Geringere Fraßschäden bezeichnet man als *Naschfraß* oder *Lichtfraß*.
Kahlhecht →Schlammfische.
Kahlhieb = Kahlschlag.
Kahlpfändung, die Pfändung sämtlicher beweglicher Sachen oder des gesamten Arbeitseinkommens des Schuldners ohne Rücksicht auf seinen zwingenden Lebensbedarf (→Pfändungsschutz). Sie ist heute verboten. § 811 ZPO zählt die unpfändbaren Sachen auf, in §§ 850a ff. ZPO wird ein unpfändbarer Mindestlohn garantiert (→Lohnpfändung).
Kahlratten = Sandgräber.
Kahlschlag, *Kahlhieb*, der gleichzeitige „Abtrieb" sämtl. Bäume eines Bestands oder zusammenhängender Teile davon, ohne vorherige Verjüngung der betroffenen Fläche. →auch Hochwald.
Kahlwild, die geweihlosen („kahlen") weibl. Tiere u. Kälber des Elch-, Rot- u. Damwilds.
Kahm, *Kahmhaut*, von aeroben (sauerstoffliebenden) Mikroben auf der Oberfläche von nährstoffhaltigen Flüssigkeiten gebildete Haut. K.bildner: *„Heubazillus" Bacillus subtilis* auf Heuabkochungen; *„Kahmpilz" Mycoderma aceti* auf Essig; der *„Milchschimmelpilz" Oospora lactis* auf angesäuerter Milch u. auf Gurkenlaken.
Kahn, größeres Flußfahrzeug ohne eigenen Antrieb zum Gütertransport *(Last-K.)*; Tragfähigkeit etwa bis 1300 t. Mehrere Kähne werden zu einem *Schleppzug* oder *Schub-Verband* zusammengefaßt. – K. heißt auch ein kleines Fahrzeug mit Rudern, evtl. Segeln.
Kahn, 1. Gustave, französ. Lyriker, *21. 12. 1859 Metz, †5. 9. 1936 Paris; symbolist. Gedichte („Les palais nomades" 1887; „Chansons d'amants" 1891); wirkte vor allem als theoret. Begründer u. Verfechter der Erneuerung des Versbaus („Premiers poèmes, avec une préface sur le vers libre" 1897; „Le vers libre" 1912).
2. Herman, US-amerikan. Zukunftsforscher, *15. 2. 1922 Bayonne, N. J.; Mathematiker, 1948–1961 Physiker u. Militäranalytiker bei der RAND-Corporation, seitdem in einem eigenen Beratungsinstitut; zahlreiche Veröffentlichungen zur Zukunftsforschung, u. a. „Bald werden sie die ersten sein. Japan 2000" 1970; zusammen mit A. J. *Wiener*: „Ihr werdet es erleben" 1968.
Kahnfüßer, *Zahnschnecken, Elefantenzähne, Scaphopoda, Solenoconcha*, Klasse der *Conchiferen*; Weichtiere mit langgestrecktem Körper, der in einer elefantenzahnähnl. Schale steckt. An der breiteren vorderen Öffnung befindet sich der von vielen Fangfäden *(Captacula)* umgebene Mund. Die K. stecken mit dem Vorderende nach unten im Meeresboden. Mit den klebrigen Fangfäden tasten sie die Umgebung nach Beutetieren ab. Einzige Gattung: *Dentalium* mit etwa 300 Arten.
Kahnschnabel, *Cochlearius cochlearius*, kleiner *Reiher* Mittel- u. Südamerikas mit extrem breitem Schnabel.
Kahoolawe [ka:hu:'la:wi], Hawaii-Insel, südwestl. von Maui, 117 qkm; Truppenübungsplatz.
Kahr, Gustav Ritter von, Verwaltungsjurist u. Politiker, *29. 11. 1862 Weißenburg, Bayern, †30. 6. 1934 München (ermordet); 1917–1924 Regierungs-Präs. von Oberbayern, Mitorganisator der bayer. Einwohnerwehren, 1920/21 bayer. Min.-Präs., 1923 Generalstaatskommissar; verfolgte eine gegen das Reich gerichtete partikularist. Politik, schlug den *Hitlerputsch* 1923 nieder; 1924–1927 Vorsitzender des bayer. Verwaltungsgerichtshofs; als Gegner Hitlers anläßlich des sog. Röhmputsches erschossen.
Kai [der; ndrl.], *Kaje*, gemauertes oder mit Spundwand versehenes Hafenufer zum Anlegen von Schiffen. →auch Hafen.
Kai, *Kaie, Kay, Kei(e)* [kelt., Bedeutung ungeklärt], männl. Vorname, bekannt aus der *Artussage*. – *Kay* ist auch die engl. Koseform für *Katharina*, die in jüngster Zeit als weibl. Vorname auch ins Deutsche übernommen wurde.
Kaieteurfälle, Wasserfälle am Potaro, Guayana, 226 m.
Kaifeng, *Kaiföng*, chines. Stadt in der Prov. Honan, in der Großen Ebene, 350000 Ew.; dreizehnstöckige »Eisenpagode« (11. Jh.), Drachenpavillon; Textil- u. Landmaschinenindustrie; landwirtschaftl. Handelszentrum (bes. Erdnüsse), Eisenbahnknotenpunkt. – 907–1126 Hptst. des chines. Reichs; →auch Sung.
Kaiinseln, *Kei-, Key-Inseln*, östl. Inselgruppe der indones. Molukken, südöstl. von Seram, rd. 1480 qkm, 70000 Ew.; Anbau von Bataten, Sago, Teakholz, Bananen, Mais u. Kokospalmen; Bootsbau aus Teakholz.
Kaikei, japan. Bildschnitzer der Shichijo-Bauhütte, tätig um 1150–1220 in Kyoto u. Nara; Schüler des *Kokei*.
Kailas, Uuno, finn. Lyriker, *29. 3. 1901 Heinola, †22. 3. 1933 Nizza; schrieb aus schmerzl. Erlebnissen u. körperl. Leiden heraus formstrenge Gedankenlyrik; übersetzte dt. Lyrik.
Kaiman [der; indian., span.] = Brillenkaiman.
Kaimanfisch →Knochenhechte.
Kain, im A. T. ältester Sohn Adams u. Evas, erschlug den Bruder *Abel*, wurde dafür von Gott gezeichnet *(K.zeichen)* u. zum unsteten Leben in der Wüste verurteilt; Stammvater der *Kainiten*, die als eifrige Jahweverehrer (Richter 5,24; 1. Samuel 15,6) u. als mit Moses verschwägert (Richter 4,17) galten.
Kainit [der; grch.], monoklin kristallisierendes Kali-Magnesiummineral ($MgSO_4 \cdot KCl \cdot 3H_2O$) mit rd. 18% Kaligehalt; Düngemittel.
Kainiten, 1. die Nachkommen *Kains*.
2. eine gnostische Sekte des 2. u. 3. Jh., die aus antinomistischen Gründen *Kain* u. *Judas Ischariot* als Feinde des bösen alttestamentl. Gottes verehrte.
Kainji, Talsperre am Niger, im westl. Nigeria, 1969 fertiggestellt; Staudamm: 145 m hoch; Stausee: 1200 qkm groß, 14,8 Mrd. m³ Inhalt; Kraftwerkkapazität: im Endausbau 1 Mill. kW.
Kainz, 1. Friedrich, Ästhetiker u. Psychologe, *4. 7. 1897 Wien; Prof. in Wien; arbeitete bes. über Sprachpsychologie; Hptw.: „Psychologie der Sprache" 5 Bde. 1941–1969; „Die Sprache der Tiere" 1961.
2. Josef, Schauspieler, *2. 1. 1858 Wieselburg (Ungarn), †20. 9. 1910 Wien; seit 1892 am Dt. Theater Berlin, seit 1899 am Wiener Burgtheater; wurde bes. in trag. Rollen, in klass. Dramen, als jugendl. Held, später als Charakterdarsteller berühmt, eindrucksvoll vor allem als Hamlet; virtuose Sprachbeherrschung. Seine Briefe gab 1921 H. *Bahr* heraus. – 🄻3.5.5.
Kaiphas, eigentl. *Joseph*, jüd. Hoherpriester (um 18–36), der Jesus an Pilatus übergab; Schwiegersohn des *Hannas*; am Predigtverbot für die Apostel beteiligt.
Kairo = Cairo.
Kairos [der; grch.], **1.** der griech. Gott des „günstigen Augenblicks"; geflügelt, mit Haarschopf auf der Stirn u. kurzgeschorenem Hinterkopf dargestellt.
2. im N. T. die Zeit des entscheidenden Handelns Gottes (Heilszeit), bes. die durch das Christusgeschehen bestimmte Zeit u. die Endzeit.
Kairouan [kɛ'rwã, frz.; kairu'a:n, arab.], Stadt in Mitteltunesien, 85000 Ew.; heilige Stadt des Islams; Teppich- u. Lederindustrie. – 🄱→Islam I.
Kaisen, Wilhelm, Politiker (SPD), *22. 5. 1887 Hamburg; seit 1921 Mitglied der Bremer Bürgerschaft, 1927–1933 Senator, 1945–1965 Bürgermeister u. Senats-Präs. von Bremen.
Kaiser [von lat. *Caesar*], der über eine große Zahl von Völkern u. Königen Herrschende; oberste Stufe in der weltl. Hierarchie.
Augustus begründete das röm. K.tum (→Römisches Reich), aus dem das weström. u. das oström. (→Byzantinisches Reich) hervorgingen, die 476 bzw. 1453 erloschen.
Am 25. 12. 800 wurde *Karl d. Gr.* durch Papst Leo III. zum Kaiser gekrönt. Karl führte den Titel *„Serenissimus augustus imperator, Romanum gubernans imperium"*. Sein K.tum, das schon das 9. Jh. als Erneuerung des alten (west-)röm. K.tums empfand, wurde 812 von Byzanz anerkannt, verlor aber schon unter Ludwig dem Frommen die Suprematie über die Kirche; das päpstl. Krönungsrecht war seit 823 (K.krönung Lothars I. in Rom) unumstritten.
Otto d. Gr. erneuerte 962 das fränk.-röm. K.tum *(Renovatio imperii Romanorum*, →auch Translationstheorie). Seitdem besaß der *dt. König* die Anwartschaft auf das K.tum. Die K.würde erforderte *Salbung* u. *Krönung* durch den Papst. Der K. war damit der Schirmherr der Christenheit u. des kath. Glaubens u. hatte theoret. die Oberhoheit über alle abendländ. Herrscher. – Dem röm. Recht nach war der K. nicht Vogt, sondern Herr der Kirche. Je mehr die Idee des K.tums spiritualisiert wurde (11. Jh.), desto mehr verbanden sich in der K.würde geistl. u. weltl. Macht, was das Gleichgewichtsverhältnis zum Papsttum empfindl. störte. Im →Investiturstreit wurde die Frage nach dem Verhältnis beider Gewalten (*imperium* u. *sacerdotium*) zueinander ausgekämpft. Der Kampf endete mit der Gleichberechtigung beider Mächte, die Bonifatius VIII. (Bulle *„Unam sanctam"* von 1302) vergebl. in einen päpstl. Universalismus, in eine Herrschaft des Papstes auch über alle weltl. Mächte, abzuändern suchte. – Im späten MA. verschwanden die Universalideen, u. es bildeten sich Anfänge einer staatsrechtl. Auffassung des K.tums u. im Lauf der Entwicklung von Ständestaaten sogar ein Gegeneinander von „K. u. Reich" (Reichsständen), so daß dem K. seit 1519, beschränkt durch *Wahlkapitulationen*, nur bestimmte Rechte blieben *(iura reservata)*: Standeserhöhungen, Reichsacht, oberste Gerichtsbarkeit. – Seit Mitte des 15. Jh. war die K.würde des Hl. Röm. Reichs fast ausschl. bei den Habsburgern. *Karl V.* wurde 1530 als letzter dt. König zum K. gekrönt. Seitdem (vorher auch schon Maximilian I.) führten die dt. Könige den Titel „Erwählter Röm. K."
Am 6. 8. 1806 legte *Franz II.*, der schon 1804 den Titel „K. von Österreich" angenommen hatte, nach Gründung des *Rheinbunds* die dt. K.krone nieder u. sprach sich auf dem *Wiener Kongreß* 1815 gegen die Erneuerung des dt. K.tums aus. Das Angebot einer dt. K.würde durch die *Frankfurter Nationalversammlung* lehnte der preuß. König Friedrich Wilhelm IV. 1849 ab. – 1871, nach dem *Dt.-Französ. Krieg*, schuf Bismarck in der Reichsverfassung die Würde eines „Dt. K.s", die erbl. mit der Krone Preußens verbunden war. Der dt. K. war Träger des Bundespräsidiums u. militär. Oberbefehlshaber. – Am Ende des 1. *Weltkriegs*, im November 1918, gingen das dt. u. das österr. K.tum unter.
In China bestand das K.tum seit dem Altertum bis

Kaiser

1911; in Rußland von der Mitte des 16. Jh. bis 1917 (seit 1721 wurde der *Zar* amtl. als K. bezeichnet); in Frankreich 1804–1814/15 u. 1852–1870; in Korea 1392–1910; in Annam 1428–1887; in Mexiko 1864–1867; in Brasilien 1822–1889; in Mandschukuo 1934–1945. Die brit. Könige führten 1877–1947 den Titel „K. von Indien". Das K.tum in Äthiopien (Titel: *Negus*) wurde 1975 beseitigt, in Iran (*Schah*) 1979. Den K.n gleichzustellen ist der *Tenno* von Japan. 1976 bis 1979 war die Zentralafrikan. Republik in ein K.reich umgewandelt. – ⌑ 5.3.0.

Kaiser, 1. Georg, Dramatiker, *25. 11. 1878 Magdeburg, †4. 6. 1945 Ascona; suchte in seinen rd. 70 expressionist. Stücken u. „Denkspielen" einer Vision von der Erneuerung des Menschen Gestalt zu geben; einer der meistaufgeführten dt. Bühnenautoren der zwanziger Jahre; Hptw.: „Die Bürger von Calais" 1914; „Von morgens bis mitternachts" 1916; „Die Koralle" 1917; „Gas" I u. II 1918 u. 1920; „Der gerettete Alkibiades" 1920; „Kolportage" 1924; „Oktobertag" 1928; „Der Gärtner von Toulouse" 1938; „Der Soldat Tanaka" 1940; „Die Spieldose" 1942; „Das Floß der Medusa" 1945; „Griech. Dramen" („Zweimal Amphitryon", „Pygmalion", „Bellerophon") posthum 1948. – *Georg K.-Archiv* in Westberlin seit 1957. – ⌑ 3.1.1.

2. Henry John, US-amerikan. Unternehmer, *9. 5. 1882 Sprout Brook, N. Y., †24. 8. 1967 Honolulu; versuchte sich in verschiedenen Industriezweigen, wirkte am Bau mehrerer Staudämme in den USA mit; wurde im 2. Weltkrieg berühmt durch die Einführung der *Überrollmethode* (Montage des Rumpfes bei Kiel oben) u. den Ersatz der Nieten durch Schweißnähte im Schiffbau; dies führte zur Verkürzung der Bauzeit auf 6 Tage (*Liberty-, Victory-Schiffe*). K. leitete selbst 8 Großwerften u. 73 Schiffbauplätze im Pazifik u. war finanziell u. an der Leitung vieler Großunternehmen in den USA beteiligt.

3. Jakob, Politiker, *8. 2. 1888 Hammelburg, Unterfranken, †7. 5. 1961 Berlin; aus der christl. Gewerkschaftsbewegung hervorgegangen, 1924 bis 1933 deren Landesgeschäftsführer für Rheinland-Westfalen, 1932/33 Mitglied des Reichstags (Zentrum), nach 1933 in der Widerstandsbewegung tätig; 1945 Vorsitzender der CDU für Berlin u. die SBZ, 1948 von der sowjet. Militärverwaltung abgesetzt; seit 1949 Mitgl. des Bundestags, 1949–1957 Min. für Gesamtdt. Fragen.

Kaiseradler →Adler.
Kaiseraugst →Augst.
Kaiserchronik, die älteste gereimte dt. Weltchronik (um 1150); sie erzählt mehr sagenhaft als authentisch von den röm. u. dt. Kaisern bis Konrad III.; später bis 1276 ergänzt. Verfasser ist ein Regensburger Geistlicher.
Kaiserfahrt, poln. *Kanał Piastowski*, 4,5 km langer Kanal auf der Insel Usedom, verbindet Großes Haff u. Swine; Wasserstraße zum Stettiner Hafen.
Kaiserfleisch, in Österreich: eingepökelte oder geselchte Schweinsrippe.
Kaiser-Franz-Joseph-Fjord, tief eingeschnittener Fjord an der Ostküste Grönlands, mit bis 1800 m hohen, fast senkrechten Wänden; durch Wasserstraßen mit dem *König-Oskar-Fjord* verbunden.
Kaiser-Friedrich-Museum →Bode-Museum.
Kaisergebirge, Berggruppe der Nordtiroler Kalkalpen; gliedert sich in zwei stark zerrissene Gebirgskämme, den *Zahmen (Hinteren) Kaiser* im N (Pyramidenspitze 1999 m) u. den *Wilden (Vorderen) Kaiser* im S (Ellmauer Haltspitze 2344 m); zwischen beiden liegt im W das *Kaisertal*, im O das *Kaiserbachtal*, die das Stripsenjoch (1580 m) trennt.
Kaisergranat, *Kaiserhummer*, Norweg. *Hummer*, *Nephrops norvegicus*, bis 22 cm langer Hummer der Weichböden der nord. Meere u. des Mittelmeers; Aasfresser. Die Scheren sind schlanker als die der Echten Hummer.
Kaiserjäger, Tiroler Jäger, österr. Elitetruppe 1816–1918, in Tirol u. Vorarlberg aufgestellt, später vier Regimenter; mit der gleichen Ausrüstung u. Bewaffnung wie die übrigen österr. Jägerbataillone. – K.-Museum auf Berg Isel bei Innsbruck.
Kaiserkanal, 1. 1400 km lange künstliche Wasserstraße in der Großen Ebene von China, zwischen Peking u. Hangtschou; in Teilstücken auf das 5. vorchristl. Jh. zurückgehend, ausgebaut unter Kaiser *Sui* (um 600 n.Chr.) u. vollendet unter *Kublai* (13. Jh.), später z. T. verfallen. Er wird seit 1958 als Großschiffahrtsweg ausgebaut. Der fast schleusenlose Verkehrsweg diente ursprüngl. der Reisebeförderung vom S (Hangtschou) nach Peking.
2. span. *Canal Imperial de Aragón*, nordostspan. Seitenkanal rechts des mittleren Ebro; Länge: 96 km; 1528 als Schiffahrtskanal begonnen, dient heute nur noch gewerbl. Betrieben u. der Bewässerung.
Kaiserling, *Kaiserschwamm*, *Amanita caesarea*, in Oberitalien u. Südfrankreich häufiger, sehr beliebter eßbarer *Blätterpilz*; galt bereits bei den Römern als delikatester Speisepilz. Er sieht dem *Fliegenpilz* sehr ähnlich.
Kaisermantel, *Silberstrich*, *Agrynnis paphia*, der größte mitteleurop. *Fleckenfalter*; bis 7 cm Spannweite.
Kaiser-Paulownie = Blauglockenbaum.
Kaiserpfalz →Pfalz.
Kaisersage, die Sage von der Rückkehr eines bedeutenden u. beliebten Herrschers, der nicht gestorben, sondern nur zeitweise entrückt (im Berg verborgen) sei u. helfend u. erlösend wiederkehren werde; bei vielen Völkern in Notzeiten lebendig. Sie haftete z. B. an *Karl d. Gr.* (im Untersberg bei Berchtesgaden oder im Odenberg in Hessen), an den Staufern *Friedrich I. u. II.* (Kyffhäuser) u. vielen anderen, oft mit dem Zusatz, der entrückte Kaiser werde in höchster Not wiederkehren, das Reich wiederherstellen u. mit einem Sieg über den Antichrist das Gottesreich begründen.
Kaiserschmarrn, österr. Mehlspeise aus Eidotter, Eischnee, Milch, Zucker, Mehl u. Salz.
Kaiserschnitt [lat. *sectio caesarea*], Schnittentbindung, eine geburtshilfliche Operation, bei der nach Eröffnung der Bauchhöhle (abdominaler K.) oder von der Scheide aus (vaginaler K.) die Gebärmutter zur Geburt des Kindes aufgeschnitten wird. Der K. ist angezeigt, wenn die natürl. Geburt unmöglich ist oder die Geburt sofort beendet werden muß.
Kaiserschützen, volkstüml. Bez. der österr. Landwehr-Infanterieregimenter Nr. 4 u. 27 u. für die Landschützen-Regimenter I, II u. III.
Kaiserschwamm = Kaiserling.
Kaiserslautern, rheinland-pfälz. Stadtkreis (139 qkm) u. Kreisstadt am Nordrand des Pfälzer Walds, 102 000 Ew.; Universität (1970; mit Trier), Stiftskirche (13./14. Jh.), Gemäldegalerie; Eisen-, Textil-, Holz-, Autoteile-, Elektro-, Nähmaschinen-, chem. u. pharmazeut. Industrie, Glockengießerei. – Röm. Kastell, 1153 Kaiserpfalz, 1276 Reichsstadt, 1357 zu Kurpfalz. – Ldkrs. K.: 640 qkm, 96 000 Ew.
Kaiserstuhl, 1. mit Löß bedeckter vulkan. Gebirgsstock nordwestl. von Freiburg i. Br. in der Oberrhein. Tiefebene; im *Totenkopf* 557 m; berühmtes Wein- u. Obstbaugebiet.
2. schweizer. Kleinstadt im Kanton Aargau, am Rhein oberhalb von Waldshut, 430 Ew.; kaum veränderte Stadtanlage aus dem MA., Oberer Turm (12./13. Jh.), alte Bürger- u. Gasthäuser, Pfarrkirche (um 1500).
Kaiserswerth, nordwestl. Stadtteil von Düsseldorf; ehem. Insel im Rhein mit Stiftskirche (um 700 gegr.) u. Ruine der Barbarossapfalz (12. Jh.); ev. Diakonissen-Mutterhaus.
Kaiser Verlag, Chr. Kaiser Verlag, München, gegr. 1845; Schrifttum zur ev. Theologie.
Kaiserwald, tschech. *Slavkovský les*, bewaldeter Gebirgszug (Granitschiefer) bei Eger, im nordwestl. Böhmen; im *Judenhau* 983 m.

Kaiserslautern: Rathaus

Kaiserstuhl: das Weindorf Achkarren

Kaktusgewächse

Kaiser-Wilhelm-Gesellschaft zur Förderung der Wissenschaften e. V., Abk. *KWG,* 1911 in Berlin gegr. wissenschaftl. Organisation mit vielen Forschungsinstituten verschiedener, bes. naturwissenschaftl. Art. 1. Präsident (1911–1930) u. tatkräftiger Förderer war Adolf von *Harnack.* Die KWG wurde 1946 aufgelöst durch Verfügung des Alliierten Kontrollrats u. 1948 neu organisiert als *Max-Planck-Gesellschaft zur Förderung der Wissenschaften,* Sitz: Göttingen.

Kaiser-Wilhelm-II.-Land, *Wilhelm-II.-Küste,* antarkt. Küstenstrich auf etwa 90° Ost; 1902 von der Dt. Antarkt. Expedition entdeckt u. erforscht.

Kaiser-Wilhelm-Kanal →Nord-Ostsee-Kanal.

Kaiser-Wilhelms-Land, 1884–1919 dt. Schutzgebiet im nordöstl. Neuguinea, seit 1921 unter austral. Mandats-, seit 1946 unter austral. Treuhandverwaltung der UN; →Neuguinea.

Kaitersberg, Erhebung im Böhmerwald, östl. von Kötzting, 1134 m.

Kajaani [′kaja:ni], schwed. *Kajana,* mittelfinn. Stadt südöstl. des Oulujärvi, 19 000 Ew.; Holz- u. Papierindustrie.

Kajak [der; eskim.], 1. *Sport:* ein Sportboot, →Kanusport.
2. *Völkerkunde:* das einsitzige Jagdboot der Eskimomänner (im Unterschied zum größeren Reise- oder Frauenboot *Umiak*): U-förmige Spanten aus Holz oder Walrippen, mit Seehundshäuten überzogen, durch Doppelruder fortbewegt. Die Bootsöffnung, in der der Ruderer sitzt, ist so eng, daß sie vollkommen von ihm ausgefüllt wird; da seine Pelzjacke an der Öffnung festgeschnürt ist, kann auch bei starker See kein Wasser in das Boot eindringen. Beim Kentern richtet sich der Fahrer, unter dem Boot durchtauchend, mit Ruderschlägen wieder auf.

Kajanus, Robert, finn. Komponist u. Dirigent, * 2. 12. 1856 Helsinki, † 6. 7. 1933 Helsinki; gründete 1882 das erste Sinfonieorchester Finnlands; mit seinen Orchesterwerken, Kantaten, Chor- u. Sololiedern ist er einer der namhafte Vertreter einer nationalfinn. Tonkunst.

Kajeputbaum [mal.], *Myrtenheide, Melaleuca leucadendron,* in Hinterindien u. Australien vorkommendes *Myrtengewächs;* mit weißen, rosa oder roten Blüten, Zierpflanze.

Kajeputöl [mal.], ätherisches Öl aus Bäumen der Gattung *Melaleuca* (→Kajeputbaum); von den Eingeborenen durch Wasserdampfdestillation der Blätter u. Zweigspitzen gewonnen; Anwendung in der Medizin, Kosmetik u. Mikroskopie (→Ölimmersion).

Kajse [schwed.-samisch], Bestandteil geograph. Namen: Gebirge.

Kajüte [frz., ndrl.], bequemer Einzelwohnraum auf Schiffen für Schiffsoffiziere oder Fahrgäste; auch der geschlossene Wohnraum auf kleinen Segel- oder Motorjachten.

kak... →kako...

Kakadus [mal., ndrl.], *Kakatoeinae,* eine 17 Arten umfassende Unterfamilie großer, meist gehaubter austral.-philippin. *Papageien;* von meist weißer, auch schwarzer Färbung mit gelben oder roten Abzeichen. In zoolog. Gärten wird häufig der *Gelbhaubenkakadu, Plyctolophus galeritus,* mit weißgelber spitzer Haube gehalten. – B →Papageien.

Kakao [indian., span.], *Cacao,* ein Genuß- u. Nahrungsmittel aus den Samen des *Echten K.baums, Theobroma cacao,* der zur Familie der *Sterkuliengewächse* gehört u. in den trop. Regenwäldern des nördl. Süd- u. Mittelamerika beheimatet ist. Der Baum kann 10–15 m hoch werden, wird in den Pflanzungen aber nur 5–8 m hoch gehalten. Die kleinen Blüten entspringen büschelweise dem Stamm u. auch älteren Zweigen *(Kauliflorie).* Die Früchte sind gelb oder rot gefärbt, melonenähnlich u. haben eine derbe Schale. Sie sind etwa 15–25 cm lang u. enthalten 25–50 Samen, die in ein säuerliches Fruchtmus eingebettet sind. Diese Samen bilden als *K.bohnen* den Rohstoff für die K.erzeugnisse. Tropisches u. regnerisches Klima sowie Schutz vor Wind u. Sonne sind wichtige Voraussetzungen für das Gedeihen der K.kulturen, die erst im 4. Jahr einen Ertrag bringen, dann aber bis zu 50 Jahren ertragsfähig bleiben. Die K.bohnen färben sich beim Trocknen gelb bis tiefbraun; sie enthalten als wichtigste Bestandteile 35–55% Fett *(K.butter),* 18–20% Eiweiß, 10–15% Stärke u. neben geringen Mengen Zucker (0,26%) ein in reinem Zustand giftiges, dem Coffein ähnliches Alkaloid, das *Theobromin.*

Aufbereitung: Die K.bohnen werden nach der Ernte einige Tage auf Haufen, evtl. mit etwas Erde bedeckt, liegengelassen, wodurch ein gewisser Gärungsprozeß eintritt *(Rotte, Rottung);* dabei nehmen die K.bohnen eine dunklere Färbung an, der Geschmack wird etwas milder, die Bildung von Aromastoffen wird begünstigt.
Nach der Reinigung werden die K.bohnen geröstet u. gemahlen. Das Fett wird durch Auspressen entfernt u. findet bei der Schokoladenherstellung, in der Parfüm- u. Seifenindustrie u. für Medikamente Verwendung.
Die entölten u. gemahlenen K.bohnen ergeben mit Milch u. Zucker das K.getränk oder sind Ausgangspunkt der Schokoladenherstellung.
Der Anbau des K.baums, der eine sehr alte Geschichte hat, da bereits die Tolteken u. Azteken K.getränke kannten u. die K.bohnen als kleine Münzen verwendeten, ist heute in Brasilien, Mittelamerika u. vor allem Westafrika (Ghana, Nigeria) konzentriert. In Asien liefern Ceylon, Java u. Samoa guten K. – B →Genußmittel. – □ 9.2.6.

Kakaomotte, *Zaratha cramerella,* auf den Sundainseln heimischer Kleinschmetterling aus der Gruppe der *Palpenmotten,* dessen Larven die Kakaofrüchte zerstören.

Kakchiquel [kaktʃi′kɛl], im Hochland von Guatemala lebender, zu den *Maya* gehörender Indianerstamm, dessen gleichnamige Sprache dem *Quiché* eng verwandt ist. Von den K. haben sich wichtige, in der frühen Kolonialzeit niedergeschriebene „Annalen" erhalten.

Kakemono [das; jap.], lang herabfallendes ostasiat. Rollbild, von je einem waagerechten Stab oben u. unten gehalten, aus Seide oder Papier, mit kostbarem Stoff gerahmt, das in der Bildernische des japan. (bzw. chines. oder korean.) Hauses auswechselbar aufgehängt wird; im Gegensatz zum *Makimono,* das auf dem Tisch oder Fußboden ausgerollt wird.

Kakerlak [der; ndrl.], die *Kakerlake,* →Küchenschabe.

Kaki = Khaki.

Kakigawa, japan. Stadt auf der Insel Honshu, 105 000 Ew.; Handels- u. Industriezentrum.

Kaki-han [jap., „geschriebenes Siegel"], Namenszug des japan. Künstlers, meist bis zur Unleserlichkeit umgebildet u. daher schwer zu fälschen; bei hartem Material, namentl. bei Metallarbeiten, eingeschnitten oder graviert.

Kakinada, *Cocanada,* ind. Hafenstadt am nördl. Godavaridelta (Andhra Pradesh), 130 000 Ew.; im 18. Jh. holländ. Stützpunkt, 1825 Besitznahme durch die East India Company.

Kakinomoto no Hitomaro, japan. Lyriker, * um 662, † um 710; schrieb zahlreiche Gedichte von der Natur u. dem Menschenleben u. brachte das nationale Gefühl Altjapans in feierl., balladenartigen Langgedichten zum Ausdruck. Seine Gedichte sind in der Sammlung *Manjoschu* enthalten. K. no H. wird als Dichterheiliger verehrt.

Kakipflaume →Khakipflaume.

Kakirit (benannt nach dem See Kakir in Nordschweden), ein infolge tekton. Bewegungen von Rutsch- u. Kluftflächen durchzogenes Gestein aus Granit u. Syenit; am Rand des skandinav. Gebirges in Lappland.

kako... [grch.], Wortbestandteil mit der Bedeutung „schlecht, übel, miß...''; wird zu kak... vor Selbstlaut.

Kakodylverbindungen [grch., „übelriechend"], von R. W. *Bunsen* erstmalig untersuchte Alkylbindungen (→Alkyl) des *Arsens* mit ekelerregendem Geruch, giftig; z. B. *Kakodyl* (Tetramethylarsin), $As_2(CH_3)_4$, oder *Kakodylchlorid* (Dimethylarsinchlorid), $(CH_3)_2AsCl$.

Kakogawa, japan. Stadt an der Inlandsee, nordwestl. von Kobe, 105 000 Ew.; in einem Teeanbaugebiet; berühmtes Löwenfest.

Kakophonie [die; grch.], Mißklang, Mißlaut, als häßlich empfundene Lautverbindung im Wort oder Satz.

Kaktusgewächse, Kakteen, *Cactaceae,* Familie der *Centrospermae,* →Stammsukkulenten mit säulenförmigem, kugeligem oder blattförmigem Stamm u. Blattdornen; vorwiegend in Wüsten u. Halbwüsten Amerikas. Zu den K.n gehören *Ce-*

Kakao-Ernte (in 1000 t)			
Land	1960	1970	1977
Welt	1164	1423	1429
davon:			
Brasilien	122	201	240
Dominikan. Republik	35	44	34
Ecuador	42	55	70
Elfenbeinküste	94	181	235
Ghana	439	414	320
Kamerun	82	108	90
Nigeria	189	221	216

Kaktusgewächse: Kakteenlandschaft der Coloradowüste

Kaktusgewächse: Säulenkakteen, Carnegiea, aus Arizona

reen wie die *Bischofsmütze,* der *Gliederblattkaktus,* das *Greisenhaupt, Säulenkakteen* u.v.a.

Kala [russ.-osttürk.], Bestandteil geograph. Namen: Festung, Stadt.

Kala-Azar [die; hind.], *Schwarze Krankheit, Dum-Dum-Fieber, tropische Splenomegalie,* eine Infektionskrankheit, die bes. in trop. Ländern vornehml. Jugendliche befällt. Sie wird durch den Erreger *Leishmania donovani* hervorgerufen u. befällt die inneren Organe, bes. Milz, Leber u. Knochenmark. Zu den Krankheitserscheinungen gehören Blutarmut, in Schüben auftretende Fieberperioden u. allg. Kräfteverfall. Die früher fast immer zum Tod führende Krankheit wird heute mit Antimonpräparaten behandelt.

Kalabagh, pakistan. Stadt am Indus, im S von Peshawar; Zementwerke, Eisengewinnung; Erdölproduktion u. -leitung nach Rawalpindi; Bewässerungsstaudamm am Indus-Gebirgsaustritt.

Kalabreser, breitkrempiger, ursprüngl. aus Kalabrien stammender Filzhut mit spitz zulaufendem Kopf; von den italien. Republikanern 1848 getragen; später auch Bez. für einen ebenso geformten Damenstrohhut.

Kalabrien, ital. *Calàbria,* die erdbebenreiche süditalien. Halbinsel gegenüber von Sizilien, der »Fuß« des »Stiefels«, als Region 15 080 qkm, 2,1 Mill. Ew. (*Kalabresen*), Hptst. *Catanzaro;* durchzogen vom *Kalabr. Apennin* (im Aspromonte 1956 m, im Silagebirge 1929 m); im steil zur Küste abfallenden, bewaldeten Gebirge Viehwirtschaft, in den fruchtbaren Niederungen u. an der Küste Anbau von Feigen, Oliven, Getreide, Wein, Tabak u. Südfrüchten; im Rahmen der Bodenreform strukturelle Verbesserungen der Landwirtschaft, wenig Industrie.
Geschichte: Das heutige K. (Name seit 670 n.Chr.) hieß in der Antike *Bruttium,* wurde im 8. Jh. v.Chr. von Griechen kolonisiert, im 3. Jh. v.Chr. von den Römern unterworfen, dann byzantin. u. im 11. Jh. durch Normannen dem Königreich Neapel-Sizilien angeschlossen.

Kalahari [die], *Kgalagadi,* abflußlose, trockene Beckenlandschaft in Botswana, Südwestafrika u. der Kapprovinz Südafrikas, rd. 800 000 qkm; weite Hochlandflächen (800–1300 m) mit von den Schwellenregionen der Umrahmung eingeschwemmtem Lockermaterial, teils zu heute festliegenden Dünen zusammengeweht, mit Salzpfannen (*Makarikari, Etoscha*), dem sumpfigen *Okavangobecken,* period. Flüssen u. noch großem Wildreichtum; Savannenklima, das auf den durchlässigen Lockerböden Dorn- u. Trockensavanne wachsen läßt; Mangel an Oberflächenwasser; Rückzugsgebiet der Buschmänner u. Hottentotten; Viehzucht, im N u. SO auch Anbau von Hirse u. Mais.

Kalamáta, *Kalamai,* griech. Hafenstadt im S des Peloponnes, am Messen. Golf, 39 000 Ew.; Burg (erbaut 1208); Herstellung von Seidenwaren, Ausfuhr von landwirtschaftl. Produkten (Olivenöl, Feigen, Korinthen, Südfrüchte).

Kalamazoo [kæləmə'zu:], Stadt in Michigan (USA), 82 000 Ew. (Metropolitan Area 169 000 Ew.); Universität, Museen; Ackerbau; Papier-, Flugzeug-, Autozubehör- u.a. Industrie.

Kalambofälle, Wasserfälle am Kalambo, einem südl. Zufluß des Tanganjikasees (Ostafrika), auf der Grenze zwischen Tansania u. Sambia; 915 m Gefälle auf 10 km. Der größte Einzelfall ist 427 m hoch.

Kalamität [lat.], **1.** *allg.:* peinliche Verlegenheit, Schwierigkeit, Mißgeschick, Unglück.
2. *Forstwirtschaft:* ein großer Schadholzanfall durch Unglücksfall, z.B. durch Massenvermehrung forstschädlicher Insekten. – *K.nutzung* (Zufalls-, Schadholznutzung, Nutzung infolge höherer Gewalt), die Nutzung der Holzanfälle, die durch Naturereignisse bedingt sind.
3. *Ökologie:* das Massenauftreten von Krankheitserregern oder Schädlingen (*Epidemien*), die mit schweren biolog. u. wirtschaftl. Schäden verbunden sind; man spricht z.B. von *Blattwespen-K., Forleulen-K., Eichenwickler-K.* → auch *Massenwechsel.*

Kalan → Seeotter.

Kalanchoe [-ço:e; die; chin.-grch.], *Flammendes Kätchen, Kalanchoe blossfeldiana,* in Madagaskar heimisches *Dickblattgewächs;* mit roten, röhrenförmigen Blüten in Trugdolden; gern kultivierte Zierpflanze; die wissenschaftl. am besten untersuchte *Kurztagpflanze.*

Kalander [der; frz.], eine Maschine mit verschiedenen über- u. hintereinander befindlichen, z.T. beheizten Walzen aus Stahl zum Rollen, Glätten, Pressen u. Prägen von Gewebe, Papier, Kunststoffolie u.a. Der *Zwei-Walzen-K.* hat eine Hart- u. eine Weichwalze. Beim *Roll-K.* haben alle Walzen gleiche Geschwindigkeit. Beim *Friktions-K.* drehen sich die Hartwalzen schneller als die Weichwalzen; dadurch wird eine plättende, glanzverleihende Wirkung erzielt (*Glacéappretur*). Beim *Chaising-K.* läßt man den Stoff mehrlagig durch die Walzen laufen, zum elastischen Abquetschen von Naßkalandern oder um ein moiréartiges Aussehen zu erreichen (*Beetle-Effekt*). Der *Seidenfinish-K.* hat Rillenwalzen, die in die Fäden Rillen pressen, wodurch Seidenglanz hervorgerufen wird. Beim *Präge-(Gaufrier-)K.* pressen Prägewalzen Muster in die Oberfläche.

Kalandsbrüder, karitative Bruderschaften, vor allem in Nord-Dtschld. (13.–16. Jh.); sie hielten ihre Versammlungen ursprüngl. am ersten Tag des Monats (lat. *calendae*) ab.

Kalasantiner, lat. *Congregatio pro operariis Christianis a S. Josepho Calasantio,* Abk. *COp,* eine kath. Kongregation, die sich bes. der Arbeiterseelsorge widmet; gegr. 1889 in Wien.

Kalat, ehem. Eingeborenenstaat im pakistan. *Bälutschistan,* seit 1956 Verwaltungsbezirk, der größte u. am dünnsten besiedelte Pakistans (188 925 qkm, 555 000 Ew.), Hptst. K. (6000 Ew.).

Kalathos [der; grch. „Korb"], von dem runden, mit geschweifter Wandung sich nach oben verbreiternden geflochtenen griech. Weidenkorb abgeleitete Bez. der antiken Architektur für den Körper des korinth. Kapitells.

Kalatsch-na-Donu, Stadt in der RSFSR (Sowjetunion), am Zimljansker Stausee (Don), westl. von Wolgograd (Stalingrad), 22 000 Ew. – Im Nov. 1942 führte die Vereinigung zweier sowjet. Durchbruchskeile bei K. zur Einschließung der dt. 6. Armee im Kessel von *Stalingrad.*

Kalauer [Herkunft unsicher: nach *Calau* bei Berlin, nach dem frz. *calembour,* nach dem Pfaffen von *Kahlenberg?*], Wortspiel, fauler Witz.

Kalb, das Jungtier von Rindern einschl. der Antilopen, von Hirschen u. auch von anderen Huftieren (z.B. Elefanten-K.).

Kalb, Charlotte von, geb. *Marschalk von Ostheim,* * 25. 7. 1761 Waltershausen bei Jena, † 12. 5. 1843 Berlin; lernte in Mannheim *Schiller* kennen, in Waltershausen F. *Hölderlin,* in Weimar *Jean Paul.* Ihr Gatte erschoß sich 1806; sie selbst verarmte u. wurde 1820 fast blind. Sie hinterließ Gedichte, Erinnerungen, einen Roman „Cornelia" 1851 u. viele Briefe.

Kalbe (Milde), Kreisstadt im Bez. Magdeburg, in der Altmark, rd. 3000 Ew.; landwirtschaftl. Industrie. – Krs. K.: 427 qkm, 21 300 Ew.

kalben, Bez. für das Abbrechen großer Eismassen von Gletschern u. Inlandeismassen ins Meer in Form von *Eisbergen.*

Kälberkopf, *Chaerophyllum,* Gattung der *Doldengewächse.* Im Gebüsch u. in Hecken verbreitet ist der *Hecken-K., Chaerophyllum temulum;* das Kraut ist schwindel- u. erbrechenerregend. Daneben ist noch der feuchtere Stellen liebende *Knollige K., Chaerophyllum bulbosum,* zu finden. Eine Charakterpflanze der Gebirgsbäche des mittleren u. südl. Europa ist der *Behaarte K., Chaerophyllum hirsutum.*

Kalbsmilch, *Bröschen, Briesle,* die *Thymusdrüse* des Kalbs, wegen ihres Geschmacks eine geschätzte Delikatesse. Sie sitzt am Übergang von Hals u. Rumpf.

Kalchas [-ças], sagenhafter Priester u. Seher der Griechen im Trojan. Krieg.

Kalchu, im A.T. *Kalach,* heute der Ruinenhügel *Nimrud* am mittleren Tigris, im 13. Jh. v.Chr. gegr., im 9. Jh. v.Chr. Hptst. Assyriens, 612 v.Chr. von Medern u. Chaldäern zerstört. Erhalten blieben Reste großer Palast- u. Festungsbauten u. Tempel, zahlreiche Alabasterreliefs, monumentale

Kalabrien: typische Küstensiedlung

Willem Kalf: Stilleben mit chinesischer Terrine. Berlin (West), Staatliche Museen, Gemäldegalerie

Torhüterfiguren, Obelisk *Salmanassars III.*, phöniz. Elfenbeinschnitzereien, Waffen u. Möbelreste aus assyr., aramäischen u. phöniz. Werkstätten.

Kalckreuth, 1. Friedrich Adolf Graf von, preuß. Feldmarschall (1807), *22. 2. 1737 Sottershausen bei Sangerhausen, †10. 6. 1818 Berlin; kämpfte erfolgreich als Truppenführer in den *Koalitionskriegen* gegen Frankreich; schloß den Waffenstillstand zu *Tilsit* (25. 6. 1807) mit Napoléon I.; Gegner der preuß. Reformen.
2. Leopold Graf von, Maler u. Graphiker, *15. 5. 1855 Düsseldorf, †1. 12. 1928 Eddelsen bei Hamburg; in Landschaften, Figurenbildern u. Porträts Vertreter eines anfangs etwas sozialkritisch gefärbten Realismus (Bilder aus dem Hamburger Hafen, arbeitende Bauern u. a.), nahm auch Stilelemente des französ. Impressionismus an.

Kaldaunen [lat.], Kutteln, Flecke, Kuttelflecke, (Gericht aus) Magen, Gedärm u. Netz von Rind, Kalb u. Schaf.

Kaldidağ, höchster Gipfel im Taurus (Türkei), zwischen Kayseri u. Adana, mit kleinen Gletschern; 3734 m.

Kalebasse [die; arab. span.], die hartschalige Frucht des *K.nbaums*, *Crescentia cujete*, woraus bei Naturvölkern Gefäße, Löffel u. a. hergestellt werden. Der *K.nbaum* gehört zu den *Bignoniengewächsen*.

Kaledonien, *Caledonia*, röm. Name für das nordschott. Gebirgsland.

Kaledonischer Kanal, engl. *Caledonian Canal*, Schiffahrtsweg zwischen dem Firth of Lorne u. dem Moray Firth, verbindet die Nordsee mit dem Atlant. Ozean; 97 km lang, über 5 m tief, 28 Schleusen; eröffnet 1822.

Kaledonisches Gebirge, *Kaledoniden*, das zwischen Silur u. Devon in der *kaledon. Faltung* in Phasen (Hauptfaltung im Silur) entstandene Gebirge in Nordeuropa, das sich bogenförmig von Irland über das mittlere u. nördl. Großbritannien sowie Skandinavien nach Spitzbergen u. Grönland zieht; schon im Devon wieder weitgehend, heute zum Rumpfgebirge abgetragen.

Kaleidoskop [das; grch.], ein opt. Spielzeug in der Form einer Röhre, bei dem die regelmäßige, sternförmige Figuren durch mehrfache Spiegelung bunter Schnitzel (Glasperlen) hervorgebracht werden.

Kalemie, früher *Albertville*, Stadt am Westufer des Tanganjikasees, in der Prov. Shaba von Zaire (Zentralafrika); 63 000 Ew.; Hafen, Eisenbahnendpunkt, Flugplatz.

Kalenden, *Calendae* [Mz.; lat.], im röm. Kalender der erste Tag jeden Monats.

Kalender [der; lat. *Calendae*, „Monatserster"], **1.** *Buchdruck*: gedrucktes Verzeichnis der Zeitrechnung nach Tagen, Wochen, Monaten u. Jahren unter Berücksichtigung der nationalen u. kirchl. Festtage; in vielen Formen gebräuchlich: Wand-, Abreiß-, Büro-, Taschen-K. u. a. Die Vorläufer des heutigen K.s sind die german. *K.stäbe*, in die die Wochen u. Monate eingeritzt waren u. die im 15. Jh. aufgekommenen handschriftl. K., die zur Orientierung im Kirchenjahr dienten. Die ersten gedruckten K. stammen aus der 2. Hälfte des 15. Jh.; sie enthalten neben Kirchen- u. Heiligenfesten auch astronom. Angaben u. prakt. Hinweise. Im Gegensatz zu diesen „immerwährenden K.n" stehen die einjährigen K., die sich in der Folgezeit durchgesetzt haben. Im Lauf der Zeit wurden die K. mit reichem literar. u. graph. Beiwerk versehen (J. P. Hebels „Rheinischer Hausfreund" seit 1803; „Der Dt. Volks-K." 1835–1870); daraus entstanden die *Jahrbücher* u. die heutigen *Kunst-K*.
2. *Zeitrechnung*: die Einteilung der Zeit in Jahre, Monate, Wochen u. Tage. – Die Grundlage des *islam. K.s* bildet das Mondjahr von 354 Tagen = 12 synodischen Monaten. Jeder Monat beginnt 2–3 Tage nach Neumond, die Jahresanfänge wandern durch die Jahreszeiten. Im *jüd. u. altgriech. K.* wurden *Schaltmonate* eingefügt, um den Jahresanfang in die Nähe des Jahreszeiten festzulegen (→Metonischer Zyklus). Die Ägypter hatten ein reines Sonnenjahr von 365 Tagen (12 Monate zu 30 Tagen, die also zum Mondumlauf [29,5 Tage] keine strenge Beziehung hatten, u. 5 Zusatztage). Dieser K. wurde in verbesserter Form (mit einem Schalttag alle 4 Jahre) von Julius Cäsar übernommen (*Julian. K.*). Heute wird fast überall der *Gregorian. K.* benutzt, der 1582 durch Papst Gregor XIII. eingeführt wurde u. bei dem in allen durch 4 teilbaren Jahren (außer den durch 400 nicht teilbaren Jahrhunderten) ein Schalttag eingeschoben ist. Sehr alt (wahrscheinl. babylon. Ursprungs) ist die siebentägige *Woche*, die unabhängig von Jahr u. Monat durchgezählt wird. – Eine moderne *K.reform* wird seit langem angestrebt, um die Unregelmäßigkeit der Monatslängen auszugleichen, die Beziehung zwischen Datum u. Wochentag zu vereinfachen u. die bewegl. christl. Feste festzulegen. – ⌑ 7.9.3.

Kalendergeschichte, eine kurze Prosaerzählung, die in einem Kalender oder Jahrbuch abgedruckt ist; meist eine aus dem Leben des Volkes entnommene unterhaltende oder nachdenkl. Geschichte mit moral.-lehrhafter Tendenz. Die bekanntesten K.n schrieben H. J. Ch. von *Grimmelshausen*, J. P. *Hebel*, P. *Rosegger* u. B. *Brecht*.

Kalenter, Ossip, eigentl. Johannes *Burckhardt*, Feuilletonist, Lyriker u. Übersetzer, *15. 10. 1900 Dresden, †14. 1. 1976 Zürich; seit 1939 in Zürich; „Die Abetiner" 1950; „Ein gelungener Abend" 1955; „Olivenland" 1960.

Kalesche [die; tschech.], leichter vierrädriger, einspänniger Wagen mit Kutschbock u. abnehmbarem Verdeck.

Kalevala [finn., „Land des Kaleva", d. i. Finnland], das von E. *Lönnrot* aus alten, anonymen, heidn. u. christl. Volksliedern zusammengestellte finn. Nationalepos (1835). Es besteht aus 50 Gesängen mit ca. 23 000 achtsilbigen Versen. Die bekanntesten Teile daraus sind die *Aino-Sage*, die Geschichte des Recken *Kullervo* u. die Hochzeitslieder. – ⌑ 3.3.4.

Kalevipoeg [-po:ɛg; estn.; „Lied vom Sohn des Kaleva"], aus ca. 19 000 Versen in 20 Gesängen bestehendes estn. Nationalepos; 1857–1861 von Friedrich Reinhold *Kreutzwald* (*1803, †1882) aus alten Volkssagen u. -märchen zusammengestellt; Gegenstück zum finn. *Kalevala*.

Kalewa, Steinkohlerevier in Nordbirma, Vorkommen geschätzt auf 15 Mill. t.

Kalf, Willem, holländ. Maler, getauft 3. 11. 1619 Rotterdam, †3. 8. 1693 Amsterdam; Hauptmeister des Stillebens im späteren 17. Jh.; malte zunächst kleinformatige Bilder von unordentl. Küchenwinkeln, später großgesehene, prächtige Stilleben, meist Frühstückstische mit kostbaren Gefäßen (Silberkannen, Römer, Fayencen), Früchten, Muscheln u. a., hervorragend durch reich gestuftes Helldunkel (Einfluß Rembrandts), farbige Leuchtkraft, formale Ausgewogenheit u. vollendete Stoffbehandlung.

kalfatern [arab., ital.], Fugen im Schiffsrumpf mit Werg, Pech u. ä. mit Hilfe von Beitel u. Hammer abdichten.

Kalgan, *Tschangkiakou*, *Zhangjiakou*, chines. Stadt in der Prov. Hopeh, nordwestl. von Peking, 350 000 Ew.; Handelszentrum für Viehzuchterzeugnisse u. Tee.

Kalgoorlie and Boulder [kæl'gu:əli ənd 'bouldə], Stadt in Westaustralien, 20 000 Ew.; Goldgewinnung (ehem. Ausgangspunkt der Entwicklung der „Goldenen Meile"); Eisenbahnstation, Flugknotenpunkt. – Kalgoorlie wurde 1893 gegr., Boulder 1897; sie wurden 1947 vereinigt.

Kali [das; arab., „Pottasche"], ältere Bez. für *Kaliumhydroxid (Ätzkali)*, auch für die *Kalisalze*.

Kali [sanskr., „die Schwarze"], ind. Göttin, →Durga.

Kali [mal.-jav.], Bestandteil geograph. Namen: Strom, Kanal.

Kaliammonsalpeter, aus Mischkristallen von Ammoniumchlorid u. Kaliumnitrat bestehender Mischdünger; →Dünger.

Kaliber [das; arab., grch., frz.], **1.** *Waffentechnik:* der Innendurchmesser von Rohren, Geschützrohren, Gewehrläufen u. a.; das K. der Geschosse wird in cm oder mm angegeben.
2. *Walztechnik:* offener Spalt zwischen zwei Walzen (Walzprofil).

Kaliberdorn, *Meßkaliber*, eine *Grenzlehre* zum Messen von Bohrungen u. Innengewinden, die auf 0,01 mm genau geschliffen ist. Der K. hat auf der einen Seite das *Sollmaß*, auf der anderen das *Ausschußmaß*. →auch Lehren.

Kaliberwalze, eine Walzwerkmaschine zur Herstellung von Vor- u. Fertigprofilen.

kalibrieren, **1.** die richtige Form der Kaliberwalze bestimmen.
2. Werkstücke auf genaues Maß nachpressen.

Kali-Chemie AG, Hannover, gegr. 1899, seit 1937 heutige Firma; betreibt Kalibergbau u. erzeugt Kali- u. Phosphatdüngemittel, Schwerchemikalien, Stein- u. Siedesalze, Pharmazeutika, Eisenoxid- u. Chromfarben; Grundkapital: 85 Mill. DM; 3000 Beschäftigte; zahlreiche Tochtergesellschaften.

Kalidasa [ind., „Diener der Kali"], der größte ind. Dichter, aus dem 5. Jh. n. Chr. Sein Ruhm gründet sich auf sein episches Werk („Raghus Stamm", dt. 1914; 8 Gesänge „Entstehung des Kumara", dt. 1913), sein elegisch-lyrisches Gedicht „Der Wolkenbote" (dt. 1879) u. bes. auf seine Dramen: „Schakuntala" (dt. 1791); „Urwaschi" (dt. 1880); „Malawika u. Agnimitra" (dt. 1856). „Schakuntala", das als das bedeutendste Werk der ind. Literatur gilt, wurde von Herder, Goethe u. Schiller enthusiast. begrüßt. – ⌑ 3.4.2.

Kalif, *Khalif*, richtiger *Chalif* [arab. *chalifa*, „Nachfolger"], Titel der Nachfolger *Mohammeds* als religiöses u. weltl. Oberhaupt des Islam. Reichs. Sie werden nur von den Sunniten anerkannt. Die vier ersten K.en (legitime K.en) wurden in Medina von den führenden Anhängern des Propheten gewählt: *Abu Bakr, Omar I., Othman, Ali*. – *Moawija I.* begründete die K.en-Dynastie der *Omajja-*

Kalender: Titelkupfer des 1789 erschienenen ersten hundertjährigen Kalenders für die Jahre 1701–1801. Wien, Österreichische Nationalbibliothek

den (661–750); ihnen folgte die der *Abbasiden* (750–1258 bzw. 1517). Seit etwa 945 bestand die Funktion der K.en nur noch darin, durch Einsetzungsurkunden die jeweiligen Lokalfürsten zu legitimieren, die die eigentl. Herrschaft innehatten. Eine Funktion als geistl. Oberhaupt des Islams hatten die K.en niemals. Nachdem 1258 der letzte Abbasiden-K. hingerichtet worden war, übernahm um 1460 das Osman. Reich das Kalifat; es wurde 1924 von der türk. Nationalversammlung abgeschafft. Liste der K.en →Islam. – 🕮 5.5.9.

Kạlifeldspat, *Orthoklas* →Feldspat.

Kalifọrnien, 1. ursprüngl. eine durch die Spanier kolonisierte Landschaft im SW Nordamerikas, umfaßt die mexikan. Halbinsel K. (span. *Baja California*, Niederkalifornien) u. größtenteils den USA-Staat K. (span. *Alta California*, Oberkalifornien).
2. *Halbinsel K.*, span. *Baja California* →Niederkalifornien.
3. engl. *California*, Abk. *Calif.*, Pazifikstaat der USA, 411 012 qkm, 19 Mill. Ew. (85% städtisch; 6% Nichtweiße), Hptst. *Sacramento*; landschaftl. in 4 nord-südl. Längszonen gegliedert: Küstengebirge (mit Steilküste) im W, Längstal des Sacramento u. San Joaquin River im Zentrum, Sierra Nevada (4418 m) u. Kaskadengebirge im NW, Randgebirge des Great Basin (mit Death Valley) u. Mojave Desert (mit Imperial Valley) im S. 42% der Staatsfläche sind bewaldet, 10% werden landwirtschaftl. genutzt: Anbau von Gemüse, Wein u. a. Obst; Baumwolle meist auf bewässertem Land unter mediterranen Klimaverhältnissen; Viehzucht; Fischerei; Mineralbergbau, Erdöl- u. -gasvorkommen; Flugzeug-, Auto-, Schiff- u. Maschinenbau u. elektron. Industrie. – K. wurde 1850 als 31. Staat in die USA aufgenommen.
4. *Golf von K.*, Bucht des Pazif. Ozeans zwischen der Halbinsel Kalifornien u. dem mexikan. Festland, rd. 150 000 qkm; mit 1200 km der längste Golf des Pazif. Ozeans, gegliedert durch die Inseln *Tiburon* u. *Guarda* in einen kleineren, flachen Nord- u. einen größeren Südteil.

Kalifornienstrom, kühle Meeresströmung vor Kalifornien, Teil des nördl. pazif. Kreislaufs; Beständigkeit bis 25%; verursacht durch den ablandigen Nordostpassat. Der K. bringt kühle Auftriebswässer an die Oberfläche, verbunden mit Nebelreichtum an der kaliforn. Küste, u. geht in den Nordäquatorialstrom über.

Kalifornische Indianer, die einst in Kalifornien ansässige Gruppe der nordamerikan. Indianerstämme mit weitgehend einheitl. Kultur bei starker sprachl. Zersplitterung. Sie betrieben vorherrschend Sammelwirtschaft (insbes. von Eicheln) mit winterl. Seßhaftigkeit in Dörfern; im N stärkere Betonung von Fischfang u. Jagd; gut entwickelte Flechtkunst. Zu den K.n I.n gehören: *Penuti, Hoka, Algonkin, Athapasken, Shoshone* u. a., deren Restbevölkerung heute über zahlreiche Reservationen verteilt ist.

Kạliglimmer, das Mineral →Muskowit.

Kạliko [der; nach der ostind. Stadt *Calicut*], Gewebe in Leinwandbindung aus Baumwolle, Leinen oder Halbleinen; steif u. glänzend appretiert; für Berufsschürzen. *Buchbinder-K.*, aus Baumwolle, ist ein durch viel Appretur steif u. stark gemachtes Gewebe mit glatter oder geprägter Oberseite; auch Bez. für Druckkattun oder Druckperkal.

Kạlilauge, wäßrige Lösung von Kaliumhydroxid, reagiert stark alkalisch.

Kalimạntan, indones. Name für →Borneo.

Kalịnga, altmalaiischer Stamm (60 000) von Reisbauern im Innern Luzóns (Philippinen).

Kalịnin [nach M. I. *Kalinin*], bis 1931 *Twer*, Hptst. der Oblast K. (84 200 qkm, 1,7 Mill. Ew., davon 45% in Städten) in der RSFSR (Sowjetunion), an der Mündung der Twerza in die Wolga (Hafen), 345 000 Ew.; Baumwoll-, Seiden- u. Leinenindustrie, Lokomotiv- u. Waggonfabrik, Maschinenbau; Torfkraftwerk. – 1181 gegr., bis 1485 Sitz des Fürstentums *Twer*.

Kalịnin, Michail Iwanowitsch, sowjet. Politiker, *19. 11. 1875 Werchnjaja Troiza, Gouvernement Twer (heute Kalinin), †3. 6. 1946 Moskau; 1924 Kandidat, 1926 Mitgl. des Politbüros des ZK der KPdSU; seit 1919 als Vors. des Zentralexekutivkomitees der UdSSR, 1938–1946 des Präsidiums des Obersten Sowjets Staatsoberhaupt.

Kaliningrạd [nach M. I. *Kalinin*], **1.** russ. Name der Stadt →Königsberg (Ostpreußen).
2. *Oblast K.*, 1946 aus dem sowjet. besetzten Teil der Prov. Ostpreußen gebildet; 15 100 qkm, 732 000 Ew. (davon rd. 65% in Städten); landwirtschaftl. Bezirk, Betriebe der Nahrungsmittel-, Holz- u. Papierindustrie, Schiffs- u. Waggonbau; Fischerei, Seeschiffahrt.

Kalinọwski, Horst-Egon, Objektkünstler u. Graphiker, *2. 1. 1924 Düsseldorf; entwickelte aus der Collage ab 1960 seine „Caissons", mit farbigem Leder bespannte Holzkonstruktionen; seit 1965 auch Stelen u. Lederreliefs; Entwürfe für Bühnenbilder u. -kostüme.

Kạlisalpẹter, *Konversionssalpeter, Nitrokalit*, KNO_3, ein rhombisches Mineral; haarförmige Aggregate, leicht wasserlöslich, Härte 2, Dichte 1,9–2,1; natürl. vorkommendes oder durch Umsatz von Kaliumchlorid mit Natriumnitrat oder von Pottasche mit Salpetersäure dargestelltes *Kaliumnitrat*; Verwendung als Düngesalz, Oxydationsmittel u. zur Herstellung von Schieß-(Schwarz-)Pulver, für das der hygroskopische Natronsalpeter nicht geeignet ist.

Kạlisalze, natürlich vorkommende Salze u. Doppelsalze des *Kaliums*. Die wichtigsten sind: *Sylvin* (Kaliumchlorid, KCl), *Carnallit* oder *Karnallit* (Kaliumchlorid-Magnesiumchlorid-Doppelsalz, $KCl \cdot MgCl_2 \cdot 6H_2O$), *Kainit* (Kaliumchlorid-Magnesiumsulfat-Doppelsalz, $KCl \cdot MgSO_4 \cdot 3H_2O$), *Schönit* (Kalium-Magnesiumsulfat-Doppelsalz, $K_2SO_4 \cdot MgSO_4 \cdot 6H_2O$), *Sylvinit* (Gemisch von Sylvin u. Natriumchlorid), *Kalisalpeter* (KNO_3). Große Vorkommen von K.n finden sich in der norddt. Tiefebene bei Staßfurt, Leopoldshall, Hannover u. Braunschweig, ferner im Elsaß u. in Galizien. Die Lagerstätten sind durch Verdunstung früherer Meere entstanden. Da die K. früher zur Gewinnung des Steinsalzes weggeräumt werden mußten, wurden sie auch als *Abraumsalze* bezeichnet u. für ziemlich wertlos gehalten; später fanden sie jedoch zunehmende Verwendung in der Technik u. als Düngemittel in der Landwirtschaft. Die wichtigsten *Kalidüngesalze* sind Kainit, Kalidüngesalze mit verschiedenen Kaliumchloridgehalten, schwefelsaures Kali u. schwefelsaure Kalimagnesia. – 🕮 8.1.2.

Kạlisch, poln. *Kalisz*, Stadt in Polen u. Hptst. (seit 1975) der Wojewodschaft Kalisz, an der Prosna, westl. von Lodsch, 86 000 Ew.; Textil-, Maschinen, chem. u. Lederindustrie.
Im *Bündnisvertrag von K.* verpflichteten sich Rußland u. Preußen 1813 zum gemeinsamen Kampf gegen das napoleon. Frankreich.

Kạlium [arab.], chem. Zeichen K, silberweißes, weiches, einwertiges Alkalimetall; Atomgewicht 39,102, Ordnungszahl 19, spez. Gew. 0,86, Schmelzpunkt 63,5 °C, Siedepunkt 776 °C; zu ungefähr 2,4% in der Erdrinde, vorwiegend in Form von *Kalifeldspat* u. *Kaliglimmer* (K.-Aluminium-Silicate) u. von →Kalisalzen, die für das Pflanzenwachstum unerläßlich sind. Herstellung: durch Elektrolyse von geschmolzenem K.hydroxid. K. ist chemisch sehr reaktionsfähig; es reagiert z. B. mit Wasser unter Bildung von K.hydroxid u. Entzündung des bei der Reaktion entstehenden Wasserstoffs.
Verbindungen: *K.chlorid*, KCl, u. *K.sulfat*, K_2SO_4, natürlich als Kalisalze vorkommend; *K.nitrat:* →Kalisalpeter; *K.carbonat:* →Pottasche; *K.hydroxid (Ätzkali)*, KOH, durch Elektrolyse von K.chlorid-Lösungen darstellbar, verwendet u. a. zur Herstellung von Schmierseife; *K.peroxid*, K_2O_4, entsteht als orangeroter Stoff bei der Verbrennung von K. an der Luft; *K.chlorat*, $KClO_3$, verwendet als Oxydationsmittel, Zusatz zu Sprengu. Zündsätzen; *K.permanganat*, $KMnO_4$, in Wasser löslich (violette Färbung), starkes Oxydationsmittel; *K.bromid:* →Brom; *K.jodid:* →Jod.

Kalium-Argọn-Datierung, Methode der →Geochronologie, die auf der Bestimmung des aus dem Kalium-Isotop 40 gebildeten, in Mineralien eingeschlossenen Argon-Isotops 40 beruht. →auch radioaktive Altersbestimmung.

Kalium-Nạtrium-Pumpe →Nervenleitung.

Kali und Salz AG, Kassel, 1972 aus dem Zusammenschluß der *Kali u. Salz AG*, Salzdetfurth (gegr. 1970), mit der *Salzdetfurth AG*, Hannover (gegr. 1889), hervorgegangenes Unternehmen der Kali-, Steinsalz- u. chem. Industrie; Grundkapital: 250 Mill. DM; 9000 Beschäftigte.

Kalịxt, *Kallistos, Calixtus*, Päpste: **1.** *K. I.*, 217–222, Heiliger; ehem. Sklave, Diakon an den nach ihm benannten Katakomben; erstrebte die Anpassung der Gemeinde an ihre großstädt. Umwelt; gestattete die Ehe zwischen Freien u. Sklaven, wurde deshalb u. wegen seiner Nachsicht gegen Sünder vom Gegenpapst *Hippolytos* des Laxismus beschuldigt. Fest: 14. 10.
2. *K. II.*, 1119–1124, eigentl. *Guido*, aus burgund. Adel, †13. 12. 1124 Rom; 1088 Erzbischof von Vienne; beendete durch das Wormser Konkordat 1122 den *Investiturstreit* u. erließ auf dem Laterankonzil 1123 viele Reformbestimmungen.
3. *K. (III.)*, Gegenpapst 1168–1178, vorher Abt *Johannes von Strumi*, als 3. Gegenpapst gegen *Alexander III.* gewählt, von Kaiser Friedrich I. Barbarossa unterstützt, jedoch im Frieden von Venedig (Versöhnung des Reichs mit der Kurie) fallengelassen. Er unterwarf sich darauf Alexander III. u. blieb in der kirchl. Verwaltung tätig.
4. *K. III.*, 1455–1458, eigentl. Alonso de *Borgia*, *31. 12. 1378 Játiva bei Valencia, †6. 8. 1458 Rom; 1444 Kardinal, bedeutender Kanonist u. Diplomat; war um die Abwehr der Türken bemüht, schadete aber der Kirche durch seinen Nepotismus. →auch Alexander VI.

Kalk [lat.], *gebrannter Kalk, Branntkalk, Calciumoxid*, CaO, durch Erhitzen („Brennen") von K.stein (Calciumcarbonat, $CaCO_3$) auf 900–1150 °C in Drehrohr-, Schacht- oder Ringöfen hergestellt, wobei Kohlendioxid abgespalten wird. Der gebrannte K. reagiert unter starker Wärmeentwicklung mit Wasser; dabei bildet sich *gelöschter K.* (Calciumhydroxid, $Ca(OH)_2$), der von alters her durch Beimischung von Sand zur Herstellung von *Mörtel* verwendet wird. Er geht durch langsame Aufnahme des Kohlendioxids der Luft wieder in Calciumcarbonat über. Ferner findet K. als Düngemittel, zur Herstellung von Calciumcarbid u. K.stickstoff, als Zuschlag bei der Gewinnung von Metallen, in der Glasfabrikation u. a. Verwendung.

Kạlka →Khalka.

Kalkalpen, bes. bei den Ostalpen ausgeprägte, den kristallinen Zentralalpen im N u. S vorgelagerte Zone von Gebirgsketten aus Trias-, Jura- u. Kreidegesteinen.

Kạlkar, Stadt in Nordrhein-Westfalen, nahe am Niederrhein, südöstl. von Kleve, 10 000 Ew.; Nikolauskirche (15. Jh.) mit berühmten Schnitzaltären; Viehzucht, Butter- u. Käsefabriken; Kernkraftwerk vorgesehen.

Kalkar, Jan Joest van →Joest van Kalkar.

Kalkbehandlung, *Calciumtherapie*, die Verwendung von →Kalkpräparaten in der Medizin. Calcium wirkt im Körper dämpfend auf die nervöse Erregbarkeit u. abdichtend auf die Grenzschichten der Zellen. Im Gefäßsystem wird dadurch der Austritt des Blutplasmas u. der weißen Blutkörperchen verhindert, u. Entzündungen werden gehemmt. Bei innerlicher K. (Einnehmen oder Injektion in die Blutbahn) gibt man Calcium zur Abdichtung der Gefäße bei allergischen Reaktionen (Asthma, Heuschnupfen u. a.) oder wenn der Calciumgehalt des Bluts herabgesetzt ist *(Tetanie, Spasmophilie)*.

Kalkfarben, Mineralfarben, die sich ohne Veränderung mit Kalkmilch vermischen lassen u. zum Anstrich von Mauerwerk u. Putz verwendet werden; nicht abriebfest.

Kalkfeldspat, *Anorthit* →Feldspat.

Kalkkögel, Berggruppe südwestl. von Innsbruck (Österreich), zwischen Sellraintal u. Stubaital; schroffe, dolomitische Bergkämme, in der *Schlikker Seespitze* 2808 m.

Kalkkreuzblume →Kreuzblume.

Kalkleichtbetonsteine, blockartige, dampfgehärtete Mauersteine aus feingemahlenem Kalk mit etwas Magnesit als Bindemittel u. Quarzsand. Meist wird ein Treibmittel (z. B. Aluminiumpulver) zugegeben.

Kalklunge, *Chalikose*, eine Erkrankung der Lunge, die durch Kalkablagerungen verursacht ist; Ursache: ständiges Einatmen von Kalkstaub.

Kalkmörtel, aus gebranntem →Kalk u. Sand mit Wasser angemachter Mauer- u. Putzmörtel.

Kalknatronfeldspat, *Plagioklas* →Feldspat.

Kalkofen, Schacht-, Ring- oder Drehofen zum Brennen von *Kalk* bei 900–1150 °C.

Kalkpflanzen, auf Kalkböden gedeihende Pflanzen, z. B. *Huflattich, Leberblümchen* oder *Feldrittersporn*. K. bevorzugen eine neutrale bis alkalische Reaktion des Bodens.

Kalkpräparạte, Medikamente der →Kalkbehandlung zum Einnehmen oder Einspritzen in die Blutbahn. Man verwendet Calciumsalze der Milchsäure, Citronensäure, Phosphorsäure, Gluconsäure u. a.

Kalkröhrenwürmer →Röhrenwürmer.

Kalksalpeter, *Calciumnitrat*, $Ca(NO_3)_2$. Der als Düngemittel verwendete K. enthält als Beimischung Ammoniumnitrat. →auch Mauersalpeter.

Kalksalze, die Salze des →Calciums.
Kalksand, zum größten Teil aus verwittertem *Kalkstein* (Calciumcarbonat) bestehender Sand.
Kalksandstein, 1. *Sandstein,* dessen Quarzkörnchen durch kalkige Bindemittel verkittet sind.
2. ein künstlicher Mauerstein *(Hydrosandstein)* aus Kalk u. vorwiegend quarzitischen Zuschlagstoffen, nach innigem Mischen geformt u. unter Dampfdruck erhärtet.
Kalkschwämme, *Calcispongia, Calcarea,* Flachwassertiere von geringer Größe, deren Skelett vorwiegend aus Kalknadeln aufgebaut ist; die ursprünglichsten Schwämme. Zu den K.n gehören *Leucosolenia, Sycon* u. *Sycandra.*
Kalkspat, *Calcit,* glasglänzendes, in reinster Form (auf Island) durchsichtiges, gesteinsbildendes Mineral von großem Formenreichtum; trigonal (meist als Rhomboëder); Härte 3; wegen seiner Doppelbrechung für Polarisationsgeräte verwendet.
Kalkstein, aus kohlensaurem Kalk (Calciumcarbonat, oft mit tonigen u. sandigen Anteilen) bestehendes Absatzgestein; im Meer- u. Süßwasser durch Organismen (Protozoen, Korallen, Muscheln) abgeschieden oder durch chem. Ausfällung aus dem Wasser entstanden. *Kreide* ist feinerdiger, weicher K.; *Cipollin* ist schiefriger, glimmerreicher, *Ophikalzit* ein mit grünem Serpentin durchwachsener K.; K. sind auch: *Marmor, Oolith, Travertin (Kalktuff).*
Kalkstickstoff, *Calciumcyanamid,* $CaCN_2$, Strukturformel $Ca=N-C\equiv N$, durch Umsatz von Stickstoff mit Calciumcarbid oberhalb 800 °C hergestelltes Düngemittel.
Kalkül [der; frz.], **1.** *allg.:* Berechnung, Überschlag.
2. *Logik:* Darstellung (großer Teile) der Logik in einer formalisierten Sprache (Zeichensystem mit Operationsregeln). →Aussagenlogik, →Prädikatenlogik.
3. *Mathematik:* formales Rechenverfahren, etwa *Differential-K.* Der K. ist bes. wichtig bei programmgesteuerten Rechenmaschinen.
Kalkulation [lat.], die Berechnung der Selbstkosten einer Lieferung oder Leistung, als *Vor-K.* vor Inangriffnahme des Auftrags, als *Nach-K.* (richtiger: *Nachrechnung*) nach Fertigstellung. Bei Massenfertigung ist die einfache *Divisions-K.* möglich (Kosten je erzeugte Einheit = Summe aller Kosten durch Zahl der erzeugten Einheiten); handelt es sich um verschiedene Sorten oder Typen gleichartiger Erzeugnisse, wird sie durch die *Äquivalenzzahlen-K.* verfeinert. Die bei Einzel- u. Serienfertigung übliche *Zuschlagskalkulation* geht von den voraussehbaren oder schon festgestellten direkten (Lohn- u. Material-)Kosten des Auftrags aus, denen die Gemeinkosten zugeschlagen werden. – ⬜4.8.8.
Kalkulator [der, Mz. *K.en*; lat.], ein Abrechner, der in einem Industriebetrieb die Selbstkosten errechnet (Kalkulation) u. Lieferungen, Löhne u.a. Leistungen abrechnet.
Kalkutta = Calcutta.
Kalkwasser, 0,15%-Lösung von Calciumhydroxid; Verwendung als Gegenmittel bei Vergiftungen durch Schwefel- u. Oxalsäure u., in Mischung mit Leinöl, bei Verbrennungen.
Kalkzementmörtel, unter Zusatz von Zement hergestellter Kalkmörtel für stärker belastetes Mauerwerk.
Kalla [die; grch., lat.], **1.** = Calla palustris.
2. →Zantedeschia.
Kállai ['ka:lɔi], Gyula, ungar. Politiker, *1. 6. 1910 Berettyóujfalu; 1949–1951 Außen-Min., 1951–1954 in Haft; nach 1956 Kultus-Min. u. Stellvertr. Min.-Präs., 1965–1967 Min.-Präs.; seit 1967 Präs. der Nationalversammlung.
Kallar, einer der „kriminellen Stämme" (über ½ Mill.) Südindiens, bes. im Bez. Tanjore u. Madura, heute hauptsächl. Ackerbauern.
Kallas, Aino, finn. Schriftstellerin, *2. 8. 1878 Wyborg, †9. 11. 1956 Helsinki; schrieb sozialkrit. Romane u. Erzählungen, z.T. mit histor. Schauplatz: „Fremdes Blut" 1921, dt. 1971; „Sankt Thomasnacht" 1930, dt. 1935; auch Tagebücher u. Reisebeschreibungen.
Kállay ['ka:lɔi], Miklós von, ungar. Politiker, *23. 1. 1887 Nagyhalász, †14. 1. 1967 New York; 1942–1944 Min.-Präs. u. Außen-Min. (bis 1943), führte Geheimverhandlungen mit den Alliierten über einen Sonderfrieden. Nach der Besetzung Ungarns durch dt. Truppen wurde K. in das KZ Dachau gebracht, 1945 von den Amerikanern befreit. Seit 1951 lebte er in den USA; schrieb „Hungarian Premier" 1954.

Kalletal, nordrhein-westfäl. Gemeinde (Ldkrs. Lippe), 14 000 Ew.; 1969 durch Zusammenlegung von 16 Gemeinden entstanden.
kalli… [grch.], Wortbestandteil mit der Bedeutung „schön".
Kallias-Friede, der Abschluß der *Perserkriege* 449 v.Chr., zustande gekommen durch Bemühen des nach Susa zu *Artaxerxes I.* entsandten Atheners *Kallias* zur Abgrenzung der Interessensphären: Kein pers. Schiff durfte in das Ägäische Meer einlaufen, u. eine einen Tagesritt breite Zone an der Westküste Kleinasiens durfte von pers. Truppen nicht betreten werden; doch hielt Artaxerxes I. seinen Anspruch aufrecht, alle in seinem Machtbereich Lebenden als Untertanen anzusehen. Der K. wurde nach Artaxerxes' Tod im *Epilykos*vertrag erneuert. – ⬜5.2.3.
Kalligraphie [grch.], die Schreibkunst.
Kallikrates, griech. Architekt des 5. Jh. v.Chr., Mitarbeiter des *Iktinos* am Parthenon, Meister des Niketempels in Athen.
Kallimachos, 1. athen. Bildhauer der zweiten Hälfte des 5. Jh. v.Chr., nach Vitruv Erfinder des korinth. Säulenkapitells; tätig in Athen u. Plätää.
2. lat. *Callimachus,* griech. Gelehrter in Alexandria am Hof der Ptolemäer, *um 310 v.Chr. Kyrene, †um 240 v.Chr. Alexandria; verfaßte über 800 Bücher. Mit seinem Hauptwerk „Pinakes" (Verzeichnisse aller griech. Schriftsteller u. ihrer Werke in 120 Büchern) begründete er die Bibliographie; an dichter. Werken sind von ihm Hymnen u. Epigramme erhalten. Er wurde Vorbild der *Neoteriker;* Catull übersetzte seine Elegie von der „Locke der Berenike". – ⬜3.1.7.
Kallinos, griech. Dichter aus Ephesos, 7. Jh. v.Chr.; rief in einer erhaltenen Elegie zum Kampf für seine Vaterstadt auf.
Kalliope [grch., „die Schönstimmige"], **1.** *griech. Mythologie:* die Muse der erzählenden Dichtung.
2. *Zoologie:* Rubinnachtigall, *Luscinia calliope,* gern im Käfig gehaltener Singvogel aus China, mit leuchtend roter Kehle.
Kallisthenes, griech. Geschichtsschreiber u. Philosoph, *um 370 v.Chr., †327 v.Chr. (hingerichtet); Großneffe des *Aristoteles,* Hofhistoriograph des Alexanderzugs, zuerst Bewunderer *Alexanders d.Gr.,* dann Hauptbeteiligter einer Verschwörung gegen ihn; schrieb u.a. eine „Hellenische Geschichte" *(Hellenika).* Sein Werk über den *Alexanderzug* ist die erste selbständige Aufzeichnung dieses Stoffs u. übte großen Einfluß aus. Alle Werke enthalten geograph., naturwissenschaftl. u. philolog. Exkurse. – Ein Alexanderroman, der fälschlich unter seinem Namen lief *(Pseudo-Kallisthenes),* wurde um 100 v.Chr. verfaßt.
Kallisto [der; grch.], einer der großen Monde des →Jupiter.
Kallistos, Päpste, →Kalixt.
Kallmeyer, Hedwig, →rhythmische Gymnastik.
Kallmorgen, Friedrich, Maler u. Graphiker, *15. 11. 1856 Altona, †4. 6. 1924 Grötzingen bei Karlsruhe; malte nach 1890 in enger Anlehnung an den französ. Impressionismus Landschaften u. Städtebilder von zartem, farbigem Reiz.
Kallstenius, Edwin, schwed. Komponist, *29. 8. 1881 Filipstad, Värmland, †22. 11. 1967 Stockholm; 1927–1946 Musikarchivar des Stockholmer Rundfunks; neben zahlreichen Kammermusikwerken 2 Kantaten, Orchesterwerke u. ein Klavierkonzert.
Kallus [der; lat.], **1.** *Botanik:* Wundholz, neugebildetes pflanzl. Gewebe an Wundstellen.
2. *Zoologie:* Knochennarbe, die Neubildung von Bindegewebe an Knochenbruchstellen, die zuerst weich ist *(provisorischer K.)* u. der Vereinigung der Bruchenden dient, später durch Kalkeinlagerung verknöchert *(definitiver K.)* u. die Festigkeit des Knochens wiederherstellt. Die K.bildung ist u.a. vom Alter u. vom allg. Gesundheitszustand abhängig.
Kálmán, König von Ungarn, →Koloman.
Kálmán, Emmerich (Imre), ungar. Operettenkomponist, *24. 10. 1882 Siófok, †30. 10. 1953 Paris; von seinen Werken sind am meisten aufgeführt: „Die Csárdásfürstin" 1915, „Gräfin Mariza" 1924 u. „Die Zirkusprinzessin" 1926.
Kalmar, Hptst. u. Hafen der südschwed. Prov. (Län) K. (11 171 qkm, 240 500 Ew.), am *K.-Sund,* westl. der Ostseeinsel Öland, 53 000 Ew.; Schloß K.; Schiffbau, Lebensmittel- u. Zündholzindustrie. →auch Kalmarer Union.
Kalmare [Ez. der *Kalmar;* lat.], *Teuthoidea,* Unterordnung der *Kopffüßer,* mit 10 Fangarmen u. riesigen, leistungsfähigen Linsenaugen. 2 der Fangarme liegen versenkt u. werden zum Beutefang plötzlich vorgeschleudert. Die freischwimmenden K. leben räuberisch von Fischen u. gelangen bei der Verfolgung von Fischen auch in Schwärmen in die Nordsee. Sie werden gern gegessen. Die größten K. haben Fangarme von 15 m Länge, leben in Schwärmen z.B. in tieferen Schichten der Sargassosee u. sind Hauptnahrung des *Pottwals.*
Kalmarer Union, 1397–1523 die Union der drei nordischen Reiche Dänemark, Schweden u. Norwegen, in Kalmar begründet durch Königin *Margarete I.* Innerhalb der Union sollte laut Vertrag der dän. König gemeinsamer Herrscher sein, darüber hinaus sollten die drei Staaten durch gemeinsame Außenpolitik, vor allem durch gemeinsame Verteidigung gegen äußere Gegner, verbunden sein; doch sollte jedes Reich seine innere Selbständigkeit, seine eigene Verwaltung u. sein eigenes Recht behalten. Gefährdet wurde die Union bes. unter dem Nachfolger Margaretes, König *Erich VII.* von Pommern (seit 1412), als dieser das Recht der Schweden, durch einheim. Beamte regiert zu werden, verletzte u. die staatenbündische, auf Gleichberechtigung der drei Reiche beruhende Union in einen von Dänemark geführten Einheitsstaat umformen wollte. Er verlor die Kronen

Kalmar: Schloß

Schwedens u. Norwegens u. wurde aus Dänemark vertrieben. Wohl wurde in der Folgezeit die Union wiederhergestellt, doch kam es vor allem in der Zeit *Christians I.* u. *II.* zu schweren Auseinandersetzungen mit Schweden. Dem Widerstand des schwed. Adels schlossen sich Bauern u. Bürger an; nach dem Stockholmer Blutbad von 1520 zerbrach die dän.-schwed. Union 1523 endgültig. Der Kampf der schwed. Freiheitspartei unter *Gustav Wasa* richtete sich dabei zugleich auf polit. u. kirchl. Unabhängigkeit. – ⊞5.5.4.

Kalme [die; frz.], *Meteorologie:* Windstille oder eine Windgeschwindigkeit unter 0,5 m/sek. – Als *Kalmengürtel* bezeichnet man das Gebiet der Windstillen *(Doldrum)* u. der schwachen veränderl. Winde *(Mallungen)* im Bereich der Innertrop. Konvergenz. Er liegt weitgehend nördl. vom geograph. Äquator.

Kalmit [die], höchster Berg der Haardt in der Pfalz, südl. von Neustadt, 683 m.

Kalmuck [der; nach den *Kalmüken*], ein Baumwollgewebe aus starken, weich gedrehten Garnen in Köperbindung, beidseitig gerauht, gut geeignet als Filterstoff; auch ein dicker, starkgewalkter Mantelstoff mit rechtsseitig langer Faserdecke.

Kalmüken, *Kalmyken,* eigener Name *Mongol Oirat,* westmongol. Volk (114 000) in der Kalmük. ASSR (RSFSR); bis Ende des 2. Weltkriegs in den Steppen nördl. des Kaukasus, dann z.T. umgesiedelt nach Turkistan u. in die westl. Ukraine. Die K. sind Reste der 1630 aus der westl. Mongolei ausgewanderten, 1771 unter schweren Verlusten nach Chines.-Turkistan zurückgewanderten *Torguten.* Ihre ständ. Gliederung erhielten sie sich bis in die sowjet. Zeit.

Kalmükensteppe, das südruss. Steppengebiet westl. der unteren Wolga, rd. 90 000 qkm.

Kalmükische ASSR, autonome Sowjetrepublik innerhalb der RSFSR, nordwestl. des Kasp. Meers, zwischen unterer Wolga u. Manytschniederung, 75 900 qkm, 268 000 Ew. (rd. 22% in Städten), Hptst. *Elista;* größtenteils Trockensteppe u. Halbwüste, abflußlose Senken u. Salzseen; Fleisch- u. Wollviehwirtschaft, im kasp. Küstengebiet Melonen-, Obst- u. Gemüseanbau. Die Bahnstrecke Astrachan–Grosnyj durchquert die K. ASSR im O. – 1920 als AO gebildet, 1935 zur ASSR erhoben, 1943 vorübergehend aufgelöst; seit 1958 wieder ASSR.

kalmükische Sprache, in der Kalmük. ASSR gesprochene mongol. Sprache.

Kalmus [der; grch.], *Acorus,* Gattung der *Aronstabgewächse* mit zwei Arten: der nur in Japan verbreitete *Grasartige K., Acorus gramineus,* u. der *Gewöhnl. K., Acorus calamus,* der ebenfalls in Ostasien heimisch, jetzt aber in den gemäßigten Zonen weit verbreitet ist. Die Grundachse enthält in bes. Zellen ätherisches *K.öl* u. ist als K.wurzel *(Magenwurz* oder *Deutscher Zitwer)* ein beliebtes Magenmittel. Die K.pflanze gilt zusammen mit den Birkenzweigen als Symbol des Pfingstfestes.

Kalocsa ['kɔlotʃɔ], ungar. Stadt südl. von Budapest, 16 000 Ew.; Erzbischofssitz, Kathedrale; Paprikaanbau, Schuhfabrik.

Kalokagathie [grch. *kalos,* „schön", + *kai,* „und", + *agathos,* „gut"], bei den alten Griechen das ethische Ideal, das in der gymnastisch-musischen Erziehung verwirklicht werden sollte: die leiblich-geistige Vollkommenheit des Menschen. – *Kaloskagathos* [Mz. *Kaloikagathoi*], der „Gesunde" (im ideolog. Sinn).

Kalomel [das; grch., „schönes Schwarz"], *Quecksilberhornerz,* veraltete Bez. für *Quecksilber-(I)-Chlorid,* Hg_2Cl_2; eine farblose Verbindung, die sich beim Übergießen mit Ammoniak schwarz färbt; wird u.a. in der Porzellanmalerei u. als Abführmittel verwendet.

Kalorie [lat. *calor,* „Wärme"], Kurzzeichen cal, veraltete Einheit der Wärmemenge: Eine K. (cal) ist die Wärmemenge, die benötigt wird, um 1 Gramm (g) Wasser von 14,5 °C auf 15,5 °C zu erwärmen. Diese K. wird auch *15°-Kalorie* (Kurzzeichen cal_{15}) genannt. Unter einer *mittleren K.* ($\overline{cal}$) versteht man den 100. Teil der Wärmemenge, die 1 g Wasser von 0 auf 100 °C erwärmt. Die früher übliche Unterscheidung in *große K. (Kilo-K.)* u. *kleine K.* ist sehr veraltet. – Seit 1. 1. 1978 ist nur noch die Energieeinheit *Joule* (J) zulässig; es gilt: 1 cal = 4,1868 J.

Die K. wurde zur Angabe des Heizwertes von Brennstoffen oder als Einheit für die Wärmetönung (Reaktionswärme) von chem. Reaktionen benutzt. Hier wie in der Ernährungslehre wird jetzt die Einheit Joule zur Angabe des Energiewertes von Nahrungsmitteln gebraucht. So ist z.B. der Energiewert von 1 g Eiweiß 17,2 kJ, von 1 g Kohlenhydrat 17,2 kJ, von 1 g Fett 38,1 kJ. Der Energiebedarf des Menschen beträgt bei Bettruhe 5,8 kJ pro kg Körpergewicht u. Stunde, bei Bewegung 7,12 kJ, bei Anstrengungen 10,47 kJ.

Kalorimeter [das; lat. + grch.], *Wärmemesser,* Gerät zum Messen von Wärmemengen, die von einem Stoff bei chem. oder physikal. Veränderungen aufgenommen oder abgegeben werden. Gemessen wird z.B. die Temperaturänderung einer Substanz mit bekannter Wärmekapazität. Durch Vergleich mit Wasser oder neuerdings durch elektr. Methoden direkt werden spezifische Wärmen von festen, flüssigen u. gasförmigen Stoffen, Umwandlungswärmen von einem Aggregatzustand in einen anderen u.a. bestimmt.

kalorisieren [lat.], eine Diffusionsschicht aus Aluminium bei Stahl erzeugen; als Rost- u. Verzunderungsschutz.

Kalotte [die; frz.], **1.** *Anatomie:* das Schädeldach.

2. *Geometrie:* Kugelkappe.

3. *Kleidung:* knapp anliegende Mütze, bes. das Scheitelkäppchen der Geistlichen.

Kalotypie [grch.], *Talbotypie,* eine Frühform der Photographie, von dem Engländer W. H. F. *Talbot* um 1840 erfunden, der erstmals mit kopierbaren Papiernegativen arbeitete.

Kalpak [der; türk.], *Kolpak,* ursprüngl. eine tatar. Lammfellmütze, später in der Türkei die hohe armen. Filzmütze; mit Pelz verziert von den ungar. Husaren getragen. Im dt. Heer bezeichnete K. nur den Tuchzipfel an der Husarenmütze.

Kalsdorf bei Graz, österreichische Industriegemeinde am Stadtrand von Graz, 4100 Ew.; Metallwaren- u. Maschinenindustrie; Flughafen *Graz-Thalerhof.*

Kaltasphalt, ein Straßenbelag aus einer Emulsion von Asphalt u. Wasser; hergestellt durch feines u. gleichmäßiges Verteilen von flüssigem Asphalt in Wasser unter Zusatz eines Emulgators (meist Alkaliseifen); im Gegensatz zum heißen Asphalt ist bei Einbau die Witterung von geringem Einfluß.

Kaltaushärtung →Aushärtung.

Kaltblut, Rassengruppe der schweren Pferde, in Dtschld. überwiegend das *Rheinisch-deutsche K.,* das aus dem *Belg. K.* (→Belgier) entstanden ist; außerdem das *Süddeutsche K.,* vom Noriker abstammend, u. das leichtere *Schleswiger K.;* →auch Pferde (2).

Kaltblüter = wechselwarme Tiere.

Kaltbruch, *Kaltbrüchigkeit, Kaltsprödigkeit,* der Zustand von fehlerhaftem Material (Stahl oder Nichteisenmetall), das bei kalter Bearbeitung Risse oder Brüche zeigt. K. entsteht bei Stahl durch zu hohen Phosphorgehalt oder Einschluß von Schlacke, bei Kupfer durch zu hohen Schwefel-, Arsen- oder Kupferoxydulgehalt.

Kaltdach, eine Dachkonstruktion, bei der durch Lufteintritt an der Traufe u. Luftaustritt am First dafür gesorgt wird, daß an der Unter- u. Oberseite der Dachdeckung gleiche Temperatur herrscht. Dadurch werden ungleichmäßiges Abtauen des Schnees u. Schmelzwasserstauungen vermieden. Kaltdächer verwendet man für Räume mit hoher Luftfeuchtigkeit (z.B. Textilbetriebe).

Kälte, ein Zustand der Temperatur; in der *Meteorologie:* Temperaturen unter 0 °C.

Kalte Eiche, *Kalteiche,* Höhenzug im südöstl. Siegerland, an der Grenze zwischen Nordrhein-Westfalen u. Hessen, 606 m; Quellgebiet der Dill; mit 2652 m langem Eisenbahntunnel.

Kälteeinbruch, plötzliches Sinken der Temperatur durch Heranströmen kalter Luftmassen *(Kaltfront);* meist verbunden mit Luftdruckanstieg, Winddrehung, Haufenwolken u. Schauer.

Kälteerzeugung, Verfahren, um mit Hilfe physikal. oder chem. Vorgänge eine Temperaturerniedrigung zu erzielen. Der Wärmeentzug beruht entweder als einmaliger Vorgang auf dem Schmelzen, Verdunsten oder Lösen eines Stoffs *(Kältemischung)* oder fortgesetzt auf dauernder Arbeitsleistung *(Kältemaschinen)* gemäß dem 2. Hauptsatz der Wärmelehre (→Entropie). – ⊞10.6.7.

kalte Farben, alle Blau u. Grün nahestehenden, also hauptsächl. aus diesen gemischten Farben; Gegenbegriff: *warme Farben.*

Kältegrenzen, Verbreitungsgrenzen von Pflanzen u. Tieren gegen kältere Gebiete in der Höhe (Höhen-K.) oder als Polargrenzen.

Kalte Herberge, höchster Berg im Rheingaugebirge, nordöstl. von Geisenheim, 619 m.

Kältehoch, zwei typ. Formen des Hochs: 1. entstanden in Polarluft, einer Zyklonenfamilie nachfolgend, bis in große Höhen kalt; 2. feststehendes Hoch, oben warm, im Winter bei Wolkenlosigkeit infolge starker Ausstrahlung am Boden sehr kalt.

Kältemaschinen, Maschinen, die unter Kraftaufwand ein Temperaturgefälle erzeugen: Bei der *Kompressionsmaschine* saugt der Kolbenkompressor oder Turboverdichter ein Gas (Ammoniak, Freon, Kohlendioxid) als Kältemittel an, verdichtet es (Ammoniak auf 7,5 at), wobei es sich erhitzt, u. drückt es zur Verflüssigung in den Kondensator, der durch Wasser gekühlt wird. Das verdichtete u. im Kondensator verflüssigte Kältemittel strömt zum Verdampfer, wo es sich entspannen kann; die hierzu benötigte Wärme wird der Umgebung entzogen. Dann folgt ein neuer Kreislauf. – Bei der *Absorptionsmaschine* wird konzentrierte Ammoniaklösung (Wasser oder auch Lithiumbromid als Lösungsmittel) im „Kocher" erwärmt u. dadurch das Ammoniak dampfförmig ausgetrieben. Dieses strömt zuerst zum Verflüssiger u. gelangt über eine Regulierung zum Verdampfer (wie bei der Kompressionsmaschine). Das entspannte Gas wird im Absorber von gekühlter schwacher Ammoniak- oder Lithiumbromidlösung aufgesaugt. Die gesättigte Lösung wird wieder dem Kocher zugeführt. – K. werden zur Luftverflüssigung, in Kühlanlagen u. zur Gasverflüssigung (z.B. Sauerstoff, Wasserstoff, Acetylen) benutzt. →auch Kühlschrank. – ⊞10.6.7.

Kältemischungen, Zweistoffgemische zur Erzeugung tiefer Temperaturen, meist Mischungen von Salzen mit Eis. Da der Gefrierpunkt von Lösungen tiefer liegt als der des Lösungsmittels, schmilzt das Eis. Die zum Schmelzen des Eises erforderl. Wärmemenge wird der Umgebung entzogen. Beispiel: Ein Gemisch aus 100 Teilen Eis u. 33 Teilen Kochsalz ergibt eine Temperaturerniedrigung bis −21 °C. Die verwendeten Salze benützt man auch als Auftaumittel; so werden z.B. 5,3 kg Eis von −10 °C durch 1 kg Kochsalz aufgetaut. Festes Kohlendioxid (Kohlensäureschnee) u. Alkohol ermöglichen eine Temperatur von −78,3 °C, mit Aceton −86 °C u. mit Äther sogar −90 °C.

Kältemittel, Stoffe, mit denen in den Kältemaschinen die Temperatur herabgesetzt wird. Sie müssen bestimmte physikal. u. chem. Eigenschaften aufweisen u. sollen nicht giftig sein. Meist werden *Freone:* $CFCl_3$ oder CF_2Cl_2 (Frigen), für Kompressorkühlschränke, u. Ammoniak (NH_3), für Absorptionskühlschränke, verwendet.

Kaltenbrunner, Ernst, nat.-soz. Politiker, *4. 10. 1903 Ried, Innkreis, †16. 10. 1946 Nürnberg (hingerichtet); Rechtsanwalt, seit 1937 Führer der österr. (illegalen) SS, März 1938 Staatssekretär für das Sicherheitswesen in Österreich, seit 1943 als Nachfolger R. Heydrichs Chef der Sicherheitspolizei u. des SD sowie des Reichssicherheitshauptamts; einer der Hauptverantwortlichen für den Terror der letzten Kriegsjahre; 1946 im Nürnberger Hauptkriegsverbrecherprozeß zum Tod verurteilt.

Kältepole, die absolut kältesten Punkte der Erde oder eines Gebiets. Auf der Nordhalbkugel der Erde liegt der kälteste Punkt bei Ojmjakon im Gebiet Werchojansk, Ostsibirien, mit einer Extremtemperatur von −77,8 °C; das mittlere Jahresminimum liegt dort bei −50 °C. Ein weiterer Kältepol liegt auf der Perry-Insel im kanad.-arkt. Archipel. Die tiefste Temperatur der Südhalbkugel wurde in der sowjet. Antarktisstation Wostok mit −90 °C gemessen. Der Kältepol in Dtschld. befindet sich bei Cham in Bayern („Bayerisch-Sibirien"), wo (am 17. 1. 1893) −34,5 °C gemessen wurden. →auch Hitzepole.

kalter Krieg, nach dem 2. Weltkrieg aufgekommene Bez. für die Auseinandersetzungen zwischen dem Ostblock u. den Westmächten. Die Grenze zum („heißen") Krieg ist fließend, obwohl die direkte militär. Auseinandersetzung durch erzwungenes Nachgeben der anderen Seite vermieden werden soll. Es kann jedoch durchaus zu lokalen Konflikten (Indochina, Korea) im Rahmen des kalten Kriegs kommen.

Das Vordringen der Sowjetunion in Osteuropa in den Jahren 1945–1948 suchte die westl. Welt durch Zusammenschlüsse u. Bündnisse aufzuhalten (Brüsseler Pakt, EVG, NATO, Bagdad-Pakt, ANZUS, SEATO). Auch die Sowjetunion hat durch den Warschauer Pakt versucht, ihr militär. Gewicht zu verstärken.

Der kalte Krieg verlor seit den 1960er Jahren als beherrschender Faktor der Weltpolitik an Bedeutung, als sich immer mehr Länder der direkten

Kaltern, ital. *Caldaro,* italien. Ort in Trentino-Südtirol, südl. von Bozen, 5200 Ew.; Mittelpunkt des Traminer-Kalterer Weinbaugebiets.

Kältestarre →Überwinterung.

Kältesteppe, zusammenfassende Bez. für die baumlose Vegetation der →Tundra u. kalter Hochgebirgszonen.

Kältetechnik, ein Zweig der Technik, der sich mit der Erforschung, Erzeugung u. Anwendung der Kälte befaßt; bes. mit der Verflüssigung der Gase *(Tieftemperaturforschung),* mit der Schaffung wirtschaftl. *Kältemaschinen* u. mit Versuchen zur weiteren Verwendung der Kälte (z. B. Kühlschränke, -häuser, -schiffe, -ketten; Konservierung von Nahrungsmitteln). Die K. begann mit der Erfindung der Ammoniak-Kompressionsmaschine durch C. von *Linde* 1874. – ⌧ 10.6.7.

kalte Zonen, volkstüml. Bez. für die →Polargebiete.

Kaltformung, das Umformen von Metallen bei gewöhnlicher Raumtemperatur; →umformen.

Kaltfront, die Vorderseite einer Kaltluftmasse; →Front (2).

Kaltglasur, in der Keramik ein glänzender Überzug, der nicht durch Einbrennen, sondern durch kaltes Auftragen der Glasiermasse erzeugt wird.

Kalthärtung, das Härten von Kunststoffen durch Zusatz von Säuren bei gewöhnl. Temperatur. Auch die →Kaltverfestigung von Metallen wurde früher als K. bezeichnet.

Kalthauspflanzen, subtrop. Pflanzen, die im Sommer bei uns im Freien aufgestellt werden können, im Winter aber in ein gemäßigt temperiertes Gewächshaus *(Kalthaus)* gebracht werden müssen.

Kaltleim, meist eine Lösung von fettfreiem Kasein mit Alkalien, zur Verbindung von Holz mit Holz. Er hat den Vorteil, daß er kalt angerührt werden kann, benötigt aber längere Zeit zum Abbinden als der Knochenleim.

Kaltleiter, elektr. Leiter, deren Widerstand mit steigender Temperatur recht erheblich zunimmt. Um größere Widerstandsunterschiede u. Unabhängigkeit von der Raumtemperatur zu erreichen, werden K. meist bei höheren Betriebstemperaturen (Rotglut) in Regelschaltungen u. Meßeinrichtungen verwendet (z. B. als Strommesser bei Hochfrequenz, bei Spannungsstabilisatoren, Vorwiderständen zur Herstellung gewünschter Skalen von Instrumenten u. a.). Einfachste K. sind Glühlampen (z. B. auch die früher viel verwendeten Eisenwasserstofflampen), die auch, mit speziellen Eigenschaften, als ausgesprochene K. hergestellt werden.

Kaltlichtspiegel, ein Reflektor mit Spezialbelag, der das sichtbare Licht abstrahlt, dagegen aber die Wärmestrahlung hindurchläßt; Anwendung u. a. in Dia- u. Filmprojektoren. Die Erhitzung des Films wird dadurch stark verringert u. der Aufbau des Kondensors vereinfacht.

Kaltluftsee, Ansammlung kalter, verhältnismäßig schwerer Luft in Tälern u. Kesseln.

Kaltlufttropfen, kalte Luftmasse in größeren Höhen, durch Warmluftmassen vom Ursprungsgebiet abgetrennt; prägt sich am Boden höchstens durch eine geringe zyklonale Isobarenausbuchtung aus.

Kaltnadel, *Kaltnadelarbeit, Kaltnadelstich,* ein graph. Verfahren der →Radierung: Die auf die Kupferplatte übertragene Zeichnung wird nicht eingeätzt, sondern mit kalter Nadel eingeritzt.

Kamaresgefäß in elliptischer Form; um 1800 v. Chr. Iraklion, Archäologisches Museum

Kaltneker, Hans, eigentl. *H. K. von Wallkampf;* österr. Schriftsteller, *2. 2. 1895 Temeschburg (Rumänien), †29. 9. 1919 Gutenstein, Niederösterreich; expressionist. Dramen: „Die Opferung" 1918; „Das Bergwerk" 1921; „Die Schwester. Ein Mysterium" 1924; auch Erzählungen u. Lyrik.

Kaltschale, erfrischende Suppe aus Obst, Saft, Wein oder Milch, als Vor- oder Nachspeise kalt serviert.

kaltspritzen, veraltet für →fließpressen.

Kaltsprödigkeit, *Kaltbrüchigkeit* →Kaltbruch.

Kaltstreckung, die Bearbeitung von Metallen bei gewöhnl. Temperatur durch Pressen, Walzen oder Ziehen. Hierbei werden die Metallkristalle gereckt, wodurch die Festigkeit zu-, die Dehnbarkeit aber abnimmt. →auch Walzwerk.

Kaltverfestigung, die Festigkeitszunahme eines Metalls beim Kaltwalzen, Ziehen u. a. (→umformen), bei gleichzeitiger Abnahme der Zähigkeit.

kaltwalzen, warm vorgewalzte Bänder u. Stäbe ohne Erwärmung walzen. Nach jedem zweiten oder dritten Durchgang (→Walzwerk) muß der Werkstoff wegen der bei der Kaltformung eintretenden Verfestigung geglüht werden. Das K. dient zur Herstellung dünner Bänder u. Bleche mit genauen Maßen.

Kaltzeit, weltweite Temperaturerniedrigung während der *Eiszeiten* des Quartärs. K.en leiteten die Eiszeiten ein u. wechselten mit *Warmzeiten* (Interglazial) ab. →auch Interstadialzeit.

Kaluga, Hptst. der Oblast K. (29 900 qkm; 995 000 Ew., davon rd. 40 % in Städten) in der RSFSR (Sowjetunion), an der oberen Oka (Hafen), 260 000 Ew.; Maschinenbau, chem., Textil-, Leder- u. Nahrungsmittelindustrie, Streichholzfabrik; Wärmekraftwerk.

Kalulushi [ka:lu:'lu:ʃi], Stadt im Copper Belt von Sambia (Afrika), westl. von Kitwe, 24 000 Ew.

Kalumet [das; frz.], bei den Prärie-Indianern Nordamerikas bemalter Stab mit Federbehängen für kultische Zwecke; später die *Friedenspfeife.*

Kalundborg [kalɔn'bɔr], Stadt in der dän. Amtskommune Westseeland, 18 400 Ew.; Rundfunksender, Hafen, Erdölraffinerie.

Kaluppe [die; tschech.], *österr.:* baufälliges, altes Haus.

Kalvarienberg [lat. *calvaria,* „Schädel"]. **1.** die Hinrichtungsstätte Jesu, andere Bez. für *Golgatha.* **2.** ein natürl. oder künstl. Berg, auf dem als kath. Wallfahrtsstätte die 14 Kreuzwegstationen Jesu in oft künstler. Form errichtet sind; aus der Verehrung der hl. Stätten zuerst in Italien entstanden.

Kalveram, Wilhelm, Betriebswirt, *26. 3. 1882 Essen, †15. 1. 1951 Frankfurt a. M.; 1923–1948 Prof. in Frankfurt a. M.; widmete sich bes. der Bankbetriebslehre u. dem industriellen Rechnungswesen. Hptw.: „Bankbilanzen" 1922; „Industrielles Rechnungswesen" 3 Bde. 1948–1951, [7]1973; „Industriebetriebslehre" 1949, [8]1972; „Bankbetriebslehre" 1950, [3]1960.

Kalvill [der; frz.], die *Kalville,* Gruppe edelster Apfelsorten: gerippt, feine, fettige Schale, würzig duftend (Blumen-K.).

Kalvinismus, die Lehre J. *Calvins,* z.T. im *Heidelberger Katechismus* zusammengefaßt. Der K. betont mit dem Luthertum die enge Bindung an das Bibelwort, versteht dieses aber stärker gesetzlich als Norm für das kirchl. Handeln; so wird im Gottesdienst alles abgelehnt, was nicht in der Bibel geboten ist (z. B. Kerzen auf dem Altar). Bes. Gewicht legt er auf der Bewährung des Christen im Alltag. Seine Hauptwirkung hat der K. in den angelsächs. Ländern im *Puritanismus.* →auch Puritaner, Presbyterianer, reformierte Kirche. – ⌧ 1.8.7.

Kalvos, Andreas, eigentl. *A. Ioannidis,* neugriech. Schriftsteller, * April 1792 Sakinthos, †3. 11. 1869 Keddington, Lincolnshire; hielt sich zumeist in England u. auf Korfu auf; bekannt durch in archaischem Stil gehaltene Oden.

Kalwaria Zebrzydowska [-zɛbʒy'dɔfska], Stadt in Polen (Stadtwojewodschaft Kraków), südwestl. von Krakau, 4000 Ew.; Wallfahrtsort; Möbelindustrie.

kalydonische Jagd [nach *Kalydon,* der antiken Hptst. Ätoliens], die Eberjagd unter →Meleagros; die wichtigste ätolische Sage.

Kalykanthazeen [grch.] = Gewürzstrauchgewächse.

Kalykanthus [grch.], *Calycanthus,* Gattung der *Gewürzstrauchgewächse.* Am bekanntesten ist der im südl. Nordamerika beheimatete *Wohlriechende Gewürzstrauch, Calycanthus floridus,* wegen seiner braunroten Blüten auch *Erdbeerstrauch* genannt.

Kalypso, Nymphe der griech. Sage; rettete u. pflegte den schiffbrüchigen *Odysseus,* der sie nach 7jährigem Aufenthalt auf ihrer Insel Ogygia verließ.

Kalyptra [die; grch.], **1.** Wurzelhaube, Schutzgewebe der pflanzl. Wurzelspitze (→Wurzel). **2.** auf der Sporenkapsel vieler Laubmoose sitzender Rest des Archegoniums.

Kalzeaten [die; lat. *calceati,* „Beschuhte"], Mitglieder bestimmter kath. Ordensgemeinschaften, z. B. Karmeliter (Beschuhte Karmeliter), die im Gegensatz zu den *Barfüßern* (Unbeschuhte Karmeliter) Schuhe tragen.

Kalziferol [das; lat.] →Vitamin D.

kalzinieren →calcinieren.

Kalzium [lat.] = Calcium.

Kama [sanskr., „Verlangen"], *Kandarpa,* indischer Liebesgott, als Knabe auf einem Papagei gedacht; wie *Amor* mit Bogen, Pfeilen u. Köcher ausgestattet.

Kama, größter, linker Nebenfluß der Wolga, in der europ. Sowjetunion, 2030 km lang, Einzugsgebiet 522 000 qkm; entspringt im K.bergland, entwässert die Westflanke des Mittleren u. Südl. Ural, speist den →Kamastausee u. mündet in den Kujbyschewer Stausee; 1535 km schiffbar. Zur Energiegewinnung u. Regulierung der Wasserführung 3 weitere Staustufen im Bau oder geplant; außerdem ist vorgesehen, die ins Nördl. Eismeer abfließenden *Wytschegda* u. *Petschora* durch Aufstau ihres Oberlaufs u. Kanäle zum Überlaufen in das K.-Flußsystem zu bringen u. damit die Kapazität der K. zu vergrößern. Wichtigste Nebenflüsse: links *Wischera, Tschusowaja, Bjelaja,* rechts *Wjatka.*

Kamaischi, japan. Hafenstadt in Nordosthonschu, 75 000 Ew.; Eisen-, Stahl-, Metall- u. Maschinenbauindustrie; Sardinenfang.

Kamakura, japan. Stadt an der Sagamibucht, südwestl. von Yokohama, 140 000 Ew.; Bade- u. Wallfahrtsort; berühmte Tempel u. architekton. Kunstwerke; 13 m hoher bronzener Buddha.

Kamakura-Zeit, die Periode der japan. Geschichte 1192–1333, die Zeit der „Schattenschogune", in der die *Schogune* der Familie Minamoto (→Yoritomo) u. seit 1199 die *Schikken* (Shikken) der Familie Hodscho (Hôjô) die tatsächl. Macht in Japan innehatten; benannt nach der Stadt *Kamakura,* dem Sitz des Schoguns. – ⌧ 5.7.3.

Kamalabaum →Mallotus.

Kamaldulenser, *Romualdiner,* kath. Einsiedlerorden, aus dem Benediktinerorden entstanden; gegr. um 1000 von *Romuald,* benannt nach der 1012 entstandenen Einsiedelei *Camàldoli;* Tracht: weiß. Heute bestehen zwei Kongregationen: die Kongregation von Camàldoli (lat. *Congregatio Monachorum Eremitarum Camaldulensium*) u. die Kongregation von Monte Corona (lat. *Congregatio Eremitarum Camaldulensium Montis Coronae*).

Kamaran, Koralleninsel im südöstl. Roten Meer, gehört zur Demokrat. Volksrep. Jemen, 118 qkm, rd. 2500 Ew.; Kabelstation, ehem. internationaler Quarantänehafen für Mekkapilger.

Kamares, Kultohöhle am Südabhang des Ida auf Kreta, in der Nähe des gleichnamigen Dorfes, 1890 entdeckt. Erste Fundstätte von *K.keramik,* Erzeugnissen der Palasttöpfereien von Phaistos u. Hagia Triada in der paläopalatialen Zeit (2000 bis 1700 v. Chr.). Charakteristisch für die häufig tassenförmigen Gefäße sind Spiralornamente u. stilisierte Pflanzenmotive auf schwarzer oder schokoladefarbiger Grundglasur. Dünnwandige Stücke sind als „Eierschalenware" bekannt.

Kamarilla [-'rilja; die; span. „Kämmerchen"], einflußreiche Hofpartei ohne Ministerien- oder Kammerverantwortung. Berühmt wurde die K. unter *Friedrich Wilhelm IV.* von Preußen (seit März 1848), die den Sturz des alten Ministeriums im Okt. 1848 u. den Bruch mit der Nationalversammlung erreichte u. aktiv bis zum Tod des Königs (1861) war. Unter *Wilhelm II.* entstand mit Ph. zu *Eulenburg* nochmals eine K.

Kamaschastra, *Kamasutra* →Watsjajana.

Kamastausee, von der mittleren Kama u. ihren Nebenflüssen gebildeter, über 250 km langer u. bis 10 km breiter Stausee mit Großkraftwerk, oberhalb der Stadt Perm; Seefläche 1750 qkm, Stauinhalt rd. 10 Mrd. m³, Stauhöhe 18 m, Länge des Damms 1,9 km; Beginn der Bauarbeiten 1936, Inbetriebnahme der ersten Turbinen 1954, volle Leistung aller 24 Aggregate 504 000 kW u. jährl. Stromerzeugung etwa 2 Mrd. kWh. Der K. dient auch der Hochwasserregulierung.

Kamasutra

Kamasutra, *Kamaschastra* →Watsjajana.
Kamba, *Akamba*, Bantunegerstamm in Kenia (270 000); Hackbau der Frauen mit Viehhaltung.
Kambalholz [birm.], *Kamholz, Cam(bal)holz,* engl. *Camwood,* rotes Farb- u. Möbelholz des im trop. Afrika beheimateten Schmetterlingsblütlers *Baphia nitida.*
Kamban, Gudmundur, isländ. Dichter, *8. 6. 1888 Alftanes bei Reykjavik, †5. 5. 1945 Kopenhagen; schrieb sozialkrit. Dramen u. histor. Romane; Hptw.: „Marmor" 1918, dt. 1931; „Ragnar Finnsson" 1922, dt. 1925; „Skalholt" (Romanzyklus 1930–1934, davon dt. „Die Jungfrau auf Skalholt" 1934 u. „Der Herrscher auf Skalholt" 1943); „Das 1000. Geschlecht" 1933, dt. 1937.
Kambara, japan. Stadt an der Surugabucht in Südosthonschu; Aluminiumschmelzwerk.
Kambium [das; lat.], *Kambiumring,* das Bildungsgewebe in den pflanzl. Stengeln u. Wurzeln. Es veranlaßt das Dickenwachstum, indem es bei Nacktsamern u. Zweikeimblättrigen nach außen Bast, nach innen Holz bildet, bei Einkeimblättrigen nach außen Rindenzellen, nach innen Leitbündel u. Parenchym.
Kambodscha →unten.
kambodschanische Sprache, eine Mon-Khmer-Sprache in Kambodscha.
Kambrium [das; nach lat. *Cambria,* alter Name für *Wales*], die älteste Formation des Erdaltertums (Paläozoikum; →Geologie) mit bereits arten- u. zahlreichem Fossilinhalt der nur aus Meeresbewohnern bestehenden Flora u. Fauna (bereits alle Stämme der Wirbellosen, bes. Trilobiten u. Armfüßer). An Gesteinen finden sich bes. Meeresablagerungen (Kalke, Schiefer), dazu auch Sandsteine der wüstenhaften Festländer.
Kambyses, altpers. *Kambujiya,* altpers. Könige aus dem Geschlecht der *Achämeniden:* **1.** *K. I.,* etwa 602–559 v. Chr.; Sohn Kyros' I., Vater Kyros' II.; nannte sich „Herrscher von Anschan".
2. *K. II.,* 530–522 v. Chr.; Sohn Kyros' II., eroberte Ägypten.
Kamee [-ˈmeː(ə); die; frz.], ital. *Cameo,* ein antiker Schmuckstein (Sardonyx u. a.), aus dessen verschiedenfarbenen Schichten kunstvolle Reliefdarstellungen herausgearbeitet sind; eine Form der →Gemme; berühmtestes Beispiel: →Gemma Augustea.
Kamele, 1. *i. w. S.:* Camelidae, die einzige rezente Familie der Unterordnung *Schwielensohler, Tylopoda*; im Pleistozän weit verbreitet; mit schwielenartigen Polstern unter den Endgliedern der dreiteiligen Zehen; hochbeinige u. langhalsige Steppentiere, Paßgänger. Die oberen Schneidezähne fehlen; der Magen ist dreiteilig (→Wiederkäuen). Die K. sind sehr genügsam. Die Herden werden von starken Hengsten geführt, die im Rivalenkampf heftig spucken, schlagen u. beißen können. Hierher gehören die *Kamele i. e. S.* u. die *Lamas.*
2. *i. e. S.:* durch das einhöckrige *Dromedar, Came-*

KAMBODSCHA
Kampuchea; Cambodge Démocratique

- Fläche: 181 035 qkm
- Einwohner: 8,3 Mill.
- Bevölkerungsdichte: 46 Ew./qkm
- Hauptstadt: Phnom Penh
- Staatsform: Kommunistische Volksrepublik
- Mitglied in: UN, Colombo-Plan
- Währung: 1 Riel = 100 Sen

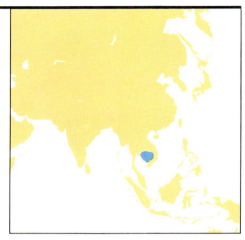

Landesnatur: Drei Viertel des Landes nimmt die Mekong-Ebene ein, begrenzt von dünnbesiedelten Bergketten u. Plateaus. Das trop. Tief- u. Hügelland beiderseits des Mekong empfängt seine reichen Niederschläge vom Sommermonsun. Über die Hälfte des Landes ist von Regenwald bestanden; weite Gebiete sind sumpfig. Der ausgedehnte See *Tonlé-Sap,* in dessen Nähe sich die Ruinenstadt *Angkor* befindet, hat je nach der Niederschlagsmenge eine Fläche zwischen 3000 u. 25 000 qkm, ein Zeichen für die Ebenheit des Landes.

Die überwiegend buddhistische **Bevölkerung** besteht aus dem staatstragenden Volk der *Khmer,* daneben aus Annamiten sowie aus Chinesen, Lao u. Tscham.

Wirtschaft u. Verkehr: Lebensgrundlage ist der Anbau von Reis, der neben Kautschuk u. Mais auch das wichtigste Exportgut ist. Daneben werden Baumwolle, Bohnen, Sesam, Erdnüsse, Pfeffer u. Tabak geerntet. Der Wald liefert u. a. Teak, Mahagoni u. Ebenholz. In seinen Gewässern hat K. das bedeutendste Fischreservoir Südostasiens, mit einem Jahresertrag von 8 t/qkm. Mit 2 Mill. Rindern u. je 1 Mill. Schweinen u. Büffeln spielt auch die Viehzucht eine Rolle. An Bodenschätzen gibt es Phosphate, Edelsteine u. Eisenerz. Die Industrie leidet unter Kapitalmangel u. verarbeitet zumeist Agrarprodukte. Die Produktion u. Ausfuhr von Kautschuk ist durch den Krieg fast zum Stillstand gekommen. – Das Straßennetz umfaßt 6000 km schmaler Landstraßen. Eine 700 km lange Eisenbahnlinie verbindet Phnom Penh mit Bangkok u. dem Überseehafen Kompong Som (früher Sihanoukville). Die wichtigsten Verkehrswege sind die Wasserstraßen. Phnom Penh ist für Seeschiffe bis 4,5 m Tiefgang erreichbar. Internationale Flughäfen sind Phnom Penh u. Siem Reap. – K →Hinterindien. – 6.6.3.

Geschichte

Auf dem Boden des heutigen K. entstand im 1. Jh. n. Chr. das früheste bekannte hinterind. Reich: *Funan,* das Anfang des 7. Jh. von den *Khmer* erobert wurde. Als Urvater der Khmer-Könige gilt *Kambu.* Die Khmer beherrschten den größten Teil des heutigen K. u. dehnten ihre Macht seit dem 7. Jh. auf weitere Teile Hinterindiens aus. Einen Aufschwung nahm das Reich seit Beginn des 9. Jh., bes. unter *Dschajavarman II.* (802–850); in dieser Zeit erhielt es seinen Namen nach der Tempel- u. Residenzstadt *Angkor.* Nach vorübergehender Anarchie um 1000 nahm es erneut einen Aufschwung u. dehnte Macht u. kulturellen Einfluß weit über seine Grenzen hinaus aus. Seit Ende des 11. Jh. häuften sich die Einfälle der benachbarten Tscham. In *Surjavarman II.* (1113–etwa 1150) hatten die Khmer einen ihrer fähigsten Könige; er beherrschte ein großes Gebiet in Hinterindien u. zählt zu den bedeutendsten Bauherren (Angkor Vat u. a.). Nach einer Zeit des Verfalls u. nach zahlreichen Angriffen der Tscham setzte unter *Dschajavarman VII.* (1181–1218) eine neue Blütezeit ein, in der viele berühmte Bauten ausgeführt wurden, Krankenhäuser u. ein ausgedehntes Straßennetz entstanden u. das Reich seine größte Machtentfaltung hatte. Bald nach dem Tod Dschajavarmans setzte der Niedergang ein. Tschampa wurde wieder selbständig, u. K. wurde von den Thai, Schan u. Mongolen angegriffen. 1353 fiel Angkor nach langer Belagerung durch die Thai; der Khmer-König wurde getötet, u. vorübergehend regierten sogar Thai-Könige in K. 1431 wurde Angkor als Residenz aufgegeben u. diese nach *Phnom Penh* verlegt. Die Thai-Angriffe gegen K. setzten sich über die Jahrhunderte fort, bis um 1660 der letzte Khmer-König in siames. Gefangenschaft geriet u. K. nach etwa 1000 Jahren glanzvoller Geschichte mit einer hohen Kultur u. hervorragender staatl. Organisation unter Fremdherrschaft fiel.
1867 wurde K. von den Franzosen besetzt; als *Protektorat K.* gehörte es seit Ende des 19. Jh. zur *Union von Indochina (Union Indochinoise).* 1945 verkündete König Norodom *Sihanouk* die Unabhängigkeit, aber Frankreich besetzte K. erneut; gegen die Besatzung erhob sich der Widerstand der *Freien Khmer.* 1949 erhielt K. formelle Unabhängigkeit im Rahmen der Französ. Union. Nach der Niederlage Frankreichs im 1. Indochinakrieg bestätigte die Genfer Indochina-Konferenz 1954 die volle Unabhängigkeit K.s. 1955 schied K. aus der Französ. Union aus.
Sihanouk gelang es, das Land neutral zu halten. 1955 dankte er als König ab, gründete die Volkssozialist. Partei *(Sangkum),* erließ eine neue Verfassung u. übernahm das Amt des Min.-Präs. (ab 1960 Staatschef). 1970 wurde Sihanouk von einer Militärjunta unter *Lon Nol* gestürzt. K. wurde in den Vietnamkrieg hineingezogen. Gleichzeitig kam es zum Bürgerkrieg, in dem 1975 die Kommunisten siegten; sie proklamierten das *Demokrat. K.* Die Bevölkerung wurde einer brutalen „Umerziehung" unterworfen (Vertreibung aus den Städten, viele Todesopfer), die Verbindung zur Außenwelt völlig abgeschnitten. Seit 1977 kam es zu Grenzkämpfen mit Vietnam. Anfang 1979 überrannten vietnames. Truppen das Land; eine mit Vietnam eng verbundene „Nationale Front zur Rettung K.s" übernahm die Macht. – B →Südostasien (Geschichte), Kolonialismus. – 5.7.4.

Militär

K. besitzt eine „Volksbefreiungsstreitkraft", über deren Stärke und Bewaffnung kaum etwas bekannt ist.

Thronsaalgebäude des Königspalastes in Phnom Penh

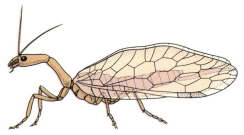

Kamelhalsfliege, Raphidia spec.

lus dromedarius (Afrika u. Vorderasien), u. das zweihöckrige *Trampeltier, Camelus bactrianus* (Mittel- u. Ostasien), vertretene Gattung der *Kamele* i.w.S.; an das Wüstenleben angepaßt: Fetthöcker u. ca. 800 Wasserzellen im Pansen dienen als Speicher. Das Gaumensegel der Männchen kann zur Brunftzeit als Maulblase vorgestülpt werden, um die Brunftschreie zu verstärken.

Kämelgarn, glänzendes Kammgarn aus Haaren der Angoraziege *(Kämelziege);* auch Mohairgarn; für →Krimmer.

Kamelhaar, vom Dromedar u. Trampeltier stammende Wolle. Die feinen, gekräuselten, gelb bis braunen, kurzen Fasern werden von den dunklen, glatten, langen Grannenhaaren durch Kämmen isoliert. Verwendung zu Mantelstoff, Decken u. Hüten.

Kamelhalsfliegen, *Rhaphidiidae,* Familie der *Netzflügler;* bis 12 mm lange Tiere, gekennzeichnet durch die halsartig verlängerte Vorderbrust, die erhoben getragen wird; Vorkommen im Mai u. Juni. Die K. jagen Insekten, z.B. Blattläuse. Die bewegl. Larven leben unter Baumrinde u. machen Jagd auf Borkenkäferlarven, Spinnen u. a. Kerfe.

Kamelie [nach dem mahr. Jesuiten Georg Joseph *Kamel,* * 1661, † 1706], *Kamellie, Camellia japonica,* zu den *Teegewächsen* gehörende beliebte Zimmer- u. Kalthauspflanze, Heimat Ostasien; mit dunkelgrünen, lederigen Blättern u. großen, meist gefüllten Blüten (Farben vom reinsten Weiß bis zum Dunkelrot). Die Samen enthalten 70% Fett, das als Haar- u. Schmieröl benutzt wird.

Kameliendame, Titelheldin eines Romans des jüngeren A. *Dumas,* von diesem später zum Schauspiel umgearbeitet (von G. *Verdi* zum Vorwurf für seine Oper „La Traviata" genommen). Das histor. Vorbild war Marie *Duplessis* (eigentl. Alphonsine *Plessis*), * 1824, † 1847.

Kamelott [der; frz.], Gewebe in Leinwandbindung, aus Wollkammgarn in der Kette u. Baumwolle im Schuß.

Kamen ['kamjɛn; russ.], Bestandteil geograph. Namen: Stein, übertragen: Berg; *Kameno-, Kamenyj:* Stein-, steinig.

Kamen, Stadt in Nordrhein-Westfalen, südwestl. von Hamm, 43000 Ew.; Steinkohlenbergbau, Metall-, Kunststoff-, Textil- u. Lederindustrie; Autobahnkreuz.

Kamenew ['kaminjɛf], eigentl. *Rosenfeld,* Lew Borisowitsch, sowjet. Politiker, * 22. 7. 1883 Tiflis, † 25. 8. 1936 Moskau (hingerichtet); seit 1901 in der revolutionären Bewegung, seit 1909 enger Mitarbeiter *Lenins.* Als Mitgl. des ZK stimmte er 1917 gegen den bewaffneten Aufstand, bekleidete aber nach der Oktoberrevolution höchste Partei- u. Staatsämter (1919–1926 Mitgl. des Politbüros). Er bildete nach Lenins Tod mit *Stalin* u. *Sinowjew* ein Triumvirat gegen *Trotzkij;* nach dessen Niederlage wurde er zusammen mit Sinowjew als „Linksoppositioneller" 1927 ausgeschaltet u. 1936 in einem Schauprozeß zum Tod verurteilt.

Kamenez-Podolskij, Stadt im W der Ukrain. SSR (Sowjetunion), nordöstl. von Tschernowitz, 55000 Ew.; Pädagog. u. Landwirtschaftl. Hochschule (gegr. 1785), Theater; Nahrungsmittel-, Textil-, chem. u. Maschinenindustrie. – Ehem. wichtige poln. Festung gegen die Türken.

Kamen-na-Obi, Stadt in der RSFSR, Westsibirien, am Südzipfel des Nowosibirsker Stausees des Ob (Hafen), 36000 Ew.; Mühlen-, Fleisch- u.a. Industrie. Der alte Plan, oberhalb von K. einen weiteren (Kamener Stausee) Stausee des Ob anzulegen, wurde neuerdings aufgegeben.

Kamensk-Schachtinskij, Industriestadt in der RSFSR (Sowjetunion), am unteren Donez (Hafen), 72000 Ew.; Steinkohlenbergbau, Landmaschinenfabrik, Betriebe der Nahrungsmittel-, chem. u. Baustoffindustrie; Wärmekraftwerk.

Kamensk-Uralskij, Stadt in der RSFSR, östl. des Mittleren Ural, 169000 Ew.; Technikum; reiche Bauxit-, u. Eisenerzlager; Aluminium- u. Eisenhütten, Elektroindustrie, Maschinenbau; Wärmekraftwerk.

Kamenz, 1. Kreisstadt im Bez. Dresden, an der Schwarzen Elster, nordöstl. von Dresden, 16500 Ew.; Geburtsort G. E. *Lessings* (Lessingmuseum); mittelalterl. Kirchen u. Profanbauten (Marienkirche, 15. Jh.; Katechismuskirche, 14. Jh.; Klosterkirche, 16. Jh.; Andreasbrunnen, 1570); Granitabbau, Textil-, Ofen-, Maschinen-, Keramik-, Steingutindustrie. – Krs. K.: 617 qkm, 64600 Ew. **2.** poln. *Kamieniec Ząbkowicki,* Stadt in Schlesien (1945–1975 poln. Wojewodschaft Wrocław, seit 1975 Wałbrzych), an der Glatzer Neiße, 5100 Ew.; Bahnknotenpunkt.

Kamera [die; lat. *camera,* „Kammer"], allg. jedes photograph. Aufnahmegerät. Vorläufer war die →Camera obscura. Um eine größere Lichtstärke zu erzielen, haben die modernen K.s *Linsen,* durch deren Benutzung jedoch Abbildungsfehler entstehen, die durch komplizierte Linsensysteme (→Objektiv) ausgeglichen werden müssen. Es gibt eine Vielzahl von K.modellen für verschiedene Zwecke. Man unterscheidet nach dem Format *Großformat-K.s* (Atelier-, Reise-, Platten-K.s), *Mittelformat-K.s* (6×9, 6×6, 4½×6cm), *Kleinbild-K.s* (24×36 bis 18×24 mm) u. *Kleinstbild-K.s* (10×14 u. 8×11 mm); ferner *blinde* (ohne Scharfeinstellung), *sehende* (mit Mattscheibeneinstellung oder K.s, die den Bildausschnitt im *Sucher* zeigen: *Spiegelreflex-K.s, messende* (mit Meßsucher) u. *automat.* K.s; Spezial-K.s für verschiedene Zwecke wie Luftbild-, Unterwasser-, Serien-, Astro-, Stereo- u.a. K.s. →auch Photographie, Photoobjektive, Photoverschlüsse. – ▢ 10.5.1.

Kameraaugen, Augen, die nach dem Prinzip der Lochkamera arbeiten: die einfachen Blasenaugen der *Polychaeten* u. die komplizierten Linsenaugen der *Wirbeltiere* u. *Kopffüßer;* →Lichtsinnesorgane.

Kameradschaftsehe, nicht auf Dauer beabsichtigte „Ehe" (bes. zwischen Jugendlichen) ohne Trauung u. Kinderwunsch (Idee des US-amerikan. Jugendrichters B. *Lindsey*).

Kameralismus [lat.], *Kameralwissenschaften, Cameralia,* Bez. für die *Wirtschaftswissenschaften* in Dtschld. während des →Merkantilismus. Die K. war eine Lehre von der landesfürstl. Verwaltung, die Rechtswissenschaft, Verwaltungs- u. Wirtschaftslehre (bes. Finanzlehre) umfaßte. Vertre-

Kamelie, Camellia japonica

ter: Veit Ludwig von *Seckendorf,* Philipp Wilhelm von *Hornigk,* Johann Heinrich Gottlob von *Justi,* Joseph Frhr. von *Sonnenfels,* Johann Joachim *Becher.* – ▢ 4.4.7.

Kameralistik, der Rechnungsstil der öffentl. Verwaltung u. der ihr direkt angeschlossenen öffentl. Betriebe auf der Grundlage von Einnahmen u. Ausgaben; →auch Buchführung. – ▢ 4.8.8.

kameralistische Buchführung →Buchführung.

Kameramann, *Filmoperateur,* ein Filmtechniker, der mit der Kamera die Szenen eines Films aufnimmt; entsprechend der Verantwortlichkeit unterscheidet man: Chef-K., 1. K., 2. K., Kameraschwenker, Kamera-Assistent.

Kamerlingh Onnes, Heike, niederländ. Physiker, * 21. 9. 1853 Groningen, † 21. 2. 1926 Leiden; gründete 1894 das Kältelaboratorium in Leiden, in dem er 1908 als erster Wasserstoff u. Helium verflüssigte; entdeckte die Supraleitung. 1913 Nobelpreis für Physik.

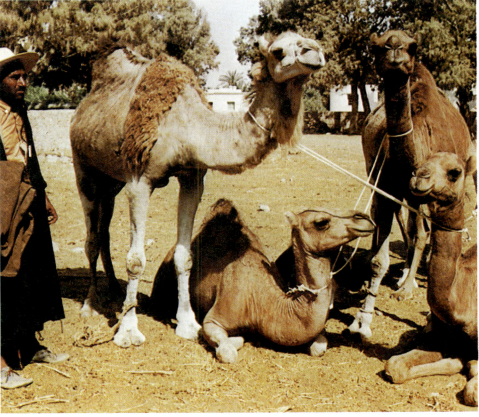

Kamele: zum Verkauf angebotene Kamele auf dem Kamelmarkt in Mareth, Tunesien

KAMERUN
République Unie du Cameroun
TC

Fläche: 475 442 qkm
Einwohner: 6,6 Mill.
Bevölkerungsdichte: 14 Ew./qkm
Hauptstadt: Yaoundé
Staatsform: Präsidiale Republik und Bundesstaat
Mitglied in: UN, GATT, OAU
Währung: 1 Franc CFA = 100 Centimes

Landesnatur: Den größten Teil des Landes nimmt das *Hochland von K.* ein, das als Teil der *Niederguineaschwelle* die nordwestl. Umrahmung des Kongobeckens bildet. Nach W schließt sich das Küstentiefland an, aus dem sich der jungvulkan. *K.berg* bis zu 4070 m erhebt. Das *Hochland von Adamaoua* senkt sich im N zur niedrigen Wasserscheide zwischen Benue u. Logone, u. im äußersten N hat K. noch Anteil am *Tschadbecken* u. grenzt mit einem schmalen Zipfel an den Tschadsee. – Die äquatoriale Lage K.s bestimmt das Klima, das im S u. SW feucht u. schwül ist. Das Hochland ist merklich kühler mit größeren Temperaturunterschieden. Die Niederschläge nehmen von der Küste nach NO ab. Die höchsten Niederschlagssummen Afrikas findet man am Westabhang des K.bergs mit 10 000–11 000 mm/Jahr. Dagegen gibt es im N eine ausgesprochene Trockenzeit u. nur noch 1000 mm Niederschlag. – Der S wird von üppigem Regenwald eingenommen, der nördl. von Yaoundé in Feuchtsavanne mit Galeriewäldern übergeht; im Raum von Garoua im N herrscht Trockensavanne.

Bevölkerung: Zu den ältesten Bewohnern zählen die rd. 10 000 *Pygmäen,* die als Wildbeuter in den Wäldern des S u. SO leben. *Bantuvölker* treiben in der Waldzone des S Dauerhackbau, *Sudanvölker* bewohnen die Savannen des N u. treiben Wanderhackbau. Außerdem leben im N hamit. *Fulbe* u. semit. *Araber* als Viehzüchter u. Händler (z. T. nomad.). Rd. 60% aller Einwohner sind Christen verschiedener Konfessionen u. Sekten, 15% Moslems u. 25% Animisten. In K. leben noch 17 000 Europäer, davon die Hälfte in Douala.

Wirtschaft u. Verkehr: Die trop. Pflanzungswirtschaft liefert für den Eigenbedarf Hirse, Maniok, Mehlbananen, Mais, Süßkartoffeln u. Reis, für den Export Kakao, Baumwolle, Kaffee, Bananen, Erdnüsse, Ölpalmprodukte, Tabak u. Sesam. Die Viehzucht ist im N bedeutend; sie exportiert Fleischkonserven. Die Wälder erbringen Kautschuk u. Edelhölzer. An Bodenschätzen gibt es Zinn, Eisen, Gold, Silber u. Titan; neuerdings sind in Adamaoua Bauxit u. bei Douala Erdgas gefunden worden. Die Industrie wird ausgebaut; im Augenblick ist am wichtigsten das Aluminiumwerk bei Edea, das mit Hilfe der an den Sanaga-Fällen gewonnenen elektr. Energie u. vorläufig noch mit importiertem Bauxit Aluminium herstellt, größtenteils für den Export. Der Ausbau des bereits recht guten Verkehrsnetzes macht rasche Fortschritte. Der Haupthafen Douala ist durch Eisenbahnen mit den anderen größeren Städten verbunden u. hat einen internationalen Flughafen. – ⌸ 6.7.4.

Geschichte

K. wurde 1884 dt. Kolonie u. 1911 auf Kosten Französ.-Äquatorialafrikas über seine jetzigen Grenzen hinaus erweitert. Die dt. Schutztruppe stellte 1916 den Widerstand gegen brit. u. französ. Angriffe ein; 1919 wurde K. ein B-Mandat des Völkerbunds u. zwischen Frankreich u. England geteilt. Die Mandate wandelten sich nach dem 2. Weltkrieg in Treuhandgebiete der Vereinten Nationen. 1955 begann die Volksunion (Französ.-) K.s *(Union des Populations du Cameroun,* UPC) einen Partisanenkrieg, der erst nach 1965 erstickt werden konnte. 1958 gewährte Frankreich Autonomie; am 1. 1. 1960 erhielt die Regierung A. *Ahidjo* (seit 1958) Unabhängigkeit u. vereinte beide Teile K.s (Brit.-K. war als Teil Nigerias verwaltet worden. Durch Volksabstimmung fiel 1961 der S an K., der N an Nigeria.) In der neuen Bundesrepublik (seit 1972 *Vereinigte Republik K.*) wurde Ahidjo Präsident. – K. ist mit der EG assoziiert u. bildet eine Zollunion mit der Zentralafrikan. Republik, Volksrepublik Kongo u. Gabun.

Landschaft im regenarmen Norden

Kamerunberg, das Wahrzeichen Kameruns, ein rd. 2000 qkm großes vulkan. Gebirgsmassiv im Innern des Golfs von Guinea, im *Großen K.* (Fako, Mongoma-Loba, „Götterberg") 4070 m, im *Kleinen K.* (Etinde) 1715 m; letzte Ausbrüche aus Nebenkratern des Fako 1959. In 1000 m ü. M. liegt *Buea,* früher vor allem von Europäern bewohnt. Die höchsten Niederschläge Afrikas am Südwesthang des K.s mit 11 000 mm/Jahr u. die sehr fruchtbaren vulkan. Verwitterungsböden ließen üppigen Regenwald entstehen; an den unteren Hängen liegen Kakao-, Kautschuk- u. Bananenplantagen.

Kamerunfluß, das Mündungsbecken (Ästuar) zahlreicher Flüsse *(Abo-Edea, Kwakwa, Langasi, Mungo, Ndunga, Wuri)* in der Nordostecke des Golfs von Guinea, bei Douala.

Kamerunnuß, die →Erdnuß.

Kames [engl. kɛimz; irisch], von eiszeitl. Schmelzwässern abgesetzte Hügel aus geschichteten Sanden u. Kiesen; →auch Ös (2).

Kamet [ˈkaːmeːt], *Mount Kamet,* tibetan. *Kangmet,* höchster Berg der Zangskarkette des Himalaya, 7756 m; 1931 erstmals bestiegen.

Kami [jap., „die Oberen"], die im Schintoismus verehrten höheren Wesen.

Kamienna Góra [- ˈgura], poln. Name der Stadt →Landeshut i. Schles.

Kamikaze [jap., „göttl. Wind"], *K.-Flieger,* japan. Todespiloten, die sich freiwillig mit bombenbestückten Flugzeugen oder Gleitbomben auf feindl. Schiffe stürzten; erstmals 1944 im 2. Weltkrieg vom Oberbefehlshaber der japan. Marine-Luftstreitkräfte auf den Philippinen, Vizeadmiral T. *Onishi,* eingesetzt, damit sie (wie im MA. ein sog. göttl. Wind, der eine mongol. Flotte vor Japan vernichtet hatte) eine US-amerikan. Invasion verhinderten. Obgleich die Erfolge, von Einzelfällen abgesehen, gering waren, wurden ganze Staffeln von K.-Fliegern als neue Waffe aufgestellt.

Kamilavkion [das; neugriech.], randlose, zylinderähnl. Kopfbedeckung der orth. Priester.

Kamilla [vielleicht zu grch. *gamelios,* „hochzeitlich, festlich"], weibl. Vorname.

Kamille, *Matricaria,* Gattung der *Korbblütler* mit Hauptverbreitung in Südafrika, im Mittelmeergebiet u. im Orient. In Dtschld. gibt es drei Arten: Die *Echte K., Matricaria chamomilla,* ist die Stammpflanze der K. der Apotheken *(Flores chamomillae);* sie hat weiße Strahlblüten mit einem kegelförmigen, hohlen Blütenboden. Strahllose Blüten haben die *Strahllose K.* (Kopf-K.), *Matricaria matricarioides,* u. die *Geruchlose K.* (Falsche K.), *Matricaria maritima.* Die Echte K. wird häufig verwechselt mit der *Römischen K., Anthemis nobilis*, die aber einen gefüllten Blütenboden hat. →auch Hundskamille.

Kamillianer, lat. *Ordo Clericorum Regularium Ministrantium Infirmis*, Abk. *MI*, kath. Krankenpflege- u. Seelsorgeorden, Gemeinschaft von Regularklerikern; widmete sich bes. der Kriegsversehrtenfürsorge, seit 1946 auch Missionstätigkeit in Asien; gegr. 1582 von *Camillo de Lellis*.

Kamin [der; grch.], **1.** *allg.*: ein Schornstein, aus Ziegeln hochgeführt.

2. *Baukunst:* eine Feuerstelle, dreiseitig umschlossen, zur Wohnung hin offen; in Ziegeln oder auch Kacheln ausgeführt, z.T. mit Metallhaube zum Rauchabzug. Der Rauchfang ist seit dem frühen MA. Gegenstand künstler. Ausgestaltung.

3. *Bergsteigen:* enger, steiler Felsspalt, der durch Abstützen mit Knien, Ellenbogen u. Rücken durchklettert wird.

Kaminaljuyú [-xuju], *Kaminalchujú*, Ruinenstätte der Maya aus der Zeit um 500 n. Chr., in der Nähe von Guatemala; etwa 200 Pyramiden u. 13 Ballspielplätze auf einer Fläche von 5 qkm; schnurgerade, bis zu 5 m breite, gepflasterte Straßen. Archäolog. Funde (Keramikformen) beweisen lebhafte Beziehungen zu der gleichzeitig im Hochtal von Mexiko blühenden *Teotihuacan-Kultur*.

Kaminkehrer →Schornsteinfeger.

Kaminski, 1. Heinrich, Komponist, *4. 7. 1886 Tiengen, Oberrhein, † 21. 6. 1946 Ried, Oberbayern; studierte u.a. bei P. *Juon* u. H. *Kaun*; suchte die moderne Klangtechnik mit der Polyphonie des Barocks zu verbinden; Opern („Das Spiel von König Aphelius" 1950), Chorwerke („Magnificat" 1926), Orchesterwerke („Dorische Musik" 1933), Kammermusik u.a.

2. Heinz, Astronom, *15.6.1921 Bochum; Direktor der von ihm 1948 gegr. Sternwarte Bochum, Honorarprofessor an der PH Ruhr; wichtige Beiträge zur Satelliten- u. Weltraumforschung.

Kamiros, *Kameiros*, eine der drei alten Städte (neben *Lindos* u. *Ialysos*) auf der Insel *Rhodos*, besiedelt seit myken. Zeit; bestand auch nach Gründung der Stadt Rhodos im Jahr 408 v.Chr. weiter u. bietet heute nach den Ausgrabungen italienischer Archäologen das Bild einer hellenist. Stadt (ausgedehnte Nekropolen mit reichen Funden an Keramik u. Terrakotten).

Kamisarden [frz. *camisards*, „Blusenmänner"], die hugenott. Bauern in den Cevennen, die sich gegen die Zwangskatholisierung durch Ludwig XIV. in einem mehrjährigen Aufstand (1702–1705) zur Wehr setzten *(Cevennenkrieg)*.

Kamisol [das; frz.], Unterjacke, Wams der Frauen- u. Männerkleidung.

Kamjabutter, aus den *Kamjanüssen*, den Früchten des *Butterbaumes, Pentadesma butyracea*, aus Westafrika, gepreßtes Fett.

Kamloopsforelle ['kæmlu:ps-; engl.] →Forelle.

Kamm, 1. *allg.*: Gerät zur Haarpflege.

2. *Anatomie:* lat. *Crista*, vorspringende Leiste an einem Knochen.

3. *Geomorphologie:* eine langgestreckte Erhebung der Erdoberfläche mit einer *K.linie* als First; bei steilem Hang wird der K. zum *Grat*, bei flachem Abfall zum *Rücken*.

4. *Jagd:* die langen Borsten auf Vorderrücken u. Nacken von Wildschweinen, auch der Bug (Vorderrücken) selbst.

5. *Zoologie:* der häutige Anhang auf der Stirn der echten Hühner *(Hahnen-K.)* u. des Kondors sowie die häutigen Rückenzacken des *K.molchs* u. die verhornten der *K.eidechsen*. Der Hahnen-K. ist in Größe u. Färbung hormonal zu beeinflussen u. dient als Testobjekt für die Hormondosierung. Als Kämme *(Pectines)* werden auch kammförmige Reizorgane zur Begattung am 3. Hinterleibssegment von Skorpionen (umgewandelte Extremitäten) bezeichnet.

Kämmaschine, *Kammstuhl*, in Spinnereien eine Maschine zum Auskämmen der kurzen Fasern u. Verunreinigungen; je nach Konstruktion als *Flach-* oder *Rund-K.* bezeichnet. Der Arbeitsgang ist diskontinuierlich, einzelne Faserbärte werden ausgekämmt u. wieder aufeinandergelegt (Lötung). K. bei Langfasern: →Hechel.

Kammeis, bürstenartige, senkrecht auf dem Erdboden stehende, bis zu 50 cm hohe Eisnadeln, die durch Frostschub meist in subpolaren u. subnivalen Bereichen entstehen, lokal auf wenig bewachsenen, feinkörnigen u. feuchten Böden. Die Eiskristalle gefrorener Bodenteilchen üben hier einen starken Sog auf das Bodenwasser aus.

Kammer [lat. *camera*, „(gewölbtes) Zimmer", dann das Gemach, in dem das fürstl. Vermögen verwahrt wurde], **1.** *Finanzwirtschaft:* 1. die den fürstl. Haushalt leitende Behörde, die auch für die Verwaltung der fürstl. Güter *(K.güter)* zuständig war. – 2. allg. eine Verwaltungsbehörde (z.B. *Domänen-, Rent-, Rechnungs-K.*).

2. *Gerichtsverfassung:* das Kollegialgericht unterster Instanz mit mehreren Berufsrichtern: *Zivil-* u. *Straf-K.n* sowie *K.n für Handelssachen* an Landgerichten u. K.n an Verwaltungs- u. Sozialgerichten; atypisch ist die K. bei den zweitinstanzlichen Landesarbeitsgerichten.

3. *öffentl. Recht:* eine berufsständische Körperschaft des öffentlichen Rechts, z.B. Industrie- u. Handels-, Handwerks-, Landwirtschafts-, Ärzte- u. Rechtsanwalts-K.

4. *Staatsrecht:* Parlament oder Teil eines Parlaments (beim Zweikammersystem). Im Konstitutionalismus des 19. Jh. bestand zunächst ein ständisch begründetes *Zweikammersystem* (Adel u. Bürgertum). Später verlagerte sich die Teilung auf eine *Abgeordneten-K.* u. einen (schon nach seiner Zusammensetzung konservativeren) *Senat*, z.B. in Frankreich. Dabei trat ein Wandel von der ursprüngl. Gleichstellung der beiden K.n dahingehend ein, daß die *„Volks-K."* (*Chambre des Députés* in Frankreich, *House of Commons* in Großbritannien) die Oberhand gewann; die andere K. wurde auf ein Vetorecht beschränkt, das von der Volks-K. mit entspr. Mehrheit überstimmt werden konnte. – Eine andere Form des Zweikammersystems findet sich in den Bundesstaaten: Die eine K. repräsentiert den Gesamtstaat, die andere vertritt die Interessen der Gliedstaaten, wobei die Gliedstaaten-K. teils als echtes Parlament, teils nur als Vertretung der Länder- oder Provinzregierungen auftritt. Beispiele: In den USA bilden *Repräsentantenhaus* u. *Senat* den *Kongreß*; in der UdSSR *Unionssowjet* u. *Nationalitätensowjet* den *Obersten Sowjet*. In Dtschld. standen zunächst *Reichstag* u. *Bundesrat* nebeneinander, dann (1919–1934) *Reichstag* u. *Reichsrat*, jetzt in der BRD *Bundestag* u. *Bundesrat*. Österreich: *Nationalrat* u. *Bundesrat*; Schweiz: *Bundesversammlung*, bestehend aus *Nationalrat* u. *Ständerat*.

5. *Waffentechnik:* bei Feuerwaffen der Laderaum.

6. *weidmännisch:* 1. das Lager von Fuchs, Dachs u. Kaninchen im Bau; 2. der vom *Jagdzeug* (an Leinen ausgespannte Tücher u. Lappen) umstellte Raum, in dem man das Wild zusammenhält, bevor es gejagt wird.

Kammerbau, *Bergbau:* ein Abbauverfahren in Lagerstätten sehr großer Mächtigkeit, z.B. im Kalibergbau: Aus den Lagerstätten werden *Kammern* herausgebrochen; die Reste bleiben zur Stützung der Dachschichten als *Bergfesten* stehen.

Kämmerei, Finanzverwaltung der Städte, Fürstenhöfe u. großen Grundbesitzer.

Kämmereivermögen →Gemeindevermögen.

Kämmerer [lat. *camerarius*], ursprüngl. der Aufseher über den königl. Schatz, eines der 4 Hof- oder →Erzämter. Heute leitet der K. die Finanzen einer Stadtverwaltung oder eines Fürstenhofs.

Kammer für Arbeiter und Angestellte, *Arbeitskammer*, in Österreich die öffentl.-rechtl. Interessenvertretung von Arbeitern u. Angestellten in Gewerbe, Industrie, Bergbau, Handel u. Verkehr; 1920/21 geschaffen, 1945 neu organisiert; im Arbeitskammergesetz 1954 geregelt. Die K.f.A.u.A. besteht aus 9 Landeskammern u. der Dachorganisation, dem →Österreichischen Arbeiterkammertag. – Ähnl. Einrichtungen gibt es auch im Land Bremen u. im Saarland.

Kammer für Handelssachen →Handelsgericht.

Kammergebirge, der südöstl. Teil der Dachsteingruppe (Österreich), in der *Kammspitze* 2141 m.

Kammergericht, 1. seit dem 15. Jh. das persönliche Gericht des dt. Königs, seit 1495 →Reichskammergericht.

2. das oberste preuß. Gericht in Berlin, dessen Name nach dem 1. Weltkrieg auf das Oberlandesgericht Berlin überging. Das K. war 1949–1961 in ein Ost- u. ein Westberliner K. gespalten; heute besteht nur noch das K. in Westberlin.

Kammerjäger, alte Bez. für den Desinfektor oder Gesundheitsaufseher, der vor allem die Bekämpfung von Wohnungsschädlingen *(Raumentwesung)* durchführt; Ausbildung an einer staatl. anerkannten Desinfektorenschule.

Kammerlinge = Foraminiferen.

Kammermusik, ursprüngl. das nichtöffentl. Musizieren in kleinem Kreis, wie es vor allem in Privatsalons u. Schlössern von Fürsten gepflegt wurde. Den hierfür fest angestellten Sängern u. Musikern wurden die Titel *Kammersänger, Kammermusiker* oder *Kammervirtuose* verliehen. Da die Bez. bereits im 17. Jh. aufkam, als die Instrumentalmusik noch in den Anfängen ihrer Entwicklung stand, bezog sie sich zunächst vorwiegend auf die vokale Musik (*Kammerkantate* im Gegensatz zur Kirchenkantate), danach auf alles Musizieren, das nicht Kirchen- oder Theatermusik war: vom Lied u. kleinsten Instrumentalstück, selbst Tänzen, über Suite, Ballett, Kammersonate (im Gegensatz zur Kirchensonate) u. Kammerkonzert bis zur Sinfonie, die ebenfalls nur in kleiner Besetzung aufgeführt wurde. Erst mit Beginn der klass. Epoche wurde der Begriff wieder enger gefaßt u. bezieht sich seitdem hauptsächl. nur noch auf die größeren Instrumentalformen wie die Solosonate u. auf Werke für wenige Instrumente, deren Grundlage ebenfalls zumeist die Sonatenform ist (Duo, Trio, Quartett, Quintett). Der Verzicht auf größere Klangfülle u. Vielfalt in der Instrumentierung u. die damit gegebene Durchsichtigkeit der einzelnen Stimmen wie auch die notwendig feinere Nuancierung u. Ausarbeitung des Details führten zur Ausprägung eines ausgesprochenen kammermusikal. Stils. – Heute rechnet man auch die Aufführung sowohl größerer Vokalwerke wie orchestraler Formen mit einer beschränkten Zahl von Ausführenden zur K.: *Kammerchor* (Madrigalvereinigungen), *Kammerorchester, Kammersinfonie, Kammeroper*. – 📖2.7.2.

Kammermusikvereinigungen, aus Künstlern oder Amateuren bestehende Gruppen zur Pflege von Musik in kleiner Besetzung (Trio bis Nonett), überwiegend als Streichquartett (2 Violinen, Viola, Violoncello), doch auch in zahlreichen anderen Zusammensetzungen: Quintett, Sextett, Septett usw., Bläserensemble oder Streicher mit Klavier oder Bläsern gemischt (z.B. Klaviertrio u. Klarinettenquintett). Zu den berühmten K. zählt man u.a.: das ältere u. jüngere *Müller-Quartett* (Braunschweig 1831–1873; die älteste reisende dt. Quartettvereinigung), das *Joachim-Quartett* (Berlin 1869–1907), das *Böhmische Streichquartett* (1892–1933), das *Flonzalay-Quartett* (New York 1902–1929), das *Amar-Quartett* (Frankfurt a.M. 1922–1929), das *Loewenguth-Quartett* (Paris, gegr. 1929) u. das *Amadeus-Quartett* (London, gegr. 1947). Daneben bestehen zahlreiche Vereinigungen für alte Musik (Mittelalter bis Barock); zu den führenden zählt heute der *Concentus Musicus Wien*, geleitet von Nicolaus *Harnoncourt* (gegr. 1952).

Kammerofen, Ofen aus sehr feuerfesten Steinen zum Brennen von Tonwaren u. Porzellan. Der K. ist in einzelne Kammern geteilt, die einzeln beschickt u. beheizt werden können. Beheizt wird er durch Generator- oder ein anderes Gas, das mit Luft gemischt u. durch Ventile in die Ofenkammern eingeleitet wird. Da die Luft vorher durch die fertig gebrannten Kammern durchgeleitet u. somit vorgewärmt ist, ergibt sich eine hohe Wirtschaftlichkeit des Ofens.

Kammersäure, beim Bleikammerverfahren anfallende etwa 60%ige Schwefelsäure.

Kammersee = Attersee.

Kammerspiele, Schauspiele, die für kleine, auf intime Wirkung berechnete Bühnen bestimmt sind; auch diese Bühnen selbst. K. entstanden gegen Ende des 19. Jh., zuerst in Rußland (K. S. *Stanislawskijs* Moskauer „Künstlertheater"), dann in Berlin (K. des Dt. Theaters unter Max *Reinhardt*, 1906) u. München (unter O. *Falckenberg* 1911).

Kammersprengung, ein Sprengverfahren, das hauptsächl. in Steinbruchbetrieben angewandt wird, u. zwar dort, wo das an sich billigere Bohren von Sprenglöchern Schwierigkeiten macht. Man stellt am Fuß der Steinbruchwand durch bergmänn. Arbeiten kammerförmige Hohlräume her u. füllt sie mit Sprengstoff; die Wirkung ist wie bei geballten Ladungen.

Kammerton, der Ton *a'* (eingestrichenes a), seit 1939 allg. auf 440 Schwingungen pro sek bei 20 °C festgelegt (1858 von der Pariser Akademie der Wissenschaften auf 435, 1950 vom selben Institut für Frankreich auf 432 Schwingungen). Der K. dient der internationalen Übereinstimmung in der Tonhöhe bei allen musikalischen Aufführungen; er ist auch der Ton der genormten Stimmgabeln u. Stimmpfeifen.

Kammertuch, feinfädiger, dichter Kattun für Hemden.

Kammerwagen

junger Kammleguan, Ctenosaurus spec.

Kammolch, Triturus cristatus

Kammerwagen, *Brautfuder,* ein Leiter- oder Kastenwagen, auf dem die Aussteuer (obenauf das Spinnrad) der Braut ins Haus des Bräutigams geführt wurde.

Kammfinger, *Ctenodactylidae,* Familie der *Nagetiere;* von plumper Gestalt, stummelschwänzig, an den Hinterfüßen oberhalb der Zehen kammartige Borstenreihen. Die K. leben in felsigen Gebieten Nordafrikas. Am bekanntesten ist der *Gundi, Ctenodactylus gundi* (16 cm Körperlänge, in Nordwestafrika).

Kammgarn, 1. nach dem *K.verfahren* hergestelltes Garn, meist aus reiner gekämmter Wolle, auch aus reinen Chemiefasern von kämmfähiger Länge oder aus Mischungen dieser Materialien untereinander oder mit anderen gekämmten Spinnstoffen. Die Höhe der Drehung richtet sich nach dem Verwendungszweck. Garne aus gekämmten Fasern, die jedoch nicht nach dem K.verfahren hergestellt sind, werden nicht als K. bezeichnet (z. B. gekämmtes Baumwollgarn). *Halb-K.:* ungekämmtes, sonst wie K. hergestelltes Garn. **2.** haltbares Gewebe aus Kammgarnen (1) mit glatter Oberfläche u. klar erkennbarem Bindungsbild; durch scharfe Garndrehung hart im Griff.

Kammgras, *Cynosurus,* aus 5 Arten bestehende Gattung der *Süßgräser.* In Dtschld. ist das *Gewöhnl. K., Cynosurus cristatus,* auf Wiesen u. Grasplätzen heimisch. In der ährenförmigen, gedrungenen Rispe steht neben jedem fruchtbaren Ährchen ein unfruchtbares, das an seinen kammförmig gestellten Spelzen leicht zu erkennen ist.

Kammgriff →Griff (1).

Kammhuber, Josef, Offizier, * 19. 8. 1896 Burgkirchen, Oberbayern; führend beteiligt am Aufbau der dt. Luftwaffe seit 1937; 1956–1962 Inspekteur der Luftwaffe der Bundeswehr.

Kamminze, *Elsholtzia,* Gattung der *Lippenblütler;* in Dtschld. als Gewürzpflanze *(Elsholtzia cristata)* angebaut u. stellenweise verwildert.

Kammkeramik, Tonware nordeurasischer jungsteinzeitl. bis bronzezeitl. Kulturgruppen Nordosteuropas u. Sibiriens. Die rund- oder spitzbodigen, eiförmigen Gefäße haben eine Verzierung aus meist horizontalen Punktreihen, die mit einem kammförmig gezähnten Knochenstempel eingedrückt wurden, oft mit Grübchenreihen abwechselnd. Die Träger der Kultur der K. waren Fischer, Jäger u. Sammler mit stark spezialisierten Stein-, Knochen- u. Holzgeräten; die Wohnform war eine in die Erde hineingebaute Hütte auf hochwasserfreien Dünen. Die Körpergräber enthalten viel Rotocker u. an Beigaben vor allem Bernsteinschmuck u. Feuersteinpfeilspitzen. Die Kunst dieser Völker bestand aus Felsbildern mit naturalist. Jagdszenen u. figürl. Tierplastik (Waffen mit Tierkopf).

Kammkies, durch Zwillingsbildung zyklisch verwachsene Markasit-Kristalle, bei denen eine kammartige Zähnelung ausgebildet ist.

Kammleguan, *Schwarzer K., Ctenosaurus similis,* über 1 m langer *Leguan* Mittelamerikas; in der Jugend leuchtend grün mit schwarzen Streifen, im Alter grau bis schwarz; Allesfresser.

Kämmling, der Abfall an der Kämmaschine in der Spinnereivorbereitung. Er enthält kurze Fasern u. Verunreinigungen u. wird für weniger wertvolle Garne sowie als Füll- u. Polstermaterial verwendet.

Kammolch, *Triturus cristatus,* bis 18 cm langer *Schwanzlurch,* in ganz Europa u. Kleinasien mit Ausnahme der Pyrenäenhalbinsel verbreitet; schwarzbraun; der Bauch ist orangerot gefleckt. Das Männchen hat in der Paarungszeit perlmutterfarbene Längsbänder u. einen häutigen Rückenkamm. Nach Verlassen des Wassers lebt der K. unter altem Holz u. Steinen der Uferregion; er wird bis 25 Jahre alt.

Kammquallen →Rippenquallen.

Kammrad, ein Zahnrad mit eingesetzten hölzernen Zähnen (Kämmen); zeichnet sich durch ruhigen Lauf aus.

Kammschnaken, *Ctenophora,* über 3 cm lange, auffällig rot, schwarz u. gelb gezeichnete *Schnaken,* deren Männchen große gekämmte Fühler u. deren Weibchen lange Legeröhren tragen. Die Larven entwickeln sich in faulendem Holz.

Kammspinnen, *Ctenidae,* Familie der *Spinnen* im trop. Amerika. Sie gelangen vornehml. mit Bananensendungen nach Europa, darunter sehr selten die bis zu 4 cm lange Art *Ctenus ferus,* deren Biß für Kleinkinder tödlich sein kann.

Kammstern, *Astropecten mülleri,* ein Seestern mit sehr großer Scheibe u. kurzen Armen. Er lebt im Sand eingegraben u. kann nicht klettern, da Saugscheiben an den Füßchen fehlen. Der K. kommt an unseren Küsten vor.

Kammuscheln, *Pecten,* mit vielen Augen am Mantelrand versehene Meeresmuscheln, die sich mit Byssusfäden festheften, aber sich auch durch Auf- u. Zuklappen der Schalen nach dem Rückstoßprinzip fortbewegen können.

Kammwolle, Schafwolle, für die Herstellung von Kammgarn geeignet.

Kammzahnhaie = Grauhaie.

Kammzug, von der Woll-Kämmaschine abgeliefertes Faserstoff-Halbzeug; muß vor Verspinnung noch verfeinert u. auf gleichmäßige Stärke gebracht werden.

Kamp [lat., niederdt.], **1.** *Feld-, Vieh-K.,* durch Gräben oder Zäune eingefriedigtes Stück Feld oder Viehweide. **2.** vor Wildverbiß geschützte Fläche zur Heranzucht von Forstpflanzen. Der *Saat-K. (Saatschule)* dient der Erziehung von 1–3jährigen Pflanzen auf Saatbeeten, der *Pflanz-K. (Pflanzgarten)* der Verschulung älterer Pflanzen bis zum Auspflanzen im Freien.

Kamp [der], linker Nebenfluß der Donau; entspringt als *Großer K.* auf der Grenze zwischen Ober- u. Niederösterreich im Weinsberger Wald, ist im Waldviertel in mehreren Seen gestaut *(Ottenstein* 70 Mill. m³, *Dobra* 53 Mill. m³, *Tiefenbach* 21 Mill. m³) u. mündet nach 145 km östl. von Krems a. d. D.

Kampagne [-'panjə; die; frz., „(flaches) Land"], **1.** *Militär:* Feldzug. **2.** *Wirtschaft:* bei nicht das ganze Jahr voll arbeitenden Betrieben *(Saisonbetrieben)* die Hauptarbeitszeit, z. B. in Zuckerfabriken oder Keltereien.

Kampala, Hptst. von Uganda (seit 1962), Ostafrika, 10 km nördl. des Victoriasees; Handelsmarkt u. Missionszentrum; 1300 m ü. M., 100 000 Ew. (Agglomeration 400 000 Ew.); Wirtschafts- u. Verkehrszentrum, weitverzweigtes Gewerbe, vielseitige Industrie; Hafen *Port Bell* am Victoriasee, Eisenbahnverbindung mit Nairobi u. Mombasa; Makerere University College (1922), Museum mit Sammlung altafrikan. Musikinstrumente.

Kampanien, ital. *Campània,* italien. Region am Golf von Neapel, 13 595 qkm, 5,2 Mill. Ew., Hptst. *Neapel;* im O die trockene Hochfläche des *Kampan. Apennin,* westl. davon dicht besiedelte (Dichte 380 Ew./qkm), fruchtbare Agrarlandschaft *(Kampan. Ebene)* mit Obst-, Tabak-, Weizen-, Gemüse-, Mais- u. Weinanbau sowie mit vielen histor. Bauten; vorgelagert die Inseln *Capri, Ischia* u. *Pròcida;* Landgewinnung durch Trockenlegung; um Neapel vulkan. Erscheinungen, z. B. Thermalquellen; Fremdenverkehr; Schiff- u. Maschinenbau, Nahrungsmittel-, Metall- u. Textilindustrie in den Küstenstädten.

Kampanje [frz.], *Halbdeck, Hüttendeck,* kurzes Deck über dem achteren Oberdeck eines Schiffs.

Kampen, 1. ['kampə], Stadt in der niederländ. Prov. Overijssel, an der IJssel, nordwestl. von Zwolle, nahe dem IJsselmeer, 28 800 Ew.; Theolog. Fakultät; Zigarrenindustrie, Maschinen- u. Schiffbau, Emaillierwerke. **2.** Badeort auf der nordfries. Insel *Sylt,* 1600 Ew.; Künstlerkolonie.

Kampenwand, Gipfel in den Chiemgauer Alpen (Bayern), südl. des Chiemsees, 1699 m.

Kampescheholz, Campecheholz [nach dem Staat *Campeche* in Südostmexiko] = Rotholz.

Kämpeviser [Mz., Ez. die *Kämpevise;* nord.], Heldengedichte, altskandinav. Balladen mit heim., oft myth. oder ausländ. (bes. dt.) Inhalt; seit dem hohen MA. bekannt, im 16./17. Jh. gesammelt, z. T. noch heute lebendig (z. B. auf den Färöern).

Kampf, *Verhaltensforschung:* zur Auseinandersetzung führendes *Aggressionsverhalten* bei Tieren, sowohl zwischen verschiedenen Arten (interspezifisch) als auch innerhalb einer Art (intraspezifisch). K. innerhalb der Art dient der Revierbildung (→Revier), der Aneignung eines Geschlechtspartners, der Beschaffung von Nahrung oder der Stellung innerhalb einer →Rangordnung. Dabei wird eine Art nicht in ihrem Bestand gefährdet, denn im *Beschädigungskampf* ist selten: nur bei Arten mit schwachen Waffen (Schneeziege) oder mit günstigen Ausweichmöglichkeiten (einige Fische, Wanderratte, Wölfe). Nach festen Regeln wird der *Kommentkampf* durchgeführt; →Droh-

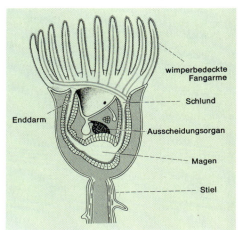

Kamptozoen: Organisationsplan

stellung u. zahlreiche andere ritualisierte Verhaltensweisen (→Ritualisation) verhindern eine stärkere Beschädigung: Horntiere, Hirsche u. Meerechsen greifen nur von vorn an; Winkerkrabben stoßen mit den fest geschlossenen Scheren aufeinander; Giftschlangen beißen nicht, sondern versuchen sich durch Umschlingen zur Seite zu drücken. Durch →Demutsverhalten des Unterlegenen kann der K. abgebrochen werden. – ☐ 9.3.2.

Kampfabzeichen, im 2. Weltkrieg für die dt. Wehrmacht gestiftete Abzeichen zur Erinnerung an bestimmte bes. schwere Kämpfe oder zur Anerkennung für Bewährung im Kampfeinsatz. Die K. haben die Form von Schilden, die am linken Oberarm getragen wurden (z. B. Narvik-, Cholm-, Krim-, Demjanskschild), oder von Ärmelbändern (Kreta, Afrika, Metz 1944, Kurland). Zu den K. gehören auch die teilweise in mehreren Stufen verliehenen *Sturmabzeichen,* weitere Waffengattungen des Heeres, die *Frontflugspangen* der Luftwaffe u. die Kriegsabzeichen der Marine, außerdem *Banden-K., Panzervernichtungsabzeichen, Nahkampfspange, Ehrenblattspange* (zur Kenntlichmachung der im Ehrenblatt des Heeres oder der Luftwaffe oder in der Ehrentafel der Marine namentlich Genannten) u. a.

Kampfbünde, Wehrverbände, nach militär. Vorbild organisierte, den Wehrgedanken bejahende u. z. T. Wehrsport treibende, meist uniformierte polit. Gruppen zur Zeit der Weimarer Republik, die sich zunächst, meist aus aufgelösten *Selbstschutzverbänden* u. *Freikorps* kommend, auf der radikalen Rechten bildeten u. ohne ihre geistige Verbindung zu *Jugendbewegung* u. Kriegserlebnis kaum hätten entstehen können. Ursprüngl. im außerparlamentar. Raum agierend u. gegen die Parteien gerichtet (*Stahlhelm, Werwolf, Brigade Ehrhardt* bzw. *Bund Wiking, Organisation Escherich, Organisation Consul*), waren sie später auch in deren Nähe zu finden (*Reichsbanner Schwarz-Rot-Gold, Jungdeutscher Orden,* der kommunist. *Rote Frontkämpfer-Bund* sowie die *SA* u. *SS* der NSDAP). Darüber hinaus gab es eine Vielzahl kleinerer Gruppierungen in Dtschld. u. K. im Ausland: Österreich (sozialist. *Republikan. Schutzbund*, rechte *Heimwehren*), Italien (*Schwarzhemden*), Rumänien (*Eiserne Garde*) u. a. – Abgesehen vom Jungdt. Orden u. vom Reichsbanner spielten die K. innenpolit. eine mehr als fragwürdige Rolle, da von ihnen die republikan.-demokrat. Struktur in Dtschld. u. Österreich abgelehnt u. bekämpft wurde.

Kampfer = Campher.

Kämpfer, *Bauwesen:* 1. Tragplatte zwischen Last (Bogen, Gewölbe) u. Stütze (Pfeiler, Säule, Mauer). 2. waagerechtes Querholz (*K.holz*) des Fensterrahmens zur Unterteilung hoher Fenster.

Kämpfer, *Kaempfer,* Engelbert, Arzt u. Naturforscher, *16. 9. 1651 Lemgo, †2. 11. 1716 Lemgo; bereiste 1683–1693 Vorder-, Süd- u. Ostasien u. lieferte als erster Europäer eine umfassende Beschreibung Japans, bes. auch der medizin. u. botan. Verhältnisse. Für die Kenntnis fernöstl. Kunst waren die von ihm mitgebrachten *Kämpfer-Blätter* wichtig.

Kampferbaum, *Cinnamomum camphora,* bis 40 m hohes *Lorbeergewächs* Südchinas, Indochinas u. Südjapans, in den Tropen kultiviert, bes. auf Taiwan u. in Florida. Die Bäume müssen 60 Jahre alt sein, bis zur Gewinnung von →*Campher* geschlagen werden, der auch aus *Cinnamomum nominale* aus Taiwan u. anderen trop. Hölzern gewonnen wird. Der K. wird auch als Zierbaum gepflanzt.

Kämpfer-Blätter, *Kaempfer-Blätter,* die ersten chines. Farbholzschnitte aus dem späten 17. Jh., die E. *Kämpfer* 1693 aus Nagasaki nach Europa brachte. 25 Blätter befinden sich heute im British Museum, London.

Kampffisch, *Beta splendens,* 5–6 cm langer, oft als Zierfisch gehaltener, aus Tümpeln Hinterindiens u. des Malaiischen Archipels stammender, farbenprächtiger *Labyrinthfisch,* der im Erregungszustand raschen Farbwechsel zeigt. Monströse Formen werden als *Schleierkampffische* bezeichnet.

Kampfgruppe, Zusammenfassung verschiedener Waffengattungen zur Erfüllung eines bestimmten Kampfauftrags; in der Bundeswehr ursprüngl. Bez. für die heutige *Brigade*.

Kampfgruppen der Arbeiterklasse, seit 1952 in Betrieben, Behörden, Schulen u. a. der DDR aufgestellte, bis 1959 *Betriebskampfgruppen* genannte paramilitär. u. polit. geschulte Milizverbände der SED (seit 1954 auch Parteilose umfassend) nach dem Vorbild des *Roten Frontkämpferbunds* der Weimarer Republik; ein Hilfsorgan der Volkspolizei u. der Nationalen Volksarmee, „wirksames Instrument der Heimatverteidigung", seit dem *Juniaufstand* 1953 bewaffnet; Stärke ca. 400 000 Mann, davon 200 000 einsatzbereit.

Kampfhubschrauber, mit Bordwaffen ausgerüsteter Hubschrauber, der militär. Hubschrauber-Transportverbänden Begleitschutz sowie Feuerunterstützung bei Landeoperationen geben kann.

Kampfhuhn, *Kämpfer,* bes. von den Malaien für den Hahnenkampf gezüchtete, hochbeinige Hühnerrasse mit stark aufgerichteter Körperhaltung, langen Sporen u. kräftiger Muskulatur. Zum Kampf befestigt man dem K. oft noch kleine, scharfe Messer an den Sporen.

Kampfläufer, *Philomachus pugnax,* ein mittelgroßer *Schnepfenvogel* Eurasiens, dessen Männchen zur Zeit der Balz verschiedenfarbige Prachtkleider zeigen. Die auf bes. Kampfplätzen durchgeführten Kämpfe der Männchen miteinander sind meist harmlos.

Kampfpanzer, stark gepanzertes, mit Bordwaffen meist im Drehturm bestücktes Fahrzeug für alle Aufgaben der Panzertruppe; meist ein Vollkettenfahrzeug; →*Panzer*.

Kampfschwimmer, „Froschmänner", Einzelkämpfer der Marine, die, mit Sauerstoffgerät, Schwimmflossen u. ä. ausgerüstet, unter Wasser an feindl. Ziele heranschwimmen, um diese zu erkunden oder zu zerstören.

Kampfstoffe →ABC-Kampfmittel.

Kampftruppe, eine *Truppengattung* des Heeres, die mit den zu ihr gehörenden Waffengattungen *Infanterie* u. *Panzertruppe* die Hauptlast des Kampfes trägt u. von allen anderen Truppengattungen unterstützt wird.

Kampf ums Dasein, engl. *Struggle for Life* →Darwinismus.

Kampfwagen = Panzer.

Kampfzonentransporter, militär. Transportflugzeug für Transporteinsätze bis in die unmittelbare Kampfzone.

Kamphirsch = Pampashirsch.

Kamp-Lintfort, nordrhein-westfäl. Stadt nordwestl. von Moers, 38 000 Ew.; ältestes dt. Zisterzienserkloster *Kamp* (1122–1802); Steinkohlenbergbau.

Kampmann, Bodo, Bildhauer u. Goldschmied, *15. 1. 1913 Wuppertal; lebt in Essen; kirchl. Geräte u. dekorative Plastiken für Kirchen u. öffentl. Bauten in Dtschld. u. Österreich.

Kampot, Provinz-Hptst. in Kambodscha, am Golf von Thailand, 15 000 Ew.; Techn. Universität; Fischereihafen, Pfefferkulturen.

Kamptozoen [grch.], *Kamptozoa, Entoprocta, Kelchtiere,* auf einem Stiel festsitzende polypenartige Tiere, die sich als Strudler ernähren. Sie haben im Gegensatz zu den *Polypen* aus der Gruppe der *Hohltiere* einen U-förmig gebogenen Darm, dessen Mund u. After innerhalb des Tentakelkranzes münden. Meist leben sie im Meer u. im Süßwasser in Kolonien. Es tritt geschlechtl. Vermehrung u. auch Vermehrung durch Knospung auf. Der Tierstamm umfaßt etwa 60 Arten.

Kampung [mal.], Bestandteil geograph. Namen: Dorf.

Kamtschadalen, der ostsibir. Stamm der →Itelmen in Kamtschatka.

Kamtschatka, nordostasiat. Halbinsel zwischen Bering- u. Ochotskischem Meer, rd. 350 000 qkm,

Kamtschatka: die Hauptstadt Petropawlowsk-Kamtschatskij

Kanaan: Stelen aus einem kanaanitischen Tempel des 13. Jh. v. Chr. in Hazor; auf einer Stele strecken sich zwei zum Gebet erhobene Arme den Symbolen von Sonne und Mond entgegen. Jerusalem, Museum

Kamtschatkabiber

1200 km lang, bis zu 450 km breit; von zwei Gebirgsketten durchzogen, mit rd. 22 noch tätigen Vulkanen (*Kljutschewskaja Sopka* 4750 m), häufige Erdbeben; im N Tundrenvegetation, im S stark bewaldet u. wildreich (Bären, Füchse, Zobel). Administrativ bildet die Halbinsel mit dem angrenzenden Festland die Oblast K. innerhalb der RSFSR: 472 300 qkm, 287 000 Ew. (*Kamtschadalen* [mit Russen vermischte mongolide Urbevölkerung, →Itelmen] u. *Korjaken*, die im N einen eigenen Nationalkreis bewohnen, Hptst. *Petropawlowsk-Kamtschatskij*. Wirtschaft: Rentierzucht u. Jagd, Holzeinschlag, nur im Tal des Flusses K. (758 km, schiffbar, mündet in die K.bucht des Beringmeers) Landwirtschaft; an der Westküste Seefischfang, in den Städten Fisch- u. Krabbenkonservierung, im O Holzverarbeitung; Kohlenvorkommen. – ⒷSowjetunion (Wirtschaft und Verkehr).

Kamtschatkabiber, im Pelzhandel das Fell des →Seeotters.

Kamtschatka-Kurilen-Strom, kalte Meeresströmung, nördl. Teil des →Oya Schio.

Kamtschatka-Midway-Rücken [-'midwɛi-], die nordpazif. Schwelle des →Imperatorrückens.

Kämtz, Ludwig Friedrich, Meteorologe u. Physiker, *11. 1. 1801 Treptow an der Rega, † 20. 12. 1867 St. Petersburg; Prof. in Halle (Saale) u. Dorpat, seit 1865 Direktor des Zentralobservatoriums in St. Petersburg; schrieb Lehrbücher der Meteorologie.

Kamyschin, Stadt in der RSFSR (Sowjetunion), am Bergufer der unteren Wolga (Hafen), 80 000 Ew.; Medizin. Fachschule; Baumwollkombinat u. Konfektionsbetriebe, Maschinenbau, Holzverarbeitung, Baustoffproduktion.

Kana [das oder die], japan. Silbenschrift; →japanische Schrift.

Kana, *Kanaa*, arab. *Kafr Kanna*, israel. Ort in Galiläa, nördl. von Nazareth, wo Jesus nach Joh. 2,1 bei einer Hochzeit Wasser in Wein verwandelte.

Kanaal [fläm., ndrl.], Bestandteil geograph. Namen: Kanal.

Kanaan, bibl. Name für *Palästina*, seit dem 15. Jh. v. Chr. bezeugt; bezeichnete ursprüngl. nur den Küstenstreifen Palästinas u. Syriens, im 14. u. 13. Jh. v. Chr. den ägypt. Herrschaftsbereich in Palästina. – ⒷS. 207.

Kanaanäer →Kanaaniter.

kanaanäische Sprache, aus der Zeit um 1400 v. Chr. (Schrifttafeln mit Glossen aus Tell el-Amarna) überlieferte semit. Sprache, gesprochen in Palästina u. in phöniz. Siedlungen Nordafrikas. Aus der k.n S. entwickelten sich die moabit., phöniz. u. hebr. Sprache.

Kanaaniter, *Kanaanäer*, im A.T. Sammelbez. für die Nachkommen des verstoßenen Noahsohns *Ham* u. der vorisraelit. Bevölkerung Palästinas; ein Zeugnis für die Verschmelzung zweier Bevölkerungsschichten, einer älteren vorsemitischen u. einer etwa 3000 v. Chr. eingewanderten semitischen.

Kanachos, griech. Bildhauer aus Sikyon, tätig um 500 v. Chr.; sein Hauptwerk ist das Kultbild des Apollon Philesios im Didymaion bei Milet, das 494 v. Chr. von *Darius* nach Persepolis entführt wurde (in Nachbildungen erhalten).

KANADA
Canada — CDN

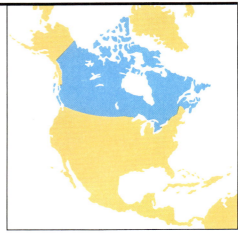

- Fläche: 9 976 139 qkm
- Einwohner: 23,2 Mill.
- Bevölkerungsdichte: 2,3 Ew./qkm
- Hauptstadt: Ottawa
- Staatsform: Parlamentarisch-demokratische Monarchie
- Mitglied in: UN, Commonwealth, Colombo-Plan, NATO, GATT, OECD
- Währung: 1 Canadian Dollar = 100 Cents

K. besteht aus den 10 Provinzen Alberta, British Columbia, Manitoba, Neubraunschweig, Neufundland, Neuschottland, Ontario, Prinz-Edward-Insel, Quebec u. Saskatchewan sowie den beiden Territorien, die nördl. des 60. Breitenkreises liegen (Nordwestterritorium u. Yukonterritorium).

Landesnatur: Das flächenmäßig zweitgrößte Land der Erde gliedert sich in 9 markante Großlandschaften: Das Gebiet der *nördl. Appalachen*, Akadien, mit den Halbinseln Neubraunschweig u. Neuschottland, der Prinz-Edward-Insel u. der Insel Neufundland, ist ein relativ kühles, ozeanisch feuchtes, durch zahlreiche Buchten gegliedertes, flaches Hügel- u. Mittelgebirgsland mit wenig fruchtbaren Böden, aber ansehnl. Bodenschätzen u. fischreichen vorgelagerten Gewässern. Die 1000 km lange, fruchtbare Tallandschaft am *St.-Lorenz-Strom*, die ein angenehmes, mildes Klima aufweist, ist das „Herz Kanadas", das am dichtesten besiedelte Gebiet. Das „*Zwischenseengebiet*" der Ontarioinsel nördl. der Großen Seen, ein flaches Hügelland, reich an Bodenschätze u. ist ein wichtiges Industriegebiet mit mehreren größeren Städten. Rund um die Hudsonbai schließt sich die archaische Landmasse des *Kanad. Schilds* (Laurentia) an, ein völlig abgetragenes u. vom Eis des Pleistozäns überformtes ehem. Gebirge, das an der Südostküste der Bai ins *Hudsonbai-Tiefland* übergeht. Westl. des Schilds dehnt sich das Tiefland der *Großen Inneren Ebenen* aus, die nördl. Fortsetzung der ehem. Grasländer der Prärien (Great Plains) aus den USA, ein flaches, trockenes, sommerwarmes Flachland (kontinentales Klima) mit fruchtbaren Böden, unübersehbaren Weizenfeldern u. fetten Weiden. Die Kordilleren der *Rocky Mountains* u. der pazif. Küstenketten (Mount Logan 6050 m) umgeben die Hochbecken von British Columbia u. des Yukonterritoriums u. sind größtenteils von dichten Nadelwäldern bestanden, kühlgemäßigt u. reich an Erzen. Die Küste ist in fjordartige Buchten u. zahlreiche Inseln (die größte: Vancouver-Insel), die teilweise auch zu Alaska gehören, aufgelöst. Fast die Hälfte der Fläche nimmt das flache, subpolare bis polare *Arkt. Tiefland* des N ein (teils dem Kristallin des Kanad. Schilds zugehörig), das im S von schütteren borealen Nadelwäldern, im N von den Moos- u. Heidelandschaften der Tundra bestanden ist u. sich am Polarmeer in zahlreiche große u. kleine Inseln auflöst, die teilweise kahl u. teilweise vergletschert sind.

Viele Seen unterbrechen das Land: Großer Bärensee, Großer Sklavensee, Athabascasee, Rentiersee. Auch das Gebiet an der Hudsonbai u. die riesige Halbinsel Labrador gehören zu diesem polaren Raum, in dem ebenfalls ansehnliche Bodenschätze entdeckt u. erschlossen wurden. Der nördlichste Teil Kanadas, die Ellesmere- u. Axel-Heiberg-Insel, werden von den *Innuit Mountains* eingenommen.

Die großen Ströme – St.-Lorenz-Strom, Mackenzie, Saskatchewan-Nelson, Churchill – sind 4–9 Monate im Jahr von Eis bedeckt. Sie werden immer mehr zur Energiegewinnung herangezogen. Für die Tierwelt sind im arkt. Gebiet Rentiere, Moschusochsen, Eisbären u. verschiedene Robbenarten u. a. typisch, im gemäßigten Raum Hirsche, Elche, Biber u. a.

Die zu rd. 19% Französ., sonst Engl. sprechende Bevölkerung besteht aus eingewanderten Weißen verschiedener Herkunft, daneben aus 260 000 Indianern u. 17 000 Eskimo sowie einigen Chinesen, Japanern u. Negern. Annähernd die Hälfte ist brit.-irischer, knapp ein Drittel französ. Abstammung. Evangel. Gruppen überwiegen mit 12 Mill., sie sind in viele Kirchengruppen zersplittert; Katholiken (10 Mill.). Die Bevölkerung verdichtet sich am St.-Lorenz-Strom, an den Großen Seen sowie im Gebiet von Vancouver.

Wirtschaft: K.s Landwirtschaft konzentriert sich auf vier räuml. voneinander getrennte Gebiete: der äußerste SW, d. h. Neubraunschweig, Neuschottland u. die Prinz-Edward-Insel, mit Milchwirtschaft, Getreide-, Gemüse-, Kartoffel- u. Obstanbau sowie Geflügelzucht; das Tiefland am St.-Lorenz-Strom u. nördl. der Großen Seen mit Milchwirtschaft, Gemüse- u. Obstanbau sowie Spezialkulturen; der Südteil der Prärieprovinzen (Alberta, Saskatchewan, Manitoba; kurz „Alsama"), die Kornkammer des Landes, mit vorherrschendem Weizenanbau, nördl. davon mit gemischter Landwirtschaft, in trockenen Bereichen mit Viehwirtschaft; u. die Flußtäler im S von British Columbia, mit Milchwirtschaft, Gemüse- u. Obstanbau, z. T. mit Bewässerung.

Rd. 40% der kanadischen Agrarproduktion werden exportiert, hauptsächlich Getreide u. Getreideerzeugnisse (vor allem Weizen), Milch- u. Fleischwaren u. Obst.

Die atlant. Fischerei (die Neufundlandbank zählt zu den ertragreichsten Fischgründen der Welt) u. die pazif. Fischerei liefern Lachs, Kabeljau, Hummer, Hering u. a.

Rd. 44% des Landes sind von Wald bedeckt; die Forstwirtschaft, aus verkehrstechnischen Gründen noch auf die südlichen Landesteile be-

Indianersommer im nordkanadischen Wald

schränkt, ist eine der Grundlagen der Wirtschaft: Holz- u. Holzerzeugnisse (Papier, Pulp, Zellstoff, Kunstseide u. a.) stehen mit rd. 20% des Ausfuhrwerts an zweiter Stelle der Exportliste hinter Autos u. Autozubehör.
Der Bergbau stützt sich auf ergiebige Lagerstätten im Kanadischen Schild u. in den nördlichen Appalachen. In der Nickel- (rd. 40% der Weltförderung), Asbest- (40%) u. Zinkförderung (20%) steht K. unter den Förderländern der Erde an 1. Stelle, mit Silber (15%), Gold u. Molybdän an 2., mit Blei, Platin u. Kobalt an 3., mit Kupfer u. Eisenerz an 5. Stelle. Bedeutende Erdöl- u. Erdgasmengen stammen aus den Prärieprovinzen; die Kohleförderung in Alberta u. Neuschottland zeigt eine rückläufige Tendenz. Wachsende Bedeutung hat die außerordentl. vielseitige u. leistungsfähige Industrie, die vor allem im südl. Quebec u. Ontario sowie in British Columbia günstige Standorte findet.

Verkehr: Das Eisenbahn- u. das Straßennetz sind im dichter besiedelten Gebiet gut u. hinreichend dicht, sonst sehr weitmaschig oder noch ganz unentwickelt. Für den ganzen N ist das Flugzeug das wichtigste Verkehrsmittel, auch für den Gütertransport. Bedeutend ist die Binnenschiffahrt auf dem St.-Lorenz-Strom u. auf den über den Strom für Hochseeschiffe zugänglichen Großen Seen. Die Haupthäfen sind Montreal, Toronto u. Halifax im atlant. Bereich, Vancouver am Pazifik. – ⌑6.8.1.

Staustufen am Saguenay bei Arvida

Geschichte

1497 erreichte John *Cabot*, der den Seeweg nach Indien suchte, die kanad. Küste, vermutlich Labrador u. Kap Breton. 1534/35 erforschte Jacques *Cartier* den von ihm als Westpassage angesehenen St.-Lorenz-Strom (bis Hochelaga, heute Montreal) u. nahm das Gebiet beiderseits des Flusses für Frankreich in Besitz. Der damit begründete Rechtstitel blieb erhalten, obwohl inzwischen Briten, Portugiesen u. Spanier mehrere Fischereiplätze auf Neufundland, Kap Breton u. auf der Prinz-Edward-Insel einrichteten. Seit 1603 entwickelte Samuel de *Champlain* den Pelzhandel in K. Er schuf Stützpunkte (Sainte Croix, Port Royal in Akadien, dem späteren Neuschottland, u. Quebec). Port Royal wurde von den Briten angegriffen u. wechselte 9mal den Besitzer. Quebec mußte 1629 vor den Briten kapitulieren, kehrte jedoch 1632 unter die Herrschaft der von Richelieu geleiteten *Compagnie de la France Nouvelle* zurück. Die Gesellschaft verfügte über das Handelsmonopol, ernannte den Gouverneur u. ließ eine kath. Kirchenorganisation aufbauen.

1663 annullierte Ludwig XIV. den Freibrief der Compagnie. Seitdem wurde K. durch Beamte des französ. Souveräns regiert, u. die auf Freibrief beruhende Kolonie wurde königl. Kolonie. Höhepunkte dieser neuen Entwicklung waren die Zeiten des Gouverneurs Louis Buade de *Frontenac* (* 1622, † 1698) u. seines Intendanten Jean Baptiste *Talon* (* 1625, † 1694). Truppen der Kolonie gingen gegen die 1670 von engl. Pelzhändlern gegr. *Hudson's Bay Company* vor. K. dehnte sich bis an die Großen Seen aus, wo Frontenac zahlreiche Forts errichten ließ. Aus dem französ. Mutterland kamen etwa 9000 Siedler; es begann die Erschließung des Mississippi-Tals („Louisiana"). Die Bevölkerung umfaßte außer den nichtständigen Beamten, Soldaten u. Klerikern vorwiegend Seigneurs (Landadlige) u. Habitants (Bauern), ferner Coureurs de bois (Waldläufer) u. deren Halbblut-Nachkommen („Métis"). Ihre Zahl blieb weit hinter den Einwohnerzahlen der angloamerikanischen Kolonie zurück. Dennoch wurden die kriegerischen Auseinandersetzungen häufiger u. länger (1689–1697, 1702–1713, 1740–1748, 1756–1763). Nach dem Sieg des engl. Generals James *Wolfe* (* 1727, † 1759) auf den Abrahamsfeldern kapitulierte Quebec, bald auch Montreal. Ein Aufstand des Indianerhäuptlings *Pontiac* gegen die Briten änderte daran nichts. Im Frieden von Paris 1763 trat Frankreich alle nordamerikan. Festlandsbesitzungen an Großbritannien ab *(Britisch-Nordamerika).*

Die Engländer garantierten den Franzosen in K. Religionsfreiheit u. ihr Eigentum. Wegen der drohenden amerikan. Revolution wurde dies noch einmal vom Londoner Parlament durch die *Quebec Act* 1774 bestätigt; auch die Privilegien der kath. Kirche u. Prozesse nach französ. Zivilrecht gewährleistete das Gesetz. Damit konnte Großbritannien die *Frankokanadier* für sich gewinnen. Die Folge war, daß K. einen Angriff US-amerikan. Revolutionäre 1775/76 zurückschlug. Nach einigem Schwanken blieben auch die Küstenregionen (Prinz-Edward-Insel, Neubraunschweig u. das mit Neuschottland vereinigte Kap Breton) England treu. 1783 wanderten rd. 35 000 Loyalisten aus den USA nach K. ein. Das Land wurde deshalb auf Betreiben des Gouverneurs in *Ober-K.* (vorwiegend engl.) u. *Unter-K.* (französ.) geteilt. Die beiden nach Sprache, Religion u. polit. Anschauungen grundverschiedenen Bevölkerungselemente sollten getrennt nebeneinander leben. Ober- u. Unter-K. setzten sich gegen erneute Invasionen US-amerikan. Heere 1812–1814 zur Wehr. Ihre konstitutionelle Entwicklung trieb aber unter dem Einfluß von William L. *Mackenzie* zum Aufstand von 1837, dem 1841 noch eine Erhebung in Montreal folgte. Ein „Union Movement" überwiegend angelsächs. Kräfte, als deren Führer bes. John A. *Macdonald* hervortrat, forderte für K. nationale Autonomie. Die Entscheidung kam mit dem US-amerikan. Sezessionskrieg; Versammlungen in Charlotteville u. Quebec faßten die bahnbrechenden Beschlüsse. Aus Furcht vor neuen Angriffen der USA, die Vancouver beanspruchten u. Alaska kauften, verabschiedete das Londoner Parlament die *British North America Act* 1867. Sie schuf das *Dominion of Canada* (bestehend aus Neuschottland u. Neubraunschweig, Quebec u. Ontario), den ersten Staatsverband seiner Art im Empire.

Nach Maßgabe der Akte von 1867 wurden bald neue Territorien u. Provinzen gebildet: Saskatchewan u. Alberta (1870), Manitoba u. British Columbia (1870/71). Gleichzeitig trat die Hudson's Bay Company ihre Gebiete („Rupertsland") als Nordwestterritorien an K. ab (1870). Ein Washingtoner Vertrag regelte 1871 noch offene Fragen mit den USA.

Unterdessen hatten sich die Parteien der Konservativen u. Liberalen formiert. Die weitere Entwicklung bestimmten hauptsächl. der liberale Premier-Min. Alexander *Mackenzie*, der konservative Premier-Min. Sir John *Macdonald* u. der liberale Premier-Min. Sir Wilfrid *Laurier*. Aufstände der Métis wurden niedergeschlagen. 1873 erhielt die Prinz-Edward-Insel Provinzialstatus, 1876 gründete das Dominion einen Obersten Gerichtshof, u. 1878 erweiterte K. die Befugnisse seiner zentralen Regierungsgewalt.

1880 entstand die *Canadian Pacific Railway Company;* 1885 war ihr Werk, eine kontinentale Eisenbahnlinie bis nach Vancouver, vollendet. 1896 begann der wirtschaftl. Aufschwung. 1905 wurden die Territorien Saskatchewan u. Alberta gleichberechtigte Provinzen.

Im 1. Weltkrieg kämpfte K. an der Seite des Mutterlands. Die Folge waren wirtschaftl. Schwierigkeiten, aber auch ein neues Dominion-Statut, das auf den *Imperial Conferences* 1921, 1926 u. 1931 Gestalt annahm: K. erhielt volle Wehrhoheit, konnte mit fremden Staaten diplomat. Beziehungen aufnehmen u. Verträge schließen. Nach der

Eine der Versammlungen (Quebec 1864) der „Väter der Konföderation", die das „Dominion of Canada" vorbereiteten

Kanada

Kanada
1:15 000 000

Kanada

Eskimo bei der Verarbeitung von erlegten Walrossen

Landschaftliche Gliederung

KANADA

Eisenbahnlinie in den Rocky Mountains (links). – Stromschnellenreich sind die von Nadelwäldern umsäumten Flüsse Labradors (rechts)

Montreal, die bedeutendste Handels- und Industriestadt Kanadas (links). – Dorf in Neubraunschweig (rechts)

Kanada

Farm in den westlichen Präriegebieten; im Hintergrund die Rocky Mountains

Modernes Wohnviertel in Vancouver

Holzflößerei auf dem Gatineau River im Südwesten der Provinz Quebec

Weltwirtschaftskrise wirkte das US-amerikan. *New Deal* auf K. anziehend. Obwohl das Dominion im 2. Weltkrieg unter William L. Mackenzie *King* wieder seine Verpflichtungen gegenüber Großbritannien erfüllte, näherte es sich den USA. Das Abkommen von *Ogdensburg* 1940 kam einem Militärbündnis der nordamerikan. Partner gleich; die wirtschaftl. Zusammenarbeit zwischen K. u. den USA war eng. Diese Entwicklung setzte sich fort. K. wurde Mitglied der UN u. trat der NATO bei. 1949 erweiterte ein Amendment zur Akte von 1867 die Rechte des kanad. Parlaments. Im selben Jahr konnte sich Neufundland mit Labrador als 10. Provinz dem Dominion anschließen, ohne daß die USA dort ihre Militärbasen aufgeben mußten. K. unterstützte den Nachbarn im Koreakrieg 1950–1953 u. stellte jahrzehntelang Stationierungsstreitkräfte für Westdeutschland. Als John *Diefenbaker* mit seiner Progressiv-Konservativen Partei 1957 eine unabhängige Außen- u. Wirtschaftspolitik forderte, errang er 1958 den größten Wahlsieg der kanad. Geschichte. Doch erst die Rückkehr der Liberalen zur Macht 1963 brachte unter L. *Pearson* (1963–1968) u. P. *Trudeau* (1968–1979) ein deutliches Abrücken von den USA. Nach einem Wahlsieg der Progressiv-Konservativen wurde 1979 J. *Clark* Premierminister.
Zu einem schwerwiegenden innenpolit. Problem entwickelten sich die Autonomiebestrebungen der Frankokanadier. 1976 siegte die frankokanad. separatist. „Parti québécois" bei Provinzwahlen in Quebec; ihr Führer R. *Lévesque* wurde Regierungschef der Provinz u. kündigte eine Volksabstimmung über die Unabhängigkeit Quebecs noch vor 1981 an. Die Bundesregierung erklärte einen solchen Schritt für illegal; nach ihrer Auffassung kann nur eine gesamtkanad. Volksabstimmung über die Abtrennung eines Gliedstaates entscheiden. – 5.7.6 u. 5.7.8.

Politik

Der Bundesstaat K. gründet sich auf die mehrfach geänderte Verfassung von 1867 u. auf einen weitgehend ungeschriebenen Verfassungsbrauch nach brit. Vorbild. K.s Parlament hat 2 gleichrangige Kammern: Oberhaus *(Senate)* mit 102, früher auf Lebenszeit, jetzt bis zum 75. Lebensjahr ernannten Mitgliedern u. Unterhaus mit 282 auf 5 Jahre vom Volk gewählten Abgeordneten. Vorzeitige Unterhausauflösung u. Neuwahlen kann der Premier-Min. veranlassen. Die Exekutive liegt formal bei dem auf 5 Jahre ernannten Generalgouverneur als Vertreter der brit. Krone, tatsächl. bei der parlamentar. Kabinettsregierung, deren Premier zugleich Führer der Mehrheitspartei ist.
Bei den Wahlen vom Mai 1979 erhielt zwar die Liberale Partei des bisherigen Premier-Min. mit 39,9% die meisten Stimmen, doch gingen bei starker Konzentration der Stimmen für die Liberalen auf 2 Provinzen aufgrund des Mehrheitswahlrechts die meisten Mandate an die Progressiv-Konservative Partei, welche die Prinzipien des kapitalist. Wirtschaftssystems befürwortet u. das kanad. Engagement in der NATO unterstützt. Die Liberale Partei bemüht sich um Stärkung der Bundesgewalt gegenüber den Provinzen, um Eingliederung der Frankokanadier u. um größere Selbständigkeit gegenüber den USA. Die sozialist. Neue Demokrat. Partei befürwortet den Ausbau der sozialen Sicherheit, stärkere Wirtschaftsplanung u. Verringerung der Militärausgaben.

Militär

Die „Kanadischen Streitkräfte" *(Canadian Armed Forces,* Abk. *CAF)* sind ein stehendes Heer auf der Basis freiwilligen Wehrdienstes von Soldaten auf Zeit (aktive Dienstzeit: 4 Jahre), ohne Unterteilung in Teilstreitkräfte. Statt dessen gibt es 10 Kommandos, von denen das *Mobile Command,* eine Zusammenfassung aller operativen Landstreitkräfte sowie der takt. Luftstreitkräfte in K., das wichtigste ist, u. zwar als Eingreifreserve bei lokalen Konflikten. Die Gesamtstärke beträgt 83 000 Mann (Landstreitkräfte 33 000, Seestreitkräfte 14 000 Mann, Luftstreitkräfte 36 000), wobei das Schwergewicht auf die Luftverteidigung des Landes gelegt wird. Außerdem erfüllen kanad. Truppen NATO-Verpflichtungen (1 Infanterie-Brigade u. 3 Fliegerstaffeln als assignierte Streitkräfte in der BRD stationiert) u. Aufgaben der UN-Friedensstreitmacht.

Kanadabalsam

Kanal: Mittellandkanal über der Weser bei Minden

Kanadabalsam, aus der in Nordamerika wachsenden *Balsamtanne (Hemlocktanne, Abies balsamea)* gewonnene, sirupdicke, aromatisch riechende Flüssigkeit, die zum Kitten von Linsensystemen u.ä. benutzt wird (gleiche Lichtbrechung wie Glas). Der K. enthält hauptsächlich *Canadinolsäure*.

Kanadatee, Aufguß der Blätter der in Nordamerika heim. *Teeheide* oder *Scheinbeere (Gaultheria procumbens),* ein harntreibendes Mittel.

Kanadier, *Sport: Canadier,* ein Sportboot; →Kanusport.

kanadische Jäger, die nördlichste Gruppe der nordamerikan. nomad. Indianerstämme, in Wäldern u. Waldtundren Alaskas u. Kanadas; vor allem die *Athapasken (Kutchin, Hare, Chipewyan* u.a.) u. Gruppen der *Algonkin (Montagnais, Naskapi,* Teile der *Cree).* Sie leben von Jagd (Karibu, Hirsch, Biber) u. Fischfang, heute vielfach von Pelztierjagd. Ehem. Besonderheiten: Rindenkanu, Schneeschuhe, kufenlose Schlitten; ohne straffere Stammesverfassung.

kanadische Literatur. Gemäß der Besiedlungsgeschichte Kanadas, die neben dem älteren franzős. Siedlungsraum einen jüngeren brit. entstehen ließ, gibt es zwei k.L.en, eine in französ. u. eine in engl. Sprache: Die frankokanad. Literatur entwickelte sich seit dem späten 18. Jh. u. folgte den Stilrichtungen der französ. Literatur vom Klassizismus über die Romantik (Louis Honoré Fréchette, *1839, †1908) bis zum Symbolismus (Albert *Lozeau* [*1878, †1924]). Im Roman herrschen regionale Themen (L. *Hémon).* - Eine eigenständige anglokanad. Literatur trat erst im späten 19. Jh. hervor (romant. Lyrik: Charles G. D. *Roberts,* *1860, †1943); seit 1900 wurde auch die Prosa bedeutsam (S. B. Leacock, M. de la Roche). Die neuere Versdichtung (A. J. M. *Smith,* *1902) steht unter dem Einfluß der engl. u. USamerikan. Lyrik. – ⃞ 3.1.3.

kanadische Musik. Die folklorist. Musik Kanadas ist bestimmt durch die Gesänge der Indianer u. der Eskimo u. durch die Volksmusik französ. u. engl. Kolonisatoren. Bereits 1865 erschien eine erste Sammlung französ.-kanad. Volkslieder (Ernest *Gagnon).* Tiefer gehende Arbeiten verdankt man (seit 1916) dem Volksliedforscher Marius *Barbeau* (*1883, †1969). Die Erforschung des Volkslieds französ. Herkunft, bes. in Quebec, hat interessante Rückschlüsse auf die Musik des ehem. Heimatlands zugelassen. Wichtige Komponisten der Neuzeit sind Claude *Champagne* (*1891, †1965) u. Josephat Jean *Gagnier* (*1885, †1949) sowie für das engl. sprechende Kanada Ernest *MacMillan* (*1893, †1973). – ⃞ 2.9.5.

Kanadischer Schild, *Laurentia, Laurent. Schild,* ein Urkontinent, der schon zu Beginn des Präkambriums bestand. Er umfaßte Ostkanada u. Grönland als Einheit u. ist das Kernstück des nordamerikan. Kontinents.

Kanadisches Becken, *Kanadabecken,* der kanadisch-alaskische Teil des Nordpolarmeers, vom *Sibir. Becken* (Makarowbecken) durch den *Alpharücken* getrennt. Am Westrand liegt, als nördl. Ausläufer des Tschuktenschelfs, die *Tschuktenkappe* u. im S, im Bereich der *Beaufortsee,* das *Beaufortplateau.*

Kanadisches Küstengebirge, *Coast Mountains,* stark gegliederte, z.T. vergletscherte Kordilleren an der Pazifikküste von British Columbia (Kanada), im *Mount Waddington* 4042 m hoch, rd. 1400 km lang.

Kanaken [polynes., „Menschen"], ursprüngl. der Name für die Bewohner von *Hawaii,* jetzt für Südseebewohner (Polynesier) im allg.; auch verächtl. für *Menschen* gebraucht.

Kanal [lat. *canalis,* „Wasserröhre"], **1.** *Fernsehen:* für die Übertragung von Fernsehdarbietungen nach internationalen Vereinbarungen zur Verfügung gestellter Frequenzbereich. Die Bereiche sind in *Bändern* zusammengefaßt, von denen jedes mehrere „Kanäle" mit einer Breite von 7 oder 8 MHz enthält. Im Band I liegen 4 Kanäle, von denen jedoch nur die Kanäle 2, 3 u. 4 benutzt werden. Sie umfassen die Frequenzen von 41 bis 68 MHz. Band II dient für bes. Zwecke (UKW-Rundfunk u. kommerzielle Dienste). Im Band III liegen die Kanäle 5 bis 11 mit Frequenzen von 174 bis 223 MHz. Die Bänder IV u. V im UHF-Bereich von 470 bis 790 MHz umfassen 40 Kanäle mit je 8 MHz Breite. Die Kanäle werden hier entweder von 1 bis 40 beziffert oder im Anschluß an die Bänder I u. III von 21 bis 60. Ältere Fernsehempfänger reichten nur für den Empfang der Bänder I u. III aus u. brauchten einen sog. UHF-Zusatz („Tuner"), um die Bänder des UHF-Bereichs zu empfangen. – Die Bez. K. wird auch beim Telephon u. Telegraphen sowie beim Tonband u. bei der Schallplatte (→Stereophonie) gebraucht.

2. *Wasserbau:* künstl. Gerinne für Schiffahrt, Be- u. Entwässerung, Triebwasser für Kraftwerken u.a. – *Schiffahrtskanäle* überwinden Höhenunterschiede durch *Schleusen, Schleusentreppen* oder *Schiffshebewerke.* Den *Scheitelhaltungen* muß oft Wasser zugeführt werden, um die Verluste, die durch Verdunsten, Versickern u. an den Schleusen entstehen, zu ersetzen. Der Querschnitt ist so zu bemessen, daß zwei vollbeladene Regelfahrzeuge mit angemessener Geschwindigkeit aneinander vorbeifahren können. Die Ufer sind gegen Wellenschlag zu sichern. Liegt der Kanalwasserspiegel höher als der Grundwasserspiegel, ist das Kanalbett undurchlässig auszuführen. →auch Kanalisation (2).

Kanal, Der K., Ärmelkanal, engl. *English Channel,* frz. *La Manche,* zur Nordsee zählender Meeresteil zwischen England u. Frankreich, Verbindung zwischen Atlant. Ozean u. Nordsee, in der *Straße von Dover (Pas de Calais)* nur 33 km breit; mit guten Häfen zu beiden Seiten; Gezeitenhub bis

Die wichtigsten Seekanäle der Erde

Kanal	Land	eröffnet	Hergestellte Verbindung	Länge km	Tiefe m	Schleusen
Europa						
Nordostseekanal	Deutschland	21. 6. 1895	Nordsee–Ostsee	98,7	10,5	2
Nordseekanal	Niederlande	1876	Nordsee–IJsselmeer (Amsterdam)	31,0	12,2	4
Amsterdam-Rhein-Kanal[2]	Niederlande	21. 5. 1952	Waal (Rhein)–IJsselmeer (Nordsee)	72,4	4,2	4
Brügger Seekanal[1]	Belgien	1907	Nordsee (Zeebrügge)–Brügge	10,0	8,5	–
Brüsseler Seekanal[1]	Belgien	1922	Brüssel–Antwerpen (Nordsee)	32,0	6,4	4
Manchester-Kanal	Großbritannien	1894	Manchester–Liverpool (Irische See)	64,0	8,5	5
Alfons XIII.-Kanal	Spanien	1926	Sevilla–Golf von Cádiz	85,0		8
Kanal von Korinth	Griechenland	9. 11. 1893	Ionisches Meer–Ägäisches Meer	6,3	8,0	–
Wolga-Don-Kanal	Sowjetunion	27. 7. 1952	Don (Schwarzes Meer)–Wolga (Kaspisee)	101,0	.	13
Moskaukanal	Sowjetunion	1937	Moskau–Wolga	128,0	5,5	11
Weißmeer-Kanal[2]	Sowjetunion	1933	Weißes Meer–Onegasee	227,0	5,0	19
Afrika-Asien						
Suezkanal	Ägypten	7. 11. 1869	Mittelmeer–Rotes Meer (Indischer Ozean)	161,0	11–12	
Amerika						
Panamakanal	USA	15. 8. 1914	Atlantik–Pazifik	81,3	12,5	6
Wellandkanal	Kanada	20. 4. 1931	Eriesee–Ontariosee	45,0	8,8	7
Sankt-Lorenz-Seeweg	Kanada/USA	1959	Montreal–Ontariosee	304,0	7,0	7
Cape-Cod-Kanal	USA (Mass.)	1914	Cape Cod Bay–Buzzard Bay	28,0	9,7	–
Houstonkanal	USA (Texas)	1940	Houston–Galveston (Golf von Mexiko)	91,2	10,3	–

Alle Kanäle sind für Seeschiffe befahrbar, außer: [1] bis 6000-t-Schiffe, [2] bis 3000-t-Schiffe.

zu 12 m; starker Schiffsverkehr, bes. im Winter sturm- u. nebelgefährdet.

Kanalgas, aus Ammoniak, Kohlendioxid, Methan u. Schwefelwasserstoff bestehendes, überriechendes Gasgemisch, das bei Konzentration giftig ist. K.e entstehen in der Kanalisation u. in Senkgruben. Um das Eindringen der K.e in die Wohnungen zu verhüten, werden *Geruchverschlüsse* (Wasserverschlüsse) u. Entlüftungen eingebaut. →Kanalisation.

Kanalinseln, *Normannische Inseln,* engl. *Channel Islands,* frz. *Îles de la Manche,* selbständige (seit 1204) brit. Inselgruppe (kein Teil des Vereinigten Königreichs, unmittelbar unter Oberhoheit der brit. Krone), vor der französ. Kanalküste, westl. der Halbinsel Cotentin; 3 größere *(Alderney, Guernsey, Jersey)* u. viele kleinere Inseln, zusammen 194 qkm, 130 000 Ew., Hptst. *St. Hélier* (Jersey); mildes Seeklima; Gemüse- u. Obstanbau, Fischerei, Fremdenverkehr. Die Bewohner sprechen Französisch (z.T. normann. Dialekt) u. Englisch.

Kanalisation, 1. *Abwasserbeseitigung:* Orts- oder Stadtentwässerung, die Ableitung des Schmutz- u. Regenwassers (Abwassers) aus den Wohnbezirken durch unterirdische Kanalsysteme. Das Gefälle u. der Querschnitt der Leitungen sind so zu wählen, daß bei Trockenwetter die Geschwindigkeit des Wassers mindestens 1 m/sek u. die Tiefe mindestens 1 cm, bei Regenwetter die Höchstgeschwindigkeit etwa 6 m/sek beträgt. Den Anfangsstrecken der Straßenkanäle gibt man einen kreis- oder besser eiförmigen Querschnitt, weil im Eiquerschnitt geringe Wassermengen zu einer größeren Tiefe zusammengedrängt werden. *Sammler* u. *Hauptsammler* erhalten *Maul-* od. *Haubenprofil* mit vertiefter Rinne für den Trockenwetterabfluß. Häufig ist die Sohle mit Steinzeug verschalt. Bei langgestreckten u. an einem leistungsfähigen Vorfluter gelegenen Gebieten empfiehlt sich das *Trennsystem,* bei dem das Regenwasser von den Straßen- u. Dachflächen auf dem kürzesten Wege dem Vorfluter zugeleitet wird. Beim *Mischsystem* werden Schmutz- u. Regenwasser zusammen der *Kläranlage* zugeführt. Für starke Regenfälle, wenn das Regenwasser das Schmutzwasser um ein Mehrfaches übertrifft, werden *Regenauslässe* vorgesehen, durch die das Regen-Schmutzwassergemisch ungereinigt dem Vorfluter zufließt. →auch Kläranlage.

2. *Schiffahrt:* Kanalisierung, das Ermöglichen oder Verbessern der Schiffahrt auf Flüssen durch Stauwehre u. Schleusen, ergänzt durch Begradigung u. Eintiefung des Flußlaufs.

Kanalofen =Kühlofen, →auch Keramik.

Kanalschwimmen, Langstreckenschwimmen durch den Ärmelkanal, hauptsächl. von Frankreich (Kap Gris Nez) nach Großbritannien (Dover); erste Überquerung durch Captain *Webb* (England) am 1. 8. 1875 von Dover nach Calais in 21:45 Std. Der Argentinier A. *Abertondo* durchschwamm 1961 als erster den Kanal in beiden Richtungen, Zeit 43:05 Std. Als Wettbewerb wurde das K. 1950–1959 von einer engl. Zeitung durchgeführt. Vorbereitungs- u. Sicherheitsmaßnahmen: Einfetten (gegen Unterkühlung), Augenbrillen (gegen Salzwasser) u. Bootsbegleitung.

Kanalstrahlen, Strahlen positiver Ionen, die aus einer Kathodenstrahlröhre durch die „Kanäle" einer durchlochten Kathode heraustreten.

Kanalwaage, ein U-förmiges, mit Flüssigkeit teilweise gefülltes Glasrohr. Die beiden Flüssigkeitsspiegel dienen zum Visieren u. damit zu einer annähernden Höhenermittlung.

Kanamycin [das], *Resistomycin,* ein Antibiotikum aus *Streptomyces kanamyceticus;* wirksam gegen grampositive u. gramnegative Erreger, bes. auch gegen solche, die gegen andere Antibiotika resistent sind. – *Kanamytrex,* K.sulfat.

Kananga, früher *Luluabourg,* Hptst. der Prov. *Westkasai* in Zaire (Zentralafrika), 600 000 Ew.; Teilsitz der „Freien Universität Zaire" (1963); Metall-, Textil- u. Nahrungsmittelindustrie, Handelszentrum; Straßenknotenpunkt, Flugplatz.

Kanangaöl [austrones.], aus den Blüten des südostasiat. Baums *Cananga odorata* gewonnenes, für die Parfümerie wichtiges äther. Öl; ähnl. dem *Ylang-Ylang-Öl* (→Ilang-Ilang).

Kanara, *Kannada Pathar,* Landschaft an der ind. Malabarküste, südl. von Goa, 2 Mill. Ew. *(Kanaresen)* mit eigener Sprache u. Mutterrecht.

Kanarenschwelle, sehr schwach ausgeprägte atlant. Schwelle, erstreckt sich von den *Kanar. Inseln* durch das *Kanar. Becken* westwärts zum *Mittelatlant. (Nordatlant.) Rücken.* Auf ihrem Westteil

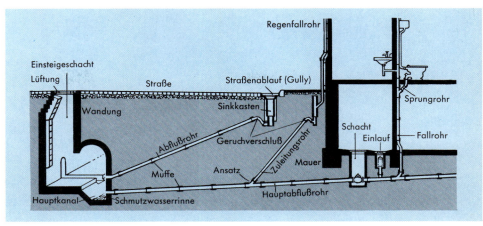

Kanalisationsanlage (Schema)

liegen mehrere Kuppen (*Große Meteorbank* –275 m). Sie teilt das Kanar. Becken in ein nördliches u. ein südliches.

Kanarenstrom, kühle Meeresströmung vor der nordwestafrikan. Küste; sie setzt zum Teil einen bei den Azoren südwärts abbiegenden Zweig des Golfstroms fort, zum Teil handelt es sich um Auftriebswässer, die von dem ablandigen Nordostpassat an die Oberfläche gebracht werden.

kanaresische Sprache →Kannada.

Kanaribaum [mal.], *Canarium,* tropisch-asiatische Gattung der *Burseragewächse;* Bäume, die die eßbaren *Kanarinüsse* u. das brennbare *Kanariharz* liefern.

Kanariengras, *Kanarienhirse, Phalaris canariensis,* in Südeuropa heimisches *Glanzgras,* zu den *Süßgräsern* gehörend; liefert den als Vogelfutter benutzten *Kanariensamen (Glanz-, Spitzsamen).*

Kanariennüsse, *Kanarinüsse,* die Früchte des →Kanaribaums.

Kanarienvogel [nach den *Kanar. Inseln*], Zuchtrasse der *Girlitzes,* der in zahlreichen Schlägen, die sich nach Farbe, Größe, Gefieder u. Gesang *(Harzer Roller)* unterscheiden, gezüchtet wird.

Kanaris, Konstantin, griech. Freiheitskämpfer u. Politiker, *um 1790 auf Psara, †14. 9. 1877 Athen; erfolgreich im Seekampf gegen die Türken; 1843/44 u. 1854 Marine-Min.; 1848/49, 1862, 1864/65 u. 1877 Min.-Präs.; Gegner der absoluten Monarchie, trat für eine Verfassung ein.

Kanarische Inseln, *Kanaren,* span. *Islas Canarias* [„Hundeinseln"], die antiken „Glücklichen Inseln", span. Inselgruppe vor der afrikan. Nordwestküste. Sie bilden zwei Provinzen des span. Mutterlands, die die Inseln *Fuerteventura, Gran Canaria* u. *Lanzarote* mit der Hptst. *Las Palmas* sowie *Gomera, Hierro, La Palma* u. *Teneriffa* mit der Hptst. *Santa Cruz (de Tenerife)* umfassen, zusammen 7273 qkm, 1,3 Mill. Ew.

Die vulkan. Inseln steigen aus tiefem Meer (zwischen einzelnen Inseln über 1000 m tief) zu ansehnlichen Höhen auf (*Pico de Teide* 3718 m). Die bis in neuere Zeit tätigen Vulkane sind von tiefen Trockenschluchten, den *Barrancos,* zerschluftet. Das Klima ist ozean.-subtrop. mit Winterregen u. ausgesprochener Höhenstufung; die beiden festlandsnahen Inseln Fuerteventura u. Lanzarote erhalten weniger als 200 mm Niederschlag im Jahr u. haben unter Staubstürmen aus der Sahara zu leiden. Die natürl. Vegetation ist auf den beiden östl. Inseln („Purpurarien") halbwüstenhaft; auf den fünf übrigen („Fortunaten") besteht sie aus Lorbeer- u. Kiefernwäldern u. Sukkulentenbusch.

Die span., kath. Bevölkerung – hervorgegangen aus der Urbevölkerung, den berber. *Guanchen,* die sich mit den span. Eroberern im 15. Jh. vermischten – treibt eine intensive Bewässerungswirtschaft. Diese liefert Bananen, Tomaten u.a. für den Export; für den Eigenverbrauch werden Mais, Weizen, Gerste u. Hülsenfrüchte angebaut. Bedeutend sind die Hochseefischerei u. die Fischkonservenfabriken; eine Ölraffinerie u. eine Kunstdüngerfabrik sind Anfänge der Industrie. Ständig wächst der Fremdenverkehr, der neben Teneriffa, La Palma u. Gran Canaria jetzt auch Lanzarote u. Fuerteventura erfaßt. Die Inseln haben untereinander Flugverbindungen, außerdem sind sie Luft- u. Seestützpunkte auf dem Weg von Europa nach Südamerika u. Westafrika. – 🄺 →Spanien. – 📖 6.7.8.

Kanarisches Becken, Meeresbecken vor der afrikan. Nordwestküste, zwischen Azorenschwelle im N u. Kapverdenschwelle im S u. dem Mittelatlant. Rücken im W, bis 6501 m tief. Durch das Kanar. Becken verläuft die schwach ausgeprägte *Kanarenschwelle;* im NW liegt die *Meteortiefe.*

Kanarische Inseln: Vulkanlandschaft im Gebiet des Pico de Teide auf Teneriffa

215

Kanazawa

Kanazawa [-zaːva], *Kanasawa*, japan. Präfektur-Hptst. auf Honschu, nördl. von Nagoya am Japan. Meer, 362000 Ew.; Universität (1949); Handelszentrum; Metall-, Porzellan- u. Seidenindustrie; in der Nähe Erdgas- u. Zinkvorkommen.

Kanchipuram [-'tschi-], *Conjeeveram*, südind. Stadt in Tamil Nadu, südwestl. von Madras, 95000 Ew.; eine der 7 heiligen Städte der Hindus, zahlreiche Tempel; Agrarmarktzentrum.

Kand [osttürk.], Bestandteil geograph. Namen: Siedlung, Dorf.

Kandahar, *K.-Skirennen, Arlberg-K.-Skirennen*, ein aus Tor- u. Abfahrtslauf kombiniertes alpines Skirennen, 1928 erstmalig von dem Engländer A. *Lunn* bei St. Anton am Arlberg durchgeführt; benannt nach dem Stifter des Preispokals, General F. S. *Roberts, Earl of K.*; alljährlich wechselweise in St. Anton (Österreich), Mürren (Schweiz), Chamonix (Frankreich), Sestriere (Italien) u. Garmisch-Partenkirchen ausgetragen.

Kandahar = Qandahar.

Kandalakscha, Hafenstadt im NW der RSFSR (Sowjetunion), an der *K.bucht* (Weißes Meer), zwischen der Halbinsel Kola u. Karelien, 40000 Ew.; Zentrum der Holzindustrie, elektrochem. Werke, Aluminiumkombinat; Wasserkraftwerk.

Kandarpa, ind. Liebesgottheit, →Kama.

Kandaules →Gyges.

Kandavu, *Kadawu*, Gruppe der Fidschi-Inseln, südl. von Viti Levu, 411 qkm, 8600 Ew.; Hauptinsel *Kandavu* (vulkan. Entstehung, bis 838 m hoch), bewohnte Nebeninsel *Ono* (28 qkm), unbewohnte Inseln *Bulja, Dravuni* u. *Solo*.

Kandel [die oder der], Rinne, Rohr, Regenableitung.

Kandel, 1. rheinland-pfälz. Stadt (Ldkrs. Germersheim), 6400 Ew.; Leder-, Elektro-, Schuh- u. Thermometerindustrie.
2. höchster Gipfel des mittleren Schwarzwalds, nordöstl. von Freiburg, 1241 m.

Kandelaber [der; lat.], ein kunsthandwerkl. hergestellter Standleuchter aus Bronze, Marmor, Schmiedeeisen u. ä., dessen Schaft u. Fuß Gelegenheit zu ornamentaler oder figürl. Ausschmückung bieten. Aus der antiken, bes. der etrusk. Kleinkunst sind zahlreiche K. erhalten; K. waren auch ein beliebtes Dekorationsmotiv in der pompejan. Wandmalerei. Im MA. u. in der Renaissance dienten K. bes. als kirchl. Geräte u. zum höfischen Gebrauch.

Kandelabereuphorbie [-iːə] →Wolfsmilch.

Kandelaberkaktus →Säulenkaktus.

Kandelillawachs = Candelillawachs.

Kander, linker Nebenfluß der Aare im Berner Oberland (Schweiz), 44 km; entspringt am *K.gletscher*, durchströmt das *K.tal*, mündet nordwestl. von Spiez in den Thuner See; Zuflüsse: *Engstligen, Kienbach, Simme*.

Kandern, baden-württ. Stadt (Ldkrs. Lörrach) an der Kander, nördl. von Lörrach, 6200 Ew.; Luftkurort; Weinbau, Ziegel-, Majolika- u. Fayencenherstellung, Granit- u. Kalksteinbrüche; in der Nähe Schloß *Bürgeln* u. die Lungenheilstätten *Friedrichsheim* u. *Luisenheim*.

Kandersteg, schweizer. Luftkurort u. Wintersportplatz im Kanton Bern, 1176 m ü. M. 950 Ew.; Kopfstation des Nordeingangs des Lötschbergtunnels; in der Nähe der *Öschinensee*.

Kandertal, das Tal der Kander im Kanton Bern (Schweiz); Viehwirtschaft, Fremdenverkehr. Dem Lauf des K.s folgt (seit 1913) die Lötschbergbahn. Der obere Teil des K.s heißt Gasterntal.

Kandidat [lat. *candidatus*, „weiß gekleidet"], 1. der Bewerber um ein Amt (im alten Rom weiß gekleidet); 2. der Prüfling vor dem Examen, auch schon der Student höherer Semester.

kandieren [zu *Kandis*], 1. *Konditorei*: Früchte mit stark konzentrierter Zuckerlösung durchtränken u. überziehen (*Kanditen, Fruchtkonfekt*). Die kandierten Schalen einer Zitronenfrucht heißen *Zitronat*, kandierte Orangenschalen *Orangeat*.
2. *Landwirtschaft*: pillieren, einzelne Samenkörner (z. B. Rübensamen) mit einem meist aus Ton u. Feldspat bestehenden Gemisch umhüllen, dem auch Beizmittel beigemengt sein können. Dadurch soll eine gleichmäßige u. zugleich saatgutsparende Aussaat ermöglicht werden.

Kandinsky, Wassily, russ. Maler, *4. 12. 1866 Moskau, †13. 12. 1944 Paris; seit 1896 in München, nach anfängl. Jurastudium Malschüler von F. von *Stuck*, seit 1901 tätig in der „Phalanx"-Kunstschule; gründete 1909 die Münchner „Neue Künstlervereinigung", aus der 1911 der Kreis des „Blauen Reiters" hervorging; 1902–1908 Reisen

Wassily Kandinsky: Große Studie; 1914. New York, Salomon R. Guggenheim Museum

nach Frankreich, Holland u. Tunesien; 1914–1921 in Rußland, seit 1918 Lehrtätigkeit an der Moskauer Akademie, 1922–1933 Lehrer am Bauhaus, danach bis zu seinem Tod in Frankreich ansässig. K. war einer der einflußreichsten europ. Künstler der 1. Hälfte des 20. Jh., der Begründer der ungegenständl. Malerei. Zunächst von Impressionismus, Jugendstil u. Fauvismus beeinflußt, malte er 1910 die erste abstrakte Komposition; gleichzeitig entstand seine 1912 veröffentl. Schrift „Über das Geistige in der Kunst" als theoret. Auseinandersetzung mit dem Verhältnis zwischen Kunst u. Wirklichkeit u. 1926 die Schrift „Von Punkt u. Linie zur Fläche". Der abstrakte Expressionismus K.s wandelte sich um 1920 zu einem geometrisierenden, vom russ. Konstruktivismus, vom Futurismus u. von der strengen Flächenkunst der holländ. „Stijl"-Bewegung beeinflußten Stil mit klarem Flächengrund u. ungebrochenen Farben. Im Spätwerk kehrte er zu freieren u. spielerischen Formen zurück. – Hptw. in München, Städt. Galerie (Gabriele-Münter-Stiftung); Basel, Öffentl. Kunstsammlung; New York, Museum of Modern Art; Moskau, Tretjakow-Galerie. – □ 2.3.1.

Kandis [der; arab., ital.], *Kandiszucker*, Zuckerkristalle, die aus konzentrierten Rohrzuckerlösungen an Zwirnsfäden in mehreren Tagen auskristallisieren. Gelber oder brauner K. enthält einen Zusatz von →Couleur.

Kandla, ind. Hafenstadt im Innern des Golfs von Kachchh, 40000 Ew.; seit 1952 als Ersatz für das durch die Teilung des ind. Subkontinents an Pakistan gefallene Karatschi zum modernen Großhafen ausgebaut; Eisenbahnverbindung nach Rajasthan u. Gujarat.

Kandschur [tibet.], Teil des tibet. buddhist. Kanons; →Tandschur.

Kandy [engl. 'kændi], *Maha Nuwara*, Hptst. sowie kultureller u. wirtschaftl. Mittelpunkt der Zentralprovinz Ceylons, am Nordrand des Hochlands, 500 m ü. M., 100000 Ew.; buddhist. Wallfahrtsort (Tempel *Dalada Maligawa* mit einer Zahnreliquie Buddhas) mit jährl. stattfindender Prozession („Perahera"). – Von 1597 bis zur Eroberung durch die Briten (1815) die letzte Hptst. des singhales. Königreichs von Ceylon.

Kane [kɛin], 1. Art, US-amerikan. Photograph, *1925 New York; arbeitet u. a. für „Life", „Vogue", „Harper's Bazaar" u. „Esquire"; Multi-Media-Film „A Time to Play" 1969/70. Seine Bilder zeichnen den auf sich selbst verwiesenen Menschen.
2. Elisha Kent, US-amerikan. Arktisforscher, *3. 2. 1820 Philadelphia, †16. 2. 1857 Havanna; entdeckte auf der Suche nach dem „offenen Polarmeer" 1853 die Kennedystraße u. den Humboldtgletscher.

Kaneel [der; lat., frz.], *Kanell, weißer Zimt*, die nach Zimt u. etwas nach Muskat riechende Rinde des westind. Weißen *K.baums* (Zimtbaum, *Canella alba*).

Kaneelstein, *Hessonit*, farbloses, auch weißes oder hellgrünes Grossularmineral der Granatgruppe; Calcium-Aluminiumsilikat; ein Schmuckstein.

Kanem, Landschaft nordöstl. des Tschad im zentralen Sudan. Sie bildete zusammen mit *Bornu* seit früher Zeit einen bedeutenden Staat, in dem um 1100 n. Chr. der Islam eingeführt wurde. Sein Einfluß reichte im 12. Jh. bis zum Niger u. nach Fessan, da K. wichtige Handelswege durch die Sahara zum Mittelmeer u. Niltal beherrschte. Um 1400 wurde das Reich auf die Landschaft Bornu westl. des Tschad eingeengt.

Kanembụ, Sudanneger in Nigeria, verwandt mit den *Kanuri*.

Kạnevas [der; ital., frz.], *Canevas*, Gewebe aus Baumwolle, Leinen oder Halbleinen; mit gleichweiten Fadenabständen als *unabgeteilter K.*, mit paarweiser Fadenanordnung als *abgeteilter K.*; letzterer auch als *Stramin*; Grundgewebe für die Handstickerei.

Kang, 1. *Rechtsgeschichte:* ein chines. Strafmittel: ein viereckiges Holzbrett um den Hals eines öffentl. ausgestellten Verurteilten.
2. *Völkerkunde:* in Tibet ein Ofenbett aus Lehm.

Kang [korean.], Bestandteil geograph. Namen: Strom, Bucht.

Kạngar, Hptst. des Teilstaats Perlis in Malaysia, im N von Malakka, 8000 Ew.; Reisanbau; in einem Zinnbergbaugebiet.

Kangchendzọnga [-tʃɛn-], ein Himalayagipfel, →Gangtschhendsönga.

Kanggye [kaŋgje], Hptst. der Prov. Tschagang in Nordkorea, 100 000 Ew.; chem., Metall- u. Maschinenindustrie; Graphitvorkommen; Wasserkraftwerk; an der Bahn nach China.

K'anghi, *K'ang-hsi*, der 2. Kaiser der Mandschu-Dynastie (auch Ts'ing-Dynastie) in China, auch Bez. für seine Regierungszeit (1662–1722). Kaiser K. (* 1654, † 1722) war ein machtvoller, sehr gebildeter Herrscher, unter dessen Regierung China nach der endgültigen Niederschlagung der Aufstände des *Wu Sankuei* (* 1612, † 1678) eine polit. u. kulturelle Blütezeit erlebte. K. förderte die Wissenschaft (1725 Große Enzyklopädie). Unter ihm wurde mit Rußland der Vertrag von Nertschinsk (1689) geschlossen (1. Vertrag Chinas mit einem europ. Staat); Taiwan wurde erobert, u. gegen die Mongolen wurde ein erfolgreicher Feldzug geführt (1690–1696).

Kangrọ, Bernard, estn. Literaturwissenschaftler, Lyriker u. Erzähler, * 18. 9. 1910 Vana-Antsla, Werro; lebt in der schwed. Emigration. Seine Werke drücken Heimatlosigkeit u. Heimatsehnsucht aus; pantheist. Naturlyrik u. Romane; dt. erschien „Flucht u. Bleibe" 1954.

Kangtschendsọnga, ein Himalayagipfel, →Gangtschhendsönga.

Kặnguruh →Känguruhs.

Känguruhinsel, engl. *Kangaroo Island*, Insel vor der Küste Südaustraliens, dem St.-Vincent-Golf vorgelagert, 4350 qkm, Hauptort *Kingscote*; lichte Eukalyptus- u. Akazienwälder; 1802 von M. *Flinders* entdeckt.

Känguruhmäuse →Taschenmäuse.

Känguruhratten, 1. →Taschenmäuse.
2. *eigentliche K.*, *Rattenkänguruhs*, die Unterfamilie *Potoroinae* der *Springbeutler*, deren Sprungfähigkeit aber schwach ausgebildet ist; meist Erdbewohner; 9 Arten, manche mit Greifschwanz, in Australien u. auf den benachbarten Inseln. Das südl. Australien bewohnt die *Bürstenschwanz-Känguruhratte*, *Bettongia gaimardi*, mit 30 cm langem Körper u. Schwanz. Nur auf Tasmanien ist die *Langnasen-Känguruhratte (Potoruh)*, *Potorous tridactylus*, von 40 cm Körper- u. 25 cm Schwanzlänge zu finden; sie ist fast ausgerottet.

Kặnguruhs [austral.], *Macropodinae*, Unterfamilie der *Springbeutler*; mit kleinen Vorderbeinen, stark verlängerten Hinterbeinen u. muskulösem Stützschwanz, der bei der hüpfenden Fortbewegung als „Balancierstange" dient. Kleine Arten werden nur hasengroß *(Hasen-K.)*, die größten erreichen mehr als 2 m Höhe *(Riesen-K.)*. Die meisten Arten kommen in Grassteppen u. Buschwäldern vor, manche leben in Felsengegenden *(Berg-K.)*, einige Arten leben sogar auf Bäumen *(Baum-K.)*. Die K. haben meist nur ein Junges, das bei der Geburt 3–8 cm lang ist u. seine weitere Entwicklung (rd. 7 Monate) im mütterl. Brutbeutel durchmacht. K. leben in Australien u. auf den umliegenden Inseln. – Die Felle der kleineren Känguruharten werden unter der Bezeichnung *Wallaby* gehandelt.

Kang Yuwei, *K'ang Yu-wei*, chines. Gelehrter u. Politiker, * 1858 Tsingtao, † 1927 Tsingtao; Mitinitiator der Reformversuche von 1898, deren Scheitern ihn zwang, China zu verlassen.

Kanik, Orhan Veli, türk. Schriftsteller, * 1914 Istanbul, † 14. 11. 1950 Istanbul; Bahnbrecher der modernen türk. Lyrik. Unter dem Einfluß von F. *Villon* u. P. *Verlaine* schrieb er viele Gedichte in volkstüml. Sprache mit sparsamsten Ausdrucksmitteln. Er übersetzte auch aus dem Französischen.

Kanịkolafieber [lat.], *Canicula-Fieber*, *Stuttgarter Hundeseuche*, eine meldepflichtige, akute Infektionskrankheit von grippeartigem, meist gutartigem, nur selten tödlichem Verlauf; eine *Leptospirose*, hervorgerufen durch die von Hunden übertragene *Leptospira canicula*.

Kạnin, nordruss. Halbinsel zwischen Weißem Meer u. Tschjoschabucht, rd. 10 500 qkm; von Tundra bedeckt, von etwa 2000 Samojeden bewohnt.

Kanịnchen [lat.], *Oryctolagus cuniculus*, gesellig in selbstgegrabenen Erdbauten lebende *Hasen* (i. w. S.) mit wenig verlängerten Hinterläufen. Das Weibchen wirft bis zu 15 (meist 12) blinde, nackte u. unselbständige Junge. Aus Spanien wurde das K. als Haustier über die ganze Welt verbreitet u. ist wieder verwildert; in Australien wurden K. zur Landplage. Es gibt viele verwandte Gattungen, z. B. das *Wald-K.*, *Sylvilagus*, der Hochlagen Amerikas oder das afrikan. *Rot-K.*, *Pronolagus*, u. viele Haustier-Zuchtrassen („Widder", „Riesen" u. a.).

Kaninchenhaar, Wolle von Haus-, Wild- u. Angorakaninchen. Die Angorawolle ist weich, wärmend u. bes. leicht. Sie findet Verwendung für Unterwäsche, Pullover u. Effekte in Kleiderstoff. Die Wolle von Haus- u. Wildkaninchen wird zur Herstellung von →Haargarnen u. Hüten verwendet.

Kaninchenpest = Myxomatose.

Kạnisch, der heutige Ruinenhügel *Kültepe*, 20 km nordöstl. von Kayseri; Ende des 3. u. Anfang des 2. Jahrtausends v. Chr. ein bedeutender Handelsplatz assyr. Kaufleute in Kleinasien; seit 1925 ausgegraben.

Kanịschka, *Kaniška*, Herrscher der indo-iran. Kuschana-Dynastie im 1. Jh. v. Chr. oder im 1. oder 2. Jh. n. Chr. Sein Reich umfaßte Nordwestindien, Kaschmir, Kabul u. Teile Ostindiens. Er berief das 4. buddhist. Konzil nach Kuvana, dessen Vizepräs. der Dichter *Aschavaghoscha* war.

Kanịster [der; ital.], tragbarer Blech- oder Kunststoffbehälter mit Verschluß, zum Transport von Flüssigkeiten (z. B. *Benzin-K.*).

Kạnitz, Hans Wilhelm Alexander Graf von, Politiker, * 17. 4. 1841 Medniken, Ostpreußen, † 30. 6. 1913 Berlin; 1869/70 u. 1889–1913 konservatives Mitglied des Reichstags; seit 1885 auch des preuß. Abgeordnetenhauses; bekannt durch den *Antrag K.* auf Verstaatlichung der Getreideeinfuhr u. Anlage von Reserven für den Kriegsfall, der im Reichstag 1894–1896 dreimal eingebracht u. jedesmal gegen die Stimmen der Agrarier abgelehnt wurde; Gegner der Mittellandkanal-Vorlage.

Kankan [kã'kã], Stadt in der westafrikan. Rep. Guinea, am Milo, einem rechten Nebenfluß des oberen Niger, 50 000 Ew.; Handels-, Industrie- u. Verwaltungsstadt; Eisenbahnendpunkt, Straßenknotenpunkt, Flughafen.

Kạnker [der; grch.], *Opiliones* = Weberknechte.

Kan Kiang, rechter Nebenfluß des Yangtze Kiang, rd. 850 km; entspringt im Wuyi Schan, fließt durch die Prov. Kiangsi, mündet unterhalb von Nantschang in den Poyang Hu u. fließt durch diesen in den Yangtze Kiang; fast bis zum Quellgebiet schiffbar, wichtige Verkehrsverbindung zwischen Mittel- u. Südchina.

Kannabinọl = Cannabinol.

Kạnnada, *kanaresische Sprache*, eine drawid. Sprache an der Westküste Südindiens, rd. 19 Mill. Sprecher. Erhalten ist eine Inschrift von 450 n. Chr., literar. seit dem 9. Jh. überliefert. Die Literatur stand von Anfang an unter dem Einfluß des Sanskrit. Bis ins 12. Jh. hatte der Dschinismus entscheidenden Einfluß; so besingt das „Adipurana" des *Pampa* (10. Jh.) die Geschichte des 1. Weltheiligen (Tirthakara); eine zweite Blüte erlebte die *Dschaina-Literatur* im 17. u. 18. Jh. durch die in Sanskrit abgefaßte Grammatik (1604) des *Bhattakalankadera*. In der 2. Hälfte des 12. Jh. brachte die Sekte der *Vira-Schiwaiten* (Begründer *Basara*) die Prosa u. die „Vacanas" (kurze Sprüche) in die Literatur; die legendarischen Lebensbeschreibungen der Heiligen („Basara Purana" 1370 von *Bhima Kavi*) waren mehr für die breite Masse geschrieben. Die lehrhafte Dichtung erlebte im 15. Jh. eine Blüte. Dritte Gruppe ist die *wischnuitische Literatur* (bis zum Anfang des 18. Jh.), die für das Sprachgebiet des K. im 13. Jh. bedeutsam wurde (Reform des Madhvacarya), beliebtestes Werk war das „Jaimini Bharata" des *Laksmisha*; kennzeichnend waren die „Dasara Padagulu" (Lieder der Diener des Gottes Wischnu). *Kempu Narayana* (um 1820) verarbeitete als erster abendländ. Einflüsse, hervorragendste Persönlichkeit war *Mummudi Krishna Raya* (* 1794, † 1868); in der modernen Dichtung stehen soziale u. polit. Probleme im Vordergrund.

Kanne, altes dt. Hohlmaß; in den verschiedenen Gegenden mit verschiedenem Inhalt, zwischen 0,81 u. 2,17 Liter.

Kannegießer, Karl Friedrich Ludwig, Schriftsteller u. Übersetzer, * 9. 5. 1781 Wendemark, Altmark, † 14. 9. 1861 Berlin; übersetzte Dante, G. Leopardi, Troubadourdichtung, F. Beaumont, J. Fletcher, Horaz u. a.; schrieb auch eigene Dramen, Versepen u. Gedichte.

kanneliẹren [frz., „rillen, auskehlen"], mit Rillen *(Kannelüren)* versehen; eine bes. Bearbeitungsart von Säulen- u. Pilasterschäften in Längsrichtung, wodurch der Schaft schlanker erscheint. Das K. wurde schon bei den frühesten griech. Tempeln geübt, in die röm. Architektur übernommen u. bes. in der Renaissance gepflegt. Während die Kannelüren der dorischen Säule scharfkantig aufeinanderstoßen, sind die der ionischen u. korinth. Säule durch einen schmalen Steg getrennt. In der Renaissance wurden Kannelüren auch spiralenförmig um den Schaft gelegt. – Regenwasserabfluß kann auf der Oberfläche von Kalkstein, Dolomit oder Sandstein eine natürl. Kannelierung hervorrufen.

Kặnnelkohle [engl.], *Kennelkohle*, *Cannelkohle*, eine seltene Steinkohlenart, die bes. in England vorkommt u. reich an Bitumen u. Gas ist; sie ist leicht entzündbar u. brennt mit leuchtender Flamme.

Kannenbäckerland, die Umgebung der Stadt Höhr-Grenzhausen im Unterwesterwald; infolge großer Tonvorkommen bedeutende keram. Industrie.

Kannenpflanze, *Nepenthes*, die einzige Gattung der *Kannenpflanzengewächse*; Verbreitungsgebiet: Südasien, Melanesien bis Queensland, Neukaledonien u. die ostafrikan. Inseln; Kletterpflanzen, deren Blätter an der Spitze teilweise zu bedeckelten Schläuchen oder Kannen aufgerollt sind. Insekten werden durch ein leicht säuerlich riechendes Drüsensekret in diese Kannen gelockt u. dann verdaut. Die K. gehört zu den „fleischfressenden" Pflanzen. – Ⓑ→Blütenpflanzen III.

Kannenpflanzengewächse, *Nepenthaceae*, Familie der *Polycarpicae*, →insektenfressende („fleischfressende") Pflanzen, deren Blätter zu Kannen mit Deckeln umgebildet sind. Zu den K.n gehört die *Kannenpflanze*.

Kannibalismus [span., nach den *Karaiben*], **1.** *Kulturgeschichte:* *Menschenfresserei*, *Anthropophagie*, die aus magischen Gründen entstandene, heute nahezu ausgerottete Sitte, Teile von Menschen (erschlagenen Feinden, Kriegsgefangenen; verstorbenen Angehörigen *[Endo-K.]*) zu verspeisen, um sich deren Lebenskraft *(Mana)* einzuverleiben. K. zur Stillung des Hungers ist nur in Notzeiten (Eskimo) vorgekommen. Sehr oft ist K. mit der *Kopfjagd* verbunden. Durch K. bekannt gewordene Gebiete bzw. Stämme sind: in Afrika: der Nordkongo (Mangbetu, Rega), Kamerun; in Amerika: die Nordwestamerikaner, Chorotegen, der NW Südamerikas, die Araukaner, Tukano, Aruakstämme, Tupi; in Südostasien: Batak, Molukken, Philippinen; Nordaustralien; Ozeanien: Fidschi, Marquesasinseln. – Ⓛ6.1.8.
2. *Viehzucht:* die Neigung zur Verstümmelung der Artgenossen bei Hühnern u. Schweinen, ausgelöst durch schlechte, überbesetzte Stallungen oder Langeweile.

Kannkaufmann →Kaufmann.

Kano, 1. japan. Familie u. Schule von mehr als 1000 Malern, gegr. von *K. Masanobu* (* 1434 Kano/Dzu, † 1530 Kyoto; Laienmaler u. Anhänger der Nichiren-Sekte); sie beherrschte bis zum Ende der Meidschi-Zeit (1912) das amtl. Kunstleben Japans. Der eigentl. Begründer des K.-Stils, *K. Motonobu*, Hofmaler 1506–1559, übernahm die chines. Tuschmalerei. →auch japanische Kunst.
2. Jigoro, japan. Professor, * 1860, † 1938; Begründer des *Judo* u. des *Kodokan*.

Kạno, Hptst. des K.-Staats im nördl. Nigeria, 355 000 Ew.; Kulturzentrum der *Haussa*, Handelszentrum für Baumwolle, Erdnüsse, Großvieh u. a.; Nahrungsmittel-, Textil-, Kunststoff- u. Lederindustrie; Flughafen. – Ⓑ →Bazar.

Kanoldt

Kanoldt, Alexander, Maler u. Graphiker, *29. 9. 1881 Karlsruhe, †24. 1. 1939 Berlin; war 1913 Gründungsmitglied der „Münchener Neuen Sezession" u. zählt mit seinen kubisch ineinander geschachtelten italien. Architekturlandschaften zu den Vertretern der „Neuen Sachlichkeit".

Kanon [der; grch., „Richtschnur"], **1.** *bildende Kunst:* die Lehre von den Maßverhältnissen des menschl. Körpers; bes. in klass. Epochen eine Aufgabe der Kunst u. Kunsttheorie *(Polyklet, Leonardo da Vinci, Dürer* u.a.). – **2.** *Musik:* die strengste Form des nachahmenden (imitierenden) Stils, bei der die Zahl nach nicht begrenzte Stimmen in bestimmten Abständen nacheinander einsetzen, sich in ihrem Verlauf gleich sind u. sich dennoch harmonisch ergänzen (wobei für Polyphonie der andersgeartete Harmoniebegriff zu berücksichtigen ist); dabei kann der Intervallabstand (K. im Einklang, in der Oktave, Sekunde) verschieden sein. Der K. entstand als eine der ältesten Formen der kontrapunktischen Satzkunst aus den in der Volksmusik gebräuchl. Rundgesängen (Rondellus, Rota) u. geht bis auf das 13. Jh. zurück, aus dem der berühmte altengl. „Sommer-K." überliefert ist. Die Pflege des K.s erreichte ihren Höhepunkt in der niederländ. Epoche des 15. u. 16. Jh., das K.singen wieder in der Jugendmusikbewegung. – ⌧ 2.7.1. – **3.** *Recht:* →Erbzins. – **4.** *Theologie:* 1. seit 314 das Einzelgesetz eines Konzils, im Unterschied zu den päpstl. *Dekretalen;* oft auch Bez. für beide im Gegensatz zum *Kaisererlaß.* Die kirchl. Gesetzessammlungen, ursprüngl. *Capitula* genannt, heißen im MA. u. im Corpus juris canonici selber *Kanones.* Heute ist K. die Bez. für die Einzelbestimmung im CIC. Seit dem Trienter Konzil ist K. auch die konziliare Lehrformulierung, neben der die ebenfalls verbindlichen *Capita* (Lehrdarstellungen) stehen. – 2. die als gültig anerkannten Schriften des A.T. u. N.T. – 3. *Canon missae,* das eucharist. Hochgebet in der kath. Meßfeier. – 4. Verzeichnis der Heiligen.

Kanone [die; nach ital.], **1.** im Flachfeuergeschütz mit großer Reichweite; in der Bundeswehr als 15,5-cm-Feldkanone in Gebrauch, außerdem in den verschiedenen Panzertypen eingebaute K.n vom Kaliber 2–9 cm; *Geschütz.* – **2.** *umgangssprachl.:* bedeutender Kenner, Fachmann.

Kanonenboot, kleines Kriegsschiff mit leichten Geschützen, zum Einsatz nahe der Küsten u. auf Flüssen; vor dem 1. Weltkrieg bes. für die Kolonien verwendet.

Kanonenofen, runder eiserner Ofen mit Kochplatte.

Kanonier [frz.], unterster Dienstgrad der Soldaten der Artillerie, in der Panzerartillerie *Panzer-K.*

Kanonierpflanze, *Pilea microphylla,* in Südamerika heimisches *Brennesselgewächs* mit kleinen, unscheinbaren u. sehr zahlreichen Blüten.

Kanonikat [das; grch., lat.], das Amt eines *Kanonikers* im Dom- oder Stiftskapitel; →auch Kapitel.

Kanoniker [grch., lat.], lat. *Canonicus,* Mitglied eines an Kirchen oder Domen errichteten *Kapitels,* das dort zur Führung eines Gemeinschaftslebens, bes. zur Feier der Liturgie, besteht.

Kanonisation [grch., lat.] = Heiligsprechung.

Kanonisches Recht, lat. *Ius canonicum,* das kath. →Kirchenrecht.

Kanonissen [grch., lat.], im frühen Christentum nach bestimmten kirchl. Regeln lebende Frauen, im MA. u. später Angehörige weltl. Damenstifte.

Kanonistik [grch., lat.], die Wissenschaft vom kath. Kirchenrecht.

Kanontafeln, drei Tafeln, auf denen einige der gleichbleibenden Texte der katholischen Messe aufgezeichnet sind. Sie wurden früher beim Meßopfer in der Mitte u. auf der Epistel- u. Evangelienseite auf dem Altartisch aufgestellt u. dienten als Gedächtnisstütze. Sie sind heute durch Bücher ersetzt.

Kanope [die; nach der altägypt. Stadt *Kanopos*], altägypt. Eingeweidekrug. Bei der Mumifizierung eines Toten wurden seine Eingeweide aus dem Körper genommen u. in vier K.n aufbewahrt u. beigesetzt; deren Deckel trugen als Verzierung u. magischen Schutz die Köpfe von vier Totengenien („Horussöhne", gekennzeichnet durch drei Tierköpfe u. einen Menschenkopf).

Kanopos, lat. *Canopus,* ital. *Peguati,* griech. Name einer altägypt. Küstenstadt (nahe Abu Qir) mit berühmtem Serapistempel. Der Stadtgott *Kanopos* wurde in Gestalt eines Gefäßes verehrt, das die Form eines Menschen hatte. Daher leitet sich die spätere Bez. *Kanopen* für die Eingeweidekrüge der Ägypter ab.

Dekret von K., ein in hieratischer, demotischer u. griech. Schrift geschriebenes Dekret (238 v. Chr.), das für die Deutung der *Hieroglyphen* wichtig war.

Kanopus [der], *Canopus,* α Carinae, hellster Stern im südl. Sternbild „Kiel des Schiffes Argo", zweithellster Stern des Fixsternhimmels; in Europa nicht sichtbar.

Känozoikum [das; grch.], die Erdneuzeit, das Neozoikum, →Geologie (Tabelle).

Kanpur, *Cawnpore,* ind. Stadt am Ganges, in Uttar Pradesh, südöstl. von Delhi, 1,25 Mill. Ew.; zweitgrößte Industriestadt Indiens: vor allem Textilindustrie (Baumwollspinnerei u. -weberei), daneben Leder-, Zucker- u. chem. Industrie; Eisenbahnknotenpunkt.

Kans., Abk. für den nordwestl. USA-Staat *Kansas.*

Kansas [ˈkænzəs], Abk. *Kans.,* zentraler Nordweststaat (im mittleren Westen) der USA, 213063 qkm, 2,29 Mill. Ew., Hptst. *Topeka;* in der nach W hin von 200m auf 1200m ansteigenden Prärie gelegen, hügelig bis eben; wechselhaftes kontinentales, nach W trockeneres Klima, hohe Windgeschwindigkeiten. Von der ursprüngl. Lang- (im O) u. Kurzgrasprärie (im W) sind noch rd. 40 % als natürl. Rinderweide erhalten. K. ist der wichtigste Weizenproduzent der USA; daneben Anbau von Hirse (Sorghum), Mais u. Zuckerrüben (im W, mit Bewässerung); Flugzeugbau u. Erdölverarbeitung (Wichita), Nahrungsmittelindustrie (hauptsächl. Mehlerzeugung); reiche Öl-, Gas- u. kaum genutzte Kohlenlager; Zement-, Helium- u. Zinkvorkommen. – K. wurde 1861 als 34. Staat in die USA aufgenommen.

Kansas City [ˈkænzəs ˈsiti], Doppelstadt an der Mündung des Kansas River in den Missouri (USA), z.T. in Missouri (560000 Ew.), z.T. in Kansas (170000 Ew.); Metropolitan Area 1,2 Mill. Ew.; Teiluniversitäten; großer Vieh-, Heu- u. Getreidemarkt; Großschlächtereien, Fleischkonservenindustrie; Verkehrsknotenpunkt. – Mitte des 19. Jh. Fährplatz u. Pelzhandelsposten.

Kansas River [ˈkænzəs ˈrivə], rechter Nebenfluß des Missouri (USA), entsteht durch Zusammenfluß von Republican River u. Smoky Hill River, mündet bei Kansas City; 270 km.

Kansk, Stadt in der RSFSR (Sowjetunion), am *Kan* (einem rechten Nebenfluß des Jenisej), 90000 Ew.; Technika, Fachschulen, Theater; Mittelpunkt eines Getreideanbauzentrums mit Nahrungsmittel-, Baumwoll-, Holz- u. chem. Industrie; Wärmekraftwerk; Braunkohlenlager im K.-Atschinsker Kohlenbecken; Station der Transsibir. Bahn.

Kansu, nordwestl. Provinz der Volksrep. China, 487000 qkm, 16 Mill. Ew., Hptst. *Lantschou;* im O ebenes Hochland mit fruchtbarer Lößdecke: Anbau von Hafer, Hirse, Sommerweizen, Baumwolle; im S u. SW die Ausläufer des Hochgebirges Nan Schan mit Eisen-, Kohle- u. Kupfervorkommen; im NW Viehzucht u. Erdöllager (Verarbeitung in Yümen u. Lantschou).

Kant, 1. Hermann, Erzähler, *14. 6. 1926 Hamburg; nach poln. Kriegsgefangenschaft seit 1949 in Ostberlin; Erzählungen: „Ein bißchen Südsee" 1962; Romane: „Die Aula" 1965; „Das Impressum" 1972.
2. Immanuel, Philosoph, *22. 4. 1724 Königsberg, †12. 2. 1804 Königsberg; lebte, studierte u. lehrte in Königsberg, das er nur in seiner Hauslehrerzeit verlassen hat; 1755 Privatdozent, 1770 Ordinarius.
Als Schüler von M. *Knutzen* (*1713, †1751) begann K. mit naturwissenschaftl. Arbeiten, unter denen die „Allg. Naturgeschichte u. Theorie des Himmels" 1755, eine Kosmogonie nach Newtonschen Prinzipien (Kant-Laplacesche Theorie), die bedeutendste ist. Sein Denken stand von Anfang an unter dem Gegensatz von Newton u. Leibniz, Physik u. Metaphysik, Empirismus u. Rationalismus. Nachdem er in einer Dissertation 1756 der Leibnizschen Monadologie eine physikal. Deutung gegeben hatte („Physische Monadologie"), griff er von hier aus an mehreren Punkten die herrschende Schulphilosophie (Ch. von Wolff) scharf an u. verabschiedete sie schließlich in den „Träumen eines Geistersehers" 1766. In seiner Inauguraldissertation über die „Sinnliche u. Intelligible Welt" 1770 ist der physikal.-monist. Standpunkt aufgegeben u. durch einen dualistischen ersetzt, der systemat. Hintergrund auch für den späteren eigentl. Kriti-

Immanuel Kant, von V. H. Schnorr von Carolsfeld; 1789. Dresden, Kupferstichkabinett

zismus bildet. Dieser enthält eine Kritik der sinnl. Wahrnehmung (transzendentale Ästhetik), des Verstandes (transzendentale Logik) u. der Vernunft (transzendentale Dialektik).
Schon durch eine Reihe kleiner, den Geist der Aufklärung atmender Schriften bekannt, überraschte K. die Fachwelt nach zehnjährigem Schweigen (1770–1780) durch seine „Kritik der reinen Vernunft" (1781, ²1787), der er in rascher Folge weitere „kritische" Schriften folgen ließ („Kritik der praktischen Vernunft" 1788; „Kritik der Urteilskraft" 1790). Diese sollten den Grund zu einem System der Philosophie legen, das aber nur teilweise ausgeführt wurde (Metaphysik der Natur, Metaphysik der Sitten).
K. lehrt, daß die Erkenntnis, weil an die sinnliche Anschauung gebunden, nur von der Erfahrung aus möglich sei, verstand dies aber nicht im Sinn des Empirismus, sondern so, daß die Erfahrung als gesetzmäßiger Zusammenhang selbst auf apriorischen, allgemeingültigen Voraussetzungen, auf Verstandesgesetzen, beruhe u. daß die mathemat. Physik aus solchen Aussagen bestehe. Damit hat er die entscheidende Synthese von Leibniz u. Newton vollzogen. Eine der mathemat. Physik vergleichbare Metaphysik der „Dinge an sich", des Übersinnlichen, gebe es nicht, wohl aber seien die Ideen des Übersinnlichen (Gott, Freiheit, Unsterblichkeit) notwendige Vernunftbegriffe, die wir, da sie theoretisch unerkennbar seien, in der „praktischen Vernunft" realisieren, d.h. zur Grundlage unseres Handelns machen müßten. Diese Forderung sei selbst ein Vernunftgebot, das uns im *kategorischen Imperativ* als dem unbedingten Sittengesetz entgegentrete. – Der Dualismus der Inauguraldissertation blieb somit erhalten u. entwickelte sich zu dem Gegensatz von Natur u. Freiheit, Sinnlichem u. Übersinnlichem, Verstandes- u. Vernunftgesetzgebung. Ihn zu überbrücken diente die für den Dt. Idealismus wegweisende „Kritik der Urteilskraft".
Erst von hier aus zeigt sich der religiöse Gehalt der Kantischen Philosophie, der in seiner Kampfschrift über die „Religion innerhalb der Grenzen der bloßen Vernunft" 1793, die zu seiner Maßregelung durch den preuß. Min. J. Ch. von *Wöllner* führte (1794), durch die Forderung rein moralischer Bibelinterpretation eher verdeckt ist. In der „Metaphysik der Sitten" 1797 sind K.s (naturrechtlichen, von J. J. *Rousseau* beeinflußten) Lehren über Privat-, Staats-, Völker- u. Weltbürgerrecht zusammengefaßt u. unter den Freiheitsbegriff (äußere – innere Freiheit) gebracht.
Die außerordentl. Vielseitigkeit der Probleme hat K. zu einem der einflußreichsten, immer neu ausgelegten Denker für das 19. u. 20. Jh. gemacht. – Werke: Akademie-Ausgabe, seit 1900, bisher 28 Bde. – ⌧ 1.4.8.

Kantabrer, lat. *Cantabri,* Volk im N Spaniens, in verschiedene Volksgruppen unterteilt; vorkeltisch, aber indogerman. mit einwandernden Iberern u. Kelten vermischt; Hptst. *Juliobriga;* 29–19 v.Chr. von den Römern unterworfen.

Kantabrisches Gebirge, span. *Cordillera Cantábrica,* 600 km langes, wald- u. heidereiches Randgebirge entlang der span. Nordküste, von den Pyrenäen im O bis zum Bergland von Galicien im W. An der Grenze Asturiens erreicht es in den *Picos de Europa* 2642 m. Die regenreichen Nordhänge sind steil u. stark zertalt, der flacheren Südseite fehlen dagegen die Niederschläge. Die Täler sind dicht besiedelt, doch gibt es nur wenige günstige Pässe für den Durchgangsverkehr. Steinkohlen-, Eisen-, Zink- u. Manganerzvorkommen.
▣ →Spanien (Geographie).

Kantakuzenos, griech. Fürstenfamilie, stellte u. a. mit *Johannes* VI. einen byzantin. Kaiser (1341–1354); unter den Türken eine hervorragende Fanarioten-Familie, die Nebenlinien auch in Rumänien u. Rußland hatte; →Cantacuzino.

Kantala [die; sanskr.], *Agave cantala,* Stammpflanze der *K.faser (K.hanf),* einer →Agavefaser, die ähnlich wie die *Sisalfaser* für die Herstellung von Tauwerk, Bindfäden, Netzen u. Hängematten benutzt wird; Hauptanbaugebiete: Java, Philippinen (hier heißen Pflanze u. Faser *Maguey*).

Kantara, *El K., El Qantara,* ägypt. Ort am Suezkanal, südl. von Port Said, 10000 Ew.

Kantate [die; ital., „Singstück", im Gegensatz zu *Sonate,* „Spielstück"], aus Italien stammende Kompositionsgattung für eine oder mehrere Singstimmen u. Instrumente, entstanden als *Solo-K.* in der Nachfolge des rein vokalen u. polyphonen, für Solostimmen gesetzten *Madrigals.* In ihrer ersten Blütezeit um 1650 war die K. wie das Madrigal rein weltlich (meist Liebespoesie) u. diente der musikal. u. literar. hochstehenden Unterhaltung aristokratischer Kreise. Einer der ersten Meister der K. war Luigi *Rossi* (*1598, †1653; 260 weltl. Solo-K.n mit Generalbaß, z.T. nur aus Rezitativ u. Ariette bestehend). Weitere bedeutende italien. K.nkomponisten waren G. *Carissimi,* Antonio Francesco *Tenaglia* (†nach 1661), Alessandro *Stradella* (*1644, †1682), A. *Steffani,* F. *Cavalli,* M. A. *Cesti,* G. *Legrenzi* u. vor allem A. *Scarlatti* (ca. 600 K.n, davon 374 Solo-K.n). Auch G. F. *Händel* schrieb während seines Italienaufenthalts zahlreiche italien. K.n.
In Dtschld. entwickelte sich die K. vor allem als *geistl. K.* innerhalb der aufblühenden ev. Kirchenmusik, also in Mittel- u. Nord-Dtschld.: H. *Schütz* (geistl. „Konzerte"), M. *Praetorius,* M. *Weckmann,* F. *Tunder,* Nicolaus *Bruhns* (*1665, †1697) u. bes. D. *Buxtehude* (Lübecker Abendmusiken). J. S. *Bach* erhob schließl. die Choral-K. zum Inbegriff der ev. Kirchenmusik überhaupt (ca. 200 K.n sind erhalten).
Im späteren 18. u. im 19. Jh. trat die K.nkomposition zurück; dagegen erhielt sie im 20. Jh. wieder Bedeutung, u. zwar noch beginnend in der letzten Phase der Spätromantik (H. *Pfitzner,* „Von deutscher Seele" 1921). Jugendmusik u. die Wiedererweckung alter Musik haben auch die K. neu belebt, bes. die ev. Kirchen-K. (K. *Kaminski,* K. *Thomas,* K. *Marx,* H. *Reutter*). – ▭2.7.3.

Kantel [die], ein Vierkantholz, das insbes. bei der Stuhl- u. Tischbeinfabrikation verarbeitet wird.

Kantele [die], finn. Zither ohne Griffbrett in Flügelform, ursprüngl. mit 5 Roßhaar-, jetzt mit bis zu 34 Drahtsaiten über dem Brett, unter dem ein meist kleinerer Resonanzkasten liegt. Die K. ist auch in den balt. Ländern verbreitet (lit. *Kankles*). – Eine Sonderform ist die *Jouhikko-K.,* eine Streichleier mit meist 2–3 Saiten.

Kanter [der; engl. *canter*], leichter, langsamer Galopp.

Kantgesellschaft, an I. *Kants* 100. Todestag (1904) von H. *Vaihinger* gegr. philosoph. Gesellschaft; übernahm als Organ die „Kant-Studien", die seit 1896 u. wieder seit 1953 erscheinen.

Kanthaken, *Kehrhaken,* ein Haken zum Wenden schwerer Hölzer; auch ein Bootshaken.

Kantharidin, *Cantharidin,* Derivat einer Cyclohexandicarbonsäure; sehr giftiger Wirkstoff (letale Dosis 10–40 mg), der durch Extraktion bestimmter Käfer, wie *Spanische Fliege* oder *Weichkäfer (Cantharidae),* isoliert werden kann. K. wirkt in allerkleinsten Mengen stark hautreizend u. blasenziehend, innerlich angewendet harntreibend; wird ärztl. kaum noch verordnet. K. wirkt anlockend auf Insekten (auf über 100 m Entfernung).

Kantharos [der; grch.], zweihenkliges Trinkgefäß mit hohem Fuß u. weiter, schalenartiger Öffnung; seit dem 8. Jh. v. Chr. in der griech. u. röm. Antike gebräuchlich.

Kantholz, rechteckig geschnittenes Bauholz von 6×6 bis 16×18 cm Querschnitt. *Balken* haben dagegen einen Querschnitt von mindestens 18×20 cm.

Kantianismus, zusammenfassende Bez. für die im Anschluß an die Philosophie I. *Kants* entstandenen Lehren u. deren Vertreter: 1. die unmittelbaren Anhänger Kants *(Kantianer):* Johannes *Schultz* (*1739, †1805), S. *Maimon,* Karl Leonhard *Reinhold* (*1758, †1823), F. *Schiller,* Jakob Sigismund *Beck* (*1761, †1840), J. F. *Fries* u.a.; 2. i.w. S. die sich auf Kant berufenden, seine Lehren jedoch weitgehend umbildenden Vertreter des *Dt. Idealismus,* bes. J. G. *Fichte,* F. W. von *Schelling,* G. W. F. *Hegel* sowie A. *Schopenhauer;* 3. der →Neukantianismus.

Kant-Laplacesche Theorie [-la'plas-], zusammenfassende Bez. für die Hypothesen zur Entstehung des →Planetensystems von I. *Kant* u. P. S. de *Laplace.* Die Theorien wurden 1755 u. 1796 aufgestellt. Sie unterscheiden sich grundsätzl. voneinander, so daß die Zusammenfassung nicht gerechtfertigt ist. →auch Kosmogonie.

Kanto, *Kwanto,* die größte Ebene der japan. Inseln, um Tokio, als Region 32000 qkm, dicht besiedelt (30 Mill. Ew.); agrarisch (Tee, Reis, Tabak, Seidenzucht) wie industriell (Eisen, Stahl, Maschinen, Textilien, Raffinerien) u. kulturell der Schwerpunkt Japans.

Kanton [der; ital., frz.], *Canton,* **1.** *Staatsrecht:* in der **Schweiz** einer der 25 bzw. 22 Gliedstaaten *(Stände)* der Eidgenossenschaft; in **Frankreich** u. **Belgien** der untere Verwaltungsbezirk des *Arrondissements;* in **Luxemburg** der oberste Verwaltungsbezirk.
Die schweizer. Bundesverfassung bezeichnet in Art. 1 die K.e als „souverän". Die hauptsächl. Zuständigkeiten der K.e bestehen in den Bereichen der Schulwesen, Rechtspflege (Gerichtsbarkeit u. Prozeßrecht), Polizei, Gesundheitswesen, Sozialfürsorge, Straßenbau u. Gemeinderecht, aber auch in der Ausführung von Bundesgesetzen durch die kantonale Verwaltung.
2. *Wehrverwaltung:* Aushebungsbezirk; →Kantonsystem.

Kanton, chines. Stadt, = Canton.

Kantoniere [die; ital.], Straßenwärterhaus in den italien. Alpen.

Kantonseide, aus China stammende →Grège.

Kantonsrat, in der **Schweiz** die auch als *Großer Rat,* in Uri, Nidwalden, Glarus u. Basel-Land als *Landrat* bezeichnete gesetzgebende Versammlung der Kantone.

Kantonsystem, *Kantonverfassung,* ein militär. Aushebungssystem, bei dem ein Land in Bezirke *(Kantone)* eingeteilt wird, aus denen jedem ein Regiment seine Rekruten zu entnehmen hat; von *Friedrich Wilhelm I.* 1733 in Preußen eingeführt. Infolge zahlreicher Ausnahmen von der Dienstverpflichtung blieb jedoch auch die Fremdenwerbung bestehen.

Kantor [der; lat., „Sänger"], im MA. der Vorsänger u. Leiter der gregorian. Schola; seit der Reformation der Organist u. Kirchenchorleiter der ev. Gemeinde. Große Bedeutung hatte das Amt an den ev. Lateinschulen des 16. Jh. (heute noch „Thomaskantor" in Leipzig u. „Kreuzkantor" in Dresden).

Kantor, 1. ['kæntə], MacKinlay, US-amerikan. Journalist, *14. 2. 1904 Webster City, Io., †11. 10. 1977 Sarasota, Florida; Verfasser populärer Romane aus der amerikan. Vergangenheit u. Gegenwart („Cuba libre" 1940, „Andersonville" 1955).
2. Tadeusz, poln. Maler, Regisseur u. Bühnenbildner, *16. 4. 1915 Wielopole bei Dębica; Begründer des „autonomen Theaters" in Krakau; in seinem malerischen Werk vom Tachismus geprägt.

Kantorei [lat.], im Bereich der ev. Kirchenmusik der in der Regel gemischte Chor gehobenen Niveaus.

Kantorowicz ['-to:rovitʃ], **1.** Alfred, Publizist u. Schriftsteller, *12. 8. 1899 Berlin, †27. 3. 1979 Hamburg; Redakteur der „Vossischen Zeitung" u. Mitarbeiter der „Weltbühne", floh als Kommunist 1933 nach Paris, kämpfte gegen Franco („Tschapaiew" 1938; „Span. Tagebuch" 1948); seit 1941 in den USA, 1946 in Ostberlin, dort Hrsg. der Zeitschrift „Ost u. West" u. der Werke von H. Mann, Prof. an der Humboldt-Universität; ging 1958 in die BRD („Dt. Tagebuch" 1959 bis 1961; „Im zweiten Drittel unseres Jahrhunderts" 1967).
2. Ernst Hartwig, Historiker, *3. 5. 1895 Posen, †9. 9. 1963 Princeton, N.J.; 1930 Prof. für mittelalterl. Geschichte in Frankfurt a.M., 1934 in Oxford, 1939 in Berkeley, 1951 in Princeton; schrieb im Geist des *George-Kreises* die Biographie „Kaiser Friedrich II." 2 Bde. 1927–1931, [4]1964; ferner „Laudes regiae" 1946; „The King's two bodies" 1957.

Kantorowitsch, Leonid, sowjet. Wirtschaftswissenschaftler, *15. 1. 1912 Leningrad; führender Vertreter der mathemat. Schule in der Sowjetunion; Nobelpreis für Wirtschaftswissenschaften 1975 zusammen mit T. C. Koopmans.

Kantschil [der; mal.] →Zwergböckchen.

Kanu [das; indian., span., engl.], *Canoe,* **1.** *allg.:* i.w. S. das Boot bei Naturvölkern, ohne Rücksicht auf die Bauart; i.e. S. das Rinden-K. mit Spantengerüst bei den nordamerikan. Indianern.
2. *Sport:* ein Sportboot, das seine Vorläufer im *Kajak* der Eskimo u. im *Canoe* der Indianer hat. Heute gehören dazu der *Kajak,* das *Faltboot,* der *Kanadier* u. das *Segelkanu.* →Kanusport.

KANU, Abk. für engl. *Kenya African National Union,* führende Partei in Kenia.

Kanüle [die; frz.], *Hohlnadel,* ein Metallröhrchen verschiedener Form, Länge u. Stärke, hauptsächl. als *Injektions-K.* zum Aufsetzen auf Spritzen verwendet. Daneben werden *Tracheal-K.n* zum Durchgängighalten der Luftröhre nach Luftröhrenschnitten gebraucht.

Kanuri, *Beriberi,* Sudannegervolk (2,1 Mill.) am Tschad, einst Hauptvolk des Reiches *Bornu;* verwandt mit den Kanembu u. *Manga.*

Kanusport, zusammenfassende Bez. für die mit *Kanus* betriebenen Sportdisziplinen Kanurennen, Kanuslalom, Wildwasserrennen, Kanusegeln u. Kanupolo. Kanuarten sind: *Kajak, Kanadier, Faltboot* u. *Segelkanu.* Der K. entwickelte sich in der Mitte des 19. Jh. in Großbritannien, die Boote wurden nach dem Vorbild der Fell- u. Rindenkanus der Indianer u. des Kajaks der Eskimo gebaut.
Beim *Kanurennen* werden Wettbewerbe über 500, 1000 u. 10000 m auf stehenden Gewässern mit Einer-, Zweier- u. Viererkajaks (K1, K2, K4) u. Einer-, Zweier- u. Rennmannschafts-Kanadiern (C1, C2, RMC) ausgetragen. Die Boote werden aus Holz, Kunststoff oder Leichtmetall hergestellt u. haben folgende vorgeschriebenen Maße u. Gewichte: *K1* 5,20 m lang, 51 cm breit, 12 kg schwer; *K2* 6,50 m, 55 cm, 18 kg; *K4* 11 m, 60 cm, 30 kg; *C1* 5,20 m, 75 cm, 16 kg; *C2* 6,50 m, 75 cm, 20 kg; *RMC* 11 m, 95 cm. Kajaks haben Fußsteuerung u. werden, mit Doppelpaddel angetrieben, sitzend gefahren. Der Kanadier wird durch ein Stechpaddel vorwärts bewegt, das der Kanute, im Boot kniend, immer auf einer Seite einsetzt u. mit dem er steuert.
Kanuslalom wird auf Wildwasserstrecken gefahren mit zusätzl. künstl. Hindernissen *(Tore, Schlingen* u. *Barrieren,* gekennzeichnet durch verschiedenfarbige Torstäbe über dem Wasser), die durch- oder umfahren werden müssen, mit Kajak-Einer, Kanadier-Einer u. Kanadier-Zweier *(K1* u. *C1* 4 m lang, *C2* 4,58 m lang, 0,80 m breit). Die Slalomstrecke soll 800 m lang sein u. eine Strömung von 2 m/sek haben.
Wildwasserrennen werden auf Strecken ohne künstl. Hindernisse gefahren; die Wildwasser werden nach Strömungsgeschwindigkeit, Schwall-

Kanusport: Kanadier

Kanusport: Auf dem 660 m langen künstlichen Kanukanal von Augsburg fanden 1972 die olympischen Wettbewerbe im Kanuslalom statt. Die Strecke ist sehr schwierig, bietet aber Wettkämpfern und Zuschauern optimale Bedingungen (links). – Start zu einem Rennen der Vierer-Kajaks (rechts)

strecken, Walzen- u. Wirbelbildung in Schwierigkeitsgrade eingeteilt. Bootstypen wie beim Kanuslalom.
Regatten im *Kanusegeln* werden auf unterschiedl. langen Dreiecksstrecken mit den bis 5,20 m langen Segelkanus (Segelfläche bis 7,5 m²) ausgetragen.
Kanupolo ist ein Torspiel u. wird von zwei Mannschaften zu je 6 Spielern auf einer 90×50 m großen Wasserfläche gespielt; Kajakboote 3,50 m lang, 75 cm breit; Tor 4 m breit, 1,50 m hoch.
Das *Wanderfahrerabzeichen* des Dt. Kanu-Verbands wird in Bronze, Silber u. Gold an Bewerber über 18 Jahre verliehen. Die Bedingungen für das Bronzeabzeichen umfassen: Mindest-Fahrstrecke von 800 km (Frauen 600) innerhalb eines Jahres, Teilnahme an mindestens zwei Vereinsfahrten u. mindestens drei gewonnene Gewässerpunkte (sie sind aus dem sog. Flußwanderbuch ersichtlich). Das Silberabzeichen erhält, wer die Bedingungen für Bronze fünfmal erfüllt hat; das Abzeichen in Gold, wer viermal die Bedingungen für Bronze u. einmal die für Gold erfüllt hat. Für letzteres müssen Männer mindestens 8000 km Gesamtfahrstrecke u. 50 Gewässerpunkte, Frauen 6000 km u. 40 Punkte erreichen. – Das *Jugend-Wanderfahrerabzeichen* kann von 10- bis 18jährigen ebenfalls in Bronze, Silber u. Gold bei abgestuften Bedingungen ähnlich denen des Erwachsenenabzeichens erworben werden.
Organisation: *Dt. Kanu-Verband*, gegr. 1914, wiedergegr. 1949 in Kassel, Sitz: Hamburg; 14 Landesverbände mit rd. 78000 Mitgliedern; seit 1950 Mitglied der *International Canoe Federation*, Stockholm. In Österreich: *Österr. Paddelsport-Verband*, Wien, rd. 3000 Mitglieder; in der Schweiz: *Schweizer. Kanu-Verband*, Basel, rd. 4000 Mitglieder.

Kanye, Stadt im südl. Botswana (Südafrika), 37000 Ew.; Straßenknotenpunkt.
Kanzel [die; lat., „Schranke"], **1.** *Baukunst:* hochgelegener, mit Brüstung (u. Schalldeckel) versehener Stand des Predigers in Kirchen; hervorgegangen aus den Pulten zur Schriftverlesung an den Chorschranken (lat. *Cancelli, Kanzelle*) frühchristl. Kirchen, seit dem 13. Jh. (N. u. G. *Pisano*) freistehend oder gewöhnl. an einen Arkadenpfeiler angelehnt, aus Stein oder Holz mit reichem plast. Schmuck, bes. in Spätgotik u. Barock. Berühmt sind die K.n der Kathedralen in Ravello, Salerno u. Pisa, der Dome in Florenz, Freiberg u. Wien u. des Straßburger Münsters.
2. *Flugzeugbau:* = Cockpit.
3. *Jagd:* rundum geschlossener →Hochsitz.

Kanzelle [die; lat.], **1.** *Kirchenbau:* vergitterte Schranke zwischen Chor oder Apsis u. Gemeinderaum in der frühchristl. Kirche.
2. *Musikinstrumente:* schmaler Kanal in der →Windlade der Orgel oder im Stimmstock einer Harmonika, der den einzelnen Pfeifen bzw. Zungen den Wind zuführt.
Kanzelmißbrauch, nach früherem dt. Recht (dem in der BRD seit dem 4. 8. 1953 aufgehobenen § 130a StGB, sog. *Kanzelparagraph*) die den öffentl. Frieden bedrohende Besprechung von Angelegenheiten des Staats durch einen Geistlichen in Ausübung oder anläßl. der Ausübung seines Berufs öffentl. vor einer Menschenmenge, in einer Kirche oder an einem anderen zu religiösen Versammlungen bestimmten Ort. Der Kanzelparagraph wurde zu Beginn des →Kulturkampfs (10. 12. 1871) erlassen. Das Verteilen von entspr. Schriften bei diesen Anlässen wurde durch den Zusatzparagraphen von 1876 ebenfalls untersagt. Der Paragraph ist selten angewandt worden.
Kanzelparagraph →Kanzelmißbrauch.
kanzerogen [grch. + lat.], *cancerogen* = karzinogen.
Kanzlei [lat. *cancellaria*], **1.** im MA u. in der frühen Neuzeit der Ort zur Ausfertigung von Urkunden, Gerichtsurteilen u. landesherrlichen Anordnungen (Justiz-K.).
2. die oberste Geschäftsbehörde des Staatsoberhaupts oder Regierungschefs (*Präsidial-K., Reichs-K., Bundeskanzleramt*); heute auch in den Ländern der BRD als Büro des Min.-Präs. oder der Landesregierung: *Staats-K., Landes-K.*
3. Büro, z. B. eines Rechtsanwalts, einer Behörde (bes. in Österreich).
Kanzleienstreit, eine publizist. Auseinandersetzung während des *Dreißigjährigen Kriegs*, bei der die Kanzlei Kaiser *Ferdinands II.* durch Veröffentlichung (1621 u. 1628) von bei der Schlacht am Weißen Berg erbeuteten Papieren *Christians I.* von Anhalt u. des pfälz. Rats L. von *Camerarius* (*1573, †1651) die Kriegsschuld *Friedrichs V.* von der Pfalz beweisen u. die gegen diesen verhängte Reichsacht rechtfertigen wollte u. Camerarius mit Gegenveröffentlichungen antwortete (erster *Kriegsschuldstreit der Neuzeit*).
Kanzleiformat, heute nicht mehr gebräuchl. Papierformat von der Größe 33×42 cm bzw. 21×33 cm; durch das DIN-Format der Reihe A (21×29,7 cm) ersetzt.
Kanzleischrift, große Akten- u. Urkundenschrift des 15. u. 16. Jh., meist mit ausgeprägtem Haar- u. Grundstrich; im Buchdruck eine got. Zierschrift.

Kanzleisprache, die (gehobene) Sprache der Urkunden einer Kanzlei. Die K. der kursächs. Kanzlei soll die Grundlage von M. *Luthers* Bibelübersetzung gewesen sein. →auch deutsche Sprache.
Kanzleistil, wie *Amtsstil* oder *Kaufmannsstil* abwertende Bez. für eine gekünstelte, umständl. Ausdrucksweise.
Kanzler [lat. *cancellarius*], in karoling. Zeit einer der obersten Hofbeamten, seit 854 mit dem Amt des *Erzkaplans* verbunden; seit Heinrich I. im Hl. Röm. Reich meist die Erzbischöfe von Mainz. Daneben entstand eine selbständige *Hofkanzlei* unter einem K. mit Notaren u. Schreibern.
Im Reichshofrat in Wien wurde der *Erz-K.* durch einen *Vize-K.* vertreten (1559).
Es gab auch in den dt. Territorien seit Mitte des 15. Jh. K., die meist gleichzeitig Präsidenten der obersten Gerichtshöfe waren. In Preußen wurde durch K. A. von *Hardenberg*, in Österreich durch K. L. von *Metternich* u. F. zu *Schwarzenberg* der Titel *Staats-K.* eingeführt. – Der Norddt. Bund hatte ebenso wie heute die BRD u. Österreich einen *Bundes-K.*, das Dt. Reich einen *Reichs-K.* – In der Schweiz ist der *Bundes-K.* Vorsteher der Bundeskanzlei, nicht Regierungschef. – In England ist der *Lord-K.* (Lord Chancellor) Justiz-Min., Vorsitzender des Obersten Gerichtshofs u. Sprecher des Oberhauses. – Der K. im alten Frankreich (*Chancelier de France*), einer der mächtigsten Min., hatte auch kirchl. u. richterl. Aufgaben. – An einigen dt. Universitäten ist der K. der oberste Verwaltungsbeamte. →auch Bundeskanzler.
Kanzone [die; ital., „Lied"], *Canzone*, frz. *Chanson, Kanzonette, Canzonetta*, Gedichtform mit einem in Stollen gegliederten Aufgesang u. einem in Volten eingeteilten Abgesang, oft beide durch Reime verbunden; die Schlußstrophe („Geleit") meist mit anderer Zeilenzahl als die übrigen Strophen; im 12. Jh. von provençal. Minnesängern ausgebildet, in Italien zur klass. Form gereift (bes. durch *Dante* u. F. *Petrarca*), von der dt. Romantik u. im 19. Jh. oft angewandt. →auch Canción.
Seit dem 16. Jh. gibt es die K. auch als einfache volkstümliche, gesungene Liedform, die als *canzona villanesca* u. *canzona alla napolitana* auftrat, während die *canzona francese* sich in ihrer Form mehr dem *Madrigal* näherte. Daneben entwickelte sich durch Übertragung des französ. Chansons auf Orgel, Laute u. a. Instrumente die *Spiel-K.* (*canzona da sonar*), vor allem in Italien (G. *Gabrieli*, mehrchörige Kanzonen für S. Marco in Venedig), die Einfluß auf die weitere Entwicklung der Instrumentalmusik hatte. – 🗔 2.7.1.

Kanzonette [die; ital., „Liedchen"] →Kanzone.
Kaokoveld, trockene, bis 1800 m hohe Landschaft in Südwestafrika, zwischen Kunene u. Huab, ein Teil des Westabfalls des südafrikan. Hochlands; Eingeborenenreservat mehrerer Hererostämme.
Kaolack, Stadt in der westafrikan. Rep. Senegal, 95 000 Ew.; Erdnußmarkt u. -ausfuhr; chem. u. Nahrungsmittelindustrie, Baumwollentkörnung, Seehafen.
Kaoliang, *Kaulian(g), Asiat. Hirse, Sorghum vulgare,* ein *Süßgras;* das wichtigste Grundnahrungsmittel Nordostchinas, jetzt auch in Nordamerika angebaut; zu Brei, Zucker u. Branntwein verarbeitet.
Kaolin [der oder das; chin., frz.], *Tonerde, Porzellanerde,* ein vorwiegend aus dem Mineral *Kaolinit,* einem Aluminiumsilicat der Formel $Al_2O_3 \cdot 2SiO_2 \cdot 2H_2O$ bestehendes, meist in lockeren, weißen Massen auftretendes Gestein; u. a. in Sachsen, Böhmen u. Cornwall; Rohstoff für die Herstellung von *Porzellan.*
Kaolinit [der], ein Mineral, Hauptbestandteil von →Kaolin.
Kaon, Kurzbez. für *K-Meson.* →Mesonen.
Kaosiung, jap. *Takao,* Hafenstadt an der Südwestküste von Taiwan, 930 000 Ew.; Maschinenbau, Schiffswerft, Bauxitabbau, Aluminiumwerk, Ölraffinerie; Fischereihafen, Bahnknotenpunkt, Flugplatz.
Kaouar [kau'a:r], Oasengruppe in der südl. Sahara, an der Straße Tripolis–Tschad in einer weitgehend wüstenhaften, z. T. von Sandfeldern eingenommenen Landschaft, in der Rep. Niger; 10 000 Ew. (meist *Tibbu* u. *Senussi*); Anbau von Dattelpalmen, Akazien, Melonen, Kürbissen; Salzausfuhr; Hauptort *Bilma.*
Kap [lat.], engl. *Cape,* kleiner Landvorsprung ins Meer.
Kap., Abk. für *Kapitel.*
Kapa [die; hawai.], ein Rindenstoff, →Tapa.
Kapaonik, Gebirge im südl. Serbien (Jugoslawien), 2017 m; Eisenerzlager.
Kapaun [frz., engl., ndrl.], kastrierter Hahn.
Kapazität [lat.], 1. *allg.*: die (geistige oder räuml.) Aufnahmefähigkeit, Fassungskraft; übertragen auch ein hervorragender Fachmann.
2. *Betriebswirtschaftslehre:* die Leistungsfähigkeit eines Betriebs oder eines Wirtschaftszweigs innerhalb eines Zeitabschnitts (z. B. Monat, Jahr). Gewöhnl. wird die K. in der mögl. Produktmenge je Zeitabschnitt bei technisch maximaler oder normaler Ausnutzung der Anlagen gemessen. Schwierigkeiten bereitet die Messung der K. bei Betrieben, die wahlweise verschiedene Produktarten herstellen können u. die unterschiedliche Erzeugungstiefen aufweisen. Hier wird die K. häufig in verfügbaren Maschinenstunden pro Periode angegeben. Bei mehrstufigen Betrieben bestimmt die Stufe mit der kleinsten K. die K. des gesamten Betriebs.
3. *Physik:* Kurzzeichen *C,* das Verhältnis der Elektrizitätsmenge *Q* u. der von ihr zwischen zwei Leitern erzeugten Spannung *U,* also: $C = \frac{Q}{U}$. Die K. eines Plattenkondensators ist von der Größe u. vom Abstand der Kondensatorplatten sowie vom *Dielektrikum* abhängig. Sie wird in →*Farad* gemessen.
kapazitiver Widerstand, *Kapazitanz,* der (elektr.) Widerstand *R,* den eine Kapazität *C* (Kondensator) einem Wechselstrom entgegensetzt, bedingt durch das ständige Auf- u. Abbauen des elektr. Felds. Es gilt die Formel:
$$R_{Kap} = \frac{1}{\omega C}$$
wobei $\omega = 2\pi f$ die *Kreisfrequenz* (*f* = Frequenz) ist. →auch Widerstand.
Kapbecken, Meeresbecken vor der südwestafrikan. Küste, zwischen dem *Walfischrücken* u. der *Kapschwelle* u. dem *Atlant.* (Südatlant.) *Rücken,* bis 5457 m tief; im N die Vima- (–35 m) u. die Namaquakuppe (–219 m), im S die Discoverykuppe (–411 m).
Kapbleiwurz, *Plumbago capensis,* in Südafrika heim. *Strandnelkengewächs*; mit zartblauen, röhrenförmigen Blüten, in Trauben geordnet; als Zierpflanze beliebt.
Kap der Guten Hoffnung, Kap im S der Kaphalbinsel in Südafrika. Von B. *Diaz,* der es 1487 als erster umfuhr, wurde es „Kap der Stürme", von den Portugiesen jedoch K.d.G.H. genannt, da nun mit

guter Hoffnung der Seeweg nach Indien angetreten werden konnte.
Kapela, *Große K.,* serbokr. *Velika Kapela,* höchster Teil des kroat. Karstgebirges, in der *Bjelolasica* 1533 m.
Kapelan [der; frz.], *Capelin, Lodde, Mallotus villosus,* bis 20 cm langer *Lachsfisch* des Eismeers, wichtiges Nährtier für die großen Raubfische (z. B. Kabeljau); lebt überwiegend von Plankton.
Kapella, *Capella* [die; lat., „Zicklein"], *α Aurigae,* hellster Stern im →*Fuhrmann.*
Kapelle [lat.], 1. *Baukunst:* frz. *Chapelle,* engl. *Chapel,* ein kleiner kirchl. Raum oder ein bes. Zwecken vorbehaltener Nebenraum einer Kirche (*Tauf-K., Gebets-K.*), auch ein kleines freistehendes Gebäude für Gottesdienste (*Wallfahrts-K., Friedhofs-K.*) sowie ein Andachtsraum in Palästen u. Schlössern. Die Bez. K. entwickelte sich aus der lat. Verkleinerungsform von *capa: capella,* „kleiner Mantel", für das Mönchskleid des hl. *Martin,* das Nationalheiligtum der Franken. Die fränk. Könige führten es mit sich u. bewahrten es in bes. Räumen der königl. Pfalzen auf; um 800 setzte sich dann die Bez. *capella* für ein kleines Gotteshaus durch. – Berühmtheit erlangten u. a. die *Sixtinische K.* in Rom, die *Capella Palatina* in Palermo u. die *Ste.-Chapelle* in Paris.
2. *Musik:* ursprüngl. Bez. für einen Sängerchor, mit Beginn des 17. Jh. auch für Instrumentalgruppen; heute zur Unterscheidung vom *Sinfonie-Orchester* für bestimmte Instrumentalzusammenstellungen, die nicht alle Instrumente enthalten (Blas-K., Militär-K.). In der Unterhaltungsmusik hat sich die Bez. *Band* durchgesetzt.
Kapellen, ehem. Gemeinde in Nordrhein-Westfalen, seit 1975 Ortsteil von Moers.
Kapellenberg, höchster Berg im Elstergebirge, südl. von Bad Brambach, Bezirk Karl-Marx-Stadt, 759 m hoch.
Kapellenkranz, der vor allem in got. Kirchen anzutreffenden, radial um einen Umgangschor angeordneten halbrunden oder polygonalen Kapellen, zu denen sich die Joche des Umgangs öffnen.
Kapellmeister, der Leiter eines Chors oder eines Orchesters; →auch Dirigent.
Kaper [die], das *Kapern, Kaperei,* in früheren Zeiten das Aufbringen von Handelsschiffen eines anderen Staates durch bewaffnete Handelsschiffe aufgrund besonderer staatlicher Ermächtigung (*K.briefe*) außerhalb eines völkerrechtl. anerkannten Kriegszustands. Diese von den Seemächten im 18. u. teilweise noch zu Beginn des 19. Jh. ausgeübte Praxis wurde durch die *Pariser Seerechtsdeklaration* von 1856 verboten. Im modernen Seekrieg versteht man unter K. die Wegnahme von Handelsschiffen durch einzelne, zu diesem Zweck in die Weltmeere entsandte Kriegsschiffe (z. B. der „K.krieg" des Kreuzers „Emden" im 1. Weltkrieg).
Kapern [pers., grch., lat.], in Essig eingelegte Blütenknospen des *Echten K.strauchs, Capparis spinosa.* Mit K. werden wegen ihres kräftigen, herben Geschmacks Salate, Soßen u. Ragouts gewürzt. Der K.strauch ist im Mittelmeergebiet heimisch u. wird bes. in Südfrankreich kultiviert. – B →Gewürzpflanzen.
Kapernaum [-na:um], hebr. *Kefar Nahum,* israel. Ort am Nordwestufer des Genezareth-Sees, mit der Ruine eines hellenist. Synagoge, ehem. galiläischer Handelsplatz; im N. T. ein Lieblingsort Jesu u. Wohnort der Apostel Petrus u. Andreas.
Kaperngewächse, *Capparidaceae,* Familie der *Rhoeadales,* trop. u. subtrop. Pflanzen mit meist über die Blütenblätter hinausgehobenen Staubblättern u. Fruchtknoten (Gynophor bzw. Androgynophor). Zu den K.n gehört der *Echte Kapernstrauch.*
Kapetinger, französ. Königsgeschlecht von 987–1328, in Nebenlinien mit Unterbrechung bis 1848 (*Valois* 1328–1589; *Bourbon* 1589–1792 u. 1814–1830; *Orléans* 1830–1848), dessen Verdienst es ist, eine frühe polit. Einigung Frankreichs herbeigeführt zu haben. Die K. leiten ihren Namen von *Hugo Capet* ab, dem es schließlich gelang, die franzö. Krone seinem Haus zu erhalten. Vor ihm hatten aus dem gleichen Hause schon *Odo* (888–898) u. *Robert I.* (922/23) die Krone getragen. – L 5.5.0.
Kapfenberg, österr. Stadt in der Steiermark, an der Mürz, 26 000 Ew.; Stahl-, Eisen- u. Drahtindustrie; Burgruine *Oberkapfenberg* (1183 erbaut.)
Kapgebirge, mehrere Bergketten zwischen der Küste von Kapland (Rep. Südafrika) u. der Gro-

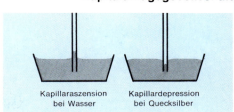

Kapillarität

ßen Randstufe des Hochlands, in den *Kleinen Swartbergen* 2326 m hoch.
Kapholländisch, die Sprache der Buren, →*Afrikaans.*
Kapidschi [türk.]. →Kapydschy.
Kapillaren [lat. *capillus,* „Haupthaar"], 1. *Anatomie: Haargefäße, Kapillargefäße,* kleinste Blutgefäße, die Venen u. Arterien verbinden u. in denen der Stoff- u. Gasaustausch zwischen Blut u. Gewebe stattfindet.
2. *Technik: Haarröhrchen,* Röhrchen mit sehr engem Hohlraum.
Kapillarität [lat.], *Haarröhrchenwirkung,* die durch Adhäsionskräfte zwischen Wand- u. Flüssigkeitsmolekülen hervorgerufene Erscheinung, daß ein in eine Flüssigkeit getauchtes offenes Röhrchen (*Kapillare, Kapillarröhrchen*) einen tieferen (bei Quecksilber) oder höheren (bei Wasser) Flüssigkeitsspiegel zeigt als außerhalb. Die K. hängt davon ab, ob die Flüssigkeit die Kapillarwände benetzt oder nicht. Auf der K. beruht z. B. die Saugwirkung von Löschpapier u. Lampendochten. In der Bodenmechanik ist sie u. a. für die Festigkeit des Bodens u. damit für das Emporsteigen der Feuchtigkeit aus tieferen Schichten (Wasserhaushalt) in Erdkapillaren verantwortl.; sie ist am größten bei Ton-, am geringsten bei Sandboden. →auch Oberflächenspannung.
Kapillarwellen, *Kräuselwellen, Riffchen,* Wellen, die an der Oberfläche einer bewegten Flüssigkeit aufgrund der →*Oberflächenspannung* entstehen; sie haben kleine Wellenlängen.
Kapital [das; lat., „Hauptsumme"], 1. *allg.*: zinstragende Geldsumme.
2. *Betriebswirtschaftslehre:* die auf der Passivseite der Bilanz aufgeführten Finanzierungsquellen für die Vermögensgegenstände eines Betriebs, bestehend aus *Eigen-* u. *Fremd-K.;* i. e. S. das von den persönlich haftenden Inhabern einer Personenunternehmung zur Verfügung gestellte K.
3. *Volkswirtschaftslehre:* ein Vorrat an Geld (*Geld-K.*) u. produzierten Gütern (*Real-K.*), der weder direkt verbraucht noch gehortet, sondern zum Einschlagen von Produktionsumwegen verwendet wird (*produzierte Produktionsmittel, Produktiv-K.;* z. B. Maschinen, Werkstätten, Verkehrs- u. Transportmittel). Das *Erwerbs-K.* umfaßt der privaten Einkommenserzielung dienende Vermögen; zum *volkswirtschaftl. K.* (*Sozial-K., Volksvermögen*) zählen neben dem Produktiv-K. auch weitere an der Wertschöpfung beteiligte Anlagevermögen (z. B. der Wohnungswirtschaft, der öffentl. Hand). – Nach der Verwendung im Erzeugungsprozeß unterscheidet man *Anlage-K.* (*stehendes K.*), das in jedem Produktionsperiode jeweils nur einen Teil seines Wertes verliert (z. B. Maschinen), u. *Betriebs-K.* (*umlaufendes K.*), das mit seinem ganzen Wert in das Produkt eingeht (z. B. Rohstoffe). – Erst die *K.bildung* ermöglicht das Einschlagen von Produktionsumwegen u. führt damit zu einer Steigerung der volkswirtschaftl. Produktivität; sie setzt Sparen u. produktive Verwendung voraus. →auch Kapitalismus. – L 4.4.1.
Kapitalanlagegesellschaft, *Investmentgesellschaft, Investment Trust,* eine Unternehmung, die das gegen Ausgabe von *Investmentanteilen* (*Investmentzertifikaten*) erhaltene Geld in festverzinsl. Wertpapieren u. Aktien verschiedener Unternehmen nach dem Prinzip der Risikostreuung anlegt. Eine Sonderform ist der *Immobilien-Trust,* der als Kapitalanlage Grundstücke erwirbt. – K.en wurden zuerst in Großbritannien gegründet, fanden später vor allem in den USA weite Verbreitung. Seit 1949 sind in der BRD K.en gegründet worden, deren rechtl. Regelung das *Gesetz über K.en* vom 16. 4. 1957 in der Fassung vom 14. 1. 1970 enthält. Danach dürfen K.en nur in der Rechtsform der AG oder GmbH betrieben werden. Sie müssen ein Nennkapital von mindestens

500 000 DM haben u. unterliegen als Kreditinstitute den für diese geltenden gesetzl. Vorschriften. Das von den Investmentsparern eingelegte Geld u. die erworbenen Wertpapiere bilden ein Sondervermögen, das im Miteigentum der Anteilsinhaber stehen oder Eigentum der K. sein kann. Der Vertrieb ausländ. Investmentanteile ist im Gesetz vom 28. 7. 1969 geregelt. – 🄻4.8.1.

Kapitalband = Kaptalband.

Kapitalbeteiligungsgesellschaften, von Kreditinstituten in der BRD seit etwa 1965 errichtete Finanzierungsgesellschaften, die nicht emissionsfähigen kleineren u. mittelgroßen Unternehmen Eigenkapital meist in Form der Beteiligung als stille Gesellschafter (gemäß §§ 335 ff. HGB) zur Verfügung stellen, mit dem Ziel, einen Mangel an Eigenkapital, z. B. infolge der Auszahlung von Erben oder stärkerer Expansion des Unternehmens, für eine begrenzte Zeit (5 bis 10 Jahre) zu überbrücken; nicht zu verwechseln mit *Kapitalanlagegesellschaften*.

Kapitalbilanz, die Gegenüberstellung der kurz- u. langfristigen Kapitalleistungen, die ein Land während einer Periode (in der Regel ein Jahr) dem Ausland gegenüber geleistet u. empfangen hat; Teil der →Zahlungsbilanz; setzt sich zusammen aus *Kapitalverkehrsbilanz* u. *Kapitalertragsbilanz*.

Kapitalbuchstaben, *Versalien*, die Großbuchstaben des latein. Alphabets.

Kapitälchen, Großbuchstaben in Antiquaschrift, aber in der Größe von Kleinbuchstaben; oft für die ersten Worte eines Kapitels, als Auszeichnungsschrift für Namen u. ä. verwendet.

Kapitalerhöhung, die Vermehrung des Eigenkapitals eines Unternehmens: bei Personenunternehmen durch Einlagen des Einzelkaufmanns oder der Gesellschafter oder durch Verzicht auf Gewinnausschüttung, bei Kapitalgesellschaften durch Erhöhung des Nennkapitals gegen Ausgabe neuer Anteilscheine. Für die *Aktiengesellschaft* ist die K. in den §§ 182–221 AktG genau geregelt (für die GmbH §§ 53 ff. GmbHG); sie bedarf eines Beschlusses der Hauptversammlung mit einer Mehrheit von drei Vierteln des vertretenen Grundkapitals. Die *effektive K.* ist ein Akt der Eigenfinanzierung, bei der der Gesellschaft neue liquide Mittel oder Sacheinlagen zugeführt werden. Die Aktionäre haben ein Recht auf den Bezug der jungen Aktien (→Bezugsrecht). Unter dem Nennbetrag dürfen junge Aktien nicht ausgegeben werden (§ 9 AktG). Die *nominelle K.* besteht in der Umwandlung von Rücklagen in Grundkapital (→Gratisaktie).

In Österreich ist die rechtl. Regelung der K. in § 149 AktG, in der Schweiz in Art. 650 ff. OR enthalten.

Kapitalertragsteuer, 1. eine Gliedsteuer zur Einkommensteuer, im *Einkommensteuergesetz* in der Fassung vom 21. 6. 1979 (§§ 43 ff.) geregelt. Sie wird von inländ. Kapitalerträgen aus Wertpapieren u. Beteiligungen erhoben, ohne die persönl. Verhältnisse des Steuerpflichtigen zu berücksichtigen. Der Steuersatz beträgt 25 % für Bezüge aus Aktien, Kuxen, GmbH-Anteilen, Genossenschaftsanteilen u. ä. u. für Einkünfte aus Beteiligungen als stiller Gesellschafter u. 30 % für Bezüge aus festverzinsl. Wertpapieren. Die K. ist vom Wertpapierschuldner im Quellenabzugsverfahren einzubehalten.

2. *K. für Gebietsfremde, Kuponsteuer*, durch Gesetz vom 25. 3. 1965 für Gebietsfremde in der BRD eingeführte K. in Höhe von 25 % auf inländ. Kapitalerträge aus festverzinsl. Wertpapieren.

Kapitalflucht, die Verlagerung inländischen Kapitals in das Ausland aus polit. oder wirtschaftl. Gründen (bes. bei hohen Steuersätzen im Inland oder bei erwarteter Währungsentwertung).

Kapitalflußrechnung, Rechenverfahren zur Darstellung der Bewegung von Geldmitteln innerhalb eines Unternehmens während einer vergangenen oder der geplanten Bewegungen in einer künftigen Periode. Die K. basiert auf der folgenden, für eine Periode gültigen zahlenmäßigen Gleichheit: Zunahme u. Abnahme der Vermögensposten = Zunahme u. Abnahme der Schuld- u. Eigenkapitalposten. In Dtschld. ist als Form der K. die sog. *Bewegungsbilanz*, in den USA die *Fondsrechnung* weit verbreitet. Die K. soll als Teil der externen Bilanzanalyse u. der betriebsinternen Berichterstattung Einblick in die finanzielle Lage des Unternehmens geben.

Kapitalgesellschaft, eine Unternehmungsform der Handelsgesellschaften, bei der die Beteiligung der Gesellschafter am Kapital der Gesellschaft im Vordergrund steht u. ihre Mitwirkung an der Unternehmungsleitung nicht erforderl. oder für alle Gesellschafter gar nicht möglich ist (Gegensatz: *Personalgesellschaft*). Zu den K.en zählen: *Aktiengesellschaft, Kommanditgesellschaft auf Aktien, Gesellschaft mit beschränkter Haftung, bergrechtliche Gewerkschaft*. Die Rechtsformen der K.en ermöglichen – vor allem in Form der *Publikums-Aktiengesellschaft* – die Zusammenfassung großer Kapitalien aus vielen kleinen Quellen zu Produktionszwecken. – 🄻4.8.1.

Kapitalherabsetzung, die Verminderung des Grund- oder Stammkapitals einer Kapitalgesellschaft. Für die *Aktiengesellschaft* ist die K. im Interesse des Gläubigerschutzes im AktG (§§ 222 bis 240) genau geregelt; sie bedarf eines Beschlusses der Hauptversammlung mit einer Mehrheit von drei Vierteln des bei der Beschlußfassung vertretenen Grundkapitals. Bei der *effektiven (ordentlichen) K.* wird nicht mehr benötigtes Grundkapital an die Aktionäre zurückgezahlt (Verkleinerung oder freiwillige Auflösung des Unternehmens). Eine *nominelle (vereinfachte) K.* wird vorgenommen, um einen Verlustvortrag durch Verminderung des Grundkapitals zu beseitigen; auf diese Weise wird das Unternehmen buchmäßig saniert. →auch Sanierung.

Kapitalisierung [lat., frz.], die Ermittlung des Gegenwartswertes eines Ertrag abwerfenden Gutes (z. B. Maschine, Unternehmen als Ganzes, Rente) nach der *K.sformel*: (Ertrag × 100) : Zinsfuß. – Ztw.: *kapitalisieren*.

Kapitalismus, seit der Mitte des 19. Jh. schlagwortartige Bez. für eine bestimmte Wirtschafts- u. Sozialordnung: Kennzeichen des K. ist die Verwendung von Produktionsmitteln (Maschinen u. a.), die nicht dem Arbeitnehmer gehören (im Gegensatz zum Handwerk), wodurch sich eine Abhängigkeit der Besitzlosen, die entlohnt werden, von den *Kapitalisten*, denen die Produktionsmittel u. Fertigprodukte gehören, ergibt. Das treibende Motiv des Wirtschaftens im K. ist das Streben nach möglichst hohem Gewinn („Rentabilitätsdenken").

Die Voraussetzungen zur kapitalist. Sozialordnung schuf die Verdrängung des mittelalterl. *Feudalismus* durch den individualist. *Merkantilismus* zu Beginn des 18. Jh. *(Früh-K.)*. Ermöglicht wurde der K. jedoch erst durch die rasch zunehmende Verwendung von *Maschinen* gegen Ende des 18. Jh. in Verbindung mit dem Einfluß des →Liberalismus, der zur Befreiung der Wirtschaft von staatl. Bevormundung, insbes. zur Aufhebung des Zunftzwangs, zur Einführung der Gewerbefreiheit u. des freien Arbeitsvertrags, zum freien Wettbewerb u. später zur Erstarkung des Kreditwesens *(Hoch-K.*, 19. u. Anfang des 20. Jh.) führte. Seit dem 1. Weltkrieg greift der Staat in steigendem Maß lenkend durch Gebote, Verbote oder durch seine Finanzwirtschaft in das freie Spiel der wirtschaftl. Kräfte ein *(Spät-K.)*.

Die kapitalist. Produktionsweise brachte zunächst bedenkliche soziale Auswüchse u. gesellschaftl. Erschütterungen, weil es wegen der noch unterentwickelten Industrie nicht gelang, die Lohnarbeiter in die neue liberale Gesellschaftsordnung organisch einzugliedern u. ihre wirtschaftl. Unsicherheit zu mildern. Da insbes. die *Bauernbefreiung* mit der anschließenden Landflucht die Zahl der Arbeiter in kurzer Zeit stark erhöht hatte, waren die Löhne zunächst extrem niedrig. Erst später setzte dann die große Steigerung der Gütererzeugung ein, die zu einer beträchtl. Wohlstandserhöhung auch bei den Arbeitern führte. Die sozialen Mißstände in den ersten Jahrzehnten des K. haben die Kritiker des K. veranlaßt, diese nur als Folge der neuen Wirtschaftsordnung u. nicht auch der polit. Umwälzungen (Bauernbefreiung, napoleon. Kriege) u. der starken Bevölkerungsvermehrung zu sehen. Aus der Kritik an den mißlichen sozialen Zuständen u. zu ihrer Überwindung entstanden der *Sozialismus* u. der *Kommunismus*. – 🄻4.4.7.

Kapitalist [lat., frz.], *i. w. S.* jede Person, die →Kapital (3) besitzt; *i. e. S.* jede Person, deren Einkommen vor allem aus *Kapitalertrag* (Zinsen, Renten, Dividenden u. ä.) besteht; irreführend oft auch für den privaten Unternehmer verwendet.

Kapitalkonto, ein Konto, auf dem in Personenunternehmen das Eigenkapital des Betriebsinhabers oder der Gesellschafter ausgewiesen wird. →auch Kapital.

Kapitalmarkt, im Gegensatz zum *Geldmarkt* der Teil des →Kreditmarkts, an dem langfristige Kredite (über ein Jahr Laufzeit; Aktien, Kuxe, Pfandbriefe, Anleihen, Obligationen) gehandelt werden. – 🄻4.5.3.

Kapitalschrift, die *Kapitalis*, eine Schrift, die nur aus Großbuchstaben (Majuskeln) besteht; nach dem Vorbild der röm. Inschriften.

Kapitalverbrechen, verbreitete Bez. für schwere vorsätzl. Tötungsdelikte (*Mord* u. *Totschlag*) oder auch überhaupt für bes. schwere Verbrechen.

Kapitalverkehr, Inbegriff aller Finanztransaktionen, die nicht unmittelbar durch den Waren- u. Dienstleistungsverkehr bedingt sind.

Kapitalverkehrsteuer, eine Glied- bzw. Ergänzungssteuer zur Umsatzsteuer, die nach dem *K.gesetz* in der Fassung vom 17. 11. 1972 in folgenden Formen erhoben wird: 1. *Gesellschaftsteuer* auf den Ersterwerb von Gesellschaftsrechten an inländischen Kapitalgesellschaften. Der Steuersatz beträgt seit dem 1. 1. 1974 0,5 % bis 1 %. 2. *Wertpapiersteuer* auf den Ersterwerb von inländ. Schuldverschreibungen u. ausländ. Schuldverschreibungen im Inland; mit Wirkung vom 1. 1. 1965 aufgehoben; 3. *Börsenumsatzsteuer* auf Anschaffungsgeschäfte von Wertpapieren; Steuersatz: 1 ‰ bis 2,5 ‰. – 🄻4.7.2.

Kapitalwert, der Überschuß des mit Hilfe des Kalkulationszinsfußes ermittelten *Barwerts* der Einzahlungen über den Barwert der Auszahlungen für die Anschaffung u. für den Betrieb einer Anlage, bezogen auf einen bestimmten Zeitpunkt. Der K. wird in der →Investitionsrechnung benutzt. Die Höhe des K.s ist ein Maß für die Vorteilhaftigkeit einer Investition.

Kapitän [lat.], **1.** →Hauptmann.

2. *K. zur See*, Marineoffizier im Dienstgrad eines Obersten.

3. in der Handelsschiffahrt (gemäß §§ 2 u. 4 Nr. 1 Seemannsgesetz) alle Personen des nautischen Dienstes, die mit der Führung eines Schiffs betraut sind u. ein in der Schiffsbesetzungs- u. Ausbildungsordnung vorgesehenes Befähigungszeugnis (Patent der Gruppe A) besitzen (→Seemann). Patente der Gruppe B beziehen sich auf die Hochseeschifferei u. die der Gruppe C auf den maschinentechn. Schiffsdienst. Es sind zu unterscheiden: *K. auf Kleiner Fahrt* (Patent AK), *K. auf Mittlerer Fahrt* (Patent AM) u. *K. auf Großer Fahrt* (Patent AG, früher A 6). Als Schulbildung ist neben der prakt. Ausbildung an Bord für den Erwerb der Befähigungszeugnisse Hauptschulabschluß (Patent AK), Realschulabschluß, Fachschulreife oder gleichwertige Schulbildung (Patent AM), Abitur oder Fachhochschulreife (Patent AG) erforderlich (→Seefahrtschulen). Bewerber mit Fachhochschulreife eines anderen Fachbereichs als der Seefahrt müssen ebenso wie Abiturienten vor der Anmusterung als Offiziersassistent ein 6monatiges Bordpraktikum nachweisen. Die übliche Graduierung nach Absolvierung einer Fachhochschule ist neuerdings auch für Kapitäne auf Großer Fahrt (nach 6semestrigem theoretischem Unterricht) u. für entspr. vorgebildete nautische Schiffsoffiziere eingeführt; die neue Berufsbez. lautet: *Wirtschaftsingenieur (grad.) für Seeverkehr*. Rückwirkende Graduierung bei bereits früher zurückgelegter Ausbildung ist auf Antrag möglich. Das Vollpatent als K. auf Großer Fahrt wird ohne neue Prüfung erst nach 2jähriger Seefahrtzeit als Wachoffizier ausgehändigt.

Kapitänleutnant, der dem *Hauptmann* entsprechende Dienstgrad bei der dt. Marine.

Kapitel [lat.], **1.** *kath. Kirchenrecht:* 1. die beschlußfassende Versammlung aller ordentl. Mitglieder eines Klosters, im *K.saal* oder *K.haus* abgehalten, oder der Delegierten eines ganzen Ordens *(General-K.)*; 2. geistl. Körperschaft an Kirchen u. Domen *(Kollegiat-K., Dom-K.)*; 3. *Stadt-* oder *Land-K.*, die Gesamtheit der Priester eines Bezirks (Dekanats).

2. *Literatur:* ein in sich abgeschlossenes Stück eines Romans oder eines Lehrwerks; meist mit einer kurzen Überschrift, im 16.–18. Jh. mit einer knappen Inhaltsangabe versehen.

Kapitell →S. 225.

Kapitelsaal, Versammlungsraum der Mitglieder eines Klosters; meist zweischiffige Räume, deren Gewölbe von schlanken Rundstützen getragen werden. In engl. Abteien ist der K. ein selbständiger, zentraler Bau, dessen Gewölbe auf einer Mittelstütze ruht.

Kapitol [das; lat. *Capitolium*], **1.** einer der sieben Hügel Roms *(Mons Capitolinus)* mit dem Hauptheiligtum der Stadt Rom, dem Tempel von Jupiter, Juno u. Minerva. Das K. soll 509 v. Chr. (nach dem Sturz des *Tarquinius Superbus*) geweiht worden

sein, brannte mehrmals ab u. wurde nach dem alten Grundriß (Vorhalle, begrenzt von dreimal 6 Säulen; Tempelhalle 30,5 × 28,75 m, in drei Teile geteilt) immer wieder, letztmalig durch *Domitian*, aus kostbarem Material aufgebaut. Das K., ursprüngl. auch Fluchtburg, war religiöses u. polit. Zentrum des Röm. Reichs, Sinnbild der Größe u. Macht des röm. Staats; dort wurden die Senatssitzungen eröffnet, u. der Triumphzug eines siegreichen Feldherrn führte zu diesem Heiligtum. An der Südostseite des K.s befand sich der Tarpeiische Felsen, von dem herab die Staatsverbrecher zu Tode gestürzt wurden. – ▭ 5.2.7.
2. *Capitol*, das Kongreßgebäude der USA (in Washington).
3. Parlaments- u. Regierungsgebäude in den einzelnen Staaten der USA.
Kapitolinische Wölfin, etrusk. Bronzestandbild, vielleicht ident. mit einer von *Livius* bezeugten Statue einer Wölfin im Lupercal am Palatin in Rom; seit dem frühen MA. als Wahrzeichen Roms verehrt, seit 1471 im Konservatorenpalast in Rom. Die Zwillinge *Romulus* u. *Remus* sind Zutaten der Renaissance.
Kapitulant →Kapitulation (2).
Kapitular [lat.], im kath. Kirchenrecht das Mitglied eines *Kapitels*.
Kapitularien [lat.], Rechtsverordnungen der fränk. Könige in der Karolingerzeit, in *Kapitel* eingeteilt.
Kapitulation [lat. *capitulare*, „in Kapitel einteilen, paraphieren" (von Verträgen)], **1.** *allg.:* Vertrag, Verpflichtung; z.B. als →Wahlkapitulation.
2. *Militärrecht:* früher die Verpflichtung von Soldaten zum Dienst über die allg. gesetzl. Dienstzeit hinaus, mit Anspruch auf Zivilversorgung.
3. *Völkerrecht:* 1. die Erklärung eines militär. Befehlshabers an den Gegner, keinen Widerstand mehr leisten zu wollen; die K. einer Festung, einer Armee, eines Kriegsschiffs. Die durch Unterhändler oder durch Zeichen (weiße Fahne an Gebäuden, Streichen der Flagge bei Schiffen) kenntlich gemachte Absicht begründet für den Gegner die Verpflichtung zur Einstellung der Kampfhandlungen (vgl. z.B. Haager Landkriegsordnung Art. 35). Die im 2. Weltkrieg (Konferenz von Casablanca am 21. 1. 1943) üblich gewordene *bedingungslose Kapitulation* (engl. *unconditional surrender*) bedeutet nach dem Vorbild des amerikan. Bürgerkriegs, daß der Empfänger der K. sich nicht vorher auf verträgl. Verpflichtungen über die nachfolgende Behandlung einläßt, insbes. kein Versprechen über den Inhalt des Waffenstillstands oder Friedensvertrags abzugeben geneigt ist. Das schließt nicht aus, daß in den K.sverträgen dann Rechte u. Pflichten (z.B. Entmilitarisierung) vereinbart werden (vgl. die dt. K. vom 7./8. 5. 1945 sowie die japan. K. vom 2. 9. 1945).
2. im 19. u. teilweise noch im 20. Jh. zwischen den europ. Mächten einerseits u. der Türkei, den Staaten des Nahen Ostens, Asiens u. Afrikas andererseits abgeschlossene Verträge, die eine Sonderstellung der Europäer in diesen Ländern festlegten. Dies galt vor allem bezügl. der Freistellung von der einheim. Gerichtsbarkeit; im Ausgleich wurde die Gerichtsbarkeit durch die *Konsuln* eingeführt (Konsulargerichtsbarkeit, Jurisdiktionskonsuln). Sie mußte als Durchbrechung der Souveränität der betr. Länder, als Ausübung fremder Staatsgewalt, geduldet werden. Wegen ihres diskriminierenden Charakters wurden die K.sverträge in neuerer Zeit aufgehoben (so schon im Versailler Vertrag, im 2. Weltkrieg z.B. im Verhältnis zu China).
Kapiza, Pjotr Leonidowitsch, sowjet. Physiker, *8. 7. 1894 Kronstadt; arbeitete bis 1921 in Petrograd über Radioaktivität, 1921–1934 in Cambridge für die engl. Atomforschung tätig; seit 1934 in der Sowjetunion, leitete dort seit 1937 den Atomenergieausschuß. K. entdeckte 1938 die Superflüssigkeit des Heliums. Er entwickelte die sowjet. Wasserstoffbombe u. war maßgebend am Bau der „Sputniks" beteiligt; Physik-Nobelpreis 1978.
Kapkap, ein Brustschmuck (Anhänger) bes. der Männer auf Neumecklenburg, eine geschliffene Scheibe aus Tridacna-Muschel mit aufgelegter durchbrochener Schildpatt-Arbeit.
Kaplaken [das; ndrl.], Vergütung eines Schiffers aus der von ihm selbst verschafften Frachteinnahme, nach Absprache mit dem Reeder.
Kaplan [lat.], kath. Hilfsgeistlicher.
Kaplan, Viktor, österr. Ingenieur, *27. 11. 1876 Mürzzuschlag, Steiermark, †23. 8. 1934 Unterach, Attersee; lehrte seit 1913 an der Dt. Techn. Hoch-

Laufrad einer Kaplanturbine

schule in Brünn; konstruierte 1912 die *K.turbine*, eine Wasserturbine.
Kapland, Kapprovinz, amtl. *Kaapprovinsie*, engl. *Province of the Cape of Good Hope*, Provinz der Rep. Südafrika, 721 224 qkm, 7 Mill. Ew., Hptst. *Kapstadt*; zwischen der Südspitze Afrikas u. dem Oranje stufenförmig zum südafrikan. Hochland ansteigend; mit subtrop. Klima ein für Europäer gut geeignetes Siedlungsland mit Weizen- u. Weinanbau, bedeutender Viehzucht (Wollschafe, Rinder) u. Bergbau (Diamanten, Kupfer, Gold, Kohle); im Innern z.T. menschen- u. vegetationsarme Hochländer. – 1652 wurde am Kap eine holländ. Niederlassung gegr., 1795–1803 u. 1806 engl. besetzt, 1814 als Kapkolonie an England abgetreten; 1910 Provinz der damals gegr. Südafrikan. Union. – ▭ →Südafrika.
Kapo, **1.** Abk. für frz. *caporal*, Unteroffizier, →Korporal.
2. Bez. für Häftlinge mit gewisser Befehlsgewalt über Mithäftlinge in den nat.-soz. →Konzentrationslagern.
Kapodistrias, *Capo d'Istria*, Joannis Graf, griech. Politiker, *11. 2. 1776 Korfu †9. 10. 1831 Nauplia (ermordet); 1809–1822 im diplomat. Dienst Rußlands (u.a. Vertreter Rußlands auf dem Wiener Kongreß), unterstützte im Aufstand der griech. Hetärie gegen die Türken; 1827–1831 Präsident von Griechenland, konnte sich in Griechenland nur teilweise durchsetzen.
Kapok [der; mal.], *Pflanzendaune, Bombaxwolle*, ein Polstermaterial, die Fruchtwolle des *K.baums* (*Baumwollbaum: Ceiba pentandra* oder *Eriodendron anfractuosum*) aus der Familie der *Bombaceae*, der außerdem Holz liefert. Der bis zu 60 m hohe K.baum hat sich vom trop. Amerika aus über die ganzen Tropen verbreitet.
Kaposvár ['kɔpoʃvɑ:r], Hptst. des ungar. Komitats Somogy (6086 qkm, 370 000 Ew.), südl. des Plattensees, am *Kapos*, rd. 55 000 Ew.; Maschinenbau, Schuh-, Textil- u. Zuckerfabriken.
Kapotte [die; frz.], *Kapotthut*, kleiner kappenartiger Hut, auf dem Scheitel getragen u. mit einer Schleife unter dem Kinn festgebunden; aus der 2. Hälfte des 19. Jh.

Kapp, Wolfgang, Verwaltungsjurist u. Politiker, *24. 7. 1858 New York, †12. 6. 1922 Leipzig; 1906–1916 u. 1917–1920 Generallandschaftsdirektor in Ostpreußen, propagierte als Mitgründer der *Dt. Vaterlandspartei* (1917) einen „Siegfrieden" im 1. Weltkrieg. Zusammen mit General W. von *Lüttwitz* leitete K. am 13. 3. 1920 in Berlin den sog. *Kapp-Putsch*, um die parlamentar.-republikan. Staatsform zu beseitigen. Das Unternehmen scheiterte an einem von der Regierung gebilligten Generalstreik sowie an der weitgehenden Zurückhaltung der Reichswehr u. hatte eine Verschärfung der innenpolit. Situation zur Folge. K. floh, stellte sich 1922 freiwillig u. starb in der Untersuchungshaft.
Kappa, ϰ, Κ, 10. Buchstabe des griech. Alphabets.
Kappadokien, *Kappadozien*, im Altertum das mittlere u. obere Halysland zwischen Taurus u. Schwarzem Meer, im östl. Kleinasien; persische Satrapie, in hellenist. Zeit zum Königreich Pontos gehörend, dann römisch.
Kappe [lat.], **1.** *Baukunst:* Teil eines Gewölbes.
2. *Bergbau:* beim Grubenausbau der quer unter dem Hangenden oder unter der Firste liegende Holzbalken oder Stahlträger.
3. *Kleidung:* im MA. ein weiter Mantel mit Kapuze; später, im 16. u. 17. Jh., ein kurzer Mantel *(Cape)*; heute eine kleine, enganliegende Kopfbedeckung, Mütze.
4. *Meteorologie:* Pileus, schleierartige, in der Mitte nach oben gewölbte Schichtwolke über Haufenwolken; sie entsteht durch Hebung einer wasserdampfreichen Schicht.
Kappeler Kriege, die nach der Züricher Gemeinde *Kappel am Albis* benannten Schweizer Religionskriege 1529 u. 1531.
Kappeln, schleswig-holstein. Stadt (Ldkrs. Schleswig), Hauptort von *Angeln*, an der Schlei, 11 000 Ew.; Hafen; Fischerei; Fischverarbeitung, Schiffbau, Milch-, Bekleidungs- u. Fleischwarenindustrie.
kappen [lat., niederdt.], mit Beilhieben Maste, Stengen oder Taue durchschlagen, um ein Schiff in schwerer Seenot (Kentergefahr) vor unklar gewordenen, nicht ordnungsmäßig bergbaren Trümmern zu befreien.
Kappenwurm, *Cucullanus elegans*, in Schell- u. Plattfischen parasitierender *Fadenwurm* aus der Ordnung *Strongyloidea*; 7–18 mm lang, lebendgebärend.
Kapperngewächse = Kapergewächse.
Kappnaht, Doppelnaht mit ungleich aufeinandergelegten Schnittkanten; die überstehende Kante wird umgebogen, über die andere gelegt u. festgenäht.
Kapporet [hebr.], goldener Deckel der Bundeslade.
Kapp-Putsch →Kapp.
Kapprovinz →Kapland.
Kaprifikation [lat.] →Feige.
Kaprinsäure = Caprinsäure.
Kapriole [die; ital.], **1.** *allg.:* Bock-, Luftsprung.
2. *Pferdesport:* schwierige Sprungübung der

Kapland: Tafelberge bei Herschel in der nordöstlichen Kapprovinz

Kaprizpolster

Marmorkapitell aus der Hagia Sophia, Istanbul; 6. Jh. (links). – Kompositkapitell nach hellenistischen Vorbildern im Dom von Monreale, Sizilien; um 1180 (rechts)

Säulenkapitell der Stiftskirche in Quedlinburg; um 1100

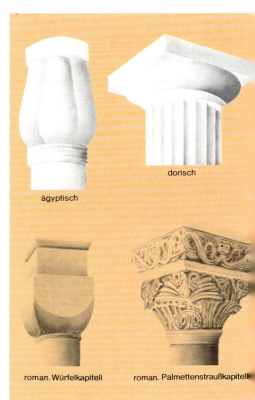

ägyptisch

dorisch

roman. Würfelkapitell

roman. Palmettenstraußkapitell

Figurenkapitell mit Heimsuchung und Geburt Christi vom Kreuzgang des Klosters Santo Domingo de Silos, Altkastilien; 11. Jh.

KAPITELL

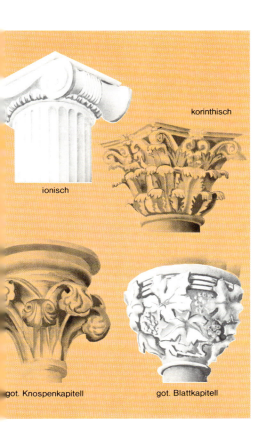

ionisch · korinthisch · got. Knospenkapitell · got. Blattkapitell

Kapitell [das; lat. *capitellum*, „Köpfchen"], *Kapitäl*, die Bekrönung von Säulen u. Pfeilern, das Bindeglied zwischen den tragenden Stützen u. der Last. Kelchförmige oder aus der Kelchform entwickelte K.e finden sich in der altägypt. Baukunst (*Knospen-K*. aus Palmblättern), in der Antike (*korinthisches K*. aus Akanthusblättern) sowie in Romanik u. Gotik. Die griech. Baukunst brachte ferner das *dorische K*. (einfacher Wulst) u. das *ionische Voluten-K*. hervor. Persische, hellenist., auch ägypt. Baukünstler, seltener die der Romanik u. Gotik, verwendeten K.e mit *Figuren-Reliefs*; der roman. Baustil bevorzugte das *Würfel-K*. mit halbkreisförmigen Seiten u. abgeschrägten Ecken; in der Gotik herrschte das Knospen- u. das *Blatt-K*. mit naturgetreu nachgebildeten oder stilisierten Knospen- u. Blattformen vor. Seit der Renaissance griffen die Künstler auf Nachbildungen antiker K.e zurück. →auch *Säule*.

Hohen Schule: Das Pferd springt aus dem Stand fast senkrecht empor, biegt die Vorderbeine an u. schlägt mit der Hinterhand waagerecht nach hinten aus. Vorübungen sind *Piaffe* u. *Ballotade*. Die K. war ursprüngl. ein Kampfsprung beim Reiterkampf. – ▣→Hohe Schule.

Kaprizpolster, *österr.*: ein kleines Polster.
Kaprolaktam = Caprolactam.
Kapronsäure = Capronsäure.
Kaprow [ˈkæprou], Allan, US-amerikan. Happeningkünstler, *23. 8. 1927 Atlantic City, N.Y.; lehrte an verschiedenen US-amerikan. Universitäten, veranstaltete in der New Yorker Reuben-Gallery 1958/59 die ersten Happenings; schrieb außerdem Kompositionen, u.a. für Ionescos „The Killer" 1960.
Kapruner Tal, österr. Alpental im Pinzgau (Salzburg), rechtes Seitental der Salzach, durchflossen von der *Kapruner Ache*, endet im Mooserboden nördl. des Glocknermassivs; am Taleingang *Kaprun*. Sommerfrische, 784 ü. M., 2200 Ew. – Das *Tauernkraftwerk Glockner-Kaprun* mit der *Limbergsperre* (120 m hoch; Stausee Wasserfallboden 83 Mill. m³), *Moosersperre* u. *Drossensperre* (106 bzw. 112 m hoch; Stausee Mooserboden 85 Mill. m³) sowie mit dem Überleitungsstollen aus dem Gletschergebiet der Glocknergruppe ist mit einer Jahresproduktion von 1 Mrd. kWh eine der größten österr. Stauanlagen. – ▣→Österreich (Wirtschaft u. Verkehr).
Kapschwein →Erdferkel.
Kapschwelle, eine Meeresschwelle im Atlant. Ozean, die vom Kap der Guten Hoffnung (Südafrika) nach SW bis S auf den *Mittelatlant.* (Südatlant.) *Rücken* zustrebt; trennt das *Kap-* vom *Agulhasbecken*, ragt in Kuppen bis −554 m auf (nordöstl. der Bouvetinsel).
Kapsel [die; lat. *capsula*], **1.** *Anatomie:* die Umhüllung von Organen u. Funktionseinheiten, meist aus *Bindegewebe* (z.B. *Leber-K., Gelenk-K.*). Auch Krankheitsherde, z.B. Abszesse oder gutartige Geschwülste, können durch eine K. abgeschlossen werden; so ist das *K.lipom* eine Fettgeschwulst in der Nierengegend mit bindegewebiger K. Die *innere K*. des Gehirns ist die weiße Masse der Leitungsbahnen, die zwischen den Stammhirnkernen hindurchziehen; Blutungen in die innere K. bei Schlaganfall führen zur Halbseitenlähmung.
2. *Botanik:* aus mindestens 2 Fruchtblättern verwachsene Streufrucht (→*Frucht*). Die *Spalt-K*. spaltet sich an den Verwachsungsnähten der Fruchtblätter, entlang der Bauchnähte oder entlang der Mittellinie der Fruchtblätter. Bei der *Deckel-K*. springt ein Teil des Gehäuses als Deckel ab. Die *Poren-K*. öffnet sich mit ein bis mehreren Löchern. Die *Schote*, eine bes. Form der K., hat eine falsche Scheidewand ausgebildet, von der sich die beiden Fruchtblätter lösen. – ▣→Früchte.
3. *Keramik:* ein Brennhilfsmittel beim Porzellanbrand, um die hochwertigen Erzeugnisse vor der Einwirkung von Stichflammen, vor der rauchigen Flamme oder vor Flugasche zu schützen. Die K. ist aus Schamottemasse oder aus Siliciumcarbid unter Zusatz eines dichtbrennenden Tons als Bindemittel hergestellt. Die keram. Erzeugnisse werden in die zweiteilige K. hineingestellt u. K. auf K. geschichtet (*K.stoß*). Zur günstigsten Raumausnutzung des Ofenraums wird ein K.stoß neben den anderen gestellt.
4. *Pharmazie:* aus Stärke oder Gelatine hergestellte Umhüllung für Medikamente. Sie löst sich erst im Magen oder bei bes. Widerstandsfähigkeit im Darm auf u. läßt dann dort die Medikamente zur Wirkung kommen.
Kapsellüfter, eine Vorrichtung, die bei schnellaufenden Nähmaschinen den Spulenkapselträger (Unterkapsel) um einen geringen Betrag entgegengesetzt der Greiferdrehrichtung bewegt, um dem Oberfaden einen möglichst reibungsarmen Durchtritt zwischen den Anhaltenocken des Spulengehäuses u. dem Kapselanhaltestück zu ermöglichen.
Kapsikumpflaster [lat.], *Capsicumpflaster*, ein spanischen Pfeffer enthaltendes Pflaster, als Hautreizmittel zur ableitenden Behandlung.
Kapstadt, engl. *Cape Town*, afrikaans *Kaapstad*, Hptst. der südafrikan. Prov. Kapland, an der vom Tafelberg überragten Tafelbai, 1,1 Mill. Ew. (378 000 Weiße); Parlament der Rep. Südafrika, Universität (1918), Südafrikamuseum, niederländ. reformierte Kirche aus dem 18. Jh. u.a. ältere Gebäude; Diamantschleifereien; Industriezentrum (Waggonbau, Werften u.a.), Ölraffinerie; Hafen u. Flugplatz. – 1652 von Holländern gegr., 1806 engl. besetzt. – ▣→Südafrika.
Kapsukas [nach V. *Mickevičius-Kapsukas*], bis 1955 lit. *Mariampole*, russ. bis 1953 *Mariampol*, Stadt im SW der Litauischen SSR, 28 000 Ew.; pädagog. Fachschule, tiermedizin. Schule; Nahrungsmittel- u. Textilindustrie.
Kaptalband [lat.], *Kapitalband*, Gewebewulst zwischen der beschnittenen Ober- bzw. Unterkante u. dem Rücken des gebundenen Buchs, zur Stärkung des Buchrückens u. als Verzierung. →Buchbinderei.
Kapteyn [-ˈtein], Jacobus Cornelius, niederländ. Astronom, *19. 1. 1851 Barneveld, †18. 6. 1922 Amsterdam; wirkte 1875–1878 in Leiden, danach in Groningen; grundlegende Arbeiten über Stellarstatistik u. den Aufbau des Milchstraßensystems.
Kapudan Pascha [türk.], Titel des obersten Befehlshabers der Flotte u. des Arsenals in der osman. Türkei, im 19. Jh. abgeschafft.
Kapudschi [türk.] →Kapydschy.
Kapuze [die; ital.], ursprüngl. der zur zipfligen Kopfbedeckung ausgestaltete Kragen an Mönchskutten, später auch an Mänteln u. Jacken (*Anorak*); hüllt den ganzen Kopf ein.
Kapuzenspinnen, *Ricinulei*, Ordnung der *Spinnentiere*; 15 augenlose Arten, bis 1 cm lang, in den äquatorialen Zonen Westafrikas u. Amerikas in morschem Holz, feuchten Blätteransammlungen u.ä. Sie laufen langsam unter Tastbewegungen. Eine Verlängerung des Vorderkörpers kann kapuzenartig über das Mundfeld geklappt werden.

Kapuziner

Kapuzinerkresse, Tropaeolum hybr.

Kapuziner, lat. *Ordo Fratrum Minorum Capuccinorum,* Abk. *OFMCap,* kath. Bettelorden, von *Matthäus von Bascio* (*um 1492, †1552) 1525 angeregt u. 1528 von Klemens VII. bestätigt; strenger Zweig der *Franziskaner.* Die K. widmen sich als Prediger u. Missionare bes. der Volksseelsorge; sie vertreten in ihrer gesamten Lebenshaltung völlige Armut. In Dtschld. sind die K. seit etwa 1600 tätig. Tracht: braune Kutte mit langer, spitzer Kapuze; die K. tragen einen Bart. 12400 Mitglieder. – *Kapuzinerinnen,* weibl. Zweig des K.ordens, Schwestern des 2. u. 3. Ordens des Franz von Assisi, hauptsächl. in romanischen Ländern verbreitet. – ▯1.9.7.
Kapuzineraffen, *Cebus,* Gattung der *Breitnasen,* mit behaartem Rollschwanz; gesellig lebende Pflanzen- u. Früchtefresser der Wälder Südamerikas.
Kapuzinerberg, Berg in der Stadt Salzburg (Österreich), am rechten Salzachufer; mit Befestigungen (17. Jh.) u. Kapuzinerkloster (1599–1602 erbaut), 650 m.
Kapuzinerkresse, *Tropaeolum,* einzige Gattung der *K.ngewächse;* in Südamerika beheimatete krautige, vielfach kletternde Pflanzen mit gelappten, fingerförmigen oder schildförmigen Blättern u. gelben, roten oder bläulichen Blüten. Bekannt ist vor allem die *Große K., Tropaeolum majus,* die in vielen Formen u. Farben kultiviert u. zur Bepflanzung von Zäunen, Gittern u. Spalieren verwendet wird.
Kapuzinerkressengewächse, *Tropaeolaceae,* Familie der *Gruinales.* Die Blüten haben einen deutl. Kelch- oder Achsensporn. Zu den K.n gehört die südamerikanische *Kapuzinerkresse.*
Kapuzinerpilz, *Graukappe, Birkenröhrling, Boletus scaber,* wohlschmeckender Speisepilz mit je nach Alter u. Standort verschiedenfarbigem Hut, weißem Fleisch u. weißen Röhren; wächst von Juni bis Oktober in lichten Wäldern u. auf Heiden, bes. aber in Birkengehölzen.
Kapuzinerpredigt, eine drastische, volkstüml. Mahnrede („Standpauke"), wie sie der Kapuziner in *Schillers* „Wallensteins Lager" an die Soldaten richtet; nach dem Vorbild des *Abraham a Santa Clara.*
Kapverdenschwelle, eine Erhebung, die vom *Kap Verde* (afrikan. Westküste) über die Kapverd. Inseln nach NW bis zum Mittelatlant. Rücken reicht; trennt das *Kanarische* vom *Kapverdischen Becken.*
Kapverdische Inseln, *Kapverden, Ilhas do Cabo Verde;* ehem. portugies. Inselgruppe vulkan. Ursprungs vor der afrikan. Westküste; seit dem 5. 7. 1975 unabhängig; 10 größere (São Vicente, Santo Antão, São Nicolau, Santa Luzia, Sal, Boa Vista, São Tiago, Maio, Fogo, Brava) u. mehrere kleinere Inseln (Branco, Raso, Rei, Rombo u. a.), zusammen 4033 qkm, 300000 Ew. (70% Mulatten, 28% Neger, 2% Weiße), Hptst.: *Praia* (auf São Tiago). Die K.n I. wurden 1495 portugies. u. waren 1951–1975 Überseeprovinz.
Die drei östl. Inseln sind niedrig (ca. 400 m ü. M.), auf den übrigen erheben sich z. T. über 1000 m hohe Vulkane. Der *Pico de Cano* (2829 m) auf Fogo ist zuletzt 1951 ausgebrochen. Das trop. Klima zeigt wenig Temperaturunterschiede; die geringen Niederschläge können gelegentl. ausbleiben, was Dürrekatastrophen zur Folge hat. Für den Eigenbedarf werden Mais, Maniok, Bataten, Hülsenfrüchte, Reis u. Zuckerrohr angebaut, zur Ausfuhr vor allem Kaffee, Südfrüchte, Bananen, Rizinus, Tabak u. Purgiernüsse. Bedeutung haben ferner Viehzucht, Fischfang u. Meersalzgewinnung. Das Straßennetz ist noch nicht genügend ausgebaut, Güter werden auf Tragtieren oder als Kopflasten befördert. Zwischen den Inseln der Inselgruppe gibt es Luftverbindungen, auf Sal gibt es einen internationalen Flughafen. Der Haupthafen, *Mindelo-Porto Grande* auf São Vicente, ist Stützpunkt für den Atlantikverkehr.
Kapverdisches Becken, Tiefseebecken südwestl. der Kapverd. Inseln, zwischen der *Kapverdenschwelle* im N, dem Mittelatlant. Rücken u. der *Sierra-Leone-Schwelle* im W u. S; im NW bis 7292 m tief.
Kapweine, am Kap der Guten Hoffnung gewachsene, meist rote Weine (z. B. Constantia).
Kapwolken, *Magellansche Wolken,* zwei der Milchstraße benachbarte Sternsysteme, die als helle Wolken am südl. Himmel erscheinen; Abstand rd. 220000 Lichtjahre, Durchmesser 36000 bzw. 20000 Lichtjahre. Die K. sind unregelmäßig geformt. Bei der Großen Kapwolke ist eine schwache Spiralstruktur angedeutet.
Kapydschy, *Kapidschi, Kapudschi, Kapici* [türk., „Türhüter"], die *Janitscharen*-Palastwache der osman.-türk. Sultane; heute allg. Hausmeister.
Kap-York-Halbinsel, Halbinsel im NO Australiens, rd. 210000 qkm, 800 km lang; nördlichster Punkt Australiens im *Kap York;* Viehzucht; mehrere Eingeborenen-Reservate, Felszeichnungen.
Kar, *Geomorphologie:* sesselartige Hohlform mit steilen Rück- u. Seitenwänden im anstehenden Fels von Gebirgen. Der Karboden ist übertieft, zum Tal hin durch eine *Karschwelle* abgeschlossen u. manchmal von einem *Karsee* erfüllt. K.e sind durch Gletscherwirkung (Wandverwitterung u. Erosion) umgestaltete eiszeitl. Firnbecken oder Quelltrichter.
Karabiner [der; frz.], eine dem Infanteriegewehr entsprechende, kürzere u. leichtere Handfeuerwaffe mit geringerer Reichweite, früher vornehml. zur Bewaffnung der Kavallerie *(Karabinieri),* aber z. B. der Panzertruppen u. der Polizei; heute meist durch die Maschinenpistole ersetzt.
Karabinerhaken, geschlossener Haken, bei dem eine Feder ein selbständiges Öffnen unterbindet.
Kara-Bogas-Gol, flache, versandende, durch Nehrungen fast abgetrennte Bucht (Haff) am Ostufer des Kasp. Meers, 13000 qkm, 4–7 m tief; mit hohem Salzgehalt (30%); durch die 120–300 km breite, rd. 10 km lange *Kara-Bogas-Straße* mit dem Kasp. Meer verbunden. Die Mirabilitlager im K. sind unerschöpfl. Rohstoff für die chem. Industrie. Der K. ist das größte Glaubersalzvorkommen der Erde; ferner enthält er Kochsalz, Magnesium, Bor- u. Kalisalze.
Karabük, türk. Stadt am Filyos, im SO von Zonguldak, 65000 Ew.; Textil-, Holz-, chem. u. insbes. Schwerindustrie; Wärmekraftwerk; Bahn nach Ankara.
Karadağ [-da:], erloschener Vulkan des Anatolischen Hochlands, südl. Begrenzung der Konyaebene (Türkei), 2271 m.
Karadjordje, *Karageorg* [türk., „schwarzer Georg"], eigentl. Georg *Petrović,* serb. Freiheitskämpfer, *um 1768 Viševoc bei Kragujevac, †25. 7. 1817 Radovanje bei Smederewo (ermordet); Bauernsohn, führte die serb. Truppen im Aufstand gegen die Türken seit 1804 u. erreichte mit dem Frieden von Bukarest 1812 die Anerkennung der inneren Selbständigkeit Serbiens; der erste Fürst Serbiens u. Begründer der Dynastie *Karadjordjević,* die sich mit der Dynastie *Obrenović* in der Herrschaft ablöste. Von den Türken 1813 vertrieben, wurde K. bei seiner Rückkehr auf Veranlassung des Miloš Obrenović ermordet.
Karadjordjević [-itç], *Karageorgewitsch,* serb. bzw. südslaw. Herrscherfamilie, regierte 1842 bis 1858 *(Alexander K.)* u. 1903–1941 *(Peter I., Alexander I. u. Peter II.).*
Karadžić [-dʒitç], Vuk Stefanović, serb. Philologe, Reformator des serb.-kyrill. Alphabets u. Schöpfer der modernen serb. Schriftsprache, *26. 10. 1787 Tršić, †26. 1. 1864 Wien; sammelte u. veröffentlichte serb. Volkslieder, Märchen, Sprichwörter u. Rätsel; lieferte eine mustergültige Übersetzung des N.T. – ▯3.3.1.
Karäer, *Karaiten, Karaim,* jüd. Sekte bibelgläubiger Richtung seit dem 8. Jh., heute noch auf der Krim u. in Israel. Die K. lehnen die Tradition, bes. den Talmud, ab.
Karaffe [die; arab.], ein bauchiges Gefäß aus Glas oder Keramik, das zum Ausschenken von Wein oder Wasser verwendet wird.
Karaganda, Hptst. der Oblast K. (398800 qkm, 1,6 Mill. Ew., davon 80% in Städten) im zentralen O der Kasach. SSR, in der Kasachensteppe, 522000 Ew.; Hochschulen, Forschungsinstitute; Mittelpunkt eines reichen Steinkohlenlagers (rd. 50 Mrd. t), Eisenhüttenindustrie, Herstellung von Bergwerksausrüstungen, Textil-, Baustoff-, Nahrungsmittel- u. Schuhindustrie; Wärmekraftwerk; Verkehrsknotenpunkt. – 1934 gegründet.
Karagatsis, Mítsos, eigentl. Dimitrios *Rodopulos,* neugriech. Schriftsteller, *24. 6. 1908 Athen, †14. 9. 1960 Athen; Jurastudium; schilderte, beeinflußt vom Neorealismus, die zeitgenöss. griech. Gesellschaft, in unkonventioneller Sprache u. mit offenherziger Darstellung sexueller Situationen. Romane: „Der Vogt von Kastrópyrgos" 1943, dt. 1962; „Die große Chimäre" 1953, dt. 1968.
Karagöz [-'gøs; türk., „Schwarzauge" (d.h. Zigeuner)], das bis in die Mitte des 20. Jh. lebendige türk. Schattenspiel, das auch in Griechenland, Montenegro u. Rumänien gespielt wurde. Der Schattenspieler spielte meist zusammen mit dem Liedersänger *Sürtgan* u. dem Tamburinschläger *Jardaq.* Hauptfiguren sind K. u. sein Gegenspieler *Hadschivad.* – ▯3.5.3.
Karaiben, *Kariben,* Gruppe von Indianerstämmen im NO Südamerikas (Guayana) u. einst in Westindien *(Insel-K.),* wo die *Karif* der letzte Rest sind. Die K. verdrängten u. vernichteten die Aruakstämme; sie sind Pflanzer (Maniok, Mais, Bohnen), Fischer u. Jäger. Stämme: Taulipang, Macushi, Arekuna, Bakairi, Arara, Umauá, Nahuqua, Apiaká, Yekuaná, Motilon u. a.

Kapverdische Inseln: Landschaft auf São Tiago

Herbert von Karajan

Karaibenfisch, *Serrasalmo spilapleura*, bis etwa 30 cm langer *Salmler* mit spitzem Raubgebiß, der in großer Zahl am Grund der südamerikan. Flüsse lebt u. selbst Menschen angreift. Die Beute wird in kurzer Zeit fast völlig skelettiert. Mit ihm vergleichbar ist *Natterers Sägesalmler, Rooseveltiella nattereri*. Beide werden oft mit dem *Piranha* verwechselt.
Karaim →Karäer.
Karaiten →Karäer.
Karajan, Herbert (von), österr. Dirigent, *5. 4. 1908 Salzburg; Schüler des Salzburger Mozarteums; 1927–1934 in Ulm, bis 1941 in Aachen Opernkapellmeister, seit 1938 auch in Berlin (Staatsoper u. Philharmonie); 1949 Direktor der Wiener Gesellschaft der Musikfreunde, seit 1955 Leiter der Berliner Philharmoniker, 1956–1964 der Wiener Staatsoper; Gastdirigent in Bayreuth, Salzburg (seit 1967 Inszenator der Osterfestspiele), Mailand u. a. Städten des In- u. Auslands; gründete 1969 die H. von K.-Stiftung zur Förderung junger Dirigenten.
Karak, *El K., Kerak*, das bibl. *Kir*, jordan. Stadt (8000 Ew.) im Hochland Moab, südöstl. des Toten Meers; mächtige Kreuzfahrerburg aus dem MA.
Karakal [der; türk., „Schwarzohr"] →Wüstenluchs.
Kara-Kalpaken, *Karkolpaken*, seßhaftes turksprachiges Volk (200 000) am Amudarja u. Syrdarja (Sowjetunion); in seiner gesellschaftl. Form ähnl. den Turkmenen; in Kleidung u. landwirtschaftl. Anbauformen den Usbeken angeglichen.
Kara-Kalpakische ASSR, autonome Sowjetrepublik innerhalb der Usbek. SSR, südl. des Aralsees; 165 600 qkm, 702 000 Ew. (27% in Städten), Hptst. *Nukus*; in den Niederungen der Halbwüsten Fleisch- u. Wollviehwirtschaft, im SO Karakulschafzucht, im Bewässerungsbereich des Amudarja Baumwoll- u. Reisanbau; Schiffahrt auf dem Amudarja u. Aralsee; Bahn nach Tschardschou. – 1925 als AO errichtet, seit 1932 ASSR.
Karakorum [mongol., „schwarzer Kies"], **1.** zentralasiat. Hochgebirge (zweithöchstes Gebirge der Erde), zieht aus dem Pamir nach Südosten, begleitet den Haupthimalaya nördlich des Industals, erreicht in mehreren Gipfeln über 8000 m (*K 2*: 8611 m, Hidden Peak, Broad Peak, Gasherbrum) u. wird vom *K.paß* (5575 m) gequert, über der Weg vom Industal nach Sinkiang führt. Seit 1971 besteht über den *Khunjerabpaß* die einzige Allwetterstraße zwischen Pakistan u. Sinkiang (China). Der K. ist das am stärksten vergletscherte polferne Gebirge der Erde: 13 700 qkm (Alpen 3800 qkm) vergletschert (*Siatschengletscher* 75 km lang). Er ist gegliedert in mehrere Einzelketten: *Mustagh-, Saltoro-, Aghil-K.*
2. *Qara Qorum, Khar Khorin*, Ruinenstadt im Zentrum der Mongol. Volksrepublik, nordöstl. des Khangai, im Quellgebiet des Orkhon Gol; 1218–1259 Hptst. *Tschingis Khans* u. seiner Nachfolger. – Ⓑ→Asien (Mongolen).
Karaköse, Hptst. der osttürk. Prov. *Agri*, am Euphratquellfluß *Murat*, im W des Ararat, 31 000 Ew.; Holzindustrie.
Karakul [türk., „schwarzer See"], abflußloser See im nördl. Pamir, 364 qkm, 238 m tief, Seespiegel 3910 m ü.M.; 6 Monate vereist.
Karakulschaf [nach dem *Karakul*], eine Rasse der *Fettschwanzschafe*, deren im Alter von 3 bis 8 Tagen geschlachtete Lämmer den *Persianerpelz* liefern.
Karakum [türk., „schwarzer Sand"], Sandwüste u. Oasensteppe in der Turkmen. SSR (Sowjetunion), zwischen Amudarja im N, Koppe Dagh im S, Kasp. Meer im W u. dem Alai im O; von Amudarja, Murgab u. Tedschen randl. durchflossen; 280 000 qkm, 160 000 Ew.; Teil der *Turan-Senke*; Kamel- u. Schafzucht (Karakulschaf) in den Weidegebieten, Getreide- u. Baumwollanbau auf bewässerten Feldern; Wasserzufuhr durch den 840 km langen *K.kanal*, der bis zum Geok-Tepe, rd. 40 km nordwestl. von Aschchabad, verlängert wurde; Schwefel-, Erdöl- u. Erdgasvorkommen. – Ⓑ→Sowjetunion (Wirtschaft und Verkehr).
Karakurte [türk., russ.], Bez. für europ. Spinnen der Gattung *Latrodectus*, wie *Schwarzer Wolf, Latrodectus lugubris*, u. *Malmignatte, Latrodectus tredecimguttatus*.
Karamai = Qara Mai.
Karamanli, Dynastie nominell vom Osman. Reich abhängiger Paschas in Tripolis 1711–1835.
Karamanlis, Konstantin, griech. Politiker, *Aug. 1907 Broti, Makedonien; Anwalt, seit 1935 in der Politik; seit 1946 mehrfach Min.; 1955–1963 Min.-Präs.; gründete 1956 die konservative Nationalradikale Union (ERE); 1963–1974 im Exil; 1974 nach dem Sturz der Militärjunta Min.-Präs.; errang mit seiner Partei „Neue Demokratie" die absolute Mehrheit u. setzte die Annahme einer Präsidialverfassung durch; 1978 Karlspreis.
Karaman-Oghlu [-ɔxlu], *Karamaniden*, türk. Dynastie in Kleinasien (Kilikien) im 14. u. 15. Jh., zuerst Vasallen der Seldschuken, eroberten 1308 Konya; Gegenspieler der Osmanen, von denen sie 1467 endgültig unterworfen wurden. Nach den K. heißen noch heute eine Stadt u. Landschaft in der Türkei *Karaman*.
Karambolage [-'laːʒə, frz.], **1.** *allg.*: Zusammenstoß, Streit.
2. *Billard*: als Spielgrundlage das Aneinanderstoßen der Billardkugeln. Eine gültige K. wird erzielt, wenn der mit dem Billardstock (Queue) gestoßene Spielball die beiden anderen berührt. →auch Billard.
Karambolas [span.] →Gurkenbaum.
Karamel [der; span., frz.], Zuckercouleur, ein dunkelbrauner, etwas bitter schmeckender Stoff, der bei Zersetzung von Trauben- oder Rohrzucker infolge Erhitzung (bis 180–200 °C) entsteht; zur Färbung von Likör, Rum, Bier, Bonbons u. Essig verwendet.
Karami, *Kerame*, Raschid, libanes. Politiker, *1921 Tripolis; Anwalt, Führer der gemäßigten islam. Partei; übernahm verschiedene Ministerposten, 1955–1976 wiederholt Min.-Präs.; bemüht um die Verständigung mit Ägypten.
Karamodjong [-dʒɔŋ], *Karamojo*, hamito-nilotischer Hackbauernstamm westl. des Rudolfsees (Nordostafrika).

Kar: Karseen am Weißhorn in den Nordrätischen Alpen (Schweiz)

Karakorum: der K 2 oder Mount Godwin Austen, der zweithöchste Berg der Erde

Karamsin, Nikolaj Michajlowitsch, russ. Schriftsteller, *12. 12. 1766 Michajlowka, Gouvernement Simbirsk, †3. 6. 1826 St. Petersburg; Hofhistoriograph; reformierte mit seinen sentimentalen Erzählungen („Die arme Lisa" 1792, dt. 1896), den „Briefen eines reisenden Russen" (1791 ff., dt. 1799–1802) u. seiner „Geschichte des Russischen Reichs" (1816–1829, dt. 1820–1833) Schriftsprache u. Stil.

Kara Mustafa [türk., „schwarzer Mustafa"], türk. Großwesir 1676–1683, *1634 (?), †25. 12. 1683 Belgrad (erdrosselt); führte Kriege gegen Rußland u. Österreich, belagerte 1683 erfolglos Wien.

Karantaner, alpenslawischer Stamm; wandte sich im 6. Jh. die Drau aufwärts nach Kärnten, Krain u. in die Südsteiermark u. gelangte bis ins Salzburgische, nach Oberösterreich u. nach Osttirol. Bis ins 13. Jh. bezeichnete man alle Alpenslawen als *K.*, später mit anderen südslaw. Alpenstämmen als *Slowenen.*

Karaosmanoğlu [-oxlu] →Yakup Kadri Karaosmanoğlu.

Karasee, russ. *Karskoje More,* Meeresteil des Europ. Nordmeers, ein nordasiat. Küstenmeer zwischen Nowaja Semlja u. Sewernaja Semlja; im Ostteil ein Schelfmeer *(Karaschelf),* greift im S weit ins Land ein (Chajpudyra-, Bajdaratabucht, Obbusen, Gydanbucht, Jenisejbusen, Pjasinabucht). →auch Nordostpassage.

Karastraße, Meeresstraße zwischen Nowaja Semlja u. der Insel Wajgatsch in der →Nordostpassage; 50 km breit, 100–200 m tief.

Karasu-Aras Dağlari, Gebirgszug im Armen. Hochland im O der Türkei, südl. von Erzurum, bis 3250 m; Quellgebiet des Euphrat u. des Arak.

Karasuk-Kultur, bronzezeitl. Kultur (1000–600 v. Chr.) in Nord- u. Zentralasien, benannt nach der Fundstelle *Karasuk* im Becken von Minusinsk in Südsibirien. Ackerbau, Viehzucht u. Kupferbergbau die wirtschaftl. Grundlage. Von den überwiegend aus Gräbern stammenden Funden haben Bronzemesser u. Keramik in Stil u. Technik Parallelerscheinungen in China.

Karat [das; grch., arab., frz.], **1.** ursprüngl. der Same des *Johannisbrots,* galt früher in Afrika als Goldgewicht.
2. *metrisches K.,* Abk. Kt, Masseneinheit im Schmucksteinhandel: 1 Kt = 0,2 g.
3. Maß für den Feingehalt einer Goldlegierung; ein K. ist die Einheit einer 24stufigen Skala. Hat eine Legierung einen Goldanteil von 1/24, dann ist sie einkarätig; reines Gold hat 24 K.; veraltet. →auch Feingehalt.

Kara-Tau-Schaf, *Ovis ammon nigrimontana,* Rasse des euras. *Schafs,* in Gebirgen u. Steppen Klein-, Mittel- u. Ostasiens, mit gedrehten „typischen" Widderhörnern. Die Böcke können 1,30 m hoch u. über 2 m lang werden. →auch Mufflon.

Karate [jap. *kara,* „nackt", + *te,* „Hand"], eine ursprüngl. aus China stammende Verteidigungskunst, bei der die Hände als natürl. Waffe gebraucht werden; vor allem in Japan, von dort aus aber auch in Europa u. in den USA als Sportart verbreitet. Hände, Ellbogen u. Füße können zu Angriff u. Verteidigung gebraucht werden. Im method. Lehrgang wird unterschieden nach 7 Grundstellungen u. der Gehschule, 3 Formen der Faust als Waffe u. 3 Fußtechniken; beim sportl. K.-Wettkampf werden die Aktionen stets wenige Millimeter vor dem Gegner gestoppt, da es andernfalls zu schweren Verletzungen käme. →auch Judo.

Karatschajer, *Bergtataren,* ein Turkvolk (75 000) am oberen Kuban (Kaukasus), mit tscherkess. Brauchtum; Schafzüchter.

Karatschajer- und Tscherkessen-AO, autonomes Gebiet im S des Kraj *Stawropol* der RSFSR (Sowjetunion), am Nordhang des Kaukasus, im Kubangebiet; 14 100 qkm, 345 000 Ew. (24 % in Städten), Hptst. *Tscherkessk;* in den Tälern Gartenbau u. Anbau von Weizen, Mais, Sonnenblumen u. Melonen; Milch- u. Fleischwirtschaft, im Gebirge Sommerweiden; Bergbau auf Kohle, Blei, Zink u. Kupfer. – 1928 als *Tscherkessen-AO* gebildet, seit 1957 heutiger Name.

Karatschi, engl. *Karachi, Kurrachee,* Wirtschaftszentrum u. bedeutendster Hafen *(Kiamari)* Pakistans, im NW des Indusdeltas am Arab. Meer, Hptst. der Prov. Sindh, 3,5 Mill. Ew., Zoolog. Gärten; Eisengewinnung, Zementwerke, Getreidemühlen, Schiffswerft, vielseitige Industrie; Ausfuhrhafen für Baumwolle, Ölsaat u. Weizen; Ölraffinerien, 2 Wärmekraftwerke; Stahlwerk u. Kernkraftwerk im Bau; bis 1960 Hptst. von Pakistan (jetzt Islamabad).

Karatsu, japan. Stadt im nordwestl. Kyushu, 80 000 Ew.; Porzellanindustrie; Badeort; Hafen.

Karausche [die; grch., lit.], *Bauernkarpfen, Deibel, Gareisl, Carassius,* bis 30 cm langer Süßwasserfisch der *Karpfenartigen,* der viele Rassen gebildet hat, zu denen auch der *Goldfisch* gehört; als Nutzfisch wegen der geringen Größe kaum von Bedeutung; eine der zählebigsten Fischarten, erträgt einen hohen Grad von Wasserverschmutzung u. geringen Sauerstoffgehalt; häufig in kleinen Tümpeln die einzige Fischart; in fast allen Gewässern, bevorzugt aber stehendes oder langsam fließendes Wasser; beliebter Köderfisch in der Sportfischerei zum Hechtfang.

Karavelle [die; grch., ital.], kleines, schnelles, flachgehendes, dreimastiges Segelschiff des 15. Jh., Größe 20×7 m; Hauptschiffstyp der Entdeckungsreisen. Die „Santa Maria" von *Kolumbus* war vom größeren u. schwerfälligeren Typ der *Karracke.* →auch Kraweelbau.

Karawane [die; pers.], Reisegesellschaft von Kaufleuten oder Pilgern oder Warentransport im Orient. Der *K.nhandel* ist seit dem Altertum bis heute üblich. Die *K.nstraßen,* von geeigneten Rast- u. Tränkplätzen abhängig, durchziehen seit Jahrhunderten Asien u. Afrika. Die Herbergen heißen *Karawansereien.*

Karawanken, Kalkkette der Südalpen im österr.-jugoslaw. Grenzgebiet, zwischen Drau u. Save, im *Hochstuhl* 2238 m. Die *K.bahn* Villach Laibach durchquert den Gebirgskamm im 8016 m langen *K.tunnel.* Übergänge: *Wurzenpaß* 1073 m, *Loibl* 1368 m (mit Loibltunnel), *Seebergsattel* 1218 m.

Karawelow, Ljuben, bulgar. Schriftsteller, *2. 5. 1837 Kopriwschtiza, †21. 1. 1879 Ruse; befürwortete eine Föderation der Balkanvölker; begründete den krit. Realismus russ. Prägung in der bulgar. Literatur; Novellen, Gedichte, Kritik.

Karbala, *Kerbela,* Hptst. der irak. Provinz K., nahe dem Euphrat, südwestl. von Bagdad, 250 000 Ew.; Wallfahrtsort der Schiiten (Grab des *Hussain*); Oasenkultur, Tabakanbau; nahe dem Hindia-Euphratstaudamm (im Bau).

Karbamid [lat.], *Carbamid* = Harnstoff.
Karbazol = Carbazol.
Karben, Stadt in Hessen (Wetteraukreis), nördl. von Offenbach; 1970 aus Groß-K., Klein-K. u. 3 weiteren Gemeinden entstanden, 17 000 Ew.; Blechwaren-, Möbel- u. Bekleidungsindustrie.
Karbene = Carbene.
Karbide = Carbide.
Karbinol = Carbinol.
karbo... →carbo...
Karbol [das; lat. + arab.] = Phenol.
Karbolineum = Carbolineum.
Karbolöl = Carbolöl.
Karbon [lat. *carbo,* „Kohle"], *Steinkohlenformation,* zwischen Devon u. Perm liegende Formation des Paläozoikums (→Geologie); die üppigen Sumpfwälder waren die Grundlage für die Bildung von Steinkohle.
Karbonade [die; frz.], Rippenstück vom Schwein, Kalb oder Hammel, in Scheiben geschnitten, meist paniert, ursprüngl. über Kohlen (ital. *carbone*), heute auf dem Rost gebraten.
Karbonadenfisch, *Katfisch* →Seewolf.
Karbonate = Carbonate.
Karbonsäuren = Carbonsäuren.
Karbonyle = Carbonyle.
Karbonylgruppe = Carbonylgruppe.
Karborundum = Carborundum.
Karboxylase = Carboxylase.
Karboxylgruppe = Carboxylgruppe.
Karbunkel [der; lat.], mehrere dicht beieinanderstehende u. ein gemeinsames Entzündungsgebiet bildende →Furunkel, bes. in Nacken, Gesicht oder Rücken; meist sehr gewöhnl. Eitererregern hervorgerufen.

Karcag [ˈkɔrtsɔg], Stadt in Ungarn, im Alföld, südwestl. von Debrecen, 24 600 Ew.; Erdgaslager; Töpfereiwaren.

Karchi, Abu Bekr, Mathematiker in Bagdad, lebte um 1020; bekannt durch seine Gleichungslehre.

Kardamom [ind., grch.], Gewürz aus Früchten des besonders an der Malabarküste des südlichen Indien sowie in Java heimischen Kardamompflanzen *(Elettaria cardamomum* u. *Ammomum cardamomum*); wirksamer Bestandteil ist ein ätherisches Öl (*K.öl*), das auch in der Parfümindustrie verwendet wird.

kardanische Aufhängung, eine schwingungslose Aufhängung, die eine allseitige Drehung ermöglicht. Der Körper (z. B. Kompaß, Chronometer, Barometer auf Schiffen) wird mit 2 Zapfen, deren Achse durch den Schwerpunkt geht, in einem Ring aufgehängt. Dieser Ring steht wiederum mit 2 Zapfen, die um 90° gegen die des Körpers versetzt sind u. deren Achse durch den Schwerpunkt des aufzuhängenden Körpers geht, in einem 2. Ring drehbar aufgehängt. Dieser 2. Ring steht senkrecht zum 1. Ring u. ist mit 2 Zapfen um 90° versetzt wiederum drehbar gelagert. Benannt nach G. *Cardano.*
→auch Kompaß.

kardanische Formel, eine Formel, die der Lösung kubischer Gleichungen dient. Die Gleichung $x^3 - 3px - 2q = 0$ hat die Lösung:
$$u, v = \sqrt[3]{q \pm \sqrt{q^2 - p^3}},\ x_1 = u + v,$$
$$x_{2,3} = -\tfrac{1}{2}(u + v) \pm \tfrac{1}{2}(u - v)\sqrt{-3}.$$
Sind die Lösungen einer kubischen Gleichung reell u. voneinander verschieden, gilt die Formel nicht *(Casus irreducibilis).* Die k. F. wird zu Unrecht G. *Cardano* zugeschrieben.

Kardanwelle, insbes. im Kraftfahrzeugbau verwendete Gelenkwelle mit Kreuzgelenken zur Übertragung der Motorleistung auf die Hinterräder.

Kardätsche [ital.], kräftige Bürste zum Putzen von Pferden u. Rindern; bildet zusammen mit dem Striegel das Putzzeug.

Karde [die; lat. *carduus,* „Distel"], **1.** *Botanik: Dipsacus,* Gattung der *Kardengewächse,* distelartige Kräuter mit stechenden Hüllen u. Spreublättern. Bei der *Weber-K., Dipsacus sativus,* sind die Spreublätter der Blüten an der Spitze hakig abwärts gekrümmt. Die Blütenköpfe werden daher zum Aufrauhen wollener Tuche verwendet. Daneben gibt es in Dtschld. noch die *Wilde K., Dipsacus silvester.*
2. *Textiltechnik:* Vorbereitungsmaschine in der Baumwollspinnerei zum Auflösen des Faserguts bis zur Einzelfaser, zum Ausrichten der Fasern u. Ausscheiden von kurzen Fasern u. Verunreinigungen. Die hauptsächl. Bearbeitung des Materials erfolgt zwischen einer mit Stahlnadeln (Garnitur) versehenen Trommel u. umlaufenden Deckeln.

Kardelj, Edvard, jugoslaw. Politiker (KP), *27. 1. 1910 Laibach, Slowene, †9. 2. 1979 Laibach; 1930–1932 inhaftiert, 1934–1936 Aufenthalt in der UdSSR, 1938 Mitgl. des ZK, 1940 Mitgl. des Politbüros u. ZK-Sekretär, 1943 Vize-Präs. des Nationalen Befreiungskomitees, seit 1945 in der Regierung Tito, 1948–1953 Außen-Min., dann Erster Stellvertreter des Staats-Präs. 1963–1967 Parlaments-Präs., 1974–1979 Mitglied des Staatspräsidiums. Als maßgebender Theoretiker der Partei befaßte sich K. mit der jugoslaw. Form des Sozialismus, der nationalen Frage u. Fragen der Außenpolitik.

Kardengewächse, *Dipsacaceae,* Familie der *Rubiales,* krautige Pflanzen mit dorsiventralen Blüten. Zu den K.n gehören die *Skabiose,* der *Teufelsabbiß,* die *Witwenblume,* die *Karde* u. a.

Kardhítsa [-ˈðitsa], *Karditsa,* griech. Stadt in

Karde, Dipsacus hybr.

Thessalien, 26000 Ew.; landwirtschaftl. Zentrum (Wein- u. Getreidebau).
kardi... →kardio...
Kardiaka [Mz., Ez. das *Kardiakum*], *Cardiaca* = Herzmittel.
kardial [grch.], das Herz betreffend, am Herzen, herz...
Kardinal [lat.], höchster kath. Würdenträger nach dem Papst u. dessen Ratgeber u. Mitarbeiter in der Kirchenleitung. Die Kardinäle stehen entweder einer Diözese vor oder arbeiten an der röm. Kurie *(Kurien-K.)*. Ihre Ernennung *(Kreierung)* durch den Papst setzt wenigstens die Priesterweihe voraus; nach neuer Praxis sollen alle Kardinäle die Bischofsweihe empfangen haben. Das K.skollegium hat den Papst zu wählen. Insignien: rotes Birett (früher K.shut) u. purpurrote Kleidung. Offizielle Anrede: *Eminenz*.
Kardinale [die, Mz. *Kardinalia*; lat.] →Numerale.
Kardinäle, eine Gruppe kernbeißerartiger *Finkenvögel* aus Amerika, oft Stubenvögel, z.B. *Dominikaner*.
Kardinalskongregationen, seit 1967 →Kurienkongregationen.
Kardinalstaatssekretär, Vorsteher des päpstl. Staatssekretariats, der Oberbehörde der Kurie. Unter Papst *Paul VI*. erfuhr das Amt des K.s eine Aufwertung; er wurde formell zum Stellvertreter des Papstes sowohl in kirchl. Fragen als auch hinsichtl. der Beziehungen des Hl. Stuhls zu den weltl. Regierungen bestellt. Ein Rat für öffentl. Angelegenheiten der Kirche ist ihm unterstellt.
Kardinaltugenden, Haupttugenden; in der kath. Ethik: Gerechtigkeit, Klugheit, Mäßigkeit u. Tapferkeit. →auch Tugend.
Kardinalvikar, der Stellvertreter des Papstes für sein Bistum Rom.
Kardinalzahlen = Grundzahlen. →Zahlen.
kardio... [grch.], Wortbestandteil mit der Bedeutung „Herz" oder „Magenmund"; wird zuweilen zu *kardi...* vor Selbstlaut.
Kardiogramm [das; grch.], Aufzeichnung der Erschütterungen der Brustwand durch den Herzspitzenstoß.
Kardioide [die; grch., „Herzlinie"], mathemat. Kurve 4. Ordnung, gehört zu den Epizykloiden; entsteht als Bahnkurve eines sich auf dem Umfang eines Kreises befindenden Punktes, wobei der Kreis auf einem gleichgroßen Kreis außen abrollt. →Zykloiden.
Kardiologie [grch.], Wissenschaft u. Lehre vom Herzen u. den Herzkrankheiten; medizin. Spezialgebiet. - ⌑9.9.1.
Kardiospasmus [der, Mz. *Kardiospasmen*; grch.], Krampf des Mageneingangs (Kardia), der zu einer Erweiterung der darüberliegenden Speiseröhre führt; tritt auf mit Schluckbeschwerden, Hustenreiz, Erbrechen u. Schmerzen.
Kardorff, 1. Siegfried von, Sohn von 2), Politiker, *4. 2. 1873 Berlin, †12. 10. 1945 bei Berlin; 1908–1920 Landrat, 1919–1918 Mitglied des preuß. Abgeordnetenhauses (freikonservativ), 1918 Mitgründer der Deutschnationalen Volkspartei, trat 1920 zur Dt. Volkspartei über, 1924–1932 Mitglied des Reichstags, zeitweilig dessen Vize-Präs. (1928–1932), Anhänger G. Stresemanns u. H. Brünings. Seine Frau (seit 1927) Katharina von K.-Oheimb (*1879, †1962) war 1920–1924 Mitglied des Reichstags (DVP) u. unterhielt bis 1933 einen bekannten polit. Salon.
2. Wilhelm von, Politiker, *8. 1. 1828 Neustrelitz, †21. 7. 1907 Wabnitz, Rittergutsbesitzer im Kreis Oels, Schlesien, dort 1884–1895 Landrat; 1866–1876 u. 1888–1906 Mitglied des preuß. Abgeordnetenhauses u. 1868–1907 Mitglied des Reichstags. K. war Führer der Freikonservativen Partei, Anhänger Bismarcks u. Vorkämpfer des Schutzzolls; als Unternehmer auch Mitgründer des Zentralverbands dt. Industrieller (1876).
Kardschali, Hptst. des bulgar. Bez. K. (4040 qkm, 295000 Ew.), in den östl. Rhodopen, 34000 Ew.; Abbau u. Verhüttung von Blei- u. Zinkerzen; Tabakanbau.
Kardy [der; engl.], *Cardy, Cynara cardunculus*, ein südeurop. Korbblütler, dessen fleischige Blattrippen als Gemüse verwendet werden.
Karel, ndrl. u. tschech. für Karl.
Karel, Rudolf, tschech. Komponist, *9. 11. 1880 Pilsen, †5. 3. 1945 im Konzentrationslager Theresienstadt; war der letzte Kompositionsschüler von A. *Dvořák*; schrieb 3 Opern, 2 Sinfonien, Chorwerke, Kammermusik u. Lieder.
Karelien, finn. *Karjala*, Wald- u. Moorlandschaft mit zahlreichen Seen (die größten sind Ladoga- u. Onegasee) in Nordosteuropa, zwischen Finnischem Meerbusen u. Weißem Meer; gehört polit. zur finn. Prov. Nordkarelien u. zur Karel. ASSR (Sowjetunion).
Karelier, *Karjalaiset*, finn. Stamm in der Karelischen ASSR (180000) wie auch, durch Umsiedlung aus abgetretenen finn. Gebieten, in Finnland (410000).
Karelische ASSR, autonome Sowjetrepublik innerhalb der RSFSR, das östl. *Karelien*, 172400 qkm, 714000 Ew. (davon rd. 65% in Städten), Hptst. *Petrosawodsk*; das Land ist zu zwei Dritteln waldbedeckt (Kiefern u. Fichten), weite Flächen sind von fischreichen Seen, Sümpfen u. Mooren eingenommen; Holzwirtschaft, im S mit Milch- u. Fleischviehzucht u. geringem Getreideanbau (Roggen, Gerste, Hafer), in den Städten Holz- u. Papierindustrie; Bodenschätze: Baustoffe (Granit, Marmor), Glimmer, Eisen, Blei, Zink u. Kupfer; viele Wasserkraftwerke. Hauptverkehrslinien: Kirowbahn (Murmansk–Leningrad) u. Weißmeer-Ostsee-Kanal. – 1923 gebildet, nach Eingliederung eines großen Teils Finnisch-Kareliens 1940–1956 *Karelo-Finnische SSR*.
karelische Sprache, von den Kareliern gesprochene finn.-ugr. Sprache; seit 1917 schriftl. festgelegt.
Karen, zu den Paläomongoliden gehörendes, weitgehend christianisiertes hinterind. Volk (1,9 Mill.) in Südbirma u. Westthailand (71100) mit tibetisch-birman. Sprache *(Karen)*; Bergbauern, leben z. T. noch in Großfamilienhäusern. Die K. breiteten sich seit dem 5. Jh. von N her längs des Irrawaddy aus. Nach dem 2. Weltkrieg Autonomiebestrebungen.
Karenzzeit, im Versicherungswesen eine gesetzl. oder vertragl. Frist, vor deren Ablauf nur eine begrenzte oder keine Leistungspflicht des Versicherers besteht.
Karer, die Bewohner des alten →Karien an der Westküste Kleinasiens; über ihr Volkstum besteht noch keine Klarheit; vermutlich verwandt mit Lydern u.a. kleinasiat. Völkern. Sie mußten den griech. Kolonisatoren weichen.
Karerpaß, ital. *Passo di Costalunga*, Übergang der Südtiroler Dolomitenstraße vom Fassa- ins Eggental, 1753 m.
Karersee, ital. *Lago di Carezza*, norditalien. See in den Südtiroler Dolomiten, südöstl. von Bozen, 1530 m ü. M.; Fremdenverkehr.
Karettschildkröte, *Eretmochelys imbricata*, fast 1 m lang werdende →Seeschildkröte der subtrop. u. trop. Ozeane; der Rückenpanzer liefert das echte Schildpatt; ähnl. die *Unechte K.*, *Caretta caretta*, die bis an die holländische Küste gelangt.
Karfiol [der; ital.], österr. Bez. für *Blumenkohl*; →Kohl (2).
Karfreit, slowen. *Kobarid*, ital. *Caporetto*, jugoslaw. Ort am Isonzo, 1600 Ew.; Maschinenbau; 1917 12. Isonzoschlacht.
Karfreitag [ahd. *kara*, „Sorge"], *Stiller Freitag*, Freitag vor Ostern, Todestag Jesu; seit dem 2. Jh. als Trauertag begangen.
Karfunkel [der; lat.], **1.** *innere Medizin:* volkstüml. Bez. für →Karbunkel.
2. *Mineralogie:* K.stein, blutroter Edelstein, bes. edler Granat.
Karg-Gasterstädt, Elisabeth, Germanistin, *9. 2. 1886 Gröditz bei Riesa, †24. 8. 1964 Leipzig; seit 1935 in Leipzig maßgebl. Mitarbeiterin von Th. *Frings* am „Ahd. Wörterbuch" (1952ff.), seit 1932 Mithrsg. der „Beiträge zur Geschichte der dt. Sprache u. Literatur".
Kargo [der; span., engl.], Ladung, vor allem Schiffsladung.
Kargoversicherung, Versicherung der Ladung bei Schiffstransporten.
Karhula, finn. Stadt am Finn. Meerbusen, nördl. von Kotka, 22000 Ew.; Cellulosefabriken.
Kariba-Staudamm, 120 m hoher Damm mit großem, in den anstehenden Fels eingebautem Kraftwerk (700000 kW), staut den mittleren Sambesi an der Grenze von Rhodesien u. Sambia zu einem 280 km langen u. über 5000 qkm großen See (183 Mrd. m³ Inhalt), dem *Kariba-Stausee (Elisabethsee)*; eine der größten Anlagen der Erde zu Wasserkraftgewinnung u. künstl. Bewässerung.
Kariben, südamerikan. Indianerstämme, = Karaiben.
Karibib, Distrikt-Hptst. in Südwestafrika, 1500 Ew.; Viehzucht, Marmorverarbeitung.
Karibische Föderation, auch *Westindische Föderation*, ehem. autonomer Bundesstaat aus 13 brit.-karib. Inseln (u.a. Jamaika, Trinidad u. Tobago, Barbados, Windward Islands u. Leeward Islands) im Commonwealth of Nations, 20804 qkm mit rd. 3 Mill. Ew. Die K.F. wurde bereits 1945 geplant, 1955 teilweise verwirklicht u. erlangte 1958 unter Premier-Min. Sir Grantley *Adams* Autonomie. 1961 Austritt Jamaikas, 1962 Trinidads u. Tobagos, daraufhin offizielle Auflösung. Der Versuch von 8 kleineren Inseln, eine *Ostkaribische Föderation* aufrechtzuerhalten, scheiterte 1965. Seit 1967 *Westindische Assoziierte Staaten*.
Karibische Inseln, die westind. →Antillen.
Karibischer Gemeinsamer Markt, engl. *Caribbean Common Market*, Abk. *CCM*, 1973 aus der *Karibischen Freihandelszone* (engl. *Caribbean Free Trade Area*, Abk. *CARIFTA*) hervorgegangene Wirtschaftsgemeinschaft; Mitglieder: Barbados, Belize, Dominica, Grenada, Guayana, Jamaika, Monserrat, St. Lucia, Trinidad u. Tobago u. die Westindischen Assoziierten Staaten.
Karibisches Meer, der südl. Teil des Amerikan. Mittelmeers zwischen Zentralamerika u. Südamerika, den Kleinen Antillen, Haiti u. Jamaika (mit *Jamaikaschwelle*); mit dem Atlant. Ozean durch mehrere Inseldurchfahrten verbunden (Passagen: Martinique-, Dominica-, Guadeloupe-Passage; im Bereich der Großen Antillen auch Kanäle genannt: Monakanal (Puerto Rico–Haiti), Jamaikakanal). Sein untermeer. Relief gliedert sich in das *Kolumbian. Becken* im W (bis –4535 m) u. das *Venezolan. Becken* (Karib. Becken) im O (bis –5649 m), getrennt durch den *Beatarücken* südl. der Insel Haiti. Im Bereich der Kleinen Antillen ist das Relief sehr unruhig: Schwellen *(Avesrücken)*; Gräben u. Rinnen *(Grenadagraben, Bonaire-, Roquesrinne, Tobagosenke, St.-Croix-Kessel)* wechseln mit Kuppen, Bänken u. Inseln ab. Häufig von Hurrikanen beherrscht; von der warmen *Karib. Strömung* durchzogen.
Karibische Strömung, aus dem Südäquatorialstrom entstehende warme Meeresströmung, durchzieht in südost-nordwestl. Richtung das *Karib. Meer*.
Karibu [der oder das; indian., frz.] →Rentier.
Karien, antike Küstenlandschaft im südwestl. Kleinasien; bewohnt von den *Karern*. Handelsstädte waren *Milet, Knidos, Halikarnassos*.
Karies [-ies; die; lat.], *Caries*, Knochenfraß, chronische Knochenerkrankung mit Zerstörung u. Einschmelzung auch der festen Knochenteile. →auch Zahnkaries.
Karif, *Carib*, *Schwarze Karaiben*, indian.-negerische Mischbevölkerung (50000), seit Ende des 18. Jh. an der Ostküste von Guatemala u. Brit.-Honduras; Nachkommen der Inselkaraiben.
Karikatur [die; ital. *caricare*, „überladen", „übertreiben"], in der bildenden Kunst (meist Graphik) die in Physiognomie oder gedankl. Verbindung Menschen, Ereignisse oder Lebensverhältnisse ins Satirische, Groteske, Witzige oder Humorvolle

Kariba-Staudamm

verzerrende, oft polit.-tendenziöse Darstellung. Die K. war schon im Altertum bekannt. Im frühen MA. verwendete die K. Fratzen (an Kathedralen u. Chorgestühl) als Abbild der Dämonen; in der Renaissance behandelte *Leonardo da Vinci* die K. als physiognom. Ausdrucksstudie; ihm folgten H. *Bosch* u. P. *Bruegel*. Im 17. Jh. bedienten sich G. L. *Bernini*, J. *Callot* u. die Brüder *Carracci* erfolgreich der K. Die durch die Erfindung des Buchdrucks ermöglichte große Verbreitung der K. führte über die Einblattdrucke des 15./17. Jh. zur Gründung satir. Zeitschriften im 19. Jh., nachdem der erzieherische Wert der K. im 18. Jh. erkannt u. betont worden war. Diese Form der modernen K. entwickelte sich in England durch W. *Hogarth*, Th. *Rowlandson* u. G. *Cruikshank*. In Frankreich wurde 1830 die polit.-satir. Wochenzeitschrift „La Caricature", 1832 die Tageszeitung „Le Charivari" gegründet. Die richtungweisenden Karikaturisten dieser Zeit, geleitet von starkem sozialkrit. Ethos, waren H. B. *Monnier*, J. J. *Grandville*, P. *Gavarni*, vor allem H. *Daumier*. Weitere satir. Zeitschriften der Zeit waren: in Großbritannien „Punch" (gegr. 1841); in Dtschld. „Die fliegenden Blätter" (1844), „Kladderadatsch" (1848), „Simplizissimus" (1906); für sie arbeiteten bisweilen so berühmte Karikaturisten wie W. *Busch*, A. *Oberländer*, W. *Scholz*, F. *Jüttner*, Th. Th. *Heine*, O. *Gulbransson*, H. *Zille*, G. *Grosz*. Nach 1945 wurden bes. bekannt der Amerikaner S. *Steinberg*, der Engländer R. *Searle* u. der Österreicher P. *Flora*. Die Karikatur ohne Worte *(Cartoon)* pflegen u. a. T. *Ungerer*, S. *Silverstein* u. *Loriot* (V. von Bülow). – Heute findet man die K., deren Stoffwahl nahezu unbegrenzt ist, auch in seriösen polit. Zeitungen; ebenso in der Werbung u. in der polit. Propaganda der Parteien, etwa in der Form von Wahlkampfplakaten u. -broschüren. Die polit. K. spielt in der öffentl. Meinungsbildung eine bedeutende Rolle. – ◻2.0.5.

Karim Khan Zänd, *Karim Khan Zend*, Mohammed, kurdischer Fürst in Westiran 1750–1779; *1705, †13. 3. 1779 Schiras; kam in den Wirren nach der Ermordung Nadir Schahs zur Macht, brachte eine Friedensperiode.

Karin, schwed. Kurzform für →Katharina.

Karinstaat, halbautonomer Staat der *Karen* in Birma, Hptst. *Hpaan*.

Karinthy [ˈkɔrinti], Frigyes, ungar. Schriftsteller, *24. 6. 1887 Budapest, †29. 8. 1938 Siófok; Meister des Humors u. der Satire mit tragikomischer, humaner Note; dt. Auswahl „Selbstgespräche in der Badewanne" 1937.

karische Schrift, zwischen dem 8. u. 3. Jh. v. Chr. von den *Karern* in Kleinasien verwendete Buchstabenschrift; noch nicht völlig gedeutet.

Karisimbi, höchster der Kirunga-Vulkane im Grenzgebiet von Rwanda u. Zaire (Zentralafrika), nördl. des Kivusees, 4507 m.

Karjalainen, Ahti, finn. Politiker (Bauernpartei), *10. 2. 1923 Hirvensalmi; Jurist; 1957–1959 Finanz-Min., dann Handels-Min., 1962/63 u. 1970/71 Min.-Präs., 1961, 1964–1970 u. seit 1972 Außen-Min.

Karkar, früher *Dampier Island*, Insel vor der Nordostküste Neuguineas, nördl. der Astrolabebai, 363 qkm, rd. 9000 Ew.; vulkanisch, bis 1500 m.

Karkasse [die; ital.], Unterbau des Luftreifens. →Bereifung.

Karkavitsas, Andreas, neugriech. Erzähler, *1866 Lechena, Peloponnes, †24. 10. 1922 Amarúsion; pflegte die naturalist. u. die phantast. Erzählung; Schilderer des Dorflebens. Dt. Auswahl 1907.

Karkemisch, *Karchemisch, Gargamisch*, heutige Ruinenstätte *Dscherablus* am oberen Euphrat, bedeutender Handelsplatz am Flußübergang der Handelsstraße Zypern–Alalach–Aleppo–Harran; stark befestigter Fürstensitz des 2. u. 1. Jahrtausends v. Chr. mit zeitweilig späthethitischer, dann aramäischer Dynastie; Schauplatz des Siegs *Nebukadnezars II.* über Pharao *Necho* 605 v. Chr.; noch in röm. Zeit (als *Europus*) wichtiger Straßenübergang.

Karkoschka, Erhard, Komponist, *6. 3. 1923 Mährisch-Ostrau; lehrt an der Musikhochschule in Stuttgart; erstrebt eine Musik „als reine Konstellation an sich". Werke: „Bewegungsstrukturen" für 2 Klaviere 1960; „Drei Bilder aus der Offenbarung des Johannes", elektron. Komposition 1960; „Omnia ad maiorem Dei gloriam" für Tenor u. 12 Instrumente 1963; „Desideratio Dei" für Orgel 1963; „Vier Stufen" für Orchester 1966; „Szene im Schlagzeug" 1970; „Tempora mutantur" für Streichquartett 1971. K. schrieb „Das Schriftbild der Neuen Musik" 1966.

Karl [„Mann, freier Bauer"], männl. Vorname, ursprüngl. Beiname; latinisiert *Carolus*, rumän. *Carol*, ital. *Carlo*, span. *Carlos*, frz. u. engl. *Charles*, poln. *Karol*, ndrl. u. tschech. *Karel*.

Karl, Fürsten. Deutsche Könige u. Kaiser (→auch die Frankenherrscher Karl [9, 10, 11]):

1. *K. IV.*, König 1346–1378, Kaiser 1355, *14. 5. 1316 Prag, †29. 11. 1378 Prag; Luxemburger, Sohn *Johanns* von Böhmen u. der Přemysliden-Fürstin *Elisabeth* (*1292, †1330), Tochter König Wenzels II. von Böhmen. Seit 1323 am Hof des französ. Königs Karl IV. u. mit dessen Nichte *Blanka von Valois* (†1348) vermählt, kam K. als Markgraf von Mähren, zum Statthalter seines Vaters bestellt, 1333 nach Böhmen. Nach seines Vaters Tod in der Schlacht von Crécy (1346) wurde K. dt. König unter Versprechungen an den Papst (keine Einmischung in Italien) u. die Kurfürsten. Den nach Ludwigs des Bayern Tod 1349 zum Gegenkönig gewählten *Günther von Schwarzburg* besiegte er u. ließ ihn nach wenigen Monaten Regierung mit Geld abfinden. Im Jan. 1355 wurde K. König von Italien u. im April 1355 zum Kaiser gekrönt.

Kühl, berechnend, Krieg u. Gewalt abgeneigt, erwarb K. durch geschickte Vertragspolitik eine starke Hausmacht u. bemühte sich, der Schwächung des dt. Königtums durch die Fürsten entgegenzuwirken; er erwarb die einzelnen schles. Herzogtümer, die Niederlausitz, Brandenburg u. weitere Gebiete u. vermählte seine Söhne mit bayerischen u. ungarischen Prinzessinnen. K. stellte auch Verbindungen zu Pommern (4. Ehe mit *Elisabeth* von Pommern, *1347, †1393), der Hanse u. den Habsburgern her (durch den Erbvertrag 1364); dem Dt. Orden half er, Pommerellen zu behaupten, verband sich aber später (1348 u. 1356) gegen ihn mit Polen. Von weittragender Bedeutung war, daß K. das Schwergewicht des Reichs nach O verlagerte; Böhmen, das er polit., wirtschaftl. u. kulturell förderte (Gründung der *Prager Universität* 1348 als der ersten dt., Bau der Prager Neustadt, des Doms, der *Karlsbrücke*, der Burg *Karlstein*, Erneuerung des Hradschin), wurde Kernland des Reichs. K. zog bedeutende Künstler (P. *Parler*, *Theoderich von Prag*) u. Gelehrte *(Johann von Neumarkt)* an seinen Hof, pflog Beziehungen zur ital. Frührenaissance (*Petrarca*, C. di *Rienzo*), förderte Reichsstädte, Patriziat u. Bürgertum u. erließ das erste Reichsgrundgesetz, die *Goldene Bulle* (1356).

K. gelang es, die Wahl seines Sohns *Wenzel* zum dt. König (1376) durchzusetzen. Durch die Reichsteilung von 1377 unter seine Söhne Wenzel, *Sigismund* u. *Johann* (auch seine zwei Neffen bedachte er noch) zerstörte er jedoch selbst wieder seine erworbene luxemburg. Hausmacht. Als erster dt. König schrieb K. eine Autobiographie. – ◻5.3.3.

2. *K. V.*, Kaiser 1519–1556, *24. 2. 1500 Gent, †21. 9. 1558 San Geronimo de Yuste; Habsburger, Sohn Philipps des Schönen von Österreich u. Johannas der Wahnsinnigen, der Erbtochter Ferdinands von Aragonien. Bereits 1506 durch den frühen Tod des Vaters Herr der habsburg. Erblande u. 1516 (nach dem Tod Ferdinands) König von Spanien, wurde K. durch Investition von Wahlgeldern *(Fugger)* gegen Franz I. von Frankreich in Frankfurt (28. 5. 1519) zum Kaiser gewählt u. somit Herrscher eines Weltreichs u. Begründer des span. Imperiums.

K. vereinigte in seiner Hand das seit Karl d. Gr. an Bevölkerungszahl, Ausdehnung u. Reichtum größte Reich. Das 1519 in der Wahlkapitulation zugestandene *Reichsregiment* vertrat K. während seiner Abwesenheit in Dtschld., der in seiner Politik stark beeinflußt wurde durch seine Ratgeber M. de *Gattinara* (Italiener) u. N. P. de *Granvelle* (Burgunder). Zunächst mußte er sich in Spanien gegen den *Communeros-Aufstand* 1517–1522 durchsetzen. In vier siegreichen Kriegen gegen Franz I. von Frankreich, der sich mit dem Papst u. mit England verbündete, sicherte er sich die Herrschaft in Italien u. den Niederlanden.

Überzeugt von seiner kaiserl. Aufgabe u. unter Berufung auf die von Karl d. Gr. verkörperte mittelalterl. Kaiseridee suchte K. die mittelalterl. Glaubenseinheit wiederherzustellen, die Ungläubigen zu bekämpfen u. den Glauben auszubreiten. Unter diesem Gesichtspunkt sind sowohl die Förderung der Konquistadoren (Eroberung Mexikos durch Cortés u. Perus durch Pizarro; erste Weltumseglung des Magalhães 1518) als auch sein Kampf gegen die →Reformation zu sehen. 1547 besiegte K. den *Schmalkald. Bund* bei Mühlberg, mußte jedoch nach dem Frontwechsel Moritz' von Sachsen u. bei der Gegnerschaft der Päpste Paul III. (†1549) u. Julius III. (†1555), die ihm jegl. Eingreifen auf dem Trienter Konzil (1546–1563) versagten, auf das *Augsburger Interim* von 1548 im *Augsburger Religionsfrieden* von 1555 verzichten.

Karl V., Gemälde von Tizian (Ausschnitt); 1548. München, Alte Pinakothek

Weil es K. nicht gelang, die erstrebte religiöse Einheit gegen den Protestantismus u. die National- u. Territorialstaaten zu verwirklichen, legte er müde u. enttäuscht 1555/56 die Regierung in den Niederlanden, Spanien u. Neapel zugunsten seines Sohns *Philipp II.* nieder, übergab die Herrschaft im Reich seinem Bruder *Ferdinand I.* u. zog sich in eine Villa beim Kloster San Yuste (bei Plasencia, span. Provinz Cáceres) zurück, wo er sich mit polit. Studien beschäftigte u. nach zwei Jahren starb. – ◻5.4.1.

3. *K. VI. (Joseph Franz)*, Kaiser 1711–1740, *1. 10. 1685 Wien, †20. 10. 1740 Wien; zweiter Sohn *Leopolds I.* aus dessen 3. Ehe mit *Eleonore Magdalene* von Pfalz-Neuburg (*1655, †1720); als *K. III.* König von Ungarn u. von Spanien, Erbe des letzten span. Habsburgers Karl II. (1700), konnte sich im Span. Erbfolgekrieg seit 1703 trotz engl. u. niederländ. Hilfe gegen den französ. Bewerber Philipp V. nicht durchsetzen, obwohl er 1706 u. 1710 Madrid einnahm; gab die Herrschaft an seine Gemahlin ab u. nahm die einstimmige Wahl (12. 10. 1711) zum Kaiser u. Nachfolger seines Bruders Joseph I. an.

Eine Erneuerung der Weltmachtstellung Habsburgs aus der Zeit K.s V. befürchtend, schlossen England u. die Niederlande mit Frankreich den Utrechter Frieden (1713), der Spanien den Bourbonen zusprach; K. mußte 1714 im Frieden von Rastatt zustimmen. Mit seinen span. Höflingen u. Ratgebern fand er wenig Anklang im Reich. Da K. seit dem Tod seines einzigen Sohnes 1716 der letzte männl. Habsburger war, bestand sein Hauptanliegen in der Sicherung der weibl. Erbfolge (unter Ausschaltung der Ansprüche der Töchter Josephs I.) durch die *Pragmatische Sanktion* (1713). Für die Zustimmung der europ. Mächte mußte K. Preußen den Erwerb von Jülich u. Berg zusagen (1726/27) sowie Lothringen, Neapel u. Sizilien opfern (1735). In einem neuen Türkenkrieg verlor er durch den Frieden von Belgrad (1739) alle 1718 gewonnenen Gebiete. Bei seinem plötzl. Tod hinterließ K. ein uneiniges Reich, in dem er Kunst, Wissenschaft u. Kultur energisch gefördert hatte, seiner mit Herzog *Franz Stephan* von Lothringen (dem späteren Kaiser *Franz I.*) vermählten jungen Tochter *Maria Theresia*.

4. *K. VII. (Albrecht)*, Kaiser 1742–1745, *6. 8. 1697 Brüssel, †20. 1. 1745 München; Sohn Kurfürst *Maximilians II. Emanuel* von Bayern u. der *Therese Kunigunde* (*1676, †1730), Tochter Johanns III. Sobieski von Polen, verheiratet mit Kaiser Josephs I. Tochter *Maria Amalie* (*1701, †1756); 1706–1715 in österr. Gefangenschaft, wurde als *Graf von Wittelsbach* erzogen u. folgte seinem Vater 1726 als Kurfürst in Bayern. K. stellte Kaiser Karl VI. 1738 ein Hilfskorps gegen die Türken, erkannte jedoch nach dessen Tod die

Pragmatische Sanktion nicht an, sondern verbündete sich 1741 mit Frankreich, Spanien, Sachsen u. Preußen, fiel in Österreich ein *(Österreichischer Erbfolgekrieg)* u. ließ sich 1741 in Prag zum böhm. König krönen. Auf Veranlassung Frankreichs wurde K. in Frankfurt (24. 1. 1742) zum Kaiser gewählt. Maria Theresias Gegenschlag (nach dem 1. Schles. Krieg) vertrieb K. aus Böhmen u. Mähren. – K. war der zweite u. letzte Wittelsbacher, der die Kaiserwürde getragen hat. – ▢5.4.2.

Baden: **5.** *K. Friedrich*, Markgraf seit 1738, Kurfürst 1803, Großherzog 1806–1811, * 22. 11. 1728 Karlsruhe, † 10. 6. 1811 Karlsruhe; Sohn des frühverstorbenen Erbprinzen *Friedrich* (*1703, †1732), Nachfolger seines Großvaters *Karl III. Wilhelm* von Baden-Durlach (*1679, †1738), bis 1746 unter Vormundschaft seines Oheims; herrschte im Sinn der Aufklärung, förderte Schulen u. Universitäten, Rechtsprechung (Aufhebung der Leibeigenschaft 1738) u. Verwaltungswesen (Pension für Beamte) u. zog viele Gelehrte an seinen Hof (F. Ch. *Schlosser, Voltaire*, J. K. *Lavater* u. J. H. *Jung-Stilling*); erbte 1771 Baden-Baden u. erhielt durch den Reichsdeputationshauptschluß (1803) u. a. das Bistum Straßburg, die Kurpfalz u. die Kurfürstenwürde. 1806 trat er dem Rheinbund bei u. bekam dafür den Großherzogtitel u. beträchtl. Gebietszuwachs (Fürstentum Leiningen, die Fürstenberg-Gebiete u. a.). – K. war einer der angesehensten dt. Fürsten seiner Zeit u. ein begabter Außenpolitiker. Durch seine Heiratspolitik knüpfte er Verbindungen zu Hessen-Darmstadt, Braunschweig-Oels, Schweden, Rußland u. Bayern.

Bayern: **6.** *K. Theodor*, Kurfürst, = K. Theodor von der Pfalz, →Karl (27).

Burgund: **7.** *K. der Kühne*, Herzog 1467–1477, *10. 11. 1433 Dijon, † 5. 1. 1477 Nancy (gefallen); Sohn Philipps des Guten; versuchte die zwischen seinen Besitzungen (Burgund, Niederlande) liegenden Gebiete Elsaß u. Lothringen zu erwerben. Sein Versuch, aus den burgund. Ländern einen einheitl. Gesamtstaat zu schaffen, scheiterte nach anfängl. Erfolgen am Widerstand seiner beiden Lehnsherren, Ludwig XI. von Frankreich u. Kaiser Friedrich III., u. der Schweizer Eidgenossenschaft; die Schweizer besiegten K. 1476 bei Grandson u. Murten. K. verlor 1477 vor Nancy gegen Schweizer u. Lothringer die Schlacht u. fiel. Durch die Heirat seiner Tochter *Maria* mit dem späteren Kaiser *Maximilian I.* kamen Teile des burgund. Erbes an die Habsburger.

Frankenreich: **8.** *K. Martell* [„Hammer"], Hausmeier, faktisch „König" 737–741, * um 688, † 15. 10. 741 Quierzy; Sohn des Hausmeiers Pippin II. (des Mittleren) u. der *Chalpaida*, besiegte die Neustrier 716, 717 u. 719 sowie die Araber 732 bei Tours u. 737 bei Narbonne. Nach Theuderichs IV. Tod setzte K. keinen Merowingerkönig mehr ein u. regierte selbst, königl. geehrt. Er stellte in wiederholten Kämpfen mit Friesen, Sachsen, Alemannen, Bayern u. Aquitaniern die Autorität des Reichs wieder her u. erneuerte die Vorherrschaft der Franken, auch in Burgund u. in der Provence. Um sich eine stets schlagkräftige Gefolgschaft zu sichern, stattete er seine Anhänger mit Benefizien (Lehen) aus Kirchengut aus. Die Mission des *Bonifatius* im rechtsrhein. Gebiet schützte er, ohne Einfluß auf die fränk. Kirche zu gewähren. Bei seinem Tod teilte K. die Herrschaft unter seine Söhne *Karlmann* u. *Pippin d. J.*

9. *K. d. Gr.*, König der Franken 768–814, Kaiser seit 800, *742, † 28. 1. 814 Aachen; bedeutendster Karolinger, Sohn Pippins d. J., seit dem Tod seines Bruders Karlmann (771), mit dem er die Herrschaft teilte, Alleinherrscher. K. setzte zunächst die Politik seines Vaters fort, beendete die Unterwerfung Aquitaniens (769) u. eroberte das Langobardenreich (773/74). Seit 774 König der Langobarden, erneuerte K. die Pippinische Schenkung u. übernahm die Schutzherrschaft über den Kirchenstaat. Die 778 begonnenen Kämpfe gegen die Omajjaden von Córdoba dienten zur Sicherung Aquitaniens u. führten 795 zur Errichtung der *Spanischen Mark*. In zahlreichen blutigen Feldzügen (772–804) wurden die Sachsen unterworfen u. christianisiert. 782 befahl K. die Hinrichtung Hunderter (4500?) von Sachsen zu Verden an der Aller. 785 unterwarf sich ihr Führer *Widukind* u. dessen Schwiegersohn Abbio. Die slaw. Obodriten mußten sich mit K. d. Gr. verbünden u. die Dänen 811 die Eidergrenze anerkennen. Mit der Absetzung *Tassilos* von Bayern 788 wurde das letzte ältere Stammesherzogtum beseitigt u. auch Bayern dem fränk. Reich eingegliedert. 795/96 folgte die Unterwerfung des Awarenreichs. Zum Schutz des Herrschaftsbereichs wurden weitere →Marken eingerichtet *(Awar., Breton., Dän. Mark, Mark Friaul, Karantan. Mark, Nordmark, Serb., Tolosan. Mark)*. Außerdem lag ein Kranz slawischer Tributstaaten vor der Grenze des Reichsgebiets. In Kämpfen über drei Jahrzehnte gelang es K., die Grenzen des →Frankenreichs so zu erweitern, daß es zum bedeutendsten Großreich des abendländ. MA. wurde, aus dem später Dtschld., Frankreich u. die ital. u. span. Teilreiche hervorgingen. Die europäische Machtstellung, die Herrschaft über Italien u. Rom u. die von Pippin d. J. begründete enge Verbindung von fränk. Königtum u. Papsttum waren die Voraussetzungen für die Erhebung K.s zum Kaiser, die Weihnachten 800 von Papst *Leo III.* vollzogen wurde. Damit wurde die Tradition des *Röm. Reichs* wiederaufgenommen u. mit dem fränkisch-christl. Königtum verbunden. Der Sicherung u. dem Ausbau des Reichs dienten zahlreiche Verwaltungsmaßnahmen (Grafschaftsverfassung, Königsboten, Reichskirche).

K. förderte nicht nur nachdrücklich die christl. Mission in den eroberten Gebieten, sondern auch kirchl. Reformen. Der Hof K.s wurde durch die Anwesenheit angesehener Gelehrter (u. a. *Alkuin, Einhard, Paulus Diaconus*) auch zum geistigen Zentrum Europas. Von ihm wurde eine Bildungsreform getragen, die zu einer Blüte der Wissenschaften u. Künste führte (→karolingische Kunst). K. hat so auf polit., kirchl. wie auf kulturellem Gebiet seine Zeit in außerordentl. Maße geprägt u. die wesentl. Grundlagen für die geistige u. polit. Einheit des Abendlands geschaffen. Als Idealfigur des christl. Herrschers verherrlicht u. später als Heiliger verehrt, wurde K. d. Gr. 1165 auf Wunsch Kaiser Friedrichs I. durch den (Gegen-)Papst Paschalis III. kanonisiert. – ▢5.3.1.

10. *K. II., der Kahle*, König 843–877, Kaiser 875, *13. 6. 823 Frankfurt a. M., † 6. 10. 877 Avrieux/Arc; Karolinger, Sohn Ludwigs des Frommen, aus dessen 2. Ehe (mit Judith, Tochter des bayer. Grafen Welf I.); erhielt 829 zunächst Schwaben, Elsaß, Rätien u. Teile Burgunds; 837 wurde ihm von seinem Vater das mittlere Frankenreich zugesprochen. Nach dessen Tod (840) brach im Bruderkrieg aus (K. u. Ludwig der Deutsche gegen Kaiser Lothar I.). Lothar wurde 841 bei Fontenoy (nahe Auxerre) geschlagen u. mußte im *Vertrag von Verdun* 843 die Westhälfte des Reichs (Aquitanien, Septimanien, die Span. Mark, Burgund, Neustrien, die Bretagne u. Flandern) an K. abtreten. K. ist somit der erste König „Frankreichs"; er empfing vom Papst die von seinem älteren Bruder Ludwig dem Deutschen erhoffte Kaiserkrone 875. Der Versuch, nach Lothars II. Tod (869) auch das Zwischenreich Lotharingien für sich allein zu gewinnen, scheiterte; K. mußte es 870 mit Ludwig dem Deutschen teilen *(Vertrag von Meersen)*. Auf Erzbischof *Hinkmar von Reims* gestützt, gab er dem Königtum eine sakral überhöhte Stellung, wodurch er dessen polit. Schwäche überwand u. die eigenartige Tradition des franzö. Königtums bis 1789 begründete. Unter K. erlebte die karoling. Kunst u. Literatur eine späte Blüte.

11. *K. III., der Dicke*, König 876–887, Kaiser 881, *839, † 13. 1. 888 Neidingen an der Donau; Karolinger, Sohn *Ludwigs des Deutschen* u. der Welfin *Hemma* (†876), erhielt bei der Teilung des fränk. Ostreichs (→Frankenreich) 876 Schwaben u. Rätien u. wurde Alleinherrscher nach dem Tod seiner Brüder Karlmann u. Ludwig III. (880 bzw. 882), auch über das nun Ludwig gewonnene westl. Lotharingien. Seit 879 König von Italien, 881 Kaiser u. 885 von den Westfranken zum König gewählt, vereinigte K. somit fast das ganze Reich Karls d. Gr. unter seinem Zepter. Willensschwach gegen die plündernden Normannen u. die Großen im Reich, an Epilepsie leidend, wurde er im Nov. 887 von seinem Neffen *Arnulf von Kärnten* gestürzt. Mit K.s Sturz begann die endgültige Auflösung des karoling. Großreichs.

Frankreich: **12.** *K. III., K. der Einfältige*, König 898–923, Karolinger, *17. 9. 879, †7. 10. 929 Péronne (im Kerker); Sohn Ludwigs II., des Stammlers (†879); nach dem Tod seiner Brüder (884) gelang ihm gegen Graf *Odo* von Paris der Erwerb des Landes zwischen Seine u. Maas. Nach dem Tod Odos wurde K. Herr über ganz Frankreich; er mußte aber den Normannen die Normandie als erbl. Herzogtum überlassen u. konnte sich nicht gegen die Großen durchsetzen. In der Schlacht von Soissons (923) wurde er von ihnen besiegt u. gefangengesetzt.

13. *K. V., K. der Weise*, König 1364–1380, *21. 1. 1338 Vincennes, †16. 9. 1380 Schloß Beauté-sur-Marne; verwaltete nach der Gefangensetzung seines Vaters Johann des Guten nach der Schlacht bei Maupertuis das Reich u. bestieg nach dessen Tod den Thron. Er gewann durch seinen Feldherrn *Bertrand du Guesclin* (*1315 oder 1320, †1380) gegen die Engländer fast ganz Frankreich zurück; förderte Wirtschaft, Kunst u. Wissenschaft. suchte die Schäden von Krieg u. Aufruhr zu heilen.

14. *K. VII.*, König 1422–1461, *22. 2. 1403 Paris, † 22. 7. 1461 Mehun-sur-Yèvre, Dép. Cher; von den Engländern seiner Thronrechte beraubt; seit dem Auftreten der *Jeanne d'Arc*, der er die Krönung in Reims verdankte (1429), siegreich, vertrieb er die Engländer 1453 endgültig (bis auf Calais) aus Frankreich. K.s Mätresse Agnès *Sorel* übte günstigen Einfluß auf ihn aus.

15. *K. IX.*, König 1560–1574, *27. 6. 1550 Saint-Germain-en-Laye, †30. 5. 1574 Vincennes; Sohn Heinrichs II. u. *Katharinas von Medici*, unter deren Leitung er regierte. Obwohl er G. de *Coligny* zu seinem Ratgeber machte u. den Hugenotten nahestand, ließ er die durch seine Mutter veranlaßte →Bartholomäusnacht zu.

16. *K. X. Philipp*, König 1824–1830, *9. 10. 1757 Versailles, †6. 11. 1836 Görz; stand als *Graf von Artois* an der Spitze der Emigranten gegen die Franzö. Revolution u. gegen Napoléon I., folgte seinem Bruder Ludwig XVIII.; infolge seiner klerikal-reaktionären Politik durch die Julirevolution 1830 gestürzt; lebte danach im Ausland.

Großbritannien: **17.** *K. I.*, König 1625–1649, *19. 11. 1600 Dunfermline, Schottland, †30. 1. 1649 London (hingerichtet); versuchte in England mit Hilfe einer parlamentsunabhängigen Steuerpolitik u. einer zentralist. „anglo-katholischen" Kirchenpolitik den Absolutismus durchzusetzen. Von 1629–1640 regierte K. ohne Parlament, doch scheiterte seine Politik am Widerstand der lokalen Kommunitäten in Grafschaften u. Boroughs (Gemeinden). K.s Versuch, auch im presbyterian. Schottland die anglikan. Bischofskirche einzuführen, löste dort einen Aufstand aus, der den König 1640 zwang, das Parlament wieder zu berufen. Das Bestreben dieses „Langen Parlaments", seine Ansprüche gegen die Krone durchzusetzen, führte 1642 zum Bürgerkrieg, in dem letztlich die „New Model Army" Oliver *Cromwells* gegen die Parlamentsmehrheit triumphierte. Nach dem Ende des 2. Bürgerkriegs (1648) wurde K. auf Betreiben Cromwells im Januar 1649 von einem Sondergericht zum Tod verurteilt. K.s würdevoller Tod ließ ihn in der volkstüml. u. literar. Erinnerung populärer erscheinen, als er zu Lebzeiten jemals war.

Karl der Große, Reiterstatuette. Paris, Louvre

Karla

18. *K. II.*, Sohn von 17), König (1649) 1660–1685, *29. 5. 1630 London, †6. 2. 1685 London; kehrte 1660 auf Einladung des „Konventionsparlaments" nach England zurück u. beendete damit die Zeit des republikan. „Commonwealth" (1649–1659). K. betrieb zunächst eine vorsichtige Restaurationspolitik, die sich in den von der parlamentar. Oligarchie gesteckten Grenzen hielt. Seit 1668 versuchte er durch ein Geheimbündnis mit Frankreich, das ihm beträchtl. Subsidienzahlungen sicherte, unabhängig von parlamentar. Geldbewilligungen zu regieren. Sein Streben nach Durchsetzung des Absolutismus mit Hilfe der „Tories" scheiterte ebenso wie der Versuch der parlamentarischen „Whigs", in der „Exclusion Crisis" (1679–1683) den kath. Herzog von York (späteren Jakob II.) von der Thronfolge auszuschließen. Sie erreichten jedoch in der *Habeas-Corpus-Akte* 1679 Schutz vor Rechtswillkür. Die Regierungszeit K.s gilt als eine Zeit kultureller Blüte, die durch das künstler. u. wissenschaftl. Mäzenatentum des Königs *(Royal Society)* gefördert wurde.
19. Prinz von Wales, →Charles (2).
Hohenzollern-Sigmaringen: **20.** *K. Anton*, Fürst 1848/49, preuß. General u. Ministerpräsident, *7. 9. 1811 Krauchenwies (Hohenzollern), †2. 6. 1885 Sigmaringen; folgte seinem Vater *Karl* (*1785, †1853); trat jedoch sein Fürstentum 1849 an Preußen ab. Seit 1831 in preuß. Militärdiensten, wurde K. 1858 General u. Präsident im Ministerium der „Neuen Ära"; in diesem Amt folgte ihm, auf seine Empfehlungen hin, 1862 Bismarck. Sein zweiter Sohn *Karl* wurde als Carol I. König von Rumänien (→Karl [28]); seinem ältesten Sohn *Leopold* wurde 1870 die span. Krone angeboten, was zum Bruch mit Frankreich führte (→Deutsch-Französischer Krieg 1870/71).
Lothringen: **21.** *K. V. Leopold*, Herzog u. kaiserl. Feldherr, *3. 4. 1643 Wien, †18. 4. 1690 Wels; wurde 1669 mit seinem regierenden Oheim *Karl IV.* (III., *1604, †1675, seit 1669 in kaiserl. Diensten) von den Franzosen aus dem Land vertrieben, trat – als er die Krone Polens 1669 u. 1673 nicht erlangen konnte – in kaiserl. Kriegsdienst u. zeichnete sich durch kluge u. abwartende Taktik aus, sowohl im W gegen Frankreich in den Reunionskriegen (Einnahme Philippsburgs 1676, Eroberung von Mainz u. Bonn 1689) als auch im O in den Türkenkriegen (1683 Entsetzung Wiens, Siege bei Gran 1685 u. bei Mohács 1687). Nach seinem Tod erhielt sein ältester Sohn *Leopold Josef* (*1679, †1729) im Frieden von Rijswik 1697, der den Pfälz. Erbfolgekrieg beendete, Lothringen zurück.
22. *K. Alexander*, Prinz u. kaiserl. Feldmarschall, *12. 12. 1712 Lunéville, †4. 7. 1780 Brüssel; Sohn Herzog Leopolds u. der Elisabeth Charlotte von Orléans; erhielt – als 1738 Lothringen an Stanislaus Leszczynski fiel – das Großpriorat von Pisa u. wurde später Großmeister des Dt. Ordens. Nach einer erfolgreichen Schlacht gegen die Türken (Krozka 1739) wurde K. Oberbefehlshaber der österr. Truppen gegen Friedrich d. Gr. (Niederlage von Chotusitz 1742), den er 1744 aus Böhmen vertrieb, bevor sich bei Hohenfriedberg (4. 6. 1745) u. Soor (30. 9. 1745) endgültig seine Unterlegenheit zeigte; trotzdem hielt ihn seine Schwägerin Maria Theresia, die ihm sogar den Oberbefehl über alle österr. Truppen übertragen hatte, bis 1757 (Niederlage bei Leuthen). Danach lebte K. zurückgezogen in den österr. Niederlanden (wo er seit 1748 Gouverneur war) u. förderte Wirtschaft u. Handel.
Neapel-Sizilien: **23.** *K. I. von Anjou*, König 1265–1285, *1226, †7. 1. 1285 Fòggia; französ. Königssohn, vom Papst 1265 mit Neapel u. Sizilien belehnt, besiegte den erbberechtigten Staufer *Manfred* (Sohn Kaiser Friedrichs II.) u. räumte durch Scheingericht u. Enthauptung den letzten Staufer, *Konradin*, aus dem Weg. Wegen seiner Härte kam es zur *Sizilianischen Vesper* (1282), durch die er vertrieben wurde.
Österreich: **24.** *K. Ludwig Johann*, Erzherzog, *5. 9. 1771 Florenz, †30. 4. 1847 Wien; Sohn Kaiser Leopolds II.; 1796 zum Reichsfeldmarschall ernannt, bewährte sich in Kämpfen gegen J. B. Jourdan, besiegte 1809 Napoléon I. bei Aspern, ohne den Sieg zu nutzen, u. verlor im gleichen Jahr den Oberbefehl, nachdem er vorzeitig Friedensverhandlungen nach der Schlacht bei Wagram eingeleitet hatte. Als Kriegs-Min. widmete er sich der Reform des österr. Heers. Auch Militärschriftsteller.
25. *K. I.*, Kaiser von Österreich 1916–1918 (1919), als König von Ungarn *K. IV.*, *17. 8. 1887 Persenbeug, Niederösterreich, †1. 4. 1922 Funchal, Madeira; nach der Ermordung seines Onkels Erzherzog Franz Ferdinand am 28. 6. 1914 Thronfolger, bestieg nach Kaiser Franz Joseph den Thron, verhandelte unter dem Einfluß seiner Gemahlin *Zita* von Bourbon-Parma ohne Wissen seines dt. Bundesgenossen über einen Sonderfrieden mit der Entente *(Sixtusbriefe)*. Obwohl er den Nationalitäten in letzter Stunde Autonomie versprach, mußte er abdanken u. ins Ausland gehen. Zwei Versuche, in Ungarn den Thron wiederzugewinnen, scheiterten (1921); darauf ordnete die Entente seine Internierung auf Madeira an.
Pfalz: **26.** *K. Ludwig*, Kurfürst 1648–1680, *22. 12. 1617 Heidelberg, †28. 8. 1680 Heidelberg, Sohn des „Winterkönigs" Friedrich V. von der Pfalz u. der engl. Prinzessin Elisabeth Stuart; erhielt im Westfäl. Frieden den größten Teil des seinem Vater verlorengegangenen pfälz. Landes (Rheinpfalz) zurück mit einer 8. Kurwürde; widmete sich dem Wiederaufbau u. begann den Bau des Mannheimer Schlosses als seiner Residenz. – Vater der „Liselotte von der Pfalz" (*Elisabeth Charlotte*, Herzogin von Orléans).
Pfalz-Sulzbach: **27.** *K. Theodor*, Pfalzgraf in Sulzbach 1733, Kurfürst von der Pfalz 1743–1799, von Bayern 1777–1799, *11. 12. 1724 Sulzbach, †16. 2. 1799 München; folgte in der Pfalz u. in Jülich-Berg seinem Vetter *Karl Philipp* (*1661, †1742), erbte 1777 Bayern; pracht- u. kunstliebend, förderte Theater, Musik *(Mannheimer Schule)* u. Baukunst *(Schwetzingen)*. Zur Erhebung seiner Kinder von verschiedenen Frauen in den Fürstenstand erwog er Gebietsabtretungen; der Plan eines Tauschs Belgien–Bayern führte 1778 zum *Bayer. Erbfolgekrieg*. 1796 floh K. vor den Franzosen nach Dresden. Nach seinem Tod folgte ihm Herzog *Maximilian IV. Joseph* von der Pfalz-Zweibrücken (als *Maximilian I.* seit 1806 König von Bayern).
Rumänien: **28.** *K. I., Carol I.*, Sohn von 20), Fürst 1866–1881, König 1881–1914, Prinz von Hohenzollern-Sigmaringen, *20. 4. 1839 Sigmaringen, †10. 10. 1914 Sinaia; zunächst im preuß. Militärdienst, 1866 zum Fürsten von Rumänien gewählt, unterstützte mit dem von ihm aufgebauten Heer die Russen nach dem Rückschlag vor Plewna 1877 gegen die Türken, erlangte aber erst nach Abtretung Südbessarabiens an Rußland seine Anerkennung als unabhängiger Herrscher (1878). Gegen den drohenden russ. Balkan-Imperialismus suchte er Anlehnung an Dtschld. u. Österreich (1883 Friedens- u. Freundschaftsvertrag), zu denen er trotz einer starken Gegenströmung nach Ausbruch des 1. Weltkriegs hielt. Sein Wunsch, auf dt. Seite am Kampf teilzunehmen, war unausführbar. Er war mit Prinzessin Elisabeth von Wied (als Dichterin *Carmen Sylva*) verheiratet.
29. *K. II., Carol II.*, König 1930–1940, *15. 10. 1893 Sinaia, †4. 4. 1953 Lissabon; mußte 1925, vom Hof u. der starken liberalen Partei gezwungen, auf die Thronrechte verzichten u. ins Ausland gehen, so daß er 1927 nicht die Nachfolge seines Vaters Ferdinand I. antreten konnte. Mit Billigung der Regierung I. Maniu kehrte K. 1930 nach Rumänien zurück, konnte aber mit seinem autoritären Regiment keine dauerhafte Ordnung herbeiführen. General I. Antonescu zwang K. 1940 zum Thronverzicht zugunsten seines Sohns *Michael* u. zum Exil, wo er in 2. Ehe mit Frau H. *Lupescu* lebte. – 🄻5.5.7.
Sachsen-Weimar: **30.** *K. August*, Herzog seit 1758 (bis 1775 unter Vormundschaft seiner Mutter), Großherzog 1815–1828, *3. 9. 1757 Weimar, †14. 6. 1828 Graditz bei Torgau; Sohn von Herzog *Ernst August II. Konstantin* (*1737, †1758) u. *Anna Amalia* von Braunschweig; unterrichtet von *Wieland*, vielseitig begabt u. populär, schloß 1774 mit *Goethe* Freundschaft u. zog ihn, *Herder* u. *Schiller* nach Weimar. K. war vermählt mit *Luise* von Hessen-Darmstadt (*1757, †1830). Als Mitbegründer des Fürstenbunds (1785) trat er 1791 in das preuß. Heer ein, beteiligte sich an den Koalitionskriegen gegen Frankreich (1792/93), wurde 1806 als General entlassen u. im selben Jahr noch Mitglied des Rheinbunds. Da sein Sohn *Karl Friedrich* (*1783, †1853) mit *Maria Pawlowna* (*1786, †1859) von Rußland vermählt war, übertrug Zar Alexander I. 1813 K. den Oberbefehl über ein russ. Korps in den Befreiungskriegen. Auf dem Wiener Kongreß erhielt K. Gebietszuwachs u. den Titel Großherzog. 1816 gab er seinem Land eine Verfassung. K. schützte die Lehrfreiheit an der Universität Jena u. die Pressefreiheit; er förderte die Burschenschaften trotz preuß.-österr. Proteste (denen er 1818 bzw. 1821 teilweise nachgeben mußte).
Sardinien: **31.** *K. Emanuel I.*, König 1730–1773, als Herzog von Savoyen *K. E. III.*, *27. 4. 1701 Turin, †20. 2. 1773 Turin; gewann im Poln. u. Österr. Erbfolgekrieg, erst auf französ., dann auf österr. Seite kämpfend, Teile der Lombardei mit Tortona u. Novara. Angesehener Staatsmann, der bes. auf wirtschaftl. Gebiet wichtige Reformen durchführte. Als Herausgeber eines Gesetzeswerks *Corpus Carolinum* erwies er sich als aufgeklärter Fürst.
Savoyen: **32.** *K. Emanuel I.*, Herzog 1580–1630, *12. 1. 1562 Rivoli, †26. 7. 1630 Savillon; schuf die Grundlage für den Aufstieg Savoyens, obwohl angesichts seiner eingezwängten Lage zwischen Spanien, Frankreich u. dem Kaiser die meisten seiner hochfliegenden Pläne scheiterten. Er konnte weder Genf noch Genua nehmen noch auf die Dauer aus den innerfranzös. Wirren Gewinn ziehen. Auch sein Versuch, im Mantuanischen Erbfolgekrieg Montferrat an sich zu ziehen, mißlang. Nach dem Tod Kaiser Matthias' (1619) erstrebte er erfolglos die Kaiserkrone.
Schweden: **33.** *K. VII. Sverkersson*, König 1155 in Götaland, 1161 in Svealand; †1167 Visingsö, Småland (ermordet); richtete das Erzbistum Uppsala ein. (*K. I.–K. VI.* sind sagenhafte Könige, die im Werk des Chronisten J. *Magni* „Historia de omnibus Gothorum Svecorumque regibus" von 1554 genannt sind.)
34. *K. IX.*, König 1604–1611, *4. 10. 1550 Stockholm, †30. 10. 1611 Nyköping; jüngster Sohn von Gustav Wasa, verteidigte den Protestantismus gegen seinen Bruder Johann III. u. sicherte ihn mit den Beschlüssen von Uppsala, die Sigismund III. von Polen vor seiner Krönung in Schweden unterzeichnen mußte, aber nicht hielt. K. war seit 1595 Reichsverweser; er besiegte Sigismund u. den kath. Adel 1598, nahm den Königstitel aber erst nach dem freiwilligen Verzicht des jüngsten Sohns von Johann III. an.
35. *K. X. Gustav*, König 1654–1660, *8. 11. 1622 Nyköping, †13. 2. 1660 Göteborg; aus dem Haus Pfalz-Zweibrücken, folgte 1654 Königin Christine auf den Thron; führte 1655–1657 Krieg gegen Polen, um dem Anspruch der poln. Wasas auf den schwed. Thron zu begegnen; zwang Dänemark in einem durch den Marsch des schwed. Heers über die zugefrorenen Belte berühmt gewordenen Feldzug zum *Frieden von Roskilde* (1658), mit dem Dänemark seine Schonenschen Provinzen an Schweden verlor (größte Ausdehnung Schwedens). Nach dem 2. Krieg *(nordische Kriege)* gegen Dänemark mußte Schweden im *Kopenhagener Frieden* (1660) Trondheim u. Bornholm zurückgeben; doch behielt es die Länder am Öresund, der damit zur Grenze zwischen Dänemark u. Schweden wurde.
36. *K. XI.*, Sohn von 35), König 1672–1697 (1660–1672 vormundschaftl. Regierung), *24. 11. 1655 Stockholm, †5. 4. 1697 Stockholm; wurde durch das Bündnis mit Frankreich in den Krieg gegen Dänemark u. Brandenburg (Fehrbellin 1675) hineingezogen, stellte in der Schlacht von Lund 1670 das Übergewicht über die Dänen wieder her; widmete sich nach den Friedensschlüssen von 1679 (Lund, St.-Germain) im Sinn des Absolutismus der inneren Reform, der Reorganisation des Heers u. der Verwaltung, wobei er die Macht des Hochadels u. den Einfluß des Reichstags zurückdrängte.
37. *K. XII.*, Sohn von 36), König 1697–1718, *27. 6. 1682 Stockholm, †11. 12. 1718 bei der Belagerung von Frederikshald; besiegte im *Nordischen Krieg* Dänemark u. Polen, wurde aber 1709 von Zar Peter I. bei Poltawa vernichtend geschlagen, entkam in die Türkei, versuchte 1714 nach seiner Rückkehr die schwed. Besitzungen zu halten, verlor Stralsund u. fiel auf einem Kriegszug nach Norwegen. Obwohl ein hervorragender Feldherr, überspannte er die wirtschaftl. Kraft seines Landes u. überforderte seine Truppen durch zu weit gesteckte Ziele. Mit K. endete die Großmachtstellung Schwedens. – 🄱→Schweden (Geschichte). – 🄻5.5.4.
38. *K. XIV. Johann*, eigentl. Jean Baptiste *Bernadotte*, König 1808–1844, 1818–1844 auch von Norwegen, *26. 1. 1763 Pau, Südfrankreich, †8. 3. 1844 Stockholm; heiratete 1798 Désirée *Clary*; wurde 1804 Marschall in Napoléons I. Heer, 1806 für seine Verdienste in der Schlacht bei Austerlitz *Fürst von Pontecorvo*, schlug die Preußen bei Halle u. zwang Blücher zur Kapitulation bei Lübeck. K.

wurde 1810 vom schwed. Reichstag, der sich die Wiedergewinnung Finnlands erhoffte, zum Thronfolger gewählt. In den Befreiungskriegen schonte er seine Nordarmee, mit der er 1814 die Abtretung Norwegens von Dänemark erzwang. Seine reformfeindl. Herrschaft forderte eine starke Opposition heraus, jedoch förderte er die wirtschaftl. u. militär. Entwicklung in beiden Ländern.

39. *Carl XVI. Gustaf,* König von Schweden seit 1973, *30. 4. 1946 Schloß Haga b. Stockholm.

Spanien: **40.** K. I. = Kaiser K. V., →Karl (2).

41. K. II., König 1665–1700, *6. 11. 1661 Madrid, †1. 11. 1700 Madrid; letzter span. Habsburger, kränkl. Machtniedergang der span. Monarchie durch große Gebietsverluste an Ludwig XIV. (Teile der span. Niederlande, die Freigrafschaft Burgund u. Luxemburg). Unruhen im Innern. K. ließ sich überreden, statt des berechtigten dt. Habsburgers Kaiser Leopold I. den Franzosen Philipp (V.) von Bourbon zum Thronfolger zu bestimmen. →auch Spanischer Erbfolgekrieg.

42. K. III., König 1759–1788, aus dem Haus Bourbon, Herzog von Parma (als K. I. seit 1731) u. König beider Sizilien (als K. VII. seit 1734), *20. 1. 1716 Madrid, †14. 12. 1788 Madrid; reformfreudiger Monarch, Vertreter des aufgeklärten Absolutismus, schloß mit Frankreich den Familienpakt (1761), vertrieb die Jesuiten (1767); führte Kriege gegen England (1783: Menorca u. Florida wieder span.) u. leitete eine Wende in der span. Marokkopolitik ein (Friedensverträge).

43. Infanten. →Carlos (2 u. 3).

Ungarn: **44.** K. I. Robert, König 1308–1342, aus dem Haus Anjou, *1291, †26. 7. 1342 Visegrád; mit Hilfe des Papstes Nachfolger der letzten Árpáden, schuf innenpolit. die Voraussetzungen für Ungarns Vormachtstellung auf dem Balkan.

45. K. III. = Kaiser K. VI., →Karl (3).

46. K. IV. = Österreich, →Karl (25).

Württemberg: **47.** K. Alexander, Herzog 1733–1737 u. kaiserl. Feldmarschall, *24. 1. 1684 Stuttgart, †12. 3. 1737 Stuttgart; kämpfte in kaiserl. Diensten gegen Frankreich in den Reunionskriegen u. im Span. Erbfolgekrieg 1710–1713 am Rhein u. in Italien sowie erfolgreich in den Türkenkriegen; wurde 1719 Statthalter von Belgrad u. Serbien. Nach seinem Regierungsantritt kam K., seit 1712 kath., wegen seiner hohen Steuern u. Kriegsausgaben, vor allem wegen seines Finanzberaters J. *Süß-Oppenheimer,* in immer größer werdenden Gegensatz zu seinem überwiegend protestant. Volk.

48. K. Eugen, Sohn von 47), Herzog 1737–1793, *11. 2. 1728 Brüssel, †24. 10. 1793 Hohenheim; folgte seinem Vater 1737 unter Vormundschaft u. wurde 1741–1744 am Hof Friedrichs d. Gr. von Preußen erzogen; übernahm 1744 selbst die Regierung seines Landes, das er im absolutist. Sinn führte (Verhaftung J. J. *Mosers* u. Ch. F. D. *Schubarts*) u. durch prachtliebende Hofhaltung u. große Rüstungsausgaben mit hohen Schulden belastete. Nachdem ihn die Landstände 1770 durch einen Vergleich zur Abkehr vom Absolutismus gezwungen hatten, trat unter dem Einfluß seiner Berater u. seiner zweiten Frau, der Gräfin *Franziska von Hohenheim* (*1748, †1811), ein radikaler Umschwung in seiner Regierung ein. K. gründete (1770) die *Karlsschule* (die *Schiller* besuchen mußte), machte Tübingen zum Zentrum süddt. Geisteslebens, legte Straßen an u. förderte Wirtschaft, Handel u. die Geistlichkeit (deren Güter er z. T. früher eingezogen hatte). – ⌸5.4.2.

Karla, weibl. Vorname, zu *Karl*.

Karl der Große →Karl (9).

Karlfeldt, Erik Axel, schwed. Lyriker, *20. 7. 1864 Folkärna, †8. 4. 1931 Stockholm; seine stimmungsvollen Verse besingen Natur u. Volkstum seiner Heimat Dalarne. „Fridolins Lieder" 1901, dt. 1944; dt. Gedichtauswahl 1938. Nach seinem Tod erhielt K. den Nobelpreis (1931).

Karlisten, die Anhänger des span. Thronbewerbers *Don Carlos* (→Carlos [3]) u. seiner Nachkommen; führten gegen die Anhänger Königin Isabellas II. (*Isabellinen*) die *Karlistenkriege* (1834–1839 u. 1872–1876), die sie verloren. Seitdem sind sie als polit. Partei (*Traditionalisten*) wirksam. Im Span. Bürgerkrieg kämpften sie mit einem eigenen Wehrverband (*Requetés*) auf Francos Seite; 1937 wurden sie in die Falange eingegliedert. Gegen Francos Thronprätendenten Prinz Juan Carlos von Bourbon verfechten sie den Thronanspruch des Prinzen Carlos Hugo von Bourbon-Parma.

Karlmann, 1. Hausmeier von Austrien, Alemannien u. Thüringen 741–747, *vor 714, †17. 8. 754 Kloster Vienne; Karolinger, Sohn *Karl Martells* u. der *Chrotrud* (†724); stark an religiösen Fragen interessiert, förderte u. a. *Bonifatius* u. Reformen in der Landeskirche, regierte in einem Teil des Reichs neben *Pippin d.J.*; verzichtete nach blutigem Niederwerfen der Alemannen bei Cannstatt 746 auf seine Herrschaft u. zog sich 747 in das Kloster auf dem Berg Soracte (später *Monte Cassino*) zurück. Als er 754 vermittelnd für die von Pippin bekriegten Langobarden eintreten wollte, sperrte ihn dieser im Kloster Vienne ein, wo K. bald starb; seine Söhne wurden von der Thronfolge ausgeschlossen u. ebenfalls ins Kloster geschickt.

2. König der Franken 768–771, *751, †4. 12. 771 Samoussy; Sohn *Pippins d.J.*, 754 von Papst Stephan II. zusammen mit seinem Vater u. seinem Bruder Karl (d. Gr.) zum König der Franken gesalbt; erhielt nach Pippins Tod 768 Burgund, die Provence, Septimanien, einen Teil Neustriens mit Soissons u. Paris, das Elsaß, Alemannien u. die östl. Aquitanien. Bevor es zum Krieg zwischen den Brüdern kam, die sich entfremdet hatten, starb K. Sein Reich erhielt unter Übergehung seiner Witwe *Gerberga* u. seines Sohnes *Pippin* (*770) mit Zustimmung der Großen Karl d. Gr.

3. Ostfrankenkönig 876–880, *um 830, †22. 3. 880 Ötting; Sohn *Ludwigs des Deutschen* u. der Welfin *Hemma* (†876), 856 Verwalter der bayer. Ostmark; 863–865 wegen eines Aufstands gegen seinen Vater ohne Land, 865 wieder in Bayern eingesetzt, führte K. zunächst einen Abwehrkampf gegen Herzog Rastislav von Mähren (846–870), dann gegen seinen Neffen Zwentibold von Lothringen, mit dem er 874 Frieden schloß. Nach dem Tod Ludwigs des Deutschen (876) trat dessen Teilung des Reichs von 865 in Kraft. K. erhielt Bayern mit seinen Marken u. der Hoheit über die Slawenstaaten des Südostens; die anderen Reichsteile fielen an seine Brüder Karl III., den Dicken, u. Ludwig III., d.J. K. erwarb Italien 877 – von seinem Vetter Kaiser Ludwig II. bereits 872 dazu bestimmt –, empfing dort die Huldigung der Großen. Seit 878 durch einen Schlaganfall gelähmt, trat er im Sommer 879 die Herrschaft in Italien an seinen Bruder Karl III., den Dicken, ab u. versprach im Herbst 879 Bayern Ludwig III., d.J.

Karl Martell →Karl (8).

Karl-Marx-Orden, in der DDR Auszeichnung für bes. Verdienste in der Arbeiterbewegung sowie auf den Gebieten von Kunst, Kultur, Wissenschaft u. Politik.

Karl-Marx-Stadt, 1. bis 1953 *Chemnitz,* Stadtkreis (129 qkm) an der Chemnitz, Zentrum des Industriebezirks im Steinkohlenrevier zwischen K. u. Zwickau, 301 500 Ew.; Hptst. des Bezirks u. des Kreises K.; enge Altstadt, rasch gewachsene Außenviertel; ehem. Schloß (früher Benediktinerabtei); Technische Hochschule; eines der größten dt. Textilzentren (bes. Strümpfe, Trikotagen), Maschinenbau, Fettchemie- u. Datenverarbeitungswerk, Auto-, Fahrrad- u. Handschuh- u. Teppichindustrie; Druckereien. – Krs. K.: 292 qkm, 120 800 Ew.

Geschichte: Benediktinerkloster *Chemnitz* wahrscheinl. 1136 durch Kaiser Lothar III. gestiftet, seit 1143 mit Marktrecht ausgestattet, benachbarte Marktsiedlung wohl auch schon im 12. Jh.; Gründung der Stadt Chemnitz (in einiger Entfernung) wahrscheinl. in den 60er Jahren des 12. Jh., Reichsstadt bis 1308; bereits im MA. Leineweber- u. Tuchmacherstadt sowie Handelsmittelpunkt; 1539 Einführung der Reformation; seit dem 18. Jh. rasche Entwicklung zur Industriestadt. Durch Luftangriffe im 2. Weltkrieg stark zerstört; seit 1952 Bezirkshauptstadt, am 1. 5. 1953 umbenannt.

2. Bezirk im S der DDR u. im SW des ehem. Landes Sachsen, landschaftl. im Erzgebirge u. seinem Vorland, 6009 qkm, 2 024 000 Ew. (mit 337 Ew./qkm dichtest besiedelter Bezirk der DDR ohne Ostberlin). Grundlage der starken Industrialisierung bildete der mittelalterl. u. neuzeitl. Silber- u. Zinnbergbau; Textilindustrie, Maschinen-, Fahrzeugbau u. Metallindustrie.

Karłowicz [-vitʃ], Mieczysław, poln. Komponist, *11. 12. 1876 Wiszniewo (Litauen), †8. 2. 1909 Zakopane; Vertreter einer neuromantischen Sinfonik, wurde durch seine von R. Wagner u. R. Strauss beeinflußten sinfon. Dichtungen („Wiederkehrende Wellen", „Traurige Mär", „Auferstehung") zum Begründer der poln. Programmusik.

Karlowitz, Stadt in Serbien, = Sremski Karlovci. –

Der *Friede von K.* (26. 1. 1699) beendete den seit 1683 geführten *Türkenkrieg* zwischen Österreich, Venedig, Polen einerseits u. dem Osmanischen Reich andererseits. Ein Großteil Ungarns mit Siebenbürgen fiel an Österreich, Podolien an Polen, Teile der Peloponnes an Venedig.

Karlsbad, tschech. *Karlovy Vary,* Kurstadt in Westböhmen, im Engtal der Tepl, nahe ihrer Mündung in die Eger, 46 000 Ew.; weltberühmtes u. viel besuchtes Mineralbad (bis zu 72 °C heiße Glaubersalzquellen, Gewinnung von K.er *Salz*); barocker Dom (18. Jh.); Filmfestspiele; Maschinenbau, Lebensmittel- u. Porzellanindustrie. – ⓑ →Tschechoslowakei.

Karlsbader Beschlüsse, die Beschlüsse, die 1819 als Reaktion auf die *Burschenschaftsbewegung* u. aus Anlaß der Ermordung A. von *Kotzebues* im Dt. Bund gefaßt wurden. *Metternich* bat Preußen u. einige „zuverlässige" Staaten nach Karlsbad zu einer Konferenz (6.–31. 8. 1819), die eine verschärfte Überwachung der Universitäten, Zensur von Büchern u. Zeitschriften u. die Einsetzung einer *Zentraluntersuchungskommission* zur Verfolgung „demagogischer Umtriebe" in Mainz beschloß sowie dem Artikel 13 der Bundesakte über Einführung landständ. Verfassungen eine Auslegung im Sinn des alten Ständestaats gab. Der Bundestag mußte am 20. 9. 1819 unter österr.-preuß. Druck die Beschlüsse annehmen, die erst am 2. 4. 1848 nach der *Märzrevolution* wieder aufgehoben wurden.

Karlsbader Salz, das natürlich durch Eindampfen gewonnene oder künstlich durch Mischung der Einzelsalze (Natrium- u. Kaliumsulfat, Natriumchlorid, Natriumhydrogencarbonat) hergestellte Salz der *Karlsbader Quellen;* wird nach Lösung in warmem Wasser als Abführmittel verwendet.

Karlsburg, früher *Weißenburg,* rumän. *Alba Iulia,* Hptst. des Kreises Alba (6231 qkm, 390 000 Ew.), an der Mureș, in Siebenbürgen (Rumänien), 23 000 Ew.; Domkirche (mit roman. u. späteren Stilelementen), Festung (18. Jh.), Bibliothek; Weinbau; Leder- u. Nahrungsmittelindustrie.

Karlshafen, *Bad K.,* hess. Stadt an der Diemelmündung in die Weser (Ldkrs. Kassel), 4500 Ew.; Solbad; Schleifscheiben- u. Holzindustrie; Kernkraftwerk Würgassen westl. der Stadt.

Karlshamn, südschwed. Hafenstadt westl. von Karlskrona, 31 000 Ew.; Futter-, Zucker- u. Margarinefabriken.

Karlshorst, Ortsteil u. Villenvorort im Ostberliner Bezirk Lichtenberg; Trabrennbahn; 1945 bis 1949 Sitz der Sowjet. Militäradministration für die damalige Sowjet. Besatzungszone.

Karlskoga [-ˈkuːga], mittelschwed. Stadt östl. von Karlstad, 39 000 Ew.; Eisen-, Stahl- u. Maschinenindustrie (Waffenschmiede).

Karlskrona [-ˈkruːna], Hptst. der südschwed. Prov. (Län) Blekinge, auf Küsteninseln der Hanöbucht, 37 000 Ew.; Werft-, Lampen-, Zündholz- u. keram. Industrie; Kriegshafen. 1680 gegründet.

Karlspreis, 1950 von der Stadt Aachen zur Erinnerung an das christl.-abendländ. Europa Karls d. Gr. gestifteter Preis, der für Verdienste um die

Karl-Marx-Stadt: Innenstadt

Karlsruhe

Karlsruhe: Das Schloß (heute Landesmuseum) ist Ausgangspunkt einer fächerförmigen Stadtanlage

europ. Bewegung u. Einigung verliehen wird. Preisträger waren: R. Graf Coudenhove-Kalergi 1950, H. Brugmans 1951, A. De Gasperi 1952, J. Monnet 1953, K. Adenauer 1954, W. Churchill 1956, P. H. Spaak 1957, R. Schuman 1958, G. C. Marshall 1959, J. Bech 1960, W. Hallstein 1961, E. Heath 1963, A. Segni 1964, J. O. Krag 1966, J. Luns 1967, die Kommission der Europ. Gemeinschaften 1969, F. Seydoux 1970, R. Jenkins 1972, S. de Madariaga 1973, L. Tindemans 1976, W. Scheel 1977, K. Karamanlis 1978, E. Colombo 1979; 1955, 1962, 1965, 1968, 1971, 1974 u. 1975 nicht verliehen.

Karlsruhe, baden-württ. Großstadt in der Oberrhein. Tiefebene, Hptst. des Reg.-Bez. K. (früher *Nordbaden*); Stadtkreis 154 qkm, 282 000 Ew.; seit 1715 planmäßig angelegtes Stadtbild, fächerförmig vom Residenzschloß ausstrahlend; Universität (früher Techn. Hochschule, gegr. 1825), Hochschulen für bildende Künste, Musik u. a.; Bundesgerichtshof, Bundesverfassungsgericht; Landessammlungen für Naturkunde (gegr. 1752); Atomforschungsreaktor; Metall-, Maschinen-, chem., Nahrungsmittel-, Schmuckwaren-, Kosmetik- u. pharmazeutische Industrie, 2 Ölraffinerien; durch Stichkanal mit dem Rhein verbunden (Güterumschlag im Hafen 1976: 6,4 Mill. t). – Ldkrs. K.: 1104 qkm, 351 000 Ew. – ⬛ →auch Rhein. Geschichte: Gegr. 1715 durch Markgraf *Karl (III.) Wilhelm* von Baden-Durlach (*1679, †1738), Residenz bzw. Hauptstadt der Markgrafschaft Baden-Durlach, der vereinigten Markgrafschaft (1771), des Kurfürstentums (1803), Großherzogtums (1806), Freistaats (1918) u. Gaues (1933) *Baden*, seit 1953 Sitz der Landesbezirksverwaltung u. Hptst. des Reg.-Bez. *Nordbaden*.

Karlsruher Lebensversicherung AG, Karlsruhe, gegr. 1835, Beitragseinnahmen 1978: 525 Mill. DM; Tochtergesellschaft der *Allianz Versicherungs-AG* u. der *Münchner Rückversicherungs-Gesellschaft*, München.

Karlssage, mittelalterl. Geschichten von *Karl d. Gr.* u. seinen Getreuen (Paladinen), bes. von den Kriegszügen gegen die Sachsen u. gegen die Mauren in Spanien *(Rolandslied)*, wobei Taten von *Karl Martell* auf Karl d. Gr. übertragen wurden. Aus den „Chansons de geste" gingen sie später in die „Volksbücher" über: „Die vier Haimonskinder", „Fierabras" oder „Loher u. Maller".

Karlsschule, von Herzog *Karl Eugen* von Württemberg 1770 als Militärwaisenhaus auf der Solitüde bei Stuttgart gegr., 1773 in eine Militärakademie umgewandelt, 1775 nach Stuttgart verlegt, 1781 zur Hochschule *(Hohe K.)* erhoben; 1794 geschlossen. Berühmter Schüler: F. *Schiller*.

Karlsszepter → Läusekraut.

Karlstad, Hptst. der südschwed. Prov. (Län) Värmland an der Mündung des Klarälven in den Vänern, 72 000 Ew.; Instrumenten- u. Textilfabriken.

Karlstadt, 1. bayer. Stadt in Unterfranken (Ldkrs. Main-Spessart), am Main bei Würzburg, 7200 Ew.; Zementindustrie.
2. serbokr. *Karlovac*, jugoslaw. Stadt an der Kupa, südwestl. von Agram, 48 000 Ew.; ehem. Festung; Maschinen-, Schuh-, chem. u. Textilindustrie.

Karlstadt, 1. Andreas, eigentl. A. *Bodenstein*, Theologe der Reformationszeit, *um 1480 Karlstadt, Unterfranken, †24. 12. 1541 Basel; stand M. *Luther* zunächst nahe, trennte sich infolge von Meinungsverschiedenheiten über die Abendmahlslehre von ihm u. vertrat ein mystisches, auf die Aktivierung der Gemeindeglieder bezogenes Christentum.
2. Liesl, eigentl. Elisabeth *Wellano*, Volksschauspielerin. *12. 12. 1892 München, †27. 7. 1960 Garmisch-Partenkirchen; seit 1915 Partnerin von Karl *Valentin*, nach dessen Tod an verschiedenen Münchener Bühnen, beim Rundfunk u. Film.

Karlstein, tschech. *Karlštejn*, böhm. Burg an der Beraun, südwestl. von Prag, 1348–1365 als Hort für Reliquienschätze u. die Reichskleinodien von Kaiser *Karl IV.* erbaut.

Karma [das; sanskr., „Tat"], *Karman*, seit den Upanischaden gebräuchl. Begriff der ind. Religionen zur Bez. der automatischen Wirkungskraft menschlicher Handlungen, durch die in der nächsten Existenz Art u. Höhe der Wiedergeburt bestimmt werden *(K.gesetz)*.

Kármán ['ka:rma:n], Theodore von, US-amerikan. Luftfahrtwissenschaftler ungar. Herkunft, *11. 5. 1881 Budapest, †7. 5. 1963 Aachen; schuf als Prof. an der TH Aachen (1912–1930) das dortige Aerodynamische Institut, siedelte 1930 nach den USA über u. wurde dort Leiter des Luftfahrtlaboratoriums der Guggenheim-Stiftung. Seit 1952 war K. Vorsitzender des →AGARD.

Karmanien, altiran. Landschaft, nach einem Volksstamm benannt, grenzte an die alte Persis.

Karmarsch, Karl, Ingenieur, *17. 10. 1803 Wien, †24. 9. 1879 Hannover; Lehr- u. Schriftstellertätigkeit auf dem Gebiet der mechan. Technologie, für die er ein neues System schuf. – Seit 1925 *K.-Gedenkmünze* für Verdienste in Technik u. Wirtschaft.

Karmaten, *Qarmaten*, von *Hamdan Karmat* um 895 gegr. sozialrevolutionärer Geheimbund der ismailit. Schiiten. Die K. beherrschten u. terrorisierten bis etwa 1028 Mesopotamien, Syrien u. Ostarabien; unter Abu Tahir plünderten sie 937 Mekka. Sie gründeten Ende des 9. Jh. in Nordostarabien einen Staat, der bis ins 11. Jh. bestand.

Karmel [der; hebr. „Baumgarten"], höhlenreicher, bei Haifa (Israel) ins Mittelmeer vorspringender Bergrücken, Ausläufer des Berglands von Samaria, bis 546 m hoch, mit reicher Eichen-, Mandelbaum- u. Pinienvegetation, u. a. von Drusen besiedelt. – Funde frühmenschl. Überreste (Paläanthropus palästinensis); Aufenthaltsort u. Kampfstätte des Elias, im MA. Einsiedelei u. (seit 1156) Heimatsitz der *Karmeliter*.

Karmeliter, kath. Bettelorden, aus Eremitengemeinschaften vom Berg *Karmel* Mitte des 12. Jh. erwachsen, durch →Theresia von Ávila u. Johannes vom Kreuz reorganisiert. Die K. führen ein beschauliches Leben u. widmen sich der Wissenschaft, Seelsorge u. Mission. Tracht: braune Kutte mit Skapulier u. Kapuze. Seit 1593 in zwei Orden geteilt: 1. *Unbeschuhte K.* (lat. *Ordo Fratrum Carmelitarum Discalceatorum*, Abk.: OCD), 2. *Beschuhte K.* oder *K. von der alten Observanz* (lat. *Ordo Fratrum Beatae Mariae Virginis de Monte Carmelo*, Abk.: OCarm). – *Karmelitinnen*, weibl. Zweig der K., führen ein beschaul. Leben mit stetigem Stillschweigen: 1. *Unbeschuhte Karmelitinnen*, 2. *Beschuhte Karmelitinnen*.

Karmelitergeist, *Melissenspiritus*, *Spiritus Melissae compositus*, vom Karmeliterkloster in Nürnberg eingeführtes Destillat aus Melissenblättern, Zitronenschalen, Koriandersamen, Muskatnuß, Zimtkassie u. Gewürznelken; Mittel gegen Verdauungsbeschwerden, Unpäßlichkeiten u. a.

Karmin [das; sanskr., frz.], roter Farbstoff, besteht aus Karminsäure, einem Anthrachinonderivat; wird aus getrockneten Cochenilleschildläusen gewonnen. Verwendung in der Kosmetik u. Mikroskopie.

Karn [das; nach den *Karnischen Alpen*], Stufe der pelagischen Trias.

Karnak, *El-Karnak*, oberägypt. Ort bei Luxor am Nil, 11 000 Ew.; mit einer Gruppe von Tempeln, die zur altägypt. Hptst. *Theben* gehörte. Beherrschend ist der Komplex des Amun-Reichstempels, an dem von der 11. Dynastie bis in die röm. Kaiserzeit gebaut wurde. In der Hauptachse sind vom Nil her beginnend eine Widderallee u. 6 Pylonen vorgelagert. Dazwischen liegen mehrere Höfe u. Hallen, darunter der von Sethos I. u. Ramses II. erbaute dreischiffige Säulensaal (134 Papyrusbündelsäulen in 16 Reihen, Höhe der mittleren Säulen 21 m, Durchmesser 3,57 m, Umfang über 10 m). Die große Ziegelumwallung schließt neben mehreren weiteren Tempeln den heiligen See ein. Von Widdersphingen gesäumte Straßen verbanden den Hauptkomplex mit dem Mut-Tempel im Süden u. dem Tempel von Luxor.

Karnallit, das Mineral →Carnallit.

Karnaphuli [-'puːli], *Karnafuli*, Fluß in Indien, mündet bei Chittagong (Bangla Desh) in den Golf von Bengalen; 50 km oberhalb in den Chittagong

Karnak: Aufblick im Quergang der Säulenhalle des Reic

Hills zu einem großen See (mit Kraftwerk) aufgestaut.

Karnat [das; lat.] = Inkarnat.

Karnataka →Maisur (1).

Karnation = Inkarnat.

Karnaubapalme [indian., portug.], *Karnaubawachspalme, Carnaubapalme, Copernicia cerifera*, in Brasilien beheimatete Stammpflanze des Karnaubawachses (→Carnaubawachs), das von den jungen Blättern der Palme abgesondert wird.

Karneol [der; ital.], *Carneol*, gelblicher bis blutroter Schmuckstein der Chalzedone.

Karneolonyx →Onyx.

Karner [der; lat. *carnarium*, „Fleischhaus"], „Beinhaus", zweistöckige Friedhofskapelle im MA., meist Rundbau aus spätroman. Zeit zur Aufbewahrung von Schädeln u. Knochen, die bei der Anlage neuer Gräber gefunden wurden; im oberen Raum wurden Totenmessen gelesen. K. gibt es bes. in Österreich; kunstgeschichtl. Bedeutung haben z. B. die K. in Schöngrabern, Tulln u. Mödling.

Karneval, in Dtschld. bes. die rhein. Form der *Fastnacht*; die Wortbedeutung ist ungeklärt. Der K. in seiner heutigen Gestalt bildete sich vor allem im 19. Jh. aus; viele seiner Elemente, wie der Beginn am 11. 11., Elferrat, Narrenmütze, Schunkeln, Mädchengarden, Funkenmariechen, Büttenrede, Rosenmontag, wurden in die Fastnacht anderer Gebiete (z. B. Südwest-Dtschld.) übernommen.

Karnifikation [lat.], seltene, ungünstige Entwicklung im Verlauf einer chron. Lungenentzündung, die mit einer Schrumpfung verbunden ist.

Karnische Alpen, westöstl. gerichtete Gebirgskette der Südalpen aus Kalken u. Schiefern, an der italien.-österr. Grenze, südl. des Gail- u. Lesachtals, in der *Hohen Warte* (Monte Cogliàns) 2780 m, *Kellerwand* 2769 m, *Hochweißstein* (Monte Peralba) 2693 m; Übergang im *Plöckenpaß*, 1360 m.

Karnivoren [Mz., Ez. die *Karnivore*; lat.], 1. →insektenfressende Pflanzen.
2. Tiere, die vor allem Fleisch fressen (z. B. Raubtiere, Raubfische). →auch Räuber.

Karnotit, das Mineral →Carnotit.

Kärnten, Bundesland im S von Österreich, zwischen den Hohen Tauern im N, Norischen Alpen im N, Karnischen Alpen u. Karawanken im S, dazwischen Furche der Drau mit Klagenfurter Becken, 9533 qkm, 526 000 Ew., Hptst. *Klagenfurt*. Die Tallandschaften, bes. das Klagenfurter Becken mit den Seen, sind dichter besiedelt; südl. der Drau besteht eine slowen. Minderheit (5% der Bevölkerung). Hauptwirtschaftszweige sind Ackerbau in Unter-K. (dem Ostteil), Almwirtschaft in Ober-K. (dem Westteil) sowie Holznutzung, auch in industrieller Weiterverarbeitung, u. Fremdenverkehr im ganzen Land; in den Städten Metall-, Leder-, Holzindustrie; etwas Bergbau auf Buntmetalle, Magnesit u. Eisenerz; an der Drau mehrere Kraftwerke. K. hat steigende Bedeutung für den Nord-Süd-Durchgangsverkehr. – 🇰 →Österreich. 🖼 6.4.2.

Geschichte: K. leitet seinen Namen vermutlich von dem kelt. Stamm der *Karner* her. Es wurde um 30 v. Chr. röm., gehörte später zur Provinz Noricum, war dann wechselnd unter ostgot., fränk. u. langobard., im 8. Jh. wieder unter fränk. Herrschaft *(Karantanien)*, kam um 840 zu Bayern u. wurde 976 Herzogtum. Im 6. Jh. waren Südslawen eingedrungen, die unter dt. Kultureinfluß gerieten. K. kam 1335 an die Habsburger. 1849 wurde es österr. Kronland. Der Abwehrkampf der Kärntner 1918–1920 verhinderte die Angliederung Süd-K.s an Jugoslawien.

Kärntnerisch →deutsche Mundarten.

Karnulu, *Kurnool*, ind. Distrikt-Hptst. auf dem Dekanhochland in Andhra Pradesh, südl. von Haidarabad, 110 000 Ew., 1953–1956 Hptst. von Andhra Pradesh.

Karo [das; frz.]. 1. *allg*.: durch Längs- u. Querstreifung erzeugte Quadrate oder Rechtecke als Muster, z. B. an Textilien.
2. *Kartenspiel*: auf der Spitze stehendes Viereck, Farbe der französ. →Spielkarten.

Karo, Georg, Archäologe, * 11. 1. 1872 Venedig, † 12. 11. 1963 Freiburg i. Br.; Prof. in Halle (1920) u. an US-amerikan. Universitäten (1939–1952), Direktor des Dt. Archäol. Instituts in Athen (1905–1920, 1930–1936). „Die Schachtgräber von Mykenai" 1930–1932; „Greifen am Thron. Erinnerungen an Knossos" 1959; „Fünfzig Jahre aus dem Leben eines Archäologen" 1959.

Karobe [die; arab., lat.], *Karube* = Johannisbrotbaum.

Karol, poln. für →Karl.

Karola [auch ′ka-], weibl. Vorname, zu *Carolus*, latinisierte Form von *Karl*.

Karoline, weibl. Vorname, Weiterbildung von *Karola*.

Karoline, Fürstinnen: 1. *Caroline Wilhelmine*, Königin von England 1727–1737, * 1. 3. 1683 Ansbach, † 20. 11. 1737 London; Tochter Johann Friedrichs von Brandenburg-Ansbach, 1705 vermählt mit dem späteren König *Georg II.* von England. Durch klugen Einfluß auf ihren Gemahl (trotz seiner Mätressenwirtschaft), auf die Whigs u. die anglikan. Kirche stärkte sie das Ansehen des hannoveran. Königshauses in England. Sie unterstützte den Premier-Min. R. Walpole, förderte – selbst hochgebildet – Dichter (J. Swift u. a.), Denker (engl. Aufklärung: G. Berkeley, Shaftesbury u. a.) u. Musiker (G. F. Händel); war befreundet mit Chesterfield u. A. Pope.
2. *K. Henriette Christine Luise*, Landgräfin von Hessen-Darmstadt (die „Große Landgräfin"), * 9. 3. 1721 Bischweiler, † 30. 3. 1774 Darmstadt; aus dem Haus Zweibrücken-Birkenfeld stammend, war K. seit 1741 mit dem Erbprinzen (Landgraf 1768) *Ludwig IX.* von Hessen-Darmstadt (* 1719, † 1790) vermählt, der 1744 u. 1750–1757 in preuß. Kriegsdiensten stand. K. befreundete sich mit *Friedrich d. Gr.*, versammelte nach dem Regierungsantritt ihres Gemahls am Hof in Darmstadt berühmte Männer (J. G. *Herder*, J. H. *Merck*, Ch. M. *Wieland*, J. W. L. *Gleim* u. *Goethe*) u. ließ 1771 die ersten Werke *Klopstocks* drucken. Die Heirat ihrer Töchter verband sie mit vielen Fürstenhöfen (Preußen, Hessen-Homburg, Rußland).

Karolinen, größte Inselgruppe von Mikronesien; Treuhandgebiet der USA; 963 Inseln, meist flache Koralleninseln u. einige größere, mehrere hundert Meter hohe Felsinseln, von denen *Ponape* (334 qkm), *Truk* (101 qkm), *Kusaie* (109 qkm) u. *Yap* (101 qkm) die größten sind. Gesamtfläche 1093 qkm, 75 000 Ew., meist Mikronesier, z. T. mit Polynesiern vermischt. Etwa 50 000 Japaner, die sich in der Mandatszeit hier niedergelassen hatten, wurden nach 1945 repatriiert. Tropisches Klima; Regen- u. Mangrovewälder. Exportiert werden Kopra, Fische, Zuckerrohr u. etwas Phosphat (von der Insel *Fais*).

Geschichte: 1525 von Portugiesen entdeckt, 1686 span. nach König *Karl II.* von Spanien benannt, 1899 an Dtschld. verkauft, 1919–1945 japan. Mandat, 1944 von den USA besetzt, 1947 als UN-Treuhandgebiet den USA übertragen.

Karolinen-Salomonen-Rücken, eine plateauartige Erhebung zwischen den Salomonen u. den östl. Karolinen, scheidet das *Ostkarolinen*- vom *Marianen*- u. *Melanesischen Becken*.

Karolinger, *Arnulfinger*, *Pippiniden*, fränk. Hausmeier- u. Königsgeschlecht (seit 751); stammte von Bischof *Arnulf von Metz* († 641) ab, dessen Enkel *Pippin II.*, der Mittlere, 687 (Schlacht bei Tertry) die zentrale Gewalt als Hausmeier des gesamten →Frankenreichs gewann. Ihm sein unehel. Sohn *Karl Martell*, dessen Söhne *Karlmann* u. *Pippin III.*, d. J., das Hausmeieramt bis 747 (Karlmanns Eintritt ins Kloster) in verschiedenen Reichsteilen getrennt ausübten. Pippin setzte den Merowinger *Childerich III.* ab u. wurde 751 mit Zustimmung des Papstes König. Ihm folgten 768 seine beiden Söhne Karlmann u. *Karl (d. Gr.)*, doch Karlmann starb bereits 771. Karl d. Gr., nun Alleinherrscher, wurde 800 vom Papst zum Kaiser gekrönt. Ihm folgte 814 sein Sohn *Ludwig der Fromme*. Ludwigs Söhne *Lothar I., Karl der Kahle* u. *Ludwig der Deutsche* teilten 843 das Reich (Vertrag von Verdun), u. es entstanden drei bald erlöschende Herrscherlinien, die mittlere (bis 875, *Ludwig II.*), die ostfränk. (bis 911, *Ludwig das Kind*) u. die westfränk. (bis 987, *Ludwig V.*). – 🖼 5.3.1.

...tempels (links). – Blick vom heiligen See nach Norden auf den Tempel des Reichsgottes Amun (Mitte). – Widdersphinxallee (rechts)

karolingische Kunst

karolingische Kunst, die Kunst des Karolingerreichs vom Ende des 8. Jh. bis zur 1. Hälfte des 10. Jh. In bewußtem Rückgriff auf die christl. Spätantike (daher „*karolingische Renaissance*") schufen höfische u. klerikale Kreise eine Kunst, die wieder die Gestalt des Menschen in den Mittelpunkt stellte. In dem Versuch, verschiedene Anregungen (Elemente aus Rom, Konstantinopel, Kleinasien, Irland) zu einer eigenen Ausdrucksform zu verschmelzen, bot die k. K. ein vielgestaltiges Bild.

Baukunst
In direktem Bezug auf frühchristl. Kirchen Roms nahm die dreischiffige *Basilika* das Querhaus vor der Apsis auf (frühestes Beispiel: Abteikirche von St.-Denis, 775 geweiht). Die Erweiterung der Abteikirche in Fulda (Weihe 819) zeigte ein weit ausladendes Westquerhaus mit Apsis. Die hierbei entstandene Doppelchoranlage ergab sich aus der angestrebten Übereinstimmung mit der Grabeskirche von St. Peter in Rom u. der karoling. Eigenart, die früher nebeneinander gebauten Kirchen verschiedener Heiliger auf einer Achse hintereinander anzuordnen (Doppelchörigkeit z.B. im Idealplan von St. Gallen, im alten Kölner Dom, in Paderborn, Echternach, Besançon, Reichenau-Oberzell). Die Erweiterung der Liturgie führte zur Vermehrung der Apsiden (Regensburg, Steinbach) u. zu weiterer Ausdehnung des Chors durch ein besonderes Joch vor der Hauptapsis (Centula, Paderborn, Corvey, St. Gallen). Der dem Chor gegenüberliegende Kircheneingang wurde stadttorartig mit einem Turm überbaut, der den äußeren Abschluß einer fast selbständigen Vorkirche bildete: Das sog. *Westwerk* bestand in seiner ausgeprägtesten Form aus einem quadrat. zweigeschossigen Mittelraum u. dreigeschossigen Seitenräumen u. war nicht mit dem Binnenraum der Basilika verschmolzen. Es diente als Taufkapelle, Pfarrkirche, bes. aber als kaiserl. Gastkirche mit Westloge zur Teilnahme am Gottesdienst (Vorstufe: Westbau des Aachener Münsters, frühe Beispiele: Centula, Corvey, Halberstadt).
Neben den wenigen, zumeist auch nur verändert erhaltenen Bauwerken sind durch die Grabungen der letzten Jahre zahlreiche Grundrisse von einfacherer Gestalt gefunden worden (bes. *Saalkirchen* mit abgeschnürtem Chorrechteck). Nach den frühen rechteckigen, runden oder *kreuzförmigen Krypten* entstanden im Anfang des 9. Jh. die *Stollen-* oder *Hallenkrypten* (Steinbach, Echternach, Fulda). Von Profanbauten sind nur geringe Reste erhalten (*Kaiserpfalzen*).

Malerei
Karoling. *Wandmalerei* ist uns nur wenig überliefert; beachtenswert sind die Fresken in Casteleserio bei Mailand u. Münster (Graubünden); Fragmente finden sich im Westwerk von Corvey u. St. Maximin in Trier. Die *Buchmalerei* erfuhr den vollen Einstrom der christl.-spätantiken Bilderwelt, deren Vorlagen als mehr oder weniger verstandene Vorbilder maßgebend waren. Daneben trat die Grundrichtung der mittelalterl. Malerei klar hervor, die der Linie den Vorrang gab. Die Malerei der k.n K. stellt sich dar als eine große Gruppe von Schulen oft recht unterschiedl. Charakters. Die sog. *Ada-Schule* stand in Verbindung mit der Hauptstadt Aachen u. pflegte einen monumentalen, leicht byzantinisierenden Stil; die Arbeiten der *Liuthart-Gruppe* sind feiner u. zarter. Zu diesen Stilgruppen, die sich um einen Meister sammelten, kamen noch einige lokale Schulen, vor allem in Tours (*Alkuinsbibel,* um 840; *Vivansbibel,* um 850), Metz, Fulda, Corvey, Reims (sehr persönl. Arbeiten in malerisch-antikisierender Prägung, Hptw.: *Utrecht-Psalter;* ebenso nervöser, linearer Stil im *Ebo-Evangeliar,* Épernay).

Plastik
Da Monumentalskulptur aus karoling. Zeit nicht erhalten ist, muß man für die Beurteilung der karoling. Plastik Werke der Kleinkunst heranziehen. Neben wenigen Bronzegußwerken (Reiterstatuette Karls d. Gr. im Louvre, Paris, 9. Jh.; Bronzegitter u. -türen des Aachener Münsters) u. Goldschmiedearbeiten (*Tassilokelch, Ardennenkreuz*) sind Elfenbeinarbeiten verschiedener Schulen erhalten (Buchdeckel, Tafeln, Kästchen). Von einzelnen dieser Stücke sind die spätantiken Vorbilder bekannt (*Oxforder Tafel,* um 800, Ada-Schule; *Liverpooler Tafel,* 9. Jh., Schule von Reims). Auch wo keine Vorlagen vorhanden waren, gestalteten die karoling. Meister in antikem

Oktogonale Pfalzkapelle im Aachener Dom, nach Plänen des Odo von Metz; 805 geweiht. Die Wand- und Deckenbemalung stammt aus späterer Zeit

Geist (Deckel vom Psalter Karls d. Gr., Ende des 8. Jh., Ada-Schule, Paris, Louvre). Zu den Hptw. karoling. Reliefkunst gehören die *Tuotilo-Tafeln* von St. Gallen (um 900, mit volkstüml. erzählten Szenen aus dem Leben des hl. Gallus) u. der Deckel vom Psalter Karls des Kahlen (um 870, im impressionist. Stil des Utrecht-Psalters). – ☐ 2.4.0.

karolingische Minuskel, Duktus der Lateinschrift aus Kleinbuchstaben mit Ober- u. Unterlängen, die im 8. Jh. durch Einwirken der Hofkanzlei Karls d. Gr. aus den regionalen Minuskelschriften vereinheitlicht wurde.

karolingische Renaissance [-rənɛˈsãs; frz.] →karolingische Kunst.

Karolus, August, Physiker u. Elektrotechniker, *16. 3. 1893 Reihen bei Heidelberg, †1. 8. 1972 Zollikon bei Zürich; 1926–1945 Prof. in Leipzig, seit 1945 in Zürich, 1955–1962 in Freiburg i. Br.; entwickelte aufgrund des Kerreffekts 1923/24 ein Verfahren für die Bildtelegraphie u. das Fernsehen. 1928 wertete er die Methode für den Tonfilm aus.

Károlyi [ˈkaːroji], **1.** *Gyula* (Julius) Graf, ungar. Politiker, *7. 5. 1871 Nyirbakta, †26. 4. 1947; Mai–Juli 1919 in Arad Leiter einer Gegenregierung gegen die Budapester Räterepublik Béla Kuns, 1930 Außen-Min., 1931/32 Min.-Präs. **2.** *Julian von,* ungar. Pianist, *31. 1. 1914 Losoncz; lebt in der BRD; Schüler von J. Pembaur, Max Pauer (*1866, †1945), A. Cortot sowie E. von Dohnányi. Viele Klavierpreise, in- u. ausländische Konzertreisen. Bes. Chopin-Interpret.
3. *Mihály* (Michael) Graf, ungar. Politiker, *4. 3. 1875 Budapest, †18. 3. 1955 Vence bei Nizza; im 1. Weltkrieg Gegner des Bündnisses mit Dtschld., erstrebte die republikan. Staatsform; 1918 Min.-Präs., Jan.–März 1919 Präs. der Republik, übergab im März die Macht der Räteregierung Béla Kuns; 1919–1945 im Exil; 1945 Mitgl. des ungar. Parlaments, 1947–1949 Botschafter in Paris, dann Emigrant in Frankreich.

Karoo [kaˈruː; die; hottentott., „steinige Fläche"], *Karru,* steppenhafte Trockenlandschaften im S des südafrikan. Hochlands, steigen in Stufen von der fruchtbaren Küstenebene bis zur Hochfläche des Oranje an. Man unterscheidet (von S) die *Kleine,* die *Große* u. die *Hohe K.,* außerdem die *Tankwa-K.* im westl. Kapland vor der Großen Randstufe. Alle Teilgebiete tragen die typ. K.vegetation, die dem trockenen Klima entspr. aus locker stehenden – häufig wasserspeichernden – Halbsträuchern u. Kräutern besteht.

Karosserie [frz.], Fahrzeugaufbau auf dem Fahrgestell bzw. dem Rahmen; dient den Personen-, Lieferkraftwagen, Omnibussen u.a. zur Aufnahme u. zum Schutz der Fahrgäste oder des Ladeguts. Heute werden Personenkraftwagen u. Omnibusse fast immer mit „selbsttragendem Aufbau" hergestellt, d. h. Achse u. Triebwerk sind unmittelbar am Aufbau angeordnet, der damit die Aufgabe des Rahmens übernimmt.

Karosseriebauer, Ausbildungsberuf des Handwerks mit 3½ Jahren Ausbildungszeit; hat sich aus dem alten Beruf des *Stellmachers* entwickelt; stellt

Christus in Glorie, Gemälde in der Halbkuppel von St. Johann in Müstair, Graubünden; 9. Jh.

KAROLINGISCHE KUNST

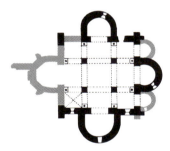

Germigny-des-Prés, Grundriß der Kapelle

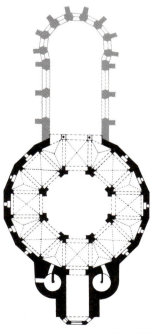

Dom zu Aachen mit Pfalzkapelle, Grundriß

Germigny-des-Prés. Außenansicht der Kapelle der Abtei Fleury, erbaut von Bischof Theodulf von Orléans, einem Westgoten; 806 geweiht

Evangelist Lukas. Evangeliar des Erzbischofs Ebo; vor 835. Épernay, Bibliothèque Municipale (links). – Majestas Domini, Buchdeckel des Codex Aureus von St. Emmeram in Regensburg, Vorderdeckel; um 870. München, Bayerische Staatsbibliothek (rechts)

Karosserieblech

Karosserien aus Holz, Metall u. Kunststoff für Fahrzeuge aller Art her. Fortbildung durch den Besuch von Karosserie- u. Fahrzeugbauschulen.
Karosserieblech, glattes, porenfreies Spezialblech mit guter Umformbarkeit, für Kraftwagen-Karosserieteile u. Teile mit höchster Tiefziehbeanspruchung.
Karotiden [Mz., Ez. die *Karotis*; grch.], *Carotiden,* die →Halsschlagadern.
Karotin = Carotin.
Karotisdrüsen, *Carotisdrüsen,* Drüsen aus sog. chromaffinen Zellen (Zellen der Adrenalorgane, →Nebennierensystem) im Nieren- u. Leberparenchym, in Eierstock- u. Nebenhodennähe.
Karotte [die; ndrl.], früher Bez. für die *Gewöhnl. Möhre, Daucus carota,* heute als Zuchtprodukt eine meist frühreifende, gelbe bis rote, kurze Mohrrübe.
Karpacz [-patʃ], poln. Name der Stadt →Krummhübel.
Karpaten, *Karpathen,* poln., tschech. u. russ. *Karpaty,* rumän. *Carpaţi,* ungar. *Kárpátok,* ca. 1300 km langer Gebirgsbogen im südl. Ostmitteleuropa; sie erstrecken sich in einem nach SW offenen Oval von der Donau bei Preßburg bis wieder an die Donau beim Eisernen Tor. Die K. sind aus dem *K.becken* (in der Oberkreide) etwa gleichzeitig mit den Alpen gefaltet u. dann gehoben worden. In Höhe u. Breite (70–350 km) kleiner als die Alpen, zeigen die K. z. T. ähnliche Strukturen. Die *West-K.* erstrecken sich von der Donau bei Preßburg bis zum Duklapaß; ihren nördl. Teil bilden die *Beskiden;* in der *Hohen Tatra* erreichen die K.gipfel ihre größten Höhen (über 2600 m); durch die ehem. Vergletscherung zeigen sie heute ausgesprochene Hochgebirgsformen. Nach SO schließen sich an die Hohe Tatra die bis über 2000 m hohen *Wald-* oder *Ost-K.* an (*Pietrosul* 2305 m); die von Kronstadt biegen sie in der *Süd-K.* oder *Transsilvanischen Alpen* nach W um (*Negoiu* 2536 m, *Mindra* 2518 m) u. erreichen am Eisernen Tor die Donau. Hydrothermale Erzlagerstätten u. zahlreiche Thermalquellen an der Westflanke der Ost-K. zeugen heute von vormals vulkanischer Tätigkeit; das Durchbruchstal des Alt u. zahlreiche Pässe gliedern die K. u. gestatten ähnlich wie in den Alpen eine gute Durchgängigkeit. Im westl., nördl. u. südl. K.vorland befinden sich Erdöl- u. Erdgas-, im Gebirge zahlreiche Erz-, Steinkohlen- u. Braunkohlenlagerstätten. – ▯ 6.4.0.
Karpathenskorpion, *Euscorpius carpathicus,* in Südosteuropa häufige Art der *Skorpione,* bis 4 cm lang, ungefährlich für den Menschen.
Kárpathos, ital. *Scarpanto,* türk. *Kerpe,* griech. Insel der Südl. Sporaden, 301 qkm, 6700 Ew.; felsig, bis 1215 m, wenig fruchtbar; Hauptort K. (1300 Ew.). Anbau von Apfelsinen.
Karpato-Ukrajne, die sowjet.-ukrain. Oblast →Transkarpatien.

Karpell [das; grch.], *Carpellum* →Fruchtblatt.
Karpfen, 1. *Cyprinidae,* Familie der *Karpfenfische,* etwa 1000 Arten, Süßwasserfische; Kennzeichen bes. die den Schlund umspannenden Knochenspangen (*Schlundknochen, Karpfenstein*). Fast alle K. sind sehr fruchtbar. Viele Arten bevorzugen stehende oder langsam fließende Gewässer mit schlammigem oder sandigem Grund: *Blei, Bitterling, Karausche, Karpfen, Plötze, Rotfeder, Schleie;* einige Arten sind strömungsliebend: *Barbe, Aland, Döbel, Hasel.*
2. *Cyprinus carpio,* Süßwasserfisch mit weichen Flossenstrahlen. Nahrung: Insektenlarven, Würmer, Wasserflöhe, bei künstlicher Zucht auch gequollene Samen (z. B. Lupine, Mais u. a.). Durch Züchtung aus der Naturform, dem *Schuppen-K.,* ist der heutige *Spiegel-K.* (wenige große Schuppen) entstanden, daneben der *Zeilen-K.* (durchgehende Reihe großer Schuppen an Körperseiten) u. der *Leder-K.* (ohne Schuppen). Gewicht bis 30 kg. Als Teichfisch im 13. bis 15. Jahrhundert durch die Klöster (Fastenspeise) über fast ganz Europa verbreitet. Wichtiger Wirtschaftsfisch für die künstl. Fischzucht. Welttrag 1968: 300000 t, davon mehr als die Hälfte UdSSR. →Aquakultur, →Karpfenteichwirtschaft.
Karpfenähnliche, *Cyprinoidei,* Unterordnung der *Karpfenfische,* charakterisiert durch zahnlose Kiefer u. Zähne auf den Schlundknochen. Weitverbreitete, sehr zahlreiche Gruppe von Süßwasserfischen Eurasiens, Afrikas u. Nordamerikas; seit Beginn des Tertiärs bekannt; dem Ursprung nach Warmwasserfische, Mehrzahl der Arten auch heute in tropischen u. subtropischen Gewässern. 5 Familien, zu denen auch die →Weißfische u. *Schmerlen* gehören.
Karpfenfische, *Cypriniformes,* Ordnung der *Echten Knochenfische.* Die Schwimmblase ist mit dem Darm u. durch umgebildete Wirbel (*Weberscher Apparat*) als Gleichgewichtssinnesorgan mit dem Ohr verbunden, wodurch der Auftrieb dem Wasserdruck angepaßt wird. Über 6000 Arten, meist im Süßwasser. 4 Unterordnungen: *Salmler, Nacktaale, Karpfenähnliche* u. *Welse.*
Karpfenlachse = Salmler.
Karpfenlaus, *Argulus foliaceus,* bis 8,5 mm langer, zu den *Fischläusen* gehörender parasitischer Krebs; im Süßwasser auf zahlreichen Fischarten, vor allem Karpfen, auch auf Kaulquappen u. Molchen; befällt gern in Reusen gefangene Fische (es wurden rd. 4250 auf einer Schleie gezählt).
Karpfenteichwirtschaft, Nutzung von künstlich angelegten, ablaßbaren Teichen zur Produktion von *Karpfen.* Laichfische läßt man in kleinen, flachen u. daher gut durchwärmten Teichen ablaichen; die Laichabgabe ist durch Hormoninjektionen beeinflußbar; Eizahl 200000–700000. Jungfische werden in größere *Vorstreckteiche* übergeführt, danach in die mehrere ha großen *Abwachs-*

Karpathenskorpion, Euscorpius carpathicus

teiche, in denen sie zum Speisefisch heranwachsen. Wachstum in Dtschld. 10–30 g im ersten Jahr, 200–600 g im zweiten u. 1–2 kg (Speisefisch) im dritten. Da der Karpfen ein Warmwasserfisch ist, sind Karpfenteiche flach u. haben stehendes Wasser, um eine bessere Erwärmung zu erreichen; Wasserzulauf dient meist nur zur Ergänzung der Verdunstungs- u. Versickerungsverluste. Bei extensiver Bewirtschaftung Erträge von 50–150 kg pro ha, durch Teichdüngung Steigerung auf 200–400 kg möglich, bei Zufütterung mit pflanzl. Futtermitteln (Soja, Mais, Lupine) bis 600 kg u. mehr. Heute stehen auch vollwertige Trockenfuttermittel zur Verfügung, die bes. in Verbindung mit warmem, durchfließendem Wasser (Kühlwasser von Industrien) eine Ertragssteigerung auf mehr als das 10fache möglich machen. Hauptgebiete der K. in der BRD sind Bayern (Aischgrund, Dinkelsbühl, Oberpfalz) u. Niedersachsen. Speisekarpfen werden eingeführt aus der DDR, Frankreich, Jugoslawien, Polen, Ungarn. Die K. erzielt auch beträchtl. Einnahmen aus dem Verkauf von ein- u. zweijährigen Karpfen an Sportfischervereine zum Besatz von Flüssen u. Seen. Für die Züchtung werden die Laichkarpfen nach Wachstum, Körperform (hochrückig) u. Beschuppung (Schuppen-, Zeilen-, Spiegel-, Lederkarpfen) ausgewählt. Bevorzugt wird der wenig beschuppte Spiegelkarpfen. →Karpfen, →Aquakultur.
Kärpflinge = Zahnkarpfen.
Karpinsk, bis 1941 *Bogoslowskij,* Stadt in der RSFSR, im O des Mittleren Ural, 41000 Ew.; Braunkohlenbergbau, Stahlbetonfertigung, Wärmekraftwerk.
Karpiński [-'pinjski], Franciszek, poln. Schriftsteller, *4. 10. 1741 Hołosków, Galizien, †16. 9. 1825 Chorowszczyzna, Litauen; Repräsentant des Sentimentalismus u. der Schäferdichtung.
Karpokratianer, Anhänger einer gnostischen Sekte, die sich nach einem geschichtl. nicht nachweisbaren *Karpokrates* (angebl. um 130) nannte oder den ägypt. Gott *Harpokrates* verehrte.
Karracke [die; arab., span., frz.], *Kraek,* dreimastiges großes Segelschiff im MA., oft fälschl. als Kogge bezeichnet; →auch Holk.
Karree [das; frz.], *Carré,* Viereck; früher nach vier Seiten geschlossene Aufstellung von Infanterieabteilungen zur Abwehr von Reiterangriffen.
Karren [Mz.], *Schratten,* wenige Zentimeter bis mehrere Meter tiefe, parallele Auslaugungs- u. Erosionsformen (Rinnen, Grate) an der Oberfläche (*K.felder, Schrattenfelder*) vegetationsloser Kalkgesteine (Kalkalpen u. im Karst).
Karrer, 1. Otto, schweizer. kath. Theologe, *30. 11. 1888 Ballrechten; lebt in Luzern, verdient um die Wiedervereinigung der Christen. Hptw.: „Textgeschichte der Mystik" 3 Bde. 1926/27; Übers. des N. T. 1950; „Das Reich Gottes heute" 1956; „Die christl. Einheit" 1963; „Das 2. Vatikan. Konzil" 1966.
2. Paul, schweizer. Chemiker, *21. 4. 1889 Moskau, †18. 6. 1971 Zürich; Arbeiten zur Konstitutionsermittlung u. Synthese des Carotins u. verschiedener Vitamine, verfaßte ein „Lehrbuch der organ. Chemie" 1930. Nobelpreis 1937 zusammen mit W. N. *Haworth.*
Karrhae, *Karrhä, Carrhae* →Harran.

Karpaten: Bucurasee im Retezatgebirge, Südkarpaten (Rumänien)

Karri (der; austral.], Eukalyptus-Art im südwestl. Australien, ziemlich astfreier Baum, schweres, stark schwindendes Holz; Konstruktionsholz für hohe Beanspruchungen, z.B. für Stützen, Träger, Spurlatten; mäßig witterungsfest. Ähnlich ist *Jarrah*, nur dunkler u. witterungsbeständiger.

Karriere [die; frz.], **1.** *allg.*: (rasche, erfolgreiche) Laufbahn („K. machen").
2. *Pferdesport:* schnellste →Gangart des Pferdes; schärfster Galopp; Renngalopp. →auch Galopp.

Karriolposten, einspännig gefahrene Postfuhrwerke auf Landstraßen, zur Beförderung von Briefsendungen u. *fahrenden Landbriefträgern,* Platz für 1–2 Reisende; wurden 1930 aufgehoben.

Karru, südafrikan. Trockenlandschaften, = Karoo.

Kars, Hptst. der türk. Provinz K. im Hochland von Armenien, nordöstl. von Erzurum, Festung am Übergang von Hochanatolien nach Transkaukasien, 54000 Ew.; Bahn nach Leninakan. – Im 9. u. 10. Jh. armen., 1546 türk., 1878–1918 russ., seitdem türk.

Karsamstag [ahd. *kara,* „Klage"], Samstag zwischen Karfreitag u. Ostersonntag; in der kath. Kirche werden am K., in der Osternacht, Feuer, Osterkerze u. Taufwasser geweiht.

Karsawina, Tamara, russ. Tänzerin, * 10. 3. 1885 St. Petersburg; Ballerina des Petersburger Kaiserl. Balletts, dann der *Ballets Russes* in Paris; Vertreterin des klass. Balletts; wurde von der Kritik noch über Anna Pawlowa gestellt.

Karsch, 1. Anna Luise, genannt die *Karschin,* geb. *Dürbach,* Volksdichterin, *1. 12. 1722 bei Schwiebus, †12. 10. 1791 Berlin; kam aus armen Verhältnissen, schrieb als Naturtalent Oden, Gelegenheitsgedichte; als „dt. Sappho" gefeiert.
2. Joachim, Bildhauer u. Graphiker, *20. 6. 1897 Breslau, †11. 2. 1945 Großgandern bei Frankfurt (Oder) (Selbstmord); schuf zarte Aktfiguren u. Porträtbüsten, gelegentl. an E. Barlach erinnernd, aber empfindsamer u. von geringerer formaler Überzeugungskraft.

Karschi, früher *Bek-Budi,* Hptst. der *Kaschka-Darja-Oblast* im S der Usbek. SSR (Sowjetunion), 71 000 Ew.; Pädagog. u. Medizin. Fachschule, Theater; Textil- u. Nahrungsmittelindustrie, Teppichfertigung; Eisenbahnknotenpunkt.

Karschin →Karsch, Anna Luise.

Karsee, See in einem →Kar.

Karsen, Fritz, Reformpädagoge, *11. 11. 1885 Breslau, †25. 8. 1951 Guayaquil, Ecuador; Vertreter des Gedankens der *Einheitsschule,* emigrierte 1933. Werke: „Die Schule der werdenden Gesellschaft" 1921; „Dt. Versuchsschulen der Gegenwart u. ihre Probleme" 1923; „Die neuen Schulen in Dtschld." 1924. Hrsg. der Zeitschrift „Lebensgemeinschaftsschulen" 1923ff.

Karst (der; nach dem K.gebirge bei Triest], *Geomorphologie:* die Oberflächenformen auf durchlässigen, wasserlöslichen Gesteinen (z.B. Kalk, Gips), die durch Oberflächen- u. Grundwasser ausgelaugt werden (→Korrosion). Durch Lösungsvorgänge kommt es zu charakteristischen K.erscheinungen (*K.phänomenen*), an der Oberfläche z.B. *Karren* (*Schratten*), Dolinen, *Uvalas, Poljen, Schlotten, Erdorgeln.* Zu den unterird. K.erscheinungen gehören oft weitverzweigte Höhlen u. die typischen Erscheinungen der K.hydrographie: unterird. Flußläufe u. K.seen, K.quellen, die unter Druck austreten, *Ponore (Katavothre)* oder Flußschwinden (z.B. Donauversikkerung; Trockentäler) u. „Hungerbrunnen", Schlotten (Hohlräume), die Abflußstellen des Oberflächenwassers sind. Ein einheitl. K.wasserspiegel ist nicht feststellbar, jedoch innerhalb eines Kluftsystems gleich.
Von *nacktem* K. spricht man, wenn bei fehlender Vegetationsdecke die Bodenkrume abgetragen ist u. der bloße Fels zutage tritt. Ist eine Vegetationsdecke vorhanden, spricht man von *bedecktem* K. Wenn sich über dem verkarsteten Gestein eine stärkere Verwitterungs- oder Ablagerungsschicht gebildet hat, sind die K.erscheinungen nur noch durch Nachrutschen der Oberfläche sichtbar *(Erdfälle, Dolinen),* man spricht von *unterird.* K.
Im Dolomit u. in unreinen Kalken kommt es nicht zur vollen Ausbildung der charakterist. K.formen, es entsteht der *Halb-K.* Bekannte K.gebiete sind: die Schwäbisch-Fränk. Alb, der Dinarische K., der Südharz, Irland, Anatolien, Südfrankreich (Causses, Pyrenäen), Indiana, Kentucky u.a.; tropische Formen treten in Südchina (Turm-K.) u. Kuba, Jamaika u. Puerto Rico auf (Kegel-K.). – ❏6.0.1.

Karst, slowen. *Kras,* ital. *Carso, i.w. S.* das sich von Istrien bis nach Albanien an der dalmatin. Küste entlangziehende südosteurop. Kalkhochland; *i.e. S.* nur dessen nördl. Teil (nordöstl. u. östl. von Triest); zerklüftetes Bergland, aufgelöst in viele Kleinformen, trocken, vegetationsarm, viele Höhlen (z.T. mit archäolog. Funden), Flußschwinden in Becken (Poljen) Ackerbau.

Karstadt AG, Essen, 1881 in Wismar gegr. größtes dt. Warenhaus-Unternehmen, das u.a. 1920 die 1885 gegr. Warenhausfirma *Theodor Althoff* aufnahm; Grundkapital: 360 Mill. DM; 90000 Beschäftigte im Konzern; Umsatz 1978: 8,9 Mrd. DM; Tochtergesellschaften: *KEPA Kaufhaus GmbH,* Essen; *Neckermann Versand AG,* Frankfurt a.M.

Karsten, niederdt. Form von →Christian.

Karsthydrographie, die Wasserbewegungen im →Karst.

Kartätsche [die; grch., ital., engl.], dünnwandiges Hohlgeschoß, das, mit Bleikugeln gefüllt, aus Geschützen gegen einen feindl. Angriff auf kürzeste Entfernung gefeuert wurde; wirkte in der Art eines Schrotschusses.

Kartaune [die; ital.], großes, um 1500 verwendetes Geschütz; aus ihr entwickelten sich die leichteren *Schlangen* u. später die *Kanonen.* →auch Geschütz.

Kartäuser, Karthäuser, 1. *Getränke:* ein Kräuterlikör, der wahrscheinl. aus dem K.kloster La Grande Chartreuse stammt.
2. *Ordenswesen:* lat. *Ordo Cartusiensis,* Abk. *OCart,* kath. Einsiedlerorden, 1084 vom hl. →Bruno im Tal *La Chartreuse* bei Grenoble gegr., päpstl. Approbation 1176. Die einzelnen Klöster, denen ein Prior vorsteht, heißen *Kartausen.* Leiter des K.ordens ist der Generalminister (stets der Prior von Grande Chartreuse). Die K. beobachten strenges Schweigen u. Fasten, leben in Einzelzellen u. haben nur wenig gemeinsame Veranstaltungen, bei denen vom Schweigen dispensiert wird; Ordenstracht: weiß; einziges Kloster in Dtschld.: Seibranz bei Leutkirch.

Kartäusernelke →Nelke.

Karte [grch., frz.], **1.** →Postkarte.
2. →Landkarte.

Kartei, *Kartothek,* Sammlung von Merkstoff auf einzelnen Karten oder Blättern *(Blattei)* für wissenschaftliche, behördliche, gewerbliche oder Büroarbeiten; kann (im Gegensatz zur Liste oder Buchaufzeichnung) ständig erweitert u. auf dem neuesten (Wissens-)Stand gehalten werden, ohne die alphabetische, nummernmäßige oder sonstige Ordnung zu stören. Bei der *Steil-K.* (*Vertikal-K.,* *Steh-K.*) sind die Karten in einem Behälter (*K.kasten*) senkrecht aufgestellt. Bei der *Sicht-K.* gestattet das schuppenförmige Übereinanderliegen in einem Rahmen den gleichzeitigen Überblick über alle Kartenbezeichnungen. Die K. ermöglicht rasche Übersicht, die durch Leitkarten, „Reiter", Kerbung, Lochung der Karten u.ä. erleichtert wird.

Kartell [das; frz.], **1.** *allg.:* Zusammenschluß, Vereinbarung, Abmachung, Vertrag, Schutzbündnis.
2. *deutsche Geschichte: Kartellparteien,* ein Bündnis regierungsfreundl. Parteien (Deutschkonservative, Reichspartei, Nationalliberale), das sich nach der Auflösung des Reichstags (14. 1. 1887) wegen der Heeresvorlage durch Bismarck bildete. Die Heeresvorlage wurde noch im selben Jahr mit Hilfe des K.s verabschiedet; das K. sicherte Bismarck bis zum Regierungsantritt Wilhelms II. wieder eine parlamentar. Mehrheit. Das K. erlitt 1890 eine schwere Wahlniederlage, u. die Parteien trennten sich wieder voneinander.
3. *Sport:* ursprüngl. die Kampfordnung bei den Ritterturnieren; daher: schriftl. Aufforderung zum Zweikampf, überbracht durch einen *Kartellträger.*
4. *Wirtschaft:* Zusammenschluß von rechtl. u. wirtschaftl. selbständigen Unternehmen der gleichen Produktionsstufen zum Zweck der Marktbeherrschung (Ausschaltung des Wettbewerbs). Die K.bildung ist um so leichter, je gleichartiger die erzeugten Waren u. je geringer die Zahl der Unternehmen ist (bes. in der Schwerindustrie). Nach der Art des K.vertrags unterscheidet man: 1. *Gebiets-K.e:* Jedem Unternehmen wird ein örtliches Absatzgebiet zugewiesen; 2. *Konditions-K.e (Bedingungs-K.e):* Es werden gemeinsame Zahlungs-

Rillenkarren im Karst

Kartellverband

u. Lieferungsbedingungen, Lieferzeiten, Garantieübernahmen usw. vertragl. festgelegt; 3. *Kontingentierungs-K.e (Mengen-K.e)*: Die Produktionsmenge (Quote) wird für jedes Unternehmen pro Jahr festgelegt; ist ein Ausgleich der Quoten innerhalb mehrerer Jahre erlaubt, so spricht man von *Pool* (oft auch mit Abführungspflicht für die Gewinne aus der Mehrproduktion); 4. *Preis-K.e*: Die Verkaufspreise sind festgelegt; 5. *General-K.*: die (internationale) Dachorganisation mehrerer K.e; 6. *Syndikat*: die straffste Form des K.s, gemeinsame Verkaufsorganisation. – ▯4.8.1.
Rechtliches: Durch die K.-VO von 1923 wurde gegen den Mißbrauch der wirtschaftl. Machtstellung in Dtschld. ein eigenes *K.-Gericht* geschaffen, das K.e für nichtig erklären konnte. Durch ein Gesetz vom 15. 3. 1933 wurde die Reichsregierung ermächtigt, Unternehmungen im Interesse der Gesamtwirtschaft in *Zwangs-K.en* zusammenzuschließen. Nach 1945 wurden alle K.e durch die Militärregierungen aufgelöst u. verboten (→Dekartellisierung). Das in der BRD geltende *Gesetz gegen Wettbewerbsbeschränkungen (K.gesetz)* vom 27. 7. 1957 in der Fassung vom 3. 1. 1966 enthält ein grundsätzl. *K.verbot* mit Ausnahmeregelungen. Konditions-, Rabatt-, Normungs- u. Typisierungs- u. reine Export-K.e sind anmeldepflichtig. unterliegen der Mißbrauchsaufsicht; Krisen-, Rationalisierungs- u. Außenhandels-K.e bedürfen der Genehmigung durch die K.behörden. Das *Bundes-K.amt* hat seinen Sitz in Westberlin. – Ähnl. geregelt in Österreich im K.-Gesetz 1959. In Österreich gilt nur der Typus des Mißbrauchgesetzes. Alle K.e müssen im K.-Register eingetragen sein. Über die Zulässigkeit der Eintragung entscheidet eine K.-Kommission beim Oberlandesgericht in Wien u. in 2. Instanz die K.-Oberkommission beim Obersten Gerichtshof in Wien. – Auch in der Schweiz gelten für die K.e Beschränkungen (Bundesgesetz über K. vom 20. 12. 1962). – ▯4.3.4.

Kartellverband der katholischen Studentenvereine Deutschlands, Abk. *K. V.*, 1853 gegr. Verband nicht farbentragender kath. Studentenverbindungen, 1937–1945 verboten, 1947 neu gegründet. →Studentenverbindungen.

Kartenbrief, Doppelkarte mit am Rand umlaufender Gummierung zum Zukleben; bes. in Zeiten von Papierknappheit u. als Luftpostleichtbrief verbreitet.

Kartenhaus, Raum auf der Schiffsbrücke (Kommandobrücke), wo in Seekarte u. Logbuch Kurs, Geschwindigkeit u.ä. urkundlich vom Wachoffizier aufgezeichnet bzw. errechnet werden.

Kartenkunde →Kartographie.

Kartennetzentwürfe, i. e. S. auch *Kartenprojektionen* oder kurz *Projektionen* genannt, die verschiedenen Abbildungsmöglichkeiten des Gradnetzes der gekrümmten Erdoberfläche in der ebenen Kartenfläche. Grundsätzlich läßt sich die Oberfläche der Erdkugel nicht ohne Verzerrungen der Grundeigenschaften – *Winkel-, Flächen-, Streckentreue* – in der Karte darstellen. Bei den drei Klassen von K.n wird das Gradnetz der Erdkugel auf eine Ebene oder auf einen abwickelbaren Kegel- oder Zylindermantel projiziert. Bei der Projektion auf eine Ebene, der *Azimutalprojektion*, wird das Gradnetz auf eine Ebene übertragen, die die Erdoberfläche im Normalfall im Pol berührt. Man unterscheidet *Gnomonische, Stereographische* u. *Orthographische Projektion*, je nachdem, ob die Projektionsstrahlen vom Erdmittelpunkt, vom Gegenpol oder von einem unendlich fernen Punkt der verlängerten Erdachse ausgehen: Die Verzerrung wächst mit der Entfernung vom Pol. Bei der *Kegelprojektion* wird das Gradnetz auf einen Kegelmantel übertragen, der so über die Erdkugel gestülpt ist, daß er im Normalfall den durch die Mitte des darzustellenden Gebiets laufenden Breitenkreis berührt: Die Verzerrung wächst mit der Entfernung von diesem Breitenkreis. Bei der *Zylinderprojektion* wird ein Zylinder um die Erde gelegt, der die Erdkugel im Normalfall längs des Äquators berührt: Die Verzerrung wächst mit der Entfernung vom Äquator. Statt eines Berührungskegels oder -zylinders kann man auch einen Schnittkegel oder -zylinder annehmen. Eine Sonderform der K. bilden die *konstruktiven Abbildungen*. Die Klassen werden in die Gattungen der *perspektivischen* u. *nichtperspektivischen Projektionen* u. der *echten* u. *unechten Entwürfe* eingeteilt, zu denen die *vermittelnden* u. *ausgleichenden Entwürfe* (in bezug auf Abbildungstreue u. Verzerrung) treten. Je nach der Lage der Ebene oder Hilfsfläche zur Erdkugel unterscheidet man bei allen Netzarten – nämlich *polständigen, äquatorständigen* u. *zwischenständigen Entwürfen* – winkel-, flächen-, mittabstands-(speichen-) u. abstandstreue Netze sowie Netze ohne Grundeigenschaften. Besondere Bedeutung haben in der amtlichen Kartographie erlangt die *Mercatorprojektion* (winkeltreue, normale u. transversale Zylinderprojektion), die *Polyederprojektion* (bei der die Kartenblätter als Flächen eines Vielflächners aufgefaßt werden) u. die *Polykonische Projektion* (bei der jede Kugelzone auf einem anderen Berührungskegel abgebildet wird). →auch Meridianstreifensysteme. – ▯6.0.8.

Kartenprojektionen →Kartennetzentwürfe.

Kartenskizze, nur annähernd maßstäbliche Handzeichnung ohne exakte Messungsgrundlage.

Kartenzeichen →Signatur (4).

Kartesianismus, von dem französ. Philosophen R. →Descartes ausgehende philosoph. Richtung. Anhänger des K. waren: Johann *Clauberg* (*1622, †1665), A. *Geulincx*, N. de *Malebranche* u.a.; auch B. *Spinoza* gehörte zunächst dem K. an. Von der Kirche heftig bekämpft, beseitigten die Kartesianer in der Schulphilosophie den Aristotelismus.

kartesisches Blatt →Kurve.

Karthago, lat. *Carthago*, grch. *Karchedon*, im Altertum bedeutende Stadt in Nordafrika, etwa 12 km nordöstl. vom heutigen Tunis, wurde 814 v. Chr. von Phöniziern aus Tyros als Kolonie zur Sicherung der Schiffahrt im westl. Mittelmeer gegründet. K. besaß gute, sichere Häfen u. später eine mächtige Burganlage. Als die Griechen die Seeherrschaft im östl. Mittelmeer gewannen, ging die Verbindung zur Mutterstadt verloren; K. wurde selbständig u. beherrschte den Handel im westl. Mittelmeer vollständig. Die Küsten Siziliens (nur im W), Sardiniens, Korsikas u. später Spaniens waren in seiner Hand, es eroberte einen großen Teil Nordafrikas u. unterwarf die eingeborenen Libyer. Mit Etruskern u. Römern wurden Handelsverträge geschlossen. Im 5. Jh. v. Chr. kam es in Sizilien zu erbitterten Kämpfen mit den dort von den Griechen gegr. Städten.
Als die Römer Süditalien eingenommen hatten, begann der Kampf mit Rom um die Vorherrschaft über das westl. Mittelmeer. Im 1. Punischen Krieg 264–241 v. Chr. (→Punische Kriege) gingen die Inseln verloren, im 2. Pun. Krieg 218–201 v. Chr. verlor K. trotz der großen militär. Leistungen *Hannibals* seine Stellung als Weltmacht. Nach dem 3. Pun. Krieg 149–146 v. Chr. wurde K. völlig zerstört u. zur Restbestand des Hinterlands zur röm. Provinz (Africa) gemacht.
126 v. Chr. legte C. *Gracchus* eine Kolonie auf dem alten Stadtgebiet an. In der Kaiserzeit war K. zu einer der bedeutendsten Städte des röm. Reichs geworden. Nach der Eroberung durch die Wandalen 439 n. Chr. begannen Abstieg u. Verfall. 698 K. in arab. Hände u. wurde systematisch geschleift. Die Entstehung der Nachfolgestadt *Tunis* fällt unmittelbar in die Jahre nach der arab. Eroberung.
An der Spitze des karthag. Staats standen zwei *Suffeten* („Richter"), von griech. u. latein. Schriftstellern häufig „Könige" genannt. Vom 5. Jh. v. Chr. an blieb diese Amtswürde ständig im Besitz vornehmer Familien. Die eigentl. Regierung lag in den Händen eines Rats, dessen Mitglieder ebenfalls die vornehmsten Familien stellten. Das Heer wurde fast ausschl. aus Söldnern rekrutiert, die von karthag. Offizieren befehligt wurden. In hoher Blüte stand der Schiffbau. K. unterhielt zeitweilig eine Flotte von 200 Schiffen. Das Gewerbe stellte neben wenigen hochwertigen Produkten hauptsächl. billige Massenartikel für primitivere Völker her. Bis zum 4. Jh. v. Chr. gab es eine Art Kreditgeld, das aus kleinen, mit einem Stempel der Regierung versehenen Lederbeuteln bestand. Münzprägung kam erst später auf. Hauptgott der Stadt war *Baal-Hammon*, neben den die Fruchtbarkeitsgöttin *Tanit* trat. Eine bes. Rolle spielte der Gott *Moloch*, dem Kinder der Adligen geopfert wurden. – ▯5.2.5.

Karthäuser →Kartäuser.

Kartierung →topographische Aufnahme.

Kartoffel [ital. *tartuffolo*, „Trüffel"], *Erdapfel, Erdbirne, Grundbirne, Solanum tuberosum,* ein *Nachtschattengewächs,* dessen Heimat in den Kordilleren von Peru u. Chile liegt. Dort wurde die K. als Kulturpflanze bereits von den Spaniern vorgefunden. Auf zwei verschiedenen Wegen (über Spanien u. Irland) gelangte sie 1565 u. 1586 nach Europa. In Preußen wurde sie in der Mitte des 18. Jh. durch Friedrich d. Gr. eingeführt. Ihr Anbau hat sich bes. auf den sandigen Böden N- u. NO-Deutschlands durchgesetzt, so daß heute diese Gebiete die besten dt. K.gebiete sind. Die heutige Gesamternte reicht zur Deckung des Speise- u. Pflanzkartoffelbedarfs aus, doch werden auch Früh- u. Industrie-K.n eingeführt.
Die Kultur der K. beginnt im Frühjahr mit dem Auslegen der Knollen (mit der Hand oder maschinell) in Reihen. Die Knollen entwickeln sowohl oberirdische Triebe als auch unterirdische Ausläufer *(Stolonen),* deren Ausbildung durch wiederholtes Anhäufeln gefördert wird. Das oberird. Laub trägt trugdoldig angeordnete Blüten in weißen, violetten oder rötl. Farben. Die ungenießbaren gelbgrünen oder roten Beerenfrüchte *(K.äpfel)* sind lediglich für die Gewinnung von Saatgut für Züchtungsversuche von Bedeutung. An den Enden der unterird. Ausläufer entwickeln sich als Anschwellungen die mit „Augen" versehenen Knollen, die eigentl. K.
Die im Spätsommer geernteten K.knollen sind ernährungsphysiologisch sehr wertvoll, da sie neben einem durchschnittl. Stärkegehalt von 17–18% auch wertvolle Eiweißstoffe enthalten; etwa $1/3$ der Gesamternte dient der menschl. Ernährung; ferner ist die K. *(Futter-K.)* ein wichtiges Futtermittel in der Schweinemast. Große Mengen an K.n werden technisch verarbeitet. Sie sind Rohstoff für die Herstellung von *K.stärke,* Dextrin oder Traubenzucker. 2–3% der Ernte werden zur Gewinnung von *K.spiritus* verbraucht. Neuerdings gewinnt die Produktion von *K.flocken* oder *K.schnitzeln* an Bedeutung. Zur Vermeidung von Lagerungsverlusten sind nur unbeschädigte K.n einzulagern u. die Räume kühl u. trocken zu halten. Die chem. Indu-

Ruinen von Karthago

strie stellt Präparate her, die die Verluste durch Fäulnis oder Keimung in Grenzen halten.
Die Zahl der K.sorten ist zwar in den letzten 15 Jahren erheblich eingeschränkt worden, doch gibt es auch jetzt noch zahlreiche Sorten, um die verschiedenen Wünsche der Verbraucher zu erfüllen. Sie unterscheiden sich im wesentl. nach dem Gehalt an Stärke (danach *Speise-*, *Futter-* oder *Industrie-K.*), nach dem Reifetermin (früh, mittelfrüh, mittelspät, spät), nach Schalenfarbe (gelb, weiß, rot, blau), Fleischfarbe (weiß oder gelb), Knollenform (lang, nierenförmig, halboval, oval, rund) u. Resistenz gegen bestimmte Krankheiten (K.krebs, Krautfäule, Viruskrankheiten). Bekannte Sorten u.a.: *Datura, Clivia, Grata, Olympia, Sieglinde*. – 🄻9.2.6.

Kartoffelernte in den wichtigsten Ländern (in 1000 t)

Land	1960	1970	1977
Welt	186600	311650	292938
davon:			
BRD	24545	16250	11368
DDR	14821	13054	10313
Frankreich	15082	9034	8190
Großbritannien	6000	7482	6598
Polen	35700	50301	41300
Sowjetunion	86561	96551	83400
Spanien	4588	4937	5553
USA	11512	14773	15972

Kartoffelbovist [-'bo:fist, -bo'vist], *Scleroderma vulgare*, giftiger Bauchpilz mit festem, hartem, knollenförmigem Fruchtkörper von unangenehm stechendem Geruch. →Bovist.

Kartoffelkäfer, *Coloradokäfer, Leptinotarsa decemlineata*, der gefürchtetste Kartoffelschädling, ein etwa 1 cm langer *Blattkäfer* mit je 5 schwarzen Längsstreifen auf dem gelben Untergrund der Deckflügel. Die Weibchen legen bis zu 1500 gelbe Eier (in 2–5 Generationen je Sommer) auf die Blattunterseite der Kartoffelstauden. Die schlüpfenden gelblich-rötl. Larven (mit 2 Reihen schwarzer Punkte an jeder Seite) sind die sehr gefräßigen eigentl. Schädlinge u. vernichten in kurzer Zeit das Blattwerk ganzer Kartoffelfelder, wodurch die Pflanzen eingehen. – Der in den westl. USA *(Coloradokäfer)* heimische K. drang etwa 1850–1870 an die nordamerikan. Ostküste vor, wurde schon um 1875 nach Frankreich eingeschleppt, drang dort bes. im 1. Weltkrieg weiter vor, überschritt 1936 die dt. Westgrenze, konnte sich im 2. Weltkrieg infolge mangelhafter Bekämpfung über ganz Dtschld. u. fast alle europ. Länder ausbreiten u. ist inzwischen über Polen hinaus bereits in die Ukraine eingedrungen. – 🄻9.5.3.

Kartoffelkrankheiten, durch Pilze, Bakterien oder Viren verursachte Erkrankungen der Kartoffel, die den Ertrag erheblich vermindern können. Von besonderer Bedeutung sind: 1. die schweren *Viruskrankheiten* (*Blattroll-*, *Mosaik-*, *Strichel-* u. *Bukettkrankheiten*), erkennbar am Rollen oder Verfärben der Blätter, die nebst der Staude vorzeitig absterben, so daß eine Ertragsminderung bis über 50% eintreten kann. Die Infektion erfolgt vorwiegend durch die grüne Pfirsichblattlaus (z.T. auch mechan.). Bekämpfung durch Saatgutwahl. 2. die *Kraut-* u. *Knollenfäule*; sie wird durch den Pilz *Phytophthora infestans* hervorgerufen; bes. stark auftretend, wenn hohe Temperaturen mit Niederschlägen wechseln u. eine nachlassende Wüchsigkeit der Staude damit zusammentrifft. Bekämpfung durch wiederholtes Spritzen mit kupferhaltigen Spritz- u. Stäubemitteln. Neuerdings kommen immer mehr resistente Kartoffelzüchtungen in den Handel. 3. die *Schwarzbeinigkeit (Stengelfäule)* mit nachfolgender Knollennaßfäule; sie wird durch *Bacterium phytophthorum* hervorgerufen. Die Infektion erfolgt im Boden oder durch befallene Nachbarknollen u. gefährdet bes. in zu warmen Winterlagern (Miete, Keller) die Ernte. Erkrankte Stauden u. Knollen müssen rechtzeitig entfernt werden. 4. die *Fußkrankheiten*, bes. durch Befall mit dem Pilz *Rhizoctonia solani*, der ein Abfaulen der Triebe u. Fußvermorschung (sog. *Weißhosigkeit*) verursacht. Neuerdings ist die Beizung bzw. Bodenentseuchung als Bekämpfungsmaßnahme aussichtsreich neben der Schaffung guter Keimmöglichkeiten nach der Saat. 5. der *Kartoffelschorf*, der weniger den Ertrag drückt als sich durch Bildung von Pusteln auf der Schale absatzerschwerend auswirkt, wird durch den Strahlenpilz *Streptomyces scabies* verursacht. Gegenmittel: Verwendung von Sulfaten bei der Handelsdüngeranwendung, Vermeidung von Kalkdüngung vor dem Auspflanzen u. Verwendung schorffester Sorten. Der *Schwamm-* oder *Pulverschorf*, der durch den Pilz *Spongospora subterranea* hervorgerufen wird, ist wesentl. gefährlicher u. deshalb anzeigepflichtig, in Dtschld. aber wenig verbreitet. 6. der *Kartoffelkrebs* ist leicht übertragbar u. deshalb auch anzeigepflichtig; Erreger ist der Pilz *Synchytrium endobioticum*. Wegen der Vorschrift, nur krebswiderstandsfähige (krebsfeste) Sorten anzubauen, hat er keine Bedeutung mehr. 7. die *Eisenfleckigkeit* ist eine nicht infektiöse Stoffwechselstörung u. zeigt sich in rostig verfärbten Flecken (Stippen) im Fleische. Die Neigung zur „Stippigkeit" ist sortenweise verschieden stark u. das Auftreten dieser Krankheit vor allem boden- u. klimabedingt. 8. *Naßfäule*, durch Bakterien hervorgerufene Knollenfäule. 9. *Trockenfäule (Weißfäule)* der Knolle, wird durch Pilze der Gattung *Fusarium (Fungi imperfecti)* verursacht, tritt als Freiland- u. Lagerfäule auf. In den austrocknenden Knollen bilden sich Hohlräume, die Knollen schrumpfen langsam u. werden zu einer pulverigen Masse.

Kartoffelkrieg, Spottname für den *Bayerischen Erbfolgekrieg* 1778/79.

Kartoffelmehl, aus Kartoffeln durch Zerkleinern u. Ausschlämmen gewonnenes Stärkemehl, zum Kochen als Binde- u. Dickungsmittel u. zum Bakken von Kuchen u. Kleingebäck, zur Herstellung von Stärkesirup, Stärkezucker u. Klebstoffen verwendet.

Kartoffelpocken, dunkle, schwarze Pusteln auf der Schale der Kartoffeln, verursacht durch den Befall mit *Kartoffelschorf* oder Sporen des Pilzes *Rhizoctonia*.

Kartoffelschorf →Kartoffelkrankheiten.

Kartoffeltrocknung, Konservierung der im rohen Zustand leicht verderbl. Kartoffeln durch Wasserentzug bis auf 14%. Gedämpft u. in dünner Schicht zwischen heißen Walzen getrocknete Kartoffeln ergeben *Kartoffelflocken*, in Scheiben oder Streifen geschnittene u. in warmer Luft getrocknete Kartoffeln *Kartoffelschnitzel*.

Kartoffelwalzmehl, Mahlprodukt aus vorgedämpften u. auf heißen Walzen getrockneten Kartoffeln; findet Verwendung bei der Herstellung von Klößen u. Puffern sowie als Zusatz für Brot- u. Kuchenteige.

Kartogramm [das; grch.], graphische Darstellung statistischer Werte auf Umrißkarten oder Graudrucken, um räumliche Verbreitungsunterschiede (z.B. der Volksdichte) bildhaft darzustellen.

Kartograph →Kartographie.

Kartographie [grch.], 1. die Lehre von der Abbildung der Erdoberfläche in Karten durch Inhalt u. Darstellung u. von der Herstellung der Karten *(Kartenlehre)*, 2. die Lehre von der Kartenbenutzung *(Kartenkunde)*. Der Kartographenberuf umfaßt in der BRD den nach einem Berufsbild in 3½jähriger Lehre ausgebildeten *Kartographen* (Kartenzeichner), den in einem 6 semestrigen Studium an den Staatsbauschulen in Berlin u. München ausgebildeten „Ingenieur für Landkartentechnik" (Entwurfskartograph, Kartenredakteur) u. den im Hochschulstudium ausgebildeten wissenschaftl. Kartographen.
Die berufsständische Organisation der Kartographen ist in der BRD die *Deutsche Gesellschaft für Kartographie e.V.*, auf internationaler Ebene vertreten in der *Internationalen Kartographischen Vereinigung*. – 🄻6.0.8.

Kartometrie [grch.], das Messen u. Berechnen in Karten, z.B. von Entfernungen mit dem *Kurvimeter* (Meßrädchen) u. von Flächen mit dem *Planimeter* (Flächenmesser). Winkel- u. Höhenmessungen sind nur in winkeltreuen, großmaßstäbigen Karten, Volumenberechnungen nur näherungsweise möglich.

Karton [-'tõ; der; frz.], **1.** *Malerei:* letzter, meist mit Kohle, Kreide oder Bleistift auf starkes Papier gezeichneter Entwurf in Originalgröße, für Wandgemälde u. Gobelins. Die Übertragung dieses Entwurfs auf die Wand *(K.verfahren)* ist seit dem 15. Jh. gebräuchl. *(Leonardo, Raffael, Michelangelo)*, der K. selbst erhielt bes. im Klassizismus einen künstler. Eigenwert (J. A. *Carstens*, P. von *Cornelius*).
2. *Papierherstellung:* dickes, steifes Papier in Gewichten zwischen rd. 200 u. 1000 g/qm. Man unterscheidet: 1. *Natur-K.*, der auf der Papiermaschine in einer Schicht gearbeitet wird; 2. *gegautschten K.*, bei dem man innerhalb der Papiermaschine zwei oder mehr Papierbahnen in nassem Zustand aufeinander „gautscht", d.h. preßt; 3. *geklebten K.*, der außerhalb der Papiermaschine auf K.maschinen durch das Zusammenkleben mehrerer Papierbahnen entsteht. →auch Kartonpapier.

Kartonagen [-'na:ʒən; frz.], Behälter u. Schachteln aus Karton oder Pappe, die hauptsächl. für Verpackungszwecke von *K.fabriken* hergestellt werden.

Kartonpapier, steifes Papier mit einer Blattdicke von 0,2–0,3 mm u. 150–200 g/qm Gewicht.

Kartonstich →Umrißstich.

Kartothek [lat. + grch.] →Kartei.

Kartusche [die; ital., frz.], **1.** *bildende Kunst:* rechteckige oder ovale, ebene oder gewölbte Schmucktafel, deren Rahmen aus Ornamenten *(Rollwerk)* zusammengesetzt ist; seit der Spätrenaissance als Schmuckform in Baukunst u. Kunstgewerbe gebräuchlich. Im Barock u. Rokoko wurde sie für Wappen, Namenszüge, Devisen, Embleme u. dgl. verwendet.
2. *Waffen:* die Metall-(Kartusch-)Hülse der Artilleriegeschosse, in der sich die Treibpulverladung befindet; entspricht der Patronenhülse bei der Munition der Handfeuerwaffen.

Karube [die; arab., frz.], *Johannisbrot*, Früchte des *Johannisbrotbaums*.

Karume, Abeid Amani, ostafrikan. Politiker (Sansibar), *4. 4. 1905, †7. 4. 1972 Sansibar (ermordet); Seemann, wurde erst 1954 polit. aktiv, gründete 1957 die *Afro-Shirazi Party (ASP)*, um die Interessen der schwarzafrikan. Bevölkerungsmehrheit auf Sansibar gegen die arab. Oberschicht u. die ind. Händler zu verteidigen. 1961 wurde er Gesundheits-Min., 1963 erlitt die ASP eine Wahlniederlage. Nach der Revolution 1964 wurde K. Präs. der Volksrepublik Sansibar. Im April 1964 stimmte er der Vereinigung seines Lands mit Tanganjika zur Vereinigten Rep. Tansania zu u. wurde deren Erster Vize-Präs., hielt jedoch seine unbeschränkte Herrschaft über Sansibar aufrecht.

Karun, *Rud-e Karun*, größter Fluß im Iran, rd. 700 km, entspringt südwestl. von Isfahan, mündet in den Schatt al-Arab; 190 km schiffbar; Staudamm bei Schuschtär.

Karussell [das; frz.], **1.** Turnierspiel der Ritter: Ringelreiten u. Ringelstechen.
2. *Reitschule*, seit Anfang des 18. Jh. auf Jahrmärkten ein um eine vertikale Achse drehbares Gestell, durch das z.B. Wagen, Holzpferde, an Ketten aufgehängte Sitze *(Ketten-K.)* u.ä. mittels Pferde-, Dampf- oder elektr. Kraft im Kreis gedreht werden.

Karusselldrehbank, Arbeitsmaschine zum Plan- u. Vertikaldrehen. Der Arbeitstisch der K. liegt waagerecht u. wird durch Motorantrieb um eine senkrechte Achse gedreht (Karussellprinzip). Der Support sitzt mit dem Schlitten auf einer waagerechten Führungsbahn eines Querhaupts u. ist maschinell u. von Hand waagerecht u. senkrecht verstellbar. Das Werkstück wird auf dem Arbeitstisch aufgespannt, das Werkzeug (Drehmeißel, Bohrmeißel oder dgl.) im Support eingespannt. Die Dreharbeit erfolgt beim Innen- u. Außendrehen durch senkrechten Vorschub des Werkzeugs. Die Drehbewegung führt der Spanntisch aus. Karusselldrehbänke sind vornehmlich für die Bearbeitung von schweren Werkstücken vorgesehen, deren Außenform nicht rund ist. Der Vorteil ist das sichere Festspannen der großen u. schweren Werkstücke, deren Belastung auf den Spanntisch hierbei senkrecht ist u. von der breit gelagerten Kreisführungsbahn des Spanntischs aufgenommen wird. →auch Drehbank.

Karwendelgebirge, größte Gruppe der Nordtiroler Kalkalpen, zwischen oberer Isar u. Inn, zwischen Scharnitz-Seefeld u. Achensee, in mehrere, meist westöstl. verlaufende Ketten gegliedert; Gipfel: *Östliche Karwendelspitze* 2539 m, *Birkkarspitze* 2756 m, *Große Bettelwurfspitze* 2726 m, *Solstein* 2637 m, *Hafelekar* 2334 m. – 🄱→Deutschland (Natürliche Grundlagen).

Karwendelspitze, zwei Gipfel im nördl. Karwendelgebirge auf der Grenze zwischen Bayern u. Österreich: *Östl. K.* 2539 m, *Westl. K.* 2385 m.

Karwin, tschech. *Karviná*, Bergbauort in Nordmähren, östl. von Ostrau, 77100 Ew.; Steinkohlenbergbau, Maschinenbau, chem. Industrie, Brauereien.

Karwoche [ahd. *kara*, „Sorge"], *Stille Woche*,

Heilige Woche, Woche zwischen Palmsonntag u. Ostern, bei allen christl. Konfessionen dem Gedächtnis des Leidens Christi gewidmet.

Karyaí, *Karyä* [neugriech. kar'jä], nordgriech. Ort auf der Halbinsel Athos, Verwaltungsort der Mönchsrepublik Athos, 430 Ew.; Protatonkloster mit Kirche.

Karyatide [die; grch.], eine anstelle von Säule oder Pfeiler in den Bau eingeordnete weibl. Figur; bes. bekannt die K.n am →Erechtheion, mit faltenreichem Peplos u. korbartigem Kapitell auf dem Kopf.

Karyogamie [grch.], *Kernverschmelzung*; der eigentl. Befruchtungsvorgang, d.h. die Verschmelzung der Kerne von Ei- u. Samenzelle; →Befruchtung.

Karyokinese [die; grch.], indirekte →Kernteilung.

Karyolymphe [die; grch.], Flüssigkeit im →Zellkern.

Karyon [das; grch.] = Zellkern.

Karyopse [die; grch.], nußähnl. Schließfrucht der Gräser, bei der Fruchtwand u. Samenschale miteinander verwachsen sind; z.B. Getreidekörner. – Ⓑ→Früchte.

Karzer [der; lat. *carcer*, „Gefängnis"], früher der Arrestraum höherer Schulen u. Universitäten; auch Freiheitsstrafe.

karzinogen [grch.], *kanzerogen*, krebsauslösend, krebserzeugend; man unterscheidet chemische k.e Schädlichkeiten (k.e Stoffe), wie z.B. Pech, Anilin, Benzpyren, Buttergelb, von physikalischen k.en Schädlichkeiten, wie z.B. ionisierenden Strahlen.

Karzinom [das; grch.], *Carcinom, Carcinoma, Krebs*, ursprüngl. nach *Hippokrates* alle nicht heilenden Geschwüre, heute Bezeichnung für bösartige Deckgewebsgeschwülste (→Krebs).

Kasachen, *Kasaken*, einst nomadisches, zur Seßhaftigkeit übergehendes Turkvolk im Steppengebiet der Kasachischen SSR in der südl. Sowjetunion (4 Mill.), in China (600000) u. der Mongol. Volksrepublik (42000), insges. 4,6 Mill. (1,3 Mill. fielen der Zwangskollektivierung zum Opfer oder wanderten nach Sinkiang aus, von wo sie letzthin z.T. zurückkehrten); 1465/66 von den *Usbeken* abgetrennt; Tracht der turkmenischen ähnlich; in Jurten wohnend; früher in Adel („Weiße Knochen") u. Gemeine („Schwarze Knochen") sowie in Völker, Stämme, Geschlechter u. Sippen eingeteilt, Gliederung in die Große, Mittlere u. Kleine Horde, davon getrennt die Bukejewsche Horde.

Kasachensteppe, früher auch *Kirgisensteppe*, 1,75 Mill. qkm umfassendes Steppenland im Innern Kasachstans. Dem auf fruchtbaren Schwarzerdeböden entstandenen Neulandgebiet im N schließt sich die als Weide genutzte Trockensteppe der Kasachischen Schwelle an mit zahlreichen abflußlosen Salzseen u. weiter im S die Wüstensteppe Westturkistans, in der durch Bewässerung Oasen für den Baumwollanbau geschaffen wurden.

kasachische Sprache, in der Kasach. SSR gesprochene Turksprache.

Kasachische SSR, *Kasachstan*, zweitgrößte Unionsrepublik der Sowjetunion, in Mittelasien, erstreckt sich vom Kasp. Meer bis zum Altai; 2715100 qkm, 14,3 Mill. Ew. (davon 51% in Städten), in 16 Oblaste gegliedert, Hptst. *Alma-Ata*; größtenteils eben, im W Tiefland (*Kaspische u. Turanische Senke*), im zentralen Teil die bis 1559 m ansteigende *Kasachische Schwelle* mit zahlreichen abflußlosen Salzseen (größter: Balchaschsee), nur im O einzelne Hochgebirgszüge; trockenes Kontinentalklima, größere Flüsse (Irtysch, Ili, Syrdarja, Ural) nur in den Randgebieten; im nordkasach. Neulandgebiet auf fruchtbaren Schwarzerdeböden Weizen-, Hirse u. Sonnenblumenanbau mit Fleisch- u. Milchviehzucht, auf den Weiden der Trockensteppen u. Halbwüsten Fleisch-Wollviehwirtschaft, im Bewässerungsbereich der Flüsse im S Anbau von Baumwolle, Reis, Zuckerrüben, Tabak, Obst u. Wein; in den Städten Verarbeitung landwirtschaftl. Rohstoffe, Hüttenwerke u. Maschinenfabriken u. Bergbau; reiche Bodenschätze: Kohlen (bes. bei Karaganda), Erdöl (im Embagebiet), Erdgas, Kupfer, Blei, Zink, Silber, Eisen, Nickel, Mangan, Chrom, Molybdän, Antimon, Gold, Bauxit, Asbest, Titan, Vanadium, Cadmium, Phosphorit u. Salz. Steigende Energieerzeugung (1/4 Wasser-, 3/4 Wärmekraftwerke); Verkehrsnetz im Ausbau. – 1920 als *Kirgisische ASSR* innerhalb der RSFSR errichtet; 1924 bei Aufgliederung Westturkistans in die Kasach. ASSR umgebildet, seit 1936 SSR. – Ⓑ →Sowjetunion (Wirtschaft und Verkehr).

Kasack [der; frz., „Kosakenbluse"], im 17. u. 18. Jh. Überrock der Galauniform der Gardetruppen europ. Fürsten, seit dem 19. Jh. dreiviertellanges Frauenobergewand, das über dem Rock getragen wird.

Kasack, Hermann, Schriftsteller, *24. 7. 1896 Potsdam, †10. 1. 1966 Stuttgart; seit 1920 Lektor der Verlage Kiepenheuer, S. Fischer, Suhrkamp, 1953–1963 Präs. der Dt. Akademie für Sprache u. Dichtung in Darmstadt. Sein Roman „Die Stadt hinter dem Strom" 1947 war ein Hptw. der Nachkriegsliteratur. Erzählungen: „Der Webstuhl" 1949; „Fälschungen" 1953. Lyrik: „Das ewige Dasein" 1943; „Aus dem chines. Bilderbuch" 1955; „Wasserzeichen" 1964. Essays: „Mosaiksteine" 1956.

Kasai, **1.** Name von zwei Provinzen am Fluß K. in Zaire (Zentralafrika): *West-K.*, Hptst. *Kananga*, mit 2,4 Mill. Ew., u. *Ost-K.*, Hptst. *Mbuji-Mayi*, mit 1,9 Mill. Ew., zusammen 325200 qkm; Verarbeitung von Baumwolle u. Ölpalmprodukten, Gewinnung von Diamanten u. Gold.

2. *Kassai*, linker Nebenfluß des Kongo, 1950 km, entspringt im östl. Hochland von Bié (Angola), bildet auf etwa 500 km Länge die Grenze zwischen Angola u. Zaire, mündet mit dem Unterlauf *Kwa* bei Kwamouth, wegen vieler Stromschnellen (Wissmann-, Pogge-Fälle) kaum schiffbar. Nebenflüsse, rechts: Lulua, Sankuru, Lukenie; links: Kwilu, Kwango.

Kasaiplüsche, bestickte Raphiagewebe der *Kuba*.

Kasaken →Kasachen.

Kasakow, **1.** Jurij Pawlowitsch, sowjetruss. Schriftsteller, *8. 8. 1927 Moskau; gestaltet in lyrischen Kurzgeschichten, die hauptsächl. im russ. Norden spielen, Einzelschicksale in suggestiv empfundenen Episoden; dt. Sammelband „Musik bei Nacht" 1963.

2. Matwej Fjodorowitsch, russ. Architekt, *1738 Moskau, †26. 10. 1812 Rjasan; ab 1751 mit W. J. *Baschenow* an der Bauschule des Fürsten Dimitrij Uchtomskij in Moskau ausgebildet; entwickelte, vom Barock der Epoche Katharinas II. ausgehend, einen individuellen Klassizismus, den *„Kasakowschen Stil"*. Hptw.: Senatsgebäude im Kreml, 1776–1787.

Kasama, Prov.-Hptst. im nördl. Sambia (Afrika), 9000 Ew.; landwirtschaftl. Handel, Straßenknotenpunkt.

Kasan, Hptst. der Tatar. ASSR (Sowjetunion), an der Mündung der *Kasanka* in den Kujbyschewer Stausee (Wolga; Hafen). 920000 Ew.; Kreml, Kathedralen; Universität (gegr. 1804) u.a. Hochschulen, Museen, mehrere Theater, Philharmonie; Industrie- u. Handelszentrum mit Maschinen-, insbes. Landmaschinen- u. Waggonbau, Werftanlagen, feinmechan. (Kinoprojektoren-), Nahrungsmittel-, Tuch- u. Konfektionsindustrie, Pelz- u. Lederverarbeitung, Seifensiedereien, Herstellung von synthet. Kautschuk, Papiererzeugung, Sägemühlen, Baustoffproduktion (Ziegel, Glas, Gips); Wärmekraftwerk; Verkehrsknotenpunkt. – Gegr. 1437 als Hptst. des Tatarenkhanats K., 1552 von Iwan IV. erobert.

Kasanlâk [-'lək], Stadt in Bulgarien, südöstl. vom Schipkapaß, 45000 Ew.; Rosenzucht, Herstellung von Rosenöl; Textil-, Konserven- u. Metallindustrie; Thrak. Grabmal aus der Zeit um 300 v. Chr.

Kasantsakis →Kazantzakis.

Kasaoka, japan. Stadt in Südhonschu an der Inlandsee, 70000 Ew.; Ölraffinerie; in einem Zitrusfruchtanbaugebiet.

Kasavubu, Joseph, afrikan. Politiker in Kongo-Kinshasa (heute Zaire), *1910 Tshela, †24. 3. 1969 Boma; Absolvent eines kath. Priesterseminars, später Verwaltungsangestellter; 1955 Führer der kulturellen Organisation des Bakongo-Volks, *ABAKO*; 1958 Bürgermeister einer Vorstadt von Léopoldville. Als Sprecher der föderalist. Parteien-Koalition wurde K. 1960 Staats-Präs. des unabhängig gewordenen ehem. belg. Kongo. Nach kurzer Zusammenarbeit mit Min.-Präs. P. *Lumumba* entließ er diesen im gleichen Jahr. Immer seltener nahm er später an der aktiven Politik teil. 1965 setzte General J. *Mobutu* ihn ab.

Kasbah [die; arab., „Festung, Burg"], Bez. für burgartige Bergdörfer der Berber im Atlasgebiet, bes. an Pässen, auch für die arab. beeinflußten Altstädte der nordafrikanischen Städte.

Kasbegi, Alexander = Kazbegi, Alexandr.

Kasbek, einer der höchsten Gipfel des *Kaukasus*, 5047 m, stark vergletscherter erloschener Vulkan nahe der Grusin. Heerstraße.

Käsch [das; drawid., portug., engl.], *Cash*, **1.** Gewicht u. Münze in Ostasien; 1 K. = 37,8 mg.

2. ursprüngl. der kleinste ostindische Münzwert, später bis 1913 die gängige chinesische Kupfermünze, viereckig gelocht.

Kascha [die; russ.], Grütze (Brei), bes. aus Buchweizen u. Hirse, auch aus Weizen, Gerste oder Kartoffeln.

Kaschan, iran. Stadt nördl. von Isfahan, 60000 Ew.; Handelszentrum; Teppichgewerbe, Wein- u. Gartenbau, Seiden- u. Baumwollindustrie, Kupfer- u. Porzellanwarenfertigung.

Kaschani, Ajatollah Saijid Abolghassem, iranischer religiöser Führer u. Politiker, *um 1885 Nadjaf (Irak), †15. 3. 1962 Teheran; gründete 1948 die seit 1953 verfolgte religiös-polit. Bewegung *Fedaijane Islam* („Streiter für den Islam"), unterstützte Min.-Präs. M. Mossadegh im Ölkonflikt, später dessen Gegner.

Kaschau, slowak. *Košice*, ungar. *Kassa*, Hptst. des Východoslovenský Kraj, Ostslowakei (16179 qkm, 1250000 Ew.), 185000 Ew.; got. Kathedrale (15. Jh.), Universität (gegr. 1657), Pädagog. u. Medizin. Hochschule; Hüttenindustrie, Maschinenbau, Brauereien. – Stadt seit 1241, Handelsort; gehörte bis 1918 u. 1938–1945 zu Ungarn.

Kaschauer, Jakob, Bildhauer, †vor 1463; seit 1429 an der Dombauhütte St. Stephan, Wien, tätig; Hauptvertreter des „Weichen Stils". Hochaltar des Freisinger Doms, heute Bayer. Nationalmuseum, München.

Kaschghar, *Kashghar*, chin. *Schufu*, *Shufu*, chines. Stadt in der Autonomen Region Sinkiang-Uigur, im westl. Tarimbecken, 100000 Ew.; Haupthandelsplatz der Oase von K. (rd. 400000 Ew.) u. Verkehrsknotenpunkt (bes. für den Karawanenverkehr); Nahrungsmittelindustrie, Kunsthandwerk.

kaschieren [frz.], **1.** *allg.:* verbergen, verstekken; überdecken.

2. *Papierherstellung:* Papierbahnen zwei- u. mehrfach übereinanderkleben; auch bedruckte oder unbedruckte Metall-, Zellglas- oder Kunststoffolien ein- u. zweiseitig bekleben sowie das bedruckte u. unbedruckte Papier u. Kartons mit Kaschierlacken u. flüssigen Kunststoffen beschichten. Das K. erfolgt in *Kaschiermaschinen*, in die das Material meist in Rollen eingebracht u. nach dem K. wieder auf Rollen gewickelt wird. Anwendung für Buch- u. Katalogeinbände, Verpackungen (z.B. Milchbeutel) u.a.

3. *Textiltechnik:* zwei übereinandergelegte Gewebebahnen oder dgl. mit Hilfe von Klebemitteln, z.B. Gummi, u. Bearbeitung auf einem Doublierkalander miteinander verbinden.

Kaschifi, Husain Wais, pers. Prosaist, †1505 Herat; überarbeitete die Erzählungssammlung *„Kalila u. Dimna"* unter dem Titel *„Die Lichter des Kanopus"*.

Kaschiri, bierähnliches Getränk aus *Mandioka* bei südamerikan. Indianern.

Kaschiwa, japan. Stadt in Honschu nordöstl. von Tokio, 150000 Ew.; in einem Stahlindustrie- u. Erdgasgebiet.

Kaschiwazaki, japan. Hafenstadt in Nordwesthonschu, westl. von Nagaoka, 76000 Ew.; Erdöl- u. Erdgasförderung, Ölraffinerie; Thermalquellen.

Kaschka-Darja-Oblast, Verwaltungsgebiet im S der *Usbek. SSR*, vom Kaschka-Darja durchflossen, der nach unregelmäßiger Wasserführung versiegt; 28400 qkm, 802000 Ew., Hptst. *Karschi*; in Flußnähe Bewässerungsfeldbau mit Baumwoll-, Obst- u. Weinkulturen, auf den Weiden der Halbwüsten im W Karakulschafzucht, Fleisch- u. Wollviehwirtschaft, im höher gelegenen östl. Teil Getreideanbau.

Kaschkai, *Kaschgai*, mongol. Nomadenstamm (Schafhirten) mit Turksprache im S Irans, 300000 Menschen.

Kaschmir [der], Gewebe aus Kaschmirwolle (meist in Köper), jedoch auch weiche, matt glänzende Stoffe aus feinem Woll-Kammgarn, Halbseide oder Seide *(Seiden-K.)*.

Kaschmir, ehem. Himalayafürstentum (bis 1952), seit 1947 zwischen der Indischen Union u. Pakistan umstritten u. aufgeteilt. Beide Staaten betrachten das ganze Land als ihr rechtmäßiges Eigentum. K. hat eine Fläche von 222870 qkm u. 5,9 Mill. Ew. (überwiegend islam. Kaschmiri u. tibet. Stämme). Zum ind. besetzten Gebiet (amtl. *Jammu and Kashmir)* gehören 138982 qkm mit 4,6 Mill. Ew. Der pakistan. besetzte Teil (83888 qkm, 1,3 Mill.

Kaschmir: Wohnboote auf dem Jhelum in Shrinagar

Ew., Hauptort *Muzaffarabad*) wird als *Azad Kashmir* („Freies K.") bezeichnet. Als Hptst. gilt das auf ind. Gebiet liegende *Shrinagar*.
K. besteht aus den Gebieten von *Punch* u. *Jammu* im Himalayavorland, dem Vorgebirgszug *Pir Panjal*, dem Tal von K. am *Jhelum*, der Kernlandschaft, *Indus-Kohistan* mit *Gilgit*, dem Haupthimalaya mit dem *Nanga Parbat*, dem *Karakorum* u. den zwischengelagerten Landschaften *Baltistan* u. →Ladakh. In den fruchtbaren, klimatisch geschützten Tälern, vor allem dem „Tal" von K., werden Reis, Mais, Weizen, Ölfrüchte, Obst, Gewürze angebaut; in höheren Lagen werden Viehzucht u. Waldwirtschaft betrieben. Die langhaarigen Ziegen liefern Wolle für den Export. Berühmt sind die Schals u. Teppiche aus dieser Wolle. Sowohl von Indien als auch von Pakistan wurden in jüngster Zeit neue Straßen gebaut. – 🗎 6.6.4.
Geschichte: Als ursprüngl. buddhist. Land wurde K. bis 1346 von Hindukönigen, dann von islam. Herrschern regiert u. 1586 dem Mogul-Reich eingegliedert. 1756 gehörte K. in den Bereich des afghan. Durrani-Herrschers Ahmed Schah, 1819 des Sikh-Herrschers des Pandschab, Rangit (Ranjit) Singh, bis es 1846 unter brit. Oberhoheit kam. Bei der Teilung Brit.-Indiens 1947, die nach Religionszugehörigkeit erfolgte, wurde K. zum Streitobjekt, weil der hinduist. Maharadscha *Hari Singh* den Anschluß des überwiegend islam. Lands an die Indische Union erklärte; im darauffolgenden K.-Konflikt besetzte Indien 60%, Pakistan 40% des Lands. 1949 wurde von den UN eine Demarkationslinie ausgehandelt. Trotzdem kam es immer wieder zu Zusammenstößen. Die vorgesehene Volksabstimmung fand nicht statt. Weder Verhandlungen noch militärische Auseinandersetzungen (indisch-pakistanischer Krieg 1965) haben bisher zu einer Lösung der Kaschmirfrage geführt.

Kaschmiri, eine in Kaschmir (Nordindien) von rd. 2 Mill. gesprochene neuind. Sprache, die Elemente des Iranischen u. des Sanskrit enthält.

Kaschmirziege, Ziegenrasse, im Himalayagebiet u. z. T. auch in Frankreich als Haustier gehalten; liefert feine, weiche, seidenglänzende Haare für Kaschmirgarn.

Kaschnitz, Marie Luise, eigentl. Freifrau von K.-Weinberg, Schriftstellerin, * 31. 1. 1901 Karlsruhe, † 10. 10. 1974 Rom; Witwe des Archäologen G. Frhr. von K.-Weinberg; dichtete im Widerstreit von sensiblem Formempfinden u. kühnem Experimentieren, von fast resignierender Skepsis u. christlicher Humanität. Lyrik: „Totentanz u. Gedichte zur Zeit" 1947; „Zukunftsmusik" 1950; „Ewige Stadt" 1952; „Dein Schweigen – meine Stimme" 1962; „Ein Wort weiter" 1965; „Überallie. Ausgewählte Gedichte 1928–1965" 1965.

„Hörspiele" 1962. Erzähltes: „Liebe beginnt" 1933; „Lange Schatten" 1960; „Ferngespräche" 1966; „Steht noch dahin" 1970. Essays: „Griech. Mythen" 1943. Autobiographisches: „Das Haus der Kindheit" 1956; „Wohin denn ich" 1963; „Tage, Tage, Jahre" 1968. Werkauswahl „Nicht nur von hier u. heute" 1971.

Kaschnitz-Weinberg, Guido Frhr. von, Archäologe, * 28. 6. 1890 Wien, † 1. 9. 1958 Frankfurt a. M.; Prof. in Königsberg, Marburg u. Frankfurt a. M. (1940), Direktor des Dt. Archäolog. Instituts in Rom (1953–1956). „Sculture del Magazzino del Museo Vaticano" 1936; „Die mittelmeerischen Grundlagen der antiken Kunst" 1941; „Bildnisse Friedrichs II. von Hohenstaufen" 1954/55; „Röm. Kunst I–IV" 1961–1963; „Ausgewählte Schriften" 1965.

Kaschuben, slaw. Volksstamm im NO Pommerns u. in Pommerellen *(Kaschubei)* mit eigener Sprache u. Sitte; z. Z. rd. 200000 (Schätzung); in Pommern weitgehend an die ehem. dt. Bewohner assimiliert.

kaschubische Sprache, eine westslaw., von den *Kaschuben* gesprochene Sprache zwischen Persante u. unterer Weichsel; gelegentl. als poln. Dialekt angesehen.

Kaschunüsse = Cashewnüsse; →auch Acajou.

Käse, ein Erzeugnis der Milch, in dem aus dieser durch Zusatz von Lab *(Lab-, Süßmilch-K.)* oder Milchsäurebakterien *(Sauermilch-K.)* der K.stoff ausgefällt u. diese Masse *(Bruch, Quark)* weiterbehandelt wird. Die verbleibende Flüssigkeit ist die *Molke.* Der Käsereimilch können Rahm, Magermilch oder Molke zugesetzt werden. Nach Zusatz von Salz, Gewürzen, K.farbe – bei Weich-K. mit Schimmelbildung auch Reinkulturen von Schimmelpilzen u. Bakterien – erfolgt die Formung, sodann die Reifung (eine Art Gärung) in K.kellern, die auf einer bestimmten Temperatur gehalten werden. Der K. befindet sich während dieser Zeit in Formen, in denen sich der *Weich-K.* bleibt, bis er seine Form behält, während *Hart-K.* unter besonderen Pressen eine festere Konsistenz erhält u. dadurch haltbarer wird. 100 kg Milch ergeben ca. 7 kg Hart- oder 20 kg Weichkäse. – 🗎 1.2.1.

Die Vielfalt der K.sorten erschwert eine eindeutige Einteilung. Im Handel unterscheidet man K. nach dem Fettgehalt (in %) der Trockenmasse:

Doppelrahmkäse	60%
Rahmkäse	50%
Vollfettkäse	45%
Fettkäse	40%
Dreiviertelfettkäse	30%
Halbfettkäse	20%
Viertelfettkäse	10%
Magerkäse	unter 10%

Käsefliege, *Piophila casei,* etwa 4–5,5 mm lange Fliege aus der Familie der *Piophilidae,* deren ca. 10 mm lange Larven *(Käsemaden)* sich im Käse entwickeln u. sich durch ruckartiges Schnellen aus gekrümmter Körperhaltung fortbewegen. Die Maden sind widerstandsfähig, können im Darm weiterleben u. dort Entzündungen verursachen.

Kasein, *Käsestoff,* phosphorhaltiges Proteid, das aus der Milch mit Säuren oder Fermenten ausgefällt werden kann (Quark). In Kuhmilch zu etwa 3% in Form des Calciumsalzes. Verwendung zur Herstellung von Käse, Lanital, Kunststoffen (→Galalith), Klebstoffen, Leimen u. Anstrichen (K.farben).

Kaseinfarben, Farben, deren Bindemittel Kasein ist; für die →Kaseinmalerei u. zur Lederbemalung.

Kaseinfaser, *Milchwolle,* künstliche Faser aus Milcheiweiß.

Kaseinkunststoffe, aus Kasein durch Härtung mit Formaldehyd hergestellte Kunststoffe, z. B. →Galalith.

Kaseinmalerei, Malerei mit Kaseinfarben auf trockenem Mauerputz *(Seccotechnik),* wurde statt der *Freskomalerei* seit dem 14. Jh. teilweise angewandt, da die Kaseinfarbe langsamer u. weniger aufhellend trocknet u. widerstandsfähiger bei Feuchtigkeit ist.

Käseklee →Bockshornklee.

Kasel [die; lat.], liturgisches Obergewand des kath. Priesters beim Vollzug der Meßfeier.

Käsemagen, *Labmagen,* Teil des Wiederkäuermagens. →Wiederkäuen, →auch Magen. – 🅱 →Huftiere II.

Käsemann, Ernst, ev. Theologe, * 12. 7. 1906 Bochum-Dahlhausen; seit 1959 Professor für N.T. in Tübingen; Vertreter einer kritischen Bibelwissenschaft. Hptw.: „Exegetische Versuche u. Besinnungen" 2 Bde. 1960 u. 1964; „Der Ruf der Freiheit" 1968.

Kasematte [die; frz.], **1.** *Marine:* auf Kriegsschiffen gepanzerte Stellung für mittlere u. leichte Geschütze. Die K.n beeinträchtigten den Schwenkbereich der Geschütze u. verschwanden daher nach dem 1. Weltkrieg zugunsten von drehbaren Turmlafetten.
2. *Wehrtechnik:* in Festungen u. Forts Raum aus Mauerwerk mit bombensicherer (aus Gewölben hergestellter) Decke, zur Unterbringung ruhender Mannschaften oder von Material.

Käsemilben, *i. e. S.* die auf u. in Käse, selten auch Rauchfleisch, Schinken u. Wurst lebenden Vorratsmilben *Tyrophagus casei* u. *Tyrophagus dimidiatus var. longior,* von denen bis zu 2000 Individuen je cm² gezählt wurden; *i. w. S.* alle Milben, die auf Käse angetroffen werden.

Käsepappel →Malve.

Kaserne [frz.], zur ortsfesten, dauernden Unterbringung von Truppen eingerichtete Anlage mit Wohn-, Stabs- u. Wirtschaftsgebäuden, Hallen für Großgerät, Waffen u. Fahrzeuge, Sportanlagen, Lehrsälen, Sanitätsbereich u. a.

Kasernierte Volkspolizei, Abk. *KVP,* im Frühjahr 1948 in der SBZ aufgestellte Bereitschaftspolizei; nach dem Muster der Sowjetarmee aufgebaut u. bewaffnet; am 18. 1. 1956 in →Nationale Volksarmee der DDR umbenannt.

Kasi-Magomed, früher *Adschikabul,* Stadt in der Aserbaidschan. SSR (Sowjetunion), in der Kuraniederung, 17 000 Ew.; Fleischwarenfabriken, Wollaufbereitung.

Kasimir [poln., „Friedensstifter"], männl. Vorname; poln. *Kazimierz.*

Kasimir, Heiliger, Sohn Kasimirs IV. von Polen, * 5. 10. 1458, † 4. 3. 1484 Wilna; Patron von Polen u. Litauen. Fest: 4. 3.

Kasimir, *Kazimierz,* poln. Fürsten: **1.** *K. I. Restaurator (Odnowiciel),* Herzog 1036–1058, * 25. 7. 1016, † 24. 10. (oder 28. 11.) 1058; aus der Piastendynastie, zuerst unter Vormundschaft seiner Mutter Richeza (schwäb. Herzogstochter), 1037 vertrieben, kehrte mit dt. u. ungar. Hilfe als dt. Vasall 1039 zurück. K. unterwarf 1047 Masowien u. gewann 1054 Schlesien von Böhmen zurück. Er verlegte die poln. Hauptstadt nach Krakau.
2. *K. II., K. der Gerechte (Sprawiedliwy),* 1166 Herzog von Wiślica, 1177 Senior von Polen, 1186–1194 Herzog von Sandomir u. Masowien, * 1138, † 5. 5. 1194; aus der Piastendynastie, stützte sich vor allem auf die Kirche, der er 1180 in Łęczyca die ersten Privilegien verlieh, u. erzielte die ersten Erfolge zur Überwindung der teilfürstl. Zersplitterung Polens.
3. *K. III., K. d. Gr. (Wielki),* König 1333–1370,

Kasino

*30. 4. 1310 Kowal, Kujawien, †5. 11. 1370 Krakau; verzichtete 1335 auf dem Kongreß zu Visegrád (Ungarn) auf die Hoheit über Schlesien zugunsten Böhmens, überließ dem Deutschen Orden 1343 das Kulmer Land u. Pommerellen. Der Erwerb Galiziens u. eines Teils von Wolynien (1340–1349) leitete eine neue, nach Osten gerichtete Politik Polens ein. Im Innern markieren Förderung des Städtewesens (u. a. auch durch Aufnahme von Deutschen u. Gewährung dt. Stadtrechts), Schutz der Juden, Gründung der Universität Krakau (1364), die erste Kodifizierung poln. Rechts u. a. K.s erfolgreiche Herrschaft. Mit ihm starben die dt. *Piasten* in der königl. Linie aus.

4. K. IV., der Jagiellone (*Jagiellończyk*), König 1447–1492, *30. 11. 1427 Krakau, †7. 6. 1492 Grodno; Sohn Jagiełłos, seit 1440 Großfürst von Litauen, erlangte 1466 in 2. Thorner Frieden vom Deutschen Orden Westpreußen u. die Lehnshoheit über das Ordensland Preußen.

Kasino [das; ital.], „herrschaftl. Haus", **1.** italien. Landhaus in großem Garten. **2.** Vergnügungsstätte. **3.** Speiseraum. **4.** Offiziersheim, →Offizierskasino.

Kaskade [die; ital., frz.], **1.** *Geographie:* kleiner (natürl. oder künstl.) →Wasserfall über mehrere Stufen. **2.** *Kleinkunst:* Feuerwerk in Form eines Wasserfalls. **3.** *Technik:* hinter- bzw. übereinandergeschaltete völlig gleich gebaute Arbeitsapparate. K.n werden häufig in der chem. Industrie verwendet. →auch Kaskadenschaltung. **4.** *Zirkus:* artistischer Sprung, auch Salto mortale, meist absichtl. ungeschickt aussehender Sturz vom Pferd u. ä., ausgeführt durch *Kaskadeure.*

Kaskadengebirge, *Cascade Range,* rd. 900 km langes Hochgebirge im W der USA, nördl. Fortsetzung der Sierra Nevada, im O vom Great Basin begrenzt, im W von der Küstenkette durch die Willamette-Pugetsund-Senke getrennt, im N stark vergletscherte Vulkane; *Mount Shasta* 4317 m, *Mount Rainer* 4392 m, *Mount Hood* 3421 m.

Kaskadenschaltung, 1. *Elektrotechnik:* Hintereinanderschaltung gleichartiger elektr. Geräte zur Vervielfachung der Einzelleistung; z. B. K. von Transformatoren, wobei ein Transformator seine (hohe) Sekundärspannung an einen zweiten u. dieser sie evtl. an einen dritten gibt; in Prüfschaltungen verwendet. Auch bei elektr. Maschinen benutzt, wobei z. B. zwei Generatoren auf der gleichen Welle sitzen u. der eine die Erregerleistung für den zweiten liefert; bes. geeignet, wenn eine genaue Regelung der Drehzahl notwendig ist. **2.** *Hochenergiephysik:* elektr. Gleichrichterschaltung, bei der mehrere Gleichrichterröhren u. Kondensatoren hintereinandergeschaltet werden; hierdurch wird die Wechselspannung gleichgerichtet u. gleichzeitig vervielfacht. Diese Schaltung, *Greinacher-Schaltung,* wurde 1921 von dem Schweizer Physiker H. *Greinacher* (*31. 5. 1880) angegeben. Sie ist die Grundlage der *Greinacher-Kaskadengeneratoren.* Diese Geräte wurden für Spannungen bis zu 3 Mill. Volt gebaut u. dienten als Vorschaltgerät von Teilchenbeschleunigern; sie wurden später z. B. durch Zyklotrone ersetzt.

Kaskadenstrahlung, ein Anteil der →Höhenstrahlung; besteht aus Elektronen u. Positronen sowie elektromagnet. Strahlungsquanten (Gammaquanten), die eng gebündelt in Teilchenschauern fliegen.

Kasko [der; span.], Schiffskörper u. Zubehör im Unterschied zur Schiffsladung.

Kaskoversicherung, Versicherung der Beförderungsmittel (Schiffe, Kraftfahrzeuge u. a.) gegen Schäden. →auch Kraftfahrzeugversicherung.

Käsmark, slowak. *Kežmarok,* ung. *Késmárk,* Stadt in der Mittelslowakei, Zentrum der *Zips,* südl. der Hohen Tatra, 10 200 Ew.; Textilindustrie. Im 12. Jh. von Deutschen gegr., hatte bis 1945 starken dt. Bevölkerungsanteil; Burg, got. Kirche (15. Jh.) u. a. histor. Bauten.

Käsong, *Kaesong, Kaidsche, Shoto,* Stadt in Nordkorea, nordwestl. von Soul, 140 000 Ew.; bedeutende Textilindustrie; Bahnknotenpunkt. – Hptst. der Koryo-Dynastie 935–1392.

Kaspar-Hauser-Versuch [nach dem Findelkind K. *Hauser*], wichtigstes Experiment der Verhaltensforschung zum Beweis angeborener Verhaltensweisen. Dabei werden Tiere isoliert aufgezogen. Ihr gezeigtes Verhalten kann nicht auf Lernen beruhen, es muß angeboren sein. Schallisoliert aufgezogene Grasmücken zeigen dennoch ihren arttypischen Gesang, ebenso brauchen Lachtauben bei der Fütterung ihrer Jungen nicht zu lernen oder Eichhörnchen das Verstecken ihrer Nahrung. →Erbkoordination. – □9.3.2.

Kasper, *Kasperl, Kasperle,* Gestalt des Puppenspiels; 1781 als lustige Bühnenfigur von dem Wiener J. *Laroche* nach dem Muster des *Hanswurst* geschaffen, mit derbem Humor u. Mutterwitz ausgestattet; gibt dem Handpuppenspiel den Namen (*Kasperle-Theater*). In anderen Ländern gab u. gibt es ähnliche Gestalten: in England *Punch,* in Rußland *Petruschko,* in Indien *Vidusaka.*

Kasperle-Theater →Handpuppenspiel.

Kaspisches Meer, *Kaspisee,* russ. *Kaspijskoje More,* größter Binnensee der Erde, östl. des Kaukasus, 371 800 qkm, im Südteil bis 995 m tief, abflußlos; starke Verdunstung senkt den Wasserspiegel (28 m u. M.) stetig; relativ geringer Salzgehalt von wenigen ‰ (nur im östl. Kara-Bogas-Gol 30 %); einer der Hauptfischgründe der Sowjetunion (Stör, Zander, Rotauge, Plötze u. a.); die Schiffahrt umfaßt den Warenaustausch, Fahrgast-, Post- u. Bahnfährverkehr zwischen den angrenzenden Wirtschaftsräumen (u. a. nach Iran); die bedeutendsten Häfen sind *Baku* u. *Astrachan;* am südl. Westufer befinden sich ausgedehnte, reiche Erdöllager.

Kaspische Tore, lat. *Caspiae portae,* Engpaß in den Gebirgen am südl. Ufer des Kaspischen Meers, jetzt *Tengi Sardara.* Der Paß war im Altertum berühmt wegen seiner strateg. Bedeutung; über ihn führte der Verbindungsweg zwischen Medien einerseits, Armenien, Hyrkanien u. Parthien andererseits. Die Perser verschlossen ihn zeitweise mit eisernen Toren.

Kasprowicz [-vitʃ], Jan, poln. Lyriker u. Übersetzer, *12. 12. 1860 Szymborze bei Hohensalza, †1. 8. 1926 Harenda, Tatra; gilt als „Dichter der poln. Seele"; Gottsucher mit franziskan. Liebe zum Kreatürlichen; „Mein Abendlied" 1902, dt. 1905; „Vom heldenhaften Pferd u. vom einstürzenden Haus" 1906, dt. 1922.

Kassabuch →Kassenbuch.

Kassageschäft, ein Börsengeschäft in Wertpapieren oder Waren, bei dem Lieferung u. Zahlung dem Geschäftsabschluß unmittelbar folgen.

Kassák [ˈkɔʃʃaːk], Lajos, ungar. Lyriker, Erzähler u. Maler, *21. 3. 1887 Neuhäusel, †22. 7. 1967 Budapest; Arbeiterdichter u. expressionist. Avantgardist.

Kassala, Hptst. der sudanes. Provinz K. (341 000 qkm, 1,65 Mill. Ew.), im O des Landes nahe der äthiop. Grenze, 50 000 Ew.; landwirtschaftl. Handelszentrum (bes. Baumwolle u. Obst), Textil- u. a. Industrie, Flughafen.

Kassander, *Kassandros,* *um 350 v. Chr., †297 v. Chr.; ältester Sohn des *Antipater,* nahm an den Kämpfen um die Nachfolge *Alexanders d. Gr.* teil; seit 317 v. Chr. Herrscher von Makedonien.

Kassandra, auch *Alexandra,* nach der Sage Tochter des Trojanerkönigs *Priamos,* Seherin; da sie Apollon ihre Gunst versagte, bewirkte dieser, daß niemand ihren Weissagungen glauben sollte. Nach Trojas Untergang Beute Agamemnons u. als seine Geliebte von Klytämnestra erschlagen.

Kassascheck, ungebräuchl. gewordener Ausdruck für *Barscheck;* →Scheck.

Kassation [lat.], **1.** *Beamten- und Militärrecht:* (früher) strafweise Dienstentlassung. **2.** *Musik:* ein Musikstück, das, ähnlich wie die Serenade, ursprüngl. im Freien aufgeführt wurde. Diese volkstüml. Musizierform wurde von J. *Haydn* u. W. A. *Mozart* in die Kunstmusik übernommen. **3.** *öffentl. Recht:* Kraftloserklärung einer Urkunde.

Kaspisches Meer: Hafen von Baku

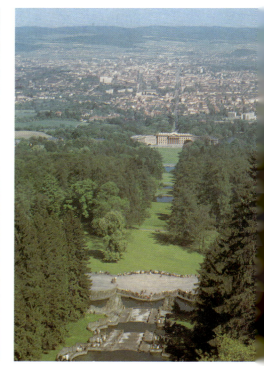

Kassel: in der Bildmitte Schloß Wilhelmshöhe

Kassiten: Grenzstein des Marduknasir; um 1100 v. Chr. London, Britisches Museum

4. *Strafrecht:* Aufhebung einer rechtskräftigen, aber unrichtigen Gerichtsentscheidung durch ein höheres Gericht (*K.sgericht, K.shof*), ohne daß dieses, wie z.B. bei der →Revision, in der Sache selbst entscheiden kann. Die K. dient nicht nur als Rechtsbehelf der Prozeßparteien, sondern auch u. vor allem als Mittel der Justizaufsicht der obersten Behörden der Staatsanwaltschaft im Interesse der Rechtseinheit u. der richtigen Rechtsanwendung. Die K. ist in Frankreich, Italien, Belgien u. Österreich möglich, in Dtschld. (erstmals wieder seit 1877) im Gebiet der DDR. – In Österreich entscheidet der Oberste Gerichtshof (bis 1918 *K.shof* genannt) über alle nach der StPO zulässigen Nichtigkeitsbeschwerden. – In der Schweiz bestehen in vier Kantonen selbständige *K.sgerichte* für Zivilsachen.

kassatorische Klausel [lat.] = Verfallklausel.

Kassave [die, indian.] = Maniok.

Kassel, Hptst. des hess. Reg.-Bez. K. (9550 qkm, 1,4 Mill. Ew.), an der Fulda (von hier an schiffbar), Stadtkreis 107 qkm, 200000 Ew.; Universität (Gesamthochschule; 1971), Hochschule für bildende Künste, Werkkunstschule; Bundesarbeitsgericht, Bundessozialgericht, Staatstheater, Gemäldegalerie, Hess. Landesmuseum (Antikensammlung u.a.), Naturkundemuseum im Ottoneum (ältestes dt. Theatergebäude), Dt. Tapetenmuseum, Brüder-Grimm-Museum; im W der Stadt Schloß *Wilhelmshöhe* (Ende 18. Jh.) mit prächtigem Park (bekannte Wasserkünste, Herkulessäule); vielseitige Industrie: Kraftfahrzeugbau, Maschinenbau (bes. Werkzeug- u. Baumaschinen), Herstellung landwirtschaftl., opt. u. geodät. Geräte, Metallwaren-, Elektro-, pharmazeut. u.a. Industrie. – Ldkrs. K.: 1292 qkm, 215000 Ew. Geschichte: K., bereits im 10. Jh. erwähnt, wurde im 13. Jh. durch die Landgrafen von Thüringen zur Stadt erklärt u. 1277 Residenzstadt der Landgrafen von *Hessen* (seit 1567 von *Hessen-K.*). Die Stadt wurde befestigt u. ständig vergrößert, 1615 durch Aufnahme von flüchtigen Niederländern, 1688 durch Ansiedlung von Hugenotten. 1806 rückten die Franzosen ein, K. wurde Hauptstadt des napoleonischen Königreichs *Westfalen* (unter König Jérôme) bis zur Einnahme durch den russ. General A. I. Fürst Tschernyschew u. die Verbündeten (1813), danach kehrte Kurfürst (seit 1803) Wilhelm I. (*1743, †1821) zurück, der sein Land (Kurhessen) 1806 verloren hatte. Wegen der Haltung der Fürsten u. der Finanzmisere im Land kam es in der Stadt 1830, 1831 u. 1848 zu Unruhen. Während des Dt. Kriegs 1866 wurde K. durch Preußen besetzt u. zur Hauptstadt der neugebildeten preuß. Provinz *Hessen-Nassau* (bis 1945) gemacht. 1970 Treffen zwischen Bundeskanzler W. Brandt u. DDR-Ministerrats-Vors. W. Stoph.

Kassem, *Qasim, Kasim*, Abd al-Karim, irak. Politiker, *1914 Bagdad, †9. 2. 1963 Bagdad (erschossen); 1955 General; führte 1958 den Staatsstreich gegen König Faisal II. u. proklamierte die Republik, wurde Min.-Präs. u. Verteidigungs-Min.; entwickelte sich zu einem entschiedenen Gegner des ägypt. Präs. Nasser. K. fiel einem Staatsstreich zum Opfer.

Kassenbuch, *Kassabuch*, 1. Grundbuch der Buchführung zur chronologischen Aufzeichnung der Kassenein- u. -ausgänge. 2. Kladde zur vorläufigen Eintragung von Bareinnahmen u. -ausgaben, die dann geordnet in die →Handelsbücher übertragen werden.

Kassenkurs, der Wert von nicht allg.-gesetzlichen Zahlungsmitteln gegenüber den öffentlichen Kassen.

Kassenprüfung, eine Revision, die sich auf die Kontrolle der baren Ein- u. Auszahlungen u. damit auch des Kassenbestands in Unternehmen oder Behörden bezieht.

Kassenschein, Papiergeld, das nur von Staatskassen in Zahlung genommen werden muß, während im übrigen die Annahme freigestellt ist, z.B. die *Reichs-K.e* von 1874 bis 1914.

Kassette [frz.], 1. *allg.:* Kästchen, Behälter zur Aufbewahrung von Geld, Schmuck u.a.; Karton zum Schutz von Büchern u. Briefpapier; lichtdichter Behälter für Photofilm (-Platte). 2. *Architektur:* vertieftes Feld in Kästchen unterteilten Halbtonne oder Flachdecke. Die K. kann quadratisch, rechteckig, sechsseitig oder rund, sie kann leer oder mit einem Ornament oder Gemälde geschmückt sein. Die *K.ndecke* war in Antike u. Renaissance bes. beliebt. Als K. bezeichnet man auch eine quadratische Deckenplatte, die als untergehängte Decke eingebaut wird.

Kassettenfernsehen, Sammelbez. für verschiedene audiovisuelle Systeme, bei denen die Ton- u. Bildträger in Kassetten untergebracht sind u. über geeignete Abspielvorrichtungen, in den meisten Fällen durch ein Fernsehgerät, wiedergegeben werden. Es gibt z.Z. fünf Systeme: Super-8-Schmalfilm, Electronic-Video-Recording (EVR), Holographie (Selecta-Vision), Video-Tape-Recording u. Bildplatte (Video-Platte). Das K. wird im Rahmen eines wachsenden multimedialen Bildungswesens an Bedeutung zunehmen. →auch audiovisuelle Medien.

Kassettenrecorder, ein →Tonbandgerät mit einlegbarer Kassette, enthält das bespielte (unbespielte) Tonband.

Kasside [die; arab.], arab., türk. u. pers. Gedichtform, die die Reimstellung des *Ghasels* für längere, ernstere Inhalte (Totenklagen, Kriegslieder) verwendet.

Kassie [-iɛ; die; hebr., grch., lat.], *Cassia*, Gattung trop. *Zäsalpiniengewächse.* Wichtig sind bes. die Lieferanten der als Abführmittel beliebten *Sennesblätter.* Zu nennen sind die afrikan. Arten: *Cassia angustifolia* (Tinevelly-Sennesblätter) u. *Cassia acutifolia* (Alexandrinische Sennesblätter). Die in Asien, Afrika u. Amerika kultivierte *Röhren-K., Cassia fistula*, entwickelt lange, dunkelbraune Röhrenfrüchte, die als *Manna* nach Europa gelangen u. hier als leichtes Abführmittel für Kinder Verwendung finden.

Kassierer [lat., ital.], kaufmännischer Angestellter (in Banken, Sparkassen, Warenhäusern u.a.), der in der Kassenabteilung eine leitende Stellung (*Kassenleiter*) oder eine ausführende Funktion hat; Ausbildung im Rahmen kaufmännischer Berufe. In der Verwaltung gibt es den *Kassier* (Mz. *Kassiere*) u. Kassenleiter (Beamter).

Kassiopeja, 1. *Astronomie:* Sternbild des nördl. Himmels. Die hellsten 5 Sterne bilden die Figur eines lat. W.
2. *griech. Mythologie:* Kassiope, griech. Sagengestalt, Mutter der *Andromeda;* wie diese u. *Perseus* als Sternbild an den Himmel versetzt.

Kassiopejum [das; grch.], *Cassiopeium*, veraltete Bez. für *Lutetium*.

Kassiten, *Kaschschu, Kossäer*, Grenzvolk des alten Babylonien in den Randgebirgen Irans, unbekannter Herkunft, den Elamitern u. Guti verwandt. Einzelne Namen ihrer Götter sprechen für eine Berührung mit den Indogermanen, vielleicht war auch ihre Führerschicht indogermanisch. Vom 17. Jh. v. Chr. an drangen die K. teils in friedl. Unterwanderung, teils mit Waffengewalt in Babylonien ein u. setzten sich unter eigenen Königen im NO des Landes fest. Nach einem Raubzug der Hethiter (um 1531 v.Chr.) gewannen sie das zerstörte Babylon u. brachten bis 1480 v. Chr. ganz Babylonien unter ihre Herrschaft, wobei sie unter den Einfluß der babylon. Kultur gerieten. Im 12. Jh. v.Chr. wurden die letzten K.-Könige in Babylon von der einheim. 2. Dynastie von Isin verdrängt. – ⌑ 5.1.9.

Kaßler, *Kaßler Rippenspeer* [nach dem Metzger *Kaßler*], gepökeltes u. geräuchertes Rippenstück vom Schwein, wird gekocht oder gebraten.

Kassner, Rudolf, österr. Kulturphilosoph, *11. 9. 1873 Groß-Pawlowitz, Mähren, †1. 4. 1959 Siders, Wallis; bereiste trotz einer schweren Lähmung große Teile der Welt; war Freund von R. M. Rilke, H. von Hofmannsthal, P. Valéry, W. B. Yeats; entfaltete in rd. 50 Schriften ein „physiognomisches Weltbild", das auf der gestaltenden Einbildungskraft beruht. „Der Tod u. die Maske" 1902; „Melancholia" 1908; „Zahl u. Gesicht" 1919; „Physiognomik" 1932; „Der Gottmensch" 1938; „Transfiguration" 1946; „Das neunzehnte Jahrhundert" 1947; „Die Geburt Christi" 1951; „Das inwendige Reich" 1953; „Der goldene Drachen" 1958. Übersetzungen (Plato, N. Gogol, L. N. Tolstoj, A. S. Puschkin, A. Gide). – *R. K.-Gesellschaft*, Wien, seit 1961.

Kastagnetten [kasta'njɛtən; span. oder ital., „kleine Kastanien"], Schalenklappern aus Hartholz, die zu zweit mit ihren Höhlungen gegeneinandergeschlagen werden, wobei sie mit dem Daumen an ihrer Verbindungsschnur gehalten u. mit den Fingern betätigt werden. Im Orchester verwendet man K. an einem Stiel, der geschüttelt wird. Heimat der K. sind Spanien u. Italien; in Spanien waren sie schon zur Römerzeit bekannt. Begleitinstrument zu Volkstänzen. Die Kunstmusik verwendet sie, um span. Kolorit zu erzielen (z.B. in „Carmen" von G. Bizet).

Kastalia, *Kastalische Quelle*, heilige Quelle am Parnaß bei Delphi, in die sich nach der Sage die gleichnamige Nymphe vor den Verfolgungen Apollons stürzte; diente den Besuchern von Delphi zur kultischen Reinigung; seit röm. Zeit galt sie als Musenquell.

Kastanie [grch., lat.], *Castanea*, Gattung der *Buchengewächse.* Die wichtigste Art ist die *Edel-K., Castanea sativa*, in Südeuropa, Algerien u. Kleinasien heimisch. Der bis 30 m hoch werdende Baum mit glänzendgrünem Laub kann sehr alt werden. Das harte u. feste Holz wird als Bau- u. Möbelholz verwendet. Die Früchte sind sehr geschätzt u. finden z.B. als *Maronen* im Konditorgewerbe Verwendung. Nicht verwandt ist die →Roßkastanie.

kastanienfarbige Böden, braune Steppenböden (Bodentyp) der hohen Mittelbreiten, unter semiariden, kontinentalen Klimabedingungen entstan-

Kastanie, *Castanea sativa*

den, mit geringem Humusgehalt, stärkerem Carbonatanteil, Gips u. Muttergestein in 1–2 m Tiefe; oft salzhaltig; bei Bewässerung ertragreich. Verschiedene Ausprägung je nach Humusgehalt u. Trockenheit: dunkle k.B., helle k.B., braune Halbwüsten- u. graubraune Wüstenböden (Flugsande, Takyre).

Kastanienpilz = Maronenpilz.

Kaste [die; lat., portug., frz.], eine Gemeinschaft von nur untereinander heiratenden Familien angeblich gleicher Abstammung, mit gleichem Brauchtum, gemeinsamem Namen u. meist gleichem Beruf. Sie findet sich bei Überschichtung stark voneinander abweichender Bevölkerungsteile, so im Sudan, bes. aber in Indien (dort *Dschat* genannt), wo es 2000–4000 K.n u. Unter-K.n gibt, die z.T nur in einzelnen Landesteilen vorhanden sind. Sie bilden ein ganzes System; es beruht auf der ständischen Gliederung der alten indogerman. Einwanderer: *Brahmanen* (Priester), *Kschatriyas* (Krieger, Adel), *Vaischyas* (Kaufleute), *Sudras* (unterworfene Bauern), zu denen noch die außerhalb stehenden *Parias* kommen. Ihrer Herkunft nach kennt man *Stammes-K.n (Santal, Radschputen), Berufs-K.n* oder Zünfte (*Dom*; Straßenkehrer), *Sekten-K.n (Lingayats)* u. *nationale K.n* (*Newar* in Nepal). Durch Vermischung, Berufsänderung, Wanderung u. Brauchtumsänderung entstanden neue K.n. Auch die Moslems u. Christen erlagen der K.nbildung, die für die Entwicklung Indiens sehr hinderlich war u. von M. Gandhi heftig bekämpft wurde. Die Unberührbarkeit zwischen Angehörigen verschiedener K.n wurde in der ind. Verfassung von 1948 nominell aufgehoben.

Kastell [das; lat.], befestigter Platz, röm. Truppenlager, im MA. kleine Burganlage.

Kastellan [lat.], ursprüngl. Burgvogt, jetzt Verwalter von Schlössern oder öffentl. Gebäuden.

Kastellaun, *Castellaun*, rheinland-pfälz. Stadt (Rhein-Hunsrück-Kreis), im Vorderen Hunsrück, 3200 Ew.; Sommerfrische; Viehmarkt, Bekleidungs- u. Lederindustrie.

Kasten, ein ursprüngl. schwed. Sprunggerät für Turner, kann durch einzelne Kastensätze erhöht oder erniedrigt werden.

Kasten, *Hoher K.*, schweizer. Berggipfel im Säntis, auf der Grenze der Kantone St. Gallen u. Appenzell-Innerrhoden, 1795 m.

Kastenspeiser, Spinnereivorbereitungsmaschine zum Auflösen u. Mischen des Faserguts u. zu geregeltem Beschicken der nachfolgenden Maschine oder Fördereinrichtung.

Kastenwagen →Kraftwagen.

Kastilien, span. *Castilla* [„Burgenland"], das zentrale Hochland (→Meseta) u. die histor. Kernlandschaft Spaniens, durch das *Kastil. Scheidegebirge* (in der *Sierra de Gredos* 2592 m) in die beiden Hochflächenlandschaften →Altkastilien u. →Neukastilien getrennt.

Geschichte: Um 750 erwarb König *Alfons I.* von Asturien Alt-K. Im 10. Jh. wurde K. selbständige Grafschaft; im 11. Jh. fiel es an Navarra, da die männl. Linie ausgestorben war. 1037 erbte *Ferdinand I.* von K. León. Nach Erbteilungen vereinigte *Alfons VI.* von León wieder das Gesamtreich u. vergrößerte es um die Gebiete von Navarra u. Neu-K. mit Toledo (1085). Thronstreitigkeiten führten 1157 zur Trennung von K. u. León. *Ferdinand III.* vereinigte sie 1230 wieder, eroberte Córdoba, Murcia, Jaén u. Sevilla (1236–1248); Granada wurde Vasallenstaat. K. u. León blieben nun ungeteilt. *Alfons X.* (1257 zum dt. König gewählt) eroberte Cádiz u. Cartagena. Im 14. Jh. kam die Dynastie *Trastamara* auf den kastil. Thron. Beginn der überseeischen Expansion K.s unter *Heinrich III.* (1390–1406) mit dem Erwerb der Kanar. Inseln. 1469 heiratete die kastil. Thronerbin *Isabella I.* den aragones. Kronprinzen *Ferdinand den Kath.*; nach der Thronbesteigung in ihren Reichen (1474 bzw. 1479) regierten sie K. gemeinsam. Die neue span. Monarchie vollendete die Einigung der Halbinsel (außer Portugal) durch die Eroberung Granadas (1492) u. Navarras (1512) u. dehnte ihren Besitz nach Afrika u. Übersee aus. – [L] 5.5.3.

kastilische Sprache →spanische Sprache.

Kastilisches Scheidegebirge, auch *Iberisches* oder *Hauptscheidegebirge* (span. *Cordillera Central*), ein 700 km langes Gebirgssystem in der Mitte der →Pyrenäenhalbinsel.

Kastler, Alfred, französ. Physiker, *3. 5. 1902 Gebweiler, Elsaß; Arbeiten zur Atomforschung (Doppelresonanz, Lasertechnik); Physik-Nobelpreis 1966.

Kästner, **1.** Abraham Gotthelf, Mathematiker, *27. 9. 1719 Leipzig, †20. 6. 1800 Göttingen; lehrte seit 1756 in Göttingen, arbeitete über Grundlagenprobleme der Geometrie; schrieb „Geschichte der Mathematik" 4 Bde. 1796–1800; verfaßte auch Epigramme („Sinngedichte" 1781).

2. Erhart, Schriftsteller, *13. 3. 1904 Augsburg, †4. 2. 1974 Staufen bei Freiburg; war 1936 bis 1938 Sekretär von G. *Hauptmann*; kam als Soldat nach Griechenland („Ölberge, Weinberge" 1953) u. Kreta („Kreta" 1946) u. war kriegsgefangen in Ägypten („Zeltbuch von Tumilad" 1949); 1950–1968 Bibliotheksdirektor in Wolfenbüttel. In „Die Stundentrommel vom hl. Berg Athos" 1956 u. „Die Lerchenschule" 1964 stellt er Kontemplation, Weisheit u. Erinnerung gegen die moderne Daseinshast.

3. Erich, Schriftsteller, *23. 2. 1899 Dresden, †29. 7. 1974 München; vor 1933 u.a. Mitarbeiter der „Weltbühne", emigrierte 1933 trotz des Verbots seiner Schriften nicht, war von 1952–1962 Präsident des Deutschen PEN-Zentrums der BRD. K. nannte sich einen „Urenkel der dt. Aufklärung", einen schulmeisterl. u. zugleich idealist. Satiriker; er schrieb scharfsichtige u. witzige, zeitkrit. „Gebrauchslyrik" („Herz auf Taille" 1927; „Lärm im Spiegel" 1929; „Kurz u. bündig" [Epigramme] 1950; „Der tägliche Kram" [Chansons u. Prosa] 1948; „Die 13 Monate" 1955), ferner unterhaltsame, z.T. verfilmte Romane („Fabian" 1931; „Drei Männer im Schnee" 1934; „Georg u. die Zwischenfälle" 1938, unter dem Titel „Der kleine Grenzverkehr" 1949), auch Komödien („Die Schule der Diktatoren" 1956) u. hatte Welterfolge mit Jugendbüchern („Emil u. die Detektive" 1928, „Das fliegende Klassenzimmer" 1933, „Das doppelte Lottchen" 1949). Erinnerungen an Dresden: „Als ich ein kleiner Junge war" 1957. Tagebuch 1945: „Notabene 45" 1961. – [L] 3.1.1.

Kastor, **1.** *Astronomie: α Geminorum*, der schwächere der beiden Hauptsterne der *Zwillinge*; Doppelstern mit 420 Jahren Umlaufzeit. In größerem Abstand steht ein 3. schwacher Begleiter. Alle 3 Partner sind ihrerseits wieder spektroskopische Doppelsterne.

2. *griech. Mythologie:* einer der →Dioskuren.

Kastoria, Stadt im W von Griech.-Makedonien, 16000 Ew.; byzantin. Kirchen (Taxiarchis, Hagis Stephanos u.a.); Obsthandel.

Kastorsäcke, die →Geildrüsen des Bibers.

Kastraten [lat.], **1.** *Musikgeschichte:* Sänger, bei denen durch Entmannung der Stimmbruch verhindert wurde, so daß sie die Sopran- oder Altstimme ihrer Knabenzeit behielten (bes. in der Oper des 16.–18. Jh.).

2. *Veterinärmedizin:* männliche Haustiere nach Entfernung der Hoden, z.B. *Wallach, Ochse, Bork, Kapaun.*

Kastration [lat.], **1.** *Humanmedizin: Verschneidung, Sterilisation*, Ausschaltung der Keimdrüsen (Hoden oder Eierstöcke) durch Operation (K. i.e.S.) oder Röntgenbestrahlung *(Strahlen-K., Röntgen-K.)*. Bei Männern führt die Entfernung der Hoden zur Entmannung u. hat, vor der Geschlechtsreife vorgenommen, ein Verharren auf kindlicher Entwicklungsstufe u. das Ausbleiben der geschlechtl. Reife zur Folge. Die K. wurde zur Gewinnung hoher männlicher Stimmlagen (→*Kastraten*), von Haremswächtern *(Eunuchen)* u. aus religiösen Gründen bei gewissen Sekten *(Skopzen)* durchgeführt. Erfolgt die K. nach Abschluß der Geschlechtsreife, kommt es wohl zum Erlöschen der geschlechtl. Funktionen, doch treten die äußerl. Folgen nicht immer deutlich zutage. Heute wird K. bei Männern nur noch nach seltenen Verletzungen u. doppelseitigen Geschwülsten der Hoden durchgeführt. Bei Frauen erfolgt K. verhältnismäßig häufiger bei Unterleibsleiden durch Operation oder Bestrahlung; die K.serscheinungen gleichen weitgehend denen des natürl. *Klimakteriums.*

2. *Veterinärmedizin:* K. bei Haustieren = Verschneidung.

Kasualien [lat.], gottesdienstl. Handlungen, die im Zusammenhang mit besonderen Anlässen (Eheschließung, Tod u.a.) vollzogen werden; vielfach werden dafür Gebühren erhoben.

Kasuare [mal., ndrl.], Gattung *Casuarius*, zusammen mit den *Emus* zu den flugunfähigen *Flachbrustvögeln* gehörende Vertreter einer eigenen Ordnung *(Casuarii)*. Die in mehreren Arten in Australien u. auf den nördl. liegenden Inseln vorkommenden Waldbewohner sind durch einen Knochenaufsatz auf dem Schädel („Helm-Kasuar") sowie durch auffällig gefärbte Hautstellen am Hals gekennzeichnet. – [B]→Laufvögel.

Kasuarine [mal., ndrl.], *Casuarina*, einzige Gattung der *Kasuarinengewächse*, bis 20 m hohe Bäume. Die wenigen Arten sind durch einen den Schachtelhalmen ähnlichen Wuchs gekennzeichnet. Die wichtigste Art ist die *Strand-K., Casuarina equisetifolia*, deren Heimat in Südostasien liegt; sie wird wegen ihrer Anspruchslosigkeit u. ihres schnellen Wuchses zur Aufforstung warmer Küstengebiete verwendet, bes. in Australien u. Ostafrika. Das harte u. schwere Holz wird z.B. für Schiffsbauten gebraucht.

Kasuarinengewächse, *Casuarinaceae*, einzige Familie der *Verticillatae*, australische u. indones. Bäume mit einfachen Blüten.

Kasuistik [die; lat.], **1.** *allg.:* Bearbeitung von Einzelfällen einer Wissenschaft.

2. *Ethik: Moralkasuistik*, die Lehre von den *casus conscientiae* [lat., „Fällen des Gewissens"], die beim Widerspruch zwischen Pflichten u. Neigungen, Interessen u.ä. auftreten können.

3. *kath. Theologie:* Anleitung anhand von Beispielen, wie allg. sittl. Grundsätze bei schwierigen Einzelumständen in Gewissensentscheidungen anzuwenden sind; will bes. Geistlichen in ihrer seelsorgl. Verantwortung helfen. Die K. gehört zur Sittenlehre, deren Prinzipien zwar konkrete Handlungsnormen sind, aber nie alle Umstände der konkreten Situation erfassen. – Die *ev. Ethik* sieht in der K. die Gefahr eines grundsätzlichen Mißverständnisses der Grundfrage sittlichen Verhaltens.

4. *Recht:* 1. Vielfalt von Rechtsfällen oder -entscheidungen; 2. Rechtsfindung, die sich in der Entscheidung von Einzelfällen ohne Beachtung allgemeiner Grundsätze erschöpft; 3. Normierung von Einzelfällen (Aufzählung im Gesetz).

Kasus [der, Mz. *Kasus*; lat.], *Fall*, eine der Funktionen der Deklination. Im Neuhochdeutschen zählt man 4 K. (Nominativ, Genitiv, Dativ, Akkusativ), im Latein. 6 (mit Ablativ u. Vokativ), im Finnischen z.B. 15 (bzw. 16). In flektierenden Sprachen sind die K.formen gewöhnl. verschieden in den einzelnen Numeri (Singular u. Plural) u. Genera, z.T. auch in den einzelnen Stammklassen (z.B. im Dt. starke u. schwache Deklination). Man unterscheidet *syntakt. K.* (z.B. die 4 des Dt.) u. *lokale K.* (z.B. die meisten K. des Finnischen). An die Stelle der letzteren treten im Dt. Präpositionen. Eine andere Einteilung unterscheidet den Nominativ als *K. rectus* von allen übrigen K. als *K. obliqui.*

kata... [grch.], Vorsilbe mit der Bedeutung „von..., herab, abwärts, gegen, gänzlich"; wird zu *kat...* vor Selbstlaut u. vor h.

Katachrese [-'çreːzə; die; grch., „Mißbrauch"], Verwendung eines Worts in falscher oder übertragener Bedeutung, Durchbrechung des sprachl. Bilds (z.B. „Der Zahn der Zeit wird deine Tränen trocknen!").

Katagesteine [grch.], durch *Kataklase* bei der *Dynamometamorphose* zerbrochene, zertrümmerte, zerriebene neugebildete u. so in ihrer Struktur veränderte Gesteine, z.B. die Mylonite.

Katajew, Walentin Petrowitsch, sowjetruss. Schriftsteller, *28. 1. 1897 Odessa; beschreibt Welt- u. Bürgerkrieg u. schildert, teilweise satir., die wirtschaftl. u. gesellschaftl. Verhältnisse, den Wiederaufbau u. Familienprobleme. Romane: „Die Defraudanten" 1927, dt. 1928; „Im Sturmschritt vorwärts" 1932, dt. 1947; „Es blinkt ein einsam Segel" 1936, dt. 1946; Erzählung: „Der heilige Brunnen" 1966, dt. 1967; Komödie: „Die Quadratur des Kreises" 1928, dt. 1930; Memoiren: „Das Kraut des Vergessens" 1967, dt. 1968.

Katakana [das oder die], vereinfachte japan. Schrift.

Katakaustik →Kaustik (2).

Kataklase [die; grch.], die Zertrümmerung von Gesteinen bei tekton. Druck u. ihre Neubildung *(Dynamometamorphose)* unter Erhaltung der beteiligten Mineralien. Das Produkt der K. sind die *Katagesteine.*

Kataklysmentheorie [grch.] →Katastrophentheorie.

Katakomben [grch.], unterird. Begräbnisstätten des frühen Christentums. Der Name leitet sich von der Katakombe des hl. Sebastian bei Rom (Coemeterium ad catacumbas) ab u. wurde auf alle unterird. Grabanlagen übertragen, als man im 16. Jh. mit ihrer Erforschung begann. Die von berufsmäßigen *Fossoren* (lat. Gräber) ausgeführten, oft mehrstöckigen K. hatten weitverzweigte Verbin-

Katanga: Kupferabbau in Kolwezi

dungsgänge, in deren Wänden die Toten in bogenüberwölbten Nischen (*Arkosolien*) bestattet wurden. Die Ausmalung der Grabkammern übernahm zahlreiche Motive der heidnischen Grabeskunst, die allegorisch im christl. Sinn umgedeutet wurden (z.B. der Gute Hirte als Sinnbild Christi). Außer den K. in Rom sind solche in Neapel, Sardinien, Sizilien, Malta u. Ägypten gefunden worden. – ⌺2.1.7.

Katakombengrab-Kultur, spätneolith.-kupferzeitl. Kultur Rußlands zwischen Karpaten u. Ural, in der die Toten in Hügelgräbern (*Kurgane*) mit seitl. an der Basis eines tiefen Schachts angesetzter Kammer od. Nische unter der Bestattung (oft mehrere Katakomben in einem Hügel) beigesetzt wurden; in der Hügelaufschüttung oft Opferstellen mit Asche u. Tierknochen.

Katalanen, *Katalonen*, roman. Volksstamm in den span. Landschaften Katalonien, Valencia, auf den Balearen (5,5 Mill.), in das französ. Roussillon übergreifend (200 000); in Argentinien (100 000) u. USA, mit eigener Sprache u. Literatur; Autonomiebestrebungen.

katalanische Literatur. Mittelalter: Die ersten Zeugnisse der k.n L. sind ein Predigthandbuch („Homilies d'Organyà") u. eine Versdichtung über ein Heiligenleben („Cançó de Santa Fe") aus der 2. Hälfte des 12. Jh. Sehr früh erreichte die Prosa einen hohen Rang; um 1285 schrieb R. *Llull* den ersten katalan. Roman (u. damit den ersten Roman in einer roman. Sprache): „Libre de Evast de Blanquerna". Daneben blühte histor., didakt. u. religiöses Schrifttum. Als Höhepunkt der klass. Prosa gilt das philosoph.-allegorische Werk „Lo Somni" (1398) von B. *Metge*. Der Ritterroman, der sehr gepflegt wurde, wandte sich in seiner Spätform vom Abenteuerlich-Phantastischen dem Realistischen u. Karikierenden zu. – Die Lyrik, die zunächst unter starkem provençal. Einfluß stand, begann im 12. Jh. u. hatte ihre Blütezeit im 15. Jh. (*Jordi de Sant Jordi*, *um 1395, †1440; Ausiàs *March*; J. *Roiç de Corella*, *1430, † nach 1500). Bekannt ist die satir. Verserzählung gegen die Frauen „Spill" oder „Llibre de les dones" von J. *Roig*. – Nach der Vereinigung von Aragonien u. Kastilien (1479) wurde die katalan. Sprache ganz von der kastilischen verdrängt.
Neuzeit: Als Folge der Romantik u. der aufblühenden histor. Wissenschaften begann im 19. Jh. eine Erneuerungsbewegung („Renaixença") in der k.n L., die zu einer reichen Entfaltung führte. Am Anfang stehen die Namen Bonaventura Carles *Aribau* (*1798, †1862), M. *Milà i Fontanals*, Joaquim *Rubió i Ors* (*1818, †1899) u. J. *Verdaguer i Santaló*. Die mittelalterl. Dichterwettkämpfe wurden wiederaufgenommen, u. nach einem langen Reifeprozeß gelang es, das Katalanische zu einer modernen Schriftsprache zu formen, ohne das sprachl. u. literar. Erbe aufzugeben. Eine bedeutende Leistung der neueren k.n L., die u.a. Josep *Carner* (*1884) repräsentiert, ist die große *Bibelübersetzung* der Mönche vom Montserrat. – ⌺3.2.3.

katalanische Sprache, eine in Nordostspanien, Andorra, Corbières (Südfrankreich) u. auf den Balearen gesprochene iberoroman. Sprache, die eine Mittelstellung zwischen dem Kastilischen u. dem Provençalischen einnimmt. – ⌺3.8.4.

Katalaunische Felder, bei Châlons-sur-Marne (Catalaunum), übl. Bez. für den Ort der Hunnenschlacht 451, in der die Römer unter *Aetius* mit Franken u. Westgoten (ihr König *Theoderich I.* fiel) über die Hunnen unter *Attila* siegten; richtiger ist wahrscheinl. die Bez. *Mauriazensische Felder* (südl. von Châlons, westl. von Troyes).

Katalekten [Mz.; grch.], veraltete Bez. für Fragmente alter Werke.

katalektischer Vers, in der antiken Metrik ein Vers, dem am Ende eine oder mehrere Silben fehlen, so daß der letzte Versfuß unvollständig ist.

Katalepsie [grch.], *Starrsucht*, krankhafter Zustand, in dem sich die Körpermuskeln nicht mehr aktiv bewegen lassen u. den passiven Bewegungen mehr oder weniger Widerstand entgegensetzen, dann aber die gewonnene Stellung beibehalten (wächserne Biegsamkeit). Die K. kommt bei manchen Geistes- u. Nervenkrankheiten vor; auch durch Hypnose erreichbar.

Katalexis [die; grch. „Abbruch"], Versschluß eines *katalektischen Verses*.

Katalog [der; grch. *katalegein*, „aufzählen"], alphabetisch oder sachlich geordnetes Verzeichnis der in Büchereien, Waren- u. Verkaufslagern, Museen, Privatsammlungen, Archiven, auf Auktionen oder Ausstellungen enthaltenen Einzelstücke, bei Kunstwerken gleichzeitig *Führer*. Wissenschaftl. gearbeitete K.e sind Hauptarbeitsmittel der Bibliotheken, der archäolog. Wissenschaften, der Völkerkunde u. Kunstgeschichte.

Katalonien, span. *Cataluña*, katalan. *Catalunya*, histor. Landschaft Nordostspaniens, umfaßt die 4 Provinzen *Gerona, Barcelona, Tarragona* u. *Lérida*, zusammen 31 930 qkm, 5,1 Mill. Ew. (*Katalanen*); alte Hptst. *Barcelona*. Mit seinem Anteil an den östl. Pyrenäen (*Puigmal* 2913 m), der Mittelmeerküste zwischen Kap Cerbère u. dem Ebrodelta, den parallel der Küste laufenden Katalon. Randgebirge u. dem östlichsten Teil des Ebrobeckens im Flußgebiet des *Segre* ist K. ein landschaftl. außerordentl. reich gegliedertes Gebiet; das Gebirge wird von mehreren Flüssen (*Ebro, Llobregat, Ter*) in engen Talschluchten durchbrochen, eine eingelagerte Längssenke teilt die langgestreckten Bergrücken in eine innere Hauptkette (*Montseny* 1712 m, *Montserrat* 1236 m) u. eine niedere Küstenkette, seine in N westöstl. gerichteten Ketten bilden eine reizvolle Steilküste mit Sandstrandbuchten (*Costa Brava*). Mildes Mittelmeerklima; die sommerliche Hitze u. Trockenheit des Inneren nimmt nach NO ab, die hohen Niederschläge auf dem Pyrenäenkamm werden in vielen Staubecken gesammelt u. der Bewässerung u. Elektrifizierung nutzbar gemacht. Kiefern-, Kastanien-, Stein- u. Korkeichenwälder; Oliven-, Haselnuß- u. Mandelhaine sowie Anbau von Getreide, Kartoffeln, Wein, Obst u. Gemüse; ertragreiche Rinder- u. Schweinezucht; Erz-, Braunkohlen-, Kali-, Salz- u. Kalkbergbau; stark entwickelt sind die metallurg., chem., pharmazeut., Textil-, Zement-, Glas-, Papier-, Holz-, Kork- u. Lederindustrie; Fischfang u. Schiffahrt sind gering, dagegen ist der Fremdenverkehr von Bedeutung. – ⌺6.4.8.
Geschichte: K. war seit 217 v. Chr. röm. Provinz (*Hispania Tarraconensis*). 415 drangen die Westgoten, 711 die Araber in das Gebiet ein. Unter Karl d. Gr. wurde K. als *Spanische Mark* in das Frankenreich eingegliedert (778). 1137 gelangte K., dessen Grafen inzwischen unabhängig geworden waren, durch Heirat an Aragón. Doch verteidigten die Katalanen ihre Sonderrechte in mehreren Aufständen (bedeutendste: 1472 u. 1640) sowohl gegen Aragón als auch nach dessen Vereinigung mit Kastilien gegen die Zentralregierung. Im Spanischen Erbfolgekrieg auf österr. Seite kämpfend, verlor K. nach dem Sieg Philipps V. seine alten Sonderrechte. Nach Abschaffung der Monarchie erhielt K. 1931–1936 weitgehende Autonomie. Auch jetzt sind Autonomiebestrebungen im Gange.

Katalysator [der; lat.] →Katalyse.

Katalyse [die; grch.], *Kontaktwirkung*, die Beschleunigung oder Verzögerung (negative K.) einer Reaktion durch Anwesenheit einer geringen Fremdstoffmenge (*Kontaktsubstanz, Katalysator*), die bei der chem. Umsetzung keine dauernde Veränderung erfährt. Die Wirkung des Katalysators kann durch *Aktivatoren* oder *Promotoren* verstärkt werden. Ein Katalysator kann auch unwirksam (*vergiftet*) werden. Die K. spielt bei vielen chem.-techn. Vorgängen sowie bei chem. Vorgängen im Laboratorium u. in der Natur eine bedeutende Rolle. Unterschieden werden *homogene K.* (reagierende Stoffe u. Katalysator bilden nur eine →Phase) u. *heterogene K.* oder *Kontakt-K.* (die chem. Umsetzung geschieht nur an der Oberfläche von festen Substanzen wie Platin, Eisen u.a.). Organische Katalysatoren heißen *Enzyme* oder *Fermente*. Die Wirkungsweise der Katalysatoren ist meist sehr verwickelt u. nur in Einzelfällen bekannt.

Katamaran, von polynes. Auslegerbooten abstammende Schiffsform mit zwei schlanken, parallelen, durch eine Brücke verbundenen Rümpfen, die gute Stabilität mit geringem Fahrtwiderstand verbindet. Anwendung heute bes. bei Segelbooten: 3 Klassen; Weltmeisterschaften seit 1965.

Katamnese [die; grch.], ärztlicher Bericht nach einer Erkrankung über alle Ereignisse während derselben sowie Beobachtung während des weiteren Verlaufs. →auch Anamnese (1).

Katanga, *Shaba*, Provinz in Zaire (Zentralafrika), 496 965 qkm, 2,8 Mill. Ew., Hptst. *Lubumbashi*. K. ist größtenteils ein Hochland, dessen Höhenlage zwischen 1000 u. 1500 m die Temperatur erheblich mildert. Es gehört zur *Lundaschwelle*, die sich von Angola zum Zentralafrikan. Graben zieht. K. ist die wirtschaftl. wertvollste Landschaft von Zaire. Ihr Wert beruht auf den reichen Vorkommen von Uran, Kupfer, Kobalt, Zink, Zinn, Cadmium, Mangan, Wolfram, Kohle, Gold, Silber u.a. Bodenschätzen sowie auf der vor allem die Bodenschätze verwertenden Industrie, die Erze aufbereitet, Zement u. chem. Erzeugnisse, aber auch Verbrauchsgüter produziert u. Nahrungsmittel verarbeitet. Für die Energieversorgung sind bes. die Wasserkräfte wichtig, die bereits in ansehnlichem Maß genutzt werden. Für den Verkehr bestehen gute Fernverbindungen per Eisenbahn oder Straße nach den Häfen von Angola, Südafrika, Moçambique u. Tansania. – 🗺→Zaire.

Kataphorese [die; grch.], die durch ein elektr. Feld hervorgerufene Wanderung von in einer Flüssigkeit schwebenden, positiv geladenen Kolloidteilchen zur Kathode. →auch Elektrophorese.

Katapult [das; grch.], **1.** *Luftfahrt:* Starthilfevorrichtung für Flugzeuge, mit der das Flugzeug durch einen Fremdantrieb (Preßluft, Dampf, Pulvertreibgase) innerhalb einer kurzen Startbahn auf die zum Abheben notwendige Geschwindigkeit beschleunigt wird. Angewendet für überschwer beladene Flugzeuge (veraltet) u. auf Flugzeugträgern sowie für Schleudersitze.
2. *Wehrtechnik:* im Altertum u. im MA. eine Wurfmaschine zum Schleudern von Pfeilen oder Steinen bei Belagerungen u. im Felde.

Katar, *Qatar,* amtl. *Mashyaka al Qatar,* arab. Staat in Ostarabien, auf einer Halbinsel im Pers. Golf, 11 000 qkm, 205 000 Ew. (18 Ew./qkm); Hptst. ist *Doha.* Die Halbinsel besteht aus einem flachen, wüstenhaften, von Korallenriffen begrenzten Tafelland, ist größtenteils unfruchtbar u. völlig ohne Trinkwasser, das aus dem Golf gewonnen werden muß; nur in den Wintermonaten fallen sehr spärliche Niederschläge (bis 10 mm im Jahr). K. wird überwiegend von Arabern bewohnt; zahlreiche Gastarbeiter kommen u. a. aus Pakistan, Iran, Indien u. Oman.
Hauptwirtschaftszweig ist die Erdölförderung. Die beiden Ölgesellschaften liegen weitgehend in ausländ. Händen; 1972 Gründung einer nationalen Gesellschaft (Qatar Petroleum Co.). Die Gesamtförderung (einschl. der Küstengewässer) betrug 1975 20 Mill. t. In Umm Said wurde ein großes Stickstoffwerk in Betrieb genommen. Daneben gibt es einige mittlere Industriebetriebe für den einheimischen Bedarf. Relativ gut entwickelt hat sich der Anbau von Gemüse mit Hilfe von künstl. Bewässerung, während die traditionelle Perlenfischerei stark zurückgegangen ist. K. besitzt ein gut ausgebautes Straßennetz u. in der Hptst. einen modernen Seehafen (1969 fertiggestellt) sowie einen internationalen Flughafen. – 🄻 6.6.7.

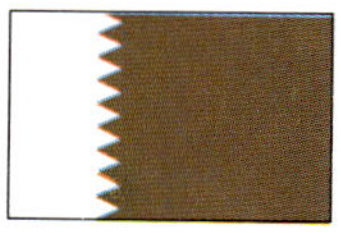

Geschichte: Das Scheichtum K. gehörte 1872–1914 zum Osmanischen Reich. 1916 wurde es brit. Protektorat. 1971 erklärte sich K. für unabhängig, es ist seit 1971 Mitgl. der UN u. der Arab. Liga.

Katarakt [grch.], **1.** [der] *Geographie:* eine Reihe hintereinanderliegender Stromschnellen bzw. Wasserfälle, z. B. die 6 K.e des Nil.
2. [der oder die] *Medizin: Cataracta* = Grauer Star.

Katarrh [der; grch.], einfache entzündl. Reizung der Schleimhäute mit vermehrter Flüssigkeitsabsonderung; der wäßrigen Flüssigkeit *(seröser K.)* oder dem Schleim *(schleimiger K.)* können abgestoßene Deckzellen beigemengt sein; diese Deckzellenabstoßung ist bes. stark beim Desquamativ-K. Auch einen eitrigen K. gibt es.

Katarrhalfieber, *bösartiges K., Kopfkrankheit, Stallseuche,* Virusinfektion der Rinder, Büffel, Schafe; Entzündungen sämtl. Schleimhäute des Kopfes, Augenentzündung, schwere nervöse Symptome, hohe Körpertemperatur, Apathie, Inappetenz, Milchabfall, hohe Sterblichkeitsquote. Beste Vorbeugung ist Hygiene.

Katastase [die; grch.], die unmittelbare Vorstufe der *Katastrophe* als Abschluß der Entwicklung im Epos u. bes. im Drama.

Kataster [der oder das; lat.], *Flurbuch,* am *K.amt* ausliegendes amtliches Verzeichnis von Grundstücken nach Kulturarten, Bodengüteklassen, Parzellen *(Parzellar-K.)* oder Gutseinheiten *(Guts-K.)*; dient zusammen mit den großmaßstäblichen *K.plänen* u. *K.karten* (Gemarkungskarten, Flurkarten; Maßstab 1:500 bis 1:5000) zur Festsetzung der Grundsteuer *(Grund-K.)* oder zur Immobilienversicherung *(Brand-K.).*

Katasteramt, Behörde, die das →Kataster führt.

Katasterismus [grch.], in der antiken Mythologie die Verwandlung von Menschen oder Tieren in Gestirne. Unter diesem Titel schrieb *Eratosthenes* ein nicht erhaltenes Buch über Sternsagen.

Katastrophe [grch.; „Wendung"], Unglück, Zusammenbruch; in der Dichtung (Drama, bes. Tragödie) die entscheidende Wendung zum Schlimmen oder das Ereignis, das den Konflikt löst.

Katastrophenpost, Sondergebiet der Philatelie: Postsachen, die bei Katastrophen (Schiffsuntergängen, Flugzeugabstürzen, Postwagenbränden u. a.) beschädigt u. mit entsprechenden Vermerken versehen worden sind.

Katastrophentheorie [grch.], *Kataklysmentheorie,* die von G. *Cuvier* vertretene Auffassung, daß die Tierwelt früherer Erdzeitalter mehrmals durch Naturkatastrophen vernichtet worden sei. Die Theorie suchte die Beobachtungstatsache, daß die aus früheren Erdperioden durch Fossilfunde bekannte Tierwelt von der heute lebenden abweicht, mit der Annahme von der Unveränderlichkeit der Arten, die erst durch die Abstammungslehre widerlegt wurde, in Einklang zu bringen.

Katatonie [grch.], *katatonisches Syndrom, Spannungsirresein,* Geisteskrankheit des Formenkreises der →Schizophrenie, mit Krampf- u. Spannungszuständen der Muskulatur verbunden.

Katavothre [die; neugrch.], *Ponor,* Schlundloch in einer Karstlandschaft; Flußschwinde.

Katayama-Krankheit [nach einer Stadt in Japan], eine Bilharziose; →Schistosomiasis.

Katazone [grch.], Tiefenzone in der Erdrinde mit großem Druck bei Temperaturen von über 700 °C, in der sich durch starke *Metamorphose* Gesteine wie Ortho- u. Paragneis, Amphibolit, Eklogit u. a. bilden; →auch Epizone, Mesozone.

Katchalsky, Ephraim →Katzir.

Käte, *Käthe,* weibl. Vorname; Kurzform von →Katharina.

Katechese [die; grch.], Unterweisung in den christl. Grundlehren.

Katechet [der; grch.], christl. Religionslehrer.

Katechetik [die; grch.], Lehre von der christl. Unterweisung, bildet einen Teil der prakt. oder Pastoraltheologie.

Katechine = Catechine.

Katechismus [der; grch.], bei den frühen afrikan. Christen (u. a. Augustinus) die christl. Grundunterweisung; im MA. Glaubensexamen der Taufpaten. Die „Kinderfragen" der Böhmischen Brüder (1502) lagen M. Luther 1522 vor; sein *Großer* u. *Kleiner K.* erschienen 1529. Durch ihre Aufnahme unter die Bekenntnisschriften wurden spätere Neuformulierungen erschwert. Luthers K. wird zwar noch als Leitfaden des Konfirmandenunterrichts benutzt, kann aber nicht alle Fragen beantworten, die sich heute dem christl. Glauben stellen. – Nach anderen Katechismen kam 1563 der *Heidelberger K.* heraus, der (seit 1618) Bekenntnisschrift aller Reformierten wurde. Die röm.-kath. Kirche antwortete mit dem *Catechismus Romanus* von 1566. Ein „Dt. Einheits-K." erschien 1925, der „K. für die Bistümer Deutschlands" (Lehrstück-K.) 1955, Neufassung 1969. Der sog. *Holländische K.* („Glaubensverkündigung für Erwachsene" dt. 1968) führte zu lebhafter Diskussion.

Katechumenen [kath., -ˈçuː-; Mz., Ez. der *Katechumene;* grch.], **1.** in der frühchristl. Kirche die am Taufunterricht zwei bis drei Jahre (bis zur Taufe) teilnehmenden Taufanwärter; infolge der Ausbreitung der Kindertaufe seit dem 5. Jh. in den westl. Kirchen weitgehend verschwunden; heute fast nur noch in Missionsländern.
2. bei einem zweijährigen Konfirmationsunterricht der ev. Kirchen die „Vorkonfirmanden" des 1. Unterrichtsjahrs.

Katechumenenliturgie, der liturgische Teil der Meßfeier, dem die *Katechumenen* in frühchristlicher Zeit beiwohnen durften; ursprüngl. wurden sie nach der Vormesse entlassen. →auch Messe.

Kategorie [die; grch.], Aussage, Aussagegattung, Grundaussage über Seiendes bzw. über Gegenstände. So, u. noch ungetrennt vom Sprachlichen, in der K.nlehre des *Aristoteles,* der zehn K.n aufzählt *(Substanz, Quantität, Qualität, Relation, Ort, Zeit, Tätigkeit, Leiden, Lage, Haben).* Schwankend wie die Anzahl ist in der Geschichte der Logik auch die Definition der K. Diese ist problematisch, insofern es sich dabei entweder um die Grundeigenschaften des Seienden (bei Aristoteles →Substanz) handelt oder um die Grundklassen der Gegenstände überhaupt oder um die Denkformen, Verstandesfunktionen, durch die wir die Gegenstände erfassen. In der letzten Hinsicht u. mit dem Anspruch, die Gegenstände nicht bloß zu erfassen, sondern sie aus der Einheit des Bewußtseins als Erscheinungsgegenstände hinsichtl. ihrer Gesetzmäßigkeit zu erzeugen, ist die *K.nlehre* bes. von *Kant* u., mit spekulativer Wendung, von *Hegel* durchgeführt worden. Neuerdings hat sich N. *Hartmann* um eine K.nlehre bemüht.

kategorischer Imperativ, nach *Kant* Formel für das Sittengesetz oder Vernunftgebot: „Handle so, daß die Maxime deines Willens jederzeit zugleich als Prinzip einer allgemeinen Gesetzgebung gelten könnte". Kants k. I. unterscheidet sich von den *hypothet. Imperativen* dadurch, daß er unbedingt gilt, während diese von bes. Zwecksetzungen abhängen.

Katene [die; lat., „Kette", „Reihe"], paraphrasierende Bibelerläuterung durch aneinandergereihte Aussprüche von Kirchenvätern u. Theologen; bekannt die *catena aurea* des Thomas von Aquin zu den vier Evangelien.

Kater, 1. die männl. Katze.
2. = Katzenjammer.

Katerina, *Gebel K.* [ˈdʒɛbɛl-], höchster Gipfel der Halbinsel *Sinai,* 2637 m; nordöstlich das Kloster *Deir K.*

Katerini, *Katerínē,* nordgriech. Stadt nördl. vom Olymp, 29 000 Ew.; landwirtschaftl. Zentrum (Getreide).

Katfisch →Seewolf.

Katgut [das; engl. *catgut,* „Katzendarm"], Nähmaterial aus Schafdärmen zur Herstellung von Nähten im Körpergewebe. K. wird nach einer gewissen Zeit vom Körper resorbiert u. verursacht deshalb keine Reizungen.

Katharer [grch., „die Reinen"], Selbstbez. *Christiani* u. *Boni homines,* Sekte des MA., von den Bogomilen beeinflußt. Vom Balkan kommend, verbreitete sie sich seit dem 12. Jh. schnell über Oberitalien u. Südfrankreich, faßte aber auch in Dtschld., Spanien u. Sizilien Fuß. Die ursprüngl. von den neutestamentlichen Motiven der mittelalterlichen Armutsbewegung ausgehende Sekte nahm bald dualistisch-neumanichäische Gedankengänge auf. Die K. spalteten sich in mehrere Gruppen (→Albigenser). Da durch völlige Weltenthaltung das Heil erlangt werden könne, lehnten die strengen K. jede Berührung mit der Welt (wie Ehe, Krieg, Eid, Fleischgenuß, Arbeit) ab u. lebten als die Vollkommenen völlig abgeschlossen von der übrigen Welt. Sie richteten eine eigene Hierarchie u. einen eigenen Kult ein. Die Kirche konnte durch Einsetzung der Inquisition die Sekte nicht überwinden. Erst nach der Entstehung der Bettelorden verloren die K. an Einfluß. In den ersten Jahrzehnten des 15. Jh. kam die Sekte zum Erliegen.

Katharina [grch. *Aikaterina,* Bedeutung ungeklärt; später angelehnt an grch. *katharos,* „rein"], weibl. Vorname, Kurzformen: *Kät(h)e, Kathi, Kate, Kat(h)rin, Kathrein(erle);* russ. *Jekaterina,* Kurzform *Katinka,* schwed. *Karin,* engl. *Catherine,* Kurzform *Kay,* irisch *Cathleen.*

Katharina, *Fürstinnen. England:* **1.** Königin, seit 1420 Frau Heinrichs V., * 27. 10. 1401 Paris, † 3. 1. 1437 Bermondsey Abbey, London; Tochter Karls VI. von Frankreich; wegen ihrer Herkunft erhoben die engl. Könige Anspruch auf den französ. Thron. Durch ihre zweite Ehe mit Owen Tudor (1422) Ahnin der Tudors; Großmutter Heinrichs VII. von England.
2. *K. von Aragón,* Königin, Frau des engl. Thronfolgers Arthur († 1502), dann von dessen Bruder Heinrich VIII. (1509), * 16. 12. 1485 Alcalá de Henares (Spanien), † 7. 1. 1536 Kimbolton Huntingdon; die von Heinrich seit 1526 erstrebte, vom Papst verweigerte Scheidung von K. war Ursache für den Abfall der engl. Kirche von Rom. 1533 ließ sich Heinrich ohne päpstl. Zustimmung scheiden.
3. *K. Howard,* Königin, 5. Frau Heinrichs VIII. (1540), * um 1520, † 13. 2. 1542; von ihrem Mann des Ehebruchs bezichtigt; enthauptet.
4. *K. Parr,* Königin, 6. Frau Heinrichs VIII. (1543), * 1512, † 7. 9. 1548 Sudeley Castle, Gloucestershire; vor ihrer Ehe mit Heinrich schon zweimal verwitwet; beeinflußte diesen in protestant. Sinn u. heiratete nach seinem Tod den Admiral Th. Seymour (* um 1508, † 1549).
Frankreich: **5.** *K. von Medici,* Königin, Frau Heinrichs II. von Frankreich seit 1533, * 13. 4. 1519 Florenz, † 5. 1. 1589 Blois; stand zunächst im Schatten der Mätresse Heinrichs, Diane de Poitiers, erlangte aber unter ihren Söhnen (Franz II., Karl IX., Heinrich III.) großen polit. Einfluß. Ihr Streben ging dahin, die Stellung der Krone über den Ständen u. Religionsparteien durch ein Gleichgewicht der Konfessionen u. durch Verständigung mit Spanien zu sichern. Als G. de Colignys antispan. Politik auf ihren Sohn Karl IX. zu großen Einfluß gewann, ließ sie die Hugenottenführer in der *Bartholomäusnacht* umbringen.
Portugal: **6.** *K. von Bragança,* Königin, * 25. 11.

1638 Vila Viçosa, †31. 12. 1705 Lissabon; Tochter Johanns IV. von Portugal (*1604, †1656), Frau Karls II. von England; war als Katholikin Angriffen u. Anschuldigungen durch das engl. Parlament ausgesetzt, das eine Scheidung anstrebte. Als Witwe Regentin von Portugal für ihren geisteskranken Bruder Peter (Pedro) II.

Rußland: **7. K. I.**, eigentl. Marta *Skawronskaja*, Kaiserin 1725–1727, *15. 4. 1684 Jakobstadt in Kurland, †17. 5. 1727 St. Petersburg; Bauerntochter, Frau eines schwed. Dragoners, dann Geliebte A. D. Menschikows, schließ. Peters d. Gr., der sie 1712 heiratete; als Zarin nach Peters Tod (1725) überließ sie die Regierungsgeschäfte Menschikow. Aus ihrer Ehe mit Peter I. stammte die spätere Zarin (1741) Elisabeth.

8. K. II., K. d. Gr., eigentl. *Sophie Friederike Auguste*, Kaiserin 1762–1796, *2. 5. 1729 Stettin, †17. 11. 1796 Zarskoje Selo; Tochter des Fürsten Christian August von Anhalt-Zerbst; stürzte ihren Gatten Peter III. u. ließ sich 1762 zur Kaiserin ausrufen. K. war eine sinnl., von Leidenschaften beherrschte Frau, die zahlreiche Liebhaber hatte (G. Orlow, G. Potjomkin u. a.). Intelligent u. gebildet, stand sie mit führenden Geistern ihrer Zeit in Briefverkehr. K. stützte sich auf den Adel, dem sie durch einen „Gnadenbrief" (1785) die Dienstfreiheit sowie die volle Verfügungsgewalt über die Leibeigenen garantierte. Die so verschärften sozialen Spannungen entluden sich in zahlreichen Bauernrevolten, bes. in dem großen Bauern- u. Kosakenaufstand F. Pugatschows (1773–1775). Ihrem vorgeblich aufgeklärten Absolutismus entsprangen die Reform des Senats (1763) u. der Gouvernementsverwaltung (1764), die Säkularisierung der Kirchengüter (1764) u. zahlreiche Schulgründungen. Durch zwei Kriege gegen die Türkei gewann Rußland unter K. in den Friedensschlüssen von Kütschük Kainardschi (1774) u. Jassy (1792) sowie durch die Annexion der Krim (1783) die Küste des Schwarzen Meers bis zum Dnjestr. Durch die Teilungen Polens (1772, 1793 u. 1795) wurde es Nachbar Preußens u. Österreichs. K.s Regierung leitete eine neue Phase des Aufstiegs Rußlands zur europ. Großmacht ein. – ⬛ →Sowjetunion (Geschichte). – ▭ 5.5.6.

Katharina von Alexandria, Heilige, Märtyrin; wurde nach der Legende gerädert, dann enthauptet; eine der 14 Nothelfer. Ihre histor. Existenz ist ungesichert. Patronin der Theologen, Philosophen u. der Universität Paris.

Katharina von Genua, Heilige, Mystikerin, *1447 Genua, †14. oder 15. 9. 1510 Genua; ihre Nächstenliebe bewährte sich bei der Pflege von Pestkranken; ihre mystischen Gedanken fanden durch einen Jüngerkreis Verbreitung. Fest: 15. 9.

Katharina von Siena, Heilige, Dominikanerterziarin, *um 1347 Siena, †29. 4. 1380 Rom; beriet u. mahnte Fürsten u. Päpste (Rückkehr Gregors XI. von Avignon); setzte sich mit großer Energie für die Reform der Kirche ein. Ihre Schriften gehören zu den klass. Werken der frühitalien. Literatur. Erhebung zur Kirchenlehrerin 1970. Fest: 29. 4.

Katharsis [die; grch., „Reinigung"], körperliche, geistige, religiöse Läuterung, seel. Gesundung durch Bewußtwerden unverarbeiteter Erlebnisse; Begriff aus der „Poetik" des *Aristoteles*, von *Lessing* („Hamburgische Dramaturgie") in die dt. Sprache eingeführt als Bez. für die Wirkung des Trauerspiels auf den Zuschauer: Danach bewirkt die Tragödie durch Erregung von Furcht u. Mitleid die Reinigung des Menschen von seinen Leidenschaften. Der Begriff ist bereits seit Lessing umstritten; er wird oft auch für die Wirkung des trag. Konflikts auf den Helden des Trauerspiels verwendet (*Goethe*).

Kathasaritsagara →Somadeva.

Kathedersozialismus, sozialpolit. Richtung der dt. Volkswirtschaftslehre im letzten Drittel des 19. Jh.; forderte das Eingreifen des Staats in das Wirtschafts- u. Sozialleben, um die Klassengegensätze zu mildern. Der Ausdruck K. stammt von den liberalen Gegnern; tatsächl. waren die *Kathedersozialisten* Sozialreformer u. nicht Sozialisten. Der K., insbes. der *Verein für Socialpolitik*, hatte großen Anteil am Zustandekommen der dt. Sozialgesetzgebung. Hauptvertreter: Gustav von *Schmoller*, Lujo *Brentano*, Heinrich *Herkner*, Adolph *Wagner*. – ▭ 4.4.7.

Kathedrale [die; grch., lat.], eine bes. in England u. Frankreich übliche Bez. für die Bischofskirche (mit der *Cathedra*, dem Bischofsstuhl); in Dtschld. meist *Dom* oder *Münster* genannt.

Kathenotheismus [grch.] →Henotheismus.

Kathete [die; grch.], eine der rechten Winkel anliegende Seite im rechtwinkligen Dreieck.

Katheter [der; grch.], Röhre mit abgestumpftem Vorderteil zur Einführung in Körperhöhlen durch deren Ausführungsgänge; meist für die Blase, aber auch die Ohrtrompete, die Tränenwege u. a. verwendet. Die verschiedenen Formen der K. werden starr aus Metall oder Glas, halbstarr aus gummiertem Seidengespinst, weich aus Gummi u. Kunststoffen hergestellt.

Katheterismus [grch.], Einführung eines *Katheters*; bes. Entleerung der Harnblase durch einen Katheter unter strenger Asepsis wegen der Infektionsgefahr (Katheterfieber). Mit dem Dauer-Katheter wird ein über eine längere Zeit notwendiger Abfluß erreicht.

Kathiawar, *Kathiyavar*, Halbinsel im westl. Indien, zwischen den Golfen von Kachchh u. Khambhat, 54 300 qkm, Zentrum des 1960 gebildeten ind. Staates *Bombay*; flachgewelltes Land, relativ trocken, durch Bewässerung jedoch Anbau von Baumwolle, Reis, Weizen, Hirse, Zuckerrohr.

Kathiri, *Al K.*, Gebiet in der Volksrepublik Jemen nördl. des Wadi Hadramaut, Südarabien.

Kathode [die; grch.], der negative Pol einer elektr. Stromquelle; auch die negativ elektr. Elektrode bei der Elektrolyse oder in Elektronenröhren.

Kathodenstrahlen, die in einer Hochvakuumröhre (z. B. Braunsche Röhre) von der Kathode austretenden Elektronen. Je höher die elektr. Spannung zwischen Kathode u. Anode ist, um so stärker werden die Elektronen beschleunigt. Sie können durch ein dünnes Aluminiumfenster aus der Röhre austreten. Bei manchen Stoffen rufen sie ein Fluoreszenzleuchten hervor (→Leuchtschirm). Beim Auftreffen auf Metalle entsteht eine sehr kurzwellige elektromagnet. Strahlung (→Röntgenstrahlen). Senkrecht zum Strahl angebrachte elektr. bzw. magnet. Felder lenken die K. ab. Darauf beruhen z. B. die Braunsche Röhre u. das Elektronenmikroskop. Auch Elektronenröhren arbeiten mit K. – ▭ 7.5.4.

Kathodenzerstäubung, Verfahren zur Herstellung sehr dünner Metallüberzüge. Die Gasionen, die bei einer elektr. Entladung auf die Kathode aufprallen, zerstäuben das Kathodenmaterial, das sich dann an anderen Stellen (z. B. an der Gefäßwand) als dünne kristalline Schicht niederschlägt.

kathodischer Korrosionsschutz, Verfahren zum Schutz vor elektrochem. Korrosion. Die Korrosionsursache besteht darin, daß zwei verschiedene Metalle u. Wasser (feuchte Erde) ein elektr. Element bilden, so daß ein Strom fließen kann u. von dem Anodenmetall aus ein Materialtransport erfolgt (beispielsweise trägt ein Strom von 1 A Stärke in einem Jahr rd. 10 kg Eisen oder 33 kg Blei ab). Wird nun die vor Korrosion zu schützende Metallfläche in einen Gleichstromkreis als Kathode geschaltet, so fließt, nachdem eine Anode aus unedlerem Metall elektr. leitend verbunden ist, zu ihr ein Strom, der dem Korrosionsstrom entgegengerichtet ist. Bei entsprechender Abgleichung des Korrosionsstromes ist die Korrosion ausgeschaltet. Hauptanwendungsgebiete: Schutz gegen Seewasserkorrosion (eiserner Schiffskörper / bronzene Schiffsschraube), gegen Gebrauchswässer (Heißwasserbereiter), u. gegen Erdbodenkorrosion (Rohrleitungen, Lagerbehälter).

Katholik [grch.], Angehöriger der kath. Kirche.

Katholikentag, *Deutscher K.*, Generalversammlung der Katholiken Deutschlands, die sich seit 1848 aus den Jahresversammlungen des Pius-Vereins entwickelte; wird vorbereitet vom Zentralkomitee der dt. Katholiken. 1978 fand in Freiburg der 85. Dt. K. statt. – ▭ 1.8.6.

Katholikos [der, Mz. *Katholikoi*; grch.], Titel bzw. Nebentitel des leitenden Bischofs in der orth. georgischen Kirche u. in verschiedenen morgenländischen Kirchen (armenische, syrisch-orthodoxe, äthiopische u. nestorianische [assyrische] Kirche).

katholisch [grch., „allgemein", „ein Ganzes bildend"], ursprüngl. Beiname für die den Erdkreis umspannende Kirche. Die Bez. findet sich zuerst bei Ignatius von Antiochia zu Beginn des 2. Jh.; nach Vinzenz von Lérins gehört zum Vollsinn des Wortes k. neben der räumlichen Allgemeinheit (*universitas*) die einstimmige Überlieferung (*antiquitas, consensio*); k. ist, „was überall, was immer u. von allen geglaubt worden ist" (quod ubique, quod semper, quod ab omnibus creditum est). – ▭ 1.8.6.

katholisch-apostolische Gemeinde, gegr. von einem Kreis, der sich seit 1826 um den Londoner Bankier Henry *Drummond* (*1786, †1860) sammelte u. unter dem Eindruck der Zeitereignisse von der nahen Wiederkunft Christi überzeugt war. Um die Christenheit dafür vorzubereiten, die kirchlichen Trennungen zu überwinden, wurden 12 Apostel berufen, die 1835 ihr Amt übernahmen, aber kein Echo bei den Kirchen fanden u. deshalb eine eigene Glaubensgemeinschaft bildeten, die das Modell einer geeinten Kirche der Endzeit darstellen wollte. Mit dem Tod der 12 Apostel (der letzte starb 1901) u. der andern Amtsträger mußten die gottesdienstlichen Handlungen eingestellt werden. Die Gemeinden bestehen als stille Kreise fort, ihre Glieder betätigen sich in den Kirchen.

Katholische Aktion, von Pius XI. 1922 ins Leben gerufene Bewegung, die nach seinen Worten nichts anderes sein will u. kann „als eine Teilnahme u. Mitarbeit der Laienwelt am hierarchischen Apostolat der Kirche". →auch Laienapostolat.

Katholische Arbeitnehmer-Bewegung, bis 1968 Kath. Arbeiter-Bewegung, Abk. *KAB*, Zusammenschluß kath. Arbeitnehmer zur Verbesserung ihrer wirtschaftl. u. sozialen Lage. Nach Ansicht der KAB ist die soziale Frage sittlich-religiösen Ursprungs u. durch religiöse Festigung, christl. Familienleben u. Bildung sowie durch Belehrung über die christl. Soziallehre zu bewältigen. Symbol ist das Kreuz vereint mit dem Hammer. Die KAB entstand mit den kath. →Arbeitervereinen. 1929 schlossen sich die regionalen Kartellverbände zum *Reichsverband der kath. Arbeiter- u. Arbeiterinnenvereine Deutschlands*, Sitz: Berlin, zusammen, der 1933 aufgelöst wurde. Nach 1945 Wiederaufnahme der Tätigkeit. Dem *Kartellverband der KAB Deutschlands*, Sitz: Mainz, gehören die *Katholische Arbeitnehmer-Bewegung*, Sitz: Köln, u. das *Katholische Werkvolk (Süddt. Verband Kath. Arbeitnehmer)*, Sitz: München, an. Internationaler Dachverband ist die *Weltbewegung Christlicher Arbeiter* (frz. *Mouvement Mondial des Travailleurs Chrétiens*), Brüssel.

Katholische Briefe, aus der griech. Kirche stammender Sammelname für sieben nicht von Paulus verfaßte kleine Briefe des N.T. (Jakobus, 2 Petrus, 3 Johannes, Judas). Der Name trägt dem Umstand Rechnung, daß die K.n B. anders als die des Paulus mehr das Allgemeingültige betonen, auch wo sie einem bestimmten Kreis von Gemeinden (1. Petr.) oder einer Einzelperson oder -gemeinde gelten (2. u. 3. Joh.).

Katholische Jugend, Vereinigung kath. Jugendlicher, in der BRD zusammengefaßt im *Bund der*

Deutscher Katholikentag in Trier 1970

Deutschen Katholischen Jugend, Sitz: Düsseldorf. Diesem Bund gehören an: Kath. Jungmännergemeinschaft, Kath. Frauenjugendgemeinschaft, Kath. Landjugendbewegung, Kolpingjugend, Bund Neudeutschland, Heliand, Quickborn, Die Schar, Christl. Arbeiter-Jugend, Marianische Kongregationen, Jugendbund des kath. Frauenbundes, Kath. Kaufmannsjugend im KKV, Pfadfinderschaft u. Pfadfinderinnenschaft St. Georg.

katholische Kirche, *römisch-katholische Kirche*, nach kath. Lehre die von Christus selbst gestiftete, nach Matth. 16,18 auf den Felsen Petri gebaute, eine, heilige, katholische, apostolische, sichtbare, unvergängliche, unfehlbare, alleinseligmachende Kirche, durch den Papst in Rom repräsentiert. Dieser ist nach kath. Lehre als Stellvertreter des unsichtbaren Christus das sichtbare Haupt der k.n K. Als Nachfolger des Apostelführers *Petrus (successio apostolica)* im Amt des Bischofs von Rom ist er kraft göttl. Rechts legitimer Inhaber der höchsten Amtsgewalt der Kirche (→Primat). Die kirchl. Amtsgewalt gliedert sich in das Priesteramt, Lehramt u. Hirtenamt. Das *Priesteramt* dient vornehmlich der Spendung der 7 *Sakramente* u. der sonstigen Gnadenmittel. Es verbürgt kraft der dem Priester durch die Weihe verliehenen göttl. Amtsvollmacht die lebendige Gottesgegenwart in der Kirche u. damit wirksame Vermittlung der Gnade. Das *Lehramt* bewahrt die absolute Wahrheit der der Kirche anvertrauten Heilslehren, die aus der Hl. Schrift u. aus der mündlich in der Kirche überlieferten apostol. Tradition zu entnehmen sind. Dem Papst wird für die von ihm *ex cathedra* getroffenen Entscheidungen in Glaubens- u. Sittenfragen Unfehlbarkeit zuerkannt. Mit u. unter dem Papst sind die Bischöfe Träger des Lehramts. Das *Hirtenamt* umfaßt die vollständige weltl. u. geistl. Leitung der Kirche u. ihrer Glieder. Auch dieses Amt (Jurisdiktionsgewalt) wird nach Wesen, Art, Umfang u. Form als göttlichen Ursprungs gekennzeichnet u. von den Bischöfen in Abhängigkeit vom Papst (als Haupt der Hierarchie) ausgeübt. Ihm steht die Kurie als päpstliche Verwaltungsbehörde zur Verfügung. Das geltende Kirchenrecht ist im *Codex Iuris Canonici (CIC*, neu 1918) festgelegt.

Die Gesamtzahl der Katholiken beträgt rd. 725 Mill. In der BRD leben 27,0 Mill.; in der BRD u. der DDR gibt es 5 Kirchenprovinzen mit 22 Diözesen u. ein exemtes Bistum. – 🄻 1.8.6.

Katholische Majestät, *Allerkatholischste Majestät*, Titel der Könige von Spanien aufgrund des 1496 von Papst Alexander VI. an Isabella I. von Kastilien u. Ferdinand den Katholischen von Aragón verliehenen Titels *Katholische Könige*.

Katholische Nachrichten-Agentur, Abk. *KNA*, 1953 gegr. kath. Nachrichtenagentur für Deutschland, Sitz: München; Beteiligung an der *KNA-Pressebild GmbH* in Frankfurt.

katholische Reform, *katholische Restauration* →Gegenreformation.

katholische Universitäten, die auf 23 Länder verteilten 41 kath. geleiteten u. päpstl. errichteten Lehr- u. Forschungsstätten, die vom kath. Glauben aus die geistige Einheit der eigenständigen Wissenschaften anstreben. Neben ihnen bestehen etwa 190 kath. Hochschulen u. Kollegien, die sich z.T. als k.U. bezeichnen. In Dtschld. verzichtete man auf eigene k.U. In Europa gibt es 13 k.U.; die hauptsächlichen sind: Löwen (1425–1835), Mailand (1920), Rom: 3 päpstl. Universitäten (für Kleriker; Gregoriana, Lateran-Universität, Thomas-Universität), Paris (1876), Lille (1877), Nimwegen (1923), Lublin (1918), Freiburg/Schweiz (Staats-Universität; 1889), Salzburg (im Aufbau). Außerhalb Europas: in den USA 7 k.U., in New York, Washington, St. Louis (1818), Milwaukee, Detroit, South Orange, Chicago; in Kanada 5, bes. Montreal; in Mittel- und Südamerika 12, bes. Santiago (Chile); in Afrika u. Asien 12, u.a. Beirut, Tokio, Manila (1611).

Katholische Volkspartei, Abk. *KVP*, **1.** 1895 gegr. polit. Partei in Österreich; nannte sich 1901 *Zentrumsklub* u. ging 1907 in der *Christlichsozialen Partei* auf, deren konservativer Flügel sie wurde.

2. 1893–1918 polit. Partei in Ungarn; nannte sich 1918 *Christlich-Soziale Wirtschaftspartei* u. ging 1920 in der *Christlich-Nationalen Bewegung* auf.

3. seit 1945 polit. Partei in den Niederlanden, die rasch bedeutenden Einfluß gewann; zeitweise stärkste Partei des Landes; läßt auch Nichtkatholiken als Mitglieder zu.

4. in der Schweiz die Konservativ-Christlichsoziale Volkspartei, die seit 1970/71 *Christlich-demokratische Volkspartei* heißt.

Katholizismus, umfassende Bez. für alle polit., staatl. u. sozialen Lebensäußerungen, die sich aus einer im kath. Glauben verwurzelten Grundhaltung ergeben. Während die kath. Kirche gemäß ihrer Selbstinterpretation ihrem Wesen nach unveränderlich ist, sind die Erscheinungsformen des K. zeitgeschichtlich bedingt. Der Begriff K. ist erst im 19. Jh. aufgekommen, vielleicht als Analogiebildung zu Protestantismus. Die Anfänge der geistigen Erneuerung des K. nach der Aufklärung liegen in der Erweckungsbewegung (J. M. *Sailer*) u. Romantik (J. A. *Möhler*). Im Kampf gegen den Liberalismus gewann die kath. Kirche Ansehen als Hort der stabilen Kräfte (J. M. de *Maistre*, „Du pape" 1819). Neben dem polit. K., der bes. im Kulturkampf seine Bewährungsprobe bestand u. die Grundlage der →Zentrumspartei bildete, gewannen die sozialen Bestrebungen des K. eine immer größere Bedeutung. Hier gaben W. E. von *Ketteler* u. A. *Kolping* wegweisende Grundideen, die sich in den kath. Gesellenvereinen (Kolpingfamilie), den kath. Arbeitervereinen u. dem Volksverein für das kath. Deutschland auswirkten. Görres- u. Leo-Gesellschaft versuchten, mit modernen Forschungsmethoden neue wissenschaftl. Erkenntnisse zu finden u. diese in überlieferte Systeme u. Gedankengänge einzuordnen. Seit 1848 sind in Deutschland die Katholikentage sowie seit einigen Jahrzehnten in der ganzen Welt die Kath. Aktion form- u. richtunggebend für den K. Daneben traten Führer des K. etwa seit der Jahrhundertwende für ein Zusammengehen mit dem Protestantismus bes. in polit. u. sozialen Fragen ein (Julius *Bachem*, *1845, †1918; Christl. Gewerkschaften). Anfänge einer gegenüber dem Protestantismus aufgeschlossenen Kontroverstheologie sind seit den 1930er Jahren zu beobachten (Robert *Grosche*, *1888, †1967, Arnold *Rademacher*, *1873, †1939, Una-Sancta-Bewegung).

Katholizität [grch., „Allgemeinheit"], kennzeichnender Ausdruck für das Wesen der Kirche, bes. Selbstbezeichnung der kath. Kirche als die ganze Welt umspannende.

katilinarisch [lat., nach dem Römer *Catilina*], *k.e Existenz*, heruntergekommener, zu verzweifelten Schritten neigender Mensch.

Kation [das; grch.], das positive Ion; positiv elektrisch geladenes Atom oder Bruchstück eines Moleküls, das im elektr. Feld zur Kathode wandert.

Katkow, Michail Nikiforowitsch, russ. Publizist, *13. 11. 1818 Moskau, †1. 8. 1887 Snamenskij bei Moskau; seit der Mitte des 19. Jh. Vertreter eines aggressiven russ. Nationalismus u. Panslawismus sowie einer kompromißlosen Autokratie.

Katmai, *Mount K.* ['maunt 'kætmai], Vulkanberg auf der Halbinsel Alaska, 2047 m, mit einem Krater von 15 km Umfang; K. National Monument.

Katmandu, *Yambu*, Hptst. des Himalayastaates Nepal, 1450 m ü.M., rd. 150 000 Ew. (mit Vororten über 350 000 Ew.), Maharadschapalast, über 600 Tempel, Jesuitenhochschule; Ausgangspunkt vieler Himalaya-Expeditionen. – 🄱 →Nepal.

Kätner, Besitzer einer Kate, →Häusler.

Katoomba [kæt'umbə], Verwaltungszentrum der Stadt *Blue Mountains* in Neusüdwales (Australien), 10 000 Ew.; Touristenzentrum, Naherholungsgebiet für Sydney.

Katoptrik, Lehre von der (regelmäßigen) Reflexion an spiegelnden Flächen.

Katrineholm, Stadt in der schwed. Prov. (Län) Södermanland, 32 800 Ew.; Eisengießerei, Kugellagerfabrik.

Katschari, *Kachari, Bodo*, stark hinduisierter tibetobirman. Stamm der Bodovölker Assams, bildete bis ins 16. Jh. unter Hindu-Einfluß um *Dimapur* ein Reich; Menschenopfer bis ins 19. Jh., Leichenverbrennung, jährl. Fest der Geisteraustreibung mit Maskentänzen.

Katschbergpaß, der 1641 m hohe, das obere Murtal (Lungau) u. das Lieser- u. Drautal verbindende Paß zwischen Hohen Tauern u. Gurktaler Alpen (Österreich).

Katscher, poln. *Kietrz*, Stadt in Schlesien (1945–1950 poln. Wojewodschaft Katowice, seit 1950 Opole), 6000 Ew.; Textil- (Plüsch u. Teppiche) u. Baustoffindustrie.

Katschin, eigener Name *Tschingpo*, krieger. Bergvolk mit tibetobirman. Sprache aus Yünnan (dort noch 125 000 als Jäger mit Feldbau u. Viehhaltung), im 19. Jh. in Nordbirma (320 000) u. Assam eingedrungen, z.T. als Söldner, bedingt durch das Minoratserbrecht des Adels *(Duni)*; mit chines. (Eßstäbchen) u. tibet. Hochkultureinflüssen; Rodungsfeldbau; die Dörfer auf Hügeln mit Großfamilien- u. langen Häuptlingshäusern; eigene Schrift; Schamanen, Rinder- u. Schweineopfer; Rotanggürtel der Frauen. →auch Katschinstaat.

Katschina, *Kachina*, Regenmachergeister der Pueblo-Indianer, die von Maskentänzern dargestellt u. nach denen Puppen angefertigt werden.

Katschinstaat, halbautonomer Staat der *Katschin* in Birma, Gebirgsland an der Grenze nach Yünnan, Hptst. *Myitkyina*.

Katsina, Stadt an der Nordgrenze Nigerias, nordwestlich von Kano, 90 000 Ew.; altes Haussa-Zentrum, landwirtschaftl. Handel.

Katsura *Taro*, Fürst, japan. Politiker u. Offizier, *28. 11. 1847 Choshu, †10. 10. 1913 Tokio; als Min.-Präs. (in der Zeit von 1902–1913 mehrmals) mitverantwortl. für den Ausbruch des russ.-japan. Kriegs (1904/05) u. die Annexion Koreas (1910).

Katsurabaum [jap.], *Japanischer K., Cercidiphyllum japonicum*, Baum aus der Familie der *Scheinjudasbaumgewächse*; bis 5 m hoch, mit einer kegelförmigen, fast am Boden beginnenden Krone. Die Blätter sind zart grün mit roten Blattstielen; im Herbst nehmen sie alle Färbungen von gelb bis scharlachrot an. Bei uns als Zierbaum angepflanzt.

Katta [der; madegass.], fälschlich auch *Katzenmaki, Lemur catta*, zu den *Makis* gehörender *Halbaffe* mit mehr als körperlangem, schwarzweiß geringeltem Schwanz; auf Madagaskar.

Kattarasenke = Qattarasenke.

Katte, Hans Hermann von, Jugendfreund *Friedrichs d. Gr.*, *28. 2. 1704 Berlin, †6. 11. 1730 Küstrin; als Mitwisser der Fluchtpläne u. als Fluchthelfer des Kronprinzen Friedrich von König Friedrich Wilhelm I. zum Tod verurteilt u. vor Friedrichs Augen hingerichtet. Friedrich erhob den Vater K.s, Feldmarschall Hans Heinrich von K. (*1681, †1741), 1740 in den Grafenstand.

Kattegat [niederdt., „Katzenloch"], die bis 100 m tiefe Meerenge der westl. Ostsee zwischen Südwestschweden u. Jütland, geht an der Linie Skagen (Jütland) – Marstrand (Schweden) in das *Skagerrak*, den Westausläufer der Nordsee, über.

Katten →Chatten.

Kattnigg, Rudolf, österr. Komponist u. Dirigent, *9. 4. 1895 Oberdorf bei Treffen, Kärnten, †2. 9. 1955 Klagenfurt; wandte sich nach anfänglichem Schaffen auf dem Gebiet der ernsten Musik der Operette zu: „Prinz von Thule" 1936; „Kaiserin Katharina" 1937; „Balkanliebe" 1937 u.a.

Kattowitz, poln. *Katowice*, 1953–1956 *Stalinogród*, Stadt im östl. Oberschlesien (Polen), Hptst. der Wojewodschaft K. (6649 qkm, 3 440 000 Ew.), 322 000 Ew.; 5 Hochschulen, wissenschaftl. Institute, 4 Theater; großes Industrie- u. Kohlenbergbauzentrum (6 Kohlengruben), Eisen- u. Zinkverarbeitung, Maschinenbau, chem. Industrie; Eisenbahnknotenpunkt. – Seit 1866 Stadt. – 🄱 →Polen.

Kattun [der; arab., ndrl.], Gewebe aus mittelfeinen Baumwollgarnen in Leinwandbindung; im allg. bedruckt, für Kleider- u. Schürzenstoff oder Bettwäsche. – *K.bindung*, in Baumwollwebereien übliche Bez. für *Leinwandbindung*.

Katull, röm. Dichter, →Catull.

Katwijk aan Zee [-wɛik a:n 'ze:], Seebad in der niederländ. Prov. Südholland, an der Mündung des Alten Rhein in die Nordsee, 35 600 Ew.; im Zentrum einer Gartenbaulandschaft.

Katyn [ka'tin], russ. Ort bei Smolensk, in dessen Nähe 1943 Massengräber von rd. 4000 wahrscheinl. von sowjet. Organen umgebrachten poln. Offizieren gefunden wurden.

Katz, 1. Sir Bernard, engl. Biophysiker dt. Herkunft, *26. 3. 1911 Leipzig; Prof. in London seit 1938; arbeitet bes. über Probleme der Nervenerregungsübertragung („Nerve, Muscle and Synapse" 1966; „The Release of Neural Transmitter Substances" 1969); erhielt für diese Forschungen zusammen mit J. *Axelrod* u. U. von *Euler* den Nobelpreis für Medizin 1970.

2. David, Psychologe, *1. 10. 1884 Kassel, †2. 2. 1953 Stockholm; befaßte sich mit wahrnehmungs- u. gestaltpsycholog. Problemen; Hptw.: „Die Erscheinungsweise der Farben" 1911; „Der Aufbau der Tastwelt" 1925; „Gestaltpsychologie" 1944; (Hrsg.) „Handbuch der Psychologie" 1951, [3]1972 unter dem Titel „Kleines Handbuch der Psychologie".

Katzbach [die], poln. *Kaczawa*, linker Nebenfluß der Oder in Niederschlesien; entspringt im *K.gebirge* (östl. von Hirschberg), mündet bei Parchwitz (poln. Lubiąż); 89 km.

Am 26. 8. 1813 preuß.-russ. Sieg über die Franzosen in den *Befreiungskriegen.*
Katzbachgebirge, poln. *Góry Kaczawskie,* dem Riesengebirge vorgelagertes Bergland in Niederschlesien; in der *Melkgelte* (Kammerberg, poln. *Skopiec*) 724 m, in der *Hogolie* 720 m.
Kätzchen, *Botanik:* die Ähren oder ährenähnl. Blütenstände der sog. *Kätzchenblüher* (Birke, Erle, Hasel, Walnuß, Weide u.a.). Sie werden durch den Wind bestäubt u. fallen meist als Ganzes ab. – ⬚→Blütenpflanzen I.
Katzen, 1. *Haustiere:* →Hauskatze.
2. *Jagd:* die weibl. *Murmeltiere.*
3. *Zoologie:* Katzen i. w. S., *Felidae,* Familie der *Landraubtiere;* mit schlankem Körper, rundem Kopf u. gutem Sprungvermögen. Die Schnauze ist kurz, mit kräftigem Eck- u. Reißzähnen; die Zunge trägt hornige Stacheln. K. sind Zehengänger mit einziehbaren Krallen. Sie haben scharfe Seh-, Tast- u. Hörsinne. Hierher gehören die Unterfamilien der *Groß-, Mittel-* u. *Kleinkatzen.*
Katzenauge, 1. *Beleuchtung:* Rückstrahler an Fahrzeugen, auch als Fahrbahnmarkierung.
2. *Mineralogie:* grüngelber, gewölbter Oberfläche geschliffener *Alexandrit;* zeigt beim Hin- u. Herbewegen eine aufleuchtende Lichtlinie (Chatoyance); ein Edelstein.
Katzenbär, *Kleiner Panda, Ailurus fulgens,* ein 60 cm langer *Vorbär;* mit fast körperlangem buschigem Schwanz, rotbraunem, abstehendem Fell u. weißer Gesichtsmaske; vornehml. Pflanzenfresser; in Gebirgswäldern des östl. Himalaya in Höhen von 1800–3600 m.
Katzenbuckel, höchste Erhebung des Odenwalds, 626 m, Aussichtsturm.
Katzenelnbogen, rheinland-pfälzische Stadt (Rhein-Lahn-Kreis) südwestl. von Limburg, 1700 Ew.; Stammburg der Grafen von K.
Katzenelnbogen, adliges Geschlecht, das sich bis ins 11. Jh. zurückverfolgen läßt *(Heinrich I. von K.,* 1095–1102) u. durch Kaiser Konrad III. in den Grafenstand erhoben wurde. Die Grafschaft zerfiel 1245 in die Linien *Alt-K.* u. *Neu-K.,* wurde nach dem Aussterben der letzteren (1403) wieder vereinigt u. hatte inzwischen beträchtl. ihren Besitz vermehrt (Gebiet im S zwischen Rhein u. Main um Darmstadt; Gebiet im N zwischen Taunus, Rhein u. Lahn mit St. Goar; Streubesitz zwischen Oberrhein u. Holland). Der letzte männl. Graf von K. starb 1479; die Grafschaft fiel an den Landgrafen *Heinrich III. von Hessen* (*1440, †1483), der mit der Erbtochter *Anna von K.* (*1443, †1494) vermählt war. 1567 verzweigten sich die Linien *Obergrafschaft K. (Hessen-Darmstadt)* u. *Niedergrafschaft K.* (1583 zu *Hessen-Kassel;* Nebenlinie *Hessen-Rotenburg-Rheinfels*). 1866 nach dem Dt. Krieg fiel der größte Teil der ehem. K.schen Gebiete an Preußen u. gehört heute teils zum Rheinland, teils zu Hessen.
Katzenfloh, *Ctenocephalides felis,* mit Stachelkämmen an Kopf u. Körper versehene *Flöhe;* vor allem auf Katzen, gehen jedoch auch auf den Menschen über; Überträger verschiedener Bandwurmarten.
Katzenfrett, *Bassariscus astutus,* ein urtümlicher *Vorbär* mit lemurenhaftem Habitus u. großen Augen u. Ohren. Das Gesicht zeigt eine schwarzweiße Maske; der 55 cm lange Rumpf ist mit dichtem, gelb- bis braungrauem Fell besetzt; der 40 cm

Katzenbär, Ailurus fulgens

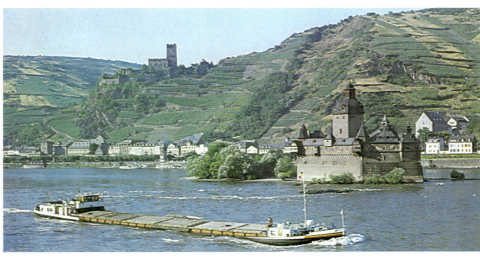

Kaub

lange, buschige Schwanz ist schwarz-weiß geringelt. Das K. bewohnt den Südwesten der USA u. Mexiko. Es ist ein Waldtier (aber auch Kulturfolger), das nur nachts aus dem Schlupfwinkel kommt, um Kleintiere aller Art u. Früchte zu erbeuten.
Katzengamander, *Teucrium marum,* im westl. Mittelmeergebiet heimische, rotblühende Art des *Gamanders;* mit stark riechendem Kraut.
Katzengebirge, poln. *Wzgórza Trzebnickie, Góry Kocie,* Hügellandschaft in Schlesien, nördl. von Breslau; im *Pfarrberg* 257 m hoch.
Katzengold, *Katzensilber,* volkstüml. Bez. für durch Verwitterung golden oder silbrig glänzende Glimmerminerale.
Katzengras = Knäuelgras.
Katzenhaie, *Hundshaie, Schwellhaie, Scyliorhinidae,* uneinheitl. Familie kleiner, bunt gefleckter *Echter Haie.* Sie bewohnen in allen Meeren den Meeresboden in Küstennähe u. heften kissenförmige Eier mit langen Eischnüren an Tang u. Steine. In der Nordsee kommen der 1 m lange *Kleingefleckte Katzenhai, Scyliorhinus canicula,* u. der 1,50 m lange *Großfleckige Katzenhai, Scyliorhinus stellaris,* vor.
Katzenjammer, *Kater,* volkstüml. Bez. für die Folgen eines Rausches. Der K. zeigt meist die Symptome einer leichten Alkoholvergiftung u. ist auch wie eine solche zu behandeln.
Katzenkratzkrankheit, frz. *Maladie des griffes de chat,* akute, meist gutartig verlaufende, eitrig-entzündliche Lymphknotenerkrankung, die von einem durch Kratzen von Katzen übertragenen Virus hervorgerufen wird.
Katzenkraut, Bez. für verschiedene von Katzen gern aufgesuchte Pflanzen, z.B. *Katzengamander, Katzenminze, Baldrian.*
Katzenmakis, *Cheirogaleinae,* Unterfamilie kleiner wolliger *Halbaffen* aus Madagaskar mit großen Ohren u. Nachtaugen. 3 Gattungen mit 6 Arten. K. fallen bei Abkühlung in Kältestarre. Oft verwechselt mit dem →Katta.
Katzenminze, *Nepeta,* Gattung der *Lippenblütler.* Von den zahlreichen Arten ist in Dtschld. die *Echte K., Nepeta cataria,* auf Schutt u. an Zäunen zu finden; die Blätter riechen häufig nach Zitrone.
Katzenpfötchen, *Antennaria,* in den nördl. gemäßigten Zonen verbreitete Gattung der *Korbblütler;* in Dtschld. das *Gewöhnl. K., Antennaria dioica,* mit rosa-weißen Blüten-Knäueln.
Katzenschwanz, 1. *Filziges Herzgespann, Falscher Andorn, Leonurus marrubiastrum,* bis 1 m hoch werdender *Lippenblütler,* mit kleinen weißen oder roten Blüten; in Eurasien an Wegrändern, Zäunen u. auf Schutt.
2. = Nesselschön.
Katzenstaupe, eine Viruserkrankung der Katzen, durch ein unbekanntes Virus hervorgerufen; Verlauf ähnlich der *Hundestaupe.*
Katzentreppe, treppenförmiger oberer Abschluß des Giebels bei mittelalterl., bes. gotischen Häusern.
Katzer, Hans, Politiker (CDU), *31. 1. 1919 Köln; seit 1957 MdB, 1965–1969 Bundes-Min. für Arbeit u. Sozialordnung; Sozialexperte u. Vertreter des linken Flügels seiner Partei.

Katzhütte, thüring. Luftkurort im Krs. Neuhaus (Bez. Suhl), am Rennsteig, 3200 Ew.; Maschinen-, Holz-, Porzellan- u. Glasindustrie.
Katzir, Ephraim, eigentl. *Katchalsky,* israel. Naturwissenschaftler u. Politiker (Mapai), *16. 5. 1916 Bielsk, Rußland; seit 1951 Leiter der Biophysikal. Abt. des Weizmann-Instituts in Rehovot, Hauptforschungsgebiete: Proteine u. Aminosäuren; 1966–1968 wissenschaftl. Chefberater der israel. Armee; 1973–1978 Staats-Präs. von Israel.
Kauai [ka:u-], viertgrößte u. nordwestlichste der Hawaii-Inseln im Pazifischen Ozean, 1427 qkm, 25 000 Ew.; 1576 m hoch; hohe Jahresniederschläge; fruchtbar; größter Ort *Lihue* (4000 Ew.).
Kaub, *Caub,* rheinland-pfälz. Stadt (Rhein-Lahn-Kreis) am Rhein, nordwestl. von Bingen, 2000 Ew.; Schloß *Gutenfels,* im Rhein die *Pfalz* (Zollburg) aus dem 13./14. Jh.; Schiefer-, Metallwaren- u. Bekleidungsindustrie, Weinbau.
Bei K. ging G. L. von *Blücher* auf der Verfolgung Napoléons I. in der Neujahrsnacht 1813/14 über den Rhein.
kaudal, *caudal* [lat.], schwanzwärts, d.h. hinten (Lagebezeichnung bei Tieren).
Kauderwelsch [*Churwelsch,* die Sprache der „Welschen" (Romanen) in Chur, Graubünden], unverständl. Sprache; aus mehreren Sprachen gemischte Ausdrucksweise; verworrene Sprechweise.
Kaue, der Raum, in dem sich die Bergleute umkleiden u. waschen *(Wasch-K.);* auch das Gebäude über einer Schachtöffnung *(Schacht-K.).*
Kauf, nach den Vorschriften des BGB ein gegenseitiger schuldrechtlicher Vertrag, durch den sich der Verkäufer verpflichtet, dem Käufer eine Sache zu übergeben u. das Eigentum daran zu verschaffen oder ihm ein Recht zu verschaffen u., wenn das Recht zum Besitz einer Sache berechtigt, diese Sache zu übergeben; der Käufer verpflichtet sich, den vereinbarten *K.preis* (in Geld) zu zahlen u. die gekaufte Sache abzunehmen *(Abnahmepflicht).* – Nach dem Gegenstand des K.vertrags unterscheidet man: 1. *Waren-K.:* K. von bewegl. Sachen oder Rechten (z.B. Patentrechte, Forderungen) als a) *Platz-K.:* Sitz des Verkäufers u. Erfüllungsort fallen zusammen (Grenzfall: *Real-* oder *Hand-K.,* K.abschluß u. Erfüllungsgeschäft fallen zusammen, z.B. im Einzelhandelsgeschäft); b) *einfacher Versendungs-K.:* der Verkäufer übernimmt Versendung der Ware vom Erfüllungsort zum Sitz des Käufers; c) *qualifizierter Versendungs-K.:* Sitz des Verkäufers u. Erfüllungsort fallen nicht zusammen. Nach der Art u. Weise, wie die K.sache im Vertrag bestimmt ist, kann ein *Stück-K.* (z.B. eine bestimmte Kiste Wein) oder *Gattungs-K.* (z.B. eine Kiste Wein von einer bestimmten Sorte) vorliegen. – 2. *Grundstücks-K.:* K. von nicht beweglichen Sachen (Grundstücken, auch Schiffen); bedarf im Gegensatz zum formfreien Waren-K. (nur Einigung u. Übergabe erforderlich) der notariellen Beurkundung u. der Eintragung ins Grundbuch (bzw. Schiffsregister).
Die beim K. entstehenden Kosten der Übergabe trägt der Verkäufer, die Kosten der Abnahme u. der Versendung über den Erfüllungsort hinaus der Käufer; beim Grundstücks-K. hat der Käufer die Beurkundungs- u. Eintragungskosten zu tragen.

Kaufbeuren

Über die Haftung des Verkäufers wegen gesetzlicher oder Sachmängel: →Gewährleistung. – Bes. geregelt sind der Verkauf unter *Eigentumsvorbehalt* (§ 455 BGB; der Verkäufer bleibt Eigentümer bis zur vollständigen Zahlung des K.preises), *Abzahlungsgeschäfte* (Gesetz betreffend die Abzahlungsgeschäfte vom 16. 5. 1894; →Abzahlung, →Reurecht), *K. nach Probe* (§ 494 BGB; sämtliche Eigenschaften der Probe sind zugesichert), *K. auf Probe* (§ 495; der Käufer muß die K.sache billigen), →Vorkauf u. →Wiederkauf. – Sondervorschriften gelten für K.geschäfte mit u. unter *K.leuten* (→Handelskauf, →auch Kaufzwang).
In Österreich sind die weitgehend ähnl. Vorschriften über den K. in den §§ 1053ff., 1166, 1275 ABGB enthalten, die Regeln über den Handelskauf in den §§ 373–382 HGB. – In der Schweiz findet sich das K.recht in den Artikeln 184–236 OR, die gewisse Abweichungen vom Recht der BRD enthalten (z. B. Gefahrübergang auf den Käufer bei Vertragsabschluß; Notwendigkeit einer Vormerkung im Grundbuch beim Grundstücks-K., wenn er Dritten gegenüber wirksam sein soll; →auch Abzahlung). – ▱ 4.3.1.

Kaufbeuren, bayer. Stadtkreis (38 qkm) in Schwaben, an der Wertach, nordöstl. von Kempten, 43 000 Ew.; Wehrtürme aus dem 15. Jh., Heimatmuseum mit Erinnerungsstätte an den hier geborenen L. *Ganghofer*; Textil- u. Holzindustrie; nach 1945 angesiedelte Gablonzer Schmuck- u. Glaswarenindustrie im Stadtteil *Neugablonz*. – 1286–1803 Reichsstadt.

Kaufehe →Brautkauf.

Kaufeigenheim, das durch Kauf erworbene, also nicht selbst erbaute Eigenheim. Es kann auch als *Eigentumswohnung* einen Teil oder ein Geschoß eines größeren Hauses umfassen, das mit mehreren Parteien zusammen gebaut wurde.

Käufermarkt, *Verkäuferkonkurrenz*, eine Marktsituation, die bei steigendem (konstantem) Angebot u. konstanter (sinkender) Nachfrage eintritt (Angebotsüberschuß bzw. Nachfragedefizit): Zum gegebenen Preis sind mehr Anbieter zum Verkauf bereit als Nachfrager zum Kauf; daraus ergibt sich eine Tendenz zur Preissenkung.

Kauffahrteischiff, ein Handelsschiff, das dem Transport von Waren u. Fahrgästen gegen Entgelt dient.

Kauffmann, 1. Angelika, Malerin, *30. 10. 1741 Chur, Graubünden, †5. 11. 1807 Rom; lebte lange Zeit in London, seit 1782 in Rom; dort berühmt u. gesucht vor allem als Malerin klassizist. Porträts (u. a. von *Goethe*), die von der engl. Bildniskunst beeinflußt sind. Sie malte im übrigen vor allem mytholog. Szenen von anmutiger Empfindsamkeit.
2. Hans, Kunsthistoriker, *30. 3. 1896 Kiel; Prof. in Berlin; Hauptarbeitsgebiet: Renaissance- u. Barockkunst in Italien, Dtschld. u. den Niederlanden; Hptw.: „Albrecht Dürers rhythm. Kunst" 1924; „Donatello" 1935; „Stephan Lochner" 1952; „Bernini" 1970.

Kaufhaus, ein Großunternehmen des Einzelhandels, das im Gegensatz zum *Warenhaus* (das möglichst viele verschiedenartige Güter anbietet) nur bestimmte Warengattungen führt, z. B. Textilien, Bekleidung.

Kaufheirat →Brautkauf.

Kaufhof AG, Köln, Warenhaus-Konzern; gegr. 1879 von Leonhard *Tietz* als Kurz-, Weiß- u. Wollwarengeschäft in Stralsund; 1905 Umwandlung in eine AG; 1933 Änderung der Firma in *Westdeutsche Kaufhof AG,* seit 1953 K. AG; Grundkapital: 300 Mill. DM; 56 900 Beschäftigte; Konzernumsatz 1978: 7,4 Mrd. DM; Tochtergesellschaft: *Kaufhalle GmbH,* Köln, u. a.

Kaufkraft, die Fähigkeit, aufgrund eines entspr. Besitzes an Zahlungsmitteln (Geld, Kapital) Güter zu erwerben. – *K. des Geldes,* die Warenmenge, die man mit einer bestimmten Geldmenge kaufen kann. Die *K.stabilität* (Gleichbleiben der K.) ist ein wirtschaftspolit. Ziel, das durch die *Konjunktur* oft gestört wird.

Kaufkraftparität, der Devisenkurs, bei dem die Kaufkraft des Geldes im Inland u. im Ausland gleich ist.

Kaufmann [Mz. *Kaufleute*], im allg. Sprachgebrauch jede im Handel tätige Person einschl. der →kaufmännischen Angestellten; nach *Handelsrecht* (§ 1 ff. HGB) jeder, der selbständig ein →Handelsgewerbe betreibt: Wer einem der *Grundhandelsgeschäfte* nachgeht, ist damit ohne weiteres K., muß aber seine Firma ins Handelsregister eintragen lassen *(Muß-K.).* Wer ein anderes gewerbl. Unternehmen betreibt, das nach Art u. Umfang einen in kaufmänn. Weise eingerichteten Geschäftsbetrieb erfordert, ist erst nach der Eintragung der Firma in das Handelsregister K. *(Soll-K.).* Ist mit dem Betrieb einer Land- u. Forstwirtschaft ein Unternehmen verbunden, das ein Nebengewerbe des land- oder forstwirtschaftl. Betriebs ist, so ist der Unternehmer berechtigt, aber nicht verpflichtet, die Eintragung in das Handelsregister herbeizuführen *(Kann-K.).* Die handelsrechtl. Vorschriften über die Firma, die Handelsbücher u. die Prokura finden auf Handwerker sowie auf Personen, deren Gewerbebetrieb nicht über den Umfang des Kleingewerbes hinausgeht, keine Anwendung *(Minder-K.).* Für die Geschäfte der Kaufleute gelten vom BGB abweichende Sonderbestimmungen. Die handelsrechtl. Vorschriften für Kaufleute finden auch auf die →Handelsgesellschaften Anwendung. Gesellschaften, die kraft ihrer Rechtsform als Handelsgesellschaften gelten, sind damit K., auch wenn sie kein Handelsgewerbe betreiben *(Form-K.).*
In Österreich hat der K. dieselbe Rechtsstellung wie in der BRD. – Das schweizer. Obligationenrecht enthält nur einzelne Sondervorschriften für den kaufmänn. Verkehr, z. B. die Möglichkeit eines höheren Verzugszinses (Art. 104 III OR), die Vermutung eines Fixgeschäfts bei Terminkäufen (Art. 190 I OR) u. bei Darlehen Verzinsungspflicht auch ohne entspr. Vereinbarung (Art. 313 II OR). – ▱ 4.3.2.

Kaufmann, 1. Erich, Staats- u. Völkerrechtslehrer, *21. 9. 1880 Demmin, Pommern, †5. 11. 1972 Karlsruhe; Prof. in Königsberg, Berlin, Bonn u. München; Verfasser zahlreicher Werke über Völkerrecht u. Rechtsphilosophie; dt. Vertreter vor dem Ständigen Internationalen Gerichtshof in Den Haag; seit 1927 Rechtsberater des Auswärtigen Amts, 1950–1958 der Bundesregierung.
2. [ˈkɔːfmən], George Simon, US-amerikan. Schriftsteller, *16. 11. 1889 Pittsburgh, †2. 6. 1961 New York; schrieb satir. Theaterstücke, meist in Zusammenarbeit mit anderen Autoren.
3. Oskar, Architekt, *2. 2. 1873 Neu St. Anna, Siebenbürgen, †8. 9. 1956 Budapest; arbeitete vorwiegend in Berlin, Spezialist für Theaterbauten: Hebbel-Theater, 1907, Theater am Kurfürstendamm, 1923, beide in Berlin.
4. Willy, Maler, *11. 7. 1920 Zürich; Autodidakt, malte 1952–1957 ungegenständlich, wurde aber bes. durch kirchl. Arbeiten bekannt, die durch manierist. überlängte Figuren u. glühende Farbigkeit gekennzeichnet sind.

kaufmännische Angestellte, Sammelbez. für alle kaufmänn. ausgebildeten u. in einem kaufmänn. Betrieb oder Büro beschäftigten Kräfte, die im Angestelltenverhältnis stehen, d. h. monatl. Gehalt beziehen u. mindestens 4wöchige Kündigungsfrist haben. Kaufmänn. Grundberufe, in denen Auszubildende in 3 Jahren zu *Gehilfen* ausgebildet werden können, sind u. a.: Groß- u. Außenhandels-, Einzelhandels-, Versicherungs-, Bank-, Industrie-, Speditionskaufmann.

Kaufmannsgehilfe →Handlungsgehilfe.

Kaufmannssprache, die vom allg. Sprachgebrauch abweichenden Ausdrucksformen im Wirtschaftsverkehr.

Kaufunger Wald, Buntsandsteinrücken im Hess. Bergland, östl. von Kassel; im *Bilstein* 642 m.

Kaugummi, *Chiclegum,* kaubares, aber unlösliches Erzeugnis, ursprüngl. amerikan. Herkunft, aus natürlichem Kautschuk oder Gutta (→Chicle) oder aus Polyvinylacetat als Kaugrundlage mit Zusätzen von Zucker u. geschmackgebenden (Pfefferminz- u. Nelkenöl) u. weichmachenden Stoffen (Bienenwachs, Tolubalsam).

Kaukasien, das Gebiet zwischen Schwarzem u. Kasp. Meer, in der Sowjetunion, rd. 450 000 qkm, rd. 20 Mill. Ew.; gliedert sich in den eigentl. (Großen) →Kaukasus (markante Klimascheide), sein nördl. Vorland (*Nord*- oder *Zis-K.*) bis zur Manytschniederung mit südruss. Kontinentalklima u. das südl., subtrop. →Transkaukasien.

kaukasische Sprachfamilie, im Kaukasus u. in den angrenzenden Ebenen – soweit nicht von indogerman. oder tatar. Einwanderern besiedelt – verbreitete Sprachen: *Abchasisch, Tscherkessisch, Mingrelisch, Grusinisch (Georgisch), Tschetschenisch* u. a. – ▱ 3.8.8.

kaukasische Völker, *Kaukasusvölker, Kaukasier,* das rassisch bunte Gemisch vielerlei Völker u. Stämme in den Kaukasustälern; man unterscheidet: 1. die südkaukas. Gruppe, im westl. mittleren Transkaukasus sowie im angrenzenden Kleinasien: hauptsächl. *Grusinier, Mingrelier, Swanen;* 2. die Nordwestgruppe mit den *Tscherkessen* u. *Abchasen;* 3. die Nordost- oder Dagestan-Gruppe: eine Vielzahl von Völkerschaften, u. a. *Tschetschenen, Inguschen, Awaren, Laken, Dar-*

Gebirgsmassiv im Kaukasus

gua, Lesghier. – Die Männertracht wird von der tscherkessischen bestimmt. – ☐ 6.1.5.

Kaukasistik, die Wissenschaft von den kaukas. Sprachen u. Kulturen.

Kaukasus, Großer K., russ. (Bolschoj) Kawkas, ein rd. 1200 km langes u. bis 200 km breites, im zentralen Teil vergletschertes Hochgebirge zwischen Schwarzem u. Kaspischem Meer; im *Elbrus* 5633 m, im *Kasbek* 5047 m; vom Terek im N u. von der Kura im S entwässert. Verkehrsmäßig ist der K. wenig erschlossen (Eisenbahnen verlaufen nur randlich). Die Reste verschiedener alter *kaukasischer Völker* haben sich hier erhalten. – Als *Kleiner K.* werden die nordöstl. Randgebirge der Armen. Hochlands in Transkaukasien bezeichnet. – Vorkommen von Blei-, Zink- u. Silbererzen, Mangan, Steinkohle, Erdöl u. -gas; viele Mineral- u. Heilquellen mit Kur- u. Badeorten; Hauptpaßstraßen: *Ossetische Heerstraße* von Alagir nach Kutaisi u. *Grusinische Heerstraße* von Ordschonikidse nach Tiflis.

Kaulbach, 1. Friedrich August von, Neffe von 2), Maler, *2. 6. 1850 München, †26. 7. 1920 Ohlstadt bei Murnau; malte Genrebilder von theatralisch-sentimentaler Auffassung im Sinn des Münchner Akademismus.
2. Wilhelm von, Maler u. Graphiker, *15. 10. 1805 Arolsen, †7. 4. 1847 München; gefördert von P. von *Cornelius*; malte zahlreiche Historienbilder von erzählfreudigem Akademismus. Volkstüml. wurden seine humorvollen Illustrationen (z.B. zu Goethes „*Reineke Fuchs*", 1841).

Kaulbarsch, *Acerina cernua*, ein 15 cm, maximal über 20 cm langer Süß- u. Brackwasserfisch der *Barschartigen*, in Mittel- u. Nordeuropa; lebt von Bodentieren u. Fischlaich u. -brut; in Ost-Dtschld., bes. im Unterelbegebiet, ein beliebter Speisefisch (K.-Suppe).

Kaulbarschregion, Flunder-, Brackwasser-Region, als Fischregion der Unterlauf von Meereszuflüssen im Brackwasserbereich des Gezeitengebiets; typ. Vertreter: *Kaulbarsch, Flunder, Aal.*

Kaulbrand, die durch *Aaltierchen* verursachte →Gicht oder Radekrankheit des Weizens.

Kauliflorie [lat.], *Cauliflorie*, Stammblütigkeit, das Hervorbrechen der Blüten an verholzten Organen wie am Stamm u. alten Ästen, bes. bei trop. Pflanzen, z.B. beim Kakaobaum.

Kaulkopf →Groppen.
Kaulquappe, das Larvenstadium der →Lurche; auch Froschlurche.
Kaulun = Kowloon.

Kaumagen, bei einigen Krebsen, Insekten u. Schnecken der mit Zähnen zum Zerkleinern der Nahrung ausgestattete Vorderdarm; bei Vögeln der →Muskelmagen; →auch Verdauungssysteme.

Kaumuskeln, bei Wirbeltieren der zur Bewegung des Unterkiefers dienenden Muskeln. Beim Menschen sind dies die paarig angelegten *Musculus masseter, Musculus temporalis* u. die *Musculi pterygoidei.*

Kaumuskelschnitte, bei der →Fleischbeschau zur Untersuchung auf *Finnen* mindestens je zwei parallel mit dem Unterkiefer verlaufende, durch die Kaumuskulatur des geschlachteten Rindes vorzunehmende Schnitte; neben den Herz- u. Zungenschnitten.

Kaun, Hugo, Komponist, *21. 3. 1863 Berlin, †2. 4. 1932 Berlin; 1887–1902 als Dirigent, Komponist u. Lehrer in Milwaukee (USA), danach in Berlin; 4 Opern, zahlreiche Chor-, Kammermusik- u. Instrumentalwerke; Autobiographie: „Aus meinem Leben" 1931.

Kaunas, russ. früher *Kowno*, dt. *Kauen*, Stadt in der Litauischen SSR, an der Mündung der Neris in den Njemen (Hafen), 306 000 Ew.; Akademien, Hochschulen, Theater, Erzbischofssitz; Agrarhandelszentrum, Landmaschinen- u. Turbinenbau, Textil-, Nahrungs- u. Genußmittel-, Metall-, chem., Holz- u. Baustoffindustrie, Torfnutzung; Wärme- u. Wasserkraftwerke; Verkehrsknotenpunkt. – Gegr. im 11. Jh., 1569 poln., 1795 russ., 1920–1940 Hptst. von Litauen.

Kaunda [ˈkɔndə], Kenneth David, afrikan. Politiker in Sambia, *28. 4. 1924 auf einer prot. Missionsstation bei Chinsali, Nordrhodesien; seit 1949 polit. tätig, gründete 1958 eine Partei, die die beschleunigte Entkolonisierung forderte u. 1960 (nach Verbot durch die Behörden der Föderation von Rhodesien u. Nyasaland) den Namen „Vereinigte Nationale Unabhängigkeitspartei" annahm (*United National Independence Party*, Abk. *UNIP*). Er bekämpfte die Föderation, trat nach einem UNIP-Wahlsieg 1962 an die Spitze einer Koalitionsregierung u. erreichte 1964 die Unabhängigkeit Nordrhodesiens, das den Namen *Sambia* annahm. Seit 1964 ist K. Staats-Präs. Er spielte eine wichtige Rolle in der überregionalen Panafrikan. Freiheitsbewegung für Ost-, Zentral- u. Südafrika (PAFMECSA) u. trat 1970 als Sprecher unabhängiger afrikan. Staaten gegen den weißen Machtblock im südl. Afrika (Südafrika, Rhodesien, portugies. Kolonien) auf.

Kaunertal, 27 km langes rechtes Seitental des Oberinntals in Tirol (Österreich), im S vom Gepatschferner begrenzt; Großkraftwerk K. (Gepatsch-Stausee), seit 1965 in Betrieb.

Kaunitz, Wenzel Anton Fürst (seit 1764) von K.-*Rietberg*, österr. Staatsmann, *2. 2. 1711 Wien, †27. 6. 1794 Wien; 1742–1744 Gesandter in Turin, dann beim österr. Generalgouverneur der Niederlande tätig, 1748 auf dem Friedenskongreß in Aachen, seit 1753 Staatskanzler Maria Theresias u. Josephs II.; bemühte sich um ein Bündnis mit Frankreich, um Preußen, das er als Österreichs Hauptgegner ansah, niederzuwerfen u. um Schlesien zurückzugewinnen. Er erreichte auch 1756 ein Defensivbündnis, das nach Ausbruch des Siebenjährigen Kriegs in ein Offensivbündnis umgewandelt wurde, u. hielt gleichzeitig die Verbindung mit Rußland aufrecht. Mit Joseph II., der 1765 Mitregent geworden war, setzte er sich gegen den Willen Maria Theresias den Erwerb Galiziens, der Bukowina u. des bayer. Innviertels durch; jedoch ging schon unter Joseph II., mehr noch unter Leopold II., sein Einfluß zurück. Innenpolit. war er ein Vertreter des *Josephinismus.* Die Umgestaltung der Zentralbehörden u. die Schaffung des Staats-

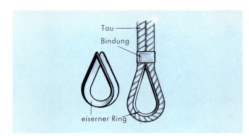
Herzkausche

rats waren hauptsächl. sein Werk. Auch am Geistesleben Wiens nahm er regen Anteil durch sein Interesse an französ. Literatur u. Philosophie. Er war Kunstsammler u. Protektor der Akademie der bildenden Künste in Wien und förderte Chr. W. *Gluck.* Das *Palais K.* dient heute als Bundeskanzleramt.

Kaupert, Gustav, Bildhauer, *4. 4. 1819 Kassel, †4. 12. 1897 Kassel; schuf Denkmäler u. Medaillen in antikisierendem Stil mit meist histor. Darstellungen. 1845–60 in den USA errichtete er zusammen mit Th. *Crawford* das Washington-Denkmal in Richmond u. die Amerika-Statue auf dem Kapitol in Washington.

Kaurifichte [Maori], Kopalfichte, *Agathis australis*, in Neuseeland heimischer, zu den *Araukariengewächsen* gehöriger, bis 60 m hoher Nadelbaum. Zweige u. Äste sind mit weißl. Harztropfen bedeckt, die sich allmähl. ablösen u. sich am Fuß der Bäume zu großen Klumpen vereinigen. Das Kauriharz wird *Kaurikopal* genannt. Das Harz der südostasiat. *Agathis alba* liefert Manila-Kopal.

Kaurimuschel, volkstüml. Bez. für *Kaurischnecke.*

Kaurischnecke [sanskr., hind.], *Cypraea moneta*, bis 3 cm lange Porzellanschnecke des Indischen Ozeans; mit gelblichem, porzellanartigen Gehäuse. Seit etwa 1300 war die K., später auch *Cypraea annulus*, in Mittel- u. Ostafrika als Zahlungsmittel (*Kaurigeld*) eingeführt (um 1900 kosteten: 1 Ei 8 K.n, 500 g Fleisch 100–200 K.n); heute nur noch bei sehr abgelegenen Stämmen. Je 100 Stück, auf Bastfäden gereiht, galten als Einheit. Außerdem ist sie seit alters her als Schmuck beliebt (weibl. Sexualsymbol).

Kaurit (der; Maori), *Kaurileim*, ein synthet. Leim, hergestellt durch Kondensation von Formaldehyd u. Harnstoff; durch Zusatz von Säuren oder Laugen gehärtet, für die Leimung von Papier u. Holz verwendet.

Kaus, Max, Maler u. Graphiker, *11. 3. 1891 Berlin, †5. 8. 1977 Berlin; Schüler von E. Heckel, Prof. an der Berliner Akademie; verfolgte in seinem Werk eine abstrahierende Malweise.

kausale Rechtsgeschäfte, Rechtsgeschäfte, die (wie Kauf- u. Mietvertrag u.a. schuldrechtliche Geschäfte) von der Wirksamkeit der ihnen zugrunde liegenden Zweckbestimmung abhängig sind; Gegensatz: *abstrakte Rechtsgeschäfte.*

Kausalgie [grch., „Brennschmerz"], anfallweiser oder anhaltender Schmerz in der Umgebung einer ausgeheilten Nervenverletzung infolge Funktionsstörungen des sympathischen Nervensystems.

Kausalismus [lat. *causa,* „Ursache, Grund"], das Prinzip, alles aus Ursachen (nicht nach Zwecken) zu erklären.

Kausalität [lat., „Ursächlichkeit"], **1.** *Philosophie:* Das K.sprinzip ist, nach Ansicht der meisten Philosophen, aus der Erfahrung gewonnen u. besagt: Jede Wirkung hat eine Ursache, u. umgekehrt folgt jeder Ursache eine Wirkung. So folgt jeder Handlung ein Ereignis (z.B. beim Schlag eines Hammers erwärmt sich der getroffene Gegenstand), u. umgekehrt geht jedem Ereignis eine Ursache voraus (der Finger schmerzt, weil man vorher mit dem Hammer darauf geschlagen hat). Dabei kann sich die Wirkung, wie die Relativitätstheorie zeigt, höchstens mit Lichtgeschwindigkeit ausbreiten.
Von der K. muß die *Determiniertheit* (→Determinismus) unterschieden werden: Die Bewegung eines Körpers, der aus vielen Atomen oder Molekülen besteht (das sind alle für uns faßlichen Bewegungen), ist für alle Zeit vollständig vorausberechenbar (determiniert), wenn man seinen Bewegungszustand (Ort u. Geschwindigkeit) zu einer Zeit kennt. Anders ist das allerdings für Teilchen von atomaren Ausmaßen: Die →Quantentheorie hat gezeigt, daß die Bewegung u. Veränderung von Elementarteilchen nicht exakt vorausgesagt, sondern daß ihr späterer Zustand nur mit einer bestimmten, aus den Gesetzen der Quantentheorie folgenden Wahrscheinlichkeit angegeben werden kann. Es gilt danach zwar noch die K., aber nicht mehr die Determiniertheit. W. *Heisenberg* zeigte durch die *Unschärferelation,* daß es prinzipiell nicht möglich ist, Ort u. Geschwindigkeit eines Elementarteilchens gleichzeitig exakt zu messen. Die Undeterminiertheit der atomaren Ereignisse kann sich makroskop. bemerkbar machen, wenn der zufällige Verlauf eines Elementarakts (d.h. eines Ereignisses, das sich in atomaren Dimensionen abspielt) das Verhalten eines sichtbaren Körpers bestimmt, z.B. →Mutation bei Tieren u. Pflanzen, der nicht exakt festlegbare Augenblick der Explosion einer Atombombe (weil es auf den Zeitpunkt der Spaltung des ersten Urankerns ankommt) u. a. **2.** *Recht:* Im Zivilrecht gilt als Ursache nur jedes Ereignis, das erfahrungsgemäß geeignet ist, das eingetretene Ergebnis herbeizuführen (sog. adäquate K., Adäquanztheorie). Im Strafrecht gilt (mit Einschränkungen) als Ursache dagegen jede Bedingung, die nicht hinweggedacht werden kann, ohne daß der Erfolg (das Ergebnis) entfiele (*conditio sine qua non*; Bedingungs- oder Äquivalenztheorie).

Kausalsatz [lat.], begründender konjunktionaler Nebensatz; im Dt. durch *da* oder *weil* eingeleitet.

Kausativ, *Kausativum* [das, Mz. *Kausativa*; lat.], ein Verb, das die Bewirkung oder Veranlassung eines Vorgangs (Geschehens) bezeichnet; im Dt. grundsätzl. schwach konjugiert (z.B. *tränken* [„trinken machen"] als K. zu *trinken*).

Kausche [die; frz.], ein herzförmiger oder runder Stahlring, der am Ende eines Taus oder Seils eingebunden oder eingespleißt wird; zum Einhängen von Haken u. zum Schutz des Seils.

kaustifizieren [grch. + lat.], Alkalicarbonate durch Umsetzung mit gelöschtem Kalk in Alkalihydroxide überführen, z.B. nach der Gleichung:
$Na_2CO_3 + Ca(OH)_2 = 2\,NaOH + CaCO_3$.

Kaustik [grch.], **1.** *Medizin:* Kauterisation, Ge-

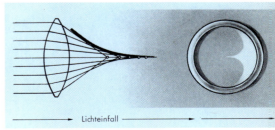
Kaustik einer Linse und eines Ringes

kaustisch

webszerstörung durch Hitze, chem. Ätzmittel oder elektr. Strom (*Elektrokaustik*; →Elektrochirurgie).

2. *Optik:* Katakaustik, Brennlinie, die gekrümmte Linie bzw. Fläche, in der sich die auf eine Linse (bzw. Hohlspiegel) fallenden Lichtstrahlen nach der Brechung (bzw. Reflexion) schneiden.

3. *Völkerkunde:* eine Form der Narbenverzierung, bei der die Muster mit Dung u. Zunder in die Haut eingebrannt werden (bei Bantus Südostafrikas: Zulu, Venda).

kaustisch [grch.], 1. *Medizin:* auf Kaustik beruhend.

2. *übertragen:* ätzend, bissig, spöttisch.

Kautabak, Tabakgespinst aus schwerbrandigen, zähen Tabakblättern, die getrocknet u. dann einer *Soßierung* unterzogen werden. Die Soße besteht aus Wasser, Tabakextrakt u. den Geschmack bestimmenden Zutaten, z. B. Wacholderbeeren, getrockneten Pflaumen, Fenchel, Korinthen, Muskat, Anis, Nelken, Salz, Zuckersirup oder Spiritus. K. kommt in Form von Stangen, Rollen, Schleifen, Knoten oder abgeteilten Stücken in den Handel.

Kautel [die; lat.], Sicherheitsmaßnahme oder -bedingung, bes. beim Abschluß von Verträgen.

kauterisieren [grch.], eine Kaustik durchführen; →auch Kaustik (1).

Kautex, ein Kunststoff aus →Polyvinylchlorid.

Kaution [lat.], 1. *bürgerl. Recht:* Bürgschaft, Sicherheit, Hinterlegung; z. B. für die Einhaltung vertraglicher Pflichten durch Hinterlegen von Bargeld oder Einräumen einer Hypothek.

2. *Strafverfahren:* die Aussetzung der Vollstreckung eines Haftbefehls gegen Sicherheitsleistung in Geld, Wertpapieren u. ä.; in der BRD geregelt in §§ 116, 116a, 123, 124 StPO. – Ähnlich in Österreich (§§ 192 ff. StPO) u. im schweizer. Bundesstrafprozeß (Art. 53–60 des einschlägigen Bundesgesetzes) sowie u. a. in der StPO des Kantons Zürich (§§ 68–73).

Kautionsversicherung, Bürgschaft für die Zahlung von gestundeten Steuern, Zöllen u. Frachten oder der ordnungsgemäße Erfüllung von Kauf- u. Werkverträgen u. a.; Sonderformen: *Personen-Garantieversicherung* u. *Personen-K.*

Kautionswechsel, ein →Wechsel, der nur zur Sicherheit gegeben wird; der Sicherungsnehmer hat nach außen die volle Rechtsstellung, ist aber im Innenverhältnis gegenüber dem Sicherungsgeber verpflichtet, von dem Vollrecht nur entsprechend der *Sicherungsabrede* (Treuhandverhältnis) Gebrauch zu machen. Häufig nehmen Banken in dieser Weise Wechsel zur Sicherung eines Kontokorrentkredits herein, die bis zum Verfalltag in das Depot gelegt werden (daher auch *Depotwechsel* genannt).

Käutner, Helmut, Schauspieler, Filmregisseur u. Autor, *25. 3. 1908 Düsseldorf; erst Theaterregie, dann beim Film („Romanze in Moll" 1943; „Große Freiheit Nr. 7" 1944; „Unter den Brücken" 1945); gründete nach dem 2. Weltkrieg die *Camera-Filmgesellschaft,* die als eine der ersten wieder dt. Spielfilme herstellte; „In jenen Tagen" 1947; „Der Apfel ist ab" 1948; „Die letzte Brücke" 1954; „Des Teufels General" 1955; „Himmel ohne Sterne" 1955; „Ein Mädchen aus Flandern" 1956; „Der Hauptmann von Köpenick" 1956; „Die Zürcher Verlobung" 1957; „Die Gans von Sedan" 1959; „Der Rest ist Schweigen" 1959; „Das Glas Wasser" 1960; „Die Rote" 1962; „Die Feuerzangenbowle" 1970 u. a.

Kautschuk [der; indian., frz.], engl. *India-rubber,* eine hochpolymere organische Substanz, aufgebaut aus mehreren tausend Isoprenresten pro Molekül (→Isopren); Formel: $(C_5H_8)n$. Diese Isoprenbausteine tragen jeweils zwei Doppelbindungen, an die andere Atome angelagert werden können. So entsteht z. B. durch Schwefelanlagerung *Gummi (Vulkanisation)* u. mit Chlorgas der *Chlorkautschuk.*

Vorkommen: Roh-K. ist der geronnene Milchsaft *(Latex)* einiger in trop. Gegenden wachsenden Pflanzenarten, vor allem aus der Familie der *Wolfsmilchgewächse.* Der Baum *Hevea brasiliensis* liefert den *Para-K.* u. damit rd. 99% des in der Welt verarbeiteten Natur-K.s, der auch die besten Eigenschaften hat. Malaysia, Indonesien u. Thailand sind die größten K.lieferanten. Weitere K.erzeugende Pflanzen sind verschiedene Maulbeergewächse (*Assam-K.*), Hundsgiftgewächse (*Seiden-K.*), Löwenzahn- u. Korbblütlerarten.

In getrocknetem Zustand ist der K. weich u. elastisch, in Wasser unlösl., aber etwas quellbar, u. er beginnt bei etwa 180 °C zu schmelzen. Dieser

Abzapfen der Kautschukmilch

Die Kautschukmilch wird durch Zusatz

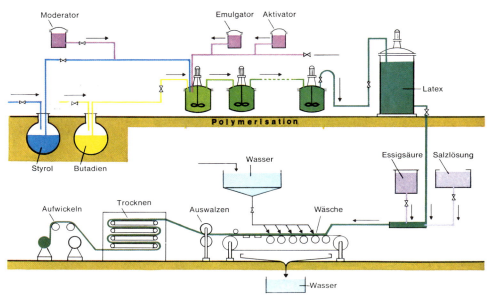

Produktionsschema von Buna S (Butadien-Styrol-Kautschuk)

Roh-K. wurde früh von den Bewohnern Süd- u. Mittelamerikas zur Herstellung von Schuhen, Flaschen u. Bällen benutzt. In der Mitte des 18. Jh. gelangte die erste genaue Kenntnis der Eigenschaften des K.s nach Europa. Am Ende des 18. Jh. begann man, aus dem Material Röhren herzustellen, u. im 19. Jh. erkannte man seine Eigenschaft, Bleistiftstriche auszuwischen. Noch später begann die Herstellung medizin. Geräte aus K.

Ein Wendepunkt in der Verarbeitung trat ein, als der Amerikaner Ch. *Goodyear* die →Vulkanisation einführte (1839/40). Im Zusammenhang mit dem Aufschwung der gummiverarbeitenden Industrie (Auto- u. Fahrradreifen, Gummiartikel aller Art) stieg auch der Bedarf an Roh-K. so stark an, daß nur der planmäßige Anbau in Plantagen den Bedarf decken konnte.

Gewinnung: Der Latex, eine Emulsion von 37% K. u. 60% Wasser, wird bei baumartigen Pflanzen durch Anzapfen der Rinde, bei Sträuchern durch Zerkleinern der K. liefernden Pflanzenteile u. Extraktion gewonnen. Die Hevea-Arten werden in Plantagen angebaut, benötigen 3–5 Jahre bis zur Zapfreife, liefern aber erst nach weiteren 3–5 Jahren eine hohe Latexausbeute. Auf eine Zapfperiode muß stets eine gleich lange Ruheperiode folgen. Der aufgefangene Milchsaft wird meist zentrifugiert u. mit organ. Säuren zum Gerinnen gebracht. Die geronnene Masse wird ausgerollt oder ausgewalzt. Hergestellt werden entweder Bänder („Krepp"), in Rauch getrocknete Felle („Smoked Sheet") oder durch Zerstäubungstrocknung gewonnenes Pulver („Snow rubber"). Zunehmend wird auch flüssiger Latex zum Versand gebracht u. z. B. für Bautenschutzanstriche benutzt.

Die Verwendung des K.s ist sehr vielfältig. Nach der Vulkanisation wird der jetzt als „Gummi" bezeichnete K. für Fahrzeug- u. Flugzeugreifen, Schläuche, Dichtungen, Imprägnierungen, medizin. Artikel, Treibriemen u. Bodenbeläge, insgesamt für ca. 50 000 verschiedene Artikel, verwendet. *Hartgummi (Hart-K.)* wird durch längere Vulkanisation u. erhöhten Schwefelzusatz (30–35%), *Weichgummi* durch geringeren Zusatz (bis 4%) gewonnen.

Die Gewinnung von *Natur-K.* betrug 1976 in der Welt 3,6 Mill. t; davon entfielen u. a. auf Malaysia 1,6 Mill. t, Indonesien 848 000 t, Thailand 392 000 t, Ceylon 152 000 t. – *Synthet. K.* (→Buna)

KAUTSCHUK UND KUNSTKAUTSCHUK

...rganischen Säuren zur Koagulation gebracht

Anlage zur Gewinnung von Perbunan-N-Synthesekautschuk

Anlage zum Fällen und Waschen von Kunstkautschukflocken

Waschen und Auswalzen des Kunstkautschukfells

Herstellung von Autoreifen

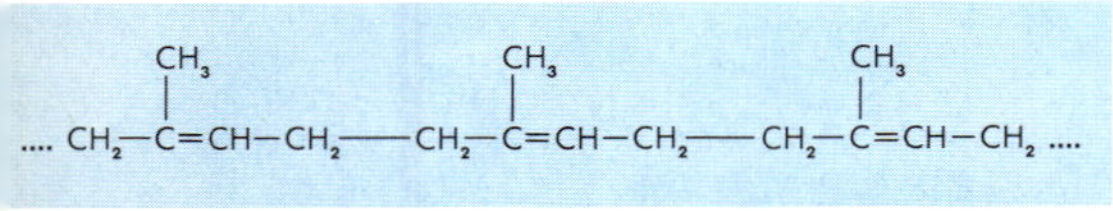

Kautschuk: Isoprenbausteine des Kautschuks

wird vor allem in den USA (1976: 2,3 Mill. t), in Japan, der UdSSR u. in der BRD gewonnen.
Kautschukparagraph, abwertende Bez. für eine dehnbare, unbestimmte Rechtsbegriffe enthaltende Gesetzesbestimmung; →auch Generalklausel.
Kạutsky, 1. Benedikt, Sohn von 2), sozialist. Theoretiker u. Schriftsteller, *1. 11. 1894 Stuttgart, †1. 4. 1960 Wien; 1921–1938 Sekretär der Wiener Arbeiterkammer, 1938–1945 im KZ; beeinflußte das Parteiprogramm der SPÖ von 1958 entscheidend; Hptw.: „Amerikas Arbeiter im Vormarsch" 1951; „Geistige Strömungen im österr. Sozialismus" 1953.
2. Karl, marxist. Theoretiker u. Publizist, *16. 10. 1854 Prag, †17. 10. 1938 Amsterdam; trat 1875 in Wien der Sozialdemokratie bei, lebte 1885–1890 in London (Zusammenarbeit mit F. *Engels*), seit 1897 in Berlin; Gründer u. Hrsg. der sozialdemokrat. Zeitschrift „Die Neue Zeit" (1883–1917), Mitverfasser des *Erfurter Programms*. K. war der führende Theoretiker der SPD u. der Zweiten Internationale; er vertrat einen orthodoxen Marxismus u. bekämpfte sowohl den Revisionismus E. *Bernsteins* wie den Radikalismus Rosa *Luxemburgs*; den Bolschewismus lehnte er ab. Neben K. Marx, F. Engels u. Franz Mehring gehörte er zu den wenigen Vertretern einer marxist. Geschichtsschreibung vor dem 1. Weltkrieg. 1917 Mitgründer der USPD, 1922 Rückkehr in die SPD. Seit 1924 lebte K. in Wien; von dort emigrierte er 1938 nach Holland. – Hptw.: „Karl Marx' ökonomische Lehren" 1887; „Das Erfurter Programm in seinem grundsätzlichen Teil erläutert" 1892; „Bernstein u. das sozialdemokrat. Programm" 1899; „Der Weg zur Macht" 1909; „Die Diktatur des Proletariats" 1918; „Terrorismus u. Kommunismus" 1919; „Materialist. Geschichtsauffassung" 1927.
Kautzsch [kautʃ], Rudolf, Kunsthistoriker, *5. 12. 1868 Leipzig, †26. 4. 1945 Berlin; 1915–1930 Prof. in Frankfurt a. M.; arbeitete über die rhein. Baukunst des MA.; „Der Mainzer Dom" 1925; „Der Dom zu Worms" 1938; „Der roman. Kirchenbau im Elsaß" 1944.
Kauz, Bez. für verschiedene *Eulen* ohne Ohrbüschel, meist kräftig, gedrungen: *Wald-K., Stein-K., Sperlings-K.*
Kavạfis, Konstantinos P., neugriech. Lyriker, *17. 4. 1863 Alexandria, †29. 4. 1933 Alexandria; Dichtung modernen Gehalts u. klass. maßvoller Prägung; „Gedichte" 1933, dt. Auswahl 1953.
Kava-Kava, *Kawa-Kawa* →Kawa.
Kavain, in den Wurzeln des *Kawapfeffers* enthaltene organ. Verbindung, die auch synthet. hergestellt werden kann; wirkt berauschend, spannungslösend u. gefäßerweiternd; →Kawa.
Kavalịer [frz.], früher: Reiter, Ritter; heute: Begleiter einer Dame, höfl. Mensch. – *Kavaliersdelikt*, eine strafbare Handlung, die aber durch gesellschaftl. Konvention verharmlost oder sogar als bes. ehrenvoll hingestellt wird; z. B. das Übertreten von Verkehrsregeln, das Stehlen von „Souvenirs"; →auch Exkulpation (1).
Kavalịerperspektịve [nach *Kavalier* als Bez. für einen Festungsturm], eine schiefe Parallelprojektion auf eine lotrechte Aufrißebene. Die schiefe Parallelprojektion auf die waagerechte Grundrißebene heißt *Militärperspektive*.
Kavallerịe [frz.-ital.], ehem. berittene Kampftruppe eines Heeres. Sie bestand in Dtschld. bis zum 1. Weltkrieg aus Verbänden mit unterschiedl. Uniformen, aber ohne Unterschied in der Verwendung; die ältere Unterscheidung zwischen *schwerer K. (Kürassiere, Ulanen)* u. *leichter K. (Dragoner, Husaren)* war fortgefallen. Die Waffen der K. waren Lanze, Säbel, Karabiner; zu ihren Aufgaben gehörten: operative u. taktische Aufklärung, Verschleierung, Unternehmungen gegen Flanke u. Rücken des Feindes u. gegen Bahnlinien, Kunstbauten u. Magazine hinter der feindlichen Front, Sicherung der eigenen Flanke u.a.
Kavanagh ['kævənɔ:], Patrick, irischer Lyriker u. Erzähler, *21. 10. 1904 Inniskean, Monaghan, †30. 11. 1967 Dublin; pries in freien Rhythmen die heimatl. Landschaft; Hptw.: das Versepos „The Great Hunger" 1942.

Kavạngoland, teilautonomes Bantuland („Bantu-Heimatland") in der Rep. Südafrika, etwa 40000 qkm, über 50000 Ew., Hauptort *Rundu*; erhielt 1970 Selbstverwaltung.
Kavatịne [die; ital.], in der Oper ein kurzes melodiöses Gesangstück; auch ein Instrumentalstück mit lyrischem Charakter.
Kavation [frz.], *Umgehungsstoß*, beim Fechten das Befreien der eigenen Klinge aus der gegnerischen *Bindung* (abdrängendes Berühren der gegnerischen Klinge), das Umgehen von Klinge, Faust u. Unterarm u. der dann folgende Hieb oder Stoß in die *Blöße* des Gegners.
Kạveling [die; ndrl.] →Los (3).
Kavẹntsmann [lat., eigentl. „Bürge, Gewährsmann"], beleibter, begüterter Mann; Prachtexemplar.
Kạveri, südind. Fluß, = Cauveri.
Kavẹrne [lat.], **1.** *allg.*: Höhle.
2. *Medizin*: durch Gewebszerfall entstandener Hohlraum, vor allem in der Lunge bei Lungentuberkulose u. bei Abszessen.
Kavernenkraftwerk, eine unterird. Wasserkraftanlage, bei der die Maschinenanlagen in einer aus dem Fels gebrochenen *Kaverne* untergebracht sind.
Kạviar [der; türk., grch., ital.], russ. *Ikra*, enthäuteter u. gesalzener *Rogen* (Eier) von Störarten (Stör, Hausen, Sterlet), die hauptsächl. in russ. Gewässern vorkommen. Hauptausfuhrort für echten russ. K. war Astrachan. Ein Stör liefert 12–20 kg K.; der K. enthält 38% Eiweiß u. 15% Fett. Deutscher K.ersatz wird aus dem Rogen von Heringen u. Seehasen hergestellt.
Kavieng [kævi'ɛŋ], Hauptort der Insel →Neumecklenburg.
Kävịr, *Kewir, Kawir* [pers.], Salzwüste, -steppe.
Kävịr-e Khorasạn, *Däscht-e Kävir, Große Kävir*, Salzwüste im zentraliran. Becken, südöstl. von Teheran.
Kavirọndo, zwei Negerstämme am Victoriasee: 1. die nilotischen K. der →Luo; 2. die Bantu-K. (350000).
Kavitation [lat.], Hohlraumbildung, insbes. in einer Flüssigkeit. In einer schnellen Flüssigkeitsströmung kann der statische Druck unter den Dampfdruck sinken, so daß sich Dampfblasen bilden, die bei Druckanstieg plötzlich zusammenfallen. Beim Zusammenfall auftretende äußerst kräftige Stöße sind für viele Schäden an Schiffsschrauben u. in Wasserturbinen verantwortlich. – Starke Ultraschallschwingungen erzeugen in Flüssigkeiten beträchtl. Zugspannungen, durch die deren Zusammenhang zerreißen u. für kurze Zeit ein luftleerer oder dampfgefüllter Hohlraum entstehen kann; beim Zerfall treten ebenfalls Zerstörungen auf.
Kạvya [das; sanskr.], *Kawja*, eine Gedichtform der klass. indischen Literatur.
Kạwa [die; polyn.], Getränk aus der Wurzel des *Kawapfeffers*, eines Strauchs, der auf den Südseeinseln wächst. Es wird dort von den Bewohnern durch Auskauen der Wurzel u. Abseihen der Flüssigkeit gewonnen, ist stark bitter (Bestandteile: *Kawaharz* u. *Kavain*) u. wirkt berauschend.
Kawa, Bergvolk (280000) im SW Chinas (Yünnan); Reisbauern mit Ahnenkult neben Buddhismus u. Christentum; Jagd; ältere Schrift.
Kawa [jap.], Bestandteil geograph. Namen: Strom, Kanal.
Kawabata *Jasunari*, japan. Schriftsteller, *11. 6. 1899 Osaka, †16. 4. 1972 Kamakura bei Tokio (Selbstmord); 1948–1965 Präs. des japan. PEN-Clubs; 1968 Nobelpreis für Literatur; behandelte in traditionellem japan. Stil moderne Zeitprobleme, sinnl. greifbar, von typisch japan. Denken geprägt, mit einem buddhist. Unterton des Verzichtens u. der Unbeständigkeit. Als Meisterwerke gelten: „Die kleine Tänzerin von Isu" 1926, dt. 1948; „Schneeland" 1937, dt. 1957; „Tausend Kraniche" 1949, dt. 1956; „Ein Kirschbaum im Winter" 1952, dt. 1969; „Kyoto oder die jungen Liebenden in der alten Kaiserstadt" 1962, dt. 1965.
Kawagoe, japan. Stadt in der Region Kanto, nordwestl. von Tokio, 171000 Ew.; Schwerindustrie.
Kawagutschi, japan. Stadt in Honschu, nördl. von Tokio, 260000 Ew.; Schwerindustrie, Erdölförderung.
Kawaihae [kæwai'hæə], Stadt im N der Insel Hawaii, 10000 Ew.
Kawạ́la, *Kabála*, das antike *Neapolis*, Hafenstadt im O von Griech.-Makedonien, am *Golf von K.*, 47000 Ew.; byzantin. Burg, Reste eines Aquädukts; Zentrum der Tabakverarbeitung u. -ausfuhr; Nahrungsmittel- u. Baumwollindustrie; Goethe-Institut (Zweigstelle).
Kawalerọwicz [-vitʃ], Jerzy, poln. Filmregisseur, *19. 1. 1922 Gwoździec, Ukraine; neben A. *Wajda* u. A. *Munk* der profilierteste Vertreter des neuen poln. Films; „Der Schatten" 1956; „Das wahre Ende des Krieges" 1957; „Nachtzug" 1959; „Mutter Johanna von den Engeln" 1961; „Pharao" 1965.
Kạwapfeffer, *Piper methysticum*, ein *Pfeffergewächs*, das aus seinem Rhizom die *Kawa* liefert.
Kawasaki, japan. Stadt südwestl. von Tokio, 980000 Ew.; größtes japan. Erdölraffineriezentrum, Schwer- u. chem. Industrie, Schiffswerft, Waggon- u. Fahrzeugbau. – Ⓑ→Japan (Geographie).
Kawạß [türk.], in der Türkei der einheim. Wachmann bei fremden Botschaften.
KAWE Kommissions-Buchhandlung GmbH, Berlin-Charlottenburg, betreibt Kommissionsbuchhandel, Barsortiment, Verlagsauslieferung, Export-, Import- u. Interzonenhandel.
Kawerin [-'vjɛrin], Wenjamin Alexandrowitsch, eigentl. W. A. *Silber (Zilber)*, sowjetruss. Schriftsteller, *19. 4. 1902 Pskow; schrieb formal originelle, inhaltl. „romantische" Romane u. Erzählungen („Unbekannter Meister" 1931, dt. 1961), später zum sozialist. Realismus übergegangen.
Kạwi, altjavan. Literatursprache mit schriftl. Zeugnissen seit dem 9. Jh. n. Chr.
Kay [kɛi], engl. Kurzform von →Katharina.
Kayạ, Stadt im westafrikan. Staat Obervolta, 13000 Ew.; Markt u. Straßenknotenpunkt; Kunsthandwerk.
Kạyastaat, halbautonomer Staat der *Kaya* in Birma; Gebirgsland am Saluen, südl. des Schanplateaus; Hptst. *Loikaw*.
Kayes [kɛs], Hauptort der westafrikan. Landschaft *Bambouk* am oberen Senegal, in der Republik Mali, 40000 Ew.; zahlreiche Schulen, Endpunkt der Senegaldampferlinien, durch Eisenbahnen mit Dakar u. mit Bamako am Niger verbunden.
Kaye-Smith ['kɛi'smiθ], Sheila, engl. Romanschriftstellerin, *4. 2. 1887 St. Leonard's-on-Sea, Hastings, †14. 1. 1956 Northiam, Sussex; Heimatdichterin der Landschaft Sussex: „Johanna Godden" 1921, dt. 1938; „Das Ende des Hauses Alard" 1923, dt. 1936.
Kayibandạ, Grégoire, afrikan. Politiker in Rwanda, *1. 5. 1924 Musambira, † ca. 15. 12. 1976; besuchte ein Priesterseminar, arbeitete als Journalist, gründete 1957 die Partei für Emanzipation der Hutu (PARMEHUTU) u. trat an die Spitze des Kampfs der Hutu gegen die Tutsi-Aristokratie. Nach der Hutu-Revolution 1961 wurde K. Regierungschef von Rwanda, nach Erlangung der Unabhängigkeit war er 1962–1973 Staats-Präs.
Kayser, 1. Emanuel, Geologe, *26. 3. 1845 Königsberg, †29. 11. 1927 München; 1873 preuß. Landesgeologe, lehrte in Berlin u. Marburg, lieferte wichtige Beiträge zur Kenntnis des Devons u. des Rhein. Schiefergebirges; Hptw.: „Lehrbuch der Geologie" 2 Bde. 1891–1893; „Allg. Geologie" [8]1923; „Geolog. Formationskunde" [7]1923/1924; „E. K.s Abriß der Geologie", 2 Bde. 1915, Bd. 1: [9]1966, Bd. 2: [10]1967.
2. Wolfgang, Literaturwissenschaftler, *24. 12. 1906 Berlin, †23. 1. 1960 Göttingen; „Geschichte der dt. Ballade" 1936; „Kleine dt. Versschule" 1946; „Das sprachl. Kunstwerk" 1948, [13]1968; „Kleines literar. Lexikon" 1948, [4]1966.
Kạyseri, Hptst. der türk. Provinz K. in Inneranatolien, südöstl. von Ankara, am Nordhang des Erciyas Daği, 180000 Ew.; Nahrungsmittel-, Holz-, Metall-, Maschinen-, Teppich-, Textil- u. a. Industrie; Staudamm am *Kızılırmak*; Straßen- u. Eisenbahnknotenpunkt mit Flughafen; in der Nähe das antike *Caesarea Cappadociae*.
Kaysersberg, *Kaisersberg*, oberelsäss. Stadt im franz. Dép. Haut-Rhin, nordwestl. von Colmar, 3000 Ew.; mittelalterl. Befestigungsreste, viele alte Bauten; Cellulosefabrik, Baumwollspinnerei, Weinbau; Geburtsort Albert *Schweitzers*. – 1293–1673 Reichsstadt.
Kạyßler, Friedrich, Schauspieler u. Schriftsteller, *7. 4. 1874 Neurode, Schlesien, †24. 4. 1945 Klein-Machnow bei Berlin (von Russen erschossen); seit 1895 meist an Berliner Bühnen, 1918–1923 Direktor der Berliner Volksbühne; ein herber, verhaltener Charakterdarsteller, auch im Film; Veröffentlichungen: „Schauspielernotizen" 1910–1929; „Wandlungen der Schauspielkunst in

Buster Keaton: Szene aus „The General", USA 1926

den letzten 3 Jahrzehnten" 1932; auch Lyrik u. Dramen; „Gesammelte Schriften" 1930.
Kazan, 1. [kəˈzaːn], Elia, eigentl. E. *Kazanjoglous*, US-amerikan. Filmregisseur u. Produzent, *7. 9. 1909 Istanbul; wanderte in die USA aus; Hptw.: „Endstation Sehnsucht" 1951; „Die Faust im Nacken" 1954; „Jenseits von Eden" 1955; „Baby Doll" 1956; „Wilder Strom" 1960; „Fieber im Blut" 1961, u.a.; Roman: „Amerika, Amerika" dt. 1963.
2. *K. Watanabe*, japan. Maler u. Kunsttheoretiker, *1793 Edo (Tokio), †1841 Tawara, Mikawa; malte die ersten japan. Porträts nach der Natur, versuchte sich in der Zentralperspektive u. gründete 1833 eine Gesellschaft zum Studium der Naturwissenschaften.
Kazantzakis, *Kasantsakis* [kazanˈdzakis], Nikos, neugriech. Schriftsteller, *18. 2. 1885 Iraklion, Kreta, †26. 10. 1957 Freiburg i. Br.; vermittelte mit äußerst eindringl. Darstellungskraft u. unverbrauchter Sprache eine ursprüngl. Welt voller Tragik u. Leidenschaften; „Odyssee" (Epos) 1938; Romane: „Alexis Sorbas" 1946, dt. 1952; „Kapetan Michalis" 1953, dt.: „Freiheit oder Tod" 1954; „Griech. Passion" 1954, dt. 1951 (entstanden 1948); „Die letzte Versuchung" 1955, dt. 1953 (entstanden 1951); „Mein Franz von Assisi" 1956, dt. 1956; „Rechenschaft vor El Greco" 1961, dt. 1964–1967; auch Lyrik u. Dramen.
Kazbegi [kas-], Alexandr, georg. Schriftsteller, *20. 1. 1848 Stepanzminda, †22. 12. 1893 Tiflis; Schöpfer des georg. Romans im eigentl. Sinn; besang die Freiheit der kaukas. Bergbewohner u. die Schönheit der Heimat.
Kaz Dağ →Ida (2).
Kazenelson, Jizchak, hebr.-jidd. Schriftsteller, *um 1885 Korelicze bei Nowogrudok (Rußland), †1944 (?) KZ Auschwitz; wirkte in Warschau als Bewahrer jidd. Kultur u. als Erzieher u. gründete ein hebr. Theater; hatte großen Einfluß auf das neuhebr. Drama; schrieb Gedichte in volkstüml. Stil u. jidd. Dramen aus der jüd. Geschichte, über die Bibel (Josephzyklus), über Israel u. dramat. Skizzen über Ch. N. Bialik u. M. S. Mendele.
Kazike, der Häuptling (meist Dorfhäuptling) bei mittel- u. südamerikan. Indianern.
Kazincbarcika [ˈkozintsbortsiko], Stadt im nordöstl. Ungarn, 25 000 Ew.; durch Zusammenlegung von *Sajókazinc* u. *Barcika* 1948 entstanden; Metall- u. chem. Industrie (Kunstdünger), Kraftwerk, Braunkohlenlager.
Kazinczy [ˈkozintsi], Ferenc, ungar. Schriftsteller, *27. 10. 1759 Érsemlyén, †22. 8. 1831 Széphalom; übersetzte J. G. Herder, Goethe u. a. dt. Dichter; belebte die schöngeistigen Interessen seiner Landsleute u. reformierte seine Muttersprache durch Wortneuschöpfungen u. das Studium der alten Sprachdenkmäler; schrieb Sonette, Lebensbeschreibungen, Erinnerungen u. Briefe. – ◻3.3.5.
K-Bombe, Abk. für →Kobaltbombe.
kcal, Kurzzeichen für *Kilokalorie* →Kalorie.
KdF, Abkürzung für die nat.-soz. Organisation „Kraft durch Freude"; →Deutsche Arbeitsfront.
Kea [der; Maori], ein →Nestorpapagei.
Kéa, das antike *Keos*, griech. Insel der Kykladen, 131 qkm, 2400 Ew., Hauptort K. (das antike *Julis*, 1800 Ew.); Ausgrabungen: Akropolis, Löwenskulptur.

Kean [kiːn], 1. Charles, Sohn von 2), brit. Schauspieler u. Theaterleiter, *18. 1. 1811 Waterford, Irland, †22. 1. 1868 London; seine den Realismus vorwegnehmenden Shakespeare-Inszenierungen wirkten auf F. *Dingelstedt* u. die *Meininger*; „Letters of Mr. and Mrs. C. K." 1945.
2. Edmund, brit. Schauspieler, *4. 11. 1787 London, †15. 5. 1833 Richmond; der bedeutendste Darsteller der Zeit, berühmt in Charakterrollen *Shakespeares*; Gastspiele in Paris u. den USA.
Keaton [kiːtn], Buster, US-amerikan. Komiker des Stummfilms, *4. 10. 1895 Pickway, Kans., †1. 2. 1966 Hollywood; brachte mit seinem „gefrorenen Gesicht", als Mann, der auch in den skurrilsten Szenen nie lachte, sein Publikum zum Lachen.
Keats [kiːts], John, engl. Dichter, *29. oder 31. 10. 1795 London, †23. 2. 1821 Rom; seine Gedichte, Meisterwerke der engl. Hochromantik, zeichnen sich durch reines Naturgefühl, lebhafte Phantasie u. vergeistigte Schönheitsfreude aus. Sein ursprüngl. Verhältnis zur Antike, deren Mythologie er kraftvoll neu zu gestalten wußte, zeigen: „Endymion" 1818, dt. 1897, das epische Fragment „Hyperion" 1820, dt. 1897, u. die Ode „On a Grecian Urn" 1820. Von großer Farbigkeit u. Intensität der Stimmung sind seine Romanzen u. Balladen („The Eve of St. Agnes" 1819; „La Belle Dame sans Merci" 1820). K. wirkte durch seinen ästhet. Sensualismus auf die *Präraffaeliten*. – ◻3.1.3.
Keban, Talsperre in Anatolien (Türkei) am Euphrat, bei Elâzığ, 1973 fertiggestellt; Stausee 750 qkm groß, 13 Mrd. m³ Fassungsvermögen; Kraftwerkskapazität 1,24 Mill. kW.
Kebir, *Kebîr* [arab.], Bestandteil geograph. Namen: groß.
Keble [kiːbl], John, engl. Theologe, *25. 4. 1792 Fairford, Gloucestershire, †29. 3. 1866 Bournemouth; 1836 anglikan. Pfarrer; leitete die →Oxford-Bewegung (1) ein.
Kebnekajse, höchster Berg Schwedens, im N des Landes, stark vergletschert, 2117 m.
Kębse, *Kebsweib*, Nebenfrau, Konkubine.
Kecskemét [ˈkɛtʃkɛmeːt], Hptst. des ungar. Komitats Bács-Kiskun (8362 qkm, 565 000 Ew.), im Alföld, südöstl. von Budapest, 80 000 Ew.; Vieh-, Tabak- u. Obstmarkt (Aprikosen, Pfirsiche); Weinbau; Maschinen-, Schuh- u. Wurstfabriken (Salami); weiträumige Stadtanlage.
Kedah, Teilstaat in Malaysia, im NW von Malakka, am Golf von Bengalen, 9479 qkm, 965 000 Ew.; Zinnbergbau, Eisenvorkommen, Kautschukgewinnung; Hptst. *Alor Setar*.
Kedainiai, russ. *Kedainjai*, dt. *Gedahnen*, Stadt in der Litauischen SSR, nördl. von Kaunas, 18 000 Ew.; Agrarzentrum mit Flachsverarbeitung, Konserven-, Leder- u. chem. Industrie.
kedern, einen bes. Kantenschutz aus Leder, Gummi oder Kunststoff (*Keder*, Rundeinlage) zwischen zwei Nähgutlagen einnähen.
Kediri, indones. Stadt in Ostjava, 170 000 Ew.; landwirtschaftl. Handelszentrum (Reis, Kaffee), Holz- u. Textilindustrie.
Kédougou [keduːguː], Stadt im SO der Rep. Senegal, nördl. des Berglands Fouta Djalon, 10 000 Ew.; landwirtschaftl. Handel.
Keduscha [die; hebr., „Heiligung"], ein jüd. Gebet, das beim synagogalen Gottesdienst durch den Vorbeter in das *Schmone esre* eingeschaltet wird.
Kędzierzyn [kẽˈdʒɛʒin], poln. Name der Stadt →Heydebreck O.S.
Keeler [ˈkiːlə], James Edward, US-amerikan. Astrophysiker, *10. 9. 1857 Lasalle, Ill., †12. 8. 1899 San Francisco; am Alleghany- u. Lick-Observatorium tätig; untersuchte Spektren von Planeten, Kometen, Fixsternen u. Nebeln, bestimmte als erster Radialgeschwindigkeiten von Nebeln u. bewies als erster spektroskop. Wege die meteorische Beschaffenheit der Saturnringe.
Keeling [ˈkiːliŋ], *North K.*, eine der austral. →Kokosinseln.
Keelingbecken [ˈkiːliŋ-], Meeresbecken im Ind. Ozean, südwestl. von Sumatra, bis 6335 m tief.
Keelung [kiː-], *Kilung*, *Kelung*, *Jilong*, jap. *Kiirun*, Hafenstadt im bewaldeten N von Taiwan, 340 000 Ew.; Teeanbau; Steinkohlenförderung u. -verschiffung, Schwefel-, Kupfer- u. Eisenvorkommen; Umschlagplatz für Schiffe nach Hongkong u. Japan; Fischereihafen; Schiffswerft, Maschinenbau, chem. Industrie.
keep smiling [ˈkiːp ˈsmailiŋ], engl., etwa „immer lächeln"], Schlagwort in Nordamerika, Ausdruck der Gelassenheit u. Selbstbeherrschung.

Keetmanshoop [keː-], Distrikt-Hptst. im südwestafrikan. Namakwaland, 1002 m ü.M., 8000 Ew.; Karakulschafzucht- u. Handelszentrum; an der Bahn Windhuk–Lüderitzbucht, Flugplatz.
Keewatindistrikt [kiˈweitin-], östl. Teil der kanad. Nordwestterritorien, im NW der Hudsonbai; mit deren Inseln am Eingang u. im S 590 915 qkm.
Kèf, *El K.*, Stadt im Hochland Nordtunesiens, 800 m ü.M., 23 000 Ew.; Straßenknotenpunkt.
Kefa, *Kaffa*, Bergland (bis 4200 m) u. Provinz im südwestl. Äthiopien, Heimat des Kaffeebaums; Hptst. *Dschimma*. – Seit etwa 1350 bis 1897 das Reich der osthamit. *Gonga*, mit einem Gottkönig. Die Einwohner werden *Kaffitscho* genannt.
Kefallinía, *Kephallonia*, *Kefallēnía*, ital. *Cefalonia*, Insel vor der griech. Westküste, eine der Ionischen Inseln, 781 qkm, 37 000 Ew.; in den zentralen Teilen karge Kalkstöcke, Schafzucht; an der Küste Anbau von Wein, Oliven u. Korinthen; Töpferwaren, Teppiche; Fischfang; Fremdenverkehr; Hauptort *Argostólion*; 1953 schweres Erdbeben.
Kefar, *Kfar* [hebr.], Bestandteil geograph. Namen: Dorf.
Kefermarkt, Ort südöstl. von Freistadt (Oberösterreich), 1750 Ew.; Kirche mit Flügelaltar, geschaffen nach 1490 als Arbeit mehrerer Meister. Vom Hauptmeister stammen die 3 Heiligen des Altarschreins (Petrus, Christophorus u. Wolfgang), die zu den schönsten Leistungen der dt. Spätgotik gehören.
Kefir [der; türk.], schwach alkoholhaltige (0,1–0,6%) Milch, die mit *K.körnern* (einem Gemisch von Bakterien u. Hefepilzen) vergoren wurde, wobei der Milchzucker in Alkohol u. Kohlensäure zerlegt wurde; geeignet bei Blutarmut, Lungen- u. Magenkrankheiten.
Keflavík [ˈkjɛblaviːk], isländ. Hafenstadt in einer Seitenbucht des Faxaflói, südwestl. von Reykjavík, 5500 Ew.; US-amerikan. Militärstützpunkt während des 2. Weltkriegs, seit 1946 an die USA verpachtet; internationaler Flughafen.
Kegel, 1. *Druckerei*: Schrift-K., die Höhe der Letter. Dem K. ist eine bestimmte Schriftgröße zugeordnet; deshalb drückt man auch die Schriftgrößen in den Maßen der K.stärken aus.
2. *Geometrie*: Eine K.fläche (Mantel) entsteht durch Bewegung einer Geraden im Raum um einen festen Punkt (Spitze); wird sie durch eine Ebene geschnitten, so entsteht ein Raumteil, der K. (auch *Doppel-K.*) genannt wird. Sonderfälle: 1. Der allg. (schiefe) Kreis-K. ist durch einen Kreis (*r*) u. die K.fläche begrenzt. Die Strecken von der Spitze zum Umfang der Grundfläche heißen *Man-*

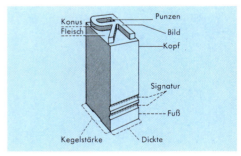

Kegel im Buchdruck

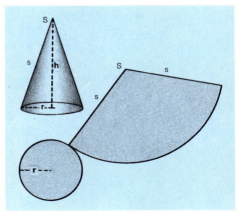

Kegel: Gerader Kegel und Kegelnetz

Kegelbienen

Kegelschnecke, Conus spec., Gehäuse

tellinien (s). Der Abstand der Spitze von der Grundfläche heißt *Höhe* (h). Der Rauminhalt ist: $V = 1/3 \pi r^2 h$. Die Oberfläche ist beim geraden Kreis-K.: $O = \pi r(r+s)$; bei diesem liegt die Spitze senkrecht über dem Mittelpunkt des Kreises. Die Mantelfläche ist: $M = \pi rs$; die Mantellinie ist: $s = \sqrt{r^2+h^2}$. – 2. ein *K.stumpf* entsteht aus einem K. durch einen zur Grundfläche parallel geführten Schnitt. Die Höhe (h) ist der Abstand von Grund- u. Deckfläche; Rauminhalt des Kreis-K.stumpfs: $V = 1/3 \pi h (r^2 + rr_1 + r_1^2)$, wenn r u. r_1 die Radien der Grund- bzw. Deckfläche sind. →auch Kegelschnitte.

3. *Maschinenbau*: ein Maschinenelement zur genauen spielfreien, leicht lösbaren Verbindung zweier Wellen; es besteht aus *K.schaft* u. *K.hülse*. Mit mäßigen Längskräften werden infolge des sich einstellenden Übermaßes in der Fuge Ringspannungen erzeugt, die ziemlich große Drehmomente übertragen lassen. Im Werkzeug- u. Vorrichtungsbau werden K. vielfach verwendet, ebenso zur Befestigung von Zahnrädern, Kupplungen u. ä.
4. *Rechtsgeschichte*: alte Bez. für ein nichteheliches Kind; in der Redewendung *mit Kind u. K.*, die ganze Familie.
5. *Spiel u. Sport*: →Kegelspiel.

Kegelbienen, *Coelioxys*, Gattung von *Stechimmen* mit kegelförmigem, beim Männchen hinten bedorntem Hinterleib; *Schmarotzerbienen*, die ihre Eier in die Brutzellen verschiedener *solitärer Sammelbienen* legen, u. a. bei den Pelz- u. Blattschneiderbienen.

Kegeldach, ein Dach in der Form eines Kegels, meist über Türmen mit kreisförmigem Grundriß. →auch Dach.

Kegeldachhütte, eine meist runde (zuweilen im Grundriß viereckige) Hütte von Naturvölkern mit Kegeldach aus Gras oder Stroh (z.B. bei den Asande u. in Äthiopien). – B →Völker der Erde.

Kegelhülse, ein Zwischenspannwerkzeug: K.n haben innen u. außen eine Kegelführung; Steigung des Kegels u. Abmessungen sind genormt. Die K. nimmt innen ein Werkzeug mit einem Kegelschaft auf u. wird dann in die Kegelführung der Arbeitsspindel einer Maschine u. ä. eingesetzt. Das Halten wird bewirkt durch Reibkraft infolge elastischer Verformung der K.

kegeln →Kegelspiel.

Kegelprojektion →Kartennetzentwürfe.

Kegelrad, ein Rad, dessen Außenform kegelig gestaltet ist, das also einen größten u. einen kleinsten Durchmesser an beiden Außenseiten hat. Das K. kann als Rad mit in sich gerader Oberfläche, mit Eindrehungen u. als Zahnrad (*Kegelzahnrad*) gearbeitet sein. Kegelräder mit einem Kegelmantel als Oberfläche finden als Reibräder Verwendung, bei denen die Umdrehungszahl des Abtriebsrades durch gegenseitige Verstellung veränderlich ist. Kegelräder mit mehreren Eindrehungen dienen ebenfalls der Änderung der Umdrehungszahl, wenn sie durch einen Treibriemen oder eine Kette verbunden sind (stufenloses Getriebe). Kegelzahnräder greifen winklig ineinander u. leiten damit einen Antrieb in abgewinkelter Richtung weiter (→Kegelradgetriebe).

Kegelradgetriebe, aus Kegelzahnrädern bestehendes Getriebe. Beim K. stehen Antrieb u. Abtrieb im Winkel zueinander, oder es wird bei Anordnung von 2 Kegelrädern, das in ein Tellerrad eingreift, die Drehrichtung umgekehrt. Das *Differentialgetriebe* beim Kraftwagen ist das am meisten verwendete K.

Kegelrobbe, *Halichoerus grypus*, ein gefleckter *Seehund*, bis 3m lang; lebt zu beiden Seiten des Nordatlantik im Küstenbereich.

Kegelschnecken, *Conus*, zu den *Vorderkiemern* gehörige Schnecken des Meeres mit kegelförmigen Schalen. In der Mündung des Rüssels können Radulazähne stecken. Das Gift der Speicheldrüsen wird damit Tieren u. auch Menschen injiziert; auf den Südseeinseln sind Todesfälle nach dem Stich einer Kegelschnecke nachgewiesen.

Kegelschnitte, mathemat. Kurven, die durch Schnitte einer Ebene mit einem geraden Kreiskegel (→Kegel) entstehen. Bildet die Ebene mit der Kegelachse den Winkel $\varphi > \alpha$ (wobei α der Winkel zwischen der Kegelachse u. einer Mantellinie ist), so entstehen →Ellipsen u. Kreise (1 u. 2), die zu einem Punkt entarten können. Ist $\varphi = \alpha$, dann entstehen →Parabeln (4), die in eine Doppelgerade entarten können. Ist $\varphi < \alpha$, so entstehen →Hyperbeln (3), die in ein gekreuztes Geradenpaar entarten können. Entartet der Kegel selbst zum Zylinder, so sind die Schnitte Ellipsen, Kreise oder Paare paralleler Geraden. – L 7.2.4.

Kegelspiel, *Kegelschieben*, *Kegeln*, altes, schon im MA. verbreitetes dt. Unterhaltungsspiel, bei dem vom einen Ende der Kegelbahn aus mit Kegelkugeln die am anderen Ende aufgestellten *Kegel* umzuwerfen sind; seit Anfang des 19. Jh. in sportl. Formen. Beim *Sportkegeln* unterscheidet man vier Bahnarten: Asphalt-, Bohlen-, Scheren- u. Bowlingbahn, die unterschiedl. Maße u. Bauprinzipien aufweisen. Die Kugeln sind aus Pockholz, Kunstharz oder Hartgummi u. 2800–3150 g schwer (beim Bowling bis 7257 g schwer u. mit 2 oder 3 Grifflöchern für die Finger). Die Kegel sind aus Hartholz u. 40 cm (König 43 cm), beim Bowling 38,1 cm hoch; Aufstellung der Kegel (*Kegelstand*): bei den dt. Bahnen 9 Kegel im Viereck (Vierpaß, Kegelkreuz, Standkreuz; König in der Mitte), beim (aus den USA stammenden) Bowling 10 Kegel im Dreieck.

Beim Sportkegeln werden auf den dt. Bahnarten Wettbewerbe über Serien von 50 (*Kurzstrecken*), 100 (*Mittelstrecken*) oder mehr als 100 Würfen (*Langstrecken*) „in die Vollen" oder als „Abräumen" ausgetragen; bei Bohlen- u. Scherenbahn mit Gassenzwang (die Kugel muß zwischen dem rechten Vordereckkegel u. linkem oder rechtem Gassenkegel treffen). Bowling wird in 2, 6 oder mehr *Durchgängen* mit je 10 *Feldern* zu 10 Kegeln gespielt; jedes Feld hat der Kegler 2 Würfe zum Abräumen, sofern er nicht schon mit der ersten Kugel alle 10 Kegel trifft (*strike*). Bewertet wird bei allen Wettbewerben nach Punkten. – Organisation: *Dt. Keglerbund*, gegr. 1885, wiedergegr. 1950 in Bielefeld, Sitz: Berlin; 13 Landesverbände mit rd. 930 Vereinen u. rd. 125000 Mitgliedern, Zeitschrift „Dt. Keglerzeitung"; seit 1952 Mitglied des Internationalen Sportkegler-Verbands (*Fédération Internationale des Quilleurs*), gegr. 1952, Sitz: Zürich. In Österreich: *Österr. Sportkeglerbund*, Wien, rd. 7000 Mitglieder; in der Schweiz: *Schweizer. Sportkegler-Verband*, Staad, rd. 8500 Mitglieder.

Beim K. als Unterhaltungsspiel gibt es viele Abweichungen von den sportl. Regeln u. Abmessungen (Kugeln sehr verschieden groß; auch Zement-, Lehm- u. Lattenbahnen) u. verschiedene Kegelspiele (z.B. Lübeckern, Hamburger Wappen, Sechstagerennen u.a.) mit unterschiedlicher Bewertung der „Bilder" (*Honneurs*; z.B. alle neune, acht um den König [„Kranz"], Herz, acht ums Vordereck oder Hintereck u.a.). – L 1.1.9.

Kegelstift, *Maschinenbau*: ein kegeliger Stahlstift von 2–10 mm Durchmesser, der zur genauen gegenseitigen Lagesicherung von einander berührenden, häufig zu Übernahme von Flächenpaaren dient, z.B. beim Ober- u. Unterteil eines Lagers.

Kegelventil →Ventil.

Kehdingen →Land Kehdingen.

Kehl, baden-württ. Stadt an der Mündung der Kinzig in den Rhein (Ortenaukreis), gegenüber von Straßburg, 30000 Ew.; holzverarbeitende Industrie, Elektrostahlwerk, Hafen. – K. war seit 1678 insges. achtmal französ. besetzt, zuletzt 1919 bis 1930 u. 1944–1953.

Kehldeckel, *Epiglottis*, der Verschluß des →Kehlkopfs nach oben.

Kehle, 1. *Anatomie*: der nach vorn gelegene Teil des Halses mit dem →Kehlkopf.
2. *Baukunst*: Kehlung, rinnenartige Profilierung an Gesimsen u.ä., auch einspringende Ecke in einer Dachfläche (Dach-K.).

Kehlkopf, grch. *Larynx*, der Eingangsteil der Luftröhre bei landbewohnenden Wirbeltieren; er ist von einem Knorpelgerüst umgeben, das sich aus

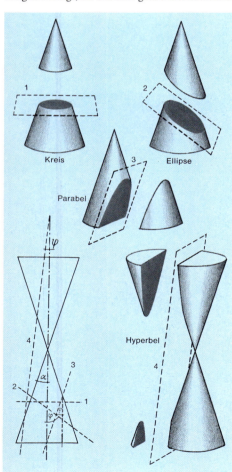

Kegelschnitte

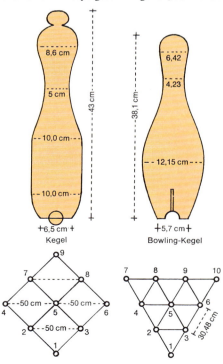

Kegeln: Kegelformen (oben). – Kegelstand für Asphalt, Bohle und Schere (unten links). – Kegelstand für Bowling (unten rechts)

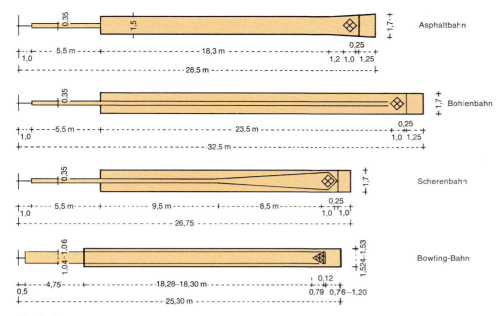

Kegelbahnen

Joseph Keilberth

den Resten der letzten →Kiemenbögen primitiver Wirbeltiere herleitet. – Beim Menschen besteht das Knorpelgerüst des K.s aus dem *Schildknorpel (Cartilago thyreoidea)*, der beim Mann den *Adamsapfel* bildet, aus dem siegelringförmigen *Ringknorpel (Cartilago cricoidea)* u. aus den zwei mit ihm gelenkig verbundenen *Stell-* oder *Gießbecken-Knorpeln (Cartilagines arytaenoideae)*. Oben ist der K. durch den *Kehldeckel (Epiglottis)* verschließbar. Die Stellknorpel dienen zum Öffnen u. Anspannen der *Stimmbänder*, die zwischen ihnen u. der Innenwand der Schildknorpel ausgespannt sind u. zwischen sich die *Stimmritze (Glottis)* freilassen. Dadurch wird der K. in zwei Räume geteilt. Durch die unterschiedl. Stellung der Stimmbänder, die durch kleine Muskeln bewegt werden, wird die Stimmbildung ermöglicht. Im oberen K.raum, dicht über den Stimmbändern, liegen zwei faltige Ausbuchtungen, die *Taschenbänder (falsche Stimmbänder)*. Innen ist der K. mit Flimmerepithel ausgekleidet; Stimmbänder u. Kehldeckel sind mit geschichtetem Plattenepithel bedeckt. Die Nerven werden durch Äste des 9. u. 11. Gehirnnervs versorgt. – Bei Vögeln ist das Stimmorgan der untere K. (Syrinx), dessen Stimmbänder die komplizierten Töne u. Tonfolgen (Singvögel) hervorbringen.

Kehlkopfkrankheiten beim Menschen machen sich meist durch Heiserkeit, Hustenreiz u. Atembeschwerden bemerkbar. Am häufigsten sind akute oder chron. Entzündungen *(Laryngitis)* durch Infektionen oder Reizungen durch Gase, Staub oder Fremdkörper; chron. K.entzündungen können zu K.polypen führen, kleinen, meist von den Stimmbändern ausgehenden Schleimhautwucherungen gutartiger Natur. Daneben treten massensüchtige Schwellungen der K.schleimhaut auf *(Glottisödem)*, die die Atmung behindern; das Glottisödem kann auch als allergische Erscheinung vorkommen. Schließlich kommen tuberkulöse K.krankheiten u. K.krebs (→Krebs) verhältnismäßig häufig vor.

Kehlkopfknorpel, *Cartilagines laryngis*, die aus den Resten der *Kiemenbögen* herzuleitenden Stützknorpel des *Kehlkopfs* bei den höheren Wirbeltieren.

Kehlkopfpfeifen, beim Pferd ein durch einseitige Lähmung der Nerven für die die Stimmritze erweiternden Muskeln hervorgerufenes hörbares Geräusch bei der Atmung; ein chronischer, unheilbarer Krankheitszustand des Kehlkopfs; zählt als →Gewährsmangel.

Kehlkopfspiegel, *Laryngoskop*, ein kleiner, in einem günstigen Winkel an einem Haltestab befestigter Spiegel, der mit Hilfe eines Reflektors beleuchtet, die Betrachtung des Kehlkopfinneren erlaubt *(Laryngoskopie)*.

Kehllaute, *Gutturale*, veraltete Bez. für *Velare* (Hintergaumenlaute) u. *Palatale* (Vordergaumenlaute).

Kehr, 1. Eckart, Historiker u. Politologe, *25. 6. 1902 Brandenburg, †29. 5. 1933 Washington, D.C. (USA); Hptw.: „Schlachtflottenbau u. Parteipolitik 1894–1901" 1930; „Der Primat der Innenpolitik. Gesammelte Aufsätze zur preuß.-dt. Sozialgeschichte im 19. u. 20. Jh." 1965 (hrsg. von H.-U. Wehler).
2. Paul Fridolin, Historiker, *28. 12. 1860 Waltershausen, Thüringen, †10. 11. 1944 Wässendorf, Unterfranken; 1895 Prof. in Göttingen, 1903 Direktor des Preuß. Histor. Instituts in Rom, 1915–1929 Generaldirektor der preuß. Staatsarchive; Präsident der Zentraldirektion der „Monumenta Germaniae Historica", Hrsg. der „Regesta Pontificum Romanorum (Italia pontificia)" 1906–1935 u. der „Urkunden der dt. Könige aus karoling. Stamme" 1932–1940.

Kehraus, Schlußtanz, so etwa bei der Hochzeit oder am Ende der Fastnacht.

Kehre, eine Turnübung, bei der der Rücken dem Gerät zugekehrt ist, z.B. Kreis- u. Tschechen-K. am Seitpferd u. Barren.

Kehrreim, *Refrain*, an den Strophenenden eines Gedichts regelmäßig wiederholte Zeile(n), bes. in Volksliedern.

Kehrstrecke, *Wickelstrecke*, eine Maschine in der Baumwollspinnerei zur Vergleichmäßigung des Wickels vor dem Kämmen.

Kehrwert →reziproke Zahlen.

Keighley [ˈkiːθli], Stadt in der mittelengl. Grafschaft York, westl. von Leeds, 55000 Ew.; Maschinen-, Textil- u. Papierindustrie.

Keihin, japan. Industriegebiet im östl. (pazif.) Zentralhonschu, umfaßt bes. die Städte *Tokio*, *Kawasaki* u. *Yokohama*: Schiffs-, Maschinen-, Kraftfahrzeug-, Nahrungsmittel-, Textil-, Papier-, Chemie-, Metall-, Stahl-, Eisen- u. Zementindustrie, Kraftwerke u. Ölraffinerien.

Keihin-Hafen, der gemeinsame Hafen der japan. Städte *Tokio* u. *Yokohama*.

Keil, *Mechanik*: ein Körper, bei dem zwei Seiten unter einem spitzen Winkel zusammenlaufen; er dient zum Trennen u. Spalten u. gehört zu den einfachsten Geräten. Die wirkende Kraft wird in zwei Teilkräfte zerlegt. Die Kraftübertragung des K.s ist um so besser, je spitzer er ist. Beil, Messer u. Nagel beruhen auf der Wirkungsweise des K.s. Der K. kann als eine aus der schiefen Ebene abgeleitete einfache Maschine angesehen werden.

Keil, Ernst, Buchhändler u. Schriftsteller, *6. 12. 1816 Langensalza, †23. 3. 1878 Leipzig; gründete nach anderen Zeitschriften 1853 die erfolgreiche „Gartenlaube".

Keilbein, 1. *Wespenbein*, *Sphenoid*, *Os sphenoidale*, der mittlere Knochen der Schädelbasis der Wirbeltiere; ursprüngl. mehrteilig, bei Säugetieren zweiteilig. Beim Menschen ist das K. nur embryonal in ein vorderes u. ein hinteres K. geteilt u. bildet später einen zentralen Körper mit zwei Paaren flügelartiger Anhänge. Das K. enthält die K.höhle u. trägt im *Türkensattel* die Hirnanhangdrüse (→Hypophyse).
2. *Ossa cuneiformia* I, II, III, die drei vorderen Fußwurzelknochen des Menschen.

Keilberg, tschech. *Klínovec*, höchster Gipfel des Erzgebirges, in Böhmen, nördl. von Karlsbad, 1244 m; Wintersport.

Keilberth, Joseph, Dirigent, *19. 4. 1908 Karlsruhe, †20. 7. 1968 München; 1925–1940 in Karlsruhe tätig, bis 1945 in Prag, 1945–1950 in Dresden, 1951 Generalmusikdirektor in Hamburg, seit 1959 an der Staatsoper in München; universaler Opern- u. Konzertdirigent.

Keiler, weidmännische Bez. für das männl. Wildschwein, im 2. Lebensjahr auch *Überläufer-K.* genannt.

Keilhacker, Martin, Pädagoge u. Psychologe, *15. 6. 1894 Höselsthal, Oberbayern; lehrte seit

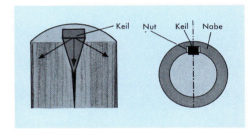

Keil: Wirkungsweise (links). – Keil zum Befestigen einer Nabe (rechts)

Keilriemenantrieb

1946 als Professor in München, Direktor des Wissenschaftl. Instituts für Jugendfragen in Film u. Fernsehen; Hptw.: „Pädagog. Psychologie" 1948, [7]1968; „Erziehung u. Bildung in der Industriegesellschaft" 1967, [2]1971.

Keilhaue, Arbeitsgerät des Bergmanns zum Loshacken von Gestein.

Keilhose, straff sitzende, unten keilförmig zugeschnittene Hose, seit etwa 1937 als Skihose gebräuchl.; heute aus elast. Stoffen gefertigt u. hauteng.

Keilriemen, Riemen mit trapezförmigem Querschnitt. Sie sind endlos u. laufen auf Riemenscheiben mit Eindrehungen. Sie werden bei kurzem Achsenabstand u. hoher Geschwindigkeit benutzt u. haben größere Durchzugskraft als gewöhnliche Treibriemen. – 🄱S. 259.

Keilriemengetriebe, ein Scheibengetriebe, bei dem die einzelnen Scheiben durch Keilriemen miteinander verbunden sind. K. sind sehr laufruhig u. fast völlig stoßfrei.

Keilschirmschlag, *Forstwirtschaft:* keilförmiges Vorgehen beim Holzeinschlag, bes. im Mischwald, um *Rückeschäden* (beim Herausbringen des Holzes) u. auch Sturmschäden möglichst zu vermeiden.

Keilschrift, ursprüngl. eine sumer. Bilderschrift aus der Zeit um 3000 v. Chr., deren Formen durch die keilartigen Eindrücke des Schreibgriffels in den Schreibstoff Ton entstanden; zuerst linksläufig in Vertikalreihen, später rechtsläufig in Horizontalreihen geschrieben; schon um 2600 v. Chr. von den semit. Akkadern übernommen u. zur Kursive verflüchtigt, die sich dann in den einzelnen Ländern des babylon. Kulturkreises weiterbildete. Die jüngste K. war die pers. K. mit nur noch 41 Zeichen gegenüber 1000 Zeichen der assyr. K. Die Zeichen der K. hatten Wort- u. Lautwerte; jedes Zeichen konnte ursprüngl. verschiedene sinnverwandte Wörter bezeichnen. Erst später erhielten die Zeichen auch Silbenwerte, die meist neben die alten Wortwerte traten. – Die K. wurde erstmals 1802 durch G. F. *Grotefend* entziffert. – 🄻3.7.5.

Keilwelle, *Vielnutverbindung*, eine formschlüssige Verbindung zwischen einer Welle u. einem Rad zur Drehmomentübertragung, bestehend aus einer Anzahl von Nuten in der Radbohrung, in die eine entspr. Anzahl von Leisten eingreift, die aus der Welle herausgearbeitet sind.

Keim, 1. *Bakteriologie: Krankheitskeim*, Bez. für alle Mikroorganismen, z. B. Bakterien; *keimfrei (steril)*, frei von Mikroorganismen.

2. *Biologie:* die der Fortpflanzung dienende Zelle oder Zellgruppe; das sich bildende Lebewesen, insbes. die junge Pflanze *(Keimling)*; →auch Keimung, Embryonalentwicklung.

3. *Physik:* der Ansatzpunkt einer Kristallbildung bei der Verfestigung, z. B. aus einer Schmelze oder Lösung.

Keim, Franz, österr. Schriftsteller, *28. 12. 1840 Alt-Lambach, Traun, †26. 6. 1918 Brunn am Gebirge; Gymnasiallehrer; viele an F. *Hebbel* u. L. *Anzengruber* geschulte Stücke: „Sulamith" 1875; „Der Schelm vom Kahlenberg" 1893; auch Lyrik.

Keimbahn, die Entwicklungsreihe von Zellen, aus denen die *Keimzellen* hervorgehen. Bei manchen Tieren wird schon im wenigzelligen Stadium eine Urkeimzelle abgesondert; von ihr stammen sämtliche Keimzellen ab. Nach der Befruchtung entstehen aus dieser Keimzelle wieder eine Urkeimzelle u. Körperzellen.

Keimbläschen →Keimscheibe.

Keimblatt, 1. *Botanik: Kotyledo*, Blatt des pflanzl. →Keimlings; die ersten Blätter der jungen Pflanze, eins bei Einkeimblättrigen (→Monokotyledonen), zwei bei Zweikeimblättrigen (→Dikotyledonen), zwei u. mehr bei nacktsamigen Pflanzen (→Nacktsamer); →auch Keimung. – 🄱→Blütenpflanzen II.

2. *Zoologie:* eine embryonale Zellschicht, aus der bestimmte Körperteile u. Organanlagen hervorgehen. Bei den meisten Tieren bilden sich im Anschluß an die Furchung (→Embryonalentwicklung) 3 Keimblätter: *äußeres K. (Ektoderm)*, aus dem die Haut mit ihren Anhängen, das Nervengewebe u. die Sinnesorgane hervorgehen; *mittleres K. (Mesoderm)*, das die Muskulatur, das Bindegewebe u. das Gefäßsystem bildet; *inneres K. (Entoderm)*, das die Anlagen für Darm u. Lunge bzw. Schwimmblase enthält. – 🄱→Embryonalentwicklung.

Keimdrüsen, *Geschlechtsdrüsen, Gonaden*, Drüsen, die exkretorisch die →Keimzellen u. inkretorisch die →Sexualhormone erzeugen; im männl. Geschlecht die *Hoden*, im weibl. Geschlecht die *Eierstöcke* (Ovarien); →auch Geschlechtsorgane.

Keimfähigkeit, *Pflanzenzucht:* beim Saatgut der Prozentsatz der unter bestimmten Bedingungen keimenden Körner nach einer bestimmten Anzahl von Tagen, z. B. bei Getreide nach 10 Tagen. Die K. ist an sich kein vollwertiger Maßstab; sie muß ergänzt werden durch die Feststellung der Keimschnelligkeit u. der Triebkraft (die Fähigkeit, das Hindernis einer Erdbedeckung zu überwinden).

Keimling, *Botanik:* der in Keimwurzel *(Radicula)*, Keimblätter u. Stengel gegliederte Embryo im Samen, auch die aus dem Samen hervorgehende junge Pflanze selbst; →auch Keimung.

Keimlingsinfektion, die Übertragung von Krankheitserregern (z. B. Pilzen), die an der Samenschale haften, auf die keimende Pflanze; Bekämpfung durch *Beizen* des Saatguts.

Keimplasmatheorie, von A. *Weismann* zur Erklärung der Vererbung 1885 aufgestellte Theorie: Das Keimplasma als Vererbungsträger ist bes. in den Kernen der Keimzellen vorhanden. Bei der Entwicklung neuer Individuen geht es wieder in die Keimzellen über. Durch die Generationen hindurch besteht somit eine Kontinuität des Keimplasmas. Bei der Befruchtung mischen sich mütterl. u. väterl. Keimplasma; somit findet auch eine Vermischung der Erbanlagen statt (→Amphimixis). Äußere Einflüsse, die nicht direkt auf die Keimzellen wirken u. deshalb keine Keimplasmaänderung bewirken, sind von der Vererbung ausgeschlossen. Eine Vererbung erworbener Eigenschaften findet nicht statt. Nach heutiger Erkenntnis ist allein die Konstanz der →Nucleinsäuren für die Konstanz der →Vererbung verantwortlich.

Keimprobe, bei der Saatgutuntersuchung übliche Prüfung der →Keimfähigkeit.

Keimschädigung, *Blastophthorie*, eine Beeinträchtigung des gesunden Keims (Embryos bzw. Fetus im Mutterleib) durch Infektionen oder andere Einflüsse, z. B. Röntgenstrahlen u. Chemikalien.

Keimscheibe, die bei dotterreichen Eiern auf dem Nahrungsdotter liegende Plasmamasse mit dem befruchteten Eizellkern (*Keimbläschen* genannt), die sich im Lauf der Furchungsteilungen zu einer flachen Zellscheibe entwickelt; →Embryonalentwicklung.

Keimstimmung, *Jarowisation, Vernalisation*, die Förderung der Reife eines Pflanzenkeims. Unmittelbar nach der Keimung durchlaufen die jungen Pflanzen eine temperaturempfindliche Entwicklungsphase, in der die Pflanze bestimmten Temperaturen ausgesetzt sein muß. Sie entsprechen normalerweise den klimat. Verhältnissen des Heimatgebiets. Fehlen die jeweils notwendigen Temperaturen, so verharren die Pflanzen im vegetativen Wachstum, d. h. sie kommen nicht zur Blüte u. zum Fruchten. Die K. ermöglicht es, u. a. Wintergetreide im Frühjahr auszusäen, indem man das angekeimte Saatgut von Wintergetreide künstlich mit tiefen Temperaturen behandelt. Es ist auf diese Weise möglich, Wintergetreide auch in nördlichen Gegenden mit kurzer Vegetationszeit anzubauen. Die Hauptbedeutung der K. liegt in der Erleichterung züchterischer Arbeiten, da so bei Getreideneuzüchtungen die Frage nach Sommer- oder Wintergetreide bereits im Laboratorium entschieden werden kann.

Keimung, *i. e. S.* die Weiterentwicklung des Embryos der pflanzl. Samen, *i. w. S.* auch der Sporen, der Knospen von Kartoffelknollen, Pflanzenzwiebeln u. a. Nicht alle Samen sind unmittelbar nach der Loslösung von der Mutterpflanze keimfähig; meist machen sie ein gewisses Ruhestadium durch, in dem sich das Plasma in einem sog. latenten Lebenszustand befindet, der durch starke Entwässerung u. Drosselung des Stoffwechsels gekennzeichnet ist. Die wichtigste Voraussetzung für den Beginn der K., die meist in den oberen Bodenschichten stattfindet, ist Feuchtigkeit: Durch Wasseraufnahme quillt der Samen, die Samenschale wird gesprengt, u. der Embryo, der bereits in Keimblätter, Keimwurzel u. Keimachse gegliedert ist, beginnt zu wachsen. Hierbei braucht er das im Samen oder in den Keimblättern gespeicherte Nährgewebe auf.

Bei der K. tritt immer zuerst die Wurzel aus dem Samen. Die Keimblätter werden nur bei der *epigäischen K.* aus der Samenschale gezogen u. über die Erde gehoben, wo sie ergrünen. Bei der *hypogäischen K.* bleiben sie im Samen; sie sind dann meist Reservestoffbehälter (z. B. bei Erbsen, Bohnen, Eicheln). Die K. ist durch Außenfaktoren stark beeinflußbar. Das gilt vor allem für Temperatur u. Licht. Viele Samen keimen nur, wenn sie in gequollenem Zustand eine bestimmte Zeit Licht erhalten haben (*Lichtkeimer*, z. B. Tabak), andere werden durch Belichtung in ihrer K. gehemmt (*Dunkelkeimer*, z. B. Ehrenpreis). Manche Samen entwickeln sich erst nach vorherigem Durchfrieren (*Frostkeimer*, z. B. viele Alpenpflanzen). – 🄱→Blütenpflanzen II. – 🄻9.0.0.

Keimzellen, die bes. Zellen der Vielzeller, die der geschlechtl. →Fortpflanzung *(Amphigonie)* dienen. Außer den ungeschlechtl. *Sporen* mancher Pflanzen sind alle K. geschlechtl. differenziert, d. h., es gibt immer zwei Sorten von K.: die weibl. u. die männl. K., die bei der Befruchtung zur *Zygote* verschmelzen. Aus dieser entwickelt sich dann das neue Lebewesen. Der Fall, daß zwischen den K. u. den übrigen *Körperzellen* kein Unterschied besteht, ist selten *(Hologamie)*; meist differenzieren sich die K. von den übrigen Zellen der Art *(Merogamie)*. Im einfachsten Fall sind die geschlechtl. K. (auch *Geschlechtszellen* oder *Gameten* genannt) gleich groß u. gleich gestaltet u. nur physiolog. geschlechtsverschieden (*Isogamie*, bei vielen Protozoen, Algen u. Pilzen). Bei Moosen, Farnen u. bestimmten Protozoen sind die Gameten ungleich groß *(Anisogamie)*; der größere *(Makro-)Gamet*, der oft reichl. Reservestoffe enthält, wird als weibl. (♀) bezeichnet, der kleinere *(Mikro-)Gamet* als männl. (♂). Bleibt der Makrogamet unbewegl., nennt man ihn die *Eizelle* (→Ei) u. den bewegl. Mikrogameten (*Spermatozoon* oder *Spermium*), der die Eizelle aufsucht, die *Samenzelle* (*Oogamie*, bei den Gewebetieren u. höheren Pflanzen). Alle geschlechtl. K. sind haploid, d. h., sie enthalten nur die Hälfte des für die jeweilige Art typischen Chromosomensatzes, der bei der Befruchtung verdoppelt wird; hierfür machen die K. bei ihrer Bildung die →Reifeteilungen durch. Die K. werden meist in bes. Organen gebildet: bei den höheren Pflanzen in *Archegonien* u. *Antheridien* bzw. im *Embryosack* u. im *Pollenkorn*, bei den Gewebetieren im *Eierstock (Ovar)* u. *Samenstock (Hoden)*.

K-Einfang, *Elektroneneinfang*, eine Art der Atomkernumwandlung bei gewissen radioaktiven Stoffen. Der Kern fängt ein Elektron aus der innersten, der *K-Schale* der Elektronenhülle ein, wobei ein Proton des Kerns in ein Neutron umgewandelt wird (die Ordnungszahl des neuen Atoms verringert sich um 1). Das Loch in der K-Schale wird durch ein anderes Elektron aufgefüllt unter Aussendung der charakterist. Röntgenstrahlung des Tochteratoms.

Keiser, Reinhard, Komponist, getauft 12. 1. 1674 Teuchern bei Weißenfels, †12. 9. 1739 Hamburg; wirkte in Hamburg an der dort 1678–1738 bestehenden dt. Oper u. schrieb bis 1718 mindestens 25 Werke für sie. Großen Erfolg hatten auch seine Kantaten, Passionen u. Oratorien. Bes. Wirkung hatte K. auf G. F. *Händel* u. J. S. *Bach*.

Keįstut →Kejstut.

Keįta, Modibo, afrikan. Politiker in Mali, *4. 6. 1915 Bamako, †16. 5. 1977 Bamako; Moslem, Lehrer; gründete 1946 die *Union Soudanaise* (US-RDA); 1956 Abg. für Französ.-Sudan in der französ. Nationalversammlung u. deren erster afrikan. Vize-Präs., 1957 Staatssekretär in der französ. Regierung; 1959 Min.-Präs. von Französ.-Sudan, dann Min.-Präs. der Mali-Föderation mit Senegal u. nach dem Zerfall der Föderation bis zum Militärputsch (1960–1968) Staats-Präs. von Mali (früher Französ.-Sudan).

Keitel, Wilhelm, Offizier, *22. 9. 1882 Helmscherode, Harz, †16. 10. 1946 Nürnberg (hingerichtet); 1935 Chef des Wehrmachtsamts im Reichskriegsministerium, 1937 General der Artillerie, 1938 als Generaloberst Chef des Oberkommandos der Wehrmacht, seit 1940 Generalfeldmarschall; engster militär. Mitarbeiter *Hitlers*; unterzeichnete 1945 in Berlin die Kapitulation der dt. Wehrmacht; vom Nürnberger Militärtribunal (→Nürnberger Prozesse) als Hauptkriegsverbrecher zum Tod verurteilt.

Keith [kiːθ], alte schott. Adelsfamilie, benannt nach der Baronie K. in Ostlothian; von König *Malcolm II.* (*954, †1034) angebl. einem Mitgl. der Familie für treue Dienste im Kampf gegen die Dänen verliehen, verknüpft mit dem Amt eines Großmarschalls von Schottland. Die Titel entfielen mit dem Aussterben der Familie 1867.

1. Georg, Earl-Marishal of Scotland, preuß. Diplomat, *2. 4. 1693 Schloß Inverugie bei Peterhead (Schottland), †25. 5. 1778 Schloß Sanssouci bei Potsdam; diente unter *Marlborough* u. beteiligte sich 1715 u. 1719 an den Jakobitenaufständen, mußte aus England fliehen u. trat in span. Kriegsdienste; kam 1747 an den Hof *Friedrichs d. Gr.*, dessen literar. Interessen er teilte, u. wurde 1751 sein Gesandter in Paris u. 1754 sein Gouverneur in Neuenburg. 1759 kam K. als preuß. Gesandter nach Madrid u. erhielt im selben Jahr seine beschlagnahmten Güter durch Fürsprache Friedrichs d. Gr. von der engl. Regierung zurück. K. siedelte 1763 endgültig nach Sanssouci über.
2. [auch *kait*], **Jakob (James),** Bruder von 1), preuß. Feldmarschall, *11. 6. 1696 Schloß Inverugie, †14. 10. 1758 bei Hochkirch; floh nach der Niederschlagung des Jakobitenaufstands (1715), trat 1719 in span. u. 1728 in russ. Kriegsdienste u. zeichnete sich in den Türkenkriegen Rußlands 1736–1739 u. im russ. Krieg gegen Schweden 1741 aus; ging 1747 nach Berlin u. wurde durch Friedrich d. Gr. zum Feldmarschall u. 1749 zum Gouverneur von Berlin ernannt. 1758 leitete K. den preuß. Rückzug aus Olmütz u. wurde Oberbefehlshaber der preußischen Armee in Sachsen. In der Schlacht bei Hochkirch gegen die Österreicher (unter J. Graf *Daun*) wurde er tödlich getroffen.

Keith [ki:θ], **Sir Arthur,** schott. Anatom u. Anthropologe, *5. 2. 1866 Old Machar, Aberdeen, †7. 1. 1955 Downe, Kent; nach ihm u. dem brit. Physiologen Martin *Flack* (*1882, †1931) wird der Sinusknoten im Herzen *K.-Flackscher Knoten* genannt.

Kejtum, Ort an der Ostseite der nordfries. Insel Sylt, 1500 Ew.; ehem. Hauptort von Sylt; alte Kirche, Museum.

Kejstut, Keistut(is), Kynstud, litauischer Großfürst, *um 1297, †15. 8. 1382 Krewo (ermordet); trat nach dem Tod seines Vaters *Gedymin* 1341 die Herrschaft in Traken u. Samaiten (Schamaiten) an; Gegner des Dt. Ordens, geriet im Kampf gegen *Jagiełło* in Gefangenschaft u. wurde erwürgt.

Kekchi [kektʃi:], Maya-Indianerstamm der Quichégruppe in Guatemala.

Kekkonen, Urho Kaleva, finn. Politiker (Bauernpartei), *3. 9. 1900 Pielavesi; Jurist, Vors. der Bauernpartei, 1936 u. 1944–1946 Justiz-Min., 1937 Innen-Min., 1947–1950 mit Unterbrechung Reichstags-Präs., 1950–1953 Min.-Präs., zeitweise auch Außen-Min., seit 1956 Staats-Präs.

Keks [engl. *cakes*, „Kuchen"], haltbares Kleingebäck aus (vorwiegend) Weizenmehl, Fett, Eiern, Zucker u. Gewürzen.

Gottfried Keller: Handschrift des Gedichts „Abendlied"

F. A. Kekulé von Stradonitz

Kekulé von Stradonitz, Friedrich August, Chemiker, *7. 9. 1829 Darmstadt, †13. 7. 1896 Bonn; stellte als Hypothese auf, daß die Kohlenstoffatome des Benzols ringförmig angeordnet seien, u. gab 1865 die heute übliche Benzolformel an.

Kelantan, Teilstaat in Malaysia, im Inneren u. NO von Malakka, 14970 qkm, 705000 Ew.; Hptst. *Kota Baharu*; Reis- u. Kautschukanbau; Zinn-, Blei- u. Goldbergbau.

Kelch [lat. *calix*], **1.** *Botanik:* die äußerste, meist aus grünen Blättchen bestehende Hülle der →Blüte der bedecktsamigen Pflanzen.
2. *christl. Liturgie:* Trinkgefäß zur Spendung des Weins beim Abendmahl u. zur Aufbewahrung u. Austeilung der Hostien. Der K. besteht aus der Schale *(cuppa)*, dem Fuß u. dem Knauf zwischen beiden Teilen. In der kath. Kirche muß der K. aus Gold, Silber oder Zinn, das Innere der cuppa vergoldet sein. Mittelalterl. K.e weisen oft eine künstler. wertvolle Gestaltung auf. — Die kath. Kirche kam im 12. Jh. vom Gebrauch des K.s für Laien ab (vor allem, um eine Verunehrung der Eucharistie zu unterbinden); dies führte zu Auseinandersetzungen, bes. mit den Hussiten u. Reformatoren. Dem ev. Christen wird beim Abendmahl immer auch der K. gereicht; in der kath. Kirche ist dies nur bei bestimmten Anlässen (z. B. Hochzeit) oder für bestimmte Gruppen (z. B. Ordensgemeinschaften) wiedereingeführt u. wird heute meist als *Kelchkommunion* bezeichnet. →auch Laienkelch.

Kelchkapitell, ein Kapitell in der Form eines Kelchs. Eine Vorform ist das *Kelchblockkapitell,* in dem noch der blockhafte Charakter des roman. Würfelkapitells bewahrt wird.

Kelchsteinkraut →Steinkraut.
Kelchtiere = Kamptozoen.
Kelchwürmer = Kamptozoen.

Keldysch [ˈkjeldiʃ], **Mstislaw Wjatscheslawowitsch,** sowjet. Physiker, *10. 2. 1911 Riga, †24. 6. 1978 Moskau; Arbeiten über Vibrationen mechan. Systeme; 1961–1975 Präs. der sowjet. Akademie der Wissenschaften.

Kelemen, Milko, jugoslaw. Komponist, *30. 3. 1924 Podravska Slatina, Kroatien; Schüler von O. *Messiaen*. D. *Milhaud* u. W. *Fortner*, gründete die Zagreber Biennale für Neue Musik, 1969 Kompositionslehrer in Düsseldorf, 1973 in Stuttgart; setzte sich nach nationalfolklorist. Anfängen seit 1958 mit der Dodekaphonie auseinander u. verwendet in seinen Bühnenwerken alle Mittel moderner Klang- u. Geräuschproduktion; Hptw.: Ballette „Le héros et son miroir" 1960, „Las Apasionadas" 1964; Opern „Der neue Mieter" 1964 nach E. *Ionesco*, „Der Belagerungszustand" 1970 nach A. *Camus*, „Motion" für Streichquartett 1968; Vokalmusik „Les mots" 1965 nach J. P. Sartre, elektron. Musik „Judith" 1969.

Kéler, Béla, eigentl. Adalbert von *Keller,* ungar. Komponist, *13. 2. 1820 Bartfeld (heute ČSSR), †20. 11. 1882 Wiesbaden; Unterhaltungsmusik (Tänze, Märsche, „Lustspielouvertüre" op. 73).

Kelheim, niederbayer. Kreisstadt an der Mündung der Altmühl in die Donau, südwestl. von Regensburg, 14000 Ew.; Cellulose-, Holz- u. chem. Industrie; in den Jahren 1842–1863 von *Ludwig I.* zur Erinnerung an die Befreiungskriege erbaute *Befreiungshalle* u. das Benediktinerkloster *Weltenburg.* — Ldkrs. K.: 1061 qkm, 86000 Ew.

Kelik [das; pers., türk.], ein arabisch. Floß, bei dem ein Rohrgeflecht von aufgeblasenen Ziegenbälgen getragen wird.

Kelim [der; türk., arab.], flach gewebter oder gewirkter Wandbehang oder Teppich, charakterisiert durch beidseitig gleiches Aussehen. Die Schußfäden gehen nicht über die ganze Breite, sondern mustermäßig nur durch einige Kettfadengruppen, so daß an den Musterkonturen Schlitze entstehen. – *K.stickerei,* Nachahmung des K.teppichs durch Besticken (*K.stiche:* schräge Flachstiche) von Kanevas mit dicken Wollgarnen, für Kissen u. Vorleger.

Kelkheim (Taunus), hess. Stadt am Südrand des Taunus (Main-Taunus-Kreis), 27000 Ew.; Möbelindustrie, Varta-Forschungszentrum.

Kelle, 1. *Bauwesen:* Maurerwerkzeug zur Verarbeitung des Mörtels.
2. *Hauswirtschaft:* löffelähnliches Schöpfgerät, z. B. Suppen-K.
3. *Zoologie:* der flache Biberschwanz.

Keller, das ganz oder teilweise unter dem Gelände liegende unterste Stockwerk eines Gebäudes; dient im allg. zum Aufbewahren von Vorräten, kommt auch als selbständige Anlage vor, z. B. bei Brauereien.

Keller, 1. Adelbert von, Germanist u. Romanist, *5. 7. 1812 Pleidelsheim, Württemberg, †13. 3. 1883 Tübingen; Schüler L. *Uhlands*; veröffentlichte zahlreiche Ausgaben dt. u. roman. Dichtungen aus dem 15. bis 17. Jh.; „Uhland als Dramatiker" 1877.
2. Adolf, Pseudonym *Xenos,* schweizer. ev. Theologe, *7. 2. 1872 Rüdlingen, †10. 2. 1963 Compton, Calif. (USA); führender Mitarbeiter der ökumen. Bewegung, 1921 Leiter der Europ. Zentralstelle für kirchl. Hilfsaktionen, 1927 Gründer des Internationalen Sozialwissenschaftl. Instituts in Genf; förderte die Gründung des Ökumen. Rats.
3. Friedrich Gottlob, Erfinder, *27. 6. 1816 Hainichen, Erzgebirge, †8. 9. 1895 Krippen bei Schandau; ursprüngl. Weber, zerfaserte Holz auf einem normalen Schleifstein unter Zusatz von Wasser u. kam so auf das für die Papierherstellung wichtige *Holzschliffverfahren* (1843).
4. Gottfried, schweizer. Schriftsteller, *19. 7. 1819 Zürich, †15. 7. 1890 Zürich; Sohn eines frühverstorbenen Drechslermeisters, versuchte sich zuerst als Landschaftsmaler (1840–1842 in München), beteiligte sich als Radikal-Liberaler an den polit. Kämpfen u. trat 1846 mit „Gedichten" hervor; ging nach Notjahren als Stipendiat des Kantons Zürich 1848 nach Heidelberg, wo ihn bes. L. *Feuerbach* u. H. *Hettner* beeinflußten. 1850 nach Berlin, wo er 1855 die Erstfassung seines Bildungsromans „Der grüne Heinrich" abschloß. Seit 1855 war er wieder in Zürich, 1861–1876 als Erster Staatsschreiber. Hier reiften seine meisterl., lebensfrohen, oft volkserzieher. Novellen („Die Leute von Seldwyla" 1856; „Sieben Legenden" 1872; „Züricher Novellen" 1878; „Das Sinngedicht" 1882), die Endfassung seines „Grünen Heinrich" 1879/80, sein pessimist. zeitkrit. Roman „Martin Salander" 1886 u. seine späten Gedichte (Gesamtausgabe 1883). K. ist einer der großen Vertreter der realist. Dichtung. — ▯ 3.1.1.
5. [ˈkelə], **Helen Adams,** US-amerikan. Schriftstellerin, *27. 6. 1880 Tuscumbia, Ala., †1. 6. 1968 Westport, Conn.; blind u. taub, betätigte sich durch Schriften u. Vorträge als Sozialreformerin; Inspektorin der Blinden- u. Taubstummeninstitute der USA; Hptw.: „Geschichte meines Lebens" 1903, dt. 1904; „Out of the Dark" 1909, dt. „Dunkelheit" 1909; „Let Us Have Faith" 1940. — ▯ 3.1.4.
6. Paul, schles. Schriftsteller, *6. 7. 1873 Arnsdorf bei Schweidnitz, †20. 8. 1932 Breslau; zuerst Lehrer, gründete die Familienzeitschrift „Die Bergstadt" u. schrieb vielgelesene gemütvolle Romane: „Waldwinter" 1902; „Die Heimat" 1903; „Der Sohn der Hagar" 1907; „Ferien vom Ich" 1915.
7. Paul Anton, steir. Schriftsteller, *11. 1. 1907 Radkersburg an der Mur; lebt bei Graz; Lyrik: „Lebensreise" 1943; „Die holde Frühe" 1954; Anekdoten, Bauern-, Tier- u. Spukgeschichten, Kindheitserinnerungen, Jugend- u. Landschaftsbücher; Märchensammlungen u. Volkskundliches.

Kellerabzug, Flaschenfüllung von Wein im Keller des Winzers.

Kellerassel, *Porcellio scaber,* die häufigste, bis 16 mm lange mitteleurop. *Landassel;* in Kellern, Gewächshäusern u. Gärten. Die Fühler sind nur zweigliedrig. →auch Mauerassel.

Kellerhals, 1. *Bauwesen:* äußere Kellertreppe, auch überwölbter Kellerzugang.
2. *Botanik:* = Seidelbast.

Kellermann, 1. Bernhard, Roman- u. Reiseschriftsteller, *4. 3. 1879 Fürth, †17. 10. 1951 Potsdam; begann mit lyrischen, K. *Hamsun* nachempfundenen Romanen („Yester u. Li" 1904; „Das Meer" 1910) u. wurde weltbekannt mit dem Zukunftsroman „Der Tunnel" 1913; weitere Romane: „Die Stadt Anatol" 1932; „Das Blaue Band" 1938; „Totentanz" 1948.
2. [kɛlɛr'man], Franz Christoph, Herzog von *Valmy*, franzö. Offizier, *28. 5. 1735 Straßburg, †23. 9. 1820 Straßburg; Marschall von Frankreich, Sieger der Schlacht bei Valmy (20. 9. 1792); einer der fähigsten Militärs *Napoléons*, trat 1814 für die Restitution der Bourbonenmonarchie ein.
Kellerschnecken, Limax →Egelschnecken.
Kellerschwamm, Coniophora cerebella, ein Verwandter des *Hausschwamms*, der wie dieser verbautes Holz angreift. Bei Austrocknung geht er ein.
Kellersee, See in der Holstein. Schweiz, 5,6 qkm, 27,5 m tief.
Kellerwald, östl. Ausläufer des Rhein. Schiefergebirges, in das Hess. Bergland vorgeschoben, südl. von Bad Wildungen, im *Wüstegarten* 675 m; Fremdenverkehr.
Kellerwechsel →Wechsel.
Kellgren ['tçɛlgreːn], Johan Henrik, schwed. Schriftsteller, *1. 12. 1751 Floby, Västergötland, †20. 4. 1795 Stockholm; anfangs dem sinnenfrohen Rokoko zugeneigt, dann ein Hauptvertreter der Aufklärung; verfaßte Gedichte, Satiren u. journalist. Arbeiten.
Kellinghusen, schleswig-holstein. Stadt (Ldkrs. Steinburg) östl. von Itzehoe, 8200 Ew.; Fleischwaren-, Holz-, Maschinen- u. Mühlenindustrie; ehem. Fayence-Manufaktur.
Kellner, Ausbildungsberuf des Hotel- u. Gaststättengewerbes; 3 Jahre Ausbildungszeit, Gehilfenprüfung vor der zuständigen Industrie- u. Handelskammer; Beschäftigung im Hotel, Gasthof, Kurhaus, Café, Speisewagen, auf Schiffen, Flugzeugen (Steward) u. a., Aufstieg zum *Ober-K.,* Empfangschef, Direktor. Fremdsprachenkenntnisse sind sehr förderlich. Fortbildungsmöglichkeiten durch Teilnahme an fremdsprachl. Kursen oder Besuch von *Hotelfachschulen.*
Kellogg, Frank Billings, US-amerikan. Politiker (Republikaner), *22. 12. 1856 Potsdam, N. Y., †21. 12. 1937 St. Paul, Minn.; Anwalt, 1917–1923 Senator, 1924/25 Botschafter in London; brachte als Außen-Min. (1925–1929) 1928 zusammen mit A. *Briand* den *Briand-K.-Pakt* zustande u. erhielt dafür 1929 den Friedensnobelpreis; 1930–1935 Mitgl. des Haager Gerichtshofs.
Kellogg-Pakt →Briand-Kellogg-Pakt.
Kelly, 1. Gene, US-amerikan. Tänzer u. Schauspieler, *23. 8. 1912 Pittsburgh, Pa.; vor allem Tanzkomiker, auch Regisseur u. Choreograph; durch viele Tanzfilme berühmt: „Ein Amerikaner in Paris" 1951; „Einladung zum Tanz" 1955, u. a.
2. Grace →Gracia Patricia.
Keloid [das; grch.], eine harte, bindegewebige, meist gutartige Narbengeschwulst *(Narben-K.),* für deren Entstehen eine bestimmte Veranlagung mitverantwortlich ist. Gehäuftes Auftreten von K.en heißt *Keloidose.*
Kelp [das; engl.], frz. *Varec,* die bei der Tangverarbeitung anfallende Asche; Rohstoff für die Jodgewinnung aus den bes. jodreichen Meeresalgen.
Kelsen, Hans, österr.-amerikan. Staats- u. Völkerrechtslehrer, *11. 10. 1881 Prag, †19. 4. 1973 Berkeley, Calif.; lehrte in Wien, seit 1929 in Köln, 1933–1940 in Genf, 1942–1952 in Berkeley, Calif. (USA); Begründer der (logisch) „reinen Rechtslehre", Schöpfer der österr. Bundesverfassung von 1920, Mitarbeiter F. D. *Roosevelts* an der Atlantik-Charta; Hptw.: „Hauptprobleme der Staatsrechtslehre" 1911, ²1923; „Allg. Staatslehre" 1925; „Reine Rechtslehre" 1934, ³1967; „General Theory of Law and State" 1945, ³1949; „The Political Theory of Bolshevism" 1949, ³1955; „The Law of the United Nations" 1950, ²1952; „Principles of International Law" 1952.
Kelsterbach, hess. Stadt am unteren Main (Ldkrs. Groß-Gerau), 15 500 Ew.; Chemiefaser-, Strumpf- u. Kfz-Zubehörindustrie.
Kelten [„die Tapferen" oder „die Hohen"], grch. *Keltoi,* lat. *Celtae,* auch *Galli, Galatae,* ein westindogerman. *Keltisch* sprechendes Volk, das seit dem 6. Jh. v. Chr. als in Mittel- u. Westeuropa ansässig von griech. u. röm. Historikern (Avienus, Hekataios von Milet, Herodot) erwähnt wird. Das Fehlen kelt. Sprachzeugnisse aus vorröm. Zeit erschwert die Klärung der Herkunft der K. Ortsnamenforschung u. Archäologie sehen ihren Ursprung z. T. in der Hügelgräber-Kultur der mittleren Bronzezeit, z. T. identifizieren sie Entstehung u. Ausbreitung der K. mit der spätbronzezeitl. Urnenfelder-Kultur, die in vielem mit der folgenden Hallstatt-Kultur u. der daran anschließenden Latène-Kultur einen kulturellen Zusammenhang zu bilden scheint. Im 5. Jh. v. Chr. jedenfalls saßen die K. bereits in einem Raum, der von Süd- u. Südwest-Dtschld. bis nach Österreich u. in Nordwest-Dtschld. bis zur Weser u. zum Harz reichte, am Mittelrhein, in Frankreich (Gallien), Spanien u. auf den Brit. Inseln. Bereits im 5. Jh. v. Chr. zogen sie nach Oberitalien, wo sie sich in der Poebene ansiedelten *(Gallia cisalpina).* Von da aus besiegten sie mehrmals die Etrusker u. 387 v. Chr. unter *Brennus* in der Schlacht an der Allia auch die Römer u. plünderten Rom. Von etwa 300 v. Chr. an stießen K. bis nach Ungarn vor u. überfluteten den Balkan, wo sie sich unter Thrakern u. Illyrern festsetzten. 279 v. Chr. entging Delphi nur knapp der Plünderung; 278 v. Chr. gingen die *Galater* nach Kleinasien u. siedelten sich in dem nach ihnen benannten *Galatien* an. Ein bis zwei Jahrhunderte lang waren die K. das bedeutendste Volk Europas, bildeten aber weder eine ethn. Einheit, noch brachten sie es zu einem staatl. Zusammenschluß; nur ihre Kultur u. Kunst wog einheitlich, für die Mentalität der K. typische Züge, die auf einer ähnlichen Sprache, einer gemeinsamen Kultur, der Latène-Kultur (→Latènezeit), u. gemeinsamen religiösen Traditionen beruhte.
Wirtschaftl. Grundlage waren Ackerbau u. Viehzucht (bes. Pferde), Salzbergbau u. reger Tauschhandel. Später übernahmen die K. Elemente mediterraner Wirtschaft u. Zivilisation. Neben einer Aristokratie von Lenkern zweirädriger Wagen gab es einen wohlhabenden Bauernstand u. ein spezialisiertes Handwerk. Die wirtschaftl. Basis des Adels war sein ausgedehnter Grundbesitz, manchmal ein Anteil an Steuern u. Zöllen, später auch die Münzprägung; seine polit. Macht beruhte auf dem Klientelsystem. Grundlage der polit. Organisation der K. war der *Clan* (Großsippe) mit einem Stammesfürsten an der Spitze. Fürstensitze, durch burgartige Anlagen u. reiche Fürstengräber zwischen mittlerer Loire u. oberer Donau auch archäolog. deutlich faßbar, spiegeln die feudalist. Gesellschaftsordnung wider. In der Nähe der Burgen lagen vielfach die seit 2. Jh. v. Chr. aufgekommenen stadtartigen *Oppida,* die Selbstverwaltung besaßen. In ihnen war das Handwerk konzentriert u. wurden auch die Münzen geprägt. Teils neben, teils über dem Adel standen die Priestergelehrten *(Druiden);* ihr gewähltes Oberhaupt schlichtete auch polit. Zwistigkeiten. Da sie ihre religiöse Lehre nur mündlich weitergaben, ist sie nur durch die Berichte griech. u. röm. Schriftsteller, von Denkmälern u. Inschriften bekannt. Die K. hatten vor allem Lokalgötter, deren Funktionen sich z. T. überschnitten; daneben wurden auch Tiere (Eber, Hirsch, Stier u. a.) verehrt. Der Sakraldienst fand unter freiem Himmel in Heiligtümern in Form der Viereckschanzen mit burgunartigen Schächten für Opfer statt; z. T. gab es auch schon viereckige oder polygonale höhere Umgangstempel, die in röm. Zeit vielfach durch Steinbauten gleicher Art ersetzt wurden.
Seit dem 2. Jh. v. Chr. wurden die K. von den Dakern u. Germanen bedrängt u. teilweise verdrängt u. von den Römern zuerst in Oberitalien, dann auch in den anderen Gebieten unterworfen. Mit der Gefangennahme des *Vercingetorix* 52 v. Chr. bei Alesia endete *Cäsars Gallischer Krieg.* Gallien verlor als Zentrum kelt. Macht seine Unabhängigkeit, nahm aber überraschend schnell röm. Kultur u. Sprache an u. entwickelte sich zu einer bes. blühenden röm. Provinz. Mit der Eroberung von Noricum, Vindelizien u. Pannonien gerieten zwischen 16 u. 10 v. Chr. die letzten selbständigen kelt. Gebiete unter röm. Herrschaft. Nur Irland blieb frei von röm. Einfluß; hier entstand durch kelt. Erbe u. Christentum im frühen MA. eine neue Blüte kelt. Kultur. Nachkommen der antiken K. in der Gegenwart sind die Waliser, die Iren, die Bewohner des Wallis u. die Bretonen. – ⎕→Latènezeit. – ⎕→Latènezeit. ⎕5.1.3.
Keltenrind, zum Kurzhornvieh gehörendes Rind der kelt. Völker, das durch diese über weite Teile Europas verbreitet wurde.
Kelter, Presse zur Trennung des Safts von den Hülsen u. Kernen bei der Weinbereitung (Frucht-, Traubenpresse).
Christus in der K., sinnbildl. Darstellung des Opfertods Christi, der mit Dornenkrone u. Lendenschurz als *Schmerzensmann* in der Kelter steht, deren Balken ihn niederdrückt.
Kelterborn, Rudolf, schweizer. Komponist, *3. 9. 1931 Basel; studierte bei W. *Fortner* u. B. *Blacher,* 1960 Kompositionslehrer in Detmold, 1968 an der Musikhochschule Zürich. Seine durch äußerste Intervallspannungen charakterisierte Musik erlaubt sich trotz serieller Schreibweise der Tonalität angenäherte Freiheiten. Hptw.: Opern („Die Errettung Thebens" 1963; „Kaiser Jovian" 1967), Oratorium „Die Flut" 1965, Orchesterwerke („Metamorphosen" 1957; 2 Sinfonien 1968 u. 1970, „Traummusik" 1971; „Changements" 1973), Chormusik („Ewige Wiederkehr" 1960, „Musica spei" für Chor, Orgel u. Sopran auf Texte aus der Vulgata 1970), Kammermusik („Inventionen u. Intermezzi" 1970) u. a.; schrieb das Buch „Stilist. Mannigfaltigkeit in der zeitgenöss. Musik" 1958.
Keltiberer, keltisch-iberische Stämme in Nordspanien, zwischen dem Oberlauf des Ebro u. dem Unterlauf des Turia; der stark befestigte Hauptort war *Numantia.* Sie zerfielen in die Stämme der *Arevaker, Beller, Lusoner, Pelendoner, Titter* u. *Vaceer;* verwandtschaftl. Beziehungen bestanden zu den *Lusitanern.* Sie gewannen Gold aus Flüssen, Silber u. Eisen aus Bergwerken u. hatten eine vorzügl. Waffenfabrikation. Ihre Kriegstüchtigkeit war so hervorragend, daß sie von den Karthagern nur z. T. unterworfen wurden u. gegen Rom in drei längeren Kriegen andauernden Widerstand leisteten, bis *Cornelius Scipio* 133 v. Chr. die Eroberung Numantias gelang, doch leisteten sie den Römern noch bis 44 v. Chr. Widerstand.
Keltisch, eine zum Indogerman. gehörende Sprachgruppe, die in der Vorzeit über ganz Europa bis nach Spanien u. Norditalien verbreitet u. bis nach Kleinasien (Königreich der Galater) vorgedrungen war. Die seit dem 3. Jh. v. Chr. datierten verstreuten Inschriften lassen eine Rekonstruktion der kelt. Ursprache nicht zu. Man unterscheidet das ausgestorbene *Festlandkeltisch* (in Spanien [seit dem 6. Jh. v. Chr.], Gallien, Süd- u. WestDtschld., Italien u. auf dem Balkan), von dem neben wenigen Inschriften nur zahlreiche Eigennamen erhalten sind, u. das z. T. noch lebendige *Inselkeltisch* mit einem *goidelischen* (gälischen) Zweig *(Irisch, Gälisch* [Schottisch] i. e. S. u. *Manx)* u. einem britannischen Zweig *(Walisisch, Kornisch* u. *Bretonisch).* – ⎕3.8.4.
keltische Kunst, die Kunst der *Kelten* von der *Latènezeit (Latènekunst)* bis zu ihrer letzten Blüte in frühen MA. auf den Brit. Inseln, insbes. in Irland. Sie entstand im 5. Jh. v. Chr. unter dem Einfluß etrusk. u. griech. Kunstgewerbes u. wurde von den Fürsten des Champagne-Saar-Mosel-Mittelrheingebiets, in deren Gräbern (z. B. in Reinheim, Waldalgesheim) sich seit etwa 450 v. Chr. reicher

Keltiberer: Krieger auf einem Relief aus Osuna in Südspanien. Madrid, Museo Arqueologico Nacional

Import aus dem Mittelmeerraum u. die besten Erzeugnisse kelt. Goldschmiedekunst fanden, gefördert. Allen Techniken der Mittelmeerwelt gegenüber aufgeschlossen, entwickelten die Kelten parallel hierzu ihre eigenen handwerkl. Methoden u. leisteten auf dem Gebiet der Metallbearbeitung Hervorragendes. Von der griech.-etrusk. Kunst übernahmen sie Ranken-, Palmetten- u. Lotosblütenornamente, von der skyth.-iran. zoomorphe Motive, gestalteten sie aber zu eigenen kurvolineären Mustern u. komplizierten, oft ins Grenzenlose verschlungenen Kompositionen, mit einer phantast. Darstellung von Mensch u. Tier bei gleichzeitiger Stilisierung. Mit diesen Mustern statteten sie nahezu alle Gebrauchs- u. Schmuckgegenstände aus Bronze, Eisen, Gold u. Silber aus, insbes. Kannen, Kessel, Streitwagen- u. Waffenbestandteile (reichgravierte Schwerter), Pferdegeschirr, Beschlagbleche, Halsringe (Torques), Armringe u. Fibeln. Eines der bedeutendsten, mit ornamentalem u. figürl., getriebenem Dekor verzierten Werke ist der Silberkessel von Gundestrup. Charakteristisch sind anthropomorphe Masken. Koralleneinlagen u. Email dienten der Verzierung von Bronze-, Silber- u. Eisengegenständen. Die aus gedrehtem farbigem Glas hergestellten, oft mit anders gefärbten Glasfädchen verzierten Armringe u. Perlen kamen aus eigenen kelt. Werkstätten. Großplastik u. Steinarchitektur erlangten seit dem 3. Jh. v. Chr. in der südgallischen Kontaktzone zur Mittelmeerwelt einige Bedeutung. Charakteristisch sind vor allem Menschenkopfskulpturen (z. B. Januskopf von Roquepertuse).

Auch während der röm. Herrschaft blieb das kelt. Formgefühl in der Kunst Galliens erhalten. Impulse aus dem britann. Raum, in dem in den beiden Jahrhunderten vor Christi Geburt eine eigene Latènekunst blühte, bewirkten im 2. Jh. n. Chr. einen eigenen Stil im nordalpinen Raum, der sich bes. im Durchbruchstil provinzialröm. Bronzebeschläge u. einer bis in die Spätantike nachwirkenden Renaissance der Latèneformen äußerte. In Irland u. Schottland konnte sich die k. K. ungestört weiterentwickeln, doch unterscheidet sie sich von der vorangehenden Latènekunst durch die Verarbeitung starker oriental., ostmediterraner, christl. u. angelsächs. Impulse u. die Aufnahme des german. Flechtband- u. Tierstils. Der frühirische Stil (650–850) brachte Spirale, Tierornamente u. Flechtband nebeneinander an, bes. auf Kelchen, Evangelienbehältern, Bischofsstäben u.ä. Er ist bes. für die illuminierten Handschriften des 7.–9. Jh., die einen Höhepunkt der irischen Buchkunst darstellen, charakteristisch (z.B. *Book of Durrow*, *Book of Kells*). Der *mittelirische Stil* (850–1000) wurde durch die Einfälle der Wikinger beeinflußt; brachte ein technisches Absinken u. künstlerische Eintönigkeit u. übernahm zunehmend den norweg. Tier- u. Vogelgeflechtstil. Der *spätirische Stil* (1000–1170) zeigte in guter Technik die Ornamente der vorangegangenen Stile, ohne Neuschöpfungen hervorzubringen. Typisch für das Fortleben der kelt. Tradition sind schließlich auch die im Land aufgestellten Steinkreuze. – ⬚ →Latènezeit. – ⌑ 5.1.3.

keltische Literatur, Sammelbez. für die Literaturen in kelt. Sprache: →bretonische Literatur, →irische Literatur (1), →kymrische Literatur, →manxische Literatur, →schottische Literatur (2). – ⌑ 3.1.5.

keltische Musik. Zu den ersten Belegen für Musikinstrumente im Kulturraum der Kelten zählen lange Trompeten, wie sie auf den röm. Bögen Südfrankreichs u. auf dem Silberkessel von Gundestrup (wahrscheinl. 1. Jh. v. Chr.) abgebildet sind. Nach *Diodorus Siculus* u. *Poseidonios* (1. Jh. v.Chr.) hatten die kelt. Könige, auch im Krieg, *Barden* in ihrem Gefolge, d.h. Dichter, die die Heldentaten ihrer Herren mit Gesang zur Harfe vortrugen; ihre Spottgedichte auf die Feinde galten als zauberkräftig. Alte Gesänge, die sich bis heute erhalten haben, Tanz- u. Marschweisen, Klage-, Helden- u. Arbeitslieder, sind rhythmisch u. metrisch von den eigentüml. Formen der irischen Dichtung geprägt. – Die *Harfe*, bereits im 8./9. Jh. bildlich belegt, war neben dem *Dudelsack*, dem Volksinstrument Irlands, Schottlands, z.T. auch Wales' u. der Bretagne, das beliebteste Nationalinstrument; daneben erlangten die *Rotta* u. weitere mit dem Bogen gestrichene Instrumente, verschiedene Horn- u. Trompetentypen sowie Flöten nicht die gleiche Bedeutung.

Für die Erhaltung der Tradition wurde 1893 die „Gaelix League for the Restoration of Irish" gegründet. Heute besitzen die „Irish Folklore Commission" u. der irit. u. der irische Rundfunk eine Schallplattensammlung mit alten Gesängen u. Instrumentalstücken. In der Bretagne finden noch heute internationale Dudelsackfestspiele statt; in Wales lebt die Harfe als solist. Begleitinstrument zu bestimmten Volkstänzen fort; in Irland ist sie nach wie vor Nationalinstrument, wie in Schottland der Dudelsack. →auch irische Musik, schottische Musik.

Kelut, *Klut*, Vulkan in Ostjava (Indonesien), 1731 m; wegen verheerender Eruptionen u. Kraterseeausbrüche gefürchtet.

Kelvin, Kurzzeichen K (ohne Gradzeichen °), Basiseinheit der thermodynam. Temperatur *(Kelvin-Temperatur)*. 1 K ist gleich dem 273,16ten Teil der thermodynam. Temperatur des Tripelpunkts des Wassers. Dieser Punkt liegt lt. Definition 0,01 K über dem Eispunkt des Wassers. Es gelten die Entsprechbeziehungen:
Eispunkt des Wassers: $273,15 \, K \, \hat{=} \, 0\,°C$
Tripelpunkt des Wassers: $273,16 \, K \, \hat{=} \, 0,01\,°C$
absoluter Nullpunkt: $0 \, K \, \hat{=} \, -273,15\,°C$.

Kelvin, Lord K. of Largs →Thomson, Sir William.

Kelvin-Skala, die absolute Temperaturskala; →Temperatur; →auch Farbtemperatur, Mired.

Kemal Atatürk, *Mustafa Kemal Pascha* →Atatürk.

Kemal Tahir, türk. Schriftsteller, *1910 Istanbul; schildert in seinen realist. Romanen Leben u. Brauchtum Anatoliens.

Kembs, Gemeinde im französ. Dép. Haut-Rhin (Oberelsaß), am Hüninger Zweig des Rhône-Rhein-Kanals, 1700 Ew. 1932 wurde hier der 1. Bauabschnitt (6,5 km) des Rhein-Seitenkanals fertiggestellt; Staustufe mit Großkraftwerk (Jahreserzeugung fast 1 Mrd. kWh).

Kemenate [lat.], ein mit einem Kamin versehener

John Kendrew

Raum auf Burgen, Schlafgemach, auch Frauengemach; später auch ein ganzer Gebäudeteil.

Kemény ['kɛmɛ:nj], Zoltán, ungar. Bildhauer u. Maler, *21. 3. 1907 Banica, †23. 6. 1965 Zürich; begann 1954, nach frühen Versuchen als Maler, mit Metall zu arbeiten, wobei er vorfabrizierte Metallstücke so auf eine Grundfläche montierte, daß verschiedenartige Strukturen entstanden; für seine Reliefbilder, zwischen Plastik u. Malerei angesiedelt, 1964 mit dem Großen Bildhauerpreis der Biennale in Venedig ausgezeichnet. – ⌑ 2.3.1.

Kemerowo ['kje-], bis 1932 *Schtscheglowsk*, Hptst. der Oblast K. (95 500 qkm; 2,9 Mill. Ew., davon 80% in Städten) in der RSFSR, im N des Kusnezkbeckens, am schiffbaren Tom, 385 000 Ew. Steinkohlenbergbau, Maschinen-, chem. u. Baustoffindustrie; Wärmekraftwerk; in der Nähe Steinsalzgewinnung; Verkehrsknotenpunkt.

Kemi, finn. Hafenstadt an der Mündung des Kemijoki, 27 400 Ew.; Cellulosefabriken, Sägewerke; in der Nähe Chromerzvorkommen.

Kemijoki, Fluß in Nordfinnland, 494 km; entspringt südl. des Saariselkä, durchfließt den Kemijärvi, nimmt den Ounasjoki auf u. mündet bei Kemi in den nördl. Bottn. Meerbusen; Energiegewinnung, Flößerei.

Kemmelberg, *Kemmel*, Bergrücken bei Cassel (Belgien), inmitten des Flachlands u. Einzelhofgebiets des südl. Westflandern, 156 m; im 1. Weltkrieg stark umkämpft.

Kemnath, bayer. Stadt in der Oberpfalz (Ldkrs. Tirschenreuth), südöstl. von Bayreuth, 3100 Ew.; Herstellung medizin.-techn. Geräte, Textilindustrie.

Kemp, Paul, Schauspieler, *20. 5. 1899 Bad Godesberg, †13. 8. 1953 Bad Godesberg; seit 1918 am Theater in Düsseldorf, Hamburg u. Berlin als Komiker, seit 1930 beim Film.

Kempe, Rudolf, Dirigent, *14. 6. 1910 Niederpoyritz bei Dresden; tätig in Chemnitz, Weimar u. Dresden; 1952–1954 Generalmusikdirektor der Münchner Staatsoper, 1961–1974 Chefdirigent des brit. Royal Philharmonic Orchestra, seit 1965 Leiter des Tonhalle-Orchesters in Zürich, 1967 der Münchner Philharmoniker, 1974 des BBC Symphony Orchestra.

Kempen, 1. *K.land*, frz. *Campine*, nordbelg. Landschaft zwischen Maas, Albertkanal u. Schelde; sandige Heide mit Bewässerungsanbau, große Kohlenvorkommen; Hptst. *Turnhout*. – ▣ →Belgien.
2. Stadt in Nordrhein-Westfalen (Ldkrs. Viersen), nordwestl. von Krefeld, 30 000 Ew.; ehem. kurköln. Festung; Heimat des Philosophen *Thomas von K.*; Textil- u. Eisenindustrie, Bahnknotenpunkt.

Kempen, 1. ['kɛmpə], Paul van, niederländ. Dirigent, *16. 5. 1893 Zoeterwoude, †8. 12. 1955 Amsterdam; vielseitig tätig in Holland u. Dtschld.; 1934–1942 an der Dresdner Philharmonie, 1949 am Sender Hilversum, 1952 Generalmusikdirektor in Bremen.
2. →Thomas von Kempen.

Kempener, Peter de, span. Pedro *Campaña*, fläm. Maler, *1503 Brüssel, †1580 Brüssel; ging um 1529 nach Italien, war 1537–1562 in Sevilla u. leitete dann in Brüssel die Teppichmanufaktur. Sein manierist. Stil vereinigte niederländ., span. u. italien. Elemente. Hptw.: Kreuzabnahme aus der Kathedrale von Sevilla (vor 1547; Montpellier, Museum).

Kempen-Krefeld, ehem. linksrhein. Landkreis in Nordrhein-Westfalen, gehört seit 1975 zum Ldkrs. Viersen.

Kempff, Wilhelm, Pianist. u. Komponist, *25. 11. 1895 Jüterbog; 1924–1930 Direktor der Musikhochschule Stuttgart; Interpret der Klassik u. Romantik, auch ein Meister der Improvisation; schrieb u.a. 2 Sinfonien, Kammermusik, Chorwerke u. 4 Opern; Selbstbiographie „Unter dem Zimbelstern" 1951.

Kempland, antarkt. Küstenstrich auf etwa 58° Ost, mit mehreren eisfreien Stellen; 1833 von Kapitän Peter *Kemp* entdeckt.

Kempner, Friederike, Schriftstellerin, *25. 6. 1836 Opatow, Posen, †23. 2. 1904 Schloß Friederikenhof bei Reichthal, Schlesien; mit ihren (ernstgemeinten) „Gedichten" 1873 ein „Genie unfreiwilliger Komik".

Kempten (Allgäu), bayer. Stadtkreis (63 qkm) in Schwaben, Hptst. u. Zentrum des bayer. Allgäus, an der Iller, 695 m ü.M., 57 000 Ew.; Rathaus (15./16. Jh.) mit Brunnen, Allgäuer Heimatmuseum; Textil-, Möbel- u. Papierindustrie, Druckereien, Brauereien. – Das alte *Cambodunum* (Ausgrabungen) war röm. Garnison; 1289–1802 freie Reichsstadt; 752–1802 Benediktinerabtei.

Ken, Verwaltungsbezirk (Präfektur) in Japan.

Kenai ['ki:naɪ], Halbinsel in Südalaska (USA), zwischen dem Golf von Alaska u. dem Cook Inlet; in den *K. Mountains* 2070 m.

Kendal [kendl], *Kirkby-Kendal*, Hptst. der nordenglischen Grafschaft Westmorland, östlich des Lake Distrikts, 20 000 Ew.; Wollwarenherstellung.

Kendall ['kendəl], 1. Edward Calvin, US-amerikan. Mediziner u. Biochemiker, *8. 3. 1886 South Norwalk, Conn., †4. 5. 1972 Princeton, N.J.; erforschte die Schilddrüsen- u. Nebennierenrindenhormone u. entdeckte Thyroxin u. Cortison, Nobelpreis 1950 zusammen mit Ph. Sh. *Hench* u. T. *Reichstein*.
2. Henry Clarence Thomas, austral. Lyriker, *18. 4. 1839 Kirmington, Neusüdwales, †1. 8. 1882 Redfern bei Sydney; der erste bedeutende austral. Dichter. Seine heimat- u. naturverbundene Lyrik begründete die austral. Nationaldichtung „Leaves from an Australian Forest" 1869; „Songs from the Mountains" 1880.

Kendo [das], japan. Schwertfechten mit einem Zweihandschwert aus Bambus.

Kendrew [-dru:], John Cowdery, brit. Biochemiker, *24. 3. 1917 Oxford; erforschte die Strukturen des Hämoglobins u. des Myoglobins. K. erhielt 1962 den Nobelpreis für Chemie zusammen mit M. F. *Perutz*.

Kenema, Stadt im westafrikan. Sierra Leone, 13 000 Ew.; Zentrum eines Kakaoanbaugebiets.

263

KENIA   EAK
Jamhuri ya Kenya

- Fläche: 582 646 qkm
- Einwohner: 14,4 Mill.
- Bevölkerungsdichte: 25 Ew./qkm
- Hauptstadt: Nairobi
- Staatsform: Präsidiale Republik
- Mitglied in: UN, Commonwealth, GATT, OAU
- Währung: 1 Kenia Shilling = 100 Cents

Landesnatur: Dem flachen, eintönigen Tiefland im O steht das Hochland im W gegenüber, das durch den nord-südl. verlaufenden *Ostafrikan. Graben (Rift Valley)* mit dem *Turkanasee* im N u. dem *Aberdaregebirge* als östl. Begrenzung sowie durch zahlreiche erloschene Vulkane (*Mt. Kenia* 5200 m, *Elgon* 4321 m) stärker gegliedert ist. Im W grenzt das Land an den *Victoriasee.* Die Lage zu beiden Seiten des Äquators bedingt zwei Regenzeiten, allerdings mit unterschiedl. Niederschlagsmengen: Das kühle Hochland empfängt mit Ausnahme der trockeneren Grabenzone reichl. Niederschläge u. ist mit seinen fruchtbaren vulkan. Verwitterungsböden das Hauptsiedlungsgebiet; die natürl. Vegetation ist hier ein halb-laubabwerfender Feuchtwald, der in höheren Lagen in Nebelwald mit starken Bambusbeständen übergeht. Der Saum des feuchten Hochlands ist mäßig trocken u. trägt Trockensavanne, die für die Rinderzucht gut geeignet ist, ebenso der Mittelteil der Grabenzone. Im übrigen, noch trockeneren Grabengebiet u. auf den östl. Ebenen gedeiht nur Dornsavanne, im N sogar nur Halbwüste.

Die Bevölkerung besteht aus Bantuvölkern (Kikuyu, Kamba u. a.) sowie Niloten u. Hamiten (Massai, Galla, Somal); daneben gibt es über 40 000 Araber, einige Tausend Indischstämmige u. Europäer. Die einheim. Bevölkerung bekennt sich zu etwa 50% zum Christentum ($^4/_5$ Protestanten); weiterhin gibt es Anhänger von Naturreligionen, des Islams, des Hinduismus u. a. Die höchsten Bevölkerungsdichten findet man im gut beregneten Hochland, wo auf guten Böden oft zwei Ernten im Jahr möglich sind.

Wirtschaft: In den Feldbaugebieten ist der Anbau entspr. dem Bevölkerungsdruck recht intensiv; teilweise ist die Hacke schon vom Pflug verdrängt. Für die Ernährung werden Mais, Weizen, Gerste, Hafer, Bohnen, Süßkartoffeln, Hirse, Erdnüsse, Sesam, Bananen, Orangen, Mangos u. an der Küste Kokosnüsse produziert. Zuckerrohrplantagen (in ind. Hand) decken den Zuckerbedarf des Landes. Teils in europ. Pflanzungen, teils in genossenschaftlich von Afrikanern betriebenen Pflanzungen, teils in kleinen Privatbetrieben werden die Exportgüter erzeugt: Kaffee, Tee, Pyrethrum (die Pflanze liefert ein Insektengift) u. Sisal. Bedeutend ist die Viehzucht, im Hochland bereits in Form von Milchfarmen u. Mastrindzucht, auch in gemischtwirtschaftl. Betrieben. Von den umfangreichen Herden der Nomaden u. Halbnomaden in den Trockengebieten kommen nur Häute auf den Markt.

An Bodenschätzen werden bisher Magnesit, Gold, Salz u. Soda gewonnen, fallen aber auf dem Weltmarkt nicht ins Gewicht. Die Industrie ist gegenüber den umliegenden Ländern weiter entwickelt; sie verarbeitet Agrarprodukte u. erzeugt auch schon Verbrauchsgüter (Möbel, Textilien, Schuhe, Papier u. a.). Das Handwerk hat in letzter Zeit durch den Tourismus neuen Aufschwung genommen: Holzschnitzereien der Kamba, Sisalflechtereien der Kikuyu u. handgeschmiedete Massai-Waffen werden als Andenken angeboten u. für jährl. 1 Mill. DM exportiert. Auch der Fremdenverkehr mit seiner Spitzenstellung in Afrika bringt große Mengen an Devisen ins Land.

Verkehr: Eisenbahn- u. Straßennetz sind im Hochland zwar noch etwas weitmaschig, aber schon recht gut, im Tiefland kaum entwickelt. Hervorzuheben sind die Ugandabahn mit ihren Abzweigungen im westl. Hochland, die Rundstraße um den Mt. Kenia u. die Kap-Cairo-Straße, die Nairobi berührt. Haupthafen ist *Mombasa; Kisumu* besorgt den Umschlag über den Victoriasee. Gut entwickelt sind auch die internationalen Flugverbindungen u. der Inlandluftverkehr. – 6.7.6.

Geschichte

Vor der Kolonisation bildete K. keine polit. Einheit; im Inneren gab es keine größeren Staaten; die Küste gehörte zum arab. Sultanat Oman-Sansibar. 1887 besetzte die brit. Ostafrika-Kompanie die Küste, 1895 kam das ganze Land unter brit. Kolonialverwaltung. Seit 1902 wurde das fruchtbare Hochland ohne Rücksicht auf Eigentumsansprüche der Kikuyu an weiße Siedler verteilt. Diese europ. Minderheit förderte u. lenkte die wirtschaftl. Erschließung, bes. nach 1945; 1919 erreichte sie auch Mitsprache in der Verwaltung, aber keine Selbstregierung. – Die afrikan. Nationalbewegung entzündete sich, bes. unter den Kikuyu, an der Landnot. 1952 brach der *Mau-Mau-Aufstand* aus, den England militär. niederschlug, danach (1957) wurden polit. Reformen eingeleitet. Das Land erhielt stufenweise Selbstregierung u. im Dez. 1963 Unabhängigkeit. Als Regierungspartei setzte sich die *Kenya African National Union (KANU)* unter J. Kenyatta durch, die zunächst vorwiegend eine Partei der Kikuyu u. der Luo (am Ostufer des Victoriasees) war; 1966 spaltete sich die Linkspartei *Kenya People's Union (KPU)* ab, errang im Luo-Gebiet Wahlerfolge, wurde jedoch 1969 verboten. Kenyatta wurde 1963 Min.-Präs. u. regierte von 1964 bis zu seinem Tod 1978 autokratisch als Staats-Präs. Zu seinem Nachfolger wurde der bisherige Vize-Präs. D. A. *Moi* gewählt. – 5.6.5.

Doppelgipfel des Mount Kenia

Kenilworth [-wɔːθ], Stadt im mittleren England, südöstl. von Birmingham, 21 000 Ew.; in der Nähe die durch W. *Scott* berühmt gewordene Burgruine *K. Castle* (1120).

Kennan [-nən], **1.** George, US-amerikan. Reisereporter, *16. 2. 1845 Norwalk, Ohio, †10. 5. 1923 Medina, N.Y.; bereiste 1865–1868 Nordostasien, 1870/71 den Kaukasus u. 1885/86 Sibirien; später auf Kuba, Martinique u. in Japan.

2. George Frost, US-amerikan. Diplomat u. Historiker, *16. 2. 1904 Milwaukee; 1934–1937 im diplomat. Dienst in Moskau, 1938/39 in Prag, 1939 in Berlin, 1940 in London, seit 1944 polit. Berater der Botschaft in Moskau; 1949/50 Leiter der Planungsabteilung des Außenministeriums, entwarf die Politik der „Eindämmung" *(containment)* gegenüber dem Ostblock; 1952 kurze Zeit Botschafter in Moskau; seit 1950 wiederholt Dozent in Princeton, zugleich polit. Berater der Regierung für Ostfragen; 1961–1963 Botschafter in Jugoslawien. 1957 Pulitzerpreis. Er schrieb: „Soviet American Relations 1917–1920" 2 Bde. 1956–1958, dt. 1958–1960; „American Diplomacy 1900–1950" 1951, dt. 1952; „Russia, The Atom and The West" 1958, dt. 1958; „Russia and the West Under Lenin and Stalin" 1961, dt. 1961; „On Dealing with the Communist World" 1964, dt. 1965; „Memoirs 1925–1950" 1967, dt. 1968.

Kennedy [ˈkɛnədi; nach J. F. *Kennedy*], *Kap K.*, 1963–1972 Name des Raketenversuchsgeländes der USA in Florida, 1972 zurückbenannt in *Kap Canaveral*; Abschußbasis für Erdsatelliten u. Raumschiffe.

Kennedy [ˈkɛnədi], **1.** Edward Moore, Sohn von 4), Bruder von 2) u. 6), US-amerikan. Politiker (Demokrat), *22. 2. 1932 Brookline bei Boston, Mass.; seit 1962 Senator für Massachusetts.

2. John Fitzgerald, Sohn von 4), Bruder von 1) u. 6), US-amerikan. Politiker (Demokrat), *29. 5. 1917 Brookline, Mass., †22. 11. 1963 Dallas, Texas (ermordet); verheiratet mit Jacqueline *(Lee-) Bouvier* (*1929); während des 2. Weltkriegs Seeoffizier im Pazifik, studierte Geschichte, Englisch, Französisch u. Volkswirtschaft; 1953–1961 Senator für Massachusetts, gewann die Präsidentschaftswahlen 1960 (35. Präsident der USA 1961 bis 1963) gegen den republikan. Kandidaten R. *Nixon*. Ein wichtiges innenpolit. Ereignis während seiner Amtszeit war die Integrationsgesetzgebung für die Neger; wichtige außenpolit. Ereignisse: die Berlin- (1961) u. die Kubakrise (1962); der Vertrag zwischen den USA, Großbritannien u. der UdSSR über die Einstellung der Atomtests (1963); das Außenhandelsgesetz (1961), um eine liberale Handelspolitik für die ganze Welt herbeizuführen. Die Entsendung von Spezialeinheiten nach Südostasien wurde zur Vorstufe des *Vietnam-Kriegs*. K.s Politik war getragen von der Absicht, die Demokraten u. die demokrat. Idee in aller Welt durch großzügige Entwicklungshilfe zu unterstützen u. zugleich eine Entspannung zwischen den Machtblöcken herbeizuführen. Innenpolit. leitete er ein umfangreiches Sozialreformwerk ein (Sozial- u. Krankenversicherung, Bürgerrechtsgesetze, Bildungswesen), ferner bemühte er sich um die Lösung von Umwelt-, Verkehrs- u. Wirtschaftsproblemen. – Ⓑ→Vereinigte Staaten von Amerika (Geschichte). – Ⓛ5.7.8.

3. John Pendleton, US-amerikan. Schriftsteller, *25. 10. 1795 Baltimore, †18. 8. 1870 Newport; schrieb romant. histor. Romane: „Swallow Barn" 1832; „Hufeisen-Robinson" 1835, dt. 1953.

4. Joseph Patrick, Vater von 1), 2) u. 6), US-amerikan. Bankier, Reeder, Filmverleiher u. Diplomat, *6. 9. 1888 Boston, Mass., †18. 11. 1969 Hyannis Port, Mass.; kath. Demokrat, seit 1930 enger Mitarbeiter F. D. *Roosevelts*, 1937–1940 Botschafter in London.

5. Margaret, engl. Schriftstellerin, verheiratete Lady M. *Davies*, *23. 4. 1896 London; †31. 7. 1967 Banbury; ihre populären Romane schildern den Gegensatz zwischen Künstlertum u. konventioneller bürgerl. Gesellschaft: „Die treue Nymphe" 1924, dt. 1925; „Gottes Finger" 1955, dt. 1956.

6. Robert Francis, Sohn von 4), Bruder von 1) u. 2), US-amerikan. Politiker (Demokrat), *20. 11. 1925 Brookline, Mass., †6. 6. 1968 Los Angeles (ermordet); enger Mitarbeiter u. Berater von 2), 1961–1964 Justiz-Min., 1965–1968 Senator für New York.

Kennedy Airport [ˈkɛnədi ˈɛəpɔːt], *J. F. Kennedy International Airport*, größter Flughafen von New York; hieß bis 1963 *Idlewild*.

Kennedy-Runde, 1963 vom damaligen US-Präs. John F. *Kennedy* angeregtes Liberalisierungsprogramm für den Welthandel im Rahmen des *GATT*. Ziel der K. ist eine allg. lineare Zollsenkung um 50% bei gewerbl. Gütern, eine Verbesserung der Agrarmärkte u. eine bevorzugte Behandlung von Erzeugnissen aus den Entwicklungsländern.

Kenning [die, Mz. *K.ar*; altnord.], eine bes. Metapher in der altnord. Skaldendichtung; die bildl. Umschreibung eines alltägl. Begriffs durch einen mehrgliedrigen Ausdruck, z. B. „Rebenblut" für „Wein". Dagegen umschreibt das *Heiti* mit einer einfachen, eingliedrigen Benennung.

Kennlinie, *Charakteristik*, die graph. Darstellung der Abhängigkeit zweier Betriebsgrößen (z. B. eines elektr. oder mechan. Geräts) voneinander. Sie gibt Aufschluß über Verhalten u. Eigenschaften techn. Apparaturen u. Maschinen, z. B. die K. eines Elektromotors (Drehzahl als Funktion des abgegebenen Drehmoments), eines Lichtbogens (Strom in Abhängigkeit von der Spannung) oder einer Elektronenröhre (Anodenstrom in Abhängigkeit von der Gitterspannung).

Kennung, *Schiffahrt:* ein weithin sichtbares charakterist. Kennzeichen: Blitz- oder Blinkfolge u. Farbe bei Leuchtfeuern, Reedereizeichen am Schornstein von Handelsschiffen, Chiffrezeichen am Bug von Kriegsschiffen.

Kennungswandler, eine Vorrichtung zum Umwandeln der Motorcharakteristik *(Kennung)*. Der heute für Straßenfahrzeuge verwendete Brennkraftmotor muß im Leerlauf angelassen werden u. gibt seine jeweilige Höchstleistung nur innerhalb eines engen Drehzahlbereichs ab; daher braucht man eine Zusatzeinrichtung, durch die die Motorcharakteristik in die jeweils günstigste umgewandelt wird. Man unterscheidet *Drehzahlwandler*, die nur die Drehzahl verändern u. dabei eine der Drehzahldifferenz entsprechende Leistungsdifferenz (nutzlos) in Wärme umsetzen, u. *Drehmomentwandler*, bei denen Drehzahl u. Drehmoment gleichzeitig so verändert werden, daß die Leistung (abgesehen von kleineren Verlusten) unverändert bleibt.

Der am häufigsten verwendete *Drehzahlwandler* ist die *Reibungskupplung*, die man zum Anfahren u. zum Gangwechsel bei den meisten →Kraftwagen benutzt. (Das „Schleifenlassen" der Kupplung ergibt Leistungsverlust u. erhitzt die aufeinandergleitenden Kupplungshälften.) Die Reibungskupplung kann vom Fahrer unmittelbar durch das Kupplungspedal aus- u. durch die in die Kupplung eingebaute(n) Kupplungsfeder(n) eingerückt werden. – *Automat. Kupplungen (Kupplungsautomaten)* besorgen das Aus- u. Einrücken abhängig von der Motordrehzahl, ohne daß der Schalthebel für die Gänge des Wechselgetriebes betätigt wird. Das Kupplungspedal fällt weg. – Neben den einfachen, durch Federkraft eingerückten Reibungskupplungen gibt es noch ähnlich wirkende Bauarten mit magnet. Kupplungskraft *(Magnetkupplung)* u. *Magnetpulverkupplungen*. Bei letzteren befindet sich zwischen den Kupplungshälften Eisenpulver, das im Magnetfeld eine mehr oder weniger feste Verbindung zwischen den Hälften bildet. – *Hydraulische (Föttinger-)Kupplungen* enthalten dicht zusammengebaut eine Pumpe u. eine Turbine. Die Leistung wird durch die Flüssigkeitsströmung übertragen. Die Differenzleistung, die wie bei der Reibungskupplung der Drehzahldifferenz entspricht, muß auch hier in Wärme umgesetzt werden, die aber durch die Flüssigkeit leichter nach außen übertragen werden kann. Ohne Drehzahldifferenz kann die Flüssigkeitskupplung – im Gegensatz zur Reibungskupplung – kein Drehmoment, also auch keine Leistung übertragen. Ein „Fassen" der Kupplung ist nicht möglich, es ist stets „Schlupf" vorhanden.

Während die Drehzahlwandler das Anfahren ermöglichen u. den Gangwechsel erleichtern, sind die *Drehmomentwandler* dazu da, die Motorleistung bei den verschiedenen Fahrgeschwindigkeiten optimal auszunutzen. Die verbreitetste Bauart sind die *Zahnradwechselgetriebe* (oft nur als „Getriebe" bezeichnet). Sie können als Vorgelege- oder als →Planetengetriebe gebaut sein.

Vorgelegegetriebe bestehen aus mehreren (drei bis sechs u. mehr) Zahnradpaaren, die sich durch verschiedene Übersetzung voneinander unterscheiden u. wechselweise mit Hilfe von *Schaltkuppelmitteln* eingeschaltet werden. Die Übersetzungsstufen werden als *Gänge* bezeichnet. Durch ein weiteres Zahnradpaar u. ein Umkehrrad wird ferner (abgesehen von Einspurfahrzeugen) Rückwärtsfahrt möglich gemacht (Rückwärtsgang). Um *Laufruhe* zu erzielen, bleiben bei neuzeitl. Anordnungen die Zahnradpaare ständig im Eingriff; die nicht benutzten laufen dabei leer. Einfache Schaltkuppelmittel sind *Klauenkupplungen* oder auch die Verschiebbarkeit eines der beiden Zahnräder des Paares (heute fast völlig aufgegeben u. unmöglich, wenn die Zahnräder im Eingriff bleiben). Um den Gangwechsel zu erleichtern *(Schalterleichterung)*, werden Gleichlaufeinrichtungen *(Synchronisation)* verwendet. Sie sorgen dafür, daß die Teile der Klauenkupplung vor dem Einrücken auf gleiche Drehzahl gebracht werden. Bei der sog. *Sperrsynchronisation* sorgt ein Sperrglied dafür, daß ein Einrücken ohne Gleichlauf überhaupt unmöglich ist.

Der gewünschte Gang wird bei den meisten Zahnradvorgelegegetrieben unmittelbar vom Fahrer eingeschaltet, wozu der *Schalthebel* dient, der über Schaltlineale mit den Schaltklauen in Verbindung steht. Der Schalthebel wird meist auf dem Wagenboden vor den Vordersitzen *(Mittelschaltung, Knüppelschaltung)* oder als horizontaler Hebel unter dem Lenkrad *(Lenkradschaltung)* angeordnet. Bei Krafträdern ist Fußbetätigung *(Fußschaltung)* verbreitet. Bei *Vorwählschaltungen* stellt der Fahrer mit einem (meist kleinen, leicht zu betätigenden) Hebel den gewünschten Gang ein, der dann erst später, z. B. durch Gaswegnehmen u. Gasgeben, wirklich eingerückt wird.

Hydraulische (Föttinger-)Drehmomentwandler sind ähnlich gebaut wie die hydraul. Kupplung, doch befindet sich zwischen Pumpen- u. Turbinenteil noch ein feststehendes Leitrad. Dadurch ist eine Übersetzung möglich, die in gewissen Bereichen, allerdings unter Einbuße an Wirkungsgrad, veränderlich ist. In diesem Bereich ist die Änderung der Übersetzung stufenlos. – Der hydraul. Drehmomentwandler kann ein mehrstufiges Zahnradwechselgetriebe nicht ersetzen, weshalb er meist zusammen mit einem solchen mechan. Getriebe verwendet wird. Bei Diesellokomotiven u. -triebwagen werden mehrere hydraul. Wandler verschiedener Übersetzung nebeneinander angeordnet u. wechselweise betrieben. Es ist auch möglich, durch Anordnung mehrerer auskuppelbarer Leiträder (u. oft auch durch Unterteilung von Pumpen- u. Turbinenrädern) in einem einzigen Gehäuse mehrere „Gänge" unterzubringen.

Hydrostatische Wandler (Druckmittelgetriebe) haben eine (Zahnrad- oder Kolben-)Pumpe, die durch Leitungen mit einem oder mehreren ähnlich gebauten Motoren verbunden ist. Die verwendeten Drücke sind hoch, das Bauvolumen ist klein. Es besteht auch die Möglichkeit, mit einer Pumpe, die vom Antriebsmotor betrieben wird, mehrere Ölmotoren gleichzeitig zu versorgen, so daß z. B. die Räder eines Fahrzeugs einzeln angetrieben werden können. Stufenlose Änderung der Übersetzung ist möglich.

Eine weitere Bauart für stufenlose Übersetzungsänderung bei leichten Fahrzeugen ist das *Umschlingungsgetriebe* (→Reibgetriebe). – Ⓛ10.9.2.

Kennzahl →Ortsnetzkennzahl.

Kennzeichnung, *Tierzucht:* 1. die natürlichen →Abzeichen; 2. künstlich angebrachte Zeichen zur Identifizierung, z. B. Brandzeichen, Ohrmarken, Tätowierungen, Fußringe.

Kennziffer, **1.** *Mathematik:* →Logarithmen.

2. *Statistik: Richtzahl*, eine Verhältniszahl, die als Maßstab für die Beurteilung einzelner Tatbestände gilt; bes. üblich bei Betriebsvergleichen u. Absatzkontrollen, z. B. Absatz des Betriebes im Verhältnis zum Gesamtabsatz der Wirtschaftsgruppe.

Kenosha [kəˈnouʃə], Hafenstadt in Wisconsin (USA), am Michigansee, nördl. von Chicago, 68 000 Ew.; Autozubehör- u. Bekleidungsindustrie; Getreide- u. Fleischhandel.

Kenotaph [das; grch., „leeres Grab"], Grabstätte zum Gedenken eines Toten, die seine Gebeine nicht enthält, die entweder verschollen oder an anderer Stelle begraben sind; bereits in prähistor. Zeit bekannt.

Kensington [-tən], Stadtteil im westl. London, mit Museen, dem Park *K. Gardens* u. dem *K. Palace* (bis 1760 königl. Residenz), rd. 160 000 Ew.

Kent [russ.-kirgis., -kasak., -osttürk., -tadschik.], Bestandteil geograph. Namen: Siedlung.

Kent, Grafschaft in Südostengland, südöstl. von London, 3732 qkm, 1,45 Mill. Ew.; fruchtbares Hügelland mit Getreide-, Obst- u. Hopfenanbau, Rinder- u. Schafzucht; Hptst. *Maidstone*. Ein Teil von K. fiel bei der Verwaltungsneugliederung 1964

Kent

an *Greater London*. – Das alte *Cantia* (nach dem kelt. Stamm der *Cantier*) wurde unter *Cäsar* u. (449 n.Chr.) von den Angelsachsen erobert; es bildete bis zum 8. Jh. ein eigenes Königreich.

Kent, engl. Earlstitel, gebunden an die Grafschaft Kent. Erster Träger des Titels war wahrscheinl. *Odo*, Bischof von Bayeux (1030–1097). Der Titel war seit 1352 im Besitz der Familie *Holand*, 1461–1463 im Besitz der Familie *Neville*. Die langdauernde Verknüpfung des Titels mit der Familie *Grey* begann 1465. 1710 wurde Henry Grey, 11. Earl of K., in den Herzogstand erhoben. Mit der Übertragung des Titels an den 4. Sohn König Georgs III. (1799) begann die Geschichte der Herzöge von K. aus der königl. Familie.

Kent, 1. Rockwell, US-amerikan. Maler, Holzschneider, Lithograph, Illustrator u. Schriftsteller, *21. 6. 1882 Tarrytown Heights, N.Y., †13. 3. 1971 Plattsburgh, N.Y.; studierte Architektur, wandte sich später der Malerei zu u. unternahm abenteuerl. Reisen; betont realist. u. dramat. Illustrationen.
2. William, engl. Maler, Architekt u. Gartenkünstler, *27. 5. 1684 Yorkshire, †12. 4. 1748 London; schuf außer Ölbildern u. Fresken auch Möbel-, Garten- u. Denkmalentwürfe sowie Buchillustrationen. Bleibende Bedeutung hat K. am ehesten als Wegbereiter des engl. Landschaftsgartens.

Kentaur, 1. *Astronomie*: Centaur(us), Sternbild am südl. Himmel; Hauptstern: α Centauri, der nächste Fixstern, ein Doppelstern mit 80 Jahren Umlaufzeit.
2. *Mythologie*: Centaur, Zentaur, ein griech. Fabelwesen mit Pferdeleib u. menschl. Oberkörper, das man in den Gebirgen Thessaliens u. auf dem Peloponnes wohnhaft dachte.

kentern [zu *Kante*], **1.** umschlagen, sich umdrehen, umkippen (von einem Schiff) mangels ausreichender →Stabilität.
2. umdrehen, sich umkehren (von einer Tidenströmung).

Kenthalbinsel, Landzunge im N der kanad. Nordwest-Territorien, von der Deaseastraße u. vom Coronation Gulf begrenzt; bis 200 m hoch, mit zahlreichen kleinen Seen.

Kentie [-tsi:ə; nach dem Niederländer W. *Kent*, †um 1828], *Rhopalostylis [Kentia] baueri*, an den Norfolk-Inseln heimische *Fiederpalme*, die gern in Gewächshäusern oder Wintergärten gehalten wird. – Als K. werden auch die auf den Lord-Howe-Inseln heimischen Palmen der Gattung *Howea* bezeichnet.

Kenton ['kɛntən], Stan, eigentl. Stanley Newcomb K., US-amerikan. Bandleader u. Jazzpianist, *19. 2. 1912 Wichita, Kans., †25. 8. 1979 Hollywood; leitete seit 1940 eine eigene Band, seit 1946 an der Ausformung des „Progressive Jazz" beteiligt; leitete 1950 eine Big Band, die mehrmals umgebildet wurde; Tourneen auch in Europa. K. pflegte auch Konzertmusik ohne Jazzcharakter.

Kentucky [kɛn'tʌki], Abk. *Ky.*, Südoststaat der USA, 104 623 qkm, 3,4 Mill. Ew. (7% Nichtweiße), Hptst. *Frankfort*; zwischen dem Ohio im N u. dem Cumberland Plateau im S; Tabakanbau, Rindvieh- u. berühmte Rennpferdezucht; Maschinen-, Elektro-, chem., Tabak- u. Nahrungsmittelindustrie; Bergbau auf Kohle u. Flußspat, Erdöl. Die Gebirgsregion im O ist wirtschaftl. schwächer entwickelt.

Kentucky River [kɛn'tʌki 'rivə], linker Nebenfluß des Ohio, 410 km; entspringt in den westl. Appalachen, mündet bei Carrollton; bis Frankfort schiffbar.

Kentumsprachen [nach dem latein. Beispielwort *centum* (gesprochen: k-), „hundert"], jene indogerman. Sprachen, in denen die palatalen Verschlußlaute g u. k der indogerman. Ursprache als gutturale Verschlußlaute erhalten sind (Gegensatz: *Satemsprachen*, hier wurden sie in Zischlaute umgewandelt, Beispielwort: *satám*). Der wissenschaftl. Wert der Unterscheidung in K. u. Satemsprachen ist umstritten.

Kenya = Kenia.

Kenya-Fieber →Mittelmeerfieber.

Kenyatta, Jomo, afrikan. Politiker in Kenia, *20. 10. 1891 Ichaweri, †22. 8. 1978 Mombasa; lebte 1931–1946 in England u. war von dort aus polit. tätig; seit seiner Rückkehr 1947 polit. Führer der Kikuyu, 1953 wegen angebl. Leitung des Mau-Mau-Aufstands zu 7 Jahren Gefängnis verurteilt, 1959 entlassen, bis 1961 unter Hausarrest; einer der ältesten u. einflußreichsten Vorkämpfer des afrikan. Nationalismus, Führer der Einheitspartei Kenias, der *Kenya African National Union* (KANU); im unabhängig gewordenen Kenia 1963 Min.-Präs., seit 1964 Staats-Präs. – ⌑5.6.5.

Kenzan [-zan] *Ogata*, japan. Kalligraph, Maler, Töpfer u. Teemeister, *1663, †1743 Kyoto; Bruder von *Ogata Korin*, tätig in Kyoto, Edo (Tokio) u. Sano.

Kephalhämatom [das; grch.] = Kopfblutgeschwulst.

kephalo... [grch.], Wortbestandteil mit der Bedeutung „Kopf, Spitze"; wird zu *kephal...* vor Selbstlaut.

Kephalos, in der griech. Sage Sohn des Phokerkönigs *Deion*, Gatte der *Prokris*, einer Tochter des *Erechteus*. Beide waren leidenschaftl. Jäger. K. wurde von Eos (Morgenröte) entführt; nach langer Abwesenheit versuchte er unerkannt die Treue seiner Gattin u. konnte sie verführen; sie versöhnten sich wieder. Prokris folgte ihm, nun selbst eifersüchtig, auf der Jagd, versteckte sich in einem Busch, wurde von K. für ein Wild gehalten u. getötet.

Kepheiden = Cepheiden.

Kepheus [-fois], **1.** *Astronomie:* Sternbild am nördl. Himmel.
2. *griech. Mythologie:* König von Tegea, Vater der *Andromeda*.

Kephisodot, 1. *K. d. Ä.*, griech. Bildhauer, um 375 v.Chr. in Athen tätig; schuf Götterbilder in Marmor. Erz. u.a. eine *Eirene-Statue* (Marmorkopie in der Münchner Glyptothek). K. ist der Vater des *Praxiteles*.
2. *K. d. J.*, griech. Bildhauer, Sohn des *Praxiteles*, um 300 v.Chr. in Athen tätig.

Kepler, Johannes, Astronom, *27. 12. 1571 Weil der Stadt, Württemberg, †15. 11. 1630 Regensburg; 1591 Magister in Tübingen, 1594–1600 Lehrer für Mathematik u. Moral an der Stiftsschule in Graz, 1600 Gehilfe Tycho *Brahes* in Prag u. nach dessen Tod (1601) sein Nachfolger als Kaiserl. Mathematiker. 1612 am Gymnasium zu Linz, 1628 bei *Wallenstein* in Sagan. Als dieser die ihm gemachten Zusagen nicht innehielt, reiste K. 1630 nach Regensburg, um auf dem dortigen Reichstag sein Recht geltend zu machen. Dort starb er. – Sein Erstlingswerk, „*Mysterium cosmographicum*" 1596, in dem er die Zahlenverhältnisse im Aufbau des Planetensystems zu ergründen u. ihre Harmonie zu beweisen suchte, machte ihn bekannt. In Prag fand er aufgrund der Beobachtungsergebnisse Tychos die nach ihm benannten ersten beiden Gesetze der Planetenbewegung („*Astronomia nova*" 1609). Später erweiterte er die in seinem Erstlingswerk angefangenen Untersuchungen über den harmon. Bau des Weltalls in seiner Schrift „*Harmonices mundi*" 1619, in der er das dritte Gesetz der Planetenbewegung mitteilte. 1627 veröffentlichte er die ersten Tafeln für Planetenbewegung: „*Tabulae Rudolphinae*" (Rudolfinische Tafeln), die bis zum 18. Jh. die Grundlage aller astronom. Rechnungen waren. – ⌑7.9.0.

Keplersche Gesetze, die von J. *Kepler* aufgrund des Beobachtungsmaterials von T. *Brahe* hergeleiteten Gesetze der Planetenbewegung: 1. die Bahnen der Planeten sind Ellipsen, in deren einem Brennpunkt die Sonne steht. 2. der Fahrstrahl von der Sonne zum Planeten überstreicht in gleichen Zeiten gleiche Flächen. 3. die dritten Potenzen (Kuben) der großen Halbachsen der Planetenbahnen verhalten sich wie die Quadrate der Umlaufzeiten.

Keporkak, grönländ. Bez. für den →Buckelwal.

Johannes Kepler

Kerabau [der; austroasiat.], der asiat. Hausbüffel; →Wasserbüffel.

Kerala, Staat der Ind. Union, an der Malabarküste (1956 gebildet), 38 864 qkm, 21,5 Mill. Ew. (553 Ew./qkm), Hptst. *Trivandrum*; eines der dichtestbesiedelten Gebiete Indiens, mit dem höchsten Anteil von Christen in Indien (21% gegenüber 2,6% im Mittel für Indien insges.); Anbau von Reis, Kokosnüssen, Tapioka, Pfeffer u.a. Gewürzen, Tee, Kaffee u. Kautschuk; umfangreicher Fischfang; vielseitiger Bergbau (Monazit, Ilmenit, Rutilium, Zirkon u.a.), Nahrungsmittel- u. Verbrauchsgüterindustrie. – ⌑6.6.4.

Kerameikos [grch. *keramos*, „Töpfererde"], das am Dipylon gelegene Töpferviertel im antiken Athen; auch Bez. für den benachbarten antiken Friedhof Athens; dt. Ausgrabungen 1907–1916, 1926–1943, 1956ff.

Keramik [die; grch.], Sammelbez. für alle aus tonhaltigen Stoffen geformten u. dann gebrannten Gegenstände, unterschieden nach der Art ihrer Zusammensetzung, ihrer Farbe u. dem Grad der Sinterung zu einem porösen oder dichten Scherben. Verarbeitet werden nicht nur Silicate u. Oxide, sondern auch Sulfide, Carbide, Nitride sowie Metallpulver, deren Verarbeitungstechnik alle Übergänge zur *Pulvermetallurgie* aufweist. – Man unterscheidet: **1.** Irdenwaren, mit porösem, nicht durchscheinendem Scherben, unterteilt in nicht feuerfeste *Ziegeleierzeugnisse* (Dach- u. Hohlziegel, Bauterrakotten, poröse Steine), *feuerfeste Erzeugnisse* (Schamotte-, Mullit-, Silika-, Forsterit-, Magnesit-, Korund-Siliciumcarbid- u. Dolomitsteine), *Töpfereierzeugnisse* (nicht weißbrennend: Töpfergeschirr, Blumentöpfe, Ofenkacheln). *Steingut* (weißbrennend: Ton-, Kalk- u. Feldspatsteingut, Feuerton, Sanitär-K.); **2.** Sintergut, unterteilt in *Steinzeug*, mit dichtem, an den Kanten durchscheinendem Scherben, verwendet als Baustoff (Kanalisationsröhren, Fliesen, Klinker, säurefeste Steine, Isolatoren, Destillierkolonnen) u. als Geschirr (chem. Geräte, Wannen; weißbrennend: Steatit, Wedgwood-Geschirr) u. *Porzellan*, das sich durch einen dichten, durchscheinenden Scherben auszeichnet u. ebenfalls als Baustoff (Elektro-Porzellan, Isolatoren, Widerstände, Kondensatoren, Futtersteine, Absorptions- u. Kühltürme) u. als Geschirr Verwendung findet. Zu keram. Sondergattungen gehören die Oxid-K., für elektrotechn. u. hochfeuerfeste Zwecke hergestellt, mit zumeist dichtem Scherben (Schneidwerkstoffe) u. Schleifscheiben, ferner Steatit, Zirkon- u. Cordieritporzellan, Titanate, Sinterkorund u. Siliciumcarbid. Der allg. Sprachgebrauch unterscheidet lediglich zwischen *Grob-* u. *Fein-K.*

Hauptrohstoff für keram. Erzeugnisse ist *Ton*, der sich auszeichnet durch seine Bildsamkeit im feuchten Zustand, durch Formbeständigkeit nach dem Trocknen u. durch Verfestigung zu einem relativ schlagfesten Scherben nach dem Brand (→sintern). Das für die K. wichtigste Tonmaterial ist *Kaolinit* ($Al_2O_3 \cdot 2SiO_2 \cdot 2H_2O$). Zur Herstellung keram. Erzeugnisse wird der Ton mit nichtplast. *Magerungsmitteln* (Quarzsand, Al_2O_3, gebrannter Ton) u. *Flußmitteln* (Feldspat u.a.) oder auch mit Färbungsmitteln mit Wasser „angemacht" u. geformt. Die heutige keram. Industrie formt meist maschinell. Dem Trocknen des Formguts folgt der Brand in keram. Öfen, wobei sich die Temperaturhöhe nach der Zusammensetzung der Masse u. dem Verwendungszweck der Erzeugnisse richtet. Feinkeram. Formlinge werden meist zunächst nur vorgebrannt („verglüht"), anschließend glasiert u. dann im sog. Scharf-, Glatt- oder Gutbrand bis zur Versinterung des Scherbens gargebrannt. Bei der Herstellung von Klinkern, Fußboden- u. Wandplatten u.ä. hat sich das *Trockenpreßverfahren* durchgesetzt, mit dem der keram. Masse entweder in Schlag-, Kurbel- u. Spindelpressen oder in hydraul. Preßvorrichtungen zugleich Feuchtigkeit entzogen u. Form verliehen wird. Bewährt haben sich auch die elektr. oder mit Gas beheizten langgestreckten Tunnel- oder Kanalöfen (→Kühlofen), die den Kostenanteil des Brennens am Fertigungsprodukt erheblich senken helfen.

Kulturgeschichte

Die *Töpferei* ist die älteste u. einfachste aller keram. Techniken. Vor der dann von Ägypten, Syrien u. Indien übernommenen Erfindung der drehbaren *Töpferscheibe* im Zweistromland bildete man frei mit der Hand oder formte mit Hilfe von geflochtenen Formkörben Gegenstände aus einfacher Tonerde, die zunächst an offenen, später in

Kerabau, Bubalus arnee

geschlossenen Feuerstellen gehärtet wurden. Die ältesten K.funde, aus Jericho (Palästina), werden in die Zeit um 7000 v.Chr. datiert. Erzeugnisse vorgeschichtl. Töpferkulturen sind häufig mit eingedrückten, geritzten u. gemalten Mustern verziert u. ermöglichen als archäolog. Funde die Bestimmung von Kulturgruppen u. die Erforschung ihrer wechselseitigen Beziehungen (z.B. *Band-K.*, *Schnur-K.*). Die älteste prähistor. K. Chinas stammt aus der Zeit um 2500 v.Chr.; glasierte Fundstücke sind jedoch erst aus dem 11.–8. Jh. v.Chr. bekannt (→chinesische Kunst). Die erste Herstellung von Porzellan gelang in China schon vor der Regierungszeit der T'ang-Dynastie (618–906). Von den Randgebieten des östl. Mittelmeers nahmen Kreta u. Griechenland Einflüsse der vorderasiat. Töpferkunst auf. Kreta hatte bereits in der mittleren Bronzezeit (um 1900 v.Chr.) eine hochentwickelte K.; ihre Leistungen wurden jedoch noch weit übertroffen durch die auf dem griech. Festland während des 1. Jahrtausends v.Chr. entstandene keram. Kunst, die sich durch reichen Dekor u. eine Vielzahl von Gefäßtypen auszeichnet (→griechische Kunst).
Die Anfänge der →Baukeramik liegen in den oriental. Frühkulturen. Zumal im Bereich der babylon. u. assyr. Kunst zeugen farbig glasierte Wandplatten u. Reliefziegel von der Verbindung zwischen K. u. Architektur. – Aus dem Orient stammt auch die Technik der →Fayence, die über Nordafrika, Spanien u. Italien nach Mittel- u. Nordeuropa gelangte, seit dem 15. Jh. einen der Hauptzweige des Töpfergewerbes bildete u. bes. in den Niederlanden Erzeugnisse von hohem künstler. Rang hervorbrachte. Widerstandsfähiger als Fayence ist das *Steinzeug*, das im 15.–16. Jh. auf europ. Boden u. a. im Rheinland hergestellt wurde. Die billige Massenproduktion von Geschirren aus *Steingut*, das um 1770 in England erfunden wurde, u. die europ. Nacherfindung des Hartporzellans durch J. F. *Böttger* u. E. W. Graf von *Tschirnhausen* in Meißen haben seit dem Beginn des 18. Jh. die Entwicklung der Gebrauchs-K. zunehmend bestimmt u. die Fayenceproduktion weitgehend zum Erliegen gebracht. Mühsam behauptet sich dagegen die volkstüml. Bauerntöpferei. – Vorbereitet durch die Reformbestrebungen des Jugendstils, zeichnet sich seit Ende des 1. Weltkriegs in mehreren europ. Ländern wieder eine bewußte Hinwendung zu künstler. Form- u. Schmuckgestaltung ab, bes. auf den Gebieten des Porzellans u. der kunstgewerbl. Gebrauchs-K.
Das größte dt. K.museum ist das Hetjens-Museum in Düsseldorf. Bedeutende keram. Sammlungen befinden sich: in Hamburg, Museum für Kunst u. Gewerbe; in Frankfurt, Museum für Kunsthandwerk; in München, Nationalmuseum; in Stuttgart, Landesmuseum. – 🖻 2.1.2.
Keramikkriege, die Feldzüge Japans unter Toyotomi *Hideyoshi* zur Eroberung Koreas seit 1592, in deren Verlauf zahlreiche korean. Töpfer nach Japan verschleppt wurden.
keramische Farben, Schmelzfarben, die vor dem Fertigbrennen von Ton oder Porzellan auf die Gegenstände aufgetragen u. dann eingebrannt werden. Sie entstehen durch chem. Reaktionen zwischen farbigen Metalloxiden u. Silicatschmelzflüssen. Sie werden als *Aufglasurfarben* zwischen 700 u. 900 °C u. als *Unterglasurfarben* im Scharffeuer, also bei der Brenntemperatur von Porzellan, Steinzeug u. Steingut, eingebrannt. Sie dürfen sich nicht zersetzen oder verfärben. Bekannte k.F. sind Chromgrün, Kobaltblau, Eisenrot, Vanadin-Zirkon-Farbkörper u. Zinkfarben. Zur Aufglasurfarbtechnik gehört auch die Verzierung mit Edelmetallen (Gold, Platin), mit Glanzgold u. mit Lüstern. – Schon 1722 verwendete J. G. *Höroldt* Bleisilicatflüsse zur Porzellanmalerei. 1879 stellte H. *Roessler* (später Degussa) fabrikmäßig k.F. her.
keramische Faser, aus Aluminiumoxid u. Sand mit Boroxidzusätzen durch Zerblasen aus der Schmelze hergestellte hitzebeständige Faser; Verwendung als Isoliermaterial; Handelsname *Fiberfrax*.
keramischer Druck, ein Verfahren zur Dekoration von Glas- u. Tonwaren, bei dem nach graph. Vorlagen, z.B. nach Stahlstichen, mit *keramischer Farbe* ein Andruck hergestellt u. auf den zu verzierenden Gegenstand übertragen wird. Anschließend wird der keramische Druck eingebrannt.
Kerargyrit [der; grch.], *Silberhornerz*, *Chlorsilber*, AgCl, ein meist graues Mineral in rindenförmigen Überzügen; Härte 2–2,5, Dichte 5,5.
Keratin [das; grch.], *Hornstoff*, von den Oberhautzellen gebildeter, sehr mechan. widerstandsfähiger Stoff (schwefelhaltiger Eiweißkörper); der Hauptteil der Oberhaut, Haare, Nägel, Federn, Hörner, Hufe u.a. Hautabkömmlinge.
Keratom [das; grch.], *Horngeschwulst*, eine Verdickung der Hornschicht der Haut, Schwiele.
Keratophyr [der; grch.], ein Ergußgestein mit Einsprenglingen von Anorthoklas in einer Grundmasse von Albit; Übergangsgestein zwischen quarzfreien Porphyren u. entsprechenden Alkaligesteinen mit porphyrischem Gefüge.
Keratoplastik [grch.] = Hornhauttransplantation.
Kerbel [der; grch., lat.], *Anthriscus*, Gattung der Doldengewächse. Verbreitet sind der *Wiesen-K.*, *Anthriscus silvestris*, u. der Gewöhnl. K., *Anthriscus vulgaris*. Angebaut wird der *Garten-K.*, *Anthriscus cerefolium*, der als Suppenkraut u. als Gewürz für Gemüse u. Salate verwendet wird.
Kerberos, Wachhund der Unterwelt, →Zerberus.
Kerbholz, *Kerbstock*, ein längsgespaltener Holzstab, in dessen beiden Hälften Marken eingekerbt werden. Es diente in Dtschld. bis ins 19. Jh. zum Aufschreiben von Schulden, Arbeitstagen u.a.; zur Kontrolle bekam jeder Partner eine Stabhälfte. Das K. ist heute noch bei asiat. Naturvölkern verbreitet. – *Etwas auf dem K. haben,* etwas angestellt haben.
Kerbschlagzähigkeit, *Werkstoffprüfung:* die beim *Kerbschlagbiegeversuch* zum Durchschlagen eines gekerbten Stabs notwendige Arbeit, bezogen auf den Werkstoffquerschnitt an der Kerbstelle. Sie dient zur Beurteilung der Zähigkeit von Stahl u. Stahlguß u. zum Nachweis der Neigung zur Alterung, Kaltsprödigkeit u. Werkstoffschädigung.
Kerbschnitt, in Holz geschnittene Ziermuster aus ornamental gruppierten eckigen, furchen- oder mandelförmigen Einschnitten; seit der Jungsteinzeit gebräuchlich.
Kerbtiere = Insekten.
Kerckhoff, Susanne, Schriftstellerin, *5. 2. 1918 Berlin, † 15. 3. 1950 Berlin (Selbstmord); Tochter von Walter *Harich,* Halbschwester von Wolfgang *Harich;* half während des Dritten Reichs vielen Verfolgten; schrieb Lyrik („Menschl. Brevier" 1948) u. Erzählwerke („Tochter aus gutem Hause" 1940; „Die verlorenen Stürme" 1947).
Kerenskij ['kjɛrɪnskɪj], Alexander Fjodorowitsch, russ. Politiker, *22. 4. 1881 Simbirsk, † 11. 6. 1970 New York; seit 1912 in der 4. Reichsduma als Abg. der *Trudowiki,* nach der Februarrevolution 1917 Vors. des Petrograder Sowjets u. Justiz-Min. in der Provisor. Regierung *Lwow,* seit Mai Kriegs-Min., seit Juli Min.-Präs.; betrieb die Fortsetzung des Kriegs u. wurde im Nov. von den Bolschewiki gestürzt; emigrierte u. lebte seit 1940 in New York. – 🖻 5.5.6.
Kerényi [ˈkɛrɛːnji], Karl, ungar. Religionswissenschaftler u. Philologe, *19. 1. 1897 Temeschburg, † 15. 4. 1973 Zürich; insbes. Mythenforscher; Hptw.: „Apollon" 1937; „Die antike Religion" 1940; „Mythologie u. Gnosis" 1942; „Prometheus" 1946; „Die Mythologie der Griechen" 2 Bde. 1951, 1958; mit C. G. Jung „Einführung in das Wesen der Mythologie" 1951.
Kerfe →Insekten.
Kerguelen [-ˈgɛlən], französ.-antarkt. Inselgruppe der Terres Australes Antarctiques Françaises (T.A.A.F.) im Südind. Ozean, 6232 qkm; eine große, die *K.insel* (5820 qkm), u. 300 kleine, meist unbewohnte Inseln; Hauptort *Port-aux-Français* (mit Forschungseinrichtungen [85 Mitglieder]; soll später Verwaltungssitz werden); rauh, vegetationsarm, z.T. vereist, bis 1960 m hoch; viele Fjorde u. Buchten mit guten Ankerplätzen; 1901–1903 Basis der dt. Antarktisexpedition der „Gauß I.". – Von dem französ. Seefahrer Yves Joseph de K.*-Trémarec* 1772 entdeckt.
Kerintji [kəˈrɪntʃi], *Korintiji,* höchster Berg u. tätiger Vulkan auf Sumatra (Indonesien), 3805 m.
Kerker [lat.], Gefängnis; in Österreich bis 1974 als *einfacher K.* oder *schwerer K.* die schwerste Form der jetzt einheitl. →Freiheitsstrafe.
Kerkovius, Ida, Malerin, *31. 8. 1879 Riga, † 8. 6. 1970 Stuttgart; Schülerin von A. *Hoelzel* u. 1920–1923 von P. *Klee* u. W. *Kandinsky* am Bauhaus; stark abstrahierte Figurenbilder, Wandteppiche.
Kerkrade, Stadt im SW der niederländ. Prov. Limburg, 47000 Ew.; Steinkohlenbergbau; in der Nähe die 1104 gegr. Abtei *Kloosterade-Rolduc* (jetzt Gymnasium).
Kérkyra, 1. die griech. Insel →Korfu.
2. griech. Hafenstadt auf Korfu, 27000 Ew.; königl. Palast, alte u. neue Festung, Kirche Hagios Spyridon; Fremdenverkehr; Papierindustrie u. Salzgewinnung.
Kerling →Spervogel (1).
Kermadecgraben [-ˈdɛk-], der Südteil des →Kermadec-Tonga-Grabens.
Kermadecinseln [-ˈdɛk-; nach dem französ. Seefahrer Jean Michel Huon de *Kermadec*, *1748, † 1793], neuseeländ. (seit 1887) Inselgruppe nordöstl. von Neuseeland, zusammen 34 qkm; meteorolog. Station mit 10 Mann Besatzung; Hauptinsel *Raoul* (28 qkm), ferner *Macauley, Herald, Curtis* u. *L'Esperance.* Östl. der K. die Tiefseerinne des *Kermadecgrabens.*
Kermadec-Tonga-Graben [-ˈdɛk-], langgestreckter, zusammenhängender Tiefseegraben an der Westseite des *Südpazif. Beckens,* östl. der Kermadec- u. Tonga-Inseln. Das russ. Vermessungsschiff „Witjas" lotete als tiefste Stellen im *Kermadecgraben* −10047 m u. im *Tongagraben* −10882 m.
Kermadec-Tonga-Schwelle [-ˈdɛk-], meridional etwa von den Samoa-Inseln bis Neuseeland verlaufende Erhebung, auf der die Kermadec- u. Tonga-Inseln liegen; scheidet das südl. *Fidschi-* vom *Südpazif. Becken;* nur durch eine schmale Senke vom westl. liegenden *Südfidschirücken* getrennt.
Kerman, *Kirman,* Hptst. der südostiran. Prov. K. (225173 qkm, 1,1 Mill. Ew.), 85000 Ew.; Stahlwerk, Teppich- u. Textilindustrie; Flugplatz; im S ausgedehnte Kupfervorkommen.
Kermanschah, *Kirmanschah,* Hptst. der westiran. Provinz K. (59449 qkm, 1,9 Mill. Ew.), an der Kercha u. der Handelsstraße Teheran–Bagdad, 260000 Ew.; Ölraffinerie, Pipeline von Irak; Markt für Getreide, Teppiche, Wolle u. Früchte; früher ein Zentrum der Opiumkultur; Flugplatz.
Kermes [der; sanskr., pers., arab.], *Alkermes, Kermesbeeren, Scharlachbeeren, Kermeskörner, unechte Cochenille,* die mit rotem Saft gefüllten Eier u. Hüllen der *K.schildläuse,* die auf der im Mittelmeergebiet verbreiteten *K.eiche (Scharlacheiche, Quercus coccifera)* leben; früher zum Färben von Wolltüchern (insbes. für die leuchtendroten griech. u. türk. Kopfbedeckungen) verwendet, heute durch Teerfarbstoffe ersetzt.
Kermesbeeren, 1. = Kermes.
2. *Phytolacca,* Gattung der →Phytolaccaceae (K.gewächse).
Kermesit [der], ein kirschrotes Mineral, →Rotspießglanz.
Kermesschildlaus, *Kermes vermilio* u. *Kermes ilicis,* im Mittelmeergebiet an Kermeseichen lebende Arten der *Schildläuse.* →Kermes.
Kern, 1. *Biologie:* →Zellkern.
2. *Botanik:* →Kernobst.
3. *Chemie:* Kurzbez. für den *Benzolkern;* →Benzol.
4. *Formerei:* der massive Teil der Form, der in dem Gußstück einen gewünschten Hohlraum aus-

Kern

spart. Er wird nicht zu gleicher Zeit mit dem *Modell* hergestellt, sondern aus *K.sand* (Sand mit Öl oder K.bindemittel) angefertigt u. dann getrocknet, damit er genügend Standfestigkeit für den Guß bekommt.

5. *Physik:* →Atomkern, →Kernphysik.

Kern, 1. Artur, Pädagoge, *7. 3. 1902 Hartheim bei Konstanz; tritt für die Ganzheitsmethode bes. im Leseunterricht ein; „Ist unsere Lesemethode richtig?" 1931, ³1952; „Praxis des ganzheitl. Lesenlernens" 1949, ⁶1953.
2. Fritz, Historiker, *28. 9. 1884 Stuttgart, †21. 5. 1950 Mainz; Prof. in Kiel, Frankfurt a. M. u. Bonn, Hrsg. der „Historia Mundi" 1952 ff.; Hptw.: „Gottesgnadentum u. Widerstandsrecht im frühen MA." 1915, ³1962; „Die Anfänge der französ. Ausdehnungspolitik bis 1308" 1910; „Recht u. Verfassung im MA." ²1958.
3. Johann Konrad, schweizer. Politiker (Freisinn), *11. 5. 1808 Berlingen, Thurgau, †14. 4. 1888 Zürich. Gesandter in Paris 1856–1883; Mitarbeiter an der Verfassung von 1848, Organisator des schweizer. Bundesgerichts u. der TH Zürich.

Kernbatterie = Isotopenbatterie.

Kernbeißer, weitverbreitete Gruppe von *Finkenvögeln* mit außerordentlich kräftigem Schnabel. Einheim. ist der *Kirsch-K., Coccothraustes coccothraustes*, der durch Fressen von Knospen u. Kirschkernen lästig werden kann.

Kernbohren, ein Gesteinsbohrverfahren, bei dem ein ringförmiger Querschnitt aus dem Gestein herausgebohrt wird. Der im Innern des Rings stehenbleibende Kern wird herausgebrochen u. gibt Aufschluß über das durchbohrte Gestein. Das K. wird daher bevorzugt bei Untersuchungsbohrungen angewandt.

Kernchemie, ein Teilgebiet der *Kernphysik*, das sich mit den Atomkernumwandlungen (→Kernreaktionen), also mit der Erzeugung eines Elements aus einem anderen durch Reaktionen in den Atomkernen sowie mit den Eigenschaften u. Anwendungen der in der Natur nicht vorkommenden radioaktiven Isotope chem. Elemente befaßt. – ⌑7.6.3.

Kerndimorphismus →Zellkern.

Kernenergie = Atomenergie.

Kernenergieantrieb, eine Antriebsanlage von Schiffen, bei der die Feuerungsanlage des Dampfkessels durch einen *Kernreaktor* ersetzt ist. Der K. ermöglicht einen fast unbegrenzten Aktionsradius; er ist deshalb bes. bei Kriegsschiffen zu finden, wie z. B. dem Flugzeugträger „Enterprise" u. mehreren Schwesterschiffen, dem Kreuzer „Long Beach", Fregatten (alle USA), mehr als 100 U-Booten (USA, UdSSR, Großbritannien u. a.). In der Handelsschiffahrt ist noch keine ausreichende Wirtschaftlichkeit gewährleistet. Außerdem fehlen internationale Abmachungen über das Anlaufen aller Häfen. Bekannte Schiffe mit K. sind: *Lenin,* der erste mit Kernenergie angetriebene Eisbrecher der Welt, in Dienst gestellt 1958; *Savannah,* das erste mit Kernenergie angetriebene Fracht- u. Fahrgastschiff der Welt, in Dienst gestellt 1961, seit 1965 im regulären Liniendienst, seit August 1971 außer Dienst gestellt; *Otto Hahn,* mit Kernenergie angetriebenes Forschungsschiff (fährt als Erzfrachter), in Dienst gestellt 1968.

Kernenergieverbrechen →Atomverbrechen.
Kernen im Remstal →Stetten-Rommelshausen.

Kerner, 1. Anton, Ritter von *Marilaun,* österr. Botaniker, *12. 11. 1831 Mautern, †21. 6. 1898 Wien; Prof. in Innsbruck (seit 1860) u. Wien (seit 1878); Hptw.: „Pflanzenleben" ³1913 bis 1916.
2. Justinus, Schriftsteller, *18. 9. 1786 Ludwigsburg, †21. 2. 1862 Weinsberg; dort seit 1819 Oberamtsarzt; Vertreter der „Schwäb. Schule", befaßte sich nachhaltig auch mit dem heimatl. Leben, aber auch mit Spiritismus („Die Seherin von Prevorst" 1829); schrieb volksliednahe „Gedichte" (1826, darin „Dort unten in der Mühle"), „Wohlauf noch getrunken…", „Preisend mit viel schönen Reden") u. Geschichten („Reiseschatten" 1811); Autobiographie: „Das Bilderbuch aus meiner Knabenzeit" 1849. – ⌑7.6.3.

Kernexplosion = Kernverdampfung.

Kernfächer, die Unterrichtsfächer, die in einer „freier gestalteten" Gymnasialoberstufe im Unterschied zu den *Kursfächern* für alle Schüler verbindl. sein sollen, z. B. Deutsch, Geschichte u. Mathematik. Kursfächer dagegen können Physik, Biologie u. Fremdsprachen sein. Das Kern- u. Kurssystem wurde zuerst 1922 von dem Lübecker Schuldirektor S. *Schwarz* empfohlen u. erprobt.

Kernfäule, Sammelbez. für Zersetzungsprozesse beim Laub- u. Nadelholz, hervorgerufen durch bestimmte Pilze. Das Holz nimmt dabei eine rötliche bis braune Färbung an.

Kernfeld, das *Feld,* das im Atomkern die Kernkräfte zwischen den Nukleonen überträgt u. dessen Ausgangspunkte die Nukleonen sind; auch das Kraftfeld eines einzelnen Nukleons. Das K. bestimmt den Ablauf von Kernreaktionen beim Beschuß von Kernen mit Elementarteilchen. Es wird auch *Mesonenfeld* genannt, da die π-Mesonen (Pionen) als die *Quanten* des K.s angesehen werden können.

Kernfusion, *Kernverschmelzung,* eine Kernreaktion: die Bildung schwererer Atomkerne aus leichteren unter gleichzeitiger Energieabgabe. Die K., insbes. der Aufbau des Heliumatomkerns aus vier Protonen, ist die wichtigste Quelle für die Energien, die von den Sternen abgestrahlt werden. Auf der Erde sind K.en (in größerem Ausmaß als im Laboratorium bei einzelnen Kernen) bisher nur in der →Wasserstoffbombe erzielt worden. Zur Zeit wird die Möglichkeit einer techn. Nutzung von K.en zur Energiegewinnung erforscht. Technisch aussichtsreich ist die K. des schweren Wasserstoffisotops *Deuterium* zu Helium: Die beim Umsatz von 4 g Deuterium frei werdende Energie entspricht etwa der Verbrennungswärme von 10 Tonnen bester Steinkohle. Die techn. Aufgabe zur Konstruktion eines *Fusionsreaktors* ist nach den heutigen Kenntnissen folgende: Deuteriumgas mit einer Dichte von 10^{16} Teilchen im cm³ muß auf 100 Mill. Grad erhitzt werden. Die dann einsetzenden K.en erhalten die Temperatur von sich aus, u. große Energiemengen werden frei. Große techn. Schwierigkeiten liegen in der Erzeugung der Anfangstemperatur u. in der Herstellung von Behältern für das heiße Gas. Materielle Kessel kommen nicht in Frage; da das sehr heiße Gas aber nicht mehr aus elektr. neutralen Molekülen, sondern aus Ionen u. freien Elektronen besteht, sollte

Kernfusion: Beim Verschmelzen eines Lithium- und eines Deuteriumkerns entstehen zwei Heliumkerne (blau = Neutron, rot = Proton)

es sich durch geeignete (elektr. u.) magnet. Felder in vorgegebenen Raumbereichen konzentrieren lassen. – Mit Versuchsanordnungen (*Zetageräte, Stellaratoren* u. a.) wurden bisher etwa 100 Mill. Grad für Bruchteile von Sekunden erreicht. In den letzten Jahren wurden auch Versuche unternommen, Plasma für die K. mit Hilfe energiereicher Laserstrahlung zu erzeugen u. aufzuheizen (→Laser). →auch Pincheffekt, Plasma. – ⌑7.6.3.

Kerngarn, Garn mit durchlaufenden Fäden im Innern u. einer Umwicklung; →auch Zwirn, Coregarn.

Kernholzkäfer, *Platypodidae,* in der Paläarktis nur durch eine Gattung vertretene Käferfamilie aus der Verwandtschaft der *Borkenkäfer,* die im Holz harter Laubbäume (z. B. Eiche, Kastanie, Buche) leben.

Kerninduktion, eine elektromagnet. Induktion, hervorgerufen durch die magnet. Momente von Atomkernen; wird zur sehr genauen Messung der Kernmomente ausgenutzt. Der untersuchte Stoff wird in ein homogenes Magnetfeld gebracht; die Atomkerne führen dann eine Präzessionsbewegung um die Magnetfeldrichtung in diskreten Stellungen ausgerichtet (→Richtungsquantelung). Ein weiteres hochfrequentes Magnetfeld, dessen Frequenz v mit der Einstellungsenergie E der Momente im Magnetfeld in der Beziehung $E = h \cdot v$ (h = Plancksches Wirkungsquantum) steht, ruft ein resonanzartiges Umklappen der Kernmomente hervor. Dieses Umklappen löst Induktionseffekte aus.

Kernknacker, *Pfäffchen,* Gattung kleiner südamerikan. *Finkenvögel.*

Kernkörperchen, *Nucleolus,* im Zellkern einzeln oder zu mehreren enthaltener kugeliger Körper, der aus Eiweißen u. Ribonucleinsäure besteht u. sich je nach Funktion des Zellkerns stark verändert. Er hat keine Hüllmembran. Entstehung u. Aufgabe sind noch umstritten.

Kernkräfte, die Wechselwirkungskräfte zwischen den Nukleonen (Protonen u. Neutronen). Aus der Untersuchung der Atomkerne, die durch die K. zusammengehalten werden, u. aus Streuexperimenten, insbes. von Nukleonen an einzelnen Nukleonen, ergibt sich, daß die K. nur etwa 2 bis $3 \cdot 10^{-13}$ cm weit reichen, innerhalb dieser Abstände aber erhebl. stärker als die elektr. Kräfte sind. Sie sind abhängig von den Spinstellungen der Nukleonen *(Tensorcharakter)* aber unabhängig von der elektr. Ladung, d. h., Proton-Proton-, Neutron-Proton- u. Neutron-Neutron-Kräfte sind einander gleich, zumindest bis zu Abständen von etwa $0,8 \cdot 10^{-13}$ cm herab. – Die Begründung der K. aus einer Feldtheorie der →Mesonen in gleicher Weise, wie elektr. u. magnet. Kräfte aus der Theorie der elektromagnet. Felder folgen, liefert ein qualitatives Verständnis einiger Eigenschaften der K.; sie ist jedoch noch nicht vollständig befriedigend gelungen.

Kernkraftwerk, eine Anlage zur Erzeugung von Energie mit Hilfe von Kernreaktoren (→Atomenergie, →Kernreaktor). Anfang der 1970er Jahre betrug der Anteil der in K.en erzeugten Energie an der gesamten Energieerzeugung weniger als 5%; nach Schätzungen wird er um 1980 rd. 40%, um 2000 rd. 85% betragen. – Die Sicherheitsvorkehrungen bei K.en sind noch nicht optimal. Zugelassen ist eine zusätzl. Strahlung von $77,4 \cdot 10^{-7}$ C/kg (Coulomb/kg); bisher wurden nie mehr als $2,58 \cdot 10^{-7}$ C/kg gemessen. (Die natürl. Strahlung, der in der BRD ein Mensch ausgesetzt ist, beträgt an der Nordsee $180,6 \cdot 10^{-7}$ C/kg, im Hochschwarzwald $619,2 \cdot 10^{-7}$ C/kg.) – Schwierigkeiten bereitet das Kühlwasserproblem; schon eine Erwärmung der Flüsse

Schiffe mit Kernenergieantrieb

	Einheit in	Lenin (UdSSR)	Savannah (USA)	Otto Hahn (BRD)
Länge	m	134	181,5	172,5
Wasserverdrängung	t	16 000	22 000	25 182
Geschwindigkeit	kn	–	20	15
Antriebsleistung	WPS	40 000	20 000	10 000
Reaktorart		Druckwasser-Reaktor	Druckwasser-Reaktor	Druckwasser-Reaktor
Reaktor-Eintrittstemperatur	°C	248	259	267
Reaktor-Austrittstemperatur	°C	325	271	278
Durchsatz	t/h	735	3620	2370
Wärmeleistung	MW	65	63,5	38
Kühlmittel	–	H_2O	H_2O	H_2O
Moderator	–	H_2O	H_2O	H_2O
Kernbrennstoff		UO_2	UO_2	UO_2
Anreicherung	%	5	4,4	3,62
Brennstoffgewicht	t	1,93	7,10	2,98
Anzahl der Brennelemente	–	219	31	16
Zahl der Brennstäbe		36	164	3144
Betriebsdauer	Monat (ungefähr)	12	42	16,5

um wenige Grad führt zu einer starken Störung des biolog. Gleichgewichts. – ⒝ →Kernreaktor. Zweifel an den Sicherheitsvorkehrungen u. Befürchtungen wegen möglicher Umweltschäden führten in den 1970er Jahren in einigen Ländern zu radikalem Widerstand gegen K.e. In der BRD wurde in mehreren Fällen der Bau von K.en gerichtlich gestoppt. In Schweden waren die K.e 1976 ein Hauptthema des Wahlkampfes. In Österreich wurde 1978 die Inbetriebnahme eines K.s durch Volksabstimmung abgelehnt.

Kernladungszahl, die Anzahl der positiv elektr. Elementarladungen, die ein Atomkern hat, also die Zahl der *Protonen* im Kern. Die K. gibt die Stellung des Kerns im *Periodensystem* der chem. Elemente an, d.h., die K. ist gleich der →Ordnungszahl.

Kernmaterie, Materie sehr hoher Dichte (rd. 10^5 g/cm³); sie besteht aus →*Plasma* u. kommt u.a. in den *Weißen Zwergen* (→Weißer Zwerg) vor. Gelegentlich wird die Bez. auch für die Teilchen innerhalb eines Atomkerns benutzt.

Kernmayr, Hans Gustl, österr. Schriftsteller, *10. 11. 1900 Graz, †9. 10. 1977 Samerberg; schrieb hauptsächlich Unterhaltungsromane, Jugendbücher (mit seiner Frau Marie Luise *Fischer*), Komödien u. Filmdrehbücher: „Ländliches Decameron" 1940; „Die waffenlose Macht" 1953; „Motiv: Liebe groß geschrieben" 1956; „Gehirnstation" 1962.

Kernmodelle →Kernphysik.

Kernobst, Früchte der zur Familie der *Rosengewächse* gehörigen Obstarten. Das Fruchtfleisch entstammt vor allem der Blütenachse. Bei *Weißdorn* u. *Mispel* entsteht aus jedem Fruchtblatt ein Steinkern; bei *Quitte, Apfel, Birne* u. *Speierling* bilden die verwachsenen, balgähnlichen Fruchtblätter ein pergamentartiges Gehäuse. – ⒝ →Früchte.

Kernos [der; grch.], Rundgefäß mit einem Kranz von schalenartigen Vertiefungen zur Aufnahme von Samen u. Früchten bei der Feier der Panspermie („Gemisch aus allerlei Samen"); vor allem in den eleusinischen Mysterien gebräuchlich; auch als Altar nachweisbar.

Kernphasenwechsel, der Übergang vom diploiden *(doppelten)* Chromosomensatz auf den haploiden *(einfachen)* während der geschlechtl. Fortpflanzung. Nach der →*Befruchtung* beginnt die diploide Kernphase *(Diplophase)*, die durch eine *Reifeteilung* in die haploide Kernphase *(Haplophase)* überführt wird. Dabei kann die Reifeteilung 1. vor Bildung der Geschlechtszellen stattfinden *(gametischer K.*: bei allen höheren Pflanzen u. Tieren, auch beim Menschen), 2. nach der Verschmelzung der Geschlechtszellen *(zygotärer K.*: bei Einzellern, primitiven Algen) oder 3. dazwischen *(intermediärer K.*: bei höheren Algen). Der K. ist bei niederen Pflanzen meist mit einem *Generationswechsel* verbunden, wobei im Lauf der Höherentwicklung die diploide Phase immer stärkeres Gewicht enthält. →auch Sexualität.

Kernphotoeffekt, eine durch Absorption sehr energiereicher Gammaquanten hervorgerufene Kernreaktion, wobei ein Nukleon (meist ein Neutron) aus einem Atomkern herausgeschlagen (emittiert) wird.

Kernos am Rand des Mittelhofes der minoischen Palastanlage von Mallia

Kernphysik, ein Gebiet der Physik, das sich mit der Erforschung der Atomkerne beschäftigt. Die Untersuchungen werden durch Beschießen von Atomen mit den verschiedenen →*Elementarteilchen* durchgeführt. Heute stehen hierfür große Apparaturen (→*Teilchenbeschleuniger*) zur Verfügung. – Als erster entdeckte E. *Rutherford* 1919 beim Beschießen von Stickstoffatomen mit α-Teilchen, daß diese in den Atomkernen steckenbleiben u. daß statt ihrer *Protonen* aus dem Kern herausfliegen. 1932 wies J. *Chadwick* nach, daß aus einem Atomkern auch neutrale Teilchen, die er *Neutronen* nannte, herauskommen können. Heute steht fest, daß alle Atomkerne aus Protonen u. Neutronen, die zusammen auch die Bez. *Nukleonen* führen, aufgebaut sind. Diese beiden Teilchenarten sind fast gleich schwer u. rd. 1836mal schwerer als das *Elektron*. Die Zahl der Protonen gibt die positive Ladung des Kerns *(Kernladung)* u. damit die Stellung des Elements im Periodensystem an u. heißt *Ordnungszahl*. Die Zahl der Nukleonen entspricht dem *Atomgewicht* u. wird als *Massenzahl* bezeichnet. Kerne mit gleicher Protonen-, aber verschiedener Neutronenzahl heißen *Isotope*.

Die Nukleonen werden im Kern durch die *Kernkräfte* zusammengehalten. Diese Kräfte sind sehr viel größer als die bekannten elektr. Kräfte zwischen geladenen Teilchen, denn sonst würde die gegenseitige Abstoßung der positiv geladenen Protonen in einem Kern zu dessen Zerfall führen. H. *Yukawa* vermutete 1935, daß die Kernkräfte durch das Hinundherfliegen von *Mesonen* zwischen den Nukleonen erzeugt werden, u. tatsächlich wurden später die für die Kernkräfte verantwortl. Mesonen entdeckt; bisher ist es aber noch nicht gelungen, die Eigenschaft der Kerne durch diese Theorie vollkommen zu erfassen. – Außer den übl. Kräften gibt es noch verschiedene Arten von sog. *Austauschkräften*, die man in mathemat. Formeln fassen, aber nicht anschaul. beschreiben kann. Eine Austauschkraft z.B. tritt bei der Wechselwirkung zwischen einem Proton u. einem Neutron dadurch auf, daß das Proton in ein Neutron (u. umgekehrt) übergeht. – Durch die Kernkräfte werden die Nukleonen im Kern so stark zusammengehalten, daß die Energie von etwa 8 Mill. Elektronenvolt nötig ist, um ein Nukleon aus dem Kern zu entfernen. Nach der Energie-Masse-Beziehung $E = m \cdot c^2$ entspricht diese Energie etwa 1% der Nukleonenmasse im Kern, d.h., das Nukleon wiegt im Kern rd. 1% weniger als außerhalb. Die gesamte Energie, mit der alle Nukleonen im Kern gebunden sind, die also nötig wäre, um sie alle voneinander zu trennen, heißt *Bindungsenergie*. →auch Wechselwirkungen. Da die Bindungsenergie der *radioaktiven Elemente* klein ist, sind diese nicht stabil, sondern gehen unter Aussendung von α-, β- u. γ-Strahlen, Positronen u.a. in andere Kerne über. Man kann auch Kerne durch Neutronenbeschuß künstlich radioaktiv machen, so daß sie zerfallen. Aus der Energiebilanz bei der hierdurch u.U. bewirkten Aussendung eines Elektrons ist zu schließen, daß gleichzeitig mit dem Elektron auch ein sehr leichtes neutrales Teilchen entsteht, das man *Neutrino* nennt.

Da es bis jetzt nicht möglich ist, die Kerne exakt quantentheoretisch zu berechnen, hat man sich mehr oder weniger anschauliche („phänomenologische") M o d e l l e ausgedacht, um wenigstens gewisse Eigenschaften der Kerne beschreiben zu können. Nach dem *Tröpfchenmodell* wird der Kern wie ein Flüssigkeitstropfen betrachtet, dessen Energie aus Volumen-, Oberflächen- u. elektrischer Energie (gegenseitige Abstoßung der Protonen) besteht. Durch dieses Modell konnte man die Zusammenhänge zwischen Bindungsenergie, Massenzahl u. Ordnungszahl sowie die Spaltung der schweren Atomkerne erklären. – In neuerer Zeit entdeckte man, daß genau wie bei der Elektronenhülle auch Atomkerne mit bestimmten Neutronen- u. Protonenzahlen bes. stabil sind. Zur Erklärung dient das *Schalenmodell*: Auf jedes einzelne Nukleon wirken Kräfte, die von den anderen Nukleonen herrühren. Diese Kräfte sind im Mittel so beschaffen, daß sich ein Nukleon im Kerninnern frei bewegen kann u. bei Annäherung an den Kernrand eine Kraft verspürt, die es in das Kerninnere zurückzieht. Diese Kraft ist außerdem noch davon abhängig, ob die Richtung des *Spins* (d.h. der inneren Kreiselbewegung) eines Nukleons parallel oder antiparallel zur Richtung seines *Bahndrehimpulses* (d.h. der Drehbewegung, die es um den Kern ausführt) ist. Die Abhängigkeit der Energie von der Kopplung zwischen Spin u. Bahn des einzelnen Teilchens heißt *Spin-Bahn-Kopplung*. Wegen der erwähnten Art der Wechselwirkung sind Kerne mit den Neutronen- u. Protonenzahlen 2, 8, 20, 28, 40, 50, 82, 126 *(magische Zahlen)* bes. stabil. In Analogie zu den Elektronenschalen des Atoms werden für Kerne mit diesen Zahlen abgeschlossene Nukleonenschalen *(abgeschlossene Schalen)* angenommen. Auch die magnet. Momente der Kerne lassen sich durch dieses Modell bereits erklären. – Das *optische Modell* zur Berechnung der Kernreaktionen bei Neutronenbestrahlung betrachtet den Kern als ein „optisches" Medium, in dem die Materiewellen der Neutronen gebrochen u. absorbiert werden. →auch Atom.

Die Forschungsergebnisse der K. werden u.a. im →Kernreaktor zur Energieerzeugung verwertet. Die in ihm erzeugten Neutronen oder die im →Betatron, →Zyklotron oder →Synchrotron erzeugten hochenergetischen geladenen Teilchen kann man auf andere Atome auftreffen lassen u. so *Kernumwandlungen* erzielen, bei denen meist radioaktive Atome entstehen. Die Neutronen eignen sich bes. gut dazu, weil sie wegen ihrer elektr. Neutralität leicht in den Kern eindringen. Man kann so in der Natur nicht vorhandene Elemente erzeugen, z.B. die →*Transurane*, oder radioaktive Isotope von bekannten Elementen herstellen. Das dadurch er-

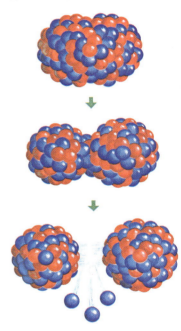

Kernreaktor: Spaltung eines Kerns des Uranisotops 235; er zerbricht nach Einbau eines Neutrons in Strontium 93 und Xenon 140 und sendet noch 3 Neutronen aus; außerdem wird Energie frei (blau = Neutron, rot = Proton)

schlossene Anwendungsgebiet der K. heißt *Kernchemie*. Die radioaktiven Elemente dienen als Indikatoren in der Medizin, Biologie, Chemie u. Technik (→*Radioindikatoren*). – ⬜ 7.6.3.

Kernpilze, *Pyrenomyzeten, Pyrenomycetales,* formenreiche Gruppe der *Schlauchpilze,* die parasitisch in Pflanzen oder saprophytisch in faulem Holz oder Mist leben, z.B. der Erreger des *Obstbaumkrebses, Nectria galligena,* oder der *Mutterkornpilz, Claviceps purpurea.*

Kernradius, der halbe Durchmesser eines Atomkerns; er gibt den Wirkungsbereich der *Kernkräfte* an u. liegt in der Größenordnung von 10^{-13} cm. In grober Näherung wächst der K. (R) mit der dritten Wurzel aus der Massenzahl (A): $R \approx R_0 \sqrt[3]{A}$; dabei ist $R_0 \approx 1{,}42 \cdot 10^{-13}$ cm (Radius des Wasserstoffatomkerns).

Kernreaktionen, physikal. Vorgänge in Atomkernen, vor allem Umwandlungen von Kernen beim Zusammenstoß mit energiereichen Teilchen wie Protonen, Neutronen, Deuteronen, Alphateilchen, Elektronen u. elektromagnet. Strahlungsquanten. Die erste Kernumwandlung wurde 1919 von E. *Rutherford* beobachtet; die Zahl der heute bekannten K. ist unübersehbar. Bei der experimentellen Untersuchung von K. werden vor allem

Kernreaktor

die Energiebilanz u. der →Wirkungsquerschnitt gemessen. Als kurze Schreibweisen für K. sind zwei Arten gebräuchlich (Beispiel):

$$^{14}_{7}N + ^{4}_{2}He \rightarrow ^{17}_{8}O + ^{1}_{1}H$$
$$^{14}N(\alpha, p)^{17}O$$

Für jedes beteiligte Teilchen steht ein Buchstabe (N = Stickstoffkern, He = α = Heliumkern = Alphateilchen, O = Sauerstoffkern, H = p = Wasserstoffkern = Proton), dem evtl. Massenzahl u. Ordnungszahl als Indizes beigefügt werden. Als kurze Schreibweise für Typen von K. wird notiert: (α, p)-Prozesse für K., bei denen ein α auf den Atomkern auftrifft u. nach der Umwandlung ein p wegfliegt. Neben (α, p)-Prozessen gibt es (n, p)-, (n, 2n)-, (n, α)-, (n, γ)- u. viele weitere Prozesse.

Kernreaktor, *Reaktor, Atomreaktor, Atommeiler, Atomofen, Uranbrenner,* engl. *Pile,* eine techn. Anlage, in der Atomkernspaltungen in einer kontrollierten Kettenreaktion ablaufen u. Energie frei wird, d. h. Wärme erzeugt wird. Im K. läuft folgender Vorgang ab: Atomkerne eines spaltbaren Materials, z. B. des Uran-Isotops 235, werden durch Neutronen in zwei etwa gleich große Bruchstücke gespalten. Daneben entstehen bei jeder Spaltung 2 oder 3 freie Neutronen, die wiederum zur Spaltung weiterer Kerne führen können. Diese *Kettenreaktion* wird so gesteuert, daß gleichmäßig pro Sekunde eine vorbestimmte Anzahl von Kernen gespalten wird. Bei jedem Spaltungsvorgang wird Energie frei, zunächst als kinet. Energie der Spaltprodukte u. Neutronen; diese wird durch Stöße an andere Atome übertragen u. damit in Wärmeenergie umgewandelt. Mit Hilfe eines Kühlmittelkreislaufs wird die Wärme abgeführt u. in einem Dampf- oder Gasturbinenprozeß in mechan. Energie u. schließlich im Generator in elektr. Energie umgewandelt. →auch Atomenergie.

Für den kontrollierten Ablauf der Reaktion ist wichtig, daß von den 2 oder 3 bei der Spaltung entstehenden Neutronen genau eines wieder eine Spaltung hervorruft; es dürfen nicht zu viele Neutronen verlorengehen. Daher muß eine gewisse Mindestmenge (*kritische Masse*) Uran vorhanden sein. Die Abbremsung (mit Hilfe von Moderatoren) der zunächst schnellen Neutronen zu *langsamen* oder *thermischen Neutronen* erhöht die Wahrscheinlichkeit, daß die Neutronen Spaltungen u. nicht andere Kernreaktionen verursachen. Evtl. müssen Neutronen durch „Kontrollgifte" weggefangen werden, damit die Kettenreaktion nicht „durchgeht", d. h. zu einer unkontrollierten Energiefreisetzung führt.

Hauptbestandteile eines K.s: 1. *spaltbares Material:* Verwendbar sind die Uranisotope der Massenzahlen 235 u. 233 sowie das Plutoniumisotop 239. Das erstgenannte Isotop findet sich in natürl. Uran zu 0,73% neben 99,27% Uran 238; verwendet werden natürliches Uran u. *angereichertes Uran,* in dem der Prozentsatz des Isotops 235 erhebl. erhöht ist. Die beiden anderen spaltbaren Isotope müssen selbst erst in K.en, in sog. *Brutreaktoren,* erzeugt werden. Sie entstehen aus Thorium 232 bzw. Uran 238 durch Neutroneneinfang. – 2. *Moderator* oder *Bremssubstanz:* Stoffe zur Abbremsung der Neutronen. Verwendet werden reiner Graphit, schweres Wasser u. auch reines normales Wasser. – 3. *Steuerungs-* u. *Kontrolleinrichtungen:* Vor allem Cadmium fängt stark Neutronen ein u. wird deshalb in Form von Stäben benutzt, die in den K. mehr oder weniger weit eingeschoben werden können. – 4. *Kühlmittel:* Verwendung finden Gase (wie Kohlendioxid, Helium), Wasser u. auch leicht schmelzende Metalle, z. B. Natrium. – 5. *Konstruktionsmaterial* u. *Schutzwandung* gegen die starken radioaktiven Strahlungen der K.en.

Der erste K. wurde 1942 in den USA in Betrieb genommen. Heute gibt es zahllose K.en der verschiedensten Typen u. Größen für Forschungs- u. Ausbildungszwecke an Universitäts- u. a. Instituten u. zur Erzeugung radioaktiver Isotope unter der starken Neutronenbestrahlung im Reaktor. Die überwiegende Anwendung finden Kernreaktoren in Kraftwerken zur Erzeugung elektr. Stroms. Auch Reaktoren zum Antrieb von Schiffen sind gebaut worden (→Kernenergieantrieb). – ▭ 7.6.3.

Kernresonanz, ein quasistationärer Zwischenzustand, der hervorgerufen wird, wenn Gammastrahlung, die auf einen Atomkern auftrifft, gerade die Energie hat, die notwendig ist, um den Kern in einen angeregten Zustand zu bringen; er bewirkt eine starke (K.-)*Absorption.*

Kernkraftwerk Gundremmingen an der oberen Donau. Dieses erste deutsche Kernkraftwerk hat eine Leistung von 240 000 Kilowatt

Beschickung des Reaktors des Kernkraftwerks Obrigheim am Neckar mit Brennelementen

KERNREAKTOR

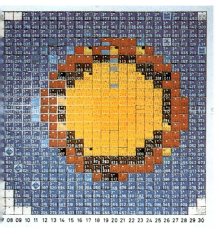

Der in der Schaltwarte befindliche Coreatlas zeigt die kreisförmige Anordnung der mit verschiedenen Materialien (verschiedene Farben) gefüllten Brennelementrohre

Die auf der Trageplatte montierten Aufhängevorrichtungen und die daraus hervorschauenden Köpfe der Tragestangen für die kleinen (innerer Bereich) und die großen (Vordergrund) Elementrohre (links). – Blick in den Druckwasserreaktor des Kernkraftwerks Stade (rechts)

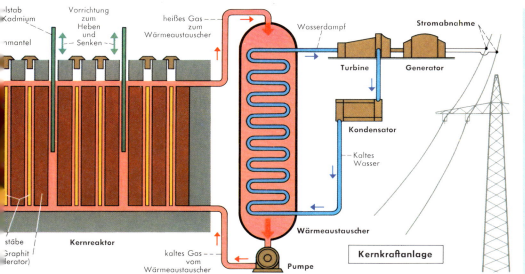
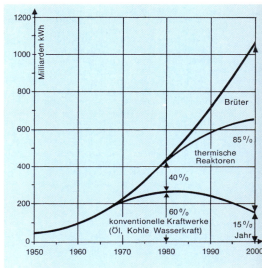

Schema eines Kernkraftwerks. Durch eine gesteuerte Kettenreaktion entsteht im Reaktor Wärme, die in elektrische Energie umgewandelt wird (links). – Voraussichtliche Entwicklung der Stromerzeugung in der Bundesrepublik bis zum Jahre 2000. In Zukunft wird immer mehr Strom aus Kernenergie gewonnen werden (rechts)

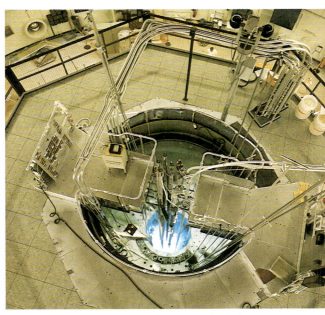

Halle der Kernforschungsanlage Jülich mit dem Forschungsreaktor FRJ-2 und der Experimentierbühne (links) und dem Schwimmbadreaktor FRJ-1 (rechts)

Kernresonanzspektroskopie

Kernresonanzspektroskopie, eine Methode zur Ermittlung von Kernanregungszuständen durch Messung von *Kernresonanzen;* sie dient u.a. zur Strukturaufklärung von Molekülen.
Kernrückfeinen, das Erhitzen eines nach dem →Aufkohlen abgekühlten Werkstücks u. anschließendes Abschrecken, um das beim Aufkohlen grobkörnig gewordene Gefüge des Kerns zu verfeinern.
Kernschatten, der Teil des →Schattens, auf den überhaupt keine Lichtstrahlen fallen.
Kernschleifen →Chromosomen.
Kernsdorfer Höhe, poln. *Dylewska Góra,* höchste Erhebung Ostpreußens, im Preuß. Höhenrücken *(Hockerland),* südl. von Osterode, 313 m.
Kernspaltung, der Zerfall eines schweren Atomkerns in zwei Bruchstücke, entweder spontan mit einer charakterist. Lebensdauer oder durch Energiezufuhr angeregt (z.B. beim Einfang eines Neutrons durch den Kern). Die *spontane* K. ist eine bes. Art des radioaktiven Zerfalls, die bei Transuranen mit einer Ordnungszahl größer als 100 entscheidend wird. Die *durch Neutronen erzielte K.* findet techn. Anwendung im →Kernreaktor.
Kernspeicher, *Magnetkernspeicher, Datenverarbeitung:* der z.Z. verbreitetste Arbeitsspeicher in elektron. Datenverarbeitungsanlagen. Er enthält sehr viele (in Großanlagen bis zu 20 Mill.) kleine Ringe aus magnetisierbarem Material *(Magnet-* oder *Ferritkerne* von etwa 2 mm Durchmesser). Durch jeden dieser Kerne verlaufen zwei oder mehr stromleitende Drähte in aufeinander senkrechten Richtungen, wodurch bei Zuführung eines Stromimpulses eine Magnetisierung oder durch Entmagnetisierung die Entstehung eines Stromimpulses herbeigeführt werden kann. Die nach der Magnetisierung eines Kerns im Speicher aufbewahrte Information wird als ein *bit* bezeichnet, so daß jedem unmagnetisierten Kern 0 bit zukommt.
Die Kerne werden in Gruppen auf übereinanderliegenden Ebenen angeordnet. Jeweils 10 übereinanderliegende Kerne in aufeinanderliegenden Ebenen bilden eine Speicherzelle, deren Kapazität man als 1 *Byte* bezeichnet. Von den 10 zu einem Byte gehörigen bits dienen nur 8 der Datenverarbeitung, während 2 der inneren Kontrolle u. Prüfung vorbehalten sind. Jeder Kern kann zwei Zustände (1 bit, 0 bit) annehmen, d.h., die Darstellung von Dualzahlen ist damit sehr einfach möglich. Die Computer führen daher ihre Rechnungen auch durchweg im *Dualsystem* aus.
Kernspektroskopie, *Kernspektrometrie,* die Methoden zur Messung von Emissions- u. Absorptionsspektren von Atomkernen sowie die Zuordnung dieser Spektren zu den angeregten Kernzuständen. Zur Beeinflussung geladener Teilchen dienen z.B. elektr. oder magnet. Felder.
Kernsprünge, radial durch Gesteine verlaufende Sprünge, infolge starker Temperaturschwankungen bes. verbreitet im ariden Klima.
Kernspuremulsion, eine sehr empfindliche photograph. Schicht, in der schnelle elektr. geladene Teilchen entlang ihrer Bahn durch Ionisation eine Schwärzung hervorrufen; wichtiges Hilfsmittel der Kernphysik u. der Erforschung der Höhenstrahlen.
Kerntechnik, *Atomtechnik,* Sammelbez. für alle Verfahren zur Gewinnung von Kernenergie, bes. der Reaktortechnik, sowie der Methoden für den Umgang mit radioaktiven Stoffen, z.B. Isotopentechnik, Strahlenschutz u. kernphysikal. Meßgeräte.
Kernteilung, die der *Zellteilung* vorausgehende Teilung des →Zellkerns, normalerweise in Form der *typischen indirekten* K. *(Mitose, Karyokinese, Äquationsteilung),* die die Aufgabe hat, die in den *Chromosomen* des Zellkerns enthaltene *genet. Information* qualitativ u. quantitativ unverändert an die Tochterzellen weiterzugeben. – In der *Interphase,* dem Zeitraum zwischen zwei K.en, findet die Verdoppelung der Chromosomen statt: die *ident. Reduplikation* der DNS (→Nucleinsäuren). Die indirekte K., die in einem Zeitraum von wenigen Minuten bis zu mehreren Stunden ablaufen kann, läßt sich in mehrere Phasen gliedern: In der vorbereitenden *Prophase* verdichtet sich das formlose Chromatin zu den Chromosomen, die jetzt aus zwei nur noch in der *Zentromer-Region* zusammengehaltenen *Chromatiden* bestehen; *Kernmembran* u. *Kernkörperchen* beginnen sich aufzulösen; an den Zellpolen entstehen schalenförmige Fasermassen (Polkappen), deren Bildung – außer bei höheren Pflanzen – von bes. *Zentralkörperchen* ausgeht; von ihnen wachsen Faseransätze zur *Kernspindel (Zentrosom)* aus u. heften sich in der Zentromer-Region an den Chromosomen fest. In der *Metaphase* ordnen sich die durch spiralige Einrollung der Chromonemen stark verkürzten Chromosomen (Transportform) in der Mitte der Zelle zur *Äquatorialplatte* an. In der *Anaphase* weichen die gleichartigen Chromosomenhälften (jetzt als *Tochterchromosomen* bezeichnet) unter dem Einfluß der Kernspindel polwärts auseinander; dabei wird als Vorbereitung für die nächste K. oft schon eine neue Längsspaltung der Chromosomen sichtbar. Die Tochterchromosomen sammeln sich gruppenweise an den Polkappen, umgeben sich in der *Telophase* mit einer neuen Kernmembran u. bilden damit je einen neuen Kern, dessen Chromosomen sich in das Chromatin des *Interphasekerns* (Arbeitskern) auflösen.
Normalerweise schließt sich an die K. eine Zellteilung an. Zu einer Vervielfachung des Chromosomensatzes kann es kommen, wenn eine wiederholte Längsteilung der Chromosomen eintritt, ohne daß eine Verteilung der Tochterchromosomen u. eine Bildung von Tochterkernen sich anschließt *(Endomitose).* Derartig gebildete Kerne mit vielfachem Chromosomensatz heißen *polyploid* (→Polyploidie).
Bei der Bildung der Geschlechtszellen findet eine bes. Form der K. statt, die *atypische indirekte K.* (Meiose), die die Aufgabe hat, den bei der Befruchtung verdoppelten Chromosomensatz wieder zu reduzieren (→Reifeteilungen).
In einigen Fällen ist eine *direkte K. (Amitose)* beobachtet worden, d.h. eine Durchschnürung des Kerns ohne Auflösung der Kernmembran u. ohne gesetzmäßige Verteilung der Chromosomen. Diese Art der K. findet regelmäßig am Großkern mancher Einzeller (Wimpertierchen u. Suktorien) statt. u. ist von Kernen ausdifferenzierter, nicht weiter entwicklungsfähiger Zellen bekannt.
Bei der *freien K. (vielfache K., multiple K.)* folgen mehrere K.en schnell aufeinander. Dabei zerfällt ein polyploider Kern in einzelne Tochterkerne. Meist folgt eine multiple Zellteilung, d.h. eine nachträgl. Zellwandbildung. Die freie K. ist bekannt von Radiolarien, Foraminiferen u. Sporozoen. – ▯9.0.6.

Kernsprung im Granit (Namib, Südwestafrika); mit Meterstab zum Größenvergleich

Kerntransformator, ein Transformator, bei dem die Wicklungen auf den Schenkeln eines einfach geschlossenen Eisenkerns angebracht sind; Gegensatz: *Manteltransformator,* bei dem die Wicklungen auf der mittleren Säule eines doppelt geschlossenen Eisenkerns liegen. →auch Transformator.
Kernverdampfung, *Kernexplosion,* eine Kernreaktion, bei der ein Atomkern von einem sehr energiereichen Teilchen getroffen wird u. in seine sämtl. Teile (Nukleonen) oder in mehrere größere Teile zerplatzt. →Spallation.
Kernverschmelzung, 1. *Atomphysik:* = Kernfusion.
2. *Biologie:* Karyogamie, →Befruchtung.
Kernwaffen = atomare Kampfmittel.
Kernwuchs, aus Samen gewachsene Bäume; Gegensatz: *Stockausschlag* u. *Wurzelbrut.*
Kero, großer Holzbecher der →Tiahuanaco-Kultur Südamerikas mit lackartiger bunter Bemalung.
Keronisches Glossar →Abrogans.
Kerosin [das; grch.], amerikan.-engl. u. russ. Bez. für Petroleum.
Kerouac ['kɛruæk], Jack, US-amerikan. Schriftsteller, *12.3.1922 Lowell, Mass., †21.10.1969 St. Petersburg, Fla.; Vertreter der *Beat Generation,* deren Lebensgefühl er in seinen Romanen Ausdruck gab: „Unterwegs" 1957, dt. 1959; „Gammler, Zen u. hohe Berge" 1958, dt. 1963; „Big Sur" 1962; „Vanity of Duluoz" 1968.
Kerpen, Stadt in Nordrhein-Westfalen (Erftkreis), 50000 Ew.; Steinzeugröhrenwerk, Maschinenbau.
Kerr, 1. Alfred, eigentl. A. *Kempner,* Kritiker, *25.12.1867 Breslau, †12.10.1948 Hamburg; war mit eigenwillig impressionist., temperamentvollen u. geistreichen Kritiken führend im Berliner Theaterleben; seit 1933 Emigrant in London. „Die Welt im Drama" 5 Bde. 1917; „Die Welt im Licht" 2 Bde. 1920; ferner Lyrik, Librettos, Erinnerungen, Schriften zur Zeit.
2. [ka:r], John, brit. Theologe u. Physiker, *17.12.1824 Ardrossan (Schottland), †18.8.1907 Glasgow; entdeckte zwei nach ihm benannte physikal. Effekte: 1. *elektrooptischer K.-Effekt,* die →Doppelbrechung, die sich optisch isotrope Stoffe beim Anlegen eines elektr. Feldes zeigen; →auch Kerrzelle; 2. *magnetooptischer K.-Effekt,* die bei der Reflexion an stark magnetisierten ferromagnetischen Spiegeln auftretenden Phasen- u. Amplitudenänderungen.
Kerrie [nach dem engl. Gärtner W. *Kerr,* †1814], *Kerria,* ein *Rosengewächs,* in Ostasien heimischer, auch nach Europa eingeführter Zierstrauch mit goldgelben Blüten.
Kerrl, Hanns, nat.-soz. Politiker, *11.12.1887 Fallersleben, †14.12.1941 Berlin; 1932 Präs. des preuß. Landtags, 1933/34 preuß. Justiz-Min., seit 1935 Reichs-Min. für kirchl. Angelegenheiten.
Kerry ['kɛri], *Ciarraighe,* südwestirische Grafschaft in der Prov. Munster, 4699 qkm, 113000 Ew.; Hptst. *Tralee,* 11 200 Ew.
Kerrzelle [nach John *Kerr*], *Karoluszelle,* Gerät zur Umwandlung elektr. Stromschwankungen in entspr. Lichtschwankungen mit Hilfe des elektrooptischen Kerreffekts: Ein Lichtstrahl durchläuft 2 gekreuzte Nicolsche Prismen, die einen gewissen Abstand voneinander haben. In dem

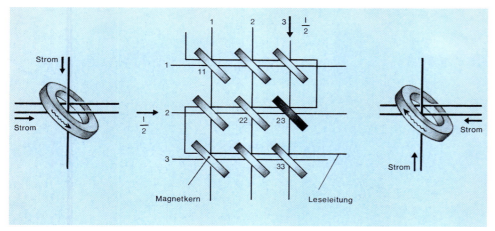

Kernspeicher: Teil einer Magnetkernmatrix mit Schreibleitungen (1, 2, 3; I ≙ elektr. Strom) und Leseleitung. Links bzw. rechts ein Magnetkern in zwei verschiedenen Magnetisierungszuständen

dazwischen befindlichen isotropen Medium (meist Nitrobenzol) wird ein von einem Sender gesteuertes elektr. veränderliches Feld erzeugt, das die Polarisationsebene des Lichts dreht *(Kerreffekt)*, so daß der aus dem zweiten Prisma austretende Lichtstrahl entsprechende Intensitätsschwankungen erleidet. Techn. Anwendung der K. z. B. beim Tonfilm, früher auch bei der Bildtelegraphie u. ä.

Kersantit [der], magmatisches Ganggestein, besteht aus Plagioklas, Biotit, Augit u. gelegentlich Hornblende.

Kerschensteiner, Georg, Pädagoge u. Schulorganisator, *29. 7. 1854 München, †15. 1. 1932 München; 1885–1919 Stadtschulrat, seit 1919 Professor in München. Staatsbürgerl. Erziehung ist nach K. wichtigste Aufgabe der Erziehung, der das Ziel gesetzt sei, das sittl. Gemeinwesen in der Richtung auf das Ideal des Kultur- u. Rechtsstaates zu verwirklichen. Das Mittel dazu ist nach K. die *Arbeitsschule,* die „mit einem Minimum von Wissensstoff ein Maximum von Fertigkeiten... im Dienste staatsbürgerl. Gesinnung auslösen" will. Bildung zum Beruf, der als Kulturleistung begriffen wird, ist das Ziel der Schule; Mittel dazu sind: stärkere Betonung der Handarbeit u. des Zeichnens, Werkstättenunterricht als Pflichtfach für die Volksschule, Reform des Schulwesens im Sinn der Einheitsschule, Umgestaltung der Fortbildungs- in Berufsschulen. Hptw.: „Begriff der staatsbürgerl. Erziehung" 1910; „Charakterbegriff u. Charaktererziehung" 1912; „Wesen u. Wert des naturwissenschaftl. Unterrichts" 1914; „Die Seele des Erziehers" 1921; „Autorität u. Freiheit" 1924; „Theorie der Bildung" 1926. – ▢ 1.7.2.

Kerspetalsperre, Stausee an der Kerspe (Zufluß der Wipper/Wupper) bei Klüppelberg (westl. Sauerland); 1,6 qkm, 15,5 Mill. m³ Stauinhalt, Höhe der Staumauer 32 m, errichtet 1911/12.

Kersting, Georg Friedrich, Maler, *31. 10. 1785 Güstrow, †1. 7. 1847 Meißen; ein Meister der deutschen Romantik, ausgebildet an den Akademien in Kopenhagen u. Dresden; schuf romantische Interieurszenen mit Porträtfiguren, z. B. „Caspar David Friedrich in seinem Atelier" 1819 (Berlin, Nationalgalerie).

Kertész ['kɛrtɛːs], André, ungar. Photograph, *2. 7. 1899 Budapest; übersiedelte 1925 nach Paris, 1936 in die USA, wo er seitdem lebt. K. gilt als Begründer der „unverhüllten Tatsachenaufnahme" mit der Kleinbildkamera u. als Begründer der themenbezogenen Reportage.

Kertsch, 1. Halbinsel im O der *Krim,* rd. 3200 qkm, durch die das Schwarze mit dem Asowschen Meer verbindende *Straße von K.* (40 km lang, 4–35 km breit) von Kaukasien getrennt; Akkerbau; bedeutende Eisenerz-, Erdgas- u. -öllager,

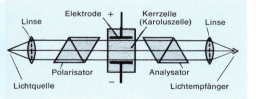
Kerrzelle: Arbeitsweise einer Kerrzelle (Schema)

Mineralquellen. Der *Nordkrimkanal* quert die Halbinsel K. im N.
2. Hafenstadt in der Ukrain. SSR (Sowjetunion), im O der Halbinsel K., 128000 Ew.; Eisenerzbergbau, Hüttenwerk u. Ausfuhr von Eisenprodukten, chem. Industrie, Schiffswerft, Fischverarbeitung; Wärmekraftwerk; Gewinnung von Salz aus umliegenden Seen u. Erdgas. – Antike Siedlung (grch. *Pantikapaion, Hermision*), im MA. zu Genua, 1475 türk., 1771 russ., 1941–1944 dt. besetzt.

Kertscher Vasen, alte Bez. für attisch-rotfigurige Vasen des 4. Jh. v. Chr., nach dem Fundort *Kertsch* (Krim).

Kerulen, *Kherlen Gol,* Fluß in der Mongol. Volksrepublik u. der Mandschurei, 1254 km; entspringt im Khentein Nuruu, mündet in den Salzsee *Dalai Nuur,* der in niederschlagsreichen Jahren einen Abfluß zum Argun (u. damit zum Amur) hat.

Kerygma [das; grch., „Heroldsruf", „Heroldsbotschaft"], im griech. N.T. Bez. für die Verkündigens (Akt) u. der Verkündigung (Inhalt) Jesu u. seiner Boten, heute gängige Bez. der christl. Botschaft mit Ton auf ihrem Anspruch, Gottes absolute Offenbarung in Jesus Christus gültig zu bezeugen.

Kerze, 1. *Kraftfahrwesen:* →Zündkerze.
2. *Optik:* veraltete Bez. für die Einheit der Lichtstärke; heute wird international die Bez. →Candela gebraucht.
3. *Sport:* Nackenstand, Stand auf dem Nacken u. den Oberarmen; Rumpf u. Beine sind senkrecht nach oben gestreckt, die Hände in die Hüften gestützt.
4. *techn. Chemie:* Beleuchtungskörper mit eingezogenem Docht aus Baumwollfäden; aus Talg, Bienenwachs, Paraffin oder Stearin hergestellt. Die beim Anzünden durch die Flamme flüssig gewordene K.nmasse steigt im Docht empor (Kapillarwirkung) u. verbrennt. Neben Wachs-K.n sind K.n aus einer Mischung von ²/₃ Paraffin u. ¹/₃ Stearin am günstigsten, die einen Schmelzpunkt von rd. 60 °C haben. – K.n werden heute mittels *K.ngießmaschinen* gegossen; früher wurden sie durch wiederholtes Eintauchen des Dochts in die geschmolzene K.nmasse „gezogen".

Kerzenbaum →Parmentiera.
Kęsar-Sage = Geser-Epos.

Kescher [frz., engl.], *Ketscher, Kä(t)scher, Hamen,* langstieliges Netz zum Fangen von Kleintieren im Wasser u. in der Luft.

Keski-Suomi, schwed. *Mellersta Finland,* Prov. (Lääni) in Mittelfinnland (seit 1960), 15 764 qkm, 240 000 Ew. Hptst. *Jyväskylä;* flache Seenplatte mit Hafer-, Roggen- u. Kartoffelanbau.

Kessel, 1. *Geomorphologie u. Geologie:* meist allseitig von Steilwänden -hängen umgebene Hohlform der Erdoberfläche, z. B. Talkessel als Ausraum eines kleinen Flußsystems am Talschluß (bei weniger steiler Ausprägung auch *Bucht, Becken*); geologisch nur durch tekton. Verwerfungen (→Kesselbrüche) begrenzte oder durch Senkung entstandene K.
2. *Jagd:* 1. Lager der Erdhöhle bewohnenden Tiere, z. B. Dachshöhle; 2. Mulde, in der eine Rotte von Wildschweinen ruht; 3. von Jägern umstellte Fläche beim *Kesseltreiben.*
3. *Maschinenbau:* offener, zugedeckter oder geschlossener Behälter zum Aufbewahren oder zum Erhitzen von Flüssigkeiten, z. B. *Dampferzeuger.*
4. *Militär:* Geländeraum, in dem eine Truppe ringsum vom Feind eingeschlossen ist.

Kessel, 1. [kɛ'sɛl], Joseph, französ. Schriftsteller, *10. 2. 1898 Clara (Argentinien), †23. 7. 1979 Paris; Journalist, Fliegeroffizier im 1. Weltkrieg; schrieb den ersten französ. Fliegerroman („L'Équipage" 1923), Abenteuer- u. Gesellschaftsromane: „Die Gefangenen" 1926, dt. 1930; „Die Schöne des Tages" 1929, dt. 1968; „Le Tour du malheur" 1950, dt. „Der Brunnen der Medici" 1951, unter dem Titel „Brunnen der Parzen" 1961; „Les mains du miracle" 1960, dt. „Medizinalrat Kersten" 1961.
2. Martin, Schriftsteller, *14. 4. 1901 Plauen; lebt seit 1923 in Berlin. Lyrik: „Gebändigte Kurven" 1925; „Gesammelte Gedichte" 1951. Erzählungen: „Die Schwester des Don Quijote" 1938; „Eskapaden" 1959. Romant. Liebhabereien" 1938, erweitert „Essays u. Miniaturen" 1947; „Aphorismen" 1948; „In Wirklichkeit aber . . . Satiren, Glossen, Kleine Prosa" 1955; „Gegengabe" (Aphorismen) 1960. „Lydia Faude" (Roman) 1965.

Kesselbergstraße, 5,8 km lange oberbayer. Bergstraße (200 m Steigung) von Kochel über den *Kesselbergpaß* (858 m) nach Urfeld am Walchensee; seit 1928 *Kesselbergrennen.*

Kesselbrüche, *Geologie:* konzentrische u. umlaufende Verwerfungen um ein trichterförmiges Seknungsfeld (Kessel).

Kesseldruckimprägnierung, Imprägnierverfahren für Holz, bes. für Schwellen, Masten, Rammpfähle im Wasserbau, Holzpflasterklötze u. dgl. Das entrindete u. abgetrocknete Holz wird in einem zylinderförmigen Stahlkessel unter Druck mit der Schutzmittellösung behandelt. Man unterscheidet Voll- u. Spartränkung. →Holzschutz.

Kesselfallenblumen, Einzelblüten oder Blütenstände, deren Staubblätter u. Narben so angelegt sind, daß die durch Duft oder Farbe angelockten Insekten bis zur vollzogenen Bestäubung in einem nur durch engen Zugang erreichbaren Kessel „gefangen"gehalten werden, z. B. bei →Aronstab u. Osterluzei.

Kesselhaus, ein Gebäude, in dem sämtliche zur Dampferzeugung notwendigen Kessel, Pumpen, Ekonomiser u. ä. aufgestellt sind. Das K. soll, wegen Explosionsgefahr, vom Maschinenhaus getrennt sein.

Kesselkoppe, tschech. *Kotel,* höchster Berg im tschech. Teil des Riesengebirges, 1435 m.

Kesselregelung, in Dampfkraftwerken verwendete Regeleinrichtung, die Dampfdruck u. -temperatur auf gleicher Höhe hält u. dazu die Zufuhr von Brennstoff, Verbrennungsluft u. Speisewasser einstellt.

Kesselring, Albert, Generalfeldmarschall (seit 1940), *30. 11. 1885 Marktsteft, Unterfranken, †15. 7. 1960 Bad Nauheim; 1936 Chef des Generalstabs der Luftwaffe, im 2. Weltkrieg bei den Feldzügen gegen Polen, Frankreich u. die Sowjetunion Chef der Luftflotten 1 u. 2, 1942 in Italien, 1943–1945 Oberbefehlshaber Süd bzw. Südwest, März 1945 Oberbefehlshaber an der Westfront; 1947 von einem brit. Militärgericht in Venedig zum Tod verurteilt, zu lebenslängl. Zuchthaus begnadigt, Okt. 1952 entlassen.

Kesselstein, Niederschlag von unlöslichen Carbonaten u. Sulfaten aus hartem Wasser, der sich an

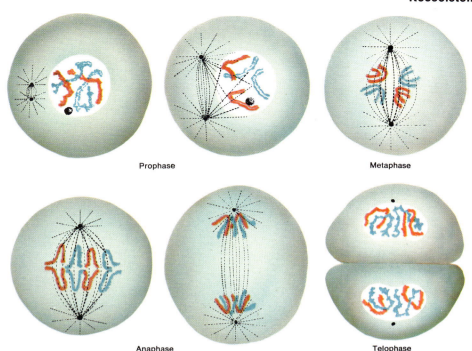
Prophase   Metaphase
Anaphase   Telophase
Kernteilung: typische indirekte Mitose

der Innenseite von Kesseln als feste Kruste ansetzt. K.bildung kann örtliche Überhitzungen verursachen u. zur Kesselexplosion führen. Zur Vorbeugung wird das Wasser enthärtet; aus Kochtöpfen wird K. durch mäßig verdünnte Essigsäure entfernt. →auch Härte des Wassers.

Kesselwagen, *Tankwagen*, Eisenbahn- oder Kraftwagen mit liegenden oder stehenden Behältern zum Transport von Flüssigkeiten, z.B. Petroleum, Benzin, Öl, flüssigem Chlor, Ammoniak; auch für Milch, Wein u. Bier sowie für staubförmige Güter. Zur Verringerung des toten Gewichts bzw. aus sanitären Gründen sind die Kessel aus Stahlblech oder Leichtmetall gefertigt. Sie sind vielfach mit Trennwänden versehen u. besitzen Fülltrichter, Ablaßhähne u. Meßuhren.

Kesser, Hermann, eigentl. H. *Kaeser-K.*, Schriftsteller, *4. 8. 1880 München, †4. 4. 1952 Basel; 1933 Emigration in die Schweiz; Journalist u. Pazifist; expressiver Novellist („Lukas Langkofler" 1912 u. 1925; „Die Peitsche" 1918; „Schwester" 1925), Dramatiker („Rotation" 1931) u. einer der ersten Hörspielautoren („Straßenmann" 1930). Essays „Vom Chaos zur Gestaltung" 1925.

Keßler, Harry Graf, Schriftsteller u. Diplomat, *23. 5. 1868 Paris, †4. 12. 1937 Lyon; vielseitiger Mäzen, förderte die Zeitschriften „Pan" u. „Die Insel", gründete in Weimar die Cranach-Presse (Mitarbeiter: A. Maillol, R. A. Schröder); Demokrat u. Pazifist (der „rote Graf"), 1918–1921 dt. Gesandter in Warschau, langjähriger Präs. der Dt. Friedensgesellschaft, emigrierte 1933. „Josefslegende" (mit H. von Hofmannsthal für die Musik von R. Strauss) 1914; „Walther Rathenau" 1928; „Gesichter u. Zeiten" (Erinnerungen), Bd. 1 „Völker u. Vaterländer" 1935 u. 1963; „Tagebücher 1918–1937" 1961; „Briefwechsel mit H. von Hofmannsthal 1898–1929" 1968.

Keßlerloch, eine 1873 entdeckte schweizer. Höhle, westl. von Thayngen, im Kanton Schaffhausen; Rastplatz des altsteinzeitl. Menschen; viele Funde aus Stein, Knochen u. Rengeweih, insbes. aus dem Magdalénien, u.a. Skulptur eines Moschusochsenkopfs u. eines Lochstabs mit der Gravierung eines weidenden Rens.

Kesten, Hermann, Schriftsteller, *28. 1. 1900 Nürnberg, literar. Leiter des Kiepenheuer-Verlags, Berlin, des Allert-de-Lange-Verlags, Amsterdam, 1940 in New York, seit 1953 meist in Rom. 1972 Präsident des Pen-Clubs der BRD. Unversöhnl. Gegner jeder Form von Diktatur, sarkast. Gesellschaftskritiker. Romane: „Josef sucht die Freiheit" 1927; „Der Scharlatan" 1932; „Die Kinder von Gernika" 1939; „Die Abenteuer eines Moralisten" 1961; „Die Zeit der Narren" 1966. Biographien u. Essays: „Casanova" 1952; „Meine Freunde, die Poeten" 1953; „Dichter im Café" 1959; „Lauter Literaten" 1963; „Ein Optimist" 1970. Auch Dramen u. Anthologien.

Kesteven [kes'ti:vən], bis 1974 Teilgrafschaft der mittelengl. Grafschaft Lincolnshire, 1866 qkm, 230000 Ew.; Hptst. *Sleaford* (8000 Ew.); Ackerbau, Viehzucht.

Kesting, Edmund, Maler, Graphiker u. Photograph, *1889 Dresden, †1970 Birkenwerder bei Berlin; war Mitglied der Künstlergruppe „Der Sturm" u. gründete 1919 die Kunstschule „Der Weg. Kunstschule für Gestaltung". Seit etwa 1920 photographische Experimente, für die bes. Lichtmontagen charakteristisch sind.

Kestner, 1. Georg August, Sohn von 2), Diplomat u. Schriftsteller, *28. 11. 1777 Hannover, †5. 3. 1853 Rom; dort seit 1817 als hannoveran. Diplomat; vertrat als Kunstschriftsteller gegen Goethe die Partei dt.-röm. Künstler (P. von Cornelius, F. Overbeck u.a.); gründete 1829 das *Dt. Archäolog. Institut* in Rom. Seine Kunstsammlung bildet den Grundstock des *K.-Museums* in Hannover.

2. Johann Christian, Gatte der Charlotte *Buff*, *28. 8. 1741 Hannover, †24. 5. 1800 Celle; Hofrat u. Kammerkonsulent; Vorbild für die Gestalt des Albert in *Goethes* „Werther".

Keszthely ['kɛsthɛj], Ort am Westufer des Plattensees, Ungarn, 16700 Ew.; landwirtschaftl. Fachschule (seit 1797); Weinhandel; am Berg *Dobogó* Hunnengräberfeld, Plattensee-Museum.

Kẹta, Hafenstadt in der westafrikan. Rep. Ghana, 40000 Ew.; Fischfang.

Ketchikan ['kɛtʃikæn], Stadt auf der Insel Revillagigedo (Alaska, USA), 7000 Ew.; Völkerkundemuseum; Fischerei.

Ketchup ['kɛtʃəp; der; ind., engl.], *Catchup*, durch starkes Einkochen haltbar gemachte Soße aus Tomatenmark, gewürzt mit Essig, Zitronensaft, Zucker u. Salz. Als weitere würzende Zutaten kommen in Frage Paprika, Muskatnuß, Zimt, Nelken, Piment, Zwiebeln, Selleriesaat, Pfeffer, Cayennepfeffer, Ingwer u. Knoblauch. Verwendung zu Fleisch, Fisch, Eiern, Teigwaren u. zum Abschmecken von Soßen.

Kẹtel, Cornelis, holländ. Maler, *18. 3. 1548 Gouda, begraben 8. 8. 1616 Amsterdam; tätig in Gouda, 1573–1581 in London u. danach in Amsterdam; malte als erster Gruppenbilder (Schützenstücke).

Kẹten, *Jenisejer*, altsibir. Restvolk (1500) am Jenisej, an der Steinigen Tunguska u. bei Turuchansk; Pelztierjäger, Fischer, Rentierzüchter; eigene Sprache.

Ketẹne [Mz., Ez. das *Keten*], organ.-chem. Verbindungen, die im Molekül die Ketengruppe $=C=C=O$ enthalten; sehr reaktionsfähig, daher zu chem. Synthesen verwendet. Prakt. Bedeutung hat bes. das Anfangsglied der Reihe, das *Keten* $H_2C=C=O$, u.a. zur Herstellung von Essigester, Acetylchlorid u. Acetamid.

Ketohexọsen, Zuckerarten der Gruppe der Monosaccharide mit 6 Kohlenstoffatomen; K. besitzen eine Keto-(CO-)Gruppe im Molekül. Wichtigste Ketohexose ist der Fruchtzucker (Fructose).

Ketọne [Mz., Ez. das *Keton*], organ.-chem. Verbindungen, die die zweiwertige Carbonylgruppe *(Ketogruppe)* $=C=O$ ein- oder mehrfach, verbunden mit Alkyl- oder Arylresten, enthalten, z.B. CH_3COCH_3, Aceton. Im Gegensatz zu Aldehyden haben K. keine reduzierenden Eigenschaften; wichtigstes Keton ist das →Aceton.

Kẹtosäuren, *Ketonsäuren, Keto(n)carbonsäuren*, organ.-chem. Verbindungen, die neben der Carboxyl-(COOH-)Gruppe auch noch eine Carbonyl-(Keto-)Gruppe $=C=O$ enthalten. Beispiel: Brenztraubensäure $CH_3COCOOH$.

Ketọsen, *Ketozucker*, Monosaccharide mit einer Ketogruppe ($=C=O$) im Molekül, z.B. die Fructose.

Kętrzyn ['kɛntʃin], poln. Name der Stadt →Rastenburg.

Ketsch [die; engl.], dem →Schoner ähnliches Segelschiff mit halbhohem Mast weit achtern, aber *vor* dem Ruder.

Ketsch, Arbeiterwohngemeinde in Baden-Württemberg (Ldkrs. Rhein-Neckar-Kreis), 9300 Ew.; Tabak- u. Spargelanbau.

Ketschua ['kɛtʃua], *Quechua*, indian. Stammesgruppe im Hochland von Peru, einst das Staatsvolk des Inkareichs (→Inka), hat sich seine Lebensführung aus der Inkazeit weitgehend bewahrt. Die Sprache der K. war Staatssprache des Inkareichs; sie ist von vielen unterworfenen Stämmen übernommen worden u. wird noch von über 6 Mill. Indianern gesprochen, davon 3,2 Mill. in Peru, 1,5 Mill. in Bolivien, 1 Mill. in Ecuador, 260000 in Argentinien, 55000 in Chile u. 10000 in Kolumbien.

Kette, 1. *Jagd:* Kitt, das →Volk des Flugwilds.
2. *Luftwaffe:* drei in Keilform zusammen fliegende Flugzeuge; die Soldatensprache unterscheidet den „K.nführer" u. die beiden „K.nhunde".
3. *Schmuck:* um Hals oder Handgelenk getragenes Schmuckstück, das aus aneinandergereihten Metallgliedern, Perlen, Schmucksteinen, Glasperlen u.ä. besteht.
4. *Technik:* eine Reihe ineinandergreifender bewegl. Glieder *(K.nglieder)* aus Metall für Zug oder Antrieb. Die *Glieder-K.* besteht aus ringartigen Gliedern aus Rundeisen, deren Enden zusammengeschweißt sind. Die *Gallsche K.* oder *Gelenk-K.* besteht aus Laschen, die durch Bolzen zusammengehalten werden. In regelmäßigen Abständen sind die Bolzen an den Enden verlängert. Daran wird die K. aufgehängt. Das dazwischenliegende Stück hängt dann herunter. Bei *Rollen-K.n* befindet sich über den Bolzen noch eine Rolle; sie werden bes. für Antriebe benutzt (→Kettenrad).
5. *Weberei: Aufzug, Zettel, Werp*, die auf einen Kettenbaum parallel gewickelten bzw. in einem

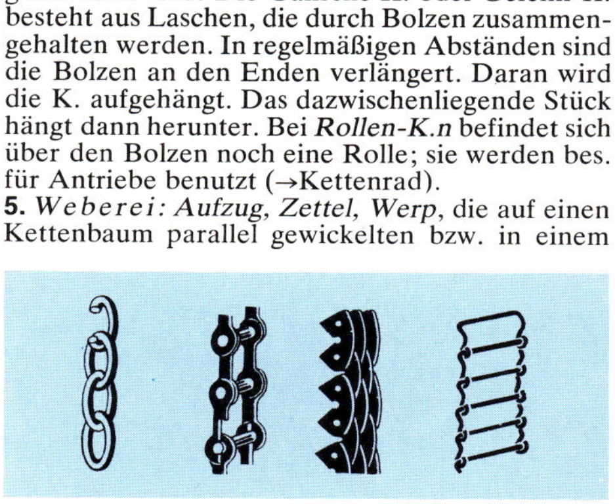

Kette: Glieder-, Gallsche-, Zahn- und Hakenkette (von links nach rechts)

Gatter in Spulenform untergebrachten Längsfäden zur Herstellung eines Gewebes. In der Wirkerei die Gesamtheit der zur Herstellung einer *Kettware* erforderlichen Fäden. Beherrscht die K. die Warenoberfläche, spricht man von *K.neffekt* oder *K.nverbindung*.

Ketteler, 1. Klemens Freiherr von, Diplomat, *22. 11. 1853 Potsdam, †16. 6. 1900 Peking (ermordet); seit 1899 dt. Gesandter in Peking; seiner Ermordung beim *Boxeraufstand* folgte die bewaffnete Intervention der europ. Großmächte.
2. Wilhelm Emanuel Freiherr von, Bischof von Mainz (seit 1850), *25. 12. 1811 Münster (Westf.), †13. 7. 1877 Burghausen, Oberbayern; 1844 Priester; 1848 als Abg. der Frankfurter Nationalversammlung Vorkämpfer für die Freiheit der Kirche u. der christl. Schule; vertrat als Reichstags-Abg. 1871 im beginnenden Kulturkampf die Rechte der Kirche, legte 1872 das Mandat nieder; erstrebte eine Sozialreform, die er in Auseinandersetzung mit liberalen u. sozialist. Lehren aus dem christl. Glauben heraus forderte. K. beeinflußte durch seine Stellungnahme zu den sozialen Fragen, durch Organisation des kath. Vereinswesens u. Einwirkung auf Zentrumspartei, Arbeiterschaft u. Jugendbildung die Sozialpolitik des 19. Jh. Die Gedanken des „sozialen Bischofs" sind heute zum Ideengut aller christl. Sozialreformer geworden. Seine Einstellung zum Staat war lange Zeit Vorbild für den dt. Episkopat.

Kettelmaschine, Maschine zum Konfektionieren von Wirkwaren wie Strümpfen, Hemden u.a. durch Aneinandernähen der einzelnen Teile.

Kettenbahn, *Kettenförderung*, Schienenbahn, bei der mit Hilfe einer umlaufenden Kette, an die die Wagen gehängt werden, die Beförderung erfolgt; bei der *Ober-K.* hängt die Kette über, bei der *Unter-K.* unter den Fahrzeugen. Früher bes. im Bergbau u. an steilen Hängen verwendet, heute kaum noch üblich.

Kettenbaum, *Kettbaum, Garnbaum*, walzenförmiger Teil des Webstuhls oder der Kettenwirkmaschine; dient zur Aufnahme der Längsfäden, besteht hauptsächl. aus Holz ohne u. mit Scheiben zur seitl. Begrenzung; wird auch aus Leichtmetall hergestellt; wenn Kettgarne auf dem K. gefärbt werden sollen, werden durchlöcherte Kettbäume verwendet. Der K. ist hinter dem Webstuhl drehbar gelagert u. spannt durch Bremsvorrichtungen die Fäden.

Kettenbrief, ein Brief, in dem der Absender den Empfänger auffordert, den Brief zu vervielfältigen u. weiteren Personen zuzuschicken, die ihrerseits das gleiche tun sollen. Dabei werden häufig für den Fall der Weigerung schwere Schicksalsschläge angedroht. Die Motive für solche K.e sind verschieden; es können z.B. polit. Zwecke oder wirtschaftl. Gewinnstreben vorherrschen. Bei der letzten Form wird ähnlich dem →Schneeballsystem der Empfänger aufgefordert, dem Absender einen Geldbetrag zu übersenden in der Erwartung, daß die vom ersten Empfänger angeschriebenen Personen diesem den gleichen Betrag schicken u. er dadurch ein Vielfaches des Geleisteten zurückerhält. Die Strafbarkeit dieser Form des K.s ist zweifelhaft.

Kettenbruch, *kontinuierlicher Bruch*, ein Bruch, dessen Zähler eine ganze Zahl ist u. dessen Nenner sich aus *Teil-* oder *Partialnennern* zusammensetzt, z.B.:

$$\frac{1}{2+\frac{1}{3+\frac{1}{4}}}$$

Hört der K. mit einem bestimmten Teilnenner auf, so ist er endlich, im anderen Fall, in dem er aber einen festen Grenzwert hat, unendlich. Ein K. kann u.a. zur Entwicklung einer Funktion benutzt werden.

Kettendruck, *Garndruck*, Bedrucken der Kettfäden vor dem Verweben für →Chiné oder zur Herstellung von *Tapestry-Teppichen*.

Kettenfahrzeug →Gleiskettenfahrzeug.

Kettenfräse, Holzbearbeitungsmaschine mit einer über eine Gleitschiene endlos umlaufenden Fräskette. Sie dient der Herstellung von rechteckigen Schlitzen u. Zapfenlöchern an Türen, Möbelteilen u. Rahmenhölzern u. hat eine hohe Schnittgeschwindigkeit bei geringer Spanabnahme; wird ortsfest u. als Handfräse gebaut.

Kettengebirge, ein langgestreckter Gebirgszug, häufig ein Faltengebirge, oft in mehrere parallele Ketten aufgelöst, z.B. Alpen, Anden.

Kettenhandel, Handel über Zwischenhändler, deren Dasein wirtschaftl. nicht gerechtfertigt ist; führt zu Verteuerung der Waren. K. tritt vor allem

Kettengebirge: der Elburs im Norden des Iran

in Zeiten der Warenverknappung in Kriegen oder Inflationen auf.

Kettenläden, Einzelverkaufsstellen einer Großunternehmung oder von Einkaufsgenossenschaften des Einzelhandels.

Kettenlinie, transzendente Kurve mit der Gleichung $y = \frac{1}{2}(e^x + e^{-x})$; hat die Form eines schweren, vollkommen biegsamen, aber unausdehnbaren, an 2 Punkten aufgehängten Fadens. Elektr. Überlandkabel hängen z.B. in K.n durch. →Hyperbelfunktionen.

Kettenpanzer, *Kettenhemd,* im 11.–13. Jh. ritterl. Schutzbekleidung aus zusammengenieteten Ringen oder geflochtenem Eisendraht.

Kettenrad, Zahnrad mit großer Teilung zum Antrieb durch Rollenketten; →Kette (4).

Kettenreaktion, jede chem. oder physikal. Reaktion, die an einer Stelle im Reaktionsgemisch spontan oder durch äußere Einwirkung ausgelöst wird u. sich selbst – weitere Reaktionen auslösend – mehr oder weniger rasch über das ganze Reaktionsgemisch ausbreitet. Der Beginn der K. geht meist von der Umwandlung weniger Atome bzw. Moleküle aus. Wenn bei der Reaktion Energie frei wird, kann es bei genügender Reaktionsgeschwindigkeit zu einer Explosion kommen. K.en sind z.B. die Zündung von Benzingasen an der Zündkerze des Motorzylinders, die Kernspaltung im →Kernreaktor oder in der →Atombombe. Die Reaktionsgeschwindigkeit kann verzögert oder kontrolliert werden, z.B. durch Antiklopfmittel beim Benzin, durch Absorption überschüssiger Neutronen im Kernreaktor.

Kettenreim, *äußerer Reim,* nach dem Schema aba, bcb, cdc usw., der dreizeilige Strophen verbindet; Grundform der Terzette in *Sonett* u. *Terzine.*

Kettenrolle, eine Rolle, die zur Abstützung einer Gliederkette dient. Die K. greift entweder zwischen die Stege der Kette, oder die Kette legt sich in die entsprechend geformte Außenbahn der Rolle.

Kettenstativ, photograph. Hilfseinrichtung für lange Momentzeiten ($\frac{1}{2}$–$\frac{1}{15}$ sek); besteht aus Stativgewinde, Kette u. Fußplatte. Durch Anspannen der Kette soll dem Verreißen der Kamera vorgebeugt werden.

Kettenstich, 1. Zierstich, bei dem die Nadel neben der Ausstichstelle wieder einsticht u. der Faden unter die neue Ausstichstelle gelegt wird, wodurch eine Schlingenkette entsteht; 2. sehr elastische Naht bei Industrienähmaschinen.

Kettentrieb, ein Umschlingungsgetriebe (→Getriebe); Maschinenelement; findet Verwendung bei Achsenentfernungen, die für die Übertragung durch Zahnräder zu groß u. für Riemenantrieb zu klein sind; für nicht zu hohe Geschwindigkeiten, z.B. Fahrräder. Der K. ist unempfindlich gegen Wärme u. Feuchtigkeit, längt sich jedoch mit der Zeit.

Kettenzug →Flaschenzug.

Kettgarn, zur Kette (5) geeignetes Garn, meist fester gedreht als *Schußgarn;* leicht flusende Garne werden mit Stärkemasse geleimt (geschlichtet, gummiert).

Kettler, Gotthard, letzter Landmeister des Dt. Ordens von Livland (seit 1557), seit 1561 Herzog von Kurland; *um 1517 Eggeringhausen bei Paderborn, † 17. 5. 1587 Mitau, Kurland; nahm nach dem Beispiel Preußens 1561 *Kurland* als erbl. Herzogtum augsburg. Konfession von Polen zu Lehen, während Livland zu Polen u. Estland zu Schweden kam.

Kettseide, *Organsin, Orsoy,* Seidenzwirn aus zwei oder mehr vorgedrehten Fäden, die im entgegengesetzten Drehsinn verzwirnt werden. Unterscheidung nach Höhe der Drehungen; →auch Grenadine.

Kettware, *Kettenware* →gewirkte Stoffe.

Kettwig, ehem. Stadt in Nordrhein-Westfalen, an der Ruhr, seit 1975 Stadtteil von Essen.

Ketubba [die; hebr., „das Geschriebene"], jüdischer Heiratskontrakt, der die Verpflichtungen des Ehemanns (für den Scheidungs- u. Todesfall) u. der Ehefrau (Mitgift) enthält.

Ketzer, mittelalterl., von den *Katharern* abgeleitete, im heutigen Sprachgebrauch diffamierende Bez. für *Häretiker;* übertragen auch für Wissenschaftler u. Politiker, die von einer herrschenden Meinung abweichen.

Ketzertaufstreit, der durch 3 Synoden des Cyprian von Karthago ausgelöste Streit zwischen den nordafrikan.-kleinasiat. Kirchen u. der westl. Kirche über die Frage, ob Taufen durch Ketzer gültig seien oder bei Bekehrung wiederholt werden müßten; Bischof *Stephan* von Rom verbot 256 die Wiederholung der Taufe.

Ketzerverfolgung →Inquisition.

Keuchhusten, *Stickhusten, blauer Husten, Pertussis, Tussis convulsiva,* Infektionskrankheit der Schleimhäute in den Luftwegen, bes. im Kindesalter, vereinzelt auch bei Erwachsenen vorkommend. Erreger ist ein von J. *Bordet* u. O. *Gengou*

Keuschheit

1906 entdecktes Bakterium (*Haemophilus pertussis*), das durch Tröpfcheninfektion übertragen wird. Der K. beginnt mit einem uncharakterist. katarrhal. Husten, dem erst nach etwa 2 Wochen die eigentl. bezeichnenden K.anfälle folgen; sie bestehen in krampfhaften, anstrengenden Hustenstößen mit Zurückziehen der Luft durch die verengte Stimmritze (Reprise) u. sind mit einer starken Stauung des Kreislaufs im Kopf verbunden. Es kann infolge der Anstrengungen zu Blutungen in Haut u. Bindehäuten, auch zum Erbrechen von Schleim u. Mageninhalt kommen.

Die Dauer des K.s ist unterschiedlich. An eine Anfallszeit von mehreren Wochen schließen sich oft Wochen mit abklingenden Anfällen an. Die Krankheitsdauer kann durch falsche psychische Führung des Kindes sehr verlängert u. umgekehrt durch Ortsveränderung verkürzt werden. Die Gefährlichkeit des K.s nimmt mit zunehmendem Alter ab; dagegen sind Säuglinge u. schwächliche, an Rachitis u. chron. Krankheiten leidende Kinder äußerst gefährdet. Schließlich bilden Infektionen mit anderen Krankheiten (Mischinfektionen) ernste Gefahren.

K. hinterläßt Immunität. Schutzimpfung u. Impfbehandlung mit Vakzine im Beginn ist möglich; ferner Allgemein-, Freiluft- u. Klimabehandlung (Höhenklima) u. Antibiotika. – Todesfälle an K. sind meldepflichtig.

Keudell, Robert von, Diplomat u. Politiker, * 27. 2. 1824 Königsberg, Neumark, † 26. 4. 1903 Gut Hohen-Lübbichow, Neumark; Jurist, 1863 ins preuß. Außenministerium berufen; als enger Vertrauter *Bismarcks* mit diesem im Hauptquartier im Dt.-Dän., Dt. u. Dt.-Französ. Krieg 1864, 1866 u. 1870/71; 1872 Gesandter in Konstantinopel, 1873 in Rom, 1876–1887 dort Botschafter; als Freikonservativer 1871/72 u. 1890–1893 Mitglied des Reichstages, 1888–1893 Abgeordneter im preuß. Landtag; schrieb eine Biographie Bismarcks.

Keule, 1. *Sport:* flaschenähnliches hölzernes Handturngerät (zum K.nschwingen), 40–50 cm lang.

2. *Völkerkunde:* nach unten verdicktes Schlaggerät; dient seit Urzeiten bis in die Gegenwart primitiven Völkern als Wurf- u. Schlagwaffe. Aus der K. entwickelten sich der *Streitkolben* u. der *Morgenstern.* →auch Bumerang.

Keulenblattwespen, *Cimbicidae,* Familie der *Pflanzenwespen;* große, auffällige Tiere, bis 2,5 cm lang, rot, schwarz, braun oder metallisch grün gezeichnet, mit am Ende keulig verdickten Fühlern. Die Larven fressen an verschiedenen Bäumen u. spinnen zur Verpuppung einen festen, eiförmigen Kokon an Zweigen, in dem sie überwintern. 45 Arten in Europa.

Keulenkäfer, *Clavigeridae, Pselaphidae,* Familie kleiner blinder Käfer mit keulenförmigen Fühlern, vermutl. Milbenjäger; viele Arten leben als →Ameisengäste.

Keulenpilze, *Clavariaceae,* Familie der *Schlauchpilze, Ascomycetes,* mit keulenförmigem Fruchtkörper. Zu den K.n gehören die *Glucken, Sparassis,* u. die *Keulen, Clavaria.*

Keulung, Tötung seuchenkranker oder seuchenverdächtiger Tiere zur Tilgung der Seuche, z.B. bei →Rinderpest, →Schweinepest.

Keun, Irmgard, humorist.-satir. Erzählerin, *6. 2. 1910 Berlin; war Emigrantin, lebt jetzt in Köln; „Gilgi, eine von uns" 1931; „Das kunstseidene Mädchen" 1932; „Das Mädchen, mit dem die Kinder nicht verkehren durften" 1936; „Bilder u. Gedichte aus der Emigration" 1947; „Wenn wir alle gut wären" 1957; „Blühende Neurosen" 1962.

Keuper [der; ursprüngl. Bez. für einen bei Coburg gefundenen Buntsandstein], aus Mergel, Sandsteinen, Gips u. Letten aufgebaute, bis 650 m mächtige oberste Stufe der geolog. Formation der german. *Trias;* wird unterteilt in: *Unterer K.* (Kohlen-K., in Süd-Dtschld. Lettenkohle, Letten-K.), *Mittlerer K.* (in Nord-Dtschld. Gips-K., in Süd-Dtschld. Gips-K., Schilfsandstein, Untere u. [in Württemberg] Obere Bunte Mergel, Stubensandstein u. Knollenmergel), *Oberer K.* (in Bayern auch von den Oberen Bunten Mergeln ab gerechnet; *Rhät*). →Geologie.

Keuschbaum, *Vitex* →Mönchspfeffer.

Keuschheit, 1. *allg.:* geschlechtl. Enthaltsamkeit (physisch u. psychisch).

2. *christl. Ethik:* die sittl. Gestalt der Geschlechtlichkeit, wodurch diese weder ent- noch überbewertet, sondern in ihrem Vollzug der Gesamtheit menschl. Lebensbezüge eingefügt wird u. ihre humane oder sogar sakrale Qualität erhält.

Keußler

Keußler, Gerhard von, Komponist u. Musikschriftsteller, *23. 6. 1874 Schwanenburg, Livland, †21. 8. 1949 Niederwartha bei Dresden; schrieb neuromant. Oratorien („Jesus aus Nazareth" 1917; „Die Mutter" 1919; „In jungen Tagen" 1928), 2 Sinfonien, sinfon. Dichtungen, 3 Musikdramen nach eigenen Texten u. a.; verfaßte mehrere Schriften, u. a. über Musikästhetik.

Kevelaer [-lar], Stadt in Nordrhein-Westfalen (Ldkrs. Kleve), nahe der dt.-niederländ. Grenze, nordwestl. von Krefeld, 21 000 Ew.; bedeutendster dt. Wallfahrtsort mit 2 Wallfahrtskirchen; Museum für niederrhein. Volkskunde; Metall-, Holz-, Lederindustrie, Glasmalereiwerkstätten, Orgelbauanstalt.

Key, 1. [kej], Ellen, schwed. Essayistin u. Pazifistin, *11. 12. 1849 Sundsholm, Småland, †25. 4. 1926 Strand, Vättersee; kam zu einer radikalen Ablehnung des Christentums u. forderte ein neues Lebensideal mit freier Ehemoral. „Das Jahrhundert des Kindes" 1900, dt. 1902.
2. [kɛi], Lieven de, niederländ. Baumeister, *um 1560 Gent, †17. 7. 1627 Haarlem; Stadtbaumeister von Haarlem seit 1593, erbaute dort u. a. die Fleischhalle (1601–1603), in Leiden die Fassade des Rathauses (1593/94) im frühbarocken Stil.

Keynes [kɛinz], John Maynard, Baron K. of Tilton (1942), engl. Nationalökonom, *5. 6. 1883 Cambridge, †21. 4. 1946 London; entwickelte eine Liquiditätstheorie des Zinses u. eine statische Theorie des Gleichgewichts bei Unterbeschäftigung; Gegner des Versailler Vertrages; Direktor der Bank von England u. Mitschöpfer der internationalen Währungsordnung nach dem 2. Weltkrieg. Hptw.: „Die wirtschaftlichen Folgen des Friedensvertrages" 1919, dt. 1920; „A Treatise on Money" 2 Bde. 1930, dt. „Vom Gelde" 1932; „The General Theory of Employment, Interest and Money" 1936, dt. „Allgemeine Theorie der Beschäftigung, des Zinses u. des Geldes" 1936, [5]1974. – ▫4.4.7.

Keyser [ˈkɛi-], **1.** Hendrik de, holländ. Baumeister u. Bildhauer, *15. 5. 1565 Utrecht, †15. 5. 1621 Amsterdam; Schüler von C. *Bloemaert* in Utrecht, ab 1591 städt. Bildhauer in Amsterdam, baute dort die Zuiderkerk (1603–1614), das Oost-Indische Huis u. das neue Bushuis (1606), nach engl. Vorbild die Börse (ab 1608), Westerkerk u. Norderkerk (ab 1620). K.s Hptw. als Bildhauer ist das 1614 im Stil des Frühbarocks begonnene Grabmal Wilhelms von Oranien in Delft.
2. Nicaise de, belg. Maler, *26. 8. 1813 Santvliet, †16. 7. 1887 Antwerpen; anfängl. Eklektiker mit religiöser Thematik, begründete seinen Ruf bes. durch Schlachtenbilder, deren theatral. Komposition sich gegen den herrschenden französ. Klassizismus wandte.
3. Thomas de, (Sohn von 1), holländ. Maler u. Baumeister, *1596 oder 1597 Amsterdam, †7. 6. 1667 Amsterdam; beeinflußt von C. Ketel, F. Hals u. ab 1639 von Rembrandt, schuf in kräftigen Farben zahlreiche Porträts, die die Dargestellten in selbstbewußter Haltung zeigen. Hptw. sind seine Gruppenbildnisse. Als Stadtbaumeister von Amsterdam wurde K. 1662 mit dem Bau des neuen Rathauses beauftragt.

Keyserling, 1. Eduard Graf von, baltendt. Erzähler, *15. 5. 1855 Schloß Paddern, Kurland, †28. 9. 1918 München; Impressionist, schilderte die versinkende Welt des balt. Adels: „Beate u. Mareile" 1903; „Schwüle Tage" 1906; „Dumala" 1908; „Abendl. Häuser" 1914. Auch Bühnenwerke. Gesammelte Erzählungen 4 Bde. 1922.
2. Hermann Graf von, Philosoph, *20. 7. 1880 Könno, Livland, †26. 4. 1946 Aurach, Tirol; begann mit naturphilosoph. Arbeiten („Gefüge der Welt" 1906, [3]1922; „Unsterblichkeit" 1908, [3]1920), entwickelte dann eine Philosophie der Sinn-Erkenntnis, die er als *Kulturpsychologie* zur Anwendung brachte. In seinem auf der 1911 angetretenen Weltreise geschriebenen „Reisetagebuch eines Philosophen" (1919, [9]1956) zeigte K., wie die fremden Kulturen durch Erfassung ihres Sinns für die europäische Kultur fruchtbar gemacht werden können. Eine Fortsetzung des Reisetagebuchs sind die „Südamerikanischen Meditationen" (1932, [2]1951). K. gründete 1920 in Darmstadt eine „Schule der Weisheit", die auf Wegen der Meditation zu „schöpferischer Erkenntnis" führen sollte. Selbstdarstellung 1923. Zu den besten späteren Arbeiten gehören die „Betrachtungen der Stille u. Besinnlichkeit" 1941.

Keysersche Verlagsbuchhandlung GmbH, München, gegr. 1777 in Erfurt, ab 1948 in Heidelberg, seit 1964 in München; Nachschlagewerke, Kunst- u. Bildbände, Jugendbücher, Atlanten, geograph. Handbücher.

Key West [ˈkiː-], Hauptinsel der *Florida Keys*, mit der Stadt K.W., 40 000 Ew.; Flottenstützpunkt, Badeort; durch Brückenstraße (*Overseas Highway*, 120 km) nach Miami mit dem Festland verbunden; Zigarrenindustrie; Fischerei.

Keyx, griech. Sagenkönig, Herrscher von Trachis, Gatte der →Alkyone.

kfm., Abk. für *kaufmännisch*.

Kfm., Abk. für *Kaufmann*.

KfW, Abk. für →Kreditanstalt für Wiederaufbau.

kg, Zeichen für Kilogramm, 1 kg = 1000 →Gramm.

KG, Abk. für →Kommanditgesellschaft.

KGaA, Abk. für →Kommanditgesellschaft auf Aktien.

KGB →Staatssicherheitsbehörden der UdSSR.

kgl., Abk. für *königlich*, in Titeln: *Kgl.*

K-Gruppen, Sammelbez. für kommunist. Gruppen in der BRD, die den sowjet. Kommunismus ablehnen u. sich z. T. an den kommunist. Parteien Chinas oder Albaniens orientieren.

Kha, Ka [laotisch], in Vietnam: *Moi, Myong,* in Kambodscha: *Pnong,* die Bergvölker (³/₄ Mill.) Vietnams („Montagnards"), Kambodschas, Laos'; teils mutterrechtl., mit indones. Sprachen, teils vaterrechtl., mit austroasiat. Sprachen; Hackbauern; stark vom Vietnamkrieg betroffen.

Khadschuraho = Khajuraho.

Khaibarpaß [ˈkai-], *Chaiberpaß,* engl. *Khyber*, der strategisch wichtige Paß zwischen Pakistan u. Afghanistan, 50 km lang, 1030 m hoch, oft nur 5 m breit; alte Völkerstraße mit Höhlenwohnungen u. Dörfern der *Afridi;* am Ostausgang die Grenzfe-

John Maynard Keynes

stung *Jamrud;* der aus Afghanistan kommende Kabulfluß durchbricht in der Tiefe die Paßschlucht. – ▫→Asien.

Khairpur, 1956 gebildeter pakistan. Verwaltungsbezirk, 52 559 qkm, 3,4 Mill. Ew.; Hptst. K. am Indus südl. von Sukkur, 40 000 Ew.; Baumwollanbau.

Khajuraho, Dorf in Madhya Pradesh (Indien), bekannt durch erot. Szenen am Tempel (1002 n. Chr.) einer hinduist. Sekte. – ▫2.1.8. ▫→Indische Kunst.

Khaki, *Kaki* [der; pers., hind.], lehmfarbenes kräftiges Baumwollgewebe in Leinwand- oder Köperbindung für Tropenkleidung u. Uniformen.

Khakipflaume, *Kakipflaume*, *Diospyros kaki*, ein *Ebenholzgewächs;* ein Obstbaum mit wohlschmeckenden tomatenähnl. Früchten, stammt aus Ostasien u. wird heute auch in Florida, Kalifornien u. im südl. Europa angepflanzt.

Khaled →Chaled.

Khalif →Kalif.

Khalij, *Khalîdj*, *Khalig* [arab.], Bestandteil geograph. Namen: Golf.

Khalil, *El K.,* arab. Name von →Hebron.

Khalka, *Kalka*, *Khalkha,* heute *Kaltschik,* Nebenfluß des Kalmius in der Ukraine. – *Schlacht an der K.* 1223, militär. Auseinandersetzung zwischen russ. Heeren u. Mongolen, in der die mit den Russen verbündeten Kumanen geschlagen wurden.

Khalkhamongolen, eine Gruppe (640 000) der Ostmongolen.

Khama, Seretse, afrikan. Politiker, *1. 7. 1921 in Brit.-Betschuanaland; erhielt 1925 nach dem Tod seines Vaters den Häuptlingstitel der Bamangwato; Rechtsstudium in der Südafrikan. Union, in Oxford u. London; die brit. Behörden verbannten K. 1950–1956 aus Betschuanaland. K. gründete die Demokrat. Partei, gewann im März 1965 die Wahlen, wurde erster Premier von Betschuanaland u. ist seit Erlangung der Unabhängigkeit (1966) Präs. der Rep. Botswana.

Khan [kaːn], *Chan*, ältere Form *Kaghan*, *Chakan*, alter türk. Herrschertitel, bei den Mongolen dem Reichsherrscher vorbehalten, später gleichbedeutend mit Sultan, auch für andere Herrscher gebraucht (z. B. auf der Krim).

Khanaqin, *Al K.*, *Chanikin,* Stadt im Irak, nahe der iran. Grenze, im NO von Bagdad, 20 000 Ew.; Erdölförderung u. -raffinerie; Zitrusfruchtkultur; Straßenknotenpunkt, an der Bahn Bagdad–Mosul.

Khanat, 1. [das; türk. + lat.] *Geschichte: Chanat*, Herrschaftsbereich u. Würde eines *Khans*.
2. [das; arab.] *Wasserbau: Qanat*, zum Schutz gegen Verdunstung unterird. angelegte Führung von Wasserläufen in Iran.

Khan-balig, *Han-balig*, *Chan-balig*, bis 1368 Residenz des mongolischen Groß-Khans Kublai (1264–1294) in China, mongol. für →Peking.

Khangai, Gebirge im Zentrum der Mongol. Volksrepublik, am Nordwestfuß die Quelle der Selenga, im NO die Ruinen von *Karakorum (Qara Qorum);* Parallelkette zum südl. Mongol. Altai, im *Otgon Tenger* 4031 m; wenig erforscht.

Khan Yunis, Stadt im israel. verwalteten Gazastreifen, 53 000 Ew.; Anbau von Mandeln.

Khaprakäfer, *Trogoderma granarium,* bis 2,8 mm langer schwarzbrauner *Speckkäfer* aus Indien, der in den letzten Jahrzehnten zunehmend als Vorratsschädling in Erscheinung tritt. Die Käfer nähren sich von Getreide u. Getreideprodukten; die Larven bohren sich zum Schutz vor Austrocknung in Holz, Leder, Blei, Asbest u. sogar Ammonchlorid. Ihre Pfeilhaare verursachen allergische Krankheiten u. übertragen Milzbrand. Bekämpfung durch Vernichtung angegriffener Waren.

Kharagpur [engl. ˈkærəgpuə], ind. Stadt in Westbengalen, westl. von Calcutta, Industriestadt mit Eisenbahnknotenpunkt, 155 000 Ew.

Kharga, die antike „Südoase" oder *Oasis major,* ägypt. Oasenbecken am Rand der Libyschen Wüste, rd. 5000 qkm; Hauptort *K.* (rd. 15 000 Ew.); Agrarzentrum; mit Bahnverbindung zum Niltal; Ruinen vieler antiker Städte u. Heiligtümer.

Khark, *Charg,* kleine iran. Insel im nördl. Pers. Golf, führender moderner Rohölexporthafen Irans, ersetzt den weitgehend stillgelegten, weil nur über irak. Gebiet erreichbaren Ölhafen *Abadan* K.; Schwefelgewinnungs- u. Erdgasverflüssigungsanlagen, Erdölzubringerleitungen.

Kharoshtischrift [kaˈrɔʃti:-; nach dem Erfinder?], aus dem aramäischen abgeleitete linksläufige ind. Schrift; auf Münzen u. a. Inschriften Nordwestindiens 250 v. Chr.–100 n. Chr.

Khartum, *El K.*, engl. *Khartoum,* Hptst. der Rep. Sudan u. Provinzhauptstadt, am Zusammenfluß des Weißen u. des Blauen Nil, 300 000 Ew.; Kultur-, Handels- u. Verkehrszentrum; Universität; Textil-, Glaswaren-, chem., Maschinen- u. a. Industrie, Baumwollversteigerungszentrum des Landes; Kraftwerk; Binnenschiffahrt u. Hafen, Flughafen. – Nordöstl., jenseits des Blauen Nil, liegt *El Khartum Bahri (Khartoum North),* 140 000 Ew.; Maschinen-, chem., Textil-, Papier-, Nahrungsmittel- u. a. Industrie, Schiffswerft.

Khasi, austro-asiat. Hügelkulturvolk (430 000) in den Bergen Assams, zwischen Brahmaputra u. Himalaya; mit eigener Sprache, ausgeprägtem Mutterrecht, Ahnenkult, einer reichen Tracht, Goldschmuck, Eisenherstellung; als Waffen Bogen u. Rundschild; errichten Menhire.

Khatschaturjan →Chatschaturjan.

Khatstrauch [arab.], *Catha edulis,* zu den Spindelbaumgewächsen gehörender, in Afrika heimischer Strauch. Die Coffein enthaltenden Blätter dienen im frischen Zustand oder als Aufguß (arabischer Khat- oder Kattee) als anregendes, den Schlaf vertreibendes Mittel.

KHD, Abk. für →Klöckner-Humboldt-Deutz AG.

Khedive [ke-; pers., „Herr"], *Chedive*, 1867 bis 1914 Titel des ägypt. Vizekönigs.

Khergis Nuur = Khjargas Nuur.

Khevenhüller, altes österr. Adelsgeschlecht, seit dem 14. Jh. nachweisbar, teilte sich in mehrere Linien (*K.-Hochosterwitz*, *K.-Frankenburg* u. *K.-Metsch*), war vorwiegend in Kärnten ansässig.

1. Franz Christoph Graf, österr. Diplomat, *21. 2. 1588 Klagenfurt, †13. 6. 1650 Baden bei Wien; Gesandter Kaiser Ferdinands II. am span. Hof 1617–1631; verfaßte die „Annales Ferdinandei".
2. Ludwig Andreas Graf, österr. Feldmarschall, *30. 11. 1683 Klagenfurt, †26. 1. 1744 Wien; früh im Militärdienst, bekannt mit Prinz Eugen, mit dem er 1716 erfolgreich bei Peterwardein u. Belgrad kämpfte. 1734, nach dem Tod C. F. Graf Mercys (*1666, †1734), General in Slawonien, Maria Theresia ernannte ihn 1740 zum Oberbefehlshaber der kaiserl. Armeen. K. baute die österr. Armee neu auf u. sicherte Maria Theresias Thron durch die Wiedereroberung Böhmens (1741) u. die Besetzung Bayerns (1741, 1743) im Österr. Erbfolgekrieg.

Khingan, *Chingan, Hingan,* **1.** *Großer K.,* 1700 km langes, bis über 2000 m hohes Gebirge am Ostrand des mongol. Hochlands in China, meist bewaldet, im O Steilabfall über mehrere Bruchstufen; Erzlagerstätten.
2. *Kleiner K., Siaosing'anling Schanmai,* bis 1200 m hohes Waldgebirge in der nördl. Mandschurei (China), zwischen Amur (Heilung Kiang), Großem K. u. der zentralen Mandschurei; Kohlenbergbau.

Khjargas Nuur, *Khergis Nuur,* Hochlandsee (1028 m ü. M.) im W der Mongol. Volksrepublik; in einem Steppen- u. Schafzuchtgebiet.

Khlesl, *Klesl,* Melchior, Kardinal (seit 1616), österr. Staatsmann, *19. 2. 1553 Wien, †18. 9. 1630 Wien; als Administrator des Bistums Wiener Neustadt (1588) u. als Bischof von Wien (1598) der stärkste Förderer der Gegenreformation, 1599 Berater des Erzherzogs Matthias (Verständigung mit Ungarn u. der Türkei, Ausschaltung Kaiser Rudolfs II.), Direktor des Kaiserl. Geheimen Rats. Wegen seiner Verständigungspolitik mit prot. Fürsten im Reich während der Regierungszeit Kaiser Matthias' wurde er nach dem böhm. Aufstand 1618 von Erzherzog Ferdinand verhaftet, ging 1622 nach Rom, konnte aber 1627 sein Bischofsamt wieder übernehmen.

Khmer, *Kmer, Khamen, Kambodschaner,* hinterindisches Volk (rd. 5,3 Mill.) mit austroasiat. Sprache in Kambodscha (4,5 Mill.), Thailand (350 000), Südvietnam (500 000) u. Laos (5000). Die K. gründeten im 3. Jh. n. Chr. ein Reich u. unterwarfen nach 600 das Reich Funan. Ihr Reich erstreckte sich im 11. Jh. über den ganzen S Hinterindiens bis zur Malaiischen Halbinsel, wurde aber von den *Tscham,* den *Thai* u. den *Vietnamesen* von N her im 14. Jh. mehr u. mehr reduziert. Die K. hinterließen bedeutende Kunstwerke in *Angkor* (11.–12. Jh.) u. bilden noch eine eigene Sprachgruppe (8,5 Mill. Angehörige, →Mon-Khmer-Sprachen). – ▢5.7.4.

Khmer, *République Khmer,* amtl. Name von →Kambodscha von 1970–1976.

Khnopff, Fernand, belg. Maler, Bildhauer, Graphiker u. Kunstschriftsteller, *12. 9. 1858 Schloß Grembergen, †12. 11. 1921 Brüssel; durch die engl. *Präraffaeliten* u. von G. *Moreau* beeinflußter Symbolist u. Vertreter des Jugendstils; malte häufig nach eigenen Photographien, die er gelegentl. auf Zeichenpapier reproduzierte u. nur mit Kohle überarbeitete. Hptw.: „Sphinx" 1884; „I lock my door upon myself" 1891.

Khobdo, *Chjirgalantu,* Hptst. eines Aimag in der westl. Mongol. Volksrepublik, westl. vom Khar Us Nuur, 1298 m ü. M., am Nordostfuß des Mongol. Altai, 15 000 Ew.; in einem Agrargebiet, Straßenknotenpunkt, Flugplatz.

Khöbsgöl Nuur, *Kossogol, Chubsugul, Dalaikui,* Gebirgssee in der nördl. Mongol. Volksrepublik, am Südhang der Östl. Sajan-Kette, 1624 m ü. M., 3400 qkm, 133 km lang, bis 270 m tief.

Khoinsprachen, *Khoisamsprachen,* paläoafrikan. Sprachen, zu den afrikan. Sprachen gehörige Sprachfamilie in Südwestafrika. Zu den K. gehören *Buschmännisch, Hottentottisch* u. a. – ▢3.9.3.

Khoisaniden, die Buschmänner *(San)* u. Hottentotten *(Khoi-Khoin,* „Volk") Südafrikas, klein bis mittelgroß, Haut gelbl. wie Herbstlaub, Augen u. Haare dunkel, Kopfhaar knötchenartig engkraus *(fil-fil),* Kreuz hohl, am Gesäß starke Fettanhäufung (Fettsteiß). Bei den Hottentottenfrauen sind die (inneren) kleinen Schamlippen anlagemäßig bes. lang (Hottentottenschürze).

Khökh Khoto, *Chöch Choto, Huhehot,* früher *Kueisui,* Hptst. der chines. Autonomen Region Innere Mongolei, nahe dem nördl. Bogen des Huang Ho, 250 000 Ew.; Universität (1957); Verarbeitung von Viehzuchtprodukten, Textil- u. chem. Industrie, Eisen- u. Stahlwerk, Verkehrsknotenpunkt.

Khökh Nuur, *Chöch Nuur, Kukunor* [mongol., „Blauer See"], chin. *Tsinghai (Qing Hai),* abflußloser See im nordwestl. China, im S des Gebirges Nan Schan, 3205 m ü. M., 5000 qkm, bis 100 m tief; schwach salzhaltig. fischreich; mit mehreren Inseln; an den Lagunen viele Wasservogelarten.

Khoms [hɔms], *El K., Homs,* libysche Hafenstadt südöstl. von Tripolis, mit den Nachbarorten (Distrikt K.) 137 000 Ew.; Dattel- u. Obstbau; in der Nähe die Ruinen von *Leptis magna.*

Khond, *Kond,* vorderindischer Drawidastamm (700 000) im Gebirgsland von Orissa, z.T. noch Wildbeuter; mit Junggesellenhäusern, Bastkleidung, bis ins 19. Jh. noch Menschenopfer für eine Erdgöttin; Brandrodung.

Khongor Tagh = Qungur Tagh.

Khon Kän, Provinz-Hptst. im NO von Thailand, 200 000 Ew.; Universität (1964), landwirtschaftl. Zentrum.

Khor al-Amamiya, neuer irak. Erdölausfuhrhafen, auf einer Insel vor dem Schatt al-Arab, ersetzt den Ölhafen *Fao.*

Khorana, Har Gobind, US-amerikan. Genetiker u. Biochemiker ind. Herkunft, *9. 1. 1922 Raypur; Prof. in Madison; erhielt für gemeinsame Arbeiten zur Aufschlüsselung des genetischen Codes mit R. W. *Holley* u. M. W. *Nirenberg* den Nobelpreis für Medizin 1968.

Khorasan, *Chorasan, Khurasan,* Landschaft u. Provinz im Nordostiran, 314 282 qkm, 2,5 Mill. Ew.; im S wüstenhaft (Däscht-e Lut, Kävir-e K.), im N gut bewässerte Gebirgstäler; Hptst. *Mäschhäd;* berühmte Teppichindustrie (K.-Teppiche), Seiden-, Wein- u. Obstbau; Erneuerungszentrum des pers. Volkstums im 10. Jh.

Khorat, früherer Name von →Nakhon Ratchasima.

Khoratplateau, niedriges Hochland in Ostthailand, durchschnittl. Höhe 150–200 m, liefert 30 % der thailändischen Reiserzeugung.

Khorrämabad, Hptst. des Gouvernements Lorestan im westl. Iran, 1311 m ü. M., im Sagrosgebirge, 60 000 Ew.

Khorramschähr, südiran. Stadt bei Abadan im Erdöl- u. Hafengebiet, 90 000 Ew.

Khorsabad, *Chorsabad,* heutiger Name der im nördl. Mesopotamien 15 km nordöstl. von Mosul gelegenen Ruinen von →Dur Scharrukin.

Khotan, *Chotan,* chines. Oasenstadt im südl. Tarimbecken (Singkiang-Uigur), am *K. Darya,* 100 000 Ew.; alter Karawanenstützpunkt, Obstbau. In der Nähe Ruinenfelder des 3.–6. Jh.

khotansakische Sprache, *Khotanisch, Sakisch,* aus Khotan (in Westchina) überlieferte mitteliran. Sprache aus dem 8. Jh.; Texte buddhist. Inhalts in Brahminschrift.

Khouribga [ku:-], marokkan. Stadt zwischen Casablanca u. dem Mittleren Atlas, 75 000 Ew.; bedeutendster Phosphatabbau in Marokko; Eisenbahn nach Casablanca.

Khulna, Hptst. der Prov. K. (33 174 qkm, 15 Mill. Ew.) in Bangla Desh (Südasien), im südl. Gangesdelta, 500 000 Ew.; Torfabbau, Wärmekraftwerk; Papierindustrie, Schiffswerft; Bahn- u. Straßenknotenpunkt.

Khusestan, *Chusistan,* iran. Provinz im Erdölgebiet am Nordende des Pers. Golfs, 117 713 qkm, rd. 2,5 Mill. Ew.; Hptst. *Ahvas;* Ölleitungen von Desful u. Behbehan nach Abadan u. Khorramschähr; Getreide-, Reis- u. Obstbau, im Gebirge Eichenwaldungen.

kHz, Kurzzeichen für *Kilohertz;* →Hertz.

Kia'i, *Chiayi,* jap. *Kagi,* Stadt auf Taiwan, 230 000 Ew.; Zuckerrohr- u. Erdnußanbau, chem., Papier-, Maschinenbauindustrie, Ölraffinerie; Eisenbahn- u. Straßenknotenpunkt.

Kiamusze, *Jiamusi,* chines. Stadt in der Prov. Heilungkiang (Mandschurei), 200 000 Ew.; Verarbeitung landwirtschaftl. Produkte.

Kiang [chin.], Bestandteil geograph. Namen: Strom, Fluß; Bucht, Hafen.

Kiangling, *Jiangling, Kingtschou, Kingchow,* chines. Stadt in der Prov. Hupeh, etwas nördl. des Yangtze Kiang, 150 000 Ew.; Baumwollverarbeitung, landwirtschaftl. Handel, Binnenhafen in der Nachbarstadt *Schaschi.*

Kiangning = Nanking.

Kiangsi, *Jiangxi,* Provinz in Südostchina, 164 800 qkm, 34 Mill. Ew., Hptst. *Nantschang;* umfaßt das Flußgebiet des Kan Kiang mit dem See Poyang Hu u. Teile des Südchines. Berglands (Wuyi Schan u. a.; Übergang im S durch den niedrigen *Meilingpaß*). Anbau von Reis, Weizen, Zuckerrohr, Erdnüssen, an den Berghängen Tee; Erdölgewinnung aus Ölschiefer, Kupfer-, Wolfram- u. Antimonvorkommen, Kunstdüngerindustrie, seit alters Porzellanherstellung in *Tsingtetschen (Fouliang).*

Kiangsu, *Jiangsu,* Provinz im östl. China, 103 000 qkm, 51 Mill. Ew., die am dichtesten besiedelte Provinz Chinas, Hptst. *Nanking;* umschließt im wesentl. die Mündungsgebiete des Yangtze Kiang u. des Huai Ho, die sich mit dem Schwemmland der früheren Huang-Ho-Mündung verzahnen. Intensiver Anbau von Getreide, Erdnüssen, Obst, Gemüse; Salzgewinnung aus Meerwasser, bedeutende Ölkohlenvorkommen, Erdölverarbeitung in Schanghai u. Nanking, Landmaschinenbau, Textil- u. chem. Industrie (bes. Herstellung von Kunstdünger u. Insektenvertilgungsmitteln). Der Verkehr in K. stützte sich bis in die jüngste Zeit fast ausschließlich auf die zahlreichen gut ausgebauten Kanal- u. Deichwege; von N nach S verläuft der Kaiserkanal. Die bedeutendsten Städte sind Schanghai, Nanking, Wusi u. Sutschou (Wusien).

Khartum: Moschee

Kiangtu = Yangtschou.
Kiaulehn, Walther, Pseudonym: *Lehnau*, Publizist, auch Schauspieler, *4. 7. 1900 Berlin, †7. 12. 1968 München; dort seit 1950 Kritiker beim „Münchner Merkur". „Lehnaus Trostfibel u. Gelächterbuch" 1932; „Die eisernen Engel" 1935; „Lesebuch für Lächler" 1938; „Berlin. Schicksal einer Weltstadt" 1959; „Mein Freund der Verleger. E. Rowohlt u. seine Zeit" 1967.
Kiautschou [-'tʃau], 1897–1914 dt. Flottenstützpunkt u. Pachtgebiet (auf 99 Jahre) an der Südwestküste der chines. Halbinsel Schantung, 1914 von Japan erobert u. seit 1922 wieder chines.
Kibbuz [der, Mz. *Kibbuzim*; hebr., „Sammlung"], *Kwuza* (Mz. *Kwuzot*), sozialist. Gemeinschaftssiedlung in Israel; Genossenschaft auf freiwilliger Basis mit gemeinsamem Eigentum, gemeinsamer Produktion u. Arbeit sowie gemeinsamen Einrichtungen des Konsums u. der Lebensführung; ohne Privatbesitz u. privatwirtschaftl. Tätigkeit. Der K. sorgt für Wohnung, Nahrung, Kleidung, Kinderbetreuung u. alle anderen Dienstleistungen sowie private Bedürfnisse. Ein wesentl. Unterschied zu Kollektivformen in kommunist. Ländern ist die absolute Freiwilligkeit von Ein- u. Austritt.
Erster K. war Deganya (1909). Die K.im (1969: 235 Dörfer mit 84100 Ew. = 3,5% der jüd. Bevölkerung Israels) arbeiten meist landwirtschaftl. in wirtschaftl. (schwierige Böden) u. polit. Grenzsituationen (Wehrdörfer). Viele betätigen sich auch industriell (Verarbeitung von Agrarprodukten, arbeitsintensive Kleinindustrien) oder im Fremdenverkehr. – ⊞5.8.2 u. 5.8.8.
Kibitka, *Kibitke* [russ.], **1.** *Verkehr:* ungefederter russ. Bretterwagen.
2. *Völkerkunde:* kirgisisches Filzzelt; →Jurte.
Kibla [die; arab.], *Kebla*, Gebetsrichtung der Moslems nach Mekka, dem religiösen Mittelpunkt des Islams. →auch Orientierung.
Kibo, der 5895 m hohe Hauptgipfel des →Kilimandscharo.
Kichererbse [lat. *cicer*], **1.** *Kicherling, Cicer arietinum*, im Nordiran u. südl. Kaukasus heimische Gattung der *Schmetterlingsblütler* mit weißlichen oder violetten Blüten; alte Kulturpflanze, heute im Mittelmeergebiet, im Orient, in Indien u. China angebaut. Die Samen dienen als Nahrungsmittel, Pferdefutter u. Kaffeesurrogat (Kaffee-Erbse).
2. →Platterbse.
Kichertragant →Tragant.
Kickapoo ['kikəpu:], Indianerstamm der Algonkin in Oklahoma (USA) u. Nordmexiko; ehem. Maispflanzer u. Büffeljäger (1000).
Kickelhahn, Berg mit Goethehäuschen im Thüringer Wald, bei Ilmenau, 861 m.
Kicker [engl.], Fußballspieler.
Kickstarter, der Tretanlaßhebel beim Motorrad.
Kickxia [nach dem belg. Botaniker J. Kickx, †1813], malaiische Gattung der *Hundsgiftgewächse, K. elastica*, in Westafrika kultiviert, liefert Kautschuk.
Kidangs = Muntjakhirsche.
Kidde, Harald, dän. Schriftsteller, *14. 8. 1878 Vejle, †23. 11. 1918 Kopenhagen; schrieb unter dem Einfluß J. P. *Jacobsens* u. S. *Kierkegaards* Romane u. Erzählungen um Schwermut u. Lebensangst: „Luftschlösser" 1904, dt. 1906; „Der Held" 1912, dt. 1927.
Kidderminster, Stadt in der engl. Grafschaft Worcester, 47000 Ew.; Teppichindustrie.
Kiderlen-Wächter, Alfred von, Diplomat u. Politiker, *10. 7. 1852 Stuttgart, †30. 12. 1912 Stuttgart; seit 1879 im diplomat. Dienst, seit 1910 Staatssekretär im Auswärtigen Amt. Auf Verständigung mit England bedacht, überwand K. die Bosnienkrise, betrieb jedoch in der zweiten *Marokkokrise* (1911) eine Politik am Rande des Krieges (Entsendung des Kanonenboots „Panther" nach Agadir). Der Konflikt wurde durch das Marokko-Kongo-Abkommen beigelegt.
Kidnapping [-næp-; das; engl.] →erpresserischer Kindesraub, →erpresserischer Menschenraub.
Kidron, *Kedron, Qidron*, nur gelegentl. wasserführender Fluß in dem nordsüdl. verlaufenden Tal östl. der Altstadt von Jerusalem, zwischen Ölberg u. Tempel, früher auch *Josaphat-Tal* genannt.
Kiebitz, **1.** *Ornithologie: Vanellus vanellus*, mittelgroßer, schwarzweißer *Regenpfeifervogel*, ein Watvogel mit aufrichtbarem Federschopf am Hinterkopf; lebt auf feuchten Wiesen Eurasiens von Kleintieren. Name nach dem Ruf („Kiwitt").
2. *übertragen:* beim Karten- oder Brettspiel ein Zuschauer, der den Spielern unerbetene Ratschläge erteilt.

Kiedrich, hess. Gemeinde am Südhang des Taunus (Rheingau-Taunus-Kreis), 3700 Ew.; got. Valentiuskirche (mit einer der ältesten Orgeln); Kochsalz- u. Lithiumchloridquelle; Weinbau.
Kiefer, **1.** [der] *Anatomie:* bewegliche u. verstärkte, meist zangenförmig angeordnete →Mundwerkzeuge vieler Tiere.
Die Wirbeltiere von den Knochenfischen an aufwärts sind *K.kauer*. Sie zerkleinern die Nahrung mit Hilfe zähnchenbesetzter K., die ursprüngl. (Knorpelfische) Teile des primären →Kieferbogens (1. Visceralbogen) sind (oben: *Palatoquadratknorpel*, unten: *Mandibulare*, der primäre *Unter-K.*), bei den höheren Wirbeltieren durch knöcherne Bildungen verdrängt werden. Die zähnchentragenden Knochen sind hier: *Ober-K. (Maxillare)* u. *Zwischen-K. (Praemaxillare)* sowie *Unter-K. (Dentale)*, die mit Hilfe weiterer Knochen, des *Quadratum* (oben) u. des *Angulare* (unten), im primären →Kiefergelenk beweglich verbunden sind. Bei den Säugetieren werden Quadratum u. Angulare zu →Gehörknöchelchen, das Dentale bildet als sekundärer Unter-K. mit einem Deckknochen des Gehirnschädels (*Sqamosum*; beim Menschen Teil des Schläfenbeins) das sekundäre K.gelenk. Neben den Ober-K.knochen können bei verschiedenen Wirbeltieren auch Teile des knöchernen Gaumens Zähnchen tragen. Beim Menschen wird der zähnetragende Ober-K. nur von den zwei Maxillarknochen gebildet, die fest in den Gesichtsschädel eingebaut sind; der Zwischen-K. wird nur embryonal angelegt. – ⊞9.2.8.
2. [die] *Botanik: Pinus*, in der Gegenwart die umfangreichste Gattung der *Kieferngewächse*. Infolge ihres geselligen Auftretens bedecken die 70 Arten so große Flächen der Erdoberfläche wie keine andere Nadelholzgattung, obgleich die Verbreitung auf die nördl. Halbkugel beschränkt ist. Bäume u. (seltener) Sträucher mit 2–5 Nadeln an einem Kurztrieb, die Blüten sind einhäusig.
In Dtschld. spielt eine bes. Rolle die bis zu 40 m hohe *Gewöhnl. K. (Forche, Forle, Föhre, Pinus silvestris)*, die die sandigen Böden des norddt. Flachlands bestockt sind u. die etwa 45% des dt. Waldbestands bildet. Sie kommt auch in den Mittelgebirgen vor u. erreicht in den Alpen 1900 m. Das Holz dient als Werk-, Bau- u. Brennholz. Außerdem ist der Harzgehalt für die Gewinnung von *dt. Terpentin* von Bedeutung.
Die zweite wichtige K.nart in Dtschld. ist die *Berg-K. (Berg-Föhre, Pinus mugo)*, die bis zu 25 m hoch werden kann. Sie tritt in 4 Unterarten auf: 1. u. 2. als *Latsche (Knieholz-, Krummholz-K., Legföhre*, var. *pumilio* u. var. *mughus)* im Hochgebirge an der Baumgrenze; 3. als aufrechte *Moor-Spirke* (var. *rotundata*) auf Mooren niederer Lage; 4. als *Berg-Spirke* (*Schnabel-K.*, var. *rostrata*) in den Karpaten, Alpen u. Pyrenäen. Aus der Krummholz-K. wird das *Krummholzöl* gewonnen.
In den östl. Alpen u. in den südl. Karpaten tritt die bis 45 m hohe *Schwarz-K.* (*Pinus nigra*, var. *austriaca*) bestandbildend auf (Name nach der grauschwarzen Borke). Die Nadeln der Schwarz-K. sind länger u. die Zapfen größer als bei der Gewöhnl. K.
K.n des Mittelmeergebietes sind die *Strand-K. (Pinus pinaster)*, die *Aleppo-* oder *See-K. (Pinus halepensis)* sowie die *Pinie (Pinus pinea)*.
Während alle bisher genannten K.n Kurztriebe mit zwei Nadeln aufweisen, gibt es eine Anzahl amerikan. K.n mit dreinadeligen Kurztrieben, z.B. *Weihrauch-K. (Pinus taedea), Sumpf-K. (Pinus palustris), Gelb-K. (Pinus ponderosa), Pech-K. (Pinus rigida)*. Zur Gruppe der K.n mit fünfnadeligen Kurztrieben gehören die *Zirbel-K. (Arve, Zirbel, Pinus cembra)* in den Alpen u. Karpaten bis 2500 m sowie in den nördl. u. nordöstl. Ebenen Rußlands, die *Montezumas-K. (Pinus montezumae)* in Mexiko sowie die *Weymouths-K. (Pinus strobus)* mit leichtem, für Jalousien geeignetem Holz u. die *Zucker-K. (Pinus lambertiana)* in Nordamerika. – ⊞9.2.5.
Kieferanomalien, Kiefermißbildungen, die während der Embryonalentwicklung auftreten können. Häufigste angeborene Kiefermißbildungen sind die *Kiefer-* u. *Gaumenspalte*, der *Wolfsrachen* u. die *Lippenspalte (Hasenscharte)*. Angeboren oder durch Skelettveränderungen in der Kindheit erworben können Kieferfehlstellungen sein: z.B. *Prognathie*, Vorstehen des Oberkiefers, u. *Progenie*, Vorstehen des Unterkiefers (eine geringe, wenige mm betragende Prognathie ist normal). Stellungsanomalien der Zähne durch Verschmälerungen eines Kiefers gegenüber dem anderen, wodurch die Zahnreihen zum großen Teil nicht mehr zusammenarbeiten, erschweren die Kautätigkeit stark. Ursache können Daumenlutschen oder Rachitis sein. Frühzeitige orthodont. Behandlung durch Schienen (Kieferregulierung) vermag im Wachstumsalter einen gewissen Ausgleich zu erreichen.
Kieferbogen, der erste der sieben Skelettbögen *(Visceralbögen)*, die bei ursprüngl. Wirbeltieren den Vorderdarm umgeben; seine beiden Teile, der *Palatoquadratknorpel* (oben) u. das *Mandibulare* (unten), bilden, bei Knorpelfischen (Selachiern) knorplig, bei höheren Wirbeltieren verknöchert, bis zu den Vögeln das primäre Kiefergelenk.
Kieferegel, *Gnathobdellodea*, Blutegel i.w.S. (*Hirudinea*, →Egel) mit meist drei radial gestellten Sägekiefern an der Mundöffnung; zu den K.n gehören der *Blutegel* i.e.S., *Hirudo medicinalis*, u. der *Pferdeegel, Haemopis sanguisuga*.
Kieferfühler, *Cheliceren*, das erste Kopfgliedmaßenpaar der Spinnentiere, das meist zangenartig zum Greifen oder Stechen eingerichtet ist. →Mundwerkzeuge.
Kieferfüße, *Maxillipedien*, bei Krebstieren die vordersten Gliedmaßen des Kopf-Brust-Abschnitts, Gangbeine, die in den Dienst der Nahrungsaufnahme gestellt wurden; beim Flußkrebs z.B. 3 Paar K., auch bei bestimmten Tausendfüßern ein Paar K. →Mundwerkzeuge.
Kiefergelenk, gelenkige Verbindung der Kiefer am Wirbeltierschädel. *Primäres K.* zwischen den beiden Teilen des ersten *Visceralbogens (Kieferbogens)*, die am Knorpelschädel der Knorpelfische (Selachier) knorplig sind, später verknöchern *(Quadratum, Articulare)*; bleibt bis zu den Vögeln erhalten. Bei den Säugern *sekundäres K.* zwischen dem zahntragenden *Dentale* (Deckknochen des Unterkiefers) u. dem *Squamosum* (Deckknochen des Gehirnschädels).
Kieferhöhlen, paarig angelegte, beiderseits der Nase unter den Augenhöhlen gelegene große Nebenhöhle im Oberkieferbein, ist zur Nase hin geöffnet.
Kieferkiemer, *Aphetohyoidea* →Placodermi.
Kieferklauenträger →Spinnentiere (i.w.S.).
Kieferklemme, *Trismus*, Erschwerung oder Unmöglichkeit, den Mund zu öffnen, z.B. bei Entzündung des Kiefergelenks oder der Kaumuskulatur, bei Wundstarrkrampf.
Kieferle, Berg im südöstl. Thüringer Wald, 868 m.
Kieferlose, *Agnatha, Hemicraniota*, Unterstamm der *Chordaten*, ursprüngliche Wirbeltiere ohne Kiefer u. mit primitiver Gehirnkapsel; Blütezeit war das Obere Devon (vor 400 Mill. Jahren), wo K. als Filtrierer am Boden von Süßgewässern lebten. Die Entwicklung rezenter K.r *(Neunaugen)* zeigt heute noch den Übergang von der filtrierenden Larve zum parasit. Räuber. 2 Klassen: *Schalenhäuter, Ostracodermata* (ausgestorben) u. *Rundmäuler*.
Kiefermäuler →Gnathostomata.
Kiefernblasenrost, *Kienzopf, Kienkrankheit*, 1. Rinden- u. Holzkrankheit der Wald- u. Bergkiefer, durch den Rostpilz *Cronartium asclepiadeum* hervorgerufen. 2. Rindenkrankheit der Weymouthkiefer, durch den Rostpilz *Cronartium ribicola* hervorgerufen. 3. Nadelkrankheit der Waldkiefer, hervorgerufen durch *Coleosporium senecionis*.
Kiefernbuschhornblattwespe, *Kiefernblattwespe, Diprion pini*, bis 7 mm lange, vorwiegend schwarz gefärbte *Blattwespe*, deren Larven die fleischigen Seitenteile der Kiefernnadeln abfressen, während der Mittelteil vertrocknet stehenbleibt. In der Ruhe sammeln sich die Larven in großen Klumpen („Bulken"), die an den Zweigen hängen; gefährlicher Forstschädling. 2 Generationen pro Jahr.
Kieferneule →Forleule.
Kieferngespinstblattwespen, verschiedene *Gespinstblattwespen*-Arten der Gattung *Acantholyda*, deren Larven vorzugsweise an den Nadeln bestimmter Altersgruppen der Kiefern fressen, z.B. *Acantholyda erythrocephala* an 9- bis 15jährigen Bäumen. K. können Kahlfraß u. das Absterben der Bäume verursachen.
Kieferngewächse, *Pinaceae*, artenreichste Familie der *Nadelhölzer*; meist Bäume mit spiralig gestellten Nadelblättern. Die Samenzapfen sind holzig u. bis zur Reife geschlossen. Viele K. bilden zusammenhängende Wälder u. prägen charakteristisch das Landschaftsbild. Die K. liefern vielerlei Werkholz u. Harz, dessen Destillation Terpentin u.

Kolophonium ergibt. Hierzu gehören als wichtigste Gruppen: *Tannen, Lärchen* u. *Kiefern* in 9 Gattungen u. ca. 400 Arten.

Kiefernprachtkäfer, *Chalcophora mariana,* bis 3 cm langer, erzbrauner *Prachtkäfer* mit weißer Bestäubung, dessen Larve in abgestorbenen Kiefern frißt; größter dt. Prachtkäfer, nicht schädlich.

Kiefernritzenschorf, *Nadelschüttelkrankheit,* eine Baumkrankheit, verursacht durch den Schlauchpilz *Lophodermium pinastri,* dessen Myzel in Kiefernnadeln schmarotzt u. den Baum zum Absterben bringt; die Nadeln werden im Frühjahr braun u. fallen ab *(Schütte).* Bekämpfung mit *Bordeauxbrühe* (Lösung von Kupfersulfat u. Löschkalk).

Kiefernrüsselkäfer, *Kiefernrüßler, Pissodes notatus,* bis 8 mm langer *Rüsselkäfer,* dessen Larven an Kiefern schädlich werden, indem sie stammwärts führende Gänge unter die Rinde nagen.

Kiefernschwärmer, *Hyloicus pinastri,* ein Nachtschmetterling (bis 7 cm Flügelspannweite), dessen Raupe von Kiefernnadeln lebt.

Kiefernspanner, *Bupalus piniarius,* im Frühjahr fliegender *Spanner* mit umfangreicher schwarzbrauner Zeichnung auf gelben Flügeln; Raupen grün, mit 3 weißen u. 2 gelben Längsbinden, bei Massenauftreten Forstschädlinge.

Kiefernspinner, *Dendrolimus pini,* braun bis grau gezeichneter Spinner aus der Familie der *Glucken;* einer der gefürchtetsten Forstschädlinge. Die langhaarigen, mit 2 blauen Längslinien gezeichneten Raupen schlüpfen im August, überwintern u. vernichten im Frühjahr den Kiefernaustrieb. Im Alpengebiet auch auf Fichten.

Kieferntriebwickler, *Evetria buoliana,* ein kleiner Schmetterling, dessen Raupen die Kiefern-Quirlknospen ausfressen u. dadurch Wachstumsstörungen („Posthornbildung") hervorrufen.

Kiefersfelden, oberbayer. Gemeinde (Ldkrs. Rosenheim) am Inn, 5400 Ew.; Marmor- u. Zementindustrie; Fremdenverkehr; Volkstheater (Ritterschauspiele, seit 1618).

Kieferspalte, Mißbildung des Kiefers, →Gaumenspalte.

Kiefersperre, Behinderung beim Schließen des Mundes, meist infolge von Kieferverrenkungen.

Kiefertaster, bei den Spinnentieren das zweite Kopfgliedmaßenpaar *(Pedipalpen),* das teils tastende, teils greifende (z.B. Skorpione) Funktion hat; bei Insekten fühlerförmige Teile der Maxillen *(Maxillarpalpen, Labialpalpen).* →Mundwerkzeuge.

Kiel, 1. *Botanik:* Blütenteil der →Schmetterlingsblütler.
2. *Schiffbau:* nach unten hervorstehendes Kantholz *(Balken-K.)* bzw. verstärkte Eisenplatten *(Flach-K.)* als Längsverband eines Schiffs. Die seitlichen *Schlinger-K.e* dämpfen Schlingerbewegungen im Seegang; flossenförmige *Ballast-K.e* erhöhen die →Stabilität u. verhindern die →Abtrift bei Segeljachten.
3. *Zoologie:* Teil der →Feder der Vögel.

Kiel, Landeshauptstadt von Schleswig-Holstein, am Südende der K.er Förde, Stadtkreis 110 qkm, 270 000 Ew.; Universität (1665), Ingenieurschule für Maschinen- u. Schiffbau, Institut für Weltwirtschaft; spätgot. Nikolaikirche; Seehafen, Marinehafen, nördl. bei *Holtenau* Ausgang des Nord-Ostsee-Kanals, Reedereien, Autofähren nach Skandinavien; Hochseefischerei, Fischverarbeitung, vielseitige Industrie (Schiffbau, Chemie, Elektrogeräte, Elektronik, Maschinen, Motoren, Ernährung, Brauerei). →auch Kieler Woche.
Geschichte: Seit 1242 Stadt (Lübisches Stadtrecht), Mitgl. der Hanse, 1721–1773 Residenz der Herzöge von Holstein-Gottorf. *Im Frieden von K.* 1814 trat Dänemark gegen Schwedisch-Pommern Norwegen an Schweden sowie Helgoland an England ab. 1848 ging von K. der Anstoß zur Erhebung Schleswig-Holsteins gegen die dän. Herrschaft aus. 1866 wurde K. preußisch. Die Meuterei der K.er Matrosen war 1918 der Auftakt zur Novemberrevolution.

Kiel, Friedrich, Komponist, *7. 10. 1821 Siegen, †13. 9. 1885 Berlin; Prof. an der Musikhochschule Berlin; Meister des polyphonen Bachschen Stils. Vokalwerke: 2 Oratorien („Christus" 1870), 2 Requien, Missa solemnis (1865), Kammermusik u. Klavierwerke.

Kielbogen →Bogen.

Kielboot, *Kieljacht,* Sportsegelboot, das im Gegensatz zum *Schwertboot* einen festen flossenförmigen Kiel (Flossenkieler) hat, der durch sein Gewicht das Kentern verhindert. Zu den K.en

Kiel: Blick auf Innenstadt, Nikolaikirche und Werftgelände

gehören die olymp. Bootsklassen *Star, Drache, Tempest* u. *Soling.*

Kielbrustvögel, Zusammenfassung der flugfähigen Vögel mit einem Kamm auf dem Brustbein als Ansatzstelle der Flugmuskeln; Gegensatz: *Flachbrustvögel.*

Kielce ['kjɛltsɛ], Stadt am Südrand des Heiligenkreuzgebirges, Polen, Hptst. der Wojewodschaft K. (9210 qkm, 1 030 000 Ew.), 144 000 Ew.; Metall-, Maschinen-, chem. u. Nahrungsmittelindustrie.

Kieler Bucht, Bucht der Ostsee zwischen Schleimündung u. Fehmarn.

Kieler Förde, 17 km lange keilförmige Meeresbucht, bester Naturhafen der dt. Ostseeküste, unterteilt in Außen- u. Innenförde, am Südende Kiel.

Kieler Woche, am 23. 6. 1882 erstmals u. seitdem jährl. durchgeführte Segelregatta zwischen dem Hindenburgufer u. Laboe, die größte dt. Segelsport-Veranstaltung. Das sportl. Fest wird um kulturelle Veranstaltungen in Anwesenheit des Staatsoberhauptes umrahmt.

Kielflügel, dt. Bez. für →Cembalo; Tasteninstrument in Flügelform, dessen Saiten mit Federkielen angerissen werden.

kielholen, 1. *Rechtsgeschichte:* frühere Strafe: einen zu bestrafenden Seemann an einem Tau unter dem Kiel durch das Wasser ziehen.
2. *Schiffahrt:* ein Schiff so stark krängen (auf die Seite neigen), daß man den Schiffsboden ausbessern bzw. reinigen kann, z.B. am Strand.

Kielklavier, Sammelbezeichnung für Tasteninstrumente mit Saiten, die durch Federkiele angerissen werden. Die Kiele stecken waagerecht in Docken (dünnen Leisten), die auf dem hinteren Ende des Tastenhebels stehen. Beim Anschlag der Taste gleiten die Docken in einer Führung aufwärts neben die Saite, die dabei durch den Kiel angerissen wird. – Zu den K.en zählen das Cembalo (Kielflügel) u. das →Spinett. – Um 1800 mußten die K.e völlig hinter die →Hammerklaviere zurücktreten. Nach 1918 wurden sie wieder häufiger zur Wiedergabe alter Musik verwendet, seit einiger Zeit auch für Unterhaltungs- u. Tanzmusik.

Kielland ['tjɛlan], Alexander, norweg. Schriftsteller, *18. 2. 1849 Stavanger, †6. 4. 1906 Bergen; an G. de Maupassant u. G. Flaubert geschult, kämpfte mit B. Bjørnson gegen Unmoral u. Lüge. „Erzählungen" 1879, dt. 1884; „Garman u. Worse" 1880, dt. 1881; „Gift" 1883, dt. 1883; „Schnee" 1886, dt. 1886; „Jakob" 1891, dt. 1899.

Kiellinie, Anordnung von Schiffen in einer Reihe hintereinander; die Anordnung nebeneinander heißt *Dwarslinie.*

Kielmannsegg, Johann Adolf Graf von, General, *30. 12. 1906 Hofgeismar; im 2. Weltkrieg in Truppen- u. Generalstabsstellen, nach dem 20. 7. 1944 (→Widerstandsbewegung) in Untersuchungshaft, später Regimentskommandeur; ab 1950 an der Vorbereitung des Verteidigungsbeitrags der BRD beteiligt, 1955 erster dt. General bei der NATO; nach entscheidender Mitarbeit an modernen Führungsvorschriften *(Innere Führung)* u. hohem Truppenkommando 1963–1966 Befehlshaber der NATO-Landstreitkräfte Europa Mitte (Fontainebleau), 1966–1968 Oberkommandierender des NATO-Abschnitts Europa Mitte; nach Pensionierung Berater der Bundesregierung in Verteidigungsfragen.

Kielschnecke, *Carinaria,* zu den *Vorderkiemern* gehörende walzenförmige u. bis zu 53 cm lange Meeresschnecke. Der vordere Teil des Fußes ist kielförmig zugespitzt u. trägt einen Saugnapf; Gehäuse u. Eingeweidesack sind rückgebildet.

Kielschwein, 1. *Rudersport:* zusätzl. zur Mannschaft in der Gigbootklasse transportierte Person.
2. *Schiffahrt:* Verstärkungsbalken oder -plattengang über dem Kiel binnenbords.

Kielschwertboot, eine Verbindung von *Kiel-* u. *Schwertboot,* bei dem durch einen Kielansatz ein Schwert zur Verlängerung des *Lateralplans* versenkt werden kann.

Kielwasser, die Spur ruhigeren Wassers hinter einem fahrenden Schiff.

Kiemen, *Branchien,* Atmungsorgane wasserbewohnender Tiere, die an verschiedenen Stellen der Außenhaut oder des Darms entstehen; stets dünnhäutige Gebilde mit großer Oberfläche, an die außen das Atemwasser, innen die Körperflüssigkeit (Blut) herantritt u. durch deren Wand der Gasaustausch (Sauerstoff gegen Kohlendioxid) stattfindet. Beispiele: die *Büschel-K.* der Ringelwürmer (Anneliden, z.B. der Sandpier [Arenicola] der Nordsee) auf den Parapodien; die K. der Krebse, die Beingliedern aufsitzen u. meist unter dem Kopfbrustschild in der K.höhle liegen; die K. von Meeresschnecken, meist am Rücken u. nach After, u. der Libellenlarven, die im Enddarm liegen; bei Fischen u. Amphibienlarven *blättchenartige K.* (Blatt-K., K.blättchen), die von →Kiemenbögen gestützt werden; das Atemwasser tritt hier von Vorderdarm nach außen durch K.spalten, die bei den Knochenfischen vom K.deckel überlagert u. geschützt werden; die K.blätter der Muscheln u. die K.körbe der Seescheiden (Ascidien) bilden komplizierte netzförmig durchbrochene, wasserdurchströmte Systeme. →Atmungsorgane.

Kiemenbögen, *Branchialbögen,* die fünf letzten der insgesamt sieben Skelettbögen *(Visceralbögen),* die bei Wirbeltieren ursprüngl. den Vorderdarm umgeben u. zwischen sich die →Kiemenspalten freilassen. Die K. tragen bei den Knochenfischen die Kiemen u. sind nach außen durch einen Kiemendeckel abgedeckt. Bei lungenatmenden Wirbeltieren werden die Reste der K. teils zum →Zungenbein, teils zu →Kehlkopfknorpeln.

Kiemendarm, der mit Durchbrüchen nach außen (→Kiemenspalten) versehene Vorderdarm urtüml. Wirbeltiere.

Kiemenfuß, *Branchipus stagnalis*, bis 2,3 cm langer, auf blaßgelbem Grund lebhaft bunt gezeichneter Krebs aus der Klasse der *Kiemenfußkrebse*. Nach der Schneeschmelze vor allem in kleinen Wasseransammlungen.

Kiemenfußkrebse, *Anostraca*, Klasse der *Krebse*; langgestreckte, blattfüßige Krebse mit sehr primitiver, weitgehend einförmiger Gliederung des Körpers u. gleichartigen Beinpaaren, 175 Arten, ausschl. in stehenden Binnengewässern. Zu den K.n gehören *Kiemenfuß* u. *Salzkrebschen*.

Kiemenschwänze, *Branchiura*, →Fischläuse.

Kiemenspalten, *Branchialspalten*, die hintersten Durchbrüche des Kiemendarms der Wirbeltiere nach außen. Entsprechend den 7 Visceralbögen sind es 6 Kiemenarmdurchbrüche, von denen der erste das →*Spritzloch (Spiraculum)*, die restlichen 5 die K. sind. Sie werden bei Amphibien nur noch bei Larven angelegt, beim Übergang zum Landleben geschlossen, bei Reptilien, Vögeln u. Säugern bereits während der Embryonalentwicklung zurückgebildet. →auch Kiemenbögen.

Kien [der], *Kienholz*, stark mit Harz angereichertes Holz, bes. Kiefernholz. Durch Verkohlung harzreicher Nadelhölzer (→Holzverkohlung) erhält man *K.öl* (für Ölfarben, Lacke u. Schmiermittel), *K.teer* u. durch Auffangen des Rauchs von unvollständig verbrennendem K.holz (bes. Wurzelholz) *K.ruß* (als Farbe, z. B. bei Tusche).

Kien, Josef, eigentl. J. *Kienlechner*, Maler, *30. 7. 1903 Dessau; studierte u. a. bei K. Hofer, lebte 1925–1932 in Paris, jetzt in Rom. Anfänglich von A. Derain u. G. Braque beeinflußt, seit 1958 auch gegenstandslose Arbeiten. Hptw.: „Komposition" 1963 (Fu-Yen-Universität in Taipeh).

Kienböck, Robert, österr. Röntgenologe, *11. 1. 1871 Wien, †8. 9. 1953 Wien; entwickelte ein Verfahren zur Röntgenstrahlendosierung *(K.sches Quantimeter)*. Nach ihm benannt ist u. a. die *K.sche Krankheit*, eine aseptische Knochennekrose des Mondbeins der Hand, z. B. durch Preßluftwerkzeugschädigung.

Kienholz, Edward, US-amerikan. Raumkünstler, *23. 10. 1927 Fairfield, Wash.; bekannt geworden durch seine „Tableaux", realistisch rekonstruierte Orte u. Situationen mit schockartig wirkenden Verfremdungen; z. B. sind die Gesichter der Besucher der Bar „The Beanery" durch Uhren ersetzt, die das Totschlagen der Zeit symbolisieren.

Kienle, Hans, Astronom, *22. 10. 1895 Kulmbach, †15. 2. 1975 Heidelberg; 1939–1950 Direktor des Astrophysikalischen Observatoriums Potsdam, 1950–1962 der Sternwarte Heidelberg-Königstuhl. Arbeiten über Astrophotometrie u. den Aufbau der Sterne.

Kienlung [kiɛn-], *Ch'ien-lung*, Regierungsdevise u. Name des 4. Kaisers (persönl. Name *Hungli*) der →Mandschu-Dynastie (auch Ts'ing-Dynastie) in China u. Bez. seiner Regierungszeit 1736–1796. Unter Kaiser K. (*1711, †1799) erreichte das chines. Kaiserreich durch zahlreiche Eroberungsfeldzüge, bes. in Zentralasien (Eroberung Tibets), seine größte Machtausdehnung. Künste u. Wissenschaften erfuhren eine letzte Blüte, bevor die sozialen u. wirtschaftl. Verhältnisse u. der Zusammenstoß mit dem Westen im 19. Jh. den Anbruch der Revolution bewirkten. K. dankte nach 60jähriger Regierungszeit ab.

Kienöl →Kien.

Kienteer, der bei der Verkohlung von Nadelhölzern (→Holzverkohlung) entstehende terpentinreiche, teerige Rückstand (Holzteer), der zum Anstreichen von Schiffen, zur Imprägnierung von Holz, Tauen u. Netzen u. auch als Ausgangsprodukt zur Herstellung von Kienöl verwendet wird.

Kienzl, Wilhelm, österr. Komponist, Dirigent u. Musikschriftsteller, *17. 1. 1857 Waizenkirchen, Oberösterreich, †3. 10. 1941 Wien; zahlreiche Lieder, Klavier- u. Kammermusik, Chor- u. Orchesterwerke. Nachhaltige Erfolge hatten seine volkstümlichen Opern „Der Evangelimann" 1895 u. „Der Kuhreigen" 1911; Autobiographie „Meine Lebenswanderung" 1926.

Kienzle Uhrenfabriken GmbH, Villingen-Schwenningen, gegr. 1883, 1922 AG, seit 1965 GmbH; Herstellung von Uhren aller Art; 1100 Beschäftigte.

Kiepenheuer & Witsch, Verlag K. & W., Köln-Marienburg, gegr. 1947, trennte sich nach dem Tod von Gustav *Kiepenheuer* (*1880, †1949) von dem 1910 in Weimar gegr. Kiepenheuer Verlag; angeschlossen seit 1951 *Phaidon Verlag*; pflegt Belletristik, Geistes- u. Naturwissenschaften, Politik u. Zeitgeschichte, moderne Theaterliteratur.

Kiepert, Heinrich, Geograph u. Kartograph, *31. 7. 1818 Berlin; †21. 4. 1899 Berlin; sprachkundiger Kartenbearbeiter, seit 1859 Prof. in Berlin. Seine Hauptveröffentlichungen befassen sich mit der historischen Geographie u. mit Kleinasien. Sein Sohn Richard, Kartograph (*1846, †1915), führte die Arbeiten fort.

Kiepura [kjɛ'pura], Jan, poln. Sänger (Tenor), *16. 5. 1902 Sosnowitz, †15. 8. 1966 Harrison, N. Y.; zunächst Konzert- u. Opernsänger, später auch in Operetten u. Filmen erfolgreich.

Kierkegaard [ˈkjɛrgəgɔːr], Sören, dän. Philosoph, *5. 5. 1813 Kopenhagen, †11. 11. 1855 Kopenhagen; Sohn eines Kaufmanns, 1841 Magister, seit

Sören Kierkegaard

1842 in Kopenhagen als Privatgelehrter, Verfasser zahlreicher pseudonymer Schriften. In der 1. Periode (1843–1846) legte K. den Grund für seine *Existenzphilosophie*. In der 2. Periode, nach einer Glaubenskrise 1848, kämpfte er mit immer wachsender Erbitterung gegen Kirche u. Staatschristentum. Er starb in völliger Armut.

K.s in der Romantik wurzelndes, dem Spätidealismus verwandtes, radikales u. experimentierendes Denken verband den Glaubensrealismus J. G. Hamanns mit einer entlarvenden, alle Winkel der Seele durchleuchtenden Psychologie. Seine dichterische Begabung stand im Dienst einer an Hegels Dialektik geschulten, aber die Hegelsche Philosophie der Vermittlungen („Mediation") u. des „Sowohl-als-auch" bekämpfenden Reflexion. K. ist der Denker der Subjektivität („die Subjektivität ist die Wahrheit"), der Leidenschaft u. des Irrationalen („es gibt kein „System des Daseins"). Er zog die romantisch-ästhetische Genußphilosophie vor den Richterstuhl der Ethik („Entweder-Oder, ein Lebensfragment" 1843), maß die vermeintliche Gotteserkenntnis der spekulativen Philosophie an den konkreten Glaubensforderungen des Christentums u. gelangte hier neu aus zu seiner Kategorie des Paradox-Religiösen, die in der *dialekt. Theologie* der Gegenwart von großer Bedeutung geworden ist. Obzwar K. auf die dän. Philosophie u. die skandinav. Gedankenwelt des 19. Jh. (G. Brandes, H. Höffding, H. Ibsen, B. Björnson, A. Strindberg u. a.) von Einfluß war, hat er breitere Wirkungen erst im 20. Jh., vor allem für die Existenzphilosophie der Gegenwart, gehabt. Werke: „Furcht u. Zittern" 1843; „Die Wiederholung" 1843; „Philosophische Brocken" 1844; „Der Begriff der Angst" 1844; „Christliche Reden" 1848; „Die Krankheit zum Tode" 1849; „Einübung im Christentum" 1850; Gesammelte Werke, dt., Hrsg. E. *Hirsch*, 26 Bde. 1950–1967. – □ 1.4.8.

Kierspe, nordrhein-westfäl. Stadt im Sauerland (Märkischer Kreis), südwestl. von Lüdenscheid, 14 000 Ew.; Eisen-, Kunstharz- u. elektrotechn. Industrie.

Kies, 1. *Geologie*: ein unverfestigtes, durch Transport im Wasser abgerundetes Trümmergestein von 2 bis 60 mm Korngröße; meist Quarz; sind Erz- u. Metallanteile in größerer Menge enthalten, so spricht man von *Seifen*. In der Bauwirtschaft bes. als Betonzuschlag verwendet; *Betonfeinkies* (Korngrößen 7–30 mm) für Hoch- u. Brückenbauten; *Betongrobkies* (Korngrößen 30–70 mm) für Stahlbeton-Tiefbauten, wie Docks u. Schleusen. →auch Kiese.
2. [hebr. *Kis*, „Beutel"], *Rotwelsch, Umgangssprache*: Geld.

Kiesabbrand, beim *Rösten* sulfidischer Erze im Kiesofen anfallender, aus den betr. Metalloxiden bestehender Rückstand; wird durch *Reduktion* auf die entspr. Metalle aufgearbeitet.

Kiese, *Pyritoide*, metallisch glänzende Eisen-, Kupfer-, Arsen- u. Antimon-Schwefelerze.

Kiesel, durch Wassertransport abgerundetes Gesteinsmaterial, Flußschotter, grober Kies.

Kiesel..., Wortbestandteil mit der Bedeutung „Silicium".

Kieselalgen = Diatomeen.

Kieselfluorwasserstoffsäure, *Kieselflußsäure, Fluorkieselsäure, Siliciumfluorwasserstoffsäure*, H_2SiF_6; in freiem Zustand nicht beständige Säure, in wäßriger Lösung von stark desinfizierender Wirkung, daher z. B. zur Konservierung von Holzmasten verwendet. Ihre Salze sind die *Fluate*.

Kieselgalmei →Kieselzinkerz.

Kieselgesteine, die völlig oder überwiegend aus Kieselsäureanhydrid (SiO_2) bestehenden Absatzgesteine.

Kieselglas, aus reinstem Quarz (99,5 % SiO_2) hergestelltes Glas. Es zeichnet sich aus durch hohe Temperaturwechselbeständigkeit, hohe Durchlässigkeit für Ultraviolettlicht, kleine dielektrische Verluste u. chem. Beständigkeit. Diese Eigenschaften bestimmen die Anwendung des K.es in der Strahlungstechnik (Quarz-Quecksilber-Lampen), optische Anlagen), in Hochspannungsisolatoren für Hochfrequenz, in der chem. Industrie u. im Laboratorium. Durchscheinendes K. (Quarzgut) wird hergestellt, indem eine in Sand eingebettete Graphitelektrode elektrisch auf hohe Temperaturen (1800 °C) erhitzt wird. Die K.schmelze bildet sich um den Elektrodenstab. Durchsichtiges K. (Quarzglas) wird aus Bergkristall (99,8 % SiO_2) in einem Hochfrequenz-Ofen im Vakuum erschmolzen; es findet für kleine Laboratoriumsgeräte u. für Quecksilberlampen Verwendung.

Kieselgur, *Kieselmehl, Bergmehl, Infusorien-, Diatomeenerde*, sehr leichtes, hellgraues oder rötliches, aus den kieselsäurehaltigen Panzern von Diatomeen bestehendes Pulver; wird zur Wärme- u. Schall-Isolation, für Verpackungszwecke, zur Füllung von Acetylen-Stahlflaschen, zur Herstellung von Gurdynamit, als Scheuermittel, als Filtrierhilfsmittel u. beim Straßenbau verwendet.

Kieselpflanzen, an sandige, kalkarme, schwach saure Silikatböden angepaßte Pflanzen.

Kieselsäure, schwache Säure von der Formel $Si(OH)_4$ *(Ortho-K.)*, die unter Wasserabspaltung entweder in die *Meta-K.*, H_2SiO_3 (in ketten-, blatt-, bandförmige oder dreidimensionale Gebilde), oder in das Anhydrid *Siliciumdioxid*, SiO_2, übergeht. Dieses kommt kristallinisch als *Quarz, Tridymit, Christobalit* u. in amorpher Form wie z. B. als Opal vor. Getrocknete Gallerten von K. besitzen ein hohes Adsorptionsvermögen u. dienen als *Silicagel* zur Adsorption von Gasen oder gelösten Stoffen. Die Salze der K. sind die *Silicate*. Das Natrium- oder Kaliumsalz der K. ist das *Wasserglas*.

Kieselschiefer, *Lydit*, schwarzes, von weißen Quarzadern durchzogenes, hornsteinartiges Quarzgestein; wird als Probierstein zur Untersuchung von Goldlegierungen.

Kieselschwämme, *Triaxonida* u. *Tetraxonida*, Schwämme, deren Skelett aus Kieselnadeln besteht, die entweder dreiachsigen (Triaxonida) oder ein- bzw. vierachsigen (Tetraxonida) Bau zeigen. Zu den K.n gehören u. a. der *Gießkannenschwamm, Euplectella*, u. der *Bohrschwamm, Cliona*.

Kieselsinter, weiße oder grau, gelb oder rot verfärbte kolloide Kieselsäure, die sich aus heißen Quellen abscheidet.

Kieselzinkerz, *Kieselgalmei, Hemimorphit*, oft zusammen mit Zinkspat als *Calamin* in Zinklagerstätten vorkommendes weißgraues, glasglänzendes Mineral, Härte 5.

Kieserit [der; nach dem Naturforscher D. G. *Kieser*, †1862], farbloses bis weißgelbliches, glasglänzendes Mineral (Magnesiumsulfat), kommt in Kalisalzlagerstätten vor; monoklin; Härte 3,5.

Kiesewetter, Raphael Georg, österr. Musikwissenschaftler, *29. 8. 1773 Holleschau, Mähren, †1. 1. 1850 Baden bei Wien; erster Versuch einer umfassenden Gesamtdarstellung der Musikgeschichte: „Geschichte der europäisch-abendländischen oder unserer heutigen Musik" 1834.

Kiesinger, Kurt Georg, Politiker (CDU), *6. 4. 1904 Ebingen, Württemberg; Anwalt, 1935 beim Kammergericht Berlin, 1940–1945 dienstverpflichteter wissenschaftl. Hilfsarbeiter im Auswärtigen Amt; 1949–1958 u. wieder seit 1969 MdB, 1954–1958 Vors. des Bundestags-Ausschusses für Auswärtige Angelegenheiten, 1958–1966 Min.-Präs. von Baden-Württemberg; 1966–1969 als Nachfolger L. Erhards Bundeskanzler einer Großen Koalition der CDU/CSU mit der SPD (Vizekanzler u. Außen-Min. W. Brandt), die in der Ost- u. Dtschl.-Politik neue Wege ging (Aufnahme bzw. Wiederaufnahme diplomat. Beziehungen zu Rumänien u. Jugoslawien; Briefwechsel K.s mit DDR-Ministerrats-Vors. W. Stoph), sich zunehmender außerparlamentarischer Opposition (Studentenunruhen) gegenübersah, 1969 die Notstandsgesetze verabschiedete u. das Ende einer

Kurt Georg Kiesinger

20jährigen Regierungsverantwortung der CDU/CSU bedeutete. 1967–1971 war K. Vors. der CDU; seither ist er Ehren-Vors.

Kiesofen, Röstofen, Ofen zum →Rösten von schwefelhaltigen Erzen (Kiesen).

Kięta, größter Ort der nördl. Salomonen auf Bougainville, rd. 3000 Ew.; Hafen, Werft.

Kjew, russ. *Kijew*, ukrain. *Kyjiw*, seit 1934 Hptst. der Ukrain. SSR u. der Oblast K. in der Sowjetunion (einschl. der Stadt K. 29000 qkm, 3,47 Mill. Ew., davon rd. 58% in Städten), am Dnjepr, 2,1 Mill. Ew.; kultureller u. wirtschaftl. Mittelpunkt, alte Handelsstadt, bedeutender Flußhafen u. Verkehrsknotenpunkt; mehrere Klöster u. Kirchen aus dem MA. (Sophienkathedrale, 11. Jh.), Universität (gegr. 1834) u. zahlreiche Hochschulen, Akademie der Wissenschaften; Museen, Theater; Zentrum des Maschinenbaus u. der chem. Industrie, Holz-, Leder-, Baumwoll- u. Tabakverarbeitung, Getreidemühlen u. Zuckerraffinerien.
Geschichte: K., eine der ältesten russ. Städte, war 882–1169 Hptst. der *Kiewer Rus* (Kiewer Reichs); 1240 mongol. (zerstört), 1322–1569 litauisch, dann poln., seit 1654 russ., 1917–1920 Hptst. der Republik Ukraine. Das Kiewer Reich ist die früheste staatl. Bildung der Ostslawen, Höhepunkt bis 1054, dann Zerfall in Teilfürstentümer.

kiffen [engl., zu *Kif*, marokkan. Form des Haschisch], Haschisch oder Marihuana rauchen.
Kigali, Hptst. von Rwanda (Ostafrika), 1540 m ü.M., 60000 Ew.; Straßenknotenpunkt, Flughafen, Rundfunksender, kath. Missionsstation; Verarbeitung landwirtschaftl. Produkte, Konsumgüterindustrie.
Kigoma, wichtigster Hafen am Tanganjikasee in Tansania, 21000 Ew. (zusammen mit dem Nachbarort *Ujiji*); Endstation der ostafrikan. Zentralbahn von Dar es Salaam, Umschlag der Güter von u. nach Bujumbura (Burundi); Fähre nach Kalima (Zaire).
Kii, große Halbinsel der japan. Hauptinsel Honschu, südl. der Linie Osaka–Nagoya, rd. 3 Mill. Ew.; Hauptorte *Wakayama* u. *Ise*; durch den *Kii*kanal von Schikoku getrennt; Erdöl- u. Schwerindustrie; Zitrusfrüchteanbau.
Kikinda, jugoslaw. Stadt in der Autonomen Prov. Vojvodina, 38000 Ew.; Nahrungsmittelindustrie, Erdölförderung.
Kikuchi Kan (*Hiroschi*), populärer japan. Schriftsteller, *26. 12. 1888 Takamatsu, Kagawa, †3. 6. 1948 Tokio; schrieb von G. B. *Shaw* beeinflußte Dramen („Vater kehrt zurück" 1917, dt. 1935); „Todschuros Liebe" 1919, dt. 1925) sowie Erzählungen („Jenseits von Liebe u. Haß" 1919, dt. 1961) u. Romane; Gründer der führenden Literaturzeitschrift „Bungei Schundschu" (1923), Mitarbeiter von Tageszeitungen.
Kikuyu, *Akikuyu*, ostafrikan. Bantunegervolk (2,1 Mill.) in Kenia; Feldbauern mit Großviehzucht, in Eingeborenenreservaten; 1952–1956 Unruhen wegen Bodenmangels (europäerfeindl. Geheimbund →Mau-Mau).
Kikwit, Stadt in der Prov. Bandundu im W von Zaire, Zentralafrika, an der Mündung des Kwenge in den Kwilu, 150000 Ew.; Verkehrsknotenpunkt, Schiffslandeplatz.
Kilauea, Nebenkrater des Mauna Loa auf Hawaii, 1247 m, 10 qkm groß, bis 1924 von dem Lavasee *Halemaumau* erfüllt; letzter Ausbruch 1952.
Kilch →Maräne.
Kilchberg, Vorort von Zürich am Südwestufer des Zürichsees, 8000 Ew.; Villen- u. Künstlerkolonie, ehem. Wohnsitz von C. F. *Meyer* (mit ortsgeschichtl. Sammlung), Th. *Mann* u.a.; 1763–1791 Porzellanmanufaktur im Schooren.
Kildare [-'dɛə], ir. *Cill Dara*, **1.** ostirische Grafschaft in der Prov. Leinster, 1693 qkm, 66 400 Ew.; Hptst. *Naas* (3700 Ew.).
2. Stadt in der Grafschaft K., 2700 Ew.
Kilé [der], altes türk. Hohlmaß; 1 K. = 37 l.
Kilforsen ['tçil-], schwed. Kraftwerk am Ångermanälven, 1954 in Betrieb genommen, 270000 kW.
Kilian (kelt., vielleicht „Kirchenmann"], männl. Vorname.
Kilian, Heiliger, Missionsbischof iroschottischer Herkunft, ermordet in Würzburg um 689; Apostel Frankens; Verehrung seit Mitte des 8. Jh. nachweisbar. Fest: 8. 7.
Kilian, 1. Bartholomäus, Neffe von 4), Zeichner u. Kupferstecher, *6. 5. 1630 Augsburg, †15. 1. 1696 Augsburg; bildete sich bei M. *Merian* in Frankfurt a. M. u. F. *Poilly* (*1622, †1693) in Pa-

ris; von letzterem übernahm er die Technik des französ. Porträtstichs, dessen geschicktester Künstler er in Dtschld. wurde; arbeitete meist nach zeitgenöss. Vorlagen.
2. Georg Christoph, Kupferstecher u. Künstlerbiograph, *4. 1. 1709 Augsburg, †15. 6. 1781 Augsburg; Porträts, Prospekte, Illustrationen zu archäolog. Werken („Ruinen u. Überbleibsel von Athen" 1764; „Monumenta Romae Antiquae" 1767), verfaßte Aufsätze zur Augsburger Kunstgeschichte sowie ein „Allg. Künstlerlexikon". Die Kupferstiche (bes. Arbeiten seiner Vorfahren) aus K.s reicher Kunstsammlung erwarb die Augsburger Stadtbibliothek.
3. Gustav, Radrennfahrer, *3. 11. 1907 Luxemburg; Sieger in 34 Sechstagerennen; 1965–1977 Trainer der dt. Bahnradfahrer.
4. Lucas, Zeichner u. Kupferstecher, *1579 Augsburg, †1637 Augsburg; unternahm nach Ende seiner Lehrjahre eine Italienreise (1601–1604), bekleidete seit 1611 in Augsburg hohe Ämter. K. schuf viele Porträtstiche unterschiedl. Qualität, bes. Bedeutung erlangte er jedoch mit Ornamentstichen. Die Anfänge des *Knorpelornaments* gehen auf ihn zurück.
Kiliang Kiang, linker Nebenfluß des Yangtze Kiang in der Prov. Szetschuan (China), rd. 800 km, entspringt im Min Schan, mündet in Tschungking.
Kilidsch-Arslan →Kylydsch-Arslan.
Kilikien, *Cilicien*, lat. *Cilicia*; heute türk. *Çukurova*, Landschaft im östl. Kleinasien um das heutige Adana. Im Altertum als Zentrum der Seeräuber berüchtigt. Seit 84 v. Chr. röm. Provinz, von Prokonsuln verwaltet (u. a. *Cicero*). Die Kilik. Pforte war Einfallstor nach Syrien. Wichtige Städte: Tarsos (Heimatstadt des Apostels *Paulus*), Mallos, Soloi.
Kilimandscharo, höchster Berg Afrikas, im NO von Tansania (Ostafrika); eine vulkan. Berggruppe mit 3 Gipfeln: *Kibo* (5895 m, mit Krater u. Gletschern), *Mawensi* (5355 m), *Schira* (4300 m); vertikale Gliederung der Vegetation: auf Feuchtsavanne mit Kulturland folgen Bergwald (Nebelwald), subalpiner Grasgürtel, Frostschutzzone u. Gletscherbereich; 1889 zuerst von H. *Meyer* u. L. *Purtscheller* bestiegen. – □6.7.6.
Kilius, Marika, verh. Zahn, Eiskunstläuferin, *24. 3. 1943 Frankfurt a.M.; 1958 Weltmeisterin im Rollkunstlaufen, 1955–1957 mit Franz *Ningel* dt. Meister im Eiskunst-Paarlauf. Mit Hans-Jürgen *Bäumler* seit 1958 viermal dt. Meister, seit 1959 sechsmal Europameister u. 1963/64 Weltmeister. Bei den Olymp. Spielen 1960 u. 1964 Silbermedaille im Paarlauf.
Kilkenny [kil'keni], ir. *Cill Chainnigh*, Hptst. der südostirischen Grafschaft K. (2061 qkm, 60 500 Ew.), in der Prov. Leinster, 10 100 Ew.; Bierbrauereien.
Das 1366 erlassene *Statut von K.* sollte zur Stärkung der engl. Autorität in Irland dienen. Der öffentl. Gebrauch der irischen Sprache wurde verboten, die Suprem="" der engl. Rechts über das einheim. Recht erklärt u. ein Friedensrichter- u. Sheriffsystem nach engl. Muster eingerichtet. Obwohl mehrmals erneuert, hatte das Statut in der Praxis geringe Bedeutung.

Kiew: die Hauptstraße Kreschtschatik

Kilimandscharo: die Hauptgipfel Kibo (Mitte) und Mawenzi (links)

Killanin [ki'lænin], Michael Morris, Baron K., irischer Journalist, Industriemanager u. Sportführer, *30. 7. 1914 London; seit 1972 als Nachfolger von A. *Brundage* Präs. des Internationalen Olymp. Komitees.

Killian, Gustav, Hals-Nasen-Ohren-Arzt, *2. 6. 1860 Mainz, †24. 2. 1921 Berlin; entwickelte in den Jahren seit 1896 die *Bronchoskopie* u. gab mehrere neue Untersuchungs- u. Behandlungsverfahren in der Laryngologie an.

Killmayer, Wilhelm, Komponist, *21. 8. 1927 München; Schüler von C. *Orff*, 1961–1964 Ballettkapellmeister an der Münchner Staatsoper. Opern („La Buffonata" 1960; „La tragedia di Orfeo" 1961; „Yolimba oder die Grenzen der Magie" 1964), Missa brevis 1954, Lorca-Romanzen 1954, Klavierkonzert 1956, „Kammermusik für Jazzinstrumente" 1958, 2 Sinfonien.

Killy, Jean-Claude, französ. alpiner Skiläufer, *30. 8. 1943 St.-Cloud; dreifacher Goldmedaillengewinner bei den Winterspielen 1968 in Grenoble, dreimaliger Sieger bei den Weltmeisterschaften 1966 u. 1968.

Kilmarnock [-nək], Stadt in Südwestschottland, 48 000 Ew.; Kornbörse, Eisen-, Textilindustrie, bes. Teppiche.

Kilo... [grch., frz.], Abk. k, Wortbestandteil bei Maßeinheiten, um 1000 Einheiten zu bezeichnen; z.B. 1000 Gramm = 1 Kilogramm (kg).

Kilogramm [das; grch.], Kurzzeichen kg, die internationale Einheit der *Masse*, definiert als die Masse des internationalen K.prototyps, eines Zylinders von 39 mm Durchmesser u. 39 mm Höhe aus einer Legierung von 90% Platin u. 10% Iridium. Durch das K. ist auch das →Kilopond festgelegt.

Kilometer [der; grch.], Kurzzeichen km, das 1000fache der Längeneinheit →Meter.

Kilometertarif, der Frachtsatz für eine Tonne, auf die Entfernungseinheit (1 km) bezogen; der Beförderungspreis errechnet sich nach der Entfernung in km (im Unterschied zum *Staffeltarif*).

Kilometerzähler, Zählwerk, das aus den Radumdrehungen eines Fahrzeugs die zurückgelegte Wegstrecke in km anzeigt. Die Genauigkeit ist von Reifenluftdruck u. -abnutzung abhängig.

Kilopond [das; grch. + lat.], Kurzzeichen kp, Einheit der *Kraft*, definiert als das *Gewicht* einer Masse von 1 Kilogramm bei Normalbeschleunigung. Es gilt: 1 kp = 1000 p (Pond) = 9,80665 N (Newton).

Kilowatt [das], Kurzzeichen kW, das 1000fache der Leistungseinheit →Watt; 1 kW = 1,36 PS (Pferdestärken).

Kilowattstunde, Kurzzeichen kWh, Einheit der Energie, bes. in der Elektrotechnik. Der Verbrauch an elektr. Energie in Haushalt u. Industrie wird in kWh gemessen. So verbraucht z.B. ein 1000-Watt-Ofen in 1 Stunde 1000 Wattstunden = 1 kWh.

Kilpi, Volter, früher *Ericsson*, finn. Schriftsteller, *12. 12. 1874 Kustavi, †13. 6. 1939 Turku; gelangte von der Neuromantik zum Realismus; Schilderungen aus Geschichte u. Gegenwart seiner westfinn. Heimat.

Kilpinen, Yrjö, finn. Komponist, *4. 2. 1892 Helsinki, †2. 3. 1959 Helsinki; schrieb rund 700 Lieder nach Texten finn., schwed. u. dt. Dichter, daneben Männerchöre u. Klavierwerke.

Kilt [der; engl.], bis zum Knie reichender Faltenrock, männl. Nationaltracht in Schottland, in den Clan-Farben kariert; wurde ohne Unterkleid getragen, mit Gürtel u. silberner Nadel zusammengehalten; gehört zur Paradeuniform des schott. Militärs.

Kiltgang →Fensterln.

Kimberley [ˈkimbəli], **1.** ein fast unbesiedeltes Hochland im N Westaustraliens, rd. 150 000 qkm, mit tief eingeschnittenen Tälern, begrenzt von den Flüssen Ord u. Fitzroy-Margaret; extensive Viehzucht.
2. Stadt im östl. Kapland (Rep. Südafrika), 1224 m ü.M., 85 000 Ew.; Bantugalerie, techn. College; Zentrum eines wichtigen Diamantengebiets (*De Beers Mine* oder „Big Hole": 1871–1915 Diamantengewinnung, wodurch ein 500 m breiter Krater entstand), Mangan- u. Eisenerzbergbau, vielseitige Industrie, Bahnknotenpunkt, Flughafen.

Kimberlit [der; nach der Stadt *Kimberley*], Eruptivgestein aus der Gruppe der Peridodite, in Vulkanschloten, enthält Diamanten; Vorkommen: Süd- u. Zentralafrika, Sibirien.

Kimbern, *Cimbern*, *Zimbern*, german. Volk im nördl. Jütland; wanderten gegen Ende des 2. Jh. v.Chr. vielleicht infolge einer Sturmflut aus, zogen zunächst nach Schlesien u. Böhmen, dann nach Noricum, wo sie 113 v.Chr. bei Noreia (Neumarkt) ein röm. Heer besiegten. Sie zogen dann westwärts über den Rhein nach Gallien u. vernichteten, nachdem ihnen Rom die Bitte um Zuweisung von Land abgeschlagen hatte, drei röm. Heere (109, 107 u. 105 v.Chr.) u. trafen erst bei den *Keltiberern* auf Widerstand. Sie vereinigten sich im Gebiet der unteren Seine mit den *Helvetiern* u. *Teutonen* u. drangen auf verschiedenen Wegen in Italien ein, wo Rom den K. das Gebiet nördl. des Po überlassen mußte. Erst 102 v.Chr. besiegte *Marius* bei *Aquae Sextiae* die Teutonen u. vernichtete anschließend 101 v.Chr. bei *Vercellae* die K.

Kim Il Sung, *Kim Ir Sen*, korean. Politiker (Kommunist), *15. 4. 1912 bei Phyongyang; nahm seit den 1930er Jahren am Partisanenkampf gegen die japan. Besatzungsmacht teil; wurde nach dem Einmarsch der sowjet. Armee in Nordkorea (1945) dort der führende Politiker; seit 1946 Vors. (ab 1966 Generalsekretär) der (kommunist.) Partei der Arbeit, seit 1948 Min.-Präs., seit 1972 Staats-Präs. von Nordkorea.

Kim Ir Sen →Kim Il Sung.

Kim Jong Pil, *Kim Chongpil*, korean. Politiker (in Südkorea), *1925 oder 1926; ursprüngl. Offizier, nahm 1961 am militär. Staatsstreich teil, 1963–1968 Vors. der Demokrat.-Republikan. Partei, seit 1971 Min.-Präs.

Kimm, *Kimmung* [niederdt.], **1.** sichtbarer Horizont auf See.
2. Übergang vom etwa waagerechten Schiffsboden zur senkrechten Bordwand.

Kimme, Einschnitt, Kerbe am Visier der Schußwaffe. →Visier.

Kimmei Tenno →Dschimmu-Tenno.

Kimmeridge [-ridʒ; das; nach der südengl. Stadt K.], Stufe des Weißen Jura (Malm).

Kimmerier, **1.** indogerman. nomad. Reitervolk in Südrußland, nördl. des Schwarzen Meers, von noch nicht bestimmter Volkszugehörigkeit; ihre angebl. Verwandtschaft mit den Thrakern ist zweifelhaft. Unter dem Druck der Skythen drangen sie im 8. Jh. v.Chr. in Kleinasien u. in den Niederdonauraum ein, verheerten einen großen Teil des Reichs von Urartu u. bedrohten die assyr. Nordgrenze, bis sie der Assyrerkönig *Asarhaddon* um 680 v.Chr. besiegte; beim Zurückfluten vernichteten sie das phryg. Reich u. verwüsteten Lydien u. viele griech. Städte Kleinasiens. Um 600 v.Chr. wurden sie nach langen wechselvollen Kämpfen von dem Lyderkönig *Alyattes* vertrieben.
2. bei *Homer* ein Volk am äußersten Rand der Welt, in der Nähe des Eingangs zum Hades, in ewiger (kimmerischer) Finsternis lebend.

Kimolos, griech. Insel der Kykladen, 36 qkm, 1500 Ew.; vegetationsarm; Hauptort K.; warme Quellen; Abbau u. Ausfuhr von Kimolo-Ton als Heilerde u. Waschmittel.

Kimono

Kimberley: „The Big Hole"

Kimon, attischer Aristokrat, Politiker u. Heerführer, *etwa 510 v.Chr., †449 v.Chr.; Sohn des jüngeren *Miltiades*, überführte die Gebeine des *Theseus* vom unterworfenen Skyros nach Athen, erhob durch den Sieg am Eurymedon zwischen 469 u. 466 v.Chr. über die Perser Athen zur Großmacht u. festigte die Stellung der Stadt durch Niederwerfung des vom Seebund abgefallenen Thasos, zeigte sich jedoch spartafreundlich u. wurde 461 v.Chr. durch Ostrakismos verbannt; zurückgekehrt, schloß er 451 v.Chr. einen 5jähr. Waffenstillstand mit Sparta; starb vor Kition auf einem 450 v.Chr. begonnenen Feldzug gegen Persien. – ▢ 5.2.3.

Kimono [der; jap.], Gewand in Kaftan-Form aus vertikal zusammengenähten schmalen Stoffbahnen mit rechtwinkelig angesetztem weitem Ärmel; für Männer u. Frauen in Japan seit dem 8. Jh. Der K. wird durch einen Schleifengürtel (*Obi*) in der Taille zusammengehalten.

Kimon von Kleonai, griech. Maler des frühen 5. Jh. v.Chr., führte angebl. die perspektiv. Verkürzung in die Malerei ein.

Kimtschak = Songdschin.

K'in [das; chin.], Wölbbrettzither von langer schmaler Form mit je zwei schwachen Einbuchtungen an den Längsseiten. Die 5–7 seidenen Saiten werden mit den Fingern gezupft, zur Orientierung dienen Greifmarken unter den Melodiesaiten.

Kinabalu, höchster Berg Südostasiens, an der Nordspitze von Borneo (in Sabah, Ost-Malaysia), granitisch, 4101 m; im K.-Nationalpark zahlreiche exot. Vogelarten, Orang Utan u.a.

Kinäde [grch.], passiver Päderast (→Päderastie).

Kinau, **1.** Hans, Schriftstellername Gorch →Fock.
2. Jakob, *28. 8. 1884 Finkenwerder, †14. 12. 1965 Hamburg; schrieb wie seine Brüder 1) u. 3) Seegeschichten; war Biograph u. Hrsg. der Werke (5 Bde. 1925) von 1).
3. Rudolf, *23. 3. 1887 Finkenwerder, †19. 11. 1975 Hamburg; Geschichtenerzähler in plattdeutscher Mundart; auch hochdeutsche Dramen u. Hörspiele.

Kincardine and Deeside [kinˈkɑːdin ænd ˈdiːsaid], Distrikt in Ostschottland, in der *Grampian Region*, 2546 qkm, 36 000 Ew., Hauptort *Stonehaven*.

Kinck, Hans Ernst, norweg. Erzähler u. Dramatiker, *11. 10. 1865 Øksfjord, †13. 10. 1926 Oslo; Humanist, studierte in Italien die Renaissance u. übertrug deren Erkenntnisse auf den Norden: „Wenn die Äpfel reifen" 1901, dt. 1903; „Wenn die Liebe stirbt" 1903, dt. 1913; „Auswanderer" 1904, dt. 1906; „Machiavelli" 1916, dt. 1938; „Herman Ek" 1923, dt. 1927.

Kind →Kindheit.

Kind, Johann Friedrich, Schriftsteller der „Schauerromantik", *4. 3. 1768 Leipzig, †25. 6. 1843 Dresden; Rechtsanwalt; schrieb die Textbücher zu C. M. von Webers „Freischütz" 1822 u. zu K. Kreutzers „Nachtlager von Granada" 1834.

Kinda, unabhängiges arab. Königreich im Nadjd um 450–535.

Kindberg, österr. Markt in Steiermark, Sommerfrische im unteren Mürztal, 555 m ü. M., 6100 Ew.; Barockschloß *Ober-K.,* Renaissanceschloß *Hart.*

Kindbett, *Wochenbett, Puerperium,* die Zeit nach der Geburt eines Kindes; beginnt nach der Ausstoßung der Nachgeburt u. dauert 6–8 Wochen. Im K. bilden sich Gebärmutter, Scheide u.a. weitgehend zurück, nur die Tätigkeit der Brustdrüsen u. des Gelbkörpers im Eierstock bleibt erhalten, solange die Mutter stillt. Der anfangs blutig gefärbte Wochenfluß *(Lochien)* geht nach einigen Tagen in den weißen Wochenfluß über; seine Stauung kann zu Fieber u. Schmerzen führen. Am 3.–4. Tag des K.s schießt die Milch in die Brustdrüsen. Die Gefahr des *K.fiebers* macht größte Reinlichkeit bei der Pflege im K. erforderlich.

Kindbettfieber, *Wochenbettfieber, Puerperalfieber,* durch Infektion der wunden Geburtswege im Anschluß an die Geburt oder eine Fehlgeburt entstehende anzeigepflichtige Infektionskrankheit. Neben örtl. Eiterungen mit Allgemeinerscheinungen kommt jedoch auch zuweilen echte Blutvergiftung *(Puerperalsepsis)* vor. Auch chronische Entzündungen der weibl. Geschlechtsorgane können sich im Anschluß an das K. entwickeln. – Die infektiöse Ursache des K.s wurde von I. *Semmelweis* entdeckt.

Kindchenschema →Auslöser.

Kinderarbeit, regelmäßige Beschäftigung von Kindern unter 14 Jahren oder noch schulpflichtigen Kindern in Gewerbe, Land- oder Hauswirtschaft zu wirtschaftl. Zwecken. K. breitete sich seit dem Ende des 18. Jh. mit Beginn der Industrialisierung aus. Sie hatte schwere gesundheitliche u. moralische Schädigungen der Kinder zur Folge. Die Auswüchse der K. wurden zuerst in Preußen durch das *Regulativ über die Beschäftigung von Jugendlichen in Fabriken* vom 19. 3. 1839, sodann durch die gesetzl. Bestimmungen der *Gewerbeordnung* u. das *Kinderschutzgesetz* von 1903 bekämpft. Jetzt ist K. nach dem *Jugendarbeitsschutzgesetz* vom 9. 8. 1960 verboten (→Jugendarbeitsschutz). – In der Schweiz ist das Verbot der K. in Art. 30 des (Bundes-)*Arbeitsgesetzes* enthalten. – In Österreich trifft das *Gesetz über die Beschäftigung von Kindern u. Jugendlichen* vom 1. 7. 1948 die entspr. Bestimmungen.

Kinderarzt, *Pädiater,* der Facharzt für Kinderheilkunde (Pädiatrie) bzw. für Kinderkrankheiten. →Kinderheilkunde.

Kinderbeihilfen, staatl. (oder gemeindliche) Zuschüsse an *kinderreiche Familien* aus sozialpolit. oder familienpflegerischen Gründen, um die Mehrbelastung des elterl. Haushalts durch die Kinder wenigstens zum Teil auszugleichen. In der BRD erhalten Sorgepflichtige für jedes Kind zum Ausgleich der Familienlast →Kindergeld. Beamte u. Angestellte des öffentl. Diensts erhalten *Kinderzuschläge* im Rahmen ihrer Besoldung. In Österreich im *Kinderbeihilfengesetz* von 1949 geregelt: monatl. steuerfreie staatl. Zahlungen für alle Kinder bis zum 21. Lebensjahr (in Sonderfällen auch darüber hinaus), nach Kinderzahl gestaffelt. *Kinderfreibeträge (Kinderermäßigung)* werden auf Antrag gewährt für minderjährige u. für volljährige Kinder, die das 27. Lebensjahr noch nicht vollendet haben. Durch das *Familienlastenausgleichsgesetz* von 1967 wurden die Fonds zur Kinderbeihilfe u. zur Mutterbeihilfe zusammengelegt; an ihre Stelle trat ab 1. 1. 1968 die *Familienbeihilfe.*

Kinderbischof, *Narrenbischof, Narrenpapst,* in mittelalterl. Kloster- u. Stiftsschulen ein im Advent für einen Tag zum „Bischof" gewähltes Kind.

Kinderdorf, *Jugenddorf,* Siedlung für eltern- u. heimatlose Kinder u. Jugendliche. Kleine Gruppen von Kindern u. Jugendlichen werden jeweils zu einem familienähnlichen Verband unter der Leitung von *K.eltern* oder einer *K.mutter* zusammengefaßt u. erhalten die Schul- u. Berufsausbildung. Nach dem 2. Weltkrieg sind solche Kinderdörfer in vielen europ. Ländern von ev., kath. u. interkonfessionellen Organisationen gegr. worden, so in der BRD (z. B. in Wahlwies, Dießen, Sulzburg, Nürnberg, Castrop-Rauxel, Berlin-Zehlendorf), in der Schweiz (z. B. in Trogen) u. in Österreich (z. B. in Imst). →auch SOS-Kinderdörfer.

Kinderehe, in manchen Gesellschaften (z. B. früher in Indien) ein in früher Kindheit aus wirtschaftl. oder familienrechtl. Gründen gegebenes u. mit bestimmten Zeremonien verbundenes Eheversprechen. Der Vollzug der Ehe erfolgt jedoch erst nach der Reife des Mädchens.

Kindererziehung = Pädagogik. – *Religiöse K.,* Unterweisung in Glaubenslehren. Nach dem Gesetz über die religiöse K. vom 15. 7. 1921 bestimmen darüber die Eltern im Rahmen ihrer Personensorge (→Kindschaftsrecht); nach Vollendung des 14. Lebensjahrs entscheidet das Kind selbst über seine Bekenntniszugehörigkeit; nach Vollendung des 12. Lebensjahrs erfordert ein Bekenntniswechsel seine Zustimmung. Bei Streitigkeiten entscheidet das Vormundschaftsgericht.

Kinderarbeit: Kinder in einem Bergwerk in England; Stich um 1850

Kinderfreunde, eine von Anton *Afritsch* 1908 in Graz gegr. Erziehungsgemeinschaft auf sozialist. Grundlage, die in Österreich zunächst Kinderhorte aus fürsorgerischen Motiven gründete. Ab 1920 verfolgten die K., inzwischen auch in Dtschld. tätig, bewußt den Zweck, die Caritas um die K. verdient gemacht. Seit der 2. Hälfte des 19. Jh. ist neben die konfessionelle u. humanitäre in steigendem Maß die staatl. u. gemeindl. K. getreten.

Kinderfürsorge, Erziehungsarbeit im Rahmen der Jugendfürsorge an wirtschaftl. hilfsbedürftigen, gesundheitl. oder sittlich gefährdeten Kindern; hervorgegangen aus den mittelalterl. Findel- u. Waisenhäusern. Sie wird auch heute noch weitgehend von den Kirchen getragen. Vor allem in Süd-Dtschld. hat sich bes. die Caritas um die K. verdient gemacht. Seit der 2. Hälfte des 19. Jh. ist neben die konfessionelle u. humanitäre in steigendem Maß die staatl. u. gemeindl. K. getreten.

Kindergärten, Einrichtungen zur Pflege, zur kindesgemäßen Beschäftigung u. Erziehung von Kindern von 3 bis 6 Jahren; bestanden schon im 18. Jh.

Kinderdorf Pestalozzi in Trogen (Schweiz)

Kindergeld

Moderner Kindergarten

Schöpfer der modernen K. wurde F. *Fröbel* 1839/1840, von dem auch der Name K. stammt. Im Gegensatz zur Schule kannten die dt. K. bis vor kurzem keinen planmäßigen u. auch keinen auf die Schule vorbereitenden Unterricht; seit einigen Jahren wird aber auf die Ausbildung der frühkindl. Intelligenz größeres Gewicht gelegt. Auch die Pflege der gestaltenden Fähigkeiten ist vielfältiger u. freier geworden. Es gibt ein mannigfaltiges – freilich örtlich unterschiedliches – Angebot an Bildungsmitteln. Bauen, Werken, Weben führen zur Konzentration u. Aufgabenbereitschaft. Rhythm.-musikal. Erziehung u. Turnspiele nehmen einen großen Raum ein. Pflege des Gesprächs u. Übung im Zuhören fördern die Unterscheidung von spielender Vorstellung u. Erkennen der Wirklichkeit. Bilderbücher unterstützen die sachl. Information u. die Entfaltung der Phantasiekräfte. Der Besuch ist freiwillig. K. werden teils privat von Industrieunternehmen u. Glaubensgemeinschaften unterhalten, teils sind sie Einrichtungen der Gemeinden. Leitung durch *Kindergärtnerinnen*, die ihre Ausbildung in einem *Seminar* oder in einer Fachschule für soziale Frauenberufe erhalten u. eine staatl. Abschlußprüfung machen müssen. → auch Kinderläden, Vorschulerziehung.

Kindergeld, eine obligator. Geldzahlung an den Sorgepflichtigen für jedes Kind zum Ausgleich der Familienlast. Kinder im Sinn des *Bundeskindergeldgesetzes (BKGG)* vom 14. 4. 1964 in der Fassung vom 31. 1. 1975 sind solche, die das 18. Lebensjahr noch nicht vollendet haben, bzw. solche, die das 18. Lebensjahr vollendet haben unter bestimmten Umständen (Schul- u. Berufsausbildung, körperl. Gebrechen u. a.). Seit 1976 gibt es K. auch für arbeitslose Jugendliche u. für Jugendliche ohne Ausbildungsplatz, die das 23. Lebensjahr noch nicht vollendet haben. Das K. beträgt für das erste Kind 50 DM, für das zweite Kind 80 (ab 1. 1. 1980: 100) DM, für das dritte u. jedes weitere Kind je 150 (ab 1. 1. 1980: 195) DM monatl. Die Durchführung des BKGG ist Aufgabe der *Bundesanstalt für Arbeit (K.kasse)*, der die notwendigen Mittel zur Zahlung des K.s vom Bund zur Verfügung gestellt werden. Für die Entgegennahme des Antrags auf K. u. die Entscheidung über den Anspruch ist das Arbeitsamt zuständig, in dessen Bezirk der Berechtigte seinen Wohnsitz hat. – Österreich: →Kinderbeihilfen. – ▫ 4.6.0.

Kindergottesdienst, im kath. Raum auch *Kindermesse*, in Textauswahl u. Predigt dem kindl. Verständnis angemessene Gottesdienstform.

Kinderheilkunde, *Pädiatrie*, der Teil der Medizin, der sich mit den besonderen Krankheiten des Säuglings- u. Kindesalters (→Kinderkrankheiten) befaßt. – Die K. entwickelte sich erst im 19. Jh. als eigenes Fachgebiet. 1802 entstand in Paris das erste eigene Kinderkrankenhaus, das *Hôpital des enfants malades*, das 300 Betten hatte u. von Jean François Nicolas *Jadelot* († 1855) geleitet wurde. In Dtschld. wurde die erste Kinderabteilung 1830 an der Charité in Berlin eingerichtet. 1868 gab es einen einzigen Lehrstuhl für K., den an der Universität Würzburg. Entscheidenden Anteil an der Entwicklung u. dem Aufschwung der modernen K. in Dtschld. hatten die Kinderärzte A. *Czerny* u. O. *Heubner*. – ▫ 9.9.4.

Kinderheim, ein staatl., kirchl. oder privates Heim zur Pflege u. Erziehung von Kindern jeden Alters (Kindergarten, Kinderhort); auch Ferien- oder Erholungsheim.

Kinderhort, eine Einrichtung für jüngere Schulkinder u. für gefährdete Kinder in der schulfreien Zeit. Sie erhalten hier Hilfe bei den Schularbeiten, Anregungen für Spiel und Interessenpflege; u. a. sollen überall Lesestuben u. Werkgruppen eingerichtet werden.

Kinderkrankenschwester, *Säuglingsschwester*, auf die Pflege des gesunden u. kranken Kindes u. Säuglings spezialisierter Krankenpflegeberuf; Ausbildung u. Prüfung sind gesetzl. geregelt, entsprechend denen der →Krankenschwester.

Kinderkrankheiten, *i. w. S.* die vorwiegend im Kindesalter vorkommenden Infektionskrankheiten, wie Scharlach, Masern, Windpocken, Kinderlähmung, Röteln u. a.; *i. e. S.* alle dem Kindesalter eigentümlichen Krankheiten, bes. Ernährungs-, Wachstums- u. Entwicklungsstörungen. Von den K. werden die *Säuglingskrankheiten* der Kinder unter einem Jahr abgetrennt. Hier handelt es sich vorwiegend um Ernährungsstörungen. Zu den K. gehören z. B. Rachitis, Spasmophilie, die Manifestationen der exsudativen u. lymphatischen Diathese, angeborene Mißbildungen u. a. Die K. zu erkennen, ihnen vorzubeugen u. sie zu behandeln obliegt dem Kinderarzt (*Pädiater*), dem Facharzt für →Kinderheilkunde. – ▫ 9.9.4.

Kinderkreuzzug, ein von französ. u. dt. Kindern 1212 unternommener *Kreuzzug*, bei dem diese, von religiösem Eifer ergriffen, zu Tausenden nach Genua u. Marseille zogen u. unterwegs elend umkamen oder als Sklaven verkauft wurden.

Kinderkrippe, tagsüber geöffnete Anstalt zur Unterbringung von Kindern berufstätiger Frauen.

Kinderläden, Einrichtungen der vorschul. →antiautoritären Erziehung in mehreren Großstädten der BRD, zuerst in Westberlin in ehem. Ladengeschäften gegründet. Ziele: Entwicklung der schöpfer. Phantasie, der geistig-sinnl. Fähigkeiten des (3–6jährigen) Kindes, Förderung von Kindern aus sozial schwachen Familien.

Kinderlähmung, spinale *Kinderlähmung*, *Heine-Medinsche Krankheit, Poliomyelitis anterior acuta*, vorwiegend Kinder, aber auch Erwachsene befallende, oft epidemisch auftretende, durch Viren (Typ I, II u. III) hervorgerufene meldepflichtige Infektionskrankheit, die bes. im Spätsommer u. Herbst ausbricht. Übertragung durch Tröpfchen- u. Schmierinfektion; die Polioviren dringen durch die Schleimhaut des Verdauungskanals in den Organismus ein. Einer kurzen uncharakteristischen Vorkrankheit mit Schnupfen, Mandelentzündung oder Magen-Darm-Katarrh folgen nach wenigen bis etwa 14 Tagen hohes Fieber, starker Schweiß u. heftige Gliederschmerzen, die rasch in Lähmungen einzelner Muskeln oder Muskelgebiete übergehen. Werden Zwerchfell u. Atemmuskeln befallen, droht Atemlähmung, deren Lebensgefährlichkeit heute allerdings durch die Eiserne Lunge eingeschränkt wird. Bei schweren Epidemien verlaufen bis zu 20% der Fälle tödlich, u. auch nach Ausheilung bleiben häufig Lähmungen zurück, die zur dauernden Körperbehinderung führen. Vorbeugung durch Schutzimpfung entweder mit abgetöteten Viren (Injektionsimpfung nach J. E. *Salk*) oder mit abgeschwächten Lebendviren (Schluckimpfung nach H. *Cox*, A. *Sabin* u. a.) hat sich als sehr erfolgreich erwiesen u. ist angesichts der Schwere der Erkrankung u. der drohenden Folgen nachdrücklich zu empfehlen. Eine spezifische Behandlung ist noch nicht möglich; lediglich die Lähmungen werden orthopädisch behandelt. – ▫ 9.9.1.

Kinderliteratur →Jugendbuch.

Kindermann, Heinz, österr. Literatur- u. Theaterwissenschaftler, * 8. 10. 1894 Wien; 1927–1936 Prof. in Danzig, 1936–1943 in Münster, 1943–1945 u. seit 1953 in Wien; seit 1928 Hrsg.

Kinderladen in Westberlin

der „Dt. Literatur in Entwicklungsreihen", seit 1955 Hrsg. der Zeitschrift „Maske u. Kothurn"; Schriften zur neueren dt. Literatur- u. zur Theaterwissenschaft. „Das literar. Antlitz der Gegenwart" 1929; „Theatergeschichte der Goethezeit" 1948; „Meister der Komödie" 1952; „Theatergeschichte Europas" 9 Bde. 1957–1970.

Kindermehl, Weizen- oder Hafermehlpräparat für die Ernährung von Kleinkindern. Mehl wird durch einen Backvorgang aufgeschlossen, indem flache Mehlkuchen vermahlen, mit kondensierter Milch vermischt u. nochmals vermahlen werden. Dann erhält das Mehl Zusätze von Zucker, Eiern, Calcium- u. Phosphorsalzen (blut- u. knochenbildend), Malz, Schokolade, Vitaminen u.a. Nährstoffen. K. muß enthalten: 15% aufgeschlossene Stärke, 10% nicht aufgeschlossene Stärke (für Quellbarkeit), 10–25% Zucker.

Kinderpsychologie, Teilgebiet der *Entwicklungspsychologie*, das sich in Forschung u. Lehre mit den psychischen Erscheinungen des Kindesalters befaßt; wird oft i.w.S. auch unter *Jugendpsychologie* behandelt. Seit W. *Preyers* bahnbrechendem Werk „Die Seele des Kindes" (1888) ist die K. in den USA (S. *Hall*, *1846, †1924; J. M. *Baldwin*), in der Schweiz (E. *Claparède*, J. *Piaget*) u. in Dtschld. (K. *Groos*, *1861, †1946; W. *Stern*, K. *Bühler*) zu einer verzweigten Wissenschaft geworden, an der auch Psychoanalyse u. Individualpsychologie wachsenden Anteil haben. Neben der Gesamterfassung einzelner Entwicklungsabschnitte werden verschiedene Funktionen, z.B. die Entwicklung der Sprache, des Gedächtnisses, der Wertgefühle u.a. erforscht. – 📖1.5.2.

kinderreiche Familien, im allg. Familien mit vier u. mehr Kindern; seit Beginn des 19. Jh. in Dtschld. im Rückgang.

Kinderspielplatz, Anlage mit Einrichtungen für das Kinderspiel; im Garten, bes. aber als öffentl. K.: *Sandspielplätze* mit Sandkasten; *Gerätespielplätze* mit Wippen, Rundlauf, Drehschwinger, Rutschbahn, Springböcken, Laufballen, Klettergerüst; *Wasserspielplätze* mit (künstl.) Planschbecken oder (natürl.) Planschteichen. In einigen Großstädten der BRD wurden größere *Indianerspielplätze* u. *Verkehrsspielplätze* angelegt. Notwendig sind breite Rahmenpflanzungen u. günstige Lage zur Wohnbebauung, ohne Durchgangsverkehr.

Kindersportabzeichen →Deutsches Schülersportabzeichen.

Kindertaufe, Taufe von unmündigen, noch nicht des Glaubens fähigen Kindern kurz nach ihrer Geburt; in der kath. u. luth. Kirche geboten, da das Sakrament ein wirksames Zeichen der Gnadenvermittlung Christi sei, die die Kirche im Auftrag Jesu stellvertretend vornehme. Die ref. Kirche tauft die Kinder auf künftigen Glauben hin. In jüngster Zeit wird die K. nicht nur von atheistischer Seite, sondern auch von nicht wenigen Theologen in Frage gestellt, die eine Taufe nur in Verbindung mit einer eigenen Entscheidung des Täuflings für vertretbar halten.

Kinderzeichnung, der zeichnerische u. malerische Ausdruck des Kindes, seit dem 18. Jh. Gegenstand der Forschung (erstes wissenschaftl. Werk: „L'arte dei Bambini" von C. *Ricci* 1887). Grundlegend für die Beurteilung der K. ist die Erkenntnis, daß das Kind kein Wahrnehmungs-, sondern ein Gedankenbild wiedergibt. Die Entwicklung vollzieht sich in mehreren Abschnitten: Nach Kritzeleien von schwer erkennbarer gegenständl. Bedeutung entstehen zeichenhaft abgekürzte Figuren; Oben u. Unten wird schon betont, dann beginnt die teilweise Nachahmung der Wirklichkeit (4.–6. Jahr). Mit dem Versuch vollständiger Naturnachahmung, d.h. mit perspektiv. Wiedergabe, endet die Entwicklung. Ihre Abschnitte weisen Parallelen zu den Entwicklungsstufen früher Epochen im Kunstschaffen der Menschheit auf. Bes. im 20. Jh. haben sich Künstler von K.en inspirieren lassen, so P. *Klee*, G. *Grosz*, J. *Dubuffet*. – 📖2.0.6.

Kinderzulagen, 1. Zulagen, die dem Arbeitnehmer im Rahmen seines Lohns oder Gehalts für seine Kinder gewährt werden, wichtigster Teil des sog. *Soziallohns (Familienlohn)*.
2. die im Rahmen der *Unfallversicherung* neben der Hauptrente für unversorgte Kinder gewährten Zulagen.

Kinderzuschläge, die einem *Beamten* im Rahmen seiner Dienstbezüge für seine haushaltszugehörigen Kinder gewährten Zulagen zum Grundgehalt; zu unterscheiden vom *Kindergeld*.

Kinderzuschuß, die im Rahmen der gesetzl. *Rentenversicherung* neben der Hauptrente für Kinder gewährte Zulage.

Kindesannahme →Annahme als Kind.

Kindesmißhandlung, Gesundheitsschädigung (z.B. durch Zufügen körperl. oder seelischer Qualen) oder Überanstrengung eines Kindes oder Jugendlichen; in Österreich bes. Delikt (§ 92f. StGB: Freiheitsstrafe bis zu 2 Jahren); BRD u. Schweiz: →Körperverletzung.

Kindesmord, *Kindsmord, Kindestötung, Infanticidium*, vorsätzliche Tötung eines nichtehelichen Kindes durch seine Mutter in oder gleich nach der Geburt, wird geringer bestraft als →Totschlag bzw. →Mord, nämlich mit Freiheitsstrafe nicht unter 3 Jahren, bei mildernden Umständen mit Freiheitsstrafe von 6 Monaten bis zu 5 Jahren (§ 217 StGB). – Nach schweizer. Recht (Art. 116 StGB) gilt Entsprechendes auch für den K. an einem ehelichen Kind. – Das österr. Recht unterscheidet hinsichtl. der Strafhöhe seit dem 1. 1. 1975 nicht mehr zwischen K. an einem unehelichen u. K. an einem ehelichen Kind: in beiden Fällen ist K. mit Freiheitsstrafe von einem bis zu fünf Jahren zu bestrafen (§ 79 StGB).

Kindesraub, *Kindesentführung, Muntbruch*, strafbare Handlung, bei der eine minderjährige Person ihren Eltern, ihrem Pfleger oder Vormund durch List, Drohung oder Gewalt entzogen wird; strafbar nach § 235 StGB mit Freiheitsstrafe bis zu 5 Jahren oder mit Geldstrafe, in besonders schweren Fällen mit Freiheitsstrafe von 6 Monaten bis zu 10 Jahren. – In der Schweiz ist K. mit Zuchthaus bis zu 5 Jahren oder Gefängnis nicht unter 6 Monaten bedroht (Art. 185 StGB); Österreich: auf Antrag des Erziehungsberechtigten Freiheitsstrafe bis zu 1 Jahr (§ 195 StGB). →auch Entführung, erpresserischer Kindesraub, erpresserischer Menschenraub.

Kindesunterschiebung, Unterfall der strafbaren *Personenstandsveränderung*, begangen durch Vortäuschung eines in Wirklichkeit nicht entstandenen Mutter-Kind-Verhältnisses; wie die *Kindesverwechslung* u. sonstige Verletzungen des Personenstands strafbar nach § 169 StGB.

Kindheit, *Kindesalter*, der Lebensabschnitt des Menschen, der sich von der Geburt bis zum Beginn der Geschlechtsreife erstreckt. Man unterteilt ihn in die *Säuglings-* (1. Jahr), *Kleinkind-* (2.–5. Jahr) u. *Schulkindzeit* (6.–14. Jahr). Die K. wird sehr stark von Wachstums- u. Entwicklungsvorgängen bestimmt, die auf die körperl., seel. u. geistige Reife abzielen. Sie verlaufen in einer von der Natur festgelegten Reihenfolge mehr oder weniger rasch, stetig oder mit period. Unterbrechungen, nicht unbeeinflußt von den Einwirkungen der Umwelt u. Erziehung. Die möglichst ungestörte Entwicklung der K. ist die wesentl. Grundlage für die spätere körperl., seelische, geistige u. charakterl. Entwicklung des reifen Menschen. Störungen u. Hemmungen machen sich im späteren Leben u. U. als Infantilismen oder Komplexe geltend. – 📖9.9.4.

Kindheitsevangelien, legendäre Erzählungen über Kindheit u. Jugend Jesu, so das sog. *Protevangelium des Jakobus* (griech., auch syrisch u. z.T. koptisch) aus dem 2. Jh. mit Legenden auch über Geburt u. Jugend der Mutter Jesu (Anna u. Joachim als ihre Eltern) u. die sog. *Kindheitserzählung des Thomas* (griech., syr., latein., arab., slaw. Übersetzungen bzw. Bearbeitungen) aus derselben Zeit mit allerlei Wundern des Kindes Jesus. Die K. sind ohne historischen Wert, zumal hier z.T. nichtchristl. Legenden übernommen sind.

Kindia, Stadt in der westafrikan. Rep. Guinea nordöstl. von Conakry, 45000 Ew.; Straßenknotenpunkt; südl. von K. Bauxitlagerstätten.

Kindiga, Steppenwildbeuter im abflußlosen Gebiet Tansanias (1000); körperl. u. sprachl. (Schnalzlaute) Ähnlichkeiten mit Buschmännern.

Kindler Verlag GmbH, München, gegr. 1951 in Bad Wörishofen; Biographien, Autobiographien, populärwissenschaftl. Sachbücher. Enzyklopädisches Programm im Schwesterunternehmen *Kindler Verlag AG*, Zürich.

Kindschaftsrecht, das Rechtsverhältnis zwischen den Eltern u. dem Kind, i.e.S. das Recht des →ehelichen Kindesverhältnisses im Gegensatz zum Recht der →nichtehelichen Kinder, beide Rechtsgebiete inzwischen weitgehend einander angepaßt durch das Gesetz über die rechtl. Stellung der nichtehel. Kinder vom 19. 8. 1969. Grundlage des K.s ist die →elterliche Gewalt, die von den Eltern gemeinsam ausgeübt wird (§§ 1626, 1627 BGB). Sie umfaßt das Recht u. die Pflicht zur *Personensorge* (Erziehung einschl. der Anwendung angemessener Zuchtmittel, die im Gesetz nicht mehr ausdrückl. erwähnt sind; Beaufsichtigung [→Aufsichtspflicht]; Bestimmung von Vornamen u. Aufenthalt; religiöse →Kindererziehung) u. *Vermögensverwaltung* einschl. der Befugnisse u. Pflichten als →gesetzliche Vertreter. Außerdem steht den Eltern ein beschränktes *Nutznießungsrecht* am Kindesvermögen zu. Das bedeutet: Die Einkünfte des Kindesvermögens sind zunächst für die Vermögensverwaltung, sodann für den Unterhalt des Kindes zu verwenden. Ledigl. Überschußeinkünfte dürfen die Eltern für ihren eigenen Unterhalt oder für den Unterhalt minderjähriger Geschwister verwenden.
Bei Mißbrauch der elterl. Gewalt kann sie unter gewissen Voraussetzungen im ganzen oder in ihren einzelnen Bestandteilen vom Vormundschaftsgericht entzogen (§§ 1666ff. BGB) u. das Kind zum Zweck der Erziehung in einer geeigneten Familie oder in einem Heim untergebracht werden (→Jugendhilfe); bei Bestrafung mit Freiheitsstrafe von mindestens 6 Monaten wegen eines an dem Kind verübten Verbrechens oder vorsätzl. Vergehens wird sie mit der Rechtskraft des Urteils verwirkt (§ 1676 BGB); sie ruht bei tatsächl. Verhinderung des Inhabers in ihrer Ausübung sowie bei seiner Geschäftsunfähigkeit oder seiner beschränkten Geschäftsfähigkeit (§§ 1673–1675 BGB).
Die Vernachlässigung eines Kindes ist mit Freiheitsstrafe bis zu 5 Jahren strafbar, wenn durch sie das körperl. oder sittl. Wohl des Kindes gewissenlos gröblich vernachlässigt wird (§ 170d StGB). Ist einem Elternteil die elterl. Gewalt entzogen, ist sie verwirkt oder ruht sie, so übt der andere Elternteil die elterl. Gewalt allein aus (§§ 1678ff. BGB). Dem Elternteil, dem die elterliche Gewalt allein zusteht, kann auf Antrag durch das Vormundschaftsgericht ein →Beistand (2) bestellt werden (§§ 1685ff. BGB). Ist die Ehe geschieden oder leben die Ehegatten getrennt, so bestimmt das Vormundschaftsgericht, welchem Elternteil die elterl. Gewalt über ein gemeinschaftl. Kind zusteht. In der Regel soll sie einem Elternteil allein zugesprochen werden. Wenn es aber das geistige oder leibliche Wohl des Kindes erfordert, kann die Sorge für die Person u. das Vermögen des Kindes auch unter den Eltern aufgeteilt oder eine →Pflegschaft bzw. →Vormundschaft angeordnet werden. Bei Meinungsverschiedenheiten über die Ausübung der elterl. Gewalt müssen die Eltern versuchen, sich zu einigen. Das *Gleichberechtigungsgesetz* vom 18. 6. 1957 sah zunächst den Stichentscheid des Vaters vor, doch das Bundesverfassungsgericht erklärte diese Bestimmung sowie das alleinige Vertretungsrecht des Vaters für nichtig. Die letzte Entscheidungsbefugnis bei Streitigkeiten von erheblicher Bedeutung liegt nun beim *Vormundschaftsgericht*. – Eheliche Kinder erhalten den *Ehenamen* der Eltern, nichtehel. den *Familiennamen* der Mutter, bei Adoption den des Annehmenden. →auch Arbeitsschutz, gesetzliche Erbfolge, Jugendschutz, Unterhalt, Verwandtschaft.
Nach österr. Recht berechtigt die elterl. Gewalt die Eltern, einverständlich die Handlungen ihrer Kinder zu leiten. – In der Schweiz ist das *eheliche Kindesverhältnis* in Art. 252–301 ZGB, das *außereheliche Kindesverhältnis* in Art. 302–327 ZGB geregelt; weitere Bestimmungen des K.s finden sich in den Art. 328ff. ZGB. – 📖4.3.1.

Kindschaftssachen, Klagen auf Feststellung des Bestehens oder Nichtbestehens eines Eltern-Kindes-Verhältnisses zwischen den Parteien, Anfechtung der Ehelichkeit eines Kindes, Anfechtung der Anerkennung der Vaterschaft u. Feststellung des Bestehens oder Nichtbestehens der elterlichen Gewalt der einen Partei über die andere (§ 640 ZPO).

Kindslage, Lage des Kindes in der Gebärmutter während Schwangerschaft u. Geburt.

Kindspech, *Meconium, Mekonium*, der Darminhalt der Leibesfrucht, der bis zum 2. Tag von Neugeborenen entleert wird; besteht aus Galle, Schleim, Darmzellen, Fruchtwasser u.a.

Kindu, *Kindu-Port-Empain*, Flußhafen u. Verkehrsknotenpunkt am Lualaba, dem Oberlauf des Kongo, in der Prov. Kivu in Zaire; 45000 Ew.

Kinemathek [die; grch.], Filmsammlung, Filmarchiv. – Die Stiftung *Dt. K.* in Berlin ist mit rd. 3000 Spielfilmen u. 2000 Kurz- u. Dokumentarfilmen die größte dt. Filmsammlung.

Kinematik [grch.], *Bewegungslehre*, Teil der Mechanik; befaßt sich mit den geometr. Bewegungs-

Kinematographie

verhältnissen von Körpern in Abhängigkeit von der Zeit, ohne nach den verursachenden Kräften zu fragen. Gegensatz: *Dynamik*.

Kinematographie [grch., „Bewegungsaufzeichnung"], allgemeine Kinopraxis u. Filmtechnik; auch alles, was mit dem Laufbild u. der beweglichen Photographie zusammenhängt.

Kineschma, Stadt in der RSFSR (Sowjetunion), an der Wolga, bei Iwanowo, 94 000 Ew.; Hafen u. Umschlagplatz; Textil-, Mühlen-, chem. (Phosphor- u. Stickstoffdünger) u. keram. Industrie.

Kinetik [grch.], Lehre von den →Bewegungen unter dem Einfluß innerer oder äußerer Kräfte. Gegensatz: *Statik*.

kinetische Energie, Bewegungsenergie →Energie.

kinetische Gastheorie, die Theorie, nach der die Eigenschaften u. Gesetzmäßigkeiten der Gase aus der Vorstellung abgeleitet werden, daß die Moleküle in einem Gas rasch umherfliegende Teilchen sind, die einander stoßen u. Kräfte aufeinander ausüben. →auch Gas.

kinetische Kunst, selbständige Richtung der modernen Plastik, bringt Licht u. Bewegung als gestalterische Merkmale zur Geltung. Pioniere: Alexander *Calder*, Marcel *Duchamp*, Laszlo *Moholy-Nagy* u. Man *Ray*; Hauptvertreter: Heinz *Mack*, Martial *Raysse*, George *Rickey*. Maschinenantrieb u. akustische Effekte bei Jean *Tinguely*.

Kinetochor →Zentromer; →auch Kernteilung.

Kinetose [grch., „Bewegungskrankheit"] = Seekrankheit.

King [kiŋ; engl.], König, auch Bestandteil geograph. Namen.

King [kiŋ], 1. Martin Luther, Geistlicher u. Führer der Farbigen in den USA, * 15. 1. 1929 Atlanta, Ga., † 4. 4. 1968 Memphis, Tenn. (ermordet); seit 1954 Baptisten-Pfarrer in Montgomery, Ala.; Gründer der Bürgerrechtsorganisation *Southern Christian Leadership Conference* (*SCLC*, Christl. Führungskonferenz des Südens). Im Geist Jesu u. nach dem Vorbild Gandhis wollte K. ohne Gewalt u. durch passiven Widerstand die Rassenschranken zu Fall bringen. Sein erster großer Erfolg war die Aufhebung der Rassentrennung in den öffentl. Verkehrsmitteln von Montgomery nach einem von ihm geleiteten Boykott (1956). Danach organisierte er viele Demonstrationen, u. a. den Marsch auf Washington (1963). Friedensnobelpreis 1964.
2. William Lyon Mackenzie, kanad. Politiker (Liberaler), * 17. 12. 1874 Berlin, Ontario, † 22. 7. 1950 Ottawa; 1919 Parteiführer; die beherrschende Gestalt der kanad. Politik zwischen den Weltkriegen, erreichte die volle polit. Unabhängigkeit Kanadas innerhalb der brit. Völkergemeinschaft; 1921–1948 mit Unterbrechungen Premier-Min.; 1928 u. 1938 Präs. der Völkerbundversammlung.

Kingsche Regel, die von dem engl. Statistiker Gregory *King* (* 1648, † 1712) anhand von statist. Untersuchungen über den Zusammenhang zwischen Ernteausfall u. Getreidepreisen aufgestellte Regel, wonach bei einem Ernteausfall von $^1/_{10}$ die Preise um $^3/_{10}$ ansteigen können; zeigt, daß bei Verknappung eines lebensnotwendigen Gutes die Haushalte bereit sind, mehr Geld für dieses Gut auszugeben, um den Bedarf zu befriedigen. →auch Elastizität.

Kingsley ['kiŋzli], Charles, engl. Schriftsteller. * 12. 6. 1819 Dartmoor, Devon, † 23. 1. 1875 Eversley, Hampshire; Pfarrer u. Historiker; trat für tätiges Christentum ein, Wortführer der christl.-sozialen Bewegung; schrieb u. a. utop. u. kulturgeschichtl. Romane: „Gischt" 1848, dt. 1890; „Hypatia" 1853, dt. 1958.

King's Lynn [kiŋz lin], engl. Hafenstadt am Wash, 31 000 Ew.

Kings Peak ['kiŋz piːk], höchste Erhebung der Uinta Mountains im nordöstl. Utah (USA), 4114 m.

Kingston [-tən]. 1. Hptst., Hafen u. Industriezentrum an der Südküste von Jamaika, 117 500 Ew., m. V. 506 000 Ew.; Universität (1962 eröffnet); Ölraffinerie, Textil-, chem., pharmazeut. Metall- u. Nahrungsmittelindustrie.
2. kanad. Universitätsstadt in Ontario am Nordufer des Ontariosees, 60 000 Ew.; Queens University (gegr. 1841); Hafen, vielseitige Industrie.
3. Hauptort der austral. Norfolkinsel, 1200 Ew.

Kingston upon Hull [-tən ə'pɔn 'hʌl], auch *Hull*, ostengl. Hafenstadt (County Borough) in der Grafschaft York, an der Mündung des Hull River in den Humber, 292 600 Ew.; einer der größten Häfen Englands, bes. für den Verkehr nach Nordeuropa u. für Fischerei; Dreifaltigkeitskirche (14. Jh., größte Englands); Universität (seit 1954, 1927 als College gegr.); Ölpressen, Seifen- u. Stärkeindustrie, Werften.

Kingston upon Thames [-tən ə'pɔn tɛmz], Stadtbez. von Greater London (London Borough), 144 000 Ew., bis 1964 Hptst. der südostengl. Grafschaft Surrey; 902–978 Krönungsstadt der angelsächs. Könige; Eisenindustrie.

Kingstown [-taun], 1. Hptst. u. Hafen der brit. Antilleninsel *St. Vincent (Windward Islands)*, 22 000 Ew.; Bildungseinrichtungen; Flugplatz.
2. ostirische Stadt, = Dún Laoghaire.

Kingtetschen = Tsingtschen.

Kingtschou = Kiangling.

King William's Town [kiŋ 'wiljəms 'taun], Verwaltungszentrum der *Ciskei*, eines „Bantu-Heimatlandes" im östl. Kapland (Rep. Südafrika), westl. von East London, 16 000 Ew.; Handelszentrum, Verbrauchsgüterindustrie, Flugplatz.

Kinkaju [der; algonk., frz.] →Wickelbär.

Kinkel, Gottfried, Schriftsteller, * 11. 8. 1815 Oberkassel bei Bonn, † 13. 11. 1882 Zürich; war Prof. für Kunst- u. Kulturgeschichte in Bonn, zugleich polit. Lyriker u. Publizist; vertrat in der preuß. Zweiten Kammer die republikan. Linke; wegen Teilnahme am bad. Aufstand zu lebenslängl. Haft verurteilt, konnte nach London fliehen; 1866 Prof. in Zürich; schrieb Gedichte, rhein. Erzählungen u. das einst vielgelesene Versepos „Otto der Schütz" 1846. Selbstbiographie (Hrsg. R. Sander) 1931.

Kinkhörner = Spindelschnecken.

Kinki, fruchtbare japan. Ebene um Osaka in Südhonshu, als Region 33 000 qkm; Zitrusfrüchte-, Tee- u. Reisanbau.

Kin-ku ki-kuan = Chin-ku ch'i-kuan.

Kinn, *Mentum*, *Genion*, rundlicher Vorsprung am unteren Ende des Unterkieferknochens des Menschen, durch eine Querfurche von der Unterlippe getrennt. Das K. ist eine spezifisch menschliche Bildung; beim Neandertaler ist noch keine Andeutung eines K.s vorhanden, von dort führt eine Entwicklungsreihe bis zum K. des heutigen Menschen.

Kinnhaken, beim Boxen Schlag mit dem etwa rechtwinklig gebeugten, versteiften Arm gegen die Kinnspitze.

Kino, 1. *Botanik*: [der; afrikan.], Sammelname für bestimmte eingedickte, gerbsäurereiche Säfte tropischer Bäume. Sie werden technisch in der Gerberei u. in der Medizin als Adstringens verwendet. Von den Schmetterlingsblütlern liefern K.: der ostindische *Pterocarpus marsupium*, der westindische *Pterocarpus erinaceus* u. *Butea frondosa* sowie einige Knöterichgewächse u. Myristicazeen.
2. [das; Kurzform für grch. *Kinematograph*, „Bewegungsaufzeichner"], *Filmwesen*: Lichtspieltheater, →Film.

Kino-Objektive, Objektive für Filmaufnahme u. -wiedergabe, sind sinngemäß wie Photoobjektive aufgebaut, Aufnahme-K. jedoch mit etwas längerer Brennweite als normal (d. h. länger als die Bilddiagonale), nämlich 15 mm für Super 8, 25 mm für 16-mm-Schmalfilm u. 50 mm für Normalfilm. Heute werden fast nur K. mit veränderlicher Brennweite (*Gummilinse*) verwendet. *Projektions-K.* haben sehr lange Brennweiten in Abhängigkeit von der Entfernung zur Bildwand (Petzval-Typen).

Kinorhynchen [grch.], *Rüsselkriecher*, *Kinorhyncha*, Klasse der *Hohlwürmer*, freilebende, bis zu 1 mm lange Würmer, die am Meeresboden mit Hilfe ihres mit Haken besetzten Vorderendes umherkriechen. K. ernähren sich von Kieselalgen oder feinverteiltem organischem Material u. Schlamm; etwa 100 Arten sind beschrieben.

Kinostativ, stabiles Stativ für Filmaufnahmen, meist aus Holz, horizontal u. vertikal verstellbar durch *Schwenkkopf*, auch mit Kreisel- oder Hydro-(Öldruckdämpfer-)Stabilisierung. Das K. für Schmalfilm hat einen Kinoneigekopf, der mit Handgriff in beiden Ebenen feststellbar ist.

Kin Ping Meh = Chin-p'ing-mei.

Kinross, Stadt in mittelschott. Distrikt *Perth and K.*, am Loch Leven, 2300 Ew.

Kinsey [-zi], Alfred G., US-amerikan. Zoologe u. Sexualforscher, * 23. 6. 1894 Hoboken, N.J., † 25. 8. 1956 Bloomington, Ind.; Hptw.: die „K.-Reports": „Das sexuelle Verhalten des Mannes" 1948, dt. 1955, „Das sexuelle Verhalten der Frau" 1953, dt. 1954.

Kinshasa [kin'ʃaza], früher *Léopoldville*, Hptst. von Zaire (früher Kongo-Kinshasa), am linken Ufer des unteren Kongo, am Stanley Pool, 2,0 Mill. Ew.; moderne Tropenstadt mit mehreren Rundfunksendern, 2 Universitäten, Hochschulen, Goethe-Institut; größtes Handels- u. Industriezentrum des Landes (besonders Nahrungsmittel-, Textil-, Holz- u. Gummiindustrie); Endpunkt der Kongoschiffahrt; gute Straßen- u. Bahnverbindungen, 2 Flughäfen.

Kintschou, *Chinchow*, *Jinzhou*, chines. Stadt in der Prov. Liaoning (südl. Mandschurei), am Golf von Liaotung, 400 000 Ew.; Textil-, Papier, Glas- u. a. Industrie.

Kintyre [-'taiər], felsige schottische Halbinsel westlich von Glasgow, 78 km lang, unfruchtbar, Fischerei.

Kinzig, 1. rechter Nebenfluß des Rhein, 112 km lang, entspringt im Schwarzwald westl. von Loßburg, mündet bei Kehl.
2. rechter Nebenfluß des Main, 82 km, entspringt in der Südrhön südöstl. von Schlüchtern, mündet bei Hanau.

Martin Luther King 1963 vor Bürgerrechtlern in Washington

Kingston (Jamaika): Kingstreet

Kiosk [der; türk.], Vorbau an oriental. Palästen; auch Gartenhäuschen oder erkerartiger Vorbau an einem oberen Stockwerk; Verkaufshäuschen für Zeitungen, Tabakwaren u. a.

Kioto = Kyoto.

Kiowa ['kaɪəuwə], Stamm von 3000 Prärie-Indianern in einem Reservat in Oklahoma; bildet zusammen mit den *Tano* eine eigene Sprachfamilie.

Kip, Währungseinheit in Laos: 1 K. = 100 At.

Kipfel, *Kipferl, Kipf, Hörnchen*, Wiener Gebäck aus Hefe-, Mürbe- oder Blätterteig in der Form eines Horns; erstmals von dem Bäckermeister Peter Wendler, nach der Rettung Wiens vor den Türken (1529), in Form des türk. Halbmonds gebacken.

Kipling, Rudyard, engl. Schriftsteller, *30. 12. 1865 Bombay, †18. 1. 1936 London; weitgereister Journalist, geistiger Repräsentant der brit. Imperiums, sah die Aufgabe des „weißen Mannes" in der Aufrechterhaltung von Recht u. Ordnung in der Welt; ausgezeichneter Schilderer Indiens; 1907 Nobelpreis; „Plain Tales from the Hills" (Kurzgeschichten) 1888, dt. „Schlichte Geschichten aus Indien" 1895; „Balladen aus dem Biwak" (Soldatenlieder) 1892, dt. 1911; „Jungle Books" 2 Bde. 1894/95, dt. „Im Dschungel" 1898 u. „Das neue Dschungelbuch" 1899; „Kim" 1901, dt. 1908. – ☐ 3.1.3.

Kipnis, Alexander, US-amerikan. Bassist russ. Herkunft, *1. 2. 1891 Schitomir, Ukraine, †14. 5. 1978 Westport, Conn.; wirkte u. a. in Hamburg, Berlin, Wien, 1939–1946 an der Metropolitan Opera in New York, sang auch in Bayreuth u. Salzburg; lehrte an der Juilliard School of Music in New York.

Kippe, 1. *Bergbau:* →Bergbau.
2. *Turnen:* eine Schwungübung, bei der der Körper durch schwunghaftes Beugen im Hüftgelenk u. anschließende Streckung einen Aufwärtsimpuls erhält, wodurch der Turner aus dem Hang in den Stütz gelangt (am Reck, Barren u. an den Ringen); bei der *Boden-K.* aus der Nackenlage oder dem Kopfstand zum Stand.

kippen, *Festigkeitslehre:* dem *Knicken* verwandter Vorgang, der bei hohen, schmalen Trägern eintreten kann, indem der gedrückte Gurt seitlich ausweicht, sobald das Biegemoment einen bestimmten, hauptsächl. vom Elastizitätsmodul u. seitlichen Trägheitsmoment des Trägers abhängigen Wert überschreitet.

Kippenberg, Anton, Verleger, *22. 5. 1874 Bremen, †21. 9. 1950 Marburg; 1905–1950 Leiter des *Insel-Verlags;* Sammler u. Goetheforscher („Goethe u. seine Welt" 1932), 1938–1950 Präs. der Goethe-Gesellschaft; seine *Sammlung K.* befindet sich seit 1953 als Goethe-Museum in Düsseldorf. K. übersetzte fläm. Dichter u. schrieb Schüttelreime unter dem Decknamen Benno *Papentrigk,* ferner „Geschichten aus einer alten Hansestadt" 1933, „Reden u. Schriften" 1952. – K.s engste Mitarbeiterin war seine Frau Katharina K. (*1876, †1947).

Kipper, 1. *Lebensmittel:* frischer, auseinandergeklappter Hering, der kalt geräuchert wird.
2. *Verkehrstechnik: Waggon-K.,* Entladevorrichtung für Eisenbahnwagen bei großen Industrie-, Hütten- oder Kraftwerken. Die Wagen werden auf einer Bühne festgelegt u. dann meist über die unten geöffnete Stirnwand durch Heben an einem Ende entleert.

Kipper und Wipper, im 17. Jh. die Edelmetallaufkäufer; wendeten bes. beim Wiegen betrügerische Methoden an („Kippen u. Wippen" der Waage). – *K.- u. W.zeit,* die ersten Jahre des 30jährigen Krieges (1618–1623); der große Geldbedarf u. die Silberknappheit veranlaßten die Landesherren, das vollwertige Geld einzuschmelzen u. mit Kupferzusatz unterwertig auszuprägen *(Kippermünzen);* dies führte zur ersten großen Inflation der Neuzeit.

Kipphardt, Heinar, Dramatiker, *8. 3. 1922 Heiderdorf, Schlesien; Arzt; 1950–1959 Dramaturg am Dt. Theater in Ostberlin, seitdem in Düsseldorf u. München; Dramen über Gegenwartsthemen, Dokumentarstücke: „Entscheidungen" 1952; „Shakespeare dringend gesucht" (Komödie) 1954; „Die Stühle des Herrn Szmil" (Komödie) 1958; „Der Hund des Generals" 1962; „In der Sache J. Robert Oppenheimer" 1964; „Joel Brand" 1965; „Die Soldaten" (Komödie nach J. M. R. Lenz) 1968; Erzähltes: „Die Ganovenfresse" 1964.

Kippregel, ein Gerät, das in Verbindung mit dem *Meßtisch* zur Festlegung von Visierstrahlen u. zur Messung von Entfernungen u. Neigungswinkeln dient; besteht aus einem Lineal, über dem ein um eine waagerechte Achse drehbares Fernrohr angebracht ist.

Kippscher Apparat, Gerät zur Darstellung von Gasen im Laboratorium.

Kippschwingungen, Schwingungen in Form einer Sägezahnkurve, die durch eine Glimmlampe (Ausnützen des Unterschiedes zwischen Zünd- u. Löschspannung) oder einen Sperrschwinger mit Röhren oder Halbleitern erzeugt werden können. Anwendung z. B. beim Oszillographen u. Fernsehen zum Zeilenschreiben.

Kippteil, *Ablenkteil,* elektron. Versorgungseinheit der Braunschen Röhre. Das K. erzeugt mit Röhren- oder Halbleiterschaltungen (Multivibratoren) eine Sägezahnspannung (→Kippschwingungen), die den Kathodenstrahl in fester zeitl. Folge ablenkt. Die Ablenkfrequenz kann entspr. der Schnelligkeit der dargestellten Vorgänge verschieden gewählt werden.

Kiprẹnskij, Orest Adamowitsch, russ. Maler u. Graphiker, *24. 3. 1782 bei Korje, †17. 10. 1836 Rom; trat 1788 in die St. Petersburger Kunstakademie ein; seit 1812 Akademierat in St. Petersburg; lebte seit 1818 in Rom, dort unter dem Einfluß A. *Canovas* u. B. *Thorvaldsens.* K. war der bedeutendste russ. Porträtist seiner Zeit.

Kips [das; engl.], Haut der indischen Buckelrinder.

Kiptschạk →Kumanen.

Kipụshi [-ʃi], Bergbaustadt im südl. Shaba in Zaire (Zentralafrika), an der Grenze gegen Sambia, 33 000 Ew.

Kirchberg, 1. Stadt im Krs. Zwickau, Bez. Karl-Marx-Stadt, im westl. Erzgebirge, 8000 Ew.; Granit- u. Textilindustrie. – Um 1300 gegr.; spätgot. Stadtkirche.
2. schweizer. Luftkurort im Kanton St. Gallen, in der nördl. Landschaft Toggenburg, südl. von Wil, 6400 Ew.; ehem. Wallfahrtskirche (1747 erbaut).

Kirchberg (Hunsrück), rheinland-pfälz. Stadt nordwestl. des Soonwaldes (Rhein-Hunsrück-Krs.), 2600 Ew.; Holz-, Stein- u. Glasindustrie; Fremdenverkehr.

Kirchberg in Tirol, österr. Sommerfrische u. Wintersportstätte im Brixental, 837 m ü. M., 3550 Ew.; Volksbrauch: der »Antlaßritt« zur Schwedenschanze am Fronleichnamstag.

Kirche [grch. *kyriake,* „dem Herrn gehörig"], *Ekklesia, Ecclesia,* **1.** das christl. Gotteshaus (→Kirchenbau).
2. in der K. sich sammelnde örtliche Gemeinde.
3. der in der K. veranstaltete Gottesdienst: „zur K. gehen".
4. die Gesamtheit der sich auf Jesus als ihren Stifter berufenden Glaubensgemeinschaften, die sich als „Leib Christi" auffassen. Ungeachtet aller Spaltungen ist die Einheit der „Einen, heiligen" K. allgemeiner Glaubensartikel, keine institutionelle, sondern eine pneumatische Größe. Die K. in diesem Sinn strebt nach Verwirklichung ihrer Einheit. →auch ökumenische Bewegung.

Kirche der Wüste, *Église du désert,* Bez. für die unterdrückte reformierte Kirche in Frankreich nach der Aufhebung des Edikts von Nantes; 1787 wurde die Duldung durch den Staat erreicht.

Kirchen →Kirchen (Sieg).

Kirchenälteste, in der ev. u. der orth. Kirche gewählte Gemeindevertreter, in der ev. Kirche *Presbyter* genannt; →auch Kirchenvorstand.

Kirchenamt, in der kath. Kirche eine auf Dauer geschaffene Einrichtung zur Wahrnehmung bestimmter kirchl. Aufgaben, die mit entsprechenden Befugnissen der Kirchengewalt ausgestattet ist. Die ev. Kirche kennt nur ein K., das Pfarramt. Dieses kann bei gleicher geistl. Qualität durch Zuweisung besonderer Aufgaben ausgestaltet werden. →auch Superintendent, Bischof.

Kirchenanwalt, kath. Priester, der in kirchl. Prozessen als *Amtsanwalt (Promotor iustitiae* [„Gerechtigkeitsanwalt"]) namens des Bischofs das öffentl., meist seelsorgl. Interesse vertritt u. in Streit- oder Strafsachen amtl. Kläger ist. In Heiligsprechungsprozessen tritt er als *Glaubensanwalt (Promotor fidei)* auf; →auch Advocatus diaboli.

Kirchenaustritt, der nach dem öffentl. Recht (Glaubens- u. Gewissensfreiheit) geregelte Austritt aus einer Religionsgemeinschaft. Die kath. Kirche beurteilt den K. als zumindest objektives

Kinshasa: Hafen

Glaubensdelikt; die ev. Kirche erkennt die freie Entscheidung an. Nach kath. wie nach ev. Kirchenrecht löst der K. nicht das mit der Taufe geknüpfte Band u. damit die Zugehörigkeit zur Kirche. Mit dem K. verliert der Austretende die Rechte zur Übernahme eines kirchl. Amts (z.B. Patenamt) u. kann die kirchl. Handlungen (z.B. Beerdigung) nicht mehr beanspruchen. Der K. erfolgt vor staatl. Behörden (Amtsgericht oder Standesamt).

Kirchenbann, *Bann, Exkommunikation*, einstweiliger Ausschluß aus der Gemeinschaft mit der Kirche, nicht aus der Kirche selbst (→Kirchengliedschaft). Im MA. wurden der *große K.* (mit Verbot des bürgerl. Verkehrs) u. der *kleine K.* (Ausschluß von Sakramentsempfang) unterschieden. Letzterer war seit 1220 automatisch mit der Reichsacht verbunden. Wegen dieser Verknüpfung von geistl. u. weltl. Rechtsfolgen lehnte die luth. Reformation den großen Bann ab. In der kath. Kirche wird der K. heute vom Papst oder Bischof über Priester u. Laien als Besserungsstrafe verhängt; er nimmt insbes. das Recht auf Spendung u. Empfang der Sakramente. In der ev. Kirche sind die Folgen des K.s ähnlich, jedoch wird der K. (wenn überhaupt) als ein Mittel der Kirchenzucht unter Mitwirkung der Gemeinde durch den Kirchenvorstand ausgeübt.

Kirchenbau, *Kirchenbauarchitektur*, die baukünstler. Gestaltung des christl. Gotteshauses. In seinen Formen auf ältere Vorbilder, bes. auf die *Basilika*, zurückgreifend, wurde der K. Hauptaufgabe der Architektur des MA. Die beiden wichtigsten Kirchentypen sind der *Längs-* u. der *Zentralbau*. Während letzterer hauptsächl. die Entwicklung der byzantin. Sakralarchitektur kennzeichnete, blieb im westl. Abendland der Langbau der vorherrschende Kirchentyp, ausgebildet bes. in der Form der Basilika, der *Hallenkirche* u. der *Saalkirche*. Innerhalb der in Größe, Material, Turmbildung u.a. stark voneinander abweichenden, landschaftl. u. durch Vorschriften der kirchl. Orden bedingten Entwicklung der Einzeltypen nehmen die *Bettelordenskirchen* einen wichtigen Platz ein. Die *Kapelle* kann der Kirche angegliedert, aber auch selbständiges Nebengebäude sein, ähnl. dem *Baptisterium*. Eine weitere Sonderform ist die *Doppelkirche*.
Erst seit der Renaissance gewann auch im W der Zentralbau an Bedeutung. Gelegentl. verband er sich mit dem Langhaus (St. Peter, Rom), wobei der Turm durch die Kuppel ersetzt wurde, doch vermochte er sich außerhalb Italiens als Gemeindekirche selbst im Barock nicht in größerem Maß durchzusetzen; in Dtschld. blieben reine kirchl. Zentralbauten Ausnahmen (Frauenkirche, Dresden). Im K. der Gegenwart dominieren die schlichte Form der Halle u. der über mehreckigem Grundriß aufgeführte, dem Zentralbau angenäherte Kapellentyp, beide meist nur von geringen Ausmaßen u. sparsam in der Verwendung dekorativer Formen. – 📖2.0.2.

Kirchenbuch, kirchliches Tauf-, Trau- u. Beerdigungs-Register; die pfarramtl. Eintragung u. beurkundete Auszüge gelten als öffentl. Urkunden. Die Kirchenbücher gehen oft bis ins 16. Jh. zurück u. haben daher vielfach auch großen geschichtl. Wert.

Kirchendiebstahl, der →Diebstahl einer Sache, die dem Gottesdienst gewidmet ist oder der religiösen Verehrung dient, aus einer Kirche oder einem anderen der Religionsausübung dienenden Gebäude. K. ist in der Regel als schwerer Diebstahl nach § 243 Nr. 4 StGB mit Freiheitsstrafe von 3 Monaten bis zu 10 Jahren zu bestrafen.

Kirchengebote, 5 Gebote, die den kath. Christen verpflichten, den Sonn- u. Feiertag zu ehren, an ihm an der Messe teilzunehmen, die Fast- u. Abstinenztage zu halten, mindestens einmal im Jahr zu beichten u. mindestens einmal im Jahr (zu Ostern) die Kommunion zu empfangen.

Kirchengemeinde, örtl. Teilgemeinschaft der einen umfassenden Gemeinde Christi; zuerst gottesdienstl. Gemeinde, aus der tätige Bruderliebe erwächst; sodann das korporative Gefüge von leitendem Geistlichen u. mitverantwortl. Gemeindemitgliedern. – In der ev., bes. in der ref. Kirche wurde das genossenschaftl. Prinzip gegenüber dem hierarch.-monarchischen betont; daher verwaltet die K. sich selbst durch den *K.rat (Kirchenvorstand, Presbyterium)* u. wählt sich den Pfarrer. Mitglied der K. ist jeder im Gemeindebereich wohnende ev. Christ. – In der kath. Kirche ist die K. die Gesamtheit der einer rechtl. umschriebenen Pfarrei zugehörigen Katholiken, die dem Pfarrer seelsorgl. anvertraut sind; in der Christusbegegnung im Opfermahl werden sie zur Pfarrgemeinschaft, in der beratende u. helfende Dienste von Laien den Dienst des Pfarrers ergänzen können *(Pfarrausschuß, Pfarrhelfer)*.

Kirchengemeinderat, *Kirchenvorstand, Presbyterium*, das Leitungs-, Beschluß- u. Vollzugsorgan der ev. Kirchengemeinde, gewählt von deren Gliedern.

Kirchengerät, alle bei liturgischen Handlungen benutzten Gegenstände, sind in der kath. Kirche in der Regel konsekriert oder benediziert.

Kirchengeschichte, im Rahmen der wissenschaftl. Theologie die Darstellung u. theolog. Interpretation der Geschichte der Kirche. Dadurch, daß Jesus von Nazareth in die Geschichte eingegangen ist u. das Christentum als eine der Weltreligionen zu den Wirkkräften der Weltgeschichte gehört, hat die Kirche ein unmittelbares Verhältnis zur Geschichte. Das Problem der K. haftet an dem Begriff der Kirche, die sich dem Historiker einerseits als in verschiedenen Erscheinungsformen greifbare u. beschreibbare Wirklichkeit darstellt, die aber andererseits Glaubensgegenstand ist u. als solche in eine andere Dimension als die der historischen Interpretation hineingreift. Als wissenschaftl. Disziplin ist K. Teil der allg. Geschichte u. verfährt nach den Regeln u. Methoden histor. Forschung. Aus vielen Definitionen seien zwei genannt: H. Bornkamm (ev.) versteht K. als „die Geschichte des Evangeliums u. seiner Wirkungen in der Welt", H. Jedin (kath.) als „Verwirklichung des Wesens der Kirche in Zeit u. Raum". K. ist offen für die Gestaltwerdung des Evangeliums in sämtliche Bereiche des Lebens hinein. Zur K. gehört ebenso die Darstellung der speziellen Geschicke der Kirche u. ihrer Theologie wie die Auswirkungen der Verkündigung auf Kunst u. Musik, Geistes- u. Naturwissenschaften, Erziehung u. Moral, Literatur u. Recht sowie den sozialen u. polit. Bereich.
Aus äußeren Gründen ist die K. in drei Teile gegliedert: 1. die *K.i.e.S.* versucht, den Gang der Kirche durch die Welt vom Urchristentum bis in die jüngste Gegenwart zu beschreiben, zu verstehen u. zu beurteilen. 2. die *Dogmen- u. Theologiegeschichte* entfaltet den Werdegang der Lehrbildung innerhalb der christl. Kirchen. Sie geht davon aus, daß die Lehre der Kirche nicht ein für allemal abgeschlossen sei, sondern sich in einem lebendigen Prozeß der Entfaltung, der Weiterführung, Verfälschung u. immer neuen Interpretation bis in die Gegenwart hinein befindet. 3. die *Konfessionskunde* oder *Symbolik* beschreibt u. vergleicht die einzelnen christl. Konfessionen miteinander hinsichtl. ihrer Lehr- u. Lebensäußerungen u. verdient im Zeitalter der konfessionellen Annäherung bes. Beachtung als Wegbereiter zu einer ökumenisch konzipierten Kirchenkunde.

Kirchengesetz, 1. *ev. Kirche:* die von den Synoden der Kirchen erlassenen Rechtsbestimmungen.
2. *kath. Kirche:* päpstl. u. bischöfliche Rechtsbestimmungen.

Kirchengewalt, nach kath. Kirchenrecht die der Kirche anvertrauten, vom Klerus ausgeübten Weihe- u. Leitungsbefugnisse einschl. der Lehrgewalt; in den ev. Kirchen die der Kirche, d.h. grundsätzlich allen Kirchengliedern (Priestertum aller Gläubigen), zur öffentl. Ausübung jedoch (ohne qualitativen oder hierarch. Unterschied) den Pfarrern überantwortete Verwaltung von Wort u. Sakrament. Die äußere, verwaltungsmäßige K. ist ein Gebot der guten Ordnung; sie steht keinem Amt oder Stand in der Kirche allein zu.

Kirchengliedschaft, nach kath. Auffassung die sichtbare Zugehörigkeit zur Kirche Christi, die in der Taufe begründet wird u. die das Bekenntnis des wahren Glaubens sowie die Verbundenheit mit der Kirche u. ihrer Leitung erfordert. Die K. im vollen Sinn geht verloren durch Preisgabe des Glaubens u. durch Ausschluß (Exkommunikation, Kirchenbann), wobei jedoch die mit der Taufe gegebene grundlegende Eingliederung in die Kirche bestehenbleibt. Getaufte, die der sichtbaren Gemeinschaft unverschuldet fernstehen, leben mit ihr wenigstens in unsichtbarer Verbindung. – Nach ev. Auffassung begründet die Taufe die Christuszugehörigkeit, die zugleich K. in der nichtverfaßten allgemeinen christl. Kirche bedeutet. Die rechtl. K. wird erst durch Beitrittserklärung zu einer bestimmten Kirche erworben u. kann durch Austritt u. Ausschluß verlorengehen.

Kirchenjahr, im Unterschied zum bürgerl. Jahr in den christl. Kirchen Bez. für das liturg. Jahr, das mit dem 1. Advent beginnt. In der Folge des 2. Vatikan. Konzils hat Papst Paul VI. 1969 für die kath. Kirche eine Neuordnung des K.s u. eine Reform des Röm. Kalendariums verkündet, die mit Beginn des K.s 1969/70 in Kraft trat. Danach soll Ostern als Feier der Auferstehung Christi als Mitte des christl. Gottesdienstes bes. hervorgehoben werden. Ostern als Mitte des K.s wird umgeben von der 40tägigen Fastenzeit (die nicht durch Heiligenfeste unterbrochen wird) u. der 50tägigen Osterzeit, die mit Pfingsten abschließt. Jeder Sonntag als wöchentl. Feier des Herrentags ist geprägt von der Beziehung zu Ostern. Der Osterfestkreis hat seine Entsprechung im Weihnachtsfestkreis, der die vorbereitende Adventszeit, das Weihnachtsfest, das Fest der Erscheinung des Herrn (Epiphanias) u. die Sonntage nach der Erscheinung umfaßt, die sich bis zum Beginn der Fastenzeit erstrecken. Die Vorfastenzeit mit den Sonntagen Septuagesima, Sexagesima u. Quinquagesima ist damit weggefallen. Die Sonntage nach Pfingsten können wie bisher nach Pfingsten gezählt werden, aber auch als „Sonntage im Jahreskreis", da sie keinem eigenen Festkreis angehören. Die ev. Kirche zählt diese Sonntage nach dem Fest Trinitatis (Sonntag nach Pfingsten). Der röm. Kalender der Heiligenfeste wurde stark vereinfacht u. reduziert auf solche von gesamtkirchl. Interesse. Nur örtl. Heiligenverehrung wird auch territorial geregelt.

Kirchenkampf, die Bekämpfung u. Verfolgung der christl. Kirchen durch den *Nationalsozialismus* von 1933–1945. Die Nationalsozialisten tarnten vor 1933 u. unmittelbar nach der Machtergreifung ihre Gegnerschaft, um das Kirchenvolk für sich zu gewinnen (z.B. Regierungserklärung Hitlers vom 21. 3. 1933; geschlossener Kirchenbesuch von SA-Einheiten; Abschluß des *Reichskonkordats* vom 28. 7. 1933 u.ä.). Noch 1933 begannen jedoch Erpressungs- u. Unterdrückungsmaßnahmen:
1. gegen die ev. Kirche: durch massive Unterstützung der *Deutschen Christen* zielte man auf die Bildung einer dem Regime hörigen Reichskirche *(Dt. Ev. Kirche)*. Wegen des sich zunehmend versteifenden Widerstands der *Bekennenden Kirche* u. der sog. intakten (nicht von den Deutschen Christen beherrschten) Landeskirchen ließen die Nationalsozialisten den Reichsbischof L. *Müller* fallen (1935). Seitdem führten sie einen aufreibenden Kleinkrieg mit Verhaftungen, Einzelverboten von Presseerzeugnissen u. Veranstaltungen sowie mit bürokrat. Schikanen.
2. gegen die kath. Kirche: das Reichskonkordat schützte die kath. Kirche nicht, wie erhofft, vor dem Zugriff des Regimes; auch für sie begann 1933/34 ein Leidensweg: Presseverbot, Einschränkung des Religionsunterrichts, Bekämpfung der kath. Jugendgruppen, Aufhebung von Klöstern, umfangreiche Verfolgung von Ordensangehörigen u. Priestern.
Beide Kirchen leisteten von 1933 an vielfältigen Widerstand (→Widerstandsbewegung), aus dem zahlreiche mutige Einzelaktionen hervorragen (M. *Niemöller*, C. A. Graf *Galen*, B. *Lichtenberg* [* 1875, † 1943], M. *Faulhaber* u.a.). – 📖5.4.5.

Kirchenlamitz, bayer. Stadt in Oberfranken (Ldkrs. Wunsiedel), südl. von Hof, 3800 Ew.; Textil- u. Werkzeugmaschinenindustrie.

Kirchenlatein, vom klass. Latein abweichende Formulierungen innerhalb der Liturgie der kath. Kirche.

Kirchenlehrer, *Doctor Ecclesiae*, in der kath. Kirche Ehrenname für Theologen, die durch Rechtgläubigkeit der Lehre, Heiligkeit des Lebens u. wissenschaftl. Leistung hervorragen; wird durch Papst oder Konzil verliehen. Als K. sind anerkannt: Albertus Magnus, Ambrosius, Anselm von Canterbury, Antonius von Padua, Athanasius, Augustinus, Basilius der Große, Beda Venerabilis, Robert Bellarmin, Bernhard von Clairvaux, Bonaventura, Petrus Canisius, Ephräm der Syrer, Franz von Sales, Gregor der Große, Gregor von Nazianz, Hieronymus, Hilarius von Poitiers, Isidor von Sevilla, Johannes Chrysostomos, Johannes vom Kreuz, Johannes von Damaskus, Katharina von Siena, Kyrill von Alexandria, Kyrill von Jerusalem, Laurentius von Brindisi, Leo der Große, Alfons Maria di Liguori, Petrus Chrysologus, Petrus Damiani, Theresia von Ávila, Thomas von Aquin.

Kirchenlied, das einstimmige, strophische, in der Landessprache abgefaßte Gemeindelied im christl.

Gottesdienst. Es galt im kath. Kult als außerliturg. (bes. seit dem 2. Vatikan. Konzil gibt es Bestrebungen, dem K. innerhalb der Liturgie einen breiteren Raum zu gewähren), in der ev. Kirche als liturg. (im allg. Eingangs-, Haupt- u. Schlußlied). Die Anfänge des dt. K.s gehen in das 8. Jh. zurück. Die ältesten heute noch lebendigen K.er stammen aus dem 12.–14. Jh. Die eigentl. Blütezeit ist das 15. u. 16. Jh. Textlich sind die K.er dieser Zeit Übertragungen von Hymnen, Sequenzen u.a. Gregorianischen Chorälen oder geistliche Umdichtungen von weltl. Volksliedern (Kontrafaktur). Ihre Melodien entlehnten sie vielfach der Gregorianik oder dem weltl. Lied. Durch M. Luther erfuhr das K. einen bedeutenden Aufschwung. Seine Liedtexte, von denen er mehrere selbst komponierte, sind Nachdichtungen von Psalmen, Hymnen, Sequenzen, Antiphonen u. neue Dichtungen. Im →Gesangbuch sind die K.er für den Gottesdienst zusammengefaßt. – 📖2.7.4.

Kirchenmusik, die für den gottesdienstl. Bereich bestimmte Musik. Von der *geistl. Musik*, die im außerkirchl. Bereich, wie Haus, Konzert, Theater, Funk, beheimatet ist, unterscheidet sie sich dadurch, daß sie liturg. Gesetzen verpflichtet ist. In der ev. Kirche hat sich die K. den Agenden, in der kath. den päpstl. Erlassen unterzuordnen.

Die Frühkirche übernahm den Psalmengesang aus der jüd. Praxis. Im 4. Jh. übertrug *Ambrosius* den in syrischen Gemeinden üblichen Hymnengesang in die latein. Liturgie. Der Gregorianische Choral bildet die Grundlage der kath. K. u. wurde durch die Schola cantorum in Rom in den Provinzen der Kirche verbreitet. Die Sängerschulen von St. Gallen (*Notker Balbulus* u. *Tutilo*, † 915) u. Reichenau *(Hermann von Reichenau)* pflegten die neuen Formen der Sequenz u. des Tropus. *Guido von Arezzo* gelang die notationsmäßige Festlegung der Gesänge. Die frühen Versuche der abendländ. Mehrstimmigkeit fallen in die Zeit des 9. u. 10. Jh. Den ersten Höhepunkt der Mehrstimmigkeit bildete die Ars antiqua der Pariser Notre-Dame-Schule mit *Leoninus* u. *Perotinus*. Die Ars nova mit ihrer Mensuralnotation schuf den ersten einheitl. Meßzyklus (G. de *Machaut*).

Die italien. Frührenaissance (F. *Landino*) förderte den Hymnus u. die landessprachige Lauda. Seit etwa 1430 (G. *Dufay*) bis zum Ende des 16. Jh. *(Orlando di Lasso)* blühte die Kunst der Niederländer, die starke Impulse von Josquin *Desprez* empfing, mit ihren Messen- u. Motettenkompositionen. Von hier aus gingen Verbindungen zu verschiedenen Landesschulen: Rom (Giovanni *Animuccia*, *um 1500, † 1571; G. P. da *Palestrina*), Venedig (A. u. G. *Gabrieli*, C. *Monteverdi*), Spanien (C. de *Morales*, Tomás Luis de *Victoria*, *um 1549, † 1611), Dtschld. (H. *Isaac*, Heinrich *Finck*, L. *Senfl*, H. L. *Haßler*).

Das Zeitalter der Reformation brachte vor allem auf dem Gebiet des Liedsatzes (J. *Walther*, J. *Eccard*, M. *Praetorius*), der Passion (L. *Lechner*, H. *Schütz*), der Orgelmusik (J. P. *Sweelinck*, S. *Scheidt*), der Motette u. des geistl. Konzerts (H. Schütz) neue Entwicklungen. Das geistl. Sololied erfuhr im Generalbaßzeitalter bedeutende Pflege (Heinrich *Albert*, Johann *Rist*, *1607, † 1667). Höhepunkt der K. im Barock sind die Werke J. S. *Bachs*, dessen Kantaten, Passionen, Motetten, Orgelwerke für lange Zeit Vorbild blieben, u. die Oratorien G. F. *Händels*. Die Wiener Klassik führte den sinfon. Stil in die K. ein (Messen von J. *Haydn*, W. A. *Mozart*, L. van *Beethoven*). Die Romantik lenkte die Aufmerksamkeit wieder auf die K. der alten Meister. Auf kath. Seite wurde der Palestrina-Stil durch den Cäcilianismus gepflegt, nachdem die alten Meister durch zahlreiche Neuausgaben bekanntgemacht waren. Auf ev. Seite äußerte sich diese Bewegung in der Wiederentdekkung der Werke von J. S. Bach u. H. Schütz. M. *Reger* schuf einen eigenen Orgelstil, nachdem das Orgelspiel in der Klassik u. Frühromantik verflacht war.

Die neue K. steht im Zeichen der liturg. Erneuerung. Hervorzuheben sind J. *Haas*, H. *Kaminski*, J. *Messner*, P. *Hindemith*, J. N. *David*, W. *Burkhard*, E. *Pepping*, H. F. *Micheelsen*, Gerhard *Schwarz* (*22. 8. 1902), J. *Ahrens*, H. *Schroeder*, Helmut *Bornefeld* (*14. 12. 1906), W. *Fortner*, H. *Distler*, O. *Messiaen*, H. *Degen*, Siegfried *Reda* (*1916, † 1968), J. *Drießler*, A. *Heiller*, Frank Michael *Beyer* (*8. 3. 1928), Heinz Werner *Zimmermann* (*11. 8. 1930), K. *Penderecki*. – 📖2.7.4.

Kirchenordnungen, die die innere u. äußere Verwaltung u. Verfassung der ev. Kirchen regelnden Ordnungen, die früher von den dt. Landesfürsten im Benehmen mit den Konsistorien festgelegt wurden u. heute durch die Synoden erlassen werden.

Kirchenpatron, 1. der Inhaber des Patronatsrechts der Kirchengemeinde.
2. Schutzheiliger einer kath. Kirche.

Kirchenpräsident, Titel des leitenden Geistlichen einer ev. Landeskirche, so heute noch in Hessen u. Nassau, der Pfalz u. Nordwestdeutschland; in den meisten dt. ev. Landeskirchen wurde seit 1922 dafür der Bischofstitel eingeführt.

Kirchenprovinz, 1. *ev. Kirche:* die heute zu Landeskirchen zusammengefaßten Kirchenkreise der früheren preuß. Provinzen.
2. *kath. Kirche:* die unter einem Erzbischof zusammengefaßten Diözesen.

Kirchenrat, Titel ev. Theologen u. Juristen, die mit der Leitung der Landeskirchen betraut sind; meist zu *Landes-K.* oder *Ober-K.* ergänzt; oft auch Ehrentitel.

Kirchenraub, im allg. Sprachgebrauch für →Kirchendiebstahl.

Kirchenrecht, 1. *inneres K.*, die Gesamtheit der Rechtssätze zur Regelung des kirchl. Lebens. Das kath. K. (auch *kanonisches Recht* genannt) findet sich seit 1918 insbes. im *Codex Iuris Canonici*. Dieser enthält (z.T. als unmittelbar von Gott gesetztes, z.T. als nur menschl. K.) das Verfassungsrecht der kath. Kirche, das Recht des Klerus, das Sakramentsrecht einschl. des Eherechts, Verwaltungs-, Straf- u. Prozeßrecht. Das ev. K. regelt Aufbau u. Ordnung der Landeskirchen u. der Zusammenschlüsse EKD, EKU, VELKD, das Amtsrecht, Vermögensrecht u. das Recht der Kirchenglieder.
2. *Staats-K.*, die Gesamtheit der Rechtsnormen u. -grundsätze über das Verhältnis von Staat u. Kirche, heute in den Verfassungen sowie Konkordaten u. Kirchenverträgen niedergelegt. Es gibt historisch Systeme enger Verbindung von Staat u. Kirche *(Staatskirchentum, Kirchenstaatstum, Theokratie)*, ferner solche der Trennung beider (Religion als „Privatsache") u. solche der Unterscheidung der Bereiche bei gegenseitiger Zuordnung (System der staatl. Kirchenhoheit, *Koordinationssystem*). In der BRD gelten die Kirchen als Teil der öffentl. Ordnung, aber unabhängig vom Staat; abgesehen von nur geistl. innerkirchl. Angelegenheiten sind sie jedoch dem weltl. Recht unterworfen. Das Staats-K. ist in Art. 4, 140 GG in Verbindung mit Art. 136–139 u. Art. 141 der Weimarer Verfassung im Sinn der gegenseitigen Verselbständigung von Staat u. Kirche unter Aufrechterhaltung der überkommenen Korporations- u. Vermögensrechte (Steuerhoheit mit staatl. Verwaltungshilfe; finanzielle Staatszuschüsse) geregelt. Auch die Bestimmungen über die Freiheit des Glaubens, des Bekenntnisses, den Sonn- u. Feiertagsschutz u. die Seelsorge in öffentl. Organisationen (Bundeswehr, Polizei) u. Anstalten (Krankenhäuser, Strafanstalten), Religionsunterricht an Schulen, Theolog. Fakultäten an Universitäten u. strafrechtl. Schutz der Kirchen u. ihrer Amtsträger sind Bestandteil dieser Ordnung. – 📖1.9.1.

Kirchenregierung, *Kirchenregiment*, die bis 1918 durch den Landesherrn ausgeübte Leitung der ev. Landeskirchen.

Kirchenschändung, Verüben beschimpfenden Unfugs in einer Kirche oder an einem anderen zu religiösen Versammlungen bestimmten Ort; strafbar nach § 167 StGB mit Freiheitsstrafe bis zu 3 Jahren oder mit Geldstrafe. – In Österreich strafbar nach § 189 Abs. 2 StGB, in der Schweiz gemäß Art. 261 Abs. 1 StGB.

Kirchenschatz, im kath. Sprachgebrauch die Heilswirklichkeit, insofern die Kirche sie den Gläubigen von Christus her u. kraft seines Sühnetods als Mittlerin zuleitet. Dies geschieht etwa im Nachlaß zeitlicher Sündenstrafen.

Kirchenschriftsteller, ein theolog. Schriftsteller des Altertums, dem nach kath. Auffassung im Unterschied zum →Kirchenvater die Merkmale anerkannter Rechtgläubigkeit u. Heiligkeit fehlen.

Kirchen (Sieg), rheinland-pfälz. Gemeinde (Ldkrs. Altenkirchen) an der Sieg, 10 200 Ew.; Sauerstoff-, Leder-, Zuckerindustrie, Walzwerk.

Kirchenslawisch, die seit Ende des 9. Jh. *(Altkirchenslawisch, Altbulgarisch)* liturg. gebrauchte (bis ins 18. Jh. auch profane) Schriftsprache der griech.-orthodoxen slaw. Völker; hauptsächl. in kyrill. Schrift aufgezeichnet. – 📖3.8.4.

Kirchensprache, *liturgische Sprache*, die in der Liturgie einer Kirche verwendete Sprache. In der röm.-kath. Kirche herrschte das Latein vor, daneben existiert der →Glagolismus. In den Liturgiegebieten der orientalischen Kirchen, auch der mit Rom unierten, gibt es teilweise noch andere alte Volkssprachen, z.B. Griechisch, Arabisch, Georgisch, Syrisch, Koptisch u. Armenisch, die beim Gottesdienst verwendet werden. In der Regel handelt es sich um die betreffenden Landessprachen, die auch für die kath. Kirche durch Pius XII. in einzelnen Fällen empfohlen u. neben der latein. Sprache als zulässig erklärt wurden. Nach dem 2. Vatikan. Konzil wurde der Gebrauch der Volkssprachen auf die ganze Messe ausgedehnt. Die ev. Kirche verwendet in ihrer Liturgie die jeweilige Landessprache. – 📖1.9.8.

Kirchenstaat, das Staatsgebiet des Papsttums. Seit dem 4. Jh. hatte die röm. Kirche durch zahlreiche Schenkungen Grundbesitz in Italien erhalten *(Patrimonium Petri)* u. begründete ihren Anspruch auf eine unabhängige Landesherrschaft durch die (gefälschte) Urkunde Konstantins *(Konstantinische Schenkung)*. Bis auf den Dukat Rom (als byzantin. Verwaltungsbez.) hatte die Kirche im Kampf mit Byzanz u. den Langobarden ihre Gebiete wieder eingebüßt. Der Frankenkönig Pippin übernahm (gegen die Langobarden) die Schutzherrschaft über Papsttum u. Rom u. garantierte in einer Urkunde zu Quierzy 754 *(Pippinsche Schenkung)* den Dukat Rom, das Exarchat Ravenna u. die Pentapolis (5 Städte an der Adria) als kirchl. Territorien. Pippin erhielt als Gegenleistung die päpstl. Anerkennung als legitimer Herrscher. Diese Verbindung von (christl. geprägtem) weltl. Herrschertum u. Papsttum bestimmte das Mittelalter. Im 8. Jh. erneuerte u. vergrößerte Karl d. Gr. die Pippinsche Schenkung. Vor allem durch das Vermächtnis der kinderlosen Mathilde von Tuszien († 1115, *Mathildische Güter*) erhielt die Kirche beträchtl. Gebietszuwachs. Die größte Ausdehnung hatte der K. unter Papst Julius II. (1503–1513), auf die Dauer gingen nur Parma u. Mòdena verloren. 1809 wurde der K. von Napoléon I. säkularisiert; 1815 wurde er restituiert, ging aber in den nationalen Einigungsbestrebungen im Königreich Italien auf (1860 u. 1870). 1929 wurde ein souveränes Territorium um Peterskirche u. Vatikan als Symbol päpstl. Unabhängigkeit geschaffen *(Lateranverträge)*. – Der K. finanzierte z.T. die päpstl. Hofhaltung. Vom K. im staatsrechtl. Sinn kann man erst sprechen, seit das Papsttum die (bis um 1200 vom Kaiser beanspruchte) Schutzherrschaft durch kirchl. Oberhoheit ablöste. →auch Vatikanstadt.

Kirchensteuer, die von den Angehörigen einer öffentl.-rechtl. anerkannten Religionsgemeinschaft meist in Form von Zuschlägen zur Einkommen- bzw. Lohnsteuer oder zum Grundsteuermeßbetrag an die Kirche zu entrichtende Steuer; wird von den staatl. Finanzbehörden erhoben u. an die Kirche abgeführt.

Kirchenstrafen, 1. *ev. Kirche:* die von den Kirchenbehörden gegenüber Pfarrern sowie von Pfarrern gegenüber Gemeindemitgliedern verhängten Strafen, die im ersten Fall in lehrzuchtl. oder disziplinären Maßnahmen (Absetzung, Suspension, Versetzung), im zweiten Fall im Ausschluß von Abendmahl u. kirchl. Trauung bestehen.
2. *kath. Kirche:* die vom Papst oder Ordinarius verhängten Besserungsstrafen (Kirchenbann, Suspension) u. Sühnestrafen (Sakramentsverweigerung, Absetzung, Degradation). Der Pfarrer hat keine eigentl. Strafgewalt.

Kirchentag, *Deutscher Evangelischer Kirchentag*, **1.** freie Zusammenkunft zur Sammlung der ev. Christen um das Evangelium, erstmals 1848 veranstaltet (insgesamt 16mal bis 1872).
2. synodales Organ des 1922 gegr. Deutschen Ev. Kirchenbunds, bestand bis 1933.
3. 1949 von R. von *Thadden-Trieglaff* u.a. ins Leben gerufene ev. Laienbewegung, die durch große mehrtägige Tagungen die kirchl. Arbeit lebendiger gestalten u. die Bedeutung des christl. Glaubens für die in der Gesellschaft zur Entscheidung anstehenden Fragen hervorheben will. K.e hatten bis zu 650 000 Teilnehmer. In den letzten Jahren wollte der K. Forum des Gesprächs zwischen verschiedenen gesellschaftl. Gruppen u. der Kirche sein. – 📖1.8.7.

Kirchentonarten, vom frühen MA. bis etwa 1600 gebräuchliche Tonarten, nach altgriechischen u. kleinasiatischen Stämmen benannt, zwar nicht mit den gleichnamigen griech. Tonarten identisch, aber strukturell auf sie zurückgehend. Einteilung der K. in sechs *authentische* (Haupt-)Tonarten u.

Übersicht:

Authentische Tonarten	Plagale Tonarten
1. dorisch = d–d′	1. hypodorisch = A–a
2. phrygisch = e–e′	2. hypophrygisch = H–h
3. lydisch = f–f′	3. hypolydisch = c–c′
4. mixolydisch = g–g′	4. hypomixolydisch = d–d′
5. ionisch = c–c′	5. hypoionisch = G–g
6. äolisch = a–a′	6. hypoäolisch = e–e′

sechs *plagale* (Neben-)Tonarten. Erstere beginnen mit dem Grundton, letztere mit der Quinte der authentischen Tonart. Unser C-Dur hat die gleiche Tonfolge wie die ionische Tonart, unser a-Moll entspricht der äolischen Tonart (diese aber ohne übermäßige Sekunde u. Leitton).
Wie Platon (im „Staat") u. Aristoteles (in der „Politik") gab auch das MA. der Musik eine große ethische Bedeutung u. sprach den einzelnen K. verschiedene ethische Wirkungen zu. – In Musikwerken unserer Zeit wird häufig auf die K. zurückgegriffen (z.B. bei P. Hindemith). – 📖2.6.5.

Kirchentrennung, das Auseinandertreten bisher verbundener Kirchen oder Teilkirchen, wenn es größere Bereiche erfaßt. Historisch bedeutsam wurde die K. in den Ostkirchen im 5. Jh. Zur wichtigsten K. kam es 1054, als die Wege des lateinischen Westens (Rom) u. der orthodoxen Patriarchate auseinandergingen. Die dabei tätigen Gestalten waren der Kardinal *Humbert* (Rom) u. der Patriarch *Michael Kerullarios* (Konstantinopel). – 📖1.8.8.

Kirchenvater, Ehrenname für zahlreiche von der kath. Kirche anerkannte Kirchenschriftsteller des 2. bis 7. Jh., die sich durch theolog. Gelehrsamkeit, Rechtgläubigkeit u. Heiligkeit auszeichneten. Die Kirchenväter haben als Zeugen u. Garanten der Tradition großes Gewicht. Mit ihren Lehren beschäftigt sich die *Patrologie*. →auch Kirchenlehrer.

Kirchenverfassung, 1. *ev. Kirche:* die in den Kirchenverfassungen oder Kirchenordnungen zusammengestellten Sätze zur Verfassung u. Verwaltung der Kirchen.
2. *kath. Kirche:* die nach Ämtern gegliederte Hierarchie der Kirche.

Kirchenvertrag, allg. ein Vertrag zwischen Staat u. Kirche, insbes. mit ev. Kirchen zur Regelung des gegenseitigen Verhältnisses von Staat u. Kirche. Der K. mit der kath. Kirche heißt →Konkordat. In der BRD haben ev. Kirchenverträge geschlossen: Bayern 1924/1968, Preußen 1931 (nur noch teilweise in Kraft), Baden 1932, Niedersachsen 1955/1965, Schleswig-Holstein 1957, Nordrhein-Westfalen 1958, Hessen 1960, Rheinland-Pfalz 1962, der Bund einen Vertrag über die Militärseelsorge 1957.

Kirchenvorstand, 1. *kath. Kirche:* der für die Vermögensverwaltung einer Kirchengemeinde zuständige Ausschuß.
2. *luth. Kirche:* das für alle Selbstverwaltungsfragen einer Kirchengemeinde gewählte Beschluß- u. Leitungsorgan. Er ist mitverantwortlich für das geistl. Leben in der Gemeinde.
3. *reform. Kirche:* das über die Verwaltung hinaus auch in Fragen der Lehre u. Kirchenzucht zuständige gewählte, aus Theologen u. Gemeindegliedern bestehende Gremium *(Presbyterium)*.

Kirchenzucht, *Kirchendisziplin*, in den Konfessionen verschieden weitgehende Maßnahmen zur Führung der Gemeinde in Ordnung, Sitte u. Glauben. →auch Disziplinarrecht.

Kircher, Athanasius, Gelehrter, *2. 5. 1601 Geisa, Thüringen, †27. 11. 1680 Rom; Jesuit, Prof. in Würzburg u. Rom, befaßte sich mit mathemat., naturwissenschaftl. u. philolog. Forschungen; soll die *Laterna magica* erfunden haben.

Kirchgeld, kann neben der *Kirchensteuer* von der örtl. Kirchengemeinde erhoben werden u. ist von jedem erwachsenen Mitglied zu zahlen.

Kirchhain, 1. Stadtteil von →Doberlug-Kirchhain.
2. hess. Stadt im Amöneburger Becken (Ldkrs. Marburg-Biedenkopf), 15000 Ew.; Maschinen-, Tapetenindustrie.

Kirchheimbolanden, rheinland-pfälz. Kreisstadt östl. des Donnersbergs, 5600 Ew.; mittelalterl. Altstadt; Maschinen-, Hartstein-, chem. u. Bekleidungsindustrie; Verwaltungssitz des *Donnersbergkreises*. – Im 18. Jh. Residenz der Fürsten von *Nassau-Weilburg*.

Kirchheim unter Teck, baden-württ. Stadt am Zusammenfluß von Lauter u. Lindach, südöstl. von Stuttgart, 32000 Ew.; ehem. Schloß (16. Jh.), spätgot. Pfarrkirche; Papier-, Textil-, Holz- u. Metallindustrie.

Kirchhellen, ehem. Gemeinde in Nordrhein-Westfalen (Ldkrs. Recklinghausen), seit 1976 nördl. Stadtteil von Bottrop; chem. Industrie.

Kirchhof →Friedhof.

Kirchhoff, 1. Alfred, Geograph, *23. 5. 1838 Erfurt, †8. 2. 1907 Leipzig; Prof. in Halle (Saale) (1873–1904), förderte die moderne Geographie, bes. im Schulunterricht; gab u. a. die „Forschungen zur dt. Landes- u. Volkskunde" heraus.
2. Gustav Robert, Physiker, *12. 3. 1824 Königsberg, †17. 10. 1887 Berlin; lehrte in Breslau, ab 1854 in Heidelberg u. seit 1875 in Berlin; entdeckte mit R. *Bunsen* die Spektralanalyse, arbeitete auf dem Gebiet der Thermodynamik, Wärmeleitung, Lichtemission u. -absorption (→Strahlungsgesetze). In der Elektrizitätslehre stellte er die *K.schen Regeln* auf, die die Grundlage zur Berechnung von Strom- u. Spannungsverhältnissen bilden; hierbei gilt: 1. bei Parallelschaltung von elektr. Widerständen ist die Summe der Teilströme gleich dem durch das ganze System fließenden Gesamtstrom; 2. bei Hintereinanderschaltung von Widerständen ist die Summe der Teilspannungen gleich der an das System angelegten Gesamtspannung.
3. Robert, Psychologe, *4. 5. 1920 Bad Hall; Hochschullehrer in Berlin (1963 Prof.) u. Heidelberg; erarbeitete eine systematische Ausdruckspsychologie. Hptw.: „Allgemeine Ausdruckslehre" 1957; (Hrsg.) „Ausdruckspsychologie" („Handbuch der Psychologie" Bd. 5) 1964.

Kirchhofsdichtung, Dichtungstyp der engl. Literatur des 18. Jh., behandelt gefühls- u. stimmungsbetont das Thema von Tod u. Vergänglichkeit u. weist auf die frühe Romantik hin. Hauptvertreter: R. *Blair*, Th. *Gray*, E. *Young*.

Kirchhundem, nordrhein-westfäl. Gemeinde (Ldkrs. Olpe), an der Hundem im Sauerland, 12000 Ew.; Papier- u. Holzindustrie.

kirchliche Gerichtsbarkeit, *geistliche Gerichtsbarkeit*, die besondere interne Gerichtsbarkeit der Kirchen.
Die *kath. Kirche* kennt seit langem eine durchgebildete Gerichtsbarkeit zur Entscheidung von Rechtsstreitigkeiten über geistl. Sachen, wozu die Ehe als Sakrament rechnet, u. zur Strafverfolgung von Verletzungen kirchl. Normen (z.B. wegen Delikten gegen Glauben u. Kircheneinheit, gegen kirchl. Obrigkeiten, Leben, Freiheit, Eigentum, Ehre, gute Sitten u. geistl. Standespflichten). Träger der k.nG. sind der Papst u. die Bischöfe (also keine Gewaltenteilung), die sie durch kirchl. Gerichte ausüben lassen, nämlich 1. das *bischöfl.* oder *Diözesangericht*, an dessen Spitze der jederzeit absetzbare Offizial steht, 2. das *erzbischöfl.* oder *Metropolitangericht* für die Kirchenprovinz, 3. die päpstl. Gerichte der *Hl. Rota Romana* u. der *Apostolischen Signatur*. Das Verfahren vor kirchl. Gerichten ist schriftlich u. nicht öffentlich.
Die *ev. Kirchen* lehnten eine k.G. zunächst ab, mußten aber mit ihren *Konsistorien* seit 1539 die Lücke füllen, die durch die Suspendierung der bischöfl. (insbes. Ehe-)Gerichtsbarkeit entstanden war. Allmählich traten staatl. Gerichte an ihre Stelle.
Seit der Verselbständigung der ev. Kirchen im 19. Jh. wurden *Disziplinargerichte* für Geistliche u. Kirchenbeamte errichtet. Für Lehrzuchtfragen bestehen *Spruchkollegien*. Daneben wurden insbes. seit 1949 kirchl. *Verwaltungsgerichte* geschaffen zur Entscheidung von Streitfragen zwischen kirchl. Organen u. solchen über äußere kirchl. Verwaltungsakte (nicht geistl. Amtshandlungen u. deren Verweigerung). Das Verfahren entspricht trotz Bekenntnisbindung u. des Bestrebens zu gütlicher Einigung im wesentl. dem der staatl. Verwaltungsgerichte. Die EKD hat ferner einen *Schiedsgerichtshof* eingerichtet.

kirchliche Hochschulen, Institutionen zur Ausbildung von kath. u. ev. Geistlichen. – Das Studium für *kath.* Theologen ist in der BRD an den Universitäten Bochum, Bonn, Freiburg i. Br., Mainz, München, Münster (Westf.), Tübingen u. Würzburg möglich. Daneben bestehen k.H., an denen die Priesteramtskandidaten der einzelnen Diözesen ihre wissenschaftl. Ausbildung erhalten: Theolog. Fakultät Trier (besitzt das Recht der Verleihung akadem. Grade in der Theologie), Staatl. Philosoph.-Theolog. Hochschule Passau, Philosoph.-Theolog. Akademie Paderborn, Bischöfl. Philosoph.-Theolog. Hochschule Eichstätt u. die Philosoph.-Theolog. Hochschulen Augsburg, Bamberg, Dillingen, St. Georgen in Frankfurt a. M., Fulda u. Königstein im Taunus. →auch katholische Universitäten.
Im Unterschied zur wissenschaftl. betonten Ausbildung der *ev.* Pfarrer an Universitäten ist es das Ziel der ev. k.nH. (die 1. k.H. wurde 1905 von Bodelschwingh in Bethel bei Bielefeld gegr.), eine praktische Ausbildung der Theologen zu gewährleisten. Diese erfolgt z.T. nur bis zu einem bestimmten Studienabschnitt. In der BRD bestehen ev. k.H. in Bethel bei Bielefeld, Neuendettelsau, Oberursel, Wuppertal; in Westberlin: Berlin-Zehlendorf. Die k.nH. haben kein Promotionsrecht.

Kirchner, 1. Ernst Ludwig, Maler u. Graphiker, *6. 5. 1880 Aschaffenburg, †15. 6. 1938 Frauenkirch bei Davos (Selbstmord); wurde nach Architekturstudium in Dresden (1901–1905) Mitgründer der Künstlervereinigung „Brücke", seit 1911 in Berlin, seit 1917 in der Schweiz tätig; einer der Hauptmeister des dt. Expressionismus. K.s Frühstil ist vom Neoimpressionismus sowie von V. van *Gogh* u. E. *Munch* beeinflußt; um 1907 erfolgte der Übergang zu einer großflächigen, starkfarbigen Ausdrucksmalerei, die in der Kunst der französ. „Fauves" ihre Parallele hat. Die in der Berliner Zeit K.s entstandenen Straßenszenen u. Schilderungen des Großstadtmenschen bilden Höhepunkte der expressionist. Malerei. In den Gemälden der Schweizer Jahre überwiegen Themen aus der Bergwelt, zugleich zeichnet sich eine Hinwendung zu formalen Problemen ab. In K.s Holzschnitten wird durch Wiedergabe der Holzmaserungen der Eigenwert des Materials betont. – 📖2.5.2.
2. Heinrich, Bildhauer, *12. 5. 1902 Erlangen; Bronzebildner u. Erzgießer, Prof. der Münchner Akademie der Bildenden Künste; hauptsächlich Tier- u. religiöse Plastiken in monumentaler Vereinfachung.

Kirchschläger, Rudolf, österr. Politiker, *20. 3. 1915 Obermühl, Oberösterreich; parteiloser Berufsdiplomat, 1967 Gesandter in Prag, vertrat Österreich auf internationalen Konferenzen; 1970 bis 1974 Außen-Min., seit 1974 Bundes-Präs.

Kirchschlag in der Buckligen Welt, Marktort in Niederösterreich, nahe der burgenländ. Grenze, 1800 Ew.; Sommerfrische; Passionsspiele.

Kirchspiel, *Kirchsprengel*, der Bereich einer Pfarrei.

Kirchweihe, *Kirchweih*, i.e.S. die feierliche Weihe *(Konsekration)* eines Gotteshauses durch einen Bischof oder die einfache Einsegnung *(Benediktion)* durch einen bevollmächtigten Priester. Kath. Kirchen werden durch Besprengen mit Weihwasser, Übertragung der Reliquien, Salbung des Altars, Beweihräucherung, Weihe des Kirchengeräts u. die Weihemesse konsekriert oder benediziert; die Einweihung ev. Kirchen besteht aus Gottesdienst u. sakramentaler Handlung.
Das *Kirchweihfest* war ursprüngl. ein kirchl. Feiertag zur Erinnerung an die K., meist mit Volksfest u. Belustigungen *(Kirmes, Kirta, Kirbe, Kilbe)* verbunden, zuweilen auch mit dem Jahrmarkt.

Kirchweyhe, ehem. niedersächs. Gemeinde (Ldkrs. Grafschaft Hoya) südöstl. von Bremen, jetzt Ortsteil der neugebildeten Gemeinde Weye.

Kirchzarten, baden-württ. Luftkurort an der Dreisam, im Schwarzwald, südöstl. von Freiburg, 4700 Ew.; Zement- u. Möbelindustrie.

Kirdorf, Emil, Industrieller, *8. 4. 1847 Mettmann, †13. 7. 1938 Mülheim an der Ruhr; beteiligt am Aufbau der *Gelsenkirchener Bergwerks-AG*, Mitgründer des *Rheinisch-Westfälischen Kohlensyndikates* 1893 u. der *Siemens-Rhein-Elbe-Schuckert-Union* 1920, die später in der *Vereinigte Stahlwerke AG* aufging; Gegner der Gewerkschaften, unterstützte *Hitler*.

Kirejewskij, Iwan Wasiljewitsch, russ. Philosoph, *3. 4. 1806 Moskau, †23. 6. 1856 St. Petersburg; einer der Hauptvertreter der *Slawophilen*; als Anhänger des Dt. Idealismus u. als Geschichtsphilosoph versuchte er eine Synthese zwischen der „negativen Philosophie" F. W. von *Schellings* u. der Lehre der Ostkirche.

Kirensk [ki'rjɛnsk], Stadt in der RSFSR (Sowjetunion), in Mittelsibirien, an der Mündung der Kirenga in die obere Lena, 15000 Ew.; Binnenschiffbau, Metallwerke.

Kirgisen, nomadisches Turkvolk (1,2 Mill.) in den innerasiat. Gebirgen (Kirgis. u. Usbek. SSR, Chines.-Turkistan u. Afghanistan). Sie gehen zur Seßhaftigkeit (mit Baumwollpflanzungen) über, leben in Sippendörfern *(Aul)* unter Ältesten u. stellen

Teppiche her; schon früh Moslems, doch noch mit Schamanen. Sie eroberten im 9. Jh. das Uigurenreich, wurden im 10. Jh. von den Mongolen verdrängt, 1703 von Kalmüken in ihre jetzigen Wohnsitze übergeführt.

Kirgisensteppe, veraltete Bez. für →Kasachensteppe.

Kirgisisches Gebirge, nördl. Randgebirge des *Tien Schan* in Kirgisistan (Innerasien), westl. des Issyk-Kul, bis 4875 m hoch; 375 km lang.

kirgisische Sprache, in der Kirgisischen SSR u. im östl. angrenzenden China gesprochene Turksprache.

Kirgisische SSR, *Kirgisistan, Kirgisien,* Unionsrepublik der Sowjetunion in Mittelasien, 198500 qkm, 3,2 Mill. Ew. (37% in Städten), Hptst. *Frunse;* umfaßt die z.T. vergletscherten Gebirgsketten des Tien Schan u. des östl. Alai sowie die Nordabdachung des Transalai, dazwischen breite Täler u. tiefe Seen (der größte: Issyk-Kul); vorherrschend Viehwirtschaft auf Bergweiden, in den Tälern Getreide- u. auf bewässerten Flächen Anbau von Baumwolle, Zuckerrüben, Mohn u. Tabak, Obst- u. Weingärten, Seidenraupenzucht; in den Städten Nahrungsmittel-, Textil- u. metallverarbeitende Industrie u. Bergbau; Vorkommen von Kohlen, Quecksilber, Antimon-, Wolfram-, Blei- u. Zinkerzen, Gold, Schwefel u. Erdöl. Das Straßennetz als Hauptverkehrsträger befindet sich im Ausbau; ferner Schiffahrt auf dem Issyk-Kul, Luftverkehr. – Im Jahr 1924 als *Kara-Kirgisische AO* der RSFSR gebildet, 1925 in *Kirgisische AO* umbenannt, 1926 ASSR, seit 1936 Unionsrepublik. – [B] →Sowjetunion (Natur und Bevölkerung). – [K] →Sowjetunion.

Kiribati, neuer Name der →Gilbertinseln.

Kirikkale, türkische Stadt östlich von Ankara, 92000 Ew.; Stahlwerk, chemische Industrie.

Kirin, chin. *Jilin,* **1.** Provinz in Nordostchina, in der mittleren Mandschurei, 283000 qkm, 21 Mill. Ew., Hptst. *Tschangtschun;* erstreckt sich von der Inneren Mongolei im W bis zur korean. Grenze; Anbau von Sojabohnen, Hirse, Sommerweizen, Mais u. Zuckerrüben, Holzwirtschaft, Stein- u. Braunkohlenvorkommen, Herstellung von synthet. Erdöl aus Ölschiefer u. Kohle, Papier- u.a. Industrie.
2. *Jungki,* chines. Stadt in der Provinz K., 700000 Ew.; chem., Maschinen- u. Textilindustrie, Schiffswerften; Handelszentrum, Endpunkt der Schiffahrt auf dem Sungari.

Kirk, 1. [kirg], Hans, dän. Erzähler, *11. 1. 1898 Hadsund, Jütland, †16. 6. 1962 Kopenhagen; krit. Realist, mit marxist. Grundhaltung, stellte das Schicksal des leidenden Menschen dar: „Die Tagelöhner" 1936, dt. 1938; „Der Sklave" 1948, dt. 1950.
2. [kə:k], Norman E., neuseeländ. Politiker (Labour Party), *6. 1. 1923 Weimate, Canterbury, †31. 8. 1974 Wellington; 1973/74 Min.-Präs.

Kirkcaldy [kə:'kɔ:di], schottische Hafenstadt am Firth of Forth, 52100 Ew.; Zentrum der schottischen Leinenweberei, Linoleum- u. Eisenindustrie, Fischerei.

Kirkcudbright [kə:'ku:bri], Hptst. der südwestschott. Grafschaft K. (2323 qkm, 28300 Ew.), am Solway Firth, 2700 Ew.

Kirke, *Circe,* in der griech. Sage eine Zauberin, die die Gefährten des Odysseus in Schweine verwandelt, von ihm aber gezwungen wird, sie wieder zu entzaubern; im übertragenen Sinn: Verführerin.

Kirkenes, nordnorweg. Hafenstadt am Varangerfjord, 6000 Ew.; Eisenerzanreicherungswerk.

Kirkintilloch [kə:kin'tilɔx], Stadt in der schott. Grafschaft Dumbarton, nordöstl. von Glasgow, 16000 Ew.; Kohlen- u. Eisenerzabbau, Eisen- u. chem. Industrie.

Kirkland Lake ['kə:klənd lεik], kanad. Stadt im mittleren Ontario, 20000 Ew.; Goldbergbau.

Kirklareli, früher *Kirkilisse,* Hptst. der türk. Provinz K., nordwestl. von Istanbul, 30000 Ew.; Steinkohlenbergbau, Rüstungsindustrie; Eisenbahnknotenpunkt.

Kirkpatrick [kə:k'pætrik], **1.** Sir Ivone Augustine, brit. Diplomat, *3. 2. 1897 Wellington (Indien), †25. 5. 1964 Celbridge (Irland); seit 1919 im diplomat. Dienst, 1944/45 Mitgl. der Kontrollkommission für Dtschld., 1948–1950 Leiter der Dtschld.-Abteilung im Foreign Office, 1950–1953 brit. Hochkommissar in Dtschld., 1953–1957 Ständiger Unterstaatssekretär im brit. Außenministerium.
2. Ralph, US-amerikan. Cembalist, *10. 6. 1911 Leominster, Mass.; u.a. Schüler von Wanda *Landowska,* Prof. an der Yale-Universität; führender Interpret der Cembalomusik; schrieb 1953 ein Werk über Domenico Scarlatti.

Kirkuk, *Kerkuk,* irak. Stadt südöstl. von Mosul, 170000 Ew. (m.V. 250000 Ew.); große Erdölquellen, Raffinerien, Ölleitungen nach Baniyas u. Tripolis; Zementwerke; Bahn u. Straße Bagdad–Mosul, Flugplatz.

Kirkwall ['kə:kwɔ:l], Hafen u. Hptst. der nordschottischen Inselgrafschaft Orkney, auf *Mainland,* 5000 Ew.; Kathedrale aus dem 13. Jh.; Hochseefischerei.

Kirmes [die] →Jahrmarkt, →auch Kirchweihe.

Kirn, rheinland-pfälz. Stadt (Ldkrs. Bad Kreuznach) an der Nahe, 10600 Ew.; Leder-, Textil- u. Holzindustrie, Brauerei, Viehmärkte.

Kirow [-rɔf; nach S. M. *Kirow*], bis ins 18. Jh. *Chlynow,* bis 1934 *Wjatka,* Hptst. der Oblast K. (120700 qkm, 1726000 Ew.) in der europ. RSFSR (Sowjetunion), 370000 Ew.; Kultur-, Industrie- u. Handelszentrum eines vorwiegend landwirtschaftl. Gebiets; Techn. Hochschule, Forschungsinstitute. Maschinen-, bes. Landmaschinenbau, Getreidemühlen, Fleischfabriken, Leder- u. Schafpelzverarbeitung, Textil-, Holz- u. Papierindustrie, Eisenbahnwerkstätten, Kombinat zur Herstellung von Schuleinrichtungen u. Lehrmitteln, Torfkraftwerk; Verkehrsknotenpunkt.

Kirow [-rɔf], Sergej Mironowitsch, eigentl. S. M. *Kostrikow,* sowjet. Politiker, *15. 3. 1886 Urschum, Gouvernement Wjatka, †1. 12. 1934 Leningrad (ermordet); während des Bürgerkriegs polit. Kommissar, 1926 Kandidat u. 1930 Mitgl. des Politbüros des ZK der KPdSU, seit 1926 Parteisekretär in Leningrad. Er gehörte zu den engsten Mitarbeitern *Stalins;* seine (nicht völlig aufgeklärte, vielleicht von Stalin selbst veranlaßte) Ermordung war der Auftakt der großen „Säuberung" der Jahre 1934–1938.

Kirowabad [nach S. M. *Kirow*], 1804–1918 *Jelisawetpol,* bis 1804 u. 1918–1935 *Gandscha,* Industriestadt in der Aserbaidschan. SSR (Sowjetunion), am Nordrand des Kleinen Kaukasus, 200000 Ew.; Hochschulen; Landwirtschaft, Wein- u. Obstbau; Textil-, Nahrungsmittel-, Landmaschinen- u. chem. Industrie, Aluminiumkombinat; Wärmekraftwerk.

Kirowakan [nach S. M. *Kirow*], bis 1935 *Karaklis,* Stadt im N der Armen. SSR (Sowjetunion), im Kleinen Kaukasus, 120000 Ew.; reiche Schwefelvorkommen, chem., Maschinen-, Textil- u.a. Industrie.

Kirowbahn = Murmanbahn.

Kirow-Ballett →Kirow-Theater.

Kirowograd [nach S. M. *Kirow*], bis 1924 *Jelisawetgrad,* 1925–1935 *Sinowjewsk,* Hptst. der Oblast K. (24600 qkm, 1260000 Ew., davon 35% in Städten) in der Ukrain. SSR (Sowjetunion), am oberen Ingul, 220000 Ew.; Braunkohlenabbau: Maschinen-, insbes. Landmaschinenbau, Mühlenbetriebe, Tabakverarbeitung, Textil- u. Baustoffindustrie; Wärmekraftwerk.

Kirowsk [nach S. M. *Kirow*], bis 1934 *Chibinogorsk,* junge Bergbaustadt in der RSFSR (Sowjetunion), im Chibiny-Gebirge, auf der Halbinsel Kola, 50000 Ew.; Abbau reicher Apatit- u. Nephelinlager, chem. u. Baustoffindustrie.

Kirow-Theater, früher *Marijskij-Theater,* 1860 erbautes Theater in Leningrad, 1934 nach S. M. *Kirow* umbenannt; 1760 Sitzplätze, Bühnenbreite 30 m; seit der 2. Hälfte des 19. Jh. für die Geschichte des Balletts bedeutsam, Schauplatz der wichtigsten Balletteereignisse in Rußland. Sein Ballett *(Kirow-Ballett)* ist noch heute führend neben dem *Bolschoj-Ballett.*

Kirri [der; afrik.], Wurfkeule südafrikan. Neger, mit kugeligem Kopf.

Kirrlach, ehem. Gemeinde in Baden-Württ. (Ldkrs. Karlsruhe), 8400 Ew.; Textil- u. Elektroindustrie.

Kirs, Ort in der RSFSR (Sowjetunion), an der oberen Wjatka, nordöstl. von Kirow, 50000 Ew.; Verhüttung örtl. Eisenerze (seit 1728); Kabelfabrik.

Kirsa ['kirʃa], Faustas, litauischer Lyriker, *13. 2. 1891 Sendvaris, Zarasai, †5. 1. 1964 Boston, Mass. (USA); Redakteur u. Dramatung, Gründer einer litau. Künstlerschule; begann als Expressionist, behandelte in formstarken Versen die Probleme von Religion u. Glauben; oft nur skizzenhaft hingeworfene Gedankenlyrik; übersetzte F. M. Dostojewskij u. H. Heine.

Kirschapfel = Zierapfel.

Kirschbaum, Engelbert, Archäologe, *6. 1. 1902 Köln, †28. 3. 1970 Rom; Jesuit, seit 1939 Prof. für christl. Archäologie u. Kunstgeschichte an der Gregoriana in Rom, Leiter der Ausgrabungen unter St. Peter; Hptw.: „Dt. Nachgotik" 1930; „Die Gräber der Apostelfürsten" 1957.

Kirschblattwespe, *Caliroa limacina,* bis 5 mm lange schwarze *Blattwespe,* deren nacktschneckenähnliche, mit dunklem Schleim überzogene Larven die Blätter des Kirschbaums skelettieren; Bekämpfung durch Insektizide.

Kirsche, *Prunus,* zu den *Rosengewächsen* gehörendes Steinobst. Die *Süßkirsche, Prunus avium,* ist ein in Europa u. Vorderasien heim. Baum mit aufstrebendem Stamm, grauer, ringförmig ablösender Borke, weißen Blüten u. schwarzroten, süßen Früchten; sie wird als Obstbaum in zahlreichen Sorten kultiviert: als *Vogel-K. (Prunus avium ssp. silvestris), Herz-K. (Prunus avium ssp. juliana), Knorpel-K. (Prunus avium ssp. duracina).* Die *Sauer-K. (Weichsel), Prunus cerasus,* ist in Kleinasien heimisch, kommt aber auch bei uns verwildert vor. Sie ist ein breit verästelter, oft überhängender Baum mit hell- oder dunkelroten Früchten. Ihre Sorten sind die *Glas-K. (Prunus cerasus ssp. eucerasus)* u. die *Strauchweichsel (Prunus cerasus ssp. acida).* Mehrere ostasiat. Arten mit rosa Blüten, bes. *Prunus serrulata,* sind als „Japan. K." beliebte Zierbäume. Wild kommen in Dtschld. außerdem die *Trauben-K., Prunus padus,* die *Steinweichsel-K., Prunus mahaleb,* u. die *Zwerg-K., Prunus fructicosa,* vor.

Kirschfliege, *Rhagoletis cerasi,* eine *Bohrfliege,* deren Larve im Fruchtfleisch der Kirsche lebt; Bekämpfung mit Kontakt-Insektiziden.

Kirschgummi, ein gelblichbrauner Stoff, der aus den „Wunden" verletzter Kirschbäume fließt. Er ist wasserlöslich u. findet wie Gummiarabikum Verwendung.

Kirschlikör, aus Kirschsaft u. reinem Alkohol unter Zusatz von Zucker u. evtl. Nelken u. Zimt hergestelltes alkoholisches Getränk; →auch Cherry Brandy.

Kirschlorbeer, *Lorbeerkirsche,* zur Gattung *Prunus* der *Rosengewächse* gehörige Pflanze. Der *Echte K., Prunus laurocerasus,* ist ein bis 6 m hoher, im Orient u. auf dem Balkan wild wachsender Strauch mit immergrünen, lederartigen Blättern, die gerieben nach bitteren Mandeln riechen. Aus den Blättern wird durch Destillation *K.wasser* gewonnen. In Süd- u. Westeuropa wird der K. als Heckenpflanze angebaut.

Kirschon, Wladimir Michailowitsch, sowjetruss. Dramatiker, *19. 8. 1902 St. Petersburg, †28. 7. 1938 (als Trotzkist hingerichtet); bekleidete Parteiämter; 1957 rehabilitiert; verfaßte realist.-satir. Dramen mit aktueller Thematik („Die wunderbare Legierung" 1934, dt. 1936).

Kirschpflaume, *Prunus cerasifera,* ein *Rosengewächs;* aus dem Orient stammende Zierpflanze mit kugeligen, roten oder gelben, ziemlich hartfleischigen Früchten.

Kirschwasser, *Kirschgeist, Kirsch,* farbloser, wasserheller u. schwach nach Bittermandelöl riechender u. schmeckender Branntwein, hergestellt aus dunklen, süßen Kirschen, selten aus den wilden Süßkirschen. Bes. verbreitet ist die Herstellung in der nördl. Schweiz, in Teilen Süddeutschlands u. in Frankreich.

Kirschweng, Johannes, Erzähler u. Lyriker, *19. 12. 1900 Wadgassen (Saarland), †22. 8. 1951 Saarlouis; kath. Geistlicher; „Überfall der Jahrhunderte" 1928; „Sterne überm Dorf" 1938; „Das Tor der Freude" 1940; „Lieder der Zuversicht" 1940; „Spät in der Nacht" 1946.

Kirşehir ['kirʃe-], Hptst. der türk. Provinz K., nördl. des Kizilirmak-Stausees, 25000 Ew.; Metallindustrie, Teppichweberei; Braunkohlenabbau; Eisen- u. Schwefelthermen; an der Straße Ankara–Kayseri.

Kirst, Hans Hellmut, Schriftsteller, *5. 12. 1914 Osterode, Ostpreußen; 1933–1945 Berufssoldat, zuletzt Oberleutnant. Seine Romantrilogie „Null-acht fünfzehn" 1954/55 über die Kasernenhof- u. Kriegserfahrungen des Gefreiten *Asch* wurde ein internationaler Bestseller, auch verfilmt. Weitere Romane: „Fabrik der Offiziere" 1960; „Die Nacht der Generale" 1962; „Aufstand der Soldaten" 1965; „Die Wölfe" 1967; „Kein Vaterland" 1968; „Held im Turm" 1970. „Heinz Rühmann. Ein biograph. Report" 1969.

Kirsten, niederdt. Kurzform von *Christian,* dän. für *Christiane;* heute meist als weibl. Vorname gebraucht.

Kiruna ['kiryna], nordschwed. Stadt, 31000 Ew.; in der Nähe die Erzberge *K.vaara* (749 m, Erz mit

Kirunga-Vulkane

Kiruna mit Erzberg

60–70% Eisengehalt) u. *Luossavaara* (729 m) mit hochwertigem Magnetiteisenerz.

Kirunga-Vulkane, *Virunga-Vulkane,* Gruppe von 8 Vulkanen in Ostafrika, auf der Grenze von Rwanda u. Zaire, zwischen Kivu- u. Edwardsee, im Zentralafrikan. Graben; u.a. *Karisimbi* (4507 m) u. die noch tätigen *Niragongo* (3469 m) u. *Nomlagira* (3052 m).

Kiryu, japan. Stadt in Zentralhonschu, im NW des Kanto, 132 000 Ew.; Seidenspinnerei u. -weberei seit dem 9. Jh.

Kis [kiʃ; ungar., „klein"], Bestandteil geograph. Namen: klein; Gegensatz: *Nagy.*

Kisakürek, Necip Fazil, türk. Schriftsteller, *1905 Istanbul; vertritt eine islam. Gesellschaftsordnung; schrieb exaltierte Gedichte von tiefem Gefühl u. zuweilen myst. Einschlag.

Kisalföld [-ʃɔl-], Landschaft im NW Ungarns, zwischen Donau u. Bakonywald; fruchtbare Böden; Anbau von Gerste, Weizen, Mais u. Obst; Rinderzucht; Zentrum *Raab.*

Kisangani, früher *Stanleyville,* Hptst. der Prov. Oberzaire von Zaire (Zentralafrika), am Kongo unterhalb der Stanleyfälle, 315 000 Ew.; Universität („Freie Universität Kongo", 1963); Industrie; Umschlagplatz (Schiff/Bahn), Verkehrsknotenpunkt.

Kisbalaton [ˈkiʃbɔlɔtɔn], Sumpf am Westende des Plattensees, 15 qkm; Naturschutzgebiet für seltene Wasserpflanzen u. -vögel.

Kisch, Stadt südöstl. von Babylon, im 3. Jahrtausend v. Chr. zeitweise Hptst. Babyloniens; heute die Ruinenstätte *el-Oheimir.* Ausgrabungen legten 1912 Palast u. Friedhof frei, altsumerische, alt- u. neubabylon. u. parthische Funde.

Kisch, 1. Egon Erwin, Journalist, *29. 4. 1885 Prag, †31. 3. 1948 Prag; durchstreifte alle 5 Erdteile, seit 1918 Kommunist, Teilnehmer am span. Bürgerkrieg, als Emigrant in Mexiko, zuletzt Stadtrat in Prag; Kriegstagebuch: „Soldat im Prager Korps" 1922, später unter dem Titel „Schreib das auf, Kisch"; „Der rasende Reporter" 1925; „Abenteuer in 5 Kontinenten" 1934; „Marktplatz der Sensationen" 1942.
2. Wilhelm, Rechtslehrer, *12. 12. 1874 Diedelsheim, †9. 3. 1952 München; Prof. in Straßburg u. München (1916–1935); Hptw.: „Handbuch des Privatversicherungsrechts" 2 Bde. 1920–1922; „Handbuch des dt. Patentrechts" 1923; „Dt. Zivilprozeßrecht" 1909, 4 1929–1934.

Kischi, *Kishi,* Nobusuke, japan. Politiker, *13. 11. 1896 Yamagutschi, Honschu; seit 1936 hauptverantwortl. für die industrielle Expansion der Mandschurei u. dann Japans, Minister für Handel u. Industrie im Todscho-(Tôjô-)Kabinett (1941); 1945 als Kriegsverbrecher zu lebenslängl. Haft verurteilt, 1948 entlassen; 1954/55 Generalsekretär der Japan. Demokrat. Partei (Nihonminshuto); im Ischibaschi-(Ishibashi-)Kabinett (1956) Außen-Min., 1957 Min.-Präs. 1960 führten schwere innenpolitische Auseinandersetzungen um die Unterzeichnung des revidierten amerikanisch-japanischen Sicherheitsvertrags durch K. zu seinem Rücktritt.

Kischinjow, *Kischinew,* Hptst. der Moldauischen SSR (Sowjetunion), am Byk, in Bessarabien, 415 000 Ew.; Universität (gegr. 1945) u.a. Hochschulen, Akademie der Wissenschaften, Museen; Maschinenbau, Öl- u. Getreidemühlen, Weinkelterei, Obst- u. Tabakverarbeitung, Textil- u. Baustoffindustrie; Wärmekraftwerk; Erdgasleitung von Scheblinka; Verkehrsknotenpunkt. – Im 15. Jh. gegr., seit 1812 russ., 1918–1940 rumän.

Kisel [kiˈzjɛl], Bergbau- u. Industriestadt in der RSFSR (Sowjetunion), am Westrand des Mittleren Ural, 55 000 Ew.; Steinkohlenförderung, Kokereien, Eisenhütten, chem. Industrie; Wärmekraftwerk.

Kiseljowsk, Bergbaustadt in der RSFSR, Westsibirien, im Kusnezkbecken, 126 000 Ew.; Bergbautechnikum; Steinkohlenförderung, Maschinenbau.

Kisfaludy [ˈkiʃfɔludi], **1.** Károly, ungar. Schriftsteller, *5. 2. 1788 Tét, †21. 11. 1830 Pest; schrieb Geschichtsdramen u. Lustspiele mit heimatl. Motiven; Begründer des ungar. Schauspiels u. Führer der ungar. Romantik.
2. Sándor, Bruder von 1), ungar. Schriftsteller, *27. 9. 1772 Sümeg, †28. 10. 1844 Sümeg; romant. Lyriker, am bekanntesten durch „Himfys Liebeslieder" 1801–1807, dt. 1829.

Kishi, Nobusuke →Kischi, Nobusuke.

Kishon [kiˈʃɔn], *Qishon,* der einzige ständig wasserführende größere Fluß, der Israels Mittelmeerküste erreicht, 75 km; entspringt am Har Gilboa, durchfließt die Jesreelebene, mündet bei Haifa, Stausee (7 Mill. m³) bei Kefar Barukh.

Kishon [kiˈʃɔn], Ephraim, neuhebr. Schriftsteller, *23. 8. 1924 Budapest; Installateur, Zeitungsmitarbeiter, Leiter einer literar. Kleinkunstbühne in Tel Aviv; verfaßte satir. Erzählungen, Theaterstücke u. Romane („Der Fuchs im Hühnerstall" 1969, dt. 1969), worin er das alltägliche Leben karikiert: „Arche Noah, Touristenklasse" 1962, dt. 1963; „Drehn Sie sich um, Frau Lot" 1965, dt. 1965; „Der seekranke Walfisch oder Ein Israeli auf Reisen" 1965, dt. 1965; „Wie unfair, David" 1967, dt. 1967; „Pardon, wir haben gewonnen" 1968, dt. 1968; „Nicht so laut vor Jericho" 1970, dt. 1970; „Salomons Urteil, zweite Instanz" 1972, dt. 1972.

Kiskunfélegyháza [ˈkiʃkunfeːlɛdjhaːzɔ], Stadt in Ungarn, nordwestl. von Szeged, 34 100 Ew.; Maschinenbau, Textil-, Schuh-, Nahrungsmittel- u. chem. Industrie; Wein-, Tabak- u. Obstanbau.

Kiskunhalas [ˈkiʃkunhɔlɔʃ], Ort in Ungarn, nordwestl. von Szeged, 28 400 Ew.; landwirtschaftl. Zentrum; Bahnknotenpunkt; Textilgewerbe *(Halaser Spitzen).*

Kislar Aga [türk.], türk. Titel, der oberste Haremswächter.

Kislew, der 3. Monat des jüd. Kalenders (November/Dezember).

Kisling, Moïse, poln. Maler, *22. 1. 1891 Krakau, †29. 4. 1953 bei Lyon; nahm nach impressionist. Anfängen seit 1910 in Paris Anregungen von A. Derain u. A. *Modigliani* auf, malte meist liegende Akte u. Porträts in weichen Farbmodulationen.

Kisljar, Stadt in der ASSR Dagestan (Sowjetunion), im Terekdelta, 27 000 Ew.; Medizin. Fachschule; Weinbau, Nahrungsmittelindustrie.

Kislowodsk, Stadt u. Kurort in der RSFSR (Sowjetunion), im nördl. Kaukasusvorland, 85 000 Ew.; Mineralquellen; Nahrungsmittelindustrie, Leder-, Holz- u. Metallverarbeitung; Fremdenverkehr.

Kismanio, *Chisimaio,* Hafenstadt im südl. Somalia (Ostafrika), 18 000 Ew.; landwirtschaftl. Handelszentrum, Bananenexport.

Kismet [das; arab., „das Zugeteilte"], im Islam das dem Menschen unabwendbar zugeteilte Schicksal, das gläubig ertragen werden muß, weil es nicht von einer unpersönl. Schicksalsmacht, sondern von Allah selbst bestimmt wird. Die Ergebung (*islam*) ist die gebotene Haltung des Frommen dem unberechenbaren Willen Allahs gegenüber.

Kissenmoose, *Grimmiaceae,* in Rasen oder Polstern auftretende, stein- oder felsbewohnende *Laubmoose* der gemäßigten u. subarktischen Gebiete.

Kissingen, Bad K., bayer. Kreisstadt in Unterfranken, an der Fränk. Saale, südl. der Rhön, 22 300 Ew.; Sol- u. Moorbad (bekannt mit der *Rákoczy-Quelle*; erdig-sulfatische, CO_2haltige Kochsalzsprudel); Textilindustrie. – 1866 preuß. Sieg über die Bayern; 1874 Attentat auf O. von *Bismarck. –* Ldkrs. K.: 1151 qkm, 104 000 Ew.

Kissinger [-dʒər], Henry Alfred, US-amerikan. Politiker dt. Herkunft, *27. 5. 1923 Fürth; seit 1938 in den USA; Prof. der Politikwissenschaft in Harvard, beriet mehrere US-Regierungen in Fragen der Strategie u. Abrüstung; 1969 Präs. R. *Nixons* Sonderberater für Sicherheitsfragen, 1973 bis 1977 Außen-Min.; führte u. a. Verhandlungen über die Annäherung an China, die Beendigung des Vietnamkriegs u. des Nahostkriegs. Friedensnobelpreis 1973.

Kißling, Richard, schweizer. Bildhauer, *15. 4. 1848 Wolfwil, Kanton Solothurn, †19. 7. 1919 Zürich; nach längerem Rom-Aufenthalt seit 1883 in Zürich tätig, befreundet mit A. *Böcklin*; schuf zahlreiche Werke (meist Denkmäler) in der Schweiz, die sich durch vereinfachende, stilisierte Formgebung auszeichnen; Hptw.: Wilhelm-Tell-Denkmal in Altdorf, 1895.

Kistenöffner, etwa 30 cm langer Stahlhebel mit gebogener Spitze zum Herausziehen von Nägeln.

Kisuaheli [das], die Sprache der *Suaheli,* aus der Bantu-Familie; Verkehrssprache in Ostafrika, an der Ostküste von Kenia bis ins nördl. Moçambique verbreitet.

Kisumu, Hafenstadt am Victoriasee in Kenia (Ostafrika), 35 000 Ew.; durch eine Bahn über Nakuru mit der Linie Kampala–Nairobi–Mombasa verbunden, Straßenknotenpunkt, Handels- u. Industriezentrum, Fischerei, Güterumschlag für Uganda.

Kitagawa *Utamaro,* japan. Maler, *1753 Kawagoe, Provinz Musaschi, †31. 10. 1806 Edo (Tokio); aus der *Kano-Schule,* einer der bekanntesten Holzschnittzeichner, veröffentlichte 1787/88 drucktechnisch hervorragende Bildbände über Insekten, Muscheln u. Vögel. In Europa ist er bes. durch seine Darstellungen weibl. Figuren berühmt.

Kitaij, Ronald B., engl. Maler amerikan. Abstammung, *1932 Cleveland, Ohio; fuhr zur See u. studierte in Wien bei A. P. *Gütersloh,* lebt in London; schuf, von K. *Schwitters* ausgehend, Serigraphien, die in geometr. Rastern collageartig eine Fülle von

Kitakata, japan. Ort im nordwestl. Zentralhonschu, südöstl. von Niigata, im Aganoflußgebiet; Aluminiumschmelze.

Kita-Kyushu, 1961 durch Zusammenschluß der 5 Nachbarstädte *Kokura, Modschi (Moji), Tobata, Wakamatsu* u. *Yahata (Yawata)* gebildete japan. Millionenstadt im N Kyuschus, 1,1 Mill. Ew., am Südufer der Meerenge von Schimonoseki; Konzentration von 30% der wichtigsten japan. Industrien; Kokura: Kohlenbergbau, Schwerindustrie, Handels- u. größtes Bankzentrum (japan. Binnenhandel); Modschi: Stahl-, Zement-, Mühlen- u. Zuckerindustrie (internationaler Ein- u. Ausfuhrhandelshafen); Tobata: Stahlwerke, leistungsfähigste Hochöfen der Erde, größte künstl. Hafenanlagen Asiens (Hochseefischereihafen, Fischverarbeitung); Wakamatsu: Kokereien, Glaswaren- u. Transportindustrie (Kohleausfuhrhafen); Yahata: Kohlenabbau, Stahl-, Eisen-, Zement-, chem., Düngemittel- u. a. Industrien, Eiseneinfuhrhafen.

Kitale, Distrikt-Hptst. in ostafrikan. Kenia, östl. des Vulkans Elgon, 1895 m ü. M., 12000 Ew.; Endpunkt einer Zweiglinie der Ugandabahn, an der Durchgangsstraße nach N; Touristenverkehr.

Kitasato *Schibasaburo,* japan. Bakteriologe, *20. 12. 1853 Oguni, Ken Kumamoto, †13. 6. 1931 Nakanocho, Azabu; Schüler Robert *Kochs;* entdeckte 1894 zugleich mit A. *Yersin* den Pestbazillus *(Pasteurella pestis).*

Kitchener [ˈkitʃinə], 1830–1916 *Berlin,* Stadt in Ontario (Kanada), nordwestl. von Hamilton, 95 000 Ew. (m. V. 195 000 Ew.); mit starkem deutschstämmigem Anteil; Theater; lebhafter Handel u. vielseitige Industrie.

Kitchener [ˈkitʃinə], Horatio Herbert, Earl (1914) K. of *Khartoum,* brit. Offizier u. Politiker, *24. 6. 1850 bei Listowel, County Kerry (Irland), †5. 6. 1916 bei den Orkney-Inseln; eroberte 1896–1898 den anglo-ägypt. Sudan, schlug u. das Heer der Mahdisten bei Omdurman 1898 u. Khartum besetzte; zwang ein französ. Expeditionskorps bei Faschoda (1898) zum Rückzug, beendete als Generalstabschef der brit. Armee den Burenkrieg zugunsten Englands, reorganisierte 1902–1909 als Oberbefehlshaber die brit. Truppen in Indien; 1911–1914 Oberkommissar in Ägypten; 1914 Kriegs-Min., setzte im Frühjahr 1916 die Wehrpflicht in Großbritannien durch; mit dem von einem dt. U-Boot torpedierten Kreuzer „Hampshire" untergegangen.

Kitega = Gitega.

Kithairon, mittelgriech. Gebirge zwischen Attika u. Böotien, 1409 m; bewaldet, wildreich. Nach der Sage wurde hier *Ödipus* ausgesetzt.

Kithara [die; grch.], ein Saiteninstrument der Griechen, ein flacher Kasten mit zwei seitlich nach oben geschwungenen Armen, die oben durch ein Querholz verbunden waren. Von diesem liefen anfangs 4, dann bis zu 18 Saiten zum Schallkasten hinunter. Die K. wurde mit einem Plektron in der rechten Hand gezupft, die linke konnte einzelne Saiten nach Bedarf verkürzen. Der K.-Spieler wurde *Kitharöde,* seine Kunst *Kitharodik* genannt. →auch Lyra.

Kitkhachon, Thanom →Kittikachorn.

Kitsch [der; vielleicht von mundartl. *kitschen,* „Straßenschmutz zusammenkehren", oder von engl. *sketch,* „Skizze"], um 1870 im Münchner Kunsthandel entstandenes Wort, das nicht absolut definierbares künstler. Werturteil bes. billige, nach Gehalt u. Form unwahre Kunst bezeichnen soll. Die Ausdrucksmittel des K.s sind selten originell, wirken häufig komisch oder grotesk u. appellieren bes. an das passive Gefühlsleben, eine unkritische Aufnahmebereitschaft u. den Sinn für das Modisch-Gefällige, keinem einheitl. Stilwillen, sondern einer angenommenen Manier folgend. – ⌑2.0.1.

Kitt [der], flüssige oder plast. Stoffe, die an der Luft erhärten u. zum Kleben v. Dichten von Gegenständen, zum Ausfüllen von Fugen u. a. dienen. Öl-K.e bestehen aus Leinöl u. feiner getrockneter Schlemmkreide *(Glaser-K.),* Bleiglätte oder gelöschtem Kalk; sie werden u. a. für dichte Verbindungen von Dampf-, Gas- u. Wasserleitungsrohren u. zum Zusammenfügen von Metall mit Glas oder Tonwaren verwendet. Zur Gruppe der Harz-K.e gehören u. a. *Fugen-K.* für Holz (Wachs, Kolophonium, Ocker mit Ziegelmehl) u. *Stein-K.* (Pech, Kolophonium, Mennige u. Ziegelmehl). Spezial-K.e, von denen es eine große Anzahl gibt, sind u. a.: *Rost-K.,* aus Eisenfeilspänen, Salmiak u. etwas Essig, zum Verbinden von kleinen Eisenteilen; *Porzellan-K.,* mit Wasser angerührtes Pulver aus einer Schmelze von Mennige, Borax u. Kreide; *Wasserglas-K.,* aus Wasserglaslösung mit Asbestpulver unter Zusatz von Kalk, Kreide oder Glasmehl; außerdem gibt es verschiedene K.e auf Kunststoffbasis. →auch Schmelzkitt.

Kitt, Theodor, Veterinärpathologe, *2. 11. 1858 München, †10. 10. 1941 München; seit 1884 Prof. in München; schrieb Standardwerke über allg. u. spezielle Pathologie u. Bakteriologie.

Kittel [der; wahrscheinl. arab.], aus der alten europ. Hemdform (z. B. aus der röm. *Tunika*) entwickeltes loses Gewand in Knielänge mit langem Ärmel; ursprüngl. auch das Hauskleid der Männer, wie es sich im *Trachten-K.* erhalten hat; heute noch in der Berufskleidung gebräuchlich.

Kittel, Bruno, Chordirigent, *26. 5. 1870 Forsthaus Entenbruch, Posen, †10. 3. 1948 Wassenberg, Rheinland; als Geiger, Dirigent u. Konservatoriumsleiter in Berlin tätig; gründete 1902 den *Bruno K.schen Chor.*

Kittikachorn, *Kitkhachon,* Thanom, thailänd. Politiker, *11. 8. 1911 bei Tak (Thailand); Generalleutnant, 1958 u. 1963–1973 Min.-Präs. in einer Militärdiktatur.

Kitwe [engl. ˈkitwei], Bergbau- u. Industriestadt in Sambia, wirtschaftl. Zentrum des *Copper Belt,* an der Grenze nach Katanga, 1350 m ü. M., 320 000 Ew. (einschl. Kalulushi).

Kitz [das], das Jungtier von Reh, Gemse u. Ziege.

Kitzbühel, österr. Bezirksstadt im nördl. Tirol, an der *K.er Ache,* südöstl. vom Kaisergebirge, 762 m ü. M., 8000 Ew.; Kur- u. Badeort, Wintersportplatz; Schwebebahnen auf das *K.er Horn* (1998 m) u. den *Hahnenkamm* (1655 m); in der Nähe das Moorbad *Schwarzsee.*

Kitzbüheler Alpen, Gruppe der Nordtiroler-Salzburger Schieferalpen, nördl. des Gerlostals u. Pinzgaus, zwischen Zillertal u. Zeller See u. oberem Saalachtal; im *Großen Rettenstein* 2364 m, *Gaisstein* 2363 m; Wintersportgebiet.

Kitzingen, bayer. Kreisstadt in Unterfranken, am Main, 21 800 Ew.; Zentrum u. Haupthandelsplatz des fränk. Weinbaus; Maschinen-, Zucker-, Leder- u. Nahrungsmittelindustrie. – Ldkrs. K.: 675 qkm, 81 000 Ew.

Kitzler, *Klitoris, Clitoris,* ein Teil der weibl. Geschlechtsorgane, der entwicklungsgeschichtl. dem männl. *Glied* (Penis) entspricht u. wie dieses Schwellkörper u. Nervenendorgane hat. Der K. liegt am oberen Zusammenstoß der kleinen *Schamlippen.*

Kiukiang, *Jiujiang,* südchines. Stadt in der Prov. Kiangsi, am Yangtze Kiang, 150 000 Ew.; Textil- u. Nahrungsmittelindustrie, Handelszentrum (bes. Nahrungsmittel u. Porzellanwaren).

Kiuküan, *Jiuquan,* Stadt in der nordchines. Prov. Kansu, nahe der Chines. Mauer, ca. 100 000 Ew.; Textil- u. a. Industrie; an der Bahn nach Urumtschi.

Kiungschan, *Qiongshan,* früher *Kiungtschou,* Stadt auf der südchines. Insel Hainan, 100 000 Ew.; landwirtschaftl. Handel.

Kiuschiu = Kyuschu.

Kivi, Aleksis, eigentl. A. *Stenvall,* finn. Schriftsteller, *10. 10. 1834 Nurmijärvi, †31. 12. 1872 Tuusula; schrieb das Volksstück „Der Heideschuster" 1864, dt. 1922, u. den derb-komischen Roman „Die sieben Brüder" 1870, dt. 1921, der weltberühmt wurde. – ⌑3.3.4.

Kivu, *Kiwu,* Provinz im O von Zaire, 256 700 qkm, 3,4 Mill. Ew.; Hptst. *Bukavu.*

Kivu-Nationalpark, der im östl. Zaire (Zentralafrika) gelegene Teil des früheren *Albert-Nationalparks,* Wildschutzgebiet rund um den Edwardsee, 8000 qkm; mit Okapis u. a. Herdentieren u. zahlreichen Wasservogelarten.

Kivusee, See im Zentralafrikan. Graben, 1460 m ü. M., 2650 qkm, über 80 m tief; viele Zuflüsse u. Inseln, fischarm, entwässert über den *Ruzizi* zum *Tanganjikasee;* Grenze zwischen Zaire u. Rwanda.

Kiwi, *Schnepfenstrauß, Apteryx australis,* ein zusammen mit 2 weiteren Arten sowie dem fossilen *Moas* zu den *Flachbrustvögeln* gehörender Vertreter einer eigenen Ordnung *(Apteryges).* Das unscheinbar gefärbte Gefieder des hühnergroßen, nächtlich lebenden Vogels besteht aus haarförmigen, weichen Federn u. zeigt keinerlei Schwung- u. Steuerfedern. Der schon fast ausgerottete K. ist der Wappenvogel seiner Heimat Neuseeland.

Kiwu = Kivu.

Kivusee

Kizilirmak

Kizilirmark [-'zil-], *Kızılırmak,* der antike *Halys,* größter kleinasiat. Fluß, rd. 1400 km, nicht schiffbar; entspringt im Armen. Hochland, mündet bei Bafra ins Schwarze Meer; südöstl. von Ankara zu einem großen See mit Kraftwerk aufgestaut *(Hirfanh Baraji,* 320 qkm groß, 6 Mrd. m³ Inhalt, Staudamm 78 m hoch). 3 weitere Wasserkraftwerke sind am Mittel- u. Oberlauf in Betrieb, ein neues Werk mit Staudamm ist bei Kayseri im Bau.

Kjaer [cæ:r], Niels, norweg. Schriftsteller, *11. 11. 1870 Holmestrand, †9. 2. 1924 Son bei Moss; geistreicher Plauderer u. Gesellschaftskritiker, schrieb Dramen im Stil A. *Strindbergs* („Der Tag der Rechenschaft" 1902, dt. 1909) u. witzige Essays: „Capriccio" 1898, dt. 1910.

Kjellén [tçɛ'le:n], Rudolf, schwed. Geopolitiker, *13. 6. 1864 Torsö, †14. 11. 1922 Uppsala; Prof. für Staatswissenschaft in Göteborg u. Uppsala, „Vater der Geopolitik" in Fortführung der polit. Geographie F. *Ratzels;* Hptw. „Die Großmächte der Gegenwart" 1914; „Der Staat als Lebensform" 1917; „Grundriß zu einem System der Politik" 1920, u.a.

Kjellin ['tçɛ-], Frederik Adolf, schwed. Metallurg, *24. 4. 1872 Wordinge, †30. 12. 1910 Stockholm; baute der ersten (nach ihm benannten) Induktionsofen zur Stahlgewinnung.

Kjökkenmöddinger = Kökkenmöddinger.

Kjustendil, Hptst. des bulgar. Bez. K. (3039 qkm, 200 000 Ew.), südwestl. von Pernik, 39 000 Ew.; röm. Ruinen, Mineralbad, Obst- u. Weinbau, Zement- u. Tabakindustrie.

k.k., Abk. für *kaiserlich-königlich;* in Titeln: *K.K.*

Klaatsch, Hermann, Anthropologe, *10. 3. 1863 Berlin, †5. 1. 1916 Eisenach; Prof. in Heidelberg (1895) u. Breslau; wies durch vergleichend-anatomische Untersuchungen einen unmittelbaren stammesgeschichtl. Zusammenhang zwischen Affen u. Menschen nach; klärte die systemat. Stellung zahlreicher menschl. Fossilien.

Klabautermann [zu *kalfatern,* „Fugen der Schiffswände abdichten"], im Volksglauben ein Schiffskobold, der schadhafte Stellen anzeigt, vor dem Unglücksfall oder Tod eines Seemanns erscheint u. das Schiff vor dem Untergang verläßt. Man nimmt an, daß er als Dämon des Baums, aus dem der Mast hergestellt worden war, zum Schiffsdämon wurde.

Kläber, Kurt, als Jugendbuchautor unter dem Pseudonym: *K. Held,* Schriftsteller, *4. 11. 1897 Jena, †9. 12. 1959 Carona bei Lugano; verheiratet mit der Märchenerzählerin Lisa *Tetzner;* Hptw.: „Barrikaden an der Ruhr" 1924; Jugendbücher: „Die rote Zora u. ihre Bande" 1943; „Der Trommler von Faido" 1946.

Klabrias, *Klaberjaß* [das; jidd.], ein Kartenspiel mit der Pikettkarte.

Klabund, eigentl. Alfred *Henschke,* Schriftsteller, *4. 11. 1890 Crossen an der Oder, †14. 8. 1928 Davos; wandlungsreich u. von Unrast getrieben, dem Expressionismus nahestehend; am erfolgreichsten als freier Nachdichter, bes. von ostasiat. Gedichten („Li Tai Pe" 1916) u. Dramen („Der Kreidekreis" 1924); Eulenspiegel-Roman „Bracke" 1918; formenreiche Lyrik („Montezuma" 1919; „Die Harfenjule" 1927) u. Chansons, Komödien, „Geschichte der Weltliteratur in einer Stunde" 1921. – ▢3.1.1.

Kladde [die], Schmierheft, vorläufiges Tage- oder Rechnungsbuch.

„Kladderadatsch", 1848 in Berlin von David *Kalisch* gegr. politisch-satir. Zeitschrift, unterstützte seinerzeit *Bismarck;* 1944 eingestellt.

Kladno, Stadt in Mittelböhmen, westl. von Prag, 56 000 Ew.; Steinkohlenbergbau, Hüttenindustrie, Maschinenbau, Brauereien; Schloß (1740). – Ersterwähnung im 14. Jh.

Kladogenese [grch.], die Stammverzweigung; →Abstammungslehre.

Klaffmoos, *Andreaea,* kalkmeidendes *Laubmoos;* bildet in arktischen u. subarktischen Gebieten kleine Polster auf Gesteinen oder auf der Erde.

Klaffmuschel, *Mya arenaria,* eine eßbare Meeresmuschel; so genannt nach ihren am Hinterrand stets klaffenden Schalen.

Klaffschnabel, zwei Arten der Storch-Gattung *Anastomus* aus Afrika bzw. Indien, deren Schnabelhälften sich in der Mitte nicht berühren.

Klafter, ursprüngl. die Spannweite der Arme, altes dt. Längenmaß; örtlich verschieden: 1,7–2,91 m; altes dt. Raummaß für Schichtholz, zwischen 1,8 u. 3,9 m³.

Klage, 1. *Jagd:* das Ausstoßen von Schmerzlauten beim Wild.
2. *Prozeßrecht:* das schriftliche (beim Amtsgericht – in Österreich beim Bezirksgericht – auch durch Erklärung zu Protokoll der Geschäftsstelle zu gebende) Begehren einer gerichtl. Entscheidung in einem Rechtsstreit in Form eines *Urteils.* Die *Klageerhebung* erfolgt durch Einreichung der →*Klageschrift* beim Prozeßgericht, das die Zustellung an die Gegenpartei (den *Beklagten*) von Amts wegen veranlaßt. Arten der K. sind: im Zivil- u. Arbeitsgerichtsprozeß →Leistungsklage, →Feststellungsklage u. →Gestaltungsklage; im *Verwaltungsstreitverfahren* (Verwaltungsgerichtsprozeß) →Anfechtungsklage, →Verpflichtungsklage u. →Feststellungsklage; in allen Prozeßarten die K.n im *Wiederaufnahmeverfahren.* Der K. entspricht im *Finanzgerichtsprozeß* die →Berufung. Von der K. ist zu unterscheiden die →öffentliche Klage des Strafprozesses.
In Österreich gelten gemäß §§ 226 ff. ZPO durchweg die gleichen Grundsätze. Mit der Zurücknahme der K. kann aber im Gegensatz zum Recht der BRD ein *K. verzicht* verbunden werden. In der Schweiz sind die Regelungen kantonal unterschiedl.; der Termin zur mündl. Verhandlung wird hier allg. als „Tagfahrt" bezeichnet (in Österreich als „Tagsatzung").

Klage, „*Die Klage",* mhd. Reimpaargedicht (etwa 4350 Verse), späterer Zusatz zum *Nibelungenlied,* in dessen vollständigen Handschriften enthalten; entstanden um 1220 wohl im Passauer Donauraum. Die K. erzählt die Bestattung der Gefallenen u. das Schicksal der Überlebenden.

Klageantrag, der vom Kläger in der →Klageschrift zu stellende bestimmte Antrag, durch den er zu erkennen gibt, welche Entscheidung des Gerichts er begehrt. Der K. ist im Zivilprozeß von großer Bedeutung, weil durch ihn der *Streitgegenstand* bestimmt wird u. dem Kläger nicht mehr oder etwas anderes zugesprochen werden darf, als er beantragt hat (§ 308 ZPO); →auch Dispositionsmaxime. – Ähnl. in Österreich (§ 229 ZPO).

Klageerhebung, der Vorgang, durch den ein Rechtsstreit anhängig gemacht wird. Sie erfolgt durch Einreichung einer →Klageschrift bei Gericht, Bestimmung des Termins zur mündl. Verhandlung u. von Amts wegen zu bewirkende Zustellung an die Gegenpartei (§§ 253, 261b, 496 ZPO; ähnl. in Österreich nach §§ 226 ff. ZPO). Die K. begründet die *Rechtshängigkeit* (Österreich: *Streitanhängigkeit*) der Streitsache. Daneben hat sie auch privatrechtl. Wirkungen, etwa Unterbrechung der Verjährung (§ 209 BGB) oder Entstehung des Anspruchs auf Prozeßzinsen (§ 291 BGB).

Klageerzwingungsverfahren, der Antrag auf gerichtl. Entscheidung zur Erzwingung der →öffentl. Klage; nur zulässig, wenn die Tat nicht nur eine Übertretung oder ein Privatklagedelikt ist. Antragsberechtigt ist nur der durch eine Straftat Verletzte. Das K. dient der Durchsetzung des →Legalitätsprinzips; geregelt in §§ 172–177 StPO. In Österreich ist der durch ein von Amts wegen zu verfolgendes Vergehen Geschädigte berechtigt, zur Durchsetzung seiner zivilrechtl. Ansprüche eine öffentl. Anklage zu erheben, sofern die Staatsanwaltschaft die Strafverfolgung eingestellt hat.

Klagemauer, *Westmauer,* das wichtigste jüd. Heiligtum in Jerusalem, Teil der alten Mauer des Tempels von Jerusalem, westl. des Tempelplatzes; Höhe 18 m, Länge 48 m. Seit 638 n.Chr. (unter arab. Herrschaft) trafen sich die Juden an dieser Mauer, um den Verlust des Tempels zu beklagen. Die K. lag bis 1967 außerhalb des zu Israel gehörenden Teils von Jerusalem; seit Juni 1967 ist sie wieder Ziel zahlloser Beter u. Wallfahrer. – ▣→Judentum.

Klagenfurt, Hptst. des österr. Bundeslands Kärnten, an der Glan, östl. vom Wörther See, 82 500 Ew.; Dom (16. Jh.), Mussen, Schulzentrum, Hochschule für Bildungswissenschaften (1970); Metall-, Holz-, Nahrungsmittel-, Elektro-, Maschinen- u. chem. Industrie; Messe. – 1279 Stadt, seit 1518 Hptst. von Kärnten. Die im 16. Jh. errichteten Befestigungen wurden 1809 gesprengt.

Klagenfurter Becken, das größte inneralpine Einbruchsbecken der Ostalpen, 75 km lang, 20–30 km breit, zwischen Gurktaler Alpen u. Karawanken; von der Drau u. ihren Nebenflüssen entwässert; Hügelland u. Schotterflächen (Krappu. Zollfeld); im Winter Temperaturumkehr (im Becken kälter als in der Umgebung), heiße Sommer; Getreide- u. Obstbau, Fremdenverkehr.

Klagenhäufung, im Zivilprozeßrecht die Geltendmachung mehrerer prozessualer Ansprüche desselben Klägers gegen denselben Beklagten in einem Verfahren (*objektive K.;* §§ 147, 260 ZPO). Die K. kann *kumulativ* sein (Erhebung mehrerer Ansprüche nebeneinander), *eventuell* (Erhebung eines Hilfsanspruchs neben einem Hauptanspruch) oder *alternativ* (wahlweise Erhebung mehrerer Ansprüche). Von der objektiven K. ist die *subjektive K.* oder →Streitgenossenschaft zu unterscheiden.
In Österreich findet sich die Regelung der K. in § 227 ZPO. – In der Schweiz ist die objektive K. (zulässig, ebenso die subjektive K. (Streitgenossenschaft) in allen Kantonen zulässig.

Klagerücknahme, im Recht der BRD der Widerruf des mit der Klage gestellten Gesuchs um Rechtsschutz. Sie beseitigt die *Rechtshängigkeit* rückwirkend, steht aber einer erneuten Klageerhebung nicht entgegen; anders der →Klageverzicht.

Klages, Ludwig, Psychologe u. Philosoph, *10. 12. 1872 Hannover, †29. 7. 1956 Kilchberg bei Zürich; begann als Chemiker u. kam über die *Graphologie,* die er wissenschaftl. begründete, zur Neubegründung der *Charakterkunde.* Ursprüngl. dem *George-Kreis* angehörend, setzte K. sich für die Natur- u. Seelenlehre der Romantik ein, aus deren Sicht seine Darstellung u. Kritik der „Psycholog. Errungenschaften Nietzsches" (1926) zu verstehen ist. Als Philosoph war K. einer der Hauptvertreter des irrationalist. *Lebensphilosophie* („biozentrische" Weltanschauung im Gegensatz zur „logozentrischen"). In seinem Hauptwerk „Der Geist als Widersacher der Seele" 3 Bde. 1929–1932, ⁴1960, erweiterte er seine Ausdrucksu. Charakterlehre zu einer Lehre von den „Lebenscharakteren" u. schilderte den Einbruch des „Geistes" (der „akosmischen" Macht) in das Seelenleben, d.h. die Zerstörungen, die der sich immer noch emanzipierende Geistwille in Natur u. Kultur anrichte, u. die Tragödie der menschl. Geschichte. – Sämtl. Werke 1964 ff. – ▢1.5.3.

Klageschrift, der bei Gericht einzureichende Schriftsatz, durch dessen Zustellung an den Beklagten die zur Einleitung jedes Urteilsverfahrens erforderliche →Klage erhoben wird. Die K. muß z.B. nach § 253 Abs. 2 ZPO die Bez. der Prozeßparteien u. des Gerichts, die bestimmte Angabe des Gegenstands u. des Grundes (des *Klagegrunds*) des eingeklagten Anspruchs u. als →Klageantrag eine genaue Formulierung der gewünschten Entscheidung enthalten; sie soll ferner den

Klagenfurt: Landhaus

Wert des Streitgegenstands angeben. Sie muß im Verfahren vor dem Landgericht von einem beim Prozeßgericht zugelassenen Rechtsanwalt unterschrieben sein (§ 78 ZPO). – In Österreich sind die Vorschriften über die K. in § 226 ZPO enthalten.

Klageverzicht, im Zivilprozeß die aufgrund der *Dispositionsmaxime* mögliche einseitige Erklärung des Klägers an das Gericht, daß der geltend gemachte Anspruch nicht bestehe. Der K. führt auf Antrag des Beklagten zur Klageabweisung durch Sachurteil (§ 306 ZPO). Er ist auch in Ehe-, Kindschafts- u. Entmündigungssachen zulässig.

In Österreich ist der K. in § 237 ZPO als „Zurücknahme der Klage" geregelt; ähnlich in der Schweiz der „Klagerückzug".

Klagspiegel, *Richterlich K.*, deutschsprachige Sammlung röm. Rechts, 1425 im Zuge der →Rezeption von einem Stadtschreiber von Schwäbisch Hall verfaßt.

Klähn, Wolfgang, Maler, * 13. 10. 1929 Hamburg; begann mit gegenstandslosen, vegetative Formen nachvollziehenden Bildern, bezog aber ab 1957 auch Gestaltengruppen in umgreifende Bogenlinien ein.

Klaipėda [lit.] →Memel (1).

Klaj, 1. *Clajus*, Johannes d. Ä., Grammatiker, * 24. 6. 1535 Herzberg an der Elster, † 11. 4. 1592 Bendeleben bei Frankenhausen; ev. Pfarrer u. Lehrer, schrieb eine dt. Grammatik in lat. Sprache.

2. Johann d. J., Barockdichter, * 1616 Meißen, † 1656 Kitzingen; zuerst Lehrer, später Pfarrer; gründete in Nürnberg mit G. Ph. *Harsdörffer* den „Pegnesischen Blumenorden", zeichnete sich bes. durch virtuose Klangmalerei aus u. schrieb oratorienähnliche, zwischen Chorgesang u. Sprecher wechselnde Dramen: „Auferstehung Jesu Christi" 1644; „Herodes der Kindesmörder" 1645; „Freudengedichte der seligmachenden Geburt Jesu Christi" 1650.

Klamath ['klæməθ], Fluß in den *K. Mountains*, im N von Kalifornien (USA), 440 km; entspringt im *K.see* (Süd-Oregon), mündet in den Pazif. Ozean.

Klamm, durch einen Fluß tief eingeschnittene, enge Talschlucht, mit fast senkrechten, oft sogar überhängenden Wänden; bes. in den Alpen.

Klammer, 1. *Mathematik:* Zeichen zur Zusammenfassung von Zusammengehörigem: runde K. (), eckige K. [], geschwungene K. {}.

2. *Schrift:* Schriftzeichen zur Kennzeichnung von Einschüben.

3. *Technik:* zangen- oder klemmenartige Vorrichtung zur vorübergehenden Verbindung von zwei oder mehreren Teilen. K.n können, je nach ihrem Verwendungszweck, aus Holz, Kunststoff oder Stahl bestehen; z. B. Wäsche-K., Büro-K.

Klammeraffen, *Ateles*, Gattung der zu den *Breitnasen* gehörenden *Rollschwanzaffen*; von schlanker Gestalt, mit Greifschwanz u. langen Armen. Sie leben in brasilian. Urwäldern.

Klan →Clan.

Klang, der durch period. Schwingungen elastischer Körper hervorgebrachte Gehörseindruck, im Gegensatz zu dem durch unregelmäßige Schwingungen hervorgebrachten *Geräusch*. Der K. setzt sich aus mehreren *Tönen* zusammen, da →Obertöne in ihm mitklingen. Die *K.höhe* ist von der Geschwindigkeitsfolge (Zahl der Einzelschwingungen), die *Konstanz des K.s* vom Gleichmaß der Schwingungen abhängig; die *K.farbe (Timbre)* ist durch die Schwingungen erzeugende *K.quelle* (Gesang, Instrument) beeinflußt u. davon bestimmt, welche Obertöne stärker mitklingen; die *K.stärke* schließlich hängt von der Schwingungsweite (Amplitude) ab. Daneben wirken zahlreiche weitere Momente auf den Charakter des K.s ein: die Schwingungsart (Transversal- oder Longitudinal-, d. h. Quer- oder Längsschwingungen), die Art der K.erzeugung (bei Streichinstrumenten z. B. die Lage des gegriffenen Tons, die Strichart; bei Blasinstrumenten der Ansatz der Lippen), die Qualität des Instruments oder der Stimme u. a. Mit der *K.lehre* befassen sich neben der *Akustik* zahlreiche Fachgebiete der Musikwissenschaft, wie die Tonpsychologie, Instrumentenkunde, Harmonielehre, Instrumentationslehre u. a.

Klangfiguren, *Chladnische K.*, Figuren, die zuerst durch eine von dem dt. Physiker E. F. F. *Chladni* (* 1756, † 1827) erdachte Anordnung zum Sichtbarmachen stehender Wellen auf einer schwingenden Metallplatte erzeugt wurden. Man streut auf diese feinen Sand u. streicht sie mit einem Geigenbogen an; dann sammelt sich der Sand an den Schwingungsknoten.

Klangmalerei →Lautmalerei.

Klapheck, Konrad, Maler, * 10. 2. 1935 Düsseldorf; 1954–1958 an der Kunstakademie Düsseldorf, malt in „prosaischer Supergegenständlichkeit" Maschinen u. Gebrauchsgegenstände, die biomorph zu deuten sind (Schreibmaschinen z. B. sind dem männl., Nähmaschinen dem weibl. Geschlecht zugeordnet); seit 1959 phantasievollere Verbindung der Vorlagen mit entsprechend differenzierter Aussage.

Klapka ['klɔpkɔ], György, ungar. Offizier, * 7. 4. 1820 Temeschburg, † 17. 5. 1892 Budapest; 1849 Armeebefehlshaber; verließ, nachdem er die Festung Komorn verteidigt hatte, Ungarn u. sammelte 1859 mit L. *Kossuth* in Italien u. 1866 in Oberschlesien eine ungar. Legion gegen Österreich; nach Amnestie 1867 in den ungar. Reichstag gewählt.

Klappe, 1. *Anatomie:* lat. *Valvula*, als Ventilverschluß entwickelte Falte der Herz- u. Gefäßinnenhaut u. der Darmschleimhaut; *Herz-K.n*: auf der linken Seite die zweizipflige *Mitral-K.*, rechts die dreizipflige *Segel-K.*, die die Vorhöfe von den Herzkammern trennen; *Taschen-K.n* am Ausgang der Aorta u. der Lungenarterie aus den Herzkammern zur Verhinderung des Blutrückflusses; *Venen-K.n*, kleine K.n in den Blutadern bes. des Unterkörpers zur Verhinderung von Stauungen durch die Schwerkraft; im Darm die *Bauhinsche K.* beim Übergang vom Dünn- zum Dickdarm.

2. *Film: Synchronklappe*, eine schwarze Tafel, an der unten oder seitl. zwei Holzleisten angebracht sind. Sie wird bei Filmaufnahmen vor jeder Einstellung, mit dem Titel des Films u. der jeweiligen Einstellungsnummer versehen, zwischen Kamera u. Aufnahmeobjekt gehalten; gleichzeitig werden die Holzleisten aneinandergeschlagen. Man erhält damit für den späteren Schnitt des Films die Aufnahmen in der richtigen Numerierung u. auf dem Roh-Tonband eine Markierung.

3. *Musik:* bei Blasinstrumenten der durch Hebel bediente Verschlußdeckel für ein Tonloch, das den Fingern nicht oder schwer erreichbar ist. Die Betätigung der K. bewirkt im allg. eine Tonerhöhung oder -vertiefung. Blechblasinstrumente mit K.n gab es in der 1. Hälfte des 19. Jh.: K.nhorn, K.ntrompete, Ophikleide, Holzblasinstrumente u. Saxophone nach dem Böhm-System haben alle Tonlöcher mit K.n. – K.n sind seit etwa 1550 bekannt, wurden jedoch bis etwa 1800 nur spärlich angebracht.

Klappenhorn, ein Blechblasinstrument in der Form des *Flügelhorns*, aber mit fünf bis sieben Klappen, um die zwischen der Naturtonreihe liegenden Tonstufen zu erreichen. Zu Anfang des 19. Jh. konstruiert, wurde dieses Prinzip durch die *Ventilmechanik* bald überholt. Das entspr. Baßinstrument ist die →Ophikleide.

Klappenschrank, handbediente Vermittlungsstelle für mehrere an einer Stelle zusammenlaufende Fernsprech- oder Fernschreibleitungen; immer weniger verwendet (→Fernsprecher). Beim Anruf eines Teilnehmers fällt eine Anrufklappe.

Klappentext, meist werbender Text auf dem umgeklappten Schutzumschlag eines Buchs; oft mit Inhaltsangabe u. Mitteilungen über den Verfasser.

Klappernuß, *Pimper-, Blasennuß, Staphylea*, Gattung der *Pimpernußgewächse*. Als Ziersträucher sind bei uns bekannt: *Japanische K., Staphylea bunalda; Dreizählige K., Staphylea trifolia; Gefiederte K., Staphylea pinnata*. Letztere Art ist auch in den schles. Vorbergen heimisch u. als *Totenköpfchenstrauch* bekannt. Das Holz der K.arten eignet sich für Drechslerarbeiten.

Klapperschlangen, verschiedene *Grubenottern* der Gattungen *Crotalus* u. *Sistrurus*, mit einer Rassel am Schwanzende, die aus der nicht abgestreiften, verhornten Haut des Schwanzendes entsteht. Bei jeder Häutung wird ein neues Rasselglied gebildet, das gelenkig mit den übrigen Gliedern verbunden ist. Durch Zitterbewegungen können die K. hiermit ein Geräusch erzeugen, dessen Bedeutung unklar ist. Die K. sind meist sehr gefährl. Giftschlangen Nord- u. Südamerikas.

Klapperschwamm, *Laub-Porling, Polyporus frondosus*, ein *Löcherpilz*, der meist am Grund alter Eichen wächst u. im jungen Zustand eßbar ist; bis 15 kg schwer.

Klappertopf, *Rhinanthus*, Gattung der *Rachenblütler*, Halbschmarotzer. Auf Wiesen verbreitet sind der *Kleine K., Rhinanthus minor*, u. der *Große K., Rhinanthus major*.

Klapphornverse, Ulkverse nach dem Muster: „Zwei Knaben gingen durch das Korn, der andre blies das Klappenhorn, er konnt' es zwar nicht ordentlich blasen, doch blies er's wenigstens einigermaßen" (1878 in den „Fliegenden Blättern").

Klappmütze, *Cystophora cristata*, ein *Seehund*, bis 2,5 m lang; das Männchen mit einer aufblasbaren Hauttasche auf dem Nasenrücken. Die K. lebt im Treibeisgürtel der Arktis.

Klappsche Kriechübungen, *Klappsches Kriechverfahren* [nach B. u. R. *Klapp*], Hauptbestandteil des orthopäd. Turnens; →Schulsonderturnen.

Klappschildkröten, *Kinosternidae*, wasser- u. sumpfbewohnende Schildkröten Nord- u. Südamerikas. Bei einigen Vertretern sind Vorder- u. Hinterteil des Bauchpanzers gelenkig mit dem Mittelstück verbunden u. können gegen den Rükkenpanzer geklappt werden, so daß das Tier durch eine lückenlose Panzerkapsel geschützt wird.

Klappstuhl →Faltstuhl.

Klaproth, Martin Heinrich, Apotheker u. Chemiker, * 1. 12. 1743 Wernigerode, † 1. 1. 1817 Berlin; entdeckte die Zirkonerde, das Uran u. (zusammen mit J. J. *Berzelius*) das Cer u. den Polymorphismus von Kalkspat u. Aragonit.

Klara [lat., „hell, glänzend, berühmt"], weibl. Vorname; frz. *Claire*, eingedeutscht *Kläre*.

Klarälven, skandinav. Fluß, entfließt dem norweg. Femundsee als *Trysilelv*, mündet bei Karlstad in den Vänern; 460 km.

Kläranlage, Becken- u. Filteranlage zur Reinigung von Schmutzwasser. Das Abwasser wird, durch Rechen grob gereinigt, in *Schmutzabsatz-* oder *Klärfaulbecken* geleitet, von wo das geklärte Wasser möglichst über *Rieselfelder* geführt wird. In den Klärfaulbecken ruft man durch Zusatz von Bakterien einen Faulprozeß hervor, bei dem eine weitgehende Reinigung des Wassers erzielt wird. →Schlammverwertung.

Klara von Assisi, Heilige, * 1194 Assisi, † 11. 8. 1253 S. Damiano bei Assisi; Schülerin des *Franz von Assisi*, Mitbegründerin des *Klarissenordens*. Heiligsprechung 1255 (Fest: 11. 8.).

Kläre →Klara.

Klarenthal, ehem. saarländ. Gemeinde südöstl. von Völklingen, seit 1973 Ortsteil der Stadt Saarbrücken.

klarieren [lat.], klären, bereinigen; Schiffe u. ihre Ladungen verzollen u. dadurch zur Ein- oder Ausfahrt freimachen.

Klarinette [die; ital.], ein Blasinstrument mit zylindrisch gebohrter Röhre u. einem am Schnabel aufgelegten einfachen Rohrblatt, um 1700 von Joh. Christoph *Denner* (* 1655, † 1707) in Nürnberg aus dem *Chalumeau* entwickelt. Die K. hatte zuerst zwei Klappen u. wurde seit dem 18. Jh. zu dem heutigen Instrument mit 18 Klappen weiterentwickelt; seit Mitte des 18. Jh. hat sie Eingang in das Orchester gefunden. Sie wird als transponierendes Instrument notiert u. in verschiedenen Stimmlagen gebaut, mit einem Tonumfang von 3 bis 4 Oktaven. Die K. hat einen beseelten Ton, der in den tiefen Lagen weich, in den hohen Lagen hell u. scharf klingt. Zur Familie der K.n, die sich im ausgehenden 18. Jh. bildete, gehören u. a. noch die *Alt-K.* in F oder Es, das *Bassetthorn* u. die *Baß-K.*, die gewöhnl. eine Oktave unter der K. in B steht.

Klarissa, weibl. Vorname, neulatein. Weiterbildung zu *Klara*.

Klarissenorden, *Klarissinnen*, weibl. Bettelorden nach der Franziskaner-Regel, gegr. 1212 von *Franz von Assisi* u. *Klara von Assisi*. Jedes Kloster steht unter der Leitung einer Äbtissin. Eine mildere Richtung, die *Urbanistinnen*, unterhält auch Schulen u. Pensionate. Zum K. gehören die Reformrichtungen der *Colettinen* u. *Kapuzinerinnen-Klarissen*.

Klarschriftleser, Eingabegeräte einer Datenverarbeitungsanlage: *Magnet-K.* tasten magnetisierte Schriftzeichen (oder die bei ihnen angebrachten Codierungen) ab; *opt. K.* lesen genormte Schriften optisch ab.

Klartext, der einer Geheimschrift zugrunde liegende unverschlüsselte Text.

Klasen, Karl, Bankfachmann, * 23. 4. 1909 Hamburg; 1948–1952 Präs. der Landeszentralbank Hamburg, 1952–1967 Vorstands-Mitgl., 1967 bis 1969 Vorstandssprecher der Dt. Bank AG, 1970–1977 Präs. der Dt. Bundesbank.

Klasse [lat., „(Flotten-)Abteilung"], **1.** *Biologie: Classis*, in der biolog. Systematik die obligator. Kategorienstufe zwischen Ordnung *(Ordo)* u. Stamm *(Phylum)*.

2. *Mengenlehre:* Die Teilmengen einer

→Menge heißen *K.n*, wenn jedes Element der Menge genau einer Teilmenge angehört u. keine Teilmenge leer (ohne Element) ist; die Menge ist dann in K.n zerlegt. So bilden z. B. alle natürl. Zahlen, die bei der Division durch *m* denselben Rest lassen, eine *Rest-K. modulo m* (→Kongruenz [3]). Besteht zwischen den Elementen einer K. eine Äquivalenzrelation, so spricht man von einer *Äquivalenz-K.* Eine solche bilden z. B. alle untereinander ähnlichen Figuren.

3. *Schulwesen:* eine Anzahl im allg. gleichaltriger Schüler, die als eine Einheit betrachtet u. in einem K.nraum gemeinsam unterrichtet werden.

4. *Soziologie:* ein gewichtiger Teil einer Gesellschaft, der sich hinsichtlich seiner Lebenslage u. -chancen als Einheit begreift *(Klassenbewußtsein).* Die Zurechnung des einzelnen zu einer bestimmten K. richtet sich auch nach objektiven Merkmalen der Erwerbs- oder Berufsstellung oder der Einkommens- u. Vermögensverhältnisse, die seine *Klassenlage* anzeigen. – Von histor. Bedeutung ist der Begriff K. bei Karl *Marx*, der nach dem Eigentum (Bourgeoisie) oder Nichteigentum (Proletariat) an Produktionsmitteln (Maschinen, Industrieanlagen) eine herrschende u. eine beherrschte K. unterscheidet u. nach dessen Lehre sich die erste das Arbeitsergebnis der zweiten z.T. aneignet *(Mehrwert).* Diese Lehre ist die Grundlage der von ihm aufgestellten *Klassenkampf-Theorie.* →auch Klassengesellschaft.

5. *Sport:* die Einteilung von Einzelkämpfern oder Mannschaften nach Gewicht (→Gewichtsklassen), Alter (*Altersklassen*, z.B. Junioren – Senioren) oder Leistungsfähigkeit (*Leistungsklassen*, z.B. Kreis-K., Bezirks-K., Landesliga bei Fußball u. a.), um möglichst gleichwertige Gegner zusammenzuführen.

6. *Verdienstorden:* →Orden.

Klassenbewußtsein →Bewußtsein.

Klassengesellschaft, eine Gesellschaft, die in Großgruppen aufgeteilt ist, die einander über- u. untergeordnet sind. Nach K. *Marx* u. F. *Engels* bestimmt sich die Zugehörigkeit des einzelnen zu einer Klasse nach Art u. Maß seiner Verfügung über Produktionsmittel: Die Grundbesitzer sind die feudale Klasse *(Adel)*, die Besitzer von Maschinen u. Industrieanlagen die bürgerliche Klasse *(Bourgeoisie)*, die nur über ihre eigene Arbeitskraft Verfügenden die Arbeiterklasse *(Proletariat).* Die Besitzer der Sach-Produktionsmittel unterdrücken nach marxist. Auffassung diejenigen, die nur über ihre eigene Arbeitskraft verfügen, die letzteren werden also von den ersteren ausgebeutet. Jede bisherige Gesellschaft seit dem Altertum ist nach der marxist. Lehre eine K. *(Sklavenhaltergesellschaft, Feudalgesellschaft, bürgerl. Gesellschaft)*; ihnen soll mit histor. Notwendigkeit eine *klassenlose Gesellschaft* freier u. gleicher Menschen folgen, in der es keine gesellschaftl. u. staatl. Unterdrückung u. Ausbeutung mehr gibt. →auch Marxismus, historischer Materialismus.

Klassenjustiz, Rechtspflege u. Rechtsprechung im Dienst gesellschaftl. herrschender Gruppen.

Klassenkampf, grundlegender Begriff der marxist. Staats- u. Geschichtstheorie: Die Geschichte erscheint dem Marxismus als eine Folge von Klassenkämpfen, hervorgerufen durch die Unterdrükkung der arbeitenden Klasse (die nicht über Produktionsmittel wie Grund u. Boden oder Maschinen u. Fabrikgebäude verfügt) durch die herrschende Klasse (Großgrundbesitz, Kapital). Nach Marx wird das Ende des K.s durch die Errichtung der *klassenlosen Gesellschaft* nach dem Sieg der proletar. Klasse herbeigeführt.

klassenlose Gesellschaft →Klassengesellschaft.

Klassenlotterie, eine Form der *Lotterie*, bei der Zahl u. Wert von Losen u. Gewinnen vorher bestimmt sind. Die Lose sind im allg. teilbar. Ausspielung der Lose u. Ziehung der Gewinne finden in mehreren aufeinander folgenden *Klassen* statt. In der BRD u. Österreich ist die K. nur als Staatslotterie zulässig.

Klassenwahlrecht, nach Vermögensklassen abgestuftes Wahlrecht; →auch Dreiklassenwahlrecht.

klassieren [lat.], *Aufbereitungstechnik:* ein Gut mit verschiedensten Korndurchmessern in mehrere „Klassen" mit bestimmten Korndurchmessern unterteilen, meist durch Sieben oder Schlämmen. *Überkorn* oder *Unterkorn* heißen diejenigen Körner, die die angegebenen Grenzen über- bzw. unterschreiten.

klassifizieren [lat.], in Klassen einordnen, z.B. bei der →Bodenschätzung *(Bodenklassen)* oder bei der →Schiffsklassifikation.

Klassifizierte Straßen sind in bestimmter Weise eingestufte Straßen: Straßen überörtlichen Verkehrs (→Bundesfernstraßen, →Landstraßen [I. u. II. Ordnung]) u. Straßen örtlichen Verkehrs (→Gemeindestraßen). In Westberlin u. Hamburg gibt es neben Bundesfernstraßen nur „öffentl. Straßen u. Wege".

Klassik [lat. *classicus*, „zur ersten Steuerklasse gehörig", d.h. „in jeder Hinsicht vollkommen"], im ursprüngl. Sinn der Höhepunkt der griech.-röm. Kultur: die griech. K. u. die röm. K., oder zusammen: die *klass. Antike*; i.w.S. jeder kulturelle Abschnitt, der den Höhepunkt einer Entwicklung bildet. →auch Klassizismus.

Literatur

K. als literarhistor. Epoche ist der Höhepunkt der Literatur eines Volks, in der Neuzeit bes. dann, wenn diese Epoche auf das Gedankengut der klass. Antike zurückgreift. In diesem Sinn haben sich folgende feste Begriffe herausgebildet: die *griechische K.* (das Zeitalter des Perikles mit den Dramatikern *Äschylus, Sophokles* u. *Euripides*; →griechische Literatur), die *römische K.* (das Zeitalter des Augustus mit *Vergil, Ovid, Horaz* u. *Catull*; →römische Literatur), die *französische K.* (das Zeitalter Ludwigs XIV. mit J. B. *Racine*, P. *Corneille* u. *Molière*; →französische Literatur), die *mittelhochdeutsche* oder *staufische K.* (s.u.) u. die *deutsche* oder *Weimarer K.* (s.u.). Weniger gebräuchl. ist die Bez. K. für die Höhepunkte der italien., span., engl. u. russ. Literatur.

Die *staufische K.* war der Höhepunkt der *höfischen Dichtung* in den Jahren 1190–1210. Im *Minnesang* u. im *Ritterepos* dieser Zeit fand die Idee des christl. Rittertums mit seinen Idealen *minne, mâze* (zuchtvolle Lebensform) u. *êre* (Ansehen in der Gesellschaft) ihre gültige Gestaltung. Die großen Lyriker waren *Reinmar von Hagenau, Heinrich von Morungen* u. *Walther von der Vogelweide.* Reinmar brachte in feinster Reflexion die schmerzl. Sehnsucht nach unerreichbarer Liebeserfüllung zum Ausdruck; Heinrich von Morungen besang in kühnen Bildern u. Vergleichen die überwältigende Macht der Minne, die zu höchster Freude, aber auch zu Wahnsinn u. Tod führt; Walther, anfangs seinem Lehrer Reinmar folgend, erreichte später in seinen „Mädchenliedern" eine Synthese von natürl. Liebeserlebnis u. gesellschaftl. Form. Bedeutsam ist auch seine Spruchdichtung, die aktuelle Ereignisse der Reichspolitik von 1198 bis 1215 behandelt. – Die großen Epiker der mhd. K. waren *Hartmann von Aue, Gottfried von Straßburg* u. *Wolfram von Eschenbach.* Während Hartmann in seinen Epen „Erec", „Gregorius", „Der arme Heinrich" u. „Iwein" u. Gottfried im „Tristan" Ideale u. Probleme der höf. Lebenswelt darstellten, drang Wolfram in seinem „Parzival" u. in den Fragmenten „Willehalm" u. „Titurel" über die gesellschaftl. Welt hinaus: Der Auszug des Ritters nach Abenteuern wird zu einer Suche des Menschen nach Gott. – Gleichberechtigt neben diesen drei Epikern steht ein Unbekannter, der Dichter des *Nibelungenlieds*, das alte Heldensage in höf. Umwelt überträg.

Die *Weimarer K.* ist die geistige Welt *Goethes* u. *Schillers* in den Jahren ihrer künstler. Vollendung: für Goethe von 1786 (Beginn seiner 1. Italien-Reise) bis 1805 (Schillers Tod), für Schiller seit 1794 (Beginn seiner Freundschaft mit Goethe). Die Weimarer K. vereinte die Rationalität der Aufklärung, die Innerlichkeit des Pietismus u. den dynam. Ausdruck der Sturm-u.-Drang-Zeit. Die geistige Grundlage war der *Dt. Idealismus*, verbunden mit dem von J. J. *Winckelmann* vermittelten lebendigen Erlebnis der griech. Antike. Die Gegensätze Geist-Natur u. Verstand-Gefühl (Gemüt) wurden nicht in einem Kompromiß ausgeglichen, sondern in ihrer Polarität als gegenseitige Ergänzung zusammengezwungen. Es entwickelte sich das apollin. Schönheitsideal: Ruhe, Ebenmaß u. sittl. Ordnung als Sieg über die dionys. Mächte des „Abgrunds" u. als Absicherung dagegen. Die Weimarer K. erstrebte eine Vollendung im Irdischen, um zu einem Symbol des Ewigen zu werden. Hinter den Einzelphänomenen dieser Welt wurden die exemplar. Urbilder gesucht; die ewigen Weltgesetze wurden im Symbol dargestellt. Die Weimarer K. suchte die Ganzheit des Lebens. Ihre großen Literaturdenkmäler sind: von Goethe die Dramen „Iphigenie", „Egmont", „Tasso" u. „Faust", das Epos „Hermann u. Dorothea", der Roman „Wilhelm Meister", die Balladen u. die Lyrik; von Schiller die Dramen „Wallenstein", „Maria Stuart", „Die Jungfrau von Orleans", „Die Braut von Messina" u. „Wilhelm Tell", die Balladen u. die Gedankenlyrik. – Gleichzeitig mit Goethe u. Schiller lebten die Dichter *Jean Paul*, F. *Hölderlin* u. H. von *Kleist*, die nicht zur Weimarer K. gehören, aber auch sonst in keine literar-histor. Epoche einzuordnen sind, ferner vereinzelte Dichter der auslaufenden Sturm-u.-Drang-Zeit u. die *Frühromantiker.* – 📖3.0.6. u. 3.1.1.

Musik

In der Musik versteht man unter *K.* die von J. *Haydn*, W. A. *Mozart* u. L. van *Beethoven* geprägte Zeit *(Wiener K.).* Die klass. Grundform war der *Sonatensatz.* Frühklass. Zeit: um 1760–1780 (Haydn, der junge u. mittlere Mozart); hochklass. Zeit: 1781 bis um 1810 (Haydns u. Mozarts letzte Werke, Beethoven). →auch deutsche Musik, österreichische Musik.

Klassikerausgabe, Textausgabe der Werke eines „klass." Dichters für breitere Kreise (für den wissenschaftl. Gebrauch gibt es die *kritische Ausgabe*), mit Einleitung u. Erklärungen. Bekannte K.n sind z.B. *Bongs Goldene Klassiker-Bibliothek* (1909ff.), *Helios-Klassiker* (Reclam), *Tempel-Klassiker* u. *Sammlung Tusculum* (dt. u. lat. Texte).

klassisch, 1. in seiner Art vollkommen.
2. zu einer *Klassik* gehörig.

klassische Nationalökonomie, eine volkswirtschaftl. Richtung, die Ende des 18. Jh. die →Volkswirtschaftslehre begründete. Sie analysierte die Marktwirtschaft u. forderte freien Wettbewerb innerhalb der Volkswirtschaft u. internationalen Freihandel. Die Wirtschaft sollte nicht vom Staat gelenkt werden, sondern dem selbsttätigen Marktmechanismus überlassen bleiben. Auf der Grundlage von Privateigentum, Vertragsfreiheit u. freiem Wettbewerb mußte sich nach Auffassung der Vertreter der k.n N. eine harmonische Wirtschaftsordnung ergeben, die zu steigendem Wohlstand führen würde. Insgesamt war die k.N. optimistisch, liberal u. individualistisch. Hauptvertreter: Adam *Smith*, David *Ricardo*, Thomas Robert *Malthus*, Jean Baptiste *Say*; in Dtschld.: Friedrich Benedikt Wilhelm von *Hermann*, Johann Heinrich von *Thünen*, Hans von *Mangoldt.* – 📖4.4.7.

klassische Philologie, die Philologie der „klassischen" Sprachen (Griechisch u. Latein); →auch klassische Studien.

Klassische Straßenrennen, frz. *Classiques*, die zwölf bedeutendsten europ. Straßenradrennen des Jahres für Berufsfahrer: Mailand–San Remo, Flandern-Rundfahrt, Paris–Roubaix, Paris–Brüssel, Flèche Wallonne (Belgien), Spanien-Rundfahrt, Lüttich–Bastogne–Lüttich, →Giro d'Italia, →Tour de Suisse, →Tour de France, Paris–Tours, Lombardei-Rundfahrt.

klassische Studien, das Studium der latein. u. griech. Sprache, Literatur, Geschichte u. Kultur. Als Grundlage für das Verständnis der abendländ. Grundbegriffe ist die Kenntnis der latein. Sprache noch heute Voraussetzung für das Studium der meisten geisteswissenschaftl. Fächer. In der BRD ist Latein Pflichtfach an vielen höheren Schulen, dazu Griechisch an den altsprachl. Gymnasien.

Klassizismus [lat.], Sammelbez. für künstler. Richtungen, die durch eine klass. Formenstrenge u. Klarheit gekennzeichnet sind, ohne jedoch jene Ausdrucksstärke, Lebensfülle u. Gefühlstiefe der echten Klassik zu erreichen, die zu ihrer künstler. Bewältigung überhaupt erst solche Formenstrenge gefordert hatten. Der K., als Spätstufe oder als Wiederaufnahme einer Klassik, beginnt also da, wo die Notwendigkeit der Formprinzipien nicht mehr einsichtig ist. Auch wo die klassizist. Formen nicht übernommen, sondern eigens entwickelt sind, wirken sie dennoch oft nachgeahmt, rationalistisch durchkonstruiert, glatt u. kalt; die großen klass. Dimensionen werden nicht mehr ausgefüllt u. wirken daher leicht hohl u. phrasenhaft. Aber im Unterschied zum *Historismus*, der die klass. Formen nur als interessante Kulisse übernimmt, ist der K. doch von einem echten klass. Formwillen getragen u. erhält von hier aus seine künstler. Einheit.

Bildende Kunst

Als Stilrichtung in der Zeit des ausgehenden 18. bis zur Mitte des 19. Jh. war der K. vorbereitet durch das bes. von G. E. *Lessing* u. J. J. *Winckelmann* wiedererweckte Interesse am griech. u. röm. Altertum. Der K. erstrebte in der Baukunst eine Neubelebung der antiken klass. Formensprache u. bevorzugte im Gegensatz zum Vorausgegangenen die strenge einfache Klarheit in sich geschlossener Baukörper mit symmetrisch gegliederten Fassaden. In Frankreich waren Architekten wie J.-A. Gabriel (Petit Trianon), J.-G. *Soufflot* (Panthéon), Ch. *Percier* u. P. L. *Fontaine* Vorkämpfer eines K., der zum Ausdruck bürgerl. Opposition wurde u. zur Ausprägung bes. Einzelstile *(Directoire, Empire)* führte. Den dt. K. vertraten bes. F. W. von *Erdmannsdorff*, C. G. *Langhans* (Brandenburger Tor), F. *Gilly* u. K. F. von *Schinkel* (Neue Wache, Schauspielhaus, Altes Museum) in Berlin, L. von *Klenze* u. F. von *Gärtner* in München, F. *Weinbrenner* in Karlsruhe u. G. *Semper* in Dresden. – In der Plastik bevorzugten u. a. A. *Canova*, B. *Thorvaldsen* u. J. G. *Schadow* weißen, glatt polierten Marmor. – In der Malerei wurde der K. durch R. *Mengs* vorbereitet u. erhielt durch die Franzosen J. L. *David*, J. A. D. *Ingres* u. A. J. *Gros* seine Ausprägung, in der übersichtlicher Aufbau, Betonung der Linearität u. eine gewisse statuarische Reglosigkeit vorherrschten. In Dtschld. liefen, anders als in Frankreich, die klassizist. u. romant. Bestrebungen nebeneinander her. Formal klassizist. Züge zeigen z. B. die *Nazarener*, aber auch Ph. O. *Runge* u. J. A. *Koch*; J. G. *Schadow* versuchte, durch monumentale Historienmalerei den akadem. K. zu überwinden. – ⌑ 2.4.2.

Literatur

Unter literar. K. versteht man Werke, die auf Formen, Stoffe u. Motive der klass. Antike zurückgreifen. Die formstrenge Nachahmung der antiken Dichter wurde insbes. in der Renaissance in Italien gepflegt u. erreichte dort ihre Blüte im 18. Jh. In Frankreich prägte der K. die französ. *Klassik* unter Ludwig XIV. (N. *Boileau-Despréaux*, J. B. *Racine*, P. *Corneille, Molière*). Von dort breitete sich der K. über ganz Europa aus. Der K. in Dtschld. war anfangs eine Nachahmung des französ. K.; er umfaßt die gesamte Literatur der *Aufklärung*. Seit G. E. *Lessing* u. bes. seit J. J. *Winckelmann* griff der dt. K. unmittelbar auf die Antike zurück. In der *Weimarer Klassik* bei *Goethe* u. *Schiller* wurde die klassizist. Nachahmung der Antike zu einem eigenschöpfer. Schaffen auf antiker Grundlage. – ⌑ 3.0.6.

Klassizität [lat.], Allgemeinverbindlichkeit, Mustergültigkeit; im Sinn der als Muster vorgestellten antiken Klassik bes. als ein auf Kunst bezogener Wertbegriff gebraucht.

klastisch [grch.], Bez. für aus mechan. zerstörten, älteren Gesteinen durch erneute Verfestigung entstandene Trümmergesteine, z. B. *Brekzien, Konglomerate* u. die meisten *Sedimentgesteine*.

klastische Sedimente, Ablagerungen von Produkten der mechan. (physikal.) Verwitterung. Man unterscheidet *Psephite* (größer als 2 mm), *Psammite* (2–0,02 mm) u. *Pelite* (kleiner als 0,02 mm).

Klatschmohn, *Papaver rhoeas*, in Europa u. Asien wildwachsendes *Mohngewächs*; mit leuchtendroten, am Grund schwarzgefleckten Blütenblättern u. behaartem Stengel; ein Getreideunkraut.

Klatt, Fritz, Pädagoge, *22. 5. 1888 Berlin, †25. 7. 1945 Wien; Anhänger der *Jugendbewegung*, gründete 1921 das Volkshochschul-Freizeitheim in Prerow auf dem Darß; Hptw.: „Die schöpferische Pause" 1921; „Freizeitgestaltung" 1928.

Klattau, tschech. *Klatovy*. Stadt in Westböhmen, südl. von Pilsen, 25 000 Ew.; Schwarzer Turm, ehem. Rathaus (beide 16. Jh.), Jesuitenkirche (17. Jh.); Textil-, Maschinen- u. chem. Industrie.

klauben, ausklauben, *Bergbau:* die erwünschten oder unerwünschten Bestandteile des noch nicht verwendungsfähigen Förderguts von Hand aussortieren.

Klaudius [lat. *Claudius*, Name eines röm. Geschlechts, zu *claudus*, „lahm"], männl. Vorname.

Klaue, *Zoologie:* die verhornte Zehe der Wiederkäuer u. Schweine. Meist sind nur die 3. u. 4. Zehe voll entwickelt, die übrigen im Lauf der Stammesentwicklung rückgebildet, so daß die K.n in Zweizahl ausgebildet sind. →auch Kralle.

Klauenöl, *Klauenfett*, aus Rinder-, Pferde- u. Hammelklauen gewonnenes fettes Öl. Wegen des niedrigen Schmelzpunkts (ca. 0 °C) u. da es nicht verharzt, wird es in der Kamera- u. Uhrenindustrie, für in der Kälte arbeitende Maschinen sowie in der Textil-, Leder- u. kosmet. Industrie verwendet.

Klaus, Kurzform von →Nikolaus.

Klaus, Josef, österr. Politiker (ÖVP), *15. 8. 1910 Mauthen, Kärnten; Jurist, 1963–1970 Bundesparteiobmann der ÖVP, 1961–1963 Finanz-Min., 1964–1970 Bundeskanzler.

Klausberg, bis 1935 *Mikultschütz*, poln. *Mikulczyce*, Ort in Schlesien; seit 1951 Stadtteil von *Hindenburg O. S.*

Klause [lat.], 1. *allg.*: abgeschlossener Raum, Einsiedelei, Klosterzelle.
2. *Botanik:* das einsamige Teilfrüchtchen der *Röhrenblütler*.
3. *Geographie:* Klus(e); enges, eine Gebirgskette durchbrechendes Quertal, Talenge; bes. ausgeprägt im Schweizer Jura; oft verkehrswichtig (z. B. die Salurner Klause in Südtirol); →auch Durchbruchstal.

Klausel [die; lat.], 1. *Literatur:* kunstvolle Schlußformel, Schlußwort.
2. *Recht:* Vorbehalt; Bestimmung eines Vertrags.

Klausen, ital. *Chiusa*, italien. Ort in Trentino-Südtirol, am Eisack, 3700 Ew.; Kloster Säben; Fremdenverkehr.

Klausenburg, rumän. *Cluj-Napoca*, ungar. *Kolozsvár*, Stadt in Siebenbürgen, am Kleinen Samosch, Hptst. des Kreises Cluj (6650 qkm, 695 000 Ew.), 223 000 Ew.; Universität (gegr. 1872), mehrere Akademien (Institute), Kunst- u. Volkskundemuseum, Nationaltheater; Klosterkirche, Michaelskirche (14.–15. Jh.), Kloster Calvaria, Altes Rathaus, Banffy-Palais; Holz-, Nahrungsmittel-, Leder-, Tabak-, Metall-, Porzellan-, Textil- u. chem. Industrie. – Das antike *Napoca;* 1173 erstmals wieder erwähnt, 1405 ungar., seit 1918 rumän. (1940–1946 zu Ungarn).

Klausener, Erich, Verwaltungsbeamter u. Politiker (Zentrum), *25. 1. 1885 Düsseldorf, †30. 6. 1934 Berlin; seit 1924 Ministerialdirektor, Vorsitzender der Kath. Aktion Berlin; als Gegner der nat.-soz. Politik beim sog. *Röhm-Putsch* ermordet.

Klausenpaß, schweizer. Paß in den Glarner Alpen, 1948 m; verbindet Altdorf im Reußtal (Kanton Uri) über das Schächental u. den Urnerboden mit Linthal (Glarus); Straße seit 1899.

Klauser, Theodor, kath. Kirchenhistoriker, *25. 2. 1894 Ahaus; bis 1962 Prof. in Bonn; Arbeiten zur alten Kirchengeschichte u. christl. Archäologie: „Der Ursprung der bischöfl. Insignien u. Ehrenrechte" 1949; „Die röm. Petrustradition" 1956; „Kleine Abendländ. Liturgiegeschichte" 1965.

Klausner [der] = Einsiedler.

Klausur [die; lat.], 1. *Klosterwesen:* abgeschlossener Raum in Klöstern. Für alle Klöster gilt die *einfache* oder *bischöfl.* K.: Das Betreten der K. ist für Personen des anderen Geschlechts verboten. Einige Frauenorden haben die strenge *päpstl.* K.: Zutrittsverbot für alle Klosterfremden.
2. *Prüfungswesen: Klausurarbeit*, eine schriftl. Prüfungsarbeit unter Aufsicht, die ohne Benutzung von Hilfsmitteln oder nur mit ausdrückl. genehmigten Werken angefertigt wird.

Klaviatur [die; lat. *clavis*, „Schlüssel, Taste"], die Gesamtheit der Tasten eines Tasteninstruments (Orgel, Klavier, u. a.); 7 weiße Unter- u. 5 schwarze Obertasten je Oktave, wobei die ersteren die C-Dur-Tonleiter bilden. Bis ins 19. Jh. war die Farbeinteilung umgekehrt. Die Gesamtanzahl der Tasten beträgt heute bei der Orgel 56, beim Hammerklavier 85–88 (C–g³ bzw. ₂A–a⁴ oder c⁵). Die K. der Orgel u. des Harmoniums heißt auch *Manual* oder (wenn sie mit den Füßen gespielt wird) *Pedal*.

Klavichord [-'kɔrd; das; lat.], *Clavichord*, ein Saiteninstrument mit Tastatur, bei dem die Saiten in einem Gehäuse quer zu den Tasten verlaufen u. durch meist metallene *Tangenten* angeschlagen u. in ihrer schwingenden Länge (Tonhöhe) bestimmt werden. Feine Anschlagsunterschiede u. eine gewisse Bebung (Vibrato) sind möglich. Das K. wurde im 12. Jh. aus dem →Monochord entwickelt, es gehört zu den ältesten Vorläufern unseres *Hammerklaviers*. Heute wird es wieder zur Pflege alter Musik nachgebaut.

Klavier [-'vi:r; das; lat.], 1. Kurzwort für →Hammerklavier. Insbes. wird jetzt darunter das *Pianoforte* (Piano, Pianino) im Gegensatz zum *Flügel* verstanden, früher auch das *Kiel-K.* (mit Sonderformen).
2. allg. Bez. für die Spielvorrichtung von Tasteninstrumenten *(Klaviatur, Tastatur)*.

Klavierauszug, die Übertragung eines für andere Instrumente oder Singstimmen geschriebenen Tonsatzes an das Klavier, bes. bei Opern- u. Orchesterwerken; dabei kann ein möglichst partiturgetreues Notenbild des K.s nur im Rahmen der Spielbarkeit auf dem Klavier erreicht werden.

Klavierbauer, Ausbildungsberuf der Industrie (3½ Jahre Ausbildungszeit) u. des Handwerks (3½ Jahre Ausbildungszeit, Berufsbez. hier *Klavier- u. Cembalobauer*); Aufgabenbereich: Herstellen u. Reparieren von Klavieren, Cembali u. gleichartigen Tasteninstrumenten, Einstimmen dieser Instrumente. Musikalisches Gehör ist unentbehrlich. Fortbildung: an der Fachschule für Musikinstrumente, Ludwigsburg, oder durch Klavierbaufachkurse an verschiedenen Handwerkskammern.

Kleanthes *von Assos*, griech. Philosoph, *um 330

Klausenburg: Blick von der ehemaligen Zitadelle auf die Stadt; rechts Michaeliskirche

Klearchos v. Chr., † um 232 v. Chr.; *Stoiker*, Schüler u. Nachfolger *Zenons* in der Schulleitung. Sein „Hymnus auf Zeus" ist Ausdruck stoischer All- u. Schicksalsfrömmigkeit.

Klearchos, 1. Spartiat, Führer der spartan. Flotte im *Peloponnes. Krieg*; 403 v. Chr. Statthalter von Byzanz, dort wegen seiner Schreckensherrschaft zum Tod verurteilt; floh zu *Kyros* nach Kleinasien, den er mit geheimer Zustimmung Spartas bei den Rüstungen gegen dessen Bruder *Artaxerxes Mnemon* unterstützte. In der Schlacht bei Kunaxa 401 v. Chr. siegte er zwar mit den von ihm geführten griech. Söldnern, doch führte sein Verhalten den Tod des Kyros u. die strateg. Niederlage herbei; wohl deshalb wurde er noch im gleichen Jahr von den Persern umgebracht.
2. Tyrann von Herakleia Pontike, * um 390 v. Chr., † 352 v. Chr. (ermordet); schuf die erste öffentl. Bibliothek; zeigte in seinem Anspruch auf göttl. Ehren bereits Züge hellenist. Herrscher.

Klebast [b-a], *Wasserreis, Räuber*, gärtner. Bez. für durch Austreiben von sog. schlafenden Augen (Adventivknospen) in höherem Alter entstandene u. deshalb mit der Astbasis nicht tief reichende Äste, die u. a. den Holzwert sehr mindern.

Klebe, Giselher, Komponist, * 28. 6. 1925 Mannheim; lehrt an der Detmolder Musikakademie; verwendet zwölftonige u. rhythm. Reihen, begann im spielerisch-witzigen Stil der Blacher-Schule (am bekanntesten wurde „Die Zwitschermaschine" 1950 nach P. Klee), wandte sich dann aber einem grüblerischen Expressionismus zu (Violinsonate 1952), der sich allmählich durch die Betonung der Gesanglichkeit wieder aufhellte; Opern: „Die Räuber" 1957 (nach Schiller); „Die tödlichen Wünsche" 1959 (nach Balzac); „Die Ermordung Cäsars" 1959 (nach Shakespeare); „Alkmene" 1961 (nach Kleist); „Figaro läßt sich scheiden" 1963 (nach Ö. von Horváth); „Jakobowsky u. der Oberst" 1965 (nach F. Werfel); „Das Märchen von der schönen Lilie" 1969 (nach Goethe); „Ein wahrer Held" 1975; 4. Sinfonie „Villons Testament" 1971, Ballette u. Kirchenmusik.

Klebebindung →Buchbinderei.

Klebefalz, aus gummiertem Pergaminpapier hergestellte kleine Klebezettel, die zur Befestigung von gestempelten Briefmarken auf Albumblättern verwendet werden. Zur Aufbewahrung von postfrischen Briefmarken benutzt man statt dessen Klemmstreifen, die eine Beschädigung des Gummis der Marken verhindern. Erfunden wurde der K. 1881 von H. J. *Dauth* aus Frankfurt a. M.

Klebelsberg-Thumburg, Raimund, österr. Geologe, * 14. 12. 1886 Brixen, Südtirol, † 6. 6. 1967 Innsbruck; Prof. in Innsbruck, Eiszeit- u. Gletscherforscher; „Geologie von Tirol" 1935; „Handbuch der Gletscherkunde u. Glazialgeologie" 2 Bde. 1949.

Kleber, *Gluten*, die die Backfähigkeit des Mehls (das „Aufgehen" des Teigs) bedingenden Eiweißstoffe im Mehlkörper der Getreidekörner. Bei feinerer Vermahlung wird nur die Stärkeschicht pulverisiert, während die K.eiweißschicht in die Kleie geht. →auch Aleuron, Gluten.

Kléber [kle'be:r], Jean-Baptiste, französ. General, * 9. 3. 1753 Straßburg, † 14. 6. 1800 Cairo; seit 1775 in bayer. u. österr. Kriegsdienst, seit 1792 im französ. Revolutionsheer, 1793 Brigadegeneral, Teilnehmer am Ägyptenfeldzug Napoléons, 1799 Oberbefehlshaber des Expeditionskorps; nach erneuter Eroberung Ägyptens von einem Türken ermordet.

Kleberproteine →Gluten.
Klebkraut, 1. = Kleblabkraut.
2. die klebrige Salbeiart *Salvia glutinosa*; →Salbei.

Kleblabkraut, *Klebkraut, Galium aparine,* Gattung der *Rötegewächse;* als Unkraut an Zäunen u. auf unbebauten Plätzen. Wenn es sich auf Getreidefeldern ansiedelt, richtet es verhältnismäßig großen Schaden dadurch an, daß es das Lagern des Getreides begünstigt.

Klebs, 1. Edwin, schweizer. Pathologe, * 6. 2. 1834 Königsberg, † 23. 10. 1913 Bern; nach ihm benannt sind die *Klebsiellen,* eine Gattung gramnegativer, unbeweglicher Kapselbakterien.
2. Georg, Botaniker, * 23. 10. 1857 Neidenburg, † 15. 10. 1918 Heidelberg; arbeitete bes. über die Fortpflanzung bei Algen u. Pilzen.

Klebstoffe, chem. Stoffe, die Oberflächen verschiedener Werkstoffe durch Adhäsion miteinander verbinden. *Natürliche K.* sind organ. Verbindungen wie Hautleim, Gummiarabikum oder Stärke. *Künstliche K.* sind Lösungen von Kautschuk u. dessen Derivaten, Kunststofflösungen (Polyvinylacetat, Phenolharze, Aminoplaste zur Holzverleimung) oder als Metallkleber Epoxidharze. Das Abbinden erfolgt nach Verdunsten des Lösungsmittels oder (bei Zweikomponenten-K.n) durch chem. Reaktion der Komponenten. →auch Leim, Kitt.

Klee, *Trifolium,* artenreiche Gattung der *Schmetterlingsblütler,* vorwiegend in der gemäßigten u. subtrop. Zone der Alten Welt verbreitet; aufrechte oder niederliegende, häufig kriechende Kräuter mit gefingerten Blättern. Die Blüten sind gewöhnlich weiß, gelb, rot oder zweifarbig. Am häufigsten ist der *Wiesen-K., Trifolium pratense,* auf Wiesen u. Grasplätzen; er wird auch in großem Maß angebaut. Ebenfalls wild oder angebaut kommen in Dtschld. folgende wichtige K.arten vor: *Weiß-K., Trifolium repens; Bastard-K., Trifolium hybridum; Inkarnat-K., Trifolium incarnatum; Purpur-K., Trifolium rubens; Brauner K., Trifolium spadiceum; Mittlerer K., Trifolium medium; Hasen-K., Trifolium arvense,* u. a. Der Anbau des K.s hat für die Landwirtschaft größte Bedeutung, da er den Hauptanteil der für die Viehfütterung notwendigen Eiweißstoffe liefert u. infolge großer Wurzelmassen den Boden mit Humus anreichert. Als Stickstoffsammler dient er auch den nachfolgenden Pflanzen als gute Vorfrucht. Eine Dauerkultivierung von K. ist aber nicht zu empfehlen, da die Böden nach einigen Jahren unter K.müdigkeit leiden u. die Flächen dann umgebrochen u. anderweitig landwirtschaftl. genutzt werden müssen.

Klee, Paul, schweizer. Maler u. Graphiker, * 18. 12. 1879 Münchenbuchsee bei Bern, † 29. 6. 1940 Muralto bei Locarno; Schüler von F. von *Stuck* in München. Seine ersten Arbeiten zeigen starke Beziehungen zum Jugendstil, den er in Federzeichnungen ins Skurrile u. Bizarre abwandelte (Illustrationen zu Voltaires „Candide" 1911). Durch Freundschaft mit den Künstlern des „Blauen Reiters" (seit 1911) u. eine 1914 zusammen mit A. *Macke* u. L. *Moilliet* unternommene Tunis-Reise fand K. zu einem abstrahierenden Bildaufbau, in dem die Farbe dem linearen Gerüst gleichwertig wurde. 1922–1930 wirkte er als Lehrer am *Bauhaus,* danach (bis 1933) an der Akademie in Düsseldorf. Im nat.-soz. Dtschld. galten seine Werke als „entartet". – K.s Stil ist durch ein starkes spieler. Element gekennzeichnet, das dem Surrealismus verwandt ist u. dem die bevorzugten Techniken zarter Federzeichnungen u. luftiger Aquarelle mit mosaikhafter Farbigkeit entgegenkommen. Geistiges u. Seelisches, Heiteres u. Tragisches kommen in seiner Kunst in gleicher Weise zum Ausdruck; der Spätstil zeigt bes. in den auf Sackleinwand gemalten zeichenhaften Bildern mit drohenden Chiffren den Ernst der zeitgeschichtl. Situation. Ähnl. wie die Kunst P. *Picassos* bildet das Werk K.s eine Synthese gegenständl.-inhaltlicher u. abstrakter Tendenzen. Seine weltweite Wirkung auf zahlreiche Künstler dauert bis in die Gegenwart an. Er schrieb u. a. „Pädagog. Skizzenbuch" 1925; „Wissenschaftl. Experimente im Bereich der Kunst" 1928; Tagebücher, hrsg. 1957; „Gedichte", hrsg. 1960; „Schriften zur Form- u. Gestaltungslehre", hrsg. von J. Spiller (I. Das bildner. Denken 1964, II. Unendl. Naturgeschichte 1970). – B →auch Aquarellmalerei. – 2.5.2.

Kleeblattbogen, *Baukunst:* →Bogen.

Kleeblattkreuz, ein Kreuz mit kleeblattförmig endenden Armen, häufig bei Triumphkreuzen des 14. Jh.; →auch Kreuz.

Kleefarn, *Marsilea quadrifolia,* auf Sumpfböden oder an stehenden Gewässern lebender seltener *Wasserfarn.* Die Blätter ähneln vierblättrigen Kleeblättern u. führen Schlafbewegungen aus.

Kleefeld, Edler von →Schubart, Johann Christian.

Kleegraswirtschaft, ein landwirtschaftl. Betriebssystem, das für zwei oder auch mehr Schläge hintereinander Klee vorsieht; bedingt durch feuchtes Klima u. meist bindige Böden.

Kleesalz, in manchen Pflanzen (z. B. Rhabarber, Spinat, Sauerklee u. Sauerampfer) vorkommendes saures Kaliumoxalat; zum Entfernen von Rost- u. Tintenflecken.

Paul Klee: Tod und Feuer; 1940. Bern, Kunstmuseum. Paul-Klee-Stiftung

Kleeseide, eine Schmarotzerpflanze, →Teufelszwirn.

Klei [der; engl. *clay*], fruchtbarer, toniger oder lehmiger Boden; meist durch Meeresablagerung in den Marschen entstanden.

Kleiber, *Sittidae,* auffällig gefärbte Familie der *Singvögel,* mit spechtartigem Verhalten. Einheim. ist der K. *(Spechtmeise,* volkstüml. *Blauspecht), Sitta europaea.*

Kleiber, Erich, österr. Dirigent, *5. 8. 1890 Wien, †27. 1. 1956 Zürich; wirkte in Prag, Darmstadt, Wuppertal, Düsseldorf u. Mannheim, seit 1923 an der Berliner Staatsoper, seit 1935 im Ausland (Havanna, New York, Buenos Aires); Opern- u. Konzertdirigent.

Kleid, in der abendländ. Mode das Obergewand der Frau; auch allg. Bez. für *Bekleidung, Bedeckung;* →auch Mode.

Kleiderlaus, *Pediculus humanus humanus,* bis 4,5 mm lange, weißgraue *Laus.* Sie hält sich in der menschl. Kleidung u. legt Eier *(Nissen)* in Kleidungsfalten. Sie überträgt Fleck-, Rückfall- u. Wolhynisches Fieber. Bekämpfung durch DDT-Mittel.

Kleidermotte, *Tineola biselliella,* ein Kleinschmetterling aus der Familie der *Motten,* dessen Raupen in festsitzenden Gespinströhren aus seidenglänzenden Spinnfäden, abgebissenen Stoffasern u. Kotbröckchen leben; schädl. vor allem an Wollstoffen, Kunstfasern u. Pelzen; Bekämpfung: Ausräuchern u. Stäuben mit Kontaktinsektiziden.

Kleidervögel, *Drepaniidae,* eine Familie der *Singvögel,* die mit rd. 20 Arten auf Hawaii vorkommt. Die bei den einzelnen Arten außerordentl. variierenden Schnabelformen passen sich der jeweiligen Lebensweise an. Die Federn der K. wurden früher von den Eingeborenen als Schmuck ihrer Kleidung verwendet.

Kleidung →Mode.

Kleie, beim Mahlen von Getreide anfallende Rückstände *(Schalen, Spelzen),* die, mit mehr oder weniger Mehl gemischt, ein hochwertiges Viehfutter ergeben.

Kleienflechte, *Kleiengrind,* verschiedene schuppende Hauterkrankungen, bes. der vom Pilz *Mikrosporon furfur* erzeugte gelbliche, unregelmäßigflächige Ausschlag der zur Schweißbildung neigenden Haut *(Pityriasis versicolor;* →Pityriasis).

Klein, 1. César, Maler u. Graphiker, *14. 9. 1876 Hamburg, †13. 3. 1954 Pansdorf bei Lübeck; malte seit etwa 1910 im Stil des Expressionismus; sein Spätwerk zeigt surrealist. Einflüsse; Wandbilder, Glasmalereien u. Bühnenbilder.
2. Felix, Mathematiker, *25. 4. 1849 Düsseldorf, †22. 6. 1925 Göttingen; lehrte seit 1886 in Göttingen; arbeitete über algebraische Gleichungen u. Funktionentheorie; beeinflußte stark die Methodik der Mathematik u. den Schulunterricht, indem er den Funktionsbegriff in den Mittelpunkt der Analysis u. der Algebra stellte u. den Begriff der Abbildung bei der Geometrie in den Vordergrund rückte *(Erlanger Programm* 1872); Hptw.: „Gesammelte mathemat. Abhandlungen" 3 Bde. 1921–1923; „Elementarmathematik vom höheren Standpunkt aus" 3 Bde. ³1924–1926; „Vorträge über den mathemat. Unterricht an höheren Schulen" 1907.
3. Franz, österr. Rechtslehrer u. Politiker, *24. 4. 1854 Wien, †6. 4. 1926 Wien; lehrte in Wien; 1906–1908 u. 1916 Justiz-Min., nahm 1919 als Staatssekretär des Auswärtigen an den Friedensverhandlungen in Saint-Germain teil; Schöpfer der österr. Zivilprozeßordnung von 1895; Hptw.: „Der Zivilprozeß Österreichs" (posthum) 1927.
4. Johannes, Literarhistoriker, *2. 10. 1914 Gummersbach, Rheinland; Arbeiten zur neueren dt. Literatur: „Geschichte der dt. Novelle von Goethe bis zur Gegenwart" 1954; „Geschichte der dt. Lyrik von Luther bis zum Ausgang des 2. Weltkrieges" 1957.
5. Yves, französ. Maler holländ.-malai. Herkunft, *28. 4. 1928 Nizza, †6. 6. 1962 Paris; gilt als Hauptvertreter des „Nouveau Réalisme", schuf monochrome, meist blaue Bilder, außerdem Körperabdrücke auf Leinwand oder Papier, Bilder mit Einwirkung von Wind u. Regen sowie Feuerbilder; entwarf auch Projekte für die Klimatisierung riesiger geograph. Wohnräume.

Kleinaktionär, ein Aktionär, der wegen geringer Beteiligung am Grundkapital der AG als einzelner in der Regel keinen spürbaren Einfluß auf die Gesellschaft ausüben kann.

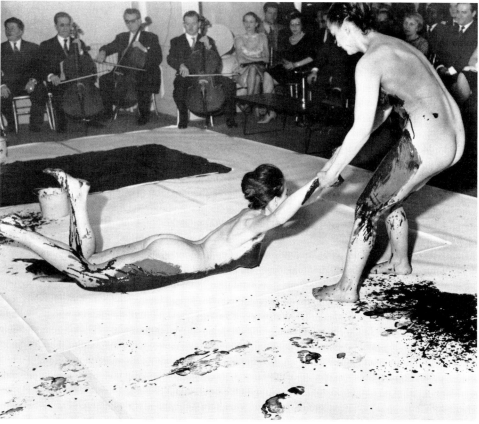

Yves Klein: Malzeremonie

Kleinasien, *Anatolien,* die zwischen Schwarzem Meer u. Mittelmeer sich vorschiebende Halbinsel, hochplateau- u. gebirgsreich, häufig von Erdbeben heimgesucht, altes Durch- u. Übergangsland zwischen Europa u. Asien; deckt sich heute weitgehend mit dem polit. Raum der *Türkei.*

Klein-Auheim, ehem. hess. Gemeinde am Main, seit 1974 Stadtteil von Hanau; Gummi-, Metall- u. Lederwarenindustrie, graph. Großbetriebe.

Kleinautomat, selbsttätiger Ausschalter in elektr. Anlagen zur Sicherung bei Überlastung oder bei Ausfall des Stroms. Nach dem Einschalten wird durch einen Elektromagneten der Schalthebel gehalten; bei Stromausfall oder bei übermäßigem Strom (Kurzschluß) klappt der Schalthebel zurück. Bei dauernder geringer Überlastung löst ein Bimetallstreifen, infolge Erwärmung, den Schalter.

Kleinbahn, meist mit Dieselmotor oder Elektrizität betriebene Bahn für den Orts- u. Vorortsverkehr; häufig mit kleinerer Spurweite als die Vollbahn. u. bisweilen ohne bes. Bahnkörper.

Kleinbären →Vorbären.

Kleinbetriebe, in der Statistik alle gewerbl. Betriebe mit weniger als fünf Beschäftigten u. alle landwirtschaftl. Betriebe mit weniger als 5 ha Nutzfläche.

Kleinbeutler, *Phalanger, Phalangerinae,* Unterfamilie der *Kletterbeutler;* von Maus- bis Mardergröße, meist mit langem Greifschwanz, in zahlreichen Arten von Tasmanien bis Celebes verbreitet. Zu den K.n gehören *Schlafmausbeutler, Flugbeutler* u. *Kusus.*

Kleinbildphotographie, die verbreitetste photograph. Technik; sie benutzt bei 35 mm breiten, beiderseits perforierten Filmen das Kleinbildformat 24 × 36 mm oder 18 × 24 mm *(Halbformat, half frame)* sowie das Kassettenformat 126:28 × 28 mm (Kodapak). →auch Kleinstbildphotographie.

Kleinbürgertum, oft abwertend gemeinte Bez. für die städt. Mittelschichten (in England u. den USA *middle class* genannt), d. h. für Handwerker, Einzelhändler, Kleingewerbetreibende u. freie Berufe, ferner aber auch für den sog. *neuen Mittelstand,* also der Beamten des einfachen u. mittleren Dienstes u. die kleinen u. mittleren Angestellten (seltener auch für gutbezahlte Facharbeiter, die in den USA zur middle class gerechnet werden). Dem K. werden geistige Enge, moralische Überheblichkeit u. überdurchschnittl. Neigung zu Mißgunst u. Neid nachgesagt. Nachweisbar ist, daß bes. das dt. K., das sich zwischen den Machtblöcken des Großkapitals u. der organisierten Arbeiterschaft hilflos fühlt(e), stärker als andere Schichten zum Faschismus bzw. Nationalsozialismus neigte (zum kleinen Teil heute noch neigt).

Kleindeutsche →Großdeutsche.

Kleine Antillen, der östl. westind. Inselbogen, Teil der *Antillen,* in die nördl. u. östl. *Inseln über dem Winde* u. die südl. *Inseln unter dem Winde* gegliedert; polit. aufgeteilt unter die USA (westl. Teil der Jungferninseln), Großbritannien (östl. Teil der Jungferninseln u. Montserrat sowie die Westind. Assoziierten Staaten: Antigua [mit Barbuda u. Redonda], St. Kitts, Nevis und Anguilla, Dominica, Saint Lucia, Saint Vincent) u. Frankreich *(Antilles Françaises:* Teil von Saint-Martin, Saint-Barthélemy, Guadeloupe mit Marie Galante, Martinique), Trinidad u. Tobago, Barbados, Grenada (als selbständige Staaten) u. die Niederlande *(Nederlandse Antillen:* Teil von St. Martin [Sint Maarten], Sint Eustatius, Saba, alle in der Gruppe der Inseln über dem Winde; ferner die Niederländ. Inseln unter dem Winde: Aruba, Curaçao u. Bonaire, u. die Venezolan. Antillen: Las Roques, Orchila, La Blanquilla, Los Hermanos, Los Testigos, Tortuga, Margarita, Cubagua u. Coche).

Kleine Elster, rechter Nebenfluß der Schwarzen Elster, in der Niederlausitz; entspringt bei Senftenberg, mündet bei Bad Liebenwerda.

Kleine Entente [-ã'tät; frz.], 1920–1939 das Bündnissystem zwischen der Tschechoslowakei, Jugoslawien u. Rumänien (Verträge von 1920 u. 1921), von Frankreich u. Polen gefördert, mit dem Ziel, den Status quo nach dem 1. Weltkrieg im Donauraum zu erhalten, ungar. Gebietsforderungen abzuwehren u. eine habsburg. Restauration zu verhindern. Am Zustandekommen der K:nE. war E. *Benesch* maßgebend beteiligt. Seit 1926 schwand ihre Bedeutung. – ▭ 5.5.7.

Kleine Fahrt, die Schiffahrt in der Ostsee, Nordsee bis 61° N; dazu gehören die Gewässer um England u. Irland einschl. des Kanals.

Kleine Karpaten, slowak. *Malé Karpaty,* der westlichste Teil der *Karpaten,* in der Slowakei, zwischen Preßburg u. der Miavasenke; die geolog. Fortsetzung des österr. Leithagebirges, aus Granit u. Kristallinschiefern, im *Záruby* 767 m.

Kleiner Heuberg, Erhebung im nördl. Vorland der Schwäbischen Alb, westl. von Balingen, 670 m hoch.

Kleiner Leberegel

Kleiner Leberegel →Leberegel.
Kleiner Sankt Bernhard →Sankt Bernhard.
Kleines Walsertal, *Kleinwalsertal,* 13 km langes linkes Seitental der Iller in den Allgäuer Alpen, in Vorarlberg (Österreich), von der Breitach durchflossen; seit 1891 an das dt. Zoll- u. Währungsgebiet angeschlossen, da auf Straßen nur von Bayern aus erreichbar; im 14. Jh. von den *Walsern* besiedelt; Hauptort *Mittelberg.*
Kleinfeld-Handball →Hallenhandball.
Kleingarten, *Schrebergarten,* abseits von der Wohnung liegendes „Grundstück zum Zwecke nicht gewerbsmäßiger gärtnerischer Nutzung" (nach der K.- u. Kleinpachtlandordnung [KGO] vom 31. 7. 1919), bewirtschaftet mit bescheidenen Mitteln (Spaten, Hacke, Gießkanne). Angebaut werden Gemüse, Obst u. Blumen. Meist ist der K. umzäunt u. mit einer *Laube* als Notwohnung bebaut. Kleingärten liegen meist, zu mehreren vereinigt (*K.kolonie* oder *Laubenkolonie*), im Vorstadtgebiet, aber auch auf dem Land in der Nähe von Industriesiedlungen.
Die K.bewegung läßt sich bis zum Beginn des 19. Jh. zurückverfolgen. 1864 richtete Ernst Innozenz *Hauschild* (*1808, †1866) nach den Ideen des Arztes D. G. *Schreber* in Leipzig Spielplätze mit Beeten für Kinder ein, denen in der Folgezeit Gärten für Erwachsene angegliedert wurden. Kleingärten unterliegen einem ausgedehnten Kündigungsschutz; wird das K.grundstück aus „überwiegenden Gründen des Gemeinwohls dringend benötigt" (VO über Kündigungsschutz vom 15. 12. 1944), so ist dem Pächter (Kleingärtner) eine angemessene Entschädigung zu zahlen u. Ersatzland bereitzustellen. Erstrebt wird die Dauer-K.anlage auf einem im städt. Wirtschaftsplan für ständige kleingärtner. Nutzung vorgesehenen Gelände, mit einheitl. Lauben, Spielplätzen u. Vereinshäusern; Größe der Gesamtanlage zwischen 50 u. 200 Gärten; Größe des Einzel-K.s zwischen 300–400 m², in seltenen Fällen darüber. Die Kleingärtner sind organisatorisch zusammengeschlossen; die Landesverbände, Stadtverbände u. Vereine vertreten kleingärtner. Interessen, z. B. bei Kündigungen, durch Landbeschaffung, Darlehen u. genossenschaftl. Bezug von Pflanzen, Dünger u. Geräten u. durch Fachschulung u. Werbung. Die Kleingärten hatten im Vorkriegs-Dtschld. große wirtschaftl., soziale u. gesundheitl. Bedeutung: 350 Mill. kg Obst u. 290 Mill. kg Gemüse wurden im K. erzeugt; auf einer Gemüsefläche von 100 m² kann der Gemüsebedarf einer Normalfamilie erzeugt werden.
Kleinhandel →Einzelhandel.
Kleinhirn →Gehirn.
Kleinkaliberschießen, Abk. *KK-Schießen,* das Schießen mit Kleinkalibermunition aus Gewehren, Maschinengewehren u. Geschützen, die dazu eine entspr. im Lauf bzw. Rohr einschiebbare Einrichtung erhalten. Im dt. Heer wurden nach 1919 in nächster Nähe der Kasernen dafür bes. Schießstände angelegt. Seitdem wird das K. vielfach im Bereich der vormilitär. Ausbildung u. von Schützenvereinen gepflegt, auch auf Volksfesten.
Beim sportl. K. werden zwei Waffenarten benutzt: 1. das internationale KK-Gewehr (Kaliber 5,6 mm, Gewicht höchstens 8 kg), 2. das nationale KK-Standard-Gewehr (Gewicht 5 kg, genormte Bauart). Mit ersterem werden (Entfernung der Scheibe jeweils 50 m) der *120-Schuß-Dreistellungskampf* (je 40 Schuß liegend, kniend u. stehend freihändig) u. der *KK-Liegendkampf* (60 Schuß) durchgeführt, mit der Standardwaffe der *60-Schuß-Dreistellungskampf* (je 20 Schuß in den drei Anschlagsarten).
Kleinkampfmittel, kleinstmögliche Kriegsschiffe, z. B. *Kleinst-U-Boote,* die für Kommandounternehmen in feindl. Häfen, Flußmündungen oder Küstengewässern bes. geeignet sind; →auch Kampfschwimmer.
Kleinkatzen, *Felinae,* stammesgeschichtlich uneinheitl. Gruppe mit Katzen mit relativ kleiner Körpergestalt. Hierzu gehören i. e. S. *Ozelot, Bengalkatzen, Wildkatzen, Marmorkatzen,* i. w. S. auch *Luchse, Servale* u. *Jaguarundis.*
Kleinkindalter, der 1. Entwicklungsabschnitt zwischen *Säuglingsalter* u. *Schulalter,* vom Beginn des 2. bis zur Mitte des 6. Lebensjahres. Gehen- u. Sprechenlernen stehen im Vordergrund der Entwicklung. Abschluß findet diese Stufe durch den 1. Gestaltwandel (W. Zeller), bei dem an der kleinkindl. Körperform die gestrecktere Form des Schulkinds her. – ⌷1.5.2.
Kleinkirchheim, *Bad K.,* Höhenluftkurort im österr. Nockgebiet, in Kärnten, 1073 m ü. M., 1480 Ew.; radioaktive Thermalquelle, Wintersportplatz.
Kleinklima, *Mikroklima,* das durch die bodennahen Luftschichten bestimmte Klima kleiner Räume, z. B. des Teiles einer Senke, eines Hanges, Feldes oder Waldes.
Kleinknecht, Hermann, Altphilologe, *12. 1. 1907 Marbach am Neckar, †13. 3. 1960 Münster; Werke zum griech. Altertum u. zur antiken Religionsgeschichte: „Die Gebetsparodie in der Antike" 1937; „Herodot u. die makedon. Urgeschichte" 1959.
Kleinkrieg →Guerilla.
Kleinkunst, die Darbietungen des →Kabaretts.
Kleinling, *Centunculus,* Gattung der *Primelgewächse;* in Dtschld. nur in einer Art (*Centunculus minimus*), an schlammigen Ufern u. auf feuchten Äckern zu finden.
Kleinmachnow [-no:], südwestl. Vorort Berlins im Krs. u. Bez. Potsdam, 14 400 Ew.
Kleinmeister, eine Gruppe von Kupferstechern aus der Nachfolge A. *Dürers,* deren dekorativer Stil das Kunsthandwerk maßgebl. beeinflußte. Die Hauptmeister waren H. S. u. B. *Beham,* G. *Pencz,* H. *Aldegrever,* P. *Flötner* u. V. *Solis.*
Kleinod [das, Mz. K.e oder K.ien], 1. *allg.:* kleines, zierliches, kostbares Gastgeschenk; Schmuckstück, Kostbarkeit.
2. *Heraldik:* = Helmzier.
Kleinpflaster, Straßenpflaster aus kantig gebrochenen harten Natursteinen bis 10 cm Kantenlänge, auf einem Unterbau aus Pack- mit Schüttlage, fester Schotterschicht oder Beton, meist fächerförmig in Sandschicht versetzt. *Blaubasalt* als typisches K. ist rutschgefährdend.
Kleinrussen, frühere Bez. für die →Ukrainer.
Kleinrussisch →ukrainische Sprache.
Kleinschmetterlinge, eine lediglich auf prakt. Gründen (Sammeltechnik) beruhende Zusammenfassung aller Schmetterlingsgruppen, die nicht unter den Begriff der *Großschmetterlinge* zusammengefaßt werden; ohne systemat. Bedeutung.
Kleinschmidt, Otto, Zoologe, *13. 12. 1870 Kornsand, Hessen, †25. 3. 1954 Wittenberg; Leiter des Forschungsheims in Wittenberg; entwickelte aufgrund ornitholog. u. entomolog. Untersuchungen die *Formenkreislehre.*
Kleinschreibung. Im Dt. werden heute alle Wörter, die keine Substantive oder wie solche gebrauchten Wörter, ferner keine Eigennamen sind u. nicht am Satzanfang stehen, mit kleinem Anfangsbuchstaben geschrieben. Die K. auch bei Substantiven u. wie solche gebrauchten Wörtern wird angestrebt (*gemäßigte K.*). – In anderen Sprachen werden alle Wörter, die nicht im Satzanfang stehen u. keine Eigennamen sind, klein geschrieben. Für Überschriften (z. B. im Engl.) gelten z. T. bes. Regeln.
Kleinspecht, eine meisengroße Spechtart; →Spechte.
Kleinstaat, ein Staat mit kleinem oder kleinstem Staatsgebiet (*Zwergstaat*), neben Mittelstaaten u. Großmächten völkerrechtl. gleichberechtigt (Vertretung in den UN). Es gibt verschiedene Formen von K.en: Staaten, die sich durch wirtschaftl., militär. oder kulturelle Fähigkeiten bes. auszeichnen, stehen neben *Puffer-* oder *Satellitenstaaten.* Als dritte Macht können sie zwischen Großstaaten auch vermittelnd oder entscheidend wirken, namentl. wenn sie sich in irgendeiner Form zusammengeschlossen haben.
Kleinstadt, eine Stadt, die untergeordnete zentrale Funktionen wahrnimmt, etwa 5000–20 000 Ew. hat u. oft eine negative Wanderungsbilanz gegenüber größeren Städten aufweist.
Kleinstbildphotographie, die Photographie mit Miniaturkameras unter Verwendung von 16-mm-Film (18–24 Aufnahmen 12×17 mm oder 36 Aufnahmen 8 × 11 mm).
Kleinstmaß →Ausschußmaß.
Klein Verlag, *Woldemar Klein Verlag,* Baden-Baden, gegr. 1934 in Berlin; Kunstbildbände, Kunstkalender; gepflegt wird bes. moderne Kunst (Zeitschrift „Das Kunstwerk" gegr. 1946, seit 1955 im Agis-Verlag, Baden-Baden).
Kleinvieh, Sammelbez. für Ziegen, Kaninchen, Hühner u. a.
Kleinwohnung, durch das 1. u. 2. Wohnungsbaugesetz (1950 bzw. 1953) überholte Bez. für die „öffentlich geförderte Wohnung" oder die Sozialwohnung (→Wohnungsbau). Die Mindestwohnfläche der K. betrug 50 m².
Kleist, 1. Ewald von, Offizier, *8. 8. 1881 Braunfels, †1954 bei Moskau; Generalfeldmarschall, Heerführer im 2. Weltkrieg (Frankreich, Rußland); 1948 von den westl. Alliierten an die Sowjetunion ausgeliefert, in Kriegsgefangenschaft gestorben.
2. Ewald Christian von, Schriftsteller, *7. 3. 1715 Gut Zeblin bei Köslin, Pommern, †24. 8. 1759 Frankfurt (Oder); preuß. Offizier (Vorbild für G. E. Lessings *Tellheim* in „Minna von Barnhelm"); berühmt durch die von F. G. *Klopstock* u. J. *Thomson* angeregte epische Naturdichtung „Der Frühling" 1748; ferner Idyllen, Fabeln u. vaterländ. Gesänge („Ode an die preuß. Armee" 1757). K. starb an einer Verwundung aus der Schlacht bei Kunersdorf. – ⌷3.1.1.
3. Friedrich Heinrich Ferdinand Emil, Graf von *Nollendorf,* preuß. Offizier, *9. 4. 1762 Berlin, †27. 2. 1823 Berlin; seit 1778 in militär. Diensten, auch für polit. Aufgaben verwendet; entschied in den *Befreiungskriegen,* von Nollendorf herkommend, die Schlacht bei Kulm am 29./30. 8. 1813; wurde 1821 bei seiner Entlassung Generalfeldmarschall.
4. Heinrich von, Dichter, *18. 10. 1777 Frankfurt (Oder), †21. 11. 1811 (Selbstmord) am Wannsee bei Berlin; früh verwaist, seit 1792 bei der preuß. Garde, zuletzt als Leutnant; 1799 Student in Frankfurt (Oder), verlor jedoch durch I. *Kants* Kritik der Erkenntnismöglichkeiten das Interesse an der Wissenschaft; 1801/02 in Paris u. am Thuner See, wo er ein bäuerl. Leben führen wollte u. sich von seiner Braut Wilhelmine von *Zenge* löste, als sie ihm nicht nachfolgte; 1802/03 bei Ch. M. *Wieland* in Oßmannstedt u. Weimar, 1805–1807 notgedrungen Beamter an der Domänenkammer in Königsberg, 1807–1809 in Dresden, dort mit A. H. *Müller* Hrsg. des „Phöbus"; zuletzt in Berlin, wo er von Okt. 1810 bis März 1811 Hrsg. der „Berliner Abendblätter" war.
In K.s Werk äußert sich in leidenschaftl. Fühlen u. mit großer Darstellungskraft ein Drang zum Unbedingten, der aber nicht mehr von dem letzthin harmon. u. rational gegründeten humanist. Weltbild der Weimarer Klassik getragen ist, sondern sich gegenüber den Wirren der trüger. Welt nur auf die Intensität des sich schmerzhaft klärenden eigenen Gefühls beruft u. schließl. in der Idee einer gerechten Obrigkeit eine mit der Wirklichkeit versöhnende Lösung des tragischen Zwiespalts findet. Am Anfang seiner Werke steht das tiefpessimist. Trauerspiel „Die Familie Schroffenstein" 1803; es folgten die großangelegte, nur als Fragment erhaltene Tragödie „Robert Guiskard, Herzog der Normänner" 1808, die beiden Lustspiele „Amphitryon" 1807 u. „Der zerbrochene Krug" 1808, das Schauspiel „Penthesilea" 1808 u. das Ritterstück „Käthchen von Heilbronn" 1810; 1808 entstand in glühender Vaterlandsliebe die gegen Napoléon gerichtete „Hermannsschlacht", die aber unbeachtet blieb, u. zuletzt das Preußendrama „Prinz

Heinrich von Kleist; Kreidezeichnung nach der Originalminiatur von P. Friedel 1801

Friedrich von Homburg", entstanden 1809–1811, hrsg. posthum 1821. Daneben schrieb K. in knapper, realist. Art „Erzählungen" 1810/11 um menschl. Konflikte („Michael Kohlhaas"; „Die Marquise von O..."; „Das Erdbeben in Chili") u. scharfpointierte Anekdoten, ferner Abhandlungen („Über das Marionettentheater" 1810) u. Gedichte. – 📖3.1.1.

Kleister, Klebstoff aus Weizen- oder Roggenmehl *(Mehl-K.)*, auch aus Kartoffel-, Getreide- oder Reisstärke *(Stärke-K.)*; mit Wasser angerührt u. dann aufgekocht, zum Kleben von Papiertüten, Tapeten u.a.

Kleisthenes, 1. Tyrann von Sikyon um 600–565 v.Chr.; seine Herrschaft war für Sikyon eine Zeit großen Wohlstands. Seine Tochter *Agariste* war als Frau des Alkmäoniden *Megakles* Mutter von 2). **2.** athen. Staatsmann; kehrte nach dem Sturz des Tyrannen *Hippias* 510 v.Chr. nach Athen zurück u. führte ab 508 v.Chr. unter Berufung auf *Solon* eine Verfassungsreform durch, die aus einer territorialen Neugliederung Attikas bestand u. die Macht der adeligen Sippenverbände brach. Auch die Einrichtung des *Ostrakismos* soll auf ihn zurückgehen. K. wurde damit der Begründer der athen. Demokratie.

Kleistogamie [grch.], eine bes. Form der Selbstbestäubung: die →Bestäubung in geschlossener Blüte, z.B. bei einigen Veilchenarten.

Kleist-Retzow [-tso:], Hans Hugo von, preuß. Politiker, *25. 11. 1814 Kieckow bei Belgard, †20. 5. 1892 Kieckow; Anhänger des pietist. Altkonservatismus L. von *Gerlachs*; 1848 Mitgründer der „Kreuzzeitung", 1849–1852 im preuß. Abgeordnetenhaus, 1851–1858 Oberpräsident der Rheinprovinz; seit 1858 im Herrenhaus u. seit 1877 im Reichstag. Seine Opposition vor allem gegen die Kulturkampfgesetze führte zum Bruch mit *Bismarck*.

Kleitarchos, *Klitarch*, griech. Geschichtsschreiber aus Kolophon; schrieb um 300 v.Chr. eine romanhafte Geschichte Alexanders d.Gr., die in Bruchstücken erhalten ist.

Kleitomachos *von Karthago*, griech. Philosoph, *um 187 v.Chr., †um 110 v.Chr.; Schüler u. Nachfolger des *Karneades von Kyrene* (*214/12, †129/28 v.Chr.) in der Leitung der *Akademie*. Seine Schriften dienten der Verbreitung der akademischen Skepsis u. waren Quellen für *Cicero* u. *Sextus Empirikus*.

Kleitos, 1. *K. der Schwarze*, makedon. Feldherr, †328/27 v.Chr.; Satrap von Baktrien, Freund *Alexanders d. Gr.*, dem er am Granikos das Leben rettete. Er wurde von Alexander jedoch, als er diesem Bevorzugung der Perser vorwarf, bei einem Gelage im Rausch ermordet, worüber der König, ernüchtert, tiefe Reue empfand u. sich selbst das Leben nehmen wollte, bis das Heer K. nachträglich wegen angebl. Hochverrats verurteilte. **2.** *K. der Weiße*, makedon. Admiral, †318 v.Chr.; nahm 322 v.Chr. durch seinen Seesieg über die athen. Flotte bei Amorgos im *Lamischen Krieg* den Athenern die Hoffnung, nach dem Tod Alexanders d.Gr. ihre alte Vormachtstellung zurückgewinnen zu können; auf der Flucht nach der verlorenen Schlacht bei Byzanz gegen *Antigonos Monophthalmos* getötet.

Klemens [lat. *clemens*, „mild, gütig"], männl. Vorname.

Klemens, Päpste: **1.** *K. I., Clemens Romanus*, Heiliger, 88–97 (?), 3. Nachfolger Petri, nach einigen Quellen ein Apostelschüler. Er verfaßte den *1. K.-Brief*, der die apostol. Nachfolge, das Priesteramt u. die Gemeindeverfassung behandelt u. als erstes dogmat. Zeugnis der röm. Gemeinde von größtem Wert ist. Andere Schriften wurden ihm zu Unrecht zugeschrieben *(2. K.-Brief, Pseudoklementinen)*. – Heiligenfest: 23. 11., in der griech. Kirche 24. 11., in der russ. Kirche 25. 11. **2.** *K. II.*, Dez. 1046–Okt. 1047, eigentl. *Suidger*, aus sächs. Adel, †9. 10. 1047 bei Pesaro (im Bamberger Dom beigesetzt); 1040 Bischof von Bamberg, auf Wunsch König *Heinrichs III.* zum Papst gewählt. Er krönte Heinrich zum Kaiser u. nahm im Einverständnis mit ihm die Kirchenreform in Angriff (Kampf gegen Simonie u. Priesterehe). Sein früher Tod verhinderte seine volle Entfaltung. **3.** *K. (III.)*, Gegenpapst 1084–1098, eigentl. *Wibert von Ravenna*, *um 1025 Parma, †8. 9. 1100 Civita Castellana; seit 1058 als Kanzler für Italien im Dienst des dt. Hofs, 1072 Erzbischof von Ravenna; Gegner Papst *Gregors VII.*, mit Unterstützung König *Heinrichs IV.* von den oppositionellen Bischöfen 1080 zum Gegenpapst gewählt u. 1084 in Rom inthronisiert. Er hatte großen Anhang in Dtschld., England u. Ungarn u. konnte sich bis kurz vor seinem Tod in Rom behaupten. **4.** *K. III.*, 1187–1191, eigentl. *Paolo Scolari*, Römer, †1191 Rom; festigte durch seine Friedenspolitik gegenüber dem dt. Reich u. durch die Versöhnung mit der Stadt Rom die Stellung des Papsttums. **5.** *K. IV.*, 1265–1268, eigentl. Guido *Fulcodi* aus Saint-Gilles, Rhône, †29. 11. 1268 Rom; zuerst Kanzler *Ludwigs IX.* von Frankreich, 1259 Erzbischof von Narbonne, 1261 Kardinal; führte als Papst eine frankreichfreundl. Politik, belehnte *Karl von Anjou* mit Sizilien u. war mitverantwortl. für das Todesurteil gegen den von ihm exkommunizierten Staufer *Konradin*. **6.** *K. V.*, 1305–1314, eigentl. *Bertrand de Got*, †20. 4. 1314 Avignon; 1299 Erzbischof von Bordeaux, zum Papst gewählt im Einvernehmen mit *Philipp IV.* von Frankreich, von dem er stets abhängig blieb; residierte seit 1309 in Avignon („Babylonisches Exil" der Päpste bis 1376) u. ernannte zahlreiche französ. Kardinäle. Auf Wunsch des Königs widerrief er manche Maßnahmen von Papst *Bonifatius VIII.* u. stimmte der Aufhebung des Templerordens zu. Er förderte die Universitäten. **7.** *K. VI.*, 1342–1352, eigentl. Pierre *Roger*, *um 1291, †6. 12. 1352 Avignon; 1330 Erzbischof von Rouen u. Kanzler *Philipps VI.* von Frankreich; widmete sich vorwiegend der Politik, die er im Sinne Frankreichs führte. Er ernannte fast nur Franzosen zu Kardinälen u. festigte durch den Kauf Avignons das päpstl. Exil. **8.** *K. (VII.)*, Gegenpapst 1378–1394, eigentl. *Robert von Genf*, *1342 Genf, †16. 9. 1394 Avignon; 1371 Kardinal. Seine Wahl gegen *Urban VI.* durch französ. Kardinäle, die der französ. König unterstützte, begründete das große abendländ. Schisma. Er residierte in Avignon, wo er eine aufwendige Hofhaltung führte, u. geriet in völlige Abhängigkeit von Frankreich. Außer in Frankreich wurde er in Spanien, Schottland, Irland u. einem Teil Deutschlands anerkannt. **9.** *K. (VIII.)*, Gegenpapst 1423–1429. **10.** *K. VII.*, 1523–1534, eigentl. Giulio de *Medici*, *26. 5. 1478 Florenz, †25. 9. 1534 Rom; Vetter von Papst *Leo X.*, 1513 Erzbischof von Florenz u. Kardinal. Von der kaiserl. Partei gewählt, wandte er sich noch als Papst Frankreich zu u. geriet dadurch in schärfsten Gegensatz zu *Karl V.*, dem er sich nach dem Scheitern dieser Politik (1527 Eroberung Roms durch kaiserl. Truppen) wieder anschließen mußte. 1530 krönte er Karl zum Kaiser. Er war der durch die Reformation hervorgerufenen schwierigen Situation nicht gewachsen; sein Zögern schadete der Kirche sehr, erst sein Tod ermöglichte das vom Kaiser gewünschte Konzil u. die innerkirchl. Reform. **11.** *K. VIII.*, 1592–1605, eigentl. Ippolito *Aldobrandini*, *24. 2. 1536 Fano, †3. 3. 1605 Rom; 1585 Kardinal; stärkte durch seine polit. Erfolge (Aussöhnung mit Frankreich, Vermittlung zwischen Spanien u. Frankreich, Vergrößerung des Kirchenstaats) die Stellung des Papsttums, doch leistete er für die innerkirchl. Erneuerung weniger als die Päpste der vorausgehenden Jahrzehnte. In seinem Pontifikat wurden Beatrice *Cenci* und Giordano *Bruno* zum Tod verurteilt. **12.** *K. IX.*, 1667–1669, eigentl. Giulio *Rospigliosi*, *28. 1. 1600 Pistòia, †9. 12. 1669 Rom; Staatssekretär Papst *Alexanders VII.*, 1657 Kardinal; brach mit dem Nepotismus. Die jansenist. Streitigkeiten konnte er nur vorübergehend schlichten. Eine französ.-päpstl. Expedition nach Kreta konnte den Verlust der Insel an die Türken nicht verhindern. **13.** *K. X.*, 1670–1676, eigentl. Emilio *Altieri*, *13. 7. 1590 Rom, †22. 7. 1676 Rom; 1669 Kardinal, nach schwierigem Konklave in hohem Alter gewählt, überließ die Führung der Geschäfte weitgehend dem Kardinal Paluzzi degli *Albertoni*. Er unterstützte Polen im Krieg gegen die Türken. **14.** *K. XI.*, 1700–1721, eigentl. Giovanni Francesco *Albani*, *22. 7. 1649 Urbino, †19. 3. 1721 Rom; 1690 Kardinal, den polit. Schwierigkeiten der Zeit nicht gewachsen. Im span. Erbfolgekrieg, den er vergebl. zu verhindern gesucht hatte, trat er an Frankreichs Seite, mußte aber 1709 *Karl III.* anerkennen. Er unterstützte den Kaiser u. Venedig gegen die Türken u. verurteilte 1713 in der Bulle „Unigenitus" den Jansenismus. **15.** *K. XII.*, 1730–1740, eigentl. Lorenzo *Corsini*, *16. 4. 1652 Florenz, †8. 2. 1740 Rom; 1706 Kardinal; den Niedergang der polit. Macht des Papsttums im Poln. Erbfolgekrieg konnte er nicht aufhalten. Er förderte Mission, Wissenschaft u. Kunst. **16.** *K. XIII.*, 1758–1769, eigentl. Carlo della *Torre Rezzonico*, *7. 3. 1693 Venedig, †2. 2. 1769 Rom; 1737 Kardinal; verurteilte das Werk „De statu ecclesiae" des Trierer Weihbischofs J. N. von *Hontheim*, konnte aber die Ausbreitung des *Febronianismus* ebensowenig verhindern wie die Bewegungen der kirchl. Aufklärung u. des Staatskirchentums (bes. in den bourbon. Staaten). Auch gegen die Unterdrückung der Jesuiten in den Staaten der Bourbonen protestierte er vergeblich. Frankreich u. Neapel besetzten Teile des Kirchenstaats. K. förderte Wissenschaft u. Kunst. **17.** *K. XIV.*, 1769–1774, eigentl. Giovanni Vincenzo Antonio *Ganganelli*, *31. 10. 1705 Sant'Arcàngelo bei Rìmini, †22. 9. 1774 Rom; 1723 Minorit, 1759 Kardinal; wollte den Ansprüchen des Staatskirchentums im Interesse der Kirche durch Konzessionen entgegenkommen. Aus Furcht vor einem Schisma ordnete er 1773 durch die Bulle „Dominus ac redemptor noster" die von den bourbon. Staaten geforderte Aufhebung des Jesuitenordens an. Er bemühte sich um Finanz- u. Wirtschaftsreformen im Kirchenstaat u. machte sich um Wissenschaft u. Kunst (Museo Pio-Clementino im Vatikan) verdient. – 📖1.9.6.

Klemens August, Kurfürst u. Erzbischof von Köln 1723–1761, *17. 8. 1700 Brüssel, †6. 2. 1761 Ehrenbreitstein; Sohn Kurfürst *Maximilians II. Emanuel* von Bayern, 1716 Fürstbischof von Regensburg, 1719 von Münster u. Paderborn, 1724 von Hildesheim, 1728 von Osnabrück; folgte in Köln seinem Onkel *Josef Klemens*; polit. zeitweise auf österr. Seite, meist jedoch aufgrund von Subsidienverträgen auf französ. Seite; verschwenderisch u. baulustig, vollendete die Schlösser in Bonn u. Poppelsdorf u. baute Schloß *Augustusburg* bei Brühl.

Klemensschwestern, kath. Schwesterngenossenschaft zur Kranken- u. Verwundetenpflege u. Erziehung, gestiftet 1808 in Münster von Klemens August von *Droste zu Vischering*; 1858 bischöfl. Kongregation.

Klemens von Alexandria, griech. Kirchenschriftsteller, Leiter des alexandrin. Katechateninstituts, *vor 150 Athen, †vor 215; suchte eine Verbindung zwischen der platon. Philosophie u. der Offenbarungslehre, war bemüht um eine echt christl. „Gnosis"; Hptw.: „Protreptikos" [„Mahnrede"], eine christl. Apologie; „Paidagogos" [„Erzieher"], eine christl. Lebensordnung für die bekehrten Heiden; „Stromata" [„Teppiche"], Stellungnahme zur Philosophie. – 📖1.9.5.

Klementine, weibl. Vorname, Weiterbildung von *Klemens*.

Klemke, Werner, Graphiker, *12. 3. 1917 Berlin; begann seine künstler. Laufbahn 1937 als Trickfilmzeichner; Buchillustrationen, u.a. zu H. de Balzac, E. T. A. Hoffmann, J. Ch. Günther, den Brüdern Grimm u. A. Zweig.

Klemm, 1. Hanns, Flugzeugkonstrukteur, *4. 4. 1885 Stuttgart, †30. 4. 1961 Fischbachau, Oberbayern; entwickelte das Leichtflugzeug u. baute in der von ihm 1926 gegr. *Leichtflugzeug Klemm GmbH* in Böblingen Sport- u. Schulflugzeuge, die weite Verbreitung fanden. **2.** Wilhelm, Lyriker, *15. 5. 1881 Leipzig, †23. 1. 1968 Wiesbaden; Arzt, später Verleger; gehörte der expressionist. Bewegung an; „Aufforderung" 1917, erweitert 1961; „Ergriffenheit" 1919; „Traumschutt" 1920; „Die Satanspuppe 1922.

Klemme, *Technik:* Kunststoff- oder Metallplatten, die mit Schrauben zusammengepreßt werden u. so die zu verbindenden Teile, die dazwischen liegen, festhalten. *Seil-K.n* dienen zur Verbindung von Stahlseilen oder von elektr. Leitungen.

Klemmenspannung, die elektr. Spannung zwischen den Klemmen einer Spannungsquelle. Die K. ist im Leerlauf, d.h. wenn kein Strom entnommen wird, gleich der *Urspannung* (früher auch *elektromotorische Kraft* genannt). Bei Belastung verringert sich die K. wegen des Spannungsabfalls am inneren Widerstand der Spannungsquelle.

Klemmfallenblumen, Pflanzen, deren Blüten einen Klemmkörper haben, in dem sich nektarsuchende Insekten mit dem Rüssel oder den Beinen verfangen. Beim Versuch, sich zu befreien, kann der Klemmkörper mitsamt den daranhängenden *Pollinien* herausgezogen und auf andere Blüten übertragen werden. Dieser komplizierte Bestäubungsmechanismus findet sich bei einigen Gattungen der Familie der Asclepiadaceae *(Stapelia, Asclepias, Schwalbenwurz)*.

Klemmfutter = Spannfutter.

Klemperer, 1. Otto, Dirigent, *14. 5. 1885 Breslau, †6. 7. 1973 Zürich; Schüler H. *Pfitzners*; tätig in Prag, Hamburg, Barmen, Straßburg, Köln (1917–1924) u. Wiesbaden, 1927–1930 Leiter der Kroll-Oper in Berlin, seit 1933 im Ausland (u.a. Los Angeles, Budapest, London), seit 1970 israel. Staatsbürger; setzte sich bes. für zeitgenöss. Musik ein; komponierte Kirchenmusik u. Lieder. **2.** Victor, Romanist, *9. 10. 1881 Landsberg an der Warthe, †11. 2. 1960 Dresden; Schriften zur französ. Literatur: „Montesquieu" 1914/15; „Geschichte der französ. Literatur von Napoleon bis zur Gegenwart" 1925–1931; „Corneille" 1933; „Geschichte der französ. Literatur im 18. Jh." 1954ff.; ferner über die Sprache des „Dritten Reiches": „LTI" *(Lingua Tertii Imperii)* 1947, unter dem Titel „Die unbewältigte Sprache" 1966.

Klempner, *Spengler, Blechner, Flaschner*, Ausbildungsberuf des Handwerks mit 3 Jahren Ausbildungszeit. Der Beruf des handwerkl. K.s umfaßt die Hauptzweige der *Geräteklempnerei* (Haus- u. Küchengeräte) u. *Bauklempnerei* (Dachrinnen, Regen- u. Ofenrohre u.a.). Er ist vielfach mit dem Beruf des *Installateurs* verbunden (dann 3½ Jahre Ausbildungszeit), dessen Arbeitsgebiet sich hauptsächl. auf Bauarbeiten, das Verlegen von Rohrleitungen für Gas, Wasser u. Heizung sowie das Aufstellen u. Instandsetzen von sanitären Anlagen u.ä. erstreckt. Der handwerkl. Geräte-K. beschränkt sich heute hauptsächl. auf Instandsetzungsarbeiten, während die Neufertigung an den *Fabrik-K.* übergegangen ist *(Feinblechner)*. Andere Sparten des Fabrik-K.s: *Rohrinstallateur, Rohrnetzbauer, Auto-K.* u.a. Fabrik-K. sind hauptsächl. in der Fahrrad-, Auto-, Kühlschrank-, Blechwaren-, elektrotechn., feinmechan. u. opt. Industrie, im Kessel- u. Apparatebau, im Eisenbahnwagenbau u. im Schiffbau tätig.

Klenau, Paul von, dän. Komponist, *11. 2. 1883 Kopenhagen, †31. 8. 1946 Kopenhagen; Dirigent in Freiburg i.Br. u. Kopenhagen; erfolgreich mit seinen Opern („Sulamith" 1913; „Gudrun auf Island" 1918; „Michael Kohlhaas" 1933; „Rembrandt van Rijn" 1937; „Elisabeth von England" 1939) u. dem Ballett „Klein-Idas Blumen" 1916.

Klenge, *Darre, Samendarre, Samenklenge, Klenganstalt*, Anlage zur Gewinnung der in Nadelholz- u. Erlenzapfen liegenden Samen durch vorsichtige Erwärmung (durch Sonnenbestrahlung oder Heizung).

Klenner, Fritz, österr. Politiker (SPÖ) u. Journalist, *13. 8. 1906 Wien; 1957–1961 Abgeordneter im Nationalrat, Leiter des ÖGB-Verlags, seit 1963 Generaldirektor der Bank für Arbeit u. Wirtschaft.

Klenze, Franz Karl Leo von, Architekt, *29. 2. 1784 Schladen, Krs. Goslar, †27. 1. 1864 München; Schüler von F. *Gilly*, Ch. *Percier* u. P. L. *Fontaine*, seit 1815 Hofbaumeister Ludwigs I. von Bayern; schuf in Bayern zahlreiche klassizist. Bauten in einem monumentalen, durch Vorliebe für italien. Renaissancemotive bestimmten Stil, prägte bes. das Stadtbild von München: Glyptothek, 1816–1830; Hofgartenarkaden, 1822; Alte Pinakothek, 1826–1836; Propyläen, 1846–1862. K. lieferte auch die Entwürfe für die Walhalla bei Regensburg, 1830–1842. – ☐2.5.9.

Kleobulos, *K. von Lindos*, einer der Sieben Weisen Griechenlands, lebte um 600 v.Chr.

Kleomenes, mehrere Könige von Sparta aus dem Hause der *Agiaden*: **1.** *K. I.*, König 525–488 v.Chr.; entscheidend an der Vertreibung des athen. Tyrannen *Hippias* beteiligt, Gegner des *Kleisthenes*; festigte Spartas Stellung durch seinen Sieg über Argos bei Sepeia um 494 v.Chr.
2. *K. III.*, König 235–221 v.Chr., †219 v.Chr.; setzte die von *Agis IV.* begonnenen Reformen fort (Aufteilung des sich in Händen von nur 100 Grundbesitzern befindenden Landes, Ergänzung der Bürgerschaft aus Periöken, Einführung makedon. Bewaffnung im Heer). Nach anfängl. Erfolgen über den Feldherrn des Achäischen Bundes, *Aratos*, unterlag er 222 v.Chr. bei Sellasia dem *Antigonos Doson* von Makedonien, mit dem erstmalig ein siegreicher Feind Sparta besetzte. K. gab sich als Flüchtling in Ägypten den Tod; seine Reformen wurden aufgehoben, mit ihm endete das Königtum in Sparta.

Kleon, der erste athen. Politiker aus dem zur polit. Führung aufsteigenden Kreis der Handwerker (er besaß eine große Gerberei), †422 v.Chr.; Gegner des *Perikles*, machte aber dessen Kriegs- u. Durchhaltepolitik gegenüber Sparta nach Perikles' Tod zu seiner eigenen. Ein für Athen günstiges Friedensangebot Spartas (425 v.Chr.) schlug er aus. Seit 427 v.Chr. Hellenotamias (einer der Kassenverwalter des Attischen Seebunds) u. 425 v.Chr. zum Feldherrn gewählt, gelang es ihm, die von Demosthenes belagerte Insel Sphakteria zur bedingungslosen Übergabe zu bringen. Das ihm hieraus erwachsene Ansehen nutzte er, da Athens Mittel erschöpft waren, zur Erhöhung der den Bundesgenossen auferlegten Steuern. Er fiel 422 v.Chr. bei Amphipolis im Kampf gegen den Spartaner *Brasidas*. Durch die Darstellungen seiner Gegner *Thukydides* u. *Aristophanes*, die ihn als rücksichtslosen Volksverführer schilderten, entstand ein einseitig negatives Bild des K.

Kleopas, *Kleophas*, im N.T. einer der beiden Emmaus-Jünger (Luk. 24,18).

Kleopatra [grch., „die vom Vater Berühmte"], häufiger Frauenname im makedon., seleukid. u. vor allem im ptolemäischen Königshaus; am bekanntesten: *Kleopatra VII.*, *69 v.Chr., †30 v.Chr. Alexandria; Tochter des *Ptolemaios XII. Auletes*, seit 51 v.Chr. als Frau ihres Bruders *Ptolemaios XIII.* (†47 v.Chr.), später ihres Bruders *Ptolemaios XIV.* Königin, letzte Vertreterin der Ptolemäer-Dynastie in Ägypten. Obgleich sie nach den Münzbildern nicht eigentl. schön war, sagte man ihr doch sehr viel Charme u. Klugheit nach. Hochgebildet u. sprachkundig, gebrauchte sie neben polit. Winkelzügen auch bedenkenlos ihre Liebe, um sich u. ihrem Reich Macht zu verschaffen. So wurde sie, als die Römer Ägypten eroberten, die Geliebte *Cäsars* (gemeinsamer Sohn *Kaisarion*) u. später des *Antonius*, mit dem sie drei Kinder hatte. Der Entscheidungskampf zwischen Antonius u. *Octavian* (Augustus), der mit der Niederlage der ägypt. Flotte bei Aktium 31 v.Chr. zuungunsten des Antonius endete, besiegelte K.s Schicksal. Als Octavian ihre Hoffnung, Ägypten für einen ihrer Söhne retten zu können, enttäuschte, beging sie Selbstmord durch Schlangenbiß, um nicht im Triumphzug mitgeführt zu werden. – ☐5.2.4.

Kleophrades-Maler, griech. Vasenmaler um 500–470 v.Chr. in Athen; Meister des rotfigurigen Stils.

Klephten [grch., „Räuber"], Freischaren bes. der nordgriech. Gebirgsgegenden, die in ständigem Kleinkrieg den Widerstand gegen die Türkenherrschaft fortsetzten. 1821 bildeten sie die Kerntruppen des griech. Freiheitskampfs. Sie werden in den *K.liedern* der griech. Volkspoesie besungen.

Klepper, Jochen, Schriftsteller, *22. 3. 1903 Beuthen, †11. 12. 1942 Berlin (Selbstmord zusammen mit seiner bedrohten jüd. Frau u. Tochter); Theologiestudium (ev.), Journalist; seine Werke zeigen religiöse Grundtendenz; Romane: „Der Vater" 1937; geistl. Lieder: „Kyrie" 1938; „Ziel der Zeit" (Gesammelte Gedichte) 1962; Tagebücher (seit 1932); „Unter dem Schatten deiner Flügel" 1958; Aufsätze: „Nachspiel" 1960.

Klepper-Werke, Rosenheim, 1919 gegr. Unternehmen, stellt Faltboote *(Klepperboote)*, Segelboote, wasserdichte Mäntel *(Kleppermäntel)*, Zelte, Schlafsäcke u.a. her; 400 Beschäftigte.

Kleptomanie [die; grch.], *Stehlsucht*, der krankhafte, unwiderstehliche Trieb, sich fremdes Eigentum anzueignen, das der Kranke (der *Kleptomane*) gar nicht braucht, sondern wegwirft oder auch sammelt. K. kommt als Psychopathie u. bei manchen Psychosen vor. Eine sexuell unterlegte Form der K. kann der *Fetischismus* sein.

Klerides, Glafkos John, zypr. Politiker, *24. 4. 1919 Nicosia; Anwalt, 1959 Justiz-Min., 1960 bis 1976 Parlaments-Präs., 1974 während der Abwesenheit Makarios' amtierender Staats-Präs.

Klerikalismus [grch., lat.], starke Einflußnahme des Klerus u. der kath. Kirche überhaupt auf kulturelle oder polit. Entwicklungen, auch die Bevormundung der Laien durch den Klerus.

Klerk, Michel de, niederländ. Architekt u. Zeichner, *24. 12. 1884 Amsterdam, †24. 11. 1923 Amsterdam; entwarf Wohnhäuserblocks, Möbel- u. Inneneinrichtungen mit barock-malerischer Wirkung.

Klerksdorp, Stadt im südwestl. Transvaal (Rep. Südafrika), 1325 m ü.M., 40000 Ew.; Goldminen des *Far West Rand*; Bahnknotenpunkt.

Kleruchen [grch. *kléroi*, „Lose, Landlosbesitzer"], in der Antike eine hauptsächl. von Athen gebrauchte Form der Militärkolonie, wobei in ein besiegtes Gebiet athen. Bürger (meist die Besitzlosen, die dadurch aufsteigen konnten) zu dessen Kontrolle u. Sicherung geschickt wurden, dort Grundbesitz zu erblicher Nutzung erhielten u. im Gegensatz zu den normalen Kolonisten athen. Bürger blieben. Im hellenist. Ägypten erhielten die K. Landgüter als Lehen aus königl. Besitz u. mußten dafür den Beruf des Soldaten ausüben; später konnte ein solches Landgut auch ohne Kriegsdienst vererbt werden.

Klerus [der; grch.], der Stand der kath. Geistlichen gegenüber den Laien. Man unterscheidet *Welt-* u. *Ordens-K.*

Klesl, Melchior →Khlesl, Melchior.

Kleßheim, Ortsteil u. Barockschloß in Wals-Siezenheim bei Salzburg, 1700–1709 von J. B. *Fischer von Erlach* erbaut; beherbergt seit 1962 die Österr. Fremdenverkehrs-Akademie.

Klette, *Arctium*, Gattung der *Korbblütler*; mit hakig begrannten Hüllblättern, die der Fruchtverbreitung dienen (→Klettfrüchte). In Dtschld. sind heimisch: die *Filzige K., Arctium tomentosum*, an Wegrändern, auf Schutt u. an Zäunen verbreitet; die *Große K., Arctium lappa*, ebenfalls an Wegrändern, Zäunen u. auf Flußschotter verbreitet; die *Hain-K., Arctium vulgare*, seltener, in Laubwäldern u. Gebüschen; die *Kleine K., Arctium minus*, allg. verbreitet. K.n neigen zur Bastardbildung. Von allen Arten wird die *K.nwurzel* gewonnen, die als *Radix Bardanae* als harn- u. schweißtreibendes u. blutreinigendes Mittel arzneilich verwendet wird.

Klettenberg, Susanna Katharina von, Freundin von Goethes Mutter, *19. 12. 1723 Frankfurt a.M., †13. 12. 1774 Frankfurt a.M.; Herrnhuterin, schrieb auch geistl. Lieder; beeinflußte den jungen Goethe, der ihr in „Dichtung u. Wahrheit" u. im „Wilhelm Meister" mit den „Bekenntnissen einer schönen Seele" ein Denkmal setzte.

Klettenhaftdolde →Haftdolde.

Klettenkerbel, *Torilis*, Gattung der *Doldengewächse*. In Dtschld. sind vertreten: der *Knäuel-K., Torilis nodosa*, mit sitzenden Dolden; mit gestielten Dolden der *Gewöhnl. K., Torilis japonica*, u. der *Acker-K., Torilis arvensis*.

Klettenseegurke, *Leptosynapta inhaerens*, 10–30 cm lange *Seewalze*. Sie heftet sich auf Reizung mit den mit Widerhaken versehenen Ankern ihres Skeletts fest.

Kletterbeutler, *Phalangeridae*, (Über-)Familie der *Beuteltiere*; mit Greiffüßen ausgestattete Baumbewohner, die sich von Blättern u. Früchten ernähren. Sie sind mit zahlreichen Arten von Celebes bis Tasmanien verbreitet. Zu den K.n gehören *Kleinbeutler, Gleitbeutler* u. *Beutelbär*.

Kletterer, ein Bewegungstyp (Lebensformtyp) von Tieren, als *Stemm-K.* (Spechte), *Klammer-K.* (Läuse, Affen) oder *Haft-K.* (Fliegen, Geckos, Laubfrösche).

Kletterfeige, *Ficus pumila*, aus Japan stammendes *Maulbeergewächs*, mit birnenartigen Blüten- bzw. Fruchtständen.

Kletterfisch, *Anabas scandens*, bis 20 cm langer südasiat. *Labyrinthfisch*, der auf die Bäume der Mangrovegebiete u. auf Sandbänke steigt u. längere Zeit ohne Wasser leben kann; →Labyrinthfische.

Klettergerüst, Verbindung von Stangen, Tauen, Bäumen u. Masten zum Klettern, Steigen u. Klimmen, vornehmlich auf Kinderspielplätzen, oftmals Tierfiguren nachgebildet.

Kletterpflanzen, *Lianen*, an Hauswänden, Zäunen, Spalieren, Bäumen u.ä. hinaufkletternde, aber im Boden wurzelnde Pflanzen, die dadurch ihr Laubwerk aus dem Schatten an das Sonnenlicht bringen. K. zeigen ein starkes Längenwachstum, meist ohne sekundäres Dickenwachstum, u. haben Sprosse mit relativ sehr langen u. weiten Gefäßen, in denen trop. Lianen einen Wassertransport von über 300 m Länge aufrechterhalten. – *Rankenkletterer* verankern sich durch Umwickeln der Stütze mit Sproß- oder Blattranken (Erbse, Wicke, Wein) u. z.T. (wilde Weinarten) mit Hilfe von Haftscheiben an den Rankenenden. *Schling-* oder *Windepflanzen* umschlingen die Stütze in steilen Windungen u. schützen sich vor dem Abgleiten durch Klimmhaare (Hopfen, Bohne). *Spreizklimmer* klettern mit Hilfe von Dornen, Stacheln oder Kletterhaaren (Kletterrosen, Brombeeren, Rotangpalmen), *Wurzelkletterer* durch sproßbürtige Haftwurzeln *(Kletterwurzeln)*, wie Efeu, viele Aronstabgewächse.

Kletterschluß, eine Haltung beim sportl. Klettern an Stangen u. Tauen, wobei die Füße u. Oberschenkel das Gerät so umschließen, daß mit den

Beinen ein fester Halt erreicht wird u. die Hände nach oben greifen können.
Kletterstrick, *Völkerkunde:* ein Seil (z. B. westafrikan.) Eingeborener zum Erklettern starker Bäume, in Form einer um Körper u. Stamm gelegten Schleife oder eines offenen Stricks, dessen Enden vom Kletterer gehalten werden. Durch ruckhaftes Weiterrücken läuft der Eingeborene schräg am Stamm hoch.
Klettertrompete, *Trompetenschlinge, Campsis,* Gattung der *Bignoniengewächse;* nur zwei Arten, die ursprüngl. in Amerika u. China heimisch waren, heute aber weltweit verbreitet sind; Klettersträucher mit roten, braunroten oder orangefarbenen Blütenglocken in Trauben. Sie eignen sich zum Begrünen von Hauswänden u. Mauern.
Klettervögel, *Scansores,* systematisch jetzt nicht mehr gebräuchl. Bez. für kletternde Vertreter mehrerer Vogelordnungen mit je zwei nach vorn u. hinten gerichteten Zehen.
Kletterweiche, eine Behelfsweiche, die so auf ein Gleis gelegt wird, daß die Wagen aus diesem heraus „klettern" u. auf ein anderes Gleis fahren können; bei Gleisausbesserungen verwendet.
Kletterwurzeln →Kletterpflanzen.
Klettfrüchte, Früchte oder Fruchtstände, die mit Hilfe von bes. Hafteinrichtungen an tier. Fell oder Gefieder haften u. so verbreitet werden. Bei der *Klette* z. B. sind die Hafteinrichtungen hakig gebogene u. spitz endigende, kurze Hüllblätter.
Klettgau, badisch-schweizer. Landschaft westl. von Schaffhausen, an der unteren Wutach; Acker-, Wein- u. Obstbau.
Klett Verlag, *Ernst Klett,* Stuttgart, gegr. 1844; Schulbücher, Unterrichtswerke für den Unterricht im Medienverbund, schöngeistiges u. geisteswissenschaftl. Schrifttum.
Kletzenbrot, *Hutzelbrot,* weihnachtliches *Gebildbrot* aus Kletzen (gedörrten Birnen), Nüssen, Feigen u. Gewürzen.
Kletzki, Paul, eigentl. Paweł Klecki, poln. Komponist u. Dirigent, *21. 3. 1900 Lodsch, †6. 3. 1973 Liverpool; 1921–1933 in Berlin, dann in Mailand, in der Schweiz u. in Paris, seit 1954 Leiter der Philharmonie in Liverpool, 1967–1970 Nachfolger von E. *Ansermet* beim Orchestre de la Suisse Romande; Orchesterwerke, Lieder, Klavierstücke u. Kammermusik.
Kleukens, 1. Christian Heinrich, Drucker u. Schriftsteller, *7. 3. 1880 Achim bei Bremen, †7. 4. 1954 Darmstadt; druckte mit selbstentworfenen Lettern, seit 1907 an der Ernst-Ludwig-Presse in Darmstadt, gründete 1919 mit R. G. *Binding* die K.-Presse, leitete ab 1927 die Mainzer Presse des Gutenberg-Museums; „Fabeln" 1910 u. 1951; „Reinke Voss" (plattdt. nacherzählt) 1913; „Die Kunst Gutenbergs" 1940, 1951.
2. Friedrich Wilhelm, Bruder von 1), Schriftgestalter u. Graphiker, *7. 5. 1878 Achim, †22. 8. 1956 Nürtingen; entwarf u. a. die K.-*Antiqua.*
Kleve, *Cleve,* 1. ehem. Herzogtum in Westfalen, ungefähr zu gleichen Teilen rechts u. links des Rhein, mit gleichnamiger Hauptstadt; um 1000 Herrschaft K. als Reichslehen an die flandrischen Herren von *Anton,* 1047–1056 *Dietrich I.* erster Graf von K., 1368 an die Grafen von der *Mark* gegeben. 1417 wurde die Grafschaft K. von Kaiser Sigismund zum Herzogtum erhoben. Herzog Johann III. von Jülich u. Berg (*1490, †1539) vereinigte 1521 diese Herzogtümer mit K. u. führte 1533 der Reformation ein. Nach dem Aussterben der Linie (1609) wurde das Territorium nach Beilegung des *Jülich-Kleveschen Erbfolgestreits* 1614 geteilt, u. K., Mark u. Ravensberg wurden 1666 endgültig brandenburgisch, später preußisch. 1795 fiel der links-, 1805 auch der rechtsrheinische Teil (Großherzogtum *Berg*) an Frankreich; 1815 wieder preußisch.
2. Kreisstadt in Nordrhein-Westfalen, am Spoykanal u. am Kermisdahl (alter Rheinarm), 44000 Ew.; Schwanenburg (12./17. Jh., Ort der Lohengrinsage); Nahrungsmittel-, Leder-, Maschinen-, Papier- u. Tabakindustrie. – 1242 Stadt, Hptst. der Herrschaft K. – Ldkrs. K.: 1230 qkm, 252000 Ew.
Kley, Heinrich, Maler u. Graphiker, *15. 4. 1863 Karlsruhe, †8. 2. 1952 München; begann mit Genreszenen, malte später Industrie- u. Architekturbilder. Bes. bekannt wurden seine Federzeichnungen in den Zeitschriften „Simplicissimus" u. „Jugend".
Klicker, *Knicker, Marmel, Murmel, Schusser,* bunte Spielkugel aus Glas, Ton, Stein oder Kunststoff.
Klicpera ['klits-], Václav Kliment, tschech. Schriftsteller, *23. 11. 1792 Chlumec, †15. 9. 1859 Prag; Erzählungen aus dem Volksleben, humorist. Gedichte, Bühnenstücke.
Klient [lat.], 1. Auftraggeber *(Mandant)* oder Kunde, bes. eines Rechts- oder Wirtschaftssachverständigen.
2. Anhänger, Gefolgsmann (bes. im alten Rom).
Klientel [die; lat.], die Gesamtheit der Schutzbefohlenen u. die Gefolgschaft eines röm. Patriziers; auch das Treue- u. Schutzverhältnis zwischen Patron u. *Klient.*
Kliesche, *Limanda limanda,* ein *Plattfisch,* der den östl. Teil des Atlantik von der Barentssee südwärts bis zum Golf von Biscaya, die Nordsee u. die westl. Ostsee bewohnt u. sich von Fischbrut u. Wirbellosen ernährt. Keine große wirtschaftl. Bedeutung.
Kliff [das; engl.], der durch Brandung an Küsten geformte Steilabfall, dem meerwärts noch eine flache *Brandungsplatte (Strandplatte)* vorgelagert ist.
Klima [das; Mz. K.te; grch., „Neigung"], die Gesamtheit der für einen bestimmten Ort oder ein bestimmtes Gebiet während eines bestimmten Zeitraums eigentüml. Witterungserscheinungen. Das K. ist nur durch statist. Maßzahlen zu bestimmen (Mittelwerte der K.elemente, Häufigkeit u. Größe der Schwankungen, Häufigkeit bestimmter Erscheinungen wie Gewitter oder Nebel, aber auch großer u. kleiner Abweichungen von den Mittelwerten). Von den vielen Versuchen zur Einordnung der auf der Erde vorkommenden K.te in eine beschränkte Zahl von Typen (z. B. nach den hydrolog. Verhältnissen oder nach der Vegetation) ist am bekanntesten der von W. *Köppen,* der vor allem die Temperaturen des wärmsten u. des kältesten Monats sowie die Niederschläge zugrunde legt. →auch Klimagürtel. – ▣S. 304. – ▯6.0.3.
Physiologie: Die mit einem Ortswechsel verbundenen Veränderungen der klimat. Bedingungen *(Klimawechsel)* haben in vielen Fällen erhebl. Auswirkungen auf den menschl. Organismus, sowohl in positiver (Klimabehandlung, Klimakuren; →Klimatotherapie) wie auch in negativer Hinsicht (Wetterempfindlichkeit, Wetterfühligkeit bei Menschen mit einem leicht reizbaren vegetativen Nervensystem).
Klima, Ivan, tschech. Schriftsteller, *14. 9. 1931 Prag; studierte Literaturwissenschaft, Redakteur, dann freier Schriftsteller; 1967 Parteiausschluß wegen seiner Rede auf dem 4. Schriftstellerkongreß; gesellschaftskrit. Werke in ausdrucksstarker Sprache, z. T. mit mythischem Einschlag. Dramen: „Ein Schloß" 1964, dt. 1965; „Konditorei Myriam" 1968, dt. 1970; „Ein Bräutigam für Mariella" 1968, dt. 1970; „Doppelzimmer" dt. 1970; auch Romane u. Reportagen.
Klimaänderungen, Veränderungen des Klimas im Ablauf der Erdgeschichte, erkennbar aus den Ablagerungen, bes. den Fossilien der Pflanzen u. Tiere der jeweiligen geolog. Formation. Über die Ursachen der K. sind verschiedene Theorien aufgestellt worden. Ein Beispiel für K. sind die pleistozänen Eiszeiten. →auch Klimaschwankungen.
Klimaanlage, automatische Einrichtung zur Herstellung eines gleichbleibenden Klimas (gleichmäßige Temperatur, richtiger Feuchtigkeitsgehalt sowie reine u. unverbrauchte Luft; *Klimatisierung*) in geschlossenen Räumen, unabhängig von der Witterung; z. B. in Fabrikationsräumen, Büros, Wohnungen (bes. in trop. u. arkt. Gegenden), Flugzeugen, Eisenbahnwagen u. Autos; durch Belüftungs-, Befeuchtungs-, Heizungs- oder Kühl- u. Filteranlagen. Klimatisierung wird z. B. in Textilfabriken (Wollkämmereien, Spinnereien, Webereien) u. in der tabakverarbeitenden Industrie durchgeführt, um Güte u. Gleichmäßigkeit der Ware zu erhalten oder zu steigern. Gereinigte Luft wird erwärmt, in einer Kammer auf die gewünschte Feuchtigkeit gebracht *(konditioniert)* u. durch Kanäle in die Räume geleitet. Im Gewächshaus erzielt man durch K.n mehrere Ernten und ermöglicht die Aufzucht nicht einheim. Pflanzen. Auch in der modernen Therapie (Höhenklima bei Keuchhusten, Asthma u. a.) werden K.n benutzt.
Klimadienst, ein Zweig des Wetterdienstes, der die für die *Klimaforschung* u. den *Klimaberatungsdienst* notwendigen Unterlagen meteorol. Art durch Beobachtung u. Aufzeichnung der herrschenden Witterung beschafft u. die Beobachtungsergebnisse bearbeitet u. veröffentlicht.
Klimaelemente, die zur Kennzeichnung des *Klimas* wichtigen meßbaren Größen (Temperatur, Sonnenstrahlung, Luftfeuchtigkeit, Wind, Verdunstung, Bewölkung, Niederschlag, Luftdruck u. a.) u. zählbaren Ereignisse (Tage mit Frost, Gewitter, Nebel u. a.).
Klimagürtel, mathemat. oder solare *Klimazonen,* die nach astronom.-geograph. Gesichtspunkten (Einfallswinkel der Sonne) abgegrenzten Zonen der Erdoberfläche parallel zu den Breitenkreisen. Man unterscheidet: *Tropen* (trop. Zone, zwischen den Wendekreisen), zwei kalte Zonen *(Polarzonen,* jenseits der Polarkreise) u. zwei Zwischenzonen *(gemäßigte Zonen),* die man jeweils weiter untergliedert in die *subtrop. Zone* u. die eigentl. gemäßigte Zone *(Mittelbreitenzone).* Diese Gliederung ist stark theoretisch, da sie die Land-Meer-Verteilung u. den Einfluß des Reliefs außer acht läßt.
Klimakterium [das; grch.], die →Wechseljahre.
Klimanetz, ein System von Beobachtungsstationen, die über ein Land oder über die ganze Erde verteilt sind. Mit Klimameßinstrumenten werden die *Klimaelemente* gemessen, z. B. Temperatur, Niederschlag, Luftdruck, Luftfeuchtigkeit, Verdunstung, Wind u. Sonnenstrahlung. Man unterscheidet Stationen 1. Ordnung (Messung aller Klimaelemente), Stationen 2. Ordnung (nur ein Teil der Klimaelemente wird gemessen) u. Stationen 3. Ordnung (nur Niederschlagsmessungen). Die Klimabeobachtung u. ihre Auswertung wird nach einheitl. Richtlinien durchgeführt, um vergleichbare Werte zu erhalten.
Klimaprüfung, die Prüfung eines Werkstoffs oder eines Erzeugnisses bei Klimaverhältnissen, bei denen sie verwendet werden sollen.
Klimaregeln, *Zoologie:* die bei →Rassenkreisen warmblütiger Wirbeltiere, z. T. auch wechselwarmer Tiere zu beobachtende Erscheinung, daß die im kühleren Klima lebenden Unterarten sich durch größeren Körper *(Bergmannsche Regel),* kürzere Körperanhänge (Schwanz, Ohren, Schnäbel, Extremitäten; *Allensche Regel*) u. geringere Ausbildung der braunen Farbstoffe (Phäomelanine u. Eumelanine; *Glogersche Regel*) von den im wärmerem Klima lebenden unterscheiden. Außer diesen gibt es noch weitere, weniger bekannte K.
Klimaschwankungen, annähernd periodische oder unregelmäßige, im Gegensatz zu den geolog. *Klimaänderungen* kurzfristige Änderungen des allg. Klimas in einem Gebiet. Länger andauernde K. werden als *säkular* bezeichnet. Als Ursache der K. kommen in Betracht: Änderungen der Sonnenstrahlung, des Staubgehalts im Raum zwischen Sonne u. Erde, der Zusammensetzung der Atmosphäre (z. B. Gehalt an Kohlendioxid), aber auch Änderungen der Erdbahn, Polverlagerungen der Erde, Kontinentalverschiebungen, Hebung u. Senkung des Festlands, Änderungen der Meeresströmungen u. auch menschl. Tätigkeit (Vernichtung der natürl. Vegetation, bes. der Wälder, Entwässerung). Begrifflich sind K. nicht immer ohne weiteres von →Klimaänderungen zu trennen. Versuche einer Vorausberechnung der K., z. B. aufgrund der 35jährigen „Brücknerschen Periode", sind bisher mißglückt.
Klimatisierung, die Herstellung einer gleichmäßigen Temperatur, eines richtigen Luftfeuchtigkeitsgehalts sowie einer reinen u. unverbrauchten Luft in geschlossenen Räumen, unabhängig von der Witterung; →Klimaanlage.

Gustav Klimt: Danae; 1907/08. Graz, Privatbesitz

Klimatologie

Klimatologie [grch.], *Klimakunde*, die Lehre vom Klima u. dessen zeitl. u. räuml. Veränderungen; ein Teilgebiet der allg. Geographie (räumlicher Aspekt, *Klimageographie*) u. der Meteorologie. Faßte man früher die K. im statist. Sinn als eine Mittelwert-K. auf, so wird heute eine synthet. (komplexe) Darstellung der Zirkulation u. der Singularitäten *(dynam. K.)* angestrebt. Die ebenfalls hierzu zählende Witterungs-K. *(synopt. K.)* führt das Klima auf die maßgebenden Witterungstypen u. ihre Häufigkeit zurück. Die *theoret. K.* berechnet u. ermittelt die allg. Zirkulation der Atmosphäre wie auch das Klima eines bestimmten Orts durch Versuche. →auch Bioklimatologie, Agrarklimatologie.

Klimatotherapie [grch.], *Klimabehandlung*, die ärztl. Behandlung in Kurorten mit bes. Heilklima. Heilklimate sind bes. das den Stoffwechsel u. die Selbstregulationen des Körpers anregende *Reizklima* der Gebirgs- u. Höhenkurorte u. der Seebäder u. das *Schonklima* der Mittelgebirgskurorte, das keine der genannten Anforderungen an den Körper stellt u. Stoffwechsel u. Lebensvorgänge dämpft. Grundsätzlich kann die K. bei allen Erkrankungen der Atmungsorgane, bei Stoffwechselkrankheiten, Blutarmut, Kreislaufstörungen u. a. angewendet werden.

Klimawechsel →Klima.

Klimax [die; grch.], **1.** *allg.:* Steigerung, Höhepunkt.
2. *Botanik:* das Endstadium einer durch Boden- u. Klimaverhältnisse bedingten Entwicklung der Vegetation.
3. *Stilistik:* Gradation, eine Kette von Begriffen, die sich steigern; z. B. „Stunden, Tage, Wochen".

Klimmzug, das Hochziehen des (am Turngerät) hängenden Körpers durch Anziehen der Arme.

Klimsch, Fritz, Bildhauer, * 10. 2. 1870 Frankfurt a. M., † 30. 3. 1960 Freiburg i. Br.; Aktfiguren, Porträtbüsten u. Denkmäler in einer der idealist.-klassizist. Tradition verpflichteten Auffassung, insbes. zart empfundene, anmutige weibl. Aktfiguren („Die Schauende" 1932).

Klimt, Gustav, österr. Maler, * 14. 7. 1862 Wien, † 6. 2. 1918 Wien; begann mit eklektizist. Monumentalgemälden unter dem Einfluß H. *Makarts,* von dem er sich gegen 1900 befreite. K. gilt als Hauptmeister der Wiener Jugendstil-Malerei; für seine Werke sind fließendes Linienspiel, dekorative Farbenpracht u. eine oft esoterische Symbolik kennzeichnend. Er beeinflußte E. *Schiele,* O. *Kokoschka* u.a. Seine Hptw. befinden sich in der Österr. Galerie (Belvedere) in Wien. – ⬚ S. 303.

Klin [das; grch., engl. *cline*], eine schrittweise Merkmalsänderung bei biolog. Arten innerhalb des Verbreitungsgebiets, die aber nicht in deutlich umgrenzte Rassen zerfallen.

Klin, Stadt in der RSFSR (Sowjetunion), nordwestl. von Moskau, 70 000 Ew.; Baumwoll-, Glas- u. chem. Industrie.

Kline [klain], Franz, US-amerikan. Maler, * 23. 5. 1910 Wilkes-Barre, Pa., † 13. 5. 1962 New York; ein Vertreter der abstrakten amerikan. Schule, für den schwarz-weiße Balken-Bilder von aggressiver Wucht charakterist. sind.

Klinge, 1. *allg.:* der scharfe Teil der Handwaffen u. Messer.
2. *Geomorphologie:* kurze u. steile Seitentalschlucht (Bach-K.).
3. *Vorgeschichte:* ein verhältnismäßig schmales u. parallelseitiges, durch Absprengen von einem Kernstein entstandenes Steingerät, das wegen seiner scharfen Seitenkanten überwiegend als Schneidewerkzeug gebraucht wurde. Häufig wur-

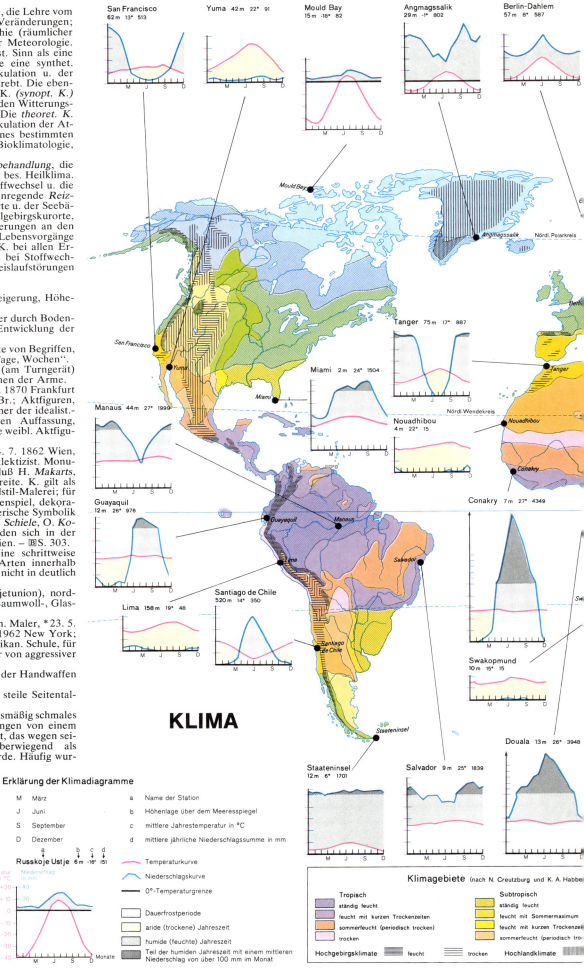

KLIMA

Klinger

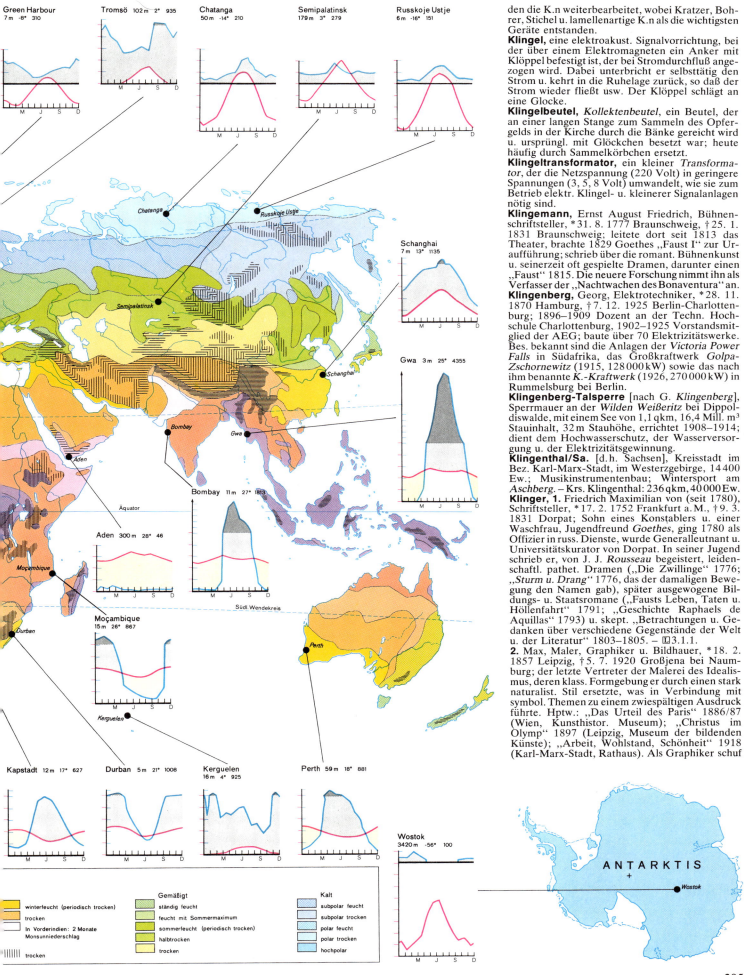

den die K.n weiterbearbeitet, wobei Kratzer, Bohrer, Stichel u. lamellenartige K.n als die wichtigsten Geräte entstanden.

Klingel, eine elektroakust. Signalvorrichtung, bei der über einem Elektromagneten ein Anker mit Klöppel befestigt ist, der bei Stromdurchfluß angezogen wird. Dabei unterbricht er selbsttätig den Strom u. kehrt in die Ruhelage zurück, so daß der Strom wieder fließt usw. Der Klöppel schlägt an eine Glocke.

Klingelbeutel, *Kollektenbeutel,* ein Beutel, der an einer langen Stange zum Sammeln des Opfergelds in der Kirche durch die Bänke gereicht wird u. ursprüngl. mit Glöckchen besetzt war; heute häufig durch Sammelkörbchen ersetzt.

Klingeltransformator, ein kleiner *Transformator,* der die Netzspannung (220 Volt) in geringere Spannungen (3, 5, 8 Volt) umwandelt, wie sie zum Betrieb elektr. Klingel- u. kleinerer Signalanlagen nötig sind.

Klingemann, Ernst August Friedrich, Bühnenschriftsteller, *31. 8. 1777 Braunschweig, †25. 1. 1831 Braunschweig; leitete dort seit 1813 das Theater, brachte 1829 Goethes „Faust I" zur Uraufführung; schrieb über die romant. Bühnenkunst u. seinerzeit oft gespielte Dramen, darunter einen „Faust" 1815. Die neuere Forschung nimmt ihn als Verfasser der „Nachtwachen des Bonaventura" an.

Klingenberg, Georg, Elektrotechniker, *28. 11. 1870 Hamburg, †7. 12. 1925 Berlin-Charlottenburg; 1896–1909 Dozent an der Techn. Hochschule Charlottenburg, 1902–1925 Vorstandsmitglied der AEG; baute über 70 Elektrizitätswerke. Bes. bekannt sind die Anlagen der *Victoria Power Falls* in Südafrika, das Großkraftwerk *Golpa-Zschornewitz* (1915, 128000 kW) sowie das nach ihm benannte *K.-Kraftwerk* (1926, 270000 kW) in Rummelsburg bei Berlin.

Klingenberg-Talsperre [nach G. *Klingenberg*], Sperrmauer an der *Wilden Weißeritz* bei Dippoldiswalde, mit einem See von 1,1 qkm, 16,4 Mill. m³ Stauinhalt, 32 m Stauhöhe, errichtet 1908–1914; dient dem Hochwasserschutz, der Wasserversorgung u. der Elektrizitätsgewinnung.

Klingenthal/Sa. [d. h. Sachsen], Kreisstadt im Bez. Karl-Marx-Stadt, im Westerzgebirge, 14400 Ew.; Musikinstrumentenbau; Wintersport am *Aschberg.* – Krs. Klingenthal: 236 qkm, 40000 Ew.

Klinger, 1. Friedrich Maximilian von (seit 1780), Schriftsteller, *17. 2. 1752 Frankfurt a. M., †9. 3. 1831 Dorpat; Sohn eines Konstablers u. einer Waschfrau, Jugendfreund *Goethes,* ging 1780 als Offizier in russ. Dienste, wurde Generalleutnant u. Universitätskurator von Dorpat. In seiner Jugend schrieb er, von J. J. *Rousseau* begeistert, leidenschaftl. pathet. Dramen („Die Zwillinge" 1776; „Sturm u. Drang" 1776, das der damaligen Bewegung den Namen gab), später ausgewogene Bildungs- u. Staatsromane („Fausts Leben, Taten u. Höllenfahrt" 1791; „Geschichte Raphaels de Aquillas" 1793) u. skept. „Betrachtungen u. Gedanken über verschiedene Gegenstände der Welt u. der Literatur" 1803–1805. – ▭ 3.1.1.

2. Max, Maler, Graphiker u. Bildhauer, *18. 2. 1857 Leipzig, †5. 7. 1920 Großjena bei Naumburg; der letzte Vertreter der Malerei des Idealismus, deren klass. Formgebung er durch einen stark naturalist. Stil ersetzte, was in Verbindung mit symbol. Themen zu einem zwiespältigen Ausdruck führte. Hptw.: „Das Urteil des Paris" 1886/87 (Wien, Kunsthistor. Museum); „Christus im Olymp" 1897 (Leipzig, Museum der bildenden Künste); „Arbeit, Wohlstand, Schönheit" 1918 (Karl-Marx-Stadt, Rathaus). Als Graphiker schuf

Klingler

K. zahlreiche, meist radierte Folgen („Rettungen Ovidischer Opfer" 1879; „Brahms-Phantasie" 1890–1894; „Das Zelt" 1916, u.a.). Sein bildhauerisches Hptw. ist das Beethoven-Denkmal (1886–1902) im Leipziger Museum mit dem Versuch einer Erneuerung der antiken Polychromie.
3. Paul, eigentl. P. *Klinksik*, Schauspieler, *14. 6. 1907 Essen, †14. 11. 1971 München; jugendl. u. schwere Heldenrollen, hauptsächl. am Deutschen Theater in Berlin; seit 1933 auch beim Film.
Klingler, Karl, Geiger, *7. 12. 1879 Straßburg, †18. 3. 1971 München; Schüler von J. *Joachim* u. M. *Bruch*, 1903–1935 Lehrer an der Hochschule für Musik in Berlin; Konzertreisen mit eigenem Streichquartett.
Klingsor, *Klinschor*, mächtiger Zauberer im „Parzival" *Wolframs von Eschenbach*, Gegenspieler des hl. Grals; kommt auch in *Novalis'* „Heinrich von Ofterdingen", R. *Wagners* „Parsifal" u. H. *Hesses* „Klingsors letzter Sommer" vor.
Klingstein, saures vulkan. Gestein, →Phonolith.
Klinik [grch.], eine Krankenanstalt zur Behandlung bettlägeriger Patienten um zur ambulanten Behandlung *(Poliklinik)*. Die *Universitäts-K.* dient gleichzeitig dem Unterricht für fortgeschrittene Studenten der Medizin.
Kliniker [grch.], **1.** die an einer *Klinik* tätigen Ärzte.
2. Medizinstudenten, die das *Physikum* bestanden haben. *Vorkliniker* sind dagegen die Anfänger des Medizinstudiums, die zunächst Anatomie, Physiologie, physiolog. Chemie, ferner Chemie, Physik, Botanik u. Zoologie lernen.
klinische Psychologie, ein Teilgebiet der Psychologie, das sich mit deren Anwendung in den verschiedenen Bereichen der Klinik im weitesten Sinn befaßt; in den Formen der Diagnostik, Beratung u. Therapie. – ▯1.5.8.
Klinke, 1. Handgriff am Türschloß (*Tür-K.*).
2. bewegliches Glied, kleiner Schalthebel zur Hemmung bei Zahnrädern (*Sperr-K.*).
Klinker, 1. *Klinkerziegel*, *Hochbauklinker*, bis zur Sinterung gebrannter Mauerziegel von dichtem, hochdruckfestem, witterungsbeständigem Gefüge u. bunter Färbung; bes. geeignet für repräsentative Gebäude, Wohnhäuser mit unverputzten Sichtflächen. Arten: *Hochloch-K.*, mit Lochungen; *Kanal-K.*, für den städt. Tiefbau; *Pflaster-K.*, für den Straßenbau; *Tunnel-K.*, für den Tunnelbau.
2. *Zementklinker*, durch Brennen des Rohguts (Ton, Kalk u. Mergel in genau festgelegten Mengenverhältnissen) hergestelltes Zwischenprodukt, aus dem durch Mahlen *Zement* gewonnen wird.
Klinkerbau, eine Bauart der Außenhaut von Schiffen u. Booten, wobei die waagerechten Planken die jeweils unteren überlappen; Gegensatz: *Kraweelbau*.
Klinoklas [der; grch.], *Abichit*, monoklines Kupfer-Arsen-Mineral; nierige u. stengelige Aggregate, Härte 2,5–3, Dichte 4,2–4,4.
Klinometer [das; grch.], *Geologkompaß*, Gerät zur Messung des Streichens u. Fallens von Gesteinsschichten, Verwerfungen u. Scherungsflächen, der Schieferungsrichtung u. sonstiger Störungen tekton. Art; ein Neigungsmesser (eigentl. K.), bei modernen Geräten in einen Kompaß mit quadrat. Außenkanten (Nord–Süd, Ost–West) eingebaut u. mit Libelle versehen.
Klint, Peder Vilhelm →Jensen-Klint.
Klinzy, Stadt im W der RSFSR (Sowjetunion), 53000 Ew.; Wollindustrie, Tuch- u. Konfektionsfabriken, Brennereien.
Klio, griech. Muse der Geschichtsschreibung.
Klipp, *Clip* [der; engl.], Klemme zum Befestigen von Bleistift oder Füllhalter an der Tasche; auch: Brosche, Schmuckklammer *(Ohrclip)*.

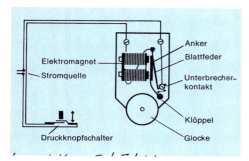

Klingel: Arbeitsweise einer elektrischen Klingel (Schema)

Klippdachse →Klippschliefer.
Klippe, 1. *Geologie: Deckscholle*, durch Abtragung freigelegter, abgetrennter Teil einer (wurzellosen) Überschiebungsdecke eines Sedimentpaketes.
2. *Geomorphologie:* einzelner, aus dem Meer ragender, durch Brandung entstandener Fels; bes. vor Steilküsten.
3. *Münzwesen:* eckige (meist viereckige) Münze, häufig eine primitiv geprägte Belagerungsmünze. Als *Kurantmünze* kommt die K. seit dem 16. Jh. bes. in Schweden vor. Auch Denkmünzen haben gelegentl. die Gestalt der K.
Klipper, *Clipper*, **1.** *Luftfahrt:* schnelles amerikan. Verkehrsflugzeug.
2. *Seefahrt: K.schiff, Tee-K.*, etwa 1840–1880 gebaute Schnellsegler über 500 BRT mit Rahsegeln; sie liefen oft 14 Knoten u. mehr.
Klippfisch, längs der Rückenlinie aufgeschnittener, vom größten Teil der Wirbelsäule befreiter, gesalzener u. an der Luft getrockneter *Kabeljau*. Ohne Salz getrockneter Kabeljau wird *Stockfisch* genannt. *Laberdan* ist in Lake gesalzener Kabeljau; er hat geringere wirtschaftl. Bedeutung als K. u. Stockfisch.
Klippschliefer, *Procavia*, Gattung der *Schliefer*; bewohnen in großen Rudeln Felsgebiete Afrikas u. Kleinasiens; äußerst bedürfnislos, mit guten Sinnesleistungen; das „Kaninchen" der Bibel, mit dem bereits die Phönizier die K. verwechselten. – ▯→Huftiere I.
Klippschule, norddt. Bez. für Kleinkinder- oder Volksschule; meist in abwertendem Sinn gebraucht.
Klippspringer, *Sassa*, *Oreotragus oreotragus*, zu den *Böckchen* gehörende Zwergantilope von 60 cm Schulterhöhe, geschickter Kletterer; bewohnt felsige Gebiete bis zu 2500 m in Ost- u. Südafrika.
Klirrfaktor, ein Begriff der Elektroakustik: der Anteil (in %) der *Oberwellen* am Klangspektrum, die durch Verzerrungen bei der Übertragung hervorgerufen werden *(Nichtlinearität der Übertragungsglieder)*. Ein zu hoher K. (bei Musik über 5%, bei Sprache über 10%) wirkt sich als unangenehme Beeinträchtigung *(Klirren)* der Wiedergabe aus.
Klischee [das; frz.], *Cliché*, **1.** *Drucktechnik:* der Druckstock oder die Druckplatte für die Hochdruck-Verfahren. Nach photomechan. u. chem. Vorbehandlung werden die nichtdruckenden Teile (tief) weggeätzt; das Druckbild bleibt auf der Plattenoberfläche (also hoch) stehen. Man unterscheidet Strichätzung u. Autotypie.
Die Strichätzung kennt nur volle Farbtöne u. Schwarz, also Flächen, Striche u. Punkte (keinen Raster, keine Halbtöne). Die Vorlage wird in der Reproduktionskamera auf eine lichtempfindl. Metall- oder Kunststoffplatte übertragen. Durch chem. Behandlung wird das Druckbild säurefest gemacht, die nichtdruckenden Teile werden sodann weggeätzt.
Bei der Autotypie, erfunden 1882 von G. *Meisenbach* in München, werden zwei mit einander rechtwinklig gekreuzten Linien versehene Glasscheiben (→Raster) rechtwinklig übereinandergelegt u. zwischen Objektiv u. Film in der Kamera befestigt. Je nach den Abständen der Linien ergeben sich gröbere u. feinere Raster. Nach der Zahl der Linien je cm richtet sich die Benennung. Je nach Helligkeit des Rasterfelds ergeben sich verschieden große Punkte, die (nach Vorbehandlung wie bei der Strichätzung) geätzt werden. Diese erhabenen Punkte ermöglichen den ein- u. mehrfarbigen Druck in allen Farbabstufungen.
K.s können auch mit Graviermaschinen hergestellt werden, indem ein Lichtstrahl die Bildvorlage punktweise abtastet u. ein elektronisch gesteuerter Stahlstichel die nichtdruckenden Teile aus der Platte herausschneidet. →auch ätzen.
2. *übertragen:* vielgebrauchter u. daher nichtssagender Ausdruck, abgegriffene Vorstellung oder Redensart.
klischieren, ein *Klischee* herstellen.
Klistier [das; grch.] = *Einlauf*.
Klitgaard ['klidgɔːr], Mogens, dän. Schriftsteller, *23. 8. 1906 Kopenhagen, †23. 12. 1945 Århus; schrieb in leidenschaftl. Reportagestil Romane gegen jegl. Form der Diktatur, z.T. mit histor. Stoffen; im Mittelpunkt steht die innere Überzeugung des „kleinen Mannes".
Klitias, griech. Vasenmaler, tätig in der 1. Hälfte des 6. Jh. v. Chr. in Attika; bemalte u. a. den vom Töpfer *Ergotimos* gefertigten Krater (→François-

Klippfisch: zum Trocknen ausgebreitete Kabeljaus

vase) mit Darstellungen aus der griech. Sagenwelt.
Klitoridektomie [die; grch.], die im nordafrikan.-arab. Raum verbreitete *Beschneidung* der Mädchen durch Entfernung der *Klitoris*; →auch Infibulation.
Klitoris [die; grch.] = *Kitzler*.
Kljasma, linker Nebenfluß der in die Wolga mündenden Oka, 721 km lang; entspringt nördl. von Moskau, ab Wladimir schiffbar; 5–6 Monate vereist.
Kljutschewskaja Sopka, der höchste tätige Vulkan Asiens u. höchste Gipfel Kamtschatkas, 4750 m, stark vergletschert; 70 Nebenkrater; alle 5–9 Jahre aktiv.
Kljutschewskij, Wasilij Osipowitsch, russ. Historiker, *4. 2. 1842 Woskressenskoje, Gouvernement Pensa, †25. 5. 1911 Moskau; Prof. in Moskau; schrieb sozialhistor. orientierte „Geschichte Rußlands" 1904–1910, dt. 1924–1945.
KLM, Abk. für ndrl. *Koninklijke Luchtvaart Maatschappij NV*, engl. *Royal Dutch Airlines*, Schiphol, 1919 gegr. niederländ. Luftverkehrsgesellschaft mit großem Streckennetz; Grundkapital: 310 Mill. hfl (50,5% in staatl. Besitz); betreibt ausschl. Auslandsstrecken.
Kloake [die; lat.], **1.** *Kanalisation:* unterirdischer Abwasserkanal.
2. *Zoologie:* bei Wirbeltieren die gemeinsame Körperöffnung zur Entleerung der Geschlechts- u. Stoffwechselendprodukten; ausgebildet von den Knorpelfischen bis zu den Vögeln. Bei den Säugetieren haben nur die *K.ntiere* eine K., bei den höhigen Säugern einschl. Mensch wird die K. durch den *Damm (Perineum)* in einen bauchseitigen Teil, den *Sinus urogenitalis* (Mündung von Harn- u. Geschlechtswegen), u. einen *Rückenteil* (Enddarm mit Afteröffnung) gespalten. – Auch bei männl. Fadenwürmern (Nematoden) münden Geschlechtsorgane u. Darm in eine K.
Kloakentiere, *eierlegende Säugetiere*, *Ursäuger*, *Monotremata*, urtümliche, eierlegende *Säugetiere* Australiens u. der eng benachbarten Inselwelt; mit einer *Kloake*, in die Darm, Harnröhre u. Geschlechtsgänge münden; heute nur noch durch *Ameisenigel* u. *Schnabeltier* vertreten. – ▯→Beuteltiere und eierlegende Säugetiere.
Kloben [der], **1.** *Bauwesen:* ein Zapfen, in den z.B. eine Tür drehbar eingehängt werden kann (*Tür-K.*).
2. *Forstwirtschaft:* gespaltenes Brennholz (*Scheitholz*).
3. *Werkzeugmaschinenbau:* Einspannvorrichtung für Werkstücke, z.B. an der Hobelbank.
Klöckner-Humboldt-Deutz AG, Köln-Deutz, Abk. *KHD*, hervorgegangen aus drei Werken: 1. Werk Deutz, von N. A. *Otto* u. E. *Langen* als erste Motorenfabrik der Welt zum Bau des von Otto erfundenen Motors 1864 gegr., 1872 umgewandelt in Gasmotorenfabrik Deutz AG u. 1884 in Maschinenbauanstalt Humboldt AG; 2. Werk *Westwaggon*, gegr. 1927; 3. Werk Magirus Fabrik für Feuerwehrgeräte, gegr. 1864 von C. D. *Magirus*; 1938 von den *Klöckner-Werke AG* übernommen; 1952 Neugründung im Zuge der Entflechtungsmaßnahmen der Alliierten; baut Motoren, Schlepper, Gasturbinen, Diesellokomotiven, Personen-

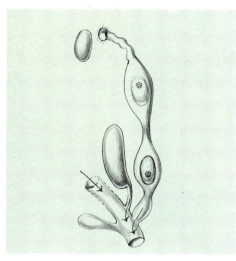
Kloake eines weiblichen Vogels (Schema)

u. Güterwagen, Lastkraftwagen, Omnibusse u.a. Fahrzeuge, Aufbereitungsanlagen für Kohle, Erze u. Steine u.a. Anlagen; Grundkapital: 265 Mill. DM; 31100 Beschäftigte; zahlreiche Tochtergesellschaften.

Klöckner-Werke AG, Duisburg, von Peter *Klöckner* (*1863, †1940) aufgebauter Montankonzern; gegr. 1897, seit 1923 heutige Firma; erzeugt Eisen, Stahl, Walzwerksprodukte u.a.; Grundkapital: 447 Mill. DM; 30 800 Beschäftigte; zahlreiche Tochtergesellschaften.

Kłodawa ['kuɔdava], Stadt südl. von Leslau (poln. Wojewodschaft Konin), 7000 Ew.; nahebei große Natrium-, Kalium- u. Magnesiumsalzlager.

Klodnitz, poln. *Kłodnica,* rechter Nebenfluß der Oder, 84 km; entspringt nordwestl. von Beuthen, mündet bei Cosel. Den Unterlauf begleitet der 44 km lange *K.kanal.*

Kłodzko ['kuɔtsko], poln. Name der Stadt →Glatz.

Kloepfer, Hans, steir. Heimatdichter, *18. 8. 1867 Eibiswald, Steiermark, †27. 6. 1944 Köflach; „Gedichte in steir. Mundart" 1924; „Bergbauern" 1937; „Dahoam" 1942.

Klon [der; grch.], die aus nur einem Vorfahren („Elter") durch ungeschlechtl. Vermehrung entstandene Nachkommenschaft.

Klondike ['klɔndaik], *Klondyke,* rechter Nebenfluß des Yukon im kanad. Yukonterritorium, mündet bei Dawson; durchfließt das heute erschöpfte Goldgebiet der *K.region,* wo sich 1896–1899 rd. 18 000 Goldsucher aufhielten.

Klöntal, 20 km langes Hochtal im schweizer. Kanton Glarus, das durch die Löntsch zur Linth entwässert wird; inmitten der *K.er See:* 5 km lang, 3,4 qkm groß, durch einen Bergsturz entstanden, später durch einen Staudamm vergrößert.

Klonus [der; grch.], *klonische Krämpfe* →Krampf.

Kloos, Willem, niederländ. Lyriker u. Essayist, *6. 5. 1859 Amsterdam, †31. 3. 1938 Den Haag; Führer der „Tachtiger" u. „Großmeister" der holländ. Sprache"; seine Verse erinnern an A. von *Platen* u. J. *Keats.*

Klootschießen, früher vor allem in Nordeuropa verbreitetes Eisspiel, wobei ca. 500 g schwere Holzkugeln über das Eis nach Zielen geworfen u. gerollt werden; heute nur noch in Friesland gespielt; Vorläufer des *Curling* u. *Eisschießen.*

Klöpfelnächte, *Bosselnächte, Anklopfete,* die Abende der drei letzten Donnerstage im Advent, an denen die Burschen von Haus zu Haus zogen, an die Fenster klopften, Erbsen an sie warfen u. Schabernack trieben.

klopfen, *klingeln, Motortechnik:* klingelndes Geräusch, das bei detonationsartiger Verbrennung des Kraftstoff-Luft-Gemisches in Ottomotoren auftritt. Bei normaler Verbrennung ist der Druckanstieg im Zylinder kontinuierlich, bei Detonation sprunghaft. Motorteile werden stark erhitzt u. beschädigt. Die →Klopffestigkeit des Kraftstoffs ist daher von großer Bedeutung.

Klöpfer, Eugen, Schauspieler, *10. 3. 1886 Talheim bei Heilbronn, †3. 3. 1950 Wiesbaden; seit 1918 in Berlin, seit 1934 dort Intendant der Volksbühne; derb-gefühlvoller Charakterdarsteller, seit 1918 auch im Film.

Klopferbrot, Roggenvollkornbrot mit einem Zusatz von Kleie. Das Korn wird in Schleudermühlen fein vermahlen, um die Randschichten aufzuschließen, u. dann dem Brotmehl beigemischt.

Klopffestigkeit, die erforderliche Eigenschaft des Kraftstoffs für Ottomotoren, sich nicht voreilig zu entzünden, sondern einen gleichmäßigen Zündverlauf zu ergeben (→klopfen). Die K. wird durch die *Oktanzahl* gekennzeichnet; diese gibt den prozentualen Anteil von Oktan an einem Gemisch von Oktan-Heptan mit gleicher K. an. Die K. wird erreicht durch Zusatz von anderen Brennstoffen, z.B. Eisencarbonyl oder Bleitetraäthyl, wodurch u.U. die Giftigkeit der Abgase erhöht wird. Sie hängt aber auch von Verdichtung, Überladung, Drehzahl, Luft- u. Kühlwassertemperatur des Motors ab.

Klopfkäfer, *Anobiidae,* Familie kleiner, 6–13 mm langer, schwarzer *Käfer* mit rotbrauner Unterseite, deren Larven vornehmlich in trockenem Holz u. ä. leben. Zu den K.n gehören *Tabakkäfer, Brotkäfer* u. *Totenuhr.*

Klopfwolf, Maschine zum Auflockern u. Reinigen von Spinnstoffen u. Textilabfällen.

Klöppel, 1. Dreschflegel.
2. Glockenschwengel.
3. Holzhammer für Steinmetzarbeiten.
4. dünne, konisch zulaufende Garnspule aus Holz für *K.arbeiten.*

Klöppelmaschine, seit 1748 bekannte Maschine zum *Klöppeln,* bei der auf einer 8förmigen Kurvenbahn senkrechte Klöppel mit bestimmtem Abstand durch Schlitze geführt werden, angetrieben von Flügelrädern unter der Gleitplatte. Die Verschlingung bewerkstelligen Weichen an den Kreuzungspunkten, indem sie den Klöppeln den Übergang von einem zum anderen Kreis ermöglichen. Die Dichte der fertigen Ware regelt ein Schlagzeug (ähnl. dem *Rietblatt* im Webstuhl). Feine Spitzen können aus einer Kombination der K. mit einer *Jacquard-Maschine* gefertigt werden.

klöppeln, aus Fäden (aller Textilfasern) durch Flechten, Schlingen oder Knüpfen Spitzen, Borten, Litzen oder Tressen herstellen. Die Kunst des K.s entwickelte sich aus der Flechtarbeit, kombiniert mit der Technik zur Herstellung von *Nähspitzen* im 16. Jh. – Das vorgezeichnete Muster, der *Klöppelbrief,* wird auf einem *Klöppelkissen* mit Nadeln festgesteckt; die jeweils auf einen *Klöppel* gerollten Fäden werden auf dem Klöppelkissen ausgelegt u. nach dem vorgegebenen Muster miteinander verdreht, gekreuzt, gewechselt u. die Knoten von den Nadeln gehalten. Die entstandenen „Schläge" unterscheiden sich durch die Art der Verschlingung, z.B. *Netz-, Leinen-, Formen-, Löcherschlag.*

Klöppelspitze, durch Klöppeln hergestellte Spitze, im Unterschied zur *Nähspitze.*

Klopphengst, ein Hengst, der →Kryptorchismus zeigt.

Klopstock, Friedrich Gottlieb, Dichter, *2. 7. 1724 Quedlinburg, †14. 3. 1803 Hamburg; in Schulpforta pietist. u. humanist. erzogen; als Theologiestudent (Jena, Leipzig) befreundet mit den „Bremer Beiträgern" (J. E. *Schlegel,* J. A. *Cramer,* Ch. F. *Gellert*), in deren Zeitschrift 1748 die drei ersten Gesänge seines „Messias" erschienen; 1748–1750 Hauslehrer in Langensalza (unerwiderte Liebe zu „Fanny" [Sophie *Schmidt*]), 1750 Besuch bei J. J. *Bodmer* in Zürich, dann in Kopenhagen, wo er einen Ehrensold erhielt; heiratete 1754 Meta *Moller* („Cidli") u. lebte nach ihrem Tod (1758) meist in Hamburg.
K. erschütterte seine Mitwelt durch das beseelte Pathos seiner enthusiast. wortkühnen Sprache u. das Würdegefühl seines Dichteramts. Sein von J. *Milton* angeregtes Christus-Epos „Messias", in Prosa begonnen, dann in einem dynam. gefühlten Hexameter geformt u. 1773 im Druck abgeschlossen, begründete seinen Ruf; seine Oden („Die Frühlingsfeier", „Der Züricher See", „Der Eislauf", „Die frühen Gräber") bestätigten ihn; so wurde er zum Verkünder eines neuen Gefühls, des „Gemüts", das sich im Erlebnis der Landschaft, der Freundschaft, des Vaterlands u. Gottes seiner selbst bewußt wird. Mit seinen Weihespielen, mit den religiösen („Der Tod Adams" 1757; „David" 1772) wie den vaterländ.-heroischen Werken (Bardendichtung „Hermanns Schlacht" 1769 u.a.), u. auch mit seiner „Dt. Gelehrtenrepublik" 1774, einer zeitkrit. literar. Utopie, konnte er sich nicht durchsetzen; zur heraufkommenden Weimarer Klassik gewann er kein Verhältnis. – ▫3.1.1.

Klose, 1. Friedrich, Komponist, *29. 11. 1862 Karlsruhe, †24. 12. 1942 Ruvigliana, Tessin; Schüler A. *Bruckners*; Hptw.: neuromant. Märchenoper „Ilsebill" 1903; sinfon. Dichtung „Das Leben ein Traum" 1899; Oratorium „Der Sonne-Geist" 1918 nach A. Mombert.
2. Hans-Ulrich, Politiker (SPD), *14. 6. 1937 Breslau; seit 1974 Erster Bürgermeister von Hamburg.
3. Margarete, Sängerin (Alt), *6. 8. 1902 Berlin, †14. 12. 1968 Berlin; kam über Ulm u. Mannheim 1931 an die Berliner Staatsoper; Gastspiele in Bayreuth u. im Ausland; unterrichtete seit 1964 an der Sommerakademie Mozarteum in Salzburg.

Klosett [engl.] →Wasserklosett.

Klossowski, Pierre, französ. Schriftsteller, *9. 8. 1905 Paris; Mitarbeit an J. P. *Sartres* „Les temps modernes"; seine Romane stehen zwischen F. *Nietzsche* u. dem Surrealismus, Hauptthemen sind moral.-theolog. Probleme u. Sexualität; „Die Gesetze der Gastfreundschaft" 1965, dt. 1966; „Der Baphomet" 1965, dt. 1968; Essays „Das Band der Diana" 1956, dt. 1956; auch Übersetzungen.

Kloster [das; lat. *claustrum,* „Verschluß, Umfriedung"], die zu einer Einheit zusammengefaßten Gebäude gemeinsam lebender Ordensangehöriger. Das K. entwickelte sich aus der *Einsiedelei.* Die einzelnen Klöster sind den verschiedenen Orden u. ihren Aufgaben angepaßt. Die ältesten Formen, hauptsächl. von den Benediktinern ausgebildet, haben als Mittelpunkt ihrer Anlage die Kirche, woran sich ein Kreuzgang anschließt. Um dieses Zentrum gruppieren sich die Mönchswohnungen, die eigentl. *Klausur:* Speisesaal (*Refektorium*), Schlafsaal (*Dormitorium*) u. Kapitelsaal. Zu diesen Klöstern gehören meistens noch Gästehaus, Krankenhaus, Noviziathaus u. landwirtschaftl. Gebäude. – Bei den Zisterziensern ist kaum eine Umwandlung der K.anlage zu bemerken. Erst der völlig andere Geist der Kartäuser brachte eine neue K.form: An die Kirche schließt sich ein Hof mit Kreuzgang an, der von Zellen umgeben ist, in denen die Mönche einzeln u. nicht, wie bei den benediktin. Ordensgemeinschaften, gemeinsam leben. Mit dem Aufkommen der Bettelorden im 12. u. 13. Jh. kam man auch zu neuen Formen des K.lebens. Diese Orden siedelten sich vornehml. in Städten an, so daß sie ihre Gebäude auf verhältnismäßig engem Raum zusammendrängen mußten. Die Jesuiten, die keine Klöster, sondern „Niederlassungen" haben, u. viele Orden der neueren Zeit gingen dazu über, ihre Häuser mitten in der Stadt zu bauen oder dort sogar Häuser zu mieten.
Die Klöster waren bes. im frühen MA. Träger der abendländ. Kultur. Da sie oft die einzigen Stätten waren, in denen das Kulturgut gepflegt u. erhalten wurde (Abschreiben literar. u. wissenschaftl. Werke, Aufbau u. Erhaltung von Bibliotheken u.a.), hatten die Mönche einen großen Einfluß in geistiger u. religiöser Hinsicht auf die Bevölkerung. Die Klöster waren oft auch wirtschaftl. Mittelpunkte (St. Gallen, Corvey, Reichenau).
Die Klöster im Hinduismus, Buddhismus, Lamaismus u. Taoismus unterscheiden sich in Anlage u. Idee von den christl. Klöstern. Man findet alle

Klöppeln: Spitzenklöpplerin in Brügge

Klosterbibliotheken

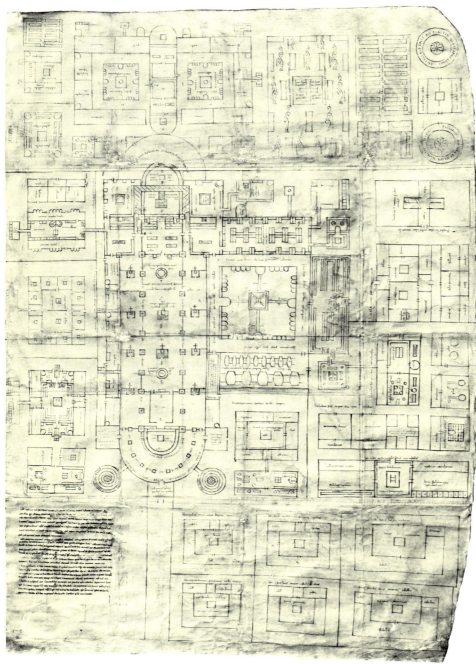

Klosterplan von St. Gallen; 9. Jh. St. Gallen, Stiftsbibliothek

Ehemaliges Zisterzienserkloster Veruela in der spanischen Provinz Saragossa; 12.–15. Jh.

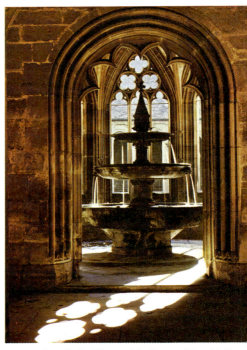

Brunnenkapelle des Klosters Maulbronn; Mitte 14. Jh.

Klosteranlage Maulbronn, Grundriß

Übergänge zwischen festem K.bau u. nur noch klosterähnl. regellosen Häufungen von Zelten um ein Heiligtum. Die ursprüngl. mönchsfeindl. Haltung des Islams wurde seit der Gründung der Derwischorden im 12. Jh. aufgegeben. – ▭ 1.9.7.

Klosterbibliotheken, die im Klosterbesitz befindl. Büchereien; in der ausgehenden Antike u. im MA. für die Überlieferung der Texte von größter Bedeutung. Zahlreiche K. gingen in der Reformation u. durch die Säkularisation in öffentl. Besitz über.

Klostergewölbe, eine Gewölbeform, bei der sich zwei Tonnengewölbe durchdringen, wobei der Schub auf die Wände abgeleitet wird; →auch Gewölbe.

Klosterlausnitz, *Bad K.,* Kurort im Krs. Stadtroda, Bez. Gera, nordwestl. von Gera, 3500 Ew.; Holzindustrie; Moorbad.

Klostermann Verlag, *Vittorio Klostermann,* Verlagshaus in Frankfurt a. M., gegr. 1930; Literatur zur Philosophie, Literaturwissenschaft, Bibliographie, Rechts- u. Staatswissenschaft.

Klostermansfeld, Ort im Krs. Eisleben, Bez. Halle, 6000 Ew.; Kupferschieferbergbau.

Klosterneuburg, Stadt nordwestl. von Wien, an der Donau, Wohnvorort von Wien, 27 000 Ew.; Schulen, vielseitige Industrie. – Augustiner-Chor-

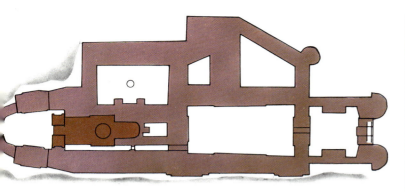
Stift Melk, Grundriß der Gesamtanlage (violett) mit Klosterkirche (braun)

KLOSTER

Kloster Panteleimon an der Westküste des Berges Athos

Barocke Klosteranlage von Stift Melk an der Donau, erbaut von Jakob Prandtauer; 1686–1714

Kloster La Tourette von Le Corbusier; 1957

herrenstift (vor 1108 gegr.) mit got. Glasmalereien (13.–15. Jh.) u. dem *Klosterneuburger Altar*: ein 1181 von *Nikolaus von Verdun* gefertigtes Emailwerk, ursprüngl. als Bekleidung einer Kanzelbrüstung, 1130/31 zu einem Flügelaltar umgestaltet. Die 51 Grubenschmelztafeln enthalten Darstellungen aus dem Heilsgeschehen: Die obere u. untere Zone der Altarwand zeigen die alttestamentl. Vorbilder des Heilsgeschehens vor u. unter dem mosaischen Gesetz; die Bilder der mittleren Zone stellen die Erfüllung dieser Vorbilder im Neuen Bund dar. Im Kloster befindet sich das Grab *Leopolds III.* von Babenberg.

Klosterreichenbach, baden-württ. Kurort an der Murg, im nördl. Schwarzwald, bei Freudenstadt, 2000 Ew.; Reste der ehem. Klostergebäude (Benediktiner).

Klosters, schweizer. Kurort u. Wintersportplatz an der Landquart, im oberen Prättigau (Graubünden), 1179 m ü. M., 4000 Ew.; ehem. Prämonstratenserkloster (1526 aufgehoben); Schwebebahn zum nahen *Gotschnagrat* (2283 m).

Klosterschulen, im MA. neben den *Domschulen* die bedeutendsten Bildungsträger, in denen Mönche oder Nonnen den Nachwuchs der Orden unterrichteten u. erzogen. Zu diesen sog. inneren K. kamen die äußeren Abteilungen, die der Ausbildung künftiger Weltpriester u. junger Laien aus vornehmem Stand dienten. Die höchste Blüte erreichten die K. im 9. u. 10. Jh. Bedeutende K. in Dtschld. waren in *St. Gallen, Reichenau, Fulda, Corvey, Hersfeld, Tegernsee* u. a. Die K. für Mädchen, von denen die in *Gandersheim* bes. bedeutsam wurde, wirkten noch tiefer in die Laienwelt. – Mit dem Aufblühen der Städte u. der Gründung städt. Schulen ging die Bedeutung der K. zurück. In den prot. Ländern wurden in der Reformation die vorhandenen K. im Sinn der ev. Lehre umgestaltet; so entstanden die *Fürstenschulen*. Nach 1933 wurden die meisten K. durch staatl. Schulen ersetzt, nach 1945 vielfach wieder eingerichtet.

Klostertod, bürgerl. Tod, im MA. jurist. Fiktion, der zufolge der in einen Orden Eintretende für das weltl. Recht als tot galt; demgemäß ging z. B. sein Eigentum an die Erben über.

Kloten, schweizer. Gemeinde im Kanton Zürich, 18 000 Ew.; 1949 eröffneter moderner Flughafen nordöstl. von Zürich, der internationale Zentralflughafen der Schweiz.

Klothilde [ahd. *hlut*, „berühmt", + *hilt(j)a*, „Kampf"], weibl. Vorname.

Klotho, eine der drei griech. Schicksalsgöttinnen (→*Moira*), neben *Atropos* u. *Lachesis* diejenige, die den Lebensfaden spinnt.

Klothoide [die; grch.], eine ebene Spiralkurve, bei der der Krümmungsradius ständig kleiner wird; beim Straßenbau u. bei Leichtathletikbahnen als Übergangsbogen zwischen Gerade u. Krümmung.

Klotz, 1. Christian Adolph, Altertumsforscher u. Philosoph, *13. 11. 1738 Bischofswerda, †31. 12. 1771 Halle (Saale); Prof. in Halle, einflußreicher Gelehrter der Aufklärungszeit, von G. E. *Lessing* u. J. G. *Herder* bekämpft; Gedichte, satir. Schriften u. archäolog. Abhandlungen.
2. Mathias, Geigenbauer, *11. 6. 1653 Mittenwald, †16. 8. 1743 Mittenwald; der erste wichtige Förderer (nicht der Begründer) des Geigenbaus in Mittenwald. Die Familie K. weist außer ihm 35 selbständige Meister seines Fachs auf.

Klotzbremse →Bremse.

Klötze, Kreisstadt im Bez. Magdeburg, in der westl. Altmark, 5500 Ew.; landwirtschaftl. Zentrum. – Krs. K.: 611 qkm, 33 200 Ew.

klotzen, eine konzentrierte Farblösung in ein Gewebe einquetschen, wenn der Farbstoff nicht anderweitig auf die Fasern aufzieht; →auch Foulard (2).

Klotzfäden, Garne mit dicken Stellen.

Klotzteich, Wasserbecken zur Lagerung von Holz zum Schutz vor Wertminderungen.

Klotz Verlag, Ehrenfried Klotz Verlag Stuttgart und Göttingen, gegr. 1925 in Gotha; Schrifttum zur ev. Theologie u. Gemeindearbeit; wirtschaftl. Kooperation mit dem Verlag Vandenhoeck & Ruprecht.

Klub, Club [altisländ., engl.], eine Vereinigung, die dem geselligen Verkehr oder der Pflege von Sport oder Kunst dient. Das Leben spielt sich meist in K.räumen oder in einem eigenen K.haus ab. Politisch u. wirtschaftl. bedeutsam sind die engl. K.s.

Kluchorypaß, Paß der *Suchumischen Heerstraße* über den westl. Kaukasus, 2781 m ü. M.

Kluck, Alexander von, Offizier, *20. 5. 1846 Münster, †19. 10. 1934 Berlin; Generaloberst seit 1914, führte bei Ausbruch des 1. Weltkriegs die 1. Armee bis dicht vor Paris u. verhinderte in den *Marneschlachten* die Umfassung des rechten dt. Flügels; trat 1916 in den Ruhestand; schrieb: „Der Marsch auf Paris" 1920.

Kluckhohn, Paul, Literarhistoriker, *10. 4. 1886 Göttingen, †20. 5. 1957 Tübingen; ideengeschichtl. Interpret der romant. Literatur; Mitgründer der „Dt. Vierteljahrsschrift für Literaturwissenschaft u. Geistesgeschichte"; Hptw.: „Die dt. Romantik" 1924; „Persönlichkeit u. Gemeinschaft. Studien zur Staatsauffassung der dt. Romantik" 1925; „Das Ideengut der dt. Romantik" 1941.

Kluczbork ['klutʃbɔrk], poln. Name der Stadt →Kreuzburg O.S.

Kluft, 1. *Geologie:* ein feiner Riß im Gestein, der durch endogene Vorgänge entstanden ist u. durch Verwitterung erweitert wird. Bei sich kreuzenden Klüften spricht man von einem K.*system;* parallel verlaufende Klüfte bilden eine K.*schar.*
2. *Rotwelsch:* Anzug, Kleidung.

Kluge, 1. Alexander, Filmautor, -regisseur u. -produzent u. Schriftsteller, *14. 2. 1932 Halberstadt; bevorzugt einen sachl. Dokumentarstil; Prosa: „Lebensläufe" 1962; „Schlachtbeschreibung" 1964; der bedeutendste Vertreter des „Jungen dt. Films", drehte Kurzfilme u. Spielfilme: „Abschied von gestern" 1966; „Die Artisten in der Zirkuskuppel: ratlos" 1968; „Die unbezähmbare Leni Peikert" 1970, u.a.
2. Friedrich, Germanist, *21. 6. 1856 Köln, †21. 5. 1926 Freiburg i.Br.; verfaßte grundlegende Untersuchungen über die Geschichte u. Eigenart des dt. Wortschatzes u. über die dt. Sprachgeschichte. Weiteste Verbreitung fand sein „Etymolog. Wörterbuch der dt. Sprache" 1883, [11]1934 bearbeitet von A. *Götze,* [17]1957 bearbeitet von W. *Mitzka.*
3. Hans Günther von, Offizier, *30. 10. 1882 Posen, †19. 8. 1944 bei Metz (Selbstmord); dt. Heerführer im 2. Weltkrieg, 1944 Oberbefehlshaber West, Generalfeldmarschall; in Fühlung mit der Widerstandsbewegung gegen Hitler, aber letzten Konsequenzen ausweichend.
4. Kurt, Bildhauer, Maler, Erzgießer u. Schriftsteller, *29. 4. 1886 Leipzig, †26. 7. 1940 Fort Eben Emael bei Lüttich; seit 1921 Prof. für Erzguß in Berlin; als Schriftsteller Humorist im Geist W. *Raabes* u. *Jean Pauls;* Hptw.: „Der Herr Kortüm" 1938; „Die Zaubergeige" 1940; Briefe: „Lebendiger Brunnen" 1952.

kluge und törichte Jungfrauen, ein häufiges Thema der christl. Kunst, seit dem 4. Jh. dargestellt nach einem Gleichnis Christi vom Jüngsten Gericht (Matth. 25,1); bes. oft als Gewändefiguren an got. Kathedralen (Brautpforte des Magdeburger Doms, um 1240).

Klumpfisch →Mondfisch.

Klumpfuß, *Pes varus,* eine Mißbildung des Fußes, die meist angeboren, seltener erworben ist: Der Fuß ist einwärts geknickt, so daß die Fußsohle nach innen u. oben zeigt.

Klumphand, eine Mißbildung der Hand, oft verbunden mit angeborenem Fehlen des auf der Daumenseite liegenden Unterarmknochens (Speiche).

Kluniazenser, *Cluniazenser* →Cluniazensische Reform.

Klunker [die], ein hängender, tropfen-, kugel- oder kegelförmiger Gegenstand aus seidenüberspönnenem Holz, Metall, Glas oder Porzellan; aufdringl. großes Schmuckstück.

Kluppe, 1. *Schneidkluppe,* ein Werkzeug zum Gewindeschneiden.
2. *Meßkluppe,* ein Instrument (Schublehre) zum Messen von Baumdurchmessern.
3. Haltevorrichtung für Gewebebahnen beim Trocknen, Krumpfen u.ä. Das Gewebe kann gespannt u. entspannt werden.

Kluse [die; lat.] →Klause.

Klüse [die; lat. *clusa,* „Engpaß"], ein Ring an Deck oder eine Öffnung in Schanzkleid oder Bordwand des Schiffs zum Durchführen von Trossen oder Ketten.

Klute, Fritz, Geograph, *29. 11. 1885 Freiburg i.Br., †7. 2. 1952 Mainz; lehrte in Gießen u. Mainz; grundlegende Forschungen über das Klima der Eiszeit, länderkundl. Arbeiten über Afrika u.a.; Hrsg. des „Handbuchs der Geograph. Wissenschaft" (seit 1928); Hptw.: „Allg. Länderkunde von Afrika" 1935; „Eiszeit u. Klima" 1937.

Kluterthöhle, die größte dt. Naturhöhle, bei Ennepetal im Sauerland, rd. 300 Gänge von 5,2 km Länge. Sie wirkt heilend bei Bronchial-Asthmakranken.

Klüver [der; ndrl.], ein Stagsegel zwischen dem K.baum (verlängertes Bugspriet) u. Fockmast; →Segelschiff.

Klystron [das; Kunstwort], eine Elektronenröhre zum Erzeugen, Verstärken u. Frequenzvervielfachen von Dezi-, Zenti- u. Millimeterwellen. →Laufzeitröhren.

Klytämnestra [übl. Form für die ältere Schreibweise *Klytaimestra*], in der griech. Sage Tochter des *Tyndareos* u. der *Leda,* Schwester der *Dioskuren* u. der *Helena;* Gattin des *Agamemnon,* den sie nach seiner Rückkehr aus dem Trojanischen Krieg durch ihren Geliebten *Aigisthos* töten ließ. Ihr Sohn *Orestes* rächte später den Vater, indem er K. u. Aigisthos erschlug.

km, Kurzzeichen für *Kilometer;* 1 km = 1000 m.

km/h, Kurzzeichen für die Geschwindigkeitseinheit, d.h. für die Anzahl der Kilometer, die in einer Stunde zurückgelegt wurden (umgangssprachl. unkorrekt *Stundenkilometer).*

KNA, Abk. für →Katholische Nachrichtenagentur.

Knab, Armin, Lieder- u. Chorkomponist, *19. 2. 1881 Neu-Schleicach, Unterfranken, †23. 6. 1951 Bad Wörishofen; ursprüngl. Amtsrichter, seit 1935 Prof. an der Hochschule für Musikerziehung u. Kirchenmusik in Berlin; schrieb u.a. Lieder zu Dichtungen J. von Eichendorff, R. Dehmel, A. Mombert, C. Brentano, St. George „Aus des Knaben Wunderhorn", ferner Klavierwerke u. zahlreiche Chorkompositionen (Oratorium „Das gesegnete Jahr" 1943).

Knabenkraut, Helmblume, Orchis, rd. 100 Arten umfassende Gattung der *Orchideen;* Verbreitungsgebiet: Europa, gemäßigtes Asien, Nordafrika u. (mit einigen Arten) Nordamerika. Die gespornten Blüten haben eine drei- bis vierteilige Lippe u. einen gedrehten Fruchtknoten. Charakteristisch sind auch die ungeteilten oder handförmig geteilten (früher: *Dactylorchis*) Wurzelknollen. Die wichtigsten einheim. Arten: *Geflecktes K.* (Muttergotteshändchen, Fleckenorche), *Orchis maculata; Breitblättriges K., Orchis latifolia;* Purpurrotes *K., Orchis purpurea;* Helm-*K.* (Soldatenorche), *Orchis militaris;* Großes *K.* (Männliches *K.), Orchis mascula;* Kleines *K.* (Narrenorche), *Orchis morio.* Alle einheim. Arten sind geschützt.

Knabenliebe →Päderastie.

Knabenüberschuß →Sexualproportion.

Knabenweihe, die Reifeweihe der Knaben, →Initiation (1).

Knäckebrot [schwed.], knuspriges, ursprüngl. in Schweden hergestelltes Fladenbrot aus Roggen- oder Weizenmehl (mit oder ohne Hefe). Dünn ausgerollte, durchstochene Teigfladen werden bei 300°C ca. 7–9 min gebacken u. nachgetrocknet. Wassergehalt: 10%; leicht verdaulich.

Knackelbeere, *Knack-Erdbeere, Fragaria viridis,* an sonnigen Standorten vorkommendes, der *Walderdbeere* ähnliches *Rosengewächs* mit harten Früchten.

Knacker, *Knackwurst,* geräucherte Brühwurst aus grobem, vorgepökeltem Rindfleisch u. fettem Schweinefleisch, mit Pfeffer u. Muskatnuß gewürzt; in Rinderkranzdärme gefüllt u. zu kettenförmigen, kleinen Würsten abgebunden.

Knackfuß, 1. Hermann, Maler, Graphiker u. Kunstschriftsteller, *11. 8. 1848 Wissen an der Sieg, Westerwald, †17. 5. 1915 Kassel; Historienmaler u. Illustrator von eklektizist. Haltung; gab die z.T. selbst verfaßte Reihe „Künstlermonographien" (122 Bde. 1895–1941) heraus, die eine große volksbildende Wirkung hatte.
2. Hubert, Bruder von 1), Architekt u. Archäologe, *25. 6. 1866 Dalheim bei Aachen, †30. 4. 1948 München; techn. Leiter der dt. Ausgrabungen in Milet u. Didyma 1901–1912.

Knacklaut, ein Kehlkopfverschlußlaut; →glottal.

Knagge [die; niederdt.], stützender Bauteil aus Holz, z.B. in Dachkonstruktionen.

Knäkente, *Anas querquedula,* 38 cm lange *Ente* Eurasiens, der *Krickente* sehr ähnl., aber mit weißem Augenstreif u. undeutl. grünem Flügelspiegel; selten am Meer. Sie nistet im Uferdickicht.

Knall, eine plötzliche stoßweise Dichteschwankung der Luft, die durch Schlag (Peitsche), Explosion u.a. hervorgerufen wird.

Knallerbsen, Scherzartikel: mit Knallquecksilber u. Zusätzen gefüllte Kugeln in Papierhüllen, die beim Auswerfen explodieren.

Knallgas, eine Mischung von Wasserstoff mit Sauerstoff (oder Luft), die bei der Entzündung explosionsartig verbrennt. Katalysatoren, z.B. fein verteiltes Platin, führen die Reaktion schon bei Zimmertemperatur herbei. Technische Anwendung (zum Schweißen u. Schneiden) findet das K.gebläse mit Flammentemperatur bis 2000°C. →auch autogenes Schneiden und Schweißen.

Knallgaselement, ein galvanisches Element, als elektr. Energiequelle 1955 von F. T. *Bacon* entwickelt; Prinzip: In eine 27%ige Kalilauge als Elektrolyt tauchen zwei poröse, hohle Nickelelektroden, in die Sauerstoff- bzw. Wasserstoffgas eingeleitet wird. An der Anode bildet sich eine dünne Nickeloxidschicht aus, die das Sauerstoffgas aktiviert u. adsorbiert, so daß die Sauerstoffatome mit dem Wasser des Elektrolyten OH-Ionen bilden können. Die OH-Ionen wandern zur Kathode u. bilden mit aktiven Wasserstoffatomen Wasser. Dabei werden Elektronen frei, wodurch eine Potentialdifferenz von 0,8 Volt zwischen den Elektroden entsteht. Der Wirkungsgrad beträgt bei 200°C u. einem Druck von 42 at bei einer Entnahme von 25 A etwa 65% (Wärmekraftmaschine mit Generator: 25–30%).

Knallgaslicht →Drummondsches Kalklicht.

Knallgasvoltameter [das], Gerät zum Messen des elektr. Stroms durch die bei der Elektrolyse des Wassers abgeschiedene Knallgasmenge. 1 Ampere entwickelt in 1 Sekunde 0,17 cm³ Knallgas von 0°C u. 760 Torr Druck.

Knallkapseln, *Knallpatronen,* mit Sprengmasse gefüllte Blechhülsen, die, auf Eisenbahnschienen gelegt, beim Überfahren explodieren u. so als Haltesignale dienen (z.B. zur Deckung eines liegengebliebenen Zugs).

Knallquecksilber, *Knallsaures Quecksilber, Quecksilberfulminat,* $Hg(ONC)_2$, ein Salz der *Knallsäure,* das bei Stoß, Schlag oder Erhitzen explodiert; Verwendung als Initialsprengstoff, z.B. in Zündhütchen von Patronen.

Knallsäure, HONC, eine giftige Säure, deren Schwermetallsalze (*Fulminate*) explosiv sind: *Knallquecksilber, Knallsilber.*

Knallsilber, *Silberfulminat,* AgONC, das Silbersalz der *Knallsäure,* das noch leichter als das *Knallquecksilber* explodiert.

Knallstreifen, im Steinkohlenbergbau im Gefolge eines *Gebirgsschlags* entstehende, bis einige cm breite Spalte in der Kohle.

Knallteppich →Überschallknall.

Knapp, 1. Albert, ev. Pfarrer, *25. 7. 1798 Tübingen, †18. 6. 1864 Stuttgart; dichtete geistl. Lieder u. gab eine Sammlung von 3540 älteren Kirchenliedern heraus („Ev. Liederschatz" 2 Bde. 1837).
2. Georg Friedrich, Nationalökonom, *7. 3. 1842 Gießen, †20. 2. 1926 Darmstadt; lehrte in Leipzig u. Straßburg; gehörte der *Historischen Schule* an, vertrat eine rechtshistor. Theorie vom Wesen des Geldes; Hptw.: „Die Bauernbefreiung u. der Ursprung der Landarbeiter in den älteren Teilen

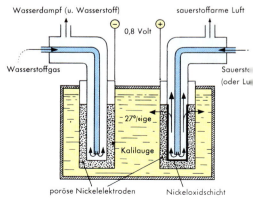

Knallgaselement: Wirkungsschema

Preußens" 2 Bde. 1887; „Staatliche Theorie des Geldes" 1905, ⁴1923.
Knappe, 1. im MA. der Edelknabe.
2. heute der junge →Bergmann; zuweilen auch der Müllerbursche.
Knappe, Karl, Bildhauer u. Kunstgewerbler, *11. 11. 1884 Kempten, Allgäu, †20. 3. 1970 München; schuf außer dekorativen Glasmalereien kirchl. Holzplastiken u. a.
Knäpper, *Bergbau:* Mineral- oder Gesteinsbrocken, die beim Sprengen nicht genügend zerkleinert wurde, deshalb nicht auf den Hunt aufgeladen werden kann u. nachgesprengt werden muß.
Knappertsbusch, Hans, Dirigent, *12. 3. 1888 Elberfeld, †25. 10. 1965 München; wirkte in Elberfeld (1913–1918), Leipzig u. Dessau, seit 1922 Generalmusikdirektor u. Nachfolger Bruno *Walters* an der Staatsoper in München, 1938 in Wien, seit 1945 Gastdirigent, bes. in München u. Bayreuth; vor allem Wagner- u. Bruckner-Dirigent.
Knappschaft, *K.sverein,* die Gesamtheit der Bergleute eines Bergwerks oder eines Reviers. – K.en waren schon im 13. Jh. bekannt u. angesehen; sie errangen wichtige Vorrechte u. entwickelten frühzeitig soziale Selbsthilfe-Einrichtungen (*K.skassen* u. a.), die im 20. Jh. in die →Sozialversicherung eingebaut wurden. Nach verschiedenen landesrechtl. Regelungen wurde 1923 durch das *Reichsknappschaftsgesetz* eine reichsrechtl. Gestaltung der *K.sversicherung,* der Kranken- u. Rentenversicherung der Bergleute, durchgeführt. Als Träger der Versicherung wurde die *Reichs-K.* bestimmt. An die Stelle der Reichs-K. sind nach 1945 deren ehem. *Bezirks-K.en* getreten. Träger der K.sversicherung ist seit dem 1. 8. 1969 die *Bundes-K.,* Sitz: Bochum. Der K.sversicherung unterliegen Arbeitnehmer in knappschaftl. Betrieben, d. h. in Betrieben, in denen Mineralien oder ähnl. Stoffe bergmänn. gewonnen werden, u. in deren Nebenbetrieben. Eine Versicherungspflicht besteht für alle Arbeitnehmer (Arbeiter u. Angestellte) ohne Rücksicht auf ihre Stellung im Betrieb u. auf die Höhe ihres Einkommens. Als Regelleistungen der knappschaftl. Rentenversicherung werden *Bergmannsrente, K.srente* wegen Berufsunfähigkeit oder wegen Erwerbsunfähigkeit, *K.sruhegeld* nach Erreichen der Altersgrenze u. *Hinterbliebenenrente* gezahlt. Die Mittel werden durch Beitragszahlung der Versicherten u. der Arbeitgeber u. einem Zuschuß des Bundes aufgebracht. – ☐ 4.6.1.
Knapp Verlag, 1. *Fritz Knapp GmbH,* Frankfurt a. M., gegr. 1935; Literatur für das Geld-, Bank- u. Börsenwesen u. die internationale Wirtschaftspolitik.
2. *Wilhelm Knapp Verlag Niederlassung der Droste Verlag GmbH,* Düsseldorf (seit 1950), gegr. 1838 in Halle (Saale), wird seit 1972 von der *Rheinisch-Bergischen Druckerei- u. Verlagsgesellschaft mbH* fortgeführt, die Verlagsgeschäfte nimmt der *Droste Verlag GmbH* wahr; photograph. Lehrbücher, Almanache u. Zeitschriften, Fachliteratur für Bergbau u. Hüttenkunde.
Knäuel, *Scleranthus,* Gattung der *Nelkengewächse,* mit kleinen, grünen Blüten; in Dtschld. der *Einjährige K., Scleranthus annuus* u. der *Ausdauernde K., Scleranthus perennis.*
Knäuelgras, *Hundsgras, Katzengras, Dactylis,* Gattung der *Süßgräser,* mit kleinen, zu Knäueln vereinigten Ährchen, die eine lappige, einseitswendige Rispe bilden. In Eurasien u. Nordafrika heimisch u. in Nordamerika eingebürgert ist das *Gewöhnl. K., Dactylis glomerata,* mit aufrechter Rispe u. graugrünen Blättern. In Dtschld. weit verbreitet; gutes Futtergras.
Knauf [der; Nebenform von *Knopf*], im MA. Bez. für *Säulenkapitäle,* bes. Würfelkapitäle, oder für kapitellartige, roman. Wandsäulen tragende *Kragsteine.* Die Form des K.s ergibt sich aus der Durchdringung von Kugel u. Würfel. Heute bezeichnet K. ein kugel- oder knopfartiges Zierstück, z. B. Turm-K., auch den Schwert-, Schirm- oder Stockgriff.
Knaufliese, eine keram. Wandplatte mit stark profiliertem Knauf in der Mitte; bekannt u. a. von altpers. Bauten, z. B. am Tempel von *Tschoga Zambil* bei Susa, um 1200 v. Chr.
Knaus, Hermann Hubert, österr. Frauenarzt u. Geburtshelfer, *19. 10. 1892 St. Veit an der Glan, †22. 8. 1970 Graz; bekannt durch das Verfahren der „natürlichen Geburtenregelung" durch Beachtung der fruchtbaren u. unfruchtbaren Tage der Frau *(Methode K.-Ogino);* Hptw.: „Die period. Fruchtbarkeit u. Unfruchtbarkeit des Weibes" 1934; „Die fruchtbaren u. unfruchtbaren Tage der Frau u. deren richtige Berechnung" 1950, ³⁸⁻⁴³1963.
Knaus-Ogino-Methode →Empfängnisverhütung.
Knautie = Witwenblume.
Knautschlack, für modische Lederwaren (Handtaschen, Stiefel, Schuhe u. a.) verwendetes Nappaleder, das mit einer Lackschicht versehen u. gewalkt wird, bis seine Oberfläche von einem Faltennetz überzogen ist.
Knebel, 1. ein zusammengedrehtes Tuch, das, in den Mund gesteckt, am Schreien hindern soll.
2. Griff aus Holz oder Metall zum Spannen von Seilen u. ä.
Knebel, Karl Ludwig von, Freund *Goethes,* *30. 11. 1744 Schloß Wallerstein, Franken, †23. 2. 1834 Jena; Major, Prinzenerzieher in Weimar; Mitarbeiter der „Horen", übersetzte Properz u. Lukrez; „Literar. Nachlaß u. Briefwechsel" 3 Bde. 1835/36.

Sebastian Kneipp

Knebelbart, in der span. Mode im 16. Jh. aufgekommene Barttracht, von *Napoléon III.* wiederaufgenommen.
knebeln, *Tierzucht:* so melken, daß mit dem ersten abgebeugten Daumenglied u. Zeigefingerdruck der Strich entleert wird.
Knebelungsvertrag, im bürgerl. Recht ein Vertrag, der den Schuldner in unerträglicher Weise der wirtschaftl. Freiheit beraubt; auch ohne Schädigungsabsicht nach § 138 BGB wegen Sittenwidrigkeit nichtig. – Ähnl. Regelungen in Österreich (§ 879 ABGB) u. in der Schweiz (Art. 19 u. 20 OR).
Knecht, alte Bez. für den männl., zum *Gesinde* gehörenden landwirtschaftl. Lohnarbeiter (heute: Landarbeiter), z. B. *Klein-* u. *Groß-K., Pferde-* u. *Ochsen-K.*
Knecht Ruprecht, eine bärtige u. vermummte Gestalt, die allein oder als Begleiter des *Nikolaus* u. *Weihnachtsmanns* in der Weihnachtszeit Gaben bringt. Die Herkunft dieser Vorstellung ist ungeklärt.
Knechtsand, Wattgebiet zwischen Elbe- u. Wesermündung.
Knecht Verlag, *Verlag Josef Knecht – Carolusdruckerei GmbH,* Frankfurt a. M., gegr. 1946; christl., sozialwissenschaftl. u. polit. Schrifttum.
Knef, Hildegard, Schauspielerin, *28. 12. 1925 Ulm; kam 1942 zur Ufa, seit 1945 an Berliner Bühnen u. beim Film, hatte 1954–1956 großen Erfolg am Broadway; danach meist Chanson- u. Theatertourneen. Autobiographie: „Der geschenkte Gaul" 1970; Texte: „Ich brauch Tapetenwechsel" 1972.
Kneip, Jakob, Erzähler u. Lyriker, *24. 4. 1881 Morshausen, Hunsrück, †14. 2. 1958 Mechernich, Eifel; zuerst Lehrer, Mitgründer des Bundes der „Werkleute auf Haus Nyland" u. des „Rhein. Dichterbundes". Lyrik: „Bauernbrot" 1934; Gesammelte Gedichte 1953; Epos: „Der lebendige Gott" 1919; Prosa: „Hampit der Jäger" 1927; „Porta Nigra" 1932; „Feuer vom Himmel" 1936; „Johanna, eine Tochter unserer Zeit" 1954.
Kneipp, Sebastian, kath. Pfarrer in Wörishofen, *17. 5. 1821 Stefansried bei Ottobeuren, †17. 6. 1897 Wörishofen; wurde ähnlich wie V. *Prießnitz,* aber unabhängig von ihm, durch die Schriften J. S. *Hahns* aus eigenem Erleben ein Anhänger der Wasserheilkunde (bes. der Kaltwasserheilkunde). Er erweiterte sie durch das Gießverfahren u. durch eine Reihe individueller Abstufungen. Als Naturheilkundler in Wörishofen schuf er die nach ihm benannte *K.kur.* Hptw.: „Meine Wasserkur" 1886; „So sollt ihr leben" 1888; „Mein Testament" 1893.
Kneippkur, die von Pfarrer S. *Kneipp* geübte Art der Krankheitsbehandlung, die heute noch in den Kneippheilbädern, Kneipporten u. von den Kneippärzten in aller Praxis ausgeübt wird. Sie besteht in einer Ganzheitsbehandlung, die alle Funktionen des menschl. Körpers berücksichtigt, u. verwendet als Heilmittel in erster Linie naturgemäße Diät, Licht-Luft-Bewegungsbehandlung, Kräuter u. die Kneippschen Wasseranwendungen. Die Anhänger der K. sind im *Kneippbund e. V.,* Bad Wörishofen, mit örtl. Kneippvereinen in allen größeren Orten Deutschlands zusammengeschlossen. Die Kneippärzte gehören dem Kneippärztebund an. *Kneippheilbäder* sind Bad Berneck (Fichtelgebirge), Bad Lauterberg (Harz), Bad Kassel-Wilhelmshöhe u. Bad Wörishofen. Anerkannte *K.orte* sind Aulendorf (Württemberg), Bad Peterstal (Schwarzwald), Bergzabern (Pfalz), Boppard (Rhein), Camberg (Taunus), Daun (Eifel), Füssen, Faulenbach, Iburg (Teutoburger Wald), Münstereifel, Neustadt (Schwarzwald), Schönmünzach (Schwarzwald), Überlingen (Bodensee) u. Vallendar (Rhein).
Kneippleinen, Leinengewebe aus groben, unregelmäßigen Werggarnen; die rauhe Oberfläche saugt gut die Feuchtigkeit auf; in der Krankenpflege bei Schwitzpackungen verwendet, deshalb auch *Gesundheitsleinen* genannt.
Kneller [′nɛlə], Sir Godfrey, eigentl. Gottfried *Kniller,* dt.-engl. Maler, *8. 8. 1646 Lübeck, †19. 10. 1723 London; lernte bei F. *Bol* u. P. P. *Rubens* in Amsterdam u. bei C. *Maratta* in Rom; kam 1675 nach London, wurde der geschätzteste Porträtmaler der Aristokratie u. erhielt nach P. *Lelys* Tod (1680) dessen Stellung als Hofmaler. K.s Bildnisstil lehnt sich an das Vorbild A. van *Dycks* an.
Knesebeck, Karl Friedrich Frhr. von dem, preuß. Generalfeldmarschall, *5. 5. 1768 Karwe bei Neuruppin, †12. 1. 1848 Karwe; 1809 preuß. Militärbeobachter im österr. Hauptquartier, 1813 Generaladjutant Friedrich Wilhelms III.; nach Herkunft u. Mentalität preußischer Altkonservativer, beeinflußte K. den König sowohl gegen die Operationspläne Blüchers u. Gneisenaus in den Befreiungskriegen als auch gegen die Reformpartei.
Knesset [die; hebr. „Versammlung"], das in allgemeinen, gleichen u. geheimen Wahlen auf 4 Jahre (frühere Neuwahlen sind auf eigenen Beschluß möglich) nach dem Verhältniswahlrecht gewählte Einkammerparlament Israels. Sitz: Jerusalem. Aufgaben u. Rechte sind im K.-Grundgesetz von 1958 u. in der Geschäftsordnung von 1949 niedergelegt. Verhandlungssprachen: Hebräisch u. Arabisch. Die K. wählt den Staatspräsidenten (auf 5 Jahre), setzt die Regierung ein u. kann sie über ein Mißtrauensvotum absetzen, ratifiziert Verträge mit dem Ausland (keine Vorlagepflicht der Regierung), beschließt über den Haushalt, Gesetze u. Notverordnungen. Sie hat 120 Abg.
Knetmaschine, Arbeitsmaschine zum Kneten plastischer Stoffe. Im Materialaufnahmebehälter sind *Knetarme* angeordnet, die durch Hand oder Motorkraft bewegt werden, oder der Stoff wird kontinuierlich durch *Knetschnecken* durch die K. gefördert. Anwendung in der Kunststoff- u. Gummiherstellung sowie bei vielen anderen Verarbeitungsverfahren (z. B. *Teig-K.* beim Bäcker).
Knick, 1. *allg.:* scharfe Biegung.
2. *Biogeographie:* in Schleswig-Holstein Hecke um Felder u. Wiesen; →Heckenlandschaft.
Knickei, ein Ei, dessen Kalkschale durch mechanische Einwirkung ohne Verletzung der Eihaut beschädigt ist.
knicken, *Festigkeitslehre:* Bez. für das plötzl. Ausbiegen eines auf Druck beanspruchten geraden Stabs, das oft zur Zerstörung des Bauteils führt. Die Belastbarkeit eines auf Druck beanspruchten geraden Stabs hängt – im Gegensatz zur *Zugfestigkeit* – nicht von der Materialfestigkeit u. Querschnittsfläche ab; maßgebend sind vielmehr die Einspannverhältnisse an den Enden des Stabs (fest, gelenkig, verschieblich), das →Trägheitsmoment des Querschnitts, die Länge des Stabs u. der Elastizitätsmodul des Stoffs. Durch Absteifen in der Mitte, in den Drittelpunkten u. a. kann die Knicklänge verkleinert u. damit die Knickfestigkeit vervielfacht werden. Ein Großteil aller Einstürze, bes. von Brücken, ist durch K. verursacht.

Wegen der Plötzlichkeit des Knickvorgangs u. des völligen Versagens des geknickten Bauteils sind die Folgen meist katastrophal. →auch Brücke, beulen, Festigkeitslehre, kippen.

Knickerbocker ['nikə-], **1.** *amerikan. Folklore:* Spitzname der Einwohner New Yorks (nach dem Decknamen Diedrich K., unter dem W. *Irving* 1809 eine humorist. Geschichte New Yorks geschrieben hatte).
2. *Getränke:* amerikan. Eisgetränk aus Rum, Curaçao, Himbeersaft u. a.
3. *Kleidung:* [in Dtschld. 'knikər-], nach 1) benannte, am Knie überfallende Sporthose, kürzer als die Golfhose, weiter als die Kniehose, war um 1925 sehr beliebt.

Knickerbocker ['nikər-], Hubert Renfro, US-amerikan. Journalist, *31. 1. 1898 Yoakum, Tex., †13. 7. 1949 Bombay (Flugzeugabsturz); schrieb zu polit. Gegenwartsfragen: „The German Crisis" 1932, dt. „Dtschld. so oder so?" 1932; „Kommt Krieg in Europa?" 1934, dt. 1934.

Knickfuß, *Pes valgus abductus*, eine nach außen gerichtete Abknickung des Fußes im Sprunggelenk, wobei der innere Knöchel stark hervorspringt; häufig mit Plattfuß verbunden. Die Behandlung ist orthopädisch.

Knickschlepper, geländegängiger Schlepper für die Forstwirtschaft, der die Langholzrückung dort ermöglicht, wo bisher nur Sortimentsrückung möglich war. Der K. ist noch in einer Hanglage von 40%, bei günstigen Bodenverhältnissen sogar noch bis 60% einsetzbar u. benötigt kein allzu dichtes Wegenetz. Durch den K.einsatz mögliche Schäden (wie Bodenerosion, Bodenverdichtung, Wurzelverletzung, Schäden am Wegenetz u. a.) können bei sorgsamer, ständig kontrollierter Arbeit u. bei Berücksichtigung der Wetterlage weitgehend vermieden werden, bilden aber noch ein Problem für die Forstwirtschaft.

Knidos, lat. *Cnidus*, dorische Kolonie auf einer Halbinsel an der weit vorspringenden südwestl. Spitze der Küste Kleinasiens, gegenüber der Insel Kos; berühmte Ärzteschule, Heimat des *Ktesias* u. des Astronomen u. Mathematikers *Eudoxos* von K. Bekannt durch die Statue der Aphrodite Euploia („Aphrodite von K.") des *Praxiteles*. 394 v. Chr. wichtiger Seesieg des Atheners *Konon* u. des *Pharnabazos* über den Spartaner *Peisandros*.

Knidosporidien = Cnidosporidien.

Knie, 1. *Anatomie:* lat. *Genu, K.gelenk*, Gelenk zwischen Oberschenkelknochen u. Schienbein. Eine starke Gelenkkapsel bildet die Gelenkhöhle, in der vorn in die Sehne des Oberschenkelmuskels eingelassen die *K.scheibe* (lat. *Patella*) liegt, die die Kapsel u. das Gelenk nach vorn schützt u. verstärkt. Zwischen den beiden Knochenenden sind zwei halbmondförmige Knorpelscheiben (lat. *Meniscus*) als Polsterung eingelassen; außerdem geben gekreuzte innere Bänder dem Gelenk nach innen Halt. Die Menisken u. Kreuzbänder werden bei Verletzungen leicht beschädigt u. rufen langwierige Störungen hervor, die oft erst durch operative Hilfe, meist nur unzulänglich, ausgeglichen werden können.
2. *Technik: Kniestück*, ein rechtwinkliges Rohrstück.
3. *Zoologie:* Glied des Beins der Spinnentiere *(Patella)* zwischen Schenkel *(Femur)* u. Schiene *(Tibia)*.

Knie, Friedrich, Artist, *14. 7. 1784 Erfurt, †1850 Burgdorf; gründete eine aus Familienmitgliedern bestehende Seiltänzertruppe. Seine Nachkommen schufen 1919 in der Schweiz den *Zirkus K.*

Kniebis, Bergrücken u. Paß im nördl. Schwarzwald, 971 m; die *K.straße* verbindet Freudenstadt u. Oppenau.

Kniehebel, 1. abgebogener Hebel, der an seiner Abbiegung drehend gelagert ist.
2. doppelarmiger Hebel aus drei Stäben, die durch einen Bolzen in einem Gelenk *(Kniegelenk)* verbunden sind. Durch eine waagerechte Kraft (Stab) werden die anderen Stäbe in eine Gerade gebracht u. üben (z. B. in Pressen) einen Druck aus.

Kniehose, *Bundhose, Kniebundhose*, unterhalb des Knies gebundene Hose, gehört heute noch zur bäuerl. Tracht u. ist in der Kinder- wie in der Damen- u. Herrenoberbekleidung beliebt. →auch Culotte.

Kniep, Hans, Botaniker, *3. 4. 1881 Jena, †17. 11. 1930 Berlin; Prof. in Würzburg u. Berlin; wichtige Arbeiten über die Fortpflanzung bei Pilzen.

Knies, Karl, Nationalökonom, *29. 3. 1821 Marburg, †3. 8. 1898 Heidelberg; Mitbegründer der älteren *Historischen Schule*; den „Gesetzen" der klass. Nationalökonomie setzte er einen historischen Relativismus entgegen. Hptw.: „Die polit. Ökonomie vom Standpunkt der geschichtl. Methode" 1853.

Kniescheibe, *Patella*, Knochenscheibe an der Vorderseite des Kniegelenks der meisten Säuger, Verknöcherung der Strecksehne des Unterschenkels; eine K. fehlt den Walen, Seekühen, Fledermäusen u. einigen Beuteltieren.

Knieschwamm, lat. *Fungus genus*, spindelförmige Auftreibung des Kniegelenks bei Kniegelenkstuberkulose.

Kniesehnenreflex, *Patellarsehnenreflex*, ruckartiges Vorschnellen des locker hängenden Unterschenkels nach einem Schlag auf die Sehne unterhalb der Kniescheibe; Folge der Reizung der mechan. Sinneszellen im Muskel. Wichtig zum Erkennen von Störungen des Nervensystems.

Kniestock, *Drempel*, eine Dachstuhlwand, die an der Traufseite durch Anheben des Dachfußes über die Geschoßdecke angeordnet wird, um Bodenraum zu gewinnen.

Kniestrümpfe, von eingearbeiteten Gummirändern gehaltene Strümpfe, die unterhalb der Knie enden. Trachtenstrümpfe waren früher oft knielang.

Kniestück, *Kniebild*, Bildnisdarstellung in Dreiviertelfigur.

Knigge, Adolf Frhr. von, Schriftsteller, *16. 10. 1752 Schloß Bredenbeck bei Hannover, †6. 5. 1796 Bremen; Kammerherr; durch sein erfolgreiches Buch „Über den Umgang mit Menschen" 1788, das im Geist der Aufklärung Regeln der Lebenskunst gibt, wurde sein Name zum geflügelten Wort. Außerdem komische u. satir. Romane („Die Reise nach Braunschweig" 1792), Dramen u. Traktate.

Knight [nait; engl.], Ritter; niederer engl. nichterbl. Adel, der den Titel *Sir* vor dem Vornamen trägt.

Knight [nait], **1.** Eric, engl. Erzähler, *10. 4. 1897 Menston, Yorkshire, †15. 1. 1943 Küste von Niederländ.-Guayana (Flugzeugunglück); Romane: „This Above All" 1941, dt. „Dir selber treu" 1943; „Lassie kehrt zurück" 1942, dt. 1945.
2. Thomas Andrew, engl. Botaniker, *12. 8. 1759 Wormley, Herefordshire, †11. 5. 1838 London; wies bei Pflanzenwurzeln Geo- u. Hydrotropismus sowie bei Weinranken negativen Heliotropismus nach.

Kniller, Gottfried →Kneller, Sir Godfrey.

Kniphofia, *Tritome*, Gattung der *Liliengewächse*, im tropischen Afrika u. auf Madagaskar; schöne Zierpflanzen, Blüten in dichter, endständiger gelber bis scharlachroter Ähre, geeignet u. a. für Randbepflanzung von Wasserbecken, blühen vom Hochsommer bis Herbst.

Knipperdolling, Bernhard, Wiedertäufer, †22. 1. 1536 Münster; 1534 Bürgermeister, Statthalter u. Scharfrichter. Nach der Erstürmung der Stadt Münster durch die Truppen der Territorien Münster, Kleve, Köln u. Hessen wurde K. 1536 gemeinsam mit seinem Schwiegersohn *Johann von Leiden* hingerichtet u. seine Leiche in einem eisernen Käfig ausgestellt.

Knipping, Hugo Wilhelm, Internist, *9. 7. 1895 Dortmund; nach ihm benannt der *K.sche Apparat* zur Grundumsatzbestimmung.

Kniprode, Winrich von →Winrich von Kniprode.

Knirps, Warenzeichen für einen zusammenschiebbaren, 1926 von H. *Haupt* erfundenen Patentschirm.

Knittel, John, eigentl. Hermann K., schweizer. Schriftsteller, *24. 3. 1891 Dharwar (Indien), †26. 4. 1970 Maienfeld, Graubünden; Sohn eines Baseler Missionars; schrieb, zuerst engl., spannungs- u. kontrastreiche, oft im selbsterlebten Asien u. Afrika spielende Romane: „Der Weg durch die Nacht" engl. 1924, dt. 1926; „Therese Etienne" 1927; „Abd-el-Kader" 1930; „Der Commandant" 1933; „Via Mala" 1934, als Drama 1938; „El Hakim" 1936; „Amadeus" 1939; „Terra Magna" 2 Bde. 1948; „Jean Michel" 1953; „Arietta" 1959; auch Novellen u. Filme.

Knittelfeld, österr. Stadt in der Steiermark, an der Mur, 14600 Ew.; Hauptwerkstätte der Österr. Bundesbahnen, Emailwerk.

Knittelverse, *Knüttelverse, Knüppelverse*, dt. Versform mit vierhebigen Reimpaaren, einsilbigen (H. *Sachs*), meist aber unregelmäßig gefüllten Senkungen, entwickelt aus den mhd. Reimpaaren, im 16. Jh. beliebt, im 17. Jh. als unkünstler. abgelehnt (M. *Opitz*), durch *Goethe* („Faust I") wieder belebt u. seitdem oft angewendet (*Schiller:* „Wallensteins Lager"; G. *Hauptmann:* „Festspiel in dt. Reimen").

knitterfest machen, Textilien wie Baumwolle u. Viskosegewebe mit (z. B.) Kunstharzen zur Verbesserung der Knittereigenschaften ausrüsten.

knittern, *Textilindustrie:* unbeabsichtigte Knautschfalten bilden. Prüftechnisch von Bedeutung ist die *Knittererholungsfähigkeit*, die an Geweben subjektiv beurteilt oder an Garnen u. Geweben objektiv durch Messung der zeitabhängigen Knittererholungswinkel nach einer vorher vorgenommenen Knitterung in Form von definierten Winkeln über bestimmte Zeiten ermittelt wird.

Knittlingen, baden-württ. Stadt (seit 1973 im Enzkreis) östl. von Karlsruhe, 4600 Ew.; angebl. der Geburtsort von J. *Faust* (Faust-Gesellschaft, gegr. 1967); Herstellung von Möbeln u. medizin. Instrumenten.

Knivskjellodden ['knivʃe:lɔdən], nördlichster Punkt Europas auf der norweg. Insel Mageröy; das dortige *Nordkap* ist nur die zweitnördlichste Spitze Europas.

Knjas [russ., „Fürst"], in Altrußland zunächst Titel der Mitglieder der Herrscherdynastie, später Titel der Angehörigen aller sich von *Rjurik* u. *Gedymin* herleitenden hohen Erbadelsfamilien; seit *Peter d. Gr.* auch von den Zaren verliehen. Auch in Polen *(Książę)* u. Böhmen (tschech. *Kníže*) gebraucht.

Knobelbecher, *Spiele:* der meist aus Leder gefertigte Würfelbecher.

knobeln, Unterhaltungsspiel, das durch Würfeln, Losen oder Handzeichen entschieden wird.

Knobelsdorff, Georg Wenzeslaus von, Architekt u. Maler, *17. 2. 1699 Kuckädel bei Crossen, †16. 9. 1753 Berlin; anfangs Offizier, als Maler vorwiegend an A. *Pesne* geschult, als Architekt Hauptmeister des preuß. Rokokos, beeinflußt vom Klassizismus A. *Palladios* (Italienreise 1736) u. der Franzosen C. *Perrault* u. J. *Hardouin-Mansart* (Parisaufenthalt 1740). K. gehörte zum Rheinsberger Freundeskreis *Friedrichs d. Gr.*, bei dessen Regierungsantritt 1740 er zum Oberintendanten der Schlösser u. Gärten ernannt wurde. Hptw.: Neuer Flügel am Schloß Charlottenburg 1740; Opernhaus in Berlin 1741; Schloß Sanssouci 1745–1747; Umbau des Stadtschlosses Potsdam 1745–1751.

Knob Lake ['nɔb lɛik], kanad. See auf der Halbinsel Labrador; hier wurde nach dem 2. Weltkrieg die größte kanad. Eisenerzlagerstätte entdeckt. →Schefferville.

Knoblauch, *Knobloch, Knofel, Allium sativum*, in der innerasiat. Dsungarei heimische, zu den *Liliengewächsen* gehörende Pflanze von 30–100 cm Höhe mit zwiebeltragenden Dolden. Der bekannte scharfe Geruch rührt von dem flüchtigen *K.öl* her. Die Zwiebeln werden als Gewürz verwendet.

Knoblauchhederich, *Knoblauchrauke, Alliaria officinalis*, ein *Kreuzblütler* mit weißen Blüten. Die bis 1 m hohe u. nach Knoblauch riechende Pflanze ist im Mai u. Juni an schattigen Stellen in Hecken u. Gebüschen zu finden.

Knoblauchkröte, *Pelobates fuscus*, bis 8 cm langer *Froschlurch* auf Sandböden des Tieflands in Mittel- u. Osteuropa, einziger Vertreter der *Krötenfrösche* in diesem Gebiet; Larven sehr groß, bis 17 cm. Bei Beunruhigung wird ein leicht nach Knoblauch riechendes Sekret ausgeschieden. Bis 11 Jahre Lebensdauer. Naturgeschützt.

Knoblauchpilz = Küchenschwindling.

Knoblauchrauke →Knoblauchhederich.

Knoche, Ulrich, Altphilologe, *5. 9. 1902 Charlottenburg, †24. 7. 1968 Hamburg; verfaßte Schriften zur röm. Literatur. „Der Philosoph Seneca" 1933; „Die röm. Satire" 1949.

Knöchel, *Malleolus*, vorspringende Knochenenden der Unterschenkelknochen; das innere Knochenende *(innerer K.)* gehört zum Schienbein, das äußere *(äußerer K.)* zum Wadenbein. Die K. bilden zusammen mit dem von der *K.gabel* umfaßten Sprungbein das obere *Sprunggelenk*. Sie sind leicht Verletzungen ausgesetzt *(K.bruch)*.

Knochen, *Os* [Mz. *Ossa*], die feste Stützsubstanz des Skeletts der Wirbeltiere (ausgenommen Knorpelfische, Selachier), die aus einem faserigen Grundgewebe mit kalkhaltigem Kittmaterial aufgebaut ist (→Knochengewebe). Die K. sind in ihrer Gesamtheit durch Bänder u. Gelenke zum Körpergerüst *(Skelett)* verbunden. Ihrer Form nach werden unterschieden: *lange* oder *Röhren-K.* sowie *platte* oder *breite K.* Die Röhren-K. (z. B. Oberarm-K., Oberschenkel-K.) bestehen aus ei-

Knochenöl

nem länglichen, hohlen, mit K.mark gefüllten *Mittelstück* (*Diaphyse*) u. je zwei verdickten *Endstücken* aus poröser K.masse (*Epiphysen*), die an ihren Enden die überknorpelten Gelenkflächen tragen. Die platten oder breiten K. bestehen wie die Röhren-K. aus der äußeren harten K.rinde u. der inneren porösen K.masse, haben aber keine größeren Hohlräume. Alle K. sind außen von der *K.haut* (*Beinhaut*, *Periost*) umgeben, von der bei Verletzungen die Wiederherstellung erfolgt (→Kallus). – Ihrer Entstehung nach unterscheidet man →Deckknochen (Haut-K.) u. →Ersatzknochen.

Das *K.mark* erfüllt die Markhöhle der Röhren-K. u. besteht aus Blutgefäßen u. verschiedenen Markzellen; in früher Jugend ist es rot u. wird später gelb. Im K.mark bilden sich rote Blutkörperchen.

Knochenabszeß, Eiterbildung innerhalb des Knochens, die zur Zerstörung des Knochengewebes führt. Der Eiter versucht an die Oberfläche zu treten u. sammelt sich unter der Knochenhaut; dabei kann er in Gelenknähe in das Gelenk durchbrechen; meist handelt es sich um *Knochenmarksentzündung* (*Osteomyelitis*).

Knochenasche, durch Glühen von Knochen erhaltenes Gemisch von Calciumphosphat u. Calciumoxid; Verwendung zur Herstellung von Superphosphat.

Knochenatrophie, Abnutzungserscheinung der Knochen, bei der die Knochenmasse schwindet; kann auch in jüngeren Jahren bei Nichtgebrauch infolge von Verletzungen, Lähmungen u. Knochen- u. Gelenkentzündungen auftreten. Einzelerscheinungen sind *Knochenschwund* (*Osteoporose*), *Knochenbrüchigkeit* (*Osteopsathyrose*) u. *Knochenerweichung* (*Osteomalazie*).

Knochenauswuchs, *Exostose*, Geschwulst, meist als Folge einer chron. Entzündung. An sich harmlos, kann der K. durch Druck auf Nachbarorgane doch Schmerzen u. Funktionsbehinderung hervorrufen; wächst der K. nach innen in die Markhöhle, liegt eine *Enostose* vor.

Knochenbruch, *Fraktur*, gewaltsame Trennung eines Knochens in zwei oder mehr Teile, bei der sich durch Blutung u. Gewebszerstörung an der Bruchstelle eine schmerzhafte Schwellung bildet; später entsteht dort eine Knochennarbe, der *Kallus*. Die Knochenbrüche werden nach den einwirkenden Gewalten, nach dem Verhalten der Bruchstellen, nach ihrem Aussehen u. nach dem Sitz unterschieden: z.B. *Schußbruch*, *Querbruch*, *Schädelbasisbruch* u.a. Wird bei der Verletzung gleichzeitig die äußere Haut getrennt, so daß die Bruchwunde Verbindung mit der Außenwelt bekommt, liegt wegen der Infektionsgefahr ein *komplizierter Bruch* vor. Daneben kann es zum *unvollständigen K.* in Form von *Spalten* (*Fissur*) u. *Einrissen* (*Infraktion*) kommen, bes. bei widerstandsfähigen elast. Knochen. Ist der Knochen schließl. krankhaft geschwächt (durch Knochenatrophie oder Geschwulstmetastasen), so bewirkt schon geringe Belastung Spontanbruch. Jeder K. muß möglichst bald sachgemäß versorgt werden. *Einrichtung* (*Reposition*) u. *Fixierung* in der richtigen Lage bis zur Knochenheilung ist notwendig. Ebensowenig darf die Kontrolle durch das Röntgenbild unterlassen werden. Die Fixierung geschieht durch Gips- oder Zugverbände, die Einrichtung unblutig oder operativ, wobei die Knochenenden gegebenenfalls mit Silberdraht aneinander fixiert oder mit Elfenbein- bzw. Metallbolzen aneinandergenagelt werden (*Knochennaht*, *Knochennagelung*). Die Knochenheilung kann nach Art u. Ort des Bruchs, aber auch aus individuellen Gründen von wenigen Wochen bis zu einem Jahr dauern. Bei gleichzeitigen Allgemeinerkrankungen wird sie verzögert oder bleibt aus. Im letzteren Fall ist die Bildung eines Scheingelenks (*Pseudarthrose*) möglich. Wenn sich bei der Heilung zuviel Kallus bildet, kann es zu einer Beeinträchtigung benachbarter Gefäße u. Nerven kommen.

Knochenbrüchigkeit, *Osteopsathyrose*, Anfälligkeit der Knochen als Folge der Knochenatrophie im Alter, bei Geschwulstmetastasen, Knochenerweichung, Knochensyphilis u.a.

Knochenentzündung, *Ostitis*, bei Tuberkulose, Syphilis u.a. auftretende chron. Entzündung. Andernfalls handelt es sich um *Knochenmarks-* (*Osteomyelitis*) oder *Knochenhautentzündung* (*Periostitis*), die auf den Knochen übergegriffen hat. Chron. K.en führen zu örtl. Verdickungen bes. im Bereich der Röhrenknochen.

Knochenerweichung, *Osteomalazie*, Erkrankung der Knochen, die durch abnormen Kalkverlust oder Kalkmangel verursacht ist. Zu Kalkverlust kommt es bei jugendl. Heranwachsenden u. bes. bei Schwangeren sowie bei alten Leuten durch mangelnde Wiederanlage des laufend abgebauten Kalks infolge Störung des Kalkstoffwechsels u. der inneren Sekretion. Die K. zeigt sich in abnormer Biegsamkeit u. Um- u. Mißformung der Knochen. Die K. der Schwangeren beruht wahrscheinl. auf innersekretor. Störungen. Die Behandlung richtet sich nach der Grundursache.

Knochenfett, *Knochenöl*, durch Auskochen von Knochen mit Wasser oder Behandeln mit Wasserdampf gewonnene fette Öle, die oft talgartige Konsistenz besitzen; gelb bis braun; gereinigt als Schmiermittel, zur Seifen- u. Schuhcremeherstellung.

Knochenfische, 1. *Osteichthyes*, artenreichste Klasse der *Chordaten*, mit sternförmig verzweigten Knochenzellen, die aus Bindegewebe gebildet u. von Blutgefäßen versorgt werden, sowie stark gegliedertem Skelett; Körper mit *Fischschuppen* bedeckt. K. stammen von noch stärker verknöcherten Vorfahren ab, die bereits die Süßgewässer des Ordoviziums (vor 400 Mill. Jahren) bewohnten. Sie entstanden von den *Knorpelfischen*. Seit dem Oberen Silur 2 Unterklassen: *Strahlenflosser* u. *Quastenflosser*.

2. *Echte K.*, *Teleostei*, Überordnung der *Strahlenflosser*, Skelett meist voll verknöchert, Oberkiefer nur vorn am Schädel befestigt, hinten durch Bänder mit dem Unterkiefer verbunden: Die Möglichkeit zu beißen wird beschränkt zugunsten eines vorstülpbaren Mauls zum Einsaugen u. Ablösen von Nahrung. Die Entwicklung innerhalb der K. geht von der weichstrahligen zur hartstrahligen Flosse, von der zum Darm geöffneten Schwimmblase (z.B. Heringsfische) zum geschlossenen Gleichgewichtsorgan. Artenreichste, „moderne" Gruppe der Fische, die in der Kreide entstand u. heute ca. 30 Ordnungen aufweist. – ▣ S. 314.

Knochenganoiden, *Holostei*, Überordnung der *Strahlenflosser*; die Verknöcherung ist nicht so stark reduziert wie bei den *Knorpelganoiden*, dafür die Flossenstrahlen; eine Schwimmblase dient als Lunge u. hydrostat. Organ. K. entwickelten sich in der Trias; Blütezeit war die Kreide. 2 Ordnungen: *Knochenhechte* u. *Schlammfische*.

Knochengeräte, aus Knochen u. Horn gefertigte Gebrauchsgeräte wie Messer, Meißel, Harpunen, Pfeil- u. Speerspitzen, Nadeln, Priemen u.a. Zu den K.n gehören auch die *Schlittknochen*, Beinknochen oder Rippen von Pferd u. Rind, die als Schneeschuhe unter die Füße geschnallt wurden. K. kommen vereinzelt schon im Altpaläolithikum vor, sicher sind sie seit dem Moustérien bezeugt. Im Jungpaläolithikum bilden sie, oft reich mit figürl. oder geomet. Ornamenten verziert, wichtige Leittypen der einzelnen Zeitstufen. K. spielten noch im Mesolithikum u. in der Jungsteinzeit eine wichtige Rolle, wurden auch in späteren vorgeschichtl. Epochen benutzt u. sind heute noch bei Naturvölkern in Gebrauch.

Knochengeschwulst, *Osteom*, gutartige Geschwulst aus Knochengewebe als →*Knochenauswuchs* (*Exostose*) oder im Knochen als *Enostose*. Die bösartige K. tritt in verschiedenen Grundstrukturen u. Mischungen als Knochenkrebs (*Osteosarkom*) oder als Tochtergeschwulst des Krebses auf.

Knochengewebe, auf die Wirbeltiere beschränktes Gewebe, in dessen organische Grundsubstanz Mineralien, vor allem Calciumphosphat u. -carbonat, eingelagert werden.

Knochenhautentzündung, *Periostitis*, außerordentlich schmerzhafte Erkrankung, die auftritt durch mechanische Reizung, bei Verletzungen oder durch fortgeleitete Infektion auf dem Blutweg, am häufigsten jedoch als Folge von Knochenmarkentzündungen.

Knochenhechte, *Lepisosteiformes*, Ordnung der *Knochenganoiden*, Familie *Lepisosteidae*, mit langgestrecktem Körper u. langer, bezahnter Krokodilschnauze. K. lauern hinter Wasserpflanzen auf Beute. Eier werden auf Steinen abgelegt, auf denen sich auch die Larven mit Haftorganen festsetzen. Am verbreitetsten in Nordamerika (von den Großen Seen bis zum Rio Grande in Mexiko) ist der 1,50 m lange *Langnasen-Knochenhecht*, *Lepisosteus osseus*; die südl. USA, Kuba u. Mittelamerika bewohnt der bis 3,50 m lange *Alligator*- oder *Kaimanfisch*, *Lepisosteus tristoechus*. Fleisch schmackhaft; schwer zu fangen.

Knochenhypertrophie, *Ostitis ossificans*, *Eburneation*, krankhaft übermäßige Bildung von Knochensubstanz auf Kosten des Markraums von der Knochenhaut aus.

Knochenkohle, *Beinschwarz*, *Spodium*, durch Erhitzen von Knochen unter Luftabschluß gewonnene Kohle; hauptsächl. technisch zum Filtern u. Entfärben von Flüssigkeiten verwandt.

Knochenkrebs, 1. Tochteransiedlung (*Knochenmetastase*), die von Brustdrüsen-, Schilddrüsen- u. Vorsteherdrüsenkrebs ausgehend; der erkrankte Knochen neigt zur Spontanfraktur (Bruch); 2. die bösartige →*Knochengeschwulst*, das Osteosarkom.

Knochenmarkerkrankungen, Entzündungen des Knochenmarks (*Osteomyelitis*), vorwiegend der langen Röhrenknochen, durch Infektion nach Verletzungen oder auf dem Blutweg. K. beginnen oft plötzlich mit Fieber, Schüttelfrost, Schmerzen u. Schwellungen über den erkrankten Knochen. Knochenmarkgeschwülste (z.B. *Myelom*) sind meist ernster Natur. Erlahmen der *Knochenmarktätigkeit* führt zu Blutarmut u. Schwinden der Leukozyten (*Panmyelophthise*). Darüber hinaus kann aus Veränderungen des Knochenmarks, die durch Punktion festgestellt werden, auf Blutkrankheiten geschlossen werden.

Knochenmarktransplantation →Gewebsverpflanzung.

Knochenmehl, gemahlene Knochen, die vorher durch einen Dämpfvorgang entleimt worden sind. K. wird wegen seines Gehalts an Calciumphosphat als Düngemittel, bes. im Gartenbau, verwendet. Es dient wegen des hohen Mineralgehalts auch als Beifutter, bes. in der Pelztierzucht.

Knochennekrose, das Absterben von Teilen des Knochens; führt zur Sequesterbildung; der abgestorbene *Sequester* wird vom gesunden Knochengewebe abgegrenzt (sog. *Totenlade*).

Knochenöl →Knochenfett.

Knochenhecht, Lepisosteus tristoechus

Knochenporzellan

Knochenporzellan, engl. *bone china,* im 18. Jh. in Chelsea u. Worcester hergestelltes engl. Frittenporzellan, dessen Masse Zusätze von Knochenasche u. Speckstein enthält.

Knochentransplantation, *Knochenverpflanzung,* Übertragung von Knochenstücken, z. B. zum Ersatz von Knochendefekten, zur Ausfüllung von patholog. Knochenhöhlen oder zur Verfestigung von Scheingelenken (Pseudarthrose). Verwendet werden neben Knochenstücken vom eigenen Körper *(autoplastische K.)* solche von anderen Menschen *(homoioplast. K.)* oder auch Knochenspäne von Tieren *(xenoplast. K.),* die zuvor enteiweißt u. so präpariert wurden, daß sie kaum als körperfremdes Gewebe wirken. Technisch kann man den Knochenspan mit Knochenhaut in den Defekt einlegen („Inlay"-Verfahren) oder ohne Knochenhaut an den Knochen unter die Knochenhaut anlegen („Onlay"-Verfahren).

Knochenzüngler, *Osteoglossidae,* Familie erdgeschichtl. sehr alter *Echter Knochenfische* mit gestrecktem Körper u. langen Flossensäumen, z. B. der südamerikan. *Arapaima,* der ägypt. *Heterotis* u. die *Gabelbärte.*

Knockout [nok'aut; der; engl.], Abk. *K.o.,* der Niederschlag beim →Boxen. Auf K.o. wird entschieden, wenn sich ein Boxer nach Schlageinwirkung länger als 10 sek am Boden oder außerhalb der Seile befindet oder kampfunfähig ist. *Technischer K.o.* ist ein Kampfabbruch wegen Verletzung oder zu großer Überlegenheit eines Boxers.

Knödel [der], süddt.-österr. für →Kloß.

Knöllchenbakterien, *Rhizobium leguminosarum* (früher *Bacterium radicicola*), in Symbiose mit Schmetterlingsblütlern lebende, stickstoffbindende, in zahlreichen Rassen auftretende Bakterien. Die Infektion der Wirtspflanzen erfolgt an der jungen Wurzel, deren Rindenzellen durch die eingedrungenen K. zu lebhafter Teilung veranlaßt werden. Dabei bilden sich die Knöllchen, in denen sich die K. zunächst auf Kosten der Wirtspflanze mit Kohlenhydraten u. Wirkstoffen versorgen. Die notwendigen Stickstoffverbindungen werden durch die Bindung von Luftstickstoff gewonnen (z. B. 1 ha Lupinen bindet 200 kg Luftstickstoff). Später verändert sich das Zusammenleben zwischen der Wirtspflanze u. den K. zu einem Parasitismus seitens der Wirtspflanze. Die K. werden von der Wirtspflanze verdaut, u. der von ihnen gebundene Stickstoff wird verbraucht. Bei der →Gründüngung werden die Wirtspflanzen untergepflügt, um den Stickstoffgehalt des Bodens zu verbessern. Solche landwirtschaftl. wichtigen Stickstoffsammler sind: Erbsen, Wicken, Bohnen, Lupinen, Seradella, Luzerne, Esparsette, die Kleearten, Sojabohnen u. a. Schmetterlingsblütler. Zur Impfung der Böden mit K. stehen heute Handelspräparate (Azotogen, Radizin u. a.) zur Verfügung. →auch Nitrifikation, Wurzelknöllchen.

Knöllchenknöterich →Knöterich.

Knolle, fleischig verdicktes pflanzl. Organ, das der Speicherung von Nährstoffen u. z. T. auch der vegetativen Vermehrung dient. Man unterscheidet *Wurzel-K.n,* die verdickte Seitenwurzeln sind (Orchideen, Dahlie), u. *Sproß-K.n;* bei letzteren kann die ganze Sproßachse verdickt sein (Krokus, Gladiole) oder nur das Hypokotyl (Radieschen, Alpenveilchen) oder nur die Spitzen unterirdischer Sproßausläufer (Kartoffel).

Knollen, *Großer K.,* Gipfel im Südharz nordwestl. von Bad Lauterberg, 687 m.

Knollenblätterpilz, *Amanita.* Von den Knollenblätterschwämmen ist der *Grüne K., Amanita phalloides,* der gefährlichste Giftpilz überhaupt. Sein Hut ist olivgrün, die Lamellen sind rein weiß (nie rosa bis schwarz wie bei Champignons). Der 8–13 cm hohe Stiel ist schlank, weißlich, bläßgrün quergebändert u. mit großer herabhängender Manschette versehen. Die Basis des Stiels ist knollig. u. hat eine abstehende, zackig abgerissene Scheide. 90 % aller Pilzvergiftungen werden durch den Grünen K. verursacht. Die Gefahr wird bes. dadurch erhöht, daß das Gift *(Amanitatoxin)* bereits gewirkt hat, bevor die ersten Anzeichen eines Unwohlseins nach 6–12, teilweise erst nach 24 Stunden auftreten. Das Gift zerstört die Leber u. greift die Niere u. den Herzmuskel an. Bei Verdacht auf Pilzvergiftung ist eine sofortige Überführung in ein Krankenhaus u. eine unverzügl. Darm- u. Magenreinigung notwendig. Ebenfalls giftig ist der *Weiße* oder *Kegelige K., Amanita virosa,* dessen Gefährlichkeit bes. darin besteht, daß er gelegentl. mit dem →Champignon verwechselt wird. Von geringerer Giftigkeit ist der häufig im Wald

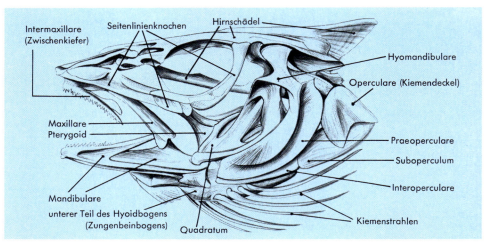

Knochenfische: Kopfskelett eines Knochenfisches

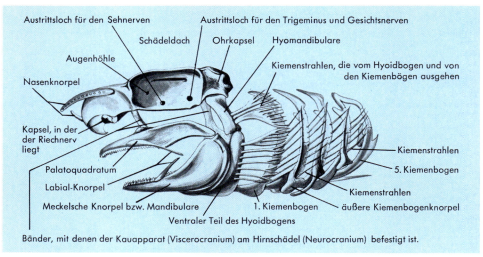

Knorpelfische: Kopfskelett eines Knorpelfisches

vorkommende *Gelbliche K., Amanita citrina,* der erst nach dem Verzehren größerer Mengen Beschwerden verursacht.

Knollenblätterschwamm = Knollenblätterpilz.

Knollenkapitell, *Knospenkapitell,* frühgot. Kapitellform, deren Kern besetzt ist mit Blättern, die sich unter den Ecken der Deckplatte volutenartig einrollen, wodurch eine Überleitung vom runden Schaft der Säule zur rechteckigen Deckplatte geschaffen wird.

Knollenplatterbse →Platterbse.

Knollenqualle, *Cotylorhiza tuberculata,* 30–40 cm große, braune *Wurzelmundqualle* des Mittelmeeres; Schirm in der Mitte buckelartig gewölbt; Tentakelkrause mit blauen Warzen. Bildet oft Schwärme von vielen Quadratkilometern.

Knoller, 1. Martin, österr. Maler, * 8. 11. 1725 Steinach am Brenner, † 24. 7. 1804 Mailand; Schüler von P. *Troger* in Wien, schuf vor allem spätbarocke Wand- u. Deckengemälde, u. a. in Ettal, Neresheim u. Innsbruck.
2. Richard, österr. Flugtechniker, * 25. 4. 1869 Wien, † 4. 3. 1926 Wien; Prof. an der TH Wien; schuf ein Aeromechanisches Laboratorium.

Knoop, Gerhard Ouckama, Schriftsteller, * 9. 6. 1861 Bremen, † 6. 9. 1913 Innsbruck; war 20 Jahre als Chemiker in Moskau; zeitkrit. Erzähler mit Ironie u. Skepsis. „Die Dekadenten" 1898; „Sebald Soekers Pilgerfahrt" (autobiograph.) 1903; „Die Hochmögenden" 1912. Seiner frühverstorbenen Tochter Wera sind R. M. *Rilkes* „Sonette an Orpheus" als ein „Grabmal" gewidmet.

Knopf, *Kleiderknopf,* häufigstes, schon in vorgeschichtl. Zeit gebräuchl. Verschlußteil der Kleidung. Im Altertum u. MA. wurde die Nadel bevorzugt, erst seit dem Rokoko setzte sich der K.verschluß allgemein durch. Knöpfe werden aus Horn, Perlmutter, Schildpatt, Holz, Porzellan, Metallen u. Kunststoff in verschiedenen Formen gefertigt u. häufig verziert, geschliffen, gelackt, geprägt u. mit Stoff überzogen. An die Kleidung wird der K. entweder durch eine gesondert angebrachte Öse oder durch die in den K. gebohrten Löcher. Eine Sonderform ist der *Manschetten-* oder *Durchsteck-K.,* der, durch zwei K.löcher gesteckt, mit einem Bügel oder Kettchen Ärmel- bzw. Kragenschlitze zusammenhält. Der zweiteilige *Druck-K.* hat den Vorzug der Unauffälligkeit.

Knopfhornwespen = Keulenblattwespen.

Knopfkraut, *Franzosenkraut, Galinsoga,* aus Südamerika stammender *Korbblütler;* als Acker- u. Gartenunkraut sind weit verbreitet: *Kleinblütiges K., Galinsoga parviflora,* u. *Behaartes K., Galinsoga ciliata.*

Knopfleiste, ein mit Knöpfen versehenes Band, das unter zwei Knopflochreihen in Kopfkissenbezüge u. a. eingeknöpft wird.

Knopfloch, umnähtes oder mit Stoff gefaßtes Loch in Kleidung, Stoffbezügen u. dgl., das den durchgesteckten *Knopf* hält.

Knopflochleiste, mit Knopflöchern versehenes Band; wurde, um den Verschluß unsichtbar zu machen, um 1860 erstmals an Herrenanzügen unter dem linken Verschlußrand angebracht.

Knoppern, Pflanzengallen der Eichenart *Quercus aegilops,* als Gerbmittel verwendet.

Knorpel, festes, aber im Gegensatz zum Knochen schneidbares u. elast. Stützgewebe vor allem der Wirbeltiere; besteht aus rundl. K.zellen u. der sie umgebenden Interzellularsubstanz, in die zugfeste Kollagenfasern u. elast. Fasern eingelagert sein können. Die K.teile werden von einer K.haut *(Perichondrium)* umgeben. Das K.skelett der Embryonen geht durch Verknöcherung in das Knochenskelett der Erwachsenen über. Erhalten bleibt nur der K. in Nase, Ohr u. zwischen den Gelenken.

Knorpelblume, *Illecebrum,* Gattung der *Nelkengewächse.* In Dtschld. kommt selten auf Sandäckern u. an feuchten Orten *Illecebrum verticillatum* vor.

Knorpelentzündung, grch. *Chondritis,* zumeist Entzündung der Knorpelhaut *(Perichondritis).* Der Knorpel selbst kann mangels einer Gefäßversorgung nicht entzündlich erkranken.

Knorpelfische, *Chondrichthyes,* Klasse der *Chordaten.* K. haben ein unterständiges Maul; mit meist verkalktem Knorpelskelett; der Mangel an Verknöcherung ist entwicklungsgeschichtl. sekundär. Haut mit zahnartigen →Plakoidschuppen; Kiemendeckel fehlen; der Darm trägt zur Oberflächenvergrößerung keine Zotten, sondern eine Spiralfalte *(Spiralklappe).* Hierher gehören 2 Unterklassen: *Plattenkiemer* (Haie u. Rochen) u. *Seedrachen.* Der Kopf trägt als Sinnesorgane gallertige Kanäle, *Lorenzinische Ampullen,* die der Druck- u. Temperaturempfindung dienen. Freischwimmende Formen sind meist lebendgebärend (Ausbildung einer Dottersack-Plazenta), Küstenbewohner eierlegend u. B. Grundbewohner ovovivipar, d. h., die Keimlinge entwickeln sich im Ei, schlüpfen im Eileiter u. werden nach weiterer Entwicklung ins Wasser geboren. Kannibalismus im Mutterleib ist häufig. – ▣ S. 316.

Knorpelganoiden, *Chondrostei,* Überordnung der *Strahlenflosser* mit langgestrecktem Körper, Chorda sekundär ohne Wirbel, Schwanzflosse heterocerk (→Haiähnliche). 2 Ordnungen: *Flösselhechtähnliche* u. *Störähnliche.*

Knorpellattich, *Chondrilla,* Gattung der *Korbblütler.* In Dtschld. kommen selten vor: der *Alpen-K., Chondrilla chondrilloides,* auf dem Kies u. Schotter der Alpenbäche u. der *Binsen-K., Chondrilla juncea,* auf Flußschotter u. a. Dünen.

Knorpelmöhre, *Ammi,* eine nach Dtschld. selten eingeschleppte Gattung der *Doldengewächse.* Heimat atlant. Inseln.

Knorpelwerk, frühbarockes Ornament, das sich aus knorpelartig gebildeten Formen zusammensetzt; bes. häufig im dt., französ. u. niederländ. Kunsthandwerk.

Knorr, Ludwig, Chemiker, * 2. 12. 1859 München, † 4. 6. 1921 Jena; arbeitete u. a. über Morphin, Pyrazole, Acetessigester, Tautomerie, erzielte die Synthese des Antipyrins.

Knorr & Hirth Verlag GmbH, München u. Ahrbeck, gegr. 1894 von Georg *Hirth* u. seinem Schwager Thomas *Knorr;* Kunstbücher über die Kunst aller Zeiten, kulturgeschichtl. Werke u. Reisebücher, Ausstellungskataloge.

Knospe, jugendl. Sproß; von den ältesten Blättern umgebene Blattanlagen, Achselknospenanlagen u. Vegetationskegel; zur Überwinterung oft noch von derben K.nschuppen umhüllt. Eine K. heißt *Blatt-K.,* wenn sie nur junge Blattanlagen, u. *Blüten-K.,* wenn sie nur Anlagen einer oder mehrerer Blüten enthält; in gemischten K.n sind Blatt- u. Blütenanlagen enthalten. Man unterscheidet auch zwischen *End-K.,* wenn sie sich am Ende des Hauptsprosse befindet, u. *Seiten-K.* oder *Achsel-K.,* die in den Blattachseln steht. Eine K., die sich nicht sofort entwickelt, sondern manchmal jahrelang ruht, wird als *schlafende* oder *ruhende K.* bezeichnet. Der Gärtner nennt die K. *Auge.*

Knospenkapitell →Knollenkapitell.

Knospenstrahler, *Blastoidea,* schon im Paläozoikum ausgestorbene Gruppe der *Stachelhäuter, Echinodermata.* Zusammen mit den ebenfalls ausgestorbenen *Beutelstrahlern, Cystoidea,* u. den *Blattstrahlern, Edrioasteroidea, Carpoidea,* u. den heute noch verbreiteten *Haarsternen, Crinoidea,* bilden sie den Unterstamm der *Gestielten Stachelhäuter, Pelmatozoa.*

Knospensucht, *Knospendrang, Zweigsucht, Blastomanie,* eine abnorme Knospenbildung als Folge von Schädigungen durch Hagel, Wildverbiß, Weidevieh- u. Raupenfraß, Insektenstiche u. a. bei verschiedenen Pflanzen.

Knospung →Fortpflanzung.

Knossos, bedeutendste Stadt der minoischen Kultur auf der Insel Kreta, 5 km südöstl. von Iraklion; Ausgrabungen seit 1900 durch den Engländer Sir A. *Evans,* der den Palast des Königs *Minos* teilweise rekonstruieren ließ. Ein älterer Palast entstand um 2000 v. Chr., ein jüngerer im 16. Jh. v. Chr. auf dem Wohnschutt neolith. Siedlungen (besiedelt seit 4000 v. Chr.); der jüngere Palast umfaßte eine Fläche von nahezu 10 000 m²; ein mehrstöckiger Bau mit zahlreichen, unübersichtl. angeordneten Zimmern (→Labyrinth), Vorratsräume, Ölpresse, Kapelle, Tresore, Abort mit Wasserspülung, Lichtschächte, Höfe, Treppen; repräsentativer Eingang, ein langer gewinkelter Korridor mit Fresken führt zum großen Vestibül u. von dort eine breite Treppe zu den Repräsentationsräumen im ersten Stock; neben der Treppe der Thronsaal. Umgeben war der Herrschersitz von palastartigen Villen mit Fresken u. Stuckreliefs. In der zugehörigen Stadt lebten wohl mindestens 50 000 Einwohner; um 1400 v. Chr. zerstört. Bedeutende Funde an Keramik u. Tontafeln mit der Linearschrift A u. B.
Über den Ruinen des Palastes lag in griech. Zeit ein Teil der von den Doriern um 1000 v. Chr. gegründeten Stadt; mächtigste Stadt Kretas in hellenist. Zeit, 74 v. Chr. von den Römern erobert, von den Arabern zerstört. Umstritten ist eine neue Theorie, die den Palast von K. für einen Totenpalast hält. – ▣ S. 318 – ▣ 5.2.2.

Knötchen, spitze, über die Oberfläche kegelförmig hinausragende Hautgebilde im Gegensatz zur breiteren u. flacheren →Papel; Grundform vieler Hautausschläge.

Knötchenflechte, grch. *Lichen,* Sammelbez. für nach Ursache u. Verlauf verschiedenartige Hautkrankheiten, die mit Knötchenbildung einhergehen.

Knoten, 1. *Astronomie:* Schnittpunkte zweier größter Kreise auf der Himmelskugel, z. B. zwischen Himmelsäquator u. Ekliptik oder zwischen Ekliptik u. Planetenbahn. *Aufsteigender K.,* die Bahnbewegung des Himmelskörpers verläuft von S nach N; *absteigender K.,* die Bahnbewegung verläuft von N nach S.
2. *Botanik: Nodien,* die oft knotig verdickten (z. B. bei Gräsern) Blattansatzstellen des Sprosses.
3. *Chirurgie:* K. dienen zum Abknüpfen der chirurgisch gelegten Fäden im u. am Körper; der *chirurg. K., Weber-K.* u. *Schiffer-K.*
4. *Physik: Schwingungsknoten,* diejenigen Punkte, die bei stehenden →Wellen dauernd in Ruhe sind.
5. *Schiffahrt:* 1. die in die Logleine geschlagenen K., nach denen die Fahrt eines Schiffs gemessen wird; 2. Abk. kn, seemännisches Maß für die Geschwindigkeit eines Schiffs; 1 kn = 1 Seemeile (1852 m) pro Stunde; 3. nützliche Schlingen oder Verbindungen in der Takelwerk.
6. *Textilindustrie:* 1. die mechan. Verbindung zweier Fadenenden, z. B. bei erfolgtem Fadenbruch; es gibt mehrere K.arten, die sich in ihrer Dicke, Knottechnik, Widerstandsfähigkeit gegen Aufgehen voneinander unterscheiden. Sie werden von Hand, z. T. auch mit automatischen Knotern gemacht. 2. bei der Herstellung der echten Knüpfteppiche (→Teppich) die Art der Verschlingung der florbildenden Fäden im Untergewebe; am häufigsten der *türk. K. (Ghiordes-K.,* Kleinasien, Kaukasus, Europa außer Spanien) u. der *pers. K. (Senneh-K.,* Persien, Indien, Turkistan, China).

Knotenpunktverbindung, feste Verbindung zwischen den Stäben eines Fachwerks, die theoretisch in einem Punkt (Knotenpunkt) zusammenlaufen; im Holzbau durch →Holzverbindungen, im →Stahlbau durch Knotenbleche. Die K. gewährleistet in den Knotenpunkten das Gleichgewicht der Kräfte.

Knotensäule, eine Doppelsäule, deren Schäfte in halber Höhe miteinander durch einen Knoten verbunden sind; in der italien. u. dt. roman. Architektur verwendet.

Knotenschrift →Quipu.

Knotenvermittlung, *Fernmeldetechnik:* →Selbstwählferndienst.

Knotenwespen, *Cerceris,* schwarz u. gelb gezeichnete *Grabwespen,* deren einzelne Hinterleibsringe durch auffällige Einschnürungen voneinander abgesetzt sind; tragen als Larvenfutter Käfer u. Hautflügler ein.

Knöterich, *Polygonum,* Gattung der *Knöterichgewächse.* Die K.arten gehören u. T. zu den verbreitetsten Unkräutern. An trockenen Stellen sind zu finden: *Floh-K., Polygonum persicaria; Vogel-K., Polygonum aviculare; Filziger K., Polygonum tomentosum.* Feuchtere Standorte bevorzugen: *Wasserpfeffer-K., Polygonum hydropiper; Milder K., Polygonum mite; Wasser-K., Polygonum amphibium.* Alle diese Arten haben verzweigte Stengel. Unverzweigt ist der auf Wiesen häufige *Schlangen-K., Polygonum bistorta,* u. der als Unkraut der Alpenwiesen bekannte *Knöllchen-K., Polygonum viviparum.*

Knöterichgewächse, *Polygonaceae,* einzige Familie der *Polygonales,* Kräuter u. Stauden, deren Nebenblätter zu einer den Vegetationspunkt umgebenden Hülle, der *Ochrea,* verwachsen, die später als häutige Röhre am Stengel anliegt. Zu den K.n gehören *Knöterich, Rhabarber* u. *Ampfer.*

Knovizer Kultur, *Knoviser Kultur,* jungbronzezeitl. Kultur in Mittel- u. Westböhmen, nach dem Fundort *Knoviz* in der Nähe von Slany in Mittelböhmen benannt. Uneinheitliche Bestattungssitten: Urnenflachgräber in kleinen Gruppen u. Körpergräber in Gruben. Innerhalb der Siedlungen hingeworfene Körper, Körperteile u. gespaltene Menschenknochen werden u. a. als rituelle Anthropophagie gedeutet. Charakterist. sind Etagengefäße, Amphoren u. schüsselartige Formen mit senkrechter Rillung u. Kammstrichverzierung.

Know-how ['nou'hau; das; engl., „wissen wie"], das Wissen, wie man etwas prakt. verwirklicht.

Knowland ['nouland], William F., US-amerikan. Politiker (Republikaner), * 26. 6. 1908 Alameda, Calif., † 23. 2. 1974 Guerneville (Selbstmord); Journalist, 1945–1958 Senator, 1953 Fraktionsvors.

Knox [nɔks], **1.** *Frank,* US-amerikan. Politiker, * 1. 1. 1874 Boston, Mass., † 28. 4. 1944 Washington; 1940–1944 Marine-Min. unter F. D. Roosevelt, schuf die „Zwei-Ozean-Flotte" der USA.
2. *John,* Reformator Schottlands, * um 1514 (oder 1505) Giffordgate bei Haddington, † 24. 11. 1572 Edinburgh; zunächst kath. Priester, seit 1546 kalvinistischer Prediger, wurde nach dem Regierungsantritt Marias der Katholischen 1554 aus England vertrieben, wirkte in Genf u. Frankfurt a. M., seit 1559 wieder in Schottland, prägte der schott. Kirche ihren puritan. Charakter u. setzte den Kalvinismus als Staatsreligion durch. Sein Verdienst liegt auf praktisch-organisatorischem Gebiet. Hauptverfasser der „Confessio Scotica" 1560; bemüht um die Übersetzung der Bibel ins Englische.

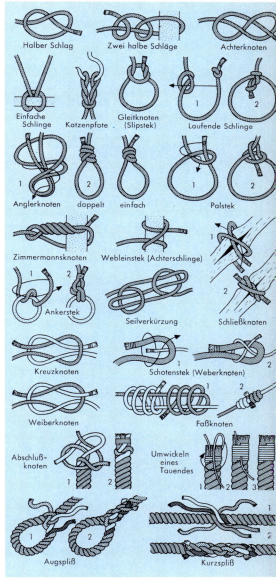

Knoten: verschiedene Knotenarten

Knorpelfische

Tigerhai, Galeocerdo cuvieri, einer der gefährlichsten Haie der warmen Meere

Teufelsrochen, Manta birostris

Westpazifischer Geigenrochen, Rhinobatos productus

KNORPELFISCHE

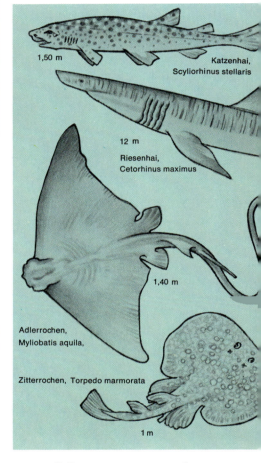
Katzenhai, Scyliorhinus stellaris, 1,50 m
Riesenhai, Cetorhinus maximus, 12 m
Adlerrochen, Myliobatis aquila, 1,40 m
Zitterrochen, Torpedo marmorata, 1 m

Marmor-Zitterrochen, Torpedo torpedo

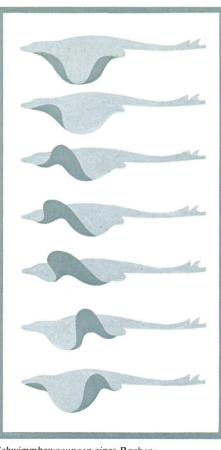
Schwimmbewegungen eines Rochens

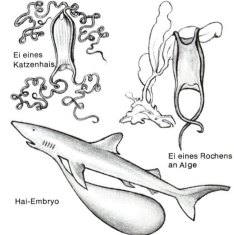
Ei eines Katzenhais
Ei eines Rochens an Alge
Hai-Embryo
Selachier-Entwicklung

Knorpelfische

Leopardenhai, Triakis semifasciata, aus dem Westpazifik

Adlerrochen, Myliobatis aquila

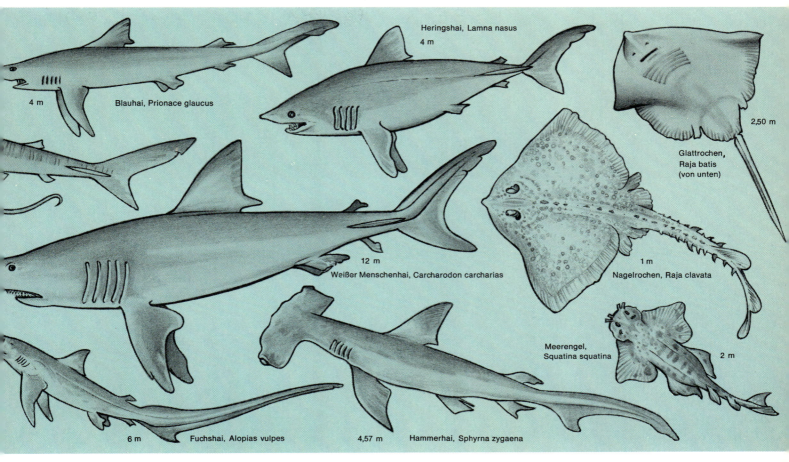

Westatlantischer Sägefisch, Pristis pectinatus, geht auch ins Süßwasser

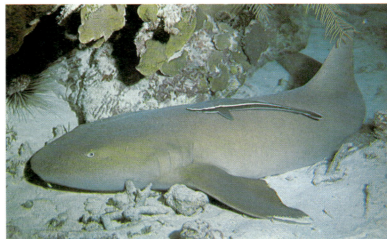
Atlantischer Ammenhai, Ginglymostoma cirratum

Knoxland

Stierkopf-Relief; frühes 16. Jh. v. Chr.

Thronsaal

Knoxland [ˈnɔkslænd], antarkt. Küstenstrich auf etwa 108° Ost, ganz von Inlandeis bedeckt.
Knoxville [ˈnɔksvil], Stadt im mittleren Tennessee (USA), 180 000 Ew. (Metropolitan Area 370 000 Ew.); Staatsuniversität (gegr. 1794); Sitz der *Tennessee Valley Authority*, landwirtschaftl. Versuchsstation; Eisen-, Zink-, Kupfererz- u. Steinkohlenabbau; Eisen-, Holz- u. Textilindustrie; benachbart *Alcoa* mit großer Aluminiumhütte u. Kernforschungszentrum *Oak Ridge*.
Knud-Rasmussen-Land, Sammelname für die nordgrönländ. Gebiete zwischen Melvillebucht u. dem Nordostkap; 1912 von K. Rasmussen durchzogen.
Knudsen, 1. Hans, Germanist u. Theaterwissenschaftler, *2. 12. 1886 Posen, †4. 2. 1971 Berlin; lehrte seit 1938 in Berlin. „Büchner u. Grabbe" 1921; „Theaterkritik" 1928; „Theaterwissenschaft" 1950; „Geschichte des dt. Theaters" 1958.
2. Jakob, dänischer Schriftsteller, *14. 9. 1858 Rødding, Schleswig, †21. 1. 1917 Birkerød; zeitweise Pfarrer; schrieb Romane u. Novellen mit pädagogischer u. kulturkritischer Tendenz. „Der alte Pfarrer" 1899, dt. 1910; „Um des Lebens willen" 1905, dt. 1910; „Angst" (Luther-Roman) 1912, dt. 1914.
Knüllgebirge, Gebirgszug im Zentrum des Hess. Berglands, zwischen Fulda u. Schwalm, zahlreiche bewaldete Kuppen; im *Eisenberg* 636 m, im *Knüllköpfchen* 634 m.
knüpfen, Fäden zur Herstellung von Posamenten, Spitzen, Fransen, Schnüren, Teppichen u. a. verknoten u. verschlingen; älteste, schon 3000 v. Chr. bekannte Handarbeitstechnik.
Knüpfgarn, mehrfacher, scharf gedrehter Zwirn zur Herstellung von *Knüpfspitze*.
Knüpfspitze, arab. *Macrame*, aus der Verknüpfung der Kettfäden eines Gewebes entstanden. Später knüpfte man frei an einem vorgespannten Faden eine selbständige →Spitze.
Knüpftrikot [-ˈko:], maschenfeste Ware für Sommerunterwäsche.
Knüppel, 1. *Hüttenwesen:* vorgewalzter Stahl (Halbzeug) von 50 bis 350 mm vierkant zur Weiterverarbeitung im Walzwerk.
2. *Lebensmittel:* Berliner Milchbrötchen.
Knüppeldamm, auf wenig tragfähigem Untergrund (z. B. Moor) aus senkrecht zur Straßenachse verlegten Rund- oder Kanthölzern hergestellter Weg; heute noch auf Baustellen, im Forstbetrieb u. für provisorische Wegebefestigung verwendet.
Knüppelschaltung →Kennungswandler.
Knüppelverse →Knittelverse.
Knuppgarn, Mischgarn aus Reißbaumwolle u. Reißwolle.
Knurrhähne, *Triglidae*, Familie der *Panzerwangen*; 4 Gattungen; bis 60 cm lange Meeresfische von länglicher Gestalt, Körper mit Platten u. Schuppen bedeckt, Brustflossen groß mit 3 oder 2 freistehenden Stacheln, die als Geschmacks-, Tast- u. Fortbewegungsorgane dienen; am Grund der gemäßigten u. tropischen Meere der ganzen Welt verbreitet; durch nacheiszeitl. Erwärmung erfolgte Trennung der Verbreitungsgebiete der Nord- u. Südhalbkugel. Jahresfang der dt. Kutterfischerei ca. 70 t.
Knut, *Knud, Kanud,* Fürsten. Dänemark: **1.** *K. d. Gr.*, König 1018–1035, in England seit 1016, in Norwegen seit 1028, *um 1000, †12. 11. 1035 Shaftesbury; Sohn Sven Gabelbarts (Tveskegs); errichtete ein großes Nordseereich, das bald nach seinem Tod zerfiel; pflegte freundschaftl. Beziehungen zu Kaiser Konrad II., dessen Sohn Heinrich (III.) K.s Tochter Gunhild heiratete. Konrad verzichtete auf seine Hoheitsrechte im Bereich zwischen Eider u. Schlei; die Eider wurde damit endgültig zur Südgrenze des dän. Reichs. – ⌑ 5.5.4.
2. *K. der Heilige,* König 1080–1086, *um 1040, †10. 7. 1086 Odense (ermordet); versuchte die Königsmacht zu erhöhen u. sein Land straff zu ordnen. Seine harten Maßnahmen u. die einseitige Begünstigung der Geistlichen u. der Kirche stießen auf den Widerstand des Volks. K. wurde von einer aufständ. Volksmenge gesteinigt. Heiligsprechung 1101; Schutzheiliger Dänemarks.
3. *K. VI.*, König 1182–1202, *1163, †12. 11. 1202; Sohn Waldemars d. Gr.; setzte die dän. Großmachtpolitik seines Vaters fort, unterstützte seinen Schwiegervater Heinrich den Löwen gegen Friedrich Barbarossa, nannte sich nach der Eroberung von Rügen, Pommern u. Mecklenburg „König der Slawen" (1185). Zusammen mit seinem Bruder Waldemar (II.) nahm er Holstein, Stormarn, Hamburg, Lübeck u. Ratzeburg ein.
England: **4.** = Knut d. Gr. von Dänemark; →Knut (1).
Knute [russ.], Peitsche aus Lederriemen; übertragen für „Gewaltherrschaft".

KNOSSOS

Schlangengöttin; Fayence, um 1700 v. Chr. Iraklion, Archäologisches Museum

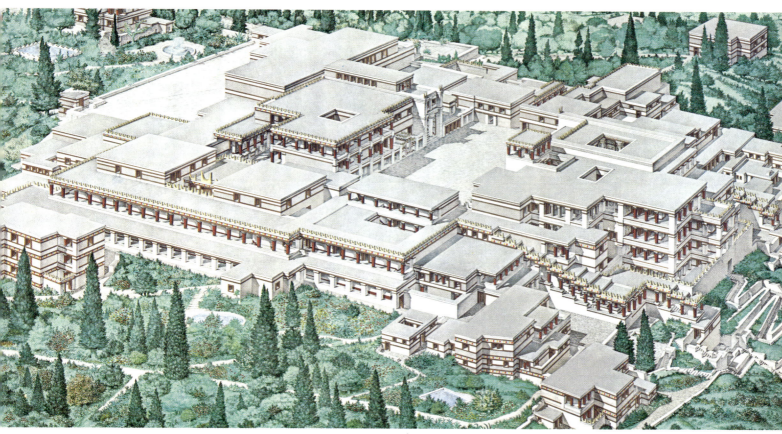
Rekonstruktion der Palastanlagen

Luftaufnahme des Ausgrabungsgeländes

Säulenhalle im Nordwesten

Megaron der Königin

Knut Lavard, dän. Statthalter (Jarl) in Schleswig 1115–1131, König der Obodriten 1128–1131, *1096, †1131; Sohn Erichs I. Ejegod; war vom dän. König eingesetzt zur Abwehr der Slawengefahr, trieb eine weitgehend selbständige Politik, die erste Ansätze zur Verselbständigung Schleswigs zeigte.

Knüttelverse →Knittelverse.
ko... →kon...
K.o., Abk. für →Knockout.
KO, Abk. für →Konkursordnung.
Koadjutor [lat.], Stellvertreter oder Gehilfe eines Geistlichen im Amt, bes. eines Bischofs oder Abts.

Koagulation [lat., „Gerinnung"], Ausflockung einer kolloiden Lösung z.B. durch Zusatz von Elektrolyten, entgegengesetzt geladenen Kolloiden oder durch Erhitzen.

Koala →Beutelbär.

Koalition [lat.], 1. *allg.*: Zusammenschluß, Bündnis.
2. *Außenpolitik:* Zusammengehen zweier oder mehrerer Staaten zur Verfolgung gemeinsamer Zwecke, daher *K.skriege* (z.B. Befreiungskriege 1813–1815), *K.sarmee* (aus mehreren nationalen Kontingenten gebildet).
3. *Staatsrecht:* 1. *Regierungs-K., K.sparteien,* das zur Bildung einer arbeitsfähigen Regierungsmehrheit beschlossene Zusammengehen von polit. Parteien aufgrund von *K.svereinbarungen, K.sverträgen.* So waren die Regierungen der Weimarer Republik typische *K.sregierungen,* meist auch die Regierungen der BRD. Demgegenüber kennt z.B. Großbritannien K.sregierungen nur in Kriegszeiten oder in Zeiten nationaler Krisen, jedenfalls nur als Ausnahmefall. – 2. →Koalitionsfreiheit, →Koalitionsrecht.

Koalitionsfreiheit, das Recht der Arbeitnehmer (auch der Beamten) u. Arbeitgeber, sich zu *Berufsverbänden* (bei Arbeitnehmern: *Gewerkschaften*) zusammenzuschließen, um ihre Interessen gemeinsam wahrzunehmen. Im MA. u. noch im 19. Jh. durch Zunftrecht u. die Reichsgesetzgebung (Vereinsgesetzgebung) ausgeschlossen oder beschränkt, wurde die K. durch die Weimarer Reichsverfassung (Art. 159) garantiert u. ist heute durch das Grundgesetz gewährleistet, u. zwar in Art. 9 Abs. 3: „Das Recht, zur Wahrung u. Förderung der Arbeits- u. Wirtschaftsbedingungen Vereinigungen zu bilden, ist für jedermann u. für alle Berufe gewährleistet. Abreden, die dieses Recht einschränken oder zu behindern suchen, sind nichtig, hierauf gerichtete Maßnahmen sind rechtswidrig." Aus dieser Bestimmung wird die Rechtmäßigkeit des *Streiks* als einer historischen Kampfform der Gewerkschaften abgeleitet, jedenfalls für den sog. *Arbeitsstreik;* umstritten sind der *politische Streik* u. der *Sympathie-(Anschluß-)Streik.* Die Rechtmäßigkeit von Arbeitsstreiks (sogar im Notstandsfall) ergibt sich seit 1968 auch aus einer ausdrückl. Ergänzung des Art. 9 Abs. 3 GG. – In Österreich ist die K. im Koalitionsgesetz 1870, im Betriebsrätegesetz 1947 u. im Landarbeitsgesetz 1948 festgelegt, die durch internationale Übereinkommen ergänzt werden. – In der Schweiz ist die K. in der allg. →Vereinigungsfreiheit (Art. 56 der Bundesverfassung) enthalten.

Koalitionskriege, die nur durch kurze Friedenszeiten unterbrochene krieger. Auseinandersetzung von 1792–1815 zwischen Frankreich u. den Monarchien Europas (bis 1802 auch *Französische Revolutionskriege* genannt).
Der 1. Koalitionskrieg 1792–1797 begann am 20. 4. 1792 mit der Kriegserklärung der französ. Revolutionäre an Österreich, dem Preußen, Sardinien, Neapel, Niederlande, Spanien, Portugal u. England beisprangen. Nach dem Einmarsch der Verbündeten in Frankreich wendete sich nach der *Schlacht bei Valmy* (20. 9. 1792) das Blatt. Die Franzosen drangen über den Rhein vor u. eroberten Mainz u. die Niederlande. 1793 ging beides wieder verloren, doch gelang es den Verbündeten nicht, einen entscheidenden Sieg zu erringen. 1795 schloß Preußen den *Baseler Frieden,* dem sich Spanien anschloß. 1797 mußten Österreich u. Sardinien den *Frieden von Campo Formio* schließen, nachdem Napoléon sie bezwungen hatte.
Die Gebiete links des Rheins sowie die Lombardei kamen an Frankreich, das aus ihnen die Batav., die Zisalpin. u. die Ligur. Republik bildete. England setzte den Kampf fort. Die Franzosen drangen in Europa weiter vor, bildeten 1798 die Röm. u. Helvet. Republik u. unternahmen unter Napoléon den Zug nach Ägypten u. Syrien (bis 1801).

Koalitionskriege: Die Kanonade von Valmy. Gemälde von J. B. Mauzaisse; Versailles

Dagegen bildete sich eine neue Koalition aus England, Rußland, Österreich, Portugal, Neapel u. der Türkei. Auch dieser 2. Koalitionskrieg 1799 bis 1802 endete mit einem französ. Sieg. Nach anfängl. Erfolgen u. nachdem Rußland die Koalition verlassen hatte, siegte Napoléon entscheidend bei *Marengo* 1800 über die Österreicher, die den *Frieden von Lunéville* 1801 annehmen mußten. Auch England schloß jetzt Frieden (von *Amiens* 1802), erneuerte aber bereits 1803 den Kampf. Provokationen Napoléons u. die Verzögerung der Räumung Maltas durch England beschworen bereits 1803 wieder eine Krise zwischen Frankreich u. England herauf u. führten am 18. 5. 1803 durch engl. Ultimatum zum Kriegsausbruch (Beginn der *Napoleonischen Kriege*). Nach Besetzung des mit England in Personalunion verbundenen Kurfürstentums Hannover traf Napoléon in Boulogne Vorbereitungen für ein Landungsunternehmen in England. Die brit. Seehegemonie, die der Sieg H. Nelsons bei *Trafalgar* (21. 10. 1805) erneut (für ein Jahrhundert) sicherte, machte jedoch alle Landungspläne illusorisch. Als Kampfmittel gegen England blieb Napoléon allein der Wirtschaftskrieg, der mit der Dekretierung der *Kontinentalsperre* (1806) zum Offensivmittel ausgebaut wurde.
Der 3. Koalitionskrieg 1805–1806: Auf Betreiben Englands bildete sich 1805 erneut eine Koalition zwischen England, Rußland, Österreich u. Schweden (vergebl. Werben um Preußen) gegen Napoléon. Dieser zwang in einem raschen Umgehungsfeldzug die österr. Armee Mack in Ulm zur Kapitulation, nahm Wien ein u. siegte entscheidend in der *Dreikaiserschlacht von Austerlitz* (2. 12.) über die Russen u. Österreicher. Der *Friede von Preßburg* (26. 12. 1805) zwang Österreich, das aus dem Kampf ausschied, zur Abtretung von Tirol, Vorarlberg, Trentin, Istrien u. Dalmatien. Franz I. legte die röm.-dt. Kaiserwürde nieder.
Der 4. Koalitionskrieg 1806/07: Seine entscheidungsscheue Neutralitätspolitik hatte Preußen in eine hoffnungslose Isolierung gedrängt. Durch die im Pariser Traktat (1806) mit Napoléon vereinbarte Besetzung Hannovers befand sich Preußen sogar mit England im Kriegszustand. Napoléons Angebot der Rückgabe Hannovers an England führte schließl. zum Bruch mit Preußen, auf dessen Seite Kursachsen in den Krieg eintrat. Der Sieg Napoléons in der Doppelschlacht von *Jena u. Auerstedt* (14. 10.) enthüllte die Schwäche des preuß. Heers. Die wichtigsten preuß. Festungen – Erfurt, Magdeburg, Spandau, Stettin u. Küstrin – kapitulierten. Napoléon konnte in Berlin einmarschieren. Friedrich Wilhelm III. von Preußen, der nach Ostpreußen geflohen war, kämpfte mit Unterstützung Rußlands im Kriegszustand. Die unentschiedene Schlacht bei *Preußisch-Eylau* (7. 2. 1807) folgte nach der Eroberung Danzigs durch die Franzosen der Sieg Napoléons bei *Friedland* über die Russen. Er zwang Alexander I. von Rußland zum *Frieden von Tilsit* (7. 7.), dem sich Preußen anschloß (9. 7.). Preußen mußte sich auf die Gebiete östl. der Elbe beschränken. Nachdem Rußland mit Napoléon ein Bündnis geschlossen hatte, standen Napoléon nur noch England u. Schweden gegenüber. Nach der Beschießung Kopenhagens bemächtigte sich England der dän. Flotte u. erzwang sich damit den Zugang zur Ostsee; darauf verbündete sich Dänemark mit Napoléon, u. Rußland wandte sich von England ab.
Der Krieg in Spanien 1808–1814: Der Thronstreit zwischen Karl IV. (*1748, †1819) u. dem Kronprinzen Ferdinand VII. (*1784, †1833) gab Napoléon Gelegenheit, die span. Dynastie zu entthronen u. seinen Bruder Joseph Bonaparte zum König von Spanien zu proklamieren. Mit der Erhebung des Lands unter der Leitung des Adels u. des Klerus begann ein jahrelanger erbitterter Kleinkrieg gegen die französ. Fremdherrschaft. Nach den entscheidungslosen Feldzug Napoléons in Spanien (Nov. 1808–Juni 1809) brachten der Krieg mit Österreich u. die Entsendung einer starken engl. Armee unter A. Wellington nach Spanien dem Land rechtzeitige Entlastung. Wellington behauptete sich mit wechselndem Kriegsglück u. erzwang schließl. bei *Vitoria* (21. 6. 1813) die Entscheidung über das Gros des französ. Heers unter Joseph Bonaparte, der Spanien wieder räumen mußte.
Der Krieg Österreichs gegen Frankreich 1809: Österreich, das 1809 im Hinblick auf die Bindung Napoléons in Spanien isoliert den Kampf gegen Frankreich aufnahm, sah nach ersten Niederlagen u. dem Einzug Napoléons in Wien (13. 5.) in dem Sieg Erzherzog Karls bei *Aspern* (22. 5.) den ersten Schlachterfolg über Napoléon, unterlag aber in der Schlacht von *Wagram* (5./6. 7.). Es hatte vergebl. auf Bundesgenossen in Dtschld. gewartet. Gegen die Rheinbundtruppen kämpfte nur das Freikorps Friedrichs von Braunschweig („schwarzer Herzog"), in Nord-Dtschld. erhoben sich die Schillschen Jäger. Der Aufstand in Tirol unter Andreas Hofer schlug fehl. Der *Schönbrunner Friede* (14. 10.) sicherte Frankreich die adriat. Küstenländer u. gab Galizien an das Großherzogtum Warschau, Salzburg u. das Innviertel an Bayern.
Der Russische Feldzug Napoléons 1812: Nach der Absage Alexanders I. an die Kontinentalsperre 1810 u. einer Periode der fortgesetzten Spannungen zwischen Frankreich u. Rußland eröffnete Napoléon 1812 (ohne Kriegserklärung) mit einem Aufgebot von 700 000 Mann den Kampf gegen Rußland. Den linken Flügel, zu dem auch das preuß. Korps unter Yorck von Wartenburg gehörte, führte Marschall A. Macdonald, den rechten der Österreicher Karl Fürst zu Schwarzenberg. Die Russen zogen sich ins Innere des Lands zurück, räumten *Smolensk* (16./17. 8.) u. erlitten eine schwere Niederlage bei *Borodino* (Oberbefehlshaber M. J. Kutusow) am 7. 9. Am 14. 9. zog Napoléon in Moskau ein. Die Weigerung des Zaren, Frieden zu schließen, der Brand von Moskau u. der früh einsetzende russ. Winter zwangen Napoléon zum Rückzug, der mit dem *Übergang über die Beresina* (26.–28. 11.) zur völligen Auflösung der „Großen Armee" führte.
Erst der 5. Koalitionskrieg 1813–1815 (→Befreiungskriege) brachte mit dem völligen Sieg der Koalitionsmächte England, Rußland, Österreich, Preußen u. Schweden über Napoléon, dem Fall von Paris 1814 u. der Verbannung Napoléons die revolutionäre Expansion Frankreichs zum Stillstand. →auch Pariser Friedensschlüsse. – ▫5.3.5.

Koalitionsrecht, 1. das Recht der Staatsbürger, sich zu Berufsverbänden, insbes. auch →Gewerkschaften, zusammenzuschließen. →Koalitionsfreiheit.
2. das Recht der Berufsverbände, als Vertreter ihrer Angehörigen z.B. bei Tarifverhandlungen die Interessen der einen Tarifpartei gegenüber der anderen wahrzunehmen.

Koalitionsregierung →Koalition (3).
Koaxialkabel, *Koaxialleitung,* Bauart eines Hochfrequenz- u. Nachrichtenkabels, bei dem ein Mittelleiter von einem rohrförmigen, meist geerdeten Außenleiter umgeben ist. Beide Leiter haben also eine gemeinsame Achse; sie sind gegeneinander durch Isolierstoff abgestützt, der vielfach in Form einzelner Scheiben aufgebracht ist. Das K. wird für hohe Frequenzbereiche für Fernsprechkabeln benutzt, um viele Gespräche gleichzeitig übertragen zu können; es dient auch zur Verbindung von Sendern oder (Fernseh-)Empfängern mit den Antennen. Es gibt K. von etwa 3 mm bis zu ca. 200 mm Durchmesser; im Fernsprech-Weitverkehr werden Koaxialpaare von 2,7 mm, 4,4 mm u. 9,6 mm verwendet; sie übertragen dort bis zu 12 000 Gespräche gleichzeitig.
Kobäe, *Cobaea* = Glockenreben.
Kobajaschi *Takidschi,* japan. Schriftsteller, *26. 8. 1903 Schimo-Kawasoi, Akita, †20. 2. 1933 Tokio; namhaftester Vertreter der sog. proletar. Literatur in Japan, Kommunist; Roman: „Die Krabbenfischer" 1929, dt. 1958.
Kobalamin [das; Kurzwort aus *Kobalt + Amin*] →Vitamin B_{12}.
Kobalt, *Cobaltum,* graues, glänzendes, magnetisches, 2- u. 3wertiges Metall; chem. Zeichen Co, Atomgewicht 58,9332, Ordnungszahl 27, spez. Gew. 8,89, Schmelzpunkt 1490 °C; K.erze kommen zusammen mit Nickelerzen hauptsächlich als *Speis-K.,* $CoAs_2$, u. *K.glanz,* CoAsS, vor. Der größte Teil der Weltproduktion stammt aus den Katanga-Kupfererzen u. den Magnetkiesen in Ontario. Zur Gewinnung des Metalls werden die durch *Rösten* von Arsen befreiten Erze (*Zaffer*) nach einem der Kupferkonzentrierung ähnlichen Verfahren angereichert. Die so erhaltene *K.speise* wird sodann vollständig abgeröstet, in Salzsäure gelöst u. die Lösung mit Kalkmilch u. Chlorkalk fraktioniert gefällt. Das schließl. erhaltene *K.oxid* wird mit Kohle zum Metall reduziert. K. wird bes. für →Kobaltlegierungen verwendet, die als Dreh- u. Werkzeugstähle, zur Herstellung von Dauermagneten u. als Katalysatoren benutzt werden. *K.glas,* eine K.oxid enthaltende Glassorte, dient in gepulvertem Zustand als blaue Maler- u. Keramikfarbe (*Smalte*).
Verbindungen: *K.-II-chlorid,* $CoCl_2$, in kristallwasserfreiem Zustand rot, in kristallwasserhaltigem Zustand blau verwendet (für sympathische Tinte, Wetterbilder); *K.nitrat,* $Co(NO_3)_2$, ergibt mit Aluminiumsulfat zusammen erhitzt einen blaugefärbten *Spinell* (Thenards Blau). In 3wertigem Zustand ist K. nur in Form von zahlreichen Komplexsalzen beständig. Ein solches ist z. B. das *Natriumhexanitrokobaltat,* $Na_3[Co(NO_2)_6]$, aus dem sich mit Kaliumsalzen ein schwerlösl. Kaliumsalz bildet u. das daher als Reagenz auf Kalium verwendet wird. *Fettsaures K.* wird Ölfarben, Firnissen, Kitten in Form von K.-Sikkativen zum Beschleunigen des Trocknens zugesetzt.
Kobalt 60, ^{60}Co, radioaktives, Gammastrahlen emittierendes Kobaltisotop, künstlich gewonnen, anstelle von Radium zur Krebsbehandlung benutzt, da erheblich billiger.
Kobaltblüte, *Erythrin,* pfirsichblütenrotes, zersetzt grünlichgraues, perlmutterglänzendes Mineral, Kobaltarsenat; monoklin; Härte 1,5–2,5; mit Speiskobalt, Kobaltspat, Quarz.
Kobaltbombe, Atom- oder Wasserstoffbombe mit einem Mantel aus Kobalt. Bei der Explosion wird das gewöhnl. Kobalt in radioaktives Kobalt umgewandelt, das innerhalb der entstehenden Explosionswolke mindestens fünf Jahre wirksam bleibt.
Kobaltfarben, farbige Kobaltverbindungen; werden als Maler- sowie als Glas- u. Keramikfarben verwandt: *Kobaltbraun, Kobaltultramarin, Kobaltrot, Kobaltviolett, Königsblau Smalt* (blau), *Indischgelb, Rinmanns Grün* (Kobaltzinkoxid).
Kobaltglanz, *Glanz-Kobalt, Kobaltin, Cobaltin,* rötlich-silberweißes, stark metallglänzendes Mineral, CoAsS; wichtiges Kobalterz; regulär; Härte 5,5.
Kobaltglas, durch Kobaltoxid gefärbte blaue Glasart, die nach der Wiederentdeckung ihrer Fertigung durch den sächsischen Glasbläser Ch. Schürer im 16. Jh. in Kirchenfenstern weite Verwendung fand. Heute wird das blaue K. für Signalzwecke u. als Zierglas verwendet. Es wurde schon im Altertum von Ägyptern, Babyloniern, Griechen u. Römern hergestellt.
Kobaltkanone, *Gammatron,* Gerät zur Strahlentherapie mit energiereichen Gammastrahlen, das radioaktives Kobaltisotop (→Kobalt 60) enthält.
Kobaltkies, *Linneit,* rötlich-silberweißes, gelblich anlaufendes, metallglänzendes Mineral, Co_3S_4, in häufig gut ausgebildeten, regulären Kristallen; Härte 4,5–5,5; mit Kupferkies, Bleiglanz, Eisenspat, Schwerspat.
Kobaltlegierungen, Legierungen von Kobalt mit Metallen; werden zur Anfertigung von Magnetstählen u. zur Herstellung hochwertiger Schneiden für Dreh- u. Hobelstähle sowie Bohrer verwendet. Zusatz von Chrom u. Wolfram (*Stellit* u. stellitähnl. Legierungen: 50–60% Kobalt, 30–40% Chrom u. 8–20% Wolfram) ergibt Schnellschneidmetalle mit hoher Schnittleistung, bes. für harte Werkstoffe u. höhere Temperaturen geeignet. Kobalt-Silicium-Eisen-Legierungen finden als säurebeständige Stähle Verwendung.
Kobaltschwärze, *Asbolan, Erdkobalt,* ein kobaltführendes Manganoxidmineral, kommt in Mangandendriten, auch in Manganknollen am Meeresboden der Tiefsee vor.
Koban-Kultur, spätbronze- u. früheisenzeitl. Kultur im Kaukasus (11.–4. Jh. v. Chr.), benannt nach dem Gräberfeld *Koban* bei Ordschonikidse im Kaukasus. Seßhafte Bevölkerung, die Ackerbau u. Schafzucht betrieb, daneben Rind u. Pferd, letzteres seit dem 9./8. Jh. v. Chr. auch als Transportmittel benutzt; Jagd noch ziemlich verbreitet. Gräberfelder (Flachgräber u. Kurgane) mit Steinkisten enthalten Einzelbestattungen in Hockerstellung. Die reichen Funde in den Gräbern (Männern gab man Bronzebeile u. -dolche, Pferdezaumzeug, Bronzegefäße u. Trachtzubehör wie Nadeln, Gürtelbleche mit figürl. Darstellungen, Fibeln, Armbänder, Anhänger in Tier- u. Vogelform mit; bei Frauen fand man Anhänger, Nadeln, Ringe, Halsschmuck) zeigen eine starke Besitzdifferenzierung. Zahlreiche Beziehungen bestehen zu den Steppenvölkern (u. a. Kimmerier), zu Vorderasien, zur Krim u. zum Nordpontischen Gebiet; in der Kunst von Luristan u. vom skythischen Tierstil beeinflußt.
Kobe, japan. Präfektur-Hptst. im S von Honschu, westl. von Osaka, im Ballungsraum *Hanschin,* 1,3 Mill. Ew.; Universität (1926), Techn. Hochschule; Textil-, Maschinen-, Eisen-, Papierindustrie, Werften; neben Yokohama Japans größter Hafen.
Kobell, 1. Ferdinand, Maler, *7. 6. 1740 Mannheim; †1. 2. 1799 München; von holländ. Vorbildern ausgehende Landschaftsgemälde mit wegbereitender Wirkung für den Realismus des 19. Jh.
2. Franz Xaver Ritter von, Sohn von 3), Mineraloge u. Heimatschriftsteller, *19. 7. 1803 München, †11. 11. 1882 München; seit 1826 Prof. in München, erfand das *Stauroskop* (zur opt. Prüfung der Kristalle) u. das Tiefdruckverfahren (*Galvanographie*); schrieb außer mineralog. Werken Jagdgeschichten, lebensfrohe, gesellige Verse u. Mundartgedichte (pfälzisch, oberbayerisch); Mitglied des Münchener Dichterkreises.
3. Wilhelm von, Sohn von 1), Maler u. Graphiker, *6. 4. 1766 Mannheim, †15. 7. 1853 München; malte bayer. Landschaften mit figürl. Staffage in kühler, verhaltener Farbgebung, gilt als einer der maßvollsten dt. Realisten im 19. Jh. Hptw. sind Schlachtenszenen, z. B. „Belagerung von Kosel" 1808 (München, Neue Pinakothek). – ▢ 2.4.3.

Indische Kobra, Naja naja

Kobelt, Karl, schweizer. Politiker (Freisinn), *1. 8. 1891 St. Gallen; †5. 1. 1968 Bern; 1941–1954 im Bundesrat (Militärdepartement), 1946 u. 1952 Bundes-Präs.
Kober, Leopold, österr. Geologe, *21. 9. 1883 Pfaffstätten, Niederösterreich; lehrte in Wien; Hauptforschungsgebiet: Gebirgsbau, bes. der Deckenbau der Alpen. Hptw.: „Lehrbuch der Geologie" 1923; „Bau u. Entstehung der Alpen" 1923, Neuaufl. 1955; „Der Bau der Erde" ²1928; „Vom Bau der Erde zum Bau der Atome" 1949.
Koberger, *Coberger, Coburger,* Anton, Nürnberger Buchdrucker u. Verleger, *um 1445, †1513; verlegte in großen Teilen Europas Werke, die er teils in eigener Werkstatt herstellen, teils bei anderen Druckern in Auftrag gab. Seine Erzeugnisse sind z. T. mit guten Illustrationen ausgestattet, so z. B. die „Dt. Bibel" 1482; Hartmann Schedels „Weltchronik" 1493; Dürers „Apokalypse" 1498.
Koberstein, August, Literarhistoriker, *10. 1. 1797 Rügenwalde, †8. 3. 1870 Bad Kösen; verfaßte die ausführl. u. materialreiche Literaturgeschichte „Grundriß der Geschichte der dt. Nationalliteratur" 1827.
Köbes, rhein. Kurzform von →Jakob; Name einer Kölner Witzfigur; danach werden auch Oberkellner in Altkölner Gaststätten K. genannt.
Koblenz [nach der dt. Stadt], geolog. Stufe des *Unteren Devon.*
Koblenz, Stadt in Rheinland-Pfalz, Hptst. des Reg.-Bez. K. (8089 qkm, 1,35 Mill. Ew.); an der Moselmündung in den Rhein (*Deutsches Eck*), 120000 Ew.; St.-Castor-Kirche (12. Jh.), Liebfrauenkirche (12.–13. Jh.), Mittelrhein-Museum, Sitz des Bundesarchivs u. mehrerer Bundesämter, Techn. Lehranstalten; Weinhandelszentrum, Papier-, Büromaschinen-, Aluminium-, Leder- u. keram. Industrie; Verkehrsknotenpunkt. – Gegr. 9 v. Chr. als röm. Kastell (*Castrum ad confluentes*), 843 lothring., 925 dt., 1018 an die Erzbischöfe von Trier, 1794–1813 französ., 1815 preuß., 1822 Hptst. der Rheinprovinz. – ▢ Deutsches Eck.
Kobo Daishi [-ʃi] →Kukai.
Kobold, im Volksglauben Hausgeist, der sich bei guter Laune gefällig zeigt u. Dienst verrichtet; wenn er aber geneckt wird, spielt er den Hausbewohnern Possen. Nach verbreiteter Ansicht ist er der wiedergehende Ahnherr oder Erbauer des Hauses, dem das Wohlergehen der Nachkommen am Herzen liegt.
Koboldmaki, *Gespenstertier, Tarsius,* in dunklen Wäldern lebender, etwa 25 cm langer *Halbaffe* mit unverhältnismäßig großen Augen, Haftscheiben an den langen Sprungbeinen u. Vorderfüßen. Verbreitung: malaiische Inseln, Philippinen.
Kobra, *Naja naja, Brillenschlange,* bis 1,8 m lange *Hutschlange* mit Brillenzeichnung auf dem Nacken; gefährlichste Giftschlange Indiens. 1 g Gift kann 165 Menschen töten. Etwa 12 Eier pro Gelege, Lebensdauer bis 14 Jahre. *K. i. w. S.* →Hutschlangen.
Kocagöz [ˈkodʒagœz], Samim, türk. Erzähler, *13. 2. 1916 Söke; studierte in Istanbul u. Lausanne, betreibt seit 1945 Landwirtschaft auf dem Gut seiner Familie; hat seit 1938 über ein Dutzend Romane u. Erzählungssammlungen veröffentlicht, die alle soziale u. bäuerl. Probleme der heutigen Türkei behandeln.
Koch, *Köchin,* Ausbildungsberuf des Hotel- u. Gaststättengewerbes, Ausbildungszeit 3 Jahre; Abschlußprüfung vor der zuständigen Industrie- u. Handelskammer. Der K. bereitet Speisen (Fleischgerichte, Suppen, Soßen, Gebäck, süße Speisen u. a.); er ist für zweckvollen Einkauf der Lebensmittel, ihre Pflege u. Lagerhaltung verantwortlich, stellt die Speisekarten zusammen u. errechnet den Verkaufspreis der Portionen; beschäftigt in Hotels, Gasthäusern, Krankenhäusern, auf Schiffen, in Speisewagen, Herrschaftsküchen. Kenntnis der französ. Sprache erwünscht, da viele Speisebezeichnungen aus der französ. Küche stammen. Aufstieg zum Küchenchef (-meister).
Koch, 1. Erland von, schwed. Komponist, *26. 4. 1910 Stockholm; Theorielehrer u. Dirigent in Stockholm; geht von der Folklore seiner Heimat aus; schrieb u. a. 4 Sinfonien, Konzerte, Klavier- u. Kammermusik.
2. Joseph Anton, österr. Maler, *27. 7. 1768 Obergiblen, Tirol, †12. 1. 1839 Rom; Hauptmeister der sog. *Deutschrömer* in Italien. Klassizist., streng gegliederte heroische Landschaftsbilder förderten in ihrer Vereinigung mit Stimmungsmomenten der Romantik entscheidend die Ent-

Kochanowski

Joseph Anton Koch: Landschaft nach einem Gewitter. Stuttgart, Staatsgalerie

wicklung der dt. Landschaftsmalerei im 19. Jh.; er trat auch als Zeichner (Illustrationen zu *Dante*) u. Figurenmaler (Wandbilder in der Villa Massimo in Rom) hervor. – ▢ 2.4.3.

3. Karl, ev. Theologe, *6. 10. 1876 Witten, †28. 10. 1951 Bielefeld; einer der Gründer der Bekennenden Kirche, seit 1934 Präses der Bekenntnissynode.

4. Martin, schwed. Schriftsteller, *23. 12. 1882 Stockholm, †22. 6. 1940 Hedemora; sachl.-naturalist. Romane über soziale Fragen, Arbeiterprobleme, Alkoholismus u. Kriminalität. K. sieht die Auseinandersetzung Ausbeuter–Ausgebeutete als moral. Problem; seine religiöse Perspektive zeigte den Menschen nicht allein durch die Gesellschaft bestimmt.

5. Max, Literarhistoriker, *22. 12. 1855 München, †19. 12. 1931 Breslau; gründete 1887 die „Zeitschrift für vergleichende Literaturgeschichte", verfaßte zusammen mit F. *Vogt* eine „Geschichte der dt. Literatur" 1897; „Richard Wagner" 1907–1918.

6. Robert, Arzt u. Bakteriologe, *11. 12. 1843 Clausthal, †27. 5. 1910 Baden-Baden; seit 1872 Arzt u. Kreisphysikus in Wollstein, Posen, 1880 in das Kaiserliche Gesundheitsamt nach Berlin berufen, 1885 Prof., 1891–1901 Leiter des Instituts für Infektionskrankheiten (→Robert-Koch-Institut). K. ist der Begründer der modernen Bakteriologie. 1876 klärte er die Lebensweise des 1849 als erster Krankheitserreger von dem Wipperfürther Arzt Aloys *Pollender* (*1800, †1879) entdeckten Milzbrandbazillus auf u. wies ihn als Erreger der Krankheit nach; 1882 entdeckte er die Tuberkulosebakterien u. gab diese Entdeckung am 24. 3. 1882 in der Berliner Physiologischen Gesellschaft bekannt; 1883 entdeckte er die Choleraerreger. Nobelpreis für Medizin 1905. – ▢ 9.8.1.

7. Rudolph, Graphiker, *20. 11. 1876 Nürnberg, †10. 3. 1934 Frankfurt a.M.; schuf seit 1906 Schrifttypen, daneben Entwürfe für Exlibris, Plakate u.a. gebrauchsgraph. Arbeiten.

8. Thilo, Journalist, *20. 9. 1920 Camena bei Halle; nimmt als Zeitungs- und Rundfunkkorrespondent, Fernsehautor, Verfasser von Zeitungsartikeln und Sachbüchern zu polit. Tagesfragen u. kulturellen Themen Stellung. 1970–1975 war K. Generalsekretär des PEN-Zentrums der BRD.

Kochanowski, Jan, poln. Renaissancedichter, *1530 Sycyna, †22. 8. 1584 Lublin; schrieb als erster in Polen formvollendete Dichtung: lyrische Gedichte, Klagelieder, Satiren u. Schauspiele; gilt als der „poln. Pindar".

Köchel, Ludwig Ritter von, österr. Musikwissenschaftler, *14. 1. 1800 Stein bei Krems, †3. 6. 1877 Wien; schuf das „Chronologisch-thematische Verzeichnis sämtlicher Tonwerke W. A. Mozarts" (*Köchel-Verzeichnis*, Abk. *KV*) 1862, ³¹1937 (bearb. von A. Einstein), ⁶1964 (F. Giegling, A. Weinmann, G. Sievers).

Kochel am See, oberbayer. Sommerfrische, südwestl. von Bad Tölz, 600 m ü.M., 4200 Ew., am Ostufer des von der Loisach durchflossenen *Kochelsees*, der mit dem *Walchensee* durch eine 400 m lange Röhrenleitung verbunden ist.

Kocheler Berge, Teil der Bayer. Voralpen zwischen Loisach u. Isar, im *Krottenkopf* 2085 m, in der *Benediktenwand* 1801 m.

kochen, 1. Flüssigkeiten auf Siedetemperatur erhitzen, Stoffe mit siedendem Wasser behandeln; im Haushalt Nahrungsmittel durch *Dämpfen, Dünsten, Sieden, Braten* u. *Backen* gar machen. Durch das K. (i. e. S.) werden die Lebensmittel aufgelockert, weich u. leicht kaubar; außerdem tötet das K. Bakterien (wichtig bes. für das Konservieren). Andererseits werden durch das K. oft wertvolle Bestandteile (z. B. Vitamine) zerstört. **2.** Desoxydationsvorgang bei der Stahlerzeugung. Das entstehende Kohlenmonoxid durchperlt Stahlbad u. Schlacke, wobei ein Teil des Stick- u. Wasserstoffs der Schmelze ausgespült wird.

Kochenille [kɔʃəˈniljə] = Koschenille.

Kocher, 1. eine Vorrichtung, die im allg. nur zum Erhitzen einzelner Gefäße dient; im Haushalt, in Werkstätten u. Laboratorien benutzt; heute werden in der Hauptsache Elektrizität, Leucht- oder Erdgas, Spiritus u. Benzin zum Heizen verwendet, früher auch Petroleum u. Holzkohle. **2.** in gewerbl. Betrieben ein Gefäß, das zum Kochen selbst dient (*Hadern-K., Holz-K., Firnis-K.*); häufig mit Dampf beheizt.

Kocher, rechter Nebenfluß des Neckar, 180 km; entspringt mit dem *Schwarzen* u. *Weißen K.* im Albuch u. Härtsfeld (Schwäb. Alb), mündet bei Bad Friedrichshall in den Neckar.

Kocher, Emil Theodor, schweizer. Chirurg, *25. 8. 1841 Bern, †27. 7. 1917 Bern; bekannt durch seine Kropfoperationen u. Schilddrüsenforschungen; entdeckte 1883 die Ursache der Cachexia thyreopriva; erforschte Funktion u. Bedeutung der Schilddrüse, erkannte die Bedeutung des Jods für deren Funktion. Nobelpreis für Medizin 1909. Einige Instrumente, z. B. *K.-Klemme*, u. Operationsmethoden sind nach ihm benannt.

Köcher, röhren- oder taschenförmiger Behälter für (Gift-)Pfeile, Bogen oder Blasrohr.

Köcherblümchen, Höckerkelch, *Cuphea ignea*, ein in Mexiko heim. *Weiderichgewächs*; die Kelche der Blüten sind verlängert; Blüten rot mit schwarzem oder weißem Rand; Gartenzierpflanze.

Köcherfliegen, Frühlingsfliegen, *Trichoptera*, Ordnung der *Insekten*. Kleine bis mittelgroße, schmetterlingsähnl. Insekten mit 4 dichtbehaarten Flügeln, langen, fadenförmigen Fühlern u. saugend-leckenden Mundwerkzeugen. Die Larven leben als Pflanzenfresser im Wasser in Gehäusen (*Köchern*), die sie aus Pflanzenteilen, Holzstückchen, Schneckengehäusen u.ä. zusammenspinnen u. mit sich herumtragen. Nur Larven der Familie der *Rhyacophilidae* leben frei als Räuber ohne Gehäuse. Einige Arten spinnen reusenartige Fangnetze. In Mitteleuropa leben viele Arten, die jedoch ausnahmslos kurzlebige Dämmerungstiere u. deshalb allg. unbekannt sind u. auch keine dt. Namen tragen. Dagegen sind die Larven als Angelköder (*Sprockwürmer*) bekannt.

Kochflasche, *Kochkolben* = Kolben (2).

Koch-Grünberg, Theodor, Völkerkundler, *9. 4. 1872 Grünberg, Hessen, †8. 10. 1924 Vista Alegre (Brasilien) auf einer Forschungsreise; Direktor des Lindenmuseums in Stuttgart; erforschte auf mehreren Reisen die Indianer Nordwestbrasiliens; Hptw.: „Vom Roroima zum Orinoko" 5 Bde. 1916–1928.

Kochie = Radmelde.

Kochin [engl. ˈkoutʃin], Cochin, Hafenstadt in Kerala (Indien), an der Malabarküste, mit *Mattancheri* 145000 Ew.; Handels- u. Fischereihafen, Ölraffinerie.

Kochkiste, doppelwandige Kiste, die mit schlechten Wärmeleitern (z.B. Holzwolle, Sägespäne, Heu, Kork) gefüllt ist; dient (bes. in Notzeiten) zum Garmachen angekochter Speisen (Brennstoffersparnis), die in der fest verschlossenen K. fertig garen u. bis zu 6 Stunden heiß bleiben.

Kochkunst, die Kunst, Nahrungsmittel durch Kochen, Braten, Dämpfen u.a. Verfahren möglichst schmackhaft, leicht verdaulich u. nahrhaft zuzubereiten.

Geschichte: Die K. hatte bereits im Altertum einen hohen Stand erreicht. Sie breitete sich von den asiat. Ländern nach Griechenland (Beschreibung ausgewählter Gerichte durch den Dichter *Athenaios*: „Deipnosophisten") u. dann nach Italien (→Lucullus) aus. Unter den röm. Kaisern *Augustus* u. *Tiberius* gab es Schulen der K. Im MA. wurde die K. bes. von den Klöstern gepflegt. Die moderne K. stammt aus Italien (seit dem 16. Jh.) u. wurde von dort aus durch *Katharina von Medici* nach Frankreich eingeführt. Unter *Ludwig XIV.* erreichte sie einen ersten Höhepunkt, der sich zu einem Rückschlag während der Französ. Revolution erst im 19. Jh. wiederholte.

An der Entwicklung der K. haben neben berühmten Köchen (*Scappi* [Papst Pius V.], *Noel* [Friedrich d.Gr.], *Montier* [Ludwig XV.], →*Carême* [Talleyrand] u.a.) auch Fürsten u. Staatsmänner, Dichter u. Philosophen, wie z.B. *Richelieu, Mazarin* u. *Montaigne*, der ein Buch über die Wissenschaft des Essens schrieb („Science de la gueule"), mitgearbeitet. Zu den berühmten Büchern der K. zählen weiterhin: *D'Uxelles*, „L'école des ragoûts" 1730; *Vard*, „Le cuisinier royal" 1815; *König*, „Geist der Kochkunst" 1822; *Grimod de la Reynière*, „Almanach des gourmands" 1803/12; *Brillat-Savarin*, „La Physiologie du goût" 1825; *Vaers*, „Gastrosophie" 1851 u. *Dumas d.Ä.*, „Grand dictionnaire de cuisine" 1873. – ▢ 1.2.1.

Koch, Neff & Oetinger & Co, Stuttgart, Barsortiment u. Kommissionsbuchhandlung, gegr. 1917, hervorgegangen aus den Stammfirmen *Paul Neff* (gegr. 1829), *A. Oetinger* (gegr. 1835), *Alb. Koch u. Co* (gegr. 1860); dem Konzern *Koehler & Volckmar KG* angeschlossen.

Kochowski, Wespazjan, poln. Dichter u. Geschichtsschreiber, *1633 Gaj, †6. 6. 1700 Krakau; Vertreter des Barocks u. der Gegenreformation.

Robert Koch

Kochprobe →Bratprobe.
Kochsalz, *Siedesalz,* das im wesentl. aus Natriumchlorid (NaCl) bestehende, durch Eindunsten u. Einkochen von Solen erhaltene Salzgemisch. Verwendung als Speisesalz u. für verschiedene techn. Zwecke, z. B. Herstellung von Salzsäure. – *Physiolog.* K.lösung besitzt den gleichen osmot. Druck wie die darin aufbewahrten oder untersuchten Gewebe; ihr Salzgehalt schwankt je nach Tierart (Säugetiere 0,9%, Vögel 0,75% u. Salamander 0,8%, Seetiere 1,5%–2,6%); sie wird in der Medizin als Blutersatz verwendet.
Kochwurst, aus gekochtem Fleisch, Speck u. zerkleinerten Organen hergestellte Wurst: verschiedene Leberwurstarten, Zungenwürste, Sülzwürste, Rot- u. Blutwürste; auch Gelb-, Lungen-, Hirn-, Bregenwurst.
Kočić ['kɔtʃitɕ], Petar, serb. Erzähler u. antihabsburg. Politiker, *29. 6. 1877 Stričići bei Banja Luka, †28. 8. 1916 Belgrad; Bauernerzählungen, Satiren auf die österr. Verwaltung u. Justiz.
Kockelkörner = Fischkörner.
Kockpit, 1. [engl.], geschlossener, eingesenkter Sitzraum am Heck von Motorbooten.
2. = Cockpit.
Koczalski [kɔ'tʃalski], Raoul von, poln. Pianist u. Komponist, *3. 1. 1885 Warschau, †24. 11. 1948 Posen; trat als Wunderkind auf, lebte meist in Paris; Chopin-Interpret; schrieb Opern, Klavierwerke u. Kammermusik.
Koda, *Paspalum,* in Hinterindien angebautes u. verbreitetes hirseähnliches Getreide.
Koda Rohan, eigentl. K. *Narijuki,* japan. Schriftsteller, *26. 7. 1867 Tokio, †30. 7. 1947 Itschikawa, Tschiba; vertrat buddhist.-myst. Tendenzen. Geschichtserzählungen u. -romane: „Die fünfstöckige Pagode" 1891, dt. 1961.
Kodachrome, Farbumkehrfilm der US-amerikan. *Eastman Kodak Company,* für Europa fabriziert von der Kodak-Pathé S.A., Paris, u. Bez. für ein farbphotograph. Verfahren (→Farbphotographie). K. war der erste Dreischichten-Farbfilm der Welt (1935).
Kodagu, ehem. Fürstenstaat in Indien, heute Distrikt von Maisur auf den hohen Westgats; bedeutendstes ind. Kaffeeanbaugebiet (27000 Plantagen), Reisanbau.
Kodak AG, Stuttgart-Wangen, Tochtergesellschaft der *Eastman Kodak Company,* Rochester (USA); gegr. 1898, seit 1927 AG; Herstellung von Photoapparaten, Vertrieb photochemischer Erzeugnisse; Grundkapital: 150 Mill. DM; 4200 Beschäftigte.
Kodály ['koda:j], Zoltán, ungar. Komponist u. Volksliedforscher, *16. 12. 1882 Kecskemét, †6. 3. 1967 Budapest; mit B. Bartók befreundet, aber in seiner Musik traditionsverhafteter u. gefälliger. Hptw. ist der „Psalmus hungaricus" 1923, bekannt sind ferner das Singspiel „Háry János" 1926 u. die „Tänze aus Galánta" für Orchester 1933. Zahlreiche Schriften über Volksmusik. „Mein Weg zur Musik" 1966.
Kodeïn →Codein.
Kodex [lat.] = Codex.
Kodiakbär [engl. 'koudiæk-] →Braunbär.
Kodiakinseln ['koudiæk-], *Kadiakinseln,* fjordreiche Inseln im Golf von Alaska; von Alaska durch die Shelikofstraße getrennt; gebirgig (1360 m), sehr grasreich (hohe Niederschläge), Rinderzucht; Hauptinsel: *Kodiak* (rd. 9000 qkm, 1800 Ew.; meist Eskimo), zweitgrößte *Afognak.*

Zoltán Kodály

Kodifikation [lat.], planmäßige u. systematische Zusammenfassung der Rechtsvorschriften eines Rechtsgebiets in einem Gesetzbuch (*Kodex,* →Codex).
Kodizill [das; lat.], im röm. u. österr. Recht jede letztwillige Verfügung, die nicht Erbeinsetzung ist (ebenso in dem in manchen Gebieten Deutschlands bis 1900 geltenden *Gemeinen Recht*).
Kodok →Faschoda.
Kodokan, die von dem japan. Judolehrer *Jigoro Kano* in Tokio 1882 gegr. zentrale Ausbildungsstätte für *Judo;* die Lehrmethoden u. Forschungsergebnisse des K. sind richtungweisend für die Judosportler in aller Welt.
Kodolányi ['kodola:nji], János, ungar. Schriftsteller, *13. 3. 1899 Telki, †10. 8. 1969; schrieb naturalist. Novellen aus dem bäuerl. Milieu u. vielgelesene histor. Romane.
Kodros, sagenhafter König von Athen; aufgrund eines Orakels, das den Athenern Sieg über die eingefallenen Peloponnesier verhieß, wenn K. sein Leben opfere, schlich dieser sich in das Lager der Feinde, zettelte eine Schlägerei an, kam dabei um u. verhinderte mit seinem Opfertod eine Niederlage Athens. Ihm zu Ehren beschlossen die Athener, keinen König mehr zu wählen.
Kodschiki →Kojiki.
Kodweiß, Elisabeth Dorothea, *Schillers* Mutter, *13. 12. 1732 Marbach als Tochter des Bäckers u. Löwenwirts Georg Friedrich K. *29. 4. 1802 Cleversulzbach.
Koechlin [kɔʃ'lɛ], Charles, franzö. Komponist, *27. 11. 1867 Paris, †31. 12. 1950 Le Canadel; studierte u.a. bei G. *Fauré* u. J. *Massenet* u. war mit E. *Satie* befreundet; auf allen Gebieten der Tonkunst tätig; schrieb neben Liedern, Kammermusik, Chor- u. Orchesterwerken das Bühnenwerk „Jacob chez Laban" 1896–1908 (ein bibl. Pastorale) nach eigenem Text. Auch Musikschriftsteller.
Koedukation [ko:e-; *Coeducation* [lat.], die schulische u. außerschulische *Gemeinschaftserziehung* von Jungen u. Mädchen. K. hat prinzipiell das Ziel, die Geschlechtsdifferenz pädagogisch fruchtbar zu machen; eine Differenzierung nach Geschlechtern bei einzelnen Aufgaben widerspricht nicht diesem Ziel. In der BRD findet die Schulerziehung im allg. in den größeren Orten getrennt nach Geschlechtern u. vielfach in verschiedenen Schulgebäuden statt. Nordrhein-Westfalen hat 1968 die K. zur pädagog. sinnvollen Grundform der Hauptschulerziehung erklärt. Bisher ist aber nur in Hamburg, Bremen u. Westberlin die Geschlechtertrennung in den höheren Schulen aufgehoben worden. Ferner führen einige Heimschulen, Landerziehungsheime, Freie Waldorfschulen die K. voll durch. – □ 1.7.1.
Koeffizient [ko:e-; nlat.], *Vorzahl,* in der Mathematik eine allgemeine oder bestimmte Zahl, mit der eine unbekannte oder veränderliche Größe multipliziert wird. In der Gleichung $ax^2 + bx + c = 0$ sind a, b u. c (das absolute Glied) K.en.
Koehler, Otto, Zoologe, *20. 12. 1889 Insterburg, Ostpreußen, †Jan. 1974; 1923 Prof. in München, 1925 in Königsberg, seit 1946 in Freiburg i. Br.; aus seinen Arbeitsgebieten Reizphysiologie u. vergleichende Verhaltensforschung zahlreiche Veröffentlichungen. „Die Aufgabe der Tierpsychologie" 1943, ²1968; „Von der Grenze zwischen Mensch u. Tieren" 1961; „Vom Spiel bei Tieren" 1966.
Koehler & Volckmar KG, Buchhandlungskonzern, bes. Kommissionsbuchhandlung u. Barsortiment, Stuttgart, gegr. 1918 in Leipzig, hervorgegangen aus den Stammfirmen F. *Volckmar* (gegr. 1829), K. F. *Koehler* (gegr. 1789) u. *Staackmann* (gegr. 1869). Angeschlossene Firmen: *Koch, Neff & Oetinger & Co.,* Stuttgart; *August Brettinger,* Stuttgart; *K. F. Koehler Verlag,* Stuttgart, gegr. 1789 in Leipzig, der bes. Geschichtswissenschaft u. Memoiren pflegt.
Koekkoek ['ku:ku:k], holländ. Malerfamilie: **1.** Barend Cornelis, Sohn u. Schüler von 2), *11. 10. 1803 Middelburg, †5. 4. 1862 Kleve; malte in der Art von M. *Hobbema* u. J. *Wijnants* Wald- u. Buschlandschaften sowie Winterbilder.
2. Johannes Hermanus, *17. 8. 1778 Veers, †12. 1. 1851 Amsterdam; Autodidakt; Fluß- u. Hafenansichten, Seebilder.
Koelreuterie = Blasenesche.
Koenig, 1. Alma Johanna, österr. Dichterin, *18. 8. 1887 Prag, †1942 KZ Minsk; Gedichte („Liebesgedichte" 1930; „Sonette für Jan" 1946), Romane („Der heilige Palast" 1922; „Der jugendl. Gott" [posthum] 1947).

2. Friedrich, Buchdrucker u. Erfinder, *17. 4. 1774 Eisleben, †17. 1. 1833 Oberzell; erfand 1802 die Schnellpresse, vervollkommnete sie um 1812, gründete 1817 zusammen mit Friedrich *Bauer* (*1783, †1860) in Oberzell bei Würzburg eine Fabrik für Schnellpressen, die 1920 in eine AG umgewandelt wurde.
3. Gottfried Michael, Komponist, *5. 10. 1926 Magdeburg; 1954–1964 Mitarbeiter K. *Stockhausens* im Kölner Studio für elektron. Musik, seit 1964 künstler. Leiter des Studios für elektron. Musik an der Universität Utrecht; arbeitet u.a. an Modellkompositionen für Computer. Werke: „Horae, Tanzbilder für Orchester" 1951; „Klangfiguren I u. II" 1955 u. 1956; „Essay" 1960; „Jeremias" 1963; „Projekt I u. II" 1964 u. 1968 (Computerprogramme für den öffentl. Gebrauch); „Funktion Grün" 1968; „Funktion Gelb" 1968; „Funktion Orange" 1968; „Funktion Rot" 1968.
4. Otto, österr. Zoologe, Verhaltensforscher, *23. 10. 1914 Wien; Leiter der Biolog. Station („Institut für vergleichende Verhaltensforschung") Wilhelminenberg (Wien). Fernsehserien; „Das Buch vom Neusiedlersee" 1961; „Kif-Kif" 1962; „Führer rund um den Neusiedlersee" 1964; „Rendezvous mit Tieren" 1965; „Kultur u. Verhaltensforschung" 1970.
5. [kø'niɡ], Pierre, franzö. General (seit 1941), *10. 10. 1898 Caen, Normandie, †2. 9. 1970 Paris; im 2. Weltkrieg als Anhänger de Gaulles 1941–1944 in Nordafrika, befehligte 1944/45 die gaullist. Verbände in Frankreich; 1945–1949 Militärgouverneur der franzö. Zone Deutschlands u. Vertreter Frankreichs im Kontrollrat, 1949–1951 Generalinspekteur der franzö. Truppen in Nordafrika, schied 1951 aus der Armee aus u. schloß sich der *Sammlungsbewegung* de Gaulles an, 1954/55 Verteidigungs-Min.
Koenigswald, Gustav von, Paläontologe, *13. 11. 1902 Berlin; 1948 Prof. in Utrecht; arbeitet bes. über die Stammesgeschichte der Primaten, fand in China Zähne des *Gigantopithecus Blacki,* in Java einige neue *Archanthropinen* (→Pitecanthropus-Gruppe).
Koeppen, Wolfgang, Schriftsteller, *23. 6. 1906 Greifswald; weitgereist u. in mehreren Berufen tätig (Journalist, Schauspieler u. Dramaturg), wohnt jetzt bei München; schrieb mit scharfem Beobachtungsvermögen krit. Zeitromane, verwertet die Montagetechnik: „Tauben im Gras" 1951; „Das Treibhaus" 1953; „Tod in Rom" 1954; Reisebücher: „Nach Rußland u. anderswohin" 1958; „Amerikafahrt" 1959; „Reisen nach Frankreich" 1961; Essays: „Die ernsten Griechen" 1962.
Koerzitivkraft [ko:ɛr-] →Magnetismus, →Hysterese (1).
Koestler, Arthur, engl.-dt. Schriftsteller ungar. Herkunft, *5. 9. 1905 Budapest; 1927–1932 Journalist beim Ullstein-Konzern; schrieb zuerst ungar., dann bis 1940 dt., seither engl.; ursprüngl. Zionist, 1931–1937 Kommunist, nach den Moskauer Prozessen wandte er sich vom Kommunismus ab; stellte bes. das Verhältnis des gemeinschaftswilligen, aber individualist. Intellektuellen gegenüber der totalitären Staatsmacht dar. Romane: „Darkness at Noon" 1940, dt. „Sonnenfinsternis" 1948; „Arrival and Departure" 1943, dt. „Ein Mann springt in die Tiefe" 1945; Essayistik u. Kulturphilosophie: „Der Yogi u. der Kommissar" 1945, dt. 1950; „Die Nachtwandler" 1959, dt. 1959; „The Act of Creation" 1964, dt. „Der göttl. Funke" 1966; „Das Gespenst in der Maschine" 1967, dt. 1968; „Die Wurzeln des Zufalls" 1972, dt. 1972 (über Parapsychologie); Autobiographien: „Pfeil ins Blaue" 1952, dt. 1953; „Die Geheimschrift" 1954, dt. 1955.
Koetsu [ko:etsu] *Honami,* japan. Kalligraph u. Kunsthandwerker, *1558, †1637 bei Kyoto; Gründer einer Künstlerkolonie bei Kyoto, die unter dem Einfluß der buddhist. Nichiren-Sekte stand; tätig als Gartenkünstler u. Töpfer.
Koexistenz [lat., „Zusammenbestehen"], das Nebeneinander von Staaten u. Blöcken mit unterschiedl. gesellschaftl. u. polit. Ordnungen u. Ideologien unter Verzicht auf gewaltsame Veränderungen. Der Kommunismus betont die Fortdauer der polit. u. insbes. der ideolog. Auseinandersetzung der K. Als *friedliche* K. von Lenin definiert u. von N. Chruschtschow zum außenpolit. Leitsatz erhoben, spielt der Begriff seit Mitte der 1950er Jahre eine Rolle in der internationalen Politik. – □ 5.9.0.
Koffein = Coffein.
Kofferfische, *Ostracioidei,* Unterordnung der

Haftkiefer; charakterisiert durch einen den Körper einhüllenden Knochenpanzer; keine Stacheln in der Rückenflosse, keine Bauchflossen, kein Luftsack. Eine in trop. Meeren vorkommende Familie: *Ostraciidae*. Sehr bekannt ist der doppelt gehörnte indopazif. *Kuhfisch, Lactoria cosnuta*.

Koffka, Kurt, Psychologe, *18. 3. 1886 Berlin, †22. 11. 1941 Northampton, Mass. (USA); Hochschullehrer in Gießen (1918 Prof.); seit 1924 in den USA (Chicago, Kalifornien, Boston); Mitbegründer der *Berliner Schule* der *Gestaltpsychologie*, verband die Gestaltlehre mit dem Entwicklungsprinzip. Hptw.: „Grundlagen der psychischen Entwicklung" 1921, ^{2}1923; „The Growth of Mind" 1924, ^{2}1928; „Principles of Gestalt psychology" 1935.

Köflach, österr. Stadt in der Steiermark, westl. von Graz, 12600 Ew.; Braunkohlentagebau, Glas- u. Porzellanindustrie, Schuhfabrik. In der Nähe Gestüt *Piber*, bekannt durch die Aufzucht der „Lipizzaner" für die Spanische Reitschule in Wien.

Kofler, 1. Leo, Pseudonym Stanisław *Waryński*, Soziologe u. Philosoph, *26. 4. 1907 Chocimierz (Polen); Vertreter des →Neomarxismus, kommt aus der Schule des Austromarxisten M. *Adler*, später stark von G. *Lukács* beeinflußt; 1947–1950 Prof. an der Universität Halle; lebt heute in Köln. Hptw.: „Die Wissenschaft von der Gesellschaft" 1944; „Zur Geschichte der bürgerl. Gesellschaft" 1948, ^{3}1966; „Das Wesen u. die Rolle der stalinist. Bürokratie" 1952; „Geschichte u. Dialektik" 1955; „Der proletarische Bürger" 1964; „Perspektiven des revolutionären Humanismus" 1969.

2. Ludwig, österr. Pharmakologe, *30. 11. 1891 Innsbruck, †23. 8. 1951 Innsbruck; nach ihm als *K.geräte* benannt sind verschiedene labortechnische Einrichtungen, z.B. eine Apparatur zur Schmelzpunktbestimmung, eine Heizbank u. ein Kühltisch.

Koforidua, Stadt in Ghana (Westafrika), 50000 Ew.; land- u. forstwirtschaftl. Zentrum.

Kofu, japan. Präfektur-Hptst. in Zentralhonschu, westl. von Tokio, 180000 Ew.; Glas- u. Seidenindustrie, Weinerzeugung.

Kogălniceanu [kogəlnitʃe'anu], Mihail, rumän. Schriftsteller u. Politiker, *6. 9. 1817 Jassy, †2. 7. 1891 Paris; studierte in Lunéville u. Berlin, nach Teilnahme an der Revolution von 1848 bis 1855 im Pariser Exil; dann Min. u. Min.-Präs., vertrat Rumäniens Ansprüche auf dem Berliner Kongreß; grundlegende Geschichtswerke („Histoire de la Valachie, de la Moldavie et des Valaques transdanubiens" 1837); mustergültige Prosa in histor. Novellen u. humorvollen Schilderungen der rumän. Gesellschaft.

Kogan, Leonid Borisowitsch, sowjet. Violinvirtuose, *14. 11. 1924 Dnjepropetrowsk; seit 1952 Prof. am Moskauer Konservatorium, Gastspielreisen in die USA u. zahlreiche europ. Länder.

Køge, Hafenstadt in der dän. Amtskommune Roskilde, südwestl. von Kopenhagen, 30700 Ew.; Gummi- u. Farbenindustrie.

Kogel, *Kofel, Kogl*, in den Alpen übliche Bez. für kegel- oder haubenförmige Bergspitzen, z.B. Ankogel, Langkofel.

Kogge, *Kocke*, breites Last- oder Kriegsschiff der Hanse-Zeit (ab 13. Jh.), meist in nord. Gewässern. Die K. hatte Vorder- u. Achterkastell ähnlich der →Karracke, aber nur einen Mast.

Kogia →Pottwal.

Kögl, Fritz, Chemiker, *19. 9. 1897 München, †6. 6. 1959 Utrecht; Arbeiten über organ. Naturstoffe, Entdecker der *Auxine* (Pflanzen-Wuchsstoffe).

Kognak ['kɔnjak; nach der Stadt *Cognac*] = Cognac.

Kognaten [lat.], **1.** *german. u. altes dt. Recht:* →Kunkelmagen.

2. *röm. Recht:* der weitere Kreis der Blutsverwandten gegenüber den →Agnaten.

Kogon, Eugen, Politologe, *2. 2. 1903 München; bis 1932 Redakteur der Zeitschrift „Schönere Zukunft" (Wien), 1936–1945 im KZ Buchenwald, seit 1946 Hrsg. der „Frankfurter Hefte"; 1949–1953 1. Präsident der Europa-Union in der BRD; 1950 Vorsitzender des Zentralkomitees der „Union europ. Föderalisten"; seit 1951 Prof. für wissenschaftl. Politik in Darmstadt; schrieb „Der SS-Staat" 1946.

Koguryo →Kokuryo.

Koh [Urdu], Bestandteil geograph. Namen: Berg.

kohärent [lat., „zusammenhängend"], *Physik:* Bez. für zwei oder mehrere Wellenzüge, die interferieren können. Dazu müssen sie den Beobachtungsort gleichzeitig durchqueren, die gleichen Schwingungszahlen (Frequenzen) u. eine konstante Phasendifferenz haben. Kohärentes Licht erzeugt der *Laser*.

Kohärer [lat.], *Fritter*, eine mit Eisenfeilspänen gefüllte Glasröhre, die beim Auftreffen elektromagnet. Wellen zusammenbacken, wobei der elektr. Widerstand abnimmt. Durch Erschütterung läßt sich der Grundzustand wiederherstellen. In den Anfangsjahren der drahtlosen Telegraphie wurden K. zum Empfang für hochfrequente Signale benutzt.

Kohäsion, Zusammenhaften von Atomen u. Molekülen gleicher Art. Die auftretenden Kräfte heißen *K.skräfte*. Sie sind bei festen Körpern am größten, bei Flüssigkeiten klein, bei (realen) Gasen sehr klein u. die Ursache für die Abweichung vom Verhalten idealer Gase.

Kohat, pakistan. Stadt südl. von Peshawar, 55000 Ew.; Viehzucht, Wollhandel, Marmorbrüche.

Kohelet [hebr.] →Prediger Salomo.

Kohima, Hptst. des ind. Bundesstaats Nagaland (Naga Pradesh), im Nagabergland nahe der birman. Grenze, 7000 Ew.

Kohinoor [-'nu:r; der; pers., „Berg des Lichts"], *Koh-i-noor*, der berühmteste Diamant, soll im ind. Fluß Godavari gefunden worden sein, kam nach wechselvoller Geschichte 1849 von indischen u. pers. Fürsten in den Besitz des brit. Herrscherhauses; 1851 in London neu geschliffen, wiegt 108,93 Karat.

Kohl, 1. *K. i.w.S., Brassica*, Gattung der *Kreuzblütler* mit rd. 50 Arten, hauptsächl. im Mittelmeergebiet u. in Asien, z.T. auch in Europa heimisch; enthält viele Gemüse- u. Ölpflanzen. Hierher gehören *Kohl i.e.S., Raps, Rübsen* u. *(Schwarzer) Senf*, die unter dem züchterischen Einfluß des Menschen zu wertvollen Nutzpflanzen wurden.

2. *K. i.e.S., Gemüse-K., Brassica oleracea*, dessen Stammform an den Küsten des Mittelmeers u. der Nordsee wächst. Viele Zuchtformen wie: Blatt-K. *(Grün-K., Winter-K., Zier-K., Feder-K., Palm-K., B. o. var. acephala)*; Wirsing *(Savoyer K., Welsch-K., B. o. var. sabauda)*; Kopf-K. *(Weiß- u. Rotkraut, Zuckerkopf, B. o. var. capitata)*; Rosen-K. *(Sprossen-K., B. o. var. gemmifera)*; Blumen-K. *(Spargel-K., Broccoli, B. o. var. botrytis)* u. K.rabi *(B. o. var. gongylodes)* dienen als Gemüsepflanzen; Mark-K. u. Stamm-K. sind Futterpflanzen.

Kohl, 1. Helmut, Politiker (CDU), *3. 4. 1930 Ludwigshafen; 1959–1976 MdL in Rheinland-Pfalz, 1966–1973 Landes-Vors. seiner Partei, 1969 bis 1976 Min.-Präs. von Rheinland-Pfalz, seit 1973 Bundes-Vors. der CDU, seit 1976 zugleich Vors. der CDU/CSU-Bundestagsfraktion.

2. Michael, Politiker (SED), *28. 9. 1929 Sondershausen; 1965–1971 Staatssekretär beim Ministerrat der DDR, Unterhändler bei innerdeutschen Verhandlungen (u.a. Passierscheinabkommen mit dem Westberliner Senat 1965/66; Verkehrsvertrag u. Grundvertrag 1972); 1974–1978 ständiger Vertreter der DDR in Bonn; seit 1978 einer der stellvertr. Außenminister.

Köhl, Hermann, Flieger, *15. 4. 1888 Neu-Ulm, †7. 10. 1938 München; Kampfflieger im 1. Weltkrieg; überquerte am 12./13. 4. 1928 in $36^{1}/_{2}$ Stunden als erster den Nordatlantik in Ost-West-Richtung von Irland nach Neufundland zusammen mit Günther Frhr. von *Hünefeld* (*1892, †1929) u. dem irischen Oberst *James Fitzmaurice* (*1899, †1965); schrieb „Unser Ozeanflug" 1928; „Bremsklötze weg" 1932.

Kohle, 1. *Gesteinskunde:* ein Gestein, das im Lauf langer Zeiträume aus Holz oder anderen pflanzl. Stoffen unter Luftabschluß entstanden ist. Bei diesem *Inkohlungsprozeß* werden Verbindungen des Kohlenstoffs (C) angereichert. Torf, Braun-K., Stein-K. u. Anthrazit sind verschiedene Stufen der Inkohlung. *Torf* (40–60% C) bildet sich in Mooren (Torfmooren) u. besitzt einen sehr hohen Wassergehalt. *Braun-K.* (60–70% C) zeigt noch pflanzl. Struktur (untergegangene trop. Urwälder) u. ist von einer Deckgebirgsschicht geringer Mächtigkeit (kleiner Druck) überlagert; Alter: 40–50 Mill. Jahre. Bei *Stein-K.* (70–90% C) hängt der Grad der Inkohlung außer vom geolog. Alter (250–280 Mill. Jahre) noch von der Temperatur u. dem Gebirgsdruck ab. *Anthrazit* ist die kohlenstoffreichste Stein-K. (90–99% C).

Die abbaubaren *K.nvorräte* der Welt werden auf rd. 5000 Mrd.t. geschätzt. *K.nförderung:* →Braunkohle, →Steinkohle.

2. *Pharmakologie: medizinische K., Carbo medicinalis, Tierkohle*, schwarzes, geruchloses, feinstes Pulver, das wasserunlöslich u. außerordentl. saugfähig ist. Anwendung als aufsaugendes Mittel bei Vergiftungen, Magen-Darm-Katarrhen, Durchfall u.a.

Kohledruck, in der histor. Photographie ursprüngl. der *Pigmentdruck*, dessen Bildsubstanz aus feinsten Kohleteilchen gebildet wurde. Heute bezeichnet man als K. verschiedene *Chromatverfahren*, bei denen ohne Übertragung pigmentdruckartige Bilder gewonnen werden.

Kohleflotation, Verfahren zur Aufbereitung von Steinkohle, wobei überwiegend Steinkohlenteeröle als Schwimmittel verwendet werden; die Kohle wird im Schaum ausgetragen. →auch Flotation.

Kohlehydrate = Kohlenhydrate.

Kohlemikrophon →Mikrophon.

Kohlenchemie, *Kohlechemie*, Gesamtheit der chem. Prozesse u. deren Produkte, für die Kohle (Stein- u. Braunkohle) Rohstoff ist. Die Prozesse der K. sind: 1. Entgasungsverfahren, die das *Verkoken* (→Kokerei, →Gaswerk) u. *Schwelen* umfassen; Produkte sind sog. *Kohlenwertstoffe* (Teer, Ammoniak, Rohbenzol, Gas), die größtenteils durch 2. Kohlehydrierung (→Fischer-Tropsch-Verfahren, →Bergiusverfahren) weiterverarbeitet werden. In 3. Vergasungsprozessen erhält man Gase (Generatorgas, Wassergas, Synthesegas), die teils als Brennstoffe, teils bei der Hydrierung u. bei anderen Synthesen verwendet werden. Durch 4. Extraktionsverfahren können mit Lösemitteln einige (z.B. wachsartige) Produkte aus der Kohle extrahiert werden. Die Verfahren der K. werden oft als *Kohleveredlung* bezeichnet. K. ist neben *Petrolchemie* die wichtigste Grundlage der chem. Großindustrie. – ⊞S. 326.

Kohlendioxid, *Kohlensäureanhydrid*, CO_2, fälschlich *Kohlensäure* genannt, unbrennbares, farb- u. geruchloses Gas, das bei allen Verbrennungsvorgängen u. bei der Atmung entsteht; wird von den Pflanzen unter Mitwirkung des Chlorophylls unter dem Einfluß des Sonnenlichts assimiliert. Die wäßrige Lösung von K. reagiert schwach sauer, da sich in geringem Maß Kohlensäure bildet. K. kommt in der Natur in freiem Zustand als Bestandteil der Luft (0,03%), in Mineralquellen u. Vulkanen u. in gebundenem Zustand in Form von Carbonatgesteinen vor. K. kommt flüssig (in Stahlflaschen) in den Handel („Kohlensäure"). Es kann, da es unbrennbar ist u. eine weitere Sauerstoffzufuhr zu einer Flamme verhindert, als Feuerlöschmittel verwendet werden. Ferner wird es in Bierdruckapparaten benutzt u. in festem Zustand *(Kohlensäureschnee, Trockeneis)* für Kühlzwecke.

Kohleneisenstein, engl. *Blackband*, ein Eisenerz aus Eisenspat mit starken Kohlenbeimengungen.

Kohlengas, bei unvollständiger Verbrennung von Kohlen entstehendes giftiges Gas; enthält Kohlenmonoxid.

Kohlenhobel, *Bergbau:* mit Reißzähnen versehenes Gerät zur vollmechan. Kohlengewinnung unter Tage; wird an den Kohlenstoß gedrückt u. mit Ketten an ihm entlanggezogen, wobei dezimeterdicke Kohlenstreifen abgehobelt werden.

Kohlenhydrate, organ.-chem. Verbindungen der allg. Form $C_n(H_2O)_m$, die neben Kohlenstoff noch Wasserstoff u. Sauerstoff im selben Verhältnis wie das Wasser enthalten u. erste Oxydationsprodukte mehrwertiger Alkohole sind. Sie werden unterteilt in *Monosaccharide, Oligosaccharide*, darunter als wichtigste die *Disaccharide* (z.B. Rohrzucker), u. →Polysaccharide (z.B. *Stärke*). K. sind neben den Fetten u. Eiweißstoffen wichtige Nährstoffe für den tier. u. menschl. Organismus. →auch Stärke, Zucker, Cellulose, Glucose.

Kohlenhydrierung, *Kohle(n)verflüssigung*, Anlagerung von Wasserstoff an Kohle zur Herstellung von *Kohlenwasserstoffen*; →Fischer-Tropsch-Verfahren, →Bergius-Verfahren. – ⊞→Kohlenchemie.

Kohlenkalk, *Dinantien*, das bes. links des Rhein entwickelte, kalkige Unterkarbon; rechtsrhein. als *Kulm*.

Kohlenoxid, *Kohlenmonoxid*, CO, bei unvollständiger Verbrennung von Kohlenstoff entstehendes farb- u. geruchloses, giftiges Gas, im Stadt- u. Generatorgas sowie in Gruben- u. in Auspuffgasen enthalten; verbrennt mit bläulicher Flamme zu Kohlendioxid, wirkt stark reduzierend u. spielt deshalb für die Reduktion von Metalloxiden zu Metallen (z.B. bei der Herstellung von Eisen) eine bedeutende Rolle; auch für die Synthese von Kohlenwasserstoffen, Alkoholen, Ameisensäure u. Blausäure verwendet. Komplexverbindungen mit Nickel, Kobalt u. Eisen sind die *Carbonyle*.

Kohlenoxidvergiftung, durch Einatmen von Kohlenoxid entstehende Vergiftungserkrankung. Das Kohlenoxid unterbindet die lebenswichtige Sauerstoffversorgung des Körpers. Da es ein 300fach größeres Bindungsvermögen zum *Hämoglobin* besitzt als der Sauerstoff, verdrängt es diesen aus seiner Bindung. Hämoglobin lädt sich mit Kohlenoxid auf u. vermag keinen Sauerstoff mehr zu transportieren. Anzeichen der K. sind Kopfschmerzen, Schwindelgefühle, Übelkeit, Erbrechen u. Atemnot. Als erste Hilfsmaßnahme frische Luft bzw. künstliche Sauerstoffatmung.

Kohlensack, 1. *Astronomie:* sternarme Gegend in der Milchstraße im *Südl. Kreuz,* durch vorgelagerte interstellare Materie verursacht. *Nördl. K.,* ähnliche Sternleere in der nördl. Milchstraße, zwischen Schwan u. Kepheus.
2. *Hüttenwesen:* mittlerer, weitester Teil des Hochofens.

Kohlensäure, durch Lösen von Kohlendioxid in Wasser in geringer Menge entstehende schwache Säure, H_2CO_3; häufig auch falsche Bez. für ihr Anhydrid, das →Kohlendioxid. Die Salze der K. sind die *Carbonate (kohlensaure Salze)*.

Kohlensäureassimilation →Photosynthese.

Kohlensäureverwitterung, Umwandlung unlöslicher Carbonat-Gesteine durch Kohlensäureeinfluß in lösliche Bicarbonate, bewirkt beschleunigte Verwitterung; tritt bes. in Karstgebieten auf.

Kohlenstaub, durch den Abbaudruck auf die Drucklagen von selbst entstandene oder künstl. erzeugte staubförmige Kohle. Verwertung entweder in *K.feuerungen* (→Feuerung) durch Einblasen unter Druck oder bei der Brikettherstellung.

Kohlenstaubexplosion, *Bergbau:* meist durch Flamme ausgelöste Explosion aufgewirbelten Kohlenstaubs. Bes. in Steinkohlengruben mit leicht zerfallender *Fettkohle* im Gefolge von Sprengungen u. Explosionen *schlagender Wetter;* Bekämpfung durch Berieselung oder auch mit absichtl. abgelagertem Gesteinsstaub, der bei der Explosion aufgewirbelt wird u. die Explosionsflamme abkühlt. →auch Kohlenstaubsperren.

Kohlenstoff, nichtmetallisches 4wertiges Element, chem. Zeichen C *(Carboneum),* Atomgewicht 12,01115, Ordnungszahl 6; kommt in freiem *(Diamant* u. *Graphit)* u. gebundenem Zustand (in Carbonatgesteinen, im Pflanzen- u. Tierreich, in der Luft u. im Wasser) vor u. ist wesentl. Bestandteil aller lebenden Materie. 1971 wurde von sowjet. Wissenschaftlern eine 3. kristalline Modifikation entdeckt u. →Carbin genannt. Die große Zahl u. Mannigfaltigkeit der K. enthaltenden (organ.) Verbindungen beruht auf der den anderen Elementen in diesem Maße fehlenden Fähigkeit des K.s, sich in fast unbegrenztem Umfang mit sich selbst u. a. Grundstoffen zu verbinden. Durch Zersetzung organ. Verbindungen unter Luftabschluß oder bei unzureichender Luftzufuhr entsteht eine im Gegensatz zu den kristallinen Formen amorphe Modifikation des K.s, z. B. *Koks, Ruß, Blut-, Tier-, Knochenkohle.* Diese haben wegen ihrer großen Oberfläche ein starkes Adsorptionsvermögen. Verwendung von Ruß für die Herstellung von Druckerschwärze, Tusche u. als Füllstoff für Kautschuk.

Kohlenstoff-Datierung →radioaktive Altersbestimmung.

Kohlenstoffkreislauf, der Wechsel zwischen organischer Bindung des Kohlenstoffs u. seiner Freisetzung durch physikal. u. chem. Prozesse. Der Vorrat an Kohlendioxid in der Atmosphäre u. in den Gewässern ist zwar recht beträchtlich, doch würde sehr bald durch die →Photosynthese die völlige Bindung des gesamten Kohlenstoffs in organ. Substanzen erfolgt sein, wenn nicht gegenläufige Prozesse für eine Ergänzung des Vorrats an freiem Kohlenstoff sorgten. Solche Vorgänge sind: *Atmung* bei Menschen, Tieren u. Pflanzen, *Gärungen* u. *Fäulnisvorgänge* als Auswirkung der Lebenstätigkeit von Mikroorganismen. Die abbauenden Prozesse führen schließl. zu einer völligen Mineralisierung toter organ. Substanz u. bewirken damit auch eine Freisetzung von Kohlendioxid. Nicht unbeträchtl. Mengen von Kohlendioxid werden auch durch techn. Verbrennungen von Brennstoffen frei. →auch Atmung.

Kohlenwasserstoffe, ausschl. aus Kohlenstoff u. Wasserstoff aufgebaute, umfangreichste Gruppe chemischer Verbindungen. Man unterteilt die K. in aliphatische *(acyclische)* K. mit kettenförmiger Anordnung der Kohlenstoffatome (→auch Methan, Äthan), in *alicyclische* K., die sowohl kettenwie auch ringförmige Strukturen aufweisen, u. in aromatische K., deren Kohlenstoffatome ringförmig angeordnet sind (→auch Benzol). Ungesättigten Charakter haben die Olefine u. Acetylene, d. h. sie können noch Wasserstoffatome aufnehmen. Außerhalb des Pflanzen- u. Tierreichs vorkommende K. sind Sumpf(Gruben-)gas, Erdgas, Erdöl u. Asphalt.

Kohlepapier, mit einem meist einseitigen Aufstrich von geschmolzener Farbe versehenes Seidenpapier zur Herstellung von Durchschlägen auf Schreibmaschinen oder Durchschriften mit Bleistift, Kugelschreiber u. dgl. Der Aufstrich aus mit Wachsen, Harzen u. Ölen versetzten Pigmentoder Anilinfarben gibt unter Druck Farbe ab.

Kohler, Josef, Rechtslehrer, *9. 3. 1849 Offenburg, †3. 8. 1919 Charlottenburg; Prof. in Würzburg (1878) u. Berlin (1888); führender Vertreter der Rechtsvergleichung u. des Urheber- u. Patentrechts; Hptw.: „Einführung in die Rechtswissenschaft" 1901; Handbuch des dt. Patentrechts" 1900–1904; „Lehrbuch des bürgerl. Rechts" 3 Bde. 1904–1915; „Lehrbuch der Rechtsphilosophie" 1908; Hrsg. bzw. Mithrsg. zahlreicher Zeitschriften, u. a. der „Ztschr. für vergleichende Rechtswissenschaft".

Köhler, 1. *Berufskunde:* fast ausgestorbener Beruf des Holzkohlenbrennens mittels eines Kohlenmeilers; vereinzelt noch in waldreichen, industriearmen Gegenden anzutreffen, z. B. im Sauerland; ist von der industriellen Herstellung (auf chemischem Weg) verdrängt worden. →auch
2. *Fisch: Kohlfisch, Kohlmaul, Blaufisch, Gadus virens,* ein *Schellfisch* der nordeurop. Meeresgebiete; bis 1 m lang, dem Kabeljau in Verbreitung u. Lebensweise sehr ähnl. Fleisch weniger wertvoll, aufbereitet als „Seelachs"-Ersatz im Handel.

Köhler, 1. Reinhold, Literarhistoriker, *24. 6. 1830 Weimar, †15. 8. 1892 Weimar; Leiter der Großherzogl. Bibliothek Weimar; erforschte bes. Märchen u. Novellen; Hrsg. von „Alte Bergmannslieder" 1858.
2. Wolfgang, Psychologe, *21. 1. 1887 Reval, †11. 6. 1967 Enfield, N.H.; Prof. in Göttingen (1921) u. Berlin (1922–1935); gründete mit M. *Wertheimer* u. K. *Koffka* die *Berliner Schule* der *Gestaltpsychologie.* Bahnbrechend waren seine „Intelligenzprüfungen an Anthropoiden" (1918, 1921), durch die er den Nachweis sinnvollen Werkzeuggebrauchs bei höheren Menschenaffen erbrachte. K. versuchte (1920), den Gestaltbegriff auch in die Physik einzuführen. – Aus dem Nachlaß: „Die Aufgabe der Gestaltpsychologie" 1971.

Kohlerdfloh, *Phyllotreta undulata,* bis 2,5 mm langer blaugrüner, gelb gezeichneter *Blattkäfer* aus der Gruppe der *Erdflöhe;* verursacht Lochfraß an den Blättern aller Kohlarten.

Köhlerei, handwerkl. Form der *Holzverkohlung.*

Köhlerglaube, blinder Glaube an die Worte eines andern; ursprüngl. blinder Kirchenglaube, nach einer Schrift M. *Luthers.*

Kohler Range ['kəʊlə reɪndʒ], Gebirgszug auf Antarktika, im *Marie-Byrd-Land* (110° W), mit Gipfeln bis 4570 m.

Kohleverflüssigung = Kohlenhydrierung.

Kohlfliege, *Phorbia brassicae,* eine *Blumenfliege,* deren Larve *(Kohlmade)* die Wurzeln u. Stengel von Kohl u. a. Kreuzblütlern anfrißt; Bekämpfung mit Lindan- oder Aldrin-Streumitteln.

Kohlfuchs, *Brandfuchs,* dunkle Farbvarietät des europ. Fuchses. Beschränkt sich die dunkle Färbung auf Rückenlinie u. Schulterstreifen, so spricht der Jäger von einem *Kreuzfuchs.*

Kohlgallenrüßler, *Ceutorrhynchus pleurostigma,* 3 mm langer, grauer *Rüsselkäfer.* Er erzeugt erbsengroße Anschwellungen am Wurzelhals von Kohlpflanzen, die mit seinen Larven besetzt sind.

Kohlgallmücke, *Drehherzmücke, Contarinia nasturtii,* eine *Gallmücke,* deren Larven im Herzen von Kohlpflanzen die *Drehherzkrankheit* verursachen.

Kohlgrub, *Bad K.,* oberbayer. Kurort (Ldkrs. Garmisch-Partenkirchen) am Hörndle, westl. des Staffelsees, 900 m ü.M., 1900 Ew.; Stahl- u. Moorbad.

Kohlhaas, „Michael K.", Novelle (1810) von H. von *Kleist;* sie gestaltet die Entwicklung, wie ein leidenschaftl. Rechtsgefühl zum Zusammenstoß mit der menschl. Lebensordnung führen kann. Das histor. Vorbild war der Produktenhändler Hans *Kohlhase* aus Berlin; er hatte wegen an ihm begangenen Unrechts Sachsen mit Aufruhr heimgesucht u. wurde am 22. 3. 1540 in Berlin gerädert.

Kohlhammer Verlag, W. *Kohlhammer GmbH,* Stuttgart, 1866 gegr.; Literatur zur Theologie, Philosophie, Geschichte, Sprach- u. Literaturwissenschaft, Orientalistik, Kunstgeschichte, Rechts- u. Staatswissenschaft.

Kohlhernie [die], *Kohlkropf, Knotensucht,* blumenkohlartige Verdickung am Wurzelhals u. an der Wurzel der Kohlpflanze u. a. Kreuzblütler, hervorgerufen durch im Boden befindliche Pilze *(Plasmodiophora brassicae).* Die Kohlpflanze wird dadurch am Wachstum gehindert. Bekämpfung: durch starke Düngung mit Ätzkalk u. Eintauchen der Kohlpflanze beim Auspflanzen in eine Beizlösung (z. B. Ceresan).

Kohlmaier, Herbert, österr. Politiker (ÖVP), *29. 12. 1934 Wien; seit 1969 Mitglied des Nationalrats, seit 1971 Generalsekretär der ÖVP; Mitglied der Kommission zur Kodifikation des österr. Arbeitsrechts u. Bundesreferent für Sozialpolitik des Österr. Arbeiter- u. Angestelltenbundes in der ÖVP.

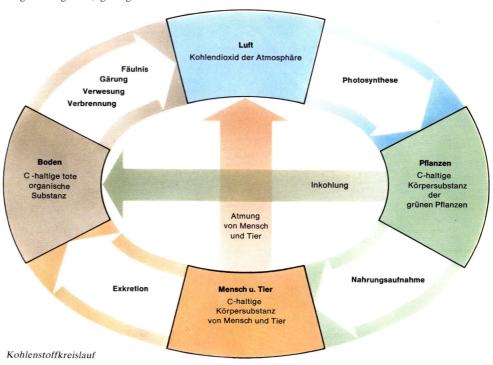

Kohlenstoffkreislauf

Kohlmeise

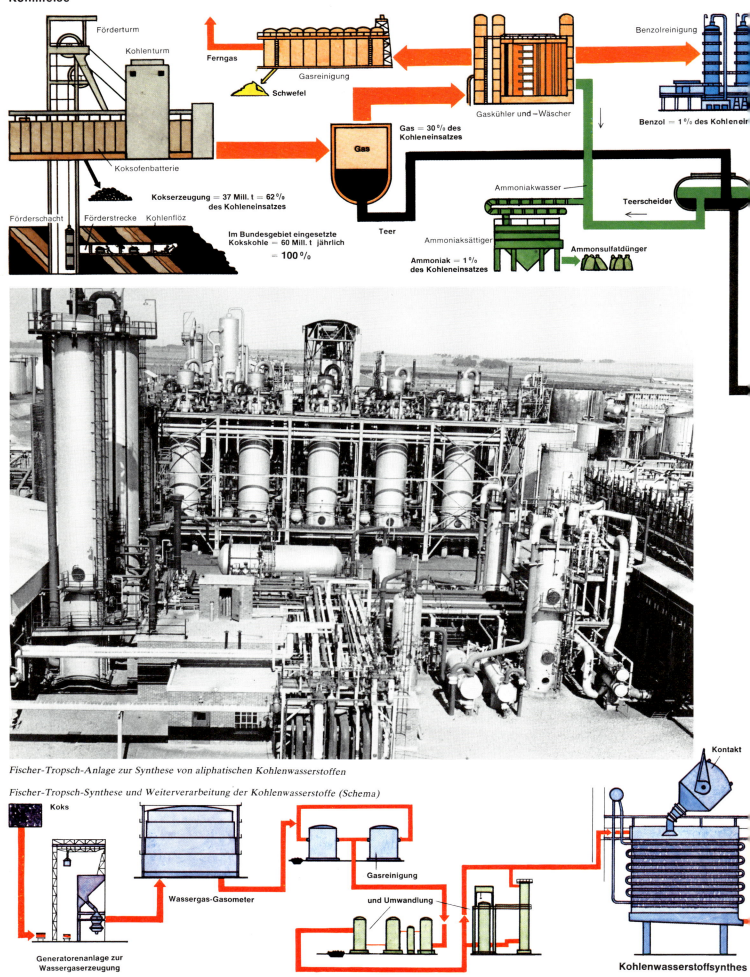

Fischer-Tropsch-Anlage zur Synthese von aliphatischen Kohlenwasserstoffen

Fischer-Tropsch-Synthese und Weiterverarbeitung der Kohlenwasserstoffe (Schema)

Kohtla-Järve

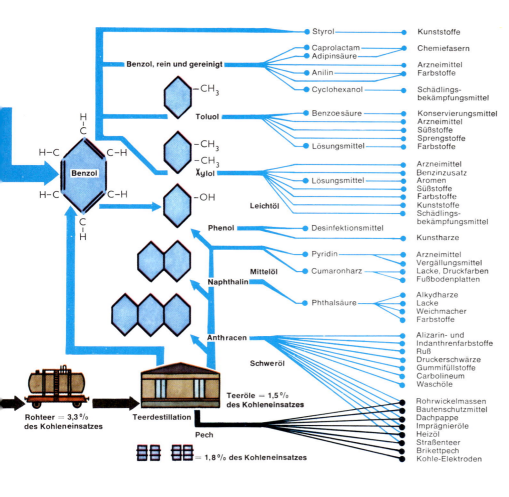

KOHLENCHEMIE

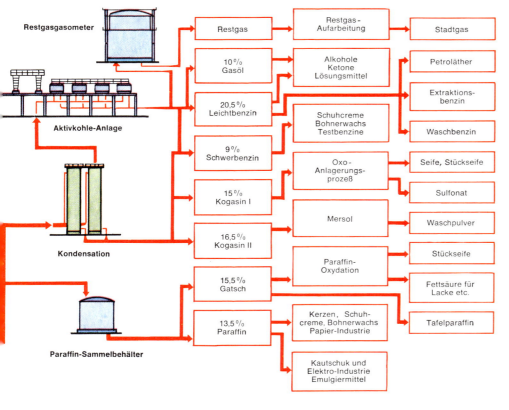

Kohlmeise, eine der einheim. →Meisen.
Kohlpalme, eine trop. *Fiederpalme.* Die *Westindische K. (Oreodoxa oleracea* oder *Euterpa caraiba)* ist in Mittel- u. im nördl. Südamerika beheimatet. Die Vegetationsspitze dieser bis 40 m hohen Palme liefert den *Palmkohl;* die Blattscheiden werden zum Verpacken von Tabak verwandt; aus den Früchten wird Öl gepreßt.
Kohlrabi [der; ital.] →Kohl.
Kohlrausch, 1. Eduard, Strafrechtslehrer, *4. 2. 1874 Darmstadt, †22. 1. 1948 Berlin; Kommentator des dt. Strafgesetzbuchs, an der Vorbereitung der Strafrechtsreform beteiligt; Hptw.: „Irrtum u. Schuldbegriff im Strafrecht" 1903.
2. Friedrich Wilhelm Georg, Physiker, *14. 10. 1840 Rinteln, †17. 1. 1910 Marburg; verdient um die Entwicklung physikal. Meßmethoden, arbeitete bes. auf dem Gebiet des Magnetismus u. der Elektrizität; 1895–1905 Präsident der Physikal.-Techn. Reichsanstalt.
Kohlröschen, *Nigritella,* Gattung der *Orchideen.* Das *Schwarze K. (Braunelle), Nigritella nigra,* ist eine verbreitete Alpenpflanze, deren gedrungene, schwarzpurpurne Blütenähren nach Vanille duften. Sie steht unter Naturschutz.
Kohlrübe, eine Zuchtform des →Rapses.
Kohlschabe, *Plutella maculipennis,* ein Kleinschmetterling aus der Familie der *Plutellidae,* dessen Raupen in lockeren Gespinsten auf der Unterseite von Kohlblättern leben u. diese zerfressen; Bekämpfung durch PSE-Mittel.
Kohlscheid, nordrhein-westfäl. Ort nördl. von Aachen, seit 1972 Ortsteil von Herzogenrath.
Kohlschmidt, Werner, Literarhistoriker, *24. 4. 1904 Magdeburg; seit 1953 Prof. in Bern; Arbeiten über die neuere dt. Literatur, bes. über R. M. Rilke; zusammen mit W. Mohr Hrsg. des „Reallexikons der dt. Literaturgeschichte" ²1958 ff.; „Kleine Rilke-Biographie" 1948; „Rilke-Interpretationen" 1948; „Form u. Innerlichkeit" 1955.
Kohlschnake, *Tipula oleracea,* bis 2,5 cm lange *Schnake,* deren Larven sich von Wurzeln ernähren u. in Gemüsekulturen schädlich werden können; Bekämpfung mit Lindan- u. PSE-Mitteln.
Kohlung, die Aufnahme von Kohlenstoff durch flüssiges oder festes Eisen, z. B. bei der Stahlherstellung oder beim Einsatzhärten. Die Kohlung verbessert die Härteeigenschaften des Werkstoffs.
Kohlwanze, *Gemüsewanze, Eurydema oleraceum,* schillernd grün oder blau gefärbte *Baumwanze* mit gelben Punkten, die auf Kohl, aber auch auf anderem Gemüse sitzt u. ihren intensiven, unangenehmen Geruch oft auf das Gemüse überträgt.
Kohlweißling, *Pieris brassicae,* ein *Tagfalter,* dessen Raupen aus den in Massen an Kohl abgelegten Eiern oft großen Schaden anrichten. Das Weibchen hat auf weißem Grund zwei schwarze Punkte auf den Vorderflügeln, das Männchen schwarze Flügelspitzen.
Kohnke, Peter, Kleinkaliberschütze, *9. 10. 1941 Königsberg; Olympiasieger in Rom 1960 im Kleinkaliber-Liegendkampf; mehrfacher Europa- u. dt. Meister.
Kohorte [die; lat. *cohors,* „Haufe"], Truppeneinheit des röm. Heers in Stärke von 600 Mann, Abteilung der röm. Legion (= 10 K.n). Daneben gab es die *cohortes urbanae* (Stadtsoldaten), die *cohortes vigilum* (Feuerwehr u. Nachtwächter) u. die *cohortes praetoriae,* seit Augustus die Schutztruppe der röm. Kaiser u. der Regierung.
Kohout [ˈkɔhout], Pavel, tschech. Schriftsteller, *20. 7. 1928 Prag; 1968/69 emigriert; schreibt Märchen, Satiren, literar. Kritik, Dramen u. Hörspiele; auch Regietätigkeit; die bekanntesten Stücke: „Reise um die Welt in 80 Tagen" 1962 (nach J. *Verne),* dt. 1964; „Krieg mit den Molchen" 1963 (nach K. *Čapek),* dt. 1967; „August August, August"; 1968, dt. 1969; „Krieg im 3. Stock" dt. 1971.
Kohoutek, [ˈkɔhoutɛk], Name eines am 7. 3. 1973 von dem tschech. Astronomen L. *Kohoutek* entdeckten Kometen; ermöglicht Aussagen über die Urmaterie des Sonnensystems.
Koht [kuːt], Halvdan, norweg. Politiker, *7. 7. 1873 Tromsö, †12. 12. 1965 Oslo; 1910–1935 Prof. für Geschichte in Oslo; führende Persönlichkeit der norweg. Sozialdemokratie, 1935–1941 Außen-Min.
Kohtla-Järve [ˈkɔxt-], Stadt im NO der Estn. SSR, 65 000 Ew.; Chemietechnikum; Ölschiefergaswerk mit Leitungen nach Reval u. Leningrad.

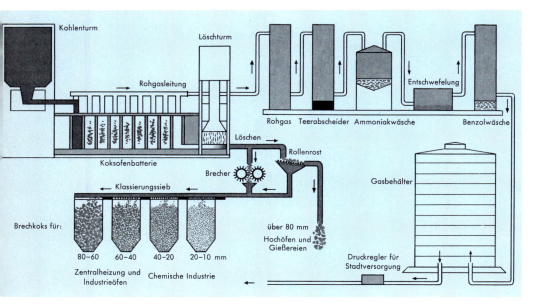

Kokerei: schematische Darstellung des Arbeitsablaufs

Koimesis [die; grch., „das Schlafen"], die Darstellung des Marientods in der byzantin. Kunst.

Koine [die; grch.], Gemeinsprache, für größere Gebiete geltende übermundartl. Sprach- oder Schreibform; zuerst von der griech. Sprache der hellenist. Zeit gebraucht; →auch griechische Sprache.

Koinobitentum [grch. *koinos bios*, „gemeinsames Leben"], im Gegensatz zum *Eremiten-* oder *Anachoretentum* entwickelte Form des ostkirchl. Mönchtums, bei der die Mönche in völliger Gemeinschaft leben. Die bestimmenden Grundregeln des K.s schuf *Basilius d. Gr.* →Idiorrhythmie.

Koinon [-'non; das, Mz. *Koina*; grch., das „Gemeinsame", die „Gemeinschaft"], in der Antike die polit. Gemeinschaft, bes. die der griech. Bundesstaaten.

Koinzidenz [ko:in-; die; lat.], das Zusammenfallen mehrerer Ereignisse; →auch Coincidentia oppositorum.

Koinzidenzzähler, *Kernphysik*: eine Anordnung von zwei (oder mehr) Teilchenzählern, die nur anspricht, wenn alle Zähler gleichzeitig oder innerhalb eines sehr kurzen, definierten Zeitintervalls ein Signal auslösen, also von ein u. demselben Teilchen durchflogen werden; der Zähler kann auch auf verschiedene Teilchen einer Kernreaktion ansprechen. Der K. ist ein zur Identifizierung bestimmter Prozesse oder Teilchen wichtiges Meßinstrument geworden. So kann z. B. ein K., der aus einem *Geigerzähler* vor einer →Nebelkammer u. einem zweiten Zähler dahinter besteht, zur automat. Auslösung einer photograph. Aufnahme dienen.

Koitus, *Coitus* [der; lat.], *Beischlaf* = Geschlechtsverkehr.

Koivisto, Mauno, finn. Politiker (Sozialdemokrat), *25. 11. 1923 Turku; 1968–1970 Min.-Präs.

Koje, 1. *Seefahrt*: Schlafgelegenheit für Besatzungsmitglieder auf Schiffen.
2. *übertragen*: gesonderter Raum in einer Ausstellungshalle.

Kojiki [-dʒi-; jap., „Aufzeichnung alter Begebenheiten"], *Kodschiki*, das älteste erhaltene japan. Geschichtswerk, 712 n. Chr. von *Ô-no-Yasumaro* auf kaiserl. Befehl zusammengestellt. Das K. umfaßte die alte Mythologie u. die Genealogie der Kaiserfamilie bis zum Jahre 628.

Koka [die; indian., span.], *Coca, Erythroxylon coca*, eine in Bolivien u. Peru heimische *Erythroxylazee*, die in ihren Blättern, ebenso wie *Erythroxylon novogranatense* aus Kolumbien, das *Cocain* liefert. Die Blätter werden in Südamerika zur Anregung gekaut.

Kokain [das] = Cocain.

Kokand, Stadt im O der Usbek. SSR (Sowjetunion), im Ferganatal, 133000 Ew.; Technika u. Fachhochschulen; Baumwoll- u. Weinanbau (Bewässerungsanlagen); Textil-, chem. u. Nahrungsmittelindustrie, Maschinenbau, Wärmekraftwerke; Verkehrsknotenpunkt. – Im 10. Jh. erwähnt, im 18. Jh. Khanats-Hptst. (Schloß erhalten).

Kokarde [die; frz.], rundes Abzeichen in den Landesfarben aus Stoff oder Metall an der Uniformmütze oder am Helm; ursprüngl. ein Strauß Hahnenfedern in bestimmten Farben als polit. u. militär. Erkennungszeichen in der Französ. Revolution.

Kokardenblume = Gailardia.

Kokastrauch = Koka.

Kokemäenjoki, schwed. *Kumo Älv*, finn. Fluß, 140 km; Abfluß des fischreichen Näsijärvi, mündet bei Pori in den Bottn. Meerbusen; Energiegewinnung.

Koker [der; engl.], *Schiffbau*: durch den Achtersteven führender Durchlaß für den Schaft des Steuerruders; der Nullpunkt der alten schiffbaulichen Längenmessung zwischen den →Perpendikeln.

Kokerei, Anlage zur Gewinnung von →Koks (*Hüttenkoks*) aus Steinkohle durch trockene Destillation (Verkokung). Die Kohlen (*Backkohlen*, da sie bei Erwärmung zusammenbacken) werden zerkleinert u. gewaschen u. gelangen mit Hilfe besonderer Beschickungsvorrichtungen in steinerne *Koksöfen* mit senkrechten Ofenkammern (15–50 t Inhalt). Diese werden meist durch Regenerativfeuerung auf eine Temperatur bis zu 1000 °C erhitzt, wobei die Heizgase in einer ersten Heizkammer unter den Ofenkammern verbrennen u. die Verbrennungsgase eine zweite Heizkammer erwärmen, um dann nach außen in den *Fuchs* (Abzugskanal) zu gelangen. Das bei der Destillation entstehende Gas wird durch eine Teervorlage geführt (20 °C); das in diesem enthaltene Ammoniak wird in *Wäschern* oder *Skrubbern* gewonnen. Nach weiterer Reinigung kommt es in Gasbehälter oder wird z.T. in die Heizkammern geleitet. Der Kokskuchen wird auf eine Rampe geschoben, mit Wasser abgelöscht u. verladen.

Kokille [die; frz.], *Coquille*, eine Dauergußform; →Gießerei.

Kokinschu, *Kokinwakaschu*, klass. japan. Sammlung von Natur- u. Liebeslyrik, 20 Bde. mit 1100 Kurzgedichten (*Tanka*) von zahlreichen Verfassern; 905–920 n. Chr. von *Ki no Tsurajuki* u. a. auf kaiserl. Befehl gesammelt. – Es folgten bis 1438 noch 20 weitere Gedichtsammlungen; berühmt ist davon die 8. Sammlung, das *Schin-K.* („Neues K.") 1205. – ▢ 3.4.4.

Kokinwakaschu = Kokinschu.

Kokiu, *Gejiu*, Stadt in der südchines. Prov. Yünnan, 300000 Ew.; Zentrum der chines. Zinnerzförderung u. Zinnverarbeitung.

Kokkelstrauch [grch., lat.], *Cocculus*, Gattung der *Menispermazeen*; windende Sträucher, die fast alle in den trop. u. subtrop. Gebieten der Erde, z. B. in Zentralafrika, wachsen. Auffallend an ihnen sind nicht die Blüten, sondern die meist rotgefärbten Beeren. Kokkelsträucher eignen sich zur Begrünung von Hauswänden, Mauern, Baumstämmen u. a.

Kokken [grch.], *Coccaceae*, kugelförmige →Bakterien, z. B. *Staphylo-K.* oder *Strepto-K.*

Kökkenmöddinger [dän., „Küchenabfallhaufen"], engl. *Shell mounds*, wallartige, bis 200 m lange, 40 m breite u. mehrere Meter hohe Muschelhaufen der mittel- u. jungsteinzeitl. *Ertebölle-Kultur*, die aus eßbaren Muscheln, verfallenen Austern u. Überresten von Fischen, Wasservögeln u. Jagdtieren bestehen u. gelegentlich Herdstellen u. menschl. Bestattungen enthalten; ähnl. Erscheinungen im neolith. *Archaic stage* Amerikas.

Kokko, Yrjö, finn. Schriftsteller, *16. 10. 1903 Sortavala; bekannt durch seine Bücher „Singschwan, der Schicksalsvogel" 1950, dt. 1952, u. „Die Insel im Vogelsee" 1957, dt. 1960.

Kokkola, schwed. *Gamlakarleby*, finn. Stadt in Pohjanmaa, am Bottn. Meerbusen, 20800 Ew.; Düngemittelindustrie, Leder- u. Pelzverarbeitung.

Koko, Bantunegerstamm in Südkamerun (30000).

Kokomo ['koukəmou], Stadt in Indiana (USA), rd. 50000 Ew.

Kokon [ko'kɔ̃; der; frz.], *Cocon*, von Tieren abgeschiedene Schutzhüllen (meist Drüsensekrete), die zu einem festen Gebilde erstarren: *Ei-K.* (z. B. bei Regenwürmern, Spinnen, Insekten), *Puppen-K.* (z. B. bei Seidenspinnern; zur Seidengewinnung benutzt) oder *Trockenschlaf-K.* (bei Lungenfischen).

Kokonöffner, in der Schappespinnerei eine Maschine zum Öffnen der Seide, ähnlich dem Reißwolf (→auch Wolf).

Kokonschlagmaschine, engl. *Cocon-opener*, in der Schappespinnerei eine Maschine zum Öffnen von Kokonabfällen.

Kokoschka, Oskar, österr. Maler, Graphiker u. Schriftsteller engl. Staatsangehörigkeit, *1. 3. 1886 Pöchlarn an der Donau; einer der führenden Meister des Expressionismus, ausgebildet in Wien, danach tätig u. a. in Berlin, Dresden (1918–1924), Prag (1934–1938), London (seit 1938) u. Salzburg. Sein Frühwerk ist beeinflußt von der Ausdruckskunst E. *Munchs* u. dem Jugendstil G. *Klimts*, völlig selbständig jedoch war schon das Porträtschaffen der Jahre 1909–1912 (Bildnis H. Walden 1910). Hauptmerkmale seines der gegenständl. Welt verhafteten Stils sind eindringl. psycholog. Aussagekraft der Menschendarstellung, Monumentalwirkung der Landschafts- u. Stadtansichten u. sensible Strichführung der graph. Arbeiten. In der Zeit des Nationalsozialismus wurde K.s Kunst als „entartet" verfemt. Hellfarbigkeit u. lokkerer, temperamentvoller Farbauftrag steigerten sich in Gemälden der letzten Schaffensabschnitte zu Wirklichkeitsdeutungen mit hohem Vergeistigungsgrad. – Werken wurden bes. bekannt die frühexpressionist. Dramen „Der brennende Dornbusch" 1911; „Mörder, Hoffnung der Frauen" 1916; „Hiob" 1917 (ursprüngl. „Sphinx u. Strohmann" 1907); ferner die Erzählung „Ann Eliza Reed" 1952 u. der Sammelband „Spur im Treibsand" 1956; Autobiographie „Mein Leben" 1971. – ▢ 2.5.2.

Kokosfasern, die Fruchtfasern aus der Hülle der *Kokosfrucht*, zu groben Garnen (für Seile, Matten, Läufer u. ä.) versponnen oder zu Bürsten verarbeitet.

Kokosinseln, Cocos-, Keelinginseln, austral. Inselgruppe (1857–1955 brit.) im Ind. Ozean, südwestl. von Sumatra, 2 Atolle mit 27 Koralleninseln mit zusammen 14 qkm, 700 Ew.; Kokospalmenkulturen; auf *Home Island* Flughafen, auf *West Island* Kabel- u. Funkstation.

Kokospalme [span.], *Kokosnußpalme, Cocos nucifera*, 20–30 m hohe Fiederpalme als trop. Küstenpalme über die ganze Erde verbreitet. Der an der Basis leicht angeschwollene Stamm trägt an der Spitze 4–6 m lange, etwas steife Fiederblätter. Wirtschaftlich von Bedeutung sind die kopfgroßen Früchte (*Kokosnüsse*), deren Wandung aus einer äußeren dicken u. einer mittleren faserigen Schicht u. einer inneren Steinschale besteht. Letztere hat stets 3 Keimporen, von denen sich 2 zurückbilden; unterhalb der dritten liegt der Keimling. Der in der Frucht enthaltene Same hat ein ölreiches Nährgewebe, das eine mit *Kokosmilch* gefüllten Hohlraum umschließt. Bei der Keimung wächst das Keimblatt als Saugorgan in die Kokosmilch hinein, während der Keimling durch die Keimpore herauswächst.
Aus den Früchten wird nach der Aufspaltung das Nährgewebe gewonnen u. getrocknet als *Kopra* gehandelt. Kopra ist der Rohstoff für die Gewinnung von *Kokosfett (Kokosbutter)*, das für die Seifenfabrikation verwandt wird, aber auch zur Erzeugung von Speisefett (*Pflanzenbutter, Palmin*)

dient. Aus der faserigen Mittelschicht der Früchte wird die *Kokosfaser* gewonnen. Das in den äußeren Schichten sehr harte Holz der K. wird zu Pfeilern u. Balken, Spazierstöcken u. Knöpfen verarbeitet, im Handel ist es als *Stachelschweinholz* (engl. *Porcupine wood*) bekannt. – Schwerpunkte des Anbaus der K. liegen auf den Philippinen, in Indonesien u. auf Ceylon, weiter in West- u. Ostafrika sowie Westindien u. Südamerika. – ▫ 9.2.5.

Kokosräuber = Palmendieb.

Koks [der; engl.], ein wertvoller Brennstoff, Produkt der →Kokerei. *Hütten-K.* ist grauschwarz, hart u. fest, enthält bis zu 93% Kohlenstoff, Asche, Feuchte u. bis 1,1% Schwefel, ist luftdurchlässig u. brennt glühend (Ausbeute rd. 75%); Verwendung nach Stückgröße: große Stücke für Hochöfen u. Gießereien, kleine Sorten (*Brech-K.*) für Heizzwecke. *Gas-K.*, ein Nebenerzeugnis bei der Leuchtgasgewinnung, ist weich, leicht u. porös; Verwendung fast ausschl. zu Heizzwecken (Ausbeute rd. 50%). *Braunkohlen-K.:* →Grude.

Koktschetaw, Stadt im N der Kasach. SSR (Sowjetunion), Hptst. der Oblast K. (78 100 qkm, 590 000 Ew.), 81 000 Ew.; Hochschulen; Herstellung von Stahlbeton, Spiegeln u. techn. Geräten; Verkehrsknotenpunkt.

Kokura, Stadtteil von Kita-Kyushu.

Kokuryo, *Koguryo*, korean. Teilstaat, 37 v. Chr.–668 n. Chr. Königreich; entwickelte sich aus einem Stammesfürstentum am oberen Yalu u. umfaßte nach Auflösung der chines. Kolonie von Lolang ganz Nordkorea u. die halbe Mandschurei; 668 von Silla u. vom T'ang-Staat zerstört. Als Kulturreste blieben Festungsbauten u. ein gewaltiges Gräberfeld erhalten. Die ältesten Gräber werden von Stufenpyramiden gekrönt, die jüngeren von Hügeln. In den Kammern der Yalu-Gräber befinden sich berühmte Fresken (Grab der Tänzer, Dreikammergrab, Grab der vier Geister). – Schon in den ersten nachchristl. Jahrhunderten fanden Konfuzianismus u. Buddhismus in K. Eingang; K. hatte bereits früh eine hochentwickelte Kunst u. Wissenschaft: 371 wurde die erste Universität gegründet; ein Mönch aus K., *Tohyon*, verfaßte eines der ältesten Geschichtswerke (in Japan), das „Nihonschoki"; im Tempel Horyuji (Japan) malte *Tamdsching*, ein Künstler aus K., ein berühmtes Wandgemälde.

Kokzidien [grch.], *Coccidia*, meist innerhalb der Zellen lebende *Sporozoen*. Mehrere K. sind als Darmbewohner Krankheitserreger bei Haustieren u. (selten) auch beim Menschen. Diese oft seuchenartigen *Kokzidiosen (Coccidiosen)*, z. B. beim Kaninchen, rufen Wucherungen der Gallengänge in der Leber hervor. Auch Hühnervögel u. Gänse können befallen werden. Krankheitsbild: Enteritis, Kachexie, meist tödl. Ausgang.

kol... →kon...

Kola [afrik.; die], *Cola*, als Genußmittel verwendete Samenkerne des *Kolanußbaums*. Die rd. 25 g schweren Samen enthalten 1–2% Alkaloide u. Purine, bes. Coffein. Ihr Genuß ist unter den afrikan. Negern weit verbreitet; in Europa sind K.fabrikate als Anregungs- u. Kräftigungsmittel im Handel.

Kola, Murmanhalbinsel, nordruss. Halbinsel, von der Barentssee u. dem Weißen Meer umgeben, 128 500 qkm; ein 200 m hohes Granitplateau, das nach SO sanft abfällt; im W einzelne rd. 1200 m hohe Bergmassive (*Chibiny*). Die *Murmanküste* im N steht unter dem Einfluß des Golfstroms; der *Imandrasee*, der größte von zahlreichen Seen, bildet die Grenze zu Lappland. Durch den Bau der *Murmanbahn* (1915) wirtschaftl. erschlossen; reiche Apatit- u. Nephelinlager, neuerdings auch Eisen- u. Nickelerz; eisfreie Häfen (Murmansk, Seweromorsk).

Kołakowski [koua-], Leszek, poln. marxist. Philosoph, * 23. 10. 1927 Radom; Kritiker des Stalinismus, 1966 aus der Vereinigten Poln. Arbeiterpartei ausgeschlossen, 1968 seines Warschauer Lehrstuhls enthoben; 1968/69 in Montreal (Kanada), 1969/70 in Berkeley, Calif. (USA), seit 1970 in Oxford (Großbritannien); 1977 Friedenspreis des Dt. Buchhandels. Hptw.: „Der Mensch ohne Alternative" dt. 1960; „Geist u. Ungeist christl. Tradition" dt. 1971; „Der revolutionäre Geist" dt. 1972; „Die Hauptströmungen des Marxismus" dt. 1977 ff.

Kolanußbaum, *Cola*, Gattung der *Sterkuliengewächse* des trop. Afrika, in Südamerika u. Westindien kultiviert. Die *Kolanuß* des Handels, aus der →Kola gewonnen wird, ist der Keimling der Samen von *Cola vera* u. *Cola acuminata*; als *Semen Colae* wird sie auch arzneilich verwendet.

Kolar, Slavko, kroat. Schriftsteller, * 1. 12. 1891 Palešnik, Garešnica; † 15. 9. 1963 Agram; Erzählungen, hauptsächl. aus dem bäuerl. Milieu, auch Dramen; Humorist u. Satiriker.

Kolář ['kɔlaːrʃ], Jiří, tschech. Maler u. Schriftsteller, * 24. 9. 1914 Protivín; Mitglied avantgardist. Künstlergruppen. Seine Gedichtwerke u. Dramen weisen ihn als engagierten Beobachter des Menschen u. seines Milieus aus. 1945 erschien unter dem Eindruck von Krieg u. Besatzung entstandener surrealist. Gedichtband „Die Vorhölle u. andere Gedichte". In neuerer Zeit experimentiert K. mit der Schrift („visuelle Poesie"). Seine Bilder sind zerstückelte Handschriften, Bücher u. Noten, die er zu Collagen zusammenbaut.

Oskar Kokoschka: Die Windsbraut; 1914. Basel, Öffentliche Kunstsammlung

Kolar Gold Fields [- 'gould fi:ldz], Hauptort des wichtigsten ind. Goldgebiets *Kolar*, im SO des Staats Karnataka, östlich von Bengaluru, 170 000 Ew.

Kolb, 1. Albert, Geograph, * 13. 10. 1906 Karlsruhe; lehrt in Hamburg; Forschungen über wirtschaftsgeograph. Grundfragen u. zur Länderkunde des pazif. Raums. Hptw.: „Die Philippinen" 1942; „Ostasien" 1963.
2. Annette, Schriftstellerin, * 2. 2. 1875 München, † 3. 12. 1967 München; Tochter einer Pariser Pianistin, lebte lange in Badenweiler, 1933–1945 in Paris u. New York; wirkte für den Frieden u. die dt.-französ. Verständigung; erzählte kapriziös-anmutig aus der Welt der höheren Gesellschaft. Romane: „Das Exemplar" 1913; „Daphne Herbst" 1928; „Die Schaukel" 1934; Biographien: „Mozart" 1937; „Schubert" 1941; Aufzeichnungen: „Blätter in den Wind" 1954; Erinnerungen: „Memento" 1960; „1907–1964. Zeitbilder" 1964.
3. Peter, Südafrika-Forscher, * 1675 Dörflas, Oberfranken, † 31. 12. 1729 Neustadt an der Aisch; 1705–1712 in Südafrika; ausführl. Schilderung der Kap-Hottentotten.

Kolbe, 1. Carl Wilhelm d. Ä., Graphiker, * 20. 1. 1758 Berlin, † 13. 1. 1835 Dessau; Landschaftsradierungen, bes. Darstellungen knorriger Bäume, in realist. Abwandlung der Naturschilderungen J. *Ruisdaels*.
2. Georg, Bildhauer, * 15. 4. 1877 Waldheim, Sachsen, † 20. 11. 1947 Berlin; begann in Leipzig, Dresden u. München als Maler unter dem Einfluß M. *Klingers*, entschied sich während eines Romaufenthalts (1898–1901) für die Bildhauerei. Sein Frühwerk ist von A. *Rodin* u. L. *Tuaillon* beeinflußt. Klass. Schönheitsidealen folgend, schuf K. vorwiegend weibl. u. männl. Aktfiguren mit empfindsam-anmutiger Gestik u. Physiognomie („Tänzerin" 1911/12; „Kniende" 1926; „Große Sitzende" 1929; „Pietà" 1930; „Ruhender Athlet" 1935), daneben Denkmäler (Heine-Denkmal 1913, Beethoven-Denkmal 1926–1928, beide in Frankfurt a. M.) u. zahlreiche Bildnisbüsten. K.s ehemaliges Atelier in Westberlin ist heute Museum.
3. Hermann, Chemiker, * 27. 9. 1818 Elliehausen bei Göttingen, † 25. 11. 1884 Leipzig; grundlegende Arbeiten auf dem Gebiet der organ. Chemie. Von konservativer Haltung in theoret. Fragen, bekämpfte er hartnäckig die zu seiner Zeit aufkommende Strukturchemie u. deren Vertreter (z. B. A. von *Kekulé*).
4. Rajmund, Ordensname: Pater Maksymilian, poln. Franziskaner, * 8. 1. 1894 Zduńska Wola,

Georg Kolbe: Brunnentänzerin; 1922. Köln, Wallraf-Richartz-Museum

Kölbel

† 14. 8. 1941 Auschwitz; ging als KZ-Häftling freiwillig in den Tod, um einem Mithäftling u. Familienvater das Leben zu retten; Seligsprechung 1971.

Kölbel [das], die kugelförmige Glasmasse an der Glasmacherpfeife. Der *Kölbelmacher* bereitet den K. vor, zum Verblasen von zähflüssiger Glasmasse mit dem Mund. Er ist die erste Stufe in der Ausbildung zum Glasmacher. →auch Glasmacherei.

Kolben, 1. *Botanik:* eine Ähre mit verdickter Hauptachse (z.B. Aronstabgewächse, Mais); →Blütenstand.
2. *Chemie:* meist kugelförmiges oder konisches Glasgefäß für die Durchführung chemischer Reaktionen.
3. *Maschinenbau:* der im *Zylinder* einer Kolbenmaschine hin- u. hergehende oder sich drehende (*Kreis-K.* oder *Dreh-K.*, →Drehkolbenmotor) Maschinenteil, auf den in den Kraftmaschinen ein- oder doppelseitig expandierender Dampf, Druckluft oder gasförmige Verbrennungsprodukte des Kraftstoffs einwirken. Zur Abdichtung gegen den Zylinder hat er eingedrehte Nuten, in denen federnde K.ringe angebracht sind.
4. *Militär:* bei Handfeuerwaffen der hintere Teil des Schafts, der zum bequemen Anlegen beim Schießen dient.

Kolbenheyer, Erwin Guido, Schriftsteller, * 30. 12. 1878 Budapest, † 12. 4. 1962 München; suchte Probleme der dt. Vergangenheit u. Gegenwart von einem „biolog. Naturalismus" her neu zu deuten („Die Bauhütte. Elemente einer Metaphysik der Gegenwart" 1925, erweitert 1939 u. 1952), stand dem Nationalsozialismus nahe. Romane: „Amor Dei" (Spinoza-Roman) 1908; „Meister Joachim Pausewang" (J. Böhme-Roman) 1910; „Paracelsus", Trilogie 1917–1926; „Das gottgelobte Herz" 1938; Dramen: „Die Brücke" 1929; „Gregor u. Heinrich" 1934; „Menschen u. Götter" (Tetralogie) 1944; Autobiographie: „Sebastian Karst" 1957–1959; Lyrik: „Vox humana" 1940. – K.-Gesellschaft, Nürnberg, gegr. 1951. – ☐ 3.1.1.

Kolbenhirsch, ein Hirsch, der noch das in der Entwicklung begriffene *Kolbengeweih* (→Geweih) trägt.

Kolbenhirse, eine asiat. →Borstenhirse.

Kolbenhoff, Walter, eigentl. W. *Hoffmann*, Schriftsteller u. Journalist, * 20. 5. 1908 Berlin; der „Gruppe 47" zugehörig, schrieb als Kriegsgefangener in den USA den Roman „Von unserm Fleisch u. Blut" 1947; ferner „Heimkehr in die Fremde" 1949; „Die Kopfjäger" 1960; „Das Wochenende", Report 1970; auch Hörspiele.

Kolbenmaschinen, Kraft- (z.B. Dampfmaschinen, Verbrennungsmotoren) oder Arbeitsmaschinen (z.B. Kolbenpumpen, Kolbengebläse), die aus

Die Kolibris der Neuen und die Nektarvögel der Alten Welt sind nicht verwandt, aber in ähnlicher Weise auf das Nektarsaugen an Blüten spezialisiert, wenn auch die Nektarvögel als Singvögel keine Schwirrflieger sind und kaum vor den Blüten rütteln können. Entsprechend haben sich die Blüten vieler Pflanzen auf die Bestäubung durch Vögel spezialisiert, wie hier Anthurium aus den amerikanischen Tropen (links) und Strelitzia aus Südafrika (rechts)

Schwalbenkolibri, Aglaiocercus kingi

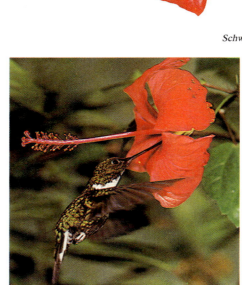

Weißschwanz-Kolibri, Coeligena torquata

Topasrubinkolibri, Chrysalompis mosquitus

Verbreitung der Kolibris (braun)

Amazilie, Amazilia tzacatl, am Nest

Zwergelfen-Kolibri, Acestrura mulsanti, auf der menschlichen Hand

Kolibri-Nest mit Gras zur Wasserableitung

Gelbbauch-Nektarvogel, Cinnyris venustus, im Flug (kein Schwirrflieger)

KOLIBRIS UND NEKTARVÖGEL

Gelbbauch-Nektarvogel, Cinnyris venustus

van Hasselts Nektarvogel, Nectarinia sperata

Bewegungsablauf beim Schwirrflug eines Kolibris; Unterseite des Flügels dunkel, Oberseite hell dargestellt (nach von Holst)

Nördlicher Halsband-Nektarvogel, Cinnyris reichenowi (links). – Purpur-Honigsauger, Cyanerpes caeruleus, ein Singvogel (Zuckervogel) Amerikas, der den Nektarvögeln und Kolibris ähnelt (rechts)

einem in einem *Zylinder* bewegl. →*Kolben* bestehen, der über eine Kolbenstange mit Kreuzkopf u. Pleuelstange eine Hinundherbewegung in eine Drehbewegung (bei Arbeitsmaschinen umgekehrt) umsetzt. Man unterscheidet *einfach* (einseitig) *wirkende K.* (der Druck wirkt nur auf eine Seite des Kolbens; Otto- u. Dieselmotor, Plungerpumpe) u. *zweiseitig wirkende K.* (der Druck wirkt auf beide Seiten des Kolbens; Dampfmaschine, Dampfpumpe, Kolbenkompressor). – Gegensatz: *Turbomaschinen.* →auch Drehkolbenmotor.

Kolbenring, ein schmaler Ring aus hochwertigem Grauguß, der schräg aufgeschlitzt ist u. dadurch leicht auffedert. Mehrere K.e sitzen in Ringnuten des Kolbens vom Verbrennungsmotor; sie sind außen geschliffen. Ihre Aufgabe ist es, den Motor gegen verbrannte u. unverbrannte Gase aus dem Verbrennungsraum des Zylinders abzudichten u. diesen Raum in Richtung zur Kurbelwelle bei der Verbrennung der Gase im Zylinderkopf abzuschließen.

Kolbenschieber, ein Steuerorgan zur Steuerung des Durchflusses von Flüssigkeiten, Gasen oder Dämpfen (Steuerschieber): Ein in einer zylindr. Hülse längsverschieblicher Kolben gibt je nach Stellung Durchflußschlitze in der Hülse frei oder versperrt diese.

Kolbenwasserkäfer, *Hydrophilidae,* Familie wasserbewohnender *Käfer* aus der Gruppe der *Polyphaga;* im Unterschied zu den *Schwimmkäfern* auch als *Unechte Schwimmkäfer* bezeichnet, da ihre Beine nicht vollständig zu Ruderbeinen umgewandelt sind u. auch nicht im Schwimm-, sondern im normalen Laufrhythmus bewegt werden. Die Körper sind meist sehr hoch, kahnförmig gebaut. Die Atemluft wird an der behaarten Bauchseite transportiert. Aas-, seltener Insekten- u. Pflanzenfresser; rd. 1000 Arten in der ganzen Welt von 1 mm bis 6 cm Länge; in Dtschld. der unter Naturschutz stehende *Pechschwarze K., Hydrous piceus,* bis 5 cm lang.

Kolberg, poln. *Kołobrzeg,* Hafenstadt u. Seebad in Pommern (1945–1950 poln. Wojewodschaft Szczecin, seit 1950 Koszalin), an der Mündung der Persante in die Ostsee, 25 500 Ew.; Mariendom (13./14. Jh., im Wiederaufbau); Fischerei, Fischräuchereien, Nahrungsmittel- u. Textilindustrie; Solbad. – Slaw. Siedlung im 7. Jh., im 11. Jh. poln. Bistum, 1255 dt. Stadtrecht, 1284 Hansestadt, 1631 schwed., 1648 brandenburg., 1761 russ. besetzt; 1807 erfolgreich gegen die Franzosen verteidigt (unter A. von *Gneisenau* u. J. *Nettelbeck*); im 2. Weltkrieg zu 90% zerstört.

Kolbermoor, oberbayer. Stadt (Ldkrs. Rosenheim) an der Mangfall, im *K.,* südwestl. von Rosenheim, 10 000 Ew.; Zentrum der Moorkultivierung; Textil- u. Elektroindustrie.

Kolchis, antike Landschaft an der Südostküste des Schwarzen Meers, mit griech. Kolonien; galt nach Gleichsetzung mit dem mythischen Ostland *Aia* als sagenhaftes Hexenland; Heimat der *Medea,* Ziel des *Argonautenzugs;* später Teil des röm. Klientelstaats *Pontos.*

Kolchizin = Colchicin.

Kolchos [der; russ. Kurzwort für *kollektiwnoje chosjaistwo,* „Kollektiwwirtschaft"], die *Kolchose,* Sammelbegriff für unterschiedl. genossenschaftl. Betriebsformen in der sowjet. Landwirtschaft; Zusammenschluß mehrerer Höfe u. Gemeinden

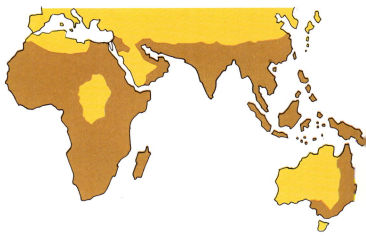

Verbreitung der Nektarvögel (braun)

zur kollektiven landwirtschaftl. Produktion bei weitgehender Aufgabe des Privatbesitzes.
Kolchose [die] = Kolchos.
Kölcsey ['køltʃɛi], Ferenc, ungar. Schriftsteller, *8. 8. 1790 Szödemeter, †24. 8. 1838 Cseke; verfaßte philosoph. Gedichte u. die ungar. Nationalhymne „Gott schütze den Magyaren".
Koldewey [-vai], **1.** Karl, Nordpolarforscher, *26. 10. 1837 Bücken, Hannover, †18. 5. 1908 Hamburg; leitete 1868 die erste Dt. Nordpolar-Expedition nach Spitzbergen, 1869/70 die zweite Dt. Nordpolarfahrt an die grönländ. Ostküste; 1871 Assistent an der Hamburger Seewarte.
2. Robert, Architekt u. Archäologe, *10. 9. 1855 Blankenburg, Harz, †14. 2. 1925 Berlin; grub Babylon aus (1898–1917); mit W. *Dörpfeld* Begründer der modernen Bauforschung; Hptw.: „Das wiedererstehende Babylon" 1914, [4]1925; „Heitere u. ernste Briefe", hrsg. von C. Schuchhardt 1925. – Die nach seinem Tod gegr. *K.-Gesellschaft* (1926) betreibt u. fördert die archäolog. Bauforschung in seinem Sinn.
Kolding ['kɔleŋ], dän. Hafenstadt am *K.fjord*, Amtskommune Vejle, Ostjütland, 52700 Ew.; Metall- u. Textilindustrie.
Koleoptile [die; grch.], die das Keimblatt schützende Hülle der Gräser.
Kolepom, bis 1963 *Frederik-Hendrik-Insel*, 11000 qkm große indones. Insel vor der Südwestküste Neuguineas (Westirian); versumpft, flach.
Kolgujewinsel, sowjet. Insel in der Barentssee, südwestl. von Nowaja Semlja, 3200 qkm, 70–80 m hoch; Tundra, Seen, Sümpfe; von Samojeden bewohnt (Ort: *Bugrino*, 600 Ew.); Rentierzucht.
Kolhapur, ehem. Marathen-Fürstenstaat Indiens, seit 1948 Distrikt von Maharashtra, südöstl. von Bombay am Westrand des Dekanhochlands; Distrikt-Hptst. *K.* (245000 Ew.); Papier- u. Textilindustrie, reiche Bauxitlager.
Koli, eine Pariakaste (rd. 2,5 Mill.) Indiens.
Kolibakterien [grch.], *Colibacterien, Escherichia coli*, wichtiger Bestandteil der normalen Dickdarmbakterienflora. Die K. leben unter Sauerstoffabschluß u. spielen als Vitaminbildner u. beim Abbau der Kohlenhydrate u. Eiweiße eine bedeutende Rolle. Bei fehlerhafter Ernährung können sie durch gesteigerten Kohlenhydrate-Abbau reagieren u. die Ursache von Gärungen u. vermehrter Gasbildung werden. Außerhalb des Dickdarms, z.B. im Magen u. bes. in den Harnwegen, auch im Blut (→Sepsis), wirken sie als Krankheitserreger.
Kolibris [karaib.], *Trochilidae*, zur Ordnung der *Segler* (i.w.S.) gehörige Familie der *Vögel*; durch Schwirrflug u. lange, spitze Schnäbel wie Insekten auf die Nektaraufnahme aus Blütenkelchen spezialisiert. Manche fangen auch Insekten. Insbes. die Männchen zeichnen sich oft durch prächtige, metallisch irisierende Schmuckfarben aus. Sie sind hummel- bis mauerseglergroß u. ähneln den *Nektarvögeln* der Alten Welt. Sie bauen dickwandige, gut gepolsterte Napfnester aus Blättern u. Spinnweben. Zu den K. gehören die Gattungen: *Bogenschnäbler, Entoxeres; Sonnen-K., Eutoxeres; Amazilien-K., Amazilia*, u.a. Mit 2 g Gewicht der kleinste Vogel überhaupt ist *Calypte helenae* aus Kuba. – ⊞S. 330.
Kolig, Anton, österr. Maler, *1. 7. 1886 Neutitschein, Mähren, †17. 5. 1950 Nötsch, Kärnten; setzte die Tradition des österr. Barocks fort, Begründer der „Nötscher Schule"; über 3000 Zeichnungen, ca. 300 Ölbilder; ferner Fresken, Gobelins, Mosaiken (Salzburger Festspielhaus, 1927) u. Wandbilder (Wiener Krematorium, 1927).
Kolik [auch ko'li:k; die, Mz. *K.en*; grch.], ein Anfall heftiger krampfartiger Schmerzen, verursacht durch die krampfhafte Zusammenziehung eines Hohlorgans (z.B. Darm, Harnleiter, Gallenblase). Dementsprechend unterscheidet man *Darm-K., Gallen-K.* u.a.; bei Einklemmung von Steinen (Konkrementen) spricht man auch von *Stein-K.*
Kolín ['kɔli:n], Industriestadt in Mittelböhmen, an der Elbe, östl. von Prag, 27000 Ew.; Bartholomäuskirche (13. Jh.); chem. Industrie, Erdölraffinerie, Maschinenbau.
In der *Schlacht bei K.* am 16. 8. 1757 im Siebenjährigen Krieg besiegte der österr. Feldherr L. J. *Daun* das Heer *Friedrichs II.* von Preußen. Friedrich mußte Böhmen aufgeben.
Kolitis [die; grch.], *Colitis*, Dickdarmentzündung, durch verschiedene Infektionen, insbes. Ruhrbakterien u. Ruhramöben, ausgelöst oder unterhalten, auch allergisch bedingt; führt zu kolikartigen Schmerzen, Fieber, Durchfällen mit Eiter, Blut u. Schleim, meist auch Stuhlzwang; u.U. mit Geschwürbildung in der entzündeten Schleimhaut verbunden *(Colitis ulcerosa)*. Die Behandlung richtet sich nach der Grundursache; Fasten u. Apfeltage wirken günstig.
Kolk [der], eine Hohlform im Flußbett, von unterschiedl. Größe u. Tiefe, durch das fließende Wasser ausgestrudelt *(Strudelloch, Strudeltopf)*. Oft unterstützen Steine die Tätigkeit des Wassers. K.e entstehen bes. in Flußengen, Klammen u. im Fels an Wasserfällen. Ähnl. Hohlformen glazialer Entstehung sind die →Gletschermühlen.
Kolkrabe [-k-r-], *Corvus corax*, großer *Rabenvogel* mit glänzendschwarzem Gefieder u. kräftigem Schnabel; ausgezeichneter Segler. Der K. lebt in strenger Einehe. Er kommt in Eurasien, Nord- u. Mittelamerika u. Nordafrika, in Dtschld. nur noch vereinzelt in Schleswig-Holstein u. Mecklenburg vor.
Kolla, Indianerstamm, →Aymará.
Kolla, die heiße Zone des äthiop. Hochlands, bis 1800 m Höhe, großenteils bewaldet.
kollabieren [lat.], einen *Kollaps* erleiden.
Kollaboration [frz., „Zusammenarbeit"], im 2. Weltkrieg entstandener Begriff für die freiwillige, von den Mitbürgern als ehrenrührig u. verbrecher. empfundene Zusammenarbeit mit dem im Land befindl. Feind. In den von Dtschld. eroberten Ländern wurden nach ihrer Befreiung Zehntausende von *Kollaborateuren* angeklagt u. verurteilt.
Kollag [der; grch.], kolloidaler Graphit, als Schmiermittel für unbelastete Lager verwendet.
Kollage [-'laʒə] = Collage.
Kollagen [das; grch.], ein Faserprotein; als Stützsubstanz weit verbreitet im Tierreich (im Säuger: 25–30% des Gesamtproteins), Hauptkomponente des Bindegewebes, der Haut u. der Sehnen; auch in Knorpeln, Knochen, Zähnen u.a. Geweben; wichtige Modellsubstanz für die Forschung auf den Gebieten der Chemie, Physik, Biologie u. Medizin. – Technische Bedeutung: →Leder, →Gelatine, →äschern.
Kollagenosen [grch.], Sammelbez. für Erkrankungen, die durch abnorme Veränderungen am kollagenen Bindegewebe (Verquellung, Auflösung) gekennzeichnet sind, z.B. Rheumatismus oder Sklerodermie.
Kollam, *Quilon*, Stadt an der Malabarküste, im ind. Staat Kerala, Hafen, 100000 Ew.
Kollaps [auch kɔ'laps; der; lat., „Verfall"], *Kreislauf-K.*, plötzlich einsetzende Körperschwäche mit Bewußtseinsverlust infolge akuten Versagens des Körperkreislaufs; die 2. Phase des →Schocks. Anzeichen sind zunehmende Blässe, Ausbruch kalten Schweißes, oberflächlicher, beschleunigter (u. unregelmäßiger) Puls, flache, schnelle Atmung, weite Pupillen u. Blutdrucksenkung. Behandlung: Flachlagerung (Kopf tief), frische Luft oder Sauerstoffatmung, Kreislaufstützung, bei K. durch Blutverlust Auffüllen des Kreislaufs durch Blutersatz oder Infusion physiolog. Kochsalzlösung.
Kollár, Ján, slowak. Schriftsteller u. Wissenschaftler, *29. 7. 1793 Mošovce, †24. 1. 1852 Wien; von J. G. von *Herder* zu Altertumsforschungen angeregt, Begründer des romant. Panslawismus; Hptw.: Sonettenzyklus „Tochter der Slava" 1824, erweitert 1832; „Über die literar. Wechselseitigkeit zwischen den verschiedenen Stämmen u. Mundarten der slaw. Nation" dt. 1837.
Kołłątaj ['kɔuɔ̃taj], Hugo, poln. Politiker u. Publizist, *1. 4. 1750 Derkały, Wolynien, †28. 2. 1812 Warschau; maßgebl. in der aufklärer. Bewegung zur Erneuerung Polens vor u. in der Zeit der Teilungen; Mitgl. der Volkserziehungskommission *(Komisja Edukacji Narodowej)*, Erneuerer der Krakauer Akademie (1777–1786), Mitschöpfer der Verfassung von 1791, Mittelpunkt des Publizistenzirkels „Die Schmiede" *(Kuźnica Kołłątajowska)* zur Propagierung von Reformen u. einer der geistigen Führer des Aufstands unter Tadeusz *Kościuszko* (1794).
Kollath, Werner, Ernährungsreformer u. Hygieniker, *11. 6. 1892 Gollnow, Pommern, †19. 11. 1970 Porza (Italien); Hptw.: „Die Ordnung unserer Nahrung" 1942, [5]1960; „Die Ernährung als Naturwissenschaft" 1967.
Kollation [lat., „Zusammentragung"], **1.** *Buchbinderei:* 1. Prüfung der Bogen auf Vollzähligkeit; 2. Prüfung antiquarischer Bücher auf Vollständigkeit.
2. *kath. Kirchenrecht: Kollatur*, Übertragung eines Kirchenamts an seinen neuen Inhaber.
3. *Philologie:* der Vergleich einer Abschrift mit der Urschrift. – Ztw.: *kollationieren.*
Kollatschen [tschech.], *Karlsbader K., Golatschen*, rundes Kleingebäck aus Biskuit- oder Blätterteig mit einer Füllung aus Pflaumenmus oder auch Quark, Äpfeln u. Mohn; auch in anderen slaw. Ländern bekannt.
Kolle, 1. Kurt, Sohn von 3), Neurologe u. Psychiater, *7. 2. 1898 Kimberley (Südafrika); schrieb u.a. „Das Bildnis des Menschen in der Psychiatrie" 1954; „Große Nervenärzte" 3 Bde. 1956–1963, [2]1970; „Psychiatrie" 1939, [5]1967; „Verrückt oder normal?" 1968.
2. Oswalt, Sohn von 1), Schriftsteller, *2. 10. 1928 Kiel; Journalist, befaßte sich mit psycholog. Themen in Illustriertenserien; bekannt durch die Aufklärungsbücher „Dein Kind, das unbekannte Wesen" 1960; „Deine Frau – das unbekannte Wesen" 1967; „Dein Mann – das unbekannte Wesen" 1967; „Das Wunder der Liebe" 1968; mehrere Filme zu Sexualthemen.
3. Wilhelm, Hygieniker, Bakteriologe u. Serologe, *2. 11. 1868 Lerbach, Hannover, *10. 5. 1935 Wiesbaden; führte u.a. Cholera- u. Typhusschutzimpfungen ein.
Kölle [die], *Bergminze, Satureja*, Gattung der *Lippenblütler*. In Dtschld. heimisch sind: das als Gewürzpflanze kultivierte *Bohnenkraut, Satureja hortensis*; das seltener angebaute *Winterbohnenkraut, Satureja montana*; der in Gebüschen u. Wäldern verbreitete *Wirbeldost, Satureja vulgaris*, mit karminroten oder weißen Blüten; ferner die nach Minze duftenden Pflanzen: *Echte Bergminze, Satureja calamintha*, in Süd-Dtschld.; *Steinbergminze, Satureja acinos*, allg. an Feldrainen verbreitet; *Alpenbergminze, Satureja alpina*, nur in den höheren Kalkalpen verbreitet.
Kölleda, Stadt im Krs. Sömmerda, Bez. Erfurt, nordwestl. von Weimar, 7200 Ew.; Funkgerätewerk.
Kolleg [das, Mz. *K.ien*; lat.], Lehrvortrag oder Vorlesung an Hochschulen; →auch College, Collège.
Kollegialgericht [lat.], ein meist mit ungerader Zahl gleich stimmberechtigter Richter besetztes Gericht; es entscheidet durch einfache oder qualifizierte Mehrheit nach Beratung. Ein Vorsitzender Richter hat die Verhandlungsleitung. K.e sind z.B. Schöffengericht, Kammern am Landgericht, Senate der Oberlandes- u. obersten Bundesgerichte.
Kollegialprinzip [lat.], *Kollegialsystem*, eine Art der personellen Zusammensetzung von Organen u. Behörden öffentl. u. privater Organisationen: Das Organ bzw. die Behörde wird aus mehreren in der Beschlußfassung gleichberechtigten Personen gebildet; die Stimme eines etwaigen Vorsitzenden gibt allenfalls bei Stimmengleichheit den Ausschlag. Gegensatz: *Führerprinzip*, auch *hierarchisches* oder *monokratisches (autokrat.) Prinzip*, bei dem etwaige Beisitzer des Leiters nur beratende Stimmen haben. Nach dem K. gebildet sind vor allem *Kollegialbehörden* u. *-organe* öffentl. Körperschaften u. Anstalten, Parlamente, „Räte" (→Rätesystem), „Tage" u. Ausschüsse. Die stets aus mehreren Personen bestehenden Staatskabinette können dagegen sowohl nach dem K. (z.B. die Bundesregierung der BRD) als auch nach dem monokratischen Prinzip (z.B. die Staatskabinette des Dt. Reichs 1871–1918 u. der USA) gebildet sein. Bei den Gerichten sind dagegen alle mit mehreren Richtern besetzte Gerichte *Kollegialgerichte* (z.B. Kammer, Senat, Schöffengerichte); ihnen stehen nur die *Einzelrichter* gegenüber.
Kollegiatkapitel [das; lat.], ein Kollegium von kath. Weltgeistlichen *(Chorherren, Stiftsherren)*, meist von einer Stiftung eingesetzt *(Kollegiatstift, Stiftskapitel)*, das zu gemeinsamem Chorgebet u. Konventsamt verpflichtet ist u. oft die Seelsorge der Pfarrei ausübt.
Kollegium [das, Mz. *Kollegien*; lat.], *Collegium*, **1.** *öffentl. Recht:* eine aus gleichberechtigten Mitgliedern zusammengesetzte Behörde u.ä.; →Kollegialprinzip.
2. *Schulwesen:* 1. der gesamte Lehrkörper mehrklassiger, namentlich höherer Schulen; 2. die Aufsichtsbehörden des Staates *(Schulkollegien)*; 3. theologische Studienanstalt.
Kollegstufe, ein Schulversuch, der seit 1971 in der BRD in der Oberstufe einer Reihe großstädtischer Gymnasien läuft: Die Schüler sind nicht mehr an einen festen Stundenplan gebunden, sondern können Leistungskurse in bestimmten Fächerkombinationen frei belegen. So soll ein gleitender Übergang zum Universitätsbetrieb geschaffen werden.
Kollekte [die; lat.], **1.** das im Gottesdienst vor der Schriftlesung stehende Gebet.

2. eine Opfergabe, die im Zusammenhang mit einem Gottesdienst u. meist für einen bestimmten Zweck eingesammelt wird (z. B. „Brot für die Welt" oder „Misereor").

Kollektion [lat.], Sammlung, meist von Waren, die als Muster *(Muster-K.)* vorgelegt werden.

Kollektiv [das; lat., „zusammenfassend, gemeinschaftlich"], eine Arbeits-, Produktions-, Ertrags- oder Lebensgemeinschaft, deren Mitglieder auf genossenschaftl. Ebene gemeinsam einem Ziel zustreben, z. B. als Produktions-, Künstler-K. u. a.; im Sprachgebrauch der kommunist. Staaten ein häufig benutzter Ausdruck, ungefähr vergleichbar der westl. Bez. *Team.*

Kollektivbewußtsein →Kollektivseele.

kollektive Sicherheit, ein System gegenseitiger Garantien, vor allem zur Wahrung der Unverletzlichkeit des Gebiets u. der Grenzen (der *territorialen Integrität*), das eine Staatengruppe unter sich vereinbart. Innerhalb dieses Systems gilt ein Angriff auf einen Staat als Angriff auf alle u. macht die nicht angegriffenen Staaten zu Bundesgenossen des angegriffenen Staates. Der Unterschied zur *Allianz* besteht darin, daß diese eine Beistandsverpflichtung gegenüber Angriffen von außerhalb, d. h. durch dritte Mächte, begründet. In diesem Sinn ist z. B. die NATO eine Allianz, kein System der k. n S. Im Grunde ist durch das *Gewaltanwendungsverbot* des Art. 2 der Satzung der Vereinten Nationen ein zusätzliches gegenseitiges Nichtangriffsversprechen unter Staaten mit gleicher polit. Grundeinstellung überflüssig, während ein Zusammenschluß gegenüber einer Staatengruppe mit anderer Grundeinstellung dann sinnvoll erscheint, wenn mit der Gefahr militärischer Angriffe gerechnet werden muß. →auch Bündnis. – 📖 4.1.1.

kollektives Unbewußtes →Kollektivseele, →Unbewußtes.

Kollektivgesellschaft, eine der dt. *Offenen Handelsgesellschaft* entspr. Gesellschaftsform in Frankreich u. der Schweiz (Art. 552–595 des schweizer. Obligationenrechts).

Kollektivierung [lat.], Vergesellschaftung, Genossenschaftsbildung, insbes. die (oft unter Druck durchgeführte) Bildung von *Produktionsgenossenschaften* in der Landwirtschaft der kommunist. Staaten.

Kollektivismus [lat.], allg. jede soziolog., geschichtsphilosoph. oder weltanschaul. Auffassung, die, im Gegensatz zum *Individualismus,* nicht von den Einzelwesen, sondern von den *Kollektivitäten* (d. h. Mehrheiten, Gesamtheiten, überindividuellen Einheiten) ausgeht. So bestimmte z. B. K. *Lamprecht* die „regelmäßigen Massenbewegungen" als Objekt der Geschichte. Sind jedoch, wie in diesem Fall, die Kollektivitäten bloße *Kollektiva* (d. h. äußere Vereinigungen, Aggregate, Massen), so besteht im Grunde kein Gegensatz zwischen K. u. Individualismus, sondern der K. ist ein quantitativer Individualismus oder eine soziale Atomistik, wie bei den meisten Vertretern der sog. mechanist. Soziologie u. im Marxismus. Demgegenüber erhebt der *Universalismus* den Anspruch, die Kollektivitäten als wirkliche überindividuelle (Lebens-)Einheiten zu behandeln, die nicht aus den Einzelwesen abgeleitet werden können.

Kollektivnote, *Diplomatie:* die von einer Staatengruppe ausgehenden u. inhaltlich gleichlautenden Erklärungen gegenüber einem anderen Staat oder einer anderen Staatengruppe. In den Ost-West-Beziehungen ist es üblich geworden, daß die Westmächte gleichlautende Erklärungen der Sowjetunion gegenüber abgeben, die auf vorherigen Beratungen abgesprochen worden sind.

Kollektivpsychologie, ein Gebiet der Psychologie, das sich mit dem Verhalten des Menschen im Kollektiv, also in der Gruppe oder Masse, befaßt; heute weitgehend durch den Begriff *Sozialpsychologie* ersetzt.

Kollektivschuld, die gemeinsame Verantwortung aller Angehörigen eines Volks oder einer Organisation für die von ihrer Führung oder von einzelnen ihrer Glieder begangenen Handlungen. Ob es eine K. geben kann, ist umstritten.

Kollektivseele, *Kollektivpsyche*, die „Seele" eines *Kollektivums*, d. i. einer strukturierten Vielheit von Menschen (Gruppe, Volk u. a.); der fingierte Träger aller Erscheinungen des *Kollektivbewußtseins.* Dieses selbst kann als Inbegriff aller zu einem Kollektivum gehörenden Bewußtseinsinhalte *(Gruppen-, Massenbewußtsein)* oder als Inbegriff der auf ein Kollektivum bezogenen Bewußtseinsinhalte u. -akte des Individuums betrachtet werden u. steht in der zweiten Hinsicht für die soziale Seite oder Schicht des individuellen Bewußtseins. In der analytischen Psychologie C. G. *Jungs* ist K. das dem persönl. Unbewußten gegenübergestellte unpersönl. *(kollektive) Unbewußte*, der Niederschlag des vererbten Gemeinschaftslebens in der Seele.

Kollektivum [das, Mz. *Kollektiva*; lat.], **1.** *Grammatik: Sammelname*, ein Substantiv, das eine Einheit aus mehreren Gegenständen oder Begriffen bezeichnet; z. B. „Gebirge" (gegenüber „Berg"), „Geschwister" (gegenüber „Bruder, Schwester").
2. *Sozialpsychologie:* →Kollektivseele.

Kollektivversicherung →Gruppenversicherung.

Kollektivvertrag, ein Normenvertrag im Bereich des Arbeitsrechts zwischen Parteien, von denen wenigstens eine, u. zwar die Arbeitnehmerseite, ein Verband ist, im heutigen Recht der BRD der →Tarifvertrag u. die →Betriebsvereinbarung. In Österreich ist K. die Bez. für den Tarifvertrag. – Wesentlicher Inhalt ist die *Normenfestsetzung.* Ihre Bestimmungen gelten unmittelbar u. unabdingbar (letzteres ist für die Betriebsvereinbarungen bestritten) für die erfaßten Arbeitsverhältnisse. Auch die Regelung sonstiger arbeitsrechtl. Fragen, bes. betriebl. u. betriebsverfassungsrechtl. Fragen, u. obligatorischer Abreden durch K. ist möglich.

Kollektor [lat.], **1.** *Elektrotechnik:* →Kommutator.
2. *Optik:* eine Sammellinse, bes. beim Mikroskop.

Kollektorbürsten, elektr. leitfähige Teile, die auf dem *Kollektor* (→Kommutator) elektr. Maschinen schleifen u. die Stromzuführung von den ruhenden Netzanschlüssen auf den sich drehenden *Läufer* besorgen; meist Kohle-Graphit-Blöcke, oft auch mit Metallzusatz; →auch Bürste.

Kollembolen [grch.] = Springschwänze.

Kollenchym [das; grch.], das wachstums- u. dehnungsfähige Festigungsgewebe noch wachsender Pflanzenteile. Es besteht aus lebenden Zellen, deren Wände nur teilweise verdickt sind.

Koller, 1. *Kleidung: Goller*, in Volkstrachten ein breiter Kragen, auch der ein- oder abgesetzte obere Rücken-Schulter-Teil eines Kleidungsstücks; enges ärmelloses Wams; weißer Uniformrock der dt. Kürassiere vor dem 1. Weltkrieg.
2. *Medizin:* volkstüml. Bez. für Tobsuchtsanfall, Erregungszustand.

Koller, 1. Hans, österr. Jazzmusiker (Saxophon, Klarinette, Komposition), *12. 2. 1921 Wien; seit 1947 mit eigener Band, lebt seit 1950 in Dtschld.; spielt mit führenden Jazzmusikern, tritt als Saxophonist in seinem eigenen Münchner Jazzlokal auf.
2. Karl, Augenarzt, *3. 12. 1857 Schützenhofen, Böhmen, †22. 3. 1944 New York; führte 1884 die Cocain-Anästhesie in der Augenheilkunde ein.
3. Rudolf, schweizer. Maler u. Graphiker, *21. 5. 1828 Zürich, †5. 1. 1905 Zürich; befreundet mit A. *Böcklin*; schuf Tierbilder in Anlehnung an die Niederländer des 17. Jh. (P. *Potter*) mit realist. Auffassung u. hellfarbigem, an der französ. Freilichtmalerei geschultem Kolorit; daneben Landschaften u. Porträts.

Köllerbach, ehem. saarländ. Gemeinde, seit 1973 Ortsteil der Stadt Püttlingen.

Kollerbusch = Kussel.

Kollergang, ein Mahlwerk, dessen Grundfläche rund u. eben ist; auf ihr laufen zwei senkrechte Mahlsteine, die sich um eine waagrechte Achse drehen, die ihrerseits von einer senkrechten Achse angetrieben wird. Das Gewicht der Steine zerkleinert durch Quetschen das eingebrachte Gut, z. B. in der Papierfabrikation u. in Gießereien.

Kollett [das; frz.], Reitjacke, enges ärmelloses Wams; →auch Koller (1).

Kölliker, Rudolf Albert von, schweizer. Anatom u. Histologe, *6. 7. 1817 Zürich, †2. 11. 1905 Würzburg; Prof. in Würzburg; forschte insbes. auf dem Gebiet der Zellphysiologie u. der Entwicklungsgeschichte, wies 1842–1844 die Einheit von Nervenzelle u. Nervenfaser nach; gründete 1849 mit K. Th. von *Siebold* die „Zeitschrift für wissenschaftl. Zoologie".

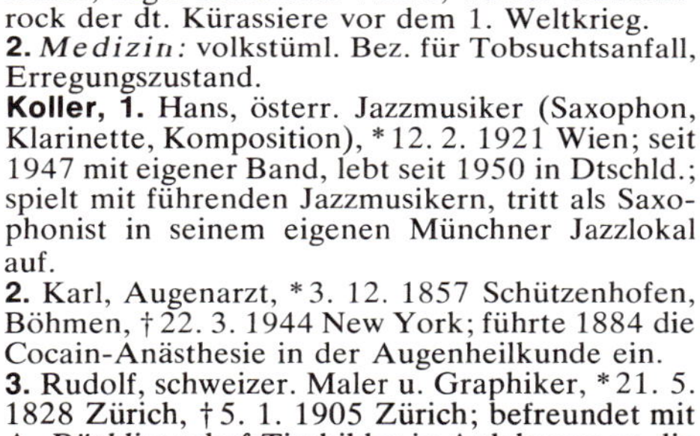

Kollergang

Kollimation [lat.], *Collimation*, ein Aufstellungsfehler eines Meridianfernrohrs oder Universalinstruments, der davon herrührt, daß die opt. Achse des Fernrohrs nicht genau senkrecht auf der horizontalen Drehachse des Instruments steht.

Kollimator [der, Mz. *K.en*; lat.], ein Rohr mit einer Konvexlinse, die die durch einen schmalen Spalt (in der Brennebene) eintretenden Lichtstrahlen parallel zur Rohrwand richtet; als Ersatz für eine unendlich ferne Lichtquelle benutzt (z. B. beim Spektralapparat).

Kollineation [lat.], *Geometrie:* eine Abbildung der Ebene oder des Raumes, bei der Punkte, Geraden u. Ebenen wieder in Punkte, Geraden u. Ebenen übergehen. Beispiele sind die affinen u. perspektivischen Abbildungen. →Affinität, →Perspektive.

Kollision [lat.], (zeitl.) Überschneidung; Zusammenstoß; Widerstreit, Gegensatz (K. von Interessen, K. mit dem Gesetz).

Kollisionsnorm, die einzelne Vorschrift des →Kollisionsrechts. Im internationalen Privatrecht bestimmt sie, ob ein Sachverhalt mit Auslandsberührung nach ausländ. oder inländ. Recht beurteilt werden soll.

Kollisionsrecht, die Summe der Vorschriften, die das räumliche, persönliche, zeitliche, rangmäßige oder sachliche Aufeinandertreffen von Rechtssätzen regeln; z. B. regelt das →internationale Privatrecht die räuml. Kollision von Privatrechtsvorschriften verschiedener Staaten.

Kollo, Walter, Operettenkomponist, *28. 1. 1878 Neidenburg, Ostpreußen, †30. 9. 1940 Berlin; schrieb u. a. „Wie einst im Mai" 1911; „Der Juxbaron" 1916; „Drei alte Schachteln" 1917; „Die Frau ohne Kuß" 1926.

Kollodium [grch.] = Collodium.

Kollodiumseide = Nitratkunstseide.

Kollographie [lat. + grch.] →Lichtdruck.

Kolloide [Ez. das *Kolloid*; grch.], Stoffe, die sich wegen der Größe ihrer Teilchen nicht echt, d. h. unter Bildung völlig klarer Lösungen, lösen, sondern solche Lösungen *(kolloide Lösungen, Sole)* bilden, die den →Tyndall-Effekt zeigen. Wegen ihrer gleichnamigen elektr. Ladung flocken die Teilchen trotz ihrer Größe nicht aus. Ausflockung (→Koagulation) kann jedoch durch Zusatz von Elektrolyten oder ungleichnamig geladenen K. n oder durch Erwärmen erreicht werden. Koagulate, die noch Wasser enthalten, heißen *Gele*; sie haben eine gallertartige Struktur. Ausflockung kann durch Zugabe von *Schutz-K. n* verhindert werden. Kolloide Lösungen lassen sich durch Teilchenzerkleinerung grober Verteilungen, z. B. durch Zerkleinerung in der *Kolloidmühle* oder durch Ultraschall *(Dispersionsmethode)* oder durch Teilchenvergrößerung von echt gelösten Stoffen, z. B. unter Verwendung von Schutz-K. n *(Kondensationsmethode)*, herstellen. Die kolloiden Lösungen spielen bei den Vorgängen im tierischen u. pflanzl. Organismus sowie in der Technik eine bedeutende Rolle.

Kolloidkaolin, *Osmosekaolin*, ein Spezialkaolin (Porzellanerde, *China Clay*), bes. rein, weich u. weiß; durch Elektroosmose gewonnen. Es dient wegen starker Deckkraft u. gutem Aufsaugevermögen zur Herstellung von *Puder.*

Kolloidreaktionen, Untersuchungsverfahren für Blut u. Gehirn-Rückenmark-Flüssigkeit auf deren Kolloidzustand (Vergleich mit einer bekannten Kolloidlösung, Bestimmung von Trübung, Ausflockung). Durch die Reaktionen können krankhafte quantitative u. qualitative Veränderungen der Eiweißzusammensetzung erkannt werden.

Kollontaj, Alexandra Michaijlowna, geb. *Domontowitsch*, sowjetische Politikerin, *1. 4. 1872 St. Petersburg, †9. 3. 1952 Moskau; zunächst Menschewikin, seit 1915 Bolschewikin; bekleidete nach 1917 hohe Partei- u. Staatsämter; 1920–1922 führend in der „Arbeiteropposition" gegen den Parteizentralismus; 1923–1945 im diplomat. Dienst (mehrere Botschafterposten); bekannt als Verfechterin der Frauenemanzipation.

Kolloquium [das; lat.], Gespräch, Unterredung, insbes. die wissenschaftl. Auseinandersetzung unter Leitung eines akadem. Lehrers; auch die Form der mündl. Prüfung bei der *Habilitation.*

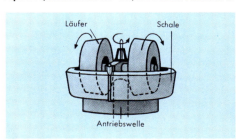

Kollotypie

Käthe Kollwitz: Selbstbildnis; Radierung, 1912

Kollotypie [lat. + grch.] →Lichtdruck.
Kollusion [lat., „Zusammenspiel"], im Recht das verbotene gemeinschaftl. Handeln zum Nachteil eines Dritten, bes. zum Nachteil des Vertragspartners des einen Teilnehmers an der K.
Kollusionsgefahr →Verdunkelungsgefahr, →Untersuchungshaft.
Kollwitz, Käthe, Graphikerin u. Bildhauerin, *8. 7. 1867 Königsberg, †22. 4. 1945 Moritzburg bei Dresden; ausgebildet in Berlin (1884–1886) u. München (1888/89), bis 1943 in Berlin tätig. Auf naturalist. Graphiken mit Themen aus der Geschichte des Proletariats (Illustrationen zu G. Hauptmanns Drama „Die Weber" 1894–1898; Radierungszyklus zum Bauernkrieg 1903–1908) folgten sozialkrit. Elendsschilderungen aus großstädt. Industrie- u. Arbeitervierteln, die durch großzügige Formvereinfachung u. Verzicht auf sentimentale Effekte gekennzeichnet sind. Ihre Holzschnittarbeiten stehen z.T. dem Expressionismus nahe; das plast. Werk wurde bis auf wenige Ausnahmen im 2. Weltkrieg zerstört. – ⬜ 2.5.2.
Kolmar, Gertrud, eigentl. G. Chodziesner, Lyrikerin, *10. 12. 1894 Berlin, †1943 (?); Sprachlehrerin, 1943 als Jüdin deportiert; „Preußisches Wappen" 1934; „Welten" (posthum) 1947; „Das lyrische Werk" (posthum) 1955, erweitert 1960; Erzählung „Eine Mutter" (posthum) 1965; „Briefe an die Schwester Hilde (1938–1943)" (posthum) 1970.
Kolmogorow [-rɔf], Andrej Nikolajewitsch, sowjet. Mathematiker, *25. 4. 1903 Tambow; Arbeiten zur Theorie der reellen Funktionen, Maßtheorie u. Logik; maßgebend für die moderne mathemat. Theorie der Wahrscheinlichkeit; lieferte auch Beiträge über stochastische Prozesse.
Köln, 1. nordrhein-westfäl. Großstadt am Rhein, inmitten der *K.er Bucht*, Hptst. des Reg.-Bez. K. (7364 qkm, 3,9 Mill. Ew.); Stadtkreis: 429 qkm, 955000 Ew. Das alte Stadtbild wurde im 2. Weltkrieg weitgehend zerstört u. seit 1948 zum großen Teil wiederhergestellt; unter vielen anderen, meist roman. Kirchenbauten wie St. Andreas, St. Aposteln, St. Georg, St. Gereon, St. Maria, St. Severin (unterird. Friedhof mit röm. u. fränk. Sarkophagen) u. St. Ursula ragt der →Kölner Dom als Wahrzeichen der Stadt hervor. Universität (1919), Musikhochschule, Sporthochschule; Opernhaus, Schauspielhaus, Rundfunksender (WDR), Wallraf-Richartz-Museum (Gemäldegalerie, Kupferstichsammlung, moderne Kunst), Röm.-German. Museum, Stadtmuseum; Erzbischofssitz; Maschinen-, Metall-, Elektro-, Nahrungsmittel-, Textil-, Papier-, Holz- u. chem. Industrie; internationale Fachmessen u. Ausstellungen; Bahnknotenpunkt, Binnenhafen (Umschlag 1976: 12,8 Mill. t), Container-Terminal geplant; Flughafen. – ⬜ 6.2.6.
Geschichte: K. war ursprüngl. ein röm. Lager, aus dem 50 n. Chr. eine befestigte Stadt wurde, die von der in dem Lager geborenen Kaiserin *Agrippina d. J.* den Namen *Colonia Claudia Ara Agrippinensis* erhielt. Im 5. Jh. kam die Stadt unter fränk. Herrschaft, wahrscheinl. war sie schon in röm. Zeit Sitz eines Bischofs; unter Karl d. Gr. ist *Hildebold* als der erste Erzbischof erwähnt. 881 wurde K. von den Normannen zerstört. In der Zeit der Ottonen u. später profitierte K. von dem zunehmenden Handelsverkehr so sehr, daß es zur größten dt. Stadt des Mittelalters heranwuchs. Unter *Bruno von K.* (*965), dem Bruder Ottos d. Gr., war der Erzbischof zugleich der polit. Beherrscher des Gemeinwesens. Die reich werdende Bürgerschaft kämpfte rund 200 Jahre um ihre Selbständigkeit u. errang sie 1288 in der Schlacht bei Worringen. Seitdem residierten die Erzbischöfe auf den benachbarten Schlössern außerhalb der Stadt, sie behielten aber die hohe Gerichtsbarkeit. 1388 wurde in K. eine Universität gegründet, die 1798 wieder aufgehoben wurde.
Die Stadt regierte sich durch den patrizischen Rat, an dessen Spitze 2 Bürgermeister standen. Neue Kräfte, u. a. in den Zünften, begründeten 1396 eine neue Verfassung, die mit kleinen Änderungen bis zur französ. Besetzung (1794) galt. 1815, nach dem *Wiener Kongreß*, fiel K. an Preußen. K. erhielt eine Reihe von Behörden (Regierungsbezirk), wurde wichtiger Eisenbahnknotenpunkt u. Mittelpunkt des rhein. Großhandels. 1917–1933 (u. kurz 1945) war K. *Adenauer* Oberbürgermeister von K. In seiner Amtszeit wurde die Universität neu gegründet (1919).
2. ehem. dt. Erzstift u. Kurfürstentum im kurrhein. Kreis. Es bestand aus mehreren gesonderten Teilen: Der Hauptteil lag auf dem linken Rheinufer zwischen den Herzogtümern Jülich u. Berg, ein anderer Teil zwischen Jülich u. Trier, auf dem rechten Rheinufer die Grafschaft Recklinghausen u. das Herzogtum Westfalen. Der Erzbischof von K. war einer der drei geistl. *Kurfürsten* des Hl. Röm. Reichs, Erzkanzler für Italien wie auch des Papstes u. päpstl. Legat. Seit dem 13. Jh. residierten die Erzbischöfe in *Brühl, Godesberg* und *Bonn,* während das Domkapitel seinen Sitz in K. behielt. – Als Stifter des Bistums K. wird *Maternus* genannt. *Hildebold,* Erzkaplan u. Freund Karls d. Gr., war der erste Erzbischof (785). Erzbischof *Anno von Köln* (1056–1075), der Held des „Annolieds", war Kanzler Heinrichs III., Vormund Heinrichs IV. u. Reichsverweser. Erzbischof *Rainald von Dassel* (1159–1167), Kanzler Friedrichs I. Barbarossa, begleitete den Kaiser nach Italien u. verhalf ihm bei Tusculum zum Sieg. Nach der Ächtung *Heinrichs des Löwen* erwarben die Erzbischöfe von K. den westl. Teil von Engern u. Westfalen u. nannten sich nun auch *Herzöge von Westfalen u. Engern.* Ihr Bestreben, die verstreut liegenden Teile zu einem Territorium zusammenzufassen, führte zu ständigen Feindseligkeiten bes. mit Soest u. der Stadt K. Sie fanden ihr Ende, als bei der französ. Invasion die Selbständigkeit des Erzstifts u. der Stadt aufhörte. Im Frieden von Lunéville 1801 wurde das Erzstift säkularisiert u. seine Länder an Frankreich, Nassau-Usingen, den Fürsten von Wied-Runkel, Hessen-Darmstadt u. den Herzog von Arenberg verteilt.
Köln-Deutz →Deutz.
Kölner Bibel, das wichtigste Frühwerk der gedruckten Bibelillustration, um 1479 in Köln erschienen. Zwar fehlen Signum des Druckers u. Angabe des Erscheinungsjahrs, doch lassen Stadtansichten im Hintergrund einiger Blätter auf Köln als Entstehungsort schließen.
Kölner Bucht, *Niederrhein. Bucht*, die südl. Fortsetzung des Niederrhein. Tieflands zwischen Hohem Venn, Eifel u. Bergischem Land; durchzogen von der *Ville*, westl. davon ausgedehnte Bördenlandschaften, östl. die Köln-Bonner Rheinebene.
Kölner Dom *St. Peter*, der größte got. Kirchenbau innerhalb des dt. Sprachgebiets, mit fünfschiffigem, an der Westseite von zwei 157 m hohen Tür-

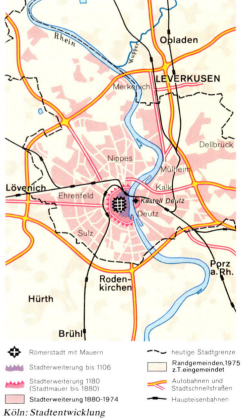

Köln: Stadtentwicklung

Köln: Blick von der Deutzer Brücke auf Rheinufer, Große St.-Martin-Kirche und Dom

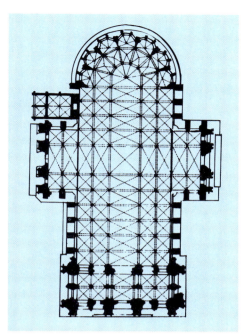

Kölner Dom: Grundriß

men überragtem Langhaus, dreischiffigem Querhaus u. Chor mit Umgang u. Kapellenkranz. 1248 wurde mit der Errichtung des Chors begonnen. Die Konzeption stammt von *Meister Gerard*, der bis 1279 die Bauarbeiten leitete. Der Chor war 1322 vollendet, die Bauarbeiten an Querhaus, Langhaus u. Türmen wurden bis 1560 weitergeführt. Nach alten Plänen betrieb man seit 1842 die Fertigstellung. – Der K.D. ist von den Kathedralen in Amiens u. Beauvais beeinflußt, aber auch die Ste.-Chapelle in Paris u. die Abteikirche in St.-Denis haben maßgeblich auf den Dombau eingewirkt. An dem reichen Formenschmuck im Strebewerk der Südseite des Chors wird Straßburger Einfluß deutlich. Bei der Wiederherstellung der Kriegsschäden wurden nach 1945 Fundamente aus röm., karoling. u. roman. Zeit freigelegt. Zur Ausstattung gehören u. a. der *Dreikönigsschrein* aus der Werkstatt des *Nikolaus von Verdun*, das Dombild von St. *Lochner*, das *Gero-Kreuz*, Pfeilerfiguren, Grabmäler u. Chorgestühl (um 1320).

Kölner Kirchenstreit, *Kölner Wirren*, die Streitigkeiten 1836–1841 zwischen dem Kölner Erzbistum u. der preuß. Regierung über die Frage der Kindererziehung bei konfessionell gemischten Ehen.
Eine königl. Deklaration von 1803 bestimmte, daß in strittigen Fällen alle Kinder dem Bekenntnis des Vaters folgen sollten. Als die kath. Geistlichen dazu übergingen, bei der Trauung gemischter Paare das Versprechen kath. Erziehung der Kinder zu verlangen, u. ein päpstl. Breve 1830 an die rhein.-westfäl. Bischöfe der Regierung nicht genügte, erlangte diese in geheimen Abmachungen vom Kölner Erzbischof F. A. Graf *Spiegel* (* 1764, † 1835) u. seinen 3 Suffraganen das Versprechen, das Breve im Sinn der Regierung auszulegen.
Der neue Erzbischof K. A. von *Droste zu Vischering* (seit 1835) jedoch beharrte mit Entschiedenheit auf dem päpstl. Standpunkt, der von J. von *Görres* („Athanasius") publizistisch verbreitet wurde, was die antipreußische Politisierung des rhein. Katholizismus förderte.
Kölner Krieg, 1582–1584, entstanden durch den Übertritt des Kölner Erzbischofs u. Kurfürsten *Gebhard Truchseß von Waldburg* zum reformierten Glauben u. durch seinen Versuch, das Erzbistum als weltl. Fürstentum zu behalten. Er wurde vom Papst abgesetzt u. unterlag dem verstärkten Heer des vom Kapitel zum Nachfolger gewählten *Ernst von Bayern*.
Kölner Malerschule, zusammenfassende Bez. für die Kölner Tafelmalerei vom Beginn des 14. Jh. bis um 1500. Kennzeichen der K.M. im 15. Jh. sind weiche Form u. sensible Linearität, helle, warme Farbgebung u. innige Gefühlshaltung. Hauptmeister: *Meister Wilhelm*, *Stephan Lochner*, *Meister der hl. Veronika*, *Meister der hl. Sippe*, *Meister der Ursulalegende*.
Kölner Schwarz = Beinschwarz.
Kol Nidre [aram., „alle Gelübde"], jüd. Gebet zum Widerruf aus Irrtum übernommener, die eigene Person betreffender Gelöbnisse; am Vorabend des Versöhnungstags zu Beginn des synagogalen Gottesdienstes gesprochen.
Kölnische Rückversicherungs-Gesellschaft, Köln, gegr. 1846, Tochtergesellschaft der *Colonia Versicherung AG*, Köln, u. der *Aachener u. Münchener Versicherung AG*, Aachen.
„Kölnische Zeitung", 1798 aus der „Postamtszeitung" hervorgegangene westdt. Zeitung liberaler Richtung; 1945 eingestellt.
Kölnisch Wasser, *Kölnisches Wasser*, frz. *Eau de Cologne*, ein erfrischendes Parfüm: Lösung von natürlichen ätherischen Ölen, wie Bergamotte-, Rosmarin-, Orangen- u. Portugalöl, sowie dem

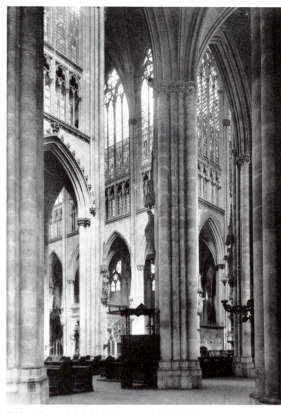

Kölner Dom: Blick in die Vierung; 13./14. Jh.

künstl. Riechstoff Neroliöl in 75–85%igem Alkohol. Je nach Fabrikat werden auch andere natürl. u. künstl. Riechstoffe verwendet. Die Erfindung wird dem Italiener Mario *Farina* (geb. 1695) zugeschrieben, der die Bereitung von K. W. 1709 in Köln eingeführt haben soll.
Kolobom [das; grch.], angeborene (auch erworbene) Spaltbildung im Augenbereich. Am häufigsten sind K.e der Regenbogen-, Netz- u. Aderhaut, seltener der Lider, Linse u. a. Das K. kann vererbt werden. Der bei der →Iridektomie verursachte künstl. Regenbogenhautverlust wird als *künstliches K.* bezeichnet.

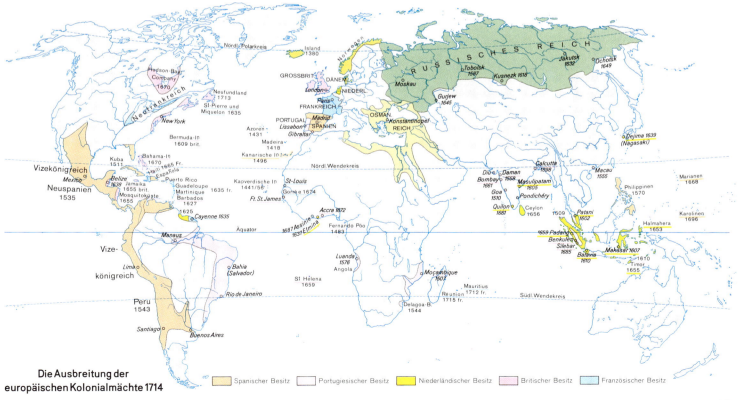

Die Ausbreitung der europäischen Kolonialmächte 1714

Kołobrzeg ['kɔuɔbʃɛk], poln. Name der Stadt →Kolberg.

Koloman, *Colomannus,* Heiliger, Palästina-Pilger aus Irland, † 17. 7. 1012 Stockerau bei Wien; nach der Legende wurde er als Spion angesehen u. ermordet; Patron von Österreich. Fest: 13. 10.

Koloman, ung. *Kálmán,* König von Ungarn 1095–1116, *1068, †1116; gewann Dalmatien, setzte sich gegen seinen Bruder *Almos* durch, der von Kaiser Heinrich V. unterstützt wurde; ordnete Rechtspflege u. Finanzen u. förderte die Kirche.

Kolombangara, kleinere Salomoninsel in der westl. New-Georgia-Gruppe, Vulkankegel, bis 1661 m hoch.

Kolombowurzel [Bantu], *Radix Colombo,* eine Droge aus den stark verdickten Speicherwurzeln des zu den *Mondsamengewächsen* gehörenden ostasiat. Schlingstrauchs *Iatrorrhiza palmata;* Anwendung bei chron., mit Durchfall verbundenen Darmkatarrhen.

Kolomna, Industriestadt in der RSFSR (Sowjetunion), an der Mündung der Moskwa in die Oka, 136 000 Ew.; Lokomotiv- u. Werkzeugmaschinenbau, chem., Textil- u. Nahrungsmittelindustrie; Umschlagplatz, Hafen.

Kolomyja, *Kolomea,* Stadt in der Ukrain. SSR (Sowjetunion), im östl. Galizien, am oberen Pruth, 40 000 Ew.; Fachschulen; Erdölraffinerien, Maschinen- u. Textilindustrie.

Kolon [das; Mz. *Kola*], **1.** [grch., „Darm"], *Medizin:* lat. *Colon, Grimmdarm,* Hauptteil des Dickdarms; →Darm.
2. [grch., „Glied"], *Metrik:* rhythm. Einheit, der einzelne Sinnabschnitt u. Sprechtakt, in den Prosa u. Vers rhythm. gegliedert werden.
3. *Schrift:* der Doppelpunkt.

Kolonat [das; lat. *colonatus*], im spätröm. Reich die von einem Großgrundbesitzer vergebene, zeitlich unbeschränkte, vererbliche Bodenpacht, die durch die Stellung des Pächters *(colonus)* zwischen Sklaverei u. Freiheit gekennzeichnet ist. Der Colonus war persönlich frei, durfte aber das Pachtland nicht verlassen u. war zu Abgaben, Dienstleistungen u. Kriegsdienst verpflichtet; andererseits konnte er aber auch von seinem Pachtland nicht entfernt werden. Die röm. Kaiser förderten das K. zur Abwehr der Landflucht u. zur besseren Steuererhebung, aber auch zur Versorgung der kleinen Landpächter. Damit bildeten sich allmähl. die Grundherrschaften zu beachtl. Machtfaktoren *(Latifundien)* aus u. gingen kontinuierlich in die mittelalterl. Agrar- u. Gesellschaftsstrukturen über.

Kolonel [die; frz.], *Mignon,* ein Schriftgrad von 7 Punkt.

Kolonialgesellschaften, Kapitalgesellschaften zur wirtschaftlichen Erschließung oder wissenschaftlichen Erforschung der dt. Kolonien, mit Hoheitsrechten; in Dtschld. nach 1918 liquidiert oder mit veränderten Aufgaben fortgeführt (z. B. früher der *Dt. Kolonialverein* u. die *Dt. Kolonialgesellschaft).*

Kolonialismus, von →Kolonie abgeleiteter schlagwortartiger Begriff für die Politik einiger europ. Mächte in der Neuzeit; i. e. S. in der Epoche von der Mitte des 19. bis zur Mitte des 20. Jh., in der K. fast gleichbedeutend mit →Imperialismus war.

Die 1. Phase setzte seit Beginn des 16. Jh. mit den span. u. portugies. Eroberungen in Süd- u. Mittelamerika ein; sie war gekennzeichnet durch Gründung von Handelsniederlassungen an den Küsten, allmähl. Vordringen in das Landesinnere, Arrondierung von territorialem Besitz u. Ausbeutung von Rohstoffen in den Kolonialräumen. In der Frühzeit des K. übten Eroberer im Auftrag ihrer heimischen Fürsten die Herrschaft aus; später handelten Kaufleute, Militärs bzw. Handelskompanien, mit Vollmachten u. Privilegien ausgestattet, im Auftrag der Regierungen ihrer Mutterländer.

Den Spaniern u. Portugiesen folgten bald Engländer, Franzosen u. Niederländer, die Kolonialgebiete wurden auf Asien, Afrika u. den pazifischen Raum ausgedehnt. Es blieb auch nicht allein bei der Gewinnung von Rohstoffen für die heimische Industrie, sondern Millionen von Menschen wurden zur Sklavenarbeit in fremde Kontinente verschleppt (bes. afrikan. Sklaven nach Amerika). Die Kolonisatoren wurden von Priestern begleitet, die die Ausbreitung der kath., später auch der ev. Lehre betrieben. Häufig bewirkte der K., daß die Kolonialvölker – sofern sie nicht gänzlich ausgerottet worden waren – von ihren eigenständigen Kulturen losgelöst u. an einer kontinuierlichen Entwicklung gehindert wurden.

Zwischen den rivalisierenden Mächten kam es zu kriegerischen Auseinandersetzungen sowohl in den Kolonialräumen als im 18. Jh. auch in Europa (Siebenjähriger Krieg). Die alten Kolonialmächte Spanien u. Portugal traten in ihrer Bedeutung hinter England, Frankreich u. den Niederlanden zurück. Etwa gleichzeitig begannen sich diejenigen Kolonialgebiete, in denen inzwischen die europ. Auswanderer die Mehrheit der Bevölkerung bildeten, von den „Mutterländern" zu lösen (USA). Anfang des 19. Jh. folgten Mittel- u. Südamerika dem Beispiel der Vereinigten Staaten u. erkämpften ihre Unabhängigkeit.

In der 2. Phase des K. (etwa seit der 2. Hälfte des 19. Jh.) wurde die Herrschaft in den Kolonien von den Kolonialmächten direkt übernommen. Sie nahmen z. T. in die Kolonialverwaltung einheimische Kräfte auf. Die Zeit zwischen 1880 u. 1914 ist als Höhepunkt des K. zu bezeichnen; in dieser Zeit erreichte der Kolonialbesitz seine größte Ausdehnung (mehr als die Hälfte der Erdoberfläche u. mehr als ein Drittel der Erdbevölkerung).

Aufgrund der veränderten weltpolit. Lage setzte nach dem 2. Weltkrieg (Vorstufen schon nach dem 1. Weltkrieg) ein Prozeß der →Entkolonialisierung auch in Afrika u. Asien ein. In den 1950er u. 1960er Jahren erreichten die meisten Kolonien

Indianer im Kampf gegen Europäer. Zeitgenössischer Stich; Paris, Bibliothèque Historique de la Marine

Negersklaven bei der Zuckergewinnung auf den Antillen. Zeitgenössische Darstellung aus J.-B. Du Tertre „Histoire générale des Antilles"; Paris, Bibliothèque Nationale

Englische Schiffe griffen 1762 das von der konkurrierenden Kolonialmacht Spanien besetzte Havanna an. Darstellung aus „Histoire de l'Angleterre"; Paris, Bibliothèque Nationale

Kolonialismus

Die koloniale Aufteilung der Erde 1914

Britischer Besitz | Dänischer Besitz | Deutscher Besitz | Franz. Besitz | Ital. Besitz | Japan. Besitz | Niederl. Besitz | Port. Besitz | Spanischer Besitz | Besitz der USA

KOLONIALISMUS

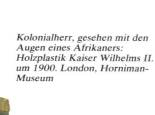

Kolonialherr, gesehen mit den Augen eines Afrikaners: Holzplastik Kaiser Wilhelms II. um 1900. London, Horniman-Museum

Abschaffung der Sklaverei in den französischen Kolonien 1848. Gemälde von François Biard; Versailles, Museum

Ende der französischen Kolonialherrschaft in Indochina: Diên Biên Phu (1954)

Kolonialmünzen

volle Unabhängigkeit. Die Folgen des K. (→Neokolonialismus) können erst allmähl. überwunden werden. – ▨ S. 335. – ▭ 5.3.4.

Kolonialmünzen, 1. die in der röm. Kaiserzeit außerhalb von Italien, bes. in Kleinasien, entstandenen Sonderprägungen.
2. die im 19./20. Jh. für die Kolonien geprägten Münzen.

Kolonialstil, engl. *Colonial Style,* in überseeische, insbes. amerikan. Länder übernommene, z.T. abgewandelte Bauformen des europ. Stammlands. Der nordamerikan. K. des 18. Jh. verwandte klassizist. Elemente u. gründete sich auf Werke engl. Architekten wie I. *Jones* u. Ch. *Wren.* Daneben beeinflußten Frankreich die Architektur Louisianas (Altstadt von New Orleans) u. Spanien die Kaliforniens (Missionsstil, um 1800). In den Ländern Lateinamerikas errichteten seit dem 16. Jh. Spanier u. Portugiesen Kirchen u. Profangebäude unter Anwendung der zeitgenöss. Baustile ihrer Heimat, wobei bisweilen auch einheim. Formen übernommen wurden.

Kolonialwaren, Lebensmittel aus Übersee (aus den „Kolonien"), z.B. Kaffee, Tee, Reis, Gewürze.

Kolonie [lat. *colonus,* „bäuerl. Siedler"], **1.** *Biologie:* 1. in der Botanik ein lockerer Zellverband *(Zönobium)* bei Pflanzen, in dem die Tochterindividuen nach der Teilung durch gemeinsame Gallerten oder durch die gemeinsame Muttermembran verbunden bleiben. Viele Bakterien u. Algen bilden K.n.
2. in der Zoologie ein Tierverband, die Vereinigung gesellig lebender Tiere der gleichen Art; beweglich (*Herde* [Huftiere]) oder stationär als Siedlungs- (z.B. Biber) oder Brutverband (z.B. Reiher). K.n sind auch die *Tierstöcke* der Hohltiere (Korallen) u. die *Insektenstaaten.* →auch Vergesellschaftung.
2. *Geschichte:* unselbständiges, meist überseeisches Gebiet, in dem eine fremde *Kolonialmacht* die direkte Herrschaft über die einheim. Bevölkerung ausübt. K.n waren eine vielfältige Erscheinungsform der wirtschaftl., polit. u. ideolog. Expansion der ökonomisch entwickelten Staaten (vor allem Europas) seit Beginn des 16. Jh. (→Kolonialismus). Infolge der *Entkolonialisierung* gibt es heute nur noch wenige K.n. →auch Kolonisation, Colonia (2), Kronkolonie.
3. *Soziologie:* eine Gruppe von Fremden (z.T. ehem. Siedler [Kolonisten]), die als abgegrenzte Minderheit in einem anderen Land leben u. dessen Staatsangehörigkeit erworben, aber meist die alten Sitten u. Gebräuche des Mutterlands beibehalten haben; auch vorübergehend außerhalb des Heimatlands lebende Angehörige gleicher Interessen *(Künstler-K.)* oder Herkunft.
4. *Städtebau:* am Stadtrand gelegene Wohnsiedlung, z.B. Villen-K., auch Lauben-K., Künstler-K.

Kolonisation [lat.], die wirtschaftl. Erschließung von unterentwickelten Gebieten durch Besiedlung, Rodung, Bebauung, Anlage von Verkehrswegen u. Anschluß an einen größeren Wirtschaftsraum, meist verbunden mit polit. Aneignung. Die K.sversuche waren durch Einengung des Lebensraums, wirtschaftl. Autarkiebestrebungen, den Wunsch nach Stärkung des nationalen Ansehens oder Abenteuerlust begründet *(Kolonialismus).* Die K. vollzog sich in Europa zuerst als K. geschichtl. Randgebiete (z.B. die dt. *Ostsiedlung*), seit der frühen Neuzeit als überseeische K., bes. in Afrika, Amerika u. Teilen Asiens *(äußere K.).* Von *innerer K.* oder *Binnen-K.* spricht man, wenn relativ unterentwickelte Gebiete innerhalb der eigenen Staatsgrenzen wirtschaftl. erschlossen werden, z.B. durch Moorkultivierung oder Landgewinnung vom Meer.

Kolonnade [die; frz.], ein Säulengang mit geradem Gebälk, im Unterschied zur bogengegliederten *Arkade.*

Kolonne [frz.], **1.** *Buchdruck:* Druckspalte, Spalte innerhalb einer Tabelle.
2. *chem. Technik:* Teil eines Destilliergeräts für fraktionierte Destillation.
3. *Militär:* 1. eine Marschformation von Truppen; 2. eine Reihe von Fahrzeugen.
4. *Politik:* →Fünfte Kolonne.

Kolonnenspringen, das Überholen einer Fahrzeugkolonne auf einer Straße mit Gegenverkehr in mehreren Überholvorgängen. Das K. ist nur zulässig, wenn sich der Überholende rechtzeitig u. mit genügendem Abstand vom Vordermann wieder einordnen kann.

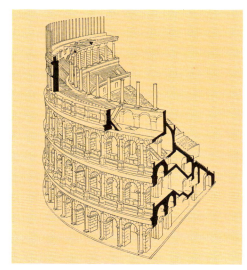

Ansicht von Nordwest

Querschnitt der Geschoßgliederung

Umgang im Erdgeschoß

Blick in die Arena

Jean-Baptiste-Camille Corot, Das Kolosseum. Paris, Louvre

KOLOSSEUM

Kolophon, antike Stadt in Ionien, an der Westküste Kleinasiens, nordwestl. von Ephesos; Blütezeit im 7. Jh. v.Chr., wegen seiner Harzgewinnung *(Kolophonium)* berühmt; heute ein ausgedehntes Ruinenfeld mit Akropolis, Theater u. Thermen; in der Nähe ein in röm. Zeit berühmtes Orakelheiligtum.

Kolophonium [das; grch., nach der Stadt *Kolophon*], ein amorphes Gemisch von *Harzsäuren* mit *Abietinsäure* als Hauptbestandteil; ein hellgelbes bis schwarzes Balsamharz, das beim Erhitzen von Kiefernharzen als Rückstand, bei der Stubbenextraktion *(Wurzelharz)* u. bei der Sulfatzellstoff-Kochung *(Tallharz)* entsteht; für Lacke, Kitte, Bogenharze, Bodenbeläge, Kunstharze u. zum Leimen von Schreibpapier. – Kolophoniumersatz: Cumaronharz (→Cumaron).

Koloquinte [die; grch.], *Citrullus colocynthis*, zu den *Kürbisgewächsen* gehörige, krautige u. niederliegende Pflanze, in den afrikan.-asiat. Wüstengebieten heimisch. Kultiviert wird sie in Spanien, Zypern u. Vorderindien. Die orangengroßen, durch bitteres Fruchtfleisch gekennzeichneten Früchte *(Fructus Colocynthis)* liefern eine stark abführend wirkende Droge.

Koloratur [die; ital., zu lat. *color*, „Farbe"], virtuose Verzierung von Gesangs- u. Instrumentalstimmen durch Läufe, Passagen, Triller u. ä.

Koloratursopran →Stimmlage.

kolorieren [lat.], mit Farbe ausmalen. – *Kolorierung*, die Ausmalung einfarbiger Holzschnitte, Kupferstiche, Zeichnungen, Photos u. a. durch den *Koloristen*.

Kolorimeter [das; lat. + grch.], Gerät zum Messen oder zum Vergleich von Farbintensitäten.

Kolorimetrie [lat. + grch.], ein Verfahren der analyt. Chemie, das auf dem direkten oder indirekten Vergleich der konzentrationsabhängigen Farbintensität farbiger Lösungen beruht.

Kolorismus [lat.], Farbigkeit; eine bildkünstler. Ausdrucksform, die die Farbigkeit unter weitgehendem Verzicht auf lineare Werte bes. betont, z.B. in der venezian. Malerei *(Tizian)*.

koloristisch [lat.], die Farbigkeit betonend.

Koloß [grch.], Riese, riesengroße Figur. – *Koloß von Rhodos*, eine ca. 32 m hohe Bronzestatue des Sonnengottes *Helios* in Rhodos, von *Chares* von Lindos in 12 Jahren erbaut. Die im Altertum als eines der 7 Weltwunder berühmte Statue stürzte 223 v.Chr. bei einem Erdbeben ein; die Reste wurden im 7. Jh. nach Syrien verschleppt u. eingeschmolzen.

Kolossä, *Kolossai*, antike kleinasiat. Stadt am Lykos, im südl. Phrygien; Sitz einer der ältesten Christengemeinden; an sie schrieb Paulus den →Kolosserbrief.

Kolossalordnung, eine Säulen- oder Pilasterordnung, die durch mehrere Geschosse einer Fassade oder einer Innenwand geht; bes. im Barock angewandt. – 🄱 S. 340.

Kolosserbrief, im N.T. ein Brief des Apostels *Paulus* an die Gemeinde in *Kolossä*. Der K. betont u.a. sehr eindrucksvoll die kosmische Bedeutung Christi; er zählt zu den *Gefangenschaftsbriefen*.

Kolosseum [das; grch., lat.], *Amphitheatrum Flavium*, das größte Amphitheater des Altertums u. größtes Theater der Welt überhaupt, 72–80 n. Chr. in Rom unter den flavischen Kaisern *Vespasian* u. *Titus* auf dem Gelände der *Domus Aurea* des Nero erbaut. Bei den hunderttägigen Einweihungsfeierlichkeiten töteten die Gladiatoren 5000 wilde Tiere, man veranstaltete ganze Seeschlachten u. vergnügte das Volk mit der Folterung u. Hinrichtung von Christen. Der viergeschossige, elliptisch angelegte Bau mißt 187,75×155,60 m, war ursprüngl. 57 m hoch u. faßte mehr als 50 000 Zuschauer auf Sitz- u. Stehplätzen. Vier durch Gürtelumgänge geschiedene Ränge fassen die Arena (79,35×49 m), die durch ein 3,5 m hohes u. mit Geländer versehenes Podium von der Zuschauerbühne abgegrenzt war. Die heute bloß liegenden 6 m tiefen Unterbauten enthielten Gelasse für Personal, Tierkäfige u. Maschinerien. Die Fassade ist in den unteren drei Stockwerken durch jeweils 80 Arkadenbögen gegliedert, denen auf Pfeilern Halbsäulen in von unten nach oben dorisch-toskan., ionischem u. korinth. Stil vorgelagert sind. Im Gesims des abschließenden vierten Geschosses befinden sich die Konsolen, in denen die Tragmasten für die Sonnensegel staken.

In der Antike häufig restauriert, diente das K. im MA. als Festung, danach als Steinbruch für den Bau von Kirchen u. Palästen. Papst Benedikt XIV. weihte 1744 die Ruine als Märtyrerstätte; seit dem

Kolostralmilch

19. Jh. steht das K. unter Denkmalschutz; neuerdings gesperrt.

Kolostralmilch, *Kolostrum* [lat.], *Vormilch* = Erstmilch.

Kolowrat, Adelsgeschlecht slaw. Ursprungs in Böhmen u. Österreich. – Franz Anton Graf von *K.-Liebsteinsky* (*1778, †1861), Präs. der böhm. Stände (1810), 1826 Staats-Min. u. 1836–1848 für Verwaltung u. Finanzen zuständig, war ein Gegner *Metternichs*. Nach dessen Sturz 1848 wurde er Min.-Präs. u. förderte die nationalen tschech. Bestrebungen.

Kolpaschewo, Stadt in der RSFSR (Sowjetunion), in Westsibirien, am mittleren Ob (Hafen), 25 000 Ew.; Holz- u. Nahrungsmittelindustrie.

Kolping, Adolf, kath. Theologe, *8. 12. 1813 Kerpen bei Köln, †4. 12. 1865 Köln; gelernter Schuhmacher, seit 1845 Priester; gründete die Gesellenvereine (Grundlage des späteren *K.werks* zur Förderung kath. Gesellen in religiöser, sozialer u. berufl. Hinsicht) u. gestaltete sie familienmäßig aus (K.familie, K.häuser); Sitz: Köln.

Kolpino, Stadt in der RSFSR (Sowjetunion), südöstl. von Leningrad, 56 000 Ew.; Eisenhüttenindustrie, Maschinenbau.

Kölpinsee, See auf der Mecklenburg. Seenplatte, nordwestl. der Müritz; 20,7 qkm, bis 30,6 m tief.

Kolportage [-'taːʒə; die; frz.], ursprüngl. der Bücherverkauf an der Haustür durch wandernde Buchhändler *(Kolporteure)*. Im K.buchhandel wurde vorwiegend volkstüml., erbauliche Literatur von geringem literar. Wert vertrieben: *K.romane (Hintertreppenromane).* Übertragen bedeutet K. heute: kitschige, reißerische Darstellung.

Kolposkopie [grch.], *Scheidenspiegelung,* vom Frauenarzt H. *Hinselmann* entwickeltes gynäkologisches Untersuchungsverfahren, bei dem mit dem *Kolposkop* die Oberfläche der Muttermundsumgebung *(Portio)* u. des angrenzenden Gewebes in vielfacher Vergrößerung betrachtet wird; bes. zur Früherkennung des Krebses (Portiskarzinom) bedeutungsvoll.

Kölreuter, Josef Gottlieb, Botaniker, *27. 4. 1733 Sulz am Neckar, †12. 11. 1806 Karlsruhe; führte mit Pflanzen die ersten Kreuzungsversuche auf wissenschaftl. Grundlage durch u. erkannte die große Bedeutung der Insekten für die Bestäubung.

Költsch, *Kölsch* [lat., frz.], grobes Gewebe mit Webkaros, für Bettbezüge.

Koltschak, Alexander Wasiljewitsch, russ. Admiral u. Politiker, *1873 St. Petersburg, †20. 2. 1920 Irkutsk (erschossen); 1916 Chef der Schwarzmeerflotte. Im Nov. 1918 machte er sich in Omsk zum Reichsverweser u. Höchstkommandierenden der antibolschewist. Truppen. Von M. W. *Frunse* geschlagen, floh er nach Irkutsk, wo er gefangengenommen wurde.

Kolumban, *Columba(n),* irischer Mönch, Heiliger, *um 543 Leinster, †23. 11. 615 Bòbbio (Italien); kam um 590 als Wanderprediger nach Burgund; Gründer u. Abt des Klosters Luxeuil. Von dort vertrieben, gründete er das Kloster Bòbbio. Er schrieb für seine Mönchsgemeinschaft eine später weitverbreitete Regel.

Kolumbarium [das; lat., „Taubenschlag"], *Columbarium,* die Wand röm. Grabkammern, mit nischenartigen Vertiefungen zur Aufnahme der Aschenurnen; heute die Urnenhalle eines Krematoriums.

kolumbianische Kunst →iberoamerikanische Kunst.

kolumbianische Literatur →iberoamerikanische Literatur.

kolumbianische Musik →iberoamerikanische Musik.

Kolumbianisches Becken, der Westteil des →Karibischen Meers.

Kolossalordnung: Fassade des ehemaligen Schlosses zu Berlin

KOLUMBIEN CO
República de Colombia

- Fläche: 1 138 914 qkm
- Einwohner: 25,5 Mill.
- Bevölkerungsdichte: 22 Ew./qkm
- Hauptstadt: Bogotá
- Staatsform: Präsidiale Republik
- Mitglied in: UN, OAS
- Währung: 1 Kolumbianischer Peso = 100 Centavos

Landesnatur: Hinter einer relativ breiten, feuchttropischen Küstenebene erheben sich die in drei nach N auseinanderstrebende Ketten aufgelösten Anden: *Cordillera Occidental* 4220 m, *Cordillera Central* 5750 m, *Cordillera Oriental* 5493 m. Nach N senken sich die Ketten zu einem breiten, feuchtheißen, ebenso wie die Küstenebene dichtbewaldeten u. z. T. sumpfigen Schwemmland, aus dem am Karib. Meer die *Sierra Nevada de Santa Marta* (5775 m) aufsteigt. Die Hochtäler, Becken u. Hanglagen zwischen 1000 u. 3000 m Höhe, in denen die Höhenlage das Klima mildert, sind die Hauptwirtschaftszonen, die von Natur lichte Wälder tragen. Die südöstl. 60% der Landesfläche sind ein niedriges Flach- u. Tafelland, das im N zum trockeneren Savannengebiet der *Llanos* des Orinoco mit Grassteppen u. Trockenwäldern, im S zum feuchteren, großenteils bewaldeten Randgebiet des *Amazonasbeckens* gehört.

Die kath., spanisch sprechende Bevölkerung besteht zu 48% aus Mestizen u. zu 20% aus Weißen; 24% sind Mulatten, 6% Neger u. nur 2% reinrassige Indianer. Bevölkerungskonzentrationen treten in den Anden u. am Karib. Meer auf, wo auch fast alle Großstädte liegen. Der Bevölkerungszuwachs ist bes. stark (Jahresrate 3,4%). Etwa die Hälfte ist in der Landwirtschaft tätig.

Wirtschaft u. Verkehr: Die Pflanzungswirtschaft liefert für den Export vor allem Kaffee (rd. 50% des Ausfuhrwerts), Bananen, Zucker, Tabak, Kakao u. Baumwolle sowie für den Eigenbedarf Mais, Reis, Weizen, Gerste, Kartoffeln, Gemüse u. Obst. Die Viehzucht hat große Bedeutung (u. a. 14 Mill. Rinder). Der über die Hälfte der Fläche einnehmende Wald erbringt Hölzer, Kautschuk u. Harze. An Bodenschätzen gibt es Erdöl, Erdgas, Kohle, Edelsteine, Platin, Gold, Silber, Kupfer, Quecksilber, Blei, Eisen, Mangan, Zinn u. Salz; der Export von Bergbauprodukten ist erheblich. Die Industrie bereitet Agrarprodukte u. Erze auf, erzeugt aber auch Fertigwaren vieler Art. Wichtig sind die Textil-, Leder-, chem., keram., Metall- u. metallverarbeitende Industrie. Für die Energiewirtschaft besitzt K. reiche Naturquellen: Das vorhandene Wasserkraftpotential ist erst zu einem Bruchteil genutzt. Neben dem Bau von Wasserkraftwerken ist die stärkere Heranziehung von

Kolumbien: Landschaft im Gebiet des mittleren Río Magdalena

Erdöl u. Erdgas als Energieträger vorgesehen. – Straßen (45 200 km) u. Eisenbahnnetz (3435 km) sind im Andengebiet ausreichend, sonst wenig entwickelt. Der Río Magdalena ist als Schiffahrtsweg wichtig. Haupthäfen sind *Barranquilla, Cartagena* u. *Santa Marta* am Karib. Meer u. *Buenaventura* am Pazif. Ozean. – 🅚 →Südamerika. – ▢ 6.8.6.

Geschichte

Das Gebiet des heutigen K. wurde 1536–1539 von Spanien erobert u. 1739 *Vizekönigreich Neugranada* genannt. 1810 erklärte es seine Unabhängigkeit; die Spanier wurden von S. *Bolívar* in jahrelangen Kämpfen aus dem Land vertrieben. 1819 wurde (nach Ch. *Kolumbus* benannt) die Republik *Groß-K.* (K. u. Venezuela) proklamiert, der sich 1821 Panama u. 1822 auch Ecuador anschlossen. 1830 fielen Venezuela u. Ecuador ab. K. wurde selbständig; der Rest nannte sich *Republik Neugranada*, seit 1858 *Granadische Konföderation*, seit 1861 *Vereinigte Staaten von* K. u. seit 1886, als das föderative System zugunsten des Einheitsstaats aufgegeben wurde, *Republik K.* – Während bis zu dieser Zeit die häufigen inneren Unruhen vor allem auf das Konto der Streitigkeiten zwischen Unitariern u. Föderalisten zurückgingen, begannen nun die Auseinandersetzungen zwischen Konservativen u. Liberalen, wodurch K. weiter geschwächt wurde. Unter dem Druck der USA trennte sich Panama 1903 von K. u. wurde selbständige Republik. Grenzstreitigkeiten mit Venezuela (1891–1896) u. Peru (1931–1942) wurden schließl. friedl. beigelegt. – Nach vorübergehender innerer Stabilisierung brach 1948 der Bürgerkrieg („violencia") zwischen „Liberalen" u. „Konservativen" aus (200 000 Tote). Eine gewaltsame Befriedung erzielte der Militärdiktator G. *Rojas Pinilla* (1953 bis 1957). Nach seinem Sturz bildeten Konservative u. Liberale eine „Nationale Front" u. stellten abwechselnd den Präs. (A. *Lleras Camargo* 1958 bis 1962, G. L. *Valencia* 1962–1966, C. *Lleras Restrepo* 1966–1970, M. *Pastrano Borrero* 1970 bis 1974). Trotz einer gewissen Stabilisierung hielt sich eine kommunist. Guerillatätigkeit. Nach Auslaufen des befristeten Bündnisses regierten 2 liberale Präs.: 1974–1978 A. *López Michelsen*, seit 1978 J. C. *Turbay Ayala*. – ▢ 5.7.9.

Kolumbus, *Columbus*, Christoph(er), ital. *Cristoforo Colombo*, span. *Cristóbal Colón*, italien. Seefahrer in span. Diensten, gilt als Entdecker Amerikas (nach den Wikingern um 1000 n. Chr.), * 1446 oder 1447 oder 1451 Genua, † 21. 5. 1506 Valladolid; angeregt durch den italien. Kosmographen *Toscanelli* u. durch antike Karten *(Ptolemäus)*, glaubte er, über den Atlantik den westl. Seeweg nach Indien finden zu können. 1484 gewann er die Unterstützung *Isabellas* von Kastilien für diesen Plan. Auf seiner 1. Reise (1492/93) entdeckte er (mit den 3 Schiffen *Niña, Pinta, Santa Maria*) am 12. 10. 1492 die Bahama-Insel *Guanahani* sowie Kuba u. Haiti; auf der 2. Reise (1493–1496) erreichte er mit 17 Schiffen die Kleinen Antillen (Dominica u. Guadeloupe), Puerto Rico u. Jamaika; auf der 3. Reise (1498–1500) entdeckte er mit 6 Schiffen die Orinocomündung (damit Südamerika) u. Trinidad. Beim span. Hof in Ungnade gefallen, wurde er in Ketten zurückgebracht, konnte sich aber rechtfertigen u. ging auf die 4. Reise (1502–1504), die ihn mit 4 Schiffen bei Honduras an die mittelamerikan. Küste brachte. Das amerikan. Festland hat K. nie betreten. In dem festen Glauben, den westl. Seeweg nach Indien gefunden zu haben (daher „Westindien" für das entdeckte Gebiet u. „Indianer" für die Ureinwohner), starb er, von seinen Zeitgenossen fast vergessen. – 🅑 →Westindien. – ▢ 6.1.2.

Kolumbusritter, *Knights of Columbus*, kath. Männerbund in Amerika, Kanada u. Mexiko, zu gegenseitiger Unterstützung u. zur Förderung des kath. Erziehungswesens u. karitativer Einrichtungen 1882 entstanden; 4 Grade.

Kolumne [die; lat., „Säule"], **1.** *Buchdruck:* die Satzspalte oder der Satz einer Seite. – *K.ntitel,* Seitenüberschrift in einem Buch; er enthält z.B. Seitenzahl oder Seitentitel.
2. *Publizistik:* →Kolumnist.

Kolumnist [lat., engl.], ein Journalist, der in der Presse (auch im Funk) zu bestimmter gleichbleibender Zeit an bestimmter gleichbleibender Stelle einen Meinungsbeitrag (*Kolumne*, eigentl. „Spalte") veröffentlicht, der nicht der geistigen u. polit. Linie der betr. Zeitung oder Zeitschrift übereinzustimmen braucht; auch in unterhaltsamem Stil zu gesellschaftl. Ereignissen („Klatschspalte").

Kolur [der; grch.], *Colur,* K. der Tagundnachtgleichen, *Äquinoktial-K.*, der größte Kreis der Himmelskugel, der durch die beiden Himmelspole u. den Frühlings- u. den Herbstpunkt hindurchgeht. Senkrecht darauf steht der *Solstitial-K.* (*K. der Sonnenwendepunkte*), der die Himmelspole, die Pole der Ekliptik u. den nördlichsten u. den südlichsten Punkt der Ekliptik (Sommer- u. Winterpunkt) enthält.

Kölwel, Gottfried, Schriftsteller, * 16. 10. 1889 Beratzhausen, Oberpfalz, † 21. 3. 1958 München; Gedichte: „Irdische Fülle" 1937; „Wir Wehenden durch diese Welt" 1959; Erzählwerke: „Kleiner Erdenspiegel" 1946; „Als das Wunder noch lebte" 1960; Erinnerungen: „Das Jahr der Kindheit" 1935, unter dem Titel „Das glückselige Jahr" 1941; auch Volksstücke.

Kolwezi [kɔl'wezi], Bergbau- u. Hüttenzentrum in der Prov. Shaba (Zaire, Zentralafrika), westl. von Likasi, 1443 m ü.M., 85 000 Ew.; elektrolyt. Gewinnung von Kupfer, Kobalt u. Zink mit elektr. Energie aus Wasserkraftwerken am Lualaba; Verkehrsknotenpunkt an der Benguelabahn. – 🅑 →Katanga.

Kolyma, 2600 km langer Strom in Ostsibirien. Ihre Quellflüsse entspringen im Tschorskijgebirge u. im Tas-Kystabyr; sie durchfließt das östl. Jakutien u. mündet mit einem großen Delta in die Ostsibir. See; auf 2000 km schiffbar, 8 Monate eisbedeckt; am Oberlauf Goldvorkommen, am Mittellauf Braunkohlenlager (*K.becken*).

kom... →kon...

Koma [die, Mz. *K.s*; grch., lat., „Haar"], **1.** *Astronomie:* um den Kern eines Kometen liegende Nebelhülle (Gasatmosphäre). **2.** *Optik:* ein Bildfehler bei Linsen oder Linsensystemen: seitl. der opt. Achse gelegene Punkte werden nicht punktförmig, sondern in Form eines Kometenschweifs abgebildet. **3.** [das, Mz. auch *K.ta*; grch., „Schlaf"], *Pathologie: Coma* = Bewußtlosigkeit.

Komadugu [kɔmaˈduːɡuː], Fluß im NO von Nigeria, entsteht aus *K. Yobe* u. *K. Gana*, mündet von W in den Tschadsee.

Komanen →Kumanen.

Komantschen, ein Indianerstamm, →Comanchen.

Komarow [-ˈrɔf], Wladimir Michajlowitsch, sowjet. Astronaut, * 15. 3. 1927 Moskau, † 24. 4.

Christoph Kolumbus; Münzporträt von Guido Mazzoni

1967; Kommandant des Raumschiffes „Woschod I"; verunglückte tödlich bei der Landung mit dem Raumschiff „Sojus I".

Komatsu, japan. Stadt in Honschu, am Japan. Meer, südwestl. von Kanazawa, 96 000 Ew.; Handels- u. Handwerkszentrum (Seiden- u. Töpferwaren); Flugplatz.

Kombattant [frz., „Mitkämpfer"], nach Völkerrecht eine zum Kampf mit der Waffe berechtigte Person, für die im Fall der Gefangennahme durch den Gegner die Vorschriften des III. Genfer Abkommens vom 12. 8. 1949 über die Behandlung der Kriegsgefangenen gelten. Soweit Nicht-K.en zu den Streitkräften gehören (Geistliche, Sanitätspersonal), haben sie Anspruch auf gleiche Behandlung (Art. 3 Haager Landkriegsordnung), ohne selbst Kriegsgefangene zu sein.

Kombi... [lat.], Wortbestandteil mit der Bedeutung „zusammen, gleichzeitig".

Kombikopf, beim Tonbandgerät ein Aufnahme- u. Wiedergabeteil zur Bandmagnetisierung (Aufnahme) u. Erzeugung der Wiedergabespannung (Abspielen).

Kombinat [das; lat.], in den Ostblockstaaten Bez. für die organisatorische Zusammenfassung von Betrieben mehrerer Produktionsstufen oder verschiedener Produktionszweige oder von Produktions- u. Versorgungsbetrieben.

Kombination [lat.], **1.** *allg.:* die Verbindung zweier oder mehrerer verschiedener Dinge, Tatsachen, Vorstellungen u. a.
2. *Kristallographie:* das Auftreten mehrerer einfacher Kristallformen gleichen Symmetriegrads an einem Einzelkristall.
3. *Sport:* 1. das planmäßige, flüssige Zusammenspiel von Mannschaften. – 2. beim *Jagdspringen* hintereinandergestellte Hindernisse in zwei- oder dreifacher Anordnung; Abstand 7,50–10,50 m von Hindernis zu Hindernis. – 3. beim *Skisport:* →alpine Dreierkombination, →nordische Kombination.

Kombinationslehre, *Kombinatorik,* ein Zweig der Mathematik, der die möglichen Arten der Anordnung einer Anzahl von Dingen (*Elementen*) u. deren Zusammenfassung zu Gruppen (*Komplexionen*) untersucht. Unterschieden werden: 1. *Permutationen* enthalten alle Elemente, u. zwar jedes nur einmal; z.B. haben die 3 Elemente 1, 2, 3 die 6 Permutationen 123, 132, 213, 231, 312, 321. 4 Elemente haben 24 = 4!, n Elemente haben $n!$ Permutationen (→Fakultät). – 2. *Variationen* enthalten nur einen Teil (m) der n Elemente. Die Zahl m bezeichnet die *Klasse der Variationen*; z.B. haben 3 Elemente 3 Variationen 1. Klasse (*Unionen*, nämlich 1, 2, 3) u. 6 Variationen 2. Klasse (*Amben, Binionen,* nämlich 12, 21, 13, 31, 23, 32). Die Zahl der Variationen m-ter Klasse von n Elementen ist: $V_m^n = n(n-1)(n-2)\ldots(n-[m-1])$. – 3. *Kombinationen* ($m$-ter Klasse) sind Variationen m-ter Klasse, bei denen auf ein Element niemals ein anderes mit niedrigerer Nummer folgt. Bei 3 Elementen gibt es 3 Kombinationen 1. Klasse (1, 2, 3) u. 3 Kombinationen 2. Klasse (12, 13, 23). – Außerdem gibt es Komplexionen mit Wiederholung; bei diesen werden einzelne Elemente mehrfach verwendet. Ein wichtiges Anwendungsgebiet der K. ist die *Wahrscheinlichkeitsrechnung*. – ▢ 7.3.3.

Kombischiff, ein Schiff, das hauptsächl. (meist hochwertige) Fracht transportiert u. außerdem über Einrichtungen für 30 bis 150 Passagiere verfügt; Größe über 7000 BRT.

Kombiwagen, *Kombi* →Kraftwagen.

Komburg, *Großkomburg*, Schloß am Kocher, bei Schwäb. Hall; seit 1079 Benediktinerabtei, 1488 bis 1802 Chorherrenstift; umgebaut.

Kombüse [die; niederdt.], die Schiffsküche; am beliebig geeigneten Ort im Schiff, früher als Deckshaus auf Seglern.

Komedonen [Ez. der *Komedo*; lat.], *Comedones* = Mitesser.

Komeito [jap., „Partei für eine saubere Regierung"], polit. Organisation der japan. buddhist. Sekte →Soka-gakkai; →auch Japan (Politik).

Komet [der; grch.], *Schweif-, Haarstern*, ein Himmelskörper geringer Masse, meist eine lose Anhäufung von Meteoriten, kosmischem Staub, Eispartikeln u. Gasen. Der K. umwandert die Sonne auf einer sehr langgestreckten ellipt. Bahn (*periodischer K.*) oder kommt auf einer Parabelbahn aus dem interstellaren Raum, in den er nach Durchlaufen der Sonnennähe wieder zurückkehrt. Er besteht aus dem *K.kern* u. ihn umgebend, diffus leuchtenden *Koma*. Bei Annäherung an die Sonne entwickelt sich meist ein *Schweif,* dessen Richtung stets von der Sonne abgewandt ist, mit auch manchmal mehrere Schweife von verschiedener Krümmung u. etwas verschiedener Richtung. Der Schweif besteht hauptsächl. aus Kohlenoxid- u. Stickstoff-Ionen, die durch Repulsivkräfte (Strahlungsdruck) sowie durch elektr. geladene Teilchen der Sonne aus der Koma herausgeschleudert werden. Die Schweife großer K.en haben oft eine Länge von mehr als 100 Mill. km u. können sich in Erdnähe über den halben Himmel erstrecken. Die Gasdichte im Schweif beträgt nur $1/10000$ der Gasdichte in dem extremsten heute herstellbaren „Hochvakuum". K.en sind instabile Gebilde; ihr Zerfall (Auflösung in Meteorenschwärme) ist vielfach beobachtet worden. – ▢ 7.9.7.

Kometenfamilie, beim Planet *Jupiter* eine Anzahl Kometen mit ursprüngl. parabolischen Bahnen; die Kometen wurden durch Störungen des Jupiters „eingefangen", d.h. in elliptische Umlaufbahnen gezwungen. Gegenwärtig sind rd. 50 solcher Kometen bekannt. K.n der Planeten Saturn, Uranus, Neptun u. Pluto werden vermutet.

Kometensucher, ein Fernrohr mit großer Öffnung, verhältnismäßig kurzer Brennweite u. großem Gesichtsfeld, zur Durchmusterung des Himmels nach Kometen.

Komi, früher *Syrjänisch*, zur permischen Gruppe der finn.-ugrischen Sprachen gehörig; *Komi-Syrjänisch* u. *Komi-Permjakisch* wird von ca. 380000 Menschen in der Komi-ASSR gesprochen. In der 2. Hälfte des 14. Jh. wurde ein altpermjakisches Schrifttum geschaffen (z.T. mit Buchstaben aus dem kirchenslaw. Alphabet), das im 18. Jh. wieder verfiel.

Komi, ostfinn. Volk (310000) im Rückzugsgebiet zwischen Kama, Petschora u. Wytschegda, die alten *Beormas* (Permier); bis ins 12. Jh. Pelz- u. Zwischenhändler zwischen Byzanz u. Warägern, seit dem 14. Jh. Christen; mit starker russ. Beimischung; Bauern mit Viehzucht, Jagd (bes. im Winter) u. Handel; in Blockwerkbauten; vielfach die führende Schicht für die kleinen Polarvölker, der Hauptanteil der Bevölkerung der *Komi-ASSR*.

Komi-ASSR, autonome Sowjetrepublik innerhalb der RSFSR, westl. des nördl. Ural, 415900 qkm, 1,1 Mill. Ew. (rd. 60% in Städten), Hptst. *Syktywkar*. Drei Viertel des Landes sind waldbedeckt (Kiefern, Tannen), weite Flächen versumpft; die Flüsse sind neben der Petschora-Nordbahn die einzigen Verbindungswege. Holzwirtschaft, Flößerei; in den Flußauen u. im Raum südl. der Wytschegda Milchviehzucht u. geringer Flachs- u. Getreideanbau, im N Pelztierjagd u. Rentierzucht; im Petschorabecken Steinkohlenlager mit dem Abbauzentrum *Workuta*, Erdöl u. Erdgas bei *Uchta*; Flugverbindungen. – 1921 als AO gebildet, seit 1936 ASSR. – K →Sowjetunion.

Komik [die; grch.], das *Komische*, eine Darstellung, die in Bild u. Wort überraschend die Illusionäre einer Erscheinung (eines Werts, eines Vorgangs, eines Dings) zeigt u. sie dadurch dem Lachen des Zuschauers (Zuhörers) preisgibt, der seine Enttäuschung überwindet, indem er sich erkennend über sie erhebt. *Aristoteles* definierte das Komische als Torheit, die für niemanden schädlich ist. Ihr Feld ist in der Literatur die *Komödie*, auch die *Posse*: Im ersten Fall bezieht sich die K. auf hohe, echte, sittl. Werte, die zwar lächerl. gemacht, aber keineswegs zerstört werden (z.B. die kom. Gerechtigkeit der Dorfrichters Adam in H. von *Kleists* „Zerbrochener Krug"); im zweiten Fall wird Komik zur *Situationskomik* (die K. folgt aus zufälligen, nicht notwendigen Situationen, in die der Bedrängte gerät). Echte K. ergibt sich aus der Unzulänglichkeit des Menschen, Situations-K. ergibt sich aus der Tücke der Objekte (z.B. in F. Th. *Vischers* Roman „Auch einer"); jedoch ist jede echte K. zu einem Teil immer auch Situations-K. (z.B. in *Cervantes'* „Don Quijote"). – 3.0.4.

Komiker [der, Mz. K.; grch.], ein Vortragskünstler, der auf komische u. lustige Weise unterhält; auch: Darsteller komischer Rollen auf der Bühne, Verfasser komischer Werke.

Komilla, *Comilla*, Stadt in Bangla Desh (Südasien), südöstl. von Dacca, 60000 Ew.; in einem Reis-, Zuckerrohr- u. Juteanbaugebiet.

Kominform [das; Kurzwort für *Kommunist. Informationsbüro*], 1947 gegr. Nachfolgeorganisation der *Komintern*; ursprüngl. Sitz: Belgrad, seit dem Konflikt Titos mit der Sowjetunion in Bukarest. Aufgabe des K. war es, Nachrichten u. Erfahrungen der kommunist. Parteien aller Länder auszutauschen u. deren Bestrebungen zu koordinieren. 1956 wurde das K. aufgelöst.

Komintern [die; Kurzwort für *Kommunist. Internationale*], die *3. Internationale*, 1919 in Moskau gegr. Vereinigung der kommunist. Parteien aller Länder unter sowjetruss. Führung, in bewußtem Gegensatz zur sozialist. *2. Internationale*. Das Ziel der K. war es, „mit allen Mitteln, auch mit den Waffen in der Hand, für den Sturz der internationalen Bourgeoisie u. für die Schaffung einer Internationalen Sowjetrepublik", also für die kommunist. Weltrevolution u. für die Diktatur des Proletariats zu kämpfen. Die K. legte auf ihren insgesamt 7 Kongressen (zuletzt 1935) die Generallinie der kommunist. Politik fest. 1943 wurde sie durch *Stalin* formell aufgelöst, da während des 2. Weltkriegs die Sowjetunion gemeinsam mit den kapitalistischen Westmächten kämpfte, u. 1947 durch das *Kominform* ersetzt.

Komi-Permjaken-Nationalkreis, Verwaltungsbezirk im NW der Oblast Perm, RSFSR (Sowjetunion), westl. des Mittleren Ural, an der Kama, 32900 qkm, 212000 Ew., Hptst. *Kudymkar*; Waldwirtschaft, im S mit Milchviehzucht u. Getreideanbau, Jagd, Forstwirtschaft; Holzverarbeitung. – 1925 errichtet.

komisch [grch.] →Komik.

Komitadschi [türk.], auf dem Balkan gegen die Türken kämpfende Banden; später bulgar. Aufständische, die die Angliederung Makedoniens an Serbien bekämpften.

Komitat [das; lat. *comitatus*], 1. *Hochschulwesen*: feierliches Geleit, Abschiedsfeier für scheidende Hochschulstudenten.
2. *Verwaltung*: *Megyék*, Verwaltungseinheit in Ungarn.

Komitee [das; frz.], (leitender) Ausschuß.

Komitien [lat. *comitia*], Versammlungen des gesamten, in Kurien (*Kuriat-K.*), Zenturien (*Centuriat-K.*) oder Tribus (*Tribut-K.*) gegliederten röm. Volks, an festgesetztem Ort u. in feierl. Form; zur Rechtsprechung, Wahl der Beamten, Entscheidung über Krieg u. Frieden u. Abstimmung über Anträge u. Gesetze.

Komló, Stadt in Ungarn, am Nordfuß des Mecsekgebirges, 28200 Ew.; Steinkohlenbergbau, Kokereien.

Komma [das, Mz. K.s oder K.ta; grch.], Beistrich →Zeichensetzung.

Kommabazillus, *Vibrio comma*, der zu den *Pseudomonales* gehörende Erreger der *Cholera*; 1883 von Robert *Koch* entdeckt. – B →Bakterien und Viren.

Kommafalter, *Hesperia comma*, goldgelber, dunkel gezeichneter mitteleurop. Schmetterling aus der Gruppe der *Dickkopffalter*, tags fliegend. Die Raupe lebt in Gespinströhren an Grasarten; schwarzgrau mit großem Kopf.

Kommagene, antike Landschaft im SO Kleinasiens, am Euphrat, Hptst. *Samosata* (heute *Samsat*); im 9. u. 8. Jh. v.Chr. unter dem Namen *Kummuch* selbständiges Fürstentum, nach 708 v.Chr. assyrische Provinz; unter den Achämeniden Teil von Ostarmenien, von dessen Satrapen, den *Orontiden*, die späteren Könige von K. ihr Geschlecht herleiteten. Unter Ptolemaios VI. wurde K. 162 v.Chr. von den Seleukiden unabhängig; der bedeutendste König war *Antiochos I.* (um 69–38 v.Chr.). Nach dem Tod *Antiochos' III.* (18 n.Chr.) wurde K. in das röm. Reich eingegliedert. – In Religion u. Kultur von K. mischen sich hellenistische, einheimisch anatolische u. persische Elemente. →auch Nemrut Dag. – 5.1.8.

Kommandant [frz.], der Befehlshaber eines festen Platzes oder einer Liegenschaft (Festungs-, Standort-, Truppenübungsplatz-K.) oder eines Kampfmittels (Panzer-, Flugzeug-, Schnellboot-K.); auch der *Raumschiff-K.*

Kommandeur [-'dø:r; frz.], der Befehlshaber eines Verbandes des Heeres vom Bataillon bis zur Division, bei der Luftwaffe entsprechend; →auch Komtur.

Kommandeurinseln, sowjet. Inselgruppe im Beringmeer, östl. von Kamtschatka, von vulkan. Entstehung; Hauptinseln *Bering* u. *Mednyj Ostrow* u. 2 unbewohnte Inseln, zusammen 1848 qkm, rd. 600 Ew.; Pelztierzucht (bes. Blaufüchse) u. Robbenfang.

Kommanditgesellschaft, Abk. *KG*, eine Personalgesellschaft, Sonderform der *Offenen Handelsgesellschaft*; unterscheidet sich von dieser dadurch, daß nur ein Teil der Gesellschafter (mindestens einer) gegenüber den Gesellschaftsgläubigern mit seinem gesamten Vermögen haftet (*Komplementär, persönlich haftender Gesellschafter*), während die anderen in ihrer Haftung auf eine bestimmte Vermögenseinlage beschränkt sind (*Kommanditist, Kommanditär*); rechtl. geregelt in §§ 161ff. HGB. Besondere Formen der KG sind die →GmbH & Co. KG u. die →Kommanditgesellschaft auf Aktien. – 4.8.1.

Kommanditgesellschaft auf Aktien, *Kommanditaktiengesellschaft*, Abk. *KGaA*, eine seltene Form der Kapitalgesellschaft, im Aufbau der *Kommanditgesellschaft* ähnlich: Die *Kommanditisten* (*Kommanditaktionäre*) sind an dem in Aktien zerlegten Grundkapital beteiligt, ohne persönl. zu haften; die Rechte u. Pflichten der *Komplementäre* entsprechen denen bei der Kommanditgesellschaft; rechtl. Regelung in §§ 278ff. Aktiengesetz.

Kommanditist [frz.], der Gesellschafter einer →Kommanditgesellschaft, dessen Haftung auf die Kommanditeinlage beschränkt ist.

Kommando [das; ital.], 1. der in der Form vorgeschriebene militär. *Befehl*.
2. eine Anzahl Soldaten mit bes. Auftrag (*K.unternehmen*).
3. die militär. Befehlsgewalt.

Kommandoapparat, ein Befehlsgerät (z.B. *Maschinentelegraph*) auf der *Kommandobrücke* von Schiffen zum Übermitteln von Befehlen in den Maschinenraum oder andere Bordstellen; meist elektr., früher mechan. betrieben. →Maschinentelegraph.

Kommandobrücke, *Deckshaus*, auf Schiffen ein heute oft mehrstöckiger Aufbau mit breiten Frontfenstern u. seitlich herausragenden →Nocken; entstanden aus einer Laufbrücke von Bord zu Bord, um Kapitän u. Brückenwache freie Sicht voraus u. über das Schiff zu geben; enthält heute Kommandoelemente, Kartenhaus, Kompaß, Ruderapparat, Radar u.a.

Kommandogerät, im 2. Weltkrieg bei der Flakartillerie ein Rechengerät, das aus den laufenden

Komintern: 2. Weltkongreß der Komintern in Moskau 1920

Kommunalabgaben

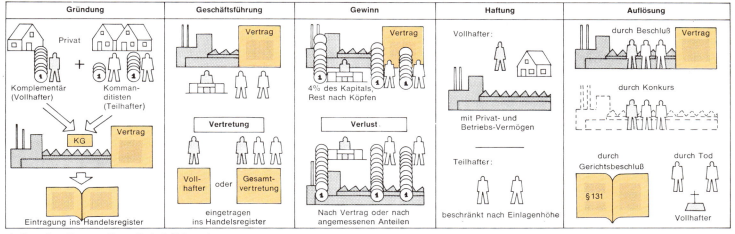

Aufbau einer Kommanditgesellschaft (Schema)

Vermessungswerten (Seiten- u. Höhenwinkel, Entfernung) eines fliegenden Flugzeugs die Koordinaten des Punktes berechnete, in dem Geschoß u. Flugzeug zusammentreffen sollten. Die Koordinaten des Treffpunkts unterscheiden sich von denen des Meßpunkts durch die „Vorhaltwerte", die aus der Geschoßflugzeit u. den Bewegungsgrößen (Geschwindigkeit des Flugzeugs u. Kurs) berechnet werden. Das K. löst die Rechenaufgaben selbsttätig mit *Rechengetrieben*. Anstelle des K.s werden heute in der „Feuerleitanlage" der Kriegsschiffe u. bei Flugabwehrrohr- u. -raketenwaffen mechan. oder elektron. Rechengeräte (Computer) mit u. ohne *Radar* in vielfältiger Form verwendet (z. B. Rundsuchradar, Zielfolgeradar, Raketenführungsradar).

Kommandolenkung →Fernlenkwaffen.
Kommandostab →Lochstab.
Kommandowerk →elektronische Datenverarbeitungsanlage.
Kommaschildlaus, Lepidosaphes ulmi, 4–5 mm lange, schwarzbraune *Schildlaus* Europas u. Kleinasiens; mit miesmuschelförmigem Rücken- u. dünnem, wächsernem Bauchschild; vor allem an Apfelbäumen, aber auch an anderen Obstbäumen u. Beerensträuchern.
Kommendation [lat. commendare, „anvertrauen"], im mittelalterl. Lehnswesen der symbol. Akt beim Eingehen eines Lehnsverhältnisses, wobei der Vasall seine gefalteten Hände kniend in die des sitzenden Lehnsherrn legte, zum Zeichen der Ergebung in den Schutz u. die Gewalt des Herrn auf Lebenszeit gegen Versorgung. Die K. ist galloröm. Ursprungs.
Kommende [die; lat.], **1.** *Kirchenrecht:* Bezug u. Genuß der Einkünfte eines Kirchenamts ohne dessen wirklichen Besitz, z. B. die Verleihung eines Klosters an einen Weltgeistlichen. Päpste u. Trienter Konzil versuchten vergeblich, den Mißbrauch der K. zu verhindern.
2. *Ordensrecht:* Verwaltungseinheit beim Johanniterorden u. beim Dt. Orden.
Kommensalismus [lat.], *Nahrungsnutznießertum*, das Verhältnis zweier Tiere verschiedener Art, aus dem der eine, der *Kommensale* (Mitesser), durch Beteiligung an der Nahrung des anderen, des *Wirtes*, einseitigen Vorteil zieht (z. B. Schakale bei großen Raubtieren). Im Extremfall wird K. zum *Nahrungsparasitismus*, wenn der Wirt merklich geschädigt wird. →auch Vergesellschaftung.
kommensurabel [lat.], **1.** *allg.:* mit gleichem Maß meßbar, vergleichbar.
2. *Astronomie:* Bez. für die in einem einfachen ganzzahligen Verhältnis (z. B. 1:1, 1:2, 1:3, 1:4, 2:3, 2:5) stehenden Umlaufzeiten zweier Himmelskörper um ein Zentralgestirn. Die *Kommensurabilität* führt zu starken Störungen in ihrer Bahn, die ein Herausdrängen der Körper aus dieser Bahn zur Folge haben. Derartige *Kommensurabilitätslücken* liegen im Sonnensystem z. B. bei den Planetoiden vor (Beeinflussung durch Jupiter) oder im Saturnring (Cassinische Teilungslinie, Wirkung der Saturnmonde).
3. *Mathematik:* Bez. für 2 oder mehrere Größen, die sich durch eine 3. Größe ohne Rest teilen lassen; z. B. die Zahlen 18 u. 24 sind k., da sie durch 6 teilbar sind.
Komment [kɔˈmã; der; frz. comment, „wie?"], die Verhaltensformen, wie sie in student. Verbindungen gepflegt wurden u. z. T. noch werden. Der *allg. K.* faßt die Gesamtheit der für das Mitgl. geltenden Lebensregeln zusammen. Der *Kneip-K.* regelt den Verlauf von Kneipen u. geselligen Veranstaltungen. Der *Pauk-K.* ordnet die Verhaltensweisen bei der Mensur. Der *Duz-K.* verpflichtet die Mitglieder einer Verbindung untereinander zur Anrede mit „Du".
Kommentar [der; lat.], Erklärung (einer Dichtung, eines Gesetzes); Stellungnahme zu aktuellen Ereignissen (Rundfunk-, Fernseh-K.); „ohne K." (als Zusatz bei Nachrichten): ohne eigene Stellungnahme.
Kommentkampf [kɔˈmã-; frz.] →Kampf.
Kommerell, Max, Literarhistoriker, Schriftsteller u. Übersetzer, * 25. 2. 1902 Münsingen, Württemberg, † 25. 7. 1944 Marburg; zunächst Schüler u. Begleiter St. Georges, dann Prof. in Frankfurt a. M. u. Marburg; Hptw.: „Der Dichter als Führer in der dt. Klassik" 1928; „Der Lampenschirm aus den drei Taschentüchern" (Roman) 1940; „Geist u. Buchstabe der Dichtung" 1941; „Dichterische Welterfahrung" (posthum) 1952.
Kommers [lat.; der], im student. Verbindungswesen zu bes. Gelegenheiten abgehaltene Festlichkeit mit festgelegtem Brauchtum; *K.buch*, Liederbuch für student. Verbindungen.
Kommerz [frz.], veraltete Bez. für *Handel*.
kommerziell [frz.], den Handel u. das Gewerbe betreffend, kaufmännisch.
Kommilitone [lat.], Mitstudent, Studiengenosse.
Kommis [kɔˈmi; frz.] = Commis.
Kommiß [lat. commissum, „das Anvertraute"], volkstüml. Bez. für den Militärdienst; ursprüngl. nur in Beziehung auf die dem Soldaten vom Staat zur Verfügung gestellten („anvertrauten") Gegenstände, z. B. *K.brot*.
Kommissar [lat.], allg. eine mit der Erledigung bestimmter Aufgaben betraute Person. Sein Auftrag ist in der Regel vorübergehender Natur, z. B. im Rahmen einer *kommissarischen Geschäftsführung*; doch gibt es auch ständige K.e. Besondere Bedeutung erlangte die Bez. in der Zeit der Französ. Revolution (*Konvents-K.*). In der Sowjetunion wurden 1917–1947 die Minister als *Volks-K.e* bezeichnet. In der BRD hießen die drei Chefs der 1949–1955 bestehenden zivilen Besatzungsbehörden (→Alliierte Hohe Kommission) *Hohe K.e.* →auch Politischer Kommissar, Staatskommissar.
Kommissariat [lat.], sachl. u. (oder) örtl. nachgeordnete Polizeibehörde. In Österreich gibt es Bundespolizeibehörden 1. Instanz in größeren u. bes. bedeutenden Städten (Wien, Graz, Linz, Salzburg, Innsbruck, Klagenfurt, Eisenstadt) als *Bundespolizeidirektionen*, in kleineren Städten (St. Pölten, Wiener Neustadt, Leoben, Villach, Steyr, Wels u. Schwechat) als selbständige *Bundes-Polizei-K.e*. Der Wirkungsbereich dieser Behörden ist durch Verordnung der Bundesregierung gemäß Art. 102 Abs. 6 BVerfG geregelt. Die Wiener *Bezirks-Polizei-K.e* sind dagegen nicht selbständig, sondern nur Dienststellen der Bundespolizeidirektion Wien für den jeweiligen Bezirk.
Kommißbrot, Brot aus Roggenschrot mit 82–85%iger Ausmahlung.
Kommission [lat.], **1.** *allg.:* 1. Auftrag, Bevollmächtigung; 2. eine Personenmehrheit, der ein Auftrag erteilt wird, z. B. *Sachverständigen-K., Untersuchungs-K.*
2. *Handelsrecht:* das Rechtsverhältnis zwischen →Kommissionär u. Kommittenten.
Kommissionär [lat., frz.], ein Vollkaufmann, der gewerbsmäßig Waren oder Wertpapiere für Rechnung eines anderen (*Kommittent*) im eigenen Namen kauft oder verkauft (*Kommissionsgeschäft*). Er ist zur Ausführung der übernommenen Geschäfte verpflichtet, hat die Interessen des Kommittenten wahrzunehmen u. dessen Weisungen zu befolgen. Der K. erhält dafür eine Provision. Ersatz für bes. Aufwendungen (z. B. für Benutzung von Verkehrsmitteln oder Lagerräumen). Gesetzl. geregelt in §§ 383 ff. HGB. Kommissionsrecht gelangt auch zur Anwendung, wenn ein Kaufmann, der nicht K. ist, im Betrieb seines Handelsgewerbes ein Kommissionsgeschäft übernimmt (*Gelegenheits-K.*). – Ebenso in Österreich, ähnl. in der Schweiz (Art. 425–439 OR). – ☐ 4.3.2.
Kommission der Europäischen Gemeinschaften, Brüssel, am 1. 7. 1967 aus der Fusion der Hohen Behörde der *Montanunion* mit den Kommissionen von *EWG* u. *Euratom* hervorgegangenes gemeinsames Organ der Europ. Gemeinschaften, deren 13 Mitglieder von den Regierungen der Mitgliedstaaten für 4 Jahre ernannt werden.
Kommissionsbuchhandel, eine Organisationsform des *Zwischenbuchhandels*, der im Auftrag von Verlegern an die Sortimenter liefert. Vor dem 2. Weltkrieg war Leipzig der Hauptkommissionsplatz des dt. Buchhandels.
Kommissionsgebühr, die Provision für den →Kommissionär.
Kommissionsgeschäft →Kommissionär.
Kommissionsverlag, *Kommissionär*, ein Buchverlag, der den Vertrieb eines Werks übernimmt, ohne das damit verbundene Risiko zu tragen. Der K., der die für Werbung u. Absatz entstehenden Kosten trägt, wird am Umsatz beteiligt, übernimmt die Vorräte eines in K. gegebenen Werks aber nicht als Eigentum.
Kommissorium [das; lat.], zeitweilige Amtsübertragung.
Kommissur [die; lat.], *i. w. S.* jede Querverbindung zwischen symmetrischen Nervensträngen, z. B. zwischen den segmentalen Ganglien des Strickleiternervensystems (→Bauchmark); *i. e. S.* Nerven-Querverbindungen zwischen den beiden Großhirnhemisphären (→Gehirn) der Säuger.
Kommittent [lat., „Beauftragender"], der Auftraggeber einer Kommissionärs, z. B. ein *Verleger* oder ein *Sortimenter*, der einem →Kommissionsverlag Aufträge erteilt.
Kommode [die; lat., „bequem"], halbhohes Möbelstück mit Schubladen; seit dem späten MA. als Mischform zwischen *Truhe* u. *Schrank* entwickelt; im 18. Jh. beliebtes Erzeugnis der französ. Möbelkunst mit Verzierungen in Marketerie.
Kommodore [frz., engl.], bei der Luftwaffe der Kommandeur eines Geschwaders; bei der Marine der Chef (ohne Admiralsrang) eines Kriegsschiffsverbands; auch der dienstälteste Kapitän als Schiffsführer einer Reederei.
Kommos [der; grch.], Klagegesang der griech. Tragödie; ein leidenschaftl. bewegter Wechselgesang zwischen Chor u. Schauspieler.
Kommunalabgaben = Gemeindesteuern.

Kommunalbanken, in öffentl.-rechtlicher oder privatrechtl. Form von einer Stadt, Gemeinde oder von einem Gemeindeverband gegründete u. dotierte Banken, deren Hauptgeschäft das Spar- u. Hypothekengeschäft ist.
Kommunalbeamte, die →Gemeindebeamten u. Beamten der *Gemeindeverbände* (Landkreise, Ämter, Landschafts- u. kommunale Zweckverbände). Für die Rechtsverhältnisse der K.n sind die Beamtengesetze der Länder maßgebend.
Kommunalbetrieb = Gemeindebetrieb.
kommunale Selbstverwaltung, das in den meisten Staaten bestehende Recht der →Gemeinden u. Gemeindeverbände, ihre Angelegenheiten unter der Aufsicht des Staates selbst zu regeln (BRD: Art. 18 Abs. 2 GG). Die staatl. Verwaltung (Landesverwaltung) erfaßt also nicht die Städte u. Gemeinden, die sich durch eigene Organe (*Bürgermeister, Stadtdirektor, Magistrat* als Exekutivbehörden; *Ratsversammlung, Gemeinderat, Stadtverordnetenversammlung, Bürgerschaft* als Legislativorgan) sowie durch eine eigene Beamtenschaft *(Kommunalbeamte)* verwalten. In den Angelegenheiten des sog. kommunalen Wirkungsbereichs übt der Staat (das Land) nur die *Rechtsaufsicht* aus, d.h. wacht über die Einhaltung der Rechtsvorschriften, hat aber keinen Einfluß auf reine Zweckmäßigkeitsentscheidungen. Einige Akte der kommunalen Verwaltung, z.B. der Erlaß von Satzungen, bedürfen der staatl. Genehmigung durch die zuständige Landesbehörde. Der Staat (das Land) kann den Gemeinden auch staatl. Aufgaben zur Erfüllung zuweisen (z.B. Durchführung von Bundestags- oder Landtagswahlen). In diesen Fällen hat der Staat die *Fachaufsicht*, d.h., er kann bindende Weisungen erteilen u. ist nicht auf eine bloße Rechtsaufsicht beschränkt.
Einzelheiten über die k.S. sind in den Landesverfassungen u. in bes. *Gemeindeordnungen* der Länder der BRD festgelegt; →Gemeinderecht.
Geschichtliches: Während in England das *local government* eine auch vom Absolutismus weitgehend unbeeinträchtigte Einrichtung war, verdankt die k.S. ihren Aufschwung in Dtschld. vor allem dem Freiherrn vom *Stein*. Seine *Nassauer Denkschrift* (1807) u. die von ihm ausgearbeitete *Städteordnung* (19. 11. 1808) bemühten sich, das Bürgertum an den Staat heranzuführen u. damit einerseits dem freiheitl. Gedanken Raum zu geben, andererseits schwerere Erschütterungen vom preuß. Staat fernzuhalten. In der Restaurationszeit kam es durch die *Revidierte Städteordnung* (1831) zu einem Rückschritt, doch erhielten sich auch in der Folgezeit die Grundgedanken Steins. Dtschld. ist neben England zum Mutterland der k.nS. geworden. Allerdings brachte die moderne Verwaltungsstaatlichkeit manchen Eingriff in die Finanz- u. Personalhoheit der Gemeinden; ferner wurde die klare Gegenüberstellung von eigenen u. übertragenen Aufgaben u. damit von Rechts- u. Fachaufsicht durch die Formen der finanziellen Hilfeleistung, durch den Verlust der Gestaltungsfreiheit auf dem Gebiet des kommunalen Dienstrechts u.a. Erscheinungen erheblich beeinträchtigt.
Die gemeinsamen Interessen der k.nS. werden verteidigt durch die kommunalen Spitzenverbände: Der *Bundesvereinigung der Kommunalen Spitzenverbände* gehören der *Deutsche Städtetag*, der *Deutsche Städtebund*, der *Deutsche Gemeindetag* u. der *Deutsche Landkreistag* an (Zeitschriften: „Der Städtetag" u. „Die Selbstverwaltung"). In Österreich sind die Spitzenverbände der k.nS. der *Österr. Städtebund* u. der *Österr. Gemeindebund*, beide mit Sitz in Wien. – ⊡4.1.2.
Kommunalisierung [lat.], die Übernahme von privaten Unternehmungen durch eine Gemeinde.
Kommunalobligationen, von *Pfandbriefanstalten* ausgegebene, festverzinsliche Schuldverschreibungen aufgrund von Darlehen an Gemeinden u. Gemeindeverbände. K. gelten als mündelsichere Kapitalanlage.
Kommunalpolitik, die Gesetzgebungs- u. Verwaltungstätigkeit zur Wahrnehmung innergemeindl. Aufgaben; →auch kommunale Selbstverwaltung.
Kommunalrecht, das Recht der Gemeinden u. Gemeindeverbände; →Gemeinderecht.
Kommunalverband = Gemeindeverband.
Kommunalwissenschaft, die Lehre von der Wirtschaft, Verwaltung, Sozialpolitik u.ä. der Städte, Gemeinden u. Gemeindeverbände.
Kommunarde [frz.], Mitglied einer *Kommune* (2); auch Bez. für die Aufständischen der *Kommune von Paris*.
Kommunarsk, bis 1931 *Altschewsk*, 1931–1961 *Woroschilowsk*, Stadt in der Ukrain. SSR (Sowjetunion), im Donezbecken, 123000 Ew.; Metallhochschule; Steinkohlengruben, Eisenhütten- u. chem. Industrie; Wärmekraftwerke.
Kommune [lat. *communis*, „gemeinschaftlich, allgemein"], **1.** *Geschichte:* frz. u. ital. *commune*, das städt. Gemeinwesen, dann auch der republikan. Stadtstaat im MA. u. zu Beginn der Neuzeit, vor allem in Frankreich, Italien, den Niederlanden u. Westdeutschland. – Pariser K. →Kommune von Paris.
2. *Soziologie:* Wohn- u. Lebensgemeinschaft mehrerer (etwa 4–30) Einzelpersonen oder Paare *(Kommunarden)*; bes. verbreitet bei Studenten (1976 schätzungsweise 30–40% aller Studenten in der BRD), aber auch die spezielle Lebensform der Hippies u. ähnl. Gruppen; entstanden aus dem Bestreben, einerseits der Herrschaftsstruktur u. den Generationskonflikten in der traditionellen Großfamilie, andererseits der Vereinzelung in der heute üblichen Kleinfamilie zu entgehen. Die Formen der K. reichen von der nur zweckbedingten u. zeitlich begrenzten Wohngemeinschaft (niedrigere Miet- u. Lebenshaltungskosten für den einzelnen, Zusammenarbeit z.B. von Studenten derselben Fachrichtung) bis zur zielgerichteten revolutionären „Zelle", von der gemeinsamen Freizeitgestaltung junger (monogamer) Ehepaare bis zur echten Gruppenehe (die selten ist), vom weltanschaulichen Problem- u. Erfahrungsaustausch bis zum Rauschgiftzirkel. – Die gesellschafskrit. Absage an Autorität u. Leistungsdruck in vielen K.n wirkt sich naturgemäß insbes. auf die Kindererziehung in der K. aus *(antiautoritäre Erziehung)*. Die Bindung des Kindes an Vater u. Mutter tritt zurück hinter der Eingliederung in die Gesamt-K. Wieweit diese veränderte Grundlage der Erziehung dazu beiträgt, das Kind zu einer freieren Persönlichkeit zu bilden, ist noch nicht abschließend zu beurteilen.
3. *Verwaltungsrecht:* = Gemeinde. – Eigw.: *kommunal*.
Kommune von Paris, frz. *Commune (de Paris), Pariser Kommune*, Aufstand der Pariser Arbeiterschaft u. Nationalgarde am 18. 3. 1871 gegen die Nationalversammlung. Der gewählte revolutionäre Gemeinderat *(Commune)* strebte eine Umwandlung Frankreichs in einen Bund souveräner Gemeinden an. Die K.v.P. wurde im Mai 1871 von den Regierungstruppen unter M. de *Mac-Mahon* in blutigen Straßenkämpfen niedergeworfen. Nach dem Ende der Kämpfe wurden rund 20000 Teilnehmer der K. *(Kommunarden)* standrechtl. erschossen. Zuvor hatte die K.v.P. einige hundert Geiseln getötet. – Die Commune (als Pariser Gemeinderat) hatte bereits in der Französ. Revolution 1789–1794 eine Rolle gespielt; sie war von Bedeutung für den Sturz der Monarchie.
Kommunikation [lat.], **1.** *allg.:* Mitteilung, Verständigung.
2. *Existenzphilosophie:* von K. *Jaspers* geprägte Bez. für die wesenhafte zwischenmenschl. Begegnung.
3. *Informationstheorie u. Kybernetik:* die Übermittlung einer Nachricht *(Information)* zwischen einem „Sender" u. einem „Empfänger" mit Hilfe eines Übertragungsmediums *(Kanal)*; dies gilt auch für die K. zwischen Menschen u. techn. Einrichtungen. Man unterscheidet *direkte* u. *indirekte K.* Das Medium bei der direkten K. ist Luft; bei der indirekten K. ist ein techn. Gerät (z.B. Telephon) vorhanden. Außerdem gibt es zwei K.stypen: die *zweiseitige, kooperative K.* (hier werden Nachrichten zwischen zwei Kommunikanten ausgetauscht [Gespräch]) u. die *einseitige, nichtkooperative K.* (etwa das Hören von Rundfunksendungen). K. ist eng mit der *Nachrichtentechnik* verbunden. 1948 entwickelte C. E. *Shannon* in seinem Werk „Die mathemat. Theorie der K." ein System, das den gesamten Prozeß der Nachrichtenübertragung beschreibt. Der Begriff *K.* hat auch in der Physik, Biologie, Physiologie u.a. Eingang gefunden.
Kommunikationspolitik, die von Politikern, gesellschaftl. Organisationen u. Wissenschaftlern getragenen Bemühungen, die publizist. Einrichtungen einer Gesellschaft *(Massenmedien)* demokratisch funktionstüchtig zu erhalten.
Kommunion [lat.], in der kath. Liturgie der Empfang der Eucharistie. Der ursprüngl. Wortsinn ist strittig, meist als „Vereinigung" verstanden, aber auch als „gemeinsamer Besitz" gedeutet. Die Form der K.spendung wechselte im Lauf der Geschichte. Die *Hand-K.*, die Austeilung des eucharist. Brotes in die Hand, ist heute wie in frühchristl. Zeit wieder zulässig; dabei wird wieder eine der frühen dialog. Spendeformeln verwendet („der Leib Christi" – „Amen"). →auch Erstkommunion, Interkommunion, Kelch, Laienkelch.
Kommunisma Pik, *Sowjetskogo Sojusa*, früher *Pik Stalin*, mit 7483 m der höchste Berg der Sowjetunion, im nördl. Pamir (Akademie-der-Wissenschaften-Gebirge); vergletschert; erstmals durch eine Expedition der Akademie der Wissenschaften 1933 von E. M. *Abalkow* bestiegen.
Kommunismus [lat., communis, „gemeinschaftlich"], die Gesellschaftslehre, nach der durch Beseitigung des Privateigentums (u. der dadurch verursachten Ungerechtigkeiten) der Naturzustand, in dem alle das gleiche Recht auf alles gehabt hätten, wiederhergestellt werden kann u. muß. Im 19. u. 20. Jh. wurde der K. auch eine polit. Bewegung. Seine theoret. Begründung erhielt der K. in der Staatslehre der griech. Sophisten u. in Platons „Staat" (allerdings nur für die höchste Stufe – „Wächter" – der Staatsbürger); er fand aber bereits in *Aristoteles* einen scharfen Kritiker. Eine andere Vorform des K. war der christl., aus der allg. Nächstenliebe geborene K. der Urgemeinde, der in vielen sektierer. Bewegungen nachwirkte, so z. B. bei Thomas *Münzer*, den Wiedertäufern, puritan. Sekten in Nordamerika im 17. u. 18. Jh. u.a. Die aus der antiken Staatsphilosophie hervorgehende kommunist. Theorie lebte in den polit. Utopien des 16.–18. Jh. (z.B. Th. *Morus*, Th. *Campanella*) wieder auf u. fand ihre Neubegründung bes. durch J.-J. *Rousseau* („Über die Ungleichheit der Menschen" 1755). Kurzlebige kommunist. Bestrebungen (F. N. *Babeuf*) während u. nach der →Französischen Revolution von 1789 wurden von Ch. *Fourier*, P. J. *Proudhon* („Eigentum ist Diebstahl" 1840), in Dtschld. von W. *Weitling* wieder aufgenommen. Die starke Neubelebung des K. bzw. des →Sozialismus (diese Begriffe wurden zunächst gleichbedeutend nebeneinander gebraucht) zu Beginn des 19. Jh. stand im Zusammenhang mit der „industriellen Revolution": Die Auswüchse des Kapitalismus u. des liberalist. Wirtschafts- u. Sozialdenkens, die durch die gewaltige Umschichtung in Wirtschaft u. Industrie heraufbeschworen wurden, forderten zur Kritik heraus.
Der moderne K. stützt sich theoret. auf den →Marxismus, den Marxismus-Leninismus, z.T. auch auf den marxist. Maoismus. Der K. des 20. Jh. sieht mit K. *Marx* u. F. *Engels* (→Kommunistisches Manifest, 1848) die Geschichte seit dem Altertum als eine Abfolge von Klassenkämpfen zwischen den arbeitenden u. besitzlosen Klassen einerseits und den nicht oder wenig arbeitenden, jedoch über die materiellen Produktionsmittel (Grund u. Boden, Maschinen u. Industrieanlagen) verfügenden Ausbeuterklassen andererseits. Die realen – insbes. die wirtschaftl. – Lebensbedingungen der Menschen prägen nach Ansicht des marxist. K. ihr Bewußtsein; die Entwicklung der Produktivkräfte durch Technik u. Wissenschaft bringt einen dialekt. Geschichtsablauf mit sich, in dem Sklavenhaltergesellschaft, Feudalgesellschaft u. bürgerl. Gesellschaft aufeinandergefolgt sind; →dialektischer Materialismus. Die letzte große Zuspitzung der Klassenkämpfe ist nach dieser Auffassung der Kampf der besitzlosen Arbeiterklasse gegen das besitzende Bürgertum, der zur Vernichtung der bürgerl. Klassengesellschaft u. zu ihrer Ablösung durch die klassenlose sozialist. bzw. kommunist. Gesellschaft führt. Dieser Kampf müsse international sein, da sich auch das Bürgertum international organisiert habe (übernationale Konzerne u. Kartelle). – Als zutreffend hat sich die Auffassung des K. erwiesen, daß eine zunehmende Konzentration des Privatkapitals stattfindet. Als Irrtum hat sich dagegen die Ansicht herausgestellt, daß zuerst die industriell fortgeschrittensten Länder zur Revolution übergehen würden; irrig war auch die Annahme, daß überall die Industriearbeiter die Hauptkraft der revolutionären Bewegung bilden würden (dies traf nur in Rußland zu; in China, Vietnam, Kuba u. Jugoslawien waren Landarbeiter u. Kleinbauern bestimmend). Unzutreffend ist schließl. die Theorie der absoluten Verelendung, die immer wieder von sozialist.-kommunist. Propagandisten (nicht von K. Marx selbst) vertreten wurde. →auch Marxismus.
Schon vor dem 1. Weltkrieg zeichnete sich eine Spaltung der II. Internationale in einen radikalen u. einen reformist. Flügel ab: 1903 spaltete sich die russ. u. bulgar. Sozialdemokratie, 1909 spalteten sich die niederländ. Sozialisten, 1912 die italien.

Sozialisten, im selben Jahr wurde die Spaltung der russ. Partei endgültig (→Bolschewismus), so daß es vor Ausbruch des 1. Weltkriegs bereits in vier Ländern jeweils 2 sozialist. Parteien gab. Die Parteiflügel innerhalb der SPD lebten sich zwischen 1899 u. 1914 immer stärker auseinander (offene Spaltung der Stuttgarter Parteiorganisation). Infolge der Politik aller großen sozialist. bzw. sozialdemokrat. Parteien der 1914 in den Krieg eintretenden Länder (Zustimmung zu Kriegskrediten; innenpolit. Burgfriede), der sich nur die russ. Bolschewiki u. ein Teil der übrigen russ. Sozialisten, die serbischen Sozialdemokraten u. die kleine brit. „Independent Labour Party" nicht anschlossen, brach dann auch die Sozialist. Internationale auseinander, u. auch die übrigen sozialist. Parteien begannen sich zu spalten (Gründung der USPD in Dtschld. 1917).
Das Massenelend am Ende des 1. Weltkriegs erzeugte die sozialen Bedingungen, der Sieg der bolschewist. Oktoberrevolution in Rußland 1917 u. ihre erfolgreiche Verteidigung im Bürgerkrieg gegen die „Weißen" u. gegenüber den ausländ. Interventionstruppen 1918–1920 schuf die psycholog. Voraussetzungen für das Erstarken der revolutionären Richtung im internationalen Sozialismus in der Zeit von 1917 bis 1921 (z.T. noch bis Ende 1923). Die radikale Arbeiterschaft zeigte ihre Kampfentschlossenheit in der dt., österr. u. ungar. Revolution 1918, in der Rätebewegung in Dtschld. u. Österreich 1918/19, in der Bildung der ungar. Räterepublik 1919 (21. 3.–1. 8.) u. der Verteidigung der Räterepubliken in München u. Bremen im Frühjahr 1919; →Räterepublik, →Rätesystem. In Frankreich u. Italien fanden 1919–1921 mehrere Massenstreiks statt; in Italien wurden dabei zahlreiche Fabriken von den Arbeitern besetzt. Im April 1920 bildete sich im Anschluß an den gegen den monarchist.-reaktionären Kapp-Putsch gerichteten Generalstreik eine kommunist. beeinflußte „Rote Armee"; ähnliches ereignete sich auch in anderen Teilen des Reichs. Gestützt auf die aus dem alten kaiserl. Heer gebildete Reichswehr, die aufgrund des Vertrags von Versailles nur aus Berufssoldaten bestehen durfte, sowie auf Bürgerwehren u. Freikorps, konnten die mehrheitssozialdemokrat. geführten Regierungen Deutschlands bzw. Preußens jedoch alle radikalen bzw. kommunist. beeinflußten Erhebungen in Dtschld. niederschlagen (Januar 1919 Berlin, März 1919 Berlin u. Mittel-Dtschld., April/Mai München, März/April 1920 Ruhrgebiet u. Mittel-Dtschld., März 1921 Mittel-Dtschld. u. a.). Die Arbeiter- u. Soldaten-Räte wurden schon 1919 auch dann, wenn sie die Gesetze einhielten, überall in Dtschld. – oft mit Gewaltanwendung – beseitigt.
Organisatorisch brachte diese revolutionäre Nachkriegszeit die endgültige Spaltung des internationalen Sozialismus: 1918 wurde die bolschewist. Partei in „Russische Kommunistische Partei (Bolschewiki)", RKP (B), umbenannt, u. zwischen 1917 u. 1921 wurden fast alle kommunist. Parteien gegründet, die irgendwann einmal bes. Bedeutung erlangt haben: am Jahreswechsel 1918/19 die KPD, 1920 die kommunist. Parteien Frankreichs u. Indonesiens, 1921 die kommunist. Parteien Italiens u. Chinas. Schon im März 1919 wurde die Kommunist. Internationale (Komintern, KI) gegründet; →Internationale, →Komintern. 1920 wurde die KPD durch Vereinigung mit dem linken Flügel der USPD zu einer großen Partei. Doch nach dem Scheitern der ungeschickt organisierten u. großen Teilen der Arbeiterschaft unverständlichen dt. „März-Aktion" 1921 u. vollends durch das Versagen der kommunist. Parteien u. der Komintern im Krisenjahr 1923 in Dtschld. (zur Zeit von Ruhrkampf u. Inflation), Polen u. Bulgarien geriet der K., zumindest in Europa, in die Defensive. 1922 gelangte in Italien der →Faschismus an die Macht; 1924–1928 stabilisierte sich das privaterwerbswirtschaftl. System in Dtschld.; die Weltwirtschaftskrise 1929–1934 erfaßte zwar die durch Planwirtschaft u. Staatseigentum geprägte Sowjetunion nicht, kam aber in mehreren Ländern der extremen Rechten zugute: In Dtschld. siegte 1933 Hitler (KPD-Verbot), in Österreich 1933/34 der →Austrofaschismus (KPÖ- u. SPÖ-Verbot), auch in Frankreich zeigten sich 1934/35 faschist. Gefahren. →auch Spanien (Geschichte).
Der K. der 1920er Jahre wirkte bei weitem nicht so einförmig wie der K. zwischen 1938 u. 1956; trotz des in der russ. KP seit dem 10. Parteitag 1921 formell geltenden Fraktionsverbots gab es in allen wichtigen kommunist. Parteien u. auch in der Komintern in den 1920er Jahren offene Debatten, wechselnde Mehrheiten, verschiedene Flügel u. Richtungskämpfe („innerparteiliche Demokratie"). Nach Lenins Tod (21. 1. 1924) griffen jedoch mehr u. mehr die polit. Auseinandersetzungen u. Entwicklungen in Rußland auf die Komintern u. die ihr angeschlossenen Parteien (bes. auch die KPD) über, zumal die erwarteten kommunist. Revolutionen in West- u. Mitteleuropa ausgeblieben bzw. gescheitert waren. Die Komintern, die ihren Sitz in Moskau hatte, wurde allmählich zu einem Instrument der Außenpolitik der UdSSR, die – außer der Äußeren Mongolei – von 1922 bis 1945 der einzige kommunist. Staat blieb. Die Terrormaßnahmen Stalins (der „Großen Säuberung" 1935–1938 fielen fast alle führenden Bolschewiki der Revolutionszeit, u. a. N. I. *Bucharin*, L. B. *Kamenew*, K. *Radek*, A. I. *Rykow*, G. J. *Sinowjew*, M. *Tomskij*, zum Opfer; L. *Trotzkij* war bereits aus der UdSSR ausgewiesen) u. der ab Mitte der 1920er Jahre mit großer Härte versuchte „Aufbau des Sozialismus in einem Land", insbes. aber die Vorherrschaft der KPdSU bzw. ihrer Führung, prägten das Gesicht des Welt-K. für ein Vierteljahrhundert. Die UdSSR selbst war um 1930 vom proletar.-demokrat. Rätestaat zur zentralist.-bürokrat. Parteidiktatur geworden.
Erst die Rebellion Jugoslawiens 1948, das durch kommunist. Partisanen 1943/44 von den dt. Truppen befreit worden war, u. bes. der nach dem Tod Stalins (5. 3. 1953) abgehaltene 20. Parteitag der KPdSU (1956) brachten wieder Bewegung u. Vielgestaltigkeit in den K. unserer Zeit. Fast alle dem K. zwischen 1945 u. 1950 zugefallenen Staaten (Albanien, Bulgarien, China, DDR, Nordkorea, Nordvietnam, Polen, Rumänien, Tschechoslowakei, Ungarn) sowie das ab 1960 kommunist. gewordene Kuba haben inzwischen mehr oder weniger eigene polit. Ansätze entwickelt. Diese Veränderungen begannen mit dem 20. Parteitag der KPdSU u. der Oktoberumwälzung 1956 in Polen sowie dem ungar. Aufstand im gleichen Jahr, setzten sich fort in der großen Auseinandersetzung zwischen der UdSSR u. der Volksrepublik China seit Ende der 1950er Jahre u. fanden neue Höhepunkte im „Prager Frühling" in der ČSSR 1968. Aber auch Staaten wie Nordkorea, Rumänien (zumindest in der Außenpolitik) u. in gewissem Ausmaß die DDR (seit 1971) sowie von neuem Polen (seit Ende 1970) suchen nach eigenen Formen des Aufbaus des K.
In den westl. Ländern hat bes. die stärkste westeurop. KP, die Kommunist. Partei Italiens, unter P. *Togliatti*, L. *Longo* u. E. *Berlinguer* eigene Wege beschritten. Deutlich wurde die Meinungsvielfalt im gegenwärtigen K., als die Truppen der Staaten des →Warschauer Pakts (mit Ausnahme Rumäniens) 1968 in die ČSSR einmarschierten: Albanien trat aus dem Warschauer Pakt aus, China, Jugoslawien u. fast alle nichtregierenden kommunist. Parteien Europas einschl. der KP Frankreichs protestierten. Dennoch ist im Welt-K. heute kein eigentl. →Polyzentrismus entstanden, vielmehr entwickelt offenbar jeder kommunist. Staat u. jede kommunist. Partei mehr u. mehr ein eigenes Gesicht (was trotz entschieden internationalist. Einstellung im Welt-K. am Beginn der 1920er Jahre eine Selbstverständlichkeit gewesen war). Die kommunist. Parteien sind nicht mehr überall die revolutionärsten polit. Kräfte; dies zeigt z.B. der Verlauf des „Pariser Mai" 1968 u. die Entwicklung in Lateinamerika. – Ⓑ S. 346. – Ⓛ 5.8.3.

Kommunistische Internationale →Komintern.

Kommunistische Partei Chinas →Kungtschantang.

Kommunistische Partei der Sowjetunion, Abk. *KPdSU*, russ. *Kommunistitscheskaja Partija Sowjetskogo Sojusa*, Abk. *KPSS*, die Regierungs- u. Staatspartei Rußlands bzw. der Sowjetunion seit 1917/18. Den heutigen Namen führt sie seit 1952; ursprüngl. hieß sie *Allruss. Sozialdemokrat. Arbeiterpartei (Bolschewiki)*, 1918–1925 *Allruss. Kommunist. Partei (Bolschewiki)*, 1925–1952 *Allunionistische Kommunist. Partei (Bolschewiki)*. Sie wird formell (wie fast alle kommunist. Parteien) zwischen den Parteitagen vom Zentralkomitee (ZK) geleitet; die tatsächl. Führung liegt beim Politbüro des ZK, in dem u.U. Kampfabstimmungen stattfinden.
Die Partei entstand 1903–1912 durch Spaltung der Sozialdemokratischen Arbeiterpartei Rußlands (SDAPR). 1903 spaltete sich der 2. Parteitag der SDAPR in *Bolschewiki* („Mehrheitler") u. *Menschewiki* („Minderheitler"). 1906–1911 war formal die Parteieinheit wiederhergestellt; 1912 brach jedoch die SDAPR endgültig auseinander, u. beide Richtungen bildeten von nun an eigene Parteien. 1913 spaltete sich auch die sozialdemokrat. Fraktion in der russ. Duma (Parlament). Die bolschewist. Partei u. ihre Duma-Fraktion stellten sich 1914 vorbehaltlos gegen den Krieg. Daraufhin wurde die bis dahin halblegale Partei verboten. Erst durch die Februarrevolution 1917 wurde ein Wiederaufbau der Partei möglich; im April 1917 kehrte der Parteiführer W. I. *Lenin* aus dem Exil nach Rußland zurück. Von nun an wuchs der Einfluß der Partei auf die revolutionäre Entwicklung in Rußland 1917 immer stärker an. In der Oktoberrevolution gelang es ihr, in zunächst putschähnlicher Weise die Staatsmacht an sich zu reißen. Doch brachte ihre populäre Politik (Frieden um jeden Preis, Verteilung des Landes der Großgrundbesitzer an die Bauern u. Landarbeiter) der Partei im Verlauf der Jahre 1917 u. 1918 auch eine immer breitere Massenunterstützung im bäuerl. u. vom Krieg erschöpften Rußland.
Die bolschewist. Partei war die führende Partei in der ersten Sowjetregierung, die im Herbst 1917 gebildet wurde. Ihr Koalitionspartner, die Partei der „linken Sozialrevolutionäre", schied im März 1918 nach dem dt.-russ. Frieden von Brest-Litowsk, den sie nicht billigte, aus der Koalition aus. Seitdem regiert die bolschewist. Partei in Rußland bzw. in der 1922 gebildeten Sowjetunion allein.
Führender Mann der Partei war von 1903 bis zu seinem Tod 1924 Lenin; seit seiner schweren Erkrankung 1922 wurde jedoch die Partei faktisch von G. J. *Sinowjew*, L. B. *Kamenew* u. J. W. *Stalin* geführt. L. *Trotzkij* wurde bereits kurz nach Lenins Tod beiseite gedrängt. Nachfolger Lenins als Regierungschef wurde A. I. *Rykow*, führender Parteitheoretiker N. I. *Bucharin*. Dem Generalsekretär der Partei, Stalin, gelang es 1924–1928, alle anderen Parteiführer (wegen „Links"- oder „Rechtsabweichung") zu entmachten u. die Führung der Partei, der Kommunist. Internationale u. des Sowjetstaats praktisch in seiner Hand zu vereinigen. Gleichzeitig wurde die innerparteiliche Demokratie beseitigt, die Diskussionsfreiheit unterdrückt u. in der Partei eine bürokrat. Herrschaftsstruktur errichtet. In der „Großen Säuberung" 1936–1938 wurden Bucharin, Kamenew, Sinowjew, Rykow u. viele andere hohe Parteifunktionäre sowie zahlreiche Generäle der Roten Armee verurteilt u. hingerichtet.
Nach Stalins Tod 1953 wurden, vor allem auf Initiative N. S. *Chruschtschows* (Erster Sekretär des ZK 1953–1964), Reformen eingeleitet. Der 20. Parteitag 1956 verurteilte den „Personenkult" um Stalin u. seine Terrormaßnahmen u. verkündete eine Rückkehr zu den „Leninschen Normen" des Parteilebens. Die Reformen Chruschtschows wurden von seinen Nachfolgern teilweise rückgängig gemacht bzw. verlangsamt. Ab Mitte der 50er Jahre verlor die KPdSU ihre bis dahin fast unbestrittene Führungsstellung im Weltkommunismus, vor allem infolge des Streits mit der Kommunist. Partei Chinas. Heute können nur noch die kommunist. Parteien der Staaten des Warschauer Pakts u. einige wenig bedeutende Parteien anderer Länder als verhältnismäßig zuverlässige Anhängerschaft der KPdSU gelten. Die KPdSU hat rd. 16 Mill. Mitglieder. Generalsekretär ist L. I. *Breschnew*. →auch Kommunismus, Sowjetunion (Geschichte, Politik). – Ⓛ 5.8.7.

Kommunistische Partei Deutschlands, Abk. *KPD*, entstand am Jahresende 1918 aus dem →Spartakusbund u. kleineren linksradikalen Gruppen, die bes. in Hamburg u. Bremen Stützpunkte hatten. Der Gründungsparteitag (30. 12. 1918–1. 1. 1919), der u.a. R. *Luxemburg*, K. *Liebknecht*, L. *Jogiches* u. P. *Levi* in die Parteiführung wählte, stand im Zeichen linksradikaler Strömungen u. lehnte die Beteiligung der KPD an den Wahlen zur dt. Nationalversammlung ab. Nach dem Januaraufstand 1919 in Berlin wurden Luxemburg u. Liebknecht, bald darauf auch Jogiches ermordet. Im Dez. 1920 schloß sich die KPD mit der linken Mehrheit der USPD zusammen (Name vorübergehend *Vereinigte KPD*).
Richtungskämpfe in der Partei, die teils mit den bewegten polit. Verhältnissen der Weimarer Republik, teils auch (ab etwa 1925) mit den Machtkämpfen in der sowjet. KP zusammenhingen, führten in den 1920er Jahren zu häufigem Führungs- u. Richtungswechsel: 1919/20 P. *Levi* („Luxemburgianer"); 1921/22 E. *Meyer* u. H.

Kommunistische Parteien Lateinamerikas

Rollendes Hospital der US-Interventionstruppen in Rußland; um 1920 (links). – Musterfarm des Architekten Le Corbusier für die sowjetische Landwirtschaft 1929 (rechts)

Brandler (gemäßigt, für Einheitsfront mit USPD u. SPD); 1923 H. *Brandler* u. A. *Thalheimer* („Rechte"); 1924/25 Ruth *Fischer*, A. *Maslow* u. W. *Scholem* („Ultralinke"); ab 1926 E. *Meyer*, E. *Thälmann* u. Ph. *Dengel* („Linke" u. „Mittelgruppe"); 1928 Absetzung Thälmanns wegen Vertuschens von Unterschlagungen, Wiedereinsetzung auf Betreiben der Komintern (Thälmann war Anhänger *Stalins*); 1929–1932 E. *Thälmann*, H. *Remmele* u. H. *Neumann* (dogmat.-moskautreu).

Ende der 1920er Jahre war eine ganze Führergeneration aus der KPD ausgeschlossen (Levi 1921; Fischer u. Maslow 1926; Brandler, Thalheimer, P. Fröhlich u. J. Walcher 1928/29); die „Versöhnler" unter Meyer u. A. Ewert verloren 1929 ihre leitenden Funktionen. Die KPD war nun eine stalinist. Partei, der Personenkult um Stalin u. Thälmann nahm immer mehr zu. 1929–1932 vertrat die KPD unter dem Einfluß einer Linksschwenkung der Komintern meistens die These, die SPD sei „sozialfaschistisch" u. der „Hauptfeind"; doch wurden andererseits am 20. 7. 1932 (Staatsstreich F. von Papens gegen die sozialdemokrat. geführte Landesregierung Preußens) u. am 30. 1. 1933 (Regierungsübernahme durch Hitler) der SPD von der KPD auch Einheitsfront-Angebote unterbreitet. In der Weltwirtschaftskrise 1929–1933 war die KPD aus einer Arbeiterpartei mehr u. mehr zu einer Erwerbslosenpartei geworden, so daß ihre mehrmaligen Aufrufe zum Generalstreik fast wirkungslos blieben. Dennoch war die KPD 1920–1933 stets viel stärker als später in der BRD.

Am 28. 2. 1933 wurde die KPD verboten; sie brachte die größten Opfer im aktiven Widerstand gegen das NS-Regime. Nach dem Ende des 2. Weltkriegs wurde die KPD in allen 4 Besatzungszonen u. in Berlin wiedergegründet. In der SBZ wurde sie 1946 mit der SPD zur →Sozialistischen Einheitspartei Deutschlands (SED) zusammengeschlossen. Ab 1949 trat die KPD als einheitl. Partei in allen westdt. Bundesländern auf. Bei der 1. Bundestagswahl 1949 erhielt sie 5,7% der Stimmen und 15 Sitze; bei der 2. Bundestagswahl 1953 scheiterte sie an der Fünfprozentklausel. Am 17. 8. 1956 wurde sie auf Antrag der Bundesregierung vom Bundesverfassungsgericht verboten. 1968 wurde eine neue kommunist. Partei in der BRD gegr., die „Deutsche Kommunistische Partei (DKP). In Westberlin besteht die →Sozialistische Einheitspartei Westberlin (SEW). →auch Kommunismus. – ⊡5.8.5.

Kommunistische Parteien Lateinamerikas. In allen Staaten Lateinamerikas gibt es (z. T. illegale) kommunist. Parteien; ihre Gesamtmitgliederzahl beträgt nur ca. 250 000. Ab 1927 maß die Komintern den Parteien Lateinamerikas bes. Bedeutung bei (Gründung eines Sekretariats für Lateinamerika in Moskau). Ein Sonderfall ist heute die KP Kubas (→Kuba, Geschichte; →auch Castro Ruz, Fidel).

Kommunistische Partei Finnlands, *Suomen Kommunistinen Puolue*, Abk. *SKP*, gegr. 29. 8. 1918 in Moskau, führende Kraft in der am 29. 10. 1944 gegr. *Finn. Demokrat. Volksunion*, die seit

Umzug zum 47. Jahrestag der Oktoberrevolution (Moskau 1964)

1945 stets mindestens 20% der Wählerstimmen u. ein Sechstel bis ein Viertel der Parlamentssitze in Finnland errungen hat. Die Partei war 1918–1930 praktisch, 1930–1944 auch rechtl. illegal. 1944 bis 1948 war die SKP mit mehreren Ministern in der finn. Regierung vertreten. Teile der Parteiführung bereiteten im April 1948 eine putschartige Machtübernahme vor. Der kommunist. Innenminister unterrichtete jedoch den Oberbefehlshaber der Armee über diesen Plan, der infolgedessen scheiterte. In den kurz darauf abgehaltenen Neuwahlen fiel die Demokrat. Volksunion von 23,5% der Stimmen auf 20,0% zurück (bzw. von 49 auf 38 Sitze). Erst 1958 erreichte sie ihre alte Stärke wieder. Die SKP blieb jedoch isoliert u. wurde erst ab 1966 zeitweise wieder an Regierungen beteiligt. Anfang 1948 hatte sie 53 000 Mitglieder, seit Mitte 1948 schwankt die Mitgliederzahl zwischen 44 000 u. 53 000. (Die Demokrat. Volksunion hatte ihre größte Stärke 1964 mit über 70 000 Mitgliedern.) Der sozialen Zusammensetzung nach ist die SKP seit ihrer Gründung zu über 80% eine Arbeiterpartei. Vors. der SKP ist seit 1966 A. *Saarinen*, Generalsekretär V. *Pessi*.

Kommunistische Partei Frankreichs, Abk. *KPF*, *Parti Communiste Français (PCF)*, die zweitstärkste polit. Kraft Frankreichs. Die KPF entstand Ende 1920 durch den Beschluß der großen Mehrheit des Parteitags der Sozialist. Partei Frankreichs in Tours, sich der Komintern anzuschließen u. die Partei in KPF umzubenennen (die Minderheit bildete unter dem alten Namen eine eigene Partei). Der KPF-Gründungsbeschluß war eine bewußte Wendung gegen die Kriegsbejahung durch die Sozialist. Partei 1914 u. entsprang zugleich der Begeisterung über den Sieg der Bolschewiki in Rußland. In den 1920er Jahren spielten sich heftige Richtungskämpfe innerhalb der KPF ab; vor allem weigerte sich die Partei, sich bedingungslos der Kominternführung unterzuordnen. Schon 1923/ 1924 wurde die ganze erste Führergeneration der KPF ausgeschlossen: L. O. *Frossard*, der erste Ge-

Kommunistische Partei Frankreichs

Enthauptung eines Mitglieds der KP Chinas durch Kuomintang-Soldaten 1927 in Kanton (links). – Wandzeitungen mit großen Schriftzeichen in China während der Kulturrevolution 1965–1968 (rechts)

KOMMUNISMUS

Kanalarbeiten in Kommunen bei Nanking

Trauerzug für Maurice Thorez 1964 in Paris (500 000 Teilnehmer)

Offizielle Ho-Tschi-Minh-Skulptur in Arbeit

Jugoslawische Protestkundgebung gegen den sowjetischen Einmarsch in die ČSSR 1968

Besetzung der KPD-Zentrale in Düsseldorf nach dem Verbot der Partei 1956

Rote Fahnen vor einer ehemaligen Moschee in Albanien

neralsekretär der Partei, u. bald darauf B. *Souvarine*, P. *Monatte*, A. *Rosmer* u. a. Um 1930 war die „Bolschewisierung“ der Partei im wesentl. abgeschlossen. Wie in allen kommunist. Parteien wurde diese Umwandlung organisator. dadurch vollzogen, daß der Schwerpunkt der Parteiorganisation von den Wohnbezirksgruppen auf die Betriebszellen verlegt wurde. Zugleich wurde die soziale Zusammensetzung der Führungsorgane verändert: 1920 kamen nur 4 von 32 ZK-Mitgliedern aus der Arbeiterschaft, 1929 waren es 48 von 69, 1932: 49 von 64.

Nach dem Sieg Hitlers in Deutschland 1933 u. faschist. Demonstrationen in Paris leiteten Komintern u. KPF die Volksfrontpolitik ein, die den beiden Arbeiterparteien u. ihren linksbürgerl. Verbündeten 1936 einen großen Wahlerfolg brachte. Die Sozialisten wurden zur stärksten Partei in der Volksfront u. im Parlament; der Sozialist L. *Blum* bildete die Regierung. Die Schwäche dieser Volksfront-Regierung, die Schauprozesse in Moskau 1936–1938 u. schließl. das Münchner Abkommen von 1938 ließen das sozialist.-kommunist. Bündnis wieder zerbrechen. Der Hitler-Stalin-Pakt 1939 u. der sowjet. Angriff auf Polen führten am 26. 9. 1939 zum Verbot der KPF, obwohl sie noch am 2. 9. für die Kriegskredite gestimmt hatte. Im 1940 geschlagenen Frankreich wurde die illegale KPF ab 1941 zu einer Hauptstütze der Widerstandsbewegung *(Résistance)*. Ab 1944 war sie an der französ. Regierung beteiligt, die sie 1947 im Zeichen des beginnenden Kalten Kriegs verlassen mußte.

Die KPF ordnete sich von 1930 bis 1968 unter der Leitung von M. *Thorez* u. J. *Duclos* von allen bedeutenden kommunist. Parteien am stärksten der Komintern- bzw. KPdSU-Führung in Moskau unter. Erst der Einmarsch der Warschauer-Pakt-Truppen in der ČSSR im August 1968 veranlaßte die KPF zu vorsichtiger, aber deutl. Opposition. Ihrer sozialen Zusammensetzung nach – auch in den Führungsorganen – ist die KPF bis heute eine Arbeiterpartei geblieben. Sie übt aber auch erhebl. Anziehungskraft auf Intellektuelle aus. Zu den Wahlen 1978 hatte sie ein Wahlbündnis mit der Sozialist. Partei geschlossen. Bei diesen Wahlen erhielt sie knapp 21% der Stimmen (86 Sitze). Sie hatte 1955 über 350 000, 1978 über 600 000 Mitglieder. Generalsekretär der KPF ist seit 1972 G. *Marchais*. – □ 5.8.3.

Kommunistische Partei Indonesiens, *Partai Komunis Indonesia*, Abk. *PKI*, am 23. 5. 1920 gegr. älteste kommunist. Partei Asiens. 1926/27 versuchte die PKI einen Aufstand, der jedoch scheiterte. Sie blieb dann bis 1945 verboten. Am 17. 8. 1945 wurde die PKI neu gegründet. Im Sept. 1948 bemächtigten sich prokommunist. Offiziere der Stadt Madiun u. forderten die Kommunisten ganz Indonesiens zum Aufstand auf. Die Rebellion der PKI scheiterte; 11 PKI-Führer wurden hingerichtet. Die Partei blieb jedoch legal.

1951 bekam eine Gruppe junger Funktionäre (D. N. *Aidit*, M. H. *Lukman*, *Njoto* u. a.) die Führung der Partei in die Hand. Sie leiteten den Wiederaufstieg der PKI ein, die nun zur stärksten nichtregierenden Kommunist. Partei Asiens u. der Welt wurde; Mitte 1965 hatte sie ca. 3 Millionen Mitglieder. Am 30. 9./1. 10. 1965 wurden 6 Generäle von einer Gruppe innerhalb der Armee („Bewegung des 30. September“) entführt u. ermordet. Die daraufhin errichtete Militärdiktatur des Generalmajors *Suharto* machte die PKI für diese Vorgänge verantwortlich. Die PKI wurde verboten; in Massakern an Mitgliedern u. wirklichen oder vermeintl. Anhängern der PKI wurden 1965–1977 wahrscheinlich über 500 000 Menschen ermordet. – □ 5.8.3.

Kommunistische Partei Israels, 1. *Miflaga Kommunistit Jisra'elit*, Abk. *Maki*, gegr. 1919; vertritt einen gemäßigten Zionismus, verbunden mit der Forderung nach Zugeständnissen an die Araber; erhielt bei den Wahlen zwischen 1949 u. 1961 2,8–4,5% der Stimmen, vorwiegend von arab. Wählern; 1965 Abspaltung von 2), gehört jetzt dem Wahlbündnis *Shelli* an (2 Abg.). – 2. *Reschima Hadascha*, Abk. *Rakah*, *Neue Kommunistische Liste*, betont proarabische, antizionistische Abspaltung von 1), 1965 gegr.; 1977: 5 Abg. in der Knesset.

Kommunistische Partei Italiens, Abk. *KPI*, *Partito Comunista Italiano (PCI)*, bis 1943 *Partito Comunista d'Italia*, gegr. 1921 in Livorno, die heute stärkste Kommunist. Partei der westl. Welt. Aus der infolge ihrer einmütigen Ablehnung des italien. Kriegseintritts (1915) bis 1920 ungespalten gebliebenen Sozialist. Partei Italiens (PSI), die 1919 sogar der Kommunist. Internationale beigetreten war, entstand durch Abspaltung der drei radikalsten Gruppierungen die KPI. Sie bestand zunächst aus der für grundsätzliche Nichtbeteiligung an Parlamentswahlen eintretenden Gruppe um A. *Bordiga*, der das Rätesystem befürwortenden Gruppe um die Zeitschrift „Ordine Nuovo“ (A. *Gramsci*, P. *Togliatti*, A. *Tasca*, V. *Terracini*, A. *Leonetti* u. a.) sowie den „linken Maximalisten“ um E. *Gennari*. Die KPI bildete sich z. T. aus Enttäuschung darüber, daß die von der Gruppe „Ordine Nuovo“ unterstützten Streiks u. Fabrikbesetzungen in Turin u. Piemont im März/April 1920 nicht zu einer proletar. Revolution in ganz Italien geführt hatten, z. T. entstand sie deshalb, weil die PSI-Parteimehrheit die 1920 beschlossenen 21 Bedingungen für die Mitgliedschaft in der Komintern nicht akzeptieren u. auch entgegen den Wünschen der Komintern den rechten Parteiflügel um F. *Turati* nicht aus der PSI ausschließen wollte.

Wiedervereinigungsbestrebungen zwischen KPI u. PSI, die 1921–1923 nach Ausschluß des Turati-Flügels aus der PSI auch von der Komintern unterstützt wurden, führten nicht zum Erfolg. 1923 verlor Bordiga, der durch seine grundsätzl. Ablehnung der Beteiligung an Parlamentswahlen u. durch seine Gegnerschaft gegen eine Wiedervereinigung mit der PSI in Gegensatz zur Komintern-Politik geraten war, seine Funktionen in der KPI. Die Führung der Partei ging 1924 auf A. *Gramsci* über. Die KPI – wie die gesamte italien. Linke durch innere Auseinandersetzungen geschwächt – wurde von der seit 1922 amtierenden faschist. Regierung B. Mussolinis im Nov. 1926 verboten; sie blieb bis 1943 illegal.

Die KPI beteiligte sich 1943/44 am wiedererwachenden polit. Leben im von den Westmächten bereits besetzten Süditalien; gleichzeitig wurde die Partei zur maßgebl. Kraft im Partisanenkampf gegen die faschist. Satellitenregierung im nördl. Italien („Republik von Salò“). Seitdem ist die KPI die zweitstärkste Kraft des italien. polit. Lebens neben der christl.-demokrat. Partei. Die KPI gehört zu den wenigen kommunist. Parteien in nichtkommunist. Ländern, die ein anerkannter u. respektierter Bestandteil des nationalen Lebens sind. 1945 hatte sie 400 000 Mitglieder, 1953 über 2,2 Mill., 1976 etwa 1,75 Mill. Bei den Parlamentswahlen 1976 errang sie 227 von 630 Mandaten. Seit 1956 tritt die Partei entschieden für einen eigenen italien. Weg zum Sozialismus ein u. lehnt jede Unterordnung von kommunist. Parteien unter eine internationale Zentrale ab. Die KPI verfügt seit langem über eigenständige u. bedeutende marxist. Denker; so hat A. *Gramsci* wesentl. Beiträge zur marxist. Theorie geliefert, u. P. *Togliatti* hat Grundlegendes zur Neuformulierung der kommunist. Programmatik in der Gegenwart beigetragen. Den Einmarsch der Warschauer-Pakt-Truppen in die ČSSR lehnt die KPI bis heute scharf ab. Generalsekretär der KPI ist seit 1972 E. *Berlinguer*, Präs. (Ehren-Vors.) L. *Longo*. – □ 5.8.3.

Kommunistisches Informationsbüro →Kominform.

Kommunistisches Manifest, *„Manifest der Kommunistischen Partei“*, 1848 von K. *Marx* u. F. *Engels* für den „Bund der Kommunisten“ verfaßte Programmschrift der marxist.-kommunist. Bewegung; die bedeutendste u. populärste Manifestation dieser Richtung, in der die Lehre vom Klassenkampf bis zur endgültigen Überwindung der herrschenden Klassen u. zur Herstellung der klassenlosen Gesellschaft zugleich als Geschichtslehre wie als polit. Forderung verkündet wird. Der bürgerl.-nationalen Staatsordnung, in der die Arbeiter „nichts zu verlieren haben als ihre Ketten“, wird die Internationale der Arbeiterklasse als die Ordnung der Zukunft entgegengestellt. Das Manifest schließt mit dem Aufruf: „Proletarier aller Länder, vereinigt euch!“ →auch Marxismus.

kommunizieren [lat.], **1.** *allg.:* miteinander in Verbindung stehen, in *Kommunikation* treten. **2.** *Liturgie:* die *Kommunion* empfangen.

kommunizierende Röhren, miteinander verbundene, oben offene Röhren. Füllt man sie mit einer Flüssigkeit, so steht diese in allen Röhren (unabhängig von deren Durchmesser u. Form) gleich hoch, da überall der gleiche Druck herrscht.

Kommutation [lat.], allg. Veränderung; in der *Elektrotechnik* die Stromwendung bei Elektromotoren u. Generatoren durch einen →Kommutator.

kommutatịves Gesetz, *Vertauschungsgesetz*, ein Gesetz der Mathematik: Der Wert einer Summe (eines Produkts) ist von der Reihenfolge der Summanden (Faktoren) unabhängig; $a + b = b + a$ oder $a \times b = b \times a$.

Kommutạtor [der, Mz. *K.en*; lat.], *Stromwender*, eine Vorrichtung an elektr. Generatoren u. Elektromotoren aus ringförmig angeordneten, gegeneinander u. gegen die Läuferwelle isolierten Segmenten, die einerseits paarweise mit je einem Anschluß der Ankerwicklung verbunden sind, andererseits von einer Schleifbürste berührt werden, an die sich der äußere Stromkreis anschließt. Der K. hat die Aufgabe, bei sich drehendem Läufer den in den Wicklungsteilen sinusförmig pulsenden Strom abzunehmen u. ihn gleichzurichten, d. h. deren Anschlüsse wechselweise mit dem äußeren Netz so zu verbinden, daß in diesem die Stromrichtung unverändert bleibt.

Kommutierung [lat.], *Elektrotechnik:* die Stromwendung bei Elektromotoren, Generatoren u. Stromrichtern; →Kommutator.

Komnẹnen, Kaisergeschlecht in Byzanz 1057 bis 1059 u. 1081–1185. Eine Nebenlinie des in Byzanz entthronten Geschlechts begründete 1204 das Kaiserreich Trapezunt, das 1461 von den Osmanen erobert wurde.

Komödịant, im 18. Jh. ursprüngl. Bez. für den Schauspieler; heute im übertragenen Sinn für einen Menschen, der eine Rolle zu spielen versucht, also „schauspielert“.

Komọ̈die [grch.], *Lustspiel*, ein Schauspiel, das überwiegend *Komik*, *Humor* oder *Witz* enthält. Teilweise werden die Begriffe auch getrennt, so daß der Komik die *K.*, dem Humor das *Lustspiel* u. dem Witz die *Satire* zugeordnet werden; doch läßt sich diese Trennung nicht streng durchführen, weil eine K. gewöhnlich Komik, Humor u. Witz gleichzeitig enthält. So wird als K. schlechthin jedes Schauspiel bezeichnet, das in der Gesamtheit seines Verlaufs zum Lachen reizen will (dabei können einzelne Szenen durchaus ernster Natur sein).

Geschichte: Als dramaturg. Darstellung eines lustigen Stoffs entstand die K. in *Griechenland* aus den Umzügen u. Gelagen [grch. *komos*] zu Ehren des Dionysos. *Epicharmos* entwickelte um 500 v. Chr. die K. zur Kunstform. Der Klassiker der sog. alten attischen K. ist *Aristophanes*; die K. erhielt hier eine der griech. Tragödie ähnliche Form u. verhöhnte Mißstände der Zeit, meist solche aus dem polit. oder literar. Bereich. Aus der Zeit der sog. mittleren Komödie *(Mese)*, die sich mit der privaten Sphäre u. dem Kurtisanenmilieu befaßte, sind von den Hunderten theatral. Eintagsfliegen nur Bruchstücke erhalten *(Antiphanes, Anaxandrides)*. Der Meister der sog. neuen attischen K. *(Nea)*, die vorwiegend Stoffe aus dem Alltagsleben verarbeitete, ist *Menander*. – Um 240 v. Chr. begann die Entwicklung der K. in *Italien*: *Plautus* u. *Terenz* verarbeiteten griech. Motive. Um Christi Geburt verschmolz die röm. K. mit alten oskischen Volksspielen zur *Atellane* mit ihren festen Charaktermasken. Daraus entwickelte sich später die *Commedia dell'arte*, in der sich neben den antiken Elementen auch mittelalterl.-volkstümliche erhalten haben. Das Stegreifspiel der Commedia dell'arte wurde von C. *Goldoni* zur festen literar. Form u. Gattung ausgeprägt, die von L. *Pirandello* im 20. Jh. erneuert wurde. – In *Frankreich* verschmolz die Commedia dell'arte mit der heim. *Farce*. Der junge P. *Corneille* erhob die neue Gattung zur literar. Form, *Molière* eroberte ihr mit seiner Charakter-K. die europ. Bühnen. Im 19. Jh. wurde Frankreich führend in der sozialen u. Gesellschafts-K. – Die K. in *England*, die von antikisierenden Versuchen ausging, erreichte mit *Shakespeare* ihren Gipfelpunkt. Später entwickelte sich in England unter dt. u. französ. Einfluß die Dialog-K., deren Meister O. *Wilde* u. G. B. *Shaw* sind. – Im *deutschsprachigen Raum* fand nach jahrzehntelanger Nachahmung französ., engl. u. italien. Muster erst G. E. *Lessing* mit seiner

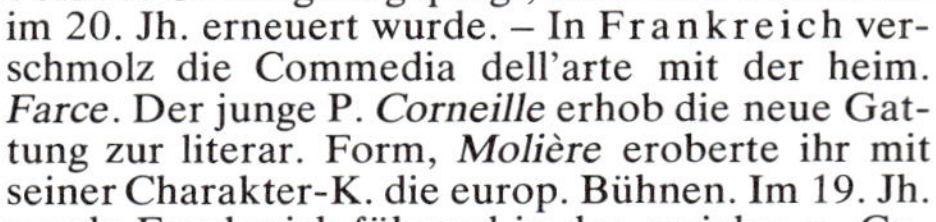

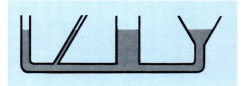

kommunizierende Röhren (Schema)

„Minna von Barnhelm" zu einem eigenen Stil. Lessing hatte nur wenige ebenbürtige Nachfolger: H. von *Kleist* mit „Der zerbrochene Krug" u. „Amphitryon", G. *Büchner* mit „Leonce u. Lena" u. F. *Grillparzer* mit „Weh dem, der lügt". In der Wiener Lokalposse bildeten F. *Raimund* u. J. N. *Nestroy* eine bes. Note aus. Der „Biberpelz" von G. *Hauptmann* ist eine K. mit sozialkritischer Tendenz; gegen das Bürgertum richten sich die K.n C. *Sternheims*. Daneben sind u. a. zu nennen: H. *Bahr* („Der Krampus", „Das Konzert", „Ringelspiel"), E. *Tollers* komödiant. Prophetie „Der entfesselte Wotan", P. *Kornfeld* („Kilian oder Die Gelbe Rose"), F. *Werfel* („Jacobowsky u. der Oberst"), B. *Brecht* („Schweyk im zweiten Weltkrieg", „Herr Puntila u. sein Knecht Matti"), C. *Zuckmayer* („Der fröhliche Weinberg", „Der Hauptmann von Köpenick"); mehr dem Grotesken zugewandt sind M. *Frisch* („Don Juan oder die Liebe zur Geometrie"), F. *Dürrenmatt* („Herkules u. der Stall des Augias", „Romulus der Große", „Der Besuch der Alten Dame", „Grieche sucht Griechin") u. P. *Hacks* („Moritz Tassow", „Margarete in Aix", „Amphitryon").

Komodowaran, *Varanus komodoensis*, die größte lebende *Echse* (erst 1912 entdeckt); über 3 m lang, mit z. T. verknöcherten Schuppen, reiner Landbewohner; nur noch auf den Inseln Komodo, Flores u. zwei benachbarten kleineren Inseln in Indonesien; lebt über 12 Jahre.

Kom Ombo, oberägypt. Stadt am rechten Nilufer, nördl. von Assuan, 60 000 Ew.; Umsiedlungsgebiet für die durch den Assuandamm-Nilstau vertriebenen Nubier; Zuckerrohr- u. Baumwollanbau; Doppeltempel aus der Ptolemäerzeit.

Komoren, amtl. *République fédérale et islamique des Comores*, Inselgruppe zwischen Madagaskar u. Ostafrika, seit 1841 französ. Kolonie, seit 1947 französ. Überseeterritorium, seit 1976 selbständiger Inselstaat (außer →Mayotte). Der Unabhängigkeit ging 1974 ein Volksentscheid voraus. – Die Fläche der K. beträgt 1797 qkm, 340 000 Ew. (ohne Mayotte); Hptst. ist *Moroni*.
Die vier großen (Grande Comore, Mayotte, Anjouan u. Mohéli) u. einige kleinere Inseln sind vulkan. Entstehung u. gebirgig (tätiger Vulkan *Kartala* auf Grande Comore, 2361 m). Die Küsten sind steil u. von Korallenriffen begleitet. Das regenreiche Monsunklima (je nach Höhenlage u. Exposition fallen 700–4000 mm Niederschlag im Jahr) hat als natürliche Vegetation dichten Regenwald entstehen lassen, der aber bis auf Reste in höheren Lagen gerodet wurde. – Die Bevölkerung ist aus Arabern, Malaien u. Negern gemischt u. gehört überwiegend dem Islam an, der mit Moscheen u. Koranschulen das Bild der Siedlungen prägt. – Die Wirtschaft wird bestimmt durch die großenteils von Europäern betriebenen Plantagen, die für den Export ätherische Öle (Parfümessenzen), Vanille, Sisal, Kopra, Kakao, Kaffee, Gewürznelken u. Pfeffer liefern. Auf kleinen Feldern baut die einheimische Bevölkerung Maniok, Mais, Süßkartoffeln, Reis u. Zuckerrohr an. Die Viehzucht hat geringe, der Fischfang größere Bedeutung. Schiffs- u. Flugverkehr verbinden die Inseln untereinander. Moroni u. Dzaoudzi sind die beiden Ausfuhrhäfen.

Komorn, slowak. *Komárno*, Stadt in der Südslowakei, an der Mündung der Waag in die Donau (Hafen), im O der *Großen Schüttinsel*, 26 000 Ew.; Festung; Maschinenbau, Werftindustrie.

Komorowski, Tadeusz, Deckname: *Bór*, poln. Offizier, * 1. 6. 1895 Trembowla, Ostgalizien, † 24. 8. 1966 London; 1939/40 Führer der poln. Untergrundarmee (seit 1942 *Armia Krajowa* genannt) im Bereich Krakau, 1941–1943 ihr stellvertr. Befehlshaber, 1943/44 Befehlshaber; leitete im August 1944 den Aufstand in Warschau; bis 1945 kriegsgefangen, dann im Exil.

Komotau, tschech. Chomutov, Stadt in Nordböhmen, am Fuß des Erzgebirges, 39 000 Ew. (vor 1946: 30 000 Deutsche); Maschinenbau, Hüttenindustrie, Braunkohlenabbau. – Im 11. Jh. erstmals erwähnt, ehem. Besitz des Dt. Ordens (Rathaus, 13. Jh.); barocke Kirchen u. Profanbauten.

Komotiní, *Komotene*, türk. *Gümüldschina*, griech. Stadt im westl. Thrakien, 32 000 Ew.; Tabakhandel.

Kompagnon [-pa′njõ; frz.], *Compagnon*, Gesellschafter, Teilhaber.

Kompanie [frz.], *Kompagnie*, *Compagnie*, 1. *Handel*: Gesellschaft, Genossenschaft. 2. *Militär*: die unterste Einheit der Truppe bei Heer, Luftwaffe u. Marine; in den fliegenden Verbänden auch *Staffel*, bei der Artillerie auch *Batterie* genannt; bei berittenen oder bespannten Truppen früher *Schwadron* oder *Eskadron*. Führer der K., *K.chef*, ist ein Hauptmann oder Major, der unterste Vorgesetzte mit Disziplinarstrafgewalt.

Kompaniefeldwebel, der für den gesamten inneren Dienst in der Kompanie dem Kompaniechef verantwortl. Feldwebel, in der Soldatensprache als „Mutter der Kompanie" oder „Spieß" bezeichnet, in den entspr. Einheiten *Batterie*- oder *Staffelfeldwebel* genannt; Dienstgrad: Hauptfeldwebel.

Komparabilwert [lat.], aus Hirn- u. Körpergewicht errechneter Vergleichswert, um die entwicklungsgeschichtliche Ranghöhe eines Wirbeltiers feststellen zu können:

$$\text{Komparabilwert} = \frac{(\text{absolutes Hirngewicht})^2}{\text{Körpergewicht}}$$

Komparation [lat.], die Steigerung des Adjektivs u. Adverbs (klein, kleiner, am kleinsten; viel, mehr, am meisten); die Reihe *Positiv*, *Komparativ*, *Superlativ* (auch *Elativ*).

Komparativ [der; lat.], die erste Steigerungsstufe der Adjektive u. Adverbien („schöner" zu dem Positiv „schön").

komparative Kosten, ein Begriff der Außenhandelstheorie: Das „Theorem der k.n K." (D. *Ricardo*) erklärt, daß alle Länder, die alle Güter zu geringeren Kosten als andere Länder herstellt, dennoch Außenhandel treiben kann. Das betreffende Land spezialisiert sich darauf, jenes Gut zu erzeugen, bei dem sein Kostenvorteil am größten ist, u. überläßt die Produktion der anderen Güter, bei denen es zwar ebenfalls einen absoluten, aber geringeren Kostenvorteil hat, anderen Ländern. Beispiel (D. Ricardo): In England kosten eine Einheit Tuch 100 Arbeitsstunden u. eine Einheit Wein 120 Arbeitsstunden; in Portugal kosten eine Einheit Tuch 90 Arbeitsstunden u. eine Einheit Wein 80 Arbeitsstunden. Portugal hat also in beiden Produktionen einen absoluten Kostenvorteil; dieser Vorteil ist aber in Wein größer als in Tuch, d. h., es liegt in Wein ein komparativer (vergleichsweiser) Kostenvorteil vor. Portugal wird sich daher auf die Produktion von Wein spezialisieren, England dagegen auf die von Tuch.

Komparse [ital.], stumme Rolle im Theater u. Film; vom *Statisten* nicht streng geschieden.

Komparserie [ital.], die Gesamtheit der *Komparsen*.

Kompaß [der; ital.], 1. *Astronomie*: Pyxis, auch *Mastbaum*, *Malus*, Teil des südl. Sternbilds „Schiff Argo". 2. *Navigation*: Gerät zur Bestimmung der Himmelsrichtung. Beim **Magnet-K.** stellt sich eine auf einer feinen Spitze im Schwerpunkt gelagerte Magnetnadel unter Einwirkung des magnet. Erdfelds in Nord-Süd-Richtung ein. Eine *Windrose* (*K.rose*, Einteilung eines Kreises in Himmelsrichtungen), über der die K.nadel spielt, ermöglicht es, die gesuchte Richtung abzulesen. Beim *Schiffs-K.* ist sie auf der Magnetnadel befestigt u. im kardanisch aufgehängten *K.kessel* untergebracht. Beim *Schwimm-K.* schwimmt die Windrose auf einer Flüssigkeit (Alkohol-Wasser-Gemisch) zur Dämpfung der Schwingungen. – Da der stählerne Schiffskörper die Magnetnadel stark beeinflußt (Deviation), benutzt man auch den **Elektronen-K.**: Ein senkrecht nach oben (oder unten) gerichteter Elektronenstrahl wird durch das magnet. Erdfeld nach Osten (oder Westen) abgelenkt. – Eine weitere K.art: →Kreiselkompaß. →auch Radiokompaß.
Der K. soll eine Erfindung der Chinesen sein. Die älteste Nachricht über die Benutzung in Europa stammt 1190 n. Chr. von *Hugnes de Bercy*. →auch Deklination, Inklination. – □ 7.5.5.

Kompaßpflanzen, *Meridianpflanzen*, Pflanzen, die ihre Blätter in nord-südl. Richtung einstellen u. so ihre mit den Kanten nach oben gestellten Blattflächen nur dem schwächeren Abend- oder Morgenlicht zuwenden, nicht aber der hohen Strahlungsintensität der Sonne zur Mittagszeit; z. B. die *Kompaßdistel* (Kompaßpflanze i. e. S., *Lactuca servida*). →auch Phototropismus.

Kompaßqualle, *Chrysaora hysoscella*, bis 30 cm große gelbl. *Fahnenqualle* der europ. Küsten; mit 16 dunklen, V-förmigen Streifen, die an eine Kompaßrose erinnern. Mundarme bis 2 m ausdehnbar. Oft in Schwärmen (bei Helgoland).

Kompatibilität [lat.], 1. *allg.*: Vereinbarkeit, Verträglichkeit, Bejahung der Zulässigkeit. 2. *Recht*: die Möglichkeit, verschiedene Ämter gleichzeitig innezuhaben oder die Amtsgewalt in bestimmten Situationen auszuüben. 3. *Technik*: die Vereinbarkeit verschiedener technischer oder elektronischer Systeme; z. B. soll man mit Farbfernsehsystemen auch Schwarzweißsendungen oder mit Schwarzweißgeräten auch Farbsendungen (unbunt) empfangen können. Gleiches gilt auch für mono- u. stereophonische Systeme.

Kompendium [das, Mz. *Kompendien*; lat.], 1. *allg.*: knappes Lehrbuch, Leitfaden, Abriß. 2. *Photographie*: Sonnenblende mit ausziehbarem Balgen u. Lichtfilterhalterung für Kinokameras.

Kompensation [lat.], 1. *allg.*: Aufrechnung, Ausgleich, Entschädigung. 2. *Physik u. Technik*: der Ausgleich zweier gegeneinander wirkender Vorgänge. Der *K.regler* ist ein Temperaturregler für offene Klimaanlagen; *elektrische Kompensatoren* dienen zur Spannungsmessung ohne Stromentnahme; die *K.s-*

Komoren: die Stadt Moutsamoudou auf Anjouan

unruh ist die mit Bimetall versehene Unruh einer Uhr zur K. der Ausdehnung des Metalls. →auch Kompensator.
3. *Physiologie:* der Ausgleich anatomischer oder funktioneller Störungen eines Organs oder Organteils durch gesteigerte Tätigkeit eines anderen Organs oder Organteils.
4. *Psychologie:* der Ausgleich von Mängeln durch bes. Leistungen oder ein spezielles Verhalten; z.B. die K. eines Minderwertigkeitsgefühls durch ein betont sicheres Auftreten. Zur *Überkompensation* kommt es, wenn nicht nur Ausgleich, sondern gesteigerter Erfolg erreicht wird (z.B. ein Stotterer, der sich zu einem großen Redner entwickelt).
5. *Strafrecht:* Straffreierklärung bei wechselseitig-sofortiger Erwiderung von Beleidigungen oder leichten Körperverletzungen, auch wenn erste Körperverletzung fahrlässig (§§ 199, 233 StGB).
6. *Zivilrecht:* 1. *culpa-K.* [„Schuld-K."], der (Teil-)Ausgleich des Verschuldens des Verletzers durch mitwirkendes Verschulden des Verletzten; 2. = Vorteilsausgleichung.

Kompensationsgeschäft, 1. Tauschgeschäft unter Ausschaltung des Geldes, Tausch von Ware gegen Ware; im dt. Binnenhandel von 1945 bis zur Währungsreform 1948 infolge der verdeckten Inflation sehr verbreitet. Durch Gesetz des Wirtschaftsrates vom 3. 11. 1948 wurden K.e verboten.
2. im Außenhandel häufig als *Kompensationsverkehr* bei nicht freier Konvertierbarkeit der Währungen; ein reiner Bilateralismus. Zur Erhaltung einer ausgeglichenen Devisenbilanz wird aufgrund von *Kompensationsverträgen* wertmäßig die Einfuhr höchstens so groß wie die Ausfuhr bemessen.

Kompensator [lat.], *Dehnungsausgleicher,* ein schlangenbogenförmiges Stück einer Rohrleitung für Dampf, Heißwasser oder heiße Gase *(Lyrabogen, Federbogen),* das die durch die Temperaturschwankungen hervorgerufenen Längenänderungen ausgleicht.

Kompetenz [lat.], Zuständigkeit (zur Gesetzgebung, zur Verwaltung, für fachl. Fragen u.a.).

Kompetenzkompetenz [lat.], die Fähigkeit (des Staates, im Rahmen der Verfassung auch der Staatsorgane), die Grenzen der Zuständigkeit selbst bestimmen zu können, d.h. auch den eigenen Wirkungskreis zu erweitern.

Kompetenzkonflikt [lat.], Streit um die Zuständigkeit *(Kompetenz).* Ein *positiver K.* liegt vor, wenn sich zwei Stellen (vor allem des Staates, etwa Verwaltung u. Justiz, zwei Gerichte u.a.) für zuständig halten. Vom *negativen K.* spricht man, wenn keine der beiden Stellen sich für zuständig erklärt. Insbes. bei Klagen gegen den Staat haben sich früher Konflikte dieser Art ergeben. Deshalb wurden in einigen Ländern bes. *K.sgerichtshöfe* eingerichtet. Weil sich früher bei Klagen der Bürger gegen den Staat mitunter ein negativer K. zwischen ordentlicher u. Verwaltungsgerichtsbarkeit ergab, bestimmt das Grundgesetz für die BRD in Art. 19 Abs. 4: „Wird jemand durch die öffentliche Gewalt in seinen Rechten verletzt, so steht ihm der Rechtsweg offen. Soweit eine andere Zuständigkeit nicht begründet ist, ist der ordentliche Rechtsweg gegeben."
In Österreich ist die jeweilige gemeinsame Oberbehörde zuständig für die Bereinigung von K.en im Bereich des Verwaltungsrechts sowohl zwischen Bundesbehörden untereinander als auch zwischen Landesbehörden untereinander. Entsprechend wird auch bei K.en innerhalb der ordentl. Gerichtsbarkeit verfahren. Zahlreiche K.e sind vom Verfassungsgerichtshof zu schlichten; im einzelnen die K.e 1. zwischen Gerichten u. Verwaltungsbehörden; 2. zwischen dem Verwaltungsgerichtshof u. allen anderen Gerichten, insbes. auch zwischen dem Verwaltungsgerichtshof u. dem Verfassungsgerichtshof selbst, sowie zwischen den ordentl. Gerichten u. anderen Gerichten; 3. zwischen den Ländern untereinander sowie zwischen einem Land u. dem Bund (Art. 138 BVerfG).

Kompetenzstücke, Ausdruck der schweizer. Rechtssprache: →Konkurs.

Kompilation [lat., „Zusammenplünderung"], Anhäufung, insbes. eine aus anderen Werken zusammengestellte wissenschaftl. oder literar. Arbeit.

komplanar [lat.], in der gleichen Ebene liegend.

Komplanation [lat.], die Flächenberechnung von gekrümmten Flächen.

komplementär [lat., frz.], ergänzend.

Komplementär [lat., frz.], persönlich haftender Gesellschafter einer →Kommanditgesellschaft oder einer →Kommanditgesellschaft auf Aktien.

Komplementärfarbe [lat.], *Ergänzungsfarbe,* eine Farbe, die eine andere zu Weiß ergänzt. K.n liegen einander im kreisförmigen Spektralband des Sonnenlichts gegenüber (z.B. Rot–Grün, Blau–Gelb). →Farbenlehre.

Komplementarität [lat.], die zuerst von N. *Bohr* erkannte Erfahrungstatsache, daß atomare Teilchen zwei paarweise gekoppelte, scheinbar einander widersprechende Eigenschaften haben, z.B. sowohl Teilchen- als auch Wellencharakter. Die Beobachtung zweier komplementärer Eigenschaften *(komplementärer Größen)* ist jedoch nicht gleichzeitig möglich, sondern erfordert entgegengesetzte, nicht miteinander verträgliche Meßvorgänge. →auch Quantentheorie.

Komplementwinkel [lat.], zwei Winkel, die sich zu 90° ergänzen.

Komplet, 1. [kɔm'ple:t; die; lat.], *Liturgie: Completorium,* das kirchl. Nachtgebet des Breviers.
2. [kɔ̃'ple:; das; frz.], *Mode: Complet,* in der Damenmode zwei aufeinander in Farbe u. Stoff abgestimmte Kleidungsstücke (z.B. Kleid u. Jacke); in der Herrenmode: *Kombination.*

Komplex [der; lat.], **1.** *allg.:* vielfältig zusammengesetzte Einheit, Gesamtheit; Fläche, Gebiet, Bereich. – Eigw.: *komplex,* vielfältig zusammengesetzt.
2. *Denk- u. Gedächtnispsychologie:* die Verbindung von Vorstellungen zu einem Ganzen. Im Gedächtnis sind die erlernten Inhalte zu einem K. zusammengefaßt.
3. *Psychoanalyse:* die Verbindung von (abgespaltenen, unverarbeiteten) Vorstellungen oder Erlebnissen mit peinl. Gefühlen. Meist werden diese Verbindungen ins Unbewußte verdrängt (→Verdrängung), bleiben aber dynamisch (→Dynamik) wirksam als fortwährende Bewußtseinsbeunruhigung u. können den Ausgangspunkt für *Neurosen* bilden. Die Auflösung von K.en ist die wichtigste Aufgabe der *Psychotherapie.*

Komplexauge, das zusammengesetzte Auge der Insekten; →Lichtsinnesorgane.

komplexe Zahl, die Summe einer reellen u. einer imaginären Zahl: $Z = a+bi$; *a* heißt *Realteil, bi* Imaginärteil von *Z*; *a* u. *b* sind reelle Zahlen; $i = \sqrt{-1}$ heißt *imaginäre Einheit* (so die Darstellung z.B. in Schulbüchern). In der wissenschaftl. Literatur wird die komplexe Zahl als geordnetes Paar reeller Zahlen definiert: (a, b). Dann ist *a* der Realteil, *b* der Imaginärteil.

Komplexion [lat., „Zusammenfassung"], **1.** *Anthropologie:* die gleichsinnige Beziehung zwischen Haar-, Haut- u. Augenfarbe; z.B. blondes Haar, helle Haut, blaue Augen oder braunes Haar, dunkle Haut, braune Augen. Wahrscheinl. sind polyphäne Gene für die Pigmentierung verantwortlich.
2. *Mathematik:* →Kombinationslehre.

Komplexometrie [lat. + grch.] →Chelatometrie.

Komplexone [lat.], stark zur Komplexbildung (→Komplexverbindungen) neigende *Aminopolycarbonsäuren*; z.B. die Äthylendiamintetraessigsäure, deren Dinatriumsalz als *Komplexon III, Titriplex III* u.a. im Handel ist. K. werden als Titrationsmittel in der →Chelatometrie, zur Maskierung störender Metallionen (z.B. in der Färberei) u. als Wasserenthärtungsmittel verwendet.

Komplexphosphat, ein Enthärtungsmittel, das im Waschwasser Kalk- u. Eisenverbindungen zu wasserlöslichen, aber reaktionsunfähigen Komplexen bindet. Dadurch wird das Ausfällen dieser Stoffe u. Kesselsteinbildung verhindert u. zugleich Enthärtung des Wassers sowie Steigerung der Waschkraft erreicht.

Komplexverbindungen, chem. Verbindungen höherer Ordnung, bei deren Aufbau andere Bindungskräfte als bei den einfachen Verbindungen mitwirken u. deren Zusammensetzung im allg. nicht der normalen Wertigkeit ihrer Bestandteile entspricht; →auch Bindung, Koordinationsverbindungen.

Komplikation [lat., „Zusammenfaltung"], **1.** *allg.:* Verwicklung, Schwierigkeit.
2. *Medizin:* das Zusammentreffen mehrerer Krankheiten oder das Hinzutreten einer Krankheit zu einer anderen oder die Verschlimmerung einer Krankheit durch hinzukommende Störungen.

Komplott [das; frz.], Verschwörung, Verabredung zu Straftaten; →auch Mordkomplott.

Komponente [die; lat.], **1.** *allg.:* Bestandteil eines Ganzen.
2. *Chemie:* Bestandteil einer Mischung; z.B. sind Lösungsmittel u. gelöster Stoff die K.en einer Lösung.
3. *Physik:* eine Maßzahl, die eine physikal. Größe mitbestimmt; so ist z.B. die Geschwindigkeit durch drei K.en gegeben, nämlich durch die in einem räuml. Koordinatensystem gemessenen „Anteile" der Geschwindigkeit längs der drei Koordinatenachsen.

Kompong Cham, Prov.-Hptst. in Kambodscha, am Mekong, oberhalb von Phnom Penh, 30000 Ew.; Techn. Universität (1965); Verarbeitung von Baumwolle u. Jute.

Kompong Som, früher *Sihanoukville,* junge Hafenstadt in Kambodscha, 15000 Ew.; Ölraffinerie; im Vietnamkrieg zeitweise der Hauptumschlagplatz für den über See kommenden Nachschub des Viet-Cong.

komponieren [lat.], zusammenstellen, eine *Komposition* schaffen.

Komponist [lat.], *Tonsetzer,* der Verfasser musikalischer Werke.

Kompositen [lat.], *Compositae* = Korbblütler.

Komposition [lat.], **1.** *bildende Kunst:* die nach Harmoniegesetzen vorgenommene Anordnung u. Verbindung formaler Elemente in einem Kunstwerk; z.B. die Verteilung von Figurengruppen, die Festlegung von Bewegungsmotiven oder die Lichtverteilung im Verhältnis zu allen dargestellten Dingen u. zu dem sie umgebenden Raum.
2. *Grammatik:* die Zusammensetzung mehrerer Wörter (Wortstämme) zu einem *Kompositum.*
3. *Musik:* das musikalische Kunstwerk.

Kompositionslehre, die Lehre, die dem *Komponisten* die techn. Grundlagen für sein Schaffen vermittelt, d.h. die Lehre vom melod., harmon., rhythm. u. formalen Aufbau der Komposition. Hierzu gehören die allg. Musiklehre (Tonbenennung, Notenschrift, Intervalle, Tonarten, Metrik, Rhythmik, Agogik, Dynamik, Tempolehre, Verzierungen, Figuration u.a.), die Harmonielehre (Lehre von den Akkorden u. ihren Verbindungen, von der Anwendung der Konsonanzen u. Dissonanzen), die Lehre von Kontrapunkt u. Generalbaß, Instrumentationslehre, Formenlehre, Stilkunde, Musikästhetik u. angewandte Musikpsychologie.

Kompositkapitell [lat.], ein Typus des röm. Kapitells, zusammengesetzt aus dem volutengeschmückten ion. u. dem mit Pflanzenformen verzierten korinth. Kapitell.

Kompositum [das, Mz. *Komposita*; lat.], aus mehreren Wörtern zusammengesetztes Wort. Man unterscheidet *Nominal-K.* (z.B. Brief-tasche) u. *Verbal-K.* (z.B. über-setzen); Gegensatz: *Simplex*; →auch Derivativum.

Kompost [der; frz.], für das Grünland u. bes. im Gartenbau benutzter natürl. Humusdünger aus Erde, Pflanzenresten u. Hühnermist unter Zugabe von Kalk u. evtl. auch Jauche.

Kompott [das; frz.], frisch gekochtes oder eingemachtes Obst, das als Beilage oder Nachtisch gereicht wird.

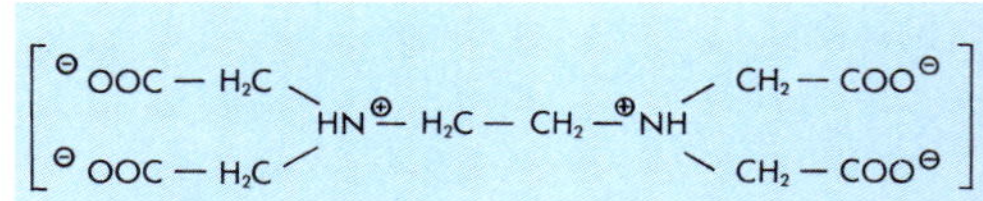

Komplexone: Äthylendiamintetraessigsäure

Kompresse [lat.], mehrfach gefaltetes u. zusammengedrücktes Stück Leinwand oder Mull zu Verbänden, feuchten Umschlägen u.ä.

kompressibel [lat.], zusammendrückbar.

Kompressibilität [lat.], die „Zusammendrückbarkeit" eines Stoffs, d.h. die Verringerung eines Volumens durch allseitigen Druck. Die Maßzahl der K. ist eine Materialkonstante: die relative Volumänderung dividiert durch die Druckänderung bei konstanter Temperatur. Die K. wird in reziproken Druckeinheiten angegeben (z.B. cm^2/kp; $m^2 \cdot N^{-1}$). Der Kehrwert heißt *Kompressionsmodul.* Er wird im allg. in $kp \cdot mm^{-2}$ oder $kp \cdot cm^{-2}$ angegeben. Die K. ist groß für Gase u. sehr klein für flüssige u. feste Stoffe. In Strömungen, in denen keine großen Drücke auftreten, können Flüssigkeiten daher prakt. als inkompressibel angesehen werden. Innerhalb der Gültigkeitsgrenze des Hookeschen Gesetzes ist die K. vom Druck unabhängig. Bei Gasen unterscheidet man *isotherme* u. *adiabatische K.,* je nachdem, ob sie bei konstanter

Temperatur (d. h. unter Wärmeabgabe) oder ohne jeden Wärmeaustausch komprimiert werden.

Kompression [lat.], Verdichtung; Verringerung des Volumens eines festen Körpers, einer Flüssigkeit oder eines Gases durch Druck.

Kompressionsverband, *Druckverband*, unter Druck angelegter, gepolsterter Verband zur Blutstillung.

Kompressor [der; lat.], *Gasverdichter*, eine Maschine zum Verdichten von Luft, Gasen u. Dämpfen bis zu Drücken von mehr als 100 at, für Windkessel, Druckluft, Verbrennungsmotoren, Düsenantriebe u. chem. Synthesen. Beim *Kolben-K.* saugt ein Kolben die Luft oder das Gas durch ein Ventil an; dieses schließt sich beim Rückhub, u. die Luft wird verdichtet, bis sie durch ein zweites Ventil in die Leitung oder zu einem weiteren Kolben zwecks weiterer Verdichtung geleitet wird *(zweistufiger K.)*; für Drücke über 20 at finden *dreistufige K.en* Verwendung. Die bei der Druckerzeugung entstehende Wärme muß durch Kühlung abgeleitet werden. – Der *Turbo-K. (Kreisel-K.)* ist wie eine Turbine gebaut; er arbeitet in umgekehrter Reihenfolge wie diese, d. h., ein Laufrad saugt durch eine Mittelöffnung Gas an u. schleudert es mit seinen Schaufeln nach außen, wodurch es verdichtet wird; von hier wird es durch ein festes Leitrad zum nächsten Laufrad zur weiteren Verdichtung weitergeleitet usw. Die Laufräder sitzen auf einer Welle *(Läufer)*, während die Leiträder *(Ständer)* im Gehäuse eingebaut sind. Der Läufer ist meist direkt mit einem Motor oder einer Dampf- oder Gasturbine gekoppelt (Fördermengen bis zu $5 \cdot 10^6$ m³/h). Die durch die Verdichtung u. Reibung hervorgerufene Wärme (bes. in den ersten Druckstufen) muß durch Kühlung vermindert werden.

Kompressorbremse →Motorbremse.

Komprimate [lat.], Zuckerwaren aus gepreßtem Puderzucker mit Geschmacksstoffen, in Form von Pastillen, Tabletten oder Kugeln; z. B. Pfefferminzplätzchen.

komprimieren [lat.], zusammendrängen, verdichten.

Kompromiß [lat.], Zugeständnis, Ausgleich durch beiderseitiges Nachgeben; im Zivilprozeß das wechselseitige Versprechen streitender Parteien, sich einem Schiedsspruch zu unterwerfen.

Komptabilität [lat., frz.], Rechnungsführung, Rechnungslegung.

Komptabilitätsgesetz, ältere Bez. für *Haushaltsordnung*, Gesetz über die Aufstellung u. Ausführung des Haushaltsplans.

Komsomol [der; russ. Kurzwort für *Kommunistitscheskij sojus molodjoschi*, „Kommunistischer Jugendverband"], 1918 gegr. sowjet. Staatsjugendorganisation; erfaßt die 14–26jährigen *(Komsomolzen)*, die im Sinn der kommunist. Partei der Sowjetunion u. zur Durchsetzung ihrer Ziele in Schule, Betrieb u. Gesellschaft erzogen werden. Die Mitgliederzahl geht in die Millionen. Vorstufe des K. ist die Organisation der *Jungen Pioniere* (9–14 Jahre). – Nach dem Vorbild des K. wurde in der DDR die *FDJ* geschaffen.

Komsomolskaja, sowjet. antarkt. Station auf dem Inlandeis, auf etwa 74° S, 98° O; 1957 eingerichtet u. bis 1959 besetzt.

Komsomolsk-na-Amure, Stadt im Fernen Osten der RSFSR (Sowjetunion), am unteren Amur, 218 000 Ew.; Hochschule; Eisenhüttenwerk, Maschinen-, Flugzeug- u. Schiffbau, Baustoffindustrie; Erdölraffinerie, Wärmekraftwerk; Flughafen, Fernmeldesatellitenstation. – 1932 vom sowjet. Jugendverband *Komsomol* erbaut.

Komtesse [frz.], *Comtesse*, Gräfin, in Dtschld. früher bes. die unverheiratete Grafentochter.

Komtur [lat.], 1. *Ritterorden*: in den geistl. Ritterorden der Inhaber eines Ordensamtes; meist der Vorsteher eines Hauses *(K.ei, Kommende)* mit der Aufgabe, den Konvent zu leiten, den Besitz u. die Einkünfte des Hauses zu verwalten u. a. – *Groß-K.*, im Dt. Orden einer der fünf *Großgebietiger*, der nächste Berater des Hochmeisters; ursprüngl. der K. des Haupthauses in Akko, dann der Marienburg.

2. *Verdienstorden*: der Inhaber eines „aus dem Hals" zu tragenden Ordens; auch *Kommandeur* genannt.

kon... [lat.], Vorsilbe mit der Bedeutung „mit, zusammen"; wird zu *ko...* vor h u. Selbstlaut, zu *kol...* vor l, zu *kom...* vor b, m, u. p, *kor...* vor r.

Kon, vor-inkaische Sonnengottheit der peruan. Küstenstämme. Ihr wurde die Fähigkeit zugeschrieben, die Feldfrucht gedeihen zu lassen; später soll sie das Land in Wüste verwandelt haben. Von Thor *Heyerdahl* wurde K. seiner „Kon-Tiki"-Theorie (Besiedlung Polynesiens durch peruan. Einwanderer) zugrunde gelegt.

Konarak, *Konarka*, Dorf in Orissa (Indien); bekannt durch den als Sonnenwagen entworfenen Sonnentempel (1241 n. Chr.), an dessen Außenwand sich erot. Skulpturen befinden.

Konarski, Stanisław, poln. Reformator des Bildungswesens, * 30. 9. 1700 Żarczyce, † 3. 8. 1773 Warschau; verfaßte staatsrechtl. Untersuchungen u. klassizist. Tragödien.

Konche [die; grch., „Muschel"], muschelförmige Überwölbung des Altarraums in frühchristl. u. mittelalterl. Kirchen; später Bez. für die Apsis oder den Chorraum selbst, sowie für jeden halbrunden, sich nach einem größeren Raum öffnenden Nebenraum; →auch Dreikonchenanlage.

Konchylien [grch.], die harten Schalen der →Weichtiere.

Konchylienbecher, ein Glasgefäß mit aufgelegten Seetierdarstellungen.

Kond, ein Drawidastamm in Orissa (Indien), →Khond.

Konda [hind.-telingisch], Bestandteil geograph. Namen: Berg.

Konde, *Makonde, Ngonde*, Stämmegruppe mutterrechtlicher Bantuneger in Ostafrika (635 000, davon in Tansania 590 000, der Rest in Moçambique); mit Bananenkultur u. Großviehzucht. Die Sprache des Hauptstamms, der *Nyakyusa*, ist Verkehrssprache für ein größeres Gebiet.

Kondemnation [lat.], 1. *allg.*: veraltete Bez. für Verurteilung, Verdammung.

2. *Seeversicherung*: die Feststellung der Reparaturunfähigkeit oder -unwürdigkeit eines Schiffs durch Sachverständige. Das Schiff wird dann versteigert u. der Unterschied zwischen Erlös u. Versicherungssumme vom Versicherer gezahlt.

Kondensation [lat., „Verdichtung"], 1. *Chemie*: eine Reaktion, bei der sich 2 Moleküle unter Abspaltung eines einfachen Stoffes (z. B. Wasser) zu einem neuen Molekül verbinden oder bei der innerhalb eines Moleküls ein einfacher Stoff abgespalten wird (innermolekulare K.). →auch kondensierte Systeme.

2. *Physik*: der Übergang eines Stoffs aus dem gasförmigen in den flüssigen Aggregatzustand, z. B. bei Gasen u. Dämpfen durch Druckerhöhung oder beides. Die Temperatur, bei der die K. einsetzt, heißt *K.stemperatur*. Bei der K. wird die gleiche Wärmemenge *(K.swärme)* frei, die zur Verdampfung nötig ist. Das Vorhandensein von *K.skernen*, die z. B. aus Staubteilchen bestehen können, erleichtert die K.

Kondensationshöhe, *Meteorologie*: diejenige Höhe aufsteigender Luftmassen, in der die Sättigung der Feuchtigkeit infolge Abkühlung der Luft erreicht ist. Wenn Kondensationskerne vorhanden sind, entstehen Wolken.

Kondensationsmaschine, eine Dampfmaschine oder -turbine, bei der durch schnelle Kondensation des Abdampfs ein möglichst niedriger Gegendruck erzeugt wird.

Kondensator [lat.], 1. *Elektrotechnik*: ein Bauteil, das eine →Kapazität hat u. zum Speichern elektr. Ladungen dient. Es besteht aus zwei elektr. leitenden Belägen, zwischen denen sich ein Dielektrikum (Nichtleiter) befindet. Beim Anlegen einer Spannung an die Beläge sammelt sich auf dem einen Belag eine elektr. Ladung $+Q$, die der angelegten Spannung U proportional ist, auf dem anderen eine Ladung $-Q$. Es gilt: $Q = C \cdot U$, wobei C die Kapazität des K.s ist. – Der *Platten-K.* hat zwei oder mehr parallele Metallplatten u. als Dielektrikum Luft, Öl, Paraffin, Kunststoffplatten u. a. – Der *Block-K.* besteht aus einem blockförmig zusammengewickelten schmalen Metallfolienband, das mit einem in Paraffin getränkten Papier als Dielektrikum belegt ist. – Für große Kapazitäten werden →Elektrolytkondensatoren verwendet. Sie bestehen aus zwei Metallfolien als Elektroden u. einem Elektrolyten. Eine dieser Folien ist mit einer isolierenden Hydroxidschicht (Dielektrikum) überzogen. Beim *nassen Elektrolyt-K.* ist eine wäßrige Elektrolytlösung vorhanden, beim trockenen ist sie von einem porösen Stoff aufgesaugt. – Der *Dreh-K. (Abstimm-K.)*, der bes. in der Rundfunktechnik verwendet wird, hat einen festen u. einen bewegl. Plattensatz u. damit eine veränderl. Kapazität; sie ist um so größer, je weiter der drehbare Teil in den festen hineingedreht wird. Als Dielektrikum dient Luft oder Kunststoff-Folie. Je nach Verwendungszweck benutzt man kreis- u. nierenförmige sowie logarithmisch geschnittene Platten.

2. *Maschinenbau*: eine Vorrichtung, die durch Niederschlagen des Abdampfs von Dampfmaschinen u. -turbinen zur Verringerung des Gegendrucks führt. Der *Oberflächen-K.* ist ein Kessel mit eingebautem Röhrensystem, das von Kühlwasser durchströmt wird; der Abdampf kondensiert an der Oberfläche der Röhren; man erhält dabei einwandfreies Kesselspeisewasser. Beim *Einspritz-* oder *Misch-K.* wird das Kühlwasser unmittelbar in den K. eingespritzt u. mischt sich mit dem Abdampf; dabei geht das Kondensat des niedergeschlagenen Dampfs verloren.

Kondensatorpapier, sehr dünnes, sehr gleichmäßig u. porenfrei gearbeitetes Isolierpapier in Gewichten bis herab zu 6 g/m².

Kondenser [der; engl.], *Spinnerei*: →Abscheider.

kondensierte Milch, *Kondensmilch*, durch Eindicken im Vakuum bei rd. 60 °C u. anschließendes

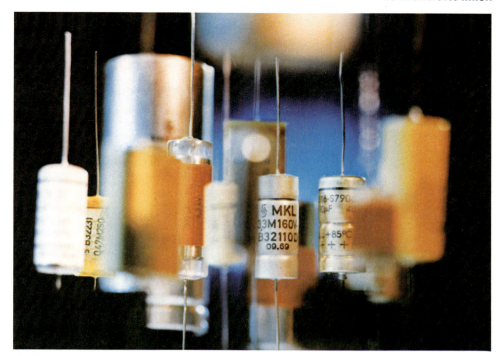

Kondensator: Arbeitskondensatoren für verschiedene Verwendungszwecke

Homogenisieren sowie *Sterilisieren* lange haltbar gemachte Milch, die mit oder ohne Zuckerzusatz in Büchsen in den Handel gelangt. Entsprechend dem Eindickungsgrad (2:1, 2,5:1, 3:1) beträgt der Fettgehalt 7,5–10% u. der Anteil an fettfreier Trokkenmasse (Eiweiß, Milchzucker u. Mineralstoffe) 17,5–24%.

kondensierte Systeme, chem. →cyclische Verbindungen, deren Moleküle mehrere Kohlenstoffringe (z.B. Benzolringe) enthalten, die mehr als ein Kohlenstoffatom gemeinsam haben; z.B. Naphthalin, Anthracen.

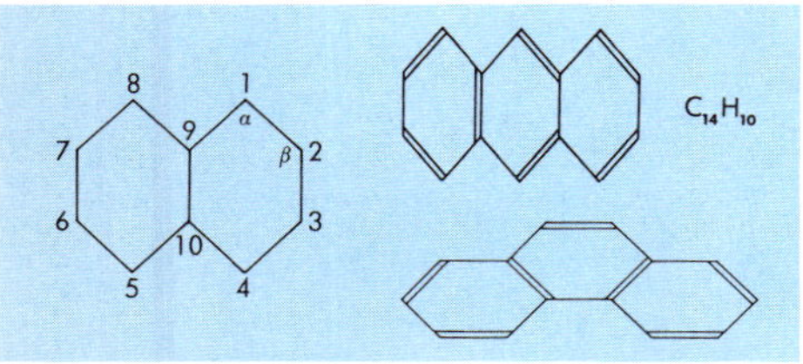

Naphthalin (links), Anthracen (oben rechts), Phenanthren (unten rechts)

Kondẹnsor [der; lat.], eine Sammellinse (auch als Linsensystem), die die von einer Lichtquelle ausgehenden Strahlen sammelt, um ein Objekt möglichst hell auszuleuchten. Anwendung u.a. im Mikroskop u. Projektionsapparat.

Kondẹnsstreifen, weiße, schmale Streifen, die sich hinter Flugzeugen in großer Höhe bilden; sie entstehen durch Kondensation von Wasserdampf an den festen Teilchen (als Kondensationskernen), die in den Abgasen der Flugtriebwerke enthalten sind. Dabei muß der Feuchtigkeitsgehalt der Luft zur Wolkenbildung ausreichen.

Kondẹnstopf, ein Gefäß, das in eine Dampfleitung eingebaut wird, um das durch Abkühlung des Dampfs entstandene Wasser aufzufangen. Der noch nicht kondensierte Dampf wird dabei zurückgehalten, so daß kein Dampfverlust entsteht.

Kondiktion [lat.], die Klage auf Herausgabe einer ungerechtfertigten →Bereicherung.

Kondition [lat.], **1.** *allg.:* Bedingung, Beschaffenheit, Verfassung; →auch Konditionen, Konditionierung.

2. *Sport:* die körperl. Verfassung eines Sportlers; insbes. die Fähigkeit, eine hohe Leistung über einen möglichst langen Zeitraum durchzuhalten. Sie läßt sich in der Sportmedizin exakt definieren durch die höchste Leistung (gemessen in Watt oder mkp/sek), die noch im Stoffwechselgleichgewicht *(steady state)* durchgeführt werden kann.

Durch das *K.straining*, das heute für alle Spitzensportler unerläßlich ist, wird die Leistungsfähigkeit gesteigert, bes. Organ- u. Muskelkraft, Schnelligkeit u. Ausdauer. Methoden des K.strainings: *Circuittraining, Intervalltraining, Krafttraining* u.a.

Konditionalismus [lat.], *Philosophie:* eine Lehre, die statt *Ursachen* nur *Bedingungen* anerkennt; eine Ursache ist dann nur eine jeweilige Summe von Bedingungen. Vertreter des K. war J. St. *Mill.*

Konditionạlsatz, Bedingungssatz („wenn er kommt,...; falls er kommt,...").

Konditiọnen [lat.], Geschäftsbedingungen, bes. Liefer- u. Zahlungsbedingungen, bei Banken Zinsu. Provisionssätze.

Konditionierung [lat.], **1.** *Müllerei:* die Aufbesserung des Getreides, bes. des Weizens, vor dem Mahlen durch Behandlung mit Wärme u. Feuchtigkeit im *Konditioneur*, um bei Hartweizen eine Mürbung des Kerns u. bei Weichweizen eine Stärkung des Klebers zu erzielen.

2. *Textilindustrie:* die Ermittlung des Feuchtigkeitsgehalts von Textilrohstoffen oder Garnen durch Trocknung von Proben bei etwa 105–110°C, bei Wolle 80°C; die Gewichtsabnahme entspricht dem Feuchtigkeitsgehalt. Auch durch Destillation mit wasserfreien Lösungsmitteln, durch titrimetrische Bestimmungen u. durch elektrische Messungen (Stärke eines hochfrequenten Stromes: Textometer; kapazitive Messung: Hydrotester) kann der Feuchtigkeitsgehalt bestimmt werden. Für den Handel ist ein bestimmter Feuchtigkeitsgehalt zulässig (→Reprise). – Unter K. wird auch das Auslegen der Proben im Normklima (65% relative Luftfeuchtigkeit bei 20°C) zwecks Erzielung des Feuchtigkeitsgleichgewichts verstanden. Die Proben müssen dabei Feuchtigkeit aufnehmen, nicht abgeben.

Kondịtor [arab., lat.], handwerkl. Ausbildungsberuf; fertigt Backwaren feinerer Art, wie Kuchen, Torten, ferner Konfekt, Marzipan, Zuckerwaren, Eis u.ä. Der Beruf des K.s ist oft mit dem des *Bäckers* gekoppelt, aber auch mit dem Beruf des *Kochs* (Zusatzausbildung von 2 Jahren). K.en sind auch in der Süßwarenindustrie, bes. in Schokoladen- u. Zuckerwarenfabriken, beschäftigt.

Kondọm [das oder der; frz.], *Condom, Präservativ*, nach einem französ. oder engl. Arzt *Conton* (17. Jh.) benannter dünner Überzug für das männl. Glied, aus Gummi, Fischblase u.ä., zur Verhütung einer Ansteckung mit Geschlechtskrankheiten u. zur Empfängnisverhütung.

Kondomịnium [das; lat.], *Condominium, Kondominat*, die Ausübung gemeinsamer Staatsgewalt zweier oder mehrerer Staaten über ein Gebiet; meist als Übergang zu endgültigen territorialen Regelungen strittiger Territorialfragen als Kompromißlösung angewendet. Beispiele: Preußen u. Österreich 1864 über Schleswig-Holstein; Großbritannien u. Ägypten über den Sudan 1899–1953; Frankreich u. Großbritannien über die Neuen Hebriden seit 1906. – Mitunter wird zwischen K. als Ausübung der Staatsgewalt über eigenes (Kondominial-)Staatsgebiet u. *Koimperium* als Ausübung der Staatsgewalt über fremdes Staatsgebiet unterschieden (z.B. Koimperium der Besatzungsmächte aufgrund der Berliner Erklärung vom 5. 6. 1945 über Dtschld.).

Kọndor [span.], *Vultur gryphus*, rotköpfiger *Neuweltgeier* (→Geier) der Hochgebirge Südamerikas; 1,60 m lang, mit über 3 m Flügelspanne u. bis 12 kg Gewicht. Die Männchen tragen Hautkämme auf der Stirn. Vom gleich großen *Kaliforn. K., Gymnogyps californianus*, mit gelbem Kopf ohne Hautkamm leben noch einige Exemplare in einem Schutzgebiet bei Los Angeles. Wappentier von Bolivien, Chile, Ecuador u. Kolumbien.

Kondọriholz, das Holz des im trop. Asien u. in China heim. Schmetterlingsblütlers *Adenanthera pavonia*. Das leicht, aber unregelmäßig spaltende Holz des kultivierten Baums wird in der Kunsttischlerei u. für Luxusmöbel verarbeitet. Im Handel werden auch andere Hölzer als *K.* bezeichnet.

Kondottiẹre [Mz. *Kondottieri*; ital.], italien. Söldnerführer im 14. u. 15. Jh. Das Kondottierentum entstand während der Kämpfe der oberitalien. Städte untereinander nach dem Untergang der Staufer; einzelne Kondottieri gelangten zu bedeutenden polit. Machtstellungen, so u.a. C. *Colleoni* u. E. de *Gattamelata* in Venedig u. F. *Sforza* in Mailand.

Kondụkt [der; lat.], feierliches Geleit, Leichenzug.

Kondụktometrie [lat. + grch.], *Leitfähigkeitsanalyse*, ein Verfahren der chem. →Maßanalyse, das die Änderung der Leitfähigkeit im Verlauf einer →Titration verfolgt u. zur Bestimmung des Äquivalenzpunkts benutzt.

Kondụktor [der; lat.], ein isolierter elektr. Leiter (z.B. eine hohle oder massive Kugel), auf dem eine elektr. Ladung, etwa in elektr. Gleichspannungsgeräten (z.B. Influenzmaschine), angesammelt oder transportiert wird. Ein K. kann als *Kondensator* aufgefaßt werden, dessen zweite Belegung sich in einer (vergleichsweise) großen Entfernung befindet (etwa Zimmerwand).

Kondwịramur, *Condwiramurs* [altfrz., „Führerin der Liebe"], bei *Wolfram von Eschenbach* die Gemahlin *Parzivals* u. Mutter *Lohengrins.*

Kondylọm [das; grch.], *Condylom, Feigwarze*, **1.** *spitzes K., Condyloma acuminatum*, spitzig aufsitzende, zerklüftete, unregelmäßig lappig geformte Hautwucherungen, die in verschiedener Zahl u. Größe bes. an feuchten Hautstellen (After, äußere Geschlechtsorgane) vorkommen („Feuchtwarzen"). Als Erreger der spitzen K.e gilt ein Virus *(K.-Virus)*.

2. *breites K., Condyloma latum*, breit aufsitzende, nässende, sehr ansteckende syphilitische Papeln, die gewuchert sind; bes. an After u. äußeren Geschlechtsorganen.

Kọndylus [der, Mz. *Kondylen*; grch.], *Condylus*, Verdickung u. Vorsprung an den langen Röhrenknochen (z.B. Oberschenkelknochen) zur Bildung der Gelenke u. zum Ansatz der Muskeln.

Konẹtzni, 1. Anni, österr. Sängerin (Sopran), *12. 2. 1902 Ungarisch-Weißkirchen, †6. 9. 1968 Wien; 1934–1954 an der Wiener Staatsoper, vor allem Wagner- u. Strauss-Sängerin; 1954–1957 Dozentin an der Wiener Musikakademie.

2. Hilde, Schwester von 1), österr. Sängerin (Sopran), *21. 3. 1905 Wien; 1936–1955 an der Wiener Staatsoper, dann Ehrenmitglied u. im In- u. Ausland tätig.

Konfẹkt [das; lat.], Sammelbez. für Süßwaren, Pralinen, feinstes kleines Backwerk mit Schokolade, Marzipan, kandierte Früchte u.ä.

Konfektion [frz.], das fabrikmäßige Herstellen von Kleidungsstücken, Wäsche oder auch Modeartikeln. – *K.sabteilung*, Fertigkleiderabteilung, z.B. in einem Warenhaus.

Konfektionierung [lat.], die lichtdichte, handliche Verpackung von photograph. Negativmaterial zum Einlegen bei Tageslicht. Die „konfektionierten" Handelspackungen tragen internationale Numerierungen.

Konferenzen, Übersicht: →Zwischenstaatliche Pakte und Konferenzen.

Konferenz für Sicherheit und Zusammenarbeit in Europa, Abk. *KSZE* →Sicherheitskonferenz.

Konferẹnzschaltung, Sammelschaltung bei Fernseh-, Fernsprech- u. Fernschreibanlagen; jeder Teilnehmer ist mit allen anderen verbunden.

Konfessiọn [lat.], *Bekenntnis*, allg. die Erklärung der Zugehörigkeit zu einer Glaubensgemeinschaft oder weltanschaul. Gruppe, bes. die verbindl. Formulierung des Glaubensinhalts einer religiösen Gemeinschaft zwecks Unterweisung u. Prüfung neuer Mitglieder, die sich mit solchem Bekenntnis verpflichten; niedergelegt in *Bekenntnisschriften.*

Konfessionskunde, die Lehre von den christl. Konfessionen als Darstellung der christl. Konfessionen u. Kirchen in der Besonderheit ihrer Lehren, Gottesdienste u. Ordnungen.

Konfessionsschule →Bekenntnisschule.

Konfinierung [lat., „Verstrickung"], *Konfination, Bannung*, in Österreich der Beschränkung der →Freizügigkeit; nach § 5 des *Gesetzes zum Schutze der persönlichen Freiheit* vom 27. 10. 1862 nur in Ausnahmefällen u. nur auf gesetzl. Grundlage zulässig. Die K. kann bei Verhängung von Polizeiaufsicht nach dem Gesetz vom 10. 5. 1873 angeordnet werden. Auch das Epidemiegesetz in der Fassung vom 8. 8. 1959 enthält Verkehrsbeschränkungen für Personen, bei denen der Verdacht der Ansteckungsgefahr besteht (Absonderung in bestimmten Räumen), u. für die Bevölkerung verseuchter Orte.

Konfirmation [lat., „Festigung"], in den ev. Kirchen die feierl. *Einsegnung* der getauften Jugendlichen (13–16 Jahre, *Konfirmanden*), die dadurch zum Abendmahl zugelassen u. zu mündigen Gemeindemitgliedern erklärt werden. Nach vorheriger Unterweisung erneuert der Konfirmand in der K.sfeier das Taufgelübde; es folgen Fürbittgebet u. Handauflegung. Neue Formen für den *Konfirmandenunterricht* (Teilnahme an Kursen, Freizeiten, Vorträgen) u. die K. selbst werden gesucht. – ⊡1.9.0.

Konfiserie, *Confiserie* [frz.], Konditorei, Feinbäckerei; auch feines Backwerk.

Konfiskạt [das; lat.], beschlagnahmte Sache, insbes. das durch Beschlagnahme sichergestellte genußuntaugliche Fleisch.

Konfiskation [lat.], Beschlagnahme, Enteignung, Einziehung zugunsten des Staates oder allg. der öffentl. Hand. Obwohl der Sprachgebrauch nicht einheitl. ist, wird mit K. die Vorstellung der *entschädigungslosen Enteignung* verbunden. Im *Strafrecht* kann die entschädigungslose Einziehung (etwa der Diebeswerkzeuge) als Nebenstrafe verhängt werden, ebenso im *Zollrecht.* Die verwaltungsrechtl. Enteignung z.B. von Grundstücken setzt ein öffentl. Interesse voraus u. ist an eine Entschädigung gebunden (Art. 14 GG). – Ähnl. Regelungen in Österreich (Art. 5 Staatsgrundgesetz 1867) u. in der Schweiz (z.B. Art. 58 u. 59 StGB).

Bes. Regelungen (vor allem Art. 15 GG) gelten für die Maßnahmen der Bodenreform u. der sonstigen *Sozialisierung.* – Nach anglo-amerikan. Auffassung unterliegt auch das private Eigentum von Staatsangehörigen der Feindstaaten der K.; hierbei findet eine Anrechnung auf die Kriegsschulden, Reparationsforderungen u.ä. des Heimatstaats statt, wobei diesem meist friedensvertragl. eine Entschädigungsverpflichtung auferlegt wird. Im geltenden *Völkerrecht* besteht allg. der Grundsatz, daß sich im Frieden der Ausländer zwar nicht gegen Enteignungen durch den Aufenthaltsstaat wehren kann, andererseits (u.U. im Gegensatz zu dessen eigenen Staatsangehörigen) aber eine Entschädigung beanspruchen kann.

Konfitüre [die; frz.], durch Kochen mit Zucker

eingedickte Obstpülpe, die im Gegensatz zu *Marmelade* ganze Fruchtstücke enthält; auch Bez. für Zuckerwerk, Konfekt.

Konflịkt [lat.], **1.** *allg.:* Zusammenstoß, Streit; der Widerstreit verschiedener Forderungen an dieselbe Person.

2. *Soziologie:* →sozialer Konflikt.

3. *Verhaltensforschung:* Ein *K.verhalten* entsteht, wenn eine Reizsituation zwei verschiedene Verhaltensmechanismen auslöst (→Auslöser), z. B. Angreifen u. Fliehen *(ambivalentes Verhalten).* Das K.verhalten kann sich durch *Überlagerung* der beiden Verhaltensweisen äußern, wie es beim Drohen eines etwas ängstlichen Hundes erscheint; eine Überlagerung bei gleichzeitiger Änderung der Stärke beider Verhaltensweisen entsteht beim *Mitteln*; beide Verhaltensweisen treten abwechselnd hervor beim *Pendeln*, wie beim Zickzacktanz des Stichlings, wenn er das Weibchen zum Nest führt. Etwas völlig Neues erscheint beim *Verwandeln*: Wird z. B. ein Huhn durch elektr. Hirnreize zu Angriff u. Flucht aktiviert, läuft es gakkernd mit gesträubtem Gefieder umher (→Übersprungverhalten). Es kann aber auch eine von beiden Verhaltensweisen unterdrückt oder ausgelöscht werden, so daß nur ein Verhaltensmechanismus sich auswirkt. – 🄻9.3.2.

Beim Menschen können *K.handlungen* auftreten als Folge der inneren Spannung u. der Unlust, die mit K.en verbunden sind; z. B. das Sich-am-Kopf-Kratzen, wenn man sich zwischen zwei Handlungsmöglichkeiten nicht entscheiden kann. – Explosivreaktionen, Kurzschluß- u. Affekthandlungen, die ebenfalls in K.situationen auftreten können, werden dagegen allg. nicht als K.handlungen bezeichnet.

Konfliktkommissionen, *Schiedskommissionen, Gesellschaftliche Gerichte, Gesellschaftliche Organe der Rechtspflege*, in der DDR durch die Stadt- u. Gemeindeparlamente bzw. die Betriebsbelegschaften u. Mitgliederversammlungen der Genossenschaften gewählte *Rechtspflegeausschüsse*, die gerichtsähnl. Züge tragen u. bes. für Arbeitsrechtssachen, geringfügige Vergehen, Ordnungswidrigkeiten, Verfehlungen im Sinn des neuen StGB der DDR u. für einfache zivilrechtl. Streitigkeiten zuständig sind; die wichtigsten Rechtsgrundlagen: Art. 92 der Verfassung der DDR vom 6. 4. 1968 u. Gesetz über die Gesellschaftlichen Gerichte vom 11. 6. 1968.

Konflikt- und Friedensforschung →Friedensforschung.

Konfluẹnz [lat.], der Zusammenfluß zweier Gletscherströme mit Stufenbildung durch stärkere Eintiefung im Haupttal u. Bildung von Hängetalmündungen der Nebentäler; Gegensatz: *Diffluenz.* →auch Transfluenz.

Konföderation [lat.], **1.** *allg.:* Zusammenschluß, organisatorische Verbindung.

2. *Ordenswesen:* der Zusammenschluß aller Klöster u. monastischen Kongregationen des Benediktinerordens unter der Leitung eines Abtprimas mit dem Sitz in Rom; seit 1893.

3. *poln. Geschichte:* Name mehrerer Adelszusammenschlüsse im alten Polen. Die wichtigsten waren: *K. von Maciej (Mathias) Borkowic*, des Wojewoden von Posen, gegen den König (1352); *Warschauer K.* für die Bekenntnisfreiheit (1573); *K. von Gołąb*, pro-habsburg., u. *K. von Szczebrzeszyn*, pro-französ. (1672); *K. von Bar*, anti-russ. u. konservativ (1768); *K. von Targowica* gegen die Konstitution des 3. Mai (1792).

4. *Staats- u. Völkerrecht:* ein Staatenbund, bei dem die Gliedstaaten eine (wenn auch eingeschränkte) Souveränität haben u. die Gesamtorganisation selbst keinen Staat darstellt; Gegensatz: *Bundesstaat*, bei dem das Schwergewicht beim Gesamtstaat liegt, so daß die Gliedstaaten nur so viel Staatlichkeit haben, wie ihnen etwa durch die Verfassung des Gesamtstaats zugewiesen wird. – Bei der Bildung der modernen Nationalstaaten hat der Weg oft über eine K., d. h. über einen zunächst lockeren Staatenbund, zum Bundesstaat geführt (so in Dtschld. auf dem Weg vom Dt. Bund 1815 zum Norddt. Bund 1867 u. zum Dt. Reich 1871; ähnl. in den USA, der Schweiz u. a. Bundesstaaten).

Der Begriff *K.* spielte auch Ende der 1950er Jahre eine polit. Rolle in der Frage der dt. *Wiedervereinigung*, da nach sowjet. Auffassung eine solche Wiedervereinigung über die Zwischenstufe einer K. führen sollte, womit die Forderung nach Anerkennung der DDR verbunden wurde.

Konföderierte Staaten von Amerika, die 11 *Südstaaten* der USA, die 1861 in Montgomery, Ala., u. Richmond, Va., einen Sonderbund gründeten, im *Sezessionskrieg* aber den Nordstaaten unterlagen; →auch Vereinigte Staaten von Amerika (Geschichte).

konfokạl [lat.], *Geometrie:* Bez. für →Kegelschnitte, die dieselben Brennpunkte haben.

konfọrme Abbildung, die →Abbildung einer Fläche auf eine andere entsprechende Fläche, so daß die Winkel zwischen zwei Richtungen erhalten bleiben, die Abstände zweier Punkte im allg. aber nicht.

Konformismus [lat.] →Sanktion.

Konformịst [lat.], **1.** *allg.:* jemand, der dazu neigt, seine persönl. Auffassung der herrschenden Meinung anzugleichen.

2. *Religion:* Angehöriger der engl. Staatskirche; →auch Dissenters, Nonkonformisten.

Konfrontation [lat.], die Gegenüberstellung von unterschiedl. Vorstellungen u. Meinungen; auch von Personen, deren Aussagen sich widersprechen (bes. vor Gericht).

Konfuzianismus, eine ethische, weltanschaul. u. staatspolit. Geisteshaltung Chinas, die nur wenig Beziehungen zur Lehre des *Konfuzius* hat. Der K., der erheblich mehr Bekenner zählt als der *Taoismus* (300 : 50 Mill.), ist Geister-(Dämonen-) Glaube, Ahnenkult u. Verehrung des „Herrschers in der Höhe" (Himmel, *Schang-ti*), ohne Monotheismus i. e. S. zu sein, da er noch untergeordnete Gottheiten kennt u. dualist. Züge trägt (das männl. Prinzip *Yang* u. das weibl. Prinzip *Yin*). Er ist keine Kirche, kennt keinen Priesterstand u. war bis 1912 ganz auf die Person des Kaisers zugeschnitten, der allein dem Schang-ti opfern durfte. Konfuzius selbst war kein Religionsstifter, genoß aber göttl. Verehrung u. hatte Tempel in allen Städten. Seine Lehre wurde bald nach seinem Tod durch die anderer Philosophen bedroht *(Mo Ti, Yang Tschu)*; aber *Meng-tse* stellte die Autorität des Konfuzius wieder her. Verhängnisvoller war die polit. Verfolgung des K. 213 v. Chr. Der *Neu-K. (Sung-K.)* ist bes. durch *Tschu Hsi* im 12. Jh. philosoph. ausgestaltet worden. →auch chinesische Philosophie. – 🄻1.8.3.

Konfụzius, latinisiert aus *Kung-fu-tse, Kung-tse, Meister Kung*, chines. Philosoph, *551 v. Chr., †479 v. Chr.; lebte im Staat Lu (Schantung), war 500–497 Gouverneur in Tschungtu, verließ dann sein Land u. kehrte erst 483 zurück. Die Wanderjahre während des Exils waren die Hauptzeit seiner Lehrtätigkeit. K. soll seinem älteren Zeitgenossen *Lao-tse* persönlich begegnet sein, was jedoch unwahrscheinlich ist. Seine Lehre ist nicht von ihm, sondern von seinen Schülern, hauptsächlich im „Buch der Gespräche" *(Lun-yü)*, niedergelegt. Dagegen hat er die „fünf Klassiker" herausgegeben *(Schu-King, Schi-King, Yi-King, Li-Ki, Yo-King)* u. ein Annalenbuch *(Tsch'un-tch'in)* geschrieben, das die Geschichte des Staates Lu von 722 bis 481 v. Chr. umfaßt. K. wollte die Überlieferung bewahren: Der Wille des Himmels tut sich im Schicksal kund, das dem Tun des Menschen gewisse Freiheit läßt. Die Menschen stehen sich von Natur nahe, trennen sich aber durch Gewohnheit. Doch gibt es Edle u. Toren, die sich nicht verändern lassen, während die Mittelmäßigen sich heben oder herabziehen lassen. Vollkommene Tugend umfaßt Höflichkeit, Milde, Wahrhaftigkeit, Ernst u. Güte. Auch der Staat gründet sich auf Sittlichkeit, u. für den Herrscher ist das Wichtigste, daß er das Vertrauen des Volkes hat. – 🄻1.4.6. u. 5.7.2.

Kọngen, Wohngemeinde in Baden-Württemberg (Ldkrs. Esslingen), am Neckar, südöstl. von Stuttgart, 8500 Ew.; Reste eines Römerkastells.

Kong Le, laotischer Offizier, *1932 oder 1934; stürzte 1960 die prowestl. Regierung Somsanith, erzwang die Einsetzung einer neutralist. Regierung unter Souvanna Phouma u. verband sich vorübergehend mit der prokommunist. Pathet-Lao-Bewegung, die er später bekämpfte; 1961–1967 Oberbefehlshaber der (neutralist.) Regierungstruppen.

Konglomerạt [das; lat.], **1.** *allg.:* Zusammenballung, Anhäufung; Gemenge, Gemisch.

2. *Geologie:* klastisches Sedimentgestein mit abgerundeten Gesteinsbrocken, verkittet durch ein kalkiges, kieseliges oder toniges Bindemittel *(Kittkies).* – 🄱→Gesteine.

3. *Wirtschaft:* →Diversifikation.

Kọngo, *Bakongo, Mba-Völker*, Gruppe mutterrechtlicher Bantuneger-Stämme (2,8 Mill.) am unteren Kongo (in Zaire 1,7 Mill., in Angola 525 000, in K.-Brazzaville 470 000, in Uganda 20 000). Zu den K. gehören u. a. die *Muserongo, Muschikongo* u. *Bembe*. Sie bildeten früher den Kern des alten Königreichs K. Die K. sind Hackbauern (Maniok) u. geschickte Holz- u. Elfenbeinschnitzer.

Kọngo, *Congo*, **1.** *Zaire*, der zweitlängste, aber wasserreichste afrikan. Strom, 4320 km lang, rd. 3,7 Mill. qkm Einzugsgebiet; Transport: 29 000 bis 60 000, im Jahresdurchschnitt 40 000 m³/sek; entsteht aus den Quellflüssen *Lualaba* u. *Luapula*, wobei er bis zu den *Stanleyfällen* den Namen *Lualaba* beibehält; fließt über zahlreiche Stromschnellen in das flache *K.becken*, die gewaltigste afrikan. Beckenlandschaft, deren westl. Rand er auf einer Strecke von 250 km mit den 32 *Livingstonefällen* durchbricht; mündet (4,6 km breit) bei Boma in den Atlant. Ozean, wo er sich noch rd. 200 km weit als untermeer. *K.rinne* fortsetzt; auf langen Teilstrecken, aber nicht ununterbrochen schiffbar; Nebenflüsse rechts: Lukuga, Elila, Lowa, Lindi, Aruwimi, Itimbiri, Ubangi, Sangha; links: Lomami, Lopori, Maringa, Ruki, Kasai. – 🄻6.7.0.

2. altes afrikan. Reich, das sich in voreurop. Zeit an der K.mündung bildete; seit 1482 (Diego *Cão*) von Portugal polit. u. kulturell stark beeinflußt u. christianisiert. Das Reich betrieb Sklaven- u. Elfenbeinhandel mit Europa; es zerfiel seit dem 17. Jh. Heute gehört das ehem. K.reich z. T. zur Volksrepublik *Angola*, z. T. zur Republik *Zaire.*

Kongo, amtl. *République Populaire du Congo*, Republik in Zentralafrika, nordwestlich des unteren Kongo; mit einer Fläche von 342 000 qkm u. 1,4 Mill. Ew. (4 Ew./qkm); die Hauptstadt ist *Brazzaville.*

Landesnatur: Das flachwellige Küstenland geht nach NO in die im allg. 500–800 m hohe (nur im Mont Nabemba 1040 m) *Niederguineaschwelle* über, die sich weiter nach NO sanft zu dem in etwa 300 m Höhe gelegenen *Kongobecken* an Kongo u. Ubangi abdacht. Nur der N des Landes, das der Äquator schneidet, hat echtes Äquatorialklima mit reichl. Niederschlägen das ganze Jahr über u. gleichbleibend hohen Temperaturen. Im südl. Landesteil tritt eine Trockenzeit auf, die unter dem Einfluß des kühlen Benguelastroms anomal tiefe

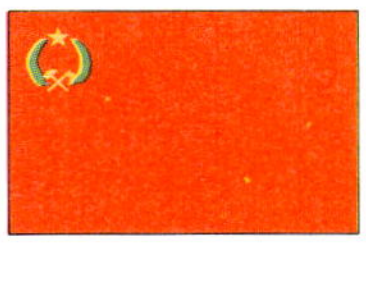

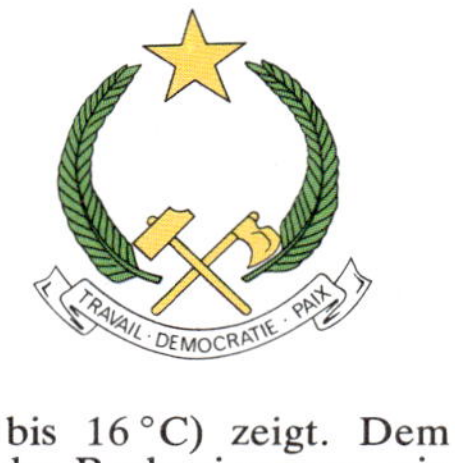

Temperaturen (Minima bis 16 °C) zeigt. Dem Klima entsprechend sind das Beckeninnere u. ein Teil der Schwelle von Regenwald bedeckt, nur das etwas regenärmere Küstenland u. die Ostabdachung des *Batékéhochlands* tragen Feuchtsavanne; an der Küste findet sich Mangrove.

Die Bevölkerung besteht großenteils aus Bantunegern (Kongo, Bateke, Mboschi u. a.). Der S ist dichter besiedelt als der N des Landes.

Wirtschaft: Die Pflanzungswirtschaft liefert in 10 modernen Großbetrieben Ölpalmprodukte, Erdnüsse, Zuckerrohr, Kaffee u. Kakao. Die Kleinbetriebe erzeugen nur die herkömml. Nahrungsmittel für den Inlandbedarf. Es gibt 5 große Viehzuchtbetriebe, die jedoch den Fleischbedarf nicht decken können. Wichtig für den Inlandmarkt ist die Fischerei auf den Flüssen u. an der Küste. Die Wälder erbringen Edelhölzer u. Kautschuk. An Bodenschätzen werden Erdöl, Blei-, Zinkerz u. etwas Gold exportiert. Wichtig für die Energieversorgung ist das neue Wasserkraftwerk im Tal des Kouilou (960 000 kW).

Das Verkehrsnetz ist unzureichend. Im N sind der Kongo u. einige Nebenflüsse die einzigen Verkehrswege. Eine Eisenbahn verbindet den Hafen Pointe-Noire mit Brazzaville u. hat neuerdings eine Abzweigung nach N zur Grenze von Gabun, von wo das Manganerz aus Moanda bei Franceville geholt u. über Pointe-Noire verschifft wird. – 🄻6.7.4.

Geschichte

1880 sicherte P. *Savorgnan de Brazza* das Land für Frankreich; als Kolonie *Mittelkongo (Moyen-Congo)* war es seit 1910 Teil von Französ.-Äquatorialafrika (AÉF). 1957 wurde es autonom, am 15. 8. 1960 unabhängig, blieb aber von französ. Finanzhilfe abhängig. 1963 wurde Präs. F. *Youlou* gestürzt u. eine sozialist. Entwicklung eingeleitet. Unter Präs. M. *Ngouabi* wurde K. 1969 zur Volksrepublik erklärt. Seit 1979 regiert Präs. D. *Sassou-Neguesso.* Staatspartei ist die Kongolesische Partei der Arbeit. K. ist assoziiertes Mitglied der EWG.

Kongofarbstoffe, *Benzidinfarbstoffe*, eine Farbstoffklasse, die sich vom *Benzidin* ableitet u. deren typischster Vertreter das *Kongorot* ist; früher zum Färben von Wolle, Seide u. Baumwolle ohne Beizung verwendet.

Kongo-Kinshasa [-'ʃaza] →Zaire.

Kongokonferenz, Zusammenkunft internationaler Politiker vom 15. 11. 1884 bis 26. 2. 1885 in Berlin unter Bismarcks Leitung zur Regelung der Kongo-Frage. In der *Kongoakte* wurde die Gründung eines neutralen Kongostaats unter dem belg. König Leopold II. als Souverän, Freiheit des Handels u. der Schiffahrt im Kongo u. Verbot des Sklavenhandels erklärt.

Kongopfau, *Afropavo congensis*, unscheinbarer Verwandter des als Ziergeflügel bekannten *Pfaus*; 1936 in den Urwäldern des Kongo entdeckt.

Kongorot, 1884 von R. *Boettiger* entdeckter Diazofarbstoff aus diazotiertem Benzidin u. Naphthionsäure; nicht farbecht, reagiert auf Säuren (*Kongopapier*, wird blau); ein *Kongofarbstoff*.

Kongregation [lat., „Vereinigung"], **1.** *monastische K.*, der Zusammenschluß mehrerer Klöster eines Mönchsordens; die einzelnen Klöster behalten ihre Selbständigkeit.
2. *religiöse K.*, eine Genossenschaft mit einfachen (ewigen oder zeitl.) Gelübden, im Gegensatz zum *Orden* mit seinen feierl. Gelübden. Die K. dient der Erhaltung u. Förderung religiösen Lebens; die Mitglieder sind an keine Klausur gebunden. – ◫1.9.7.
3. →Kurienkongregationen.

Kongregationalisten [lat.], engl. *Congregationalists*, Mitglieder engl.-amerikan. kalvinist. Kirchengemeinden, deren Grundsätze die volle Souveränität der Einzelgemeinde innerhalb des kirchl. Verbands u. die Unabhängigkeit (daher auch *Independenten*) vom Staat sind. 1970 Zusammenschluß des Reformierten Weltbundes u. des Internationalen Kongregationalistenrates.

Kongregation für die Glaubenslehre, früher *Heiliges Offizium*, die älteste u. oberste Kurienkongregation; Hauptaufgabe: Schutz der kath. Kirche gegen Verfälschung des Glaubensguts u. der Sittenlehre.

Kongreß [der; lat.], **1.** *allg.:* eine periodische Zusammenkunft zur Beratung u. Beschlußfassung, besonders von Berufs- oder Standesorganisationen.
2. *Staatsrecht:* in zahlreichen Staaten die Bez. für das *Parlament.* Während z. B. in südamerikan. Staaten das Parlament auch beim Einkammersystem als *K.* bezeichnet wird, dient der Begriff *K.* z. B. in den USA als Gesamtbez. für beide Häuser des Parlaments (*Repräsentantenhaus* u. *Senat* bilden zusammen den K.).

Kongreßbibliothek →Library of Congress.

Kongreßkarten, *Kombinationskarten, Zweibildkarten*, Spielkarten für Skatturniere.

Kongreßpartei →Indischer Nationalkongreß.

Kongreßpolen, der Teil Polens, der durch Beschluß des *Wiener Kongresses* 1815 als *Königreich Polen* bis 1918 ein Teil Rußlands war (bis 1831 mit autonomer Verfassung).

Kongreßstoff, ein grobfädiges, poröses, leinwandbindiges Gewebe aus Baumwolle; zum Besticken u. für Vorhänge.

Kongruenz [lat.], **1.** *allg.:* Deckungsgleichheit, Übereinstimmung.
2. *Grammatik:* die formale Übereinstimmung von im Satz sinnverbundenen Wörtern, nach Genus, Numerus u. Kasus zwischen Substantiv u. adjektivischem Attribut oder nach grammat. Person u. Numerus zwischen Pronomen u. Verbalform. Die K. ist in den einzelnen Sprachen verschieden deutl. entwickelt.
3. *Mathematik:* In der Geometrie (Zeichen $\cong$) heißen Figuren kongruent, die sich vollständig zur Deckung bringen lassen. Werden sie ineinander durch Schiebung oder Drehung übergeführt, sind sie *gleichsinnig kongruent*, bei Überführung durch Klappung *ungleichsinnig kongruent.* In der Arithmetik (Zeichen $\equiv$) heißen 2 ganze Zahlen in bezug auf eine 3. Zahl *(Modul)* kongruent, wenn sie bei der Division durch den Modul gleiche Reste ergeben, z. B. $7 \equiv 4$ (mod 3).

Kongsberg ['kɔŋsbɛr], norweg. Stadt am Lågen, südwestl. von Oslo, 18 500 Ew.; ehem. Silbererzbergbau, Waffenfabrik.

Konidien [Ez. das *Konidium*; grch.], exogene →Sporen.

Koniferen [lat.], *Coniferae*, die →Nadelhölzer.

König [ahd. *kuning*, von *kunni*, „Geschlecht"], **1.** *Geschichte:* der Träger der höchsten monarch. Würde nächst dem *Kaiser*, in manchen Völkerschaften auch der oberste Priester.
Wie bei den altgriech. Stadtstaaten u. im röm. Staat der Frühzeit gab es auch bei den german. Völkern K.e. Sie wurden nach *Geblütsrecht* aus angestammtem K.sgeschlecht (lat. *stirps regia*) durch *Akklamation* auf Lebenszeit von der Völkerschaftsversammlung gewählt. Während der Völkerwanderung entstand aus diesem *Klein-K.tum* durch Zusammenschluß zu Stammesgemeinschaften allmähl. das *Stammes-K.tum.*
Der fränk. K. *(rex Francorum)* der merowing. u. karoling. Zeit war erbl. Herrscher nach salischem Recht (der Wahlgedanke starb allerdings nicht aus; vgl. die Wahl Pippins 751) mit z. T. stark entwikkelter, aber nicht unumschränkter, da weitgehend an das überlieferte Volksrecht gebundener Gewalt in einem Personenverbandsstaat. Das *Widerstandsrecht* des Volks blieb erhalten. Der fränk. K. hatte eigene Hoheitsrechte (→Regalien), z. B. Gesetzgebungs- u. Gerichtsgewalt, Finanzhoheit u. Heeresgewalt, aber vor allem das Bannrecht (→Bann) u. die Hoheitsgewalt gegenüber der fränk. Reichskirche (→Eigenkirche); er entschied auch, bisweilen mit den Großen des Reichs, über Krieg u. Frieden.
Aus dem fränk. gingen das dt. u. das französ. K.tum hervor. Das dt. K.tum war in MA. u. Neuzeit zumindest rechtl. *Wahlmonarchie.* Der gewählte →deutsche König hatte Anspruch auf das Kaisertum (→Kaiser), aber nicht alle dt. K.e wurden Kaiser. Aus dem Anspruch entstand seit Heinrich III. der Titel *Röm. K.* Das dt. K.tum ging durch die wachsende Macht der Territorialstaaten in seinem Einfluß bes. seit 1648 ständig zurück, während diese z. T. selbst zu K.reichen u. im 19. Jh. zu *konstitutionellen Monarchien* wurden.
Wie das dt. Königtum ging das französ. aus dem fränk. hervor, in Frankreich wie in England herrschte das Erbrecht (statt des Wahlrechts). Königstitel führten seit dem frühen Mittelalter auch die Herrscher von Schottland, Kastilien u. Aragón (Spanien), Portugal, Dänemark, Norwegen u. Schweden. 1198 wurden der Herzog von Böhmen vom Kaiser, 1030 der sizilian., 1101 der ungar. Herrscher vom Papst zum K. erhoben; 1319 wurden Polen, 1718 Sardinien, 1815 die Niederlande, 1830 Belgien K.reiche.
Heute bestehen noch als K.reich: Belgien, Bhutan, Dänemark, Großbritannien u. Nordirland, Jordanien, Lesotho, Nepal, Niederlande, Norwegen, Saudi-Arabien, Schweden, Spanien, Swasiland, Thailand.
Die Anrede für K.e ist seit dem 16. Jh. „Majestät". Im Wappen führen die K.e die K.skrone. →auch Monarchie. – ◫5.3.0.
2. *Kartenspiel:* die zweithöchste Karte; in der französ. Spielkarte zwischen *As* u. *Dame*, in der deutschen zwischen *Daus* u. *Ober.*
3. *Schachspiel:* die wichtigste Figur, deren Gefangennahme das Schachmatt ist. Mit Ausnahme der *Rochade* zieht u. schlägt der König auf das jeweils nächste Feld, gradlinig oder schräg, soweit es nicht von einer feindl. Figur bedroht ist. Der König kann nicht geschlagen werden, denn einen Zug davor ist das Spiel zu Ende (Matt).

König, *Bad K.*, hess. Gemeinde im nördl. Odenwald (Odenwaldkreis), 7900 Ew.; Kurort mit Stahl- u. Schwefelquellen; Kunststoff- u. Plexiglasindustrie.

König, 1. Eberhard, Schriftsteller, *18. 1. 1871 Grünberg, Schlesien, †26. 12. 1949 Berlin; Hptw.: „Gevatter Tod" (Märchenspiel) 1900; „Wielant der Schmied" 1906; „Thedel von Wallmoden" (Roman) 1923.
2. Franz, österr. kath. Theologe, *3. 8. 1905 Rabenstein; seit 1956 Erzbischof von Wien, 1958 Kardinal; Mitglied der Kongregation für die Glaubenslehre, 1965 Präsident des Sekretariats für die Nichtglaubenden.
3. Leo von, Maler, *28. 2. 1871 Braunschweig, †21. 4. 1944 Tutzing; hauptsächl. in Kassel u. Berlin tätig; malte Bildnisse in toniger Farbgebung u. breiter, bewegter Pinselführung unter dem Einfluß der französ. Impressionisten.
4. René, Soziologe, *5. 7. 1906 Magdeburg; emigrierte 1937 in die Schweiz, lehrte in Zürich; seit 1949 in Köln; Verfechter einer möglichst ideologiefreien Soziologie als empirischer Wissenschaft. Sein umfangreiches Werk (auch unter dem Pseudonym Paul *Kern*) berührt die allg. Soziologie sowie fast alle speziellen Soziologien; Hptw.: „Materialien zur Soziologie der Familie" 1946; „Soziologie heute" 1949; „Die Gemeinde" 1958; „Soziolog. Orientierungen" 1965. Hrsg.: „Prakt. Sozialforschung" 3 Bde. 1959; „Handbuch der empir. Sozialforschung" 1959; seit 1955 Hrsg. der „Kölner Zeitschrift für Soziologie u. Sozialpsychologie".

Könige, *Bücher der Könige, Königsbücher*, 2 Geschichtsbücher des A. T., die die Geschichte Judas u. Israels vom Ende der Regierung Davids bis zur Babylonischen Gefangenschaft darstellen.

Königgrätz, tschech. *Hradec Králové*, Hptst. des *Východočeský Kraj* (Ostböhmen; 11 252 qkm, 1,21 Mill. Ew.), an der Mündung der Adler in die Elbe, 65 000 Ew.; got. Kathedrale (14. Jh.), Marienkirche (17. Jh.); chem., Textil-, Papier-, Nahrungsmittel- u. Maschinenindustrie, Musikinstrumentenbau. – Im Dt. Krieg 1866 entscheidender preuß. Sieg *(Moltke)* über die Österreicher *(Benedek)* u. Sachsen.

Königin, 1. *Geschichte:* die Frau eines Königs oder eine selbständige monarch. Herrscherin.
2. *Schachspiel:* die →Dame.
3. *Zoologie: Weisel*, das fruchtbare Weibchen der →Bienen.

Königin-Charlotte-Inseln, engl. *Queen Charlotte Islands*, kanad. Inselgruppe an der Küste von British Columbia, 9620 qkm, 4000 Ew. (davon etwa ein Drittel Haida-Indianer); bis 1250 m hoch, sehr niederschlagsreich; Fischerei, Forstwirtschaft, geringer Eisen- u. Kupfererzabbau auf Moresby Island; Mittelpunkt *Queen Charlotte* auf Graham Island.

Königin-Charlotte-Straße, engl. *Queen Charlotte Strait*, der Nordteil der Meeresstraße zwischen Vancouverinsel u. dem Festland von British Columbia (Kanada); Südteil: *Georgiastraße (Strait of Georgia).*

Königin der Nacht, *Cereus grandiflorus*, bekanntes mittelamerikan. *Kaktusgewächs* mit 30 cm langen, außen orangefarbenen, innen rein weißen Blüten, die sich nur eine Nacht öffnen u. nach Vanille duften.

Königin-Elizabeth-Inseln [-i'lizəbəθ-], seit 1963 Name des nördl. Teils des kanad.-arkt. Archipels mit den Inseln Devon, Cornwallis, Bathurst, Melville, Prinz Patrick, Mackenzie King, Ellef Ringnes, Amund Ringnes, Axel Heiberg u. Ellesmere, zusammen rd. 410 000 qkm; vom Südteil des Archipels getrennt durch den die Baffinbai mit der Beaufortsee verbindenden Meerestrog mit der McClure-Straße, dem Viscount-Melville-Sund, der Barrowstraße u. dem Lancastersund (→Nordwestpassage).

Königinhof an der Elbe, tschech. *Dvůr Králové nad Labem*, Stadt in Ostböhmen, an der Elbe, südwestl. von Trautenau, 16 000 Ew.; Zement- u. Textilindustrie. – Im Kirchturm von K. wurde angeblich 1817 von dem tschech. Bibliothekar Wenzel *Hanka* die *Königinhofer Handschrift*, eine gefälschte Darstellung der tschech. Frühgeschichte aus dem 13. Jh., „gefunden".

Königin-Maud-Gebirge [-mɔ:d-], Gebirgskette auf Antarktika, nahe dem Südpol; mit Höhen bis etwa 4000 m. Die Gipfel haben Tafelbergform. – 1911 von R. *Amundsen* entdeckt u. gequert.

Königin-Maud-Land [-mɔ:d-], ein Küstenteil von Antarktika; seit 1939 offizielle Bez. für den dortigen norweg. Sektor zwischen 20° W u. 45° O, der 1939 von Norwegen proklamiert wurde; rund 2,5 Mill. qkm.

Königreich beider Sizilien →Neapel (Geschichte), →Sizilien (Geschichte).

Königreich der Serben, Kroaten und Slowenen →Jugoslawien (Geschichte).

König Rother →Rother.

Königsbann →Bann (1).

Königsberg →Königsberg (Pr).

Königsberger Dichterkreis, 1636 gegr. zwanglose Vereinigung frühbarocker Dichter u. Komponisten in Königsberg (Robert *Roberthin* [*1600, †1648], S. *Dach*, H. *Albert* u. a.).

Königsberger Haff, *Pregelhaff*, der Nordostteil des Frischen Haffs, 4 m tief.

Königsberg (Pr) [d. h. Preußen], seit 1946 russ. *Kaliningrad*, Hptst. der ehem. Prov. Ostpreußen, kam 1945 unter sowjet. Militärverwaltung, Hptst. der 1946 errichteten Oblast Kaliningrad der

RSFSR, am Pregel nahe seiner Mündung ins Frische Haff, 325000 Ew. (1939: 372000 Ew.); Universität (gegr. 1544, 1967 neu eröffnet); Dom (13. Jh.), Ordensschloß; Handelshafen, Schiff- u. Waggonbau, Maschinen-, Papier- u.a. Industrie; durch den K.er Seekanal (42 km) mit dem Vorhafen *Pillau* verbunden; z.Z. der drittgrößte Fischereihafen der Sowjetunion. K. entstand im Schutz der 1255 gegr. Burg des *Dt. Ordens* aus den erst 1724 vereinigten drei Siedlungen *Altstadt K., Löbenicht* u. *Kneiphof*; 1457 bis 1525 Sitz der Hochmeister des Dt. Ordens, 1525–1618 Sitz der preuß. Herzöge, seit 1701 Krönungsstadt der preuß. Könige, 1807 französ. besetzt; 1945, am Ende des 2. Weltkriegs, nach starken Zerstörungen von sowjet. Truppen besetzt u. mit dem nördl. *Ostpreußen* der RSFSR eingegliedert. – ▢ 5.4.0.
Königsboten, lat. *missi regis* oder *dominici*, *Sendgrafen*, bis ins 12. Jh. Beauftragte eines Königs, bes. der fränk. Könige oder Hausmeier. Die K. kontrollierten als Vertrauensleute des Königs die gesamte Verwaltung, Rechtspflege u. das Heerwesen, waren aber in erster Linie Richter; von *Karl d. Gr.* zur ständigen Einrichtung erhoben. Jeweils zwei K. hatten die Tätigkeit der Grafen zu überwachen u. Land- u. Gerichtstage abzuhalten sowie den Treueid für den König abzunehmen. Die K. erhielten schriftl. Weisungen (*Kapitularien*) direkt vom Königshof u. hatten dem Herrscher über die Ergebnisse ihrer Tätigkeit Bericht zu erstatten. Die Kontrollinstanz der K. verfiel schon unter Ludwig dem Frommen, da sie in die Hände örtl. Gewalten geriet.
Königsbrück, Stadt im Krs. Kamenz, Bez. Dresden, nordöstl. von Dresden, 5200 Ew.; Eisen- u. keram. Industrie. – Ersterwähnung 1248; Schloß um 1700.
Königsbrunn, bayer. Stadt in Schwaben (Ldkrs. Augsburg), südl. von Augsburg auf dem Lechfeld, 15500 Ew.; Holz-, Metall- u. Kartonagenindustrie.
Königsbücher →Könige.
Königsfarn, *Königsrispenfarn, Osmunda regalis,* auf feuchten Böden lebender *Farn*; mit doppelt gefiederten, bis 1,50 m langen Blättern, an deren rispenartig gestalteten Abschnitten die Sporangien sitzen; Kosmopolit, geschützt.
Königsfasan, *Syrmaticus reevisi,* zentralchines. *Hühnervogel* mit extrem langem Schwanz im männl. Geschlecht.
Königsfeld im Schwarzwald, Luftkurort in Baden-Württemberg (Schwarzwald-Baar-Kreis), 2100 Ew.; gegr. 1807 von der Herrnhuter Brüdergemeine.
Königsfisch →Seekatze.
Königsfliegenpilz, *Amanita pantherina* = Pantherpilz.
Königsfriede, *Friede des Antalkidas,* der 387/386 v.Chr. zwischen dem Perserkönig *Artaxerxes II.* u. dem Spartaner *Antalkidas* geschlossene pers. Diktatfriede, der den polit. Zusammenschluß griech. Stadtstaaten verhindern sollte u. Westkleinasien wieder unter pers. Oberhoheit brachte. – ▢ 5.2.3.
Königsgeier, *Sarcorhamphus papa,* bunter *Neuweltgeier* der süd- u. mittelamerikan. Wälder u. Urwälder; →Geier.
Königsgesetz, dän. *Kongelov,* ein Gesetz, das 1665 die absolute Herrschaft des dän. Königtums sanktionierte; die Stände wurden ausgeschaltet, die Wahlmonarchie in eine Erbmonarchie umgewandelt u. die weibl. Erbfolge eingeführt. Dänemark war damit das einzige Land Europas, in dem der *Absolutismus* verfassungsmäßig verankert war.
Königsgut →Hausgut, →Reichsgut.
Königshofen im Grabfeld, *Bad K. i. G.,* bayer. Stadt in Unterfranken (Ldkrs. Rhön-Grabfeld), an der Fränkischen Saale, nordöstl. von Schweinfurt, 3500 Ew.; Mineralbad.
Königshörnchen →Eichhörnchen.
Königshufe, Feldmaß im MA. bei Rodungen auf Königsland, meist von der Größe zweier gewöhnl. Hufen; später war 1 K. = 47,7 ha.
Königshütte, poln. *Chorzów,* bis 1934 *Królewska Huta,* Stadt im ostoberschles. Industriegebiet Polens (Wojewodschaft Katowice), 155000 Ew.; Steinkohlenbergbau, 2 Eisenhütten, Metall-, chem. u. Glasindustrie; Bahnknotenpunkt.
Königskerze, *Wollkraut, Verbascum,* Gattung der *Rachenblütler*; bis 2 m hohe, filzige oder wollige Pflanze mit großen endständigen Blütentrauben. Bis auf die *Violette K., Verbascum phoeniceum,* sind die dt. Arten gelb- oder weißblühend.

Die gelben Blüten der *Großblütigen K., Verbascum thapsiforme,* u. der *Filzigen K., Verbascum phlomoides,* werden getrocknet (Wollblumen) u. als Hustenmittel verwendet (*Flores Verbasci*).
Königskinder, Gestalten eines Volkslieds („Es waren zwei K."), das die traurige Geschichte eines Liebespaars besingt, das durch ein tiefes Wasser getrennt war (nach der griech. Sage von *Hero u. Leander*); anscheinend um 1600 entstanden. – Musikmärchen „Die K." von Engelbert *Humperdinck,* zunächst als Melodrama (München 1897), dann als Oper (1910 New York) komponiert nach dem gleichnamigen Sprechdrama von Ernst *Rosmer* (= Elsa *Bernstein-Porges,* *1866, †1949).
Königskobra, *Naja hannah,* bis 4,5 m lange *Hutschlange*; Schlangenfresser, die größte Giftschlange; in Asien. Der Biß kann in 3 Minuten zum Tod führen.
Königsleutnant, frz. *Lieutenant du roi,* im französ. Königreich der Stellvertreter des Königs im Oberbefehl des Heeres oder einer Festung; →auch Leutnant.
Königslibelle, *Anax imperator,* die größte mitteleurop. *Libelle,* aus der Gruppe der *Anisoptera*; bis 11 cm Spannweite; im Juni u. August an Tümpeln u. Teichen, vorwiegend hellblau gezeichnet.
Königslutter am Elm, niedersächs. Stadt (Ldkrs. Helmstedt) östl. von Braunschweig, 16400 Ew.; ehem. Benediktinerkloster (gegr. 1135) mit berühmter roman. Stiftskirche; Büromaschinen-, Papier-, Zigarren-, Zucker- u. Konservenindustrie, Kalkwerk.
Königsmarck, 1. Aurora Gräfin von, Enkelin von 2), *8. 5. 1662 Stade, †16. 2. 1728 Quedlinburg; beherrschte alle europ. Kultursprachen u. war in Dichtkunst u. Musik begabt; 1680–1691 in Schweden, Mittelpunkt der Adelsgesellschaft; Geliebte *Georgs I.* von Hannover, dann *Augusts des Starken*; aus letzterer Verbindung stammte der Graf *Moritz von Sachsen.* Als Pröpstin des Damenstifts Quedlinburg u. vom sächs. Hof unterstützt, war A. von K. wirtschaftl. Sorgen enthoben. *Voltaire* feierte sie als die große Frau des 17. Jh.
2. Hans Christoffer Graf von, schwed. Feldmarschall (seit 1655), *4. 3. 1600 Kötzlin, Altmark, †8. 3. 1663 Stockholm; seit 1630 im schwed. Heer, kämpfte erfolgreich im 30jährigen Krieg, eroberte

Königskerze, Verbascum thapsiforme

1645 Bremen u. Verden; 1648–1663 Generalgouverneur von Bremen-Verden.
Königsmord, sakraler (ritueller) K., ein in den afrikan. Königreichen mit neu-sudan. Kultur einst üblicher Brauch, den König bei Anzeichen von Schwäche, Krankheit oder Alter auf vorgeschriebene Weise umzubringen. Man glaubte an eine vollkommene Identität von Fürst u. Volk, so daß das Schicksal des Landes vom Wohlbefinden des Königs abhängig war.
Königspalme, *Oredoxa regia,* bis 50 m hohe *Palme* mit geradem, unterhalb der Mitte etwas angeschwollenem Stamm; einer der beliebtesten trop. Alleebäume; Verbreitung: Antillen, Südamerika, Südasien.
Königspfalz →Pfalz.
Königspilz, *Boletus regius,* eßbarer *Röhrenpilz* des Laubwalds; mit zitronengelbem Fleisch u. einem Hut, dessen gelblich- bis rosafarbener Untergrund fein rötlich bis blutrot überfasert ist; sehr selten.
Königspokal, Wettbewerb im Hallentennis um einen vom König *Gustav V.* 1936 gestifteten Pokal, als Länderwettbewerb ausgetragen; Vorrunden nach Davis-Pokal-Modus (4 Einzel u. 1 Doppel), Vorschluß- u. Endrunde der vier besten Mannschaften an zwei Tagen in einer Stadt mit je 2 Einzeln u. 1 Doppel pro Begegnung.
Königspython, *Python regius,* bis 1,5 m lange afrikan. *Riesenschlange*; lebt über 20 Jahre.
Königsröhrling, *Boletus regius* = Königspilz.
Königsschlange = Abgottschlange.
Königssee, von steilen Felswänden (Watzmann, Steinernes Meer) eingerahmter oberbayer. Alpensee, südl. von Berchtesgaden; 601 m ü.M., 5,2 qkm, bis 188 m tief; Abfluß durch die K.er *Ache* zur Salzach; Naturschutzgebiet; am Westufer die Halbinsel *St. Bartholomä* mit Wallfahrtskirche (1711).
In der Nähe liegt das 1965 fertiggestellte Leistungszentrum der BRD für die Rennboden mit einer 1100 m langen Kunsteisbahn. Diese ist aus Beton freitragend gebaut u. durch ein Kühlröhrensystem witterungsunabhängig; 117 m Höhenunterschied u. 16 Kurven. Sie kann für Nachtrennen (Rennschlitten oder Zweierbobs) schattenlos ausgeleuchtet werden. →auch Rodel.
Königsseegurke, *Stichopus regalis,* bis 25 cm lange *Seewalze*; Bewohner der südeurop. Küsten; →auch Nadelfisch.
Königsspitze, ital. *Gran Zebrù,* vergletscherter Berg der italien. Ortlergruppe, 3859 m.
Königstein, 1. *K. im Taunus,* hess. Stadt am Südhang des Taunus (Hochtaunuskreis), 16500 Ew.; heilklimat. Kurort; Philosoph.-Theolog. Hochschule; Ruinen der *Feste K.* (1255 zuerst erwähnt).
2. *K./Sächs. Schweiz,* Stadt im Krs. Pirna, Bez. Dresden, an der Elbe, im Elbsandsteingebirge, 5000 Ew.; auf einem Tafelberg die *Festung K.* (Ersterwähnung 1241); Papier-, Holz- u. Metallindustrie.
Königstuhl, *Königsstuhl,* Berg im südl. Odenwald, südöstl. von Heidelberg, 568 m; Sternwarte. – ▢→Heidelberg.
Königswasser, lat. *Aqua regia,* Gemisch aus 3 Teilen konzentrierter Salzsäure u. 1 Teil konzentrierter Salpetersäure; löst durch Entstehung von Nitrosylchlorid (NOCl) u. Chlor Edelmetalle auf, z.B. Gold u. Platin.
Königswinter, Stadt in Nordrhein-Westfalen (Rhein-Sieg-Kreis), am Siebengebirge, 33700 Ew.; Weinbau (Drachenblut); starker Fremdenverkehr, Zahnradbahn zum *Drachenfels*.
Königs Wusterhausen, Kreisstadt im Bez. Potsdam, südöstl. von Berlin, 10300 Ew.; Rundfunksender (mit 243 m hohem Mast, 1920 die erste dt. Rundfunksendung); Jagdschloß; Schwermaschinenbau (Walzstraßen, Bergbau- u. Schiffbauanlagen), Kalksteinbrüche, Kohlenhafen. – Krs. K.W.: 725 qkm, 87000 Ew.
König-William-Insel [-'wiljəm-], Insel im S des kanad.-arkt. Archipels, durch die *Simpsonstraße* vom nordamerikan. Festland (Adelaide-Halbinsel) getrennt, rd. 12600 qkm. 1847 scheiterte hier die Expedition des brit. Polarforschers Sir John *Franklin*.
Konimeter [das; Kunstwort], *Bergbau:* ein opt. Meßgerät zur Feststellung von Menge u. Art der in den *Wettern* enthaltenen Stäube (im Hinblick auf ihre Gesundheitsschädlichkeit) oder der Kohlenstaubkonzentration als Anhalt für etwaige Gefahr von *Kohlenstaubexplosionen*.
Konin, poln. Stadt an der Warthe u. Hptst. der

Koninck
Wojewodschaft K., nordwestl. von Lodsch, 48 000 Ew.; großes Kraftwerk (630 MW; mit Braunkohle), Aluminiumhütte, Maschinenbau, Holzindustrie; in der Umgebung Braunkohlenförderung im Tagebau (jährl. rd. 16,5 Mill. t).

Koninck, *Koning, Coningh,* **1.** *Philips* (de), Vetter von 2), holländ. Maler, *5. 11. 1619 Amsterdam, begraben 6. 10. 1688 Amsterdam; malte unter dem Einfluß von *Rembrandt* u. D. *Seghers* vor allem panoramenartige Flachlandschaften mit wirkungsvollem Wechsel von Wolken u. durchbrechendem Sonnenlicht, ferner Genrebilder u. Porträts.
2. *Salomon,* holländ. Maler, *1609 Amsterdam, begraben 8. 8. 1656 Amsterdam; malte in getreuer Nachahmung *Rembrandts* lebensgroße Halbfiguren bärtiger Greise sowie bibl. u. histor. Szenen.

konisch [lat.], kegelförmig, wie ein *Konus.*

Konitz, poln. *Chojnice,* poln. Stadt westl. der Tucheler Heide (Wojewodschaft Bydgoszcz), 24 000 Ew.; Holz-, Leder- u. Nahrungsmittelindustrie.

Köniz, große schweizer. Dorfgemeinde südwestl. von Bern, 572 m ü. M., 34 000 Ew.; Schloß (16./17. Jh.), ehem. Komturei des Deutschritterordens mit roman. Kirche, Augustinerprobstei (um 930 gegr.).

Konjektur [lat., „Vermutung"], *Textkritik:* die Berichtigung oder Ergänzung eines schlecht überlieferten oder lückenhaften Textes in der begründeten Annahme, den Original-Wortlaut wiederherzustellen. Das Einfügen von K.en heißt *konjizieren,* das Einsetzen u. Auswerten von K.en *Konjekturalkritik.* – Eigw.: konjektural.

Konjew, *Iwan Stepanowitsch,* sowjet. Offizier, *28. 12. 1897 Lodejno, Nikolsk, †21. 5. 1973 Moskau; Marschall der Sowjetunion seit 1944, Heerführer im 2. Weltkrieg im Mittel- u. Südabschnitt, eroberte die ČSR, Schlesien u. Sachsen; 1946–1950 Oberbefehlshaber der sowjet. Heeres, 1955–1960 Oberbefehlshaber der Streitkräfte des Warschauer Pakts u. stellvertr. Verteidigungs-Min., 1961/62 Oberbefehlshaber der sowjet. Streitkräfte in der DDR; Mitgl. des Obersten Sowjets, Mitgl. des ZK der KPdSU seit 1952.

Konjugaten [lat.] = Jochalgen.

Konjugation, [lat.], **1.** *Biologie:* 1. die Parallelisierung der homologen *Chromosomen* in der Prophase der →Reifeteilung; 2. ein geschlechtl. Vorgang bei den *Jochalgen (Konjugaten),* der in der Verklebung zweier geschlechtsverschiedener Fäden zwecks Vereinigung der Plasmakörper zur Zygote besteht; 3. ein geschlechtl. Vorgang bei den *Wimpertierchen,* der in der vorübergehenden Vereinigung zweier Einzeller zwecks Kernaustausches besteht.
2. *Grammatik:* die *Flexion* (Beugung) des *Verbums;* auch die Klasse (*Paradigma*) von (Verbal-)Formen, von denen jede nach den Kategorien der Person (1., 2., 3.), des Numerus, des Tempus, des Modus u. des Genus verbi bestimmt ist. Diese *finiten* Verbalformen stehen den *infiniten* (nominalen) Verbalformen (Partizip, Infinitiv) gegenüber, die nicht mehr zum K.ssystem eines Verbums i. e. S. gehören, sondern der *Deklination* unterworfen werden können.

Konjunktion [lat., „Vereinigung"], **1.** *Astronomie:* das opt. Zusammentreffen zweier (oder mehrerer) Himmelskörper (Planeten, Sonne, Mond). *K. in Länge* ist der Zeitpunkt, an dem beide Gestirne gleiche (ekliptikale) Länge haben. Bei inneren Planeten (Merkur, Venus) unterscheidet man *obere* u. *untere* K. mit der Sonne, je nachdem, ob der Planet hinter oder vor der Sonne vorbeigeht.
2. *Grammatik:* Bindewort, eine Wortart; man unterscheidet u. a. beiordnende K.en, die Satzteile, Hauptsätze u. Nebensätze gleichen Grades verbinden („und, denn, aber"), u. unterordnende K.en, die Haupt- mit Nebensätzen sowie Nebensätze verschiedenen Grades miteinander verbinden („daß, weil, als" u. a.).
3. *Logistik:* eine Form der Aussageverknüpfung („und").

Konjunktiv [der; lat.], *Möglichkeitsform,* ein Modus des Verbums zur Bez. der Abhängigkeit eines Prädikats von einem anderen. Eine einheitl. Funktion läßt sich schwer angeben, zumal die ursprüngl. im Indogerman. nebeneinander bestehenden Modi des K.s u. des *Optativs* sich in den einzelnen Sprachen vielfach wechselseitig ersetzt haben. Der dt. K. ist formal ein alter Optativ; hauptsächl. verwendet wird er heute in indirekter Rede („er sagte, er *werde kommen*") u. in irrealen Bedingungssätzen („wenn er *käme,...*").

Konjunktivitis [die; lat.], *Conjunctivitis* = Bindehautentzündung.

Konjunktur [lat.], eine Erscheinungsform der industrialisierten, arbeitsteiligen Wirtschaft: das Auf u. Ab von Wirtschaftsdaten (insbes. Schwankungen des Produktionsvolumens u. Beschäftigungsgrades) in kurzfristigen *Juglarzyklen* (alle 7–11 Jahre) u. langfristigen *Kondratieffzyklen* (alle 50 bis 60 Jahre). Die *langfristigen K.bewegungen* sind überwiegend durch wirtschaftsfremde (exogene) Faktoren erklärt worden (z. B. Goldfunde, Nutzung techn. Neuerungen). Die Erscheinung *kurzfristiger K.bewegungen* muß auf Gegebenheiten der aktuellen individualist. Geldtauschwirtschaft zurückgeführt werden, die zu kumulativen, sich selbst verstärkenden Expansions- u. Kontraktionsprozessen fähig ist. Diese Gegebenheiten sind: die durch die Ausdehnung der Wirtschaft notwendige Produktion für den anonymen Markt bei wachsender wechselseitiger Abhängigkeit der verschiedenen Wirtschaftsbereiche; die relativ zur Konsumgüterindustrie gestiegene Bedeutung der Kapitalgüterindustrie, wobei die Veränderungen des Produktionsvolumens an Kapitalgütern erfahrungsgemäß höher sind als die bei den Konsumgütern u. stärker auf den Wirtschaftsprozeß einwirken; die moderne Geldverfassung mit einem stark ausgebauten Kreditsystem u. einem Überbau von Geld- u. Kapitalmärkten u. die unterschiedl. Beweglichkeit der einzelnen Preisgruppen bei z. T. institutionell bedingten Preisstarrheiten. →auch Konjunkturtheorie, Konjunkturzyklus. – ⌑ 4.4.5.

Konjunkturbarometer, ein Kurvenbild, das die Vorausberechnung von *Konjunkturschwankungen* (Konjunkturprognose) ermöglichen soll, z. B. das →Harvard-Barometer.

Konjunkturforschung, die statistisch-empirische Erfassung der Wirtschaftsschwankungen u. die fortlaufende Beschreibung der individuellen Zyklen mit dem Ziel, diese nach ihren Ursachen u. Abläufen zu erklären u. systematisch zuzuordnen.

Konjunkturpolitik, Inbegriff aller auf eine Verhinderung oder Einschränkung der *Konjunkturschwankungen* gerichteten Maßnahmen. Der Staat als Träger der K. stützt sich dabei meist auf die Ergebnisse der *Konjunkturforschung,* deren Schwergewicht auf einer statist.-empir. Beschreibung der Konjunkturschwankungen liegt (am berühmtesten das *Harvard-Institut;* nach dessen Vorbild das *Dt. Institut für Wirtschaftsforschung*). Die wichtigsten Bereiche der K. sind die *Geld-* u. *Kreditpolitik* u. die *Finanzpolitik.* – ⌑ 4.5.0.

Konjunkturrat, K. für die öffentliche Hand, in der BRD errichtet aufgrund des *Gesetzes zur Förderung der Stabilität u. des Wachstums der Wirtschaft* vom 8. 6. 1967; Mitglieder: die (bzw. der) Bundes-Min. für Wirtschaft u. Finanzen, je ein Mitglied jeder Landesregierung sowie Vertreter der Gemeinden u. der Gemeindeverbände. Die Dt. Bundesbank kann an den Beratungen teilnehmen. Der K. tritt mindestens zweimal jährlich zusammen.

Konjunkturtheorie, die wissenschaftl. Lehre über das Wesen u. die Ursachen von *Konjunkturschwankungen.* Die moderne K. betont trotz Anerkennung der Einmaligkeit jeder Konjunktur die nützl. Auswirkung der Theorie vom Konjunkturzyklus u. sieht ihre Hauptaufgabe in der Darlegung der jeweils die Instabilität der Wirtschaftslagen bedingenden Wirkungszusammenhänge. Die Lehrmeinungen hinsichtl. der Ursachen des Zyklus hoben bzw. heben hervor: 1. *natürl. u. psycholog. Faktoren* (Wetter, Sonnenfleckentätigkeit, Optimismus u. Pessimismus der Unternehmer); 2. den *monetären Faktor* (durch den Prozeß der Kreditschöpfung kann die Wirtschaft mit Geld überversorgt sein – Überschreitung der Vollbeschäftigungsgrenze; Kündigung oder Verteuerung der Kredite kann zu Zusammenbrüchen u. somit zum Abschwung führen); 3. das Moment der *Überinvestition* (übermäßiges Wachstum der Kapitalgüterproduktion führt zu Verzerrungen im Produktions- u. Preisgefüge, die den Umschwung einleiten), oft als *Investitionsfinanzierungskrise* verstanden; 4. das Moment der *Unterkonsumtion* (die vorhandenen Einkommen reichen nicht aus, die angebotenen Produktionsmengen abzunehmen – *Absatzfinanzierungskrisen*). Die K. verwendet heute vielfach Konzeptionen der →Beschäftigungstheorie von J. M. Keynes, z. B. die der „expansiven" u. „kontraktiven Lücke" (→Gap).

Konjunkturzuschlag, vom 1. 8. 1970 bis 30. 6. 1971 in der BRD erhobener u. 1972 zurückgezahlter zehnprozentiger Zuschlag zur Einkommen- u. Körperschaftsteuer (wenn die Steuervorauszahlung mehr als 300 DM bzw. die monatl. Lohnsteuer mehr als 100,10 DM betrug); eine Maßnahme zur Konjunkturdämpfung.

Konjunkturzyklus, der Zeitraum, der einen konjunkturellen Auf- u. Abschwung umfaßt. Unabhängig von der Frage der Regelmäßigkeit u. der Verursachung des K. lassen sich 5 *Phasen* im Konjunkturablauf unterscheiden, die zusammen einen K. ergeben:

1. *Depression* (Tiefstand): niedrige Produktionswerte, Unterbeschäftigung von Arbeitern u. Anlagen, niedriges Volkseinkommen bei sinkenden Preisen u. Löhnen, Verzerrung der relativen Preisstruktur, sehr flüssiger Geldmarkt (Kredite werden jedoch kaum in Anspruch genommen), geringe Gewinne, evtl. Verluste, weitgehender Stillstand in der Bau- u. Grundstoffindustrie, schwache Investitionstätigkeit infolge ungünstiger Ertragserwartungen der Unternehmer.

2. *Aufschwung* (Erholung, Expansion): die den Zustand der Depression überwindende Verstärkung der Umsatz- u. Produktionstätigkeit infolge Einführung von Neuerungen, dringenden Ersatzbedarfs im Anlagensektor (der durch die Depression aufgeschoben worden war), Erhöhung der Staatsausgaben u. a. Die Produktionsausdehnung führt unmittelbar zu gestiegenem Realeinkommen bei zunächst nicht oder nur schwach erhöhten Preisen (*Mengenkonjunktur*), zum Anstieg der Konsumnachfrage, zu wachsenden Gewinnen u. steigenden Effektenkursen. Der Geldmarkt ist zunächst noch flüssig, u. die Investitionstätigkeit lebt auf (*Akzelerationsprinzip*). Der Prozeß kann sich selbst verstärken (*kumulativer Prozeß*).

3. *Vollbeschäftigung* (Hochkonjunktur, Prosperität): Alle verwendbaren Produktionsfaktoren sind in den Wirtschaftsprozeß eingegliedert. Die Produktion erreicht die bei den gegebenen Faktormengen denkbar größte Höhe; Geldeinkommen u. Preise bleiben relativ stabil. Das Erreichen u. Bewahren dieses nicht zwangsläufig erreichten u. nicht unbedingt stabilen Zustands gilt als das wichtigste Ziel der modernen Wirtschaftspolitik.

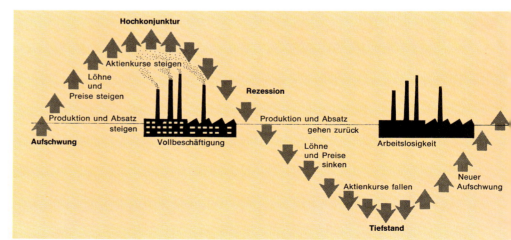

Konjunkturzyklus

4. *Überbeschäftigung* (*Boom, Krise*, im techn. Sinn der Konjunkturtheorie der *obere Wendepunkt* des K.): Überschreiten der Vollbeschäftigung, Engpaß im Faktorangebot. Der Ausgabenanstieg führt zum Preisanstieg, auch bei den Faktorpreisen (Nachfrageüberhang, Preiskonjunktur), zum Anstieg der Geldlöhne bei sinkenden Reallöhnen u. zu hohen Gewinnen. Bei Erwartung weiterer Preissteigerungen ergeben sich: allg. Flucht in die Sachwerte, Investitionsboom, Versteifung auf dem Geld- u. Kapitalmarkt. Der instabile Zustand tendiert durch Zusammenbrüche von Investitionsvorhaben u. durch Unternehmungskonkurse infolge akuter Finanzierungsschwierigkeiten zum Niedergang.
5. *Rezession (Niedergang, Abschwung)*: über die Schrumpfung im Sektor für dauerhafte Wirtschaftsgüter (Bauprojekte, Anlagegüter u.a.) zunehmende Unterbeschäftigung, Umsatzrückgang, Preisfall, Gewinnminderung, Verstärkung der Abwärtsbewegung, Ende der Sachgüterkonjunktur, Flucht ins Geld (Liquidität), Baisse auf dem Effektenmarkt, Minderung des Geldumlaufs, fortgesetzter Rückgang der Brutto-Investitionen. Diese Bewegung kann bei unzureichender wirtschaftspolit. Aktivität des Staates u. der Zentralnotenbank wieder zur Depression führen.

Konkanküste, den Westghats vorgelagerter Küstenstreifen zwischen Goa u. Bombay (Indien), rd. 500 km lang, 50–80 km breit; sehr fruchtbares Ackerland (Reis), stark beregnet.

konkav [lat.], **1.** *allg.:* hohl, nach innen gekrümmt, z.B. bei *Konkavlinsen*; →Linse.
2. *Mengenlehre:* →konvex (2).

Konklave [das; lat., „abgeschlossener Raum"], der Raum, in dem der Papst gewählt wird; auch die Versammlung der Kardinäle zur Papstwahl. – Während der Wahl, die seit 1870 im Vatikan stattfindet (früher im Quirinal), sind die Kardinäle u. ihre wenigen Begleiter *(Konklavisten)* von der Außenwelt völlig abgeschlossen. Über die Abschließung wachen von innen der Kardinalskämmerer *(Camerlengo)*, von außen der Marschall des Konklave (seit 1712 Erbamt der Fürsten *Chigi*). Durch die 1274 von Papst *Gregor X.* angeordnete Abschließung u. die damit verbundenen Unbequemlichkeiten sollen die Kardinäle zu möglichst schneller Wahl veranlaßt werden, außerdem soll jede Beeinflussung von außen verhindert werden.

konkludente Handlungen [lat.], *schlüssiges Handeln, Recht:* Handlungen, die als (nicht ausdrückliche) Willenserklärung angesehen werden, alles das gelten zu lassen, was nach der Lebens- u. Rechtserfahrung aus eben solchen Handlungen gefolgert werden kann.

Konkomitanz [die; lat., „Begleitung"], eine kath.-theolog. Lehre, wonach Christus mit Fleisch u. Blut in jeder der beiden Gestalten von Brot u. Wein zugegen sei.

Konkordanz [die; lat., „Übereinstimmung"], **1.** *Biologie:* die Übereinstimmung in bestimmten Merkmalen, z.B. bei eineiigen Zwillingen.
2. *Geologie:* das gleichgerichtete Streichen u. Fallen übereinanderliegender geolog. Schichten; es deutet auf einst ungestörte Ablagerungsbedingungen hin. – Gegensatz: *Diskordanz.*
3. *Philologie:* alphabet. Zusammenstellung der Gedanken, Begriffe oder Wörter eines religiösen oder literar. Werkes mit Angabe aller Stellen.

Konkordanzdemokratie, in der Schweiz oft verwendete Bez. für das polit. System des Landes, wie es sich seit Mitte der 1930er Jahre herausgebildet hat: Die K. beruht auf der Übereinstimmung der wichtigsten polit. Kräfte der Schweiz in grundsätzl. Fragen u. ist durch die Neigung zu Vorverhandlungen (→Vernehmlassungsverfahren) u. zur Milderung polit. Gegensätze gekennzeichnet. Die Hauptstützen der K. sind: 1. das Friedensabkommen zwischen Gewerkschaften u. Arbeitgebern der Metall- u. Uhrenindustrie von 1937, das zum Vorbild für die Beilegung von Tarifauseinandersetzungen ohne Kampfmaßnahmen für (fast) die gesamte schweizer. Wirtschaft geworden ist; 2. der seit 1959 bestehende polit. Brauch, daß die vier größten Parteien (Freisinnige; Christlich-demokrat. Volkspartei; Sozialdemokraten; Schweizerische Volkspartei) sämtlich – im Verhältnis 2:2:2:1 – im Bundesrat vertreten u. damit Regierungsparteien sind, so daß eine starke parlamentar. Opposition nicht mehr vorhanden ist. Hier knüpft häufig die Kritik an der K. an, die vor allem bemängelt, daß das für eine Demokratie lebensnotwendige offene Austragen polit. Gegensätze in der Schweiz durch die K. sehr behindert sei.

Konkordat [das; lat.], **1.** *Kirchenrecht:* Vertrag zwischen einem Staat u. dem Papst als Oberhaupt der kath. Kirche über das Verhältnis von Staat u. Kirche. In der BRD gelten das badische (1932), bayerische (1924/1968), preußische (1929) u. niedersächs. K. (1965) u. das →Reichskonkordat. →auch Kirchenvertrag.
2. *Schweiz:* staatsrechtl. Abkommen zwischen allen oder mehreren Kantonen (interkantonales K.).

Konkordienbuch [lat.], die maßgebl. Sammlung der luth. Bekenntnisschriften, im Sinn der *Konkordienformel* geschrieben, 1580 veröffentlicht. Das K. enthält die 3 altkirchl. Glaubensbekenntnisse, das Augsburgische Bekenntnis u. seine Apologie, die Schmalkaldischen Artikel, Ph. Melanchthons Traktat über die Obrigkeitsgewalt des Papstes, M. Luthers Kleinen u. Großen Katechismus u. die Konkordienformel. Das K. wurde nicht von allen ev. Ständen angenommen.

Konkordienformel [lat.], eine Einigungsformel in 12 Artikeln, 1577 als letzte luth. Bekenntnisschrift verfaßt, um die nach M. Luthers Tod drohende Aufsplitterung des Luthertums zu bannen u. aufgekommene Lehrunterschiede zu beseitigen. Die K. gewann breite Zustimmung u. wurde 1580 im *Konkordienbuch* veröffentlicht.

Konkremente [lat.], harte mineral. Abscheidungen in Körpergeweben u. Körperflüssigkeiten; beim Menschen meist in den Ausführungswegen abgelagert oder auch dort eingeklemmt *(Konkretionen)*, z.B. Nierensteine, Gallensteine. – Bei niederen Tieren dient die K.n-Produktion als zusätzl. Ausscheidung: Spezialisierte Zellen nehmen die K. auf u. wandern damit durch den Körper zu Ausscheidungsorganen. – 📖9.0.7.

konkret [lat., „(aus Stoff u. Form) zusammengewachsen"], sinnfällig, anschaulich (Gegensatz: *abstrakt*). Das Konkrete ist das Individuelle, Wirkliche gegenüber dem Allgemeinen, bloß Gedachten; es ist nicht restlos in allg. Bestimmungen aufzulösen.

konkrete Musik, frz. *Musique concrète* →elektronische Musik.

konkrete Poesie, auch *abstrakte Dichtung*, eine gegen traditionelle dichter. Formen gerichtete neue Auffassung literar. Ausdrucksmöglichkeiten; entgegen den gedanklich-bildlichen Inhalten einer Dichtung werden Wort- u. Buchstabengruppen zu neuen ästhetischen Werten, durch die Freisetzung bloßer Klangwerte u. die Bildung neuer Wortgruppenbezüge, zusammengesetzt; das „konkrete" Sprachmaterial (atomisiert in Buchstaben, Buchstabengruppen u. Laute) wird assoziativ zu neuen sinnfreien Beziehungen verbunden oder räuml. angeordnet (Konstellationen); der betrachtende Leser soll am Werk schöpfer. mitwirken. Die Wurzeln liegen in den Refrains der Volks- u. Kinderlieder, die Entwicklung ging über das *l'art pour l'art*, die *poésie pure*, den *Dadaismus*, den russ. *Futurismus* u. die *Lettristik* zur k.n P. Entwicklung u. Wertmaße dieser experimentellen Dichtung sind offen; für die k.P. existieren eine Reihe sich überlagernder Bezeichnungen: *absolute Dichtung, konsequente Dichtung, automatische Dichtung* u.a., wobei Grenzbereiche zu anderen Kunstgattungen erreicht werden (*akustische Dichtung, visuelle Dichtung* – so schuf E. *Gomringer* audiovisuelle Konstellationen von Textstrukturen). Richtungweisende Vertreter der k.n P. sind F. *Mon*, H. *Heißenbüttel*, E. *Jandl* u. die *„Wiener Gruppe"* (H. C. *Artmann*, K. *Bayer*, Friedrich *Achleitner* [*23. 5. 1930], G. *Rühm*).

Konkretionen [lat.], unregelmäßige, meist kugelige oder knollige Zusammenballungen von Mineralien innerhalb eines Gesteins, z.B. die *Lößkindel*.

Konkretum [das, Mz. *Konkreta*; lat.], ein Substantiv, das ein den Sinnen zugängl. Objekt oder Wesen bezeichnet, z.B. „Stuhl, Haus, Mann"; Gegensatz: *Abstraktum*.

Konkubinat [das; lat.], dauernde außerehel. Geschlechtsgemeinschaft *(wilde Ehe)*. In der BRD ist das K., wenn es erhebl. öffentl. Ärgernis erregt, in einzelnen Ländern (z.B. in Bayern) als Übertretung strafbar. Die Vereinbarkeit dieser Strafvorschrift, die in den meisten Bundesländern nicht besteht, mit dem Bundesrecht ist zweifelhaft. Auch in mehreren schweizer. Kantonen ist das K. strafbar. In den meisten ausländ. Rechtsordnungen ist das K. jedoch nicht strafbar.

Konkubine [lat.], eine Frau, die im *Konkubinat* lebt.

Konkupiszenz [die; lat., „Begierlichkeit"], nach kath. Lehre die mit der *Erbsünde* erwachte Begierde aller seelischen Kräfte, u. zwar zuerst die widergöttl. Ichsucht u. dann die ungeordnete Sinnlichkeit, d.h. das der Gottesordnung nicht gemäße sinnl. Verlangen. Nach kath. Lehre ist die nach der Taufe verbleibende K. erst *Sünde*, wenn ihr Begehren frei bejaht wird. – Die ev. Dogmatik versteht unter K. die gottwidrige Richtung aller seelischen Kräfte des Menschen, die auch als Begierde, nicht nur als Tat, Sünde ist.

Konkurrenz [die; lat., „Wettlauf"], **1.** *Biologie:* der Streit einer Anzahl von Individuen um ein von allen benötigtes, aber nur in begrenzter Menge vorhandenes Requisit, meist als K. um Nahrung oder um Raum. Die *Konkurrenten* können der gleichen Art (intraspezif. K.) oder verschiedenen Arten (interspezif. K.) angehören. Für den *Massenwechsel* sind K.erscheinungen als Mortalitätsfaktoren von Bedeutung.
2. *Recht:* →konkurrierende Gesetzgebung, →Idealkonkurrenz, →Realkonkurrenz.
3. *Wirtschaft:* der *Wettbewerb* von Anbietern oder Nachfragern untereinander sowie die Beziehungen zwischen Anbietern u. Nachfragern. Das Wesen der K. besteht in dem Wechselspiel von Aktion u. Reaktion, von Vorstoß u. Nachziehen (dynam. Marktprozesse); so ist jeder Anbieter bestrebt, mittels marktstrateg. Maßnahmen (Preise, Werbung, Produktverbesserungen, neue Produkte) die Nachfrage stärker an sich zu ziehen *(vorstoßender Wettbewerb)*, u. bewirkt dadurch entspr. Gegenmaßnahmen der Konkurrenten *(imitatorischer Wettbewerb)*. Dieser dauernde Zwang zur Leistungssteigerung kommt den Nachfragern in Form von größeren Auswahlmöglichkeiten, Preissenkungen, Qualitätsverbesserungen u.a. zugute. K. setzt ein wettbewerbl. Streben u. *Wettbewerbsfreiheit* zur Verwirklichung dieses Strebens voraus (Spielraum zum Einsatz der *Aktionsparameter*). Wettbewerbsbeschränkungen z.B. durch Abreden oder Vertrag u. Marktmacht führen zur teilweisen oder völligen Ausschaltung der K.; eine entsprechende Gesetzgebung muß daher die Erhaltung der Wettbewerbsfreiheit sichern (Antitrust-Gesetze der USA, Gesetz gegen Wettbewerbsbeschränkungen in der BRD). – Die Wirtschaftstheorie unterscheidet zwischen der an viele Bedingungen geknüpften modelltheoretischen Form der *vollständigen K. (atomistische K.*: viele kleine Marktteilnehmer auf einem sog. vollkommenen Markt) u. den in der Realität überwiegenden Formen der *unvollständigen K. (Polypol, Oligopol)*. – Unter K. versteht man auch die mehr oder weniger anonyme Gesamtheit der *Konkurrenten*. – 📖4.4.4.

Konkurrenzklausel, eine Wettbewerbsabrede; →Wettbewerbsverbot.

Konkurrenzwirtschaft, Wettbewerbswirtschaft, Marktwirtschaft; →auch Konkurrenz.

konkurrierende Gesetzgebung [lat.], im Verfassungsrecht eines Bundesstaats die Regelungsgewalt für diejenigen Gesetzesmaterien, die weder ausschl. dem Bund (Gesamtstaat) noch ausschl. den Ländern (Gliedstaaten) zustehen. Nach dem Staatsrecht der BRD haben die Länder das Recht zur Gesetzgebung, soweit das Grundgesetz nicht dem Bund Gesetzgebungsbefugnisse verleiht (Art. 70 GG, ähnlich Art. 30 GG allg. für die Ausübung der staatl. Befugnisse u. die Erfüllung der staatl. Aufgaben); die der Bundesregelung überwiesenen Materien sind in Art. 73 GG (ausschl. Bundeskompetenz) aufgeführt. Die k.G. (also Zuständigkeit sowohl des Bundes als auch der Länder) betrifft vor allem: das bürgerl. Recht, Strafrecht, Strafvollzug, Gerichtsverfassung, gerichtl. Verfahren, Rechtsanwaltschaft, Notariat, Rechtsberatung, Personenstandswesen, Vereins- u. Versammlungsrecht, Aufenthalts- u. Niederlassungsrecht der Ausländer, Schutz dt. Kulturguts, Flüchtlings- u. Vertriebenenrecht, öffentl. Fürsorge, Kriegsschäden u. Wiedergutmachung, Versorgung der Kriegsbeschädigten u. Hinterbliebenen, Recht der Wirtschaft u. der friedl. Ausnutzung der Atomenergie, Arbeitsrecht, Förderung der wissenschaftl. Forschung, Sozialisierung, Bodenreform, Bodenrecht, Küstenschutz u. Küstenfischerei, Teile des Gesundheitswesens, Schiffahrts- u. Verkehrsrecht, Lebensmittelwesen, Hochseeschiffahrt, Binnenwasserstraßen, Kraftfahrwesen u. Eisenbahnwesen (Ausnahme: Bergbahnen) sowie Umweltschutz; ferner nach Art. 105 GG: Verbrauch- u. Verkehrsteuern, Einkommen- u. Vermögensteuer, Erbschaft- u. Schenkungsteuer, Realsteuern.

Der Bund kann auf diesen Gebieten nur tätig werden, wenn eine Angelegenheit durch die Gesetzgebung der Länder nicht wirksam geregelt werden kann, eine Regelung durch ein Landesgesetz die Interessen der Gesamtheit oder anderer Länder beeinträchtigen könnte oder die Wahrung der Rechts- u. Wirtschaftseinheit sowie die Wahrung der Einheitlichkeit der Lebensverhältnisse über das Gebiet eines Landes hinaus es erforderlich erscheinen läßt (Art. 72 Abs. 2 GG). Außerdem kann der Bund durch die sog. *Rahmengesetzgebung* (Art. 75 GG) auf folgenden Gebieten allg. Grundsätze für verbindlich erklären: öffentl. Dienstrecht, Presse u. Film, Jagdwesen, Naturschutz u. Landschaftspflege, Bodenverteilung, Wasserhaushalt, Melde- u. Ausweiswesen.
In Österreich ist k. G. nur in sehr speziellen Fällen vorgesehen (insbes. nach Art. 11 Abs. 2 BVerfG). →auch Grundsatzgesetzgebung, Rahmengesetzgebung. – 📖4.1.2.

Konkurs [der; lat., „Zusammenlauf (der Gläubiger)"], *Falliment, Gant, Bank(e)rott*, das Verfahren zur gleichmäßigen Befriedigung aller bekannten, am K. teilnahmeberechtigten, zur organisatorischen Gemeinschaft der *K.gläubiger* zusammengefaßten vermögens- u. schuldrechtl. Gläubiger eines zahlungsunfähigen oder überschuldeten Schuldners (der durch die gerichtl. Eröffnung des K.es zum →Gemeinschuldner wird) aus der *K.masse*, d.h. aus dessen gesamtem vollstrekkungsfähigem, um die durch →Aussonderung u. →Absonderung sowie durch Befriedigung der →Massegläubiger entnommen Gegenstände vermindertem Vermögen; geregelt in der *K.ordnung* (Abk. *KO*) vom 10. 2. 1877 (mit späteren Änderungen). – Der K. wird auf Antrag des Schuldners oder eines Gläubigers beim zuständigen Amtsgericht *(K.gericht)* eröffnet u. unter dessen Leitung durch den von ihm ernannten *K.verwalter* durchgeführt, der dabei durch Organe der K.gläubiger *(Gläubigerversammlung, Gläubigerausschuß)* unterstützt u. überwacht wird. Die von den Gläubigern angemeldeten *K.forderungen* werden vom K.gericht in die *K.tabelle* eingetragen u. in einem *Prüfungstermin* geprüft; in der *Schluß-* sowie in etwaigen *Abschlags-* u. *Nachtragsverteilungen* wird die K.masse verteilt unter bes. Berücksichtigung der *bevorrechtigten K.gläubiger* (Gläubiger der für das letzte Jahr fälligen Löhne u. Gehälter, Steuern u. öffentl. Abgaben, öffentl.-rechtl. Kirchen-, Schul- u. Verbandslasten, Vergütungen für ärztl. Behandlung sowie Ansprüche auf Herausgabe von Kindes- u. Mündelvermögen) u. in (den K.forderungen entsprechenden) Anteilen *(K.dividende)*. Nach Aufhebung des K.es können die Gläubiger ihre Restansprüche jederzeit weiter geltend machen, falls nicht ein *Zwangsvergleich* geschlossen wurde. Der K. kann auch durch einen gerichtl. Vergleich abgewendet werden. Die Benachteiligung der Gläubiger durch den Gemeinschuldner ist gegebenenfalls als betrügerischer oder einfacher →Bankrott oder als →Gläubigerbegünstigung, die dabei geleistete Hilfe eines Dritten ist als *Schuldnerbegünstigung* strafbar nach §§ 239ff. KO. – Der K. ist in Österreich durch die K.-Ordnung vom 10. 12. 1914 ähnlich geregelt. – In den Grundsätzen ähnl. ist auch die Regelung in der Schweiz durch das Bundesgesetz über Schuldbetreibung u. Konkurs vom 11. 4. 1889; doch gibt es hier bes. *K.-Ämter* (Art. 3 des Gesetzes). Die nicht zur K.masse gehörenden unpfändbaren Gegenstände werden in der Schweiz als *Kompetenzstücke* bezeichnet. – 📖4.1.6.

Konkursanfechtung, das Geltendmachen der Zugehörigkeit zur *Konkursmasse* hinsichtl. solcher Gegenstände, die der Gemeinschuldner in der Absicht, die Konkursgläubiger zu benachteiligen, oder unentgeltl. im letzten Jahr vor Eröffnung des Konkurses oder nach der Zahlungseinstellung oder Beantragung der Eröffnung des Konkurses aus seinem Vermögen veräußert hat; geltend zu machen durch den *Konkursverwalter* (§§ 29–42 KO; in Österreich: *Masseverwalter*). – Entspr. Vorschriften in §§ 27ff. der österr. KO u. in Art. 285ff. des schweizer. Bundesgesetzes über Schuldbetreibung u. Konkurs von 1889.

Konkursausfallgeld, nach dem *Gesetz über K.* vom 17. 7. 1974 bei Konkurs von Betrieben durch das Arbeitsamt auf Antrag des Arbeitnehmers zu zahlende Summe von bis zu 3 rückständigen (Netto-)Monatslöhnen bzw. -gehältern; der Antrag ist binnen 2 Monaten zu stellen.

Konkursdelikte, Handlungen, die in betrügerischen, wirtschaftl. verantwortungslosen u. ähnl. Machenschaften des Gemeinschuldners bestehen u. (zum Schutz der Gläubiger) aufgrund §§ 239–243 der Konkursordnung strafbar sind. Als *betrügerischer Bankrott* (§ 239) oder *einfacher Bankrott* (§ 240) ist die Beeinträchtigung der Konkursmasse strafbar; ebenfalls strafbar sind die Bevorzugung eines Gläubigers zum Nachteil anderer (§ 241), die Begünstigung des Gemeinschuldners durch einen Dritten zum Nachteil der Gläubiger (§ 242) u. die Bestechlichkeit eines Gläubigers, der sich verpflichtet, im Konkursverfahren in einem bestimmten Sinn abzustimmen (§ 243). In allen Fällen ist Voraussetzung für eine Bestrafung, daß der →Konkurs eröffnet worden ist oder der Gemeinschuldner seine Zahlungen eingestellt hat.
In Österreich unterscheidet man folgende K.: betrüger. Konkursvergehen (§ 205a StG), Schädigung fremder Gläubiger (§ 205b StG), Begünstigung eines Gläubigers (§ 485 StG), fahrlässige Konkursvergehen (§ 486 StG), mangelhafte Buchführung u. Umtriebe im Konkursverfahren (§§ 486a, 486b StG). – In der Schweiz wird hauptsächl. zwischen dem betrüger. Konkurs (Art. 163 StGB) u. dem leichtsinnigen Konkurs (Art. 165 StGB) unterschieden.

Konkursforderung, der zum Zeitpunkt der Eröffnung des →Konkurses gegen den Gemeinschuldner begründete persönliche (nicht dingliche) Anspruch eines Konkursgläubigers.

Konkursgericht, das für den →Konkurs ausschl. zuständige Amtsgericht (§ 71 KO). Die örtl. Zuständigkeit bestimmt sich nach der gewerbl. Niederlassung oder dem allg. Gerichtsstand des Gemeinschuldners. Das K. eröffnet u. beendigt das *Konkursverfahren*, bestellt u. beaufsichtigt den *Konkursverwalter*, leitet u. beruft die *Gläubigerversammlung*, beurkundet die Eintragungen in die *Konkurstabelle* u. bestätigt oder verwirft den *Zwangsvergleich*.
In Österreich sind K.e die als Kollegialgerichte tätigen Gerichtshöfe erster Instanz; das K. bestellt einen Richter als *Konkurskommissär* u. den Konkursverwalter *(Masseverwalter)*. – In der Schweiz ist dem K. lediglich die Eröffnung u. Beendigung des Verfahrens übertragen, im übrigen sind die *Konkursämter* zuständig.

Konkursgläubiger, alle persönl. Gläubiger, die zur Zeit der Eröffnung des →Konkurses einen begründeten Vermögensanspruch *(Konkursforderung)* an den Gemeinschuldner haben (§ 3 KO). Zu ihrer gemeinschaftl. gleichmäßigen Befriedigung dient die *Konkursmasse*. Sämtliche K. bilden die *Gläubigerversammlung*. Vermögensrechtl. Klagen der K. gegen den Gemeinschuldner oder den Konkursverwalter sind unzulässig. – Nicht zu den K.n gehören die Gläubiger, die ein Recht zur *Aussonderung* oder *Absonderung* haben, sowie die *Massegläubiger*.

Konkursmasse, das gesamte der *Zwangsvollstreckung* unterliegende Vermögen des Gemeinschuldners, das ihm zum Zeitpunkt der Eröffnung des →Konkurses gehört (§ 1 KO). Unpfändbare Gegenstände gehören nicht zur K., ebensowenig das, was der Gemeinschuldner nach Eröffnung des Konkurses erwirbt. Aus der K. werden die *Konkursgläubiger*, die zur *Absonderung* Berechtigten u. die *Massegläubiger* befriedigt.
Ähnl. Regelung in der Schweiz. – In Österreich gehört auch das, was der Gemeinschuldner erst während des Konkursverfahrens erwirbt, zur K.

Konkursordnung, Abk. *KO*, vom 10. 2. 1877, eines der Reichsjustizgesetze, die am 1. 10. 1879 in Kraft getreten sind. Durch die Schaffung des Bürgerl. Gesetzbuchs wurde eine Neufassung der KO notwendig, die am 1. 1. 1900 in Kraft trat. Seitdem hat die KO nur wenige Änderungen erfahren. Österreich: KO vom 10. 12. 1914.

Konkurstabelle, das Verzeichnis der beim Konkursgericht angemeldeten *Konkursforderungen* (§ 140 KO). Die Eintragung der im *Prüfungstermin* festgestellten unwidersprochenen Konkursforderungen in die K. wirkt hinsichtl. des Betrags u. des Vorrechts der Forderung wie ein rechtskräftiges Urteil gegenüber allen Konkursgläubigern (§ 145 Abs. 2 KO). Gläubiger streitig gebliebener Forderungen sind zur Feststellung auf eine *Feststellungsklage* gegenüber den Bestreitenden vor dem ordentl. Gericht angewiesen (§ 146 KO); gegebenenfalls ist daraufhin die K. zu berichtigen.

Konkursverwalter, der Verwalter des Vermögens des Gemeinschuldners im →Konkurs. Er wird ernannt u. beaufsichtigt durch das *Konkursgericht*, kann jedoch auch durch die *Gläubigerversammlung* gewählt werden. Das Verwaltungs- u. Verfügungsrecht über die *Konkursmasse* geht vom Gemeinschuldner auf den K. über (§ 6 KO); auch das Prozeßführungsrecht in Prozessen, die die Konkursmasse betreffen, steht dem K. als Partei kraft Amtes zu. Der K. hat das gesamte zur Konkursmasse gehörende Vermögen des Gemeinschuldners in Besitz zu nehmen, zu verwalten, zu verwerten u. den Erlös zu verteilen (§ 117 KO). Er übt auch die *Konkursanfechtung* aus (§§ 29f. KO). Die Haftung des K.s gegenüber den *Konkursgläubigern* bestimmt sich nach § 82 KO.
Ähnl. Regelungen gibt es in der Schweiz nach dem Bundesgesetz über Schuldbetreibung u. Konkurs von 1889, doch können hier als *Konkursverwaltung* auch mehrere Personen oder das *Konkursamt* bestellt werden. – Österreich: *Masseverwalter.*

Konnektiv [das; lat.], **1.** *Botanik:* →Staubblätter.
2. *Zoologie:* Längsverbindung zwischen den *Ganglien* von Bauchmarktieren (→Bauchmark); z.B. Schlund-K. zwischen Ober- u. Unterschlundganglion eines Strickleiternervensystems.

Konnersreuth, bayer. Markt in der nördl. Oberpfalz (Ldkrs. Tirschenreuth), 2000 Ew.; Geburts- u. Wohnort von Therese *Neumann* (Wallfahrtsort).

Konnexität [lat.], Sachzusammenhang; im bürgerl. Recht dasselbe rechtl. Verhältnis, auf dem Anspruch u. Gegenanspruch beruhen müssen, wenn der Schuldner sich mit Erfolg auf ein →Zurückbehaltungsrecht berufen will, bis ihm selbst die gebührende Leistung bewirkt wird (§ 273 BGB).

Konnossement [das; ital., frz.], *Seefrachtbrief*, die Urkunde über den Abschluß eines Seefrachtvertrags, in der der Verfrachter verspricht, die darin bezeichneten zur Beförderung angenommenen Güter an den jeweiligen berechtigten Inhaber der Urkunde auszuliefern (§§ 642ff. HGB; internationale Regelung durch das Brüsseler Abkommen vom 25. 8. 1924). Das K. ist ein *Wertpapier*; mit der Übertragung des Papiers gehen alle Rechte am schwimmenden Gut automatisch auf den K.serwerber über *(Traditionspapier)*. Meist wird das K. als →Orderpapier begeben, es kann aber auch als →Inhaberpapier oder →Namenspapier ausgestaltet werden *(Rekta-K.)*. – 📖4.3.2.

Konnotation [lat.], das Begleitsignal eines Sprachzeichens, das eine subjektive Einstellung des Sprechers (*Kundgabe, Ausdruck* i.e.S.) oder eine Aufforderung an den Hörer *(Appell, Intention)* einer sprachl. Äußerung ausdrückt; →auch Bedeutung.

Konnubium [das, Mz. *Konnubien*; lat.], *i.e.S.* die Heiratsgemeinschaft zwischen verschiedenen gesellschaftl. Teilgruppen, Schichten, Stämmen u.a. (Heiratskreis); *i.w.S.* = Ehe.

Konoe, *Konoye* Fumimaro, Fürst, japan. Politiker, *12. 10. 1891 Tokio, †16. 12. 1945 Tokio (Selbstmord); Vertreter der hauptsächl. gegen China gerichteten japan. Großraumpolitik, setzte die totalitäre Staatsform in Japan durch; 1933–1937 Präs. des Oberhauses, 1937–1939 u. 1940/41 Min.-Präs.; machte General Hideki *Todscho* (Tôjô) zum Kriegs- u. Yosuke *Matsuoka* zum Außen-Min., schloß den *Dreimächtepakt* mit Dtschld. u. Italien (1940) u. den sowjet.-japan. Neutralitätspakt (1941); gründete 1940 die *Taisei-yokusan-kai* (Vereinigung zur Unterstützung der kaiserl. Regierung); trat im Oktober 1941 (kurz vor Pearl Harbor) zurück, nachdem er dem Kronrat seine Zustimmung zum Krieg gegen die USA gegeben hatte. 1945 wurde er als Kriegsverbrecher angeklagt u. beging vor der Verhaftung Selbstmord.

Konon, Papst 686/687, †21. 9. 687 Rom; in hohem Alter als Kompromißkandidat gewählt.

Konon, athen. Feldherr, †392 v.Chr. auf Zypern; als Führer der Flotte 407 v.Chr. Nachfolger des *Alkibiades*; siegte zusammen mit *Pharnabazos* 394 v.Chr. bei Knidos u. zerbrach die von den Spartanern im Peloponnes. Krieg errungene Seemacht; stellte mit pers. Hilfe 393 v.Chr. die Langen Mauern Athens wieder her u. begann mit der Erneuerung der athen. Seemacht.

Konopnicka [-'nitska], Maria, geb. *Wasiłowska*, poln. Schriftstellerin, *23. 5. 1842 Suwałki (Litauen), †8. 10. 1910 Lemberg; Lyrik, Erzählungen („Geschichten aus Polen" 1897, dt. 1917), Balladen im Stil des poet. Realismus u. Märchen („Marysia u. die Zwerge" 1895, dt. 1949); vielfach sozial engagierte Themen (das Leben der Bauern, Auswandererschicksale poln. Emigranten).

Konotop, Stadt im N der Ukrain. SSR (Sowjetunion), 63000 Ew.; bautechn. u. medizin. Schule;

Eisenhütten, Elektroindustrie, Stärke- u. Melassefabriken, Brennereien; Bahnknotenpunkt.
Konoye →Konoe.
Konquistadoren [-ki; span., „Eroberer"], die span. u. portugies. Eroberer Süd-, Mittel- u. z.T. auch Nordamerikas, die nach der Entdeckung Amerikas in abenteuerl. Zügen, oft nur mit wenigen Soldaten, den Kontinent durchzogen, die Eingeborenen unterwarfen u. die span. bzw. portugies. Herrschaft errichteten. Hervorzuheben sind: H. *Cortés* in Mexiko, F. *Pizarro* in Peru, D. de *Almagro* u. P. de *Valdivia* in Chile, P. de *Alvarado* in Guatemala, N. de *Balboa* in Panama, P. de *Mendoza* u. M. de *Irala* im La-Plata-Gebiet, J. de *Quesada* in Kolumbien u. S. de *Belalcazar* in Ecuador.
Konrad [ahd. *kuoni*, „kühn, mutig", + *rat*, „Rat, Hilfe"], männl. Vorname; Kurzformen: *Kurt, Kunz, Kuno*.
Konrad, Fürsten. Dt. Könige u. Kaiser: **1.** *K. I.*, erster dt. König 911–918, † 23. 12. 918; Herzog von Franken (906) aus dem Geschlecht der Konradiner, nach dem Aussterben der Karolinger in Ostfranken zum König gewählt, von Lothringen aber nicht anerkannt. K. versuchte vergebens, auf die Kirche gestützt, eine zentrale Gewalt des Königtums gegen die starken Stammesherzogtümer durchzusetzen, u. versagte gegen die einfallenden Ungarn. Vor seinem Tod designierte er Herzog Heinrich von Sachsen (König *Heinrich I.*) zu seinem Nachfolger.
2. *K. II.*, König seit 1024, Kaiser 1027–1039, * um 990, † 4. 6. 1039 Utrecht; Urenkel *Konrads des Roten* u. der Tochter *Liudgard* († 953) Ottos d. Gr.; erster König aus dem Geschlecht der *Salier*; drängte im Innern die Sondergewalten (Herzöge u. Kirche) zurück, sicherte die Grenzen (1025 Verständigung mit *Knut d. Gr.* von Dänemark; Kampf gegen Polen) u. festigte die kaiserl. Macht in Italien u. den Zugang dorthin durch den Erwerb *Burgunds* mit den Alpenpässen (seit 1033 König von Burgund). Die Aufstände seines Stiefsohns Herzog *Ernst II.* von Schwaben schlug er nieder. K. förderte die Klosterreform.
3. *K. III.*, König 1138–1152, * 1093 oder 1094, † 15. 2. 1152 Bamberg; Staufer, Sohn Herzog *Friedrichs I.* von Schwaben (* 1050, † 1105); 1127–1135 Gegenkönig, 1138 (durch Wahl) Nachfolger Lothars III. Da *Heinrich der Stolze* sich weigerte, ihm zu huldigen, nahm K. dem Welfen die Herzogtümer Sachsen u. Bayern, worauf er die nächsten Jahre in Kämpfe mit diesem Geschlecht verwickelt wurde, bis er Heinrichs Sohn, *Heinrich den Löwen*, 1142 als Herzog von Sachsen anerkannte. 1146 ließ sich K. von *Bernhard von Clairvaux* für den 2. Kreuzzug gewinnen, der für das dt. u. das verbündete französ. Heer 1147 in Kleinasien schwere Verluste brachte. Nach Dtschld. zurückgekehrt, starb K. über den Vorbereitungen zu einem Romzug u. zum Kampf gegen die Welfen, die sich erneut erhoben hatten. Als seinen Nachfolger designierte er seinen Neffen Herzog *Friedrich (I. Barbarossa)* von Schwaben.
4. *K. IV.*, König 1237/1250–1254, * 25. 4. 1228 Andria, Apulien, † 21. 5. 1254 Lavello; Sohn Kaiser *Friedrichs II.*, von seinem Vater als Regent in Dtschld. eingesetzt (1237 zum dt. König gewählt), mußte seine Herrschaft mit Hilfe der Städte u. Bayerns gegen die Gegenkönige *Heinrich Raspe* u. *Wilhelm von Holland* verteidigen. Um sein Erbe in Italien zu verteidigen, eroberte er Apulien u. Neapel. Im Begriff, auch seine Herrschaft in Dtschld. zu festigen, erlag K. einer Krankheit. Er hinterließ seinen zweijährigen Sohn *Konradin*.
Lothringen: **5.** *K. der Rote*, Herzog, † 10. 8. 955; Graf von *Wormsfeld*, 944 von *Otto d. Gr.* zum Herzog von Lothringen eingesetzt u. mit seiner Tochter *Liudgard* († 953) verheiratet; erhob sich 952–954 mit seinem Schwager *Liudolf* gegen Otto, verlor sein Herzogtum u. wurde 954 unterworfen. Er fiel gegen die Ungarn in der Schlacht auf dem Lechfeld.
Meißen: **6.** *K. I.*, (später) *K. d. Gr.*, Markgraf 1123, * um 1098, † 5. 2. 1157 Peterskloster bei Halle; Graf von Wettin, Sohn *Thimos* († um 1091) u. *Idas*, der Tochter Ottos II. von Northeim, Herzogs von Bayern; gegen Kaiser Heinrich V. Parteigänger Lothars (III.) von Supplinburg. K. erlangte mit dessen Unterstützung nach dem Tod seines Vetters Heinrich II. († 1023) die Markgrafschaft Meißen u. 1036 die Lausitz; nahm in seiner vornehml. nach O gerichteten Politik 1147 am Wendenkreuzzug teil, förderte die Ostsiedlung u. schuf die Grundlagen des Territorialstaats der *Wettiner*. 1056 zog K. sich ins Kloster zurück.
Polen: **7.** *K. von Masowien*, * 1187 oder 1188, † 31. 8. 1247; Herzog von Masowien, Kujawien, Sieradz u. Łęczyca seit 1202, von Krakau 1229 u. 1241–1243; rief 1226 den Dt. Orden ins Kulmer Land.
Schwaben: **8.** →Konradin.
Konrad-Adenauer-Preis, seit 1967 jährl. von der *Deutschland-Stiftung* „für Werke u. Arbeiten von staatserhaltender Kraft" in Wissenschaft, Literatur u. Publizistik, seit 1972 auch für Politik, verliehen.
Konrad der Pfaffe, ein Geistlicher in Regensburg, der um 1170 im Auftrag des Welfenhofs das französ. Epos „La Chanson de Roland" in dt. Reimpaare übersetzte u. es dabei im Geist der Kreuzzüge umgestaltete („Rolandslied"); →auch Roland.
Konradi, Inge, österreichische Schauspielerin, * 27. 7. 1925 Wien; seit 1951 am Wiener Burgtheater.
Konradin, *Konrad der Junge*, der letzte legitime *Staufer*, Herzog von Schwaben, * 25. 3. 1252 Wolfstein bei Landshut, † 29. 10. 1268 Neapel (hingerichtet); Sohn *Konrads IV.*, zog nach König *Manfreds* Tod 1267 mit seinem Freund Markgraf *Friedrich I.* von Baden nach Italien, um seinen Anspruch auf das Königreich Sizilien durchzusetzen. Erfolgreich in Norditalien u. Rom, wurde K. 1268 bei Tagliacozzo von *Karl von Anjou* geschlagen, auf der Flucht gefangen u., als Hochverräter verurteilt, mit zwölf Gefährten in Neapel enthauptet. – Zwei Lieder, die K. zugeschrieben werden, sind in der *Manessischen Handschrift* überliefert. – 📖5.3.2.
Konradiner, fränk. Adelsgeschlecht, in Hessen, Mainfranken u. am Mittelrhein begütert. Zurückgehend auf *Gebhard*, Graf im Lahngau 832–879, errangen die K. 906 unter dessen Sohn *Gebhard*, Graf in der Wetterau u. seit 904 Herzog von Lothringen, mit Hilfe der Reichsgewalt gegen die Babenberger die Vormacht in Rhein- u. Mainfranken u. stellten in *Konrad I.* den ersten dt. König.
Konrad von Marburg, Inquisitor, wahrscheinl. Prämonstratenser, † 30. 7. 1233 bei Marburg; der Beichtvater *Elisabeths von Thüringen*; nach 1227 der erste päpstl. Inquisitor für Dtschld. Seine Erbarmungslosigkeit brachte zahlreiche Opfer auf den Scheiterhaufen. Adlige, denen er Ketzerei vorwarf, erschlugen ihn.
Konrad von Megenberg, Dompropst in Regensburg, * 1309 Mäbenberg bei Schwabach, † 14. 4. 1374 Regensburg; schrieb außer vielen latein. Werken zwei Handbücher der mittelalterl. Naturkenntnis: das „Buch der Natur" u. die „Deutsche Sphaera".
Konrad von Soest [-zo:st], Maler, nachweisbar um 1370–1426; Hauptmeister der westfäl. Malerei des sog. weichen Stils. Seine von der französ. Buchmalerei beeinflußten Hauptwerke (Altar in der Ev. Stadtkirche in Bad Wildungen, 1404 [?]; Dortmunder Altar, 1426) vereinigen kostbare Farbgebung u. lineare Feinheit mit Zügen des beginnenden Realismus. – 📖2.4.3.
Konrad von Würzburg, spätmhd. bürgerl. Epiker, Lieder- u. Spruchdichter, * um 1225 Würzburg, † 31. 8. 1287 Basel; war dort mit seiner Familie ansässig geworden; virtuoser Formkünstler in der Nachfolge *Gottfrieds von Straßburg*. Epen: „Engelhard", „Partonopier u. Meliur", „Trojanerkrieg" (40000 Verse, unvollendet); ferner Versnovellen („Herzmaere", „Der Schwanritter"), Legenden („Alexius") u. das Marienpreisgedicht „Die goldene Schmiede".
Konrektor [lat.], der Stellvertreter u. engste Mitarbeiter des Rektors einer Volksschule, Sonderschule oder Realschule (Mittelschule); in vollausgebauten Realschulen, in Sonderschulen ab 6, in Volksschulen ab 7 Lehrerstellen.
Konschakowskij Kamen, höchster Gipfel im Mittleren Ural, 1569 m; 80 km westl. von Serow.
Konsekration [lat.], *kath. Kirche:* 1. die Wandlung von Brot u. Wein in Christi Leib u. Blut durch Aussprechen der Einsetzungsworte in der Messe. – 2. die Weihe eines Bischofs (Bischofs-K.), einer Nonne, einer Kirche *(Kirchweihe)*, eines Altars oder der Kirchengeräte Kelch u. Patene.
Konsekutivsatz [lat.], *Folgesatz*, der im Dt. durch die Konjunktion „(so) daß" eingeleitete Nebensatztyp.
Konsens [der; lat.], Zustimmung; →auch Consensus.
konsequent [lat.], folgerichtig, streng nach Prinzipien; *konsequente Flüsse*, der Abdachung folgende →Folgeflüsse.
Konservatismus [lat.] = Konservativismus.
konservativ [lat. *conservare*, „erhalten"], **1.** *allg.:* bewahrend, vom Bestehenden ausgehend, dessen Substanz (nicht unbedingt auch die äußere Form) zu erhalten versuchend.
2. *Politik:* →Konservativismus.
Konservativ-christlichsoziale Volkspartei, *Schweiz:* →Christlich-demokratische Volkspartei.
Konservative Partei, *Großbritannien:* engl. *Conservative and Unionist Party*, brit. polit. Partei, Nachfolgerin der *Tories*, auch im 20. Jh. noch ein bleibender Faktor im brit. Zweiparteiensystem. Trotz der Wahlniederlagen von 1906, 1945 u. 1966 gelang es ihr wiederholt, auf längere Zeit (1922/23, 1924–1929, 1931–1940, 1951–1963 u. seit 1970) die Regierung zu stellen oder – wie in beiden Weltkriegen – in Koalitionsregierungen (1915–1922, 1940–1945) Einfluß auf die brit. Politik zu nehmen. In der Vorstellung, Reformen besser durchführen zu können als die radikaleren Linksparteien (Liberale vor 1914, dann Labour), u. aus wahltakt. Erwägungen haben konservative Regierungen in der Zeit zwischen den Weltkriegen Schrittmacherdienste für den Wohlfahrtsstaat geleistet u. nach dem 2. Weltkrieg – abgesehen von der Rückgängigmachung (1953) der von der Labour-Regierung 1951 durchgeführten Nationalisierung der Stahlindustrie – die sozialpolit. Maßnahmen des Kabinetts *Attlee* beibehalten. Das Schlagwort *Butskellism*, das die Namen der Schatzkanzler R. A. *Butler* (konservativ) u. H. T. *Gaitskell* (Labour) zusammenfügt, erfaßt diese die 1950er Jahre kennzeichnende Übereinstimmung. Sie bestand auch noch in den 1960er Jahren, insofern die konservative Regierung *Macmillan* durch die von Schatzkanzler Selwyn *Lloyd* berufenen *National Economic Development Council* (1961) u. *National Income Commission* (1962) u. durch die Erstellung von Orientierungdaten über das Wachstum des Sozialprodukts, der Staatshaushalte u. der Lohnentwicklung den Übergang zu einer verstärkten konjunkturpolit. Tätigkeit vorbereitete. – In ihrem organisator. Aufbau ist die K.P. noch immer von dem Nebeneinander von Fraktionspartei u. Wählerparteiorganisationen *(National Union of Conservative and Unionist Associations)* gekennzeichnet; das polit. Schwergewicht liegt beim Parteiführer, dem der Parteiapparat zugeordnet ist, u. bei der Fraktion im Unterhaus.
Konservativismus [lat.], *Konservatismus*, eine sich am geschichtl. Gewordenen orientierende Einstellung. Die konservative Haltung darf nicht mit der *reaktionären* verwechselt werden, wenn beide auch häufig ineinander übergehen. Der K. begreift Geschichte als fortwirkende Vergangenheit u. ist bemüht, ihren Kräften auch in moderner Form zur Wirksamkeit zu verhelfen, wobei sehr häufig ältere überständige Einrichtungen radikal beseitigt werden können, während das reaktionäre Denken an diesen erstarrten Formen hängt. – Die konservative, historisch-organ. Staatsauffassung entwickelte sich zu Beginn des 19. Jh. durch Edmund *Burke*, der im Staat eine Institution sah, die auf der Verbindung von Tradition u. der Wirksamkeit der gegenwärtig Lebenden in Verantwortung gegenüber den zukünftigen Generationen beruhe; er stellte die zeitgemäße, reformer. Weiterentwicklung überkommener Einrichtungen der (Französ.) *Revolution* entgegen („Reflections on the Revolution in France" 1793). Als Vertreter dt. konservativer Gedankengänge im 19. Jh. bemühte sich F. J. *Stahl* um die Kontinuität sittl. Werte auf der Grundlage von Gewaltenteilung u. Verfassung gegen die Willkür von seiten der Fürsten wie auch seitens des souveränen Volks. Diese gegen überspitzten Nationalismus u. revolutionären Umsturz gerichtete Haltung bestimmt auch die Politik der modernen konservativen Parteien. →auch Reaktion, Restauration.
Konservator [Mz. *K.en*; lat.], ein im Museumsdienst oder in der Denkmalspflege *(Landes-K.)* tätiger Beamter, dem die Pflege u. Restaurierung von Kunstwerken untersteht; in vielen Ländern auch Berufsbez. für →Kustos.
Konservatorium [das, Mz. *Konservatorien*; lat.], Institut zur Ausbildung von Berufs- u. Laienmusikern. Die Bez. *K.* wurde von den italien. Waisenhäusern übernommen, an denen die musikal. Erziehung im Vordergrund stand. Die ersten Konservatorien wurden 1537 in Neapel, außerhalb Italiens 1784 in Paris gegründet. In Dtschld. gingen die staatl. *Musikhochschulen* meist aus Konservatorien hervor, z.B. die „Staatl. Hochschule für

Konserven

Musik" in Frankfurt a. M., die als „Dr. Hoch'sches K." 1878 gegr. wurde.

Konserven [lat.], leichtverderbliche Waren, die durch Konservierung (→Lebensmittelkonservierung) so hergerichtet sind, daß sie sich längere Zeit ohne Veränderung halten. Man unterscheidet in der Warenkunde lang haltbare *Voll-K.* u. bedingt haltbare *Halb-K.* (→Präserven).

Konservendose, genormte Dose zur Aufbewahrung von konservierten Lebensmitteln (Gemüse, Fleisch, Fisch u. a.) u. Getränken; automat. hergestellt u. geprüft; Arten: 1. feuerverzinnte oder galvanisch verzinnte *Weißblechdosen*; 2. *Schwarzblechdosen* mit Schweißnaht, Lötrand oder Falz; 3. *Aluminiumdosen* mit u. ohne Schutzschicht oder Lackierung.

Konservierung →Lebensmittelkonservierung.

Konsignationsgeschäft [lat.], ein Kommissionsgeschäft, wobei dem →Kommissionär die zu verkaufenden Waren schon vor Abschluß eines Verkaufsgeschäfts übergeben werden (*Konsignationslager*); bes. im Buch- u. Überseehandel.

Konsilium [lat.], *Consilium,* die gemeinsame Untersuchung mehrerer Ärzte zur Beratung in schwierigen Krankheitsfällen. In der Regel werden Fachärzte oder Autoritäten hinzugezogen.

konsistent [lat.], 1. *allg.*: dicht, haltbar, dickflüssig.
2. *Logik*: ohne Widerspruch.

Konsistenz [die; lat.], die Beschaffenheit eines Stoffs. Nach dem Formänderungsvermögen unterscheidet man z. B. feste, zähe, plastische K.

Konsistorialkongregation [lat.], eine der Kurienkongregationen, 1968 in *Kongregation für die Bischöfe* umbenannt. Die K. schlägt die Errichtung neuer Diözesen u. die Ernennung von Bischöfen im Bereich der latein. Kirche vor.

Konsistorium [das; lat.], 1. seit 1539 Bez. für die nach der Reformation gebildeten Kirchenbehörden zur Wahrnehmung der bis dahin bischöfl. (insbes. Ehe-)Gerichtsbarkeit; später allg. die aus Theologen u. Juristen bestehende oberste Behörde einer ev. Landeskirche.
2. Versammlung der Kardinäle unter dem Vorsitz des Papstes. Am *geheimen K.* nehmen dabei nur die Kardinäle teil. Zum *halböffentl. K.* waren auch die in Rom anwesenden Bischöfe geladen; zum *öffentl. K.* hatten zudem Prälaten, Diplomaten u. Aristokraten Zutritt. 1967 wurden halböffentl. u. öffentl. K. verschmolzen.

Konskription [lat., „Aufzeichnung"], eine alte Art der *Aushebung* zum Wehrdienst nach Altersklassen. Die K. kannte das Freikaufen des Verpflichteten oder das Stellen eines Vertreters. Nach der Französ. Revolution wurde die K. im 19. Jh. durch die allg. Wehrpflicht ersetzt.

Konsole [die; frz.], aus einer Wandfläche hervorspringender Stein (*Kragstein*) oder Holz- oder Metallteil als Träger anderer Bauglieder (Balken, Balkone u. a.) u. frei stehender Gegenstände (z. B. Skulpturen); letzteres bes. in der Gotik; aus dem Säulenkapitell entwickelt; →auch Konsoltisch.

Konsolidation [lat.], 1. *allg.*: Sicherung, Festigung.
2. *Bergbau*: die Zusammenlegung mehrerer Grubenfelder.
3. *Geologie*: nach H. *Stille* die Versteifung von Erdkrustenteilen durch Faltung und Eindringen von Magma zu *Kratonen (Massen, Schilden).*
4. *Wirtschaft*: die Vereinigung, Zusammenlegung von mit unterschiedl. Bedingungen (z. B. Fälligkeit, Zinssatz) ausgestatteten Schuldverpflichtungen zu einer einheitlichen, meist langfristigen Schuld.

konsolidierte Bilanz →Konzernbilanz.

Konsols [Ez. der *Konsol*; engl.], gesicherte Anleihe, Staatsanleihe; die durch *Konsolidation* entstandene neue Anleihe (*konsolidierte Anleihe*).

Konsoltisch, ein Wandtisch, dessen Platte auf einer *Konsole* oder einer ähnl. Trageglied ruht.

Konsommee [kɔsɔ'meː; die; frz.], klare Kraftbrühe mit kräftigem Geschmack.

Konsonant [der; lat.], *Mitlaut, Geräuschlaut,* nach alter Einteilung jeder Laut außer den *Vokalen* (im Dt. a, e, i, o, u; ä, ö, ü) u. den Diphthongen (ei, au usw.). Die K.en können z. T. (p, t, k) nur in Verbindung mit einem Vokal oder Diphthong ausgesprochen werden. Sie unterscheiden sich von den Vokalen durch einen größeren Öffnungsgrad des Luftstromwegs, wobei jedoch der Übergang kontinuierlich ist. K.en bilden gewöhnl. die Silbenränder, Vokale die Silbenkerne. →auch Laut.

Konsonanz [die; lat., das „Zusammenklingen"], das als Wohlklang empfundene Zusammenklingen von Tönen, im Gegensatz zur *Dissonanz*. Die K. ist gekennzeichnet durch die Einfachheit der Schwingungsverhältnisse der beteiligten Töne, den Zusammenklang von mitschwingenden Obertönen u. Intervalltönen sowie den Fortfall von Schwebungen bei Verschmelzung der Töne. Dies gilt am vollkommensten für die *Oktave* (sowie theoretisch für den Einklang); ihr folgen dem Grad der K. nach *Quinte* u. *Quarte,* weshalb diese Intervalle auch als „reine Intervalle" bezeichnet werden, dann *Terz* u. *Sexte* (die in früheren Zeiten, da es noch keine *temperierte Stimmung* gab, als Dissonanz galten).

Konsorten [lat.], 1. *allg.*: Genossen, Spießgesellen.
2. *Wirtschaft*: die Mitglieder eines *Konsortiums.*

Konsortium [das; lat.], Zusammenschluß von Geschäftsleuten, bes. Banken (*Banken-K.*), zur Durchführung eines Geschäfts, das ein großes Kapital erfordert (*Konsortialgeschäft*), z. B. Emission von Wertpapieren oder gemeinschaftl. Kreditgewährung.

Konspiration [lat.], Verschwörung; →Komplott.

Konstabler [lat.], *Konstabel,* ursprüngl. der zur Bedienung der Geschütze bestimmte *Büchsenmeister*, später ein Unteroffiziersrang bei der Artillerie; in England u. den USA Schutzmann.

Konstans, röm.-byzantin. Kaiser, →Constans.

Konstantan [das; lat.], eine Kupfer-Nickel-Legierung mit etwa 44% Nickel, 1% Mangan, Rest Kupfer; wegen ihres hohen spez. Widerstands (0,49 Ω mm²/m), der in weiten Bereichen temperaturunabhängig (konstant) ist, für elektr. Drahtwiderstände verwendet.

Konstante [die; lat.], 1. *allg.*: eine feste, unveränderl. Größe; Gegensatz: *Variable*.
2. *Physik*: wichtige Grundgröße. Man unterscheidet *universelle Natur-K.n* (z. B. die Lichtgeschwindigkeit), die allg.-gültige Zahlenwerte sind, u. *Material-K.n* (z. B. der Brechungsindex), die eine Materialeigenschaft zahlenmäßig festlegen. →Naturkonstanten.

Konstantin [lat. *constantius,* „standhaft, beständig"], männl. Vorname.

Konstantin, Päpste: 1. *K. I.,* 708–715, Syrer, † 9. 4. 715 Rom; besuchte als letzter Papst Konstantinopel, um dort über die Beilegung kirchenrechtl. Streitigkeiten zu verhandeln. Den vom Kaiser *Philippikos* geförderten *Monotheletismus* lehnte er ab, zu Kaiser *Anastasios II.* unterhielt er wieder gute Beziehungen.
2. *K. (II.),* Gegenpapst 767/768; als Laie durch seinen Bruder, den Herzog *Toto von Nepi,* sofort nach dem Tod Papst Pauls I. gewaltsam eingesetzt. Mit langobardischer Hilfe wurde er 768 abgesetzt, nach der Wahl Papst *Stephans III.* geblendet u. zu Klosterhaft verurteilt. Die vorwiegend von fränk. Bischöfen besuchte Lateransynode (769) bestätigte seine Absetzung.

Konstantin, Fürsten. Röm. u. byzantin. Kaiser, grch. *Konstantinos,* lat. *Constantinus:* 1. *K. I., K. d. Gr.,* Flavius Valerius Constantinus, röm. Kaiser 306–337, * bald nach 280 Naissus, † 22. 5. 337 Nikomedia; Sohn des *Constantius Chlorus* u. der Christin *Flavia Helena,* 306 vom Heer zum Kaiser ausgerufen u. von *Galerius,* dem Augustus des Ostens, als Caesar des Westens anerkannt (→Tetrarchie); 307 von *Maximian,* dem ehem. Mitkaiser des *Diocletian,* im Kampf gegen den Augustus von Italien, *Maxentius,* zum Augustus erhoben. Der Sieg über Maxentius an der Milvischen Brücke bei Rom 312 machte K. zum Herrscher über den Westteil des Reichs; seine Kreuzesvision vor der Schlacht („Unter diesem Zeichen wirst du siegen") veranlaßte ihn zur Einführung der Kreuzesfahne mit dem Monogramm Christi. Mit *Licinius,* dem Herrscher des Ostens, einigte sich K. 313 in Mailand (*Mailänder Edikt*) auf ein religionspolit. Programm, das dem Christentum wie den heidn. Kulten Religionsfreiheit zugestand. K. stattete die Kirche mit staatl. Aufgaben u. Rechten aus, erklärte den Sonntag zum staatl. Feiertag u. begann mit dem Bau der Lateranskirche in Rom. Zwischen K. u. Licinius kam es zu wiederholten Konflikten. Nach den Siegen bei Adrianopel in Thrakien u. Chrysopolis in Bithynien 324 über Licinius war K. Alleinherrscher u. kehrte durch Ernennung seiner Söhne zu Caesaren zur Erbmonarchie zurück. Das Reich wurde gegen die die Grenzen bedrohenden german. Franken (328) u. Goten (332) gesichert, indem man diese als Verbündete in das Heer eintreten u. den Grenzschutz übernehmen ließ. Trotzdem konnte K. die ständige Bedrohung der Grenzen nicht beseitigen (335 Aufgabe des obergerman.-rätischen Limes, Rückzug der Grenztruppen hinter Rhein u. Donau). Innenpolit. führte er die Verfassung, Verwaltung u. Verteidigung nach den Richtlinien Diocletians weiter, verstärkte den Absolutismus mit strengem Hofzeremoniell u. Betonung der Heiligkeit des Kaisers, untersagte aber die Darbringung von Opfern. Er errichtete einen betont militär. organisierten Beamtenstaat unter weitgehender Eingliederung der Kirche, vollendete die Trennung der militär. von der zivilen Gewalt u. gliederte das Reich neu (4 Präfekturen, unterteilt in 14 Diözesen u. 117 Provinzen). Zur Beilegung innerkirchl. Streitigkeiten über die Natur Christi berief K. 325 das *Konzil von Nicäa,* auf dem die Lehre des *Arius* (Arianismus) als Häresie verdammt u. die des *Athanasios* zur rechtgläubigen erhoben ward. K. förderte die Bautätigkeit u. a. in Rom (Peterskirche), Palästina (Grabeskirche in Jerusalem), Trier u. Byzanz. Rom trat als Hptst. zurück, u. 330 wurde *Byzanz* unter dem Namen *Konstantinopel* zur neuen Hptst. des Reiches erhoben. Trotz seiner Bemühungen um die Kirche ließ sich K. erst kurz vor seinem Tod taufen. Er starb bei den Vorbereitungen zu einem Perserfeldzug. – ☐ 5.2.7.
2. *K. II.,* Flavius Claudius *Constantinus,* Sohn von 1), röm. Kaiser 337–340, * 316, † 340; ließ beim Tod des Vaters im Einverständnis mit seinen Brüdern *Constantius II.* u. *Constans* alle übrigen Angehörigen der Familie ermorden, lediglich drei Neffen Konstantins d. Gr. entkamen, darunter der spätere *Julian Apostata.* K. fiel im Kampf gegen seinen Bruder Constans bei Aquileia.
3. *K. IV. Pogonatos* [„der Bärtige"], oström. Kaiser 668–685, * um 654, † 685; verteidigte 674–678 Konstantinopel gegen den Großangriff der Araber (Kalif *Moawija*) u. sicherte den Bestand des Reiches; stellte auf dem 6. ökumen. Konzil 680/681 den Kirchenfrieden mit Rom wieder her; mußte das erste Bulgarenreich anerkennen.
4. *K. V. Kopronymos* [„der Mistnamige"], oström. Kaiser 741–775, * 719, † 775; führte den *Bildersturm* auf den Höhepunkt; erfolgreich gegen Araber u. Bulgaren, verlor das Exarchat Ravenna an die Langobarden u. Franken.
5. *K. VII. Phorphyrogennetos* [„der Purpurgeborene"], oström. Kaiser 913–959, * 905, † 959; unter der Vormundschaft zunächst seiner Mutter *Zoë,* dann seines Schwiegervaters *Romanos I.,* seit 945 selbständig; verfaßte gelehrte Werke über Verwaltung, Zeremoniell u. Geschichte des byzantin. Staats, Literaturkenner u. -sammler.
6. *K. XI.* (richtiger *K. XII.*) *Dragases,* oström. Kaiser 1449–1453, * 1403 (?), † 29. 5. 1453; konnte

Konstantin d. Gr. Rom, Lateranmuseum

auch durch die Kirchenunion mit Rom nicht die Hilfe des Westens für den Kampf gegen die Türken gewinnen; fiel als letzter byzantin. Kaiser im Kampf bei der Erstürmung Konstantinopels durch die Osmanen.
Griechenland: **7.** *K. I.*, König der Hellenen 1913–1917 u. 1920–1922, *2. 8. 1868 Athen, †11. 1. 1923 Palermo; Sohn König *Georgs I.*, seit 1900 Oberbefehlshaber des Heeres; wahrte im 1. Weltkrieg die griech. Neutralität, bis ihn die Franzosen u. Engländer zur Abdankung zwangen. Durch Volksabstimmung zurückgerufen, mußte er infolge der Niederlagen gegen die Türken in Kleinasien zugunsten seines Sohns *Georg II.* zurücktreten.
8. *K. II.*, König der Hellenen 1964–1974, *2. 6. 1940 Psychiko bei Athen; Sohn König *Pauls I.* u. der Königin *Friederike*, heiratete 1964 Prinzessin *Anne Marie* von Dänemark (* 1946), ging im Dez. 1967 nach einem erfolglosen Versuch, die im April zur Macht gekommene Militärregierung zu stürzen, ins Exil. 1974 durch Volksabstimmung abgesetzt.

Konstantinische Schenkung, lat. *Constitutum Constantini*, zw. 752 u. 806 in Rom gefälschte Urkunde *Konstantins d. Gr.*, durch die er Papst *Silvester I.* neben anderen Rechten den Vorrang Roms über alle Kirchen zuerkannt u. ihm die Herrschaft über die Stadt Rom, ganz Italien u. die Westhälfte des Röm. Reichs übertragen haben sollte. Sie diente im MA. zur Begründung eines von kaiserl. Bevormundung freien Papsttums, das Herrschaftsansprüche in Italien besaß (→Kirchenstaat). Schon in der Kanzlei Ottos III. als unecht bezeichnet, wurde die K. S. 1440 durch den italien. Humanisten L. *Valla* als Fälschung erkannt.

Konstantinopel, das 330 n. Chr. von Konstantin d. Gr. umbenannte →Byzanz, Hptst. des Byzantin. Reichs bis 1453; seither türkisch, →Istanbul.

Konstantinow [-nɔf], Aleko, bulgar. Satiriker u. Feuilletonist, * 1. 1. 1863 Swischtow, † 11. 4. 1897 bei Peschtera (ermordet); schrieb den ersten bulgar. satir. Roman: „Der Rosenölhändler" 1894, dt. 1959.

Konstantinowka, Stadt in der Ukrain. SSR (Sowjetunion), im westl. Donezbecken, 106 000 Ew.; verschiedene Technika u. Fachschulen; Eisenhüttenwerk, Maschinenbau, Zinkwerk, Metallverarbeitung, chem., Glas- u. Baustoffindustrie.

Konstantinsbogen, Triumphbogen für *Konstantin d. Gr.* in Rom, anläßl. seines Sieges über den Gegenkaiser *Maxentius* 312–315 n. Chr. errichtet. Der reiche Reliefschmuck stammt nur z. T. aus konstantin. Zeit; zahlreiche Reliefs (auch Gebälke, Säulen u. a.) sind von älteren Bauten genommen. In programmat. Zusammenstellung feiern sie Tugend u. Macht des Kaisers.

Konstanz, baden-württ. Kreisstadt am Südufer des Bodensees, zwischen Ober- u. Untersee. 70 000 Ew.; Luftkurort; roman.-got. Münster (10.–17. Jh.); Universität (1966), Ingenieurschule, Bodenseeforschungsinstitut; Textil-, Maschinen-, Elektro-, Holz- u. chem. Industrie; mit der Schweizer Stadt *Kreuzlingen* zusammengewachsen (Grenzübergang). – Ldkrs. K.: 818 qkm, 230 000 Ew.
Um 260 n. Chr. röm. Kastell *(Constantia)*, seit dem 6. Jh. Bischofssitz; 1153 *Vertrag von K.* zwischen Friedrich I. Barbarossa u. der Kurie, 1183 *Frieden zu K.* mit den lombard. Städten; 1192 Reichsstadt; 1414–1418 →Konstanzer Konzil. 1803 fiel K. an Baden. Das Bistum K. wurde 1821 zugunsten des neuen Erzbistums Freiburg aufgelöst.

Konstanza, rumän. *Constanţa*, Hptst. des rumän. Kreises Constanţa (7055 qkm, 555 000 Ew.), Hafenstadt am Schwarzen Meer, 268 000 Ew.; Schiffbau, Textil- u. Nahrungsmittelindustrie; Ausfuhr von Getreide u. Erdöl; Moschee, Genueser Leuchtturm, röm. Mosaik; um K. Seebäder.

Konstanze [lat. *constantius*, „standhaft, beständig"], weibl. Vorname.

Konstanze, dt. Königin u. Kaiserin, * 1154, † 28. 11. 1198; Tochter *Rogers II.* von Sizilien u. Erbin des sizilian. Normannenreichs, Gemahlin Kaiser *Heinrichs VI.* (seit 1186). Ihr Erbe steigerte die Macht des Kaisers u. verschärfte den Gegensatz zwischen Heinrich u. Papst *Cölestin III.* Nach dem Tod des Kaisers verzichtete K. für ihren Sohn Friedrich (später Kaiser *Friedrich II.*) zunächst auf den dt. Königstitel u. sicherte ihm die Herrschaft in Sizilien.

Konstanzer Konzil, das 16. allg. Konzil (1414–1418). Es brachte nach dem Papstschisma zwischen *Gregor XII.*, *Benedikt XIII.* u. *Johannes XXIII.* der Kirche die Einheit wieder durch die Verzichtleistung bzw. Absetzung der genannten Päpste u. die Wahl *Martins V.* (1417–1431). Die Beseitigung des Schismas geschah unter Voraussetzung des Konziliarismus (→konziliare Theorie). Das Konzil wird heute von progressiven kath. Theologen (H. Küng) als Rettung der Kirche angesehen, weil es den einzig möglichen Ausweg aus den damaligen Wirren zu bieten schien. Das Dekret „Frequens" (regelmäßige Einberufung von ökumen. Konzilien) eröffnete die 5 Reformbestimmungen der 39. Sitzung (9. 10. 1417). Der päpstlichen Kurie sollte die Einrichtung eines Generalkonzils zur Seite treten. Der Konziliarismus setzte eine Gewaltenteilung durch. Bei der Bestätigung der Konzilsbeschlüsse suchte Papst Martin V. die Bedeutung der Konzilien u. der *Konstanzer Dekrete* (i. e. S.) möglichst der papalen Konzeption anzugleichen. Die Konziliaristen waren sich dennoch einig in der „causa fidei", d. h. in der Verdammung von J. *Hus*, der zum Feuertod verurteilt wurde (1415). →auch Reformkonzilien.

Konstellation [lat.], **1.** *allg.*: Zusammentreffen (von Umständen), Gruppierung, Lageverhältnis. **2.** *Astronomie*: die Stellung mehrerer Gestirne zueinander; bei Fixsternen in Form der *Sternbilder*.

Konstipation [lat.], Verstopfung.

Konstituante [lat., frz.], **1.** *französ. Geschichte*: *Constituante*, die Nationalversammlung von 1789 der Französ. Revolution, die das Recht der Verfassunggebung für sich in Anspruch nahm.
2. *Staatsrecht*: das für den Erlaß der Verfassung oder für Verfassungsänderungen zuständige Organ; entweder in bes. histor. Situationen ein zu diesem Zweck einberufenes Parlament (z. B. die dt. Nationalversammlung in Weimar 1919) oder ein Nationalkonvent wie in manchen südamerikan. Staaten. – BRD: Der mit der Ausarbeitung des Grundgesetzes beauftragte *Parlamentarische Rat* 1948/49 war eine aus den Landtagen zusammengesetzte, aber nicht auf unmittelbare Wahlen gegründete K. Nach Erlaß des Grundgesetzes ist der *Bundestag* für Verfassungsänderungen zuständig (Identität des gewöhnl. Gesetzgebers mit dem Verfassungsgesetzgeber); einzige Unterschiede: 2/3-Mehrheit im Bundestag u. im Bundesrat erforderlich, die Grundsätze der Art. 1 und 20 GG sind jeder Änderung entzogen [Art. 79 GG]). Im Gegensatz zu der Regelung in einigen Ländern ist die Zustimmung des Volks zur Verfassungsänderung im Bund nicht erforderlich.

Konstituent [der; lat.], *Grammatik*: eine Einheit der sprachwissenschaftl. Analyse, die sich aus der Zerlegung einer größeren Einheit ergibt. Wird eine Analyse mehrfach wiederholt, so ergeben sich *mittelbare* u. *unmittelbare K.*en. Beispiel: Der Satz *Mein Bruder ißt Eis* ergibt die mittelbaren K.en *Mein Bruder // ißt Eis* (Subjekt + Prädikat) u. die unmittelbaren K.en *Mein / Bruder // ißt / Eis* (Wörter).

Konstituierende Nationalversammlung, die erste, am 16. 2. 1919 gewählte Volksvertretung in der Ersten Republik Österreichs; →Österreich (Geschichte).

Konstitution [lat., „Einrichtung, Feststellung, Verfassung"], **1.** *Medizin u. Psychologie*: die Gesamtheit der körperl., seel. u. geistigen Verfassung eines Menschen, wie sie sich in seinen Eigenschaften äußert, u. der damit zusammenhängenden Reaktionsweisen (z. B. Anfälligkeit gegen Krankheiten). Die K. ist teils ererbt, teils erworben. Man kann die Menschen nach ihrer K. in Gruppen einteilen, die die jeweils ähnlichen K.stypen (→Typo-

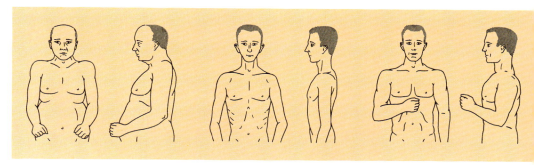

Konstitutionstypen (nach Kretschmer): der pyknische Typus (links), der leptosome Typus (Mitte), der athletische Typus (rechts)

logie) vereinigen; dabei kann diese Einteilung jedoch nur grob u. schematisch sein, weil K. genaugenommen ein individueller Faktor ist u. es zwischen den Typen alle mögl. Zwischenstufen gibt u. daher Verallgemeinerungen nur bedingt richtig sind.
Die bekannteste Einteilung stammt von Ernst *Kretschmer*; er unterscheidet: 1. *Pykniker*, die eine gedrungene rundl. Form u. geringe Muskulatur sowie einen zarten Knochenbau haben; 2. *Athletiker*, die schlank, langknochig mit starkem Knochenbau u. kräftig-muskulös sind; 3. *Astheniker* oder *Leptosome*, die ebenfalls schlank u. langknochig sind, aber einen schwachen Knochenbau u. geringe Muskulatur aufweisen. Die drei Kretschmerschen Typen unterscheiden sich auch in seel. Hinsicht, wobei eine starke Übereinstimmung zwischen pyknisch (leibliche Eigenart) u. *zyklothym* (seelische Eigenart) sowie zwischen leptosom u. athletisch u. *schizothym* vorliegt, so daß aus dem Erscheinungsbild auf die ungefähre Reaktionsweise geschlossen werden kann: Der Pykniker (Zyklothyme) ist beweglich bis behäbig; seine Stimmung schwankt zwischen heiter u. traurig; er ist verträglich u. sucht die Geselligkeit, den Ausgleich; meist gibt er sich natürlich u. zeigt die Tiefe seiner Empfindungen. Hierzu in starkem Gegensatz verhält sich der Leptosome (Schizothyme) als Einzelgänger von sprunghaftem Temperament u. empfindl. kühler bis schroffer Stimmungslage. Der Athletiker wird nach dieser Typisierung gleichfalls zur schizothymen Gruppe gezählt, da er deren wesentl. Merkmale, wenn auch in vergröberter Form, zeigt.
Unter Bezugnahme auf die 3 Keimblätter unterscheidet der US-amerikan. Forscher W. H. *Sheldon* (* 19. 11. 1898) die 3 K.en: *ektomorpher*, *mesomorpher* u. *endomorpher Typ*. Sie entsprechen im allg. der Typeneinteilung von Kretschmer. – Die *Sigaudschen K.stypen* (nach dem französ. Arzt Claude *Sigaud*, * 1862, † 1921) beziehen sich auf Entwicklung u. Ausbildung sowie Anfälligkeit der einzelnen Organsysteme: *Typus cerebralis* (Gehirn), *Typus digestivus* (Verdauungskanal), *Typus muscularis* (Bewegungsapparat, Muskulatur) u. *Typus respiratorius* (Atemorgane; □ I.5.3.
2. *Ordenswesen*: die Ordensregel ergänzende, der Veränderung unterliegende, kirchl. gutgeheißene Satzung eines kath. Ordens zur Erreichung seines Ordensziels.
3. *Staatsrecht*: Verfassungsgesetz, Verfassungsurkunde. Im MA. regelten zahlreiche *constitutiones* bestimmte verfassungsrechtl. Fragen (Verfassungsgesetze), jedoch gab es damals noch keine K. im heutigen Sinn als eine alle hauptsächl. Fragen behandelnde geschriebene *Verfassungsurkunde*. Seit dem 19. Jh. haben alle Staaten mit Ausnahme Großbritanniens, Israels u. einiger arabischer Staaten eine solche K. In der BRD wird sie als *Grundgesetz* bezeichnet.

„Konstitution", kurz für *„Konstitution über die hl. Liturgie"*, die vom Zweiten Vatikan. Konzil am 4. 12. 1963 promulgiert wurde. Sie greift Bestrebungen der liturg. Bewegung auf u. ist Ausgangspunkt der nachkonziliaren Liturgiereform; sie durchdenkt neu die Bedeutung der Liturgie für das Leben der Kirche u. ist bemüht um eine aktive Teilnahme der Gemeinde, deren Vorbedingung eine einfachere u. durchsichtigere Gottesdienstgestaltung ist (Rolle der Muttersprache).

Konstitutionalismus [lat.], eine polit. Bewegung des 19. Jh., die zur modernen Verfassungsstaatlichkeit führte. Ausgehend von der *Gewaltenteilungslehre* von J. *Locke* u. *Montesquieu*, den Grundsatz der *Verfassungsurkunde* (Konstitution)

nach dem Vorbild der Vereinigten Staaten (Verfassung von 1787) u. der Französ. Revolution (Verfassungen von 1791, 1793, 1795) übernehmend u. die Vorstellung von *Menschenrechten* (Menschenrechtserklärung von 1789) in diejenige von staatl. gewährten *Grundrechten* umprägend, hat sich diese Strömung vor allem gegen den *Absolutismus* u. die *Restauration* gewandt. Im Frühliberalismus fand sie lebhafte Unterstützung.
In den ersten Jahrzehnten des 19. Jh. gingen die europ. Staaten (Ausnahme: England) zum Erlaß von Verfassungsurkunden über. Die *Dt. Bundesakte* von 1815 machte die Einführung *landständischer Verfassungen* sogar zur Pflicht. Teilweise wurden diese Verfassungen einseitig vom Landesherrn erlassen („oktroyierte" Verfassungen), teilweise mit den anfangs noch ständischen Parlamenten ausgearbeitet („paktierte" Verfassungen). Preußen erwies sich als reaktionär u. erließ eine Verfassung erst 1851 als Folge der liberalen Revolution von 1848. Der K. erreichte seine Ziele zunächst in Süd-Dtschld. (vor allem Baden, Württemberg), doch wurden ähnl. Grundsätze später auch in Preußen eingeführt. Der Monarch wurde in seinen Rechten durch die zunehmenden Kompetenzen der Parlamente beschränkt. Dabei handelte es sich nicht nur um die Frage der Gesetzgebung; es wurden ihm vielmehr auch wichtige Entscheidungen dadurch entzogen, daß hierfür die Gesetzesform vorgeschrieben wurde, so etwa bei der Entscheidung über Krieg u. Frieden. Dem Monarchen verblieben neben der allg. Staatsrepräsentation zuletzt nur noch Rechte auf dem Gebiet des Auswärtigen u. der Militärgewalt.
In der zweiten Epoche des K. ging es vor allem um die Durchsetzung des Grundsatzes der *Rechtsstaatlichkeit*. Aus der zunächst nur gelegentl. Erwähnung der Grundrechte wurde mitunter in den Gliedstaaten schon damals, im Reich erst mit dem Erlaß der Weimarer Reichsverfassung ein systemat. *Grundrechtskatalog*. Die Rechtsstaatlichkeit gewann ferner an Boden durch den Grundsatz der *Gesetzmäßigkeit der Verwaltung* (kein Eingriff in Freiheit u. Eigentum ohne gesetzl. Grundlage), durch die *Beschränkung der Polizeigewalt* (Abtrennung der „Wohlfahrtspflege") sowie durch die allmähl. Ausgestaltung der *Verwaltungsgerichtsbarkeit* (zuerst in Baden, zuletzt nach dem 1. Weltkrieg in Mecklenburg). Die vom K. vertretenen Ziele sind heute als weitgehend erfüllt anzusehen. Diese Bewegung des 19. Jh. erweist sich damit als Übergang zur modernen Demokratie, wobei freilich die preuß.-dt. Entwicklung in manchem hinter der anderer Länder jedenfalls bis zum 1. Weltkrieg zurückgeblieben u. von ausgesprochen restaurativen Epochen unterbrochen war (Übergang zur parlamentar. Regierungsform erst durch Gesetz vom 28. 10. 1918, Preisgabe zahlreicher Grundsätze der Rechtsstaatlichkeit in der Zeit nach 1933). – 🄻4.1.2.

konstitutionell [lat., frz.], verfassungsmäßig, verfassungsstaatlich; Gegensatz: *absolutistisch, diktatorisch*.

konstitutionelle Monarchie, eine monarchische Herrschaftsform, bei der eine *Verfassung* für die Ausübung der Staatsgewalt durch den Monarchen bestimmend ist (Gegensatz: *absolute Monarchie*). Der Monarch (König, Fürst) bleibt zwar Staatsoberhaupt, seine Nachfolge regelt sich nach den entweder durch staatl. Gesetzgebung (so England) oder durch Hausrecht (so Dt. Reich bis 1918) festgelegten Grundsätzen der *Erbmonarchie*, ihm stehen auch die übl. Ehrenrechte zu, jedoch hat er u.U. kaum mehr Rechte als ein republikan. Präsident. Seit dem Ausgang des 19. Jh. ist die k.M. durchaus vereinbar mit der demokrat. Staatsform u. den Grundsätzen des →Verfassungsstaats. Heute sind alle europ. Monarchien k.M.n, während absolutist. Formen allenfalls in manchen Staaten Vorderasiens anzutreffen sind. Aber auch hier macht sich ein Wandel zugunsten konstitutioneller Formen bemerkbar. →auch Konstitutionalismus.

Konstitutionskrankheiten, auf konstitutioneller Grundlage (Disposition; →Konstitution [1]) beruhende krankhafte organische Gegebenheiten oder krankhafte Reaktionsweisen u. Funktionsstörungen.

Konstruktion [lat.], **1.** *allg.:* Aufbau, Gestaltung, Entwurf.
2. *Mathematik: geometr. K.*, die zeichnerische Darstellung einer Figur (eines Körpers) aus gegebenen Größen; z.B. die K. eines Dreiecks aus 3 vorgegebenen Bestimmungsstücken.
3. *Philosophie:* der Entwurf eines Gedankensystems, aus dem sich entweder die Fülle jeweiliger Gegebenheit ableiten läßt oder das die Fülle des Gegebenen ordnen soll.
4. *Technik u. Baukunst:* Berechnung u. Entwurf eines Bauwerks oder einer Maschine; Bauweise, Ausführungsart.

Konstruktionshöhe, *Brückenbau: Bauhöhe*, der lotrechte Abstand zwischen der Unterkante des Tragwerks einer Brücke u. der Fahrbahnoberkante des darüberführenden Weges.

Konstruktionslehre, die Grundsätze u. Richtlinien, die bei der Konstruktion von techn. Einrichtungen (Maschinen, Geräte, Werkzeuge u.a.) zu beachten sind. Sie gibt neben Berechnungsverfahren auch Regeln u. Forschungsergebnisse zur Werkstoffwahl wie zur funktions- u. fertigungsgerechten Gestaltung u. umfaßt die einschlägige Normung. – 🄻10.6.3.

Konstruktionszeichnung, eine techn. Zeichnung, auf der die Konstruktion des zu erbauenden Gegenstands mit Maßen u.a. Einzelheiten angegeben ist.

Konstruktivismus [lat.], eine künstler. Stilströmung des 20. Jh., die die konstruktiven Bild- u. Architekturelemente bis zur Ausschaltung aller anderen betont; entstanden nach dem 1. Weltkrieg in Moskau als eine zunächst auf die Plastik beschränkte, bald auch auf Architektur u. Malerei übergreifende Richtung, deren Ziele die Bildhauer Naum *Gabo* u. A. *Pevsner* in ihrem „Realist. Manifest" 1920 proklamierten: Räuml. Konstruktionsgebilde aus industriell-techn. Fertigungsstoffen (Metall, Glas u.a.) sollten die herkömml. Bildkunst ablösen u. eine dem Geist des Industriezeitalters entsprechende Maschinenästhetik schaffen. In der Architektur ist der russ. K., den man heute als Teil des *Funktionalismus* ansieht, über Entwurfsarbeiten hinaus kaum zur Verwirklichung gelangt; seine Hauptvertreter waren außer Gabo u. Pevsner noch W. *Tatlin* u. E. *Lissitzky*. Der von K. *Malewitsch* begründete *Suprematismus* steht dem K. nahe. 1922 schloß sich Lissitzky mit Künstlern der holländ. „Stijl"-Bewegung zu einer konstruktivist. Internationale zusammen. – Die Bedeutung des K. liegt hauptsächl. im Einfluß seiner Ideen auf die Entwicklung der modernen Architektur, bes. des Stahlbetonbaus. – 🄻2.5.1.

Konsubstantiation [lat.] →Abendmahl.

Konsul [Mz. *K.n*; lat. *consul*], **1.** *Geschichte:* 1. das höchste Amt der altröm. Republik. An die Stelle des letzten, um 510 v.Chr. vertriebenen röm. Königs traten 2 K.n, die vom Volk in den *Centuriatkomitien* gewählt wurden; zunächst aus der Reihe der patrizischen, seit 367 v.Chr. auch aus der der plebejischen Senatoren. Das Amtsjahr erhielt jeweils nach den beiden K.n, die ihr einjähriges Amt am 1. Januar antraten, seinen Namen. Aufgaben: Aufsicht über die nachgeordneten Beamten, militär. Oberbefehl, Rechtsprechung, Leitung der Wahlen u. der Senatssitzungen; Zeichen ihrer Würde: die *sella curulis*, der Purpurstreifen an der Toga u. 12 Beamte *(Liktoren)*, die den K.n mit geschulterten *Fasces* vorausschritten. In der röm. Kaiserzeit schwand die Bedeutung der K.n; seit Diocletian war *K.* ein leerer Titel.
2. im 11.–13. Jh. Regierungsträger der italien. autonomen Kommunen.
3. Titel der drei höchsten polit. Amtsträger im napoleon. Regierungssystem (*Konsulat*; 1799 bis 1804).
2. *Völkerrecht:* der ständige Vertreter eines Staates in den wichtigsten Städten des Auslands, hauptsächl. mit der Wahrung der wirtschaftl. u. persönl. Interessen seiner Landsleute beauftragt (Gegensatz: *Diplomaten*, die polit. Vertretung des Staates). Man unterscheidet *Konsularagenten, Vize-K.n, K.n, General-K.n*. Die K.n sind entweder Berufsbeamte des Heimatstaats (als Angehörige eines bes. Zweigs des Auswärtigen Dienstes) oder Staatsangehörige des Aufenthaltsstaats, die – meist als Kaufleute – von einem anderen Land mit der Wahrnehmung der Interessen beauftragt werden *(Berufs-K., Wahl-K., Honorar-K.)*. *Jurisdiktions-K.n* waren K.n, die aufgrund von Kapitulationsverträgen (→Kapitulation) zur Ausübung der Gerichtsbarkeit über eigene Staatsangehörige im fremden Land unter Anwendung des eigenen Rechts befugt waren; diese Einrichtung hat mit dem Verzicht auf die Konsulargerichtsbarkeit ihr Ende gefunden. – Die Ausübung der konsular. Tätigkeit ist von der Zustimmung des Aufenthaltsstaates abhängig (→Exequatur) u. ist jeweils auf einen bestimmten Amtsbezirk beschränkt. Das Konsularwesen ist international geregelt im Wiener Übereinkommen über konsular. Beziehungen vom 24. 4. 1963.

Konsulardiptychon [das; lat. + grch.], ein bes. kostbar ausgestattetes *Diptychon* (zusammenklappbares Schreibtäfelchen), das von den röm. Konsuln zu ihrem Amtsantritt an Freunde u. Gönner verschenkt wurde; bes. häufig mit Elfenbeinreliefs, etwa 400–540 n.Chr. gebräuchlich.

Konsulat [das; lat.], **1.** *Geschichte:* das Amt u. die Amtsdauer eines Konsuls (z.B. in Rom).
2. *Völkerrecht:* der Amtssitz einer konsularischen Vertretung.

Konsulent [lat.], früher gebräuchliche Bez. für *Rechtsbeistand*.

Konsultation [lat.], **1.** *Medizin:* das Aufsuchen eines Arztes, ärztliche Beratung.
2. *Völkerrecht:* die Beratung zweier oder mehrerer Staaten über ein gemeinsames Vorgehen gegenüber dritten Staaten, vor allem bei Bündnissen.

Konsultativklausel [lat.], *Konsultativpakt*, eine Bestimmung in völkerrechtl. Verträgen über die Verpflichtung der Vertragsstaaten, allg. oder in bes. Situationen die Möglichkeit des gemeinsamen Vorgehens zu erörtern (Informationspflicht, Beratungspflicht); vgl. Art. 4 des NATO-Vertrags vom 4. 4. 1949: „Die vertragschließenden Staaten werden in Beratungen miteinander eintreten, wenn nach der Meinung eines von ihnen die territoriale Integrität, die polit. Unabhängigkeit oder die Sicherheit irgendeines der vertragschließenden Staaten bedroht ist." – Ähnlich für den Ostblock Art. 3 des Warschauer Vertrags vom 15. 5. 1955. Derartige K.n finden sich vornehmlich in militär. Beistandspakten u. Verträgen über kollektive Sicherheit, aber auch in zweiseitigen Freundschaftsverträgen.

Konsum [der; lat.], Verbrauch; Gegensatz: *Produktion*.

Konsument [lat.], **1.** *Biologie:* ein tierischer Organismus, der organische Nahrung verbraucht; →Biozönose.
2. *Wirtschaft:* Verbraucher.

Konsumgenossenschaft, *Konsumverein, Verbrauchergenossenschaft*, eine →Genossenschaft, die den Einkauf des tägl. hauswirtschaftl. Bedarfs im großen u. den Verkauf im kleinen zugunsten ihrer Genossen betreibt. Sie gewährt ihren Mitgliedern am Ende jedes Geschäftsjahres eine Rückvergütung in Geld entspr. den Warenkäufen (3%). – Die Entwicklung der K.en ging von England aus (*Pioniere von Rochdale*, 1844), griff bald auf Dtschld. (Sachsen) u. Frankreich über u. gewann in ganz Europa immer mehr Bedeutung. Die Erstarkung der K.en in Dtschld. führte zu einer Gegnerschaft des mittelständischen Handels, der auf dem Gesetzweg die Einbeziehung der K.en zur Umsatz- u. Warenhaussteuer u. die Veranlagung der K.en zur Einkommen- u. Gewerbesteuer sowie das Verbot des Verkaufs an Nichtmitglieder durchsetzte u. die Großhändler zu einem Boykott gegenüber den K.en zwang. Als Abwehrmaßnahme wurde 1894 von den K.en die *Großeinkaufs-Gesellschaft Deutscher Konsumgenossenschaften mbH*, Abk. *GEG*, mit Sitz in Hamburg gegründet, die seit 1910 auch eigene Fabrikationsbetriebe unterhielt. Nach 1945 wurde in der BRD der Verkauf auch an Nichtmitglieder gestattet. Einheitliches Symbol aller K.en in der BRD ist seit 1969: *coop*. Die GEG wurde 1973 in die *coop Zentrale AG* u. diese 1974 in die *coop Handels- u. Produktions-AG*, Hamburg, umgewandelt. Holdinggesellschaft der coop-Gruppe ist seit 1974 die *coop Zentrale AG*, Frankfurt a.M. Die coop-Gruppe, zu der insgesamt 86 K.en gehören, verfügt über rd. 3700 Läden u. erzielte 1978 einen Einzelhandelsumsatz in Höhe von 11,1 Mrd. DM. – 🄻4.6.3.

Konsumgesellschaft, Umschreibung für einen immer stärker hervortretenden Aspekt der gegenwärtigen sozialen u. wirtschaftl. Ordnung, die nicht mehr (wie die kapitalist. Gesellschaft des 19. u. der 1. Hälfte des 20. Jh.) durch die *Produktion*, sondern durch den *Konsum* geprägt erscheint. Kennzeichnend für die K. sind Massenproduktion u. bes. Massenabsatz von kurzlebigen (häufig absichtl. verschleißanfällig hergestellten) Verbrauchs- u. Gebrauchsgütern, Herstellung von Wegwerfprodukten u. minderwertiger Billigware sowie eine auf den *Geltungsnutzen* einer Ware gerichtete Werbung (→Prestige). Hinzu kommen die (manchmal übertriebene) Mannigfaltigkeit u. der (häufig nur modisch bedingte) rasche Wechsel des Angebots mit dem Ziel weiterer Absatzsteigerung. – Die wichtigste Aufgabe des Menschen in der K. scheint nicht mehr produktive Arbeit, sondern der Kauf u. Verbrauch von kurzlebigen Sachgütern zu sein. Daher rührt bei vielen das Gefühl, unter einem *Konsumzwang* zu stehen, was manchmal unter dem Schlagwort „Konsumterror" kritisiert wird. →auch Packard, Vance.

Konsumgüter, *Verbrauchsgüter, Güter erster Ordnung* (nach C. Menger), direkt verwendbare Mittel der Bedürfnisbefriedigung: Nahrungsmittel, Bekleidung, Wohnungsnutzung u. a. Ob ein Gut als Konsumgut gilt oder nicht, richtet sich (im Sinn der Einkommens- u. Verbraucherstatistik) danach, ob private Haushalte oder Unternehmen als Käufer auftreten. Langlebige K. *(Gebrauchsgüter)* haben jedoch ähnl. den *Produktionsgütern* einen investiven Charakter (z. B. das für die Fahrten zur Arbeitsstätte benutzte Auto).

Konsumnorm, ein als angemessen empfundenes durchschnittl. Verbrauchs- u. Lebensniveau. Die K. steigt mit der Leistungsfähigkeit der Volkswirtschaft u. dem durchschnittl. Realeinkommen der Bevölkerung u. liegt in Industrieländern höher als in Agrarländern.

Konsumquote, der Anteil der Konsumausgaben, des sog. *privaten Verbrauchs* der Haushalte, am *Sozialprodukt.*

Konsumtion [lat.] = Konsum.

Konszientialismus [-stsiɛn-; lat.], die „Bewußtseinslehre", derzufolge nur das im Bewußtsein Gegebene als Wirklichkeit u. als mögl. Wissenschaftsgegenstand anzusehen ist; ähnlich dem *Phänomenalismus.*

Kontagion [lat.], Ansteckung; →Infektion.

Kontagionsindex [lat.], die Zahl der tatsächl. Erkrankungen im Verhältnis zur Zahl der durch eine Infektion Gefährdeten.

kontagiös [lat.], ansteckend.

Kontagiosität [lat.], Ansteckungsmöglichkeit.

Kontakt [der; lat.], **1.** *allg.:* Berührung, Verbindung.

2. *Chemie:* ein fester *Katalysator* bei techn. Prozessen.

3. *Elektrotechnik:* die Berührung stromführender Teile zum Herstellen einer elektr. Verbindung; auch die Teile, an denen der K. zustande kommt. Man unterscheidet *Arbeits-K.e*, die bei Betätigung einen Stromkreis schließen, u. *Ruhe-K.e*, die bei Betätigung einen Stromkreis unterbrechen. Ein *Umschalte-K.* ist eine Kombination von Arbeits- u. Ruhe-K. K.e sind meist aus federndem Material hergestellt u. häufig mit K.nieten aus Edelmetall versehen. Damit erreicht man einen niedrigen K.übergangswiderstand u. gute Korrosionsfestigkeit.

Kontaktdruck, ein photograph. Verfahren, dessen Positive durch Belichtung im Kontakt mit dem Negativ entstehen; Gegensatz: die durch *Projektion* hergestellte Vergrößerung (Verkleinerung).

Kontaktgesteine, durch Berührung mit schmelzflüssigem Magma *(Kontaktmetamorphose)* in ihrem Chemismus oder ihrer Struktur umgewandelte Gesteine; z. B. Marmor.

Kontaktgifte, *Berührungsgifte*, chem. Stoffe, die bei Berührung durch die Haut in den Körper eines Tieres, etwa eines Insekts (Kontakt-Insektizide), gelangen u. dort lähmend wirken; z. B. DDT, Hexa, E 605.

Kontaktinfektion →Infektion.

Kontaktmetamorphose [lat. + grch.], die Umwandlung älterer Gesteine durch Berührung (im *Kontakthof*) mit aufsteigenden, glutflüssigen Magmen; →auch Kontaktgesteine.

Kontaktschalen, *Kontaktlinsen* = Haftgläser.

Kontaktstudium, nach den Empfehlungen des Wissenschaftsrats vom 14. 5. 1966 ein Studium, das im Beruf stehenden Absolventen wissenschaftl. Hochschulen die Möglichkeit geben soll, ihre wissenschaftl. Ausbildung in Abständen aufzufrischen u. entspr. dem Stand der Forschung zu ergänzen. Einer allg. Verwirklichung dieser Empfehlung steht bis jetzt ein Mangel an Personal u. finanziellen Mitteln entgegen.

Kontaktsuche, *Verhaltensforschung:* die ursprüngl. Verhaltensweise von sozialen Wirbeltieren (Krokodile, Vögel, Säuger), bes. in Ruhephasen *(Kontaktliegen)* körperlichen Kontakt zu halten u. die →Individualdistanz zu überbrücken. Die K. dient dem Klimaschutz, der Erhaltung des gemeinsamen Rudelgeruchs u. der Synchronisation der →Biorhythmik. Zusammen mit den Äußerungen des *Geschlechtstriebs* bildet die K. eine Grundlage auch der menschl. Kommunikation.

Kontakttrocknung →Gefriertrocknung.

Kontaktverfahren, ein Verfahren zur Herstellung von *Schwefelsäure.* In Anwesenheit von Katalysatoren *(Kontakten)* wird Schwefeldioxid (SO_2) zu Schwefelsäureanhydrid (SO_3) oxydiert.

Kontamination [lat.], **1.** *Physik:* 1. die Verseuchung von Wasser u. Räumen mit radioaktiven Stoffen. – 2. die „Vergiftung" von Kernbrennstoffen durch Spaltprodukte. Die K. vermindert die Anzahl der Neutronen, die für weitere Kernspaltungen notwendig sind.

2. *Sprachwissenschaft:* eine durch Assoziation bedeutungs- oder lautähnl. Wörter entstandene Wort- oder Ausdrucksmischbildung (Zwitterform); z. B. „meines Erachtens nach" aus „meines Erachtens" + „meiner Meinung nach".

kontant [lat., ital.], bar, in barem Geld; *per k.*, gegen Barzahlung.

Kontemplation [lat.], Beschaulichkeit, betrachtendes Erkennen u. Sinnen, i. e. S. über religiöse Gegenstände; bes. in der Mystik geübt. – Eigw.: *kontemplativ.*

Kontenklassen, in der Buchhaltung die systemat. Zusammenfassung artgleicher Konten im *Kontenrahmen* u. *Kontenplan.* – Beispiel: Klasse 0: Anlage- u. Kapitalkonten; Klasse 1: Finanzkonten; Klasse 2: Abgrenzungskonten; Klasse 3: Bestände an Roh-, Hilfs- u. Betriebsstoffen; Klasse 4: Kostenarten; Klasse 5 u. 6: Kostenstellen; Klasse 7: Kostenträger (Halb- u. Fertigfabrikate); Klasse 8: Erlöse; Klasse 9: Abschlußkonten. Eine weitere Unterteilung in *Kontengruppen* u. *Kontenuntergruppen* ist möglich.

Kontenplan, die systemat. Ordnung der Konten eines Unternehmens in 8–10 *Kontenklassen, Kontengruppen* u. *Kontenuntergruppen*; in der Regel nach der Dezimalklassifikation von Melvil *Dewey* u. häufig in Anlehnung an einen *Kontenrahmen* des Wirtschaftszweiges, dem der Betrieb angehört.

Kontenrahmen, ein Schema zur systemat. Zusammenfassung aller Konten in 8–10 *Kontenklassen*; als *Einheits-K.* von den Verbänden entspr. den Bedürfnissen der einzelnen Wirtschaftszweige entwickelt, um eine einheitl. Kostenrechnung, Betriebsvergleiche u. statist. Querschnitte zu ermöglichen. Aus dem Schema entwickelt der einzelne Betrieb seinen *Kontenplan.* →auch Buchführung. – 📖4.8.8.

konter... [frz.], Vorsilbe mit der Bedeutung „gegen".

Konteradmiral, in der Marine ein Offizier im Dienstgrad eines *Generalmajors.*

Konterbande [die; ital., frz.] →Bannware.

Kontermarke [frz.], *Gegenstempel*, Kontrollstempel auf Münzen, Silber- u. Goldwaren, Warenballen u. Eintrittskarten.

kontern [frz.], **1.** *Drucktechnik:* umdrehen, die Seiten verkehren, z. B. ein seitenverkehrtes Bild oder eine Spalte seitenrichtig wiedergeben.

2. *Sport:* 1. beim *Boxen* einen Angriffsstoß unmittelbar nach der Abwehr eines gegnerischen Angriffs durchführen; 2. bei *Ballspielen* einen schnellen Vorstoß nach Abfangen eines gegnerischen Angriffs durchführen.

Konterrevolution →Gegenrevolution.

Kontertanz [frz. *contredanse*, „Gegentanz"; engl. *countrydances*, „ländl. Tänze"], mit Paartanzfiguren durchsetzte Reigenformen, die in Frankreich Anfang des 17. Jh. beliebt waren u. je nach der Tanzweise als *contredanse anglaise* oder *contredanse française (cotillon)* bezeichnet wurden; der beliebteste Gesellschaftstanz des 18. Jh., bes. in Frankreich u. Spanien, in Dtschld. erst um 1850 als K. eingeführt; ein Gruppentanz im $^6/_8$-Takt, wobei sich die Paare im Karrée gegeneinander bewegen.

Kontext [der; lat.], *Hermeneutik:* der ein Wort oder eine Wendung umgebende Text *(innersprachl. K.)* oder die im Text nicht ausgedrückte Sprecher-Hörer-Situation *(außersprachl. K.)*, die für die Bedeutung wichtig sind.

Kontextglossen →Glossen.

Kontinent [der; lat.], Festland, →Erdteil. – Eigw.: *kontinental.*

Kontinentalität [lat.], das Ausmaß des Einflusses von großen Landmassen auf das *Klima.* Dieser Einfluß zeichnet sich bei der Temperatur durch hohe Jahresschwankungen u. Unterschiede zwischen Tag u. Nacht aus, bei den Niederschlägen durch Abnahme nach dem Innern der Kontinente hin (*Kontinentalklima*, →Landklima). Das Maximum der Niederschläge liegt im Sommer. – Gegensatz: *Maritimität.*

Kontinentalsockel →Festlandsockel.

Kontinentalsperre, *Kontinentalsystem*, der durch das Dekret von Berlin 1806 unternommene Versuch *Napoléons I.*, nach Verlust der französ. Flotte (wodurch eine Seeblockade unmögl. wurde) mit einer gigant. Landblockade (Absperrung Festlandeuropas) England wirtschaftl. entscheidend zu treffen. Die K. scheiterte an der Unmöglichkeit, sie lückenlos durchzuführen (Schweden entzog sich der Teilnahme; Rußland trat aus, durch Englands Gegenmaßnahmen vom Seehandel abgeschnitten). Die K. schädigte zwar die engl. Wirtschaft sehr, noch mehr aber die Wirtschaft der europ. Staaten. Die Entwicklung einiger Industrien des Kontinents, bes. Deutschlands (Textil- u. Zuckerrübenindustrie), erfuhr zwar zunächst einen Aufschwung, die negativen Folgen der Blockade (z. B. Ausfall des Getreideexports) aber wogen auf die Dauer schwerer.

Kontinentaltafel, der Teil der Erdoberfläche, der zwischen −200 m u. +1000 m liegt; →auch hypsographische Kurve.

Kontinentalverschiebung, eine von A. *Wegener* 1912 aufgestellte Theorie, die von der Annahme ausgeht, daß die Kontinente als leichtere Massen, wie Eisschollen im Wasser, auf dem schwereren magmat. Untergrund schwimmen u. durch Pol- u. Westdrift ihre heutige Lage erreicht haben; z. B. soll durch Abdriften des amerikan. Doppelkontinents von →Gondwanaland nach W der Atlant. Ozean entstanden sein (Zusammenpassen der Küstenformen Westafrikas u. des östl. Südamerika). Dieser vielumstrittene u. in seinen Argumenten oft verblüffende Erklärungsversuch für die Entstehung der Kontinente u. Ozeane wird heute wieder von vielen Fachleuten für richtig erachtet. Zusammenhänge der Geologie Südamerikas u. Südafrikas liefern weitere Belege hierfür. – 📖8.7.7.

Auch von seiten der Tier- u. Pflanzengeographie gibt es Hinweise auf eine K.: Daß die Kontinente erst im Tertiär stark auseinanderdrifteten, liegt deshalb nahe, weil man in ähnlichen Lebensräumen aller Kontinente vor dem Tertiär entstandene Arten in →diskontinuierlicher Verbreitung findet (Beuteltiere, Lungenfische, Nadelhölzer). Auch die Aalwanderungen (→Aale) können als Beleg herangezogen werden.

Kontingent [das; lat.], **1.** *allg.:* Anteil, Beitrag.

2. *Wirtschaft:* die vom Staat oder von Verbänden festgesetzte *(kontingentierte)* Gütermenge, die produziert oder verbraucht werden darf; z. B. *Hersteller-, Verbraucher-, Kredit-K.* Die *K.ierung* spielt eine große Rolle im Krieg u. in einer Planwirtschaft. Sie birgt die Gefahr einer Fehlleitung der Produktion in sich. Innerhalb einer protektionist. Außenhandelspolitik wird die gesamte Ein- u. Ausfuhr mengenmäßig kontingentiert *(Einfuhr-K., Ausfuhr-K.).*

Kontingenz [die; lat.], Zufälligkeit, Nichtnotwendigkeit, das Auch-anders-sein-Können. Die K. gilt in der älteren Ontologie bes. vom Sein der Welt: Dieses ist nicht notwendig, setzt vielmehr ein notwendiges Wesen voraus, das die Welt geschaffen hat (kosmolog. Gottesbeweis). – In der neueren Philosophie ist K. meist *System-K.*: In der Stufenordnung der Welt ist jede höhere Stufe aus der niederen unableitbar, enthält ein Moment des Neuen (z. B. die Lebenswelt gegenüber der Welt des Anorganischen). Insofern dieses Neue nicht von dem systematisch Früheren determiniert ist, deckt sich K. mit Indeterminiertheit (Freiheit). In der neuen engl. Philosophie wird das diese Stufenordnung verursachende Prinzip als *Emergenz* bezeichnet.

Kontinue-Spinnverfahren [-ˈtinju:-; engl. *to continue*, „fortsetzen"], ein Verfahren zur Herstellung von Chemiefäden, bei dem vom Ausgangsprodukt bis zum aufgewickelten Faden (evtl. bis auf Kettbäume) keine Unterbrechung u. kein Berühren von Menschenhand vorkommen.

kontinuierliches Spektrum →Spektrum.

Kontinuität [lat.], **1.** *allg.:* stetiger Zusammenhang ohne plötzliche Änderung.

2. *Volkskunde:* →Tradition.

Kontinuitätsgleichung, eine mathemat. Gleichung, die bei Strömungsvorgängen die Erhaltung einer physikal. Größe (z. B. Flüssigkeitsmenge, elektr. Ladung) zum Ausdruck bringt. Die Dichte dieser Größe in einem Raumgebiet kann sich nur dadurch ändern, daß etwas aus dem Gebiet heraus- oder in es hineinfließt.

Kontinuum [das; lat.], **1.** *allg.:* das, was in sich selbst stetig zusammenhängt.

2. *Mathematik:* die Menge der reellen Zahlen (Menge aller Punkte einer Geraden), vor allem zwischen Null u. Eins; →Menge.

3. *Physik:* ein Medium, das den Raum (Raumgebiet) gleichmäßig u. lückenlos erfüllt. Der Begriff *K.* ist nur für theoret. Überlegungen von Bedeutung, da die Materie eine atomist. (d.h. diskontinuierl.) Struktur aufweist. Ein physikal. Körper wird als ein materielles K. angesehen. →auch Relativitätstheorie.

Konto [das, Mz. *Konten, Conti*; ital., „Rechnung"], *Conto*, in der →Buchführung die Zusammenstellung gleichartiger Geschäftsvorfälle auf einem Blatt in zeitlicher Reihenfolge. *Belastungen* kommen auf die linke, mit „Soll" oder „Debet" überschriebene Seite, *Gutschriften* auf die rechte, mit „Haben" oder „Credit" überschriebene Seite. Der Kontenstand ergibt sich aus der Differenz (→Saldo) zwischen den Summen auf beiden Seiten. Man unterscheidet *Personenkonten (lebende Konten*; für Gesellschaften, Kunden, Lieferanten) u. *Sachkonten (tote Konten*; für Anlagen, Warenvorräte).

Kontokorrent [das; ital., „laufende Rechnung"], das Konto *(K.konto)*, auf dem alle Gutschriften u. Belastungen aus dem Geschäftsverkehr mit einem Kunden oder Lieferanten gesammelt werden. Bei *K.verkehr*, bes. zwischen Bank u. Kunden, wird dem Geschäftsfreund in regelmäßigen Abständen ein *Kontenauszug (Kontoauszug, K.auszug)* übersandt u. der *Saldo* mitgeteilt, dessen Anerkenntnis lt. HGB (§ 355) auch Anerkenntnis aller Einzelposten bedeutet. Das K. ermöglicht am Ende des Geschäftsjahrs den Abschluß der alten Rechnung u. die Eröffnung des neuen Kontos nur mit dem Saldobetrag. Beim *K.kredit* ist ein Höchstbetrag ausgemacht, bis zu dem der ständig wechselnde Sollsaldo ansteigen darf.

Kontor [das; frz., „Zähltisch"], *Comptoir*, Arbeitszimmer, Büro des Kaufmanns.

Kontoristin [ital.] →Bürogehilfin.

Kontorniaten [ital. *contorno*, „Rand"], röm. Münzprägungen des 4./5. Jh. n. Chr. in Bronze, mit vertieftem Rand u. Darstellungen von Sagengestalten u. älteren Kaisern; als heidn. Neujahrsgeschenke gedeutet.

Kontorsion [lat.], Verdrehung einer Gliedmaße durch einen Unfall (z.B. „ausgekugelter Arm").

kontra... [lat.], Vorsilbe mit der Bedeutung „gegen"; in der *Musik:* „die tiefste Lage angebend".

Kontra [das; lat.], *Kartenspiel:* die Gegenansage eines Spielers.

Kontraalt →Stimmlage.

Kontrabaß, *Violone*, das tiefste Streichinstrument, entstanden gegen Ende des 16. Jh. Im Bau entspricht es dem Gambentypus mit dem zum kurzen Hals spitz zulaufenden oberen Bogen, den breiten Zargen u. dem meist flachen Boden; Schnecke u. F-Löcher sind Merkmale der Violinfamilie. Die Saiten sind in $_1$E, $_1$A, D, G gestimmt (Notierung eine Oktave höher als Klang). Der *Solisten-K.* ist kleiner u. hat nur drei Saiten. Für Jazz- u. Tanzkapellen wurde der *Schlagbaß* eingeführt, der fast stets gezupft wird, manchmal Bünde aufweist u. auch mit elektr. Tonabnahme versehen ist. – Beim modernen K. werden die Wirbel mit einer Schraubenmechanik gedreht. Im Orchester gibt es Kontrabässe mit einer Mechanik für die tiefste Saite, die dadurch bis $_1$C herunterreicht. Seltener sind Kontrabässe mit einer fünften $_1$C- oder $_1$H-Saite.

Kontrabaßschlüssel, *Subbaßschlüssel*, in der Notenschrift der sog. F-Schlüssel auf der obersten Linie des 5-Linien-Systems, der jedoch – im Gegensatz zum normalen Baßschlüssel – die um eine Oktave tiefer liegenden Töne bezeichnet. Zur Unterscheidung kann man eine kleine 8 unter das Schlüsselzeichen setzen, doch ist in der Kontrabaßstimme einer neueren Partitur der K. ohne näheren Hinweis so zu lesen.

kontradiktorisch [lat.], widersprechend, einander ausschließend; →auch Gegensatz, Contradictio.

Kontrafagott [das; lat. + ital.], ein großes →Fagott, um eine Oktave tiefer als das Fagott; erfunden um 1620 von dem Berliner Kammermusikus Hans *Schreiber*. Das K. wurde erst im Verlauf des 19. Jh. durch techn. Verbesserungen von seinen Klang- u. Spielbarkeitsmängeln befreit u. damit ein vollwertiges Glied des Orchesters, obwohl es schon bei J. Haydn u. L. van Beethoven zuweilen Verwendung fand.

Kontrafaktur [die; lat.], die Umdichtung eines weltl. Gedichts für geistliche (kirchl., religiöse) Zwecke; seit dem 14. Jh. häufiger geübt, in der Zeit der Reformation gern zur Gewinnung von Chorälen genutzt.

Kontrahage [-'ha:ʒə; die; lat., frz.], *Studentensprache:* Aufforderung zum Duell.

Kontrahent [lat.], Gegner, Vertragspartner.

kontrahieren [lat.], **1.** *bürgerl. Recht:* einen Vertrag abschließen.

2. *Studentensprache:* zum Duell fordern.

Kontrahierungszwang, die Rechtspflicht zum Vertragsabschluß, also die Ausnahme von der Vertragsfreiheit; zum Ausgleich einer Monopolstellung, z.B. die gesetzl. Beförderungspflicht der Post u. der Eisenbahn. Ein anderer Fall des K.s ist die Pflicht zum Anschluß an Energieversorgungsunternehmen.

Kontraindikation [-a:in-; lat.], „Gegenanzeige", das Verbot, ein bestimmtes Behandlungsverfahren oder Arzneimittel bei einer bestimmten Krankheit anzuwenden; auch eine Krankheit, bei der ein bestimmtes Behandlungsverfahren oder Heilmittel nicht angewendet werden darf (*kontraindiziert* ist). K. ist der Gegenbegriff zu *Indikation* (→Heilanzeige).

Kontrakt [der; lat.], Abkommen, Vertrag(surkunde).

kontraktil [lat.], zusammenziehbar (von Muskeln u.a. Organen); →Kontraktion (4).

Kontraktion [lat.], **1.** *allg.:* Zusammenziehung.

2. *Phonetik:* die Zusammenziehung benachbarter Vokale zu einem einzigen, oft nach Ausfall eines dazwischenstehenden Konsonanten.

3. *Physik:* Zusammenziehung auf kleineren Raum oder Querschnitt; z.B. die K. des Querschnitts eines Flüssigkeitsstrahls, der aus einer scharfkantigen Öffnung austritt, oder die *Quer-K.* eines Körpers, der in Längsrichtung elastisch gedehnt ist. – Lorentz-K.: →Relativitätstheorie.

4. *Physiologie:* bei den mit Muskulatur ausgestatteten höheren Tieren die Anspannung eines Muskels mit Verkürzung *(isotonische K.)* oder bei gleichbleibender Länge *(isometrische K.)*. Der K.svorgang beruht auf einer gleitenden Verschiebung von kontraktionsfähigen Eiweißsträngen *(Actin, Myosin)* innerhalb der Muskelfibrillen. Die Muskel-K. ist eine Umwandlung von chem. Energie, gespeichert im Adenosintriphosphat (ATP), in mechan. Arbeit. ATP wird im Muskel selbst durch Abbau der Nahrung erzeugt. Die K. wird durch Erregungsübertragung von einem Nerv ausgelöst. Dadurch wird ein bis dahin wirkender Hemmstoff zeitweise inaktiviert, so daß ATP zerfallen kann u. seine Energie in die K. abgibt. Sobald die Hemmwirkung wieder beginnt, setzt auch der Neuaufbau von ATP wieder ein. →auch Tonus.

5. *Werkstoffprüfung:* die Einschnürung, die beim Zugversuch an der Bruchstelle eines Werkstücks auftritt.

Kontraktionstheorie, **1.** *Astronomie:* die zuerst von H. von *Helmholtz* (1854) aufgestellte Theorie, nach der die Sonne die ausgestrahlte Wärmeenergie durch allmähl. Zusammenziehen auf mechanischem Wege ergänzt. Heute wird dagegen angenommen, daß Kernenergie im Innern der Sonne das Energiedefizit ausgleicht. →Bethe-Weizsäcker-Zyklus.

2. *Geologie:* die Vorstellung, daß infolge fortschreitender Abkühlung des Erdkerns in der äußeren Gesteinsrinde durch Schrumpfung vertikale Druckspannungen entstehen, die horizontale tektonische Bewegungen auslösen (Gebirgsbildung).

Kontraktur [die; lat.], die Verkürzung von Weichteilen (Muskeln, Sehnen, Haut u.a.) u. die Einschränkung der Gelenkbeweglichkeit durch Narbenbildungen *(Narben-K.)*, Minderdurchblutung *(ischämische K.)*, Schrumpfung oder Lähmungen.

Kontrapost [der; ital., „Gegensatz"], die zum Ausgleich gebrachten stützenden u. lastenden Bewegungen in der Haltung des menschl. Körpers, bes. in der Unterscheidung von *Stand-* u. *Spielbein*; voll ausgebildet in der griech. Klassik, später vor allem in der Renaissance wiederaufgegriffen.

Kontrapunkt [lat. *punctum contra punctum*, „Note gegen Note"], ein Tonsatz, der auf der linearen Selbständigkeit, der themat. Beteiligung u. dem horizontalen Fluß aller in diesem Satz auftretenden Stimmen beruht, im Gegensatz zu dem von der harmon. Schreibweise beherrschten Tonsatz, der die akkordisch-vertikale Zuordnung der Töne anstrebt u. die neben der Melodiestimme noch beteiligten weiteren Stimmen zu bloßen Begleit- oder Füllstimmen macht. Der K.satz wird auch als *Figuralsatz, polyphoner, reiner* oder *strenger Satz* bezeichnet, je nach der Bedeutung der verschiedenen Elemente, die den K. charakterisieren.

Im Prinzip kann der K. auf die mehr oder weniger strenge Gegeneinanderführung zweier Stimmen reduziert werden. Je nach der Art dieser Gegeneinanderführung lassen sich dann die nachfolgenden *Sonderformen* des K.s unterscheiden: die *Vergrößerung* oder *Verkleinerung*, die das Hauptthema im K., d.h. in der Gegenstimme, in vergrößerten oder verkleinerten Notenwerten bringt; die *Engführung*, bei der das Hauptthema im K. in gleichen Notenwerten, aber meist in anderen Intervallen (d.h. auf einer anderen Stufe) u. dem Takt nach verschoben wiederkehrt, wozu außerdem rhythm. Veränderungen treten können; die *Umkehrung*, die das Hauptthema im K. gegenläufig in bezug auf die horizontale Vorwärtsbewegung bringt; der *Krebsgang*, bei dem der K. das Hauptthema vom Ende her, also rückwärts, vorträgt; die *Spiegelung*, die das Hauptthema im K. spiegelt, also ansteigende Intervalle oder Bewegungen abfallen läßt u. umgekehrt. Von *doppeltem K.* spricht man, wenn die Stimmen vertauscht werden können, wenn also z.B. die Unterstimme zur Oberstimme wird. – Aus diesen Grundschemata, die alle auf dem Prinzip der *Imitation* beruhen, d.h. das Thema in irgendeiner Form nachahmen, ergeben sich alle weiteren Spielarten des K.s, über die am Ende des kontrapunkt. Zeitalters J. S. *Bach* in seiner „Kunst der Fuge" das vorbildl. Anschauungswerk hinterlassen hat.

Zum ersten Mal kam das Prinzip im →Kanon zum Ausdruck; gemäß den genannten Grundschemata unterschied man viele Sonderformen: Krebskanon, Spiegelkanon usw. Danach wurde die wichtigste Form des K.s die →Fuge. Später kam es bes. durch die „niederländ. Schule" (um 1420–1570) zu einer Hochblüte des K.s (Polyphonie), allerdings sehr bald auch zu einer Überforderung seiner Prinzipien, die schließlich seit dem 16. Jh. die Abwendung vom K. u. die Entstehung der *Monodie* u. des *Generalbasses* einleitete, deren Grundprinzip die Harmonie ist. Indes blieben die entscheidenden Errungenschaften des K.s erhalten, so daß J. S. Bach ihn mit hoher Durchgeistigung des Tonsatzes verband. Der K. hat auch in neuerer Musik (M. *Reger*, P. *Hindemith*) weit mehr als bloß handwerkl. Bedeutung, er hat selbst in der Romantik des 19. Jh., namentlich in einzelnen Spätwerken R. *Schumanns* u. J. *Brahms'*, nie seine beherrschende u. korrigierende Kraft verloren. – 📖2.6.7.

Kontrast [der; ital.], **1.** *allg.:* Gegensatz.

2. *Psychologie:* die Erscheinung, daß jede Empfindung durch ihren Gegensatz verstärkt wird; z.B. erscheint lauwarmes Wasser als kalt, wenn man an heißes Wasser gewöhnt ist.

Kontrastfarben, physiologisch bedingte Farberscheinungen: Beim Reiz einer Netzhautstelle mit Licht einer bestimmten Farbe wird in deren Umgebung oder nach Aufhören des Reizes an derselben Stelle die →Komplementärfarbe gesehen.

Kontrastmittel, eine für Röntgenstrahlen undurchlässige Substanz (z.B. Jod, Barium), die in der Röntgentechnik zum Sichtbarmachen von Körperhohlräumen verwendet wird, da diese sonst auf dem Röntgenschirm keinen Schatten werfen (Röntgen-K.darstellung).

Kontrastprogramm, das durch andersartige Grundstimmung oder Ansprüche von dem jeweils zweiten oder dritten Programm unterschiedene Programm eines Rundfunksenders, der mehrere Hörfunk- oder Fernsehprogramme gleichzeitig ausstrahlt.

Kontrasttafel, *Kontrasttrommel*, eine Vorrichtung zur subjektiven Beurteilung der Garnungleichmäßigkeit: Das Garn wird in flachen Schraubenlinien auf Tafeln, Rollen u.ä. aufgewunden u. evtl. mit Garnstandards verglichen u. beurteilt.

Kontravention [lat.], die Übertretung eines Gesetzes, einer Vorschrift, einer Vereinbarung; Zuwiderhandlung.

Kontrazeption [lat.] = Empfängnisverhütung.

Kontribution [lat.], **1.** *allg.:* Beitrag, Leistung.

2. *Kriegsrecht: Kriegs-K.*, eine Zwangsauflage (in Gütern oder Geld) während des Kriegs in Feindesland.

3. *Steuerrecht:* ältere Form der *Grundsteuer*.

Kontributionsmünzen, im 18. Jh., bes. 1794–1796, aus Kirchengefäßen u. privatem Silber geprägte Taler (u.a. von Bamberg, Eichstätt, Frankfurt a.M., Fulda) für die Landesverteidigung im Krieg gegen Frankreich.

Kontrollapparate, halb- oder ganzautomat. Apparate zum Aufzeichnen von kurzdauernden oder fortlaufenden Vorgängen: *Wächterkontrolluhren* zur Überwachung von Kontrollgängen; *Arbeits-*

zeit-K. (Stechuhren), die auf einer Karte den Beginn u. das Ende der Arbeitszeit vermerken; *Arbeitsschauuhren* zur Ermittlung von Arbeitszeiten; *Zeitrechner* zur Kontrolle einzelner Arbeitsgänge, die gleichzeitig die verbrauchte Zeit ermitteln; *Tachographen* zum Aufschreiben der Geschwindigkeiten oder der Fahrzeiten. K. werden auch zur dauernden Überwachung von Produktionsprozessen verwendet (z.B. Indikatordiagramm, Leistung von Kraftwerken, Temperatur u. Druck in Dampfkesseln, Abkühlen von Metallschmelzen, Zusammensetzung von Abgasen).

Kontrolle [frz.], Überwachung, Nachprüfung, Beaufsichtigung. – *Soziale K.:* →Sanktion.

Kontroller [der; engl.], ein Walzen- oder Fahrschalter (bes. bei Straßenbahnen u. Kranen) zum stufenweisen Schalten von Anlaßwiderständen.

kontrollierte Hypothermie, *künstlicher Winterschlaf*, ein durch Medikamente (→Cocktail lytique) u. künstl. Unterkühlung herbeigeführter Zustand stark herabgesetzten Grundumsatzes mit Lähmung des vegetativen Nervensystems, der selbst bei körperl. Schwäche des Patienten größere Operationen erlaubt.

Kontrollkommission, 1. interalliierte Kommission zur Überwachung der Entmilitarisierung Deutschlands 1919–1927.
2. 1949–1953 die sowjet. Besatzungsbehörde in Dtschld. mit dem Sitz in Berlin-Karlshorst.
3. *Zentrale K.*, im September 1948 in der SBZ ursprüngl. zur Aufdeckung von Wirtschaftsverbrechen errichtete Behörde; 1952 von der *Zentralen Kommission für Staatliche Kontrolle* (ZKK) der DDR abgelöst, die über die Durchführung der von den zentralen Staatsorganen erlassenen Gesetze u. Beschlüsse im Verwaltungs-, Wirtschafts-, Kultur-, Gesundheits- u. Sozialbereich wacht.
4. →Parteikontrollkommissionen.

Kontrollmethode, *forstliche K.* →Biolleysches Verfahren.

Kontrollrat, *Alliierter K.*, das durch die Siegermächte 1945 eingesetzte Organ (aus den Zonenbefehlshabern der USA, der UdSSR, Großbritanniens u. Frankreichs) mit Sitz in Berlin, das die Funktionen einer gesamtdt. Regierung übernehmen sollte, bes. um über die Zonengrenzen hinweg eine einheitl. Politik zu ermöglichen. Der K. mußte angesichts der gegensätzl. Ansichten u. Ziele versagen u. fand prakt. sein Ende mit dem Austritt der Sowjetunion am 20. 3. 1948.

Kontroverstheologie [lat. + grch.], die theolog. Auseinandersetzung über die innerchristlichen (bes. kath.-prot.) kirchentrennenden Glaubensgegensätze, die von der Konfessionskunde erfaßt wurden; seit der ökumen. Bewegung als „Dialog" geführt; →auch Irenik.

Kontumazialverfahren [lat. *contumacia*, „Ungehorsam gegen einen richterl. Befehl, bes. gegen eine Ladung vor Gericht"], gerichtl. Verfahren gegen Abwesende.

Konturpflügen [frz.], das Pflügen des Ackerbodens entlang den Höhenlinien, bes. in Gebieten starker Bodenabspülung zur Verhinderung der Bodenerosion.

Kontusion [lat.], Quetschung durch Verletzungen mit stumpfer Gewalt.

Konus [der, Mz. *K.se* oder *Konen*; lat., „Kegel"], **1.** *Technik:* kegelförmig verjüngtes Maschinenelement.
2. *Zoologie:* →Kegelschnecken.

Konvektion [lat.], **1.** *Astronomie:* Strömung im Innern der Sterne oder der Stern- u. Planetatmosphären; meist durch starkes Temperaturgefälle hervorgerufen.
2. *Physik:* Wärmetransport durch bewegte Materie. Durch die K. gleicht sich z.B. die Lufttemperatur eines Zimmers aus.

Konvektionsströmungen, *Meteorologie:* vertikale Luftbewegungen in der Atmosphäre, durch Temperaturunterschiede am Boden u. in der Höhe hervorgerufen: aufwärts im Gebiet höherer, abwärts im Gebiet tieferer Bodentemperaturen; auch horizontale Strömungen zwischen ungleich temperierten Gebieten; →auch Turbulenz.

Konvektor [der, Mz. *K.en*; lat.], Lamellen; →Heizkörper.

Konvent [der; lat., „Zusammenkunft"], **1.** *allg.:* Zusammenschluß Gleichgesinnter, beratende Zusammenkunft.
2. *französ. Geschichte:* frz. *Convention nationale, Nationalkonvent*, in der Französ. Revolution die nach dem Sturz des Königtums (1792) gewählte verfassunggebende Versammlung (bis 1795).
3. *kath. Kirche: Kloster-K.*, die Versammlung stimmberechtigter Ordensmitglieder.
4. *Studentensprache: Convent*, Verbandszusammenschluß von *Korporationen* (Weinheimer, Kösener, Coburger Convent) oder beratende Zusammenkünfte zwischen u. in Korporationen (Deputierten-, Chargen-, Senioren-, Burschen-, Allgemeiner K.).

Konventikel [das; lat.], Zusammenschluß weniger Menschen zur religiösen Erbauung; bes. im Pietismus.

Konvention [lat.], **1.** *allg.:* Sitte, Überlieferung; Zusammenkunft, Übereinkunft.
2. *Völkerrecht:* ein Vertrag zur umfassenden Regelung bestimmter Rechtsgebiete, meist fachlich-technischer Art mit Beteiligung zahlreicher Staaten; Beispiele: *Genfer K.en* von 1949 über Kriegsopfer, *K. von Barcelona* (1921) über das Regime schiffbarer Flüsse. In der rechtl. Behandlung stehen die K.en den völkerrechtl. Abkommen u.ä. gleich.

Konventionalstrafe [lat.] = Vertragsstrafe.

konventionelle Waffen, Sammelbegriff für Waffen u.a. Kampfmittel, die nicht zu den *atomaren, biologischen* u. *chemischen Kampfmitteln* gehören. Zu den k.n W. zählen (mit Ausnahme der beiden Atombomben) die im 2. Weltkrieg verwendeten Waffen u. deren Weiterentwicklungen. – *Konventionelle Kriegführung*, die Kriegführung nur mit k.n W.

Konventionsfuß, 1748–1750 in Österreich eingeführte Währung (20 Gulden aus der Mark Feinsilber); 1753 von Bayern übernommen, seit 1760 in Süd- u. West-Dtschld. u. seit 1765 in Polen gängig; 1857 abgeschafft.

Konventualen [lat.], **1.** allg. die Angehörigen eines klösterl. *Konvents*.
2. die Anhänger der milderen Richtung der Franziskaner (Minoriten) u. eine gemäßigte Richtung der Karmeliter (im Gegensatz zu den *Observanten*).

Konvergenz [die; lat.], **1.** *allg.:* Annäherung, Hinneigung.
2. *Biologie:* die Entstehung ähnlicher Merkmale u. Organe aus verschiedenen Vorzuständen bei nicht näher verwandten Tiergruppen (→analoge Organe, →Analogie, →Parallelentwicklung); bedingt durch die „natürl. Auslese" (→Darwinismus). Konvergent sind z.B. die Flügel bei Vögeln u. Insekten, die Trockenpflanzen, die Rankenpflanzen, die Tiefsee-, Luft- u. Polartiere. – Ⓑ→Abstammungslehre.
3. *Farbfernsehen:* bei der Farbbildröhre das Zusammenführen der drei Elektronenstrahlen durch Elektromagnete auf dem Leuchtschirm. Es handelt sich hierbei um ein äußerst schwieriges Justierproblem. – Ⓑ→Farbfernsehen.
4. *Mathematik:* bei einer *Folge* oder *Reihe* das Vorhandensein eines →Grenzwerts.
5. *Optik:* das Zusammenlaufen zweier oder mehrerer Linien oder Strahlen, die sich wirklich oder (bei der Perspektive) scheinbar in einem Punkt schneiden (Gegensatz: *Divergenz*). In der Augenoptik bezeichnet *K.* diejenige Stellung der Augenachsen oder Blicklinien, die ein Fixieren naher Gegenstände ermöglicht.
6. *Völkerkunde:* die Entwicklung von Kulturgütern ganz verschiedener Herkunft zu gleichen oder ähnl. Formen; oft Anlaß zu einer Mißdeutung auf gleiche Herkunft.

Konvergenzlinie, *Meteorologie:* eine innerhalb der gleichen Luftmasse auftretende, linienhaft angeordnete Unstetigkeit von Windrichtung u. Windgeschwindigkeit mit der Tendenz zum Zusammenströmen.

Konvergenzradius →Reihe.

Konvergenztheorie, die (umstrittene) Lehre, daß sich die kommunist. u. die westliche Gesellschaftsordnung immer ähnlicher werden, bes. infolge der gleichen Gegebenheiten der industriellen Gesellschaft.

Konversation [frz.], 1. geselliges, leichtes, etwas förmliches Gespräch; 2. eine Unterhaltung, die zum Erlernen einer Sprache geführt wird.

Konversationslexikon, im 19. u. zu Anfang des 20. Jh. Bez. für →Lexikon.

Konversationsstück, 1. *Literatur:* Gesellschaftsstück, ein Bühnenstück aus dem Leben der höheren Gesellschaftsschichten, dessen Reiz in geistvollen Dialogen, weniger in Handlung u. Charakteren liegt.
2. *Malerei:* →Genremalerei.

Konversen [Mz.; lat., „Bekehrte"] →Laienbrüder.

Konversion [lat., „Umkehrung"], **1.** *Recht:* die Umdeutung eines an sich nichtigen Rechtsgeschäfts in ein gültiges, wenn anzunehmen ist, daß dieses bei Kenntnis der Nichtigkeit gewollt wäre (§ 140 BGB).
2. *Religion: Glaubenswechsel*, der Übertritt von einer christl. Konfession zur anderen. Wer eine K. vollzieht, heißt *Konvertit*.
3. *Wirtschaft: Konvertierung, Schuldumwandlung*, die Herabsetzung des Zinsfußes bereits begebener, im Verkehr befindlicher *Anleihen* u. die damit verbundene Ermäßigung der Zinsenlast für öffentliche Schulden. Die K. wird meist bei langfristigen Zinssatzsenkungen praktiziert. Die alten Schuldverschreibungen werden entweder abgestempelt oder gegen neue umgetauscht, wobei der Gläubiger die Wahl hat zwischen der Rückerstattung der Schuld (zu pari) oder der Annahme der Zinsherabsetzung.

Konversionsdruck →Zeugdruck.

Konversionsfilter, *Umkehrfilter*, ein Aufnahmefilter, der Color-Umkehrfilme für eine Lichtart verwendbar macht, für die diese normalerweise nicht sensibilisiert sind; z.B. als Blaufilter für Kunstlichtaufnahmen auf Tageslicht-Farbfilm oder als Roséfilter für Tageslichtaufnahmen auf Kunstlicht-Farbfilm, auch bei stark blauhaltigem Licht. Bei Farbnegativfilmen ist ein K. nicht erforderlich, da eine Ausfilterung bei der Vergrößerung möglich ist.
In einigen Schmalfilmkameras gibt es eingebaute *Farbkorrekturfilter* zur Anpassung der Kunstlicht-Farbemulsion an das Tageslicht.

Konverter [der; lat., engl.], **1.** *Hüttentechnik:* mit feuerfesten Steinen ausgekleideter, kippbarer, birnenförmiger Stahlbehälter zur Gewinnung von Kupfer u. von Stahl aus Roheisen. Der *Thomas-K.* hat am Boden Düsen zum Durchblasen von Luft.
2. *Kerntechnik:* ein Kernreaktor, in dem Brutmaterial in spaltbares Material umgewandelt wird.
3. *Nachrichtentechnik:* Gerät zum Umformen von Hochfrequenzsignalen einer bestimmten Frequenz in solche einer anderen Frequenz.

Konvertibilität [lat.], *Konvertierbarkeit*, Einlösbarkeit, Eintauschbarkeit. Die *freie K. der Währungen* ist gegeben, wenn jede Landeswährung ohne weiteres gegen eine beliebige andere eingetauscht werden kann. Man unterscheidet *Ausländer-K.* u. *Inländer-K.*

konvertieren [lat.], **1.** *Chemie:* durch verschiedene chem.-techn. Prozesse umwandeln, z.B. Kohlenmonoxid mit Wasserdampf zu Kohlendioxid u. Wasserstoff umsetzen.
2. *Religion:* eine *Konversion* vornehmen.

konvex [lat.], **1.** *allg.:* nach außen gewölbt, erhaben; Gegensatz: *konkav*; →Linse.
2. *Mengenlehre:* Eine Punktmenge wird k. genannt, wenn die Verbindungsstrecke zweier beliebiger Punkte stets ganz der Punktmenge angehört. Ist das nicht der Fall, spricht man von einem *konkaven Bereich*.

Konvikt [das; lat.], eine Anstalt, in der Schüler (auch Studenten) in einer Gemeinschaft zur Förderung der Ausbildung u. des religiösen Lebens zusammen wohnen; von einem Geistlichen geleitet, vor allem für (künftige) Theologiestudenten.

Konvoi [auch 'kɔn-; der; lat., engl.] →Geleitzug.

Konvolut [das; lat.], Aktenpaket; Bündel mit Briefen, Broschüren oder einzelnen bedruckten Blättern.

Konvulsion [lat.], Zuckungen u. Schüttelkrampf des Körpers oder eines seiner Glieder. K.en können z.B. durch Hirnschädigungen ausgelöst werden. – Eigw. *konvulsivisch*.

Konwicki [-tski], Tadeusz, poln. Schriftsteller, *22. 6. 1926 Nowa Wilejka; Mitarbeiter an Literaturzeitschriften („Nowa Kultura"), seit 1957 freier Schriftsteller; repräsentativer Epiker seiner Generation, schildert in seinen Romanen Partisanentum, Nachkriegswirren u. Grenzlandverhältnisse („Die neue Strecke" 1950, dt. 1951; „Modernes Traumbuch" 1963, dt. 1964); auch Filmdrehbücher u. preisgekrönte Filme („Salto" 1964).

Konwitschny, Franz, Dirigent, *14. 8. 1901 Fulnek, Mähren, †28. 7. 1962 Belgrad; 1927 Kapellmeister in Stuttgart, Generalmusikdirektor in Freiburg, Frankfurt a.M. u. Hannover, 1949 Leiter des Leipziger Gewandhausorchesters, der Dresdner Staatsoper u. seit 1955 Generalmusikdirektor der Ostberliner Staatsoper; Gastspielreisen.

Konya, das antike *Ikonion (Iconium)*, türk. Stadt nördl. des Taurus, in Inneranatolien, am Rand der

Konz sumpfigen K.-Ebene, Hptst. der Prov. K. (47 420 qkm, 1,1 Mill. Ew.), 220 000 Ew.; Teppich- u. Baumwollindustrie; Quecksilbervorkommen; Endpunkt der Anatol. Bahn u. Beginn der Bagdadbahn, Straßenknotenpunkt. – Im 11.–14. Jh. Sitz des Sultanats der *Rum-Seldschuken*.

Konz, rheinland-pfälz. Stadt an der Mündung der Saar in die Mosel (Ldkrs. Trier-Saarburg), 14 000 Ew.; Ruinen aus der Römerzeit; Weinbau, Maschinen-, Plastikwaren- u. Thermometerindustrie.

Konzelebration [lat.], in der kath. Liturgie die gemeinsame Feier der Eucharistie durch mehrere Priester; 1965 wiedereingeführt; gedacht vor allem für Priestergemeinschaften (z. B. Mönchsorden), um die gehäuften Einzelzelebrationen zu vermeiden; vorgeschrieben für Bischofs- u. Priesterweihe, erlaubt bei Bischofskonferenzen, Synoden, Priesterzusammenkünften u. am Gründonnerstag, aber auch für jeden Hauptgottesdienst.

Konzentrat [das; lat., frz.], das beim Anreichern entstehende, gegenüber dem Ausgangsmaterial hochwertigere Produkt.

Konzentration [lat.], 1. *allg.:* Zusammenballung.
2. *Pädagogik:* die Vereinigung mehrerer Unterrichtsfächer auf die von einem gemeinsam zu erarbeitenden Themen; →auch Gesamtunterricht.
3. *physikal. Chemie:* der Gehalt einer Lösung an gelöstem Stoff. Die K. wird ausgedrückt in *Gewichtsprozenten* oder (bei gelösten Flüssigkeiten, z. B. Alkohol in Wasser) in *Volumprozenten*. Die K. eines Gases entspricht seinem (Partial-)Druck.
4. *Psychologie:* in der geistigen Arbeit allg. die Steigerung der *Aufmerksamkeit*, etwa durch Gruppierung der Bewußtseinsinhalte um einen Grundgedanken (K.sübungen); →auch Meditation.
5. *Wirtschaft:* das Anwachsen der Verfügungsmacht einzelner Unternehmen über Produktionsmittel durch internes Wachstum eines Unternehmens sowie durch Zusammenfassung von Betrieben u. Unternehmen zu größeren Einheiten im Wege der Bildung von Interessengemeinschaften, Kartellen oder Einzelzelebrationen oder durch Fusion (*Unternehmens-K.*), ferner die Vereinigung von Eigentum u. Vermögen in den Händen weniger natürlicher Personen (*Kapital-K.*). Ursachen der K. sind marktpolit. Erwägungen (Verbesserung der Marktposition), finanzielle Überlegungen (Zugang zum Kapitalmarkt u. a.), aber auch produktionstechn. Vorteile, obwohl diese gelegentl. überschätzt werden. Eine K. kann Zusammenballung wirtschaftl. Einfluß- u. Entscheidungsmöglichkeiten mit der Gefahr des Mißbrauchs bedeuten; daher muß eine entspr. Wirtschaftsgesetzgebung Mißbräuche verhindern u. der Bildung privater Macht Grenzen setzen. – ▭4.4.3.

Konzentrationslager, Abk. *KZ*, Internierungslager, in denen ohne rechtl. Grundlage tatsächl. oder „potentielle" polit. Gegner u. a. unliebsame Bevölkerungsgruppen (z. B. aus rassischen oder religiösen Gründen) gefangengesetzt werden; erstmals im amerikan. Sezessionskrieg (1861 bis 1865); auf Kuba (1895–1898) von den Spaniern, im Burenkrieg (1901) von den Engländern errichtet, dann vor allem in der Sowjetunion zur Unterbringung der zu Zwangsarbeit Verurteilten weit verbreitet, insbes. in den Erschließungsgebieten am Eismeer u. in Sibirien.
Der *Nationalsozialismus* in Dtschld. begann bereits 1933 mit der Errichtung von K.n, zunächst improvisiert von den SA-Einheiten, die dort polit. Gefangene festhielten u. folterten. Seit August 1933 organisierte die *Gestapo* die K. systematisch; 1934 wurden sie in die Verwaltung der SS übernommen. Nur wenige offizielle K. wurden errichtet; 1935 gab es 7 große Lager, darunter *Dachau, Sachsenhausen, Esterwegen* u. *Oranienburg*. Die Einweisung stützte sich meist auf die Verordnung „zum Schutz von Volk u. Staat" vom 28. 2. 1933: Die sog. *Schutzhaft* wurde von den Kriminalämtern, später ausschl. von der Gestapo angeordnet. Außer „Volksschädlingen" (polit., weltanschaul. Gegner) kamen auch Kriminelle u. Asoziale ohne Gerichtsurteil in die K. Die SS-Inspektion der K. wählte mit Vorliebe Kriminelle für die Posten der Zellen-, Block- u. Lagerältesten u. *Kapos* (Aufseher beim Arbeitseinsatz) aus, da diese „Funktionäre" oft bereitwillig u. aus eigenem Antrieb die Mithäftlinge quälten.
Als Inspekteur der K. fungierte bis 1939 der Chef der SS-Totenkopfverbände, Th. *Eicke* (*1892, †1943). Der Leiter des SS-Reichssicherheitshauptamts, R. *Heydrich*, entwickelte den Plan für den weiteren Ausbau der K. Im Lauf der Jahre wurden die K. vermehrt, da durch die „Vorbeugungshaft" u. die „Schutzhaft nach verbüßter Strafhaft" die Zahl der Häftlinge stark anstieg. 1939 waren belegt: *Dachau* bei München, 4000 Insassen; *Sachsenhausen* bei Berlin, 6500; *Buchenwald* bei Weimar, 5300; *Mauthausen* bei Linz, 1500; *Flossenbürg* bei Weiden, Oberpfalz, 1600; u. das Frauen-K. *Ravensbrück* in Mecklenburg, 2500. Während des Krieges wurden weitere K. errichtet: *Auschwitz* südöstl. von Kattowitz (das später →Vernichtungslager wurde), *Neuengamme* bei Hamburg, *Natzweiler* im Elsaß, *Groß-Rosen* bei Breslau, *Stutthof* bei Danzig, *Bergen-Belsen* bei Hannover, *Theresienstadt* in Böhmen u. a. Jedem dieser Großlager waren zahlreiche Außenlager angegliedert, da die SS Häftlinge während des Krieges an Rüstungsbetriebe „verlieh" (Dachau: 50 Außenlager; Buchenwald: 70). Die Arbeitsbedingungen waren in Stamm- u. Außenlagern gleich hart (bis zu 12 Stunden tägl. in Mooren, Steinbrüchen u. ä.), die Sterblichkeitsziffer entspr. hoch. Die Lebensdauer eines Häftlings wurde nach der „Rentabilitätsberechnung" der SS mit 9 Monaten veranschlagt. Die SS-Bürokratie beschäftigte 1944 rd. 24 000 Personen zur Verwaltung der Häftlingsarbeit u. des Besitzes verstorbener oder getöteter Häftlinge. Die Häftlinge der K. wurden auch zu (häufig tödl. verlaufenden) medizin. Experimenten herangezogen (Unterkühl- u. Höhenversuche, Trinkbarmachung des Meerwassers, Knochentransplantationen, Massensterilisation u. a.). – In der letzten Kriegsphase wurden frontnahe K. evakuiert; Fußmärsche u. Überfüllung der übrigen K. forderten weitere zahllose Opfer. Insges. sind in den K.n, einschl. der Vernichtungslager, etwa 5–7 Mill. Menschen umgekommen.
Nach dem 2. Weltkrieg wurden K. im Gebiet der SBZ von der *Sowjet. Militäradministration in Dtschld.* bis 1950 weiterverwendet zur verlustreichen Internierung „aktiver Faschisten", „Kriegsverbrecher" u. a. mißliebiger, oft auch wenig belasteter Deutscher, meist ohne Gerichtsverfahren. Am berüchtigtsten waren *Sachsenhausen*, *Buchenwald*, *Mühlberg*, *Bautzen* u. *Fünfeichen* bei Neubrandenburg. Die Zahl der Opfer dieser K. wird mit etwa 100 000 angegeben. 1950 wurden einige K. aufgelöst, andere (Bautzen, Torgau) zu Strafanstalten der DDR umgewandelt.

konzentrisch [frz.], mit gleichem Mittelpunkt.

Konzept [das; lat.], erster Entwurf eines Schriftstücks; Niederschrift einer Rede, Ansprache oder Vorlesung für den Vortragenden.

Konzeption [lat.], 1. *Denkpsychologie:* lat. *conceptio*, Gesamtbegriff; Gedankenentwurf, schöpferischer Einfall, Grundauffassung.
2. *Gynäkologie:* die →Empfängnis. Beim Menschen ist die K. auf etwa 2 Tage nach Abgabe des Eis aus dem Eierstock beschränkt. Das K.soptimum kann durch Messung der morgendlichen Rektaltemperatur ermittelt werden. – ▭9.0.7.

Konzeptismus [lat.], die gewollt verblüffende Stilisierung geistreicher Einfälle; ein Stilmittel bes. des span. Barockschrifttums; →auch Culteranismo und Conceptismo.

Konzeptkunst →Conceptual Art.

Konzeptualismus [lat.], im *Universalienstreit* die vermittelnde Lehre, daß das Allgemeine nur als (subjektiver) Begriff (lat. *conceptus*) existiere.

Konzern [engl.], der Zusammenschluß rechtl. selbständig bleibender Betriebe unter einer einheitl. Leitung, in der Regel durch Erwerb von Beteiligungen am Grundkapital der abhängigen Gesellschaften (§ 18 AktG). Die einzelnen Gesellschaften verlieren ihre wirtschaftl. u. finanzielle, meist auch ihre organisator. Selbständigkeit. Die herrschende Gesellschaft wird *Ober-* oder *Muttergesellschaft* genannt; sie kann selbst produzieren oder lediglich die Kapitalbeteiligungen beherrschen *(Holdinggesellschaft)*. Die beherrschten Gesellschaften sind die *Unter-* oder *Tochtergesellschaften*; gleichgestellte Gesellschaften sind *Schwestergesellschaften*. Der K. bildet in seiner Gesamtheit ein einziges Unternehmen. Man unterscheidet zwischen *horizontalen K.en* (Unternehmen gleichartiger Produktionsstufe, z. B. mehrere Bergwerke) u. *vertikalen K.en* (Unternehmen verschiedener Produktionsstufen, z. B. Spinnerei, Färberei, Weberei). Die Vorteile des K.s liegen in der Rationalisierung der Produktion u. Verwaltung (Verbesserung der Kostenstruktur) u. in der Verminderung der Beschaffungs- u. Absatzrisiken; eine Gefahr besteht in der Verminderung der Konkurrenz (Marktbeherrschung). – ▭4.8.1.

Konzernabschluß, der aus *Konzernbilanz* u. *Konzern-Gewinn- u. Verlustrechnung* bestehende Jahresabschluß eines Konzerns, der aus den Jahresabschlüssen der in den K. einbezogenen Unternehmen abgeleitet wird. Das AktG enthält in §§ 329–338 eingehende Vorschriften über den K.

Konzernbilanz, konsolidierte *Bilanz*, die aus den Bilanzen der Obergesellschaft u. der abhängigen Gesellschaften eines *Konzerns* (unter Aufrechnung der gegenseitigen Forderungen u. Schulden sowie der Beteiligungen in der Bilanz der Muttergesellschaft mit dem Grundkapital u. den Rücklagen der Tochtergesellschaften) zusammengestellte Bilanz. Die K. u. gegenfalls eine *Konzern-Gewinn- u. Verlustrechnung* gewährt einen Einblick in die Lage des Konzerns als wirtschaftl. Einheit in dem Maß wie der Jahresabschluß einer einzelnen Gesellschaft in deren Lage. Zur Aufstellung u. Veröffentlichung einer K. verpflichtet sind

Konzentrationslager: befreite KZ-Gefangene; 1945. Wobbelin, Mecklenburg

gemäß §329 AktG alle Konzernobergesellschaften in der Form einer AG u. Kommanditgesellschaft auf Aktien (KGaA) sowie nach §28 EinfG zum AktG diejenigen Konzernobergesellschaften in der Form einer GmbH, zu deren abhängigen Gesellschaften eine AG oder KGaA gehört. Obergesellschaften anderer Rechtsformen müssen nach dem Gesetz vom 15. 8. 1969 eine K. aufstellen u. veröffentlichen, wenn der Konzern bestimmte Größenmerkmale erreicht. Konzerngesellschaften mit Sitz im Ausland brauchen in die K. nicht einbezogen zu werden. →auch Großunternehmen.

Konzert [das; lat., „Wettstreit"], ital. *concerto*, **1.** eine musikal. Stilgattung, die ihren Ursprung im vokalen Kirchen-K. hat: *Concerti ecclesiastici, Concerti da chiesa*, Motetten, in denen 2, 3 oder 4 Singstimmen mit Orgelbaß untereinander, gelegentl. auch nur eine Solostimme mit der Orgel musikalisch „wetteiferten". Erstmals taucht der Begriff bei A. u. G. *Gabrieli* auf. Das K. in diesem Sinn erreichte seine höchste Vollendung in den Kantaten J. S. *Bachs*, die er selbst noch als *Concerti* bezeichnete. – Um 1620 entstand das Kammer-K. (*Concerto da camera*), vokal bei G. G. *Arrigoni*, instrumental als *sonata concertate* um 1630 bei D. *Castello* u. Tarquinio *Merula* (*um 1590, †1665). Es erfuhr seine Vollendung zu Ende des 17. Jh. im *Concerto grosso*, bei dem mehrere (meist 3) konzertierende Instrumente (*Concertino*) eine kontrastierende Wirkung gegenüber dem vollen Orchester (*Tutti*) auslösen. – Etwa gleichzeitig entstand daraus u. daneben das Solo-K. für ein Instrument mit Orchesterbegleitung (erster Meister: A. *Vivaldi*). Die ersten Violin-K.e schufen G. *Torelli* u. T. *Albinoni*, das erste Cello-K. G. *Jacchini*, die ersten Orgel-K.e G. F. *Händel*. Seit der klass. Periode steht das Solo-K. neben Oper u. Sinfonie im Mittelpunkt des musikal. Schaffens aller Komponisten. Im engeren Sinn versteht man unter *K.* heute nur noch diese musikal. Form, in der ein Solist (Klavier, Violine, Flöte, Cello u.a.) Partner eines begleitenden Orchesters ist.

2. eine Veranstaltung (meist öffentlich) zur Aufführung musikal. Werke; unterschieden entweder nach Art der Besetzung (Solisten-, Chor-, Orchester-K.) oder nach soziol. Gesichtspunkten (Haus-, Kirchen-, Schüler-, Militär-K.) oder nach programmat. Inhalten (historisches K., Serenaden-K., Unterhaltungs-K.). – □2.8.0.

Konzertgesellschaften, Vereinigungen zum Zweck öffentl. Konzertaufführungen. In Dtschld.: Berlin, *Singakademie*, gegr. 1790, *Philharmonische Gesellschaft*, 1826; Frankfurt a.M., *Museumsgesellschaft*, 1808; Köln, *Gürzenich-Konzerte*, 1857; Leipzig, *Gewandhauskonzerte*, 1781; München, *Musikalische Akademie*, 1811, *Musica viva*, 1945; im Ausland: Amsterdam, *Concertgebouw-Gesellschaft*, 1883; London, *Academy of Ancient Music*, 1710, *Professional Concerts*, 1783, *Royal Philharmonic Society*, 1813; Moskau, *Allruss. Komponistenvereinigung*, 1918; New York, *Philharmonic Society*, 1842, *New York Symphony Society*, 1878; Paris, *Concerts spirituels*, 1725, *Société des Concerts du Conservatoire*, 1828, *Association des Concerts Lamoureux*, 1873, *Conseil International de la Musique de l'UNESCO*, 1949; Wien, *Tonkünstler-Societät*, 1771, *Gesellschaft der Musikfreunde*, 1812; Zürich, *Tonhalle-Gesellschaft*, 1867.

konzertierte Aktion, in der BRD das aufeinander abgestimmte Verhalten des Staates, der Gewerkschaften u. der Unternehmerverbände zur Erreichung wirtschaftspolit. (insbes. konjunktureller) Ziele. Die Koordinierung der jeweiligen Verhaltensweisen soll in einem Gespräch der Bundesregierung mit den maßgebl. wirtschaftl. Gruppen erreicht werden, wobei die Regierung nach §3 des *Stabilitätsgesetzes* vom 9. 6. 1967 „Orientierungsdaten" geben kann, die keine verpflichtenden Leitlinien, sondern Entscheidungshilfe für die teilnehmenden Parteien sein sollen. Der Begriff *k.A.* wird häufig auch für die Gesprächsrunde selbst verwendet.

Konzertina [die; ital.], eine →Ziehharmonika mit Spielknöpfen u. vollständiger chromatischer Tonfolge, die zu künstlerisch einwandfreiem Spiel befähigt. Die engl. K. wurde von Charles *Wheatstone* 1829 gebaut, die dt. 1834 von C. F. *Uhlig*. Die K. hatte im 19. Jh. eine große Originalliteratur, auch Kammermusik u. mit Orchester. Heute ist sie durch das *Akkordeon* verdrängt.

Konzertmeister, der 1. Geiger eines Orchesters, oft auch der Stimmführer der 2. Geigen, Bratschen

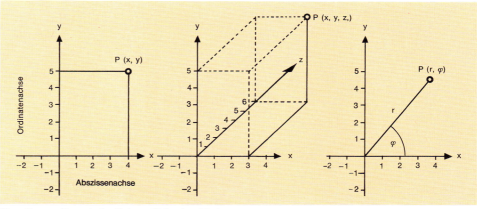

Koordinaten: Kartesische (links und Mitte) und Polar-Koordinaten

u. Violoncelli. Er unterstützt den Dirigenten durch Abhaltung von Streicherproben u.ä. Der K. ist heute meist mit Sondervertrag u. größeren persönl. Freiheiten angestellt.

Konzession [lat.], **1.** *allg.*: Zugeständnis.
2. *Verwaltungsrecht*: 1. allg. die Übertragung gewisser staatl. Hoheitsrechte (bes. Polizeibefugnisse) an eine (natürl. oder jurist.) Person des Privatrechts als den (mit öffentlicher Gewalt) *Beliehenen*; meist in Verbindung mit gewissen Gewerbebefugnissen (dann als *beliehener Unternehmer*, z.B. Straßen- oder Kleinbahn, Omnibuslinie, früher auch Kolonialgesellschaften); 2. im Wegerecht die Verleihung eines öffentl.-rechtl. Benutzungsrechts an einer öffentl. Sache (z.B. Straße, Platz), etwa zum Erbauen eines festen Zeitungskiosks oder zum Verlegen von Schienen auf einer Straße. In neueren Straßengesetzen ist allerdings die Unterscheidung zwischen der K. (Verleihung eines Sondernutzungsrechts) u. der schlichten →Erlaubnis aufgegeben.
3. *Völkerrecht*: 1. Niederlassungs- u. Ausbeutungsrecht in fremden Staaten, z.B. Öl-K.; 2. das Gebiet, für das ein Niederlassungs- u. Ausbeutungsrecht erteilt ist.

Konzessivsatz [lat.], ein Nebensatztyp, der etwas einräumt; einleitende Konjunktionen im Dt.: obgleich, obschon, wenn auch, wenngleich, wiewohl.

Konzil [das, Mz. *K.e* oder *K.ien*; lat.], **1.** *christl. Kirche*: eine kirchl. Versammlung (i. allg. Bischofsversammlung), die über Fragen der Lehre u. des Lebens berät. – Das „Apostel-K." (Apg. 15) ist besser nur als „Apostelkonvent" zu bezeichnen. Mit der Erhebung des Christentums zur gleichberechtigten u. dann vor anderen begünstigten Religion fanden vom Kaiser einberufene K.e statt (K. zu Nicäa 325, Konstantinopel 381, Ephesos 431, Chalcedon 451); an ihnen waren nicht nur Bischöfe, sondern auch einzelne bedeutende Laien beteiligt. Mit der Ausbildung des Papsttums gewann dieses seit *Leo I.* Einfluß auf die K.e; doch widerspricht die mittelalterl. Kirchengeschichte der These, daß nur die vom Papst berufenen K.e ökumenische K.e seien. Das Problem der Ökumenizität der K.e hängt unauflöslich mit der Frage der Rezeption der K.e zusammen. Zählt zu den röm. Katholizismus auch das K. von Trient (1545–1563) u. das I. u. II. Vatikanische K. (1869/70 u. 1962–1965) unter die ökumenischen K.e, so stützt sich die Orthodoxie nur auf die K.e der noch ungetrennten Christenheit (bis 1054). Der Protestantismus legt den bibl. Maßstab an alle K.sentscheidungen u. bejaht grundsätzlich nur die Hauptentscheidungen trinitarischer u. christologischer Art (so M. Luther: „Von den Conciliis u. Kirchen" 1539). – Partikular-K.e u. Provinzial-K.e gibt es in allen Kirchen bis zur Gegenwart. In der ökumen. Bewegung bemüht man sich um eine Anknüpfung an das altkirchl. K.sverständnis. – □1.9.4.
2. *Hochschulen*: das kollegiale Organ, dem meist die Wahl des Rektors bzw. Präsidenten u. die Beschlußfassung über die Hochschulverfassung obliegt. In manchen Hochschulen heißt das K. *Großer Senat*. Dem K. gehörten bisher alle Ordinarien u. Vertreter der Nichtordinarien an. Im Zuge der Hochschulreform wird angestrebt, das K. aus Vertretern aller Mitgliedergruppen der Hochschule zusammenzusetzen.

konziliäre Theorie, *Konziliarismus*, die Lehre, daß die allg. Konzile über dem Papst stehen; praktisch angewandt vom *Konstanzer Konzil*. Das 5. Laterankonzil 1516 entschied gegen die k.T. zugunsten des Papsttums. M. *Luther* hingegen stellte ein Konzil als Entscheidungsinstanz höher als den Papst, bestritt jedoch die Unfehlbarkeit auch der Konzile. Auch im *Gallikanismus* u. *Febronianismus* sind Anklänge an die k.T. vorhanden.

Konzilskongregation, eine der Kurienkongregationen, 1564 zur Ausführung der Beschlüsse des Trienter Konzils gegr., 1968 in *Kongregation für den Klerus* umbenannt. Sie befaßt sich mit den Angelegenheiten des Klerus, fördert Seelsorge-Institute u. dient dem Austausch pastoraler Erfahrungen.

Koog [der; niederdt.], dem Meer abgerungenes, eingedeichtes Marschland, bes. in Schleswig-Holstein. →auch Polder.

Kookaburra [ku:-; der; austral.] →Lachender Hans.

Kooning [′ku:-], Willem de, US-amerikan. Maler niederländ. Herkunft, *24. 4. 1904 Rotterdam; lebt seit 1926 in den USA, wo mit A. *Gorky* befreundet war; Vertreter des abstrakten Expressionismus mit häufig bis zur Unkenntlichkeit deformierter Gegenständlichkeit.

Kooperation [ko:ɔ-; lat.], **1.** *allg.*: Zusammenarbeit im Wirtschaftsleben, bes. zwischen rechtl. u. wirtschaftl. selbständigen Unternehmen gleicher (*horizontale K.*) oder verschiedener Wirtschaftsstufen (*vertikale K.*). Neben der Steigerung der Wettbewerbsfähigkeit kann die Erlangung einer marktbeherrschenden Stellung Ziel der K. sein. →auch Kartell.
2. *Genossenschaftswesen*: Zusammenarbeit in Form der *Genossenschaft*.

Koopmans, Tjalling Charles, US-amerikan. Wirtschaftswissenschaftler niederländ. Herkunft, *28. 8. 1910 Leiden; 1948–1954 Prof. an der Universität Chicago, seit 1955 an der Yale University; Nobelpreis für Wirtschaftswissenschaften 1975 zusammen mit L. *Kantorowitsch*.

Kooptation [ko:ɔp-; lat.], Ergänzungs- oder Zuwahl, insbes. wenn Körperschafts-, Vorstands- oder Ausschußmitglieder weitere Mitglieder hinzuwählen.

Koordinaten [ko:ɔr-; lat.], Angaben zur Festlegung der Lage eines Punktes. In der Mathematik werden unterschieden: 1. *kartesische K.*: Zugrunde liegt ein rechtwinkliges oder schiefwinkliges *K.system (Achsenkreuz)*, dessen gerichtete Achsen *Abszissen-* u. *Ordinatenachse (x- u. y-Achse)* heißen. In der Ebene benötigt man 2 Achsen, die sie in 4 *Quadranten*, im Raum 3 Achsen, die ihn in 8 *Oktanten* teilen. Ein Punkt wird durch die Längen der durch ihn zu den Achsen gezogenen Parallelen festgelegt (*Abszisse* u. *Ordinate*). Im ebenen K.system erhalten im allg. die Maßzahlen der Abszissen von Punkten rechts (links) der y-Achse das positive (negative), die der Ordinaten von Punkten ober(unter)halb der x-Achse das positive (negative) Vorzeichen. Entsprechende Festsetzungen gelten für den Raum. – 2. *Polar-K.*: Die Lage eines Punktes wird festgelegt durch die Entfernung r von einem festen Punkt (Ursprung) u. den Winkel φ, den r mit einer Nullrichtung bildet; r heißt *Radiusvektor (Betrag)*, φ *Abweichung (Argument)*. – In der höheren Mathematik gibt es *Linien-K., Zylinder-K.* u. *elliptische K.*

Die Geographie verwendet neben rechtwinklig ebenen (kartes.) K. u. Polar-K. ein eigenes geograph. Koordinatennetz: →geographische Lage.

Koordinatengeometrie

Koordinatengeometrie →analytische Geometrie.
Koordinatenschalter, *Fernsprechtechnik:* ein elektromechan. Bauteil, das anstelle eines *Wählers* die Leitungen eines Eingangs-Leitungsbündels mit verschiedenen Ausgangsleitungen verbindet. Die bewegten Teile, nämlich sog. *Brücken* für die Eingänge u. *Stangen* für die Ausgänge, sind senkrecht zueinander (in Koordinaten) angeordnet. An den Schnittpunkten befinden sich die *Koppelpunkt-Kontaktsätze.* In der BRD sind K. nur in Nebenstellenanlagen zu finden; zahlreiche andere Länder verwenden sie auch im öffentl. Fernsprechnetz *(Pentaconta-System, Crossbar-Technik).*
Koordination [ko:ɔr-; lat.], **1.** *allg.:* Zusammenordnung, Beiordnung; Abstimmung mehrerer Vorgänge, Gedanken, Befugnisse aufeinander. **2.** *Physiologie:* das Zusammenspiel von Muskelbewegungen zu umfassenderen Leistungen wie Fortbewegen u. Ergreifen; bewirkt durch nervöse Mechanismen *(K.smechanismen).* K.störungen sind z.B. Unsicherheit beim Greifen oder Unregelmäßigkeit des Ganges. Die Fähigkeit zur K. ist ein Grunderfordernis tier. u. menschl. Lebens.
Koordinationsverbindungen, chem. Verbindungen höherer Ordnung; sie setzen sich zusammen aus Verbindungen erster Ordnung (die den klass. Wertigkeitsregeln unterliegenden, einfach gebauten anorgan. Verbindungen, z.B. Wasser, Ammoniak, die Halogenide, Sulfide, Nitrate, u. fast alle organ. Verbindungen). Zu den K. gehören die *Doppelsalze* u. die *Komplexsalze,* wie die *Hydrate,* die *Ammoniakate* u. die *Blutlaugensalze* (z.B. $K_3[Fe(CN)_6]$). Die um das *Zentralatom* (Fe) angeordneten Atomgruppen (CN) heißen *Liganden;* Zentralatom u. Liganden ergeben zusammen den *Komplex,* der dadurch gekennzeichnet ist, daß die Ionen oder Atomgruppierungen, aus denen er sich zusammensetzt, nicht mehr mit den für sie spezif. Reaktionen analytisch nachweisbar sind, sondern daß der Komplex im ganzen eine für die betreffende komplexe Gruppierung characterist. Reaktion gibt. So ist z.B. in dem erwähnten roten Blutlaugensalz das Eisen nicht mehr mit den übl. Nachweisreaktionen (z.B. durch die Rotfärbung mit Kaliumrhodanid) nachweisbar, wohingegen das komplexe Anion $[Fe(CN)_6]^{---}$ mit Eisenionen die spezifische Berliner-Blau-Reaktion gibt. Die *Koordinationszahl* des Zentralatoms gibt an, wie viele Liganden sich um dieses gruppieren können. Sie beträgt maximal 8, kann jedoch für ein u. dasselbe Zentralatom in verschiedenen Komplexen verschiedene Werte haben. →auch Bindung.
Koordinatograph [ko:ɔr-, der; lat. + grch.], Gerät zum Kartieren von Punkten, deren Lage in einer Zeichenebene durch rechtwinklige oder gelegentlich durch polare Koordinaten bestimmt ist.
Koordinator [ko:ɔr-; der, Mz. K.en; lat.], eine Person, die Koordinierungsaufgaben erfüllt, z.B. der Beauftragte der Rundfunkanstalten der BRD, der die Aufgabe hat, die von den einzelnen Anstalten zum „Dt. Fernsehen" beigesteuerten Programme aufeinander abzustimmen.
Kootenay [ˈkuːtnɛi], linker Nebenfluß des nordamerikan. Columbia, 640 km; entspringt in den kanad. Rocky Mountains; mehrere Kraftwerke; Obstanbau.
Kopaibabaum [indian.], *Copaifera,* Gattung der *Mimosengewächse.* Südamerikan. Arten liefern den *Kopaiba-(Kopaiva-)Balsam;* Hölzer dieser Gattung gelangen unter den Namen Purpurholz, Amarantholz, Violettholz u. Blaues Ebenholz in den Handel.
Kopaissee, ehem. großer mittelgriech. Karstsee in Nordwestböotien, 250 qkm; seit 1883 trockengelegt u. in Kulturland (Baumwoll- u. Getreideanbau) verwandelt.
Kopal [der; indian., span.], rezentfossile →Harze sehr verschiedener Art u. Herkunft; eingeteilt meist nach der geograph. Herkunft u. nach den Stammpflanzen. Die meisten K.e stammen von vermoderten trop. Bäumen aus der Familie der *Zäsalpiniengewächse* u. werden in stückiger Form ausgegraben, oder aber sie werden von noch lebenden Bäumen gesammelt. Sie sind harte, spröde, beim Erhitzen zersetzliche Substanzen. Wichtige Arten sind: *Sansibar-K., Manila-K., Kauri-K.* u. *Kongo-K.* Sie werden verwendet zur Herstellung von K.lacken, sind neuerdings aber durch synthet. Erzeugnisse ersetzbar.
Kopalfichte →Kaurifichte.
Kopejsk, früher *Kopi,* Stadt in der RSFSR (Sowjetunion), südöstl. von Tscheljabinsk, 156 000

Kopenhagen: Börse und Schloß Christiansborg (rechts)

Ew.; Industrie- u. Bergbautechnikum; Braunkohlenbergbau, Maschinenindustrie.
Kopęke [die; russ.], 1535 eingeführte russ. Silbermünze ($^1/_{100}$ Rubel) in ovaler Form *(Tropf-K.);* seit 1701 als runde Münze in Kupfer, seit 1926 in Messing geprägt.
Kopenhagen, dän. *København,* Hptst. von Dänemark, am Öresund, auf den Inseln Seeland u. Amager, 768 000 Ew. (Agglomeration 1,35 Mill. Ew.). Innerhalb von K. liegt als Enklave die Stadt →Frederiksberg (106 000 Ew.). In K., Frederiksberg u. Gentofte wohnt rd. ¼ der dän. Bevölkerung. Universität (gegr. 1479) u.a. Hochschulen, Schlösser *Charlottenborg* (17. Jh.), *Christiansborg* (18. Jh.) u. *Amalienborg,* National- u. Thorvaldsen-Museum, Glyptothek *Ny Carlsberg;* Rundfunksender, Vergnügungspark *Tivoli;* durch die Lage begünstigte nordeurop. Handelsmetropole mit Maschinen-, Porzellan- u. Textilindustrie, Ölmühlen, Brauereien, Erdölraffinerie u. Schiffbau; Container-Terminal.
1254 Stadt, seit 1445 dän. Residenz; 1658/59 schwed. Belagerung, 1660 *Friede von K.,* 1801 Seeschlacht gegen die Engländer, 1807 engl. Beschießung, 1940–1945 von dt. Truppen besetzt; 1950 Festlegung des K.er *(Rundfunk-)Wellenplans.*
Kopenhagener Porzellan, Erzeugnisse der 1760 im Kopenhagener Stadtteil *Christianshavn* gegr., seit 1775 als Aktiengesellschaft betriebenen größten dän. Porzellanmanufaktur, die 1799 verstaatlicht wurde; seit 1773 Herstellung von Hartporzellan, dessen Formgebung u. Dekor Einflüsse anderer europ. Manufakturen zeigt. Hauptschöpfung ist das *Flora-Danica-Service* für Katharina von Rußland mit naturalist. pflanzl. Schmuckformen. Die Manufaktur besteht noch heute.
Köpenick, Bezirk in Ostberlin, an der Mündung der Dahme in die Spree, 125 000 Ew.; bekannt durch den Streich *(Köpenickiade)* des →Hauptmanns von Köpenick.
Koper, serbokr. *Kopar,* ital. *Capodistria,* jugoslaw. Hafenstadt an der Nordwestküste Istriens, am Golf von Triest, 17 200 Ew.; Kathedrale (15./16. Jh.); Fahrzeugbau.
Köper [der; ndrl.], *K.gewebe,* ein Baumwollstoff in *K.bindung* (→Bindung); verwendet zum Rauhen *(K.barchent);* verwendet für Hemden-, Wäsche-, Futterstoff u. Bettücher.
Kopernikus, *Koppernigk, Coppernicus, Copernicus,* Nikolaus, Astronom, *19. 2. 1473 Thorn, †24. 5. 1543 Frauenburg; studierte in Krakau, Bologna u. Padua Rechtswissenschaft, alte Sprachen, Medizin u. Astronomie; seit 1512 Domherr in Frauenburg. Seine astronom. Studien führten ihn früh zu der Überzeugung, daß die Sonne im Mittelpunkt des Weltalls ruhe u. daß die Erde u. die Planeten sich in Kreisen um sie bewegen *(Kopernikan. Weltsystem).* Sein großes Werk „De revolutionibus orbium coelestium", das eine neue geistige Epoche der Menschheit einleitete *(Kopernikan. Wende)* u. gegen dessen Veröffentlichung er sich wegen der zu befürchtenden Opposition der Kirche lange sträubte, ließ er erst kurz vor seinem Tode drucken. – ⌑7.9.0.
Kopf, *Haupt,* lat. *Caput,* grch. *Kephalon,* **1.** *i. e. S.:* das vom übrigen Körper abgesetzte Vorderende vieler Tiere. Der K. enthält u. umfaßt gewöhnlich den Anfang des Darmkanals *(Mundöffnung),* häufig das Nervenzentrum *(Gehirn)* u. verschiedene Sinnesorgane. Insbes. spricht man von K. bei den Gliedertieren (Artikulaten, vor allem Insekten) u. bei den Wirbeltieren. Der K.abschnitt der Insekten trägt Gliedmaßen *(K.extremitäten),* z.B. Fühler *(Antennen)* u. verschiedene *Mundwerkzeuge.* Bei den Wirbeltieren (einschl. des Menschen) wird der K. von einem knöchernen Gerüst *(Schädel)* gebildet, das ursprüngl. zwei verschiedene Herkünfte hat u. erst bei den höheren Wirbeltieren zu einem einheitl. Gebilde verschmolzen ist: Der *Neuralschädel (Neurocranium)* umgibt das Gehirn u. die Hauptsinnesorgane (Augen, Ohren, Nase, Geschmacksorgane); der *Viszeralschädel (Viscerocranium)* dient ursprüngl. der Atmung u. übernimmt Funktionen bei der Nahrungsaufnahme (Kiefer u.a.).
Die Nervenversorgung des K.es geschieht durch die Gehirnnerven, die Blutversorgung durch die vom Aortenbogen herkommenden u. beiderseits am Hals aufsteigenden Kopfarterien (Halsschlagadern, Karotiden).
2. *i. w. S.:* anatomische Bez. für kopfartig abgesetzte Organteile, z.B. Oberschenkel-K.
Kopf, Hinrich Wilhelm, Politiker (Sozialdemokrat), *6. 5. 1893 Neuenkirchen, Land Hadeln, †21. 12. 1961 Göttingen; Jurist, bis 1932 Landrat in Otterndorf, Elbe; 1945 Ober-Präs. der Provinz Hannover, 1946–1955 u. 1959–1961 Min.-Präs. von Niedersachsen, 1957–1959 stellvertr. Min.-Präs.
Kopfblutgeschwulst, *Kephalhämatom,* ein während der Geburt durch starke Saug- oder Druckwirkung auf Blutgefäße entstandener Bluterguß am Schädel des Neugeborenen, zwischen einem Schädelknochen u. seiner Knochenhaut *(subperiostales Hämatom).* Durch diese Begrenzung auf den Bereich eines Knochens unterscheidet sich die K. äußerlich von der *Geburtsgeschwulst.* Im allg.

bildet sich die K. innerhalb einiger Monate von selbst zurück.

Kopfbruststück, *Cephalothorax,* der vordere Körperabschnitt der *Krebstiere,* der aus Kopf *(Cephalon)* u. Brustabschnitt *(Thorax)* zu einem durchgehenden Teil verschmolzen ist u. von einem einheitl. Panzer *(Carapax)* umhüllt wird.

Köpfchen, niederländ. Silbermünze (0,5 g) des 13./14. Jh. mit Porträtdarstellung des Grafen von Holland; vielfach, bes. im Rheinland, nachgeprägt.

Köpfchenschimmel = Kopfschimmel.

Kopfdeformation, eine Verbildung der Schädelknochen bei Neugeborenen. Infolge der Weichheit der Knochen u. ihrer nachgiebigen Verbindung untereinander paßt sich die Schädelform bei der Geburt weitgehend dem Geburtskanal an. Die dadurch entstehende K. bildet sich aber nach der Geburt fast immer von selbst zurück. Als angeborene K. kommt dagegen der *Turmschädel* mit Verkürzung des Längsdurchmessers u. steilem Abfall von Stirn u. Hinterhaupt vor. Der *Quadratschädel* entsteht durch Knochenerweichung während der Rachitis: Abflachung der Hinterhauptsschuppe u. Hervortreten der Stirnhöcker.

Kopff, August, Astronom, * 5. 2. 1882 Heidelberg, † 25. 4. 1960 Heidelberg; 1924–1954 Direktor des Astronom. Rechen-Instituts Berlin, später in Heidelberg; Arbeiten über Positionsastronomie, Fundamentalkataloge, Planetoiden, astronom. Jahrbücher.

Kopffüßer, *Tintenfische, Cephalopoda,* Klasse von hochentwickelten *Weichtieren.* Der Kopf, der den Mund u. das Zentralnervensysten trägt, ist mit 4 oder 5 Paaren von meist saugnapftragenden Armen *(Tentakeln)* besetzt, die zum Ergreifen der Beute u. zur Fortbewegung dienen. Auf der Rückenseite befindet sich eine *Schale,* die bei manchen Formen gekammert u. spiralig aufgerollt sein kann, wobei das Tier in der äußersten, größten Kammer sitzt, aber mit der innersten, kleinsten, der Embryonalkammer, durch einen die Wände der übrigen Kammern durchbrechenden Fortsatz *(Sipho)* verbunden ist. Bei den meisten der heute lebenden K. ist die Schale rückgebildet. Nach unten umschließt der Mantel als Hautfalte einen langgestreckten Hohlraum an der Bauchseite, die Mantelhöhle. In diese kann Wasser durch eine enge *Mantelspalte* eingesaugt u. durch den *Trichter,* der unter dem Mund liegt, wieder ausgestoßen werden. Das geschieht ruckartig, so daß die K. nach dem Rückstoßprinzip durch das Wasser schießen können. Am Hinterende der meisten K. befindet sich der *Tintenbeutel,* eine Farbstoffdrüse, aus der bei Gefahr ein dunkelbrauner Farbstoff abgegeben wird. K. ernähren sich von kleineren Meerestieren.
Systematik: Nach der Zahl der Kiemen unterscheidet man 2 Unterklassen: 1. Vierkiemer, *Alt-Tintenfische, Tetrabranchiata,* zu denen die ausgestorbenen *Ammoniten* u. *Belemniten* u. als rezente Form der *Nautilus* gehören; 2. Zweikiemer, *Dibranchiata,* mit 2 Ordnungen: *Zehnarmige Tintenfische, Decabrachia* (Sepien, Kalmare, Spirula), u. *Achtarmige Tintenfische, Octobrachia* (Kraken, Papierboot). – ▭ 9.5.0.

Kopfgeschwulst, eine Ansammlung von Gewebsflüssigkeit, die bei der Geburt unter der Kopfhaut entsteht; →Geburtsgeschwulst, →auch Kopfblutgeschwulst.

Kopfgrind, ein Kopfausschlag mit Schuppen- u. Krustenbildung, z. B. *Milchschorf* oder *Favus (Erbgrind).*

Kopfgrippe, volkstüml. Bez. für epidem. Gehirnentzündung, epidem. Hirnhautentzündung oder auch für eine Grippe mit heftigen Kopfschmerzen.

Kopfhaus, das äußere Haus einer Reihenhauszeile; →Gruppenhaus.

Kopfholzbetrieb, eine Form der Niederwald-Nutzung von Laubhölzern: Die Bäume werden 1–4 m über dem Boden öfters abgehauen (geköpft), damit an der Abhiebstelle neue, schnellwachsende Äste entstehen, die vielfältig genutzt werden können. Auf die Dauer bilden sich kopfartig verdickte Stammenden (Kopfholzstämme, bes. bekannt von der →Weide). →Niederwald.

Kopfhörer, *Radiotechnik:* ein empfindlicher Hörer mit zwei Hörmuscheln, die durch elastische, der Kopfform angepaßte Bügel verbunden sind.

Kopfjagd, die Sitte mancher Völker, auf Menschen Jagd zu machen, um den Kopf zu erbeuten. Sie entspringt der Vorstellung, daß dem Kopf eine bes. Kraft (z. B. das *Mana* oder eine Körperseele) innewohne, die auf den Kopfjäger übertragbar sei. Auch Fruchtbarkeitsvorstellungen (für den einzelnen, für die Felder oder für die Gemeinschaft) sind damit verbunden. Die K. wurde ausgeübt, um einen höheren Rang zu erlangen (in Indonesien), um sich Diener für das Jenseits zu sichern oder um die erlangte Reife zu beweisen u. die Erlaubnis zur Heirat zu erwerben (Melanesien). Verbreitungsgebiete waren bes. Hinterindien (*Garo, Naga* u. a.), Indonesien (*Dajak* u. a.), Neuguinea, Melanesien u. Westafrika (bes. um den Benue, so die *Ekoi*). Die K. war kein offener Kampf, sondern geschah meist aus dem Hinterhalt; doch bestehen Beziehungen zu Schädeltrophäen von Feinden (in Südamerika: *Jivaro, Mundruku, Cauca*-Stämme). Ferner bestehen Verbindungen zum Ahnenkult (Nigeria), Schädelkult, Fruchtbarkeitszauber (einst in Vorderindien), Kannibalismus (Melanesien) u. zum Gebrauch von Schlitztrommeln (alte Megalithkultur Südostasiens). Für erfolgreiche K. gibt es bes. Abzeichen, sie löst echte Blutrache aus. Im Einflußbereich moderner Verwaltungen ist die K. unterdrückt. – ▭ 6.1.8.

Kopfkohl →Kohl.

Kopflage, die Normallage des Fetus im letzten Wachstumsstadium (97% aller Geburten): Der Kopf liegt in Richtung zum Muttermund. Gegensatz: Beckenendlage.

Kopflaus, *Pediculus humanus capitis,* 1–2 mm lange, graue *Laus* im Kopfhaar des Menschen, bei starkem Befall auch an Bart- u. Körperhaaren. Die Eier (Nissen) sind an den Haaren angeklebt. Bekämpfung mit pulverförmigen DDT-Präparaten.

Kopfleiste, *Buchdruck:* eine Verzierung, oft in Form von Ornamenten, am oberen Ende (dem Kopf) einer Druckseite.

Kopfnicker, *Kopfdreher, Musculus sternocleidomastoideus,* ein langer Halsmuskel, der vom Brustschlüsselbein zum Wangenfortsatz des Schläfenbeins führt u. der Bewegung des Kopfes dient.

Kopfreliquiar →Reliquiar.

Kopfsalat = Gartensalat.

Kopfsauger, Fisch, →Schiffshalter.

Kopfschimmel, *Köpfchenschimmel, Mucor mucedo,* ein *Algenpilz (Phycomycetes).* Hierzu gehören einige unserer verbreitetsten Schimmelpilze auf Brot, Mist, Fruchtsäften u. a.

Kopfschmerzen, *Cephalgie, Zephalgie, Kephalgie,* Schmerzen, die ihre Ursache in Drucksteigerung innerhalb der Schädelhöhle, in Krampfzuständen der Gefäßmuskulatur der Gehirngefäße oder in Reizungen der Gehirnhaut haben. Daneben kann es sich um fortgeleitete Schmerzen vom Ohr, den Nebenhöhlen oder den Augen handeln. Einfache K. sind meist Zeichen einer nervösen Überbelastung oder Erschöpfung. Jedoch auch eingeatmete oder eingenommene Gifte (Narkotika, Alkohol, Rauschgift), Infektionsgifte u. Gifte aus den Verdauungswegen bei Verstopfung können Ursache der K. sein. K. sind also nur ein sehr vieldeutiges Zeichen, dessen Ursache erst geklärt werden muß, bevor man entscheidend eingreifen kann. Allg. lindern oder beseitigen leichte schmerz- u. krampflösende Mittel den Schmerz. Jedoch genügen oft bereits Ableitung des Blutes nach unten durch Fußbäder, Güsse oder Abführmittel zur Beseitigung der K.

Kopfschuppen, *Schuppen, Schinnen,* Folge zu starker Talgabscheidung der Haarbalgdrüsen der Kopfhaare; →Seborrhoe.

Kopfsteuer, *Kopfgeld,* heute nur noch selten anzutreffende Form der Personalsteuer: Die Steuer wird ohne Rücksicht auf individuelle Verhältnisse (z. B. Einkommen, Familienstand, Alter) von jeder steuerpflichtigen Person in der gleichen Höhe erhoben.

Kopfstimme, *Falsett, Fistelstimme,* eine Art der Stimmerzeugung beim Gesang, bei der nur die Stimmlippenränder in Schwingungen versetzt werden u. außerdem statt der Brustresonanz die Resonanz des Ansatzrohrs (Mund- u. Rachenhöhle) u. der Resonanzhöhlen des Kopfes genutzt wird. Die K. eignet sich bes. für die höheren Tonlagen, verfügt jedoch nicht über die Kraft der Bruststimme u. unterscheidet sich von dieser in der Klangfarbe. Der Kunstgesang macht daher von ihr möglichst wenig Gebrauch u. ist bestrebt, einen Ausgleich der beiden Stimmregister zu erzielen. Umgekehrt spielte das Falsett eine bed. Rolle im Kunstgesang des 15. u. 16. Jh. u. im Kirchengesang, als Frauen in Kirchenchören nicht zugelassen waren.

Kopfweide →Weide.

Kopfwelle →Machscher Kegel.

Kophta, sagenhafter ägypt. Weiser, Geheimbundleiter.

Kopialbücher [lat., zu *Kopie*], im MA. u. in den folgenden Jahrhunderten Sammlungen von Urkunden- u. Briefabschriften, meist zur Sicherung von Privilegien u. a. Rechtstiteln.

Kopie [die; lat. *copia,* „Menge"], 1. *allg.:* genaue Abschrift, Nachbildung.
2. *bildende Kunst:* die genaue Nachbildung eines Werks durch den Künstler selbst *(Replik)* oder einen anderen. Im Unterschied zur *Reproduktion* gleicht die K. in Format, Material u. Technik dem Original; seine von der Hand des Urhebers geschaffenen Abwandlungen werden als *Fassungen* bezeichnet. K.n sind bes. zahlreich aus der Bildhauerkunst des griech. Altertums überliefert; die Kenntnisse der meisten Skulpturen der klass. Zeit Griechenlands ist röm. K.n zu danken. In der Neuzeit haben bis zur Ausbildung der modernen Reproduktionstechniken auch bedeutende Künstler K.n gefertigt (z. B. P. P. Rubens nach Tizian).
3. *Drucktechnik:* allg. die photomechan. Übertragung eines Negativs auf eine feste Druckform. Im Tiefdruck wird die Übertragung eines Diapositivs auf lichtempfindliches Pigmentpapier als K. bezeichnet. Nach Belichten u. Aufquetschen der K. auf den Kupferzylindermantel oder die Kupfertiefdruckplatte u. Auswaschen der nicht vom Licht gehärteten Stellen bilden die verbleibenden Schichten des Pigmentpapiers je nach Dicke einen mehr oder weniger wirksamen Schutz gegen das Eindringen von Eisenchloridlösung beim anschließenden Ätzen.
4. *Photographie:* der Abzug eines photograph. Negativs auf lichtempfindl. Papier (Kontaktdruck) oder Kinofilm; →auch Photokopie.

Kopiermaschinen, 1. *Bürotechnik:* Vorrichtungen (Pressen [Kopierpressen], Walzen), mit denen von kopierfähig geschriebenen Schriftstücken auf leicht angefeuchtetem, saugfähigem Papier Abzüge angefertigt werden; heute meist ersetzt durch Durchschlag, Photokopie, Xerographie u. a. Vervielfältigungsapparate.
2. *Fertigungstechnik:* Werkzeugmaschinen für die Metall- u. Holzbearbeitung, die mit mechanisch, hydraulisch oder elektrisch gesteuerten Abtastvorrichtungen die Form eines Musterstücks auf das zu fertigende Werkstück übertragen: Kopierdrehbänke, Kopierfräsmaschinen (bes. im Gesenkbau), Kopierschleifmaschinen (im Werkzeugbau), K. für die Stuhlleisten, Gewehrschäfte u. a.

Kopierpapier, 1. *Bürotechnik:* dünnes, saugfähiges Papier zum Herstellen von Kopien auf Kopiermaschinen.
2. *Photographie:* lichtempfindl. Papier, das eine chlorsilberhaltige Schicht trägt, auf die das photograph. Negativ gelegt wird u. auf der nach Belichtung u. Entwicklung das positive Bild entsteht; →Photographie.

Kopierpresse, Walzenapparat zum Übertragen (Kopieren) vom Original auf Kopierpapier unter Druck.

Kopierstift, ein Bleistift mit einer Mine, die als Beimischung einen violetten, wasserlösl. Farbstoff enthält.

Kopilot [lat., engl.] →Flugzeugführer.

Köping ['tçø:piŋ; schwed.], Bestandteil geograph. Namen: (Markt-)Flecken.

Köping ['tçø:piŋ], schwed. Stadt an der Westspitze des Mälaren, 28 500 Ew.; Maschinen-, Dünger- u. Zementindustrie.

Kopisch, August, Schriftsteller u. Maler, * 26. 5. 1799 Breslau, † 6. 2. 1853 Berlin; befreundete sich in Italien mit A. von *Platen* u. entdeckte 1826 die „Blaue Grotte" auf Capri; schrieb volkstüml. Bal-

Nikolaus Kopernikus

Kopit

laden („Allerlei Geister" 1842, darin: „Die Heinzelmännchen von Köln", „Der Mäuseturm"), auch Trinklieder für das Kommersbuch („Als Noah aus dem Kasten war") u. übersetzte aus dem Italien. (Dante 1842).

Kopit [ˈkɔupit], Arthur, US-amerikan. Schriftsteller, *10. 5. 1937 New York; verfaßte absurde Theaterstücke mit psychoanalyt. Tendenz um das Verhältnis Mann–Frau („O Vater, armer Vater, Mutter hängt dich in den Schrank u. ich bin ganz krank" 1960, dt. 1965) u. den Vietnamkrieg („Indians" 1968); weitere Werke: „Als die Huren auszogen Tennis zu spielen" 1965, dt. 1966; „Kammermusik" 1965, dt. 1966; „O Bill, poor Bill" 1969.

Kopitar, Jernej, slowen. Slawist, *21. 8. 1780 Repnje, †11. 8. 1844 Wien; gehörte mit seinem Lehrer J. *Dobrovský* zu den Begründern der slaw. Philologie; Anreger von V. S. *Karadžić*.

Koplik [ˈkɔplik], Henry, US-amerikan. Kinderarzt, *28. 10. 1858 New York, †30. 4. 1927 New York; beschrieb 1896 die heute nach ihm benannten *K.schen Flecken* bei Masern.

Kopp, Georg von, kath. Theologe, *25. 7. 1837 Duderstadt, †4. 3. 1914 Troppau; 1872 Generalvikar von Hildesheim, 1881 Bischof von Fulda, 1887 Fürstbischof von Breslau, 1893 Kardinal; im *Kulturkampf* der Regierung gegenüber versöhnl.; stand im *Gewerkschaftsstreit* auf seiten der „integralen" Berliner Richtung (die für konfessionellkath. Gewerkschaften eintrat) gegen die von der Köln-Mönchengladbacher Richtung u. von Kardinal A. *Fischer* geförderten christl. (überkonfessionellen) Gewerkschaften (polit. Katholizismus).

Kopparberg [-bɛrj], mittelschwed. Prov. (Län), 28 350 qkm, 278 000 Ew.; Hptst. *Falun*; Bergland mit Mooren u. Wäldern, im S Erzlager.

Koppe →Gruppen.

Koppe Dagh [-dax], Gebirge im Grenzgebiet von Nordostiran zur Turkmenischen SSR, bis 3191 m hoch, 600 km lang.

Koppel [die; frz.], 1. *Landwirtschaft*: ein Feld- oder Weidestück, das durch Draht oder Sträucher (Knicks) umfriedet ist; auch mehrere an einer Leine gehende Pferde oder Hunde. →auch Koppelwirtschaft.
2. *Maschinenbau*: bei Getrieben ein Maschinenteil, das zwei Teile, die sich in der gleichen Richtung bewegen, miteinander kraftschlüssig verbindet.
3. [das], *Militär*: ein Leibgurt aus Leder oder Gewebe, an dem der Soldat Ausrüstungsgegenstände tragen kann, z. B. Pistole, Patronentaschen, Brotbeutel oder Klappspaten. Das K. wird durch das *K.schloß* zusammengehalten, das oft mit dem Hoheitsabzeichen des Staates u. einem Leitwort versehen ist.

Koppelfeld, *Fernsprechtechnik, Steuertechnik u. elektron. Datenverarbeitung*: eine Einrichtung, die die einzelnen Leitungen eines Eingangs-Leitungsbündels über *Koppelpunkte* mit verschiedenen Ausgangsleitungen verbindet. Statt K. ist auch der Begriff *Matrix* gebräuchlich. Techn. Ausführungsformen: als elektromechan. *Wähler, Koordinatenschalter* oder *Relais-K.* (mit luftoffenen oder →ESK oder mit Schutzrohr-Kontakten) u. als *elektronisches K.* mit Halbleiter-Dioden, Transistoren oder integrierten Schaltkreisen.

koppeln, *Navigation*: den Kurs bestimmen u. verschiedene kurze Kurse des Schiffs oder Flugzeugs nach Kurs u. Länge auf der Karte eintragen (miteinander k.). Aus dem *Koppelkurs* ergibt sich der Standort.

Koppelrick →Rick.

Koppelwirtschaft, ein landwirtschaftl. Betriebssystem in den Randgebieten der Ostsee (Holstein, Mecklenburg) u. in den Mittelgebirgen, das nach einer bestimmten Anzahl von Jahren Getreide- u. Hackfruchtbau mehrere Jahre hintereinander Futterbau vorsieht. Die einzelnen Felder sind durch Hecken (*Knicks*) oder Zäune umgrenzt.

Koppen, *Pferdezucht*: Luftschnappen, eine Untugend von Pferden: den Schlundkopf mit einem hörbaren Geräusch öffnen, meist indem das Tier mit den Schneidezähnen auf einen festen Gegenstand (z. B. den Krippenrand) beißt (*Krippensetzen*, sonst *Freikoppen*); bei manchen Pferden eine Spielerei; als →Gewährsmangel anerkannt.

Köppen, Wladimir Peter, Meteorologe u. Klimatologe, *25. 9. 1846 St. Petersburg, †1. 7. 1940 Graz; 1875–1919 Abteilungsvorstand der Dt. Seewarte in Hamburg; Hauptarbeitsgebiete: Wind (Windkarten der Erde), Wolken (Wolkenatlas), Aerologie; schuf die gebräuchlichste Klimaklassi-

koptische Kunst: Wandmalerei von Wadi Sarga; 6. Jh. London, Britisches Museum

fikation: „Grundriß der Klimakunde" 1923, ²1931.

Koppenhöfer, Maria, Schauspielerin, *11. 2. 1901 Stuttgart, †29. 11. 1948 Heidelberg; wirkte in München u. Berlin; gestaltete klass. sowie Büchner- u. Brecht-Rollen mit unkomödiant. Härte.

Koppers, Wilhelm, Völkerkundler, *8. 2. 1886 Menzelen, Niederrhein, †23. 1. 1961 Wien; Vertreter der kulturhistor. Richtung der Ethnologie, hervorgegangen aus der Steyler Missionsgesellschaft u. Mitarbeiter von Wilhelm *Schmidt*; arbeitete bes. über die kulturhistor. Methode, die Indogermanen-Frage u. Fragen zur Wirtschaftsforschung; Forschungsreisen in Feuerland. u. Indien; Hptw.: „Geheimnisse des Dschungels" 1947; „Die Bhil in Zentralindien" 1948.

Kopplung, 1. *Elektrotechnik*: die gegenseitige Beeinflussung zweier Schwingungskreise durch induktive, kapazitive oder galvan. Energieübertragung. Bei der *induktiven* oder *magnet. K.* beruht die Übertragung von einer Spule (Schwingungskreis) zur anderen auf Induktion; bei der *elektr.* oder *kapazitiven K.* haben die zu koppelnden Systeme einen gemeinsamen Kondensator (Kapazität); bei der *galvanischen* oder *Ohmschen K.* besteht zwischen den beiden Systemen, die parallel geschaltet werden, eine feste leitende Verbindung (Widerstand). Ist die Rückwirkung des zweiten Systems auf das erste groß, so liegt *feste K.* vor, im anderen Fall *lose K.*
2. *Genetik*: Vereinigung von Erbanlagen. Gekoppelte Gene liegen auf den gleichen Chromosomen u. sind daher oftmals, entgegen dem 3. Mendelschen Gesetz (Gesetz von der freien Kombinierbarkeit der Erbanlagen), nur zusammen u. nicht getrennt voneinander vererbbar. Beim Menschen wurde die K. zwischen den Genen für Farbenblindheit u. Hämophilie, für Farben- u. Nachtblindheit u. für die MN-Blutfaktoren u. die Sichelzellenanämie festgestellt.
3. *Musik*: eine Vorrichtung an Tasteninstrumenten, die beim Niederdruck einer Taste eine oder mehrere weitere Tasten mitzunehmen erlaubt. Dabei kann es sich um die höhere oder tiefere Oktave des gespielten Tons handeln oder um die gleiche Taste oder deren Oktave eines anderen Manuals. Bei alten Orgeln u. bei Harmonien ist die K. mechanisch u. sichtbar, bei moderner Traktur innerhalb des Spieltisches pneumatisch oder elektrisch.

Kopra [die; hind.] →Kokospalme.

Koproduktion [lat.], Gemeinschaftsherstellung (von Filmen, Industrieerzeugnissen u. a.).

Koprolalie [die; grch.], das zwanghafte Aussprechen häßlicher, obszöner oder verpönter Wörter.

Koprolith [der; grch.], versteinerte Exkremente fossiler Tiere; bekannt von Fischen, Reptilien u. Säugern. Sie geben oft wichtige Hinweise auf die Ernährungsweise der betr. Tiere.

koprophag [grch.], Mist fressend.

Koprosma [die; grch.], *Coprosma baueri*, ein Rötegewächs aus Neuseeland; beliebte Blattpflanze.

Köprülü, 1. Familie mehrerer Großwesire im Osman. Reich: 1. *Mehmed K.*, *1583 (?) Rudnik (Albanien), †31. 10. 1661 Adrianopel; seit 1656 Großwesir. – 2. *Ahmed K.*, Sohn von 1), *1635 Anatolien, †30. 11. 1676 bei Adrianopel; seit 1661 Großwesir. – 3. *Mustafa K.*, Sohn von 1), *1637 Vezirköprü (Anatolien), †19. 7. 1691 bei Slankamen (gefallen); seit 1689 Großwesir. – 4. *Hussain K.*, Vetter von 2) u. 3), *1644, †1702; seit 1697 Großwesir.
2. *Mehmed Fuad*, türk. Politiker, *5. 12. 1890 Istanbul, †28. 6. 1966 Istanbul; Prof. für Geschichte (u. a. in Heidelberg); seit 1925 polit. tätig, 1946 Mitgründer der Demokratischen Partei; 1950–1956 fast ständig Außen-Min., Staats-Min. 1955, zuletzt Gegner A. *Menderes*'; 1961 vorübergehend in Haft.

Kopten [arab., von griech. *Aigyptioi*, „Ägypter"], die monophysitischen Christen in Ägypten (→morgenländische Kirchen). Angaben über die Zahl der K. schwanken zwischen 1 Million u. 7 Millionen.

koptische Kirche →morgenländische Kirchen.

koptische Kunst, die Kunst der Kopten im ägypt. Binnenland, entwickelt in der Auseinandersetzung mit der altägypt., pers., syr. u. späthellenist. Kunst. Ihre erste Blütezeit lag im 4.–7. Jh. Der Arabersturm hinderte sie an weiterer Entfaltung, doch blieb die eigentüml. Formensprache der k. n K. bis über das MA. hinaus lebendig. Der kopt. Mischstil konnte sich im 5. Jh. gegen die hellenist. Reichskunst durchsetzen, die der Orientalisierung bes. in den Verwaltungszentren (Antinoe u. Faiyum) hartnäckigen Widerstand entgegensetzte. Zur Erstarkung der k. n K. trug hauptsächl. die durch große Klostergründungen, eigene Liturgie u. eigene Sprache geförderte Nationalismus der Kopten bei. Enge Beziehungen bestanden vor allem zu Nubien u. zur äthiop. Kirche.

Architektur: Die kopt. Profan- u. Festungsbauten gleichen den üblichen vorderorientaI. Typen. Kirchenbauten des 4. Jh. fehlen in Ägypten ganz, dagegen haben sich aus dem 5. Jh. dreischiffige, oft mit Emporen ausgestattete Basiliken erhalten (Große Basilika von Abu Mina mit dreischiffigem Querhaus vor Halbrundapsis; die Kirchen der Sohag-Gruppe: Weißes Kloster, Rotes Kloster, Dendera mit Dreikonchenanlagen u. reicher Innengliederung der Ostpartien). Aus dem 7.–12. Jh. stammen einzelne Kirchen, deren Grund- u. Aufrißgestaltung den Kirchenbauten im mittelalterl. Nubien u. Sudan ähneln.

Die kopt. *Plastik* neigt zur Frontalität u. Einebnung der Rundformen, doch kennt man aus der Frühzeit auch vollgerundete Relieffiguren. In der Elfenbeinplastik lassen sich zwar Typen der eigenwilligen kopt. Ikonographie sicher nachweisen, ihre Technik hingegen ist bisher noch nicht eindeutig bestimmt.

Die Abweichungen der kopt. Ikonographie von der frühchristl. u. byzant. sind bes. in der *Malerei* deutlich. Unter den geringen Zeugnissen der Monumentalmalerei ist ein Hauptwerk die stark stilisierte, großflächig angelegte Freskenfolge in der Basilika von Faras (Nubien).

Die originellsten u. am häufigsten überlieferten Reste der k.n K. sind Webstoffe, die, ausgehend von der gewaltigen hellenist. Stoffproduktion in Alexandria, in fortlaufend gesteigerter Abstrahierung des Figürlichen u. in reicher Ornamentik noch heute ihre vorzügl. Färbung aufweisen. – Beim heutigen Stand der Erforschung der k.n K. kann weder eine genaue Wesensbestimmung noch eine umfassende Übersicht gegeben werden. So steht z. B. die Frage nach den Beziehungen zwischen Irland u. dem kopt. Ägypten (Herkunft des Flechtbandmotivs) u. nach Auswirkung der k.n K. auf die Ornamentik der Merowingerzeit zur Diskussion. Die Erforschung der k.n K. begann erst um die Jahrhundertwende. Bedeutsam war die Ausstellung „K. K." in der Villa Hügel, Essen, 1963. – ◻2.2.4.

koptische Literatur, das Schrifttum der Kopten im 3.–10. Jh.; in ausgeprägtem Maß eine Mönchsliteratur, in der Übersetzungen der Bibel, apokrypher Evangelien, von Heiligenleben, Wundergeschichten sowie von gnost. u. manichäischen Schriften vorliegen. Für die Kenntnis der *Gnosis* u. des *Manichäismus* sind die kopt. Quellen von größter Bedeutung. Unter den wenigen bekannten Schriftstellern erlangte einzig *Schenute* († um 451) mit seinen Briefen u. Predigten anhaltende Geltung. Die wichtigsten Werke der volkstüml. Profanliteratur sind die Bruchstücke des *Kambyses-Romans* u. eines *Alexander-Romans*, schließl. das *Triadon* betitelte Gedicht, das die kopt. Sprache preist, die zu der Zeit bereits weitgehend der arabischen gewichen war. – ◻3.3.9.

koptische Musik, *i. e. S.* der Kirchengesang der ägypt. u. äthiop. Christen (→äthiopische Musik), *i. w. S.* auch die →ägyptische Musik der ersten Jahrhunderte n. Chr. bis etwa zum Jahr 1000, also bis lange nach der Eroberung Ägyptens durch die Araber u. der damit verbundenen Islamisierung. – Die ägypt. Kopten haben die Liturgie u. das Melodiengut der alten Ägypter übernommen, aber mit neuem Gehalt u. mit neuen Texten versehen. Dieser Grundbestand ist im Niltal durch starke Einflüsse seitens der byzantin. Liturgie überschichtet worden u. hat andererseits in Äthiopien ausgesprochen afrikan. Charakter angenommen. Auf ägypt. Boden wurde das erste schriftlich fixierte Dokument christl. Musik gefunden, der *Hymnus von Oxyrhynchos* (3. Jh.). Auch das Schrifttum der ägypt. Kopten vermittelt interessante Einblicke in die Frühgeschichte der christl. Musik im Orient (Abt *Pambo*, † 385/390; *Zosimos von Panopolis*, 4. Jh.). Die Kopten bewahrten lange eine echt ägypt. Volksmusiktradition, die bis heute im Lied der Fellachen weiterlebt.

An Musikinstrumenten kennt die k. M. Ägyptens Glöckchen, Handgriffglocke (*Naqus*), Semanterien, Kastagnetten u. Handgriffklappern, das Sistrum, die runde Rahmentrommel, neuerdings Becken u. Triangel, Blasinstrumente aus Vogelknochen, endlich eine Sonderform der Laute; die äthiop. Kopten verwenden bes. das Sistrum u. Trommeln. Die rudimentären Notationen der kopt. Kirchenmusik sind bis heute noch nicht entziffert.

koptische Sprache, eine hamit. Sprache, die letzte Entwicklungsstufe der *ägypt. Sprache*, gesprochen vom 3. bis 13. Jh. n. Chr. Die Bibel ist in k. r S. in griech. Schrift aufgezeichnet. Mit dem Vordringen des Islams wurde die k. S. vom Arabischen verdrängt; sie ist heute auf die christl. Liturgie beschränkt. Die k. S. war ein wichtiges Bindeglied zur Entzifferung der ägypt. Hieroglyphen.

Kopula [die; lat.], 1. *Grammatik:* das die Verbindung zwischen Subjekt u. Prädikatsnomen herstellende Hilfsverb (z. B. „ist" in „er ist ein Held").
2. *Logik:* die Bezeichnung des „ist" im Urteil: S „ist" P.

Kopulation [lat.], 1. *allg.:* Verbindung.
2. *Gartenbau:* eine Pfropfart (Veredelung), bei der die Unterlage u. Edelreis sich völlig decken, wodurch ein schnelles u. festes Verwachsen erreicht wird.
3. *Zoologie:* die Begattung der Tiere; →Befruchtung.

kor... →kon...

Kora, *Kore* [grch. *kore*, „Mädchen, Jungfrau", Beiname der Göttin *Persephone*], weibl. Vorname.

Korab, jugoslaw.-alban. Grenzgebirge, eiszeitlich überformt; bis 2764 m hoch.

Korah, *Korach*, im A. T. (4. Mose 16) ein Levite, der sich gegen *Moses* u. *Aaron* empörte u. mit seinem Anhang („Rotte K.") von der Erde oder vom Feuer verschlungen wurde.

Korais, Adamantios, frz. A. *Coray*, griech. Gelehrter u. Erzähler, *27. 4. 1748 Smyrna, †6. 4. 1833 Paris; übte durch seine vielseitige schriftsteller. Tätigkeit großen Einfluß auf das beginnende geistige Leben im neu befreiten Griechenland aus; „Hellenike Bibliothek" 17 Bde. 1805–1826.

Korallen [grch., lat.], systematisch *Anthozoa* (→Blumentiere), *Blumenpolypen*, zu den *Hohltieren* gehörige Meerestiere, die meist in Kolonien leben, deren Grundsubstanz aus Kalk besteht, auf dem die Einzelindividuen der Kolonie sitzen u. mit ihren Fangvorrichtungen kleine Meerestiere, Algen u. plankton. Materialien auffangen. Untereinander sind die K. polypen durch eine das Kalkskelett überziehende lebende Substanz (*Coenosarc*) verbunden. K. findet man bis zu 5800 m Tiefe u. noch bei einer Wassertemperatur von 1 °C. In der Nordsee leben sie bei 4–10 °C; *Riffkorallen* benötigen eine höhere Wassertemperatur u. besiedeln die trop. Meere bis höchstens 40 m Tiefe. Sie bauen mauerförmige, ringförmige oder bandartige Kalkmassen, die oft absinken u. von den K. immer wieder aufgestockt werden (→Korallenbauten). Die Reste paläozoischer u. mesozoischer Korallenbauten findet man heute in den Gebirgen (z. B. Dolomiten). Zu den K. gehören zwei Unterklassen: *Hexacorallia* u. *Octocorallia*. – ▣ S. 372.

Korallenbarsche →Korallenfische, →Anemonenfische.

Korallenbaum, *Korallenstrauch*, *Erythrina*, Gattung der *Schmetterlingsblütler* in wärmeren Zonen, mit großen, scharlachroten Blüten. Als Schattenbaum bei der Kakaokultur dient der *Amerikan. K.*, *Erythrina corallodendron*, dessen Holz wegen seines geringen Gewichts für die Herstellung von Leitern verwendet wird. Aus dem gleichen Grund findet das Holz des *Südafrikan. K.s*, *Erythrina caffra*, Verwendung beim Bau von Kanus. Ein häufiger Baum des afrikan. Buschwalds ist der *Abessin. K.*, *Erythrina abyssinica*. *Erythrina cristagalli* ist in Dtschld. als Zierpflanze bekannt.

Korallenbauten, ungeschichtete Kalkablagerungen, die aus den Skeletten von →Korallen aufgebaut sind, häufig in Küstennähe tropischer Meere. Ihre Bildung ist an eine Temperatur von mindestens 18–20 °C, eine Wassertiefe von nicht mehr als 40 m (Optimum 4–10 m) u. klares Salzwasser gebunden. Man unterscheidet: 1. Korallenbänke; 2. Saumriffe, Küsten- u. Strandriffe; 3. Wall-, Barriere- oder Dammriffe; 4. Atolle, Lagunen-, Kranzriffe. Die Entstehung von Korallenatollen hängt ab von der relativen Veränderung des Meeresspiegels (durch Meeresspiegelanstieg oder Absenkung der oft vulkan. Unterlage). Die abgesunkenen Korallen sterben hierbei ab, u. neue bauen sich auf darauf. →auch Großes Barriereriff. – ▣ S. 372.

Korallenbecken, ein Becken im Westteil des *Korallenmeers*, bis 4718 m tief.

Korallenbeere, *Nertera depressa*, in den Anden, Polynesien u. Australien heimische, zu den *Rötegewächsen* gehörende Pflanze mit korallenförmigen Steinfrüchten; Topfpflanze.

Korallenfische, ökolog. Bez. für Fische verschiedener systemat. Zugehörigkeit, die *Korallenriffe* bewohnen. Bei vielen ist der Körper stark zusammengedrückt, so daß sie Zuflucht in engen Spalten finden; andere haben Giftdrüsen, Stacheln oder blähbare Leiber zur Abwehr von Feinden; vorstülpbare Mäuler erlauben das Abweiden von Korallenpolypen. Jede Art ist auf eine ganz bestimmte Nutzung des Lebensraums spezialisiert (ökolog. Nische). Die Farbenpracht vieler Arten dient dazu, Angehörige der eigenen Art schon von ferne zu erkennen, wenn ihre *Fluchtdistanz* noch groß ist, u. sie zu verjagen, um eine zu starke Ausbeutung des Lebensraums zu verhindern. Viele K. werden als →Aquarienfische gehalten. Zu den K.n zählen viele Barschartige, z. B. *Borstenzähner*, *Chaetodontidae*; *Korallenbarsche*, *Pomacentridae* (→Anemonenfische) u. *Papageifische*, *Scaridae*; weiterhin viele →Haftkiefer.

Korallenflechte, *Cladonia bellidiflora*, im Hochgebirge verbreitete Flechte mit krustigem Vegetationskörper u. langgestielten, hellgefärbten Fruchtkörpern.

Korallenkirsche →Nachtschatten.

Korallenmeer, *Korallensee*, rd. 4 Mill. qkm großer Meeresteil zwischen Nordostaustralien, Südost-Neuguinea, den Salomonen, den Neuen Hebriden u. Neukaledonien; im Westteil das *Korallenbecken*, im Ostteil das *Neuhebridenbecken* mit dem Neuhebridengraben, der die größte Tiefe des K.s mit 7570 m (*Planetiefe*) enthält; im NW durch die *Torresstraße* mit der *Arafurasee* verbunden. →auch Coral Sea Islands Territory.

Korallenmoos, 1. = Corallina.
2. = Korallenflechte.

Korallenottern, meist prächtig rot, gelb, weiß u. schwarz geringelte, bis 1,5 m lange *Giftnattern* der Gattungen *Elaps* (Afrika) u. *Micrurus* (Amerika).

Korallenpilz →Ziegenbart.

Korallenpolypen →Korallen.

Korallenraute, *Hohe K.*, *Boronia elatior*, ein *Rautengewächs*; mit einzelnen, erikaähnlichen Blüten, rosa bis scharlachrot; beliebte Zierpflanze.

Korallenschmuck, aus dem roten Stützskelett der *Edelkoralle* hergestellter Schmuck.

Korallenwurz, *Corallorhiza*, vorwiegend in Nordamerika heim. Gattung der *Orchideen*. In Dtschld. ist nur die *Europäische K.*, *Corallorhiza trifida*, in schattigen Laub- u. Nadelwäldern verbreitet. Der Wurzelstock ist korallenartig verzweigt. Sie steht unter Naturschutz.

Koralpe, Höhenzug der südl. Zentralalpen zwischen Kärnten u. Steiermark (Österreich), im *Großen Speikkogel* 2140 m.

Koran [der; arab. „Vortrag, Lesung"], das heilige Buch des Islams, eine Zusammenstellung der Offenbarungen *Mohammeds* in 114 Abschnitten (*Suren*), die nach der Länge geordnet sind; die längsten stehen voran. Die einzelnen Kapitel wurden um 650 unter dem Kalifen Othman zusammengefaßt. Der K. war u. ist für den gesamten Orient von sehr großer religiöser u. polit. Bedeutung. Nach islam. Glaubensansicht ist der K. präexistent, d. h., er hat bei Allah schon vor der Offenbarung an Mohammed bestanden; ob er von Allah er-

koptische Kunst: Gewebemedaillon mit der Darstellung des Flußgottes Nil; 4. Jh. Moskau, Puschkin-Museum

koptische Kunst: Elfenbeinkamm aus Antinoe mit Darstellungen der Auferweckung des Lazarus und Heilung des Blinden; 4.–5. Jh. Cairo, Museum

Korallenbauten

Entstehung des Korallen-Atolls: Die Korallenbauten wachsen in dem Maße, wie das anstehende Gestein absinkt

Kaiserfisch, Genicanthus lamarck

Ring-Kaiserfisch, Pomacanthus annularis

Kaninchenfisch, Siquanus vermiculatus

KORALLENBAUTEN UND KORALLENFISCHE

Gelber Doktorfisch, Acanthurus olivaceus (vorn) und Paletten-Doktorfisch, Paracanthurus hepatus

Blaustirn-Kaiserfisch, Euxiphipops xanthometophon

Tischkoralle, Acropora spec.; davor ein Schwarm Süßlipperfische, Gaterin gaterinus

Rotfeuerfisch, Pterois antennata

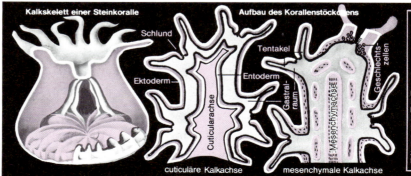

Korallenbauten

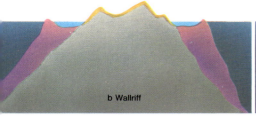
b Wallriff

Lagune

c Atoll

Edelkoralle (rot) und Röhrenschwamm, Leucosolenia spec. (violett)

Edelkoralle, Corallium rubrum

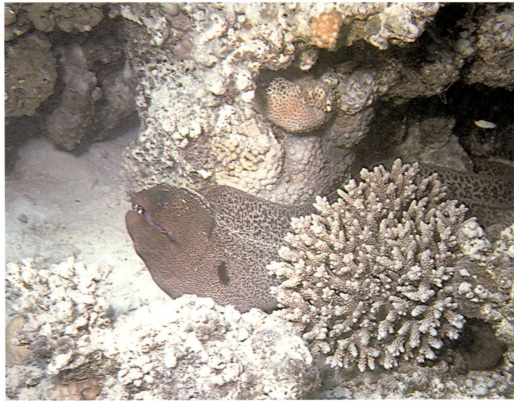
Muräne vor ihrer Korallen-Wohnhöhle

Vegetative Vermehrung der Korallen: a) extratentakuläre, b) intratentakuläre Sprossung
a) durch Sprossung außerhalb der Tentakeln
b) durch Teilung der Mundscheibe

Seefedern, Pennatularia, auf Hydroidpolypen

Gelbe Hornkoralle, Eunicella cavolinii; davor Manteltier (Seescheide)

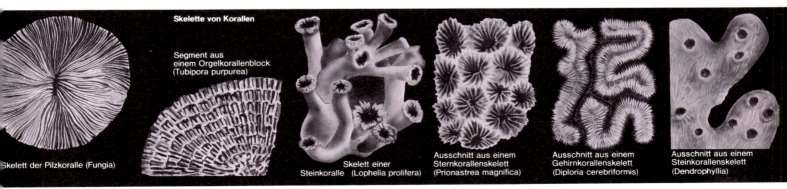
Skelette von Korallen
Skelett der Pilzkoralle (Fungia)
Segment aus einem Orgelkorallenblock (Tubipora purpurea)
Skelett einer Steinkoralle (Lophelia prolifera)
Ausschnitt aus einem Sternkorallenskelett (Prionastrea magnifica)
Ausschnitt aus einem Gehirnkorallenskelett (Diploria cerebriformis)
Ausschnitt aus einem Steinkorallenskelett (Dendrophyllia)

Korangi

schaffen wurde oder unerschaffen seit Ewigkeit existiert, ist eine dogmat. Streitfrage zwischen der Orthodoxie u. bestimmten Sekten. – ⌧1.8.4.

Korangi, Satellitenstadt von Karatschi (Pakistan); seit 1959 im Aufbau, ursprüngl. für ind. Flüchtlinge, 300 000 Ew.; Leichtindustrie.

Korbach, nordhess. Stadt nordwestl. der Edertalsperre, 23 000 Ew.; alte Stadtbefestigungen, Kilianskirche (14./15. Jh.); Stahlmöbel-, elektrotechn., chem. u. Gummiindustrie; Verwaltungssitz des Ldkrs. *Waldeck-Frankenberg*.

Korbball, nur in Dtschld. bekanntes Ballspiel für Frauen, ähnlich dem *Handball* u. dem *Basketball*: 2 Mannschaften versuchen von je 7 Spielerinnen auf einem 60 × 25 m großen Spielfeld, einen Hohlball (50–60 cm Umfang) in den gegner. „Korb" (Reif von 55 cm Durchmesser mit einem Netz, 2,5 m über dem Boden, 7 m vor der Mitte der Spielfeldschmalseite) zu werfen; Spieldauer: 2 × 15 min.

Korbblütler, *Compositae,* artenreiche Familie der Ordnung *Synandrae,* gekennzeichnet durch einzelblütenähnliche Blütenstände *(Körbchen),* die entweder nur aus Zungenblüten *(Liguliflorae)* oder aus Röhren- u. Zungenblüten *(Tubuliflorae)* bestehen. Der Kelch wird oft durch eine Haarkrone, den „Pappus", ersetzt, der der Frucht auch als Verbreitungsorgan dienen kann. – ⌧→Blütenpflanzen I.

Körbchen, 1. *Botanik:* der Blütenstand der *Korbblütler;* eine von Hüllblättern umgebene, verkürzte Hauptachse, auf der zahlreiche Einzelblüten stehen.
2. *Zoologie:* eine Grube am Schenkel (Tibia) des letzten Beinpaars von *Bienen*. Das K. dient dem Einsammeln u. dem Transport von Blütenstaub, den die Biene mit den bes. stark behaarten ersten Fußgliedern dieser Hinterbeine *(Bürstchen)* in die K. hineinbürstet.

Körber, Hilde, Schauspielerin, *3. 7. 1906 Wien, †31. 5. 1969 Berlin; seit 1927 in Berlin, dort 1946–1950 Stadtverordnete (CDU), seit 1951 Leiterin der Max-Reinhardt-Schule; Charakterdarstellerin (auch im Film) u. Regisseurin; schrieb: „Umwege – Irrungen – Auswege" 1941; „Du meine Welt" 1946; „Kindheit u. Jugend der Gegenwart" 1948.

Korbflasche, weidenrutenumflochtener Glasballon, meist für Wein oder Chemikalien.

Korbinian, irisch-fränk. Missionsbischof, Heiliger, *um 675 Châtres bei Melun, †8. 9. 720/730 Freising; gründete ein Kloster bei Meran, wirkte später von Freising aus; Patron des Erzbistums München u. Freising. Fest: 9. 9. u. 20. 11.

Korbmacherei, *Korbflechterei,* ein uraltes, über die ganze Erde verbreitetes Handwerk; heute in streng handwerklicher Form, als industrieller Wirtschaftsform, als bäuerliche Nebenbeschäftigung u. als Liebhaberei betrieben. Handwerkstechnisch u. künstlerisch hochwertige Erzeugnisse erfordern große Begabung. Hergestellt werden Gebrauchskorbwaren für alle Zwecke des häusl., gewerbl. u. landwirtschaftl. Lebens. Hauptflechtpflanze ist die Weide, ferner verschiedene natürl. u. künstl. Flechtstoffe. – Staatliche Fachschule für Korbflechterei in Lichtenfels, Oberfranken; Dt. Korbmuseum in Michelau, Oberfranken; Fachzeitschrift: „Das Flechtwerk".

Korbweide →Weide.

Korbwerk, *Wasserbau:* mit Steinen gefüllte Körbe zur Befestigung von Ufern u. Böschungen.

Korbwurf, beim *Basketball* als direkter oder indirekter (mit Anspielen des 1,80 × 1,20 m großen Spielbretts) K. ausgeführter Wurf; Wertung: 2 Punkte aus dem Spiel, 1 Punkt nach Freiwurf.

Korçë [ˈkɔrtʃə], ital. *Coriza,* südostalban. Stadt, 46 000 Ew.; Textil- u. Zuckerindustrie, Teppichweberei; Zentrum eines Obst- u. Weizenanbaugebiets; hat K. Ruinen von *Voskopojë*.

Korčula [ˈkɔrtʃula], ital. *Cùrzola,* gebirgige jugoslaw. Insel an der dalmatin. Küste, bis 568 m hoch, 273 qkm, 22 200 Ew.; sehr wasserarm, bewaldet; Wein- u. Obstbau, Fischerei, Steinbrüche; Fremdenverkehr; Hauptort K. (2500 Ew.; mittelalterl. Bauten; internationale „Sommerschule" für philosoph. Diskussion).

Korczak [ˈkɔrtʃak], Janusz, eigentl. Henryk Goldszmit, poln. Schriftsteller u. Pädagoge, *22. 7. 1878 Warschau, †Aug. 1942 im Lager Treblinka; Leiter von Waisenhäusern, zuletzt im Warschauer Getto; begleitete die ihm anvertrauten Kinder freiwillig in das Vernichtungslager; pädagog. Schriften („Wie man ein Kind lieben soll" 1916, dt. 1967) u. Erzählungen für Kinder („König Hänschen" 1923, dt. 1970). 1972 posthum Friedenspreis des Dt. Buchhandels.

Kord [der; engl.], ein mehr oder minder feingeripptes Gewebe aus Kammgarn, Halbwolle oder Baumwolle, das dadurch entsteht, daß Schußfäden in Tuchbindung in regelmäßiger Folge mehrere Kettfäden unterlaufen u. stark zusammengezogen werden *(Hohlschuß-* oder *Hohlkettbindung). – Kordlage* beim Reifen: →Bereifung.

Korda, Sir Alexander, Bruder von Vincent K. (Filmarchitekt) u. Zoltan K. (Filmautor), brit. Filmregisseur u. -produzent, *16. 9. 1893 Túrkeve (Ungarn), †23. 1. 1956 London; arbeitete in Ungarn, Dtschld., Frankreich u. England; Hptw.: „Das Privatleben von Heinrich VIII." 1933; „Katharina die Große" 1934; „Rembrandt" 1936; „Feuer über England" 1937; „Der Dieb von Bagdad" 1940; Gründer der *Alexander Korda Film Ltd.*

Kordelia, weibl. Vorname, →Kordula.

Kordestan [pers. -'sta:n], *Kurdistan,* Landschaft u. Provinz in Nordwestiran, an der irak. Grenze, 33 900 qkm, 625 000 Ew., Hptst. *Sänändädsch;* rauhes Bergland, Gebirgssteppe, Quellgebiet des *Qesel Ousän* (Kisil-Usen); Tabakanbau; kurdische Bewohner.

Kordierit [der; nach dem französ. Geologen L. Cordier, *1777, †1861], *Cordierit, Dichroit,* wechselnd farbiges, fettig glasglänzendes Mineral, Magnesium-Aluminium-Silicat; rhombisch; Härte 7–7,5; eingesprengt in Granit u. Granulit; Gemengteil des *K.gneises.*

Kordilleren [kɔrdilˈjeːrən], span. *Cordilleras,* das die pazif. Küste des amerikan. Doppelkontinents auf rd. 15 000 km Länge begleitende längste Faltengebirge der Erde, kretazischen bis tertiären Ursprungs. Die nordamerikan. K. beginnen in Alaska; bei ihrer Umbiegung nach SO werden sie breiter u. teilen sich in 2 Hauptketten: →Küstengebirge (Coast Range) u. Felsengebirge (→Rocky Mountains), die die weite Beckenlandschaften umrahmen u. sich nach Mexiko hinein bis zum Isthmus von Tehuantepec fortsetzen. Der eine Teil des Gebirgssystems zieht nach S weiter, der andere biegt von Nicaragua aus nach O um (Kuba, Haiti, Antillen); er trifft in Venezuela u. Kolumbien wieder mit der zentralamerikan. Kette zusammen, wo sich die K. in Gestalt der →Anden bis nach Feuerland fortsetzen. – ⌧6.8.0.

Kordofan, Provinz im mittleren Sudan, 380 547 qkm, 2,85 Mill. Ew., Hptst. *El Obeidh;* Hochland (600–800 m) mit Steppenvegetation; Hirse-, Sesam-, Erdnuß- u. Baumwollanbau, Viehzucht; Gewinnung von Gummiarabikum.

Kordon [-'dõː; der; frz.,„Band"], *Cordon,* **1.** *Militär:* ursprüngl. die Postenkette, dann die Sicherung eines Landstrichs durch eine Kette militär. Abteilungen; bes. im 18. Jh. in Gebrauch.
2. *Ordenswesen:* das große Ordensband.

Kordonnett [der; frz.], mehrfacher Doppelzwirn; *K.garn,* Nähzwirn aus merzerisierter Baumwolle.

Kordula [mlat.,„Herzchen, Liebling", zu lat. *cor,* „Herz"], weibl. Vorname; Nebenform *Kordelia.*

Kore, 1. weibl. Vorname, →Kora.
2. Beiname der Göttin *Persephone;* auch Bez. für antike Mädchenstatuen aus archaischer u. klass. Zeit (z.B. spätarchaische K.n auf der Akropolis von Athen; die *Karyatiden* des Erechtheions).

KOREA

	NORDKOREA	SÜDKOREA
Fläche:	120 538 qkm	98 484 qkm
Einwohner:	17,2 Mill.	36,6 Mill.
Bevölkerungsdichte:	144 Ew./qkm	372 Ew./qkm
Hauptstadt:	Phyongyang	Soul
Staatsform:	Kommunistische Volksrepublik	Präsidiale Republik
Mitglied in:	–	GATT, UNESCO
Währung:	1 Won = 100 Chon	1 Won = 100 Cheun

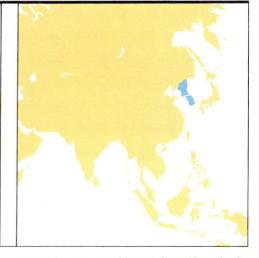

Landesnatur: Sie ist bestimmt durch die überwiegend gebirgige, zu ¼ bewaldete Oberfläche, die geomorphologisch als schräg gestellte Pultscholle nach O allmähl. ansteigt. Die größten Erhebungen liegen im N des Landes (bis 2744 m), wo es nur hinter der sehr gegliederten Westküste größere Ebenen u. Tiefländer gibt. Der S ist durchschnittl. niedriger u. weniger gebirgig (bis 1915 m im SW). Im SO fällt die Küste im *Täbäksanmäkgebirge* (bis 1708 m) steil zum Japan. Meer ab. Das Klima ist erhebl. Temperaturschwankungen mit Übergangscharakter vom gemäßigten Monsun- zum ostsibir. Kontinentalklima.

Bevölkerung: Sie ist mongolid u. ein traditionsreiches, altes Kulturvolk mit vielen chines. Einflüssen. Sie konzentriert sich in den intensiv bewirtschafteten Tiefländern. In Süd-K. gehören etwa 20 Mill. Menschen Religionsgemeinschaften an, davon je ein Drittel dem Christentum u. dem Buddhismus, der auch in Nord-K. noch eine gewisse Rolle spielt.

Geschichte

Die legendäre Gründung des korean. Staats *Tschoson (Chôson)* geht zurück auf *Tangun,* um 2300 v. Chr. Der erste histor. faßbare Herrscher ist König *Kitscha (Kija),* der um 1100 v. Chr. die *Kitscha-Dynastie* begründete. Sie wurde 194 v. Chr. im Süden abgelöst von den Drei Han-Reichen *(Sam-Han),* während der Norden als Vasallenstaat in chines. Abhängigkeit geriet. Im 1. Jh. v. Chr. setzte mit der Gründung der drei Königreiche *Silla, Paekche* u. *Kokuryo* die korean. schriftl. Überlieferung ein; die Koreaner übernehmen mit konfuzian. u. buddhist. Einflüssen die chines. Zeichenschrift. Ein korean. Reich entstand um 668 u. Chr. zustande durch Vereinigung der Königreiche unter Silla u. erreichte im 8. u. 9. Jh. eine kulturelle Blüte

Koreakrieg

Die südkoreanischen Städte Soul und Pusan sind durch eine moderne Autobahn verbunden (links). – Koreakrieg 1950–1953 (rechts)

mit starkem buddhist. Einfluß aus China. 935 begann mit General *Wang Gon (Wang Kon)* die *Koryo-Dynastie (Wang-Dynastie),* in deren Regierungszeit bedeutende kulturelle Leistungen entstanden sind (Buchdruck) u. die dem Staat den Namen gab. Das Erziehungs- u. Verwaltungssystem wurde nach konfuzian. Prinzipien aufgebaut. Es folgte die von General *Yi Sungye* (Herrschername *Thätscho, T'aejo*) begründete Dynastie Yi (I, Li, Ri, Rhee) 1392–1910. K. erlebte eine zweite kulturelle Hochblüte im 15. Jh., bes. unter König *Setschong (Sejong):* Einführung der korean. Buchstabenschrift *Hangul,* Entwicklung meteorolog. Meßgeräte u. a. In den folgenden Jahrhunderten war K. innenpolit. geschwächt durch polit. Kämpfe zwischen verschiedenen konfuzian. Schulen.

Die außenpolit. Schwäche K.s war zu allen Zeiten bestimmt durch die geograph. Lage zwischen China u. Japan; im 13. Jh. mongolische Invasion; 1592–1598 japan. Eroberungsversuche; 1637 mußte der korean. König die Oberhoheit der chines. Mandschu-Kaiser anerkennen. – Die über zweihundert Jahre währende Abschließung des Landes gegen Fremde wurde 1876 aufgegeben, u. am Hof begann der Kampf zwischen den Anhängern der Königin *Min* u. den japanfreundl. Reformern. Nach dem chines.-japan. Krieg 1894/95 kämpften Rußland u. Japan um die Vorherrschaft in K. Im russ.-japan. Krieg 1904/05 siegte Japan, annektierte 1910 K. als Generalgouvernement *Tschosen (Chôsen)* u. unterdrückte die nationale Entfaltung des Landes. Der Versuch der Koreaner, ihre Unabhängigkeit zu gewinnen, wurde 1919 gewaltsam unterdrückt (Exilregierung in Schanghai). 1945, nach der Niederlage Japans im 2. Weltkrieg, besetzten die UdSSR u. die USA das Land, lösten es von Japan u. teilten es längs des 38. Breitengrads in eine nördl. sowjet. u. eine südl. US-amerikan. Interessensphäre auf.

Im Sept. 1948 wurde in Nord-K. die *Volksdemokrat. Republik K.* ausgerufen; Süd-K. *(Republik K.)* gab sich im Juli 1948 eine Verfassung. Am 25. 6. 1950 begann mit dem Einmarsch nordkorean. Truppen in Süd-K. der →Koreakrieg. Der im *Waffenstillstand von Panmunjon* 1953 vorgesehene Gefangenenaustausch wurde durchgeführt, über die polit. Konferenz (bis Anfang 1954) aber keine Einigung erzielt. Im März 1960 trat der südkorean. Präsident Syngman *Rhee* zurück. Das kurzlebige Regime John *Tschang* wurde 1961 von einer Militärregierung unter Führung von *Park Tschunghi* abgelöst, der 1963 auch das Amt des Staats-Präs. übernahm. Die neue Verfassung von 1972 stärkte die Stellung des Präs. beträchtlich. Seit 1954 besteht ein Verteidigungsabkommen mit den USA, seit 1965 ein „Normalisierungsvertrag" mit Japan.

Regierungsoberhaupt von Nord-K. ist seit 1945 *Kim Il Sung.* Nord-K. schloß 1961 sowohl mit der UdSSR als auch mit China einen Freundschafts- u. Beistandspakt. 1972 wurden zwischen den beiden korean. Staaten nach jahrzehntelanger gegenseitiger Abschließung Verhandlungen aufgenommen, die ergebnislos blieben. – ▯ 5.7.2.

Nordkorea

Wirtschaft: Nord-K. war in früherer Zeit ein Agrarland (Anbau: Reis, Gerste, Weizen, Hafer, Hirse, Roggen, Sojabohnen, Tabak, Mais, Baumwolle, Obst, Kartoffeln, Seidenraupen), doch ist in jüngster Zeit der Abbau der sehr reichen Bodenschätze (Kohle, Eisen, Gold, Kupfer, Mangan, Wismut, Nickel, Wolfram, Blei, Silber, Magnesit, Kobalt, Graphit) sowie der Ausbau der Textil-, Leder-, Holz-, Metall-, Keramik-, Chemie-, Maschinenbau-, Eisen- u. Stahl-, Zement-, Gummi- u. Erdöl(Raffinerie)-Industrie sehr stark in den Vordergrund getreten. Im heimischen Verbrauch tritt die Viehzucht gegenüber der Fischerei zurück. Die Forstwirtschaft deckt den Eigenbedarf.

Verkehr: Das Verkehrsnetz ist zügig erweitert worden, nachdem Straßen u. Bahnen im K.-Krieg weitgehend zerstört worden waren u. erst wiederhergestellt werden mußten (mit Elektrifizierung der Bahnen). Mit Moskau u. Peking besteht direkte Bahnverbindung. Regelmäßiger Passagier- u. Frachtverkehr existiert in der Küstenlinien- wie auch in der Hauptflußschiffahrt. Seehäfen u. Flugplätze sind über alle Küsten bzw. über das Binnenland verteilt. Haupthäfen sind *Tschinnampho, Nadschin, Tschhongdschin, Hungnam* u. *Wonsan.*

Militär: Nord-K. hat allg. Wehrpflicht vom 17. Lebensjahr an mit einer aktiven Dienstzeit von 3 Jahren beim Heer u. 4 Jahren bei Marine u. Luftwaffe. Die Gesamtstärke der nordkorean. Streitkräfte beträgt 467 000 Mann (Heer 410 000, Marine 17 000, Luftwaffe 40 000). Hinzu kommen 25 000 Mann Sicherheitskräfte u. Grenzgarde sowie eine zivile Miliz von ca. 1,25 Mill. Mann. Die Ausrüstung ist sowjet. u. chines. Herkunft.

Südkorea

Wirtschaft: Während 1962 noch 44% des Bruttosozialprodukts von Süd-K. aus Landwirtschaft u. Fischerei kamen, waren es 1973 nur noch 23%. Im gleichen Zeitraum stieg der Anteil von Bergbau u. Industrie von knapp 15% auf über 30%. Nur ein Viertel der Bodenfläche Süd-K.s ist agrarisch nutzbar; die durchschnittl. Betriebsgröße liegt noch unter einem Hektar. Vorherrschend ist der Anbau von Reis u. Gerste, hinzu kommen u. a. Baumwolle, Tabak, Tee u. Obst. Wichtig ist die Fischerei. An *Bodenschätzen* treten Steinkohle, Zink, Wolfram, Graphit, Eisen, Gold, Silber, Kaolin u. Molybdän hervor. Die *Industrie* hat sich in jüngster Zeit bes. stark entwickelt. Der Schwerpunkt liegt auf Textil-, Sperrholz-, chem. Industrie, Eisen- u. Stahlerzeugung, Maschinenbau u. elektron. Industrie. An mehreren Standorten finden sich Erdölraffinerien, ebenso Schiffswerften. Export u. Import haben steigende Tendenz.

Verkehr: Eisenbahn- u. Straßennetz sind gut entwickelt; seit 1970 gibt es zwischen Soul u. Pusan eine Autobahn; weitere Autobahnen sind im Bau. An guten Seehäfen (bes. *Intschhon, Pusan* u. *Kunsan*) mangelt es an den stark gegliederten Küsten nicht. Für den Luftverkehr stehen der Flughafen Soul u. 8 Flugplätze zur Verfügung. – ▯ 6.5.9.

Militär: Süd-K. hat allg. Wehrpflicht mit einer aktiven Dienstzeit von 2½ Jahren im Heer u. bei der Marine-Infanterie u. 3 Jahren bei Marine u. Luftwaffe. Die Gesamtstärke beträgt über 625 000 Mann (Heer 560 000, Marine 20 000, Marine-Korps 20 000, Luftwaffe 25 000). Eine lokale Verteidigungsmiliz mit einer Stärke von rd. 2 Mill. Mann ist im Aufbau. Die Ausrüstung ist US-amerikan. Herkunft. Zwei Infanterie-Divisionen, Pioniereinheiten u. eine Marines-Brigade (zusammen 50 000 Mann) standen bis 1973 in Südvietnam.

Koreakrieg, 25. 6. 1950–27. 7. 1953. Nach langjährigem Streit über die Wiedervereinigung Koreas sowie nach dem Ausschluß Südkoreas aus dem US-amerikan. Verteidigungsbereich im Januar 1950 griffen nordkorean. Streitkräfte Südkorea mit sowjet. Unterstützung an. In Abwesenheit des sowjet. Vertreters beschloß der UN-Sicherheitsrat auf US-amerikan. Drängen die Unterstützung Südkoreas durch UN-Streitkräfte. Diese wurden zunächst auf einen Brückenkopf im Süden zusammengedrängt, begannen Mitte September mit Landungen im Rücken der nordkorean. Streitkräfte eine erfolgreiche Gegenoffensive, überschritten den 38. Breitengrad (Grenze zwischen Nord- u. Südkorea) u. näherten sich Ende Okt. un-

Goldkrone mit Schmuckgehängen aus dem Grab der Goldkrone bei Kyongdschu; Alte Silla-Periode, 5./6. Jh. Soul, Nationalmuseum

Zierkachel aus grauem, gebranntem Ton mit Darstellung einer stilisierten Landschaft; Paekche-Zeit. 7. Jh. Soul, Nationalmuseum

KOREANISCHE KUNST

Sitzender Maitreya; spätes 6. oder frühes 7. Jh. Soul, Nationalmuseum

ter dem US-amerikan. UN-Oberbefehlshaber D. MacArthur der korean.-chines. Grenze. Um der Bedrohung durch ein antikommunist.-proamerikan. Korea zu begegnen, entsandte die Volksrepublik China mehr als 200 000 „Freiwillige", was zu ihrer Verurteilung durch die UN als „Aggressor", zur Verhärtung des amerikan.-chines. Gegensatzes u. zum Zusammenbruch der alliierten Front führte. Nach einem Stellungskrieg am 38. Breitengrad u. nach zweijährigen Verhandlungen vor allem über die Gefangenenrückführung wurde der *Waffenstillstand von Panmunjon* am 27. 7. 1953 geschlossen. Spätere Verhandlungen über die Lösung der Koreafrage blieben erfolglos. Der K. führte zum Aufbau eines US-amerikan. Bündnissystems in Asien. – ◻ 5.7.2.

Koreaner, ostasiat. Volk des mongol. Rassenkreises (rd. 52 Mill.), auf der Halbinsel Korea, in der benachbarten Mandschurei (China: 1,4 Mill.) u. in der Sowjetunion (360 000). Sie gingen seit 1392 ganz in der chines. Kultur auf; 250 Jahre abgeschlossen, bewahrten sie die Verhältnisse u. Formen der chines. *Ming-Zeit* (nach dem Stand differenzierte, vorwiegend weiße Tracht, Glaubensvorstellungen, Bräuche), die heute jedoch stark durch japan. u. westl. Einflüsse überlagert sind. Die kastenartigen Ständegruppen wurden von den Japanern weitgehend beseitigt. Die K. treiben Hack- u. Brandrodungsbau (Reis, Hirse). Ahnenkult hält sich neben dem Buddhismus u. (in Südkorea) dem Christentum; außerdem Reste von Schamanismus. Die Gesellschaftsform in Nordkorea hat sich unter sowjet. Einfluß stark verändert. – ◻ 6.1.5.

koreanische Kunst. Baukunst, Plastik, Malerei u. Kunsthandwerk der Halbinsel Korea haben zwischen der chinesischen u. japanischen Kunst selbständige Bedeutung. Während die k.K. Anregungen aus China verarbeitete, gab sie ihrerseits solche an Japan weiter, ohne in Abhängigkeit zu geraten.

In der Baukunst weisen Stufenpyramiden u. Hügelgräber mit Lehmziegelkammern aus der Frühzeit auf eine Verbindung mit chines. u. sibir. Kulturen hin. Die Entwicklung der Bauformen in Pagoden aus Holz, Stein u. Ziegel (zweistöckige Hallen, Tempel, Thronsäle u. Tore) leitet sich einerseits von der Architektur des Buddhismus ab, andererseits von der einheim. Tradition des Wohnhauses. Fast alle Wohnbauten wurden aus Holz gefertigt, die Sockelsteine aus Granit, die Zwischenwände aus Flechtwerk, Lehm oder Kalk, gegen Hof u. Straße mit einer Vorlagerung von Granit oder Backstein in bunter Musterung. Das Dach entwickelte sich ähnl. wie in China von der geraden Linienführung zur gewölbten. Säulen, Kapitelle u. Sparrenhörner variieren stark. Von charakterist. Schönheit sind die reich geschnitzten Verbindungen zwischen Architrav u. weitausladendem Dach mit ornamentalem Ziegelbelag. Steinerne Turm- u. Denkmalspagoden sind aus dem 7. Jh. n. Chr. erhalten (Punhoangsa, 634; Pulkuksa, 660; Paekche, 662).

Die korean. Plastik, deren erste Funde im Gebiet Sillas aus der Zeit um 400 n. Chr. stammen, zeigt den Einfluß chines.-buddhist. Werke. Da es in Korea keine Buddhistenverfolgung wie in China gab, sind hier die bedeutendsten ostasiat. Skulpturen aus der Frühzeit des Buddhismus zu finden, z.B. der *Shakya-Buddha* von Sökkulam bei Kyongdschu (753) u. ein gußeiserner Buddha (865) in einem Tempel nördl. von Keijo, das älteste Werk dieser Technik.

Die älteste Malerei zeigt sich in gut erhaltenen Fresken aus dem 3.–6. Jh. auf den Granitwänden nordkorean. Gräber (Phyongyang, Anak, T'ungkou). Die Bilder, mit Mineralfarben u. Ockererde gemalt, weisen stilist. Verwandtschaft mit chines. u. zentralasiat. (Turkistan) vorbuddhist. Freskenmalereien auf. Die bemalten Flachreliefs auf Ziegeln von Tempeln in Paekche (Puyo bei Tschhuntschhon) u. Silla (Chongun-ni bei Kyongdschu) sind Zeugnisse der Malerei des 7. u. 8. Jh. Obwohl etwa 30–40 Namen u. biograph. Einzelheiten von Malern der Koryo-Zeit bekannt sind, blieben signierte u. datierte Arbeiten erst seit dem 15. Jh. erhalten, darunter Porträts, die im Auftrag des Hofes nach verstorbenen Persönlichkeiten angefertigt wurden.

koreanische Musik

Shakyamuni-Pagode, Ansicht von Süd; 2. Hälfte des 8. Jh. Pulguk-sa bei Kyongdschu

Kang Hui-an, Meditierender Weiser; Frühe Yi-Dynastie. Soul, Nationalmuseum

Wassertopf; 17./18. Jh. Köln, Museum für Ostasiatische Kunst (links). – Kästchen mit Vogel- und Blumendekor; Koryo-Zeit, 12. Jh. Köln, Museum für Ostasiatische Kunst (Mitte). – Porzellangefäß; Yi-Dynastie, 17. Jh. Soul, Nationalmuseum (rechts)

Von den Erzeugnissen des korean. Kunsthandwerks heben sich die *Keramiken* bes. hervor; älteste Funde aus Gräbern der Reiche Paekche u. Silla zeigen Verwandtschaft mit der altsibir. Kunst (Deckelpokale mit geometr. Mustern, Trinkbecher mit eingezogenem Rand). Eine Blütezeit der korean. Keramik gab es im vereinigten Reich Koryo (935–1392). Um 1300 machten sich im Dekor islam. Einflüsse bemerkbar; gegen Ende der Koryo-Zeit wurde der Dekor aus schwarz-weißen Einlagen um kupferrote Flecke unter der Glasur bereichert. Seit der 2. Hälfte des 12. Jh. erzeugten die Werkstätten des Bezirks Puan Porzellane mit bläulich-weißer Glasur. Noch unbekannt ist der Ursprungsort der schönsten ostasiat. Gläser aus dem 6.–8. Jh.: Pokale aus gelb oder grün schimmerndem Glas mit aufgesetzten Ringen oder Rosetten, von denen es sowohl in Japan (Shosoin) wie auch in Korea (Songymsa-Tempel bei Tägu) Exemplare gibt. – Wenngleich die ältesten Lackarbeiten Koreas aus dem 1. Jh. n.Chr. aus China (Szetschuan) stammen, ist doch die korean. *Lackkunst*, bes. Arbeiten mit Perlmutteinlagen, für Japan maßgebl. geworden. Von bes. Schönheit ist eine schwarzlackierte Totenmaske mit blauen, goldumränderten Glasaugen aus dem Ho-u-Grab (5. Jh.) bei Kyongdschu. – Die älteste mit Filigran verzierte *Goldschmiedearbeit* Ostasiens, eine Gürtelschließe, fand sich in einem Grab bei Phyongyang; ebenso bezeugen Geräte, Gefäße, Spiegel u. Schmuck der frühen korean. Dynastien Kokuryo, Silla u. Paekche den hohen künstler. Rang der korean. Metallkunst. – ▢2.2.3.

koreanische Literatur. Seit der Übernahme der chines. Kultur einschl. Konfuzianismus u. Buddhismus in den ersten Jahrhunderten nach Chr. bestimmten die Ideale der chines. Gebildeten die k. L. Davon zeugen die gelehrten Kommentare zu den konfuzian. Schriften, Geschichtswerke, Topographien u. Enzyklopädien, ebenso Kunstprosa u. Gedichte. Doch gerade in der Lyrik zeigt sich auch deutl. die Eigenständigkeit des korean. dichter. Empfindens: Höhepunkte sind die Saenaennorae-Dichtung im 6.–10. Jh. u. die neuen volkstüml. Sijo-Kurzgedichte im 15.–19. Jh. – ▢3.4.5.

koreanische Musik. Ursprüngl. auf der chines. Musik fußend, ist die k.M. ihrerseits von großem Einfluß auf die japan. gewesen. Sie ist ausgesprochen pentatonisch, monodisch oder heterophonisch im Zusammenspiel u. stark traditionsgebunden. Als in China nach der mongol. Eroberung die alte Musiktradition verlorenging oder stark modi-

Schildkröte und Schlange als symbolische Darstellung einer der vier Himmelsrichtungen. Wandmalerei im Großen Grab bei Uhyon-ni; 6./7. Jh.

Korfu: Küstenlandschaft in der Nähe des Hauptortes Kérkyra

Korinth: Ruinen des Apollontempels

fiziert wurde, hielt sie sich noch lange in Korea, bis auch sie in der Neuzeit abendländ. u. a. Einflüssen weichen mußte. Das Instrumentarium gleicht weitgehend, mit einigen Ausnahmen, dem chinesischen.

koreanische Schrift. Bis zum 7. Jh. wurde das Koreanische nur mit chines. Schriftzeichen geschrieben, die um 690 jedoch mit der Vereinheitlichung der korean. Sprache durch eine eigene Silbenschrift *(Nimun)* ergänzt wurden. Im 15. Jh., zur Zeit der Einführung des Buchdrucks mit bewegl. Lettern, wurde eine phonet. Buchstabenschrift *(Onmun, Hangul)* nach chines. u. ind. Vorbildern erfunden, die noch heute verwendet wird.

koreanische Sprache, eine agglutinierende Sprache, die mit keiner bekannten Sprache genetisch verwandt zu sein scheint, doch reich mit chines. Lehnwörtern durchsetzt ist. Die Verbalformen enthalten keine Personen- u. Numerusangaben, sind aber durch sog. Höflichkeitsformen sehr differenziert (wie in Japan). – ▭3.9.0.

Koreastraße, durchschnittl. 220 km breite, flache Meeresstraße zwischen Korea u. Japan; mit einigen Inseln, bes. Tsuschima (1905 Seesieg der Japaner über die Russen). Die K. verbindet das *Ostchines.* mit dem *Japan. Meer.*

Koreischiten, ein arab. Stamm, der sich um 470 der Stadt *Mekka* bemächtigte. *Mohammed* u. seine ersten Anhänger gehörten ihm an.

Koren, Stephan, österr. Politiker (ÖVP) u. Wirtschaftswissenschaftler, *14. 11. 1919 Wiener Neustadt; 1968–1970 Wirtschafts-Min., seit 1970 Klubobmann (Fraktions-Vors.) der ÖVP.

kören, Überprüfen der männl. Haustiere auf ihre Zuchttauglichkeit. Nur gekörte Tiere dürfen in Dtschld. zur Zucht verwendet werden.

Korfanty, Wojciech, poln. Politiker, *20. 4. 1873 Siemianowice bei Kattowitz, †17. 8. 1939 Warschau; 1903–1912 u. 1918 Mitgl. des dt. Reichstags u. 1904–1918 Führer der poln. Abgeordneten im preuß. Landtag; 1920/21 poln. Abstimmungskommissar, Organisator der Polenaufstände in Oberschlesien, Gegner J. *Pilsudskis,* einer der Führer der „Christl. Demokratie"; 1923 stellvertr. Min.-Präs., 1935–1939 im Exil in der ČSR.

Korfball, *Korfbal,* niederländ. Nationalspiel, in dem jedes körperl. Berühren verboten ist u. das als gemischtes Mannschaftsspiel beider Geschlechter ausgetragen wird. Spielfeld: 76–90 × 30–40 m mit einer Einteilung in drei Spielfächer (Felder) A, B u. C. Ein Hohlball muß von oben durch den Korb der Gegenpartei geworfen werden. Die Körbe bestehen aus Weidenruten u. span. Rohr, sind zylinderförmig u. ohne Boden, Durchmesser 38–42 cm; der obere Rand muß 3,50 m über dem Boden sein. Mannschaftsstärke: 6 Spieler u. 6 Spielerinnen je Mannschaft; Spieldauer: 2 × 45 min.

Korff, Hermann August, Literarhistoriker, *3. 4. 1882 Bremen, †11. 7. 1963 Leipzig; befaßte sich bes. mit *Goethe* u. dessen Zeitalter. Sein „Geist der Goethezeit" (5 Bde. 1923–1958) ist das Hauptwerk der ideengeschichtl. Literaturgeschichtsschreibung. Weitere Werke: „Voltaire im literar. Dtschld. des 18. Jh." 2 Bde. 1917; „Goethes dt. Sendung" 1932; „Faustischer Glaube" 1938.

Korfu, grch. *Kérkyra,* die nördlichste der griech. Ionischen Inseln, 592 qkm, 92 000 Ew., Hauptort u. Hafen *Kérkyra;* das nördl. Kalkgebirge erreicht im *Pantokrátor* 906 m; regenreiches Klima; Oliven-, Gemüse-, Weizen-, Mais-, Südfrucht- u. Weinanbau in fruchtbaren Becken; Fischerei; Salzgewinnung, Ölmühlen; Fremdenverkehr.
Geschichte: K. ist seit dem späten Neolithikum besiedelt u. wurde im Altertum für das Land *Scheria* der *Phäaken* gehalten. Die Stadt Kerkyra (734 gegr.) war eine der bedeutendsten Kolonien von *Korinth,* wurde reich u. mächtig u. gründete teils allein, teils mit Korinth zusammen weitere Kolonien an der gegenüberliegenden Küste. Der Streit mit Korinth um die gemeinsame Kolonie *Epidamnos* war einer der Anlässe zum *Peloponnes. Krieg.* K. wechselte in hellenist. Zeit mehrmals den Herrscher, wurde 228 v. Chr. von illyr. Seeräubern erobert u. fand danach als freie Stadt Anschluß an Rom. 1387 wurde die Insel venezian., 1864 griech., im 2. Weltkrieg von Italien besetzt.

Kori, eine Pariakaste (475 000) Indiens.

Koriander [der; grch. *koris,* „Wanze"], *Coriandrum,* Gattung der *Doldengewächse.* Die Art *Coriandrum sativum* ist ein altes Küchenkraut.

Korin Ogata, japan. Kalligraph, Maler u. Lackmeister, *1658 Kyoto, †1716 Kyoto; Bruder des Töpfermeisters *Kenzan,* anfänglich Kano-Schüler, später unter dem Einfluß von *Sotatsu;* schuf in reicher Farbgebung (mit Vorliebe für Gold- u. Silberdekor) Malereien u. Textil-, Lack- u. Keramikentwürfe mit großflächigen Ornamenten.

Korinna, griech. Dichterin aus Tanagra, um 500 v. Chr.; erzählt im böot. Dialekt heimatl. Sagen.

Korinth, 1. grch. *Kórinthos,* griech. Hafenstadt am *Golf von K.,* 21 000 Ew.; mehrfach (zuletzt 1928) durch Erdbeben zerstört; lag früher weiter südwestl. am Burgberg *Akro-K.;* Museum, Apollon-Tempel; landwirtschaftl. Handel *(Korinthen).*
Geschichte: K. war in der jüngeren Steinzeit dicht besiedelt, in myken. Zeit jedoch unbedeutend. Als Erbauer K.s, das bei Homer *Ephyre* heißt, gilt nach der Überlieferung *Sisyphos.* Die griech. Stadt war eine dorische Neugründung vom Beginn des 1. Jahrtausends v. Chr.; sie lag am Fuß des Berges *Akro-K.,* nicht weit von der Küste entfernt, am Schnittpunkt verschiedener Handelswege, u. hatte zwei Häfen. Dank ihrer Lage blühte die Stadt sehr früh zur bedeutendsten Handelsstadt neben Athen auf. Ihre Vasenfabrikation, ihr Erzguß u. ihre Werften waren lange Zeit führend; wichtige Kolonien (darunter *Syrakus*) wurden von K. aus gegründet. K. war Schauplatz der *Isthmischen Spiele.* Im Perserkrieg war die Stadt 480 v. Chr. Hauptquartier der griech. Verteidigungsgemeinschaft. Handelsrivalität mit Athen führte K. im *Peloponnes. Krieg* an die Seite der Spartaner. Der auf pers. Betreiben gegen Sparta ausgebrochene *K.ische Krieg* (395–387 v. Chr.) sah K. jedoch gegen seinen bisherigen Bundesgenossen mit Athen sowie mit Theben u. bes. Argos verbündet. 392–386 v. Chr. hatte sich K. mit Argos zu einem Doppelstaat zusammengeschlossen; dieser wurde jedoch nach dem von Sparta erhandelten, als *Friede des Antalkidas* oder *Königsfriede* bekannten, für ganz Griechenland unrühml. Diktatfrieden Artaxerxes' II. (387/386 v. Chr.) wieder aufgelöst. Philipp II. von Makedonien machte K. zum Tagungsort des von ihm 338 v. Chr. geschaffenen *Korinthischen Bundes* griech. Staaten. Verschiedene Herrschaften u. Bündnisse folgten in hellenist. Zeit. 196 v. Chr. war K. Schauplatz der Verkündung der griech. Freiheit von makedon. Vorherrschaft durch Titus *Quinctius Flaminius.* Seit 150 v. Chr. Hauptzentrum des letzten Widerstands der Griechen gegen Rom, wurde K. 146 v. Chr. von den Römern völlig zerstört, die Bevölkerung getötet oder versklavt, u. K. blieb ein Jahrhundert lang unbewohnt. *Cäsar* gründete 44 v. Chr. K. als röm. Kolonie mit italischen Siedlern neu; seit 27 v. Chr. war K. die Hauptstadt der röm. Provinz *Achaia.* Eine jüdische u. eine frühe Christengemeinde sind durch den Aufenthalt des Apostels *Paulus* in den Jahren 50/51 n. Chr. bezeugt *(Korintherbriefe).* Im MA. befand sich K. abwechselnd im Besitz von Byzantinern, Lateinern, Türken u. Venezianern; seit 1882 griechisch.
2. *Golf von K., Golf von Lepanto,* 125 km langer, 20 km breiter Meeresarm zwischen Mittelgriechenland u. dem Peloponnes; durch den 1881–1893 erbauten *Kanal von K.* (durch den *Isthmus von K.*) mit dem *Saron. Golf* verbunden. – ▭→Griechenland.

Korinthen [nach dem Ausfuhrhafen *Korinth*], getrocknete kleine Weinbeeren *(Rosinen),* von einer kernlosen Züchtung des Weinstocks *(Vitis vinifera apyrena).*

Korintherbriefe, zwei Briefe des Apostels *Paulus* an die von ihm gegründete Gemeinde in Korinth, wohl um 55 verfaßt. Sie behandeln (vor allem 1. Kor.) wichtige Einzelfragen des Glaubens u. des Gemeindeaufbaus (Einheit der Gemeinde, Rechtsverfahren, Ehe, Gottesdienst, Osterglaube u. a.), begründen aber auch (vor allem 2. Kor.) eingehend die Autorität des Paulus als Apostel. Die K. sind nur ein Ausschnitt aus der Korrespondenz des Apostels mit der korinth. Gemeinde. 2. Kor. gilt heute z. T. als Komposition aus ursprüngl. selbständigen kürzeren Paulusbriefen nach Korinth. Ein in die *Paulusakten* eingearbeiteter Briefwechsel zwischen Paulus u. den Korinthern ist allerdings eine novellist. Komposition. →auch Paulusbriefe.

Korinthischer Bund, nach der Schlacht von Chaironeia 338 v. Chr. von *Philipp II.* von Makedonien in Korinth gegründetes Bündnis griech. Staaten (außer Sparta) unter makedon. Hegemonie, mit dem – später von *Alexander d. Gr.* verwirklichten – Ziel eines Rachekriegs gegen Persien. Der Bund zerfiel nach Alexanders Tod 323 v. Chr. zugunsten eines unter Athens Führung stehenden Griechenbunds. 319 v. Chr. versuchte *Polyperchen,* den alten Bund wiederzubeleben; 302 v. Chr. von *Demetrios Poliorketes* erneuert, blieb er jedoch ohne Bestand. Der Korinth. Bund diente dem 224/223 v. Chr. gegr. panhellen. (allgriech.) Bund des *Antigonos Doson* zum Vorbild. – ▭5.2.3.

korinthischer Stil, griech. Baustil seit dem 4. Jh. v. Chr. Hauptkennzeichen das kelchförmige, oben ausladende Pflanzenkapitell mit Akanthusblatt- u. Volutenschmuck (nach Vitruv von *Kallimachos* gegen Ende des 5. Jh. erfunden). Bei Tempelbauten wurden korinth. Säulen zunächst nur im Innern verwendet, erst im 3. Jh. erlangten sie selbständige Geltung in der Tempelringhalle als prachtvoll-dekorativer Ausdruck hellenistischer Baugesinnung; Beispiel: Olympieion in Athen (174 v. Chr. bis etwa 130 n. Chr.). →auch Säulenordnung.

Koriyama, japan. Stadt in Zentralhonschu, südl. von Fukuschima, 245000 Ew.; Holz-, chem. u. Textilindustrie; Wasserkraftwerk.

Korjaken, altsibir. Volksstamm (7000) in Ostsibirien u. auf Kamtschatka; Rentierzüchter mit Jagd auf Meeressäugetiere.

Korjaken-Nationalkreis, Verwaltungsbezirk in der Oblast *Kamtschatka,* im Fernen Osten der RSFSR (Sowjetunion); umfaßt den N der Halbinsel Kamtschatka u. das angrenzende Festland; 301500qkm, 31000 Ew., Hauptort *Palana* (2000 Ew.); größtenteils Gebirgstundra, im S Taiga; Rentierzucht u. Pelztierjagd, an den Küsten Fischfang. – Der K. wurde 1930 gebildet.

Kork [der; span., ndrl.], abgestorbenes, aus dem *Phellogen* entstandenes pflanzl. Gewebe aus lufthaltigen Zellen, in deren Cellulosewänden das wasserabweisende *Suberin* eingelagert ist (zum Schutz gegen Wasserverlust aus dem Zentralzylinder durch Verdunsten). K. wird vornehmlich aus der Rinde der *K.eiche* gewonnen, die alle 8–12 Jahre geschält wird. Er ist leichter als Wasser, fault nicht, leitet Wärme u. Elektrizität schlecht, ist elastisch u. gut bearbeitbar; er wird verwendet als Flaschenkorken, als Wärme- u. Schallisolierung sowie u.a. für Schwimmgürtel. Als Abfall (*K.schrot*) wird er für Preß-K. u. Linoleum gebraucht.

Korkbaum, *Japanischer K.,* Phellodendron japonicum, ein *Rautengewächs;* aus Japan stammender Baum mit aromatischem Geruch, langen Fiederblättern u. Steinfrüchten; häufig bei uns angepflanzt. Als Zierbaum wird auch ein Verwandter des K.s aus Ostasien, *Phellodendron amurense,* wegen seiner breit ausladenden Krone oft angepflanzt.

Korkeiche, *Quercus suber* u. *Quercus occidentalis,* im westl. Mittelmeergebiet heimische, bis 20 m hohe Eichenarten, die im westl. Mittelmeergebiet bis Süditalien bestandbildend auftreten. Sie liefern *Kork* u. Gerbrinde.

Korkenzieherlocken, spiralartig gedrehte Hängelocken, bes. verbreitet in der Haartracht des Biedermeiers.

Korkholz, verschiedene von trop. Holzgewächsen gelieferte, in den physikal. Eigenschaften dem *Kork* ähnliche Hölzer; Korkersatz.

Korkino, Stadt in der RSFSR (Sowjetunion), südl. von Tscheljabinsk, 83000 Ew.; 2 Technika; Braunkohlenbergbau, Glaswerk.

Korkplatten, aus zerkleinerten, mit Bindemitteln (z.B. Ton) gepreßten Korkabfällen (*Korkschrot*) gepreßte Platten; leicht, sägbar, wärme- u. schalldämmend, feuersicher u. (bei Herstellung mit Asphaltzusatz) wasserdicht.

Korksucht, eine Kakteenkrankheit; sie äußert sich im Auftreten verkorkter Flächen oder Vertiefungen.

Kormophyten [grch.], *Sproßpflanzen,* im Gegensatz zum *Thallus* der niederen Pflanzen in Wurzel, Stengel u. Blätter gegliederte Pflanzen wie Farnpflanzen u. Blütenpflanzen; →auch Thalluspflanzen.

Kormorane [frz., „Seeraben"], *Phalacrocoracidae,* Familie großer, dunkler, langschnäbliger *Ruderfüßer,* die mit rd. 30 Arten weltweit verbreitet sind. Die K. leben an Gewässern jeder Art, wo sie sich schwimmtauchend von Fischen ernähren. Die Nester werden kolonieweise auf Felsen oder Bäumen angelegt. An dt. Küsten ist der gänsegroße, weißwangige *Gewöhnl. Kormoran,* Phalacrocorax carbo, u. im Binnenland selten umherstreichend die kleinere *Zwergscharbe,* Phalacrocorax pygmaeus, zu beobachten.

Kormus [der; grch., „Stamm"], Vegetationskörper der →Kormophyten.

Korn, 1. *allg.:* kleines Stückchen von Salz, Hagel, Schrot, Erzen, Metallen u.a.
2. *Aufbereitungstechnik:* Bez. für ein mehr oder weniger großes Mineral- oder Gesteinsstück.
3. *Botanik:* 1. die Frucht bei Gräsern u. Getreidearten; 2. Bez. für das Getreide, i.e.S. Roggen.
4. *Gesteinskunde:* die jeweilige Beschaffenheit der Bruchfläche bei Mineralien (z.B. Marmor) u. Gesteinen, z.B. grobes, feines K.
5. *Getränke:* Branntwein aus Getreide.
6. *Legierungen:* frühere Bez. für den →Feingehalt von Legierungen, bes. von Münzen.
7. *Metallkunde:* Kristallit, beim Erstarren von Metallen in ihrem Wachstum sich gegenseitig behindernde u. deshalb ungleichförmig ausgebildete Kristalle; →auch Gefüge.
8. *Papierherstellung:* die durch gravierte Walzen hervorgerufene Narbung von Papier (z.B. Zeichenpapier).
9. *Photographie:* →Emulsionskorn.
10. *Waffentechnik:* ein Teil des *Visiers;* meist eine dreieckige Erhöhung auf der Oberseite des Gewehrlaufs nahe der Mündung; →auch Visier.

Korn, 1. Arthur, Physiker, * 20. 5. 1870 Breslau; † 22. 12. 1945 Jersey City (USA); lehrte in Berlin; bahnbrechende Arbeiten auf dem Gebiet der Bildtelegraphie u. des Fernsehens.
2. Karl, Publizist, * 20. 5. 1908 Wiesbaden; seit 1950 Mitherausgeber der *Frankfurter Allgemeinen Zeitung.*

Kornätzung, in der Drucktechnik ein Verfahren zur Wiedergabe von Photos, das Halbtöne ermöglicht. Die druckende Fläche wird durch unregelmäßig verteilte Punkte (Korn) aufgelöst, die im Gegensatz zu ihrer Umgebung stehenbleiben. →auch Klischee, Raster.

Kornauth, Egon, österr. Komponist, * 14. 5. 1891 Olmütz, † 28. 10. 1959 Wien; Schüler von F. Schreker, seit 1945 Prof. am Mozarteum in Salzburg; schrieb neuromant. Lieder, Klavierstücke, Kammermusik u.a.

Kornberg, *Großer K.,* Berg im Fichtelgebirge (Oberfranken), südl. von Rehau, 827 m.

Kornberg ['kɔ:nbə:g], Arthur, US-amerikan. Biochemiker, * 3. 3. 1918 New York; Prof. an der Stanford-Universität in Palo Alto; erhielt gemeinsam mit S. *Ochoa* für die Entdeckung des Mechanismus der biolog. Synthese der Ribonucleinsäure u. der Desoxyribonucleinsäure den Nobelpreis für Medizin 1959.

Kornblume →Flockenblume.

Körnchenröhrling, *Boletus granulatus* = Schmerling.

Kornelia, weibl. Vorname, zu *Kornelius.*

Kornelimünster, ehem. nordrhein-westfäl. Gemeinde an der Inde; Benediktinerabtei (815 bis 1804), Wallfahrtsort; 1972 in die Städte Aachen und Stolberg (Rheinland) eingemeindet.

Kornelius [Name eines röm. Geschlechts, zu lat.

Kormoran, Phalacrocorax carbo

Korkeichen, Quercus occidentalis, aus Spanien

Kornfeld

Theodor Körner

cornu, „Horn", oder *cornus,* „Kornelkirsche"], männl. Vorname.

Kornelkirsche [lat.] →Hartriegel.

Kornemann, Ernst, Althistoriker, * 11. 10. 1868 Rosenthal, Hessen, † 4. 12. 1946 München; Prof. in Tübingen u. Breslau; Hptw.: „Röm. Geschichte" 1938f., ⁵1963/64; „Augustus, der Mann u. sein Werk" 1938; „Weltgeschichte des Mittelmeerraumes" 1948f., Neudr. 1967.

Körner [der; zu *Korn*], ein Handarbeitsgerät zum *Anpunkten (Ankörnen)* von Metall, um eine Zirkel- oder Bohrspitze genau ansetzen zu können. Die scharf geschliffene Spitze des K.s ist gehärtet. Sie dringt beim Einschlag mit dem Hammer in den Werkstoff ein u. hinterläßt einen kreisrunden, kegelig vertieften Punkt.

Körner, 1. Christian Gottfried, * 2. 7. 1756 Leipzig, † 13. 5. 1831 Berlin; Freund u. Förderer *Schillers;* Beamter in Dresden u. seit 1815 in Berlin.
2. Hermine, Schauspielerin, * 30. 5. 1882 Berlin, † 14. 12. 1960 Berlin; kam 1915 ans Dt. Theater Berlin, 1919–1933 Theaterleiterin in München u. Dresden, 1934–1944 Schauspielerin am Staatstheater u. Schauspiellehrerin in Berlin, nach 1945 in Stuttgart, Hamburg u. auf Tourneen; berühmte Charakterdarstellerin.
3. Karl Theodor, Sohn von 1), Schriftsteller, * 23. 9. 1791 Dresden, † 26. 8. 1813 (gefallen als Adjutant L. A. W. von *Lützows*) bei Gadebusch, Mecklenburg); Burgtheaterdichter in Wien, schrieb von Schiller abhängige Stücke („Zriny" 1814), zuletzt patriot. Lieder („Leyer u. Schwerdt" 1814).
4. Theodor, Großneffe von 3), 1901–1919 Edler von *Siegringen,* österr. Offizier u. Politiker (SPÖ), * 24. 4. 1873 Komorn (Ungarn), † 4. 1. 1957 Wien; 1924 General, 1923–1934 im Bundesrat, nach dem Februarputsch 1934 verhaftet, 1945–1951 Bürgermeister von Wien, 1951–1957 Bundes-Präs.

Körnerfrüchte, Sammelbez. für landwirtschaftl. Nutzpflanzen, die des Kornertrags wegen angebaut werden (Getreide, Hülsenfrüchte).

Körnerkrankheit →Trachom.

Kornett [frz.], **1.** [der], *Militär:* früher der jüngste Offizier u. Standarten- oder Fahnenträger der Schwadron.
2. [das], *Musik:* ein in Frankreich am Anfang des 19. Jh. durch Übernahme der Ventile aus dem Posthorn entwickeltes Blechblasinstrument, meist als *Sopran-K.* in B; überwiegend mit den vertikal arbeitenden Pumpventilen ausgerüstet, daher auch *Cornet à pistons* (kurz *Piston*) oder *Pumpventil-K.* genannt. Seiner Mensur nach steht es zwischen Trompete u. →Flügelhorn, mit dem es im 19. Jh. verschmolz, so daß es der Familie der *Bügelhörner* zugerechnet wird.

Korneuburg, niederösterr. Bezirksstadt an der Donau, nordwestl. von Wien, 8750 Ew.; Donauhafen mit Werft u. Ölraffinerie, chem. Industrie.

Kornfeld, Paul, Schriftsteller, * 11. 12. 1889 Prag, † wahrscheinl. Januar 1942 im Vernichtungslager Lodsch; Dramaturg in Berlin u. Darmstadt, begann mit expressionist. Dramen („Die Verführung" 1916; „Himmel u. Hölle" 1919). Später schrieb Komödien („Palme oder Der Gekränkte" 1924; „Kilian oder Die gelbe Rose" 1926). In seinem Nachlaß fand sich der Roman „Blanche oder Das Atelier im Garten" 1957.

Korngeister, *Volkskunde:* freundl. oder feindl. Geister, die bei Ackerbau treibenden Völkern in vielerlei Bräuchen verehrt u. durch Zauber gefügig gemacht werden, um Saat u. Ernte zu sichern. Meist sind sie, wie die *Korn-* oder *Roggenmuhme,* zu Kinderschreckgestalten geworden.

Korngold, Erich Wolfgang, österr. Komponist, *29. 5. 1897 Brünn, †29. 11. 1957 Hollywood; erregte schon im Alter von 11 Jahren Aufsehen mit seiner Pantomime „Der Schneemann". Großen Erfolg hatten seine Opern „Die tote Stadt" 1920 u. „Das Wunder der Heliane" 1927. Unter dem Einfluß seiner zahlreichen Filmmusiken hat sich seine Tonsprache völlig nivelliert.

Korngröße, der Durchmesser von Bestandteilen der Sedimentgesteine.

Kornhäusel, Josef, österr. Architekt, *1782 Wien, †31. 10. 1860 Wien; Vertreter des Klassizismus; Bauten in Baden bei Wien u. in Wien (Theater in der Josefstadt).

Kornilow [-ləf], Lawr Georgijewitsch, russ. Offizier, *30. 8. 1870 Ust-Kamenogorsk, Sibirien, †31. 3. 1918 bei Jekaterinodar; nach der Februarrevolution 1917 Oberbefehlshaber der russ. Streitkräfte; scheiterte im Sept. mit seinem von Rechtskreisen unterstützten Putsch gegen A. F. *Kerenskij;* fiel als Kommandierender der weißgardist. Truppen in Südrußland.

kornische Sprache, eine bis zum 18. Jh. in Cornwall gesprochene, seither ausgestorbene, dem *Walisischen* benachbarte *keltische Sprache;* schriftl. Überlieferung seit dem 9. Jh. (Glossen), ein Vokabular aus dem 12. Jh., religiöse Dramen des 16.–18. Jh.

Kornkäfer, *Kornrüßler, Getreiderüßler, Kornkrebs, Schwarzer Kornwurm, Calandra granaria,* braunroter, rd. 4 mm langer *Rüsselkäfer,* dessen Weibchen je ein Ei in die Körner des lagernden Getreides legt; ein ausgesprochener Vorratsschädling, da die Generationsfolge sehr rasch ist u. oft große Schäden entstehen.

Kornmotte, *Tinea granella,* ein Kleinschmetterling aus der Familie der *Motten,* dessen Raupen (*Weißer Kornwurm*) an Getreidevorräten sehr schädl. werden u. in Gespinsten aus Kot, Spinnfäden u. ausgefressenen Körnern leben; Bekämpfung durch Stäubemittel auf DDT- u. Hexa-Basis.

Kornmuhme →Korngeister.

Kornrade, *Rade, Agrostemma githago,* zu den *Nelkengewächsen* gehöriges Getreideunkraut mit purpurroten Blüten. Die Samen enthalten ein giftiges Saponin u. müssen deshalb vor dem Mahlen des Getreides entfernt werden.

Korntal-Münchingen, Stadt in Baden-Württemberg (Ldkrs. Ludwigsburg), am Stadtrand von Stuttgart, 18 000 Ew.; die *Ev. Brüdergemeinde* (1819 gegr.) unterhält Kinder-, Schüler- u. Altersheime.

Körnung, *Stoffkunde:* →Haufwerk.

Kornwestheim, baden-württ. Stadt nordöstl. von Stuttgart, 28 000 Ew.; Eisen-, Maschinen- u. Schuhindustrie (*Salamander*).

Kornwurm, 1. *Schwarzer K.,* die Larve des →Kornkäfers.
2. *Weißer K.,* die Raupe der →Kornmotte.

Koro, eine Fidschiinsel südl. von Vanua Levu, 104 qkm, 1800 Ew.

Köroğlu Dağları [ˈkœrɔːlu ˈdaːlari], türk. Gebirgszug am Nordrand Anatoliens, zwischen Sakarya u. Kizilirmak, im Aladağ 2378 m.

Korolenko, Wladimir Galaktionowitsch, russ. Schriftsteller, *27. 7. 1853 Schitomir, †25. 12. 1921 Poltawa; 1881–1885 nach Ostsibirien verbannt. Seine Erzählungen („In schlechter Gesellschaft" 1885, dt. 1895; „Der Wald rauscht" 1886, dt. 1891; „Der blinde Musiker" 1886, dt. 1892) sind reich an Naturschilderungen.

Korollar [das, Mz. K.ien; lat.], *Korollarium,* Zugabe, Zusatz, ein Folgesatz, der sich aus einem anderen Satz ohne weiteres ergibt; z. B. „niemand kann Gott hassen"; K.: „die Liebe zu Gott kann sich nicht in Haß verwandeln".

Korolle [die; lat.], *Corolla, Blumenkrone,* die Gesamtheit der Blumenkronblätter (*Petalen*).

Koromandelholz, Handelsname für das →Ebenholz verschiedener *Diospyros*-Arten (→Dattelpflaume).

Korọna [die; lat. *corona,* „Krone, Kranz"]. **1.** *Astronomie:* der leuchtende äußerste Teil der Sonnenatmosphäre. Die *äußere* K. wird überwiegend durch Streuung des Sonnenlichts an festen Partikeln bewirkt; die *innere* K. besteht überwiegend aus fein verteilten Gasen u. freien Elektronen u. Ionen. Die K. konnte früher nur bei totaler Sonnenfinsternis als diffuser Schein über dem Sonnenrand beobachtet werden; heute ist die Beobachtung mit dem *Koronographen* (*Coronograph* von B. *Lyot* 1931), bei dem bes. das instrumentelle Streulicht ausgeschaltet ist, auch bei normalen Verhältnissen möglich. Die Temperatur der K. beträgt etwa 1 000 000 °C. Die K. wird vermutl. durch kräftige Schallwellen (Stoßwellen), die in Verbindung mit der →Granulation entstehen, aufrechterhalten. Sie ist die wichtigste Quelle der Radiostrahlung der Sonne.
2. *Elektrotechnik:* hörbare, im Dunkeln auch sichtbare Sprüherscheinung an elektr. Leitern hoher Spannung, wenn die Durchbruchsfeldstärke der umgebenden Luft nahezu erreicht ist. Die K. bedingt Leistungsverluste, die mit dem Feuchtigkeitsgehalt der Luft steigen. Abhilfe: Vermeiden von Spitzen u. scharfen Kanten, Vergrößerung des Krümmungsradius bei gleichem Querschnitt durch Verwendung von Hohlseilen oder →Bündelleitern.
3. *übertragen:* (fröhliche) Runde, (Zuhörer-)Kreis, Horde.

Koronaentladung, die selbständige →Gasentladung, bes. an Spitzen u. scharfen Kanten bei hoher Spannung (→Korona).

Koronargefäße [lat.], *Koronarien,* die *Herzkranzgefäße,* die der Versorgung des Herzmuskels mit Blut dienen. Die Kranzarterien (*Koronararterien*) zweigen direkt von der Aorta ab.

Koronarinsuffizienz [lat.], die ungenügende Durchblutung u. damit mangelhafte Sauerstoffversorgung des Herzmuskels durch die Herzkranzgefäße (*Koronarien*); als Folge einer Koronarsklerose (Arteriosklerose der Kranzgefäße) oder eines Koronarspasmus (Verkrampfung der Koronarien). Chronische K. führt zur Angina pectoris, akute K. zum *Herzinfarkt*.

Koronarsklerose [lat. + grch.], Herzkranzaderverkalkung; sie führt als Teil der →Arterienverkalkung zu Durchblutungsstörungen im Herzmuskel u. zu Angina pectoris oder zum Herzinfarkt.

Koror, *Korror,* eine Palau-Insel, südwestl. von Babelthuap; mit dem Ort K., dem Verwaltungssitz des Distrikts Palau; 7,7 qkm.

Korošec [-ʃets], *Koroschez,* Anton, slowen. Politiker, *12. 5. 1872 Videm ob Šcarnica, †14. 12. 1940 Belgrad; kath. Priester, Führer der kath. slowen. Volkspartei, 1906–1918 Abg. im österr. Reichsrat, wo er als Vors. des südslaw. Klubs 1917 die *Mai-Deklaration* verlas, die die Unabhängigkeit im Rahmen der österr.-ungar. Monarchie forderte; 1918 maßgebl. an der polit. Vereinigung der Slowenen, Kroaten u. Serben beteiligt (Genfer Deklaration 1918) u. mitverantwortl. für die Entstehung des jugoslaw. Königreichs, nach 1919 Vertreter eines slowen. Föderalismus im jugoslaw. Parlament; u. a. Verkehrs- u. Innen-Min., 1928/29 Min.-Präs., 1939 Senats-Präs.

Körös-Kultur [ˈkørøʃ-], eine neolith. Kultur Ungarns; ausgedehnte Siedlungen mit vielen tiefen Gruben u. viereckigen, hüttenförmigen Wohnhäusern; Bestattung der Toten in Hockerstellung ohne Beigaben, meist in Abfallgruben; dickwandige kugelförmige Tongefäße, Feinkeramik mit glänzendrotem Überzug u. Reliefs mit Menschen- oder Tierdarstellungen; Frauenstatuetten.

Körper, 1. *Geometrie:* ein von allen Seiten begrenzter Raumteil mit 3 Ausdehnungen (Dimensionen).
2. *Mengenlehre:* eine algebraische Struktur (→Ring). Einen K. bildet z. B. die Menge der rationalen Zahlen $\{p/q$ mit p u. $q \varepsilon Z\}$ hinsichtlich der Verknüpfungen der Addition u. der Multiplikation. Dasselbe gilt für die Menge der reellen Zahlen, ebenso für die Menge der komplexen Zahlen.
3. *Philosophie:* das räumlich Ausgedehnte u. Gestaltete (*Ding*), das sinnlich wahrnehmbar ist; im Gegensatz zum *Geist.*
4. *Physik:* allg. mikroskop. System, das aus einer sehr großen Zahl von Molekülen oder Atomen besteht. Bei einem *starren* K. verändert sich die räuml. Lage der Teilchen nicht, wie dies bei *deformierbaren, elastischen, plastischen* K.n der Fall ist. Von den *festen* K.n werden *flüssige* u. *gasförmige* K. unterschieden, wenn man von der äußeren Begrenzung absieht.

Körperbau →Konstitution.

Körperbehindertenfürsorge, die Fürsorge für Personen, die wegen einer Krankheit oder Verletzung dauernd wesentlich in ihrer Bewegungs- oder Arbeitsfähigkeit behindert sind. Nach dem *Bundessozialhilfegesetz* vom 30. 6. 1961 in der Fassung vom 18. 9. 1969 besteht die K. in ärztl. Behandlung, Heimbetreuung u. Versorgung mit orthopäd. Hilfsmitteln. Sie soll mit Berufsberatung, Ausbildungs- u. Umschulungsmaßnahmen verbunden werden, um den Körperbehinderten im Rahmen des Möglichen zu wirtschaftl. Selbständigkeit zu verhelfen. →auch Rehabilitation.

Körperbemalung, bei Naturvölkern die Schmückung des menschl. Körpers mit (meist Erd-)Farben zu bestimmten Anlässen. Sie dient dem Schmuckbedürfnis (Tanz), als magischer Schutz (Krieger), als Zeichen einer bes. Stimmung (Trauer) oder einer bes. Stellung (Reifeweihen, Geheimbünde), oft auch mehreren dieser Zwecke.

Körperbildung, früher *Körperschule,* dt. Bez. für *Gymnastik.* Die K. umfaßt sowohl einfache Übungen ohne u. mit Gerät (Handgeräteübungen mit Bällen, Keulen, Hanteln, Reifen, Springseil u.a.) als auch schwierigere Übungen (Hechtrollen, Überschläge u.a.). Nach der Wirkungsweise unterscheidet man Kraft-, Widerstands-, Dehn-, Lockerungs-, Entspannungs-, Haltungs-, Geschicklichkeits- u.a. Übungen. →auch Freiübungen, Gymnastik.

Körperebenen, bei Tieren die in der Richtung der Körperachsen zu legenden Ebenen. Bei zweiseitig-symmetrischen Tieren (*Bilaterien*) kann man folgende K. unterscheiden: 1. die *Mittelebene* (*Medianebene*) durch die Mittelachse (Körperlängsachse); 2. *Sagittalebenen* (*Pfeilebenen*), die parallel zur Mittelebene verlaufen; 3. *Querschnittsebene;* 4. *Frontalebene,* die parallel zur Vorderseite des Tieres durch die Körperlängsachse verläuft. Die K. 1) (bzw. 2), 3) u. 4) stehen aufeinander senkrecht.

Körperfarben, die Farben nichtselbstleuchtender Körper beim Beleuchten mit sichtbarem Licht, das dabei z.T. durchgelassen, zurückgeworfen oder absorbiert wird. Der Farbeindruck bei K. geht also auf drei Teilursachen zurück. Man unterscheidet *Durchsicht-* u. *Aufsichtfarben.*

Körperflüssigkeiten, 1. die *Leibeshöhlenflüssigkeit,* z. B. der Ringelwürmer u. Stachelhäuter; 2. das in den geschlossenen Röhrensystemen der Wirbeltiere, Ringelwürmer u. Kopffüßer zirkulierende, von einem oder mehreren Herzen angetriebene *Blut;* 3. die in Lückenräumen (Lakunensystemen) bewegte *Hämolymphe* z. B. der Gliederfüßer, Muscheln u. Schnecken. – K. sind stets wäßrige Lösungen, die u. a. auch verschiedene Zellen enthalten.

Körpergewicht, eine individuell schwankende Größe, abhängig von Konstitution, Größe, Alter, Geschlecht, Ernährungszustand u. a. Die Faustregel, daß der erwachsene Mann so viel kg wiegen soll wie er cm über 100 cm groß ist, gibt nur einen ungefähren Anhalt. Nur beachtliches Über- oder Untergewicht sowie Ab- u. Zunahmen des Gewichts bedürfen in gesundheitl. Beziehung der Aufmerksamkeit.

Körpergröße, Größe, die von Körperbautyp, Alter u. a. abhängig ist. Das Neugeborene soll rd. 50 cm groß sein, um als reifes Kind angesehen zu werden. Menschen mit unternormaler K. nennt man *Zwerge,* mit übernormaler K. *Riesen.*

Körperbemalung bei Indianern in Zentralbrasilien

Körperhaltung, die aufrechte Haltung des Menschen. Sie wird vor allem durch die Streckung der Beine u. den Verlauf der Wirbelsäule bestimmt. Im Bereich der Halswirbelsäule ist der Körper leicht nach vorn, der Brustwirbelsäule nach hinten, der Lendenwirbelsäule wieder nach vorn gebogen. Verstärkungen dieser Biegungen führen zu symmetrischen Haltungsfehlern; so entsteht im Bereich der Brustwirbelsäule die *Kyphose*, der Lendenwirbelsäule die *Lordose* (Hohlkreuz). Seitl. Verbiegungen bewirken asymmetrische Haltungsfehler: *Skoliose*.

Körperkultur, 1. *Körperpflege*, Bestandteil der Gesundheitspflege (Bäder, Gymnastik, Abhärtung, Zahn-, Hand-, Fuß-, Haut-, Gesichtspflege, Licht-, Luft- u. Sonnenbäder).
2. in sozialist. Ländern zusammenfassende Bez. für alle Gebiete der Leibeserziehung.

Körperlehre →Stereometrie.

Körpermaße, die Längen- u. Breitenmaße des menschl. Körpers; die wichtigsten Längenmaße: Körperhöhe, Höhe des oberen Schambeinfugenrands, Höhe des vorderen Darmbeinstachels, Schulterhöhe, Höhe der Fingerspitzen (Mittelfinger); die wichtigsten Breitenmaße: Schulterbreite, Breite zwischen den Darmbeinkämmen. Von Bedeutung in der *Anthropometrie*.

Körperschaft, *Korporation*, **1.** Verein; ein Untertypus der rechtl. Personenvereinigung zur Erreichung eines gemeinsamen Zwecks (der →Gesellschaft i. w. S.), dessen Fortbestand unabhängig vom Mitgliederwechsel u. dessen Geschäftsführung u. Vertretung bes. Organen übertragen ist *(körperschaftl. Verfassung)*; z. B. eingetragener Verein, Aktiengesellschaft, Kommanditgesellschaft auf Aktien, Gesellschaft mit beschränkter Haftung, eingetragene Genossenschaft.
2. häufig unscharf für →juristische Person; auch für →Organ, bes. →Staatsorgan (z. B. „gesetzgebende K.").
3. *K. des öffentlichen Rechts, Öffentliche K.*, ein Verband von Mitgliedern, der als →juristische Person des öffentl. Rechts unter staatl. Aufsicht selbständig Verwaltungsaufgaben wahrnimmt; im einzelnen als →Gebietskörperschaft, →Personalkörperschaft oder →Realkörperschaft; zu unterscheiden von der öffentlichen *Anstalt*; in der BRD auch die Kirchen mit Ausnahme kleiner u. kurzlebiger Sekten (→Religionsgesellschaften).

Körperschaftsteuer, eine aus der Einkommensteuer für jurist. Personen entstandene Steuer auf die Einkünfte von Körperschaften, Personenvereinigungen u. Vermögensmassen, die ihre Geschäftsleitung oder ihren Sitz in der BRD haben. Nach dem *K.gesetz* (KStG 1977) vom 31. 8. 1976 sind unbeschränkt körperschaftsteuerpflichtig: Kapitalgesellschaften, Erwerbs- und Wirtschaftsgenossenschaften, Versicherungsvereine auf Gegenseitigkeit, sonstige jurist. Personen des privaten Rechts, nichtrechtsfähige Vereine, Anstalten, Stiftungen u. a. Zweckvermögen des privaten Rechts, Betriebe gewerbl. Art von jurist. Personen des öffentl. Rechts. Beschränkt körperschaftsteuerpflichtig sind 1. Körperschaften, Personenvereinigungen u. Vermögensmassen, die weder ihre Geschäftsleitung noch ihren Sitz im Inland haben, mit ihren inländ. Einkünften und 2. sonstige Körperschaften, Personenvereinigungen u. Vermögensmassen, die nicht unbeschränkt steuerpflichtig sind, mit den inländ. Einkünften, von denen ein Steuerabzug vorzunehmen ist. Von der K. befreit sind die Dt. Bundespost, die Dt. Bundesbahn, die Dt. Bundesbank, polit. Parteien, Körperschaften, Personenvereinigungen u. Vermögensmassen, die ausschl. gemeinnützigen, mildtätigen oder kirchl. Zwecken dienen u. a. Der Steuersatz beträgt in der Regel 56% des zu versteuernden Einkommens, ermäßigt sich aber für bestimmte Körperschaften auf 50%, 46% oder 44%. – ⊞4.7.2.

Körperschall, im Unterschied zum *Luftschall* der Schall, der sich in festen Körpern fortpflanzt, wenn sie durch mechan. Einflüsse in Schwingungen versetzt werden. Auch Luftschallwellen können beim Auftreffen auf feste Bauteile Erschütterungen hervorrufen. Zur Verhütung von K. in Gebäuden dienen Maßnahmen zur *Schalldämpfung*.

Körperschule →Körperbildung.

Körpertemperatur. Bei homoiothermen Organismen (→Warmblüter) wird die aus den Stoffwechselvorgängen anfallende Wärme zum Aufrechterhalten der K. nutzbar gemacht. Beim Menschen schwankt sie zwischen 36,4 u. 37,4 °C, im After (rektal) gemessen (im Mund u. in der Achselhöhle liegt sie etwas niedriger). Ein *Regelkreis* hält sie konstant. Die K. zeigt Tagesperiodik: mit einem Minimum in den frühen Morgenstunden u. einem Maximum am Nachmittag.

Körperverletzung, körperliche Mißhandlung oder Beschädigung der Gesundheit eines Menschen; bei Vorsatz oder Fahrlässigkeit strafbar nach §§ 223 ff. StGB. Die wichtigsten Formen der K. sind: *gefährliche K.* (K. mittels einer Waffe oder eines gefährlichen Werkzeugs, durch mehrere gemeinschaftlich oder durch hinterlistigen Überfall oder lebensgefährdende Behandlung); *Mißhandlung Abhängiger* (Mißhandlung von in der Obhut des Täters stehenden Personen oder Pflegebefohlenen); *schwere K.* (mindestens fahrlässig verursachter Verlust eines wichtigen Glieds, des Sehvermögens [auch auf einem Auge], des Gehörs, der Sprache, der Zeugungsfähigkeit sowie mindestens fahrlässig herbeigeführte erhebliche dauernde Entstellung oder Eintritt von Siechtum, Lähmung oder Geisteskrankheit); ist eine dieser Folgen beabsichtigt, so wird die Strafe verschärft; *K. mit Todesfolge* (fahrlässige Verursachung des Todes). – Bei →Einwilligung des Verletzten ist die K. nur strafbar, wenn die Tat trotz Einwilligung gegen die guten Sitten verstößt. Der nach den Regeln der ärztl. Kunst mit Einwilligung des Patienten vorgenommene *Heileingriff* ist keine K. (→Kunstfehler). – Leichte u. fahrlässige K.n werden nur auf Strafantrag verfolgt. →auch Kompensation (5).
Das schweizer. StGB unterscheidet *schwere K.* (Art. 122), die mit Zuchthaus bis zu 10 Jahren oder Gefängnis zwischen 6 Monaten u. 5 Jahren bestraft wird, *einfache K.* (Art. 123), *fahrlässige K.* (Art. 125) u. *Tätlichkeiten* (Art. 126), die ein augenblickl. Schmerz, aber keinen Körper- oder Gesundheitsschaden hervorrufen. Fahrlässige K.en ohne schwere Folgen u. einfache K.en, die nicht mittels einer Waffe, eines gefährlichen Werkzeugs oder Gift begangen werden u. die auch ohne schwere Folgen geblieben sind, werden nur auf Antrag verfolgt. – In Österreich werden unterschieden: *leichte K.* u. *fahrlässige K.* (§§ 83, 88 StGB: Freiheits- oder Geldstrafe); *schwere K., K. mit schweren Dauerfolgen, K. mit Todesfolge, absichtl. schwere K.* (§§ 84–87 StGB: stets Freiheitsentzug).

Korporal [ital. *capo*, „Haupt, Häuptling"], frz. *Caporal*, ital. *Caporale*, beim italien. u. französ. Heer ein höherer Mannschafts- oder der unterste Unteroffiziersdienstgrad; seit 1600 auch in dt. Kontingenten (im österr. u. schweizer. Bundesheer als Mannschaftsdienstgrad noch heute) gebräuchlich für den Führer einer *K.schaft*, der einzigen Unterabteilung einer *Kompanie*. Bei der späteren Einteilung in *Züge* u. *Gruppen* als Grundlage der Gefechtsgliederung wurde die Einteilung in K.-schaften für den Innendienst bis in unsere Zeit hinein beibehalten. →auch Corporal.

Korporale [das; lat., „Leibtuch"], ein quadrat. leinenes Tuch, das als Unterlage für Kelch u. Hostie auf die Altartücher gelegt wird.

Korporation [lat.], **1.** *Hochschulen:* student. Verbindung.
2. *öffentl. Recht:* = Körperschaft.
3. *Soziologie:* Berufsstand; →berufsständische Ordnung.
4. *Staatsrecht:* Zunft; →Korporativstaat.

Korporativismus [lat.] →berufsständische Ordnung.

Korporativstaat, ein Staat, dessen gesetzgebendes Organ sich nicht aus Vertretern von polit. Parteien, sondern aus Vertretern berufsständ. Organisationen *(Korporationen)* zusammensetzt u. auch sonst die Berufsgruppen zu Trägern hoheitlicher Gewalt macht. Das faschist. Italien unter B. Mussolini führte den Zusammenschluß von Arbeitgeber- u. Arbeitnehmerverbänden u. ihre Aufgliederung in 22 Korporationen durch *(stato corporativo)*. Das einzige Beispiel einer derartigen Form der Ständestaatlichkeit moderner Prägung ist heute Portugal; dort wird die 2. Kammer von den Korporationen (Berufsverbänden) getragen. Vorstellungen dieser Art vertritt auch ein Flügel der kath. Soziallehre. In Österreich wurden sie zwischen den beiden Weltkriegen von *O. Spann* auf der wissenschaftl. Ebene, von Bundeskanzler *E. Dollfuß* u. der Heimwehr-Organisation auch auf dem polit. Feld verfochten. Gelegentliche Ansätze in Südamerika haben nicht zu einem bleibenden Erfolg geführt u. sind dort durch den linksgerichteten u. radikaleren →Syndikalismus bekämpft worden. – ⊞4.1.2.

Korps [ko:r; das; frz.], **1.** *Militär:* ein Truppenverband des Heeres, Zusammenfassung mehrerer *Divisionen* u. der eigenen *K.truppen* (Artillerie-, Fernmelde- u. Pioniertruppen, Instandsetzungs- u. Transportverbände); in der NATO der höchste rein nationale Stab. Führer ist ein *Kommandierender General* im Rang eines Generalleutnants.
2. *Verbindungswesen:* →Corps (2).

Korpsgeist, eine Gesinnung, die engen Zusammenschluß oder Standesbewußtsein (z. B. im Offizierskorps) betont.

Korpus [Mz. *Korpora*; lat.], **1.** *allg.:* [der], Körper, Schallkörper von Saiteninstrumenten.
2. [die, nur Einzahl], *Buchdruck: Garamond*, ein →Schriftgrad von 10 Punkt = 3,761 mm Kegelstärke. In dieser Schrift wurde einst das *Corpus juris* gedruckt.
3. [das], *Buchwesen: Corpus*, bei Schriften ein vollständiges Sammelwerk.

Korpuskeln [Ez. die *Korpuskel*; lat., „Körperchen"], die →Elementarteilchen, auch die daraus zusammengesetzten Atome u. Moleküle. Wie die →Quantentheorie zeigt, verhalten sich die K. einmal wie Teilchen bestimmter Masse (d. h., sie sind auf ein bestimmtes Raumgebiet lokalisiert), ein anderes Mal wie Wellen (d. h., sie wirken in einem größeren Raumbereich als Ansammlung von Energie). Je größer die Geschwindigkeit der K. wird, um so besser lassen sie sich durch das Teilchenbild beschreiben u. werden *Korpuskularstrahlen* genannt (z. B. in der →Höhenstrahlung). Treffen diese Strahlen auf ein Hindernis, so bleiben die K. entweder in ihm stecken oder fliegen hindurch, können aber an seinen Rändern nicht gebeugt werden. Man erhält auf diese Weise eine Art Schatten hinter dem Hindernis. Ob sich ein Strahl von K. wie ein Korpuskularstrahl verhält oder wie ein Wellenstrahl, der Beugung u. Interferenz erleidet, hängt von der Wellenlänge der K. u. der Ausdehnung des Hindernisses ab. Ist die Wellenlänge sehr viel kleiner als das Hindernis, so verhalten sich die K. wie Teilchen; ist sie sehr viel größer als das Hindernis, so haben sie Wellencharakter; ist sie in der Größenordnung des Hindernisses, so versagt die Anschauung völlig, u. man kann nur mit quantentheoret. Überlegungen weiterkommen. – ⊞7.6.1.

Korrasion [lat.], die abschleifende Wirkung sandbeladenen Windes auf Gesteine *(Sandschliff)*. Der bloße Transport durch den Wind wird *Deflation* genannt. Deflation u. K. sind Bestandteil der *äolischen Verwitterung*.

Korreferat [das; lat.], Gegenbericht; ein Referat, das ein vorausgehendes ergänzen oder widerlegen soll.

Korreferent [lat.], ein Mitberichterstatter, der zur Widerlegung oder Ergänzung des Berichts einen Gegenbericht vorlegt.

Korrektionsanstalt [lat.] →Besserungsanstalten, →Arbeitshaus.

Korrektionsbauten [lat.], *Wasserbau:* Bauten, die einer Flußregulierung dienen.

Korrektor [lat.], ein Angestellter einer Druckerei oder eines Verlages, der Korrektur zu lesen hat, d. h. den Drucksatz durch Vergleich mit dem Manuskript auf seine Richtigkeit hin zu prüfen, Fehler zu berichtigen u. Verbesserungen vorzuschlagen hat. In den Anfängen des Buchdrucks übten vielfach Gelehrte die Tätigkeit eines K.s aus, da damals auch die Formung des in Satz gehenden Textes zu den Aufgaben eines K.s gehörte.

Korrektur [die; lat.], Berichtigung, Verbesserung; in der Drucktechnik die Berichtigung eines Fehlers mit Hilfe von festgelegten *K.zeichen*. Eine *K.sendung* wird bei der Post wie eine Drucksache behandelt.

Korrekturfahne, der →Bürstenabzug eines Schriftsatzes; →Fahne.

Korrelation [lat., „Wechselbeziehung"], **1.** *allg.:* das Aufeinander-bezogen-Sein von zwei Begriffen oder Dingen.
2. *Biologie:* die gegenseitige Einwirkung aller Bestandteile eines Organismus aufeinander u. die Bedingtheit aller Lebensläufe voneinander. Die K. beruht auf nervöser u. chem. Vermittlung.
3. *Logik:* das abhängige Vorhandensein von Dingen *(Relaten)*, wobei sowohl die K. als auch die Relate nur bestehen können, wenn beide Relate gegeben sind; z. B. fordern das Relat „König" u. die K. „Herrschaft" notwendig das Relat „Volk". Gegenstände, zwischen denen eine K. besteht, heißen *korrelative Gegenstände* oder *Korrelate*.
4. *Psychologie:* der Zusammenhang zweier seelischer oder eines seelischen u. eines körperl.

Merkmals. So steht z. B. die Fähigkeit, Formen (im Gegensatz zu Farben) zu beachten, in K. mit mathemat. Begabung. Nach E. Kretschmers Typologie (→Konstitution) ist eine K. zwischen Körperbau u. Charakteranlagen vorhanden.

Korrelationsrechnung, eine Rechenmethode, die bes. in den Naturwissenschaften u. in der Volkswirtschaftslehre benutzt wird, um die Korrelation zweier Merkmale, die nicht in funktionalem Zusammenhang stehen, nach den Verfahren der Wahrscheinlichkeitsrechnung durch Häufigkeitskurven zu ermitteln. Die Größe der Korrelation gibt der *Korrelationskoeffizient* an; er ist positiv, wenn sich beide Merkmale im gleichen Sinn verändern (bei vollkommener Abhängigkeit: + 1); er ist 0, wenn keine Beziehung besteht, u. negativ, wenn die Merkmale sich im entgegengesetzten Sinn ändern. Die K. ist zuerst 1888 von F. *Galton* eingeführt worden.

Korrelativismus [lat.], **1.** *Biologie:* die wechselseitige Entsprechung der einzelnen Glieder eines Funktionskreises, vor allem eines Reglersystems bei einem Lebewesen.

2. *Philosophie:* die Lehre von der notwendigen Entsprechung von Gegebenheiten, vor allem der von Subjekt u. Objekt, Mensch u. Mitmensch u. ihrer entspr. Betrachtung.

Korrepetitor [der; lat.], Pianist u. Hilfsdirigent an Theatern, der mit Sängern die Einzelproben abhält.

Korrespondent [lat.], **1.** *Berufskunde:* ein Angestellter für die Erledigung des Briefwechsels einer Firma.

2. *Presse:* auswärtiger Nachrichtenagentur-, Presse- oder Funkmitarbeiter, durch Vertrag oder Absprache an seine Auftraggeber (oft mehrere) gebunden, die er mit Nachrichten, Berichten u. Meinungsbeiträgen beliefert. *Auslands-K.en* berichten von den wichtigsten Plätzen des Auslands, *Sonder-K.en* über bestimmte Themen oder nur in begrenzter Zeit bei bes. Ereignissen.

Korrespondentreeder, ein durch Beschluß der Mehrheit der Mitreeder bestellter *Schiffsdirektor (Schiffsdisponent).* Sofern der K. nicht selbst Mitreeder ist, ist Einstimmigkeit für den Beschluß erforderlich. Der K. ist berechtigt, alle Geschäfte u. Rechtshandlungen vorzunehmen, die der Geschäftsbetrieb einer *Reederei* gewöhnl. mit sich bringt (§§ 492–499 HGB).

Korrespondenz [lat.], **1.** wechselseitige Entsprechung, Übereinstimmung.

2. Briefwechsel, Schriftverkehr; Sammlung von Briefen; ausgewählter u. bearbeiteter Stoff für Zeitungen.

Korrespondenzbüro →Pressedienste.

Korrespondenzprinzip, ein von N. *Bohr* formuliertes Prinzip, das eine Beziehung (Korrespondenz) zwischen der *Quantentheorie* u. der *klass. Physik* herzustellen gestattet; die Gesetze der Quantenphysik gehen mit wachsenden Quantenzahlen in die Gesetze der klass. Physik über. Das K. wurde zuerst auf die Theorie der Atome angewendet, in der es aussagt: Für große Quantenzahlen, d. h. bei weiter Entfernung eines Elektrons vom Kern, müssen die quantentheoret. berechneten Aussagen mit den nach der elektromagnet. Theorie bestimmten identisch sein.

Korridor [der; ital.], **1.** *Bauwesen:* vor oder zwischen den Räumen eines Stockwerks oder einer abgeschlossenen Wohnung liegender Gang *(Flur).*

2. *Politik:* ein Gebietsstreifen oder eine Flugschneise *(Luft-K.),* wodurch die Verbindung eines Territoriums mit einer Enklave gewährleistet werden soll. Der →Polnische Korridor, aufgrund des Versailler Vertrags geschaffen, verband Polen mit seinem Hafen an der Ostsee u. trennte Ostpreußen vom übrigen Dt. Reich.

Korrigens [das, Mz. *Korrigentien* oder *Korrigentia;* lat.], geschmacksverbessernder Zusatz zu einem Heilmittel, z. B. Zucker, Sirup, Pfefferminzöl.

Korrigum [das; afrik.] →Leierantilopen.

Korrodi, Eduard, schweizer. Literarhistoriker u. Schriftsteller, *20. 11. 1885 Zürich, †4. 9. 1955 Zürich; Mitarbeiter der „Neuen Zürcher Zeitung"; Hptw.: „Keller als Lyriker" 1911; „C. F. Meyer-Studien" 1912.

Korrosion [lat. *corrodere,* „aussagen"], **1.** *Geologie:* chem. Zerstörung u. Auslaugung von Gesteinen durch Salz- u. Süßwasser; in kristallinen Gesteinen die Zerstörung von Einzelkristallen durch die chem. aktive Grundmasse oder das Restmagma.

2. *techn. Chemie:* die Schädigung u. Zerstörung von Werkstoffen durch chem. oder elektrochem. Reaktionen, die durch Elektrolytlösungen, feuchte Gase, Schmelzen u. a. hervorgerufen werden können. Abhängig von der Art des Werkstoffs u. vom angreifenden Medium kann K. in unterschiedl. Formen auftreten, bei Metallen z. B. als gleichmäßiger flächenhafter Angriff (Rosten des Eisens), als Lochfraß (Entstehung einzelner nadelfeiner, tiefer Löcher) oder als interkristalline K., wobei der Angriff den Korngrenzen des Metalls folgt. K. wird sehr begünstigt, wenn das Metall in elektr. leitender Verbindung mit einem elektrochem. edleren Metall der Feuchtigkeit ausgesetzt ist, da es dann die Anode eines kurzgeschlossenen galvan. Elements bildet (Lokalelement). Auch mechan. Belastung kann die K. fördern.

K.sschutz wird erreicht durch das Aufbringen korrosionsfester, dichter Überzüge z. B. von Metallen (Verzinken, Verchromen u. a.), Glasuren (Emaillieren) oder Anstrichen, wobei durch bes. Zusätze (Mennige, Bleiweiß, auch organ. Stoffe) ein ausgeprägter Rostschutz erreicht wird; auch durch dichtes Umwickeln mit Kunststoffbändern. Bei Teilen, die ständiger Wassereinwirkung ausgesetzt sind, wird häufig der *kathodische K.sschutz* durchgeführt, wobei das zu schützende Teil mit bes. Stäben oder Platten (Schutzanoden) verbunden ist, die sich auflösen, da sie aus unedlerem Metall (z. B. Magnesium) bestehen, oder auch dadurch, daß von außen Gleichstrom zugeführt wird.

Holz: Verschiedene Holzarten sind in unterschiedl. Maß korrosionsbeständig; im allg. sind Nadelhölzer beständiger als Laubhölzer. Dem Angriff schwacher Säuren u. Laugen widersteht Holz normalerweise; K.sschutz wird durch Anstriche erreicht, auch durch Tränken mit geeigneten Stoffen. – Bei Kunststoffen ist ein äußerer K.sschutz im allg. nicht erforderlich, da für die meisten Zwecke genügend beständige Sorten zur Verfügung stehen; häufig werden den Kunststoffen auch von vornherein K.sschutzmittel zugemischt, z. B. Antioxydantien, UV-Absorber.

Korruption [lat.], Bestechlichkeit, moral. Verfall; im polit. Leben das Ausnutzen staatl. Machtmittel oder der Vorteile einer öffentl. Stellung zur Erlangung gesetzwidriger oder anstößiger, privater oder persönlicher politischer Vorteile.

Korsage [-ʒə; die; frz.], enganliegendes, trägerloses Oberteil der weibl. Kleidung.

Korsak [der; türk.] →Steppenfuchs.

Korsakow, Stadt im Fernen Osten der RSFSR (Sowjetunion), an der Südküste der Insel Sachalin, in der Aniwbucht, 35 000 Ew.; Papierindustrie, Fischverarbeitung, Schiffsreparatur; Haupthafen von Sachalin.

Korsakow [-kɔf], Sergej Sergejewitsch, russ. Psychiater, *3. 2. 1854 Gut Gans, Wladimirsk, †14. 5. 1900 Moskau; beschrieb das nach ihm benannte *K.-Syndrom (amnestisches Syndrom):* ein mit Merk-, Gedächtnis- u. Aufmerksamkeitsstörungen, Konfabulationen, Desorientiertheit, Affektstörungen u. a. psychischen Ausfallerscheinungen einhergehendes Krankheitsbild, das bei organ. Hirnerkrankungen, im hohen Alter u. bes. bei chron. Alkoholismus vorkommt u. oft mit Demenz (Verblödung) u. Polyneuritis (Nervenentzündungen) verbunden ist *(Korsakowsche Krankheit).*

Korschelt, Eugen, Zoologe, *28. 9. 1858 Zittau, †28. 12. 1946 Marburg; 1892–1926 Prof. in Marburg; arbeitete bes. über Probleme der Regeneration u. Transplantation; schrieb mit K. *Heider* das „Lehrbuch der vergleichenden Entwicklungsgeschichte der wirbellosen Tiere" 1910.

Korselett [das; frz.], Hüftgürtel mit gerade angeschnittener Trägertaille; kam um 1925 zur Zeit der taillenlosen Linie auf; heute aus leichtem vollelastischem Material hergestellt u. hüft-, taillen- u. büstenformend. Das K. hat das *Korsett* weitgehend verdrängt.

Korsen, die Bevölkerung der französ. Insel *Korsika,* rd. 270 000. Die K. sprechen eine italien. Mundart u. sind wohl iberischen Ursprungs. Bei ihnen hat sich durch die Insellage viel altes Volkstum erhalten: einflußreiche Sippenverbände, ausgeprägte Totenehrung mit Totenklagen der Frauen, Hirtenwirtschaft, Feldarbeit der Frauen, Mordkreuze; nur noch selten Blutrache.

Korsett [das; frz.], *Schnürbrust, Schnürleib,* festes, durch Stützen versteiftes, enganliegendes Kleidungsstück zur Straffung der Körperhaltung bei Muskelschwäche oder Wirbelsäulenkrümmung, auch aus kosmet. Gründen meist von Frauen getragen. In der Antike waren Brustbinde u. Leibgürtel üblich; zu einem Kleidungsstück verbunden seit dem 16. Jh. Zur burgund. Mode gehörte ein weiches *Schnürmieder* aus Ziegenleder oder Baumwollstoff. *Katharina von Medici* soll das eiserne K. in Frankreich allg. eingeführt haben. Seit dieser Zeit war das K. aus festem Stoff u. Metall- oder Fischbeinstäbchen u. paßte sich der jeweiligen Modelinie an (z. B. *Wespentaille*). Seit etwa 1925 wurde das K. weitgehend vom *Korselett* abgelöst; als *Stütz-K.* ist es heute noch vorwiegend in der Orthopädie gebräuchlich.

Korsika, frz. *La Corse,* ital. *Corsica,* französ. Mittelmeerinsel nördl. von Sardinien, als Département mit einigen kleinen Nachbarinseln 8682 qkm, 290 000 Ew.; Hptst. *Ajaccio.* Die sehr gebirgige, im *Monte Cinto* (2706 m) gipfelnde Insel ist über 160 km von der französ. Südküste entfernt u. wird von ihr durch das über 2600 m tiefe Ligurische Meer getrennt. Von der knapp 100 km entfernten ital. Küste trennt sie der N des Tyrrhen. Meeres mit Elba u. anderen Inseln, von Sardinien die 15 km breite Straße von Bonifacio. Die Insel ist von N nach S 185 km lang, von W nach O 85 km breit. Sie ist ein Rest der alten *Tyrrhen. Masse,* aufgebaut überwiegend aus stark zerschnittenen Graniten, Gneisen u. Porphyren, im NO auch aus junggefalteten mesozoischen Schiefern. Die Gipfel des Inneren zeigen von eiszeitl. Gletschern u. Firnfeldern geprägte Hochgebirgsformen. Die Nord- u. Westküste fällt steil zum Meer ab; ihre schmalen, langgestreckten Buchten *(Rias)* bieten gute Naturhäfen. Die Ostküste ist flach; ihr Hinterland ist streckenweise eben u. teils versumpft, teils trockengelegt u. bebaut. Reichl. winterl. Niederschläge, verstärkt durch den Stau an den Gebirgen des Inneren, milde Winter u. trockenwarme Sommer gestatten üppigen Pflanzenwuchs u. lohnenden Anbau. Die noch immer recht ausgedehnten Eichen- u. Nadelwälder sind nur z. T. durch Rodung u. Beweidung durch Schafe u. Ziegen zu immergrüner, dichter Macchie umgestaltet. Um die Ortschaften liegen intensiv bebaute Fruchtgärten mit Oliven-, Wein- u. Obstkulturen. In 600 bis 1100 m Höhe breiten sich Edelkastanienhaine aus, darüber weite Hochweiden. Die Viehzucht ist rückläufig; die Fischerei hat nur für den Eigenbedarf Bedeutung. Die wichtigsten Wirtschaftszweige sind die Verarbeitung landwirtschaftl. Produkte (Wein, Obst, Gemüse) u. der Fremdenverkehr. An der Ostküste sind umfangreiche Bewässerungsanlagen in Bau.

Die einen italien. Dialekt sprechende Bevölkerung *(Korsen)* hatte durch Auswanderung bis in die 1950er Jahre stark abgenommen (1872: 359 000, 1954: 244 000 Ew.), seitdem steigt ihre Zahl wieder. Ajaccio, der Geburtsort *Napoléons I.,* u. Bastia sind die größten Städte. – 🕮 6.4.7.

Geschichte: Die Urbewohner sind Iberer; später wurde die Insel von den Phöniziern, dann von den Phokäern kolonisiert. Im 5. Jh. kamen die Karthager in den Besitz der Insel, mußten sie aber nach dem 1. Punischen Krieg 238 v. Chr. an die Römer abtreten. Der Aufstand der Korsen gegen die röm. Statthalter wurde niedergeschlagen. Hierauf gründete *Marius,* dann *Sulla* an der Ostküste röm. Kolonien. Unter der Regierung der röm. Kaiser blühte K. auf. 456 folgten Einfälle der Wandalen, unter deren Herrschaft (seit 470) die Insel gänzlich verarmte. 533 wurden die Wandalen vertrieben; dann war die Insel unter der Herrschaft der byzantin. Kaiser, bis 774 die Franken u. 850 die Sarazenen sie eroberten. Anfang des 11. Jh. wurde sie von den Pisanern eingenommen. 1002 erhielt sie eine Art Repräsentativverfassung. 1077 anerkannte die Insel Papst *Gregor VII.* als ihren Oberherrn. *Urban II.* übertrug die Verwaltung der Insel an die Pisaner, die sie 1300 an Genua abtraten, deren Herrschaft jedoch erst 1387 von den Korsen anerkannt wurde.

Im 16. Jh. bekämpften sich die genuesische, die aragonische u. die Nationalpartei mit wechselndem Glück. 1729 erhoben sich die Korsen gegen Genua, der Aufstand wurde jedoch 1730 mit Hilfe kaiserl. Truppen unterdrückt. Ein erneuter Aufstand unter P. *Paoli* (1755) schließl. führte zum Verkauf der Insel an Frankreich. Während der Französ. Revolution bereits als Département eingegliedert, kam K. infolge einer von den Engländern unterstützten Rebellion Paolis 1794–1796 zwar vorübergehend an England (u. erhielt eine Verfassung brit. Musters), wurde aber nach der Wiedereroberung 1796 endgültig französisch.

Korso [der; ital.], **1.** *allg.*: festliche Hauptstraße. **2.** *Pferdesport*: Wettrennen reiterloser Pferde beim italien. Karneval. **3.** *Volkskunde*: Paradefahrt geschmückter Fahrzeuge (*Blumen-K*. u. ä.).

Korsør, *Korsør*, Hafenstadt in der dän. Amtskommune Westseeland, am Großen Belt, 19 800 Ew.; Fischerei, Margarinefabrik; Fährverkehr.

Kort-Düse [nach dem Erfinder L. *Kort*], ein die Schiffsschraube tunnelartig umschließender, düsenförmiger Tragflügelring; er erhöht den Wirkungsgrad der Schraube bei hoher Belastung u. langsamer Fahrt (vor allem bei Schleppern).

Korte, Werner, Musikwissenschaftler, *29. 5. 1906 Münster (Westf.); Prof. in Münster seit 1937; Hptw.: „J. S. Bach" 1935; „L. van Beethoven" 1936; „R. Schumann" 1937; „Bruckner u. Brahms" 1963; „De musica" 1966.

Kortex [der; lat.], *Cortex*, Rinde; in der Anatomie die Großhirnrinde (→Gehirn).

kortikal [lat.], die Rinde von Organen, insbes. die *Hirnrinde* betreffend.

Kortikosteroide [lat. + grch.] = Corticosteroide.

Kortin = Cortin.

Kortison = Cortison.

Körtling [niederdt., „Kürzling"], niedersächs. Silbermünze (1,6 g) des 15.–17. Jh., ursprüngl. zu 6, später zu 8 Pfennigen; im 16. Jh. auch Bez. für die norddt. Nachahmungen des *Kreuzer*.

Kortner, Fritz, Schauspieler u. Regisseur, *12. 5. 1892 Wien, † 21. 7. 1970 München; kam 1911 an das Dt. Theater, kurz danach an das Staatl. Schauspielhaus in Berlin; ein Protagonist des dt. expressionist. Theaters; verließ 1933 Dtschld., ging über London nach Hollywood, wo er meist im Film spielte, kehrte 1949 nach Dtschld. zurück, spielte seitdem in München, Berlin u. auf Gastspielen Charakterrollen u. trat in immer stärkerem Maß auch als Regisseur hervor.

Kortrijk [ˈkɔrtrɛjk], frz. *Courtrai*, belg. Stadt an der Leie (Lys), im südl. Westflandern, 45 200 Ew.; Liebfrauenkirche (13. Jh.); Textilindustrie (Spitzen, Damast, Baumwolle), Handels- u. Industriezentrum, Eisenbahnknotenpunkt. – Das röm.-kelt. *Cortoriacum*; 1189 Stadt. 1302 fand in der Nähe eine Schlacht zwischen dem flandr. Städtebund u. einem Heer französ. Ritter statt („Sporenschlacht"), in der über die Selbständigkeit Flanderns zugunsten der Städte entschieden wurde.

Kortum, Karl Arnold, volkstüml. Humorist, *5. 7. 1745 Mülheim an der Ruhr, † 15. 8. 1824 Bochum; Bergarzt; schrieb in Knittelversen u. bebilderte mit grotesken Holzschnitten das komische Heldengedicht „Die Jobsiade" 1799 (1. Teil unter dem Titel „Leben, Meinungen u. Taten von Hieronimus Jobs dem Kandidaten" 1784), das bes. durch die Figur des verbummelten Studenten u. die Prüfungsszene volkstüml. wurde. zu dem auch noch W. *Busch* u. J. P. *Hasenclever* Bilder schufen.

Kortzfleisch, Ida von, *10. 10. 1850 Pillau, † 7. 10. 1915 Fredeburg, Sauerland; gründete 1897 bei Marburg die erste ländl. Wirtschafts-Frauenschule.

Korund [der; sanskr.], farbloses, diamantglänzendes, sehr hartes Mineral; chemisch: Aluminiumoxid; trigonal, in eingewachsenen oder losen, gut ausgebildeten Kristallen; Schmuckstein; Härte 9; in Granit, Gneis, Basalt, Glimmerschiefer; in Säuren u. Laugen unlöslich; als Schleifmittel u. für Lagersteine in Uhren verwendet. Farbige K.e sind Edelsteine (Rubin, Saphir). – *Elektro-K.*, künstlich durch Zusammenschmelzen von Bauxit im elektr. Lichtbogen bei 2000 °C gewonnener K.

Körung →kören.

Korvald [ˈkurval], Lars, norweg. Politiker (Christl. Volkspartei), *29. 4. 1916 Nedre Eiker, Buskerud; Landwirtschaftsfachmann; 1972/73 Ministerpräsident.

Korvette [die; ital., frz.], früher ein leichtes, schnell segelndes Kriegsschiff; heute ein kleines, meist im Vorpostendienst eingesetztes Kriegsschiff, mit Geschützen bewaffnet.

Korvettenkapitän, *Marine*: Offizier im Dienstgrad eines *Majors*.

Korwar, hölzerner Behälter für einen Ahnenschädel, in Kopfform; von der Geelvinkbai (Westirian, Neuguinea).

Korybanten, Priester der phryg. Göttin →Kybele, deren orgiastische u. lärmende Kultfeiern im 4. u. 3. vorchristl. Jh. in Kleinasien verbreitet waren u. dort von ihnen in Athen Eingang fanden.

Korydon, *Corydon*, in *Theokrits* u. *Vergils* bukol. Dichtung der Name eines Hirten; allg.: schmachtender Verliebter.

Koryo, korean. Dynastie u. Königreich 935–1392 unter der Wang-Dynastie in Korea. Der Name kam im 13. Jh. nach Europa, wo er in „Korea" latinisiert wurde. Ein bedeutendes Ereignis in der K.-Zeit war die Erfindung der Buchdruckerkunst mit bewegl. Metall-Lettern. →auch Korea (Geschichte).

Koryphäe [die, ursprüngl. der; grch., „der an der Spitze Stehende"], im altgriech. Drama der Chorführer; heute Bez. für einen „Meister seines Fachs", meist einen führenden Wissenschaftler.

Korzeniowski [kɔʒɛˈnjɔfski], Theodor Józef Konrad → Conrad, Josef.

Kós [koːs], *Koos*, türk. *Istanköˈ*, ital. *Coo*, griech. Insel der Südl. Sporaden, 282 qkm, 17 000 Ew., Hauptort *K.* (8500 Ew.); Befestigungen der Johanniter; im Altertum ein bekannter Kurort Griechenlands (schwefel- u. eisenhaltige Quellen) mit einem berühmten Asklepieion (im 4.–2. Jh. v. Chr. entstandene Terrassenanlage mit dor., korinth. u. ion. Tempel, Altären u. a.; 1902–1904 von dt. Archäologen freigelegt); bekannt durch die Ärzteschule von K. (*Hippokrates*) u. die Fertigung golddurchwirkter, durchscheinender Gewänder, die von Hetären getragen wurden (*Koische Gewänder*). – Heute: Seidenraupenzucht, Anbau von Melonen, Wein, Gemüse u. Tabak.

Kosaken [türk., russ., „Nomaden"], *Kasaken*, seit dem 15. Jh. militär. organisierte Bewohner der südl. u. südöstl. Grenzgebiete Rußlands u. Polens gegenüber Tataren u. Türken, meist Unzufriedene verschiedener Völkerschaften, oft flüchtige Leibeigene. Die K. bildeten im 16. Jh. an Don u. Dnjepr weitgehend unabhängige K.reiche mit einem gewählten Hetman. Mit fortschreitender Kolonisation kamen weitere Gruppen hinzu: Saporoscher, Kuban-, Terek-, Ural-, Orenburger u. Transbaikal-K. 1654 lösten sich die K. der Ukraine mit ihrem Hetman B. M. *Chmielnicki* aus der poln. Oberhoheit u. unterstellten sich dem Moskauer Zaren. Nach u. nach wurden auch die übrigen K. von den Zaren unterworfen. Sie bildeten später die gefürchtete leichte Reiterei des Zarenheers. Im russ. Bürgerkrieg widersetzten sie sich am heftigsten dem bolschewist. Regime. Freiwillige K.verbände nahmen im 2. Weltkrieg auf dt. Seite teil.

Kosala, nordind. Königreich im 6. Jh. v. Chr. mit der Hptst. *Schravasti*.

Kosáni, *Kozáne*, Stadt im SW von Griech.-Makedonien, 22 000 Ew.; landwirtschaftl. Handelszentrum, Flughafen; in der Umgebung Abbau von Braunkohle u. Chromerz.

Kosch, Wilhelm, österr. Literarhistoriker u. Theaterwissenschaftler, *2. 10. 1879 Drahan, Mähren, † 20. 12. 1960 Wien; Gründer des Eichendorff-Bunds; Hptw.: „Das dt. Theater u. Drama seit Schillers Tod" 1913; „Dt. Literaturlexikon" 1928–1930, ³1968 ff.; „Dt. Theater-Lexikon" 1951 ff.

Koschat, Thomas, österr. Komponist, *8. 8. 1845 Viktring bei Klagenfurt, † 19. 5. 1914 Wien; zahlreiche Lieder im Kärntner Volkston, Liederspiel „Am Wörthersee" 1880.

Koschenille [kɔʃəˈnɪljə; frz.], *Cochenille*, verschiedene Arten der *Schildläuse*, die einen roten Farbstoff enthalten, bes. die auf dem *Nopalkaktus* (Mexiko) lebende *Echte K.laus* (Nopal-, Kaktusschildlaus, *Dactylopius coccus*). Die getrockneten Weibchen lieferten vor Erfindung der Anilinfarben den wichtigen Beizenfarbstoff →Cochenille.

koscher [ˈkoː-; hebr.], nach den jüd. Speisegesetzen rituell rein u. den Gläubigen zum Genuß erlaubt; Gegensatz: *treife*, unrein.

Koschmieder, Erwin, Slawist, *31. 8. 1895 Liegnitz; seit 1938 Prof. in München; verfaßte zahlreiche Arbeiten zur Geschichte u. Grammatik der slaw. Sprachen, bes. über die Funktionen der syntakt. Kategorien („Beiträge zur allg. Syntax" 1965).

Koschnick, Hans, Politiker (SPD), *2. 4. 1929 Bremen; Verwaltungsbeamter, Gewerkschaftssekretär; 1963–1967 Innensenator, seit 1967 Bürgermeister u. Senatspräsident von Bremen; seit 1970 Mitgl. des Parteivorstands, seit 1975 stellvertr. Parteivorsitzender der SPD.

Kosciusko, Mount K. [maunt kɔˈzjʌskou], höchster Berg Australiens, in den *Snowy Mountains*, 2230 m; Wintersportgebiet.

Kościuszko [kɔɕˈtsjuʃkɔ], Tadeusz, poln. Armeeführer u. Nationalheld, *4. 2. 1746 Mereczowszczyzna bei Nowogródek, † 15. 10. 1817 Solothurn; kämpfte im nordamerikan. Unabhängigkeitskrieg (Adjutant G. *Washingtons*); 1794 Oberbefehlshaber der poln. Aufständischen gegen die Poln. Teilungen, am 10. 10. bei Maciejowice geschlagen u. von den Russen gefangengenommen, 1796 freigelassen.

Kösel-Verlag GmbH & Co. München, aus der 1593 gegr. Druckerei des fürstäbtlichen Stifts Kempten hervorgegangen, 1805 von Josef *Kösel* erworben, seit 1838 im Besitz der Familie *Huber*; pflegt kath. Schrifttum (Theologie, Philosophie, Belletristik, Zeitschrift „Neues Hochland").

Kösen, *Bad K.*, Stadt im Krs. Naumburg (Bez. Halle), an der Saale, südwestl. von Naumburg, 6500 Ew.; „Roman. Haus"; Herstellung der *Käthe-Kruse-Puppen* (heute VEB); Sol- u. Kochsalzquellen (1730). – 1138 Besitz des Klosters Schulpforta. In der Nähe liegen *Schulpforta* sowie die Ruinen von *Saaleck* u. *Rudelsburg*.

Koser, Reinhold, Historiker, *7. 2. 1852 Schmarsow bei Prenzlau, † 25. 8. 1914 Berlin; Prof. in Bonn, seit 1896 Direktor der preuß. Staatsarchive seit 1905 Vors. der Zentraldirektion der *Monumenta Germaniae Historica*; Hrsg. der Zeitschrift „Forschungen zur brandenburg. u. preuß. Geschichte" 1888 ff., u. der „Polit. Korrespondenz Friedrichs d. Gr." 1879–1939; Werke: „Geschichte Friedrichs d. Gr." 2 Bde. 1893–1905, ⁷1921–1925, Neudr. 1963; „Geschichte der brandenburg.-preuß. Politik" 1913.

Kosi, *Kusi*, linker Nebenfluß des Ganges, 500 km; entspringt aus 3 Quellflüssen in Nepal u. durchfließt Nordbihar.

Košice [ˈkɔʃitsɛ], slowak. Stadt, →Kaschau.

Kosinski, Jerzy, Pseudonym Josef *Novak*, poln. Schriftsteller, *14. 6. 1933 Lodsch; studierte in Warschau, ging 1957 in die USA; Prof. für Englisch. K. beschreibt in krit. Prosa das Leben im Kommunismus („The future is ours, comrade" 1960, dt. „Uns gehört die Zukunft, Genossen"; „No third path" 1962, dt. „Homo Sowjeticus"). Romane: „Der bemalte Vogel" 1965, dt. 1965; „Steps" 1969, dt. „Aus den Feuern" 1970; „Being there" 1971, dt. „Chance" 1972.

Kosinus [der; lat.], Zeichen cos, eine der →Winkelfunktionen.

Kosinussatz →Trigonometrie.

Kosiol, Erich, Betriebswirt, *18. 2. 1899 Köln; Prof. in Nürnberg (1939), seit 1948 in Westberlin; befaßte sich vor allem mit Fragen der Organisation u. der Kostenrechnung; Hptw.: „Anlagerech-

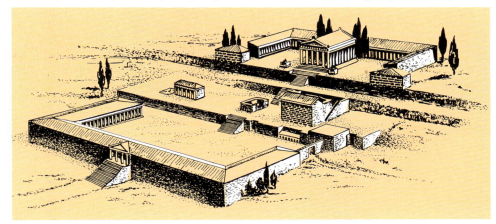

Kós: Heiligtum des Asklepios

Koskenniemi

nung" 1955; „Einkaufsplanung u. Produktionsumfang" 1956; „Grundlagen u. Methoden der Organisationsforschung" 1959; „Finanzmathematik" 1959, [10]1966; „Organisation der Unternehmung" 1962; „Kostenrechnung u. Kalkulation" 1969; „Die Unternehmung als wirtschaftliches Aktionszentrum" 1972.

Koskenniemi [-'njemi], Veikko Antero, eigentl. V. A. *Forsnäs*, finn. Lyriker u. Literarhistoriker, *8. 7. 1885 Oulu, †4. 8. 1962 Turku; schrieb an dt. u. französ. Vorbildern geschulte Lyrik: „Der junge Anssi" 1918, dt. 1937; Memoiren: „Gaben des Glücks" 1935, dt. 1938.

Köslin, poln. *Koszalin*, Stadt in Pommern (1945–1950 poln. Wojewodschaft Szczecin; seit 1950 Hptst. der Wojewodschaft Koszalin, 8471 qkm, 429 000 Ew.), am Gollenberg (137 m), östl. von Kolberg, 75 000 Ew.; Maschinen-, elektrotechn. u. Holzindustrie. – Ehem. Hptst. des Regierungsbezirks K.

Koslow [-'lɔf], Pjotr Kusmitsch, russ. Asienforscher, *16. 10. 1863 Duchowstschina, Smolensk, †26. 9. 1935 Peterhof bei Leningrad; unternahm zwischen 1883 u. 1926 als Begleiter oder Expeditionsleiter zahlreiche Reisen nach Zentralasien.

Kosmas Indikopleustes [„Indienfahrer"], griech. Kaufmann, Reisender u. Geograph aus Alexandria; unternahm um 525 n. Chr. eine Reise von Ägypten nach der äthiop., ostafrikan., pers. u. ind. Küste u. nach Ceylon. In seiner „Topographia christiana", die er später als Mönch schrieb, versuchte er zu beweisen, daß die Erde eine viereckige Scheibe sei, während *Ptolemäus* bereits 400 Jahre vorher von der Kugelgestalt der Erde ausgegangen war. Sein Werk zeigt den niedrigen Stand der frühchristl. Wissenschaft gegenüber der hellenistischen.

Kosmas und Damian, Heilige, Märtyrer, † vermutl. um 304; nach der Legende Zwillingsbrüder, Ärzte in Aegae (Kleinasien); Patrone der Ärzte u. Apotheker. Fest: 26. 9.

Kosmetik [grch.], Schönheitspflege, die Kunst, das normale Aussehen durch erhöhte Pflege, Behandlung u. Anwendung kosmetischer Hilfs- u. Pflegemittel *(Kosmetika)* zu erhalten u. nach Möglichkeit zu verbessern; seit dem Altertum bes. von Frauen betrieben. – *Chirurg. K. (kosmet. Chirurgie)*, die ärztl. Beseitigung von Schönheitsfehlern, Mißbildungen, Narben u. Alterserscheinungen *(Face-lifting)*. →auch Gesichtsplastik.

Kosmetika [Mz., Ez. das *Kosmetikum*; grch.], Mittel der verfeinerten Körperpflege, die angewandt werden, um das Äußere zu erhalten oder anziehender zu machen u. Schönheitsfehler zu verdecken (ausschl. der allg. üblichen Reinigungsmittel wie Seife u. Zahnpflegemittel, aber auch kosmet. Hilfsmittel wie Schminkpapier). K. kommen als Cremes, Puder, Lösungen, Suspensionen oder als Emulsionen mit Wasser u. Alkohol, mit pflanzl. u. tierischen Ölen, mit Fetten u. Wachsen, aber auch mit mineral. Vaselin u. Paraffin in den Handel. Zu den wichtigsten Gruppen der K. zählen *Hautpflegemittel, Puder, Haarpflegemittel, Nagelpflegemittel (Nagellack, Nagellackentferner), Haarentferner, Rasiermittel (Rasierwasser), Bademittel (Badesalz)* u. *Antischweißmittel (Desodorantien)*.

Kosmetikerin [grch.], Schönheitspflegerin, als Selbständige u. als Angestellte in Kosmetikinstituten, Friseursalons, Drogerien u. Parfümerien tätig; auch als Reisende für Kosmetikfirmen; Ausbildung meist an Kosmetik-Schulen (½ Jahr).

kosmisch [grch.], aus dem Weltall stammend, das Weltall betreffend.

kosmische Geschwindigkeit, *erste k.G.*, die →Kreisbahngeschwindigkeit (ca. 8 km/sek); *zweite k.G.*, die →Fluchtgeschwindigkeit (ca. 11 km/sek); *dritte k.G.*, die Geschwindigkeit zum Verlassen des Sonnensystems (ca. 29 km/sek).

kosmische Hintergrundstrahlung, eine schwache, offenbar aus allen Richtungen des Weltraums gleichmäßig einfallende Radiostrahlung, die einem →Hohlraumstrahler der Temperatur 3 K (Kelvin) entspricht; ihre vielleicht mit der Frühentwicklung u. der Urexplosion des Universums zusammenhängt, bisher aber noch nicht einwandfrei geklärt ist. →Kosmologie.

kosmische Physik, ein Zweig der Physik, der sich mit der Welt als Ganzem befaßt, z. B. mit der Entstehung von Sternen, Sternsystemen u. a.

kosmische Strahlung →Höhenstrahlung.

kosmo... [grch.], Wortbestandteil mit der Bedeutung „Welt, Weltall".

Kosmobiologie [grch.] →Exobiologie.

Kosmodrom [das; grch.], sowjet. Bez. für den Startplatz von Raumfahrt-Trägerraketen.

Kosmogonie [grch.], *Weltentstehungslehre*, die Lehre von der Entstehung des Weltsystems; im vorwissenschaftl. Zeitalter repräsentiert durch die großen Mythen der Hochkulturen, die trotz ihres dichterischen Gehalts bereits einen rationalen Kern einschließen. Die K.n der Vorsokratiker (z. B. *Empedokles*) nähren sich noch von myth. Denken; erst der Atomistik *Demokrits* finden sich naturalist. (mechanist.) K.n, die in dem Weltsystem der klass. Physik (R. *Descartes*, G. *Galilei*, I. *Newton*, I. *Kant*, P. S. de *Laplace*) gipfeln. In Übertragung auf die Entstehung der Gottheit spricht man von *Theogonie*. Im spekulativ-metaphys. Denken (z. B. J. *Böhme*, F. W. von *Schelling*, F. X. von *Baader*) ist die K. ein Bestandteil der Theogonie.

Die erste wissenschaftl. Erklärung über die Entstehung unseres Sonnensystems wurde 1755 von I. Kant gegeben. Danach bildete unser System aus einem völlig regellosen kosm. Urnebel (*Nebularhypothese*). Durch die Anziehungskraft der Massen untereinander entstand allmähl. eine Verdichtung, unsere heutige Sonne. Auch die Planeten bildeten sich auf die gleiche Weise. – Eine moderne Form dieser Annahme ist die *Turbulenztheorie* von C. F. von *Weizsäcker*.

Eine andere Hypothese entwickelte 1796 der französ. Astronom P. S. de *Laplace*. Auch er ging von einem Urnebel aus, der aber eine geordnete, sich drehende Gas- u. Staubmasse sein soll. Der Nebel zieht sich immer mehr zusammen u. dreht sich immer schneller. Dadurch bildet sich eine *Ursonne*, die sich immer mehr abplattet; schließlich wird die Fliehkraft so groß, daß sich Masseteile von der Sonne losreißen u. die Planeten bilden. – Oft werden beide Hypothesen (fälschlicherweise) zur *Kant-Laplaceschen Hypothese* zusammengefaßt.

Eine dritte ernsthafte Hypothese (*Katastrophenhypothese*) stammt u. a. von dem engl. Astronomen u. Mathematiker J. Jeans: Die Planeten seien bei einem nahen Vorübergang eines Fixsterns an der Sonne entstanden. Dabei wurde der Sonne Materie entrissen, aus der sich die Planeten bildeten.

Zur K. gehören auch Fragen der Entstehung u. Entwicklung der Sterne. Für die Entstehung des ganzen Weltalls nimmt man nach heutigen Erkenntnissen u. a. an, daß hochverdichtete Materie vor etwa 13 Mrd. Jahren, durch eine *Urexplosion* bedingt, anfing sich auszubreiten (→Hubbleeffekt). Andere Forscher (etwa F. *Hoyle*) nehmen ein in der räumlichen Dichte der Materie zeitlich im wesentlichen unverändertes Weltall an (→Steady-state [1]); Materie soll im Lauf der Expansion des Weltalls ständig neu erzeugt werden. Jedoch scheint diese Theorie nach neueren Untersuchungen nicht haltbar. Gelegentl. wird auch eine *Pulsation des Weltalls* angenommen: Die gegenwärtige Expansion soll später in eine Kontraktion übergehen. – Wissenschaftl. nicht haltbar sind die →Welteislehre u. die →Hohlwelttheorie.

Die K. kann keine absolut sichere Antwort auf die Frage der Weltentstehung geben. Es handelt sich vielmehr stets um wahrscheinliche Lösungen der vielfältigen Probleme.

Kosmographie [grch.], Beschreibung des Weltalls.

Kosmologie [grch.], die Lehre vom Aufbau des Weltalls u. von seiner Einordnung in Raum u. Zeit. Sie umfaßt die weitergehenden Fragen, zu denen die astronom. Wissenschaft u. auf die es meist nur hypothet. Antworten gibt, einschl. der Fragen nach der Struktur des Raumes (allgemeine →Relativitätstheorie) u. nach der Entstehung u. Entwicklung der Welten (→Kosmogonie).

Kosmonaut [grch.], sowjet. Bez. für →Astronaut.

Kosmopolit [der; grch.], 1. *allg.*: = Weltbürger. 2. *Biologie*: Bez. für Pflanzen u. Tiere mit weltweiter Verbreitung (infolge weiter Anpassungsgrenzen an Umweltfaktoren; ökologische Potenz). K.en sind vielfach auch vom Menschen verschleppte Kulturschmarotzer (Unkräuter; Schaben, Ratten).

Kosmos [der; grch., „Ordnung, Schmuck"]. 1. *allg.*: das →Weltall als geordnetes System, das als nach sinnvollen (göttlichen) Gesetzen gelenkt gedacht wird. 2. *Raumfahrt*: Name einer Serie sowjet. Satelliten mit verschiedenen Aufgaben (von 1962 bis 1978 insgesamt 1000).

„Kosmos", seit 1904 in Stuttgart erscheinende allgemeinverständliche naturwissenschaftl. Zeitschrift.

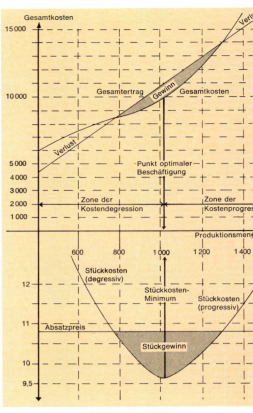

Kosten: Zusammenhang zwischen Kosten und Beschäftigung; Verlauf der Gesamtkosten (oben) und Verlauf der Stückkosten (unten)

Kosmoswolle, nach dem Streichgarnverfahren verarbeitbare Mischung aus Flachs-, Hanf- oder Jutewerg mit Wolle.

Kosmotron [das; grch.], *Cosmotron*, eine große Beschleunigungsanlage (→Teilchenbeschleuniger), die Protonen mit kinet. Energien ($3 \cdot 10^9$ eV) erzeugt, wie sie (im Kosmos) in der Höhenstrahlung auftreten; ursprüngl. Name des ersten großen Protonen-Synchrotrons (1952) im Brookhaven-Nationallaboratorium in Upton, N. Y. (USA).

Kosobaum [kuschit.], *Hagenia abyssinica*, ein *Rosengewächs* der ostafrikan. Gebirge. Die Blüten *(Flores Koso)* sind ein wirksames Bandwurmmittel.

Kosovo, autonome Provinz im S Serbiens (Jugoslawien), 10 887 qkm, 1,2 Mill. Ew. (vorwiegend Albaner), Hptst. *Priština*; meist gebirgig; Rinderzucht; Chrom-, Blei- u. Zinkerzlager; in Becken u. Flußtälern Landwirtschaft. →Amselfeld, →Kosovo i Metohija.

Kosovo i Metohija (Kosmet), ehem. Name der autonom. Prov. Kosovo im S Serbiens, →Kosovo, →auch Amselfeld.

Kosovska Mitrovica [-tsa], jugoslaw. Stadt in der autonomen Prov. Kosovo (südl. Serbien), an der Sitnica, 43 000 Ew.; chem. Industrie.

Kossäer →Kassiten.

Kossak-Szczucka [-'ʃtʃutska], Zofja, poln. Schriftstellerin, *8. 8. 1890 Skoworódki, Wolynien, †9. 4. 1968 Bielitz-Biala; ihre Romane aus kath. u. poln. nationaler Sicht behandeln bes. mittelalterl. Themen u. die Geschichte Schlesiens.

Kossäte [niederdt.], Kleingrundbesitzer auf dem Land, ohne ausreichende Ackernahrung, so daß er zur Arbeit als Tagelöhner auf Fremdbetrieben gezwungen ist.

Kossel, 1. Albrecht, Biochemiker, *16. 9. 1853 Rostock, †5. 7. 1927 Heidelberg; erhielt für die Erforschung der Chemie der Zelle u. des Zellkerns den Nobelpreis für Medizin 1910.
2. Walther, Sohn von 1), Physiker, *4. 1. 1888 Berlin, †22. 5. 1956 Kassel; Arbeiten über Atomphysik, Kristallphysik u. Röntgenstrukturanalyse.

Kossinna, Gustaf, Vorgeschichtsforscher, *28. 9. 1858 Tilsit, †20. 12. 1931 Berlin; Prof. in Berlin; entwickelte die in der Forschung umstrittene, aber einflußreiche *siedlungsarchäologische Methode* (geschlossene Kulturkreise in der Vorgeschichte seien stets bestimmten Stämmen oder Völkern gleichzusetzen) u. verknüpfte sie mit einer nationalist. Geschichtsauffassung; gründete 1909 die „Dt. Gesellschaft für Vorgeschichte"; Gründer u. Hrsg. der Zeitschrift „Mannus" (1909–1942) u. der Schriftenreihe „Mannusbibliothek".

Kossuth ['kɔʃut], Lajos, ungar. Politiker u. Nationalheld, *19. 9. 1802 Monok, Zemplén, †20. 3. 1894 Turin; Rechtsanwalt, Vorkämpfer für die ungar. Unabhängigkeit, 1837–1840 inhaftiert; 1848 als Finanz-Min. im ersten selbständigen ungar. Ministerium, der eigtl. Leiter der ungar. Politik (Bauernbefreiung, Reformen); erklärte im April 1849 Ungarns Unabhängigkeit von den Habsburgern u. wurde zum Reichsverweser (Staats-Präs.) gewählt, mußte sich aber im Aug. 1849 vor den Russen in türk. Gefangenschaft (bis 1851) begeben; kämpfte in der Emigration weiter für die ungar. Unabhängigkeit (u. a. in Italien unter G. *Garibaldi*); 1867 amnestiert, blieb als Gegner des österr.-ungar. Ausgleichs jedoch weiterhin im Exil.

Kossygin, Alexej Nikolajewitsch →Kosygin.

Kost, Heinrich, Industrieller, *11. 6. 1890 Betzdorf/Sieg; wurde 1932 Generaldirektor der Gewerkschaft „Rheinpreußen", der späteren Rheinpreußen AG für Bergbau u. Chemie; 1934 u. 1944 verhaftet, Anfang 1945 zum Tod verurteilt; nach Kriegsende Präs. der Handelskammer Duisburg; 1947–1953 Präs. der Dt. Kohlenbergbau-Leitung; 1953–1964 Präs. der Wirtschaftsvereinigung Bergbau; bes. verdient um die Mechanisierung des Kohlenbergbaus u. um den Wohnungsbau für Bergarbeiter.

Kostarika, der mittelamerikan. Staat →Costa Rica.

Kosten, der zur Hervorbringung eines wirtschaftl. Gutes entstandene oder geplante, mit Tagespreisen bewertete Verzehr an Gütern u. Dienstleistungen. Im Handelsbetrieb nannte man früher alle außer dem Anschaffungspreis entstehenden K. *Unkosten*, die vom Warengewinn abzusetzen waren. In der Industrie unterscheidet man bei Serien- u. Einzelfertigung *direkte K.*, die unmittelbar einem Erzeugnis zugerechnet werden (z.B. Fertigungslöhne, Material), u. *indirekte* oder *Gemein-K.* (z.B. Grundstücks-K., Mieten, Gehälter, Energie-K.), die nach entspr. Schlüsseln auf die einzelnen Erzeugnisse umgelegt werden. Zu den K. zählen auch die *kalkulatorischen K.* (kalkulator. Abschreibungen, Zinsen für Eigenkapital, Unternehmerlohn u. Wagnisse), die sich im Gegensatz zu den übrigen K. nicht immer in Ausgaben niederschlagen. Nur ein Teil der K. entwickelt sich entspr. der jeweiligen Beschäftigung (*variable K.*, z.B. Löhne, Material-K., Energie-K.).
Bei genauerer *K.analyse* teilt man die variablen K. noch in *proportionale* (die sich genau entspr. dem Beschäftigungsgrad verhalten), *progressive* (die schneller fallen u. steigen als die Erzeugungsmenge) u. *degressive K.* (die langsamer fallen u. steigen) auf. Da andere K.arten unabhängig vom Beschäftigungsgrad anfallen (*feste* oder *fixe K.*; z.B. Abschreibungen, Verwaltungs-K., Mieten) u. sich bei zunehmender Produktion auf eine größere Zahl erzeugter Einheiten verteilen, nehmen die *Stück-K.* bei gegebener Kapazität u. steigender Produktion zunächst ab (*K.degression*). Die Stück-K. können nach Erreichen eines Optimums unter dem Einfluß progressiver K.arten (z.B. Überstundenzuschläge, Instandsetzungen) zunehmen. Dann läßt sich aus dem K.verlauf die für den Betrieb kostenminimale Erzeugungsmenge erkennen. →auch Kostenarten, Kostenrechnung. – ◻4.8.8.

Kosten, poln. *Kościan*, Stadt in Polen, südwestl. von Posen, 18000 Ew.; Nahrungsmittelindustrie, Nervenheilanstalt.

Kostenanschlag, *Bauwesen: Bauanschlag*, Kostenzusammenstellung für Bauleistungen zur möglichst genauen Schätzung der Gesamtherstellungskosten aufgrund eines *Bauentwurfs*. Im Gegensatz dazu dienen *Kostenvoranschlag* u. *Kostenüberschlag* nur zur angenäherten Ermittlung der Kosten aufgrund eines *Vorentwurfs*. Die Angebotspreise erstellt der Bauunternehmer aufgrund einer sorgfältigen *Kostenrechnung*; sind sie zu hoch, erhält u.U. ein Konkurrent den Auftrag; sind sie zu niedrig, arbeitet er mit Verlust.

Kostenarten, Klassifizierung der *Kosten* nach bestimmten Unterscheidungskriterien. *Natürliche* oder *primäre K.*: Verbrauch an Rohstoffen, Hilfsstoffen u. Betriebsstoffen, Löhne, Gehälter, Sozialabgaben, freiwillige soziale Leistungen, Energieverbrauch, von anderen Betrieben ausgeführte Reparaturen, Abschreibungen, Zinsen, Versicherungsprämien, Beiträge, Gebühren, betriebl. Steuern, Unternehmerlohn, Mieten, Pachten. Die *sekundären K.* entstehen aus der Zusammensetzung primärer K. für Zwecke der Kostenrechnung, z.B. selbst erzeugter Strom, selbst ausgeführte Reparaturen, Verwaltungskosten, Vertriebskosten.

Kostenmiete →Mietpreisrecht.

Kostenrechnung, der Teil des Rechnungswesens einer Unternehmung, der Erfassung u. angemessene Verteilung der *Kosten* auf die einzelnen Erzeugnisse (*Kostenträger*) als Grundlage der *Kalkulation* ermöglichen soll. Dazu wird die Unternehmung in einzelne *Kostenstellen* (z.B. die verschiedenen Werkstätten, Hilfsbetriebe, Transportanlagen, Verwaltungsstellen; bei *Platz-K.* bis herunter zu den einzelnen Maschinen u. Arbeitsplätzen) aufgeteilt u. bei jeder die Summe der dort anfallenden *Kostenarten* zum Durchlauf an Erzeugnissen in Beziehung gesetzt. Daraus ergeben sich die für die Kalkulation nötigen *Zuschlagssätze*. Aus der auf tatsächl. Feststellungen aufgebauten *Ist-K.* läßt sich eine *Soll-K.* (*Plan-, Standard-, Budget-K.*) entwickeln, die Einflüsse des Beschäftigungsgrades auf die Zuschlagssätze ausschließt, eine langfristige Planung ermöglicht u. die Ansatzpunkte für eine Kostenbeeinflussung u. Kostenkontrolle durch Vergleich von Soll- u. Ist-Kosten zeigt. Zum Zweck der Betriebssteuerung sind die Kosten in *feste Kosten* u. *variable Kosten* zu gliedern. Den Kostenträgern werden nur die von ihnen verursachten variablen Kosten zugerechnet, während die durch die Betriebsbereitschaft verursachten festen Kosten als Block direkt dem Bruttoerfolg gegenübergestellt werden. Diese Form der K. wird als *Grenz-K.* oder *Deckungsbeitragsrechnung* bezeichnet. – ◻4.8.8.

Kostenremanenz, die zeitliche Verzögerung bei der Anpassung der Höhe der Kosten an Änderungen des Beschäftigungsgrades eines Betriebes. Die K. kann bei voraussichtl. kurzfristigen Schwankungen des Beschäftigungsgrades beabsichtigt sein; sie tritt außerdem aus soziolog. u. arbeitsrechtl. Gründen (z.B. Kündigungsschutz) auf.

Kostenstelle →Kostenrechnung.

Kostenstrukturerhebung, eine seit 1950 periodisch durchgeführte statist. Erhebung in gewerbl. Arbeitsstätten u. bestimmten Dienstleistungsbetrieben. Die von den ausgewählten Unternehmen erfragten Angaben (Umsätze, Bestandsveränderungen, selbsterstellte Anlagen, Vorleistungen [Stoffverbrauch, Halbfabrikate, Brenn- u. Treibstoffe], Personalkosten u.a.) ermöglichen die Ermittlung des *Nettoproduktionswerts* für die einzelnen Produktionszweige. Dieser unterscheidet sich nur wenig von der *Wertschöpfung*, die für die Berechnung des Sozialprodukts benötigt wird.

Kostenträger, das wirtschaftl. Erzeugnis, insofern ihm die *Kosten* zugerechnet werden; →Kostenrechnung.

Kostenvoranschlag →Kostenanschlag.

Köster, 1. Adolf, Politiker (Sozialdemokrat) u. Schriftsteller, *8. 3. 1883 Verden, †18. 2. 1930 Belgrad; 1920 Reichsaußen-, 1921/22 Reichsinnen-Min.; 1923 dt. Gesandter in Riga, 1928 in Belgrad; verfaßte Novellen u. Romane sowie polit. Schriften.
2. Albert, Literarhistoriker, *7. 11. 1862 Hamburg, †29. 5. 1924 Leipzig; befaßte sich bes. mit der Theatergeschichte; Hptw.: „Schiller als Dramaturg" 1891; „Gottfried Keller" 1900; „Die dt. Literatur der Aufklärungszeit" (posthum) 1925.
3. Hans von, Offizier, *29. 4. 1844 Schwerin, Mecklenburg, †21. 2. 1928 Kiel; Großadmiral, 1889–1892 Chef des Admiralstabs, 1899 Generalinspekteur der Marine. Als Chef der aktiven Schlachtflotte 1903–1906 legte K. den Grundstein zu der hervorragenden takt. Leistungsfähigkeit der Hochseeflotte.

Kosti, Stadt in der Rep. Sudan, am Weißen Nil, oberhalb von Khartum, 30000 Ew.; Agrarzentrum, Nahrungsmittelindustrie, Schiffswerft, Docks; Heimathafen der Weißen-Nil-Flotte, Endpunkt u. Umschlagplatz der meisten Nilschifffahrtslinien, Flugplatz. Hier quert die Bahnlinie El Obeidh–Port Sudan den Nil.

Kostka, Stanisław (Stanislaus), Heiliger, *28. 10. 1550 Rostkow (Polen), †15. 8. 1568 Rom; Jesuitennovize, stammte aus poln. Adel; Patron der studierenden Jugend. Fest: 13. 11.

Köstner, Joseph, österr. kath. Theologe, *9. 3. 1906 Klagenfurt; seit 1945 Bischof von Gurk mit Sitz in Klagenfurt.

Köstritz, *Bad K.*, Gemeinde im Krs. u. Bez. Gera, an der Weißen Elster, 4500 Ew.; Gartenbau-Lehranstalt; Brauerei-Industrie (K.er Schwarzbier); Solbad.

Kostroma, 1. Hptst. der Oblast K. (60200 qkm; 871000 Ew., davon rd. 40% in Städten) in der RSFSR (Sowjetunion), an der Mündung der K. in die Wolga (Hafen), 223000 Ew.; Landwirtschafts-, Textil- u. Pädagog. Institut; Flachsverarbeitung, Maschinenbau, Schiffswerft, Holz- u. Schuhindustrie, Getreidemühlen, Stärke- u. Melassefabriken; Wärmekraftwerk.
2. linker Nebenfluß der Wolga, 400 km lang, davon 140 km schiffbar; entspringt auf dem Nordruss. Landrücken, an ihrer Mündung bei der Stadt K. aufgestaut; Flößerei.

Kostrowicki [-tski], Wilhelm Apollinaris de →Apollinaire, Guillaume.

Kostrzyn ['kɔstʃin], poln. Name von →Küstrin.

Kostüm [frz.], **1.** *allg.*: die einzelnen Teile der Kleidung, insbes. das europ. *Mode-K.*, das früher u. heute mod. Veränderungen unterworfen war, sowie die Kleidung für bes. Gelegenheiten wie Sport, Jagd, Festlichkeiten u.ä. Die Kleidung der einzelnen Berufe u. Stände, bes. der ländl. Bevölkerung, wird dagegen als *Tracht* (Volkstracht) bezeichnet, ebenso die Kleidung der außereurop., nicht dem europ. Kulturkreis angehörenden Völker. Zur Erforschung des K.s (*Kostümkunde*) verwendet man Denkmäler der bildenden Kunst, literar. Überlieferungen, Trachten- u. Stammbücher, Modezeitschriften, erhaltene K.e u. Trachtzubehörteile. K.sammlungen befinden sich in zahlreichen großen u. kleinen Museen.
2. *Mode*: ein zweiteiliges Damenkleid, bestehend aus K.jacke u. K.rock im gleichen Stoff; seit Ende des 19. Jh. in Mode.
3. *Theater*: Seit dem 18. Jh. ist mit K. meist speziell die Theaterkleidung, das *Theater-K.*, gemeint. Im geistl. Spiel des MA. bürgerte sich der Brauch ein, die einzelnen Darsteller mit festen Kennzeichen ihrer Rolle zu versehen (z.B. Königskronen für die Hl. Drei Könige). Etwa im 16. Jh. ging man dazu über, nationale Unterschiede hervorzuheben (jüd., heidn., span. K.e), überdies, bes. in der *Commedia dell'arte*, bestimmte Typen durch K.e zu charakterisieren (*Narren-K.*: Pantalone, Pulcinella u.a.). Doch spielten die Darsteller noch nicht im Gewand der Zeit der Stücke. Die Personen in den Stücken der französ. Klassiker traten im Gewand ihrer Zeit auf (also auch die antiken Helden in der Hoftracht von Versailles). Erst 1755 begann mit Mlle. *Clairon* eine Reform: Sie spielte im chines. u. bäuerl. K. Ihr folgte gemäß J. Gottscheds Forderung die *Neuberin*, die es damit der dt. Bühne ermöglichte, die Ergebnisse der damals aufblühenden Trachtenkunde zu verwerten. In Fortentwicklung dieser Bestrebungen erreichten endlich die *Meininger* Ende des 19. Jh. das historisch getreue K., übertrieben jedoch u. forderten so die Reform durch M. *Reinhardt* heraus, der das Stil-K. einführte, das durch Andeutungen zeichenhaft wirkt, die Phantasie anregt u. doch dem Geschichtsbedürfnis Rechnung trägt. – Das Lager an vorhandenen K.en eines Theaters ist der *Fundus*. – ◻3.5.1.

Kostümbildner, ein Theaterberuf, dem *Bühnenbildner* neben- oder untergeordnet. Der K. entwirft die *Figurinen*, nach denen die Theaterkostüme angefertigt werden, u. überwacht ihre Anfertigung.

Kosygin [ka'sigin], *Kossygin*, Alexej Nikolajewitsch, sowjet. Politiker, *21. 2. 1904 St. Petersburg; Textilingenieur, seit 1939 Inhaber verschiedener Min.-Ämter, bes. in der Wirtschaftsverwaltung; 1948–1952 u. seit 1960 Mitgl. des Politbüros (bzw. Präsidiums) des ZK der KPdSU, 1960–1964 Erster Stellvertr. Min.-Präs.; seit 1964 (Sturz N. *Chruschtschows*) Vors. des Ministerrats; neben L. *Breschnew* u. N. *Podgornyj* einer der Spitzenpolitiker der UdSSR.

Kosztolányi ['kostola:nji], Dezső, ungar. Schriftsteller, *29. 3. 1885 Szabadka, †3. 11. 1936 Budapest; die Sorgen u. Leidenschaften des Durchschnittsmenschen registrierend, schrieb er unter dem Einfluß des französ. Symbolismus impressionist. zarte Lyrik, Novellen u. Romane; übersetzte Shakespeare, O. Wilde, R. M. Rilke, St. George.

Kot, *Stuhl*, lat. *Faeces*, durch den After ausgeschiedene unverwertbare Nahrungsreste, die zusammen mit Verdauungssäften, Darmbakterien u. verbrauchten Darmzellen den K. ausmachen. Seine Färbung beruht auf Gallenfarbstoffen u. Farbstoffen aus der Nahrung.

Kot [urdu, hind.], hind.-teling. *Kota*, Bestandteil geograph. Namen: Burg.

Kọta, *Kotah,* Hptst. des ehem. ind. Rajputenstaats K., an der oberen Chambal (Südostrajasthan), 205 000 Ew.; Fürstenpaläste, Tempel.

Kọta Bahạru, Hptst. des malays. Teilstaates Kelantan, an der Ostküste Malakkas, am Kelantanfluß, 55 000 Ew.; Reis- u. Kokoshandel; Bahn nach Singapur, Flugplatz.

Kọta Kinabạlu, früher *Jesselton,* Hptst. von Sabah (Nordborneo) in Ost-Malaysia, 42 000 Ew.; in einem trop. Agrargebiet; Hafen, Flugplatz, Bahnstation.

Kọtangens [der; lat.], Zeichen cot, eine der →Winkelfunktionen.

Kotau [der; chin.], chines. Ehrenbezeigung: Niederwerfen u. dreimaliges Berühren des Bodens mit der Stirn; Zeichen völliger Unterwerfung.

Kotbrechen, lat. *Miserere,* das Erbrechen kotig riechender Massen bei vollständigem →Darmverschluß.

Kọte [die; lat. *quota*], die durch *Höhenmessung* festgelegte Höhe eines Geländepunkts.

Kotelẹtt [das; frz.], gebratenes (Hammel-, Kalbs- oder Schweins-) Rippenstück.

Kotelẹtte [die, meist Mz.; frz.], schmaler *Backen-* oder *Schläfenbart,* bes. verbreitet in der Barttracht des Biedermeiers; heute als lang heruntergezogener Haaransatz an den Schläfen wieder in Mode.

Kotẹlnyj-Insel, die größte der *Neusibir. Inseln* im Nördl. Eismeer, 12 300 qkm. Der gebirgige Westteil steigt auf 320 m, der Ostteil ist flach.

Köth, Erika, Sängerin (Sopran), *15. 9. 1927 Darmstadt; Opern- u. Konzertsängerin, an der Bayer. Staatsoper in München, Dt. Oper Berlin, u. a. bei den Festspielen von Bayreuth u. Salzburg engagiert.

Köthen/Anhalt, früher *Cöthen,* Kreisstadt im Bez. Halle, nördl. von Halle (Saale), 36 800 Ew.; Residenzschloß *(Anhalt-K.)*; Metall-, Zucker-, Maschinen- u. chem. Industrie. – Krs. Köthen: 480 qkm, 91 000 Ew.

Kothụrn [der; grch. *kothornos*], ursprüngl. ein geschnürter, wadenhoher Schaftstiefel, Jagdstiefel des *Dionysos*; gehörte zunächst ohne Sohlen, später mit bes. dicken Holzsohlen zum Kostüm der Schauspieler der griech. Tragödie. Im 2. Jh. v. Chr. wurden die Sohlen so dick, daß sie, vor allem in röm. Zeit, fast *Stelzen* glichen.

kotierte Projektion [zu *Kote*], die zeichner. Darstellung von Raumgebilden durch senkrechte Grundrißprojektion auf eine Horizontalebene (Rißebene, Zeichenebene) unter Beifügung von Zahlen *(Koten)*, die die Höhe einzelner Punkte über der Projektionsebene angeben.

Kotierung [frz.], an der Börse die Zulassung von Wertpapieren, zur amtl. Notierung.

Kotillon [kɔtil'jɔ̃; der; frz.], *Cotillon,* **1.** *Kleidung:* in der bäuerl. Tracht ein kurzer Unterrock.

2. *Tanz:* um 1755 ein dem *Kontertanz* verwandter Gesellschaftstanz, bei dem die Unterröcke der Damen sichtbar wurden; im 19. Jh. mit Walzer u. anderen Tanzformen u. Gesellschaftsspielen durchsetzt u. zu einer eigenen Tanzform entwickelt.

Kotịngas [Mz.; portug.], *Cotingidae,* mittel- u. südamerikan. Familie z. T. sehr farbenprächtiger *Sperlingsvögel,* die Bäume feuchter Wälder bewohnen u. sich von Früchten u. Insekten ernähren. Die bekanntesten der 90 Arten sind *Felsenhahn* u. *Glockenvogel.*

Kọtka, Hafenstadt u. Hptst. der südfinn. Prov. (Lääni) Kymi, östl. von Helsinki, 34 000 Ew.; Sägewerke, Cellulose- u. Zuckerindustrie.

Kotkäfer, *Coprinae,* Unterfamilie der *Skarabäen,* die Exkremente, bes. von Huftieren, fressen (nur unvollständig von diesen ausgenutzt u. noch nährstoffhaltig). Zu den K.n gehören der *Mondhornkäfer* u. die *Pillendreher* (Gattung *Scarabaeus*).

Kọtlin, russ. Insel im Finn. Meerbusen, vor Leningrad, 15 qkm; mit dem Hafen *Kronstadt.*

Kotljarẹwskyj [-skij], Iwan Petrowitsch, ukrain. Schriftsteller, *9. 9. 1769 Poltawa, †10. 11. 1838 Poltawa; seine in Jamben verfaßte „Aeneis"-Travestie (1798, vollständig posthum 1842) wurde zur Keimzelle der modernen ukrain. Literatursprache.

Kötner →Häusler.

Koto [das; jap.], eine Wölbbrettzither, vom chines. *K'in* abgeleitet. Das K. hat einen Resonanzkasten u. verschiebbare Stege für jede Saite, ist bis zu 2 m lang u. trägt bis zu 13 Saiten.

Koton [-'tɔ̃; der; arab., span., frz.], die *Baumwolle;* →auch Cotton.

kotonisieren [frz.] →Flockenbast.

Kotoński [kɔ'tɔnjski], Włodzimierz, poln. Komponist, *23. 8. 1925 Warschau; beschäftigte sich anfängl. mit dem Studium poln. Volkstänze u. schrieb seit 1957 serielle u. elektron. Werke: „Kammermusik" für 21 Instrumente u. Schlagzeug 1958; „Musique en relief" für Orchester 1959; „Canto" für Kammermusikensemble 1963; „Klangspiele" 1967; „Pour quatre" 1969. – K. ist Verfasser eines Werks über „Die Schlaginstrumente im modernen Orchester" 1963, dt. 1968.

Kọtor, ital. *Càttaro,* jugoslaw. Hafenstadt an der dalmatin. Boka Kotorska, in Montenegro, 4900 Ew.; Festung, Mauern, Kathedrale (12. Jh.), Paläste, Stadtturm. – Die ehem. röm. Kolonie kam 1420 zu Venedig, war 1797–1918 österr., seitdem zu Jugoslawien.

Kọtromanići [-tsji], bosn. Herrschergeschlecht um 1250–1463, seit 1377 Könige von Bosnien u. Serbien, seit 1390 auch Könige von Kroatien. Unter den K. war Bosnien bis zur türk. Eroberung (Mitte des 15. Jh.) die führende südslaw. Macht auf dem Balkan.

Kotsack-Blattwespen = Gespinstblattwespen.

Kọtsassen = Häusler.

Kötschach-Mauthen, österr. Markt u. Luftkurort im Gailtal, Kärnten, an der österr.-italien. Grenze, 706 m ü. M., 3000 Ew.; spätgot. Hallenkirche (1527), Wallfahrtskirche Maria Schnee (1712); Zufahrt zum Plöckenpaß.

Kotschi, *Kochi,* japan. Präfektur-Hptst. an der Südküste von Schikoku, 240 000 Ew.; Papier-, Zement-, Nahrungsmittel- u. Fischwarenindustrie; Hafen *Urato.*

Kotschinchịna →Cochinchina.

Kotstein, *Darmstein, Darmkonkrement, Koprolith,* im Dickdarm gebildetes Konkrement, oft aus eingedicktem Kot. K.e können Ursache einer Wurmfortsatzentzündung oder eines Darmverschlusses sein; meist werden sie allerdings unbemerkt mit dem Stuhl entfernt.

Kottọ, rechter Nebenfluß des *Ubangi,* im O der Zentralafrikan. Republik; Diamantenwäscherei im Mittel-, Wasserfälle u. Schnellen im Unterlauf.

Kọtton [-tən; engl.] = Cotton.

Kọttonöl [-tən-], *Baumwollsamenöl,* aus den Samen verschiedener strauch- oder baumartiger Gewächse der Gattung *Gossypium* (USA, Indien) gepreßtes, in reinem Zustand gelbliches, schwach trocknendes Öl; für Speiseöle u. bei der Margarinefabrikation verwendet.

Kotwanze, *Reduvius personatus,* bis 18 mm lange dunkelbraune, stark behaarte mitteleurop. *Raubwanze;* häufig in Häusern, insektenjagend; erzeugt bei Gefahr schrille Zirptöne.

Kotyle [die; grch.], antikes Hohlmaß: 1 K. = 0,274 *l*; auch griech.-röm. Trinkschale (→Skyphos).

Kotyledọnen [grch.], *Kotylen,* die Keimblätter (→Keimblatt).

Kotzde-Kottenrodt, Wilhelm, eigentl. W. *Kottenrodt,* Schriftsteller, *1. 3. 1878 Gohlitz, Havelland, †4. 9. 1948 Ebnet, Breisgau; viel auf Wanderschaft, gründete als „Vater Kotzde" den Bund der „Adler u. Falken" (1919); schrieb Heimat-, Geschichts- u. Erziehungsromane sowie Jugendbücher.

Kotze [die; zu *Kutte*], der *Kotzen,* grober Wollstoff für Pferdedecken oder billige Schlafdecken; Kette: Baumwolle, Schuß: Streichgarn aus grober Wolle oder Reißwolle.

Kọtzebue [-bu:], **1.** August von, Theaterdichter u. Publizist, *3. 5. 1761 Weimar, †23. 3. 1819 Mannheim (ermordet); Jurist, seit 1783 zeitweilig in russ. Diensten, 1785 Präs. des Gouvernementmagistrats von Estland, 1800 nach Sibirien verbannt („Das merkwürdigste Jahr meines Lebens" 1801); 1801 Theaterdirektor in St. Petersburg, seit 1808 Hrsg. russ. Zeitschriften gegen Napoléon I., 1816 russ. Staatsrat; 1819 von dem Burschenschafter K. L. *Sand* als angebl. Spion erdolcht. K. schrieb rd. 200 Stücke, die in der Goethezeit viel gespielt wurden („Menschenhaß u. Reue", Tragödie 1789; „Die beiden Klingsberg", Lustspiel 1801; „Die deutschen Kleinstädter", Lustspiel mit dem Schauplatz „Krähwinkel" 1803).

2. Otto von, Sohn von 1), Seefahrer in russ. Diensten, *30. 12. 1787 Reval, †15. 2. 1846 Reval; unternahm drei Weltreisen (1803–1806, 1815–1818, 1823–1826).

Kotzebuesund [nach O. von *Kotzebue*], Meeresbucht in Westalaska, nördl. der Sewardhalbinsel. Auf einer nördl. Halbinsel liegt der Ort *Kotzebue.*

Kötzer →Cop.

Kọ̈tzting, bayer. Stadt in der Oberpfalz, im Böhmerwald (Hinterer Bayer. Wald), am Weißen Regen, 6000 Ew.; Sommerfrische; Holz-, Konserven- u. Maschinenindustrie.

Koudougou [ku'du:gu], Stadt in Obervolta (Westafrika), 40 000 Ew.; Lederwaren- u. Textilindustrie; Verkehrsknotenpunkt.

Kouprey ['kuprɛi], *Bos [Novibos] saveli,* erst 1937 entdecktes riesiges Rind der Wälder Hinterindiens; vielleicht nur ein Bastard verschiedener Rinderarten.

Kọuvola, Stadt in Südfinnland, östl. von Lahti, 25 000 Ew.; Bahnknotenpunkt; Wärmekraftwerk.

Kọwa, Victor de, eigentl. V. *Kowalski,* Schauspieler u. Regisseur, *8. 3. 1904 Hohkirch bei Görlitz, †8. 4. 1973 Berlin; kam 1935 nach Berlin, war dort zeitweise Intendant; Bonvivant u. Charakterdarsteller bes. in Komödien u. modernen Rollen; verheiratet mit der japan. Sängerin Michiko *Tanaka;* schrieb auch Komödien u. Erzählungen; langjähr. Vorsitzender der Gewerkschaft Kunst.

Kowalẹwskij, 1. Alexander Onufrijewitsch, russ. Embryologe, *7. 11. 1840 Dünaburg, †9. 11. 1901 St. Petersburg; Prof. in St. Petersburg; wies durch vergleichend-embryolog. Untersuchungen bei Manteltieren (entdeckte deren *Chorda*) u. beim Lanzettfischchen deren Zusammenhang mit den Wirbeltieren nach.

2. *Kowalewskaja,* Sofja Wassiljewna, russ. Mathematikerin, *15. 1. 1850 Moskau, †10. 2. 1891 Stockholm; die erste große europ. Mathematikerin (seit 1884 in Stockholm); Schülerin von K. *Weierstraß;* arbeitete über Differentialgleichungen, Funktionentheorie u. Kinematik.

Kowạrski, Felicjan Szczęsny, poln. Maler, *8. 9. 1890 Starosielce, Wojewodschaft Białystok, †22. 9. 1948 Konstancin bei Warschau; studierte in Odessa u. St. Petersburg, 1929 Lehrer an der Krakauer u. Warschauer Akademie. Vereinfachte Formen u. eine zarte, durchsichtige Malweise mit fast impressionist. Palette bestimmen seine Bilder. Die Einsamkeit des Menschen, die Ausweglosigkeit des Daseins u. die Tragödie des Judentums waren seine Themen.

Kowạry, poln. Name der Stadt →Schmiedeberg i. Rsg.

Koweit = Kuwait.

Kọwel, Stadt im NW der Ukrain. SSR (Sowjetunion), in Wolynien, 35 000 Ew.; Getreidemühlen, Brennereien, Holzkombinat; Eisenbahnknotenpunkt.

Kowloon [kau'lu:n], *Kaulun,* Hafenstadt in der brit. Kronkolonie Hongkong, 1,5 Mill. Ew.; früher Marinestützpunkt, heute Touristenzentrum mit modernen Hotels, Geschäftspassagen u. Einkaufsstraßen; Industrie, Schiffswerften; chines. Universität (1963).

Kowrow [-'rɔf], Industriestadt in der RSFSR (Sowjetunion), an der Kljasma, nordöstl. von Wladimir, 123 000 Ew.; Fachschulen; Textil-, Maschinen- u. Nahrungsmittelindustrie; Eisenbahnknotenpunkt.

Köy [türk.], Bestandteil geograph. Namen: Dorf.

Koźle ['kɔzjlɛ], poln. Name der Stadt →Cosel.

Kozłowska [kɔzu'ɔfska], Felixa, *27. 5. 1862 Wieliczew, †23. 8. 1921 Płock; Gründerin der *Mariaviten.*

kp, Kurzzeichen für *Kilopond;* →Pond.

KP, Abk. für *Kommunistische Partei,* mit Zusatz des betr. Landes; z. B. *KPD* →Kommunistische Partei Deutschlands, *KPdSU* →Kommunistische Partei der Sowjetunion.

Kpelle, Stamm der →Mande in Liberia u. Ghana; 550 000.

kr, Abk. für →Krone (2).

Kr, chem. Zeichen für *Krypton.*

Kra, *Isthmus von K.,* schmalste Stelle der Halbinsel von Malakka in Südthailand, 25 km breit u. maximal 75 m hoch. Ein Durchstich ist geplant.

Krabbe, *Baukunst:* →Kriechblume.

krabben, *einbrennen, fixieren,* Woll- u. Halbwollgewebe unter Einwirkung von kochendem Wasser unter Druck auf der *Krabbmaschine (Brennbock, Fixiermaschine)* aufwickeln. Dabei verliert die Wolle ihre Neigung zum Kräuseln u. Krumpen, u. die Gewebe bleiben glatt.

Krabben, *Brachyura,* Abteilung der *Reptantia,* die umfangreichste u. stammesgeschichtl. fortschrittlichste Gruppe der *Zehnfußkrebse,* umfaßt rd. 4500 Arten. Der Hinterleib ist stets unter den Kopf-Brust-Abschnitt geklappt u. von oben nicht sichtbar; Längen- u. Breitenmaße beziehen sich daher nur auf den Kopf-Brust-Teil. Die Fühler sind meist klein. Die meisten Arten laufen seitwärts [fries. *Dwarslöper*, „Querläufer"]. Zu den K. gehören die Familien der *Woll-K., Scham-K., Dreiecks-K., Taschenkrebse, Schwimm-K., Süßwasser-K., Pinnoteridae, Ocypodidae, Grapsidae, Land-K., Xanthidae.*

Krabbenspinnen, *Thomisidae*, Familie der *Spinnen*, deren beide vorderen Beinpaare krabbenartig seitlich ausgestreckt sind. K. laufen rasch seitwärts u. rückwärts; sie sind Jäger u. lauern auf Blüten ohne Netz auf ihre Beute. Reife Weibchen können sich der Farbe des Untergrundes anpassen.

Krabbentaucher, Vogel, →Alken.

Krabbenwaschbär, *Euprocyon*, ein *Kleinbär*, der den →Waschbären südlich von Panama ablöst u. ganz Südamerika vom Amazonasbecken bis zu den Anden besiedelt; stärker auf Wasser angewiesen, stellt Wassertieren an Meeresküsten u. Flußufern nach. Der K. ist langbeiniger als der Waschbär, sein Fell kräftig ziegelbraunrot, das Gesicht weiß mit schwarzer Maske, der Schwanz lebhaft schwarz-weiß geringelt. Er ist bes. aggressiv.

Kracher, dicke Garnstellen.

Kracken, *Krackprozeß* ['kræk-; engl.] →cracken.

Krad, Abk. für *Kraftrad*; →Motorrad.

Kraepelin, Emil, Neurologe u. Psychiater, *15. 2. 1856 Neustrelitz, †7. 10. 1925 München; grundlegende Untersuchungen über zirkuläres Irresein u. Schizophrenie *(Dementia praecox)*; Hptw.: „Lehrbuch der Psychiatrie" 4 Bde. 1883.

Krafft, Adam →Kraft.

Krafft-Ebing, Richard Frhr. von, Neurologe u. Psychiater, *14. 8. 1840 Mannheim, †22. 12. 1902 Graz; erforschte die Sexualstörungen u. -abarten; Hptw.: „Psychopathia sexualis" 1886, [17]1924.

Kraft, *Physik:* jede Größe, die den Bewegungszustand eines Körpers (d.h. seinen *Impuls*) nach Größe u./oder Richtung zu ändern bestrebt ist. Es gilt das *Newtonsche Gesetz*: K. = zeitliche Änderung der Bewegungsgröße = Masse × Beschleunigung. Die K. ist ein →Vektor (sie hat einen Betrag u. eine Richtung). Das Produkt aus K. × Weg heißt →Arbeit. Die bei K.einwirkungen auf größere Flächenstücke auf den cm² entfallende K. heißt →Druck. – Zwei oder mehrere Kräfte, die im selben Punkt eines Körpers angreifen, wirken insges. als *resultierende K.*; ihre Größe u. Richtung ergeben sich aus dem *Vektordiagramm der Kräfte*: Man trägt die in jeder Richtung wirkende K. als Pfeil auf Papier auf, wobei die Länge des Pfeils der Größe der K. entspricht. Je zwei solche Pfeile *(Vektoren)* bilden zwei Schenkel eines Parallelogramms *(Kräfteparallelogramm)*, dessen Diagonale die für die beiden Kräfte resultierende K. nach Größe u. Richtung angibt. Greifen mehr als zwei Kräfte am Körper an, so bestimmt man aus dieser Resultierenden u. einem anderen Kraftvektor abermals die Resultierende, bis man schließl. zum *Kräftepolygon* aller wirkenden Kräfte gelangt. – Greifen 2 gleichgroße entgegengesetzt gerichtete Kräfte an verschiedenen Punkten desselben Körpers an, so bilden sie ein *Kräftepaar*, das keine fortschreitende, sondern eine Drehbewegung des Körpers verursacht. Die Beschleunigung der Drehbewegung ergibt sich als Produkt aus der Größe der K. u. dem Abstand der beiden Angriffspunkte *(Drehmoment, K.moment)*. – Die K., die auf einen Körper wirkt, der sich um einen außerhalb liegenden Punkt dreht, heißt *Zentrifugal-K. (Flieh-K.)*. Sie versucht, den Körper vom Drehzentrum zu entfernen, u. muß durch eine zum Drehzentrum gerichtete *Zentripetal-K.* ausgeglichen werden (z.B. durch ein Seil, das den Körper im Zentrum festhält). – In der techn. Mechanik unterscheidet man *äußere Kräfte*, die eine Beschleunigung herbeiführen oder ihr entgegenwirken (z.B. Gewicht; Reibungs-, Trägheitswiderstand), u. *innere Kräfte*, die nur Formänderungen bewirken (z.B. Kräfte auf Seile, Träger, Stabkräfte im Fachwerkbau). – Bei der gegenseitigen Anziehung zweier Massen ist die →Gravitationskraft, bei der Anziehung zweier Ladungen die *Coulombsche K.* (→Coulomb), bei der Anziehung zweier Nukleonen die *Kern-K.* wirksam.

Die Einheit der K. ist 1 *Newton*. Ein Newton (1 N) ist diejenige K., die der Masse 1 kg die Beschleunigung 1 m pro s² erteilt:

$1\ N = 1\ kg \cdot 1\ m\ s^{-2} = 1\ kg \cdot m \cdot s^{-2}$.

Amtl. unzulässig sind: 1 dyn = 10^{-5} N; 1 kp (Kilopond) = 9,80665 N. – 📖7.5.0.

Kraft, 1. *Krafft*, Adam, Bildhauer, *um 1460 wahrscheinl. Nürnberg, †1508/09 Schwabach bei Nürnberg; schuf Steinbildwerke in spätgot. Stil, der in Formvereinfachung u. harmon. Ausgewogenheit bereits Renaissance-Elemente zeigt. K.s Werke stehen oft in wirkungsvoller Verbindung mit architekton. Rahmungen. Hptw.: Sakramentshaus der Nürnberger Lorenzkirche 1493–1496; Peringsdörffersches (1498) u. Landauer Epitaph 1503; Kreuzwegstationen vom Johannisfriedhof um 1505, Nürnberg, German. Nationalmuseum.

2. Victor, österr. Philosoph, *4. 7. 1880 Wien, †3. 1. 1975 Wien; kommt vom *Wiener Kreis* u. vertritt eine metaphysikfreie, logische Wert- u. Erkenntnislehre; Hptw.: „Die Grundlagen einer wissenschaftl. Wertlehre" 1937; „Mathematik, Logik u. Erfahrung" 1947, [2]1970; „Einführung in die Philosophie" 1950; „Der Wiener Kreis" 1950.

3. Waldemar, Politiker, *19. 2. 1898 Brustow, Posen, †12. 7. 1977 Bonn; 1921–1939 Geschäftsführer des Hauptvereins der dt. Bauernvereine, dann Präs. der Landwirtschaftskammer in Posen, Vertreter der dt. Minderheit in Polen; gründete 1950 den *BHE* in Schleswig-Holstein, 1950–1953 dort Finanz-Min. u. stellvertr. Min.-Präs., Vors. des *Gesamtdt. Blocks/BHE*, 1953–1956 Bundes-Min. für Sonderaufgaben; seit 1956 in der CDU.

4. Werner, Schriftsteller, *4. 5. 1896 Braunschweig; Bibliothekar, emigrierte 1933, seit 1940 in Jerusalem; Lyrik: „Wort aus der Leere" 1937; „Figur der Hoffnung" 1955; Roman: „Der Wirrwarr" 1960; Monographien: „Karl Kraus" 1956; „Rudolf Borchardt" 1961; Essays: „Wort u. Gedanke" 1959; „Zeit aus den Fugen" 1968; „Gespräche mit Martin Buber" 1966.

KRAFTCO Corporation [-kɔ:pə'rɛiʃən], Glenview, Ill., US-amerikan. Konzern der Lebensmittelindustrie, gegr. 1923, seit 1969 heutige Firma; erzeugt Käse, Margarine, Mayonnaise, Salatsaucen u.a.; Umsatz 1978: 5,7 Mrd. Dollar; 46900 Beschäftigte; dt. Tochtergesellschaft: *Kraft GmbH*, Lindenberg.

Kraft-Dehnungsdiagramm, eine Kurve, die den Zusammenhang zwischen der Längskraft, die auf einen Stab einwirkt, u. der Längenänderung, die er dadurch erfährt, darstellt. In der Festigkeitslehre wird die Kurve durch eine Gerade ersetzt (Proportionalitätsgesetz, Hookesches Gesetz). Diese Annäherung trifft z.B. für Stahl bis zur *Proportionalitätsgrenze* sehr gut, bei Beton nur sehr schlecht zu. Bei den Faserstoffen ergeben sich ganz bestimmte, für die einzelnen Stoffarten charakterist. Kurven.

Kraft durch Freude, Abk. *KDF* →Deutsche Arbeitsfront.

Kräfteparallelogramm →Parallelogramm der Kräfte.

Kraftfahrt-Bundesamt, dem Bundesminister für Verkehr unterstehende Bundesoberbehörde für den Straßenverkehr, Sitz: Flensburg-Mürwik, errichtet durch Gesetz vom 4. 8. 1951; Aufgaben: Typprüfung von Kraftfahrzeugen u. Kraftfahrzeugteilen, Sammlung von Nachrichten über Kraftfahrzeuge, Sammlung u. Auswertung der Erfahrungen im kraftfahrtechn. Prüf- u. Überwachungswesen sowie die statist. Bearbeitung der bei dem K. gesammelten Meldungen u. Nachrichten, Führung des Verkehrszentralregisters *(Verkehrssünderkartei)*.

Kraftfahrzeugbrief, eine Urkunde, die der Hersteller von serienmäßigen Kraftfahrzeugen ausstellt; sie enthält Angaben über die Beschaffenheit u. Ausrüstung des Kraftfahrzeugs u. bescheinigt, daß das Fahrzeug den geltenden Bestimmungen entspricht. Gleiches gilt für den *Anhängerbrief*. Der K. dient auch der Sicherung des Eigentums am Kraftfahrzeug, insbes. als Grundlage des Gutglaubensschutzes beim Eigentumsübergang. →auch Kraftfahrzeugschein.

Kraftfahrzeuge, Abk. *Kfz*, mit eigener Maschinenkraft bewegte, nicht an Schienen gebundene Landfahrzeuge:

1. Kraftrad: einspurig, vorwiegend zur Beförderung von 1 oder 2 Personen. Der Anbau eines Seitenwagens ändert an der Einspurigkeit nichts, weil damit das Hintereinanderlaufen zweier Einzelräder gemeint ist. – Kraftrad-Arten: Das *Motorrad* (i.e.S.) wird mit Knieschluß gefahren u. hat keine Tretkurbeln. Der *Motorroller* wird ohne Knieschluß gefahren u. hat keine Tretkurbeln. Das *Motorfahrrad (Mofa)* ist ein Kraftrad mit Tretkurbeln. Das *Moped* ist ein fahrradähnliches Kraftrad. →Motorrad.

2. Kraftwagen: zweispurig, zur Beförderung von Personen (*Personenkraftwagen*, Abk. *Pkw*) oder Sachen in eigenem Nutzraum oder auf eigener Ladefläche. *Lastkraftwagen* (Abk. *Lkw*) sind ihrer Bauart nach zur Beförderung von Lasten bestimmte Kraftwagen. *Zugmaschinen* sind K., die ihrer Bauart nach überwiegend zum Ziehen von Anhängern oder von Geräten bestimmt sind (Straßenzugmaschinen, Ackerschlepper, Sattelzugmaschinen). Sie können auch als Gleiskettenfahrzeug gebaut sein. →Kraftwagen. – 📖10.9.2.

Kraftfahrzeugproduktion (in 1000)

Land	Pkw 1955	Pkw 1977	Lkw 1955	Lkw 1977
BRD	762	3796	146	315
Frankreich	553	3096	172	416
Großbritannien	898	1328	340	386
Italien	231	1440	39	143
Japan	13	5429	47	3072
Kanada	375	1163	79	613
Österreich	11	0	7	8
Sowjetunion	108	1280	338	809
USA	7920	9214	1249	3482

Kraftfahrzeugmechaniker, *Kraftfahrzeughandwerker*, Ausbildungsberuf des Handwerks u. der Industrie (hier *Kraftfahrzeugschlosser, Autoschlosser*), 3½ Jahre Ausbildungszeit; pflegt u. repariert Kraftfahrzeuge aller Art.

Kraftfahrzeugmißbrauch, die unbefugte Benutzung eines Kraftfahrzeugs oder auch eines Fahrrads, strafbar nach §248b StGB; →Gebrauchsanmaßung.

Kraftfahrzeugschein, eine öffentl. Urkunde, die aufgrund der Betriebserlaubnis oder als Ersatz für diese u. nach Zuteilung des amtl. Kennzeichens ausgefertigt u. dem Fahrzeughalter ausgehändigt wird; Ausweis über die behördl. →Zulassung des Kraftfahrzeugs. →auch Kraftfahrzeugbrief.

Kraftfahrzeugsteuer, Steuer auf das Halten von Kraftfahrzeugen zum Verkehr auf öffentl. Straßen. Die K. wird berechnet: 1. bei Zwei- u. Dreiradkraftfahrzeugen (außer Zugmaschinen) u. bei Personenkraftfahrzeugen nach dem *Hubraum*; 2. bei allen anderen Fahrzeugen nach dem verkehrsrechtl. höchstzulässigen *Gesamtgewicht*. Der Steuersatz beträgt nach dem *K.gesetz* in der Fassung vom 1. 12. 1972 für Zweiradkraftfahrzeuge 3,60 DM je 25 cm³ Hubraum, für Dreiradkraftfahrzeuge, die der Personenbeförderung dienen, u. Personenkraftwagen 14,40 DM je 100 cm³ Hubraum, für alle anderen Kraftfahrzeuge bis zu 2000 kg Gesamtgewicht bei nicht mehr als 2 Achsen 22 DM je 100 cm³ Hubraum bzw. bei mehr als 2 Achsen je 200 kg Gesamtgewicht. Der Steuersatz steigt je Stufe von 1000 kg Gesamtgewicht bis zu 166 DM je 100 cm³ Hubraum bzw. 114 DM je 200 kg Gesamtgewicht für Kraftfahrzeuge über 22000 kg Gesamtgewicht, insgesamt jedoch nicht über 11000 DM. Von der K. befreit sind u.a. die Kraftfahrzeuge des Bundes, der Länder u. der Gemeinden, soweit sie ausschl. dem Feuerlöschdienst, der Krankenbeförderung, dem Straßenbau u.a. dienen, die Polizeifahrzeuge u. die nur in der Land- u. Forstwirtschaft verwendeten Zugmaschinen. Ein Steuererlaß kann auf Antrag für Personenkraftwagen von Körperbehinderten gewährt werden. – 📖4.7.2.

Kraftfahrzeugverkehr, der Straßenverkehr mit *Kraftfahrzeugen* zur Beförderung von Personen u.

Bayerische Motoren Werke AG, München — Daimler-Benz AG Stuttgart — Ford-Werke AG Köln — Adam Opel AG Rüsselsheim — Volkswagenwerk AG Wolfsburg

Kraftfahrzeuge: Firmenzeichen

Gütern. Er nahm seit dem 1. Weltkrieg eine stürm. Aufwärtsentwicklung u. führte zur grundlegenden Änderung der modernen Verkehrsstruktur. Nach den wirtschaftl. Expansionswellen des Eisenbahn- u. des Elektrizitätswesens wurde durch das Kraftfahrzeug ein dritter Industrialisierungsstoß ausgelöst, den neben der Automobilindustrie zahlreiche Hilfs- u. Nebengewerbe, die Kraftstoff- u. Kautschukerzeugung sowie der Straßenbau trugen.
Recht: Neue Ordnungsvorschriften, auch strafrechtl. Art, waren erforderlich, um einen möglichst reibungslosen Verkehr u. die Sicherheit von Personen u. Sachgütern zu gewährleisten. Zulassung zum öffentl. Straßenverkehr (Betriebserlaubnis, Fahrerlaubnis), das Verhalten im Straßenverkehr u. die obligator. Haftpflichtversicherung sind für die BRD geregelt im *Straßenverkehrsgesetz*, in der *Straßenverkehrsordnung* u. in der *Straßenverkehrs-Zulassungs-Ordnung*. →auch Straßenverkehrsrecht.

Kraftfahrzeugversicherung, *Kraftfahrtversicherung*, Sammelbez. für 4 Versicherungszweige, die in einer Police versichert werden können: 1. *Kraftfahrzeughaftpflichtversicherung*, Versicherungsschutz wie bei der Haftpflichtversicherung allg., wenn durch den Betrieb eines Kraftfahrzeugs Personen-, Sach- oder Vermögensschäden entstehen. Der Abschluß ist wegen der *Gefährdungshaftung* des Autohalters im Interesse des Geschädigten durch Gesetz vom 7. 11. 1939 zwangsweise vorgeschrieben. 2. *Kraftfahrzeugkaskoversicherung*, umfaßt Beschädigungen, Zerstörung u. Verlust des Kraftfahrzeugs u. seiner an ihm befestigten Teile durch Unfall, Brand u. Explosion, böswillige Handlung Fremder u. Entwendung; auch als Teilversicherung nur gegen Brand u. Entwendung. 3. *Kraftfahrzeugunfallversicherung*, für alle berechtigten Insassen des im Vertrag bezeichneten Kraftfahrzeugs. Beim *Pauschalsystem* liegt die Versicherungssumme für das Kraftfahrzeug fest u. wird durch die Anzahl der beim Unfall im Kraftfahrzeug befindl. Personen geteilt; beim *Sitzplatzsystem* ist eine bestimmte Summe für jeden Platz festgelegt. Für Berufsfahrer ist eine eigene Kraftfahrzeugunfallversicherung erforderlich. 4. *Reisegepäckversicherung*, bezieht sich auf das gesamte im Kraftfahrzeug befindl. Gepäck einschl. der am Körper getragenen Kleidung aller Insassen; Versicherungsschutz bei Unfall des Fahrzeugs, Brand u. Entwendung, auch bei Aufenthalt in Hotels u. Räumlichkeiten außerhalb des Wohnorts des Versicherten. – 🄻4.9.3.

Kraftfeld →Feld (3).

Kraftgas, eine Gasart, die als Brennstoff in *Gasmotoren* verwendet werden kann, z. B. Generator-, Stadt-, Methangas; für Kraftwagen auch flüssig in Stahlflaschen.

Krafthaus, Bauwerk zur Aufnahme der Turbinen u. Generatoren einer Wasserkraftanlage.

Kraftlinien, *Feldlinien* →Feld (3).

Kraftloserklärung, *Kassation*, die behördl., bes. gerichtl. Außerkraftsetzung von Urkunden.

Kraftmaschine, jede Energie-Umwandlungsmaschine zur Umwandlung verschiedener Energieformen in mechan. Energie, z. B. *Dampfmaschine, Dampfturbine, Gasturbine, Verbrennungsmotor* (Umwandlung von Wärmeenergie in mechan. Energie; *Wärme-K.n* genannt); *Elektromotor* (Umwandlung von elektr. Energie in mechan. Energie); *Wasserturbine* (Umwandlung von potentieller oder kinet. Energie des Wassers in mechan. Energie; *Wasser-K.* genannt). Gegensatz: Arbeitsmaschine.

Kraftmesser →Dynamometer.

Kraftpapier, *Natronpack*, Papier von bes. hoher Festigkeit, aus Natronsulfat-Zellstoff hergestellt u. vor allem für Papiersäcke, Packstoff, Spinnpapier u. ä. verwendet.

Kraftpost, der Linienverkehr zur Beförderung von Personen u. Postsendungen mit Kraftfahrzeugen (Kraftomnibussen); dient bes. der Versorgung kleinerer Gemeinden.

Kraftrad →Motorrad; →auch Kraftfahrzeuge.

Kraftschluß, 1. *Kraftfahrzeugtechnik:* die Griffigkeit *(Adhäsion)*, die notwendig ist, um mit Hilfe der Räder ein Fahrzeug antreiben, bremsen u. lenken zu können. Die Größe des Kraftschlusses ergibt sich als Produkt aus *K.beiwert* u. *Radlast*. Der K.beiwert für Straßenfahrzeuge liegt zwischen 0,4 u. 0,9 bei trockener Fahrbahn u. sinkt bei nasser, schmieriger Fahrbahn bis 0,2, bei Glatteis bis unter 0,1. Annähernd entspricht der K. der *Reibung* zwischen Aufstandsfläche des Reifens u. Fahrbahn. →auch Aquaplaning.
2. *Maschinenbau:* die Verhinderung einer Relativbewegung zwischen zwei Werkstücken, z. B. mit Hilfe von Reibung.

Kraftsonderposten, außerplanmäßige Kraftpostfahrten zur Befriedigung des Reise- u. Ausflugsverkehrs, ohne Bindung an die von Kraftposten befahrenen Straßen.

Kraftspeicher, *Energiespeicher*, Vorrichtungen, die Energie aufspeichern; z. B. für Elektrizität: →Akkumulator; für Dampf: Wärmespeicher (→Dampfspeicher); für Wasser: Pumpspeicherwerke.

Kraftstoffe, alle brennbaren Stoffe, die zum Betrieb von Verbrennungskraftmaschinen geeignet sind. Die bei der Verbrennung frei werdende Wärmemenge wird im Motor in mechan. Arbeit übergeführt. Man unterscheidet *Vergaser-K. (VK)* u. *Diesel-K. (DK)*. →Treibstoffe.

Kraftstrom, elektr. Strom für Kraft- u. gewerbliche Zwecke (Sondertarif). Gebräuchlich ist ein 380-V-Drehstrom, der höher abgesichert ist. Gegensatz: *Lichtstrom*.

Krafttraining, *Muskelkrafttraining*, heute als Ergänzungstraining in fast allen Sportarten zur Verbesserung der *Kondition* durchgeführte Trainingsart; auch Teil des *Circuittrainings*. Ziele sind die Verbesserung der Kraft, Schnelligkeit, Dehnungs- u. Entspannungsfähigkeit, Ausdauer der Muskeln sowie der Beweglichkeit der Gelenke. Es werden drei Belastungsstufen unterschieden: 1. Übungen mit dem eigenen Körpergewicht, z. B. Sprünge mit dem Sprungseil, an Kästen u. Treppen, Klettern an Stangen u. Leitern, Übungen an Sprossenwand, Ringen, Reck u. Barren; 2. Übungen mit gleichbleibenden Widerstandsgeräten (Medizinball, Kugel, Stein, Rundgewicht, Sandsack, Balken); 3. Übungen mit abstufbaren Widerstandsgeräten (Expander, Wandapparat, Gewichtsschuhe, Bleiwesten, Kurz- u. Scheibenhanteln).

Kraftwagen, *Automobil*, kurz *Auto*, ein drei-, vier- oder mehrrädriges Fahrzeug, das von einem Motor angetrieben wird u. zur Beförderung von Menschen u. Lasten dient.
Am K. wird häufig unterschieden zwischen den Hauptteilen *Fahrgestell* (fahrfertiger Unterbau ohne Triebwerk, bestehend aus Rahmen, Rädern nebst Radaufhängung u. Federung, Lenkung u. Bremsen), *Aufbau* (Karosserie, Ladepritsche u. ä.) u. *Triebwerk* (Motor, Kennungswandler u. Leistungsübertragungseinrichtungen). Da aber heute bei Personenwagen u. Omnibussen (seltener bei Lastkraftwagen) *selbsttragende Aufbauten* üblich sind, wird neuerdings meist nur mehr zwischen *Wagenkörper* u. *Fahrwerk* unterschieden. Bei den selbsttragenden Aufbauten wird zwischen Schalen- u. Skelettbauweise unterschieden, u. zwar tragen bei der *Schalenbauweise* (vor allem bei Personenkraftwagen) die Bleche die Aufbauten selbst, während bei der *Skelettbauweise* ein fachwerkartiges Stahlgerüst die Trägerfunktion ausübt.
Die Antriebskraft wird von einem *Motor* geliefert. Für Personen-K. wird meist ein *Ottomotor*, für Last-K. ein *Dieselmotor* verwendet; elektr. Antrieb ist selten.
Der Motor kann vorn als *Bugmotor* (meistens) oder hinten als *Heckmotor* eingebaut werden. Von Art u. Lage des Motors hängt die Ausbildung der Kraftübertragung auf die Triebräder ab. Es gibt *Vorderrad-, Hinterrad-* u. *Allradantrieb* (letzterer bei geländegängigen Wagen). Omnibusse haben häufig *Unterflurmotoren*. – Die Motorkraft wird über eine ausrückbare *Kupplung* auf das Wechselgetriebe geleitet. Die Kupplung erlaubt das Trennen oder Verbinden von Motor- u. Getriebewelle (stoßfreies Anfahren, Fernhalten der Fahrbahnstöße vom Triebwerk). Bevor ein Gang ein- oder ausgeschaltet wird, ist die Kupplung zu lösen. Automat. Kupplungen finden stetig wachsende Verwendung. – Das *Wechselgetriebe* hat die Aufgabe, die Antriebskräfte (an den Antriebsrädern) den veränderl. Fahrwiderständen anzupassen; es wirkt als Drehmomentwandler (→Kennungswandler). Neben den von Hand schaltbaren, vollsynchronisierten Zahnradgetrieben werden immer mehr halb- u. vollautomat. Getriebe benutzt. – Der *Kraftstoff* wird dem Motor aus dem Kraftstoffbehälter in der Regel durch eine motorgetriebene Pumpe zugeführt. Eine oder mehrere (bei Trokkensumpfschmierung) Ölpumpen sorgen für die Versorgung mit *Schmieröl*. Die *elektr. Anlage* (bei Personenwagen in der Regel 12 Volt) besteht aus Lichtmaschine, Batterie, Anlasser, Zünd- u. Signaleinrichtung, Scheinwerfern, Fahrtrichtungsanzeigern, Scheibenwischern u. Innenbeleuchtung.
Zur Führung des K.s befinden sich am Fahrersitz Bedienungs- (Lenkung, Kupplungs-, Brems- u. Gaspedal, Handschaltung) u. Überwachungseinrichtungen (Geschwindigkeitsanzeiger, Kraftstoff-, Öl- u. Kühlwasserkontrolle u. a.).
Die K. werden in *Personen-K. (Pkw)* u. *Last-K. (Lkw)* eingeteilt. Bei den Pkw unterscheidet man, entspr. dem Hubraum, kleine (bis 1,0 *l*), mittlere (1,1–2,0 *l*) u. große Wagen (über 2 *l*) u. je nach der Bauart: *offener Pkw, Kabriolett* (mit Klappverdeck u. versenkbaren Seitenfenstern); *geschlossener Pkw* wie *Limousine* u. *Coupé* – letzteres mit nur zwei Türen u. knappen Sitzabmessungen im Fond oder nur zweisitzig. Aus den USA übernommen ist der *Roadster*, ein Coupé, bei dem sich die Seitenfenster samt dazwischenliegender Dachsäule versenken lassen. Der *Hardtop* ist ein Sportwagen mit einem abnehmbaren, festen Aufsetzdach oder Verdeck (Unterschied zum Faltverdeck bei Kabrioletts).
Bei *Last-K.* unterscheidet man: *Pritschenwagen* mit zweckentsprechenden Holzaufbauten sowie mit u. ohne Planenverdeck; *Kastenwagen* mit offenem Stahlblechkasten, meist als Dreiseitenkipper eingerichtet u. mit geschlossenem Kastenaufbau. Bei Nutzlasten bis 750 kg werden Personenwagen-Fahrgestelle verwendet; bei einer Nutzlast über 1 t benötigt man stärkere Fahrgestelle. Lkw unter 3,5 t Eigengewicht, 1300–1500 mm Spurweite u. 3000–4000 mm Radstand werden als leichte Lkw, solche über 3,5 t Eigengewicht, 1500–2000 mm Spurweite u. 4000–6000 mm Radstand als schwere Lkw bezeichnet. Bei den Lkw ist das Führerhaus vom übrigen Aufbau getrennt.
Kombinationswagen (Kombiwagen) haben einen Aufbau, der sowohl zur Personen- als auch zur Lastenbeförderung geeignet ist. *Lieferwagen* haben meist ein verstärktes Pkw-Fahrgestell u. eignen sich bes. zur schnellen Beförderung von Gütern. *Spezial-K.* werden jeweils für den bes. Zweck hergestellt, z. B. als Löschfahrzeug, Omnibus, Tankwagen, ferner für Land- u. Forstwirtschaft, Straßenreinigung, militär. Zwecke u. a. Die *Zulassung* von K. aller Art im öffentlichen Verkehr regelt in der Bundesrepublik die Straßenverkehrs-Zulassungs-Ordnung (StVZO).
Geschichtliches: Der Wunsch nach selbstbewegl. Fahrzeugen ist uralt. Schon *Homer* berichtet von selbstfahrenden Wagen, die der Gott Vulkan herstellte. *Heron von Alexandria, Leonardo da Vinci*, O. von *Guericke*, C. *Huygens*, D. *Papin* u. viele andere befaßten sich mit einschlägigen Entwürfen. Das erste funktionierende Kraftfahrzeug baute N. J. *Cugnot* 1769. Um die Wende des 18. zum 19. Jh. befuhren bereits die verschiedenartigsten *Dampfwagen* die Straßen von England (1784–1800), Neu-England (1790–1800), Paris (1800) u. Philadelphia (1804). Um 1830 waren Dampfkraftwagen ein gewöhnl. Anblick auf den Straßen Englands, u. noch um die Mitte unseres Jh. waren auf den Straßen Englands u. der USA vereinzelte Exemplare in Betrieb. 1863 verwendete J. J. *Lenoir* den von ihm erfundenen *Gasmotor* zum Antrieb eines Wagens. – S. *Marcus* baute 1864 einen Wagen, den er mit einem *Benzinmotor* antrieb. Ein zweites, 1874 gebautes Exemplar wurde Jahrzehnte später wieder instand gesetzt u. fuhr am 16. 4. 1950 durch die Straßen Wiens. Marcus selbst hielt jedoch – wie er 1898 öffentl. erklärte – seine Erfindung für eine nutzlose Spielerei.
Nachhaltigen Erfolg, auf dem die ganze moderne Automobilindustrie begründet ist, hatten erst C. *Benz* u. G. *Daimler*, die, obwohl enge Landsleute u. – allerdings zu verschiedenen Zeiten – bei derselben Firma (der Karlsruher Maschinenbaugesellschaft) angestellt, einer vom anderen nichts wußten. Benz gelang es 1885, mit einem dreirädrigen Fahrzeug im Hof seiner Werkstatt drei Runden zu fahren, bis eine Kette riß u. dem Versuch ein Ende bereitete. Beim zweiten Versuch im gleichen Jahr war bereits die Öffentlichkeit eingeladen. 1887 konnte er einen Wagen nach Frankreich verkaufen. Ein Jahr später beschäftigte er in seiner Werkstätte 50 Arbeiter.
Daimler u. W. *Maybach*, zuerst Mitarbeiter N. A. *Ottos* u. mit der Weiterentwicklung seines Motors betraut, gründeten eine eigene Werkstätte in Cannstatt u. entwickelten dort einen schnellaufenden luftgekühlten Einzylindermotor (900 Umdrehungen in der Minute). 1885 baute Daimler einen solchen Motor in ein hölzernes Fahrrad ein, das am 10. Oktober desselben Jahres seine erste Fahrt unternahm. Das erste vierrädrige Kraftfahrzeug

baute Daimler im folgenden Jahr u. stattete es bereits 1889 mit vier Geschwindigkeiten aus. Die Antriebskraft übertrug er mit einem Riemen. Die wirtschaftl. Bedeutung von Daimlers Erfindung war offenkundig. 1890 wurde die *Daimler Motoren-Gesellschaft* gegründet, der ein Jahr später in England auf dem Lizenzwege eine Tochtergesellschaft folgte.
Die ersten Automobile, die gebaut wurden, waren ausgesprochene Luxusfahrzeuge. Erst 1908 gelang es H. *Ford*, mit seinem Modell *T* ein Gebrauchsfahrzeug zu erschwinglichen Preisen auf den Markt zu bringen. 1910 richtete er den ersten *Service* ein u. bildete systemat. Mechaniker aus. – Die erste Bewährungsprobe als Massentransportmittel bestand der K. in der Marneschlacht im Sept. 1914, in der J. S. *Galliéni* zur Verteidigung von Paris eine ganze Armee mit Taxis von einem Frontabschnitt zum anderen bringen ließ. Während des 1. Weltkriegs nahm bes. der Bau von Lastkraftwagen einen großen Aufschwung. In der Zeit zwischen den beiden Weltkriegen wandten sich viele Fabriken dem Bau von Klein- u. Kleinstwagen zu. Daneben entstanden auch große, geräumige u. schnelle Luxuswagen. Dieser Entwicklung setzte aber die Weltwirtschaftskrise ein Ende. Unter den Kleinwagen erlangte der *Volkswagen* eine bes. Bedeutung. Nur langsam paßten sich die übrigen Zweige der Technik der Entwicklung an: Straßen wurden begradigt, Bahnkreuzungen durch Unter- oder Überführungen ersetzt, Verkehrsampeln, Tankstellen u. Servicestationen eingerichtet u. Vorrangstraßen gekennzeichnet. 1932 wurde zwischen Köln u. Bonn die erste *Autobahn* eröffnet; 1933 begann Deutschland mit dem Ausbau eines großzügig entworfenen Autobahnnetzes. – Die Kleinwagen werden immer mehr durch Wagen der Mittelklasse verdrängt. Die Entwicklung in Europa u. Amerika zeigt insofern verschiedene Züge, als bei den europ. Wagen auf die durch hohe Steuern bedingten hohen Brennstoffpreise Rücksicht genommen werden muß. Die gegenwärtigen Planungen befassen sich vor allem mit Fragen der Sicherheit, Bedienungsvereinfachung u. Bequemlichkeit sowie mit neuen Motoren: Wankelmotor, Freikolbenmotor u. Gasturbinen. Wegen der geringeren Umweltverschmutzung sind alle Fortschritte auf dem Gebiet des elektr. Antriebs bes. begrüßenswert; sie haben aber eine entscheidende Verringerung im Gewicht der Energiequelle zur Voraussetzung. Die Möglichkeit, die K. auf *Parkplätzen* u. in *Parkhäusern* abzustellen, u. die Verhinderung von Verkehrsstauungen bilden derzeit die dringendsten Probleme des Kraftfahrwesens. – 🅱 S. 390.

Kraftwerk, *Elektrizitätswerk*, Anlage zur Erzeugung von elektr. Strom mit *Generatoren* aus verschiedenen Energieformen. Beim *Dampf-K.* wird die Energie durch Dampfmaschinen oder -turbinen erzeugt; zur Kesselfeuerung werden Torf, Braunkohle, Steinkohle, Erdöl oder Kernbrennstoffe verwendet. K.e für Torf u. Braunkohle stehen zur Ersparnis von Transportkosten in der Nähe des Gewinnungsortes; sie dienen meist als *Grundlastwerke*, da sie nicht sofort einsatzbereit sind u. sich auch nicht schnell regulieren lassen. *Wasser-K.e* werden an Flüssen oder am Auslauf von natürl. oder künstl. angelegten Seen errichtet. *Diesel-K.e* enthalten Generatoren mit Antrieb durch Dieselmotoren. In Ländern mit geringem Ölpreis sind sie zweckmäßig, sonst dienen sie vielfach zur Deckung von Bedarfsspitzen oder zur Überbrückung von Ausfällen des Netzes *(Spitzenlastwerk)*. *Groß-K.e*, die Großstädte u. größere Gebiete versorgen, sind zum Ausgleich der Spitzenbelastungen untereinander verbunden. Steigende Bedeutung gewinnen *Kern-K.e*, in denen die Kernenergie nutzbar gemacht wird. Weitere Ausführungsarten sind: *Gezeiten-K.e*, zur Ausnutzung von Ebbe u. Flut; *Wind-K.e*, bisher nicht verwirklicht, vielmehr nur kleinste Anlagen für die örtl. Versorgung; *Heiz-K.e*, speziell auf die zusätzl. Abgabe von Wärme mittels heißen Wassers ausgerichtet. Es wird hierbei entweder das Kühlwasser ausgenutzt oder der von den Turbinen entnommene Dampf zum Aufheizen des Wassers benutzt. Es gibt auch *Müll-K.e* in Verbindung mit Anlagen zur Müllverbrennung. →auch Generator. – 🅻 10.4.1.

Krag, 1. Jens Otto, dän. Politiker (Sozialdemokrat), *15. 9. 1914 Randers, †22. 6. 1978 Kopenhagen; seit 1947 verschiedene Regierungsämter, 1958–1962 u. 1966/67 Außen-Min., 1962–1968 u. 1971/72 Min.-Präs. K. führte Dänemark in die EG. 1966 Aachener Karlspreis.
2. Thomas Peter, norweg. Schriftsteller, *28. 7. 1868 Kragerø, †13. 3. 1913 Kristiania (Oslo); Träumer u. Mystiker aus der Welt vornehmer Herrenhöfe u. melanchol. Parklandschaften; Hptw.: „Jon Græff" 1891, dt. 1906; „Die eherne Schlange" 1895, dt. 1898; „Ada Wilde" 1896, dt. 1900; „Meister Magius" 1909, dt. 1910.
3. Vilhelm, Bruder von 2), norweg. Schriftsteller, *24. 12. 1871 Kristiansand, †10. 7. 1933 Ny Hellesund; ein Neuromantiker, der in zarten, schwermütigen (z. T. von E. *Grieg* u. Ch. *Sinding* vertonten) Liedern das Sörland besang („Digte" 1891, dt. Auswahl 1896/97) u. auch in Romanen u. Novellen von den Menschen seiner Heimat erzählte: „Der lustige Leutnant" 1896, dt. 1897; „Major von Knarren u. seine Freunde" 1906, dt. 1909; ferner Dramen.

Kragen, seit dem 14. Jh. in der Damen- u. Herrenmode gebräuchliches, den Hals bedeckendes u. die Oberbekleidung abschließendes Kleidungsstück. Ausgehend von der *Halskrause* gab es in den verschiedenen Modeepochen einen häufigen Formenwandel, vom *Mühlstein-K.* zum breiten, flachen *Spitzen-K.*, zum *Schiller-K.* u. *Vatermörder*. In der heutigen Mode ist neben dem *Umschlag-K.* der *Roll-K.* beliebt.

Kragenbär, *Selenarctos tibetanus*, bis 1,80 m hoher *Bär* Zentralasiens; schwarz, mit V-förmiger, weißer Brustzeichnung. Der Kopf ist stumpf, mit großen Ohren; die Krallen sind kurz u. kräftig. Der K. ist vorwiegend Fleischfresser; er lebt im Gebirge bis 4000 m Höhe.

Kragenblume, *Carpesium*, Gattung der *Korbblütler*; in Dtschld. nur mit einer Art vertreten: *Carpesium cernuum*.

Kragenechse, *Chlamydosaurus kingii*, bis 80 cm lange austral. *Agame*. Sie richtet sich bei Gefahr auf den Hinterbeinen auf u. spreizt als Drohgebärde eine große, kragenartige Hautfalte des Halses mit Hilfe der Zungenbeinhörner. Sie kann auf den Hinterbeinen laufen u. ist sehr beißlustig.

Kragengeißeltiere, *Choanoflagellaten, Craspedomonadidae*, Gruppe der *Flagellaten*, deren Geißel von einem oder zwei Plasmakragen umgeben ist; meist mit einem Plasmastiel am Grund festgeheftet. Der Schlag der Geißel läßt Nahrungsteilchen am Plasmakragen entlang in den Zellmund wandern.

Kragengeißelzellen, *Choanozyten*, Zellen, die um den Zellmund einen klebrigen Plasmakragen haben; an ihm bleiben Nahrungspartikel hängen, die durch den Schlag der Geißel herangestrudelt werden. K. kleiden den Innenraum *(Gastralraum)* aller Schwämme aus. Sie sorgen durch ihren Geißelschlag für einen ständig durch den Schwammkörper strömenden Wasser- u. Nahrungsstrom. Die K. ähneln den einzelligen, einzeln lebenden *Kragengeißeltieren*.

Kragenhaie, *Chlamydoselachidae*, Familie der *Altertüml. Haie* mit nur einer Art: *Kragenhai, Chlamydoselachus anguineus*; bis 1,60 m langer, gestreckter Kosmopolit der Wassertiefen über 450 m. Das Maul ist endständig; die Ränder der 6 Kiemenspalten sind lappig erweitert u. wirken wie eine Halskrause („Stuart-Kragen"). K. sind lebendgebärend (zehn 50–60 cm lange Junge). Ihre Nahrung sind Kopffüßer.

Kragenspiegel, auf beiden Kragenecken der Uniform angebrachte Stoff-Vierecke; in der Bundeswehr beim Heer in den *Waffenfarben*, bei der Luftwaffe goldgelb; Stickerei beim Heer in Form der früheren Gardelitzen, bei der Luftwaffe Schwinge in Eichenlaubkranz. Generale tragen ein stilisiertes goldenes Eichenlaub auf hochrotem Grund, Generalstabsoffiziere eine mattgraue Kolbenstickerei auf karmesinrotem Grund.

Kragstein, aus der Wandfläche hervorragender Stein zum Tragen von Baugliedern, z. B. von Gewölben in Zisterzienserkirchen; →auch Konsole.

Kragujevac [-vats], jugoslaw. Stadt an der Lepenica, südöstl. von Belgrad, 72000 Ew.; Maschinen- u. Fahrzeugbau, Elektro- u. Nahrungsmittelindustrie.

Krahe, Hans, Indogermanist, *7. 2. 1898 Gelsenkirchen, †25. 6. 1965 Tübingen; befaßte sich mit der Erschließung der venet. u. illyr. Sprache sowie bes. mit dem Problem von Sprache u. vorgeschichtl. Zeit (vornehml. aufgrund der alten Gewässernamen): „Das Venetische" 1950; „Die Sprache der Illyrer" Bd. I 1955; „Sprache u. Vorzeit" 1954; „Die Struktur der alteurop. Hydronymie" 1962; „Histor. Laut- u. Formenlehre des Gotischen" 1948; „German. Sprachwissenschaft" [5]1963; „Indogerman. Sprachwissenschaft" 2 Bde. [4]1961/62.

Krähen, große, kräftige *Rabenvögel* der Gattung *Corvus*. Neben dem *Kolkraben* kommen in Dtschld. vor: die westelbische, rein schwarze *Rabenkrähe, Corvus corone corone*; die ostelbische, im Winter aber umherstreichende *Nebelkrähe, Corvus corone cornix*, mit grauem Körper; die schwarze *Saatkrähe, corvus frugilegus*, mit im Alter nacktem Schnabelgrund. Raben- u. Nebelkrähe leben gesellig. Die K. sind Allesfresser u. infolge ihrer Anpassungs- u. Lernfähigkeit Kulturfolger. Eulen werden von ihnen scharenweise mit Geschrei verjagt („gehaßt"). Dieses Verhalten wird bei der Jagd von der *K.hütte* aus ausgenutzt, indem man die K. auf eine ausgestopfte Eule lockt u. dann abschießt.

Krähenauge →Brechnuß.

Krähenbeere, *Rauschbeere, Empetrum*, in den nördl. gemäßigten u. in den arkt. Zonen verbreitete Gattung der *K.ngewächse*. Die *Schwarze K., Empetrum nigrum*, ein kleiner niederliegender Strauch mit blaß karminroten Blüten u. schwarzen oder roten Beeren, ist bei uns bes. in den küstennahen norddt. Heidegebieten zu finden; sie hat Vorrichtungen, um sich vor dem Austrocknen zu schützen.

Krähenbeerengewächse, *Empetraceae*, Familie der *Bicornes*. Zu den K.n gehört die *Krähenbeere*.

Krähenfüße, Hautfältchen, die zum äußeren Augenwinkel hin zusammenlaufen. Sie bilden sich (vorübergehend) als Folge einer Änderung der Hautspannung bei Sonnenbestrahlung u. (dauernd) bei nachlassender Gewebselastizität im Alter.

Krähen-Indianer, der Prärie-Indianerstamm der →Crow.

Krähennest, Ausguckposten im Schiffsmast.

Krahl, Hilde, Schauspielerin, *10. 1. 1917 Brod an der Save; kam über Wien nach Berlin u. 1945 nach Hamburg, nach 1966 ans Wiener Burgtheater; filmt seit 1936; seit 1944 verheiratet mit W. *Liebeneiner*.

Krähwinkel, bekannt durch A. von *Kotzebues* Lustspiel „Die dt. Kleinstädter" 1803; Inbegriff für kleinstädt. Beschränktheit.

Kraichgau, *Pfinzgauer Hügelland*, die Landschaft zwischen Odenwald u. Schwarzwald, rd. 1500 qkm, benannt nach der *Kraich* (rechter Nebenfluß des Rhein, 65 km); dichtbesiedeltes, altes fruchtbares Kulturland mit mildem Klima.

Krain, slow. *Kranjska* [„Grenzland"], der Westteil der jugoslaw. Republik Slowenien. – Geschichte: Im 6. Jh. von Slawen besiedelt, kam es zunächst unter Awarenherrschaft, um 750 in bayer., dann in fränk. Abhängigkeit u. wurde von Freising u. Brixen aus christianisiert u. dt. Kultureinfluß unterworfen. In der Folgezeit stand es unter wechselnden Herrschaften: u. a. 1282 an die Grafen Görz, seit 1335 habsburg.; 1394 Herzogtum, 1849 selbständiges Kronland; nach dem 1. Weltkrieg zwischen Italien u. Jugoslawien geteilt. Seit 1947 (Pariser Friedensvertrag) gehört ganz K. zu Jugoslawien. →auch Slowenien.

Krainburg, slowen. *Kranj*, jugoslaw. Stadt an der Save, nordwestl. von Laibach, 27000 Ew.; Elektro-, Gummi-, Schuh-, Textil- u. opt. Industrie.

Kraj [der, Mz. *Kraja*; russ.], Bestandteil geograph. Namen: Randgebiet, Land; auch Bez. für eine sowjet. Verwaltungseinheit (Region), einer *Unionsrepublik* untergeordnet. In der RSFSR bestehen 6 Kraja (Altai, Chabarowsk, Krasnodar, Krasnojarsk, Primorje, Stawropol). Sie tragen den nationalen u. kulturellen Eigenarten dieser Gebiete Rechnung.

Krakatau, *Krakatao*, vulkan. Insel in der Sundastraße, zwischen Sumatra u. Java (Indonesien), bis 816 m. Eine gewaltige Vulkanexplosion 1883 verkleinerte die Insel von 32,5 auf 10,7 qkm; die erzeugten Flutwellen vernichteten 40000 Menschenleben auf Sumatra u. Java.

Krakau, poln. *Kraków*, Stadt in Polen (230 qkm, 668000 Ew.) an der oberen Weichsel u. wirtschaftl. Mittelpunkt der Stadtwojewodschaft K. (3254 qkm, 1103000 Ew.); Universität (gegr. 1364) u. 10 andere Hochschulen (u. a. Bergbau- u. Kunstakademien); Erzbischofssitz; got. Marienkirche (14./16. Jh., Veit-Stoß-Altar), mittelalterl. u. Renaissance-Stadtkern; auf dem Schloßberg *Wawel* got. Schloß (14. Jh.) u. roman.-got. Kathedrale (12./14. Jh.), Grabstätte der poln. Könige; 17 Museen, 7 Theater; im neuen Stadtteil *Nowa Huta* (erbaut nach 1950) das größte Eisenhüttenkombinat Polens; „Lenin"; Maschinenbau, Leder-, Zement-, Tabak-, Textil- u. chem. Industrie; Verkehrsknotenpunkt.

Krake

Daimler-Motorkutsche (1886)

Marcus-Automobil (1888)

KRAFTWAGEN

BMW 520 (Baujahr 1972)

Citroën DS 21 (Baujahr 1972)

Volvo 144

Mercedes-Benz 350 SL

Bistum seit 1000, erhielt 1257 Magdeburger Recht; vom 11. Jh. bis 1596 poln. Hptst. u. Kulturzentrum, Krönungsstadt bis 1764; durch die Poln. Teilungen zu Österreich, 1809–1814 zum napoleon. Herzogtum Warschau. Der 1815 geschaffene Freistaat K. kam 1846 zu Österreich, 1918 wieder zu Polen. 1939–1945 war K. die Hptst. des „Generalgouvernements". ⒷPolen.
Krake →Rolf Krake.
Krakelüre [die; frz.] →Craquelée.
Kraken, *Oktopoden, Octobrachia*, achtarmige *Kopffüßer* mit gedrungenem, sackförmigem Körper u. ungestielten Saugnäpfen. Die 8 Fangarme liegen frei oder sind bei Tiefseeformen durch *Velarhäute* zu einem Fangtrichter verbunden. Hierher gehört der *Krake (Polyp, Pulp, Octopus vulgaris)* von den Küsten der Nordsee u. des Mittelmeers, mit 1–3 m Spannweite, der in Höhlen u. hinter selbst errichteten Steinburgen auf Kleintiere lauert. Er schwimmt selten. →auch Moschuspolyp.
Kraków ['krakuf], die poln. Stadt u. Stadtwojewodschaft →Krakau.
Krakower See ['krako:ər-], See der Mecklenburg. Seenplatte, südöstl. von Güstrow, 15,9 qkm, 27,5 m tief, 48 m ü. M.
Krakowiak [der; nach der Stadt *Krakau*], poln. Nationaltanz im ²/₄-Takt mit Synkopen; ein Rundtanz mit Betonungswechsel von Ferse u. Stiefelspitze, Fersenzusammenschlag u. Umdrehung; seit dem 19. Jh. bes. in Rußland auch als Gesellschaftstanz beliebt.
Kral [der; span., ndrl.], *Kraal*, das rund um den Viehhof angelegte Dorf der afrikan. Kaffern- u. Hottentottenstämme. Es besteht aus bienenkorbförmigen Hütten aus Gras u. Zweigen. K. ist auch der Name für das Einzelgehöft dieser Stämme.
Kralendijk [-dɛik], Mittelpunkt u. Hafen der niederländ. Antilleninsel (unter dem Winde) *Bonaire*; Hotels, Fremdenverkehr; Flugverbindung mit Curaçao.
Kralik, Richard, Ritter von *Meyrswalden*, österr. Schriftsteller u. Kulturhistoriker, *1. 10. 1852 Eleonorenhain, Böhmen, † 5. 2. 1934 Wien; suchte ein kath. romant. Kulturprogramm zu erfüllen, gründete einen „Gralsbund" u. die Zeitschrift „Der Gral"; schrieb bes. für Freilichtbühnen Puppen- u. Laienspiele u. erneuerte ahd. u. mhd. Dichtungen („Das dt. Götter- u. Heldenbuch" 6 Bde. 1900–1904); schrieb Heimaterzählungen, „Tage u. Werke" (Erinnerungen) 1922–1927 u.a. – Kralik-Gesellschaft, Wien, seit 1935.
Kraljevo, 1946–1952 *Rankovićevo*, jugoslaw. Stadt am Zusammenfluß von Westl. Morava u. Ibar, 27 000 Ew.; Maschinen- u. Fahrzeugfabrik.
Kralle, lat. *Unguis*, Hornbildung an der Zehenspitze von Wirbeltieren (Amphibien, Reptilien, Vögel, Säugetiere). Die von den K.n der Reptilien herzuleitenden K.n der Säugetiere, speziell ausgebildet als *Huf* von Huftieren u. als *Fingernagel* von Affe u. Mensch, bestehen aus der dorsalen *K.nplatte* (Nagel-, Hufplatte) u. der ventralen *K.nsohle*; die Erneuerung geht von der Basis (*K.nbett*) aus.

Audi 100 GL

Großer Mercedes (Kaiserwagen, 1930)

Volkswagen 1303 (Baujahr 1972)

Opel P 4 (Baujahr 1935)

Zusammenschweißen von Karosserieteilen nach dem automatischen Punktschweißverfahren

Aufsetzen der Karosserie auf das Fahrgestell

Radmontage

Krallenaffen, *Callithricidae*, Familie der *Breitnasen*; anstelle der Nägel mit Krallen ausgerüstete, kleine südamerikan. Affen, die nur an der Großzehe einen Nagel haben; Gemischtfresser. Zu den K. gehören *Löwenäffchen, Pinseläffchen* u. *Tamarins.*

Krallenfrösche, *Spornfrösche, Xenopus*, südafrikan., stets im Wasser lebende Frösche aus der Familie der *Pipakröten*. Ihre Zunge ist rückgebildet in Anpassung an das Wasserleben. K. werden zum Schwangerschaftstest benutzt (→Krötentest). Sie werden bis 9 Jahre alt.

Kralup an der Moldau, tschech. *Kralupy nad Vltavou*, Stadt in Mittelböhmen, an der Moldau, nordwestl. von Prag, 14000 Ew.; Erdölraffinerie, Nahrungsmittel-, chem. u. a. Industrie.

Kramář ['krama:rʒ], Karel, tschech. Politiker, *27. 12. 1860 Hochstadt, Böhmen, †26. 5. 1937 Prag; 1891–1914 als Vertreter der nationaltschech. Jungtschechen im österr. Reichsrat; Panslawist, für die Zusammenarbeit zwischen Österreich-Ungarn u. Rußland; im 1. Weltkrieg Vors. des tschech. Nationalausschusses, 1916 wegen Hochverrats von Österreich zum Tod verurteilt, 1917 begnadigt; 1918/19 erster Min.-Präs. der neugegründeten Tschechoslowakei, mußte dann hinter E. *Benesch* zurückstehen; Gegner des Bolschewismus u. der Sowjetunion.

Kramatorsk, Industriestadt in der Ukrain. SSR (Sowjetunion), im NW des Donezbeckens, 151000 Ew.; Schwermaschinenbau, Eisenhütten u. Kohlechemie; Wärmekraftwerk; Eisenbahnknotenpunkt.

Krambambuli [lautmaler. zu *Krammet*, „Wacholder"], ein Danziger Likör, auch Heißgetränk aus Rum, Arrak u. Zucker.

Kramer, 1. Harry, Plastiker, *25. 1. 1925 Lingen; arbeitete 1949–1952 als Tänzer; begann seit 1952 Marionetten zu bauen, mit denen er sein „Mechan. Theater" („13 Szenen" 1955; „Signale im Schatten" 1955–1959) ausstattete; baute neben seiner Filmarbeit („Defense 58–24" 1958; „Die Stadt" 1959; „Die Schleuse" 1961/62, u.a.) auch „automobile Skulpturen" aus leichten Drähten mit Bewegungsmechanismen.

2. ['krεimər], Stanley, US-amerikan. Filmproduzent, *29. 9. 1913 New York; erst beim Rundfunk, kam dann durch D. L. *Loew* u. Albert *Lewin* zum Film: „Cyrano de Bergerac" 1950 (in Koproduktion); „12 Uhr mittags" 1952; „Die Caine war ihr Schicksal" 1954; Regie in „Das Narrenschiff" 1965 u.a.

3. Theodor, österr. Schriftsteller, *1. 1. 1897 Niederhollabrunn, †3. 4. 1958 Wien; schrieb liedhafte Lyrik aus dem Proletariermilieu der Vorstädte Wiens u. der niederösterr. Dörfer: „Die Gaunerzinke" 1928; „Kalendarium" 1930; „Wien 1938. Die grünen Kader" 1946; „Die untere Schenke" 1946; „Lob der Verzweiflung" 1946.

Krämer, *Kramer*, alte Bez. für Kleinhändler.

Krämer-Badoni, Rudolf, Schriftsteller, *22. 12. 1913 Rüdesheim; Entwicklungs- u. Zeitromane: „In der großen Drift" 1949; „Der arme Reinhold" 1951; „Bewegl. Ziele" 1962; Hörspiele; Essays: „Grund u. Wesen der Kunst" 1960; „Die Last, katholisch zu sein" 1967; „Dtschld., deine Hessen" 1968.

Krämer-Gulbin, Ingrid, Wasserspringerin, *29. 7. 1943 Dresden; Olympiasiegerin 1960 (Kunst- u. Turmspringen) u. 1964 (Kunstspringen), Europameisterin 1962.

Kramfors ['kra:m-], schwed. Stadt am Unterlauf des Ångermanälven, 11000 Ew.; Holz- u. chem. Industrie.

Krammetsbeere →Wacholder.

Krammetsvogel, Wacholderdrossel; →Drosseln.

Kramp, Willy, Schriftsteller, *18. 6. 1909 Mülhausen, Elsaß; ostdt. Herkunft, 1950–1957 Leiter des Ev. Studienwerks in Villigst an der Ruhr; Erzählwerke: „Die Fischer von Lissau" 1939; „Die Jünglinge" 1943; „Die Prophezeiung" 1950; „Die Purpurwolke" 1953; „Das Lamm" 1959; „Brüder u. Knechte. Ein Bericht" 1965; „Vom aufmerksamen Leben" (Essays) 1958.

Krampe, *Krampen, Kettel, Klampe*, starke U-förmige Eisenklammer mit spitzen Enden, z.B. zur vorübergehenden Befestigung von Rohrleitungen.

Krampf, unwillkürl. Muskelkontraktion. *Tonische Krämpfe* sind Dauerkontraktionen der quergestreiften Skelettmuskulatur. Bei *klonischen Krämpfen* folgen aufeinander Kontraktionen u. Erschlaffungen in raschem Wechsel. Die *Kolik* ist eine Verkrampfung der glatten Eingeweidemuskulatur. – Die Ursachen sind sehr verschieden: Störungen im Nervensystem, Stoffwechselstörungen (z.B. Absinken des Blutcalcium- oder des Blutzuckerspiegels), Vergiftungen (z.B. Strychnin) u. örtliche Reizwirkungen, wie Druck, Temperaturänderungen oder Überbeanspruchungen (beim sog. Beschäftigungs-K.).

Krampfadern, *Varizen*, krankhaft erweiterte u. erschlaffte Blutadern. Sie zeigen sich durch Schlängelung, Knotenbildung u. Heraustreten an die Oberfläche u. entwickeln sich in erster Linie an den Unterschenkeln, können jedoch auch an anderen Körperteilen auftreten (Speiseröhre, Bauchwand, Hodensack, Mastdarm). Grundursache der K. sind Stauungen. Zu K. neigen daher Menschen, die im Beruf viel stehen müssen (Kellner, Friseure); ebenso führen Leberstauungen (bei Schrumpfleber) zu K. an Bauchwand u. Speiseröhre; Leibstauungen u. Verstopfungen (bes. bei zu wenig Bewegung) führen zu K. am Mastdarm *(Hämorrhoiden)*. K. an den Unterschenkeln führen zu Durchblutungsstörungen u. damit zu Gewebsdefekten u. zum *Unterschenkelgeschwür (Ulcus cruris)*. Zur Blutung kommt es, wenn die K. infolge immer dünner werdender Gefäßwände platzen. Die Behandlung hat die Ursache der Stauung zu beseitigen. So fördern Wechselbäder die Elastizität der Blutadern u. wirken der Entwicklung von K. entgegen. Oft erfolgreich sind außerdem Verödungen der K. durch Einspritzung reizender Lösungen. Bei K.blutung genügt meist ein einfacher Druckverband. Bei Entzündungen der K. sind Bettruhe u. Behandlung mit bestimmten Medikamenten nötig, auch Zinkleimverbände.

Krampus, in Österreich u. Oberbayern ein schreckhafter, oft als Teufel vermummter Begleiter des *Nikolaus*.

Kran [Mz. *K.e*], eine Hebemaschine, die die Last senkrecht u. waagerecht bewegt. Lauf-K.e bestehen aus der fahrbaren *Winde (Laufkatze)* u. der *K.brücke*, die auf der *K.bahn* durch das *K.fahrwerk* bewegt werden. Sie kennen drei Bewegungen: Senken (Heben), Quer- u. Längsfahrt, im allg. mit elektr. Motorantrieb, seltener von Hand. Sie werden durch Seilzug oder vom *K.korb* aus gesteuert u. in Fabrikhallen oder auf großen Verladeplätzen verwendet. Als *Ausleger-K.*, mit verschiebbarem Ausleger, kann ein Lauf-K. den Ausleger in Richtung der Windenfahrbahn (z.B. zur Bedienung der Nachbarwerkshalle) verschieben; er hat bei drehbarem Ausleger große Beweglichkeit. Der *Lokomotiv-K.* in Lokomotivwerkstätten hat zwei Laufkatzen zum Heben der Lokomotive; als K.bahnträger dienen entweder Mauerwerk mit Konsolen oder gesonderte Säulen (Stahlgerüst). – Dreh-K.e: als einfacher *Schwenk-K.* an einer Säule befestigt oder auf fahrbarem Gestell; als *Wipp-K.* mit verstellbarem Ausleger. Beim *Turmdreh-K.* ruht der Ausleger auf einem hohen Turm (Verwendung auf Baustellen, im Schiffbau u. in Häfen). Der *Masten-K.* hat eine Säule u. einen Ausleger, der meist am Fuß der Säule abgestützt ist; der Ausleger ist beim Ausladen regulierbar (vielfach auf Baustellen verwendet, da leicht montierbar). – Weitere Arten: *Bock-K.*, feststehend oder fahrbar als *Überlade-K.* auf Bahnhöfen; *Portal-K.*, ein fahrbarer Bock-K. mit nicht zu großen Stützweiten u. Auslegern nach einer oder beiden Seiten (für große Lagerplätze); *Verladebrücken* mit großen Stützweiten u. ein- oder zweiseitigem Ausleger, zur Verladung von Massengütern oder für den Abbau im Braunkohlentagebau; *Schwimm-K.*, auf Ponton aufgebauter Ausleger-K., zum Laden oder Ausrüsten von Schiffen; *Block-K.*, zur Bedienung der Lagerplätze auf Hüttenwerken (K.seil mit Zange oder Hubmagnet); K. für Masselgießplätze, mit Schlagwerk zum Zerschlagen des Masselbetts nach dem Guß oder mit Formwalzen zur Herstellung des Masselbetts; *Chargier-K.*, mit Beschickungsarm für Siemens-Martin-Öfen (der Beschickungsarm hängt an einer Säule u. ist in dieser heb- u. drehbar); *Auto-K. (Mobil-K.)* u. *Eisenbahn-K.*, transportable K.e für Straße u. Schiene zum Einsatz bei Bergungsarbeiten sowie für stationäre Hebearbeiten auf Baustellen; schließl. die verschiedenen Arten der →Baukrane.

krängen, beim Schiff: sich infolge von seitl. Winddruck oder ungleich verteilter Ladung auf die Seite neigen. Geringe Krängung ist fast immer vorhanden; starke Krängung kann zum Verlust der →Stabilität u. zum →Kentern führen.

Kranich, *Astronomie: Grus*, Sternbild des südl. Himmels.

Kraniche, *Gruidae*, Familie der *Kranichvögel*, mit 14 Arten in den Sumpfgebieten aller Erdteile vorkommend; große, langbeinige Vögel. Die Nahrung ist überwiegend pflanzlich. Der einheim. *Graue Kranich, Grus grus*, lebt paarweise, zur Zugzeit gesellig. In zoolog. Gärten sind häufig: der bunte afrikan. *Kronen-* oder *Pfauenkranich, Balearica pavonia*, mit einer Federkrone; der graue asiat. *Jungfernkranich, Anthropoides virgo*, mit weißen Federbüschen an den Wangen; der *Paradieskranich, Anthropoides paradisea*.

Kranichstein, Jagdschloß östl. von Darmstadt, Jagdmuseum; erbaut in der 2. Hälfte des 16. Jh. – 1946–1949 fanden hier Internationale Ferienkurse für Neue Musik statt (jetzt in Darmstadt), von denen entscheidende Impulse für die Musikerziehung auch in den Schulen ausgingen. Verleihung des *K.er Musikpreises* (seit 1952).

Kranichvögel, *Kranichähnliche, Gruiformes*, eine vielgestaltige Vogelordnung, zu der die Familien der *Schlangenstörche, Trompetenvögel, Kraniche, Sonnenrallen, Kagus, Trappen, Rallen* u. *Laufhühnchen* gehören.

Kraniologie [grch.], *Schädellehre*, ein Teilgebiet der Anthropologie, das sich mit der Beschreibung des *Schädels* als Ganzes, mit den Veränderungen am Schädel während des Wachstums u. mit dem Gehirn- u. Gesichtsschädel u. deren Formverhältnissen befaßt. Mit Hilfe der *Kraniometrie* (Schädelmeßlehre) können die Formverhältnisse exakt erfaßt werden.

Kranjec [-jεts], Miško, slowen. Schriftsteller, *15. 9. 1908 Velika Polana; Novellen, Erzählungen u. Romane mit sozialer, heimatverbundener Thematik; „Sprung in die Welt" dt. 1953; „Herr auf eignem Grund" dt. 1953.

Krankenfahrstuhl, Fahrzeug für gehbehinderte Kranke; zur Bewegung durch das Pflegepersonal, durch den Kranken selbst von Hand oder mit einem Hilfsmotor.

Krankengeld, eine Leistung der Sozialversicherung im Rahmen der *Kranken-* u. *Unfallversicherung*. In den ersten 6 Wochen wird K. in Höhe von 65% des Regellohns gewährt u. erhöht sich für einen Versicherten mit einem Angehörigen, den er bisher ganz oder überwiegend unterhalten hat u. der mit ihm in häusl. Gemeinschaft lebt, um einen Zuschlag von 4%, für jeden weiteren solchen Angehörigen um je weitere 3% des Regellohns bis zu 75%. Vom Beginn der 7. Woche der Arbeitsunfähigkeit an erhöht sich das K. um jeweils 10% des Regellohns bis 85%. Das K. darf 100% des Nettolohns nicht übersteigen. K. wird von dem Tag an gewährt, der auf den Tag folgt, an dem die Arbeitsunfähigkeit ärztl. festgestellt worden ist. Bei einem Arbeitsunfall oder bei einer Berufskrankheit im Sinn der gesetzl. Unfallversicherung wird Verletztengeld von dem Tag an gewährt, an dem die Arbeitsunfähigkeit ärztl. festgestellt worden ist. Das K. ruht, solange der Versicherte während der Arbeitsunfähigkeit Anspruch auf Lohn- oder Gehaltsfortzahlung hat. K. wegen derselben Krankheit wird höchstens 78 Wochen innerhalb von je 3 Jahren gewährt.

Krankengymnast bzw. *K.in*, ein Medizinalhilfsberuf, dessen Aufgabe es ist, durch sachgerechte Ausübung von *Krankengymnastik* nach ärztl. Verordnung die Behandlung von Kranken zu unterstützen. Auch die *physikal. Therapie* gehört zu den Aufgaben des K.en. Der Beruf wird in Kliniken, Heilstätten u.ä. oder in eigener Praxis ausgeübt. Ausbildung (dreijährig) u. staatl. Prüfung sind geregelt durch das „Gesetz über die Ausübung der Berufe des Masseurs u. medizin. Bademeisters u. des K.en" vom 21. 12. 1958 in der Fassung vom 22. 5. 1968 u. durch die Ausbildungs- u. Prüfungsordnung für K.en vom 7. 12. 1960.

Krankengymnastik, *Kinesiotherapie, Kinesiatrik, Mechanotherapie, Bewegungsbehandlung*, der Einsatz körperl. Übungen zur Kräftigung geschädigter oder in der Entwicklung zurückgebliebener Organe, z.B. zur Beweglichmachung behinderter Gelenke oder zur Übung von Bewegungsfunktionen (z.B. Atmen durch Atemgymnastik). K. wird mit u. ohne Geräte durchgeführt, muß dem bes. Heilzweck angepaßt sein u. sachkundig von ausgebildeten *Krankengymnasten* oder vom Arzt geleitet werden. Außer bei Erkrankungen des Stützapparats u. der Gelenke ist die K. auch ein wertvolles u. wirksames Behandlungsverfahren bei inneren u. Allgemeinerkrankungen, so z.B. bei Herz-Kreislauf-Krankheiten. – ⓛ9.8.9.

Krankenhaus, *Krankenanstalt, Hospital*, eine aus öffentl. Mitteln oder von privaten Körperschaften

Krankheitserreger

Kronenkranich, Balearica pavonia

zu gemeinnützigen Zwecken oder auch von privaten Körperschaften zu Erwerbszwecken unterhaltene Einrichtung zur klinischen Behandlung von Kranken. Meist sind Staat oder Gemeinden oder karitative Verbände die Kostenträger. Das K. enthält alle Einrichtungen für eine ausreichende Versorgung der Kranken. Das moderne K. ist in Fachabteilungen, zumindest in solche für chirurgische u. innere Kranke gegliedert, denen Fachärzte vorstehen. – ▣S. 394. – ▢9.8.2.

Krankenhausfürsorge, als *soziale K.* ein Zweig der staatl. u. kommunalen Gesundheitsfürsorge. Sie erfaßt die fürsorgerischer Betreuung bedürftigen Kranken der öffentl. Krankenhäuser, sorgt für Ausgleich sozialer Härten, die durch den Krankenhausaufenthalt für den Kranken u. seine Familie entstehen, leitet Erholungsmaßnahmen u. häusliche Pflege nach der Entlassung ein u. sorgt auch, wenn erforderlich, für krankheitsbedingten Berufswechsel *(Rehabilitation).*

Krankenhilfe, eine Leistung der sozialen →Krankenversicherung bei Krankheit des Versicherten (in gewissem Rahmen auch seiner Familienangehörigen; §§182ff. RVO); sie umfaßt *Krankenpflege,* d.h. ambulante ärztl. Behandlung u. Versorgung mit Medikamenten u. Heilmitteln, außerdem Zahlung von *Krankengeld* bei einer durch die Krankheit hervorgerufenen Arbeitsunfähigkeit, u. *Krankenhauspflege,* die an die Stelle von Krankenpflege u. Krankengeld tritt, neben der aber zur Unterstützung der Angehörigen ein *Hausgeld* gezahlt wird. K. wird grundsätzl. zeitlich unbegrenzt gewährt.

Krankenkassen, die Träger der sozialen *Krankenversicherung:* →Allgemeine Ortskrankenkasse, daneben →Landkrankenkasse, →Betriebskrankenkassen u. →Innungskrankenkasse. Sie sind die „ordentlichen" K.; daneben stehen die *Seekrankenkasse* u. die *Knappschaft* (für alle im Bergbau Tätigen). Anstelle der allg. zuständigen K. ist Versicherung durch *Ersatz-K.* (→Ersatzkassen) möglich. Die *Orts-K.* sind grundsätzl. für alle Versicherungspflichtigen zuständig, die nicht anderen K. angehören. Für die in der Land- u. Forstwirtschaft u. im Reisegewerbe Beschäftigten sind *Land-K.* zuständig. *Innungs-K.* können für eine oder mehrere Innungen errichtet werden, wenn in den Betrieben der Innungsangehörigen dauernd mindestens 450 Versicherte beschäftigt werden. *Betriebs-K.* können für Betriebe mit wenigstens 450 (für landwirtschaftl. oder Binnenschiffahrtsbetriebe 150) versicherungspflichtigen Arbeitnehmern eingerichtet werden. – ▢4.6.1.

Krankenpflege, die zur Unterbringung u. Betreuung eines Kranken, bes. des hilflosen oder bettlägerigen, notwendigen Maßnahmen. Sie beginnen bei der Wahl des Krankenzimmers, das eine möglichst ruhige, sonnige Lage u. gute Lüftungsmöglichkeit haben soll (Temperatur um 18°C). Das Bett muß von allen Seiten gut zugänglich, die Matratze weder zu hart noch zu weich sein, das Laken straff gespannt aufliegen. Bei unreinlichen Kranken wird ein Gummituch untergelegt, das mit Zellstoff u. Barchent abgedeckt ist, damit Flüssigkeiten aufgesaugt werden. Kissen u. Betten sind öfters aufzuschütteln u. glattzustreichen. Zur K. gehören weiter: Unterstützung des bettlägerigen Kranken bei Waschung u. Körperpflege, beim Essen, notfalls auch bei Harn- u. Stuhlentleerung; bei Infektionskranken Desinfektion; Beobachtung des Kranken, Puls- u. Fiebermessung, Durchführung der ärztl. Anordnungen. In Krankenhäusern u. in der Privatpflege bei schweren Fällen wird mit der K. staatl. geprüftes Personal (Schwestern, Pfleger) betraut; in einfachen Fällen kann sie jedoch nach Anweisung des Arztes jeder Familienangehörige durchführen. Geburtshilfe u. Wochenbettpflege, Kinderpflege u. Pflege Geisteskranker wird im allg. von spezialgeschulten Kräften durchgeführt (z.B. Hebamme). – ▢9.8.0.

Krankenpfleger →Krankenschwester.

Krankensalbung, *Letzte Ölung,* in der kath. Kirche eines der *Sakramente,* gespendet an die in (entfernter oder direkter) Todesgefahr stehenden Kranken. Die K. besteht in der Salbung mit geweihtem pflanzl. Öl (gewöhnl an Augen, Ohren, Nase, Mund u. Händen) u. in den sie begleitenden Gebeten. Als bibl. Grundlage wird Jak. 5,14 betrachtet.

Krankenschein, von der *Krankenkasse* ausgestellter Schein zur Erlangung ärztl. Behandlung. Er ist vom Versicherten zu Beginn der Behandlung dem Arzt vorzulegen, in dringenden Fällen kann er nach Beginn der Behandlung eingeholt werden. Neuerdings werden von einigen Krankenkassen K.-Scheckhefte ausgegeben.

Krankenschwester, ausgebildete u. staatl. geprüfte Pflegerin kranker Menschen; *Krankenpfleger* ist der entspr. Beruf für Männer. Für die Ausbildung in den Krankenpflegeberufen gelten das *Krankenpflegegesetz* vom 15.7.1957 in der Fassung vom 20.9.1965 (mit späteren Änderungen) u. die Ausbildungs- u. Prüfungsordnungen vom 2.8.1966. – ▢9.8.0.

Krankenversicherung, 1. ein Zweig der →Sozialversicherung, der die Versicherten bei Krankheit, Niederkunft u. Tod schützt (§§ 165ff. RVO). Träger der K. sind die →Krankenkassen. *Versicherungspflichtig* sind Arbeiter ohne Rücksicht auf die Höhe ihres Einkommens, Angestellte, Hausgewerbetreibende, selbständige Lehrer, Erzieher, Musiker, Artisten, Hebammen u. die in der Kranken-, Wochen-, Säuglings- u. Kinderpflege selbständig tätigen Personen, deren Jahresarbeitsverdienst 75 v.H. der für Jahresbezüge in der Rentenversicherung der Arbeiter geltenden Beitragsbemessungsgrenze nicht übersteigt. Versichert sind ferner Rentenberechtigte der Arbeiter- u. Angestelltenrentenversicherung u. rentenberechtigte Hinterbliebene. Versicherungsfreie, Familienangehörige des Arbeitgebers u. gewisse Gewerbetreibende können der K. freiwillig beitreten. Die *Beiträge* werden von den versicherten Arbeitnehmern u. den Arbeitgebern anteilig (je zur Hälfte) aufgebracht. Die *Versicherungsleistungen* bestehen in →Krankenhilfe, →Mutterschaftshilfe u. →Sterbegeld. Für alle im Bergbau Tätigen ist Träger auch der K. die →Knappschaft. – ▢4.6.1.
2. *private K.,* Zweig der Individualversicherung. Die verbreitetste Form ist die *Krankheitskostenversicherung.* Sie ersetzt Vermögensschäden als Folge der notwendigen Krankheitsbehandlung: Versicherungsleistungen für ärztl. Besuche, Beratungen, Sonderleistungen, Wegegebühren, Operation, Krankentransport, Krankenhauspflege, Arzneien u. Heilmittel, Wochen- u. Geburtshilfe, Zahnbehandlung. Durch Zusatztarife können höhere Operations- u. Krankenhauskosten sowie Sterbegeld eingeschlossen werden. Um den Einkommensausfall während einer Krankheit zu decken, ist eine Versicherung mit Kranken-Tagegeld möglich; auch für bei der Sozialversicherung Versicherte gibt es eine Versicherung für zusätzl. Krankengeld, um als Privatpatient behandelt zu werden. Die Haftung des Versicherers beginnt erst nach Ablauf einer dreimonatigen Karenzzeit, bei Unfällen sofort. – ▢4.9.3.

Krankheit, lat. *Morbus,* grch. *Nosos, Pathos,* der außerordentl. Ablauf von Lebensvorgängen als Antwort (Reaktion) des Organismus auf ihn schädigende Einflüsse. In der K. bewegen sich die Lebensvorgänge an der Grenze der dem Organismus möglichen Anpassung. Eine K. wird hervorgerufen durch belebte u. unbelebte äußere sowie innere K.sursachen. Die körperl. Reaktionen dienen z.T. der Abwehr u. Ausschaltung der Schädigung u. führen zu den K.serscheinungen (Symptomen); als überschießende Reaktionen können sie jedoch auch selbst schädl. wirken. K.en, bei denen die Funktion eines Organs ohne einen durch eine Untersuchung faßbaren organ. Befund gestört ist, heißen *funktionelle K.en.* Neuere Auffassungen (aus der psychosomat. Schule) bestimmen K. als eine komplexe Erscheinung, in der Körperliches (Somatisches) u. Seelisches (Psychisches) in engen Zusammenhang stehen, der unaufhebbar ist. Dies hat der Arzt, als der die K. Behandelnde, zu berücksichtigen. – ▢9.8.0. u. 9.8.5.

Krankheitserreger, krankmachende *(pathogene)* Lebewesen, die durch ihr Eindringen in den

Kurt Kranz: Vierviertel-Takt; 1967. Im Besitz des Künstlers

Krankschlachtung

Haupteingang der Charité, Berlin

New York Hospital, Cornell Medical Center, East-River

Körper *(Infektion)* sowie ihr Verhalten dort (Vermehrung, Stoffwechsel u. a.) sowie durch die hierauf gerichteten Reaktionen des befallenen Organismus spezif. Krankheiten, die →Infektionskrankheiten, hervorrufen. Zu den K.n gehören: 1. zahlreiche Mikroorganismen (Mikroben), z.B. verschiedene Bakterien u. Viren; 2. pathogene Pilze (pflanzl. Parasiten); 3. tierische Parasiten (z.B. Würmer, Protozoen). – 9.9.1.

Krankschlachtung, die Schlachtung chronisch oder unheilbar kranker Haustiere mit vorher erforderlicher Lebendbeschau; →auch Fleischbeschau.

Kranz, 1. *Meteorologie:* kleiner, unmittelbar an die Sonne anschließender Lichthof (auch bei Mond, hellen Sternen oder irdischen Lichtquellen). Er entsteht durch *Beugung* an kleinen Teilchen, bes. Tröpfchen. Unter günstigen Umständen ist die →Aureole von mehreren Spektralfolgen (Rot immer außen) bis zum Abstand von ein paar Graden umgeben.
2. *Technik:* die äußere wulstartige Verdickung bei Maschinenteilen in Form von Umdrehungskörpern, durch die Radscheibe oder den Speichenstern mit der Nabe verbunden. Der *Schwungrad-K.* enthält den Hauptteil der für das Schwungmoment erforderl. Masse; der *Zahn-K.* wird durch die Zähne eines Zahnrads, der *Schaufel-K.* durch die auf dem äußeren Umfang eines Turbinenrads stehenden Schaufeln gebildet. Bei Rädern für Fahrzeuge ergibt der *Rad-K.*, oft *Felge* genannt, die Lauffläche des Rades; er besteht aus einem mit dem Radkörper fest verbundenen Stahlring oder aus einzelnen Holzteilen, die durch einen Stahlring zusammengehalten werden. Bei Schienenfahrzeugen hat der *Lauf-K.* in der Regel einen vorspringenden Rand an der Innenkante, den *Spur-K.*, der das Räderpaar eines Radsatzes oder das einzelne Rad auf der Schiene führt.
3. *Volkskunde:* Zier aus Blättern, Blüten, Perlen, Metall u.ä. als Bestandteil der Tracht, bei bestimmten festl. Anlässen, beim Begräbnis, bei der Siegerehrung, bei Ernte u. Richtfest, im Frühling, Advent, als Symbol der Herrschaft (Krone), Wachstumskraft, Fruchtbarkeit, weibl. Unberührtheit (Jungfrau); teilweise schrieb man dem K. auch eine zauberische u. myth. Kraft durch die dafür verwendeten Pflanzen u. Blumen zu. Die Unterschiede in Sinn u. Brauchtum des K.es haben ihre Ursachen in seiner Herkunft: dem antiken Triumphzeichen u. Siegerdiadem, dem K. für Priester u. Opfertiere, dem german. K. aus grünem Reis, der christl. Dornenkrone u. dem Sternendiadem der Muttergottes.

Kranz, 1. Kurt, Maler, *3. 5. 1910 Emmerich; lernte bei J. *Albers*, seit 1950 Prof. für freie u. angewandte Graphik an der Kunsthochschule Hamburg; verwandelt in seinen seriellen Bildreihen einfache Motive zu vielschichtigen Formgefügen u. konstruiert veränderbare „Konstellationsbilder", die den Betrachter zum Mitschöpfer machen. – S. 393.

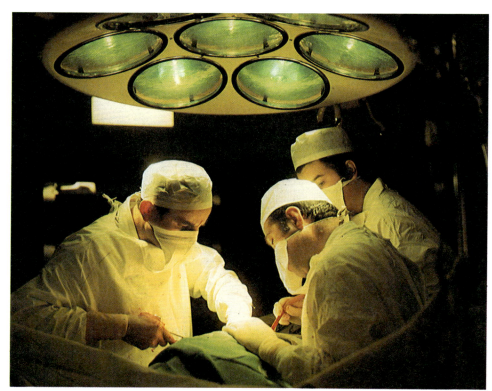
Thorax-Chirurgie

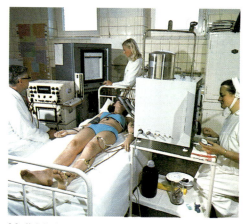
Medizinische Untersuchung in einem Krankenhaus

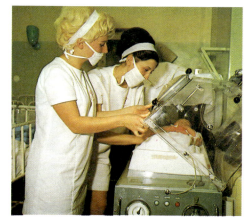
Neugeborenes im Inkubator

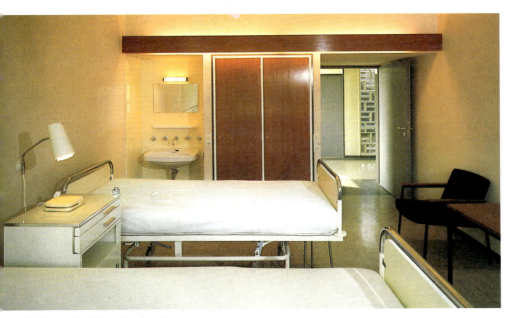
Modernes Zwei-Bett-Krankenzimmer

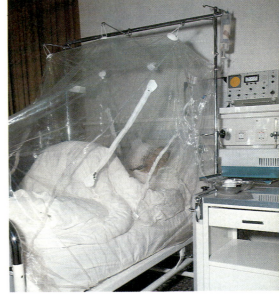
Patient unter einem Sauerstoffzelt

KRANKENHAUS

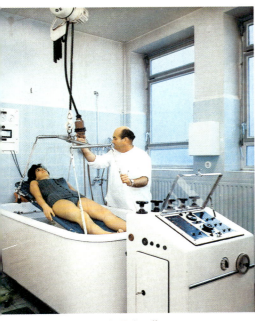
Hydrotherapeutische Behandlung

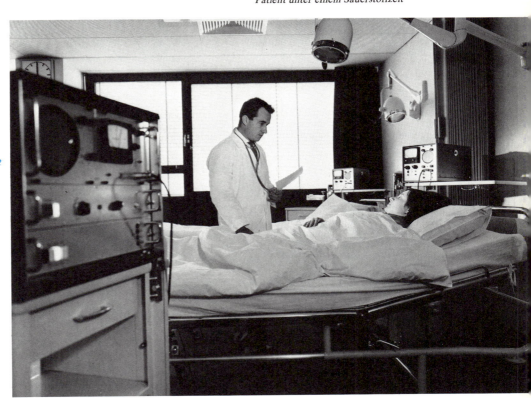
Intensiv-Pflegestation

2. Walther, klass. Philologe, *23. 11. 1884 Georgsmarienhütte bei Osnabrück, †18. 9. 1960 Bonn; Professor in Istanbul u. Bonn. „Stasimon. Untersuchung zu Form u. Gehalt der griech. Tragödie" 1933; „Die griech. Philosophie" 1941; „Studien zur antiken Literatur u. ihrem Fortwirken" posthum 1967.
Kranzdarm, der Dünndarm des Rindes.
Kranzfühler = Tentakeltiere.
Kranzgefäße, *Herzkranzgefäße* = Koronargefäße.
Kranzgeld, der Anspruch der unbescholtenen Braut nach Auflösung des *Verlöbnisses* auf billige Entschädigung in Geld, wenn sie ihrem Verlobten den Geschlechtsverkehr mit ihr gestattet hat (§ 1300 BGB); Grund: die geminderten Versorgungsaussichten der Verlobten. Der K.anspruch ist durch das Gleichberechtigungsgesetz nicht aufgehoben oder geändert worden, jedoch wird seine Verfassungsmäßigkeit neuerdings angezweifelt. – Österreich: § 1328 ABGB. – In der DDR ist der K.anspruch aufgehoben.

Kranzgesims, *Geison,* vorspringender, das Dach abschließender Balken oder Platte (Hängeplatte) in der griech.-röm. Architektur; bes. beim Tempelbau als Träger des Giebels entwickelt u. im korinth. Stil reich profiliert; an Renaissancebauten ohne tragende Funktion.
Kranzmayer, Eberhard, österr. Mundartforscher, *15. 5. 1897 Klagenfurt; Prof. in Wien, seit 1957 Leiter der Wörterbuchkanzlei; Hrsg. des „Bayerisch-österr. Wörterbuchs" 1963ff.; „Histor. Lautgeographie des gesamtbair. Dialektraumes" 1956.
Kranzriff, *Lagunenriff, Atoll,* ringförmiges Korallenriff mit einem inneren Wasserbecken (Lagune). Die Lagune ist durch Riffkanäle mit dem Außenmeer verbunden. →auch Korallenbauten.
Kranzschlinge, *Stephanotis floribunda,* auf Madagaskar heim. *Seidenpflanzengewächs*; mit großen, weißen, duftenden Blüten; Kletterpflanze, als Zierpflanze beliebt.
Krapf, Johann Ludwig, Missionar u. Afrikaforscher, *11. 1. 1810 Derendingen, Tübingen, † 27. 11. 1881 Korntal, Stuttgart; ging 1837 als Missionar nach Äthiopien u. unternahm bis 1855 zahlreiche Reisen in Ostafrika; entdeckte 1848 mit J. *Rebmann* den Kilimandscharo u. 1850 den Mt. Kenia.
Krapfen, *Kräpfel, Kräppel, Berliner (Pfannkuchen),* Hefegebäck aus Weizenmehl, in heißem Fett gesotten, auch gefüllt mit Obstmus u.ä.
Krapina, Badeort im nördl. Kroatien (Jugoslawien), 24000 Ew.; Fundort altsteinzeitl. Menschenknochen.
Krapotkin, Peter →Kropotkin.
Krapp [der; ndrl.] →Färberröte, →Krapprot.
Krappitz, poln. *Krapkowice,* Stadt in Schlesien (1945–1950 poln. Wojewodschaft Katowice, seit 1950 Opole), an der Oder, südl. von Oppeln, 13800 Ew.; Leder-, Papier-, Holz- u. Bekleidungsindustrie.
Krapprot, *Krapplack,* roter Farbstoff aus den Wurzeln von Krappgewächsen, z.B. *Rubia tinctoria* (→Färberröte). Er enthält hauptsächl. *Alizarin* u. *Purpurin.*

Krarupkabel [nach dem dän. Ingenieur K. E. *Krarup*, * 1872, † 1909], ein Fernsprechkabel, dessen Adern zur Erhöhung der Induktivität mit Draht oder Band aus Nickeleisen umsponnen sind. K. sind heute nur noch in älteren Seekabel-Anlagen zu finden, im übrigen wurden sie durch →Pupinkabel abgelöst.

Krasicki [-'sjitski], Ignacy, Graf von *Siecin*, poln. Schriftsteller, * 3. 2. 1735 Dubiecko, Galizien, † 14. 3. 1801 Berlin; Fürstbischof von Ermland (1765), Erzbischof von Gnesen (1795); schrieb satir. Versepen u. Fabeln.

Krasiński [-'sjinjski], Zygmunt Graf, poln. Dichter, * 19. 2. 1812 Paris, † 23. 2. 1859 Paris; formal an Lord *Byron* u. A. *Mickiewicz* geschult, gedankl. von G. W. F. *Hegel* u. *Goethe* beeinflußt; kämpfte für eine Erneuerung Polens durch Glauben u. Gesittung; geschichtsphilosoph.-patriot. Bühnenwerke: „Ungöttl. Komödie" 1835, dt. 1841; „Irydion" 1836, dt. 1847.

Krasnaja Pachra, im Bau befindliche Stadt (Forschungszentrum) in der Moskauer Oblast der RSFSR (Sowjetunion); vorgesehen für Forschungen über Hochdruckphysik, Erdmagnetismus u. Radiowellenausbreitung.

Krasno, *Krasnyj* [russ.], Bestandteil geograph. Namen: rot, schön.

Krasnodar, früher *Jekaterinodar*, Hptst. des Kraj K. (83 600 qkm; 4,5 Mill. Ew., davon 40% in Städten; einbezogen die *Adygische AO*) in der RSFSR, am Kuban, im nordwestl. Kaukasus, 555 000 Ew.; Hoch- u. Fachschulen; Landwirtschaftszentrum, Landmaschinen- u. Maschinenbau, Nahrungs- u. Genußmittel-, Textil-, Baustoff- u. chem. Industrie, Erdölraffinerie; Wärmekraftwerk; Erdöl- u. Erdgaslager; Staudamm u. Wassergroßkraftwerk im Bau; Verkehrsknotenpunkt.

Krasnojarsk, Hptst. des Kraj K. (2 401 600 qkm; 2 962 000 Ew., davon 50% in Städten; einbezogen die *Chakass. AO*, der *Ewenken-* u. der *Tajmyr-Nationalkreis*) in der RSFSR, im südl. Sibirien, unterhalb des *K.er Stausees*, 648 000 Ew.; Hochschulen, Forschungsinstitute; Lokomotiv-, Schiff- u. Landmaschinenbau, Bau von Bergwerksausrüstungen, chem., Holz-, Papier-, Textil- u. Nahrungsmittelindustrie, Nichteisenmetallurgie, Graphitwerk, Erdölraffinerie; Gold- u. Braunkohlenbergbau, große Steinkohlenvorkommen im N des Kraj (etwa 450 Billionen t); Wärme- u. Wasserkraftwerk; Verkehrsknotenpunkt; Empfangsstation für Satellitennachrichten.

Krasnojarsker Stausee, gestauter Abschnitt des *Jenisej*, 386 km lang, bis zu 20 km breit, 2130 qkm, mit Großkraftwerk oberhalb der sowjet. Stadt Krasnojarsk; Stauinhalt 73,5 Mrd. m^3, Stauhöhe 124 m; Beginn der Bauarbeiten 1958. 1970 wurde das volle Stauvermögen erreicht u. wurden 10 Mill. kWh Strom erzeugt. Die volle Leistung des Stauwerks mit 12 Aggregaten wird 5 Mill. kW betragen, die jährl. Stromerzeugung 20 Mrd. kWh.

Krasnokamsk, Stadt in der RSFSR (Sowjetunion), an der Kama, westl. von Perm, 55 000 Ew.; Technikum; Cellulose-Papier-Kombinat, Erdölförderung u. Raffinerien; gehört zum *Zweiten Baku*.

Krasnoturinsk, bis 1944 *Turinskij*, Bergbaustadt in der RSFSR (Sowjetunion), am Ostrand des Mittleren Ural, 65 000 Ew.; Industrietechnikum; Medizin. Schule; Braunkohlenförderung, Aluminiumhütte; Wärmekraftwerk.

Krasnowodsk, Hafen- u. Industriestadt in der Turkmen. SSR (Sowjetunion), auf der *K.er Halbinsel* am Ostufer des Kasp. Meers, rd. 50 000 Ew.; Fachschulen; Maschinenbau, Erdölraffinerie, chem. u. Baustoffindustrie, Fischkombinat; Umschlag von Baumwolle, Erdöl u. Sulfat; Ausgangspunkt der Transkasp. Bahn, Bahnfähre nach Baku, Flughafen.

Krasnyj Lutsch, Bergbaustadt in der Ukrain. SSR (Sowjetunion), im Donezbecken, 102 000 Ew.; Bergbau- u. Energietechnikum; Steinkohlenförderung, Maschinenbau, Fleischkombinat; Wärmekraftwerk.

Kraszewski [-'ʃɛfski], Józef Ignacy, poln. Schriftsteller, * 28. 7. 1812 Warschau, † 19. 3. 1887 Genf; schrieb über 500 Werke, u. a. zeitkrit. Romane über das poln. Kultur- u. Sozialleben.

Krater [der; grch., „Mischkrug"], **1.** ['kra:tər; Mz. K.], *Geologie:* der Trichter eines vulkan. Ausbruchsschlots an der Erdoberfläche, durch den Eruptiva, Schlacken u. Laven gefördert werden oder wurden; bei erloschenen Vulkanen oft durch einen *K.see* ausgefüllt.

2. [kra'tɛr; Mz. *K.e*], *Kunsthandwerk:* in der Antike ein glocken- oder kelchförmiges Gefäß zum Mischen von Wasser u. Wein beim Mahl, mit zwei Henkeln u. oft reicher Bemalung; in der griech. Keramik seit dem 7. Jh. v. Chr. verbreitet, später auch aus Marmor u. Metall hergestellt.

Krateros, Feldherr *Alexanders d. Gr.*, † 321 v. Chr.; Statthalter von Makedonien nach *Antipater*, leistete diesem Hilfe im Lamischen Krieg gegen die Griechen; fiel im Kampf gegen *Eumenes* in Kleinasien.

Krates, griech. Philosoph aus Theben, lebte im 4. Jh. v. Chr.; Schüler des Kynikers *Diogenes von Sinope*; verhöhnte das Leben anderer Philosophen in Spottgedichten u. pries die *Kyniker*.

Kratié, Provinz-Hptst. in Kambodscha, 30 000 Ew.; Binnenhafen am mittleren Mekong, der von der Mündung bis K. durchgehend schiffbar ist.

Kratinos, griech. Dichter der alten Komödie in Athen, 5. Jh. v. Chr.; älterer Zeitgenosse u. Konkurrent des *Aristophanes*; 28 Werktitel bekannt, keine Komödie ganz erhalten.

Kraton [das; grch.], *Geologie:* ein nicht mehr faltbarer, seit Urzeiten versteifter Festlandsockel. H. Stille unterscheidet *Hoch-K.e* (Kontinentalgebiete) u. *Tief-K.e* (Tiefozeane). →auch Masse, Schild.

Kratylos, griech. Philosoph, lebte im 5. Jh. v. Chr.; Anhänger *Heraklits*, Lehrer *Platons*, der ihn mit seiner Sprachtheorie in dem Dialog „K." zur Hauptfigur gemacht hat.

Kratzbürste, eine grobe Drahtbürste, die in der Gießerei zum Putzen der Gußstücke verwendet wird.

Kratzdistel, *Cirsium*, Gattung der *Korbblütler*. Als Unkraut verbreitet sind die *Ackerdistel, Cirsium arvense*, u. die *Wiesendistel, Cirsium heterophyllum*.

Kratze, ein Bergmannswerkzeug: an einem Holzstiel befestigtes dreieckiges Stahlblech zum Wegkratzen von gesprengtem Mineral oder Gestein.

Krätze, **1.** *Medizin: echte K., Skabies*, durch die *Krätzmilbe*, die sich in die Haut einbohrt, hervorgerufene juckende Hautreizung; dabei kann es zu Entzündung u. Ekzembildung kommen. Bevorzugt werden die mit weicher Haut versehenen Hautfalten der Achselhöhle, der Leistengegend u. zwischen den Fingern u. Beinen. K. ist leicht übertragbar. Behandlung: durch eine ärztl. K.kur.

2. *Technik:* = Gekrätz.

Kratzenbeschläge, *Textiltechnik: Garnituren*, band- u. blattförmige Bezüge für Walzen u. Deckel von →Karden u. →Krempeln; mit Nadeln, Haken, Zähnen u. ä. zur Bearbeitung des Faserguts.

Kratzendraht, runder oder flacher Stahldraht für *Kratzenbeschläge*; Durchmesser des runden K.s: etwa 0,2–2,7 mm.

Kratzer, 1. *Vorgeschichte:* ein Steingerät, das durch Retuschieren einer oder beider Schmalseiten einer Klinge entstanden ist.

2. *Zoologie: Acanthocephala*, parasitisch lebende Klasse der *Hohlwürmer*, die mit den Haken ihrer einziehbaren Rüssel an den Darmwänden ihrer Wirte (Fische, Vögel, Säuger) fest verankert sind. Die einzelnen Arten (man kennt bisher etwa 500) sind unterschiedl. groß (1,5–47 mm Länge). Die Larven leben in einem anderen Wirt als die erwachsenen K. (Wirtswechsel).

Krätzer, *Kratzer, Bergbau:* ein langer Eisenstab, an dessen einem Ende eine tellerförmige Scheibe befestigt ist; zum Entfernen des Bohrmehls aus Bohrlöchern.

Kratzförderer, *Bergbau:* eine Fördereinrichtung, bei der in einer Rinne Ketten laufen, an denen in bestimmten Abständen Querbleche angebracht sind, die das Fördergut in der Rinne weiterschieben.

Krätzmilbe, *Acarus siro*, bis 0,4 mm lange Hautmilbe. Sie gräbt in die Haut von Warmblütern Gänge, indem sie die Hornschicht durch Speichelfermente auflöst, um an die darunter liegenden Hautzellen zu gelangen, die sie aussaugt. Sie ruft die *echte Krätze* hervor.

Kratzputz, ein Außenwandputz, dessen Oberfläche durch Aufkratzen eine körnige Struktur erhält; bes. im Gebiet des ehem. Hessen-Nassau gebräuchlich.

Kraul, *Crawl* →Schwimmen.

Kraus, 1. Carl von, österr. Germanist, * 20. 4. 1868 Wien, † 9. 4. 1952 München; erforschte die mhd. Literatur, bes. den Minnesang, u. besorgte mehrere kritische Ausgaben: „Die Lieder Reinmars des Alten" 1919; „Walther von der Vogelweide, Untersuchungen" 1935; „Dt. Liederdichter des 13. Jh." (Texte u. Kommentar) 1952 bis (posthum) 1958.

2. Ernst, Geologe, * 10. 7. 1889 Freising; lehrte zuletzt in München; Vertreter u. Erweiterer der Unterströmungstheorie; Hptw.: „Abbau der Gebirge" 1936; „Baugeschichte der Alpen" 2 Bde. 1951; „Vergleichende Baugeschichte der Gebirge" 1951; „Die Entwicklungsgeschichte der Kontinente u. Ozeane" 1959, ²1970.

3. Franz Xaver, kath. Kirchenhistoriker, * 18. 9. 1840 Trier, † 28. 12. 1901 San Remo; lehrte in Straßburg u. Freiburg; bekämpfte den polit. Katholizismus („Spectator-Briefe" 1895–1899); Hptw.: „Lehrbuch der Kirchengeschichte" 1872; „Geschichte der christl. Kunst" 2 Bde. 1895 bis 1908; „Cavour" 1902; Tagebücher (Hrsg. H. Schiel) 1957.

4. Karl, österr. Schriftsteller u. Publizist, * 28. 4. 1874 Gitschin, Böhmen, † 12. 6. 1936 Wien; kämpfte in seiner Zeitschrift „Die Fackel" (1899–1936) leidenschaftl. u. als Meister des Wortspiels u. des scharfsinnigen Witzes gegen die schlagworthafte Sprache der Presse, die trüger. Bürgermoral u. den Liberalismus u. erörterte kulturelle Probleme; Hptw.: „Die demolierte Literatur" 1896; „Sprüche u. Widersprüche" 1909; „Die Sprache" 1917; „Die letzten Tage der Menschheit" (Antikriegsdrama) 1918/19; „Worte in Versen" 9 Bde. 1916–1930; „Literatur u. Lüge" 1929; „Die Sprache" (posthum) 1937; „Die dritte Walpurgisnacht" (posthum) 1952. – 📖3.1.1.

5. Theodor, Geograph, * 15. 8. 1894; lehrte in Würzburg u. Köln; Forschungen zur Wirtschafts- u. Sozialgeographie u. zur Landeskunde Westdeutschlands.

Krausbart = Ziegenbart.

Krausdarm, der Grimmdarm des Schweins, als Wursthülle verwendet.

Krause [die], beutelförmiger Henkelkrug mit eingezogenem Hals u. trichterförmiger Schale als Halsrand; hergestellt im späten MA. als Hafnerware.

Krause, 1. Fritz, Völkerkundler, * 23. 4. 1881 Moritzburg bei Dresden, † 1. 6. 1963 Leipzig; forschte im Araguaia-Gebiet Brasiliens, stellte die *Strukturlehre* auf; Hptw.: „Die Pueblo-Indianer" 1907; „In den Wildnissen Brasiliens" 1911; „Die Kultur der Kaliforn. Indianer" 1921.

2. Karl Christian Friedrich, Philosoph, * 6. 5. 1781 Eisenberg, Thüringen, † 27. 9. 1832 München; Privatdozent in Jena, Lehrer an der Dresdener Ingenieurakademie, scheiterte bei weiteren Versuchen, ein Lehramt zu erhalten; war für die Freimaurerei tätig u. gründete die Berliner Gesellschaft für dt. Sprache. Durch seine Lehre vom Menschheitsbund („Das Urbild der Menschheit" 1811) wurde er politisch verdächtig. – K. entwikkelte einen *Panentheismus*. Seine Lebens- u. Sozialphilosophie ist den großen idealist. Systemen verwandt. Seine Religionsphilosophie galt der Wesensschau Gottes. K.s Einfluß war stärker im Ausland (Belgien, Spanien *[Krausismus]*) als in Dtschld.

Kräuselgarn, *Kräuselzwirn*, Zwirn aus einem S- u. einem Z-gedrehten Garn. Beim Zwirnen entstehen Schlingen. →auch Drehung.

Kräuselkrankheiten, Krankheiten an Pflanzen, die sich anfangs durch Kräuseln u. später durch Vergilben u. Vertrocknen der Blätter äußern. Ursache können Blattläuse (→Kartoffelkrankheiten), Pilze, Viren (übertragen z. B. durch →Rübenwanzen), Milben, Wurzelbeschädigung oder auch Ernährungsstörungen sein.

Kräuselradnetzspinnen, *Uloboridae*, Familie der *Spinnen*. Die K. spinnen wie die Radnetz- oder Kreuzspinnen *(Araneidae)* Radnetze; die einzige Spinnenfamilie, die keine Giftdrüsen hat.

Kräuselung, *Textiltechnik:* der bogen- oder wellenförmige Charakter von Fasern, bes. bei Wolle. Künstl. K. kann bei Regeneratfasern u. synthet. Fasern aufgebracht werden. Die für die Verarbeitungs- u. Gebrauchseigenschaften eines Materials wichtige K. ist definiert durch *K.sstruktur* (Höhe, Weite, Gleichmäßigkeit der Bögen) u. *K.sbeständigkeit* (Widerstand gegen Entkräuselung, mehr oder weniger starkes Wiederherstellen des gekräuselten Zustands nach Entkräuselung).

Krauß, Werner, Schauspieler, * 23. 6. 1884 Gestungshausen, Niederbayern, † 20. 10. 1959 Wien; seit 1913 in Berlin am Dt. Theater, seit 1924 auch am Staatstheater, seit 1928 auch am Wiener Burgtheater, seit 1948 ständig dort u. auf Gastspielen; äußerst wandlungsfähiger Charakterdarsteller, seit 1919 auch im Film: „Das Kabinett des Dr. Caligari" 1919; „Die freudlose Gasse" 1925; „Yorck" 1931; „Robert Koch" 1939; „Jud Süß" 1940; „Paracelsus" 1943. – Autobiographie: „Das Schauspiel meines Lebens" 1958; „Studien u. Aufsätze" 1959.

Krauss, Clemens, österr. Dirigent, *31. 3. 1893 Wien, † 16. 5. 1954 Ciudad de México; nach Stationen in Brünn, Riga, Nürnberg, Stettin, Graz u. Wien 1924 Opernintendant in Frankfurt a.M., 1929–1934 Direktor der Wiener Staatsoper u. 1930 Dirigent der Wiener Philharmoniker, 1937–1945 Leiter der Staatsoper München, 1941–1944 Leiter der Salzburger Festspiele, 1945 Dirigent der Staatsoper u. der Philharmoniker in Wien; bes. Mozart- u. Strauss-Dirigent; schrieb für R. Strauss das Libretto zu „Capriccio".

Krauss-Maffei AG, München-Allach, 1931 hervorgegangen aus dem Zusammenschluß der beiden Lokomotivfabriken *Krauss* (gegr. 1866) u. *Maffei* (gegr. 1839) zur *Krauss & Comp.–J. A. Maffei AG*; seit 1940 heutige Firma; baut Lokomotiven, Apparate u. Maschinen für die verschiedensten Industriezweige, Maschinen für die Aufbereitung u. Verarbeitung von Kunststoffen, Gießerei- u. Schmiedeerzeugnissen, Omnibusse u. Panzer; Grundkapital: 16,25 Mill. DM; 5200 Beschäftigte; Tochtergesellschaften: *Krauss-Maffei Imperial GmbH*, München; *Breuer-Werke GmbH*, Frankfurt a.M.-Höchst, u.a.

Kraut, 1. *Botanik:* die oberirdischen, nie verholzenden Teile krautiger Pflanzen (Kräuter u. Halbsträucher), die am Ende der Vegetationsperiode absterben.

2. *Gärtnerei:* Bez. für manche Gemüsearten, z.B. *Kohl.*

3. *Lebensmittel:* sirupartig eingedickte pflanzliche Preßsäfte, die aus gekochten oder gedämpften u. dann ausgepreßten Rüben oder Äpfeln, Birnen u.a. Obst hergestellt werden.

Kräuter, im Unterschied zu *Bäumen* u. *Sträuchern* nicht oder nur wenig verholzte Pflanzen, die am Ende der Vegetationsperiode entweder nach einmaliger Blüten- u. Fruchtbildung ganz *(einjährige K.)* oder bis auf ihre unterirdischen Teile *(mehrjährige K.)* absterben.

Kräuterbücher, illustrierte Pflanzenbeschreibungen aus der Zeit des ausgehenden MA. u. der beginnenden Neuzeit. Unter Holzschnitten mit Darstellungen von Pflanzen wurden die dt., latein. oder griech. Namen angegeben u. die Verwendung der Pflanze beschrieben. Die wichtigsten K. sind die von: *Dioskurides*; Otto *Brunfels*, mit Abbildungen von Hans *Weiditz* (1530/36); Hieronymus *Bock* (1539, 1546 u. 1551); Leonhard *Fuchs* (1542). Das erste dt. Kräuterbuch ist Konrad von *Megenbergs* „Buch der Natur" (1349/50).

Kräuteressig, Essig, der durch Zusatz von äther. Ölen (Kräuterauszüge) ein bes. Aroma erhält.

Kräuterkur, kurmäßige Anwendung von Heilkräutern. Die Kräuter werden frisch oder als Droge (getrocknet), innerlich oder äußerlich, als Auflage oder Badewasserzusatz angewendet. Die K. wird bes. in der Volks- u. Naturheilkunde gepflegt u. ist auch Bestandteil der *Kneippkur*.

Kräuterlikör, Likör mit Zusatz von Kräueressenzen, z.B. Benediktiner oder Ettaler Likör.

Kräuterweihe, *Würzweihe, Wischweihe*, die bes. am Fest Mariä Himmelfahrt (15. 8.) in kath. Gemeinden Deutschlands stattfindende Weihe von Kräutern u. Früchten.

Krautfäule, 1. →Kartoffelkrankheiten.

2. bei *Tomaten* Faulstellen, bei trockenem Wetter Trockenflecke an den Blättern, hervorgerufen durch den Algenpilz *Phytophthora infestans*.

Krautstrunk, *Kunsthandwerk:* Glasbecher mit kräftigen Nuppen auf eiförmiger Laibung, tief eingestochenem Boden u. schmalem oder auch breit ausschwingendem Halsrand; hergestellt in Dtschld. u. den Niederlanden um u. nach 1500.

Krawatte [die; frz.], Halsbinde, Schlips; im 18. Jh. das Halstuch der männl. Tracht, entstanden aus dem Halstuch kroat. Truppen. Seit der 2. Hälfte des 19. Jh. wird die K. zwischen oder über dem Kragen entweder als *Langbinder* in einem Knoten oder als *Querbinder* in einer Schleife *(Fliege)* getragen. Zu K.n werden Seide, feiner Wollstoff u. Textilfaser verarbeitet.

Kraweelbau [frz., zu *Karavelle*], *Karwehlbau*, eine Bauweise von Booten: Die Planken des Bootsrumpfes stoßen an einer fugenlos glatten Außenhaut aneinander (Gegensatz: *Klinkerbau*); heute meist in doppelter Schicht diagonal übereinander mit Dichtungs(evtl. Leim-)schicht über die Spanten verlegt: *Doppel-diagonal-K.*

Kreatin [das; grch.], *Methylguanidinessigsäure*, ein bes. im Muskelsaft vorkommender Eiweißbaustein.

Kreatinin [das; grch.], bei der Einwirkung von Säuren oder Fermenten entstehendes inneres Anhydrid des *Kreatins*; Harnbestandteil.

Krebs, 1. *Astronomie: Cancer*, Sternbild des Tierkreises am nördl. Himmel.

2. *Botanik:* krankhafte Gewebswucherungen, die meist parasitäre Ursachen haben, z.B. *Kartoffel-K., Bakterien-K.* der Pappel, *Nectria-K.* der Buche sowie die K.erscheinungen bei Lärche, Tanne, Tomate u. anderen Pflanzen.

3. *Medizin:* allg. jede bösartige (maligne) Geschwulst, im wissenschaftl. Sinn nur die bösartige epitheliale Geschwulst (Deckgewebsgeschwulst), das *Karzinom*; die bösartigen Bindegewebstumoren heißen →Sarkom. Das Karzinom ist durch folgende Eigenschaften gekennzeichnet: a) *Autonomie* (Selbständigkeit): Die Geschwulst fügt sich nicht in den geordneten Bauplan des Organismus ein, sondern wächst u. wuchert auf dessen Kosten eigengesetzlich, u. zwar schrankenlos. b) *infiltrierendes u. destruierendes Wachstum*: Die K.geschwulst dringt in die gesunde Umgebung ein u. zerstört dabei das normale Körpergewebe. c) *Entdifferenzierung*: Die meisten K.e (nicht alle) bestehen aus Zellen (K.zellen), die unreif u. atypisch sind, d.h. nicht oder nur schwer als eine bestimmte Zellart zu erkennen sind. Man findet außerordentl. zahlreiche Kernteilungen u. (pathologische) Mitosen, die ein Ausdruck des raschen Wachstums des K.es sind. d) *Metastasierung*: Die meisten K.e neigen dazu, frühzeitig →Metastasen zu bilden. Auf diese Weise übertragen sie ihr schrankenloses Wachstum vom Entstehungsort auch auf entfernte Körperteile u. „überschwemmen" so den ganzen Organismus. Ein sich selbst überlassener K. hört erst mit dem Tod seines Trägers auf zu wachsen. e) *Mißverhältnis Stroma/Geschwulstgewebe*: Die meisten K.e wachsen so schnell, daß das zu ihrer Ernährung notwendige Gefäßbindegewebe (Stroma) nicht „mitkommt", so daß Teile der Geschwulst zugrunde gehen *(Nekrose)*.

K.formen werden nach dem feingewebl. Aufbau u. dem anatom. Verhalten unterschieden. Einmal kann der K. in soliden Zellsträngen wachsen: *Carcinoma solidum*. Dabei gibt es verschiedene K.arten, je nach dem Verhältnis zwischen Stroma (Gefäßbindegewebe) u. K.gewebe: Beim *einfachen K. (Carcinoma simplex)* sind beide Geschwulstteile etwa gleich ausgebildet; beim *Mark-K. (Markschwamm, Carcinoma medullare)* ist wenig Stroma vorhanden, so daß der Tumor weich („markig") ist; beim *Szirrhus (Carcinoma scirrhosum, Faser-K.)* überwiegt das Stroma, dieser K. ist also hart u. derb u. neigt zur Schrumpfung. – Die zweite Hauptform des K.es wächst in drüsenähnl. Strängen oder Schläuchen: *Adenokarzinom (Carcinoma adenomatosum)*. – Gegenüber diesen weitgehend undifferenzierten K.en gibt es andere, deren Zellen Formbesonderheiten aufweisen u. die z.T. auch bestimmte „Leistungen" vollbringen: Der *Plattenepithel-K.* geht aus von der Oberhaut oder von Schleimhäuten, die ein Platten-(Pflaster-)Epithel haben (Haut, Mund-Rachen-Höhle, Kehlkopf, Speiseröhre, Portio vaginalis u.a.). Der *Zylinderepithel-K.* entsteht an Schleimhäuten mit Zylinderepithel (Magen-Darm, Bronchien, Gallenblase, Gebärmutterkörper u. -hals u.a.); es gibt verhornende u. nichtverhornende Plattenepithel-K.e. Der *Schleim-K.* bildet u. enthält wechselnde Mengen von Schleim. Der *Gallert-K.* enthält gewaltige Mengen Schleim u. zugrunde gegangene K.zellen, die eine gallertige Masse bilden. Weiter gibt es verkalkende K.e u. K.e mit größeren oder kleineren Hohlräumen *(zystische Karzinome)*. Als *primäres Karzinom* wird der an einem Organ ursprüngl. entstandene K. bezeichnet, während das *sekundäre Karzinom* durch Metastasierung des primären entstanden ist.

Neben den Herz- u. Kreislaufkrankheiten ist der K. die häufigste Todesursache; sein Anteil liegt jetzt bei etwa 20% aller Todesursachen in der BRD. Die Zahl der an K. Erkrankten ist in den letzten Jahrzehnten gestiegen, woraus man auf eine K.zunahme schließen könnte. Dies trifft jedoch nicht unbedingt zu, da 1. die verbesserte K.diagnostik zu einem viel häufigeren Erkennen des K.es geführt hat, was dann statistisch als erhöhte K.zahl erscheint, u. 2. die Menschen älter werden als früher u. auch mehr Menschen alt werden, so daß mehr Menschen „ihren K. noch erleben", die früher vorher gestorben wären (zunehmende Häufigkeit des K.es mit höherem Lebensalter). Der Zunahme der Todesfälle an K. steht nämlich eine entspr. Abnahme der Todesfälle an Altersschwäche gegenüber. K. ist eine ausgesprochene Krankheit des höheren Alters; setzt man die K.wahrscheinlichkeit im 4. Lebensjahrzehnt = 1, so beträgt sie im 5. Lebensjahrzehnt schon 6, im 6.: 23, im 7.: 47 u. im 8.: 76. Die K.häufigkeit einzelner Organe ist ebenfalls altersabhängig, außerdem auch geschlechtsverschieden. Die Häufigkeitsreihenfolge beim Mann ist: Atemorgane, Magen, Darm, Vorsteherdrüse, Gallenwege, Speiseröhre, Harnorgane, Lippen u. Zunge; bei der Frau: Darm, Magen, Gallenwege, Brüste, Gebärmutter, Eierstöcke, Atemorgane, Speiseröhre. Hinsichtlich der Heilungsaussichten schwanken die Zahlenangaben, da sich schwer ein einheitl. u. verbindl. Ausgangsmaßstab feststellen läßt.

Die Aussichten der K.behandlung sind desto besser, je früher der K. erkannt wird. Rechtzeitige, d.h. frühzeitige K.erkennung ist die Voraussetzung für eine erfolgreiche K.behandlung. Neben einer ständigen wissenschaftl. u. techn. Verbesserung der Möglichkeiten der *K.diagnostik* steht hierbei die Aufmerksamkeit jedes einzelnen im Vordergrund. K.verdächtige *Anzeichen*, die zwar auch bei anderen Krankheiten vorkommen können, aber doch an K. denken lassen u. eine ärztl. Untersuchung veranlassen müssen, sind vor allem: tastbare Knoten oder Verhärtungen, z.B. der weibl. Brust, der Haut, der Zunge; Veränderungen an Warzen, Muttermälern, Leberflecken; oberflächl. Wunden, Geschwüre u. Schwellungen ohne Heilungsneigung oder mit Rückfällen; anhaltende Verdauungs- u. (oder) Schluckbeschwerden; anhaltende oder wiederholte Blutbeimischungen im Stuhl; zu starke Menstruationsblutungen oder anomale Genitalblutungen; Blutungen aus Nase u. Ohren, Bluthusten, Blutharnen ohne erkennbaren anderen Grund; chron. Heiserkeit u. Husten; anhaltender Gewichtsverlust ohne anders erklärbaren Grund.

Die K.behandlung stützt sich auf folgende Methoden: 1. *Operation*, möglichst vollständige Ausrottung der K.geschwulst durch chirurg. Entfernung; 2. *Bestrahlung* (Strahlentherapie), Zerstörung der K.zellen durch energiereiche Strahlen (Operation u. Bestrahlung können u.U. erfolgreich kombiniert werden); 3. *Chemotherapie*, Schädigung der K.zellen durch bes. Medikamente, die →Zytostatika (bestimmte K.formen sind auch einer Hormontherapie zugänglich); 4. *Allgemeinbehandlung* zur Besserung der Folgeerscheinungen u. zur Unterstützung der Widerstandskraft des Körpers.

Der K.forschung widmet sich in der BRD u.a. das *Dt. K.forschungsinstitut* in Heidelberg; in Österreich: *Österr. Krebsinstitut*, 1952 gegr., *Österr. Krebsgesellschaft*, 1910 gegr., beide Wien. – ⊡9.8.5.

4. *Zoologie:* →Krebse.

Krebs, 1. Sir Hans Adolf, brit. Biochemiker dt. Herkunft, *25. 8. 1900 Hildesheim; arbeitete über Atmungsfermente u. Zellstoffwechsel, klärte den Citronensäurecyclus (daher auch „Krebscyclus"); 1953 mit F. *Lipmann* Nobelpreis für Medizin.

2. Helmut, Opern- u. Konzertsänger, *8. 10. 1913 Dortmund; seit 1947 lyrischer Tenor der Berliner Städt. Oper; seit 1963 Prof. an der Musikhochschule Frankfurt a.M.; auch Komponist.

3. Norbert, Geograph, *29. 8. 1876 Leoben, † 5. 12. 1947 Berlin; Prof. in Wien, Würzburg, Frankfurt a.M., Freiburg i.Br. u. Berlin; förderte die Methodik der modernen vergleichenden Länderkunde; Hptw: „Länderkunde der österr. Alpen" 1913; Bd. 3 („Der Südwesten") der von ihm hrsg. „Landeskunde von Deutschland" 1931; „Vorderindien u. Ceylon" 1939; „Vergleichende Länderkunde", posthum 1951.

Krebse, 1. *i. w. S.: Branchiata, Diantennata, Crustacea*, Unterstamm der *Gliederfüßer*, gekennzeichnet durch 2 Fühlerpaare, 3 Paare kauender Mundgliedmaßen *(Kieferfüße)* u. Kiemenatmung. Jedes Körpersegment kann Beine tragen. Der Körper der K. ist in einen Kopf-Brust-Abschnitt *(Cephalothorax)* u. den Hinterleib unterteilt u. mit einem Chitinpanzer bedeckt, der durch Kalkeinlagerungen gehärtet sein kann. Gut entwickelte Sinnesorgane: paarige, oft auf Stielen stehende Komplexaugen; Chemorezeptoren auf Fühlern, Mundgliedmaßen, Beinen u. in der Atemhöhle; Schweresinnesorgane *(Statocysten)*. Die Entwicklung der K. ist grundsätzl. eine indirekte, d.h., aus dem Ei schlüpft eine Larvenform, die sich über

Krebse

Europäischer Hummer, Homarus gammarus (links). – Fangschreckenkrebs, Pseudosquilla bigelowi, aus Kalifornien (Mitte). – Heerassel, Ianiridae, auf Seegras (rechts)

Languste, Palinurus vulgaris

Taschenkrebs, Cancer pagurus

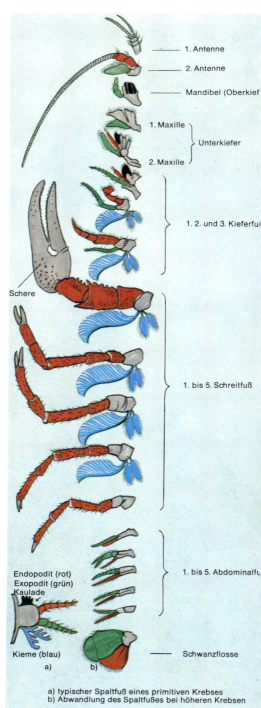

Gliedmaßenbau bei Krebsen

Krebse

Flohkrebse, Gammarus zaddachii; das Männchen (oben) ergreift das Weibchen (links). – Ruderfußkrebs, Diaptomus spec. (Mitte). – Muschelkrebs, Cythere albomaculata (rechts)

KREBSE

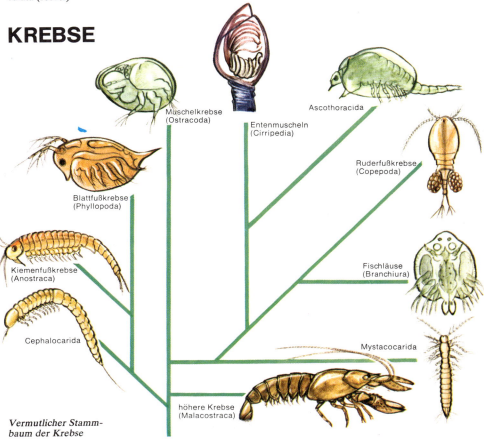

Vermutlicher Stammbaum der Krebse

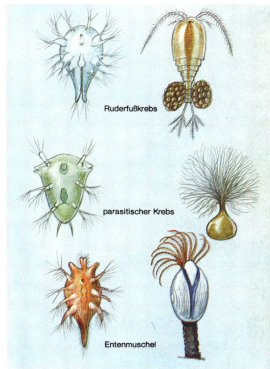

Vergleich zwischen Larven im Naupliusstadium (links) und ausgewachsenen Krebsen, Imago (rechts). Da die Imagos verschiedenen Lebensweisen angepaßt sind, weichen sie z.T. stark vom Krebstyp und auch voneinander ab. Die Larven aber sind recht ähnlich und zeigen die Verwandtschaft

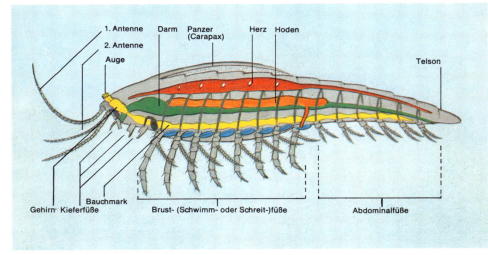

Vereinfachter ursprünglicher Bauplan der Krebse

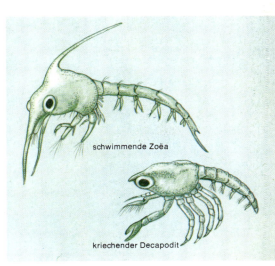

Larvenformen einer Krabbe

Krebsfangen

mehrere weitere Larvenstadien zum erwachsenen Tier umbildet. Als typische Larvenformen treten auf: *Nauplius, Metanauplius, Copepodit, Cypris-Larve, Zoea.* Mehrere dieser Formen können nacheinander durchlaufen werden. Eine Reihe von K.n treibt Brutpflege.
Die K. treten bereits im *Kambrium* auf, als wasserbewohnende Formen, z. T. Parasiten mit starken Abwandlungen in Gestalt u. Lebensweise. Nur wenige Gruppen sind zum Landleben übergegangen. Es gibt rd. 35 000 Arten in allen Erdteilen. – Die früher übl. systemat. Einteilung der K. in *Entomostraca* u. *Malacostraca* wurde aufgegeben, da unter dem erstgenannten Begriff Gruppen ohne nähere Verwandtschaft zusammengefaßt wurden. Man gliedert die K. heute in folgende 10 Klassen (oder Unterklassen): *Cephalocarida, Kiemenfuß-K., Blattfuß-K., Muschel-K., Mystacocarida, Ruderfuß-K., Fischläuse, Ascothoracida, Rankenfuß-K., Höhere K. (Krebse i. e. S.).* – ▢ 9.5.5.
2. *i. e. S.: Höhere K., Malacostraca,* die umfangreichste Klasse der *Krebse* (i. w. S.), mit 18 000 Arten in allen Meeren. Sie erreichen z. T. eine beträchtl. Organisationshöhe u. übertreffen in mehreren Gruppen hinsichtl. der Sinnes- u. psychischen Leistungen alle anderen Klassen der K., die ihnen jedoch an Spezialisation in Körperbau u. Lebensweise keineswegs nachstehen. Kopf-Brust-Abschnitt (8 Segmente) u. Hinterleib (6, selten 7 Segmente) sind stets gut voneinander unterschieden; die Segmentzahl ist konstant. Körperform: meist schlank, garnelenartig; 8 Thoraxbeinpaare, deren letzte 2 Glieder oft eine Schere bilden. Typisches Kennzeichen ist der Kaumagen, eine mit kräftigen Chitinleisten ausgerüstete Aussackung des Vorderdarms, die dem Nahrungsaufschluß dient. In der Entwicklung tritt häufig eine *Zoea-Larve* auf, die in keiner der übrigen Krebsklassen vorkommt. – Die Höheren K. leben im Meer- u. Süßwasser u. auf dem Land. Die zu ihnen zählende Gruppe der *Zehnfuß-K.* ist von wirtschaftl. Bedeutung u. enthält die größten lebenden Krebsarten. Zu den Höheren K.n zählen die Ordnungen *Leptostraca, Fangschrecken-K., Anaspidacea, Bathynellacea, Leucht-K., Zehnfuß-K., Thermosbaenacea, Mysidacea, Cumacea, Spelaeogriphacea, Scherenasseln, Asseln, Floh-K.*
Krebsfangen, beim *Rudern* die Bez. für den Fall, daß ein Ruderer während des Rennens aus dem Schlagrhythmus kommt.

Krebsgang → Kontrapunkt.
Krebsnebel, *Crabnebel,* ein planetar. Nebel im Sternbild des Stiers, der sich mit großer Geschwindigkeit (1300 km/sek) ausdehnt; identisch mit einer im Jahr 1054 an gleicher Stelle beobachteten Supernova; starke Radioquelle.
Krebsschere, *Wasserschere, Wassersäge,* Gewöhnl. *Wasseraloë, Stratiotes aloides,* bis auf die Spitzen der Blätter untergetaucht lebende, zu den *Froschbißgewächsen* gehörende Pflanze stehender oder langsam fließender Gewässer, die zur Blütezeit aber meist frei schwimmt; mit steifen, scharf gesägten Laubblättern; oft nur vegetative Vermehrung.
Krebsspinnen, *Pantopoda* = Asselspinnen.
Krebssteine, *Krebsaugen, Lapides cancrorum,* im Magen *Höherer Krebse* sich bildende kleine Steine; sie gelangen bei der Häutung in den Vorderdarm u. werden darin zerrieben. K. bestehen vor allem aus Kalk- u. Magnesiumsalzen, bilden jedoch nur einen geringen Kalkvorrat für das Tier u. reichen nicht zur Panzerhärtung nach der Häutung aus. K. wurden früher zu Magen- u. Zahnpulver verarbeitet.
Krebszyklus = Citronensäurecyclus.

ABBILDUNGSNACHWEIS

Farbfotos: AEG-Telefunken, Frankfurt; Wilhelm Albrecht, Gütersloh; Amtliches Französisches Verkehrsbüro, Frankfurt; Anthony-Verlag, Starnberg – Fuchs-Hauffen – Zittenzieher; Archives photographiques, Paris; Australische Botschaft, Bonn-Bad Godesberg; Auto Union AG, Ingolstadt; Afro Basaldella, Rom; Erich Baumann, Ludwigsburg; Bavaria-Verlag, Gauting (19) – Almasy – Bernhaut – Engel – Galliphot-Challet – Hörfeld – Jeiter – Kanus – Kim – Kraft – Maudrij – Meier-Ude – Muschenetz – Omnia – Othmar – Rohdich – Schörken – Tessore – Than; Bayerisches Nationalmuseum, München; Bayerische Staatsbibliothek, München (2); Lore Bermbach, Düsseldorf; Dr. Helga Besler, Stuttgart; Bibliothèque Municipale, Epernay; Bibliothèque Nationale, Paris (8); Dr. Arthur Bill, Trogen; Joachim Blauel, München; BMW, München; Hedi Böck, Graz; G. Boudot-Lamotte, Paris; Nicolas Bouvier, Genf; British Museum, London; The Broken Hill Proprietary Comp., Ltd., London; F. Bruckmann KG, München; Foto Brüggemann, Leipzig; Antje Buhtz, Heidelberg; Burkhard Verlag, Ernst Heyer, Essen; Cedri, Paris; Les Éditions J. Cellard, Bron; Sally Chappel, Richmond; Chorherrenstift Klosterneuburg, Stiftsmuseum, Klosterneuburg; Citroën, Paris; Bruce Coleman Ltd., Hillingdon/Middlesex (2); Continental Gummi-Werke AG, Hannover; Daimler-Benz AG, Stuttgart (4); Hella Dallmann, Herford; M. Deckart, Bad Tölz; Deutsche Fotothek, Dresden (2); Dr. Gisela Dohle, Gütersloh (3); dpa, Frankfurt (9); Elsevier Nederland N.V., Amsterdam; Eupra GmbH, München; Farbenfabriken Bayer AG, Leverkusen (3); Fiat, Turin; Ford-Werke, Köln; Werner Forman, Prag; FPG, New York (4); Farb-Foto Frank, Salzburg; Werner Fritzsche, Gütersloh (2); Ingo Gabriel, Greven (4); Germanisches Nationalmuseum, Nürnberg; Gesellschaft für Kernforschung, Karlsruhe (2); Ralf Gräbe, Gütersloh; Güntherpress, Lübeck; Dieter Harlos, Kaiserslautern; Dr. Bernhard Hauff, Holzmaden; Konrad Helbig, Frankfurt; Hans Hinz, Basel; Hirmer-Verlag, München; Éditions Hoa-Qui, Paris; Foto Hofmann, Maulbronn; Dr. Siegmar Hohl, Gütersloh (5); Michael Holford, London; Holle-Verlag, Baden-Baden (13); I.P.P.A., Tel-Aviv (2); Horst von Irmer, München; Jacana, Paris (4) – Sundance – Dubois; Werbefotographie Dieter Keller, Nieder-Beerbach; Kernforschungsanlage Jülich GmbH, Jülich (2); Keystone Pressedienst Martin KG, München (4); Gerhard Klammet, Ohlstadt (9); Paolo Koch, Zürich (2); Peter Kopp, München (2); Kraftwerke Union AG, Erlangen (2); Dr. Hans Kramarz, Bonn (3); Prof. Kurt Kranz, Tötensen; Arthur F. Krüger, Hamburg; Kunstmuseum Bern, Paul-Klee-Stiftung, Bern; Kunstsammlungen der Veste Coburg, Coburg (2); laenderpress, Düsseldorf (4) – Manos – Lessing; Gerhard Lauckner, Hamburg (4); Landesbildstelle Berlin; Lauros, Paris (3); Photo Löbl, Bad Tölz; Luftbild Albrecht Brugger, Stuttgart; Werner Ludewig, Gütersloh (10); Aldo Margiocco, Campomorone (16); MAS, Barcelona; Prof. Dr. Josef Matznetter, Frankfurt; The Metropolitan Museum of Art, New York; Carl u. Hannelore Milch, Essen; Mondadoripress, München; Max Mühlberger, München; Münchner Stadtmuseum; Ann Münchow, Aachen; Museo Arqueológico National, Madrid; Museum für Ostasiatische Kunst, Köln (2); National Archeological Museum, Athen; The New York Public Library, New York; Franz Nöth, Würzburg; Vlastimil Odvarko, Gütersloh (6); Opel-Werke, Rüsselsheim (2); Orion-Press, Tokio (2); Österreichische Nationalbibliothek, Wien; Klaus Paysan, Stuttgart (3); Pontis-Photo, München – Janicke; Josephine Powell, Rom (3); Prähistorische Staatssammlung, München; Preiss und Co., Albaching (5); Giustino Rampazzi, Turin; Rapho, Paris (2); Prof. Dr. W. Rauh, Heidelberg; Jochen Remmer, Flensburg (8); Réunion des Musées Nationaux, Service de documentation photographiques, Paris (4); Rijksmuseum, Amsterdam; Rijksmuseum Kröller-Müller-Stichting, Otterlo; roebild, Frankfurt – E. Müller (6); Roger-Viollet, Paris (3); Rosenthal Stemag Technische Keramik GmbH, Selb; Sabah Saaid, Frankfurt (2); Sakamoto-Photo Research Lab., Tokio (4); Salmer, Barcelona; Dr. Frieder Sauer, München (2); Scala, Florenz (11); Mihai Şerban, Cluj (2); Siemens Pressebild, München (13); Smithsonian Institution, Freer Gallery of Art, Washington D.C.; Südafrikanisches Verkehrsbüro, Frankfurt; Walter Scheithauer, Bad Aibling (4); Hermann Schlenker, Schwenningen (3); Martin Schließler, Baden-Baden; Adolf Schmidecker, Oberschleißheim; Dr. H. Schürenberg, Freiburg; Schweizerisches Landesmuseum, Zürich; Staatliche Museen Stiftung Preuß. Kulturbesitz, Berlin – Gemäldegalerie – Museum für Indische Kunst – Museum für Islamische Kunst (3) – Nationalgalerie (3); Staatl. Museen für Völkerkunde, München; Staatl. Italienisches Fremdenverkehrsamt, Düsseldorf; Staatsbibliothek der Stiftung Preuß. Kulturbesitz, Bildarchiv, Berlin; Stadtverwaltung Kaiserslautern; Herwart Stehr, Gütersloh (2); Georg Stiller, Gütersloh (12); Techn. Museum für Industrie und Gewerbe, Wien; D. H. Teuffen, Harsewinkel (2); Hans Thiele, Gütersloh; Tierbilder Okapia, Frankfurt (3); Topkapi Saray Museum, Istanbul; Universitätsbibliothek Jena; Bildarchiv Verlagsgruppe Bertelsmann, Gütersloh (10); Victoria and Albert Museum, London; Derrick E. Witty (2); Volvo Deutschland GmbH, Dietzenbach; VW, Wolfsburg (2); Weltbild Löppert, München; Foto Wiemann, Recklinghausen; Douglas P. Wilson, Plymouth (5); Ludwig Windstosser, Stuttgart (4); Zefa, Düsseldorf (25) – Carle – Claus – Czényi-Simonis – Hackenberg – Hugel – La Iona – Kramarz – Pierer – Sammer – Sauer – Sedlmeier – Scholz – Schörken – Sievert (2) – Teuffen (2) – Weber (2) – Weyer – Wolfsberger – Zur. ℗ 1973 Cosmopress, Genf / A.D.A.G.P., Paris / S.P.A.D.E.M., Paris.

Schwarzweißfotos: Alinari, Florenz (5); Antiquarisch-Topografisches Archiv bei Riksantikvorieämbetet, Stockholm; Lala Aufsberg, Sonthofen; Bavaria-Verlag, Gauting (4) – Eschen – König – Meier-Ude; G. Boudot-Lamotte, Paris; British Museum, London; Brown, Boveri & Cie., Mannheim; Chemische Werke Hüls, Marl; Continental Gummi-Werke AG, Hannover (2); Deutsches Institut für Filmkunde, Wiesbaden; Deutsches Museum, München (2); dpa, Frankfurt (7); Foto Marburg, Marburg/Lahn (2); Dr. Richard Gaettens, Lübeck; Galerie Brockstedt, Hamburg; Hirmer-Verlag, München; Historisches Portrait-Archiv, Nürnberg; IBA, Oberengstringen; Indische Botschaft, Bonn; Istituto per la Storia del Risorgimento Italiano, Rom; Maria Jeiter, Aachen; Keystone Pressedienst Martin KG, München (2); KNA-Bild, Frankfurt; Kunstarchiv Arntz, Haag; laender-press, Düsseldorf; Linden-Museum, Stuttgart – Ursula Didoni; Lurgi Gesellschaften, Frankfurt; Enrico Mariani, Como; MAS, Barcelona; Münchener Stadtmuseum; Musée de l'Art Islamique, Cairo; Museo Arte Antica, Mailand; Nationalmuseum, Kopenhagen; National Museum, Janpath, New Delhi; National Museum, Seoul; Nowosti, Moskau; Orion-Press, Tokio; Oslo Kommunes Kunstsamlinger Munch-Museet, Oslo; Österreichische Nationalbibliothek, Wien; Pontis-Photo, München – Huepker; Archiv Propyläen Verlag, Berlin (6); The Public Archives of Canada, Ottawa; Publifoto Mailand; Radio Times Hulton Picture Library, London; Giustino Rampazzi, Turin; Refot, Stockholm; Roger-Viollet, Paris; Sakamoto-Photo Research Lab., Tokio (3); Secretariat General of Press and Information, Athen; Constantin Şerban, Cluj; Service Historique de la Marine, Paris; Photo Shunk-Kender, New York; Süddeutscher Verlag, München (5); Helga Schmidt-Glassner, Stuttgart; Staatliche Museen zu Berlin, Islamisches Museum, Berlin; Staatsbibliothek der Stiftung Preuß. Kulturbesitz, Bildarchiv, Berlin (12); Stern-Archiv, Hamburg; D. H. Teuffen, Harsewinkel (11); Prof. Dr. Hermann Trimborn, Bonn; Ullstein GmbH, Berlin (5); Universitätsbibliothek Jena; J. M. Veith, Heidenheim; Bildarchiv Verlagsgruppe Bertelsmann, Gütersloh (5); Votava, Wien; Walraf-Richartz-Museum, Köln; Prof. Dr. Ernst Winkler, Zürich; Zentralbibliothek, Zürich; Photohaus Zumbühl, St. Gallen. – ℗ 1973 Cosmopress, Genf, A.D.A.G.P., Paris / S.P.A.D.E.M., Paris.